苏州工业园区胜浦街道办事处 编

中国胜浦宣卷集

朱光磊 主编

上

广陵书社

图书在版编目（CIP）数据

　　中国·胜浦宣卷集 / 朱光磊主编 ; 苏州工业园区胜
浦街道办事处编. -- 扬州 : 广陵书社, 2024. 6.
ISBN 978-7-5554-2333-1

　Ⅰ. Ⅰ239

　　中国国家版本馆CIP数据核字第20244D735E号

书　　名	中国·胜浦宣卷集
主　　编	朱光磊
编　　者	苏州工业园区胜浦街道办事处
责任编辑	孙语婧

出版发行　广陵书社

　　　　　扬州市四望亭路2-4号　　　邮编　225001

　　　　　（0514）85228081（总编办）　85228088（发行部）

　　　　　http://www.yzglpub.com　　E-mail:yzglss@163.com

印　　刷　苏州市越洋印刷有限公司

开　　本　889毫米×1194毫米　1/16

印　　张　90.25

字　　数　2650千字

版　　次　2024年6月第1版

印　　次　2024年6月第1次印刷

标准书号　ISBN 978-7-5554-2333-1

定　　价　680.00元（全二册）

《中国·胜浦宣卷集》编委会

顾 问

沈建东 史 琳 马觐伯

主 编

朱光磊

编委会主任

杨美芳 刘 兴

编委会副主任

肖 飞 邢建强 归丽娟

编委会成员

王菊芬	马静静	黄亚慧	殷建红	浦爱民
周小珍	顾熙峰	沈 琦	宋维珍	朱双明
花俊德	归金宗	陆安珍	周祥男	徐宏珍
李秀英	吴 军	张诚悦	杨雨洁	

资料提供

马觐伯　花俊德　归金宗　陆安珍　蒋金官　周祥男
徐宏珍　李秀英　吴　军

曲谱翻译

葛润子　金献武　朱光磊

封面题字

刘　超

文字录入

拜晓花　陈林妍　陈昱洁　崔礼君　龚陈诺　胡传宁
胡晓颖　黄春蓉　黄歆怡　李静涵　梁李迄　刘立燕
刘紫莹　马晶晶　马　艳　邱欣宁　沈　悦　谭　云
田晓昱　万雨洁　魏可欣　杨鹏远　杨雨洁　张诚悦
张良肖　郑家园　王云书　夏思雨　吴　军

卷本校对

殷亭亭　孙明柱　陆绪芹　吕　晨　刘志超　魏雅宁
须宇宁　庞燕飞　汪正祺　王　莹　赵爱卿　陈烜志
李文婧　韩苏渝　黄靖欣　李凌一　何冰雁　庄梓煊
赵一霏　朱可涵　施　楠

宣卷台(一)

宣卷台(二)

周祥男在庙堂宣卷

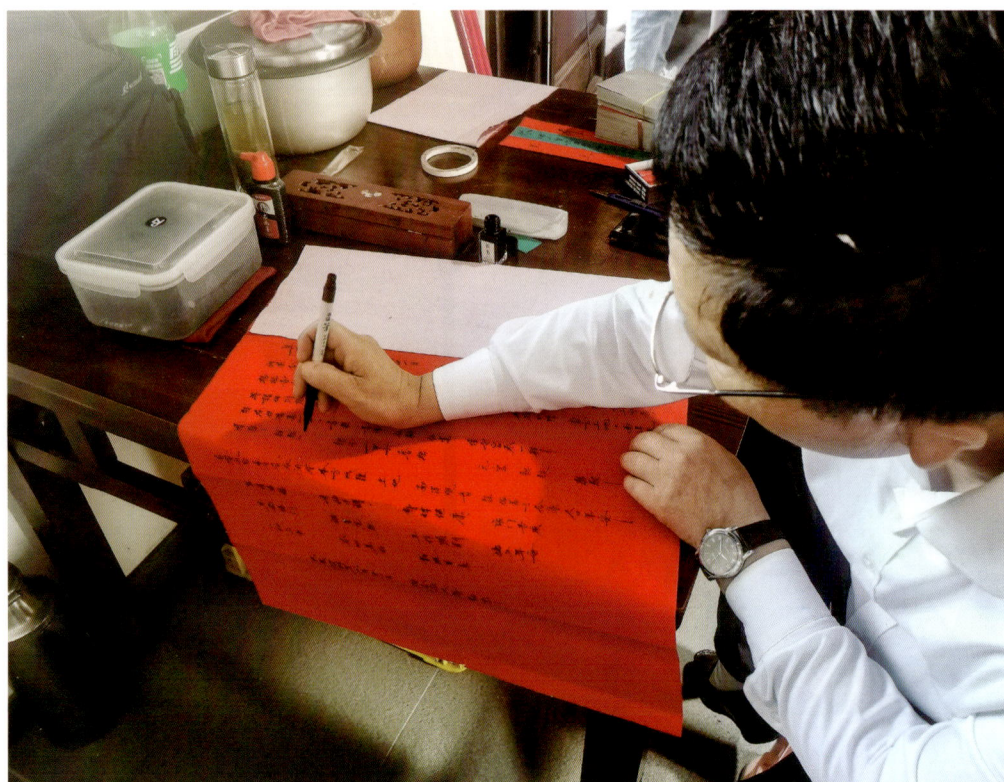

疏文撰写

归金宗在居民家宣卷(一)

归金宗在居民家宣卷(二)

徐宏珍在居民家宣卷（一）

徐宏珍在居民家宣卷（二）

花俊德在居民家宣卷

居民家祝寿仪式

居民家祝寿场景(一)

居民家祝寿场景(二)

花俊德在社区宣卷

归金宗在社区宣卷

蒋金官、周祥男、徐宏珍师徒三代

李秀英拜花俊德为师

宣卷录像光碟

幼儿园小朋友在学宣卷

胜浦宣卷队在幼儿园演出

马觐伯与归金宗在讨论卷本

街道领导拜访马觐伯

苏州大学朱光磊教授和学生杨雨洁采访胜浦宣卷艺人陆宏珍、吴军

苏州大学学生张诚悦采访胜浦宣卷艺人陆安珍

序　一

在青秋浦的晨雾中划船捕捞,于斑斓绚丽的霞光中乘舟归来,这是胜浦老一辈记忆中的生活场景,对年轻一代的胜浦人而言却十分陌生。走进位于吴淞社区的"胜浦三宝陈列室",一幅旧时水乡的生活画卷渐次呈现。放置着木鱼、磬子、卷本的宣卷台,重现水乡妇女在草棚里边打水边唱歌情景的山歌台和橱窗里风格各异的水乡服饰,仿佛将人带回日出而作、日落而息的农耕时代。胜浦水乡传统妇女服饰、胜浦山歌和胜浦宣卷被称作"胜浦三宝",保留着诸多吴淞文化的原生态形式,内容丰富,特色鲜明。一袭水乡妇女服饰,一曲宛畅的宣卷,一首悠扬婉转的山歌,描绘着家家尽枕河的梦里水乡。

胜浦位于苏州城区最东部,是苏州工业园区的东大门。在园区开发建设前,这里村庄沿河而筑,人家枕河而居,久种稻米,盛产鱼虾,是典型的鱼米水乡。这里民风古朴,民俗醇厚,尊贤尚德,友善和谐。这里历史悠久、人文荟萃,是明代大诗人高启的隐居地,被誉为"吴淞文化活化石",是典型的江南吴淞文化沉积区。在时代的变革中,胜浦完成了一个又一个历史使命,见证了2500年水乡的沧桑巨变。这片土地上的每一条道路、每一座桥梁、每一条河流,都铭记着胜浦人的足迹与辉煌。在历史的长河中,勤劳勇敢的胜浦人经得起历史的考验,留得下乡愁,不因时代变迁而摒弃传统文化,胜浦获得了国家文旅部授予的"中国民间文化艺术之乡"称号。

习近平总书记强调:"要扎实做好非物质文化遗产的系统性保护,更好满足人民日益增长的精神文化需求,推进文化自信自强。"胜浦街道对非物质文化遗产保护工作高度重视,积极推进非物质文化遗产的传承与弘扬。2009年,"胜浦三宝"入选第一批江苏省级非物质文化遗产扩展项目名录。2014年,胜浦宣卷与同里宣卷、锦溪宣卷、河阳宝卷捆绑申报的吴地宝卷,入选国家级非物质文化遗产代表性项目名录扩展项目名录,开启了胜浦文化发展的新阶段!

2022年胜浦街道"红色·浦韵非凡"文化品牌首创推出,"红浦雅苑""宣卷堂""戏曲苑""评弹书场"等曲艺阵地天天、周周、月月有演出,以此形成文化传承的群众基础,促进培养新一代曲艺后备力量,进一步坚定文化自信。街道在老年大学开设"胜浦三宝"传承班,在学校开设"胜浦三宝苗苗课堂",让居民和孩子们唱山歌、学宣卷、制作水乡服饰,为非遗传承注入新鲜血液。街道每年举办丰富的传统文化活动和主题展演活动,还打造了"胜浦三宝陈列室""农耕稻作文化生活馆""非遗文化传习所"等展馆,未来还将建设一个"胜浦历史文化馆",这些都是对胜浦发展历史的一种记忆留存。街道注重非遗原创的推陈出新,运用传统的元素,加入新时代的新的内容,创作新的作品,以此来宣传党和政府的中心工作,提高群众的思想意识和综合文明素养,实现传统和现代的融合,也让更多朋友领略胜浦本土文化发展的魅力。

此次,街道文体部门立足长远,开展《中国·胜浦宣卷集》的出版工作,对分散在民间的各类宣卷卷本进行收集整理,对胜浦宣卷的曲调进行汇总,这是胜浦宣卷资料留存保护史上的一个新的里程碑。从2021年宣卷堂的设立到即将问世的《胜浦宣卷》纪录片,从2010年出版史琳教授的《苏州胜浦宣卷》这一全面介绍性读物,到此次出版《中国·胜浦宣卷集》的资料保护集,胜浦宣卷的保护已经形成了比较完整的保护链,真是可喜可贺!胜浦宣卷历经千年沧桑,至今代代传承、经久不衰,是胜浦民间艺苑的一朵奇葩。它产生于民间,生长于民间,繁荣于民间,是祖先留给当代胜浦人的一笔丰厚而珍贵的文化遗产。保护和传承优秀传统文化是当代胜浦人义不容辞的义务和责任,功在当代,利在千秋!

建设美丽、和谐、文明的新胜浦,需要全体胜浦人民的努力,也需要专家学者们的大力支持,真心感谢为《中国·胜浦宣卷集》出版作出不懈努力的朱光磊教授,您的文化情怀深深感动着我们。衷心感谢为此书出版作出贡献的所有工作人员、民间文化工作者和艺人们,你们的坚持默默守护着我们的心灵。同时,对一直以来关心和支持胜浦发展的领导们和社会各界的朋友们,表示诚挚谢意,一路相伴,不甚欣喜!

文脉绵延,熠熠重光;承古拓今,生生不息。胜浦街道将始终学习贯彻习近平文化思想,在传承中创新,在创新中创造,守护文化根脉,激活文化之能,弘扬文化之光,努力推动文化建设迈上新台阶,以文化赋能高质量发展,为谱写"靓丽新胜浦,东部新中心"提供更加坚强的思想保证,更为强大的文化动力。

杨美芳

刘兴

(杨美芳,苏州工业园区胜浦街道党工委书记;刘兴,苏州工业园区胜浦街道党工委副书记、办事处主任。)

序 二

从胜浦宣卷看宣卷与乡土文化承续和民间自我教化

宣卷重新在民间的兴盛,是自 20 世纪 80 年代末开始,而且是在中国目前经济最为发达的江南地区出现这样一个独特的文化现象。2007 年,胜浦宣卷入选苏州市第三批非物质文化遗产代表作名录;2009 年,胜浦宣卷入选第一批省级非物质文化遗产扩展项目名录;2014 年,胜浦宣卷入选国家级非物质文化遗产代表性项目名录扩展项目名录。在当下和谐文明和"文化苏州"的建设旗帜下,宣卷所具有的乡土教化和社会整合作用,以及非遗技艺承续与保护的作用都是不可或缺,值得我们关注研究的。

近年来国家花了很大工夫来做非遗口述和技艺的留存记录和拍摄,吴江同里及常熟、昆山、太仓等地都相继记录并整理出版了当地的宣卷。而朱光磊教授领衔的团队对胜浦宣卷的全面记录和整理,尤其是音乐曲调的记录和整理意义尤其重大,可谓光前耀后。《中国·胜浦宣卷集》收录了留存至今的胜浦宣卷几乎所有的卷本和音乐,留下了珍贵的第一手非遗项目资料,同时也是研究江南戏曲和曲艺不可或缺的资料。《中国·胜浦宣卷集》为研究江南一带宣卷历史承续和传播又增添了重要的资料。此前音像资料有 2007 年马觐伯、何生明、朱汉根的《胜浦宣卷调查纪实》;书籍资料有 2010 年古吴轩出版的史琳著《苏州胜浦宣卷》等。

胜浦宣卷是苏州民间艺术的奇葩,用吴方言演唱,以其唱词雅俗共赏、曲调婉转动听而深得乡间民众的喜爱。胜浦宣卷从元明抑或南宋开始逐渐兴盛。从历史地理看,古老的吴淞江绕胜浦南端由西向东折北,界浦、尖浦、沽浦、青秋浦、凤里浦、友谊河及其他河道互相贯通,胜浦是一个典型的江南"鱼米之乡",明代著名诗人高启就隐居于此。1934 年,为纪念高启,这地域曾改名为"青丘乡",1949 年后开始称"胜浦乡"。地肥水美的胜浦孕育了宣卷、山歌和水乡妇女服饰,今称"胜浦三宝",这三宝都是吴文化的重要组成部分,所以宣卷在胜浦这块土地上至今仍代代传承、经久不衰与其历史传承、风俗皆密不可分。

胜浦宣卷产生于何时?因缺乏史料已无法考证,据史琳《苏州胜浦宣卷》考证,胜浦宣卷应始于南宋时期,到了元明时期,胜浦宣卷以讲经的形式已逐渐普及至农村。到了清初,胜浦宣卷到达顶峰,百姓通过宣卷自我教化,积善成德、明德惟馨深入人心。由于民间带有宗教性质的组织在明末清初发展迅猛,清政府视其为洪水猛兽,就把所有民间宗教均视为"邪教"而严厉镇压,因此,宣卷在清初受到很大冲击。史琳《苏州胜浦宣卷》考证认为:"入清后……宣卷几乎消失,只在民间宗教传教活动中仍保留宣卷,它们多处于秘密状态。而在江南吴语区,宣卷虽然在个别地区也遭到政府禁止,但整体上远不及北方严厉。由于历史文化的原因,宣卷已成为一种民间讲唱艺术而被保留下来,康乾以后有了更大的发展,它已完全脱离了民间宗教和佛教的僧尼,而由'宣卷先生''佛头'演唱。这些宣卷先生或佛头具有民间迷信职业者和民间艺人的双重身份,其流行区域遍及整个吴语区,尤以苏州、无锡及后来的上海等地为普及。在苏州郊区农村,更保留了明代宣卷原始形式的'讲经'。各地宣卷活动虽仍与民间信仰和迷信活动结合在一起,但已形成具有地方特色的民间曲艺形式,用各地方言演唱传统故事宝卷,其中以'无生老母、真空家乡'为代表的民间宗教意识被删除,同时大量弹词和戏曲故事、民间传说故事被改编成宝卷进行演唱。"史琳女士这段文字,也充分说明了胜浦宣卷在清代的兴衰状况和原因。到了 20 世纪 30 年代,宣卷逐渐兴盛,胜浦宣卷已经采编、引用大量戏曲、民间故事等内容劝人为善,出现了一批较有影响力的宣卷先生,演出主要活跃期一个是于 20 世纪三四十年代,一个是 20 世纪 90 年代到 21 世纪今天。宣卷之所以源远流长,至今仍然活跃在民间,与其朴素的形式和宣讲的喜闻乐见有关,与民俗活动、民俗审美紧密结合而生生不息,具有强大的生命和存续力量,因此其乡土教化作用值得关注、研究。

一、喜闻乐见、通俗易懂——宣卷的乡土教化作用

孔子在论到礼乐的作用时说过:"移风易俗,莫善于乐;安上治民,莫善于礼。"嵇康在论乐时也说:"文王功德与风俗之盛衰,皆可象之于声音。"古代圣贤很早就看到了"乐"的教化作用,这是民众的自我教化,不需要有人组织和劝说。而且可以从中了解到民众的伦理倾向和感情审美。所以《礼记·王制篇》即有"命大师陈诗以观民风"。所谓诗就是我们知道的《诗经》,王者需要搜集民间歌谣来了解民众所思所想所需,而司马迁著《史记》、班固著《汉书》都注意记载当时的民间歌谣谚语。著名文化学者冯天瑜也认为,《诗经》是中国的首席政治伦理教材,担负着教化万民的任务,即所谓"诗教"是也。千百年来《诗经》被视为"经夫妇、成孝敬、厚人伦、美教化、移风俗"的文本。"不学《诗》无以言。"和传统的《诗经》不同,宣卷是江南一带民众自己的民俗文化活动,胜浦宣卷通常在结婚、满月、祝寿、造房等民俗活动中应邀演出,受众都是当地的百姓,喜闻乐见、通俗易懂,是文化不高或者没什么文化的乡民们最喜欢的娱乐活动。从前,鱼米之乡的富足和水乡泽国较闭塞的生存环境,人们更需要精神的愉悦,所以在 20 世纪 80 年代发现了许多长篇叙事吴歌和丰富多样的民间故事,宣卷作为一种民间文艺的传承就有了深厚的土壤和群众基础。同时宣卷也有意或者无意中起着百姓自我教化的作用,因为它是扎根于民间社会生活中的民间艺术,宣扬的是民众的感情和审美意识,也就有了它天然永久的延续力量。随着民俗生活的传承而传承,随着民俗生活的变异而调整变化。我们应该很好的重视宣卷的乡土教化和社会整合作用。

二、民间文化的技艺传承和保护研究的作用

据宝卷研究专家车锡伦先生估计,吴语区已经发现的宝卷手抄本数量占其所著《中国宝卷总目》篇目的三分之二以上,可见很有必要对这个中国宝卷的主流区的宝卷进行很好的关注和研究,朱光磊教授的《中国·胜浦宣卷集》的出版正是如此。

胜浦宣卷在演出前。宣卷艺人要在台前系上一个桌围,通常是苏绣的吉祥图案和文字。还要使用道具——折扇、引磬(磬子)、木鱼、碰铃、鸣尺、角鱼、镲锣(小锣)、扬琴、二胡、琵琶等乐器。旧时通常是男宣卷为主,后来男做上手,女做下手,二十世纪八十年代末也有女宣卷先生。再则,宣卷演唱用说、嚎、弹、唱、表、做,可以在此看到江南的其他艺术表演形式的再现,从他的演唱本子看,有许多借来了昆曲、越剧、锡剧、评弹的表演曲目,如《白兔记》《文武双球》等,所以可以这样说,宣卷在它流传的过程中不断吸取了其他的艺术表演形式,成了包含多种艺术形式的民间艺术集成。同时宣卷的表演形式和宣卷抄本也影响了江南戏曲的成长,清代前中期,宣卷和评弹并列为江南两大曲艺。从宣卷的影响和作用来看,中国当今绝大部分戏剧如沪剧、昆剧、黄梅戏、豫剧、弋阳腔、越剧、苏剧等产生的时代大约在明清或更晚一些时间,都来自中国传统的说唱音乐——曲艺。被称为"中国国粹"的京剧,它的三大来源之一就是"昆剧",而"昆剧"则来自清代昆山之地的"昆曲",而昆曲则来源于明代昆山的"昆山腔",而昆山腔的重要来源之一就是太湖流域宣卷的"南方调"。

宣卷中有许多经典曲目,凝结了诸多的传统文化,民俗风情,人文历史,方言土语等等文化元素,具有多样的研究价值。其对苏州地区社会、历史,语言风格的各个方面都有多彩多姿的映射,一直是苏州地区下层人民群众了解民族传统文化和生产劳动,日常生活的"百科全书"。特别是其艺术见证价值不可忽视,

宣卷的历史传承一脉相承,到今天仍保持原生态的艺术形态,能充分见证人类艺术发生和形成的同源性,更能见证人类在文化发展过程中,民间音乐艺术发展的历史痕迹,具有杰出的艺术见证价值,对研究苏州地区乃至吴语地区民众的生存环境、原生态状态以及生产劳动、生活习俗都有很高的见证价值。对社会学、民间文学、音乐艺术形态的研究,有着积极的意义。

在《中国·胜浦宣卷集》书中,朱光磊教授还把长期从事民间文化收集整理的胜浦文化站的马觐伯老师,苏州科技大学史琳教授、南京农业大学杨旺生、朱冠南教授等的研究文章也编辑到书里,对于胜浦宣卷的传承人也做了专门的采录和研究介绍,也成为研究胜浦宣卷的珍贵研究资料。也成为本书的特色之一。

目前胜浦宣卷已经成为非物质文化遗产名录上的成员,需要我们义不容辞保护与传承,应该掌握传承性原则和人本性的原则、教育性的原则。有专家认为,中国的民俗艺术通过非物质文化遗产保护机制已经从负面转化为正面,形成了一个从地方到国家的建立文化认同的路径。这种"唤起作用"推进胜浦宣卷文化认同之自觉性的生发,实现了由以往的谋生手段向艺术传承的目的转换。尽管现代都市文化不断冲击传统文化,但胜浦宣卷作为江南特色的传统民俗文化还会持续被社会所接受。

从文化保护层面上看,首先,任何文化的延续都是人的智慧的创造和延续,任何文化遗产的全部活力,实际都存在与生他养他的民族民众之中他们与之在情感和精神上是结为一体的,他们不会因为自己物质生活满足后忘记了自己的传统文化,文化遗产的保护就是传承人的保护,在这一点上,对非物质文化遗产保护尤为重要,不应当人以文艺传,应文艺以人传。因此任何文化遗产的保护都应该坚持以人为本的原则。宣卷艺人的关心和保护一定要放在保护和传承的第一位。

同时在全球化的时代大背景下,文化的创新、文化的发展是势在必行,不可懈怠的任务,一个地方发展的最终支撑就是文化,我们应该既成为文化守望者,又成为文化的创造者。因此,确保非物质文化遗产的生命力,就其自身而言,最关键的是保护和激发它的创新能力,促进宣卷艺人结合时代要求和民众审美创作新的曲目,既喜闻乐见又雅俗共赏。

其次,文化遗产是不可再生的资源,特别是非物质文化遗产的民间性和活态性使保护传承不只是哪一个时段、哪一个部门、哪一部分人的事,而是一个全社会经常性的事情,尤其是需要传之后代。这就需要教育——向全社会尤其是青年人进行保护文化遗产的教育,提高整个民族的保护意识,使人人都懂得保护的重要性,明了为什么要保护,以及如何保护,从而造成强大的社会舆论,让"保护"进入人们的日常生活,代代相承,促使文化遗产保护在实践中不断扬长避短,走向科学和完善,宣卷的保护和传承亦不例外。

沈建东

(沈建东,苏州博物馆三级研究馆员,苏州非遗评审专家库成员,江苏省民俗学会理事,中国民俗学会理事。)

目 录

概　述

　　胜浦处于苏州市区最东部，原本由若干个自然村落组成。旧时的胜浦，由于深处水乡腹地，河流环绕、交通闭塞，反而保留了较多的原生态水乡文化。胜浦宣卷就是其中的卓越代表。

　　在胜浦，凡乡村庙会、农家婚庆、小儿剃头、老人寿诞、乔迁新居等活动，都要延请宣卷班子热闹一番，以求一切太平、万事和顺。胜浦宣卷的表演形式既有双档的木鱼宣卷，又有多人的丝弦宣卷，使用吴方言宣唱，曲调丰富多样，悦耳动听，具有浓郁的本土特色，体现了胜浦的乡土风情。如今，胜浦宣卷流传于胜浦镇全境，并辐射至周边地区。

　　二十世纪九十年代，苏州工业园区开始兴建。胜浦作为苏州工业园区的东大门，也获得了日新月异的发展。胜浦的发展并没有抛弃传统，胜浦宣卷与胜浦山歌、胜浦水乡服饰一起被列为"胜浦三宝"，日益受到人们的重视与保护。宣卷的习俗仍然相沿成袭，至今仍有一批民间宣卷艺人和大量喜欢宣卷的老年观众。然而，在胜浦地区城镇化的进程中，胜浦宣卷的外在环境遭到了极大的改变，胜浦宣卷的生存与发展也受到了严峻的挑战。在这样的情况下，留存总结现有的胜浦宣卷的传统记忆，编撰《中国·胜浦宣卷集》就显得十分必要。

　　《中国·胜浦宣卷集》主要包含宣卷唱本整理、宣卷常用曲调、宣卷艺人介绍、宣卷流程概述四大部分以及宣卷研究文章、宣卷影像汇编、吴语词汇简表三个附录。

　　一、宣卷唱本整理。该部分收录胜浦文史专家马觐伯以及胜浦老中青三代宣卷艺人花俊德、归金宗、陆安珍、周祥男、徐宏珍、李秀英、吴军所收藏的宣卷唱本一百三十余本，按照内容分为神道传说类、民间故事类、法事科仪类、开篇短卷类、新编故事类。每一类中的唱本按照音序进行排列。卷本原本多为艺人手抄本，偶尔也有木刻本、石印本的影印本以及电脑打印本。在录入与整理的过程之中，我们增加了现代标点，规范了吴语表述，修改了明显的逻辑错误。整理本既可以作为案头的民间文学作品来欣赏，又可以作为宣卷活动的有效唱本来使用。此外，传统唱本是胜浦地区历代民间艺术家集体智慧的结晶，故不列作者；新编唱本则由单人或多人创作而成，故列上作者。

　　二、宣卷常用曲调。胜浦宣卷在表演形式上有木鱼宣卷与丝弦宣卷两大类，分别使用不同的宣卷曲调。该部分收录了胜浦宣卷大部分的宣卷曲调，分为木鱼宣卷基本曲调、丝弦宣卷基本曲调、退星科仪基本曲调、宣卷常用江南小调四部分，包含了宣唱卷本主体内容的基本调、穿插于宣卷过程中的江南小调以及大部分科仪性曲调。这些曲调配上了简谱以及相应的视频，可以供读者扫码观看。

　　三、宣卷艺人介绍。胜浦宣卷历史悠久，宣卷艺人众多。该部分主要根据现有资料以及艺人口述来挖掘胜浦宣卷的历史传承谱系，并对当代活跃在宣卷第一线的宣卷艺人代表进行艺术简介。

　　四、宣卷流程概述。传统胜浦宣卷的场所主要在庙堂和家宅中进行，在胜浦地区城镇化之后，又增添了社区宣卷堂的宣卷演出。而作为非遗的曲艺门类，胜浦宣卷还有交流演出的任务。由于演出场所不同，故演出流程亦有差别。该部分对于庙堂宣卷、家宅宣卷、社区宣卷、交流宣卷作一简要的流程概述。

　　五、宣卷研究文章。该部分收录了直接研究胜浦宣卷的三篇代表性文章，包含了胜浦宣卷的历史传承、文化环境、表演形式、艺术特点、现代遭遇等内容。读者通过阅读这三篇文章，可以对胜浦宣卷产生更为全面而深入的理解。

六、宣卷影像汇编。该部分收录了胜浦宣卷影像资料三十多个片段,分为庙堂宣卷影像、家宅宣卷影像、社区宣卷影像三类,可以供读者扫码观看。

七、吴语词汇简表。胜浦宣卷使用吴语表演,宣卷唱本上也保留了大量的吴语词汇。这些吴语词汇生动而风趣,对于吴语地区的读者而言,是宝贵的语言财富,而对于非吴语地区的读者来说,则会造成一定程度的阅读障碍。在整理唱本的过程中,我们规范并保留了大量的吴语词汇,同时附加吴语词汇简表帮助非吴语地区的读者减少阅读障碍。为了方便读者检索,该简表以吴语词汇普通话发音的音序进行排列。

《中国·胜浦宣卷集》是对于胜浦宣卷的一次阶段性总结工作,希望该书的问世可以对胜浦宣卷的传承与发展起到一定的推动作用。

宣卷唱本整理

胜浦的传统宣卷唱本大致分为五类,分别是神道传说类、民间故事类、法事科仪类、开篇短卷类、新编故事类。

其一,神道传说类。该类唱本主要以神、佛、仙等各类神道为主人公,叙述他们的身世、神迹与善行。

其二,民间故事类。该类唱本主要以凡间人物为主人公,叙述他们的悲欢离合,并赋予一定的超自然色彩和因果报应思想。

其三,法事科仪类。该类唱本没有具体的故事内容,多为对于神道的敬语,用于祝祷仪式、法事活动中。

其四,开篇短卷类。该类唱本篇幅短小,少有说白,一般在宣卷开始前演唱。内容新颖,风格多样,既能敬神劝世,也能热闹诙谐。

其五,新编故事类。该类唱本为现代新编的作品,去除了传统宣卷因果报应的思想,保留了惩恶扬善的核心精神,主要用于歌颂好人好事,揭露各种骗局,展示时代变化,可以视为胜浦宣卷在新时代的开拓发展。

每类宣卷的唱本顺序按照名称字母的音序排列。

一、神道传说类

财神宝卷（版本一）

葫芦生葫芦，珠宝共珊瑚。

门前摇钱树，金银满地铺。

葫芦里向生葫芦，珍珠玛瑙共珊瑚。

贵府上门前摇钱树，摇得那金子银子满地铺。

闲言熟语不多谈，撇却闲文正卷开。

手执木鱼掀经盖，就拿宝卷宣起来。

财神宝卷开，诸佛坐莲台。

大家齐声贺，四季长三财。

南无聚宝藏菩萨。

财神宝卷初展开，诸佛菩萨坐莲台。

在堂大众齐声贺，一年四季长三财。

炉中再把好香焚，宣扬五路大财神。

要知路头生身处，略宣几句就知闻。

杜平将军为第一，金口闸上有名声。

李四将军为第二，镇江丹徒县里人。

孙立将军为第三，猪婆滩上好出身。

任安将军为第四，四牌坊上老乡绅。

耿颜将军为第五，凤阳府中积米村。

扬州有只琼花观，端阳佳节把香焚。

男男女女还香愿，都把馨香炉内焚。

且说五路财神出在商朝末年、周朝初年，上界五方灵官下凡。其日，五人都在观内烧香还愿，跪在神前通神祷告，各许年庚都是十六岁，正月初五子时建生。杜平思想真正稀奇也。

两边四个祷告人，同年同月同时辰。

今朝遇着天缘巧，同时碰着有缘人。

杜平开口朋友叫，何不结拜弟兄称。

四人同时都说好，大哥连叫二三声。

就在观中来结拜，对天立愿一条心。

五路财神就在观中，办了三牲祭礼，祭天地，结拜兄弟。从此以后，有福同享，有难同当，皆大欢喜，都听杜平大哥之言便了也。

杜平开口说分明，四位贤弟听分明。

既无手艺书不读，做些生意度朝昏。

合凑本钱开船去,广东码头将船停。
贩了杏仁云蜜枣,荔枝桂圆共莲心。
胡桃橄榄鲜佛手,香蕉苹果水红菱。
广东贩货苏州卖,姚家街口船歇停。
弟兄南濠街上走,恭行买货闹盈盈。
船中水果来发上,满船果品卖干尽。
这趟生意真正好,共计赚钱四万银。
弟兄又到山塘上,游玩虎丘闹盈盈。
看见一爿玩具店,货物玲珑式样新。
五路将军看中意,玩具做得果然灵。
花面头子蠢勿倒,吹笙瘪百小洋琴。
萤火虫灯皮老虎,花样槌与响铃铃。
风转转来泥佛佛,木关刀与皮猢狲。
五只大船齐装满,开船扯起顺风蓬。
顺风行到红毛国,财星出现放光明。

红毛国王名叫哈理吽。左丞相哈呼呼能看星辰,来朝到五更,上朝奏上:"狼主!今有中国五福星官带来宝物,船停江边,请狼主召来见驾。"藩王准奏,即命值日官员宣召。五路财神来到银銮殿见驾,货物发上,放在殿上。狼主一见大喜,满朝文武,人人中意。大太子哈哩大拿个蠢勿倒,横转竖起来,困倒立起来,推倒遮起来,顶倒翻转来,倒好白相,就叫它立宝。二太子拿个皮老虎,一扯一响,一揎一叫,就叫它叫宝。三太子拿个瘪百,一捺扁,一放饱,就叫它气宝。四太子拿个花面头子,对面孔上一戴,人没有看得出,问话说得出,就叫它活宝。五太子拿个风转转,向着风就会转,就叫转宝。左丞相拿个泥佛佛,只会坐不会立,不会叫,就叫现世宝。文武官员拿个花棒槌摇摇,会"刮刮"叫,就叫刮宝。藩王各样拿满,就叫财宝。将犀牛角调换立宝,水獭调换叫宝,水晶球调换转宝,夜明珠调换气宝,珊瑚调换活宝,洋钱调换现世宝,碧玉调换刮宝,金银百宝调换财宝。五船货物都换金银宝贝,五路财神满心欢喜,立刻解缆开船,又遇顺风,快船如飞,好不快乐也。

顺风行船到家门,满船金银宝和珍。
春二三月天气好,百花开放满园林。
登在家中无心想,出门游春乐心情。
兄弟五人齐下船,顺风相送到宜兴。
窑户码头再歇船,行家迎接笑盈盈。
请问贵客置啥货,市价便宜货色灵。
五路财神仔细看,尽是烘缸泥火盆。
杜平将军开言说,烘缸要买式样新。
上等火盆头两万,中等烘缸五万零。
三等火盆随意装,快点装货要动身。
连烧七个穿心夜,满载五船进京城。
龙凤桥头将船歇,王小二倌接客人。
客人运来啥货物,请你细细说我听。
五路财神回言答,尽是烘缸泥火盆。

王小二听说烘缸，心中思想，五个客人到底年轻，不领市面，不听行情。六月炎天，要啥烘缸。五位说道："开行的，咱船中不光是烘缸，还有珊瑚树、定风珠、聚宝盆、夜明珠，各式各样宝贝。"小二哈哈大笑，便请各位上岸用茶，将货物运进店也。

五路财神上岸行，王家客店住安身。

客栈里烘缸全堆满，露天堆得密层层。

弟兄五人心欢喜，日日高楼饮杯巡。

却说兄弟五人日日吃酒白相，时光六月炎天，红日似火。其日街坊游玩时，逢武王伐纣，冰冻岐山。六月初三日，其日落下黄雪，三尺三寸，个个都说冻煞人哉，六月里天气如此冷法，倒也稀奇。一个老伯说："我年纪活到九十六岁，夏天冷到这样勿曾碰到过，总是不祥之兆。"此时朝内太师与朝臣商量，这样四时不准，纣王无道。众大臣议定，不用金银铜铁锡，不着绫罗绸缎，而要以匹布行天下。若有不遵，押解到京中，下入天牢。如今脚炉不用，要用烘缸泥火盆。大众来到王小二店中买办。王小二说道："烘缸有的，不过价格不同。上等货三千银子一只，中等货二千一只，下等货一千一只，运钱另加。"因此，官民人等都来买烘缸泥火盆，三天之内全部卖完。王小二思想：当初我倒说客人年轻不领行情，现在看来好像仙人，真正稀奇也。

小二此时真开心，生意兴隆闹盈盈。

大锭元宝无其数，铜钱多得弄不清。

三日之间都卖完，大家吃酒笑盈盈。

五路将军说酒话，银子多得有啥用。

李四说："银子原是传世宝，不如乱入河中。"杜平说："样样生意好发财，如今不如去买鱼放生。只来不去，铜钱就会少了。"大家都说："言之有理，买鱼放生也。"

不说弟兄主意定，将钱买点鱼放生。

再说龙王三太子，降雨行差受灾星。

罚做鲤鱼该有罪，渔船捉住难脱身。

弟兄买放长江内，太子回宫奏原因。

奏与龙王来知晓，拿些宝贝谢恩人。

这把扇子名叫如意金龙扇子，乃是月亮里婆婆树叶造成，一共有四把。玉皇殿前撑扇二把，九天玄女娘娘有一把，此扇能大能小，能热能凉，人人要扇也。龙王将宝扇送与五弟兄。有了这把宝扇，五弟兄就可以帮助更多的人哉。

此扇名叫金龙扇，夏扇风凉冬扇暖。

皇帝扇子金龙扇，一国山河保太平。

官府扇子金龙扇，升堂理事做清官。

财主扇子金龙扇，日日放债利息盘。

穷人扇子金龙扇，拣米拣麦吃不完。

读书人扇子金龙扇，连中及第中状元。

种田人扇子金龙扇，每亩产量一吨宽。

生意人扇子金龙扇，一本万利赚银元。

医生扇子金龙扇，一开方子病就安。

老阿爹扇子金龙扇，老运亨通福团团。

老太太扇子金龙扇，脱落牙齿重新换。

老年人扇子金龙扇，炒蚕豆好吃二斤半。

财神出世,奏明武王,敕封五路财神,颁行天下,建造殿宇,装塑神像,掌管人间财源宝库。从此万民钦仰,有求必应那。

天下各处造殿庭,官民人等尽钦尊。

招财利市分左右,青龙白虎护财神。

世人若把财神敬,万事顺利长千金。

是非口舌空中散,一年四季赚金银。

财神宝卷宣完成,诸佛龙天喜欢心。

卷中若有错误事,念声弥陀补完成。

财神宝卷(版本二)

又名《一本万利宝卷》

佛在西方地,莲花朵朵开。

花鲜十二月,朵朵见如来。

金炉里面托香焚,我将宝卷宣来听。

一人讲话二人听,少念弥陀数千声。

阳间之人可瞒过,阴间地狱受灾星。

却开偈文归正道,再将好卷宣众听。

且说战国之时,有位万仙祖,身坐翠云墩,后来得道,去云蒙山与王禅老祖斗法。王禅老祖失落八宝课筒中有金钱一个,却被万仙祖收去。后来看见山下有个孙尧年有仙缘,万仙祖就将紫金钱传授与他,又教他卦法。那尧年学了三年卦法精通,就拜别师父下山去了。

尧年学得卦精通,靠此卖卦度秋冬。

百卦占来百卦准,天下之家尽闻名。

四处传扬人人晓,果然好是活仙人。

孙尧年卖卦,年老归天,一灵真性,原来万仙祖身边侍用。且说他后代子孙,不占卦卖课,将卦盘课筒东抛西散,子孙数代善良。到大宋年间,出个好后嗣,名叫耀宗,年已十八岁,爹娘早丧,毫无兄弟姊妹,又无妻房,自小大人爱惜,未曾学做营生,性情最好行善布施,惯常周济别人,自家穷苦全然不料,弄得大食艰难,身上衣裳破碎不连牵,只剩一个老铜钱,买不着柴米,换不着东西,一贫如洗。坐思良久,无门借贷,只好告诉皇天,叹气连连,思量祖先可有灵感,子孙落难全无活路也。"也罢,不免去寻了自尽罢。"

贫苦落难苦无路,有意投河去自尽。

千思万想无可奈,眼泪汪汪出门行。

行来走到街坊上,不觉撞着至亲人。

欲将开口望借贷,至亲身体走为云。

要是前去高声喊,假作聋耳不答应。

耀宗更加伤心苦,胸中忧闷步难行。

且说他祖先孙尧年的灵魂被万仙祖收在身边,常常修仙,可以分身变化。尧年正在修道,忽然心血来潮,屈指一算,后代子孙落难,要寻短见。孙尧年连忙与师父说明,别师下山搭救子孙,变化一个相面先生,也到这条路走,劈头撞着耀宗。那相面先生道:"小倌人,你到哪里去?"耀宗一怒,不好意思,他就说道:"要

去测字。"尧年道："既要去测字,我来与你相相面,可好?"耀说："不要相面。"先生道："你不要相,我一定
要相,我相你心上烦闷。让我搭你来解说解说。你的富贵,就在眼前。"耀宗道:"我的好处在哪里?"先生道:
"我看你天庭饱满,地角方圆,双手过膝,两耳隆肩,是富贵之相。因该父是早亡。"耀宗道:"我父是早丧,一
点不差。你说富贵二字极差了。"先生道:"你身边有一个铜钱,就是富贵之根。"耀宗道:"铜钱有的,可惜
祖代传留到今,一向结在衣襟头上,从未有啥好处。"先生道:"这个铜钱有大大的妙用,你自己不会用。你
听便了。"

　　这个铜钱不非凡,王禅老祖传下来。

　　二仙斗法来遗失,为今流落在尘埃。

　　只要摇念单单撮,随心如意妙机关。

　　要风要雨能即刻,移山倒海定八蛮。

　　倘要上阵交锋战,只要摇念撮单单。

　　孙耀宗一听此言,想到:"只是江湖诀,骗人财物的说辞。然而今朝撞着我,也算倒运。"即开言道:"既
然此铜钱有如此妙用,请先生施验。"先生道:"可以到你家中去试便了。"

　　同了先生回家中,不消一时到家庭。

　　到了家中心添愁,台凳无脚难坐身。

　　孙耀宗道:"先生请坐,凳子无脚,先生需要小心。"先生道:"不必费心,你去拿炷香来。"耀宗连忙就去
拿到。先生道:"你去对天磕头。"先生将钱放在盅子里,对口一合,连摇二摇,口念:"天灵地灵神灵,空中
五鬼速速搬运酒饭一席。"果然酒饭齐到,"你看看酒饭拉里哉,拿去吃罢。"

　　耀宗欢喜用酒饭,一顿酒饭话叨叨。

　　难得我命不该绝,幸遇先生法术高。

　　思想今日难度过,来日饥饿怎样过。

　　吃罢便托先生叫,多谢先生能摇摇。

　　耀宗道:"先生搭我摇顿饭粮。"先生将钱摇动,口里念道:"敕令宝藏神赐粮米拾六石,铜钱二拾千。"
只见空中落下铜钱饭粮。耀宗拍手哈哈大笑:"先生好妙法!"四顾一看,只见一个铜钱,听得云端里说道:
"我非是相面先生,是你高祖孙尧年是也。你若求富贵,明日到海滩边去,依我诀令,拿金钱摇动。是然有
海鬼来问,你可问他要宝贝。他若不依,只要拿铜钱摇来是了。"

　　耀宗听说心欢喜,原来是我祖先灵。

　　看他说罢腾云去,望空拜谢祖先身。

　　拜罢收拾钱和米,诀言牢牢记在心。

　　日落西山安身睡,且到来朝再理论。

　　耀宗到了天明,带两只盅子,门闩好,一路往海滩而来,到了就拿铜钱放在盅子内,对口合好,就念动咒
语:"天灵灵,地赫赫,众仙聚间,神仙咸集,测测单单测测,南海多宝物,助我神通力。"敕令摇得龙宫天旋地
转,龙宫仙家喊声不绝了。

　　龙王等时伤心痛,左右丞相不安宁。

　　侍卫痛得满地滚,将军痛得立不直。

　　虾兵蟹将条骨颤,一切海鬼喊叫声。

　　丞相奏道:"大王! 忽然头旋肚痛,必有高人弄法,快些差夜叉去查明。"龙王准奏。夜叉奉命,就到海
边,看见一个后生,夜叉思想道:莫非就是他在此作怪么? "你这小后生,在此做什么? 快些告诉我知道。"
耀宗紧道:"要问龙王借点财宝,金银珠子、珊瑚树、犀牛角,还有龙王公主一位。若是无有,摇得你们个个

头痛。"夜叉道："我去奏龙王知道便了。"

夜叉即便回身转，肚内思相厉害能。

若是依他还又可，倘然不允定难行。

待我速回龙宫去，一一从头且奏明。

夜叉奏道："大王！不好了，岸上有个后生，名叫耀宗，他手来摇，口里念，大有神通。想问大王讨宝贝。"龙王道："他要什么？"夜叉一想，方才被他摇得忘记，让我胡说几件便了，大王听禀：

一要犀牛角一根，二要珊瑚树宝珍。

三要一条碧玉襟，四要珍珠三斗零。

五要一对龙须席，六要玛瑙共水晶。

七要夜明珠一粒，八要万两好黄金。

九要白银十万两，十要公主配成亲。

"大王若依他，自然安稳。若有一件不允，他就要作法。"龙王就对两班说道："诸般宝贝都有，只有公主无有。"鲤鱼丞相道："臣有一个义女，本是人间李春荣之女，抛入江中，被水鬼移在水府。落得如今送与他，可以成亲。"且说耀宗在岸上等候，全无音信，不要管他，再来摇摇，格郎格郎乱摇。龙王与丞相正在商量差夜叉去说。"不好了，老法师又来了。"

顿时随即喊头痛，一齐跌到地埃尘。

将军痛得迂跟踪，虾兵蟹将打翻身。

皇后公主喊难过，龙宫里面振天盈。

夜叉奉命忙忙走，噈着头痛赶路行。

耀宗在岸上摇得手酸，念得嘴干，看看一件无有，天色晚了，早点回去罢。正当收拾动身，只见夜叉飞奔赶来，高声喊道："高士莫要摇了！件件依你可好？先回府吧，一定送来就是了。"

耀宗欢喜归家门，龙王整理宝和珍。

丞相义女梳妆扮，花花轿子坐新人。

花炮香烛多齐集，粗细音乐闹盈盈。

虾兵蟹将忙送往，各执宝贝送新人。

且说耀宗想道："房屋破败，怎好做亲？"不觉看见一大房屋，门前架着拍卖招牌，就问道："此屋要多少银两？"那人道："屋坐柏松间，要卖一万两白银。"耀宗道："作准！"耀宗就摇动盅子，银子顿时从空中降下。那人一见，口称："奇哉！奇哉！"急忙收拾银子，就出屋去了。

连忙焚香来祷告，祝告灵空过往神。

请帮房屋归本宅，请显神通感谢恩。

又把金钱来摇动，顿时云雾满空升。

未满半刻时光后，房屋搬到自乡村。

一百拾间多齐整，门户槅闩不差分。

耀宗道："如今好了，只要新人团圆花烛了。"正想走时，只见轿子到门，虾兵蟹将送来许多宝贝。耀宗先就收拾，然后新人出轿，参拜天地。送亲来的一众神将各回龙宫去了。

再宣两下结成亲，也是前世宿世因。

女是上方五福星，男是六宫太常星。

怎因元姥生诞日，二位一笑定终身。

夫妇同庚十八岁，又是同日同时生。

耀宗成亲后，与妻商量，要整门庭，买几个书童使女，就拿银子得了田地，又开典当，而且不忘根本，济贫救苦。

十分穷苦孙耀宗，四路无门走弗通。

全仗祖先有余德，一个铜钱救我身。

千万黄金珍珠宝，家私豪富无比伦。

怎样豪富世间少，一本万利大财分。

且讲耀宗一日闲暇，无意到街坊上走走，看见一张榜文上写着西番国王造反，要夺中原。花花世界有个阇黎国王，妖法广大，还有一个元帅名叫哈哩葛哩，十分骁勇，无人能敌，逢州夺州，遇城劫城，势如破竹，无人抵敌。榜上写明，不论军民人等，若能退得番兵，有官加官，无官授职。耀宗一看，急忙回家就对妻子说道："卑人要去平番，若能班师回朝，便可耀祖荣宗，光耀门庭了。"

李氏娘娘叫官人，你去平番要小心。

祖传法宝须要带，恐防遇着道高人。

上阵交锋你仔细，法宝施行保夫身。

我在家中常悬望，奏凯夫君早回程。

耀宗别了妻子，揭了皇榜，即同县尊来到刑部衙门。刑部奏明，即刻引见君王。君王问道："有何本领，可退番兵？"耀宗奏道："臣有移山倒海之能，撒豆成兵之策，呼风唤雨之法，飞沙走石之术。"君王便道："我却不信，你且献些手段与我看看。"耀宗一想："我来献些小法子便了。"就将金钱取出，放在盅中就摇，口中念动真言。一摇天昏地暗，二摇金殿动起来了，格朗格朗，三四五摇君王顿时头眩，文官武将个个头疼脑涨。君王道："爱卿收法罢，果然妙法！就封为武状元，敕赐平番大元帅。"旁边大臣奏道："边关告急，还望我皇降旨，出师便了。"

退班谢恩出朝门，教场五刻点三军。

点过五万兵和马，号炮三声就行程。

一路滔滔真威武，先锋领兵向前行。

探子打听来通报，前边将近外番兵。

忙传军令来扎寨，理锅造饭且消停。

即将战书打过去，准期来战定输赢。

且说阇黎国军师观看战书，准期明日交锋，待我作些小法，杀得中华兵将片甲不回便了。

一夜话文不必表，且到来朝显英豪。

两边咚咚敲战鼓，番邦将军本领高。

名叫哈哩金刚样，两目突出气咆哮。

中华元帅传军令，开路先锋气势高。

若然输了先锋将，我把金钱摇几摇。

且说两军初遇，番将大喝一声："呔！来将通下名来，待俺好上功劳簿。"中华大将喝道："我乃先锋安定国是也！你这无知番贼快快通下名来，俺钢刀底下不斩无名之将。"番将便道："俺乃哈哩葛哩是也，看刀吧！"先锋也提大刀对敌。两边交战二十回合，安定国力衰，败回营中。孙元帅又点参谋敖振邦出敌，却被哈哩杀败回营，长吁短叹。耀宗一怒道："这个番贼好生无礼！看得我邦竟无人扬，待本帅亲自出阵便了。"

一宵晚景不必云，且说来朝天色明。

耀宗空身来出战，全无刀枪手中存。

单拿两只茶盅子，内藏法宝哪知因。

喝声逆贼休无理，我来送你命残生。

且说哈哩葛哩看孙耀宗赤手空拳到，说这样大话。番将喊道："来将看刀！"耀宗默念真言，忙把盅子乱摇。番将一把大刀落在地下，又道："不好了！"顿时跌下马来，被孙耀宗手下兵将一把抓住，回归营中。番兵逃回营中，报道："不好了！元帅被他活擒去了！"军师道："有这等高人异士，我回他便了。"

正说之时追兵到，阇黎军师气咤哮。

阇黎军师道："罢了，待俺作起法来，杀他片甲不回。"就拿铃杵滴令滴令地摇，口中就念："天雷轰地，雷晕日月，罗刹龙虎，敕召天将，统领天兵，正神咸集，助我威术。疾如星火，远若风云，急急为玄黄上帝律令。敕！"念罢，就拿一百廿个纸头人，变成一百廿个金刚大汉子，手执刀枪杀上前来。孙元帅就拿金钱摇动，口念："灵章启告九天玄女娘娘，下祈水府龙神，三十六天罡，七十二地煞，又请天宫灵威大元帅统领副将三千甲马，测单单，单单测，九天应元雷声普化天尊，急急如律令。敕！"念完，霎时飞沙走石，满天乌云霹雳。阇黎军师吓得魂胆消散，又被孙耀宗拿盅子格郎格郎，顿时扑到地下，副将敖振邦赶上前来，当头一斧。番将顿时一命呜呼。

十万番兵尽杀完，番王闻知心胆寒。

两班文武忙启奏，快快速速去求安。

画虎不成反类犬，叛逆君王罪不宽。

快备降书并降表，再备宝物献中原。

还望元帅来宽恕，以后再也总不敢。

番王准奏，就备降书降表，又送上水火袍一件，紫金冠一顶，还有金银珠宝。元帅收下降书降表，回转京城去了。

吉日拔寨赶身行，其日到了帝皇城。

孙元帅班师回朝，就将降书降表、金银宝物呈上君王。君王大喜，封他为镇国定番王，李氏诰命，逍遥郡主，又将番王进贡，赐予元帅。耀宗谢恩退朝，荣归故里便了。

百官送到长亭外，逢州逢县闹盈盈。

有的官府送珠宝，也有官员送金银。

一路行程多荣华，看看将近自家门。

且说耀宗奉旨荣归，到了码头上岸，文武官员多来迎接。李氏夫人看见，十分欢喜，诸亲百眷，多来贺喜。工部建造王府，银銮宝殿。皇上钦赐斋匾，二龙戏珠。东西辕门，挂灯结彩。名班款待文武官员，好不荣华也。

荣归显耀不须论，且说天宫太白星。

将情奏与上天道，财帛星官功满成。

玉皇准奏封官职，敕封聚宝大财神。

李氏也封诰命职，聚宝夫人不非轻。

却说耀宗在梦中被太白金星领到金阙宫中，朝恭上帝，受职谢恩，降下凡间，保佑万民招财进宝，大吉利市。自此之后，聚宝盆内，珍珠无数，黄金满库，堆足门庭，真是富贵莫及也。

财帛星官功满成，仍旧归位上天庭。

自此执掌黄金宝，兼管世上善忠人。

若有善人去求告，财源茂盛长千金。

财神宝卷宣完成，八路财宝进门庭。

愿以此功德，普及于一切。

宣卷增福寿,念佛保长生。

城隍宝卷

城隍宝卷初展开,诸佛菩萨坐莲台。

合堂大众听此卷,一年四季免三灾。

闲文说语都不宣,城隍宝卷宣一番。

却说城隍宝卷出在明朝永乐皇帝登基年间,那时风调雨顺,国泰民安,五谷丰登,万民欢乐。

君王有道治天下,天下百姓喜欢心。

官民亲热无上下,风调雨顺保安宁。

外国年年来进贡,边关无有刀枪声。

五更三点来上朝,文武百官左右分。

有事奏本无事退,一国之君万人敬。

勿宣君王多有道,要表正宫皇后身。

思想六宫无太子,万里江山靠何人?

且说永乐皇帝退朝来到后宫,见了正宫娘娘,便开口说道:"目前刀枪平息,国泰民安,只是六宫皇后都不生太子,以后叫谁来继承皇位,执掌江山大权?"不觉伤心痛哭起来。

永乐皇帝心担忧,龙目流泪落纷纷。

为何六宫勿生子,我个皇位谁继承?

思前想后无办法,想着皇亲一个人。

可惜勿在京都地,离别京城廿年零。

目前住在陕西地,不知他人如何能。

且说永乐皇帝只因六宫不生太子,十分苦闷。到后宫与皇后商量,突然想起有位皇亲名叫朱琛,现居陕西省。此人一表人才,办事非常能干,忠孝仁义。此人如能来到京都,可把江山托付与他。我可把国家的治国之道传授给他,等我驾崩时,他就可以接我的皇位。永乐皇帝想定主意,立即下旨一道,叫钦差前去。

皇帝想着朱琛亲,现在陕西过光阴。

便下圣旨一道令,马上召他到朝廷。

钦差奉旨到他家,朱琛马上就动身。

路上行程来得快,晓行夜宿赶路程。

再说钦差大人来到朱家门上,门公立即进去通报。朱琛听说钦差到来,立即出门迎接。钦差大声道:"朱琛接旨。"朱琛就跪下接旨。钦差宣读圣旨:"皇帝诏曰:你是皇上亲戚是皇侄,不思宗庙香火,反倒安居在此,享受皇恩。不思报国,贪图享受,应依国法论处,故而皇上下旨,将你押送进京。"

朱琛出门来迎接,钦差宣读圣旨文。

莫名其妙无话说,只得顺从谢皇恩。

家中事情托总管,跟着钦差囚车登。

经过四川陇西镇,人山人海闹盈盈。

走过一条大马路,相面先生来相迎。

再说一位拆字先生走出来,拦住行路,说道:"差官听着,囚车里这位犯人让我帮他相个面,拆个字,看他身犯何罪？"钦差是差人打扮，勿能明说，只得下车来。

    拆字先生见犯人，眉目清秀福相生。

    到底他犯什么罪，其中必定有原因。

    挡住囚车不放行，定要与他相命运。

    钦差因为穿便衣，只得同意听一听。

    朱琛举手拣一字，问字先生要看清。

    拆字先生开言说，问字当头星宿进。

    又叫朱琛再拣字，拆开一看王字定。

    先生马上来详解，此人命里天子运。

    三横一竖是王字，定是国中第一人。

    三横上中下三级，一竖顶天立地人。

    暂时委屈做囚犯，一到京城上青云。

    朱琛即便口来开，但愿如此谢先生。

    小人若得高官做，日后定来拜先生。

    钦差听了暗吃惊，急速抽身便登程。

    晓行夜宿多谨慎，已到京都帝皇城。

    钦差上殿来复旨，皇上亲自接朱琛。

且说永乐皇帝听了钦差复旨，说朱琛已到京城，亲自召集文武百官，到午朝门外迎接。

    文武官员出宫门，随同皇帝接朱琛。

    君王立即传圣旨，打开囚车放皇亲。

    朱琛出车跪相迎，我皇万岁叫几声。

    皇帝亲自来扶起，龙颜大悦笑开声。

    皇侄今日多委屈，本皇为你保太平。

    大张旗鼓来接你，恐怕路上不安宁。

    马上吩咐太监们，香汤沐浴换衣裙。

    头冠龙袍乌靴鞋，皇侄太子小主人。

    朱琛此事都明白，心中高兴喜万分。

    皇帝常同朱琛讲，治国安邦行义仁。

    国家兴旺帝皇责，为国为民用贤人。

    贪官污吏要严办，皇子犯法不用情。

    民间奇案细详察，民间纠纷要追根。

    良药苦口利于病，忠言逆耳利于行。

且说永乐皇帝经常指点朱琛："作为一国之君，要以江山为重、社稷为主，不可忽略。"朱琛处处谨慎，刻苦勤学前朝治国经典和纲领、兴国安邦的条理。

    皇帝经常来指点，朱琛勤学皇法令。

    不觉已过一年零，皇侄做事都公正。

    永乐皇帝身有病，困倒龙床难起身。

    朝廷国事朱琛管，经常探望万岁病。

    皇上知道病沉重，看来勿能金殿登。

皇帝遗旨来传明,要叫朱琛为帝君。

朱琛接位称嘉靖,兴邦治国法律明。

朱琛礼葬永乐皇,正宫封为国太身。

三宫六院都敬佩,文武百官齐赞成。

嘉靖皇帝整乾坤,国泰民安处处春。

却说朱琛接了皇位,号称嘉靖。他执政以来,朝中大事都要自己掌管。思想找一位善于行使国务的大臣,想到在囚车里上京路上遇到的一位拆字先生,一张嘴善言能辩,才高识广,何不召他进京,扶助本皇?于是就请钦差前往陕西,召他进京来。

钦差奉旨陕西行,找寻拆字老先生。

拆字先生名严嵩,已有准备上京城。

路上碰着钦差官,就此一同到皇城。

嘉靖即便来封赏,官居极品左丞相。

严嵩执掌国务事,残害忠良搞奸党。

并同老奸张君臣,私通外邦毒计生。

当朝忠臣海青天,见到严嵩勿买账。

坏事细细调查清,杀害忠良大罪名。

海瑞封为操江官,嘉靖皇帝最信任。

公正无私有魄力,万民称他南包公。

调查民情私访案,公事公办无私心。

在朝百姓拥护他,万众百姓都信任。

协同忠臣上朝廷,齐力启奏万岁听。

且说嘉靖皇帝有日上朝,传宣官说道:"文武百官听着! 有事出班奏本,无事退朝回归。"此时海瑞出班说道:"老臣有本要奏。"

海瑞踏上金銮殿,口称万岁有奏本。

我皇仁义布天下,善用忠臣除奸臣。

我今要奏两个人,陷害忠良刮金银。

私通外国搞阴谋,私造宫殿谋反情。

请求皇上来准奏,国家朝中保太平。

倘然万岁勿相信,边疆难以来惩平。

克扣军饷不发兵,战场战死大忠臣。

多少忠良退故乡,民不安宁不太平。

如若君王勿准奏,愿做刀下无头魂。

当朝忠臣都跪奏,海瑞之言都是真。

奏本之中十大罪,伏望我皇看分明。

且说皇上令传宣官接过奏章,供在龙书案上,细细查看,恍然大悟。思想自从严嵩来朝为官,忠臣不语,边关失利,现在弄得国库空虚。此人真是有了肚才,只管贪财,不顾国家。看来早就胸有成竹,预想谋反。回想永乐皇帝时常讲的话,将来身坐宝殿,要有严明判断的能力,谁是忠良,哪个奸臣,勿能轻易用人,要忠奸分明,才能治理好国家。

嘉靖皇帝开金口,海瑞清官我准奏。

传旨御林军政司,金銮殿上捉奸臣。

削除严嵩张君臣,死牢里边去安身。

要抄奸贼家财业,铲除余党同罪名。

选定日期就问斩,午时三刻杀奸臣。

海瑞起身谢皇恩,又谢诸位众大臣。

皇上启口来封赏,海瑞办事执法明。

行罚司法官一品,逆臣奸贼可通令。

又兼七省操江官,执掌万民查民案。

且说海大人自从扳倒奸贼严嵩、张君臣之后,只因国事万忙,加上年高体弱,二年后身体欠安,经常生病,精神忧郁,眼花缭乱,便上朝见驾,要求告老还乡。

我是体弱常有病,无力为官转家门。

请求万岁要恩准,不忘皇上一片恩。

如果身体能康复,再回朝中伴帝君。

嘉靖皇帝龙目观,海瑞焦瘦人脱形。

君王同意便准奏,海瑞回家去治病。

一切行李收入定,大号官船回家门。

万岁众臣齐来送,号炮鸣锣开船行。

一家老小都下船,船夫急急把橹行。

大人身上毛病重,船行颠簸人发昏。

船到大江风浪急,海瑞就此人安定。

且说海青天在船上昏昏沉沉,突然对面来只大船。船上灯火通明,旗幡招展。船头插着一面黄旗,上面写着灵霄宝殿,玉皇大帝敕令,阴冥王前来迎接海瑞。

大人悠悠来苏醒,其实已经上天庭。

玉皇大帝开言说,你的功劳并非轻。

不负天意来指配,上天封你城隍尊。

要管下界民间事,劝告邪恶野游神。

不孝男女要启奏,不法之徒要追根。

要愿处处菽麦熟,要保人人长寿命。

自此中华有城隍,家家户户都欢迎。

功成圆满天相识,静坐庙宇香火焚。

佛门弟子都欢迎,立庙塑造城隍尊。

善男信女来烧香,要拜本府城隍尊。

弟子诚心来烧香,要保子孙万代兴。

弟子诚心来烧香,种田年年好收成。

弟子诚心来烧香,六畜兴旺保太平。

弟子诚心来烧香,增福增寿保康宁。

弟子诚心来烧香,消灾延寿福临门。

城隍宝卷宣完成,诸佛菩萨喜欢心。

神欢人人增福寿,佛欢个个保安宁。

城隍宝卷宣完成,要请大家散散心。

卷中若有错误事,念声弥陀补完成。

地母宝卷

地母宝卷初展开,土地公公请当台。

善男信女同念佛,能消八难又免灾。

焚香祥诵诸贤圣,贤圣空中吉祥来。

吉祥空中千年富,合堂大众免三灾。

却说先天已过,后天未来,尔时,正是混沌之时。留下一山,名叫须弥山,山中有一男一女两位道神,修行极乐之尊。男的是三清之尊,女的是太上慈母,二人南山采药,北山炼丹,又对坐入定,觉悟真空。空闲时间,他们谈天说地,不觉谈得哈哈大笑便了。

三清之尊说分明,太上慈母听原因。

你我虽修成无劫,三番四复到如今。

混沌初开始知道,开辟乾坤判分明。

吾命大鹏金翅鸟,要往东洋走一巡。

且说须弥山顶上有只大鹏在听经文,悟道修真,此时尊了法旨,四面观看,只见天地中央有一古物,有时沉,有时尒,立停一看,好像木排,不知何物,回复旨意便了。

大鹏启禀说原因,三清在上听分明。

奉旨东洋去看望,四面观看别无形。

只见东洋有一物,或沉或尒好奇形。

不知此物何缘故,伏望慈悲说究竟。

且说三清尊神说道:"此乃鳌鱼也。既有此神物,便可画好乾坤,且向老母借一宝物一用。"老母说:"只要能奠定乾坤,宝物即可付你。上界派你下界,地上万物,因你生长。"二人谈论已毕,就命大鹏带了此宝,再往东洋大海之中,把此宝物放在鳌鱼身上,变化便了。

佛法无边道恩深,变化无穷不可论。

鳌鱼头上撒把土,顿时变化世界成。

清气上升为天道,浊气下界地为成。

先按五行件件配,三山六水田一分。

且说老母开言说道:"物唤鳌鱼,首位中央,坚固非常。今全靠大鹏之法力,混沌未判变为乾坤分明。这样世界已成,各按方位,才能知道上有天堂,下有地狱,中有凡人百姓是也。"

洪罗未判世无成,三清画策定乾坤。

初分世界略昏沉,清浊才分天地人。

开天辟地盘古氏,首出三才第一人。

上奉高真心欢喜,下保万民永长春。

天是天来地是地,二气阴阳连得紧。

统天统地统三光,色天色地色四方。

且说三清尊神画策已定,上界为天配日月五星,为之七政。每周年按三百六十五天,四分之度数。地按五行,奠定山川九区,东方甲乙木,南方丙丁火,炎帝掌教;西方庚辛金,白帝掌教;北方壬癸水,黑帝掌教;中央戊己土,皇帝掌教。天干:甲、乙、丙、丁、戊、己、庚、辛、壬、癸;地支:子、丑、寅、卯、辰、巳、午、未、申、酉、戌、亥。八卦按定乾坤是也。

地母本是戊己土,生养先天有后天。

上通天干甲乙数,下通地支十二辰。

坎离震兑为四柱,乾坤艮巽是为天。

神有气合化天地,气有人合产贤人。

风调雨顺万物生,阴阳二气配成婚。

夫人本是玄重子,天聋地哑配成双。

真气为母母是气,真人为子子为人。

天地造化贤人出,人之言语心本善。

三九二八时时行,子母不离怀胎身。

身怀有孕千年正,胎满产出六贤人。

且说那时安定世界,天降甘露,地长明川。天不生无缘之人,地不生无根之草,历代相传是也。

天皇地皇人皇氏,伏羲轩辕有农神。

树木君身有巢氏,伏羲画卦出贤人。

钻木取火燧人氏,神农号称药王尊。

始尝百草酸辣味,播种五谷度凡人。

轩辕黄帝造衣襟,留下后代照样行。

三皇五帝立乾坤,分男分女分君臣。

且说天上判定地母代生度死,历代君王相接,世界上男女早有地母判断,是养身发育是也。

三世诸佛从我身,菩萨不离母一身。

各位诸佛不离我,离我无处去安身。

东南西北四部洲,春夏秋冬我造成。

江洋大海不留我,万国九州我造成。

万代帝皇不留我,万样草木我生成。

万民百姓不留我,大小官员我养成。

天山五岳仙山境,山林树木我长成。

活在阳间吃用我,死后愿在我手存。

各州各县不留我,庵堂寺院我造成。

大小神像是我塑,神佛全身我造成。

黄金本是西方宝,想坏世界多少人。

各国皇子把我占,万代皇帝勿相认。

国皇为我动刀枪,哪个把我地母敬。

且说天降甘露生万物,地长萌芽出草木。春种夏耕,秋收冬藏,全靠地母化育万物,土中生长是也。

六十年风水轮流转,百年田地走三春。

绫罗彩缎是我化,花木果园我长成。

葱蒜韭菜并五味,生姜萝卜我长成。

天下男女生疾病,百草灵药我造成。

地母为男改为女,儿女不忘爷娘恩。

地母心血都用尽,哪有提起我一身。

世上凡人知天大,地母比天大一层。

天降甘露一滴水,地上田菽五谷生。

虽然下的是好雨,原是地母我精神。

劳碌辛苦地母受,凡人哪知内中情。

地母日夜不合眼,合眼凡人有灾星。

刀枪剑戟来战故,鳌鱼翻身一扫平。

诸佛本是走天去,菩萨逃得不见影。

世上人类尽消灭,天地神圣是火焚。

无东无西无南北,万物尽皆化灰尘。

且说地母永镇中央,奠定乾坤,发展洪荒,定为四季。冬寒春暖,夏秋二熟,菽麦丰收是也。

地母发展灵芝草,地母正气丹结成。

性合全保精神合,精神气合我造成。

要知地母多好性,鸿荒来判老混沌。

寿吉千才百年载,数千数万定时辰。

三世过了千万苦,不了地母闪了空。

婴女娇儿无一个,坐在长江放悲声。

若要女子重相见,除非子丑另开天。

真言一百八十二,句句说的是正文。

家家都把地母敬,五谷丰登保太平。

也无大灾并无难,善男信女福寿长。

世上凡人须烧香念佛,增福增寿,皈依三宝,敬惜纸谷,爱国护民,忠心孝道,勿要恶杀害生灵。如果不听地母之言,今后不要懊悔便了。

若然勿听地母言,五谷丰登受灾星。

地母十月十八供,留得后代得知闻。

香烟纸币马变成,要敬地母诵经文。

人人要把地母敬,代代儿女子孙兴。

有人谢我地母身,建造庙宇把香焚。

大忠大孝大结果,大慈大悲救凡人。

地母得道莲花会,极乐国里前来迎。

且说地母叫道:"可叹世人烧香念佛,不知根由细底。下界不敬我地母,就是不敬重爷娘,上下和睦,就是要敬重地母。如果勿信,今后论到灾难,不要后悔便了。"

世上若说地母事,先有我来后有天。

生天出地我是根,一僧十道一俗人。

地母传下经和卷,虔诚宣诵保安宁。

吃穿二字是我出,是我地母任苦辛。

世人算来心不足,未有男女挂我心。

如有男女挂我心,代代世世保安宁。

如果不敬地母身,修行念佛枉费心。

天下各处都有庙,诸佛神圣塑分明。

地母庙宇无一座,把我地母落空人。

啥人宣我地母卷,劝化大众听分明。

念佛诚信心念佛,修身修道修修身。

三岁修行不现早,错过光阴没处寻。

一寸光阴一寸金,寸金难买寸光阴。

东天日出望西天,寸头蜡烛不现能。

荷叶上水珠留不住,树上黄叶等风吹。

且说地母留下经卷,劝化天下男女修行,早办前程,勿要错过光阴,何处去寻。做一个人,日夜想把家庭办得好一些,等到命终之后,眼睛勿动,口也勿开,要想修行难上难,要求阎王放我回去修行。阎王说:"我死人收了千千万万,哪有一个放他还阳? 不要瞎想了。"

为人在世要修行,修行念佛自主张。

第一孝敬爷娘主,孝敬公婆胜修行。

爷娘就是灵山佛,何必灵山拜世尊。

在此买点爷娘吃,冬天清明上啥坟。

在生勿买爷娘吃,清明上坟空挂名。

且说地母娘娘劝化凡人,留好经卷,奉劝善男信女虔诚念佛,九玄七祖超升保佑家门清洁、人口平安、五谷丰登、青龙镇宅。地母十月十八日午时诞生之日,混沌到今,世上凡人供敬,水火回避,大灾大难,地母当心便了。

地分现出善恶名,凡人百姓得知情。

二十八宿转斗星,六十花甲子按分明。

天干地支分星斗,四面八方有神明。

五方五斗来按定,中央皇帝总星辰。

地母宝卷宣完成,在堂大众福寿增。

男增百福千年寿,又纳千祥万事成。

日上宣了地母卷,大灾大难尽消清。

回上良缘三世佛,文殊普贤观世音。

诸尊菩萨摩诃萨,摩诃般若波罗蜜。

地母宝宣已完成,奉劝大家要坐定。

卷上若有错误字,念声弥陀补完成。

关帝宝卷(版本一)

金炉里面焚宝香,关帝宝卷来宣扬。

两廊善女端身坐,桃园结义刘关张。

杀牛宰马来祝告,但愿同死默端详。

虽然结义金兰友,胜比同胞一母生。

　　且说后汉三国年间汉献帝时候，有一位彪形大汉，原是关西人，名叫关羽，号称云长，生得面如重枣，丹凤眼，卧蚕眉毛，颔下长须，人称美髯公，与刘备、张飞三人结义金兰，桃园结拜。兄弟三人雷天发誓立愿，不愿同日生，只愿同日死。那刘备为兄长，关羽二兄，张飞为小弟，那二人同心协助刘备扶汉室，攻打江山是也。

　　桃园结义三兄弟，刘关张三字有威名。

　　全心全意扶汉室，保护江山万古扬。

　　关公义字为第一，视死如归志气宏。

　　如有三心并二意，五雷击顶不容宽。

　　当天罚了誓宏愿，然后访师学英雄。

　　怎奈并无立足地，且到徐州把身容。

　　那兄弟三人来到徐州，投在陶公门下作幕僚。那老汉看到兄弟三人非常诚恳，忠义俱全，后来必有大贵人，因此把印交给三人。刘备心中一想，哪敢接受，推让三次，口称不敢。陶公三让徐州，刘备只得接受印章，暂时安身。谁知徐州是险恶之地，四面受敌，只因兵微将寡，难于镇守，此后徐州失散，云长被敌围困土山，保护二位皇嫂。后有曹操差张辽去说降，因为张辽与云长有一面之交，与关公约法三章：曹操就住在曹营帐，你护兄嫂，任何人不得到兄嫂住宅。那关羽另在一室，虽然精神不愉快，仍在阅读《春秋》，保护皇嫂是也。

　　关公当时约三章，曹操听得心内慌。

　　第一山下兵马来驱散，然后下马进山邦。

　　第二嫂嫂身居处，不准外人进内房。

　　第三听得大哥在，立刻下山离曹邦。

　　那曹操差张辽上山说服关公进了曹营之后，乃重礼相待，称谓三日一小宴，五日一大宴，上马提金，下马提银，收服人心，谁知关公将所赠的金银一一保存。曹操看到云长身上绿袍破旧，特制新袍送到云长处。那云长把新袍穿在里面，外面仍穿破袍，为了不忘大哥之恩。不久，河北袁绍起兵侵犯汉境，命令颜良、文丑二位大将浩浩荡荡一路而来。曹操闻报，十分胆怯，正愁无人上前迎敌。那关羽正与曹丞相饮酒，当时曹操连问几声无人答应，那时云长起身来，手提青龙偃月刀，不多片刻，就把颜良、文丑二将首级献于曹操，那丞相十分感激。关公日日思念盼望，大哥信息全无，十分忧闷是也。

　　云长栖身在曹邦，大哥何处心内慌。

　　保护二嫂志不懈，秉烛谈心豪气爽。

　　朝思暮想心凄惨，兄长究竟在哪方。

　　也无喜鹊来报信，天天盼望我皇兄。

　　忽闻大哥河北住，立刻辞别见兄长。

　　那关公正在思念大哥生死未卜，忽闻大哥皇叔在于河北袁绍处，云长就禀告二嫂，然后辞别曹操。哪知丞相诈病不来接见，云长不管曹操许诺与否，把平日丞相所赠金银立刻封金挂印，然后催促二嫂上车，自己提刀上马，一路保护二嫂，直往河北汝南方向而去。谁知五关受阻，不能通行。云长闻知大怒，拿起青龙刀斩大将，一路直到古城，兄弟相会是也。

　　古城兄弟重相会，重见天日耀光明。

　　当时各诉衷肠事，夫人启口告知情。

　　幸亏二叔来保护，路上未曾受苦辛。

　　刘备启口将言说，二弟听吾诉衷情。

此城非是立足地，我的志愿在蜀营。

　　且说刘备、关羽、张飞三人放弃古城，一路往荆州前进，投奔宗室刘表处安身，然后三顾茅庐，拜请孔明先生出山扶助。那孔明先生未出茅庐，已知三分鼎定，出山之后，第一火烧博望，唬得曹操胆战心惊。孔明又吩咐放弃博望，再去新野，放火焚城，曹操兵败当场，奔往夏口。暂时兄弟三人到刘表长子处，住在刘琦营室不表。再说东吴集会商议，相见孔明到吴都，草船借箭，借来东风，周瑜暗中谋害孔明，未料孔明未卜先知，周瑜加害不得。自从庞统到来，火烧赤壁，放火烧得曹操焦头烂额，曹丞相只得兵败华容道，正遇云长。那关羽想起当年赠金赠银之事，高抬贵手，释放曹操北去。再表刘表协同张飞发兵欲助四川，唯独云长镇守荆州，威震吴夏。另一方面，东吴孙权设计差鲁肃来到荆州，邀请关公赴宴，其实要讨还荆州。那关公一口答应赴宴，当时带了周仓协同过江，单刀赴会是也。

　　关公闻请过江行，只带周仓一个人。

　　提刀上岸来赴宴，鲁肃连忙来相迎。

　　接进云长大帐坐，众将陪客在帐厅。

　　大夫执酒来敬酒，连敬三杯状元酒。

　　关公不愿来饮酒，恐怕意外要当心。

　　一敬天来二敬神，三敬龙刀酒三巡。

　　席上谈到荆州事，关公发怒不容情。

　　请我赴宴原是假，设计害我是真情。

　　那关公闻言大怒，原来不是请我赴宴，主要索取荆州之事。那时云长立起身来，一手提刀，扯住鲁肃的手，往外而行，来到江边，随即上船，返归荆州是也。

　　关公吩咐就开船，不多片刻到荆州。

　　云长心中来思想，假借赴宴取荆州。

　　不表荆州一切事，再说四川凶险多。

　　刘备立刻来遣将，调差云长到成都。

　　且说四川刘备闻得东吴索取荆州、二弟坚决不允一事，恐怕发生战争，立差大将到荆州调换云长进川。关公立即起程，来到麦城，镇守阵地。哪知东吴大将吕蒙发兵把麦城团团围住，水泄不通。关公急差刘封、前往孟达处讨救兵。一时见救兵不到，关公又嘱咐王傅、赵累二将保守麦城，自己亲自去讨救兵。出城之后，思想大路恐有伏兵，命令大队人马改道从小路而去。人马走到半路，却被绊马索绊倒。吕蒙手下少将马忠将云长捉住，押到鲁肃大营帐内。从此可敬的关公，一生忠义，麦城归位，升天以后就封他为汉寿亭侯关圣帝君伏魔大帝是也。

　　关帝宝卷宣完全，诸天神圣喜容颜。

　　云长义字为第一，千秋万载在人间。

　　五月十三正生日，家家供奉在堂前。

　　凡人个个皆恭敬，建庙塑像在城头。

　　汉寿亭侯新气象，关然开通尽安全。

　　大众齐声同敬仰，忠孝仁义浩中华。

　　忠义千秋留后世，千秋万载受香烟。

　　为人要学关圣帝，祖国繁荣富强添。

　　人人听宣关帝卷，生意兴隆万万年。

　　今朝宣本关帝卷，太太平平过百年。

关帝宝卷宣一遍,车辆路上尽安全。

恭敬良因三世佛,大慈大悲观世音。

诸佛菩萨摩诃萨,摩诃般若波罗蜜。

宝卷宣圆满,诸佛尽喜欢。

众姓增福寿,宣卷保平安。

南无伽蓝圣君菩萨,阿弥陀佛。

关帝宝卷(版本二)

炉内再焚香,宝卷广宣扬。

大众弥陀念,四季免灾殃。

南无关圣帝君佛菩萨,阿弥陀佛。

关爷宝卷请当坛,诸佛贤圣在斋坛。

今日斋主来纪念,消灾消难免罪愆。

不宣前朝并后代,关爷出身啥朝代。

且说汉朝末年,汉献帝登基,天下大乱,烟尘四起,奸臣当权,百姓不能过活。关爷出生在这个朝代。他的老家是河东解良县,附近有一座山,山脚有一条大湖,直通南海。湖边有一所寺院,当家师父最爱下棋,棋艺很高,从来没有人胜过他。人家一来,当家师父就素斋奉陪。有一天,来了一位红面大汉,找老和尚下棋。老和尚不问人家姓啥叫啥,坐下来就着。

和尚凡间修行人,红面龙官当家人。

每天两人着到夜,他不输来我不赢。

一连着了一个月,着到后来见输赢。

大汉连将三次棋,和尚有点难为情。

红面连忙问和尚,你为什么输干净。

一看和尚带忧愁,你有心事说分明。

和尚说道:"红面大汉,你听我说,我们这个地方一月没有下雨,田里庄稼要干煞了,往后老百姓怎么过活?"红面听了点点头说:"老方丈,我告诉你实话,我就是南海龙王。哪知玉皇不准我在这个地方下雨,老百姓要饿死,我心中很难过。故而我没有事情,只得上岸和你下棋解解闷。"

和尚听了龙王话,双膝跪在地中心。

恳求龙王慈悲心,搭救这里众百姓。

龙王本是善心人,愿救百姓脱灾星。

红面大汉内情说,和尚你且听分明。

我救这里众百姓,我的罪名不非轻。

明天落过大雨后,雨过之后斩头颈。

和尚听了急煞人,叫我如何救你命。

龙王说给和尚听,明天湖边看分明。

倘若湖中泛血水,说明我已命归阴。

就把血水装一桶,加盖放在屋中心。

过了百天才能看，不能提前胡乱行。

和尚点头全答应，吩咐小僧听分明。

第二天雨过天晴，那老和尚到湖边一看，果然湖中泛出一团红水。老和尚听他吩咐，就把红水装在木桶内放好。有一天，当家和尚出外做斋了，吩咐小和尚："木桶不能乱动。"吩咐完毕，就出门而去。不料小和尚心想：老和尚不在家，去看看木桶装的什么东西？就把桶盖一撩，"格隆"一声巨响。当日正是六月二十三日，关羽就在木桶内跳出来，是个红面小孩儿。小儿要吃奶，怎么办？事情很巧，寺庙隔壁有一家乡邻，姓关。关大娘生过一子，早夭。老和尚就把红面小孩抱到关家，请求收留喂养。老和尚对关员外说："你若中意这个孩子，日后你就收下做儿子吧。"关家夫妇见这个孩儿相貌非凡，便欢欢喜喜地收留下来了。

小孩姓关真聪明，员外看看喜欢心。

光阴似箭不留停，日月如梭朝前行。

小孩七岁学堂进，过目不忘真聪明。

十年寒窗文章读，样样都是第一名。

和尚教他武艺学，一学就会样样精。

先生取名叫关羽，大号云长不改名。

光阴迅速实在快，十六已经到来临。

一天街坊去游玩，看见公子抢女人。

关羽看见怒火升，上前打个抱不平。

哪知关羽力气大，打着半记命归阴。

一帮恶仆逃干净，还剩几个半死人。

却说关羽眼看恶霸仗势欺人，心中不服，把恶霸杀了。官府画形图影，捉拿关羽。关羽无法可想，逃到外地，入夜时分，思前想后，如何维持生计？还是做做小生意吧。做什么生意？不如做豆腐生意。因为关羽从小生长在关家，关家开豆腐店，故而他会做此生意。一天，关公做完生意吃茶，看见一人在街上卖席子草鞋。这人就是条大汉，两手过膝，气宇不凡。关羽走出店门，一躬到底，问道："仁兄！生意可好？"大汉说道："咳！这个年头哪有穷人的活路？"关羽问道："仁兄，你哪里人氏？"大汉道："鄙人长安人氏，姓刘名备。"原来刘备是汉中山靖王的后代。二人谈谈讲讲，十分投机，就结交为友。后来张飞听说关羽、刘备结交，心中欢喜。因为张飞同住一条街，开一爿肉店。张飞卖肉，与众不同，有人来买肉，多也一刀，少也一刀，要也要，不要也要。三人做完生意，碰在一起，谈谈说说。谈起关羽打抱不平杀恶霸之事，刘、张二人听了很是佩服。

刘关张三人结同心，真是惺惺惜惺惺。

天天街坊生意做，做完生意把酒饮。

一天商量投军去，但缺盘费上帝京。

张飞一听忙开口，一切路费我应承。

且到我家开怀饮，上京之事再商定。

关羽、刘备一同来到张飞家中，将身坐定。张飞办好酒菜，三人一同吃酒，十分痛快。张飞就说："我家屋后有一个桃园，桃花开得正盛，明日到我园中祷告天地，三人义结金兰，如何？"刘、关齐声称好。到第二天，就在桃园中铺好五牲祭礼，焚香点烛。三人拜罢，立下誓言。刘、关、张三人说道："我等三人结为异姓兄弟，同心协力，救难扶贫。上报国家安宁，下报黎民安康！我等三人不求同年同月同日生，但愿同年同月同日死。皇天后土，实鉴此心，背义忘恩，天人共诛。"三人誓愿已毕，论年长为兄，年幼为弟。

刘备年长大哥称，关羽年幼二弟称。

张飞最小为三弟,有福同享难同承。

结为异姓三兄弟,到老到死不变心。

若有三心与二意,过往神明作见证。

三人结拜已结,坐下来吃酒,思想投军没有兵器怎么办?正巧外面来了两位客人,赶着马车而来。马背上驮的什么东西,看不明。主人请客人进来,同座饮酒。主人即问:"请问客官,马背上驮的是什么?"客人道:"是钢材。"三人就说:"我们兄弟三人想要讨贼安民,但缺兵器。"客人称赞道:"三位仁兄,志大才高。我俩愿意送良马五十匹,钢材一千斤,金银五百两。"刘关张三人大喜,感谢二位客人。客人辞别而行。刘备便请高明铁匠打兵器,各人所用各人报。刘备打双股剑;关羽打青龙偃月刀,重八十多斤;张飞要打丈八蛇矛。三人兵器全部完成。

刘备一副双股剑,关羽青龙偃月刀。

张飞蛇矛有八丈,如虎添翼胆气豪。

三人辞家投军去,从此沙场将星耀。

且说兄弟三人出发投军,走了几天,心想投哪里去好?刘备思量说:"两位贤弟,愚兄听闻公孙瓒最爱人才,我们就去投靠他帐下,暂且安身,如何?"三人商量停当,就往公孙瓒驻地进发。公孙瓒闻报大喜,当即出城迎接进城。公孙瓒看见关云长一表人才,十分欢喜,就备办酒席,坐下同饮接风酒。不一会,外面跑进一个小兵来报,说关外来了一个敌将讨战。公孙瓒就命两员副将出城交战,不多片刻,两员副将战死沙场。小兵逃回城内报告,公孙瓒一听,吓得战战兢兢。关公在旁一听,怒火上升,立即起身讨军令,公孙瓒应允。关公提刀上马,冲出城门,抬头一看,原来一个无名小将。那敌将名也不通,举起金背大砍刀往关公当头劈下。哪知关公早有准务,挥起青龙大刀往上一掀,只听得"当啷"一声响,将敌将的大刀掀上半天空。敌将见势头不好,掉转马头逃命去也。

今日关公初上阵,旗开得胜转回城。

身披战袍黄金甲,青龙大刀手中拿。

身骑赤兔龙驹马,青龙大刀真威风。

走上大堂身坐定,众将齐赞关英雄。

关公拈须微微笑,些许小事何足称。

关公说话未落音,外面小将进来报。

且说关公云长回到大堂交令,坐下吃酒。哪知城外又来一个敌将,点名要关公出城应战。关公一听,怒火直升,立起身来就预备跨马出阵。公孙瓒连忙过来敬酒,关公接了酒放在台上,说道:"待我杀了敌将,回来再吃便了。"

关公骑上赤兔马,手提宝刀向外冲。

小兵一个都勿带,一直冲到战场中。

关公问他名和姓,他说名字叫吴云。

二人通过名和姓,吴云暗中看关公。

关公举刀只一晃,吴云立刻命送终。

拎了首级进城中,下马上堂来报功。

且说关公得胜回城,进了辕门,在大堂前跪下,报告公孙太守:"末将得胜回城,现有首级呈上。"太守连忙扶起关公,连连称赞:"关将军名不虚传!"大堂上众将个个佩服。太守就叫一声:"关将军,快快坐下来吃酒吧。"

关公出城打胜仗,回来热酒不曾冷。

　　众将个个都赞扬，刘备张飞喜洋洋。

　　不表关羽打胜仗，再表董卓老奸臣。

　　且说奸臣董卓一心想要谋皇篡驾，夺汉朝江山，就叫寄儿子吕奉先吕布在虎牢关招兵买马，野心勃勃，想吞并汉朝江山。刘备一听火冒三丈："难道我汉朝无人抵敌？"命令关、张二兄弟直往虎牢关进发。不一日，三人来到虎牢关前讨伐。哪知吕布目中无人，不分青红皂白，出城就战。刘、关、张三人轮流用牵磨战术，打了半天，关公刀重力沉，吕布渐渐抵挡不住，大败而回。

　　虎牢关上打冲锋，三战吕布称英雄。

　　吕布大败进关中，刘关张三将显威风。

　　刘备手执双股剑，关公龙刀在手中。

　　张飞蛇矛力无穷，定国安邦立大功。

　　且说东吴孙权一心想讨还荆州，无奈关云长镇守荆州，摇撼不动。吴王设计请关公过长江到东吴赴会，想用毒酒害死关云长。哪知关公早有准备，一到江东，上岸便到鲁肃营房。宾主坐定，就要吃酒。哪知周瑜不怀好意，前来敬酒。关云长就知道这酒不可就吃，"待我把酒验他一验，到底有没有毒。"拿起酒盅，第一杯酒上敬苍天，第二杯酒下敬地祇，第三杯酒敬我这把宝刀。这把宝刀刀头上用金银镶成，毒酒一沾上，宝刀发黑，关公便知道酒内有毒。关公立起身来，眉毛竖，眼睛弹，一把抓住鲁肃的手，大步走出营房，来到江边下船。关羽手指鲁肃说道："若不看在你我往日朋友交情分上，今日定要杀你的头！"说完立即开船，回荆州而去。

　　关公东吴来赴会，孙权欲将关公害。

　　三杯毒酒藏奸计，关公识破巧机关。

　　拖住鲁肃出营房，吓得鲁肃勿敢去。

　　关公安然回家中，吴王用计一场空。

　　关公一到家中，张飞就说："二哥，你回来了！二哥作战，从没有人战得过你。今天我俚两人来比比武，怎么样？"关公就说："不要比的好，常言道，不碎衣衫也破皮，刀剑不让人，就算了吧。"

　　关羽开言说分明，你我不要比本领。

　　刘备一听也动情，各办正业最要紧。

　　且说关公五月十三日在一次打仗途中，有关兴、周仓陪同，经过一座小山岗，走上去一看，这个山的石子全是砂石。关公心中想，我一把宝刀打了很多仗，没有磨过。关公拿刀放下来想磨，哪知磨了片刻，突然宝刀叫了一声，关公心想战事在眼前，必须杀人祭刀也！

　　关公立刻下命令，派人边关去打听。

　　小兵立刻动身行，来到边关看动静。

　　小兵边关回来禀，边关一点没动静。

　　关公心中勿定心，关平周仓一同行。

　　直往许昌看分明，看看边关很太平。

　　关周二人回来讲，父帅不必起疑心。

　　关公一听暗思想，心中仍然勿安心。

　　且说关兴看看父亲勿称心，就说道："父帅，现在看来，只有一个办法，杀人祭刀。""什么办法？杀哪一个人？杀魏兵，杀吴卒，还是逃兵？"关兴被父亲问得哑口无言，只好双膝跪下，苦苦哀求说："为了父亲平安，长命百岁。你勿愿杀士兵，就杀我吧！"正在这个时候，周仓牵着一个被捆绑的士兵进来，周仓开口说："大帅！为保平安无事，杀他祭刀便了。"

关羽两眼看士兵,吓得士兵抖勿停。

关羽便问周仓因,这个兵犯啥罪名。

周仓被问无言答,不能无故杀好人。

关羽亲手放士兵,士兵拜谢大恩人。

士兵拜罢往外行,龙刀叫出大声音。

关羽提刀上马,径往一座小山岗而去。来到山脚下,关羽策马腾空,猛挥大刀,向山顶砍去。只听得轰的一声巨响,岗上石头飞出几里之外!从此,当地人就把这座小山岗叫作"断头冢"。于是,青龙刀不再叫了,而且变得更加锋利明亮。顷刻间,浓云密布,雷声隆隆,大雨倾盆。古人说的五月十三日磨刀雨,传流到如今。

古迹传流到如今,五月十三到来临。

关爷显身保安宁,百姓家家都太平。

四方善友都恭敬,年年月月保安宁。

传说关公是红面,周仓是黑面,他两人身材一般高大,武艺也不分上下。那周仓为啥当了关公的助手?这桩事情要从头说起。有一天,他两人在一座山前偶然相遇,山前有一条狭窄的路,一个往东,一个往西,二人碰到一起。你也不让,我也不让,你一言,我一语,争到后来,动起武来了。

关公周仓路相逢,大家勿让动武功。

一个龙刀真威风,一个长枪不放松。

两人战了三百合,战鼓敲得响咚咚。

关公使出拖刀计,刀砍周仓头颈中。

周仓就把脑筋动,使出金刚硬功夫。

功夫用在头颈中,头颈变得像铁桶。

刀劈头颈劈不动,这个黑汉实在凶。

两人打到黄昏后,各自回转自家中。

却说关公与周仓战到日落西山,也分不出输赢。周仓道:"红面大汉,你听好!天色不早,我要回家伺候我老娘哉!你有种,明天同你原在此地战个高低。"说罢,转身就朝山脚下而去。关公也只得回转,在路上思想,这个黑汉武艺很高,又很孝顺,家里有老娘。我想这个黑汉如果弄到我手里,当我的助手,倒是桩好事情,要想一个好办法出来降服他。

关公回家动脑筋,怎能降服这个人。

碰着农民就问讯,可知周仓住何处。

农民听说回言答,就在前面村中心。

关公问农民:"你们村中有一个黑面英雄,本领很大!"农民道:"我们知道他力气大,一拳打死一只狗,一脚踢死一匹马。你要问他的本领,只有他老娘知道。黑脸大汉脾气很躁,人称天不怕地不怕,就怕家里老娘。他的本领外头人说是外公教他的。"关公一听,心中明白,就往周家去。

关公走进周家门,见一婆婆年老人。

上前施礼开言辞,可是周家伯母身。

老母便把将军称,为何你到我家门。

无事不登三宝殿,问你儿子在家门。

周母含笑回言答,他去砍柴做营生。

不瞒伯母告诉你,你儿已经命丧生。

老太一听不相信,啥人杀死我儿身。

用何刀枪来杀死,请你快快说我听。

哪知老太一点不惊慌,只问了一句:"是谁杀死的?用什么凶器杀死的?"关公就说:"强人用大刀砍死的!"老太一听,反而笑了起来。关公就说:"看来你不相信?"老太说道:"听你这样说,莫不是昨天和我儿子比过武艺的英雄?"关公说:"实话告诉您老人家,他认输了!""我不相信你说的话,我儿子有金刚罩铁布衫的功夫,一般刀枪不入,不能取胜他的。"关公说道:"照您这样说,您的儿子天下无敌,没有人能收服他了?"老太说:"收服他的人已过世了。"关公问:"是哪一位?""是他的外公。""外公用什么武器?"老太一听,笑道:"想来套我口气,我有心说你听了。外公武艺很是高明,他从小学梅花枪,我看没有人会梅花点心枪。"关公听了老太一番话,心里一动,有这样凑巧的事?五年前,有一天,在客店里,一位客人生病付不出房金,店主就把老头赶出店去。我气愤不过打了店主,替老头付清房金。我把老头驮到另一家客店里住下。后来老头病好,教了我两手绝技,莫非那老头即是他的外公?

老人毛病已痊愈,两手绝技传关羽。

第一梅花点心枪,第二拖刀杀敌人。

关公暂时不说明,告别老太转家庭。

准备停当又出门,碰着周仓狭路迎。

周仓想想心疑惑,此人和他动过招。

为啥今朝不拿刀,反拿长枪扬勒扬。

他不会使梅花枪,今天为啥拿根枪。

今朝再来战一合,各不通名就开场。

关公用出真本领,一根枪变成五根枪。

五根枪变成梅花形,花朵对准周仓心。

周仓一看吃一惊,被关公打倒地中心。

关公用枪尖对准周仓心口,问道:"你可服输?"周仓忙说:"服输了!"关公就收了周仓,把他扶起来,向周仓说明了自己的身份,又说明怎能会使用梅花枪,把事情经过原原本本说了一遍。周仓请关公到家中吃酒,殷勤招待。从此以后周仓跟关公扶助汉室江山。

关周两人弟兄称,跑东跑西同行程。

周仓一心保汉朝,两人路上一同跑。

关爷骑马前头跑,周仓在后揹大刀。

关爷宝卷宣完成,神也欢来佛也欢。

今日斋主宣此卷,年年四季保平安。

南无合堂众圣佛菩萨,阿弥陀佛。

天仙宝卷

天仙宝卷初展开,诸佛菩萨降莲台。

善男信女同声和,能消八难和三灾。

却说此卷出在宋朝仁宗天子登基时候,风调雨顺,国泰民安。不表朝中之事,只说东京城内,有一位富翁姓崔名叫政芳,人称员外。院君侯氏,同庚五十,所生一子取名文瑞,年方十五,已入黉门。崔员外平时不信佛法,专靠刻剥农民。侯氏院君,经常修行念佛,并劝员外行善积德。员外不听夫人之劝告,只当耳边之风也。

　　员外善念皆不信,高利剥削穷苦人。

　　放债常用八合升,还用十两水银秤。

　　一到年底收租米,加二头斗廿四两秤。

　　侯氏院君真贤惠,日日夜夜劝夫君。

　　放债应收二分利,穷苦农民要照应。

　　员外听了破口骂,泼妇贱人不停声。

　　都像你能行善念,家中生活何处寻。

　　穷人面上勿刮点,我家日后啥收成。

　　不表崔家夫妻事,再说上界得知闻。

　　却说崔员外严重剥削穷苦人民,当地百姓恨之入骨。哪知崔家的灶君菩萨,日常见到崔政芳的所作所为,一日上天奏知玉帝说:"崔政芳并无半点寸善之念,唯侯氏一心行善,常劝崔政芳无效,请吾皇定夺。"玉帝闻奏大怒曰:"吩咐南北二斗,查看善恶。"二星君查了一遍奏道:"东厨司命的话一点不差,而且崔政芳的恶贯已满,请主定夺。"玉帝立即召集火部神将,带领火神下降,将崔家团团包围,将其房屋尽行烧光,不准危及东邻西舍。火部神奉命而去也。

　　火德星君奉敕令,带领兵丁下凡尘。

　　东西南北包围紧,黄昏烧到大天明。

　　母子二人闻火声,双双逃出火坑门。

　　因为行善阴德积,日夜游神救性命。

　　恶贯满盈崔政芳,天将拦住难找门。

　　口中只得救命喊,正梁压下命归阴。

　　却说崔家房屋一夜之间全部烧光,金银之物有的被烧毁,有的被人拿去,契券借票尽行烧光,崔员外的尸体烧得不全,母子二人嚎啕痛哭。幸有左右邻居帮忙,将员外买棺、成殓。从此母子难于过活,只得托人将田地卖掉,在破窑里度日。不到一年坐吃山空,全部吃尽用光,无奈只得沿街求乞度日,好不苦怜也。

　　不说母子求乞人,再表上界仙女身。

　　王母娘娘蟠桃会,各处仙女都来临。

　　七位女儿也参加,唯有四姐装生病。

　　却说王母娘娘有七个女儿,这天开蟠桃会都要参加,哪知四姐假装头痛有病,没有去参加大会,只有姐妹六人去了,剩她一人留在斗牛宫中,就把宫中所有宝贝及法宝全部藏在身边,私自下凡而去。为何她要私自下凡?因为四姐与文瑞有宿世姻缘,所以下凡要与文瑞结为夫妻也。

　　四姐下凡进东京,撞着文瑞落难人。

　　开言一声秀才叫,奴奴万福把礼行。

　　文瑞一见忙还礼,满面含羞难为情。

　　仙女又把秀才称,家住何处哪乡村。

　　文瑞是个老实人,从头至尾说详情。

　　小生家住东京城,狮子街口我家门。

　　父亲有钱称百万,母亲侯氏称院君。

　　姊妹兄弟都没有,只生小生一个人。

那日不幸遭火灾,家财房屋烧干净。

小生今年十六岁,只剩母子二个人。

衣食不周难度日,母子住在破窑门。

请问姐姐家何处,到此不知为何因。

四姐闻听装流泪,口称秀才听分明。

家住东洋大海边,只有母亲在家门。

奴家姐妹人七个,奴奴排行第四名。

奴今年纪十七岁,母亲百花称院君。

潮水淹没人走散,只剩奴奴一个人。

特地东京来投亲,投亲不遇苦万分。

小女今日无门路,正遇秀才想问信。

我看秀才老实人,求你搭救奴一命。

小脚伶仃一女子,路上不便苦十分。

求你秀才行方便,在你家中住登身。

善人终究善良心,文瑞一口就答应。

二人一同回破窑,寻着母亲转窑门。

文瑞母子和四姐,边走边讲诉衷情。

文瑞胸怀恻隐心,心中爱慕小佳人。

一进窑门身坐定,四姐哀求老夫人。

小女年轻漂流外,无依无靠难活命。

不知太太可答应,愿与秀才结联姻。

夫人摇手把话论,母子尚难度光阴。

连累小姐同受苦,老身觉得难为情。

四姐回言太太称,我与秀才年还轻。

今后生活勿要紧,请你太太放宽心。

侯氏开口儿子问,我儿意下如何能。

文瑞言道母作主,孩儿听从母亲命。

夫人开言笑盈盈,改口便把贤媳称。

四姐听了心中喜,口称婆婆把礼行。

　　却说侯氏夫人喜笑颜开,言道:"贤媳呀!我虽答应你俩婚事,可是住在破窑之中,难以拜堂成亲,连累你同受苦难。"四姐道:"婆婆说哪里话来,不知婆婆家可有旧宅屋基?"夫人道:"屋基是尚有一块,不过是一块废墟之地,有什么用场呢?"四姐道:"奴对婆婆实说吧。奴从小学过黎山之法,身有法术,待到明天,奴同秀才去看看基地再说。"一宵已过,直至来朝,四姐同文瑞直往崔家旧宅而去也。

二人来到旧宅门,文瑞一见好伤心。

四姐相劝莫悲伤,看奴法术灵不灵。

说罢头上金钗拔,口念咒语二三声。

顿时狂风飞砂石,文瑞吓得闭眼睛。

不多片刻风声停,文瑞开眼吃一惊。

废墟场上变了样,犹如做梦一样能。

　　几进房屋高又大,屋脊直透九霄云。

　　文瑞看得呆瞪瞪,四姐开口秀才称。

　　快快与你回窑去,迎接婆婆转家门。

　　文瑞将情对母讲,侯氏听了喜欢心。

　　三人回转新住宅,夫人一见卓然惊。

　　眼见儿媳身边立,又如做梦一样能。

　　从此三人日脚过,招收童儿使女们。

　　侯氏就把吉日改,吉日良时结婚姻。

　　东乡西邻来贺喜,一连几日闹盈盈。

　　夫人小姐吃素斋,劝夫日后要斋僧。

　　却说四姐对文瑞言道:"我们今后要斋僧布施,修桥补路,救济贫困。"文瑞道:"娘子之言虽然不差,但是要有钱财才能布施他人。古人说,只有读书做官,哪有修行上天之理也。"

　　四姐说道不要紧,奴有法术你放心。

　　手拿金钗空中指,立刻家财百万金。

　　后园三棵摇钱树,家里一只聚宝盆。

　　还有娑婆二扇门,稀世之物宝和珍。

　　左面开出金鸡叫,右边开出凤凰声。

　　诸般异宝从天降,假山石上活麒麟。

　　夫妻婆婆都安乐,天下财主独为尊。

　　却说文瑞夫妻修行念佛,广行方便。崔家受到当地的百姓称颂,不觉已有两年。今日是二月十九,又是清明佳节,大小人家都要去扫墓祭祖,文瑞夫妻也要去上坟祭祖,就吩咐家人崔福准备祭酒祭菜,又唤崔庆准备三顶小轿祭祖去也。

　　三顶小轿出东门,一路来到祖先坟。

　　停轿出轿坟来上,坟客得知忙来迎。

　　乡村男女都来看,人来人往看佳人。

　　人人看见都称赞,个个议论不绝声。

　　如此美女天下少,宛如西施胜三分。

　　崔家文瑞好福分,妻子赛过活观音。

　　不说文瑞祭祖灵,再表另外出场人。

　　却说东京城里有一个乡绅,姓王名叫福仁,人称员外,因为专做坏事,所以称他不仁,为人凶恶,又有人叫他王老虎。他有一个心腹家人叫王兴,今日出外路过崔家坟墓,正巧看见四姐生得十分漂亮,所以回到家里,就对王老虎说道:"员外,我今日看见一个女人,生得十分漂亮。员外你真没有看见,如果你亲眼看见了,魂灵都要飞掉。"王老虎忙问道:"哪里人氏?怎样漂亮?说我听听看。"王兴道:"人是本地人,崔文瑞的妻子,但是她一身有十八个俏呢!""哪十八个俏?你说说看。"王兴道:"员外,你听好哪!"

　　第一俏,青丝发,乌黑缤纷。第二俏,两鬓角,赛过乌云。

　　第三俏,细眉毛,八字均分。第四俏,两眼睛,黑白分明。

　　第五俏,双耳朵,宛似馄饨。第六俏,琼瑶鼻,生得端正。

　　第七俏,红嘴唇,微露白银。第八俏,樱桃口,赛过河鲀。

　　第九俏,两额角,细皮白肉。第十俏,鹅蛋脸,雪白绝嫩。

十一俏,勿拍粉,香气直喷。十二俏,笑起来,勾人灵魂。

十三俏,圆下巴,地角方正。十四俏,说起话,绝俏声音。

十五俏,两只手,犹似春笋。十六俏,小金莲,二寸八分。

十七俏,身材好,勿长勿短。十八俏,腰身细,走路必文。

却说王老虎本是个色中饿鬼,哪经得起王兴的一番话,说得天花乱坠,听得王老虎心痒难搔,就说道:"崔文瑞原来有万贯家财,被大火烧得精光,母子在街坊讨饭,哪来这样的妻子?"王兴道:"文瑞在莫家巷口讨饭,碰到一个投亲不遇的女子,带到了旧宅。那女子法术高超,将金钗在旧宅上一划,顿时变出房屋,目前他的家财胜原来几倍了,家中的珍珠异宝,不知其数也。"

员外听得喜十分,便对王兴说真情。

我今和你崔家去,亲自登门看佳人。

吩咐王兴快备马,托言打猎过崔门。

身穿海青衬夹袄,头上戴起武生巾。

粉底皂靴足上穿,刀枪弓箭带在身。

身边藏好拜客帖,跨上马背就动身。

员外骑马前头走,王兴奴才后头跟。

花街柳巷无心看,一心想看女佳人。

一路行程无耽搁,狮子街口到来临。

崔府门口来下马,王兴投帖到墙门。

却说王兴将帖呈上,门公接帖便问道:"你家员外到此有何贵干?"王兴道:"我家员外同你家员外本来是相好的,不想你家员外被火烧死。今日我家员外打猎经过崔家府,所以前来向崔少爷问好请安。"门公听罢,持帖进去通报,将情况说明。文瑞吩咐大厅相见。不多片刻,王老虎步入大厅,文瑞接见,寒暄一番,分宾主坐下,童儿献茶。王老虎道:"崔世兄!我王某与你父辈相好,今日前来向崔世兄问好。"文瑞十分高兴,吩咐备酒,二人入席畅饮。文瑞今日心情开怀,连饮几杯,略有醉意,谈话失言,将家中有什么宝贝等等全部说与王老虎听。但是王老虎听了这一番话,心中顿时想出恶计,崔文瑞就要大祸临头也。

文瑞此时说真情,家有稀世宝和珍。

还有八只水晶杯,灌满酒有唱曲声。

说罢进内取杯子,当场试验看假真。

四姐闻知怨丈夫,不该随便献宝珍。

员外一见心中喜,问这问那问详情。

眼见厅上轴一顶,指手画脚讲分明。

却说文瑞指了指厅上的山水轴言道:"这顶画轴当中有一条道路,直通广宽的树林。路中有一个人,手中拿了把雨伞,像行走的模样。说来奇怪,时逢下雨天气,只见此人把雨伞打开,慢慢地往树林中走去。还有些树木,会随着一年四季气候变化,春天会葆青,冬天也会落叶,看来真真稀奇。还有一顶美女轴更稀奇也。"

文瑞滔滔说不停,员外听得出了神。

问道此轴有何好,文瑞详细讲分明。

轴上美女会弹琴,唱歌跳舞胜凡人。

只要把手招一招,轴上美女下来临。

笙箫细乐同声奏,唱歌声音真好听。

如果叫她把酒敬，同时还会敬荤腥。

此轴虽奇还不奇，还有娑婆两扇门。

左边开出金鸡叫，右边开出凤凰声。

病人门内来经过，不死之症会脱根。

还有太阴太阳图，日月星辰上面存。

早上见它出日头，傍晚太阳落西沉。

月半十六月亮圆，廿九三十没处寻。

后园三棵摇钱树，朝摇金子夜摇银。

家有一只聚宝盆，金银珠宝用勿尽。

金钗一支宝和珍，要啥有啥实在灵。

家中诸般珍和宝，都是娘子带来临。

却说文瑞借着三分酒意，家中的一切和盘托出，听得王老虎神魂颠倒，就问道："你家娘子姓甚名谁？多少年纪？哪里人氏？"文瑞一一回答。王员外又道："请你娘子出来相见可好？"文瑞听了就呼唤梅香道："请娘子出来，会见王员外。"梅香连忙入内相请四姐出房而来也。

梅香入内主母请，四姐听了心烦闷。

阴阳掐指忙推算，算出其中一切情。

如若奴奴去会客，顿时便会祸来临。

倘然奴今勿出去，弄得丈夫难为情。

不若就此出房来，到了那时再理论。

四姐一到大厅上，员外见了失落魂。

莫非嫦娥离宫殿，胜过南海活观音。

我家妻妾十一人，怎比她的脚后跟。

不如生个牢笼计，设法抢回结成婚。

四姐一见员外面，就知此人黑良心。

面上三条无情路，鸡胸鳖背夜叉形。

招风耳朵小眼睛，尖嘴尖脸像猢狲。

小姐见过回房去，员外辞别转家门。

却说王老虎回到家中，独坐书房，千思万想，被他想出一条恶计，就对王兴说："我到了崔家，诸般异宝，也不以为奇。就是他的妻子，倒十分美貌，已看入了眼里。现在我已想出了一条妙计要和你商量一下。"王兴问道："什么妙计？"王老虎道："我准备一张请帖，请文瑞来喝酒，将他灌醉。你将家中的绫罗缎匹、珠宝等物，打成一包，偷偷地去抛入崔家的后园之中，回来就把前后门户开直，只说家里被盗，就将文瑞一索捆绑，告到牛知县衙门内，请知县老爷去崔家起赃，把文瑞问成死罪，将他的妻子抢过来，便可拜堂成亲。事成之后，本员外要重重谢你。"王兴听了好不快乐也。

王兴奉命帖来呈，文瑞接帖喜欢心。

进房将情对妻说，四姐听了吃一惊。

便对丈夫言明白，今日你去有祸临。

请你饮酒便是假，谋夫夺妻倒是真。

文瑞听了不相信，跨上马背就动身。

一路来到王家宅，员外迎接进大厅。

茶罢之后忙摆酒,说说谈谈把酒饮。

一杯热来一杯冷,文瑞喝得醉醺醺。

却说王老虎眼看文瑞已醉,就吩咐王兴照事而办。不多片刻,回来告知员外,事已办妥。王老虎就大声叫喊:"捉贼!"一众家丁一拥而上,将文瑞拿住,一索捆绑,送到牛知县衙门。王老虎见了知县老爷,就将一张一千两银票送上,并说明被盗之事,请老爷到崔家起赃。贪赃官一口答应,立即带领衙役人等直往崔家去也。

知县贪赃一千银,崔家起赃有了劲。

回转衙门堂来坐,提出文瑞来审问。

文瑞此时酒已醒,跪在堂上喊冤情。

知县拍案高声骂,打劫王家宝和珍。

抢劫客商财和物,强抢民女结成亲。

文瑞喊叫冤枉事,王家见财害我身。

老爷吩咐用大刑,当差动手上夹棍。

文瑞上刑昏过去,冷水喷面再喊醒。

高叫老爷要饶命,小人情愿口供认。

是我打劫王家物,盗取绸缎宝和珍。

口供招认画押签,脚镣手铐进监门。

一进牢门禁子逼,逼取犯人出花银。

如若犯人无孝敬,私刑敲打不容情。

却说牢头禁子说道:"你到底有没有银子?若然勿拿出来,看我的棍子厉害。"文瑞道:"禁长伯伯饶命!待我娘子到来,就有银子给你也。"

禁子听了哪会信,就将文瑞用私刑。

双膝跪在瓦片上,棍棒敲打不容情。

文瑞满身鲜血流,顿时昏去又还魂。

哀求禁长开大恩,妻子知道定来临。

家中银子多得很,定会谢你并非轻。

禁子停手换了刑,尿粪桶边跪下身。

链条锁颈头难仰,臭气阵阵冲脑门。

此刑虽然无痛苦,一夜之中实难认。

文瑞受尽折磨苦,一夜痛哭到天明。

一更鼓响月东升,文瑞冤屈入监门,禁子要金银,动手用私刑,打得满身血淋淋,死了过去又还魂,啊呀我皇天哪。

二更敲过深黄昏,想起母亲在家门,儿在监中苦,一点不知音,娘亲知道儿受苦,定要哭死年老人,啊呀我皇天哪。

三更一响半夜正,回想娘子四姐身,劝我不要去,去了有灾星,谁知当时不相信,偏要王家酒来饮,啊呀我皇天哪。

四更里来天更冷,王家老贼黑良心,将我来灌醉,说我偷金银,一索捆绑送衙门,三拷六问受苦刑,啊呀我皇天哪。

五更即将天要明,不知我妻可知音,快来探监门,金银赎罪名,看来难于出监门,母亲妻子两离分,啊呀我皇天哪。

　　文瑞在监受私刑，一夜哭到大天明。

　　不表监中文瑞事，再提知县问差人。

　　崔家究属何等样，为何打劫王家门。

　　差人便对知县说，文瑞确是不法人。

　　家中豪富非同小，房厅新造有几进。

　　金银宝贝无其数，还有娑婆二扇门。

　　左边开出金鸡叫，右边开出凤凰声。

　　文瑞妻子多漂亮，又有法术神通深。

　　知县一听心大怒，立派差役去捉人。

　　却说知县问差人道："他家还有多少人？"差人道："主要还有老母、妻子。听说文瑞妻子叫张四姐，是有法术的人，非比一般。"知县道："多带些人去，将他老母、妻子一起捉来，将房屋封锁，不得有误。"差人奉命直往崔家而去也。

　　八个差人奉了命，直奔崔家去捉人。

　　一路行程来得快，已到崔家大墙门。

　　吩咐门公去通禀，快叫四姐进衙门。

　　文瑞抢劫王家宝，我们奉命来捉人。

　　门公听了吃一惊，连忙进去禀主人。

　　如此这般将言说，四姐听了火来升。

　　怨恨丈夫不听话，今日果然祸来临。

　　四姐出房到墙门，就对公差说分明。

　　王家员外非好人，有意设计害夫君。

　　快叫老爷放我夫，拿捉员外黑心人。

　　差人听了心大怒，拿出链条不用情。

　　要将四姐头颈套，四姐怒火冲天灵。

　　就将手帕空中抛，顿时天空起乌云。

　　无数短棍从天降，乒乒乓乓打差人。

　　有的打断臂巴骨，有的打伤脚后跟。

　　有个打得头出血，有个打得嘴脸青。

　　八个公差都打伤，一跛一拐逃性命。

　　四姐一见哈哈笑，收起手帕回进门。

　　却说八个公差逃转衙门，将情况回报知县老爷。牛知县一看八个差人都已受伤，立刻上辕门，亲自提兵。传齐大小将兵，带领三百兵马，直往崔家而去，将崔家团团包围，知县老爷直闯墙门，进去拿捉四姐也。

　　知县领兵捉犯人，带兵围住崔家门。

　　号炮三声惊天地，四姐闻知出房门。

　　口骂瘟官你听正，快快放出我夫君。

　　速速收兵回衙去，万事大吉摆太平。

　　倘有半句勿肯听，莫怪奴奴不讲情。

　　县官听了怒火生，骂你无知小贱人。

你夫打劫王家物,你是幕后指使人。

文瑞堂上已承认,本县捉你进衙门。

刚才妖法打公差,无法无天了不成。

四姐听得心中怒,口念咒语二三声。

实然狂风飞砂石,官兵吓得闭眼睛。

将军勒马加鞭逃,小兵哭叫后头跟。

知县吓得魂飞散,也想回马逃性命。

四姐伸出拿云手,捉住知县一个人。

将他吊在半空中,短棍乱打不用情。

知县哀饶求性命,我愿放出你夫君。

四姐将他来放下,知县狼狈转衙门。

却说四姐听了知县的哀求肯放出丈夫,所以把他放下,让他上马逃回衙。四姐回身,将情况告诉婆婆。侯氏听了大吃一惊,四姐道:"婆婆不要着急,都有媳妇在此。你在家看好门户,我去衙门领丈夫转来。"再说牛知县被木棍打得周身疼痛,回到衙门,正要将息身体也。

四姐已经到衙门,要往监中救夫君。

县官听说四姐到,衙役人等逃干净。

仙女走进监中去,牢头禁子要金银。

人头探出留情洞,一见四姐吃一惊。

天下有此美女子,从未看见这般能。

就把牢门来开直,四姐直往里边行。

就问我夫在何处,禁子指点把路行。

文瑞听得娘子到,顿时暗暗喜欢心。

禁子便把文瑞问,你妻可怎带花银。

文瑞就对妻子说,如此这般说分明。

四姐听了火来升,手帕拿在手中心。

就在禁子面前挥,禁子跌出监牢门。

四姐就把刑具开,带了文瑞出监门。

同监犯人哀求哭,要求四姐救性命。

四姐一见横竖横,全部犯人放干净。

衙门仓库放火烧,夫妻双双转家门。

二人进了自己门,侯氏见了喜欢心。

四姐又对文瑞讲,我要找上王家门。

王家老虎良心黑,一刀杀了才称心。

却说张四姐一路来到王家,便将王老虎擒住,骂道:"你这狼心贼子,无事端端,害我丈夫,痴心妄想,要用谋夫夺妇手段害人,请你张开狗眼看看。"说罢把宝剑往空一指,立刻降下四位神将。"仙女有何吩咐?"四姐道:"将他十一妻子全部拿来审问。"不多片刻全部到来,哭哭啼啼跪在四姐面前要求饶命。四姐问道:"为何一夫配十一妻?"下面答道:"我是原配花烛。"又有答道"我是丫头登正","我是抵债来的","我是哄骗来的","我是强抢来的","我是谋夫夺妇抢来的",等等不一。四姐听了大怒,言道:"你们听着,除了原配花烛之外,其他十人回房收拾细软,统统离开此地,各自回家,不得有误。"她们谢天谢地,各自回家不表。王老虎一见好不伤心,四姐见众人已去,将金钗一指,顿时烈火焰焰,将王家房屋全部烧毁。四姐命令神将把王老虎夫妻二人抛入大火之中烧死,顷刻之间全部烧毁。四姐命神将退去,自己也回家不表。再说牛知县养好了伤,就将四姐放掉犯人、火烧仓库及王员外家的一切,做了详文,亲自到开封府,禀报包大人得知,要求出京拿捉妖女去也。

　　知县击鼓把冤鸣,门公报告包大人。
　　大人接进问知县,你来击鼓为何因。
　　就讲崔家一段事,他家出了女妖精。
　　说罢就把详文呈,包公打开看分明。
　　从头至尾来看过,一切详情都知音。
　　包公看罢心大怒,立刻坐堂点将兵。

　　却说包公看罢公文,立刻点齐兵将,自己取出四件宝贝:捆仙索,照妖镜,斩妖剑,桃木旗,带领人马直奔崔家而去也。

　　纷纷上马就动身,领兵五百出京城。
　　号炮三声惊天地,一路来到崔家门。
　　一声令下来包围,崔家围得紧腾腾。
　　文瑞母子大吃惊,四姐说声放宽心。
　　你们在内休害怕,待奴出去看分明。
　　四姐步到大门口,望见一个黑脸人。
　　掐指阴阳来卜算,原来就是文曲星。
　　包公见到一女子,一问便知四姐身。
　　就将照妖镜来照,并无妖气半毫分。
　　难道妖女道行深,镜中一点无反映。
　　又把桃木旗来摇,宝剑直刺四姐身。
　　四姐一见哈哈笑,口中咒语念几声。
　　顿时一阵飞砂石,打得兵丁乱纷纷。
　　开言便把包公问,带兵前来为何因。
　　包公言道来捉妖,还不快快现原形。
　　四姐伸出拿云手,拖下包公马背心。
　　正要动手用刑罚,文瑞对妻讨交情。
　　这是开封包大人,是个好官非坏人。
　　四姐听了丈夫话,立即放下未用刑。
　　包公带兵回衙门,来日上朝奏帝君。

　　却说包公经过文瑞的讨情,免去了当场受苦出丑,四姐放他回去。直到来朝,包公上朝奏本皇上说道:"今有东京崔家出了一个女妖,放火烧劫、杀人掳掠。臣前日带兵去擒捉,谁知此女法术高强,伏乞吾皇定夺,派兵拿捉,以免后患也。"

　　仁宗皇帝大吃惊,清平世界出妖精。
　　谁能捉得妖精怪,除非要请杨家人。
　　圣旨一道杨家去,惊动婆婆佘太君。
　　立差孙子杨文广,又派小将呼延庆。

领兵包围崔家宅，捉拿女妖见帝君。

文瑞一见重兵到，回报四姐娘子听。

四姐听得兵又来，带了宝贝出房门。

却说崔文瑞听得大兵到来，吓得魂飞魄散，飞报娘子道："你前日捉住包公，触怒了朝廷，现在大兵又来了。"四姐道："你且放心，奴奴年纪虽轻，武艺精通，法术厉害，莫说大兵到此，就是天神天将下降，不在奴奴心上，难道怕他不成？看我出去会阵便了。"于是手拿宝剑，出门而去也。

不说四姐出了门，再提小将呼延庆。

喝骂造反小妖精，快快投降免太平。

四姐听得心大怒，二人大战动刀兵。

口中念动真言咒，天兵围住呼延庆。

小将此时心着慌，文广金枪战佳人。

四姐宝剑指天空，飞沙走石起尘埃。

乱砖乱瓦如燕飞，三千兵马失了魂。

文广打得头出血，小将砸得脸发青。

四姐一手架住枪，一手拿出吸魂瓶。

小小宝瓶威力大，白光一道耀眼睛。

二位小将眼神定，跟了白光进了瓶。

三千兵马跟进去，四姐执瓶回家门。

却说仁宗皇帝听得大兵败局，全军被法宝收去，心中不安，就同包公商议道："妖女如此厉害，朝中无人抵敌。包爱卿，你有何良策？"包公道："照此看来，用实力不能捉得此女。文广之妻李氏三娘，及呼延庆之妻兰玉小姐，都受过仙人的传授，都有仙法，不知能否擒住此女。不如万岁写旨一道，待微臣前去召来此二女领兵出阵，或可捉得此女也。"

仁宗听了喜欢心，圣旨一道派包拯。

立传二女领兵去，擒捉崔家女妖精。

二位佳人闻听后，愿去捉妖救夫君。

查查公主也准备，挂帅原派穆桂英。

四位女将京都去，仁宗一见喜欢心。

校场提兵五千名，一直来到崔家门。

四面团团包围住，四姐闻听出来迎。

查查公主先出马，二人大战定输赢。

却说二人杀得天昏地暗，不分胜负。查查公主念动咒语，摇身一变，变成三头六臂，好像夜叉一样，长长大大、摇摇摆摆，好不害怕也。

四姐一见笑盈盈，摇身变虎要吃人。

李氏三娘也杀出，四姐还原忙来迎。

三娘念动真言咒，狂风大作雨倾盆。

空中石块如雨点，四姐咬指血上喷。

血水当作红雨落，石块反打杨家兵。

桂英一见心大怒，纸人纸马手中存。

往空一撒威力大，都像金刚一般能。

手执长枪来杀出，团团包围四姐身。

四姐也把咒语念，大雨瓦烂纸马人。

兰玉小姐杀上前，四人战住四姐身。

四姐忙取吸魂瓶，四个女将进了瓶。

残兵败将回京去，将情回奏天子听。

仁宗听了魂魄散，召集文武再讨论。

那时包公出班奏，待臣查访女妖精。

却说包公出班奏曰："臣启吾皇万岁，待臣查访这女妖到底何方而来。"仁宗道："爱卿，到何处去查访？"包公道："五台山上有一张还魂床，阴阳枕，待臣去困上此床，那时地府天宫都好去了。此番定要查出一个根源来也。"

仁宗天子喜欢心，御酒三杯赐包拯。

包公辞驾午门出，回到开封府衙门。

一切准备都做好，上山去困阴阳枕。

不消片刻地府到，阎王闻听出来迎。

接到内殿问事情，包公开言说原因。

要请大王查一查，地府逃出啥妖精。

她名就叫张四姐，造反作乱在东京。

阎王下旨到处查，地府寻遍十八层。

并无逃出妖怪女，恭请大人别处寻。

包公听得地府无，辞别阎王上天庭。

一路来到南天门，太白星君降阶迎。

包公从头一一说，星君领他见世尊。

二十四拜朝玉帝，奏明下界出妖精。

东京城里来造反，杀了无数马和兵。

伏望吾皇发慈悲，查看天宫是啥人。

却说玉帝闻奏，即传旨便差值日功曹、监察神祇快去，三十三天，天兵神将、八洞神仙、各处散仙，一一查看点名，并无缺人，只得回复玉帝也。

玉帝敕旨进宫门，各宫各殿也查清。

最后查到斗牛宫，仙童仙女全查问。

王母娘娘唤女儿，单单不见四姐身。

一问情况有三日，下界三年不太平。

王母奏与玉帝听，世尊听了怒生嗔。

仙女为何私下凡，怎与凡夫结婚姻。

便差九龙三太子，又差哪吒一同行。

再唤齐圣孙悟空，带领天兵下天门。

玉帝便对包公说，王母之女四姐身。

今发天兵下凡去，捉拿四姐回天庭。

包公听了心中喜，拜辞世尊回凡尘。

还魂枕上爬起身，回到金殿奏帝君。

从头至尾说明白,现在天兵到来临。

却说仁宗听了包公的回奏,龙心大悦,吩咐摆开香案,带领文武对天跪拜,迎接天兵降临不表。再说三员天将带领天兵直往东京而来也。

天兵天将出天门,一路来到东京城。

乌云密布狂风作,大雨倾盆又雷鸣。

就把崔家来包围,崔家一见唬煞人。

九龙太子云端立,高声大喊四姐身。

你是上界天仙女,怎与凡夫结婚姻。

私下配夫有何脸,还要作乱东京城。

我奉御旨带兵来,拿捉你这小贱人。

快快跟我回宫去,免得动手无交情。

四姐听了怒火生,娇声出口骂畜生。

不必多言放马来,四姐手下领教训。

九龙太子张口喷,九条火龙烈焰腾。

团团缠住张四姐,张牙舞爪要吃人。

四姐忙把金钗指,一声霹雳天地惊。

突然天空降甘霖,火龙潜逃没踪影。

太子一见龙阵败,勒马收缰逃性命。

杀出哪吒三太子,便对四姐笑盈盈。

开口便把四姐称,劝你跟我回天庭。

自己人打自己人,大家觉得难为情。

我奉御旨来拿你,免得动手板面情。

四姐开言骂畜生,多管闲事讨教训。

哪吒闻听大声骂,不识抬举小贱人。

说罢举枪忙动手,口念咒语二三声。

一条尖枪变千条,团团围住四姐身。

四姐金钗往枪指,千条尖枪化灰尘。

哪吒跳出圈子外,旁边来了孙大圣。

手执金棒把腿抓,叫声四姐自家人。

还是快快回天庭,我们也好去交令。

免得自己动刀兵,旁人说来也难听。

四姐言道莫啰唆,不要在此自称能。

大圣顿时火直喷,拔了毫毛几十根。

嘴里吹了一口气,变成无数小猢狲。

个个手执金箍棒,蹿跳蹦纵捅上身。

仙女又把金钗指,三昧真火烧猢狲。

无数猢狲都烧死,大圣返身回天庭。

却说天兵天将捉不住张四姐,只得返回天庭奏禀玉帝。玉帝闻奏大怒,只见王母娘娘出班启奏说:"小贱人此番下凡,将斗牛宫中所有法宝全都带走,所以有千变万化之能,难于收服。依我看来,还是派她姊妹六人一同下凡,用好言规劝,否则难于收拾。"玉帝准奏,就宣六位仙女上殿,叫她下凡去规劝四姐返回天宫也。

　　玉帝准奏宣六人,派她下凡去东京。
　　崔家规劝张四姐,姊妹领旨出天庭。
　　一路来到东京地,直到崔家进了门。
　　四姐一见姊妹到,接进厅上话分明。
　　忙问姊妹有何事,今日特地到我门。
　　六人将情讲分明,奉旨前来接你身。
　　四姐低头回言答,依奴条件可答应。
　　崔家母子善良辈,带他一起上天庭。
　　一众仙女忙开口,些些小事何作论。
　　母亲面前有我们,玉帝面前有母亲。
　　四姐听了心大喜,便对母子说分明。
　　仙女作法显威灵,天空冉冉飘祥云。
　　崔家一切不翼飞,只剩空房有几进。
　　崔家白日升天去,一家三口齐腾云。
　　四姐拿出吸魂瓶,放出杨家众将兵。
　　此事轰动东京城,流传一桩大新闻。

　　却说四姐与姊妹,带了文瑞母子一齐上天,地方上百姓闻听,都来观看,眼看他们跟了仙女冉冉而去,个个目瞪口呆,一齐望空拜谢。大家议论纷纷,都说奇闻也。

　　不说凡间讲新闻,只表仙女上天庭。
　　众仙回到灵霄殿,玉帝面前复旨文。
　　玉帝传问张四姐,怎与凡夫结婚姻。
　　四姐即便回言道,听奴一一说分明。
　　崔家文瑞非凡夫,老君宫中童子身。
　　他母月中婆娑树,奴与童子有缘分。
　　玉帝听了忙吩咐,姻缘薄上看分明。
　　月下老人忙查看,果有三年夫妻情。
　　今日已满归仙班,各回洞府去安身。
　　不说上界一切事,再表凡间讲新闻。
　　消息传遍东京城,开封包公也知闻。
　　连忙奏与君王知,派他调查去访问。

　　却说包公在东京调查,就将崔家及王家的相邻召集访问,众人所知王老虎是极恶的坏人,崔家的行善积德一切经过,详细反映给包大人听。大人明白,立即回奏仁宗知晓也。

　　仁宗闻听心大怒,拿捉知县审分明。
　　敕令包公来审问,知县顽抗用了刑。
　　受刑不起口供认,贪赃王家一千银。
　　冤枉文瑞作强盗,把他屈打定罪名。
　　招成口供画了押,万岁喝令斩头颈。

崔家房屋无人住，敕旨改作庙堂门。

大殿塑了仙女像，后殿又塑文瑞身。

再塑侯氏院君像，招收道士看庙门。

四时八节香火旺，求神拜佛人头兴。

东京有座天仙庙，从古流传到如今。

文瑞母子良心好，得到天庭做仙人。

贪色奸邪王老虎，大火之中焚其身。

贪赃糊涂牛知县，身首异处丧了命。

善有善报从古说，恶有恶报不差分。

天仙宝卷宣完成，斋主府上免灾星。

龙王宝卷

龙王宝卷初展开，诸佛菩萨降临来。

合堂大众同声贺，增福增寿免三灾。

且说龙王宝卷出在宋朝年间。南宋太宗皇帝登位以来，是风调雨顺，国泰民安，五谷丰登。卷上勿说，回过来要说江苏省常熟县朝北，北门外有一座山，附近有一个村庄叫穆家村。村庄上有位庄主姓妙，人人都叫他妙员外。妙员外慷慨异常，济僧布施，救济穷人。夫妻二人一生行善，但是未生儿子，只养一个女儿名叫妙贞，生得聪明伶俐，容貌端正，十分标致。小姑娘孝顺父母，勤读诗书，闺房描龙绣凤件件精通也。

三周四岁生长成，七岁送进学堂门。

前头三章先生教，后面三章自聪明。

针线生活样样能，裁剪缝针件件精。

容貌生得天下少，聪明伶俐女佳人。

亲邻个个都赞成，世上少有这样人。

孝顺父母从古说，爱老怜贫救穷人。

光阴如箭容易过，日月如梭不留停。

再说妙贞小姐在家侍奉双亲，天天烧茶烧菜烧饭，忙做家务事。有一天，妙贞小姐到河滩上去洗衣裳，看见河滩面前氽过一粒白果子，其实是一个龙蛋，她哪里知道。妙贞小姐伸手捞起来一看，原来是一粒白果，她晓得此果可以吃的，就此不管生熟，勿管好坏，就往嘴里一塞，就吃下肚中。不觉过了几天，有事来了，就知道是白龙下凡也。

白果一粒嘴里吞，不觉有孕在其身。

一月二月勿觉着，三月四月勿非轻。

五月六月身腹大，传到外头臭名声。

九月十月身满足，心中忧闷十来分。

且说此事真真奇怪，妙贞小姐坐在房中呆呆思想，十分苦闷。爷娘晓得还要再三盘问，小姐只得低头，沉难言说，难说出口，双目流泪。时间一天二天过去，到了十二个月满足，白龙要出世。白龙下凡，要选好月好日好时辰，拣好五月廿三日，正是黄道吉日。正在中午，红光一道照到妙家门上。妙小姐觉得肚中疼痛，越来越重。那白龙不在小姐下部出来，要在小姐夹肋子里出来。只因小白龙头上有二只角，就要把亲娘妙贞小姐三根肋膀骨钻断,才能从夹肋子里出来,势必痛得要命。勿多一刻,妙贞小姐一命归天。妙员外夫妻二人待了半个时辰,就此嚎啕大哭,无法摆布。妙员外定眼一看,原来小白龙头上有二只角。妙员外说:"真奇怪,我从来未曾看见过。"马上吩咐下头去拿开水来泡死他。那个下人就去拿开水一冲,小白龙就洗得清清爽爽,一个翻身,由小变大,就此游出房门而去也。

　　小龙顷刻显神通,妙家庄上起乌云。

　　四面八方烟尘起,顷刻大雨落纷纷。

　　彩云透出无明光,霹雳交界吓煞人。

　　小白龙离大门去,往东横曲一直行。

　　一游一曲一个弯,游成一条白龙湾。

　　回头转来望一望,望下亲娘难分开。

　　变成七十二望娘湾,流下传说到如今。

　　且说小白龙出了妙家大门朝东方向游去,回头望娘七十二次,一路形成七十二个湾。再说小白龙出了福门塘口进入长江,要到大海之中水晶宫来拜见海龙王。只看见龙宫门外有虾兵蟹将站立二傍,那小白龙说:"我要拜见老龙王。"虾兵蟹将问道:"小白龙!你要拜见我家老龙有何贵干?"小白龙即便回答说:"我要拜见他为师。"虾兵蟹将听了此言立即来到龙宫宝殿启奏龙王,海龙王听了此事就发出号令,请小白龙进宫也。

　　小龙走进龙宫门,虾兵蟹将二边分。

　　龙宫太子来迎接,接进拜见老龙身。

　　老龙即便将言说,此来见我为何因。

　　小龙启口开言说,烦你老龙一桩情。

　　我有表章奏玉帝,相烦老龙一同行。

　　老龙一口来答应,玉皇殿上说原因。

　　再说海龙王立即写好一道表章与小白龙,走出龙宫,呼风唤雨,驾起祥云,一直而去,来到灵霄宝殿。金童玉女看见海龙王带了小白龙来到灵霄宝殿,就上前迎接,一齐上报见驾。小白龙就呈上一道表章,玉皇大帝一看,是江苏省常熟县妙家庄妙员外的女儿妙贞小姐生下小白龙出世,要辅助玉皇大帝抗旱救灾,救度亿万农民。玉皇大帝看完本章之后,就分宾坐定,就要讲分明也。

　　玉皇坐定说分明,从头一一讲事情。

　　小龙此事做得好,上帝命你救凡人。

　　只因眼前有旱灾,及时就要降雨淋。

　　降雨要拿菽苗救,不得留停速速行。

　　再说玉皇大帝说:"你们老龙、小龙,一同回到海里水晶宫中听旨,不得有误。"玉皇大帝就出旨,每年五月廿三日是龙王诞生之日,可以回家一次。当时玉帝还配他四个副手,呼风唤雨。小白龙听了玉帝吩咐,就退出灵霄宝殿,谢了天恩,回归海内不表。再说妙家庄上妙家小姐妙贞生下一条小白龙丧了自己性命,妙贞灵魂就到灵霄宝殿拜见玉皇大帝,玉皇大帝就派金童玉女送妙贞小姐前往西天佛国。就是妙贞爷娘二个人伤心苦恼,泪流满面,日不进食,夜不睡觉,忧忧闷闷也。

　　员外丧了女千金,日夜痛哭好伤心。

　　常熟北门一条路,茶坊酒店讲勿停。

　　妙家村上妙家门,小姐名字叫妙贞。

　　五月廿三午时辰,养出一条小白龙。

夹肋子里钻出来，三根肋骨断干净。

当场小姐命归阴，哭得爷娘苦伤心。

当时天昏地又暗，雷响霹雳吓煞人。

看见小龙往东行，不知去到哪方存。

再说老百姓在议论纷纷，勒浪讲新闻，勿晓得现在京中来了钦差大人在私行察访，经过常熟北门听见乡下老百姓勒浪讲这桩新闻事体，叫啥妙家庄上妙贞小姐吃了龙蛋，受孕到了十二个月才能分娩，叫啥在妙贞小姐夹肋子里钻出来，现在已经下海去了。钦差听了真真稀奇，所以立即回京奏明万岁太宗。皇帝见奏就发出一道圣旨，要在常熟北门小坡上建造一只太白龙王庙，要造廿一间。所以常熟知府接到圣旨就领导老百姓，化缘聚集文银，开始召集地方大小工，日夜勿停，挑土搬石。不到一年，工程就圆满完工，造好廿一间雄伟庙宇，然后常熟知府写好一道本章复旨君王也。

踏上阶沿头山门，山门高大字清正。

太白龙王四个字，看看实在显威灵。

左右东西是走廊，当中正殿造得精。

龙王菩萨当中坐，四大金刚二边分。

正殿共造四间屋，个个菩萨侪装金。

东西知府坐安身，妙家夫妻佛厨登。

后面三间观音殿，朝西转弯圆洞门。

还有三间官住厅，茶几椅子二边分。

二边榻床并摆放，春秋两季官来登。

新鲜花果瓶中插，木樨花一对两边分。

对面三间华佗殿，还有一间赤脚大仙登。

再说龙王庙宇个个装金，庙宇十分威严。每年八月中秋、五月廿三日常熟县官带领乡绅烧香，太太备了寿猪、寿羊、果品之物、珍珠、味香花、灯烛、钱粮、彩缎在龙王殿上。三上香，三跪九叩，还有领头人等在旁边立、读诗文，希望龙王菩萨保佑风调雨顺、国泰民安、五谷丰登也。

县官奉命上山顶，尼僧出来接大人。

衙役三班随身带，一经来到大官厅。

香火勤俭来服侍，香茶一盏说原因。

风调雨顺民安乐，五谷丰登保太平。

且说县官烧香拜佛，结束回衙不说。要说小白龙娘亲妙贞小姐个棺材，就葬在白龙殿附近。正山门下面一边是龙王亲娘坟墩，一边有龙池，一只坟前有青石碑一块，东西有二只亭子，门前外面有银杏树一棵，十分高大，树底下有一只无穷亭，上面有参天银杏树幅盖。一只无穷亭风景交关好看也。

树枝生来像龙爪，树皮生来像龙纹。

五月廿三真生日，白龙盘在上面存。

腾云驾雾到来临，你要雨水顷刻临。

烧香太太齐来拜，三牲祭你龙王身。

香花灯烛来供献，官民大庆丰收年。

万民个个都得福，感谢白龙大仙神。

且说龙王个佛像是铜铸成的。在清朝光绪年间有一个人叫宗锡麒，把龙王铜像窃到上海古铜店去变卖文银，那店老板说："这是古货。"就放到熔炉内想试试看。突然龙王大显神通，顿时狂风暴雨、雷声霹雳，铜像就在火炉中跳出来,来到天空之中。这时金光闪闪,天空中出现"太白龙王"四个大字。这时古铜老板吓得魂不在身,连忙叩头求拜,把龙王铜像归还原主,送到常熟县接官亭,自有当家和尚名叫惠春师父保管好也。

龙王突然显神通,狂风暴雨吓煞人。

一个霹雳雷声响,电光闪闪照人心。

上海送到常熟县,回到寺中坐安身。

且说山门外面有一颗银杏树,已有千年,树老叶枯。

银杏树生来像青松,四面树枝有威风。

树大根深时间长,空中香烟来冲动。

龙王回庙盘树顶,就变长生不老松。

再说山门前还有一只接官亭,接官亭中经常有游客来来往往,游客题了诗句,还有烧香客人都来题诗。

寺对青山青又青,二人登在说原因。

草木之中有一人,虫出风中鸟飞群。

七人头上七棵草,半个朋友不会到。

且说龙王铜像回到龙王庙后,有当地老百姓重塑佛像重装金,焚香点烛求拜龙王保佑当地风调雨顺。后来常熟朝北,北门外妙家庄一段地区,现在改作常熟县虞山一片好风景也。

也有小女挑马兰,也有小男放风筝。

也有看牛骑高背,短笛无腔真好听。

龙王庙烧香人头兴,十方善人把香焚。

老百姓虔诚来求拜,双膝跪在地埃尘。

求得风调并雨顺,五谷丰登永长生。

四时不断千年香,万人参拜白龙身。

且说妙家庄妙员外夫妻二人,虽然有万贯家产,仍旧天天布施,救济贫民百姓,还要看经念佛,吃素修行,心存善良,不负天恩。此刻龙王启奏玉皇大帝说:"下界妙员外夫妻二人,专做念佛修行。"玉皇大帝开言说:"待等他们二人寿满以后,送往西天极乐世界也。"

妙员外夫妻八十零,命中归位上天庭。

金童玉女来相送,极乐世界见世尊。

二人得道成正果,九玄七祖尽超升。

七代祖先归净土,龙华会里受香烟。

龙王宝卷宣完成,龙子龙孙都上天。

今日宣了龙王卷,五谷丰登好收成。

龙王宝卷宣完成,合村老小免灾星。

卷中若有错误字,补一声大慈大悲观世音。

路神宝卷

路神保安宁,人民无灾星。

骑车安全稳,一切靠神明。

路神宝卷初展开,诸佛神护百福来。

两廊诚心听宝卷,一年四季永无灾。

走路不要乱话行,听此宝卷牢记心。

急急忙忙厂里行,汽车来往要小心。

走路定要靠右行,汽车好比老虎要伤人。

一年四季说不尽,时常走路要当心。

不表四句牢记心,再表书中一段情。

这部宝卷啥朝代,商朝年代传下来。

且说成汤二十八代皇帝,纣王登位,昏庸无道,听信妖言,苏妲己说了就听,终日在鹿台饮酒作乐,不理朝政,滥施酷刑,暴虐人民,制炮烙,造虿盆,施加剜目、剜心、剖腹、拔舌、剁脚等酷刑。凡有忠臣直谏,都遭惨刑。

纣王无道失民心,天愁人怨民不安。

忠臣良将都丧胆,诸侯惊慌生离心。

且说妖狐苏妲己见纣王迷恋酒色,终日昏庸,宠幸自己。有一日,便与心腹费仲、尤浑二奸臣密谋,要害死姜皇后,篡夺正宫之位。

妖狐妲己起毒心,要使成汤社稷倾。

毒害正宫问根由,执掌朝阳有权人。

费仲奸贼献毒计,屈害皇后娘娘身。

可怜贤德姜皇后,炮烙双手剜眼睛。

且说商朝一位正宫皇后娘娘,姓姜,被苏妲己和费仲奸臣害死。姜皇后生养两个儿子,长子叫殷郊,年方一十四岁,次子叫殷洪,年方一十二岁,两人正在东宫习武,太监来报说:"母后遭刑已亡。"两位公子一听,嚎啕痛哭,十分悲伤。太监苦劝,止住哭声是也。

两位王子苦悲伤,皇后死得实冤枉。

可恨父皇太无情,害我母亲命归阴。

定是妖妃苏妲己,唆使父皇害母亲。

堂堂七尺奇男汉,母仇不报怎当人?

当时两位王子痛哭不止,两人商议:"二贼谋杀之仇不共戴天,为人子者岂可不报母仇?我们兄弟两人进宫去问明根由,如果妖妃苏妲己谋害我们,兄弟两人先拿苏妲己杀死,然后再向父皇评理。"两人计议定当,随即提剑进宫而去。

两位王子泪汪汪,提剑进宫见父皇。

离宫还有咫尺路,费仲一见报纣王。

且说费仲奸贼早守在宫外,看见两位公子手提宝剑,怒气冲冲走来,知道不好了。连忙大声叫喊:"不好了!两位王子杀进皇宫来了。"

纣王闻报火直喷,逆子怎敢杀美人。

喝令左右来拿下,绑出午朝命根除。

晁雷晁电来领旨,立拿王子两个人。

王子见了心惊怕,即刻逃出内宫门。

且说两位王子听得父皇大怒,下令晁雷、晁电拿捉处斩,连忙逃出宫中,来到九间殿内,求救诸位皇叔、皇伯、众位大臣,含泪说道:"君王无道,屈斩忠良。今又杀妻灭子,国母屈死,太子性命危急!"

众位大臣无主张,眼泪如珠不敢响。

虽有忠言不敢劝,君王知道遭祸殃。

再说两个儿子跪在九间殿上痛哭,众朝臣不敢去救,只听西首一声大叫,犹如空中霹雳:"当今天子失政,杀妻灭子,制造炮烙,屈害忠良,大丈夫既不能为皇后申冤,替太子报仇。你们这班文武大臣听了只是含泪悲泣,学女子态哭哭啼啼。古人说的好:良禽择木而栖,贤臣择主而仕。今纣王无道,三纲已绝,不能为天下之主。我等不如反出朝歌,另择新主去。"众大臣一看,原来是方氏昆仲也。

值殿将军正义臣,方弼方相两个人。

为你太子命安稳,封神台上有名声。

这时黄飞虎见值殿将军方弼方相,暗暗高兴,便有意大声喝道:"你多大的官儿?竟敢如此无礼?还不给我快快滚出玄门。"说罢,向二人使了个眼色,弟兄两人立刻分开众人,上前背上太子就走,厉声喝道:"纣王无道,杀亲子,灭宗庙,诛发妻,有坏纲纪。今日我兄弟保佑两位殿下,往东鲁借兵,除掉昏君,再立成汤之嗣,我等反了!"两人背了殿下,径出朝歌南门。

两人反出朝歌城,背驮太子出南门。

武成王一眼开来一眼闭,众官不敢响一声。

且说众文武见方弼、方相反了,个个大惊失色,惟有黄飞虎视若不见。文武上前问黄元帅:"方弼、方相反了,为何一言不发?"黄飞虎说道:"可怜文武之中,无一人像方家兄弟两人,上知国母受屈,下知太子冤枉。他们知道官职小,故此肩背殿下逃生。他也知道有死无生,只怀着一腔忠义,故冒此危险,甚是可敬。"百官无言。

众官闻言默无声,只恨自己太无能。

卷中不宣文武事,另宣妲己妖娟根。

且说苏妲己闻听方弼、方相两人救走太子,反出朝歌,便奏纣王说道:"万岁!方弼、方相拿太子走脱,投了姜恒楚,只恐大兵不日就到,其祸不小。速令殷破败,雷开点兵三千,连夜追捉回来,定要斩草除根,以灭后患。"纣王说道:"美人之言,正合我意。"

昏君听了妖妃言,出旨一道差兵追。

着令雷开破败两个人,星夜追捉莫迟延。

且说雷开、破败两人接旨,连夜就到元帅府,见黄飞虎禀道:"天子手诏,令末将领三千兵丁,星夜追赶殿下,捉拿方弼、方相两逆贼,以正国法,特来请领兵丁。"黄元帅暗想:"今夜追赶,定能追到。"便道:"今天天色已夜,人马未齐。明日五更,领兵前去。"雷开、破败两人不敢违令,只得退去。黄飞虎吩咐周纪:"明日五更,有殷破败前来领三千兵丁,你就将老弱病残的兵马给他,不得违逆。"

忠义正直武成王,暗助幼主逃他方。

谁知天意难挽转,成汤天下定倾亡。

且说方弼、方相二人背了太子出朝歌,日夜奔波,不敢休息,今日已经第二天,离城一百多里路程,在十字路口,没见后面有人追赶,二人方才放心,将两位公子放下休息。兄弟两人暗想:"我们四人同行不好,被人看破,不如分路而行。"

方弼兄弟同商量,四人不能一同行。

倘若有人来猜想,定有不测起祸殃。

方家兄弟分路走,朝西朝北两路行。

不知向东向西行,路途遥远吃苦辛。

一个走向东鲁去,一个向南他方行。

　　且说方弼、方相两人,扶持太子,一路行走,不知东南西北。两人思想,必须分路而行,可保安全。一个往东鲁而去,一个往南都地方。说罢,腰中解下银包,各分一半是也。

　　方家兄弟上路行,银钱各分小主人。

　　在路行程吃苦辛,保全皇子两个人。

　　当时太子道:"将军如此,欲往何方而去?不知何时再会?"将军曰:"殷郊!你放心,臣此去不管辖途多少,到了个地方,暂且安身,再作道理是也。"

　　方弼兄弟两个人,各扶一个向前行。

　　晓行夜宿赶路程,银钱用尽苦伤心。

　　腹中饥饿无法想,摘些树果当饭吞。

　　不吃米饭身无力,时间一长没精神。

　　来到清凉山一座,紫霞洞内再安身。

　　不知弟弟哪方存,但愿四人一处登。

　　弟弟得悉赶路程,紫霞洞内住安身。

　　一个多月无饭吞,全身憔悴不成人。

　　近日弄得无家回,天佑王子两个人。

　　且说方弼、方相两人倒在路旁,身无力气,奄奄一息,只得等死。

　　本是英雄力千斤,如今弄得这般形。

　　看来粮是命根本,人不吃粮命难存。

　　不宣方家两个人,回文再表救星人。

　　文殊广法看分明,搭救二将善良心。

　　各赐一粒丹丸口中吞,悠悠苏醒转还魂。

　　且说兄弟二人饿昏在地,清凉山上文殊广法,忽然心血来潮,慧眼观见说:"善哉,善哉!原来方家兄弟,这二位是封神榜上有名人物,将来要封大路正神,不能不救是也。"

　　方弼方相卧倒道旁,双目紧闭好惨伤。

　　奄奄一息将要死,令人见之也凄惶。

　　且说文殊菩萨连忙取出丹丸,放在两人口中,不一会苏醒过来,大呼道:"天救我也!"顿时浑身有力,回头一看,见一道人,急忙上前施礼说道:"大师傅,从何而来?乞道其详。"

　　道人开言说分明,你们二人听原因。

　　因你二人遭大难,特来救你二个人。

　　且说方弼、方相二人听了道人之言,慌忙跪下,叫声:"师父!救命恩人!我兄弟两人有家难回,又有国难在身,现在无处安身,望师父指引路途,决不忘恩。"

　　菩萨启口说分明,你们二人有忠心。

　　保护太子来逃命,赤胆忠心有孝心。

　　纣王无道登天下,杀妻灭子黑良心。

　　你们快到西岐去,投奔姜尚姓周人。

　　周大营是真命主,礼贤下士大贵人。

　　到彼定能得重用,好做国母报仇人。

　　这时方弼、方相闻此言,是天注定,周主必兴,纣王必亡,连忙叩头拜谢,欣然而去也。

　　方弼方相两个人,拜别菩萨就登程。

文殊菩萨回洞门,再表二人赶路程。

晓行夜宿不留停,西岐已面前存。

只见城中旗幡展,人头济济闹盈盈。

且说方家两兄弟来到西岐,找到周朝大营门首,请军中官通报主帅。姜尚听报便道:"请二人进营。"方家兄弟进见已毕,看看姜尚气宇非凡,威风凛凛。侍立众将,个个似天神一般。方氏兄弟上前施礼道:"大元帅在上,不才参见。"姜尚知道他们是纣王值殿将军,就问:"今日因何到此?"方弼禀告道:"元帅啊,纣王无道,听信妲己,屈害忠良,杀妻灭子。我两人抢救殿下,反出朝歌。今因无奈,投奔麾下。当一小卒,将来大兵进朝歌。誓斩妖妃苏妲己、尤、费二贼,为国母姜娘娘和两位公子报仇雪恨也。"

姜尚闻听喜欢心,难得将军有孝心。

纣王无道人痛恨,誓除昏王泄民愤。

姜尚道:"难得二位将军到此,正是良臣择主而仕也。今本帅命将军位偏将,立功后奏明武王,再行升赏。"

方弼兄弟喜欢心,元帅果然真英明。

我们有了安身处,建功立业佑朝廷。

且说方家兄弟在姜子牙帐下效力,一生立了不少功劳,为周朝大业受尽了九死一生之苦,后在万仙阵中被乌云仙妖人所伤,两道忠魂在封神坛听封。

天数已定莫强求,封神坛上去受封。

八部真人业定位,三山五岳尽在中。

方家兄弟封为大路神,开通道路有前程。

且说姜子牙受玉虚宫元始天尊敕令,封方弼为大路神,封方相为开路真神。两位路神谢恩已毕,到宫殿行使职责,见路上妖魔鬼怪作恶,方家兄弟逐一镇压扫除,使人民行路安全,永保太平也。

今日宣部路神卷,乞求路神保平安。

大路真神显威灵,去恶辟邪保安宁。

四方善友仔细听,走在路上要小心。

驾驶骑车要小心,宁等十分记在心。

走出家门牢记心,走路定要靠右行。

万民百姓喜欢心,消灾消难保安宁。

路神宝卷宣圆满,千家万户喜欢心。

会上良因三世佛,消灾消难观世音。

诸尊菩萨摩诃萨,大路真神保安宁。

麻姑宝卷

法鼓通三界,金钟震十方。

仙人登宝座,演卷免灾殃。

妙道大藏经中,选出一段因果,乃是麻姑修行宝卷,出在大唐睿宗年间。有四川省都平州金花县侯家庄,出了一家员外,姓侯名果字本元,娶妻张氏,年至四旬,身后无子,所生一女,乳名真定。小姐生来聪明,自幼好善,年长一十二岁。家中供奉金仙圣母、无生老母、观音大土,白昼焚香叩首,黑夜参禅打坐,不觉年长一十五岁,常见生老病死苦,有心入山修道,脱离生死,不知明师何处。小姐终日忧愁,一日夜眠,梦见一位妈妈,手持黎杖,走到床前问曰:"小姐何不投师?"小姐应道:"有心拜师,不知何处所有?"妈妈说:"河南济源县,有一玉阳山,西连秦岭,北靠金炉,东有一古庙,名叫白鹤堂。长安玉阳公主,在那里修身。此人本领较大,你若拜他为师,大道可得。"言毕飘然而去。真定梦醒,方知神人点化,次日来到上房,将梦中之事说了一遍,辞别一双父母,要奔玉阳修行。

　　一日在世一日忧,疼儿心肠几时休。

　　真定虽说脱身话,二老岂肯放金钩。

　　侯真定,来到了,上房以内。拜过了,爹和娘,二老双亲。

　　儿有心,到那里,修行求道。只为求,父母命,才敢起身。

　　侯员外,叫一声,真定孩儿。听我把,前辈事,说来你听。

　　昔日里,有一个,高才贤女。舀干海,寻父骨,葬埋坟茔。

　　感动了,太白星,临凡下世。往后来,现如今,天下驰名。

　　又一个,焦花女,哭麦行孝。卫南华,去平水,与父争功。

　　想前辈,俱都是,尽忠尽孝。谁像我,养女儿,要入山中。

　　况且你,女流辈,单身独自。入深山,归旷野,怎去修行。

　　劝我儿,在家中,侍奉二老。强比你,入深山,修道一生。

　　侯妇人,听言罢,掉下痛泪。叫一声,真定儿,你好绝情。

　　我二老,年高迈,身旁无子。单生你,真定儿,孤女花童。

　　指望你,成人大,堂前尽孝。到后来,把二老,殡葬坟茔。

　　你如今,去修行,徉徜要走。撇下了,爹和娘,谁人应承。

　　况且说,梦中事,岂可凭信。那是你,心头想,杳杳冥冥。

　　自古来,修仙人,成千带万。到如今,有几个,不老长生。

　　儿自幼,在娘前,串来过去。怎舍你,离家乡,千里远行。

　　劝我儿,你早些,回头转意。你莫要,信邪说,跳入火坑。

　　那真定说道:"爹娘劝孩儿,尽孝得名固是正理,只说一日阎王要命,何处去躲?谁人可替?"

　　光阴似箭催少年,争名夺利枉徒然。

　　迷人只等无常到,想要回头难上难。

　　侯真定,叫爹娘,不必苦劝。孩儿把,前辈事,说来你听。

　　有一个,黄花女,成仙了道。辞父母,入深山,求道修行。

　　曹仙姑,毛仙女,皆为生死。哪一个,恋家缘,能为仙童。

　　趁早儿,不寻个,躲身之处。临危时,无常到,想躲不能。

　　老爹娘,开牢笼,还则罢了。若不肯,你孩儿,悬梁丧生。

　　话说员外叫道:"妇人!你看孩儿真心修行,你我若是强留,倘生变故,如何是好?不如叫她修行去吧。想是你我命该如此。"妇人闻言沉吟半晌,说:"女儿既然要去,我二老难以强留。我的儿身高岁大,路上怎么行走?且自回房安歇到明天,叫你爹爹送你前去,我儿意下如何?"小姐闻言回绣房去了。

　　真定听说回房去,点起灯来整行装。

　　东方未明她先起,更换衣衫到上房。

　　侯真定,望父母,双膝跪下。拜过了,爹和娘,养育之恩。

　　怀抱儿,三年整,移干就湿。抚养我,十五岁,万苦千辛。

也只说,儿长大,堂前行孝。全不量,半路上,闪了娘身。

劝爹娘,你不必,伤心掉泪。儿是个,裙钗女,浮萍无根。

掐指算,儿今年,一十五岁。不修行,在咱家,还住几春。

自古道,养女儿,虚花一朵。怎比得,生孝男,传嗣后人。

只要我,二爹娘,多行好事。老天爷,他不绝,善人儿孙。

倘若是,得一子,堂前尽孝。你的儿,去修行,也不忧心。

儿倘若,功果满,成仙得道。侯家庄,来度你,二老双亲。

那时节,一家人,团圆聚会。静乐宫,享清福,万载长春。

左右不离在娘前,一去修行永不还。

漫说妇女心肠窄,就是男子也泪悬。

侯妇人,听言罢,伤心掉泪。好似那,提钢刀,来刺娘心。

非容易,恩养儿,一十五岁。也不知,费为娘,多少精神。

平日里,在家中,一日不见。娘如同,失掉了,万两黄金。

此一去,生或死,未可立定。想见我,真定儿,哪里去寻。

倘若是,到那里,投师得道。写一封,平安书,捎回家门。

娘知道,我的儿,修行何处。叫你家,老爹爹,睁看你身。

将你的,新衣服,多带几件。防备着,深山内,少线缺针。

侯妇人,说不尽,母女恩爱。侯员外,在一旁,掉泪伤心。

侯真定,叩头起,往外行走。侯妇人,眼含泪,送出柴门。

侯真定,将行走,回头望母。叹坏了,她的娘,年迈妇人。

流泪眼观流泪眼,断肠人送断肠人。

一去玉阳路千里,何时探母归故郡。

侯真定,只在那,头前行走。后跟着,侯员外,白发老翁。

父女们,出离了,金花县内。侯员外,叫女儿,不知路径。

侯真定,在路上,望空祝告。飞来对,白蝴蝶,引路前行。

有心把,路上事,一一细讲。真乃是,万里道,山水无穷。

不如咱,省点事,少说几句。咱将那,大概处,略叙几宗。

父女们,只来到,渭水河上。侯员外,把女儿,叫了一声。

父女二人在渭水河上,员外便叫一声:"女儿!你看那树上是什么东西?"小姐抬头一看,说:"爹爹!原是几双鸟鹊。"员外说道:"因何老鹊稳坐,小鹊打食?"小姐说:"爹爹!岂知乌鸦有反哺之义?"员外说:"既知乌鸦有反哺之义,我二老偌大年纪,你还要入山修行么?"真定闻言低头不语,直往前走。

员外一阵暗伤情,路上解劝女花童。

真定立心去求道,好是耳旁吹来风。

侯员外,在路上,好言解劝。小女儿,她只当,耳旁吹风。

父女们,过去了,渭水河岸。东北角,太华山,只在望中。

有一道,黄河岸,方才过去。出离了,潼关口,又往正东。

走了些,高山岭,不知名号。过许多,长流水,记他不清。

自幼儿,坐绣楼,习学针线。哪晓得,这外边,许多地名。

夜晚间,宿在了,神堂古庙。白日里,与爹爹,作伴同行。

起身时，百花开，杨柳发绿。到如今，白露降，遍地秋风。

只走了，五六月，未停一日。金花县，撇在了，万里云蒙。

把一条，新罗裙，磨去半截。也不知，红绣鞋，几次重更。

父女们，人在了，济源郊界。果然间，好风光，人杰地灵。

见一座，天坛山，高大峻秀。过去了，王屋镇，又到新城。

往前走，又闪出，大山一座。也不知，他叫作，什么地名。

父女们，孤凄凄，正往前走。猛然间，黑黎虎，拦住路径。

要知道，他父女，遇虎何处。就在那，虎腰下，虎岭村东。

父女正往前行走，忽然猛虎现出形。

真定秦岭迷了路，王母点化现村庄。

话说他父女行至秦岭山下，正往前走，面前窜出一只猛虎，眼如灯光，口似血盆，顺路猛扑而来。员外一见，魂飞天外，魄散九霄，吓得昏沉在地，那真定慌忙走了几步，言说："山神！山神！奴乃侯真定，那是我家爹爹送我玉阳修行，偶遇猛虎阻路，宁可将我伤害，莫可伤我家爹爹。"真定祝告已毕，只见猛虎伸腰摆尾，往山中去了。小姐急忙上前扯住他家爹爹，便叫："爹爹醒来，猛虎去了，孩儿在此。"员外睁眼一看，果然猛虎不见，嗟叹一声说："儿呀！你看山中猛虎乱窜，虫蛇极多，怎能在此修行？不如随老父回家去吧。"真定说："爹爹害怕，你就回去，待孩儿独自前去。"员外说："二人且不敢行走，一人怎敢走路？"真定说："孩儿若还害怕，就不敢来修行。既来修行就不害怕，儿意已定，不必多劝。爹爹回去见了我家母亲，就说孩儿死在虎口，叫她断心割肠，再不必思念于我。"员外闻言，两眼落泪，说："女儿当真不回去了？"真定说："孩儿既然出门，绝不回家。"员外说："你舍得老父，老父怎舍得你？"真定说："爹爹不必悲痛，孩儿修行不死，还要回家探望于你。"

员外听说断肝肠，狠心女儿不还乡。

孤身独行归家去，路上常悬泪两行。

侯员外，无奈何，回家去了。侯真定，止不住，两泪汾汾。

出门来，父女们，同行作伴。至如今，孤凄凄，转回家门。

离家乡，路千里，山川阻隔。何日里，老爹爹，才回故郡。

侯真定，在路上，哭啼多会。拿死心，奔玉阳，抹去泪津。

往前走，不晓得，东西南北。满坡上，长荒草，路途不分。

四下望，尽都是，怪石古木。哪有个，人居住，一庄半村。

耳旁边，只听得，猴啼虎叫。老天爷，偏凑巧，细雨纷纷。

眼看看，四山晦，红日西坠。今夜晚，奴可到，哪里安身。

且不说，侯小姐，山中迷路。再说那，西瑶池，金母元尊。

香烟杳杳宝扇开，金童玉女两边排。

金钟一响天地动，王母早坐聚仙台。

话说王母娘娘早坐法台，金童报到，侯真定山中有难，王母闻言大发慈悲，驾起祥云来，在秦岭山下望空出气一口，化作村庄一座，清风幽雅，隐了真形，变一妇人，坐在门首，等候真定到此，这也莫提。且说真定入到秦岭山内，见树林较大，天色已晚，好不怕煞人也。

真定独行到深山，孤踪寂寞少人缘。

漫说妇女心惊怕，就是男子也胆寒。

侯真定，迷了路，仰天啼哭。走过了，多半晌，未见一人。

往前走,寻不着,阳关大道。俱都是,乱石坡,荒草荆针。

踏顽石,歪破了,绣鞋数对。过荆针,剐坏了,百幅罗裙。

口咬着,青丝发,串架挂葛。金莲破,并不知,十指连心。

浑身上,出慌汗,如同水洗。红罗袄,不顾扣,手提衣襟。

老爹爹,在路上,焉能知道。我的娘,在家中,怎得知闻。

忽拉拉,踏翻了,顽石一块。卜登登,抢坏了,粉面朱唇。

西王母,你不是,将我点化。分明是,把奴命,送到山林。

侯真定,正着忙,抬头观看。只见那,岭后边,冒起烟云。

想必是,那山后,有人居住。不觉得,把愁肠,去了几分。

登山望,果然有,茅庵几座。好似那,小婴儿,见了娘亲。

观青山,并绿水,白云环绕。栽几棵,桃梨树,四季长春。

篱边菊,初开放,幽香可爱。看家狗,如猛虎,不咬惊人。

门外边,坐一位,白发妈妈。赛过了,西天上,金母元尊。

侯真定,忙上前,端肃下拜。老妈妈,忙还礼,动问一声。

话说真定来到村庄上,望见老母深深下拜。妈妈问其原因,真定从头至尾说了一遍。妈妈慌忙站起,请到草堂,饮食厚待。真定用毕茶饭,说道:"请问妈妈高名贵姓,异日得道,好来报恩。"妈妈说:"老身姓王。"小姐说:"素不识面,如此讨扰,难报妈妈之恩,真乃令人割肉难忘。"妈妈说:"有心与你多叙多叙,但小姐是行路之人,身上乏困,枕被铺设停当,小姐安歇,明早再来叙话。"真定说:"妈妈请回。"

妈妈说罢徉佯去,喜坏真定女娥媓。

倘若玉阳得了道,要度妈妈上天堂。

侯真定,在草堂,心中暗想。夸不尽,老妈妈,待人有情。

黑夜间,收留我,饮食厚待。两鬓白,尚与我,铺床送灯。

到后来,我若是,成仙得道。宝庄上,来度她,同赴天堂。

侯真定,念不进,妈妈好意。西王母,出草堂,又显神通。

话说王母娘出离草堂,心中暗想,真定虽来修行,凡心还不知退与不退,不免化一个白面书生将她游戏一把,看她动静如何。

西王母,显神通,摇身变化。变一位,美男子,白面书生。

桃花面,如浮粉,风流俊俏。十指尖,如玉笋,温柔齐整。

戴一顶,小儒巾,飘带两根。穿一身,翠蓝衫,目秀眉清。

悄密密,站在了,草堂门外。双手儿,叩柴门,暗叫连声。

侯真定,将就寝,银灯未息。猛听得,柴门外,有人所行。

想必是,老妈妈,又来叙话。急忙忙,整衣衫,出门去迎。

用手儿,开开了,柴门两扇。走进来,一少年,白面书生。

侯真定,见书生,魂飞天外。桃花面,带怒气,问了一声。

话说真定方欲就寝,忽听门外有人叩门,当是妈妈又来叙话,慌忙开门去迎。原是一位少年书生,真定一见勃然变色,说道:"奴乃行路之女,妈妈留俺在此,相公来到为何?"书生应道:"我见小姐独坐草堂,小生特来作伴。"真定闻言,冲冲大怒:"看你的儒冠儒服,必是读书之人。岂不闻长幼有序,男女有别,何敢如此无礼?"书生应道:"天地氤氲,万物化生,男女居室,人之大伦。小姐何云无礼?"真定说:"相公所言乃俗家之事,奴是出家之人,修行求道,相公胡谈。"

真定说出修行话,书生趁势用巧言。

自古男女皆婚配,哪个神仙不思凡。

那书生,讲说罢,满心欢喜。说起来,修行事,正合吾心。

自幼儿,不贪那,功名富贵。居林泉,十数载,养性修真。

请小姐,随吾到,莲花洞内。结一对,鸾凤交,同看经文。

白日里,坐蒲团,联肩论道。黑夜间,卧石床,共枕谈心。

天生就,并头莲,神仙两个。千里外,来相会,结成婚姻。

好比就,秦楼女,吹箫换玉。连理枝,栖双凤,彻夜长春。

小姐闻言怒气冲,毁骂无端小狂生。

混乱乾坤纲常灭,不尊王法敢胡行。

侯真定,听此言,冲冲大怒。好一个,无羞耻,强暴凶人。

唐王爷,有道君,长安正坐。作礼乐,明政刑,镇掌乾坤。

闻听说,济源县,中华地界。难道说,无王法,地暗天昏。

你若是,出茅庵,还则罢了。如不出,我就要,喊叫四邻。

书生微微笑,小姐讲话差。

山高皇帝远,哪个知王法。

那书生,听言罢,微微冷笑。那些话,只可吓,三岁顽童。

这周围,数十里,无人居住。纵然间,你喊叫,哪个能听。

今夜晚,宿在我,村庄之上。好像似,天边鸟,自入牢笼。

你纵有,凌云翅,飞走不脱。劝小姐,不如你,早做人情。

小姐一阵暗伤情,千山万水来修行。

只说跳出苦海外,谁料陷入是非坑。

侯真定,在茅庵,左思右想。这一会,倒叫我,无计可生。

他若是,草堂内,强行无礼。坏了我,修行事,料也不成。

正作难,忽想起,一条妙计。今夜晚,我须要,就计而行。

侯小姐,当时间,将话改变。回言来,说于那,少年书生。

既然间,叫我去,头前领路。奴随你,莲花洞,同去修行。

那书生,闻此言,徉徜就走。侯真定,出草堂,拐了路径。

话说真定小姐出离草堂,月光底下,用目观看,只见庄外树林甚大,转身歧路而逃,前行不过大半里,又遇深崖拦路,回头就走,只见书生后边紧紧追到,方欲遮身林下。那书生一言叫道:"小姐不必隐藏,我早已望见了。"真定无奈何,坐在崖前。书生说:"小姐走投无路,可该从了在下亲事?"真定说:"就算死在这里,断无从亲之说。"书生说:"小姐可识人劝?"真定说:"为人岂不识劝?"书生说:"小姐稳坐,听我道来。"

白日里,在深山,孤凄难过。到晚间,卧草堂,冷淡伤情。

穿一身,破道袍,少衣无袖。吞几口,野茅根,且把饥充。

上无父,中无夫,下无儿女。谁是你,知心人,将你心疼。

劝小姐,你若要,随我前去。配一对,好夫妻,快乐无穷。

冬暖阁,夏纱帐,呼奴唤婢。朝食肉,暮饮酒,自在受荣。

罗帏帐,贪玩耍,鱼水交会。绣枕上,歌曲唱,凤和鸾鸣。

夫妇们,说几句,知心好话。纵然间,受饥寒,心也安宁。

看小姐，你是个，聪明伶俐。这件事，为什么，这样懵懂。

侯小姐，听说罢，心中大怒。好一个，无羞耻，野村狂生。

你纵有，苏秦口，张仪说法。想乱我，修行事，万万不能。

那书生，听说罢，双目齐皱。太和气，话一转，霹雳雷霆。

好言语，说过了，千千万万。小奴才，执死力，只是不从。

男共女，都有个，三回九转。从未见，这样人，捶打不明。

哪有这，闲工夫，与你细讲。学一个，楚霸王，强上硬弓。

将腰中，青丝带，用手解下。拴你到，莲花洞，要把亲成。

侯真定，见对方，有些不好。打一个，转回身，投崖丧生。

悠悠明崖万丈深，俱是峻石和荆针。

漫说真定是女子，就是铁人难见魂。

侯真定，寻无常，投崖丧命。慌坏了，西王母，忙救善人。

云头上，将袍袖，往空一摆。霎时间，提到了，玉阳山根。

侯真定，在空中，昏迷不醒。魂灵儿，悠荡荡，如见阎君。

好似那，桂花飘，轻轻落地。并不知，跌着她，一毫半分。

昏沉沉，多半晌，心中伶俐。睁开了，流泪眼，好不惊心。

昨夜晚，村庄上，投崖一死。为哪般，我如今，独坐埃尘。

想必是，彼一时，神人点化。那一个，小书生，不是凡人。

侯小姐，望空中，深深下拜。拜过了，众神灵，点化奴身。

话说侯真定投崖一死，多亏神人相救，将她提到玉阳山根，醒来方知神人得救。谢神已毕，又往前走，正在惊疑之处，思念之间，忽见翠柏青松围绕，绿水长流，上前观看，有一洞府，门上有字，写着"清净自在神仙府，逍遥快乐羽士家"，又写"白鹤堂"三字。正然观看，又见朱红门大开，出来一个女童。真定问道："此处何人居住？"女童应道："唐王玉阳公主在此修行。"真定闻言，喜出望外，果应此梦，忙随女童同到白鹤堂，见了皇姑躬身下拜。皇姑命坐一旁，问其来因。真定说："仙师尊坐，听弟子道来。"

侯真定，望仙师，端肃顷拜。听弟子，把因由，禀告师尊。

家住在，四川省，都平州内。金花县，侯家庄，有我家门。

父姓侯，字木元，母名张氏。单生奴，名真定，爱如千金。

年长着，十二岁，看经好善。俺家中，供养着，金母元尊。

白日里，念真经，声声不断。到晚间，参禅坐，无改善心。

忽然间，我想起，生老病死。哪一个，脱苦海，长在红尘。

那夜晚，在梦中，神人点化。她叫我，玉阳山，投拜师尊。

因此上，弃故里，前来相访。望仙姑，收留我，受教仙门。

话说真定小姐将家缘居住诉了一遍，皇姑说："千里来投，哪有不收之理？只是庙中稻粱短少，不能顾着小姐，还是请你向别处投师去吧。"真定说："千里来投，如同饥人望食一般，若不收留，只是一死而已。"说罢，满眼落泪，悲哀不止。皇姑沉吟半晌，言说："罢了，小姐既然不肯前去，暂且收下再作商议。"真定闻言如此，师尊在上，容弟子下拜。拜师已毕，留在庙中，每日讲经说法，这也不必细表。

一日，皇姑早坐法台，将真定叫到庙中："稻粱不多，有心命你往山下种麻，你意下如何？"真定说："弟子遵命。"

真定拜师佯倘去，山下种麻用苦工。

若非受尽苦中苦,怎得麻姑万古称。

侯真定,忙来到,山下观看。喜不尽,好土壤,肥润可耕。

每日里,来往走,不暇食息。只做到,日落西,才把工停。

不多时,中下了,田麻数亩。老天爷,偏凑巧,细雨清风。

云雾收,天色晴,山下观看。麻苗儿,如水洗,枝绿叶青。

终日里,在田间,育苗拔草。人人夸,好麻苗,齐节肥丰。

忽然间,五六月,天遭大旱。遍地里,火光起,赛过笼蒸。

把麻苗,只旱得,枝枯叶落。侯真定,干拍手,无计可生。

倘若是,把麻苗,尽都旱死。老师傅,怪下罪,我怎应承。

无奈何,担一负,柏木大桶。岭后边,去取水,浇麻用工。

小路险,金莲小,左倾右倒。水担重,柳叶软,曲体弯躬。

破肩挂,研透了,两臂在外。将绣鞋,俱站坏,双足难行。

绿袖裤,穿不住,引线补纳。高低透,露出来,装脚白绫。

花容衰,月光亏,面似苦鬼。披着头,露着足,不像人形。

自幼儿,在绣楼,养身惜体。十五岁,未走过,三里路程。

至如今,受这些,无边心苦。俺的娘,在家中,知必心疼。

那真定,记在那,玉阳山内。再明明,张氏女,思念花童。

侯真定功成得道,度双亲同升天宫。

虽说是前受辛苦,到后来身享华荣。

话说张氏自从女儿修行去后,终日思念,昼夜啼哭。一日,闷坐庭前,向员外一言说道:"咱家女儿修行三年有余,再无音信,为妻与她做了几件衣服,还有绣鞋几对,有心叫你与她送到那里,睄看女儿。不知你意下如何?"员外说:"像她不孝之人,你我何须提她,她倒无有念咱之心,你我哪有怜她之意。任她死活,再莫要思念于她。"妇人闻言,放声痛哭,苦苦哀告员外。员外无奈收拾包袱行李,奔往玉阳,探望女儿。路上行走不必细讲,半载光景,来到济源县内玉阳山前。话说那金仙圣母变化一个贫婆,在此等候员外。员外上前问道:"老大嫂!我的女儿在此修行,你可知道?"贫婆问道:"你女儿叫何名?"员外说道:"乳名真定。"贫婆又说:"你往西岭看,担水浇麻是也不是?"员外抬头一看,果然有一个女儿担了一副水桶从那里而来,员外左一看,右一看,说道:"你是真定女儿,为何这般光景?"真定说道:"孩儿每日担水浇麻,不顾整理容颜,所以折磨如此。"员外闻言,满眼落泪,好个受苦女儿呀!

员外一见泪珠垂,我儿心下当自存。

修行之事从今止,更换衣衫随父回。

侯员外,止不住,两眼落泪。哭一声,受辛苦,女儿花童。

想当初,你不听,为父解劝。一心想,要往那,玉阳修行。

就知道,修行事,无有好处。到如今,身遭难,果然灾星。

在家中,坐绣楼,呼奴唤婢。风不吹,雨不洒,整理花容。

至如今,还不如,丫鬟使女。在田间,学耕种,担水用工。

黑如铁,面如柴,鸠口鹊面。人不人,鬼不鬼,不像人形。

我若是,再迟来,三朝五日。父女们,大约是,难得相逢。

叫女儿,你快将,衣服更换。随老父,回家去,自受尊荣。

话说真定小姐担水浇麻,容貌损枯,不像人形。员外一见,痛伤不止,说道:"我二老忧念你在山中受苦,与你做了衣服几件,绣鞋几双。我今特来相送,望儿将衣服绣鞋换了,随老父回家去吧。"真定说:"爹爹既来睄望孩儿,将衣服绣鞋撇下。这山中少锅缺灶,不能与爹爹造饭。孩儿出庙时节,师傅与我仙桃三个,孩儿用了一个,还有两个。爹爹食一个,消饥解渴。将那一个与我家母亲捎回,以表孩儿一点孝心。欲待与爹爹多叙,师傅知道,儿罪难当。爹歇息一时,回家去吧,我还要担水浇麻。"说罢担起水桶,即往山后取水去了。

真定说罢徉徜去,留下员外孤零零。

无奈回家忍饥渴,用下仙桃如云登。

侯员外,见真定,徉徜去了。只留下,老员外,独坐山林。

少不得,下山坡,放声痛哭。哭两声,烈性女,不回家中。

走一步,哭一声,自思自想。难道说,为娇儿,哭死不成。

展去了,腮边泪,即奔大道。虽然走,常回望,难见花童。

正行走,猛觉得,肚内饥渴。忽想起,取仙桃,就把饥充。

侯员外,将仙桃,用到腹内。也不饥,也不渴,当时身轻。

好也似,鸟离笼,飞天展翅。又好似,太虚空,风吹云行。

侯员外,在途路,且悲且喜。不几日,来到那,四川都平。

到家门,老妇人,忙来迎接。员外把,玉阳事,前后表明。

话说员外用了仙桃,不多一时,来到家中见了妇人,把女儿浇麻遗桃之事,一一说明。妇人闻言,且喜且忧。员外将仙桃取出,付与妇人,张氏将仙桃接在手中,用到腹内,忽觉心安神胎,如有人道之感,遂即身怀有孕。妇人便叫员外,我今身怀有孕,不知是男是女。员外听说,望空祝告:"神灵!我若得一子接续宗支,酬谢诸神。"光阴似箭,日月如梭,不觉怀胎十月满足,生下一个孩儿。妇人、员外欢喜不尽,满斗焚香,答谢神灵。

张氏吃桃身怀孕,十月胎足降生男。

夫妻得儿心欢喜,广生堂内答谢神。

侯员外,见小儿,满心欢喜。经堂中,焚明香,答报诸神。

我年长,六十岁,得了一子。天保佑,不绝我,后代儿孙。

倘若是,小孩儿,成人长大。我许下,吃长斋,日念经文。

随起名,叫王桃,六亲知道。当时间,闹哄哄,改换门庭。

员外心欢喜,得下小儿童。

亲戚都来贺,有了人送终。

话说员外夫妻欢喜不尽,抱定孩儿行不离步,坐不离怀,合家欢喜,过着光景不提。又表真定,在此玉阳山修行,不觉光阴似箭,度过二十余年。那金仙圣母亲自来点化,见她从山下往上担水甚不便,随即化为民间贫婆,等候真定来到山下。贫婆说:"此处就有泉水,何不揭开?"真定便说:"泉水哪里?"贫婆说:"此地就是。"那真定上前揭开,果然是实。贫婆又说:"你日后不必担水,我传你金丹口诀,你须要加功进步,苦心修炼,还得百日功成果满,我来度你上天。"说罢,袖内取出丹经一卷,付与真定。贫婆化为一道金光,腾空去了。小姐拜毕,回到白鹤堂,说与师父皇姑,将丹经展开观看,乃是养性的根源。那公主与真定参悟丹经,忽然七窍大通,参透此理。

真定接书心欢喜,拜别老母谢师尊。

展开丹经从头看,字字行行写分明。

上写着,头一戒,割私去欲。尘世事,都断了,依戒奉行。

第二戒,只要你,坚心守道。有进心,无退念,自然功成。

第三戒,除邪淫,万缘放下。昼夜间,常打坐,要下苦功。

第四戒,莫要贪,虚花境界。只等得,灵光智,智慧聪明。

第五戒,锁心猿,牢拴意马。迷却了,生死路,闯出四牲。

到那时,你修的,功成果满。离尘世,超仙界,跳出凡笼。

看毕一丹经,字字说分明。

参透其中理,人人得长生。

话说公主虽然修行数载,未得亲传,今日方知此理,师徒二人依戒而行。又表公主取白银十两,便叫真定:"这是银子十两,交付于你,即刻回家。你那一双父母大限将到,送他黄金入柜,即时回来,再下苦功。"真定听说,辞别师傅,离了玉阳山,驾起五色祥云,一时光景,来到家中,见她爹娘身得大病,卧床不起。真定来到床前,员外便问:"你是哪里师父?"真定上前,双膝跪下,说道:"我是二十年前不孝真定,回到家中,探望爹娘。"那员外听说女儿回家,勉强起来,抱头痛哭,大放悲声。

员外一见放悲声,哭声真定女花童。

正是久旱逢甘雨,好似他乡遇故人。

侯员外,见女儿,勉强起来。哭一声,我的儿,今日回来。

我只说,与娇儿,不得相见。二十年,不来家,看望双亲。

趁今日,把亲戚,请到家内。将家财,交付你,再不忧心。

把你的,小兄弟,你要宽待。我死后,他是你,贴己之人。

今才知,养女儿,尽忠尽孝。唤女儿,与弟寻,配对良门。

员外说,事不好,我今死去。妇人说,娘儿们,两下离分。

老两口,夜晚间,一身死去。只落得,两手空,去见阎君。

人死如灯灭,好似汤泼雪。

有心活一百,阎王不容说。

话说真定姊弟二人将父母入殓、殡埋以后,真定又见她兄弟年幼,未曾婚配,想了多会,娘舅无子,只有一女,无有婆家,便叫二舅:"孩儿有件心事与舅舅商议,不知意下如何?"母舅言说:"你讲我听。"真定言说:"我爹娘撇下许多产业,无人照管,又撇王桃年幼,少爹无娘,令人忧虑。我想二舅跟前无子,只有一女,以孩儿之言,将我王桃兄弟与你作一门婿,咱两家亲上做亲,防备养老送终之人。一则二舅有靠,二则王桃有归,三则家产有人照管,三全其事。"二舅听说,随即许亲,择定良辰吉日。定真将兄弟亲事成就,辞别众亲,回到白鹤堂,见了公主,将家中之事说了一遍。公主言说:"真定!你的功圆果满,不必浇麻,我今送你道号叫作麻仙姑,在此修行。"功成果满,此话不提。

又表玉阳公主乃是唐睿宗皇帝女儿,道号称为玉阳仙姑,出家玉阳山前万寿宫,又到白鹤堂修行。忽然一日,观看本宫楼台殿阁,年深日久,被风雨损坏,无人修理,奏准父王重修庙宇,金塑神像。圣旨下来,即命孟州太守兼工,将孟州王屋县、阳城县、曲阳县四处钱粮,不许解进京,俱系公主俸禄,修宫使用。公主领旨谢恩,即唤能工匠人,重修玉阳万寿宫,并天坛顶三宫八观九庵。不到二载,焕然一新。大功完毕,又修设黄绿经延大醮,七日七夜,感动西王母娘娘,起奏玉皇上帝。上帝即差王母领旨,按落云头,往下观看,只见云雾霭霭,瑞气腾腾,法水一洒,员外夫妇超凡入圣,各归天宫。

王母领旨下天台,杨枝一洒离尘埃。

真定仙体临凡世,居家人等上天宫。

西王母,驾祥云,亲来点化。度化她,一家人,早上天宫。

侯员外,老妇人,腾空去了。搬家缘,付娇儿,王桃儿童。
这家缘,交于了,娘舅执管。两家儿,成就了,亲上做亲。
麻仙姑,得了道,功成果满。普天下,人赞叹,真定修行。
功成就,虎隐山,龙归沧海。宝卷完,功果满,各回天宫。
今夜晚,演一本,麻姑宝卷。劝天下,男共女,个个回心。
有智人,听宝卷,改恶向善。无智人,听宝卷,耳边过风。
我二人,再想要,多说几句。卷本上,无了字,记也不清。
七宝林中七宝台,宝莲宝树宝花开。
演罢宝卷言道德,三人举步下瑶台。

猛将宝卷

猛将宝卷初展开,诸佛菩萨降临来。
善男信女同声和,能消八难免三灾。
各位大众静静心,待我一一说分明。
不宣闲言并闲语,单宣卷中一桩情。
且说大宋朝仁宗皇帝年间,江苏省松江府上海县陆台村有一家富户人家,姓刘名忠,夫妻同庚,年交六十岁,家中金银满库,米粮存仓,良田无数,单生一子,取名叫三官,上学请教书先生题了学名叫必达,娶妻包氏叫秀英。不料刘忠老夫妻二人得病,一命身亡。刘三官将双亲安葬已毕,到了清明佳节要去祭扫坟墓便了。
二人同坐在厅堂,安排酒席饮杯巡。
夫妻同庚三十岁,想着无男无女情。
三餐酒饭难吃下,满面有愁不称心。
秀英上前开言道,且向丈夫问原因。
还是我爹爹得罪你,莫非衣服不称心。
莫非嫌妻容貌丑,还是要讨二夫人。
丈夫若要新衣服,有啥事情说分明。
夫君若有千斤担,奴奴替挑五百斤。
且说三官回答娘子道:"我并非别事,只因我祭祖上坟,听见有的男女哭爷娘,也有夫君哭娘子、娘子哭夫君。我思想待我死后,有啥人来为我祭扫坟墓便了。"
我今思想无儿子,年老之时靠啥人。
现在你我三十岁,也无后代好伤心。
有子有孙坟上祭,无子无孙冷清清。
我今思量无后代,前朝要接后朝人。
枉有金银空富贵,一世做人全是空。
有钱无子非为贵,有子无钱不称贫。
人无后代休争气,国无粮食哪养兵。
君王有难贤人出,人到中年想儿孙。

为了此事多烦恼，真情说话贤妻听。

　　且说包氏娘娘劝丈夫："必忧愁，老古人说有银子就有儿子。你祖上未曾做啥恶事，到后来有了后代也未可知。我常听得灵官大帝面前求男生男，求女生女。只要诚心去到灵官庙里去祷告，若然求得一男半女，我们二人也可告老终身便了。"

　　娘娘说与丈夫听，劝你不必苦伤心。

　　我今若要求儿子，虔诚祷告佛神明。

　　松江府内灵官庙，求男得男最最灵。

　　不论男女求一个，不绝刘家后代人。

　　三官听了娘子话，犹如惊醒梦中人。

　　时间正在春三月，夫妻同去把香焚。

　　诚心就把香烛办，纸马蜡烛元宝锭。

　　佛前果品都周全，挑了香担忙里行。

　　夫妻二人香汤浴，上下衣服换干净。

　　头戴乌纱金顶帽，身穿鹦哥绿海青。

　　腰里束了香罗带，脚上缎鞋各令令。

　　包氏娘娘重打扮，周身衣服簇簇新。

　　身穿四季团花袄，十二金钗按时辰。

　　头戴百花珠冠子，腰束湘江水浪裙。

　　夫妻打扮多端正，金莲小脚步难行。

　　四个梅香来服侍，摇摇摆摆出房门。

　　官人骑上高头马，娘娘坐轿就行程。

　　安童挑担往前走，梅香随轿后头跟。

　　路上行程闲观看，多少穿红着绿人。

　　处处桃花多开放，村村杨柳绿沉沉。

　　多少来往经商客，人来人往不留停。

　　走进松江城一座，六市三街闹盈盈。

　　一径走到灵官庙，一心虔诚把香焚。

　　刘三官人来下马，包氏秀英出轿行。

　　三官走进来观看，殿前殿后出草泞。

　　灵官殿上多摔倒，门窗户挞烂干净。

　　香炉里面青草出，案台面上起蓬尘。

　　东边摔倒西边柱，倒挂椽子数不清。

　　官人一见心中想，这样泥佛哪能灵？

　　娘娘听见回言答，相公说话不中听。

　　只要诚心来求子，烧香许愿拜神明。

　　官人就把香盘开，点香点烛拜神君。

　　三官夫妻来祝告，我是松江府里人。

　　上海县内陆台村，区区村庄小地名。

　　本人名叫刘必达，妻子名叫包秀英。

我身只为无男女,虔诚特来把香焚。

夫妻二人诚心拜,重新改造庙堂门。

灵官大帝檀香做,两边罗汉尽装金。

金绣长幡当中挂,每月灯油廿四斤。

大红佛帘金钩挂,合堂纱灯重建新。

金绣送子观音像,求子好传后代根。

　　且说刘必达祷告通神,拿起签筒问签。命里有子,赐上上签;若然命里无子,赐下下签。三官就拿签筒,摇动签子,拾起观看上上签。夫妻二人,心中欢喜,拜谢神明,香火签书上上签。三官付钱一百两,回言道:"我今回家生下来,还愿便了。"

道士送他庙门出,三官上马走行程。

娘子上路轿行走,赶路人如风送云。

官人下马妻出轿,合府家人出来迎。

夫妻二人厅堂坐,恭拜家堂与灶君。

二人回进香房内,二人吃酒喜欢心。

又对三代祖宗拜,传宗接代有后人。

酒席吃到黄昏后,官人开口说原因。

我今若要求男女,持斋吃素发善心。

日日在家行善事,修桥铺路广修行。

初一月半斋和尚,逢七初三济道人。

夏施凉茶并凉帽,冬天寒冷施衣巾。

十字街口开了井,官塘大路造凉亭。

若遇阴天施雨伞,若遇暗天施红灯。

穷人死了无棺木,买了棺木施他们。

收租出入多不讨,借票一切化灰尘。

仓库还有陈黄米,堆堆送给穷人吞。

只因求到后代人,烧香念佛广看经。

不宣刘家行善事,再宣灵官奏天庭。

朝见玉皇廿四拜,三呼万岁口称臣。

松江有了刘必达,夫妻二人广修行。

为了求子传后代,故而奏你玉皇听。

玉皇细查刘家事,他家前世作孽深。

为此罚他无儿子,应该三世无子孙。

玉皇大帝开金口,灵官听我说分明。

早来三日还可能,慢来三日无一星。

三千星宿都发完,并无一个空闲人。

灵官此时重开口,伏望我皇赐一星。

善恶若然无报应,啥人还肯来修行。

　　且说玉皇大帝准奏复查,普天星宿,天罡地煞,五百尊罗汉,个个查到,没有一个。再到南天门下,有一个名叫骆驼星君,有了凡心,赐他到刘家作为子孙便了。

玉帝闻言忙敕令,金牌要召骆驼星。
骆驼星君前来到,拜见玉皇大帝称。
玉皇大帝开金口,你今为何动凡心?
我今召你非别事,送你刘家作子孙。
星君回言我不去,下凡去了受苦辛。
我在天堂多自在,不愿下凡重做人。
既要派我刘家去,要封官职下天门。
玉皇见说心欢喜,立刻敕旨就封赠。
赐你黄金甲一件,又赐青锋剑一柄。
丈二红绸头来扎,两朵金花左右分。
封你天曹刘猛将,青苗胜会你为尊。
倘有大难天来救,后来度你上天门。
星君此时封官职,深深八拜谢皇恩。
玉皇上帝又敕令,再召都罗太白星。
太白星君忙来到,玉皇吩咐你且听。
我差骆驼星下凡,你送投胎到刘门。
星君变化穿跟斗,化作仙桃去托生。
太白星君来变化,变为白发老年人。
手拿仙桃来下界,腾云来到刘家门。
包氏睡到三更后,梦见白发公公送桃吞。
吃我仙桃生男子,好做你家后代人。
一月二月还未觉,三月已到四月零。
五月六月分男女,七月八月与他完全身。
九月十月身满足,过期半月不临盆。
娘娘夜间又得梦,白发公公说分明。
星宿下凡难生产,拣年拣月拣时辰。
拣了好月拣好日,拣了好时就临盆。
天宝元年闰正月,十三日除夕时生。
日上三竿来下地,猛将星宿下凡尘。
五色祥云毫光现,众人看见吃一惊。
刘家这样稀奇事,红光透出九霄云。
城隍土地来迎接,家堂灶君尽来临。
接了童子来下界,紫袍玉带好郎君。
金盆沐浴银盆过,乳娘服侍宝和珍。
三朝要斋监生娘,七日八夜摇篮登。
日去月来容易过,不觉满月到来临。
诸亲百眷都请到,逍遥快乐饮杯巡。
金杯玉盏吃好酒,银盆里面装荤腥。
时新果品样样有,席面素菜色色新。

初杯敬酒金杯内,二杯敬酒状元红。

酒至三杯方落盏,三官席上就抽身。

吩咐包氏贤妻子,房中抱出小儿身。

请了理发师父到,剃去头上胎发新。

刘三官人开言说,要请众亲取乳名。

隔壁叔叔回言答,三官贤侄听原因。

灵官庙内求来子,取名佛寿小官人。

众人席上都说好,三官肚内欢喜情。

酒席吃到黄昏后,各人谢谢转家门。

不宣闲言并闲语,再宣佛寿小官人。

一周二岁娘怀抱,三到四岁甚聪明。

顶平额阔天仓满,两耳垂肩貌十分。

必是天上星神降,世间少有这等人。

不觉年方交七岁,送进学堂读书文。

先生请着王老师,七通八达学问深。

学名取叫刘聪俊,恭拜先生老大人。

先读神童百家姓,后面再读千字文。

门前原是先生教,后头不教自聪明。

四书五经都读过,满腹文章无比伦。

且说刘必达夫妻在家行善,忘记了灵官庙内许愿未完。灵官大帝吩咐判官,七年之前有一个刘必达许愿未完,拿出愿簿细细查看,看到愿簿上刘必达没有还愿,果然人心不足,灵官大帝就大怒便了。

可恶三官无道理,你到庙内求子孙。

若要过江千声佛,渡过之后无半声。

你养儿子身长大,家中欢喜过光阴。

灵官大帝来讨账,吩咐夜叉小鬼身。

派你前到刘家去,要到包氏秀英身。

夜叉听了灵官令,瘟疫派到刘家门。

前门二个门神官,后有钟馗看后门。

夜叉就把神通显,狂风一阵好惊人。

飞沙走石风云起,包氏吓得汗淋淋。

忽然头痛满身热,冷来好像冰水淋。

阴天就要背心痛,天变就抽周身筋。

求医服药全无效,问卜求签总不灵。

娘娘有病多沉重,请位郎中好先生。

换了医生医不好,蚱蜢身小难过冬。

周身好像骷髅骨,面孔好像黄瓜棱。

越医越重无法治,想来娘娘命难存。

指望丈夫同到老,棒打鸳鸯两处分。

奴奴病重不能飞,孝服衣棺办完成。

便叫相公人一个,来到床前听我言。
我若一命归阴去,照看佛寿小儿身。
后来成人能长大,好接刘家后代根。
求男求女求来子,不比平常底下人。
到东到西你照看,到南到北你当心。
日间同台来吃饭,夜间寒冷你当心。
照管孩儿身长大,好做传宗接代人。
你若糟蹋亲儿子,刘家断绝后代根。
我想官人难忍耐,必定要讨晚妻身。
若然讨着贤能妇,好做当家立基人。
你若讨着凶恶妇,前妻晚母二条心。
一棵桃树接杏树,一树开花二样心。
讨妻要讨贤良女,勿要讨个搅家精。
我今活在来吩咐,相公牢牢记在心。
三官听说心中苦,眼泪汪汪落在胸。
吩咐相公叫梅香,唤我儿子进房门。
佛寿官人来知道,连忙进房问娘亲。
包氏娘亲孩儿叫,我今看来命难存。
指望养儿防身老,哪知儿小娘归阴。
我死之后还尤可,难舍孩儿年纪轻。
我死你爹必要讨,你要敬重晚娘身。
晚娘不比亲娘好,前妻晚母二条心。
亲娘好像连膀生,晚娘打你要性命。
无娘儿子刀无柄,无爷好像树无根。
菜刀无柄无用处,树若无根难活命。
冷热之时自己晓,未冷之前先穿衣。
春天不要放鹞子,夏天不要去采菱。
秋天不可溺冷浴,冬天不要去走冰。
为人口舌要管好,不要出口骂就人。
晚娘生下男和女,弟兄淘里不可欺。
家中事务要当心,莫要高声去骂人。
日夜用心勤读书,孩儿文章要当心。
求得一官并半职,母在黄泉也放心。
今日亲娘叮嘱你,后来梦里见娘亲。
吩咐孩儿来讲完,又叫安童使女身。
府门照顾刘佛寿,服侍周全要当心。
安童使女多遵命,我在阴司也称心。
吩咐梅香再去请,东南西北四乡邻。
四方乡邻都请到,句句真言告乡邻。

亲邻照管我儿子,我在阴司保你们。

乡邻辞别娘娘转,日落西山一更深。

阎王相请归阴去,化作南柯梦中人。

三官叫妻不答允,佛寿叫娘不回身。

官人哭得肝肠断,好比钢刀刺我心。

佛寿也把亲娘叫,亲娘满身冷如水。

三官就把箱子开,包氏沐浴换衣巾。

一切孝服俱全备,乡邻亲眷到来临。

包家父母都来到,入殓已毕转回程。

逢七道场念经忏,放灯施食祭魂灵。

五七开丧来受吊,诸亲百眷尽来临。

佛寿灵堂内里哭,啼啼哭哭叫娘亲。

终七念经并拜忏,黄江岭上葬其身。

安葬已毕乡邻转,娘娘灵位供厅堂。

佛寿陪伴在灵前,日夜灵前哭娘亲。

每日羹饭灵前供,冥锭白纸火来焚。

化去锭来娘不见,只见锭灰不见人。

若要见娘人难见,除非三更梦里会。

佛寿年轻都知道,思量超度我娘亲。

道场摆在正堂上,供上如来佛世尊。

要拜梁皇并水忏,佛寿吃素拜娘亲。

亲娘阴司有罪孽,孩儿愿点肉身灯。

十月怀胎恩难报,佛寿哀求报娘恩。

子在佛前来忏悔,十王赦罪我娘亲。

我娘若有阴司罪,诸佛赦罪我娘亲。

超度我娘登仙界,逍遥快乐上西方。

道场七日都已毕,过了残冬又逢春。

佛寿伴娘在灵前,外面来了做媒人。

再说王婆不做营生,专靠做媒人活命,说鬼话骗铜钱。那一天,到了刘家,听到三官死了娘子,想做一个媒人。若这亲事成功,好寻半年饭米钱。今日来到刘家,看他如何。三官道:"王婆,你听我便了。"

若讨晚娘情义好,却忘前妻一段情。

倘若讨了不良女,害了孩儿受苦辛。

王婆听说来相劝,因为佛寿年纪轻。

况且朱三多贤惠,正好照顾小儿身。

这段亲事真难得,走尽天边无处寻。

三官便叫刘佛寿,王婆劝我讨晚娘。

我今讨了晚妻子,孩儿听了不作声。

且说刘佛寿是个聪明之子,开口出来十分伶俐:"爹爹若讨晚娘,孩儿不敢阻挡,娘亲临终之后,吩咐爹爹要讨善良之女,不要讨凶恶之人。若然讨了个凶恶妇女,孩儿要受苦。"那王婆开口回言道:"这位娘娘,好极便了。"

　　不长不短真有样，勿肥勿瘦甚聪明。
　　年纪勿大真标致，好做当家立业人。
　　挑花裁剪样样会，描龙绣凤件件精。
　　又会写来又会算，文武双全样样能。
　　若然要我做媒人，先送十两雪花银。
　　钟鼓楼前去买肉，特为媒人买荤腥。
　　待媒吃酒高厅上，早晨吃到夜黄昏。
　　媒人吃得醺醺醉，谢了三官转家门。
　　王婆吃得勿像人，不管高低路不平。
　　一脚高来一脚低，脚趾头跌得痛煞人。
　　一到前来又缩后，勿撞东来定撞西。
　　看看跌着一身泥，鼻头跌得血淋淋。
　　王婆跌得爬不起，王公远远跑上来。
　　好像我个老太婆，跌得一身烂河泥。
　　连忙挽她挽不起，只好装在榻床里。
　　便叫乡邻扛回去，等到酒醒就换衣。
　　身上泥衣都脱下，洗面沐浴再穿衣。
　　慌忙走到朱家去，朱家大门贴着纸。
　　门上贴出三不许，字字行行写分明。
　　王婆原来不识字，叫人念得碧波清。
　　一不许闲人来走进，二不许僧道上我门。
　　三不许媒人来说亲，情愿守节不嫁人。

　　再说那个王婆叫人家念，一听顿时一呆，"那么真个尴尬哉！不要管他，待我来进去，看看他的形势，到底嫁人不嫁人？"

　　这个亲事成不成，王婆外面喊开门。
　　朱三娘娘来回答，外面到底是啥人。
　　开门看见王婆面，今朝为啥到我门。
　　王婆见了朱三姐，恭喜贺喜不绝声。
　　我来你家非为别，特来与你做媒人。
　　陆台村上刘三官，家中豪富有金银。
　　要讨你人为妻子，此段姻缘天赐成。
　　三娘听了心大怒，就骂王婆老贱人。
　　当时王婆来赶出，耳光一记打上身。
　　我在佛前许过愿，真的不想再嫁人。
　　一念诚心来守节，你到我家嚼舌根。
　　王老太婆面皮厚，唔呀唔呀不像人。
　　你有心来他有意，相女配夫做媒人。
　　你今若然不嫁人，他家就要讨别人。

三脚蛤蟆无讨处,二脚姑娘总好寻。

刘家豪富天下少,村村巷巷尽知闻。

此样人家不肯嫁,走尽天边无处寻。

刘家田有三千亩,只有发达不会穷。

不吃素菜尽吃荤,要嫁去来无处寻。

年纪轻轻不肯嫁,后来懊悔怪自身。

说得娘娘无主意,吞吞吐吐心不定。

且说朱氏三娘娘被王婆说得心慌意乱,心中呆呆一想,王婆说的倒也不差。三娘回答:"我今有了儿子,名叫朱金宝,产业太少,剩一千两银子,六十二斤粮米。坐吃只有二年半,坐吃山空家道贫。"王婆便问三娘:"你年纪几岁?"三娘当时回答:"我今年三十三岁。"王婆又问:"啥日啥时?"三娘道:"我三月初三日午时生的。"王婆记明白便了。

三娘听了王婆话,心慌意乱不定心。

娘娘实在难推却,又如痴呆懵懂人。

说得三娘无主意,黄梅水发一时昏。

三娘移步进房门,就拿年庚写出门。

王婆拿了三娘帖,心中快乐十来分。

媒婆接帖回家转,犹如拾着宝和珍。

我今拿着三娘帖,半年饭米稳稳能。

王婆就到刘家去,三官便问成不成。

王婆听说叹口气,骂我是个老娼根。

拿我骂得一唠叨,耳光打得难讲明。

后来被我来劝醒,年庚八字请到身。

月帖交付三官看,三官眼泪落纷纷。

且说王婆便叫三官:"你为何眼泪双抛?"三官说道:"这个年庚与我前妻同年同月同日同时生的。我想前妻没有合到老,此女我心想不要去讨哉。王婆多谢你,去还了年庚,我今不讨哉。"那王婆听了他一说,心想这桩亲事看来是不成功,顿时板起面孔便叫:"三官人!我不管你亲事成功不成功,许我十两媒人钱都要给。"

三官一想,不如这段亲就成功罢。王婆道:"只要早晨点对蜡烛不坍,这段亲事就能完全成功。"在亲事方面,刘三官被王婆说得花言巧语,只好一口允成。王婆又问三官十两媒人钱,就要现付,还要拣着黄道日脚。三官就挑定十二月廿四日灶王亲。那王婆到女家说:"明日脚十二月廿四日灶君亲。"朱三娘一听,准备嫁礼。再说刘三官诸亲百眷要叫吹打师傅前来,做亲拜堂,吹吹打打,闹闹热热。三官人同了新娘子一起红绿丝巾进房便了。

朱氏三娘正结婚,下卷之中说分明。

大众听客静静心,吃支香烟再来听。

猛将宝卷下集开,诸佛菩萨坐莲台。

三娘正在来拜别,轿子歇在外墙门。

一班鼓手来吹灯,掌礼三通请新人。

梳妆打扮衣裳换,三娘移步出房门。

有个小鬼朱金宝,抱住母亲不放行。

蚂蟥叮仔螺蛳脚，双手拉住不放行。

三娘开口骗孩说，待我说你听原因。

你爷昨日许了愿，还了香愿就回程。

金宝小儿回言答，母亲说话不中听。

既然庙内还香愿，为何穿绿着红裙。

必定娘亲去嫁人，孩儿也要一同行。

三娘即便开言说，金宝孩儿听原因。

媒婆说我无子女，母子双双难进门。

我定明日来领你，三朝领去见父亲。

金宝不听娘亲话，抱住娘亲哭不停。

三娘心内生一计，金宝孩儿叫连声。

我今忘记带手帕，你到房中拿点心。

房里台上三只菱，另有糖糕好点心。

骗了孩儿房中去，锁上房门不可行。

金宝骗忒身上轿，轿夫抬了就动身。

且说朱三娘子骗忒孩儿，把他锁在房中，自己去嫁人。那朱金宝在房中跳脚拍手，不放出来。那朱三娘前夫魂灵回家，晓得娘子嫁人，嫁了刘三官为妻，"我今要去活捉朱三娘"，来到刘家宅上。那刘家阳气重重，不能下手，只得回家中，又见金宝小孩，登在房中大哭，实在伤心。"待我阴功开了房门，让他小孩可出房门。"三娘的前夫魂灵来到城隍庙里去哭诉，现在城隍老爷吩咐朱三娘阳寿减了三十年。她不守节，丈夫又减去十年。阴司判官判你三娘到阳间投只雌狗，看宅防宅。生死簿上注定三娘自己可以过活，本该要活七十岁，还有三十三年，减去三十年还有三年。再说王婆不做媒人，刘三官就不讨娘子，朱三娘也不会嫁人，刘佛寿也不会吃苦头，朱家也不会断绝香烟，还加拆散贞节妇女守孝。王婆真真害人，自身作恶便了。

不宣朱家香烟断，再宣三娘上轿行。

路上行程来得快，轿子已到刘家门。

到了刘家墙门口，三灯火把接新人。

参拜天地来敬酒，喜娘相送进房门。

亲邻辞别回家转，夫妻恩爱似海深。

再表佛寿小官人，孝堂里面哭娘亲。

惊动晚娘来知道，三娘脱落衣和裙。

拍台叠凳高声骂，便骂王婆害人精。

今日灵前母亲哭，前日说的无后人。

若然刘家有儿子，还我年庚转家门。

刘三官人开言说，贤妻你且听原因。

花烛前妻生一子，我去喊来见你身。

三官就叫刘佛寿，快换衣服见娘亲。

佛寿从小多聪明，外罩套在麻衣身。

慌忙走到娘房里，磕头唱喏叫娘亲。

且说父亲叫佛寿出来拜见晚娘。那佛寿偷看，晚娘在亮里好像活观音，暗里一看正像夜叉小鬼，十分恶相，不是善良之人便了。

晚娘见儿立起身,娘看儿子儿看娘。
见娘面上克夫相,原来讨个搅家精。
头颈缩腮无情义,面上横向是凶人。
拜别晚娘归房去,仍归灵前守孝堂。
过了三朝并四日,金宝媒人送来临。
金宝到了刘家去,刘家与他就改名。
改名换姓叫刘圣,刘三说与娘子听。
娘子叫我说你听,照看儿子胜嫡亲。
前后孩儿一条心,弟兄同样着衣襟。
再请先生书来教,并无偏向二条心。
春夏秋冬四季换,冷热衣裳你当心。
照管佛寿小官人,我晓之后也甘心。
倘然独顾自己儿,我今晓得不用情。
恩爱爷娘情义深,眼泪汪汪落纷纷。
不表佛寿哀哀哭,晚娘生出二条心。
不宣佛寿心中苦,晚娘说话起横心。
再宣晚娘生恶计,说道佛寿骂我身。
你的孩子刘寿佛,我今做妻说你听。
弟兄二人来相骂,小儿果品独自吞。
我做晚娘管不了,后来欺我晚娘身。
家中铜钱常偷去,外面出去做输赢。
三官听了不相信,告诉闲话全不听。
告诉娘子莫当真,小小孩儿不作真。
一番鬼语来告诉,哪知官人不肯听。
光阴如箭容易过,不觉又过半年春。
正逢冬季收租去,收租讨账下乡村。
皆因佛寿灾星到,铜锁钥匙托妻身。
自己孩子吃精肉,皮骨拿来佛寿吞。
佛寿自小来吃素,何用肉来开腥荤。
好粥好饭刘圣吃,冷粥冷饭佛寿吞。
嚎啕大哭伤心苦,三食茶饭不均匀。
恶心晚娘看轻我,结下冤家海洋深。
且说晚娘起了凶恶念头,今朝要弄死佛寿。佛寿只有八岁,小儿饥饿吃不饱,只得偷桃子当点心便了。
佛寿偷桃当点心,晚娘就骂不成人。
一把扭住刘佛寿,乱打脚踢不容情。
上身打得多是块,下身打得血淋淋。
从小要偷桃子吃,大来要做搅家精。
拿你锁在磨坊内,不许出外去游行。
限你磨坊来推磨,抬根面杖打背心。

佛寿推磨推不动,晚娘看见骂连声。

就拿面杖重又打,打得口中血直喷。

佛寿打得伤心哭,幽幽一命见阎君。

佛寿灵魂归地府,阎王面前说真情。

阎王知他星神降,请起佛寿赐平身。

你今如何来到此,若有冤情说我听。

佛寿将情细细说,可恨晚娘朱氏身。

又言王婆做媒人,朱氏嫁我父亲身。

我父出外讨账去,晚娘打我命归阴。

阎王听了重重怒,吩咐判官夜叉听。

又差牛头并马面,快拿王婆十恶人。

王老太婆活捉去,阎王殿上审犯人。

王婆跪在尘埃地,大王拍案骂高声。

朱家娘娘来守孝,害他失节去嫁人。

害得朱家绝后代,作孽如同海洋深。

阎王便叫夜叉鬼,拿捉王婆重加刑。

敲落牙齿挖脱眼,割去舌头血淋淋。

刨开肚皮心肝挖,送与恶狗当点心。

王婆虱入丰都城,千年万载不超升。

阎王便差仙童女,相送佛寿转还阳。

重新还阳命不绝,慢慢张开两眼睛。

且说佛寿被晚娘打死,阎王送他还阳,开眼看见原在磨坊里。如今朱三娘勿在家里,王婆死了,她去吊孝送葬。晚娘临出门,吩咐安童使女,不许送粥饭与佛寿吃。那安童使女看见佛寿醒来,个个快活,就偷偷拿粥饭与他吃了。倘然佛寿没有吃着,真要饿死便了。

佛寿登在磨坊内,面黄皮瘦不像人。

晚娘一心饿死你,家私自己儿子当。

身上衣衫吭冔着,打扮好像活贼精。

好比乞丐无两样,不像佛寿小儿身。

头不梳来面不洗,蓬头赤脚猴狲形。

头上帽子开花顶,脚上鞋子无有跟。

晚娘欺瞒刘佛寿,衣衫吭冔一件新。

便拿芦花做棉袄,送与佛寿着在身。

别人看见身上热,芦花棉袄冷十分。

自己刘圣来打扮,丝绵细袄着在身。

衬里短衫丝绵做,裤子原是百花绫。

红红绿绿无其数,脱一身来换一身。

隔重肚皮隔重生,晚娘总有二条心。

不宣晚娘真厉害,借此麦种起毒心。

行善自有天知道,皇天不欺善心人。

　　且说朱三娘一心要害佛寿，心生毒计，看见长工到田里种麦，就吩咐佛寿去撒麦子。因为晚娘炒熟的麦子叫佛寿种，另外好的麦子叫自己儿子去种，只是天意自然，好的麦种不出，炒熟的麦种得粒粒攒齐，天意助的便了。

　　晚娘十恶起毒心，正是皇天有眼睛。
　　火烧麦子粒粒出，传流古迹到如今。
　　佛寿心善天保佑，皇天不负善心人。
　　若然麦种种不出，就要打死佛寿身。
　　佛寿种麦天来助，顷刻又要受灾星。
　　不宣晚娘多凶恶，三官讨账转家门。
　　佛寿抱住爹爹哭，告诉家中一段情。
　　你说晚娘照顾我，叫我磨坊受苦辛。
　　朝上无有粥来吃，夜来没有饭来吞。
　　刘圣穿着丝绵袄，芦花棉袄佛寿身。
　　若说寒冷打一顿，周身打得团团清。
　　只望讨妻照顾我，哪知害了我儿身。
　　可恨媒人来诓骗，谁知讨着搅家精。
　　父子二人叨叨说，无心人撞着有心人。
　　刘圣暗里听壁脚，搬弄是非告娘亲。
　　娘亲面前谎话说，佛寿骂你老妖精。
　　说你毒心搅家精，骂你实在勿像人。
　　说你白脚花狸猫，又骂好像狐狸精。
　　三娘听了刘圣话，顿时就变泼妇人。
　　拍台叠凳高声骂，便骂三官不是人。
　　你的儿子多尊敬，倒要骂我搅家精。
　　三娘脱去长衣服，捎拳勒臂出房门。
　　抬根面杖拿在手，打得大缸水不清。
　　上前扯住三官手，背上拳头雨点落。
　　一把扯住辫子梢，顿时打得满身青。
　　一件海青多扯破，头发扯脱几十根。

　　且说刘三官是个斯文之人，亦不会还手，倒被娘子打得拔脚无路。佛寿吓得只好伴拢也，无人来解劝，真真苦怜便了。

　　泼妇晚娘像霸王，前厅打到后厅堂。
　　镬子汤罐全打碎，细花窗槅尽打完。
　　灶头烟囱侪扒光，还要打碎大水缸。
　　家堂菩萨无处伴，灶君王帝上天庭。
　　六神土地来动怒，门神公公火来生。
　　三官吓得无伴处，连忙伴在暗弄堂。
　　却被泼妇来寻着，一把扯住打你身。
　　三官打得气不停，懊悔讨这搅家精。

晚娘面前来讨饶,阿好饶我姓刘人。

隔壁三叔来解劝,劝你夫妻二个人。

夫妻本是同林鸟,大难临头各自飞。

今日相打明日好,后来原是夫妻情。

我今与你来劝解,夫妻和睦要同心。

夫妻二人勿和睦,三娘肚里不良心。

今日三官来忍气,三官无法跪妻身。

冲撞家婆非小可,又如惹这胡蜂窝。

朱三娘子起毒心,有话说与丈夫听。

今朝赶出刘佛寿,万事全休总不论。

与你夫妻同到老,并无半句来相争。

你今若不来赶出,今后吵得不安宁。

三官听说心中想,事在心头无处奔。

若然赶出亲生子,忘记前妻一片心。

左难右难难煞我,泼妇还要起毒心。

若然不赶亲生子,吵得人家不太平。

三官心中呆呆想,里边走出恶妇人。

抬根面杖拿在手,一心要打佛寿身。

且说三娘实在凶恶,前头丈夫赛过是他弄死的,如今又要弄死佛寿,拿了一根面杖走到学堂里。佛寿坐在学堂里读书,那三娘就拿面杖,把佛寿一记,打得鲜血淋淋滚在地上。三官赶来,连忙挽起。泼妇就骂:"老杀千刀,今朝连你打死,勿壳张抵你二条性命。倘然打死小官人,我犯六刀之罪,勿壳张剥皮抽筋的。"唬得三官魂不在身,对娘子道:"你不要打,让我弄死他罢。"三官心里想:"勿打杀佛寿,连我性命难保,不如推在河里沉死罢,让我多活几年。讨这泼妇,叫我无法可治便了。"

朱三娘子泼妇人,九习十恶坏良心。

吵得三官无摆布,只得起了不良心。

便叫冤家佛寿儿,克娘之种不良心。

为仔你来多讨气,害我性命也难存。

你今好好走出去,长大成人转家门。

佛寿即便回言答,爹爹在上听原因。

赶我孩儿往外走,小小年纪活不成。

园内桂花搬出去,伞来杨树倒生根。

三官挽了刘佛寿,今朝同你看戏文。

佛寿同了爷爷走,望江桥上到来临。

看来爹爹生恶意,亲爷连叫二三声。

虽然有了朱金宝,外姓香烟别姓人。

听了晚娘伤我命,我在黄泉不甘心。

伤我孩儿尤且可,刘家香烟绝了根。

三官不听佛寿话,铁打心肠一样能。

就拿佛寿推下水,孩儿跌在水中心。

佛寿星宿来高照,命中不绝有救星。

河白水三官忙启奏,奏上三天玉皇门。

玉皇大帝闻得知,忙差多罗太白星。

太白星君忙下界,就差乌鸦保护身。

虚空遮住刘佛寿,托起佛寿身不沉。

河白水三官来托起,趁潮汆到外公门。

顺风汆去十八里,相近外公包家门。

汆到包家石驳岸,上前退后不肯行。

天生真正来凑巧,乌鸦高叫不肯停。

舅母正巧来淘米,听着声音放眼寻。

啥家小男不照管,真是东庄小外甥。

外公听了出外看,额角方圆神眼睛。

面上有粒朱砂痣,救起外甥小官人。

解开纽扣摸一摸,胸前有点热腾腾。

拿了两脚颠倒甩,悠悠苏醒转还魂。

外婆就去箱子开,香汤沐浴换衣襟。

佛寿声声来拜谢,拜谢外公救命恩。

又拜娘舅并舅母,大人在上听原因。

佛寿住在外公家,又遇荒年到来临。

廿四个月勿落雨,三荒四旱不均匀。

连荒二年零六月,两个年头荒得干干净。

千廿铜钱量斗米,百廿个铜钱粮一升。

大小人家无饭吃,小户人家嚼草根。

有钱汆米无汆处,白米贵到珍珠能。

外公大户也缺米,十人饿死九人身。

自家人口吃不及,舅母嫌弃小外甥。

真宗皇帝来治世,哪有闲饭养闲人。

千年都是刘家子,万年总是姓刘人。

外甥做官我无份,棋杆不竖我家门。

佛寿仔细来思想,我命为啥苦煞人。

荒年米贵命难活,别处投路过光阴。

舅母都嫌小外甥,吭畀闲饭养闲人。

舅母常常嫌弃我,佛寿哭诉外公听。

宁死不吃厨子饭,沿街求乞过光阴。

外公说你外甥听,莫听舅母小气人。

万事外公来做主,舅母之言不必听。

外公就叫刘佛寿,外甥听我说分明。

大人不计小人过,求乞总是下流人。

外公连忙来吩咐,佛寿外甥听原因。

我有黄鹅三百只,黄牛一条棚里登。

你今替我来管看,舅母之言不要记在心。

佛寿吃了外公饭,情愿去做看鹅人。

佛寿本是聪明子,原来星宿下凡尘。

亲外甥做了看牛困,无法只做落难人。

想着母亲伤心苦,含着眼泪苦煞人。

我今年小无处寻,暂时做了看鹅人。

若不看鹅无饭吃,只好去做看管人。

且说佛寿登在外公屋里看鹅、放牛,外公说:"一人如何能看二样?这样看不周全,赶到后门头去。"再说佛寿是骆驼星,上界叫他下凡。他看牛,牛也不逃走;他看鹅,鹅也逃不走。所以他能看二样,也是骆驼星宿落难便了。

骆驼星宿下凡尘,要做看鹅放牛人。

日夜看鹅无休歇,尽管黄牛棚里登。

今朝看到东庄去,荒田野地放牛去。

故牛放到黄岗陵,寻着娘坟哭娘亲。

思想亲娘真苦切,嚎啕大哭痛伤心。

我娘不死生在世,孩儿不得受苦辛。

爹爹讨着泼妇人,听信晚娘害我身。

外公抚养外甥大,幸亏皇天救我身。

跪在坟前来哭拜,揩干眼泪想娘亲。

丁兰刻木把娘叫,我掘黄泥塑娘亲。

塑了娘亲真形象,搭起草棚遮娘亲。

塑供娘亲草棚内,日夜陪伴我娘亲。

立时起了阵头雨,娘亲身像化泥墩。

佛寿看见亲娘像,哭得天昏地不明。

为人善心敬天地,惊动上界玉皇尊。

且说玉皇上帝差太白星君下凡,查看骆驼星君,说道:"他在刘家名叫佛寿,现有八九岁了。你去赐他二件宝贝,藏在泥中。叫他再掘黄泥,重塑娘亲。他掘泥自然得宝便了。"

玉皇便差金星助,拿了宝贝下凡尘。

赐他黄金甲一副,又赐青锋剑一柄。

太白金星来变化,变成白发老年人。

便问倌倌为啥哭,你今有话说我听。

佛寿此时将言说,公公在上听原因。

只为亲娘死得早,掘泥塑了我娘亲。

前日落雨风又大,娘亲泥像笃干净。

公公说与佛寿听,你今不必苦伤心。

母亲本是黄泥做,再掘黄泥塑娘亲。

佛寿又把黄泥掘,泥中掘出宝和珍。

掘着一只朱砂匣,天赐佛寿小官人。

天赐宝剑黄金甲,霞光万道耀眼睛。
佛寿得此天赐宝,脱皮换骨貌超群。
身穿天赐黄金甲,顿时脚下会腾云。
呼风就有风来到,呼雨急刻雨来临。
日间宝物来藏好,夜间拿出显神通。
佛寿要想祭母亲,报答生身养育恩。
就拿黄牛来杀好,杀了黄牛祭母亲。
再杀黄鹅坟前供,供饭吃得干干净。
心中生出牢笼计,化作天鹅云里飞。
佛寿官人法术大,回家哄骗外公身。
黄牛钻进山洞里,黄鹅飞到九霄云。
外公听了佛寿话,全然不信半毫分。
自己亲身走去看,果然法术显威灵。
黄牛洞内唔呀叫,黄鹅云里叫连声。
闲人多说稀奇事,外公见了果然真。
不宣佛寿有法术,再宣各处起蝗虫。

再说佛寿有这法术,再有蝗虫出现。再讲宋朝太宗皇帝登位,风调雨顺,国泰民安。后来真宗皇帝即位,荒年来了,再有蝗虫,无法可治便了。

太宗让位真宗帝,干得河底起蓬尘。
忽然生出蝗虫子,天上飞来像燕子。
蝗虫只只麻雀大,飞来飞去遮满天。
蝗虫歇在草屋上,屋毛吃得无半根。
蝗虫躲在松树上,帽子衣衫尽咬光。
头发胡须尽咬断,小儿咬痛脚后跟。
大小麦柴都吃完,竹头吃得无一根。
芝麻绿豆也吃光,茅草芦头独剩根。
大小人家多着急,求天拜地把香焚。
各州各县忙写表,真宗皇帝得知闻。
便差吏部皇榜出,天下各省尽知闻。
皇榜贴到松江地,忙把香案接圣文。
官员赶得蝗虫退,官上加官职不轻。
百姓赶得蝗虫退,三年不收米租粮。
男子七岁封官职,女子八岁受皇恩。
佛寿听说皇榜事,口中不说自踌论。
金甲宝剑天赐我,就拿宝物救万民。
走到松江府门首,揭了皇榜就动身。
监榜官员来扯住,小小孩儿闯祸根。
看你不满十来岁,有啥本事赶蝗虫。
佛寿回言监官听,不要看我年纪轻。

冬瓜长大无斤两,秤砣虽小压千斤。

金刚长大看山门,善才龙女拜观音。

因为百姓遭磨难,我身护国助朝廷。

监官同到包家去,今朝闯祸罪不轻。

且说包家外公说道:"皇法难容,国家大事,揭下皇榜非同小可,你年纪轻轻,揭去皇榜,戏弄朝廷。这事应该问罪,你自害一人,不要连累我包家满门抄斩。"佛寿道:"外公放心,不必忧愁,有我外甥抵挡便了。"

外公埋怨小外甥,害得我家不太平。

佛寿回答外公听,外公你且放宽心。

我若蝗虫来赶出,封官受爵转家门。

佛寿带了二件宝,拼了一命保朝廷。

祝告虚空天神将,玉皇大帝得知闻。

雷公雷母多来到,风伯雨司尽来临。

天神天将都知道,赶退蝗虫保凡民。

佛寿身穿黄金甲,顿时作法起乌云。

变化神通并妙法,手执青锋剑一柄。

佛寿作法惊天地,北方真武下天门。

观音菩萨来相助,帮助佛寿赶蝗虫。

雨点好像鸭蛋大,杨枝净水救万民。

雷声霹雳惊天地,冰雹好像乱石大。

雷光熠显眼前亮,无数蝗虫赶干净。

蝗虫赶到长江里,一时三刻雨来临。

稻苗青秀多成熟,干枯青苗尽放青。

佛寿赶退蝗虫去,处处禾苗好收成。

本府太守回言答,我皇在上听原因。

君王便问松江府,赶退蝗虫哪方人。

此人家住松江府,姓刘佛寿小官人。

他能变出神通法,就把蝗虫赶干净。

当今天子闻得知,龙颜大悦喜十分。

圣旨要到松江去,要召佛寿到京城。

圣旨到了包家去,包家接旨谢皇恩。

佛寿同了钦差去,同到朝中见帝君。

君王口称刘爱卿,赶退蝗虫保万民。

钦赐三杯皇封酒,伸手相挽赐金凳。

君王封官刘佛寿,游街三日看皇城。

金字匾额君王赐,扬威侯爵显门庭。

丈二红罗封官职,驱蝗护国大将军。

两朵金花头上插,俯伏金阶不起身。

佛寿重又来启奏,还有外公来封赠。

我今性命包家救,祈求万岁赐皇封。

君王封他知县职，佛寿连忙谢皇恩。

佛寿奉旨皇城出，包家一门谢皇恩。

且说刘佛寿赶退蝗虫，皇帝要召见佛寿封官显爵，奉旨还乡封赠包家。各官迎接送到包家，外公接进外甥，厅上坐下相见。说起此时，舅母自己有点勿好意思相见外甥，想起从前赶出外甥，所以不敢见面。老人传下来说："万事要留三分情面，今后再能相见。"现在包家金字匾额，改换门庭，各家亲眷，多来贺喜。只有刘三官不敢认儿子，朱氏晚娘拖油瓶儿子叫金宝，怕刘佛寿报仇。哪晓得刘佛寿是个宽宏大量之人，不记前情，所以有了今天，成了一位猛将。朱氏晚娘拖油瓶儿子吓得饭也不吃，只怕刘佛寿拿我俚二人不知如何收场，不如寻了死路罢，免得刘佛寿拿我俚抽筋剥皮杀头。母子二人到望江桥下自杀，这就叫一报还一报。以前刘三官推佛寿河里，有河白水三官相救，现在朱氏母子投河，无人相救。尸首被大鱼吃掉，没有好收成便了。

朱氏金宝二人恶，如今投河命归阴。

恶贯满盈应该死，死到阴司罪不轻。

善恶到头总有报，再宣佛寿受皇恩。

赶退蝗虫功劳大，君王敕赐包家门。

包家粮钱一年免，佛寿接旨喜欢心。

不宣佛寿封官职，再宣番邦动刀兵。

贺兰国王麻利吉，先锋大将唦斯啰。

带了兵马三十万，反进中原帝皇城。

逢一县来杀一县，逢一城来杀一城。

百姓此时多逃难，男女哭得好伤心。

杀人放火多造孽，强奸妇女唬煞人。

万岁此时心中怒，要名元帅大王人。

带了兵马三十万，扎营要到陇西城。

且说元帅王德荣启奏："万岁！请刘佛寿同去征反，必定得胜回朝。"君王准奏，即召刘佛寿到京。佛寿接了圣旨，同了钦差大人，上殿见驾。君王道："刘爱卿！现有贺兰国造反，召你爱卿同王元帅要出征，平定贺兰国的反兵。"佛寿领旨，带领军兵三十万，浩浩荡荡出京便了。

元帅此时传军令，小教场中操练兵。

先锋大将刘佛寿，连射三箭中红心。

带了兵马三十万，再说反将唦斯啰。

到了陇西要扎营，战书送进陇西城。

元帅此时来批准，明朝决定动刀兵。

且说唦嘶啰回到营里，到次日前来讨战王元帅，便命刘佛寿先锋与他交战。战了三十回合，不分胜负。刘佛寿诈败，手执青锋宝剑，虚斩一剑，回马就走。唦斯啰哪里肯放，手执青雀斧，追向前来。佛寿回转马头，对准咽喉射去。唦斯啰追来，来得凑巧，正中宝剑。唦斯啰从马上跌下，那刘佛寿手拿了战鼓，叽叽咚咚一敲，反兵个个败走。王元帅带领三十万大军，杀到贺兰城。反王吓得把城门紧闭，不敢出战。左丞相哈喧道："狼主！快些写降书降表，免得杀进贺兰城。"麻利吉国王写了降书降表，表示要年年进贡，岁岁来朝。哈喧开门献出降书降表。刘佛寿接了降书降表，付与王元帅。那元帅见表，即刻回京便了。

先锋元帅回朝转，猛将要唱凯旋歌。

元帅此时传军令，拔塞起兵转回京。

连放三声狼烟炮,耀武扬威进京城。

文武百官来迎接,接到金殿见帝君。

降书降表来呈上,君王欢喜叫爱卿。

　　再说王德荣元帅道:"万岁!此次平反,多亏佛寿小将军,方能得胜回朝。"君王道:"刘爱卿!上殿见驾。"三呼万岁,二十四拜。君王道:"刘爱卿!平伏贺兰国有功,加级封敕总督三坛扬威侯中天王刘猛将,钦此!"佛寿谢恩:"万岁,万岁,万岁岁!"便了。

敕封元帅王德荣,连升三级不非轻。

佛寿谢恩来启奏,小臣回到包家门。

君王准奏回乡转,号炮三声出京城。

路上行程无耽搁,一遥回到上海城。

松江太守来迎接,送进包家大墙门。

外公连忙来迎接,合家欢喜饮杯巡。

佛寿此时开言说,外公在上听原因。

我报外公恩不全,三年粮米不要还。

粮米三年都免过,第四年粮米解进京。

包家要解钱粮米,预先拔木造粮船。

拣了好日并好时,副手匠人个个精。

张木匠前来把作,请到江西好木匠。

做了半年零六月,装修一应尽完成。

粮船造得簇簇新,两边龙凤尽装全。

头梢画了飞龙凤,安排酒水谢匠人。

作头师父正位坐,副手匠人两边分。

众位匠人来吃酒,又赏喜封雪花银。

作头师父朝南坐,又赏白银不非轻。

　　且说外公造船定当,拣了好的日子新船下水,是九月初分。做好多少点心馒头糕。众人一齐动手,共有三百余人,个个吃酒、吃馒头糕。外公忙忙碌碌,吩咐诸亲:"百春到来,吃馒头糕。"偏偏忘记外甥佛寿便了。

众人吃酒多热闹,惟有外甥未请到。

个个尽吃馒头酒,忘记佛寿一个人。

不吃馒头争口气,便拿粮船法水喷。

我若不到不下水,待我一到就行程。

佛寿诈困厢房里,外公喊出众位人。

众人齐力在两旁,要拔粮船下水行。

作头师父来打号,大家着力要同心。

三百余人尽用力,粮船好像生了根。

早晨拔起拔到夜,粮船不动半毫分。

三百后生拔不动,人人努力舌头伸。

外公此时心烦恼,就骂作头不是人。

赏你喜封并酒饭,工钱不欠半毫分。

奉旨造船非小可,错过今朝好时辰。
作头师父开言说,你且由我诉原因。
我今并无手脚做,是你外甥作法灵。
看他船上拍三拍,外甥作法不该应。
外公听了作头话,便叫众人寻外甥。
东边寻到西边去,勿见佛寿一个人。
外公自己来寻着,厢房里面好安身。
佛寿困在厢房内,打呼好像黄牛声。
外公此时心大怒,就叫外甥淘气人。
人家拔船来下水,你在床上打鼾声。
外甥此时回言答,看轻外甥不该应。
人家尽有馒头酒,独有外甥没有吞。

且说外公道:"事务多了,忘记外甥,请你外甥原谅,不必记在心上。万事要看外公面上,请你不必发怒。"佛寿道:"我今即刻就来便了。"

佛寿便叫外公身,焚香点烛敬神明。
端正糖茶送三盏,要请南海观世音。
马赵温关四大将,城隍土地要当心。
祝告已毕烧纸锭,刘爷吩咐四个人。
便叫张长并郭满,你在船头要当心。
许龙李泗人二个,扛了船艄下水行。

却说佛寿立在船头上叫道:"木龙,是我佛寿。我今到来,即速下水。"把渔船头上拍了四拍,龙船好似云飞射箭下水便了。

三尺宝剑破开锁,龙船下水如箭行。
匠人红罗扎额心,传流古迹要记清。
百般事务来完备,刘爷跳入水中心。
金童玉女来迎接,迎接刘爷上天庭。

且说金童玉女接引刘佛寿上天朝见,玉帝玉皇传旨召刘佛寿见驾。佛寿跪在金阶,道:"万岁,万万岁!"玉皇道:"你是南天门骆驼星下凡,如今功成圆满,召你上天。你今十三岁,在世间吃得苦中苦,如今方为人上人。"玉皇道:"刘爱卿!请起,封你官职便了。"

玉皇大帝开言说,双手相挽叫爱卿。
正直无私真难得,忠心护国救万民。
敕封天曹刘猛将,扬威侯爵不非轻。
赠封已毕天宫去,至今万代受香烟。
玉皇遥观刘三官,晚娘朱氏黑心人。
外公外婆多增寿,死后身登极乐邦。
娘亲西方登仙界,极乐国内去安身。
父亲三官勿封赠,罚他做条鲂鱼身。
登在水里呆笨笨,背上拖枪十二根。
吃了晚娘多少苦,金山脚下做河鲀。

刘圣小倌多凶恶,蒸笼里面受苦辛。

他在前身多作恶,如今做了喜蜘身。

晚娘前世多作恶,蓬头赤脚做虾身。

佛寿跪下谢皇恩,我的父亲重封赠。

玉皇见他多忠孝,封为鲤鱼跳龙门。

天下万民都感德,护国养民保安宁。

学名就叫刘聪俊,乳名佛寿叫出声。

总督三代皇封受,条理黄河事务身。

掌管禾苗都是你,驱蝗逐疫保安宁。

猛将宝卷宣圆满,诸佛菩萨尽喜欢。

人欢佛欢天吉庆,斋主人家保平安。

蟠桃宝卷

又名《宝莲灯宝卷》

蟠桃宝卷宣开场,点起明烛焚起香。

在堂听了此宝卷,消灾降福福寿长。

昔日嘉靖皇帝年间,山东青州府安丘县顺惠乡刘家庄,有个刘员外,名叫拜瑞,家有良田万顷。拜瑞为人正直,宽宏大量,人人称赞,院君朱氏,夫妻同庚,四十岁无男无女,十分忧闷。一天,风和日丽,员外对院君说:"你与我两人外面散散心吧。"

员外即便前头走,院君就在后头跟。

夫妻两人来谈讲,心中忧闷不欢心。

你我今年四十岁,并无男女在家门。

一头说来一头走,走过厅堂外面存。

夫妻二人将立定,听得邻家鼓乐声。

且说员外问苍头:"哪里一家这般热闹?"苍头回言说道:"员外夫人听禀了。"

邻家只为生男子,故此堂前闹盈盈。

院君听见回房去,胸口昏闷不称心。

员外见妻心不悦,一别而行闷昏昏。

不觉也进厢房内,便问贤妻事何因。

夫人即便将言说,丈夫你且听原因。

你我只为无男女,又听邻家鼓乐声。

他家养儿多欢喜,故此回房不称心。

员外即便回言答,娘子今朝莫挂心。

你我命该有儿子,自然日后有儿孙。

命中若还无儿子,已在心头哪知因。

有男有女前生定,他是前生宿缘因。

你我今生无男女,只为前世未修行。

妻子不觉心中苦,两行珠泪落纷纷。

开言叫声贤妻子,你今听我说原因。

城中有座观音庙,同去烧香拜观音。

求拜观音来许愿,或赐刘门后代人。

你我即便除斋戒,虔诚叩头拜观音。

方治斋戒七日满,才好烧香到庙门。

不觉看看时光快,日朝焚香又虔诚。

那刘员外夫妻起身梳妆洗面,香汤沐浴,更换衣襟,即便同行,滔滔一程,来到观音大殿。烧香还愿的人一万有余也。有的祈祷治病,有的求签买卦,有的祷告终身。那刘员外夫妻两人到殿拈香便了。

一炷宝香入炉心,国泰民安风雨顺。

二炷定香入炉心,愿我爹娘早超升。

三柱戒香入炉心,保佑家门多吉庆。

弟子今年四十岁,妻子同庚同时辰。

只为家中无男子,特发虔诚拜观音。

若然日后生男女,重新起造庙堂门。

祷告已毕身立起,双双回转自家门。

自从焚香回家转,更发慈悲善念心。

灶界菩萨心欢喜,月月上奏玉皇听。

玉皇大帝心欢喜,查看刘家善薄因。

果然刘家无过犯,便唤判官到来临。

天宫可有天仙子,赐予刘家接代人。

判官即便忙启奏,奏与玉皇细详明。

只有搽香童一个,年年月月往凡尘。

今朝派与刘家去,去做传后接代人。

转轮台上忙托化,变作仙桃盘内存。

太白金星来下界,命你去做送桃人。

鼓打三更交半夜,院君得梦甚分明。

只见阵阵香风下,见了公公白发人。

手中捧了销金盒,口称娘娘笑盈盈。

院君梦内仙桃子,双手拿来一口吞。

醒来却是南柯梦,将言说与丈夫听。

员外见说心欢喜,必生贵子在家门。

光阴迅速容易过,孩儿腹内来长成。

天宝元年正月节,十五半夜子时生。

孩儿生得多端正,员外夫妻喜十分。

急忙拜谢天和地,感谢慈悲观世音。

择日兴工来还愿,再造观音庙堂门。

满堂佛像重装塑,两庙贤圣尽装金。

观音大殿多完备,再说官人易长成。

且说官人一年一年长成,已是年方七岁,就请先生训学。先生题了学名,便叫刘向。官人生来聪敏无比,《四书》《五经》一见便明。先生对他十分欢喜。不觉又过十年,却遇君王开科,刘向告诉先生:"欲往城中,纳取功名考试,不知爹娘意下如何也。"

院君即便开言说,我儿今且听原因。

上无哥来下无弟,又无门房叔伯亲。

爹娘年纪六十岁,孩儿一定在家门。

我儿此去路途远,爹娘怎能放宽心。

刘向即便将言说,爹娘在上听原因。

读书不想官来做,十年窗下枉费心。

求得一官并半职,改换门庭做贵人。

如若不去求官职,只是寒门白衣人。

母亲便又来言说,我儿你好不聪敏。

古来多少文才好,名不成来利不成。

万事今朝听娘话,休想今朝去京城。

自小未曾出门惯,千山万水怎能行。

刘向即便将言说,我娘在此听原因。

甘罗十二为丞相,我比甘罗长四春。

文章不论年纪小,母亲放儿去上京。

若得此去功名就,只要早去早回程。

且说夫人便说:"孩儿你一心要去上京,倘然文章不就,如何是好?我也有几个哑谜在此,你若猜得透,放你上京城;你若猜不透,爹娘不放你上京城,在家中苦守清贫度日也。"

哪件名为争闲气,哪件名为气不争。

哪件名为人爱抬,哪件名为爱抬人。

哪件名为天不大,哪件名为水不深。

哪件名为不怕热,哪件东西不怕冷。

哪件东西人两样,哪件名为一样人。

刘向叫声母亲:"让孩儿猜猜看了。"

只有着棋争闲气,走马灯中气不争。

只有轿子人爱抬,交椅堂前爱抬人。

只有隔盘天不大,画上江山水不深。

只有扇子不怕热,池中鲤鱼不怕冷。

金榜题名人两样,镜照容颜一样人。

母亲说道:"我还有几句古话,说与孩儿知道。"刘向便说:"孩儿听母亲说了。"

哪个君王天亮晓,哪个君王懵懂人。

哪个君王人不识,哪个君王不识人。

哪个君王贪花色,哪个君王花不贪。

哪个君王多自在,哪个君王吃苦辛。

哪个君王腾云走,哪个君王走不停。

刘向听母亲说罢,即便答曰:"让孩儿猜猜看了。"

伏羲制造文和武，可是天亮晓明君。

秦始皇赶山六百里，就是糊涂懵懂人。

纣皇杀了丞相比干人一个，谁知姐妹是妖精。

隋炀皇帝贪花色，看得琼花不转程。

赵匡胤不贪花与色，远送京娘千里行。

舜古天子真自在，一国山河尽太平。

禹皇治水多吃苦，三过家院不入门。

唐明皇月宫曾游到，正是腾云驾雾人。

郎子马上为王三年零六月，团团走转不曾停。

且说母亲心想，我儿果然瞒不过了，便叫声："孩儿！做娘的并不是不放孩儿去京城，只为家中只有我儿一个，你若然要去，千山万水，何日到家？做娘在家，哪里放心得落也。"

刘向即便将言说，便把亲娘叫一声。

孩儿此去功名就，早寄书信我娘闻。

金榜若还无名字，急速回家见娘亲。

爹娘想来难阻住，就放孩儿去上京。

收拾衣衫并行李，又付盘缠雪花银。

便差安童人两个，跟随官人去上京。

亲娘便取沉香坠，叫声孩儿听原因。

此物就是传家宝，付与孩儿带在身。

祖传沉香传家宝，不可轻易送别人。

一头说来双流泪，细细叮嘱我儿听。

亲娘挽住孩儿手，吩咐孩儿要小心。

自小不曾出门惯，莫做心高气傲人。

倘然逢桥先下马，若还过渡莫先争。

未晚之夜先投宿，鸡啼即便要行程。

灯火丛中休要走，恐防撞着不良人。

路上野花不要采，莫贪芙蓉帐里人。

若然到京身及第，早寄书信转家门。

倘然我去身不中，早早回家见双亲。

一头吩咐肝肠断，两个安童跟随身。

行李马匹都完备，刘向官人上路程。

刘向道："爹娘！孩儿要上京城考试，虽然路途遥远，孩儿谨遵爹娘之命。爹娘不必挂念于我，保重自己身体。孩儿拜别爹娘，动身去了。"

拜罢之时忙立起，即便上马便启程。

刘向上了高头马，爹娘扯住马缰绳。

一个安童挑行李，一个安童后头跟。

爹娘看见孩儿去，刀割肝肠一般能。

刘向看见爹娘苦，宛像乱箭射肝心。

只得今朝抛父母，滔滔一路向前行。

不宣爹娘家中事,只说刘向路途程。

时光正值元宵后,天色温和在路程。

穿街过巷多容易,晓行夜宿不曾停。

忽见一条三岔路,不知哪条好行程。

且说刘向拜别爹娘,已经在路数日,忽然行到三岔路口。安童即便叫声相公,问往哪条路去。谁知刘向在马上远远望见一块界牌,吩咐安童快去看来。安童便喝住了马,忙走上前去,细细看来,说:"行人要到东京去,照直华山庙门行。"看罢,主仆三人即便启程,来到庙宇门首。刘向抬头一看,只见斋匾上写了"华岳神庙",又见庙中烧香人头济济,也有千万人,便对安童说:"这般热闹,尽是烧香还愿人。你我进去,焚炷清香再走。"安童道:"正该如此。"说罢,就下了马,主仆三人一同进庙。刘向一见庙中果然热闹,急忙焚香礼拜。拜罢心中一想:"待我且问神明,此去到京,功名有无?"重新跪拜,焚香祷告,急忙取签。"弟子姓刘名向,今年一十六岁,家住山东青州府安丘县,只为上京求取功名。若自然有官有职,连抛三胜;若是到京功名不就,连抛阴签地下也。"

不宣刘向来祷告,再宣娘娘一段情。

华岳娘娘不在庙,真身不在庙堂中。

判官小鬼难决断,如何决断这桩情。

若是付他上上签,没有功名不信神。

若还与他下下签,做了官时怎理论。

一时算计无摆布,即显神通妙法灵。

虚空忙忙来揭起,签片不落地埃尘。

刘向一见慌张了,如何不落地埃尘。

且说刘向心想:"这般奇事,好不作怪。待我立起,走上前去,看来是何神通?"便走上前去,揭开帐帘一看,原来一位女神灵。刘向开口便说:"你在此受这般香烟,应该与民好处,你反在这里青天白日弄权巧计。"一头说,一头看,又道:"塑像倒也灵巧,塑得这般齐整,不免待我袖中取出文房四宝,题诗一首也。"

红红绿绿一堂神,泥塑木雕假装成。

咽喉若有三分气,好做同床共枕人。

就将此诗写在壁上,便带安童走出庙门,急忙上马启程去了。

不说刘向路上走,再宣娘娘转庙门。

一见壁上四句诗,何人大胆胡乱行。

判官小鬼来告禀,禀告娘娘愿知闻。

青州有一名刘向,他今路过到来临。

上京求取功名事,求问娘娘判断明。

他今壁上题诗句,未知此时如何能。

娘娘见说心大怒,花容变作夜叉形。

即时念起真言咒,腰内撩起绣罗裙。

即便慌忙来赶上,去捉书生姓刘人。

不消一刻来赶到,书生却在面前存。

一见刘向非凡相,世间少有俏书生。

欲要向前来拿捉,看见顶上官星现。

面貌端然生得好,引得娘娘起凡心。

　　说华岳娘娘一见刘向容貌非凡,世间少有这般书生,不如与他结成夫妻,待我去见星官,到姻缘簿上查看与他可有姻缘之分。想罢,即便回转,去见星官。星官便说:"他是上界搽香童转世,只为上年在金阙炉前偷看娘娘,故与你有三宿夫妻之缘分。你二人之姻缘,已经载于簿册。"娘娘看罢,急忙回转,赶到前途,见有一块荒郊方阔之地,变座仙庄成亲便了。

　　八字墙门多齐整,东西两庙歇停停。

　　又将判官小鬼忙变化,变作仙庄大宅门。

　　娘娘原是天仙女,不比凡间女子身。

　　花容月貌多齐整,满身孝服碧文文。

　　申奏文书天宫去,即时大雨降来临。

　　雷声霹雳惊人怕,日间变作夜黄昏。

　　娘娘变化多完备,转等书生到来临。

　　不说娘娘变化事,再宣官人在路程。

　　风雨阵头来得快,雷声霹雳急煞人。

　　且说主仆三人好不着急,叫道:"相公! 这般大雨,如何好走?"安童远远望见有一村庄,叫道:"相公! 你我前面去躲一躲雨再走也。"

　　说罢之时忙赶路,来到高厅大厦门。

　　两个门公双双立,官人启口说原因。

　　门上大叔行方便,只为大雨到来临。

　　暂借宝庄躲一躲,雨收云散就起身。

　　门公即便回言答,客官今且听原因。

　　我们二人难做主,禀告主人再理论。

　　说罢之时忙忙走,门公去禀主人听。

　　只见丫鬟走出来,便请相公里面存。

　　刘向听得丫鬟说,急忙同行到内厅。

　　一见娘娘忙施礼,连称有罪在其身。

　　小生路遇遭风雨,只为大雨到来临。

　　等过一歇天色晓,雨过云收就起程。

　　说罢之时忙坐下,香茶一盏又来临。

　　娘娘即便将言问,秀士你往哪州城。

　　刘向即便回言答,小姐今且听原因。

　　学生家住青州府,安丘县内我生身。

　　姓刘名向黉门士,只为功名去上京。

　　娘娘问道:"请问秀才,今年贵庚多少了? 可曾婚配? 还有家中多少人也?"

　　刘向今又将言说,小姐今且听原因。

　　虚度光阴十六岁,正月十五元宵节。

　　半夜子时生下地,家中父母一双人。

　　爹娘养我单传子,未有门当户对人。

　　刘向也问娘娘:"小姐今年贵庚多少? 身上孝服为谁着? 阿有姊妹几位?"

　　小姐即便将言说,秀才今且听原因。

奴奴也是十六岁,与你同庚同时辰。

爹娘在年双双死,抛下奴奴在家门。

伯叔兄妹无一个,单生奴奴一个人。

自小未曾攀亲事,一向蹉跎到如今。

秀才不嫌奴容貌,何不招亲我家门。

刘向见说稀奇事,低头便把舌头伸。

高门大宅良家女,说话全然不正经。

陌陌生生成亲事,定是闲花野草人。

头蚕不吃二蚕叶,蜜蜂不采谢花心。

思想一会开言说,小姐今且听原因。

小姐官家名门女,我自路中落难人。

娘娘见说回言答,秀才你好不聪敏。

有缘千里来相会,无缘对面不相逢。

姻缘簿上来注定,五百年前结下婚。

姻缘夫妻前生定,同床共枕合衾姻。

铁棒戳不开真姻缘,缘分天定不由身。

夫妻不管富与贵,哪怕贫穷注定身。

刘向道:"小姐之言差了。小姐是一位官家之女,我是一个圣人之徒,焉可今日成亲?小姐之言,不可从命。"娘娘又道:"你是真正书呆子了,你既然读书之人,可知道也。"

董永卖身来葬父,槐荫树下会佳人。

范喜良读书真君子,孟姜女花园结成亲。

多少贤人并古士,个个知书达礼人。

刘向道:"小姐另选贵人家公子成亲。若是见爱,欲与小生成亲,待我考试回家,禀明双亲,央媒说合,然后择日行聘,也不迟延。若自早早成亲,旁人议论,如何是好?况且终身大事,请小姐三思而行。"娘娘听说,即时发怒:"你是读书君子,到此何干?这里不是招商饭店,明明在此,调戏奴奴闺门之女,这还得了。"

吩咐丫鬟人一众,捉住也来打断筋。

将他捉到当官去,非奸即盗问罪名。

刘向看来不好哉,两脚飞快走出门。

主仆二人忙出外,再宣娘娘妙法灵。

头上拔下金钗子,变只花斑猛虎身。

解了汗巾吹一口,大蛇十丈变成形。

香炉一个空中现,变座高山无路行。

脱只绣鞋虮将去,化作黄河万丈深。

娘娘变化先完备,再宣主仆路中行。

主仆二人来逃难,走前退后实难行。

风雨阵头又时大,我们何处去安身。

二人正在难移步,忽见高山面前存。

主仆二人见一座高山,怎能过去,倒不如往东面去罢。

二人不觉东面去,只见黄河又来临。

看得黄河多广阔,浪白滔天怕煞人。

刘向又叫一声安童:"呀!这黄河如此广阔,又无摆渡船,如何是好?不如往南面去罢。"

主仆二人重又走,径往南面去路行。

一阵狂风一阵雨,主仆心中苦煞人。

二人正在烦恼处,大蛇十丈面前存。

不见之时又是苦,一见之时怕煞人。

早知今日路中苦,不如在家伴双亲。

当时爹娘拦不住,撇却双亲到此存。

违逆双亲来到此,天派灾难我当身。

刘向哭罢,又对安童说:"如今且往西方去吧,天无绝人之路。"

二人又往西方走,猛虎一变又来临。

主仆一见嚎啕哭,如今性命不留存。

刘向忙忙来祷告,祝告虚空过往神。

弟子原来不孝子,救我天罗地网人。

二人哭得无魂魄,并无主意半毫分。

家中爹娘巴巴望,谁知孩儿丧残身。

爹娘在家不知因,我今路途受灾星。

风雨阵头惊人怕,如今性命如何能。

安童哭罢,便叫相公:"你看天上这般风雨,西方路途阻拦,并无去路,难道我与你相公二人一齐死于路途中了?劝相公回到她家去罢,勉强应承这段亲事,再作道理。"刘向便叫安童:"我难道不知?倘不回去,定然无活路的了。"

我今一时无主意,回到他家走一巡。

主仆二人回心转,双双又进大宅门。

一见娘娘便作揖,连称有罪在其身。

只为今朝无去路,特意又到此间存。

哀告小姐行方便,救救路中落难人。

刘向说罢,娘娘心中暗笑,便说:"奴奴如此待你,你就这般不辞而别,如何又来?"刘向又说:"你且息怒。我小生一一依承便了,小姐不可发怒。依着小姐,但还少三件。"小姐问道:"哪三件?"刘向说:"小姐听禀也。"

第一少个为媒主,第二又少主婚人。

第三花烛全无备,怎好今朝结成亲。

娘娘即便将言说,秀才今且听原因。

万般自有奴为主,你今不必费心情。

算命先生门前过,叮当敲得甚分明。

丫鬟忙忙来接进,接进厅堂里面存。

算仙台上安排定,年庚八字手中论。

算得秀才年属火,排得娘娘月属金。

金火相连好婚配,一对夫妻天配成。

娘娘见说心欢喜,便取花银谢先生。

就请先生为媒证,洞房花烛结成亲。

娘娘恐怕天明亮,显起神通妙法灵。

忙将一幅绫罗帐,画就乾坤日月明。

北斗七星悬空挂,伏羲八卦地中心。

中间又写年庚帖,拿来盖在上面存。

急忙念起真言咒,烟黑漫漫不见形。

梳妆摆起绫花镜,娘娘梳洗换衣襟。

青丝挽起盘龙髻,珠冠落索满头顶。

身穿大红团花袄,五色湘江水浪裙。

脚下弓鞋长三寸,叮当玉佩挂在身。

宛像嫦娥离月殿,世间少有这般人。

夫妻十分多恩爱,不觉红日又天明。

二人双双抽身起,两边各自着衣襟。

华岳娘娘微微笑,叫声丈夫听原因。

夫妻新婚三日,百般恩爱。那华岳娘娘便说道:"丈夫,我今有诗一首,说与丈夫知道。山边立一人,安字少头巾。问他何处住,壁上看分明。"娘娘说罢,刘向心中一想:"山边立一人,一个仙字。安字少头巾,一个女字。这是仙女二字了。"刘向想罢,急忙跪下:"娘娘出诗一首,明明白白是仙家了。哀告娘娘饶命。"华岳娘娘低头含笑,双手扶起:"丈夫!细细说与你知道。"

我今不是凡间女,华岳庙里女灵神。

你在壁上题诗句,一见之时怒生嗔。

赶上前来拿住你,谁知一见起凡心。

回转便到星官殿,查看姻缘簿上明。

三夜夫妻来注定,簿中注得甚分明。

今番姻缘多明白,我夫不必胆心惊。

此间不是安身处,快往长安走一巡。

我今无物来赠你,只有三件宝和珍。

你今此去身及第,奉旨荣贵到庙门。

就在庙中宿一夜,还有言话告夫听。

到京休得多挂念,如今各自奔前程。

一头说来一头看,看夫一面晦气星。

娘娘即便论流年,你人犯了恶时辰。

连忙便把丈夫叫,日宫天子太阳星。

我到天宫求恩赦,保佑丈夫脱难星。

刘向见说心中苦,便把娘娘叫一声。

三夜夫妻多恩爱,今朝分别各西东。

今朝难舍恩情事,沉香一块表记心。

娘娘手接沉香坠,挂在腰里记在心。

不觉夫妻纷纷泪,即时分别各行程。

娘娘回转华山去,主仆二人在路行。

路上行程来得快，黄河渡口到来临。
叫声船家渡河去，船到河心白浪吞。
主仆二人虽保命，马匹行李瓪干净。
娘娘相赠三件宝，顿时失去无影踪。
如今欲要京都去，哪有盘缠去求名？
思想今日回家去，千乡万里怎能行。
我今到此有马匹，如今失去影无形。
上前退后无摆布，叫我如何怎理论。
主仆二人嚎啕哭，船家也是泪纷纷。
当方土地闻知得，水府龙宫报事因。
今有秀才名刘向，华岳三娘配成亲。
临行赠他三件宝，便往朝中献明君。
他今打从黄河过，蛟龙夺取到来临。
倘被娘娘来知道，水府龙神罪不轻。
龙王即便来查察，果然半点不差分。
便把蛟龙来问罪，送还明珠不曾停。
便差海鬼并龙将，不可迟延半刻定。
海鬼龙兵忙不住，即便登程快如云。
正睡三更交半夜，暗中送还宝和珍。
刘向一见多奇怪，谢天谢地谢神明。
主仆二人心欢喜，忙忙收拾便行程。
此处不可多耽搁，一心只想求功名。
会试船儿多多少，乘船一路到京城。
进了皇城投宿店，寻其下处歇安身。
进城休歇方三日，君王开选进场门。
三月初一头场进，初五就是二场临。
三场完满都已毕，只等来朝挂榜文。
一众举士纷纷闹，只见皇榜挂街心。
刘向一见心欢喜，三甲之中第一名。
即选扬州为知府，二十四拜谢皇恩。
敕赐游街来玩赏，一时提上九霄云。
选择良时并吉日，发牌骑马便行程。
拜别一班同场友，西出阳关一座城。
在路行程来得快，华山又在面前存。

却说刘向奉旨荣归，好不欢喜，一路来到华山。刘向经过华山，心里想："华岳娘娘与我三夜夫妻，今日在此经过，不免到庙中去安歇一夜，明日再行。"连忙吩咐，就此庙内安歇。刘向走进庙堂，一见娘娘形象，不觉两泪双抛，思想三夜夫妻之事，急忙倒身下拜，暗暗心中祷告："娘娘，刘向今日在庙中歇夜，不忘前日之情，特来参见娘娘，不忘恩情，梦中一会，不枉三夜夫妻之恩情。"心中暗暗祷告已罢，轻轻立起，周围一看，口中不言，心中暗想："形象在此，未知娘娘可在这里，待我安困在此罢。"

不说刘向来安歇,再宣娘娘一段情。

不觉三更交半夜,梦中去会我夫君。

未曾开口先流泪,与君一别到如今。

我夫黄河身有难,托付渔船救你身。

一到京都将会试,忙来扶助我夫君。

难得今朝身高中,荣华富贵转家门。

虽然今夜来相会,梦中珠宝未为珍。

我今劝夫回心转,早早修行念佛人。

红尘快乐无多日,百岁终须见阎君。

劝夫及早修行去,休贪红尘快乐人。

刘向听说双流泪,娘娘连叫两三声。

多蒙娘娘来劝我,难抛爹娘两大人。

今又难违君王命,叫我如何怎理论。

我今且到扬州县,为官三载去修行。

娘娘又欲将言说,如何难劝我夫身。

劝夫不转无可奈,我今有事未知因。

只为三夜夫妻事,如今有孕在其身。

若是生下男和女,叫我如何怎理论。

且说刘向听得娘娘说有孕在身,更加心酸,一头含泪,叫声:"娘娘!"说到悲伤之处,忽然惊醒,刘向道:"原来一场大梦也!"

刘向思想梦中事,两行眼泪落纷纷。

不觉看看天明亮,只得起马便行程。

路上行程无耽搁,即便回家见父亲。

爹娘好不心欢喜,人人恭喜状元身。

乡邻亲眷齐来贺,做戏请酒待诸亲。

诸亲百眷回家转,家中事体不必论。

即便要到扬州去,忙拿行李下船行。

即时开船风送云,扬州却在面前存。

船未到岸先敲锣,号炮三声船歇停。

扬州到来进衙门,刘向为官多清正。

苦于无人来服侍,讨个姑娘做妾身。

做官事情不理论,再宣仙家一桩情。

话文只说西王母,天下神仙第一尊。

八月十五生诞日,蟠桃会要到来临。

都到瑶池来上寿,众仙聚赴蟠桃会。

只有华岳三娘身有孕,不得前来庆寿生。

二郎夫人闻得知,探望姑娘到来临。

姑嫂二人来相见,便邀同去庆生辰。

华岳娘娘将言说,嫂嫂有事未知因。

二月之中来得病,劳碌成病到如今。

人人说我痼瘅病,不知此病如何能。

多蒙嫂嫂前来到,不能同去赴蟠桃。

嫂嫂听说微微笑,便把姑娘叫一声。

姑娘只说身有病,只怕生养小外甥。

华岳娘娘心中怒,便对嫂嫂说原因。

蒙我嫂嫂前到来,分明今日寻气淘。

嫂嫂即便来认罪,姑娘不要怒生嗔。

无意之中来说出,何必今朝要当真。

华岳三娘来变脸,无言不答嫂嫂身。

嫂嫂看她不答对,即便告退转回程。

姑娘双双来作别,再宣瑶池众仙神。

众位仙人来谈笑,席上说出一桩情。

且说二郎神开口说道:"何仙姑!何仙姑!人人道你有丈夫,到底有也无?"何仙姑道:"是非终日有,不听自然无。但若说起你来,也有些不好听也。"

你家妹子华山庙,结识私情刘向身。

只为有孕身粗大,蟠桃会内不来临。

众仙人拍手哈哈笑,这段私情的确真。

二郎听说无言答,面涨通红不作声。

席上即便忙立起,不别群仙转回程。

怒气冲天了不得,两眼之中火直喷。

夫人即便将言说,为啥何事这般能。

二郎神说道:"只为三妹子结识凡夫,今日仙姑拿我取笑,蟠桃会内个个知闻。"二郎神夫人听说,连忙劝解一番:"郎君息怒,暂且忍耐。虽然蟠桃会内个个知闻,更要看同胞兄妹之情。"

二郎夫人重重劝,二郎几番劝不醒。

暴跳如雷了不得,赶到华山一庙门。

二郎神一见将言骂,反转乌珠不认人。

你是上界天仙女,怎与凡夫结成亲。

今朝去赴蟠桃会,人人取笑我们身。

我今不问长和短,要你今朝丧残身。

娘娘即便将言说,口说稀奇叫一声。

招赘丈夫人一个,不是遮天大事情。

若说仙人不婚配,你去娶嫂为何因。

天配地来日配月,阴阳配定到如今。

为男哪个无妻室,为女哪个不招夫。

夫妻不是今生定,五百年前结为婚。

二郎神听说,好不心焦,说道:"仙家婚配,一要央媒说合,二要选个门当户对。你是天仙之女,如何结识凡夫,这还了得也。"

二郎神说罢心焦躁,拔出青锋剑一根。

娘娘即便慌张了,便与两人开战争。

你一刀来我一剑,两个时辰不住停。

娘娘只为身子重,因此本事欠三分。

欲要将身来逃走,却被哥哥捉住身。

二郎忿懑心头怒,将她拿来了命根。

娘娘正被哥哥拿住,二郎神便说:"我本欲将你一剑分为两段,我看同胞兄妹之情,今将你压在华山底下。"说罢,便念起神咒,移动华山,把娘娘压在下面也。

三娘好不心中苦,并无一个救星人。

不说娘娘身受难,再宣二郎神一人。

便差夜叉并小鬼,看守华山要小心。

又怕娘娘来逃走,洞门封锁密层层。

吩咐一番回程转,词文再说女仙人。

南天门下张四姐,斗牛宫里歇安身。

华岳三娘亲妹子,摆花四姐有名声。

当初入赘崔文瑞,木家巷内结成亲。

四姐正在星官殿,判官小鬼报事因。

叩头听说娘娘事,压在华山底下受苦情。

张四姐听说魂不附体,便说:"我哥哥他就这般无情。"虽然三妹结识凡夫,但看同胞之面,忙取仙桃,去看三妹,即时腾云而去。今又思想先见哥哥,劝他回心转意,亦未可知也。

在途一路心思想,哥哥门首到来临。

谁知哥哥不在庙,只剩嫂嫂在庙门。

四姐上前称嫂嫂,哥哥不在庙堂中。

我今到来非为别,只为三妹一个人。

哥哥这般无情面,千朵桃花一树生。

且说二郎夫人便说:"我为三姑娘在你哥哥面前再三苦劝,你哥哥并不容情。如今反把三姑娘压在华山底下。如今你哥哥又不在家中,你我一同前去看三姑娘便了。"说罢,姑嫂二人即便同行来到华山。夜叉一见娘娘,急忙跪下。娘娘吩咐:"快开洞门。"两个夜叉不敢迟延。姑嫂两人连忙走进。姑嫂三人即便相见,抱头大哭。张四姐哭罢,袖中取出仙桃,付与三妹。张四姐便叫声三妹:"你今且免愁烦,劝得哥哥回心转意也罢,劝不转再作道理。"三娘听说后,两泪双抛。姐妹两人说到悲伤之处,忽然夜叉禀报:"二郎神到来了,快此回避也。"

姑嫂三人忙不住,别了娘娘便起身。

便将洞门关锁好,劈面撞着二郎神。

四姐便把哥哥叫,特来劝你转回心。

今日到来无别事,奉劝哥哥放妹身。

一来要看爹娘面,二来要看姐妹情。

二郎听说心头怒,火上添油一般能。

别件事情听人劝,若说此事不容情。

四姐又欲将言说,又把哥哥叫一声。

行路人尚有回心转,哥哥何必太认真。

万事要看爹娘面,得饶人来且饶人。

二郎神说:"不必多言,别件事情听人解劝,若说此事,闭口莫提。"张四姐听了满面惭愧,又说道:"哥哥! 我今劝你发发慈悲善念之心,还是放了她吧。"二郎神便说:"何等样人,谁敢劝我,你们二人自是同类之人也。"

二郎神听说心头怒,口出粗言骂贱人。

今朝听你前来劝,姐若癫狂妹必轻。

你今若再多言语,拿你华山一处存。

当初结识崔文瑞,木街巷内结成亲。

谁不知来谁不晓,凡人百姓尽知闻。

今朝提起前情事,并不容情半毫分。

急忙拔出青锋剑,要将四妹斩其身。

四妹急得无摆布,驾云即便转回程。

不到斗牛宫中去,紫府宫里走一巡。

去见大姐人一个,哭诉三姐在牢门。

大姐就是那一位,九天玄女娘娘神。

一见娘娘心中苦,便把大姐叫一声。

只为三姐人一个,十分受苦在牢门。

玄女娘娘将言说,妹妹今且听原因。

成亲不选良时日,拜堂犯着恶时辰。

九宫八卦都看到,十八地狱命该应。

一十八年灾星退,便有孝子救母亲。

四姐听说心中苦,一心要救难中人。

听得大姐如此说,今朝只得回转程。

四姐不到华山去,斗牛宫内去安身。

光阴如箭容易过,看看又是一年春。

元祐二年桂花香,华岳三娘产临盆。

且说华岳娘娘被哥哥压在华山底下,已经一年有余,十分受苦,不觉心腹疼痛,并无一人料理,好不悲伤。忽然心迷头昏肚痛,即时生下孩儿。三娘娘渐渐苏醒,细看孩儿,好不苦楚也。

三娘细把孩儿看,苦命孩儿叫一声。

此间不是安身处,母子便要两处分。

娘舅若是来知道,连娘性命也难存。

左思右想无摆布,送到扬州见父亲。

十指咬出鲜血墨,纷纷眼泪写书文。

上写我夫来开拆,你妻正是梦中人。

华岳三娘人一个,同你结发配成婚。

只为三夜夫妻事,百般受苦到如今。

二郎哥哥神一个,蟠桃会上得知闻。

晓得我结识凡夫刘向身,兄妹二人斗法情。

只因身重力气欠三分,且被哥哥拿住身。

压在华山最底层,已是一年有余零。

孩儿肚内耽搁十八年,面黄肌瘦不堪闻。

因为华山留不得,怕被哥哥得知闻。

母子二人命难存,特来送到扬州见父亲。

日后成人身长大,即便前来救母亲。

要问孩儿真八字,八月十六子时生。

书信一封来写好,花押打在上面存。

又把孩儿细细看,两泪双抛苦煞人。

娘娘便把血书来封好,想起孩儿泪双淋。

叫声孩儿你今后,送你扬州去安身。

成人长大去修行,快来救你亲娘身。

娘娘抱儿嚎啕哭,哭罢便唤夜叉身。

急忙吩咐夜叉身,唤你前来非别因。

我今孩儿交付你,替我送到扬州府衙门。

不可有误来耽搁,行到扬州见父亲。

随手挽根吉祥草,变作羊头车一轮。

夜叉即便来上路,一路滔滔行如云。

不宣夜叉来送子,再宣扬州知府身。

日日思想天仙女,不知何日再相逢。

刘向正在来思想,一阵狂风到来临。

又见夜叉恶形状,青面獠牙鬼怪形。

刘向即便高声喝,夜叉即便转回程。

一时夜叉不见了,忽然羊头车一轮。

忽听车中微微哭,慌忙上前看虚实。

车中孩儿声啼哭,又见血书上面存。

原来是那天仙女,正在思想苦十分。

不见血书还犹可,一见顿时哭煞人。

细细看到伤心处,不伤心处也伤心。

车中抱出孩儿看,嚎啕大哭不止停。

刘向哭罢,便把孩儿抱到怀中,好生抚养,当夜取名,便叫沉香也。

仙家一节多不说,只说沉香易长成。

一岁二岁容易过,三岁四岁又来临。

迅速光阴看看过,倌倌七岁在其身。

请师教学多聪敏,人人称赞小官人。

不觉已到十二岁,满腹文章无比伦。

今有一个陈官宝,两人相骂争谈论。

便骂沉香众来僧,无娘野种贱种生。

骂得沉香无回答,急忙回家见父亲。

一见父亲开言说,还我娘亲一个人。

说罢顿时忙跪下，嚎啕大哭叫父亲。

刘向心中思想："我儿哪里知道？"便唤小娘子。小娘子道："老爷！呼唤妾身，有何吩咐？"刘向道："你对沉香说，我就是你的亲娘便了。"

沉香只顾嚎啕哭，也不抬头叫娘亲。

刘向一时无摆布，便把孩儿叫一声。

我儿休要来啼哭，今朝说与我儿听。

为你亲娘人一个，提起前情苦煞人。

你娘不是世间女，华岳庙内女灵神。

我为求取功名事，路过华山到庙门。

你父进香来问签，签片不落地埃尘。

青天白日多作怪，题诗壁上往前行。

你娘忙忙来赶上，赶到路途显神灵。

便将荒郊来变化，化为一座仙庄大宅门。

当天便要成亲事，三夜夫妻到如今。

谁知你娘多受苦，如今受灾在牢门。

只为你娘舅二郎神一人，就是你娘受灾星。

他闻知得此事后，你的亲娘受苦辛。

只为三夜夫妻事，压在华山到如今。

且说刘向便叫声："孩儿！十二年前，你母亲生养孩儿，便差鬼判送到为父的衙门。此时你母亲还压在华山底下。"沉香便叫声："爹爹！我母亲既然是神仙女，为何与我父亲成婚？"刘向道："我儿！你去看来，这是你亲娘笔迹也。"

忙将书信来拆开，一一从头看分明。

一看看到伤心处，一口哭死地埃尘。

翻来滚去无休歇，口口声声叫母亲。

我爹养我十二岁，并不相会我娘身。

枉为人间男子汉，不愿凡间再做人。

父亲也是心中苦，便把孩儿叫一声。

你娘也是神仙女，哭他无益枉劳心。

十二年来无音讯，不知何处去安身。

沉香哭罢便说："爹爹，我娘即是神仙女，压在华山。孩儿便要离家修道，一来访请名师，二来去会会母亲。"刘向便叫声："孩儿！你母亲是一位神仙女，谁知何处？怎能去得了？"

沉香今又双膝跪，便把爹爹叫一声。

爹爹与我真快乐，我娘受苦在牢门。

孩儿必要修行去，会会亲娘一个人。

爹爹不放孩儿去，苦条性命苦条绳。

说罢仍旧来大哭，跪在地上不起身。

刘向心中无摆布，只得由他去修行。

即便忙把沉香叫，如今由你去修行。

虽然我儿天仙子，未必能见你娘亲。

沉香听说让他去，慌忙立起叫父亲。

此去会着亲娘面，即便前来见爹身。

说罢今又双膝跪，今朝拜别我父亲。

拜别之时忙立起，一头流泪往前行。

刘向心中多着急，便把孩儿叫一声。

你今此去朝无日，身边盘缠全无半毫分。

需要盘缠花银一百两，方好前去救母亲。

父亲说罢急忙归房内，慌忙取出雪花银。

谁知孩儿都不要，刘向心中苦煞人。

沉香即便将言说，爹爹在上听原因。

孩儿此去休思念，譬如孩儿死了身。

孩儿今日寻娘去，盘缠不取半毫分。

儿今在路来募化，一路募化寻娘亲。

寻着我娘回家转，回来相见父亲身。

说罢之时重又拜，父子分离苦煞人。

拜罢之时身立起，即时上路去登程。

刘向一见孩儿去，两泪双抛不住停。

左思右想心中苦，心中刀割一般能。

且说沉香一头啼哭，登程去了。父亲十分愁苦，又说道："我若不放孩儿去，三娘娘怎能出牢？如今孩儿不知何处去见着亲娘，好不悲伤！"说沉香拜别父亲，去寻找母亲便了。

沉香在路滔滔走，路途不认得半毫分。

心中十分多愁苦，怎能去见我娘亲。

逢人问询只说华山去，声声只说救娘亲。

行一里来问一里，见一人来问一人。

路上行程多辰光，华山却在面前存。

忙忙走上前来看，正是我娘一庙门。

走进庙门深深拜，金炉里面把香焚。

拜罢之时来立起，揭开帐帘叫娘亲。

千声叫娘娘不应，万声叫娘不作声。

人人说我痴呆子，个个叫他懵懂人。

沉香说道："我今说与大众知道。华岳娘娘真是我母亲，被我娘舅二郎神压在华山底下。今日一见我娘形象，其实伤心。"众人说道："既然你亲娘压在华山底下，岂不要压死了。"

沉香见说心中苦，莫怪他们不知因。

必然要访明师父，有请仙人指点明。

想罢即便走出庙堂门，便到名山访道人。

走出庙门匆匆走，不知南北与西东。

只见红日西沉落，抬头一见吓煞人。

四方并无来歇宿，只见山林暗沉沉。

到此只道有宿店，并无宿店歇安身。

看来今朝难活命，遇着豺狼当点心。

早知今夜无宿店，我娘庙里歇安身。

心中思想无摆布，豺狼虎豹又来临。

沉香一见无躲处，等在山沟避灾星。

肚又饿来身又冷，哪得金鸡叫五更。

愁来不敢高声哭，一夜不曾合眼睛。

看看不觉天明亮，吞饥忍饿一路行。

遇着村庄来募化，一心只想救娘亲。

今又看看天色晚，快寻宿店去安身。

三步当来两步行，招商店在面前存。

忙忙走进招商店，一场大祸到来临。

只为山沟宿一夜，风寒感冒不非轻。

茶不思来饭不吃，口口红血嘴内喷。

不觉看看十几日，十分受苦在床前。

店主着急来服侍，从早服侍不离身。

沉香好不心中苦，举目无亲苦煞人。

寻娘不见伤心处，反撇爹爹老父亲。

倘若今朝来死了，爹不见面母不认。

心中思想双流泪，连叫皇天好几声。

沉香原是天仙子，玉皇大帝得知闻。

说玉皇大帝闻知沉香有难，立即召太白金星下界去救沉香便了。

太白星君来下界，变作先生卖药人。

打从饭店门前过，喊卖妙药不住停。

灵丹妙药般般有，灵丹炼就不非轻。

有病之人来卖药，声声只说救贫人。

且说店主听见这般妙药，连忙走出店门，叫住先生说："我店里有一位扬州客官，在此病了多日，请你先生看病，不知可好？"先生进了店门，便把沉香搭脉，随即从葫芦里拿出一粒仙丹交给沉香。沉香立即放嘴里，吃了下去，顿时一身大汗。沉香道："好了好了，这个妙药真的是仙丹，待我起来，拜谢先生。"谁知先生不等沉香起来，已经径自走了。沉香就在店中调养了几日，就想去寻娘了。随即拜谢店主，来到路途上，见人便问："这里可有名山洞府得道之人？"有人说有的，有人说没有的。沉香心中一想："真正好苦阿也！"

沉香好不心中苦，东西南北走无门。

路上有只歇凉亭，走进凉亭歇安身。

千思万想无办法，狂风大雪又来临。

满天飞下鹅毛片，顷刻山林白如银。

来往行人无半个，看看好像夜黄昏。

肚中饥饿身又冷，前无宿店后无村。

思量好不肝肠断，嚎啕大哭泪纷纷。

大哭一场真真苦，惊动多罗太白星。

太白金星忙下界，变了起课先生一个人。

前面一块荒郊地，三间房子变来临。

沉香哭罢，抬头一看，前面有一个小村庄，又见炊烟袅袅，心想："不知村上可有宿店，让我上前，借宿一夜，再作道理。"只得冒雪而去，不免走出亭外。鹅毛大雪满地，心中好不苦也。

沉香走出亭子外，一跤跌倒雪中存。

勉强只得来走起，上前移步快如云。

一头走来向前行，看看行了半时辰。

一头流泪来行走，三间草屋面前存。

沉香只得将身进，便见屋内一个人。

口称公公深深拜，救救路上落难人。

小生家住扬州府，名叫沉香姓刘人。

只为我娘身有难，延请名师到来临。

不料路中遭风雪，并无宿店去安身。

恳求公公行方便，明朝早早就起身。

且说太白金星就问沉香："今年几岁了？"沉香说："今年十二岁了。"先生道："好一位孝子。"沉香又细细一看，望见招牌上写着"文王易卦"，原来是一位占课先生，心想："可能是一位仙师。待我卦他一课，可否母子相会？"想罢便叫一声："先生听禀了。"

我今到此遭风雪，只为寻娘到来临。

谁知我娘无踪影，说来好不痛伤心。

那先生便问："沉香，你母子何年失散的？你细细说与我听。"沉香便道："先生听禀了。"

我娘不是凡人女，华岳庙内女灵神。

与我爹爹成亲事，便与娘舅来知闻。

逼我亲娘来受罪，压在华山底下层。

不知我娘灾星几时退，不知何日见娘亲。

请你先生占一课，指点我华山去路行。

便请先生说分明，日后前来报大恩。

先生即便来掐算，便对沉香说原因。

此卦占来大有吉，先难后易见娘亲。

等过三年零六月，母子团圆福寿长。

沉香便问："先生往哪里去，可能遇着仙师身？"

先生又来将言说，叫声沉香听原因。

过一山来再逢山，前途再遇白云湾。

见一人来问一人，终南山内有仙人。

沉香又问："此去到终南山，还有多少路程？往哪个方向去的？"先生把袖子一拂，又把五个手指头一扬，化作一道清风而去，连那三间房子也不见了。沉香胆战心惊，想到："一定是遇到神仙了，他袖子拂的方向定是西南面，五个指头就是五百里路。"于是沉香便往西南方向，急急行路而去也。

即时望空来拜谢，拜谢先生一个人。

起身即便忙忙走，滔滔一路向前行。

不觉看看三五日，高山一座面前存。

一心要往钟南山，又见高山到来临。

一见之时心欢喜，起课先生卦有灵。

不知可有终南路，等待人来问个明。

沉香想："在此等一个人来，问问再走吧。"正在这时，看见一个砍柴汉子赶来。沉香马上道："砍柴哥哥，借问一个信。这里到终南山，往哪一条路去？"谁知砍柴汉子道："你这小客官，问得真稀奇。终南山是个有影无踪的地方。"沉香一听，吓得魂不附体，连忙再问："可知白云湾在哪里？"砍柴汉子便道："在四川夹界的地方，过去还有八十里路程也。"

难得今朝心放定，连谢樵哥即便行。

一路行走来思想，占课先生话有因。

既然来到白云湾，再去寻人问路行。

急急忙忙来行走，四川地界到来临。

抬头细细来观看，白云湾三字写分明。

两腿跑得都疼痛，寸步难行苦煞人。

只得将身来坐下，口口声声叫娘亲。

路途辛苦多憔悴，昏沉睡去不知因。

顷刻之间来惊醒，看看天暗夜黄昏。

心头烦恼多着急，嚎啕大哭痛伤心。

此间并无安身处，前无宿店后无村。

只得将身来扶起，急急忙忙向前行。

行了多时无休歇，并无村庄到来临。

沉香即便抬头看，松林一座面前存。

沉香道："好奇怪！我走了半夜，还在松林处，看来今日要绝命也。分明是断头绝路，如今肚又饿来身又冷也。"

一头思想哀哀哭，思想我命活不成。

去年三月十六离家走，今日看看四月零。

离乡背井一年满，吃尽千辛万苦能。

指望要见娘亲面，谁知今日丧残生。

父亲在家不知道，我娘华山哪知因。

啼啼哭哭天明亮，只见牧童到来临。

牧童问道："你这孩儿，为何在此哭哭啼啼？"沉香急忙起身说道："我娘舅将我娘亲压在华山底下，为此我来访问名师，救我母亲。谁知碰不着名师来救我娘亲，所以我十分愁苦也。"

只见牧童哈哈笑，摇头不答向前行。

仍旧骑在牛背上，短笛无腔心口吹。

沉香即便心思想，他今必定也知因。

慌忙赶上前途去，拦住他来不放行。

牧童说道："你这孩儿，你拦住我去路，究竟要怎样呢？"沉香说道："牧童哥哥，我一个人千辛万苦寻寻娘亲，来到这荒山野里。想必你要指引我去钟南山的路也。"

一头说话一头哭，恳求今朝指点明。

若是今朝说明白，日后前来报大恩。

牧童只得哈哈笑，并不前来说原因。

沉香今又双膝跪，拦住牛儿不放行。

口口救我终南去，声声叫唤大恩人。

牧童道："你果然到终南山去？你跟我来。"沉香即便跟随同行而去也。

牧童即便前行走，沉香急急随后跟。

一头行走心思想，未知他来带我身。

未知可有终南山的路，未知此去如何能。

转弯抹角来得快，石桥一顶面前存。

牧童便叫沉香："孩儿！你跟我过桥去，就是终南山了。"沉香闻听，抬头一看，只见此桥约有五寸宽、万丈高，心想："叫我如何过这桥？"吓得连声叫牧童哥："我如何过桥？"牧童说道："你今来口口声声要救你娘亲。你这般胆小，如何能救你娘亲出牢？也罢，你既然如此胆小，就骑在我牛背上，闭上双眼。"沉香一听，马上骑上牛背，闭着眼睛了。

耳边一阵风声响，一身大汗落淋淋。

牧童即便将言说，孩儿今且听原因。

这般石桥都已过，如今开眼看分明。

说罢之后腾云去，就连牛儿也驾云。

你道牧童是何人，上界太白金星神。

沉香开眼来观看，不见牛儿不见人。

正要上前将言问，忽然不见牧童身。

抬头四处来观看，石碑一座面前存。

沉香上前仔细看，一行大字写分明。

沉香看罢，原来就写"终南第一名山"，妙煞人！所谓有影无踪的地界，这里是终南山了。沉香心想："牧童不见了，他必定是大罗天仙，待我望空拜谢一番便了。"

双膝跪在尘埃地，四面八拜谢仙人。

谢你今朝来度我，度我沉香到此存。

若无仙人来遇见，怎能得到此间存。

分明不是凡间界，仙山一座面前存。

心中欢喜往前行，洞门一座到来临。

白云片片从中出，阵阵香风往外喷。

那沉香想："这里必定是神仙洞府了，待我进去看来。"轻轻走进洞门，只看见花翠重重，又见松林一座；走进松林，又见小石桥一座；走过小石桥，只看见石台一座，上面有花；再往过去，只看见许多人在此，三三两两，说古道今。沉香欲想上前去见他们，又不敢前去，只得站在旁边，看他们如何了。

也有弹琴并说曲，也有鼓瑟并听琴。

也有吹箫并吹笛，也有吟诗作赋人。

也有烹茶并祝酒，也有闲谈论古今。

看了一会心思想，分明不是世间人。

沉香想："我前日遇到仙师，原来终南山里有仙人。如今看起来，真真是个仙人了，不可当面错过。"想罢，随即跪下来连叫大仙了。

沉香走上前面去，倒身下拜泪纷纷。

伏乞大仙来救度，救救沉香落难人。

弟子家住扬州府，只为寻娘到此存。

娘舅把我亲娘害，压在华山底下存。

一十三年多受苦，一心要去救娘亲。

伏乞大仙来指引，指引我到华山救母亲。

那众位神仙听得此言，执扇者哈哈大笑，玩剑者满面笑容，把拐者咬牙切齿，好不心焦。

沉香顿时交好运，遇着蟠桃会内人。

汉钟离听了哈哈笑，十二岁孩童有孝心。

铁拐李提起三娘心中苦，这般落难不非轻。

吕洞宾听了心欢喜，今朝有了报仇人。

何仙姑提起二郎神一个，两眼之中火直喷。

蓝采和听了真正苦，难得你今朝有孝心。

曹国舅听了微微笑，今日到此不非轻。

张果老听了气昏昏，难得你今朝报娘恩。

韩湘子听了真孝子，八仙齐说君子人。

吕洞宾道："沉香！你可知道我们是何等人物？"沉香道："恳请大仙们指教仙法了也。"

八位仙人齐开口，便叫沉香听原因。

我们真是神仙辈，你娘也是蟠桃会内人。

十三年前蟠桃会，各洞神仙到来临。

二郎娘舅人一个，是非说得不中听。

便把何仙姑来取笑，说出你母一段情。

那时面上红里翻着白，顷刻之间转回程。

将你母亲来拿住，压在华山底下存。

压在华山多受苦，算来约有十三春。

沉香听罢嚎啕大哭，便求各位大仙："今日救救我亲娘罢！"

双膝跪在尘埃里，跪拜大叫大仙神。

磕破头皮鲜血流，团团拜转不曾停。

求告大仙慈悲念，救救我亲娘一个人。

何仙姑便把沉香扶起："沉香，你既然有孝心，那听我细说。你母亲灾星未退，月日未满，就是仙家弟子也没有办法。你且在此三年，学习武术和仙法，然后好去救你母亲出牢也。"沉香听到这里，便拜谢师父了。

八拜仙姑为师父，又拜神仙各位尊。

只得今朝耐心守，守得三年杨柳青。

此时沉香身安住，时时刻刻想母亲。

看看不觉方三日，师父也不开言说原因。

师父一日前来到，便叫沉香听原因。

你今到来方数日，今日前来教你身。

如今用心来学法，学成仙法救娘亲。

快快同我前行去，不可迟延半刻停。

沉香听说心思想，便同师父快快行。

急急忙忙来行走，石洞一座面前存。

师父即便将言说,叫我徒弟听原因。

就在洞中来学法,尽心苦练功夫深。

那何仙姑把沉香领到洞门。何仙姑吩咐一声,便把洞门封锁,随即腾云去了。

沉香一见魂飞散,今日到此命难存。

引我到此来学法,谁知坚固此间存。

此处并无出入路,叫我如何怎理论。

口口传我神仙法,怎见学法到来临。

哄我到此将门闭,不别而行走不定。

指望到来求好处,谁知又有祸来临。

哄我只说神仙辈,不知鬼怪是妖精。

只望去救亲娘母,不知性命如何能。

沉香在洞中悲伤大哭,哭罢抬头一看,只见一盘仙桃,心想:"吃它一饱,再作道理。"谁知吃一个桃子,就有一变了。

七十三只仙桃都吃尽,七十三变在其身。

沉香在洞方七日,便把仙桃吃完成。

师父即便前来到,放出沉香说事因。

王母娘娘生辰日,我们便去赴蟠桃。

今朝特来吩咐你,不可私开石洞门。

用心前去看守好,钥匙交付你当身。

说罢众仙各驾祥云去,沉香心想:"我师父吩咐我不许开洞门,那洞中必定有奇珍异宝。倘若有兵书宝剑,我就好去救我母亲了。"想罢忙立起,到洞边观看,果然洞门封锁了。

便拿钥匙仔细看,用手推开仙洞门。

进入洞门看一看,有一苍龙马一群。

或像血盆牙似剑,张牙舞爪要吞人。

头洞门里不耽搁,进来又开二洞门。

急忙走进来观看,葫芦一个里头存。

仙童即便将言说,你今到此为何因。

沉香便问仙童:"葫芦中是何物件?"仙童回言道:"是太上老君炼就的仙丹。"沉香又问:"要来何用?"仙童说道:"沉香!你听我说道也。"

太上老君炼就仙丹药,三千年度有缘人。

八十岁公公吃一粒,头上白发像乌云。

八十岁婆婆吃一粒,半夜穿针不用灯。

少年之人吃一粒,千年松柏拔起根。

沉香听说心欢喜,搓他一粒口中吞。

吃了一粒多滋味,一把拿来吃干净。

身体变得金刚样,宛如铜皮铁骨人。

身上衣衫都胀破,海青胀得碎纷纷。

只见架上新衣服,就将一套换上身。

又开三洞门来看,金鞍玉辔里头存。

沉香好不心欢喜,进来再看四洞门。

走进洞门来观看,八缸仙酒里头存。

酒缸上面书金字,一杯吃了寿长春。

一见之时心欢喜,吃他一盏道何能。

急忙上前来观看,又无酒杯碗无存。

上前退后无思想,扳倒酒缸吃一顿。

沉香吃得熏熏醉,形体变作异样人。

四洞门里不耽搁,再来偷开五洞门。

仔细上前来观看,兵书战策看分明。

左有黄公三略法,右有吕望六韬论。

上有撒花并盖顶,下有黄龙三转身。

再将六洞来开看,金盔金甲上头存。

又将七洞忙开看,架上黄龙枪一根。

忙忙又开八洞门,仙花铁斧里头存。

朱红柄上书金字,上秤称来八万四千斤。

急忙上前来观看,犹如铁打树生根。

架子底下一池水,吃了一碗肚中存。

谁知吃了九龙水,气力加添廿四分。

再将铁斧来提起,犹如灯草一般能。

那沉香便把洞门逐个开来看,只见许多宝贝仙法了。

架上便拿仙花斧,七洞金靴足下蹬。

随手便取黄龙枪,六洞盔甲穿在身。

五洞取了兵法书,六韬战策手中抢。

四洞再吃仙家酒,三洞得了玉镫存。

吃了七十三只仙桃救母亲,即便上马去登程。

二洞门里来观看,便取灵丹一口吞。

取了仙丹忙忙走,头洞门首到来临。

把马牵出洞门外,顿时直上九霄云。

且说沉香上马登程而去了,来到华山,按落云头,走进庙门,四周一看,好不苦恼也。

只因我娘不在庙,殿宇坍塌不堪问。

我娘头上生青草,浑身上下起蓬尘。

香炉倒在地埃尘,蜡扦瓦在墙壁根。

夜叉小鬼无头面,判官小鬼没头颈。

两泪双抛哀哀哭,东倒西歪好伤心。

只怨娘舅无情面,把我亲娘受苦情。

沉香哭罢,心中想道:"待我到娘舅庙前,哭诉一番,再作道理。"想罢,即便立起,来到娘舅庙前立定,又想:"我今到此,不可造次。"急忙轻轻叫声:"娘舅!外甥沉香特来拜见。"那小鬼一听沉香二字,急忙报告二郎神。二郎神问道:"沉香是何人?"小鬼说道:"他在外头口称母舅。"二郎神道:"唤他进来!"沉香走进庙门,一见娘舅,双膝跪地,叫声:"娘舅!"二郎神马上喝住:"你是何人?"

沉香即便将言说,叫声娘舅听原因。

我今不是别一个,就是沉香小外甥。

我娘只为成亲事,压在华山到如今。

又叫一声亲娘舅,求你开恩放娘身。

二郎听得沉香说,提起前情火直喷。

便叫小鬼赶出门,不管他来亲不亲。

小鬼便把沉香赶,沉香好不怒火生。

沉香说:"我来者不怕,怕者不来。你可知道?"

沉香即便来吟诗,题诗一首壁上存。

与我战来真君子,不与我战来是小人。

寺里金刚身长大,从早立到夜黄昏。

冬瓜能大无斤两,秤砣虽小压千斤。

骂得二郎无开口,沉香只是气哼哼。

即便黄龙枪提起,一枪搠杀不留情。

二郎一见心着急,连忙披挂战三军。

甥舅二人来交战,三个时辰不住停。

沉香拼命来争斗,娘舅本事欠三分。

二郎即便忙叫变,变了和尚一僧人。

手中钵盆拿一个,便要合住外甥身。

沉香即便也变化,变了道士到来临。

便把铙钹忙飞起,合住娘舅走无门。

二郎即便再变化,变只猛虎要吞人。

沉香顷刻又变化,变了八十余人捉猛虎。

捉了猛虎人一群,猛虎吓得无处奔。

二郎即便重又变,变一条大蛇在山林。

沉香即便来变化,变了雄黄山一座。

二郎即便重又变,变条蜈蚣在山林。

沉香即便来变化,变了雄鸡一大群。

口口去啄蜈蚣背,二郎啄得痛难忍。

二郎即便重又变,变颗桃树在地存。

桃子挂得像绣球,采了桃子送残生。

沉香即便来变化,变作硬壳虫钻树心。

二郎即便重又变,变作胡蜂密层层。

胡蜂一群千千万,吓得他来命难存。

沉香即便来变化,变作乌甲虫来吃干净。

二郎即便重又变,变了美貌女一人。

妖娆做态来要求,看你沉香如何能。

沉香看见火直喷,一脚踢煞地埃尘。

二郎即便重又变,生铁一块变来临。

沉香即便也变化,变了铁匠到来临。
即架风箱并炉灶,铁榔头拿在手中存。
二郎即便重变化,变了蝴蝶万万群。
沉香再三捉不住,变了燕子到来临。
二郎即便重又变,变了房屋一庄村。
招牌只说招商店,来往客商住安身。
沉香即便来放火,将他房屋烧干净。
二郎即便重又变,变了红鬃马来临。
沉香即骑马背上,鞭子打马痛伤心。
二郎即便重又变,石头一块到来临。
沉香即便重又变,变了石匠一个人。
榔头凿子拿在手,凿开石头见分明。
谁知娘舅又变化,猴子一只变完成。
沉香变了凤阳人一个,手拿鞭子到来临。
沉香即便猴子捉,鞭子打得痛伤心。

且说沉香被师父关在洞中,吃了七十三只仙桃,就有七十三变。娘舅只有七十二变,所以战不过外甥也。

玉皇大帝闻知得,差下多罗太白星。
太白金星来下界,观音大士也来临。
急忙上前来相劝,两边息怒干戈停。
沉香即便双膝跪,深深拜谢活观音。
我娘不知在何处,指点今朝救母亲。
观音菩萨将言说,压在华山底下存。
沉香即便来拜谢,径往华山救母亲。
走到华山细细看,也无踪影我娘身。
沉香好不心着急,连叫亲娘数十声。
心中思想无计策,仙斧使到九霄云。
罩定华山只一斧,廿四里华山两处分。
两边山开中见母,我娘莲台坐端正。
沉香即便双膝跪,口叫亲娘不绝声。
一声哭死尘埃地,悠悠苏醒转还魂。

华岳娘娘问道:"你是何人?"沉香叫声:"母亲!"三娘又道:"你难道是我孩儿?"沉香道:"孩儿千辛万苦才找到您。"三娘想:"正是我儿。"急忙抱头大哭。三娘便问:"孩儿也。"

我儿如何来知道,今朝细说为娘听。
沉香即便将言说,我娘在上听原因。
爹爹养我十二岁,并不知晓这段情。
只有顽童陈家子,口口骂我余来僧。
孩儿即便回家转,便问爹爹讨娘亲。
爹爹即便将言说,我娘华山底下受苦辛。

又拿血书孩儿看，我娘笔迹是真情。

一见血书伤心哭，立意寻娘到来临。

一心要见亲娘面，撇开爹爹老父亲。

沉香说到伤心处，便把亲娘叫一声。

今日要娘回家转，见见爹爹老父亲。

三娘答应孩儿说，腾云到了扬州城。

按落云头身变化，母子双双进衙门。

刘向一见娘娘面，抱头大哭泪纷纷。

说不尽的离别话，千辛万苦到如今。

夫妻母子团圆会，宛像枯木再逢春。

蟠桃宝卷宣完成，福也增来寿也增。

枯树逢春叶放青，修桥铺路有人行。

田房屋产有人住，老来修行变后生。

华岳三娘原归庙，愿到华山治万民。

刘向封为都土地，乡民立庙到如今。

沉香行孝天保佑，升天得道活灵神。

爹娘养育恩难报，人生世上敬双亲。

为人世上重重报，今世不报枉为人。

经卷倘有错误字，心经一卷保安宁。

合堂大众今日散，要听下会再相逢。

蟠桃宝卷宣完成，诸佛菩萨尽皆欢。

手中罄子木鱼停，一只小偈补完成。

太姥宝卷

太姥宝卷初展开，诸佛菩萨坐莲台。

大众静心听宝卷，不可胡言乱语来。

一支清香炉内焚，香烟透上九霄云。

一支上苍朝玉帝，一支要敬南洋观世音。

点香已毕身坐定，诸佛请进斋堂门。

来时鲜花重重喜，去保望佛保安宁。

大众诚心来贺佛，福也长来寿也增。

盘古初分天和地，几朝天子几朝臣。

盘古到今几万年，为国君王治万民。

且说徽州婺源县有一富户，姓萧名公。夫人是上界玉皇御花园中太君的圣女。她因思凡，被玉皇大帝降下红尘，如今就是萧公的夫人。萧公家中金银无数、良田万亩，夫妻两人，同庚四十有余，并无生育，因而广修善果，斋僧布施，敬重三宝。玉皇闻之，速差华光菩萨，下凡投胎，作为萧家儿郎。华光菩萨接旨，叩谢玉皇，下凡便了。

天地同生多有道，佛法同明法力深。

宣扬萧家行善事，夫妻二人虔修行。

斋僧布施行方便，建塔修桥造庙门。

家中持斋并念佛，为求后代接儿孙。

玉皇大帝得知闻，敕旨华光去投生。

华光菩萨来下尘，两边童子护随身。

送与萧家宅内去，夫人得孕腹中存。

光阴如箭催人老，日月如梭晓夜行。

其时院君身有孕，为何二年不临盆。

等到好时并好日，吉日良辰降生身。

恰遇太始元年正，九月廿八卯时生。

此时院君身分娩，生出怪物好惊人。

生下一球如碗大，落地迎风易长成。

梅香使女都惊怕，连忙通报相公听。

且说世人在母亲腹中，一般都是十月而生。那院君产期，为何二十四个月不生？因华光菩萨要拣好日好时下胎，生下时好像绣球，光分五色，合家惊奇。梅香连忙通报员外。员外听了夫人生了怪物，就立即吩咐使女，将它乱掉便了。

五位灵官下凡生，一同投胎富豪门。

萧公要想生男儿，谁知生下妖怪精。

员外自到房中看，一看之时便吃惊。

果见玉球滚在地，言称妖怪二三声。

老夫只望生贵子，谁知生出妖怪精。

便叫安童人二个，将球抛在涧中存。

抛在婆源山涧内，汆来汆去放光明。

正遇火君炎玉佛，下凡来救五个灵。

驾云遥望来观看，善哉连称二三声。

禅杖拨在岸边去，并无半点水沾身。

便把快刀来割破，霎时钻出五郎君。

七星锦袱来包好，送到萧家大门庭。

门公报与员外听，外边有位老僧人。

且说萧公闻报，连忙出厅，来见僧人，接进见礼，分宾坐定，香茗一盏，便问僧人："从何而来，有何贵干？"僧人说道："我从西天红玉寺而来，见你家多有善缘，五灵投胎。生下绣球，你们不识，抛在涧中，我去捞起，送还你家。球内就是五郎君。第一个名叫金轮藏王，第二个叫银轮藏王，第三个叫铜轮藏王，第四个叫铁轮藏王，第五个叫宝光藏王，这些原是华光菩萨的五个化身，来做你家子孙。"萧公听了便明白了，即时吩咐厨房备斋一席。僧人回答，不食烟火，就此化身，驾云而去了。

多亏佛祖来看见，五圣出世世上存。

勿宣菩萨回佛界，卷里再宣萧家人。

吩咐安童奶娘请，五位奶妈到门庭。

员外当时来吩咐，一人只喂一郎君。

一周二岁奶妈抱,三周四岁得成人。

五六七岁来上学,教书先生请来临。

取名仁义礼智信,个个聪明读五经。

五郎攻读交九岁,四书五经无比伦。

十一十二掺将过,来到十五告双亲。

拜见爹娘开言说,孩儿有愿要修行。

此时萧公开言说,吩咐孩儿听分明。

既然你们修行去,白云山上好安身。

此去路途五百里,有一名山是白云。

岩中有位老师父,名称妙药大仙尊。

此人得道神通广,能灭妖邪鬼怪精。

五郎听了都知闻,拜别堂上二大人。

一心上路去修行,端正行李就动身。

员外夫妻来送行,吩咐五郎要小心。

五郎回身来下拜,拜别爹娘自当心。

五人上路往前行,不看桃花杏花村。

不觉行了七天整,面前高山乌沉沉。

越走越近高山到,山中妙乐闹盈盈。

弟兄立定来观看,为何山上有乐声。

不宣五郎来疑惑,再表妙药大仙尊。

且说妙药大仙在山,佛眼看见萧家弟兄到来,连称:"善哉!善哉!到此修行,无门可入。"吩咐道童,忙开石门出来,迎接五郎,引进石洞,来见师父。五人欢喜进洞,好像进了另一个世界,拜见妙药为师父。师父教授妙法。一灵公学腾云驾雾,二灵公学撒豆成兵,三灵公学移星换斗,四灵公学千变万化,五灵公学雄鹰除妖。五郎君在山学道,五载半年零,每人二十岁,功成完满,法力无边。师父见他们,十分欢喜道:"徒弟,你们兄弟五人,神通广大,我叫你们一同到泗州。青州城外,北山广大,草木无数,妖气腾腾,你们可以摇身变化,捉尽妖精便可。"

师父教徒去登程,来到北山怪地存。

五圣云中同变化,化作凡间五客人。

走到山前来游玩,见一婆婆年老人。

王婆坐地哀哀哭,只哭女儿王素贞。

五灵上前将言问,婆婆痛哭为何因。

王婆揩泪回言说,客官在上听原因。

老身家住泗州城,城都府居我家门。

奴身只为无儿子,只生一女王素贞。

不料此山有妖怪,名为石荡大仙人。

且说王婆说道:"客官,我老身所生一女,名叫素贞,在八月十五夜间,贪看月华盛会。霎时起了狂风,我女儿被刮在山中,无人可救。"五灵公听了便道:"妈妈,你女儿被刮去,我俚弟兄五人替你救出如何?"王妈妈说道:"客官,这个大仙神通广大、变化多端、法力无穷,你们前去若有伤失,与我老身无涉。"五人回言:"不妨事也便了。"

五圣当时将言说,吾令去救素贞人。

别了王婆登山去,大仙闻知出来迎。

接进五圣方便登,各盏香茶分主宾。

就问客官家何在,有何贵干到荒林。

五圣灵公回言答,大仙在上听原因。

家住徽州婺源县,萧家门中一胞生。

闻知宝山多仙景,特来游玩就回程。

大仙听了心欢喜,今日顺风到寨门。

且说石荡大仙说道:"你们是徽州灵善之人,特到此山,吾要殷勤招待。"大仙吩咐备斋,十分恭敬。大仙进去,拿出缘簿,上有稽首言称:"布施修建三清宝殿,请施主领开缘簿,助愿是也,乃作一偈。"

护法之人不可量,舍财布施福无疆。

大仙启口开言说,五位施主听分明。

三清大殿多坍塌,佛像无金是泥人。

亦求施主同喜舍,随愿乐助几分银。

五灵即时动脑筋,提笔要写四言文。

弟兄出门,不带分文。

修庙装金,去邪归正。

大仙见了心中怒,掇出心头火一盆。

好酒好饭来待你,如何乐助这般形。

且说大仙见了五位客官,来势不妙,顷刻使出神通,飞沙走石,流星石炮,木棍乱打。那五郎灵公见了妖怪作法,就即飞腾山凹之中,使出仙法,将金砖抛在空中,变了千万雄兵如同雨点打来,将大仙打倒。大仙心慌意乱,难以脱身逃走,又被三灵公将火龙一条使出,捉住大仙,现出原形,却是一条大白蛇精,收服而去。霎时又放出火来,把殿焚烧,后面放出许多女子,打开金银宝库,赐予各位女子。诸女子拜别而去,内有一位女子纷纷下泪,五郎问她为何悲伤便了。

灵公当时开言问,娇娘痛哭为何因。

女子停哭回言答,客官在上听原因。

家住泗州城州府,爹开药铺姓王人。

奴奴贪看月华会,妖精抓我到山岭。

你今叫奴回家去,脚小伶仃路难行。

客官送吾归家去,多把金银谢你恩。

灵公听了回言说,好笑王家小姐身。

既然送你回家去,不要金银酬谢恩。

且说五灵公说道:"送你归家,也不要你金银酬谢,只要立家庙,弟兄五位神像,号称五圣帝君。"当时王小姐一口答应,件件肯听。五圣便道:"小姐,你眼睛紧闭。"五圣显出神通,狂风一阵,把小姐送到王家花园。那时园公看见小姐回来,急忙报与夫人知晓便了。

法力无边通天下,神通广大实难论。

五圣呼风顷刻起,小姐送到花园存。

园公见了细一看,急忙通报主人听。

员外当时不相信,自到花园看分明。

只见女儿端然坐，犹如拾着宝和珍。

员外就即将言问，心肝宝贝叫连声。

何人捉你他方去，谁人送你转家门。

素贞即便回言答，爹爹在上听原因。

石荡大仙捉奴去，青城山上受苦辛。

多亏灵公萧五圣，神通广大送转门。

事前对奴分明说，建立家庙在家庭。

沉香板上来彩画，焚香供养五灵圣。

亲邻庆贺筵席散，忙中忘却画神明。

且说五灵公见王家仍勿立庙，真是有口无心。三灵公顿时将火龙一条，抛在王家木樨树下，满室通红，周围是火，直冲天庭。五灵公在空中说道："王小姐，你是忘恩负义，要回家时样样都肯，现在忘却全无。"王员外听了空中之言，就即当天跪地拜谢，速即唤了安童，请了木匠，做个佛龛，供养彩画金身。忽然火光消散，王员外合门欢喜，虔诚焚香，拜谢五圣灵公，感应匪浅便了。

一言既出难更改，驷马难追是古闻。

自从王家来立龛，留传家庙到如今。

沉香板上来彩画，焚香供养五灵圣。

虔修祭礼来款待，乐工吹打闹盈盈。

传扬出去人人晓，家家户户画灵神。

户户焚香多感应，驱邪降福保安宁。

不表灵公香烟受，回文又说转家门。

灵公各显神通法，腾云迅速到家庭。

堂前拜见两大人，深深下拜甚殷勤。

不宣母子团圆喜，再提太姥娘娘身。

忽然得了贪嗔病，日轻夜重病加增。

五圣正在多烦闷，观音菩萨到来临。

且说南洋观世音，闻知太姥得了贪嗔病，无药难医。五灵公正在烦恼之急，见了菩萨到来，问："有何贵干？"菩萨说道："若要你母亲病症好，除非你到王姥园中，采取蟠桃入口。要当头一只仙桃。这只桃子是三千年开花，三千年结果，三千年成熟。若然你母亲吃了，痴症全散，长生不老。"五圣听了，谢谢菩萨救命之恩。菩萨腾云而去。弟兄五人也腾云，来到王姥园中，只见当头一只，光明烁亮，连忙上去偷了一只，就逃出园门，即便驾云回家，给与母亲吃下，霎时病退。吉曜来临，百症就好便了。

不宣圣姥灾星退，回文再表老寿星。

玉皇大帝忙敕旨，宣召王母来天庭。

三月初三日脚好，蟠桃大会众天尊。

仙童仙女园中去，仙桃不见告母闻。

王母听了心大怒，要捉偷桃大胆人。

领了天兵就去追，遇着南洋观世音。

菩萨即便来解劝，王母娘娘听分明。

只因太姥身有病，摘此仙桃救她身。

伏望娘娘收兵转，待我去奏玉皇闻。

王母及时依观音,立刻收兵转天门。

勿说王母收兵去,回文再说大士尊。

大士来到云霄殿,玉皇面前奏言闻。

五郎为母偷桃子,摘取仙桃救母亲。

伏望我皇行大赦,宽洪赦放五郎君。

玉皇大帝与佛赦,赶他托化别方行。

　　且说五圣君偷了仙桃,未曾奏明。幸亏大士劝化,玉皇再敕御旨,萧家夫妻七人,不许徽州居住,罚到东方扶桑园,有棵沉香树内居宿,改过是非。沉香宝树,枝叶茂盛,花红柳绿,仙果长生不老。太姥见了十分欢喜。

观音旨谕归佛殿,回文再说七个人。

自从搬到扶桑园,沉香树上歇安身。

日月出入无躲避,再寻福地住安身。

搬到蓬莱山背后,沉香得土也生根。

沉香树内来安歇,就是仙宫一样能。

东进赦书西进表,住在扶桑四月零。

五圣树内无心登,忽然想起去游巡。

游到凤凰山一座,看见山前一段情。

大字告示当路立,告示言语太欺人。

啥人打从山前过,需有路钱放你行。

若有金银来买路,放你行过此山岭。

没有银钱来拿出,拿你上山取肝心。

五灵见了心大怒,告示撕得碎纷纷。

本山土地出来迎,五灵息怒听分明。

玉皇圣母山中住,所生五女有名声。

名号铁扇五公主,神通广大不须论。

还有一件真宝贝,顺风扇子真威灵。

　　且说五圣闻言,心中大怒,既然真实无私,神通广大,为何贪财爱宝?五圣来到洞前大喊一声:"你们滚出凤凰山,万事全休,若有半句不允,我们要显出神通。"五位公主听了,急忙走出洞门观看,只见五位郎君,生得端正。五公主便问:"你是何方汉子,来闯我山,不通姓名。"五圣回言:"家住江南徽州府婺源县萧宅之人。只为游春到此山,眼见路旁牌示上,口出狂言,仗势欺人,横行霸道,好不大胆。我们要各显神通,与你们决战一场,分个高低。"五位女子听了,一齐围住五郎,就将扇子一扇,将弟兄五人扇去十万八千里路程。五圣只见前面一山,不知何处,仙人答道:"是黑风山便也。"

五圣落地心烦闷,不知此山哪方存。

正在立定呆呆想,见了一位挑水人。

肩挑担桶来挑水,五圣上前就问信。

借问此山叫何名,啥仙居住在山林。

仙童即便回言说,五位郎君听原因。

此山名叫定风山,黑风师父居山林。

仙童挑水前头走,五灵即便后头跟。

一程来到山顶上，只见童颜鹤发人。

五郎上前恭拜礼，大仙在上听原因。

弟子只为游春到，凤凰山上有妖精。

叫我来到中间去，她把扇子手中擎。

被她轻轻只一扇，将我扇到此间存。

万望大师发慈心，相救弟兄五个人。

收服妖精人五个，焚香点烛报师恩。

师父当时将言说，五圣灵公听吾因。

铁扇公主人五个，也是我的徒弟身。

顺风扇子我亲授，她是无情少义人。

当初称拜我师父，只要投师不谢恩。

若说姐妹人五个，算来你们一家人。

夫妻本是前生定，原是五位福夫人。

我今教你还风扇，收你五人转家门。

弟兄念动还风扇，辞别仙师就动身。

回到凤凰山一座，高声大骂泼妖精。

公主出洞只一看，手下败将又来临。

且说五灵公得了还风扇咒语，便叫妖精出洞。五公主说道："你们到海角天涯，做了无主孤魂。"灵公便道："今日只怕你扇不动我俚。"公主大怒，便拿扇子扇了几扇，扇得山摇地动。公主见不能得胜，就拿出玉环，将玉环抛在空中，变成雨点打来。五圣君忙将金砖抛去，打得玉环纷纷不见。五灵公霎时使出分身变化，满山尽是五灵公，把五姐妹围住，高叫道："贱人贱人！我一枪你若拔得起来，算你好汉；如果你拔不起来，给我做娘子。"五公主即便就拔，丝毫不动，好像树生根一样，要想放手，好像鱼胶粘牢。五公主无法，即唤山神土地前来解劝，将身许配是也。

五灵收服五公主，凤凰山上结成亲。

本山土地为媒人，乐人傧相共花灯。

恭拜天地方已毕，洞房花烛闹盈盈。

夫妻不是今生定，五百年前结成姻。

三朝四日容易过，新房满月到来临。

五圣辞别归家转，五位夫人一齐行。

五灵骑马前头走，夫人坐轿后头跟。

一程来到蓬莱山，沉香树上见娘亲。

太姥娘娘心欢喜，香茶香斋待新人。

勿宣五圣回转门，再表朝廷无道君。

隋炀皇帝掌朝廷，三干二湿不均匀。

龟山水母来作怪，泗州城变旱水情。

前有三年遭大旱，树头烟出并起尘。

多年老岸刀切断，河底干得起蓬尘。

反转饭箩无米淘，饿死多多少少人。

来到海边开只井，七个铜钱买一瓶。

后有三年遭大水,白浪滔滔怕煞人。

河里浪头来打滚,漩涡潭有几丈深。

高山脚下张丝网,推开窗格就放罾。

泗州百姓遭大灾,玉皇大帝早知闻。

敕召观音归下界,代朕收服怪妖精。

观音即便领御旨,驾云即刻下凡尘。

带领哪吒三太子,同心竭力捉妖精。

按落云头来变化,化作凡间一老僧。

城中三日来吵闹,家家户户尽关门。

富翁搬在城头上,寺院搬迁在高墩。

只苦贫民并小户,全家性命活不成。

观音看了多伤心,妖怪害死千万人。

便唤土地来商量,想尽良计捉妖精。

　　且说菩萨带领哪吒太子,来到泗州,要想捉住妖精,就与城隍土地商议妙计。土地说道:"菩萨! 你叫护法天师开爿熟面店在南门外,便叫太子去大战一场,诈败上店。老妖喜欢吃熟面,可以活擒。"那三人妙计已定,太子提了降魔杵寻到城头上,只见一人蓬头赤脚。哪吒太子腾空而起,拿了降魔杵当头一记。老妖跳将起来,变了金甲天神来与太子厮杀。二人不让,杀了三日,未分高低,就化道清风,向南门逃去。老妖精追到南门面店,不见太子,自觉饥饿,不如吃碗面罢,解渴克饥。又怕被人识破,妖精就变化成十八尊罗汉和尚,同台吃面,周围坐定。观音菩萨就将明珠一照,只见老妖坐在东北角上。菩萨将十八丈金链条呼上口气,就变成五色素面,熏香扑鼻。善才龙女揩台抹凳,韦驮菩萨搬面上台,老妖见了十分欢喜,顿时就吃,连吃几口,不觉肚内索索能一响。霎时金链条绞紧,将老妖肚肠锁住,翻来覆去,不能再动。此时菩萨又生一计,起造浮屠塔一座,押住精灵怪鬼,使它千年不得出世,万年不能超升便也。

观音菩萨妙计定,捉住龟山水母精。

佛法做成穿肚锁,十八小妖逃干净。

就将老妖来示众,个个见了哼哼声。

氽在碧波潭内去,送与鳖鱼当点心。

泗州百姓多欢欣,搬砖搬石氽潭心。

氽仔一年零六月,碧潭万丈一齐平。

兴工动土将塔造,只少沉香做塔心。

遥望此山无宝珍,驾起祥云就动身。

妖精交与土地管,扶桑园去召奇珍。

来到日出扶桑园,观看荒郊耀眼睛。

寻到蓬莱山背后,沉香树上见灵公。

太姥见了菩萨到,连忙迎接问慈尊。

失迎恩师多得罪,有何贵干到来临。

菩萨回答非别事,造塔要花沉香树。

太姥回答舍不得,叫我母子怎安身。

　　且说观音菩萨,要花沉香宝树去做塔心。太姥娘娘想想,实在舍不得宝树。菩萨说道:"你肯舍我宝树,我带你到中华去,到苏州福地居住。且说俗话,上有天堂,下有苏杭,苏州、杭州风景最好便也。"

苏州风景怎样好？让我来唱只苏州景。

太姥五灵公呀，来游苏州景，苏州景致多得呒淘成呀，还有末虎丘最有名呀，慢慢那个游来末，慢呀慢慢听。

走进头山门呀，望见二仙亭，五十三参参参拜观音呀，千人末石边贞娘坟呀，三月那个桃花末，红呀红喷喷。

开船去游春呀，灵岩接天平，观音山轿子人呀人抬人呀，走过末御道到范坟呀，钵盂泉个清水末，泡呀泡香茗。

游过一线天呀，再游到白云，远望太湖白呀白腾腾呀，下船末一脚转回程呀，岸上那个灯光末，亮呀亮晶晶。

枫桥寒山寺呀，夜夜听钟声，五百名贤就在沧浪亭呀，七塔末八幢好风景呀，宝带桥上环洞末，数呀数不清。

金阊银胥门呀，观前闹盈盈，两边摊头摆得密层层呀，殿上末供个三清神呀，来往那个都是末，烧呀烧香人。

拙政是名园呀，巧对狮子林，北寺宝塔总共有九层呀，太监弄相对正山门呀，烧香要求菩萨末，投个好人身。

下午出阊门呀，坐部小车轮，要到留园散呀散散心呀，松柏末同春好风景呀，留园那个景致末，十呀十八景。

西园大丛林呀，大殿仿灵隐，五百罗汉侪呀侪装金呀，隔壁末还有花园景呀，放生那个池里末，湖呀湖心亭。

马路大旅馆呀，游客船来停，一年四季客人来客满呀，苏台末门前顶宽畅呀，惠中那个来往末，都是外国人。

城里有花园呀，城外有戏馆，新式布景真呀真好看呀，城外末还有大菜馆呀，吃好那个炒菜末，再去划龙船。

坐只荡湖船呀，芦花荡里转，官人小姐登仔一大船呀，豁拳末吃酒真闹猛呀，苏州那个景致末，游呀游不完。

当时观音就说："你们同去姑苏，保你们欢乐，富贵荣华，香火兴旺。"父母子媳共计十二人，听得满心欢喜。太姥答允，就把沉香宝树给菩萨了。

观音菩萨喜欢心，感谢太姥娘娘身。

立时顷刻行佛令，上方天空得知闻。

天神天将齐来到，风伯雨师也来临。

且说观音菩萨，行赐佛令，上方天空兵将，一齐下来听令。观音就差风伯雨师，雷公电母，狂风大雨，把沉香树吹倒在地；立差天兵天将，斧头砍断树，连根拔起，推入大海内；又差海里水兵将军，押送到泗州城里。有张鲁二班仙师，拿之杖杆，量准尺寸，要造七层宝塔便也。

实时兴工动手行，高搭支架接青云。

众人个个实在忙，搞个搞来扛个扛。

众位神仙，大家一道来建造七层金铃宝塔。

一层宝塔勒里造，观音菩萨塑中心。

善财龙女两边分，救苦救难观世音。

二层宝塔勒里造，太母娘娘塑中心。

五圣郎君两边分,威灵显赫到如今。
三层宝塔勒里造,三星五帝塑中心。
紫微大帝当中坐,龟蛇二将护门庭。
四层宝塔勒里造,四海龙王塑中心。
龙宫太子左右分,虾兵蟹将密层层。
五层宝塔勒里造,五路财神塑中心。
招财进宝哈哈笑,利市仙官二边分。
六层宝塔勒里造,玉环圣母塑中心。
五灵公主来拥护,山神土地护其身。
七层宝塔勒里造,黑风师父塑中心。
财帛伤司二边分,七相也来护其身。
八层宝塔勒里造,八洞神仙塑中心。
汉钟离手执棕篱扇,吕纯阳仙师救凡人。
九层宝塔勒里造,九幽地狱塑中心。
地藏菩萨当中坐,二边童子护其身。
十层宝塔勒里造,城隍老爷塑中心。
土地公公向前行,刘神禁忌护门庭。
十一层宝塔勒里造,十殿阎王塑中心。
十八层地狱分得清,夜叉小鬼两边分。
十二层宝塔勒里造,韦陀菩萨塑中心。
弥陀势主当中坐,黄梅童子跟随身。
十三层宝塔勒里造,诸佛菩萨塑中心。
祖师喜送葫芦顶,宝塔镇治水母精。
宝塔造好十三层,镇压妖精不超升。
妖精若要来出现,塔顶开花放你行。
泗州百姓心欢喜,泗州百姓敬观音。
观音大士回言答,妖精你且听原因。
二月廿一生诞辰,兴风作浪不曾停。
登在泗州来作怪,三干四湿害良民。
旱到树头出烟火,井底里面起蓬尘。
泗州凡民都受苦,干煞多多少少人。
又将水漫泗州城,泗州变得海洋能。
水母听了回言说,伏望慈悲饶我命。
大士就叫两三声,塔顶开花放你行。
不表妖精一边事,再提太姥一家人。
离了东夷海峡路,来到苏州花锦城。
佛家弟子不失信,带领娘儿十二人。
山塘一路向前行,虎丘盘石看虚真。
千人石上来造庙,东山土地不答允。

再到灵岩山一座，住持和尚不吞荤。

等了一年零六月，无酒无饭勿称心。

观音启口将言说，上方山上住安身。

一条玉路通山顶，能吃鱼肉与荤腥。

七层宝塔冲云霄，清净佛地有名声。

中峰山顶来造庙，恭敬太姥五圣君。

新造牌坊施金字，威灵显赫在山门。

荤腥酒筵日日开，信客堂前敬酒来。

欢喜吃酒酒吃醉，勿醉如何消脱愁。

你吃鱼来吾吃虾，吃仔红蛋滚冬瓜。

南山九海吃不尽，太姥五圣喜欢心。

不说娘娘山中坐，另再提表七官人。

不提太姥娘娘、五圣灵公、五贤夫人，再说灵岩山洞中七官人。七官人登在洞中，黄袍破碎，老鼠做窠，乡民烧香还愿，全无灵验。七官人暗暗叫苦，要到上方山上讨一炷香，敬拜太姥娘娘便了。

南朝圣众来召见，拜见太姥娘娘身。

拜见娘娘慈悲佛，微臣进山讨炷香。

五圣太姥齐欢喜，欢喜七官是忠心。

封你上方为总管，掌管场司财帛银。

旁边立座小庙店，同受香烟日夜焚。

来时四面祥云护，通灵护国太夫人。

南朝圣众消灾障，尊神延寿降吉祥。

烧香还愿添吉庆，上方山上显威灵。

满门祝福谢神明，一年四季保太平。

金炉不断千年火，玉盏长明万盏灯。

太姥宝卷宣完全，交代菩萨在佛门。

大众听了太姥卷，尊尊菩萨尽欢迎。

太姥宝卷宣完成，斋主人家保安宁。

回上良因三世佛，救苦救难观世音。

诸尊菩萨摩诃萨，摩诃般若波罗蜜。

佘僧宝卷（版本一）

佘僧宝卷初展开，诸位听众坐下来。

唐僧出世一番事，待我从头宣一番。

大唐唐僧要出世，出胎从小吃苦难。

且说此卷出在唐朝太宗登位十三年，天下太平。勿说国家安乐，内中有一段故事。在海州弘农县陈家庄上，有一人姓陈名叫光蕊。家中只有老母张氏，今年六十八岁。父亲早亡，家中贫穷。光蕊从小读书，十年窗下，身入黄门。秀才今日上街，看见朝廷开考，皇榜高挂，各处张贴。光蕊公子一想："小生今年二十岁了,再不上京赶考,枉读诗书,待我回家禀知母亲知道也。"

陈光蕊公子二十春,十年窗下读诗文。

今日上街皇榜挂,招贤纳士天下闻。

待我回家禀母亲,赶考功名上京城。

一路思想回家转,在路行程快如云。

抬起头来须看清,自己门上到来临。

陈光蕊街上一路走来,回家进门,见过张氏老娘。"母亲在上,孩儿拜见。""吾儿回来了。""是呀,母亲孩儿有言告禀。""儿呀,你有什么话只管讲来。""母亲呀,待儿告禀哪!"

母亲在上听原因,孩儿今日上街行。

皇榜高挂海州城,招贤纳士开科门。

想儿十年窗下读,思想上京赶功名。

特来禀知母亲晓,未知母亲如何能。

张氏听说心欢喜,孩儿快快上京城。

张氏老娘一听光蕊一番言语,心中大喜:"啊呀!儿啊!这事知晓了。你原来为了赶考功名之事,为娘心中明白了。我儿是个读书之人,老古话说'幼而学,壮而行',孩儿要考试,理该如此。但是此去路上,须要小心,得了功名,早早回来了。""母亲,孩儿听命。"陈光蕊吩咐书童,收入行李,拜别母亲,即日动身也。

陈光蕊别娘进京去,赴京考试想功名。

安童挑担前头走,公子随后一同行。

一路行程来得快,前面已到帝皇城。

二人投宿招商店,考期到来进场门。

光蕊今日进场门,三场文字已完成。

唐皇御笔来点中,头名状元喜盈盈。

游街三日看皇城,城中人人尽知闻。

多说状元人品好,六街三巷闹闹盈盈。

勿说状元游街事,再宣另有出场人。

要说朝中有个老大人,姓殷名开山,是个开国功臣,官拜左丞相之职。夫人在世,所生两女,大女儿配于当京万岁。家中还有一个小女儿,今年青春二十岁了,名叫殷三,才貌双全。老相爷要与小囡招位东床,知晓今科状元陈光蕊,人才出众,就命家人搭起彩楼,要抛球招亲也。

相府千金要招亲,搭起彩楼选佳人。

今日状元来游街,身骑白马笑盈盈。

抬头一看真闹猛,不知为了何事情。

一路游街前面去,哪知小姐看得清。

看见状元生得好,手抛彩球抛得准。

抛中状元人一个,接进相府就做亲。

要说状元游街到殷相府门口,一看人山人海,哪知天下文人尽想与小姐成亲。小姐一个也看不中,看见新科状元行过,小姐乐意,把球抛下,落在陈光蕊身上。殷相府家人看见,进府禀报老相爷:"启禀老相爷。""何事?""贺喜相爷,小姐抛彩球,抛中那个新科状元。"相爷知晓,哈哈大笑道:"快快迎接状元公花厅相见。"要说状元被小姐抛中了,马上下马,相府家人一拥而上,迎接进府见老相爷。陈光蕊上去见礼道:"相爷在上,晚生陈光蕊有礼了。""状元公请起,一旁坐下。""多谢老相爷,晚生告坐了。"相爷吩咐设席,家人送茶，两人席面谈论。老相爷道："啊，状元公！今日老夫小女抛球招亲，想女儿绣球抛取你状元公，今日就要成亲了，你看可好？""多谢老相爷，承蒙抬举，晚生哪有不允之理？"相爷哈哈大笑，吩咐家人，前后厅堂，挂灯结彩，请乐工吹打，参拜天地和合。相府拜堂，名班好戏，热闹一番也。

> 状元招亲喜十分，一对新人喜盈盈。
>
> 洞房花独一宵过，早朝见驾谢皇恩。
>
> 不说状元多荣贵，再说朝堂万岁身。

且说唐皇五更三点登殿，朝堂上文武百官齐立两班。万岁问道："众位卿家！现今新科状元任何官职？"老相爷出班来奏本："臣启我皇万岁。臣查得州郡只有江州缺官。伏乞我皇准奏，授他江州府主，满任来京受职。"万岁准奏。状元接旨谢恩，退朝回转相府，同妻商议，拜别岳父岳母，同妻前往江州上任。殷相爷办了全副嫁妆，送出府外也。

> 状元同妻出京城，文武百官相送行。
>
> 离了长安登途去，一路滔滔风送云。
>
> 一路行程来得快，春三杨柳绿沉沉。
>
> 顺风行船无耽搁，弘农地方到来临。
>
> 船到码头将船停，各官迎接闹盈盈。
>
> 喜信报到陈家去，张氏老娘喜欢心。

要说状元一路出京，奉旨归家祭祖，好不荣耀。船到码头，地方官长迎接，报信家中。张氏老娘知晓儿子、儿媳回家，荣宗耀祖。状元到家拜见老娘："母亲在上，孩儿拜见。""啊呀，吾儿回来了。"殷三小姐过来："婆婆在上，媳妇拜见婆婆，万福清安。""啊呀，贤媳起来，一旁坐下。""多谢婆婆，告坐了。"老太太哈哈大笑，东乡西邻都来贺喜。此时陈家，一片欢笑。张氏道："儿啊，你正是好福气呀。"

> 孩儿正是福不小，考试及第娶家小。
>
> 今日荣归回家转，做娘肚中喜气笑。

"母亲你有所不知，孩儿进京，考试及第，游街三日，哪知殷相府中小姐，抛球招亲，球取孩儿。吾家岳父保奏皇上，出旨江州为主。今奉旨归家，探母祭祖，就要上任去的。想明日是母亲你的出生日了，孩儿与你庆寿一堂，热闹热闹。""如此说来，孩儿贤孝。"殷三过来道："婆婆！这是应当的呀。"状元吩咐家人，买办寿礼，请酒庆寿也。

> 张氏太太七十春，大祝庆寿拜寿星。
>
> 家人使女忙碌碌，祝寿一堂闹盈盈。
>
> 厅堂摆起庆寿酒，挂灯结彩放光明。
>
> 毫烛明光如白日，星官台供起老寿星。
>
> 庆寿一日多热闹，席散各自回家门。
>
> 不说太太做寿事，状元请安进房门。

要说这日进房请安，状元道："母亲在上，孩儿叩请今安。"张氏道："孩儿啊！""母亲有何吩咐？""为娘今日有言，只因往日吃素，口中无味，未知可有卖鱼的渔翁。你去买一条鲜鱼来，待为娘调口，吃一些可好？"状元道："母亲放心，待儿前去看来。"状元走出娘房，坐定一想，光阴迅速，出京至今，耽搁在家半年过去。十二来月，北风吹起，天寒地冻，到处结冰，渔船停网不捉鱼了。差了家人出外，并没有买到了。状元自己出门去，身上官服换下，穿了便衣出门，尽孝买鱼去也。

> 状元便衣出门行，尽孝娘亲买鱼吞。
>
> 眼看天寒地又冻，小河浜里尽结冰。

大小鱼船停网张,那里去寻卖鱼人。

一路起来一头想,抬头看见卖鱼人。

不说买鱼陈光蕊,再说鱼婆船上人。

要说这个卖鱼之人是个中老年妇女,全家一共老夫妻两个,一向捕鱼过活。天寒地冻,真叫橹板头个铜钱就要完。整天打网捉鱼,今天一共打一网,网出一条金色鲤鱼,卖了他,要开火仓的。所以上岸去卖鱼,一路过来要上街去。对面来了客人,就是状元陈光蕊。状元走过来看见渔婆说道:"渔婆妈妈,这鱼可要卖多少文银?"渔婆道:"只要一贯钱。""来来,卖与我。""好的。"状元把鱼款付掉。状元道:"我且问你,天寒地冻,河浜里结冰。你这金色鲤鱼在哪里捕到?请你妈妈,讲给我听么。""客人呀,这条鲤鱼,在洪江边天泉眼捉到的。"

渔婆妈妈回转身,状元一路回家门。

今日买到金鲤鱼,尽孝买鱼娘亲吞。

三步改作二步行,进府拿刀杀鱼身。

状元到家,禀母知道:"母亲在上,儿今买到金鲤鱼一条回来。"老太道:"孩儿!快快将鱼杀死,烧来为娘吃吧。"状元拿把切菜刀要想除命,这条鲤鱼头梢一翘,鱼眼一眨。状元看见,奇呀!千眨眼,万眨眼,勿看见鱼会眨眼,待我禀母知道。回进娘房,对娘一讲。张氏道:"我儿!为娘这鱼不要吃了,快快与我把鱼放生吧。"状元道:"母亲放心,待儿放生。"状元听了母言,就拿鲤鱼放生。状元想:"好得问过渔婆捉来的地方。"一路出门放生鱼,走到洪江边,把鱼放生在河中。但是这条鲤鱼一到水中,回过来看了看状元想:"这是我的恩人,永不忘恩的了。"

状元放生金色鱼,一路回家见娘亲。

我把鲤鱼已放生,听娘之命行好心。

光阴迅速过得快,过了新春要上任。

状元告禀母亲晓,孩儿上任有公文。

带你母亲一同行,同船出海去上任。

状元禀知母亲晓,搬动行李下船行。

状元今日吃了早膳,吩咐一切人等,马上开船,上任而去。随后带了老娘、妻子下船,顺风行船,一路往江州进发哉。

状元开船就行程,顺风行船快如云。

路上行船无耽搁,前面已到海门城。

耳听母亲叫儿声,未知为了何事情。

状元官船行路,直往江州进发,其日到了海门县城,听老娘叫喊,走进房舱说道:"母亲!孩儿在此。"张氏道:"吾儿!为娘叫喊,非为别事。老身不安,恐怕不能同你过海去呀!有恐水土不服,此处有个小小招商,待我暂宿几天,到那秋后,接吾过去吧。"状元道:"母亲放心,待我上岸寻个招商小店。"状元到街坊一看,有爿招商小店,名叫万花栈房。状元便同小二接头讲好,付一些银两,把老娘送进店门,说道:"母亲呀,孩儿公文紧急,不能奉陪母亲,就要上任。秋后接你可好?"张氏道:"好呀,你只管上任去吧。不必挂念,孩儿放心。"状元安排好老娘,同妻开船行路去也。

状元同妻去上任,别娘上路泪盈盈。

娘亲有病不能去,并非孩儿无孝心。

只因圣上限期到,紧急公事先要行。

待你娘亲病体好,秋后凉时接母亲。

状元思想老母事,一路行程快如云。

风平浪静天色夜,日落西山夜沉沉。

落蓬停船未抛锚,停船再宿明日行。

要说官船停在海口,吃落夜饭,点好灯火,船上更夫打更,大人安困。要说洪江渡口,山上有强人,喽啰几百,专门劫抢商船度日。山上有二个大王,一个叫刘洪,另一个是他兄弟刘青。正在三更时候,望到下面,有只大船,点得灯烛辉煌。刘洪想此船必是商船,定有大大的财饷,马上传齐喽啰,下山用小船五十只。喽啰个个手执钢刀,灯火点亮,一齐下山入海。小船行过来,刘洪带领跳到官船上,拿更夫杀死。强盗杀人如切葱一样,官兵抵挡不住,一时血流成海。刘洪杀到舱中,陈光蕊一看,啊呀不好了,强人来了。逃往后梢,跳入海中。殷三逃出来被刘洪看见。"啊呀妙啊!一位美貌佳人。"刘洪把殷三一把揪住,说道:"小娘子不要逃。你若从我,不杀你;若不从,一刀杀死。"小姐一想:"丈夫自尽。奴若再死,无人报仇。想奴腹中怀孕,无计可施,只得从他。待等生男育女,可以替夫报仇。"刘洪吩咐喽啰,全船一抄,抄出印信。刘洪哈哈大笑,将官服穿带起来,好冒名上任。刘洪吩咐刘青镇守山头,自己同了殷三往江州上任而去也。

不说刘洪去上任,再说跳海光蕊身。

寻海夜叉来看见,飞星报入龙宫门。

龙王得信就下旨,召进龙宫见我身。

三太子一看是恩公,原来光蕊大恩人。

要说陈光蕊跳海,被寻海夜叉禀报龙王。哪知宫中三太子就是状元放生一条金色鲤鱼。三太子认得陈光蕊了,原来是个恩公,禀知龙王,拿陈光蕊救活。龙王问道:"你是何人?哪里人氏?"陈光蕊道:"龙王在上,待小生告禀也。"

龙王爷爷听分明,小人海州弘农人。

姓陈光蕊是我名,赴京考试中头名。

官授江州为州主,同妻上任到海门。

不料过夜强人到,抢劫财物杀我身。

龙王救我到此来,不忘龙王救命恩。

龙王一听,原来如此,说道:"先生你原来是我儿的恩公。前时你放生这条金色鲤鱼,就是我儿。"三太子说道:"先生!想你命中有难,十三年不能在凡间。不如在我宫中耽搁几年,送你上去。请先生不必挂念。"于是吩咐厨房办酒:"你在我宫中教训蒙童也。"

不说光蕊龙宫事,再说殷三小姐身。

刘贼强占殷三女,冤苦在心无法伸。

只因我身已怀孕,不知男女分不清。

只得勉强相从贼,冒名奴夫进衙门。

且说殷三小姐被刘洪强占,一路冒名,上任江州为官。殷三小姐思念婆婆丈夫,好不可怜,有冤难诉。"啊呀,天呀!想奴丈夫仇恨,不知何日能报?今日刘洪公事远出,待奴花园一走。哪知光阴迅速,腹中疼痛。小儿十月满足,喔呀!奴走不动了。"丫头道:"夫人!你怎么了?""吾腹中疼痛。"丫头上来扶住,"快快来呀!"一众丫头进来,马上帮忙收生。一看养下了一个男宝宝,就此包包扎扎。殷三此时昏昏沉沉,耳听得有人叫喊说道:"殷三你听了,我乃上界星君是也。我奉观音大士法旨,特此到来,设法救你儿子。你的儿子日后名声广大,你要快快设法。刘贼要回来,必害此子,你需保你儿子安全。你家丈夫已得龙王相救,日后要夫妻相会,母子团圆,雪冤报仇。切记我言,快快醒来!"这老人话说完而去。小姐醒过来,句句记得,将儿抱在手中一看,无计可施:"啊呀,儿呀!"

殷三女,想婆婆,又想丈夫。想吾夫,有孝心,寄托母亲。

到如今,丈夫死,婆婆不知。想我身,好可怜,刘贼强占。

无法去,到京都,告知父亲。想我儿,出世了,不见父亲。

儿长大,替父亲,报仇学冤。大士来,托梦我,小囝要害。

殷三女,切切记,疼痛在心。刘贼转,定要害,孩儿性命。

定主意,救儿命,送出衙门。殷三女,哭得来,天昏地暗。

殷三哭得苦伤心,丫头服侍在房门。

怀抱孩儿双流泪,看看儿面想夫君。

儿子呀,你出世,无爷叫,丈夫死得苦伤心。

思思想想真切悲,黄昏哭到大天明。

黄昏人静一更声,思想丈夫苦伤心。不像短寿命,做官去上任,碰着强盗刘贼人,丈夫跳海命归阴,啊呀,吾的天呀!

二更里来深黄昏,寄托婆婆海门城。盼望迎接你,秋后就要去,哪知你孩儿已归天,今生不能再见面,啊呀,吾的天呀!

三更里来半夜觉,生育下孩儿心不安。刘贼要害死,奴奴要救你,巴儿长大报父冤,日后啊能来申冤,啊呀,吾的天呀!

四更里来金鸡叫,想奴本是相府女。跟夫回家转,江州上任去,海口停船强人来,刘贼强占上任去,啊呀,吾的天呀!

五更里来天要明,思想我儿苦伤心。爹爹有权柄,啊能来调兵,杀落强人奴称心,替夫报仇奴放心,啊呀,吾的天呀!

殷三哭了五更天,一夜思想苦黄连。

想必刘贼今要害,我儿性命保不全。

奴奴薄命能个苦,不知何时见娘面。

阿有何人通个信,告禀爹娘得知闻。

点兵调将江州来,替夫报仇捉强人。

不说小姐想夫事,再宣大士观世音。

要说观音大士菩萨阴阳一算,殷三有难,就此驾起祥云到江州城,化为一个白发老人叫喊"可要卖箱子",在街上行走。再说,殷三要救儿子性命,吩咐厨娘到街坊上去:"可有卖箱的?买一只回来,奴要把孩儿生命救活。"这位厨娘姓周,大家叫她周大娘。周大娘答允,拿了银子出门一路走,一头想:"夫人真真伤心,待奴帮忙上街而去也。"

大娘接银上街坊,夫人吩咐买衣箱。

眼看夫人真悲切,一心救儿远他乡。

待奴上路急急走,六街三巷真闹猛。

眼观六路细细看,见一老人在街坊。

但见他身傍箱一只,老翁见奴喜洋洋。

要说周大娘一路出门,到得街坊上,看见一位白发老公公,齐巧见他身边有红箱一只,走上问他道:"老公公!你这箱子可肯卖与奴吧?"老翁道:"你要买,我就卖与你,只要一贯钱。"大娘付讫银子,背了箱子,要想问,哪知老人不见了。大娘想,可能菩萨保佑,就此一路回家而去也。

大娘买箱转衙门,手执红箱上路行。

思想夫人真悲切，日夜双泪哭伤身。

夫人平时待奴好，今日帮忙理该应。

一路滔滔回衙转，走进后园到房门。

要说大娘走进内房一看，夫人哭得两眼通红，道："夫人你不必伤心，要哭坏身子，须要保重自己身体。"殷三道："大娘回来，可曾买到？"大娘道："夫人放心，与你买回来了。"周大娘拿进来。殷三看见一只红箱子，顿时哭断肝肠，线穿眼泪，"啊呀！吾的苦命孩儿啊！"

做娘看儿断肝肠，越思越想越悲伤。

今日送儿远他乡，别人相救去抚养。

巴望孩儿身长大，母子团圆在身旁。

有朝一日报父仇，替父报仇理应当。

孩儿呀！为娘并非良心坏，只为孩儿命一条。

刘贼要拿性命害，只得买箱甩江流。

孩儿快快多吃一口乳，眼看孩儿泪双流。

开箱拿出衣裳换，包包扎扎抱倌倌。

孩儿今日离娘身，未知何年来团圆。

孩儿抛落长江去，为娘想儿泪不干。

殷三哭得肝肠断，线穿眼泪不尽干。

要说殷三只管悲伤大哭，大娘一看，辰光不早，恐怕刘贼回来，要难以脱身，说道："夫人你不要哭了，时光不早，老爷回来，许多不便。"殷三想想对的："大娘你说得有理，同你去吧，免得刘贼缠绕不清。"二人拿了红箱，抱了倌倌，私出后园，直往江滩走去便了。

大娘双手拿红箱，殷三怀抱小倌倌。

一路急急江边到，思思想想心不安。

站立江滩四面看，白浪滔滔无边岸。

殷三眼看亲生儿，小囝看娘乌溜溜。

小姐哎呀哭一声，大娘相劝泪勿干。

二人到了江边，大娘道："夫人！快快放入箱中，让他去吧。"周大娘心急，恐怕刘洪回来要查，所以催紧。殷三道："大娘，奴要做一个记号，不然将来孩儿长大，认不出的。""夫人说得有理，快快动手。"殷三就拿小囝左脚的小末脚趾头咬掉。小囝哭叫一声，殷三实在伤心，便咬破手指，鲜血淋淋，写了一封血书，上写小囝出生时辰年月。大娘把小脚包好，再把倌箱打开，旧衣摊好，把小囝放入箱中。殷三一看，还好小箱两头有出气洞，不会闷死。就此放入河中，乘风而去。殷三看看，实在伤心。"啊呀！大娘！快快与奴捞回来，待奴再见一见。"大娘想想，不能怪俚，到底是自家亲生子。"夫人不要伤心，待我捞回来。"大娘赤脚下水，好得江滩浅，捞过来打开。小姐抱在手中，小囝眼珠圆圆，哭了几声。"啊呀！不要哭，再吃一口乳吧，明日没有吃了。"大娘道："夫人快快放入箱中吧。时光不早，晚了回去，刘贼知道，许多不便。""是啊。"殷三看了再看，放入红箱，推入水中，那箱子乘风而去。勿多一时，一群乌鸦飞上去，落在红箱上。殷三看见，"啊呀儿呀，好险呀！"哪知这是神鸟，保护箱子，勿会翻落。眼看越来越远，"啊呀！吾的孩儿呀！"看不见哉。殷三哭得天昏地暗，真是伤心。大娘道："夫人不要哭了，回去吧。"大娘挽了殷三，回转衙门。一路哭一路走，好不伤心。

大娘扶起就动身，殷三哭哭啼啼转衙门。

思来想去想勿完，不知何时再团圆。

不说小姐回衙门,再宣江里小倌倌。

要说这只红箱乘风而去,往下风,直流到金山寺边。要说寺内当家长老,叫法明,今日清晨无事,站立在山门,看见滩边有红箱,"待我下去看来。"当家观看一只小红箱,倒也喜欢,"待奴捞起,可有什么在内?"耳听箱内小囝哭声,马上捞起来,打开一看,一个男小孩。"奇呀!还有血书,是小囝的出生日期。"当家想把他养大,再作道理,马上差人下山请乳娘。箱子血书,紧紧收藏起来。当家给小囝取了名字,因为是长江里汆得来的,叫江流子,有的叫他汆来生。有了五六七岁,就教他读书念经。江流十分伶俐,故而当家非常欢喜也。

勿说江流汆来僧,再宣殷三小姐身。

日思夜想亲生儿,想得身体有毛病。

刘贼强占多缠绕,无可奈何苦黄连。

勿说殷三多悲切,观音大士教咒念。

要说观音大士阳阳一算,殷三有难,就此驾起祥云,按落云头。其时正在殷三做梦之时,观音道:"殷三听着,等你有难,教你咒念。"小姐道:"多谢菩萨。"连教三边念熟。观音教他二只咒念,第一只隔墙咒。如若刘洪进房,只要念咒念,人困在床上,好像墙头一样隔住,不能近身。第二只叫痛骨咒。看见刘洪进来咒念念起来,刘洪就会双脚疼痛。几次一来,刘洪自然不会进房来,你要牢牢记住。殷三道:"多谢。"果然几次一来,刘自知无趣,毛病好得多了,从此勿进殷三房门来哉。哪知光阴迅速,江流和尚十三岁了。

勿说殷三想儿身,再宣江流十三春。

念经打吹多聪敏,当家欢喜十来分。

要说江流当家养到十三岁,聪明非常,吹鼓打醮看经,样样伶俐。当家非常欢喜,不过当家欢喜江流子,其余小和尚不满意,先进庙门中是大,故而暗地里在拿江流骂。今朝无事,江流在外山门游玩。其他小和尚骂起来,说你个江流子,你个汆来僧,你个无爹娘,你个汆汤河。江流被他们骂得伤心,大哭起来,"啊呀!好苦呀!"汪汪大哭出声。江流不能哭的,他一哭墙头要倒下,泥塑老爷头脚不牢了。其他小和尚一看勿色头,山门摊下来。"啊唷不好哉!天摊哉,快快逃呀。"有个小和尚奔到里向,告诉当家说道:"师父不好哉。""何事?报来说。""师父听好仔哪!"

昔年汆来江流子,今日在外做坏事。

今朝无事前门去,相打相骂做恶事。

前山门垛头多打坏,老爷头脚打坏一大堆。

江流生来恶脾气,自做坏事出眼泪。

假意大哭骂天地,自做坏事出眼泪。

小和尚在当家面前搬弄是非一套,当家说道:"明白了。"小和尚想那么看好看。当家想:"这个江流,一向老实,功课认真,不会做坏事。待我看来,阿弥陀佛!"到外头一看,果然墙摊壁倒。又看江流通哭不休,说道:"江流过来,何必这样啼哭伤心呀?你同哪个争吵?"江流听见当家喊,擦干眼泪走过来说道:"师父在上,徒儿叩头。""起来。""多谢师父。"当家道:"江流,你做出这等事来,你便怎样呀?"江流道:"啊呀师父!徒儿冤枉的哪。"

师父在上听原因,徒儿思想真可怜。

今日无事前门去,师兄师弟说奴无娘生。

说吾长江汆得来,骂奴江流汆来生。

师弟骂奴无爷娘,师兄骂奴汆来杨树倒生根。

骂得徒儿无口开,骂奴生来和尚命。

　　思想爷娘真可怜,想着爷娘最伤心。

　　思想天地有阴阳,世界男女爷娘生。

　　如若徒儿爷娘养,待我下山寻娘亲。

　　师父知晓对吾说,愿意下山抄化名。

　　当家听了江流话,思想江流是伤心。

　　待吾放他下山去,抄化为名访娘亲。

　　当家听了江流一翻,也觉伤心,决意放他下山抄化助愿访娘,说道:“江流!跟吾来。”当家到房里,在梁上拿下来一只红箱子,打开,取出血书。江流一看是出生日期,父母冤仇,以及母亲在江州的下落。“我乃是有父母生的!”江流珠泪双抛,好不伤心便也。

　　江流哭得天地暗,众僧看见也伤心。

　　想吾为人真可怜,无爷无娘最伤心。

　　此番待吾下山去,借化为名寻娘亲。

　　江流哭得伤心处,一路下山向前行。

　　肩背韦驮一炷香,身穿一件破海青。

　　一个木渔当胸挂,口念弥陀勿绝声。

　　肩背一个黄布袋,化缘簿一本笔一根。

　　赤脚草鞋穿一双,下山直往江州城。

　　勿说江流下山去,再宣殷三想儿身。

　　再说殷三时时想念亲生孩儿,夜里得了一梦,梦见月缺再圆,醒来暗暗一想:“啊能母子相会?想奴婆婆不知音信,奴家丈夫被贼杀害,孩儿抛在江中,未知可有人收养成人,算来要十三岁了,啊呀吾的儿呀。”

　　殷三想儿十三春,何人抚养世上登。

　　若然孩儿到此来,永世不忘抚养恩。

　　巴巴望儿来相会,身死黄泉也称心。

　　勿说殷三想儿事,要宣刘洪出衙门。

　　摆成道子出衙去,号炮三声震天音。

　　身带三千护身兵,呼幺喝六赶闲人。

　　一顶轿子衙门出,对面来个小僧人。

　　差人棍子拿在手,手执棍棒乱打人。

　　要说刘洪今日公事出外摆道,闲人逃开。齐巧江流今朝进城来,街坊行走。街道上闲人赶开,江流不让公差过道。刘洪问:“何人阻拦?”差人道:“回大人,轿前小和尚,他不肯让开啊。”刘洪道:“和尚胆大!与吾作对。来啊!与吾拿下,关押班房,待下官回来处死。”“走!走!”江流道:“大叔!我身犯何罪?为何如此?”“你不知道私闯大人道子有罪,不必多言,快走!”江流被牵进衙门班房关押,小和尚想:“啊呀!冤呀!”

　　江流关进木栅门,双抛流泪苦伤心。

　　今日下山来募化,一路抄化寻娘亲。

　　寻着娘亲回山转,哪知碰着府大人。

　　说吾闯道该有罪,打骂奴和尚出家人。

　　肚中饥饿无饭吃,身上打得团团青。

　　府衙大人真猛门,回来伤落吾和尚命。

不说江流伤心处,要说大娘出衙门。

且说周大娘今朝夫人差出来,街坊买些东西,在此班房前经过,听见木栅门内哭声,听听他苦冤之声,看他十来岁的年龄,原来是个小和尚。"奴来去告诉夫人,做做好事,放他出去吧。"周大娘回进房中说道:"夫人,奴特来禀夫人知晓。""何事?""今日老爷在衙门前捉进来一个十多岁小和尚,关在班房木栅门。听他说话,十分苦楚。告禀夫人,乘此老爷出门,做做好事,放他走吧。"殷三听了大娘之言,一呆,"原来如此,走呀。"二人出房,到前门班房一看,一呆,此人面貌如同丈夫一样。殷三暗暗一想,待我吩咐开出来,问个明白。夫人吩咐衙门当差开门。差人道:"小和尚,夫人放你出来。"吩咐大娘厨房搬出饭菜,给他吃一饱。大娘领小和尚吃了一顿,再领到内房夫人面前。"多谢夫人。"夫人问道:"我且问你,哪里人氏?今年几岁了?何时出家?"江流道:"啊呀,夫人若问小僧,真真好不可怜呀。"

想奴出身真可怜,无爷无娘自单身。

金山法明为徒弟,当家抚养做小僧。

小生今年十三春,从小离娘苦十分。

我娘强人强占妻,父亲杀害跳江心。

法名取为叫玄奘,众僧叫吾佘来僧。

骂吾江流佘来僧,说吾佘来杨树倒生根。

又说小僧无爷娘,想起爷娘断肝肠。

说吾娘亲流落在江州,借化为名寻娘亲。

今日街坊来经过,碰着大人出衙门。

说吾私闯道子该有罪,拿奴关进府衙门。

多谢夫人放奴去,救奴和尚小性命。

听得殷三双流泪,活像吾儿仿佛能。

待奴放他回山去,过日设法计生成。

江流道:"多谢夫人放吾回去。老爷回衙,小僧性命不保。"殷三道:"你当真金山寺院法明长老徒弟?"大娘道:"夫人快快放走,老爷就要回来。""是呀,和尚你快快去吧。""多谢夫人,阿弥陀佛。"江流出衙门,一路募化助愿,回山不提。再说殷三看见江流和尚,暗暗想来不差,原来长江佘去,想必金山当家捞起抚养的,啊呀好不可怜也。

殷三想江流小和尚,定是吾儿勿差分。

小姐有冤又悲喜,待吾生计认儿身。

假病茶饭吃勿进,卧床而困无声音。

殷三假病,茶饭不吃,卧床而困。要说刘洪回衙,问起这个小和尚,当差回禀老爷:"夫人放走。"刘洪不以为意。周大娘说:"夫人卧床不起。"刘洪进房说道:"夫人你为何卧床不起,你有什么毛病?讲个明白,我与你请医治病。"殷三道:"老爷!想奴幼时,曾经许过一愿。""什么愿呀?""许过僧鞋袜一百双。昨夜三更做梦,梦见和尚手执钢刀,要奴僧鞋袜交出,奴便觉身体不舒服。"刘洪道:"这些小事,何勿早说。夫人放心,待我立刻就办吧。"刘洪回到外头,身子坐定,就吩咐左右王李二位差人,通知江州城内百姓,每户要做僧鞋袜一双,限定五天内交纳。如不上交,定然问罪。江州百姓听令,全部完成,派够任务上交。刘洪道:"夫人可以还愿去吧。"此地共有两个寺院,一个叫焦山寺,一个叫金山寺。刘洪吩咐当差与吾办大号船一只,夫人进香还愿。殷三下船,带了心腹佣人,一同下船,往金山寺进发而去也。

殷三还愿金山去,一路顺风快如飞。

刘贼听信上我当,僧鞋百双做得去。

今日母子重相会，立刻带信京中去。

禀报京中爹娘晓，女儿有仇有冤气。

刘贼强占十三年，我有冤仇万万千。

一路行船金山去，相会孩儿出冤气。

滔滔行船来得快，金山寺院在面前。

停船带缆来上岸，家人挑担上山去。

殷三坐一顶轿子，上山停轿出轿。小和尚禀报当家，江州府夫人烧香还愿，当家得信，吩咐众僧迎接夫人上山，齐立两旁，阿弥陀佛。殷三到大殿香火，拈香供烛。殷三拜佛，通神保佑母子相会团圆。拜罢，吩咐当家，今日烧香还愿，赠给寺内众僧鞋袜，要亲手洗脚洗手换鞋，须要烧热两锅水。当家道："多谢夫人。"当家吩咐厨房烧水洗脚准备，和尚排队洗脚换鞋，众僧欢喜也。

寺院和尚忙碌碌，热水烧好两大锅。

吩咐和尚来排队，一个一个鞋袜脱。

和尚口里念弥陀，尽说夫人气量大。

个个和尚心快乐，洗脚换鞋笑呼呼。

殷三细细来查看，不见孩儿小僧徒。

殷三一个一个洗脚、换鞋，不见孩儿。想前日在衙门放走小僧，为何不见他，待我问来，说道："众位师父。""夫人不敢。""奴要问，此院可有多少和尚？"当家道："启禀夫人，寺院共有和尚一百个，已经洗了九十九个。""还有一个哪里去了？"当家道："夫人！里边有个小和尚，未曾出来。"殷三道："快快唤他来呀。"当家道："正是尊夫人吩咐，阿弥陀佛！"当家到内云房说道："江流快快出去，洗脚换鞋吧。""啊呀师父！小徒不去。""为何不去？"江流道："听吾禀来，师父呀。"

江流未说流下泪，师父在上听原因。

小徒为何不出去，吾是思想苦伤心。

只为左脚缺小趾，见了夫人难为情。

师父呀！我今情愿不要换，旧鞋旧袜穿穿不要紧。

吾是苦命无爷娘，从小出家一个和尚命。

多谢师父抚养吾，难报师父抚养恩。

江流说罢，双抛流泪。当家看江流要哭哉，说道："不要哭呀。你哭仔末，寺院要摊下来。"江流听了当家话，擦干眼泪。当家劝他，快快出去吧。江流走出来，殷三看见，一呆。前日来过的小和尚，看他眼泪盈盈。走过来，见过一礼，道："夫人在上，小僧叩头。"殷三道："快快过来，坐下洗脚便了。""多谢夫人。"坐定下来，脱下鞋袜，殷三洗脚一看，缺了左脚小末趾头，果然是我儿。殷三哪里熬得住，"啊呀儿呀，抱头大哭。"小和尚想呀："夫人，为何如此？你不要认错了。"殷三说道："孩儿，你可是十三岁么？""正是的。""啊呀！"

我的亲儿听分明，想奴是你嫡娘亲。

当初你父赶功名，三场文字中头名。

游街三日看皇城，做娘相府女千金。

奉旨抛球来招亲，球取你父状元身。

招亲拜堂多快乐，爹是五更三点谢皇恩。

皇封江州为知府，奉旨归家要上任。

你父名叫陈光蕊，做娘殷氏女千金。

婆婆张氏海州住，归家庆寿拜寿星。

只因皇命有公文,带母上任到海门城。

婆婆老弱有毛病,寄托海门栈房门。

开船行来时光晚,不能过海船来停。

哪知海口有个山,山上强盗下山临。

上船劫抢杀官兵,爹爹逃命跳江心。

奴被强人来捉住,强占为娘十三春。

当初为娘有身孕,保住陈家接后根。

后来十月腹满足,养下孩儿一个人。

那个强徒要害你,抛落长江活性命。

当初咬伤小脚趾,后来母子有记认。

孩儿抛落十三年,日思夜想挂在心。

今日得见孩儿面,好比枯木再逢春。

母子同哭悲伤泪,旁人见了也伤心。

母子二人,大哭一场。"孩儿呀,孩儿快快同去见过长老,感谢抚养之恩。"到内云房拜见当家,同当家讲了明白。当家道:"不必相谢。"然后再说:"我今明白了,你已母子相会了。恐防奸贼知道,性命不保,速速回去吧,避免有祸。"殷三道:"多谢恩师。"殷三道:"待吾我修书一封,快快下山找寻婆婆吧。"

殷三小姐写书信,交代孩儿两三声。

第一要寻婆亲娘,见了将婆送进京。

婆婆寄在海门城,万花栈房你去寻。

婆婆你父生身母,约有年高八十岁。

孩儿呀! 寻着好婆就动身,赶奔京都帝皇城。

去寻外公殷开山,左班丞相老功臣。

你将书信呈外公,统领人马捉强人。

替父报仇要紧事,救出为娘火坑门。

为娘一时说勿完,孩儿快快下山行。

殷三回转江州去,母子分别泪盈盈。

且说殷三下山,回转江州而去。江流拿了书信,一路下山,赶奔海门去也。

江流一路下山行,急急忙忙赶路程。

一路行程无耽搁,不觉来到海门城。

东打听来西问讯,来到万花栈房门。

江流到得海门街上问讯,寻到万花店里,走上前来。"阿弥陀佛! "双手一拱,说道:"请问店家一讯。"小二道:"小和尚,你要问什么讯? ""昔年江州上任,这位客官有个老母在你店中居住,可有其事? ""小和尚,你要问这个讯,有了。""如今好么? "小二道:"和尚! 原来这个老好婆,住在我店里的,现在勿在。""为什么? ""因为来个辰光,她的儿媳说过,就要来接过去,房钱付得勿多。一别几年,俚无本钱养他。后来老太双目失明,眼睛瞎仔哉。""那里去了? ""现在住在南门外头,破窑之中,每天上街,求乞度日。这俚子媳妇无良心的,信息全无,叫真真不孝。你去寻末哉。"小和尚暗暗伤心,一路过来,到南门街上,人头闹猛,走过一个人圈,不知内中什么,因为人小看不见。小和尚钻进人圈,看见一个老太,头白如雪,听她求乞,苦言苦语。小和尚听了好勿伤心也。

多谢叔叔伯伯们,行好积好发善心。

老身双目不明人，无吃无用苦伤心。

儿子媳妇不孝人，上任做官无音讯。

抛吾老娘在此登，一十三年无脚奔。

冬天吭界寒衣穿，热天没有蚊帐蚊子叮。

肚中饥饿无饭吞，双目不明不能赶路程。

谢谢诸位行好事，巴你子孙代代做公卿。

众人听了都落泪，纷纷送钱给点心。

和尚钻进人群里，走上前去叫一声。

江流上去暗想，这位老婆子一定是我的好婆亲娘，走到老太门前说道："好婆，孙儿来了。"老太听见有人喊她，以为儿子来了，把他拉着，"畜生来了。"啊呼一口，咬在和尚头上。"啊呀不好，好婆息怒。"老太听清爽"好婆"两字，方知不是伲子陈光蕊。"啊呀！你是何人啊？""啊呀，好婆亲娘，吾是你的孙儿小和尚啊。""和尚！你到底哪一个啊？你是孙儿，你的爹娘为何不来啊？到哪里去了？""啊呀好婆，你哪里知道，待孙儿来告禀那。"

叫声祖母嫡嫡亲，小生不是你儿光蕊身。

奴是殷三母亲生，陈光蕊爹爹命归阴。

爹爹那年上任去，碰着强盗伤性命。

娘亲强人霸占妻，孙儿出家做僧人。

吾是金山长老抚养大，出家为僧寺院登。

离娘到今十三岁，母子相会到此存。

今日得见好婆面，还要报信到东京。

张氏听了伤心处，我儿死得真可怜。

张氏老太方才明白，伲子去后，一无信息，原来惨遭毒手。"啊呀，奴的儿呀！"张氏悲伤大哭，"吾儿为了功名，伤于强人手中。奴只道他忘怀了养育之恩，哪知被强人杀害，幸得皇天有眼，不绝我陈家后代。还有孙儿到来，啊呀天呀。"江流道："好婆，双目怎么不明？""啊呀，孙儿呀，因为吾日夜思念你爹娘，终日啼哭，不见亲生子，故而是哭瞎的呀。"江流跪到地上，对天祷告。"天呀，念吾空长一十三春，父母之仇不能报答。吾今奉母命之命，来寻好婆，天若有怜，鉴弟子诚意，保佑祖母，双目复明。"祷告一番，江流就将舌头与婆婆舔开，仍复明如初。老太双眼清楚，对江流一看，如同吾儿面貌一样，果然是我的孙子。张氏老太，又悲又喜。江流领了好婆，仍到万花店，同老板商量，寄托一月。当时付出几两银子，说道："你在此住一月，我要往东京去报仇，就要回来的。"张氏道："孙儿，你快去吧。"

江流拜别就动身，要要紧紧到京城。

一路赶奔京中去，待我报信外公听。

行一里来过一村，前面已到帝皇城。

六街三市闹盈盈，见人问讯要到外公门。

且说江流一路问讯，到殷相府上说道："门上有人么？"门公出来一看，原来一个小和尚，说道："小和尚！你到此何干？"江流道："请问老伯，此地可是殷相府么？""真是个。""老伯！你快与吾通报一声。吾是府上亲眷，特来求见相爷。"门公道："和尚胡说！想吾家相爷，没有和尚的亲眷。"江流道："啊呀，老伯！吾有书信一封拿出来，吾有凭据在此。"门公一看，真有书信，拿来观看，说道："你在此等候，吾去通报便了。"门公到得内厅，禀告相爷："外面有个小和尚，他说是你相爷的亲眷，特来求见。""书信呈上观看。"旁边夫人道："老相公！定是女儿托他寄来，快快观看啊。"老老拆开书信一看，双抛流泪，双脚跳跳。"啊呀，贤婿呀！"相爷道："快快迎接和尚相见也。"

　　家人领路前头走,江流随后一同行。

　　跟了家人向前去,弯弯曲曲望里行。

　　前花厅到后花厅,长备弄穿到内厅。

　　眼看相爷朝南坐,待我上前叫一声。

　　江流跟了家人到内厅,家人道："和尚！到了那厅上,这个是吾家老相爷。"江流上前跪下道;"外祖公在上,外甥儿拜见。"哭拜在地。老相爷道："啊呀,外甥儿！快快起来,一旁坐下。"旁边夫人问道："老相爷！这个是吾的外甥啊。"江流一看,是外婆,走过来。"啊呀！外祖母在上,外甥儿叩头。""甥儿起来。"老相爷道："夫人呀,这个和尚是吾儿的亲生儿呀。这信是女儿写来的。我的贤婿那年上任,被强人杀害,女儿被强人霸占为妻。强人冒名,上任为官,贤婿好不可怜。"

　　相爷夫人得着信,双抛眼泪落纷纷。

　　可怜贤婿跳江死,女儿强人霸占妻。

　　刘贼冒名为官做,枉行不法无天地。

　　外甥出胎要害死,女儿买箱抛放长江里。

　　幸得金山长老救,抚养长大到此地。

　　如若没有外甥来,哪知女儿受苦凄。

　　相爷夫妻双流泪,叫一声外甥哭一声婿。

　　吩咐外甥休伤心,早朝奏本说详细。

　　夫人悲伤大哭,老相爷说道："夫人休要啼哭,吩咐厨房办酒,宽待外甥。"相府内家人使女,人人皆知。相爷夫妻一夜未困,"待我来朝,奏明圣上,亲自领兵拿捉,要为贤婿报仇的。"到五更三点皇帝领殿,老丞相出班启奏："吾皇万岁,臣婿状元公陈光蕊,带领家妻江州上任,被强人刘洪杀死,强占我女儿为妻,冒充我婿上任江州,为官多年是实,望吾皇准奏,立发人马,剿除贼寇。"唐皇闻听,龙心大怒,立发圣旨。调邻御林军,一千人马,命老相督兵,前去不误。老相爷谢万岁。相爷退朝,教场点兵,经往江州进发,晓行夜宿,一刻不停。

　　相爷教场就点兵,江流跟随一同行。

　　提兵点炮起路行,实在江州捉强人。

　　拿捉刘洪恶贼精,替父报仇救母亲。

　　浩浩荡荡江州到,团团包围江州城。

　　殷开山、江流领兵到得江州。那时天还未亮,官兵立即把江州府衙门包围。这时刘洪正在做梦,梦中听得炮声隆隆,金鼓齐鸣。众官兵已杀进衙门,刘洪晓得不好了,措手不及,早被兵将捉住,绳索捆绑。相爷吩咐就将刘洪一伙强人绑赴法场,中军得令。相爷入衙坐下,吩咐请出殷三相见。殷三想京中兵马是老爹带领,思想："奴被强人霸占,有何面目去见父亲？不免待我自寻短见,悬梁高挂。"哪知江流早入房中,相救解下,双膝跪下。"母亲！孩儿在此。外祖公领兵前来替父报仇,母亲何故如此,要寻死也？"

　　母亲何必如此样,今日孩儿到来临。

　　想吾离娘十三年,今日得见娘亲面。

　　父亲之仇今已报,母亲何必寻短见。

　　今日外公领兵到,应该出外见父面。

　　娘亲快快转意想,何必这样要执意。

　　此时殷开山进房,"啊呀,女儿！为父想得你好苦呀,你何故这样？""啊呀,爹爹！女儿疼痛在心,丈夫被贼杀害,小女被强人霸占,从贼只因遗腹在身,仇恨未报。今日幸得孩儿长大,又见老父提兵报仇,女儿有何面目相见啊?""女儿,你家丈夫仇恨已报,今已捉住贼子,女儿不必如此。"父女相抱大哭。"女儿啊!""爹爹呀!"江流亦然哀哀不止。丞相擦干眼泪。"你二人休得烦恼,我今捉住恶贼,且去发落。"老相爷发令把刘青捉到,痛打一百记大棍,招入口供,把刘青推出斩首。刘洪破肚开膛,到洪江渡口祭祭陈光蕊。要用道士,做水陆法事一坛,马上开船,直往渡口而去也,不提。

勿说殷三祭魂事,要宣龙宫光蕊身。

陈光蕊耽搁龙宫内,训教蒙童十三春。

勿说光蕊龙宫事,再宣殷三祭魂灵。

且说殷三相爷江流开船,直往渡口要祭光蕊亡魂,要做水陆法事。一路滔滔行船,已经到得渡口,停船。道士动手,开做法事,江流拜佛,殷三装香,啼啼哭哭,双膝跪下,哭一声:"亲夫呀!"

今日祭你丈夫身,夫君死得真可怜。

夫君阴司可知晓,爹爹领兵报仇恨。

可怜丈夫死得苦,到今已有十三春。

当初小奴身有孕,奴要留住陈家根。

哪知贼人将儿害,奴想法子买箱抛儿身。

孩儿金山长老救,抚养到今十三春。

日思夜想孩儿面,巴他长大报仇恨。

刘洪恶贼来捉住,取他心肝祭夫君。

丈夫呀!活在世上难做人,愿死赴阴会夫君。

小姐痛哭一番话,跳入江心死路寻。

那时小姐哭了一番,心中想:"活在世上难做人。"就跳江而去。大家看见,连忙跳下水救起来,人接人拉起来。结果一看,啊呀,多了一个人。小姐一看,原来是自己丈夫陈光蕊,马上来抱头大哭。"啊呀,丈夫吓。""贤妻呀,你为何在此?""丈夫!因你被贼杀死,后来妾身生下一子,幸遇金山长老抚养长大,寻我相会,找寻外公奴家爹爹知晓,奏明朝廷,统兵前来,拿住恶贼,取他心肝,望空祭祭我夫。不知丈夫怎生还魂?""贤妻呀!你有所不知,贤妻呀!"

只因那年母庆寿,买放一条金色鱼。

鲤鱼是龙王三太子,救吾龙宫活性命。

龙宫登了十三年,训教蒙童十几春。

今日送吾还阳转,又送宝物在我身。

今日夫妻重相会,好比枯木又逢春。

陈光蕊夫妻团圆,抱头大哭。江流过来,双膝跪下,口称:"爹爹在上,孩儿拜见叩头。""吾儿起来。"老丞相安排开船回转。江州准备一切,回进京都,半路经过海门城万花客栈,接了张氏婆婆,母子相会。光蕊道:"母亲在上,孩儿叩头。""吾儿起来。孩儿呀!为娘想得你好苦呀!"陈光蕊谢过店主:"多谢照应老母。"店主道:"区区小事,勿必客气。"房钱结账。另外谢恩一百五十两,谢过店主。相爷吩咐开船进京去。

光蕊开船回进京,谈谈说说快如云。

一连几日赶路程,长安城在面前存。

将船停在码头上,上岸就进相府门。

殷三小姐见娘亲,母女二人讲苦景。

老夫人听说心悲切,双抛流泪落纷纷。

要说相府里家人使女个个来见殷三小姐,老相爷吩咐厨房备酒,大摆酒席,闹热欢喜,鼓乐喧天。老相爷到五更三点,奏明皇上,复旨准奏。陈光蕊封赠大学士之职,殷三一品夫人。老相爷谢过恩,退朝回家,好不欢乐也。

老相谢恩回家转,一家团圆喜欢心。

光蕊在朝为官做,清如明镜理朝政。

且说陈光蕊为官几年,看破红尘,奏明唐皇,准奏奉旨回转,弘农县老宅改造门楼,在家吃素念佛修行。老母张氏年老去世,江流金山当家长老报答恩得,后来立志安禅寺出家,将来唐皇还愿,奉旨西天取经,唐皇授封叫唐三藏,又名叫唐僧也。

光蕊在家行善事,吃素修行积善根。

后园建造乐善亭,一家尽做吃素人。

玄奘修行出家去,奉旨西天去取经。

佘僧宝卷宣完成,斋卷人家添吉庆。

佘僧宝卷(版本二)

佘僧宝卷初展开,诸佛菩萨降临台。

善男信女静心听,一年四季免三灾。

却说此卷出在唐朝,太宗皇帝登基以来,改元贞观。登基十三年,天下太平,八方进贡,四海称臣。有一天,太宗临殿,文武百官朝见礼毕,只见右丞相魏征出班奏曰:"臣启吾皇万岁,方今天下太平,八方宁静,应依古法,开设选场,招贤纳士,擢用人才。"太宗听奏,龙心大悦,道:"贤卿所奏有理。"当殿传旨,命钦天监发榜招贤颁布天下,各府州县张挂榜文,不论军民人等,都可考试夺魁也。

君王下旨发榜文,各府州县尽知闻。

读书儒流文人辈,成群结队看榜文。

个个看得心欢喜,人人回家告亲人。

合家老少多快活,各自准备赴京城。

都望一举功名就,荣宗耀祖显门庭。

却说海州地方弘农县,有一人姓陈名萼表字光蕊,现年一十八岁,尚未婚配。父亲早故,家中只有老母四十左右年纪。张氏中年守寡,教子有方。文才满腹的光蕊看过榜文,回家告知其母。张氏闻言,满心欢喜道:"孩儿是读书之人,幼而学,壮而行,正该如此。但此去赴举,路上须得小心,若得了一官半职,早早来信。告知为娘,免得为娘悬望。"光蕊言道:"母亲放心,待孩儿准备行李,明天一早就好动身也。"

张氏夫人喜欢心,为儿准备忙勿停。

吩咐童儿叫陈福,陪伴公子进京城。

一切行李都准备,小小包裹盘缠银。

张氏灶山焚香烛,祝告神明保太平。

光蕊别母门来出,张氏送儿喜泪淋。

千叮万嘱来吩咐,光蕊诺诺应连声。

光蕊挥手赶路程,陈福童儿在后跟。

张氏倚门目送儿,方才进门且不细论。

主仆急急把路赶，晓行夜宿甚太平。
行程一月无耽搁，早到长安一座城。
一到城关天将夜，高升客店住登身。
一宵过去天已明，主仆双双进皇城。
长安城里人头兴，城内景致观不尽。
眼看考期榜文挂，光蕊一见喜欢心。
日夜温习把书读，待等大考显本领。
考期一到进龙门，大显身手各逞能。
三场完毕龙门出，各回店中等喜讯。
不表考生心中急，只表朝内选才人。
主考大人殷开山，选出优卷三百份。
文卷送到金殿上，唐王龙目观分明。
圣上御笔点状元，光蕊点中头一名。
龙虎榜文午门挂，报子鸣锣报喜讯。
喜讯送到高升店，光蕊得报喜欢心。
开发喜钱报子走，只见圣旨到来临。
光蕊接旨房钱付，进宫见驾谢皇恩。
唐王一见状元面，龙心大悦叫爱卿。
御赐白马穿红袍，游街三天观皇城。
不表状元多荣耀，只表丞相殷大人。

　　却说殷开山丞相，所生一女，取名温娇，又名满堂娇。今年一十六岁，生得貌若天仙，犹如南海观音，琴棋诗画，描龙绣凤，无一不精。丞相夫妇爱如掌上明珠，尚未婚配。今年皇上开设文科，钦点丞相为主考大人，今科选中陈光蕊为头名状元。殷丞相见状元满腹经纶，人才出众，丞相心中早已欢喜，欲想招贤为婿，将女儿匹配，纳为半子。今见万岁御赐状元，游城三天，最后参相。丞相心中大喜，所以回府与夫人、小姐商议，准备在相府门口，高搭彩楼，待状元参相，在彩楼下经过，叫小姐抛球招亲。一切就绪，只等状元到来。时间较快，三天将要结束，只听远远锣声响亮，状元身骑高头白马，身穿红袍，头戴乌纱，腰围玉带，双插金花，直望殷相府而来。彩楼四周，人千人万，都来争看殷小姐抛球招亲、闲文不表，只说殷小姐由丫鬟搀扶，端坐彩楼，望见状元，心中大喜。只见状元走近彩楼，小姐站起身子，手捧彩球，看得正确，把球一抛，正中状元的纱帽。只听得一阵喧哗，楼的左右突然拥出十二名丫鬟，将状元的白马团团围住，七手八脚，口中边叫新姑爷，边把状元扶下马来，又叫道："姑爷慢慢走。"正在这时，听得一阵笙箫细乐，吹吹打打，将状元迎进相府而去也。

状元一见吃一惊，莫名其妙问众人。
丫鬟使女都不答，嘻嘻哈哈进府门。
游街众人弄不懂，跟了状元一同行。
一到相府大门口，家人进内禀大人。
乐工吹打接状元，相爷出迎到大厅。
吩咐来人身坐定，家童使女送香茗。
相爷吩咐请夫人，夫人下楼到大厅。
一见状元心中喜，坐定身体把言云。

状元拜见恩师相,再来叩见老夫人。
便把状元家世问,对答如流话分明。
夫人又把婚事谈,状元听了喜欢心。
光蕊满口来答应,拜谢恩师老大人。
夫人开言问相爷,何日将儿完婚姻。
相爷笑语答夫人,明晨奏帝再决定。
状元茶罢身立起,辞别相爷出府门。
倚仗队伍重整队,回到公馆不须论。
一宵已过来朝到,五更入朝奏帝君。
唐王天子听奏罢,龙心喜悦叫爱卿。
寡人作伐为媒妁,定为月半完婚姻。
当殿御封四品职,殷府千金封夫人。
凤冠霞帔君王赠,相爷状元谢皇恩。
一日三来三日九,月半婚期到来临。
殷丞相府忙勿停,喜堂顿时摆端正。
大小官员都来庆,车马轿子闹盈盈。
状元香汤来沐浴,小姐打扮换衣襟。
魏征代天为媒翁,乐工吹打闹盈盈。
赞礼先生高声喊,吉日良时请新人。
一对新人堂前立,参拜天地总神灵。
拜过主婚老相爷,谢过魏征代媒宾。
红绿彩球双双执,吹打送入洞房门。
喜娘连连说好话,状元执秤挑方巾。
新人同饮交杯酒,喜娘执壶把酒敬。
状元席上去敬酒,大小官员恭身迎。
酒罢席散各回衙,相爷状元送出门。
相府忙碌不须表,只表状元回房门。
你对我看笑嘻嘻,我对你看笑盈盈。
状元开言娘子称,小姐含羞叫官人。
如鱼得水新婚夜,如胶似漆吐真情。
说说谈谈巳三更,上床合被共入枕。
一宵欢乐五六番,两人还没合眼睛。
今夜花烛嫌夜短,东方红霞太阳升。
起床梳洗用早点,丫鬟收拾送香茗。

却说陈状元新婚之夜,直到来日太阳上升,方才起身。幸亏圣上给假,免朝三天,否则触犯朝规。闲话少说,三朝已过,第四日五更,入朝面圣谢恩。天子问道:"新科状元陈光蕊应授何职?"魏征丞相出班奏道:"臣查得所属州郡,只有江州缺官,乞我主授他此职。"唐王一听,就命陈光蕊为江州府台,给假一月,期满带妻上任,便宜行事,不得有误。状元谢恩出朝,回转殷相府同妻商议道:"只因一月后就要去江州上任,没有功夫回家探亲怎么办呢?"小姐道:"不妨写封家信,叫家人快马送去,好叫婆婆,一来好放心,二来好作准备。满月上任,船过家乡,顺便接取婆婆,同去任上享福嘛。"状元一听言之有理,立即照办。张氏老夫人收到家信,满心喜悦,在家早作准备也。

　　不表张氏得喜讯,再表状元在京城。
　　一日三来三日九,一月婚假已完成。
　　相府众人都忙碌,准备状元去上任。
　　相府准备大官船,一切东西齐端正。
　　家仆童儿十几人,丫鬟使女十二名。
　　水手船夫二十多,四个旗牌一中军。
　　状元同妻别父母,夫妻双双下船行。
　　号炮三声船出动,浩浩荡荡出京城。
　　正逢暮春天气温,开窗一路观野景。
　　和风吹帆船似箭,晓行夜宿半月零。
　　眼看已到海州地,水码头上把船停。
　　海州是有一番景,官员出衙接大人。
　　成群结队老百姓,来看状元转家门。
　　一切闲文都不表,只表状元一个人。
　　上岸骑马前头走,小姐花轿后头跟。
　　一到自家场角上,夫人激动喜泪淋。
　　状元下马妻出轿,夫妻双双进大门。
　　孩子拜见老母亲,媳妇见过婆大人。
　　一切诸事不细表,状元一一告母亲。

　　却说状元回到了家里,把进京考试及殷府招亲等如此这般地讲了一遍,今去江州上任,路过家乡,接母亲同去任上。张氏满心欢喜,就吩咐一个有家眷的家人看守门户,其余同去。立即搬取行李下船,张氏夫人同儿媳辞别乡亲们,下船而去也。

　　张氏出门下船行,水手开船赶路程。
　　在路行程将十天,张氏突然起毛病。
　　船上生活不服土,头眩眼花打恶心。
　　茶不饮来饭不吃,连连呕吐无精神。
　　状元夫妻急煞人,问长问短欠思忖。
　　张氏开言孩儿叫,为娘身上非毛病。
　　只因船上不服土,让我上岸就要停。
　　状元吩咐船来靠,住忐几天再理论。
　　吩咐家人客店寻,栈房里去住登身。
　　家人奉命上岸行,半里之外一小镇。
　　镇上有家小客栈,栈房虽小有名声。
　　店名就叫万花店,栈房店主刘春生。
　　打听明白就动身,船上回报状元听。
　　我与店主都讲好,只待老爷送夫人。
　　状元吩咐备二轿,夫人小姐各一顶。

家人领路前头走,状元丫鬟轿后跟。
不多片刻到店门,店主迎接笑盈盈。
夫人小姐轿来出,同进店堂身坐定。
小二送茶脸带笑,状元开口店主称。
我母身子不舒服,暂住你家店房门。
服侍自有丫鬟女,三餐茶饭你当心。
先付房钱三个月,其余接母总算清。
至多三月前来接,或者月里就来临。
店主满口来答应,请你状元放宽心。
说罢夫人进房门,状元小姐侍母亲。

却说状元将母亲安排定当,但是母亲有病,总是放心不下,就问母亲:"可要吃啥?孩儿在此,可以去买来。"张氏夫人道:"为娘口中乏味,最好去买一条新鲜鲤鱼渗汤,让为娘开开胃口。"状元满口答应,就叫童儿带二贯钱,街坊去买鱼。不多片刻,童儿回来道:"到处买不到鱼。不要说新鲜鲤鱼,连烂肚皮鳞皮也没有看见。"状元一听心中纳起闷来,心想待我自己去看看,不论有无,也算对母亲的一片孝心也。

状元拿钱出店门,一直走到市中心。
东观西看无鱼见,逢人打听就问讯。
此地可有鲜鱼卖,客人回言客官称。
近来半月鱼难买,鱼行桶摊关了门。
不若市梢看看去,或许碰巧也可能。
状元道谢就动身,远处听得卖鱼声。
一看是位白发婆,活鲤一条手中拎。
状元一见心欢喜,开言便把妈妈称。
近日到处无鱼见,你这活鱼哪来临。
渔人回言相公叫,就在前边洪江心。
状元问要多少钱,鱼婆回言一千文。
付了铜钿拿了鱼,欢欢喜喜回店门。
菜刀一把手中执,准备杀鱼敬母亲。
鲤鱼拼命尾巴甩,连连不停眨眼睛。
状元一见多奇怪,连忙停手动脑筋。
鱼儿见了多多能,从未见过眨眼睛。
此鱼非是等闲物,进内告诉老母亲。

却说状元连忙将情况告知其母。张氏夫人听了,也觉奇闻,就对儿子道:"快去把它放生,就算为娘吃到了。"状元也同意娘的看法,立刻把鱼放在篮里,拎了直望洪江走去,不多片刻,到了江边,将鱼望准江中一掷。哪知鱼儿浮在水面,慢慢地调过头来,望了状元一会,然后微微游动,直望水底沉下而去。状元也就回店,也对母亲讲了一遍。诸事已毕,状元官船在这里过了一夜,直到来朝,状元去辞别母亲道:"孩儿今天就要开船动身,待到秋凉天气,立刻接取母亲。"张氏对小姐道:"贤媳过来,老身有一样东西给你。"说罢就在耳上脱下香环一只,给小姐。"此物赠与贤媳,作为纪念。日后想起老身,只需看看此物。但愿你们一路平安。"说罢双泪交流,状元夫妇拜倒在地,说道:"母亲放心,但愿早日病愈身健。"说罢起身,又对春兰丫鬟嘱咐一番,辞别娘亲,又与店主告辞,出门下船而去也。

状元夫妻别母亲,登舟离岸赶路程。

晓行夜宿船似箭,洪江渡口已将近。

西边早已乌金落,东方尚未玉兔升。

江宽天黑船难行,准备停泊住登身。

猛听一棒破锣响,灯球火把亮澄澄。

只见对面来只船,犹如飞蝗射箭能。

船头站立人两个,手执朴刀杀气腾。

二人本是把兄弟,水上英雄做强人。

拦路抢劫为生意,杀人不用眨眼睛。

洪江一带独称霸,搞得洪江水也浑。

洪江百姓人人怕,渔民抢得逃干净。

此人姓甚名和谁,在此猖狂伤良心。

却说洪江里有这两个强盗,搞得洪江百姓人人害怕,特别在洪江中捉鱼的渔民们,被他抢得全部逃光,所以近来洪江一带买不到鱼。闲话不提,只说这两个强盗是一对结拜弟兄,一个叫刘洪,另一个叫李彪,都有本领,纠合三四百小强盗,专门在洪江渡口抢劫为生。今日天黑之时,又出动在水面之上,突然发现状元的一号大官船,前来抢劫,就高声叫道:"呔!前面什么船?停下来。"官船上四名旗牌军,知道不是好人,就拿了兵器,站立船头大喝道:"瞎了狗眼的强徒!你不看见老爷奉旨去上任的官船吗?"二贼一听,顿时暴跳如雷,将足一踮,跳上官船,动起手来也。

四名牌军挡贼人,双方立时动刀兵。

船头顿时变战场,牌军难于胜贼人。

只有招架难还手,立刻四人命归阴。

激怒中军火气生,挺枪直刺二强人。

哪知中军骑马将,平地战斗无本领。

双手难敌四拳将,顷刻中刀伤了命。

二贼舞刀乱杀人,船夫水手杀干净。

状元一见心惊怕,双膝跪下求饶命。

口称大王开恩典,金银财宝送你们。

刘洪发现殷小姐,生得漂亮美十分。

貌若天仙无两样,胜似南海观世音。

刘贼顿起豺狼心,便与李彪把计生。

开口答应不伤命,护送你们过江心。

也不要你金和银,只要详细讲分明。

状元听了大王称,听我小人禀详情。

陈状元,身跪下,两眼泪淋。请大王,且息怒,听我告禀。

我的名,陈光蕊,海州出身。父亲故,母亲在,只生小生。

我今年,十八岁,考中头名。殷丞相,将女儿,抛球招亲。

我娘子,殷温娇,一十六春。唐天子,为媒妁,奉旨完婚。

蒙圣上,开恩典,官封四品。到江州,为府台,带妻上任。

今日里,在此过,惊动你们。求大王,手留情,饶了我们。

待学生,到了任,拜本进京。唐王前,保奏你,封官报恩。

刘洪听,叫状元,你且听准。将王命,拿来看,我才相信。

陈状元,无办法,捧出金印。刘洪贼,接到手,嬉笑盈盈。

叫状元,请放心,送你上任。手一挥,一声令,开船起程。

连夜赶,三更天,洪江中心。一声令,把船停,高喊一声。

陈光蕊,走出来,快去上任。陈状元,吃一惊,魂魄离身。

却说刘洪听了陈状元的一番陈述,心里想道:"等你拜本保奏,又恐危险,不如在此下手,杀夫夺妻,好得金印到手,将他的下人杀光,夺了美如仙女的妻子,去江州做他的一任现成的府台。"刘洪就对李彪道:"你仍在洪江干这老行业,如有京中来人,先盘问,后杀死,这是人不知鬼不觉,我去做一任府台。"二人议定,刘洪喊道:"陈光蕊!我今天送你海龙王宫中上任,快快自己去吧,免得老爷动手送你。"状元一听,吓得魂飞魄散,心想今日有死无生,有得他动手,还得自己下去,大叫道:"罢,罢,罢。"说完将身往江中一跳,立即沉入水底而去也。

小姐一听大吃惊,看来今日命难存。

眼见丈夫下了河,犹如尖刀刺在心。

拼命爬到房舱外,准备赴江伴夫君。

刘洪一见吃一惊,一把拖住女钗裙。

春梅丫鬟救小姐,紧紧抱住女千金。

刘洪开言小姐称,从今以后我夫人。

今日和你上任去,荣华富贵享不尽。

小姐破口强盗骂,奴今和你命来拼。

说罢张嘴将贼咬,刘洪眼快手又灵。

伸手捂住千金嘴,如若不从要你命。

举刀架在小姐颈,下令李彪杀众人。

家人使女失了魂,拼命都望水里奔。

女的顿时沉水底,男的挣扎仍伤命。

小姐回想身有孕,奴死陈家灭了门。

不若权且承从他,生了孩子再理论。

刘洪听了千金应,顿时乐得忘了形。

就派李彪守渡口,过江之人要查明。

戴上纱帽穿了袍,带了小姐去上任。

不表刘洪江中去,再说洪江巡海神。

奉了龙王巡海令,速往渡口去夜巡。

却说洪江龙王派巡海神将,去洪江夜巡,一到渡口,发现水底有几十具男女尸体。唯有一具男尸,四周有一圈红光围住,觉得奇怪,立刻回宫报告。龙王一听,立差虾兵蟹将,速将尸体抬回宫来。不多一刻,抬进龙宫,龙王走进一看,只见一位年轻书生。哪知龙王太子也在旁边,一见,大吃一惊,连忙跪奏道:"启上父王,这位书生就是孩儿的救命恩人,不知如何会死在这里,求父王相救。"龙王立写牒文一道:"差夜叉去洪州城隍司处投下,取秀才的魂儿到来,才可救他性命。"夜叉奉命而去也。

龙王立刻写牒文,速差夜叉取了魂。

不多片刻回龙宫,龙王一见喜欢心。

开言便把秀才救，何方人氏姓甚名。

怎样伤生在此地，速速详细讲分明。

状元上前行过礼，开口便把大王称。

小人姓陈名光蕊，海州弘农住登身。

如此这般长和短，上任遇盗伤性命。

龙王听了状元称，请你莫急安下心。

却说龙王叫状元不要急，定下心来，"我叫你认一个人，你可认识否？"指正太子说道："这是谁？"状元一看，是一位年轻公子，就道："小人不认识。"龙王太子道："恩人受我一拜。"光蕊莫名其妙，太子又道："恩人！前次放生的金色鲤鱼就是小人。那年我在龙宫，打碎了一只玻璃杯，触犯了父王，被逐出宫门。父王说过，若经到凡间百姓的手中活得性命，才能脱罪。有一天我看见南海菩萨，求她救命。菩萨叫我变成一条金色鲤鱼，才能有救。哪知被菩萨捉去，卖给凡间百姓，后来拿刀将我剖肚。因为我已变了鱼不能开口说话，只得将眼睛眨了几眨，结果将我放生，我才进了龙宫。你就是我的恩人。"光蕊一听，道："唷，原来如此也。"

光蕊听了才分明，双膝跪下求救命。

龙王开言相公称，你的魂儿在宫门。

日后是有还阳日，权在水府做事情。

说罢吩咐夜叉们，相公尸体安排定。

口中放颗定颜珠，永保容颜不变形。

光蕊顿时谢大恩，就在水府做事情。

却说龙王有三个女儿，都不满十岁，就请光蕊教她念书。日后三位姑娘逐渐长大，各自心中爱慕先生，都难于开口。有一天，先生去花园游玩赏花，那三位姑娘各变一朵牡丹花，鲜艳夺目。先生走近欣赏，用鼻子对三朵花各去闻了一闻，哪知后来三位龙女千金各自怀孕，结果各生一子。后来直到唐太宗魂游地府，死去七日七夜才醒，还阳时似梦非梦的时刻，只见三个龙孙向唐皇讨封，唐皇随口说道："封你们三官。"三个龙孙拜谢而去，后来就是三官大帝。此是后话，暂且不表。卷上再说殷小姐痛恨刘贼，几次欲死，幸有丫鬟春梅，百般劝解，才算勉强从贼。但小姐以死强求，要养脱孩子后再成婚洞房。刘洪只得表面答应。那殷小姐日夜盼望早日生下孩子，继承陈家香烟，到了那时，再作道理也。

小姐被迫从贼人，忍辱含羞去上任。

到了江州如何样，宣到此地卷要停。

看戏要看开场戏，宣卷要听下半本。

奉劝诸公身坐定，休息片刻再奉敬。

却说刘洪到了江州船码头停靠，哪知江州府城的大小官员早在接官亭等候府台大人的到来。刘洪看见，就吩咐府衙门相见。码头上的一番情景不表，只说进了府衙，各官迎接，是有一番热闹。在二堂，各自坐定用茶，刘洪开口道："下官初来，全靠大家匡扶。"那些下属官员一齐奉承道："堂尊大魁高才，自然视民如子，讼简刑清。我等合属有幸，何必过谦。"说说笑笑，刘洪一声吩咐，大堂设宴，饮酒相叙，开怀畅饮也。

不表官员畅怀饮，再把小姐交代清。

一进府衙上堂楼，丫鬟陪伴女千金。

小姐房中流泪想，想起婆婆老大人。

寄身客店望儿接，哪知半途祸降临。

何日能与婆媳会，日后究竟如何能。

越思越想越伤心，身子疲倦少精神。

伏在妆台呆呆想，朦朦胧胧入梦境。

却说殷小姐伏在妆台蒙眬睡去，突然听得有人喊她的名字，猛抬头一看，只见面前站立一位青衣女童，手中捧定一只白玉净瓶，微微启唇言道："我奉娘娘法旨，前来规劝小姐，千万保重腹中孩子，日后要为父母报仇雪恨。请小姐到了那时，要想方设法，保护孩子。吾今给你灵符一道，藏在发际，自有效验。"说罢将净瓶中的柳枝拿出，对小姐脸上一洒。小姐觉得脸上一阵冰冷，突然醒来，眼前并无什么，回想梦中之事，觉得奇怪，对了丫鬟春梅讲了一遍。丫鬟在小姐发中细细一看，果有小小一纸。丫鬟道："吉人自有天相。"说罢，发现小姐的容颜已经变去原来的样子，二人心中略微安心。春梅见天暮将晚，下楼去端取饭菜。走上楼梯，发现有一股奇臭难闻的味道，急进房中，却相反地异香扑鼻。闲话少说，二人略微用过晚餐，轻轻言谈起来也。

不表小姐二个人，回书提及贼强人。

大堂之上待宾客，不觉日落夜幕临。

酒罢席散各回衙，刘洪相送出衙门。

送客已毕回书房，顿时想起女千金。

酒气熏熏狠心发，欲想进房强成婚。

急急忙忙楼来上，一股臭味打恶心。

不顾三七二十一，举步向前喊开门。

主婢心依灵符验，放大胆子开房门。

刘洪举步门来进，眼前一黑头发昏。

往后一跤跌在地，只当自己不留心。

爬了起来再举步，跌得嘴肿鼻又青。

刘洪起身往里看，看见小姐吃一惊。

只见小姐容颜变，门外臭气更难闻。

开口便把丫鬟问，这种情况啥原因。

春梅丫鬟回言答，花言巧语骗贼人。

你们男人懂什么，可知小姐怀了孕。

近来小姐饮食少，身子亏虚起反应。

加上前日受惊吓，晚上无睡少精神。

如若再来纠缠她，恐怕立马遇灾星。

要让小姐休息好，饮食要用营养品。

如要身体复原状，十月满足脱了身。

说得刘洪乱点头，丫鬟之言信以真。

连忙下楼进书房，坐定身子暗思忖。

却说刘洪听了春梅丫鬟之言，信以为真，但有一点还是想不通，房门之外为什么会臭不可闻？而且要进房会眼花头昏，会跌跟斗，难道腹中胎儿是仙人下凡，或者是妖怪转世？想了一番暗道："不然让她月足生了下来再说。到了那时，不管是人是妖，将他处死，不怕再进不进去。"从此刘洪再也不敢上楼去也。

不说刘洪死了心，再说小姐殷千金。

虽有菩萨暗中佑，终日还是不定心。

日思婆婆夜想夫，闷闷不乐少精神。

光阴迅速不嫌慢,十月满足将临盆。

身子疲倦腹中疼,伏几而睡入梦境。

沉思恍惚朦胧睡,突然耳边有喊声。

却说殷小姐伏几而睡,似梦非梦,耳边有人喊道:"殷温娇,听吾嘱咐,吾乃南极仙翁是也。今奉娘娘法旨,特送此子给你。奴夫已得龙王相救,日后自有夫妻相会。此子非比等闲,异日声名远大,母子团聚,雪冤伸仇。刘贼此回若知,必害此子,汝可用心保护。谨记吾言,快醒快醒。"言罢而去,小姐苏醒,回思梦语,句句记得,不觉一阵腹痛,急得春梅一时手足无措。突然小姐生下一子,那时丫鬟似懂非懂,胡乱包扎,抱起孩子,交与小姐。

小姐见子思夫君,双眼流泪落纷纷。

面貌宛像夫君样,褔褓孩儿有灾星。

如被贼人来知晓,不知如何作处分。

小姐越想越伤心,丫鬟流泪劝千金。

保重身体为第一,贼子回来再理论。

不觉日落夜黄昏,刘洪拜客回衙门。

已知夫人生了子,顿时暴跳火十分。

匆忙直上楼房去,口中连骂小畜生。

指手画脚想进房,又怕跌跤难为情。

手拍屁股双脚跳,快快交来送他命。

小姐闻听如雷打,手足无措难作声。

丫鬟提醒梦中话,随机应变把言云。

启口即便老爷称,劝你不必火气生。

让他过了三朝后,听从老爷作处分。

如若你今不答应,奴奴宁可一根绳。

刘贼听了连声应,吩咐丫鬟要当心。

说罢就此下楼去,主婢连夜动脑筋。

却说殷小姐为了救孩子的性命,绞尽脑汁,同春梅商议。一宵已过,直抵来朝。丫鬟得知,今天刘洪有公事又出衙门,就告知小姐晓得。小姐一想:"如若今天不把孩子离开这里,日后有恐贼子不出衙门,难以把孩子转移。"就吩咐丫鬟快去街坊买只小箱子,准备把孩子放在箱中,把他抛在江中,让他随风漂流。如有好人把它捞起,发现孩子,定会把他抚养成人。春梅一听,言之有理,就拿银子上街而去也。

春梅奉命上街行,东街西道去兜寻。

到处不见木箱卖,丫鬟心里急煞人。

走到市梢四面寻,只见来了一妇人。

身背朱红小木箱,丫鬟一见喜欢心。

开口便把妈妈问,你背箱子为何因。

老妇开言姑娘称,听我对你说分明。

此箱非是凡间品,似木非木来做成。

西池王母放花粉,今日特来寻善人。

无缘千金买不到,有缘不须半毫分。

我看姑娘人心善,赠你拿去解灾星。

说罢打开箱子盖,指划几下默无声。
灵符一道画箱中,关好箱盖双手呈。
丫鬟接箱双膝跪,拜谢妈妈大恩人。
拜罢起身人不见,姑娘喜悦转衙门。
一到堂楼禀千金,小姐望空拜神明。
抱起孩子箱中睡,一阵心酸双泪淋。

却说殷小姐把孩子睡在箱中,正像万把尖刀刺在心上,泪流满面叫道:"儿呀,为娘今日与你分手,不知何日再能相逢?"春梅道:"小姐不要过度伤心,还是仔细想想,要不要放样把东西在内,为日后会面时有个凭证。"小姐顿时被丫鬟提醒,就拿一件汗衫,铺在桌上,将孩子的左脚小趾,狠狠心肠,用力一口咬了下来。就将孩子的血,在汗衫上详详细细写成血书,然后盖在小儿身上,关上箱盖。丫鬟搀扶小姐,乘空把小红木箱,抱出衙门,直望江边走去。到了江边,突然发现上流头漂来一块木板和一根绳子,小姐立刻把小木箱放在木板之上,再把绳子结一结牢。小姐把住箱子,舍不得放手,由于丫鬟的催促,只得硬硬心肠,将木板往外一推,只见木板直往江心漂去。小姐此时泣不成声,顿时瘫痪在地。春梅丫鬟将小姐捶胸呼唤,小姐悠悠苏醒,搀扶千金慢慢而行也。

小姐哭得天地昏,丫鬟紧扶女千金。
走一步来望一望,云雾弥漫看不清。
主婢回衙不细论,只表木箱水面遁。
不管水逆风不顺,飘飘荡荡如腾云。
不多片刻行得快,金山寺脚到来临。
一到岸边如停船,犹如带缆差仿能。
金山当家叫法明,修真悟道得长生。
正在禅床来打坐,闭目静修养精神。
突然听得小儿哭,顿发慈悲起善心。
急往江边细观看,只见木板水面停。
木板之上红木箱,箱中传来有哭声。
长老动手搬上岸,开出箱盖看分明。
只见襁褓一小孩,汗衫血书写端正。
就将木箱搬进寺,抱起小孩细观看。
法明长老观孩子,白面水色脸端正。
见了血书叹口气,善哉善哉念几声。
血书木箱都藏好,法明长老动脑筋。
如此血泡小孩子,寺内如何度性命。
将他取名江流子,托人抚养长成人。
光阴似箭容易过,日月如梭像车轮。
小孩已经十八岁,四诗五经才学深。
长老给他来剃发,拜师为僧入空门。
摩顶受戒心修道,法号玄奘修真身。

却说玄奘拜师为僧之后,诚心修道。有一天,真是暮春天气,众僧集合在松荫之下,听师讲经参禅,谈说玄妙。其中有一个小和尚贪食酒肉,听经迟到。有人对他说道:"酒肉和尚迟到,罚他跪听。"玄奘见他没有落场，就来劝解道："既入空门，要真心修道，何贪酒肉。吃了酒肉，讲什么妙？说什么法？"那个小和尚被玄奘的一席话说得无言答对，只得用恶言顶撞道："你这个畜生，猴子戴帽像煞人，自己管不了，倒来管别人。你的真名实姓都没有，生身父母也寻不到，只好叫江流子，叫爷来僧。"玄奘听了这番话，也无话答对，只得直望寺内而去也。

玄奘听了暗思忖，话中之言定有因。

直往寺内见师父，恳求师父说详情。

一见师父双膝跪，眼泪汪汪叫师尊。

却说玄奘跪在师父面前道："师父，人生于天地之间，禀阴阳而资五行，尽由父生母养，岂有为人在世而无父母者乎？"再三哀求师父，要告诉他的父母姓名和住处。法明一听，知道到了今天，再也不能瞒了，说道："你真的要寻父母吗？可随我进来，方知一切真情。"玄奘跟了师父直到一间静室，只见师父在重梁之上取下一件东西放在面前，"你去看来。"玄奘一看，一只红木小箱，用绳子结在一块木板之上，当时莫名其妙。师父道："打开箱盖便知端的。"玄奘就把箱盖打开，只见一件汗衫，上写血书，细细一看，大吃一惊也。

玄奘见书吃一惊，顿时昏倒地埃尘。

长老一把来扶起，轻轻呼唤才苏醒。

放声大哭天地惊，泥塑菩萨化为尘。

长老慢慢来安慰，为亲报仇在你身。

如此伤心哭坏身，怎样对待你亲人。

玄奘虽经师父劝，还是放声哭勿停。

父母之面尚不知，枉活人世十八春。

生身父母仇不报，难怪别人要看轻。

有的叫我江流子，有的骂我爷来僧。

今日方知父母事，怎不叫我好伤心。

才知师父救命人，双膝跪下谢大恩。

玄奘开言师父称，让我弟子寻亲人。

小徒若得仇来报，重修寺院佛装金。

长老听了开言云，为亲报仇理该应。

却说玄奘哀求师父，要去寻找母亲。长老道："你要去寻找亲人，需将汗衫带在身上，装作化缘的模样，前往江州府衙叫化，才得母子相会。但是千万不能露出马脚，江州府台是你的杀父夺母的仇人，否则有性命危险。"玄奘连连应声，立即打扮，将汗衫藏在身边。突然一阵清风，红木箱和木板，随风而起，不翼而飞。玄奘顿时望空拜谢，法明长老连连说道："善哉！善哉！小徒报仇有望矣。"玄奘辞师出门，在路不表。已到江州府衙前叫化不提。只表殷小姐自从抛了孩儿回衙，哪知灵符失效，面容复旧，刘洪也可入房。小姐几欲寻死，都被丫鬟劝阻和安慰，只好勉强活着。光阴迅速，屈指一十八载。有一天夜里，做了一梦，只见天空月儿缺而复圆，突然醒来暗想："婆婆不知音讯，丈夫被害伤身，孩子漂江，哪里有月缺复圆？若非有人相救收养，已有一十八岁，或者今日天赐母子相会也。"

小姐流泪暗思忖，突见丫鬟禀千金。

方才家人进来禀，衙前来个小僧人。

木鱼敲得汪汪声，口口声声化斋吞。

小姐听了喜又惊，吩咐把他请进门。

请他厨房吃素斋，吃罢领他进花厅。

小姐躲在屏风后,细细观察看分明。

　　却说春梅丫鬟吩咐家童把小和尚请进来吃斋。丫鬟一见,突然一惊,好像哪里见过,面貌很熟,猛然想起面貌宛然状元一样,连忙回楼,如此这般,说与小姐知道。二人一同下楼。小姐在屏风后等候,丫鬟到厨房,见小和尚早已吃好,就道:"小师父,到后堂见我家小姐去。"一到花厅,安排坐定,说道:"小师父,我家小姐在屏风后,有话问你。要有规有矩的回答,不准放肆。"小和尚有文有礼,目不斜视,南无双手,闭目定神。小姐仔细一看,大吃一惊,顿时双眼流泪。丫鬟道:"小师父,我家小姐有话问你,要听准回答。"小和尚满口答应也。

　　小姐一见卓然惊,貌似状元无差分。
　　不免将他问一问,寻根究底查分明。
　　开言一声小师父,姓甚名谁何处人。
　　还是从小出了家,还是中途入空门。
　　家中可有父母在,为何出家做僧人。
　　父亲名字叫什么,母亲芳名又何姓。
　　父母在家做什么,在我面前讲分明。
　　玄奘一听话有因,叫声夫人听我禀。
　　贫僧从小无性命,金山寺内拜师尊。
　　师父取名叫玄奘,有人叫我尒来僧。
　　今年虚度十八岁,剃发受戒入空门。
　　我有冤来天能大,我有仇来海洋深。
　　法明师父告诉我,贫僧方能得知闻。
　　我父名叫陈光蕊,海州弘农住登身。
　　考中状元第一名,殷府抛球订婚姻。
　　奉旨江州上任去,洪江遇盗伤性命。
　　母亲芳名殷温娇,强迫上任从贼人。
　　师父法明亲叮嘱,江州私衙认母亲。
　　今天化缘还是假,前来寻娘倒是真。
　　又恐口说不相信,血书汗衫作凭证。
　　小姐哪能熬得住,拼命奔出屏风门。
　　连连不断双流泪,你母温娇在此存。
　　小姐连连喊孩儿,玄奘声声叫母亲。
　　母子花厅抱头哭,刘洪就要回衙门。
　　玄奘性命如何能,让我歇歇停一停。
　　奉劝诸公莫担心,休息片刻再表明。

　　却说小姐奔出屏风,连声喊儿,玄奘立起身来,连声喊母亲。母子抱头大哭。玄奘拿出血书汗衫,小姐一见更为伤心,春梅丫鬟在旁劝道:"小姐不必多哭,有话快说,否则贼子回来,性命危险。"小姐被丫鬟提醒,就对玄奘道:"孩儿,为娘今日不能和你多说话,又恐贼子回来,我儿的性命危险。你快回金山寺告诉师父,为娘骗取贼子,那时我来还愿,有话对你讲。"玄奘道:"十八年不识生身父母,今日才见,叫孩儿如何割舍离开娘亲?"小姐道:"你休得恋留,快快去吧,改日自有相会。"玄奘只得起身,含泪别亲,丫鬟送出衙门,二人挥手而别也。

温娇见子出门行,双眼流泪上楼门。

心中一忧又一喜,当日就此装生病。

荷叶揩面容颜变,睡在床上不起身。

刘洪一见问原因,夫人含泪说分明。

幼时许过灵山愿,至今尚未了愿心。

昨夜突然得一梦,金甲神将进房门。

手执利刀喊温娇,灵山之愿可记心。

如若再勿去了愿,立时要你命归阴。

梦中一惊苏醒来,便觉寒热已在身。

今日茶饭都不思,所以弄得无精神。

刘洪安慰娘子称,些些小事莫记心。

却说刘洪听了之后,信以为真,便问道不知许的什么心愿。小姐道:"僧鞋僧袜五百双。"刘洪道:"细小之事,待下官传令立办。"一宵已过,天明坐堂,传令衙役公事下达下属官员,全江州百姓每户一双,限三天送交。二天不表,第三天全部收齐。刘洪便问:"要到何处寺院?"小姐反问道:"附近有什么寺院?"刘洪道:"全江州有两座大寺院,金山寺、焦山寺,你看到哪座?"小姐道:"久闻金山寺有名,到金山寺去吧。"刘洪立即吩咐备船,所需东西一切准备。刘洪问道:"要不要下官同去?"小姐道:"这是妇女事情,不需要男的,奴奴只带丫鬟。"不多片刻,都已下船,水手们解缆抽跳,开船而去也。

水手解缆把船行,直望金山赶路程。

不表还愿殷千金,先表玄奘回寺门。

法明长老开言问,此去可曾会亲人。

玄奘跪下谢师尊,从头至尾说分明。

长老听得多喜欢,吩咐休息养精神。

不觉时光三天过,玄奘盼母心不定。

师徒正在言谈处,只见香火进来禀。

外边来了一只船,府台太太了愿心。

长老吩咐开正门,吹吹打打接夫人。

众僧躬身来迎接,小姐上岸进山门。

水手船夫鞋袜搬,大殿之上摆端正。

春梅忙把香烛点,夫人虔诚拜世尊。

法明吩咐小和尚,执壶端杯泡香茗。

小姐开言师父称,合寺共有多少人。

法明回道五百名,小姐点头笑盈盈。

信女前来了愿心,五百鞋袜表寸心。

吩咐每人领一双,另有铜钱一百文。

老少和尚心欢喜,排队领取谢夫人。

领去四百九十九,玄奘最后鞋袜领。

小姐再次见儿面,悲喜交集泪又淋。

小姐开言孩儿称,准备清水和脚盆。

当面洗足换鞋袜,为娘有话讲你听。

玄奘取水把足洗，缺一脚趾难为情。

却说玄奘在母亲面前洗足，只因左脚少了一只小脚趾，觉得有些难为情，所以把手捏住了脚趾洗足。小姐早已看清，回想当时，伤起心来，两眼流泪。玄奘问："母亲为何又要哭了？"小姐把前情又拆说一遍，母子又一次抱头大哭。法明长老劝道："依贫僧看来，多哭也无益，有话快快吩咐。小寺僧众较多，又恐泄露机关，多有不便。倘被贼人知悉，老僧吃罪不起，请小姐原谅。快讲快回，庶免其祸。"小姐听了，叫儿子拜谢师父救命养育之恩，见儿子谢过，又道："孩儿过来，为娘吩咐你，我给你香环一只。你去洪州西北，约有三十里左右，有一小镇，有一家万花客店，如此这般，是你父亲的生身之母，你的祖母。另有一封信，你去长安皇城之内，金殿左首殷开山丞相府投下，是为娘的生身之父，你的外公。叫外祖父速奏唐王，派将统领大军，前去江州捉拿强人，为你父亲报仇，那时才好救出为娘。我今天不便久留，诚恐贼人知悉。"说罢挥泪而别，出寺上船，回衙而去也。

小姐登舟转衙门，玄奘含泪回寺门。

一切准备别师尊，直望洪州访亲人。

路上行程非一百，晓行夜宿步不停。

眼看已到洪州地，沿路打听又问讯。

果有小小一个镇，万花客店面前存。

店家小二开言问，师父到此有何因。

玄奘启口施主称，贫僧讨问一个讯。

昔年有位陈客官，屈指已有十八春。

带母江州上任去，老母在船生毛病。

就在贵店房间住，可有其事请言明。

如今不知怎么样，有请施主道真情。

小二听了忙回答，昔年确有一妇人。

起初讲好三个月，哪知一去无音讯。

房金饭钱无法付，店主弄得蚀老本。

老板只好将她赶，主婢只得出店门。

日间街坊来求乞，夜间破窑住登身。

起初丫鬟同出进，后来不见丫鬟影。

老太日夜来啼哭，听说双目已失明。

破窑附近老百姓，也有几个好良心。

粗茶淡饭送点去，老太勉强活性命。

近来不知如何样，师父前去问一问。

玄奘一听大吃惊，就问破窑何处存。

小二言道朝南走，离镇别乡五里程。

玄奘辞别店小二，亲去寻找祖母亲。

却说玄奘离开万花店，出镇往南而去，打听访寻祖母，不觉发现一座破窑，只见草帘遮门，站立门口叫道："里面有人吗？"连叫两声。那时老太尚在里面，虽然双目失明，但是两耳极灵，只因日夜思儿，所以时时刻刻会想到儿子的身上。听到外边的叫声，就像儿子的口音，遂问道："外边何人？"玄奘道："是我，特来寻你。"老太摸法摸法，摸到门口说道："你是何人？声音像我儿子光蕊。"玄奘道："我乃光蕊的儿子，温娇是我的母亲。"老太问道："你父亲为何不来？"玄奘道："祖母呀，待孙儿告禀也。"

我父光蕊去上任，官船行到洪江心。

遇盗拦路抢金银，父亲被害伤性命。

家人使女全杀光，强占我娘为夫人。

如此这般长和短，不觉已有十八春。

母亲叫我祖母寻，香环一只为凭证。

老太伸手接环子，果然不差半毫分。

婆婆顿时嚎啕哭，一跤跌倒地尘埃。

玄奘双手来扶起，祖孙抱头苦悲心。

哭罢跪地向天告，苍天神明听分明。

若怜弟子心诚意，保佑祖母眼复明。

说罢伸出舌头尖，就给祖母添眼睛。

顷刻之间双眼开，祖孙顿时喜欢心。

婆婆细看孙儿面，宛如儿子差仿能。

二人回到万花店，就向店主讲分明。

祖母仍旧住贵店，饭金房钱付干净。

多则二月要来接，少则月里就来临。

辞别店主和祖母，直望长安投书信。

却说玄奘别了店主和祖母，径往长安进发，在路行程非止一百，不觉进了京都，寻到皇城东街殷府丞相门口，对门公道："请公公进内通禀丞相，贫僧特来投亲。"门公听了，进内禀报丞相道："外边来了一个小和尚，他说特来投亲。"丞相道："老夫与僧道无缘，更没有与僧家有什么亲戚往来。"夫人言道："我昨夜梦见女儿满堂娇来家，莫不是女婿有书信回来，托小和尚前来投递。"丞相一听，道："请小和尚进来见我。"家人唤进，玄奘进内见了丞相与夫人，哭拜在地，同时把书信呈上。丞相接书一看，放声大哭。夫人忙问："有何事情？"丞相道："这和尚是你我的外孙。"女儿女婿如此这般说了一遍，夫人一听，哭得昏了过去，幸亏众丫鬟扶住叫醒。夫人边哭边问道："老爷，怎么办呢？"丞相道："待老夫明日上朝，奏明圣上，亲率大军，定要为女婿女儿报仇雪恨也。"

丞相当夜待外孙，讲讲谈谈到天明。

五更上朝奏帝君，唐王一听火十喷。

当殿旨派殷丞相，统率一万御林军。

丞相奉旨下校场，点兵点将去出征。

直望江州来进发，玄奘同去快十分。

不觉已到洪江渡，号炮一声就安营。

星夜金牌下江州，立传州判到大营。

准备大船渡洪江，协力助战捉贼人。

先把李彪来捉住，大军过江天未明。

团团包围府衙门，瓮中捉鳖稳稳能。

殷相率众冲进府，刘洪梦中来惊醒。

手执兵器来抵挡，众寡不敌就被擒。

丞相一声军令下，大军城外去安营。

却说殷相提兵擒贼，已获全胜，下令大军安营，自己和外孙进入府堂，叫玄奘进内相请母亲。哪知小姐见贼被捉,自己无脸相见亲人,正待自寻短见,却被玄奘发现,抢步上前,把娘抱住,大哭道:"儿奉母命,千里奔波,寻找亲人,今与外公带兵擒贼,替父报仇,相救娘亲。今日母亲,反要自寻死路。母若一死,儿可存乎?"这时殷相也来了,立刻解劝。小姐道:"吾闻妇人从一而终。吾夫已被贼人所害,吾岂可贪活从贼?只因遗腹在身,只得忍辱偷生。今幸儿已长成,又见父亲提兵捉贼,夫仇已报,为女儿者有何脸面见世人,唯有一死以报丈夫耳。"殷相道:"吾儿差矣!此非我儿,以盛衰改节,皆因出乎不得已,何得为耻?"父女相抱而哭,玄奘又哀哀不止。丞相拭泪道:"你俩休得烦恼,待为父将贼人发落。"立起身往外而去也。

丞相坐堂传下令,速带二贼把堂审。
刘李二贼无话说,朱笔一点用剐刑。
顿把贼人心肝挖,红漆盘里摆端正。
尸体上面用蜡浇,祭奠状元当烛焚。
吩咐一声江边去,心肝祭奠状元魂。
众人望江嚎啕哭,哭罢烧币化牒文。
不表江边祭状元,再表洪江巡海神。
听得江边有哭声,连忙报与龙王听。
就把祭文来呈上,龙王一见喜欢心。
立差夜叉请先生,光蕊立即进宫门。
参见龙王启口问,今唤小生有何因。
龙王便把恩公称,收到人间一祭文。
夫人公子与岳丈,江边祭奠陈先生。
你的灾星今已满,特送恩人去还魂。
就差乌龟大元帅,速将尸体送江心。
就将光蕊尸体搬,相送状元出宫门。

却说殷小姐哭祭丈夫一番,欲将赴江自尽,幸亏丫鬟扶得紧,玄奘拼命拖住,未死成功。正在仓皇之际,忽见水面上浮上一具尸体,靠近一看,是状元光蕊。大家越发哭得伤心,众人打捞上岸,只见唇红齿白,脸不改色。大家正在议论纷纷,突然发现状元舒拳伸臂,身子渐渐活动起来,忽然爬了起来。大家觉得惊骇,状元眼见小姐与岳父,还有一个小和尚在啼哭,遂问道:"你们都在这里干什么?"小姐立刻扑上去,一把抱住,就将以往之事,说了一遍。二人抱头大哭一番。状元也将万花店杀鱼放生等事说了一遍,众人听了都皆欢喜。丞相一声吩咐回衙,大摆筵席,答谢江州下属官员,席散各回。众人在衙,住宿一夜,天明起身。丞相下令众军先回皇城不表,只说丞相等人,下了官船,直望洪州万花店而去也。

丞相官船赶路程,直望洪州接夫人。
在路行程不细表,洪州境地到来临。
停船上岸去店门,玄奘带路前头行。
小二得悉去报信,张氏闻听喜十分。
倚立门口抬头望,只见走来几个人。
玄奘孙儿在前头,后面一位年老人。
中间儿子陈光蕊,老太顿时起疑心。
又是做梦空思想,两眼交流泪纷纷。
玄奘一眼见祖母,高喊一声祖母亲。
一到门口双膝跪,玄奘介绍说分明。

光蕊母子抱头哭,殷相劝解进店门。

小二连忙禀老板,安排座位敬香茗。

状元吩咐房钱算,一并交清加赏金。

店主心中多快活,状元领娘出店门。

老板送到船码头,双方挥手各回程。

张氏一到官船上,婆媳见面甚伤心。

不表船上谈心话,只表开船赶路程。

一路顺风非常快,已到长安进皇城。

殷府码头船来停,大众齐进相府门。

夫人小姐母女会,实有一番离别情。

丞相吩咐摆筵席,合家团圆喜泪淋。

一夜之事不须论,来朝天明入午门。

殷相出班奏帝君,唐皇闻奏喜十分。

就将光蕊官职封,翰林学士辅朝廷。

小姐一品正夫人,张氏封为老太君。

江州重新派官去,细底枝节不必论。

玄奘不愿官来做,仍旧出家去修行。

金山寺院重修建,尊尊佛像塑金身。

玄奘赐名唐三藏,后来西天取真经。

唐僧取经西游记,人人都懂不细论。

奉劝诸公心平正,莫做穷凶极恶人。

不信但看刘李贼,结果没有好收成。

剖肚挖心身浇蜡,一对蜡烛祭江心。

佘僧宝卷宣完成,诸佛菩萨喜欢心。

斋主合家福寿增,听众四季免灾星。

卷中若有错误字,念声弥陀补完成。

香山宝卷

香山宝卷序

宋普明禅师于崇宁二年八月十五日,在武林上天竺独坐期堂,三月已满。忽见一老僧云:"公单修无上乘正真之道,独接上根,焉能普济?汝当代佛行化,三乘演畅,顿渐齐行,便可广度中下群情。公若如此,方报佛恩。"师问僧曰:"将何法可度于人?"僧答云:"吾观此土人与观世音菩萨宿有因缘,就将菩萨行状略说本末,流行于世,供养持念者,福不唐捐。"此僧乃尽宣其由,言已隐身而去。普明禅师一历览耳,遂即编成此卷。忽然观世音菩萨亲现紫金相,手提净瓶、绿柳,驾云而现,良久归空。人皆见之,无不敬仰。后人闻已,愈加精进。以此流传天下,永为警鉴云尔。

登坛开白 凡任其事,必须斋沐更衣,则敬心当然,以重菩萨故。先举香赞,次开白已,方入正文。

岁次某年二月十九日恭遇大悲观世音菩萨,降诞良辰。我今登坛,宣演观音宝卷,众等务宜摄心端坐,齐身恭敬,不可言语笑谈,切忌高声混乱。必须谛听宣扬,清净耳闻。从闻思修,圣凡不二。

经云:观世音菩萨,以何因缘名观世音?若有众生受诸苦恼,闻是观世音菩萨,一心称名观世音菩萨,即时观其音声,皆得解脱。若有持是观世音菩萨之名者,设入大火,火不能烧;乃至若为大水所漂,称其名号,即得浅处等。以是因缘名观世音。偈曰:

观音原住古灵台,慈悲念重降世来。

不问回回并达达,闻声菩萨笑盈腮。

恭闻释迦佛时,须弥山西有一世界,国名兴林,年号妙庄。彼土人皇,姓婆名伽,年始二十,众称人尊,祝立为帝。正治封疆,纵广十万八千里。皇城十二门,围绕三千里。宫殿高广,金碧交辉。四相恭奉,三公卫护。九番七十二国,往往来来,万姓俱降。人人叩头,个个钦仰。皇乃每好打围,嫔妃同玩,泼天快乐稀有者也!只愁六宫不生太子,每祷上苍,乃作一偈:

婆伽婆帝号庄皇,凛凛威风镇万邦。

若得宫中生太子,焚香点烛谢三光。

听说国后,其正宫皇后,名号宝德,与帝同寿,面如满月,两耳垂肩,双目清秀,一身体态,百般端正。常生慈善,万事宽宏。忽于妙庄八年,降生一女。父皇喜曰:"以年号为第行,见境而立名。朕因看书而生女者,名曰妙书。"后至妙庄十三年,又生一女,仍前启奏。父皇喜曰:"朕在洞天宫中操琴而生女者,名曰妙音。"自此,皇后每告上苍愿求生男,至妙庄十八年,夜寝太和宫中,梦见二天女,身长三丈,头戴珠冠,体挂璎珞,身诸毛孔,放五色光,躬立床前言云:"上天玉帝,请国母往三十三天善法堂中见佛闻法。"皇后乃然其言,披乘出宫。天降銮驾,门首而迎。倏忽来到三天门下,皇后初见毫光晃耀,目不能见。众天人曰:"速念弥勒佛三声,便见分明。"即时念佛,果见圣境非凡。无数天宫宝殿,高阔深远。天乐自鸣,花彩重重。大梵天皇,与诸天众共至善法堂前。听经已毕,乃见三千紫金人,十千天仙女,色相端严,各乘金莲宝座,巍巍腾空,齐到善法堂中。皇后见之,询问其由,谈话相契。众仙女曰:"送一仙者与皇后。"后乃含笑礼谢,众仙回宫。忽然觉醒在床,乃作一偈:

昊天圣境事非常,大罗宝殿放毫光。

十千仙者齐欢喜,与奴一女转宫房。

皇后醒来,仔细思量,是何奇异?至今还如胜景现前,莫不是天降灾殃、地动烟尘?敢怕外国缭乱,万姓作反?寤寝不安。坐至天明,亲诣殿上,启奏君王。乃作一偈:

梦中闻法往天堂,大觉金仙现宝光。

臣妾未知凶吉事,特来启奏向君王。

帝乃出榜,普召圆梦先生。有一公公,发白面皱,竹冠衲衣,执杖而来,揭榜进朝。庄皇喜曰:"公住何处?"答曰:"臣住乐邦。"皇问:"何姓?""臣姓弥。"皇又问曰:"公年高多少?离家几载?"公曰:"臣早丧父母,不知年甲。自幼出家,周游列国,处处圆梦,不计岁数。"皇曰:"公梦本今在何处?"答曰:"臣圆梦不赍本,说来自有忖。"皇曰:"且道昨夜正宫皇后,梦往升天善法堂中,听闻佛法。见三千紫金人,十千天仙女,一面如故。送一仙女与皇后回宫。此梦何如?"公公答曰:"臣今详说此梦。皇后升天听法,当兴善事,增加天寿,合作佛母。三千紫金人者,即三世三千佛也;十千仙女者,即一万菩萨也;送一仙女与国后回宫者,乃改入皇家,为法皇家也。今肉身菩萨出现,降诞宫内,出现于世,弘布圆通,度人无量,只此言矣。"乃作一偈:

君王问臣住何方,家居原住乐安邦。

生身百拙无些用,单靠圆梦度时光。

那公公不图升赏,时问内使讨水一瓢,喷水一口,喝着一声,杖从地起,化作金龙,风云雨布,电光闪烁,霹雳轰雷,喧震帝殿,大现金身,驾云而去。庄皇见已,拱手扣牙。乃作一偈:

喝杖成龙顷刻间,云迎雨送转天关。

大现金身升腾去,妙庄皇帝喜容颜。

且说国后,自此身体康泰,眼常见优钵花围绕,耳常闻天乐动鸣,鼻常闻异香馥郁,身常有光明照耀,喉中常似醍醐涓润。如此祥瑞,十月满足,至妙庄十八年二月十九日,国后大喜。合宫嫔妃眷属,尽行玩花三日。那御花园内,有八十余所观花柳巷,尽是白玉为阶、黄金为栏。再有三十二处赏花亭,上盖青绿琉璃瓦,金梁玉柱。下嵌银砖间七宝,处处安排筵宴,抚琴歌欢。渐渐游至成天殿后,共登干花楼上。顾瞻四面,太阳当空,日正巳时。乃见天花散彩,地涌异宝。花香喷鼻,熏入楼台。随即降生公主,时乃空中百鸟唱和,云:"菩萨出世间,广度无量众。"合宫闻言,乃作一偈:

赏花游玩到楼台,黄莺啼叫百花开。

二月十九春光好,公主身从降下来。

此时皇后,便令宫娥彩女,把金盆沐浴。合宫人赞言:此公主非凡人也。容颜甚微妙,犹如净满月,手有千轮相,目如摩尼珠,指爪如白玉玻璃,面貌具三十二相。绿眉翠发,世上无比。六宫共议,自合进上父皇观看一面。便将棉袄包藏,金盘盛贮,彩女捧托,宫娥后随,六宫三殿,百乐喧天。登临宝殿,父皇喜曰:"此女乃正宫感梦而生,名曰妙善。待明日早朝,与朝臣共议。合应诏告,遍行天下。"乃作一偈:

织金龙袱锦包藏,金盘捧出见君王。

寡人与民同安乐,朕若贫时也不妨。

休说皇帝大喜。且说公主生在宫中,人人爱惜,似宝如珠。渐渐长大,年至十岁,志量洪阔,高明博厚,自然通晓琴书彩画,织锦成文,百味珍馐,无所不会。体态尊重,清洁义让,谦和忠孝,知廉识耻,慈悲忍辱,不贪不爱,自然斋戒。昼则看经礼诵,夜则入定坐禅。时时如此,勤修不懈。不觉长在宫中一十九岁,公主每告上苍,愿舍皇宫出家奉佛,恭明师,奉知识,行正道,不退心,离地狱,出火坑,愿成佛,度众生。发此愿已,梦往妙高峰顶,恭无量寿佛之际,梦中觉醒,心悟了然。乃作一偈:

长在宫中十九年,万般快乐我无缘。

坚固自然心不乱,少曾将胁倒床眠。

公主在宫中修行学道,宫娥彩女尽皆笑曰:"快活不受,何故如此?"公主曰:"吾因生死事大,自信众生誓愿度,自信佛道誓愿成。叹日月如梭,光阴似箭,常愁人身一失,永别千秋。吾今普劝知音者,宫中快乐未为贵,莫若空门做道人。"乃作一偈:

朝廷富贵实轩昂,六宫三殿胜天堂。

莫道长生无烦恼,临终不免见阎王。

公主在宫中修行,未知终后如何?且说妙庄皇帝镇掌山河,神惊鬼怕,有功者赏,犯法者不饶。四相九卿恭奉,百万军兵拥护。后宫眷属三千七百,日日九宴,琴乐应天,少甚金银异宝,思量只少一个太子!乃作一偈:

帝皇无嗣总由天,流传一段大姻缘。

万劫千生难遭遇,端然静息听宣传。

南无观世音菩萨! 此处念佛号起。但遇菩萨名,则众称念一声,鸣尺一下。

妙庄皇帝登天下,有道君王治万民。

百亿山河居一统,万象交参贺太平。

休论皇帝多有道,听说宫内正宫人。

名称宝德为皇后,圣贤佛母降凡廷。

天生美貌都端正,仁德心慈世莫论。

三十六宫齐恭奉,七十二院总钦尊。

虽在后宫为皇后,不生太子小储君。

前后亲生三个女,三个女子告知闻。

大姐妙书为第一,第二名称号妙音。

第三妙善年最小,父母偏惜掌中珍。

皇帝一朝登殿,龙颜大怒,朝臣失色。帝乃口中不语,心下思想,后宫嫔妃眷属三千七百,尽是泥塑木雕的死人,并无一个能生子息。朕思山河草木,年年逢春,开花结子。寡人绝嗣,徒劳为国之君。若得宫中生一太子,嗣续朕命,坐掌山河,兴隆帝道,名播他邦,是朕之愿也!今日无门可诉,只得宣卿,前来听朕,细说衷肠。

有子此时都放下,更无余事和太平。

南无观世音菩萨!

皇帝当时开金口,卿等前来听朕音。

堆金积玉成何事,算来异宝未为真。

光阴如箭催人老,国无太子朕无亲。

朕今自恨身躯老,镇掌山河无后人。

若得宫中生殿下,何愁四海不清宁。

眼前满朝朱紫贵,谁解烦愁一点情。

四相九卿齐便奏,再朝八拜说缘由。

满朝尽是忠臣士,更无违碍不良人。

宫中还有三公主,合招驸马在宫门。

伏望我皇亲殿览,龙颜且喜纳微臣。

皇帝每日五更三点,戴月披星,百乐齐鸣,迎上宝殿,振大朝钟,击大朝鼓,静鞭三下,喧天如雷。文武两班,齐齐整整,执恭舞笏,三祝三呼,二十四拜,言称万岁。忽一日朝罢,当问序班:"今日早朝,臣完否?"序班传奏:"臣启隆下,内有左丞相张拱辰不来朝见。"皇曰:"何故不来朝见?"右丞相许智出班奏曰:"臣启万岁,臣闻他家昨夜因夫人生一孩儿,以此失朝。伏望我皇赦罪宽恩!"皇帝见奏,锁定眉头,精神不爽。恨他男子,偏不来寡人宫中托生,他年长大,替朕为君,且不是好?

海宝千般未为贵,先求如意无价珍。

南无观世音菩萨!

五更三点皇登殿,掌扇才开见帝君。

挂甲将军无万数,两班文武共随身。

舞踏山呼称万岁,二十四拜口称臣。

妙庄皇帝开金口,动问左右众朝臣。

左右朝臣齐声奏,只有拱辰未来临。

未审此人何缘故,不来朝见为何因。

许智丞相时便奏,我皇圣耳愿知闻。

他因夫妇生男子,未来朝见愿宽恩。

皇帝见奏心烦恼，恨他男子错安身。

托朕宫中为太子，金盆沐浴号东宫。

文武朝臣齐声奏，国无太子宿何因。

三清上帝无分晓，玉叶金枝不布容。

皇帝上朝，面无正色。文武众臣，战战兢兢，合朝跪劝曰："伏望我皇息怒开怀，虽然不生太子，臣闻正宫娘娘自有三员公主，青春正当，合招驸马，岂不是嫡亲瓜葛？向后观他有德行者为尊。臣当万死，直言奏知，任我皇称心，可行则行。"皇帝见奏，龙颜喜曰："劳卿所奏，解朕之愁。"便行敕命宣召后宫三员公主，即今晚朝，速赴殿前。

不得春风花不绽，花容须感春风力。

南无观世音菩萨！

父皇有敕宣宫内，敕传内苑急如云。

妙书妙音并妙善，共同披乘出宫门。

青丝细发蟠龙髻，眉如绿柳始逢春。

面如牡丹花正放，绣鞋三寸不沾尘。

容颜花貌如美玉，少年洒落正逢春。

一似嫦娥离月殿，犹如仙女出仙宫。

未知父皇何圣旨，为何敕下召奴身。

同往成天金殿上，深深八拜谢皇恩。

齐齐近前呼万岁，凤语莺吟赞父亲。

金轮统御三千界，玉历延鸿百万春。

父皇闻言龙颜喜，女儿今且听原因。

爹爹年老无所靠，又无太子小储君。

朕今与儿同商议，共招驸马在宫门。

我儿孝顺须当说，欲何文武自评论。

皇帝敕下，三个女子招亲侍奉，欲何文武，速急回言。当有妙书公主进前启奏："儿顺父命，愿得文士为亲，须先体察。如无刑伤过犯、技艺下辈等人，朝门之外，挂传金榜，普召天下，考试贤良秀才，能通万卷诗书，举笔成文，出言成诗，孝义仁信，才貌两全，人相气概，少年洒落，不肥不瘦，不长不短，真才实学，随机应变，方为一国之至宝，万邦之光辉。有这般大公器者，便可成亲。"

文能安邦民安乐，武能护国绝干戈。

南无观世音菩萨！

妙书公主因言答，儿愿文士纳为亲。

先须体察无过犯，金榜名传第一人。

知书达理人相好，端严洒落少年春。

驸马把笔安天下，兴林一国尽安宁。

黄金殿上封官显，紫袍玉带号忠臣。

若有这般明贤士，须要举保便成亲。

皇曰："大姊顺父，招夫文士为亲。妙音，你意下何为？说与我知。"妙音公主躬身便答："姊姊既认招文，奴奴愿招武者。武者，须选文武双全，有志骁勇，不劳军兵，拱手降伏，边邦宁静，干戈永息，喝静朝班，山河一统，镇国掌兵，无敌大将。一人之下，万人之上，威风凛凛，人相巍巍，恐怕烟尘动时，要他护国护民。有此功能者,方可成亲,匹配婚姻,务要的当!"

千兵易讨寻经纶,一将难求教外传。

南无观世音菩萨!

妙音公主忙便奏,为愿武者纳为亲。

武者须是名上将,领兵护国镇乾坤。

喝水成冰通军马,如龙八爪护皇城。

神钦鬼奉如天将,威风万里众钦尊。

恐怕边邦烟尘动,要他守护父皇城。

父皇见奏龙颜悦,天生女子孝心人。

次宣妙善前来问,我儿今且听原因。

姊妹三人儿最小,朕缘偏惜掌中存。

巍巍堂堂如花貌,端端正正紫金容。

举步如如身不动,音声朗朗不摇唇。

寡人与你频抬举,招取一人在宫门。

招取一位忠臣士,万里山河托此人。

大姊招文为驸马,二姊愿纳武为亲。

女儿欲要何文武,随心如意道知闻。

皇曰:"朕宫中只有三个女子,青春正当,合招驸马,护国护民,代天行化。大姊招文,二姊招武。一能孝,二能顺。正是有志不在年高,自然通晓世间大礼。妙善你意下如何?"三公主上前便奏:"女孩儿身同心不同,各有所见。伏望爹爹明镜朗鉴!"

一片白云横谷口,几多归鸟尽迷巢。

南无观世音菩萨!

妙善当时忙便答,父皇且自请回尊。

爹爹只忧无太子,奴愁生死别无因。

父皇枉有多金宝,怎免轮回死生门。

奴奴命似风前烛,世间难得百年人。

统掌山河棋一局,百年世事一梦中。

静思古往今来事,泼天声价总成空。

朝朝拱手呼万岁,阎王相请莫知闻。

苑庵胜住黄金殿,麻衣赛挂锦袍人。

功名势退汤浇雪,趁时回首可修身。

三寸气在千般用,一旦无常万事休。

文官能文徒然事,武官能武亦徒然。

任汝名题金榜上,锦袍玉带一场空。

风清月白修行好,老来学道果难成。

奴奴若是招驸马,沉埋地狱出无门。

知他二姊招驸马,奴愿今身至佛身。

文官武宫都不愿,一心要做出家人。

妙善答父皇曰:"终有忠臣孝子、志士仁人,岂能代得无常?奴奴切思地狱之苦,爱命为因,爱欲为果。

因果相交,万死万生。改头换面,六道流浪,无解脱期。才断爱欲,便证佛果,能化现身,接物利生,同登觉岸!"

石火电光难定限,速急修行早是迟。

南无观世音菩萨!

妙善当时回言答,父皇圣耳听知闻。

富贵难买生死路,莫令轻忽悟前程。

忽地无常难可测,便应立志习修真。

爹爹容奴修行好,皇天不昧善心人。

烦望爹爹生欢喜,容奴学道别酬恩。

贫富夫妻如春梦,奴向云林学古人。

酆都界内无相识,阎王殿上没人情。

三途地狱令人怕,誓不将身去嫁人。

皇帝闻言,龙颜大怒,喝骂道:"哪来妖精作怪!朕为一国之主,万姓之尊,见识却不如你一个女孩儿之辈?从古至今,有天地则有阴阳,有男女则成夫妇。男婚女嫁,大礼当然。这厮是何道理?"喝令力士,拿赴法场斩了。左右应声如雷,未敢便拿。

万古碧潭空界月,再三劳碌始知音。

南无观世音菩萨!

犯上父皇龙颜怒,高声喝骂不非轻。

精灵胆大言无理,妖邪吐气怎生听。

朕为大地山河主,皇天之下独为尊。

百万军兵降伏住,难道降伏你不成。

三十六载登天下,四海闻名万姓钦。

代代国令传天下,古今王法治乾坤。

利剑不斩忠孝子,犯法从来不认亲。

诸君不孝须当斩,剿除鬼怪灭精灵。

妙善见父皇大怒,叉手近前曰:"腹盆如大海,能纳百川;为小节事,怒气如山。伏望爹爹大展慈容,望乞慈照。"

水月胸襟尘不染,冰霜戒行道长存。

南无观世音菩萨!

妙善见父生嗔怒,进前一一奏言文。

百岁光阴一宿客,鸣呼浮世岂长存。

男婚女嫁埋苦本,广种阴司地狱根。

若逼奴奴招驸马,父传金榜召医人。

医者须是名医士,天下闻名第一人。

医天医教无云障,玉兔金乌不动明。

医地医教无寒暑,大地山河一统平。

医人医教无高下,普令快乐胜天真。

空王殿内为眷属,涅槃床上结成亲。

但有如此明医士,怎敢推辞背圣恩。

父皇见奏,呵呵大笑:"这小子,果是妖精鬼怪!生在宫中,年方一十九岁,晓得许多般事。不学孝悌忠信,人伦之道,信邪倒见,听狂惑之言。古今人生人死,有春、有夏、有秋、有冬,死以葬之,春秋祭之,大礼如此。若是平生有功行者,该载于文籍,使名扬于后世,孝则终矣,有甚天堂?地狱鬼神是何形?只有读书朝帝阙,哪见念佛往西天?你原来怕死贪生!若是聪明,有见识的女孩儿家,本本分分,不言不语,顺于爹爹,与同二姊,招一驸马也。是一头了当,岂不称心?你一点儿年纪,从哪里得病?说将来看。"妙善闻此,即时便答。

大风吹倒梧桐树,自有旁人说短长。

南无观世音菩萨!

妙善近前躬身奏,金怀玉镜照评论。

一愿不老常年人,二愿不死永长春。

三愿肉身成正果,四愿见性识天真。

五愿三障皆消灭,六愿恩爱断除根。

七愿智慧超日月,八愿三界释冤亲。

九愿天人皆供奉,十愿说法度众生。

万圣千贤中第一,天上天下众钦尊。

若有这般名医士,莲花会里便成亲。

公主答父皇曰:"奴愿医士为亲,须是医得天下万类,无生灭之相、无忧欲之情、无老病之苦、无高下之拘、无贫富之辱、无好恶之患、无你我之心、无能所之傲,变大地同心意、同形相、同寿命、同名号、同安乐。万象森罗,同一受用,四生六道,蠢动含灵,皆证等觉妙觉,尽得五眼六通、三身四智、佛果菩提。有人能医此心病者,不选时日,结成夫妇。同著忍辱铠,共卧无余床,同坐法空座。只此言矣。"父皇闻言,咬牙怒目,声震如雷,左右见之,魂飞胆碎。

不经一番寒彻骨,怎得梅花喷鼻香。

南无观世音菩萨!

父皇闻言心焦燥,面如土色气如云。

高声喝起叫拿下,殿前臣应似雷鸣。

着令左右金甲将,瓜锤打死这妖精。

文武朝臣齐声奏,我皇赦罪纳微臣。

公主年幼无志气,宽恩恕罪且消停。

妙庄皇帝开金口,卿等前来听朕因。

可怪顽泼天大胆,嘴快如刀不辨尊。

一片心肝如铜铁,善化忠言永不听。

犴滑刁钻非家宝,忘恩负义未为珍。

及早驱除由是可,年深日久必成精。

妙庄皇帝拍案高声便骂曰:"疯狂的精灵,说出无端话,甚无理!喝令女使,剥下锦绣罗衣,御棍打出,禁在后园,待她寒冻饥饿而死,免挂心怀。"妙善闻言,微微暗笑,情愿解下衣裳,叩头而去。公主到园中,自叹曰:"富贵岂在锦罗衣,有道何在皇宫贵!且向园中,安然静默,一尘不挂,深入禅定,思惟佛道,得出宫门,如离火宅,荷谢三光,今日才得畅心满意修行。"

长空云散天一色,大地春回万象新。

南无观世音菩萨!

公主径入园中去,欢欢喜喜出宫门。

酒色财气今日断,三途八难永除根。

锦绣罗衣皮毛债,全身净尽合无为。

出门一步乾坤阔,逍遥自在感天恩。

皇宫不是安身处,故乡原在自心中。

此处园中如仙境,奇花异果四时新。

为因生死无心恋,转心修道别无因。

千般快乐浑不喜,一心愿证道圆通。

公主在园中,且喜无忧无虑。幸亏有明月为伴、白云为侣,又无怨恨,常生欢喜。自叹宿生庆幸,无诸魔障,得出宫门,如囚脱枷,似鸟离笼,如龙得水,似虎逢山,逍遥无挂碍,自在更无忧。迅速光阴,已经一月,只有皇后朝思暮想,日不食,夜不睡,与六宫共议,自合进上,求免赦罪,众保回宫。

白云乍可来青嶂,明月难教下碧天。

南无观世音菩萨!

六宫嫔妃同玉步,黄金殿上说知因。

百乐应天前引路,正宫皇后后随身。

直至殿前呼万岁,二十四拜泪纷纷。

伏望我皇生欢喜,宽恩赦放女儿身。

自家骨肉心中宝,莫将凌辱不成人。

痴顽幼小无志气,未辨春秋不顺情。

哀告父皇休嗔恨,大展慈容放罪人。

亲生只有三个女,乳哺三年计九春。

妙书妙音多快乐,可怜妙善受艰辛。

父皇心肠如铁石,不思骨肉痛伤情。

父皇见奏,呵呵大笑曰:"父母见识,大意相同。自家女儿,谁不爱惜?只是孝顺的便好,从今教她改过前非,且待明日朝罢,朕自去园中游赏一回,令那大胆不成人的女子回宫。你们各宫人等须是同去。转劝后妃,奉旨即便同往。"

明人不再多多说,音鼓何必重重敲。

南无观世音菩萨!

皇帝皇后皇妃子,一排銮驾入园中。

女使女宫前引路,娇娥彩女后随身。

径入后宫花园内,花红柳绿正逢春。

看花女官来迎接,请皇亭内暂安身。

二十四拜呼万岁,圣人何故驾亲临。

皇帝亭中开言说,卿在亭前听朕因。

都因妙善心邪见,痴顽失志不成人。

禁在此园一个月,从拿到此未知因。

女官曾知何消息,知她事体说来因。

当时女官回言奏,圣明天子纳微臣。

未奉我皇亲旨意,至今不敢拜芳容。

皇帝亲去观公主，幽然静坐小亭中。

击门高声呼妙善，癫狂下贱下流人。

快乐风光无福受，自招其祸做囚人。

今朝好好回心转，赦你回宫为好人。

速急回心犹是可，仍前逆旨命除根。

父皇去见妙善，口中不说，心内暗想沉吟，不觉泪流锦袍，亲问曰："我儿可伤？不思在父母身边，六宫之内，吃香馥馥的饮食，穿锦黄黄的龙服，住锦片片的楼台。随从的娇娥，服侍的彩女，日日筵宴，百乐齐鸣，有甚不足之处？今日从顺父命，招取一人，向后独尊汝夫，兴隆帝道，坐掌山河，且受尽世间风光。一朝天子，胜做万代诸侯。你心何见，要受凌辱？"妙善闻言，随即便答：

眼中着楔谁当得，火内生冰道者知。

南无观世音菩萨！

公主当时回言答，父皇圣驾且回宫。

无弦琴上知音少，父子弹来调不同。

不贪皇宫多富贵，愿向空门做道人。

不愿招夫为天子，无福做后正宫人。

愿搭如来三字衲，不愿皇宫着锦衣。

儿厌三界如牢狱，决不将身去嫁人。

奴奴若得成正果，普光殿上报亲恩。

但愿自性心花绽，功成行满转宫门。

奴因生死甘遭难，不敢怀怨恼圣君。

皇曰："凡为人子，不遵父训者，天诛地灭。千般抗对，你从哪里学来许多狐言鸟语？我想那等为僧道者，乃是民间懒惰、鳏寡、孤独之流，不能生理的，改妆异扮，托佛为由，一概尽是不忠不孝得死罪的浮徒！你学这等作为，岂不是败坏国家，谗辱朝廷？教你招取驸马，成立帝基，如升天富贵，更作什么生？"妙善闻言便答："奴官金文玉轴，皎然明载。三世诸佛，今古圣贤，皆舍五欲，行大乘道，成等正觉，普济天上人间。又见梵皇帝释，侍佛左右，十种仙人，随佛化度九十六种，外道五十种，魔王恭随拥护。又有国王大臣、士农工商、老幼男女，皆因出家，俱成圣果。总不然都是懒惰之流、不能生理的？"父皇闻言，默然不语，无言可答。只得隐忍回宫，同来眷属，俱随驾转。皇帝回宫，彻夜思量，无计可施。再令妙书、妙音二公主，同皇后去劝。

百舌未休枝上语，凤凰哪肯共同栖。

南无观世音菩萨！

皇帝有敕宣皇后，再令去劝女儿心。

皇后当时蒙帝敕，十步哪容五步行。

曾劝凡情急似火，谁知圣心冷如冰。

妙书妙音同母劝，直到园中说事因。

从今我儿于此处，阿娘日夜泪纷纷。

特劝我儿招驸马，便同二姊共成亲。

父母养育恩难报，归宫可报父娘恩。

今朝再不回心转，果然不是孝心人。

妙善答母亲曰："承感父母恩深，报答在后。幸有二姊姊招亲，尽可奉终侍老，容奴出家。若得道证圆通，先度双亲,同生净土。伏望母亲,譬如不生,犹如死了。世人重财色,奴愿安心静。财色乱人心,静见真如性。"皇后闻言,无话可答。

夜静水寒鱼不食,满船空载月明归。

南无观世音菩萨!

公主当时忙便答,深深下拜说原因。

母亲权且归内苑,譬如死了未曾生。

皇后当时无言答,不言不语没精神。

长江狂风翻波浪,谁知艄公不开船。

大姊妙书回言劝,聪明贤妹听知闻。

孝义全无何见识,今朝受苦为何因。

姊妹三人贤最小,父娘偏惜掌中珍。

我等顺父招驸马,你心错见不成人。

今被父皇多磨难,累及我等痛伤心。

不思宫内多快乐,看看耽搁失精神。

好好回心招驸马,惜汝花容似玉身。

特劝贤妹归宫内,顺父孝母胜修真。

大姊见妙善容颜不退,加增妙相,正是天生奇哉。"当受苦的女子,你不趁青春长就,一人老来,方知空自惆怅。不思父皇宫中富贵,只有天在上,更无第二家。住的是万龙宫殿,金梁玉柱,银斗金升;行的是玛瑙白玉阶道,间七宝,铺锦绣;坐的是摩尼旃檀滴珠,蹲狮睡象,蟠龙绣塾;卧的是沉香楞金,象牙犀角龙床,并八宝天花锦帐。头上顶戴的都是攒龙飞凤,百宝珠璎;身穿的是上妙七宝丽服,织锦鸳鸯,耀日争光;口吃的是百味珍馐,醍醐上馔;游耍的是千种细乐;出入的是鸾驾随身,日日五宴,赛过八洞神仙。上天只闻兜率好,人间独有父皇家。我和你三人受这等荣华富贵,更欲麼生,却不是你自作出来。今日受苦自家知。疯狂的子,见甚么鬼! 好好回宫,免教父母忧虑。"公主闻言便答。

竹影扫阶尘不动,月穿潭底水无痕。

南无观世音菩萨!

妙善拱手回言答,奴心迷恋在园中。

乐因苦果人皆喜,苦因乐果绝人闻。

天堂有路无人往,地狱无门有人行。

姊妹招亲如尊便,休管疯狂下贱人。

奴愿清贫成佛果,你贪快乐入红尘。

更招驸马添枷锁,广造三途罪业深。

造罪之人还自受,阎王殿上没人情。

阴司地狱令人怕,誓不将身服侍人。

妙善答大姊曰:"德生于清俭,福生于卑退。智者信受,了明生死。我与姊姊身同心不同。你自招夫恋贵,管我疯狂则甚? 奴奴愿离恩割爱,一心行正道。"大姊便骂曰:"愚痴下贱,枉生伶俐,不依忠言劝谏。我知道你有日要脱无门,受苦在后。"二姊上前再劝,未知如何?

春回非干丹青力,自然柳绿与花红。

南无观世音菩萨!

妙音开言劝妙善,告言贤妹听知闻。

从出宫门无消息,朝思暮想泪涔涔。

母亲大姊特来劝,依言本分转宫门。

奉爷孝母如天地,胜做无心真道人。

好好回宫招驸马,同归宫内好安身。

妙善见说心不喜,告言二姊听原因。

皇宫快乐非常久,梦中得宝未为真。

一旦无常音信至,此时追悔更何因。

大限到来无可抵,尽遭鬼使见阴君。

奴奴若是招驸马,如沉永堕出无门。

姊姊招夫如尊便,奴趁青春做道人。

天堂有路终须去,无心恋着转宫门。

妙善答二姊曰:"蟾蜍无返照之光,玉兔无伴月之意。妹子探尽龙宫、海藏,众义皆诠。天堂地府两相交,任君欲向哪方走。天堂路上是我行,地府牢中是你住。"妙音听得妙善之言,面无正色,既不顺情,与我无干,任从汝便。母子三人劝她不转,只得隐忍回宫奏上父皇,妙善心如铁石,实难挽回。她的言语,并无丝毫渗漏。安心如泰山,立志如大海。父皇曰:"必是妖精,无法可治。"遂即登殿,集诸大臣,文武两班,选择贤人,先为妙书、妙音二公主招取驸马。朝臣奉旨,便开文武试场,招贤纳士。

春月秋花无限意,不妨闲听鹧鸪啼。

南无观世音菩萨!

此时皇帝升金殿,宣传敕下召诸臣。

朕因妙善心邪见,不顺招夫做道人。

禁在后宫花园内,冷宫亭内做囚人。

今为二女招驸马,先招驸马早成亲。

朝臣朱紫钦奉旨,高结彩楼一时成。

街坊市户排香案,风流子弟往来频。

选得才人能文武,绣球抛下配成亲。

驸马捧球登金殿,皇亲国戚尽相迎。

花烛高堂光耀日,二个公主出宫门。

笙箫鼓笛齐相和,铜锣饶钹应天鸣。

双双左右躬身立,深深八拜谢皇恩。

满朝拜罢归宫内,洞房花烛结成亲。

皇帝一日登殿,传宣正宫皇后。休说妙书、妙音,且论第三痴顽的女儿,不觉已经半载,并无音信,未知如何? 着令宫娥彩女:"汝若劝得她转意回宫,重赏你们。"宫娥奉旨,不敢久停,急去如云,泪汪汪去见三公主。公主微微暗笑,问诸彩女,何缘到此挥泪? 彩女曰:"奴等今朝遵帝命,特宣公主,速急回宫,招取驸马。"

白露下田千点雪,黄莺上树一枝金。

南无观世音菩萨!

宫娥奉旨如云去,飞凤竟往后园中。

慌忙一见三公主,齐齐下拜泪淋淋。

奴等在宫长烦恼,并无音信到宫门。

公主容颜加妙相,如花似锦貌精神。

烦请公主归宫内,奉父皇后见诸亲。

正好回宫招驸马,不须做甚出家人。

公主曰:"吾得证无上正觉,能圆成百亿化身,具三十二相,八十种好,净土天宫,想念随身,能化群品。得到这般时节,便回宫去!"彩女曰:"既然如是,在此修行,不当稳便。"公主曰:"因言告知,吾欲往汝州龙树县白雀寺,有五百僧尼,精进行道。烦汝等与我启奏父皇、皇后。"娇娥领命回奏。父皇曰:"待她自去倒好,正是因风吹火,用力不多。"先传密旨与那尼僧,好生说化,劝他回来。如若劝他不回,重罪不恕,兵火烧灭!

虚名万事波上雪,百年幻影露成冰。

南无观世音菩萨!

皇帝敕传花园内,园中公主未知闻。

女官宣传皇敕旨,任凭妙善去修仙。

公主闻言心欢悦,低头合掌谢神明。

不择时日忙便去,开怀欢喜出园门。

世间黄金何足贵,一身安乐值钱多。

锦绣罗衣都不愿,麻衣素服便登程。

合宫眷属齐相送,看看送出大朝门。

公主朝殿深八拜,愿皇万岁坐朝廷。

八拜国后同天寿,四拜二姊奉双亲。

满朝眷属都别罢,转身移步出朝门。

合朝文武官员,送公主出午朝门外,把绢帛围绕花街。"臣闻古书云:'孝行为先,奉亲事大'。背双亲出家,是何道理?修行奉何佛?只消在宫中孝皇顺后,广读诗书,自然通晓。合招驸马,大礼当然。凡为人者,衣食为本。吃些酒肉有何妨?穿些绞罗锦绣得何罪?古人有不出门而能知天下事者,有一举成名而天下知者,有盖世文章以为帝皇师者,终不然都是出家奉佛者乎?有此忠孝,名扬后世。何须出头露面,被人谈笑,防人议论。臣等有罪,愚不谏贤。万望公主转意回宫,只要言行相扶,孝义忠信便了。"

好个绝学无为子,掘地无端要觅天。

南无观世音菩萨!

合朝朝臣劝公主,且因宫中奉双亲。

不顺父母人伦绝,万世移名忤逆人。

臣等今朝劝不转,辞官纳印出皇城。

公主当时因言答,卿等今且听原因。

有劳好言来劝谏,梦中说梦了无真。

任君名传于四海,难免轮回生死门。

博学强记聪明士,聪明反被丧身心。

文章盖世成何用,名枷利锁枉徒然。

不出门知天下事,家中性宝失无寻。

一举成名如花绽,人崩花谢总成空。

虽然名扬于后世,魂灵未必得超升。

世上万般皆下品,惟独禅门学道真。

公主曰:"诳人千个易,自行一身难。奴今切思,成必有坏,生必有死。叹日月如梭,光阴能几,时不待人,少壮必衰,万物无常,无计可施。昔古圣人有超升脱死之方,有见性成佛之法。三世诸佛,皆是父母所生,个个知文达礼。不说在家孝顺，而能成道。万圣千贤，人人离恩割爱，方成法器。古圣尚然如此，何况我乎？凡修心者，一尘不染，如皎月澄虚。但信自心是佛，当来必定成佛。乃琴棋书画，名利能所，衣紫腰金，高堂大厦，妻子眷属，象马七珍，酒海肉山，万般快乐，皆是世间之富贵。一旦命终，眼光落地，魂入阴司，精神受苦。死尸甚好，棺墩厚葬。春秋享祭，表阳间孝心而已！与死者无干。重添罪苦，广造三途业缘。汝等众宫，不信罪福轮回果报，皆有死患一节。且道生从何来，死向何去？既不知此意，尽是梦中之官也。毁汝则怒，赞汝则喜。重富贵如金玉，轻贫贱如粪土。见人有德则烦恼，见人有过则欢喜。汝好心何在？口平心不平，言清行不清，知书不知礼，非君子之道也。"

大寂定门无肯语，口缝才开落三乘。

南无观世音菩萨！

公主苦口将言说，卿等今且听缘因。

不知生死轮回事，梦中花哄度光阴。

今日不知明日事，人争闲气一场空。

世间虽有皇宫贵，哪得山童自在眠。

满朝朝官无言答，不言不语没精神。

枉使好言劝公主，任君苦劝不回宫。

朝臣自此相离别，回朝奏上圣明君。

公主竟自登程去，看看离了本京城。

合国亲人皆下泪，满朝骨肉痛伤情。

街坊市户人称赞，难得公主道心人。

逢山遇晚山中歇，遇桥桥畔暂安身。

在路行程都休说，看看来到汝州城。

花街柳巷无心看，一心只顾望前程。

汝州僧尼来迎接，人人尽赞道心人。

国皇嫡亲三公主，发愿修行到本城。

白雀禅寺相将近，躬身举步入三门。

钟鼓楼上鸣钟鼓，钟鸣鼓音应天闻。

迎接公主登圣殿，上香祝赞礼三尊。

一拜紫金为本相，二拜僧尼五百人。

满寺僧尼皆称赞，道言公主不凡人。

悟性讲理尽通晓，观其动静再来人。

必是圣贤重出世，赛过山门一寺僧。

公主入寺，烧香礼拜而退。次第参礼大众后，乃知客引公主到方丈行礼，茶罢，住持开口问曰："贤是国家金枝玉叶，荒山尽是庶民女子为僧，同房共住，不当稳便。"公主答曰："学道在心，岂分贵贱？"主持问云："公主莫不是星辰反乱，心不由己？不顺父皇，假名出家，特来见僧之过縻。毁佛谤法，正是你这等恶人也！如何不在宫中招取驸马，且受尽今世风光快乐，也不枉过了青春，万事了当，岂不妙哉？老僧这里，穿破袖、吃薄粥、寂寞凄凉，冷清的，有何德处？"公主曰："吃粥心清爽，寂寞寤寐安。久闻宝山，原有五百尼僧，尽是官宦富贵之家，聪明智慧之女，知因识果，端严洒落，少年娘子出家，师尊若能尽教她们还俗、嫁人，奴奴也回宫去！"主持见说，无言可答。

点铁成金变则易，推山压倒是非难。

南无观世音菩萨!

公主当时回言答,住持和尚听原因。

入寺指望同修道,今日全无法眷亲。

在宫远闻消息好,缘何尽是梦中人。

问君出家为甚事,虽搭袈裟未是僧。

奴因生死来此处,不爱皇宫入寺门。

尼僧此时回言答,不是为僧不志诚。

奉汝父皇亲密旨,劝令公主转回宫。

公主回朝僧无罪,若不回朝灭寺门。

公主自甘遭磨难,累及我等为何因。

公主闻言微微笑,始识尼僧道未明。

若是空门真释子,为法何曾惜患身。

任从皇帝来烧灭,定数当然宿有因。

生必有死成必坏,有兴有废不由人。

烧灭任皇来烧灭,百岁须当入死门。

住持闻言,面无正色,告言公主:"汝之见识,不合天理。终不然为公主一人,累及我等五百尼僧,同你受苦不成?老僧住院三十余年,未曾有半点横事来入山门。公主与父皇斗气,与我山门有甚相干?"公主闻言,微微笑曰:"自古道:僧有六和五德,乃是僧家之道行也。和尚智窄,见识浅薄,身虽出家,心不染道。未知古圣之行,有舍身喂虎者、有割肉饲鹰者,有燃身为炬,有舍头目髓脑肢节手足者,有舍全身求半偈者。但舍身心,证无上道。汝惜身养命,贪恋未除。如此修行,名未成道。若能损己利人,是僧家之本行也;如利己伤人,非释子礼也。如今未来烧寺,先自惶恐,想你实无达道之心!"住持和尚闻说此言,叹气连声,苦哉!苦哉!祸从天上来,虚空须感应,遂升法堂,与众僧共议,未知如何。

昙华发焰金心露,风送清香不等闲。

南无观世音菩萨!

住持和尚升法座,法堂钟鼓一齐鸣。

两廊众僧临法会,狮子座上说原因。

老僧住院三十载,云水相逢胜如亲。

谁想国皇三公主,也来假做出家人。

为此普告诸大众,将何计策可评论。

座下众僧因言答,堂头和尚愿开恩。

好好劝他劝不转,便将辛苦告知闻。

和尚听从呼妙善,聪明公主听原因。

莫道出家多快乐,住持方知有苦辛。

不问金枝并玉叶,哪管皇亲及国戚!

须要舍身如奴婢,低头下拜奉诸僧。

莫怪老僧来驱遣,也无闲饭养闲人。

与我厨中粗作用,每日供斋五百僧。

出门三里挑泉水,担柴十里别无人。

淘米洗碗并择菜,厨中办事要辛勤。

碓坊磨所无人替，搬汤送水转如云。

懒惰迟延无别语，竹篦禅杖不容情。

若有一点违情处，赶出不许入山门。

住持和尚曰："莫道出家清闲自在，老僧门下不分贵贱，皆当受我这里差使。便去厨中办事，教行则行，教住则住，小心勤谨。运水搬柴，淘米择菜，洗碗汤盏，支菜直果，烧香换水，打扫铺陈，插花挂彩，鸣钟击鼓，接待云水，诸般尽是你一身自办。如有一些不中，大的是禅杖，小的是竹筒，一顿打出山门。这等事体，预先告知，任从尊便，可行则行。"公主答曰："甘心自受，尽行不妨。"和尚说："此事已毕。"随即下座。

丹凤朝阳梧桐下，宿食终不与鸡同。

南无观世音菩萨！

住持下座乘轿去，现身罗汉福田僧。

合寺僧尼迎寺主，送归方丈各抽身。

公主独入厨中去，并无推辞怕苦辛。

火头行者来迎接，一瓯茶罢共谈论。

万事交割与公主，小心谨慎莫辞辛。

公主情愿甘心受，服侍僧尼五百人。

不论晨昏并昼夜，不恨更长滴漏深。

为因生死甘心受，愿脱根尘苦幻身。

日间造供并踏碓，夜间挨磨上香灯。

接待往来云水众，一体相看本寺僧。

在此忙碌多辛苦，全身憔悴不成人。

愿成佛果超三界，任从口内出烟尘。

不怨父母僧尼众，恨自前生作孽深。

到此终无反悔意，常生欢喜不生嗔。

公主入厨中去，粗细作务，尽是一身自办。如此劳碌，身体懈倦，口生烟尘，且无怨恨之心，常生欢喜之意。每告上苍，天须感应。施奴法力，舍身于此，供给众僧。若得果证菩提，不负天恩，愿垂证鉴！

云在岭头闲不彻，水流涧下太茫生。

南无观世音菩萨！

上天玉帝摇观见，庄皇女子受艰辛。

当时便传天敕旨，天符牒下六丁神。

先差东海龙归寺，藏身桶内入厨中。

滴水落地金鳞现，卷作龙潭数丈深。

远井忽然焦枯竭，化作清泉在寺门。

泉水清满清见底，任挑千担总满平。

百兽衔柴来满寺，千禽送菜似烟云。

六丁六甲修斋供，诸般作务是天神。

仙人换水铺荐席，城隍土地上香灯。

天龙八部来供给，圣僧菩萨往来频。

并不干涉公主事，厨中端坐不移身。

此事公主心欢喜，算来学道不亏人。

公主在厨中,道心坚固,感灶龙神,善奏天庭。上帝闻奏大喜,敕传中界三官五岳,拨差龙神八部,着令六丁六甲,速去白雀寺内,代公主之劳。又差东海老龙,在厨中开井。又令各山走兽,衔柴遍处,飞禽送菜。诸般作务,尽是天神地祇。公主坦然自在,合寺僧尼尽皆惊讶,不敢隐藏。众僧曰:"戒口莫谈她短,戒身莫随恶伴。机不密,祸先发。人无远虑,必有近忧。恐有累及不便,速急差人启奏朝廷!"

音去明来风不尽,始终不教堕中边。

南无观世音菩萨!

能事老僧差三个,背捐黄袱使登程。

不分昼夜如云去,竟往京都见帝君。

途中跋涉都休说,看看去进大都城。

身披袈裟头顶露,怀香上表进言文。

自从公主降寺内,任凭苦劝不回宫。

臣僧今当该万死,圣明皇帝赦微臣。

苦劝公主浑不听,罚他厨中服侍人。

罚他辛苦回心转,谁知妙法动神明。

她在厨中端然坐,天龙八部转如云。

三界神妖如奴婢,戒神五百总随身。

八洞神仙迎茶果,丙丁童子上香灯。

洒扫铺排悬幡采,总是伽蓝土地神。

晨昏钟鼓无人击,暮鼓晨钟自然鸣。

自古本山无井水,龙卷龙潭在寺门。

走兽衔柴来满寺,飞禽送茶似云临。

难磨尽是幽冥替,修斋悉是六甲神。

臣僧不敢容藏隐,特来启奏我皇闻。

尼僧启奏情已急,再听庄皇怒生情。

皇帝早朝,乃见尼僧三人,进奏表章一道。序班鸣赞,展开宣读。皇帝闻言大怒,喝令左右拿问。当时有旨意,着他劝息这厮回宫,今朝反来这等鬼怪妖言,立召统兵朱、叶二侯,火速选军起马,急往汝州白雀禅寺,团团围住寺门放火,掘地成池,莫存踪迹。武官奉旨,应声如雷,叩头出朝。擂鼓鸣锣,聚集兵将,撼动乾坤,经往汝州烧寺灭僧。

任他浮云飞片雪,一轮皓月印千江。

南无观世音菩萨!

武官奉旨来烧寺,领兵起马动乾坤。

路上行程都莫说,看看去到汝州城。

汝州百姓全惊讶,满朝兵马为何因。

白雀禅寺相将近,军兵围绕不通风。

武官开宣皇敕旨,火枪火箭急如云。

满寺尼僧并公主,尽皆烧灭不留存。

走透一人无条赦,九族先诛后灭门。

军兵奉旨加勇猛,呼风放火不容情。

公主此时心烦恼,合寺受苦为奴身。

奴因誓愿为佛子,坚心学道别无因。

今被父皇生恶意,放火焚烧灭寺门。

弟子自合遭王难,可惜尼僧法眷亲。

我佛慈悲开慧眼,施奴法力救僧人。

免得本山兵火难,后来不敢负深恩。

公主一见火起四方八面,烟布乾坤。满寺僧尼,啼号哭泣叫苦,埋怨公主。当时虔诚祷告三世诸佛,含悲恳白灵山教主,四生慈父,万德世尊,累劫修心,六年证道,妙相端严,具足神通。我佛慈恩,过于父母,满大地人,如一子。想弟子是庄皇之女,好乐佛法,乍入山门,随众行道。因父召不回宫,故来烧寺。望赐慈悲,证明祈祷有求皆应,无愿不从。我是庄皇之女,你是轮皇之子。你离玉殿,我厌皇宫。你往雪山修道,我奔白雀出家。你是我家之兄,我是你家之妹。普救世间之苦,不除却小妹之难。抽下竹钗,口中刺血,含血一口,向空一喷,不知有何感应?

竹密不妨流水过,山高岂碍白云飞。

南无观世音菩萨!

满寺僧尼哀哀哭,埋怨叫屈恨声频。

仰面上天天无路,回头入地地无门。

众僧哭倒无魂魄,并无半个有精神。

公主哀诉空中佛,佛须感应救生灵。

含血向空喷一口,即时发起满天红。

青烟化作乌云起,血成红雨落如倾。

佛殿钟楼无损坏,全然不动半毫分。

此时尼僧都欢喜,方知公主不凡人。

军兵见了齐开口,道言公主是妖精。

回兵转马归京去,从头逐一奏朝廷。

皇帝升殿,乃见原差军兵,随班共奏。皇帝问曰:"卿等为何返而太速?"武侯随即使奏:"臣启万岁,未审公主有何法术,初下火时,烟布大地,炮声震烈,目不能睹。耳闻棘捆啼哭之声。忽然天降红雨,火熄烟灭,云收雨散,寺无损伤。臣不敢不奏!"皇帝闻言,怒气冲天,挺立龙床,喝骂如雷,必是妖精,速急多差兵将,枷杻押赴法场,照样凌迟示众,除灭患害,以免后累。殿前武士奉敕,风火驿传,去拿公主,好似鹰拿燕雀,水底火发。当时正宫皇后闻知此事,心胆消烊,连忙直入殿上,号啼悲泣,越班启奏。

半夜岭头风月静,一声高树老猿啼。

南无观世音菩萨!

皇后吓得心胆碎,彷徨叫屈哭声悲。

径入殿前开言奏,我皇息怒听言文。

臣妾自知甘坐罪,母子情深不忌嗔。

妾今擅自登金殿,大赦宽宏恕罪人。

荣妻荫子传古典,酷刑尽法坏声名。

猛虎虽凶常爱子,圣君岂有不容情。

皇后启奏曰:"妾蒙圣恩,平日眷属之厚。今朝托契,不顾身命,径造大殿,乞赐赦罪。所有小女儿无礼,得罪于驾前。臣妾愚撰一计,烦我皇如有便道之所,立竖彩楼。妾同六宫二女,驸马百官,往彼楼上,百般歌乐饮宴,却拿妙善从彩楼下而过。她见如此富贵,或有转心之意,免见骨肉生离!未知圣意如何?"皇帝准奏,便传圣旨敕下,朝官速去南城外,高结彩楼,三处排设,祭筵六所。朝臣钦旨,便盖彩楼,霎时圆成。

才知鹤立松梢意,便识鱼游水底天。

南无观世音菩萨!

披星戴月皇登殿,宣传敕下众朝臣。

速结彩楼南城外,急排祭奠祭生魂。

朝臣钦旨离金殿,竖楼挂彩一时成。

武将催兵如风火,如龙似虎不容情。

捉住公主无别话,剥下衣裙赤体身。

先把长枷枷颈上,又添铁索挂铜铃。

双手反缚双脚镯,全身都挂纸钱银。

枷令插旗书大字,逆父逆母极刑人。

牵行押解如云走,枪刀前后紧随身。

军兵喝声忙避路,一锣一鼓好惊人。

军兵开言劝公主,顺帝招亲免祸根。

公主当时回言答,先锋今且听原因。

宁可舍身刀下死,决不将身去嫁人。

看看押来楼下过,合宫齐见痛伤情。

街坊市户烧钱马,千家万户哭声频。

满宫眷属并文武,尽来祭奠送宫人。

上汤进食鸣琴乐,焚香下拜劝哀声。

三奠酒罢烧钱马,尊魄享鉴听宣文。

维众等至此,恭肃站听,首者出位,跪读祭文。兴林妙庄三十六年,岁次甲申七月,朔越十五日乙巳日,国亲臣等,谨以清酌之礼,美食之仪,敢昭祭于妙善公主。痛念公主,泪落汪汪。有量吞空,无心印月。行超今古,功越太虚。星移斗转,物换人非。为证无生,不顺父命。青春正当,花绽遭风。香然云沉,烛明光隐。强离金阙,逼赴黄泉。命速西光,形同朝露。臣等无以敬别,聊表寸忱,奉送云程。享霭供仪。呜呼哀哉!伏惟尚飨!读已俯伏,叩首称云大悲观世音菩萨数声,就位伸偈。鸣尺云。

个中不劳悬寂静,到头天晓自然明。

南无阿弥陀佛!

祭奠告圆皆下泪,满城啼哭痛伤情。

公主坦然无忧虑,欢欢喜喜往前行。

公主开言问左右,哭声乐音为何因。

军兵随即回言答,告宣公主听知闻。

前面满街排祭奠,尽是朝廷内宫人。

乐音祭奠齐相送,烧香化纸哭声频。

可怜公主当年少,法场斩死见阴君。

今日不知明日事,为此安排祭汝魂。

公主被武士擒来,青丝细发,结在枷梢之上。白玉容颜,影在纸钱之里。油墨涂面,赤体无衣。两脚铁镯,双手麻绳。军兵围绕,刀枪纷然。一锣一鼓,解从彩楼下而过。乃见披麻服的人无数,尽来祭奠,烧香化纸。公主遂问军兵:"前面为甚事,如此苦乐之声?"军兵回言,因祭奠送公主早归泉路,故此动乐举哀。

静听松风响翠淘,闲观山花似锦开。

南无观世音菩萨!

公主见说微微笑,可笑君王舞弄人。

国令合天天心合,谁敢含冤诉不平。

三千条律通天下,犯法违条不认亲。

国宝代代传贤士,古今皇法治乾坤。

合天行化明天子,自然万姓众钦尊。

君不重而臣不重,空教四海外传名。

往古来今尚未有,安排祭奠掩生人。

观看世人皆悲泪,奴心安静似水平。

皇后在彩楼上遥见妙善,一声哭死在楼。良久唤醒,娇娥彩女,扶下楼屋,劝三公主。

黄金殿上珠帘卷,碧玉阶前杜宇啼。

南无观世音菩萨!

皇后下楼双流泪,哀哀动哭泪涔涔。

满朝文武齐下泪,合宫眷属哭声频。

皇后含泪开言说,我儿何故做囚人。

今日好好回心转,免伤性命过刀砧。

当初养老防身老,谁知今日一场空。

十月怀胎徒劳力,三年乳哺不成功。

见儿长大心欢喜,全靠养老送归终。

舍却养育慈悲重,由你千修道不通。

今被父皇多磨难,教娘苦屈诉无门。

见说差兵来拿捉,如刀割腹取心肝。

再不顺情招驸马,青锋剑下见阴君。

依言本分回宫内,留条草根再为人。

皇后哭罢停哀,问妙善曰:"我那聪明女儿,不思父母恩心重,怜悯无歇时。起坐心相逐,远近意相随。母年一百岁,常忧八十儿。若知恩爱断,命尽始分离。你在宫中顺父招夫,有何不可?如今拖枷带锁,赤身露体,插旗号令,军兵管押,一锣一鼓,胜如强盗劫贼。惶恐累世,将何面目来见诸亲。目下再不顺情,你命当归泉路。老身不免讨死,好好回心。面奏父皇,赦你回宫,便招驸马。"

山前马击普光殿,门外牛缆正觉场。

南无观世音菩萨!

公主当时将言答,母亲今且听原因。

不是女儿无忠孝,为因生死逆双亲。

甘舍一番刀下死,高超万劫出苦轮。

不恋皇宫多富贵,情愿要入涅槃门。

凭他刀箭分幻身,本性圆明总难分。

从父千般行严令,一心不顾转宫门。

假饶留得奴残命,见人惶恐怎安身?

母子恩情今日断,他生来世再相逢。

公主答母亲曰："奴闻古经云：'有爱则生，爱尽则灭。'叹世人个个贪生、人人怕死，一旦无常，魂归地府鬼王之所，将何择业？生世虚假，如花上之露；水面浮沤，似飞尘倚草。夫妻乃是冤家，儿女犹如孽债。奴劝母亲，死苦难免，莫教蹉过。早办前程，总有孝子顺孙，岂能代得无常！若肯舍身行道，必证佛果菩提。奴今不愿归宫，招甚驸马？"妙书、妙音见母亲劝他不醒，二公主齐下楼屋，苦劝妹子。

雪里梅花霜夜月，可怜同色不同观。

南无观世音菩萨！

两个姊姊哀哀哭，哭声妹子不成人。

手扯罗裙揩珠泪，告言贤妹早回心。

好好回宫招驸马，免得肉体过刀砧。

死后岂能重再活，蜂狂讨死不知因。

命在须臾还不怕，千般巧语答如云。

孝子贤妻名标史，莫学尼僧下贱人。

截断人伦无忠孝，阴阳大礼永埋沉。

依言本分招驸马，留条残命奉双亲。

两个姊姊哀哀痛哭，泪流满腮，哽咽开言，问妙善曰："贤妹，为因甚事，迷心狂妄，露此一场丑陋，连累我等，羞惭惶恐。目下再不顺情，你命无存。"妙善闻言便答："姊姊，各请尊便，何劳挂怀。生死份定，有甚么惶恐？世人个个贪生，惟有奴奴愿死。烦姊姊稳便归宫，不必多言苦劝。"

一语当机明万法，蚯蚓钻泥龙上天。

南无观世音菩萨！

云腾晴时隐山脚，水流何曾见回头。

两个姊姊劝不转，回朝奏上父皇闻。

妙善舍身甘自死，无心再活转宫门。

处处官员排祭奠，看看延缓到黄昏。

此夜皇后无计较，回宫不语自评论。

殿前敕下如风火，再宣公主问原因。

军兵奉旨忙便转，送还公主进朝门。

拖枷带锁回内苑，铜铃铁索响惊人。

女官押入归宫内，冷宫里面受孤灯。

皇后嫔妃哀哀哭，六宫眷属痛伤情。

当夜皇后即令六宫嫔妃、十二院主："你每人须将好的甜言软语，劝那厮回心转意，都重赏你！"人皆奉命，径往后宫劝三公主。

春花秋菊各自香，两条大路任君行。

南无观世音菩萨！

嫔妃拜劝三公主，齐声恸哭震皇宫。

含珠带泪开言说，牵枷扶锁告知闻。

养儿防老终身时，亲近双亲胜修真。

意惜那日相离别，朝思暮想痛伤情。

特劝公主招驸马，免将肉体过刀砧。

走兽飞禽皆成对，为人岂可不成亲。

莫学败家贫释子,将身自贱被人轻。

年少修行非奇特,老来学道始闻名。

宫娥去见公主,披头散发,身挂纸钱,长枷扭手,灰墨涂面,如像鬼囚。人皆见之,不由人不下泪!哭罢含悲,告言公主,青春十九,如日东升,似花始开,如灯初明,似宝方现,怎把自己美貌花容贱如粪土?今晚依奴奴等,乘此时节,因祸至福,招取驸马。

雨过山前花增色,风吹水面波自生。

南无观世音菩萨!

好言好语齐相劝,劝三公主早回心。

山青水绿还依旧,怎把新人换旧人。

公主若不招驸马,沉埋忠孝绝人伦。

百岁三万六千日,年少风光有几时。

不愿招亲欺天罪,怀心不善搅朝廷。

苦劝公主回心转,依旧本分做宫人。

宫娥劝曰:"少年女子,修甚么行?且待七八十岁,耳聋眼花,腰驼背曲,行须挂杖,坐用人扶,万事不能生理,那时奉佛持斋,也未为迟。特劝公主,仍前整顿,旧日銮驾,卧向龙床,簪冠带钗,着锦衣紫,娇娥捧拥,彩女跟随,胜如做个道人也!且在宫中招亲快乐,又见忠孝两全,愿世和情。如若死后,多做些功德,广排些祭筵,造好坟堂,亲子亲孙,可不奉祀家庙春秋!远近忌日,岂无祭扫之礼!那见你去成个什么佛道,都是徒然!"

未明有说皆成谤,明了无言亦不容。

南无观世音菩萨!

公主当时回言答,高明贤位听知因。

汝说老来堪学道,无常不同少年人。

金银珠翠妆骷骨,锦绣罗衣裹臭脓。

三寸气断如梦去,死后膨胀烂堆虫。

世上功名成何事,眼光落地杳冥冥。

好妻好子同林鸟,九泉路上不相逢。

生前不修空惆怅,死后虚设信难通。

金棺银墩埋青草,春秋祭扫表凡情。

人人要作千年调,个个贪谋百岁龄。

可怜世人心不足,一旦无常万事休。

骷髅内有真佛性,骷髅终不嫁骷髅。

今朝识破骷髅计,放去收来得自由。

公主曰:"大海可竭,泰山可崩,道心进而不可退也。目今正是为法忘躯时至,岂有贪恋恐惧之心!终不然身不死,永在世间,愿求快死,高超三界,免因六道。凡为人者,天生最灵。迷号众生,悟则成佛。但舍身心,皆成佛果,反招一人,被他拘束,是何见识?汝等皆有死患一节,那时无人可托,无处可隐。须是及早自修自度,方免地狱之苦。"嫔妃闻言,默而不语,恬然而退。

金风才动玉露凉,桂花独占一天香。

南无观世音菩萨!

妙善当时将言说,青春正好办前程。

宫中快乐笼中鸟,朝中富贵缸中鱼。

世上万般皆似梦,吾愿修行学道真。

娇娥彩女无言答,不言不语转宫门。

经登殿前从实奏,我皇圣耳愿知闻。

公主心坚如铁石,好语忠言耳边风。

父皇闻奏心烦恼,无法可治怎生论。

朕当亲自归内苑,劝令妙善便招人。

父皇曰:"含珠不吐,谁知是宝?如钟鼓在楼,不击不鸣。古书云:'父慈子孝,缘父不慈,故子不孝。'父子之道,原有反复之礼。朕当亲诣面说,告本宗家庙,愿祖宗阴力,今晚速要令她回心转意,招亲侍奉。"

任他野犴吼如雷,窟中狮子睡正浓。

南无观世音菩萨!

水中捞月空费力,刻舟求剑总成空。

此夜皇帝游内苑,入于妙善冷宫中。

父皇亲临开金口,叫声妙善我儿身。

不遵父命当受罪,极刑重罪做囚人。

父皇两眼如珠泪,心酸哽咽痛伤情。

不因二姊回家说,今朝那得转宫门。

少年若不招驯马,蹉跎青春错用心。

不知夫妇情怀事,枉在人间做甚人。

今晚好好回心转,免将性命见阴君。

如今强性还不改,一刀两段命归阴。

父皇曰:"慈母恩如地,严父配于天。不从父严训,何异畜禽兽?你且听姊姊,宫中因顺父招亲,如今百般快乐,少甚神仙受用!你今晚拖枷带锁,为甚么而来?正是快活不肯受,情愿做囚人。世间最好的,无过夫妇之情,共枕连衾,爱重如山,恩深似海。你心何见,不遵古训。小的子!若知百花林中乐,便死也甘心!"

妙善闻言便答:"父皇爹爹,昏迷不觉,邪心炽盛,非是有道君王。爹爹作万民之皇,一国之主,不能治家,焉能治国?若是天子有道,人皇焉肯半夜三更父入子宫,劝女儿嫁人?四海皆知,是何道理?"

马又不成驴不是,当头一着得人憎。

南无观世音菩萨!

妙善当时忙便答,我皇圣耳愿知闻。

百岁光阴如弹石,区区迷恋为何因。

可信白日迷途客,千呼万唤不回头。

飞禽走兽皆愁死,为人岂可为知机。

草木无情知时节,人将老死替无人。

造善造恶从心造,成贤成圣亦心成。

一棚傀儡观不足,可怜终有散场时。

国正自然天心顺,真明天子有忠臣。

父入子宫何道理,半夜三更劝嫁人。

真实有令行朝典,速差监斩莫容情。

违条犯法甘心死,宣传再转为何因。

奴今愿父刀下死，誓不将身服侍人。

公主曰："宁可须弥山粉碎，大千世界平沉。教奴招夫，此事莫提。"皇怒曰："不识抬举！教你招夫。为帝诚实向上，绝妙好事。思想你的言语，无中生有，如龟毛兔角、水中之月、镜中之形，都是虚诈！"公主曰："虚的是实，实的是虚，悟者方知。"皇曰："你是春花嫩草，怎耐大雪冰霜？"公主曰："花叶荣枯，根源不昧。"皇曰："论你形容娇细，焉经百炼钳锤！"公主曰："幻壳非坚，真心不坏。"皇曰："这厮纵然浑身似铁，难挡刑法如炉！"公主曰："出矿真金火无伤，神龙入海水不咸。父皇严令既行，诸侯遵道，鸡唱五更，君子拱听。"又云："太阳门下无星月，天子殿前无贫儿。父皇不能治家，焉能治国！恰是大虫裹纸帽，好笑又惊人！女儿身心，各有所见，苦苦威逼，招人着甚来由！"父皇闻言，咬牙反目，叹气如云，怒声似雷，奔登前殿，坐守天明，斩那铁心肝的逆子、言不惧死的精灵！

大鞴炉中翻身净，鬼面人头怎奈何。

南无观世音菩萨！

父皇闻言心中怒，面如土色气如云。

忿怒含嗔归前殿，可怪妖精恼煞人。

坐守五更朝马动，斩令敕下急如云。

若不早除为患害，停囚长志乱乾坤。

今后有人来谏朕，先抄家眷灭诸亲。

国令既严无人谏，任从公主赴幽冥。

三十三天皆震动，龙宫地府尽知闻。

佛眼遍观知天下，法身全隐太虚中。

舒金色臂人不见，白玉毫光照罪人。

刽子将刀提在手，狰眉怒目咬牙嗔。

双手着力挥一剑，顶上毫光绽紫云。

只道公主临剑死，谁知自在笑颜容。

是军是民皆欢喜，同声同赞不凡人。

苍天有眼空中保，俨然不损半毫分。

监官刽子心惊怕，果然公主是妖精。

立地回朝当殿奏，我皇赦罪听原因。

皇帝见奏龙颜怒，拍案高声便转嗔。

刀剑若还除不得，这厮精灵恼煞人。

皇帝闻奏，振头抗耳，魂胆消烊。若是刀剑不能治她，果是精灵。当与朝臣共议，设法诛灭，以免后患。公主闻知，祷告虚空："容奴一死，免与父皇斗气，恼乱心肠。天下万姓不安，是奴之过也！"发愿未了，佛天感应，令她不知痛苦，如灯火灭。刽子便把弓弦绞定咽喉，随即气断命终。当时山崩树倒，禽兽狂奔悲鸣。海干河竭，龙鱼无隐，天昏地暗，日月无光。满空皆雪，万类成霜。海角天涯，本国他邦，闻知公主遭刑而死，个个悲哀，人人恸哭。

任使铁轮非干己，定慧圆明乐自然。

南无观世音菩萨！

庄皇绞死三公主，哭动千千万万人。

皇后哭得肝肠断，合宫眷属痛伤情。

可怜公主当年少，满朝文武泪洋洋。

天上天人皆悲泣,地下地祇尽伤心。

地动山摇惊人怕,街坊巷陌绝人行。

走兽飞禽惆怅苦,猿啼鸟叫哭声频。

监官因见公主死,喝令乱箭作泥尘。

箭箭须射心肝上,全身皮肉莫留存。

道言未了天昏暗,八方起雾满天云。

乌风猛暴天地动,鬼哭神嚎众人惊。

见一猛兽花斑虎,过头三跳大惊人。

衔拖公主归林去,立地回朝奏九重。

监官回朝奏上君王:"臣钦敕差,绑公主即赴法场,绞死欲令箭射、马踏,忽然天昏地暗,见一猛虎,将公主尸灵拖入逝多林内而去。臣不敢不奏。"皇帝闻言,龙颜大喜,朕心合天心,不忠不孝,合应除灭。皇问曰:"何谓逝多林?"臣答之曰:"是一片荒山官地。凡有死尸,无人埋葬,尽拖于此处,予鸟餐兽食。"皇曰:"劳卿神力,解朕宽怀。"

凡情脱落圣意真,如金出矿月离云。

南无观世音菩萨!

休论庄皇心大喜,且说公主赴幽冥。

灵光透出归阴界,不顾幻体哪边存。

半阴半沉如梦去,知是何处甚乡村。

是何州县奴不识,思量眼泪落纷纷。

弟子若有修行分,虚空感应指途程。

发愿未了双流泪,哀哀恸哭告神明。

忽见童子多容貌,髻挽青螺两垂鬟。

手执幢幡来引路,公主一见问原因。

童子拱手深深拜,低头软语告知闻。

我是善部青童子,奉王敕命特来迎。

善人须用童子请,恶人贯满夜叉勾。

烦请公主归阴府,冥阳殿上见阴君。

公主见说,不觉失惊:"你是阴司之人,来我阳间则甚?"童子曰:"此处正是阴司。"公主曰:"我因何得到阴司?"童子答曰:"公主因不肯招亲,却被父皇绞死,故而到阴司。久闻公主大慈大悲,道风高超,三司启奏十王,喜见普传敕旨,特来迎请,不须惊怕!即使登程。"公主始知,命归泉路。

莫道生前无报应,谁知死后有分明。

南无观世音菩萨!

公主方知归阴府,恓惶两泪落如倾。

杳杳冥冥知何处,沉沉路远可伤情。

童子持幡前引路,自随童子往前行。

先过鬼门关一座,铁人见此也心酸。

阿鼻狱城高万丈,铁围幽暗绝光明。

三司案前无私曲,十八狱主没人情。

又见铁床铜柱狱,刀山剑树白如银。

镬汤炉炭惊人怕，寒冰锯解怕煞人。

业镜台前亲照出，丝毫罪犯不容情。

万劫死生谁动念，百年身世独伤神。

男女鬼囚无其数，号啼哭泣如鹅鸣。

思量地狱千般苦，谁人免堕不经临。

又到破钱山前过，枉死城中见尼僧。

埋怨叫屈来扯住，累及我们早亡身。

汝出三界先度我，与君两息别无因。

公主当时开言说，尼僧今且听原因。

自古有生还有死，只争来早与来迟。

若要不经阎王手，须是真空大定人。

善部童子引公主过破钱山、枉死域中，撞见数个尼僧，一把扯住高声叫言："我等被你连累，屈死堕此受苦无奈！"公主曰："我和你昔日无仇，今日无冤；生死限定，数到形崩，善恶果报还自受，于我何干？"尼僧曰："纵然如此，望师慈悲，救度超升！"

迷时冥冥有六趣，悟后空空无去来。

南无观世音菩萨！

回头便是西方路，只要当人愿力真。

公主当时频发愿，愿度尼僧出苦轮。

弟子若能成正果，十方诸佛降幽冥。

发宏愿已即感应，红白莲花开满城。

地藏菩萨开言问，善哉公主为何因。

公主礼拜时便答，低头合掌告慈尊。

多感我师亲降赴，酆都界内现金身。

惟愿尼僧离地狱，逍遥快乐往天庭。

公主发此愿已，忽见光明洞耀，百乐齐鸣。酆都界内，纯是红白莲花。阎王殿上，俱现五色祥光。尔时地藏菩萨坐摩尼宝座，放大白毫，照破地狱。夜叉拱手，狱卒叩头。公主殷勤作礼，白言："大师，弟子初出家时，所属之寺名曰白雀。因不顺父命，故来烧灭。惊死数个尼僧，是弟子之过也！望师慈悲，救度生方。"尔时地藏菩萨闻是语已，即时引领尼僧，速归净土。

回头便登菩提岸，不慎阴司铁面郎。

南无观世音菩萨！

地藏菩萨升空去，尼僧足下便生云。

此时公主加精进，便随童子往前行。

酆都化作逍遥境，地狱变成快乐宫。

十八狱主齐来接，三司案曲尽相迎。

公主移步登桥上，金钟玉磬一齐鸣。

桥畔孟婆迎茶果，三杯茶后越精神。

桥下罪人声叫苦，是何州县哪乡人。

监桥使者躬身答，尽是阳间作孽人。

富贵只道长在世，瞒心昧己害良民。

不信阴阳欺天罪,造孽如山罪不轻。

生前并无丝毫善,如今受苦悔无门。

死后别无功德力,未能得去见阴君。

公主亲登桥上观看,四面有时听得悲啼哭泣,有时听得百乐喧天,遂问童子曰:"何以哭乐之声?"童子答曰:"乐者,十王殿内之乐;哭者,奈何桥下之哭。"公主见说,玉手倚栏杆,慈眼观桥下,果见男女鬼囚,千千万万,乃发愿云:"度尽鬼囚,方证菩提。"作是念已,忽见五色莲花,开满桥下。罪人见已,合掌欢喜。便登彼岸,拜谢而去。

一超直入如来地,天堂地狱总无干。

南无观世音菩萨!

此是罪人超升去,奈何化作宝莲池。

监桥使者飞星奏,幽冥殿上说原因。

阳间有个庄皇女,名称妙善不凡人。

佛部差来游地府,愿力无边莫比论。

亲自游从桥上过,度尽河中孽罪人。

阎王见奏龙颜悦,宣传内苑出来迎。

公主慈光超阴界,铁围幽暗洞然明。

镬汤变成功德水,刀山化作百花林。

全仗公主慈光照,狱中罪人尽超升。

马面夜叉皆欢喜,牛头狱卒尽相迎。

有时听得歌吟者,有时听得乐声频。

未知此处何缘故,问言童子为何因。

童子躬身时便答,告言公主听原因。

歌吟鬼囚离苦趣,逍遥快乐往天庭。

面前便是阎王殿,阎王殿内乐声频。

公主见说心欢喜,将身经入正阳门。

公主与十王嫔妃同玩酆都,是诸夜叉尽化仙童玉女。一切地狱,皆成天堂圣境。十王大喜,请留供养,严洁道场,铺陈法座,闻经受戒,出离酆都。公主允请,登临宝座。教诸鬼众,齐赴法坛,清净三孽,听受五戒。五戒既受,永为佛子。汝等若能斋戒一日,胜积黄金三两,后受清福一年。再能转劝一人念佛者,胜造七层宝塔。是人命终之后,弥陀亲自接引,往生极乐。悟无生忍,我今普劝阴宰,总权冥府何日了,廉明治案几时休?平等法中,起自他想,觉性圆明,证无上道。是诸王官,闻法语已,敕下诸司,普放鬼囚,皆来闻法。

却来端坐阎王殿,有时独立妙高峰。

南无观世音菩萨!

此时公主登法座,闻经受戒得超升。

公主说法犹未了,殿前擂鼓两三通。

掌判阴官齐来奏,朝王八拜进言文。

自从公主升法座,救尽酆都众罪人。

勾来新鬼都放转,善恶沉埋不能分。

若留公主长在此,闲却三途地狱门。

公主在都酆界内,登座说法,听者无厌。忽然三途大臣、十八狱官共登幽冥殿上,启奏十王曰:"自从公主到此,不成阴府。诸般刑具,化作莲花。一切罪鬼,悉放超升。自古有天堂,则有地狱,善恶果报,理合昭然。若无地狱,谁肯修善?臣等不敢不奏,伏望我王,早送公主,速转还魂。"阎王准奏,便传敕旨,牒下诸司,送三公主转还人世。

阎王点头暗会道,夜叉开口便知机。

南无观世音菩萨!

阎王闻奏龙颜悦,宣召牒下急如云。

诸司曹官顿时到,幽冥殿上听原因。

阎王当时开言说,阴宰鬼判听分明。

阳间有个庄皇女,名称妙善不凡人。

发愿特来游地府,救尽三途众罪人。

十八狱官前来奏,莫留公主在幽冥。

公主在此三七日,尸灵未审哪边存。

寡人宣卿别无事,送出公主转还阳。

阎王曰:"寡人宣卿,并无别事,将那生死簿拿来看。"判官随即捧上文册,王乃逐一细看,果见公主名姓已在簿中,年至十九,合游地府。敕差殿前鬼判,速排銮驾,送三公主。各王嫔妃,同送公主。遇奈何桥畔,引至尸所,各回宫殿。

无限浮云风卷尽,一轮明月照乾坤。

南无观世音菩萨!

宣完公主游地府,再表还阳一段情。

阎王敕差排銮驾,一时起马便登程。

幢幡宝盖前引路,王妃王眷后随身。

马面牛头齐相送,夜叉狱卒两行迎。

送至奈何桥南岸,拜辞公主各回程。

公主此时归阳界,仙童仙女转幽冥。

公主上过金桥,往至前途,忽闻百鸟声频。又见大朱红门,顶天立地,关锁自开,轰声如雷。即时入魄还魂,犹如半天抛下。项带弓弦,一时挣断,如梦觉醒,方知自身,卧在林树下。仔细沉吟,竟不知是何方所?心中恐怖,意里恓惶,悲泪哽咽,两泪如珠,哀哀恸哭。

死中得活事非常,密用还君别有长。

南无观世音菩萨!

休说冥府阴司事,且说公主再还魂。

公主身卧林树下,转身移步骨酸疼。

抬头举目观四面,见皇宫殿见皇城。

发愿要出三界路,何期何日再还魂。

违条犯法甘心死,教奴哪里去安身。

无山可居行佛道,无林可隐办前程。

太白金星亲观见,星飞如箭下凡来。

九霄云内将身化,化作人间一老翁。

头戴一顶逍遥帽,身穿一领皂罗袍。

手执一条过头杖,胸中怀本百般经。

叉手近前开言问，少年娘子为何因。

公主将言时便答，先生今且听原因。

公主还魂，嘘谑之间，顾瞻四方，乃见父王京城宫殿，如雪上加霜，似苦中添苦。自恨天阔地窄，思量无处安身，心闷惆怅，烦恼恓惶，哽咽忧愁，两泪交流。往至前途，见一座山，方阔平正，欲登山上，忽见有一公公，立于岩畔，开言叫声："娘子何来？"公主对曰："奴欲在此，结庵修道，守过时光。"先生曰："妙哉！妙哉！娘子若在此山居住，小生与娘子常在于其中，经行及作卧，同气与连枝，且喜不求而自至，天生一段好姻缘。我今与你结成夫妇，合配阴阳，同修到老，岂不乐乎！"公主闻言便答："先生言不合理，焉可其语哉？男女有别，草木无双。修行若不断恩爱，淫心未除，纵然得悟，名为淫悟。虽然百千劫，终不成佛道。"先生含笑回言："吾非凡人也！乃是上天帝释。因见公主至此修行，本山原有恶龙一条，其形长大，臭不可闻，出入惊人，不堪修道。吾今指汝，福德之地，惟有本国惠州澄心县，山号香山，今古隐仙之所，左边狮子吼，右边象王声。旃檀峰顶，满目旃檀，紫竹林中，一概紫竹，不误公主安身养道。"公主见说，躬身下拜，问彼缘由。

独行独步无拘束，得见怀处且宽怀。

南无观世音菩萨！

多感帝释亲降驾，将身出现下凡庭。

果然有个名山所，从头逐一顾须闻。

先生拱手回言答，金枝玉叶听原因。

州号惠州澄心县，山号香山天下闻。

白云闲处名仙地，百花林内净无尘。

那方万姓更能善，并无半个不良人。

金宝在地无人拾，太平昼夜不关门。

无寒无暑常如此，有花有果永长春。

伏愿公主成正果，三界路上度众生。

公主见说心欢喜，不分昼夜便登程。

公主见说，心地朗然，再问先生："到彼有多少路程？"先生曰："路途非遥，只有三千余里。"公主曰："路程三千犹是，可腹中饥饿实难行，只恐力不自胜，在路延缓。"先生曰："吾有长生休粮丸，可用一服。"公主答言："止愿成道，不愿长生。"先生便向衣袖中取出仙桃一个，大如金瓜，送与公主。"此桃非是凡间之桃，是上界欢喜园中之桃。吃者四时无饥，八节不渴，行路身轻，又无寒暑。"公主拜谢，各行云程。

碧天皎皎无云障，清风朗朗月光新。

南无观世音菩萨！

先生回宫朝金阙，辞别公主往天庭。

渐渐升空登云去，看看公主也登程。

独行独步无人伴，过了一程又一程。

弓鞋三寸难移步，登山涉水独自行。

日间金乌为奴伴，夜间玉兔伴我身。

仰面看前前途远，回头顾后后无人。

在路行程多辛苦，磨破脚底痛伤心。

玉皇大帝亲观见，便传敕令赴雷霆。

先差九天游奕使，次牒香山土地神。

身变锦绣花斑虎，摇头摆尾出山林。

上天玉帝敕下香山土地、游奕使者服侍公主,往至前途。此时公主行路辛苦,身体懒倦欲坐。山下忽见一猛兽,怒目哮吼,惊天动地。仔细看之,乃是虎也！公主近前曰:"吾是不孝之女,曾入阴司,再得还魂。如今欲往香山,隐身修道,自叹宿缘浅薄,凡有所为,皆不称意。今遇汝,便将身济汝之饿,任从饱食。"虎乃闻声,蹲身如猿,便作人言:"吾乃香山土地,奉上帝敕差,拥护公主,不须惊怕,任便乘骑。"公主闻言,朝天拜谢,随即坐虎背,合眼须臾,便到香山悬崖洞中。乃见群虎数千,咬木衔石,遮盖四围。山神土地,卫护八方。猿猴献果,百鸟含花。龙象恭随,神鬼钦奉。人天交接,两得相见。自此公主,逍遥自在,对境心空,闻声悟道。正是:青松带露,尽是真如;白云载月,无非般若。往来者,皆是诸佛菩萨;参礼者,悉是罗汉圣僧。乌飞兔走,不觉已经九载矣！

　　幻壳脱出如如在,方知不涉死生关。

　　南无观世音菩萨！

　　公主高隐香山上,洞中春色异人间。

　　处处树木开花接,闪闪岩石吐香迎。

　　无数戒神常拥护,天龙八部尽随参。

　　仙童仙女从天降,献花献果下云层。

　　六方六佛为眷属,千贤万圣作四邻。

　　菩萨圣僧常为伴,云游四海往来亲。

　　花红柳绿经九载,道风高布十方闻。

　　白雀寺中消息断,未知何日再相逢。

公主初登香山,静坐岩室中,一尘不挂,深入禅定,不求诸圣,不昧己灵,不以圣凡情解而起分别,不以善恶境界而生爱厌。但屏一心,默默体究,自性相源,念兹在兹,便得全身轻安,睡魔无侵。偶闻猿啼谷鸣,神识自在,廓然顿脱,心法双忘,名曰:观世音。始识有相,身中无相,回光返照证圆通。公主曰:"不是白雀寺中之因,焉有今日成正之果！举心动念,天地皆知。"

　　不因这番亲踏着,沉埋优钵一枝花。

　　南无观世音菩萨！

　　公主方起心思忖,白雀土地便知闻。

　　庄皇己曾生恶意,放火焚烧灭寺门。

　　伽蓝兴云升上界,三天门下进言文。

　　独奏庄皇前情事,叩头伏地诉原因。

　　三界上帝闻说奏,整冠扶带笑声频。

　　便差值日天使者,传令符命普天闻。

　　玉皇上帝开言说,满天真宰顾知闻。

　　凡间有个兴林主,疯狂颠倒不知因。

　　毁佛灭法除僧道,合应监察召天神。

　　三十三天都发怒,并无一个肯容情。

玉帝符命,普召九天,共议庄皇无道,削除三宝,犯罪不可轻恕,敕差瘟部行病使者,送病与妙庄皇,患生迦魔罗疾,折福现受报。瘟部钦旨,不敢久停,风马云车,竟往人间。正是福缘善庆,祸因恶积,天网恢恢,报应甚速。

　　善恶到头终有报,只争来早与来迟。

　　南无观世音菩萨！

昊天上帝亲纳奏,天曹六部共评论。

可怪庄皇无道理,焚烧寺院灭三尊。

生当坐罪迦魔疾,死后永堕铁围城。

捉住庄皇鞭三百,通身乱打莫容情。

先付酸痛寒热病,次将恶疾裹缠身。

速差五瘟归下界,奉天敕命急如云。

乘云驾雾来送病,兴林皇帝未知因。

此时庄皇升金殿,瘟神见了自评论。

庄皇生得非常相,威容挺直势如龙。

晓月残星光未隐,一时转变病临身。

日日带病登金殿,文武朝臣尽吃惊。

通身皮肉流烂落,满宫臭气不堪闻。

古往今来无此恙,任凭诸方病转增。

此时瘟神归天界,庄皇病苦永缠身。

庄皇初病,来时浑身寒热,头目沉重,百骨酸疼。后来皮风燥痒,遍身迸裂,脓流血淋,臭气远彻。满宫恐惧,个个呕恶,人人翻吐。嫔妃彩女,尽皆推托,不肯侍奉。公主驸马,掩鼻远行,怕见近前。正是问卜求神神不灵,祭祖服药药不效。单有皇后,时时不离床枕,有力无用。皇乃每日带病登殿。看看全身糜烂,未经一月,手拳脚曲,满头生疮,眉须堕落,皮肉生虫,攒溃肉痛,耳塞鼻塌,眼突牙蛀,唇露舌大,指节寸断。平天冠引青蝇,衮龙袍花斑烂。宝简玉带染脓浆,云头履鞋,盛血靥面。御体看看尪残,病患时时沉重。痒时痒疼骨髓,痛时痛拔肝肠。自此万般不喜。金銮宝殿犹如牢狱,羊羔美酒怪如粪土,锦绣龙袍怪如枷锁,百般细乐犹如啼哭,象牙龙床怪如刀剑,宫妃彩女怪如蛇虎。一日一夜,如过千年。狂惶号哭,惊天动地。眼耳鼻口,脓血交流。动转艰难,痛不可忍。方才不能升殿,未知宿何冤业,至受斯恙。观此病症,实可忧惧。传令出榜,遍召天下名医。能医此病者,任意升赏。此时,香山公主佛眼观见,脱却幻躯,现真法身。碧罗仙洞,驾云而出。观世间音,寻声救苦。

特地讨场烦恼道,知恩者少负恩多。

南无观世音菩萨!

皇帝出榜朝门挂,香山公主便知闻。

脱却幻躯将身现,化作人间一老僧。

头戴一顶破僧帽,身穿一领袖道袍。

满面生疮令人怕,背包拄杖出山林。

霎时便到皇城内,揭皇金榜奏原因。

老僧能医天子病,不劳一服病除根。

把门官军呵呵笑,好笑颠僧患在身。

自脸生疮不能治,有药何不医自身。

天下名医无其数,除灭多少有名人。

看你不是高妙手,吞天大胆入宫门。

好好挂还金榜去,免伤性命见阴君。

国法严令无面目,不管僧道及俗人。

和尚近前开言说,相公诸位听原因。

四百四病人人有,般般病症有原根。

有方无药难可治,无方有药可评论。

贫僧若无如此药,缘何敢入大朝门。

布袋包珠人不识,锦囊盛糠要赚人。

且说今时休说古,权与山僧奏圣君。

守门官军呵呵大笑曰:"这厮颠僧,不知在哪里撞将来?正是乃不知死活的汉子!朝廷国家不是你玩耍的所在。"道言未了,便叫长老:"你且来!古人云:'僧来看佛面。'我和你好好说,本国多少翰林学士,高手医官,尚且医皇不效。好笑你自家脸上烂疮尚不能治,何以救人?我想你是一个泼皮和尚,显见只来讨死!好好挂还金榜,速急便走。等些时节,将军拿住,你命难饶。"僧人叹曰:"诸位相公,何故吓人?老僧自幼出家,周游七十二国。但有缠身恶病,及死尸骷髅,不劳灵丹,一服病除根本,骷髅再活。上国爷爷虽染这些病症,各有来由。莫笑话,贫僧面疮,有方无药。君王染症,有药无方。"上直官军曰:"这和尚说得十分有理!"星飞启奏,引见君王。

水向石边流出冷,风从花里过来香。

南无观世音菩萨!

上直将军归大内,金銮殿上奏明君。

八拜叩头呼万岁,直言奏上帝皇闻。

外邦有个禅和子,身长丈六不常人。

肩拖六环金锡杖,体挂如来福田衣。

口诵梵音无人识,百般摩尼手内轮。

杖悬药包葫芦子,声音扑鼻满皇城。

头面生疮难猜测,好言好语可中听。

道言能治诸般病,惯游湖海有名人。

他在外国来见圣,朝门揭榜进朝廷。

未敢擅自登金殿,预先启奏我皇闻。

皇帝闻奏龙颜悦,拿拳拱手谢朝臣。

敢是圣僧来救朕,高圣大赏不忘恩。

时乃上直将军请旨定夺,钦准进朝。皇帝一见大喜:"请问和尚,受业何处?"答曰:"臣僧得业乐邦,行道几载。乍入丛林,方得九载。""令师何人?""臣僧本师号为悉恒多。""汝师何讳?""臣僧贱名普恒罗。""汝医何人传授?""臣曾见药王上。"皇又问曰:"朕今染病,可医治否?""臣僧能医,合应察脉,看病行医。"皇乃便赐绣墩。僧人坐下良久云:"察脉便知,不须忧虑。"

四病出体三身显,心花开敷万法明。

南无观世音菩萨!

须知苦乐原同体,祸福由来总在人。

皇帝见奏龙颜悦,安排筵宴待僧人。

医得寡人身安健,金银玉钵谢师恩。

山僧躬身时便答,先须察脉便知因。

皇舒龙臂僧诊脉,察此病症不非轻。

我皇若要龙躯健,三般妙药病除根。

君王见奏心大喜,高僧快说我知闻。

和尚当时回言答,我皇圣耳听原因。

自古药医不死病,从来佛度有缘人。

此药街坊无处买,诸处有铺未曾闻。

须用不嗔人手眼,合用灵丹病除根。

庄王见奏龙颜怒,喝骂如雷左右听。

与你黄金千万两,谁肯将刀割自身。

痛痒一般皆爱惜,除非木石不生嗔。

喝令左右拿斩了,沿街碎剐示众人。

妖言煽惑无条赦,欺君诳国罪非轻。

皇帝见奏,面如铁色,眼如火箭,气如烟云,喝骂如雷,把拿颠僧及引进官员,一概与他,照样凌迟!从古至今,且如最苦之人,百病缠身,衣不蔽形,食不充口,倒卧街巷。下贱乞儿,尚且爱惜身命,问他肯舍手眼,不生嗔恨否?僧乃含笑奏曰:"龙躯少安,万事容耐。臣僧苦受具戒,效古佛行化。一言半句,必有来由。若无如此之人,焉敢启奏朝廷?"皇曰:"此人住何州县?姓甚名谁?朕当钦召殿前,问他肯舍手眼否?如不情愿,怎生是好?"僧乃笑曰:"终不然是个无手眼的人来见天子。"

解得一些转身力,头头物物本自然。

南无观世音菩萨!

山僧躬身时便奏,我皇息怒听原因。

今有不嗔人现在,香山守道数年春。

此人忍辱无恨嗔,常生欢喜不生嗔。

皇帝见奏龙颜喜,擎拳拱手谢僧人。

朕今若得身安健,黄金殿上报师恩。

此去香山多少路,用何财宝与他人。

山僧拱手时便答,他重修行不重金。

只用旃檀香一盒,庵前礼拜告仙人。

皇曰:"果有此人,未可全信。"着令力士将军带在门下,谨防左右,听旨定夺。问他此去香山,多少路程?僧曰:"此去香山,约有三千余里。不劳铺马,登程便到。彼处州号惠州澄心县,山号香山,自有仙人居山。此人心坚如铁石,世间金银所不欲,不贪名利,永绝尘缘。能舍幻躯,如脱垢衣。伏望我皇,差一官僚,须用敕文一道,宝香一盒,竟往求告,那仙自然喜舍。"皇帝闻奏大悦,便差刘钦星飞而去。

肯信接木便生花,多少聪明未到家。

南无观世音菩萨!

皇帝敕差刘钦日,寡人染症不非轻。

幸有僧人来救朕,奇方妙药有处寻。

须用不嗔人手眼,和合灵丹救寡人。

劳卿与朕香山去,专求手眼叩仙人。

刘钦蒙旨如箭急,不敢推辞论苦辛。

叩头退朝星飞去,扬鞭上马便登程。

途中完事都莫说,且说香山紫竹林。

山中百花开如锦,频伽鹦鹉斗声频。

万圣千贤常聚会,谈玄讲教别无因。

刘钦直入庵中去,仙人端坐不移身。

刘钦一见心欢喜,朝袍挂体把香焚。

胡跪高声宣敕旨,大仙今且听原因。

"圣旨:朕闻大仙,久隐幽谷。道风高超,名布乾坤。天人钦仰,凡圣交参。慈愍四生,爱如赤子。病君建立兴林大国,四十五载,天下和平,与民同乐,未知有何冤业,忽染一恙,任点诸方,并无寸效。今遇僧人拨点药材,合用不嗔人手眼,方能成就。伏望大仙大喜大舍。朕若病痊,不忘报德。故敕!"

剜割如常秋风至,无意凉人人自凉。

南无观世音菩萨!

刘钦开宣皇敕旨,双手高抬向顶门。

伏祈仙人生慈愍,施臣灵丹转朝廷。

仙人闻敕容颜喜,庄皇染病不须忧。

五百世来为忍辱,不生怨恨不生嗔。

任从将军来割去,只愿君王病离身。

刘钦叩头便下手,拔出青锋白如银。

此时仙人闻言,便许将左边手眼奉献君王。刘钦蒙许,不免动刀而割。初下手时,鲜血迸流,后乃如割旃檀,寸寸是香。就将手眼金盒盛贮,拜辞仙人,径直回京。

这番声价弗依俙,黄金殿上更有谁?

南无观世音菩萨!

刘钦取得仙人药,不劳多日便回京。

顿时直入皇宫内,君王一见问来因。

刘钦躬身时便奏,我皇圣耳愿知闻。

臣今取得仙人药,果然欢喜不生嗔。

便请和尚来合药,霎时圆成献明君。

君王服药经一宿,龙躯半效半缠身。

左边完全如旧日,右边不减半毫分。

皇帝请问高僧曰,缘何朕患不除根。

山僧当时因言答,不是僧人不志诚。

一边手眼一边效,全身手眼效全身。

我皇若要全身效,除非再去叩仙人。

庄皇见说龙颜喜,便传敕旨召刘钦。

刘钦再蒙君王召,拜辞皇帝出朝门。

快马如飞登程去,山高路远不辞辛。

看看去到香山上,神仙圣境永长春。

隔林遥观相将近,刘钦一见喜精神。

下马捧敕归庵内,焚香明烛表凡情。

八拜叩头开敕旨,高声宣读向仙人。

"圣旨:朕蒙大仙喜舍左边手眼,左边病效。今以右边,不减分毫。朕今负罪,不免再叩大慈悲念。朕若病痊,处处建兰若,家家立真像。独尊大法,流传于世。本国及他邦,年年进香灯,岁岁供花果。伏望大仙,大喜大舍。故敕!"

有水能含秋夜月,无山不带夕阳云。

南无观世音菩萨!

刘钦宣敕方才罢,朝仙八拜告仙人。

愿师慈悲亲悯鉴,我皇终不负师恩。

仙人闻言微微笑,将军不必苦多吟。

全身舍命浑不顾,只顾我皇病除根。

仙人曰:"右边手眼,再献君王。缠身恶疾,速使消除。上祝皇帝身如药树,万病无侵,永镇山河,不老长生。"刘钦蒙许,不免动刀而割,便将手眼锦袱包藏,如云势转。

寂照双忘观自在,返本归源证圆通。

南无观世音菩萨!

刘钦取得仙人药,叩头百拜出庵门。

飞鞭上马如放箭,上山落岭势如龙。

在路风霜都休说,远观相近帝皇城。

马倦人困天色晚,权且宫驿暂安身。

坐等五更归宫内,朝袍官带进朝门。

便将手眼亲奉上,双手擎抬说事因。

仙人喜舍传祝赞,愿皇病患永除根。

镇掌乾坤长不老,如天帝释坐龙廷。

皇帝见臣所奏,呵呵大笑曰:"天生这个好人!"又见其手眼,擎拳合掌,朝空拜谢,着令光禄寺,茶饭好生看待。刘钦便宣和尚合药,僧乃就将手眼金盒盛贮,捧入内宫,与皇后嫔妃,其观一面,且看如何。

移下一天星斗月,荷风摆动锦山川。

南无观世音菩萨!

捧入宫内昭阳殿,叩头献上正宫人。

皇后仔细亲自看,见仙手眼甚分明。

仙人手有千轮相,三十二相罕曾闻。

不见手眼由是可,因见相像痛伤情。

我儿手有千轮相,手眼都来像十分。

妙善未知归何处,除非梦里得相逢。

皇后哭得肝肠断,哭声噎死在宫门。

阖宫眷属皆下泪,送仙手眼出宫门。

休说皇后声哭死,且听回来奏明君。

僧人合药亲进上,病源药对便身轻。

皇帝服药经一宿,遍身病患尽除根。

此时皇帝龙躯健,太平金榜挂朝门。

丹樨诏告宣敕谕,寡人得命再还魂。

天赐圣僧来救朕,是朕前生宿世亲。

独宣刘钦加官职,封侯拜将不非轻。

多赏金银并宝贝,锦衣玉带号忠臣。

满朝朝官增俸禄,大赦洪恩放罪人。

敕传天下诸州郡，尽持斋戒诵经文。

拜请医师登金殿，九龙床上礼师尊。

多感国师亲降驾，聊表今朝朕虔诚。

皇帝与朝臣共议："朕今得命非常，乃是死中再活，似寒灰发焰，如枯木生花。天差天医，感恩匪浅，是朕宿世父母也！朕当诏告天下，大赦罪人。权且正殿为讲堂，暂把龙床为法座，铺设道场，敕赐和尚，号曰大宝法王镇国禅师。皇天之下，一人之上。文武两班，礼为帝师。"和尚曰："臣僧不愿如此，可念香山仙人割舍手眼，若有报恩之念，亲诣香山，面谢一回。"和尚言已，升空而去。

莺啼鹤鸣鸾凤舞，个中能有几人知。

南无观世音菩萨！

和尚飞锡腾空去，空中传语国明君。

脱苦身轻休忘苦，得恩惠处要记恩。

吾是普门观自在，特来救汝病除根。

从此真心行圣道，莫使灵真染色尘。

乾坤尚有更变动，浮沤尘世岂长存。

修罗方嗔天正乐，鬼神愁苦鸟怀悲。

惟有人伦堪作佛，奉劝君王及早修。

越圣超凡成正果，清风明月得自由。

妙庄皇帝亲闻此语，望空百拜叩头，转步随即登殿，宣传敕下，集诸大臣，并诸眷属，普令速持斋戒，清净身心，内外俱洁，各持香花，共乘象驾，即使登程，竟行香山，面谢大仙，报德一回。

心定亲登华藏界，脱魔罗网出沉沦。

南无观世音菩萨！

皇帝敕传排銮驾，龙亭象驾百千层。

后妃公主并驸马，各宫眷属众皇亲。

四相九卿随圣驾，一时起马便登程。

方出皇城离金殿，敕文早到惠州城。

惠州文武来朝见，朝袍官带出来迎。

庄皇遥观香山近，青松翠竹满山林。

山清水秀无心看，停兵歇驾出龙廷。

举步亲登香山上，低头竟入草庵中。

手捧宝香高承上，躬身百拜祝香文。

叩头跪地称有罪，寡人得命感仙恩。

这番功效非可小，犹如枯木再逢春。

为此合朝来酬谢，愿师鉴纳表愚情。

妙庄皇帝亲临惠州澄心县，乃观香山，二十里之遥，远见紫云锁碧岫，花雨降青天，千峰老岳秀，万嶂不知秋。皇乃扎下銮驾，与诸宫眷，步往登山。只见旃檀峰顶，紫竹林中，果有草庵一所。便令百乐齐鸣，果品珍馐，抬至山前。各持香花，拜至仙所。皇乃顶金冠，执玉简，挂龙袍，到炉前三上香，稽首百拜，跪地曰："朕今先焚宝香，后供清斋，聊表寸忱。愿赐慈悲，伏垂洞鉴。"尔时仙人端坐岩上，寂然无言。

万山不隔今宵月，一片清光分外明。

南无观世音菩萨！

皇帝仰观仙人面，仙人端坐不抬身。

手眼舍却形躯别，庄皇难识骨肉亲。

满面血尘无手眼，不言不语实难论。

皇帝当时开金口，告言仙姑听原因。

朕因自身生病患，可怜仙姑损伤身。

粉骨碎身恩难报，救得残君草命存。

特办香斋来供养，合朝面谢大仙恩。

思量别无酬大德，一炷心香表凡情。

皇曰："朕是山河大地之主，一国万姓之皇。感大仙之德，远来面谢。缘何无声寂？"皇乃惭颜而退，再令皇后宫眷，拜问仙人。且看如何？

凛凛威光混太虚，天上人间总不如。

南无观世音菩萨！

皇后便入庵中去，合宫官眷后随身。

点烛光耀照山谷，焚香烟升结云亭。

拜罢近前亲观看，仙人满面血和尘。

两眼乌珠都别去，又无双手见刀痕。

皇后便使香汤浴，香汤沐浴认虚真。

再三仔细心思忖，如同妙善我儿身。

皇后哭得肝肠断，一声哭死再还魂。

我儿离别经九载，阿娘眼泪未曾干。

几番梦中寻妙善，哭声惊动六宫人。

日间不餐夜不睡，愁忧成病没精神。

在宫不敢高声哭，父皇闻知怒生嗔。

千般快乐浑不喜，一心思忆我儿身。

若是我儿休藏隐，依实说与母亲闻。

此时仙人因言答，告言慈母听知闻。

奴思养育恩难报，出家学道为双亲。

若不是娘亲生女，谁肯将刀割自身。

忍痛受苦都不论，一心要救父皇身。

皇后是奴亲生母，天教与娘再相逢。

欲要捧娘无了手，举目抬头少眼睛。

皇后听得哀哀哭，一声哭死在山中。

合宫满朝齐下泪，哀声高震上天闻。

庄皇见说心胆碎，振头扼耳失精神。

弹指叫屈方懊悔，这场惶恐羞煞人。

自恨当初无先见，有眼何曾识好人。

空掌山河为帝主，枉做君王号圣人。

朕若早知灯是火，回光返照出苦轮。

皇曰："好个香山境，花开满地锦。山树添翠色，古洞白云深。山境如此，朕未终信。"当与朝臣曰："那时妙善弓弦绞死,被虎拖去,并无形踪。焉有她在?"朝臣奏曰:"善恶无报,乾坤有私。这仙人正是公主。"
皇曰:"既是妙善,上天感应。令她再生手眼,端严如旧。"

依然不会空惆怅,说尽山云海自清。

南无观世音菩萨!

妙庄皇帝亲下拜,叩头拱手诉原因。

果然是朕亲生女,皇天不负孝心人。

再生手眼如旧日,朕舍声名做道人。

百般道言由未了,忽然平地起青云。

须臾云开红日现,青光明亮境和春。

仙人端然如花绽,殿前二九貌重新。

骨肉相逢哀哀哭,衷肠诉向父娘闻。

天上有星皆拱北,人间无水不朝东。

万古有天能盖地,当然子孝奉双亲。

奴因生死事最大,抛离父娘去修真。

若不割爱离父母,万劫千生道不成。

无挂无碍平等理,忘人忘法了脱身。

此时仙人身如净琉璃,内现真金像。时乃云收风静,峥光耀目,忽然仙人容貌端严,胜前二九。所谓:
昭昭乎天日在上,荡荡乎佛祖有灵。奉教之者,可不惧乎!

亲证无为观自在,放去收来总自然。

南无观世音菩萨!

仙人果证无生道,乾坤草木尽沾恩。

释梵诸天皆欢喜,万圣千贤贺太平。

菩萨掀开龙宫藏,阐扬妙法露真情。

严父婆伽六十八,卯年卯月卯时辰。

慈母正宫名宝德,算来天寿父同春。

奴奴妙善二十八,二月十九巳时辰。

为因宫中无太子,特来报答父娘恩。

普愿回心行正道,无常不怕国皇亲。

今得人身非容易,失却人身何处寻。

千生万劫难遭遇,降驾草庵宿有因。

生死大事非小可,光阴能几莫朦胧。

得到宝山须采宝,莫教空去再来难。

皇后问女儿曰:"汝到阴司,再得还魂。地府之事,细说来因。只见人死千千万万,哪有再生以得还魂
者?"仙人闻言即时便答。

佛法若无如此验,宗风哪得到如今。

南无观世音菩萨!

奴入阴司如梦去,黄泉路上杳冥冥。

童子持幡前引路,奴随童子往前行。

又见狱卒排銮驾,牛头马面两行迎。

直入冥阳阎王殿,十王王眷出来迎。

三途化作逍遥境,五色祥云满幽冥。

旧受罪鬼都放转,新到新魂尽赦宥。

掌判阴司官启奏,便送奴奴转还魂。

回到逝多林树下,山神土地护尸灵。

肉身不坏常坚固,灵明复入旧躯身。

此时还魂如梦醒,弓弦挣断骨酸疼。

记昔开言问二姊,贤哉姊姊听原因。

称夸孝顺招驸马,如何不舍手眼睛。

难中不报非孝子,辜负双亲养育恩。

世上名为号公主,阴司地府未知闻。

鬼王鬼使无面目,判官判笔没人情。

不问王妃并公主,不识皇亲并国戚。

生前不入莲社会,死后焉得免沉沦。

若人欲免轮回苦,一心只管念佛陀。

仙人曰:"自古佛法,付于国皇大臣,普济群生。悟佛知见,代代相承。儿检古典,阐提深入,无如父者。智无洞彻之照,行无高下之节。酷刑尽法,损害无止。但取自乐,不念他苦。下民易虐,上天难欺。患病临身,悔无所补。"父王闻言,两泪如珠,开口吐气,一言闭之。

玉藏楚石谁人识,剖出方能见宝珍。

南无观世音菩萨!

仙人当时开言问,父皇圣耳听原因。

道言龙躯常安健,原来也有病临身。

见儿修心千般难,重行严令斩奴身。

比想那时今何在,焉能与父再相逢。

文才武德称忠孝,恶病临身枉有亲。

驸马代得无常路,帝皇不死永长存。

死患一节无躲避,贫富贵贱赴幽冥。

独行此苦无人代,将何功行免罪轻?

人恶人怕天不怕,人善人欺天不欺。

父皇被问眸看地,两行珠泪落淋淋。

贤哉故事休提起,朕今与汝共修真。

自恨当初无先见,今日方觉悔无门。

妙庄皇帝告白仙曰:"朕思那日,羞惭之至。情知坐罪,悔无高明远见之亮,如云掩太阳,一旦昏迷。今见大贤,实无隔宿之仇,乃有报恩之德。愿恕罪名!纳父出家,入与此山,思惟佛道,尽显法门浩荡,普度一切众生!"

此身不向今生度,更向何处度此身。

南无观世音菩萨!

妙庄皇帝方醒悟,退位让国愿修行。

万荣宫殿齐割舍,千般富贵永埋沉。

宫妃眷属回心转,持净戒行出红尘。

金冠玉带皆归火,滚龙袍简化灰尘。

登坛受戒为佛子,学做香山老道人。

天散迷云三光朗,人证凡心即佛心。

合国朝臣同行道,大圆满觉鉴凡情。

摄受三根归净土,直教万派尽朝宗。

尔时十方诸佛,现宝玉华座,出微妙音,赞言:"善哉!善哉!大皇宿福深厚,舍一女出家,九族升天。再能退位让国,降临草庵,现世即人皇,当来成佛道。"妙庄皇帝,蒙佛授记,心生欢喜。乃作一偈和佛至止,鸣尺偈云:

菩萨慈悲降凡廷,皇宫内苑长生身。

普劝佛子依此样,果然学道不亏人。

庄皇说此偈,已隐山修道二十余年。春秋八十有九,预知时至,告众去世。遂作一偈:

金銮退位入真空,清虚寂寞彻底穷。

只有一具无名壳,散场付于丙丁翁。

休说庄皇归净土,且说现在观世音。功成行满,蒙佛授记,遂感大千世界,六种震动。天垂宝盖,地涌金莲。十方诸佛菩萨,圣僧释梵,诸天龙神八部,尽赴香山,乃作一偈:

大喜大舍大慈悲,打皇宫内没人知。

刹那转凡心成佛,森罗万众放光辉。

香山会上,有一月盖长者,领五百人俱至于座前,拜跪问曰:"云何外道?云何正道?愿师慈悲,开示盲迷。"作是念已,胡跪合掌,目不暂舍,一心渴仰。尔时仙人告四众言:"汝以好心来辩,岂得不说?外道者,心外求佛,观顶着相。眉鼻见光,认空执有于色身内,有甚奇特?修无漏,断红白,采阴助阳,做作十地工夫,知吉凶神事,暗传妙法,立重誓愿,兀坐守空,自知生死,路头印号合,同位登上品。游好境界,见一切相,不许外人知之,自称得道,自立教门,作法休粮,显异惑众,欺罔贤圣,此乃尽是外道也。譬如猿猴,联臂攀树悬崖,下水捉月,徒劳心力,到底成空。若是正因正见之人,总不如此。"以偈答曰:

欲达如来真净界,当净身心如虚空。

莫学出神修炼法,始觉从前错用功。

尔时仙人告诸后贤:"吾于过去无量劫中,宝藏佛时,净音皇宫,曾作第一太子,出家行道,至今身心不倦,头头救拔,随类化身。今国皇者,乃吾宿世檀越;妙书、妙音,乃是他生良友,及余眷属群臣,悉是助缘信施。前生曾结善缘,以致世世相随。"乃作一偈:

无量光中净观音,特来此土度群生。

久隐普陀人罕识,唐朝显露始开明。

此时仙人,方称观世音菩萨。自然体挂璎珞,头戴珠冠,手提净瓶绿柳,足踏千叶金莲,顶放白毫相光,遍照沙界。是诸大众,齐白佛言:"请问世尊香山仙人,本行因地,令诸信乐,云何受持?"遂答一偈:

此卷因缘不依稀,万圣千贤尽受持。

抽钉拔楔除云障,一性圆明等太虚。

尔时世尊告四众言:"汝今谛听,当与汝说。本山仙者,乃古佛正法明如来。于诸佛中,慈悲第一。悯诸众生,出现凡世,假入轮回,化令同事,能舍身心,救拔迷人,归于净土。舍双眼今得千眼报,舍双手今得千手报,号曰:千手千眼,大慈大悲,救苦救难,广大灵感,如来,应供,正遍知,明行足,善逝,世间解,无上士,调御丈夫,天人师,佛,世尊,即观世音菩萨。十号也!"而说偈曰:

观音慈父受魔冤,流通大教世间传。

莫道女身不成佛,功成行满证金仙。

南无观世音菩萨! 此偈八句,和佛收功。

此卷因缘说已全,古镜重明照大千。

信得及者成正觉,不成佛果也成仙。

观音慈父本行经,普滋大地众群情。

见闻解义知端的,此事功圆贺太平。

卷终。诵大悲咒一遍,举后四句击磬朗诵。

宣卷功德殊胜行,无边胜福皆回向。

普愿沉溺诸众生,速往无量光佛刹。　再能为众心者,跪诵佛,各忏悔。文毕,领众念佛一堂,终。

香山宝卷全宣完,善财童子十三参。

并步上云端九耀,回銮赐福保平安。

香山宝卷宣圆满,人也欢来佛也欢。

人欢佛喜天吉庆,斋主念佛保平安。

阎王宝卷

阎王经卷乍展开,诸佛菩萨降临来。

世间善恶分明记,天堂地狱两安排。

但愿世人齐改过,酆都化作白莲台。

逢人劝说同归善,宣来延寿更消灾。

宋时有个大忠臣岳夫子,精忠报国,十大功劳,被奸臣秦桧听了长舌妇人之话,假传圣旨,在风波亭上,父子遇害,尽忠而亡。当时,有个秀士,姓胡名迪,心怀不平,特到天齐庙拈香,问菩萨天道何存。直至阎王殿,大骂善恶无报,受香烟不管事,将神像打坏,霎时间昏迷跌倒在地。本庙老道着人将胡迪送回家内,人事不知,魂归地府,鬼役引至东岳府青华殿,廊下站立。只见十殿阎王个个执笏上奏:"神等窃见,功曹记录,判官考对,近世人民,罪恶滔天,日积月累,至死不悟,堕落地狱,情实堪怜,此诸罪囚,作何解免?"圣帝闻奏,叹曰:"善哉善哉! 尔等阎王,悯诸末世,沉渝苦海,正合我心,准其改悔前非,立功赎罪。"十殿阎王又奏:"岳忠臣父子被秦桧夫妻所害,狂生胡迪怒骂神等,善恶无报,请旨施行。"

圣帝曰:"此人有过目之才,后来位列三台,念他心存忠义,令他至各殿各狱,看善恶分明。岳家父子,上升天堂,秦桧夫妻,堕入地狱。游过地府之后,送他还阳,明告世人,将功赎罪。"十殿阎王,奉命而退,齐归本殿,遵照施行,命鬼役引胡迪游观地府,自一殿至十殿,善恶昭彰,惊心触目。

第一殿,秦广王,二月初一日圣诞,专司人间寿夭生死,统管幽冥吉凶。善人寿终,接引超升,功过两平者,男转女,女变男,往生世界。恶人到此,押赴殿右高台,一望名曰孽镜台,照见在世之心好歹,方知万两黄金带不来,一生唯有孽随身。再上望乡台一看。

金玉盈箱,都非我有。

妻儿满目,尽属途人。

望乡台畔尚思家,月惨风凄冥路斜。

唯有纸钱无处使,都缘一点念头差。

　　秦广王升殿，见有作恶鬼魂，拍案大怒："你们在阳世不忠不孝、无义无仁、怨天恨地、骂雨呵风、奸盗邪淫、损人利己等事，该当何罪？速发各殿地狱受苦。"内中有个姓李名山，年方三十岁，说坏话，做坏事，不计其数，伶牙俐齿，口能舌辩，大叫："王爷！小人在世，迷糊一时之错，犯了些罪过，放我们还阳，改恶从善，劝劝愚人，做些好事，赎赎罪过，再来求王爷，开恩慈悲。"王曰："可惜迟了、迟了。"李山曰："阴间理不通，不教而诛，不通音信，一勾就走，死不甘心。"阎王听说这个王八，怪他不通音信，不教而诛，曰："那你可记得，十八岁病有一月，二十五岁吐血两盆，病好了依旧糊行；二十八岁眼目生病，皆系送信。上年江西南昌府，二十里内，雷击七人，一为逆子，一为逆媳，一为弃字入秽，一为弃粒入坑，一为谋财害命，一为鞋底衬字纸，一为强抢寡妇，背上均有字写明，天之示警如此，何为不教而诛？死囚利嘴强辩，掌嘴一百，敲牙割舌，打入地狱。"

　　第一殿，秦广王，专司善恶。不论贫，不论富，总要修身。
　　敬天地，礼神明，皇恩先报。完国课，遵王法，做个良民。
　　孝父母，和兄弟，为人根本。学礼仪，惜廉耻，自爱名声。
　　敬字纸，惜五谷，自修福寿。少杀生，持斋戒，上合天心。
　　作孽多，行坏事，必定促寿。赴阴曹，归地府，一一分清。
　　善与恶，孽镜台，明明朗朗。做一件，见一见，遮掩谁能。
　　行善的，判生方，超升有路。作恶的，锁将去，拷打加刑。
　　执法的，判断来，无情铁面。有银钱，无处用，嘱托何能。
　　上刀山，下火海，开膛剖腹。到此时，哀哀哭，懊悔伤心。
　　不信的，总说道，无人看见。早知道，有此苦，早早回心。
　　世间人，看得空，修行及早。不要到，阎王殿，哀告求情。
　　发虔诚，诵经文，愿成正觉。免轮回，超苦海，只在明心。
　　铁面阎罗不徇情，锉烧碓磨实难禁。
　　试从孽镜台边看，地狱何曾见好人。
　　日夜无期只认真，略差些子便相争。
　　谁知一赴黄泉路，悔把恩仇抵死分。

　　第二殿，楚江王，三月初一日圣诞，司掌剥衣亭，寒水地狱。一日王升殿，见有无数鬼魂在阳间谋财害命，白日劫抢，黑夜偷窃，替人寄银信，假说遗失，逞口才，搬是非，弄假成真，令人争斗，报自己私仇；贪口腹，杀生害命，淫奸妇女，失节败名等辈。王即大怒："你们在阳世做的好事！发入寒水地狱受苦。"

　　第二殿，楚江王，阴司判案。剥衣亭，寒水狱，受罪难名。
　　作此孽，受此罪，一毫不错。最可恶，万恶首，起意淫邪。
　　损阴德，败名声，十分罪孽。你也有，妻和女，将心比心。
　　你也有，姊和妹，扪心自问。你也望，保清洁，不辱家门。
　　你只贪，片刻欢，一时快乐。忘却了，善恶报，如影随形。
　　削名利，减寿算，丝毫不爽。到阴司，查善恶，历历分明。
　　再问那，作恶人，谋财抢劫。你可知，做盗贼，性命难存。
　　还有的，说戏话，伶牙俐齿。说是非，谈人短，弄假成真。
　　有一等，好杀生，贪图滋味。终日里，害物命，鲜血淋漓。
　　吃了他，肉半斤，定还八两。到案下，来封审，相报该应。
　　叫夜叉，将犯罪，油锅叉下。下油锅，再捞起，另外加刑。

劝为人,切勿要,杀生害命。诚心念,佛菩萨,救苦观音。

心正直,意真诚,神明共敬。到阴曹,不受苦,极乐超升。

流光迅速莫蹉跎,名利牵缠似网罗。

撒手悬崖无别法,白莲台畔礼佛陀。

劝你修来不肯修,只待阎王出票勾。

大恨到时难躲避,有钱难买再回头。

第三殿,宋帝王,二月初八圣诞,掌管黑绳尿屎地狱。庶民不报水土之恩,女人负丈夫,帮伙负东家,兵役负宫长,及诱人犯法,刁唆词讼,争强斗势,迷花恋酒,勾嫖局赌,分外苛求,穷不安分守己,富不敬老怜贫,犯何罪,发何地狱受苦。

第三殿,宋帝王,秉公执法。掌世间,昧良辈,负义忘恩。

人在世,数十年,如做一梦。又何必,急忙忙,造孽十分。

各色事,临做时,心头摸摸。受人恩,须当报,才见良心。

做百姓,欠钱粮,皇恩不报。非瘟灾,即火盗,报应分明。

做女子,欺丈夫,不修妇道。做伙计,负东家,一味私心。

有一等,无赖汉,成群结党。诱人嫖,诱人赌,习唆词讼。

只要想,骗财物,圈套做成。贫穷了,无衣食,不顾面孔。

家私完,典当尽,讹诈亲邻。一而再,再而三,缠扰不已。

若不与,找错头,发泼耍横。不敬老,不怜贫,恃财骄傲。

不安分,犯王法,有我无人。无常到,到阴司,无从抵赖。

牛头托,马面扯,毫不容情。抽他筋,剥他皮,滚油浇心。

世上人,要想免,大限后苦。趁早些,来改过,急速回心。

百年终,佛菩萨,心生欢喜。悔过的,童男女,送他往生。

阎罗殿上鬼多般,百沸油锅万刃山。

诚得如来真实意,无边解脱一时间。

陷溺沉迷已有年,爱河滚滚浪滔天。

家财万贯全无用,一双空手赴黄泉。

第四殿,五官王,二月十八日圣诞,司掌剥戮血池地狱。如犯忤逆不孝,合假药,造假银,抗粮赖租,硬占田产,强奸妇女,偷路灯油,盗路碑石,浆衣作践面浆,煮豆肥田,糟蹋五谷,字纸裹物糊窗,抛弃秽地等犯,拿来审问。

第四殿,五官王,拔舌地狱。锯来解,火来烧,霹雳雷霆。

不孝顺,逆爷娘,齐来听听。哪一个,不是你,父母所生。

三年中,怀抱你,千般辛苦。有点病,自埋怨,未曾小心。

顾儿食,顾儿衣,自受冻饿。请先生,教读书,娶妇完婚。

指望的,兴家业,门庭光耀。难知你,娶了妻,失了良心。

听妻言,乖骨肉,不顾手足。把爷娘,当作是,过路之人。

妻要安,儿女病,肝肠愁断。爷娘死,没眼泪,假作哭形。

这样人,神明怒,生遭魔障。到死了,下地狱,要受极刑。

罚变禽,罚变兽,人身难转。欲要免,地狱苦,两件当遵。

第一件,要安你,爷娘心意。第二件,要奉着,父母终生。

哪晓得,你爷娘,就是活佛。能敬他,保佑你,福禄频增。

佛菩萨,最欢喜,忠臣孝子。迎接他,天堂上,万载长春。

妇人不肯孝公婆,忤逆爷娘罪更多。

念佛诵经空忏悔,灵山只在汝心头。

佛在灵山莫远求,知非才是礼弥陀。

人人有个灵山塔,早向灵山塔下修。

五殿阎罗王,正月初八日圣诞。"吾本先居第一殿,因慈心太过,初死鬼犯哀求,屡放还阳,所以调拨第五殿。解到本殿,五七三十五天,尸皆腐烂,鬼犯亦哀求我,说在世许多善愿未了,还有说父母年高,兄女年幼,债务尚未清楚。吾闻之好笑,汝等在世作恶多端,执迷不悟,总说他人该死,我可以长生不老。到此地,船到江心补漏迟,不必多讲,叫判官查罪犯,发何地狱受刑。"

第五殿,阎罗王,无边地狱。管人间,男和女,不善之人。

血污池,奈何桥,分别善恶。在阳间,修行的,接引天庭。

恶人到,跌下桥,毒蛇来咬。猪也吞,狗也吃,叫苦无门。

在世间,不修善,不敬天地。骂尊长,谤僧佛,亵渎神明。

逞强暴,欺懦弱,心肠刻毒。倚酒醉,撒喇唬,叫骂乡邻。

尖头棒,两头蛇,是非搬弄。匿名帖,告诳狀,自作聪明。

有一等,妇女们,性情不好。逆公婆,骂父母,欺辱夫君。

妯娌们,不和睦,分家吵闹。丧良心,溺女儿,辣手毒心。

最可恶,寻短见,悬梁投水。吞毒药,拼性命,要想害人。

害好人,犯人命,卖田变产。阎王爷,早知你,是个恶人。

枉死城,铁棒打,朝朝受罪。到此地,哀哀哭,懊悔轻生。

我当初,只想的,害人出气。哪晓得,害自己,永不翻身。

世间人,听宣扬,牢牢谨记。学好心,行孝顺,免堕沉沦。

阎罗天子掌幽冥,不爱钱财喜善人。

牛头马面生嗔怒,鬼犯悲哀痛不禁。

阴司若要钱和钞,贫者先亡富独存。

地狱无边真苦恼,阎君何不早回心。

第六殿,卞城王,三月初八日圣诞,执掌枉死城,叫唤地狱。如犯对北,恶骂溺便,涕泣秽物,泼积庵观寺庙,神前见淫书而不毁,看善书而说迂谈,谤善人是魔王,赞恶人是好汉,再查脱骗讹诈、借债不还等事。

第六殿,卞城王,轮回判断。善有报,恶有报,好比天平。

作恶的,堕地狱,变猪变狗。变兽形,变鸟形,不见人形。

身亦变,脸亦变,皆由心变。在阳间,人面兽,早已分明。

骗人钱,借人债,终朝食用。不思量,有苦报,不肯还人。

变驴骡,变牛马,负鞍衔铁。变猪羊,变禽狗,债要还清。

变犬猫,还不了,看门守舍。阎王说,非怪我,是你欺心。

人劝说,有还报,你不相信。到此地,悔过迟,错过光阴。

必须要,早回头,良心不昧。你是你,我是我,你我分清。

世上人,有钱财,须要善用。或修桥,或铺路,救难怜贫。

或施米,或施衣,矜孤恤寡。或修庙,或放生,塑佛装金。

此等人,归地府,阎王接引。送他到,极乐国,九品莲生。

莫为儿孙作马牛,由来富贵水中沤。

莲池有个收心法,静裹时吟七笔勾。

聚宝为山未足奇,不如行善得菩提。

金经明示成真路,何事亡羊泣道岐。

第七殿,泰山王,三月二十七日圣诞,司掌碓磨肉酱地狱。凡有为官者,食赃虐民,屈打成招;为役吏者,狐假虎威,贪心不足;为主人者,虐打婢仆;为师长者,拷打门徒,致他带伤送命;有不知果报者,取尸骨,伤物命,剐人的心肝眼睛珠子,合药图利,种种罪犯发地狱受苦。

第七殿,泰山王,掌管碓磨。赏善人,罚恶人,毫不私心。

也有的,做官人,贪赃暴虐。用重刑,来屈打,不论冤情。

也有的,做书差,虎威狐假。破人家,荡人产,利己害人。

也有的,为主人,虐打奴仆。打伤了,送他命,辣手毒心。

也有的,为师长,误人子弟。也有的,为儿媳,忤逆双亲。

也有的,凶恶人,夺人妻女。也有的,做坏事,以恶为能。

也有的,毁人尸,损人肢体。种种罪,般般恶,件件分清。

一霎时,把罪犯,粉身碎骨。碓里碓,磨里磨,鲜血淋漓。

到此刻,恨从前,一时懵懂。哪知道,入地狱,如此情形。

人劝说,有报应,总不相信。此一时,最难受,叫苦无门。

劝世人,做一事,思量好歹。害人事,少做些,好见阎君。

经营世故日忙忙,错认迷途是故乡。

识得本来真面目,此身原是臭皮囊。

色色形形总是空,休教六贼日相攻。

金银财宝终无益,死后何曾在手中。

第八殿,都市王,四月初一日圣诞,司掌热恼闷锅地狱。世间人,亲存不养,亲殁不葬,以致父母翁姑惊惧,愁闷烦恼,忧郁成病;或嫌父母偏向,不公不平,种种罪恶,懵懂日久。灶神在额上点其黑点,记名上奏,减衣禄,短寿算。若有立愿改过者,灶神在额上黑点变红点,或写顺字或写改字,准免他地狱之苦。或有说坏话做坏事,阴谋毒害人者,不免两头倒夹起,一锯碎分开。

第八殿,都市王,掌管热恼。判人间,昧良心,负义忘恩。

或是个,不孝人,不养父母。弟推兄,兄推弟,父母伤心。

哺乳时,捧怀中,珍珠宝贝。世上人,哪一个,不受亲恩。

全不想,够劳苦,精神费尽。生当养,死当葬,祭祀当诚。

真可叹,讲风水,停棺不葬。全不悟,地在心,不在丘坟。

做好人,行好事,自在好地。有山神,并土地,指点来临。

自然的,富与贵,绵绵衍庆。发丁财,发科甲,总在存心。

作恶的,说坏话,阴谋毒害。狠心肠,做坏事,恶极难名。

做儿媳,闹分家,吃亏不肯。总说是,为父母,不公不平。

逆儿媳,速改过,神前立愿。额头上,黑变红,吉曜光临。

改过人,到此地,还他黑白。佛菩萨,保佑他,贵子贤孙。

孝顺还生孝顺子,忤逆还生忤逆儿。

须知一报还一报,明镜台前你自思。

天堂快乐几多般,受苦诸魂出狱难。

苦乐由来争一念,青莲原植沸汤间。

第九殿,平等王,四月初八日圣诞,掌酆都城铁网阿鼻地狱。帝王制定刑法律例,凌迟绞斩之后,解到本殿者,另外加刑。或有阳间斩绞徒流逃犯,到此铁网无漏。及杀人放火劫抢、进谗言、唆词讼、书春宫、作淫书、合闷香、耗童精、迷哑药、损胎堕孕等犯,自闻之后,劈板不传邪术,改邪归正,准免各狱之苦。知而不改,仍作歹事者,刀穿肺腑,自口含心。

第九殿,平等王,铁网地狱。酆都城,火坑狱,苦状难名。

有等人,放野火,山林烧尽。烧死了,众生命,罪恶十分。

有强徒,暗放火,逞凶劫掠。劫人财,坏人命,立正典刑。

或阳间,躲过了,徒留斩绞。到阴间,躲不过,铁网幽冥。

作淫书,书春宫,害人不浅。合闷香,迷魂药,邪术妖兵。

恶贯满,无常到,拿归地府。众冤魂,齐等候,同见阎君。

喊的喊,拖的拖,齐来要命。阳世里,辨不明,到此分清。

那狱王,早知你,在世作恶。用重刑,下火坑,骨碎纷纷。

这苦报,无人替,自作自受。有爷娘,并妻子,哪个知闻。

若要免,死后苦,改邪归正。敬神明,皈三宝,积德修行。

能忍辱,肯舍利,慈悲方便。良心好,做善人,驾鹤腾云。

智慧聪明莫认真,须知后果与前因。

灵山无限逍遥处,功德池边洗六尘。

善者自然超三界,恶者行凶福必侵。

奸盗邪淫诸鬼犯,铜锤打下铁围城。

第十殿,转轮王,四月十七日圣诞,专司各殿解到鬼魂,分别善恶,核定等级,发往四大部洲,投生男女。寿夭富贵,贫贱逐名,详细开载。凡有作孽造罪极恶之鬼,着夜叉将桃条,抽死变禽,改头换面,更变胎卵湿化,朝生暮死,或无足或多足,受报不爽。罪满之后,再复人生,投胎蛮夷之地,不知礼义,不列衣冠,住的石洞土窝,穿的羊毛兽皮。如有善心学好者,乃得再转中华投生。公平正直有仁心者,送往极乐国土,婆娑世界。

第十殿,轮转王,轮回大道。考鬼魂,善与恶,一一分明。

作恶的,堕地狱,胎卵湿化。行善的,天堂上,快乐游行。

上一等,修行人,身归佛国。第二等,行善的,福禄长春。

第三等,积德者,为官为宦。第四等,良心好,富有金银。

第五等,生意人,有才有干。第六等,艺街人,得利得名。

第七等,务农桑,平民百姓。第八等,僧道尼,方外游行。

第九等,带残疾,痴聋喑哑。第十等,饥寒苦,讨饭沿门。

贫和富,寿与夭,阎王注定。太上曰,人自召,祸福无门。

天作孽,犹可违,逢凶化吉。自作孽,不可活,律不徇情。

理胜数,智人悟,善人是富。或受罪,或快乐,各有来因。

存好心,肯吃亏,常行好事。知因果,识报应,早办前程。

切莫待,无常到,悔之不及。意要诚,心要正,及早修行。

德为本,善为根,消灾延寿。明性理,成正果,不老长生。

佛说波罗蜜妙经,前无千古后无今。

注成人鬼齐超度,功德如天莫比伦。

了悟犹如夜得灯,无窗暗室忽开明。

此身不向经中度,更向何方度此身。

胡迪游过地府,观看十殿,善恶昭彰,丝毫不爽,见过岳王父子,上升天堂,秦桧夫妻,堕入地狱,醒来时候,一天一夜矣。凝神定性,从头至尾,援笔直书,题诗一首,曰:

湛湛青天不可欺,未曾起意已先知。

善恶到头终有报,只争来早与来迟。

一善除百恶,弄巧反成拙。

阎王送信来,不怕你会说。

奉劝世间人,修行须努力。

多少英雄叹,一去无消息。

光阴似箭,日月如梭。

回头是岸,速念弥陀。

南无阿弥陀佛!

南无消灾延寿惜字佛!

南无消灾延寿惜谷佛!

南无消灾延寿药师佛!

南无本师释迦牟尼佛!

南无观世音菩萨!

南无能仁地藏王菩萨!

南无十殿十王菩萨!

南无大势至菩萨!

南无清净大海众菩萨!

愿以此功德,普及于一切。

度尽有缘人,共往极乐国。

玉皇宝卷(版本一)

玉皇宝卷初展开,满天诸佛降临来。

合堂大众同声贺,增福增寿永无灾。

玉皇大帝人天尊,混沌初开到现在。

净德太子处修道,修成玉皇入仙班。

却说妙乐国有个国皇,名叫净德皇帝,镇坐龙廷,威风凛凛,治理万民安居乐业。天下太平无事,四海清净,虽然交关开心,不易寻常,突然心中想起一桩事情,就是没有儿子。所以净德皇帝到内宫与宝月皇后商议说道:"现在我是一国之主,万民敬重我们,就是我宫中并无太子,到终后来依靠无人,有啥人替我传位,执掌江山?"这时净德皇帝想想,两泪双抛,哭得伤心哪。

我想已经年纪老，国无太子小主君。
世上最苦无后代，好比黄连苦十分。
倘有一日归天去，少了传宗接代人。
一国江山无人掌，万里江山让别人。
宫中并无男和女，春秋祭祖并无人。
国皇正在心中想，宝月皇后劝夫君。
现在宫中无太子，少了治世接位人。
我皇不必心烦恼，好好商议这桩情。
日朝起来志诚念，一念志诚发善心。
双挂宝灯朝朝点，焚香点烛敬神明。
大殿挂起幢幡盖，金殿供养释迦尊。
香汤沐浴持斋道，一心修行念经文。
倘若修得正直心，自然修得小主君。

再说静德皇帝，听了宝月皇后一番话，想想倒勿错："今年我已经四十多岁，无人接位，所以要大发志心，供养三宝，就发出一片慈悲之心也。"

净德皇帝来觉醒，连忙抽身坐龙廷。
满朝文武齐下拜，二十四拜见明君。
三呼万岁方已毕，君王开口说原因。
我为一国山河主，富贵荣华第一人。
只为宫中无太子，心中忧闷十来分。
今日大家听我讲，我今一心要修行。
后宫改造大雄殿，四面墙壁粉装金。
正梁要用沉香木，沉香木头寿字钉。
上用琉璃花瓦盖，下用玛瑙铺地平。
如来菩萨当中坐，明珠一双两边分。
五色长幡来挂起，金字匾额挂中心。

再说众臣奉旨，就宣召水木二工塑像师傅，全部请到；再取金银办货，货料办好，择日开工破土，要造宝殿，数日完工。那如来佛正坐宝殿，银烛辉煌，塑像细作装金，香烟缭绕，长幡宝盖供养三宝。日夜诵经，装香点烛，礼拜如来菩萨。宝殿全部完工也。

朝臣纳奏净德皇，三呼万岁纳微臣。
大雄宝殿完工好，如来佛像塑完成。
香花宝盖佛前供，现在全部办完成。
僧道全部都配好，花香明烛供佛前。
正席花果供正中，请君前往把香焚。
净德君王听臣奏，龙颜大悦喜欢心。
卿家办事功劳大，我今加爵众公卿。
若得宫中生太子，重增官职不非轻。
选召正宫皇后身，同焚香烛念真经。
青丝挽起蟠龙发，一条彩带捎细襟。

面如牡丹花开放，眉如绿柳似逢春。

好像嫦娥仙子样，犹如仙女下凡尘。

举步如如身勿动，声音朗朗勿摇唇。

召到皇帝金殿上，深深八拜谢皇恩。

再说妙乐国净德皇帝开金口说道："我妻皇后，我今日与你同庚四十岁以外，并无太子传位，替我执掌江山。现在后宫改造大雄宝殿，还装如来佛个塑像。现在全部完工，我要与你同住大雄宝殿，去焚香点烛，礼拜如来佛祖，求生一个太子最要紧哪！"

皇后听了微微笑，香汤沐浴换衣裙。

净口持斋受佛戒。皇帝皇后把香焚。

皇帝金驾前行路，皇后移步出龙廷。

来到宝殿身立定，低头念佛志诚心。

御手点香金炉装，皇帝皇后口念经。

巴望佛天来保佑，望赐慈悲送子君。

只为宫中无太子，少了传宗接代人。

万望世尊鉴亲纳，赐一儿子小主君。

执掌江山治天下，祖宗香烟有子孙。

一国万民无人管，文武朝臣尽吃惊。

万岁夫妻虔诚拜，志心焚香告世尊。

诵经求子声勿绝，炉内香烟勿断焚。

志心诚念约半日，并无一刻勿诚心。

勿退初心真难得，世间少有这帝君。

皇帝皇后龙床困，皇后得梦真开心。

再说灵山教主释迦牟尼佛，慧眼遥看到妙乐国净德皇帝求修功德，真心不退，马上差太上老君送子到皇宫，由宝月皇后接传后代。那太上老君拜别如来佛，即刻驾去祥云，送子入宫。宝月皇后有一日夜里，得着一梦，梦中有一位白发老人，手拿一只桃子，送给宝月娘娘吃。宝月娘娘就拿着桃子吃到肚中。叫啥桃子核未曾吐出去，等到醒转来，只觉得肚里有点热腾腾。到天亮，宝月皇后就拿夜里个梦告诉净德皇帝听。万岁听到宝月皇后梦中情况，觉得有些奇怪，就要贴出皇榜，要召相梦先生来相这个梦也。

皇帝求子虔诚心，老君送子到来临。

皇后三更得一梦，梦吃桃子喜欢心。

梦见老人送桃吃，奉告我皇得知闻。

皇后梦中来醒转，满身祥云放光明！

净德万岁身登殿，文武朝臣见帝君。

速写皇榜朝门挂，普召相梦一先生。

太上老君得知闻，化作白发老年人。

口中传说来相梦，看榜官员报帝君。

净德皇帝来宣召，老君移步进朝门。

再说太上老君召到金殿上见驾，净德皇帝敕赐金凳安坐。万岁就开出金口，将皇后娘娘得着一梦，要请先生实言而说。太上老君说："万岁！以我相来，梦中皇后娘娘梦中吃仙桃，要生贵子，镇掌江山。这是有上方菩萨送来太子，因为万岁有求告，故上天敕令，便送太子，奉献君王传位。"先生告毕，驾祥云天宫而去了。

　　净德皇帝同求告,释迦判送小主君。
　　梦中送子就是我,为皇接位送来临。
　　宝月皇后身有孕,一日一月快如云。
　　光阴似箭容易过,冬天过了再逢春。
　　皇后怀胎十二月,不生不育好昏闷。
　　其年正逢丙午年,正月十九产临盆。
　　收生婆婆前来到,金童送子进朝门。
　　三界神明常拥护,十方诸佛尽随身。
　　天乐自鸣多震动,清香扑鼻满皇城。
　　五色祥云光彩放,午时三刻产临盆。

　　再说妙乐国净德皇帝,皇后娘娘在丙午年年初,正月十九日,午时三刻,生下一位太子。满朝文武百官同来贺喜。当时净德皇帝发出一道圣旨,要勒赐天下犯人改罪。因为净德皇帝有了接位人,养着个太子,所以皇榜传出去,百姓大家晓得。皇君行善方便,供养三宝,万民百姓,喜庆欢乐也。

　　净德皇帝有道君,宝月皇后有志诚。
　　供敬如来佛有因,天下人民尽知闻。
　　文武百官加三级,重封爵禄勿非轻。
　　不宣君王加封职,再宣太子小主君。
　　虎背龙腰非凡相,两耳垂肩是福人。
　　头顶额宽天轮满,龙眉凤目似仙人。
　　命有八节三夺路,八字排来乙丙丁。
　　后来若不登龙位,也须佛道独为尊。
　　光阴似箭容易过,日月如梭晓夜行。
　　生在宫中四五岁,勿读诗书尽知闻。
　　太子今年交七岁,聪明伶俐如仙人。
　　爱亲敬孝知礼仪,真是一个接位人。

　　却说太子,光阴如箭,日月如梭,又到春天。净德皇帝的太子在宫中,温良仁慈,忠孝礼仪。不觉太子今年十五岁,只因全忠全孝,宽宏大量,人间少有,聪明伶俐,胜如圣人,人天得知。那朝中文武百官十分欢喜,突然一事到来。净德皇帝身有病,十分沉重,太医救治无效,只有三四天,一命归天。太子十分哀哭悲伤,文武百官,宝月娘娘,嚎啕大哭。只好棺木入殓,再请道士追修道场,超度亡灵,暂且不提。再说文武百官要请太子坐龙廷登位,代父皇接位登殿。那太子传旨文武百官,一齐戴孝,要用金银棺椁,送葬父皇。宝月皇后,众卿臣宰相,合国大臣,哀丧痛哭。各州各府各县要挂白国丧牌,四十九天,超度父皇前赴西天,卷中不提。再说妙乐国内,文武百官要请太子坐龙廷,三呼万岁,朝贺已毕。太子立即传旨说道:"各位大人,听我讲来。我不想为君,尊奉佛命,修身养道,皈依三宝,敬如来真教。本人愿向空门,要修真道。烦劳众卿宰相出力替掌江山。上有国母镇国做主。"那时文武百官全部跪下,要劝太子不可退位让国。

　　宝月皇后劝儿身,太子你且听原因。
　　当初无子传后代,千方百计苦修行。
　　虔诚求佛传后代,应当接位坐龙廷。
　　何故推三并推四,做娘心中勿安宁。

一国江山无人掌，社稷交给哪个人。

太子双跪告母亲，娘亲不必苦忧闷。

孩儿修道有主意，托与朝臣并母亲。

却说妙乐国净德皇帝过世之后，要传位太子接位。太子不愿为皇，只愿修成正果，将皇位让给朝臣掌管江山，并将库内金银财宝，供奉如来三宝，买办香烛果品；救济贫民百姓、鳏寡孤独、无依无靠的人，将金银散布四方。敕旨已毕，众大臣商议，皇位由宝月皇后执掌，具体国务交托众大臣管理。那太子一心修道，出门前去修行也。

太子吩咐众大臣，拜托朝臣养母亲。

修行不知多少路，不知何处去安身。

自愿舍身为佛子，清早准备就动身。

单身独自往外走，勿知南北哪里行。

逢山不怕妖狼虎，过海不怕恶蛟龙。

不宣太子修行事，再宣佛慈早知闻。

佛眼遥观天下事，太子修行立愿真。

太子诚心来修道，舍国让位世难寻。

佛力慈悲亲敕旨，要请太上老君尊。

太上老君奉佛旨，辞别下界化老人。

一个老人路上走，太子一见问原因。

将身立停参身拜，口中公公叫几声。

我愿归佛修正道，不知哪处可修行。

万望公公来指点，我今永不忘深恩。

倘然修得成真果，参拜如来报你恩。

却说太上老君听到太子问信，即便回答说道："太子，你今听我吩咐。你要修行，我来指点你。有块福德之地，就在本国城乡，荆州三秀县香岩山是天下闻名。"太子问道："有多少路程？"公公回答："路程不远，只有三千里，有一座名山，有仙人在此山，号叫香岩山，是仙界之地。天下闻名，世代相传。这山在白云生处，山上有花果树木，森罗万象，清净无尘。此方世界，安乐慈善，并无不良之人。金银在此，无人收取，真是太平世界，日夜不要关门，无寒无暑，日常如此，有花有果，八季常生，四时勿谢。"那净德太子要修行，德福无量也。

太子听到心欢喜，参拜公公老年人。

香岩名山多少路，啊要几天路途程。

公公听说回言答，一愿诚心数日零。

路程非远三千里，一年半载路途程。

太子即便开言说，公公在上听原因。

路程三千我不怕，腹中饥饿哪亨能。

公公听得回言答，我有灵丹给你吞。

我有一颗灵丹药，吃到腹中便轻身。

肚中不饿身不冷，路上行人脚头轻。

二人边走边谈论，前面大江到来临。

白浪滔天无边岸，三寸桥梁万丈零。

太子吓得心中想,此桥哪能好走人?

却说太上老君将净水钟一洒,化作前面一条江洋大海。再拔一根草,化作一座三寸阔的桥,要试太子的心。那太子真心不退,一心要修行成正果。太子心中暗想:"此海又大又深,还加桥高,如何行走过去?"望上去像棉纱线般一根。看到海里白浪滔天,太子想:"要过去修道成佛,要成正果,不能顾生命危险。"太子就放大胆上桥而去。那太上老君见太子真心不退,不顾生命危险,便说:"善哉善哉!"说道:"太子,你闭上眼睛,我与你一起过去。"那太上老君挽好太子,太子只听见耳边风声,不多一时,风声绝净,不见老人,已经到香岩山。果然是一座名山,凡人真能到此,所以太子就上山,来到山洞里参见名师,叩求指教便了。

太子耳边风声响,此时就到香岩山。

开眼勿见一老人,勿见桥梁大江心。

勿见老人真奇怪,再说山上一段情。

巧木红绦仙亭子,香风仙境罕见闻。

有一山门并仙洞,何等圣贤在此存。

却说太子走进山门,看见里面有一个石洞,洞中有一个拜桓,上面有一尊如来佛。太子就跪拜上求,说道:"我到此山,前来修道成佛,只借洞府安住,修身养命,未知活佛菩萨能否应允?"

太上老君将言说,邪心不可见如来。

香岩山上修佛道,太子你且听原因。

若有一点邪心事,三皈五戒真严明。

若要肉身成正果,参透金刚一卷经。

若能修透金刚经,如来活佛护你身。

太子在洞中苦练勤修,学透三皈五戒,连悟真语,不退修行。光阴迅速,凡转入圣,太子就修成正果。天上玉皇大帝,普度众生,诸佛欢迎,喜得大神。

太子在宫心慈厚,老君让位玉帝尊。

此时太子为玉皇,诸佛天神尽欢迎。

三界神明皆听令,十方贤圣起金身。

赏寿罚恶无私曲,一片冰心修炼成。

天上天下皆欢喜,佛道仙班朝帝君。

再说玉皇大帝在凌霄宝殿,遥眼观看,下方百姓,个个安居乐业,心中十分欢喜。此时太子修成玉皇正身,要超度下方善良人生,还要超度妙乐国,父皇封为上界圣帝,宝月皇后封为上界圣母元君,后宫嫔妃封为玉女仙子,传流到今朝,受人供养,真是千年金身,万古长存也。

每月初点三支香,报得玉帝如来身。

听了玉皇古典经,各位太太福寿增。

今朝宣本玉皇卷,好比三日打醮能。

妖精妖怪勿上门,保佑太太身康宁。

男增百福添吉庆,女纳千祥万事兴。

九玄七祖超佛地,孙子孙囡一大群。

良田万亩收成好,五谷丰登保太平。

生意兴隆收入多,金银元宝滚进门。

玉皇宝卷宣完成,各位太太宽坐定。

如来佛欢玉皇喜,个个香客免灾星。

　　诸佛菩萨常保佑,十万佛圣降来临。

　　大圣释迦牟尼佛,三清三境大天尊。

　　奉劝善男并信女,焚香点烛拜世尊。

　　玉皇宝卷宣完成,诸佛菩萨尽欢迎。

　　敬爷就是灵山佛,敬娘似敬佛世尊。

　　南无玉皇大帝天尊。

玉皇宝卷(版本二)

　　玉皇宝卷初展开,诸佛菩萨坐莲台。

　　今日斋主宣宝卷,且听上帝出身来。

　　臣等自从无始劫,无明烦恼覆真心。

　　常行杀盗与淫邪,奇言妄语两舌根。

　　千生万劫诸罪垢,愿从忏悔悉消清。

　　将此身心奉上圣,唯愿消除业障根。

　　愿鼻常闻香馥郁,愿舌常宣微妙经。

　　愿身不染秽淫污,愿意长存正心人。

　　愿口常修持斋戒,愿手常敲木鱼声。

　　愿心常发菩提心,愿人常登极乐门。

　　愿发上报四重恩,愿济三度出苦轮。

　　广莲慈悲怜一切,广行方便度众生。

　　仰惟上帝慈悲主,加护愿心悉就成。

　　却说当初开天辟地之时,分出天地日月,并无星斗,又无春夏秋冬,又无昼时,昏昏沉沉。只有一位白发公公在世,名曰太上老君,治世安邦,方过千劫,治成一国,生下男女,分别国号名曰光严妙乐国土,国王名曰净德皇帝,登朝之时,好一派风光也。

　　初开天地洪沌昏,太上老君治世人。

　　先坐山中方千劫,后来始成一国君。

　　国号光严妙乐国,国皇名称净德君。

　　此时世界清平妙,无寒无暑永长春。

　　路上宝贝如泥土,太平昼夜勿关门。

　　草长树高无人砟,树大冲天结成群。

　　风调雨顺年年好,国泰民安岁岁宁。

　　君臣恭敬相和合,父慈子孝理当然。

　　却说严妙乐国土净德皇帝正坐龙廷,威风凛凛,万民安乐,天下太平。虽然快乐不易,逍遥有朝,一日心中烦恼,同皇后商议:"吾今为了一国之主,金山银库要他何用? 我今年老无子,我与你二人,依靠何人执掌江山?"说罢,两泪交流,大哭一场也。

　　净德皇帝心烦恼,流如泉涌苦伤心。

　　古人自恨身躯老,国无太子小储君。

世界最苦无儿女，更比黄连苦十分。

倘若一日归天去，少一传宗接代人。

灵前并无儿女哭，春秋祭扫亦无人。

国皇正在心烦恼，夫妻商议一段情。

日日诚心焚香拜，三炷檀香夜夜焚。

宫殿掀起长幡盖，金殿供养释迦尊。

香汤沐浴持斋戒，依科宣教大乘经。

广修一念真行善，修德实为小储君。

却说净德皇帝说道："皇后劝吾之言不错，我个人四十五岁，因为做天子，不免行下冤屈之事，所以罚我绝嗣便了。"

净德君王来觉醒，五更三点坐龙廷。

两班文武下跪拜，二十四拜见明君。

文武朝臣朝见毕，万岁开言说原因。

今日众卿听我令，吾无太子小储君。

寡人要想修佛事，众卿替吾办事情。

后宫启造大雄殿，四面墙壁粉装成。

正梁要用沉香木，橡子根根紫檀根。

上用琉璃花瓦盖，下用玛瑙砌地平。

如来佛像黄金塑，两粒明珠眼内装。

五色长幡来挂起，欢门飘带绉纱黄。

众卿奉旨请僧道，依科宣教大乘经。

却说众卿奉旨，先叫水木两作塑像人等买办货料，吉日良辰起造宝殿，装塑佛像，一齐完满。请僧道诵经礼忏，要写本上达便了。

众卿共奏万岁听，臣等办事已完成。

御筵酒席多端正，请皇入坛去拈香。

净德听了龙心悦，传旨加爵众公卿。

倘然皇后生太子，封赠官职不非轻。

敕旨后宫召皇后，同去拈香拜如来。

皇后奉旨去求子，宫娥陪伴出宫门。

青丝挽起蟠龙髻，锦衣彩带绣花裙。

身坐辇车出宫门，宫娥彩女两边分。

好似嫦娥离月殿，犹如仙女出宫门。

皇后来到金殿上，四恭八拜见当君。

召到万岁金銮殿，深深朝拜谢皇恩。

却说皇后三呼，万岁便开口："御妻皇后，今日同去拈香礼拜，来求子去，好生乐也。"

皇后听说眯眯笑，香汤沐浴换衣襟。

净口持斋受佛戒，万岁皇后去登程。

君王銮驾午朝出，皇后辇车出宫门。

来到坛中深深拜，帝皇君妃口通神。

孤是光严名妙乐，净德皇帝天下闻。

祈求佛圣来护佑，望赐麟儿一储君。

若得佛圣赐一子，天下江山保得稳。

宝月正宫为皇后，今日同拜如来尊。

山河社稷治天下，万岁百姓尽称心。

君妃两人焚香拜，虔诚祷告释迦尊。

诵经礼忏声不绝，炉内香烟不断焚。

虔诚感应半年到，并无一刻不诚心。

不退修心真难得，世间罕有这君心。

君妃摆驾回金殿，速往今夜在宫廷。

不说君妃回宫事，诵经僧道各回门。

且说释迦尊观见妙乐国内净德皇帝求生儿子，勤修苦练，正心不退，速差太上老君送他一子。老君奉旨，即驾起祥云，来到宫中。再说皇后困到半夜三更，梦见了一个老人，把一婴儿前来，赐于娘娘。娘娘正当叩谢，忽然老人不见了，那皇后一觉醒来，却是南柯一梦也。

净德求子真虔诚，老君送子到宫门。

皇后三更得一梦，醒来奏告万岁听。

梦见老人来送子，满身祥瑞有毫光。

抱一婴儿来送我，朕妻礼谢接儿身。

此梦未知凶和吉，万岁听见喜欢心。

净德君王开金口，此梦一定有儿孙。

五更三点皇登殿，文武官员见明君。

写了皇榜朝门挂，要请相梦一先生。

太上老君闻知得，化作公公年老人。

口中说道来相梦，看榜官员奏明君。

净德君王忙宣召，老君移步进朝门。

却说老君召到殿上见驾，赐座金凳，万岁开口说："你将梦中之言，一一说明。"老君情知明白，说："皇后梦中接子是佛祖送，观见祥光后，得生太子，永坐龙廷。"先生说完，腾云去了。

先生云中开言说，吾皇听吾说分明。

梦见老人就是我，为皇无子送来临。

观见虔诚来求告，释迦判送小储君。

老君说罢腾云去，万岁依旧坐龙廷。

再说皇后有身孕，腹中小儿到来临。

光阴如箭穿梭过，残冬过了又新春。

皇后有孕十二个月，依旧不养闷昏昏。

来到其年丙午岁，正月初九产临盆。

监生大臣前来到，送生童子进朝门。

三界神祇来拥护，十方诸佛尽来临。

天乐自鸣多震动，异香扑鼻花满门。

五色祥云光彩耀，午时生下小储君。

要说净德皇帝丙午岁年间,正月初九日午时,生下一子,文武官员尽来贺喜。万岁又敕圣旨,天下罪犯,尽允舍罪,又赦粮漕米,免纳官银,遍行天下是也。

净德君王多有道,宝月皇后有志诚。
供敬如来佛有幸,天下人民尽沾恩。
文武官员加三级,重增官职不非轻。
不说万岁加官职,再说太子小储君。
虎背龙腰非凡相,龙眉凤目是福人。
命有八节三奇格,八字排定乙丙丁。
后来若不登龙位,也须佛道独为尊。
顶平额阔天轮满,两耳垂肩是仙根。
生在皇宫四五岁,天生聪敏孝双亲。
太子长成方七岁,不读四书熟五经。
爱亲敬老知礼义,文质彬彬五冠正。

却说太子年方一十五岁,忠厚仁慈,宽宏大量,聪敏伶俐,天下少有。皇后欢喜,不料愁烦已到。净德皇帝忽然病缠在身,不能医治,连绝汤水,三日三夜,即刻归天。太子敕旨入殓,速请僧道,送往西方,此事不提。再说文武官员恭请太子,说:"永坐龙廷,登位为皇。"太子说道:"我不愿为皇,一心要皈依三宝,修真养道,成佛如来,烦劳众卿替掌江山。一国忠良,上有皇后,下有众朝臣出力,一应交与大臣众卿。"文武听了太子之言,大家跪下,相劝太子便了。

皇后也劝太子身,皇儿今且听原因。
当初无儿传帝位,千方百计苦修行。
虔诚求佛得一子,应当接位坐龙廷。
为何推三并阻四,做娘心内不安宁。
一国江山无人掌,社稷交与哪位臣。
太子双膝来跪下,母后不必苦忧心。
孩儿修道有主意,托付朝臣养母亲。

且说太子将一统江山让位于朝臣,库里金银财宝一概交出,分发穷人,又敕圣旨,将母后交给大臣,好生侍奉。我今日就要行程了。

太子往山去修行,托付朝臣养母亲。
山河社稷都交付,金银财宝给穷人。
自愿舍身修正道,清早打点就行程。
逢山不怕豺狼虎,遇桥不怕恶蛇吞。
佛眼遍观请天下,太子修道愿立真。
慈悲忍辱离恩爱,舍身悟道别皇宫。
太子诚心来修道,舍国让位世上抛。
如来古佛敕旨请,速请太上老君尊。
老君奉旨来下界,变化一位老年人。
变化银发面双皱,鹤顶衣冠发似银。
道袍披身岸边立,太子一见问原因。
我要皈依修佛道,不知哪里我安身。

万望公公来指点,我今永不忘你恩。

若然修得成正果,参见如来报你恩。

却说太上老君闻得此言,即便回答:"太子听我吩咐,你要修行,我来指点。本国城乡,有一仙山,名叫香岩山,遍处有名,天下知闻也。世代相传,修真养道,白云之间,名仙山洞,地生花木,包罗万象,净清无尘。此方世界,安和慈善,并无不良之人。金银在地,无人拾去的,夜不关门,四季太平,并无冷热,有花果四时鲜。太子你去修行,福德无量是也。"

太子听了喜欢心,又问公公老年人。

香严名山多少路,可行几日路途程。

老君即便将言说,一念诚心几日临。

路途不远三千里,一年半载路途程。

我今有粒灵丹药,吃下肚中便身轻。

肚中不饿身不冷,路上行程脚头轻。

两人行走言谈讲,前边来了大江心。

白浪滔天潮水响,无边无沿不能行。

一条高桥三寸阔,太子害怕不能行。

上面高桥不能走,下面又无船只行。

却说此桥是太上老君化作,拔根仙草,变化高桥净水,一喷化作汪洋大海,要试太子真假之心。再说太子心中一想:"我小生,一心要拜访名师父,修行学道,吾也顾不得生命也。即放大胆量上桥而走。"老君见太子果然真心,便道:"善哉善哉。太子你两眼闭了,吾来送你一程。"太子两眼闭上了,耳中听见了呼呼风声。等到绝了风声之时,太子开眼一看,老人不见了。只见一座仙山,妙高峰顶,太子即便上山,寻探名师便了。

太子耳中闻响声,霎时便到岩山林。

开眼不见人世事,不见桥梁江洋心。

不见老人真奇怪,再说岩山一段情。

巧木红橡仙亭子,香风仙境罕见闻。

有一山门并山洞,何等圣贤在此存。

且说太子近前,进内见一山洞,洞中有一老人,太子施礼,叫声:"公公!我到宝山修道,暂借洞府安歇,未知应否也?"

太上老君将言说,太子你且听分明。

香岩山洞修佛道,三皈五戒舍凡身。

皈依如来太上教,离恩割爱断欲心。

若有一点邪淫念,沉埋修道不能成。

金刚经卷破淫邪,淫邪不能见如来。

若要肉身成真果,参透金刚一卷经。

释迦牟尼世尊佛,金刚妙法广无边。

若人悟透金刚经,要见如来也不难。

要说太子在山修道,师父不离,光阴迅速,百年一劫,不退修心,至今四劫。道果圆通,修成昊天玉皇上帝,普度众生,天神赞仰是也。

太子在山心仁厚,老君让位玉皇尊。

此时太子为玉帝,诸佛天地尽欢欣。

赏善惩恶无私曲,一片道心修炼成。

天上天下皆欢喜,佛道仙班朝帝君。

修到如今八百劫,哀怜下界苦无人。

混沌初开乾坤定,四方上下绝烟尘。

亦无君王并百姓,一统山河谁掌成。

仔细思量无摆布,拔下眉中毛一根。

从空变化人一个,来到下方作世存。

头是人来身蟠体,手脚全无横游行。

生在山中荒郊地,人不知来鬼不闻。

明白天地阴阳理,通达往古世凡情。

此人名称盘古氏,首出三才第一人。

世界虽有人一个,又无日夜暗沉沉。

玉皇大帝心烦恼,一心一意治万民。

千方百计来打算,想出计谋作世情。

便将左手割一指,化成三段变男人。

再将右手割一指,化成三段变女人。

却说玉皇大帝切下一只左手指变化男人,割下右指变化女人,配合阴阳夫妻,配定儿孙等。开掌衔按,乾坤分为天皇、地皇、人皇。三皇变出人形人相,各人寿缘有一万八千岁,天皇氏生下儿子十三个,制造天干地支,定其岁数,四季时光。地皇生下儿子十一个,寿缘也有一万八千岁,制造日月三光,众星神位,分派时辰。人皇氏生弟兄九千人,分住九洲各省山河。天地九洲,至此生成。盘古氏分天地之后,到神皇氏末年,已经四万六千九百年。以后君王百姓,男女配合夫妻。玉皇大帝观见下方,虽有世界,又无房屋居住,龙颜不悦,速差二人,下凡便了。

玉皇大帝速传令,查看班中伶巧人。

只为下方众百姓,无有房屋好伤心。

勿有居住掘地洞,掘成地洞难安身。

倘然天上落大雨,横流水害命难存。

玉皇大帝心不悦,速差张鲁两班人。

降下凡间为皇帝,自治国号有巢君。

敕旨百姓伐木头,造成房屋住安身。

全国百姓多满意,尽到山中伐木头。

起造房屋身居住,四面墙壁石砌成。

又避虎狼雨水害,日行夜宿可安身。

且说百姓虽有房屋居住,肚中饥饿,亦无充饥,身上无衣。倘然饥饿,只好吃些树豆仙果,口饮清泉。男女赤身露体,又无营生。男女终日浪荡,毫无生活,东飘西散。树皮遮身,免得赤身露体也。

玉皇大帝爱百姓,有巢没世嗣人兴。

教化万民知炊爨,钻木取火各方名。

五德星君分五位,荧惑南方火德星。

春会四季通烟火,夏季杏枣榆柳春。

秋取枸橘冬槐檀,一年四季钻火行。

天下万民尽得火,尽感玉皇大帝恩。

此时烧熟饮食饭,朝焚暮炊各家烹。

树头仙果皆美味,荒山野菜作蒸羹。

却说玉皇大帝亦然不妙,速差仓颉救济凡人,造成字笔书纸。神农发明五谷,又制农具各件,方便万民生活,皆由玉皇大帝便了。

玉皇大帝又敕旨,速差班中五位星。

奉了旨意忙下界,降下凡间治世人。

太白太昊伏羲氏,治正山河教万民。

天下山河龙马贞,画成八卦治一经。

定数八八六十四,圣王在世降凡尘。

置立庶民百家姓,始通媒妁结成亲。

六畜为美鲜海味,和调五味自知闻。

制作文字名仓颉,眉上生目四眼睛。

制造文房并四宝,纸墨笔砚四个人。

又差炎帝神农氏,凡间德位帝王君。

乾坤世界多广阔,虽有山田不晓耕。

不吃五谷人无力,水果哪好当饭吞。

却说神农、炎帝制作车盘农具、耕田、翻土、戽水。此时,天降五谷,凡人充饥。天下万民,感念玉皇洪恩,受了风寒,自有医王治世诊治便了。

药王治世救凡民,正坐龙廷医百病。

玉皇坐在岩山洞,原是神农伏羲君。

屈死无药来诊治,药王治世救凡民。

冶坊铸铜并锅镬,铁器铜锡匠作成。

砖窑烧出青砖瓦,砂钵瓶碗盏也成。

传到后代布天下,方知文字教世人。

殿柱廊宇始写字,天雨米粟夜鬼吟。

要说玉皇大帝在岩山修道八百劫,生命血肉修道,助国教人,又过三千八百劫,始登金身。

清净觉王登金身,昊天上帝玉皇尊。

修炼三千八百劫,十方三界众钦尊。

慈悲仁德冲天地,送下贤良有道君。

制造万般家具物,阴阳日夜四时分。

公孙轩辕为皇帝,垂常法度治乾坤。

始制冠帽衣服裙,男女衣衫遮体身。

此时百姓多欢乐,男耕女种多辛苦。

火尧春旨占斗丙,六十甲子安分明。

春夏秋冬四时节,年月日时定分明。

起首始作算数起,传后周公续全成。

九九原转八十一,归除乘法得其因。

且说周公续数完全，九九八十一，数归除乘，得其知因。行十二月节气，不差分毫。管籥生肖五行，和合乐器，长短轻重，升斗觚斛，丈尺分寸，公平交易是也。

另有官员挈壹氏，制作诸壶铜名品。

一年四季十二月，春夏秋冬不留停。

西方有人名三石，身高万丈怪蹊跷。

若人见着即起病，一声爆竹即逃奔。

度朔山中有桃神，神荼郁垒二位神。

此神入户人瘟疬，桃符县户御邪神。

夏至阳生日渐短，冬至阳生日渐长。

万般皆从天降下，人民自此得安宁。

却说玉皇大帝只见下方百姓不吃五谷，人就无力，骨瘦肚脐，就将米麦五谷，降下充饥，颁行天下凡人。百姓如今个个安宁，尽皆欢乐，制作千般货物，个个感念上帝洪恩，佛天深恩。又说，玉皇大帝修证金身，超度凡人，起死回生，敕封父亲为圣祖，度上天宫；又封母亲宝月皇后为圣母元君；朝臣嫔妃为金童玉女，共沾洪恩。天宫快乐千年，金身万古常住是也。

每日焚香点炷香，回报如来玉皇恩。

今日有缘同和佛，听者知卷古来闻。

斋主今日增福寿，儿孙个个降吉祥。

宣完一部玉皇卷，胜诵百部玉皇经。

亦能代得三日醮，佛天欢喜免灾星。

玉皇宝卷宣完满，一年四季保安宁。

鱼篮宝卷（版本一）

又名《卖鱼宝卷》

鱼篮宝卷说原因，诸佛菩萨降来临。

善男信女虔诚听，增福延寿保安宁。

观音大士发慈心，下凡化作卖鱼人。

到了海门金沙滩，劝化凶徒尽修行。

此卷出在宋朝年间，提表海门县，有一乡村，地名金沙滩，有数千人家，都是打猎捕鱼，为盗做贼，屠户射禽，谋人财物，杀生害命，不敬神明，不孝父母，抛撒五谷，罪孽深重，值日功曹，修本上奏。玉帝见表大怒，及时敕旨，传东海龙王，水没沙滩，将众灵魂，打入地狱，永不超升。金星奉旨天门，却逢南海教主，前来朝帝，闻听不忍，请转金星，俯伏金阶，叩首奏曰："臣士闻沙滩众等，罪孽深重，本当收灭。伏求吾皇，开天地之恩，请宽限数月，臣士愿往金沙滩劝化凶徒，向善修行，如不回心，臣当知罪。"玉帝赞道："善哉！大士既有慈悲之心，孤王岂无好生之德，烦劳大士临凡劝化。"称哉谢恩，辞别金星，出了天门，驾云而往。

大士奉命就腾云，沙滩劝化众百姓。

到了海门金沙滩，变作贫婆卖鱼人。

头上挽个螺蛳髻，身穿麻布破衣裙。

手提鱼篮沿街叫，并无人来喊一声。

大士想道,虚化世界,故而贫婆卖鱼,无人问答,待我化作青春女子,手提鱼篮,而作偈曰:

我将金身来化现,赛如西施貌端严。

青丝细发蟠龙髻,眉像杨柳目似莲。

身上衣,文亦显,行如荷花摆,立像月中仙。

走街道,过乡间,非长亦非短,言语如莺转。

手提鱼篮十指尖,路上飘飘步金莲。

众人一见齐喝彩,惊动二郎出门前。

却说金沙滩,人人凶恶,个个狠心,故而家家豪富。内有一位马二郎,比众更加狠毒,众人称他号蚂王,闻听喝彩,出外观看卖鱼娘子,好不开心,听她叫卖鱼了。

叫一声,鱼买贱,每两十八钱,每斤只一千。

我鱼儿,透新鲜,大众若要买,你可还价钱。

马郎即便就开言,卖鱼娘子叫连连。

府上居住何方地,为何今日到此间。

二官人,动问情,府居在何地,可有两双亲。

爷何名,娘啥姓,何不在绣房,来做卖鱼人?

大士闻听笑盈盈,暗想你是大恶人。

我今要你诵莲经,可教大众学修行。

叫一声,马二郎,奴奴真实讲,爹爹本姓庄。

住在那,云门县,云水乡村上,就是我家邦。

我祖姓庄有名扬,居住云门云水乡。

从前富贵名姓广,如今家财赴南洋。

我爹娘,男未养,生了三个女,奴是第三娘。

爹成尊,度了娘,奴奴无依靠,卖鱼到贵乡。

马郎闻言暗开心,便叫娘子听原因。

请问贵庚年多少,几月几日啥时辰。

马官人,笑吟吟,问你可受茶,可有对了亲。

别怕羞,勿要紧,望你真实话,与我说分明。

娘子回答马郎听,奴奴虚度十八春。

却逢仲春二月正,十九巳时我生辰。

爹娘欲要我招亲,奴有誓愿告双亲。

无人学得莲经熟,故而至今未对亲。

马郎说与娘子听,你今独自苦伶仃。

街坊卖鱼多辛苦,不如出嫁配夫君。

天上神仙吕洞宾,也有仙姑配婚姻。

牛郎相配织女星,七月初七两相亲。

马郎说原因,娘子你且听。

做了卖鱼客,奔波受苦辛。

衣食无现成,独自殁亲人。

倘有病缠身,真正苦煞人。

日后年纪老,无依亦无靠。

有无亲儿女,懊悔总欠早。

卖鱼无收成,不如配郎君。

但看桃杏树,花开几时辰。

婚姻古传今,不可误青春。

想你多伶巧,须要定妆情。

那娘子答曰:"我有誓愿在先,无论何人,念得莲经甚熟,背如流水,必要吃素行善,情愿与他为妻。"马郎曰:"莲经有何妙用?必要背熟。"娘子说:"莲经可以消灾免难,祈保家庭吉庆,故要净素,以息冤仇。"马郎闻言,心中暗喜,便问娘子:"莲经在于何处?"娘子答曰:

此经是个无价宝,看了一部甚分明。

从头说,听原因,鱼在篮面上,篮底藏莲经。

马郎又问卖鱼娘,一部莲经怎样长?

多少字,几轴章,若还学得会,与你共商量。

娘子回答马二郎,此经万物尽包藏。

大众听,我实讲,上能通大庭,下免见阎王。

六万余言七轴章,二十八品接天堂。

无边义,广含藏,法华最第一,学者便承当。

那娘子与众人说道:"如有真心食素者,不论富贵贫贱,俱可到前面晴天寺大殿内,待我教汝莲经。众位明日,愿者来学。倘有先能熟背,奴奴情愿与他为妻,断不胡言。"说明而去。再提众人,回家焚香点烛,求神告祖,待至天明,不管家务经营,都到寺中学经,乃作偈曰:

金沙滩,众凶人,热闹盈盈。俱要到,晴天寺,学念莲经。

众人听,到家庭,都起善心。点香烛,拜先灵,祷告神明。

有美女,卖鱼人,新立妆情。学莲经,能熟背,就可成亲。

保佑我,学得熟,智慧聪明。同美女,到家庭,祭祖敬神。

马二郎,顶起劲,坐到天明。到门首,等众人,凑集来临。

为盗者,想美人,心生慈悲。食净素,来学经,即便动身。

为贼者,想婚姻,不偷财物。待天明,沐了浴,走像流星。

为屠户,想成亲,不杀牲灵。得能够,先学熟,改业经营。

捕鱼人,闻听说,嘻笑盈盈。人人称,好记性,我是有名。

打猎人,想佳人,放枪无心。一心要,去学经,奔走如云。

马二郎,齐集了,一众凶星。同行走,在路上,约近千人。

一霎时,都到那,晴天寺中。卖鱼人,娇滴滴,说出言因。

娘子吩咐众位听,学经须要虔诚心。

一心无二勤苦学,先熟成亲理该应。

却说娘子嘱咐已毕,举起一炷心香,焚在炉内,拜了二十四拜,抽身端坐佛前,众人傍立听教,乃作偈曰:

娘子教经甚殷勤,出言好似风送云。

声音嘹亮透天庭,天龙八部尽降临。

大众学经正当心,早晨念到三更临。

个个要想先学熟,人人欲想配婚姻。

一众凶人都诵经,声音响亮透天庭。

玉皇闻听多欢喜,称赞慈悲观世音。

日月如梭容易过,教经已有一月零。

众人念得身体健,坚心诵经添精神。

此村念得豪光现,灾星散去福星临。

大士心中暗沉吟,若不成亲退道心。

却说大士思想,若不成亲,犹恐大众退悔。待我度了凶首马二郎,成亲以后,指点大众,修行妙法便了。

大士吹了一口气,马二郎腹内便玲珑。

熟背莲经如泻水,声音响亮面从容。

众人一见齐相贺,连声称赞马大哥。

是你前生修得到,卖鱼娘子结丝罗。

那马郎便问娘子:"你要多少聘金?"娘子道:"聘金不用,只要依我,全家食素,诵经念佛,潜心修行,苦劝众人,改恶向善,素斋敬神祭祖,迎娶完姻。素菜请朋待客,再办素斋一席,挑送此地道士,以报惊吵之情。"马郎闻言,一一依允,即便回家,整顿素斋彩轿,乃作偈曰:

马郎君,到家庭,办好素小菜,真真忙煞人。

等天明,喜欢心,一顶新彩轿,到寺娶新人。

娘子一见花轿临,走进里面换衣襟。

梳妆打扮就动身,抬到马家大门庭。

厅堂摆设够齐整,满桌素斋敬神明。

花轿到内请新人,拜天拜地拜先灵。

诸亲百眷闹盈盈,个个前来看新人。

学经众人都来临,上前称赞马郎君。

你的夫人世无寻,眉清目秀女佳人。

西施美貌难相比,赛过观音少净瓶。

一点金乌向西沉,又见玉兔望东升。

丰盛素斋多恭敬,银烛辉煌天地明。

不宣众人酒筵情,马郎得意好开心。

进房一见新人睡,上前便问为何因。

却说新人,端坐房中,又恐众人食毕走散,她就口念真言,霎时花容改作病容,睡在床上,口喊:"阿唷!"马郎进内,便问何故。娘子向马郎说道:"奴今肚痛实难抵挡,谅必不能在世,休想团圆,你叫众人进内,听我道来。"

娘子声声叫马郎,叫进一班凶恶党。

众人听,我言章,奴足观世音,休想做新郎。

只因金沙滩上情,尽是凶徒大恶人。

无一个,善心人,值日禀功曹,拜本上天庭。

玉帝见表怒气冲,要收此地恶与凶。

降旨意,到龙宫,要将金沙滩,化作海当中。

奴自南海朝天庭,云端相逢敕旨人。

问分明，求叨情，心生慈悲心，宽限记时辰。

违逆御旨犯了刑，三年不能上天庭。

玉皇帝，准奏情，命奴到此地，扮作卖鱼人。

我今特来救众人，劝化凶徒快回心。

持斋戒，念莲经，改恶来向善，免做海底人。

那众人闻言大惊，即便问道："我等做何善事？可保此地不作大海了。"娘子答曰："要保此地平稳，听我道来。"

我今说与你们听，须要谨记在心存。

世上人，修为本，总要心行善，不可造孽根。

为人须要孝双亲，敬天敬地敬神明。

怜孤寡，惜穷人，敬重尊与长，便是孝心人。

持斋把素不食荤，莫贪口腹杀牲灵。

粗茶饭，念真经，不贪滋和味，便是食素人。

金银财帛要分明，不可偷盗坏良心。

你家物，我莫认，不贪无义财，便是君子人。

做事心地要公平，不可大斗用小秤。

不奉富，不欺贫，有错当面说，便是正直人。

为人戒色养精神，切莫贪恋女人身。

贪淫色，减寿春，死入阴司去，地狱受苦辛。

言语之中要谨慎，不可狂言欺善人。

不乱说，莫糊行，闭口深藏舌，处处好安身。

万事须要忍耐好，不可与人称英豪。

忍了气，祸不遭，诸事让三分，就可免监牢。

奴家真言说分明，大众须要记在心。

从今后，依我行，可保金沙滩，免作海样深。

娘子说罢睡床寝，改了容颜绝了音。

牙关咬，断命根，满堂贺新客，做了吊孝人。

教经娘子死在床，马郎哭得好悲伤。

我今夜，做新郎，指望同偕老，谁知不成双。

众人都劝马郎君，不必痛哭伤精神。

生死事，皆由命，娘子安葬定，再择美佳人。

马郎悲切哭五更，宣到此处停一停。

描像开棺升天事，二次劝修下半本。

却说马郎痛哭娘子，被众人劝住，就托亲邻，叫丹青，买棺木，让和尚超度娘子。马郎吩咐已毕，众人散去。马郎思想悲切，忽听初更鼓响，又要哭起五更来了。

马二郎君听更声，悲伤啼哭卖鱼人。问你爹和娘，何方哪里人？

观见之时喜欢心，今年贵庚多少春。卖鱼多辛苦，何不配郎君。

花开能有几时新，大慈大悲观世音。啊呀我的天呀，南无佛。

马郎又听二更鼓，悲伤痛哭卖鱼娘。学得莲经熟，就可结鸳鸯。

听你言语喜扬扬,去邪归正做善良。必须持斋戒,有话可商量。

一部莲经怎样长,大慈大悲观世音。啊呀我的天呀,南无佛。

半夜里来三更零,悲伤凄哭教经人。啥人先学熟,当面订婚姻。

日夜我是苦用心,晴天寺中说分明。睡也勿敢睡,学到一月零。

熟背莲经许成亲,大慈大悲观世音。啊呀我的天呀,南无佛。

四更里来月渐低,悲伤痛哭未婚妻。一顶新彩轿,寺中来接你。

满桌素菜都办齐,素斋敬神件件依。大众看新人,拜好天和地。

指望百年皆连理,大慈大悲观世音。啊呀我的天呀,南无佛。

五更天明听鸡鸣,悲伤思妻哭不停。霎时肚中痛,叫我请众人。

送入洞房笑盈盈,苦劝行善念莲经。你说观世音,来救众百姓。

今日却好空高兴,大慈大悲观世音。啊呀我的天呀,南无佛。

马郎痛哭实伤心,一夜哭到大天明。

若不是慈悲观音来显身,谁肯向善诵真经。

我今誓愿不再娶,要劝凶徒尽修行。

不宣马郎心归正,再提亲邻说事情。

邻人道:"丹青叫到。"马郎就教描画神像,挂在中堂,净果蔬菜供奉,又将棺木成殓尸首,再请和尚说作佛事,七日七夜,道场已毕,出柩于晴天寺面前按葬,乃作偈曰:

和尚拜忏响叮当,娘子容像挂中堂。

道场已毕忙收拾,众人下拜送出丧。

学经之人都下泪,扶棺啼哭马二郎。

观看之人多悲切,妇女幼儿跪路旁。

抬到晴天寺门首,道士闻知泪汪汪。

泥水石碑流泪做,结樟安葬造坟堂。

那众人待安葬已毕,个个悲泪,别去不表。再说马郎回家,装设经堂,就将娘子神像高挂,日则诵经,夜则礼拜,改恶向善,济贫救苦,普劝凶人,持斋念佛,戒杀放生,怜贫惜孤。一众凶徒,见马郎行善,如此苦劝,就十改六七。马郎苦劝二年余零,此村改作善地。那日,马郎忽想:娘子有云,说是观音救众,违了御旨,降凡三载。至今已满,未见升天,甚为疑惑。惊动南海教主,口称"善哉",马郎苦劝众人,其功非小,今起疑心,有恐退悔,待我现化凡僧,再劝修行,带尸升空。和尚乃作偈曰:

二劝修善不真空,僧俗进精一般同。

真心修炼天堂乐,退悔无功却返凶。

马郎闻言吃惊,揖问和尚曰:"你乃何处安身?"和尚答曰:

现今十方当住场,家在云门云水乡。

沿街化,度道粮,夜在空中宿,日间劝修行。

马郎即问道:"你俗家姓甚?为何出家修行?"和尚答曰:

俗家爹娘有名望,世代善良本姓庄。

爹已死,娘亦亡,家财整打光,故此做和尚。

马郎又问道:"此路过,还是别有贵干探听?"和尚答曰:

寻访堂妹女佳人,叫他回家去成亲。

妹有愿,背莲经,吃素并行善,就可配婚姻。

马郎又问:"你妹多少青春?几月几日生辰?"和尚答曰:

妹出门时十八春,不长不短貌超群。

二月天,巳时生,十九是母难,至今廿一春。

马郎说:"你妹出外哪方?所做何事?几日未归?"和尚答曰:

我妹十方传莲经,至今三年不见人。

不归家,音无信,到此来打听,特地远追寻。

和尚就叫:"居士!你问如此仔细,必有事故。"马郎答曰:"三年前,果然有女子手提鱼篮到此。我亦盘问,与你说来无二,后在晴天寺中,教经一月余零。幸我熟背,就即成亲。拜堂进房,她就肚痛归阴,真真可惜泣叹!"偈曰:

启口便叫大和尚,提起你妹实悲伤。

熟背莲经成花烛,洞房成亲不成双。

可怜聪明智慧女,一时肚痛见阎王。

我立誓愿不再娶,修行念佛过时光。

和尚听说:"莲经难得,我赞其妙。劝你不必悲伤。"而作偈曰:

亏得娘子主见高,年轻修行早了道。

虽然幻身受苦恼,救度生灵功德高。

普劝人人早修道,无常到来没处逃。

年轻修行不欠早,老者修行半路抛。

再劝老者勿用懊,名师指点回心早。

愿你人人早成道,要防阎王牌票到。

和尚叹罢说道:"即今我妹身亡,不必说了,只是尸首葬在哪里,烦你领我一观。"马郎就与和尚来到坟前。和尚说要开坟一看,未知是我妹子尸首。马郎曰:"娘子临终有言,他说不是凡人,乃是观音菩萨现化,卖鱼渡人。"和尚道:"若是凡人,骨肉俱烂。若说佛体,金身不坏,容颜不改,必要开看明白。"那马郎闻言,就叫众人掘开坟盖。只见娘子手提鱼篮,颜色不改,金身睡去。和尚一见,而赞偈曰:

鱼篮观音口内请,你救沙滩众百姓。

违旨降凡三年满,特来伴送上天庭。

和尚偈毕,娘子金身起来。和尚与其挽手腾空,化道彩云。众人下拜偈曰:

坟头掘其紫金身,埋土三载不改形。

慈悲鱼篮观世音,金沙滩上永留名。

却说众人遥观活佛升天,二身归一,坐在云端,马郎和众等拜送。大士道:"拜送不必,须要代我苦劝世人,持斋把素,修行念佛,改恶向善,须要切记。"作偈而曰:

金沙滩上无善人,玉帝降灾不非轻。

我发慈心下凡界,埋土三年劝修行。

普劝世人归善道,功德巍巍上天庭。

劝众修行成佛位,免做轮回往来人。

传授世人诵莲经,消灾免难家道兴。

持斋把素行善心,福寿双全保安宁。

杀牲总须还他命,冤冤相报结仇深。

奴今下凡二次临,苦劝人人早回心。

莫说空中无神明,暗室亏心早知情。

修行不可退道心,退后一步地狱行。

今朝有缘来相会,无福不能见金身。

还有多少不信心,大众代我费精神。

有缘听从劝世人,日后渡你上天庭。

我在云端一节话,愿你人人记在心。

代奴言语传天下,功德无量作佛亲。

大士说罢升空去,从此代佛劝修行。

却说众人跪听云端之话,叹惜不已:"因我等罪孽深重,害大士埋葬受苦,至今升天,真乃大慈大悲,救苦救难。现今我们受菩萨之恩,将何报答?"马郎曰:"幸有神像,再配鱼篮,描传分送。我有祖遗沉香木一段,照像雕刻,鱼篮观音,家家供奉,焚香点烛,日夜礼拜,虔诵真经。每逢二六九日,出外普劝世人,以报菩萨之恩。众人闻言,个个欢喜,或泥塑木雕,纸画字写,真所谓家家立真像,户户供圣尊。"是此鱼篮救苦观音,相传至今。再说马二郎,传像以后,坚心办道,虔诚修行,或逢二六九日,不避风雪,不离水火,出外苦劝世人。乃作偈曰:

马郎坚心办前程,皈依默念无字经。

朝朝参禅悟功成,二六九日劝世人。

奉劝众位仔细听,佛言道语说分明。

持斋吃素念真经,杀害牲灵结怨深。

修行必须要坚心,一月虔诚抵三春。

莫说老来难成道,回心成佛霎时辰。

再劝世间男女人,闻经听法快回心。

头上三尺有神明,作恶行凶受报应。

年轻修行功最深,古佛多是少年人。

善才七岁参三宝,释迦太子年轻早修行。

青春女子心清静,莫避嫌疑大道成。

刘香女劝化能成佛,救苦救难观世音。

奉劝先生半老成,半做凡事半修心。

慈悲忍辱弥陀佛,弥勒古佛笑盈盈。

中年妇女早回心,修行不可误时辰。

王氏贤女诵真经,转世修炼上天庭。

年老公公心忖定,快快及早办前程。

张果老骑驴去修行,南极宫中老寿星。

年老婆婆顶要紧,速即回头快修行。

骊山老母花甲零,西池王母老年人。

劝你修行先修心,办到须要孝双亲。

爹娘就是灵山佛,孝感动天永留名。

买物放生积善因,布施作福济寒贫。

印送善书功德大,不成仙佛也成圣。

敬惜字纸重五谷,切勿动刀杀牲灵。

出言吐语防阴鸷，做事烦劳三思行。

不说马郎劝众人，再表南海观世音。

驾云来到灵霄殿，叩禀玉帝奏表情。

却说大士俯伏金阶，奏曰："臣蒙上帝宽恕金沙滩凶徒，臣士领命下凡，手提鱼篮，劝学莲经，持素修行。至今凡界三载，此村人人向善，广修功德，前来复旨。"玉帝闻奏大喜，口称："善哉！若非御妹指点，那方众生，早入鱼腹。因卖鱼劝化，敕封大士，授鱼篮观音之号，万载香火，留名后世，坐镇南海。"称哉谢恩，圣寿无疆，又别众星，退出朝门，驾云而归。

不宣大士回宫廷，再说马郎功已成。

若非观音来显身，凶首怎肯学修行。

恶人回心能成佛，强徒行善鬼神惊。

马郎劝化九年零，金沙滩尽是道心人。

值日功曹忙启奏，玉帝见表喜欢心。

即使金童玉女人，相请一位马郎君。

马郎见说换衣襟，辞别众位道伴亲。

修行必须要精进，功成圆满上天庭。

不可退悔作孽深，地狱受苦殁人情。

马郎说毕归天界，金童玉女领路行。

马郎灵归天庭，朝见玉帝。玉帝降旨："念你改恶向善，苦劝世人回头，坚心办道，九载功成，送往极乐，受无量之福也。"

马郎谢恩出宫廷，金童玉女护送行。

来到西方极乐园，永享佛国万万春。

不宣马郎正果成，再提金沙滩上人。

起初人人皆凶恶，至今个个善心人。

善人回头有感应，天赐福禄永安宁。

五谷丰登年岁熟，家家共享太平春。

再劝众位男女人，听了此卷快回心。

将古比今说你听，切莫错过这光阴。

孝顺父母天赐福，牲灵买放添寿春。

慈悲忍辱为第一，救济贫穷量力行。

莫说几钱无功德，一钱逼煞英雄人。

十文能抵千金力，施舍总有好收成。

莫说神明不感应，过头是有活佛临。

功曹日夜奏天庭，赏善罚恶定公平。

莫说修行是虚情，前世修来古人云。

前生修来今世福，今生再修上天庭。

莫说穷苦无修成，古佛临凡出身贫。

奉劝世人莫看轻，富贵贫贱世上临。

在堂男女仔细听，持斋念佛快修行。

若能真心参功成，免做轮回受苦辛。

今日相逢善良人，听了此卷记在心。
劝世修行功德大，坚心办道上天庭。
鱼篮宝卷宣完成，诸佛菩萨笑盈盈。
听经之人增福寿，九玄七祖尽超升。
经也圆来佛也圆，观音香火永留传。
宣赞良言千人会，讲经化渡万人缘。
佛法兴隆训，男女都恭敬。
宣卷劝修行，永护家道兴。
修行男女听实言，从此立志要得坚。
第一佛法莫怠慢，第二孝道可登仙。
第三久远心不变，第四训教性莫偏。
第五忘情并绝念，第六品貌行的端。
第七粗鄙无半点，第八肚量海阔宽。
第九勤谨莫厌倦，第十礼仪最为先。
十一内外无缺陷，十二样样洁白鲜。
十三见善早学满，十四忍辱加和谦。
十五自己有主见，十六和气养真元。
十七受得魔与难，十八怎敢谤圣贤。
十九不甘自下贱，二十皈清戒又严。
仙佛也是凡夫转，堕落只为不诚虔。
千难万阻苦修炼，任生任死掌法船。
吾辈皆因见识浅，前生未曾结佛缘。
根薄孽重难遮掩，又况迷失六万年。
罪多一时难尽忏，刻刻跟随在身边。
奉劝知音仗慧剑，斩断六贼免牵缠。
跪求大智说一遍，问明口诀参妙玄。
凡情空去日留念，夫妻儿女是索牵。
老病死苦难替换，夸甚富贵美良田。
身在苦海如幻梦，一旦无常上钩竿。
到了阴司阎王殿，考察善恶问几番。
善归极乐佛钦羡，恶煮油锅抛刀山。
忧愁痛苦泪满面，一桩一件自己填。
哪若慈悲修至善，苦尽甜来上西天。
功高德厚佛祖选，巍巍驾坐紫金莲。
行有龙车和凤辇，逍遥快乐万万年。

鱼篮宝卷(版本二)

鱼篮宝卷初展开,诸佛菩萨降临来。

三春果满菩提树,一夜卷开世界香。

谈禅讲教会机玄,音传心朗碧天寒。

普化众生皈净土,有缘得遇上蓬莱。

却说观世音菩萨,普化娑婆世界,一日来到江海之边,看见一个地方,名称叫金沙滩。此方人民,家家作孽,深重如海,个个为衍,高厚若山。此时观世音菩萨,大显神通,大发慈悲,普化一众男女迷流。

观音菩萨发慈悲,金沙滩上显神威。

化作一个老渔翁,度化恶人理应该。

身上衣衫头露顶,背驼腰曲步难移。

手提鲜鱼街上卖,声声只喊卖鲜鱼。

一连卖了三四日,并无一个买回归。

尔时说观世音菩萨,因见金沙滩上一方人氏,人人行恶,个个行凶,杀牲害命,贪花爱色,瞒心昧己,肇事生非,欲度遇迷,显身下界,偈曰:

金沙滩上万千家,人人作孽尽行邪。

个个杀牲并害人,念佛修行没一家。

身着绫罗口说夸,谁肯回头诵法华。

只为众生多造孽,救苦观音去化他。

一郡人民无善心,只思杀害口有吞。

且图眼下风光好,不思地狱受艰心。

观音菩萨发慈悲,速驾祥云到海中。

化身径到金沙滩,宏深誓愿度众生。

凡夫肉眼谁能识,几番唤醒梦中人。

普门示现神通广,化度诸人出苦轮。

尔时菩萨手提鱼篮,径往金沙滩上闹中去处,人多之地,往来卖鱼,三四五日,并无一人来买。菩萨道:"善哉善哉!可怜肉眼凡夫,难免相逢不识。此等凡人,只认假不认真,见吾形容不美,无人交涉。"不免将身一变,化作一个美貌佳人,面如红粉,口似胭脂,眉如绿柳,眼若清波,赛过月里嫦娥,胜若九天玉女,提着鱼篮沿街叫喊:"卖鱼卖鱼!"来到闹中之处,遇着一众郎君,挨肩擦背,拖拖扯扯,口说:"吾要买鱼。"拥住三个时辰,并无一人来钱买去,乃作一偈:

菩萨思量计百般,只因丑陋少人观。

不免将身来变化,化出嫦娥女一般。

蛾眉淡画妙难量,面如满月眼如莲。

青丝挽起蟠龙髻,十指光莹似笋尖。

香鞋脚小步难行,腰系湘江水浪裙。

可叹世人无根气,原来宜假不宜真。

娘子移步不沾尘,手中提着活鲜鳞。

八幅罗裙风摆动,忆煞金沙年少人。

篮面鲜鱼篮底经,荷叶隔断不沾尘。

可怜都是迷魂鬼，谁识南洋观世音。

尔时菩萨观这一切愚迷，思想：“方才见我形状丑陋，并无一人与我交谈，又无一人与我买鱼。我今变其容貌，个个心中痴了，都要买鱼。”此时来了一个郎君，便问娘子：“姓甚啥名？何方人士？多少年庚？可曾婚配？”娘子回言便答，乃作一偈：

　　家住灵山云水村，从来未有姓何人。

　　农桑针指俱不会，卖鱼为活度朝昏。

　　爹娘生吾无兄弟，单生姐女女三人。

尔时菩萨观见众人之内，有一人，名唤张四郎。他口尖嘴快，便叫娘子：“你的鱼儿将死，及早卖与人啰。”娘子回言，乃作一偈：

　　吾的鱼儿死又鲜，是有河中打上船。

　　有慧郎君将钱买，无智郎君莫忘言。

　　不是卖鱼为活计，故将鱼卖化愚贤。

　　有缘醒悟鱼见意，大家渡上同船头。

　　众位郎君要买去，任你赊去后还钱。

　　知机买得归家去，鱼儿方可得生天。

尔时又见张四郎相问：“年庚多少？丈夫有无？”娘子回言，便答偈曰：

　　年岁奴奴记得真，生吾之年岁属金。

　　甲子年庚生吾下，二月十九巳时生。

　　五行八字多刑克，直到如今未说亲。

　　如有郎君求婚配，除非诵熟法华经。

尔时菩萨被迷人问过因由。娘子将一只鱼篮放下，立在街中。众人见之，魂飞天外，张四郎说：“请娘子到我家中，好生茶饭，用几杯好酒，既未适人，央媒说合。”娘子便回言，乃作一偈：

　　虽然吾是卖鱼人，自小生来不吃荤。

　　闻着酒气三日醉，略闻荤味便头疼。

　　不杀牲来不害命，一般篮内一般名。

　　上有鲜鱼来盖面，下有七卷法华经。

尔时菩萨道：“上有鲜鱼，下有经典。”张四郎道：“鱼儿湿了经卷罪过，怎么处？”娘子回言：“上鱼下经，中间荷叶隔断不妨。”乃作一偈：

　　篮中七卷法华经，荷叶隔断不沾尘。

　　生吾不离经七卷，随身拥护保安宁。

　　修行必上天堂路，作恶还归地狱门。

　　善恶两途都在此，任君要往哪边行。

尔时菩萨说偈已毕，张四郎又问：“如何是天堂？”娘子回言：“念佛行善即是天堂。”乃作一偈：

　　玉殿珠帘又宝光，焚香一炷透天堂。

　　诸色宝卷香馥郁，百般仙乐响叮当。

　　仙童仙女来扶护，思食思衣任意尝。

　　行善之人都在此，逍遥快乐寿延长。

尔时菩萨又见张四郎所问：“如何是地狱？”娘子回言：“在世诽谤三宝，不报回恩，就是地狱。”乃作一偈：

阴司地狱苦难当,毫无日月与星光。

阿鼻铁城高万丈,酆都幽暗总无光。

三司案前无彩曲,十八狱主貌轩昂。

铁磨心肠并锯首,剜心割腹取肝肠。

尔时菩萨又见张四郎所问行善缘由,娘子回言:"要吃斋念佛、孝顺父母为妙。"乃作一偈:

酒色财气速离身,日日堂前孝双亲。

杀生害命俱全戒,持斋吃素莫欺心。

二六时中行方便,怜贫爱老敬神明。

十方三世一切佛,皆是当初止信人。

尔时菩萨又见张四郎询问行恶缘由,娘子回言:"不忠不孝,非礼非义。"乃作一偈:

不闻佛法不闻经,瞒心昧己害良民。

杀牛宰马心欢喜,布施斋僧脑也疼。

孽海漂漂何日了,火焰滔滔几时停。

堂前不把双亲孝,损人利己使欺心。

尔时菩萨又见张四郎所问,"既然篮内有经,你可会诵么?"娘子回言:"此经七卷,通成一部,经中共有六万九千七百七十七个字,我皆能诵,一字无差。"张四郎道:"你可就诵一遍?"娘子见说,心生欢喜,就诵法华经。声音朗朗,如瓶泄水,至第七卷终,一字无差。众人皆听,正诵之间,空中布起,五色祥云,卫护娘子,音声嘹亮。众人愿乐欲闻,菩萨乃作一偈:

莲花一部最为妙,正是如来金口宣。

慈风飑飑超三界,法雨霏霏遍大千。

断邪归正登彼岸,灭罪消愆上法船。

若有善男来学念,先熟经文配有缘。

普劝郎君休懈怠,莲经七卷全背完。

成亲不用绫罗绢,何须茶礼及杯盘。

不用年高并懒汉,不拘豪富及寒酸。

若人背出莲经熟,结成夫妇永团圆。

此时张四郎与家人商议在张家巷内,幽僻之处,林树之中,起造草庵一所,唤作经堂,择了日期,请娘子传授莲经,每日香斋,轮流供养,不拘贫穷富贵、士农工商。一众人民,顿见娘子容貌非凡,个个想成夫妇,都诵莲经。营生买卖,尽皆抛弃,听学经文,乃作一偈:

霎时创立草庵房,张家巷内作经堂。

焚香霭霭生祥瑞,点烟煌煌照太平。

娘子假做凡流辈,花叶无心蝶自忙。

一众愚痴妄想心,买卖经营做不成。

酒店人家收杆子,杀猪屠户也关门。

诸般铺户都收店,尽来庵内诵经文。

人人俱要成亲事,个个抢前要熟经。

当时众人问娘子:"这七卷莲经多少日期就可背出?"娘子答曰:"有缘分者不消一月,若先熟者,不择日期,便可成亲。"众人个个争先,又作一偈:

告言大家听知闻,诵经先熟早求亲。

有缘先背求姻事，无缘懒惰不求姻。

太医不去看疾病，秀才窗下不潜心。

木匠连忙收斧凿，银钱二匠罢营生。

风流浪子休游玩，凶徒恶汉也看经。

煎盘不顾烧焦饼，勤俭农夫懒去耕。

皮匠鞋匠停了工，开张酒店不厨烹。

猎户不去张罗网，求衣收铺不缝针。

多少贤愚并贫贱，不分昼夜诵经文。

自从娘子到沙滩，个个争先诵法华。

人人都想求亲事，谁道观音化度他。

尔时菩萨音声朗朗，教诵莲经，告诸大众，凡诵经文者，各要清净三业，众曰："何为三业？"答曰："一者端身正坐，二者口无杂言，三者意不散乱。"此三者俱已，并能吃苦，如是一部莲经就可背出，亲事易成，乃作一偈：

诵经须要意精处，休想邪心起妄言。

八部天龙皆拱手，邪魔外道尽汗颜。

一心不乱经先熟，日时不择结良缘。

三心二意经难会，休想姻缘枕上观。

尔时菩萨告知大众先诵弘传序，后诵法华经，速宜背诵，立刻求亲。娘子正说之间，慧眼一看，见一人心不善，惯作非为，名唤马二郎。菩萨口中不说，心下思量："祖云'宁度一罗汉，莫度一愚痴'，若度此人一个，胜度千万余人。"娘子道："大众之中，唯马二郎经文可以先熟。"乃作一偈：

众等郎君尽学经，诸佛龙天尽喜欣。

弘传序毕方便品，比喻信解要知闻。

七卷始终无差错，莲经赞毕佛分明。

马二郎君经先熟，此人有分结成亲。

不说马二郎熟经，且说张四郎母亲，朝夕经堂吵闹，就骂："逆子从来有。前面娘子未到，沽酒买肉，供养父母。今年娘子一到，学诵法华莲经，生意买卖不为，父娘妻儿不顾。壶中无酒，厨内无荤，老身熬得面皮黄瘦，形似枯柴。"乃作一偈：

逆儿张四好癫狂，两脚奔波日夜忙。

不顾家园并父母，一心只顾下经文。

酒肉荤腥俱没吃，教娘饥饿面皮黄。

不孝爹娘行忤逆，如何又入教经堂。

此时马二郎之父名唤马承相，行来劝得张四郎母子出门而去，告言娘子："前者有言，如经先熟者即便求亲。今我儿经先熟矣。"娘子回言："一言既出，驷马难追，岂有反悔之理？汝不必疑，郎即求亲便了。"乃作一偈：

佛教经文儒教书，更兼道教化贤愚。

万典千经真教义，一言既出有何疑。

念佛授经真实话，何曾说出半言虚。

了心辨意求亲事，不比寻常更改移。

马公见说心中喜，便择良辰吉日时。

选得今年十九日,二月十九结佳期。

尔时菩萨告言马公前去准备筵席,款待亲戚,即便求亲。马公见说,心中大喜,忙去打扫门庭,准备筵席,准于二月十九日,周堂通利,翁姑无碍,合卺求亲,乃作一偈:

今日婚姻天配来,夫妻情分是前生。

千余人内经先会,五百年前宿世因。

筵前不用鱼和肉,素馐薄礼待诸亲。

不用笙箫并宴乐,筵前诵部法华经。

此时娘子与马郎求亲参拜公婆、诸亲、邻眷。娘子告诸亲曰:"席上不用杀生,唯恐累及祖先,返随地狱,不得超升,如此有罪于各眷。今异口同声,持诵莲经一部,免入轮回。"乃作一偈:

杀生害命造孽多,他来讨命你如何。

目下一时图口腹,阴司相对下油锅。

今日杀生他日报,冤冤相报不蹉跎。

明知地狱千般苦,及早回头出奈何。

众人尽听娘子持诵莲经,并无误念,至第六卷随喜功德品内,娘子起身告言:"奴今忽染病患,抱恙在身,禀上公婆,容奴归房安歇。倘若无常到来,命在旦夕。"乃作一偈:

唯有无常第一名,不通嘱咐及人情。

黄金虽有难买命,不问皇亲及国戚。

阎王本是平等君,不爱民财只取人。

三更勾人四更到,谁能停留到五更。

尔时菩萨道:"病恙将来,怎生是好?"公婆道:"且到房中,调理病体。"当时辞别夫君,顷刻之间又说道:"马郎丈夫,我命将危,必然赴阴司,怎生是好?"马郎见说,眼定痴呆,稍停片刻时,娘子命归黄泉。马郎放声大哭一场,悠悠苏醒,而作一偈:

夫妻相会暂时间,百岁恩情一旦损。

云锁阳台香杳杳,烟迷楚岫月漫漫。

奴奴不是想抛弃,只为无常在目前。

若要相逢重见面,除非你到普陀山。

尔时菩萨端然坐定,寂然不动,化身而去。此时公婆、丈夫尽皆大哭,此段姻缘,宛如一梦,啼哭几番,而作一偈:

幸得今朝喜事逢,谁知今日一场空。

只道百年为夫妇,生死如同反掌中。

指望同心求结发,学诵莲经苦用功。

枉空虚名扬后世,原来对面不相逢。

尔时菩萨合掌当胸,化身而去,诸亲下泪,夫主悲哀,乃作一偈:

学诵莲经费尽心,不知几个夜三更。

别人娶妻同到老,唯我求亲不长久。

苦痛堂前爹与母,悲哀帐内一夫君。

从空降下无情剑,斩断人间夫妇情。

此时马承相见媳身亡,买取衣棺殡殓,之后逢七追修,读诵法华经者并拜梁皇宝忏,乃作一偈:

诸亲六眷泪汪汪,奉送棺灵到远乡。

彩云布起琉璃色,烟霞普放白毫光。

亲邻眷属皆嗟叹,悲悲切切苦情伤。

半日夫妻天下少,落得虚名振四方。

僧抛铙钹叮当响,众亲相送到山岗。

人人念佛随棺去,相送娘子到坟堂。

灵前供养般般有,马郎哭得断肝肠。

七二荐修来追度,愿祈亡者上天堂。

当初指望学莲经,个个贪心结做亲。

风流浪子持斋戒,好酒郎君不食荤。

恶事少为皆习善,金沙滩众尽回心。

自从娘子身亡后,个个皈依佛法僧。

此时菩萨从此隐身而去,无人得知,不觉可怜,肉眼凡夫,当面错过。即时观世音菩萨又化一老僧,年高八十有九,鬓发如霜,腰驼背曲,右手提锡杖,左手托钵盂,来到马承相门首,口诵阿弥陀佛。马承相见僧相貌非凡,请到后堂斋饭一餐。和尚斋饭后,口宣贫富枯荣之偈,愿乐欲闻,乃作一偈:

般般受用亦无忧,朝观暮乐几时休。

走马擎鹰多快乐,踢球打弹赶风流。

昨日寒食排筵宴,今日清明去赏游。

衣食两全皆前定,也是前生念佛修。

火贼牵连日夜愁,奔波劳碌几时休。

锅中少米妻儿愁,厨下无柴老少忧。

才到冬来归一处,西风与我结冤仇。

饥寒困苦命磨难,也是同天合日头。

恩爱夫妻宿世修,同行同卧死同丘。

作事所为皆遂意,两人说话合相投。

喜得幺男并二女,合家富贵总无忧。

如鱼如水皆百岁,也是同天合日头。

夫妻不和各缘由,倘若相争便要休。

男儿三十正风流,只为无妻晓夜愁。

用尽千般辛苦力,学经学典用功修。

口中不语好说话,捶胸顿脚泪如流。

心毒咬牙常记恨,时常说话结冤仇。

朝又打时夜又骂,也是同天合日头。

八十年来发白头,手轻脚健是前修。

有男有女家豪富,无病无灾总不愁。

夜夜元宵多快乐,朝朝寒食取风流。

夫妻到老相和合,也是同天合日头。

娶到家中无半日,突然坐化怎生留。

落得虚名空自在,也是同天合日头。

即时马承相父子听和尚叹富贵贫穷老少,不由人不下泪。和尚道:"从前有个卖鱼娘子,闻得在此,传授莲经。不知如今,何处下落?"承相道:"就在此教授。只因我儿贪爱娘子容貌,日夜习诵莲经,不辞辛苦,半月之间,即已读熟,娶得娘子回家。成亲之夜,一病而亡。哎!不想一段姻缘,竟成一梦。"和尚言道:"此非凡女,乃南洋观世音也,欲化度你一方人氏,故来此地显现。"乃作一偈:

> 和尚回言承相听,他是南洋观世音。
>
> 观在此方多造孽,特来变化卖鱼人。
>
> 现见一副红莲骨,头顶相连到脚跟。
>
> 不信老僧如此说,打开棺木看虚真。

却说和尚到棺边,令众人打开棺木,果见一副红莲花锁子骨在内。此时众人各惊,和尚将锡杖挑起此骨,与众人说道:"此菩萨大慈大悲,见你一方人,造孽如山,不肯向善,故此权设方便,时来化度。汝等速宜回头,莫负大士之意。"语讫腾空而去,自此一方,个个回头,人人向善,奉佛者众也。泉州粲和尚以偈赞曰,乃作一偈:

> 丰姿窈窕云鬓斜,赚煞郎君诵法华。
>
> 一把骨头挑起后,不知明日落谁家。

尔时和尚普告大家:"菩萨出现金身,化度凡人,大家速速回去,奉佛诵经。若非如此,何以度化此身?"乃作一偈:

> 菩萨劝化众痴迷,如何要娶佛为妻。
>
> 妄想贪心何日了,沉沦地狱有谁知。
>
> 不把鱼儿来引化,怎得回心改意时。
>
> 今演三乘来化度,是缘都得证菩提。
>
> 菩萨神通不可量,特来变化卖鱼娘。
>
> 劝化恶人行正道,诵经念佛作贤人。
>
> 断恶除邪归正道,变化地狱成天堂。
>
> 善男信女勤念佛,西方广种一池莲。
>
> 马郎修道数年春,普传因果劝今人。
>
> 礼拜鱼篮观自在,诵持七卷大莲经。
>
> 自然改过心慈善,清斋守道把功求。

鱼篮宝卷(版本三)

> 鱼篮宝卷始展开,奏请菩萨坐莲台。
>
> 在堂大众齐声贺,消灾延寿福门庭。
>
> 观音菩萨发慈心,要救金沙滩上人。
>
> 慈眼遥观有水灾,三天门下早知因。
>
> 虚空过往来监察,奏上三天玉帝闻。
>
> 玉皇上帝心大怒,敕令雷公电母神。
>
> 东海龙王来行水,淹没金沙滩上人。

却说观音大士在云端里,经过慈眼,遥观上天玉帝发怒,三天门下黑气腾腾,查得下方金沙滩一带,却有水灾,几万余人尽遭劫数。大士心中慈悲,来到三天门下相见玉皇,说道:"金沙滩一带,求从宽几日,我下凡亲自到那,劝他们改恶从善。上天有好生之德,若能劝得回心上帝,亦是好事。如若劝不回心,任由上帝淹死便了。"玉皇准奏。观音大士下落云头,将身变化一个卖鱼娘娘,生得丑陋不堪,头发蓬松、衣衫褴褛、手提鱼篮,叫声:"卖鱼也!"

观音打扮卖鱼人,变做一个贼样景。
头上几根黄毛发,骨簪横插在头心。
眉毛好像断板刷,一只眼睛好像豆泡丁。
一只眼睛田螺眼,鼻头生得像乌菱。
两爿面孔有大小,天生一个缺嘴唇。
招风耳朵坎额角,牙齿扒出夜叉能。
双手生得有大小,走起路来脚不平。
身上衣衫千百结,腰里束条破布裙。
脚上鞋子无跟配,脚跟好像炭团能。
街上卖鱼三四日,腌鱼下藏七卷经。
东街走到西街去,南村走到北乡村。
手提鱼篮来叫喊,并无一个有缘人。
金沙滩上人多恶,个个横眼起邪心。
专好杀生行邪念,不愿持斋口吃荤。
一心就想贪口腹,僧道上门是仇人。
日间捕鱼为活计,夜头打劫做强人。
黑气冲天遮日月,可怜淹死不能生。
大士心中生一计,因奴貌丑不相亲。

却说大士在金沙滩上卖了三四日,无人要买,人情浅薄。大士思想:"看我丑陋不识好人。我想只得重新变化一个美貌佳人,再卖数日,看他如何模样。"

观音大士将身化,变了个齐正卖鱼人。
青丝挽就蟠龙结,眉如秀柳水逢春。
眼似秋波双凤样,面似桃花红嘴唇。
耳上金环分左右,宛如风吹月遍云。
身穿月白花绫袄,手中提个活鲜鱼。
提了篮兜前边走,后面郎君跟近身。
大士一路前行走,各家店前立定身。
店中朋友看见了,世间少有这佳人。
哪知菩萨来变化,急救金沙滩上人。
要劝众人回心去,为此今朝街上行。
众人推挤齐来看,凡间少有这般人。

众人见这卖鱼娘子打扮十分美貌,不知到何处去买卖。后面几个后生叫声:"娘子,你往哪里去卖鱼?"答道:"吾鱼在这里卖与有缘人。"这人听了便问:"娘子姓甚名谁?住居何处?"大士回言道:"郎君听着。"

家住云州云外府,脱空县里有乡村。
祖上姓陈河边住,卖鱼为业度晨昏。
父亲生我无兄弟,姊妹同胞三个人。

椿萱双双多去世，二位姐姐对成亲。

只因奴奴年纪小，排行第三是奴身。

你们若要将鱼卖，凭你称来银几分。

内中有个张四郎，名字叫里虎，口尖舌快，恶心恶意，就问大士说："娘子，你的鱼腌了怎么到街坊上来卖？"娘子便答道：

我的鱼儿活又鲜，今朝起水上街边。

有缘即便来买去，无耻之人莫乱言。

你若要买来细看，鱼腌及早向前行。

诸位观看鱼活跳，恁你铜钱值几文。

便把鱼儿称称看，知道鱼儿重几斤。

有缘买吾鲜鱼吃，吃了鱼儿有缘成。

且说张里虎又道："娘子，你今年多少年纪了？生得好个绝色佳人。为何要来卖鱼，受了多少风霜，抛头露面，好不苦楚也。"

问奴年纪记得清，我生之年岁属金。

甲子年间生了我，二月十九巳时生。

妙庄皇帝江山坐，劝奴配亲弗太平。

奴奴八字寡孤命，直到如今未招亲。

五行算来相克害，因此耽搁到如今。

如若有人来说合，依奴一事便成亲。

只有莲经共七卷，念熟莲经就成亲。

里虎心中来思想，未知莲经如何能。

张里虎道："你鱼儿卖了，我便请你吃一杯酒。说合亲事，未知娘子你意下如何？"答曰："听我道来。"

虽然我是卖鱼人，自小生来酒不尝。

闻着酒香三日醉，一喷酒气痛伤心。

不吃荤来常吃素，诵经念佛最高明。

因见众人行大恶，奴身自愿度凡人。

奴是卖鱼非为别，下有经文度众生。

张四郎问道："你经文今在何处？"娘子答曰："现在篮内，上有鲜鱼荷叶盖面，下有经文了。"

娘子开言说事因，千言万语不回心。

鲜鱼下有荷叶盖，一共七卷法华经。

如若诵经皆得福，作孽还归地狱门。

一心奉诵经七卷，罪孽消除祸不生。

人遭疫气从天降，莲经祈保福星临。

张里虎告道："娘子既然有经在篮内，不知如何念法？"菩萨回言："你在面前念便了。"里虎听说大喜。大士将鱼放在篮内，就把经诵起，声音微妙也。

普门第一最为先，正是如来真实言。

法雨霖霖飘世界，慈风拂拂变三千。

祛邪归正功德满，作孽渊深罪可轻。

吃素持斋来奉诵，念起法华七卷经。

大士道:"众位! 如若念熟莲经七卷,就可成亲。况且不用绸缎罗匹,弗用荤酒菜肴,只要张家巷口松树底下搭起凉棚,轮流念经即可。"

众人听说多高兴,齐来学经闹盈盈。

芦席松棚来搭起,金沙滩上闹盈盈。

个个烧香并点烛,一心学念法华经。

香烟透气冲天上,人人洁净念经文。

风流假作慈悲事,个个诚心日夜行。

金沙滩一带做生意的都要来学经,生意也不做了。

金沙滩上人多少,买卖无心做弗成。

渔家弗去鱼来捕,持斋也要学莲经。

山中樵夫归家去,持斋也要学莲经。

田里农家无心种,持斋也要学莲经。

工匠不拿生活做,持斋也要学莲经。

裁缝店内不动针,持斋也要学莲经。

钱庄店里勿拿铜钱兑,持斋也要学莲经。

医家勿拿招牌挂,持斋也要学莲经。

铁匠店里无火心,持斋也要学莲经。

酒店里面来关店,持斋也要学莲经。

杂货店里来收拾,持斋也要学莲经。

杀猪屠夫将刀放,持斋也要学莲经。

个个多是痴心汉,尽是持斋学经文。

桌凳经台多端正,香汤净手要虔诚。

便请娘子厅内坐,朝南独坐上边存。

炉内焚香烟缭绕,请求娘子教经文。

里虎当下开言说,莲经七卷甚奇文。

学得莲经方能熟,多少工夫可对亲。

大士即便回言答,要学莲经不计论。

倘然与我有缘分,一月之中便可成。

众人听了多欢喜,洗耳恭听学诵经。

此时菩萨看见众人诚心,即便设法教经,只见空中彩云缭绕,异香馥郁。众人愈加相信,不惜财物供给。众人齐心学诵经文也。

菩萨发心经念熟,超度世人免溺沉。

众人都想先念熟,独占风光娶美人。

白日焚香如云雾,夜间点烛像星辰。

日月如梭一月满,高低力量不齐心。

也有经文一半熟,也有成诵五六分。

唯有里虎心灵巧,十分尽熟已先成。

心中欢喜多得意,成亲美女稳稳能。

回家说与双亲晓,来到经堂说事因。

娘子有言曾说过,学熟莲经就成亲。

我今经文多熟透,应该家内去成亲。

大士当下来应允,一言既出岂能更。

里虎见说心欢悦,急忙备酒闹盈盈。

来到家中排筵席,挂灯结彩娶新人。

灯笼花轿流星炮,乐人吹打去迎亲。

来到茅棚经堂内,众人见了叹连声。

这般姻缘天送到,我们无福枉劳心。

菩萨吩咐众人听,近日送我去成亲。

你们切莫生嗔怒,跟随我去看分明。

吩咐已完忙上轿,众人相送一同行。

那时来到张巷口,一齐推进大墙门。

此时众人来到张里虎家中。张里虎备酒款待,乐人吹打,加上诗赋三套。此时喜娘新人揭开轿子门,要请新人拜堂成亲,新娘娘却不见了。只听得半空中霹雳一声,轿子内看见万道祥光,吓得众送亲人目瞪口呆,仔细一看,单剩了一顶空轿子。那时万道金光化作五色祥云,团团围绕在张里虎家的房屋上。此时张里虎弗见新娘娘,跌脚捶胸,声声怨恨。不知哪里来的妖精鬼怪,哄骗我成亲,消费了多少财物,害得我好可恨也。

里虎不住嚎啕哭,众人个个木头能。

只听空中音乐响,云端说话众人听。

你等不必心疑惑,静心听我说原因。

并非妖精并鬼怪,我是南海观世音。

因此地方作孽重,恶贯满盈无解分。

玉皇上帝亲查看,敕令三官五岳神。

水府龙王并诸将,发水平升丈六深。

淹没金沙滩一带,劫数生灵万万人。

我是慈悲救你苦,上天讨敕暂稍停。

从宽几日来劝解,特来变化卖鱼人。

鱼篮底下藏经卷,佛法无边度众生。

一月念经功德大,从前罪孽化灰尘。

从今可免水灾难,此处人民保太平。

但愿众人行好事,不枉今番学经文。

当下众人听仔细,抬头张目看分明。

祥云霭霭多清爽,内坐南洋一世尊。

此时方知此真相,善才龙女两边分。

只见祥云微微动,渐渐升天不见形。

众人礼拜来称谢,拜谢慈悲观世音。

此时观音菩萨升空而去,众人叩拜,直拜到不见祥云方始起身。张里虎道:"众位,我们平日造孽,犯了天条,应遭水难,若无观音大士上天讨情,下来劝化,诵经免灾,我们不知飘死在哪里去了。此恩此德,难以报效。"内中有一个老者说:"张四官人,吾有道理在此,如今去请一个画师到来,就画一尊观世音菩萨之圣像,叫一个木匠做一座佛堂,把神像放在中间,安放墙门内,日日焚香礼拜。一来报得菩萨救命之恩,二来保得家门吉庆,世世代代作为家堂香火,岂不美乎?"众人听了同心共赞,即时奉行也。

　　各请画师描圣像,分头各自去家门。
　　又唤匠工分木料,细描五色又装金。
　　金沙滩上建寺庙,工匠忙得乱纷纷。
　　众人听说心欢喜,要做佛厨式样新。
　　张家要来李家夺,尽要佛厨供世尊。
　　富户人家费工木,雕龙刻凤又装金。
　　佛厨不用红朱漆,扫除洁净在墙门。
　　不消半月时光好,佛像装金尽完成。
　　家家供奉观音像,报德慈悲救苦恩。
　　金炉不断千年火,玉盏长明万载灯。
　　从此人人多行善,而今个个做善人。
　　卖鱼宝卷已宣完,祝福菩萨尽欢欣。
　　十二宫辰添吉庆,二十八宿保安宁。
　　季季月月添长寿,一家老幼福寿增。
　　斋主虔诚增福寿,合家人口保太平。
　　卷中倘有差错字,一只小偈补完成。
　　奏请大众抽身起,再宣别卷再来听。

二、民间故事类

白鹤图宝卷

白鹤图卷初展开,诸佛菩萨坐莲台。

善男信女静心听,一年四季免三灾。

且说此卷出在江南镇江府丹徒县,有一家姓王名叫玉安,在朝官拜通政司之职。只因朝中奸臣专权,因此告仕纳印,不愿为官,告归家乡。夫人杨氏也封诰命,夫妻同庚,所生二子,长子名叫子琴,长媳丁氏十分贤惠;次子名叫子连,现今一十六岁,尚未婚配。长子赴京考试,一去六年,至今信息全无,全家好不烦闷人也。

目今到处荒年成,家家贫乏真可怜。

连年三荒无雨落,河港井底将起尘。

树木花草枯焦死,街坊市镇少行人。

大小百家当头尽,王家也勿例外人。

一家四口在家门,家丁使女逃干净。

吃是早顿无夜顿,今日没有下喉吞。

玉安正在心烦恼,夫人媳妇走来临。

三人见礼分宾坐,媳妇开口问原因。

且说丁氏见公公愁眉不展,两眼交流,叫道:"公公为何如此烦恼?"玉安道:"只因你丈夫到京考试,一去六年,音信全无,全不思家,生死未知。有官无官,应该早通信息,不想父母妻弟在家悬望,况且如此年荒米贵,家业吃尽当光,一家四口,如何度日,所以烦闷人也。"

三人正在心烦闷,外边走进子连身。

上前即便爹娘叫,孩儿饿得苦十分。

父母听了重重怒,连连不断骂畜生。

你今年纪不算小,应该替父解烦闷。

天天只想贪白相,反向父母要饭吞。

拿起家法将要打,却被丁氏劝阻情。

且说丁氏媳妇道:"公公你且息怒。叔叔应该在外边借些钱米回来供养父母,因为叔叔年轻,不知世事也,不能怪他。做媳妇的左思右想也无计可施。媳妇还有一件东西,叫叔叔出外去变卖一些银子,倒也救得几天性命。"公公道:"媳妇还有什么东西可卖呢?"丁氏道:"别无他物,只有当初聘定之时的一只金钗还在,待我去拿来,叫叔叔去变卖,且过几天,再作道理。倘若丈夫回来,重振家园。"玉安道:"难得媳妇,十分贤孝,快去取来,叫这畜生变卖去也。"

丁氏说罢泪纷纷,连忙移步进房门。

箱内取出金钗子,见物思人哭出声。

且说丁氏对了金钗哭诉一番道:"金钗呀金钗!指望与你同到老,哪知今日两分离。倘然日后有福,仍然将你赎回。"说罢将身出房,交给公公。玉安接了金钗一看,想起当初,双眼流泪,好不伤心,就即吩咐子连道:"你且拿好金钗,快到街坊上兑些银子,速速回来,买柴籴米,保全一家性命。不论价钱大小,一定要变卖,不可耽误,速去速回也。"

子连接了金钗行,别了父母出大门。

路上行程不必说,街坊就在面前存。

只见街上少行人,家家下帘关好门。

都为荒年柴米贵,并无一人走来问。

喊破咽喉无人要,子连急得心烦闷。

家中父母望我转,哪知金钗仍在身。

且说子连拿了金钗,东街到西街,南市到北市,并无一人问讯。众人道:"如此荒年,哪有闲钱买你的金钗。"子连一想,十分苦凄,一路行到三板桥头,将身坐定,放声大哭。那边走来一人,见此情形,问明底细,说道:"小官人,何不到东街上兴隆典当去当呢?当了银子,然后籴米买柴,回家供养双亲,岂不两全其美。"子连道:"多谢老公公指点也。"

子连谢了老年人,一路下桥往东行。

面前就是兴隆当,将身走进典当门。

只见朝奉身朝南,并无一个外头人。

红纸签条门上贴,只赎不当少金银。

子连一看伤心苦,顿时呆如木鸡能。

朝奉看见来动问,官人发愁为何因。

子连即便将言说,要当金钗到此存。

父母在家将饿死,当了金钗救双亲。

朝奉听了心中想,这个官人有孝心。

且说朝奉道:"小官人,你想当金钗救双亲,可是只有赎没有当,因为老板缺少本钱,看来当不成了。我看这样吧,我看你人虽小,倒有孝心,不如我来兑仔吧,你看好吗?"子连道:"也好。"朝奉心想:"我有个女儿,明年要出嫁也,算父母的一片心意。"朝奉就把金钗一称,道:"就是五两三钱吧!目前如此年荒,你要把银子放好,不要露面。"子连道:"多谢吩咐!"接了银子,就此动身也。

子连接银出当门,一路匆匆往回程。

路上行程都勿说,心中只想二双亲。

不说子连回家转,另表一个孝心人。

抱头村上周老二,家中只有老母亲。

娶妻徐氏为夫妇,所生一子传后根。

因为荒年难度日,母亲饿得床上困。

且说周老二一生以肩挑为业,不幸年荒六载,生意全无,家中财产吃尽当光,目前已经三人未曾开过锅盖。周二心想:"自己饿死,倒也罢了。可怜年老母亲七十余岁,哪能经得起挨饿呢!母亲饿得实在伤心,如何是好?"想了一会,"有了,不如将小儿杀了,烧给娘吃,让她多活几天吧。"

周二正在动脑筋,阿福儿子走进门。

叫声爹爹肚皮饿,可有粥饭让我吞。

阿福年龄方六岁,不知什么荒年成。

周二看见儿子来,顿时两眼泪纷纷。

　　且说周二看见小儿子过来要饭讨粥吃,说道:"阿福,今天爸爸给你做一身新衣服,你来看看。"阿福道:"爹爹,孩儿饿得要命,阿有啥让我吃点。"周二道:"你来睡勒板凳上,我去拿给你吃。"阿福因年纪小,哪里晓得要杀他呢,果然睡好在板凳上。周二看见小儿子已睡好,马上就要动手也。

　　周二动手拿麻绳,将儿捆得紧绷绷。

　　尖刀一把拿在手,吓得阿福失了魂。

　　周二正待要动手,儿子大声喊母亲。

　　徐氏听见忙走出,看见此事吃一惊。

　　上前一把来拖住,今天杀儿为何因。

　　周二开口贱人骂,杀儿为了救娘亲。

　　你这贱人懂点啥,今天不该大哭声。

　　倘被外人来晓得,进来抢肉怎样能。

　　不说周二将儿杀,再说子连转回程。

　　且说王子连一路而来,经过抱头村,忽然听得周家大哭小喊,就将身立定,看见大门关紧,就在门缝之中往里张望。只见小儿绑在凳子上,周二手里拿着一把刀,看样子像是要杀子。另有一个妇人拉着男的一只手。子连大吃一惊,马上举手敲门。周二对妻子大骂道:"你看外边有人来抢肉了!"子连道:"我今天问你,为啥要杀人?"周二道:"是我儿子,关你什么事?"子连道:"自己亲生儿子,为什么要杀呢?"周二把情况说明白。子连道:"不要杀了,我有银子赠给你。"周二道:"当真吗?"子连忙拿出来送给周二,即便动身也。

　　周二接银喜欢心,夫妻拜谢大恩人。

　　请问恩人名和姓,府在哪里住登身。

　　子连一一都说明,拱手作别回家门。

　　周二家中不必说,单表子连一桩情。

　　且说子连一路回来,到得门口,忽然想起:"哎呀!完了!为了要救双亲,嫂嫂叫我把金钗变卖银子,不想一时之昏,不应该把银子完全送光,叫我怎样见父母嫂嫂?罢了!只得进去再作道理也。"

　　子连心中苦十分,硬着头皮进家门。

　　堂前见过爹和妈,嫂嫂连忙问原因。

　　叔叔金钗去变卖,可曾卖得多少银?

　　子连即便回言答,嫂嫂在上听分明。

　　且说子连道:"嫂嫂的金钗兑到五两三钱银子。"玉安听了大喜道:"快快买柴籴米!且度几天再作道理。"子连无言可答,顿时呆若木鸡。玉安一看,莫名其妙,便道:"畜生!银子到底哪里去了?快快拿来,不然打死你这畜生!"子连被父亲追逼得没有办法,只得跪下哀求,诉说真情也。

　　子连被骂诉真情,双亲在上听原因。

　　自从拿了金钗子,兑了银子转家门。

　　打从抱头村上过,只见周家杀儿身。

　　孩儿看了心中想,杀儿究竟为何因。

　　所以开口问原因,周二从头说分明。

　　只为老母将饿死,杀子为了救母亲。

　　孩儿看他是孝子,动了我的一片心。

　　一时之间无主意,银子送他救儿身。

且说玉安听了,心中大怒道:"忤逆畜生! 我今与你无话说了,我今天也把你杀了,也好度了几天性命。"玉安把子连拖住要想动手,幸亏丁氏向前劝住,道:"公公息怒,看我面上,饶了叔叔罢。这是叔叔不好,忘记二位大人。叔叔虽然也是慈悲之心,应该送他一半就是了,不应该全部送完。我看事到如今,也别无办法,只得叫叔叔到周家讨回一半银子就是了。"

子连此时泪纷纷,只得将身走出门。

嫂嫂叫我周家去,如何开口讨花银。

且说子连出门,一路想到:"叫我有何面目,好到周家去呢? 倘然不去,如何回家见双亲与嫂嫂?进退两难,左思右想,并无计策。我今日总是难以回家,不如早些自寻短见罢了也。"

子连此刻泪纷纷,一路啼哭出城门。

不说子连寻短见,再表丁氏大娘身。

打发小叔银子讨,到夜不见转家门。

玉安听了心中怒,咬牙切齿骂畜生。

丁氏大娘双流泪,回房再寻旧衣襟。

拿到街坊去变卖,换了柴米转家门。

玉安日夜心烦闷,得其一病在床存。

丁氏解劝来服侍,日夜悲啼不安宁。

且说玉安夫妻双双有病,丁氏大娘日夜服侍。乱开王家事,再提王子连走出城关。"只因一时豪杰,将银子赠与周家,不料爹爹要将我杀死,幸亏嫂嫂解劝叫我讨回一半银子。我想已经赠他,有何面目再去讨转来,叫我如何是好? 倒不如寻了短见罢了。"

子连走到大松坟,要寻短见赴阴君。

嫂嫂贤惠多照应,哪知今日死松坟。

望空拜谢兄和嫂,又拜堂前二双亲。

指望孩儿回家转,要见孩儿梦三更。

正在松坟想寻死,谁知走过一个人。

且说王子连在松坟想死,不料被过路人看见,也觉惭愧:"唉! 且待我走到里面去躲避一下,等到三更以后,再寻死路。"等了一下,肚中饥饿,走出松坟,抬头一望,前面有一个村庄,倒有火光热闹喧天,让我到前面去看一看。不觉已到村上,只见里面走出一人,见了子连就叫:"王公子,为何一人到此?"子连道:"你是何人?"那人道:"你已经不认识我了,我是王仁,前些年在你府上做了几年。现在此地相帮,公子到此有何贵干?"子连道:"一言难尽。"就将当金钗的事从头到尾说了一遍。那王仁听了也觉伤心,叫道:"公子!你且在这里请坐一下,我去拿酒饭你吃。"公子问道:"这里姓啥? 叫啥? 有何事情如此热闹?"王仁道:"姓莫名叫见章,所有一子,单名一个'恩'字,绰号叫'十不全',又是'贼样景',生得十分丑陋,今日成亲吉日,故此热闹。公子你且请坐,我去去就来也。"

王仁走进厨房门,端了酒饭往外行。

书房款待王公子,可惜旧主受灾星。

不说子连用夜饭,再说莫府闹盈盈。

且说莫员外替儿子成亲十分热闹。再说女家何府何小姐生得十分美貌,只因莫恩生得十分丑陋,何小姐好不昏闷人也。

小姐心中苦十分,男人生得勿像人。

有人说他"十不全",有人叫他"贼样景"。

驼腰曲背小眼睛，两手长短勿均匀。

长短脚来摆勿平，鼻子齆得音勿清。

满脸麻子塌鼻梁，单额角来翘嘴唇。

癫痫头来猪狗臭，阔嘴爬牙说话嘟。

身子不满两尺长，面孔长得五六寸。

生得实在勿像人，还比猴子差三分。

且说何员外看见女儿十分悲伤，想起莫恩生得十分丑陋，今日成亲，如何解决？想了一想，有了！何不让女婿到我家来成亲。等满月后再送去，好让我看个仔细。如果真的丑陋，那时再行设法。马上准备轿子、乐工吹打，一路来到莫府迎接新官人到何府成亲。王仁通报莫员外，说明何府的一切。莫员外为了儿子生得实在不像人，也无法处理，只得答应，就吩咐儿子打扮更衣速即上轿。谁知正要上轿，老病复发，羊头疯病一脚跌倒在地，不能上轿也。

此时急坏员外身，顿像泥塑木雕能。

王仁趁机巧计生，禀报员外听分明。

公子不能何府去，错过拜堂好良辰。

我看还是这样吧，请人代替去成亲。

员外此时无主意，拜托王仁想才情。

辞别员外门来出，去与子连再讨论。

且说王仁走到书房里，对公子说明莫府的事情，请公子去代成亲。子连听了大吃一惊，道："别样事情可以代替，成亲问题不可胡乱！"王仁道："待满月之后，马上送你回家，有何不可？"子连只得答应。王仁此刻好不欢喜，急忙报与员外知道，员外道："哪里？"王仁道："待我领来见你。"相见后，分宾主坐下，员外道："有劳公子，不知公子尊姓大名？府居何处？贵庚多少？"子连道："晚生姓王叫子连，今年一十六岁，住在太平门外。"员外道："成亲满月回来，重重酬谢。"子连道："五十两银子就是了。"员外道："银子就依你，不过，你要罚个咒。我听听就是了。"

子连双膝跪埃尘，对天罚咒员外听。

小生若有邪念起，天雷打死姓王人。

员外听了心放下，吩咐沐浴更衣襟。

公子即便上了轿，轿夫着肩上路行。

不说公子路上事，已到何府大墙门。

王仁家人来服侍，停轿出轿进书厅。

且说何员外吩咐家人大小厅堂挂灯结彩，请出小姐同公子参拜天地，和合送入洞房完毕。何员外见了子连，心中疑惑，暗想道："听说莫恩十分丑陋，谁知倒是一位美貌书生。"不说员外之事，再说子连到了新房和衣而睡。小姐心中亦然起疑，满面羞容，想到："今日公子为何不脱衣服？而是听说莫公子丑陋不堪，现今看看公子十分俊秀。倘然果真是莫恩，将来必有金榜题名时。且待过三朝，再细细盘问，便知详情也。"

不说小姐暗思忖，三朝已过快十分。

小姐启口开言问，公子为何不欢欣。

莫非嫌奴容貌丑，还是得罪我夫君。

子连听了回言答，小姐不必起疑心。

只因许下灵山愿，满月之后了愿心。

小姐听了心欢喜，难得夫君有孝心。

不说何府成亲事,回身再提王家门。

且说玉安自从打发子连去周家讨回银子,哪知一去不归,日夜盼望,信息全无,闷闷不乐,忧成一病。夫人日夜服侍,力不济也。卧病在床,幸有丁氏朝夕不离,床前服侍双亲,而且家中柴米全无,如何度日?暗想:"奴家爹爹家财豪富,不免待奴回家借些银两,回来且度几天,待奴禀明公婆,速即而去也。"

丁氏禀明二大人,辞别公婆出墙门。

一路行程一路想,两眼双泪落纷纷。

路上行程来得快,娘家门口到来临。

小姐含泪将身进,堂前拜见老父亲。

口称万福爹爹叫,不肖女儿苦命人。

只为公婆身有病,丈夫考试进京城。

小女到此非为别,要借钱来养双亲。

日后夫君回家转,加利奉还送上门。

且说那丁茂卿听说借银一事,心中大怒,骂道:"你个小贱人!可晓得眼下年荒米贵,哪有闲钱借给你。你两个姐姐多有福气,我看你像叫花婆一样,亏你还有面孔来见我,把做父亲的门风都败光,算父亲没有养你,给我速速回家去,免得为父母发火也。"

大娘被父骂连声,顿时两眼泪纷纷。

丫鬟急忙内堂禀,告诉陆氏老夫人。

夫人听了堂来出,来到堂前见女身。

小姐见到亲生母,双膝跪在地埃尘。

启口连声叫母亲,苦命女儿见娘亲。

夫人开口女儿叫,有何事情到我门。

丁氏将事讲分明,陆氏听了暗思忖。

且说陆氏夫人听了女儿之言,知道今日来借钱米,说道:"你家荒年,我家不是熟年,目前如此年荒米贵,哪有钱米借给你。我看你如此情景,倒也作孽。"遂吩咐丫鬟去拿一只叉袋到糠粃间去量个三斗糠粃给小姐送去。小姐听了更觉伤心,叫道:"不必费心,非是女儿不受抬举。"说罢,立起身就走也。

小姐啼哭出门行,不辞而别离家门。

出门经过厨房间,拿只碗篮棒一根。

大娘此时无奈何,只得街坊讨饭吞。

走到街坊忙跪下,哭告往来众善人。

且说丁氏大娘道:"小奴所为,夫君到京中考试六载,信息全无。况且公婆年老,有病在床,难以度日,毫无生路。只因爹爹叫丁茂卿,家中豪富。小奴要想借些钱来,谁知十分势利,欺贫爱富,将小奴逐出他家门。奴奴只得沿门乞求,哀求仁人君子,行个方便罢了也。"

来往君子发善心,长寿铜钱舍几文。

奴奴饿了三天整,并无米汤下喉咽。

小奴饿死倒也罢,惟把公婆挂在心。

若有善人来施舍,舍给奴奴养大人。

但愿善人增福寿,代代公侯立朝廷。

众人听得伤心处,便将银钱甩下临。

也有舍下钱和钞,也有甩下糕和饼。

大娘看看天将晚，拜谢众人转家门。

且说丁氏大娘讨饭回来，来到房中，问候公婆是否好些。玉安见媳妇回来就问道："你到娘家可曾借到什么？"丁氏见问，双眼流泪说道："一言难尽！我爹爹十分势利，空手回来，就在街坊乞求讨得铜钱二十多文。"公公听说，不觉伤心，叫道："媳妇！方你在外出头露面，叫我哪能当得起！"丁氏道："哪里话来，媳妇应该如此，待我去买柴籴米，就可充饥便了也。"

丁氏此刻出墙门，籴米买柴供大人。

回家即便就烧好，连忙送进奉双亲。

大娘自己吃薄粥，公婆哪知此段情。

年老之人吃夜饭，媳妇流泪到天明。

待等天明抽身起，早顿送进内房门。

丁氏依旧身外出，仍到街坊讨钱文。

一日过勒三日去，看看一月到来临。

公婆病势渐渐好，难得丁氏一片心。

不说丁氏天天去，再说公婆二大人。

玉安心中暗思忖，想到媳妇丁氏身。

出外讨钱能容易，每天五钱雪花银。

是否其中有问题，顿使玉安起疑心。

一天独坐家门口，看看南来北往人。

忽然听到闲人讲，说坏娘娘孝心人。

且说王玉安在家门口，有一个后生，一路走一路讲，对另一个说道："阿哥！这两日可曾看见街上有一个年轻女子，每日讨钱供养公婆。"另一个道："阿弟，为啥讨钱，能个容易，我看见一个后生给她几百文钱，谅必他们是相好个。"那王玉安听到"相好"二字，好不气闷，叹了一口气："唉！我道媳妇是真心好意，哪知做出伤风败俗之事！"正在唉声叹气之时，恰巧媒婆急急忙忙在门口走过，玉安连忙喊道："许妈妈，哪里去？为啥如此要紧？"媒婆道："不瞒老爷说，有桩亲事在此，故而要紧。"玉安道："媒婆且慢走，有一言相告婆婆，你听禀也。"

玉安开口许妈称，为了我家一桩情。

我家媳妇丁氏女，在家侍奉我二人。

只为我儿京中去，六年无信转家门。

不料前日口信到，不幸翻船死江心。

我想媳妇年纪轻，哪能守到白头人。

又遇荒年难度日，又无儿女靠何人。

今日所以来托你，可有门当户对人。

如有凑巧姻亲事，让她改嫁换门庭。

且说许媒婆道："老爷真正巧极了！我东奔西跑，就是为了这桩亲事。有一个布客人托我一桩亲事，是福建泉州府人，姓马名叫鉴仁，家中豪富，只因大妻不生儿女，要想讨一个小妾，情愿出一百两银子。若然应得，请老爷写个年庚给我，马上交付银子给你后，明天就要来娶的。"玉安听了心中大喜，随手写了个庚帖，交给媒婆。那媒婆接了庚帖，就此动身，一路来到府中，说与马鉴仁知晓。马上把银子交给媒婆，许媒婆去交给玉安，约定明天就要来娶亲的了。

媒婆此时忙不迭，玉安诺诺连声应。

不说媒婆转家门,再说玉安姓王人。

连忙回进见夫人,一一从头说真情。

老夫坐在家门口,观看来往闲游人。

有人传说媳妇事,在外求乞不正经。

王家门风都败尽,老夫心中火十分。

现托媒婆将其卖,免得闲人来谈论。

已得卖身一百银,决定明天来娶亲。

夫人听见吃一惊,犹如晴天打雷声。

哀求痛哭夫君劝,大儿回来怎样能。

我看媳妇非下贱,啥人勒浪嚼舌根。

如此六载荒年成,辛亏媳妇来孝敬。

无有如此好媳妇,两条老命早归阴。

恳求老爷回心转,马上退还卖身银。

不说公婆人两个,再说乞求丁氏身。

且说丁氏大娘回家,看见婆婆大哭,问道:"婆婆有何心事,如此伤心?"杨氏道:"你在外乞求化钱,不知何人嚼舌头,说坏媳妇。你公公闻知,羞辱无脸,故而将你如此这般这等这样。明天和你就要分手,故而伤心。"丁氏听了,犹如晴天霹雳一般,含着眼泪走进厨房,一边哭,一边烧,烧好夜饭,送进房内,先请公婆吃。自己再到街上买了些纸锭回到家中,拿了酒饭,摆到梳妆台上,生好香烛,一头哭,一头诉,再拿纸锭化了,痛哭:"夫君,好不伤心人也!"

丁氏大娘苦万分,房中哀哀哭夫君。

不说丁氏伤心处,书中另提出场人。

且说本城有一个义贼叫"一枝兰",妻包氏,夫妻同庚,三十余岁,在江湖上标为好汉,惯打不平,劫富济贫,专偷贪官污吏家中财物,自己吃用有余,周济穷人。有一天,"一枝兰"暗想:"去年在南京赵翰林家中偷着白鹤图一轴、黄金千两,如今尚未破案,图轴黄金尚在家中,这笔账暂时不准动用。但是,年近岁边,缺少一些过年盘费。自从做了这行生意,不曾在本城偷过一次也。"

枝兰连忙换衣襟,夜行衣穿进扎身。

走出大门上路行,飞檐走壁快如云。

看看经过王家宅,王家过去有名声。

不免待我将身停,就在这家动脑筋。

将身趴到房屋上,火光映映有哭声。

枝兰此刻心疑惑,侧耳细听为何因。

听得楼上伤心苦,年轻女子哭夫君。

不说枝兰出神听,单表丁氏房中情。

一桌羹饭台上放,哀哀痛苦好伤心。

且说丁氏大娘摆好酒菜,祭奠夫君,就此叹哭五更也。

一更里来夜黄昏,夫君考试到京城。

六年有余无音信,未知死活若无能。

妻子哪能过光阴,啊呀我的天呀啊!

一更敲过二更天,想想公婆二高年。

粥饭不周真可怜,身上衣衫不连欠。

心想无舍救公婆,啊呀我的天呀啊!

三更一敲半夜整,丈夫一去勿回程。

夫妻分离靠何人,亦无眷来亦无亲。

想夫死活不分明,啊呀我的天呀啊!

半夜过去交四更,想起眼前一桩情。

没有饭吃金钗当,小叔行了好良心。

身边银子送干净,啊呀我的天呀啊!

五更过了到天明,啥人晓得我家情。

公婆等叔未转门,啥人嚼嘴烂舌根。

说坏我奴不正经,啊呀我的天呀啊!

丁氏夫人哭夫君,焚香点烛化纸锭。

声声哭诉念丈夫,奴家明天要出门。

待我花轿到家门,让我一死报夫君。

枝兰句句听分明,忘记今夜生意经。

义贼总有好良心,想方设法救性命。

放开脚步回家门,同妻商议再理论。

且说一枝兰听得明明白白,回家告诉妻房,就把王家之事一一讲明,包氏道:"你有何办法,搭救她的性命?"枝兰道:"去年我到南京听到一个消息说,六年前有一个新科状元叫王子琴,与奸臣作对,在皇帝面前参奏一本,结果皇帝听信奸臣之言,把王子琴派到外国去皇封。至今一去六年,音信全无,待我明天假扮差官,拿了白鹤图一轴、黄金千两,假书信一封,送到王家暂救眼前之急。"一路匆匆来到王家,恰巧王玉安老早起来等候许媒婆,只听见敲门,连忙走出,只见门外有一位差官。一枝兰问道:"这里可是姓王?"玉安道:"正是,尊官何处来?"回言道:"小人京中下来,奉状元之命,有家信一封,请太爷开折。"玉安道:"尊官请坐。"枝兰道:"谢太爷,小人告坐了也。"

玉安看信吃一惊,犹如天打一般能。

上写玉安老父亲,题字孩儿子琴身。

信中言语写得清,丙戌年科状元身。

只为外国封皇去,故而耽搁到如今。

问安父母身健康,又问丁氏贤妻身。

再问家中一切事,字字句句问详情。

孩儿数日回家转,荣归故里奉双亲。

黄金十两安家费,画图一轴宝和珍。

玉安就把物件收,一起送进房中存。

夫人听说多快乐,拜谢虚空过往神。

且说王玉安一家快快活活正和差官讲话,门外人声喧哗,许媒婆踏进门来道:"老爷,可曾准备好了?快请大娘上轿吧,他们快要开船的。"玉安一听,顿口无言,媒婆道:"昨日和你决定好的,为啥今日一言不发?"玉安道:"昨日老夫喝了酒。这是酒后之言,与你说句笑话的,不要当真。我今换你银子,叫他别处去讨罢。况且我儿有家信回来。"媒婆一听,板起面皮道:"老爷,你休得胡说。婚书你亲自写给我的,你要违约,办勿到的,与你衙门里去也。"

媒婆顿时火十分,想拖玉安进衙门。

假扮差官来解劝,妈妈你且听原因。

我家老爷王子琴,得中状元在京城。

改日马上回家转,丁氏大娘是夫人。

状元夫人你敢讨,不怕杀头去充军。

媒婆一听吃一惊,顿时吓得呆瞪瞪。

想起花轿在外等,言语硬呛把话顶。

枝兰差官火来升,巴掌连打媒婆身。

打得媒婆喊救命,一众佣人去报信。

鉴仁连忙走进门,事情从头问分明。

连忙拿出婚书帖,交换一百雪花银。

带来媒婆门来看,抬了空轿转回门。

不说客人回家事,回头单表王家情。

吩咐急忙备酒席,即请差官饮杯巡。

请问尊官名和姓,老爷京中可安宁。

差官即便回言答,小人名叫王荣明。

老爷一切都安康,常挂堂前二双亲。

枝兰规矩多文雅,太爷哪知假和真。

席上之言说不尽,差官席散转家门。

勿说枝兰回家去,单表玉安姓王人。

玉安拿了书和轴,即同夫人进房门。

夫人连叫贤媳妇,丁氏迎接二双亲。

丁氏看信心快活,犹如枯木再逢春。

此时合门多欢喜,重整家园改门庭。

家人使女回王府,亲戚朋友多来庆。

且说丁氏大娘看见画轴一项,不知画的是什么,连忙将轴挂在房中,一看是一只白鹤,看看真像活的一样。大娘朝夜焚香点烛,看经念佛。不说王家一切,再说王子连到何府代成亲之后,日夜忧愁,心想:"我家父母和嫂嫂不知如何度日,幸喜即将满月,待我早些回家,看看父母也。"

不说子连心中闷,重提何府合家门。

小姐成亲已满月,何府大小闹盈盈。

准备嫁妆多丰盈,要送小姐转家门。

何家员外心中想,莫家公子贼样景。

我家女婿俏书生,其中必定有隐情。

不免待我同过去,是非真假弄分明。

准备家人几十人,十二梅香送千金。

一切诸事多齐备,开船速往莫家门。

路上景致勿必讲,莫家码头到来临。

吩咐停船上岸去,何府员外叫一声。

贤婿女儿等一等,待我先去看分明。

不提员外上岸行,再表莫府闹盈盈。

挂灯结彩多齐备,乐工吹打接新人。

莫家公子贼样景,周身上下换衣襟。

待等新娘进门来,参拜天地结成婚。

门上童子来告禀,何家员外来送亲。

船轿停在码头上,员外已到大墙门。

莫家员外来吩咐,大开正门来接迎。

两家员外同步进,说说谈谈在中厅。

吩咐童儿请公子,出来参拜老丈人。

莫恩听见岳父到,一跷一拐出房门。

且说公子走到厅上道:"丈丈人,阿阿爸,小婿拜见哉。"双膝跪下,谁知来一个反跶跟头,跌倒在地,家人连忙扶起来。员外一见,勃然大怒道:"莫亲翁!你府上有几位令郎?"莫员外道:"就此一个。"何员外又道:"在我家成亲的是谁?"莫员外道:"何亲翁,我只得对你实说了。"如此这般,一一说明。何员外一听,就大骂道:"成亲岂有代替之理!我勿再多说,在我家成亲的是我的女婿。"说罢,起身就走,到船边大叫道:"快快开船。"水手抽起锚,立即开船也。

员外说罢就动身,水手开船转家门。

不说何府回家事,单说莫府贼样景。

指手画脚要想喊,愣子愣舌喊勿清。

不说莫家乱纷纷,再说何家转府门。

员外上岸回到家,即喊公子问原因。

子连见问忙回答,老实从头讲分明。

员外听得心欢喜,当堂告知女儿听。

重新摆起团圆酒,合家老少饮杯尽。

小姐心中多快活,恩爱夫妻共入枕。

子连用心书来读,小姐结伴读书人。

公子日夜多快活,哪知祸事到来临。

莫家想法要报仇,请人行刺子连身。

若知后来如何样,奉请大众听下本。

白鹤上集宣完成,诸位大家散散心。

白鹤下集再展开,奉请大家静下来。

欲知后面详情事,待我一一来交代。

且说莫家公子看见何家的送亲船已经回去,心中思想:"叫王子连代成亲,现在弄假成真,真好不昏闷!只怪父亲不好,勿该让人家去代成亲。"想到这里去与父亲拼命。走到父亲面前,来一个冷勿防,望准父亲身上狠命一撞。莫见章看见,大吃一惊,将身一偏,恰巧儿子的头撞在庭柱上,顿时脑浆并流,一命呜呼。员外一见儿子已死,嚎啕大哭,就大骂王仁老家人,就叫家人去喊王仁进来。不多片刻,家人来禀说,早已逃走了。员外此时无奈,只得买棺入殓。员外心中非常痛恨,准备要害死王子连。心中一想,被他想到了一个人,遂吩咐家人快去抱头村请周二来,我有事要和他商量。不多片刻,周二已来到。员外对周二道:"相烦一事,如果成功,赠送白银五十两。"周二道:"员外有什么事?不妨请说。"员外道:"请你到何府将王子连刺死,现在先付白银二十两,刺死后血刀验明,再付三十两。"周二一听,大吃一惊,问道:"为何如此?"员外将情况一一说明。周二一口答应,就拿了二十两银子出门而去也。

　　周二接银就动身,一路思忖回家门。

　　到了家中身坐定,妻子连忙问原因。

　　周二从头讲明白,夫妻二人巧计生。

　　妻子开口叫夫君,子连是咱大恩人。

　　今日一口来答应,心中有何妙计生。

　　周二回言妻子听,答应之中有原因。

　　如果回头不答应,恐怕他们另请人。

　　王家公子勿晓得,反而害他一条命。

　　今日我去报了信,好让公子去逃生。

　　妻子称赞好妙计,催促周二早动身。

　　路上一切要当心,到了何家要谨慎。

　　周二带了小尖刀,一路望准何家门。

　　何家墙门已经到,日落将近夜黄昏。

　　一看墙门已关紧,启口开言喊开门。

　　且说周二叫道:"门上可有人吗?"门公道:"是哪一个?"周二道:"何府上有一位王子连公子吗? 我与他是相识的,快快请他出来,我有要话与他说。"门公即便进去,到书房门口叫道:"姑爷,外边有人会你。"子连听说,就跟了门公到墙门口,一看,来人勿认得的,便道:"你是何人?"周二道:"恩人,我是抱头村上周二,多谢公子赠我银子救我儿子。大恩未报,相公这边来有话相告。"遂将莫家的事一一讲明:"我特来送信,请公子马上逃去,有恐别人再来性命危险,况且你家大哥得中了状元,有家信回来,家中热闹非凡,快点回去,城门要关的,我要回去了,和你日后再会。"说罢,就此动身也。

　　子连听了吃一惊,幸有周二来通信。

　　心中着急忙逃走,也勿回复女千金。

　　勿说子连进城去,再说周二转回程。

　　一路走来一路想,脑子一动妙计生。

　　伸出臂巴割一刀,刀口上面血淋淋。

　　走进莫家大墙门,鬼话连篇说几声。

　　子连被我骗出门,只说有话要告禀。

　　被我叫到僻静处,叫他讲话要轻声。

　　被我突然喊一声,啊呀后面有来人。

　　子连听了信了真,回转头去要看清。

　　被我一个冷勿防,咔嚓一声伤了命。

　　就把血刀来呈上,员外一见喜欢心。

　　再送银子三十两,周二辞别转家门。

　　且说王子连离开何府,连夜回到自家门口,不敢进去,又怕爹娘打骂,且从后花园进去,见了嫂嫂再作道理。回身转到后门口,只见园门紧闭,就即敲了两记。丁氏在佛堂念经,听得敲门声,便唤彩云丫头去看啥人。彩云问道:"外边啥人?"答道:"是我。"把门一开,只见走进一个人,丫头一看是二公子,马上引荐嫂嫂。丁氏见叔叔回来便问道:"叔叔在哪里? 直到今朝才回家。"子连就将前后事情一一讲明,丁氏也将回家借钱、出外乞讨、将奴变卖、"你哥哥寄来家信黄金千两、白鹤图一轴"等等,对子连说了一遍又一遍,又道："叔叔！你爹娘恨你在心,见面恐怕要打你,你不如先往京中见你哥哥,如有提拔,一同回家。但不知叔叔现在哪里蹲身？"子连也将往事详述一遍,又道："我和哥哥小时见过,而今哥哥做了官,叫我如何认得？"丁氏道："不妨,现有你哥哥前日寄来的白鹤图一轴,你带在身边。到了京中,寻着你哥哥,可作凭证。但路上须小心为重。"子连谢了嫂嫂,带了白鹤图出门而去也。

> 叔嫂谈论到天明,打发叔叔上帝京。
> 图轴一顶拿在手,又取一百雪花银。
> 小小包裹打一个,辞别嫂嫂就动身。
> 不说子连门来出,再提何府女千金。
> 等到深更交半夜,不见丈夫进房门。
> 便唤丫头书房去,相请姑爷快安寝。
> 梅香急忙书房进,不见姑爷人在哪。
> 寻到外边看勿见,便问门公说详情。
> 门公即便开言说,有人相请已出门。
> 梅香急忙禀千金,又去告诉员外听。
> 何府一夜忙碌碌,内内外外都去寻。
> 不说何府多烦闷,再说子连上京城。
> 一路已到南京地,只见城里闹盈盈。
> 只因公子不晓得,站在路上看城景。
> 公子立定呆呆看,来了一个不良人。
> 年轻公子未察觉,只觉饥饿难再忍。
> 走进店中买饭吞,吃饱肚子再理论。
> 吃罢准备会饭账,哪知包中没花银。
> 公子顿时吓呆脱,犹如天打一般能。
> 心中着急嚎啕哭,引动街上多少人。
> 有的闲人上前问,官人大哭为何因？

且说子连见有人问他为啥啼哭,就将刚才看城中的景致,不当心被人将身边的银子偷去的一番情况说了一遍。众人听了都道："如此说来,是你自己不小心。这样人多的地方,往往有扒手的。你自己不当心,自己吃苦。如今你身边可有值钱之物,押了饭钱再说罢。"公子道："别无他物,只有画轴一顶。"众人道："权且抵押一下再说罢。"子连就在包中拿出,众人一看,果真极好！人人称赞不绝也。

> 众人拿画看分明,上边白鹤活现形。
> 人人都劝将画卖,卖到花银好上京。
> 饭店之中议纷纷,恰巧来了赵翰林。

且说赵翰林正在衙门饮酒后回府,只见衙上人都立定,热闹非凡。翰林在轿上望着饭店里有画图一轴,心中思想："我去年失落黄金千两、白鹤图一轴,报与县府拿捉窃贼,至今并无踪迹。今日看来这是真赃,现在吩咐家人与我将卖画轴的贼子拿住,就将真赃带回府中审问。"家人就将子连一把抓着,立即打轿回府。赵翰林回转府中,立即审问。子连跪在地上,翰林喝问道："你姓甚名谁？家住何处？你手中的东西是我家的,因去年被偷去的,尚未破案。今日你自投罗网,撞到我手里,你老实讲来,免受刑罚。"子连道："大人！待我一一告禀,大人也。"

> 小人家住镇江府,丹徒县内住登身。

父亲玉安为通政，母亲杨氏诰夫人。

兄长名叫王子琴，小生子连取为名。

哥哥京中去考试，丙戌年科状元身。

小生京中去找他，画图一轴为凭证。

路上失落花银子，便将画轴押钱文。

伏望大人来放我，日后感谢大人恩。

翰林听了心大怒，玉安是我对头人。

他在朝中多凶恶，一日三本奏我们。

真赃假贼心明白，公报私仇泄我恨。

且说赵翰林骂道："你这个贼囚徒，偷了我的黄金画轴，还要抵赖！"就叫家人将他吊打。子连被打得死去活来，口叫冤枉。翰林听了心想："难道这是真赃假贼？不过出出我心中的气。连忙吩咐放下，让他招供就是了。"

可惜年轻一书生，皮鞭打得痛伤心。

公子此时遭毒打，满身上下血淋淋。

不说厅上审讯事，再说白梅丫头身。

小姐吩咐买东西，经过厅堂细看清。

连忙回到堂楼上，一一禀告小姐听。

小姐听了忙走出，屏风后面细观清。

相貌堂堂一书生，小姐暗暗动了心。

通政之子遭冤枉，哪个可作救星人。

不表小姐叫可惜，再说翰林想其情。

且说赵翰林心想："在家打死，还是不妥当的，待我送到知府衙门中去罢。麻烦杨世兄替我审实口供，问成死罪，有何不可呢？待我抓紧时间也。"

翰林吩咐众家人，忙把子连送衙门。

就唤家人来打轿，翰林坐轿一同行。

不多路程已经到，吩咐停轿进衙门。

知府连忙来迎接，分宾坐下说原因。

且说赵翰林道："杨世兄久会了，我有一事想烦你，就是前年失落黄金画轴案，未曾查明，直到现在尚未破案。昨日在街坊上，看见一个人卖画轴，被我抓着，审问就是此贼，而且是王玉安之子，叫子连，我看是真赃假贼。因我在朝与王玉安是一个对头，我想起他，真是怀恨在心。我想在王子连身上出一口气，因在家打死实为不便，烦世兄替我重办王子连，严刑敲打，逼成口供，判为死罪，方解我胸中之恨，日后重谢。"翰林说罢，告辞回去。知府立即坐堂，吩咐带王子连。两班衙役，答应一声，就拿王子连带到堂上。知府问道："你就是在街坊卖画轴的王子连吗？"子连答道："正是。"知府道："你去年如何盗得赵翰林家的黄金千两、画轴一顶，从实招来，免受重刑。"子连道："大老爷，小人是冤枉的！"知府道："真赃在此还喊冤枉！"子连道："待小人一一告禀也。"

子连说得泪纷纷，青天在上听原因。

小人出身镇江府，丹徒县里住安身。

小人姓王名子连，父亲玉安为通政。

只为寻兄到京中，画图一轴带在身。

此图并非盗来物，哥哥京中寄回程。

伏望老爷来超豁，公侯万代不忘恩。

且说知府大人明知是真赃假贼，为了要替赵翰林公报私仇，遂道："你一派胡言，真赃在此，还要抵赖！"吩咐皂役两班，夹棍伺候。皂役答应一声，准备夹棍便也。

两班衙役虎狼形，麻绳夹棍拿端正。

就把子连夹起来，上天无路地无门。

知府一声大刑上，头把麻绳来收紧。

子连哎呀未出口，眼前一黑无声音。

衙役回报大人知，知府吩咐冷水喷。

子连悠悠回阳转，知府拍案叫连声。

且说知府骂道："你这个小奴才，招是不招？"子连道："我实在招不出什么。"知府道："他还是不招供，与我拿大板重重地打，看他招也不招也。"

两边答应如虎形，四十大板打在身。

打得子连哇哇叫，皮开肉烂血淋淋。

此时子连熬勿过，只得虚招口供认。

且说知府喝道："王子连，你招也不招！"子连道："小人受刑不起，情愿招认。"知府道："快快招来，免受刑罚也。"

子连只得虚供认，老爷在上听分明。

小人去年到他门，偷取画轴与黄金。

金银如今已用完，白鹤图画尚在存。

因为金银早用完，要将画轴卖花银。

小人句句是真言，并无半句虚言文。

知府听了心中喜，托我之事已完成。

知府吩咐供单画，衙役带进监牢门。

知府退堂不必说，详文问罪也不云。

只说子连收进监，牢头禁子要金银。

只因无银给牢头，监牢里面受私刑。

一夜五更真难过，痛苦五更到天明。

一更敲响交黄昏，监牢里面受私刑，手也不好动，脚也无处行，剥脱衣衫周身打，打得上下周身青，啊呀我的天哪！

一更敲过二更响，牢头禁子换家生，硬灌石灰浆，肚皮硬绷绷，眼睛吃得白洋洋，弄得死去又还阳，啊呀我的天哪！

三更打过半夜深，画图轴子起祸根，嫂嫂良心好，寻兄到京城，谁知碰着赵翰林，父亲对头老奸臣，啊呀我的天哪！

四更一敲五更近，思想何府代做亲，周二来送信，连夜逃出门，何府小姐不知音，今世看来难相会，啊呀我的天哪！

五更敲过天快明，思想瘟官不该应，屈打用大刑，硬逼要招认，打得奴奴好伤心，看来今生难出门，啊呀我的天哪！

子连一夜好伤心，哀哀哭到大天明。

思想家中无音信,哪知孩儿受灾星。

不说子连监中苦,再提义贼到南京。

自从去年到此地,偷取赵家宝和珍。

画轴黄金送王家,保着丁氏在家存。

今天又到赵家去,偷取钱财救穷人。

且说义贼一枝兰这次又到了南京,走到赵家,跳上高楼,人声寂静。谁知月娥小姐还未安睡,仍在灯光之下和丫鬟讲话。一枝兰侧耳细听,小姐道:"我父亲今日拿住一个王子连公子,屈害他如此受刑。我看起来,王子连这不过是真赃假贼罢了,不知哪个真贼良心坏透,拿了画轴去害王子连公子。现在已送到知府衙门,不知死活,目前无人相救,不知如何是好!"丫鬟道:"终究是做贼的人最不好,把黄金、画轴偷去,倒屈害了王公子做贼。"小姐道:"我的爹爹与王公子王家有什么冤仇,明知真赃假贼,为什么把王公子害得如此呢?"丫鬟道:"小姐总要想个办法,救一救王公子的性命呢。"

不说房中主婢情,再说墙外有人听。

枝兰听得吃一惊,反害公子下监门。

听说小姐心肠好,哪知他父是奸臣。

我不去救有谁救,待我救他出监门。

一生救人无错事,谁知这次害了人。

不说义贼进监去,再表赵府女千金。

主婢双双来商议,一心想救公子身。

白梅丫鬟将言说,要救公子依奴行。

小姐问她有何计,丫鬟回答小姐听。

只说小姐联姻事,白鹤宝图作定聘。

只说公子来投亲,父亲不认要赖婚。

小姐庚帖送监去,详情与他讲分明。

待等清官来到此,呈词告状把冤申。

若说啥人为月老,画图为凭聘千金。

要救公子只此法,未知小姐肯不肯。

小姐听了面发红,为救公子就答应。

忙把庚帖来写好,又取三千雪花银。

拜托丫鬟送监去,亲手交与公子身。

叫他牢记这些话,定定心心在监等。

如有清官来到此,一口咬定莫变更。

且说枝兰跳上高墙,便进监内,悄声问道:"哪个是王子连?"公子道:"是我。"一枝兰连忙跪下道:"我叫一枝兰,害你受屈,故来救你。"就将王家的一番情景假扮差官等事一一说明。王子连一听他的言语,心中都明白,连忙说道:"你是英雄,你是我们王家的救命恩人。"二人正在说话,牢头、禁子走来,看见一枝兰道:"你是什么人?到此干什么?"一枝兰道:"我是看见王公子身受冤屈,特来相救,请快快与我将王公子的刑具开脱。"禁长道:"这是王法,不能随便乱动,况且使用一些钱也没有,怎能放他?"一枝兰道:"使用钱包在我身上。"禁子道:"这是监中之事,与你无关。你快快出去,免得连累你也。"

枝兰一听火十分,怒气冲天闹监门。

一把就将禁子抓,两记耳光左右分。

打得禁子身摇晃,双膝跪下求饶命。

枝兰此时哈哈笑,如今你看怎样能。

此时禁子无办法,答应开锁松了刑。

枝兰吩咐禁子说,好好服侍公子身。

好菜好饭照供应,一切使用我担承。

不说监中禁子事,再提丫鬟进监门。

且说白梅丫鬟同小姐想出了一条搭救王公子的妙计,现在小姐叫丫鬟把年庚八字和银子送进监中去。白梅来到监门口,叫道:"禁长伯伯,多谢你,开开门。"禁长一看,问道:"你是啥人?来此干什么的?"白梅道:"我与王子连是亲戚,特来探望。"说罢,就取出一两银子,道:"禁长伯伯,买杯茶喝。"禁长让白梅丫鬟进去,引到王子连的牢门口,道:"王子连,有亲戚来看你。"子连暗想:"南京并无亲戚。"王子连走到牢门口一看,是一个女子并不认识。白梅叫禁子出去,禁子走了。白梅正想开口,只见旁边还有一个人在此,不便开口,遂道:"你叫王子连吗?"公子答道:"正是,你是谁?"白梅反问道:"这位是谁?"公子道:"是我的救命恩人,今日来救我的。"白梅道:"既然是恩人,那就是自己人了。我乃赵翰林家小姐丫鬟,小姐差我来的,有件事要和你说。"王子连道:"但说无妨。"白梅就将和小姐设计的想法说了一遍,说罢,就将小姐的庚帖交与王公子。公子叩谢了白梅。一枝兰听了哈哈大笑道:"果然好一个妙计,诸事在我身上,就此依计而行也。"

枝兰听说喜十分,难得小姐好良心。

不顾自己千金体,为救公子庚帖赠。

丫鬟此时回转门,堂楼回复女千金。

监中碰着一个人,江湖英雄有名声。

名字就叫一枝兰,为救公子在监门。

公子幸亏有了他,免去一切刑具身。

小姐听了暗中喜,看来公子有超升。

勿说主婢楼上事,只表枝兰去施行。

等到黄昏夜更深,一路来到府衙门。

已到王府将身进,听到里面有声音。

将身俯伏细心听,夫妻二人饮杯巡。

只听夫人劝丈夫,何必你去作难人。

且说知府与夫人在房中饮酒,知府道:"王子连确是真赃假贼,但赵世兄与他父亲有仇,故此托我将王子连慢慢笞死在监牢中。"夫人道:"老爷,做妻的闻知,王子连已有一个真贼在监牢中代替他了,老爷你何必去作难人呢?我看还是把王子连早些放出去算了。做贼的小人尚有礼中之义,难道你堂堂的知府反而不及他呢?"知府顿时大怒道:"你这个妇人家懂得什么?不关你的事,我既然答应赵世兄,这次一定要办下去。"一枝兰在外听得明明白白,不觉勃然大怒,火气十喷也。

枝兰听得火十喷,闷香拿在手中心。

一股香气往内吹,二人一闻暗思忖。

不觉双双都倒下,人事不知半毫分。

枝兰一见心欢喜,将身纵进内房门。

先把桌上酒菜吃,再去开箱取金银。

只见妆台一颗印,藏在身边再理论。

身边小刀拿一把,马上走进知府身。

就把知府胡须刮,一半割去一半存。

就在墙上诗句写,四句诗句写分明。

倘然放出王公子,万事全休保太平。

如果坚持要为难,割你头颅两处分。

且说一枝兰取了银子和宝印,即刻动身,走到监牢门口,把门一推,走入监门,对王子连一一说明。再说知府夫妻闷倒在地,直到鸡叫天明,二人悠悠苏醒。夫人先爬起身来,只见丈夫脸上割去胡须一半,又见箱子门打开,内中银子缺了不少。再往桌上一看,印信不在。顿时大吃一惊,马上唤醒丈夫。知府醒来问缘故,抬起头来只见墙上有诗文四句,吃惊不小。夫人道:"相公,不听奴言,弄出大祸来也。"

夫人相劝丈夫身,这桩大祸如何能。

为官无印难办事,脸上缺须怎见人。

知府此时无言答,好像泥塑木雕成。

要想坐堂无印信,要想喊人难为情。

只得伴在房中坐,闷闷不乐难出门。

不说知府衙内事,另提一个出场人。

且说那王子琴自从劳蒙圣恩,丙戌年间得中状元,正想回家祭祖,不料朝中奸臣作对,奏本君王到外国封王三年,期满回朝,复旨有功。当朝君王又点王子琴为南京操江总督,今日奉旨出京,好不威风人也。

子琴奉旨出京城,前往南京去上任。

尚方宝剑君王赐,先斩后奏不容情。

逢州是有州官接,逢县是有县官迎。

一日来到南京地,号炮三声官船停。

当地官府都迎接,三吹三打进衙门。

身坐公堂把名点,大小官员到来临。

不说子琴为官清,再提枝兰一个人。

且说一枝兰听得操江王大人为官清正,心中十分快活,待我今夜去偷他令箭一支,救出王公子再说。等到约有二更时分,将身跳上衙门屋顶,仔细一听,并无声色。又跳到内宅一看,红灯高照。再一看王大人身边有十二支令箭挂起,又有二十四根线牵着铜铃,下边有两个牌军看守。枝兰一想:"如何下手?"只得放大胆量,将身跳上穿梁,还好没有发出声音,伸手去拿令箭,但是,拿不到手。将身体倒挂在梁上去拔令箭,冷不防碰到铜铃,被两个牌军发现有人,便把挠钩搭起,立即把贼人拿住,去见王大人也。

枝兰盗箭惊铜铃,牌军捉着见大人。

枝兰跪禀将言诉,特来盗箭把冤申。

大人开口大声问,家居何处姓甚名。

今来盗箭何冤情,从头一一诉分明。

若有半句言语虚,尚方宝剑不容情。

枝兰启口禀分明,大人在上听原因。

我来盗箭非为别,特为子连把冤申。

且说王子琴听说"子连"二字,大为吃惊道:"子连有何冤情?"一枝兰道:"大人听禀。"就把王子连、王家之事、丁氏乞求、欲寻短见、他将黄金画图救其性命,又将王子连受刑经过一一说明,再将知府为赵翰林公报私仇,他去盗其印信详诉一遍。说罢,就将印信交给大人,最后说道:"小人是江湖好汉一枝兰便是,伏望大人超豁也。"

王爷听了暗思忖,一切都为我家情。

自从出门六年后,家中发生大事情。

子连是我亲兄弟,又遭奸臣害性命。

此人看来义气深,是我王家大恩人。

待我认真把事理,为民申冤理该应。

且说王大人听了一番言语,真是感恩不浅,就道:"一枝兰,本总看你说话老实,又是义气刚强,真是一位江湖好汉。现在,本总赏你令箭一支、牌军一名,速去调杨知府等众人到案是也。"

枝兰此刻喜十分,顿时抬上九天云。

不说衙中大小事,只讲枝兰去提人。

第一先提杨知府,继续再提子连身。

最后提捉赵翰林,一众大小到衙门。

衙门之中都森严,两边衙役站齐正。

弓上弦来刀出鞘,威风严肃好吓人。

操江总督当中坐,中军各立左右分。

且说王大人吩咐左右传杨知府进来,知府吓得胆战心惊,上前说道:"大人在上,卑职参见大人。"并将王子连的原卷一并呈上,道:"小人该死,只因一时糊涂,听信赵翰林的吩咐,确是卑职的不是。"大人一声吩咐道:"退下。"又传王子连上堂,子连跪下叫道:"启禀大人,小人冤枉的。"大人道:"王子连,你偷了黄金、画轴,还喊冤枉,从实招来,免受刑罚。"子连嚎啕大哭道:"大人在上,小人告禀也。"

子连启口大人称,听我从头说分明。

家住丹徒镇江府,父亲玉安为通政。

小人子连行第二,哥哥子琴赶功名。

上京六年无信息,家中穷苦好伤心。

父亲看我难过日,叫我南京来投亲。

小人三岁亲就配,画图轴子作为聘。

小姐名字叫玉娥,丈人就是赵翰林。

带着画轴南京来,赵府门上去投亲。

岳父见了我穷苦,变面不认要赖婚。

拿我小人来吊打,当我贼子盗金银。

将我送进衙门内,三拷六问进监门。

小人实在熬不住,屈打成招定罪名。

画轴非为偷来物,还望大人断分明。

大人听了一番话,心中有点弄不清。

兄弟子连未婚配,哪来三岁就定亲。

其中一定有原因,让我从头理分明。

且说王大人一听上头的话,是我兄弟,一点不错,听到三岁订婚,南京赵翰林是丈人,画图为聘,越听越糊涂。恐怕内中另有曲折,让我详细审问,说道:"王子连,你与赵翰林之女联姻可有什么凭据?"子连道:"一有小姐的庚帖八字,二有画图宝轴。"说罢,把身边的庚帖交与大人。大人一看。便问道:"你可知小姐今年几岁?"子连道:"小姐今年十六岁,酉时生,配亲是正月初十,小人比小姐大一岁。"王大人道:"退下。"

去提赵翰林到堂,赵翰林跪下道:"大人在上,卑职参见大人。"大人道:"赵年兄,你家小姐许配王子连,三岁联姻,画图为聘,这是真情吗?今日王子连带来画图投亲,你为何赖婚?"赵翰林听说后,好像晴天霹雳,大吃一惊,叫道:"青天大人,此事真真冤枉!小女尚未出帖,这贼子多是谎言哄骗大人,不可信他。明明偷我黄金画轴,实是真情。"大人道:"偷你黄金画图,根据何在?"赵翰林道:"画图是我家的传家之宝,小女没有婚配,这是我心中明白的。"大人道:"令箭一支,速去提月娥小姐到堂审问。"牌军奉命而去也。

> 牌军奉命快如云,急然奸人赵翰林。
>
> 可恨贼子无道理,胡言做出这桩情。
>
> 倘然小姐来到此,出闺露丑若何能。
>
> 勿说翰林心中想,再说旗牌去提人。
>
> 来到赵府厅堂门,要提小姐到公厅。
>
> 白梅丫鬟都明白,连忙报与小姐听。
>
> 小姐听说吓呆忑,顿时无言讲半声。
>
> 丫鬟即便将言说,小姐如何到公厅。
>
> 待我丫鬟代你去,你在家中放宽心。
>
> 白梅顿时放大胆,同与牌军一起行。
>
> 丫鬟坐轿出门去,一路来到大衙门。
>
> 牌军即便禀大人,白梅丫鬟代千金。
>
> 翰林看见心喜欢,幸亏女儿未出门。
>
> 白梅丫鬟来代替,还可公堂见大人。

且说牌军回报大人道:"白梅丫鬟情愿代替小姐来见大人。"王大人道:"带上。"牌军把白梅带到公堂上道:"白梅已经带到。"王大人道:"白梅你是自小服侍小姐?还是初来?"白梅道:"大人在上,小婢自小就服侍的。"大人道:"既然如此,本大人问你,你家小姐与王子连订婚之事,从实招来,休要谎言。"白梅一看东家在堂,心想叫我如何说出,就叫道:"青天大人呀!这桩事情使女一点不晓得的。"大人道:"你这个小贱人,你说自小服侍小姐的,这事为何会不知道呢?"白梅道:"真的不晓得的。"大人骂道:"你这个小贱人还想抵赖!方才王子连说与你家小姐三岁联姻,白鹤图为聘,现有庚帖为凭,你为何说不知?不用刑罚,哪里会招。"吩咐左右刑具侍候。白梅道:"真的实在说不出来。"大人听后,勃然大怒也。

> 大人此时火十分,吩咐左右快动刑。
>
> 两边差人忙动手,一副夹子来端正。
>
> 十指尖尖来夹起,一把麻绳来收紧。
>
> 白梅丫鬟连心痛,嚎啕大哭好伤心。

且说王大人拍案大叫道:"招也不招?"白梅道:"真真难招也。"

> 大人吩咐再动刑,白梅见了好惊人。
>
> 我家主人在旁边,好话不肯说一声。
>
> 这种苦头多吃忑,不免待我讲真情。
>
> 启禀青天大老爷,待我小婢说详情。
>
> 我家老爷也在堂,认为老爷已讲明。
>
> 小姐联姻是大事,何必小婢费嘴唇。
>
> 哪知大人偏要听,小婢只好讲分明。
>
> 小姐联姻王公子,三岁出帖画为聘。

正月初十订婚日,白鹤画图作为凭。

小姐今年十六岁,公子年长一岁春。

听说公子来投亲,白鹤宝图带在身。

还带小姐年庚帖,老爷不认要赖婚。

陷害公子做了贼,私刑拷打送衙门。

公子受刑熬不住,屈打认招进监门。

小婢句句真情说,伏望大人判断清。

且说白梅把话说完,大人道:"把白梅带在一旁。"又唤赵翰林道:"赵年兄,听见没有?"赵翰林道:"此事都是捏造的,望大人明断。"大人道:"我尊敬你,叫你声年兄,此事已讲得明明白白。你还不承认,难道也要动刑啊?"

此时急坏赵翰林,恨煞丫鬟小贱人。

无中生有来捏造,害我女儿赵千金。

待我回家答死你,如今难辨假和真。

不说翰林心中恨,再说为官王大人。

且说王大人吩咐将白梅带下去,对赵翰林道:"你要赖婚,可知法律?你不应该将王子连如此陷害,今日早早回去将小姐送到,当堂匹配成亲,再要多言,问你一个充军之罪。"翰林听了,吓得无言回答,叩首拜别回家,愿将小女送来与王公子成亲便了也。

不说翰林已答应,再说白梅回家门。

丫鬟来到堂楼上,将情告诉小姐听。

月娥小姐心欢喜,连忙打扮换衣襟。

小姐启口贤妹叫,日后报答你大恩。

不说主婢双双语,再提操江王大人。

且说王大人立传杨知府到堂。知府双膝跪下叫道:"总督大人,卑职叩首。"大人道:"你做了知府,不分黑白,把子连屈打成招,你是昏官,诈害良民,如今不许为官,革职为民,永不提复也。"

不说知府为百姓,再说翰林送千金。

一顶花轿到大堂,子连沐浴换衣襟。

当堂参拜天和地,西乐鼓手闹盈盈。

大人吩咐赵翰林,小姐子连带回门。

在家好好款待他,叫他勤读念书文。

待等皇上开大考,也叫进京考功名。

翰林立即转回程,带回子连和千金。

只因夫人早去世,独自在家气闷闷。

不说赵家诸般事,只说操江王大人。

为官断事多清正,地方百姓都欢迎。

日夜为民操心事,哪知朝中出奸臣。

君王面前奏一本,圣旨召唤王大人。

忙排香案来迎接,当堂开读事非轻。

且说圣旨已到,跪听宣读。诏曰:"今有徐州造反,东方圣十分骁勇,今有左相薛文表奏,王卿文武全才,计智多谋,能领兵征战,敕封护国大元帅,领兵一万,即日起程,不得有违,钦哉!谢恩!""万岁,万岁,万万岁。"

不说天使转回京，再表大人王子琴。

果然奸人来作对，叫我文官怎提兵。

现今不能回家转，只得写信寄回门。

校场点起兵和马，三声炮响就动身。

一路行程不必说，不觉已到徐州城。

离城十里营来扎，来日点将去出征。

城中杀出骁勇将，通名才知东方圣。

开路先锋阵来败，元帅勉强去临阵。

二人动手忙交战，敌将勇猛枪法灵。

元帅哪能敌得过，勒马提枪逃性命。

贼将紧紧来追赶，桃花山边避登身。

哪知贼将追得快，元帅急得失三魂。

不说元帅将被擒，另表救星出场人。

且说桃花山上有一位大王，姓甘，名叫百花小姐，文武全才，刀法超群。她的父亲为三边总兵，因被奸臣谎奏朝廷，说甘总兵有造反之心。君王听信，准奏捉拿进京，斩首示众。甘百花小姐听到父亲的凶信，带了母亲连夜逃奔。有一天，母女俩路经桃花山，被喽兵拦住，要讨买路钱，被百花小姐挥动双刀，连斩几名喽兵，有的逃到山上禀报大王。大王名叫桃花太岁，闻知山下有一女将，心想捉上山去做压寨夫人，马上提枪上马，冲下山去。二人大战数回，桃花太岁一心想活捉上山，冷不防被百花小姐拦腰一刀，挥为两段。众喽兵见大王已死，举手投降，要求小姐上山为王。甘百花小姐同母亲商议，决定在山上暂住几天，再作道理。所以，百花小姐为桃花山大王。一日，母女正在闲谈，忽听喽兵进来报告说，山下有一个年轻元帅被一个贼将追赶，看上去这位元帅有性命危险的可能。小姐听到"元帅"二字，心中想道："待奴下山相救也，可能有赦罪的希望。"所以，手持双刀上马，冲下山来也。

不说小姐下山临，再说贼将追得紧。

贼将正要举枪刺，元帅一见浑身惊。

正巧战马失前蹄，元帅跌下马背心。

贼将见了哈哈笑，顿觉颈上冷冰冰。

不知什么东西经，头颅落地命归阴。

此时元帅身站起，只见旁边有一人。

仔细一看不认识，待我上前问分明。

且说元帅走上前去道："请问小姐尊姓大名？家居何处？"百花小姐道："我母亲在山上，请元帅上山细谈。"元帅就跟了小姐一路上山，走进山寨中见一位老妇人坐定，走上前去拜见道："伯母在上，小侄拜见也。"

元帅上前伯母称，小侄拜谢救命恩。

三人坐定细谈论，双方事情说分明。

甘老夫人心中想，元帅出身忠臣门。

况且相貌美十分，就把女儿许终身。

如果元帅同意后，一同进京见帝君。

且说甘老夫人就将愿把女儿许配元帅之事说明。那元帅道："救命之恩，尚未报答，哪敢答应亲事？况且家中已有妻室。"甘太太道："这事不妨,我女儿愿做二妾。"元帅无奈,只得答应。甘老太太吩咐女儿道:"通知大家投奔元帅,立即准备细软,马上放火烧山,下山而去也。"

　　元帅得胜回朝廷,再表赵府子连身。

　　日夜攻书来勤读,满腹文章无比伦。

　　恰遇三年科场考,子连端正上帝京。

　　路上行程无耽搁,一路平安到王城。

　　三月初八头场进,二场十二到来临。

　　三场考试已完毕,专等帝皇出榜文。

　　龙虎榜文午门挂,子连点中状元身。

　　状元及第君王宠,身骑白马游皇城。

　　不说子连身及第,再表回朝王子琴。

　　且说王子琴得胜回朝,奏上君王:"若无甘百花小姐救我,几乎一命丧身于贼将之手。"君王问道:"谁是甘百花小姐?"王子琴就将她父亲为三边总兵,因被奸臣陷害,母女逃命,在山落草,她母亲愿将女儿许配臣妻等事奏明圣上。君王准奏,龙心大悦,降旨一道:"准即择日奉旨完婚便也。"

　　子琴谢恩出朝门,大小官员都奉承。

　　子连想起南京事,那位总督王大人。

　　奉旨出征退贼兵,得胜回朝完婚姻。

　　子连也去贺喜事,哪知就是王子琴。

　　弟兄二人来相会,各诉往事喜泪盈。

　　难得二人都及第,犹如枯木再逢春。

　　兄弟二人辞王本,奉旨还乡祭祖坟。

　　文武百官都相送,一路顺风到南京。

　　赵府家人来晓得,连忙通报小姐听。

　　月娥小姐心欢喜,白梅丫鬟喜十分。

　　且说赵翰林自从小姐与王子连成亲之后,天天气气闷闷,不觉气成一病,服药无效,一命去世,一言表过。此时,赵小姐听了家人报告后,吩咐迎接状元进厅,兄弟二人来到高厅,当堂坐下。内边走出一位小姐,当堂相见,所有一切事情尽托王子琴代为安排吩咐也。

　　苍头掌管赵府门,小姐即便下船行。

　　白梅丫鬟来服侍,镇江一过到家门。

　　到了丹徒把船停,地方府县都来迎。

　　兄弟二人骑白马,几顶轿子随后跟。

　　一路来到厅堂上,夫人出轿进房门。

　　且说兄弟二人一到厅上,参见父母大人,又叫二夫人拜见公婆,诸亲百眷齐来贺喜,王家从此热闹喧天。玉安自此晓得一枝兰救了我一家性命,丁氏大娘在旁边听说,不觉两泪交流也。

　　团圆酒筵排大厅,犹如枯木再逢春。

　　子连即便将言说,要接何府小姐身。

　　玉安当即来端正,全副执事去迎亲。

　　不说王家闹盈盈,再表何府一段情。

　　且说何府小姐与王子连成亲之后,子连不别而行,何府派人到处寻访,毫无下落。小姐日夜忧愁,一言表过。忽然门公报进道："今日姑爷荣归故里，状元及第，全副执事前来迎接小姐而去也。"

何府员外忙端正，全副嫁妆送千金。

小姐房中来打扮，伶俐丫鬟十二名。

服侍小姐登船去，员外送女下船行。

一路行程来得快，王家码头到来临。

玉安迎接何员外，接进厅堂把礼行。

状元此时忙打扮，洞房花烛结成亲。

白梅丫鬟良心好，后来做了三夫人。

周二闻知心喜欢，特来贺喜到府门。

丁氏父母也晓得，也来庆贺赔罪名。

枝兰好汉也来到，弟兄迎接大恩人。

且说王玉安满心欢喜，诸亲百眷欢聚一堂。一日席散，各自回家不表。当天，只留周二与一枝兰在家。玉安吩咐重新办酒，真正热闹。一夜已过，直到来朝。只因赵翰林家中无人执管，就安排一枝兰带了家眷前去居住掌管。周二从此在王家当上一名门公，王家重新起造王府，十二根旗杆，荣宗耀祖。丁氏大娘心中想道："自从一枝兰打扮差官救我性命，如今譬如前日寻其短见，让我一口长斋，永不开荤，无论日夜，看经、念佛、吃素、修行也。"

大娘吃素去修行，修个来世胜今生。

兄弟二人都生子，后来都是状元身。

为人在世行善心，王家荣宗耀门庭。

不信但看赵翰林，十恶奸刁断香焚。

光阴迅速容易过，日月如梭像车轮。

且说丁氏大娘已经七十寿辰，八月十五合府男女老少齐到寿堂祝寿，忽然听见音乐之声，看见画轴上一只白鹤顿时双翅一展，直飞下来，朝对大娘点了三点头，张嘴开口说话，叫道："我奉佛爷旨意，前来度你娘娘升往上界。"大娘身骑白鹤背上，双手合掌，两目合闭，腾空而去也。

白鹤大娘腾青云，合家老少望空迎。

大娘非是别一个，王母亲生女儿身。

白鹤宝卷到此完，奉劝大家行善心。

善男信女听此卷，一年四季免灾星。

百花台宝卷

百花台宝卷初展开，诸佛菩萨降莲台。

在堂大众静心听，一年四季免三灾。

却说此卷出在大宋孝宗皇帝登基年间，天下太平，四海宁静，真是国泰民安。在扬州府泰兴县广陵镇上，有一位员外，姓李名斌，做过山东知府，升任主考，夫人徐氏，也封诰命。所生一子，取名文俊，在一十六岁那年，不幸夫妻相继而亡，丢下儿子文俊及义仆李忠。因为文俊命运不通，坐吃山空，家产荡尽，难于生活。所有的家人及侍女全都另投东家，只有义仆李忠服侍公子。二人衣食不周，文俊欲想进京求取功名，无奈盘缠不济，好不伤悲人也。

文俊独坐在书房，一人思量好恛惶。

父亲在日同窗多，来来往往好风光。

父母一死家贫苦，诸亲朋友无来往。

正是世情多淡薄，幸有义仆老年苍。

难得李忠有义气，日夜侍奉在身旁。

开言便把公子问，为何又在泪汪汪。

快快认真读经论，终有一天伴君王。

义仆安慰李文俊，勉强攻读在书房。

却说李文俊对老家人道："我如此困难，和你衣食不周，欲思求取功名，盘缠全无，也是一句空话。"李忠言道："老奴有一法儿在此。当年老爷在日时，有一位同窗，姓莫名桂，家住绍兴，升为吏部尚书。他所生两男两女，长女文琴配与孙化龙为妻，次女瑶琴在京中时许配与相公为妻。何不前去绍兴岳父家投亲？也可借些盘缠，岂不是两全之计吗？"文俊道："我如此穷苦，衣衫破旧，倘若不认如何？况且连去绍兴的路费也没有，如之奈何也？"

主仆坐下来讨论，准备绍兴去投亲。

见到吏部老丈人，必定周济肯借银。

今去绍兴无盘缠，老奴有计在胸襟。

几间落脚小房屋，暂时变卖雪花银。

身上衣衫添几件，又有路费去绍兴。

一到绍兴岳丈见，借了银子可进京。

文俊一听办法好，就托李忠对主人。

李忠立刻街坊去，寻着主顾说分明。

立契成交付银子，收到六两雪花银。

李忠一路回家转，顺便衣服买一身。

文俊将衣忙穿好，主仆收拾就出门。

家中无人看管好，门上拜托铁将军。

不表二人路上事，另提莫府一段情。

却说莫桂在书房日夜思想："下官身为吏部尚书，可惜次女瑶琴的终身错配于扬州李文俊。闻得他家父母双亡，家业消败，穷极不堪。小女身为千金之体，配于穷鬼，正所谓门不当、户不对。不免待老夫另选东床，重配富户。但是夫人与我不是一条心肠，不免请夫人下楼，与她商议一番，再下结论。"就唤家人莫兴道："去请太太出来，有事商量。"老夫人听了，心中暗想："不知何事，待妾身下楼而去也。"

丫鬟梅香挽夫人，下楼而来到前厅。

夫妻见礼坐定身，夫人开言问原因。

尚书回言说分明，只为瑶琴女儿身。

闻听扬州李文俊，家中贫困苦十分。

思想吾儿千金体，怎好配他结成婚。

故而请你来讨论，夫人意下如何能。

却说夫人听了老爷之言，是为次女瑶琴之婚事而商量，就说道："老相公，依妾身看这事便当之极，只要派几个家人去扬州将小婿文俊接到我家，同两个孩儿一起读书，待等日后，赴京考试，有了一官半职，再与小女成婚，岂不两全俱美矣？而且你我的面上更有光彩也。"

尚书听了把口开，夫人说话太痴呆。

我家乡绅多豪富，怎可穷鬼进门来。

我想将他婚来退，另寻富户配英才。

小女才有称心日，你我才能有光彩。

夫人一听心大怒，开口埋怨不应该。

姻缘本是前生定，穷富都有天安排。

昔年好友是同窗，同朝为官亲来攀。

文俊家穷应照顾，无爷无娘应关怀。

谁知变成伤天良，不怕天下笑言谈。

尚书愤怒出书房，夫人含泪上楼台。

不表夫妻反了目，门公进内报事来。

却说莫桂老夫妇为女儿的婚事发生争吵，造成反目，结果不欢而散。莫桂正在闷坐的时候，大女婿孙化龙在劝解老丈人，突然门公进内通禀："报老爷，外面有扬州李姑爷到来，有名帖在此。"莫桂一看，果然李文俊，便问道："看他身上打扮怎样？"门公道："衣衫破旧，还有一个老奴。"莫桂回道："叫他西书房安歇，今日老爷有事，不能相见。"门公出去说了一遍，李文俊暗想："照理应该相见，不应该叫我西书房安歇，不知是何道理也。"

文俊肚里暗思忖，跟了家人往内行。

行来已到西书院，主仆入内坐定身。

口中干渴无茶饮，肚内饥饿没饭吞。

李忠在路多劳苦，身受风寒有毛病。

口干舌燥身发抖，头疼脑涨少精神。

窗中一阵冷风吹，李忠倒在地埃尘。

文俊急忙来扶住，手足无力没作声。

看他眼珠往上翻，两脚一挺命归阴。

文俊一见放声哭，外边无人来问讯。

年老苍头多劳辛，为主奔波赴幽冥。

文俊扶尸放声哭，一夜哭到大天明。

眼见东方已发白，还是一人冷清清。

公子人穷志不贫，往内直闯道理评。

莫桂正在大厅坐，看见文俊火来升。

却说李文俊直奔大厅，看见莫桂双膝跪下，口称："岳父大人在上，小婿文俊拜见。"莫爷怒道："你这狗才，哪个是你岳父？冒认官亲，该当何罪？"喊道："来人，将这狗才拿下，捆绑起来，将他吊打一顿，让他尝尝冒认岳父的味道也。"

莫家奴仆虎狼形，绳捆索绑李文俊。

将他吊在高梁上，皮鞭上下不容情。

打得文俊嚎啕哭，顿时皮开鲜血淋。

不觉一阵昏过去，失去知觉无声音。

突然掉下一物件，家奴拾起交大人。

莫桂一见哈哈笑，原来庚帖宝和珍。

吩咐将他放下来,松绑叫唤转还魂。

却说文俊幽幽苏醒,觉得满身疼痛,连声叹气,暗想老贼定想赖婚。睁眼一看,大吃一惊,只见庚帖落在老贼手中,暗喊一声:"罢了,我现在如此贫穷,还要妻子何用? 现在老家人死在西书院,不如待我要求将家人尸体埋了再说。"就开言道:"恳求大人,我的老家人死在西书院,要求借给我四五两银子,让我去买棺收殓尸体。"莫爷一听,言道:"要银子是容易的事,你将身体卖给我家,当作仆人,只要写一张卖身文契就可领取银子。"李文俊一听,左右为难,为了收拾老家人的尸体,只得答应也。

文俊伤心泪纷纷,提笔立契写身文。

上写家住扬州地,又写文俊到绍兴。

不幸老仆身亡故,无钱买棺殓尸身。

情愿将身来变卖,卖给莫府当佣人。

应得身价银四两,听凭使唤无怨声。

如有违约任处罚,听天由命不由人。

文契写好来呈上,莫爷一看喜欢心。

立付四两雪花银,买棺收尸葬丘坟。

已把苍头料理毕,大哭一场回莫门。

将身一进尚书府,跟了家人进内厅。

却说莫爷言道:"从今日起,你要改名换姓,决定就叫扬州李,你马上跟莫兴到书房去,服侍金先生和我家大少爷和二少爷,都要你留心,不可懒惰,若有违约,家法重处也。"

跟了莫兴往里行,进了书院见先生。

文俊拜倒地埃尘,口称叩见金先生。

再拜两位莫少爷,心中凄惨好伤心。

前日别人服侍我,从今我去服侍人。

先生仔细来观看,眉清目秀一书生。

年纪大约十七八,为何卖身当仆人。

面目愁容不快乐,眼泪汪汪没作声。

其中定有委屈情,带我详细问分明。

却说金先生问道:"扬州李,我看你眉清目秀,不像穷家之子,究竟家居何处? 姓甚名谁? 为何卖身为仆? 你老实说来,我金某好帮忙处尽量帮你一把。"那李文俊双膝跪下,金先生连忙扶起说道:"坐了说话不妨。"文俊道:"先生听禀也。"

先生在上听分明,小人说来也伤心。

家住维广扬州府,泰兴县城广陵镇。

吾父李斌知府做,小人名唤李文俊。

只因父母双亡故,在家难以度朝昏。

同了苍头老年汉,前来绍兴欲投亲。

老仆在路多辛苦,年老体弱得了病。

一到绍兴身亡故,买棺缺少雪花银。

只好卖身当奴仆,苍头埋葬在丘坟。

奉命服侍金先生,还有二位少爷们。

小人改名扬州李,伏望先生多照应。

先生在外细盘问，惊动里面两个人。

莫清莫广听仔细，顿时暗暗吃一惊。

妹丈名叫李文俊，也是扬州泰兴人。

为何卖身到我家，其中一定有原因。

二人悄悄出书房，直奔后堂禀母亲。

将情告诉亲娘听，夫人卓然吃一惊。

吩咐二儿别学父，暗中照顾二三分。

弟兄二人来答应，回道书房告先生。

先生同意来照顾，留在书房读经论。

指望日后功名就，显耀门庭有超升。

却说李文俊对先生道："承蒙恩师照顾，门生日后有出头之日，不忘今日之大恩。"金先生暗想："不知胸中才学如何，待我试他一试。"就说道："扬州李，待我出一道题目，你做一篇文章如何？"文俊道："在恩师面前做文章，真正献丑了。"不多一歇，一挥而就。金先生从头一看，哈哈大笑："果然才学渊博，日后定有翻身之日也。"

文俊用心读经论，不觉一月有余零。

一日正在文章诵，谁知祸事又降临。

外边进来莫老爷，开口便问金先生。

那日派来扬州李，先生意下如何能。

先生言道很中用，果然伶俐又聪明。

天井里面各种花，用心浇灌更茂盛。

却说莫桂一听金先生的回报，说扬州李伶俐聪明而且还会栽培各种花树，莫爷心中很高兴，就说道："既然如此，我家后花园百花台四周，杂草丛多，有些花树干旱缺水，即将枯萎，不如叫扬州李去管理后园的百花台，将花束培养得茂盛起来。叫他即可就去，不可延误也。"

尚书说罢就出门，先生听了吃一惊。

文俊听了失落魂，看来今生难翻身。

依靠恩师来培育，日后才可赴京城。

谁知突然起祸殃，来了莫桂对头人。

两位公子开言劝，有请妹丈莫慌惊。

你今到了后园去，我俩会得来照应。

文俊听了略宽心，含泪拜别金先生。

离开书房去后园，半路遇着一个人。

此人就是孙化龙，依仗岳父欺压人。

他是莫桂宠爱婿，狼狈为奸同肝心。

对面看见李文俊，出口便骂小畜生。

却说孙化龙是莫桂的大女婿，他家中豪富，仗势欺人。今有丈人的宠爱，更加狐假虎威，把李文俊不放在心目之中。今天突然遇见李文俊就骂道："小畜生，胆子不小，见了孙大爷连头也不磕。今日初次饶你，下次再如此，当心你的狗头。"说罢匆匆而去，和丈人闲谈聊天去也。

文俊气得发了昏，眼泪汪汪后园进。

孤单独往百花台，除草种花用心勤。

想起公子照顾我,不忘恩师金先生。

不说文俊花园事,再提莫府女千金。

却说莫家千金是莫桂的次女瑶琴小姐,自从听得丫鬟飘香说起扬州姑爷李文俊前来投亲,被老爷羞辱一番,又提出叫李文俊交出庚书,文俊不从,结果被吊打。八字庚帖打落地,被老爷拿去,后来被逼卖身。小姐听了之后,好不伤心,日夜思念,茶饭少进,十分烦恼也。

瑶琴小姐得此信,日夜思念好烦闷。

想起父亲为吏部,欺贫爱富不该应。

姐夫名叫孙化龙,家中豪富有金银。

父亲宠爱像亲生,把他抬上九霄云。

吾夫文俊家贫穷,抢夺庚帖要赖婚。

被打逼写卖身文,卖在我家当佣人。

丈夫一时少主意,不该我家来投亲。

更不应该婚来退,为何卖身在我门。

你是一个官家子,岂可做个下贱人。

既然在此当佣人,其中一定有原因。

吩咐飘香去打听,定要有个确实信。

得到可靠信息后,才可晚间会夫君。

赠给银子回家去,奴奴就死也甘心。

丫鬟打听无消息,小姐忧郁成了病。

却说飘香丫鬟奉了小姐之命,打听李文俊的消息,谁知莫桂早有打算,吩咐一众下人,要把这消息封锁起来,不准使夫人及二小姐两人身边的丫鬟知道。谁透露秘密,打断谁的狗腿,所以飘香无法打听。哪知小姐日夜思念,茶饭少进,即将成病,幸亏飘香百般劝解。经过一段时间,那日天气晴朗,为了使小姐不增加忧闷,决定和小姐去后花园百花台赏花解闷。瑶琴小姐非常高兴,二人就此下楼,直往后园而去也。

小姐为了要解闷,后园赏花去散心。

飘香领路前头走,小姐移步在后跟。

一到后园百花台,万紫千红花茂盛。

不表小姐赏花景,再提难生李文俊。

却说李文俊被派到了后花园种花除草浇水,寂寞异常。虽有两位公子时常去去来来,到底不像往日在书房中安逸,夜里一人总是哭哭啼啼。那日想起自己要到何日才有出头之日,连连不断,唉声叹气,口中叫道:"小姐呀千金,你在闺房之中,可知小生在此受苦,不知你的心肠是否同你父亲一样?如果同样,小生难于出头。"越想越气,越想越闷,突然脱口而出,吟诗一首,以解其闷也。诗曰:栽得灵苗别养成,琼枝翠叶胜天真。移花堪是神仙法,种树权当杏圃人。有志凌霜经傲雪,不关烟柳拂轻尘。他年梅雪同争白,尽是阳和天造成。却说李文俊在后园吟诗一首,诗声惊动了百花台上的瑶琴小姐,就喊道:"飘香,什么声音?"丫鬟道:"小姐待我去看来。"不多片刻,回来报道:"小姐,别无他人,只有一个小园童,在里面仰首吟诗。依丫鬟看来,这小园童是不是扬州李文俊姑爷,可要叫他来问问便知真假。"小姐道:"速去速来,以免被人发现,就难于说话也。"

丫鬟奉了小姐命,立刻过去园童请。

文俊一见丫鬟叫,跟了来到百花亭。

飘香吩咐台下立,丫鬟回报女千金。

小姐一看其人品，文质彬彬像书生。

开口便问名和姓，哪州哪县哪方人。

文俊即便回言答，扬州泰兴广陵镇。

小生姓李名文俊，特地绍兴来投亲。

如此这般长和短，从头至尾讲分明。

小姐听了双流泪，丫鬟听了喜又惊。

双手扶起李文俊，口中不断姑爷称。

飘香把事说详情，百花台上会千金。

不表小姐会夫君，突然来了奸刁人。

却说莫桂的长女文琴正巧到妹妹房中看望瑶琴，谁知上庙不见土地，心中顿时生疑："是否私出闺门，到后园百花台会见李文俊的，待我去寻找一下。"直往后园而来，果然不错，只见一男一女，旁边侍立丫鬟。仔细一看，男的确是扬州李，女的是妹子瑶琴，心中大怒，叫道："妹子为何在此？做姐姐的到处寻你。"又对文俊喝道："扬州李，你这奴才为何调戏吾家妹子？"瑶琴道："姐姐不要胡言乱谈，不关你的事。小妹终身经父母许配文俊，明正夫妻，何道调戏？也用不着你来大惊小怪也。"

文琴被妹反教训，心中大怒转回身。

准备父前告状去，又要告诉老母亲。

恰巧经过嫂嫂门，告诉两嫂得知闻。

我家妹子在后园，陪同奴才李文俊。

被我走过来看破，百花台上谈私情。

两位嫂嫂来相劝，姑娘何必乱谈论。

文俊虽然身落魄，终究官家后代根。

当初公公受过礼，夫妻闲谈当啥真。

姑娘莫管他们事，何必一本三正经。

文琴顿时无口开，辞别两嫂就动身。

却说文琴被两位嫂嫂边说边劝，说得文琴无话可说，只得回转自己房去，坐定身子，越想越气，立起身来，直往亲娘房中而去，见过母亲，就将方才百花台之事告诉母亲。夫人暗想："长女文琴确是同他父亲一条心肠，或许真事，或许搬弄是非，待我叫梅香，去请二小姐到来。"谁知夫人身边的丫鬟梅香，也同情二小姐的苦衷，直往瑶琴堂楼而去。见了二小姐，就把大小姐在太太面前告状之事说了一遍，所以特地来请二小姐去见太太。瑶琴一听，吃惊非小，旁边飘香言道："请小姐放心，待丫鬟代小姐去见太太。如果再有人请小姐的话，只要如此这般，就不怕大小姐搬弄是非也。"

飘香说罢就出门，就同梅香见夫人。

太太一见飘香到，就问你来为何因。

飘香跪下见夫人，说道小姐身有病。

近来茶饭改半进，睡在床上少起身。

三天未出房门槛，听见夫人有事请。

不知夫人何事情，小姐叫我问分明。

夫人一听吃了惊，次女究竟啥毛病。

回过头来叫文琴，出口便骂小贱人。

同胞骨肉亲姐妹，挑拨离间弄事情。

今日初次饶恕你,下次再犯打你身。

还不快快回房去,骂得文琴头发昏。

不说文琴气闷闷,再表太太老夫人。

听得次女有毛病,急忙就去问原因。

却说夫人立即同丫鬟梅香及飘香直往瑶琴堂楼而来,进房门一看,果然次女睡在床上。夫人开口问:"女儿如何得病?"小姐见母亲来问病,瑶琴只是哭泣,并无话说。飘香代小姐说明,就将晓得扬州李文俊前来投亲,反被老爷吊打夺回庚帖,结果逼其卖身为仆,从此忧郁在胸,饮食少进,造成病倒在床。夫人听了也觉伤心,就安慰说:"儿啊,不要担忧,有为娘在此,况有你两位哥哥也在其中照顾,不过暂时为仆,待时机一到,便可出头的。"小姐谢过母亲,说说谈谈。夫人又吩咐飘香要精心服侍小姐,说罢辞别女儿,出房而去也。

不表夫人出房门,只表小姐女钗裙。

就同飘香来商议,准备写信送李生。

小姐就把信来写,飘香送去给文俊。

飘香将信来递给,文俊拆信看分明。

莫氏瑶琴顿首拜,夫君不可久留存。

你是世代官家子,必须勤读求功名。

待等二月十二日,合家老少斋花神。

奴奴装病不出房,你要设法避众人。

合家全去斋花神,男女老少酒来饮。

二更等在百花台,奴家会你赠花银。

连夜离开是非地,回到家中读书文。

以后如有鹏飞日,切莫忘记吾瑶琴。

文俊见书心中喜,吩咐飘香回楼门。

一日三来三日九,二月十二到来临。

却说莫府上常年老例,二月十二百花生日,莫家聚集合府老少上下人等,在晚上黄昏时候都集中在云溪园中斋供花神。老爷走进夫人房中,叫夫人通知,吩咐一切女眷人们。夫人答应下来,又说道:"今日不巧,次女瑶琴有病在床,不能前往,而且又要飘香侍奉。"老爷道:"这是没法的事。"说罢出门而去。不觉太阳西沉,就准备一切男女老少,快快活活入园而去。老爷一人进园,经过百花台,突然听到阵阵哼声,走近一听,是扬州李的声音,进去一看,只见捧腹大叫:"哑唷哑唷。"老爷问道:"何事?"扬州李道:"老爷,小人受着了寒气,肚皮发痛。"说罢又喊道:"啊呀!痛煞哉!"莫老爷道:"吃点痧药,多喝些热水。早点困就是了。"说罢而去也。

老爷说罢出园门,只见众人皆来临。

祭罢花神都入席,快乐逍遥把酒饮。

饮酒将到半酣际,文琴给父酒来敬。

边敬酒来边眨眼,父亲知道女儿心。

立起身体往外行,大女文琴随后跟。

走到园外无人处,文琴将事告父亲。

今日妹子身有病,恐怕其中有原因。

你看还缺扬州李,同时未来祭花神。

二人定在百花台,男女双方谈私情。

又把前事都告诉,莫爷气得瞪眼睛。

怪道刚才小奴才,捧腹大叫装毛病。

男女双方都有诈,老夫前去看分明。

文琴仍旧回园去,莫爷一人进园门。

不表莫爷悄悄去,再说瑶琴千金女。

却说瑶琴小姐同飘香带了三百两银子,悄悄直往百花台而来,那时文俊早已等待小姐。飘香将银子放在桌子上,小姐和文俊正在谈话,突然发现百花台边上走来一人。瑶琴小姐等三人一见吃惊非小,不是别人,就是莫桂老爷。那时的老爷像发疯的豺狼,一个箭步冲了上去,将李文俊一把扭住,骂道:"小畜生!干的好事!"那时的李文俊也想不出什么办法,也不知从哪里来的一股勇气,把老爷一推,谁知莫桂没有其它准备,就仰面一跤,倒在地上。文俊乘此机会,把桌上的银子抢了就逃,直往园门而去也。

不表老爷倒埃尘,只说文俊逃出门。

脚不点地如飞奔,对面来了一个人。

此时文俊魂飞散,原来就是金先生。

为啥先生此时到,带我略表说分明。

先生在此斋花神,就和莫爷同桌饮。

突然文琴来敬酒,对父连连眨眼睛。

知道其中有阴谋,眼见父女出园门。

片刻只见文琴来,心中知道出事情。

所以悄悄园门出,百花台去救文俊。

正巧走到园门口,只见文俊如飞奔。

先生开言问原因,文俊一一说分明。

先生吩咐不许逃,到我家中躲一阵。

如果你就去逃生,小姐之事你不明。

老爷见你已逃遁,赌气一口害千金。

暂到我家停一停,弄清是非再理论。

不表文俊和先生,再提飘香和千金。

眼见公子已逃走,乘机逃走回房门。

小姐一到堂楼上,坐定身体暗思忖。

公子如果逃得命,奴奴一死也甘心。

开口便把飘香喊,快请夫人来讨论。

丫鬟奉命堂楼下,云溪园中请夫人。

谁知老爷已经到,手执钢刀骂贱人。

举刀要把夫人杀,幸亏人多难近身。

老爷气得双脚跳,突然门公报事情。

却说莫爷正在大吵大闹之际,突然门公进来报道:"禀老爷,南关杨吏部大人等在前厅,有事要见。"此时莫爷硬把火压了下去,出园直往前厅见杨大人而去。正在这时,飘香上前言道:"老夫人,二小姐有请,有要事和夫人商议。"老夫人就带了梅香及两位公子、两房媳妇,同飘香直往二小姐的堂楼而去也。

飘香领路前头行,夫人等辈后面跟。

一到堂楼将门开，大家一见吃了惊。

只见小姐梁上挂，三尺白绫短见寻。

夫人大叫我的儿，儿未出口倒埃尘。

媳妇忙把婆婆搀，两位公子救千金。

就将小姐扶上床，气息全无断了命。

合家老少嚎啕哭，老爷送客也进门。

只见女儿短见寻，老泪纵横落纷纷。

文琴也来哭妹子，夫人一见火更升。

左右开弓耳光打，都是你这小娼根。

拉起家法又要敲，两房媳妇劝大人。

不说文琴哭回房，老爷开言唤家人。

买棺成殓办丧事，小姐棺椁葬丘坟。

不说莫家一切事，再表一位金先生。

却说金先生收到两位公子写的信，拆开一看，又给李文俊观看，信上写明："李公子逃走以后，父亲一口毒气出在瑶琴身上，结果妹子回房，悬梁自寻。目前吾父到县衙呈告，要拿捉文俊。请金先生如果知道文俊的下落，务必要设法叫他远避他方，否则危在旦夕。"金先生见文俊看罢，就说道："贤契，你要知道，害你的是莫家，救你的也是莫家。你要恩怨分明，却莫忘记。"文俊道："恩师的教诲门生铭刻在心。"金先生又道："贤契，我今赠你盘缠五十两，速速远走他乡。但是有了落脚之地，要认真攻读经论，使得日后金榜题名，才有出头之日。要牢记瑶琴小姐为你而亡，切莫忘记也。"

先生教诲李文俊，文俊含泪铭刻心。

拜别先生门来出，日行夜宿自当心。

不说文俊在路行，另说上界一段情。

玄女娘娘心血潮，掐指阴阳算得准。

口中善哉连声念，立唤老儿太白星。

下界有位莫瑶琴，目前屈死命归阴。

日后是有皇命封，官封一品正夫人。

因为阳寿尚未终，速唤雷电风雨神。

劈开棺木将她救，灵丹一粒口中存。

将她吊到杭州地，让她自己转还魂。

是有善人来搭救，速去切莫错时辰。

却说太白君星奉了娘娘法旨，立传雷公电母、风伯雨师前往施法相救，一言表过。再说有一位官员姓金名宰盛，是杭州人氏，官居七省御史，夫人曹氏同庚，花甲有三，并无男女，现在告老还乡，一路出京而归，不多几日，已抵杭城，路过塘西镇停船过夜。时交三更，老爷得其一梦，只见九天玄女娘娘站立床前叫道："金宰盛，快去搭救一位落难小女子，收留在家，日后也可有半子之靠。"说罢将袍袖往老爷面前一拂，一阵狂风将他吹得仰面一跤，大叫一声，突然醒来，原来是一梦。心中暗想："刚才玄女娘娘吩咐得清清楚楚，只信其有，不信其无。"立即唤醒家丁人等，如此这般，打起灯球火把，上岸去寻找，不得有误。家人奉命而去寻找也。

家人奉命去找寻，果然隐隐有哭声。

走上前去把灯照，确是一位女钗裙。

家人把她带上船，报与老爷得知闻。

金爷吩咐进中舱，一见立即问原因。

姓甚名谁家何处，从头说给老爷听。

小姐开口老爷称，待吾细细来告禀。

小奴家居绍兴城，吏部尚书我父亲。

父亲莫桂母杨氏，小奴名字莫瑶琴。

父母将奴配了婚，扬州泰兴李文俊。

公公婆婆早去世，公子无靠来投亲。

吾父不认穷女婿，讨回庚帖要赖婚。

强逼吾夫将身卖，看管后园当仆人。

小奴进园花银赠，私放公子去逃生。

被父知道火来生，逼得小奴死路寻。

今日小奴在此地，究竟如何我不明。

感谢老爷将奴救，永世不忘老爷恩。

金爷一听心欢喜，原来一位女千金。

老夫派人去打听，寻找公子李文俊。

老夫一生无儿女，认作千金为螟蛉。

小姐一听双膝跪，口称爹爹二三声。

金爷顿时哈哈笑，后舱请出金夫人。

小姐拜见爹和娘，准备香汤换衣襟。

两个丫鬟来服侍，安身金府过光阴。

不表小姐身安处，再表逃难李文俊。

一路行走受惊吓，不知身落何方存。

若知文俊如何样，奉劝请听下半本。

宣到此处停一停，休息片刻再奉敬。

百花台宝卷展下本，待我继续表分明。

不知文俊在何方，寻找之后说详情。

却说李文俊早行晚宿，一路之上担惊受吓，不觉已入吴江境界，眼见太阳西沉，只觉腰酸背痛，四肢无力，只得在塘河岸边坐下歇息。塘河里船只来来去去，塘岸上人群去去来来，李文俊根本无心观赏，只有唉声叹气："回想到小姐为我而屈死，但我李文俊四处奔走，又无目的之地，而今生难会小姐之面，活在世上也觉惭愧，不如死了倒也干净。"说罢悲悲泣泣哭了起来，边哭边立起身来，往河中一跳，突然背后有什么东西带住，跳不下去也。

文俊顿时吃一惊，回过头来看分明。

背后站立两个人，一主一仆笑盈盈。

两手拉住文俊衣，文俊问道为何因。

那人开言相公称，请你安心莫慌惊。

小老家住山东地，主仆出门做营生。

却说此人是谁，为什么会救李文俊呢？原来此人姓陆名云，山东人氏，皇上放他江苏巡按，船到吴江码头塘岸边，见一位青年坐在河边唉声叹气，知有冤情，所以悄悄走到他身后。但见他只管想、叹、哭，并没有发觉背后有人，果然不出意料，所以救他而盘问详细，听他讲得明明白白。陆爷又看他面清目秀，五官端正，看样子日后定有升腾之相，回想自己年已半百，并无儿女，便有心想收留文俊，认作螟蛉。陆爷便将想法告知文俊，文俊一听，自是感激涕零，当下磕头叫父亲。

不表文俊认爹娘，再说小姐莫瑶琴。

一路行船来得快，金家码头到来临。

却说金爷宰盛官船到了自己码头，家中闻讯老爷回家，大小人等前来迎接。金爷有个胞弟，叫日盛，就是在莫府上的金先生，今日正巧也在家中，同来迎接胞兄。只见船上有一位小姐，便问胞兄："这位小姐是谁？哪里得来？"兄长对弟说明一切来由，并吩咐外面不要乱讲，保守一些秘密。她是绍兴莫家千金瑶琴小姐，如此这般这等这样也。

先生听兄把话云，顿时心中喜又惊。

九天玄女救他命，现已兄长继螟蛉。

暗中写信送莫府，莫家公子得知闻。

连忙上楼告娘晓，瞒过老爷一众人。

不表夫人心暗喜，卷中另提一个人。

莫家大婿孙化龙，又与丈人来讨论。

却说孙化龙是莫家的大女婿，家中豪富，丈人十分宠爱，要求女婿有了一官半职方能与文琴成亲拜堂，所以孙化龙恳求丈人设法谋计。莫桂道："我来写信一封，代你推荐，但是要你亲去把礼投递京中吏部大人。他是吾长子莫清的大舅，包你有官做也。"

化龙听了喜欢心，辞别丈人转家门。

准备礼品进京去，进见之礼足千金。

不表化龙忙不定，只谈莫桂写书信。

立差莫安去送信，送京吏部大衙门。

谁知莫清已知晓，挥笔写信送进京。

却说京中吏部大人，那日收到两封书信，都是莫家来的。第一封是莫爷写的，信中说荐一位大才来，是他的女婿孙化龙，请大人照顾一下，给他一个官职。另一封信是莫清写的，信中说孙化龙是一个无耻小人、仗势欺人之辈，又将李文俊一事说了一遍，要请大舅借过将孙化龙处死。根据两封不同内容的信，为难了吏部大人，动了一番脑筋，道："有了，常州府武进县少了一个主簿官不如给了他。"主簿官即是城门官。大人吩咐家人传令出去，孙化龙早已等候在衙前，听到令下，走上台阶将礼物送上，家人送进去。大人给他一张委任的京片，传令不得面谈，立即上任。孙化龙一见京片，闷闷不乐，指望做个大大的官，恰恰相反，来一个小小的城门官，又不好不去，只得奉命上任而去也。

化龙顿时眼神定，只得谢恩去上任。

目前只得将就过，等待时机再理论。

不说化龙官来做，卷中再提李文俊。

自从陆家做螟蛉，送到山东陆家门。

日夜认真书来读，指望书包要翻身。

春去秋来近一年，想起小姐又伤心。

那时正逢中秋节，皇上开科取贤人。

上京赶考南场进，得中解元第一名。

文俊中魁家信传，陆家亲邻都高兴。

光阴似箭容易过，庭前杏花施芳芬。

堂前拜辞继父母，二进京都求功名。

二月十九进考场，点中会元李文俊。

君王龙目文章观，朱笔批阅状元身。

文俊雄心多壮志，连中状元第一名。

万岁御赐三杯酒，身骑白马游皇城。

游街三天谢皇恩，御赐加升巡按身。

尚方宝剑万岁赐，先斩后奏代皇命。

奉旨江南巡按史，直往常州到武进。

船到码头身上岸，私行察访进县城。

经过一座小茶室，略坐片刻饮茶茗。

只听茶客言谈论，讲起城官孙大人。

官职虽小权力大，敲诈勒索有本领。

借此城门捞油水，百姓有冤无处申。

开关城门无定时，出入城门胆心惊。

早上有时迟开门，百姓聚集一大群。

特别夜里早关门，有事百姓难出进。

哀求苦脸大叔叫，明目张胆捞金银。

到此上任无多日，横财捞取吮淘成。

难道皇帝瞎眼睛，派这瘟官害百姓。

大人一听忙搭讪，问这问那问详情。

百姓言道孙化龙，獐头鼠目不像人。

大人听得火气升，暗骂奴才该倒运。

今日遇着李文俊，横行一时恶满盈。

想起往日莫家事，出口怨气也该应。

付了茶钱出茶室，回到船上动脑筋。

一宵已过天发亮，全副道子进衙门。

门公进内忙禀报，知县老爷急煞人。

开直正门接大人，巡按出轿到花厅。

知县老爷忙奉承，巡按大人开口问。

却说巡按大人问知县道："贵县大人，本官问你，管城门主簿姓甚名谁？哪里人氏？上任多少年数？一向官声如何？"知县闻言，一一回报，就是最后一句，官声如何，难于回答："这个那个。"巡按大人道："难道你不听见百姓的谈论吗？"知县道："卑职听不到的。只因出衙，人群一见，就要回避。所以难于听到的。"巡按对他说明："借你衙，审一次堂。"知县"是是"满口答应。巡按一声吩咐，差两名旗牌："将城官孙化龙拿来见我。"不多片刻，已经拿到。大人立刻做堂，传孙化龙跪在堂上。大人一看果然不错，就问道："何年进京考试？官中何名？何年封官？"孙化龙难于回答，"这个那个"连连不断。大人火冒天灵："再不老实回答，尚方宝剑不认人也。"孙化龙道："我是刑部尚书莫桂的大女婿。"大人一听，顿时火冒三丈。

大人高喊孙化龙，倚仗莫桂权势深。

不提丈人倒也罢，托势丈人不容情。

重重责打五十板,打得化龙血淋淋。

将他官戴都剥去,当堂削职废为民。

乱棒将他赶出衙,大人退堂进花厅。

不说巡按在武进,只表化龙回衙门。

对妻言讲坏了官,收拾行李回绍兴。

不消几天到了家,莫桂闻信去询问。

莫桂一见大女婿,问这问那问详情。

化龙啼哭岳父称,从头至尾诉丈人。

巡按将我来审问,皂白不分先用刑。

把我打了四十板,连连不断再追问。

我将岳父写荐信,老师讲给巡按听。

说起丈人名和姓,只见大人火直喷。

吩咐当差再用刑,五十大板打上身。

最后剥去袍和帽,当堂削职废为民。

莫桂听得气昏昏,辞别女婿转家门。

却说莫桂回到书房坐停,暗想:"这个江南巡按使究竟何等人物,为何要与老夫作对,我与他何时结仇?"但是任你思想,还是摸不着头脑。突然两位公子前来询问,莫桂将全部情况讲了一遍。两子一听,各自暗想:"莫非妹丈李文俊?"别过父亲,二人立即上楼,将情况告知母亲。老夫人听了又喜又惊,喜的是女婿高官厚爵,惊的是文俊只知吾女儿死了,这门亲事恐怕不会成功,文俊再不会是我的女婿了。母子正在谈话,家人报道金先生到。两位公子别母下楼,迎接先生,将情告之,三人商酌,先生道:"待我去探听一下,便知端的。"又道:"请不要泄露风声。"说罢而去也。

二子回楼告母亲,先生准备去探听。

巡按究竟是啥人,等他回来便分明。

不表公子等消息,只表先生一个人。

叫船一只到常州,寻其下处安住身。

逢人留心便打听,得悉巡按出衙门。

只见金锣来开道,侍卫保护在后跟。

大人身坐金镶轿,轿帘挂起官街景。

人群之中金先生,仔细观看不差分。

挤出人群哈哈笑,装疯作癫笑勿定。

轿中大人抬眼看,只见恩师金先生。

此刻难以来叫应,立刻吩咐二个人。

却说大人吩咐二名旗牌:"给我将路边哈哈大笑的疯老头拿回衙去,不可难为他,待我回来再处。"说罢道子继续前进。旗牌上前将疯老头带回衙去,安排在书房,好言安慰,奉茶招待不表。再说街坊的人群,看见当差将大笑的疯老头拿去,大家议论纷纷,各自散去也。

不说百姓议纷纷,再表大人回衙门。

一声吩咐旗牌军,相请书房金先生。

师生会见在花厅,大人下跪恩师称。

街坊拿人我有罪,伏望先生恕三分。

先生双手扶门生,贤契改称唤大人。

却说金先生对巡按道:"请大人恕小老闯道之罪。"大人道:"恩师何出此言。学生动问先生,是路过,还是特地到此?"金先生就讲:"莫老爷听得大女婿坏官回家,孙化龙捅出丈人吏部的牌子,相反多吃五十记板子。莫老爷气得闷闷不乐,回到家里独自回想,朝中啥人与他有冤仇之恨。后来告诉二位公子,莫公子问起巡按大人的年纪,据孙化龙说青年官长。二位公子暗猜贤契,所以我特地赶来探听。刚才贤契出衙,我一看果然不差,但是难以叫应。要使贤契知我在此,只能装作疯笑。后来当差来拿我进衙,我知贤契也在用计策也。"大人一听言道:"恩师真高明也。"

大人开言恩师称,学生蒙师救了命。

从师家中别了后,一路到了吴江城。

如此这般从头说,说到现在会先生。

二人说得真投机,大办酒席待先生。

大人开言问师尊,岳母身体可康宁。

大舅夫妻可安康,恩师一向可太平。

小姐棺木葬何地,待我还乡把香焚。

先生听了喜在心,开言又把贤契称。

世上男子负心多,难得贤契一片心。

我有一个亲兄长,只生一位女千金。

要选聪明大才婿,才肯出帖配婚姻。

贤契青春当配偶,老夫为你作冰人。

文俊即便回言答,学生不做负义人。

瑶琴小姐为我死,我愿一世不娶亲。

文俊边说边流泪,金老先生笑开声。

却说金先生对文俊道:"贤契呀,待我今天对你实说了罢。瑶琴小姐命不该绝,遇到仙人灵丹救活,那时恰遇我胞兄金宰盛做官满任回家,半路遇见,将她细细盘问才知瑶琴小姐。我家兄嫂并无子女,将她继作螟蛉之女。"文俊一听喜出望外,说道:"莫家可曾知道?"金先生道:"二位公子及夫人皆知道,就是瞒过了欺贫爱富的莫老爷。"文俊此时满面笑容,谢天谢地,望空拜谢老天爷的保佑也。

巡按此刻喜欢心,满满一杯敬先生。

饮到日落西山夜,东方明月照乾坤。

一宵已过到来朝,先生辞别要回程。

文俊写信托先生,交于小姐好放心。

先生立刻回家去,一路之事不细论。

船到码头上了岸,哥嫂得知来接迎。

一进家门忙坐下,哥嫂连忙问事情。

却说金日盛先生到了家中,哥嫂忙问其事,先生将巡按之事从头至尾说了一遍。金家夫妻满心欢喜,难得继女婿高官显爵,便叫了丫鬟春香将巡按大人的亲笔信速去交于小姐观看。瑶琴小姐接信在手,顿时双手乱抖,心脏跳个不停。只见信封上几个醒目的大字:瑶琴亲拆。激动得双眼流泪,拆开一看,好不快乐人也。

小姐看信喜欢心,犹如拾到宝和珍。

亲爱瑶琴千金女,请安小姐放宽心。

前事连累贤小姐,小生负罪重千斤。

多蒙仙人来搭救,皇天不负孝心人。

但愿小姐身康健,多多保重莫忧心。

待等下官复了旨,奉旨还乡完婚姻。

小姐看罢心快乐,面带羞惭喜在心。

不说小姐安了心,再表先生到绍兴。

急忙进了莫家门,说给二位公子听。

儿子上楼告知母,莫爷面前不露音。

光阴迅速容易过,巡按复旨进京城。

大人连夜奏章写,五更上朝见帝君。

万岁见表龙心悦,当殿官封李文俊。

却说万岁见了巡按复旨奏章,龙心大悦,当殿官封江南巡按陆茂,奉旨复姓归宗,仍唤李文俊,奉旨还乡,完婚祭祖,加封户部尚书,封妻莫氏贤德夫人。金日盛封为四品大员,金宰盛提升为右班丞相,待旨上任。又降旨一道,立派钦差下达绍兴,莫桂接旨。封官已毕,万岁退朝回宫,文俊出朝,三号大官船奉旨还乡也。

文俊官船出皇城,文武大臣送出城。

各官回衙全不表,大人官船在路行。

先说钦差到绍兴,莫桂闻听吃一惊。

摆好香案穿袍帽,跪在地上接旨文。

却说钦差大臣高声宣读:"奉天承运,皇帝昭曰。江南巡按陆茂,原名扬州李文俊,当殿奏章,吏部尚书莫桂欺贫爱富,图赖婚姻,仗势欺人,不认穷婚,逼婚为仆,理应问罪。看先帝封赠之面宽恕一二,现定罚银三万两,速去扬州助建状元府第之用。钦赐莫瑶琴与李状元择日完婚,不得有违,逆旨问罪也。"

莫桂听了大吃惊,上天无路地无门。

罚银三万非大事,无女难以配婚姻。

跌跌冲冲上楼去,夫人一见问原因。

莫爷言明圣旨到,文俊奉旨来完婚。

次女瑶琴已亡故,这是逆旨有罪名。

来和夫人商良策,要请夫人想才情。

夫人听了暗中喜,乘机埋怨两三声。

老爷当日不思忖,今日临渴难掘井。

妾身哪有良策在,只有杀头去充军。

莫爷正在无法想,门公进来报事情。

却说门公报道:"门外有杭州七省御史金大人求见。"莫桂暗想:"金大人与我从无来往,今来何事?待我接见了再说。"就吩咐开正门出接,谁知夫人早已知道,就吩咐梅香也准备迎接金家夫人。莫桂将金大人接到了书房,夫人将金家夫人接到了后厅,双方各自招待贵宾也。

不说夫人在后厅,先说莫桂问真情。

莫桂开言年兄称,甚风吹你降寒门。

金爷回道非为别,也来为兄解凶星。

闻得万岁圣旨到,巡按奉旨完婚姻。

莫府千金身已过，莫兄逆旨难逃身。

小弟家中有一女，送与莫兄作螟蛉。

好与巡按天地拜，才能现成做丈人。

不知意下有何说，有请当面说分明。

莫桂听了满口应，金兄胜似观世音。

救苦救难将我救，改日重谢金大人。

不表莫桂心中喜，吩咐摆酒同畅饮。

乩开男的再说女，二位夫人吐真情。

开了园门接小姐，后门而入进花厅。

却说二位夫人在后厅，莫家夫人对金家夫人说明原因，为了瞒过老杀才，只得把小姐从后门中接进。说罢吩咐梅香去请飘香前来，有人要问飘香何处去呢？为啥要用请字？其中一段原因，只因瑶琴小姐死了之后，飘香日夜痛哭，饮食少进，成了一病。莫桂派人将飘香送回娘家养病，时间一长，毛病已好，她的父母去莫家要求要让女儿在家招婿配婚，莫家同意。谁知飘香自己倒不同意，宁愿独守孤灯，黄经一卷，吃素修行。所以今日小姐回家，前去请她梅香。去了不多时，果然来了，见过夫人，又见过小姐，那时小姐和飘香抱头大哭也。

不说夫人及千金，只说莫桂进内厅。

将情告知夫人听，金爷之女作螟蛉。

一进内厅吃一惊，看见女儿莫瑶琴。

今日之事弄勿清，莫非半夜梦三更。

夫人见夫闯进厅，出口便骂老牛精。

快来谢过金夫人，否则杀头去充军。

将情从头讲明白，莫桂方才梦惊醒。

吩咐一声摆酒席，感谢金家大恩人。

合堂畅饮谈心话，只好认识有罪名。

归我当初瞎眼睛，弄到今朝难做人。

女婿回来怎见面，只得俯身爬上门。

金爷听得哈哈笑，开言又把年兄称。

万岁旨上讲点啥，尚书言道罚花银。

金爷忙把真话说，快去扬州建府门。

待等状元回府第，便可送女去完婚。

莫爷听了忙准备，开仓发银去扬城。

立刻兴工忙建造，未满一月已完成。

不表府第已造好，再表状元在路行。

却说李文俊的官船出了皇城，一路滔滔下来，旗幡上大书数字："新科状元，江南巡按，户部尚书，奉旨还乡，完婚祭祖。"逢州是有州官接，逢县是有县官迎，威风凛凛，好不风光，一朝富贵，百世扬名。官船已到山东陆家码头，拜见继父母大人。陆家是有一番热闹，不必细表。几天一过，辞别继父母，官船直往绍兴而去也。

巡按官船到绍兴，一路接送闹盈盈。

门前栓起高头马，不是亲来也是亲。

船到码头号炮放,三声炮响把船停。
大小官员都来接,大人谢绝各回程。
莫家众人前来迎,巡按心中暗思忖。
忽报一声金爷到,文俊亲自来相认。
莫桂此时无奈何,丈人勿做作矮人。
大人上岸门来进,莫桂上前贤婿称。
巡按喝道你何人,冒认官亲罪勿轻。
莫桂一时无法想,老了脸皮跪埃尘。
旁边闪出金先生,连忙扶起莫大人。
上前便把贤契叫,前事何必再记心。
听人相劝进内去,相见小姐与夫人。
文俊一到内花厅,拜见岳母老大人。
又与小姐来相见,再跪谢过金夫人。
莫桂吓得瑟瑟抖,坐不安来立不宁。
经过先生一番劝,才得翁婿两相称。
分宾坐定用过茶,大摆宴席在花厅。

却说莫爷吩咐大摆酒席,设在内厅,男女合堂共饮,分宾主就位。喝喝谈谈,开怀畅饮,酒罢席散,回到书房,再用香茗。巡按要求金先生择日成亲,先生答应一声,翻阅黄历,又问莫爷:"你备办妆奁需用多时?"莫爷道:"三天定能完备。"先生就说道:"连本日在内,第六天是黄道吉日,一言为定。"诸朋亲友,个个具柬相邀也。

巡按辞别老丈人,拜辞岳母老夫人。
再拜金爷和夫人,就同先生一起行。
放炮一声船开动,已到扬州进泰兴。
不表巡按回到家,单说莫家忙不停。
有钱不消周事办,全副嫁妆办完成。
不觉吉期已经到,小姐打扮换衣襟。
飘香随嫁也梳妆,明天送亲去泰兴。
莫清弟兄两房媳,尚书又同老夫人。
全家夫妇一同去,一路已到李府门。
巡按出厅来迎接,乐工吹打闹盈盈。
待等吉时良辰到,巡按更衣做新人。
参拜天地双和合,吹吹打打结成婚。
红绿丝巾送入房,坐床撒帐挑方巾。
新郎出房带贵客,敬酒敬菜忙勿定。

却说状元府热闹非凡,诸亲百眷,恭贺新婚,已有三天,大家辞谢,各自回家不表。只说莫家送亲也已回家,船到码头,只见家人奔来道:"禀老爷,大事不好了。"莫爷道:"何事报来?"家人道:"老爷听禀也。"

老爷合家去送亲,大姑爷家出事情。
听得巡按官船到,惊动绍兴众百姓。
孙化龙与莫文琴,夫妻二人得知闻。

谁知巡按非别人，就是扬州李文俊。

急坏化龙夫人俩，冤家遇着对头人。

怪道前日坏我官，不问皂白就用刑。

掮出丈人尚书牌，五十大板不容情。

看来今生无翻身，性命不知如何能。

想了一番叹口气，悬梁高挂一根绳。

文琴一见嚎啕哭，发疯相似出了门。

已到城外莲花庵，拜师落发做尼僧。

莫桂听了双流泪，连说死了倒干净。

不表莫桂心酸痛，再说巡按新结婚。

却说李文俊送客完毕，回进房中，夫妻闲谈。瑶琴小姐突然开言道："夫君呀，妾身有一句话要对夫君言明，关于飘香的一事。她虽丫鬟，为妾身一片真心，奴死之后，害她成一病。她病好之后，为她配婚，宁死不从，宁愿独守孤灯，黄经一卷，吃斋修行。她贞节义气，也为相公着想，又与奴家如同姐妹。依妾身愚见，相公把她纳为二夫人何也？"文俊一听此言，知道夫人是个大贤大德之人也。

文俊开言夫人称，小生一切由夫人。

小姐听了飘香喊，言明纳你二夫人。

飘香双膝跪在地，感谢小姐贤德恩。

从此三人多恩爱，如鱼得水过光阴。

当初吃得苦中苦，今日方为人上人。

光阴如箭容易过，一月已经到来临。

文俊备礼祭祖先，又为李忠化纸锭。

昔年老仆跟我苦，日夜操劳命归阴。

忙请僧道经忏拜，超度李忠早投生。

不表文俊良心好，再表夫人已怀孕。

光阴迅速快如云，两位夫人要临盆。

丫鬟忙去稳婆请，急道李府来接生。

莫氏夫人生双胎，飘香也生一只根。

三子取名福禄寿，三朝剃头不细论。

一岁两岁容易过，三岁四岁易长成。

不觉已到十六岁，安排接续香烟根。

长子接传李家宗，次子顶立陆家门。

幼子金家香烟顶，三个儿子三家姓。

文俊一生官来做，清如水来明如镜。

思想告老度晚年，诚心吃斋不食荤。

修桥补路行好事，吃素念佛拜世尊。

飘香瑶琴同修行，夫妻三人虔诚心。

瑶琴原是天仙女，玄女娘娘嫡亲生。

文俊本是种花童，飘香本是侍千金。

主婶花园赏花去，花童嬉笑起凡心。

那日玄女来知晓,盘问丫鬟不肯云。

娘娘大怒法旨下,罚他三人下凡尘。

现世年满九十九,功德圆满脱凡身。

太白君星去接迎,三人坐化上天庭。

姻缘本是前生定,任何阻扰难变更。

善恶到头总有报,不报未到那时辰。

瑶琴飘香李文俊,今日善报上天庭。

孙化龙与莫文琴,仗势奸刁欺人民。

男的上吊一根绳,女的落发做尼僧。

奉请善恶要分明,不可混淆胡乱行。

善恶到头有分别,神明暗中来鉴定。

百花台宝卷宣完成,诸佛菩萨喜欢心。

善男信女听此卷,一年四季免灾星。

卷中若有错误字,口念弥陀补完成。

百鸟图宝卷

百鸟图卷宝初展开,诸佛菩萨降莲台。

善男信女静心听,一年四季免三灾。

却说此卷出在宋朝,仁宗皇帝登基以来,风调雨顺,国泰民安,事情发生在通州太兴县城里。有一家姓潘名叫凡珍,夫人张氏,夫妻同庚四十五岁,所生二子,长子叫文桂,次子叫文达,兄弟二人皆未婚配,在家用功勤读。其年不幸,父母相继而亡,兄弟二人嚎啕大哭,好不伤心也。

二位公子哭嚎啕,父母双亡真烦恼。

大殓开丧不必说,棺枢坟堂就停好。

突然房屋起了火,内内外外大火烧。

高堂大厦都烧尽,万贯家财一旦消。

烧剩二间落脚屋,兄弟二人苦难熬。

既无穿着又无吃,文桂便把兄弟叫。

我想且到扬州去,姑父家中借钱钞。

有无半月回家转,贤弟在家莫心焦。

弟兄分别多叮嘱,文桂动身出门跑。

水旱行程来得快,扬州城池已到了。

却说潘文桂到了扬州,寻到姑父家门口,对门上人说道:"有烦公公与我通报一声,说通州潘文桂内侄到来,求见姑父大人。"那门公听了速忙禀道:"老爷!通州潘公子求见。"陈太爷是扬州富翁,素性刻薄,欺贫重富。听见潘文桂内侄到来,说道:"请进来!"门公引进文桂,潘文桂口称"姑爹",深深一揖。陈公见文桂如此的寒酸,就道:"我家没有这样的亲戚,快快出去。若再多言,莫怪驱逐也。"

文桂唬得没声音,立时退出陈家门。

看我身上多破旧,连那至亲不肯认。

此来原是借银两,分文没有赶出门。

安身无处只好哭,边哭边走到庵门。

却说潘文桂被姑丈赶出,无处安身,边走边哭,只见面前一只青花庵。只好走进庵门,正要拜佛,旁边有人言道:"此庵是扬州府绅宦顾元杰府中的家庵。他是前任两广总督,如今告老在家,不可乱闯的!况且今日乃是老夫人周忌,在庵内追荐,所以佩玉小姐亦在此。"再说小姐身边的丫鬟寿春也看见文桂,说道:"你是何人?"顾元杰在内听见了,出来亦把文桂一看,问道:"你是何人?干些何事?为何满面忧愁!必然有事,细细告诉老夫,若有虚言谎话,是要送官究办也。"

文桂见问诉衷情,家住通州太兴城。

兄弟二人无依靠,先父姓潘名凡珍。

房屋又遭回禄劫,家财物件化灰尘。

今到姑爹陈府上,哪知欺贫不认亲。

元杰听说心思想,原是一个对头人。

他父有名潘巡按,任上冤仇似海深。

现今他儿前来到,怎肯把他放过门。

连忙吩咐众家人,与我捆绑小畜生。

家人奉命如狼虎,捉住吊在柴间门。

今日饶你性命活,明天送你进衙门。

等到日落西山后,文桂哭得好伤心。

却说潘文桂被顾元杰捉住报仇,弄得有口难分辩,真正倒运一齐来,加上路陌生疏,毫无办法,只得听天由命,足足哭了一夜。无非怨自己不该闯入庵中,落在陷人坑内也。

文桂一夜哭悲哀,惊动寿春小丫鬟。

告知小姐来晓得,有位公子吊柴间。

容貌端正非凡相,后来必定有官衔。

小姐听得伤心苦,便同寿春进柴间。

佩玉细看潘公子,顶平额阔好身材。

可恨父亲心肠狠,拿他吊打不应该。

即叫丫鬟放下来,小姐盘问事一番。

却说佩玉小姐便问道:"你这官人,姓甚名谁?府居何处?今年几岁?父母可在?联姻过否?"文桂答道:"难人家居通州城东门,姓潘名文桂,父母双亡,虚度十八年,尚未配亲。你父与我祖上做过对头,今日拿我如此吊打,幸蒙小姐放下,恩德如天。借问小姐,尊姓大名,伏望言明,后当补报。"并问贵庚多少、顾府何人,小姐听了,一一回答也。

佩玉小姐道原因,真心告知难中人。

奴家顾氏闺中女,父亲元杰是生身。

母亲张氏周年忌,故而追荐到庵门。

禅门礼拜梁王忏,奴家父女尽来临。

奴父素来心地狠,皆为仗势好欺人。

奴名佩玉年十九,二月初八卯时生。

闺中无事寻针线,尚未出帖配良人。

奴有一句自愧话,未识公子听勿听。

奴身真心相许配,愿奉箕帚了终身。

小婢寿春为媒妁,未识公子可允承。

却说潘文桂听了寿春与小姐之言遂道:"此事不敢应承,小姐是宦室千金之女,小生是贫困落难之人,有霄壤之分。"寿春接口道:"公子!小姐既出此言,岂能收回,祈望不必推辞。"随即将小姐之八字及小元丝锭十只,交于文桂收好,作为读书之本。"千万不可负心!"文桂无奈,只好应允。收拾银两,打从后门而去也。

文桂此时逃出门,小姐心中难离分。

私定太兴潘公子,日后如何结成亲。

寿春使女来相劝,叫声小姐莫焦心。

况且公子人正道,决不负你一片心。

公子后必高官做,小姐稳稳做夫人。

寿春陪伴进房去,再提奸刁恶毒人。

却说顾元杰一到天明,亲去柴间观看,发现文桂不在,大怒道:"这个小狗才如何逃去!必然有人放走,老夫查明,定要重办。潘文桂的贼种,如果再被拿住,定要立刻送官究办。"一人呼呼大怒,回转书房去也。

不说元杰老奸人,再表逃难途中人。

进了一家饭店里,暂时歇足饭来吞。

文桂解渴先饮酒,另表酒鬼袁四身。

今日身边无钱钞,偷东摸西换酒吞。

来到顾府墙门进,内内外外没见人。

只见厅上轴一顶,不管好坏手中擎。

东张西望出墙门,拿到店里换酒饮。

连忙走进店堂内,恰与文桂话谈论。

却说潘文桂正在喝酒,只见进来一个男子,手里拿样东西,走到文桂桌边说道:"谁要这个东西?"文桂问道:"要换多少钱?"这个人道:"要换酒肉饭一顿,少一文不成。"文桂把轴子打开一看,上面题着"百鸟图"三个字,画得笔笔玲珑,犹如活的一般,确是名人之笔,越看越中。又见这人是个粗莽之辈,就将小姐所赠之银子取出一锭,赋予那个人。二人一手交货一手交银,就此做成交易也。

袁四此时喜欢心,如今有了白花银。

吃罢会账店门出,嘴里唠叨说别人。

花花落落不值钱,给了区区十两银。

横七竖八街上走,仍旧进了顾家门。

直望里边堂楼上,走进房内床上困。

不说沉睡闺房贼,再说买画文桂身。

却说文桂吃了酒饭会了账正要动身,只见店里堂倌问道:"客人,你买了这顶轴子可知哪家的东西?此乃前任两广制台、本城的绅士顾元杰府中的。原是宝贝,倘然被他知道,性命休矣。我劝你快些转卖给他人吧,免了大祸。"文桂一听,木头一般,吓得魂不附体,欲思走避,拜谢出门去也。

文桂一听顾宦名,犹如天打一般能。

画轴恰遇冤家物,只好路上转卖人。

高声喊卖画图轴,前面旗杆接青云。

朱砂红漆大墙门,石狮一对左右分。

隔河照墙真气概,禁止喧哗牌写清。

闲人莫入辕门挂,文桂恰过顾府门。

却说顾元杰同女儿佩玉小姐从青花庵内回来,正巧碰着潘文桂在辕门口叫卖画轴,顾元杰一看就是文桂,连忙轿子停下,吩咐拿捉贼子。身边一搜,除了百鸟图,还有小锭银子。啊呀!谅必小姐赠他的,急忙吩咐二爷拿京片写好,送到本府衙门中,细审明白也。

扬州知府坐堂审,你这强盗哪里人。

私盗宝贝该何罪,从实招来免受刑。

文桂当时回言答,我是通州姓潘人。

不幸父母双亡故,又遭回禄火来焚。

再到扬州姑母家,姑父不认我穷亲。

欲思借银空回转,所以闲荡扬州城。

小人句句真实话,太爷格外要开恩。

却说扬州府太爷道:"一派胡言!你说姑父不认亲戚,分文没有借着,你身边的银锭和百鸟图哪里来的?都是胡言!"吩咐重打百板,两边一声吆喝,即将文桂拖翻在地,重打小板五百。文桂从未受过,如何吃得起,只好屈打认招,叫道:"太爷听禀也。"

小人到了扬州城,举目无亲没安身。

身边又无钱与钞,偷盗图轴度光阴。

欲思变卖当盘缠,却被拿住送衙门。

所招句句真情话,伏望太爷要开恩。

扬州知府一声令,判罪关进监牢门。

监中公子多苦切,小姐知晓泪沾襟。

只因看中潘公子,释放赠银私订婚。

目下又被关进监,生死存亡未知音。

看来日后团圆难,叫奴以后靠啥人。

若然逢凶化了吉,谢天谢地谢神明。

却说顾元杰又把文桂捉住,送官究办。想起了庵中被放,查明是佩玉主婢干的勾当,心中大怒:"如此大胆,岂能留得!"准备把刀磨快,到夜里将两个小贱人杀死了结,这次下了决心,任何亲眷朋友不吃交情也。

不说元杰下决心,再表丫鬟小寿春。

自从庵中回到家,发现老爷动杀心。

一举一动看在眼,情况告诉小姐听。

太爷欲将你我杀,看来定要见阎君。

小姐听了心中急,父亲这般没人伦。

越思越想心越恨,暗叫父亲二三声。

爹无情来女无义,决定主婢逃出门。

却说佩玉小姐得了此信,就同丫鬟寿春商议,决定下来只有逃走。二人准备衣衫行李、路费盘缠,打了两个包裹,在下午二人悄悄出后园而去不提。只表顾元杰将刀磨快,准备到更深夜静之时将主婢杀死。约莫二更,顾元杰手执尖刀悄悄地直望小姐堂楼而去,只见楼上灯光全无,暗想女儿已睡了。轻轻摸进门去,床上一摸,没有人在,估计在丫鬟房中同睡。转身出房,直望丫鬟房中而去,一到床前听得有鼻息之声,一手握刀,一手轻轻揭起被头一摸,当作女儿,提起尖刀,用力向心口刺下。只听一声剧叫,血喷如雨,满床都是,急忙下楼,取了灯火一照,大吃一惊也。

元杰取火照分明,心中顿时大吃惊。

不是寿春丫鬟女,更非佩玉女千金。

细看原是袁阿四,缘何会到闺楼门。

心中狐疑不明白,犹如做梦差仿能。

主婢双双都不在,谅必漏风去逃生。

元杰心里弄勿清,待到天明再理论。

买了一口薄皮材,草草殓尸埋荒坟。

却说袁阿四是当地的一个无家无室的游民,本非好人,白天偷了顾家的珍宝百鸟图,卖与潘文桂,害得他如此的受苦。袁阿四吃得酒醉如泥,又闯进顾家睡到了丫鬟的床上,却被顾元杰黑暗之中一刀杀了,岂非报应昭彰?况且又无苦主,犹如死了一头犬一般,不再提了。再表佩玉小姐同丫鬟寿春逃出后园门,路陌生疏,只管在大路而行,只见天色将夜,无处投宿,心中非常着急,突然发现前边一只孟姜女庙,二人只得进内宿了一夜。想起今夜的安身,弄到如此的地步,就在庙中哭一夜也。

初更里来好伤悲,想起公子潘文桂,家中父母亡,房屋被烧毁,难于生活到扬州,姑丈不认被赶走,啊呀吾的天哪!

忽听谯楼二更敲,想起文桂无处跑,闯进青花庵,被吾爹抓牢,潘顾二家是对头,吊在柴间皮鞭敲,啊呀吾的天哪!

又听谯楼打三更,奴放文桂去逃生,私自赠银锭,又将终身订,被父知道查分明,将奴要杀逃出门,啊呀吾的天哪!

听得更楼打四声,可恨奴父不该应,公子又被擒,送进监牢门,拿了公子当贼人,当堂用刑定罪名,啊呀吾的天哪!

五更鸡叫喔喔啼,想起公子在监里,无亲又无戚,啥人探监去,天地神明无眼睛,私订终身难圆期,啊呀吾的天哪!

佩玉小姐苦伤心,通宵啼哭到天明。

本来指望成夫妇,哪知枉费一片心。

料想今生无见面,未知性命若何能。

若是奴东他在西,月下提灯空挂名。

雀吃砻糠白起劲,私订终身枉费神。

他在监中可想奴,奴家日夜挂于心。

只怨父亲心肠狠,怨吾亲娘早归阴。

一路哭来一路行,看看已到苏州城。

虎丘山塘来经过,膀酸脚软步难行。

叫声寿春听奴说,只怕奴奴难活命。

你可回转家中去,让奴独自赴幽冥。

寿春听得泪淋淋,叫声小姐保重身。

吉人天相从古说,灾退自然遇贵人。

公子遇了皇恩赦,小姐仍可结成亲。

小姐犹如天边月,丫鬟只当月边星。

无星有月光明亮,有星无月不光明。

星月只宜在一处,岂能拆散两处分。

小姐含泪回言道,今生谅必不能成。

日前之事休提起,不如早些见阎君。

说罢就往河中跳,幸遇有人救性命。

却说扬州城里有一官宦之家姓朱,在杭州做过守备,在任上过世。现有夫人到杭州去把丈夫的灵柩盘回扬州,现今官船路过山塘,停船过夜,忽见河岸边有两个女子哭哭啼啼,突然跳下河去。夫人急叫水手家人们打捞落水的女子。不多片刻,已把落水女子救上官船,细细一问情由,那是主婢二人。夫人吩咐丫鬟:"把干衣服给她换了来见我。"二人换好了衣服,直往中舱拜谢夫人,二人跪下口称:"谢太太救命也。"

小姐跪下泪沾襟,拜谢太太救命恩。

小奴家住扬州城,名叫佩玉姓顾人。

父亲名叫顾元杰,母亲张氏早归阴。

前日母忌来追荐,来了通州姓潘人。

名叫文桂小后生,确实奴父对头人。

将他捉住柴房吊,奴家见了放逃生。

只因见他人正直,那时赠银终身订。

次日被父又捉住,立时送进府监门。

目前收进监牢内,未知死活亡与存。

父亲得知奴的事,欲将奴奴伤性命。

幸亏丫鬟早知音,主婢双双逃性命。

主婢逃出难活命,所以跳河了残生。

却说朱家太太听了一番陈述说道:"千金请起,好得老身男女皆无,继我名下,以做女儿,同到我家可好?"小姐在跪下叫道:"母亲在上,继女拜见。"朱老太太连忙扶起,寿春亦过来叩见道:"恭喜老太太。"太太道:"不用客气。"寿春立起,侍立在小姐身边,将小姐头上的青丝理理整齐也。

母女船舱饮杯巡,不多片刻把饭吞。

一到天明把船开,顺风相送到杭城。

杭州码头官船听,发讣开丧扶枢行。

佩玉小姐也戴孝,朱老太太哭几声。

不说前半文桂事,后半再提文桂身。

也有一番周折事,让我慢慢宣分明。

却说潘文达是潘文桂的弟弟,想起哥哥出门时交代兄弟文达说道:"愚兄到姑丈家借些钱财度日,未知可能如愿,你在家中苦度等我,多至半月光景必要回来,那时再做商议。"此时文达在家守了三月有余,还是信息全无,在家发急道:"大哥临走之时说的话难道忘记了不成? 现在去了许久,杳无音讯,未知耽搁何方? 到底可曾到姑丈家中?"文达只好在家堂灶界祖先前焚香祷告:"待我亲自去扬州寻找大哥下落也。"

文达思念兄长急,神前祷告出门寻。

不辞长途劳苦走,夜寻古庙住登身。

父母在阴可晓得,总要保佑弟兄身。

寻得兄长同回家,焚香点烛谢神明。

路上行程不细说,已到扬州一座城。

却说潘文达到了扬州恰值黄昏，城门已关不能进去，稍带点盘缠早以用光，只得暂宿城边古庙，以待天明也。

不说文达出门人，另表一个姓张人。

家中富足仓仓满，嫖赌吃着件件能。

家产败得穷无告，不能度日短见寻。

走到城边无人处，手拿尖刀自搁心。

文达一脚来踢着，几乎唬得失三魂。

却说潘文达欲想逃走，其时正巧有巡夜官来了，巡到了城边，只见一具死尸在地，旁边又有一人站着，不问情由带了就走。当地唤了地保，着他看好死尸。巡夜官带了文达回去，等到天明，押解到江都县衙门。知县立刻传皂快、仵作、书役人等到城外验看死尸，文达一同前去也。

江都知县验尸身，当场地方先用刑。

县官朝南身坐下，仵作翻身验尸灵。

一把尖刀在尸旁，当心刀搁命归阴。

填明尸格就入殓，县官坐轿回衙门。

就在大堂身坐定，呼吆喝六好惊人。

却说知县唤道："带那凶身上堂！"一声答应把文达推上大堂，县官喝问道："姓甚名谁？哪里人？为何杀人伤命？快快招来也！"

小生姓潘太兴人，名叫文达读书人。

为了寻兄到扬州，只因天晚已关城。

欲想城边古庙住，待到天明再进城。

死尸倒地我未见，脚踢死尸失三魂。

想要走开有人来，巡夜官员把我擒。

伏望青天要明鉴，小人感谢老爷恩。

却说知县听了骂道："你这利口王八，尸身倒在身旁，还说不知，而况身有血迹，还要强辩。"一声吩咐："与我重打！"两边一齐答应，把文达拖翻在地，重责竹板，打得皮开肉绽，哀哀痛哭，只得胡乱招认，押解装监。一面刑命师爷办成文书，通详苏州臬台蔡大人定罪。

下县案件关人命，要归臬台定罪名。

按察专管刑命事，审问理事不容情。

铁面无私照法办，徒流斩首是他分。

这日文达解到省，准其明天审其情。

今宵推入司监里，更比县监苦几分。

倘若有钱还犹可，若是无钱用苦刑。

牢头禁子真厉害，要逼文达交金银。

哪有银钱来使用，打得文达无处奔。

越思越想越伤心，一夜痛哭到天明。

文达耳听起初更，脚镣手铐搁嘴棍，手也无处动，脚也不能伸，剥光衣衫壁虱叮，好似霹雳当天顶，啊呀吾的天哪！

二更一响好悲伤，想起我的亲爷娘，可怜家道穷，又遭火灾殃，兄弟同住柴草棚，无米无柴无充肠，啊呀吾的天哪！

三更敲过天气冷，想起大哥借钱文，一去几个月，无音又无信，到底何处住安身，害我进了监牢门，哎呀吾的天哪！

四更哭得更伤悲，为了寻兄到扬州，几天扬州到，将近黄昏头，城门已关不能走，只好住在城外头，啊呀我的天哪！

五更鸡叫晓星高，这场人命真凑巧，知县浑淘淘，吊打逼供招，上天入地无门道，未知兄长可知道，啊呀我的天哪！

不说文达哭天明，再提朱家太太身。

老爷灵柩船中存，解缆开船回转程。

佩玉亦在船舱坐，母女同舟话谈论。

一路行程无耽搁，又到苏州一座城。

停船游玩毋需说，再表臬台蔡大人。

却说苏州臬台蔡大人这日坐了早堂，说："提潘文达一案过堂。"原差呈上案，蔡大人看了就唤文达问道："看你小小年纪干这大事，如何起见，从实招来。"文达哭道："青天大人听禀也。"

小人通州属太兴，姓潘文达小人名。

仍把前情说一通，大人已悉有冤情。

可笑知县真糊涂，这事如何冤屈人。

断案不明该削职，待我查看有无情。

先时文达来超豁，今生断不负此人。

一条性命如拾着，满心欢喜出阍门。

行来已到山塘街，奈无半文买饭吞。

路陌生疏无处借，不如此处了残生。

譬如冤枉刀下亡，要想投河跳下身。

却说朱老太太的官船仍旧在山塘停泊，过了一夜正要开船，只见一位男子跳下河去，太太忙唤水手搭救，水手们连忙将他救上官船，忙向太太回报说："是位公子，相貌堂堂。"太太叫他把衣服换了，就问道："姓甚名谁？家居何处？相貌非凡，又何轻生？"文达就讲："寻兄遇难，遭冤受屈，幸蒙臬台大人清正释放，奈身无分文，难以过活，只得轻生。今蒙老太太搭救残生，真是如同再生父母，感激不尽。"太太一听，正是古语云云，一钱逼死英雄汉也。正想开言说话，只见旁边女儿佩玉泪如雨下，开言叫道："母亲，女儿听了这位公子之言，是我夫君之弟弟也，是奴奴的小叔了。"太太听了哈哈大笑，言道："来得真巧，你的嫂嫂是我救她，现在拜我为母。你亦是我救，何不继我为子？"文达听了连忙跪下，口称："母亲在上，孩儿拜见。"朱太太道："起来，如今你俩，姊姊嫂嫂由你相称。你兄长之事，问她尽知。"文达心定，十分喜欢，叔嫂二人重又拜谢救命之恩也。

太太扶起继儿身，文达改了姓朱人。

胜过一般亲生儿，太太当他宝和珍。

那天解缆开船去，途中谈起文桂情。

文达听了嫂嫂话，见她眼中泪盈盈。

文达开言嫂嫂称，嫂嫂连叫二三声。

我兄与你怎处遇，如今却在哪方存。

小姐即便回言答，叔叔听奴说详情。

却说佩玉道："叔叔呀，你兄到了扬州，却与我父亲有仇，在青花庵遇见，被我父亲抓住，把他吊在柴间里梁上。奴家晓得了,就同丫鬟寿春在三更时光到柴间中将他放下。奴看令兄为人正直,故而与他私订了终身。后来不知如何又把他捉住,送往本府衙门,当他是贼收进监中,十分苦楚。奴家亦为他弃家逃出,无路可投,投河自寻,幸得继母相救,收为继女也。"

为了你兄文桂身,瞒人私订赠花银。

却被我父来晓得,尖刀欲杀奴奴身。

幸被丫鬟早知道,主婢二人逃出门。

逃到虎丘山塘上,举目无亲死路寻。

幸得继母将奴救,继作螟蛉母女称。

谈谈说说容易过,早到扬州一座城。

船到码头来上岸,文达装成孝子形。

棺柩停放坟堂屋,然后大家进墙门。

急忙厅上排香案,拜谢天地与先灵。

却说朱老太太吩咐备酒同饮,酒罢席散。朱太太吩咐再办一桌酒菜,家人挑了。佩玉小姐与文达公子二人各自乘轿,一同去本府监中探望文桂公子。老夫人道:"你们须要安慰他,在监须要耐心,不可烦躁。吉人自有天相,切勿忧愁。"二人连连答应,出门而去,直到府监门口,说明来意,开销二十两银子,狱卒开门放进二人。佩玉小姐一见夫君形容憔悴,不觉泪如雨下,哭叫一声:"夫君呀!"

哭叫一声奴夫君,可怜害得这般形。

皆是奴父心凶恶,屈害奴夫进监门。

又把自己逃难事,投河遇救细言明。

亦为父亲知奴事,不然刀下早亡身。

丫鬟义气同奴走,长途跋涉到苏城。

到了虎丘山塘上,奴家执意要归阴。

却说佩玉小姐就将投河遇救,幸遇朱家太太官船去杭州盘柩,路过苏州停泊相救,义结母女。谁知杭州回来又在苏州过夜,又救了一个投河公子,谁知不是别人,就是君家之令弟文达,也认为义子也。

小姐说罢伤悲哭,走来文达大哥称。

见了兄长如此苦,犹如刀割肺腑心。

为你出门无信息,出来寻兄遇祸临。

如此这般遭冤屈,监禁牢内苦万分。

幸遇清官蔡臬台,当堂超豁放残生。

谁知举目无亲人,身无分文难活命。

就此投河短见寻,亏得皇封救残生。

继我为子多周济,船中得遇嫂夫人。

嫂说兄长监中坐,小弟犹如刀刺心。

今日同嫂来探望,见兄又像梦三更。

望兄宽怀莫忧急,吉人天相自古云。

却说文桂对兄弟说道:"愚兄听得禁长言过,官府判我五年长监,若是真的,愚兄一世青春完了。你在朱家尽可用功,后来成名,为兄报仇,将顾元杰老贼除去,为兄死也瞑目。再有姑父,你我之至亲,如此炎凉待我,愚兄细细说于你听也。"

枉为姑父势利人,仗势欺侮穷至亲。

见我衣衫多褴褛，顿时变脸不认人。

勿肯借贷倒还罢，不该将我赶出门。

将我赶到街坊上，仗了有钱羞辱人。

低头瞎走闯进庵，遇见冤家对头人。

父亲与他曾作对，拿我出气麻绳捆。

将我吊在柴间里，待等明天送衙门。

亏得千金将我放，私订终身赠花银。

半夜三更逃出门，命穷又有祸来临。

却说文桂言道："到了次日，我在饭店里吃饭，只见一个酒鬼模样的一个人，手里拿了一轴画，说道：'此轴是百鸟图，谁人要买？'我上前一看，确是一轴名人诗画。我问要卖多少钱，他道：'只要一顿酒肉饭便了。'我就十两银子把它买了下来，哪知祸事又来了！此轴乃是冤家顾姓之物，被他抓住，当作偷宝之贼，就此把我送进衙门监禁也。"

弟兄正在谈苦心，突然官来查犯人。

叔嫂此时只好走，回转朱府不须去。

不说文桂监中事，只表文达用功勤。

太太聘请名师训，不论日夜读经文。

好了聪明潘氏子，文章无比胜先生。

这年岁试进了学，次年乡试中头名。

会试考中殿试到，状元及第报朱门。

游街三天内皇城，金銮殿上见明君。

参奏恶绅顾元杰，仗势陷害我兄身。

扬州知府真糊涂，贪赃得贿害良民。

却说君王准奏，立即降旨两道。一道到扬州府恩赦新科状元的胞兄潘文桂无罪，即日回家。一道前任两广制台顾元杰诬害良民，削职为民；扬州知府贪赃糊涂，革职流充关外，其余江都知县等官均皆议处再说。朱文达中了状元，御赐尚方宝剑、官封钦差七省盘查御史，不论文武官员军民人等，准其先斩后奏也。

文达是一举成名天下闻，耳插金花左右分。

三杯御酒君王赐，四对衔牌簇簇新。

五凤楼台君赐宴，六宫三院尽知闻。

七省盘查为御史，八抬八绰进衙门。

九卿六部皆知晓，十大功劳立元勋。

却说朱文达得了朱老太太之力，得中了头名状元，又放钦差七省御史出京到各省盘查，一清如水，爱民如子，拿问贪官污吏，剪除势恶土豪，实是一名好官也。

不说文达做官清，再表朝中张老臣。

所生一女真标致，彩云二字取为名。

行为端庄人品美，诗画琴棋件件精。

今年青春正二八，元宵佳节是生辰。

看中状元朱文达，欲将小女配终身。

五更上朝见圣驾，要请皇上作主婚。

却说张丞相出班启奏道："臣女未曾出帖，欲配婚御史朱文达，求我皇做主。"君王准奏，准其在任娶亲。

文达随即拜本辞官回家,祭扫坟墓,君王亦准。速备官船二三十号,浩浩荡荡一路回家,奉旨完婚,祭扫祖先也。

  文达夫妇共归程,赠妆十号大船跟。
  丞相不惜金钱宝,赠嫁良田几百顷。
  彩云小姐真有福,顿时做了正夫人。
  一路风光不须云,这日到了扬州城。
  文武官员全来接,手本排得密层层。
  状元夫妇来登岸,两乘大轿坐安身。
  先是清道旗一对,全副街牌金字新。
  当地武官打顶马,瓜牌伞扇街灯行。
  呼呼唱唱墙门到,三声炮响进头门。
  进门先拜天和地,再拜家堂灶界神。
  拜完叩见朱太太,又见文桂夫妻们。

  却说状元对文桂道:"大哥,烦你去太兴县知照县官,在原地旧宅基上起造住宅也。"

  文桂答应就动身,照会太兴知县听。
  限他二月工程完,县官哪敢勿依遵。
  造得果然来得好,更比以前胜几分。
  文桂回转通州去,端正喜事要完婚。

  却说潘文桂端正挂灯结彩、音乐齐全,到了吉日,迎接新人,参天拜地,热闹非凡。诸亲百眷,都来贺喜,唯有陈姑夫无脸前来不提也。

  文桂佩玉结成婚,朱老太太做主婚。
  备了嫁妆赠继女,金银首饰宝和珍。
  佩玉小姐哀哀哭,拜别继母进轿门。
  到了男家放礼炮,参天拜地结成婚。
  花烛酒饮交杯盏,坐床撒帐挑方巾。
  几桩喜事都行过,夫妻不是陌生人。
  佩玉开言官人称,奴奴今有一桩情。
  奴家有个知心婢,就是丫鬟小寿春。
  素来服侍闺中伴,陪奴逃难一同行。
  同奴吃尽千般苦,几乎一同命归阴。
  昔日奴家曾许过,倘有好处要同心。
  今日与君团圆叙,可好收她同伴君。
  文桂听说回言是,夫人既许照前行。
  二人说罢归罗帐,春宵一刻值千金。
  文桂端正收侧室,寿春做了二夫人。
  三朝满月匆匆过,夫妻和睦过光阴。
  皇恩又赐潘文桂,七品前程知县身。
  不说文桂多荣耀,再表元杰老年人。

  却说顾元杰自从坏官之后,气成一病,此乃平生奸习作恶、诬害之报。病了一月有余,呜呼哀哉。死后并无子息,单生一女,被逼逃生,音信全无,所有家私财产以及物件家伙,尽被亲邻远族一抢而光,空做了冤家。作了一世奸刁杀恶,如今弄得香烟断绝,连祖坟都被掘了也。

刁恶之人无子孙,天理昭彰自古云。

文达状元思故土,一心要到太兴城。

自从平番有功勋,所以有了护身兵。

此次回到通州去,虎威更其胜前程。

头品官职君王赐,两个先锋开路行。

三千兵卒浩荡走,四对旗牌与轿平。

五方队伍分五起,绿呢大轿坐安身。

七省御史轿内坐,八方平定大功勋。

九五之尊都敬重,十分显耀万民钦。

文达夫妇真快活,观看之人赞不停。

这天到了通州界,先行祭扫祖宗坟。

祭礼三牲并锭帛,坟前焚化烟雾腾。

却说状元祭祖已毕,回到家中,兄弟叙首,各谈衷肠。佩玉小姐与寿春同张小姐相见,细说一番。厨房中已备筵席两桌,男女各归一席,开怀畅饮,席散之后,状元夫妇一同上轿回去,文桂夫妻相送出墙门,状元仍旧回到扬州,顶了朱家香烟。朱太太靠了状元,心满意足,家务交与媳妇,自己诚心持斋修行念佛,后来无病至终,早登仙界也。

状元顶替朱家门,文桂原归姓潘人。

朱潘二氏成大族,都从兄弟二人兴。

世间到底忠良好,皇天不负善心人。

常言一报还一报,善恶归根分得清。

潘氏忠良后代好,朱家行善子孙兴。

顾家是个老奸臣,行凶霸道没后人。

百鸟图宝卷宣完成,诸佛菩萨喜欢心。

善男信女听此卷,满门增福永太平。

卷中如有不到处,诸公原谅二三分。

其中若有错误字,念句弥陀补完成。

白兔记宝卷

白兔宝卷初展开,诸佛菩萨降莲台。

在堂听众同声和,增福延寿免三灾。

却说此卷出自唐朝五代后汉时期,徐州府沛县沙陀村有一人姓高名大汉,娶妻苏氏。夫妻俩做做小本生意,生活困难,不能度日。所生一子取名智远,生得相貌堂堂、聪敏伶俐,老夫妻俩心中十分快乐。谁知好景不长,智远四岁那年,高大汉忽得一病,无钱医治,一命身亡也。

母子二人真可怜,苏氏无奈另嫁人。

嫁于东村刘长者,年已五十无子孙。

智远跟娘带过去,更名刘高取为名。

长者见子品貌好,爱如亲生宝贝能。

七岁上学书来读,过目不忘好记性。

文章写得很通顺,先生一见很高兴。

单日习武双日文,文也好来武也能。

能射百步穿杨剑,十八件兵器全学精。

义结江湖好朋友,使枪弄棍练得勤。

娘亲望儿易长成,儿言母亲百依顺。

却说刘智远到了十五六岁,好轧一班下流人物,常常瞒了晚爷偷出银钱,日夜赌钱,成了赌棍。后来发展到拿家伙什物衣服等东西偷出变卖,待等卖完输光。刘长者方才略知一二。其年,不料母亲身得一病,服药无效,未满一月命身亡。刘长者悲痛万分,买棺安葬也。

料理丧事不细论,智远依旧没改性。

眼看智远不像人,晓得是个败家精。

刘老心里非常恨,手拿木棍打出门。

大骂畜生刘智远,不要住在我家门。

智远认识自不好,连忙逃出刘家门。

一脚逃到马王庙,百年台下住登身。

日间街坊去求乞,夜里枯庙住安身。

有时赌坊讨钱用,有一顿来无一顿。

却说刘智远日里街上求乞、打打群架,夜里就在庙中住宿,所以人人叫他着地滚。其年正月里,恰遇天气寒冷,老西北风连吹三日,又加大雪纷纷不能出门,饿得无可奈何,坐在拜桓上叹曰:"天上呒界饿死鸟,地上呒界饿死人。看来我刘智远今天真的要饿死也。"

不说智远庙中登,再表沙陀豪富人。

姓李文奎称员外,生下二子一千金。

长子洪一次洪信,女儿三娘闺千金。

洪一娘子陆氏女,洪信娶妻潘氏身。

千金小如李三娘,尚未受茶配婚姻。

员外积善行方便,想起庙里了愿心。

却说李员外年年要到马王庙烧香了愿,今日天气晴朗,就喊了佣人去买办香烛、钱粮、祭礼、三牲,佣人立即而去也。

香烛祭品都办成,三牲元宝与荤腥。

家人挑到马王庙,纸马香烛供端正。

祝献道士通疏头,通神本地姓李人。

员外虔诚忙下拜,祝告神明家道兴。

却说刘智远躲在案底桌下,听见声音,心想:"今天马王生日,啥人家上庙担碗饭来给我嗒嗒哉。"耳听得三牲摆拉香火台上,趁道士祝献完华,奉送纸马,智远一想:"此时无人!"就探出头来,伸手一抓,正巧抓到一只鸡,拿了就吃。员外觉着眼梢上金光一闪,也不在意,跟着道士去送佛化纸马。道士回进来收三牲祭品,发现少了一只鸡,就问:"香火台上一只鸡,你可曾拿好?"香火答:"不曾拿。"又问李家佣人,也说不曾看见。再问几人,都说不知道。道士想:"可能员外气量小,被他拿好。"就问员外,也说没拿好。道士弄得不好意思,没有落场势,就埋怨马王殿两边的泥塑皂役道:"你们四个人,八只眼睛,连一只死鸡也看勿好?你们在做啥?"扯根竹片想打。这时有个小道士比较细心:"师父,你听!台下有吃食的声音,可能有只黄鼠狼,被它偷吃了。"此时道士吩咐:"把万年台搬开看看。"这时刘智远齐巧吃完,心想:"识相点吧!"于是嬉皮笑脸地从桌下爬了出来,员外眼快,一见这个偷鸡朋友相貌堂堂,后来必有出头之日,连忙劝住道士:"勿以大惊小怪。吾侄儿吃你一只鸡,我叫家人去买还你一只。"道士只得将三牲收了就走。此时只有员外和家人,员外问道:"你这位后生,姓甚名谁?家住何处?——道来。"智远道:"恩公听禀也。"

> 小生家住沙陀村,姓高大汉吾父亲。
>
> 只因家父早去世,跟娘改嫁刘姓人。
>
> 智远改名叫刘高,年方十六受辛苦。
>
> 母死晚爷将我赶,故此庙里住登身。
>
> 恰遇寒冷大雪落,饥寒交迫难活命。
>
> 小人无奈偷鸡吃,拜谢恩公救难人。

却说员外一听:"喔喔喔,原来如此。"员外暗想:"看这后生的相貌,将来必有超升之日。"便道:"后生你可会种田?跟我回家做一个长工吧。"智远道:"啊是看牛放马?"员外道:"是的!我家有匹豹虎乌骓马,诸人不服,不知你能降服否?"智远道:"些些小事,何作介意。"员外道:"既然如此,跟我回家去吧!"智远道:"多谢老爷。"二人边走边讲,员外道:"官人,我家有二个儿子,性格此较暴躁,如有言语冲撞,不可记在心上。"智远道:"请老爷放心好了也。"

> 员外匆匆转家门,合家老少尽来迎。
>
> 老爷厅上身坐定,便叫夫人听分明。
>
> 老夫今日还香愿,有桩喜事带回门。
>
> 夫人言道何喜事,且道其详讲奴听。
>
> 员外就将庙中事,从头至尾说分明。
>
> 我观此人有贵相,暂时落魄有超升。
>
> 我今将他领回来,在我家中做佣人。
>
> 有匹宝马无人服,让他在家把马驯。
>
> 说罢便叫刘高到,相见太太老夫人。

却说智远上前拜夫人。太太见此后生的相貌,顶平额阔、两耳垂肩、双手过膝、眉如双剑、目力有神、鼻直口方、虎背熊腰、鹤立鸡群,目前有难,将来定有富贵之日。"思想起来,吾女儿三娘尚未婚配,不如将他招为女婿。但不知女儿心中若何?不如先与老爷商量商量也。"

> 院君心里暗思忖,暂时不能露风声。
>
> 老古言语到如今,人口哪能扎得紧。
>
> 谁知洪一已知晓,埋怨父母不应该。
>
> 此人是个单身汉,又是江湖浪荡人。
>
> 从古莫捞汆来木,不可招留陌生人。
>
> 员外便把洪一叫,吾儿之言勿中听。
>
> 哪家保得千年富,哪家会得万年贫。
>
> 多少粮田变沧海,百年风水转三村。

却说洪一道:"爹爹,你看此人有何好处?依我看来是个偷鸡贼,现在住在马王庙里偷吃三牲祭品的,哪会种田挑担?要他何用?我看去做一个大家堂,把他供在里面,让伊吃祖宗吧!或者将来入了叫化党,你跟他去做一个叫花甲头哉。"员外一听,火冒三丈,大骂畜生,拿起拐杖要打上去。此时洪信急忙上前劝住,叫声:"大哥,不要同父亲吵闹。此事应由父母作主,不可不听。"说罢,二人外面去也。

员外见子出了门,就同夫人来讨论。

员外千言夫人称,你看智远若何能。

老夫欲想招为婿,未知夫人允不允。

夫人一听含笑答,妾身也有这条心。

婚姻之事要郑重,女儿面前需讲明。

然后央媒再说合,错过机会没处寻。

却说员外道:"婚姻大事不能马虎,夫人言之有理。"遂即吩咐丫鬟去请小姐到来。小姐听了轻移莲步,走到父母房中,叫道:"爹爹、母亲,叫唤女儿有何吩咐也?"

员外开言女儿称,父母唤儿有原因。

叫你到来非为别,为你婚事定终身。

不用执柯并盘盒,不写八字及年庚。

不是官家并富户,也不低三下四人。

庙中领回刘智远,是个普通老百姓。

相貌堂堂非一般,后来必定有超升。

文武双全件件精,现在我做家佣人。

欲将女儿许配他,招赘为婿在家门。

未知女儿意如何,所以唤你来讨论。

小姐听得脸发红,轻声爹娘叫一声。

三从四德儿略知,不需唤儿再议论。

婚姻原是前生定,父母作主理该应。

却说员外听了女儿之言,心中大悦,对女儿道:"回房去吧,为父替你安排。"小姐辞别父母回房而去,想起父亲说到智远这样好、那样好,究竟如何?心中还是没有底。不免回房而去也。

不说小姐想事情,再表智远落难人。

到了李家已半月,朝夜生活做得勤。

今日轮着他扫地,手拿扫帚扫内厅。

东廊扫好扫西廊,前轩扫到后花厅。

却说刘智远,虽然到李家仅仅半月左右,但是一匹豹虎乌雏马已被驯服。智远每逢扫地,总是要花园去骑一回马。今日恰遇小姐经过后花厅,见花园里有人跑马,到园门口观看,只见这位后生骑在马上如同腾云一般,突然发现头上出现一道金光,犹如金龙一样,小姐顿时一吓,一刹那即消逝了。但见后生紫气腾腾,是个贵人相。"吾父亲之话果然不差,但不过此人是否刘智远?不免让奴问个明白。"只见他下了马,就手拿扫帚直往园门而来。小姐想:"此时不问,更待何时。"就问道:"你这位后生,如此的贵相,为何在我家干这样的活儿?姓甚名谁?家住何处?府上可有父母在堂?说与奴听听。"智远听到有人问他,抬头一看,只见一位小姐,但见小姐生得脸如银盆、牙似白玉、眉像柳叶、眼似秋波、凤语莺啼,真是一位绝妙佳女。心想:"不可与她随便讲话。"就问道:"这位莫非就是府上的三小姐否?"小姐道:"是的。"智远一听,连忙一躬到地:"失敬了、失敬了!请小姐不怪,待难人告禀也。"

小人家住沙陀村,实在是个苦命人。

父亲早已身亡故,跟娘做了拖油瓶。

智远改名叫刘高，今年十六受苦辛。

江湖豪杰学武艺，晚爷看见火直喷。

当场将我赶出门，马王庙里住登身。

碰着员外好良心，带回府来做佣人。

只恨自己命不好，学好武艺白白能。

却说小姐一听，心中暗想："果然不差，未知自己可有福气跟这样的一个贵人。""看你这样的天气，衣衫单薄，定然很寒冷。你在此一等，待奴回房去拿件衣服给你。"说罢，立即上楼，急急忙忙拿了一件，谁知错拿一条红裙，走近楼窗边，把窗门推开，对准智远，小声咳嗽一声。智远闻声，抬头一望，但见小姐微微一笑，将红裙往下一抛，马上关上窗门不提。智远忙将衣服拾起，心情激动，抖开一看，原来是条红裙，不管三七二十一，就着在身上也。

智远接裙着在身，外边罩条破束裙。

虽然上面已遮盖，下头还是露了形。

谁知洪一跟在后，躲在门后窥看清。

智远认真把地扫，口中唠叨不绝声。

多承小姐恩待我，见我寒冷赠红裙。

倘若日后有发达，定要报答女千金。

智远一番自言语，又被洪一都听清。

洪一此时火来生，门后冲出骂畜生。

却说李洪一从门背后冲出去，便骂道："刘穷贼，搭吾妹子，鬼鬼搭搭。今日非打死你不可。"说罢举拳一记，直往智远头上打下去。哪知被五爪金龙一抓，洪一见了一吓，跌倒在地。智远听得声音，回头一看，喔唷！原来是大少爷，连忙上去搀扶。这时，恰被风一吹，露出了红裙，却被洪一看得清清楚楚，大骂道："你这刘贼，偷吾妹子的红裙。"一把拖住智远："现有红裙为证，和你外面评评理去也。"

智远此时无法生，满身生嘴讲勿明。

就说小姐来经过，正见难人受寒冷。

大发慈悲哀怜我，施送红裙给难人。

确实不是我偷盗，也没其他起邪心。

却说洪一拖了智远，争争吵吵直往外面而来。再说员外夫妇见女儿回房去了，就对夫人说道："要及时找个媒人才是。"夫人道："你看找谁人好？"员外一想，言道："要么就请胞弟文英作伐罢。"夫人道："这倒甚好。"于是吩咐家人前去请二员外到来，家人奉命而去。不多片刻，李文英到来了，弟兄相见，坐定吃茶，就问道："兄长请我到来有何吩咐？"员外就将前情细细说了一遍，文英言道："哥哥言之有理。"就一口答应。正在此时，忽听里面有争吵之声而来也。

洪一拖了智远身，来到堂上见父亲。

员外一见慌了神，便问儿子啥原因。

洪一无礼将父骂，你这老贼瞎眼睛。

收这古董有何用，不该收这走来人。

与你女儿通奸情，红裙为凭做夫君。

员外听了也当真，为何红裙在你身。

智远即便回言答，恩公在上听原因。

小人非奸又非盗，如此这般讲分明。

却说洪一双手扯住智远,陆氏也来帮着要打。这时文英相劝,说道:"哥哥莫听侄儿之言,智远言语想必真话。"又道:"侄儿放手,成何体统。"说罢用力将智远拉开,把他推出门去,对智远道:"到我家去歇歇,免得在此争吵。"洪一大声叫道:"阿叔!你不应该如此欺辱我,把这个野贼放走,是何道理?别人家的狗总是往外咬,那知我李家的狗偏偏往里咬。"员外骂道:"无礼的畜生!竟敢辱骂叔父!岂有此理,还不给吾滚出去!"说罢举起拐杖要想打,洪一夫妇边走边骂也。

陆氏泼妇骂大人,老贼老狗老牛精。

女儿做出不端事,反怪儿子捉奸情。

员外见媳破口骂,老老气得喷喷能。

此时洪信夫妻到,相劝公爹莫火升。

却说李文英忙唤了丫头:"去请小姐出来。"小姐闻听忙下楼,直往前厅而来。文英将情况说了一遍,小姐言道:"爹爹、叔父,二位大人听禀也。"

小女前日过园门,看见智远扫地尘。

衣衫单薄天寒冷,小女怜惜舍红裙。

大哥冤奴有奸情,跳进黄河洗不清。

活在世上难见人,不如死了倒干净。

却说小姐说罢,嚎啕大哭。文英劝道:"侄女勿必担心,做叔父的也知道。"母亲也劝道:"儿啊!不必动气,为娘难道不知女儿之心吗?我不会相信的,女儿回房去吧!"小姐边哭边回房勿表。再说员外气之不堪,思想陆氏这恶媳,说:"总家难于度日,不如分家,落得安逸。"文英道:"哥哥言之有理,那么且将智远与侄女成了亲再分家。"老夫人也道:"镬子需热掇。"员外道:"总要捡个吉日才好。"夫人道:"依妾身看来,择日不如撞日,老话说初三、廿七不捡日,准定廿七吧!"文英立即回家对智远说明也。

文英立即回家门,就对智远说分明。

是我为媒入赘你,本月廿七要成亲。

智远连声忙回答,此事叫我难允承。

救命之恩尚未报,如何入赘他家门。

小姐闺阁千金女,我是牧牛放马人。

我是穷来他家富,乌鸦哪入凤凰群。

婚姻大事非同小,请把小姐另配亲。

却说文英道:"智远你不必推却,员外早已打定主意,一定要你入赘,故此央我作伐。已决定正月廿七日黄道吉日,撮起来成亲的,你如果不肯,就忘却了小姐一片好心。"智远被文英说得无言回答,便道:"多蒙叔父爱怜小生。"文英连忙到兄嫂面前说明情况,准其廿七结婚也。

员外听了喜欢心,马上吩咐众家人。

厅上布置摆喜堂,乐工嫔相请进门。

正中挂起和合轴,诸亲贺喜闹盈盈。

先请智远换新装,三吹三打请新人。

堂前参拜天和地,红绿牵巾进房门。

坐堂撒帐挑方巾,智远外边谢诸亲。

当日事毕不细表,春宵一刻值千金。

却说新婚一夜已过,直抵来朝,人人快乐,唯有洪一夫妻闷闷不乐。二人商议一番,决定要闹得老头子把家产分开,不让他们一门和气、日长斗金。谁知员外早做打算,就请了亲族邻长到了,把所有田房屋产一式三份,搭配均匀,并无偏向,立成文书。洪一接书一看,哈哈大笑,走进房中对娘子道:"那么称心了,就是留着个刘穷鬼,还是有点不称心,以后再说。"谁知洪信接书一看,两泪双流,默默无言。员外道:"孩儿莫哭!穷富不在父母传下的产业,要靠自己兢兢业业、节俭度日,才为道理也。"

洪一居长东宅登,洪信其次居西厅。

智远小姐住后宅,悉心供奉二大人。

光阴似箭半年过,员外突然起毛病。

请医服药全无用,求神问卜总无灵。

洪信夫妻勤服侍,智远小姐不离身。

洪一夫妇得了信,满面添花喜十分。

却说洪一对娘子道:"老贼有病在身,等伊死脱了,好拿刘穷贼赶出去,可消消我的气了。"再说李文英得信,兄长有病,连忙赶来探望兄嫂。员外吩咐文英道:"贤弟啊!为兄之病看来难于医治,但是智远与三娘你得好好照应。"说罢又唤洪信夫妇与智远、三娘等,叫到床前吩咐几声也。

一头说来泪纷纷,喉咙哽塞说声轻。

说话一声轻一声,两脚一伸命归阴。

夫人扶尸嚎啕哭,洪信兄妹痛悲心。

不说全家都悲伤,再提洪一黑心人。

却说洪一夫妻听得老头子死了就站出来说话:"今天要算我最大,一切由我安排。"就吩咐家人买棺殓,并请和尚道士吹吹打打、超度亡魂,送棺入土安葬。丧事已毕,洪一对众言道:"今天风水转了,我长兄为父,长嫂为娘,一切权力都在我的手中。从今天起,要把刘穷鬼赶出李家的大门也。"

智远听了吃一惊,便把贤妻叫一声。

大舅将我赶出门,我今立即就动身。

娘子在家莫想我,永远不忘你的恩。

智远有了出头日,再来接你贤妻身。

洪一言道一道滚,谁来替你养女人。

嫁了做官做太太,嫁了讨饭后头跟。

陆氏开口劝丈夫,听奴言话莫讨论。

嫡亲郎舅如骨肉,为何定要赶出门。

妹丈不要气来生,听奴为嫂讲分明。

免得郎舅多争少,有个地方暂登身。

离此有处卧牛岗,瓜园看瓜再理论。

智远一听心欢喜,便对三娘说分明。

三娘听了大吃惊,丈夫有所不知情。

卧牛岗是危险地,园内有个大瓜精。

爹爹曾经差人去,有去没回都伤命。

智远回言夫人称,生死皆由天注定。

劝你不必担心惊,且去试试再理论。

却说智远道:"大哥大嫂作主也,没有办法的,你看在夫妻情分,明天早上送碗饭来。如果我真的死了,你把这碗饭将我祭祭,哭叫三声丈夫,我死在九泉之下也得瞑目也。"三娘道:"丈夫一定要去,为妻给你藤棍一根,且得防防身体。智远接了藤棍,含着眼泪,别妻而去也。"

智远一路暗思忖,难道去了活勿成。

一路来到卧牛岗,月明如水无人声。

东张西望探动静,阴风惨惨鬼神惊。

祝告已故岳父亲,保佑小婿得太平。

智远正在呆呆想,时光半夜交三更。

东南角上怪风起,果然来了大瓜精。

却说智远见瓜精来了,大吃一惊,说声:"不好!"立即架起金鸡独立的架势,手执藤棍大喝一声:"妖精! 人家怕你,我就不怕你,要与你大战一场也。"

智远大战怪妖精,龙争虎斗一般能。

二十回合无胜败,金龙现在当天顶。

瓜精一见大吃惊,化道青烟没踪影。

智远一棍打在地,只见眼前耀眼睛。

低头仔细看清楚,金盔银甲剑一根。

朱漆红字剑柄写,刘高二字写得明。

智远就把盔甲着,如同天神一般能。

智远细细再现看,兵书一册地上存。

却说智远拿起兵书一看,上写:"六韬三略,兵法阵图,再有三十六路剑法七十二路大开门。"智远按法练剑,好似生龙活虎。智远想道:"此物是怪物赐我的。"双膝跪地拜谢园公,站起身来,就将宝剑收好,困在草里不提。再说三娘想起丈夫,眼睛一夜未合,待等天亮,烧了一碗饭,直往卧牛瓜园而去,四面一望,不见丈夫,便高声喊了几声丈夫,三娘放声大哭也。

三娘大哭喊夫君,哭得天昏地不明。

一碗冷饭地上摆,双膝跪在地埃尘。

丈夫不听奴的话,昨夜果然命丧生。

指望夫妻同到老,谁知半途两离分。

看来奴犯丧夫命,今后叫奴靠啥人。

肚中有孕三个月,是男是女不知因。

兄嫂定要逼改嫁,奴奴宁愿短见寻。

望夫阴间等一等,夫妻双双一同行。

却说刘智远困在草里,朦朦胧胧听得有哭声,扒起走去一看,却是娘子来了。便道:"娘子不必伤心,我在此未死。"三娘一听到声音,倒有点毛骨悚然,害怕起来,心想:"这地方来一个死一个,怎么丈夫不死呢?这定是鬼魂。"便道:"丈夫啊! 奴是你的妻子,不要来吓奴。"智远道:"娘子我真的没死,不是鬼呀!"智远走上一步,对娘子从头至尾说了一遍。三娘一看,又惊又喜,二人抱头大哭也。

不说夫妻哭诉情,再提洪一黑心人。

夜长梦多困勿着,思想穷鬼定丧生。

天明去园来观看,只见男女二个人。

对面坐下抱头哭,洪一心里也觉惊。

顿时火冒大声骂,智远你这野贼精。

举起拳头打上去,智远招架难近身。

智远轻轻一挥手,洪一跌倒地埃尘。

爬了起来不死心,继续冲上拼老命。

连连不断跌三跤,跌得鼻肿嘴又青。

洪一此时胆战惊,拼死高声喊救命。

此刻正巧洪信到,劝了兄长回家门。

洪信便问昨夜事,智远详细讲分明。

却说洪信听了心里也觉高兴,又对妹丈道:"你既有本领,又得宝贝,目前朱温造反,汾州岳相爷招兵,你何不也去投军? 求得一官半职回来,我看大哥那时再不敢欺你了。"智远道:"二哥之言有理,但是目前缺少盘费。"洪信道:"路费我给你。"三娘听得丈夫去投兵,顿时两眼流泪说道:"丈夫呀! 路上须要当心,身体保重也。"

丈夫出外去投军,得胜回来把气争。

为妻身孕三个月,未知男女啥收成。

智远便把贤妻叫,莫把智远记在心。

倘若生男留还我,如果生女莫看轻。

大哥叫你去嫁人,任凭娘子作决定。

三娘一听更痛心,啼啼哭哭叫夫君。

要学三贞九烈女,不做忘恩负义人。

丈夫在外要挂念,指望金榜早提名。

却说洪信回家拿了盘缠银,又牵了乌雏宝马,直往瓜园而来,交与妹丈说道:"这匹宝马赠与你。"智远接银带马,拜谢二舅并道:"二哥要照应妹子,智远不是忘恩负义之辈。"说罢拜辞二舅与娘子,上马而去也。

三人分别各泪淋,兄妹二人转家门。

智远上马赶路程,快马加鞭像腾云。

一路行程无耽搁,前面就是汾州城。

城中景致无心看,一心早到考场门。

考场门口立定身,有块牌子挂端正。

应考人数已到足,辕门暂且勿收人。

智远一见心着急,思想真是苦命人。

指望投军求官职,迟到一步白费心。

活在人世无超升,还是让我短见寻。

心痛悲切肝肠断,只见前面一松林。

宝马结在大树上,独自一人进树林。

智远上吊寻死路,宝马众牲通灵性。

在外嘶叫乱纵跳,呼声惊动一个人。

却说岳相爷招兵结束回家,路经松林,闻得马嘶之声,吩咐一个军士道:"哪营马嘶声? 快去查来。"军士奉命而去,直往马嘶声处奔去查访。一到松林外边,有匹高头大马结在树上,狂嘶乱跳。二人直奔松林观察,只见前面大树上吊一大汉,人身还在晃动,急忙上前将他放下,伸手摸摸他胸膛,有些微微跳动。连拍带喊,眼见渐渐苏醒。军士急报岳爷,如此这般说了一遍。岳爷吩咐将其人和马匹一起带回营帐。不多片刻,已到大营。岳爷居中坐定,吩咐将人带进营帐,岳相爷问道:"你姓甚名谁? 家住何处? 为何在此,自寻短见? 详细说来!"智远上前跪在地上口称:"老爷听禀也。"

小人原是徐州人,沛县境内沙陀村。

姓刘名字叫智远，父母双双命归阴。

闻得岳相招兵马，愿投帐下立功勋。

不料迟到人已走，牌上写明不收人。

无路可走短见寻，幸亏老爷救残生。

却议岳相爷一听便问道："你既来投军，有何本领？"智远道："小人熟览兵书，变化阵图，十八件兵器件件皆能，并能箭射，百步穿杨。"岳相爷一听，此人本领高强，立即通令三军："各队是否缺人？"有个千总报道："上中下三营各队人数已足，只有伙食营尚缺人数。"岳相爷将智远上下打量了一下，容貌不凡，便道："今日暂且收你为火头军。日后有功，再行升赏。"智远一听，连忙拜谢也。

智远当了火头军，日里烧饭夜看更。

其日大雪纷纷下，身寒足冷步难行。

敲到岳府堂楼下，辰光将近深黄昏。

身上少穿棉衣服，浑身发抖檐下登。

自怨前世未修好，今生受苦好伤心。

一口怨气冲上天，惊动楼上女千金。

却说岳相爷独生一女，名唤如花小姐，在楼上绣花，突然发现窗外红光冲天，小姐开窗一看，只见楼下站立一位更夫："原是火头军，衣衫单薄，如此大雪纷纷，见他全身发抖，走路艰难。只见他头上有一道红光护住，看来此人虽然落难，定有星宿保护，以后必有翻身之日。不免待奴赐他衣服一件，让他御寒冷也。"

如花小姐发慈心，忙开箱子取衣襟。

心慌意乱手脚快，错拿衣裳不知因。

锦袍一件往下甩，智远看见喜欢心。

雪中送炭自古说，困觉来了送枕人。

智远抬头望天空，感谢天赐救难人。

忙把锦袍身上穿，上身暖到脚后跟。

却说智远穿上锦袍，全身发热，度过寒夜，直到天明回营烧饭烧菜也。

勿说智远落难人，天明岳爷要起身。

待见天空飘大雪，顿觉天气很寒冷。

忙唤丫头梅香女，快拿锦袍到来临。

梅香上楼禀千金，奉命取袍御寒冷。

小姐忙把箱子开，翻箱倒柜没处寻。

梅香一见忙下楼，回报相爷得知闻。

锦袍到处寻勿着，岳爷一听火真喷。

却说岳相爷听说锦袍不见了，就火冒三丈，说道："此袍是件水火征袍，热天穿了不热，冷天穿了不冷，是外国进贡之物，皇上钦赐于我，真是无价之宝，非同小可。我亲手交于女儿，叫她好好保管，怎么会失去？"正在思想之际，有一军士报道："禀相爷，偷袍贼已被捉住，请相爷定夺。"岳爷一听怒道："把他带进来见我！"不一刻已将智远带进。岳爷骂道："你这狗贼，我好心留你在军中当一名火头军。你相反，好事恶报，偷我的征袍！"吩咐左右将他绑出辕门斩首也。

相爷此刻怒火升，两边如同虎狼能。

智远有口难分辨，刽子提刀不容情。

举起一刀斩下去，一道金光耀眼睛。

刽子一见魂飞散,钢刀卷口好惊人。

急忙回报老爷晓,岳爷闻报眼定神。

却说小姐失去锦袍,胆战心惊,忽听梅香报道:"锦袍是被火头军更夫偷的,现已查明,老爷要将他杀头了。"小姐一听,吓得魂飞魄散,暗想:"不好了!奴奴指望相救他性命,谁知相反害了他。"急往下楼,到了父亲面前,跪下言道:"恳求爹爹,失去锦袍,不能责怪火头军的,全是女儿的不好。"岳爷问道:"这却为何?"小姐道:"爹爹听禀也。"

昨夜女儿绣花芯,窗外红光好惊人。

小女开窗往外看,只见更夫火头军。

衣衫单薄天下雪,二手抱紧抖勿停。

女儿起了恻隐心,相救难人舍衣襟。

心急慌忙箱子开,错拿锦袍舍难人。

怪怪今天没处寻,梅香报告才知因。

特此前来告父晓,恳求爹爹开大恩。

若然定要杀更夫,女儿代杀理该应。

却说岳爷心想:"看来女儿不会瞎说。"于是十分喜欢,急忙吩咐:"将他松绑,带来见我。"军士把智远带到堂上,智远双膝跪地,就把昨夜天赐锦袍一事讲明,恳求老爷饶命。岳相爷一听,暗想:"此人大概与我女儿有缘,否则哪有如此相巧?"说道:"起来,请坐,我有话问你。且把你的武艺演给我一观如何?"智远答应,就把所有武艺演习一遍。岳爷一见,满心喜悦,立即退堂,后厅相见。岳爷提起婚事,智远就把已娶李氏说明一切。岳爷说道:"昨夜天赐锦袍,就是老天为我女儿作伐。今天本相把女儿许配于你。"智远再三推却,岳爷再四不允,就假意怒道:"再不答应就将你推出辕门,不再录用!"智远没法,只得答应也。

智远无奈来答应,双膝跪下岳父称。

丫头报与小姐听,黄道吉日要成亲。

乐工喜娘都请到,送入洞房闹盈盈。

三朝满月容易过,欢度蜜月无比伦。

勿说智远交好运,再提沙陀受苦人。

却说李三娘自从丈夫分别出门之后,朝夜焚香,祝告家堂六神,保佑丈夫早登金榜。不觉已有七月,杳无音信。正在思想,突然大嫂到来,揩干眼泪,迎接嫂嫂。陆氏问道:"姑娘为何又在啼哭也?"

三娘舍泪嫂嫂称,丈夫出门杳无音。

屈指已有七个月,未知死活若何能。

陆氏含笑回言答,姑娘真是勿聪明。

穷鬼出去忘了你,你还把他记在心。

你兄叫奴来劝你,趁个年轻另嫁人。

穷鬼如若已死了,你的青春甮干净。

三娘回言嫂嫂称,奴奴自会做排定。

自古好船配双橹,好女哪配二夫君。

请你莫来多费心,小妹决不再嫁人。

得信丈夫真不在,奴奴宁愿短见寻。

陆氏闻言骂娼根,好言劝你偏不听。

你要寻死滚出去,不准死在李家门。

却说陆氏又言道:"奴劝你好死不如恶活。你再想想,世界上忘恩负义之人不是没有,前朝有个王魁负了敫桂英,蔡伯喈在牛相府招亲成了婚。我看刘穷鬼定是得着好处便安身,你还要去想他。为人在世,青春几何?还是趁早选个风流后生、富豪子弟,好好嫁人去也。"

　　三娘气得火直喷,啥人要你嚼舌根。
　　你要嫁人你去嫁,嫁个风流俏书生。
　　陆氏顿时无话说,满面通红出了门。
　　陆氏假哭诉夫君,还奴八字与年庚。
　　从今与你夫妻断,让奴明天去嫁人。
　　洪一听得弄勿懂,便问娘子啥原因。
　　陆氏言道你听清,你妹无礼太猛闷。
　　奴今前去看看她,又在流泪嚎断命。
　　好言劝她去改嫁,破口叫奴去嫁人。
　　洪一此时火直喷,转身就去将妹训。
　　陆氏一见喜在心,兄去逼妹稳嫁人。

　　却说洪一怒气冲冲,来到妹子面前骂道:"你这小贱人如此无礼!胆敢冲撞你家嫂嫂!她来劝你是为你好。你若识相,明天去改嫁;你若不听,那么从明天起罚你白天挑水三百担,夜里推磨到天明。"三娘言道:"大哥,小妹情愿挑水推磨,决不改嫁也。"

　　三娘无奈来答应,愿做挑水推磨人。
　　洪一开言骂贱人,还有一点说你听。
　　倘有泼出一滴水,揿牢头颈吸干净。
　　三娘此时心中苦,从此踏进地狱门。
　　不说三娘受苦难,陆氏夫妻又讨论。

　　却说陆氏这个恶妇对丈夫言道:"你叫小贱人挑水三百担,依奴看来,去定做一双尖底的担桶,让她半路上不好停歇。夜里推磨,在磨坊里齐眉毛高低钉一跟横木,她推磨立身不直,叫她受难不起,让她主动提出去嫁人。"洪一听了,满口称赞妙计也。

　　三娘挑水泪淋淋,膀酸脚痛步难行。
　　吃了夜饭不准困,五斗小麦来端正。
　　一盏油灯壁上挂,弯腰曲背实可怜。
　　要想把头抬一抬,撞得头破鲜血淋。
　　一夜推磨到天明,筋疲力尽好伤心。
　　怀孕十月已满足,身粗腹大步难行。

　　却说三娘日夜折磨,十月满足,冲动胎气,实在难熬,勉强休息片刻。恶嫂听见磨子无声,隔墙破口大骂,三娘边推边哭也。

　　黄昏人静一更深,思想奴奴苦命人,爷娘生了奴,也称宝和珍。招婿入赘刘智远,父亲死了赶出门,啊呀吾的天哪!
　　二更里来更悲伤,兄妹本是同根生,嫂嫂真残忍,哥哥像众牲,白天挑水三百担,夜里推磨到天明,啊呀吾的天哪!
　　三更里来交半夜,兄嫂逼奴去改嫁,奴奴不听从,天天打与骂,腰酸背痛停一停,磨子无声来打脚,啊呀吾的天哪!

四更里来月西沉,想起丈夫去投军,出门七月多,家中无音信,不知死活若何能,可知妻子受苦辛,啊呀吾的天哪!

五更天明公鸣啼,肚皮疼痛步难移。身上又是冷,肚内又是饥,看来孩子要下地,啥人代奴出主意,啊呀吾的天哪!

却说三娘在磨坊里啼啼哭哭,哭了一夜,口枯舌干,肚痛如绞,头昏眼花,四肢无力,突然眼前红光一道,生下一个男孩。此刻既无热水,又无浴盆剪刀。陆氏听得小儿啼哭之声就骂道:"小贱人又在偷懒!"口中念佛,走到磨坊门口骂道:"贱人又在嚎命,打断你的狗腿。"三娘听到嫂嫂到来就恳求道:"嫂嫂可有浴盆及剪刀,借给奴奴一用。"陆氏言道:"新剪刀勿舍得,老剪刀换了糖吃哉!浴盆拆试哉,养只巴小众牲有啥稀奇!"三娘一听,哀哀痛哭叫道:"孩儿呀孩儿,做娘的一样都没有!"只得咬紧牙关,把脐带咬断,在破裙上撕下一条包扎也。

苦娘给儿取奶名,咬脐郎三字取为名。

陆氏泼妇真残忍,角落角落动脑筋。

留着小贼有后患,一定斩草要除根。

要与丈夫去商议,提早除去小畜生。

却说陆氏骂道:"小贱人你自身也难保,养这小众牲有啥用场?不如氍到河中,让他早死早超升也。"

不说陆氏恶计生,再说洪信到来临。

清早赶到磨坊门,见妹手抱小儿身。

三娘抽泣二哥叫,要求二哥救儿命。

恶嫂叫奴把儿氍,说啥早死早超升。

洪信听得肝肠断,叫声妹妹且放心。

妹妹快把书信写,送到汾州寻父亲。

三娘忍痛手指咬,血书一纸写分明。

三娘看儿心悲切,母子就要两离分。

孩儿吃娘三口奶,不知何日见儿身。

今日离娘漂流去,越思越想越伤心。

却说三娘对准孩子痛哭,咬脐郎像懂事的一样,两只小眼睛骨碌碌地看看母亲,奶也不吃,更觉伤心也。

母子离别真伤心,钢刀刺心差仿能。

不是为娘心肠硬,只怪泼妇黑良心。

你父汾州去投军,你带书信寻父亲。

如果你父娶姣女,晚娘言语要依顺。

却说洪信对妹子言道:"快把孩子交给我,如果恶妇来了就有麻烦。"三娘就将孩子交与二哥,眼见他去也。

婴儿离娘出火坑,二舅怀抱小外甥。

三娘此时苦万分,哭爷哭娘哭亲生。

像奴三娘苦命人,世界面上无处寻。

未知前世作啥孽,今生如此受灾星。

勿说三娘伤心处,再表洪信救外甥。

却说洪信一到家里,便唤家人窦老儿,名叫李直,对他言道:"你把这小儿和书信送到汾州城,打听岳相府,交给刘智远收,千万要当心!"李直领命而去也。

李直奉命就动身,抱了小儿路上行。

一路行程无耽搁,已经到了汾州城。

东打听来西问信,到了岳府大墙门。

看见门公大叔称,府上可有智远人。

却说门公问道:"你要问的人,是那里人氏?"李直道:"沙陀村人,叫刘智远。"这时智远正在西书房,回想结发妻子李三娘不知在家如何,生男生女如何,想到伤心之处,眼泪盈眶。恰巧如花小姐走进书院,便问丈夫:"为何悲泣?想必奴家怠慢官人,或者嫌奴容貌丑陋?"智远道:"恩妻何出此言?贵府上对我的恩待真没齿难忘。"夫妻正在谈论之间,门公报进道:"启禀姑爷,外面有一人口称徐州沙陀村人,有要事见姑爷。"智远道:"唤他进见。"门公领进窦老儿,老儿一见把血书呈上。智远拆开一看是三娘之亲,但见用血书写,大吃一惊也。

自从丈夫去投军,为妻日夜受苦辛。

离别已有七月多,奴奴受苦到如今。

可恨兄嫂良心狠,硬逼奴奴去嫁人。

日里挑水三百担,夜里推磨到天明。

十月满足步难行,磨坊产子苦十分。

既无热水来沐浴,又无剪刀与浴盆。

口咬脐带破布扎,咬脐郎三字取为名。

恶嫂要将孩儿害,氽在河中给鱼吞。

多亏二哥将儿救,派人送来汾州城。

你把孩儿抚养好,你的骨肉后代根。

却说智远看罢血书,放声大哭,如花小姐看此情景,便问:"夫君,此书何人所写?"智远道:"贤妻呀!一言难尽。"便将四岁死爷、李家入赘等等细说一遍,如花小姐接书一看,也觉伤心也。

便把丈夫叫一声,你做忘恩负义人。

何不早对奴家说,早把姐姐接来临。

说罢便将孩子抱,心肝宝贝叫勿停。

就请奶妈来抚养,如同亲生一般能。

不说智远一切事,卷中另提一桩情。

却说朱温,号全忠,谋害熙宗皇帝,自称为帝,国号大梁。刺史王彦章大将讨伐,唐朝天下,无人抵敌,故吾皇李克用敕旨令岳相爷立即发兵。钦差李嗣源来到岳相府,岳爷接旨毕,摆茶叙谈,忙唤牌军去请姑爷到来。智远闻听元帅请,就与牌军同去见岳相爷。岳爷将情况说明,智远讨令道:"待小婿领兵,前去杀他个片甲不留。"岳爷道:"既然如此,就将衣甲、令箭、兵符、帅印以及尚方宝剑等一同交与智远。"并道:"日后有功,奏明君王加官封爵。"智远接了军令,回到家中对妻言明,并对李直道:"你速速回去对三娘及二哥说明情况。"如花小姐取出盘缠交与李直言道:"请对姐姐说明,等官人得胜回来,定接姐姐共享荣华。"李直拜辞而别。智远辞别如花,直去校军场点齐兵马,直往沛县进发也。

智远领兵向前行,一到沛县就扎营。

埋锅造饭饱餐毕,各回营帐觉来困。

一宵已过抵来朝,智远升帐聚将兵。

帐外探子报军情,元帅传进问分明。

敌军大将王彦章,领军讨伐将到临。

智远听了心有数,赏了探子再打听。

智远顶盔又穿甲,全身披挂出营门。

身坐龙驹手执刀,号炮三声向前进。

却说智远一马当先,冲向敌营,勒马高叫:"贼将听了,俺大将刘智远来也!快快出来领死!"敌将王彦章一见,立派副将徐克尚迎战。二马交面,动手大战,未及三四个照面,智远钢刀一挥,斩徐克尚于马下,小兵上前割了首级。敌将王彦章一见,心中大怒,亲自上马出战。刘智远迎敌,对王彦章大喝一声:"你得当心也!"

你为反王争山顶,我为大唐立功勋。

各为其主显美名,不见胜败不回营。

棋逢敌手无上下,半斤八两差仿能。

小兵功威高声喊,战鼓咚咚天地震。

却说二将交战,不分高低,战到日将西沉,李嗣源吩咐鸣金收兵,双方各回营帐。李嗣源迎接,心中大喜,就替智远记上一功。二人坐下计议,智远道:"贼将本领高强,不可力敌,定要智取,利用地势用兵。"于是二人出营,观察地形,只见山前有个山谷,其名洞豹谷,看罢回营。一到来朝,聚兵点将。智远言道:"众将听令!李嗣源、李存、石敬堂、史建堂,尔等四人各自领兵一千,在豹洞谷四周埋伏,听号炮为令,一齐杀出不可误!"四人奉命而去,智远手提钢刀,跨上宝马,出营讨战,二马交锋,好不威风也。

两营战鼓天地惊,二员大将比输赢。

二人对手无高低,正是八两与半斤。

贼将心中暗吃惊,此人本领十分精。

智远假败勒马逃,彦章一见喜欢心。

拍马追赶紧紧跟,智远拖刀作慌惊。

直往谷中败进去,彦章一见喜欢心。

求胜心切王彦章,直冲山谷不思忖。

突然听得炮声响,知道中计想退兵。

谷口四周大兵围,进退两难无计生。

智远手提竹节鞭,回马一鞭中背心。

彦章中鞭口吐血,智远一剑送他命。

大小敌军尽投降,智远得胜回京城。

却说智远得胜,进京交令,李嗣源上表见帝,奏明圣上。晋王大悦,钦赐御酒三杯,敕旨智远点兵十万,包围沛县,拿捉反王朱温。智远奉旨提兵,直往沛县进发。只说反主得报王彦章阵亡,又有探子报说:"大军包围沛县。"心中大惊,吓得魂飞魄散也。

朱温闻报大吃惊,其子有珪杀父亲。

朱温见子有反心,拔脚逃进后园门。

有珪追到椒兰殿,一刀朱温命归阴。

胞弟有贞赞兄长,刀斩众王理该应。

有冤报冤从古说,天理昭彰不容情。

有珪兄弟开城门,接进大军入县城。

却说有珪兄弟为啥要杀死父亲反王呢?只因有一年朱温骗昭宗皇帝到沛县立朝,结果把皇帝谋害于椒兰殿。其时二子有珪、有贞极力反对父亲,但是力不从心,无力阻止。目前大兵降临,乘机将父亲杀死于椒兰殿,这叫冤冤相报。有珪兄弟为了避免祸遭九族,所以杀死反王,将功赎罪。智远拜师回朝不表,只说如花小姐抚养咬脐郎越长越大也。

　　军中之事暂不论,只表如花女千金。
　　抚养姣儿方七岁,请师教学读经论。
　　先生取名叫承佑,勤教勤学用心勤。
　　光阴似箭容易过,读书已有十三春。
　　谈书练武真聪明,文武双全件件能。
　　那天出去把猎打,见一白兔乱蹦行。
　　张弓搭箭弓弦发,白兔中箭逃性命。
　　咬脐郎一见心大怒,拍马追赶直冲行。

　　却说此时李三娘正在吊井水,眼见一只白兔直奔而来,在裙边一隐,正想寻找,只见赶来一位骑马后生,见他下马而来问道:"大妈! 请问看见白兔吗? "三娘答道:"眼前觉得一隐,但是寻找不见。"那少年道:"那边不是一支箭吗? 有箭必有兔,请大妈将白兔还给我。"三娘道:"真的没有也。"

　　三娘一见小后生,顿时流泪落胸襟。
　　后生面貌似夫君,发音说话差仿能。
　　少年开言大妈称,没有兔子不要紧。
　　小小兔儿何作奇,大妈急得泪淋淋。
　　三娘感谢双膝跪,谢谢小将宽宏人。
　　少年顿时头发晕,眼前一黑倒埃尘。
　　娘拜儿子无福分,头晕眼黑站勿稳。
　　手下军士忙搀扶,少年目定呆登登。
　　少年此时似梦醒,为啥突然头发晕。
　　眼前一黑倒在地,其中一定有原因。
　　立刻开口问大妈,为何见我泪淋淋。
　　有啥情况对我讲,三娘就此诉衷情。
　　小妇祖居沙陀村,父亲姓李有名声。
　　上有哥哥人二个,小妇最小三娘称。
　　入赘丈夫刘智远,汾州投军十三春。
　　小妇生下一男孩,大哥恶嫂谋儿命。
　　幸亏二哥将儿救,家人送去汾州城。
　　谁知家人未回转,路上被人害了命。
　　吾儿取名咬脐郎,如今不知死与生。
　　今见小将容貌像,声音如同吾夫君。
　　眼见小将思起儿,不觉伤心泪纷纷。
　　少年一听暗思想,手按心头细思忖。
　　与吾父亲同名姓,我今也是十三春。
　　奶名咬脐吾娘提,眼前就是吾娘亲。
　　要想上前去相认,又怕认差难为情。

待我回去禀父亲,是真是假再理论。

开口就把大妈称,小生也是汾州人。

请你最好写封信,我来代你寻一寻。

三娘一听称多谢,感谢小将大恩人。

却说三娘进屋,立时把信写好,出来交与小将,少年接信告辞,上马回去,到了家中,等父回来。只说智远剿灭反王,回京复旨,吾皇大喜。因皇上年迈,无力治理国事,因而刘智远接位登基,之后加封李存为大元帅也。

如花小姐得知问,谢天谢地谢神明。

听见丈夫回家门,合家老少尽出迎。

一到家中身坐定,母子双双把礼行。

一见儿子已成人,感谢娘子养育恩。

咬脐又把爹爹称,儿有一事禀父亲。

就把昨日打猎事,至尾从头讲详情。

说罢就将书信呈,智远看罢凄泪淋。

咬脐哀哀问父亲,智远一一说分明。

儿见亲娘受此苦,恩求爹爹救母亲。

却说如花小姐言道:"孩儿之言有理,快救姐姐回来。"智远道:"既然如此,娘子待我仍旧打扮如初,先去探听一番。孩儿带兵一千,明晨赶到,为父黄昏进村也。"

如花听了也赞成,替夫打扮换衣襟。

似同以前投军样,身骑宝马就动身。

智远一路无耽搁,一更未敲进了村。

熟门熟路到门口,侧耳静听观情景。

却说三娘前日井水吊,一位小将到,托他书信捎,代奴丈夫找,几天过去了,音信仍缥缈。昨夜灯花爆,今晨喜鹊叫,可是夫君转,还是亲儿到。从早望到夜,仍旧老一套,一天又过去,将要一更敲,看来希望少,不觉两泪抛。智远外面听,里面哭啕啕,把门轻轻敲,三娘当恶嫂,开门往外瞧,双方吓一跳。

三娘见夫吃一惊,又当半夜梦三更。

衣衫褴褛不像形,如同当初去投军。

智远看见三娘身,面黄憔悴不像人。

不觉失声贤妻叫,你夫智远转家门。

三娘犹如梦初醒,失声大哭叫夫君。

今日见到亲丈夫,犹如枯木再逢春。

夫妻抱头伤心哭,恶嫂闻声到来临。

却说陆氏泼妇一头念佛,一头口骂贱人,听得里面有男女同哭之声,心想:"啥人如此大胆? 敢到此地,同这个贱人一起嚎命。"走近一看,心中一惊,原来是穷鬼。就取笑说道:"原来姑爷回来了,为嫂迎接来迟了,望姑爷勿怪。"将智远上下周身一看,讽趣道:"姑爷衣衫整齐,只打得百把个结。如此看来,好开药材店哉! 川贝、陈皮、橘皮、桔硬、防风、川芎,此衣名叫百结蟆。"智远道:"嫂嫂休得取笑,欺人太甚! 如此势利,因我命运不通,一时颠沛。一旦命运通顺,莫说做官,做皇帝也可能。"陆氏骂道:"穷鬼能做官,蛐鳝下海成龙,蚂蚁扛枪出征,秤砣落地生根。"对准三娘言道:"喔唷! 小贱人是皇后娘娘哉,痴鬼快快滚出去! 免得被人取笑。"智远道:"嫂嫂做做好人,让我天明再走。"陆氏道:"叫你滚就滚! 勿要叫我动手打你也!"

陆氏大骂滚出门,洪一提棍也来临。

举起木棍正想打,外边突然炮三声。

红球火把通天明,如用白昼差仿能。

咬脐郎领兵提前到,此刻还未敲三更。

喊声喧天兵无数,团团包围沙陀村。

却说洪一对妻说道:"看样子定是穷鬼投军逃回来的,官兵前来捉逃兵。你把穷鬼捉牢伊,交给官兵。"正要动手之际,几员将军冲进后院,大喝一声道:"休得无礼!"洪一见了苗头不对,马上停手。官兵们高喊:"万岁,万万岁!"喊声此起彼落。智远一声令下:"把这二人全部拿下!不许逃走一个也!"

洪一夫妇被抓牢,绳捆索绑休想逃。

智远立刻换衣服,龙袍朝冠显英豪。

咬脐郎上前爹爹叫,拜见亲娘称不孝。

洪一夫妻魂胆消,双双跪下想讨饶。

一声令下把兵回,洪一夫妻拖了跑。

大军回转岳相府,不多片刻已经到。

如花小姐来叩见,三娘还礼姐姐叫。

广大官兵都朝贺,岳府上下真热闹。

堂上摆起团圆酒,犒赏三军不细表。

却说智远吩咐:"请洪信二哥夫妇同桌饮酒。"又把二个恶人带来,智远将他审问一番:"你们二个死囚,如此的狠心,不念同胞之情,将吾妻三娘折磨到如此地步,你这贱人还要取笑我也。"

如今龙袍穿在身,秤砣是否生了根?

蚯蚓可曾去成龙,蚂蚁哪里去出征。

我今未曾重投胎,你看照样坐龙廷。

吩咐将她掌嘴巴,二十巴掌不容情。

又把洪一用板刑,四十大板血淋淋。

打得恶奴哇哇叫,恳求妹丈饶性命。

折磨妹子打与骂,责任推到泼妇身。

全是陆氏恶婆娘,黑肝黑肺黑肠心。

枕头旁边撺掇经,一时糊涂不该应。

要看妹子同胞情,千朵桃花一树生。

洪信三娘也来劝,要看爷娘骨肉情。

如花小姐劝夫君,罪归一人理该应。

却说智远被他几个人横说竖劝,也有点心软,就吩咐:"把这奴才死罪饶了,活罪勿轻,再打二十,松去绑绳。当场决定,开关宫门、揩台抹凳、挑水扫地、夜里看更,如若勿允,发配充军。"恶奴一听,只要性命,一口答应,连磕响头,跪拜谢恩。智远发落了恶奴洪一,再要处理泼妇陆氏,吩咐把这个泼妇用麻绳捆紧,用白布把灯草绑缠其身,浇上蜡油松香,抬到天井里,点火燃烧。不多片刻,烈火熊熊,烧成灰烬也。

智远三娘喜欢心,一生仇恨已消尽。

三娘从今享荣华,焚香点烛拜世尊。

行善积德修来世,吃素修行种善报。

奉劝大众行善心,恩仇相报古来闻。

不信但看陆氏女,身当蜡烛火来焚。

白兔宝卷宣完成,斋主全家福寿增。

此卷内容很复杂,头线多得呒淘成。

定有不少错差处,请君原谅三四分。

碧玉带宝卷

碧玉带宝卷初展开,诸佛菩萨坐莲台。

善男信女静心听,一年四季定免灾。

却说此卷出在宋朝仁宗年间,西京河南府运水县刘家村,有一家姓刘名星章,家中豪富,良田万亩,妻室王氏同庚四十岁,并无男女,员外夫妻心中好不昏闷也。

员外夫妻四十春,并无子女后代根。

日夜思量多昏闷,拜表打醮发善心。

修桥补路开公井,黑暗路口点花灯。

冬施棉衣夏施茶,斋僧布施救穷人。

员外诸事都行善,香烟透开南天门。

玉皇大帝都知道,赐他一子接后根。

太白君星听御旨,领了金童下凡尘。

玉女一见眯眯笑,玉皇看见怒生嗔。

也要罚她下凡去,太行山上去投生。

金童玉女同下凡,各去投胎不必论。

只表刘家王夫人,梦中遇见太白星。

手捧仙桃夫人称,送给夫人一口吞。

突然梦中来惊醒,觉得肚中已怀孕。

不觉时光十月满,生下一位小官人。

乳名就叫刘香宝,面清目秀人人敬。

刘家员外多快活,满月办酒不必云。

却说玉女看见文曲星下凡抿嘴"个勒"一笑,被玉帝看见,龙心大怒,也罚她下凡,投到太行山上。有一位大王,叫峰都大王,妻室陆氏同庚四十,如今有孕十月满足,生下一个美丽的千金,取名叫青莲,合家快乐也。

峰都大王四十春,生下一女宝和珍。

取个名字叫青莲,十分美丽一千金。

不表太行山上事,再讲刘家小官人。

一周二岁娘怀抱,三周四岁易长成。

五岁六岁长得快,七岁入学读五经。

先生取名刘文英,聪明伶俐胜先生。

光阴似箭容易过,不觉已经十二春。

十三交到黉门运,十六岁上中举人。

却说其年,当今皇上要开设文科,京城里挂起了招贤纳士的榜文,恰遇刘文英考中了举人,回来时看见了皇榜高挂,即便回家,告诉堂上父母知晓也。

孩儿西京转回程,只见京里挂榜文。
招贤纳士开文科,科场设在东京城。
孩儿欲想东京去,故而急速转回程。
员外一听心欢喜,吩咐孩儿二三声。
既然要到东京去,路上行程要小心。
文英声声都从命,带了书童就动身。
拿了纹银一千两,再带十两马蹄金。
一共书童带四个,打好包裹忙启程。
路上行程无耽搁,看看将近一山岭。
此山名叫太行山,喽啰一见喝连声。
公子低头只管走,书童紧紧在后跟。
喽啰连忙来拦阻,留下包裹放你行。
若无银子来买路,你们性命活勿成。
文英跪下哀求告,要求大王放我生。
我是一个过路客,哪有银子带在身。
一众喽啰心大怒,手把钢刀劈下临。
四个书童都劈死,文英吓得魂离身。
便把公子捉上山,大王面前求性命。

却说喽啰上山报告大王道:"现在山下捉得一人上山,有白银千两、黄金十两,特来献上。"大王一看,原来是一位书生,遂吩咐:"拿到剥衣亭去,把他绑起来也。"

一众喽啰来答应,扯了公子就动身。
把他拿到剥衣亭,周身上下剥干尽。
先把手足来绑牢,又把黑布蒙眼睛。
就把皮鞭打其身,打得公子哭勿停。
待等大王来发落,卷中另表一山岭。
附近有座乌林山,也有大王喽啰们。
其日恰逢生辰日,来请峰都饮杯巡。
快马加鞭赶路程,要到前山把寿庆。
勿说大王吃寿酒,再表青莲小姐身。

却说太行山上青莲小姐,登在楼上,独坐香房,心中有些不乐,思想要去游玩花园,看看山景,带了丫鬟,打扮下楼也。

小姐打扮换衣裙,十分美貌俏佳人。
乌云卷起三圈结,头上珠花耀眼睛。
上身穿着绸花袄,下束绫罗百裥裙。
手带八宝黄金镯,脚上花鞋寸八分。
当头插只珍珠凤,耳上珠环左右分。
红绫小脚小点点,十分打扮好材身。

行如百花风摆动,坐似观音少净瓶。

随带丫鬟人八个,轻移莲步下楼门。

正巧经过剥衣亭,听得呼喊救命声。

小姐即便丫鬟称,与我前去看分明。

丫鬟进内细细看,看见捆绑一书生。

却说丫鬟奉命来到剥衣亭,仔细一看,有一位公子绑在短桩上啼啼哭哭,连忙报与小姐知晓。小姐立刻进内一看,果然一位公子,吩咐丫鬟将蒙在面上的黑布拿下,只见面清目秀,遂问:"居住何处?姓甚名谁?说奴知道,我来放你。"文英一见一位年轻小姐,说道:"小姐听禀也。"

小生家住河南省,运水县里刘家村。

父亲名叫刘星章,母亲王氏女大人。

所生小人单独子,取名就叫刘文英。

只因西京去考试,一路回家出西京。

看见皇榜高挂起,招贤纳士取才人。

小生今日东京去,带了家童四个人。

正巧在此山下过,喽兵拦路要金银。

四个家童都杀死,小生绑在此间存。

周身上下来抽打,打得小生苦伤心。

公子说罢哀哀哭,小姐听了暗思忖。

眼看公子生得好,小姐顿起恻隐心。

不免待奴把他救,好将奴奴托终身。

却说小姐一心要救公子,就说道:"公子你若要性命,奴奴可以救你,只要依奴一件事情。"公子道:"小姐,小生样样肯依你,不知什么事情,请小姐说与小生听也。"

小姐启口公子称,请你听奴说真情。

父亲今年五十六,母亲陆氏是同庚。

所生奴奴一个人,今年二八是妙龄。

不嫌奴奴容貌丑,奴奴情愿托终身。

公子即便回言答,小生不敢胡乱行。

今蒙小姐来救我,今生永不忘你恩。

多谢小姐主意好,你父知道哪哼能。

倘若你父来查问,岂不连累女千金。

小姐听了公子称,我有计策想端正。

却说小姐开言说道:"公子你既然怕我父亲责罚,我想伲爹爹今日到乌林山饮酒,必定要明天回山。今夜乘爹爹不在家,我俚连夜成亲,岂不好也?"

公子听了吃一惊,成亲二字万勿能。

今夜真的成了亲,你父知晓命难存。

如果小生死在此,家中父母靠啥人。

此事断断使不得,伏望小姐要开恩。

还是放我东京去,回来与你再成亲。

小姐听了微微笑,你的言语骗啥人。

如若今日不答应，莫怪奴家不吃情。
说罢便把丫鬟喊，与我动手取肝心。
公子听了魂飞散，嚎啕大哭暗思忖。
我若今日不答应，看来性命活勿成。
如若今朝来答应，又怕他父强盗身。
左思右想无计策，闭紧眼睛不作声。
只听丫鬟来开口，相劝公子听原因。
小姐真心来救你，你今反作无义人。
劝你公子再思忖，免得在此伤性命。
万事小姐来作主，不关你的半毫分。

却说刘文英听了一番话，便道："既然如此，小生就答应便了。"小姐一声吩咐，就把公子身上的捆绑立即放下，又吩咐取一盆水来，让公子洗脸。小姐救了公子一同回楼而去也。

小姐挽了公子行，文英觉得难为情。
来到楼上身坐定，丫鬟即刻送香茗。
小姐开言公子问，今年几岁啥生辰。
文英含羞回言答，今年虚度十六春。
八月十五中秋节，半夜三更子时生。
小姐听了笑盈盈，与你同年同时辰。
正是天缘来凑巧，月老仙翁牵红绳。
二人说话多投机，小姐呼唤丫鬟们。

却说小姐吩咐丫鬟准备香烛、天地和合，就在梳妆台上点好，铺上红毯一条，二人就在堂楼上参拜天地，结成夫妇也。

丫鬟即便忙端正，焚香点烛供神灵。
双双参拜天和地，又拜父母养育恩。
拜罢同饮交杯酒，对面同坐饮杯巡。
你一杯来我一盏，两人对酌话谈论。
文英边吃边观看，细看青莲女千金。
好似嫦娥无两样，又似观音少净瓶。
饮罢双双入罗帐，一夜恩爱不必论。
来日清早抽身起，两人梳洗用点心。
公子启口娘子称，小生欲想赴东京。
伏望娘子来答应，让我速速就动身。
小姐含泪相公称，我有言语说你听。
既然要往东京去，为妻赠你宝和珍。

却说青莲小姐道："既然相公要到东京而去，为妻赠你三件宝贝。第一，无量瓶一只；第二，温凉盏一只；第三，碧玉带一条。这三件宝贝件件都是价值连城，普天之下真正少有也。"

东海龙宫无量瓶，瓶口一拍酒来临。
西池王母温凉盏，真是稀奇宝和珍。
满满斟上一杯酒，仙童美女唱曲声。

西洋遗下碧玉带，天上少有地无寻。

病人束了病脱根，老年束了变年轻。

少年束了添精神，死人束了转还魂。

三件宝贝带在身，还赠百两雪花银。

再有白马赠一匹，送你相公带路行。

这匹白马通灵性，可以救得祸中人。

小姐无心说一句，后来应验果然真。

公子顿时多高兴，千多万谢感妻恩。

小生东京考得中，永不忘却娘子身。

说罢出门上路去，小姐含泪送行程。

送到山下各自别，公子相谢向前行。

流泪眼看流泪眼，断肠人送断肠人。

不宣公子赶路行，再提大王转山岭。

一到山上忙坐定，随身喽啰送香茗。

却说大王回到山上坐定了，喝罢茶，就吩咐喽啰们道："前日抓到了一个书生，到剥衣亭上去把他带来见我。"喽啰奉命而去，一到剥衣亭一看，不见了书生，大吃一惊，只得去回报大王也。

一群喽啰回到厅，双膝跪下战兢兢。

口称大王不好了，亭中不见一书生。

不知那个放走他，大王听了火直喷。

大王一声命令下，山上山下寻一巡。

却说小姐房中众丫鬟中有一个出名叫快嘴丫头，其日小姐差她到山下去买东西，正巧经过大厅，突然听到大王正在发脾气，顿时停下脚步细听根苗也。

丫鬟厅外身立定，听见大王骂喽兵。

如果今日寻勿到，要把你们来顶命。

丫鬟听出为公子，一众喽啰要倒运。

不免让我讲明白，免得大王火来升。

却说丫鬟走到厅上说道："启上大王，不必升火，你要晓得剥衣亭上个书生到哪里，请大王不要责罚小婢，待我来对你说穿也。"

昨日大王到南山，正巧小姐下楼来。

正好经过剥衣亭，听得里面救命喊。

我与小姐里面看，只见书生哭哀哀。

看他面貌生得好，小姐叫我放下来。

问清住处姓和名，小姐就把书生挽。

两人双双楼来上，坐定吃茶把话谈。

双双谈得多投机，当夜就把堂来拜。

一早起来盘缠赠，今朝姑爷已下山。

那是你的亲女婿，请你大王火气担。

说罢匆匆下山去，买了东西上楼台。

却说大王听了快嘴丫头的一番话，气得哑口无言，思想："我想取他的心肝下酒，却被女儿放走，更不该当夜成亲。"要想把女儿出气，但是独生女儿欢喜得正如掌上明珠一般，想罢一番，倒勿如把她另配人家，就吩咐喽啰道："与我前山去唤媒婆到来。"喽啰奉命而去，来到媒婆家中说明其事，媒婆跟了喽啰来到厅上叫道："大王，唤小妇人有何贵事？"大王道："你且请坐，待我对你说也。"

老身今年五十零，所生一女在闺门。

小女青春十六岁，未曾出帖配婚姻。

今朝唤你非别事，代为作伐做媒人。

只要青年看入眼，招赘出嫁不计论。

却说媒婆听得叫她作伐做媒，心里非常高兴，就说道："大王真正巧极，前山有一家姓潘，新中举人，家中富裕、人品端正，真是郎才女貌、门当户对，也算天缘凑巧也。"

厅上议事闹盈盈，快嘴丫头到来临。

听得大王媒婆请，要把小姐另配亲。

丫鬟连忙回高楼，将情告知女千金。

却说快嘴丫头急急忙忙奔到楼上，叫道："小姐，我正在大厅边上走过，听到一段情由，我来告诉你小姐听也。"

状元太太做勿成，举人夫人稳稳能。

大王请了媒婆来，厅上议事闹盈盈。

要把小姐另配亲，丫头听得碧波清。

却说快嘴丫头奔到楼上告诉小姐，又说道："如果小姐你不相信，可以自己去听听，就更加明白了。"小姐顿时双抛眼泪道："秋菊，你去对大王说，既然要将小姐出帖，要求大王暂停三天。"

不说大王在议亲，再表秋菊到大厅。

就将小姐吩咐话，从头说给大王听。

大王突然听这话，顿时呆了半时辰。

今朝请了媒婆来，为啥楼上已知音。

如今要我停三天，其中不知啥原因。

就叫媒婆回转去，停脱三天再理论。

秋菊立刻上堂楼，回复小姐女千金。

不表小姐楼上事，再提公子刘文英。

自从下山匆忙走，马不停蹄往东京。

一路行程无耽搁，看看已到帝皇城。

快马加鞭往前去，走进三重仪凤门。

忽见一爿招商店，下马落脚住登身。

店中小二忙接进，公子移步进店门。

却说这爿客店与众不同，店主杨老二，人人称他杨黑心。那刘公子是异乡客地，不知底细，落上他家。刘文英一进店门，上楼去看好房间，吃过夜饭，已近黄昏。刘公子独自一人，突然想起娘子送他的三件宝贝，不知真假，登在房中，取出来试试灵验不灵验也。

第一取出无量瓶，用手一拍果然灵。

第二取出温凉盏，果有天仙唱曲文。

歌童美女口音俏，吹鼓弹曲不绝声。

不说公子把酒饮，再讲杨二黑心人。

听见楼上真热闹,吹鼓弹曲很好听。

让我上去看一看,到底啥个东西经。

文英一见老板到,当这老板是好人。

就把三件宝和珍,和盘托出吐详情。

第一二件勿稀奇,碧玉宝带最奇闻。

好处多得吭淘成,我来详细讲你听。

却说老板听得刘公子说要把详情说出,真是高兴得满面堆笑。刘公子道:"老板,你听了也不会相信,这条碧玉带有四大好处,我来说给你听也。"

病人束仔病脱根,老年束仔变年轻。

青年束仔添精神,死人束仔会还魂。

杨二一听果然真,忽生一计害性命。

开言便把公子叫,我来陪你饮酒巡。

文英听得心欢喜,承蒙老板十分情。

公子不知其中意,放开大量酒来饮。

杨二连连来斟酒,文英喝得醉醺醺。

一见公子醉如泥,急急忙忙下楼行。

回到房中钢刀拿,陈氏娘子得知闻。

便问丈夫有何用,杨二对妻说详情。

却说杨二被陈氏娘子盘问,拿了钢刀有何用处,杨二只得道:"如此这般。要去杀了一个客人,你不要泄露风声。"陈氏听了一唬,说道:"丈夫我劝你杀勿得的,被人家知道了,我俚店里再有啥人敢来?"杨二道:"人不知鬼不觉。"陈氏又道:"如果你真的要他的命,何必板要用刀呢?我看让他一个全尸罢。"杨二一想不差,用绳也是可以的也。

杨二暗思不差分,放下钢刀换麻绳。

三步改作二步行,直上楼台关好门。

就把麻绳头颈扣,用力一收命归阴。

直到半夜三更后,尸体搨到后园门。

就往枯井里面氄,石板一块盖端正。

再种一棵芭蕉树,使他永远没翻身。

一切停当上楼行,忙取三件宝和珍。

却说杨二把宝贝拿到手,立即下楼说道:"娘子你来看,这是无价之宝。我有了这宝贝,从今以后就不愁穷也。"

杨二此时真高兴,就叫娘子看宝珍。

陈氏一见心悲切,顿时两眼泪淋淋。

这种宝贝稀啥奇,我看倒是祸殃根。

如若天穿地破日,头搭肩胛一样平。

杨二听得心火冒,骑上白马就出门。

闲人看见暗思忖,杨二骑马为何因。

不表杨二已出门,再说日夜二游神。

日夜不离文曲星,只得在此看灵魂。

不表文曲遭大难,再表国太起毛病。

守宫太监心着急,报与君王得知闻。

吩咐太医病来看,请医服药总不灵。

却说守宫太监忙去奏上君王道:"启上万岁,国太之病经太医院医治无效,病情十分沉重,请万岁定夺。"皇上一时无法,只得出榜招医,如若治得国太之病,有官官上加官,无官平地升官,榜文到处张挂也。

宋皇急得无哪能,只得到处张榜文。

各省州县都挂到,成群结队看榜文。

不说榜文招医生,再表杨二黑心人。

身骑白马闲游荡,看见张榜喜欢心。

知道张榜招医生,要为国太医毛病。

不免待我回家去,取了玉带揭榜文。

却说杨二回到家中,取了三件宝贝带在身边,走到城门口,将榜文揭下。看榜将军连忙将揭榜人扯住道:"医官快快去见万岁!"杨二就跟了二位将军上殿见驾去也。

看榜将军前头行,杨二紧紧后头跟。

报了一声医官到,君王召集众朝臣。

文东武西两边站,召唤医官到殿亭。

杨二上殿身跪下,四跪八拜万岁称。

当今万岁爱卿叫,家居何处啥名姓。

你有什么神仙法,能治国太病体身。

杨二听了忙启奏,万岁在上听原因。

小人住在东京城,府林巷里住安身。

祖传三代开客店,姓杨名二是我名。

前日登在山边过,突然遇见一道人。

连忙把我来叫住,赠我三件宝和珍。

宝贝原是仙界物,各有妙用无穷尽。

如此这般长和短,从头至尾说详情。

今日斗胆榜文揭,特为国母治毛病。

君王听了龙心悦,忙叫太监二个人。

却说君王吩咐二名太监将碧玉带拿进宫去,叫宫女束在国太身上,果然仙界宝物妙法无穷,不消片刻,国太病体痊愈。太监急忙报与君王知道,万岁一听好不快乐也。

君王听见喜欢心,一条玉带果然灵。

慌忙出了龙廷位,御手相搀叫爱卿。

医好国太功非小,封卿五品诸侯身。

杨二心里嫌官小,手按心头不作声。

君王见他无声息,想必五品还嫌轻。

皇上开言叫爱卿,封你一品巡按身。

又赐尚方剑一根,先斩后奏不非轻。

再赐一根打皇鞭,上打昏王下打臣。

杨二贪心仍无音,跪在君前不起身。

却说君王封到杨二为一品天下巡按之职,只见杨二仍无声息,但是聪明不过天子,忙叫道:"杨爱卿,我想朝中并无姓杨的做官,恐怕有奸臣害你,不妨待我来赐你四位保官,你可放心也。"

第一兆尹张大人,第二丞相范学文。

第三保官王文贵,第四龙图包文正。

三位大人听皇命,唯这包拯禀当君。

非是微臣违圣意,依臣看来有原因。

此人面上生恶相,有些不像善相人。

家中开设小客栈,哪来玉带宝和珍。

就算祖传应献出,私藏国宝有罪名。

所以微臣不参保,伏望万岁开龙恩。

却说君王听了包公之言,虽有道理,但是医好国太之病有功,也不追究,就说道:"既然包爱卿勿愿参保,现有三位大人保他,也就算了也。"

君王吩咐众朝臣,特送巡按出朝门。

文武众官来退朝,君王回进内宫廷。

三声号炮惊天地,金锣开道闹盈盈。

不表杨二多荣耀,重表太行山上情。

峰都大王庆生辰,各山大王具帖请。

大小喽兵多忙碌,丫鬟使女忙勿停。

十月初三生日到,各山大王把寿庆。

乐工吹打忙迎接,太行山上闹盈盈。

从大到小来拜寿,夫人小姐到大厅。

也来祝寿庆生辰,大王顿时心高兴。

突然发现女儿身,腰身粗大暗思忖。

难道女儿已怀孕,败坏门风心中恨。

不觉红日将西沉,庆寿已毕各回程。

却说一日已过,大王在书房之中暗暗思量:"女儿和书生私下拜堂,把我瞒在鼓里。今日发现女儿身已怀孕,心中好不气闷,不免待我今夜把这个小贱人剖肚,取出胎儿下酒,以消胸中之恨也。"

大王书房恨恨声,恰被丫头听分明。

看来要把小姐害,待我急报小姐听。

丫鬟回楼将言说,青莲小姐失了魂。

左思右想无计谋,秋菊丫鬟显才情。

却说小姐左右为难之际,秋菊丫鬟见小姐无心摆布,就道:"小姐莫急,小丫头倒有一计在此,不知小姐肯依小婢之言?"小姐道:"但说何妨。"丫头就说:"女扮男装连夜下后山而逃,或许可保性命。"小姐一听满心喜悦也。

丫鬟之言不差分,二人连忙来端正。

细软衣服并金银,两个包裹带在身。

来到后园盗了马,主婢双双下山行。

快马加鞭赶路程,但见东方已发明。

日行夜宿无耽搁,不觉又到一山岭。

两人下马将休息,一声锣响天地惊。

蹿出喽兵几十人,拦住去路无处行。

立派几个上山报,报与大王得知闻。

却说此山名叫红罗山,山上住一个大王,姓高名天雄,三十多岁,有万夫莫敌之勇,人称通臂猿猴,聚集三千喽兵在此打家劫舍。山上兵多粮足,大王得报立刻下山也。

大王得报立起身,身坐白马下山岭。

手执两柄混铁槌,冲到半山看分明。

只见二位年轻人,各执双刀战喽兵。

眼看喽兵非敌手,渐战渐败难取胜。

大王心中火直喷,大喝一声去冲阵。

喽啰一见大王到,跳出圈子逃性命。

大王坐下高头马,哈哈大笑不住声。

快快留下买路钱,免你两条小性命。

青莲小姐破口骂,你要钱财刀上领。

大王手执双铁槌,两手一挥起风声。

青莲双刀来抵住,二人大战没输赢。

秋菊舞刀来助战,那边冲出小喽兵。

丫鬟力敌众喽兵,众寡不敌就被擒。

大王伸出通臂手,生擒活捉上山岭。

吩咐绑在剥衣亭,剥去衣衫用大刑。

却说大王高天雄将小姐捉上山去,吩咐喽兵把她二人绑在剥衣亭,将衣服剥去,重打三十皮鞭。喽兵奉命而去,就把小姐与秋菊的衣衫剥去,突然发现二个青年是女扮男装,立刻停手,回报大王。高天雄一听是二个女子,心中好不快活,吩咐:"将二人带来见我。"喽兵把她们带到大王面前,大王道:"你这二个女子好大胆,乔装改扮敢在此经过,今被本大王拿上山来,有何话说?本大王看你年纪轻轻,倒不如配与本大王做压寨夫人,饶你们二条性命,你看如何?"小姐一想:"事体已到了这步田地,没法想了。"只得将计就计一口答应也。

大王一听喜十分,吩咐放绑换衣襟。

主婢双双将身跪,拜谢大王救命人。

大王一声来吩咐,布置喜堂结婚姻。

一众喽兵多快活,七手八脚来端正。

不多片刻准备好,一对新人拜神灵。

拜罢二人同入房,青莲开口大王称。

却说青莲小姐在房中道:"大王,今日既然参拜了天地,奴家要与大王同饮交杯酒,方能同床合枕。"大王一听,心中非常高兴,就吩咐摆起交杯酒席,二人同桌而饮也。

青莲小姐暗思忖,定要灌醉方可成。

秋菊丫鬟忙敬酒,大王喝得心花开。

横一杯来竖一盏,小姐殷勤大王称。

奴家敬你三杯酒,表表奴奴一片心。

现在同桌交杯饮,方可同床共入枕。

大王听得魂不在，举杯连连饮干尽。

言语噜苏舌头强，摇摇摆摆坐勿稳。

磕在台上无声息，主婢双双动脑筋。

小姐启口大王叫，奴有说话讲你听。

拎牢耳朵摇两摇，只听鼾声如雷鸣。

小姐忙把眼睛眨，秋菊几化拎得清。

就在墙上宝剑拿，轻轻一割头离身。

大王梦也没做着，头搭肩胛两离分。

主婢双双多高兴，两人坐等到天明。

一到天亮身坐堂，手提人头发号令。

大王被我已杀死，谁人不服同他行。

一众喽啰舌头伸，人人跪求愿听命。

吩咐首级去号令，喽兵谁敢勿答应。

从此小姐为大王，山上纪律很严明。

一不抢劫来往客，二不随便乱杀人。

三不调戏妇女们，谁敢违令罪勿轻。

小姐吩咐众喽兵，分批乔装去东京。

各样消息都打听，一月为限回山岭。

不表小姐安排定，再提太行山上情。

却说青莲小姐在红罗山上暂时登身，组织喽兵，分批到东京打听各种消息暂且不表。回言再表太行山上峰都大王，吩咐丫头："到楼上去，叫小姐来见我。"丫头奉命而去，见小姐不在，立即到夫人房中，就将情况告诉夫人。陆氏一听，心中一惊，马上到小姐堂楼上女儿房中，一见房中翻箱倒笼，不像样子，发现妆台上一张纸条，写的是秋菊听到的一番话及乔装连夜下山逃命之事，写得比较详细。夫人放声大哭，连忙下楼去与大王拼命也。

陆氏夫人火直喷，要与大王拼性命。

大王开言夫人称，深更半夜为何情。

夫人就骂老牛精，还我女儿万事平。

若不交出女儿来，老身与你命来拼。

说罢伸手一把抓，胡子抓牢几十根。

大王急喊夫人称，快快放手有话云。

现今女儿怎么样，有请夫人讲分明。

夫人就把纸条甩，老贼你去看分明。

大王从头细观看，两眼一眨泪淋淋。

大王连连来求饶，我来派人下山寻。

为啥大王怕老婆，本领不及陆夫人。

不表大王派喽兵，下山到处小姐寻。

回言再讲东京城，谋死公子一段情。

却说刘文英被杨二谋死之后，杨二看中刘文英所骑一匹白马，心里非常高兴，要想骑骑这匹白马。哪知被这匹白马乱踢乱跳，杨二跌过几脚跟斗，就把那马关在后园之中。哪知这只大众牲是通灵性的，在这园里日夜寻找主人,料勿吃,水不饮。有一天,突然发起性来,仰天大叫,连连吼鸣,日夜二游神忙把马叫之声送上天庭。玉帝闻听,连忙掐指一算,知道下界文曲星有难,立差太白星君下去查访也。

　　星君奉旨出天庭,驾起祥云到东京。
　　听得义马吼叫声,云头降落园中心。
　　立即召唤土地神,手扶拐杖见星君。
　　指点尸体在枯井,星君点头已知闻。
　　忙把拂尘来挥动,法力无边起风云。
　　井上芭蕉连根起,石板腾空靠边存。
　　土地公公忙下井,托起尸体刘文英。
　　尸体驮在马背心,星君作法挥拂尘。
　　白马顿时发威灵,四足腾空出园门。
　　白马驮尸街上奔,众人见了当新闻。
　　三五成群来议论,从未见过这种情。
　　高头白马活人骑,哪有马背驮死人。
　　只见飞跑向前去,众人成群在后跟。
　　义马直闯开封府,门上相爷吃一惊。
　　衙役忙把马来拦,连纵带跳往里行。
　　一到大堂身立定,一声长啸泪双淋。
　　张龙赵虎吃一惊,连忙进去禀大人。

　　却说张龙、赵虎直到内堂禀大人:"外面有一匹白马背驮一具尸体,直闯大堂,呜呜大叫,门上人拦阻不住,请大人定夺。"大人一听,说道:"奇也。"

　　大人一听暗吃惊,白马驮尸从未闻。
　　直闯大堂难阻拦,定有冤枉无处伸。
　　一声吩咐堂来坐,六房书吏两边分。
　　人人一见都说奇,大人启口问原因。
　　白马有何冤枉事,请你详细诉衷情。
　　两耳竖起把头点,可惜不能把话云。
　　若有冤枉叫三声,大堂四周跑一阵。
　　白马义气通灵性,仰首呜呜叫三声。
　　点头摆尾走一圈,大人见了卓然惊。
　　欲断此案难着手,只得退堂再讨论。

　　却说包大人暗想:"此案难以审清。"就吩咐张、赵二人暂把此马带在一边喂料饮水,把尸体好好保护。大人走进内堂,就将情况回报师爷,公孙先生道:"若要弄清此案,除非先把尸体救活,才能真相大白。要救活尸体,非得到碧玉带不可也。"

　　师爷说与大人听,非得玉带不可能。
　　玉带现在国太处,想何办法得宝珍。
　　不若大人假装病,就叫夫人进宫门。
　　设法骗得碧玉带,此案才能断分明。
　　大人一听言称是,忙叫丫鬟请夫人。

李氏夫人忙准备,立刻上轿进宫门。

却说李氏夫人轿子到午门,黄门官进宫启奏,君王传旨李夫人进见。夫人就将丈夫急病,欲借玉带一事奏明,圣上吃惊不小,进宫求见国太,与国太商量也。

国太火气冒天灵,管他包公病勿病。

前日哀家身有病,亏得杨二宝和珍。

杨二是奴救命人,加封官职也该应。

那天叫他做保官,偏偏不肯逆旨行。

今日有病来借宝,那是万万不可能。

君王听了吃一惊,恳求国母开大恩。

包卿如果出了事,叫朕如何说得清。

包卿宋室中天柱,扶国爱民有功勋。

如若国母真勿肯,臣儿不愿为帝君。

今日死在国母前,以表为臣一片心。

国太顿时吃一惊,皇儿何必来轻生。

既然皇儿爱包拯,为娘暂借宝和珍。

君王见娘已答应,心花怒放谢母亲。

却说国太见儿子为包拯求情,只得答应借出玉带救治包公之病,就说道:"快快拿去,救了包公,速速归还。"君王接了玉带出内宫,交给李氏夫人,就道:"救好了包卿之病,速将宝贝送到宫来。"夫人答应,就出宫上轿,回衙而去也。

李氏一路回衙门,包公一见喜欢心。

一声吩咐堂来坐,当场试验救性命。

张龙赵虎忙动手,就把玉带束尸身。

不多一歇手脚动,悠悠苏醒开眼睛。

包公一见心快活,亲手扶起叫书生。

文英抬头开口问,是否阴曹见阎君。

张龙开言莫胡说,这是开封包大人。

文英一听放声哭,双膝跪下喊救命。

大人就问姓和名,哪州哪县何处人。

文英开口叫大人,如此这般讲详情。

却说刘文英道:"大人,总要为小人申冤理枉的。"大人道:"你快写状纸,老夫准你状纸,设法将杨二审问。不过,杨二用玉带为国太治病有功,目前封了大官。老夫官职不及他了,况且还有三位保官,一时难以解决。"文英一听,放声大哭道:"看来小人的冤枉石沉大海,难以伸雪。"大人道:"不要性急,慢慢设法解决也。"

大人安慰刘文英,先把状纸写端正。

包公立时办法想,忙写帖子请大人。

第一先请王文贵,第二又请范学文。

第三要请张兆尹,第四杨二老大人。

帖子内容写明白,因为包拯起毛病。

请求国太玉带借,顷刻之间病就轻。

包拯感谢杨大人,特办水酒略表心。

明日进宫还玉带,国太面前谢皇恩。

不表包公下帖请,再表杨二黑心人。

一日正在厅上坐,门公持信进大厅。

杨二接帖看分明,哈哈大笑喊夫人。

当初我干这桩事,偏你阻挡勿答应。

今日我已大官做,你封一品正夫人。

满朝官员都勿怕,就惧黑面二三分。

包拯今日来帖子,请我开封把酒饮。

陈氏听了叫夫君,你去饮酒要当心。

杨二回言称夫人,笃定泰山不要紧。

包公官职比我小,不敢拿我哪哼能。

不说杨二开封到,包公整衣接大人。

杨二出轿头门进,三位保官后头跟。

四人将要进二门,外边头门已关紧。

进一重来关一进,重重关得紧腾腾。

杨二开言问大人,青天白日关啥门。

包公即便大人称,有请巡按莫疑心。

却说包大人道:"杨大人,不是下官今日无礼,只因衙门虽小,事情极多,今日既然请几位大人饮酒,要饮得幽静,喝得痛快,勿被外面之事来干扰。今日一切都勿办理,免得惊吵大人也。"

不表杨二暗思忖,佩服包公有细心。

分头坐定开席面,你请我请把酒饮。

歌女弹唱多热闹,包公忙把酒来敬。

杨二喝得多快乐,突然外面有叫声。

张龙前来禀大人,门外有一叫冤人。

大人喝道退下去,本府今日不理民。

仍旧举杯大人请,假装不管外面情。

杨二心里暗思忖,都说包公如水清。

有人外面喊冤枉,见他回头不理民。

耳听为虚眼见实,我看不过如此能。

杨二开言大人称,有人叫冤应理民。

为了喝酒不断案,有何面目坐衙门。

包公心里火直喷,拍案扬威喊高声。

王朝马汉心明白,虎头御铡摆端正。

大人立刻大堂坐,张赵带进叫冤人。

却说大人身坐大堂,衙役三班、六房书吏,两旁立得齐齐整整。张龙、赵虎把叫冤人带进大堂,两旁虎威连连。叫冤人双膝跪下,口叫冤枉,大人问道:"有何冤枉?可有状纸,呈上来。"大人把状纸一看,说道:"杨大人,叫冤人大胆,倒告起你大人来了。状纸在此,你可要看也。"

两旁官员齐吃惊,三位保官无声音。

杨二连忙立起身，想拿状纸看分明。

大人一声慢慢能，让他讲来你且听。

大人喊道刘文英，从头详细讲分明。

文英随把到东京，借住客栈把酒饮。

杨二见我宝和珍，同我饮酒假殷勤。

如此这般从头讲，怎样长短讲详情。

文英言罢嚎啕哭，伏望大人断公正。

三位保官无话讲，两眼直望包大人。

杨二一见冤家到，立起身来想动身。

大人大喝叫杨二，你今要走万不能。

杨二连叫包文正，今朝拿我无哪能。

你的官职比我小，谁敢碰我汗毛根。

大人就把惊堂拍，下面虎威不断声。

却说包大人见杨二敢顶嘴，就把惊堂木一拍，喊道："张龙！""有！""赵虎！""在！""把他冠带革去，重打三十。"张龙、赵虎连忙动手，革去冠带，把杨二拖翻在地，重重责打三十记毛板，打得杨二皮开肉烂、鲜血淋淋。大人又道："杨二快快招供，免受大刑。"杨二满身疼痛，只得跪下招供也。

杨二跪下叫大人，待我小人讲分明。

那日接客刘文英，见他文弱一书生。

夜里吃酒宝贝现，小人见了起异心。

陪他吃酒来盘问，当场装出假殷勤。

他将宝贝真情吐，将他灌醉起谋心。

谋财害命是真情，伏望大人要开恩。

大人叫他供来画，一声吩咐用御刑。

王朝马汉忙得令，拖了杨二往外行。

来到西边辕门口，御铡下面丧性命。

大人立刻堂来退，三位保官出衙门。

包公忙把奏章写，立刻进朝奏当君。

君王一听心大怒，也该奏我得知闻。

御铡虽然先王赐，国太知道不容情。

君王无奈进内宫，报与国太得知闻。

国太闻奏火直喷，传旨立拿包文正。

却说国太听得杨二被包公用御铡处死，心中大怒，传旨立拿包公及刘文英二人，绑赴午门候斩。当时三位相爷保奏道："以臣看来，不能立斩。暂时先下天牢监禁，日后弄清是非再作处理。"君王依奏，就将二人下入天牢也。这里再表一表杨二的妻子陈氏，将家里还有二件宝贝献到开封府，又将杨二尸体收敛埋葬后，就落发出家修行去也。

不表包拯下监门，另提山上得知闻。

红罗山上小喽兵，乔装改扮在东京。

东京城里出新闻，白马驼尸人人闻。

包公断案斩杨二，触犯国太定罪名。

喽兵得悉回山岭,回报小姐得知闻。

却说红罗山上,青莲小姐自从打发喽兵下山,东京打听消息,有的十天回山,有的半月回山,根据回报情况,内中没有刘文英的消息,心中好不昏闷。有一天突然身子不爽,睡在床上昏昏沉沉,觉得肚子有点疼痛,秋菊在旁服侍小姐,只见小姐的神态,知道就要分娩了,不觉小姐一阵急叫,顿时生下一位小官人来。只见孩子面清目秀,面貌与丈夫刘文英一般无二,心想自己流落在山上,无依无靠,丈夫又不知下落,如何来养大这孩子,除非靠天来保佑,所以取名叫天保也。

小姐思夫泪淋淋,丫鬟日夜劝千金。

时光很快半年零,主婢二人在谈心。

只见喽兵前来报,东京打听回山岭。

小姐连忙来盘问,喽兵从头讲分明。

白马驮尸状来告,包公用计借宝珍。

玉带救活刘文英,杨二被杀伤性命。

国太怒火冲天灵,包公文英下监门。

小姐一听吃一惊,主婢二人忙讨论。

除非领兵打东京,否则难救出监门。

小姐用计战书写,立差头目送京城。

表面写的是战书,实际冤状告当君。

就将丈夫刘文英,从头细细写分明。

要求放出包大人,还有书生刘文英。

如果坚持不肯放,倾山人马到东京。

如叫包公来招安,愿写降书来归正。

当君收到讨战书,当时心里吃一惊。

连忙拆开从头看,原是冤状写分明。

却说圣上见到红罗山青莲写的冤状,忙传文武两班到殿议事。文班中闪出一位大臣,奏道:"依臣看来,红罗山大王青莲并无恶意,不若将包拯及刘文英赦出天牢,叫他们戴罪领兵剿山,实际去招安,如果成功,将功赎罪。"圣上准奏,立赦包、刘二人也。

包公领兵去出征,开路先锋刘文英。

带兵三千京城出,浩浩荡荡向前行。

路上之事不必表,红罗山脚到来临。

探马连忙报大王,立差头目下山岭。

小姐吩咐要活捉,不许杀伤一个人。

头目奉命去战斗,对方杀出刘文英。

文英是个文书生,打仗哪会半毫分。

不消几合被活捉,拿到山上去请令。

却说青莲一见捉上山来的人,被押到面前一看,果然是丈夫刘文英,就说道:"你位文将军抬起头来,认得我本大王吗?"文英慢慢抬头一看,心中一唬:"为什么这位女大王与我娘子一模一样?"顿时不敢开口。小姐心里明白,知道丈夫当面不敢认我,就叫左右一切回避,待等左右一无旁人,就起身把公子扶起相认也。

公子顿时泪盈盈,小姐开言叫官人。

两人双双进内厅,抱头痛哭诉衷情。

秋菊旁边来相劝,双方止泪讲正文。

小姐忙把请帖写,下山恭请包大人。

设筵摆酒来赔罪,大人摆手笑盈盈。

下官今日带兵来,奉旨来请女千金。

万岁面前把冤伸,弄清是非功不轻。

青莲一边酒来敬,一边言谈诉衷情。

大人听了心欢喜,山上过夜到天明。

却说青莲和文英同进香房,文英见过天保儿子,心中非常高兴,同时商议弃暗投明的决策,文英代笔,写了降书、降表不提。一宵已过,直抵来朝。小姐身坐大帐,聚众开讲,对大家说明弃暗投明,如有不愿者,发给盘缠,下山回家,愿者同去。小姐吩咐,大家动手,把山上的一切装上车子一同下山,小姐亲自把山上房屋等物放火焚烧,同包大人一起进京而去也。

青莲小姐把山焚,大人拜师回京城。

路上行程不需说,已进东京进城门。

大人上殿复旨命,小姐在外候佳音。

君王闻奏龙心悦,大人忙把降书呈。

圣上细看知内情,进宫回报太后听。

太后降旨传青莲,青莲跪下认罪名。

太后一见呆思想,这样美貌少少能。

凤心喜悦忙启唇,赦罪赐座把话论。

国太细细从头问,小姐连连诉详情。

从把文英捉上山,相救赠宝结联姻。

这样长来那样短,从头至尾讲分明。

国太听到三件宝,暗恨杨二勿该应。

还有二件未献出,私藏国宝有罪名。

二人谈得多投机,国太心里动脑筋。

哀家只生皇儿身,身旁尚缺女千金。

国太越看越欢喜,就把青莲作螟蛉。

小姐跪下皇娘称,国太笑得泪盈盈。

君王得报忙进宫,太后面前兄妹认。

国太传旨宣文英,堂面敕封驸马称。

文英夫妻谢皇恩,奉旨还乡祭祖坟。

却说君王弄清是非,国太认青莲为寄女,封文英为驸马,夫妻奉旨还乡祭祖不表。君王封包公为左相,钦赐尚方宝剑,包公谢恩出朝,回转开封,将三件宝贝一起交与君王不提。只表刘文英夫妻奉旨还乡,出了午朝门,一路来到开封府,拜谢大人救命之恩。包大人就将义马归还文英,并送到水码头,祝驸马夫妻一路顺风也。

三号官船出京城,奉旨还乡旗鲜明。

逢州逢县都迎送,河南运水边界进。

一到码头把船停,运水知县来奉承。

父母知道心快活,开直墙门接亲生。
吩咐厨房办酒席,厅堂上面闹盈盈。
诸亲百眷都来贺,杀猪宰羊请乡邻。
消息传到太行山,峰都大王得知闻。
回想当初勿应该,夫妻商量把喜庆。
两匹快马下山去,女婿面前认罪名。
后来领兵把山焚,弃暗投明到东京。
经过驸马来保荐,夫妻受封在京城。
后来保护驸马府,为国为民立功勋。
驸马祭祖三个月,辞别父母回京城。
天保倌倌在家里,奶妈扶养易长成。
七岁入学书来读,聪明伶俐读文章。
日习文来夜练武,文能六韬武艺精。
不觉已到十六春,文武全才件件能。
那年京都开武场,得中状元得魁星。
奉旨还乡完婚姻,娶妻周氏封一品。
刘家改造状元府,十二旗杆耸青云。
从此刘家多荣耀,代代子孙做公卿。
玉带宝卷宣完成,诸位大家喜欢心。
斋主府上增福寿,在堂大众添喜庆。
卷中若有错误字,三支清香补完成。

长城宝卷

长城宝卷初展开,众位乡亲都听来。
声声悲泣离群雁,就像孟姜哭声哀。

孟姜女哭长城是个惊天地、动鬼神的伤心故事,大家静心听我从头说来。当年秦始皇统一中国,天下风调雨顺,国泰民安,多年的骚乱平息了。

一天夜里,秦始皇做了个噩梦,梦见北方草原上的大批羊群拥上金殿,口吐人言:"你统一天下,万民欢乐,终日欢宴,杀掉猪羊无数,我们来要你偿命!"吓得秦始皇出一身冷汗,惊醒了。他召集群臣来圆梦。不少人想讨欢喜,尽说些开心话、好听的。独有一个武将说:"准是北方胡人要造反了!"始皇忙问:"那怎么办?"回答:"修长城,挡住他们进不来。"始皇认为很好,就让后宫取出量天尺,交给那武将。武将挂帅出征,从山海关往西,开始修长城。

始皇从都城咸阳下诏,天下五丁抽二、三丁抽一,不听者抓走全家男丁,敢抗者连妇女也抓走。一时天下,人心惶惶,怨声载道。再说当时西部天水地方有个年过花甲的员外叫范彦玉,生有二子,算他自己共为三丁,要抽一个去修万里长城。大儿是个瞎子,十七岁的小儿正在学堂念书。他寻思着:"叫谁去呢?叫谁去呢?"夫妻两人思前想后,都没个好办法。正在愁闷难解的时候,小儿放学回来,问明原因,就急忙应承:"还是我去!一来尽孝,让父母宽心;二来尽忠,保卫当朝江山。"员外夫妻听了心如刀绞,可又没别的办法,只好说道:"我儿此去,何时当父母的才能与你相见。"

> 父母叫,范喜良,放声大哭。娘望儿,儿叫娘,十分伤痛。
> 你到了,山海关,日夜受苦。丢掉了,圣贤书,功名难成。
> 不小心,得罪了,领头大人。问罪名,处死刑,永难回程。
> 留下了,你双亲,无人照应。日日思,夜夜想,难到天明。
> 叫父母,放宽心,不要挂念。过三秋,或五载,准能回还。
> 那时节,再苦读,追求功名。天下乐,万民欢,全家团圆。

范喜良劝父母不要悲伤,不要落泪;哥哥还要二老照顾,你们伤了身子,一家就更难了。他即刻告别父母,跟上全庄几十个抽丁出来的乡邻,一同去山海关修长城了。走了两个月过潼关,又走了两个月才到了山海关。看到全国征集来的民夫像蚂蚁一样,黑压压的一片,无头无尾,一眼望不到边。秦始皇的大将正在点名,可各地来的领头人谁也说不清自己有多少人。因为一路上山高路险,吃食困难,死了不少人。只有西来的头目一口就报准了自己实到的人数。大将忙问:"你怎么知道?"领头人说:"我们有个范喜良,他读书识字,会兵法,能点兵。"大将急忙找来范喜良,请他清点人数,没到一天,就点清了,是九百九十九万零九十九人。这一下范喜良出了名,留在将军身旁做事。

> 范喜良,读诗书,深明大义。会兵法,能点兵,出人头地。
> 为国家,修长城,不惜力气。众乡亲,拥戴他,同心协力。
> 一心想,修高城,挡住敌寇。没想到,众百姓,受苦无比。
> 范喜良,叫乡邻,听我吩咐。这差事,实在难,我心没底。
> 不是我,有意地,害人害己。那样做,没人性,不通天理。
> 小伙子,多干些,他有力气。年老的,多休息,保全身体。
> 小孩子,做零活,奔东跑西。大家要,多体贴,不分我你。
> 修完了,这长城,快回乡里。会父母,见妻儿,全家团聚。
> 众百姓,听他言,句句在理。可就是,苦日子,没有根底。
> 眼看着,一个个,倒死在地。活着的,没有劲,拿啥出力。
> 黄沙飞,树叶落,北风又起。天地寒,雪花飘,孤雁南飞。
> 有家的,在家里,有穿有吃。无家的,饿死在,长城脚底。
> 把尸体,打进了,长城墙里。还说是,能镇邪,稳住根基。
> 一里长,一个人,白骨遍地。长城下,鬼哭叫,呼天唤地。
> 抗劳役,百姓反,顺从天义。遍天下,恨始皇,揭竿而起。
> 民心齐,天下乱,难保社稷。秦始皇,修长城,害人害己。

天寒地冻,缺衣少穿,千千万万的民丁生活在苦难中,真是:

> 始皇修长城,万民不得生。
>
> 怨声载满道,江山难安宁。

范喜良看到民丁个个饥寒交迫,自己十分难受,就禀告将军,要多供衣食,度过严冬。没想到在帅府碰见巡查来到山海关的秦始皇。始皇见他才貌出众,语言不凡,一喜之下就封他为修长城的副帅。范喜良听了不但没高兴,反而更愁了。因为这下更难办了,逼百姓,心里不忍,不逼百姓,修不起长城,始皇又要问罪,真是:

> 左难右难难住了,不知怎样将关过。
>
> 一日过去尚还可,来日方长苦煞我。

先不说范喜良领头修长城的千辛万苦,再来说孟姜女一家老小。长城边上住着个许员外,名叫伟良,有地有钱,就是没有儿子,独有一个美貌女儿名叫许孟姜,年方十八,尚未许人,读书知礼,节孝双全。夫人胡氏,贤惠善良。许员外夫妇都年过花甲,离不开女儿照应。一天老员外对夫人说:"我看给咱孟姜女寻个上门女婿,一来办了她的终身大事,我们不再操心;二来我俩也有了依靠,大家放心。"妇人回答说:"说得对呀!就是没有合适的。"不说两个老人的仔细商量,回来再说范喜良。他上任以来,虽说愁闷难解,可还是想尽办法安抚百姓。修筑长城没有到一个月,就累得面容憔悴,骨瘦如柴。秦始皇的那个将军原本是用他的才,不想让他做官,怕的是他上来了,自己的官位就难保。如今皇帝亲封了范喜良,他无可奈何,但心中不满,寻机陷害。一天秦将很和善地对范喜良说:"你离家远,父母年迈,我想让你回去探望,不知意下如何?"范喜良忙说:"感谢将军栽培!我只要四个月时间,路上加快些,在家三天就行。"将军假惺惺地笑道:"给你一匹快马,只用三个月,在家能呆一月多。"范喜良一听十分高兴,忙跪下叩头说:"感谢将军关照,我早去早回。"

第二天,范喜良就骑马出发了。没想到出门不久,狂风大作,飞沙走石,黑风挡道。不一会,一阵钻天的旋风,把他卷走了。

天茫茫,地浓浓,家在哪方?小范郎,离营地,不知去向。

落地来,抬头看,好像花园。只觉得,昏蒙蒙,如在梦乡。

孟姜女正在花园观花,猛发现脚前的树影上有个人在动,忙抬头问丫鬟:"那是何人?"这时范喜良也醒了,就对丫鬟说:"告知你家小姐,学生我姓范名喜良,是昨夜一阵狂风将我卷到你家梧桐树上,一时昏迷不醒。现在我下来了,不要惊慌。"丫鬟忙向姑娘说明白,姑娘暗想:"父母正愁给我找不到上门女婿,莫不是天神送来的,待我上前看个明白。"

喜良有言姑娘听,听我从头说分明。

提起我家万里外,天水地面有父兄。

父亲名叫范彦玉,修桥补路多善行。

母亲本为姜氏女,为人善良好秉性。

大哥四岁瞎了眼,承家立业我担承。

莫料一天告示下,始皇抽我修长城。

长城打了三年整,难捎书信回家中。

这回难得回家转,狂风送到花园中。

盼望姑娘多搭救,放我出园早起程。

姑娘听了真高兴,叫声范郎不用惊。

我去告知家父母,借用快马把你送。

回去见了父母面,莫忘我的接济情。

孟姜女上前扶住范喜良,让他坐在花亭上休息,自己去禀告父母。她父母一听十分高兴,就令丫鬟将范喜良请进客房,礼上接待。老员外就问:"你家中可有妻室?"范喜良忙答:"学生年方二十,尚未婚配。"他还不踏实,又问:"父母给你定亲没有?"他说:"没有!因学生离家时年方十七岁。后来我去修长城,书信未捎,哪能定亲?"老员外放下心来,就笑眯眯地说:"我想将你招为上门女婿,不知你意下如何?"范喜良说:"我要回家告知父母,才能允诺。要不,这就是不孝了。"老员外暗中称道,学生确是个读书知礼的人,难得的好女婿呀!他就说:"父母离得那么远,年高体衰,朝不保夕,哪知在不在人世。你还是应了吧!"范喜良想,说的也是,就又提出得有三媒六证。老员外笑着说:"有我做主,一切都免了。"当即两人拜堂成亲,结为百年之好。

孟姜女,忙上香,双膝跪倒。叫一声,范喜良,咱俩成亲。

天为媒,地为证,父母做主。你愿娶,我愿嫁,喜在心中。

山可枯,石可烂,人不变心。天在上,地在下,星月作证。

范喜良,听此言,也忙跪倒。叫一声,我的妻,有义之人。

咱们是,患难交,恩爱情深。天作合,父母命,叩佛拜神。

修好了,长城日,回家团聚。同耕种,同欢乐,同路同心。

我父母,若在世,搬来此地。咱两家,合一家,富贵长春。

两人成亲,恩爱无比。过了三天范喜良准备西去探亲,不料秦将禀奏皇帝,普天之下告示捉拿范喜良,说他残害民丁,临阵脱逃。有送人者,赏银千两;报信者,赏银百两;敢隐者,满门抄斩。丫鬟拿来门人送进的告示,范喜良一看呆了。孟姜女忙问:"这是怎么回事呀?""是将军陷害于我。"范喜良说着哭了起来。小姐忙说:"不必害怕,待我找爹娘商议。"话音刚落,老员外走进来说:"这该如何是好?"孟姜女和范喜良一听,知道他老人家已知道了,就双双上前跪倒。孟姜女说:"爹爹可有办法搭救?"许员外说:"这么大的事,告示上说得明白:如有隐藏者,全家抄斩。我能有何法?"范喜良站起来说:"岳父宽心,小婿前去投案。"说着就向外走,回头叮咛孟姜女:"贤妻多加保重,好好孝敬两位老人。"范喜良投案后,很快被人带到山海关。将军把范喜良活活打进长城之中,告知皇帝结案,自己又执掌全权,更加残害百姓,死者不计其数,夜夜鬼哭狼嚎。长城脚下,人间的地狱,目不忍睹。孟姜女眼看范喜良被人带走,就昏倒在地,不省人事。父母呼叫了一个时辰,方才慢慢睁开眼来,嘴里不住地叫:"范郎!范郎!我的范郎!"在身边的人,听了都不住地落泪。

叫一声,范喜良,好不悲痛。妻看你,投案去,人事不省。

咱二人,结夫妻,刚三天整。你受冤,我受苦,天摇地动。

这灾难,来得急,全家悲痛。你一去,何年月,冤仇能明。

恨死了,那将军,胡作非为。天下的,众百姓,苦难深重。

夫妻散,母子别,泪雨哭声。有一日,天睁眼,踏陷秦宫。

叫范郎,你等我,咱俩同行。活夫妻,死相伴,日不离影。

孟姜女越哭越伤心,就向父母哀求:"我要去找范喜良,生为他亲人,死为他亲鬼,我们要永远在一起!"父母一再劝说,她一言不答,只是哭泣,全家不得安宁。一连过了三天,许员外只好允许她去寻夫;因为不让她去她就要寻死,让她去了,也许还能找到范喜良一同回来。孟姜女明天就要寻夫去。夜里做了一梦,梦见范喜良对她说:"我还在狱牢,你快来!迟了,就见不到我了。"

想起我妻泪不干,要想重逢来边关。

年迈父母难相见,托人带信问平安。

咬破中指写封信,不知能否到家园。

我的妻呀听我言,尽快起身来探监。

我们夫妻重相见,一同去赴鬼门关。

第二天孟姜女就上路了,临行前在后花园上了三炷高香,祝愿天神保佑夫妻相见。

大放悲声告天地,我是许门孟姜女。

丈夫含冤投案去,是死是活不知底。

我今离家出门去,保佑一路多顺利。

去到边关会夫君,同见阎王申冤屈。

上为天来下为地,天地眼里看仔细。

黎民百姓哭泣泣，何时才能免劳役。

拜过天地，辞别父母，上路寻夫。一路上丫鬟处处精心安排，也算天神保佑，顺利地走完了一半路途。又过了几天，丫鬟劳累病了，孟姜女用心服侍，就是不见好。一天夜里丫鬟说："小姐！你一个人走吧。我病好了就追赶你，不好，就死在这里，也不给你添麻烦。"孟姜女忙说："我们姐妹情长，同苦同乐，叫我怎能忍心丢下你一人走？"丫鬟一听，不好再说什么，心想："我总得为小姐打算呀！"于是，爬起来在墙上碰死了。小姐一看放声大哭。

叫丫鬟，你听我，对你细言。咱两人，多少年，朝夕相伴。

就如同，亲姐妹，同床安眠。我寻夫，你陪我，受苦受难。

一路上，全靠你，安排吃穿。主仆俩，才来到，这家客店。

谁料想，到此地，天不睁眼。身染病，怕累我，一命升天。

我祝你，去阴间，少灾少难。范郎死，我也死，主仆相见。

孟姜女安葬了丫鬟，继续前行，三天以后到了山海关。

她的双膝跪在地，再求天神保吉利。

一路辛酸都不提，快进牢门会范郎。

假若能见他的面，恩爱夫妻永不离。

孟姜女来到牢门前，守门卒子不敢把实情告知她，就说："看犯人要得将军准许。"她只好去见仇人。将军看到这个美貌女子，不由得神魂颠倒，忙上前双手扶起："不必！不必！快起！快起！你是哪家小姐？来边关有何贵干？"孟姜女说："寻我夫范喜良！""噢！"吓得将军倒退三步，定下神来，假装生气："你丈夫犯罪被打进长城，你敢来寻他！知罪不知罪？"孟姜女一听丈夫死了，气上心头，大声质问："我丈夫犯有何罪？全是你的陷害，我要申冤报仇！"说着就扑上去，吓得将军忙叫人把她绑住押下。将军在夜里眼一闭就看见孟姜女，越看越好，越好越爱看。整夜在梦中胡思乱想。

一更里来冷清清，将军得了相思病。

眼珠想得掉了地！鼻又青来脸又肿。我的佛爷！

二更里来夜茫茫，想得将军发愁肠。

赤身坐在大堂上！想和孟姜见一面。我的佛爷！

三更里来月正中，想得将军眼发红。

真像丢了魂和灵！只怕今夜难保命。我的佛爷！

四更里来月倒西，想得将军着了急。

口中剩下一丝气！眼看阎王就要命。我的佛爷！

五更里来天渐明，将军想得睡不醒。

活着难以相见你！死了也要随身转。我的佛爷！

哭罢"五更"，梦中惊醒，天已大明，就叫人把孟姜女快快押来，让我饱个眼福。她害得我一夜没睡，只是"哭五更"。孟姜女深知将军的心思，就将计就计地说："我要绣一龙袍，献给皇帝，让他葬埋和加封我的丈夫，也不枉夫妻一场。"将军满口答应，就让下人为她收拾好一间绣房，所用之物齐全，精心服侍。只等她办完丈夫丧事，就去逼嫁，看她这个弱女子，能逃出我的掌心不成！孟姜女按住怒火，静下心来，一针一线地绣龙袍。

一盏明灯照眼前，手中拿起金银线。

千愁万恨压心间，绣好龙袍报仇冤。

一针针，一线线，千针万线变成箭。

射穿将军的心肝,送进地狱用油煎。
孟姜女,泪不干,虱下父母实可怜。
白天无人送茶饭,夜晚无人问暖寒。
二老双亲年高迈,女儿想你在边关。
来给丈夫报仇怨,不能回家去团圆。
盼望苍天早睁眼,早报仇来早回还。
压下无比仇和怨,专心绣袍心要专。
取来黄绸细细看,一件龙袍三丈三。
三道缝子龙摆尾,领口做得圆又圆。
密合缝子风摆柳,前后绣进星满天。
东方绣上东大海,西方绣上佛西天。
南方绣上终南山,北方绣上山海关。
上绣玉帝龙云殿,下绣阴曹鬼门关。
绣上王母仙桃会,仙女舞动在上面。
再绣各位众天仙,十八罗汉两边站。
绣过天上绣人间,活灵活现是八仙。
绣上文武站两边,难保江山万万年。
绣上黄河一条线,鱼跃龙门把海翻。
绣上我的范相公,修筑长城在边关。
狗贼将军心太狠,害死我夫实可怜。
仇报仇来冤报冤,冤仇不报心不甘。
想范郎,泪涟涟,擦泪拿针绣四边。
前边绣上一条龙,报仇要它挖心肝。
后面绣上一只虎,申冤它是先行官。
左边绣鹰枝头站,用嘴挖下他的眼。
右边绣只大公鸡,叫鸡报晓仇人完。
心中仇,腹中怨,借用百鸟全绣完。
绣尽黑夜到白天,白天绣完绣夜晚。
一连绣了整十天,一件龙袍绣齐全。
一件龙袍绣好了。天没亮,北风吹,雪花盖住了大地,孟姜女想起自己的"十月苦"!
正月里,是新年,孟姜一人真作难。
家家油馍闹欢天,心想范郎实可怜。
二月里,二月天,风沙遮日衣服单。
家家热炕心头暖,我的范郎离人间。
三月里,是清明,家家户户上坟茔。
人家上坟双双对,单剩孟姜一个人。
四月里,四月八,娘娘庙里把香插。
人家插香为儿女,孟姜插香为范郎。
五月里,五端阳,家家户户插柳忙。

人家插柳有人插,我家无人把柳插。

六月里,热难当,黄河岸上烧米汤。

身边没有主骨汉,叫我对谁说愁肠。

七月里,秋风凉,家家户户收田忙。

人家收田有人收,孟姜收田没人帮。

八月里,月儿圆,西瓜月饼庆团圆。

人家西瓜像月牙,孟姜望月少半片。

九月里,菊花开,等郎不知何日来。

菊花开得慢就就,送上坟头风吹坏。

十月里,十月一,麻腐包子送寒衣。

走了一里又一里,我的范郎在哪里。

范郎打在长城里,一声哭倒十万里。

只怨将军心太狠,打我范郎长城里。

孟姜女,真可怜,哭罢"十月苦",又来"哭五更"。孟姜女"哭五更":

一更里来月上升,双手推开两扇门。大红被子墙边垒,鸳鸯枕上少一人。我的天哪!

二更里来月渐高,想起范郎如刀绞。你今离我归阴曹,叫我夜夜苦难熬。我的天哪!

三更里来月当天,寻夫来到山海关。山海关下哭声远,我的范郎在哪边?我的天哪!

四更里来月偏西,范郎打进长城里。高呼苍天低唤地,还我范郎成夫妻。我的天哪!

五更里来天快亮,寻夫成了梦中想。报仇申冤孟姜女,或死或活干一场。我的天哪!

哭罢五更,天亮了,孟姜女去找将军,要他快快把龙袍献给秦始皇,以便早日安葬丈夫。将军满口答应,就带上龙袍进京了。到了咸阳献上龙袍,心想会得到重赏,然后回去和孟姜女成婚。谁料皇帝打开一看,是件送葬的白袍。始皇大怒,说:"你这个奸贼,今日给我送葬衣,是咒我早死,谋夺江山。"喊来左右,拿下去斩了。将军一再口称万岁,也未留命。斩了将军以后,秦始皇就亲往山海关,监修长城。

到了营地,孟姜女求见,献上真龙袍,说将军拿去那件是假的。接着她又把将军害范喜良的事诉说了一遍。秦始皇也假装流下泪来,说范喜良受屈,将军早该处死。接过孟姜女献的龙袍,果真金光闪闪,是个难得的上好宝物。又见孟姜女长得美貌过人,动了邪心,忙问:"你还有什么话说,我都听你的。还有什么事办,我全替你办。办完了,你随我回宫去做娘娘,不知意下如何?"孟姜女忙说:"奸贼除了,我丈夫的仇报了。但我还有三件事,你替我办了,我就随你去。"秦始皇忙问:"是哪三件事?"孟姜女说:"第一件把我范郎骨头找出去重礼葬埋。第二件要皇帝大臣亲自为范郎哭丧、送灵。第三件还要为范郎封官。"秦始皇说:"一切照办,只是那骨头无法找寻。"孟姜女说:"那有我哩。"秦始皇说:"好!"孟姜女叩头谢恩。

为了寻找范喜良的白骨,孟姜女就哭长城。泪水像泉水一般涌出来,路人听到哭声,都忍不住伤心起来。不知哭了多少时候,忽听山摇地动,"哗喇"一声,那高高的长城倒了,一下坍掉几百里,无数的冤骨露出来。孟姜女手擦眼泪,走上前一一查看,每块白骨都是一个样,认不出哪个是自家的范喜良。看来看去,想了又想,终于想到:"我要滴血认夫。"她用牙咬破手指,把血滴在骨头上,一个一个地辨认,口中念道:"不是我夫向外流,若是我夫骨中收!"一个又一个,滴了许多血,都向外流,忽然滴到一根骨头上,血不向外流,一滴一滴地渗进骨中。这是我范郎!孟姜女一下抱住,痛哭一场,昏迷过去。一阵狂风,把她从昏迷中吹醒来,忙用秦始皇给她的金匣子把丈夫的骨头收好,拿去见秦始皇。秦始皇不但不怨她哭倒长城,还让左右快准备厚礼埋葬。

孟姜女,泪涟涟,中指咬破三分三。

血水外流不断线,找我范郎真灵验。

虽说白骨不会言,我当见了范郎面。

哭一声,泪一点,叫声郎君听妻言。

自从你去投了案,我的心里似油煎。

后来梦见你的面,决心寻你到边关。

一路上,好作难,丫鬟病在客家店。

一片忠心永不变,早去西天早安然。

我去边关遇狗官,巧计骗他去阴间。

秦始皇,把我见,又想娶我进宫院。

再定巧计将他骗,我们夫妻永团圆。

　　孟姜女哭得像泪人一样,秦始皇十分心疼,就让左右尽快准备。早日葬埋,早日成婚。到了葬埋范喜良那天,秦始皇命令百官披麻戴孝,列队送葬,自己还走在灵车前面。到了坟地,棺材怎么也放不下去。孟姜女就说:"土葬范郎他不情愿,是你的奸贼害死他在土里,他不愿再进土了。现在就水葬,送他到海里去!"秦始皇就忙叫人把范喜良的棺材抬到海边,放进水里。怪的是这压满金银珠宝的棺材本重得出奇,可就是不沉底,像船一样,过来过去飘游着。秦始皇问孟姜女:"它为何不沉底呢?"孟姜女说:"等你封官。"秦始皇说:"封他来世在洪水县做县官行吗?"孟姜女不满地说:"太小了。"秦始皇为了获得孟姜女的欢心,就顺口说出:"那就封他做东海龙王!"孟姜女忙跪倒说:"谢主隆恩!"就这样,范喜良成了后来的东海龙王。

　　喜良棺材不下沉,作了龙王不甘心。

　　一心要等孟姜女,一同成仙进天门。

　　话说秦始皇封范喜良为龙王以后,棺材只是像人一样点了三点,接着又是飘来游去,不肯下沉。秦始皇又问:"这回一切都照办了,它为什么还不下沉?"孟姜女说:"他要我上前去拜祭。"秦始皇就忙令人划船,让孟姜女前去拜祭范喜良。孟姜女上船,靠近棺材,深深地拜了三拜,泪流如雨。

　　叫范郎,听我言,你且立站。我要把,秦始皇,耍笑一番。

　　到头来,落一个,人财两空。对大海,长悲叹,悔恨万年。

　　棺材像人一样静静地站着,一动不动。孟姜女一身孝衣,珠泪带面,双脚离船,上了棺材,那只船像被风吹一样急速地靠岸。秦始皇忙喊:"你的三件事,我样样照办,快上岸,回宫成亲。"孟姜女站在棺材头上,大睁双眼,一言不发。秦始皇急得像热锅上的蚂蚁,在沙滩上走来走去,不知用什么办法才能把这活天仙请上岸来。孟姜女这时放声大笑,用笑声把秦始皇的魂勾去了。她问:"你看我像什么?"秦始皇忙答:"你像救苦救难的观世音菩萨!""我再一次谢主隆恩。"说着孟姜女和范喜良的棺材一同下沉。一阵狂风从天上吹来,孟姜女怒冲冲地指着岸上的秦始皇大骂:"你这个无耻昏君!修长城残害百姓,冤死了我成婚三天的郎君。我是为了给含恨九泉的丈夫报仇,怎能嫁你,落下骂名!"说着、骂着,沉下海底,一股巨浪翻起,夫妻双双成仙升天去了。

　　秦始皇,真正傻,一心听从姜女话。

　　她是为夫来报仇,君王真心要娶她。

　　天下昏君都好色,打下江山只摘花。

　　没料人间有才女,骗得帝王没办法。

　　今天面对东海面,又是惊来又是怕。

　　早知落下此下场,不如早些把她杀。

　　话说秦始皇悲恨交加,一言不发,回到咸阳就病了。随从的人都知道他害的相思病,在家的大臣以为他劳累病了。一连三天不吃不喝,只是轻轻地叫着:"孟姜女,孟姜女!你害得寡人好苦呀!"急得大臣没有一点办法,就请来一个游四方的道人。说他有三宝:一是赶石鞭,二是舀海勺,三是炼海丹。秦始皇一听高兴了,病也好多了,急忙令人用赶石鞭赶石填海,一连七天,海照样是海;用舀海勺子舀海水,也没见水少下去;最后只好用炼海丹煮海了。这一下不得了,天翻地动,东海里一切神仙都住不成,烧得没处躲。龙王只好去天上找玉帝,玉帝就托梦给秦始皇,说你再不能煮,再煮下去龙宫完了,你的江山也要煮烂的。秦始皇一心想着孟姜女,害了人间,又害神仙,不听玉帝劝,日夜地煮。玉帝无法说服这个不讲理的暴君,只好派一仙女下凡,扮成孟姜女和秦始皇成亲。秦始皇看到假扮的孟姜女,认成真的,就高兴极了,令道人收起炼海丹。一时风平浪静,天下太平。好不欢喜的秦始皇,欢宴群臣,锣鼓喧天,庆贺他们婚配之喜。他因高兴过分,忘了为他炼海的道人。道人一气之下就走出秦宫,再找不见。过了三天,玉帝让仙女回天宫,留下秦始皇害相思病,很快就死了。真是:

> 再次炼海没有丹,百姓报了仇和冤。
>
> 秦始皇,修长城,留下骂名。孟姜女,哭长城,留下美名。
>
> 天底下,君和民,虽然不同。谁个好,谁个坏,可要分清。
>
> 众乡亲,你们听,长城宝卷。孟姜女,寻郎君,心诚眼明。
>
> 为夫君,报仇冤,定下巧计。报了仇,伸了冤,千古传颂。
>
> 仇报仇来冤报冤,仇冤到头总结算。
>
> 为人做事要公道,伤天害理不能干。
>
> 听完此卷心地开,想听别卷明天来。
>
> 千古兴亡多少事,宝卷件件有记载。

传书宝卷

> 传书宝卷初展开,诸佛菩萨座莲台。
>
> 善男信女听此卷,一年四季免三灾。

却说此卷故事发生在唐朝高宗仪凤年间,在湖南湘江地方,有一位年轻书生,姓柳名毅,父母双亡,独自一人。家中尚有薄薄家财,今年二十岁,尚未婚配。听得京都长安开设文科,单人独骑,赴京赶考。谁知命运不济,名落孙山,没有考取。只得返回湘江老家,突然想起有位同学住在泾阳,即陕西省泾阳县,先绕道拜访,后再返家也。

> 柳毅上马就动身,约有走了七里程。
>
> 突然群鸟冲飞天,坐骑顿时受了惊。
>
> 吓得马儿狂奔跑,紧勒缰绳无哪能。
>
> 任它跑了七八里,慢慢停下嘶叫声。
>
> 柳毅定神四下看,发现一位女钗裙。
>
> 站在路旁羊群放,仔细一看吃了惊。
>
> 见这女子非常美,脸色悲愁眼定神。
>
> 身上服装非一般,样子不像放牧人。
>
> 见她出神耳像听,又像等待差仿能。
>
> 柳毅下马往前走,开口便把小姐称。

却说柳毅走上一步问道:"请问小姐,你有什么苦恼,使你自己这样委屈?"那女子先是悲伤地感谢了柳毅的关怀,终于哭泣着对柳毅说道:"奴有不幸,有劳你动问。我有着刻骨的仇恨,怎能怕羞而不告诉你呢,请你听奴告禀也。"

女子开言先生称,听奴详细说你听。

奴家出身湖南地,洞庭龙王吾父亲。

奴是龙王亲生女,父母做主配婚姻。

泾川龙王第二子,就是奴的亲夫君。

谁知一味贪欢乐,东游西荡不正经。

奴奴被他来厌弃,奴奴当时不甘心。

后堂告知公与婆,父母溺爱儿子身。

奴言当作耳边风,不把儿子严教训。

诉说多次无作用,相反得罪二大人。

公婆将奴来侮辱,罚奴放牧受苦辛。

却说龙女说了一番,叹息流泪,非常伤心,接着又说道:"请问先生,洞庭湖离此这里,不知有多少远?天地茫茫,音讯不通,真是心要碎了,眼也望穿了。却没有人知道奴的悲哀和痛苦。听说先生你要回到湖南去,那儿靠近洞庭湖,很想请你替奴带封信去,不知先生肯不肯呢?"柳毅听罢一番诉说,深感动情,即回答道:"我是讲义气的人。听了你的陈述,我的肺都要炸了。就恨自己没有长翅膀,不能马上飞去,还讲什么肯不肯呢?只是洞庭湖的水很深,我是尘世的人,怎能把信带到呢?就怕道路不通,到不了那里,既辜负了你的嘱托,又违背了我的诚意。你有什么方法可以教我到洞庭湖去吗?"龙女悲泣着道谢,说道:"先生听禀也。"

龙女开言先生称,对你感激说不尽。

如果能够得回音,就是死了难忘恩。

你不答应奴不说,你既允了说你听。

洞庭湖水虽然深,如同京城差仿能。

同样可以通消息,骑马步行都可能。

柳毅听得弄勿懂,就问请教怎样行。

却说龙女就对柳毅言道:"洞庭湖的南岸有株大橘树,对当地人叫它做'社橘'。你到了那儿,解下身上的带子,缚上东西,拿它向橘树上连敲三下,马上就会有人来问你。跟他说明,就会给你开路,没有什么阻碍。你见了龙王,除了信上所写的以外,还请你把奴的心里话代为转达,请你千万不要失信啊!"柳毅言道:"我都知道了,请放心也。"

龙女就此解衣襟,胸前拿出一封信。

拜了两拜交柳毅,眼望东方双泪淋。

柳毅见了也悲伤,顿时两眼泪盈盈。

将信放进衣袋内,又问龙女两三声。

却说柳毅将信放进袋里,又问龙女道:"我不知道你放牧这些羊群有什么用处,难道你们也要杀生么?"龙女回言道:"这些不是羊,是'雨工'。"柳毅又问道:"什么叫'雨工'?"龙女道:"天上打雷闪电下雨,就要派它用场的。"柳毅留心细看,每只雨工都昂着头,神气地走着,吃草喝水,样子奇特,只是大小、毛色、头角跟羊一样罢了。柳毅又说道:"我替你当送信人,将来你回到了洞庭湖,不要躲着不见我呵!"龙女道:"哪里!不但不躲着,还要像亲戚一样哩。"说罢双方一笑,柳毅就此告别龙女向东而去,没走几十步远,回头又望望,龙女和羊群都不见了也。

柳毅上马赶路程,不觉已到泾阳城。

寻找同学进了门,二人一见喜欢心。

正是他乡遇故知,又说又笑言不尽。

二人欢饮过一宵,来朝拜辞转家门。

在路行程一月多,已到家乡湖南城。

接着来到洞庭湖,到得洞庭社橘寻。

却说柳毅回到故乡,直望洞庭湖而去,寻找南岸的社橘。寻到了马上解下带子,系上东西,对着橘树敲击三下。突然间有个武士从水波间走上岸来,向他行了一礼,说道:"客人是从什么地方来的呀?"柳毅没有把实情告诉他,只是说:"我是来求见大王的!"武士听了,就用双手分开湖水,现出了一条路来,领着柳毅进去,对柳毅说道:"你把眼睛闭上,一会儿就到了。"柳毅依着武士的话,紧闭双眼动身也。

柳毅闭了双眼睛,跟了武士就动身。

脚勿踮地如腾云,耳边哗哗流水声。

勿多片刻无声息,武士吩咐开眼睛。

柳毅睁眼细观看,已到龙宫水晶门。

重楼叠阁千门户,奇花异草数勿清。

柳毅站立大殿旁,武士吩咐等一等。

却说柳毅站定身体,便问道:"此地什么地方?"武士道:"这是灵虚殿,待我进内通禀龙王。"柳毅定神观看,人世间所有的奇珍异宝,这里样样齐备,白璧做的柱子,青玉做的台阶,珊瑚做的床凳,水晶做的帘子。翠绿色的门楣,上面镶嵌着琉璃;彩虹色的栋梁,用琥珀做装饰。新奇秀丽,真是话说不尽。可是等了好久,还不见龙王出来。只见武士来了,便问道:"洞庭君在哪里?"武士说:"我们大王刚才到玄珠阁去跟太阳道士讨论《火经》,过一会就讲完啦。"柳毅问:"什么叫作《火经》?"武士道:"你听我讲来也。"

大王是个真龙君,龙王依水是根本。

只要稍有一点水,千山万岳淹没尽。

太阳道士是个人,以火为宝称奇能。

只要利用一点火,千村万村化灰尘。

两人本领都不同,双方威力各称神。

道士因为是个人,人间之事尽知闻。

龙王不能离水源,尘世道理不通顺。

请教太阳来讲经,学点道理为人民。

武士正在滔滔讲,突然听到开门声。

却说武士正在说着,忽然听到开门之声,只见许多人簇拥一个人到来,那人身穿紫袍,手里拿着一块青玉。武士急忙跳起,说道:"这就是我们的大王!"便上去禀报。洞庭君望柳毅问道:"莫非是从人间来的人么?"柳毅回答道:"是的!"说罢向前行了一礼。龙王就叫柳毅在灵虚殿里坐下,对柳毅道:"我们水府是很僻静的,我又很愚昧。先生不远千里来到这里,可有什么事情么?"柳毅回答道:"我叫柳毅,是大王的同乡人,生在湖南,到陕西游学。因为没考上,想回家乡。路过泾阳江边,遇见了大王的爱女在郊外牧放羊群,风吹雨淋,怪可怜的。我问她为什么弄成这个样子。她言道:'听奴告禀也。'"

奴家出身是洞庭,父母作主配婚姻。

嫁到泾阳夫家来,遭受丈夫来看轻。

公婆大人虐待奴,罚奴放羊受苦辛。

大王听罢,连连叹息,说道:"都怪老朽轻信别人的谎话,也没打听清楚,使得闺中弱女在远方受人虐待。"言罢又道:"先生陌路相逢,非亲非故,却能救人急难,你的恩德不敢忘怀的。"说完这番话,又伤心地叹息一会。两边的侍从也都流下泪来。这时有个内侍站在龙王身旁,龙王就把书信交给他,叫他送进后宫去。没多一会,听得后宫里一片哭声,龙王大吃一惊,连忙对侍从说:"快叫里面不要哭出声来,生怕给钱塘君听到。"柳毅连忙问:"钱塘君是谁?"龙王道:"是吾的爱弟,从前是钱塘江的龙王,现在退位了。"柳毅又问道:"为什么不能让他知道呢?"洞庭君说道:"先生不知道!我来讲给你听听也。"

吾弟从前钱塘君,脾气生来刚强性。

有次触犯尧帝君,君王天帝都敢顶。

又与天将闹意见,即刻发怒起祸根。

连闹九年大水灾,一怒淹没五岳顶。

上帝知道大发怒,把他革职定罪名。

本王就去求天帝,玉帝看了我的情。

知我过去功劳大,看我薄面没处分。

将他宽恕赦了罪,听我管教带回门。

如果将来再犯法,两罪齐罚不容情。

现今把他囚禁家,若被听见怒气生。

两人正在言谈处,突然山崩地裂声。

震得宫殿摇晃动,烟起云涌吓煞人。

突然飞出一赤龙,身长千尺眼若铃。

红须赤鳞舌似火,金锁铁链锁头颈。

却说洞庭君,只见兄弟钱塘君,化作龙形出现在眼前,顿时大吃一惊,仔细一看,还好!金锁铁链锁住头颈,铁链的另一头还是锁在玉柱之上。霎时间,赤龙周围发出千声霹雳巨吼,雨雪冰雹,纷纷落下。那赤龙突然挣断锁链,划破青天,飞腾而去。柳毅吓得跌倒在地,洞庭君亲自上前,把他扶起来,说道:"不要怕!没有什么关系的。"隔了好久,柳毅慢慢地定下心来,起身向龙王告辞道:"让我保住性命回去吧,他回来时我更受不了的。"洞庭君说:"绝对不会,他去的时候是这个样子,回来就不一样了。请你稍等一会儿,让我略微表表心意。"于是命令摆起了筵席,招待柳毅也。

时隔不久彤云生,祥云霭霭仙气升。

一队仪仗排列来,乐队吹打鼓萧笙。

无数仙女脸欢笑,中间一女貌娉婷。

满头珠翠华丽服,轻纱薄绸步轻盈。

柳毅走进细观看,顿时心中浮疑云。

就是前日寄信女,犹如三更梦初醒。

见她脸色悲又喜,微微珠泪落胸襟。

左边阵阵红烟起,右边紫气升祥云。

香气四溢周围绕,宫女簇拥进宫门。

却说洞庭君笑着对柳毅说道:"泾水受苦的人回来了。"说着向柳毅暂时告退,回宫而去。不多时只听到里面一片哭声,久久不停。又隔一会,洞庭君再出来陪柳毅饮酒。另有一人穿着紫袍、手拿青玉、身材魁梧、神采奕奕地站在洞庭君的左面。洞庭君向柳毅介绍道:"这就吾的爱弟钱塘君。"柳毅起身行礼,钱塘君也很恭敬地回了一礼,对柳毅说道:"侄女不幸,受那坏小子虐待。多亏先生仗义,走这么远的路来把她的冤情告诉我们。不是这样,她一定会被害死在泾阳了。我们的感激心情,实在不是言语能够表达出来的!"柳毅只是恭敬地听着,谦虚地表示不敢当。钱塘君又告诉哥哥言道:

我在早上闻此讯,顿时怒火冲天灵。

不顾一切离灵虚,一气赶到泾阳境。

跟那小子打一仗,此刻侄女转宫门。

中间我还上九天,此事禀知玉皇听。

上帝知道侄女冤,当时赦了我罪名。

说我义气干这事,连我前罪都赦清。

只是刚才过义愤,没有告辞就动身。

一是扰乱宫廷规,二是冒犯柳先生。

钱塘君看看柳毅一表人才,就说:"先生如若不弃,就娶了我的侄女为妻吧!"柳毅连连推辞。钱塘君怒道:"难道你看不起我们龙宫的女子吗?"柳毅正色言道:"急人所难,怎能杀夫夺妻?婚姻大事,怎能被人威逼?你若再要强迫,我便即刻告辞。"钱塘君连忙请罪,说道:"我言语粗鲁,行动莽撞,真是不可原谅。望你不要因为这事儿疏远我才好。"当夜晚上,他们又在一起欢宴,高兴得像交往很久的朋友那样。从此,柳毅与钱塘君成了知心好友。来朝起身,柳毅告辞要动身也。

柳毅告辞要动身,龙王告知夫人听。

夫人吩咐办酒席,潜景殿上来送行。

男仆女婢都参加,吹鼓弹曲闹盈盈。

洞庭夫人泪汪汪,面对柳毅话几声。

我的骨肉受你恩,只恨无法表真诚。

现在听你要动身,特设此宴代送行。

忙唤女儿来拜谢,柳毅还礼谢千金。

双双四目来相视,二人心里各思忖。

龙女含泪难言说,柳毅定生后悔心。

宴会完毕忙告辞,合府相送出宫门。

柳毅循着旧路走,后面跟了十个人。

五个挑着绫罗绸,五个担着珠宝珍。

一直送到他家里,拜谢告别转宫门。

却说柳毅到了家中,眼看许多奇珍异宝,犹如做了一场大梦。过了些日子,柳毅到扬州珠宝店里卖了一些宝物,得到无数银钱。柳毅托人说亲,娶了一位姓张的为妻子,不多日就死了。又续娶一位姓韩的为妻子,哪知过了几个月又死了。柳毅闷闷不乐,不久就搬到了金陵居住。因为独身,又找媒婆说亲,就有一个媒婆到来告诉他说:"这里有位姓卢的人,有位女儿,是范阳人。父亲叫范浩,曾经做清流县知县。晚年喜欢修道,独自去山中云游,至今不知去向。她的母亲姓郑,前年将女儿嫁到清河县张家,不幸丈夫死了。现在女儿在母家。母亲见女儿年纪轻轻,聪明美丽,打算挑一个品德好的人嫁给他。不知你觉得好不好也?"

柳毅听了喜欢心,就托媒婆去说亲。

选了一个黄道日,就与卢氏结婚姻。

当日柳家多热闹,亲眷朋友闹盈盈。

一天喜事已结束,光阴迅速一月零。

> 一对夫妇笑盈盈，有说有笑多称心。
>
> 那日晚上把酒饮，柳毅心里暗思忖。
>
> 只见妻子品貌好，性格和顺又温存。
>
> 细细便把妻子看，模样很像牧羊人。
>
> 却比龙女丰满多，更加艳丽貌超群。
>
> 就和妻子谈往事，谈起传书一桩情。

却说柳毅把传书之事，讲给妻子卢氏听了。妻子言道："人世间哪里会有这样的奇事呵？"接着卢氏对丈夫言道："官人，我和你该有一个孩子了。妾身已经怀有身孕。"这么一说，柳毅更加喜爱她了。一日三来三日九，有话即长无话短。不觉妻子十月满足，那夜生下一个孩子，忙得柳毅装香点烛，拜谢上苍，又拜祖先。满月以后忙办满月酒席，妻子换上艳丽服装，招待亲友。一日过去，亲友各自回家，只剩夫妻二人。她笑着对丈夫言道："你对传书之事，记不记在心里？"柳毅道："我对这事永远不会忘记的。"妻子对丈夫言道："奴就是洞庭君的女儿也。"

> 奴在泾阳受苦辛，亏你传书冤雪伸。
>
> 奴奴常记你恩德，决心以身报你恩。
>
> 求吾叔父钱塘君，酒席之上来求婚。
>
> 谁知被你来拒绝，大家分手无音讯。
>
> 父亲打算另配婚，锦江龙王儿子身。
>
> 奴奴得到另配信，剪发修行不嫁人。
>
> 父母一见无办法，只好和奴来讨论。
>
> 奴向父母表决心，除开柳毅不嫁人。
>
> 父王设法来打听，那时正当你娶亲。
>
> 先娶张氏后娶韩，不幸二人皆丧身。
>
> 当时求亲来搁起，后闻搬场到金陵。
>
> 父母听了多高兴，设计假扮姓卢人。
>
> 今日生活在一起，白头到老无遗恨。

却说龙女说到这里，便呜呜咽咽哭了起来。柳毅问妻子为何要哭呢？龙女言道："早先我不对你讲明白，是因为知道你并不重视我的容貌美不美；今天才对你讲明白，是因为知道你很爱我们的儿子。我是个可怜的女子，由于不清楚你是否永远爱我，所以想靠着你喜爱我们的儿子来寄托我的终身，不知道你的心思究竟是怎样的呢？我又发愁，又害怕，总是放不下心来啊！你替我带信那天，笑着对我说过：'以后你回到洞庭千万不要躲着我呀！'我实在不懂，那个时候你就有意和我成为夫妻么？后来我的叔父向你求亲，你又坚决不答应。你是真心不答应呢，还是为了生气的缘故？请你告诉我吧。"柳毅言道："你且听我讲也。"

> 真是无巧书不成，我在京中转家门。
>
> 正在泾阳江边过，遇见一位牧羊人。
>
> 见你满腔含苦冤，面容憔悴受苦辛。
>
> 我有一肚不平气，光想为你诉冤情。
>
> 其它什么都没想，见义勇为代送信。
>
> 那时确有这样说，回宫千万莫躲身。
>
> 此话一时随便说，哪有旁的东西经。
>
> 你的叔父钱塘君，酒席面上话谈论。

说话鲁莽理不通,依势逼人来说亲。

激起了我愤怒心,当场反对没答应。

其中意思有二点,详细说给你听听。

却说柳毅对妻子说道:"我是见义勇为,难道可以杀了人家的丈夫而娶他的妻子吗? 这是第一点不可以。平时我的抱负是坚持正义,难道就甘心屈服于别人的威逼? 这是第二点不可以。当时我直率地说出心底的话,只知道照着正理去做,也就不管什么了。但是到了要分别的时候,我看见你依依不舍的样子,我的心里也非常后悔。终于因为礼教的束缚,不能向你表达我的衷情。今天,你是卢家的女儿,又居住在人间,那就可以与你结为终身伴侣。从今以后,我们永远相亲相爱,你也不要再有丝毫的疑虑也。"

龙女听了喜欢心,亲亲热热叫夫君。

我有一句真心话,对你言明莫多心。

我是龙女不是人,不要认为没感情。

我会同样爱护你,爱护也就是感情。

龙能世上活万年,也能使你长寿命。

不论水里或陆上,都能自由往来行。

柳毅听了多高兴,娶了龙女成仙人。

夫妻三人去龙宫,朝见岳父洞庭君。

内宫拜谢老丈母,谢过叔父钱塘君。

宾主之间互问候,亲亲热热话谈论。

住在龙宫四十年,常去陆地救难民。

柳毅亲友多受恩,夫妻世间传美名。

往后之事不必论,美满生活说不尽。

传书宝卷宣完成,在堂大众都高兴。

斋主听了此本卷,一年四季福寿增。

卷中若有错差字,念句弥陀补完成。

翠莲宝卷

翠莲宝卷初展开,诸佛菩萨降莲台。

善男信女静心听,一年四季免三灾。

却说此卷出在唐朝,太宗李世民皇帝在长安登基以来,风调雨顺,国泰民安。不表朝内一切,只说扬州江都县离城十里,有一个罗家庄。有一位富翁,姓刘单名一个全字,号仲宝,家中豪富,娶妻李氏名唤翠莲,十分贤惠。夫妻同庚三十,所生一男一女。男叫寿保,今年八岁,女唤春香,今年六岁。刘全专做珠宝生意,李氏娘娘吃素念佛,行善积德。有一天刘全要去淮安收一笔账目,就吩咐妻子一番,带了童儿出门而去也。

刘全临走说分明,家中一切你当心。

二个子女要管好,莫放外出是非生。

李氏娘娘回言道,丈夫你且放宽心。

你今出门收账去,路上冷暖自当心。

我在佛前勤礼拜,保佑丈夫路太平。

吩咐刘福准备船,服侍员外要当心。

路程遥远自保重,收清账目早回程。

主仆出门船来下,李氏送夫一同行。

顺风顺水行得快,娘娘装香诵经文。

不表刘全收账去,卷中另表一班人。

却说唐僧和尚奉了唐皇之命,往西天佛国去取真经,在路收了三个徒弟,八戒、行者、沙僧等,一路前行,晓行夜宿,途经灵山。观音菩萨慧眼遥见,就命善财童子邀请唐僧,便对唐僧说明前后因果:"你路过罗家庄将李氏头上的一支金钗化下来,使她经过一番周折,后来达到团圆,便有荣华富贵的缘分。"唐僧奉了法旨,辞别菩萨下山而去也。

观音菩萨说原因,唐僧奉旨下山岭。

不表师徒路上行,另提一个出场人。

此人非是别一个,前村王婆黑心人。

家中只有一个人,搬嘴弄舌过光阴。

却说罗家庄前村有一个王婆,五十多岁,家中并无一个亲人,一生就是靠张嘴,七个里贩牛,八个里贩马,骗些钱财过生活,一个不对,就要搬嘴弄舌,搅弄是非。所以地方上一般人,都惧怕三分,就是罗家庄刘家,三天两头要去,她知道翠莲大娘是个吃素修行的人,每次去不论多少,总是要应酬一些的,所以今日家中缺少柴盐,又要刘家而去。一路走,一路想,翠莲娘娘是个修行人,专做乐善好施的,今天去稳笃稳好弄点,所以加快脚步直望刘家而去也。

王婆今日出大门,一路直望刘家行。

人未进门声先到,大娘大娘喊几声。

翠莲娘娘开口问,婆婆到来啥事情。

王婆开言大娘称,老身来此你知音。

无事不到三宝殿,我来呒晹好事情。

因为几天柴盐无,恳求娘娘借钱文。

翠莲开言婆婆称,你的言话不当正。

以前借过好几次,从无一次还上门。

前日又来借当头,当时讲得又诚恳。

当头不还不上门,今日又来为何因。

有借有还人人有,只借不还难为情。

王婆一听脸色变,便骂势利小贱人。

像煞是个修行人,胸中一点无善心。

看你发财钉转脚,看你修行上天庭。

如有错处落我眼,叫你刘家翻个身。

啰里啰唆门来出,正巧走到大墙门。

跨出墙门想回家,恰巧来了化缘人。

四个初尚进墙门,木鱼敲得应天声。

王婆一想气难消,闪在门外偷看清。

不表王婆偷眼看,再说翠莲李善人。

却说唐僧和尚和徒弟等四人,在刘家大门口,手敲木鱼,口诵经文。翠莲一见四个和尚前来化缘,步出大门。唐僧双手合十,口称积善娘娘:"贫僧奉旨西天取经,路过宝地,只因缺少盘缠,难于行路。久闻娘娘,乐善好施,特地前来求化一些文银。"翠莲娘娘问道:"不知师父要化多少斋粮和钱银。"和尚道:"斋粮斋银贫僧一概不要,只要化娘娘头上的金钗一支。如娘娘肯化给贫僧,就功德无量也。"

> 娘娘听了怒气生,师父言语不中听。
> 化缘只化钱和米,未听要化宝和珍。
> 和尚即便开言答,娘娘在上听原因。
> 娘娘是个行善人,总有一颗善良心。
> 吃素念佛常布施,何惜什么宝和珍。
> 若将金钗布施我,荣华富贵子孙兴。
> 若然不舍金钗子,枉为修行善良人。
> 贫僧之言你不信,四人撞死你家门。
> 翠莲听了大吃惊,师父你且听分明。
> 奴将金钗布施你,外面且莫漏风声。
> 我夫淮安收账去,被他知道命难存。
> 和尚听了口诵经,阿弥陀佛念几声。
> 贫僧是个出家人,凭空绝不是非生。
> 取经还朝奏帝君,保奏你夫辅朝廷。
> 夫君在朝官来做,娘娘也可做夫人。
> 翠莲本是善良人,和尚之言信了真。
> 就将头上金钗拔,双手呈与化缘僧。
> 和尚接钗谢大娘,四人动身就出门。
> 和尚赶路不细表,王婆偷看碧波清。
> 连忙回家诡计生,要害翠莲小贱人。
> 不说王婆喜在心,再表化缘四个人。
> 一路来到淮安城,寺院之中住登身。
> 唐僧坐定动脑筋,怎样访寻有缘人。
> 眉头一皱计上心,吩咐八戒二三声。
> 一宵已过天大明,八戒接钗上街心。
> 放开喉咙高声喊,啥人要买宝和珍。
> 有缘人买二十两,无缘千两不答应。

却说猪八戒一清早到街坊卖金钗,放声叫喊了一阵。顷刻之间围了一大圈观众,突然走出一人叫道:"大师父,看看我有没有缘分。"八戒问道:"哪里人氏?"答道:"山东济南。"八戒道:"没缘没缘。"又有一人叫道:"师父,我乃四川峨嵋。"八戒又道:"没缘没缘。"有一人喊道:"我是河南洛阳。""没缘没缘。""我乃湖南洞庭。""没缘没缘。"一连有十多人报地方,都没有缘分。正巧刘全收清账目,正想下船归家,看见一大圈人堆,不知看些什么,也挤进了人堆,眼看和尚手中的一支金钗,和我娘子头上的一模一样,将它买回去成为一对,但不知可有缘分,就喊道:"师父,我乃扬州江都。"猪八戒两只猪婆眼,毕霎毕霎地看了一回,问道:"什么村,姓甚名谁?"刘全道:"罗家庄,姓刘名全。"八戒言道:"有缘有缘,二十两纹银卖给你。"刘全心中非常高兴,付了银子,接了金钗,挤出人群,下船回家而去也。

不说刘全在路行,手拿金钗看分明。

越看越像自家物,顿时有点起疑心。

不表刘全暗思忖,已经到了罗家村。

王婆日夜望员外,今日一见喜欢心。

却说王婆看见刘全回来,老远就喊道:"啊呀呀,员外总算回来了,望煞我老太婆了。"上前一把拖住刘全道:"到我家里坐坐。"刘全吩咐刘福道:"你先回家去,我等会就来。"二人一同进了王婆家,二人坐定。王婆道:"员外呀,你出门时间不长,可知家里出了事哉?"刘全道:"出了什么事?"王婆道:"员外呀,待老太婆告禀也。"

王婆开口员外称,请你听了莫火升。

算来不关我的事,员外名声不好听。

前日和尚来化缘,白马一只四个人。

王婆提到和尚事,刘全心里不安宁。

便问到底如何样,王婆鬼话想端正。

和尚年轻必文文,相貌堂堂像书生。

一到你家大门口,手敲木鱼口念经。

你家大娘身走出,面对和尚笑盈盈。

相请和尚到中堂,大娘脸笑骨头轻。

眯花眼笑闲话多,不知讲点啥事情。

只见和尚把头点,就在厅上坐定身。

从此住在你家里,白天化缘夜回门。

老妇有点不放心,夜里前来偷看清。

白脸和尚朝南坐,对面坐的大娘身。

左面坐个猪婆僧,右面坐个猢狲精。

旁边还坐胖和尚,梅香团团把酒敬。

足足住了半个月,东邻西舍起议论。

几个后生不服气,大家要行抱不平。

那夜冲进你家门,同声喊叫捉奸情。

和尚吓得出后门,大娘难舍又难分。

赠送金钗为表记,四个和尚逃性命。

那时大娘看见我,出口骂我老娼根。

我说大娘莫着急,不关老身半毫分。

前日问他借些钱,回头得来干干净。

因为看你员外面,只得默默转家门。

今日见你员外转,特地告诉二三声。

员外今天回转去,千万不要火气生。

人要脸来树要皮,不要弄得难做人。

我是为了员外好,倒算老身弄事情。

刘全听得脸通红,立起身来转家门。

一到自家墙门口,大娘连忙出来迎。

却说刘全回到家中,怒气冲天。翠莲一见丈夫满面怒容,便问道:"官人你如此怒火,莫非与闲人争论,还是账目没有收清,说与为妻听听也。"

刘全耐气叫夫人,我有心事说你听。

我在淮安收账目,有日街上去散心。

看见群众一圈人,挤进里面看分明。

只见一个猪婆僧,手持金钗卖花银。

我见金钗吃一惊,像你插的差仿能。

我今将它买回来,成功一对宝和珍。

忙叫翠莲拿出来,两只比比如何能。

翠莲顿时脸涨红,面上红到两耳根。

刘全一见更疑心,便问金钗何处存。

问得大娘无话答,只得鬼话说几声。

前日我到娘家去,回来不见金钗形。

大概半路来掉落,寻了几遍无踪影。

刘全听得心大怒,吩咐童儿再去寻。

大娘忙把丈夫叫,我来对你说真情。

那日有点心烦闷,花园之中去散心。

木香棚下来经过,头发摘得乱纷纷。

走到井边照一照,不慎金钗落在井。

刘全一听童儿喊,准备工具去勾井。

翠莲听得魂飞散,苦在心头难出声。

刘全步步逼得紧,大娘含泪诉真情。

那日丈夫出了门,来了和尚四个人。

木鱼敲得汪汪声,口口声声叫善人。

哪知钱粮都不要,偏要金钗宝和珍。

我说和尚化缘多,从未见过你种人。

他道修行吃素人,枉可称为李善人。

如若不肯化金钗,我等撞死你家门。

被他逼得无办法,拔下金钗舍他们。

接了金钗就动身,贱妾难见吾夫君。

刘全听得火直喷,一把头发骂贱人。

出门如何吩咐你,胆敢在家辱门庭。

花言巧语欺骗我,说罢拳脚不容情。

二个丫鬟来相劝,要请员外来开恩。

青红皂白未分清,敲打娘娘不该应。

勿看菩萨看佛面,要看儿女一双人。

刘全高声破口骂,你们都是一类形。

快快对我说实话,否则今日要你命。

丫鬟一看无办法,去请王婆劝主人。

却说两个丫鬟,一口气奔到王婆家里,喊道:"王妈妈,不好哉!"王婆一见刘家的两个丫鬟,就问道:

"二位小阿姐,如此慌张,有啥事情呀?"丫鬟说道:"妈妈听禀也。"

　　　　妈妈在家不知音,我家出了大事情。
　　　　员外今日收账转,怒气冲冲进了门。
　　　　就和娘娘大争吵,拉牢头发就骂人。
　　　　青红皂白也不问,拳打脚踢不容情。
　　　　我们特来请妈妈,快去劝劝最要紧。
　　　　王婆听了暗喜心,也算出我心头恨。
　　　　想起前情不愿去,丫鬟来请难为情。
　　　　就此答应门来出,三人同到刘家门。
　　　　踏进大门员外称,一把拉开问分明。
　　　　收账今日刚回转,为何吵闹又打人。
　　　　若被外人来晓得,弄得大娘怎做人。
　　　　扯了员外门来出,快去我家散散心。
　　　　二人到了王家门,王婆加倍来挑衅。

　　却说王婆把刘全扯了出去,二个丫鬟也把娘娘扶进了房里,倒了一盆水,让娘娘洗一洗脸。娘娘还是在悲悲泣泣地哭。只说刘全被王婆拉到王家,坐定了,王婆开口言道:"员外呀,我是嘴快了一点,对你讲了,你就把娘娘痛打。幸亏我老太婆并无虚言,如果我骗了你,岂不要冤枉了娘娘。"刘全道:"王嫂嫂,不关你事。我来说给你听也。"

　　　　我家贱人没脸人,勿关王嫂半毫分。
　　　　我去查问金钗事,鬼话连篇骗别人。
　　　　又说娘家路上掉,又说花园落在井。
　　　　说出说进不对头,顿时使我火来升。
　　　　王婆听了笑盈盈,开口就把员外称。
　　　　劝你勿要火来升,就是名声不好听。
　　　　使得人家都知道,员外也要难做人。
　　　　你是一方称员外,人家背后要谈论。
　　　　王婆越说越有劲,说得刘全难为情。
　　　　立起身来就出门,一口怒气打妻身。
　　　　连连不断贱人骂,外面风声你去听。
　　　　念啥佛来看啥经,拿我门风败干净。
　　　　随手就拿一根绳,庭柱绑牢妻子身。
　　　　手拿皮鞭周身打,皮破肉烂血淋淋。
　　　　打得娘娘嚎啕哭,丈夫饶命喊勿停。
　　　　求求夫君放了奴,奴将真情讲你听。
　　　　吾夫淮安收账去,来了和尚四个人。
　　　　立在门口来抄化,勿化斋粮和钱文。
　　　　奴问到底要化啥,要奴金钗宝和珍。
　　　　和尚见奴勿答应,他要撞死把命轻。
　　　　奴想人命关天大,就将金钗舍他们。

并无勾搭私情事,冰清玉洁待夫君。

莫听闲人搬嘴舌,冤枉屈打奴奴身。

同你夫妻多恩爱,又有子女一双人。

刘全开言休胡说,指东画西骗啥人。

你是不顾我脸面,我也不顾你的命。

手拉棍子只管打,打得娘娘好伤心。

丫鬟吓得无别法,急忙走进书房门。

忙把公子小姐叫,快快去救你娘亲。

却说丫鬟奔进书房喊道:"公子!小姐!不好了!你父亲收账回来,不问青红皂白将你亲娘痛打。现在绑在庭柱上,用棍子痛打,快去求求你父亲,救救你亲娘。"兄妹二人一听,边哭边跑,直到厅上,双膝跪下,拖住父亲放声大哭也。

一双兄妹到前厅,放声大哭跪埃尘。

四只小手扯住父,爹爹为何打娘亲。

你把娘亲来打死,叫我兄妹靠啥人。

求求爹爹将娘放,饶恕母亲一条命。

刘全一见心大怒,出口就骂小畜生。

穿娘鞋子像娘样,娘若癫狂女浮轻。

打死你娘何足惜,免得旁人笑话柄。

兄妹听得伤心哭,拖住父亲叫不停。

爹若不将亲娘放,孩儿先走见阎君。

立起身来往内跑,刘全一见软三分。

忙喊儿女快回来,看你之面饶她命。

就把娘子来放下,安慰子女二三声。

孩子快去觉来困,为父再不打娘亲。

却说兄妹二人抱住亲娘痛哭一番,便对父亲言道:"爹爹说今后再不打亲娘,只是口说无凭,孩儿不信。"刘全问道:"你们怎样才信呢?"兄妹言道:"爹爹对天罚个咒给我们听听,我们才能相信。"刘全道:"既然如此,我来对天罚咒给你们听也。"

刘全一口就答应,罚个咒给儿女听。

抬起头来苍天喊,过往神祇听分明。

今日看了儿女面,不再动手打妻身。

若然犯咒再打妻,万贯家财大火焚。

今日罚咒不作准,沿街讨饭走无门。

刘全认为假罚咒,骗走儿女倒是真。

谁知功曹记得清,刘全应咒在下文。

儿女听罢回房去,丫鬟服侍觉来困。

此时娘娘也进房,只听儿女打鼾声。

两眼含泪看儿女,坐定身体暗思忖。

不表娘娘心中苦,再提王婆黑心人。

却说王婆在刘全面前把火挑了一挑,现在专听消息,自言自语地说:"这个贱人是否自寻死路,待我再去刘家,探听一番。"直到刘家门口一看,只见大门未关,听听并无声音,暗想道:"莫非夫妻和好了。"轻轻走到房门口一听,听到翠莲在房中啼哭,就举手在门上叩了一下。娘娘听得叩门声,以为丈夫又来了,只得揩干眼泪,连忙去开门也。

　　翠莲忙把房门开,不是丈夫王婆来。

　　王婆抢先大娘叫,我来劝你莫记怀。

　　无情男子世上少,无事生非不应该。

　　你是三贞九烈女,破坏名声真痛哀。

　　冰清玉洁修行人,怎能见人把口开。

　　百口人前难分辩,今后名声难收还。

　　枉称员外出道人,恩爱夫妻冤如海。

　　有烈性人短见寻,祖先面前好交待。

　　让他尝尝无妻苦,让他人前难口开。

　　阎王面前冤状告,来世投个好娘胎。

　　翠莲一听王婆话,手脚冰冷头难抬。

　　暗想奴死何足惜,一双儿女难抛开。

　　不说大娘心如绞,王婆起身出房间。

　　将身来到东书房,举手叩门员外喊。

　　你在床上能好困,外面唱得天要翻。

　　却说刘全一听王婆到来,连忙起身开门。王婆道:"员外,我来劝劝你,不要闷在家里,要弄出毛病来的。不过近来几天外面也勤去。不知哪个吃得饱不过,将你家的事编成了山歌唱。小团到处乱唱,如果你亲耳朵听见,要把你气出病来的。真个弄得你进退两难,闷在家里又不好,出去散心更为难。"刘全问道:"唱些什么?"王婆道:"山歌编得长透长透,我是记性不好,记不牢多少,略记几句。我来念给你听听,让你知道也。"

　　说稀奇来话稀奇,稀奇出在刘家里。

　　丈夫出门讨账去,娘子做出下巴戏。

　　化缘和尚留家里,赛可恩爱小夫妻。

　　乡邻群众不服气,男女老少赶得去。

　　大家喊道捉奸细,和尚吓得逃出去。

　　大娘连忙追出去,私赠金钗作表记。

　　员外讨账回家里,讨账讨着大乌龟。

　　小团唱东又唱西,还有不少我忘记。

　　王婆脸上笑嘻嘻,员外听得一色气。

　　勤说员外要动气,老太也觉无滋味。

　　不如将她来打死,另讨淑女贤惠妻。

　　群众面上争口气,显得员外有骨气。

　　却说王婆说道:"员外是拿得定主意的人,也不会怪我老太婆搬弄是非。我是真心实意为了员外好,不像有些群众只顾看好看,倒要说我多管闲事,真正像放屁!如果员外不信,可以自己去听听也。"

　　王婆说罢就动身,刘全气得火十分。

　　走出书房进房门,连连不断骂贱人。

由你干出不端事,刘家门风败干净。

你去外边听听看,唱得刘家难做人。

活在世上有何脸,还是早死倒干净。

口中骂来手又打,打得翠莲好伤心。

却说刘全把娘子边骂边打,说道:"今夜搭我死仔吧,害得我下半三世难做人了。"翠莲道:"奴家死倒不怕,就是一双子女放心不下。"刘全道:"刘家之事用不着你来关心。我关照你,今夜识相点,搭我死了。我明天来看,你若没死,也要活活处死的,免得我再动手。我走了,明天来给你收尸。"说罢恨恨地出门而去也。

不说刘全心太狠,再表翠莲苦万分。

如果今夜来死忒,一双儿女难舍分。

若然不死到天明,又怕活活受处分。

千头万绪难结论,听到谯楼一更声。

突然良心横一横,开箱倒柜拿衣襟。

上身穿件红绫袄,下身束条百褶裙。

周身衣服换端正,头上首饰尽金银。

杏黄汗巾拿一根,难舍儿女一双人。

走近床边儿女看,双双鼾睡不知音。

轻轻将他被盖好,低言儿女叫几声。

为娘今夜离开你,醒来不要寻娘亲。

倘若你父讨晚娘,兄妹自己要当心。

你娘死在王婆手,我到阴司冤状伸。

长大为娘把仇报,娘儿今夜两离分。

汗巾高挂不容情,难舍宝贝一双人。

欲想将儿来叫醒,又恐耽搁死不成。

可恨王婆心肠狠,满口含血乱喷人。

恩爱夫妻被拆散,亲生骨肉两离分。

一双儿女年纪小,东西南北不知因。

吃饭不懂饥和饱,困觉不知颠倒颠。

世上无娘第一苦,无娘儿女苦万分。

翠莲越思越伤心,一夜痛哭到五更。

一更里来月上升,翠莲思想以往情。丈夫淮安去,收账讨金银。突然来了化缘僧,一共来了四个人。啊呀我的天哪。

二更里来月光明,化缘和尚不该应。一不要斋米,二不要斋银。偏要金钗宝和珍,如果不给死我门。啊呀我的天哪。

三更里来半夜正,金钗化给出家人。偏在淮安卖,巧遇吾夫君。二十纹银买宝珍,回家查问起疑心。啊呀我的天哪。

四更里来月西沉,王婆搬舌是非生。说奴搞私情,金钗表记赠。挑得吾夫火来升,皮鞭抽打不容情。啊呀我的天哪。

五更即将天要明,丈夫逼奴死路寻。限在今夜死,不准到天明。活在阳间难做人,还是悬梁短见寻。

啊呀我的天那。

　　翠莲哭到大天明,悬梁高挂绳一根。

　　两眼一黑无知觉,顷刻之间命归阴。

　　似梦非梦魂飘荡,眼前发现陌生人。

　　阴司金童和玉女,奉命接引李善人。

　　一路来到森罗殿,阎王吩咐开殿门。

　　十殿阎王降阶迎,恭请女士李善人。

　　却说十殿阎王,闻听李善人已到,忙命金童玉女引进相见,十殿阎王分殿安座。李翠莲来到第一殿,双膝跪地,口称:"阎王爷在上,小妇李翠莲叩头。"阎王开言问道:"李翠莲! 你阳寿未终,因何来此阴司,细细奏来。"李翠莲就将在阳间,一生行善,持斋吃素,广积阴德,丈夫讨账等等诉说一遍。一殿、二殿直到十殿,说得十殿阎王个个听了勃然大怒,立派小鬼拿捉王婆到案审问也。

　　娘娘经过十殿君,从头至尾诉详情。

　　十殿阎王听了后,个个详察内中因。

　　吩咐金童并玉女,送到龙华法会门。

　　娘娘听得音乐声,脚下顿时起红云。

　　片刻已进龙华会,坐等菩萨传佳音。

　　不说阴司一番情,回身再表刘家门。

　　二个丫鬟送面汤,走到房门将身停。

　　推推房门闩得紧,喊喊娘娘无声音。

　　丫鬟心中多着急,搞开房门看分明。

　　只见娘娘悬梁挂,丫鬟吓得失了魂。

　　连忙奔到东书房,将情报与员外听。

　　刘全听了忙起身,来到房中看虚真。

　　果见妻子悬梁桂,口骂贱人吓煞人。

　　走上前去伸手摸,周身上下冷如冰。

　　刘全此时也着急,双手抱下妻子身。

　　丫鬟忙把绳脱下,刘全连喊二三声。

　　只怪自己耳朵软,听信王婆信了真。

　　逼得妻子死路寻,回想当初不该应。

　　一支金钗值几何,恨死王婆老妖精。

　　是非曲直未弄清,恨我刘全一时昏。

　　刘全想到伤心处,口喊娘子双泪淋。

　　一双儿女被惊醒,扶尸大哭喊母亲。

　　刘全此时无摆布,群众看得也伤心。

　　吩咐刘福去报丧,报丧报到李家门。

　　却说刘福三步改作二步,直到李家禀报大爷:"大事不好了。"李龙、李虎见刘福如此惊慌,忙问:"何事报来?"刘福哭道:"我家娘娘昨夜自寻短见身亡也。"

　　李家兄弟吃一惊,忙问刘福为何因。

　　刘福只得将言说,小人不敢隐瞒情。

就将员外讨账去,来了化缘四僧人。

如此这般讲一遍,夫妻大闹我知情。

其中细底不明白,大爷去了会知因。

兄弟二人心大怒,立刻赶到刘家门。

不问青红和皂白,一把扯住刘全身。

双打耳光拳脚踢,门闩棍子不容情。

二个小儿来求情,娘舅连连叫几声。

双双跪在舅面前,求求娘舅饶父命。

勿看僧面看佛面,要看外甥二个人。

我的娘亲已经死,全靠爹爹养儿身。

若把爹爹再打死,兄妹今后靠啥人。

李家兄弟听得清,揽住外甥泪纷纷。

苦命外甥啥结局,众人见了也伤心。

却说李家兄弟对刘全说:"你这狗才,本欲将你打死,替吾妹了抵命。现在看两个外甥之面,饶你一死。快快准备去买棺成殓,好好超度亡魂,要请和尚道士念经,做七七四十九天道场,与你万事全休。"刘全听了一口答应,就吩咐家人大办丧事也。

刘全件件皆允承,忙请僧道荐亡魂。

不多片刻僧道到,前后厅堂闹盈盈。

四十九天梁王忏,念经超度李氏身。

不表刘家多忙碌,再说地府阎王尊。

却说阎王将李翠莲差金童玉女执幡引领,送到龙华会之后,立派牛头马面判官,带了无常小鬼立拿王婆到案,治罪立究。判官奉命,手执钢叉而去也。

判官奉命阳间行,立拿王婆黑心人。

一到王家进了门,只见王婆坐定身。

手扳指头眼珠转,默默无言动脑筋。

谁家小姐品貌好,哪个寡妇年纪轻。

要为刘全媒来做,赚他一票雪花银。

想罢一番哈哈笑,手舞足蹈骨头轻。

一众小鬼面前立,王婆不知半毫分。

判官一见心大怒,当面一叉不容情。

王婆顿时头一晕,一跤倒在地埃尘。

小鬼忙把链条套,拖了王婆就动身。

一到阴司差来交,阎王坐殿就审问。

阳间善事无一件,专搞阴谋害人民。

阎王宣判罪来定,倒挂铁钩挖舌根。

阳间恶事已做尽,打入地狱十八层。

酆都城里受苦辛,千年万载无翻身。

不表阴司王婆事,再说南方火德星。

却说刘全逼死妻子,当时在儿女面前罚过一咒,认为是假,谁知有值日功曹记了账,就向玉帝回报。玉帝大怒,非惩罚不可,即传火德星君,带领火部神将等人马下降,将刘全之家财全部烧毁。火德星君奉命而去,变成一只白鸽,飞入刘全之家中,乱飞乱叫。刘全一见心中大怒,马上端起火药枪对准白鸽一枪,顿时火星直冒,顷刻之间烈火腾空,浓烟滚滚,直冲九霄云也。

房屋着火浓烟滚,刘全顿时失三魂。

要想进房抢东西,火势凶猛冲勿进。

正巧儿女逃出来,拖了儿女往外奔。

东邻西舍都来救,一时之间无哪能。

眼看火势冲天空,万贯家财烧干净。

父子三人嚎啕哭,无吃无穿无登身。

刘全心中暗思忖,嫡亲妹子住南村。

带了儿女去投靠,暂住几天再理论。

一到墙门将身停,启口妹子喊几声。

内边听得有人喊,连忙出来开墙门。

一看自家兄长到,手牵侄儿二个人。

身上衣衫狼狈相,顿时火冒冲天灵。

贤惠嫂嫂被逼死,来到我家为何因。

刘全开口妹子称,你我都是一母生。

兄妹总有兄妹情,看我兄长苦伤心。

家中房屋都烧尽,流浪街头无登身。

暂借你家住几日,度过几天再理论。

妹子板面无交情,不苦你来苦啥人。

我今只看嫂嫂面,只收侄儿二个人。

你这豺狼快快滚,我家没你住的份。

刘全此刻喊忏悔,回想当初不该应。

恨透王婆老妖精,害得今日难做人。

回转身体呆呆走,枯庙之中住登身。

坐定身子心悲切,一夜痛哭到天明。

一更东方月初升,刘全痛哭在庙门。回想已往事,实在不该应。王婆是个害人精,搬弄是非信于真。啊呀吾的天哪。

二更鼓响深黄昏,刘全忏悔恨自身。一时头发昏,无人劝得醒。冤枉娘子勿正经,拳打脚踢太无情。啊呀吾的天哪。

三更半夜天更冷,刘全此刻触灵魂。逼妻短见寻,抛下儿女身。房屋家产大火焚,回想罚咒成了真。啊呀吾的天哪。

四更敲过天要明,刘全回想更伤心。父子三个人,难于度朝昏。想着妹子骨肉亲,前去投亲成泡影。啊呀吾的天哪。

五更一敲天要明,刘全越想越伤心。当初员外身,现今流浪人。以前威风瓦干净,今后难于见众人。啊呀吾的天哪。

刘全痛哭到天明,一夜思想少才情。

天明何处求肚饱,附近总觉难为情。

防早路上少人行，还是远处去求生。

揩干眼泪出庙门，跌跌冲冲赶路程。

白天求乞夜宿庙，不觉已经到京城。

不表刘全落难人，再提当朝万岁君。

却说唐朝太宗皇帝，有一日魂游地府，遇见阴司十殿阎王。为了要超度阴司的冤魂，阎王拜托唐皇选派一名有德高僧，去西天佛国求取真经。另有一事托太宗皇帝，派人送两只南瓜到阴司。唐皇当时一口答应，等到还阳醒来之后，这两件事日夜记在心头。目前总算西天取经有唐僧前去完成，但是送南瓜一事尚未解决，只得和文武百官商量，最后讨论决定，只有高挂皇榜招选人才，文上写明，阴司送南瓜，任务完成后有官者加官，无官者封官，不论君民人等，一律照榜办事，决不食言。研究决定，立即将榜文高挂于午门之外也。

唐皇送瓜了愿心，皇榜高挂在午门。

看榜之人无其数，看了人人舌头伸。

三五成群议纷纷，哪有人去揭榜文。

皇榜挂了已一月，没有一个胆大人。

事有凑巧来一人，愿去阴司走一巡。

此人名字叫刘全，流浪街头落难人。

一见榜文暗思忖，待我前去揭榜文。

送瓜到了阴间去，可以会见我妻身。

如果有得还阳转，以后还会有超升。

假使去了回不转，免得在世受苦辛。

想罢一番直向前，举手撕下一榜文。

看榜将军来看见，一把抓住问原因。

你揭榜文有何事，不怕杀头去充军。

刘全回言去送瓜，难道还会有罪名。

如果揭了要犯法，还有哪个胆大人。

若然无人揭榜文，将军看到啥年份。

看榜将军无话说，带了刘全进朝门。

唐皇一见龙心悦，御手相搀叫爱卿。

万岁钦赐酒三杯，如此这般说分明。

南瓜一对付刘全，圣旨一道带在身。

又赐一粒麻化药，相送刘全出朝门。

吩咐前去金山寺，金山寺僧接旨文。

圣旨吩咐众僧人，好好看护一尸身。

待他还阳来复旨，一众寺僧遵旨行。

另外安排一张床，刘全服药床上困。

顿时知觉已失落，渺渺茫茫赴幽冥。

却说刘全服过麻化药，顿觉眼前一黑，乌天黑地，难以行走。突然来了二人，扯了刘全就走，来到阴司鄷都城。那时眼前出现许多惨不成睹的凶恶事情来也。

刘全一命赴幽冥，各神地狱面前存。

血湖池边来经过，各色各样女子身。
剥皮亭对锯解狱，油锅狱对火牢门。
碓磨地狱真正苦，十恶奸刁摘舌根。
刘全一路来看见，吓得面色变了形。
耳听为虚眼见实，阴司果然不容情。
一到殿上阴森森，牛头马面两边分。
刘全双膝跪在地，胆战心惊抖勿停。
阎王开口高声问，下跪囚犯姓甚名。
刘全听了忙回答，刘全仲宝是我名。
奉命唐皇来送瓜，两只南瓜在此存。
阎王闻听心欢喜，称赞唐皇不失信。
忙将南瓜来收下，便对刘全说分明。
增你福来延你寿，送你还阳受皇恩。
刘全急忙将言说，吾王在上听原因。
臣有一件冤枉事，伏望吾王恕小人。
我的妻子李翠莲，今年屈死赴幽冥。
现已死了七个月，朝思夜念我妻身。
闻得唐皇要送瓜，皇榜招选送瓜人。
小人揭榜来送瓜，又来会会我妻身。
阎王一听唤判官，龙华会里请善人。
判官奉命到龙华，金童玉女送路行。
不多片刻翠莲到，刘全一见好伤心。
连忙上前娘子喊，翠莲半天不答应。
刘全见妻不认夫，双膝跪下泪纷纷。
莫看无情丈夫面，要看孩儿一双人。
翠莲听到提儿女，双抛眼泪落纷纷。
连连不断骂冤家，你今来此为何因。
儿女年幼不懂事，你来他俩靠啥人。
刘全就将家中事，如何家财大火焚。
如何带儿投妹子，如何妹子板面情。
如何留儿不留我，如何流浪讨饭吞。
如何京都见皇榜，如何揭榜拼性命。
如何送瓜到阴司，如何不见吾妻身。
阎王面前诉衷情，所以请你到来临。
翠莲听到伤心处，哀哀哭诉阎王听。
二人跪在阎王前，要求阎王开大恩。
阎王动情翠莲叫，送你二人转还魂。
夫妻叩拜谢大恩，阎王开言说原因。
翠莲离阳七个月，又恐原身烂干净。

你们暂时等一等,待我查看再理论。

却说阎罗天子言道:"李善人不必心急,你离开阳间已有七月,谅必原身早已毁坏,待我派人查一查再说。随即吩咐判官去传唤值日功曹,鉴察神祇,将生死簿查看一遍,是否有同年同月同日同时的女子,神祇奉命而去。"不多片刻,回来禀报:"唐朝宫中玉英公主同李善人四同,现在寿限已满,即将归阴,是否将李善人送去借尸还魂?"阎王听了即差金童玉女送李善人速去还魂也。

翠莲夫妻喜欢心,拜谢阎罗天子恩。

金童玉女把路引,长幡宝盖左右分。

翠莲娘娘前头走,刘全就在后头跟。

送出酆都城一座,两名夜叉带路行。

一路行程来得快,早到长安一座城。

夫妻二人分了路,各自前去转还魂。

不表翠莲进城去,先表刘全金山行。

却说刘全魂魄到了金山寺,找到了尸身,魂魄进入体壳,渐渐地回醒过来,爬起身来,叩谢众和尚护身之大恩,就拜辞众僧直望京都,入朝复旨,奏明唐皇,阎罗天子感谢送瓜之大恩也。

唐皇闻听喜欢心,荣封三代受皇恩。

钦赐皇城都总兵,调拨三千马和兵。

不表刘全受皇封,再提阎罗天子身。

立差无常去勾魂,又派夜叉几个人。

直到长安进皇宫,寻到公主就勾魂。

却说唐皇的妹子玉英公主,其日清晨起来,心惊肉跳,头疼脑涨,眼花缭乱,耳红面热,眉展不安。宫女送进参汤,请小姐饮喝。公主出口骂道:"奴家早已喝过,何用多喝?"说罢将参汤往地上一泼,又一宫女送进点膳:"请小姐用早膳。"公主怒道:"奴家赐给你吃吧。"说罢将餐盘一拍,点膳落地,碗盏等餐具打得粉碎。宫女吓得大哭,玉英公主哈哈大笑。宫女连忙报知皇上及国母知晓。皇上及国母闻听这消息,吓得魂不附体,连忙到公主宫中观看,只见公主面容非比寻常。公主见皇兄及皇娘到来,双膝跪下,口称臣女胸中烦闷,要去花园散心。皇上立差宫女陪伴公主去花园散心,千万要当心。宫女扶了公主出宫门,直望花园而去也。

公主一到花园里,欣赏花卉无心绪。

将身来到花架边,突然眉开笑嘻嘻。

看见一副秋千架,手扳绳索扒上去。

公主兴高秋千荡,荡到东来荡到西。

公主用力荡出去,绳索折断倒在地。

公主仰面一跌跌,一命呜呼断了气。

宫女一见魂飞散,急报唐皇说详细。

唐皇见报魂魄飞,奔到园中落眼泪。

抱住公主御妹喊,一时之间无主意。

不说公主归阴去,只说翠莲魂入体。

耳边听得呼喊声,悠悠还阳身坐起。

却说唐皇见御妹跌死,扶尸大哭,急喊御妹醒醒。宫女个个大哭叫喊,突然发现公主手足有点微微动了,唐皇连喊连推。只见公主坐起身来,口中不断叫喊:"吾儿在哪里?丈夫在哪里?"唐皇听了觉得奇怪,言道："御妹是千金玉女。大概跌乱了神经,又未婚配,哪来儿女丈夫?"。就吩咐宫女快请太医到来,给御妹看病。公主听了大声喝道："谁有毛病? 用勿着你们多管,这里什么地方,快去叫吾儿女丈夫到来。"唐皇叫道："御妹! 谅必跌昏了,连我皇兄都不认识了。"公主喝道："什么皇兄御妹的,来缠绕不清。"唐皇见公主神志清醒,不像跌昏,遂问道："你到底是什么人? 快快说明。"公主道："奴家叫李翠莲,因为被丈夫逼死,奴家的丈夫叫刘全,给唐皇阴司送南瓜,阎王让我们夫妻相会,后又同意我夫妻一同还阳。但是奴家已死了七个月,尸身早已毁坏,不能还阳,阎王派奴家借尸还阳来也。"

　　唐皇听得甚分明,送瓜刘全她夫君。

　　吩咐快请刘全到,看他究竟如何能。

　　刘全顷刻即便到,公主看见喊夫君。

　　刘全此刻大吃惊,一时之间弄勿清。

　　身上衣着是公主,叫喊之声我妻音。

　　顿时不敢上前认,思考片刻已觉醒。

　　回想阴司送南瓜,夫妻相会在幽冥。

　　阎王同意还阳转,听得阎王言一声。

　　我妻已死七个月,原身毁坏难还魂。

　　除非借尸还阳转,这桩事情有可能。

　　从头讲给唐皇听,皇上听了也高兴。

　　就叫刘全夫妻认,宫女挽扶进宫门。

　　皇上又把国母请,如此这般讲分明。

　　国母听得心欢喜,翠莲当场认母亲。

　　就将翠莲封公主,刘全封为驸马身。

　　宫中摆起团圆酒,刘全夫妻重结婚。

　　当日洞房花烛夜,夫妻又如梦中人。

　　一夜夫妻如做梦,云里雾里到天明。

　　来朝起身梳洗毕,夫妻宫中安来请。

　　又去拜谢唐天子,要求召回儿女身。

　　却说刘全同玉英公主洞房花烛后,夫妻进宫向太后请安,又去拜谢唐皇,要求万岁召回一对儿女。皇上准奏,立即圣旨一道,派钦差去扬州府江都县,召回刘全的子女,回京复旨。一双子女见了刘全,拜见叫应。刘全吩咐儿女,拜见母亲。二人一见,顿时惊呆,各自暗想,莫非父亲续娶晚娘,同时大哭起来。翠莲一见也热泪盈眶,双手挽扶儿女,同时开口呼唤孩儿,你们不必惊慌,为娘是你们的亲娘,就把情况讲明。儿女顿时双膝跪下,口称："不孝孩儿拜见母亲。"后来刘全带了子女去朝见天子,太宗一见满心欢悦道："御甥平身,等你们长大了再行封赏授职。"刘全同子女跪拜谢恩,万岁万万岁也。

　　不说刘全交好运,再表天子下圣命。

　　圣旨送到江都县,建造驸马王府门。

　　限期三月工程完,知县监督付金银。

　　光阴如箭能样快,日月似梭像车轮。

　　刘全为官多清正,三年任满奏帝君。

　　却说刘全为官清正,三年任满,上朝见驾,要求告老还乡。君王准奏,封赠刘家世代受禄,刘全好不快乐人也。

刘全奉旨转家门,夫妻回人出京城。

在路行程不细说,已到扬州江都境。

夫妻子女同欢乐,一门和睦过光阴。

贫居闹市无人问,富在深山远有亲。

刘家府第多荣耀,车水马龙闹纷纷。

刘全夫妻常吃素,烧香点烛念经文。

后来夫妻成正果,子孙荣华为公卿。

奉劝大众要行善,善有善报古来闻。

不信但看恶王婆,打入地狱无翻身。

今日宣了翠莲卷,斋主府上免灾星。

翠莲宝卷宣完成,诸佛菩萨喜欢心。

卷中若有差误字,念声弥陀补完成。

打刀宝卷

天子重英豪,文章教尔曹。

万般皆下品,唯有读书高。

春游芳草地,夏赏绿荷池。

秋饮黄花酒,冬吟白雪诗。

打刀宝卷始展开,诸佛尊尊坐莲堂。

诸位净心听宝卷,能消八难免三灾。

且说此本宝卷出在清朝乾隆皇帝年间,松江府上海县,有个白沙村,村上有一人姓刘名芳,其年二十八岁。父亲过世,今留母子二人在家,家私细微,妻子未曾攀过。今奉母亲之命,日不坐定,夜不困着,勤俭做生活。如今做得人家有点像哉,刘芳要讨个妻子,服侍老年母亲。急忙唤媒,说合讨在家中,谁知讨着个搅家精。过了三朝不听阿婆,反而倒要与阿婆日夜相骂。其日,倒说媳妇和阿婆骂起来哉。

刘芳讨个搅家精,日夜相骂不绝声。

骂声老偻狗头真不局,应该阎王当点心。

可恨阎王瞎眼睛,放你阳间做啥心。

困在床上身不起,早点死忒老妖精。

阴间不多你个鬼,阳间不少你个人。

外头死人多得很,为何不死老妖精。

此时骂得正恶毒,婆婆听见也骂人。

且说阿婆此时听得熬不住,就接嘴骂道:"你个贱人!然敢如此。天下只有天盖地,哪有媳妇骂阿婆?如今讨着你个蛮妇,不讲礼信。"那个媳妇,只管大骂,岂肯谦让?婆媳二人,赌骂一场也。阿婆说道:

我的儿子正倒运,讨着你个搅家精。

日日生活不想做,朝朝困到日高升。

不肯烧茶并煮饭,日夜骂我阿婆身。

个种泼妇啥不死,活在阳间作啥人。

　　且说婆媳争闹之时,恰巧刘芳回来,亲娘便叫孩儿:"你个家主婆,今日将娘辱骂。"刘芳说道:"母亲,孩儿劝你让点礼,任她去吵闹。"娘亲说:"娒笃正好夫妻,巴不得我早点死。该因你说,差着何人?"此时刘芳被娘亲说得无言可答,恰遇妻子走来,也要告诉丈夫,便说:"你个娘是亲娘,妻子不是你的亲妻,该应吃瘪?"刘芳被妻子一话,哑口无言,弄得刘芳两全其难,亦勿好说娘,亦勿好说妻子。真正"做亲担箔纸,两头不讨好"。心中思想,便说:"有了。待奴去街坊打把尖刀。假个刺杀婆媳两人。对!"急忙走到内面,拿了两百铜钱,走到街上,来到铁匠店里,便叫老师傅:"我要打把尖刀。不知多少铜钱?"这师傅说:"不知你要打什么用处?"刘芳说:"我打的刀是杀猪的。"那个师傅说:"杀猪刀?只要一钱四分铜钿。你去坐。"让我来搭你打起来也。

　　韩铁匠就拿炉子生,铁墩打得叮当响。

　　此时尖刀来打好,约有四五六寸长。

　　打得尖刀雪雪亮,付与刘芳去家乡。

　　刘芳拿刀回家转,思想肚内气膨膨。

　　看别人家清早起,可恨我家妻娘困到日三丈。

　　屋里弄得不太平,不是吵骂定是掼家生。

　　营生勿做倒也罢,日日闹得气膨膨。

　　吵得日夜不合眼,乡邻听得哼一声。

　　说我刘芳少判断,让她婆媳时刻唤。

　　且说刘芳走到屋里,天色已晚,即便吃了夜饭,各自进房安困。且说刘芳困到三更时,抽身起来,到外面拿块糙硬石,连忙拿了盆水和磨砖,到母亲房门口,拿把尖刀唏哗唏哗磨起来。谁知惊动房中母亲。母亲听到磨刀之声,急忙抽身而起也。

　　娘亲听见磨刀声,速忙起来着衣裳。

　　开了房门将言说,何人磨刀在外存。

　　刘芳忙把母亲叫,孩儿磨刀在此存。

　　只为家小作逆你,三餐茶饭不称心。

　　日日搭你来淘气,夜夜咒骂不绝声。

　　贪吃懒做寻相骂,让我杀忒小贱人。

　　现在人不知来鬼不觉,杀落逆妻娘称心。

　　省得搭娘来净闹,吵死吵活吵勿清。

　　情愿仍旧娘二个,快快乐乐过光阴。

　　倘然歇了三五年,有钱再讨个好妻子。

　　娘亲听了儿子说,便叫吾儿不差分:

　　真个杀了凶泼妇,我当竭力做营生。

　　三脚蛤蟆无寻处,二脚娘娘要不尽。

　　刘芳道:"母亲在上,听孩儿有件小事。母亲你必依我的。老古话'一夜夫妻百夜恩',倘然我真个杀忒妻,我要下十八层地狱。最好要母亲服侍我妻一月半月,然后再去杀我妻,就免去下地狱之灾。"娘亲说:"孩儿此言有理。"便叫孩儿,"你真个去把泼妇杀了,为娘情愿服侍你妻。只要肯杀就是了。"

　　刘芳骗娘杀妻身,哪知孩儿起孝心。

　　骗得母亲心安意,娘亲听得喜欢心。

　　命里有妻倒也罢,个种家小搅家精。

杀落泼妇倒也罢,我今情愿做营生。

且说母亲说道:"真个儿子杀妻。"来到明朝清早,起身梳头,提水洗灶,淘米烧饭,一身自办。诚心服侍媳妇,忙唤媳妇,起来吃朝饭。媳妇说道:"心里快乐也。"

那刘芳,正孝心,娘亲骗醒。心里想,我妻子,哄她可醒。

今夜头,将妻骗,哄骗妻身。将身到,妻子的,房门外存。

手拿刀,又拿砖,水盆一杯。房门首,磨刀响,唏哗之声。

惊动了,亲妻子,吃了一惊。抽身起,开房门,便问何人。

那刘芳,叫妻身,切莫高声。磨剪刀,为的是,要杀娘亲。

妻子听得胆战惊,丈夫连叫二三声。

半夜不困何事到,房门外面吵不停。

奴奴听得磨刀响,稀里哗啦不绝声。

你磨剪刀为啥事,半夜三更杀啥人。

刘芳说妻子:"我的母亲与你一直不对,如今好比冤家一样。我今特来磨快尖刀杀脱婆婆,灭你们婆媳之恨。让我夫妻二人,快快乐乐,过上日脚。"妻子说:"相公你真个肯杀。奴奴该真勤俭做生活。"

刘芳骗妻杀母亲,泼妇听得喜欢心。

个种老妖应该杀,省得阳间现世精。

刘芳便叫妻子依我一句话,就去杀落老母亲。

倘然杀落亲生娘,要下地狱十八层。

你肯服侍婆婆一个月,免入地狱受苦辛。

妻子听说眯眯笑,丈夫言语妻肯听。

刘芳说:"唉!妻呀!究竟我身是她养的,叫十月怀胎,三年乳哺养育之恩,并非小可。如今你总要好好服侍婆婆一个月,免我地狱受苦。只怕你今不肯服侍婆婆。"妻子说:"相公!算来三十日。你若肯将她杀死,我愿服侍两月何妨。"

泼妇听得杀婆身,皮屑燥痒骨头轻。

个种老妖只吃勿管事,活在阳间做啥事。

杀落老妖正快乐,情愿勤俭做营生。

不宣泼妇一桩情,且说老母一桩情。

且说老母思想:"儿子要杀媳妇,如今我要好好勤俭做做。"起早烧茶煮饭。烧好茶饭,便唤媳妇起来吃朝饭。那个媳妇听见婆婆唤吃朝饭,思想:"个只老妖精,最近两朝起得能个早,倒有点奇了。"

孝母用心媳妇敬,相信我儿杀妻身。

起早烧饭营生做,情愿服侍媳妇身。

蓬头赤脚忙碌碌,时时刻刻做营生。

刘芳思想多好笑,难得母亲回心转。

未知妻子心如何,看她可肯来孝敬。

勿宣刘芳心思想,再说媳妇敬婆身。

且说妻子思想:"丈夫杀娘,如今我要勤俭做生活。"困到五更起来,比婆婆更加早,梳头扫地,揩台退灰,刮镬汰灶,淘米洗菜,搬柴烧茶,煮饭烧菜,各件做完,就请阿婆起来,面汤水送到房中。且说老母想:"这个小贱人,今朝为舍起得宁个早?倒真正奇怪了。"

老母心里自讨论,难得媳妇起孝心。

难道媳妇死日头上转，鬼讨好来赴幽冥。

莫非良心出现孝敬我，不知算定恶计害他身。

待我拿出铜钿四五百，就叫孩儿街坊行。

老母亲叫孩儿铜钿四五百文银："你拿去到街上买点鱼肉荤腥，转来烧烧吃夜饭。为娘看你家倒有点学好了，孝顺起来哉。"

刘芳拿了铜钿五百文，立刻出门街上行。

买鱼买肉买零碎，慌忙上路转家门。

吩咐妻子快快烧，三人弄得忙煞人。

媳妇汰菜来淘米，婆婆搬柴火来烧。

媳妇替婆换烧火，阿婆上灶把饭成。

此时婆媳二人都闹热，同台合凳共三人。

且说刘芳用好夜饭，登在灶前，暗暗嬉笑，肚皮都笑痛。我今看起来婆媳有点和睦哉。歇了二天，那个媳妇亦要起孝心哉。

媳妇心中起孝心，开了箱子去搜寻。

肯出铜钱六七百，就叫丈夫街坊行。

买点肉来买点鱼，买点茶食干点心。

且说刘芳接了铜钿，拿了一只竹篮即便走到街上，心中想道："伲娘亲、妻子二人有点和睦个哉。"一路来到街坊上，买鱼买肉，又买糕饼零碎、茶食干点心。一路办齐，急忙转家去了。

刘芳买菜转家门，便叫妻子拿进门。

快烧鱼肉婆婆吃，恐怕我娘饿伤心。

妻子鱼肉即便烧，诚心烧你婆婆吞。

鸡肉鲫鱼正鲜洁，虾仁炒蛋色鲜明。

一碗三鲜汤清洁，酱肉蹄髈香喷喷。

且说蔬菜台上摆，馒头肉饭干点心。

皮蛋虾松并火腿，三干三湿把盆拼。

台上摆得都齐整，就请婆婆老年人。

挨了婆婆朝南坐，夫妻陪娘两边分。

媳敬婆婆真贤孝，又敬丈夫正心人。

不宣婆媳正和睦，且提刘芳有事情。

且说刘芳思想光阴如箭，日月如梭，不觉已经三十日有余哉。如今看她二人真正和顺，我前头说过，要娘服侍一月后，动手杀人。今日已到三十，已经一月哉，婆媳和睦，未知真假。今待我先试娘的心看，便知虚实。即便半夜三更，拿了尖刀，提了磨砖，来到母亲房门口外面，亦要磨刀起来。老母在房内听见，连忙开出门，一把抢住，便叫："畜生！你今磨快尖刀，要杀了哪个人呀？"

刘芳开口叫母亲，奴今要杀逆妻身。

逆婆不孝心狠毒，怠慢我娘勿该应。

千思万想杀了她，免得娘亲气不清。

况且今朝一月已经到，三十一日今天明。

问说早已都说过，服侍一月杀妻身。

杀落泼妇太平日，省得日日吵不清。

且说刘芳说:"母亲你忘记了。吾前日对你说过服侍一月开刀。今日三十一日已到,正好开刀。"老太说:"孩儿吓,不好杀个。如今媳妇十分孝顺,又是勤俭做营生。有啥个不好呢? 你若今朝真个要杀媳妇,奴要搭你拼条老命哉。若然真个勿听,吾畜生永无好日过下去。老古话说:'衣裳新个好,人么旧个好。'倘然杀忒,一则无钱讨个,二则有钱讨来比这个更恼如何办? 如有不好,要笑煞别人家了。"

　　你今勿听老母亲,永无好日过光阴。

　　如今我个新媳妇,走尽天边无处寻。

　　看我娘面免一死,传宗接代做营生。

　　倘然一时之火来杀落,有人晓得把状论。

　　人命官司如天大,勿是杀头定充军。

　　刘芳听说眯眯笑,母亲在上听原因。

　　皆为婆媳不和睦,算定计策劝娘亲。

　　刘芳思想:"如今母亲和睦了,未知妻子心如何,待我去试试看,便知明白。"亦拿把刀,等到三更时候,亦在房门口唏哗唏哗磨刀。房里妻子听见,连忙起身开房门一看,只见丈夫磨刀,慌忙拉住尖刀,便叫官人:"你今看来落忒魂哉,在门口磨刀干啥事情?"刘芳说:"娘子你忘记了? 只为我娘与你相骂淘气,总要杀忒个老太婆。况且我前日对你说,服侍婆婆一个月,今夜是三十一日哉。应该杀死了。"妻子说:"相公你今差矣! 哪有儿子杀娘之理,要天雷打死你个。你若真个杀,叫奴哪里寻大人? 哪有婆婆帮我管家事? 你今不听我话,我情愿寻条死路。而且婆婆待我十分好。看见我淘米,她去搬柴,看见我盛饭,她去抽筷,有啥不好? 今日要杀我婆婆起来,我一万个不同意。"

　　妻子埋怨丈夫听,天下哪有杀母亲。

　　杀落婆婆该何罪,要下地狱受苦辛。

　　儿杀娘亲非小可,天打雷劈不容情。

　　只有堂前将母孝,哪有堂上杀母亲。

　　你若今夜将娘杀,奴奴情愿一条绳。

　　刘芳听说眯眯笑,便叫妻子听分明。

　　刘芳便叫娘子听我说:"天下世界哪有儿子杀娘的道理。只为你们婆媳相骂淘气,不做营生,故而我想出计策,骗醒你们。待我说你听呀。"

　　只因婆媳不和睦,想成暗计街坊行。

　　打刀杀人是假意,要劝你们和睦生。

　　夜间磨刀假作势,骗醒母亲与妻身。

　　世界哪有杀娘事,也未见过杀妻身。

　　幸亏母亲回心转,又亏妻子敬婆身。

　　婆媳二人听得都欢喜,如今和睦我安心。

　　再说刘芳哄骗妻子、母亲,如今一家三人,和睦心顺,称心意度过光阴,好不快乐。刘芳妻子孝敬婆婆,日后生下儿子。老太九十岁归天。就叫刘芳真孝子,行善添福寿也。

　　奉劝大众记在心,为人第一孝心存。

　　爷娘言语不逊逆,妻子言语不能听。

　　男儿刚强要把正,女人起心要归正。

　　不能听三并看四,两面听来要分明。

　　言语之中不清楚,必然处事荒唐情。

但看刘芳两勿依,摆定主意劝公平。

有人孝得刘芳样,婆媳夫妻和睦生。

打刀宝卷宣完成,一烛清香福寿增。

卷中倘有差误字,阿弥陀佛补完成。

代拜堂宝卷

代拜堂宝卷初展开,在堂大众喜满怀。

今日静心听此卷,一年四季免三灾。

却说此卷发生在大宋景祐年间,杭州府有一人姓刘名秉义,是个医生出身。妻子谈氏,夫妻同庚五十,所生一双儿女。子唤刘璞,一十六岁,年方弱冠,仪表非俗,已聘下本村孙寡妇之女儿珠姨为妻。女儿叫慧娘,年方十五,已受邻村开生药铺的裴家之聘。那慧娘生得姿容艳丽,非常标致也。

不说慧娘女钗裙,只表刘公一老人。

眼见儿子已长大,同妻商议儿婚姻。

要叫媒人孙家去,通知女方得知闻。

谁知正在这时候,恰巧裴家来媒人。

裴家公子要完姻,迎娶慧娘要过门。

刘家一听心着急,便对媒人说分明。

还请上复裴亲翁,女儿年纪尚还轻。

目前妆奁未完备,过了几时再讨论。

待等儿子完了婚,方及小女再出门。

媒人听了刘公话,回复裴家得知闻。

却说裴九老一听回言,非常着急。因为老来得子,爱惜儿子如同珍宝一般。恨不得能将儿子用风吹大,早些替他完了婚姻,生男育女,才称他老人之心。今见刘公推托,好生不乐,叫媒人再去央求,对他说:"令爱千金一十五岁,也不算小了。到了我家即如女儿一般看待,决不为难。就是妆奁厚薄,但凭亲家,并不计论,万望亲家承允。"谁知刘家立意先要与儿子完了亲,然后再嫁女。媒人往返了几次,终是不允。裴家儿子无奈,只得等待。当时刘公若是允了,却是省了好些事,只因执意不从,到后来生出了一段新闻,传说至今也。

不说裴家忍气声,只表刘公请媒人。

媒人就是张六嫂,就去刘家说详情。

女方是个孙寡妇,丈夫孙恒早离尘。

夫妻不生多男女,只有姊弟两个人。

女儿珠姨十六岁,儿子十五叫孙润。

小名就叫孙玉郎,姊弟面貌一般形。

面如白面粉团做,貌似美玉来琢成。

弟善读书姊女工,姊弟天资又聪明。

女儿定了刘家婚,玉郎聘定徐家亲。

玉郎丈人叫徐雅,是个画家善丹青。

女儿取名叫文哥,就与孙家订了婚。

不说徐家一切事,只表刘家与孙门。

却说媒人张六嫂到了孙家,说明刘家择日要娶小姐过门。孙寡妇母女相依,欲想再停几年,又想男婚女嫁乃是大事,只得一口答应,就对媒人说道:"六嫂,请上复刘家亲翁、亲母,我家是孤儿寡妇,没甚大妆奁嫁送,不过随常粗布衣裳之类,凡事不要见责。"张六嫂辞别孙家,直往刘家禀复。刘公一听非常高兴,就备了八盒羹果礼物,择了吉期,送往孙家。孙寡妇自从受了礼,忙忙置办出嫁东西。看看日期越来越近,母女不忍相离,终日啼啼哭哭也。

不说孙家母女情,只表刘家出毛病。

一日刘璞冒了风,感冒转为伤寒症。

人事不省很危险,请医服药欠功能。

求神问卜全无效,刘公夫妇失了魂。

守在床边吞声泣,夫妻轻轻在讨论。

孩儿病体如此重,料想这次难成亲。

刘公提出另择日,等待病痊再成婚。

刘妈听了火气生,老官说话不中听。

枉为活了多少岁,说出话来无重轻。

却说刘妈言道:"老官,你怎么一点事也不懂。大凡病人势重,该用喜事一冲,病体马上就松,未曾择日的还要去女方求亲。如今现成的事,怎么反去回头他们?"刘公言道:"我看孩儿的病势,凶多吉少,若是娶来冲喜冲得好了,此乃万千之喜。倘或冲不好时,可不害了人家的子女吗?有个难嫁的说法!"刘妈言道:"老官,你单顾了人家,却不顾自己孩儿?你我费了许多心机,定得一房媳妇。谁知孩儿命薄,临做亲却又患起病来。今若回了人家,孩儿无事,不消说起。万一有些山高水低,聘礼能还一半,也算他们忠厚了。如若不还,岂不是人财两失也。"

刘公听了老妻称,依你打算怎样能。

刘妈说给老官听,外人面前莫张声。

吩咐媒人张六嫂,孙家瞒过孩子病。

到了吉期照办事,媳妇娶妻再理论。

拜堂就叫女儿代,待儿病好重结婚。

以后女方若知道,媳妇已进我家门。

等儿病痊重拜堂,谅必孙家无话云。

若然我儿病难好,媳妇定要重嫁人。

到了那时有想法,聘礼一切送转门。

如若他们都答应,才让媳妇出门行。

却说刘妈言道:"这是万全之策。"刘公的耳朵本是棉花做的,就依着老婆。忙去叮嘱张六嫂不要泄漏。自古道:"若要人不知,除非己莫为。"刘公自以为瞒过孙家,哪知他紧隔壁有一户单身汉,李荣,曾为人家管过仓库,人家都叫他李都管。为人极是刁钻,专管闲事,并且人家出了不管大小事情,定要打听明白,喜谈乐道,现在大家称他李多管。因他当主管时,得了许多不义之财,手中有了钱,看见刘家房子多,意欲强买刘家房子。刘公不肯,为此两家面和心不和,巴不得刘家有些什么事故,幸灾乐祸。却被他知道刘璞有病危急,满心欢喜,连忙暗地里告知孙家也。

孙寡妇听到这个信,方知女婿身有病。

并且病重很危险，又恐误了女终身。

差人去唤张六嫂，来到孙家问详情。

张六嫂一听暗吃惊，连忙来到孙家门。

孙寡妇连忙问六嫂，刘家可曾出事情。

六嫂本当不想说，恐怕刘璞难保命。

如果刘璞真有变，孙寡妇定然不太平。

假如实话说出来，刘家对我不放轻。

左右为难张六嫂，欲言又止话吐吞。

孙寡妇一见更疑惑，越发盘问逼得紧。

却说张六嫂被逼无奈，急忙说道："偶然伤风，并无大病，到了婚期，料必要好的。"孙寡妇道："我闻得病势很重，十分危险，你怎么说得这般轻易。这事不是当玩的，我受了千辛万苦，守得这两个儿女成人，如珍宝一般。你若含糊，骗了我女儿，少不得和你性命相搏，那时不要见怪！"又道："你去刘家说，若果然病重，何不等好了，另改吉日。况且儿女年纪尚幼，何必这样急迫？问明白了，快来回信。"张六嫂答应一声，方欲出门，孙寡妇又叫道："回来。我晓得你绝无实话对我说的。我令养娘同你去走一趟，便知端的。"养娘即是女佣人，已结了婚，帮人家做事。张六嫂听说养娘同去，心中着忙道："不消得！我会对你说实话的。"孙寡妇哪里肯听，就教了养娘些许言语，跟了张六嫂而去也。

张六嫂顿时无哪能，只得同去刘家门。

恰巧刘公走出门，张六嫂临时动脑筋。

知道养娘不认识，便叫大娘等一等。

我来进去禀一声，再来请你进门庭。

张六嫂轻轻唤刘公，叫到一边说分明。

孙家之话说明白，特差养娘探实信。

刘公听了吃一惊，手足无措没章程。

说道为何让她来，叫我如何把话云。

却说刘公言道："你怎么不阻住她呢？"张六嫂道："我再三阻挡，如何肯听，叫我也没法。"刘公道："她既然来了，叫她里面坐坐。你要想尽办法对付她，不要连累我日后受气。"不多片刻，养娘进来了。张六嫂介绍道："这位便是刘老爹。"养娘连忙见过礼。刘公也还了一礼，又道："六嫂你陪她谈谈，待我叫老荆出来。"说罢进内而去，便对刘妈学说一遍，"如今养娘在外，怎样回答她？倘被她进内探看孩儿，却如何掩饰？我看不如改了日期罢。"刘妈道："你真是个死货！她们受了我家的聘礼，便是我家的人了，怕她怎的？我自有道理对付她也。"

一声吩咐女儿听，你去把新房整一整。

我去外边见了她，准备在新房吃点心。

女儿新房重整理，刘妈外面接客人。

双方会面见了礼，刘妈即便开言称。

孙家亲母身可健，亲家母有甚话儿云。

养娘便把大妈称，主母有话要告禀。

她在外面得到信，闻说大官人身有病。

她在家中心不定，叫我来问真不真。

上复老爹大妈听，主母之言告分明。

大官人如若真有病,又恐吉期难成婚。

不如再等一段时,大官人身健再完姻。

刘妈听了双手摇,这事万万不可能。

我儿偶然冒风寒,并无什么大毛病。

亲眷朋友都下帖,吃喜酒日脚早决定。

如若突然重改日,大家听了闹笑柄。

不说你家不肯嫁,说我穷苦难成亲。

请你上复亲家母,不必担忧放下心。

养娘听说话虽是,要求见见大官人。

请问大官人睡何处,让小妇进去问一声。

回头禀复主母听,也好让她宽了心。

刘妈言道刚服药,让他发汗养精神。

突然张六嫂言一句,我说偶然小毛病。

孙家亲母不相信,烦你奔跑费劳神。

养娘一听话非假,要想告辞转家门。

刘妈言道慢慢能,一声吩咐送点心。

我家房屋不干净,新房坐坐再谈论。

三人起身进新房,养娘一看很齐整。

大家就把点心吃,养娘心里信为真。

吃罢茶点就起身,告辞刘妈就出门。

刘妈吩咐张六嫂,定要回来复一声。

却说养娘同张六嫂回到家里,将上项事诉说一遍。孙寡妇听了,弄得心里没了主意,欲待允了,恐怕女婿真的病重,如有不测,误了女儿终身;将欲不允,又恐女婿真的小病,就要痊愈的,反倒误了吉期。疑惑不定,乃对张六嫂道:"带我酌量定了,明早来取回音。"张六嫂道:"大娘从容计较,老身明天来取回音。"说罢自去。孙寡妇就与儿子玉郎商议:"这事怎么计较!"玉郎道:"依我看来,姐夫肯定病重,故不准养娘见面。依我主见,明天对张六嫂说日期就依他们不动,但是我们妆奁一毫不带,冲过喜,第三朝就要接回。等病好了,连妆奁一同送去。纵有变故,也不会受他们的笼络。"孙寡妇道:"真是孩子的见识。他们一时假意答应,到吉期娶了过去,到了三朝不肯放回来,怎么办?我看还是这样比较妥当。办法照你说的做,不过你姐姐到了那日,叫她躲开,新娘由你装扮,皮箱内准备一套你的衣服鞋袜等东西。到了那日拜过堂,冲过喜,到第三朝,容你回来,不消说起。倘若不放,你在那里看个明白,倘有三长两短,你换了衣服径自回家。哪个扯得你住!"玉郎一听便道:"别事还可,这事难办,以后叫我怎样做人?"孙寡妇见儿子不允,心中大怒道:"以后纵然有人知道,不过一句笑话罢了,有甚大害?"玉郎平时很孝顺娘的,见娘发怒,连忙道:"孩儿去便了,只不过我不会梳头却怎么办?"母亲道:"叫养娘陪你去便了。"计较已定,来朝张六嫂来孙家讨回音也。

孙寡妇开头六嫂称,我家商议已决定。

如此这般若依得,到了吉期来娶亲。

他们若是不肯依,另择吉日再完婚。

六嫂刘家复了信,一口依从便答应。

刘家为何会答应,另有想法在胸襟。

只因儿子病势重,只要媳妇到了门。

一进门来刘家媳，一切权利属他们。

所以满口就答应，待到吉日便成婚。

谁知孙家比你狠，识破刘家机关门。

弄个假货送上门，男扮女装代成亲。

刘家是周郎妙计妙十分，赔了夫人又折兵。

话休烦絮言归正，黄道吉日到来临。

却说孙寡妇把玉郎装扮起来，果然同女儿无二，连自己也认不出真假，又教了一些女人礼数。诸般都好，发现二桩难事，第一是大脚一双，虽有长裙拖地遮盖，难免露出破绽，真正要当心，轻移细步，好得无人揭起裙儿来细看。第二，耳朵没有环眼，难于戴环，终是难看。好得玉郎从小左耳有个环眼，但右耳上没有怎么办？灵机一动，吩咐养娘，去弄个小小的膏药把它贴了，只说右耳环眼发炎，不能戴环，好得左耳露出环眼作遮掩。打扮停当，专等迎亲队伍到来。一到黄昏，只听得鼓乐喧天，轿子到门。媒人张六嫂先入内一看，新娘打扮得花枝招展，好不欢喜。孙寡妇奔出跑进，忙着招待迎亲等人。不多片刻，赞礼先生唱起诗赋。吉时已到，请新人上轿。玉郎兜上方巾，喜娘搀扶新娘入轿，向母亲作别。孙寡妇一路上假哭，送出门来。后面跟上养娘手提皮箱。孙寡妇再三嘱咐张六嫂，三朝不要失信，媒人答应告别，孙寡妇回进门去，专等三朝也。

孙家之事暂不去，只表娶亲回转门。

灯烛辉煌鼓乐声，不觉已到刘家门。

轿子停放大门口，喜娘忙唤新官人。

慧娘乔装来相迎，手揭轿帘道声请。

嫔相扶出新娘娘，立在堂前等结亲。

一对新人并肩立，道士吹打闹盈盈。

掌礼先生唱诗赋，参天拜地结成婚。

当堂拜见公与婆，送入洞房挑方巾。

却说慧娘乔装新郎参拜天地送入洞房，挑开方巾，就出新房。亲眷朋友欢天喜地，吃罢喜酒各自回去。玉郎独自坐在新房，养娘替他卸了新装。秉烛而坐，不敢就寝。刘妈与刘公商议道："媳妇初到，如何叫她独宿？可叫女儿去陪伴。"刘公道："只怕不稳便，由她自睡罢。"刘妈不听，对女儿道："你今夜相陪嫂嫂新房去睡罢，省得她一人冷静。"慧娘正挨着嫂嫂，一口答应。刘妈引领女儿到新房中说道："贤媳，只因你家官人身有小恙，拜过堂，又有点头晕，不能来同房，特领小女来陪你同睡。"玉郎恐怕露出马脚，回道："奴家自来怕生人，倒不消罢。"刘妈道："呀！你们姑嫂年纪相仿，即如姐妹一般，正好相处，怕点啥！你若嫌不稳时，各自盖着被头，便不妨事了。"对女儿道："你去收拾了被头过来。"慧娘答应而去也。

慧娘答应就动身，玉郎此时喜又惊。

喜的是心中爱着姑娘美，天赐其便同床困。

惊的是到了那时不答应，叫喊起来坏事情。

心中反复暗思忖，此番错过难相近。

看这姑娘年相当，料她情窦已开盛。

缓缓用功撩拨她，不怕那时不答应。

心中正在细打算，丫鬟拿被进房门。

却说姑娘把被放在床上。刘妈一见非常快活，就同丫鬟出门而去。慧娘将房门关上，走到玉郎身边言道："嫂嫂，你方才一点儿东西没吃，不怕饿了？"玉郎道："还不觉得饿。"慧娘又道："嫂嫂，今后要什么东西,只管对奴家说便了。我好去拿来,不要怕羞不说。"玉郎见她意儿殷勤,心里暗喜,答道:"多谢姑娘美情!"慧娘突然指着花烛笑道:"嫂嫂你看!好一朵灯花,正对着嫂嫂,可知喜也!"玉郎笑道:"姑娘休得取笑!还是姑娘的喜信。"二人说笑了一回。慧娘道:"夜深了,请嫂嫂睡罢。"玉郎道:"姑娘先请!"慧娘道:"嫂嫂是客,奴家是主,怎敢就占先。"说罢便宽衣先睡。养娘见两人这般取笑,觉得玉郎不怀好意,低低说道:"官人,你须要斟酌,此事不是当玩的。倘被大娘知晓,连我也不好。"玉郎道:"不消嘱咐,我自晓得。你也去睡罢。"养娘便去旁边打个铺儿睡了也。

　　玉郎起身到桌旁,手拿灯台走近床。

　　揭起青纱床上照,见姑娘卷着被头睡里床。

　　姑娘见他把灯照,笑嘻嘻地嫂嫂称。

　　时光不早也该困,把灯照奴为何因。

　　玉郎笑着言一声,我看姑娘哪头困。

　　说罢将灯桌上放,解衣入账姑娘称。

　　我今和你一头睡,说说讲讲便三更。

　　却说慧娘言道:"如此最好。"玉郎钻进被窝问道:"姑娘青春多少?"慧娘答道:"十五岁了。"又问:"许的哪家?"慧娘怕羞不肯回答。玉郎把头挨到她枕上,附耳言道:"你我一般是女儿家,何必害羞?"慧娘方才答道:"是开生药铺的裴家。"又问道:"佳期在何日?"慧娘低低道:"近日曾教媒人再三来说。爹道奴家年纪尚小,回他们再缓几时。"玉郎笑道:"回了他家,你心里可不气恼么?"慧娘伸手把玉郎的头推下枕来,道:"你不是个好人!哄了我的话,便来耍人。我若气恼时,今日你心里还不知怎样恼着哩。"玉郎依旧把头挨到枕上言道:"你且说来,我今夜有甚恼呢?"慧娘道:"今夜新做亲,没有对儿,怎么不恼呢?"玉郎道:"有姑娘在此,便是个对儿了,又有甚恼?"姑娘笑着言道:"如此说来,我是你的丈夫了。"玉郎道:"我年纪比你长,丈夫还是我。"慧娘道:"我今夜代哥哥同你拜堂,我就是哥哥一般,我还是丈夫。"玉郎笑道:"大家不要争了!我你今夜做个女夫妻罢。"说罢,就在慧娘的被里一钻,紧紧抱住姑娘!更加亲热也。

　　玉郎钻进姑娘被,紧紧搂抱称贤妻。

　　我有衷肠吐与你,谅你不会发脾气。

　　姑娘笑道尽管说,莫说脾气不脾气。

　　玉郎倾吐衷肠话,姑娘听了暗欢喜。

　　情投意合似胶漆,假夫妻变成真夫妻。

　　兴云布雨翻作浪,不觉听到公鸡啼。

　　却说二人云雨已毕,紧紧偎抱而睡。只说养娘恐怕玉郎弄出事来,睡在旁边铺上,眼也不合,听着他们初时说话笑耍,次后听得二人成了那事,暗暗叫苦。到次日清早起来,慧娘自去母亲房中梳洗。养娘替玉郎梳妆,低低说道:"官人,你昨夜怎样对我说的?却又口不应心做下那事!倘被他们知晓,怎么办法?"玉郎道:"又不是我去寻她,她自送上门,叫我怎生推却?"养娘道:"你须拿定主意便好。"玉郎道:"你想,这样花一般的美人,同床而卧,便是铁石人也打熬不住,叫我如何忍耐得过!你若不泄露时,有何人晓得?"装扮已毕,就要去后房向公婆请安去也。

　　新娘已到后房门,拜见公婆二大人。

　　刘妈一见笑盈盈,开口连连称贤媳。

　　见她端庄多文雅,满身装束貌娉婷。

　　口称贤媳环忘戴,养娘连忙大妈称。

　　小姐右耳生痱疮,贴了膏药无哪能。

刘妈一看果如此,左耳有眼不疑心。

玉郎见过房中坐,亲戚女眷来相迎。

慧娘也来见过礼,双方相视笑盈盈。

一日已晚日西沉,慧娘依旧陪新人。

一夜颠鸾又倒凤,加倍恩爱立誓盟。

不觉已经三朝过,二人行坐不离分。

养娘急得捏把汗,催促玉郎转家门。

却说养娘催促玉郎道:"三朝已过,可对刘大妈讲,决定三朝回门。现已过了怎么办?"玉郎与慧娘火一般的热,哪里舍得回去,只得假意道:"我怎能启口说呢?须要母亲叫六嫂来说才是。"养娘一听说得也是。只得抽空回孙家去一次,对主母如此这般学说一遍。孙寡妇一听跌足叫苦,连忙唤了丫鬟速去叫张六嫂来家,不多片刻六嫂已到。孙寡妇对六嫂道:"前日讲好三朝回门,今天已四日了。"六嫂听了,即同养娘而去。恰巧刘妈正在新房里与媳妇闲话。六嫂将孙家之言说知,玉郎与慧娘不忍割舍,各自暗想:"但愿允便好!"谁想刘妈真的不答允,便对六嫂道:"你媒人也做老了,难道这样的事还不懂吗?从来可有三朝的媳妇便要回去的道理么?前日她不肯嫁来,倒也没什么办法。今既嫁来,便是我家的人了,还由得她们了。既然如此的不舍得,当初为何要许人家?她也有儿子,少不得也要娶媳妇的,看她三朝可肯放回家去?"一番话说得张六嫂哑口无言,不敢回复孙家也。

养娘听了吃一惊,一人肚里暗思忖。

如此下去非好事,总会被他看破情。

只得守住新房门,如有人来暗报信。

如此无空回孙家,孙家就此断音讯。

却说新官人刘璞,自从结亲这夜,鼓乐喧天,人声嘈杂,惊出一身冷汗来,病体渐渐痊好。晓得妻子已娶来家,听说人品十分齐整,心中格外高兴,这病愈觉好得快了。过了几日,挣扎起来,半眠半坐,日渐健旺。今日突然想起,要去新房看看娘子。刘妈恐他初愈,不耐行走,所以叫丫鬟搀扶前往,自己也随在后,慢腾腾地走到新房门口。养娘正坐门槛之上,丫鬟道:"让大官人进去。"养娘立起来高声叫道:"大官人进房来了。"玉郎正搂着慧娘调笑,听得有人进来,连忙走开。刘璞揭帘进房,慧娘上前道:"哥哥且喜病体痊好,只怕还不宜劳动。"刘璞道:"不要紧,我暂时走走,就要去睡的。"说罢,上前向玉郎作揖。玉郎背转身,道了个万福。刘妈道:"媳妇大娘子!这是你的官人,如今病体好了,特来见你。怎么你背转身子?"就把媳妇扯近儿子身边,说道:"吾的儿,与你恰好正是一对儿。"刘璞见妻子非常貌美,甚是快活。真是个人逢喜事精神爽,那病体又好了几分。刘妈道:"儿去睡罢,不要劳累身子。"叫丫鬟扶着回房去,慧娘也跟着兄长而去也。

玉郎一见刘璞身,虽然病容貌端正。

暗想姐姐配此人,也不辱没美钗裙。

如今姐夫病已好,倘来洞房怎生能。

还是让我快回去,与母设法再计论。

待等晚上慧娘来,忙对慧娘说分明。

你兄毛病已经好,恐怕就要洞房困。

你可撺掇母亲说,明天让我回家门。

调换姐姐送过来,神不知来鬼不明。

这事便可隐瞒过,如果再等露破情。

慧娘言道你回去，此事可以禀母亲。

我的终身怎么办，你要当面来答应。

却说慧娘要玉郎答应终身之事。玉郎言道："我千思万想早已想过。但是你已许人家，我已聘妇，没甚计策挽回，如之奈何？"慧娘言道："君若无计娶我，誓以魂魄相随，决然无颜，更事于人！"说罢，呜呜咽咽哭了起来。玉郎与她拭泪道："你且勿烦恼，容我再想。"自此两相留恋，把回家之事都忘了。有一日养娘正巧去后面探听一下消息，二人将房门关上，商议那事，长算短算，没有计策，心中苦闷，彼此相抱哭泣也。

不说二人哭泣声，再表刘妈一个人。

自从媳妇娶进门，就叫女儿陪新人。

终日行坐身不离，太阳没落关房门。

日上三竿才起床，刘妈肚里起疑心。

那日也是该有事，刘妈偶然过房门。

只听房里有哭声，门缝张望碧波清。

媳妇女儿相搂抱，低低哭泣各吐情。

欲想掀帘闯进去，欲待发作问问清。

耐住性子轻轻叫，女儿快快来开门。

二人听得母亲到，揩干眼泪假镇静。

开了房门接母亲，刘妈开口直言道。

青天白日门紧闭，搂抱啼哭为何因。

吓得二人脸通红，无言答对目定神。

气得刘妈手足麻，扯了女儿出房门。

却说刘妈扯了女儿就走，直望后面一间空房里，把房门关上，一众丫鬟不敢阻拦，不知为了何事？其中有几个丫鬟胆子比较大，贴在门上张望。只见主母拿过一根木棍，逼问女儿。慧娘初时还要抵赖，刘妈道："贱人！我且问你，她来了多时，有甚恩爱舍不得？闭着房门搂抱啼哭，什么原因？"慧娘对答不来。刘妈举棍欲打，心中却又不舍得。慧娘料是隐瞒不过，暗想："事已至此，索性说个明白，求爹妈辞了裴家，配与玉郎。若不允时，拼个自寻短见便了。"乃道："妈妈请听，如此这般，母亲叫我陪他，遂成了夫妻。恩深义重，因无良策，故此啼哭。不想被母亲撞见，这便是实话。"刘妈听罢，怒气填胸，把棍丢掉，双脚乱跳，骂道："老乞婆这般欺心，将男作女哄我，怪道三朝便要接回。如今害了我女儿，不得与她干休，拼这老命与这小杀才算账去也。"

开了房门便动身，女儿立即后头跟。

心中着急不顾羞，一把拖住老母亲。

被母一推跌在地，丫鬟连忙扶起身。

不说刘妈冲天怒，再表玉郎假新人。

眼见慧娘被扯走，知道事体露真情。

养娘着急来诉说，官人不好起祸根。

刘妈举棍打姑娘，看来马上祸来临。

玉郎听了心也痛，心如刀割泪盈盈。

养娘催促快快走，今时不走难脱身。

玉郎连忙换衣裳，拖了娘娘逃出门。

却说孙寡妇见儿子回来，怎般慌急，又惊又喜，便道："如今怎般模样？"养娘将上项事情说知。孙寡妇埋怨道:"我叫你去,不过权宜之计,如何去做出这般没天理的事来? 你若三朝回来,隐恶扬善,也不见得事败。可恨张六嫂这老虔婆,自从那日去了,竟不来复我一声。"又道:"养娘,你也不回来一次,叫我日夜担忧! 今日弄出事来,害这姑娘,却怎么办? 要你这不孝子何用?"玉郎被娘责骂,惊愧无地。养娘道:"小官人也自要回的,怎奈刘妈不肯。我因他们已做出了事来,又恐被他们发现,我日日守在房门口,也不敢回家。今日饭后,抽空去后面探听消息,谁知被刘妈撞破,幸喜逃得快! 还不曾吃着亏呢。目前且叫小官人躲过两日,他家没甚话说,便是万千之喜了。"孙寡妇真个叫玉郎闪过,等候他家消息也。

不说孙家等回音,再表刘妈到房门。

只见新房门关紧,口骂杀才小畜生。

你家弄这奸计来,害我女儿难做人。

今日与你拼老命,方知老娘手段狠。

正要掀帘打进去,女儿抢前拦母亲。

刘妈一见火更升,口骂没脸小贱人。

亏你年轻不怕羞,还来拦我为何因。

扯住女儿猛一推,把门撞开跌进门。

母女同时倒在地,扭作一团地上滚。

刘妈放手爬起身,新房之中四面寻。

不见半个人影子,只见新娘服一身。

方知改装已逃走,连骂女儿小贱人。

今日做下丑事来,裴家晓得怎做人。

却说刘妈寻不到玉郎,只得将女儿大骂出气。慧娘只得哭道:"女儿一时做差这事,但求母亲怜念孩儿,劝爹爹回了裴家,嫁着玉郎,犹可挽回前失。倘有不允,有死而已。"说罢,扑倒在地。刘妈道:"你说得好自在的话儿! 他家下财纳聘定了亲事,今日平白无故要休婚,哪个肯么? 他们要问,为了何事休婚? 叫你爹爹如何对答? 难道就说'女儿自寻一个汉子不成'?"慧娘被母亲说得满面羞惭,将袖掩面痛哭。正在这时,刘公替人家看病回来,经过新房,听得里面啼哭之声,掀开门帘问道:"你们为甚这般模样?"刘妈将前项事一一细说。气得刘公半晌说不出话来,想了想,倒把刘妈埋怨一番,说道:"都是你这老乞婆害了女儿。"

刘妈一听气直喷,便骂王八老牛精。

因我玉郎无处寻,狠气出在老老生。

直望刘公一头撞,老老一时没留神。

仰面一跤倒在地,老夫妻俩地上滚。

慧娘上前将他拖,搅作一团难拆分。

一众丫鬟看着急,后房告禀公子听。

刘璞床上爬起看,穿好衣服出房门。

直到新房来劝解,夫妻两人站起身。

只因儿子病初愈,恐他劳神伤了身。

方才罢手口还骂,刘璞将父劝出门。

回身又把妹子问,他们为了何事情。

慧娘被问掩面哭,心中惶愧难作声。

刘妈忙将细事说,刘璞听得脸发青。

停了半晌方言道,家丑不可扬出门。

倘然消息传在外,被人耻笑难做人。

事已至此又何办,另做打算再议论。

刘璞言罢回房去,刘妈起身女不行。

刘妈拖女出房门,新房交托铁将军。

不说刘家气闷闷,又提一个多管人。

却说刘家老少闷闷不乐,只有一人喜出望外。此人是谁? 就是邻居多管闲事的李荣。听到刘家吵吵闹闹,不知底细,次日见刘家一个丫鬟出门,被他叫住,利用四五十个小钱引诱,得到了真情实况,又去裴家撺掇也。

李荣专门多管事,一气奔到裴家门。

添油加酱编一套,一五一十讲真情。

激恼一个裴九老,老夫妻俩大议论。

怪道前日媒人去,推三阻四不答应。

本来恨气硬压住,今日知道火上升。

一径赶到刘家宅,喊出刘公把理评。

当日央媒要提亲,千推万辞女年轻。

不肯答允将女嫁,令我汉子家中存。

我是清白裴家人,决不要败坏风气的没脸人。

快快还我昔年聘,另去托媒再配婚。

不要误了我儿事,否则今日不太平。

刘公听了一番话,顿时气得脸色青。

口头不好来承认,只得抵赖没事情。

却说刘公言道:"亲家,这话从哪里说起? 这般言语污辱我家? 倘被外人听得,只道真有其事,你我的体面何在?"裴九老便骂道:"打脊贱才,真是个老王八。你女现已做出这般丑事,哪个不知,谁人不晓? 亏你还长着鸟嘴,在我面前遮掩。"赶上一步,将刘公一记耳光! 看你还不羞。刘公被他羞辱不过,骂道:"老杀才,今日大清早赶上门来欺我?"说罢,便一头撞去,把裴九老撞倒在地,两人扭打起来。里面刘妈母子听得外面喧嚷,连忙出来,只见二老厮打不休,急忙上前劝开。裴九老指着骂道:"老王八,打得好!"与你府里去说话,一路骂出门去。刘璞便问父亲:"裴九老因甚清早前来厮闹?"刘公将情说了一遍。刘璞道:"他家怎么也知道了? 如今事已彰扬,却怎么好?"刘公道:"此事都是孙家的不是,害了我家受这样的恶气! 若不告他一状,怎出得这气?"刘璞劝解不住。刘公央人写了状词,望着府前而去也。

不说刘公府衙到,先把府爷表一表。

这位太守本姓乔,断案如神像利刀。

正直无私又爱民,聪明能干才学高。

自从调任杭州府,再难疑案难不倒。

不管案情大与小,秉公而断呱呱叫。

府中都称乔青天,今日公堂又放告。

刘公急急到府前,背后赶来裴九老。

眼见刘公执状词,九老错认将他告。

口骂王八不要脸,女做丑事有脸告。

上前一把来扯住,两人扭打各不饶。

却说府差眼见二人在府前扭打,就将二人带到堂上。太守看见,喝叫各跪一边,问道:"你们叫甚名字,为何扭结厮打?"二人一齐乱嚷。乔太守道:"不许乱吵!那老儿先上来说。"裴九老跪上去诉道:"小人叫作裴九,有个儿子裴政,从幼聘下刘秉义的女儿慧娘为妻。今年都是一十五岁,小老欲要给他完婚,几次央媒去说,那时刘秉义只推脱说女儿年幼,坚决不答允。谁知他纵女卖奸,恋着孙润,暗招在家,要图赖我家婚姻。今早我去他家说话,反把小老殴打,特求老爷台前诉冤。他又追赶到来扭打,求老爷做主。"乔太守听了便道:"你且退下。"又唤刘秉义问道:"你怎么说?"刘公就把一子一女,如此这般,小老欲将孙寡妇状告到官。谁知裴九登门打骂,小老气愤不过,与他争吵,实不是图赖他的婚姻,请老爷做主也。

太守听了一番话,顿时心中也觉奇。

新娘怎么男代女,新郎反用女代替。

男扮女装总有异,你们为何不注意。

刘公言道婚嫁事,有谁想到男扮女。

孙润面貌如女子,小老夫妇十分喜。

太守心里也生疑,孙家其中有蹊跷。

便问孙润人在哪,刘公答道已逃去。

太守差人去提人,孙家母子和珠姨。

又提刘璞同慧娘,堂上一起评道理。

片刻之间人到齐,太守一见果然奇。

孙家姊弟一般貌,刘璞慧娘俊秀丽。

暗暗称赞脸带喜,正是两对好儿女。

心中已经有妙计,让我问问再作理。

却说太守乃问孙寡妇:"因甚将男作女,哄骗刘家,害他女儿?"孙寡妇便道:"女婿病重,刘家不肯更改吉期。我恐害了女儿终身,故将子扮女,过去冲喜,三方言定,三朝便回,这是一时权宜之策,没有它意。没想到刘家叫女陪睡,弄出事体。"太守一听,已有主意,便问刘公道:"当你儿子病重,应当另选吉期。你执意不肯,却何主意?若依了孙家,哪见得你女有此丑事?这是你自己的衅端,反累你女。"刘公道:"小人一时不合,听了妇人之言,如今悔之无及。"太守道:"胡说!你是一家之主,反听妇人之言。真是家无主,扫帚颠倒竖也。"

太守知情有七分,又唤慧娘与孙润。

孙润你以男扮女,已是不该有罪名。

却又奸骗刘家女,罪上加罪不放轻。

孙润听了吃一惊,连连叩头老爷称。

小人虽知罪不轻,他叫女儿陪小人。

太守怒斥莫强辩,她因知你是女身。

叫女陪睡是好意,你不推辞为何因。

你自知道非女子,含糊同床不该应。

孙润开言大人称,小人苦辞他不允。

太守言道法律论,重责一百不容情。

姑且看你年纪轻,又系两方父母命。

权且宽恕不罪你,孙润叩拜谢大人。

却说太守又唤慧娘言道:"你事已做错,不必说起。如今还是仍归裴家,还是归于孙润?实话实说上来。"慧娘含羞哭道："贱妾无媒苟合,节行已亏,岂可更事他人?况与孙润恩义已深,誓不另嫁。若大人必欲判离,贱妾当即自绝,绝无颜面苟活,贻笑他人矣。"说罢低首而泣。乔太守见她情辞真恳,甚是怜惜,且喝过一边。再唤裴九言道："慧娘本该断归你家!她失身孙润,节行已亏。你若娶回去,反伤门风,被人耻笑。她又蒙二夫之名,各不相安。今判与孙润为妻,全其体面。令孙润还你昔年聘礼。你儿子另自聘妇吧。"裴九言道："媳妇已为丑事,小人自然不要了。但孙润破坏我家婚姻,今日老爷判归于他,反周全了奸夫淫妇,小人怎得甘心?我情愿原聘一毫不要,要求老爷断媳妇另嫁他人,小人这口气也还消得一半。"乔太守道："你既然不愿娶她为媳妇,何苦又作此冤家也。"

刘公听了忙开声,老爷听我说分明。

孙润早已聘了妻,小女为妾岂可成。

太守听到他有妻,便唤孙润再动问。

你家已经有妻子,一发不该再害人。

今将此女何地处,孙润此时难作声。

太守问他妻何人,可曾取她过了门。

孙润连忙老爷称,徐雅之女未结婚。

太守一听易处理,便对裴九言分明。

却说乔太守一听,心中有了打算。便对裴九言道："孙润之妻还未过门!现他占了你家媳妇。如今老爷做主,将他的妻子判断给你的儿子为妻,也可消你之忿!"裴九言道："老爷明断!小人怎敢违逆?但恐徐雅不肯。"太守道："老爷做了主,谁敢不肯?你快回去,唤你儿子到来。我差人去把徐雅父女到来。"不消片刻,也都到齐。太守一看,暗暗称赞,又是一对儿。就对徐雅将孙润与慧娘之事说了一遍："今将你女配于裴政,限即日三对婚姻,当堂成亲。如有不服者,定行重治。"徐雅见太守作主,怎敢不依。俱各甘服,三对婚姻,六位青年,以及刘、孙、裴、徐,四个老人,一齐谢恩。乔太守执笔写了判词,叫押司当众宣读于众。"弟代姊嫁,姑伴嫂眠。爱子爱女,情在理中。一雌一雄,变出意外。干柴移进烈火,无怪其然;以美玉配明珠,适获其偶。孙氏子因姊而得妇,搂处子不用逾墙;刘氏女因嫂而得夫,怀吉士初非街玉。相悦为婚,礼以义起;所厚者薄,事可权宜。使徐雅别婿裴九之子,许裴政改娶孙郎之配。夺人妇,人亦夺其妇,两家恩怨,总息风波;独乐乐,不若与人乐,三对夫妻,各谐鱼水。人虽兑换,十六两原只一斤;亲是交门,五百年绝非错配。以爱及爱,伊父母自作冰人;非亲是亲,我官府权为月老。已经明断,可赴良期。"

押司读罢判断文,众人听了都赞成。

大家无一不心服,一齐跪下再谢恩。

太守取出红花缎,三对夫妻披挂整。

唤齐三班乐工手,三顶花轿摆端正。

抬了三位新娘子,个个随轿出府门。

各自回家婚来结,欢天喜地不须云。

此事闹动杭州城,都说太守判断明。

三家人家都称心,就是吓坏一个人。

挑拨离间李多管,吓得屋里不敢登。

躲避他乡做流浪,有家难归他乡魂。

后来刘璞与孙润,同榜登科在京城。

裴政后来也做官,三人在朝辅帝君。

刘璞升到龙图阁,家中改造换门庭。

李家基地归刘宅,刁钻小人枉费心。

代拜堂宝卷宣完成,大家听了福寿增。

卷中若有不到处,奉请原谅二三分。

草草不公已完结,谢谢大家请批详。

盗金牌宝卷

盗金牌宝卷初展开,诸佛菩萨降莲台。

善男信女听此卷,一年四季免三灾。

却说此卷出在明朝正德皇帝登基年间,江南南昌府东昌县,东平村有一户人家姓舒名德普,秀才出身,娶妻苏氏,同庚五十,所生一子,取名子芬,年方一十七岁,尚未婚配,在家闭门读书。因为家庭贫苦,所以德普在湖北罗大高家中设馆训教学生。那年到了腊月,思想妻儿,所以提早放年学,就问东家结算束脩,马上辞别东家,上路回家。准备料理欠项及过年之费,度过年关,到来春再作道理。身背行李,急忙回家去也。

德普辞馆回家乡,抛妻离子挂心肠。

罗家东翁虽然好,终究不如在家乡。

春夏秋冬已将过,放学辞馆转门墙。

卅两银子打个包,出门上路急急行。

一路行程来得快,看看将近到南昌。

踏进城门穿城过,县城之中人闹猛。

只见街上人头多,团团一圈人围墙。

听到里面有哭声,德普心里暗思量。

不知到底什么事,挤进人群问短长。

却说舒德普挤进人群开口问道:"各位乡亲们,里面看些什么?为啥有人在哭?"众人道:"此地南昌县,北乡村有一个人姓王名叫景隆,为人忠厚老实,是县衙里专门运输的人员,只因命运不济,亏空库内白银三百两,只得将房产衣服等物尽行变卖。还少三十四两银子,知县仍旧催逼,王景隆无计可施,只得将妻子梅氏卖与陕西客人。官债虽然还清,可是今日与妻子就要分手,故而在此,难舍难分之际,所以在此啼哭也。"

德普听得暗伤心,扎进人群看分明。

只见夫妻抱头哭,双双啼哭诉别情。

梅氏开口夫君叫,活拆夫妻好伤心。

为妻倘若不肯卖,夫君必定坐监门。

夫妻抱着嚎啕哭,十人看见九伤心。

德普看见如此样,顿时起了慈悲心。

便对景隆安慰说,你们夫妻莫伤心。

我有银子赠与你,快去退还卖妻银。

免得拆散夫妻情,请你快快接此银。

景隆夫妻忙跪下,拜谢救命大恩人。

请问恩公名和姓,啥州啥县啥乡村。

先生即便回言道,姓舒德普本乡人。

在外设馆教学生,年底结帐转家门。

在此经过看见你,看得心酸赠花银。

说罢一番回身走,一路滔滔转家门。

不说景隆夫妻事,单表舒家一段情。

德普已到家门口,妻儿一见喜欢心。

连忙出来夫君接,开口连连叫夫君。

子芬看见父亲转,连叫爹爹两三声。

只见父亲愁眉展,知道父亲不高兴。

德普眼见妻儿到,顿时回想刚才情。

懊悔当初少主意,不该赠光雪花银。

今日空手回家转,哪能交待妻儿身。

况且大年小夜节,不能过年度朝昏。

心内烦闷说不出,妻子启口问夫君。

莫非东翁得罪你,还是教着笨学生。

莫非路上多辛苦,是否身子欠安宁。

妻子问这又问那,丈夫不断叹连声。

却说舒德普听得妻子问这问那,心里觉得十分难过,说道:"娘子啊,你哪里知道,我来对你实说罢。我一路回来,经过南昌县城,看见一对夫妻抱头大哭。我一问情况,他说亏空官粮,家产变卖干净,还是不够,官府追逼,只得将妻子变卖。因为活拆夫妻,所以大哭。我看得十分伤心,顿时起了慈悲之心,将身边三十两银子尽行赠光。虽然做了一桩善事,可是家里实在穷苦,难于过年,所以,心中烦闷人也。"

苏氏听罢暗自惊,启口开言劝夫君。

一切之事心放宽,皇天不负善心人。

且得苦苦过今年,待到来春再理论。

不说舒家闷昏昏,再表景隆转家门。

夫妻双双都欢喜,感谢舒家大恩人。

此番若无舒家救,我们夫妻两离分。

家中设立长生位,朝夜焚香报大恩。

不表王家夫妻事,只表舒家守清贫。

今日大年三十夜,家家欢乐度新春。

舒家无钱难度日,祖先没烧纸钱文。

一家三口哀声叹,垂头丧气没作声。

听得外边炮竹响,促使舒家更昏闷。

德普摇头怨自己,懊悔当初不该应。

妻子暗暗搽眼泪,儿子坐立不安宁。

只见儿子身站起,走上一步爹爹称。

却说舒家三人,坐在家里闷闷不乐,耳听外边千家万户,远远近近,炮竹连连,更使舒家愁肠百结。子芬见到父亲更加愁眉苦展,突然站起身来开口叫道:"爹爹不必忧闷,孩儿今年十七岁了,待等明年也好去寻些生意做做,赚些铜钱补补家用。今年虽然难以度过年关,幸亏一家三口,个个身体健康,待孩儿到王坟去挑些苦菜吃吃,度过年关再讲。古人说:'只要诚心了愿,皇天不负善良。'"舒德普道:"快快去罢,早去早回,度过年夜再说。"不说舒家苦度年关,再说舒家的灶界菩萨和日游神、夜游神知道舒家为人忠厚,目前遇难,所以,直奏到灵霄宝殿玉帝知道,即召太白金星赐予黄旗一面,上写"状元及第"四个金字,金丝灯笼一盏,叫太白星君立即下凡去,挂在舒家门口。哪知舒家一门三人正在同吃苦菜,忽听得空中喊了几声:"今年苦菜吃一顿,来年定中状元身。"舒德普听了大吃一惊也。

舒家三口苦万分,听得上空有喊声。

啥人在外高声喊,莫非有人笑我们。

子芬就把双亲叫,待我出去看分明。

难道相邻取笑我,笑我今夜无饭吞。

开出门来四面看,并无人影半毫分。

忽听空中有喊声,抬起头来看分明。

空中并无一个人,只见一盏大红灯。

黄旗一面书大字,状元及第写端正。

子芬看得心欢喜,回身告知二双亲。

德普有点勿相信,亲自出外看分明。

抬头一看果然真,心中怀疑二三分。

莫非我家该绝灭,才有鬼怪现原形。

不说舒家闲谈论,另表救星出场人。

却说救星人是湖州乌城县城内有一户平民,姓曹叫仁,娶妻陆氏,同庚五十,所生一女,名叫翠娥,年方十七。不幸父亲早亡,所以,尚未出帖,只有母女二人,靠穿珠花为生意,在本乡不能过活,弄只小船出外营生,乡绅富户家,家户户都能出出进进,都熟悉。今年正在南昌做生意。到了年底,母女商量准备在此过年。小船停在东平村上,住夜过年也。

曹翠娥,母女俩,穿花为生。城外跑,城内行,有时乡村。

老与少,男和女,个个相认。小户家,大户门,直出直进。

千金女,姑娘们,个个相敬。穿珠花,手艺高,大家欢迎。

娘俩个,过生活,富裕有盈。行好事,救穷人,实在真心。

今日是,大年夜,住在东平。近黄昏,耳听得,空中喊声。

猛抬头,只看见,虚空红灯。又听得,高声喊,状元及第。

说什么,吃苦菜,来年高升。母女俩,暗思想,必有原因。

眼门前,一定有,落难之人。娘俩个,一商量,上岸去寻。

东村走,西村跑,处处留心。一寻到,苦人家,救他性命。

母女俩,细细看,家家欢欣。忽然间,有一家,冷冷清清。

关了门,无灯光,又无声音。细细听,隐约间,哀叹之声。

定定神,轻轻喊,快快开门。我们俩,特地来,有话告禀。

舒家里,一听见,前来开门。不知道,半夜里,啥个事情。

却说舒家正在里面唉声叹气,突然听到外面有人说话,只说是叫开门,有事告禀,不知有何事情?就叫儿子去开门。子芬答应,连忙去开门,看看到底是啥人,有何事情也。

子芬开门细看清,但见门外两个人。

一老一少都是女,一见开门就动问。

你家可是吃苦菜，问得子芬难为情。
陆氏此刻也觉得，直言动问不该应。
只得转口婉言问，请问公子尊府姓。
方才小妇冲口出，有请原谅二三分。
子芬开言妈妈称，有何贵干到寒门。
我家父亲舒德普，小人名呼舒子芬。
我家确是吃苦菜，妈妈为何也知闻。
不知妈妈有何事，请到寒舍告实情。
母女一同门来进，公子随手就关门。
陆氏进内将身定，只见还有两个人。
开口便把公子称，里面两位是啥人。
今日大年三十夜，为何年夜苦菜吞。
方才听得空中喊，特地前来问详情。
平时做点啥生意，为何苦到这般形。
有请公子实言告，小妇略助一些银。
德普听得心激动，双眼含泪站起身。
走上前来开言称，大娘听我诉衷情。
在下姓舒名德普，东平村上住登身。
妻子苏氏儿子芬，三人一家过光阴。
在下出外学生教，一人养活三口人。
年冬腊月学生放，东翁结帐付脩金。
一路回家到北乡，碰着一个姓王人。
亏空官债将妻卖，夫妻难舍难离分。
一看情景很凄惨，顿时起了恻隐心。
就把银子赠给他，一时忘怀赠干净。
故而空手回家转，难以度日过光阴。
今日年关难度过，所以只好苦菜吞。
不知大娘有何事，特地深夜到寒门。
陆氏暗暗心佩服，这种良心世难闻。
含笑启齿将言说，先生在上听原因。
小妇特来相助你，让你一家过晨昏。
德普含泪双摇手，大娘这事万不能。
堂堂男子难度日，面不相识难为情。
未知大娘名和姓，尊府贵处何地名。
陆氏回言湖州地，乌城县内姓曹人。
丈夫不幸早去世，只生女儿一个人。
穿扎珠花为营生，母女二人过光阴。
今日年夜未回家，特在本乡暂住身。
只因听得空中喊，所以上岸到处寻。

东村寻到西村去，家家灯亮欢乐声。
走到贵府没灯火，又听里面叹气声。
知道尊府有困难，所以斗胆来碰门。
我家生活还可以，特来打听助济金。
说罢回头女儿喊，要叫女儿取钱文。
哪知女儿没听见，一眼不眨看子芬。
男女双双偷眼看，一门心思出了神。
翠娥看得微点头，子芬瞧得暗赞成。
陆氏大娘连声喊，翠娥有似梦初醒。
子芬此时也听见，顿时有点难为情。

却说陆氏连喊几声，方才听得女儿答应道："母亲有何吩咐？"陆氏道："你去船上去取个十两银子，拿个二斗米来。"翠娥道："我胆小，一个人不敢去。"陆氏对子芬道："请公子一同去吧，索性将船上的鱼肉荤腥一起搬上来吧。"德普道："吾儿同小姐一同去吧。"翠娥拿了一盏灯笼就动身去也。

翠娥提灯前头行，后头紧跟舒子芬。
一路同行船上去，小姐心中喜欢心。
暗暗细想舒子芬，生得美貌世少闻。
顶平额阔天仓满，虎背龙腰凤眼睛。
倘着此人为夫君，下半生世也称心。
不说小姐暗思忖，单表公子舒子芬。
一路回想刚才事，偷眼观看女千金。
好个美貌年轻女，不像低三下四人。
她若给我当妻子，郎才女貌好婚姻。
又一思念胡乱想，暗中埋怨自己身。
今日承蒙来救济，胡思乱想不该应。
今日年关饭难吃，妄想佳人难为情。

却说二人已到船上，小姐请公子进舱，子芬不敢进内，翠娥道："请公子坐坐也不妨。"公子道："不敢当的。"翠娥道："现有便饭，请用一顿。"子芬道："我已用过了，不必客气！"小姐道："你用的不是酒饭，而是用的苦菜，奴家早已明白的了，不要瞒我了，请用便了也。"

小姐真心待子芬，公子顿觉难为情。
开口便把小姐称，我家之事怎知情。
翠娥便把真情讲，如此这般说详情。
请你不必来推却，快把便饭吃一顿。
子芬暗暗揩眼泪，小姐待我是真心。
不免待我答应她，吃了一顿再理论。
哪知小姐又言道，奴奴有言讲详情。
公子日后功名就，休抛今日一片情。
再有真心话一句，望你早日赶功名。
子芬连忙回言答，小生决不忘你恩。
小姐听了心中喜，回身忙取雪花银。

　　双手呈与公子手，另取一物手中存。

　　头上拔下金钗子，又摘青丝发几根。

　　红绿丝线来扎好，手帕一块包端正。

　　双手捧定脸带笑，相赠公子定终身。

　　赠罢表记把酒敬，两人双双饮杯巡。

　　你言我语真亲热，翠娥小姐吐真情。

　　公子不嫌奴奴丑，终身愿托公子身。

　　子芬连连把言云，小生无福配千金。

　　况且我家如此穷，又无媒妁又无聘。

　　此事小生难答应，还请小姐三思行。

　　手帕包仔拿在手，恭恭敬敬还千金。

　　小姐一见暗思忖，心生一计吓子芬。

　　却说翠娥眼见公子不肯答应，马上心生一计说道："你是少年男子，夜静更深，到我孤女船中是何道理？奴的名声被你坏了，奴奴有何面目再在人世？"说罢，假意推开茅篷，欲往河中跳下，吓得公子子芬面如土色，不顾男女有别，连忙一把将小姐抱住。翠娥此时趁势将身子往子芬怀中一依，把脸往公子脸上一靠，假作不知。公子此时将小姐紧紧抱着，总算放心，突然发觉手中抱住一位小姐，急忙放手，顿时羞得脸红耳赤，弄得手足无措。小姐道："望公子答应奴奴。"子芬道："非是小生不肯答应，只因父母都在，要让父母做主。况且目前又无功名，待我禀过父母再作道理。"小姐含羞言道："不知公子心中如何？"子芬道："小生是心中愿意的，但不过日后考不取功名，反害小姐的终身了。"小姐道："穷富在天，决不懊悔，只要公子用功读书，何怕功名不就呢。"顿时二人在船中对天罚咒也。

　　子芬翠娥两个人，双双跪下告神明。

　　公子先言神明告，小生不忘千金恩。

　　倘若日后心变卦，永世地狱不超升。

　　小姐接着也告神，奴奴自愿托终身。

　　今日大年三十夜，亲口许配舒子芬。

　　翠娥若是心变动，天雷击顶化作尘。

　　拜罢神明抽身起，翠娥开言叫书生。

　　却说二人私定终身，双双对对对天祷告神明，一切停当，翠娥道："公子，这一袋白米你拿，我来拿些鱼肉荤腥。"说罢，顺手又拿了三千铜钱，又把舱门锁了，二人双双上岸，不多片刻已到家门口。家里人已在门口悬望，将东西接进，马上动手，洗锅淘米烧饭，忙个不停。片刻之间，已经烧好。拉开台子，五个人同吃年夜饭。正在喝酒之际，子芬将身边的银包交给父亲，小姐又将三千零用小钱也交给舒家。德普全家欢天喜地，高兴至极，感谢曹家母女，真是舒家的救命恩人。说说谈谈，将近二更时候，母女俩告辞回船。舒家三人相送出门，各自安歇也。

　　不说母女回船行，单表舒家略安心。

　　一宵已过天明亮，大年初一早起身。

　　三人感激母女俩，但愿她们生意兴。

　　想到自家家贫苦，安分守己过光阴。

　　父子商议生意事，准备如何度晨昏。

　　三人在家细思忖，哪知就有祸来临。

不说舒家和曹姓,另表一个出场人。

却说本地有一家,姓马名虎,官居两江总督之职,夫人王氏,不生多男,只生一女,取名照容,在女儿十二岁时,不幸王氏去世,女儿呼天叫地,哭得死去活来。不到一年功夫,续娶一位夫人,姓张,为人奸刁,和马虎配成一对。马虎本来对女儿爱如掌上明珠,现在讨了张氏,对照容小姐不太欢喜。小姐由丫鬟侍奉,独宿楼房,经常想起亲娘,时时暗暗流泪。幸亏有丫鬟劝解,才算没事。马虎在张氏的挑拨之下,更仗势欺人。只因权势浩大,横行一方,人人惧怕。几年来,贪赃几十万两银子,想过逍遥生活,欲想建造一座叙仙楼,叫家人马桂出去,请来一位风水阴阳先生看风水。正好风水宝地看在舒家附近,但还少一只角,不能见方。马虎一想,目前舒家穷苦,不若将他的基地买下来,才能称心,就好动工建造。马上叫马桂到舒家去说明,速去速来。马桂奉命而去,到了舒家见了德普,说道:"我奉马千岁之命,前来与先生商量一件事。"德普道:"有何吩咐,请说吧。"马桂道:"先生听禀也。"

马桂开言先生听,我奉千岁老爷命。

前来贵府非别事,只因千岁造楼亭。

阴阳先生看风水,看在你家屋附近。

因为尚少一只角,造起花园不称心。

老爷要想买你地,付你银子立契文。

请你迁移重建造,特来与你来商定。

立契之后付银子,请你先生来答应。

今日立契明日搬,千岁老爷感你恩。

假使先生不答应,马家权势你知闻。

送官究办坐监牢,弄得不巧命难存。

德普听了心大怒,国家王法可知闻。

祖传房屋谁敢拆,王法面前不容情。

堂堂两江总督职,横行天下不该应。

马家权势虽然大,舒家不怕坐监门。

马桂听得火十喷,怒气冲冲转家门。

一见主人忙回报,添油加酱搬舌根。

舒家老贼无道理,出口无礼骂大人。

骂你老爷枉为官,横行霸道欺百姓。

马虎听得心大怒,舒家穷鬼太无情。

胆敢冲撞本老爷,看你有啥大本领。

眼珠一转生恶计,马桂恶奴禀主人。

却说马桂一见主人怒火直喷,知道火功已经到巴,马上开口说道:"老爷,我有一计在此。去年大年夜,我在王坟边走过,看见舒家的儿子在王坟上挖掘苦菜,只要告他一状,说他们盗掘王坟,到县衙内买通县官,叫他提拿进衙,严刑拷打,何怕他不承认?那时请知县定他罪名。那叙仙楼就可以称心造成。"马虎一听,心花怒放,说道:"妙计,果然好计策。"即喊差官拿金牌令箭一支,立刻到县衙一走,如此这般,吩咐一番。知县接到令箭,立派县差捉拿舒德普进衙,不得有误也。

县官奉命叫差人,即传地保到舒门。

德普听到地保喊,开出门来看观正。

一见县差持牌票,顿时魂飞九霄云。

链条扣颈拉了走,母子哭死又还魂。

一路之上来得快,已经到了县衙门。

暂把犯人班房押,县差交令不须论。

当日值班王景隆,一见此情吃一惊。

不知恩公犯何罪,为何拿捉进监门。

一到下班回家去,对妻言明此桩情。

梅氏听了吃一惊,可有办法救恩人。

景隆连夜舒家去,此长彼短问分明。

吩咐公子避一避,以防万一出事情。

安慰夫人不要急,衙门之中我照应。

待等明天审堂后,如何设法再理论。

不说景隆暗照应,再说衙内一切情。

知县当夜书房坐,突然马府来一人。

门上用钱来买通,直到书房见大人。

差官拿出书一封,银票一张五百银。

书上如此这般讲,知县不敢不答应。

一宵已过天明亮,一声吩咐坐堂审。

衙役三班两边立,虎威连连不断声。

知县吩咐犯人提,当差一口来答应。

正巧值班王景隆,总算照应二三分。

一到堂上身跪下,面北背南见大人。

知县吩咐松链子,堂木一记开言问。

下跪何人姓什么,何时盗宝掘王坟。

只要老实来交待,老爷会得弄分明。

如有半句虚文话,休怪老爷不容情。

你是知书达理人,况是秀才入黉门。

国家王法你知晓,快快从头讲分明。

德普双膝跪埃尘,公祖太爷口中称。

小人也算知书辈,国家法律知三分。

虽然劳苦无饭吃,哪会干这不端情。

谁人说我掘王坟,既无赃来又无证。

伏望大人明察断,舒家永不忘大恩。

知县一听把火升,连连不断惊堂鸣。

却说南昌知县姓李名叫伯清,只因断事糊涂,审案不公,贪赃枉法,当地百姓叫他"理不清"。今日审问舒德普盗王坟一案,由于受马府委托,得马府的赃银,更加不像样子。听得舒德普说无赃无证,所以叫差人去把看王坟人叫来,不多片刻,已经来到堂上。知县问道:"你是管王坟的吗?"答道:"是。""你可知道啥人前来盗掘王坟?"答道:"小人去年腊月生病,直到今年正月初才起床,怪不得前日发现坟上有松泥,像有人挖掘过的样子。所以报与千岁知道。马千岁问过马桂,他说大年夜傍晚,他去王坟种树,看见舒德普父子在坟上挖掘。问他干什么?他只说挖苦菜。"知县说:"你退下。"又问舒德普:"你听见没有?"德普道:

"青天大人,刚才的话,一派胡言,挖苦菜实有其事。可是我儿子一人去的,而且没有一个人看见。这完全是冤枉的,请老爷详查也。"

知县听得火十喷,拍案高呼用大刑。

衙役一齐忙动手,毛板夹棍拿端正。

先打屁股二十记,打得皮开血也淋。

德普声声冤枉喊,知县连连口供问。

接连吩咐夹棍上,麻绳二把来收紧。

德普顿时昏过去,冷水喷面又还魂。

知县催逼问得紧,德普无法口供认。

因为从小诗书读,如何受得这种刑。

倘然真的死在堂,有谁替我把冤伸。

还是让我瞎招供,一样杀头少受刑。

高声呼喊大老爷,小人情愿来承认。

只因我家实在穷,无钱难以过光阴。

想盗坟内珍与宝,故而黑夜去掘坟。

发现有人来看见,连忙停手逃转门。

小人句句是真话,伏望老爷饶性命。

知县听罢心中喜,吩咐画供进监门。

德普含冤监牢坐,越想越苦越伤心。

虽有景隆来照应,难免杀头无翻身。

想到家中妻和子,今后不知如何能。

心中越想越苦闷,痛哭五更到天明。

黄昏人静一更深,思想我是苦命人。

真正好伤心,祖上有名声,儿子年幼在家登,我去外头教学生。

二更里来泪淋淋,大小年夜转家门。

东家工钱算,立刻赶路程,哪知回到家乡近,搭救人家赠花银。

三更里来半夜深,思想儿子舒子芬。

望我转家门,年夜无饭吞,儿子实在有良心,挑些苦菜过一顿。

四更金鸡叫勿停,想起曹家母女身。

特来赠花银,柴米鱼肉荤,送到我家吃一顿,总算度过苦年春。

五更里来天要明,可恨马家黑良心。

占地造楼亭,逼我搬出门,硬说我们盗王坟,冤枉逼供坐监门。

德普一夜哭不停,哭得天昏地不明。

不表德普监中事,只表知县一个人。

为了得贿马家银,舒家视作眼中钉。

不但冤屈舒德普,还想陷害舒子芬。

恐防斩草不除根,又怕逢春必报青。

高声就把差人喊,快去捉拿舒子芬。

差人马上动身去,急坏堂上一个人。

　　却说堂上有一位差人是王景隆,因为受到舒家的恩德,尚未报答,今日听到要去捉拿舒子芬,顿时急得手足无措。待等退堂,立即往舒家去报信,叫他早早逃避,免得遭其毒手也。

　　景隆赶忙出衙门,一路之上不留停。
　　一到舒家忙碰门,母子开门看分明。
　　景隆急忙开言讲,讲明衙中急事情。
　　老爷在监我照应,公子快快去逃生。
　　我有银子二十两,赠给公子作缠金。
　　越快越远越是好,免得被捉费精神。
　　母子二人抱头哭,景隆看得也伤心。
　　子芬拜别亲生娘,又拜救命大恩人。
　　拜罢起身门来出,急急忙忙赶路程。
　　不表公子已逃走,随后景隆就出门。
　　时间不到一炷香,几名县差到来临。
　　一到门口大声叫,里面有人快开门。
　　苏氏连忙开门出,公差一见开口问。
　　你家儿子可在家,叫他快快进衙门。
　　苏氏回答不在家,出门访友几天零。
　　公差哪里会相信,闯入门内去搜寻。
　　四面寻遍无影踪,只得回衙去交令。
　　知县无法也算了,就把德普做详文。
　　马快送到京都去,详文批转斩头颈。
　　不表县衙一切事,只表苏氏一个人。
　　一人在家嚎啕哭,舒家今后如何能。
　　丈夫坐监儿逃难,何人代我把冤伸。
　　思前想后无办法,不免待奴短见寻。
　　阎王面前阴状告,好替丈夫理冤情。
　　立起身来绳拿好,突然听到碰门声。
　　开口便问是啥人,说罢开门看分明。
　　门外不是别一个,曹家母女二个人。
　　苏氏一见恩人到,双双抱牢泪淋淋。

　　却说曹氏母女去年大年夜到舒家赠米赠钱,使舒家度过年关。母女二人辞别舒家,直往别处做生意,生意十分兴旺,收入较好,与舒家一别已有几月,近日又回到东平村。母女二人去望望舒家,目今如何,一到门口,只见大门紧闭,只听见里面有哭声,也不知为了何事,所以举手碰门。苏氏正想上吊,绳已经拿在手里,听到碰门声,只得开门,一见恩人,抱头就哭也。

　　曹氏母女开口问,老爷公子哪方存。
　　苏氏从头说详情,曹氏母女吃一惊。
　　翠娥不见舒子芬,暗暗流泪苦伤心。
　　不表舒家一切事,暂时不提母女身。
　　只提县差王景隆,登在县衙动脑筋。

监中照顾舒德普，总算没有受苦辛。

到处托人想办法，一心想救德普身。

目前得到一个信，知县详文送进京。

待等京详倒批转，马上就要杀头颈。

立即舒家送信去，大家设法动脑筋。

一直来到舒家门，一见屋里三个人。

苏氏一见忙动问，有啥情况请讲明。

景隆眼看母女俩，不敢随便讲出声。

苏氏开口恩公称，她俩都是自己人。

以前如何来搭救，如何送米赠花银。

景隆一听才放心，一五一十讲分明。

苏氏听得嗷啕哭，母女急得手足冰。

你看我来我望你，想不出啥好才情。

景隆突然言一句，就是无人走得进。

却说景隆突然想起一件事，随口说道："就是无人走得进。"翠娥抢问道："什么地方？"王景隆道："我听说马千岁家有金牌令箭十二块，有人走得进马家，设法盗得一块，就可以到监中提出犯人，连夜远走高飞，岂不是好？"曹翠娥说道："伯伯，待奴去试试，如果盗得金牌，就是缺少一位假差官去提犯人。""假差官有我妻子女扮男装，不过你如何进得马家？"翠娥道："我是做穿扎珠花的生意，马家有位小姐叫照容，我给她穿过好几次，和我很亲热，所以马家我常出常进。门上人都认得我的，出入也不查问，由我进出的。"王景隆道："须要留心，倘若穿破，性命难保。"翠娥道："不碍的。"说罢就此动身而去也。

翠娥说罢就动身，景隆也就转家门。

景隆一到家庭里，梅氏开口问原因。

就将情况对妻讲，梅氏答应等回音。

不说王家做准备，单表翠娥一个人。

舒家出来回到船，准备一切就动身。

一路之上无耽搁，直往马家大墙门。

心里总是有些吓，面上不露半毫分。

马家门公都看见，翠娥脸笑军爷称。

小姐叫我穿珠花，门公挥手就进门。

却说曹翠娥一进马家墙门，马府里家人、童儿、丫鬟、使女，见了都认得的，说道："曹姑娘今天又来了？"翠娥答道："是呀，我长远没来。今日来，一是望望小姐，二是我觅到几样好东西送给小姐的。"说罢直往小姐的楼房而去。一到楼上，就喊道："小姐在楼上吗？"照容在房中听到了："快到房中请坐。"二人坐下，荷香丫鬟送上两盏香茗，谈谈讲讲，也有丫鬟来买珠花的，又有使女买玉器的，那时翠娥就在小小的金漆箱中取出白玉龙凤簪一支，还有镀金翡翠珠环一双，说道："这些小小礼物，小妹特来送与小姐，望小姐收纳，不要见笑。"照容小姐非常中意，道："妹妹，你是生意人，奴家怎样好拿你呢？"就拿出二十两银子交与翠娥。二人你推我让，一个要付钱，一个不肯收，结果两不依，就拿了十两银子。谈谈说说，时光已经吃饭时候，照容小姐就留翠娥在马家吃中饭也。

不说马府女千金，翠娥心中不安宁。

谈谈讲讲天将晚，不觉红日已西沉。

小姐准备留夜饭，翠娥坚决不答应。
起身告辞千金女，小姐送她下楼行。
一下楼梯暗思想，如何将牌盗到身。
一路走来一路看，不觉已到前花厅。
东西前后细细看，发现东边有扇门。
搭纽扣上没上锁，顿时有点心不定。
左顾右盼没有人，举手开门侧身进。
轻轻把门来关上，轻移莲步进东厅。
发现一只天然几，桌子上面金牌存。
仔细一数十二块，挨次排列摆端正。
每块牌上链条锁，不能轻易取动身。
虽见金牌心中喜，举手取牌寒凛凛。
细细金链未锁牢，翠娥顿时动脑筋。
取出小小金丝剪，用力一剪两离分。
忙把金牌来藏好，急急忙忙就动身。
此时都在吃夜饭，幸亏无人来出进。
走出东厅门关上，急忙直往大墙门。
马家墙门很严格，一到晚上查得紧。
不管出入都要查，正巧翠娥出墙门。
走出备弄急往前，突然背后有声音。
轻轻喊道哪里跑，翠娥顿时吃一惊。
翠娥回头看一看，只见照容女千金。
照容轻轻言一声，你道背后没有人。
张三李四都好瞒，难瞒奴家女千金。
你的举动奴都见，请你老实说详情。
如有半句虚言话，当心你条小性命。
急得翠娥双膝跪，哀求小姐女千金。
小姐微笑双手扶，莫急放心请言明。

却说小姐双手扶起翠娥说道："妹妹放心，幸亏被奴家看见，否则你性命难保。"翠娥只得将盗牌情由，从头至尾实说了一遍。小姐道："你的胆子太大了。"翠娥反问道："姐姐如何知道的？"小姐道："你今天来，你的举动奴家早已看出内中定有蹊跷，所以送你下楼之后，奴家在后远望，故而你所干之事，看得明明白白。你盗得金牌，以为万事大吉，哪知我家门上，一到晚上盘查很严，我所以此时才喊住你。这桩事以后总是要穿的，我估计以后要怪到奴家身上。不过今日之恩，你何以报答？"翠娥道："小姐请放心，今日之恩，我永远不会忘记的，总有一天用我的一颗良心报答姐姐的大恩也。"

小姐听得笑盈盈，妹妹放心快出门。
翠娥辞别女千金，疾步走到大墙门。
只见墙门已关紧，旁边并无一个人。
开口便把军爷喊，快来开门让我行。
门公听到有人叫，连忙出来看分明。

问道谁人在呼喊,天色已夜哪方行。

仔细一看是翠娥,说道原来姑娘身。

为啥现在回家去,马府规矩可知情。

一到天黑人出进,都要检查并搜身。

这是马府千岁令,有人违犯罪不轻。

姑娘一听心着急,此番一定难过门。

倘被查出金牌事,我条性命难保证。

门公吩咐箱子开,让我细细看分明。

翠娥急得身发抖,只听背后有叫声。

门公不必开箱子,箱内之物我知情。

我来对你说明白,姑娘与奴姐妹称。

何况你们都认得,何必当作陌生人。

奴家和她算知己,不必怀疑放她行。

门公便对翠娥说,姑娘不必记在心。

虽有千岁下命令,只怪老奴无交情。

今有小姐一同行,老奴哪有不放心。

就请姑娘回家去,一路之上自当心。

翠娥辞别门未出,千金回楼暗担心。

门公关门去休息,翠娥姑娘回转门。

一到舒家门未进,大家一见欢喜心。

景隆此时也在此,马上开口问原因。

翠娥姑娘从头讲,如此这般讲分明。

亏得小姐好良心,否则此刻命难存。

说得大家汗一把,望天拜谢女千金。

景隆听得喜又惊,立刻商量去救人。

却说曹翠娥脱离虎穴,直往舒家去,一进门只见王景隆和妻子梅氏都在舒家盼望翠娥回来。一看见曹翠娥已回转,大家欢天喜地,急问如何。翠娥是此长彼短,细说一遍,大家听得各捏一把汗。大家坐下来商量怎样去救法。梅氏说道:"待我女扮男装,扮作假差官,到二更时候去提人。"大家一听,都又惊又喜。王景隆将早已准备好的差官服装拿出来交与梅氏,只见当场装扮起来。梅氏穿上衣服,戴上鞋帽,摇身一变,各人面前只觉得站立一位差官。翠娥将金牌也交与梅氏。直到二更时候,假差官手持金牌,摇摇摆摆,直往县监而去,提犯人也。

梅氏扮作差官形,手持金牌就动身。

深夜路上无阻拦,直到县监大墙门。

一到门口将身站,提高喉咙喊开门。

管营听得有人喊,走到门口就动问。

深更半夜有何事,大惊小怪为何因。

梅氏说道有公事,马府前来提犯人。

不必多言快开门,耽误公事罪勿轻。

营官开言大叔叫,监营规矩可有凭。

差官高举金批牌,营官一见大吃惊。

却说营官听说马府用金批牌前来提吊犯人,不敢怠慢,只得开门,双手接牌细看,只见金牌正面清清爽爽一个"午"字,营官看见一惊,此牌难道不是真的?再背后一看,上有两江总督,还有一个"马"字,看上去不像是假的,倒是时间不对,此刻应该一个"戌"或"亥"字,莫非其中有假?不免待我稳着差官,另派人到县衙报信,让知县做主。想罢就请差官入内,请坐用茶,只说去叫人把犯人提出来。哪知假差官不懂提犯人的手续,只当营官真的把犯人带出来。哪知另派人去报信。只见营官去而复回,说道:"大叔,我来问你,犯人姓啥叫啥?"假差官说出姓名,正在这时,县衙来了四个差人,不问情由将假差官带了就走,直往县衙而去也。

梅氏见了吃一惊,身不由主进衙门。
一进县衙细看清,堂面威风好惊人。
只听里面一声叫,堂鼓三通把堂审。
知县老爷一声令,立把差官来带进。
衙役三班左右立,虎威连连吓煞人。
梅氏一到大堂上,立而不跪两目睁。
开口便把知县问,轻易拿人为何因。
回去禀告千岁知,你的罪名可不轻。
知县连忙把言问,何人叫你提犯人。
金牌令箭何人发,教你何时提犯人。
既是马府当差官,为何不懂金牌令。
午时金牌戌时用,快快老实讲分明。
如若讲出道理来,老爷向你赔罪名。
如果胡乱虚言讲,报告千岁再理论。
梅氏顿时胡乱答,话不对头露真情。
一声吩咐把堂退,梅氏押进班房门。
不说梅氏心吃惊,再说知县等天明。
书束送往马府去,马虎得报大吃惊。
忙差马桂去查看,果然缺少午时令。
金丝链条被剪断,立报千岁得知闻。
马虎闻知吃一惊,下令知县用严刑。
知县接令二次审,严刑拷打用酷刑。
梅氏受刑熬不住,从头至尾来招认。
供出翠娥盗金牌,女扮男装露真情。
就把梅氏收进监,真情报与马虎听。
得知盗牌是女子,立传门公查实情。
门公一一说详情,说出照容女千金。

却说马虎盘查门公,从头说出真情,马虎一听,牵累到自己女儿,顿时勃然大怒道:"反了,反了。"立即派人出去捉拿穿珠花母女,另派一个人去叫女儿照容下楼。哪知照容小姐打发翠娥走后,回到楼上左思右想,知道此事暴露,必要牵累自己,所以吩咐丫鬟荷香准备盘缠和行李,二人女扮男装,连夜出后花园逃走了去。再说王景隆知道事情已经被弄穿,梅氏已在坐监,立即舒家报信。大家一听,吃惊不少,翠娥母女带了舒家大娘一同逃走,一直逃到湖北省大丰县城,暂且不表。王景隆仍旧在县衙当差不提。再表马虎听到二处汇报,都已逃走,只得闷闷不乐,无话可说也。

不说马虎在家闷,单表照容女千金。

虽然女扮男装样,哪知脚小步难行。

只见东方将发白,二人商议如何能。

荷香丫鬟出主意,只说二人去投亲。

何不叫只小舢板,多送银两把船乘。

想定主意把船叫,讲好价钱把船行。

一直来到湖北地,已到大丰进县城。

付清船钱把岸上,一到城里寻登身。

找到客栈高升店,暂作安身再理论。

一日三来三日九,不觉已经半月零。

这日主仆街坊游,突然发现一个人。

手提花篮匆匆走,主仆一见吃一惊。

好像此女看见过,仔细一看喜欢心。

上前一问非别人,就是翠娥女钗裙。

荷香开口问姑娘,可知我俩是啥人。

翠娥顿时暗思忖,有点面熟陌生人。

照容小姐诉衷肠,喜得翠娥跳起身。

此地不是说话处,快到船上共谈心。

却说翠娥带了儿女来到船上,讲明情况,大家都很高兴。后来小姐仍改妆为女,一同在船上。只因船小人多,不能生活,托人在城里一条小巷里租得三间房子,开了一片穿珠花小店,小姐和丫鬟也开始学习手艺,一门五人生活过得还好也。

不说小姐有登身,回书再表落难人。

此人大家都关心,出门逃难舒子芬。

自从家里逃出门,天南地北无安身。

一天路过小树林,里面出来几个人。

不问青红动手脚,包裹行李抢干净。

公子过着流浪活,沿门求乞过光阴。

那日正逢天降雪,饥饿寒冷路难行。

一跤跌倒雪地里,无力爬起命难存。

幸有上界二游神,护着真身未丧命。

慢表公子遭大难,来了一位出场人。

却说这位出场人,非是别人,就是大明当朝一品、代朝三月的顾鼎臣老相爷,只因奉旨还乡,清明扫墓祭祖,期满还朝。三号大官船,一路往京都进发,只因清明节,天仍寒冷,突然飘飘大雪而降。那天傍晚,官船随地停航住宿。在安睡之前,家人顾德出舱检点,突然发现岸上不远处有一道红光冲天,觉得甚奇,回舱禀明大人。相爷立即派人上岸查看,发觉雪中卧着一位青年男子,像是冻死在雪中,立报大人。相爷暗思:"为何有红光冲起?"所以吩咐再去看来,如果活着,将他带回船来。差人奉命而去,上下周身摸了一遍,发现心窝还有微微跳动,所以带到船上,用姜汤灌下,只见悠悠苏醒,口中轻轻喊道苦也。

只见公子已苏醒,立报相爷老大人。

吩咐将他扶进舱,大人一一问分明。

公子如此这般讲,谢谢大人救命恩。

相爷见他脸端正,仪表非凡喜欢心。

开口便把公子称,老夫认你作螟蛉。

子芬双膝来跪下,拜谢寄父老大人。

相爷双手来扶起,香汤沐浴换衣襟。

一宵已过天明亮,抽跳解缆把船行。

不消几日已抵京,相爷大轿到府门。

公子小轿坐一顶,已进相府大墙门。

一到里面大厅上,见过三位寄母亲。

吩咐摆酒来庆贺,合府老少喜欢心。

不表一夜多欢乐,五更相爷见帝君。

第一见帝来复旨,第二见帝奏详情。

君王一听龙心悦,开口平身叫爱卿。

却说相爷见过万岁,就将此事奏明,圣上大悦,立即降旨一道,到刑部堂查看江西南昌是否有详文到京,钦差奉旨而去。刑部大人接旨查看,尚未到京。钦差复旨,再表相爷吩咐长子顾龙说:"若有南昌京上详文到来,立即送到相府。"被相爷将京上详文耽搁,所以舒德普没有马上杀头,也只好拖延日期不表。只讲舒子芬在相府日夜用功读书,有书只说,无书不表。已是又一个春天,今年正值大比之年,京都开设文场,子芬入场考试,三场已毕,选中头名状元,由相爷保奏,钦赐子芬为江西代天巡按大人。皇上钦赐尚方宝剑,即日起程,前往江西查察两江总督马虎私建叙仙楼一案。大人辞别相爷,登舟出京。官船浩浩荡荡直往江西而去,到达江西边境,官船改作民船,状元大人乔装改扮为商人模样,一路巡查而来。大人一进县城,只见有十几名当差模样的人,押着一群青年百姓,把手都结在一根绳上,被当差人拉拉扯扯,另有几个手执皮鞭,挨头抽打。大人一见就问乡亲百姓道:"这是什么人?为什么要这样做?"乡亲们就把马虎私造叙仙楼、强拉民夫给他做小工等等一一讲明。大人一听,心中大怒,直到傍晚下船,过了一夜,直到天明,立差中军官到总督衙门下旨:"江西总督马虎,马上接旨。"立传全城大小百姓一齐到水码头接官亭迎接钦差大人而去也。

大人官船码头停,大小官员齐来临。

大人一见官员到,吩咐排道上岸行。

鸣金开道前头走,大人轿子随后跟。

满城百姓都知道,钦差大人到来临。

有冤之人忙写状,无冤之人也欢迎。

百姓夹道焚香烛,拍手欢笑接大人。

巡按轿子进衙门,停轿出轿进花厅。

知县大人办酒席,宴请大人饮杯巡。

大小官员转衙门,待等明天听审问。

一宵已过天明亮,放告牌子挂辕门。

不多片刻当差禀,有人击鼓把冤鸣。

大人吩咐把堂坐,立传击鼓鸣冤人。

一到堂上身跪下,口喊冤枉叫大人。

却说钦差大人身坐大堂,问道:"下跪何人?姓甚名谁?有何冤枉?可有纸状?"叫冤人说道:"小人姓王叫景隆。"说罢就把纸状呈上。大人接状一看,写得很明白,具状人王景隆,告的是舒德普冤枉坐监,马虎仗势欺人,横行霸道,搜括民脂民膏,强占民房,私造叙仙楼,硬拉民夫,无恶不作,人民怨声载道。大人看罢纸状,立即准状,吩咐把告状人带在一旁,传舒德普到堂。舒德普见过大人,把经过情况详细诉说一遍,大人叫他画供,仍把他带回监去。又传把假差官带上堂来,见过大人,当堂供出舒德普搭救王家,为了报恩,舒家报信,穿花女盗牌,奴家女扮男装为假差官,识破被拿。知县得贿,为了斩草除根,捉拿舒公子,王景隆连夜舒家送信,公子连夜逃走,说得明明白白。大人准状画供,仍带回女监。退堂进内,盘问知县,知县知道难瞒,只得实讲。总督势大,所以受贿,屈害舒家。大人听得明白,连夜写好详文,差中军快马进京,告知相爷。顾大人持详文入朝见驾。天子降旨一道,差官出京,巡按大人跪接圣旨,旨曰:"奉天承运,皇帝诏曰:南昌知县不理民情,仗势欺压百姓,贪赃枉法,屈害平民,革职为民,立即离衙。南昌知县由王景隆代接。日后有功,另行升赏。舒德普和梅氏释放出监。马虎调走总督官印,摘去官戴,罢去总督之职,日后待旨发落。钦哉。""谢万岁!万万岁!"大人照旨一一而办也。

钦差大人明似镜,按旨而办理案情。

南昌知县革官戴,回到家乡成百姓。

总督大人掉官印,待旨发落等音信。

七品让给王景隆,小小县差为大人。

知县衙门大排宴,款待巡按老大人。

知县殷勤把酒敬,钦差当面吐真情。

景隆一听心欢喜,立请德普进花厅。

知县当面来说明,父子当堂来相认。

三人同桌把酒饮,悲喜交集泪淋淋。

儿子问父母亲事,德普回言不知闻。

只知那日逃出外,不知以后若何能。

谈谈说说酒席散,辞别父亲回京城。

却说巡按大人理清冤情,父子相认,欢叙几天,准备别父,进京复旨。知县相送大人登舟,一路顺风。到得京中,先去参见相爷,一一告禀。相爷大喜,来日入朝,奏知君王,交还印信及宝剑,复旨消差。天子问相爷:"封何官职?"相爷具奏,湖北省为四品知府。状元谢恩,即日出京赴任。状元奉旨,湖北省上任去也。

四品知府出京城,官船浩荡去上任。

大人未到旨先到,合城官员接大人。

船到码头先泊停,接官亭上闹盈盈。

不说官员接大人,另表城里一桩情。

合城百姓都知道,穿花母女也知音。

翠娥照容来讨论,出去看看何等人。

三人一同门来出,直往街坊急急行。

只见男女和老幼,人头纷纷闹盈盈。

三人跟在群众后,突然又来几个人。

为首一位年轻汉,摇头摆尾骨头轻。

三人一见不正道,急忙回避加快行。

哪知已经来不及,已被恶奴阻路径。
花花公子手执扇,嬉皮笑脸骨头轻。
只说姑娘哪里去,小生陪你一同行。
小生名字叫张虎,当地啥人勿知情。
爹爹有钱张百万,衙门里面走得进。
当地百姓见了我,个个惧怕二三分。
倘然有人欺侮你,小生保你永太平。
小姐急得身发抖,丫鬟拖了就动身。
花花公子哈哈笑,恶奴动手抢女人。
小姐急得拼命喊,惊动当差几个人。
正巧大人于此过,当差开道前头行。
听得有人喊救命,急忙上前看分明。
只见一人哈哈笑,几个恶奴抓女人。
上前一把就抓住,花花公子讲理性。
差人回报大人知,吩咐带进府衙门。
花花公子并恶奴,还有三个女钗裙。
一起拉进衙门去,暂押班房再理论。
大人轿子进府衙,大小官员各回程。
知府大人把堂坐,吩咐先带恶奴们。
大人开口问恶奴,大家吓得颤兢兢。
从头至尾老实讲,大人已知真实情。
当堂就把恶奴放,又把张虎带进门。
张虎到堂不肯跪,大人一见火十分。
就问为何抢女人,大明王法可知闻。
张虎当时不服气,大人一声就动刑。
就把张虎拉倒地,毛板三十打上身。
打得恶贼哇哇叫,大叫情愿口供认。
就把供单来写好,画押释放出衙门。
又把三女带进堂,大人一见吃一惊。
其中一个穿花女,大人认得十分真。
开口盘问讲真情,翠娥一听大人问。
口音耳熟暗思忖,面貌相像舒子芬。
翠娥因做穿花业,所以不怕难为情。
强前一步大人叫,请听小女讲详情。
和盘托出真情吐,大人听得喜欢心。
一声吩咐把堂退,带到后厅去相认。
回到花厅安座位,童儿立刻送香茗。
大人相谢马千金,承蒙相救害自身。
此恩日后须报答,伏望原谅二三分。

翠娥便对大人说,伯母也在此地存。

大人吩咐翠娥女,快去带我接母亲。

不多片刻都来到,后堂顿时闹盈盈。

大人母子抱头哭,问儿你父如何能。

却说舒大人见亲娘到来,母子抱头大哭,就问你父亲如今怎样。大人就将自己从出门逃难直到今日,从头至尾对母亲和大家详详细细诉说一遍。大家听得悲喜交集。苏氏便对儿子讲起与翠娥姑娘的婚事。大人说等父亲到来,一门团叙后再说。翠娥开言道:"我去盗牌时有照容小姐相救,反而连累小姐受苦,我自愿将这头亲事让给小姐。"二人你推我让,闹个不停。舒子芬说道:"不必推让争吵,待我写明奏章进京,面奏君王,请旨定夺。"大办酒席,一门欢乐不表。一月有余,大人进京,入朝见驾,呈上奏章。君王阅毕大悦,天子立即降旨一道,直达南昌知县衙门,王景隆排香案接圣旨。差官宣读,旨曰:"命王知县开库拨银,在舒家旧基上拆去叙仙楼,改造状元府,限一月为期。待等限期已满,奏章入朝复旨。"圣上降旨一道:命状元还乡完婚,并封曹翠娥为一品夫人,马照容为二品夫人。状元还乡后,马虎大办妆奁,送到状元府,待状元完婚后,同状元一同进京待旨发落也。

状元接旨谢王恩,合门老少喜欢心。

状元府第已造好,状元奉旨去完婚。

官船一路回家去,不觉已到南昌城。

文武官员都来接,百姓焚香接大人。

一路进入状元府,挂灯结彩闹盈盈。

马虎亲送妆奁到,乐工吹打接进门。

吉时已到号炮响,参拜天地完婚姻。

状元夫妻多和睦,两位夫人姐妹称。

一日三来三日九,婚姻一月已有零。

状元辞别父母亲,又别妻子两夫人。

进京复旨谢天子,马虎一起进王城。

马虎入朝去伏罪,圣上开恩赏七品。

盗金牌宝卷宣完成,合堂老少齐欢心。

斋主一门都和睦,四季常青保太平。

雕龙扇宝卷

雕龙宝卷初展开,诸佛菩萨降莲台。

善男信女静心听,一年四季能免灾。

且说故事发生在唐朝年间,江南常州府,有一家姓夏名叫荣先,官居文华殿大学士,到任在家。夫人李氏,皇封一品。所生二女,长女名叫玉英,年方一十八岁;次女取名琼英,年庚一十六岁。二人都是貌若仙女,描龙绣凤,诗画琴棋,件件皆能,俱未出帖。夏老太师夫妇对二女爱如掌上明珠,有人来说亲做媒,都是一口拒绝。有一天,夏太师想起浙江武陵郡上有三天竺,供座观音菩萨佛像,十分灵感,每逢春间,远近都去进香。夫人生女儿的时候许过佛愿,至今尚未酬谢。今当二月十九日观音圣诞,不免同夫人女儿前往杭城灵山烧香还愿而去也。

太师连忙唤家丁，速备船只和香金。

今日观音圣诞日，要去杭州了愿心。

传话夫人与小姐，马上打扮下船行。

小姐梳妆不必说，凤冠霞帔老夫人。

书童丫头带几个，一路开船到杭城。

船停带缆上路行，各人上山把香焚。

且说夏太师有两柄雕龙宝扇，扇面上雕就龙形，扇动时异香扑鼻。此扇是外国进贡过来的，皇上赐给他的，具有火烧不焦、水浸不烂的功能。太师与女儿各执一柄，此时坐在轿内，手执龙扇，一路上山观看山景，又见男女香客，络绎不绝，真是观不尽的路景也。

一众男女年老人，诚心上山拜世尊。

佛珠香袋胸前挂，口念弥陀不绝声。

有的男女求孩子，也有老年保安宁。

且说夏太师同夫人小姐先到大殿进香拜佛，然后到处参观游览圣地，老和尚把他们请进云房，款待素斋。开销香金毕，吩咐上轿回程。开船行到湖塘，天色将晚，太师想道："西湖胜景天下第一，不免停船一夜，明天畅游西湖有何不可也？"

太师吩咐把船停，明天游玩西湖景。

夫人听见心欢喜，小姐心里也高兴。

西林桥下把船停，吃罢晚饭觉来困。

夫人太师都安歇，家人使女尽安身。

当夜月明如白昼，玉英小姐赏夜景。

琼英做伴无寂寞，不觉将近深黄昏。

琼英启口姐姐称，辰光不早可安身。

玉英回言妹妹称，愚姐贪看月色景。

你先进舱安睡去，愚姐略微停一停。

不说琼英已安歇，只表玉英一个人。

一人独坐头舱门，观看月色心欢欣。

手执龙扇轻摇动，香风阵阵扑鼻喷。

四周山色如彩画，一对柳桃似美人。

小姐越看心越爱，胜似嫦娥私出月宫门。

不觉愁云顿时起，狂风一阵起祸根。

"十年迹匿在深山，入地登天也不难。叱咄一声风云起，无穷变化在人凡。我乃白蛇精是也，在此孤山紫沟洞修炼，化了千年功夫，现在能作风雨，惯迷佳人。今天是二月十九日大士圣诞，有成千上万的香客。待我化作香客模样混在人群之中，细心观察。如有绝色佳人，摄进洞中，成其好事也。"

蛇妖变成烧香人，混在人群上山林。

一路之上细心看，并无一个称它心。

日落西山香客转，蛇妖仍然不死心。

单独一个西湖游，不觉将近深黄昏。

驾起妖云归洞去，不觉已经到西林。

只见桥下停一船，头舱独坐女佳人。

蛇妖低头往下看，不觉顿时失三魂。

世间少有这等美，待我捉去当夫人。

顿时一阵狂风起，飞沙走石吓死人。

伸出一只拿云手，抢起小姐进洞门。

狂风过去水浪平，依然月明如水清。

且说琼英小姐尚未困着，不觉大风惊醒，便大声喊叫姐姐，并无应声，连忙起身，中舱一看，人形俱无，出声大叫："大事不好了，姐姐不见了，爹爹、母亲，快快起来！"太师夫人一听，十分着急，家人使女个个起来点灯寻找，全然不见，河中打捞，踪迹全无。顿时船上大哭小喊，乱成一团也。

寻找多时无影踪，大家哭得眼眼红。

一夜时间实在快，东方发白太阳红。

且说夏太师一时想不出什么办法，只好等到天亮再作道理。不觉东方发白，天明大亮，吩咐家人上岸打听，昨夜突然狂风大作，近处是否有什么妖精？家人上岸四处打听，有一个家人在桥西面看见一座庙宇，场上有一个和尚正在扫地，走上前去叫道："老师父，请问一个信，此地附近可有什么妖精？"和尚道："你要问它干什么？"家人就把夏太师前来烧香和昨夜经过情况讲述一遍，故此动问老师父也。

和尚听罢说原因，阿弥陀佛口中称。

杭州附近一孤山，洞中有一妖怪精。

逢到春间圣诞期，每春摄去一佳人。

只有摄去无回日，官府无法去动问。

所以逢到圣诞期，每家佳人不出门。

你家小姐也被摄，奉劝你们早回程。

家人听了吃一惊，回船告诉太师听。

太师听得心胆寒，闷声不响动脑筋。

不如让我出榜文，看谁能救我儿身。

不说榜文已贴出，再表一个出场人。

"雪案芸窗功课深，六韬三略更超群。十年未遂青云志，满腹珠玑不疗贫。小生姓高名叫德华，杭州钱塘县人氏，先父作宰洪都，先母韩氏也受皇封，不幸父母早早去世，只剩小生一人。今年虽已一十九岁，俱然文武全才，未中功名，家道清贫，幸有同窗好友时常周济，前天约我今天同游西湖，不免让我走一遭也。"

德华家内真清贫，补丁青衫破角巾。

一双破袜如灰漆，无跟鞋子踢跶声。

摇摇摆摆大门出，去找好友郁监文。

不多时刻走得快，已到郁府大墙门。

且说郁府监文在家专等德华同游西湖，看见德华进门走来，起身道："小弟等候多时了。"德华道："承蒙。"二人进屋准备用饭，不多一刻饭毕，不带书童，双双出城，就往西湖而去也。

西湖景致满目春，柳条桥上人头兴。

只见桃花与杨柳，娇花嫩叶万世新。

二人游玩行将去，只见桥边人成群。

挤到里边细细看，墙上贴出一榜文。

且说高德华与郁监文看见桥西人头挤挤，不知何事？二人进去一看，只见墙上贴有一张告白榜文，只见榜文上写道："江南省常州府奉旨还乡，文华殿大学士夏荣先天竺进香，停船西林桥下。昨夜突然狂风大作,叼去长女玉英小姐,芳龄一十八岁,不知去向。今访得附近有座孤山,洞中有一蛇妖,作法将爱女摄去。如有仁人君子,救得爱女,愿订终身,不纳财金,反备妆奁,决不食言,特此告白。二月二十日。"

德华看罢怒气生,便对监文说分明。

我今欲去揭榜文,孤山洞中灭妖精。

众人看他身狼狈,不像除妖灭怪人。

有的还说讽刺话,妄想美貌女千金。

黄狼想吃天鹅肉,想想真正笑煞人。

监文劝他去勿得,无奈高生不肯听。

伸手便把榜文揭,家人领去见大人。

且说夏太师坐在船上,只见家丁带来二人参见太师。太师道:"二位先生,请问尊姓大名?"德华道:"小生姓高名叫德华。这位是我同窗好友,叫郁监文。"太师道:"我女儿被妖精摄去,故此出榜,倘然二位相公救得小女,老夫决不食言。"监文道:"小生平生碌碌,一无所能,没有除妖灭怪的本事。要救小姐有我这个好友叫高德华,可称文武两全,力强胆壮,可以救得小姐也。"

太师举目看高生,十分狼狈在其身。

此人救得我家女,怎好与他配成婚。

我看监文家必富,偏偏无能救亲生。

太师顿起欺贪念,权且救出再计论。

一齐同往孤山去,所用物件带端正。

三人同上孤山岭,果有一洞暗沉沉。

德华手执青锋剑,身座筐篮荡下绳。

德华吩咐监文听,铜铃响了就收绳。

且说高生荡到洞底,走出筐篮,只见洞中黑暗无光,定了定神,发现前面有一线之光,一步高一步,望准亮光,走进洞门,但见里面有石台、石凳、古董玩器、家伙什物,一应俱全;又进一步,又是一重门。四面一看,只见一个美女在那啼哭,思想不像妖精,定是夏府小姐,手执青锋宝剑,大喝道:"呔!你是人还是妖?为何在此啼哭?""呀!妖怪吓,吾是宰相之女,千金之体,快快送吾回去。"德华一听不是妖怪,遂说道:"你既然是夏府小姐,我特来救你的,快快跟我回去也。"

小姐听了胆放心,犹如死里再逃生。

摆动金莲忙走出,低头要拜大恩人。

高生推住将言问,妖精面貌如何能。

现在到了哪里去,待我除掉再动身。

且说小姐对高生道:"恩人,妖怪赤面红须,来去如风,力大无穷,昨夜将我抱进妖洞,今日出去办酒肴,以作成亲之礼,将要归洞来了,如何救奴?"高生道:"此妖无非是蛇虫之类,他办酒席要同你饮酒。你放大了胆,陪他饮酒,用心灌醉,自有道理。"正在商议只见,只听到一阵风响,小姐道:"恩人!妖怪来了。"高生道:"不妨,待我躲过一边,看他如何形状也。"

德华便去躲藏身,妖精顿时进洞门。

酒菜一席多丰盛,微微含笑叫千金。

我备团圆合巹酒,要同小姐饮杯巡。

小姐牢记高生话,放大胆量陪妖精。

妖精饮酒多喜欢,三杯停盏说原因。

　　且说妖精突然喊了一声："啊呀！怎么有一股生人气味？"小姐道："大王不必疑心，奴家初进洞门，是有生人气味的了。"小姐说罢连忙拿起酒壶道："请大王用酒，四杯双成双，夫妻好风光。""好啊！好啊！"一饮而尽。"五杯完，六杯全，夫妻甜如蜜。""好啊！好啊！"一口而干，如此这样连吃十杯，妖精顿时说话不清，就趴在台上困着了。小姐把手一招，高生手执宝剑，一个箭步跳到台前，挥手一剑，妖精身首分离，顿时现出原形也。

　　头如笆斗雪白身，三丈有余白蛇精。

　　登在地上掀勒滚，台子矮凳尽翻身。

　　小姐吓得全身抖，眼睛一霎蛇无形。

　　德华扶住小姐身，二人双双到洞门。

　　且说德华搀扶小姐走到洞边。小姐道："请问恩人姓什名谁？贵居何处？日后再报大恩。"高生道："小生姓高名叫德华，杭州钱塘人氏，家业萧条，从小学文练武，未得功名。今日间游西湖，偶见你令尊榜文写明，有人救得小姐，愿订终身，故此小生泼胆救得小姐。"小姐道："父亲既然有了此言，奴奴决不懊悔也。"

　　回家一片守冰心，愿君早早得功名。

　　成其花烛谐连理，恐父不正惯欺贫。

　　我父见你贫如洗，必要图赖这婚姻。

　　今日与你来分别，未知何日再逢君。

　　倘有别人冒名姓，雕龙宝扇作凭证。

　　德华接了宝扇道："小姐，我今无物相赠，只有七言诗四句为凭，诗曰：'辞别相逢在有无，惟祈金阙沐恩波。名成便是高堂路，努力功夫再功磨。'"小姐听诗连声称赞道："奴奴也有一首七言诗回敬也，诗曰：'妖祸相侵生机无，幸承鼎力救狂波。酬恩已定牵红愿，一片冰心誓不磨。'"且说高生大悦道："此诗非但节操高，细品更觉情意浓，足见大才。"二人将诗谨记在心，高生又道："请小姐先上去，小生然后上来也。"

　　小姐坐在筐篮中，高生扶住绳拉动。

　　上边听得铜铃响，用力扯起女姣容。

　　太师喜见亲生女，小姐见父更悲痛。

　　马上吩咐回船去，拜谢救命大恩公。

　　且说家人对太师道："高公子尚未出洞，筐篮未曾放下。"太师道："待他自己寻路出来，请郁相公来见我。"监文思想："德华兄好福气，美貌佳人做夫妻，可惜凤凰配草鸡，想我枉有万贯家财，勿及他。"正在思想，只见家人道："郁相公，夏太师有名帖相请，速速快去也。"

　　监文相见太师身，二人谦逊说原因。

　　先问先生居何处，回言祖居杭州城。

　　先父官拜刑部职，万贯家财我掌印。

　　今同高兄来游玩，天缘相奏救千金。

　　且说夏太师道："我女儿虽然有缘救出，但高生他自穷苦，吾女儿是千金之体，怎能配婚？想必日后受苦。吾看郁相公倒是门当户对，特把我女儿的终身相托。"郁相公监文道："不敢当，我敝友面上勿好意思。"太师道："这也不妨，你令友尚未出洞，有死无生，你先回去。随后即来，我在家专等你来，就可成亲也。"

　　不说太师转回程，夫人小姐未知因。

　　监文归家心中想，这桩事情如何能。

　　想到小姐多美貌，同窗朋友瓩干净。

　　行囊礼物多准备，北新关上下船行。

不说监文去成亲,再提洞中姓高人。

且说德华在洞中,把小姐送出之后,再望放下筐篮,等了好久,不见下来,心中十分着急。德华想到:"必是老贼起了黑心!怪不得方才小姐说过恐怕父亲不认,所以小姐给我龙扇为凭。再想起监文为什么也不救我,真正人生碌碌,岂有此理也。"

高生等等无音信,这次有死必无生。

觉得肚中已饥饿,回进洞中再计论。

看见台上有酒菜,吃饱之后动脑筋。

酒足饭饱抽身起,手执宝剑往里行。

不觉发现另一洞,一线之光照进门。

只能单身可以走,不知里面若何能。

拼命权且挨身进,转弯抹角有声音。

且说德华手执宝剑,转弯抹角,直往里挨,不知不觉,约有四五里路程,只听得有溪水潺潺之声;再走几步,突然阳光照进,再转一弯,一看大吃一惊,上有天光,下通大海,全无去路,只得大哭一声,朦胧而睡也。

不说德华朦胧困,再提另有救星人。

北海龙王三太子,失落明珠有罪名。

龙王罚他出宫门,大海之中暂登身。

若有见到生人面,官复原职进宫门。

龙王太子心中想,今生看来无翻困。

此处鸟兽都无到,哪里能够见凡人。

太子化作道人样,海边游玩再理论。

手中执杖四面走,不觉听到有哭声。

一道生人气味到,海边困着一个人。

太子把他来推醒,叫道仁兄尊姓名。

且说德华醒来一看,面前立着一个道人,问他姓名。德华答道:"小生姓高名叫德华,杭州人氏,为救夏小姐,斩去妖精,被人谋害,难以出洞。请问道长,此处无路可通,你从哪儿来的?"道人道:"仁兄,我非道人,我乃北海龙王三太子是也,只因为了这样长那样短,所以在此。今日遇到了你,你真是我的大恩人,我今天可以回宫复旨,但你是否同我进宫作证?"德华道:"我是凡人,这样的滔滔大水,如何去得?"太子道:"只要恩人闭上眼睛,伏在我背上,就可进宫而去也。"

德华伏在青龙身,顷刻来到水晶门。

青龙即便来启奏,龙王传旨进宫廷。

德华俯伏称千岁,龙王仔细看分明。

原来文曲星有难,传旨备席送回程。

且说龙王对太子道:"你今遇到了文曲星君,但是他有大难临身,你要细心保护,日后相救,今速送回。"太子奉命送出龙宫,德华仍旧闭上眼睛,不多片刻已到红尘。青龙道:"恩人,我有灵丹一粒相赠恩公,必须要常带身边,不要忘记,能起死回生,切记在心。我今不能远送也。"

青龙回转水晶门,德华来到武陵郡。

灵丹龙扇随身带,归家苦楚读书文。

富贵姻缘尚如此,皇天不负善心人。

甂开一头提一处,又说狼心郁监文。

　　且说郁监文已到常州，门公通报，夏太师亲自出接进门，闲谈一番，吩咐家人准备，明天小姐与高公子就要成亲拜堂。夫人小姐在堂楼闲谈，听到下面很热闹，就问丫鬟有什么事。正说之间，忽然听到太师叫道："夫人，高公子来了。"丫鬟传话道："今日姑爷来了，太师要替小姐成亲，故而热闹。"夫人听了也觉高兴，不免与女儿料理成亲之事也。

　　太师说与夫人听，夫人小姐都相信。

　　高家公子已经到，马上拣日就成亲。

　　莫非爹爹恩不负，订约高生喜欢心。

　　小姐梳妆便换衣，监文打扮在书厅。

　　乐工三请新人出，参拜天地进房门。

　　轻轻除去红兜帕，举目偷看吃一惊。

　　且说小姐一见此人不是高公子，大吃一惊，暗说："不好了！我爹爹胡乱哄奴！"就问道："你是何人？为何冒名高公子？你好大胆！"监文道："学生在洞中相救小姐，你今日难道已经忘了吗？"小姐道："你既是救奴，可有凭据吗？"监文道："没有。"小姐大喝道："呸！你个狗奴才。奴在洞中有诗扇为凭，怎么说没有？"监文道："诗扇是有的，我道什么凭据！不过扇子没有带来，可是诗在肚中。"小姐道："你快把诗念来。"监文道："我来念也。正月梅花阵阵香，螳螂叫船游春场。"小姐一听遂道："放屁！只是游码头的山歌书，谁要你念！"吩咐一声，替我打将出去，一众丫鬟动手就打也。

　　丫鬟奉命不容情，监文跪在地埃尘。

　　哀求小姐莫动手，待我一一说分明。

　　小人名叫郁监文，令尊许我来定亲。

　　只因高公穷苦相，太师不愿把婚定。

　　况且德华未出洞，所以冒名来对婚。

　　小姐听得心大怒，吩咐重重打畜生。

　　监文被打房来出，回来哭诉太师听。

　　且说太师听了，直往小姐堂楼之上道："休得无理！这是相救小姐性命的大恩人高公子。"小姐回言道："爹爹你是忘恩负义之人，竟将这个贼精来哄骗女儿，反说我无理？"太师听了，只得实说道："女儿，为父不是负义，只因高公子实在穷苦，日后女儿难以度日，故此将女儿的终身许配郁相公。"小姐道："女儿福薄，富豪之家，女儿不愿配也。"

　　小姐开言爹爹称，你的说话不中听。

　　枉为朝中君王伴，枉为人称太师身。

　　枉为满腹多才学，枉为熟读圣贤经。

　　穷人只好无妻室，小姐说话不变更。

　　洞中诗扇赠高生，哪怕穷苦愿成婚。

　　太师听得火上升，出口就骂小贱人。

　　为父今后都不管，看你今后怎样能。

　　不说太师气烦闷，只表小姐泪淋淋。

　　前思后想都想到，只恨命苦已注定。

　　不如待奴短见寻，免得在世出臭名。

　　幸亏旁边丫鬟多，才把小姐来劝醒。

　　暂不说起小姐事，只表监文打出门。

闷闷不乐转回程，在家日夜动脑筋。

夏府之事都不表，单说德华在家门。

思想救了夏小姐，不觉已经半月零。

不知到底如何样，打听同窗郁监文。

随手带上一扇门，一路匆匆向前行。

郁府门上已经到，只听监文叹气声。

且说德华喊道："监文兄在家吗？"内边监文听到叫声，想道："难道德华没有死？"就走到门口道："德华兄，请坐。"德华道："监文兄，近期可好？"监文道："不要说起了！上了一场大当。"德华道："怎么回事？"监文道："你救了小姐，太师起了黑心，不准救你起来，就把筐篮绳子都拿走。又叫我一同到他船上，直接评论小姐的婚事。太师说：'德华实在贫穷，不能把小姐的终身耽误。况且目前未出妖洞，恐怕今生不能出洞，有死无生。我今将小姐许配郁相公，可算得门当户对。'我说：'不敢当，德华兄面上难交待。'"德华一听其中必有原因，就说道："监文兄，你不把小弟救出洞，幸喜小弟命不该绝，相遇恩人相救。监文兄！听你言语之中，必有委屈也。"

说你家中实在贫，哪能与你结成亲。

说我倒是门户当，定将小姐配监文。

我是再三不从意，立刻开船转回程。

硬把小弟带了去，一直带到他家门。

且说监文又道："把我带到了家里，太师对我立刻板起了面孔道：'德华穷鬼，扮作妖精，假作救人，做了圈套，谋我女儿的婚姻。'他叫我讲，我说：'没有这种事！'他就把我关进后花园，要活活饿死我，全亏小姐半夜三更走进花园与我叔嫂相会，放出花园。小姐道：'叔叔，我身已托高公子，绝无后悔。请你对高公子说一声，要用心读书，洞中相赠诗扇不可遗失。'小弟本想对你说明，难得今日高兄降临寒舍也。"

德华听说暗思忖，这些言语确似真。

可恨太师无情义，难得小姐一片心。

连忙取出雕龙扇，递与监文看分明。

连连不断真情吐，此扇可见女千金。

监文见扇起毒意，暗思如何取为凭。

且说监文见了此扇顿时思想："这把扇子总要想出办法搞到手，'婚姻'二字牢牢稳稳。"马上吩咐家人道："今日高相公在此，大摆酒宴。"德华道："不必如此客气！"二人说说谈谈，喝酒畅叙也。

德华不知其中情，当时只觉很高兴。

喝喝说说家常话，德华酒意二三分。

监文乘机真情问，什么诗扇作为凭。

德华认为同窗友，谈谈说说不要紧。

洞中之事全说明，监文牢牢记在心。

横一杯来竖一盏，用心灌醉起杀心。

且说二人喝酒谈论，喝了一会，看看德华有些醉了，家人按照监文的安排，扶起高生，进书房安睡，其余家人也把残席收拾停当。监文假醉，伏在台上。安童扶了监文，也回书房睡了也。

不说德华书房困，就说监文动脑筋。

麻绳手中拿一根，轻轻走进书房门。

听得床上鼾声响，高兄高兄喊几声。

监文只见无回音,放大胆量起杀心。

轻轻就把麻绳套,双手用力绳收紧。

可惜高生难喊叫,两眼一白命归阴。

且说德华被监文勒死在床上,就把麻绳解下,在身边取了雕龙扇回到自己房中,假睡在床上。家人在外把一桌残席吃完了,泡好香茗送进书房叫道:"大爷请吃茶。"监文道:"放在桌上,再泡一杯送到高相公房里。"家人走进书房叫道:"高相公用茶。"连叫几声,没有应声,就走到床边一看,大叫一声:"啊呀!为啥困困会死呢?"连忙回报主人去也。

吓得家人失落魂,连忙回报主人听。

高生困着喊勿醒,走上一看已断命。

监文听了假着急,假意奔进书房门。

高兄高兄连声喊,有何急症命伤身。

好好留你住一夜,叫我哪能交待人。

看看好像我谋死,你命死得不分明。

且说家人道:"大爷,如今哪亨打算?"监文道:"他家中没有人,又无亲戚,只有我和他最相好,今天只好看在相好面上,拿了十两银子吩咐家人去买一具好好的棺材,替他成殓以后,就抬到清波门外荒郊公墓之上,安放便了也。"

德华死得好伤心,清波门外放尸灵。

监文心中多喜欢,鬼神不知定了心。

如今有凭又有据,不怕小姐不成亲。

不说监文去成亲,另表一个善良人。

且说有一个丝绸客人姓薛名叫仲雍,京都人氏,现在杭州开张绸缎庄。院君吴氏同庚五十岁,所生一女,名叫玉珍,年方一十九岁,尚未出帖,不在话下。家中有一个朋友姓王名叫尔仁,也住京都,流落此地,冷不防急病而亡,亦葬在清波门外。今当清明佳节,也看在朋友之情上,故而今天去祭扫一番便也。

员外办祭出门行,安童挑担后头跟。

一路行程坟墓到,安排祭礼化纸文。

正要收入回家转,忽听那边有喊声。

且说高德华虽然被谋死,幸有起死还魂灵丹一粒带在身边,只要过得一时三刻,即会还阳,故此坟中有啼哭喊声。安童听见,吓得一身冷汗,便说道:"员外,不好了,青天白日为何有鬼哭声?"员外想道:"莫非死而复生?"便道:"你是人还是鬼?""啊呀!恩人救命!"员外一听,就吩咐道:"开棺相救也。"

员外吩咐安童听,动手开棺救性命。

德华棺中抽身起,低头拜谢大恩人。

员外即便开言问,姓甚名谁住啥村。

为何死而又复生,一一从头说分明。

且说德华回答道:"小生姓高名叫德华,杭州人氏。"就将搭救小姐、相赠诗扇、夏太师负恩伤义、洞中小青龙相救、赠我灵丹、回家探望朋友、吃酒谋死、盗去诗扇之事说了一遍,又说:"幸有灵丹在身,故而死而复生,恩人相救,感恩不浅。小生父母早丧,自小读书,全无生理,衣食不周,只好来世补报了。"员外道:"原来是读书君子。老汉姓薛名仲雍,京都人氏,今在杭州张绸缎店铺,单生一女,老身无靠,不嫌公子贫苦,继作螟蛉,同去攻书,未知如何?"德华此时,无可奈何,只好应允也。

德华听得喜欢心,连忙下拜寄父称。

欢天喜地同回去,改名景贤姓薛人。

不说德华在薛家,再表监文到夏门。

谋死德华诗扇盗,从头回禀太师听。

太师听得心中喜,复身告知女儿身。

且说太师听了监文一番话,心中大喜道:"今日美事即成。"忙进香闺道:"女儿,今日真的高公子来也,现有雕龙宝扇为证。"小姐道:"龙扇虽真,未必人是真。既是高公子,叫他诗句念明。"小姐吩咐了丫鬟,放下帘子,待奴听了也。

太师说与监文听,监文心中喜欢心。

诗句在心去见她,看她相信不相信。

小姐帘内细观看,仍旧前番死贼精。

且说小姐勃然大怒道:"你这个打不怕的贼子,今天还敢前来冒名,真是大胆的囚徒。"监文道:"今有诗扇为证,难道也是假的吗?"说罢就将龙扇拿出,并把诗句一字不差的念了一遍。小姐听了,呆了半时,想到:"一首诗哪里来的?其中必定另有原因。"便道:"既是高生,将奴诗的和韵也念来?"监文道:"今日特来成亲,要什么和韵?"小姐骂道:"恶贼,你的诗扇从何而来?"吩咐丫鬟打死这贼精。监文着急道:"不要打,待我自己说明便了。"

小姐不必火来升,我确原是郁监文。

前番在此回家门,高兄确已转回程。

我将原因说他听,叫他前往夏府门。

小姐贞烈心不变,等你一到就成亲。

高兄等我说完话,顿时开口说原因。

他说此女被怪染,与她成亲坏名声。

故将诗扇送了我,叫我前来代成亲。

且说郁监文编了一套假话,讲给小姐听,又道:"小生此次前来,有高兄之托。但高兄真是一个无情汉子,撇却小姐的一片真心。"小姐听了,半信半疑,难道真的变心了吗?真叫我难辨真假!顿时无言可答。傍边有一个丫鬟叫春香,说道:"小姐不要听他,落其圈套,此话捏造之言。"说罢,就喊道:"姐妹们,一齐动手,把他打出去。"

一众丫鬟忙动手,就拿监文剥衣襟。

方巾乌靴都除下,把他掀在地埃尘。

上下周身重重打,打得皮开血淋淋。

连连哀求救命喊,求求小姐饶性命。

有个丫鬟真毒辣,就把尿盆满头淋。

耳目口鼻都淋到,满身臭气不堪闻。

太师知道忙走进,一把挽起郁监文。

此番监文太吃亏,狼狈不堪转家门。

要知以后如何样?下卷之中再表明。

雕龙扇下集再展开,奉劝诸公静下来。

有始至终听全本,四季平安永康泰!

且说上卷说到郁监文谋死高德华,盗取诗扇,第二次冒名到夏府投亲,被众丫鬟痛打一顿,吃了大亏,逃回家中,一言表过。再说玉英小姐闷坐香房,思想起龙扇和诗句,弄得好不疑惑!还是被恶贼谋死而盗来诗扇？还是高生真的撇却奴奴？真是难以猜详！小姐朝思夜想,终于想出了一个办法,暗道:"不免待奴扮作男身,瞒过父母逃往他乡,也许会和高生相遇。如果寻不着他,就自寻死路,也干净,免得遗臭名声。"又道:"这个贼子有衣服鞋帽都在。"就吩咐丫鬟把这身衣服取来,丫鬟道:"小姐要它何用？"小姐道:"不必问,只管拿来便了。"丫鬟就去取来交给小姐也。

> 小姐此刻苦心痛,为了诗扇挂心胸。
>
> 倘使高生被谋死,我的终身落了空。
>
> 欲想悬梁绳一根,怕娘哭死在房中。
>
> 还是让我女扮男,逃出家门避祸凶。
>
> 春香丫鬟听此言,两行泪珠落胸中。
>
> 春香要求一同去,不愿离开女姣容。

且说小姐听了春香丫鬟之言,便道:"春香,奴为高生而身故,怎好连累你呢？你留在家中,日后如果见得高生,将奴抱节丧身细说分明,就算得你的报主之恩也。"春香听了小姐之言,低头不语,哭断肝肠也。

> 主婢哭得眼睛红,顿时分离各西东。
>
> 小姐打扮书生样,轻轻移步到园中。
>
> 对天拜别爹和娘,要寻多情高相公。
>
> 阳间不能成连理,阴间路上结同心。
>
> 你在阳间如未死,要见奴奴在梦中。
>
> 巴你日后功名就,愿君再娶女姣容。
>
> 拜罢一番抽身起,春香送出花园中。

且说春香道:"小姐,此去祝你一路顺风,你须要忍耐,若可安身处,就得安身,千万死路寻不得。"小姐当时咽喉哽住,说不出一言,只得一径而去。春香十分苦切,回转房中,想道:"今日一别,不知何日有相逢之日也。"

> 不说小姐气冲冲,卷中再表小青龙。
>
> 知道玉英今有难,不免待我救姣容。
>
> 不说青龙驾清风,再表小姐路途中。

且说夏玉英小姐离别家园,一路之上,不管高低,走到江边,走得遍体香汗,腰酸足疼,想起高生,就把龙扇藏在身边,往空高叫:"啊呀！高生呀！奴奴一心指望和你洞房花烛,和合团圆,谁知今日和你各分西东！高生啊！为妻今日丧身长江,今生和你不能相会了！"说罢高喊一声罢了,就此将身往江中一跳也。

> 小姐舍命赴江心,青龙早已在青云。
>
> 立传虾兵并蟹将,马上相救玉英身。
>
> 云端青龙四周望,见一官船将来临。

且说虾兵蟹将奉命就将玉英小姐托在水面,不多一刻已到船边。小青龙在云端高声叫道:"船上官儿听了,前面有人负屈投江,速速往救,不得有误。"船上的老爷一听觉得奇怪,遂走到船头一望,果然有一个尸体浮在水面,吩咐家人马上打捞也。

> 家人奉命碌乱忙,灯笼火把照长江。
>
> 船儿急行前边去,水中果有少年郎。
>
> 捞起看看气未绝,老爷吩咐灌姜汤。
>
> 玉英悠悠还魂转,大人吩咐换衣裳。
>
> 小姐双眼泪淋淋,拜谢救命大恩人。

　　且说大人道："贵公子休要客气,下官非是别人,姓姚名叫国柱,襄阳人氏,叨蒙圣恩,升授吏部尚书之职。夫人陆氏,诰封二品,年近六旬,膝下无儿,单生一女,名叫贯珠,年方十六,尚未婚配,带领家眷,奉旨进京。船过这里,听得空中叫喊,所以停船搭救。不知贵公子有何冤屈? 姓甚名谁? 家住何处? 不妨在下官面前,详细道来也。"

　　小姐此时泪盈盈,大人在上听分明。

　　小生姓高名德华,杭州城里住登身。

　　先父做宰在洪都,父母早已去世尘。

　　在家读书苦伶仃,欲想赴考少盘银。

　　岳父常州夏太师,家中富豪有钱文。

　　丈人家中花借银,谁知岳父丧良心。

　　不认小人婚姻赖,拿我吊打逼退婚。

　　休书写罢被赶出,所以在此短见寻。

　　承蒙大人来救我,今世难以报大恩。

　　且说姚天官听了假德华的一番假话后,说道："原来如此。"又想道："此人斯斯文文,相貌堂堂,看上去日后定有翻身之日。老身无靠,不免待我继作螟蛉。"遂道："高相公,下官有一言动问,不知意下如何? "玉英小姐道："不知老爷有何教诲? 请老爷吩咐指教。"天官道："下官姚国柱欲想高相公作为螟蛉之子,同进京都,不怕夏府赖婚,未知意下如何? "玉英道："蒙老爷见爱,小人敢不从命。"说罢,双膝下跪道："爹爹在上,孩儿拜见。"老爷双手扶起,赐座一旁。又吩咐童儿请夫人、小姐一同相见。玉英小姐见母亲出来,马上拜见母亲,又与贯珠小姐兄妹相称,当场改名叫"姚天爵",欢天喜地,一门老少同饮喜酒,直至天明开船赴京去也。

　　不说小姐得安身,再表常州夏府情。

　　来朝各自抽身起,春香丫鬟假作惊。

　　假意哭诉禀太师,房中不见女千金。

　　太师吓得魂飞散,夫人哭得泪淋淋。

　　吩咐家人细查明,只见开直后园门。

　　厅堂花园都寻遍,就是没有小姐身。

　　夫人顿时心光火,遂搭太师来拼命。

　　上前一把胡须扯,大声连骂老牛精。

　　好好姻缘要图赖,逼得我儿命归阴。

　　且说夫人上前一把拉着太师胡须道："今天与你拼了命吧。"太师道："夫人放手,待我寻还你的女儿。"丫鬟也劝夫人,二小姐琼英也来劝住母亲道："待爹爹寻还姐姐回来便了。"夫人只得放手,哭进房中去了。

　　不说夏府一番情,再说德华姓高人。

　　继承姓薛景贤叫,一同回转北京城。

　　父子二人岸上来,来到自家大墙门。

　　家人进去来告禀,员外回家告夫人。

　　夫人接进老员外,厅堂之上诉衷情。

　　吩咐儿子来相见,当堂拜见寄母亲。

　　吴氏夫人心欢喜,请出女儿吴玉珍。

　　兄妹相见多亲热,吩咐摆酒饮杯巡。

员外出外朋友请,拿出银子捐监生。

捐监是桩大事情,诸亲百眷都来庆。

卷中虱开此段事,再提玉英假书生。

来到京都衙门进,持银捐职在其身。

八月中秋场期近,玉英无奈进场门。

薛府景贤也进场,郁贼监文也来临。

三个冤家三场毕,榜文之上俱标名。

三百进士名登殿,御取名券贮金瓶。

祝告神明来取出,景贤中魁状元身。

天爵中榜第二名,探花挨着郁监文。

皇上赐宴琼林浆,宴罢离堂相会情。

且说状元、榜眼、探花三人宴罢,回到茶厅相会谈情。状元道:"诸位年兄请了。"大家答道:"请了。"道罢坐下喝茶。姚天爵举目一看,状元好像高德华,回眼再看探花,好像郁贼监文;探花一看状元,大吃一惊,暗道:"明明是高德华,此人被我谋死,为何叫起薛景贤?好不疑惑!"此时,三人心中都暗暗明白,各自留心,茶罢而散也。

不说三人各回程,再说一位姚大人。

已知儿子中榜眼,回心想起儿前情。

小时婚配夏氏女,只因太师赖其婚。

现在已经中了榜,且到常州去迎亲。

且说姚天官准备船只、乐工、花轿,去常州迎娶亲事。姚天爵暗暗好笑,思想夏府还有什么玉英呢!此番一去,岂不要急坏爹娘。吾父亲叫作自作自受。再说娶亲人到了常州夏府,家人道:"门上快去通报,说新科榜眼姚天爵迎亲来了。"门公听了,急忙去通报太师也。

门公进内来启禀,太师听了吃一惊。

吾与姚家无亲事,今日娶亲弄勿清。

长女不知生和死,次女尚未配婚姻。

一头疑惑一头迎,接到庭上再计论。

且说夏太师把姚家娶亲人接到厅上,分宾而坐,家人献茶。太师道:"姚年兄,小弟所生儿女,长女订婚杭州高德华,次女尚未出帖,与令府并无亲事。"姚天官道:"老太师有所不知,我儿就是杭州高德华,只为投亲不允,在半途投河自尽。晚生相救,继作螟蛉,因此造府,迎娶令爱过门。"太师听了顿时呆若木鸡,无言答对,只得说:"姚年兄略坐片刻,待我进去准备就是。"说罢进内说与夫人知道,反被夫人大骂一场,太师道:"总是老夫不是,今日要与夫人商议此事也。"

夫人勉强巧计生,可将丫鬟代千金。

春香生得多容貌,将她代主去成亲。

丫鬟打扮去上轿,全副妆奁赠嫁行。

姚府迎亲刚回程,又来一起娶亲人。

薛家奏明君王晓,奉旨前来娶玉英。

且说夏府门公禀报道:"皇上圣旨到。"夏太师吩咐开正门迎接,夏太师跪到地上接旨。天师读旨,诏曰:"兹尔新科状元薛景贤奏明,幼订夏荣先长女玉英为室,理宜完姻,奉旨执行,倘有逆旨,欺君论处!取罪不轻,钦哉。"太师跪在地上连呼:"谢恩。万岁!万岁!万万岁!"

太师谢恩立起身,犹如天打一般能。

薛比姚府更厉害,上天无路地无门。

薛府员外来催促,为何冷落无音信。

太师急得无办法,只得出外来迎亲。

且说夏太师道:"老封翁,若说我长女玉英配与高德华,他继承姚府叫天爵,新科榜眼,我女玉英方才姚府已娶去。"薛员外道:"岂有此理!"德华道:"我是承继姓薛,改名叫景贤,新科状元,哪里还有什么高德华呢?"又道:"太师呀,赖婚事小,逆旨事大也。"

太师听了好疑心,这笔账目弄不清。

方才娶亲高公子,此时也是姓高人。

其中委屈不明白,再搭夫人去讨论。

太师进房夫人叫,泼天大祸到来临。

且说太师道:"夫人!不好了,大祸降头了。方才姚府迎亲是新科榜眼高德华,现在又来一起娶亲,新科状元也叫高德华。"夫人听了,顿时想起长女玉英不知死活,两眼交泪道:"都是你这个老匹夫,弄出的事来,还要来告诉我,有什么办法,你自己去对付吧。"太师无奈只得道:"不必光火,还是想想办法才是道理,这次叫谁去代嫁也?"

夫人看在夫妻情,只得再拿巧计生。

且把琼英嫁过去,移花接木代成亲。

长女玉英无福气,琼英有福做夫人。

夫人只得对女讲,小姐打扮做新人。

夫妻哭送亲生女,太师告罪薛翁亲。

且说夏太师只得出来请罪道:"老封翁,我一时局促,未备妆奁,乞望始罪。"薛员外道:"不敢。"说罢就此告别,回京都复命。状元打扮成亲,头戴乌纱帽,身穿大红袍,双插金花,参拜天地,送入洞房也。

状元欢喜新房进,满面笑容看新人。

只见手执雕龙扇,遮其半面不开声。

状元一看心疑惑,此扇已属郁监文。

为何又在她手中,待我细细问分明。

且说状元留心观看,只见新人不像玉英小姐,再细细一看,果然不是。心想必然夏老贼做的手脚,自己的女儿却瞒过了,反把别人家的女子顶替代嫁。待我细细问来,就问道:"你这个女子,好生无理!因何胆敢顶替夏玉英小姐前来完婚?你这雕龙扇何处得来?快快说明,饶你一死!"琼英道:"状元息怒!容小妇人一一告禀也。"

我是次女夏琼英,我姐玉英命归阴。

因被我父逼改嫁,一心许配郁监文。

诗扇为凭无办法,逃出未知死和生。

此扇我家有两把,姐妹各执闺房存。

且说状元听得十分痛心!只恨夏荣先老贼拆散姻缘,即将次女代嫁,为何不讲明白,说道:"二小姐,既到寒门,请在此安心。不坏你闺女名声,待我寻访玉英。"琼英听了十分喜悦,就将龙扇交给状元,听凭裁夺也。

状元接扇进书厅,心中尚挂玉英身。

只为太师无道理,欺贫爱富拆婚姻。

不说状元薛府事,再说姚家娶新人。

且说姚天爵心中想道:"夏玉英就是我,今日轿子里娶的新人到底什么人?待我过去结亲拜堂。"参拜天地毕,送入洞房,挑去方巾,仔细一看,笑得肚子发疼,立即关上房门,便道:"你这个丫鬟好大的胆!竟敢冒充夏玉英小姐吗?"春香着急了,说道:"姑爷莫怪小婢!只是太师的主意也。"

新郎笑得肚子疼,新娘急得失三魂。

小姐看见春香急,只得上前说分明。

吾身就是夏玉英,春香如梦方初醒。

担头仔细看分明,果是主人夏玉英。

春香从头细细问,小姐一一讲详情。

那日投河姚府救,假称杭州姓高人。

今日夏府来娶亲,为难势利老父亲。

小姐开口春香叫,此事不可告别人。

只好你我来晓得,且到日后再理论。

不说主婢私房话,再说贯珠女千金。

且说姚天爵独坐书房,手执龙扇,两眼交流,贯珠小姐私出香闺,只见继兄一人在书房,便道:"哥哥为何喜而生悲?闻得嫂嫂是个丫鬟代嫁,愚妹一向关心自己的终身,恐怕父母将奴许配人家,达不到小妹的心愿,故而今日特地前来,把愚妹的终身相托哥哥。我俩虽是兄妹,两姓为婚,请兄长原谅!"不等兄长开口,就把龙扇夺了过来,说道:"哥哥就把此扇作为凭证吧。"天爵顿觉满面通红,无话可说也。

玉英小姐心中闷,贯珠又来搞不清。

瞒了父母终身托,雀食粙糠空欢心。

此段事情暂不提,再说海外出事情。

且说皇上清正,国家安宁,风调雨顺,百姓太平。有一天,皇上登殿,文武朝见,刚要退朝,只见黄门官进殿启奏:"陛下,今有台湾出了妖精作乱,自称独臂大王,杀害军兵,无人抵敌,守城官兵告急。"说罢,本章呈上。君王看罢,就问道:"两班文武官员,有谁能除得妖精?官上加官。"只见旁边闪出郁监文,奏道:"臣,新科探花郁监文,保举新科状元高德华,文武双全。他在西湖灭过妖精,此去一定能胜任也。"

顷刻召见状元身,探花保卿灭妖精。

今有台湾出妖人,封卿都督元帅身。

领兵灭妖功名建,得胜回朝再提升。

状元谢恩退朝去,心中怨恨郁监文。

且说元帅心中想道:"这个郁贼呀,吾今尚未报仇,反被恶贼先下手,又要送我的性命了。此能胜敌,平复回朝,必要报这冤仇。"想罢,拜别寄父、寄母,辞别二小姐琼英,就此动身也。

状元即便就启程,三军浩荡出京城。

探子前方打探信,安营扎寨点三军。

元帅披甲龙驹坐,手中执定枪一根。

大炮一声营门出,来到战场会妖精。

且说元帅来到战场,见贼将也到了战场,元帅大喝一声道:"妖精,通名下来。"番将道:"我乃独臂大仙是也,来将何名?"答道:"我是新科状元都督大元帅薛景贤是也。"妖精道:"原来是乳臭未干之儿,你是我的仇人,今日特来报洞中一剑之仇,放马过来。"薛元帅手执长枪,就向妖精前心刺来,妖精闪过一枪,还手一剑,望元帅刺来,二人大战二十回合,杀得妖精大败而逃。元帅在后赶来,妖精道:"你敢和我水战吗?"

元帅道："难道怕你不成？"双方收兵，各个准备船只，就要水中大战也。

　　两军齐到大江边，双方下船闹喧天。

　　三声炮响船出动，大海之中再会面。

　　三会四合无胜败，妖精口里念真言。

　　天空顿时乌云起，狂风大作船簌颠。

　　飞沙走石难开眼，妖精挥动手中剑。

　　一把变十十变千，把把宝剑妖气现。

　　元帅无法来还手，顷刻性命在眼前。

　　北海龙王已知晓，特遣小龙神通献。

　　青龙抛起定风珠，乌云顷散见青天。

　　妖精一看破了法，收了宝剑原形现。

　　现出一条大白蛇，张牙舞爪在云间。

　　要想下来吃元帅，未防青龙祭仙剑。

　　一剑下去蛇两段，独臂大王命归天。

　　元帅抬头向前看，一位道长在眼前。

　　且说元帅性命就在眼前，突然之间，只见云散日出，妖精变成白蛇，顷刻只见白蛇两段死在水面，刚要收兵，只见面前立着一位道长，元帅道："多蒙道长搭救！"小青龙道："我乃小青龙，去年蒙你大恩，无以为报，今日特助一臂之力。前年元帅性命将危，赠你起死还生灵丹一粒，望乞赐还小龙。今有明珠两颗相赠。"元帅道："又蒙厚赐，无日报答。"青龙道："区区小事，何以挂齿？今日特向元帅贺喜，你有五位夫人团圆，皆因宿世奇缘。"小青龙说罢，告辞而去也。

　　青龙回转水晶门，状元班师回京城。

　　回到京师朝天子，龙颜大悦叫爱卿。

　　平升三级为兵部，监文保奏也加升。

　　此事虱开且慢表，再表天官姚府情。

　　且说姚天官一人在书房，想道："寄儿幼时得配夏荣先之长女，不料夏老贼将丫鬟代嫁。我儿虽是奏明，只是蹉跎岁月。前日刑部王大人说薛状元有一寄妹叫玉珍，十分美貌，为我儿做伐，讲好今天送上庚帖。"正在思想，王爷到了，接进厅堂，奉上庚帖道："姚年兄，薛府所生一女，要求令郎入赘，来春接归回府。"天官道："这也使得，但是有劳贵府了。"客气了几句，王爷告别回去也。

　　王爷作别回家门，天官说与寄儿听。

　　玉英听了魂魄散，半晌无话暗思忖。

　　此事若然当了真，定要弄出笑话柄。

　　现在贯珠已托婚，再要薛府入赘亲。

　　目前连搭春丫鬟，已有三位佳夫人。

　　这场把戏怎么收，任它下去再理论。

　　姚府拣日来行聘，随盘入赘薛家门。

　　玉珍小姐来打扮，笙箫细乐结成亲。

　　红绿宝带何须说，合卺交杯不必论。

　　席散以后来送客，大舅妹丈初相称。

　　状元手执雕龙扇，榜眼东床看分明。

此扇好像胞妹物，为何落在他手中。

满腹疑心难测详，假意上前问原因。

且说玉英小姐走向前去问道："大舅手中什么东西？"答道："此物名叫雕龙扇。"又问道："小弟见爱，可有买处？"答道："无处购买，天下只有两柄。说起此扇，话头也长，十分痛心。"说道："大舅请教。"答曰："妹丈是新亲，不好乱说。"妹丈道："至亲郎舅，但说何妨？"此时，玉英小姐是男人打扮，高德华哪里认得出呢？德华是新科状元，面红体胖，衣彩华丽，小姐也一时难以辨认，所以二人无怀疑也。

状元说话泪盈盈，妹丈你且听原因。

小弟居住杭州地，姓高德华是我名。

却被郁贼来谋死，将身安放在荒坟。

幸有身带灵丹药，薛府员外救我身。

承蒙寄作螟蛉子，到京得中状元身。

且说玉英小姐连问道："大舅何故被郁贼谋死呢？说与小弟知晓。"状元道："妹丈听禀也。"

只为常州夏府门，合家杭州把香焚。

小姐玉英被妖摄，太师立刻出榜文。

小弟泼胆去相救，洞中诗扇订为婚。

太师欺贫把婚赖，将女许配郁监文。

故被谋死诗扇盗，欲与小姐结婚姻。

小姐被逼无办法，半夜潜身逃出门。

目前死活全不知，想着千金好伤心。

且说状元又将娶亲、二小姐代嫁、盘问琼英说出真情、决心寻找玉英等语都详详细细讲了一遍也。

玉英听得痛伤心，顿时两眼泪淋淋。

难得高生真情切，不负奴奴一片心。

小姐开口大舅称，可知小弟是何人。

状元回言不知晓，请教细细说分明。

我非真的男子汉，女扮男装夏玉英。

龙扇七言凭据真，无法只得逃出门。

小脚伶仃难行路，路上受尽万千辛。

一时思想无主意，只得投江来自尽。

姚家官船来搭救，承蒙老爷作螟蛉。

寄父为我科场进，谁知一举得成名。

此事若被君王晓，欺君大罪不非轻。

德华听得心欢喜，连连摇手请放心。

待我明日去上朝，启奏万岁一道本。

且说状元来日上朝，奏本万岁道："臣新科状元薛景贤，特来奏明圣上。新科榜眼姚天爵娶了夏荣先的婢女，又私订终身，过继贯珠小姐，今又入赘臣家，与薛玉珍小姐成亲。谁知那榜眼姚天爵不是男身，却是夏荣先之长女玉英小姐。"君王一听，暗想："前日薛状元奏明，夏荣先逆旨赖婚；姚天爵奏明，夏荣先使女代嫁。此两案尚未查明，其中必有委屈。待朕召集众卿一同面审。"就说道："薛爱卿平身，待朕明天查明便了。"状元谢恩退朝也。

钦差奉旨出京城，传宣各处众公卿。

奉旨进京听审问,文武官员两边分。

听审龙牌高挂出,来了招审一班人。

且说一班招审人在朝出班奏道:"老臣文华殿大学士夏荣先是也,下官吏部尚书姚国柱是也,微臣新科榜眼姚天爵是也。"君王道:"夏荣先,有人奏你逆旨赖婚、使女代嫁,从实讲来。"夏荣先道:"万岁容禀,待我告禀也。"

老臣所生二女身,长女玉英次琼英。

天竺进香遇妖精,大风刮去女儿身。

出榜写明求人救,嫌他穷苦是真情。

思想将女另婚配,许给富豪郁监文。

谁知女儿烈性强,自有诗扇作为凭。

自此监文回家转,带来诗扇要成亲。

臣女不从将身逃,死活存亡不知因。

且说夏荣先已将女儿逃出之事交待明白,又说道:"姚府前来娶亲,只说高德华得中新科榜眼,前来娶长女玉英成亲。老臣因女儿逃出在外,那时无法,只得将春香丫鬟代嫁,总算了事。谁知隔无几天,又来一处娶亲人马,持有万岁圣旨,说是新科状元高德华。老臣心里有点疑惑,哪里有这么多的高德华?只因圣命难违,只得将次女琼英代嫁。老臣句句是真,望圣上明察。"君王听得明白,说道:"退下,传薛景贤上朝。"说道:"薛景贤,你为什么假冒高德华,从实说来。"德华道:"万岁在上,小人告禀也。"

微臣不是姓薛人,杭州姓高德华名。

妖洞相救夏小姐,龙扇诗句订良姻。

他父想把婚姻赖,回家探望郁监文。

被他谋死诗扇盗,幸有青龙灵丹赠。

棺木之中还魂转,薛家相救作螟蛉。

蒙恩一举登科第,奉旨迎娶夏玉英。

移花接木将人代,原来次女夏琼英。

且说君王听了以后道退下,便叫姚天爵道:"你好大胆,为何女扮男装,敢戏弄朝廷,该当何罪?"玉英道:"万岁听禀也。"

只为进香起祸根,被妖摄进妖洞门。

高生相救奴许婚,爹爹将奴另配亲。

只嫌高生多穷苦,要我改嫁郁监文。

奴奴不愿改装逃,投河一死倒干净。

姚家官船在此过,搭救性命作螟蛉。

无意之中身及第,伏望万岁赦微臣。

且说君王听了大怒,道:"既是女子,勿该大胆进场,又不该私订终身,更不该入赘薛家与玉珍成婚。"玉英道:"并非大胆,只是恩父与贤妹所逼,叫不得意之事。"君王道:"看你贞节之面,赦你无罪。退下去。"便对姚国柱道:"你把继作螟蛉之事也说明白了也。"

国柱从头奏明君,救他只道是书生。

问他姓名家乡地,他说杭州姓高人。

直说岳父婚姻赖,逼写婚书赶出门。

一路思想无好日,故而怨命丧江心。

看他品貌多端正，所以将他作螟蛉。

哪知她是裙钗女，老臣一点不知情。

这是句句真实话，皇上万岁细察情。

且说君王听得明明白白，说道："你退下去。"便叫郁监文上殿道："郁监文，你要谋人之妻，伤人性命，罪不容赦，从实招来。"监文想看来隐瞒不过了，只得从头至尾，实言招禀。君王听了说道："众卿退朝，明日吏部衙门伺候便了。"

君王退进龙凤门，众卿各自转家门。

来朝天明抽身起，吏部衙门候旨音。

不多一刻圣旨到，县官接旨到大厅。

且说钦差大臣说道："圣旨到！"跪听宣读："诏曰：兵部尚书薛景贤征伐有功，钦赐龙袍玉带、黄金万镒，理宜复姓还乡。夏玉英贞节，敕封储国夫人。薛玉珍也配状元，封护国夫人。姚贯珠亦配状元，封平国夫人。夏琼英小姐仍配状元，封定国夫人。春香丫鬟代主成婚，亦配状元，封保国夫人。夏荣先欺贫爱富，到状元府赔罪。郁监文存心不善，发到刑部削职，重责四十，发配充军，即日起行，不可耽搁。"圣旨又曰："差钱塘县督工起造状元府，限期一月完工，不可迟延便了也。"

一众官员谢圣恩，状元告假转回程。

文武相送不必说，半朝銮驾出京城。

即日来到杭州城，状元府第接青云。

二县三府来祝贺，人夫轿马闹盈盈。

状元选定良辰日，大办花烛结成婚。

参拜天地双和合，乐工吹打进房门。

玉英好像天仙女，琼英貌似活观音。

玉珍宛如西施样，贯珠赛过王昭君。

春香虽是丫鬟女，美貌容颜也非轻。

房中吹唱团圆曲，五位夫人互相敬。

且说夏太师到家，即将金银产业归并，同到杭州状元府靠老终身；薛员外夫妇亦靠状元；姚天官告老还乡，夫妇一同也到状元府中。三家合并到状元府，合家团圆和睦也。

不说状元在家庭，五位夫人俱有孕。

一年之内生五子，天命之性又聪敏。

其年正交十六岁，五子登科辅朝廷。

且说状元生了五子，俱登科第，光耀门庭。大儿叫邦圃，顶立夏氏香烟；次子叫邦国，承立薛氏宗祧；三儿叫邦佐，顶立姚氏香烟；四子叫邦畿、五儿叫邦庭，顶立自家香烟。状元早已看破红尘，弃职修行。夏太师夫妻、薛员外夫妇、姚天官夫妇便道："吾们先有此意也，亦要持斋修道。"五位夫人亦有此意念也。

状元合门广修行，花园起造乐善亭。

监文充军死在外，家产尽被天火焚。

善恶总有来报应，好坏结果劝世人。

雕龙宝扇已宣完，一年四季免灾星。

窦娥宝卷(版本一)

窦娥宝卷初展开,奉请听众静下来。

勿宣前朝并后代,淮安府里事一番。

却说清朝淮安府山阳县里,有一家姓蔡,名叫士成,娶妻李氏,所生一子,取名文达,年方十六,已入黉门。不料蔡士成一场大病,服药无效身故,撇下母子两人,无人照顾生活。用了本村张婆与儿子,儿子叫柳儿,与文达同年,一同在蔡家服侍李太太与公子文达,度过光阴也。但张氏年已花甲,不宜再当佣人了。

光阴如箭快十分,李氏高龄七十春。

孩儿文达十七岁,至今尚未配婚姻。

为了孩儿一头亲,喊了张婆来讨论。

李氏想:"人生七十古来稀,老年人像风中之烛。"故叫了张婆说要为公子找个门当户对人,领个养媳妇来服侍我。心想自己人服侍,比外头人要真心得多了。

张氏即便太太称,倌倌婚姻有缘分。

不是张家和李家,西溪村上姓窦人。

名叫窦娥人出众,巧与公子同年龄。

太太听了心快乐,全托张婆做媒人。

张婆走出门,叫我做媒人。

走到西溪村,推进窦家门。

窦太出来迎,便问啥正经。

张氏说给窦太听,特与小姐做媒人。

就是城里蔡府门,祖上也是老乡绅。

剩得母子两个人,文达少爷十七春。

此身已经入黉门,要配你家女千金。

两家结成亲,订婚就过门。

服侍老夫人,问你肯不肯。

窦氏一听就答应,便写庚帖付媒人。

张氏接帖就动身,回到蔡家太太称。

便把庚帖来呈上,李氏接帖喜十分。

立即选日行聘礼,去领窦娥女千金。

张氏带领亲长们,领了窦娥到蔡门。

李氏一见窦小姐,沉鱼落雁貌超群。

李太太看见媳妇十分高兴,把孩儿叫到堂前。由张媒婆介绍,未婚夫妇相见,叩见李太太,合家亲长喜饮筵席。席散,亲长各自回家,蔡府上好不欢乐也。

窦娥小姐到蔡门,服侍婆婆有孝心。

早上要向婆请安,夜里服侍同床困。

时逢六月天气热,扇凉草席婆婆困。

到了冬天天寒冷,温热被窝让婆困。

婆媳胜似母女亲,梳头穿衣都当心。

李氏心中暗暗想,娶这媳妇有福分。

勿宣窦娥孝顺事，要宣文达考功名。

且说东京开考，各地考生纷纷赴京赶考。蔡文达带了盘费，辞别母亲，到京中去求取功名便了。

文达拜别老母亲，一路匆匆上京城。

勿表文达路上事，再宣柳儿荒唐人。

嫖赌吃着样样犯，偷东摸西门槛精。

吃上一筒鸦片烟，面孔瘦得像猴精。

一心要讨家主婆，这种宝伙啥人肯。

看见窦娥生得好，困思搭梦动脑筋。

且说张柳儿几次欲去调戏窦娥小姐，都被李太太阻碍。因此，李氏是柳儿眼中钉，要想个计策弄死她。小公子不在家，窦娥稳稳到手也。

柳儿鸦片来抽落，动勿出啥好脑筋。

其日已至冬天到，羊肉优质营养品。

李氏喜吃羊肚汤，要叫张氏买来吞。

张氏即便走出门，碰着儿子转家门。

柳儿道："母亲，你到哪里去？"张氏道："太太爱吃羊肚汤，叫我去买。"柳儿道："妈妈，让孩儿去买罢。"张氏把罐头和钱交给他，就回家也。

柳儿马上回身行，顿起一个黑良心。

买了一罐羊肚汤，将身走进药店门。

买包砒霜回家转，羊肚汤中来放进。

张婆拿给太太吃，太太闻着打恶心。

便叫张婆去倒掉，张婆尝尝灵勿灵。

张婆啊，砒霜怎能尝呢？张婆一尝，不多时肚痛，七孔流血，吓得李太太和窦娥措手不及。柳儿一看不好了，要想药死李老太，谁知害死了母亲。

柳儿此时急煞人，弄出一场人性命。

掰了石头压自脚，叫我柳儿怎样能。

柳儿听见声音，看看自己母亲，想害李太太，却害死母亲。连忙衙门一奔，要紧报人命案。

一张状纸已写端正，诬告窦娥有奸情。

要药死阿婆，药着我母亲，快快击鼓把状呈。

知县坐堂审，吩咐当差人，一同前去验尸灵。

知县立刻出衙门，要到蔡家验尸身。

一看七孔都流血，必定服毒命归阴。

四邻地方都传到，尸棚审问窦娥身。

窦娥声声叫冤枉，知县带回来审问。

知县把窦娥带回衙门，吩咐柳儿把娘买棺入殓。知县坐堂审问，拍案高声道："窦娥，抬起头来。"一看生得十分漂亮，心想怪勿得要找姘头，说道："你与啥人通奸？药死张婆，从实招来，免受大刑。"窦娥道："小女尊敬婆太，服侍婆婆，与张家无仇，怎会药死张妈呢？"

知县一听火来升，便骂窦娥小贱人。

吩咐衙役上捞子，窦娥痛死转还魂。

这种刑法难熬受，且得虚招口供认。

　　糊涂知县听得窦娥招认口供,叫窦娥画供,后推入监牢退堂。写好祥文送京中刑部不提。窦娥含冤坐牢,大哭悲伤。

　　一更里来好苦恼,凳在监里哭嗷啕。手铐与脚镣,还有壁虫咬。牢头禁子勿肯饶,身上打得紫血泡。啊呀吾的天!

　　二更里来好伤心,啥人药死张婆身。瘟官开口问,我说不知音。知县吩咐用大刑,奴奴无奈虚招认。啊呀吾的天!

　　三更里来苦难言,冤枉大事谁来辨。凶手勿晓得,奴奴苦黄连。看来性命难保全,保佑婆婆永康健。啊呀吾的天!

　　四更里来泪汪汪,提起张婆好悲伤。啥人烧茶水,家务啥人帮。夜里无人来同床,谁替婆婆洗衣裳。啊呀吾的天!

　　五更里来真苦恼,我夫在京哪知晓。家中人命遭,冤枉大事到。奴的冤枉天知道,不知替谁坐监牢。啊呀吾的天!

　　勿说窦娥哭五更,再说李太老夫人。

　　自从媳妇衙门去,日夜啼哭好伤心。

　　婆媳相见,大哭悲伤。李太见媳妇面黄肌瘦,哭叫冤枉。媳妇见婆太太痛哭流泪,叫道:"婆婆啊。"

　　叫声婆婆莫伤心,保重身体最要紧。

　　我身一死倒也罢,可惜婆婆无照应。

　　待等我夫回家转,另娶媳妇奉大人。

　　婆媳哭得肝肠断,铁石人见也伤心。

　　牢头禁子来催促,婆媳无奈来分身。

　　李氏太太回家门,写了状子送衙门。

　　知县勿收李状纸,因为详文已到京。

　　勿表李太告勿准,京中详文转衙门。

　　其日京中详文书已到淮安府,通知县衙于六月初三日午时,将窦娥绑赴刑场斩首。

　　山阳知县接公文,吩咐衙役三班人。

　　到了六月初三日,窦娥绑赴法场行。

　　将她绑在绞桩上,披头散发哭勿停。

　　李氏太太得音讯,忙备祭品法场行。

　　太太来到法场上,已有群众勿少人。

　　李氏看见贤媳妇,抱头大哭哭勿停。

　　大家都说冤枉事,都骂瘟官瞎眼睛。

　　窦娥孝心感动天,善有善报勿差分。

　　天上顿时乌云起,六月初三起个阵。

　　霹雳一声震天响,吓坏柳儿黑心人。

　　逃到法场大树下,双膝跪下叫大人。

　　药死母亲真是我,要药李氏害母亲。

　　看见窦娥标致女,小人顿时起淫心。

　　待等柳儿认罪名,霹雳击死柳儿人。

　　恶人收尸都勿肯,百姓把土盖全身。

不多一会儿,云散天晴。知县大吃一惊,吩咐差人释放窦娥,赏银一百两,并认了错,叫窦娥同婆婆一同回家,服侍大人。群众各自回家,大家说黄天不负孝心人。知县回衙想想:"这件冤枉大事是我造成的,上司得知勿会太平。"心中十分昏闷也。

　　勿宣窦娥家中情,再宣文达考功名。

　　得中状元回家转,奉旨回家祭祖坟。

　　状元来到厅堂上,叩见母亲老大人。

　　李太想起冤枉事,从头至尾说儿听。

　　幸亏你妻有良心,辛勤服侍老母亲。

　　状元听了心大怒,便骂瘟官勿是人。

　　状元奉旨来完婚,挂灯结彩闹盈盈。

　　亲眷朋友来贺喜,参拜天地结成婚。

　　洞房花烛进房门,诸亲回转自家门。

　　天亮,状元写了一道本章,进京见驾万岁,奏明皇上。山阳知县冤枉良民,几乎害死我妻,应削职为民。皇上准奏,发下圣旨也。

　　圣旨一道出京城,知县削职去充军。

　　光阴如箭容易过,窦娥已经有身孕。

　　四年生了两个子,一文一武状元身。

　　窦娥孝敬老婆婆,后代子孙出公卿。

　　柳儿行了黑良心,结果五雷击了顶。

　　窦娥宝卷宣完成,奉劝大众做善人。

窦娥宝卷(版本二)

　　窦娥宝卷初展开,诸佛菩萨降临来。

　　善男信女虔心听,多福多寿并消灾。

　　宝卷初展功德高,白鹤衔花透九霄。

　　寿星公公求赐福,西池王母敬蟠桃。

　　八洞神仙齐来到,共庆贵府福寿高。

　　张果老老年岁高,倒骑驴子呵呵笑。

　　手捧渔鼓并简板,看破红尘世界抛。

　　铁拐生来面咆哮,黑脸浓眉脚儿跷。

　　一跷一拐无人识,曾度钟离上九霄。

　　钟离大仙人人晓,度量宽宏腹内包。

　　识透世间人情薄,掌扇轻摇道行高。

　　纯阳祖师最逍遥,肩背龙泉善斩妖。

　　玄妙观内常常到,变化无穷人不晓。

　　曹国舅仙脱锦袍,手执云阳仙板敲。

　　不爱荣华并富贵,位列仙班乐陶陶。

采和仙姑年纪小,手执花篮甚清高。

抛弃凡间富与贵,懒伴红尘愿寂寥。

何氏仙姑品貌娇,苦志修行仙界跑。

潜心修炼千百载,身登云路姓名标。

南极仙翁拿拐杖,东方老祖曾偷桃。

陈抟一忽千年过,彭祖年登八百高。

众仙都是凡夫骨,肉身修炼上云霄。

今朝众仙来聚会,同赴蟠桃饮仙醪。

王母娘娘来下旨,众仙各赐酒与桃。

一众仙子同谢赏,各驾祥云蔼蔼飘。

一同来到贵府上,各赐仙酒与仙桃。

一家大小增福寿,早生贵子姓名标。

三星八仙归上界,再宣正文话根苗。

却说明朝年间,河南山阳县中太平村,因媳妇谋死邻家婆婆,以致六月炎天,大雪纷纷,后来冤情大白,此案昭雪。原来山阳乡间,有一家姓余的人家,出一位贤孝媳妇,名唤窦娥。她的丈夫余大郎出外贸易去了,一去三年,并无音信。家中惟一白发婆婆,亏得这位贤孝的媳妇窦娥,纺织侍奉。

贤孝窦娥十九岁,言行工德件件能。

自幼即把孝经读,出嫁从夫古来云。

嫁到夫家有二载,丈夫出外去营生。

一别三年无音信,死活存亡不知音。

家中婆婆年六十,窦娥侍奉甚当心。

丈夫临行留石米,白银五两安家门。

哪知一去三年久,婆媳双双急煞人。

幸亏窦娥勤纺织,三更灯火五更鸡。

一天能织一匹布,街坊买卖换钱文。

要米买柴回家转,婆婆饮食甚当心。

邻舍人家都称道,说她贤孝少少能。

隔壁有位张妈妈,常来窦家话谈心。

婆媳二人苦苦过,粗茶淡饭度晨昏。

不料又逢荒年到,布匹上街没人问。

三文拿来二文卖,雪上加霜更伤心。

窦娥因夫婿不回,三年有余,不料荒年,织了布,卖了银钱,勉强买些柴米回来。烧了饭,先敬婆婆吃饱了,剩下来,窦娥方才充饥,半饥半饱地度过。衣服呢,窦娥也是这样半寒半冷。有时婆婆勤问,窦娥说道:

媳妇腹中已够饱,身上并不冷半分。

含辛茹苦光阴过,不料婆婆一病生。

窦娥见了更加急,贫人只怕病临身。

又没银钱医生请,又没补食买婆吞。

原来婆婆因思子,心中焦急闷昏昏。

闭了眼睛孩儿叫,亲儿吾儿叫连声。

开了眼睛常流泪,不知吾儿可生存。

为娘养儿想防老,哪知老来一场空。

吾儿在世快快转,看来娘命不能生。

大郎,儿呀,你再不归娘想死,魂灵也要寻你身。

亲儿呀,你今究在何方地,因无音信转家门。

你去留了米一石,白银五两儿留存。

一年之后银米尽,亏你媳妇孝道生。

儿呀,儿呀,为娘想你千余日,想断肝肠苦悲伤。

姣儿呀! 为娘倘无贤孝媳,早已黄泉路上行。

难道吾儿把娘忘,忘了为娘养育恩。

十月怀胎多少苦,三年乳哺娘劳心。

儿呀,莫非你今身发达,存心永不转家中。

儿呀亲儿呀,莫非你今身已死,没人送信转家中。

倘然吾儿果已死,梦魂也该见娘身。

今夜三更娘等你,梦中告诉老娘听。

眼中哭得无眼泪,吾儿亲儿喊不定。

窦娥听得婆婆哭,停了纺织进房中。

揭开破帐婆婆叫,你今年高莫伤心。

窦娥说道:"婆婆! 你年纪已高,而且有病在身,切不可过意伤悲。想吾夫在外营身,或者货物不能脱手,或者贩运远地,一时不能回转,也未可知。想他年少力壮之人,决不致身丧黄泉的。还请婆婆放心,保重身体才是。"

余婆闻言把口开,叫声贤哉你且听。

贤哉劝我果然是,叫我心中怎瓦开。

况且昼夜都亏你,辛勤侍奉为婆身。

为婆若非贤哉媳,早丧黄泉了残身。

可恨吾儿无道理,不该一去不回程。

看来老生命不保,不久定要赴泉台。

我死一身无足惜,害你贤哉实可怜。

我家又无田地产,传于贤哉度晨昏。

好在并无孙儿女,贤哉免得累自身。

我死贤哉草草殓,殓后贤媳另嫁人。

倘是吾儿生未死,将来也可另对亲。

如若吾儿果已死,免得贤哉误青春。

贤哉须听为婆话,切莫耽误自己身。

贤哉贤哉连连叫,眼中珠泪落纷纷。

窦娥听了她婆婆之言,不由两泪纷纷,哭道:"婆婆不必说如此无头之言。儿夫未必会死,就算命丧他乡,媳妇也只有从一而终,决不有三心二意。"

媳妇既已入婆家,死活总是你家人。

贫富皆是命中定,八字注定不差分。

命好不到贫家去，命贫难进富豪门。
既到此间终身定，或者媳命八败星。
败了夫君不算数，又克夫君出外行。
婆婆安心且保重，心散自然病体轻。
年岁虽然逢荒歉，来年或有熟年成。
我家虽贫不算苦，外面还有更苦人。
媳妇只要身体健，做做吃吃理该应。
一日三餐还由可，不过少有荤腥吞。
为媳年轻有后日，婆婆年老实伤心。
明日媳妇城中去，织匹小布五丈零。
算来该应钱多卖，可以多卖五十文。
婆婆可要什么吃，说与媳妇备端正。

　　窦娥一片解劝，总说自己不好，恐怕年老之人有了病，心中想吃东西。故而只说明朝一匹布五丈多，另比平时要多六七尺布，好多卖五十文之数，哄骗婆婆。但是老人家因家中全靠媳妇一人维持生活，哪里好再要吃长吃短呢，所以说道："为婆并不要吃什么。倘你要吃，媳妇呀，你不必问我，你自买便了。"窦娥道："媳妇茶饭够了，不要什么。"

　　婆媳二人房中话，窦娥劝婆莫悲声。
说了一会身退出，仍到机中把梭擎。
一梭来时一梭去，咿呀咿呀不留停。
窦娥织布且慢表，且表邻家一段情。
就是隔壁张妈妈，出身微贱骨头轻。
张妈年已五十六，所生一子在家门。
小名叫作张驴儿，游手好闲不正经。
日间住在赌场内，夜间方才转家门。
三餐茶饭都不管，由他娘亲怎样行。
娘要煮好他来吃，吃完立起向外奔。
张妈倘要说一句，驴儿大怒骂娘亲。
好在张妈有田地，一年饭米不求人。
爱子情深自己累，古云棒上孝子生。
不信且看张家子，眼前就是忤逆人。
所以直到年二十，没有妻房一个人。
临近村庄都晓得，谁肯将女嫁他门。
但是驴儿心中意，日夜思想美佳人。
就是邻居窦娥女，妄想蓝桥暗中通。
借着邻居为幌子，时常过来献殷勤。

　　却说张驴儿一天到晚进出赌场，浪荡终身，也没有人家肯把女儿给他做妻子。不过张驴儿的心里，因为窦娥的丈夫出门三年未回，谅来已死。故而时常走到窦娥家里，看她织布，坐着闲话。窦娥一来因他是邻舍人家，二来因他的母亲同自己婆婆非常投机，故而虚与委蛇而已。张驴儿心中倒不安分起来。

　　梦魂之中常想她，因她容貌实堪夸。

一身布服多清洁，不搽脂粉脸如花。

如此容颜人间少，山阳县内算头牌。

可惜老天瞎了眼，错配姻缘害了她。

贫苦纺织连昼夜，奉养婆婆理不差。

自己茶饭并不饱，寒天并没棉衣加。

三年苦楚亏她受，并无一句怨言加。

何故他家都有福，大郎该娶美如花。

如今夫妻已活拆，谅她心猿定意马。

平日我到她家去，同她谈谈胜仙家。

谈说家常她必答，倘进油词不睬咱。

有时奉茶请我吃，看来有意心爱咱。

等我含笑双手接，茶杯却在桌上摆。

问她丈夫可挂念，她不回头答应咱。

今日闻我母亲说，说她婆婆病缠身。

不免待我行过去，假称问信见见她。

想毕一番身立起，驴儿又要见如花。

张驴儿久存歹意，欲思在窦娥身上染指，一时无有计较。因为屡次调戏窦娥，窦娥终是不睬，说说家常，窦娥有言必答。倘然说两句游词，窦娥立刻面孔板起，倒弄得不明她的心意。本来烈女怕闲汉，只要天天过去。哪里晓得我的阿妈时常在她家里，同窦娥的婆婆谈话家常，所以又不能过去温存。昨日夜里听说她婆婆有病，我得了此信，十分快活，等我过去张望张望。

一来探她婆婆病，二来又好亲芳容。

她婆有病床上睡，纺织单身一个人。

待我用言来打动，引她入我牢笼门。

若得窦娥成连理，叫她阿妈也开心。

她要长来长人做，她要短来跪地平。

她要吃时我去买，她要穿时请裁缝。

哪里要她纺与织，哪里要她灶下勤。

烧茶煮饭老娘做，上街买物我当心。

把她当作弥陀佛，吃吃坐坐甚开心。

虽则我家产不多，饭米田中有收成。

只要她有帮夫运，赌场里面洋滚铜。

一天赢他钱十吊，一月可多三百银。

一年三千六百两，五年一万八千金。

帮夫五年家业立，呼奴使婢过一身。

驴儿心中胡乱想，两脚已经出了门。

走进她家眯眯笑，叫声嫂嫂窦氏身。

张驴儿走到窦娥家里，耳中只闻"咿呀砰、咿呀砰"织布的声音，忙叫了一声窦娥嫂嫂："闻说你家婆婆有病，不知今天可好些么？"窦娥回头一看，忙停了布梭，笑道："叔叔请坐。我婆婆因思儿成病，发了二个寒热，今天约略好些。不过年纪大了一点，所以十分担忧。"

今承叔叔来动问,敢不实言告君听。

婆婆只因思儿切,看来此病难起身。

承君问病称多谢,多谢叔叔好心情。

且请叔叔堂中坐,待奴烹茶奉叔吞。

驴儿听说忙摇手,叫声嫂嫂莫费心。

我同你家贴隔壁,朝夕相见如家人。

不必费心劳玉手,请坐谈谈倒开心。

我想大郎出门久,三年不回另有情。

娘思儿子身有病,大郎真正没良心。

谅他不死身必达,另娶如花玉美人。

温柔不知家里苦,丢下美嫂度晨昏。

不是驴儿夸口说,我说大郎不该应。

丢下美妻无人伴,房中老娘没人奉。

可惜老天瞎了眼,月老错点百年姻。

想我驴儿人一个,爱惜嫂嫂是真心。

当初嫂嫂若嫁我,决不做此没良心。

况我近日赌运好,天天赢进十两银。

嫂嫂倘要长和短,银子缺少我应承。

只要恩嫂一句话,驴儿就死也甘心。

说毕之时丢眼色,偷看窦娥面色形。

窦娥闻言心大怒,面上顿时杀气生。

双眉紧皱开口道,叫声驴儿你且听。

窦娥听了张驴儿的甜言蜜语,心中大怒,两颊绯红,本该开口辱骂于他,但因婆婆有病,不宜惊动,以伤其心。而且家无男子,又是孤零零二家人家。太平村虽有五六十家户口,大都三三两两的住开。倘被驴儿用强,就拼了死命,婆婆无人侍奉,死了一个,连带二个。左思右想,顿生一计,含笑开口说道:

叔叔说话欠正经,邻居叔嫂不该应。

吾夫与你相交厚,我婆你母两相亲。

吾夫生死尚未卜,叔叔今朝太欺人。

我身已是残花草,叔叔理应别处寻。

少年应配青春女,再嫁有染你家声。

况且我婆身有病,存亡未卜好担心。

倘然奴奴你家去,婆婆岂不一命倾。

害她老年饥饿死,奴家岂非罪孽深。

劝君且自回心意,他方另寻美佳人。

驴儿听说含欢笑,叫声恩嫂欠聪明。

张驴儿含笑说道:"嫂嫂,你好不聪明,为叔的自见了你,朝思暮想,四五年来如一日。因为你丈夫在日,我又不好启齿,你丈夫出门三年已多,耽误了嫂嫂的青春,我十分不平。"

你今不必推三四,为叔言来你且听。

倘能与我成连理,两相和谐美和同。

你的婆婆我来养,叫我娘亲服侍她。

你也不必把布织,一切开销我担任。

窦娥听了张驴儿进一步要求,自悔方才失言,仔细一想,不若再骗他一骗,即说:"张家叔叔,你且听我道来。"

劝君不必枉费心,早些扯开奴家身。

世间不少美貌女,何必要求二婚人。

你若要我来嫁你,婆婆死后再谈论。

驴儿听说笑盈盈,腹中忖论好欢心。

嫂嫂贤孝人间少,要奉婆婆百年身。

不知你婆几时死,此话明明哄我身。

别的念头不必想,我且回家把计生。

含笑开颜来作别,拱手再把嫂嫂称。

准你嫂嫂一句话,你婆死后再谈论。

窦娥原是无心话,心中主意早安成。

我的婆婆身不死,耳中也好自清净。

若然婆婆身死了,奴家断七见阎君。

故而点头允许了,送出驴儿黑心人。

不说窦娥回入内,且表驴儿转家门。

回到家中身坐定,左思右想计较生。

如何弄她婆婆死,如何窦娥为妻身。

想到情浓欢乐处,胸中暗暗好开心。

张驴儿早思夜想,如今得到窦娥一句言语,说等她婆婆死了,嫁他为妻。张驴儿回家想了一夜,顿生一计,何不药死窦娥的婆婆?早死一日,好早一日成亲。是夜做了一夜乱梦,梦中颠颠倒倒的。

驴儿顿时巧计生,胡思乱想夜黄昏。

梦中买了砒霜到,送与窦娥美佳人。

一碗白粥来吃下,她的婆婆命归阴。

送殓却用四块板,义葬地上安她身。

窦娥浑身穿吉满,自己红袍做新人。

拜天拜地双交拜,送入洞房好欢心。

春宵一刻千金价,正在情深忽然惊。

原来老鼠偷油吃,打碎油灯火焰生。

驴儿梦中来惊心,开口大骂瘟鼠精。

好梦被你来惊心,明朝养猫捉你身。

扑灭灯火重安睡,翻来覆去到天明。

五更东方微微白,驴儿急急就抽身。

怀中藏了银五两,匆匆一径进城行。

到了山阳大街上,朝南药店叫存仁。

驴儿进店拱拱手,叫声朝奉先生们。

我的家中闹鼠患,要买信石五七分。

朝奉先生见张驴儿说要买信石,忙开口问道:"客家既知信石之名,但不知买来何用?倒要请教一二。"张驴儿道:"实不相瞒,小可家中昨日闹鼠,打翻油灯,把我家中物件烧坏。所以特地入城,望朝奉先生卖些信石与我,做饼药鼠,别无他用。"朝奉道:"此物能药死人的,须要小心一二才是。"张驴儿听了此言,连声诺诺。朝奉包了二分信石,交与驴儿。驴儿道:"要多少银子?"朝奉道:"五分银子。"驴儿好不欢喜,拿了砒霜又到赌场中去赌钱,至晚回家,悄悄地放在抽屉里,相机行事。我且不表,再说天上的日游神,并那值日功曹,早把张驴儿要买砒霜,药死窦娥婆婆之事上奏天曹。是日玉帝升殿,功曹奏道:"臣启奏上帝,小臣查得下界山阳县太平村张驴儿存心不良,妄思烈女窦娥。臣查见之后,即行跟他同去,见他买了二分砒霜。因窦娥女一句戏言,造成他害人之心,故特奉闻。"

玉帝闻言怒生嗔,微开金口叫爱卿。
张子驴儿心不正,妄想窦家烈女身。
回言欲把金星唤,卿口下界再查真。
倘然张家无厚德,不妨张婆代替身。
窦娥戏言应当责,百日监牢责她身。
余婆平日信佛道,加她一纪寿延身。
又差雷公并雷母,风伯雪神到来临。
待等窦娥临斩日,炎天降雪警世人。
只因世人无天理,毁骂神佛不该应。
降雪示警明天道,好教凡人早回心。
风雪二神领御旨,雷公雷母听圣音。
窦娥释放回家去,打死驴儿定罪名。
背上刺他几个字,害人反害自娘亲。
天道好回报应速,惊醒愚蒙劝世人。
雷公雷母领御旨,下殿立刻转衙门。
太白金星值日神,也领御旨出天门。
自古天上方七日,人间已是千年零。
太白金星归下界,值日神到太平村。
跟住驴儿一同走,一举一动尽知闻。
不说二神巡善恶,再表窦娥一段情。
自从婆婆身有病,早夕侍奉不离身。
空时纺织加紧做,清早入市换钱文。
每日晚上清香点,哀求上苍保婆身。
惟愿婆婆身康健,奴家情愿替婆身。
一日三来三日九,严冬已过又交春。
正逢新年交岁首,家家户户点红灯。
窦娥婆婆身未健,口馋只想食来吞。
正月初五元宵节,门前牵过羊一群。
羊叫妈妈都去杀,有钱杀牲罪孽深。
叫声也发哀怜状,惊动窦婆老年人。
开言便把媳妇叫,贤哉贤哉两三声。

为婆听得羊声叫,害我馋得唾沫淋。

少年时节羊肚吃,肚汤味美十分精。

至今想着心中痒,欲思羊肚口中吞。

贤哉可能代设法,吃了羊肚病就轻。

窦娥听得婆婆说,启口婆婆听一声。

明朝做媳城中去,定买羊肚转家门。

婆婆听说心中喜,贤哉媳妇叫不停。

窦娥听了她婆婆之言,要吃羊肚汤,无可违命,便加紧织了一夜布,多织了一丈有余。到了天色将明,约略睡了片刻,立即起来梳洗,侍奉婆婆进了早餐,一路出门,拿了一匹布,进得城内,卖了六百五十文大钱,买了四百文棉花,包了一大包,然后到羊肉店中去买羊肚。店家说道:"有,有。"拿了出来,要价一百文。窦娥正欲回身,不料张驴儿昨夜赌了一夜钱,没有回家,天明之后同了三四个朋友到羊肉店中吃羊肉面,偶尔回头看见窦娥。

驴儿闻言喜欢心,叫声嫂嫂窦氏身。

今朝进城因何早,羊肚买来谁人吞。

这包棉花多么大,背在身上可累人。

愚叔也要回家转,代你背了转家门。

窦娥回言称不敢,羊肚买来婆婆吞。

这包棉花并不重,背在身上不累人。

叔叔回家先请便,做嫂还要买零星。

驴儿闻言心生计,今朝可以毒计成。

羊肚必然烧汤吃,等我过去看她们。

叫我娘亲也过去,探病为由话正经。

悄悄就把砒霜下,送她婆婆命归阴。

等她婆婆身死了,不怕窦娥上天庭。

那时完成夫与妇,朝朝欢乐才称心。

想罢之时忙开口,愚叔遵命就先行。

不说驴儿归家去,再说窦娥女佳人。

买了羊肚又买米,买盐买菜转家门。

脚小伶仃缓缓走,半个时辰到家中。

只见驴儿倚门望,含笑迎接女佳人。

愚叔先来等你久,究竟女子步难行。

说罢代她推门进,帮她各物拿进门。

驴儿说道:"嫂嫂若要烧羊肚汤倒容易,不过洗这羊肚很难洗的,待我去唤我母亲过来,代你洗涤可好么?"窦娥道:"奴家会弄的。"驴儿不由她分说,便走到家中去,叫道:"阿妈,阿妈,快些出来。隔壁窦娥娘子因她婆婆要吃羊肚汤,一时无人会弄,叫你过去代她洗涤羊肚。"张妈妈听了道:"阿弥陀佛,好孝顺媳妇,做阿婆个要吃啥买啥。想我有了妮子,元初一到年三十,不见一块肉面。旧年想仔一年,勿曾吃着一点肉,真真罪过。现在等我走过去,帮她弄弄。倘然老阿姐吃勿完,让我也好吃点汤汤水水,油油嘴巴。真是儿子好,不如媳妇好,女儿好,不如女婿好。"又道:"爱女家家有,孝媳处处无。"

张妈即刻来动身,走到隔壁看分明。

桌上一只羊肚摆,口中不住唾沫生。
窦娥看见抬身起,妈妈连叫两三声。
只因新年初见面,万福理应恭喜称。
忙请张妈来坐下,先奉清茶妈妈吞。
张妈吃茶叫多谢,口说有劳大娘身。
不知你婆病好否,数日不到理欠通。
待我进去望望她,安慰阿姐老年人。
妈妈请便窦娥说,张妈起身向内行。
老姐妹俩见了面,房中坐坐话闲文。
外面窦娥羊肚洗,洗清就下饭锅中。
架起柴来生了火,片刻之间热气生。
外面窦娥烧羊肚,半个时辰香气喷。
一股香味锅外透,油酱盐葱加端正。
齐巧羊肚来烧熟,恰巧驴儿也进门。
见了窦娥眯眯笑,口赞羊肚香十分。
香味透到房中去,害得二老口水淋。
张妈只把唾沫咽,窦婆开口儿媳称。
高声问道可烧好,窦娥回答向内行。
心中本恨驴儿贼,借此避开见婆身。
哪晓驴儿使计巧,砒霜早在心中存。
悄悄开锅这一倒,倾入砒霜就转身。
出门一径回家里,耳中只等好音临。
肚加砒霜添香味,阵阵送与张妈妈。
窦婆却是闻不见,也是神将弄神通。
过了一会窦娥出,开锅就把羊肚盛。
满满装来一大碗,移步送入内房中。
值日神将跟在后,伸手一罩肚变形。
窦娥入房婆婆叫,羊肚已熟趁热吞。
不知张婆死不死,下集之中表分明。
奏请诸位等一等,吃杯香茶再开声。
窦娥宝卷再展开,三星菩萨又临坛。
府上今朝宣此卷,合第平安吉庆来。

余婆想了好久,如今羊肚烧过,窦娥送了进来。婆婆接了羊肚,一手拿一双筷子,把羊肚翻了一翻,一股腥气冲入鼻中,而且肚色发绿。想了好久,不料如此的东西,但是媳妇一片孝心,不便责罚她。抬头一看,只见张婆婆二只眼睛看住羊肚汤,口中不住地咽着空咽,恨不得也吃一点,但是不好开口。余婆见此形状,忙把一碗羊肚汤送给张妈妈道:"妹妹,我胃口薄,心中想,吃不到,见了又是怕吃。倘妹妹不嫌不好,拿去吃罢。"

张妈闻言喜十分,伸手过来接肚汤。
口中不住称多谢,先喝汤儿赞连声。

一头说时身立起，拿了肚汤转家门。
一路行来一路吃，到家已剩半碗羹。
恰巧驴儿又出外，邻近人家散心情。
张妈心中都欢乐，一碗羊肚片时辰。
此刻驴儿回家转，见了之时吃一惊。
心中却又生毒念，二老齐死也开心。
正在想时张妈叫，肚痛连叫两三声。
越叫越紧肚越痛，顿时倒在地中心。
片刻七孔流红血，二脚一直命归阴。
驴儿此刻高声唤，窦婆奇哉病脱身。
婆媳双双来行过，一见之时吃一惊。
驴儿见了窦婆在，因愧生恨怒满胸。
恼羞成怒从古说，马上去报地保听。
只说窦娥生毒计，毒药药死我母身。
羊肚汤中下毒药，我母吃了命归阴。
地保王三闻言说，人命关天了不成。
马上进城县衙报，知县名叫钱惠民。
出签就把人拿捉，差人奉命就动身。
跟了地保村上去，已到张家看尸身。
顿时就把窦娥捉，婆婆吓得胆战惊。
婆媳双双嚎啕哭，公差如虎催动身。
窦娥又把婆婆叫，真假堂上自分明。
公差带了山阳去，回禀知县钱惠民。
知县立刻升堂坐，原被两告左右分。
惊堂一拍惊人胆，威风凛凛县衙门。
知县虽小官七品，民间父母古来云。
知县钱惠民身坐大堂，吩咐传上原告张驴儿。张驴儿叩了一个头道："小人张驴儿，叩大老爷。"
惠民开口问一声，家住哪门哪一村。
几图几都第几堡，作何生理度晨昏。
家中还有何人在，窦氏因何下毒心。
一一从头快快讲，细细说与本县听。
驴儿闻言太爷称，小的家住太平村。
三图七都十四堡，种田为业养母亲。
母子二人苦苦过，隔壁就是窦娥门。
被告婆婆身有病，我母常去望病人。
不知因何冤仇结，羊肚汤药我娘亲。
恰巧小人回家转，我娘呼痛倒埃尘。
她说窦娥害死我，七孔流血命归阴。
窦家婆媳伴来劝，人命关天不非轻。

所以小人台前报，要请太爷把冤伸。

知县听了他一片言语，当下说道："尔且退下，传被告上堂。"公差一声呼唤，窦娥上堂跪下，叩头道："太老爷在上，小妇人窦娥叩头。"钱知县道："你同张驴儿的母亲有何仇恨，下此毒手，谋死于她？快快招来，免受刑罚。"

窦娥开言太爷称，妇人住在太平村。

娘家北门城外住，父亲赴考上京城。

一去数年无音信，娘亲做主嫁余门。

丈夫大郎谋生去，三年不转太平村。

家中婆婆年纪老，小妇侍奉不离身。

驴儿时常我家走，花言巧语引人心。

今朝小妇城中去，买只羊肚转家门。

只因婆婆想肚吃，回家又遇驴儿身。

跟到我家啰唆话，又叫他娘到我门。

羊肚小妇亲手洗，洗净放在锅中存。

烧熟之时亲手奉，婆婆闻着打恶心。

恰巧张妈旁边坐，婆婆送与张妈吞。

张妈吃完回我碗，片刻时间说伤身。

小妇不明其中意，要请太爷把冤伸。

知县一听心中想，此案倒也算新闻。

不是窦娥下毒药，难道驴儿有毒心。

看来窦娥相貌美，一定外面有私情。

药死婆婆好另嫁，偏偏遇到张妈身。

该死张妈来替代，此情该问窦娥身。

想毕顿时惊堂拍，大骂窦娥了不成。

明明是你下毒药，却诬儿子药娘亲。

定是驴儿调戏你，报仇下毒称你心。

药死之时生二计，先害婆婆好嫁人。

你婆不把羊肚吃，转害张妈报仇恨。

自古妇人心再毒，一计二用好狠心。

钱知县哼了一声，说："你小小年纪，存此良心，谅不打你，你也不肯招认来。"差人白："有。""将窦娥扯下，重打四十嘴巴，看她招也不招。"差人白："是。"

差人奉命如虎狼，扯下窦娥实冤枉。

匹匹拍拍四十记，打得她来好心伤。

哀哀痛哭高声叫，冤枉连连出口腔。

老爷公侯恩万代，秦镜高悬照冤枉。

小妇自幼受父训，三从四德不曾忘。

既到夫家守妇道，从不贪恋蜂蝶狂。

不信婆婆可为证，要到夫爷申冤枉。

小妇一死无足惜，害我婆婆也命丧。

冤枉事小声名大,妄求太爷笔下超。

知县听说惊堂拍,犯人个个喊冤枉。

难道是我老爷杀,可恨贱人口如簧。

吩咐下面取夹棍,不夹焉能招真赃。

两旁差人一声应,夹棍拿来套脚膀。

一声呼喝绳收足,窦娥顿时死公堂。

公差上来喷冷水,悠悠醒转女红妆。

招与不招都是死,免受非刑在公堂。

含泪纷纷太爷叫,情愿招供案一桩。

知县道:"快快招来。"窦娥到了此时,也叫没法,说道:"太老爷听禀,小妇人因驴儿调戏,含恨是真,请笔下超生。"知县录了口供,吩咐将窦娥收监。公差应了一声,带了下去,送到女监而来。

公差奉命连声应,带下女犯窦娥身。

一路而来牢门到,高声叫唤禁婆门。

今有女犯交待你,禁婆领命出牢门。

接了女犯牢中去,八十二号窦娥身。

萧王堂上禁婆问,窦娥因何进牢门。

窦娥一一从头说,禁婆闻言叹连声。

开言又把窦娥叫,怪你容貌实倾城。

你因生得容颜好,要招横祸也该应。

现在旁的不必说,监中使费怎样能。

窦娥闻言妈妈叫,请你仁慈二三分。

想我家贫无担石,婆媳二人苦不胜。

求你妈妈行方便,胜似南海把香焚。

一头说来一头哭,啼啼哭哭好伤心。

带哭带拜妈妈叫,叫得禁婆也伤心。

禁婆听了窦娥之言,十分叹息,又加窦娥啼啼哭哭,哀哀拜求。倒弄得禁婆伤心起来,说道:"罢了,罢了。"

老身管监二十春,犯人见过几千人。

凶硬之人我不怕,没钱请他押床登。

善软之人哀求我,从没看见真伤心。

今天老身行方便,修修儿女正该应。

吩咐一声起来罢,窦娥从又谢连声。

妈妈好比南海佛,超度奴家恩九重。

倘有一日身脱罪,一重恩报九重恩。

禁婆领了牢中去,窦娥一见更伤心。

七字停了加三字,传成十字叹五更。

初更鼓,坐牢房,好不伤心。思想起,我家中,老年娘亲。

我的父,生了奴,上京求名。一去了,十六载,也无音信。

二更鼓,闷沉沉,想起夫君。十七岁,到你家,五年已零。

三年前，我的夫，出了家门。一去了，三年多，不转家门。

三更鼓，更伤心，暗放悲声。我婆婆，思想儿，染成一病。

是奴家，求天地，祷告神明。一个月，病不退，新年来临。

四更鼓，冷清清，泪湿衣襟。元初五，一群羊，牵过大门。

哪知道，起祸根，就在羊身。一时间，想羊肚，婆婆有命。

五更鼓，天明亮，腿上疼痛。张驴儿，害人精，屡次勾引。

今日里，他娘儿，何端临门。一霎眼，张妈妈，命丧残生。

窦娥叹罢五更终，两行珠泪落纷纷。

监中之事且不说，回文再说余婆身。

余婆自媳捉去后，心中焦急万千分。

手中又无钱和钞，监中媳妇怎样能。

左思右想无计策，要到监中探分明。

是夜黄昏频叹息，老泪横流到天明。

啊呀媳妇儿呀，为婆若非你侍奉，老命早已丧黄泉。

儿呀贤哉呀，为婆要吃羊肚汤，羊肚送命实伤心。

贤媳呀，为婆今朝情愿死，留我贤媳一条命。

儿媳呀，也是我家祖德薄，儿去三载不回程。

劝你嫁时你不肯，岂要侍奉为婆身。

可恨老身身不死，累你今朝受苦辛。

说罢之时嚎啕哭，抵庄明朝探监门。

余婆哭了一夜天，到了次日早上，带了菜饭及五百铜钱，出了家门，锁了大门，一路到山阳城中而来。可怜她年纪老了，行动不便，走一步，停一停。到了中午时光，进了城门问到县衙之中，向着门上公差哀求指引，得到女监门外，只见：

监门却是木橱做，上挂虎头牌一方。

禁止探监四个字，官样文章装装腔。

婆婆却在牢外立，一声叫喊禁婆闻。

里面禁婆来走出，何人叫唤为何因。

禁婆见了窦娥的婆婆，白发苍苍，面上憔悴，已是可怜，忙问道："你是何人？到来何事？"窦婆道："啊大嫂，我乃窦娥的婆婆，余妈妈便是。因为贤媳在监，特来探望与她。望大嫂行个方便，让我进去，予我婆媳相见一面。感激你的大恩，永世不忘。"禁婆因为问过窦娥家世，故而行一个方便，开了监门，并不要她使费。

禁婆方便此刻行，开监放进余婆身。

说道快去媳妇见，八十二号你媳身。

惟是不能多耽搁，恐怕狱官查监门。

余婆谢过身入内，叫声贤媳哪里存。

窦娥此刻已听见，慌忙出外见婆身。

窦娥见了婆婆，上前抱住，嚎啕痛哭，叫声："婆婆呀，苦命的媳妇，累的你老人家，跌跌撞撞，特来探我，啊呀婆婆呀。"

婆婆年高六十零，而且大病方脱身。

不宜路远来探我,倘有差池罪千斤。
婆婆在家身保重,切勿挂念媳妇身。
千不怪来万不怪,只怪儿夫不该应。
不该三年无音信,因此驴儿起黑心。
调戏媳妇非一次,怕惊婆婆怒气生。
是日驴儿母子到,定有毒计害婆身。
不道皇天尚有眼,羊肚烧汤婆不吞。
这是上天垂报应,害人反害自己身。
媳劝婆婆早些转,路上行程要小心。
但是家中无人给,因此媳妇又担心。
媳妇现在有一法,我家田地十亩零。
不妨到我娘家去,同我娘亲度晨昏。
婆婆心中是与否,今朝说与做媳听。
余婆只是流双泪,改成十字劝媳听。
劝姣儿,休得要,泪流满面。恨只恨,张驴儿,丧尽良心。
大不该,行不正,调戏贤媳。这也是,我老身,命苦生成。
实指望,儿与媳,承欢膝下。哪晓得,儿一去,媳又祸临。
张驴儿,害为婆,反害娘亲。这也是,天报应,不差毫分。
虽然是,吾的儿,已经承招。有一日,清官到,定可超升。
那时节,回家门,婆媳重逢。劝儿媳,且耐心,牢中且等。
一头说,一头哭,好不伤心。窦娥女,将婆劝,回言婆听。
我婆婆,休劝儿,挂在心中。也是儿,苦命中,注定该应。
媳本当,侍奉婆,早晚殷勤。再不道,与婆婆,两下离分。
如今后,难与婆,家常来讲。从今后,与我娘,也难相逢。
现在是,我娘亲,尚未知晓。晓得了,一定是,哭断肝肠。
劝婆婆,回家去,此后休来。听媳劝,到我家,权度光阴。
婆媳双双放悲声,惊动满监女犯们。
听得伤心都流泪,同骂张驴不是人。
害她婆媳分离苦,一命送了三条命。
此种毒计人间少,将来终有天报应。
此刻监婆身入内,叫声窦婆快出门。
只因查监老爷到,看见之时罪不轻。
婆媳闻言更加苦,顷刻分离下无情。
婆不舍媳揩眼泪,媳不舍婆实可怜。
禁婆连连来催促,勉强分开放悲声。
窦娥仍归八十二,余婆跌撞出监门。
眼中珠泪揩不断,一路行来苦十分。
出了城门已下午,到村已是黑沉沉。
开门也不思茶饭,闭户进房一盏灯。

上床便是和衣睡，翻来覆去到天明。

正欲起身来梳洗，忽闻外面叩门声。

窦婆连忙来走出，开门见一陌生人。

余婆听得叩门，连忙起身开门。只见一个陌生男子，手中拿一个包裹，问道："这里可是太平村窦娥家里？"余婆道："正是，不知客官何以动问呢？"那人道："在下新由关外回家，因你家大郎托我带有一封信函，并皮袄二件、白银五十两，送到此间，以作安家之用。大郎要三月间动身进关，大约五月下旬可以到家了。"余婆听了大喜，忙双手合十，拜谢天地。

余婆此刻喜非常，难得我儿还在阳。

不道三年在关外，难得家书转回门。

可惜来迟三四日，媳妇已经在牢房。

忙请那人身进内，余婆烹茶理正当。

又问那人名和姓，那人回说叫窦章。

窦娥乃是我堂妹，因何不见妹在旁。

余婆闻问先流泪，叫声先生听行藏。

就把一长一短说，气得窦章青面庞。

大骂张驴无人道，害人害得这般腔。

说道伯母不要气，小侄即刻到帝邦。

闻我叔父状元中，奉旨封王到番邦。

西辽封王东番去，却巧哈迷又封王。

二十年封王回京转，大约即日到帝邦。

自古救人如救火，即刻上京申冤枉。

现有银信交代你，另有一封请你藏。

这是小侄安家费，想请伯母转妻房。

我妻也在北门住，我儿名叫窦三郎。

说毕之时身立起，匆匆登程上帝邦。

窦章也不家中去，早到山阳牲口行。

一匹牲口雇端正，钱粮路费在身旁。

匆匆一径往帝邦，专等窦姓状元郎。

不表窦章一段话，回文再把余婆讲。

有了银子心安放，专等贤媳出牢房。

银子送到窦家，交与窦章的妻子，也不说明，恐传到窦娥母亲的耳中，多一个伤心。我且不表，再说山阳县中，把窦娥问了口供，详文上司由本府转交巡府。巡府拜本进京，本到京中，发交刑部。刑部大人看了来文，批一个文，到百日后斩决。回文到了山阳县，县官拆看，批定六月初三日，法场斩决窦娥，不得有误。此刻值日功曹早已知道，上奏天庭，玉帝早下过一道旨意，所以雪神风伯、雷公电母，专等六月初三日行事不提。

山阳事情不必云，且说状元窦姓人。

上京之时年三十，四国封王二十春。

是年正交五十岁，哈迷封王转帝京。

一路之上都荣耀，思想家中闷沉沉。

廿年不到家中去,不知妻女如何能。

曾记那年生一女,窦娥二字取为名。

时交三岁京都上,指望衣锦早回乡。

可恨奸贼无道理,点我出使去家邦。

连带家书不及写,谅必家中望断肠。

知我封王犹为可,不知必定愁满腔。

初次入京西辽转,东辽又要动刀枪。

东辽耽搁有六载,带了供物见君王。

奸贼金殿又一本,不巧哈迷又猖狂。

马不停蹄赶前去,七载方可转帝邦。

也是我命该注定,哈迷小国又封王。

五年至今方才罢,闻知奸贼命已丧。

算来准准二十载,云开见日拜君王。

心中思想行程快,报马早已到京邦。

是日已到长亭上,文武官员迎接忙。

状元下马来相见,一同进城见君王。

到了午门身立定,黄门启奏大明皇。

天子开口爱卿宣,状元三呼见帝皇。

钦赐锦墩来坐下,天子嘉慰状元郎。

卿家此去二十载,四国封王功劳广。

今日朝中缺一相,卿封文华学士身。

状元慌忙恩来谢,官封太师在朝纲。

天子展袖回宫去,众臣散了出朝门。

午门之外来贺喜,恭喜太师忠良臣。

太师一一来回礼,打道立刻转衙门。

相府衙门多威武,三声炮响进辕门。

门前门官来跪倒,迎接太师窦姓人。

太师进府君恩谢,谢过君王坐中厅。

中军官儿来跪禀,文武百官到来临。

手本一一来呈上,太师开言叫中军。

中军官说道:"有。""你去吩咐,文武二品以下,各各回衙理事。二品以上,有请。"

中军奉命不停留,高声叫喊文武听。

太师堂上传钧旨,二品以下转衙门。

二品以上都有请,先文后武要分清。

一品二品文官进,参见太师老大人。

太师吩咐来备酒,款待六部共九卿。

三杯之后文官去,武将立刻进府门。

文武官员都见过,太师休息在花厅。

窦太师在花厅之中休息,我且慢表,再说窦章急急而来,已到京都。恰巧太师休息之前,门前送客。窦章一看,正是自己叔父,但不便上前相见。等了一会,轿马已无,方才行到相府门前。门官见了喝道:"呔,你是什么人,敢在相府门前窥探么?"窦章道:"有名帖在此,相烦通报。"门公接来一看,上写嫡侄窦章百拜,门公顿时含笑说道:

> 小人不知公子到,方才冒犯不非轻。
> 窦章见了倒好笑,暗思此等下人们。
> 说了一声不罪你,快去禀报莫留停。
> 门公连声来允诺,入内报与太师听。
> 呈上名帖太师看,原来乃是侄临门。
> 只因太师无子息,嫡侄犹如自己生。
> 吩咐一声快唤入,太师此刻喜十分。
> 门公出外来传唤,唤进少年公子身。
> 窦章今朝交好运,心好终有好收成。
> 到了花厅太师见,跪倒堂前叔父称。
> 太师含笑侄儿听,你今就是我后人。
> 此刻不妨就改口,父子相称也该应。
> 窦章心中生暗喜,重见拜见爹爹称。

原来窦太师名唤国祥,他有一位哥哥名唤国祯,也曾入泮,早年身亡。唯留一子,就是窦章。但是家道贫苦,所以窦章弃儒经商,家中尚有老母妻儿。此刻拜见过窦太师,就把家中之事说明。

> 太师听说怒生嗔,不道我女在监门。
> 山阳知县糊涂审,不知定了何罪名。
> 太师回头中军唤,快到刑部查分明。
> 中军奉命急急去,片刻回复太师身。
> 说道详文早已下,小姐死罪不非轻。
> 刑部抄来原案卷,呈上太师看分明。
> 上写文到一百日,法场斩首不留情。
> 太师抢指算一算,六月初三斩女身。
> 慌忙吩咐来打轿,进宫要见大明君。
> 奏称请假回乡去,扫墓要到山阳城。
> 大明天子来准奏,钦赐黄金二千金。
> 又赐一品夫人服,再赐尚方剑一根。
> 烦卿一路巡查去,先斩然后奏孤听。
> 太师谢恩领圣旨,马上辞朝要动身。
> 文武官员都来送,头队报马先起身。
> 吩咐直到山阳县,不必耽搁赶路程。
> 太师出了皇城去,四匹白马就动身。
> 公子中军二匹马,太师又带一家丁。
> 悄悄不用惊官府,快马如飞赶路程。
> 其时正交端阳后,行程一月可到门。
> 不说太师路上赶,且表山阳一知尊。

山阳县钱惠民到了六月初三的早上,书吏呈上文卷,知县坐了大堂,吩咐带上窦娥,标了斩条,敲着破锣破鼓,一路出了衙门,要到法场斩决女犯窦娥。

城中此刻乱纷纷,百姓都去看杀人。
一拥都到法场上,男女老幼一大群。
窦娥此刻双流泪,魂灵出窍半空中。
坐着觅箍抬着走,闲人谈论闹盈盈。
都说这位如花女,因何毒计害他人。
驴儿正从赌场出,闻言心中喜十分。
暗中也到法场去,今朝也要看杀人。
街上闲人纷纷话,恰巧余婆探媳临。
耳中听得人言喷,吓得她来失三魂。
大哭一声贤媳妇,不道今日要归阴。
忙忙店中买纸锭,一串纸锭一碗羹。
急急匆匆法场去,只见贤媳跪地平。
央求兵丁开恩典,待我一祭媳妇身。
兵丁报官官许可,放进婆婆老年人。
行到场中身立定,高叫贤媳二三声。
窦娥悠悠回魂转,两行珠泪落胸中。
开口便把婆婆叫,婆婆快些转家中。
若要媳妇来相见,除非三更半夜中。
媳妇今生恩难报,来生再侍老年人。
倘若吾夫回家转,叫他另娶美佳人。
婆婆身体要保重,切莫苦坏自己身。
窦娥说得肝肠断,二名刽子也泪淋。
六月天气真正热,太阳晒着不非轻。
此刻时辰将要到,刽子报告午时临。
忙叫余婆快出去,婆媳二人更伤心。
高哭三声肝肠断,石人闻之也泪淋。
低哭三声伤心痛,闲人个个叹连声。
又报午时三刻到,余婆化纸放悲声。
忽然一阵狂风起,雪神风伯到来临。
狂风吹过天无色,六月炎天冷煞人。
看杀之人称奇怪,个个身上打寒噤。
忽然大雪纷纷下,鹅毛片片落埃尘。
吓得知县心惊怕,慌忙跪倒拜天神。
刽子吓得时辰忘,婆媳双双也惊心。
闲人个个回家去,远远飞马到来临。
尘沙滚滚太师到,赶到法场方定心。
中军官儿高声喊,太师到来快快迎。

此刻天上风雪止,太阳又出暖烘烘。

太师腹内暗暗想,吾女冤枉果然真。

不然何以天降雪,我到之时雪就停。

中军高叫:"刀下留人,窦太师在此。"山阳县听了,吓得魂不附体,慌忙跪接。窦太师身坐公案,吩咐带上女犯,伴问姓名:"有何冤枉? 快快说来。"

窦娥心中喜暗生,难道今朝太师临。

慌忙上前从头诉,太师听了暗评论。

正欲传令把人捉,忽然天上又起云。

又是狂风倾盆雨,雷公雷母到来临。

霹雳一声从空下,法场打死一个人。

雨收云散天气朗,看杀闲人水淋身。

太师吩咐来查看,法场打死什么人。

公差上前这一看,原来就是黑心人。

回禀太师来知晓,打死驴儿姓张人。

太师闻言哈哈笑,上天报应不差分。

回头便把知县叫,亏你糊涂问事情。

本该今朝将你斩,念你窗下十年功。

革去乌纱永不用,知县叩头谢再生。

太师又把窦娥放,叫她好好转家门。

场中余婆亲看见,上前挽住媳妇身。

婆媳二人嚎啕哭,拜谢苍天风雪神。

太师此刻身立起,坐马进城且慢云。

再说窦娥同了她的婆婆,向空拜了四拜,方才欢天喜地,一路回家。法场上张驴儿的尸身自有地方收拾。山阳城中,个个称奇。此后大家敬重天地神明,不敢为非作歹,正是人欺天不欺,人喜天不喜,传遍全省。有人印送传单,叫六月雪,至今千古留名。闲话少表,且说窦太师到了山阳县,把原卷吊销,复请城守,署理县官。太师即差公子先行到家报信。

窦章公子转家门,拜见婶母叫娘亲。

说道爹爹回家转,封王回京太师身。

又把贤妹一桩事,告禀娘亲得知闻。

太太初听心中急,听到放了才定心。

此刻太师马也到,太太迎接进墙门。

廿年苦楚今朝发,夫妻相见泪涔涔。

太师便差孩儿去,迎接女儿一家门。

公子上马妹家去,恰巧大郎到家门。

大郎回来身发达,满载而归喜欢心。

拜见母亲双叩首,又见贤妻窦娥身。

二个家丁挑行李,一辆车子装金银。

母子夫妇今朝会,合家三口泪淋淋。

余婆又把冤枉说,恰巧大舅到来临。

又说太师吩咐话,窦娥此刻喜欢心。

婆媳二人忙收拾,大郎一家便离村。

至亲四口同上路,家丁二个后头跟。

行到北门太师府,堂上拜见太师身。

窦娥开口爹娘叫,大郎岳父岳母称。

窦章也把生母接,三家合并一家人。

太师又把皇恩谢,请出官诰慰妻心。

择日同把祖坟上,文武贺喜闹盈盈。

太师忙了一个月,动身立刻上帝京。

窦太师假满上京,把嫂嫂、余亲母、女婿、女儿、儿子、太太一齐带了到京。太师命儿子、女婿攻书,后来窦章点了翰林,大郎中了进士,窦娥连生三子,好不荣耀。大郎的母亲活到八十八岁,太师夫妻,年登八十归西,同年而死。郎舅二家,丁忧回家,就此告归林下,奉养窦章的母亲,这位老太太寿至九十而终。两家后来子孙繁盛,世世科中不绝。

窦娥宝卷宣完成,炎天降雪是奇闻。

奉劝善男并信女,为人终要好良心。

贩马记宝卷

贩马宝卷宣开场,各位大家勿讲张。

在堂各位齐心听,让我弄不像来宣两声。

此本宝卷出在明朝年间陕西省保城县马头村,有一个专门做贩马生意人,姓李,名叫奇,四十岁。妻子王氏早亡,所生一女一男。女儿叫桂枝,十五岁,聪明伶俐;儿子叫宝童,十三岁,面白书生。现在李奇为了自己常在外面做生意,家里无人照看,所以讨一个妻子,叫杨氏,三十岁;再一个私塾先生在家教女儿、儿子读书。家里比较富裕。

李奇在家过新春,全家欢乐笑盈盈。

用个佣人叫春华,帮助照顾二小人。

过了月半要出门,要去贩马生意寻。

李奇吩咐娘子听,家中一切你当心。

说道:"娘子呀,我明日就要动身出门,要往四川省去,少则二三年回家。家中一切你作主,特别要照看好女儿桂枝、儿子宝童,让他们二人好好读书。冷暖你要当心,我有银子五百两给你开支。"杨氏一听五百两银子,心花怒开,说道:"丈夫,你尽量放心,家里一切保证管。特别姐弟二个要当亲生子看待。"李奇吩咐桂枝、宝童要听娘的话、老师的话,好好读书。桂枝、宝童说:"爹爹,你早些回家。"李奇还吩咐佣人春华:"我把你当妹妹看待,你要照顾好二个小人。待我回来,有赏。"春华答应那。

一夜无话勿必说,明日天亮就抽身。

用过早点忙端正,背了包袱就动身。

全家送出城墙外,李奇下船开船行。

顺风相送来得快,前面已经到宝城。

招商客店来住夜,约好同伴四川人。

勿宣李奇去贩马,再宣家中一段情。

李奇出门以后,家中是杨氏当家。桂枝、宝童在学堂读书,春华女佣人帮助烧汰,服侍二个小人,王先生认真教书。一家生活过得很好,可是好景不长了。杨氏晚娘是个水性杨花之人,久寄寒窗空房,觉得寂寞,常到外面去游山玩景,东西南北各处去。在家的日子长了,大家都知道了。

李奇妻子杨氏身,远近地方尽知闻。

一天到夜闾白相,家中事体托佣人。

常在外边揽男人,巧遇田旺是恶棍。

二人勾搭就成奸,东乡西郊尽知闻。

前村有一个地方恶棍,名叫田旺,年纪三十岁出头,不做正业,专门赌玩,敲诈勒索。一个光棍,东荡西棍,恰巧碰到杨氏淫妇烂货色,二人勾搭上了。二人不分日夜,常在一起混,日子长了,人人都知,但是没有闲人敢多嘴。杨氏看见教书先生是眼中钉。有一次田旺正在杨氏房中,被王先生看见,就对杨氏说道:"东家娘娘请自重。万一李奇回家转来,知道了这件事,要起大祸根的。"后来杨氏告诉了田旺,田旺说:"怕什么,他来多嘴多舌,赶他出去。"杨氏就推说家贫无力,请先生退学回家。

王先生只好转家门,二个学生送出门。

先生就对二个学生说,你娘之事不多问。

虽然晚娘终是娘,一切之事听三分。

多管闲事要吃苦,我说之言记在心。

桂枝宝童你晓得,告别先生转家门。

要说杨氏和田旺自从赶走了王先生,更加肆无忌惮。田旺天天住在一起,在李家与杨氏好像夫妻一样。东乡西邻都议论纷纷,但是怕田旺是个恶棍,所以无人敢多嘴多舌。

奸夫淫妇心笃定,日日夜夜揽私情。

桂枝宝童只当勿看见,杨氏晚娘还勿称心。

勿许姐弟去看书,要叫二人做营生。

桂枝宝童听娘话,常同佣人一般能。

日间种菜来挑水,夜间牵磨到三更。

有空时间要纺纱,宝童看鹅在田里。

杨氏晚娘心狠毒,她想如果自己的男人回家,被二个小奴才告诉了就不得了,怎么办呢?左思右想,想出一条毒计。当晚吃晚饭的时候,他们夫妻一样在房中吃。杨氏就对田旺讲道:"亲爱的,你我二人还是长久夫妻,还是短头夫妻?"田旺说:"亲爱的娘子啊,你说说看。"杨氏说:"我的男人李奇出门做贩马生意,终是要回家的。如果被桂枝、宝童一讲你我的事呀,奴的命就难保了。"田旺说:"对对对,只有目前先将二个小奴才药死灭口,其他另想办法。"杨氏说:"好办法,好办法。明天你去买药。"正在这时,春华佣人添酒刚要走进房,听得内面在讲说"先将二个小奴毒死灭口",她就立在房门外细听,吓得她急忙转身去找二位小主人。

勿宣田旺杨氏人,再说春华急煞人。

连忙来到磨坊内,偷偷告诉二人听。

二人一听嚎啕哭,春华立即止哭声。

三人马上来商量,连夜逃走就动身。

"你们二人只有连夜逃出去,可保性命。奴有二两银子,以作路费。"春华还说:"你们一路讨饭,一路寻访,到四川去寻找你们的父亲。"桂枝、宝童说:"春华妈妈,你是我们的大恩人。"春华送出后门,逃出去不提了。

不说两人逃出门,春华佣人马上困。

一夜无话不必说,清早杨氏就起身。

田旺想去喂毒药,不见桂枝宝童二个人。

逼问春华不知道,杨氏田旺四处寻。

亲朋友家都寻到,寻勿着姐弟二个人。

杨氏晚娘与奸夫田旺到处打听问信,毫无音信,问春华夜里有什么声音听到,春华推说道:"昨夜二更时分,听得姐弟二人啼哭,又说还是早点去寻死罢。后来我没有听到什么声音。"晚娘一听,说:"他二人到哪里去寻死路呢?"田旺说:"肯定二人投河了。"立即请东西乡邻到港河里打捞,整整打捞一天,并无尸首发现。大部人都说港里流水急,一定被水冲走了。田旺、杨氏晚娘心里很快乐,表面上装得啼啼哭哭。

晚娘心中蛮称心,去了二只眼中钉。

表面装得真苦切,料理丧事请乡邻。

群众个个多议论,没有尸首真奇怪。

因为田旺是恶霸,亲友群众不敢说一声。

田旺杨氏做夫妻,春华佣人忍气吞。

勿宣田旺杨氏事,回文再提姐弟人。

且说桂枝、宝童二人逃出去,听了春华吩咐,不管高低路不平,一路前往西南方向逃。桂枝搀扶宝童,一边走,一边偷偷地哭:"亲娘啊,你在阴间要保佑伲姐弟二人,带领我们平平安安去寻找爹爹呀。"二人走到后半夜,路过一座山,山下面就是一条河塘。山路比较高,宝童一不小心,跌下山去,滚到下面,人已昏过去。桂枝伸手不及,吓得大哭,渐渐体力不支,也哭昏过去。恰巧命不该绝,来了一只官船,是府台去上任,在此停靠。被差人发现,报告老爷,救上船去,马上灌姜汤,推推宝童,悠悠醒来。还好没有重伤,只划破些皮肉。经过盘问,宝童说寻父出门,山上还有一个姐姐,叫桂枝。府台老爷连派差人上山去寻找,恰见桂枝昏倒在山上,差人急忙将她救醒,扶到官船上。原来这位老爷姓徐,名叫达,新任陕西省府台去上任。老夫人也在船上,夫妻同庚,四十五岁,膝下无男无女。老夫人一见二个小人生得人品登样,商量认作自己的女儿、儿子。徐府台哈哈大笑,便问桂枝、宝童可答应。桂枝、宝童连忙跪下叫道:"爹爹、母亲在上,孩儿拜见。"徐府台老夫妻二人笑得嘴也合勿弄,连忙香汤沐浴,改换衣裙,吃早饭,开船也。

徐府台是喜十分,拾到二个小囝喜临门。

立即开船到陕西,府台衙门去上任。

桂枝宝童视作亲骨肉,老夫妻欢喜好作宝和珍。

请了先生来教书,姐弟二人送进学堂门。

二人读书真聪明,只改姓来不改名。

姐弟二人暗打听,偷偷打听自己老父亲。

勿宣徐府一段事,回文再说贩马人。

李奇是从去年出门贩马做生意,一路四川朋友家落脚。在四川贩卖马匹足足半年时间,生意还好,准备做二年生意回家一次。第二年听说蒙古马价钱特别便宜,外加蒙古马特别高大。所以一伙五六人商量决定去蒙古。不满一月,恰逢战争,不许出入境内。李奇被抓去兵营里养马,不能出逃也,只能听天由命。

李奇被抓在兵营,只好养马度光阴。

想着家中杨氏妻,更想桂枝宝童二儿身。

晚娘待他们好不好,全家身体可安宁。

我要想转勿好转,希望原谅我三分。

只有早日停战争,我好回家探探亲。

李奇夜里困勿着,在马棚里,叹苦景。

【苏武牧羊调】

李奇真是苦命人,出门来贩马,来到蒙古境。

碰着那来战争,勿许进出境,只好在蒙古。

被抓去养马人,逃也不好逃,又是不好出境。

只好等在蒙古兵营苦苦度光阴。

想着家亲人,两眼泪纷纷,女桂枝,男宝童。

未知那亨能,杨氏后妻子,心肚灵勿灵。

希望你们太太平平度过难星。

李奇一夜未困,想了一夜,天亮起来喂马。在兵营里,只有吃饭肚皮。每月发一些零用钿,生活真苦不提,光阴真快吓。

光阴似箭过得快,日月如梭不留停。

春去夏来冬又到,残冬一过又逢春。

舌头浪向打个滚,日脚已过八年春。

蒙古战争已和平,各处地方侪太平。

各族人民来团结,李奇可以转家门。

蒙古兵营下令,外人可以回家,并发路费。哪知其他人都纷纷回家,独有李奇一场大病,病在兵营里。幸亏军医给他医病,主要气成毛病。经过医疗养病,又是二年了,身体恢复健康,请示回家了。

李奇生病二年整,今日请示转家门。

领了路费并路单,快快乐乐回家门。

想着桂枝廿五岁,宝童也要廿一春。

待我回家去团叙,成家立业顶要紧。

想着杨氏后妻子,在家当家也辛勤。

我今回家要谢谢她,幸亏她照顾二小人。

李奇车路无耽搁,骑马坐船又步行。

在路行程三个月,恰逢清明到家门。

李奇出门十年才回家,都以为他死在外地,所以田旺和杨氏淫妇已成了正式夫妻。今日恰逢清明节,不论男女老少都去赶庙会了。村上人少,没人注意李奇回家,只有佣人春华妈妈在家洗衣看门。二人一见,大家一呆,因为都老了,一时想不起来。春华也以为李奇死了,现在上眼前,一时说不出话来,还叫道:"东家你终于回来了。"二人到客堂坐停,李奇将出门碰到战争,在蒙古兵营养马,又病了二年,刚巧回来。李奇便问家里情况,春华要想说,可是熬勿住大哭起来。李奇觉得奇怪,便劝道:"春华妹,你不要哭。有事大胆地讲来,一切有我作主。"正在这时庙会散,田旺和杨氏双双回家。走进客堂,春华在哭,再一看,二人一看是李奇。大家在想,今日清明节,莫非是鬼出现。还是春华先开口说:"少奶奶,东家回家了。"李奇说:"娘子,你不认得我了?"杨氏说:"啊呀,我个男当家回来了,恭喜恭喜。"田旺说:"李奇大哥回来了,我望得你好苦呀。"李奇说:"谢谢你的照顾。"当时杨氏偷偷地歪歪嘴叫田旺走,田旺明白,马上说:"李大哥,我庙会里很忙,告辞了。"转身就走,李奇说:"不送不送,下次来白相了。"

李奇当时不知情,当仔田旺来帮衬。

杨氏心虚装殷勤,出面水来搅手巾。

忙告李奇换衣服,吩咐春华晚饭吞。

李奇不见儿女来,便问杨氏哪里行。

杨氏一听心中急,假装两泪落纷纷。

春华在烧夜饭,偷听杨氏说道:"呀,好男人啊,提起二个小人我就心痛。"李奇一听,一急说:"你快说,究竟怎样?"杨氏假哭说:"九年前,白天大家都很快乐。二人在学校读书,晚上困觉,我替他们去铺被子。二人说说笑笑,一到明天,二个小人不见了,到处寻不着。问春华,春华说:'听见他二人在哭,因为想你。爷一直不回家,后来二人去投河自尽的。'我请东乡西邻打捞子二天二夜,不见尸首,大家都说被急流冲走了。你也不知在哪里,我女流之辈,没有办法,只有天天哭夜夜哭。奴生仔一场大病。好男人呀,你说我苦勿苦。"李奇一听,一想内中定有缘故,待我细细打听再讲。李奇嚎啕大哭,连夜饭都没有吃,坐在书房里想吓。

李奇心中痛十分,儿子女儿不知音。

如果子女想爷娘,决不会去死路寻。

其中必定有缘故,田旺来家何原因。

待我慢慢来打听,问问东乡西邻人。

李奇一夜未合眼,想着一对儿女们。

天亮起身,李奇问:"杨氏教书先生为何不在?"杨氏说:"啊呀,男个不要提他了。他是假装斯文,实在是人面兽心。从你出门不满一个月,我去学堂担饭,他抱住奴亲嘴摸奶奶,还要和奴在学堂里青天白日困觉。所以奴回头不要他在奴家教书,被奴赶走的。"李奇一听,想这个王先生是个规矩人,决不会这样做的,待我问问春华罢。所以说:"娘子,我只吃半碗粥汤好了。"杨氏出书房,叫春华送粥汤进书房。

春华佣人进书房,要给东家送粥汤。

叫声东家吃粥汤,只见李奇泪汪汪。

李奇开口春华叫,你将实话与我讲。

教书先生为何停,一切之事我担当。

春华开头不敢讲,李奇保险才肯讲。

春华说:"东家,你不能说我对你讲的呀。"李奇说:"李家由我当,一切由我做主。你胆大讲来。"春华说:"你听好也。"

东家娘娘良心伤,她与田旺勾搭上。

每夜住在娘娘房,王先生看见话来讲。

娘娘见他眼中钉,硬咬先生调戏娘娘受冤枉。

就将王先生来退馆,二个小人在磨坊。

白天种菜来挑水,夜里牵磨到磨坊。

天天打来夜夜骂,桂枝等爷回来把话讲。

杨氏田旺起毒心,要药死姐弟人一双。

幸亏被我来听见,叫他二人逃远方。

谅必现在还在世,不知二人在何方。

李奇一听,原来如此,说:"多谢你春华救他二人性命,我李奇决不会忘记你的大恩。"春华走出书房之后,李奇想:"这二个狗男女终有一天和他们算账。现在想女儿心切,待我先寻到女儿、儿子再说罢。"

李奇书房心中恨,骂声贱人勿是人。

我希望托你来当家,哪知你水性杨花起毒心。

你与田旺来通奸,还要害死二小人。

李奇一定与你们讲,勿翻此本枉为人。

让我暂时要耐心,寻着了儿女再理论。

李奇从此每天出门去寻亲问眷,东打听西问寻,这托了很多亲眷朋友帮助打听消息,晚上回家住在书房,不与杨氏过嘴。亲友四友都说田旺是个无赖恶霸,不好的人,你要时刻当心。李奇答允,到处寻人不提了。

勿说李奇去寻人,再说田旺杨氏二个人。

白天不敢李家来,夜里偷偷会私情。

二人偷偷来商量,短头夫妻不称心。

杨氏说:"亲爱的,我们二人要做长久夫妻,想办法将个老头子弄死。"田旺说:"可以,快去唤春华佣人来叫她帮一把忙。"杨氏就将春华叫来。春华问:"半夜三更有什么事吩咐?"田旺说:"春华你真好。我们二人的事,你一句都没有讲出来。我和奶奶都感谢你。"当时拿出二两银子给春华,说:"这是给你的赏赐银子。"春华不要,杨氏就说:"春华妹妹,请你收下罢。"连忙就塞在春华袋袋里。田旺说:"春华妹,我要托你帮一下忙。如果事成之后,赏银五百两。"春华说:"我能办一的,我一定照办。"田旺说:"好好好好,你听了啊。"

田旺开口说原因,请你春华来帮衬。

如果官堂审问你,你硬说李奇强奸你的身。

当时你说勿答允,李奇取刀刺头颈。

你要一口来咬定,奶奶帮你做见证。

李奇保证进监门,五百两赏银我保证。

春华一听满身抖,这件事体勿答应。

田旺对杨氏眯眯眼睛,连忙拿条细麻绳,往春华头颈里一切,二人用力一收,春华苦喊一声也,没叫出来就被切死了。

春华正是苦十分,没有提防半毛分。

被他二人来切死,甩在地下无声音。

要说杨氏二人就将春华的尸首偷偷地抬到李奇书房门口。田旺立即去报官,杨氏大哭大喊:"救命呀,杀死人了。"李奇在书房里听见,马上起身开出书房门走出,一跌一个跟斗,连忙用灯一照,见是春华死在门口,连忙下去抱起来大喊:"春华!醒醒,醒醒。"解开绳子时,乡邻人都看杨氏哭,说:"老杀千刀调戏春华。春华不从,他将春华切死的。"多数乡邻不信,也有人相信的。就在此段时间,李奇又气又火,说:"你个贱人,还血口喷人,冤枉我。"二人争吵,一面吩咐地保将尸首入殓安葬。这是田旺五百两银子买通了县官,所以这样做的。恰巧王先生得信而来,一摸春华尸首,还有微微脉息动。王先生主张明日入殓,可是公差不听,连夜立即入殓,扛在荒坟上,涂上烂泥。到了晚上,王先生知道春华可能会醒转来,所以偷偷地用木钻在棺材头钻了三个孔洞,又在棺材盖上钻了三个孔洞。

王先生来懂医人,钻孔通气要救人。

想来李奇是冤枉,其中必定有原因。

希望春华醒转来,这件案子弄得清。

不宣王先生一片好心,再说保城县衙门。

贪赃昏官何知县,受了田旺五百两雪花银。

捉拿李奇天亮就升堂，衙役三班二边分。

何知县马上坐堂，衙役三班站立两旁，将李奇带上公堂。县官抬子一拍，问道："你叫什么名字，今年几岁，作何生意？"李奇说："大人呀，小人叫李奇，今年五十岁，作贩马生意。"县官说："你强奸佣人，佣人不从，你切死春华，一一招来。"李奇说："大人，真是冤枉。我已困了，听得有人喊救命，我开出书房一看是春华，不知道被啥人切死的。我是冤枉的，我是冤枉的。"县官说："你不用刑法不肯招来。来呀，打四十记大板。"差人似狼如虎，将李奇拖下去，大打四十记大板。打得皮开肉烂，大喊冤枉，说："大人无凭无据冤枉我。"县官说："证据有。"立即喊杨氏来。县官说："李奇强奸春华，有谁人作证？"杨氏说："我作证。奴亲眼看见李奇老头子抱住春华，在书房要强奸。春华勿肯，大喊救命，结果被老头子切死的。"李奇说："你这贱人，完全丧尽良心，含血喷人。"县官拍案喊道："不许你强辩。来吓，上火棍，用大刑。"就将李奇夹起来。

李奇判刑为死刑，大家百姓心勿平。

李奇是个老好人，群众都说太冤人。

大家大骂杨氏女，逼死了子女还要害男人。

世间哪有这种人，皇天为何无眼睛。

春华不啥人切死，没有证据难弄清。

难道朝里无清官，屈斩好人勿公平。

勿宣群众纷纷讲，再说一个王先生。

王先生是从摸了春华脉后，觉得春华还未断气，估计她要醒转来。所以偷偷地在春华棺材上钻六个洞，目的要透透空气。他白天假烧纸钱，常在棺材边听内边可有声音，晚上也坐在旁边，一夜不困不提吓。

勿说王先望回魂，有人说他看死人。

何知县接到一调令，新县令已经到县门。

何知县立即办移交，办好移交就动身。

新来县官叫赵龙，带了夫人同上任。

百姓个个都快乐，巴望来个包大人。

田旺杨氏心中急，连忙托人去接近。

且说新来个县官姓赵，名叫龙，今年廿七岁，新任县令，带了妻子一同上任。一时来到，来不及看阅案卷。第一天招待来宾，赵龙将所送礼物当时全收。田旺也去送礼，新县令收了他的礼物。田旺满心欢喜，对杨氏说："没有一个不贪财的官，请娘子放心罢。"晚饭过后，新县令送客，将客人送的礼物原物奉还，一概不收。谁要送礼，谁就有弊，吓得大家只好带回去。杨氏对田旺说："他是清官，怎么办？"田旺说："你放大一些胆。新上任遮遮世人眼。哪个官儿不贪财？"晚上大家困觉不提。

勿说众人议纷纷，再说一个新县令。

一天招待多辛苦，吃好晚饭早点困。

忽听阵阵有哭声，细听究竟是何因。

县官夫人坐在凳前听得隐隐有哭声，哭得很苦。她就细细听听，哪知对面楼下就是死牢。今夜李奇犯人禁长告诉他："你已画口供，被判了死刑，待等六十日京详批下来，就要杀头哉。"李奇一听，大骂昏官，拿奴硬按手印，就大哭起来。

一更子里来末难以困，我是一个贩马人。规矩做生意，并无起黑心。为啥皇天无眼睛，反拿我好人来杀头颈。啊呀皇天吓！

二更子里来末想妻身，想着前妻王菊英。生了两儿女，一病命归阴。抛我们父子三个人，因为我是一个生意人。啊呀皇天吓！

三更子里来末为小人，另娶杨氏照顾小人。我要出门去，要她管小人。哪知她是个黑心人，反将我的二小人害性命。啊呀皇天吓！

四更子里来恨贱人，结识田旺恶霸人。二人用毒计，杀死春华佣人。硬咬是我强奸人，反说我去杀春华有罪人。啊呀皇天吓！

五更子里来末恨昏官，勿问细底将我判。硬要手印按，拿我死罪判。放不落一双好心肝，儿子叫宝童，桂枝是女儿。啊呀皇天呀！

要说李奇在监牢里哭了一夜天，哭到五更鸡叫，哪知有一个人听了一夜，就是新县官的夫人。她听到最后二句话，儿子叫宝童，女儿叫桂枝，突然昏倒在地。赵县官听得声音，抬头一看。呀！为什么夫人还未困床上，勿困床上，倒困在地上。他连忙起身去一看。不对，夫人面孔发黑，嘴里吐白沫。连忙一面抱起，一面唤佣人。口中灌姜汤，手指卡人中，嘴里大喊："夫人醒醒，醒醒。"过了一段时间，夫人张开眼睛，叫道："丈夫，请旁人回避。"赵县令将夫人扶在床上，唤退了众人，问道，"夫人，有什么话要说？"夫人说："你快去拿本县全部案卷来看，有没有犯人叫李奇的？"赵县官翻案卷，说道："是有一名罪犯，名叫李奇，今年五十岁，强奸佣人，春华不从，被李奇切死的。是人命案子，已判死罪了。"夫人一听，"呀！"一声又昏过去。赵县官急得手忙脚乱，忙喊："夫人醒醒。"夫人醒来看了丈夫。赵县官说："他犯杀罪，关你什么事？"夫人说："丈夫呀，你听了啊！"

丈夫原谅二三分，我今与你说真情。

奴勿姓徐原姓李，李奇是奴嫡父亲。

赵县令一听，说："奇怪。"各位听众我来表明，现在的官太太确实是李奇的女儿，叫桂枝。十年前，姐弟二人逃出去，被徐府台救去作为螟蛉，当儿子、女儿一样看待。现在的赵县官是徐府台的学生，所以将女儿徐桂枝配给他。昨日新到，同夫人一起来上任。夫人将前后经过讲给赵县令一听，方才弄明白。赵龙说："夫人不要急，你先进去探监。我马上就来。"夫人答应了。

夫人答应立起身，就同丫头到监门。

一路来到监门口，丫鬟通报禁子听。

监牢头子问原因，你们要探是啥人。

丫鬟说："要探李奇。"禁子说："李奇是死罪，上级有令，一例不准探望。"丫鬟说："上级有令，一定要探望，谁敢阻挡，三记耳光，啊要尝尝？"禁子开门一看，是个官太太打扮的人，心里有点吓，问道："你们是哪里来的？"夫人说："老伯，请你行个方便，让我进去看看李奇。奴是本县衙门里的人。"丫鬟说她是新任官的官太太。禁子一听，立即领进去，喊道："李奇，太太来探望你。"李奇抬头一看，认不出来。夫人一看，也有些不像，又老又瘦，所以问道："你这位老伯，哪里人，叫什么名字，有何儿女，细细说来。"李奇一想，一个陌生女人来问我，我就实说罢。"我住在保城县马头村，名叫李奇，专做贩马生意的。我养一男一女，女儿叫桂枝，男叫宝童。现在姐弟二人死活不明呀。"夫人一听，真是父亲，双膝跪下，抱牢李奇大叫："爹爹呀，你受苦了。爹爹，奴就是桂枝呀。"二人抱头大哭，连得丫鬟都一道哭，牢头禁子吓得连忙给李奇开脚镣手铐。李奇用手摸摸女儿的头，哭道："今世还能见到我的阿囡。"又问道："宝童儿子呢？"桂枝说："爹爹听了啊。"

你出门勿满二个月，杨氏晚娘变了心。

她和田旺常通奸，讨厌我侬二个人。

要用毒药药死侬，春华通信救我们。

连夜跌落山下去，徐府台相救认螟蛉。

十年以后我长大，配给本县赵县令。

昨夜听到你哭声,才知你爹爹受冤情。

李奇急问:"宝童儿呢?"桂枝说:"他已经上京赴考,现在没有信息回来。徐府寄爷也在京里做官。"李奇说:"女儿呀,我可要斩头,恐怕难见到宝童儿了。"桂枝说:"爹爹不要急,前任昏官已调走。现在是我丈夫做了县令,这件案子要平反的。不知晚娘怎样诬告的?"李奇说:"儿呀,你听哪!"

我出门贩马到蒙古,碰到当地有战争。

所以十年不能转,前日回家起祸根。

田旺和贱人要害我,硬说我强奸春华佣人身。

不知啥人将她来切死,恶说我强奸不从黑心人。

贪赃瘟官逼供招,拿我定了死罪名。

待等六十日详文转,和你们骨肉要离分。

但是李奇一想:"新县官是我的女婿,可能有一一的希望。"正在这时,后有人来报,说:"县官亲自来查监。"那时,赵龙已经进来,一问夫人,确实是丈人。为遮人耳目,不能相认,就同夫人一起回衙。夫人将情况告诉赵龙,赵龙想要翻案,一定要有见证人,究竟谁切死春华,没有证据正在为难。后来一想,只有请夫人扮作农民来告状。立即同夫人商量,夫人同意。赵龙马上写好状纸,告田旺和晚娘通奸害命。一面告诉李奇丈人,马上吩咐坐堂。一声令下,传齐三班六房。一声炮响,立即坐堂,公差二边站立。桂枝扮了乡下姑娘,上堂喊一声:"冤枉。"呈上状纸。赵龙一看,立即发下朱签堂单去捉田旺与杨氏。公差火速动身,不多几时,将二人捉到堂前,被差人推倒跪下。县官问:"你叫什么?""田旺"。县官:"你知罪吗?"田旺说:"我犯什么罪?"县官说:"你与李奇之妻通奸,是吗?你二人还是从实招来吧。"杨氏对田旺看看,田旺想这件事人人皆知,瞒也瞒不弄,连忙说:"大人呀,是有这件事。"县官说:"你二人通奸后要药死桂枝与宝童,快快招来。"田旺说:"青天大人呀,这是冤枉的。"县官说:"杨氏,你招也不招?"杨氏说:"啊呀,大人呀,这真是冤枉的。桂枝与宝童,奴是当嫡亲看待。真所谓风吹也肉痛个,这不知是啥人捏造出来的?"县官拍案喊道:"你们不肯实招,来人吓,将田旺上刑。"差人一声答应,立即用刑。

差人一声来答应,就将田旺上夹棍。

三把麻绳来收紧,田旺痛得叫救命。

无凭无据硬上刑,啥人特来作见证。

田旺大喊:"无凭无据,屈打成招。"县令喊:"松绑。"问道,"你要证据吗?"杨氏也说:"没有证据,诬告好人。"县官喊出桂枝,立即在堂上说道:"你二人狡猾的罪犯,你张开眼睛看看她是谁?"二人抬头一看,一吓,呀!是桂枝呀,难道是没有死呀。杨氏马上哭道:"啊呀,好女儿呀,你想得奴好苦呀。"桂枝说:"放屁!谁是你的女儿,奴的亲娘老早死了。你是要药死我们的敌人。你们二人见伲是眼中钉,为了灭口,要用毒药药死我伲姐弟二人。"杨氏说:"有何证据?"桂枝说:"你们二人密口谋死,恰巧春华妈妈听见,所以我们知道了,就逃出门的。"县官喊道:"快快招来,免受刑罚。否则大刑侍候。"田旺说:"大人呀,这是胡说八道,无中生有。我们是冤枉的。"县令喊:"上刑。"

就将杨氏来抱下,要上拶子是极刑。

就将麻绳来收紧,杨氏痛得愿招认。

为了他俩告诉爷,要想灭口起毒心。

赵龙问田旺:"是勿是这样?"田旺说:"事实,事实,我承认。但是只有想法,但是没行动。"田旺想:"没有什么大罪的,定心啊。"赵县令问道:"你切死了春华,诬告李奇,快快招来了。"

田旺开口叫大人,李家之事我无份。

李奇强奸问杨氏,她亲眼看见作见证。

县官就问杨氏女，从实招来免受刑。

杨氏叫声赵大人，这件事体奴作证。

亲眼看见李奇强奸人，春华不从喊救命。

后被李奇来切死，尸首甩在书房门。

赵县令大喊道："混账东西，不用刑罚不肯招认。你二人切死了春华，反去诬告别人。"田旺说："大人啊，有何证据？"赵县令一时难以回答，说道："你们二人通奸就是证据。"忽然间，外面咚咚，有人击鼓申冤，大喊："冤枉！"赵县令说："将叫申冤人带来。"差人出去带进来，一个老人叫道："大老爷，被切死的春华醒转来了，就在县衙门前。"桂枝一看，叫道："王先生，真的还是假的？"王先生就说："我在春华棺材边等了二天二夜，今日才活转来哭。我撬开棺材盖，将她背在衙门前申冤。"赵县令说："马上用担架，当心侍候，将春华抬进公堂来。"差人答应，立即将春华担进来。春华慢慢地坐起来，桂枝立即过去抱住，叫道："春华妈妈，醒来了？"春华一看是桂枝，说："奴还在阳间，还在阴司？"桂枝说："在阳间，现在在官堂上。"春华抬头一看，见当中坐一个官儿，连忙说道："青天大老爷，奴要申冤呀！奴好苦呀！"赵县令说："你慢慢讲来。"有个丫鬟送上参汤，春华喝了几口，说道："大老爷，你听好啊。"

奴是李家女佣人，春华二字是奴名。

李奇是奴老东家，桂枝宝童是小主人。

东家原配娘娘早亡故，讨一个后妻杨氏身。

十年前东家出门贩马做生意，吩咐杨氏做当家人。

田旺天天在李家，同吃同凳同床困。

桂枝小姐说了几句话，二人就此起黑心。

杨氏田旺同商量，要用药杀二小人。

恰巧奴奴清听见，急忙去告诉二小人。

奴就叫他二人逃，送出后门逃性命。

一去毫无信息有，还是死来还是生。

直到前日李奇东家回家转，李家就出大祸根。

杨氏田旺要做长夫妻，立即就起不良心。

春华说："杨氏、田旺要做长久夫妻，还要吞光李家产业。一见李奇回家，立即起不良之心。叫奴房里去，田旺给奴五百两白银，说要奴去硬咬李奇强奸奴奴，还说李奇用刀逼奴。奴听了，满身发抖，坚决不肯答应。结果被他们二人拿奴用绳切杀的。"说到那时，就嚎啕大哭起来。赵县令喊道："田旺、杨氏！认识她吗？你们都听到了吗？"杨氏、田旺说："都听到了。"赵县令问："你们二人说说看，春华说得对不对。如果不实讲，就要用大刑侍候。来吓，将夹棍、拶子拿出来。"当时杨氏本来吓得满身在发抖，看见刑具拶子，马上急叫："大人呀，奴愿招，愿招。刚才春华所讲的完全是对的，都是事实。"赵县令说："田旺，你说罢。"田旺马上说："青天大老爷，我愿招了。春华刚才所讲的完全是事实，一点没有瞎讲。"赵县令吩咐画口供，就将田旺、杨氏上了脚镣手铐，带进天牢，宣布李奇无罪，马上退堂回里。当时就将王先生留住，春华送进内堂，请医服药，请李奇进内厅。赵龙、桂枝双双去拜见父亲大人，王先生等大家一面拍手叫好，一面满面流泪，又是哭又是笑。赵县令吩咐大摆筵席，一面吩咐准备房间。

大家香汤来沐浴，各人里边换衣襟。

各人一起讲勿完，吃好晚饭不想困。

李奇思想宝童儿，两眼之中泪盈盈。

桂枝就对爹爹讲，弟弟上京求功名。

徐家寄父也在京,请你父亲放宽心。

当夜无话勿必说,天亮大家就起身。

吃开早饭有人报,七省巡按到县门。

只听外边锣声响,赵县令夫妻换衣襟。

有差人报京里巡按大人来县衙视察,赵龙夫妇忙换行头,准备迎接巡按大人。只听路上锣声响亮,铛铛铛,锵锵锵,堂堂堂,还有吹鼓手,望去有几百人的道子。赵龙夫妻接在县门口,只见一顶绿呢轿子停下,内面来一个年轻大人。赵龙忙说道:"接巡按大人。"一看,呀!是阿舅宝童吓。宝童巡按也看见是姐夫、姐姐,但是在场面上不可以私称的,只好说:"县大人请。"桂枝也说:"巡按大人请了。"赵龙说:"大家请到县里前厅上坐停摆茶。"巡按喊退众差人:"不必侍候,大家出去玩罢。"众差人一听,大家出去了。巡按连忙起身拜见姐夫,叫应姐姐。桂枝说:"弟弟,快快去见爹爹。"宝童说:"在哪里?"三个人进里,拜见父亲,双膝跪下,叫道:"爹爹,孩儿拜见。"李奇抱住宝童,叫道:"我的儿吓,今世还能见到你,可喜吓,可喜吓。"

父子见面喜十分,全家欢乐闹盈盈。

各人各讲别后事,大家听了心里凉。

赵县令就将案情讲,宝童听了火直喷。

立即吩咐众差人,下午马上要复审。

众人立即来准备,县衙里向忙勿停。

赵龙县官理案件,吩咐春华作证人。

宝童拜见春华妈妈,幸亏你通信救我们。

各地贴告示:下午京里来的巡按大人要在广场上复审李奇的命案。各地百姓老早吃饭就到县衙门广场。待等吃过饭,广场上人山人海,一声炮响,大人出来坐堂。巡按宝童正中坐下,赵县令坐在侧面,还有特地去唤来的前任知县何知县也坐在旁边。三班六房,站立二旁,捆绑手、刀斧手、刽子手,二面立得攒攒齐齐。看热闹的群众围得四面水泄不通。巡按喊道:"将田旺、杨氏带上来。"还将春华请坐在椅子上。巡按喊道:"大胆刁民,田旺,你知罪吗?"田旺说:"知罪知罪。"巡按说:"你将犯罪的经过细细招来,免受刑罚。"田旺就说:"大人!小人愿招。我与杨氏通奸,要药死二个小人。为了吞没李家产业,要谋死李奇,要春华咬李奇强奸她,她不肯,我们二人将她切死,嫁祸于人,硬说李奇切死春华。我已经招认,句句事实。"巡按问杨氏:"你讲讲看,阿有不对的地方?"杨氏吓得不敢响,巡按拍案说:"你招不招?"杨氏连忙说:"对,是对的。不过俫是田旺的念头。"巡按说:"你是好人吗?你抬起头来看看我是谁?"杨氏抬头一看,吓呀!他是宝童呀,忙说:"宝童,儿呀,你要救救奴。"巡按拍案说:"混蛋,谁是你的儿子。你是一个心肠狠毒之人,快拿尚方宝剑来,刽子手将二人立刻斩首。"斩条扔下去,立刻将田旺、杨氏推到法场上。三声炮响,马上斩头,老百姓拍手叫好,大快人心。巡按又问:"何县令,你这件案子判得对吗?"何知县马上双膝跪在地上,说:"大人呀,小人知罪。"赵龙问道:"田旺给你多少银子?快说。"何知县说:"当时给我五百两,要我将李奇捉来,用大刑屈打成招。待等李奇判死罪,再给我五百两。这是实话。"巡按吩咐画供,立即宣布何知县贪赃枉法,屈害良民,革去一切职务,徒刑五年,立即带进监牢。一切梳齐,回衙门去了。

收拾广场回衙门,大家快乐喜十分。

大摆酒席来庆贺,李奇心中真开心。

第一冤案已审清,第二春华转还魂。

第三全家来团圆,三件喜事喜盈盈。

王先生说:"还有一件喜事,不知大家阿赞成?"大家一听,莫名其妙,都说:"完全赞成,请讲出来。"王先生笑笑说:"春华妹无靠无傍,孤身一人。她是桂枝、宝童的救命恩人,我做媒同李奇哥配成一对。"大家一听,拍手叫好,春华低头不响。李奇说:"这万万不能。"桂枝和宝童说:"我们老早有这条心。我们要报恩,只有这样,抚养她天年。"大家一致同意了。

王先生提议侪同意,李奇春华做夫妻。

厨房换出同房酒,大家吃得欢天喜地。

桂枝启口王先生叫,桂芳妹妹二十岁。

配给我弟李宝童,不知先生啊同意。

王先生说难高配,李奇说我今同意来相配。

李奇说:"我同意王先生的女儿桂芳配我儿子宝童。"宝童说:"待我回京,禀明寄父母,还奏明皇上,再作决定。"大家一看,现在正是五喜临门哉。

大家一听喜欢心,五喜同来少少能。

明日巡按回京去,寄父母听了喜十分。

奏明君王完花烛,奉旨结婚显门庭。

李家翻造巡按府,李家个个来封赠。

赵龙升级为府台,桂枝封为一品夫人。

后来宝童生三子,承接徐李王三家后代根。

赵龙桂枝生二子,后来个个伴当今。

贩马宝卷宣完成,诸位菩萨喜十分。

各位听了此本卷,清灾免祸保太平。

奉劝大众行善事,善恶到头有报应。

卷上倘有错误字,念声弥陀补完成。

福禄寿宝卷(版本一)

福禄寿宝卷初展开,诸佛菩萨坐莲台。

卷堂内边身坐定,大家听我宣一番。

不说前朝并后代,再说明朝事一番。

且说此卷生在明朝万历年间,在浙江省湖州府陶家滨,有一家富户人家,此人姓陶名叫聚富,家有良田万亩,家财万贯,金银财宝不知其数,还有金庄、银行、典当、木行,所以称他百万。今年五十六岁,老夫人陈氏同年。所养三个儿子,一个女儿。长子名叫陶福,今年三十岁,长媳陆氏同年。次子陶禄今年二十五岁,次媳周氏二十四岁。幼子叫陶寿,年纪二十岁,幼媳高氏今年十八岁。女儿叫美玉,今年十七岁,尚未配亲,生得聪明伶俐,十分标致,会说会话,能够辨明是非。老夫妻两个人从小欢喜女儿,要啥依啥。一家门合家团结,个个和睦,全家欢乐,真正一家大户人家啊。

陶百万今朝坐堂中,身上穿着新衣裳。

想想自己真福气,近段人都说我贱家当。

每天早上人参汤,参汤放在台子上。

吃好参汤吃早饭,新鲜馄饨乌鸡汤。

味道越吃越好吃,鸡脑子馄饨正妥当。

我个女儿天下少,鸡脑子馄饨给我尝。

陶百万一个人坐在厅堂越想越高兴,越想越开心。我们一家的福气,都是说我这当家运道好,所以能够发财到此地步。想想是勿简单,加上养着三个儿子,肯听闲话。"三房媳妇,个个孝顺公婆。三个媳妇,侪是养着一男一女。我的女儿每天早晨总是鸡脑子裹馄饨给我吃。"好上加好,巧上加巧,儿子、女儿勿多勿少,所以陶百万独自厅上,想得哈哈大笑也。

　　我的福气生得好,陶家里向正荣耀。

　　主要全靠当家幸,所以日脚过得好。

　　勿说百万厅上想,再说三个穷宝宝。

　　却说三个穷汉也勒上腔:"咳!吃在肚里,着在身上,住个庙堂,困个柴房。总共两样家当,一只讨饭篮,一根打狗棒。"第一个苏州人,名叫阿大,侪叫俚苏州阿大。第二个是扬州人,叫俚扬州阿二。第三江北人,叫他江北阿三。三个人讨饭为生。他们三个是一帮,阿大是告花子甲头,侪要听他的闲话,而且到南到北要听他分配个,不许违抗的啊。

　　三人白天在街坊,夜里住在破庙堂。

　　讨得多来三人分,讨得少来一人尝。

　　倘然啥人勿听话,畀拉甲头吃耳光。

　　外邦别处勿好讨,只好加入告花帮。

　　但是三家头人是穷,俚卹志气勿穷。真叫只讨饭,不偷鸡,爷娘面上要争气。近段一带,多有威信啊。

　　阿大头上拉破帽,鸭舌头半只没得了。

　　身上穿件破棉袄,袋袋吰畀领半条。

　　脚上鞋皮铁搭拖,鞋跟早已没得了。

　　不过走路不便当,一只脚有点跷勒跷。

　　客气的叫他苏州阿大,勿客气点,就叫他跷死人。

　　阿二头发长七寸,腰里束条窜头绳。

　　上身穿件破棉袄,不过洞洞吰淘成。

　　一条裤子是绉纱,又长又大拖脚跟。

　　再说扬州阿二,他是一个好人,性格温吞,态度和气,六月里弗会热。以前读过书,也识得字,不过身上又得毛病,满身癞皮疯,所以人人叫他癞团阿二。身上着条裤子是绉纱个,是老虎灶上阿五头笃家主婆送给他个,不过裤脚管有一尺二寸宽,长得拖到脚后跟。

　　一个阿三最最苦,头发好像老鸦窠。

　　短袖子短衫着一件,下身着条破棉裤。

　　赤仔一双断命脚,鼻头管里鼻涕拖。

　　拖仔出来缩进去,壳脱壳脱真难过。

　　再说伊笃三个人,白天讨饭,夜里住宿庙堂。阿大先开口说:"现在早浪向一顿粥,应要老三来烧。因为老二烧仔好几年哉,老三应该学烧烧。我还要吩咐姆笃两点:第一点,起得早先烧好粥。因为天气热哉,吃起来凉些。第二点,老三你的鼻涕要揩揩干净,勿能拖拉粥里。"阿三想那么完,晚觉不好困哉啊。

　　光阴迅速容易过,日月如梭快如云。

　　冬至已过廿四夜到,春节日脚到来临。

　　今朝已经大年夜,年夜饭讨着转家门。

　　明朝真正年初一,大家一道早起身。

　　初一勿讨饭和粥,全部要讨雪花银。

　　早上起身早一点,请你懒觉不要困。

　　如果再要困懒觉,马上请你滚出门。

　　阿三听得汗淋淋,只得一早落起身。

　　不说阿大阿二困,再说阿三勿定心。

　　且说江北老三想:"若今朝是年初一到了,应该早一些起来。"他三更过后就起床烧粥,烧好以后就喊二个阿哥起来揩面吃早饭。三人粥吃好以后,阿大就分配讨饭地点,说:"我望东门到南门,老三出西门也到南门,我们两人拉南门碰头。阿二到北门,到夜回家。"阿大说:"伲三个人就到夜快回转庙堂,搭你三人痛痛快快吃一顿快乐酒。今日出去,要讨铜钱银子,食物拣好个拿一些,破个糕团勿要拿。"三人商量定当,出门而去。

　　不说三个讨饭人,再说陶家忙煞人。

　　今朝轮着大年夜,百万老爷喜欢心。

　　丫头阿妈忙煞人,挂灯结彩闹盈盈。

　　人来人往无其数,亲眷朋友吭淘成。

　　厅堂挂顶百寿图,两边对联左右分。

　　上联福如东海长流水,下联寿比南山不老松。

　　八仙台子当中摆,两只椅子放端正。

　　鱼肉荤腥虾蟹鳗,烧得味道香喷喷。

　　两面厅上摆筵席,大家吃得多开心。

　　合家团圆人无数,丫头使女吭淘成。

　　吃好夜饭发压岁钱,佣人个个十两银。

　　儿子媳妇三十两,孙子孙女十两银。

　　再有女儿勮拿着,待吾老身问一声。

　　百万老头夫妻二人坐在厅上,首先问丫头、使女、家人、佣人们等。陶百万问:"我家的福,是啥人个?"他们多说:"靠爹爹的洪福齐天。"陶百万赏儿子、媳妇,每人四十两银子。还问孙子、孙女:"啥人的福气?"大家多说:"靠阿爹的洪福。"侪发钱二十两。再问女儿:"伲家人家,啥人的福?"小姐开口说:"福气人人有,叫鸡吃砻糠鸭吃谷,各人头上各人福,叫各人各福也。"

　　小姐开口说原因,爹爹在上听分明。

　　要问陶家啥人个福,让我女儿说你听。

　　有福之人成了福,无福勿投陶家门。

　　爹爹有福做主人,女儿有福投到陶家门。

　　各人头上都有福,陶家个个有福人。

　　无福勿到陶家来,到仔陶家命归阴。

　　"爹爹!照我女儿看来,各人头上有方天,各人各福。你爹爹有福,我们也有福,福满全家。"陶百万听完女儿的闲话,心中大怒,暴跳如雷,碰台拍凳大骂:"你个娼根!"骂得小姐满面通红。当时老太太看见老爷大发雷霆,连忙相劝夫君。夫人说:"看我老身面上,饶了她吧。"大公子陶福、二公子陶禄、三公子陶寿,他们三人都来相劝,说:"妹妹年纪轻轻,年幼无知,看伲三人面上吧。"陶百万火气难消,火冒穿天灵盖,奔到屏门背后拉了一根门闩,要把她活活打死,登在大厅上大吵大闹。丫鬟和三位嫂嫂把小姐拖到房中,小姐到了房中,嚎啕大哭,好不伤心那。

　　百万厅上吵来闹,嘴里还要发牢骚。

明天一定送脱你，让你日脚过得好。

勿把娟根赶出去，百万明朝勿姓陶。

说出言语要算数，永生永世不懊悔。

脑子里向脑筋动，眉毛竖来胡须跷。

送给告花扬州阿二，看俚福气好不好。

陶百万脑筋一动，眼睛一转，有了有了，此地有个癞皮疯告花子，名叫扬州阿二，让我把这个娟根送给他罢。看他的福气大勿大，加上身上有毛病，看俚的日脚如何过法。心内决定，把美玉娟根送给告花子，就唤丫鬟："快到房中唤老夫人出来，我有话要对她说。"

夫人此时出了房，气气闷闷到厅上。

老爷唤我有何事，请你搭我说清爽。

夫人你且听我讲，娟根得罪我勿应当。

我想把她来送脱，送给扬州阿二做妻房。

我的主意已决定，全家不可来阻挡。

如果啥人来劝我，我要请伊吃耳光。

夫人此时听他话，嚎啕大哭跑进房。

再说老夫人跑进房中，嚎啕痛哭对女儿说："你父亲面前去讨个情，认个错，啊好勿拿你送给扬州阿二去做家小，快点到厅上去讨个情。"三位阿嫂侪来也，相劝姑娘去讨情。

小姐勿愿去讨情，情愿嫁给讨饭人。

半夜吵到天明亮，合家一夜侪齁困。

不说陶家吵闹事，再说阿二讨饭人。

鸡啼已过天明亮，来了阿二姓姜人。

先到陶家来讨饭，今朝要讨雪花银。

扬州阿二来到陶家门上说："老伯伯，谢谢你搭我到里向去通禀一声，说我阿二今朝要来讨一顿早饭吃吃。"门公说："你在此地等候，我去通报。"门公来到大厅说："启禀老爷，扬州阿二告花子要讨一顿早饭吃吃。"陶百万说："唤他进来。"门公到外面，带仔扬州阿二来到里向。阿二双膝跪下，说："我想今朝向你老爷讨一顿早饭吃吃，请你老爷给我。"陶百万说："阿二，我问你，你阿有老婆的？"阿二说："老爷，我自己饭也没有着落，哪能讨得起老婆呢？今世老婆我勿想哉。"陶百万说："我送你一个老婆，你要不要？"阿二吓得满面通红，想都不敢想，哪里敢说要呢？心里一想，今朝早饭吃勿着，看上去要吃耳光哉，还想想我没有做错啥事体，老爷今朝何故如此。陶百万看见阿二不声不响，顿时台子一碰，眼睛一弹，面孔一板，说："今天我有个女儿送给你，请你带她去做你个老婆，好不好？"阿二吓得双膝跪下，说："老爷你要打就打罢，你个女儿叫我如何答应啊。"

陶百万连忙喊佣人，快去喊出小贱人。

叫她早些滚出门，拨脱仔我眼中钉。

娟根在此我气死，送脱仔伊我称心。

佣人来到房里说："太太，现在扬州阿二已到，叫小姐出去。"老太太叫儿子搭妹子端正些金银手镯，替换衣裳，打好包裹。老夫人千叮万咐，说："女儿出门之后，不一定要跟他苦，一切之事，自作主张，脑子要清。等你父亲回心转意，再可以回来团聚一起。"小姐立起身来说："妈妈、哥哥、嫂嫂，我去哉。"

小姐连忙就起身，喊声阿二快动身。

阿二掼了小包裹，美玉小姐后头跟。

勿说陶家讨动气，再说路上二个人。

扬州阿二先开口，叫声小姐听原因。

阿二说："小姐，现在事到如此，我看搭你到别处地方去躲身吧。过了老爷火头上，搭你再回到自己的家乡。我想，一是你勿肯嫁给我；二是你肯嫁给我，我是养不起你个。我看搭你别地方去躲躲，让我仍旧去讨饭，你看如何？"小姐说："阿二吓，你说哪里话来？我是嫁鸡随鸡，嫁狗随狗。嫁是你么，你讨饭，我拎篮；你卖豆腐，我来喊；你拉车子，我来推；你种田，我送饭。阿二，我么说到做到，永不悔改。我父亲为啥别人勿给，偏要给你，他有目的啊。"

请你别样勿要讲，今后不入告花帮。

离开此地远一些，赶快同你路来上。

两家头跑了一日，走到一个市镇。小姐拿出银子给阿二，去买一身短衫裤子，再买一件夹袄、鞋袜、帽子，叫阿二剃个头，汰个浴，两人仍旧上路。阿二想着说："小姐啊，倘若和你在路上，前不把村，后不把巷，小姐你说哪能办法？想我阿二不要紧个，少吃一顿也勿要紧。像你小姐从没出过门，饿我阿二不要紧，饿你小姐不作兴。小姐啊，我去买二样物事。"小姐一听，说得有理。阿二到街坊买了一副担子，米行里籴了几升米，买仔砂锅。然后两人朝行夜宿，白天赶路，夜里住在枯庙。一到庙里，小姐说："现在你是我丈夫，我是你的妻子，我搭你是夫妻。我问你，到底有没有姓名？"阿二说："小姐吓！你有所不知，三岁死忒娘。说来话长啊。"

家里原来本姓姜，住在扬州城里向。

爷娘姐妹侪死脱，剩我一个独单生。

我的名字叫介眉，请过三年老先生。

稍些可以识两字，算盘也会瞎打打。

小姐听了心欢喜，看看面孔蛮登样。

小姐看看介眉，着了一件新衣裳，人品出众，而且识两个字，也会记账。小姐一想："我嫁这个男人还可以。"又叫官人："此地离开陶家还近，还要望远处而去。"两人朝行夜宿，一共走了三个月，走得膀酸脚软，肚内饥饿。走在荒山野林，两人就此拾柴搭灶，马上烧饭。小姐端正烧饭，阿二来去拾柴。小姐在树荫底下烧饭，烧到饭锅滚，盖头一开，热气一腾，上头树梢上有一条青肖蛇掉下来，巧头刚好掉在锅里。小姐一吓，看看是条青肖蛇。小姐听说青肖蛇吃是对皮肤好个，连忙拿盖关上，加是几根硬柴，烧得皮退肉烂，小姐就拿皮骨捞脱。阿二拾柴回来，小姐自己推托头痛吃勿进，饭勿要吃。阿二一个人吃得干干净净，身上发热。阿二去困仔一忽，醒转来还是热，身上出仔汗，奔到河里汰仔一个浴。拿一块揩个，一边揩，一边脱，不晓得揩得脱了一层皮。到岸上，小姐一看，变了一个白面书生。两人欢天喜地，快快乐乐，在山洞里暂宿一夜，到明日再走。又走了两天，到日头偏西，小姐实在走勿动哉，住一夜。阿二抬头一望，看见有个村庄，说："娘子，前面有人家，搭你去借住一夜，明日再走吧。"

小姐路上勿能走，头里痛拉脚头轻。

看看前面有村庄，住脱一夜再动身。

介眉前头来领路，前面村庄到来临。

两人走到墙门口，看见老人就问信。

介眉走上前去，把手一拱，启口便问："请问老公公，此地是什么村镇？烦你老公公一一指明。"这位老人说："客人请坐，此地是处州府青田县鸟龙村。"阿二说："公公，我想在你贵府借宿一夜，等到天明立即动身，你看意下如何？"老人说："我姓刘名叫廷风。"对阿二看了看说："此地不是栈房，不可住宿。"阿二说："公公，我看你那房子很多，为什么我伲两人勿好住呢？"老公公说："不是我勿肯你住，为了你们安全起见。"小姐坐在旁边石头上听得,一个要住,一个不肯,不知为啥事。小姐走上前来请:"公公,请你行个方便,只因我难以走路,等到天亮,我们立即动身也。"

老人启口说分明,勿是小气勿答应。

为了你们年纪轻,此屋不能住进人。

一住进去有危险,恐怕住脱小性命。

刘廷风说:"房子是多的,不要说你两人,就是两千人也可以住。我这房子共有两百多间,十五开间,十三埭进深,里向共有七只厅,还有抱娘屋,落脚屋,副房子。一共两百多间,你住得光么?但是此屋不能住人,如果要进去,要害脱娒笃二条性命。"小姐插嘴说:"老公公,你的言话说得有理,不过一个人生死由命,富贵在天。我们住夜,即使伲有啥不测,也勿是你老公公害伲的。公公啊,让伲住在落脚屋里,住个一夜,我们明天一早就走。"刘廷风听他们说得有理,就让他们住个一夜,明日动身。老公公就此答应,夫妻两人听见刘老伯答应,就拿行李搬进去住。

究竟为的啥事情,请你公公说伲听。

公公即便回言答,叫声两位青年人。

此屋主人本姓周,我是他的老佣人。

做过总兵武官职,全家人口死干净。

时间只有十二天,一共死了几十名。

死个死来走个走,只剩我夫妻两个人。

不仅夜里有声响,连得白天不停声。

扬州阿二和小姐听过后,吃过夜饭,就此两人安困,过了一夜,并无动静,太太平平。一宵已过,到了天亮,早晨就同老公公商量,说:"我想问你老公公,卖些房屋给我们。以后若有三长两短,决不怪你公公。"老人说:"卖是勿卖个,要么送给你们。不过要写张纸头,指头上写明我伲老夫妻两人,要你们生养死葬。"扬州阿二同小姐说:"既然老公公同意,明日就写纸头,要请到四乡邻,请他们来一同成交。"闲话说过,就此困觉。到明天一早起来,小姐对介眉说:"到街上去买点鱼肉荤腥、蔬菜、油盐酱醋,一应买全。一切用品,碗盏筷瓶,家庭食物,一切买到。"小姐吩咐阿二买只大口瓶,拷个五斤菜油,纱布三尺。到了夜里,叫公公喊到四乡邻,立契成交。所喊的人大家陆续而来,写纸头请张老先生写啊。

代笔先生纸头摊,就把契文写出来。

四个乡邻中人做,写好纸头念出来。

"立授养老文书,姜介眉见证人,有四乡邻——赵日进、钱金斗、孙发财、李致富等,因刘廷风老伯和伯母陆氏年老无子,今将所有家产授业姜介眉管理。姜介眉对待刘老伯要如同亲生看待,终身养老,并继承周、刘两家香烟接代。此条两愿成交,并无门房族长人等,倘有争执,再请四乡邻拣点财产。正直无私,各无计较,以后决不反悔。两老如果奉养不周,任凭上诉,究办不孝之罪。恐后无凭,立此养老文书。照计房屋共有十五开间,十三埭进深。内有七只厅,还有抱娘屋几间、落脚屋九间、下场屋几间,一共房子两百十三间。还有天然几、烧火凳、七石缸、油盏瓶,硬个软个、长个短个、上下槛、灶头、镬子一应俱全。四址东到赵钱为止,西址李宅,南址官河,北至张家。立授养老文书。姜介眉见证人四乡邻,代笔张志道,大明万历年陆年,庚辰夏历五月廿十三立。"

姜家今日立契文,大家吃得醉熏熏。

介眉拿出中人费,付给代笔中人收。

每人拿着花银子,大家走出大门口。

众人吃罢酒席,已经黄昏,陆续出门,说道:"天下世界有辩种不怕死的人,真正胆大如天。照我看来不消一个月,他们两个人要勿见一双。"有个人说:"勿一定,作兴伊笃两人有福气,要发财也讲勒嗨。"

夫妻送出众客人,介眉汏脚水拿一盆。

送到伯伯房间里,请你汏脚早点困。

美玉小姐泡香茗,送进房内老人吞。

夫妻两人等到老伯伯困好,阿二和美玉两人商量,美玉小姐准备二斤菜油放在大口瓶中,把三尺纱布卷进三个火把,塞在大口瓶中,拉油内滚滚,背在肩上。小姐腰内插了一把切菜刀,阿二无啥拿,就拿灶膛一把火夹插在腰里。夫妻二人做好准备,等到三更时分,听见里向乒乓两响。阿二说:"娘子,我同你到里向去看看,究竟有什么东西。"小姐在前头,走进第一重门,阿二跟在后面,拿二个火把照得如同白日一样。小姐说:"官人,里面没有什么动静。"又走到第二重门,小姐说:"阿二,你勿要吓,大家勿能逃个。"阿二说:"随便哪亨我勿逃。"两人慢慢走到里面,没有什么动静。走到第三重门,听见"咕噜"一声,就立天井当中,等了片刻勿响。再往内走进第四重门,刚刚走到大厅上,听见"哗啦"一声。两人立在门口,不敢往内,又听见脚步声,好像有两个人从屏门背后奔出来。小姐把两个火把举得高高,阿二就将大门闩丑到这两人身上。原来是两个青面獠牙的看财童子,看见阿二夫妻,就说:"主人来了,我们走罢。"两个看财童子就拿一把钥匙丑到地上,"嚓啷"一声,这两个人顿时不见了。两家头立在门口,动也不动,好像泥塑木雕。从此以后声音全无。两人放大胆子走到大厅上,坐在靠椅上定定神,看看里面阿有声音。介眉一只手举起火把,观察动静。但看到前面地上有亮晶晶的东西,拾起来一看,是一串钥匙,一数有三十二个。小姐想究竟哪能回事,现在看起来有钥匙必定有锁,有锁必定有门。两人先走到东面一看,有很多门锁,就把钥匙去开,用十六把钥匙开着十六间,都是粮食。再到西面去开,配着四把钥匙开着四扇门,都是金银库。又拿六把钥匙去开,开着都是珍珠玛瑙、古董玩具。又拿四把去开,开着都是绫罗绸缎。再有二把钥匙开着二间死人枯骨,看见实在伤心。阿二小姐两人看过以后,就把门关好,然后回转房间去。

两人回进房间门,夫妻两个喜欢心。

五更鸡叫天明亮,一夜已做发财人。

来朝一早抽身起,面汤水送进老伯房间门。

刘老伯说:"你们为啥如此尊敬?现在都是自己人。我看你们准备开排场来种田。请乡邻畀仔木头,打新船和一切农具。又买牛买田地,请了佣人、长工、短工。"本则这家人家只有刘廷风夫妻两人,现在是介眉搭美玉两人住进去。过后人丁兴旺,闹闹热热。介眉做了发财人,富户人家,不仅是当地都知道,连得外地外省外县人人皆知有个姜百万。

畀仔木头打新船,买田买地用工人。

水牛买得无其数,黄牛买了一大群。

姜家开场种田忙,合家老少喜欢心。

不说姜家大排场,再说陶家一家门。

自从小姐出门去,天天相骂吵不停。

夫人日日骂老贼,骂你糊涂獭狲精。

懊悔当初如此做,要想回转事难成。

这天清早,陶家门上来了勿少人,男的女的老的少的,来了很多老百姓。为了什么,因为这年湖州旱荒,很久不下雨,百姓闹荒。带头人吃亏阿石、剃头阿成、闹猛阿四、大肚皮长宝、小眼睛阿根、乱话福康、哑子阿春等人。他们拿了饭箩、叉袋、竹篮、扁担,全部出动,说:"老相公,请你解决暂时困难,要向你们借点粮食和银子给我们。我俚一班穷人实在没得办法。无饭吃,要饿死也。"

闹猛阿四最闹猛,一口气奔到大堂上。

我是饿仔三日天,今朝向你要借粮。

皮匠阿三喊二声,叫声百万老先生。

附近啊能买到粮,我们大家来商量。

小眼睛阿根虎吞吞,奔到里向台子碰。

有钱勿晓无钱苦,不知啊拉办法想。

你一句来我一声,吵得陶家不像样。

当时陶家二位公子走到厅上说:"各位伯伯叔叔乡亲们,大家勿要吵。一直吵,吵勿出什么。只有大家来商量,你们多是出门人,天天出去做生意,到外面去打听打听,阿有哪里买脱粮食。只要买得到,买一些也无所谓。你们一天吵到夜,我们也拿勿出粮食,就是说我们有银子也不好吃。你们看好不好,如果你们啥人打听有粮食,我们开船去买来。"众人听了以后,大家散去。在三天之中,大家都要回音啊。

各人纷纷去打听,哪里有粮卖出门。

只有处州有一家,粮食多得吃淘成。

皮匠阿三急急奔,告诉老老百万听。

皮匠阿三挑了皮匠担子,扭搭扭搭奔到陶家,告诉百万说:"清田县五龙村,有家姓姜是大人家,主人年纪尚轻。我听牛头阿六讲的,因为他卖给姜家黄牛、水牛共十二只。阿六饭在他家吃过,听见姜相公讲过说,粮食卖勿脱,伤脑筋。他说有几十万石百万斤多,只不过路途较远,需要早点运来。"当日陶百万就吩咐每村选出五个摇船人,待我上报县府,请派保镖八个,调拨能装十二吨的粮船八只,叫牛头阿六领路,闹猛阿四押栈。船上一切工具带全,待等县里保镖到,就开船啊。

买粮船只今日开,附近百姓喜满怀。

有风立即篷来扯,无风马上用扦背。

一路顺风来得快,闹猛阿四过水关。

路上经过七日天,处州已经到个哉。

清田县里已经到,阿六指引进村来。

船到码头来停船,水手蹿跳带绳缆。

粮船一到码头上岸,阿六领路带了两个保镖、小皮匠,陶百万来到姜家墙门口,叫门公通报。阿六说:"我们是浙江省湖州府陶家湾。老相公叫陶百万,前来问你们买些粮食,烦你们公公,通报一声啊。"

门公听了忙里行,报给姜家少爷听。

湖州有个陶百万,要买米给百姓吞。

现在拉笃大门口,请你相公来决定。

介眉听了心中想,恐怕是我老丈人。

不要管他来接进,接了进来再决定。

介眉吩咐开直正门,迎接老相公。牛头阿六,皮匠阿三,搭子保镖一起走进大厅,身体坐定。陶百万想:"这家人家确实家大业大,我人称百万,不过及他七只厅的代价。"正在想的时候,香茶送来,其他人到后厅用茶。

介眉启口说原因,府上何处哪里人。

姓啥姓来叫啥名,粮食要买多少斤。

陶百万说:"敝人姓陶,名聚富,家住浙江省,湖州府人氏。兹因本县旱灾旱荒,百姓缺粮,故此到贵府上来买些粮食,供给百姓。托人打听,闻得贵府粮食有余,因禀上县府,前来贵处,万望应急。"介眉说:"此事甚好。不过我一人难以决定,需要与我夫人商量商量后,如数供应,待我暂时失陪,片刻就来。"

介眉就往房里奔,厅上是我老丈人。

到了房里细细说,夫人你爷坐在厅上等。

我去厅上和他讲,你在隔壁细细听。

姜介眉来到厅上与陶百万重新相见,说:"老伯大人,不知你要买多少粮食?"百万说:"我要买十六万斤。"介眉说:"不知你家里有多少人?""我家有三个儿子三房媳妇,一个女儿。""不知你做何生意?"百万说:"我和你比,惭愧得很。"介眉说:"你的女儿嫁与何处?贤婿叫什么名字?今年又多少年龄?"陶百万想:"这个女儿的事不能讲,讲出来要笑煞人。"就这个那个含糊其词,滑了过去。介眉心内明白,也勿讲穿也。

介眉此时已明白,暂时不能来讲清。

你含糊来我明白,等脱一歇再来认。

介眉吩咐家人姜荣、姜华两个家人厅堂打扫干净,挂灯结彩,要杀猪杀羊,大办筵席,叫买粮船上勿要开火仓,一切人等全部上岸,共计人口五十二名。后面大厅上一桌,用金玉搭配的,桌面象牙筷、玉饭碗、白玉调羹、金盆子、银酒壶,其他酒席多用银桌面。吩咐荣、华、富、贵四个家人搭账房先生作为陪客;招待客人请了上等厨师,特烧名菜;小姐自己做点心也。

勿说厅上闹盈盈,美玉杀鸡裹馄饨。

共杀母鸡二十只,放好作料做点心。

小姐自己亲手做,送到厅上老爷吞。

看见馄饨心内想,酒席馄饨少少能。

馄饨几年觉吃着,吃吃今朝肉馄饨。

拣了一只肉馄饨,吃吃不像肉馄饨。

究竟用的啥个馅,好像鸡脑子馅大馄饨。

陶百万开头想:"酒席用馄饨点心很少的,待我试试看馄饨的味道如何。"正在想肉馄饨再好,没有鸡脑子馄饨好。用鸡脑子裹馄饨,这里懂也不懂;就是懂也不会做,为我杀了很多鸡,而且又不知我欢喜吃鸡脑子馄饨个。没有想到开头吃第一只味道不像肉的,再有半只吃勿进哉,想着女儿顿时眼泪汪汪挡不住,嚎啕大哭。介眉说:"老客人!你为何馄饨勿吃,如此痛哭?"陶百万说:"我来详细告诉你听。"介眉就说:"老客人!你不要提啼哭,女儿总有相见之日,你慢慢些吃吧。我到内边去一趟就要来啊!"

介眉直往内向奔,看见小姐哭得苦伤心。

快点同你走出去,相认你的老椿庭。

夫妻双双走到厅,两人跪在地埃尘。

百万听得身立起,个庄事体我弄勿清。

再说介眉到了大厅双膝跪下说:"岳父大人在上,小婿扬州阿二拜见,就是告花子。"小姐也是双膝跪下,说:"爹爹在上,女儿拜见。不孝女儿美玉当初不应该得罪父亲,万望爹爹原谅女儿!"

两人告诉百万听,一切经过讲分明。

老老此时弄明白,好像做梦一样能。

重新起来再相见,请出周家老佣人。

两人说些谦虚话,明天再要办酒请丈人。

姜介眉吩咐重新办酒席待丈人,厅上挂灯结彩,还要杀猪杀羊。吃得大家欢天喜地,高高兴兴,多说买粮,买着了个亲眷出来。本来饿肚皮,现在吃得吃勿落哉。

大家吃得真高兴,讲张声音吭淘成。

阿六吃得拇指跷，皮匠阿三笑盈盈。

百万此时下命令，明天粮食下船行。

一宵已过，明日清早，粮食全部下船装好，共计八十吨，就是十六万斤。姜介眉说："岳父大人！十万斤作救济粮，另有六万斤是我们作为岳母大人养育之恩的报酬，还有六百五十两文银是送给船上人的赏银。"当时介眉夫妻两人送下船，陶百万辞别女儿、女婿、周家刘老伯，立即开船而去也。

小姐送下船码头，百万心中索索抖。

路上行程细当心，明年聘请岳母来上门。

一路顺风来得快，已到湖州一座城。

粮船歇到码头上，男女老少吼淘成。

看看船上只只满，百姓赞扬喜欢心。

其他言语勿必说，百万回家蛮开心。

陶百万回到家中，儿子、媳妇、孙子、孙女、老家婆，一家门碰头。老夫人说："老爷这次买粮，路上辛苦。老奴在家，常勿定心，尤恐买不到。人家说：'百姓无吃要闹事，路上风霜行程难。'我所以经常挂念你。今朝回来，我也安心。"陶百万说："这次买粮并不辛苦，而且心甜。老太婆！我来告诉你听，你也要甜，而且甜到心里，要甜出眼泪水来。"夫人说："老爷你欢喜说笑话，究竟为了何事？""夫人！你哪里知道，女儿发了大财了，当家人就是扬州阿二，癞皮疯告花子。他家里的家当大得不得了。四爿金庄，三爿银行，五爿钱庄，六爿典当，三爿木行，二爿绸缎庄，四爿米行。屋里的房子共有两百多间，十五开间，十三堭进深。内有七只厅，一只迎宾厅，二只双喜厅，三只三元厅，四只四方厅，五只路头厅，六只凤楼厅，七只永安厅。再有抱娘屋、落脚屋。我所赚的家当，勿及他七只厅。现在共买到粮食十六万斤，十万斤是收钱的，再有六万斤送给你的养育费，这是你的功劳；并且船上的人，侪要送银子，共计六百五十两；再吩咐到明年过清明，天气暖热，请你去玩玩。"老夫人说："老老头，你见女儿可曾带个面罩子？"老老说："夫人不要说笑话也。"

老太太听了喜欢心，待等天暖就动身。

正月已过二月到，三月清明到来临。

吩咐准备船一只，见见女儿好千金。

儿子媳妇送出门，拔跳开船就动身。

路上行程无耽搁，处州地方到来临。

船到码头船来歇，佣人上岸去通信。

佣人走到姜家门上，说："湖州老太太到来。"姜介眉听见，就同美玉小姐两人立即奔到码头，吩咐佣人接进厅上。介眉夫妻双膝跪下，叫道："岳母大人在上，小婿拜见。"小姐也是说："母亲大人在上，女儿拜见。"二人立起身来，分宾主坐定。小姐把出门之后的情况说了一遍，老太太也把女儿出门之后的情况说了一遍，母女俩都是眼泪汪汪。介眉吩咐厨房办酒席款待岳母。老太太一共待了六个月，想着自己的家里，说："女儿，为娘已经吵你半年哉。你两人对我重待，我过意不起，欲想返回家里。"小姐说："既然娘亲想家，女儿送给母亲一尊白玉观音、一只金如意。"介眉夫妻两人送到船码头，老夫人一路回家，行得很快，路上并无耽搁。船已到陶家湾，船码头停船上岸，儿子、媳妇都来迎接老太太到家，好不快乐也。

太太一路到家门，告诉儿子媳妇听。

女儿家里阔得多，附近一带少少能。

家当比我大几倍，女儿福气果然正。

勿说陶家一番事，再说姜家一家人。

刘老伯伯身有病，服药无效命归阴。

介眉当作亲生父,披麻戴孝抱尸灵。

姜介眉把刘老伯伯如同亲生一样披麻戴孝,买棺成敛,送上丘坟。村上都说姜相公良心好,所以这样发财,做了一家大户人家的发财人了也。

福禄寿宝卷宣完成,大家勿要欺穷人。

穷人也是爷娘养,穷人也会有翻身。

勿信但看陶百万,女儿送给讨饭人。

最后百万求穷人,幸亏女儿认父亲。

诸位听了此本卷,代代子孙福寿增。

卷中若有错误字,三烛长香补完成。

福禄寿宝卷(版本二)

福禄寿宝卷初展开,在堂大家福如来。

宣得斋主增福寿,命中运好就发财。

且说此卷出在大明朝永乐年间,奇文发生在北直隶扬州府兴化县九龙村,有一人姓陶,叫富泉,名称百万,家中豪富。妻室任氏所生三子,长子陶福,次子陶禄,幼子陶寿。又有一女儿,叫美玉小姐,年芳十七岁,只因高低不配,未及姻缘也。

百万原是发财人,米麦几年烂仓门。

十年窗下不必说,正是当家立业人。

三个儿子都长大,个个玲珑是巧人。

三房媳妇俱完备,都是各个有才能。

一女美玉又伶俐,年方十七正青春。

读过三年闺门训,正是知书达礼人。

面貌十分多端正,三寸金莲必文文。

描龙绣凤般般为,裁剪绫罗抖抖精。

吟诗作赋多通透,一笔写算又聪敏。

学过九宫共八卦,奇门遁甲十分灵。

只为高低都勿配,未曾出阁配夫君。

且说陶百万年交六十岁,庆祝延寿,各送礼物,人来拜寿,闹闹热热不提。再说到了大年夜,吃了年夜饭洗了浴,坐在厅上圈盘椅内,要发压岁钱,便叫三位儿子、三房媳妇,给使女每人大钱一千文,孙子、孙女每人二千文,然后叫了儿子、媳妇一齐上来。陶百万开言问道:"我来问你,这个福气家财是哪一个的?"三个儿子、媳妇一齐跪下道:"总是靠父亲大人的洪福,真正福气!"陶百万哈哈大笑:"难道是我老夫之洪福?真正快乐!"就分压岁钱六千,后来再向女儿,问她如何便了。

百万欢喜在高厅,算我老夫福气人。

儿子媳妇说我好,便向女儿美玉身。

且说百万说:"女儿,新娘娘说我福如东海、寿比南山,我爹爹问你这个福气家财是哪一个的?"美玉小姐道:"爹爹,各人各福。爹爹有洪福,难道我女儿勿有洪福的?就叫'一人头上一方天'。"百万听了心中大怒,就骂道:"你这个小贱人,合家大小,个个奉承我的,侪说我福气人,万贯家财。就是你这贱人,说话不中听。"百万吩咐丫鬟到房中去请夫人出来,丫鬟奉命来到房中便叫:"夫人,请你出去。"夫人来到厅上坐下,百万道:"夫人,明日是大年初一日,有个痴告花子扬州阿二来讨糕团。将这个小贱人送与痴告花子做了告花婆,问你好也不好便了。"

　　夫人听说吃一惊,双膝跪在地埃尘。

　　叫你丈夫无面目,笑煞旁边许多人。

　　多少富家不肯配,哪能配与求乞人。

　　我家亲眷有多少,侪是乡绅有名声。

　　百万便将开言说,夫人听我说原因。

　　贱人譬如不尽养,触犯父亲罪非轻。

　　合家大小说我好,只有贱人勿依认。

　　夫人不要来劝我,铁打心肠胜三分。

　　你今速速归房去,休要劝我丈夫身。

　　夫人只得回房去,说与女儿美玉听。

　　做娘养你十七岁,不知费了多少心。

　　爹爹为今起了念,一心送忒女儿身。

　　我娘不可来作主,真心伤心苦十分。

　　做娘哪里虱得落,肉上生肉好伤心。

　　小姐即便将言说,为亲不必挂在心。

　　养我总是空费力,早晚总要二家分。

　　爹爹逼我来出嫁,奴奴不敢不出门。

　　嫁鸡总无差错事,嫁犬为犬无怨心。

　　且说美玉小姐道:"母亲,爹爹作主必难挽回。你也不要苦楚,你保重自己身体。爹娘婚配,我不敢勿依,嫁鸡为鸡,嫁狗如狗。倘若嫁宰相,我不嫌他富贵;倘若嫁求乞之人,我也不嫌他穷苦;倘若嫁月内孩童,我也不嫌他小;倘然嫁七八十岁公公,我也不嫌他老。古人说得好:'姻缘本是前生注定,五百年前结为婚。富贵贫苦天注定,算来由命不由人。男子不吃分家饭,女子不着嫁时衣。'总不要搭人争,只要搭命争。"母亲道:"倒是一位大量女儿。父亲拿她嫁了痴告花子,看你也不忧闷,也不苦楚,也不着急,面不改色。说着嫁老官倒也快乐,后来不知哪能收场便了。"

　　急煞老娘一个人,小姐相劝母亲身。

　　一夜五更容易过,已经初一到天明。

　　小姐起身来梳洗,即便来到娘房门。

　　来到房中娘亲叫,将身坐定用香茗。

　　小姐气量真正大,不怨爷娘二大人。

　　开口即便母亲叫,母亲养我枉费心。

　　空养奴奴十八岁,今朝就要离娘身。

　　奉劝我娘休记忆,譬如女儿短寿命。

　　奴奴出门有好日,必定回来报娘恩。

　　若然出门无好日,今生不来见娘亲。

　　奴劝亲娘休挂念,万事看开二三分。

　　亲娘听得十分苦,眼泪汪汪劝儿身。

　　且说那母女二人谈谈说说,已到天明,却是大年初一。夫人吩咐丫鬟端正早饭,丫鬟连忙托进,母女二人吃了年早饭勿提。再说讨糕团个扬州阿二痴告花子真正来哉。阿二到了陶家门口立定,阿二说:"劳家人通报。"家人说:"阿二,你末年年要来拜年,日日要来讨饭,今朝你喜事到哉。"阿二说:"与我通报进去,要讨点糕团。"门公走到里面,陶百万正在厅上。门公报道:"老爹,外面来个扬州阿二在此讨糕。"百万道:"与我唤他进来。"门公走到外边叫道:"阿二,老爹叫你进去。"那个痴告花子走进墙门,一直走到厅上,见了陶百万说道:"陶老爹,今日阿二来拜年哉。"百万道:"拜年不必,我今问你可有娘子?"告花子说:"老爹,讨饭之人哪里有啥娘子?"百万道:"可是真?"告花子说:"我没有妻子。今世没有讨妻的一日。"百万道:"我有一个女儿,今年十八岁,未有门当户对,如今配与你做妻子,好不好?"告花子道:"这也不敢。"连忙磕头求拜,吓得满面通红,昏头奄脑,跪也来勿及。百万道:"你不必胆小,不要推辞。若有推辞,立即送官,当你强盗,解到县衙,去办你一个死罪。"那痴告花子原不应承,又不敢推辞,吓得魂飞魄散,只刁了嘴说:"你们不得知阿二交好运哉。"告花子想道:"我如今倒有家婆哉。"登在厅上,就拍手快乐,哈哈大笑便了。

　　百万即刻唤家人,便请小姐出房门。
　　今日若不出门去,活活打死小贱人。
　　家人来到内边去,通报太太小姐听。
　　太太一听嚎啕哭,眼泪双抛苦十分。
　　拿了银子五百两,打好包袱内面存。
　　便叫女儿来收拾,自己首饰自当心。
　　小姐便对母亲说,奴奴不贪雪花银。
　　我今衣饰都不要,只要随身出门行。
　　赠我银子我不授,赠我衣服不收成。
　　奴奴不要来装点,蓝布衣衫就出门。

　　且说美玉小姐道:"母亲要赠我金银首饰衣衫,女儿再三不要。"母亲道:"吓!女儿不要怨恨,可晓得人人贪财,个个贪嘴。三岁孩童也晓得贪财物。女儿,这个五百两银子,你要带去,做个零用。还有金钗一只、金镯一副、金环子两双、金戒指五只,还有金花四朵、金刚箍二副。这点物事你要带去的。不然为娘心上虺勿落个。"小姐道:"带去未带去。若是天命要饿死,吃完这点财物,原要饿死。倘然天命不绝,空手捏两个拳头,出门去总有生路。"如此看破,看得空空如也,共打两个衣包,齐巧一担。小姐与母亲道:"到厅上去喊我丈夫进来,我有说话交代。"夫人吩咐丫鬟到厅上去喊告花子进来。一时之间,痴告花子顿时走到内边。小姐细细一看,此人目下求乞,后来必有发达之日。人不可貌相,海水不可斗量。小姐周身上下一看,说道:"我心上倒也愿意,嫁得这个丈夫倒也罢哉。"思想后来总有出身之日。小姐便叫母亲里面去拿一副衣帽出来,与我丈夫改换衣襟,然后一同出门而去。母亲道:"女儿,我做娘哪里虺得落你。"小姐道:"母亲,快快让我夫妻二人出去罢。"告花子改换衣襟,一同来到厅上。百万看见心中大怒,丫鬟将二个衣包放在厅上,百万骂道:"贱人!快快出来,去了罢,不要在此多言多语。"小姐听说双抛眼泪,痴告花子也是难过盈盈便了。

　　扬州阿二交好运,周身改换新衣襟。
　　二人来到厅堂上,百万见了恨恨声。
　　百万即便开言骂,骂你贱人快出门。
　　贱人今日出门去,今生不许上我门。
　　倘有再来上我门,一记打断脚胃筋。
　　我个说话你不听,在家听父正该应。

后来若要到我门,剥你皮来抽你筋。

美玉小姐心太孝,跪在堂前拜双亲。

遵依父命不懊悔,一定跟了讨饭人。

且说美玉小姐跪在厅前,拜别双亲,又拜了哥嫂。听得爹爹之言,抽筋剥皮,小姐顿时眼泪双抛,从此拜别而去便了。

先拜母亲养育恩,再拜爹爹莫生嗔。

女儿一时得罪你,为此今日出门行。

养我今年十八岁,不知吃了多少辛。

枉拖我身十个月,三年乳哺空费心。

养我女儿空欢喜,出门不要苦伤心。

母亲不要牵记我,女儿早晚出门行。

转身又对哥哥说,全仗哥哥奉母亲。

今日奴奴来分别,未知何日回家门。

同胞姊妹看娘面,千朵挑花一树生。

回转又对嫂嫂说,多谢嫂嫂敬双亲。

今朝与嫂来分别,哪日见你嫂嫂身。

合家大小揩眼泪,哥哥嫂嫂苦伤心。

丫鬟使女嚎啕哭,合家侪是哭声音。

乡邻侪来忙相劝,百万哪肯转回心。

且说百万说道:"亲邻不必劝我,我昨日夜里问了贱人:'这个福气家财是哪一个的?'她说:'各人各福,爹爹有洪福,难道我不有洪福?就叫"一人头上一方天"。'我故而心中大怒,冲天骂道:'贱人,快快滚出去便了。'"

百万心中恨恨声,便骂贱人快出门。

亲邻不可来劝我,一心赶出贱娼根。

骂得小姐真苦切,只得作别就动身。

告花子挑担前头走,美玉小姐后头跟。

合家送出墙门外,个个眼泪落纷纷。

人人伤心揩眼泪,哭煞一个老母亲。

大家看她心肠断,不伤心来也伤心。

夫人送出墙门外,断肠人送断肠人。

这样事情天下少,富贵配与求乞人。

小姐即便母亲叫,不可记念小儿身。

出了墙门忙忙走,回头见母苦伤心。

哥嫂回到厅堂上,夫人大哭进房门。

百万到底心肠硬,没有半点回转心。

赫赫有名陶百万,女儿配与讨饭人。

想想自己肚皮里,暗暗悲切自伤心。

只为一句无情话,真正不想前后情。

不说陶家百万事,再宣告花子小姐身。

　　且说告花子领了小姐一直向西而走，不到半日，小姐走得膀酸脚软，寸步难行，坐在七里亭中，便叫丈夫："我来问你，家中可有父母、兄弟、房屋？"告花子说："啊呀，小姐！说了俗气，不瞒你小姐，家住扬州，从小讨饭过活，上无兄下无弟，上无瓦片一块，下无地基一分。单生我一个贫穷之人。本姓姜，名叫介眉，今年二十岁，连累你小姐，为此无奈。"小姐道："我与你夫妻之辈，总是前生注定与你一同沿路求乞便了。"

　　小姐做了求乞人，细细思想苦伤心。

　　命内先贫后富贵，目下艰苦受灾星。

　　求乞勿是独一个，不过有点难为情。

　　告花子赤脚地皮光，只剩夫妻二个人。

　　且说小姐问道："丈夫你可识字的？可会记账，可会算盘的？"姜介眉道："不瞒你小姐，我字末识得勿多，算盘有点会个。"小姐听说，倒也落意，又叫丈夫："此地不可居住，总要远离我娘家几百里路程，就是沿门求乞，勿要被我父母知道。倘然知道，二人性命难保便了。"

　　介眉听说就动身，二人上路一同行。

　　在路行程多辛苦，出门一路遇好人。

　　日间沿街来求乞，夜间投宿枯庙登。

　　不觉已走半个月，小姐走得苦伤心。

　　寸步难行走不动，三寸金莲步难行。

　　小姐即便开言问，此地便叫啥地名。

　　介眉即便回言答，就是青田县里五龙村。

　　且说姜介眉夫妇二人，晓行夜宿，不觉已到霞州府青田县五龙村上，路程共有八百有余。小姐走得膀酸脚软，寸步难行，一时之间肚里痛起来哉。美玉小姐便对丈夫道："奴奴走得寸步难行，此处可有安身之处，让我前头去借问一声，借宿一夜，再作道理。"此时姜介眉挽了小姐走到村上，有点黑沉沉，好一座大户人家，十二埭房子，十五开间，红漆墙门里边走出一位白发老公公，年纪约有七八十岁。姜介眉上前问道："老公公，这里可有空房子，可肯借宿一夜，到了明日动身。"老人家道："你可要房子？"介眉回言说道："房子有多少？"老人道："房子很多，但就怕你胆小，故此不好留你。"小姐道："老公公，生死有命，富贵在天。倘有差误，与你无干。"老人说："啊呀，好一位女子！倒出口成章，必是大贵之人。罢了，我留你侧厢房居住。"小姐道："老公公，请问你这个房子是哪一家个？有多少人口在内？"老公公道："我来与你说明。我家姓刘，做了御使官职，后来做了监斩官，作了逆，一年之内，大小人口，伤了六十三命，单剩我老人一个。而且房屋之中，鬼祟神灵，日日作闹，夜夜作怪，故此一直封锁。"小姐一听，目瞪口呆，一想："好一家大宅，不知哪里一个有福气人到来，可以居住便了。"

　　夫妻二人走进门，太平无事得安身。

　　一夜五更容易过，天明即便就起行。

　　夫妻二人忙拜谢，谢了公公年老人。

　　小姐开口公公叫，公公在上听原因。

　　此屋问你可肯卖，奴奴不怕鬼神精。

　　有福之人来居住，必然福禄寿长春。

　　可肯领我内边去，观看一番若何能。

　　刘公一听就开门，小姐走进看分明。

　　小姐走到高厅上，阴风一阵吓煞人。

　　吓得汗毛根根立，难道真正有妖精。

小姐抬起头来看，房子高大接苍穹。

周身尽是转盘楼，画栋雕梁又楼厅。

小姐看到二重门，周围窗格戏名成。

圈盘椅子花梨木，圆台角上水磨成。

小姐看到三重门，花厅浪向造得灵。

斋匾对联名人写，山水一轴挂当厅。

水晶花瓶分左右，白扇屏门簇簇新。

小姐看得心欢喜，再叫公公里边行。

老人不肯走进去，便对小姐说一声。

且说那刘公公说道："小姐不能进去，就此止步。若然再要进去，连我老命不保了。"小姐道："老公公，此屋可肯卖与我罢。"刘公道："你若情愿来居住，我不要你的房钱，只要你继我姓氏，操持三十六亩房屋；再有我的生养死葬，也要你来个。"小姐道："这个两桩小事，都在我身上。然而总要立一张纸单，到后来恐无反悔。"刘公公一听，倒也不差，连忙通知地方、东邻西舍。旁边有一人说："今朝还有勿怕死了，到来居住。要么除煞阎王伯伯，无有外人，任你是谁，总共住不满三个月便了。"

不说闲人话谈论，再宣二位福气人。

请了四乡并八邻，地方总甲请来临。

来到刘家公公接，介眉接进用香茗。

大排筵席高厅上，纸单写得甚分明。

长写卖主刘廷凤，过户办粮姓姜人。

生养死葬依他说，顶立刘家香烟根。

任凭拆卸来改造，刘姓无涉半毫分。

年月日期尽写好，各色条款写得清。

纸上写得多详细，大家画字尽完成。

坐席吃酒多快乐，朝南坐下姓刘人。

小姐拿了养屋费，相谢公公老年人。

每人十两花银子，代笔中人加倍银。

各位得银多欢喜，侪说小姐大量人。

吃罢酒饭茶已毕，各人快乐去家门。

不说大家回家转，再宣一位福气人。

今朝就住高楼上，听得楼下有声音。

且说姜介眉说："娘子，今夜二人居住在两楼。"不多一刻，但听楼底下整天大闹。小姐说："丈夫，与我下楼，楼下有这等大闹，不知有什么妖怪？"为此二人下楼，小姐拿了一个门闩，只看见月照当空，四处一看，又见一个青面獠牙，又见一人红面火眼，鼻高凹面，手提一把钥匙。姜介眉吓得索索抖，缩在小姐背后头。美玉小姐大喝一声："呔！今日什么神明作怪？我与你前日无冤，往日无仇。"就拿一根大门闩拼命赶，一直赶到第十一埭房屋内。那个红面道："赶死我个，我在此等候了几年，你今日到来。这个财宝，我替你看好几年，你倒来打死我哉。"说罢一番，就甩出一把钥匙。小姐拾起来一看，一数，齐巧三十六把。小姐数罢，神明顿时不见了也。

小姐正是福气人，夜晚碰着活财神。

财神等候小姐到，故而显出宝和珍。

接着钥匙三十六，锁了金银宝库门。

仓廒米麦无其数，珍珠宝贝密层层。

为人衣食天注定，算来由命不由人。

若然无福即要死，若然有福不会贫。

夫妻原到高楼上，谈谈说说喜欢心。

一夜五更容易过，天明即刻就起身。

且说天明已亮，刘公送进面汤，用了早饭。小姐起身即见公公，刘公道："不必为此，老奴下楼去吃哉。"为此刘公下楼。小姐叫道："丈夫用了早饭，与我下楼去开门。"介眉同小姐吃了早饭，二人下楼。介眉拿了钥匙，开着米麦仓廒廿四间，珍珠宝贝银钱九间，枯骨头三间。小姐看见叫道："丈夫，我看见三间屋内，心惊肉跳。这个屋内不知伤了多少人命，难道奴奴同你丈夫命不该绝，反发大财？正是靠佛天之福，命不绝也。这是佛天保佑，待将枯骨头安葬荒郊，然后居住此间便了。"

美玉小姐喜十分，金银无数在家门。

并将枯骨安葬好，然后住在此间存。

总道今生无好日，哪知原做发财人。

虽然刘家祖产厚，送给知恩报德人。

先穷后富交好运，横财不富命穷人。

小姐夫妻求商议，立刻办酒请乡邻。

刘公听得多快乐，走出墙门去请人。

四邻八舍都请到，大家个个喜欢心。

请了十天乡邻酒，地方总甲尽来临。

乡邻人说外路人，夫妻二人大财星。

有福居住官厅房，太平无事过光阴。

不说旁人重重话，再宣夫妻发财人。

且说美玉小姐与丈夫道："大财已经发了，家内要用人扶助，还要央地方上人买田耕种。"介眉说："娘子，待我出去与公公说明。"小姐叫道："丈夫，叫他明朝去请邻人来饮酒。"介眉道："是哉。"连忙走到厅上与公公说明。刘公道："待我老身，明日去请地方乡邻到来，与你买办地田便了。"

买了粮田二百亩，要用做工田作人。

十头耕牛家中养，长工短工四十人。

里外用人无数个，丫鬟使女数不清。

小姐命中八字好，家中金银密层层。

买了粮田并好地，可算人间大富人。

且说光阴似箭，日月如梭。小姐今年三十六岁，不知过了十八年光景，家财发得无数。开了四爿典当，又开十六爿钱庄。粮田总共有九千八百亩，家中米麦连年积存，约有几百万担。如今看起来，反比陶百万财主好了几百倍，就叫"人不可貌相，海水不可斗量""瓦爿也有反身日，困龙也能上天庭"，就叫"命好运好，何用起早；命运不好，养个鸡也是死个死、飞个飞"。难得美玉小姐八字生得好，一生金饭箩，富贵长生之命，正是天富星便了。

美玉小姐天富星，嫁给告化也不贫。

小姐生来命运好，执掌无数金与银。

财帛进门真个好，太平无事过光阴。

不宣夫妻心欢喜,再说刘公身得病。

且说刘公发寒发热,美玉小姐请医服药调治,问卜求神不灵,七日之内,一命身亡。介眉夫妻二人料理丧事,买棺成殓,送上丘坟便了。

刘公身亡命归阴,介眉夫妻苦伤心。

香汤沐浴都完备,送终衣服着在身。

三日之内来安葬,高高山上做坟墩。

请了僧人来超度,超度亡灵早超升。

七七道场四十九日,灵前化纸哭声音。

就将刘公安葬好,介眉夫妻放宽心。

夫妻二人平平过,光阴又过几年春。

小姐发得心欢喜,夫妻和睦过光阴。

不说介眉夫妻事,再说百万势力人。

大年初一嫁了女,并无想着到如今。

只有家中老娘亲,常常思念女儿身。

不说夫人日日想,再宣天灾大难星。

扬州百姓多作孽,天降大雨落纷纷。

且说扬州过着水荒,百姓受饿,人人结党,要抢陶百万的米麦。那陶百万无奈,只得拿米麦发济穷人,一月未满,发得干干净净。百万弄得走投无路,那众人要米,等在厅上大闹。百万道:"叫我哪里再有啥个米?只有到下路去买点米,回来再好救济贫民。"百姓就要饿煞了,陶百万就吩咐家人:"替我去叫船便了。"

家人即便就动身,十只大船码头存。

下了银子无其数,买米三万救穷人。

百万走到中船坐,吩咐开船就动身。

来到常州一路去,回头无米别处寻。

一径来到处州去,细问大户大乡绅。

有人回言青田县,五龙村上有名声。

此人就叫姜百万,四海闻名大富人。

家中廒间三十六,廒廒摊得满天云。

百万听到好消息,即便开船就行程。

匆匆一路来得快,五龙村在面前存。

来到码头将船歇,上岸来到姜府门。

便叫门公忙通报,报与里向主人听。

外头有个扬州客,家中豪富有金银。

名字就叫陶百万,要买粮食到来临。

且说那门公通报到厅上,说道:"外面有一个叫扬州客人陶百万,他说要买米三万。"姜百万一听,就走到房中对夫人说:"外面有一个扬州客人名叫陶百万,要买米三万。"小姐道:"扬州姓陶,必然面熟。"便叫丈夫留他进来,到花亭上回话便了。

介眉即便叫夫人,待我出去接客人。

介眉立刻到厅上,吩咐家人请客人。

陶百万即便忙移步,走进墙门到花厅。

百万来到厅堂上,介眉接进内边存。

百万即便来观看,心中思想果然精。

我家虽然多豪富,不及姜家十里门。

大厅画梁来雕凤,花厅还有花墙门。

安童领到第九埭,圆台交椅坐停身。

一人款坐高厅上,吩咐厨房办点心。

不说百万厅堂坐,再宣房中小姐身。

美玉小姐忙移步,轻轻移步出房门。

一头思念一头走,思念扬州父母身。

屏门缝里来观看,不觉眼泪落纷纷。

天缘相逢来凑巧,果然难得有奇文。

原来是我生身父,看了一点不差分。

家人前面来通报,故而留意要当心。

必是家中过荒年,来买米麦救穷人。

小姐心中恩怨无,想到一计认父亲。

开了鸡棚鸡来杀,就拿鸡脑裹馄饨。

鸡脑子馄饨来裹好,梅香托出敬客人。

先吃馒头汤面饺,再用糕团小点心。

陶百万馄饨就拿吃,想着亲生女儿身。

吃得馄饨眼泪出,嘿脱嘿脱不作声。

且说陶百万吃了馄饨,自己想着:"这个东西是我所爱吃之物。"吃仔一只。"阿吓!好像鸡脑子裹的。"百万心中思想好不着急,不觉眼泪双抛。小姐在屏门背后看得他十分苦楚。姜百万道:"客人,这个粗点心勿中吃的,你为何眼泪双抛?"问客人为何缘果。陶百万一头揩眼泪,一头说道:"给姜官人说说,倒也俗气。我家所生一女,名叫姜美玉。在家侍候,也会裹这馄饨。如今我想着女儿,故而流泪。"介眉一听,此人就是我的丈人了,又问道:"客人,你的令媛小姐嫁与何人?"百万道:"官人,说也话长。小女其年十八岁,我大年夜问她,福气是哪一个?小女回言:'各人有各福,一人头上一方天。哪个有福,哪个无福?'我因此怒气冲天,将女儿送与痴告花子,直到如今,杳无音信。所以想着前情,十分苦切。"介眉听了,一点不差,便叫:"老客人,你且用点心,不要想前情事体。"小姐在屏门背后,听得眼泪双抛,转身进了闺房而去便了。

小姐即便进房门,丫鬟使女送香茗。

不说小姐房中坐,再宣百万苦伤心。

介眉一人细思忖,起身移步进房门。

小姐见夫忙迎接,接进房中坐停身。

说那厅堂陶百万,就是岳丈大人身。

小姐便对丈夫说,二人同去见父亲。

他说自己太心狠,重男轻女不该应。

我看爹爹容貌改,不及以前十八春。

更换衣服忙移步,二人立即出房门。

出了房门到厅上,厅前跪拜老父亲。

且说小姐与丈夫来到厅上,双膝跪下,姜介眉上前叫道:"岳父大人在上,小婿姜介眉拜见。"小姐叫道:

"爹爹在上,女儿拜见。"陶百万吓得来跪也不好跪,逃也不好逃,又将牙须速速抱,头发一脉捋。"呀!笑话煞哉!这样称呼,不得知你二人什么意思?"介眉道:"岳父大人在上,小婿就是痴告花子。"百万一听,面上通红,真正难为情得来。

　　小姐开言说分明,双膝跪在地埃尘。

　　便叫爹爹陶百万,小姐是你嫡血生。

　　十七年前大年夜,与父争论不该应。

　　哪知爹爹动了气,小姐初一出门行。

　　直到如今十八年,杳无音信苦伤心。

　　为儿原是亲嫡血,思量一直到为今。

　　且说那百万一听此言,正是美玉女儿,双手就挽起说道:"儿啊,为父亲的没有面孔了,要拿一把扇子遮掉面孔。"小姐道:"爹爹何出此言?"陶百万道:"只因那年失了主意,得罪你小女,故而今日冘界面孔。"小姐道:"今日不必为此。"陶百万道:"我如今要劝小女,休要动气,总是为父不好。"小姐道:"爹爹,你何出此言?以前事情过去,若无爹爹年初一嫁,哪能发得这等大财?多谢你爹爹恩德。"小姐问道:"母亲在家可安康了?"陶百万回言:"女儿,多谢你,康健的。如今遇着了水灾荒年,廒间米麦一齐发完了。目下还要罚我粜米,故而出来要买米三万担。近处大户人家尽发完了,没有米麦,故而来到此处,哪知就是亲骨肉。陶百万女儿真是天富星。"小姐道:"爹爹,我如今开了典当四爿、钱庄十爿、粮店三爿。另有米麦十六廒、金银七十库。"陶百万道:"啊呀,女儿更比我富几百倍。女儿,你个福气实在可以。"

　　父女言谈喜十分,大排筵席在高厅。

　　做父那年得罪你,万望小女要宽心。

　　女儿福分比我大,正是人间天富星。

　　世上富人多少有,只要自己八字定。

　　陶百万想着前头事,懊悔当初火生嗔。

　　小姐嫁了告花子,如今却做贵千金。

　　且说陶百万道:"小姐,为今闲文乩开,我父要回去了。"小姐道:"爹爹是哉。"小姐吩咐家人大开仓门下米,爹爹要回去了。安童奉命,叫了十只大船,共装白米三万零八百担。陶百万说道:"女儿,没有银子。"小姐道:"这个八百担送与父亲以报父母养育之恩,不要付银子的。"陶百万道:"多谢女儿,我回去了。"美玉小姐道:"爹爹回去,倘有空闲,过来游玩。"陶百万道:"是哉。"小姐连忙送出厅堂,"爹爹到了家中,请哥哥、嫂嫂、母亲到来游玩。"陶百万道:"好的。女儿,请留步,不必送了。"小姐叫声:"丈夫,与我送出爹爹,下船便了。"

　　小姐真是孝心人,相送白米与父亲。

　　前情一句勿提起,正是宽宏大量人。

　　介眉送出墙门外,陶百万即刻上船行。

　　到了船上来吩咐,赶快开船转回程。

　　安童得令忙不住,解缆开船就行程。

　　不说百万开船转,再宣介眉福气人。

　　介眉来到厅堂上,小姐即便叫夫君。

　　丈夫可送我父亲,介眉回言送出门。

　　不说介眉夫妻事,再宣陶百万喜欢心。

　　等在船中多快乐,扯起风篷转家门。

正遇顺风来相送,逢州过县射箭能。

八百里路程来得快,自家门前到来临。

船歇码头人上岸,陶百万进了自家门。

且说陶百万到了家中,陶福迎接,厅堂坐下。百万吩咐家人上米入廒。百万进了内厅,相见夫人。夫人说道:"百万,你去为何?"百万道:"夫人,我的女儿年初一嫁了痴告花子,总想她饿死。哪知他二人到了青田县五龙村上发了大财,为此比我好得不知多少。总共白米三万零八百担,这个八百担米,是女儿送与我的,还要请你去游玩两年。"夫人道:"嗷,是哉,你应该买一个虎面子戴戴。"百万道:"你少拿我寻开心。"夫人道:"我想想,呒啥面孔上她门。羞也不怕,还要拿他米转来。"百万气得闷闷不乐便了。

夫人听说吃一惊,就怪丈夫不该应。

当初拿她来看轻,哪知女儿发财人。

虽然要米到她处,有何面目上她门。

口口笑她无出息,谁知倒有好收成。

我今立刻开船去,见见亲生女儿身。

太太即便抽身起,出了房门到高厅。

陶福禄寿送母亲,吩咐开船望儿身。

路上行程来得快,一径来到处州城。

到了青田县里去,已到面前五龙村。

吩咐船家将船歇,夫人即便上岸行。

家人领路前头走,太太即便后头跟。

来到姜府大墙门,门公通报内边行。

外面有个老太太,说是小姐老娘亲。

且说美玉小姐听得门公禀报母亲,小姐吩咐家人大开正门迎接,小姐进房改换衣襟,前后四个丫鬟,一同迎接母亲,到高厅分宾主坐下。姜介眉夫妻一同拜见。立刻摆起筵席,请母亲上首坐下。介眉夫妻二人一同吃酒,合门欢喜。母女二人哈哈大笑,今朝骨肉团圆。等在高厅上,吃酒已毕,小姐同了母亲来到高楼重叙,言谈一回便了。

母女二人喜十分,回言再说小姐身。

今日骨肉来团圆,想到前情苦煞人。

此地老人来居住,内有金银呒淘成。

小姐命中该有富,横财富我命穷人。

且说小姐道:"母亲,爹爹将我年初一嫁了这个丈夫,我想总要饿死,谁知到了此地,发了大财。"小姐将刘公之事,一一说明。母亲听得眼泪纷纷便了。

母亲开言说分明,难得我女发财人。

做母养你十八岁,年朝出嫁苦伤心。

为娘急得肝肠断,杳无音信到如今。

十八年未见女儿身,朝朝夜夜挂在心。

不想女儿福气人,顿时发了千万银。

女儿呀,母亲面上多争气,为娘就死也甘心。

母女相逢多欢喜,介眉听说喜欢心。

母亲住了三四月,即便开船回家门。

勿说母亲回家转,再宣小姐一个人。

小姐来了十八年,连生贵子在门庭。

如今生了三个子,个个读书入黉门。

且说美玉小姐生了三子,长子名叫招财,今年十八岁;次子名叫利市,今年十六岁;幼子名叫富才,年方十四岁。兄弟三人一同赴考,进场入泮,是黉门秀才。美玉小姐拜谢天地之洪恩,诸亲百眷,齐来贺喜,闹闹热热,吉星高照便了。

美玉小姐福气深,三子早已入黉门。

十年窗下不必说,正是知书达礼人。

三房媳妇俱完备,个个都是有才情。

想起从前来求乞,如今富足有金银。

要想修行善果事,厅堂改作佛堂门。

且说介眉夫妻二人便将后花园三间改作佛堂,喊了一个塑佛匠,塑装一堂四方神圣菩萨。佛眼缺少两粒明珠,介眉即便开箱子,取出两粒明珠,做成佛眼。黑夜不用点灯,自然光彩便了。

明珠做成佛眼睛,毫光活佛一样能。

介眉夫妻同修行,朝念弥陀夜诵经。

夫妻修到三十年,观音大士度凡人。

同上天宫极乐国,超度公婆姓刘人。

不说介眉夫妻事,再宣招财利市身。

富财也是嚎啕哭,弟兄三个有孝心。

焚汤沐浴都完备,买棺入殓送丘坟。

就将父母安葬好,弟兄三人苦伤心。

不说弟兄三人事,再讲美玉财心人。

二人正是多福禄,因此合为一家门。

前生总是多积善,横财不富命穷人。

若要家中多豪富,前世总要修根本。

今世修行今生好,一人修得度长生。

奉劝在堂大众听,不能见贫就看轻。

瓦片也有翻身日,困龙也能上天庭。

福禄寿宝卷宣完成,菩萨尊尊喜欢心。

卷中若有错误字,抄卷先生勿当心。

解神宝卷

此卷出于唐朝太宗皇帝登基,天下太平。另表扬州府泰兴县有个万家村,有一贫民,姓姜,名汝。夫人顾氏早已去世,所生两子,长叫有运,次叫有志。长媳陈氏为人凶恶,有志尚未婚配,阿嫂嫌他贪吃懒做,况且弟兄尚未分开,曰:"讨厌阿叔,夫妻相骂。大闹总为阿叔。"有运曰:"你这娼根,看见亦是讨气。"有志道:"嫂嫂勿要与哥哥日日争闹,待我出去,别寻头路。"

有志说罢出门去,身边只带一些些。

将身走到街坊上,买些锭帛转家里。

看破红尘要修行,三炷清香揩眼泪。

点了一盏祭祖火,请了祖宗修行去。

想定念头到里边,即便与哥讲道理。

有志道:"哥哥、嫂嫂,你们勿要争闹,夫妻须要和睦,我要出门去哉。当初有个李陵,性情刚强,出门死后为夷狄之鬼矣。"

有志吩咐兄与嫂,免得家中日日闹。

哥哥勿要想兄弟,做兄弟在生勿来见哥嫂。

有运看看兄弟去,奔出墙门拦勿牢。

望到兄弟看勿见,未知何日家中到。

有志离乡背井修行去,想着爷娘眼泪抛。

天时轮着十二月,西北大风黄雪飘。

三餐茶饭无着落,身上衣衫薄楞楞。

再望前去路勿熟,走上去看山凹凹。

姜有志行了几日,走到一座高山脚下,看见秃头赤脚一个老人。有志一想:"今朝十二月廿七,天气寒冷,大雪纷纷。为何在此受冷?"有志也勿晓得是仙人来试心,勿要管他,待我叫他一声道:"道长,这样天气,为何秃头赤脚,勿晓寒冷?"道人一笑道:"咳,不怨天时,只怨自己。你个良心无盖罩。"有志道:"道长,我来送你一副鞋帽穿戴罢了。"

道人听见眯眯笑,官人你的良心好。

善人世上多多化,你个良心无盖罩。

官人要到何方去,为何到山受苦恼。

姓啥姓,叫啥名,细细告诉老老晓。

有志道:"勿瞒道长说,小弟姓姜,名有志。只为兄嫂与我争论,所以出门自寻头路。"道人道:"既然如此,与我同伴走走,可好?"有志道:"是哉。"

道人就此前头走,有志跟在背后头。

二人行走下山去,看看将要没日头。

冷落所在无人过,獐猫鹿兔满山走。

树木青松花树多,猢狲落树拍拍手。

妖精怪道看见怕,前面一块大石头。

有志说:"道长,往哪里去?这是荒山广野,前无村,后无镇,豺狼虎豹仍多,被他吃去如何?"道人道:"不妨就在这块石头上困了一夜罢。修行不能顾着性命,我看你的胆子都没有了。"

道人说罢石上困,有志跟仔无哪能。

两人困到三更后,青石底下人声音。

二金童子来晓得,三世修行解辰星。

有志听得明明白白,喊醒道长:"为何石头底下有人讲话,可曾听见?"道人说:"你勿必多讲。待等天明,我来叫他出来认认明白。"

一夜闲文勿必讲,看看东天亮煌煌。

两人即便抽身起,道人嘴里山歌唱。

便叫龙子钻出来,与我二人闲话讲。

石下果然来答应,看见两人奇怪样。

有志一看,只见石下钻出二个人来,有三尺长,头黑身黄脚青,头上四只角,八只手,八只脚,四只眼。有志说:"道长,此物好不害怕。"道长说,"你勿要怕,放心,他是东海龙王的儿子,只为忤逆父王,所以罚他出来,他自服侍我的。"有志道:"姓甚名谁矣?"

道人听见呵呵笑,跟仔几日未知晓。

赤脚大仙就是我,真人两字我法号。

元始天尊我师父,三官大帝同修道。

有志一听,就叫:"大仙师父!多多冒犯,还望恕罪也。"

大仙听说笑眯眯,有缘相会到此地。

叩顿四拜称师父,有志心里真欢喜。

赤脚大仙哈哈笑,双手连忙就扶起。

你今拜我为师父,我来取个法名你。

道号就叫姜去脱,能解星辰好福气。

两个龙子各一个,吩咐龙子跟你去。

有志道:"师父,带了二金童子有什么好处?"大仙道:"弟子,待我说你听。"

赤脚大仙说一声,徒弟你且听原因。

可以解得诸恶煞,赶散妖邪鬼灵神。

解脱天空晦气星,五台高照保安宁。

解脱天煞地煞星,紫微星君保太平。

解脱披麻卷舌星,长生天福保安宁。

解脱披头五鬼星,驿马天福保太平。

解脱天隔地隔星,节度三阳保长生。

解脱太岁伏尸星,龙德星君解灾星。

解脱阑干岁破星,日德星君保长生。

解脱短命断桥星,家坐星君保安宁。

解脱剑锋天哭星,天马星君保延生。

解脱黄幡豹尾星,十二宫辰添吉庆。

解脱罗睺计都星,合局星君保安宁。

解脱天尅地冲气白星,天德月德解灾星。

解脱天狗吊客星,太阳星君保安宁。

解脱百鬼死炁星,圣德星君保长生。

解脱飞廉丧门星,福德星君保太平。

解脱灾煞跌煞星,月德星君保临门。

解脱天贼地贼星,吉庆星君保安宁。

解脱天火地火星,金德星君保太平。

解脱钻骨痛哭星,地财星君保长生。

解脱阴错阳错星,五福星君保太平。

解脱官府病符星,天医星君保长生。

解脱天罡血光星,天贵星君照临门。

解脱天扫地扫星,文昌星军保太平。

解脱雷公灾殃星,宅神星君保安宁。

解脱妖怪铁蛇星,普护星君照临门。

解脱三灾并四煞,又解五刑六害星。

解脱七伤八难星,又解官非口舌星。

解脱九星夫妻厄,又解男女怪产星。

解脱千灾并万难,又解百病与邪神。

龙子拿妖并捉怪,驱邪镇宅定太平。

一切恶煞都忌他,妖神怪道尽除根。

我今收你为徒弟,送你保护若何能。

大仙便叫金龙太子出来道:"我让你跟着我徒弟姜有志,朝夜服侍,不可粗心。待等二十年以后,我来收你。"童子一听,立起身来,摇身一变,身方丈二,腰大十围,面上金色,眼如铜铃,四头八臂,手执金鞭,好像王天君一般走到有志面前,双膝跪下。有志连忙双手扶起。

赤脚大仙说一声,叫你徒弟听原因。

二金童子你收去,一路安稳但放心。

倘逢急难诸般事,袋中收放见分明。

赠你母子钱一个,日日吃用有余零。

大仙道:"这母子钱,好好放在身边。每日生出小青钱一百文,你在路上吃用尽有,待等廿年以后,原要还我了。另有八卦袱一条,到日后在度仙桥上相会矣。"

一日遇仙成仙道,千年万载把名标。

有志听说心欢喜,多谢师父法术教。

接了母子钱一个,又拿宝贝八卦袍。

就拿童子来包没,背了袍袱路上跑。

喜得童子多变化,亦会大来亦会小。

有志道:"大仙童子,法术多端,如若勿伏,弟子如何?"大仙道:"不妨。童子有千般好处,轻像树叶,硬如铁,软如棉,大去无尽,小去无形,行路可变马,夜可当枕头。"大仙说了一番,化作清风而去。有志望空四拜,就即上路也。

真心修行实在巧,假心修行难得道。

赤脚大仙腾云去,云台山上乐逍遥。

有志背了童子走,孤单独一路上跑。

金山脚下来经过,镇江城中人热闹。

上前仔细来观看,九关门关相近到。

有志背了八卦袱,走过镇江城,四顾一看,九龙门到了,心中思想,今朝十二月廿九,大年夜哉。且到哪个乡村上去,借宿几天罢。

春去夏来秋又到,过了年底新年朝。

一路行程进城去,六街三市店面好。

京广洋货绸缎庄,珠宝店里珍珠宝贝放光毫。

南北杂货样样有,香烛纸马侪买到。

油盐酱醋买一篮,看他鱼肉侪勿少。

有志一想："我哥哥、嫂嫂嫌奴贪吃懒做,将我赶出来,未知三代祖宗可曾祭过? 待我买些祭物。先寻了房屋,租住一年罢。待我问个讯。"上前叫道："老公公,借问一讯,小生此地路陌生疏,只因路远,回转不及,此地可有空房,租与我住过一新年?"老人问道："姓甚名谁?"答："小生姓姜名有志。"老人道："如此,我老夫姓王名大德,空房有了,就在对河赵员外有一垛新房,我管的房钱勿要个,你可有胆子? 但是我前年搬进去勿满三个月,伤了大小人口数个,现今空关起,妖神怪精仍多。我看你一人勿好住的。"有志道："不妨,住过新年就要去的。"老人道："钥匙现在拿着,与你去看看了。"

你若胆大进门庭,有事勿要怪我身。

二人闲谈匆匆走,到了房子就开门。

有志走进门两扇,王公作别转家门。

有志里边细细看,房屋方大吃淘成。

金漆斋匾上边供,白云堂三字写分明。

山水轴子当中挂,对联左右两边分。

楠木茶几放一只,八仙台凳集齐正。

这样房屋无人住,心里有些疑云生。

看罢一番内边去,方楼一座窗棂新。

朱漆栏杆毫光亮,青纱吊窗一排新。

男女常用家生有,衣架相对大撑镜。

厨房里向样样全,碗盏壶瓶尽端正。

铜勺镰刀集齐正,上火家生个个能。

太阳落山将要夜,关门就望楼上登。

床帐台箱样样有,大红被头和合枕。

十指尖尖上了火,茶壶烟筒习齐正。

亦无老虫唶咯响,为啥新屋勿住人。

有志一想："大仙送我二金童子在此,任凭他什么妖怪也勿怕。"将灯点起,又拿袍袱做了枕头,看他如何。到了黄昏时候,恶鬼来了。

第一更,楼上响,乒乒乓乓。第二更,楼下声,哭泣勿停。

三更到,门上敲,哈哈大笑。第四更,碗盏响,喊爷喊娘。

五更里,上楼梯,四个恶鬼。紫青脸,四色衣,作势装腔。

有志看见不好了,就拿床上八卦袍。

就喊童子捉妖怪,拿条被头挠一挠。

四个恶鬼立拉床前,拿了扇子,对有志身上扇个扇、摸个摸。四个鬼道："这人没有魂灵个,迷他勿死了。"有志就拿袍袱解开叫声："童子速来,有恶鬼在此,快快捉住,救我性命了。"

二金童子跳出袍,摇身一变使大刀。

楼上霹雳声音大,台子凳子梁上抛。

有志看见心欢喜,恶鬼罡拉侪捉牢。

四个恶鬼勿敢强,童子捉牢就要拷。

有志道："你们四个恶鬼,穿红着绿,叫什么名字? 从实说来,饶你性命。"

四个恶鬼说一声,仙师在上听原因。

吊客星宿就是我,穿着麻衣吓别人。

蓝衣裳鬼跪下来,奴奴就是白虎星。

绿衣裳鬼跪下来,奴奴就是瘟部神。

红衣裳鬼跪下来,奴奴花粉洒到门。

员外起造新房屋,匠人做了颠倒门。

正梁浪向有暗号,作头钉了扒头钉。

有志道:"造屋为何犯了你四位神煞?"恶鬼道:"赵员外造屋得罪了匠人。匠人将庭柱木颠倒,又钉了钉,所以犯我四位神煞。"有志道:"现在愿去勿愿去,你若有违,化为浓血,发配充军。"三千恶鬼道:"梁上钉拔下,我们就去了。"

四个恶鬼无哪能,二金童子显威灵。

就此跳到梁上去,连忙拔下扒头钉。

今朝发配充军去,勿许住在此门庭。

四个神煞个个服,龙子押出大墙门。

从此楼房无声音,太太平平子孙兴。

一夜五更容易过,大年初一闹盈盈。

家家户户年来拜,亲眷朋友吃淘成。

太宗皇帝朝元旦,帝道昌明国太平。

勿宣解脱凶星去,再说王公老年人。

王大德想:"姜有志昨夜住赵员外家中,未知可在?恐妖怪伤他性命,待我到员外面前说个明白,叫他一同去看看如何。"

王公当日就出门,走到赵家说原因。

员外看见忙迎接,二人见礼话谈论。

昨夜有客来借住,有志二字姓姜人。

家住扬州泰兴县,好个聪明小官人。

因为路远回不及,租你新房住安身。

过了新年就要去,今朝特来交代明。

员外听见惊呆了,埋怨王公老年人。

前年有人住过歇,伤了几个少年人。

单身独一哪好住,必然要害小客人。

员外即便抽身去,同了王公看分明。

勿宣王公员外话,再说楼上姓姜人。

一想今朝年初一,焚香点烛拜天庭。

勿说有志烧香事,再表房东到门庭。

王大德与员外走进门,看到厅堂四面,寻觅勿见,抬头一看楼上焚香点烛,员外道:"稀奇了,勿曾被妖怪迷死。"想道:"此人必有法术了。勿如我来请他到家,问他可曾看见妖怪?"

王公员外喜洋洋,一同上楼叫先生。

有志看见忙立起,迎接房东老先生。

叫声王公并员外,谢谢东家望学生。

员外即便来开口,何必客气这般样。

特地请你到我家,问你房子如何样。

为啥你住勿出现,半夜可有声音响。

有志开口就回答,告禀东家老先生。

待我拿了八卦袄,与你二人出门墙。

三人一路同行走,来到员外家里向。

设席款待都完备,有志开口把话讲。

员外起造新房屋,得罪两个水木匠。

匠人就此良心坏,拿个木头颠倒树。

大钉钉拉梁上向,所以房子勿灵光。

第一更留心仔听,前后房屋无声响。

第二更天细细听,横冷横冷哭声响。

第三更天上火听,碰台拍凳甩家生。

第四更坐起来听,碗盏壶瓶叮当响。

第五更,起来听,鞋皮贴嗒楼上去。

第一个,上楼来,倒说奴是披麻星。

拿把扇子扇一扇,一顺冷风冰冰阴。

后来三个也上来,拿奴身上满身搅。

奴是勿动听他说,倒说奴是吼畀魂。

畀奴袍里喊出童子来,就变四头八臂大将军。

鬼怪就此不敢动,后来拷打去充军。

就此楼上多清净,太太平平过日辰。

员外听说心欢喜,即便拜谢解辰星。

留你先生家中住,托你大仙保太平。

光阴迅速容易过,赵府亦有一桩情。

有志住在赵家,困到三更时候,听得楼上闹热,又闻异香扑鼻,看见厅上灯烛辉煌,便在床上速速坐起,轻轻着好衣裳,立在台子上,望着三个神道,一个着红袍,一个着绿袍,一个着紫袍。三个神道说:"员外十恶不赦,为人勿正,弄些灾难他吃吃罢。"

员外造孽呒淘成,十恶不赦罪勿轻。

损人利己多刻薄,仗势欺人害良民。

杀生害命贪心吃,收租放债勿公平。

帮别人家奸刁汉,劝别人告状用金银。

忤逆上代也作逆,善人常常受苦辛。

叔伯往来要搅嘴,弟兄只当对头人。

丫鬟使女常要打,孤寡男女弄出村。

有志楼上细听见,说个员外黑心人。

红袍神道:"员外十恶不赦,应该绝嗣。"紫袍神道:"忒重,派他一个败子。"绿袍神道:"派他火灾罢。"有志听得明明白白矣。

劝君勿要欺别人,举头三尺有神明。

神道拿出三昧火,赵府员外火灾星。

将火放在斋匾内,待等家火领头焚。

着紫袍个说："但是三清宫中降下赤脚大仙的徒弟在此,名姜有志,是元始天尊的徒孙,法名叫姜去脱,玉皇敕封解辰星。如何是好?"二位神说："若然回心转,脱了一切灾难。"

吉星到门恶星退,劝君速速恶事回。

三位神道出门去,驾去祥云天宫走。

解辰星君听明白,轻轻走到床沿口。

一夜思想呆呆坐,待等东方出日头。

勿宣有志书房事,再说员外门来叩。

两人洗面用点心,解神告诉派灾晦。

三日之中火灾到,厅堂楼房要化灰。

员外一听问先生,要求大仙解灾退。

有志对员外道："我听他三位神道说,员外十恶不赦,犯三日之内火灾。员外如若勿信,上头斋匾里,现有三昧火一盆,拿下看看,便知真假。"

员外听见吓煞人,马上立即叫家人。

拿了梯来上去看,斋匾里面看分明。

派人上梯忙取下,火光焰焰不非轻。

员外吓得无摆布,双膝跪在地埃尘。

若无仙人来解救,厅堂楼房化灰尘。

有志又乃将言说,员外你且听原因。

要请尼僧廿四个,诵经礼忏达天庭。

将火送到长江里,保你家中定太平。

员外听说就答应,千依百顺听先生。

立请僧道都来到,诵经礼忏拜表文。

三日善事都完备,将火放在长江心。

再劝员外回心转,持斋吃素办前程。

有志劝员外一口长斋,收租放债,斗斛公平,敬重天地,乡邻和睦,每逢初一十五,送方便也。

存心善念天知道,口念弥陀罪来消。

从此回心多行善,平安无灾过日朝。

员外为因无男女,从来良心也算好。

善恶二字天晓得,灶君王帝信来报。

员外如此好善,灶君王帝奏上天庭。玉皇闻知,心中大喜,赐他一子,显耀门庭也。

为人行善心摆正,皇天勿欺善心人。

员外本该无男女,如今行好有收成。

院君在家多贤惠,不觉孙氏身有孕。

十月怀胎临盆养,房中生下小官人。

相邻亲朋来贺喜,办了酒席请诸亲。

家中日日多快乐,看看满月到来临。

赵员外将孩儿抱到厅上,要请先生取名字,有志即便就取名佛元矣。

员外心里喜洋洋,拜谢你个姜先生。

勿宣员外心快活,再说馆馆易成长。

一周二岁娘怀抱,三岁四岁叫爷娘。

五头六岁知礼义,七岁头上请先生。

八九十岁诗书完,十一十二做文章。

十三岁上考秀才,十四岁乡试进南场。

十五岁上中探花,款待魁星谢先生。

诸亲百眷来贺喜,吃落酒水就散场。

佛元回到书房里,用功读书做文章。

不料书房有声音,狐狸精变仔大小娘。

千年修炼能变化,变做人行装仔腔。

经过赵府书房门,听见里面读书响。

门缝缝里细细看,张着年轻俏俊生。

光光玉手门上敲,开门看见美娇娘。

那狐狸精在白云山修炼,能变人形,夜夜要想迷人。其日在赵府门口经过,听到书房里有读书声,就来敲门。公子连忙开门,一看,问她道:"你半夜三更,哪里来的?"美女答道:"小奴为因走错路途,黑暗难行,要求相公,行个方便矣。"

佛元即便门来开,狐狸妖精走进来。

变了美女相公叫,花言巧语说出来。

迷迷含笑假斯文,满面添花眼睛弯。

佛元又乃将言问,为何走到此地来。

狐狸妖精回言答,告诉相公也无碍。

家住胡家庄一座,老宅就是白云山。

爹爹就叫胡员外,李氏奴个亲阿妈。

今朝清明节气上,人人去看好戏班。

爹爹同奴一道看,一个眼花奴走散。

走到此地勿认得,望着相公火一盏。

勿知东西南北路,所以叫你开一开。

小奴思想回家转,四肢无力软下来。

相公让奴宿一夜,但愿相公大发财。

佛元细细来盘问,小姐可嫁官人来。

狐狸小姐心欢喜,妖妖娆娆说出来。

奴奴年纪十八岁,如今蹉跎未曾配。

相公不嫌容貌丑,自己配对出门槛。

并非奴奴无规矩,此乃上天巧安排。

佛元道:"我是读书君子,今朝怎好苟且?待我父母面前禀明一声,然后央谋说合,这才是好。"那狐狸精装得千娇百媚,那佛元有些半推半辞,哪能得知是妖怪?此时,解辰星早已算着此事了。

狐狸妖怪要迷人,谁知惊动解神星。

有志困到三更后,妖气腾腾迷露能。

即便床上来竖起,就叫童子捉妖精。

童子听见摇身变,变作人形打妖精。

便问师父在何方，八手八脚像天神。

手执金鞭黄金甲，照妖镜子在手心。

念了降妖咒一遍，手里再拿捆仙绳。

匆匆走到书房里，捉牢妖精牵出门。

好像老猫捉老虫，狐狸精变作原形勿像人。

牵仔走出书房门，好像一只黑狗熊。

乡邻亲眷侪来看，童子交代解辰星。

有志看见狐狸精，吩咐徒弟与我斩了。那妖怪眼泪双抛，恳求大仙，饶我性命，千年修炼，变了人形，未伤别人性命。有志道："既然如此，听我吩咐。从今以后，不许撩拨男子，去邪归正，将你发配充军，三千路程。寻取深山，静心修炼。倘然再犯，不饶性命。"妖怪拜谢大仙而去。

赵府若无解辰星，伤落儿子一条命。

佛元公子呆呆想，若无先生命难存。

仍旧回到书房里，下次夜里勿开门。

勿宣公子读书事，再说皇上开考门。

佛元闻知来晓得，告禀父母两双亲。

孩儿文章都通透，要想上京干功名。

今朝恰遇黄道日，拜别爷母要动身。

收拾行李并书箱，带了安童上路行。

路上行程如风送，门前就是帝皇城。

寻其客栈投寓所，三场文字用心勤。

君王殿试挂出榜，佛元得中状元身。

报单贴到家中去，爷娘晓得喜欢心。

奉旨还乡归家去，客厅拜见两双亲。

又拜先生姜有志，大摆筵席请诸亲。

一月之内攀了亲，王家小姐结成亲。

状元后来生三子，个个聪明伶俐人。

三个儿子尽得中，封官加职不非轻。

赵员外孩儿得中状元，荣华富贵，故将有志留住家中，十分款待。另表赵府有个丫鬟名春兰，日日服侍先生。忽一日，春兰道："先生，你个金龙童子会拿捉妖怪，可肯待我看看了？"

有志答应拿出袍，丫鬟看见哈哈笑。

诸色异样都看见，各种宝贝天下少。

先生便把丫鬟叫，快些拿来要包好。

这个童子非小可，亦会大来亦会小。

夜里好做枕头困，日好当马路上跑。

往来好像鹅毛样，从来份量勿知晓。

春兰道："先生，可好叫他变只马与我骑骑看？"有志答应，便喊童子快快变来，童子听了就变。

童子就变马一只，丫鬟连忙跨上脚。

春兰跑了三来回，方才下得马背来。

有志便把春兰叫，仔细端详看一番。

看你脸上红鸾照,夫人之位即便来。

勿宣两人言谈话,光阴迅速容易快。

春兰今年十八岁,命中添喜要出嫁。

男宅勿是别一处,就是镇江陈员外。

镇江城内有一个陈员外,年交四十,并无男女,夫妻同庚,家财万贯。要想讨个小妾,问得赵员外家中有个春兰丫鬟,生得十分美貌,央谋说合。赵员外一口应成,选定吉日,就要过门。

安童难得做官人,丫鬟难以做夫人。

春兰心中多欢喜,拜谢员外与先生。

奴到陈家有灾难,先生总要救奴身。

有志先生来吩咐,过门之后要小心。

敬重丈夫如天大,大娘面上要同心。

有志道:"我看你面上有些晦气,需要留心,幸有贵人星相助。后来倒有三品之职,你今日期到了,就要动身也。"

陈家端正要娶亲,春兰登轿上路行。

挂灯结彩多闹热,亲眷席散转家门。

三朝满月勿必说,碰着大娘不良人。

日日相骂并讨气,春兰只是无声音。

春去夏来秋又到,春兰弄得无哪能。

幸亏有孕几个月,丈夫看重自称心。

光阴迅速容易快,十月怀胎肚里疼。

不觉就要临盆养,养出倌倌喜欢心。

大娘心里毒心起,无心撞着有心人。

再说陈百万有一侄儿,名陈怀,一心要想伯父产业,其日与伯母去商量道:"现在春兰养个孩儿,我看后来伯母必要受累。"大娘道:"你看怎么样。"陈怀道:"依我,快将小儿淹死,免除后患。"

大娘日日吵勿清,弄得家中勿太平。

百万弄得无哪能,怒气冲天走出门。

勿宣陈家吵闹事,有志员外救儿身。

二人言谈厅堂坐,要与先生商议定。

赵员外走到书房,告诉先生知晓,有志道:"不妨,我有妙计在此,与我租一副换糖担,待我扮作换糖老老,好救小儿来啊。"

员外听说忙多谢,要用糖担就去借。

先生即便开言说,要救春兰大小姐。

从前用心服侍我,辛苦几年出了嫁。

难得今朝有孩儿,可恨柳氏良心坏。

勿宣二人来议定,再说有志假换糖。

拿了担子忙作别,一路行到陈家宅。

就将换糖担来歇,五品美味好香糖。

前门喊到后门去,听见里面喊冤枉。

一听却是春兰女,便叫童子糖担放。

快到里边见春兰,师父特来救儿郎。

叫你抱到后门出,相见师父在弄堂。

春兰听见童子话,急速抱了到弄堂。

看见先生人一个,线串眼泪落胸膛。

上前便把恩人叫,谢谢先生救儿郎。

我到陈家将二年,朝夜打骂苦心伤。

有志道:"你但放心,快把孩儿放我担中,待我挑去养大,包你勿碍。"

春兰抱儿来放下,弄堂里向通通哭。

有志便把春兰叫,包你养大心放下。

勿宣有志挑仔走,再表春兰回房哭。

只说孩儿来淹死,假装勿舍调勿落。

大娘晓得多欢喜,哪知乡邻尽批落。

一路行到赵府上,打算倌倌要养活。

勿说赵陈二家话,再说先生担掼落。

上前便把王公叫,讲起春兰事一局。

有志道:"恩公在上,就是春兰之子,为因大娘要拿他淹死,我将小儿寄你家中。愿出银钱,每日一百文,你意下如何?"王公道:"总勿推却。"

有志回到赵府门,告诉东家一桩情。

寄养倌倌王家去,一长二短说分明。

员外一听心欢喜,谢谢先生大恩人。

衣裳铜钱拿出来,送到王家养儿身。

春去夏来秋又到,残冬过了又逢春。

不觉倌倌方七岁,员外送进学堂门。

先生与他取学名,福元二字取为名。

七岁读到十三岁,满腹文章无比伦。

府学生员称第一,得中秀才喜欢心。

用心三年赴殿试,选举探花第一名。

勿宣福元京中考,再说员外姓陈人。

思想孩儿已余杀,日日愁闷不宽心。

皆为四十无男女,故此娶妾在家庭。

只为大娘心勿和,更比冤家胜三分。

成亲二年生一子,心中才得放宽心。

百万日日心愁闷,得成一病命归阴。

勿宣百万归阴去,再说春兰一个人。

日日夜夜嚎啕哭,记牢儿子一条命。

幸亏解辰星来到,勿知孩儿如何能。

勿说娘娘想夫儿,卷中另表一个人。

就是百万亲阿侄,名叫陈怀黑心人。

其日来到伯父家,伯母面前话谈论。

今朝穷侄来到此,叫你伯母出门庭。

万贯家财奴来当,二娘勿许此地登。

房屋田地我来管,账目钱财我收成。

总把钥匙我来拿,谷色各样无你分。

柳氏娘娘开言骂,陈家门里没内人。

那大娘后悔当初不该听了畜生之言,将儿淹死,若是孩儿在日,如今已是十六岁哉。"畜生,怎敢夺我家私,真是路上芝麻立勿停了。"

勿说大娘心懊悔,再说二娘吃苦头。

生下孩儿人一个,先生救去十六岁。

不知生死如何样,上日差人信未回。

再说有志思想:"学生福元上京考试,未知如何?"谁知他的娘来信一封,写出丈夫死后,侄儿要夺家私,未知我儿可得成人否?先生即写回信去:孩儿得中秀才,就要回来了。

春兰接信喜欢心,感谢先生大恩人。

勿宣二娘心快乐,且说京中福元身。

黄道吉日进考场,得中探花第一名。

君王钦赐养亲假,奉旨归家祭先灵。

一路顺风勿必说,看看来到姓王门。

拜见王公抚养身,又拜先生姓姜人。

先生请他身立起,福元又问:"我娘哪方存?"

有志即便将言说,赵府春兰你母亲。

你父名叫陈孝卿,讨你娘亲作妾身。

大娘良心多凶恶,朝夜打你母亲身。

拿你要想来弄死,你母寄在王家门。

幸亏王公来抚养,与你送进学堂门。

先生取名福元叫,读仔七年有余零。

幸亏自己多伶俐,上京求取干功名。

难得如今身得中,连连回家见母亲。

快去请了赵员外,相送王公管家庭。

四人一同路上走,不觉来到陈家门。

大娘听得浑呆了,二娘听说喜欢心。

今年倌倌十六岁,得中探花送上门。

陈怀旁边细细看,吓得身上汗淋淋。

二娘拜谢三恩人,谈谈说说闹盈盈。

乡邻亲眷来贺喜,吩咐厨房备酒饮。

酒筵席散方已毕,福元相送转家门。

端正本章丁忧事,出柩埋葬老父亲。

有志吩咐福元家中母子三人须要和睦,又让王公留在家中掌管家财,并交待福元,日后孝满为官,须要清正,将王公生养死葬,我今要归山去了。

有志吩咐出墙门,合家大小谢先生。

日后有难难相救,留他勿住泪纷纷。

有志回到赵府道:"承蒙员外留我二十年,喜得改恶向善,如今勿必留我。"王大德、陈福元、赵家里大小相送,有志肩背童子王袍去了。

凡间勿是我登身,愿归仙界去安身。

各人回转家庭内,有志一路去如云。

想着正逢二十年,师父与我说分明。

渡仙桥上相会事,且到桥边看虚真。

果然仙法无穷妙,仙桥早到面前存。

有志抬起头来看,桥上坐起一道人。

秃头赤脚盘膝坐,就是师父大仙身。

赤脚大仙哈哈笑,徒弟今朝到来临。

快些还我金童子,再有母子钱一文。

今朝同我云台去,三天门下过光阴。

有志慌忙来拜谢,师徒二人上天庭。

抛离家乡去修道,就是唐朝解辰星。

祖宗父母来超度,连搭哥嫂得成证。

佛元朝中为宰相,连生贵子好收成。

赵公夫妇广行善,斋僧布施救穷人。

大娘二娘功成满,连搭王公上天庭。

大家若然勿相信,唐朝传留到如今。

解辰宝卷宣完成,讲佛菩萨喜欢心。

卷中如有差误事,三炷清香补完成。

合同记宝卷

合同宝卷初展开,各位听众坐下来。

在堂大众宽松坐,待我慢慢宣出来。

此卷为合同记,出在明朝嘉靖年间,山西省洪洞县托林村,有一人,姓王,名叫有玉,官居吏部天官之职,是一个大忠臣。夫人张氏,所生一子,名叫王清明。王有玉在朝为官,常同朝内奸臣作对,为国忧虑,气成一病,告老回乡,求神不灵,服药无效,一病身亡。福不双至,祸不单行。王家又被强盗打劫一空,连遭回禄,又恰遇荒年,吃尽当光,安童、使女解散,只留下小书童张春。因他勿肯回去,愿意服侍小少爷。王家房屋卖光,三人无法居住,就在坟堂屋里,苦度生活。

王家做官是清正,家中本来少积存。

所有东西都抢去,连遭回禄家道贫。

丫鬟佣人都散去,就留一个小张春。

三人坟堂来住下,变卖衣服过光阴。

夫人吩咐王清明,认真用功读书文。

希望文章读精通,上京赶考求功名。

有朝一日身高中，王家门上好翻身。

光阴迅速容易过，日月如梭晓夜行。

清明今年十九岁，聪明伶俐好书生。

肚里文章都读通，待等开考夺头名。

王清明早上起身，梳洗已毕，同书童张春向母亲请安后，道："母亲呀，孩儿上京赶考，没有盘费，怎么办呢？"老夫人一听，道："儿呀，无好亲，又无好眷，只有你母舅在朝为官，可以照应。但是他在京都，路途遥远，信息难通，没有办法。"母子二人一时无想法，各自流泪。夫人后来想起一事，露出笑容，说道："有了！有了！"清明连忙问道："母亲，有什么好办法呢？"老夫人说道："儿呀，说来话长，你在四岁那年，山东田培卿与你父同朝为官。田培卿被白文奎奸臣陷害，要杀满门。当时你父在万岁前奏一本，拆穿奸臣的阴谋，万岁准奏，赦了田家。你父救了田培卿全家性命，田培卿无恩可报，就将女儿田素贞小姐许配给你。当时有万岁为媒，订立合同纸为凭，盖有皇帝的玉玺印，将来只认合同不认人。到现在，已有十五年了，信息不通。现在只有你拿了合同纸，到你岳父家投亲，借上京路费。我想你岳父一定肯应的。"清明听了母亲之言，满心欢喜道："母亲，很好。可是你没有人照应呀？"夫人道："不妨，我还不太老，可以照顾自己。儿呀，我来写一封书信，你一起带去。你早做准备，立刻动身吧。"清明答应，早早备齐一切行李。

清明会同小张春，早备行李就动身。

老夫人马上写书信，写给山东田培卿。

上写亲翁田大人，下写我儿清明来投亲。

因为我家遭回禄，缺少路费上京城。

特地请求来照顾，女婿也是骨肉亲。

老夫人写好书信，就到门房阿叔家里借了十两银子。阿叔也是很穷，但阿叔还借给他一匹白马代步。清明谢过叔叔。夫人吩咐张春好好陪同清明去山东，不可马虎。张春跪下道："老太太，我听你吩咐，好好服侍小主人。"老夫人拿来合同和书信、银两交给儿子，放在褡裢里，一切备齐也。

路上行程要当心，免得为娘常挂心。

荒山野里莫留停，深山有虎要吃人。

千年枯庙勿要住，枯庙之中出妖精。

上桥莫看钓鱼人，河白水三官勿认人。

太阳落山早歇夜，天明一早就起身。

太太还叫小张春，陪好少爷莫粗心。

身上冷暖要当心，服侍少爷你责任。

待等王家有一日，勿忘服侍一片心。

老夫人千叮万嘱，王清明与张春拜别上路。王清明道："母亲保重身体，我去哉！"二人就上路而行。

清明别母上马走，后面跟了小张春。

二人一路行得快，朝行夜宿不留停。

早到山东见岳父，借着盘费上京城。

希望一官并半职，王家可以好翻身。

要紧赶路不休息，张春走得膀酸步难行。

开口就把少爷叫，休息一会再动身。

清明一听心中想，步行确实膀酸痛。

清明公子老实人，想想张春太可怜。

下马忙叫张春骑,张春开心吮淘成。

张春骑在马上真得意,想想下等之人苦十分。

有福之人人服侍,无福之人服侍人。

心里越想越不对,就此动出坏脑筋。

想着主人去投亲,一张合同作凭证。

合同上有龙玺印,只认合同勿认人。

我将合同弄到手,假冒清明去投亲。

一步登天做女婿,好与小姐就结婚。

太太路远勿晓得,想定主意叫主人。

张春想定坏主意,要冒名投亲。叫道:"小少爷,我骑在马上,着一身书童衣服,人家看见不相称。我和你换身衣服吧。待我骑一会,再与你换转来。"王清明一口答应。马上二人调衣。张春着了少爷衣服,上马而行。王清明着了书童衣服,在马后跟着。张春拍马奔走,清明要跟上,走得有气无力哪!

张春坏念来想定,上马加鞭急急奔。

后面清明走得苦,连喊张春慢慢行。

张春马上哈哈笑,前面山下将你等。

再说张春骑马来到山脚下,停马下来。王清明奔得满头大汗。走到山下一看碑石,上写"恶虎山"三个字。王清明看见一吓,说道:"此山有老虎不能停留,快走呀!"张春说:"怕什么。"清明大怒道:"小畜生,你不听主人的话,该打。"张春一看,荒山野林,四面无人,此时勿动手,更待何时。立刻上前道:"王清明,你把包裹给我。"就动手抢包裹。王清明说:"奴才不要无理。"抢住不放。张春就用力一脚,把清明踢下山沟,跌死了。张春一看他死了,就哈哈大笑,拿了包裹,骑上白马,冒名投亲而去了。

张春心里喜十分,骑上白马向前行。

要到田家去投亲,冒名顶替王清明。

只认合同不认人,胆子大点勿要紧。

一路快马再加鞭,一直来到山东城。

问信来到田家门,门公通报田培卿。

张春来到田培卿家,门公马上通报。田培卿一听女婿到,就吩咐开直正门迎接姑爷。张春到了内边说道:"见过丈人阿爸,小婿奉母之命,特来投亲。"就将书信、合同纸呈上。田培卿吩咐坐下。张春坐下,一只脚搁在交椅上,一颠一颠。田府众家人看见,都说这姑爷勿太斯文。田培卿也看见,连忙看书信,还到里面去对合同,一点勿错。问道:"贤婿,令堂可好?"张春一听,说道:"菱塘?我伲没有种菱。"田培卿一听一惊,问:"你的娘啊好?"张春说:"老太婆饭也吃得下,屎也拆得出,十分好。"田培卿问道:"你今年青春多少?"张春道:"钉秤勿会个,钉双鞋子还可以。"田培卿一听一气,这人不像王清明,官家后代,为何这样,无知无识。再看书信、合同一点也勿错。想想当时为媒,上有玉玺印,只认合同勿认人。如果今日勿认他,要犯皇法的,连忙吩咐摆酒款待,一面安排东书房打扫好。张春住下。田培卿说与老夫人知晓。老夫人说:"丑事勿要让女儿知道。"田培卿说:"当然!"

张春田家冒投亲,品行不正起疑心。

合同书信都是真,只认合同勿认人。

张春等在书房里,假读文章骗骗人。

天天书童服侍他,头轻脚摇骨头轻。

一直要想看小姐,没有机会急煞人。

蹲在书房无心想,就拿矮凳假做亲。

却说小姐田素贞与王清明同庚,今年十九岁,生得非常美丽,聪明伶俐,文化又好。有二个丫鬟,一个叫干红,一个叫兰白,都是十分玲珑。干红说:"小姐呀,姑爷来了几天,我们没有见过。"兰白说:"听书童讲,姑爷不太文雅,有点贼骨头。"小姐一听一惊,怎么会这样的呢?决心下楼去看,连忙吩咐干红、兰白带领下楼。一路走到东书房门口立停。小姐吩咐丫鬟不要响,听听他读什么文章。三人就在书房门外偷听,还在门缝缝里张看,看见里向张春刚巧在假做亲,拿一只板凳竖起来,遮一块手巾,说道:"田素贞小姐,啊呀!要叫娘子了。我今日同你拜堂成亲哉!开年养个大胖倔子,你做娘,我做爷。哈哈!来拜堂。咪里吗啦,乒乓拜起,成双成对。"外面干红、兰白看见,笑啊勿敢笑,勿笑熬勿住,揿牢仔嘴,咯咯咯笑。小姐一听,气得两眼发花,连忙回楼。丫头扶进房中,小姐大哭悲伤啊!

小姐看见气煞人,回进房内哭勿停。

王家乃是书香第,为啥会养这样人。

如果与他夫妻做,一世幸福青春去干净。

我看勿像王家子,其中必定有原因。

连忙哭到娘楼上,母女二人谈其情。

此人女儿勿要他,宁愿一死勿成亲。

只认合同勿认人,违反合同罪非轻。

不说母亲楼上事,回文再说王清明。

再说王清明被人踢下山沟,昏忒过去了。过了一夜,被山风一吹,露水里一吊,渐渐地醒转来。恰好来了一个樵夫,问道:"你为何在山沟里住夜,这里有老虎,很危险。"清明说:"我跌昏在此。"樵夫看他可怜,就将带的干粮给他吃了,还扶王清明起来。王清明拜谢一番,便问道:"大叔,我要到山东济南府去,怎样走?"樵夫指明路程。清明拜别上路,白天沿路求乞而行,晚上宿枯庙。非止一日,来到田府,对门公说:"谢谢伯伯,我是山西王清明,烦请通报一声。"门公一想,奇怪?待我问问再说,连忙吩咐请进。王清明一到厅上,双膝跪下,说道:"岳父大人在上,小婿拜见。"田培卿一看,心想:"这个人一身书童打扮,讲话倒文质彬彬。"问道:"你把合同拿来我看。"王清明说:"被人谋去了,啊呀!岳父呀!小婿告禀。"

清明当时说原因,大人在上听分明。

小婿奉了娘亲命,带了张春来投亲。

一路行到恶虎山,张春恶奴黑良心。

将书信合同都抢去,把我一脚踢昏山沟存。

伏望岳父来详察,写信回去好问我娘亲。

田培卿正在左右难,来了书童小张春。

张春一见王清明,反骂奴才小张春。

半路甩我勿跟我,今日特来假冒名。

你将证据拿出来,拿勿出证据冒认亲。

万岁为媒非可小,谁敢违抗杀头颈。

你是仆来我是主,身上衣衫见分明。

田培卿一听,有点吓势势。心想:"只认合同勿认人,如果违反,要杀满门。"这个像女婿,却呒界合同,那个勿像读书人,但有合同。当时呒办法,只有照合同办事吧。就吩咐家人将这人赶出墙门。家人奉命,把王清明赶出去。王清明边哭边走,觉得筋疲力尽。前面有只庙,进庙中休息吧!

清明休息庙里登,嚎啕大哭骂张春。

骗我衣服骗去马,抢我合同冒投亲。

谋主投亲该有罪,终有一天和你拼。

庙中道士来听见,来问清明啥事情。

清明就将其事讲,道士听了骂张春。

老道士说:"你到济南府衙门里去告状。"清明说:"师傅,府台是清官吗?"道士说:"知府叫刘炳,是个好官。"王清明一听是刘炳:"啊!巧了,他是我父亲的学生。"连忙借了笔墨纸砚,写好状纸,告张春谋主害命,假冒投亲。

清明庙中写状文,要告奴才小张春。

写好状纸来住夜,天明一早就动身。

道士施善斋饭吃,问明路程到衙门。

来到衙门就击鼓,惊动刘炳府大人。

王清明心急慌忙,就击鼓申冤。刘知府听得,连忙吩咐差人将击鼓人带进一问。差人把王清明喊进去见知府大人。王清明道:"大人,小人申冤。"就将状纸呈上。刘炳一看王清明三字,忙道:"贤才,久违了。"王清明就叫:"兄长在上,受我一拜。"两人坐定用茶。王清明将家事全部告诉刘炳。刘知府说:"立即坐堂,替你贤才申冤。"知府吩咐立即以堂单一张,朱签一根,马上传田培卿与张春到堂。差人奉命去,刘知府料理其他案。再说公差来到田府,田培卿得知,一惊,知道是王清明告的,连忙去同假清明商量。张春说:"勿要吓,你拿十两银子送给差人,再开五百两银票,叫差人带给知府,还写好一封信,请知府重办告状人。"田培卿照办。差人得到十两银子,满心欢喜,一口答应,就回衙门将书信银票给知府。老爷立刻退堂,到里向一看信,要办贤才,就吩咐差人将银票退还,明天去田培卿家捉人。此事被官太太知道了。

太太在里听得清,你还银票我勿肯。

千里做官就要财,到嘴肥肉你勿吞。

知府就把夫人叫,陷害贤才我勿肯。

要拿银票害兄弟,屈打成招害死王清明。

这样事体做勿得,退还银票捉张春。

太太一听说要退还五百两银子,立即奔到房里大哭,假做一条绳套在梁上要上吊。知府一见,急得马上答应,说:"夫人呀!怎样判王清明的死罪呢?"夫人说:"勿是有十三名江洋大盗,现在捉到十二名吗?你就到牢监里去买通一个江洋大盗,叫他咬王清明是强盗头头,这样不是死罪吗?"刘炳怕家婆,只好心一横照做。一夜无事,第二天吃过早饭坐早堂,对王清明说:"你坐在我旁边,坐下来听审。"清明答应。一声板响,立即审堂。刘知府道:"带江洋大盗毛二来复审。"差人答应,将毛二带到公堂跪下。知府喝道:"毛二,你一共有多少名同伙?"毛二说:"大老爷,我实招哪!共有十三名,还有一个头子在外。"知府说:"叫什么名字?多少年纪?"毛二说:"我们的头子年纪很轻,文化很好,名叫王清明。"知府假做一惊,拍案道:"毛二,你不要乱说,你认得头头吗?"毛二说:"我认得的。"抬头一看,说道:"就是他。"毛二用指头对王清明一指,道:"你好安逸,我们十二人在吃官司,你逍遥自在,在这里享福。"知府拍案道:"王清明,我认为你是读书公子,原来是江洋大盗。"王清明说:"师兄,不要听他含血喷人,我们素不相识。"当时就拿王清明拖下就打。

清明一时弄勿清,好比天打一样能。

大喊冤枉无人理,一顿生活打得血淋淋。

叫声师兄救救我,为何当我强盗人。

刘炳拍案大声喊,江洋大盗王清明。

快快从实招出来,如果勿招命难存。

清明连连喊冤枉,知府吩咐用大刑。

知府道:"王清明,你做江洋大盗有证人在此,还要抵赖。来呀! 大刑伺候。"公差答应一声:"是!"立即就用大刑啊!

知府夫妻黑心人,贪了银子害清明。

就拿清明上大刑,夹棍麻绳来收紧。

清明死去又还魂,冤枉连连喊勿停。

知府吩咐上脑箍,清明痛死再还魂。

悠悠醒来冤枉叫,刘炳开口问原因。

知府道:"哒! 你招是不招? 如果勿招再上刑。"清明一想,我要被他弄死,让我虚招口供,再作道理吧。忙说:"昏官呀! 我招了吧。"刘炳道:"你还要骂人?"清明说:"我告禀哪!"

江洋大盗就是我,一切罪名我承认。

十三人中为我首,强盗抢劫我带领。

知府听他画了押,脚镣手铐进牢门。

蹲在牢中啼啼哭,大骂刘炳勿是人。

一夜五更困勿着,啼啼哭哭到天明。

一更里来想娘亲,母亲一人坟堂等。想想苦十分,巴望奴早回程。借着银子上京求功名,哪知孩儿在监门。啊呀皇天啊! 今世不能见娘亲。阿弥陀佛,弥陀南无佛。哭到二更。

二更里来恨张春,张春奴才勿是人。真真黑良心,恶虎山上起毒心。骗脱我白马,还骗换衣襟,拿我踢死在沟存。啊呀皇天啊! 抢了合同冒投亲。阿弥陀佛,弥陀南无佛。哭到三更。

三更里来想丈人,见了合同当是真。不晓得认错人,哪知假冒是张春。我是真女婿,反来当外头人,拿我乱棒打上身。啊呀皇天啊! 真当假来假当真。阿弥陀佛。哭到四更。

四更里来恨刘炳,刘炳本来自己人,实在师兄身。师兄师弟很亲近,叫我去听审。来了强盗人,咬我强盗头头人。啊呀皇天啊! 跳到黄河洗不清。阿弥里个陀佛。哭到五更。

五更里来恨强盗,为啥咬我是头头,实在不知晓,一定有蹊跷,阿会是刘炳,贪赃用计妙,害我清明命一条。啊呀皇天啊! 我条性命终难保。阿弥里个陀佛。哭到天明。

清明一夜勿曾困,啼啼哭哭到天明。

禁子张清听得正,原来就是小主人。

监牢禁子张清原来在王清明家做佣人的,王家解散后在此当禁子,听得啼哭之声,好像是山西小主人。呀! 连忙一问,才知真情。张清道:"小主人,你京中有个娘舅在做丞相,你何不写信去求救呢? 你自己被判死刑,详文昨晚送出,大概六十日才能批回。你快点写信给你娘舅。"清明道:"伯伯,无人送出去呀!"张清说:"你快写,我叫方才张风替你去送信。"清明道:"谢谢救命之恩。"张清就拿了文房四宝来给王清明,就写信哪!

上写道,亲母舅,身体康宁。下写道,王清明,求你救命。

小张春,半路上,伤我性命。抢合同,田家去,冒名投亲。

济南府,我告状,反受冤枉。硬咬我,是大盗,屈打成招。

判死罪,收进监,难保性命。求母舅,来救我,外甥性命。

王清明写好,张清拿去,就叫张风赶快上京送信。张风答应,立即动身。张清同王清明稍微定心一点。王清明在监牢里有张清照应。再说张春听得王清明下监己判死罪,快乐得拍手拍脚,对田培卿说:"银票的作用真大。"老古话说:"千里做官只贪财。"

　　不说刘炳得赃银,再说张风去送信。

　　一路急急到长江,乘船渡江遇灾星。

　　一阵横风船吹翻,幸亏江边水勿深。

　　张风包裹书信都遗失,只好回家再理论。

　　张风乘船翻船,幸亏没死,而书信失去,回家告诉张清。张清叫王清明再写信,再去送信。

　　张风二次送书信,要救公子落难人。

　　希望早见张丞相,好救清明是外甥。

　　路上行程无耽搁,起早摸黑赶路程。

　　前面行到铁盘山,走到山中遇强人。

　　书信路费都抢去,幸亏没有丧性命。

　　张风被捉在山上,关了一日放他下山林。

　　张风急忙到家中,张清一见急煞人。

　　一算日脚来不及,京详快要到来临。

　　张清与张风商量,如果再写信送,时间来不及了,只有另想别法救清明。那时二人想来想去,没有其他办法。张风说:"我的儿子张银龙是瘫子,下身不好动,是软骨头,倒不如调监吧。"张清答应,连忙告诉张银龙,银龙一口答应张清。张风连夜背了儿子到监里调监。王清明坚决不肯,道:"不能害兄弟。"经过张清、银龙再三相劝,王清明还是不肯。张银龙说:"我与你结为兄弟吧。"王清明答应,二人在监中拜为兄弟。张风说:"小主人,我儿调了你,以后我们还可以设法救我儿子的。清明,放心吧!"张风硬将他们二人身上衣裳交换,张清硬把清明拖出监中往家走,边走边说:"不要声张,被人发现了性命难保。"清明无法,被拖到张家。张清道:"小主人,我赠你路费,你明天一早就动身往京都寻你娘舅来报仇。"王清明双膝跪下,说:"你是我的再生父母,我认你作继父。"又跪下道:"继父在上,受我一拜。"张清连忙挽起。二人讲了一夜。明日一早,王清明拜别继父上京而去不提。

　　不说清明上路行,再说刘炳接详文。

　　六十日京详已批下,十三名大盗斩头颈。

　　一到斩期去监斩,法场上面人头兴。

　　四处百姓都来到,赶到法场看杀人。

　　今日要斩大强盗,江洋大盗十三名。

　　刘炳法场来监斩,监中提出众犯人。

　　十三根斩条来批下,午时三刻斩头颈。

　　当时银龙拖到法场上,绑在绞桩闭眼睛。

　　四面军兵来看好,刽子手提刀等时辰。

　　待等三声号炮响,刽子手马上就杀人。

　　东北角上起乌云,乌天黑地勿见人。

　　飞沙走石大风起,吓得众人闭眼睛。

　　王抟老祖来作法,救出银龙调监人。

　　风净云开天气明,法场缺了张犯人。

　　法场上缺了一个犯人。刘炳想:"奇怪,奇怪。"后来一想,不能声张,不能泄露风声,立即吩咐斩首,十二名当作十三名,又吩咐军兵不可泄露风声不提。再说王抟老祖作法,将银龙吸上山顶,吃了妙药,软骨头变成硬骨头。张银龙满心欢喜,拜师学艺不提。

　　勿说银龙学本领,回文再宣小张春。

　　一听清明已杀死,拍手拍脚笑勿停。

　　一块心石来放下,后顾之忧消干净。

　　想看小姐田素贞,我要马上大做亲。

　　催促丈人要结婚,弄得培卿呒那能。

　　如果勿把婚来结,奏明皇上斩头颈。

　　田培卿与夫人商量:"如果不答应马上成亲,就作拒婚。违反合同,立即斩首。"实在无法,只得答应成亲大办喜事哪!

　　田家门上闹盈盈,亲眷朋友都来临。

　　姑爷小姐要成亲,乐曲吹打闹盈盈。

　　张春心里多快活,摇头摆脑骨头轻。

　　干红兰白来晓得,马上报与小姐听。

　　小姐一听吃一惊,与他成亲万不能。

　　小姐连忙来到母亲楼房,一见母亲,嚎啕大哭,道:"母亲,我看这人决不是王家公子。其中一定有缘故,我决不与他成亲。"老夫人说道:"儿呀,我也这样想,可是你爷没有办法呀!如果违抗合同,要满门抄斩。好女儿,你体谅体谅父母吧!"小姐一听,无言可说,回房大哭一场,就差二个丫鬟出去买花。干红、兰白奉命而去。小姐关了房门,悬梁自寻短见。过了一时,干红、兰白回来,推推房门紧闭,连喊几声,不应,急忙撬门,一看小姐吊死了,二人说:"如果老爷太太知道了,我们二人也要处死的,倒不如自己死吧。"二人关了房门,也是上吊自尽。那时,老夫人舍不得女儿,来到女儿房门,喊了几声不应,就喊干红、兰白,也没有回音。急忙推进房门一看,啊呀!不好了!老夫人吓得昏了过去,幸亏荷花丫鬟看见,急报老爷,田培卿晓得立即上楼,一面救醒夫人,另一方面将小姐等三人放下,一摸都断气。老爷告诉佣人,不准响出去。关紧房门,抱夫人回房。

　　夫人悠悠来醒转,嚎啕大哭女儿身。

　　老爷吩咐不能哭,泄露风声有祸根。

　　如果女婿来晓得,说我逼死女儿有罪名。

　　瞒起女婿共亲友,就是缺了新娘身。

　　田培卿老夫妻二人怕违旨,急中生智,就叫荷花丫鬟代做新娘,即求荷花丫鬟。荷花为了救主人,一口答应,连忙在老夫人房中打扮,代田素贞成亲哪!

　　荷花丫鬟有忠心,为了救主代素贞。

　　夫人在旁来吩咐,不可暴露你身份。

　　问你我是田素贞,今年年纪十九春。

　　认你寄女似亲女,将来一定报你恩。

　　荷花双膝跪下道:"母亲在上,受女儿一拜,母亲放心,一切我都明白,决不辜负母亲重托。"再说田培卿在外主持婚礼。

　　张春拜堂新官人,哪知一个假素贞。

　　送入洞房挑方巾,好家婆连声叫勿停。

　　霎时一阵狂风起,飞沙走石吓煞人。

　　风停月出天又好,亲朋席散回转门。

偷偷女儿楼上去，不舍得三人丧性命。

推进房门细细看，三个尸首无处寻。

吩咐心腹到处寻，寻到天亮不见人。

夫人偷偷来啼哭，幸亏荷花在旁劝夫人。

勿说田家一般事，回文再说田素贞。

再说仙人黎山老母知道状元夫人田素贞与干红、兰白有难，作法起一阵大风，把田素贞、干红、兰白三人的尸体卷到湘州白衣庵边落下。因她们三人难星未脱，不能救上山头，放在庵堂边草地上。到天明，三人悠悠醒来一看，都说："我死了，为何在此呀？难道到了阴间？"田素贞说："干红、兰白，你二人怎么在此呀？"二个丫鬟说："小姐，我们买花回来，看见你上吊而死，那我二人也上吊而死了。为何在此？"一看太阳起来，小姐说："不像在阴间。"此时，对面来了一个小尼姑，名叫悟静。手提一只木桶，一见三人，忙问："为啥坐在草地上？"田素贞说："我们在此休息。请问小师太，此地何处？"悟静说道："此处是湘州。这是我们的寺院，叫白衣庵。请到我们庵堂里休息休息吧。我要去提水。"说罢就走了。

素贞三人俨清醒，这是阳间不是阴。

三人吊死在房中，为何来到湘州城。

莫非仙人来救我，三人望空拜神灵。

三人走过白衣庵，弥陀阁上拜世尊。

三人跪在拜坦上，心中暗暗来通神。

为何将伲救到此，无依无靠难活命。

主仆三人嚎啕哭，惊动师太叫法静。

白衣庵当家叫法静，庵里共有一百十三名尼姑，是一只大庵堂，年久失修。今日在内做功课，听见弥陀阁上有哭声，连忙走出一看，原来是三个女子，蓬头赤脚在哭。刚巧想进去问问，忽听得屋上嘎嘎儿响，素贞三人都听见，连忙起身逃出弥陀阁。只听见轰隆一响，一间弥陀阁塌了下来。法静就将田素贞主仆三人抓住，说道："你们是谁？哪里人？叫什么名字？"田素贞说："我是山东田素贞。"师太一吓："啊呀！你们是山洞里的田螺精？把弥陀阁弄塌。"吩咐众尼姑将这三人捆绑起来拷打。田素贞主仆三人苦苦哀求："我们是人，不是妖精。"

求求师太发慈心，我是人来勿是精。

家住山东济南府，家中也是好出身。

这二人是我丫鬟，一切事体我担任。

请你放我回家去，重造弥陀阁我担任。

法静当家虽出家，勿是一个善良人。

法静当家是一个凶人，不是善人。她说道："罚你庵前叫化缘，把你化来之钱修造弥陀阁，一直到修好为止。"又道："干红、兰白二个丫鬟，白天挑水种菜，晚上推磨，全庵一百十三名吃菜吃面粉，要你二人供应。如果供应不上，要打棍子。"说罢，吩咐就将田小姐拿链条锁在庵门前的石狮子上，逼她来化缘。干红、兰白挑水推磨，三人受苦。

法静师太真真恶，将她三人受折磨。

素贞锁在庵门前，天天跪下来求化。

来往路过善良人，就拿铜钿来虱下。

一边讨来一边哭，人人看见眼泪落。

未知何日来化满，我条性命终难活。

干红兰白也苦恼,日里挑水夜推磨。

咬紧牙关熬下去,肩胛痛来二脚麻。

一日三餐吃勿饱,肚皮饿了只好哭。

二人恨得将师太骂,尼姑听见,告诉师太,把她二人吃生活。干红、兰白二人实在吃不消,坐在菜地上大骂:"法静假慈悲,狼心狗肺,杀人不用刀,终有一天要报仇。"正巧给小尼姑听见,去告诉师太。师太一听火气直冒,马上吩咐师姑将干红、兰白吊起来重重拷打。二人被活活打死,尸体抛在山沟里。这时,有一个善良小尼姑叫悟静,去告诉田素贞。小姐听了昏了过去。幸亏悟静相劝,救醒了小姐,道:"你不能死,终有一天来报仇的。"悟静到晚上偷偷拿东西给田素贞吃。田素贞感激不尽悟静师太哪!

悟静尼姑好良心,照顾小姐似亲人。

常常相劝田小姐,待等出罪好翻本。

常拿东西小姐吃,三餐茶水她照应。

勿说小姐化缘事,再说二个尸首身。

干红、兰白二个尸体被虫在沟里,被仙山黎山老母吸去救活。黎山老母收她二人为徒弟,在山学道。干红、兰白求师父去救小姐。老姆道:"她灾难未尽,不要着急,今后你们会见面的。你二人专心学艺,今后有用的。"

不说干红兰白在山顶,回文再说王清明。

银龙调监来救出,张清赠银上京城。

一路走来一路哭,满身疼痛难行程。

走一程来坐一程,咬紧牙关往前行。

朝行夜宿不必说,前面看见一山林。

山高林密人少有,一人进山赶路程。

此山就是铁盘山,林中窜出众强人。

王清明进了铁盘山,被强盗挡住,抢上山头,见大王白文奎。大王道:"你姓甚名谁? 哪里人氏?"王清明道:"求求大王,小人是落难之人,山西人,我姓王名清明,我父亲叫王有玉。"白文奎一听是王有玉之子,哈哈大笑,心想,过去我在朝为官,被王有玉奏上一本,将我削职为民。今日冤家碰头,就吩咐将王清明绑在后花园剥衣亭上,晚上我要拿他心挖出来吃酒。王清明大喊救命。却说大王接到桃花山大王的请柬,今晚约会吃酒。白文奎便吩咐今日去赴宴,明日再挖心,立即上马动身去哉!

不说大王去赴筵,再说一个出场人。

大王女儿白秀英,今年年方十八春。

跟了父母山上住,尚未出帖配婚人。

小姐常常劝父亲,阴功积德最要紧。

秀英生得真美貌,心地善良是好人。

忽然听得有哭声,喊了丫鬟问原因。

白秀英小姐听得一阵阵的哭声,连忙问了丫鬟:"谁人哭喊?"丫鬟就说:"今日抢了一个白面书生,大王要吃他心。现被绑在园中剥衣亭上哭。"白秀英小姐道:"我爹爹不听我劝,尽做伤天害理的事。"小姐同丫鬟来到剥衣亭,一看是个年轻人在喊救命,问道:"你是何处来的? 叫什么? 今年几岁?"王清明一看是个小姐打扮的人,便道:"我叫王清明,今年十九岁。因家庭贫困,想到京中寻娘舅照应。在此经过被抢上山,还要吃我心。小姐,我王家只有我一子,家有老母住在坟堂。求小姐救我一命,日后永不忘恩。"小姐一听,热泪盈眶,在旁边心想:"此人生得面清目秀,天苍饱满,不知文才如何? 我来问问。"便道:"公子,你的文章怎样？"清明道："小姐,我十年寒窗苦读,文章读通。"小姐道："我有一句上联,你能对得出,我马上救你。"清明一想,此人一定是好人,不是坏人。清明道："请小姐救救我吧。请教小姐上联。"小姐说："你听哪！马走木桥蹄打鼓,咚咚咚。"清明马上说："下联是,鸡啄铜盆嘴敲锣,喤喤喤。"丫鬟说："妙呀！妙呀！"小姐一听,名不虚传,是个才子,道："公子确实是才貌双全。"就给丫鬟做了手势,丫鬟点点头："公子,小姐的终身托与你,你答应了,马上放你下山,如不答应,我们不管了。"王清明说："我有话告禀也！"

　　清明开口小姐称,小姐在上听原因。
　　今朝勿是不答应,因有妻子田素贞。
　　恳求小姐救救我,黄沙盖面不忘恩。
　　秀英开口公子叫,我愿做你二夫人。
　　旁边丫鬟来相劝,清明只好来答应。
　　小姐就拿公子放,清明跪下谢恩人。
　　小姐就拿银子赠,想出办法下山林。

　　小姐就叫王清明扮了丫鬟,二人骑一匹马,小姐在前,清明在后,清明道："这叫一马双驼。"快马加鞭,送下山林。走了十里,有个村庄,清明下马,二人难舍难分,说不尽话。小姐还给他很多干粮,王清明说："我有一天高中,就来接你。"小姐说："我愿意等你一世。"二人流泪而别。小姐回山。天亮,大王回转,不见清明,当仔被他逃走了不提。

　　不说铁盘山上事,再提清明落难人。
　　心里想想真真怕,小姐勿救命难存。
　　幸亏秀英良心好,救奴下山赠我银。
　　身上盘费有足够,疗伤请医看伤痕。
　　看伤店里来休息,身体恢复就动身。
　　路上行程无耽搁,前面已到帝皇城。
　　问讯来到丞相府,张丞相一见喜欢心。

　　张丞相一见外甥到,满心欢喜,马上摆酒,款待王清明。王清明见到娘舅、舅母,将家事和遭遇告诉了舅父母。张丞相夫妻一听此言,就叫外甥放心："一定替你报仇。你在我家读书,我派人送信和银子给你山西老母。待等明年二月,皇上开考,到那时再作道理。"再叫清明到里面香汤沐浴。

　　清明就在舅家蹲,立写书信给娘亲。
　　只说一切都很好,路上一切都太平。
　　现在舅家书来读,来年二月考功名。
　　但愿母亲身康健,母舅全家都安宁。
　　丞相还送百两银,差人送到托林村。
　　老太太接信心安定,望儿有官回转门。
　　勿说太太望儿子,卷中另有出场人。

　　却说我国北方有个小国,叫沙陀国。侵犯边界,要进攻中原。万岁已派黄老元帅领兵去出征。哪知番将很猛,沙陀元帅还有妖法,所以黄元帅连战连败,难以守住边关。元帅无法,只能写表进京讨救兵。万岁与各大臣商量后,下旨张贴皇榜,招集天下武士,能打退番兵者封为镇国大元帅。爱国武士速到边关报到,勿论九流三教都可以。皇榜一出,天下武士都到边关去投军。

　　皇榜贴得密层层,各地武士去投军。
　　如果打退沙陀国,保国之功不非轻。

王抟老祖喊银龙,下山边关立功勋。

银龙别师下山去,要到边关去投军。

张银龙在山上学得一身本领,今日奉师下山,要到边关去征服沙陀国立功。师傅给他一条捆仙绳。

勿说银龙路上行,黎山老母算得准。

吩咐干红兰白二个人,快快下山去参军。

一直要往边关去,传你法术带在身。

定风牌来斩妖剑,为国除妖立功勋。

二人行到半路上,碰着银龙一同行。

张银龙一见干红、兰白二人,问道:"二位姐姐,何处去?"干红道:"我们奉师父命往边关投军去。"银龙道:"巧了,我也奉师命到边关投军。你们师父是谁?"兰白道:"是黎山老母。你师父是谁?"银龙说:"我师父是王抟老祖。"大家都说:"师父讲起过,原来都是自己人。"三人通了姓名,是同乡人,都是山东人,很亲热地上边关而去。

三人同走一路行,说说笑笑自己人。

前日师父对我讲,沙陀元帅大本领。

上阵打仗要细心,切莫大意半毫分。

干红兰白回言说,却到那时再理论。

三人一路到边关,参见元帅黄大人。

银龙、干红、兰白三人到了边关报名进营,黄元帅接见用茶。黄元帅道:"番奴很强,特别沙陀元帅有妖法,难以取胜。所以我一面挂出免战牌,一面招兵。"银龙道:"大元帅无忧,明天我们三人和他一战。"元帅一看,三人年纪很轻,有些担忧道:"你们千万要当心呀。我们已经被打死了四十多员大将。"干红、兰白道:"请元帅放心,明天试一试吧!"立即摆酒款待。一到明天,大元帅领兵上阵。

一夜无话勿必说,明天一早就动身。

沙陀元帅已来到,阵前大骂不绝声。

元帅传令去出阵,提枪上马到阵门。

银龙也骑一匹马,干红兰白后面跟。

沙陀元帅骑一匹红马,手拿二个金铜球,喊道:"中原有没有人来和我玩一玩?"张银龙一听,一气!连忙拍马上前。干红、兰白也跟上。沙陀元帅一看,哈哈大笑道:"中原真的没人了,派一个小弟,二个毛丫头来送死。"银龙一听,火冒千丈:"番贼!不要多言,看枪。"二人立即大战,打了十个回合,不分胜败。又战了十个回合,沙陀元帅渐渐败下去。银龙越战越强,沙陀元帅难以抵敌,便使妖法,张口一吹,一条黑烟出来,顿时起大风,飞沙走石,乌天黑地。黄元帅大喊:"张将军当心,妖法来了。"干红就将定风牌拿出来,一招手,一道银光飞去,战场上立即风停云开,张银龙拍马上前道:"你还有妖法吗?"沙陀元帅一看不妙,右手一招,飞出一条大蟒蛇,被银龙一斩二段落到地上,原来是草绳。沙陀元帅说:"不好!"摇身一变,三头六臂,各执兵器打来。银龙说道:"妖精看宝。"将捆仙绳抛出,霹雳一声,将沙陀元帅捆住,滚在地上。大家一看,一吓!原来是只癞蛤蟆,银龙上前,一枪把他戳死。银龙把手一扬,喊道:"冲!杀过去!"那时,番兵死的死,降的降。沙陀国王立写降书投降。黄元帅收兵,大摆筵席庆功,带领兵马班师回朝。

勿说元帅在边关,再说万岁选能人。

皇上开考圣旨下,皇榜贴得密层层。

天下秀才都来到,各将文才夺头名。

别了舅父进考场,各拿本事跳龙门。

三场文字都考毕,状元得中王清明。

游街三日皇城看,奏明回乡祭祖灵。

王状元奏明君王回乡祭祖,奉旨成亲,就拜别舅父母,大号官船开回家,各官送行。

清明心里喜十分,写信回家安娘亲。

先派家将送信去,我要到山东去翻本。

吩咐官船山东去,船前乌鸦叫勿停。

清明听见火十分,吩咐家将射鸦群。

因为王清明在去年别母投亲时,一只乌鸦在前头哇哇地叫勿停,结果碰到大难。今日出门回家,又在船前叫勿停,想想有点疑心,吩咐家将射死它。家将奉命射,但射勿着,还是叫勿停,并向前飞。状元吩咐:"追去,定要射死它。"船就跟了乌鸦行去,家将把船上所带的箭都射光了,一箭都没有射着,行了一天,乌鸦不见了。状元吩咐停船住夜,将官船旗号扯下,换上进香旗号。状元扮了算命先生,上岸自行察访。状元想:"乌鸦引我到此地,必有冤枉之事。"一路来到街上问,才知到了湘州了。看见一爿德升楼茶馆,待我进去吃茶听消息。进去泡了一壶茶,坐下吃茶。听见旁边桌上二个人讲话,甲道:"阿大,刚才白衣庵门前化缘的女子可怜,为啥将她锁在石狮上呢?"乙道:"阿二,你不知道,这女子是山洞里田螺精。去年弄塌了弥陀阁,师太要她化钱修好弥陀阁。不锁牢,她要逃的。"甲道:"原来如此。面孔很美的。"王清明一听,奇怪!有这种事吗?正在此时,茶馆老板曹老虎走来道:"你是算命的吗?"清明说:"是的。"曹老虎说:"你可懂得此地规矩?你听着,我是茶馆店老板,曹老虎三字赫赫有名。你倘使勿孝敬我,休想在此算命。算一天命,马马虎虎拿一两银子来,否则休想。要没收工具,还要吃三十记大棍。"王清明一听,记在心里,过几天,我叫你看我的尚方宝剑,把你开刀。当时,王清明拿出一两银子交给曹老虎。曹老虎拿了银子以后说:"只准一天,明天还要一两。"王清明起身付了茶钿,出茶馆门,一路打听曹老虎的行为。大家恨他,都说这个恶人,敲诈勒索,强奸妇女,无恶不作。

勿说众人来反映,清明问信到庵门。

白衣庵前看一看,果然有个苦女人。

蓬头散发面貌瘦,身上衣衫破零零。

一面求化一面哭,身旁放只破面盆。

铁链锁在石狮上,一头锁在她脚跟。

清明一看勿像田螺精,明明是个年轻人。

王清明上前叫道:"小娘子,你为啥被锁在这里?"田素贞抬头一看,是个算命先生。田素贞说:"不必多问,说也无用。"清明道:"你姓甚名谁?何处人氏?"素贞回言:"我乃山东人,叫田素贞。"清明一听,大吃一惊,莫非就是我妻?忙问:"你父亲可叫田培卿?"素贞说:"正是。"王清明急急问道:"小姐为何在此受苦?"素贞道:"何必多问?"清明说:"今日京中来了一位清官,姓王名叫清明。我给你告状,你详细告诉我。"小姐一听清明二字,想:"啊会是我丈夫王清明?"连忙问:"清明,那里人?"清明说:"是山西洪洞县托林村。"小姐一听,不错,是我丈夫,快让我说给他听。

素贞两眼泪纷纷,叫声先生听原因。

家中来了假投亲,只认合同不认人。

要我与他结婚姻,奴奴宁死不答应。

我就逃出自己门,逃到此庵拜世尊。

不幸弥陀阁塌下,师主说我是妖精。

罚我天天来化缘,化下铜钿修寺门。

　　我今无法来受苦,请你告诉王大人。

　　叫他马上庵堂来,我有要事说他听。

　　王清明听罢,双眼流泪,原来如此,马上叫道:"娘子啊! 我害你受苦。"素贞一听,说:"呸! 你是何人?"王清明说:"我就是王清明。你不信,请看一样东西。"拿出黄金印一颗给小姐看。素贞一看,记得王清明印,确是真的,嚎啕大哭。清明安慰小姐不必悲伤,并吩咐法静大师太,说道:"她是新科状元王大人之妻。明日来接,不可怠慢。谁要违反立斩。"法静吓得连忙开锁,请状元夫人原谅,多多冒犯。王清明关照,好好服侍夫人。众尼答应,跪下口称等状元吩咐。

　　清明别妻下船行,一夜五更勿尽困。

　　想想素贞真烈女,为我受苦心勿宁。

　　法静尼姑太凶恶,尚方宝剑不答应。

　　天亮一早抽身起,发信通知县衙门。

　　要借夫人衣一件,吩咐抬轿接夫人。

　　金锣开道前头走,行牌执事密层层。

　　三声号炮惊天响,法静吓得抖勿停。

　　状元坐轿庵堂去,当地官员急煞人。

　　连忙备礼庵堂来,都到庵中见大人。

　　却说法静当日就请素贞香汤沐浴,更换衣襟,用好素斋相待,并在素贞面前说好话。今日看见行牌道子来,吓得汗毛凛凛,服侍素贞换好衣服出来。素贞别了悟静小尼姑,状元吩咐上轿回船了。

　　一声号炮回船行,清明夫妻轿子登。

　　状元官船就起程,来到济南接官厅。

　　下了官船写书信,湘州知府去提人。

　　第一先提曹老虎,第二就要提法静。

　　犯人解往济南府,湘州知府就执行。

　　刘炳知府来迎接,一见大人是清明。

　　吓得魂灵都出窍,莫非鬼魂来讨命。

　　连忙告诉夫人听,莫非你是看错人。

　　一夜功夫不必说,明朝上午坐堂审。

　　王清明借济南府衙门升堂,衙役三班分立两旁,三声号炮,审堂理案。状元发下朱签、堂单,立提曹老虎、法静二人。状元拍案喊道:"曹老虎,你在湘州无恶不作,你招也不招?"曹老虎说:"大人,冤枉呀。"王清明喊道:"你抬起头,看看认得我吗?"曹老虎抬头一看,大吃一惊,这是前日的算命人呀! 连忙从实招来。状元叫他画了供。王清明喊法静道:"你身为出家人,应该行善救人,你却相反害人。从实招来,免受刑罚。"法静想,赖勿脱就招了吧,就全部招出来,拷死二个丫鬟,还逼死二个尼姑,自己常与和尚私情来往,一一都招了,也画了口供。状元道:"你二人罪恶重大。"立即吩咐差人绑到法场,尚方宝剑斩首。

　　善有善报从古说,恶有恶报古来闻。

　　曹老虎与恶法静,作恶多端斩头颈。

　　刘炳在旁边越看越像王清明,吓得魂不附体。王清明立提田培卿、假清明张春到案。公差奉命,立即拿到堂上。田培卿与张春一想,不知道什么事,跪在堂下,头也不敢抬,一声勿响。

　　状元拍案大声叫,叫声奴才小张春。

　　奴才你抬头看一看,认得我是啥个人。

张春口音听出来,就是主人王清明。

吓得全身瘫下去,想想是阳还是阴。

张春想:"如果是阳间,王清明已经死了,为什么会坐在上面? 如果是阴间,我没有死呀。"只听状元喊道:"张春奴才,招也不招?"张春仔细一看,确实是主人,无法再赖,只能从实而招。谋主抢合同,冒名投亲,行贿刘炳,杀害主人,全盘托出,画了口供单。王清明再喝一声:"刘炳! 你贪赃枉法,草菅人命,快快招来。"刘炳跪下说道:"贤才呀,我听女人之言,害了你。我串通大盗毛二,硬咬你一口,我贪了银票。"状元道:"刘炳,身为知府,不思为民,贪赃枉法,罪该万死。"状元把刘炳革去职务,吩咐将张春、刘炳立即斩首,推出法场执行。

法场上面人头兴,大家都来看杀人。

杀了二个又一双,都是社会害人精。

众人拍手都说好,苦了主仆三个人。

勿说法场人议论,回文再说田培卿。

田培卿跪在公堂上,才弄明白张春谋主投亲。心里想:"我也做过错事,行贿刘炳,但是我是被迫的,不知女婿啊肯原谅我? 可惜女儿已经死了。如果女儿不死,可以说说情。"正在想的时候,听见状元喊道:"岳父大人,我今日要到你家来迎亲。我要和田素贞小姐奉旨完婚。"田培卿道:"求求状元老爷,饶了我吧,女儿已经死了。"状元问:"尸体在哪里?"田培卿道:"我也不知。"此时,田素贞听了,软了心肠,想想丈夫何必再捉弄父亲了,连忙奔到公堂上,双膝跪在田培卿前头,叫道:"爹爹在上,女儿拜见。"田培卿一见,一惊,女儿已经死了,为什么叫我? 奇怪! 心想:"女婿已被杀死,现在做了状元;女儿老早死了,又在面前叫我。"满身发抖,道:"女儿呀,究竟怎么一回事? 弄得我昏头昏脑。"状元吩咐退堂。走出案台,扶起田培卿到内堂谈话。再亲自去请继父张清,状元夫妻双双拜见张清,相互介绍,大摆筵席,感谢救命之恩。刘炳家属驱逐出境,叫张清代理济南知府,待状元奏明万岁,重新坐正。田培卿领了女儿回家,母女抱头大哭,各吐别后之情。小姐拜谢荷花。荷花看破红尘,出家为尼。状元派船、轿子送到湘州白衣庵。状元下令,着当地知府修好弥陀阁,还命悟静为白衣庵当家师太,还请她吃喜酒。

培卿全家喜盈盈,就缺干红兰白二个人。

田家大办结婚事,状元派人去打听。

铁盘山上白小姐,要请秀英同结婚。

写好书信差人去,快马加鞭快如云。

差人送帖上山林,秀英接帖喜万分。

爹爹死了刚断七,答应烧山下山林。

铁盘山大王白文奎已死,山上之事都是白小姐一人掌握。今日,白秀英就将山上的东西分给大家,还劝大众喽啰改邪归正,去做生意。众人谢小姐,都下山而去。白秀英同丫鬟二人放火烧了山,骑上二匹马下山,到山东田家。田素贞小姐去迎接到内边,各吐真情,好不亲热。田家马上举行婚礼,一夫二妻拜堂。

状元奉旨结婚姻,一夫二妻喜盈盈。

二位夫人都贤惠,如同姐妹一样能。

亲眷朋友来贺喜,田府门上人头兴。

光阴迅速满月毕,领了家眷回转门。

官船旗号来竖起,奉旨回乡探娘亲。

官船一路无耽搁,前面已到托林村。

三顶大轿到坟堂,惊动全乡不少人。

出轿进去见娘亲,母子抱住哭勿停。

二位夫人婆婆叫,太太看见喜十分。

母子讲勿完别后事,焚香点烛祭祖灵。

亲眷朋友都来到,当地官员也来临。

奉旨建造状元府,一月之内要完成。

太太快活吭淘成,二个媳妇都孝顺。

状元住进新府上,还造佛堂佛装金。

状元回京去复旨,奏明皇上仇报清。

张清批准为知府,素贞秀英封夫人。

皇上登殿来封赠,忽报边关已回京。

元帅上殿来复旨,沙陀番王已征平。

这次出征非小可,遇着沙陀大妖精。

损兵折将真无法,幸亏来了三个人。

男的名叫张银龙,文武双全大将军。

干红兰白两女将,大破妖法有功名。

银龙将妖来捉住,一枪戳死癫团精。

这次功劳归三人,伏乞万岁来封赠。

万岁见奏心大悦,立刻下旨封功名。

万岁立即封张银龙为护国大元帅,干红、兰白封为先锋将军。三人谢恩,退朝回到元帅府。黄元帅大摆筵席庆贺。王清明得信前来拜访,二人一见,果然是张贤才。银龙接见兄长王清明,二人相会,谈别后之事。干红、兰白得知,连忙来见姑爷王清明,三人大谈经过情况。干红、兰白知道王清明结了婚,非常快乐。张银龙奏明君王,奉旨回乡,干红、兰白同行。王清明奏旨巡查,同回山东。

文武官员一同行,各人心中喜十分。

清明看出二友情,就在船上做媒人。

干红兰白来答应,银龙一夫二妻喜十分。

官船一路到山东,上岸回家见父亲。

张清见儿一吃惊,为何做了元帅人。

各谈其中奇怪事,拜见继父做媒人。

张清张风哈哈笑,马上办事就结婚。

山西相请田素贞,还请白秀英二夫人。

干红兰白见小姐,抱头痛哭恨法静。

过去之事休再提,今日团圆喜欢心。

婚后要吃团圆酒,拜见张清张风老大人。

结婚后,张清、张风上坐,王清明与二位夫人参拜寄父、叔父的大恩。张银龙与干红、兰白二位夫人拜见父亲与叔父大人,张清、张风二老哈哈大笑。亲朋都说:"行好事都有好报。"还拜见清明之母、田培卿老夫妻二人。皆大欢喜。

大家就吃团圆酒,五老六少喜十分。

素贞想着荷花妹,还想悟静小尼姑。

夫人齐到白衣庵,上门拜谢二恩人。

太太念佛常吃素,四位夫人常念经。

清明后来生三子,接替三家香烟根。

就是白家、田家、王家这三家的后代香烟。

合同宝卷宣完成,奉劝听众行善心。

不劳而获想吃肉,将来结果自伤心。

不信但看张春奴,邪念谋主无收成。

行好待看老张清,父子同堂喜欢心。

卷中如有错误事,三炷清香补完成。

红楼夜审宝卷

鸣尺一响宝卷开,诸位大家静下来。

在堂大众静心听,红楼夜审宝卷宣一番。

此卷出在大明年间,江苏省巡抚官姓卜名伯顺,有一别号叫"剥扒人"。夫人孟氏是个凶恶无理的人,别号叫"雌老虎"。夫妻同庚五十岁,所生一子名叫卜仁。生得很难看,冲额骨、高颧骨、大小眼睛尖嘴巴,讲起话来喔呀呀。笨得很,读书读勿进,请了许多先生教,他总是前读后忘记呀!

江苏巡抚卜伯顺,有权有势有金银。

可惜养着无用子,面孔难看肚皮笨。

先生请了十几个,青肚皮只小猢狲。

先生教他读读书,嘴巴硬得吭淘成。

如果先生管管他,扬起拳头就打人。

先生个个都辞馆,巡抚只好重请人。

各处的教书先生都不肯到卜家来教书。巡抚无法,只好用重金请着一个王先生。有一些功夫的王先生一进馆就教卜仁读字,"天地玄黄"四个方块大字,一连教了七八遍。卜仁说:"喔喔喔!天打先生,好好休休休息哉哉哉,笨少爷吃吃吃力煞哉哉哉!"王先生说:"不可休息!要认真读五十遍。"卜仁说:"你你你阿要要要吃吃辣货酱?啊呀!吃力煞奴哉!"王先生说:"不可多讲,快快读。"卜仁马上对正先生眼睛上一拳头打上去,被王先生一把抓住,轻轻一捏。卜仁急喊:"啊啊啊,划一划,痛痛痛煞本少爷哉!"王老师说:"你还敢吗?"卜仁说:"再也不敢了,我我我叫你晚爷,啊啊好?"王先生说:"只要你读给我听。"卜仁说:"我我我来读读看,念念天地玄黄。"王先生说:"对,很好。"卜仁说:"本少爷是个个个聪聪聪明人。"王先生说道:"还要懂解释,你听,天是上头,天上的天;地是下面的地,田地的地;玄是是老老深的黑颜色;黄是黄颜色的黄。记好,不可忘记。"卜仁跟说了几遍,王先生很满意哪!

王先生心里蛮高兴,认为卜仁不是个笨人。

晚上回报巡抚听,巡抚一听喜十分。

心中有些勿相信,决定明日去偷听。

一夜无话勿必说,明日一早便抽身。

巡抚就与先生讲,我在隔壁听你们。

王先生拍胸称晓得,吃好早饭学堂进。

王先生要想献本领,就叫卜仁读认真。

要说王先生没有真真摸到学生卜仁的底细，就简单地认为卜仁学好，所以讨好东家，保证教好卜仁。今日东家在隔房听，要献献本领，就喊卜仁读四个字。卜仁开口说："天打，这这这四个、四个断命字，我死也不会忘记的。天地玄黄，啊啊啊，啊对？"王先生说："你四个字读得很对。这四个字的解说用处，你会讲吗？"卜仁说："我我我不单单会用，还还还会化开来讲呀！"隔壁巡抚一听，满心欢喜，这个先生有本领，过去几个先生都是饭桶，听下去。王先生说："学生你讲讲看，第一个字，什么字？什么用？"卜仁说："第一个是是是，喔唷唷！刚才我都识的，为啥啥啥现现现在勿认得它了。你你你你个短命字到底是啥呀？"王先生急得一身冷汗，连忙做手势指指上头，并对他歪歪嘴。卜仁一看就说："先生，先生你指指上头，我我我晓得哉！喔唷唷！椽子个椽字呀，总算给我认出来。"在隔房听的卜巡抚气得火冒十丈，马上走来喊道："你个小畜生，这样不是我卜家的。"还对王先生说："王先生，你欺骗我。不用你了，你给我滚出去吧！"

王先生听得就动身，卜仁哭到娘房门。

孟氏夫人护儿子，就同巡抚大争论。

宁可儿子不识字，从此不许请先生。

卜仁一听心快乐，听见读书头里昏。

天天和书童去白相，天天闯祸去打人。

光阴似箭容易过，日月如梭晓夜行。

卜仁已经十八岁，爷娘几次去托人。

光阴很快十年过去了，卜仁十八岁配亲。卜巡抚老夫妻俩心事重重，势大财多，可惜儿子不孝顺。不光是人品难看，而且肚中没有文才，东托人，西托人，人家总是不肯。老夫妻两人没有办法。后来孟氏夫人想出一个办法，就说："只有往下看我们的下属官中，谁家有女儿，可以利用权、用恐吓或者用诱的办法骗娶媳妇。"巡抚一听，此甚妙，立即派人打听谁家有女儿呀！

公差奉命去打听，各州各县去问询。

越要人品生端正，又要文才胜众人。

访访半月才访着，江都县官江梦醒。

有位千金江燕燕，文才出众人端正。

却说江都县七品知县官，姓江名梦醒，今年五十一岁，夫人早已过世，所生一女名叫燕燕。今年十八岁，生得一表人才，像月里嫦娥一样，而且文才好，知诗达礼，文文雅雅。因为母亲早过，梦醒勿舍得配别人，现在被巡抚公差打听着，立即回报卜巡抚。夫妻二人商量好计划，马上通知江梦醒到巡抚府有议事呀！

夫妻二人商议定，立派差人去通信。

差人奉命江都去，快马加鞭不留停。

不多一歇江都到，江知县晓得接进衙门。

分宾坐下香茗送，差人拿出信一封。

江知县听得满身抖，勿知为了啥事情。

江梦醒想："顶头上司来人，必定是要责罚或许批评，没有好事体的。"吓得发抖，看见信上不是令字，而是一个请字，心里才放心。连忙拆开一看，请江知县立即来我府，有要事商酌。下面有卜伯顺字，知县一口答应，明天就到。公差回府回报。不提江知县明天一早立即坐轿去巡抚府呀！

江知县坐轿出衙门，心中疑惑忐忑能。

此请不知凶和吉，请字浪向有点勿放心。

啊会巡抚提拔我，谢天谢地谢神明。

左思右想在轿中，不多半时到府门。

卜巡抚出门来迎接,江知县出轿还礼行。

你请我请中堂到,分位坐定用香茗。

知县殷勤用香茗,小心回报县中情。

我县里买卖公平经商好,街市热闹人头兴。

田里无灾庄稼好,又无偷盗很太平。

巡抚道:"江知县,你领导有方,因此本巡抚很看重你。今日特请你来,主要为了江都府已调去,暂缺一人填补。我想在江苏省各县中挑选能干的县官,提升为江都府台,但我不了解各县的真情,所以请你来同议。"江梦醒一听,心想:"奇怪,这件事为何光唤我一人商议,而且根本挨勿到我个七品官的。"连忙说:"巡抚大人,不敢,不敢!我不敢参与这事,任凭大人调选。"正在这时,有一叫春桃,出来唤道:"大老爷,夫人在房厅内,要请江都县太爷速速进去,有事商议。"巡抚说:"好好,江大人,本夫人请你,你快快进去吧。夫人的脾气很急躁,我在外面等你,去吧!"

江梦醒一听搅勿清,夫人请我啥事情。

夫人出名雌老虎,一个勿对该倒运。

只好跟了丫鬟走,来到内房见夫人。

夫人立起县官接,坐定身体用香茗。

梦醒开口夫人叫,召唤下官何事情。

夫人说:"县大人,现在补缺一个江都府台,我丈夫想要提升一个关系亲近的人,帮助自己人。我们夫妻决定提升你为江都府台,你看怎样?"江梦醒说:"我与你们非亲非眷,怎么提升我呢?"夫人哈哈大笑道:"要亲就可亲,你有个千金小姐可以配与我的宝贝儿子卜仁,这样一来谁敢插嘴。你如果不答应,我丈夫的脾气不好的,今后你日子难过。"江梦醒一听,难了,我女儿一定勿肯的,但我推说一声罢,连忙说:"夫人,好说。我女儿有言在前,婚姻大事,父亲做主,不过有一个条件。施行婚礼一定要守够母亲三年孝,否则是至死不从的。"夫人一听,说:"好的,满孝还有多少天?"江梦醒说:"到开年五月份。"夫人说:"一言为定,满孝后马上行聘娶亲。"梦醒为了升官,不顾女儿的终身大事,一口答应。那时巡抚在外走进来,哈哈大笑道:"亲家二人握手。"巡抚说:"亲家,等待儿女结婚后,再来调升你去上任府台罢。"梦醒满口答应,就告辞回家哪!

江知县告辞出家门,卜巡抚送出外墙门。

江知县路上细细想,又喜又忧心勿定。

喜的是调升府台升一级,忧的是女儿勿肯哪能弄。

可惜卜家少爷勿出众,女儿一定勿答应。

让我暂时勿说穿,待到那时再理论。

满孝过后来娶亲,女儿知道难违命。

知县的轿子已到县衙门,停轿出轿到内所。

燕燕问爷什么事?梦醒推说公事情。

勿说江家县里事,再宣卜家叫卜仁。

卜巡抚老夫妻俩终算计划成功,媳妇有了着落,满心欢喜。也勿对儿子讲穿。可是卜仁今年十八岁,不肯读书,天天轧一些油头光棍,使枪弄棒。着身二个书童,一个叫卜兴,一个叫卜林。这二人都是诡计多端的坏人,天天带少爷卜仁出去寻花问柳,看见好小娘就要调戏,到后来靠了爷的排头,无人敢说他,他们胆子更大了。要了十个打手,跟在马后,看见小姑娘就强抢占去,糟蹋了一夜。明天放出去,再去抢。实在无寻处小姑娘,看见女人也要抢,所以搅得当地白天没有女人单独出行。就是有女人出进,都有男人陪伴,或许扮得披头散发,面孔上揩些灰,扮成疯婆。当地群众敢怒而不敢言,官府都怕它,没有办法。

　　花花公子叫卜仁,专门贪花抢女人。

　　人人见里恨切骨,怕他父亲巡抚门。

　　巡抚夫妇也知道,说个几声算教训。

　　卜巡抚觉得面上过不去,对儿子教训几声,可是卜夫人总是护儿子说:"老头子啊,不要大惊小怪,年轻人这种事免不了的,但等结了婚是会好的。"老头子怕老婆,不敢响了,所以卜仁越来越胆大了。

　　雌老虎,卜夫人,爱护儿子像宝珍。

　　放任儿子勿管他,害了儿子一终生。

　　老头说养了儿子要教训,希望儿子跳龙门。

　　教育儿子做正事,将来成个有用人。

　　爹娘教育有职任,盼望儿子早成人。

　　养了儿子勿教育,将来害他一世和终身。

　　勿宣卜仁抢女人,再宣知县江梦醒。

　　江都知县江梦醒贪图调任府台,惧怕卜家官府势力,所以将女儿江燕燕的终身答应了卜家,但是瞒起了女儿,现听到卜仁横行不法,名气难听。心里更担心女儿勿答应这门亲事,但是想要升为府台,决定硬要将女儿配给他。可是女儿江燕燕想着死去的亲娘,哭哭啼啼,茶饭少吃,得了毛病。寒热往来,茶饭不思,丫鬟春梅着急,连忙报告老爷哪!

　　燕燕小姐想娘亲,朝思夜想成了病。

　　饭勿吃来茶勿饮,又寒又热床上困。

　　老爷得知急煞人,连忙就去请医生。

　　医生来把脉,病因经常忧虑不愉快,气闷成病,只要转忧为喜,心情愉快,多散心,就会好的。当时开了药方三服,小姐服药后休息。再进庵许愿,恳求观音大士,保佑身体健康!

　　一面请医来服药,另一面许愿把香焚。

　　知县急得心勿定,全家佣人忙勿定。

　　买药煎药来服侍,天齐庵烧香求观音。

　　亲朋六眷都来望,医生天天进衙门。

　　小姐病势慢慢好,全家欢乐喜十分。

　　将近已到二三月,小姐身体复原形。

　　全身舒服精神爽,面白唇红一美人。

　　小姐之病一直到开了年,春二三月,全身痊愈,饭也吃得香,精神很好。小姐想起要到观音庵去还愿,告诉父亲江知县。江知县同意,说:"那日人头多,花样多,你顺便去开开眼界,散散心,愉快愉快。"小姐答应,一面准备好香烛素斋哪!

　　小姐一心了愿心,待等三月初三正清明。

　　光阴很快日期到,天齐庵内闹盈盈。

　　三月初三清明到,观音殿上人头兴。

　　游春烧香做生意,庵中尼姑忙煞人。

　　准备素斋来敬佛,香火兴盛闹盈盈。

　　小姐坐轿去还愿,佣人丫鬟后头跟。

　　一到庵门轿子停,小姐出轿喜盈盈。

因为小姐从来未见过这个场面,所以非常快乐,觉得心里舒畅。边看边走,走进庵去了!

丫鬟扶了小姐行,走进庵堂尼姑迎。

一切舒齐香来烧,小姐拜佛来通神。

第一炷清香炉内焚,保佑国家永太平。

有道君王登龙位,文武百官在朝廷。

第二炷清香炉内焚,保佑爹爹福寿增。

为国为民官清正,万民安乐国太平。

第三炷清香炉内焚,保得亲娘早超升。

亲娘在世有罪过,娘亲之罪奴担承。

小姐拜罢抽身起,尼姑领进茶房门。

再说燕燕小姐烧香完毕,有尼姑领进茶房间用茶。各佣人轿夫都在外面白相休息,只有春梅丫鬟陪伴,服侍小姐在内用茶休息不提呀!

不提小姐茶来饮,来了一个采花人。

卜巡抚的儿子叫卜仁,听得观音庵人头兴。

带了书童人二个,身骑白马就动身。

卜林卜兴前头走,卜仁骑马慢慢行。

路上景致无心看,桃红柳绿百草青。

东边一路看风景,西边杨柳绿沉沉。

蝴蝶飞来成双对,燕子飞来腾青云。

卜仁看得都开心,就是路上少女人。

就是女人有几个,男人一起吭淘成。

催促书童快快走,快马加鞭向前行。

书童奔得急汗流,前面已到庵堂门。

卜仁到庵前下马,众人看见都回避开。妇女们都远避之,有的有男人陪了立即回家。且说卜仁想庵里去看看啊,有年轻漂亮的小尼姑,抢回去白相相罢。所以立即进庵,走到庵里,恰巧碰到江小姐,正要相伴进尼姑云房。现在被卜仁碰见,卜仁一见,魂灵早已不在身上,张开一些嘴,一时说勿出话来:"喔喔喔唷唷!碰着着着了活活观音哉!好啊好哉!书童们快拦住她,万万万不能放她走。"卜林、卜兴就二面阻住,小姐急得面红耳赤,春梅丫鬟训斥说道:"呸!你们快让开,这是我家的小姐,你们入庙不得无礼。"说罢,二手叉腰往小姐前头一站。卜仁一看是个丫鬟来阻挡,连忙喊二个书童:"快来将将将这个丑丫鬟,扯扯扯开来。"二个书童将春梅扯开,春梅大喊:"快来人呀!救命呀!救命呀!"那时卜仁色心太重,走上前去将江小姐一抢,嘴里说:"好好好小姐,先先先让让让我香个嘴巴。"小姐用双手反抗,大骂:"无赖贱子,你放手,你胆敢无理哪!"

卜仁抱住小姐死勿放,小姐两手来抵抗。

江小姐在危急之时,进来一人,约有二十岁左右的一个武生,喊道:"青天白日之时,胆敢调戏女人,快放手!"一边伸出左手,将卜仁一把抓住。卜仁一看,说道:"嘿!放放放屁!我我我的事不不不用你管。"伸手一拳头,对准武生打上去,被那人一把抓住,将卜仁顺手一推,卜仁立勿住脚,向后直退过去。头部撞到墙角上,砰一响,头盖骨撞开,脑浆弄出,滚倒在地上,鲜血直流。此时卜林二人一看,苗头勿对,马上放了春梅,往外边逃边喊:"不好了,打死人了。马上去报官。"那面小姐和春梅吓得满身发抖。小姐想:"这个人为了救我们失手伤了人命,害了他,快叫他逃吧。"连忙双膝跪下叫道:"大恩人,你快逃吧。"那人说:

"我胡文龙专打抱勿平,打了不怕,怕了不打。请小姐莫谢,快起身回家吧,免得牵累你。"春梅立即搀了小姐出庵,那时佣人轿夫都来了,抬了小姐回衙去了。看热闹的闲人都进庵去看,大家说你个后生打死了人,为什么不逃?胡文龙说:"我打死了人,我不能害人,我一身做事一身当,我应该抵命。"大家说:"你个好汉,真是英雄,你哪里人呀?"

胡文龙说给大家听,我是出生扬州人。

姓胡名字叫文龙,坐不改姓立不改名。

看见不平就要管,专门去打抱勿平。

刚才他调戏千金体,我去劝他他勿听。

反而动手来打我,我失手一推伤他命。

宣卷交代这个胡文龙是扬州人,父母早亡,遗下他一人。他喜欢使枪弄棍,拜师学武艺,武艺精通。他专在江湖上跑,听到哪里有不平之事,他就要去管。他同当地马齐山上英雄好汉杨虎、杨豹是弟兄,亲如手足。马齐山上的英雄专济百姓,惩罚贪官。当地群众一听到采花蜂卜仁被打死,个个拍手称快,可是胡文龙被带进监中去哪!

江都知县得报告,朱签堂单去捉人。

一路来到庵堂内,胡文龙绳索捆绑进衙门。

江都知县来坐堂,立即提审姓胡人。

江都知县立即坐堂,衙役三班站立两旁,将胡文龙带到堂上。胡文龙毫无惧色,跪在公堂。知县问道:"你姓什么名字?""姓胡名叫文龙。""你哪里人士?""我是扬州人。""今年几岁?""二十岁。""你青天白日打死人,知罪吗?""我不是有意的。"胡说,你打死了人,还说无意的么?"胡文龙说:"大老爷听我讲来也!"

我今走进庵堂门,听见有人喊救命。

我走进庵堂看一看,看见一个无理人。

抱牢小姐来调戏,我上前一把将他拎。

反而拿我一拳头,被我一把来拿定。

我顺手将他推一推,他撞在墙上丧性命。

并非我有意打死他,失手伤人我承认。

江知县一听,想道,待调查调查再讲。立即退堂,胡文龙收监。后来,江知县得知被调戏的是自己的女儿,非常之恨,后来知道死者是卜巡抚的儿子卜仁,吓得浑身发抖,调查结果不敢断案。因为卜家势大权大呀!

江都知县心勿定,不敢随便把案定。

胡文龙救了女儿是恩人,可是卜家一定勿放轻。

勿宣梦醒心着急,来了雌老虎卜夫人。

一间轿子到衙里,知县立即出来迎。

登堂坐停问难事,夫人大哭喊卜仁。

江知县将卜夫人接到内所,刚刚坐停,卜夫人就大哭道:"啊呀,奴的好儿子呀,你死得好苦呀!"江知县立即相劝道:"夫人呀!不要太伤心,人死不能复活,你的身体要保重。"卜夫人道:"啊呀!亲家呀!我的儿子就是你的女婿呀,你要给我做主呀。"江知县想:"当时我被逼,只好糊里糊涂答应,女儿也不知道,现在不能承认。"便说道:"夫人呀,亲事慢慢的讲,主要目前少爷的事,你有什么吩咐?"夫人说:"我有二句话,请你照办不误。第一,将凶犯胡文龙定死罪杀头,你答应吗?"知县想:"胡文龙是路见不平,失手伤人,特别是为了救我的女儿,我一定勿上死罪的。"所以一声不响。夫人道:"你不同意? 立即要你好看。"知县一吓,连忙答应道:"一定照办! 一定照办!"夫人道:"第二,请你将小姐立即送来,拿着牌位和我儿子尸灵成亲,以后守灵,你答应吗?"知县一听,吓得落魂,这可怎么办哪!

　　知县一听吓落魂,二只眼睛白腾腾。

　　我一世所生一个女,哪好去和死人来成亲。

　　害了我儿一终生,说勿定会害她一条命。

　　我无论如何勿能应,又怕卜家板面情。

　　知县想出好主意,度过眼前再理论。

　　知县说:"夫人呀! 如果我现在将女儿送来与你儿子卜仁结婚,这样一来,群众都知道。以后我再将胡文龙定死罪,群众就要说我为女婿,要说公报私仇,这样不太好。"夫人说:"亲家,你看怎么样呢?"知县说:"等我办好案子,定了文龙死罪,等上级京详批下六十天。杀忒胡文龙后,再送女儿来拿牌位结婚,好吗?"夫人一听,倒也不错,想你女儿反正是我的媳妇。立即答应说:"亲家,一言为定。请你立即办此案哪!"

　　知县一口来答应,卜夫人马上回家门。

　　回去为儿办后事,耳听县官定罪名。

　　勿说卜家办丧事,再宣知县枉良心。

　　立即吩咐来坐堂,定将文龙逼承认。

　　知县坐堂,三班六房站立两旁,将胡文龙带上堂来。胡文龙上堂跪在公堂。知县问道:"胡文龙,你从实招来,免受刑罚,如果你不招,大刑伺候。"文龙道:"大老爷,我确实是为了救一位小姐被人调戏。我先劝不听,反来打我。被我拿住他手,将后一推,他立不住,往后退撞在墙角上而死,这是失手伤人,求老爷明断。"知县喊道:"胡说! 还说失手,明明是你抵赖。"吩咐来用刑,差人们立即将胡文龙上夹棍,收紧麻绳,胡文龙立即昏了过去,冷水喷面,悠悠地醒来大叫:"我是失手。"知县道:"你愿意抵命?"胡文龙说:"我愿意一命抵命。"知县叫他画了口供,硬是说他有意打死人。文龙想:"总是一死,罢了。"就签了字。立即收监。知县退堂写好表章,判文龙死罪,立即送进京去,待等六十日京详批下,立即杀头哪!

　　知县为了保前程,就将文龙判死刑。

　　待等六十日京详转,文龙就要杀头颈。

　　勿宣文龙监中苦,再宣县官江梦醒。

　　一面写信通知卜巡抚,另一面自己动脑筋。

　　想着女儿终身事,卜家一定来讨亲。

　　女儿若被娶过去,说勿定性命保勿稳。

　　如若回头卜家里,我的前程保勿定。

　　左思右想无计策,待我去探探女儿心。

　　一路来到秀楼上,丫鬟通报小姐听。

　　江梦醒来到闺楼女儿的外房,春梅丫鬟立即通报燕燕小姐,小姐连忙出来叫道:"爹爹在上,女儿拜见,不知爹爹有啥吩咐?"江知县说:"女儿呀,为父有件难事在心,特来和女儿商量。"小姐说:"爹爹有啥难事需要女儿帮忙的,女儿应该做的。"知县说:"前天卜巡抚要我去,结果是他要提升我做江都府的府台,后来他提出要我女儿去做他的媳妇。"小姐一听,忙问:"爹爹,你可曾答应?"知县只好说:"我被逼得无办法,只好推说。一定要守满娘三年孝,才能成亲。"小姐一听,马上立起身来说:"爹爹,你好糊涂呀! 婚姻当儿戏,把女儿的终身去交换一个府台,奴不答应,宁死不愿的。"小姐嚎啕大哭,旁边丫鬟劝道:"小姐,你不要急,卜仁已经死了,怕什么?"小姐一听,想:"对对,巡抚儿子死,亲事也就罢了。"小姐说:"爹爹,还算好,卜仁死了,亲事罢了。"知县愁眉苦脸地说:"女儿呀!"

知县连忙女儿叫,事情弄得更加糟。

卜仁虽然已死掉,这桩亲事还牵牢。

前日卜夫人来衙里,二件事体要我包。

第一件将文龙定死罪,第二件就要将你讨。

讨过去要你冥婚结,要你灵前去守孝。

如若我不肯答允,立即要撤脱我只乌纱帽。

小姐一听问道:"爹爹,你可答应吗?快说!"知县说:"女儿呀!"

第一件事我答应,就将文龙屈打成招。

现将文龙定死罪,京详回转要吃刀。

小姐问:"爹爹,第二件事,你可答应吗?"知县说:"我答允了一半。"小姐问:"怎样讲?"知县说:"如果我不答应,他立即要撤我职,要我的老命,如果答应他,但是我舍不得你。女儿呀,我只好用缓兵之计,推说只有将文龙定死罪,等六十日京详回转,杀了文龙以后,可以举行婚礼来讨亲。"小姐一听,啊呀一声昏了过去。春梅立即大喊"小姐醒醒",忙灌姜汤。知县急得满身发抖。过了一时,小姐苏醒过来,大哭大喊:"母亲呀,狠心的爹爹为了保自己乌纱帽,将奴女儿推入火坑。母亲呀,女儿只有一死,望母亲等等我呀。"幸亏丫鬟春梅说:"小姐,不要着急,我有办法对付他。"小姐一听立即停哭。知县问:"春梅,你有何妙法?"春梅说:"是秘密的,要对小姐讲的。"小姐说:"爹爹,你出去。"知县只好下楼去。春梅说:"小姐,你胆大放心。"小姐问道:"春梅,你有什么好办法?"春梅说:"小姐,听好哪!"

要请小姐胆放心,夜里加一个枕头困。

老爷为了乌纱帽,不顾你女儿一世终身。

要与卜仁去成亲,卜仁外加是死人。

现在有一个好办法,不知小姐啊肯听?

小姐说:"你快讲呀!"春梅说:"一个字,逃!你看怎样?"小姐一听,逃确是好办法,可是女流之辈出门不便。春梅说:"小姐,你是一个画家。我与你女扮男装,逃出省去,卖画也可以过日子。"小姐一想,只有这个办法,叫三十六计走为上计。小姐心里定了一些。

小姐决心逃出门,想想爹爹勿是人。

贪图做官还怕死,不顾女儿一个人。

左思右想睡勿着,想着文龙大恩人。

如果只顾自逃离,忘恩负义勿是人。

想着文龙救了奴,失手伤人在监门。

爹爹昏官定他罪,恩将仇报定死刑。

奴不救他啥人救,要想办法救恩人。

江燕燕小姐想着,恩人胡文龙为了救奴,失手丧了人,除去了卜仁这个当地恶棍。人人称好,地方上可以安逸太平,可是胡文龙被判死刑,待等六十天详文批下来,马上要杀头的。他为了奴而死,我要报恩,我要救他。一时想不出妙计来,就与春梅商量。春梅想出一条妙计。首先弄清胡文龙究竟是怎样的人,了解他的身世,然后放他出监。怎样放他呢?决定改扮巡抚,红楼夜审哪!

主仆两人商量定,今夜立即就实行。

一切东西准备好,一到夜里忙勿停。

吃好夜饭就端正,春梅立刻扮差人。

皂衣皂帽身上穿，手拿令箭去捉人。

到了夜里十二点左右，人尽更深。小姐扮一个京里来的巡抚官，在楼上设公堂。春梅扮差人拿灯笼一盏，令箭一支，来到监牢门口，喊道："快开门。"禁长一听，半夜三更有什么事，连忙问："啥人，有什么事？"差人说："我是差人，特来提犯人胡文龙去夜堂复审。"禁长问："有什么凭据吗？"答："有令箭。"就将令箭献出。禁长在门洞里望见，确实是真的，连忙开门一看，这差人不认识。春梅说："你勿认识我，我是新巡抚手下的差人，特来提审胡文龙一案，请快唤出来。"禁长一听，是巡抚到来，哪敢怠慢，立即进里去叫胡文龙哪！

胡文龙在监受苦辛，忽听有人叫他名。

胡文龙是个英雄汉，为民除害理该应。

我死为了救别人，除去恶人我称心。

贪生怕死非好汉，只要死得有骨气。

胡文龙在监只恨世道不平，百姓受难，长吁短叹，忽听得禁长在喊，连忙起身。禁长说："胡文龙，新来巡抚要复审你案子，现有差人来带你去，快出来吧。"文龙答应："是。"跟了出来。春梅说："跟我去见巡抚大人。"文龙跟了就走，一路来到街上，听差人喊："胡文龙跪下，见大人。"文龙抬头一望，一进公堂，只见一位青年官员坐在中堂，二边没有差人，只好跪下道："拜青天大老爷，罪人胡文龙拜见叩头。"不敢多看，就低下头来，但是心里有些奇怪。小姐问："你是哪里人？姓啥叫啥？为何打死人？从实招来！"

文龙启口大人称，小人原是扬州人。

从小父母早丧亡，留下一人在家门。

穷困没有好亲戚，要想寻些生意经。

前日来到天齐庙，庙里庙外人头兴。

我刚走到庙门口，忽听里边喊救命。

我连忙进去看一看，有人强奸一女身。

我就心中火来喷，光天化日有罪名。

连忙上前来抓住，好言相劝他不听。

相反用拳来打我，被我抓住他恼心。

被我用力往后推，他撞在墙上伤了命。

我打抱不平来失手，不是有意伤他命。

后来知他是恶棍，我为民除害也该应。

我死一身何作惜，除去恶棍我称心。

小姐问道："你有何怨言？"文龙说："我为了救人，打死了恶棍，为民除了害，百姓可以安居太平，我死也安心了。"小姐想："他真是一位爱民英雄，一定要救他。"问道："胡文龙，你救的小姐是谁？"文龙说："不认识的，只晓得是一位良家千金小姐。"小姐又问："如果你当面碰着，你能认出来吗？"文龙道："一定能认得的。"小姐连忙纱帽脱掉，身上官衣脱下，露出原形，是一个小姐。喊道："胡文龙，你抬头看看我是谁？"文龙抬头一看，心里一怔，奇怪，巡抚官变了一个小姐，而且像前日被调戏的那位小姐，一时呆了。小姐问道："你不认识我吗，我就是前日在庙里被你相救的人，也是本县江知县的女儿江燕燕呀！"文龙像做梦一样，看看旁边差人也变了一个丫鬟，笑嘻嘻地说："公子呢，小姐来谢谢你哉！"文龙只见堂上一位小姐走下来，两人双膝跪在文龙面前大叫："恩人在上，小女拜谢救命之恩。"说罢连忙叩头哪！

文龙弄得昏沉沉，好似梦里一样能。

定神细细看一看，确实是她二个人。

文龙连忙来扶起，抱打不平理该应。

今夜之事我不明，请你小姐讲讲明。

小姐吩咐，端了二只椅子请文龙坐下。小姐说："胡公子，你是奴的恩人，你为了救奴，失手伤了人命。我爹爹太糊涂，恩将仇报，听了卜家的指挥，将你问成死罪。你是好人，我要救你，所以想出夜审办法。我偷了父亲官桌上的令箭，假扮京里来的巡抚，到监中提人。我是为了救你出监，报你大恩，你快脱下罪衣罪裙，快走罢！"文龙一听道："原来如此，小姐呀！这样不可能。我走了，监中缺了犯人怎么样？"小姐说："由奴来代替。"文龙说："那是不可以的，我的罪怎么你代呢？如果京详转，要斩头的，不是儿戏呀！"小姐说："胡公子，你是我害你的，你快走吧。"文龙坚决不肯走哪！

小姐回房取金银，要赠文龙路费银。

文龙坚决不答应，勿肯脱下罪衣裙。

因为时今已四更，小姐急得无哪能。

小姐说："胡公子，你如果不走，奴也要死的。"文龙问道："为了什么呢？"小姐说："我父亲被逼答应了卜家的婚事，待等你六十日斩头以后，硬要来讨奴去与死的卜仁守牌位成亲，叫奴一世孤独。你想，奴还想活吗？所以只有你逃，待奴来代替你，到时再作打算。"文龙一听，想："如此说来，小姐的性命危险，倒不如待我出去另想办法罢。"想定主意，连忙脱下罪衣，拿了银子说："好！小姐，春梅姐，我听你的，活着。请你保重身体。"春梅就将准备好一身男装给文龙穿上。小姐说："快走吧，路上当心。"文龙告别动身，说："小姐再见，后来不忘你的恩哪！"

春梅领路去后门，文龙告别上路行。

在路行程急急奔，勿管高低路不平。

别的地方我不去，马齐山上去投奔。

杨虎豹是我师兄弟，投奔他们去救人。

勿宣文龙上山去，再宣小姐代恩人。

要说江燕燕小姐想恩人文龙已放走，心里很定心，将自己身上的衣服卸下，将发弄乱成散发，穿上罪衣罪裙，换了鞋子等等。春梅给她带上铁链条，面孔上抹上锅灰，由假差人丫鬟牵到监中去。禁长没有留心，接进去，假差人拿出二两银子说道："请禁长好好照顾胡文龙，不可怠慢文龙，这是给你的老酒。"禁长拿着银子满心欢喜："晓得，一切有我照顾，请放心吧。"差人回房正准备送饭呀！

勿宣丫鬟回楼去，再宣小姐在监门。

脚镣手铐身上带，代替文龙做罪人。

觉得满身不称意，手脚觉得痛伤心。

监中潮湿跳虱多，苦煞小姐女千金。

为了报恩救公子，毫无怨言在监门。

小姐进监，幸亏是一人一只号子，因为这是死牢，只有犯死罪的人关在里面，所以无人觉察。小姐在监牢里一无怨言，只要望胡文龙太太平平回家。小姐想，奴终是一死，想着我的娘亲，两泪双抛痛哭呀！

江小姐，在监牢，想着娘亲。好娘呀，所养奴，一个女身。

爱如珍，爱如宝，母爱深情。哪知晓，母早忙，抛奴儿身。

奴希望，同父亲，服侍老人。哪知晓，父无能，贪保前程。

恩与仇，颠倒颠，糊涂透顶。恩报仇，仇报恩，陷害好人。

奴今夜，为正义，相救恩人。望母亲，在阴司，保佑善人。

江小姐一夜未合眼，啼啼哭哭到天明。

丫鬟春梅送早点,禁子弄得搅勿清。

禁子看见春梅送早点心来,问道:"春梅丫鬟,你送给谁吃?"春梅说:"这个胡文龙是新巡抚的亲戚,所以托奴来送饭。请你照顾胡文龙,日后老爷有重酬。"禁长一听,原来如此,非常相信,回进牢房,将小姐身上脚镣手铐全部拿光,并且说明:"胡文龙,你如果需要什么尽管对我讲,我一定办到。"还说:"我们江小姐手下的春梅丫头天天来送饭给你吃,我才知道你与巡抚关系好。哈哈!再见!走了。"小姐一听,一想,这一定是春梅的计策。从今后小姐在监牢,春梅天天送东西来,小姐还能维持下去哪!

勿说小姐在监门,再宣知县江梦醒。

几天勿见女儿面,便问丫鬟春梅人。

我儿为何不下楼,等在楼上可安宁。

聪明丫鬟来回答,小姐在楼绣花针。

知县问:"什么花?"春梅说:"小姐吩咐任何人不许上楼进房去看,因为小姐在做的衣服是准备将来守灵用的。"知县一听,满心欢喜,心想:"女儿为了我,愿意守孤孀,真是好女儿。我不去打搅她,让她安心绣罢。"知县才定心,光阴如箭,日子很快哪!

光阴似箭容易过,日月如梭晓夜行。

京详已经批下来,五月十八杀头颈。

知县接到心快乐,通知卜家做人情。

知县准备做监斩,急坏春梅一个人。

小姐为了救文龙,千金之体代犯人。

现在京详已经转,小姐性命活勿成。

立即监中去通知,小姐听见勿吃惊。

春梅急得匆匆到监里,告诉小姐说:"小姐!大事不好了,昨日京详已转,到五月十八斩文龙。日期快要到,怎么办?"可是小姐听了无言回答,不声不响。春梅觉得好奇怪,忙问道:"小姐,你为何一点也不急?"燕燕小姐说:"春梅啊,我反正一死,急什么,只要死得合算。奴如果不代文龙的罪,卜家要来取奴去守灵,奴也要自寻短见的。我现在为了救恩人而死,死得值得。第二方面,到那天看奴的父亲怎样下手杀女儿。"春梅说:"等到那时再做打算。"主仆两人商量了一回,春梅回家不提哪!

光阴流走快如云,五月十八日到来临。

今日衙门忙勿定,准备一切要杀人。

江梦醒做了监斩官,法场上面人头兴。

各处百姓都来看,个个心里很不平。

为民除害胡文龙,反被朝廷斩头颈。

人人都骂贪赃官,个个都骂江梦醒。

勿说群众心不平,再说县官江梦醒。

江知县是心笃定,坐了轿子法场进。

身坐法堂来传令,监中去提胡犯人。

差人到监提犯人,小姐低头在后跟。

脚镣手铐铁链拖,咬牙切骨不出声。

春梅偷偷跟在后,差人面上递金银。

春梅差人都认得的,她对差人说:"各位阿哥,他是我的表兄,请你们照顾照顾。"就将银子送给差人,公差得到银子,一口答应,脚上的链条替她拎起来。小姐觉得走路轻松不少。小姐罪衣罪裙,身挂斩条一路过来。

一路来到法场上，跪在法场见大人。

知县随便问一声，姓甚名谁说我听。

江知县看见犯人跪在面前，他不细看，便问："你姓啥叫啥？今年几岁？"小姐说："我叫胡文龙，今年二十岁。"知县喊道："胡文龙，你打死了人，犯了法律，一命抵命，今日你要服刑了。"拿起一支毛笔，举起来，要想批下去，小姐急忙大叫一声："啊呀！父……"要想喊父亲，连忙改口叫："父母官，冤枉呀！"知县一听声音很熟，抬头一看呀！我的女儿燕燕呀！手发抖，手里一松，朱笔掉下来，正好点在斩条上的胡文龙的名字上。差人见老爷已经批了，马上拿出插在小姐身上，推了就走到法场中间，绑在绞桩上。二个刽子手，身立两旁，等待午时三刻。一会儿有人报县老爷昏在法堂上，差人手忙脚乱，给县官灌姜汤，叫医生。春梅在旁边大喊："老爷，她是小姐呀，你快醒来救小姐罢！"大哭大叫，正在这时，听得时辰官在喊："午时初刻已到。"法场上的人心里都很紧张，因为午时三刻一到，刽子手就要用朴头刀斩文龙的头的，个个都手里捏一把汗。不多一歇，又听得再喊："午时二刻已到！"刽子手就一手拿刀，一手抓住小姐的头发，恶狠狠地等三刻到。小姐那时紧闭双眼，等死哪！

小姐那时无办法，紧闭双眼等归阴。

春梅急得大声喊，救救小姐一条命。

法场上众人搅勿清，春梅为啥喊救命。

全法场人都奇怪，只听远处有声音。

喇叭鼓手闹盈盈，马上来了一队人。

抬了一顶花轿子，大概要有几百人。

前头抬了一喜字，好像迎娶讨新人。

法场众人都在看，来到法场轿子定。

兵丁阻住不许过，霎时兵丁无声音。

兵丁喊道："此地法场，不许进里。"只见一个人将兵丁肩上一拍，兵丁就声音全无，一动也不动。只见大队人马来到法场中间，将犯人团团围住，两个刽子手被二个青年一刀杀死，二个青年将小姐身上的绳索割断，放了小姐，说道："受惊了，怪我迟了一步。"小姐张开眼睛一看呀！原来是胡公子。胡公子令马齐山人马来劫法场，旁边来了女将，将小姐穿的罪衣服脱下，立即拿出一件黑斗篷披在小姐身上。胡文龙叫小姐进轿，那时春梅也到。春梅知道胡文龙来了，一同进轿，胡文龙立在旁边，一声喊道："大家下船回家。"只见大队人马，有的在岸上飞跑，有的纷纷下船而去。不多一歇，全部跑光。法场上众人都看呆了，声音全无哪！

法场上人家弄勿清，夹忙头法场浪向来讨亲。

讨亲讨了胡犯人，相反是刽子手自己命归阴。

兵丁差人个个侪勿动，究竟为啥搞不清。

看杀人的都议论，今日之事少少有。

再说社会经验足的人在喊："大家回家罢！快走开，这是来劫法场呀！兵丁是被点了穴呀！"诸人一听，呼啦一声，一哄而散，都回去。法场上各兵丁差人慢慢醒过来，立即去报官，那时江知县也醒了。差人将详细经过事况告诉他，另有一个差人在法场上拾到一封信交给县老爷。县老爷拆开仔细一看，上面写道："江知县，你应该醒了，你贪图想做大官，害人害己。奸臣，你听了！将我胡文龙恩将仇报，定我死罪。幸你女儿有情有义，放了我，她愿代罪。你今天要杀的是你亲生女儿江燕燕呀！我为了救人，特和众弟兄来到法场救出你女儿江燕燕。特此致告，后会有期，再见！胡文龙启。"

知县看罢胆心惊,谢谢文龙大恩人。

幸亏今日你相救,否则是错杀我儿一条命。

一切事情都怪我,好像梦里刚刚醒。

晓得自己身有罪,连夜一人逃性命。

勿说县官逃出去,再说文龙一个人。

胡文龙水陆两路人马到了天齐山,文龙的两位师兄杨虎、杨豹是山上的大王。他们都是受冤上山,专抢贪官污吏,拯救穷人。今日大摆酒席,庆贺小姐和春梅丫头。由二位压寨夫人接过去了一会儿,杨虎、杨豹宣布:"重摆筵席,庆贺胡文龙与江燕燕小姐结婚,住在山上。"后来,江梦醒逃到山脚下,想寻死,被弟兄救了出来。父女团圆,过着好日子。卜巡抚贪赃事发,革职查处,家中金银入了国库哪!

红楼夜审宣完成,大家听得喜欢心。

行好事有好来报,行恶之人无收成。

贪名图利求大财,结果自己做穷人。

奉劝各位做善人,勿贪财利勿欺人。

红楼夜审宣完成,大家听了福寿增。

卷上若有错误事,三炷长香补完成。

红罗帐宝卷

红罗宝卷初展开,诸佛菩萨坐莲台。

大众各位身坐定,静心听我宣一番。

不宣前朝并后代,唐朝年间事一番。

再说唐朝年间,湖广省黄江县化仙庄,有一位富翁。姓张名叫士忠,娶妻杨氏,夫妇和睦,又万贯家财,可惜膝下无儿并无男女,夫妻两人是闷闷不乐哪!

娘子开言说事因,万贯家财未为真。

百味龙肝都不爱,朝欢暮乐不称心。

员外道:"娘子,石崇豪富非为富,有子无财非为贫。我与你二人年近四十旬,并无男女,老来无靠。日后你我两人,命归黄泉路,家产尽抛与别人。想想此事,好不凄凉哪!"

院君听说泪纷纷,明日清明上祖坟。

吩咐家人并总管,买菜香烛要虔诚。

员外骑了高头马,院君上轿一同行。

两人走进坟堂屋,深深八拜礼殷勤。

焚香点烛金炉内,哀哀祷告祖先灵。

再说员外与院君焚香已毕,旁边看见一个签筒。杨氏娘子跪拜,手拿签筒启口说:"求求菩萨,若是张门不绝姻,三抛圣筊是阳;若无后代,三抛是阴。"杨氏连抛,三卦尽是阴。员外与院君好不烦恼,夫人说:"丈夫呀!奴说哪!"

庙内虔诚求男女,应该许愿祈神明。

或修庙宇或装金,或助长幡挂殿门。

或助神帽或助袍,或助红罗宝帐新。

莫说无神都有神,阴与阳间一样能。

再说员外与院君焚香已毕,就在三圣灵官面前许一愿,许愿一顶红罗宝帐,再拿笅片,连卟三卟,俱是阳笅。夫妇两人满心欢喜,上轿骑马,回转不提。且说五圣灵官调查簿上,张士忠命该绝嗣。幸亏两人行善积德,灶君王帝奏上天庭。玉皇大帝得知,赐他一子,光耀门庭。玉皇晓得驾前有一个左金童子,失手打碎香炉一个,罚他下凡,未尝托生,就将童子交付灵官,送给张士忠为子,接代香烟。且说杨氏夜间得此一梦,见五圣灵官送童子为嗣,院君醒来满心欢喜。

杨氏院君喜欢心,醒来说给员外听。

春去夏来秋又到,残冬过了又逢春。

快是快得吭淘成,十月满足到来临。

肚中疼痛熬不过,正月十三子时生。

左金童子来投胎,面清目秀好官人。

亲朋庆贺多闹热,员外抱出取乳名。

取名就叫张林宝,爱惜如同宝和珍。

父也欢来娘也喜,孩儿长成三岁春。

说五圣灵官将许愿簿上一看,查到张士忠夫妻两人三年前头无男无女,许愿绣罗宝帐,如今尚未拿来,好生无礼,即差鬼使将小儿魂魄勾来也!

五圣灵官查愿心,查着士忠与院君。

求男求女新许愿,生男宝帐来装新。

速差鬼判张家去,拿捉张家林宝魂。

林宝吓得哭勿停,速叫几声不答允。

顿时眼睛望上牵,手脚身体冰冰阴。

渐渐口内将气绝,单剩胸前有些温。

连叫几声不答允,员外急得地上滚。

倘若孩儿身变故,一家去了半家人。

求天求地养仔你,指望长大送终身。

孩儿已经交三春,有何罪孽早归阴。

父也哭来娘也哭,碰台拍凳怨阎君。

家堂灶界并祖先,焚香点烛告神明。

员外刚在家里祝告,想着五圣庙内许的愿心未曾还,故此孩儿又遭灾难,连忙到庙里去焚香礼拜。哀告神明,放我孩儿还阳,自己亲手绣红罗宝帐一顶在神前,又许愿彩画神圣。五圣听了十分欢喜,即将林宝送还阳也。

员外肚内得知闻,要绣红罗宝帐新。

就叫杨氏院君听,速拿刺绣就穿针。

上绣龙来实在好,下绣凤凰技法精。

四面周围用妙手,穿针引线忙不停。

要绣麒麟狮子象,走兽豺狼虎豹新。

河中鲜鱼绣江鲚,鼋鼍蛟龙绣成形。

山林树木都绣到,百花草木件件能。

杨氏院君对夫说,要绣三年完工程。

日不食来夜不困,院君绣得真苦心。

绣完全来到庙中,三牲祭礼还愿心。

且说五圣弟兄五位看见红罗帐十分欢喜,四人称赞不绝。大哥说:"我弟兄五人,殿前每人俱挂一顶,岂不是妙哉!"五圣说:"四位哥哥每人要挂一顶不难。"五圣立刻就差鬼判到阳间去勾杨氏魂灵到来,再绣每人一顶也。

即差鬼判请院君,再绣红罗帐四顶。

无常摸壁前来到,一更三点进房门。

鬼判即便开言说,五圣灵官庙内人。

四位神圣俱要绣,特地前来请院君。

绣完四顶红罗帐,立刻送你转还魂。

杨氏醒来嚎啕哭,喊醒丈夫说原因。

福神要绣红罗帐,鬼差接我到幽冥。

要把孩儿来照管,冷寒衣食夫当心。

莫听闲人来哄骗,切勿再讨晚娘身。

续弦晚娘多势利,隔重肚皮隔重生。

就喊孩儿来吩咐,不可不依你父亲。

若讨晚娘要记好,晚娘总有二条心。

你今切记我言话,长大成人报娘恩。

绣完四顶红罗帐,算来一十二年春。

说完已毕归阴去,顿时气绝到幽冥。

员外看见嚎啕哭,林宝啼哭苦伤心。

员外看见院君死了,无法施救,只得买棺成殓。棺木停在后堂,不觉光阴似箭,已过半年。再说东京城内有个康氏娘娘,惯做媒人为业,来到员外家内,问声:"员外夫人在哪儿?"员外说:"亡故半年光阴。"媒婆说:"怪勿得人人多说员外家中近来缺少米柴,失去物件。我劝你再讨一个续弦夫人,照管家业要紧。"员外道:"亡故叮嘱我切不可再续弦,代等绣完红罗宝帐四顶,即便还阳。"康氏媒婆道:"人死哪能再活?且等十二年,况且等十二年,人也完哉。家中的产业全部没落。我替你打算,必须再讨一位夫人。"员外道:"贤良的少。"康氏道:"我做媒人,包你贤良的哪!"

东村康氏做媒人,寻找西村寡妇们。

康氏娘娘来走进,尤氏接进内边行。

谈谈说说家常事,香茗一杯说原因。

化仙庄上张员外,夫人已过半年零。

万贯家财多豪富,朝欢暮乐过光阴。

今朝与你来作伐,过门之后做夫人。

尤氏听说心欢喜,就对康氏叫几声。

这段姻缘成功后,我来谢你媒人身。

尤氏心中生巧计,也有儿子小儿身。

康氏说与尤氏听,夫妻二人过光阴。

连忙就到张家去,花言巧语说成亲。

择日不如撞日好,不如今夜就成亲。

一顶轿子来迎接,尤氏打扮做新人。

尤氏过门心不乐,因为有了小儿身。

眉头一皱生巧计,进门就起不良心。

再说尤氏进门之后见了林宝畜生,心中不乐,心想:"康氏对我说,林员外无男无女,如今有了林宝畜生,十分可恶。"想我自己已有了儿子,名叫珠林,今后家财田房产业与他平分,倒不甘心。尤氏左思右想,总要奴珠林儿子独吞,想了计策把林宝谋死。心想:"今日员外出去哉,讨账要歇三日回来,我想正好动手,把他的儿子害死。"

那尤氏,叫林宝,就起谋心。我来了,三个月,勿肯叫声。

平日里,靠父势,无我母亲。把我儿,来欺负,好生无情。

尤氏拿,栗树棍,恨打其身。打一记,拖一拖,皮开见筋。

先打你,三十六,鲜血累累。晚娘说,你再哭,打断你筋。

叫一声,小冤家,听我分明。你父转,问起来,只说头痛。

林宝哭,叫娘亲,饶我性命。扒进房,困床上,痛哭五更。

一更里来夜黄昏,思想爷娘好伤心。

父亲出门去,母亲早归阴,叫我在家受苦心,打得身上满身青,我的天呀!

二更里来床上眠,想着父母苦黄连。

痛哭喊黄天,真真苦黄连,无人走来看看我,我条性命到黄泉,我的天呀!

三更里来泪汪汪,思想爷娘刻刻忙。

晚娘吊打真难忍,皮肉块块碎,眼泪落胸膛。

晚娘打来真苦伤,好像一个活阎王,我的天呀!

四更里来痛难熬,想着爷娘哭嚎啕。

打我勿肯饶,满身尽打到,父亲讨账在外跑,哪知孩儿受苦恼,我的天呀!

五更里来天要明,想起爷娘哭勿得。

恶妇打人满身青,想想好伤心,只因母亲早归阴,我的天呀!哭到天明。

林宝昨夜哭五更,一夜哭到大天亮。

哭到天亮未坐起,早饭过后落起身。

员外讨账回家门,便问林宝哪方存。

尤氏回答头里痛,此时还未出房门。

员外走到房中叫一声:"孩儿你昨日头痛,今日为何勿起来?"手在他身上一摸,看见满身鲜血淋淋,员外大哭悲伤。林宝说:"爹,把孩儿身上的棒刺拔出来。"员外便问:"孩儿为何如此?"林宝说:"不知母亲为何缘故,拿树棍将孩儿痛打一番。"员外听说,大怒起来哪!

手拿棍子心大怒,拖住尤氏打满身。

我自归账出外去,为何狠心打儿身。

孩儿见父去打娘,爹你不要打母亲。

你打娘来娘打我,孩儿性命活不成。

尤氏给员外打了一顿,怀恨在心。她心中暗想:"你个老贼,你总要出外。你孩儿性命捏在我手心,总要弄死他。"不过几日,员外又要出外讨账去。

尤氏此时起毒心,摇头摆尾好起劲。

连忙提水厨房去,烧滚开水起毒心。

就叫林宝来沐浴,身上衣服剥干净。

即将林宝推下水,三圣得知护他身。

拖住林宝推不下,谅必此事不可成。

顿时肚中生一计,毒药谋死小儿身。

员外不在家中,尤氏一想,今日正好下手。前往药材店内,出了重价,买得砒霜一包,药死林宝便了。

尤氏买得砒霜药,连忙出店就回家。

一心要拿林宝害,毒药放在鱼肚皮。

烧好鲜鱼林宝吞,林宝双手接鱼盆。

正要上口将鱼吃,鱼盆拍落地中心。

三圣灵官来保佑,鱼盆打落地埃尘。

畀拉黄狗吃得去,黄狗吃鱼命归阴。

黄狗七孔流鲜血,尤氏看见胆心惊。

东乡西邻都来看,为何黄狗丧亡身。

倘然员外归家转,只为痴狗要咬人。

员外哪知其中意,可怜砒霜药畜生。

几次要将林宝害,皆为神明护他身。

说张林宝给尤氏谋害几次,勿能成功,心中不乐不提。再说国家大事,九江口有个刘洪作乱,地方上司要求州县百姓每户抽一人为兵,镇守九江口。那张士忠无人代替,只得自己去,但是心中十分挂念孩儿,叫声娘子道:“我去之后,你要小心照管林宝,切不可打骂他。我一世只养了一个,儿子接代香烟。我去了后,回家来将家产与你儿子平半均分。”尤氏一口答允,员外临走时,再叮嘱一番,对妻子说:“家内不可吵闹,照看林宝。”尤氏欢天喜地哈哈大笑,心想:“你个老贼呀! 你许我甜言蜜语,将家私与我儿子平半均分。如今我要将你儿子弄死,家产独吞也。”

谋害之念常挂心,将刀刺死林宝身。

五圣灵官先知道,时时刻刻保他身。

尤氏此刻下毒手,钢刀磨得亮晶晶。

床顶板上来园好,做事只等夜黄昏。

尤氏就叫两儿困,一边一个伴娘亲。

珠林里床先困好,林宝外床也安困。

刚到三更交半夜,钢刀捏在手中存。

五圣灵官来发急,要救林宝小官人。

林宝调到里床困,珠林调到外床困。

尤氏一刀杀下去,钢刀之上血淋淋。

连忙点起火来看,原来杀错自己儿子身。

跳脚拍手心中苦,只怨自己忒粗心。

应该点火看仔细,才能动手杀他身。

早将林宝外床困,并无人来调转身。

林宝不该刀上死,珠林应该丧亡身。

此刻尤氏无摆布,钢刀捏在手中存。

欲要再将林宝杀,手里提刀抖勿停。

幸亏五圣来保佑,尤氏回身出房门。

林宝仍旧呼呼困,哪知晚娘起毒心。

再说尤氏要杀林宝天理不容,倒杀错珠林。尤氏怨气冲天,端着银子,准备要将林宝问成死罪。来到衙门,叫喊知县。知县立刻坐堂,看了状纸,道:"张林宝六岁倒杀珠林九岁阿哥,尤氏你明明说谎。"尤氏就跪下去,连忙将银子送上。知县官看见五百两银子,糊涂昏官立刻准状。

那尤氏,开言说,老爷听禀。张林宝,六岁童,实在狠心。

我的儿,九岁童,善良之人。那林宝,将钢刀,杀死珠林。

望老爷,要准状,我有报恩。糊涂官,将他打,鲜血淋淋。

张林宝,熬不住,只好招认。小林宝,在监门,痛哭五更。

一更里来夜黄昏,老头禁子要用刑。打得满身青,哭得好伤心。

眼泪汪汪哭勿停,脚镣手铐搠嘴棍。我的天呀!

二更里来在监门,思想爷娘泪纷纷。父亲九江去,母亲命归阴。

晚娘就起黑良心,我条性命活勿成。我的天呀!

三更里来上夹床,麻绳收紧真难忍。禁子勿放松,再要上地桩。

高吊梁上身体荡,眼泪挂得满胸膛。我的天呀!

四更里来苦伤心,壁虱咬来蚊子叮。眼泪落纷纷,四时痛勿停。

身边无钱半毫分,屈打成招罪命。我的天呀!

五更鸡叫大天明,饥寒冻饿冷冰冰。瘟官不该应,拿我问罪命。

我的爷娘勿知闻,孩儿监中受苦辛。我的天呀!

林宝一夜哭五更,一夜哭到大天亮。

勿宣林宝哀哀哭,再说五圣灵官身。

五圣灵官早已得知,适逢钦差陈御史出巡湖广。五圣灵官夜托一梦,陈御史醒来,知晓有冤枉大事便了。

灵官托梦巡按听,林宝人命是虚情。

林宝三年灾星退,钦差大人出京城。

你是为官多清正,我来诉你一冤情。

御史醒来吃一惊,立刻点齐差役众。

暂且省城先勿去,黄江县里问原因。

说陈御史到了黄江县里,即差县官将监中犯人名册呈上来,待我细细看一番。果然重犯张林宝,年方六岁,三更杀死晚娘儿子名叫珠林,晚娘见证。御史大怒:"你这个狗知县,实在糊涂!你得了银子,故而屈打成招,吾也不问,你将林宝提出来。"差人将林宝带出,大人看他,好一个相貌堂堂,暗想:"看他林宝面上并无凶气。小儿年幼,却要问成了一个死罪。"就问道:"林宝!你小小年纪,如何干出这样的不端之事?"林宝道:"大老爷听禀。小人不知为何事体,母亲冤枉我杀忒珠宝阿哥。昏官就拿小人收入监牢。"陈御史道:"勿是你杀阿哥,为何照说?"林宝道:"小人疼痛难熬,只得虚招。瘟官将我推入监牢,为何缘故?"陈大人道:"这件事情,我早已明白。我今日发放你出监,但是不要回到家里去,你去寻寻父亲,一同回家。免得再给晚娘毒害。"即唤衙役取出十两银子,付给林宝。林宝拜谢恩官:"林宝拿仔去哉!"

林宝得放喜欢心,叫我寻父何处寻。

刚巧心中来思想,忽然空中喊一声。

林宝四面来观看,不见人形只闻声。

哪个空中来叫我,莫非我的祖先灵。

再说五圣灵官喊道:"林宝呀!我托你一梦给陈御史,得梦之后就将你放出监来。你不要回家去,再不要给晚娘谋害性命。你父亲被别人谋害在牢内,你往东京去。陈御史给你十两银子在路上不能用,要到东京作通监使用,你一路求乞去罢!"说完一阵清风而去。林宝知道父亲被人谋害,对空三拜,一路求乞,直望东京而去。再说尤氏听得陈御史特来将林宝放出监,到东京去寻父亲。倘然父子相见,一同回家,奴要受他父子报仇。尤氏又生一计:"我有两个兄弟,一个叫尤龙,一个叫尤虎,我给二十两银子,叫他们追赶上去,在路上结果林宝的性命,岂不是妙哉!"尤氏立刻去请两个兄弟,知晓林宝小畜生往东京去寻父亲:"我今付你二十两银子,你们快去追,若结果他的性命,又有凭证交代,奴再付你银子二百两,决不虚言!"尤龙、尤虎拿了二十两银子,别了姊姊,一路追赶上去也。

尤氏便叫亲兄弟,快点替我追上去。

追着林宝将他杀,二百两银子为谢仪。

尤龙尤虎见银心欢喜,磨快钢刀插腰里。

辞别姊姊忙上路,如今两人追上去。

一路行程来得快,两脚奔波快如飞。

一路来到三江口,追着林宝就骂你。

林宝就把娘舅叫,今朝为点啥事体。

一把扯住将他杀,忽听锣声敲两记。

说林宝坐在一块大石头上,那尤龙、尤虎看见林宝说:"你到哪里去?"林宝一见,双膝跪下,恳求饶命,两个娘舅哪里肯放他。用麻绳绑在松树上,刚想要动手,只听得一声锣响,拥出十几个人来,将三人勿分青红皂白一把捉住,上山去见大王。小喽啰说:"大王在上,小人在山下活捉住三人,有一个小童,请大王定夺。"大王吩咐道:"绑上来,你们三人将真情说出,可以饶你性命。"林宝先说:"大王听禀哪!"

林宝开口说原因,告禀大王听分明。

家住湖广黄江县,化仙庄上住安身。

父亲名叫张士忠,母亲杨氏早亡身。

小人名叫张林宝,今年九岁属龙生。

只为亲娘身早亡,爹爹讨了晚娘身。

几次三番来害我,幸亏五圣护我身。

三更时分将我杀,哪知杀错自儿身。

将我告到官府去,买通瘟官定罪名。

幸亏巡按东御史,监中放出去逃生。

叫我勿要转家门,寻着父亲再回程。

云端五圣空中喊,说我父亲遭冤情。

收在监中受灾难,指引我去到东京。

寻着父亲有好处,却在此地过路行。

两个母舅来追我,追来要杀奴儿身。

幸亏大王恩人到,救我一条小性命。

句句都是真情话,并无虚言哄将军。

说大王听了林宝之言,就问尤龙、尤虎:"你们为何在松林树下要杀他,从实说来。"那尤龙、尤虎道:"大王在上,此乃是姊姊叫我将林宝的头杀忒,回家交代,谢我兄弟两人银子二百两。"大王听说,心中大怒,吩咐喽喽们："来！将两人绑在剥衣亭上，狼心狗肺挖出来，与我下酒吞。"连忙动手将心肝取出来，再拿着白银二十两呈上。大王一看，就将银子赏与林宝："你快到东京去寻你父亲去。"林宝叩谢恩人。

就把尤龙虎杀死，搜出银子喜欢心。

赏银十两张林宝，拜你恩人报你恩。

日日缉访东京地，访问天牢在哪存。

勿知天牢在何处，今朝叫我哪里寻。

前面有个年老客，待我缉访问一声。

林宝上前开口问，小人特来借问讯。

请问天牢在何处，指引小人我去寻。

老汉听说呼呼笑，你问天牢为何因。

林宝一事从头说，因为父亲在牢门。

故此特来借问讯，指引我去寻父亲。

年老公公开言说，官人你且听原因。

天牢在就西北上，往北千里路光景。

承蒙老伯来指引，林宝拜谢年老人。

路上行程勿留停，受尽冷饿苦伤心。

日间饥饿沿路讨，夜间枯庙住安身。

一路只往西北走，天牢就在面前存。

话说路上张林宝讨饭碰着两个甲头，一个叫张甲，一个叫李甲。大喝一声："你是何处人，为何到我地来讨饭？"甲头上前，在他身上抄出银子。张林宝扯住两人争闹起来，却给地方看见，拿三人一同报官。立刻盘问，将甲头各打二十记大板，搜出银子交还林宝，押林宝进监，明日早堂盘问。林宝进监内，问官长老爷："湖广黄江县化仙庄叫张士忠在狱中吗？"狱卒道："他是你何人？"林宝说："是我父亲，特来探望。伏乞老爷发发慈悲之心，让小人进去探望。"狱卒道："饶你小孩子勿知事，皇上天牢休想进去。"林宝一想，五圣之言不可忘记，就将银子送与狱卒。狱卒立刻叫他进去，吩咐道："就要出来，不可高声。给刑部大人得知，该有重罪也。"

林宝走进天牢门，一心要看老父亲。

口喊爹爹各处寻，见一个犯人着地困。

好像爹爹无两样，双手扶起叫连声。

父亲看见吃一惊，你是林宝我儿身。

为何也到此地来，林宝回答寻父亲。

儿见父亲嚎啕哭，两人哭得好伤心。

只为父亲身出外，小儿性命见阎君。

就将晚娘谋害事，原原本本诉详情。

幸亏五圣来保佑，留得小儿见父亲。

员外听说一番话，顿时气死再还魂。

说林宝父子在天牢痛哭一番，就将父到九江口，尤氏将儿收监问罪，给陈御史救出，五圣显灵，方知爷被收在天牢，又将尤龙、尤虎之事说了一遍。二人抱头痛哭，林宝将剩下的银子交与父亲，免得饥饿。到了明天，县官坐堂，提出甲头销案，林宝释放。林宝道："倘若皇天有眼，将父赦出，一同回家。"想想苦悲之际，即见狱卒进来说："不可高声，快快去罢！林宝无法，只得哭出天牢去。"

父子分别出监门，街坊求乞讨饭吞。

求乞哪好来养活，暗中五圣来照应。

光阴如箭容易过，街坊讨饭苦伤心。

日间沿街来求乞，夜间枯庙住安身。

有舍粥饭钱和钞，或舍鞋袜破衣襟。

父在监中常挂念，未知何日出牢门。

手拿一根枯竹棒，一个砂锅篮中登。

讨饭来给父亲吃，灾星未退苦十分。

街坊求乞已九年，如今林宝福气人。

要遇清官御史到，父亲救出天牢门。

再说林宝在街坊，有九年十八岁。再说当今唐天子有一位翠花公主，年方十八岁，容貌端正，选定三月内欲招驸马，在十字街搭起五凤彩楼一座。公主上楼，绣球捧在手中，不论士农工商富贵贫贱，抛着绣球者，即便成亲也。

翠花公主要招亲，绣球捧在手中存。

无论军民与百姓，哪怕富贵与穷人。

公主绣球双手捧，并无一个中奴心。

勿说朝廷招驸马，再说求乞讨饭人。

林宝刚巧来走过，毫光一道冲楼层。

公主台上来看见，望着台下一穷人。

一看一个叫花子，相貌生得碧波清。

龙眉凤眼生得好，日后必定做公卿。

今日看他身落难，招取驸马奴称心。

忙将绣球来抛下，抛拉林宝破篮内。

林宝看见吃一惊，击落绣球往前奔。

太监彩女来扯住，就搭林宝换衣襟。

此时林宝来哭诉，将情一一说原因。

我的父亲遭屈害，现在天牢做犯人。

故而勿敢来答允，推却不肯结成亲。

说文武官员见了公主抛绣球，选定张林宝这个穷人为驸马。穷鬼推脱不愿，说他的父亲犯军法，在监中受苦。公主听说："请太监奏明，父皇定夺婚姻便也。"

太监领旨奏朝廷，来到金阶见明君。

公主抛着张林宝，父亲犯法在监门。

父亲关在天牢内，推却不肯订婚姻。

伏望我皇来定夺，赦出亲家问原因。

驸马奉旨登金殿，俯伏金阶见明君。

君王一见张林宝，果然福气不算轻。

顶平额阔天仓满，虎背龙腰凤眼睛。

眉清目秀生得好，果然女儿有眼睛。

君王便问张林宝，家里事情说我听。

林宝一一将言说，君王听说怒生嗔。

就拿尤氏来犯罪，尤氏接到君王令。

君王听奏重重问，你父为何在监门。

林宝一一从头说，谋害之事奏帝君。

此事受屈遭谋害，立传刑部提犯人。

君王文书出一道，张士忠立刻出牢门。

士忠金阶谢皇恩，敕赐士忠做国亲。

特请吏部官员到，快请驸马结成亲。

张士忠在监得知林宝封为驸马，心中大喜。君王敕张士忠，钦封士忠御史之职，金殿见驾，三呼："万岁，万岁，万万岁！"君王敕令，天师速出牒文一道，令五圣灵官送杨氏还阳。两人道："谢恩！皇帝万岁，万万岁！"

士忠父子奏朝廷，欲要还乡祭祖坟。

杨氏归阴十二年，今年必定转家门。

君王大喜来准奏，再宣杨氏转还魂。

说五圣灵官接牒文就送杨氏还阳。士忠父子两人在家，忽听得棺材内有哭声，就去开盖看，果然活了。夫妻母子相会，抱头大哭一场，杨氏把阴司绣帐之事说与父子听："晓得你讨了泼妇女，险将我儿子谋死。幸亏五圣灵官保佑我儿子。十磨九难，喜得骨肉团圆。如今我们合家欢乐。"四人一同在家，持斋修道，广行方便。感动玉皇上帝，敕令太白星君下凡，将张家婆媳父子四人度上天庭。

再说士忠员外身，卷帘御史大人身。

杨氏夫人贤良女，姻缘注定配婚姻。

林宝信信来上界，左金童子下凡人。

公主仙女是天官，结配夫妻有福人。

尤氏娘娘破败星，搅乱人家坏名声。

太白星君变一僧，救度凡间世上人。

员外看见问老僧，居住何处哪方存。

请问老师啥事体，今日要到啥乡村。

星君即便开言说，西方路上独行程。

员外听说忙跪下，拜拜老师带我行。

家里妻子并媳妇，四人修道上天庭。

二对夫妻同修道，朝夜焚香拜观音。

初一月半斋道僧，门前粥饭施穷人。

冬施棉衣夏施帐，修桥铺路救贫民。

奉劝在堂诸大众，为人不可坏良心。

但着尤氏黑心人，谋害财命起黑心。

要拿林宝将儿杀，杀错自儿珠林身。

尤龙尤虎堂兄弟，贪了洋钱勿要命。

尤氏死得真真苦，皇帝拿她砍头颈。

红罗宝卷宣完成，诸佛菩萨喜欢心。

卷中倘有错误事，三炷清香补完成。

蝴蝶杯宝卷

此卷出在大明年间,山西省大同府大同县,有一人姓田名云山,是现任江夏县知县。为官清正,爱民如子,在任不到三年,治得县内盗贼绝迹。娶妻杨氏,生一个男孩,取名玉川,生得聪敏伶俐,眉清目秀。十四岁就练得一身好武艺,跟着父亲在衙门居住,衙门内外人都十分喜欢他。其年清明佳节,田玉川意欲往龟山一游。

玉川公子出衙门,要到龟山去游春。

但见一路景致好,桃红柳绿百草青。

公子今年十八岁,常登书房谈经论。

不提玉川去游春,另提一个出场人。

有一老汉姓胡名晏,靠捉鱼为业。所生一女名叫凤莲,今年十九岁,性格稳重,人品非凡。父亲想要为她招一丈夫,将来老了有个靠防。看看辰光不早,老汉就收拾渔网,吩咐女儿解缆开船也。

胡老打鱼做营生,起网为啥重十分。

拖到船头看一看,鱼身人头吓煞人。

凤莲叫父快放生,父亲哪里肯答应。

女儿年轻不懂事,上街卖鱼由父亲。

凤莲见父亲一定要去卖,便道:"爹爹,昨天晚上女儿得一梦,梦见丧事临门,所以劝爹爹还是把鱼放掉罢!可以免灾殃。"胡晏一听,大骂女儿:"你这小丫头简直混账,为父出门打鱼,不讨利事讨败事。多言多语,触我霉头,再敢多言,就打你一顿了。"凤莲低下了头,眼泪汪汪。坐在船中闷闷不乐,好不苦恼也。

不说凤莲眼泪滚,另提老汉上岸行。

匆匆赶到龟山去,口喊卖鱼不停声。

卖到东来卖到西,偏偏碰着一恶棍。

此人姓卢名士宽,他父亲叫卢林,现任总督之职。母钟氏,还有一个妹妹叫凤英。卢士宽依仗父亲之势,横行不法。随身带了八名家将,还带一只虎犬到处欺人打人,今天也到龟山游春来了哪!

一路来到龟山去,看见一个卖鱼人。

此鱼从未看见过,人头鱼身真奇闻。

仔仔细细看一看,鱼儿还会眨眼睛。

待我买去缸中养,免去一刀好放生。

卢士宽想:"这条鱼是无价之宝,让我买回去放在放生池内,看它怎样。"卢士宽再想:"今日我鱼钱么,总归要赖掉哪!"

忙把老汉叫一声,假装正经问行情。

士宽装腔袋袋挖,袋里没有半毫文。

面孔板来眼睛弹,拎了鱼儿向前行。

老汉连忙追上去,少爷勿要寻开心。

双膝跪在地埃尘,少爷少爷叫勿停。

求求公子付给我,譬如舍个求乞人。

卢士宽认为老汉跟他纠缠不清,顿时大怒骂道:"混账老东西!老狗贼!你让我现场出丑,说我赖钱,我现在赏你四十记大板吃吃。"背后家将听到此言,一拥而上,把老汉拳打脚踢,喊虎犬把鱼咬死,老汉急倒在地,高喊:"救命!救命!"山下无数游客,听见大喊救命之声,全来观看。只见卢家公子殴打一卖鱼老汉,个个敢怒而不敢言。只有田家公子看见此情此景,打抱不平,就上前扯住,喝声:"住手!"问道:"老汉犯了什么罪?你们把他拳打脚踢,真是仗势欺人,岂有此理也?"

士宽听说火来升,呼唤虎狗咬他人。

恶狗听了主人话,虎牙狼齿扑上身。

幸亏玉川武功好,一脚踢得狗归阴。

八名家将虎狼能,此刻玉川被包围。

使尽力气用足劲,八个家将都打开。

鼻青脸肿跌四边,胡老趁机逃出身。

这时卢士宽正想上前出手,被玉川一脚踢中屁股,踢得鲜血直流,大喊:"救命!"游客见了,个个拍手称赞。田玉川想:"如果再打下去,要弄出人性命。"于是住手,便道:"你这恶贼,可知国法?饶你初次,下次再要如此,休想活命!"说罢田公子扬长而去不提。再说八名家将跌得头昏眼花,起身一看,少爷被打得鲜血直流,随即扶起少爷回衙门。一只死犬无法带回,就地埋了。再说田玉川知道卢家不会善罢甘休,一定会派人来捉拿,所以赶快逃命去罢!

玉川迅速就动身,急急沿江向前奔。

想要回家来不及,听见后面吵闹声。

不提玉川逃性命,另表士宽凶恶人。

八名家将把士宽扶回家中,卢士宽直喊道:"痛死我了,痛死我了!"家人急急报与卢林晓得。卢林忙叫夫人、女儿一同到书房,问明情况,便道:"我儿为何如此?说与老父知晓。"士宽含泪便道:"父亲,孩儿今天到龟山游玩,碰着一个卖鱼老汉,孩儿买了一条鱼正要付钱,哪知江夏县田云山的儿子田玉川不问情由,打我家将,孩儿上前劝解,也遭其毒打,还打死我的家犬。现在孩儿满身疼痛。"说罢,一命呜呼,归阴而去也!

卢林此时急煞人,一跤跌倒地埃尘。

幸亏家人搀起来,拍胸敲背请医生。

卢林总算不注死,一命悠悠再还魂。

夫人急得无摆布,眼睛翻白神不清。

家人全力来抢救,保全二条老性命。

此事小姐都明白,不能讲给别人听。

上下人等全是哭,呒畀一个作主人。

只有小姐来作主,买棺入殓葬尸灵。

不表卢家挂孝事,再表胡老逃性命。

胡晏老汉钱没拿到,却被卢家人马打得遍体鳞伤。加上年迈无力,惊慌失措,跳到船头,跌到舱里,大声喊道:"凤莲儿啊!凤莲儿啊!今天为父不听你话,现在性命不保也!"

胡老忍痛说原因,女儿女儿叫勿停。

为父街上卖鱼去,碰着冤家对头人。

鱼钱不给将我打,打得死去转还魂。

幸亏一个过路人,拔刀相助我父亲。

说罢之时双流泪,口吐鲜血命归阴。

不提凤莲船上事,另表玉川逃性命。

玉川公子沿江一路逃命,听见追兵渐近,心中万分着急。只见前面有一只小船,便大声喊道:"救命过江！救命过江！"凤莲听见有人大喊救命，抬头一望逃命之人，莫非就是救我父亲的人？马上下橹开船，摇到对岸，田公子远远一跳，跳上船头，要紧钻到舱中。但见舱里有一个死人，不管三七二十一钻在船舱角落里，便道："小姐，小生决不忘你救命之恩。"小姐道："不必多言，追兵已经来了哪！"

　　小姐急忙公子称，快快下船避灾星。

　　凤莲搬开父尸体，忙叫公子底下困。

　　玉川实在无办法，就将尸体盖活人。

　　一边安排一边哭，后面追兵到来临。

　　追兵已经来到小船旁边，见一女子放声大哭，便大声嚷道："小丫头！你这里阿有人逃过？快快从实讲来！"凤莲从舱内探出头来，边哭边回答道："小女停靠在这里已好久了，从未看见有人逃过。"兵丁一听没有人逃过么，便拔腿朝前追去了。

　　小姐船到对江去，不觉到了深黄昏。

　　忙把父尸来翻开，放出公子去逃生。

　　玉川感谢小姐救，感谢救命大恩人。

　　小姐前去公子叫，此刻想把终身托。

　　田玉川一听小姐，想把终身托付，再想我条性命也是小姐所救，我田玉川不能辜负她一片好心，便说道："小姐不必如此伤心，既然如此，我有一只祖传蝴蝶杯赠与小姐，未知小姐意欲如何？另外给你银子二十两，再把令尊安葬妥当，日后可以报仇。"凤莲小姐低下头，红着脸接过蝴蝶杯，心想真是天赐良缘也。

　　公子便把凤莲称，你我都是难中人。

　　我要马上岸上去，天涯海角逃性命。

　　你可拿此蝴蝶杯，寻到我家县衙门。

　　公子说罢忙上岸，另提小姐到衙门。

　　胡凤莲在岸上请了四个老年熟客，买了一具薄皮棺材，将父尸体入殓安葬停当，一路问信，到田府衙门，看见只有一位门公，便道："门公叔叔，相烦通报一声老爷。说有一个胡氏小女到来，要面见老爷太太。"门公一听，不敢耽搁，立即通报不提。再说田云山得悉儿子打死总督之子，正在万分焦急之时，忽听门公来报，外面有一女子要面见老爷太太。老爷一想，要当面禀报，看来其中一定有道理，就说："既然如此，那么让她进来，问个明白。"凤莲走进内厅，老夫妻两人一看此女并不认识，就问小姐："你有何事，要面见老身？"小姐红了面孔，叫道："大人在上，听禀也。"

　　凤莲一听夫人问，双膝跪地杯子呈。

　　夫妇见了生疑惑，此杯怎会在她身。

　　莫非吾儿有着落，或许与她订婚姻。

　　小姐事事来禀告，为救公子尸下困。

　　夫妻听见此番话，老泪纵横泣无声。

　　小姐又把和田玉川定亲之事禀告老夫妇俩知晓。这时候门公急急进来报信，说外面布政司、按察司、巡按大人和总督大人四位一齐来到也。田爷急忙出衙门迎接，四位大人一齐进入大堂施礼毕，卢林拍案大骂道："江夏县放子行凶，该当何罪？"田公打拱回禀道："大人且听，逆子行凶，应该从重治罪，但前日出门，至今尚未回家，恳求老爷宽容。"卢林不信，说一定藏避在内房，便命令中军内外搜查，搜查半天，不见人踪。便又骂道："江夏县纵子打死人命，还藏匿凶手，实属不法至极。限你三天之内把凶手交到本司大堂。"吩咐完毕，四位大人步出县衙，上轿打道回衙门而去不提也。

　　田爷整装送出门，神志恍惚心不定。

走到书房坐定身,苦思冥想动脑筋。

还是凤莲脑筋快,想出办法驳理性。

原告胡氏凤莲女,父亲是个捉鱼人。

前日打鱼街坊卖,来了卢家一班人。

拿鱼不给半毫分,还把我父打一顿。

田家公子见不平,贼子顿时伤了身。

卢家九人打我父,我父回船一命殒。

不表田家状纸写,另提三法司审情。

　　布政司坐左、按察司坐右、巡按大人坐中、卢林右首、客位左首。巡按大人姓余名锡,吩咐带进田云山上堂,布政司姓董名温,问道:"江夏县知事田云山,纵子行凶,打死督府公子,目无法纪,应从重治罪。"按察司姓赫名子良,拍案问道:"你儿子哪里去了?快快招来。"田公道:"逆子未归,一时又无法寻找,待我用公文各州各府捉拿他。"三法司听了,心想,田公说得有理,三人商议决定。限田公一月之内把凶手交到本堂。田公道:"是,是,是!"

　　三司正欲把堂退,忽听外面喊冤声。

　　三位大人忙吩咐,速即带进喊冤人。

　　中军传进胡氏女,入衙叩见状纸呈。

　　凤莲把冤再申诉,要求大人验尸灵。

　　三法司看罢状纸,余大人道:"你不要谎告。"此时余大人眼睛看着卢林,又道:"小女子的状文上写得明明白白,是你儿子卢士宽打死卖鱼人,田玉川路见不平相救,还请你评论一下。"卢林哑口无言。田公道:"禀大人,待我早日捉住逆子,此案便可是非分明,再作理论。"三司一听,说得有理,便宣告退堂。

　　再说布政司董温,眼看胡凤莲美貌非凡,想起自己没有女儿,便道:"胡凤莲!你今父亲已故,没有依靠,且住我衙,继作螟蛉,可好?"凤莲一听,心想这种机遇不可错过,于是一个箭步,双膝跪下,口称:"寄父大人在上,寄女拜见。"董公道:"罢了。"扶起胡凤莲,满心欢喜。此案待田玉川回归之后再作道理,便吩咐打轿回衙。田公、卢林、三司各个回衙,暂且不提。

　　董公凤莲回衙门,安排小姐换衣襟。

　　董温报与夫人晓,太太听了喜十分。

　　传唤小姐到内房,凤莲重又拜双亲。

　　不说凤莲安身住,再表田公到家门。

　　将情说与夫人晓,夫人听了更欢心。

　　瓦下田家夫妇说,再提总督一卢林。

　　想起今日堂上事,不该碰着喊冤人。

　　正欲思想内堂去,家丁报进皇命临。

　　想起今日堂上事,不该碰着喊冤人。

　　正欲思想内堂去,家丁报进皇命临。

　　家丁入内报道:"皇上圣旨到来!"卢爷听后,忙摆香案,大开正门,跪接圣旨,上面写道:"外国苗兵作乱,丞相报奏,老爷须火速出兵广东,得胜回来,加官赐爵。敌兵紧逼,不得耽搁。"卢爷谢别使者,回京不提。卢林即与余大人讨论,由余锡执管粮草,又点唐滚大将,带领三千人马作先锋,浩浩荡荡往广东进发了哪!

　　唐将先锋前路行,元帅带领二万兵。

　　余公三队管粮草,祭旗发炮就行程。

　　唐滚先锋部队到关三日,大队人马已到。唐将迎接元帅,略问敌情,然后亲自到前方察看敌情,吉日开战按下。再说余大人也从后面赶来了哪!

　　不提解粮余大人,再提玉川逃命人。

　　身边铜钱都用尽,面黄肌瘦不成形。

　　忽见前面军兵到,平安桥下躲避身。

　　巡按大人余锡押解粮草,在平安桥经过。忽见桥下有一男子,鬼鬼祟祟,以为是奸细,便上前一把抓住田玉川,问道:"你这奸细,姓甚名谁?为何躲在桥下,快快从实招来!"

　　玉川一听问姓名,随机应变动脑筋。

　　公子开口官长叫,雷金州三字是我名。

　　只因投亲到本城,投亲不遇费心苦。

　　大军到来我避下,恳求饶我苦命人。

　　余巡按闻听此人有一身好武艺,今日苗兵作乱,寻思把他留在军中,也许能成为一个有用之人,便道:"雷金州,本大人欲留你在军中作为前锋,如能获胜,封你官职。"白玉川听了此言,万分喜欢,就此叩头跪拜,并道:"本人愿去平定苗兵,以报今日之恩。"余公吩咐归队,更换衣甲待命不提。且说苗兵将领,名叫从鹿哈,妄想中原天下,侵犯大明,选一员勇将叫卢海出兵攻打,连连得胜。是日,小将哈里向鹿哈报告道:"明军已到。"鹿哈和卢海商议,今夜先去劫寨,传令满营备酒饮食也!

　　苗军奉命都准备,半夜一齐出营门。

　　一声巨响明营到,明军无备乱纷纷。

　　心慌刀枪无寻处,元帅只得自逃生。

　　提刀上马出营门,恰遇苗兵先锋到。

　　银枪刺来险伤身,大叫一声败下阵。

　　卢林败得无招架,大声呼唤讨救兵。

　　此时正好余巡按赶到,忙点雷金州出阵。金州得令,冲入前沿阵地。卢林看见救兵到来,便大叫:"将军救命!将军救命!"金州一见苗将对着元帅乱刺,便叫道:"大胆贼子,留下名来!"卢海听了哈哈大笑道:"乳臭小儿,胆敢信口雌黄,快快回马,饶你一死。"金州听了大怒道:"苗狗无理,留名领死,好在记功簿上记上功劳。"苗将道:"小子请听好哪!"

　　我将坐立不改名,卢海二字天下闻。

　　说罢提枪刺公子,话音未落枪头临。

　　卢海大叫不好了,翻身跌倒地埃尘。

　　公子获胜来追赶,一拥杀入苗兵营。

　　鹿哈得知前线大败消息,无法挽救,只有投降,就带领众将兵士跪接,口喊饶命。鹿哈苦苦哀求大明将领,余巡按厉声问道:"苗王为何侵犯大明?"鹿哈把一切责任全推在卢海身上,并表示愿意投降。以后年年进贡,岁岁朝拜,永不侵犯。元帅听了暗暗称喜便道:"那么,快把表文献上。"苗王拜谢,心想此次真是死里逃生,心中好不快乐也!

　　苗兵战败来投诚,卢林心中喜十分。

　　动问小将姓和名,领了公子进皇城。

　　文武百官来迎接,元帅上朝见帝君。

　　功劳要封雷金州,当殿奏本万岁听。

　　君王准奏,封雷金州为威武将军,卢林、余公、唐滚,个个加禄升官。四人拜谢天子,个个回归自己衙门而去也!

先说卢林转回程,浩浩荡荡快十分。

再说云山回到家,入内告诉夫人听。

今日堂上雷金州,面貌与儿一样生。

不提田家夫妇话,另表卢林想报恩。

欲将女儿配金州,就请余公做媒人。

卢公意见告金州,公子回言大人听。

小将早年有偶配,停妻再妻有罪名。

卢林一听,就请余公暂坐片刻,自己走进内房,去告诉老夫人知晓。老夫人含笑道:"老相公我有一计,叫先下手为强,晚下手遭殃。不妨先完婚花烛,先婚为大。"卢林道:"老夫人说得有理。"决定如此,就来到外堂,向巡按大人说明。巡按对公子说明,弄得公子左右为难,如果不答应,看来回不了家。答应成亲,可以早日回家见父母之面,于是一口允承。卢林即令中军到街坊,请阴阳先生拣日,正巧后天就是黄道吉日,立差家人购买嫁妆吉日用品,待到后天,即行完婚哪!

卢林一听喜欢心,吉日马上到来临。

立差家人办嫁妆,全家顿时乱纷纷。

文武官员共贺喜,喜宾喜娘闹盈盈。

此时公子多欢喜,小姐打扮做新人。

夫妇参拜天和地,然后送入洞房门。

厅上文武官员亲戚好友都来贺喜,热闹非凡,大家猜拳行令,直到三更席散。卢林招得贤婿,心中十分高兴勿提了。

新郎进房挑方巾,一见新娘喜十分。

长相更比凤莲好,走上前去把礼行。

小姐还礼称不敢,凤目低头看郎君。

同床合枕百年好,醒来已是太阳升。

天明小夫妻两人起身,公子长叹一声,小姐一听,心中万分疑惑,便问:"相公有何心事?不妨说与我听。"公子心生一计,回言道:"小姐啊!说起胡氏前妻,只因她的哥哥是被我打死的,倘若她要与兄报仇,丈人出面,那么我的性命休矣!想来没有救星,故而长叹。"小姐听了,心想这与我家情况相似,便道:"相公既然凤莲与你结为夫妻,这个冤是报不成的。"公子一听,心中暗喜,即便关好房门双膝跪下叫道:"娘子啊,今日求你开一线之恩吧!"小姐一听真是莫名其妙,急忙扶起官人问道:"有何言语,快快说明。如果妻有能力,一定帮你一臂之力也!"

玉川膝跪地尘间,娘子要做天救星。

小姐回言官人叫,千斤重担两人挑。

公子重又妻子叫,为夫原是姓田人。

小姐一听恨伤心,火冒三丈立起身。

冤家今朝欺侮我,何不早点说我听。

公子道:"小姐如果告诉了父亲,一定要把我处死。我身一死何作惜,倒是我贤妻的终身去靠何人。"此时小姐泪流满面,叫道:"官人,在对苗人战斗中,我父亲在沙场危急,幸亏我夫相救。父亲为报救命大恩,故而将我许配与你,但当时只知你叫雷金州也。"

不知你是姓田人,害奴今朝难做人。

父母大人来晓得,我夫难免一命顷。

公子哀求娘子称,小姐想法救夫君。

小姐道:"官人休哭,今天你快快回家,与你父亲商议。拿你捆绑到辕门,因你在沙场救我父亲,趁此时文武官员俱到贺喜,谅我父亲难下此手。"公子一听,连称妙计,准其如此。公子道:"你我二人且到堂上请安,老夫妻自然快乐。"小夫妻两人回到楼上,公子立即动身了哪!

公子立即出房门,心急如焚回家门。

路上行程无耽搁,已到江夏县衙门。

公子到堂双膝跪,拜见生身父母亲。

夫人挽起亲生子,问儿在外可安宁。

为何穿上将军服,快快说与父母听。

田公吩咐全家人,外面不要露风声。

公子把前前后后详细,一一告知二位老大人。

孩儿有言再告禀,父母在上听分明。

失手打死帅府子,渔船渡我逃性命。

身边银钱都用尽,流落桥下想藏身。

恰好巡按解粮过,收留孩儿做军人。

行了半月到战地,元帅失败逃回程。

苗将紧紧追元帅,卢公险些伤性命。

孩儿出阵来相救,杀退苗兵救卢林。

得胜回朝封官职,封我虎威大将军。

遇缺递补总兵职,同随元帅出京城。

"孩儿随同卢林来到武昌巡按衙门居住,突然余大人向我做媒,欲将女儿许配与我。儿说我已有妻胡氏凤莲,但卢家仍是执意要儿为半子,用先下手为强的方法立即完婚。但是卢士宽是被我打死的,被丈人知晓,一定要把我问成死罪。孩儿性命难保,后来小姐想出计策,叫我立即回家,请父亲商通余大人,将孩儿绳捆索绑,送至帅府请罪,趁今天大喜之日,文武官员都在卢家贺喜,让余大人带头讨情求饶。岳父难下杀婿之心,可保孩儿性命。"田爷听了点头称是,立即整理服装,父子出衙,去见余大人,把情况一一说明。余大人一听,一口答应,绑好公子,三人一同向帅府而去了哪!

巡按出轿入府门,元帅接待进花厅。

布政三司全已到,府通大人也莅临。

绳捆索绑田公子,轻移脚步往里行。

公子因何绳索绑,姑爷何故成犯人。

附近百姓都来看,都说奇怪是新闻。

不表旁人议论话,再表田公见卢林。

田爷整冠上堂道:"元帅在上,下官参见帅爷,又参见过三司府。"礼毕,又道:"元帅大人,逆子田玉川现已抓获,今特送上请罪。"帅爷一听,哈哈大笑道:"我儿死已百日,难得今天皇天有眼,待我亲自审问,现在由三司作证。"眉头一皱,身坐大堂,喝叫:"带进凶手,今日本帅亲自斩他,与儿报仇。"文武百官交头接耳,议论纷纷,都说田爷不顾亲生儿子,今日送到帅府斩首。此时田公带进田玉川跪下叫道:"验明真身!"元帅低头一看,大吃一惊,顿时大怒骂道:"你这个江夏县好大胆哪!"

小小知县胆包身,拿我东床做犯人。

帅爷此时多光火,喝叫二旁快拿人。

田公一听哈哈笑,要叫大人听分明。

下跪是我亲生子,下官说的是真情。

本县不知大人婿,还请大人要开恩。

卢林暗想真是奇怪,莫非真是他的儿子,这倒为难了。打死我子是仇,救我性命是恩,招为女婿是亲,这叫老夫如何处理?正在犹豫不决之时,余巡按站起身来问道:"雷将军,你究竟叫雷金州还是田玉川,好好说来与我听哪!"

玉川公子说分明,尊称巡按余大人。

小将正名田玉川,从小学得武艺精。

路见不平伤舅舅,背乡离井改名姓。

巧遇大人收留看,战场相救岳父亲。

多蒙岳父招我婿,今日回家见双亲。

却被父亲将我绑,押到帅府定罪名。

这是一切真情话,恳求岳父开大恩。

余巡按听了公子一番话便道:"这件真难办了,打死帅子理应抵罪,但要想到战场救了元帅,是个救命恩人。"此刻,文武官员都来劝解元帅:"回念战场救得元帅性命,功劳非浅,让他将功折罪,饶恕了他吧!"此时元帅无言回答,立起身向内房而去也!

元帅此刻立起身,将情说与夫人晓。

一时之间无主意,相请小姐来讨论。

凤英内堂见父母,帅爷不言怒起身。

你夫就是田玉川,打死你兄定罪名。

他父绑子送我家,要叫女儿出章程。

小姐假意嚎啕哭,爷娘不该害凤英。

坏我名声败儿节,活在人间做啥人。

巡按不该媒人做,要与巡按拼性命。

老夫人一看苗头不对,女儿要寻死路了,便急忙对女儿说:"女儿啊,你不必伤心,待我劝你父亲,顾念救命大恩,将功折罪,当堂放了女婿吧。"老夫人相劝卢爷,老爷想:"我本来就不想杀女婿,就怕夫人女儿埋怨老夫,故请示尔等作出决定。既然如此,落得顺水推舟。"吩咐下人将女婿放绑,叫他进来,训了几句,也算老夫有个落场了哪。

夫人口口来答应,小姐假装生怒气。

含泪回房心暗喜,再表内堂老夫人。

立差丫鬟二个人,相请姑爷进内厅。

此时外边群众正在议论纷纷,有的说死,有的说活。这时正好丫鬟奉命请姑爷,田玉川死里逃生,心里万分快乐,父子两拜谢各位大人毕。田玉川步入内堂,拜见岳父不提。

厅堂摆起筵席酒,名班开场做戏文。

三更席散文武去,夫妻谈论勿必说。

三朝满月奏天子,不到一月圣旨临。

卢家将此事奏明圣上,不满一个月,圣旨到来。雷金州复姓田玉川,加官封禄,田玉川为湖广总兵,正妻胡氏凤莲封为孝义夫人,次妻卢氏凤英封为勇议夫人,田云山封为襄阳知府,赏假半年。父子谢过龙恩:

"万岁,万岁,万万岁!"天使回京复旨去了哪!

　　玉川公子再交运,布政大人做媒人。
　　孝义夫人胡凤莲,择日初三就完婚。
　　凤莲此刻多快乐,料想不到今翻身。
　　吉期已经前来到,田董两家喜临门。
　　玉川今日新人做,送入洞房勿必说。
　　春宵一刻值千金,醒来已是太阳升。
　　堂上翁姑来相见,凤莲凤英姐妹称。
　　玉川挽住二凤妻,自己也要改个名。
　　今后名字叫玉龙,一龙二凤真好听。
　　勿提夫妻多快乐,假期满期要上任。

　　皇上赐予田家父子每人假期已满,备酒上任,文武官员都来恭贺玉龙同二夫人,先到董府后到帅府,辞别父母大人,即便启程了哪!

　　文武官员送大人,一棒锣声就行程。
　　数日已到湖广地,大小官员码头迎。
　　父子二人同一处,地方治得很太平。
　　凤莲幼子归董府,凤英长子进卢门。
　　自后三家都兴旺,加官晋爵有名声。
　　诸君看看卢士宽,地头恶棍早归阴。
　　玉川仗义良心好,最后自有天报应。
　　蝴蝶杯卷宣完成,福也增来寿也增。

杭州大赖婚宝卷

　　姻缘宝卷初展开,诸位大家坐下来。
　　在堂大众听宣卷,一年四季福寿来。
　　不说前朝并后代,再说仁宗事一番。

　　再说一本宝卷,出在宋朝年间。我不说,仁宗皇帝登朝以来,风调雨顺,国泰平安。再说一桩故事,出在湖广省荆州府。有个做官人家,姓刘名叫星如,老夫人陈氏。老夫妻二人同年所生,养了一个儿子,名叫金达,今年十七岁。刘金达家中富裕,良田万亩、金银无数。刘星如在云南做官,为官清正,被奸佞所害,罢官回家,夫妻二人双亡。刘金达一人,爷娘过世,六亲无靠,房屋烧光,身住坟堂,十分可怜哪!

　　金达在家苦伤心,爷娘双亡早归阴。
　　家中房屋全烧光,身住坟堂无人问。
　　一事无成实可怜,二无柴米共油盐。
　　三餐茶饭常欠缺,四季衣衫不周全。
　　五来命运多穷苦,六亲无靠苦黄连。
　　开门七件无着落,八字生来颠倒颠。
　　九分饿死一分生,十在呪法喊皇天。

刘公子想想:"爷娘过世,六亲无靠,身住坟堂,十分可怜。想我爷娘在世的辰光,替我攀亲攀在杭州,我不知其细。"我想:"那南村有个张先生,在我家中教十年书。张先生晓得亲事,我要去问张先生哪!"

刘金达想着就出门,走出坟堂上路行。

一路行程无耽搁,要到南村张家门。

抬起头来细看清,南村就要到来临。

要说刘金达走到南村张先生家中,张先生说道:"学生子你有何贵干?"刘金达道:"先生,我来问你一个信,我爹爹在世时候,替我攀亲攀在杭州,不知其细。"张先生说道:"学生!你问亲事,金达我来对你说哪!"

你父云南为官正,顾文学缺造钱粮有罪名。

君王知道龙颜怒,要满门抄斩一家门。

你爹爹奏本来救他,救他性命一家门。

救命辰光欲报恩,想着女儿顾兰英。

当初攀亲许配你,学生你快去投亲。

张先生说道:"刘金达,你到杭州去,你说畀丈人听,你丈人就晓得,要认你了。"女婿刘金达听得十分欢喜:"道谢先生知音哪!"

金达开口叫先生,道谢恩师来知音。

倘然我到杭州去,后来不忘你的恩。

先生即把金达叫,啊要几时出门行。

金达开口先生叫,明朝就要去投亲。

张先生道:"学生你来得真巧,我阿哥有只船要到苏州,你趁便船去吧,到苏州枫桥上岸。你到阊门,有万人码头,有周庄班,还有常熟班,还有杭州班,公子你趁杭州班,航船停靠北星关。"刘金达回到坟堂,坐定身体,思想明朝要到杭州去投亲,路费全无,哪能去投亲?想了半夜,一到天亮要转家去了。

金达关好坟堂门,别转身来向前行。

路上行程无耽搁,南村相近到来临。

不多一刻南村到,先生已经望我们。

刘金达走到张先生家,先生说道:"学生,我哥哥的船快要开了,我来领你去。"二人走到船上,先生说:"大哥,我的学生到了船上。"金达招招手,就此开船而去了。

金达开口先生叫,多谢先生常挂心。

先生呀,我今要到杭州去,回来不忘你的恩。

辫只船水面行路来得快,苏州地界到来临。

张老伯伯说道:"公子,苏州到了,这里就是枫桥,公子你上岸吧。"公子开口说道:"老伯伯,再会。"刘公子上岸而去哪!

公子上岸到了苏州城,苏州城里闹盈盈。

大街小巷人头兴,阊门石路到来临。

刘金达来到阊门石路,辰光已经勿早,要想吃夜饭,抬起头来一看,一块招牌李小林饭店。公子走进饭店说道:"老板!阿有夜饭?"老板说:"客人,夜饭有的。"公子坐定身体。老板说:"你要吃多少?"公子说道:"老板,我吃一汤二菜。"公子吃好夜饭,问道:"老板,这里阿有房间?"李小林说:"我们只有三间房间。"公子就去看房间,公子开好房间。李小林问道:"公子,你啥地方来的?"刘金达说道:"湖广省。我要到杭州去投亲,我明朝就要动身。"李老板说道:"公子你困吧。"刘金达困到床上,听见外头狂风大雨,明朝航班不会开。公子困在床上,气气闷闷,得了一病。刘公子待在饭店生病了。

公子登在饭店里,得了毛病哭伤心。

冷来好比冰水冲,热来好比火炉烧。

头晕眼花不好过,吭哭好人来看我。

想起爷娘在世日,荣华富贵善良人。

路上落在饭店里,得了一病无人问。

再说刘金达登在李小林饭店里,生病一夜天,到了天亮起不来。李小林说:"公子起不来,我去看看。"走到房间说道:"公子,起来吧。"公子说道:"我起不来,我生病了。"李老板说:"我来请医生来。"老板走到饭店门,去请医生。医生很快就来,一路上并无耽搁。来到饭店里,医生一把脉,毛病很重,伤寒症。医生说:"我来替你打两针,还吃二服细药,就要好个。"李老板付脱医生钱,医生回家不表。再说,公子登在老板饭店里面,生病半月,说道:"老板,我实在对勿起你呀!"

老板叫声公子听,保重身体顶要紧。

公子你今登我饭店里,勿要记牢去投亲。

勿要记牢欠我钱,虱开心思勿要紧。

公子叫声李老板,老板你个大恩人。

倘然我到杭州去,后来不忘你的恩。

公子说道:"老板,你个恩人,我欠你饭钱没有还你,我对不去你老板。老板,我还要问你借钱,我要到街坊上去买渔筒简板。"老板说道:"你要多少钱?"公子说道:"问你借二百文钱。"老板就付公子二百文钱,刘金达拿了铜钿就街坊乐器店里头买了一副渔筒简版。在阊门大街上,走到双开间门面店、茶馆店里说道:"爷叔伯伯,我来唱道情。"有二个年纪大的老伯伯开口说道:"伲来点唱。要唱《十二月花名》,要有古人哪!"

渔筒简版略略响,声音调头动人听。

正月梅花看红灯,李逵大闹东京城。

燕青混进花园里,武松醉打蒋门神。

二月杏花龙抬头,千金小姐彩球抛。

彩球抛着吕蒙正,破窑里面住安身。

三月桃花是清明,莺莺偷看小张生。

红娘月下偷棋子,隔院张生跳粉墙。

四月清和红海棠,镇守三关杨六郎。

活捉番将焦光赞,杀人放火是孟良。

五月花开石榴红,李三娘产子磨坊中。

刘知远落难偷鸡吃,后来高坐在龙宫。

六月炎天似火烧,关公马上来提刀。

只见曹操兵马到,张飞喝断霸陵桥。

七月凤仙是秋天,牛郎织女会天仙。

天河拦断相思路,鹊桥相会两边分。

八月桂花是中秋,隋炀皇帝到扬州。

一心要把琼花看,万里江山一旦休。

九月菊花盆里黄,郑元和落难在街坊。

苏州阿大为师傅,后来得中状元郎。

十月芙蓉孕小春,银枪白马小罗成。

武场中夺了状元印,回马枪挑死老杨林。

十一月山茶雪花飞,焦光夺国把兵收。

霸王自刎乌江口,韩信功劳一旦休。

十二月里蜡梅是残冬,单鞭救驾尉迟恭。

三战杨林秦叔保,潼关九战魏文通。

一套花名唱完成,众位听得喜欢心。

要说刘金达唱完《十二月花名》,各位爷叔伯伯听得满意。二个老伯伯说:"这个人不像走江湖的,他好像官家之子。"大家有个给十文,有个五文,有个二十文,一共得了七百文。刘金达说道:"多谢爷叔伯伯,明朝再会吧。"刘公子回到李小林家说道:"老板,我欠你饭钱、药钱、房间钱,一共多少钱?请你算一算。"李小林一算,一共欠三百文,说:"公子你不必还我,你倘若有一日发达,不要忘记我。"公子说道:"多谢老板,我要和你道别了。"李小林老板说道:"我来领你到码头。"二位走到阊门万人码头。刘公子说道:"老板,今日分别,祝你身体健康,事业兴旺,生意兴隆。你回去吧。"刘金达走到船上。晚上就开了哪!

公子即别上船行,航船马上就开行。

行过苏州到吴江,平望八拆到来临。

路上行程来得快,即将就要到乌镇。

行到乌镇到塘西,杭州相近到来临。

行一里来近一近,杭州地界船喝定。

北星关上来上岸,付清船钱往西行。

听见头上乌鸦叫,公子想想气闷闷。

要说刘金达来到杭州,听见头上乌鸦叫三声。公子想想:"不知为啥。你这只鸟对我叫三声,我到杭州投亲,未知如何哪!"

公子来到杭州城,杭州城内闹盈盈。

公子走到市中心,东南西北分勿清。

走上前去借问信,丈人不知哪方登。

再说刘金达来到杭州市中心,东南西北呒方向:"我来上前去问一信,我丈人不知在哪里开店。"公子见一爿南货店,走上去说道:"伯伯,问你一信,顾布政在哪里?"老伯伯说道:"你不叫也罢,要叫就叫朝奉伯伯。"公子道:"朝奉伯伯。"朝奉说道:"你走过去,卖鱼桥转弯,一是朝北门,前面有两面大红旗、黑漆墙门就是顾布政。"公子说道:"多谢伯伯,我要走哪!"

公子一路往前行,匆匆走来要当心。

路上走来无耽搁,三步改作两步行。

抬起头来细看清,卖鱼桥转弯朝北门。

但看前面二面旗,就是顾府到来临。

要说刘金达走到顾府丈人家,在门口东张西望。门公看见说道:"我在此地看门,你张头探望。你个叫花子快快走。"公子说道:"伯伯,我来投亲,我是你老爷女婿,请你去通报一声。"门公说道:"你哪里来的?"公子说道:"我湖广来的。"问道:"你叫什么名字?"公子说:"我姓刘,名叫金达。"门公道:"你等一下,我来去通报哪!"

门公即便往里行,通保老爷一个人。

门公走到厅堂上，老爷在上听原因。

湖广省城女婿到，现在待在外墙门。

今朝我来通报你，老爷不知如何能。

顾奸臣说道："他们是轿来的？还是马来的？"门公说道："公子亦不是轿来，亦不是马来。老爷，公子二只脚走来的。"问道："看他身上如何打扮？"门公说道："公子打扮十分穷苦，衣服很破，头上帽子开花，脚上鞋子吭界跟，腰里一条草绳。老爷，公子作孽，十分可怜哪！"顾奸臣想想真气呀！

今日穷鬼来到此，破坏门风不该应。

定然叫你走进来，逼写退婚理该应。

吩咐门公别开门，边门进去见大人。

门公即便往外走，叫声公子听原因。

老爷堂上来吩咐，叫你边门进去见大人。

公子一想，叫我边门进去见大人。刘公子想真真气呀！

岳丈忘记前情事，欺穷重富不该应。

当初吭界爹爹救，一家性命活不成。

正门不开开边门，进去刚好见丈人。

刘金达双脚走进边门，来厅上看到一位老人。一想这就是我丈人。公子双膝跪下说道："岳父大人在上，小婿拜见。"顾奸臣说道："哪一个是你丈人？"公子说道："丈人呀！"

你在云南为不正，缺造钱粮有罪名。

君王知道龙颜怒，要满门抄斩一家门。

我爹爹奏本来救你，救你一家全性命。

救命辰光欲报恩，想着女儿顾兰英。

成长攀亲许配我，我今落难不认亲。

岳丈忘记前事情，欺穷重富不该应。

当初无我爹爹救，合门侪要见阎君。

刘公子说道："岳父大人，你在云南做官，缺造钱粮，君王晓得，要满门抄斩。我爹爹奏明君王，救你一家门性命。救命辰光无恩可报，想着女儿顾兰英攀亲许配于我。我今落难，你不认亲？"顾奸臣说道："你攀亲辰光富裕，你个不孝子家当败光。"公子说道："岳父大人，本来我爹爹是个忠臣，你是个奸臣，不能相配。"顾奸臣说道："呔！你个畜生，鬼话连天，骗啥人呀！"

瓦爿也有翻身日，困龙也会上天庭。

哪个君王不落难，哪个县官不受贪。

何方岳丈为布政，君王也有草鞋亲。

顾奸臣说道："你个畜生，小小年纪，哪晓得哪个皇帝落难，哪个县官受穷。你说给我听听看哪！"

朱太祖多难住在兴隆寺，后来做了大将军。

郑元和落难道情唱，后来得中状元郎。

薛仁贵落难住在破窑里，征东做了大将军。

我今暂时暴落难，后来也要就功名。

徜然功成名就日，我不忘记老丈人。

顾奸臣说道："你个畜生，你要想做官，要么袜筒管、水竹管、烟囱管、笔套管。你个穷鬼，不会做官了哪！"

穷鬼若要高官做,铁树开花叶冒青。

穷鬼若要高官做,东洋大海起蓬尘。

穷鬼若要高官做,石器浮来木器沉。

穷鬼若有高官做,秤砣落水不会沉。

穷鬼若要高官做,晒干鲤鱼跳龙门。

顾奸臣说道:"你个穷鬼,你不会做官了,退婚吧!"刘金达说道:"你个奸臣。"顾文学道:"你敢骂我了。"公子道:"你个老现世,你个老牛精,你个老狗头,骂的就是你个老奸贼。"顾奸臣说道:"顾福、顾二替我内拿三斗三升铁乌棱角,烫俚一烫。"铁乌棱角烧红,那刘金达身上烫得皮色转变,啊呀!苦呀!

公子投亲苦伤心,你个奸臣不是人。

你今拿我来活杀,阴间路上把状告。

左滚三滚皮肉烂,右滚三滚血见筋。

铁乌棱角烫肉二三寸,昏迷过去不还魂。

要说刘金达被烫得不醒,转头顾福、顾二道:"老爷,畜生死了。"老奸臣道:"拿冷水淋下去,就醒来了。"二个家人就拿冷水淋下。公子悠悠醒来。公子叹了一口气:"啊呀!爹爹哎。"顾奸臣说道:"你个畜生,你今朝马上退婚吧。"公子说道:"你个老牛精,你个老贼精!我情愿死,不愿退婚。"顾奸臣说道:"你个穷鬼,就凭你这张嘴,你条性命活不成了。"顾奸臣吩咐道:"顾福、顾二,拿这个畜生下火牢哪!"

公子推入火牢里,双抛珠泪苦伤心。

爷呀!奸臣害杀你性命,今朝也要害我身。

爹爹呀!黄泉路上来等我,等我儿子一同行。

想我一死倒也罢,绝了刘家后代根。

公子登在火坑里,一命呜呼不还魂。

再说刘金达登在火坑里向,一个人昏迷过去了。刘金达乃是文曲星君下凡,上界玉皇大帝晓得。太白星希望借冷龙一条,下降到杭州顾奸臣火牢里,想救出文曲星君哪!

西北角上起乌云,电光闪闪吓煞人。

顿时起风下大雨,大小人家吃一惊。

瓦爿好像燕子飞,小树还要连根起。

落下三尺三寸雨,杭州城里积水勿走人。

要说杭州城里,落下三尺三寸雨,大小人家都大吃一惊,去请了钱粮香烛求神佛勦杭州发水哒。再说刘金达登在火牢里向,一坑火变成一坑水呀!刚刚烫杀,现在冻杀。公子一想:"为何一坑火变成了一坑水?"公子道:"啊呀!必是人来救我了。"要说这条冷龙缠在文曲星君腰里,刘公子浮在水面上说道:"苦呀!"奸臣说道:"你个畜生倒厉害,要风就风,要雨就雨,倒看勿出他倒有三分妖气。"吩咐顾福、顾二:"叫他来见我。"顾福、顾二到火坑里说道:"公子,叫你去见老爷。"刘金达走到厅堂。顾奸臣说道:"你个畜生,你苦头吃够了吗?你退不退婚?"公子说道:"你个老奸臣,你要退婚万万不能呀!"

老杀千刀老牛精,要想退婚万不能。

宁可拿我刀刺杀,情愿死你奸臣门。

你个老贼勿该应,我决不会写退婚。

公子来到顾家门,上次刑罚记在心。

顾奸臣说道:"你个畜生,你还要骂我。"吩咐顾福、顾二替我拿铜钉四只,松板一块,钉杀磨坊里向。顾福、顾二道:"公子,你到磨坊里向不要哭,看你身上皮开肉绽,伲二家头看你苦恼,你也是穷人出身。"公子在磨坊苦呀!

公子登在磨坊里,双抛珠泪苦伤心。

希望投亲有好处,犹如走进地狱门。

如今登在磨坊里,我的性命活不成。

我想一死倒也罢,不知兰英如何能。

刘金达登在磨坊里向啼哭勿说。再说兰英小姐身边丫鬟就要到街上去买水果,西厅走二里路,磨坊门前走一里路,半路就抄近路走一走。到磨坊门前,听到有人在磨坊里啼哭。秋菊丫鬟听了听,不像本地人,好像外地人,是欠伲老爷钱还是欠伲老爷的米。穷人穷得真真苦呀!我去求求老爷放了这个叫花子。秋菊丫鬟推门一看,原来是一位公子。秋菊丫鬟说道:“公子,你是啥地方人,为啥在磨坊里哭?”公子说道:“小姐,我是湖广来的,我来投亲,奸臣不认我这个穷女婿,反而骗我写退婚书。我不愿退婚,就上刑三次。”秋菊听了公子的话说道:“我劝你聪明一点,你尽早写退婚。公子你不写退婚,你这条性命不保了;你写了退婚,小姐仍肯跟你了。”刘公子一想,倒勿错,说道:“妹妹,你去取文房四宝来。”丫鬟拿了文房四宝,道:“公子你写吧。”刘公子拿去笔来写退婚哪!

手提羊毛笔七寸,今朝我来写退婚。

上写湖广刘郎身,下写配对杭州顾兰英。

这位妻子养勿活,我是落笔写退婚。

退亲之后无后悔,以我无涉半毫分。

顾府千金另配对,配对高门大郎身。

一张退婚来写好,付畀秋菊丫鬟身。

秋菊丫鬟拿了一纸退婚文书走到厅堂浪向说道:“老爷,这个畜生退婚写好了。你看看啊对?”奸臣一看,哈哈大笑:“这个畜生,人不像人,鬼不像鬼,二个字写得倒好。”奸臣说道:“顾福、顾二,叫他来。”顾福、顾二走磨坊门口说道:“公子,老爷叫你去。”刘金达跟着顾福、顾二走到厅上。顾奸臣说道:“你个畜生,我还你五百两银子。拿回去做做小本生意,可以活性命。”刘金达说道:“你个老奸臣,臭铜钱不要你半毫分哪!”

你个老贼不是人,臭铜钱不要半毫分。

我有朝一日高官做,千刀万剐杀奸臣。

拿你骨头要磨粉,肝胆心肺哑狗吞。

奸臣开口骂畜生,畜生你是无良心。

好好还你花银子,反而还要骂我们。

顾奸臣说道:“我好好给你五百两银子,你反而还要骂我们。你个畜生!给我滚出去。”吩咐顾福、顾二把畜生推出墙门外去,刘金达想想苦哪!

公子推出墙门外,沿墙摸壁哭伤心。

正月月底无亮月,面东不见面西人。

走一步来步一走,黑夜之中吪畀人。

但听更声二更过,不知走到那方存。

再说刘金达被推出墙门外,沿墙摸壁呀!大约走了二里路,听见更敲二更。啊呀!不知走到啥地方,不晓得还是顾家花园。看花园有个人园公叫顾安,昨日吃醉了酒,园门没有关好。刘金达沿墙摸壁到顾家花园门口,一跤跟头,立不起了。公子喊:“救命!救命!”顾安梦中听见,说道:“捉贼,捉贼。”刘金达说道:“不是贼,是落难人。”顾安点了一盏灯,一看不是本地人。公子说道:“我是湖广人,我来投亲。”问道:“你来杭州和谁结亲?"道:"奸臣因娒叫顾兰英。"顾安说道:"今朝勿对倷说穿么,倷要急个。公子,这里原是顾家花园。你顾家来,你夜饭阿啊吃?"公子说:"你个好人,我夜饭勿吃,刑罚吃饱了。"顾安说道:"我有口冷饭,咪咪酒吃吃。你不嫌整脚,也来吃一眼。"公子说道:"多谢恩人。"公子吃罢晚饭,顾安将他领到袍纱厅上搭床困觉哪!

公子困在榻床上,双抛珠泪苦伤心。

爹爹呀,你空养到我十八岁,哭罢五更到天明。

一更里来苦伤心,来到杭州城。顾家来投亲,哪知奸臣不认亲。啊呀! 哭到一更。

一更过了到二更,思想奸臣硬心伤。推出墙门,黑夜无光路难行,沿墙摸壁到园门。啊呀! 哭到二更。

二更过了到三更,三更里来想自身。园公搭救袍纱厅,二个大恩人,救奴一条命。啊呀! 我的天哎! 哭到三更。

四更里来想奸臣,想想奸臣勿该应。坏良心,拿奴用大刑。啊呀! 我的性命未知音。哭到四更。

四更里来到五更,想着爷娘早归阴。你可知孩儿受苦刑。啊呀! 哭到天明。

要说刘金达被顾奸臣推出墙门外,沿墙摸壁,一跤跟头,摸到花园门,到袍纱厅一张榻床上哭了一夜天哪!

园公搭救袍纱厅,公子就在榻床困。

太白星君来晓得,土地托梦顾兰英。

小姐半夜得一梦,梦见丈夫在袍纱厅。

再说兰英小姐困到半夜,梦见土地白发公公托梦。公公说道:"顾兰英,顾兰英! 你当心你丈夫在袍纱厅的一张榻床上,你到明天去相会吧。"兰英小姐醒来,想到梦见丈夫在袍纱厅上,小姐心惊肉跳。小姐困在床上翻来覆去,床上起来,楼板上咯咯咯响。惊动二个丫鬟,一叫个莲香,一个叫三快。为啥叫三快? 嘴快、手快、脚快,凑成三快。三快说道:"莲香姐姐! 困勿着哉!"急忙穿好衣服,走到楼上一望,天不晴亮,小姐为啥起身这么早哪!

丫鬟开口小姐叫,为啥今朝能早起来。

小姐呀,有啥事体对倷讲,丫鬟服侍勿来赛。

兰英开口丫鬟叫,今朝我要下楼台。

九岁到了楼上来,不知园里花果哪能开。

三快云:"小姐,你要下楼,游游花园,看看景致,只要通报老爷知道。"园中挂灯结彩,大摆筵席。小姐下楼,游览花园,看看灯。小姐思想:"如今要会公子,如果被父亲知道,事情就会勿成哉。"故小姐不响。谁知伶俐丫鬟莲香明白其中另有别情,忙说:"小姐游玩花园,不必挂灯结彩,不必备酒,恐夫人与老爷知道,就有三长两短。倒不如你我三人,清晨早起,悠悠静静,游览花园,散散心是了。"小姐思想,莲香确实伶俐。

莲香丫鬟好才情,扁担落地一条心。

三快丫鬟忙碌碌,一盆面汤送来临。

小姐梳洗已停当,参汤一碗当点心。

八样点心无心吃,一心一意会夫君。

未知公子身何样,梳妆打扮下楼厅。

青丝挽起盘龙吉,不用胭脂来装饰。

当头带只珍珠凤,耳套金环共一双。

手带八宝共金镯,满头珠光红与绿。

上穿天青绣花袄,下着绫罗百角裙。

白绫衣裤鸳鸯带,脚穿花鞋寸八分。

手中捏把描金扇,两个丫鬟紧紧跟。

行似百花风摆动,坐如观音一样形。

小姐打扮齐端正,犹似仙女下凡尘。

小姐即吩咐丫鬟:"我是难得下楼,你们打扮得标标致致,跟我下楼去游玩才好。"

丫鬟换衣来打扮,衬衫外面加背心。

腰束鹅黄花汗巾,八幅罗裙登脚跟。

主仆三人扮停当,轻移脚步下楼门。

荔枝街上来经过,桃园洞内到来临。

正遇春光景色好,桃红柳绿碧波清。

木香棚下来经过,芙蓉牡丹两边分。

海棠相对石榴树,九曲芝兰装几层。

沙粟相对秋葵树,天竺相逢水仙花。

兰花相映茉莉花,碧桃相遇紫薇花。

白莲相合紫金树,杜鹃相对绣球花。

菊花相对鸡冠花,凤仙蔷薇玉兰花。

山茶花和木樨树,玫瑰相对蜡梅花。

棕榈相对西湖柳,佛手相对罗汉棠。

万年青相对石棕树,金丝相对不老松。

石菖蒲相对十姐妹,荷花相对月月红。

荷花池旁金鱼养,绿秋亭靠北桥西。

玉石堆成仙人洞,朱藤栏杆映日红。

望南书院鲜花红,西边还有四十九棵大梧桐。

整个花园都看过,小姐开口说原因。

小姐开口喊道:"莲香,西园景致都看过,东院景致又是如何? 我今难得下楼,要去游玩游玩。"莲香说:"小姐,你坐在绿秋亭中耽搁一会,等我去打扫干净,然后请小姐过去。"小姐坐在绿秋亭中,两个丫鬟即去打扫。

两个丫鬟急急走,一直来到纱帽厅。

丫鬟抬起头来看,看见一个花子身。

三快看见榻床上一个人。啊呀! 一个烂皮叫花子,哪里来的? 困在我俚榻床上。啊呀! 这园公不用心,只晓得吃饭,不晓得管事。咳! 岂有此理? 我去报与小姐知道,把花子赶出去。园公要吃赤豆饭,不用他是了。

三快走路腾腾响,一步要跨丈把长。

飞步来到绿秋亭,报与小姐得知闻。

榻床有个叫花子,臭气醍醐实难闻。

小姐一听全知晓,默默无言不发表。

小姐说:"三快领我去看看。"小姐跟了三快,来到纱帽亭。远远一望,果然有个烂皮叫花子,困在榻床上。小姐吩咐三快:"你前去问问,他家住何方,姓甚名谁。"三快说:"小姐呀,这臭叫花子,问他干啥? 又勿搭俚攀亲? 好好的人,为啥要搭叫花子交谈?"小姐骂道:"你这小贱人,怎敢不去问?"三快心想:"我俚小姐勿痴勿呆,为啥见了叫花子要我去问? 今我吃她饭,受她管,只得前去问叫花子是了。"

千岁奴才一岁主,小姐就是我的主。

三快移步往前行,自言自语叹苦命。

吃她饭来受她管,我今只好把这事干。

且说三快就急忙跑到纱帽厅叫道:"烂皮叫花子,你家住何方? 姓甚名谁? "公子说:"什么? 你不叫我相公也就罢,我今不过穷了,身上衣衫破了,你等只重衣衫勿重人,倒叫我花子? "三快说:"你这个贼臭叫花子! 烂皮叫花子! 死叫花子! 要我叫你相公? 我里做官人家丫鬟,要叫皇后娘娘! 我去告诉我小姐知道,打死你这臭叫花子! "

三快丫鬟急急行,脚跟甩到背中心。

气急吼吼跑得快,绿秋亭中到来临。

三快便把小姐叫,大上其当走一遭。

三快说:"小姐,这死叫花子,我好好去问问他,他要叫我称他相公。岂有此理? 小姐赶他出去吧! "小姐说:"三快,这有何妨? 糙米一升,白米也一升。你就叫他相公,有啥关系? 又不坍面子。"三快说:"啊呀! 小姐! 你说的啥话? 这个讨饭胚,要叫他相公,勿坍台? 小姐你九岁上楼,如今已十七岁,八年未见过男人,如今看到这臭叫花子,要叫他相公? 我不叫他,要末你去叫他。街上的讨饭人比他好得多,你要叫他老爷了。你看到这死叫花子,要搭他攀亲哉! "小姐说:"你这个小贱人还了得! "就叫莲香,拿三快捆打三十大板。

莲香奉了小姐命,捆打三快小贱人。

手拿竹板来打下,三快打得好伤心。

要求小姐饶我命,叫他相公问他名。

小姐说她肯去叫,吩咐莲香放贱人。

三快放后急急走,眼泪纷纷向前行。

小姐实在真可恼,逼我花子叫相公。

三快来到纱帽亭,开言就把相公称。

家住啥州并啥县,尊姓大名说我听。

金达开口将言说,家住湖广姓刘人。

不是无名并小户,吏部儿子提督孙。

三快报与小姐听,果然公子到来临。

官家公子今落难,往后必定有功名。

我今骗走丫鬟女,我就好去会夫君。

吩咐丫鬟上楼去,两个丫鬟上楼门。

三快便叫莲香姐,小姐今日太痴心。

游游花园看看景,不该来到纱帽亭。

逼我花子相公叫,不该赠他雪花银。

天下花子无二样,冒充官家子弟名。

莲香叫声三快妹,你今怎知其中情。

日高三丈不动身,为何早早下楼门。

日日不想下楼门,偏偏今日下楼门。

听见夫人曾说起,小姐配与湖广人。

小姐是有神仙课,今日下楼会夫君。

为何花子相公叫,只怕就是姓刘人。

冒犯公子小姐怒,如今你我相公称。

不讲丫鬟一段话,再说小姐会夫君。

小姐走到榻床前,便把公子叫一声。

小姐问公子:"你家住何方? 姓甚名谁? ——说与我听。"公子抬头一看,见一位小姐十分稳重。千金口中问我,眼睛看我,此女往后定有夫人之位。她问我,对我总有好处,倒不如把我受的苦告诉她听一下。公子说:"小姐在上,听我讲吧!"

公子一一长短来说明,要请小姐听原因。

家住湖广荆州府,公安县里姓刘人。

祖父官拜为提督,父亲吏部侍郎身。

小生名叫刘金达,不是无名一般人。

杭州城里顾文学,云南布政是奸臣。

所生一个兰英女,与我小生结联姻。

我父为他被削职,气成病后命归阴。

父母双亲归天去,又遇强盗劫库银。

家中又遭回禄害,住在坟堂过光阴。

无处借到雪花银,杭州城里来投亲。

哪知文学黑良心,逼我堂前写退婚。

我不愿把退婚写,把我打入火牢门。

幸亏神明来相救,熬刑不过写退婚。

将我推出墙门外,沿墙摸壁到此来。

不知千金贵府门,冒犯小姐有罪名。

要求小姐开开恩,恕我无罪落难人。

小姐一听苦伤心,好像尖刀活取心。

双膝跪在地埃尘,两行泪珠落纷纷。

小姐含泪将言说,公子在上听原因。

你知奴是哪里人,就是你妻顾兰英。

夜见土地来托梦,今日下楼会夫君。

难得今朝来相会,天赐姻缘定成亲。

公子哀求来放我,黄泥盖面不忘恩。

刘公子说道:"我爬到三更时分,还是在顾家花园?"小姐说:"相公你且放心,我爹爹由大厅到此,有二里半路。今日下楼你我相会,我父亲哪会知道?"公子说:"多谢小姐一片好心,只怕我俩夫妻配不成功。"

我写退婚并手印,你我无法再配婚。

小姐便把相公叫,你今说话欠聪明。

只有快船两支橹,哪有一女配两夫。

没有功名先生做,先生娘娘是我身。

丈夫开店营生做,奴家愿意管店门。

即使做了种田汉,烧茶煮饭我当心。

即便做了行船人,奴家把舵后艄登。

你若街坊去求乞,情愿提篮后面跟。

有朝一日官来做,奴奴自然做夫人。

公子听说伤心苦,便把千金叫一声。

小姐勿嫌我家贫,我今死了也甘心。

倘然穷人无官做,害得千金受苦辛。

十磨九难真君子,勿磨无难怎成人。

如今落难奴害你,只要勤俭读书文。

十年窗下无人问,一举成名天下闻。

有朝一日金榜登,荣宗耀祖显门庭。

多少古人来落难,后来个个成了名。

吕蒙正落难破窑登,后做丞相在朝门。

刘知远落难偷鸡吃,后汉得位坐龙廷。

朱买臣落难樵柴卖,不贤妻子害夫君。

崔氏嫌穷另嫁张石匠,马前泼水两处分。

相公如今身落难,他日必定跳龙门。

小姐说:"相公,做妻子的想出一条门路,勿知相公准否?"公子说:"你有好路,我总依你。"小姐又说:"相公啊,我有一个寄父,住在涌金门外张顺庙前,姓王名培。他是黉门秀士。我来写封信,托顾安送你到王家去,调治服药,医好被烫坏的身体。然后好好读书,上京赶考,求取功名。"

我今现有雪花银,赠你相公读书文。

便叫公子休惹气,别理奸臣老父亲。

两人讲出真情话,梅香背后听分明。

相公虽然退婚写,奴奴仍是配夫君。

倘有功名来考取,勿忘奴奴一片心。

三快一笑问小姐,小姐吓得汗淋淋。

小姐回头来一看,两个丫鬟到来临。

丫鬟道:"小姐!花银、纸墨、笔砚齐在此。"小姐假意问:"公子,你是何人?"公子说:"我是湖广刘公子。"三快云:"啊呀!我丫鬟有眼不识泰山,原来就是我伲的姑爷,我丫鬟前来赔罪是了。"

三快跪在地埃尘,姑爷姑爷叫勿停。

勿知姑爷来到此,得罪姑爷罪勿轻。

要求姑爷开开恩,大人不和小人争。

公子开口将言说,二位丫鬟太多心。

吩咐丫鬟快立起,勿来罪你快起身。

三快即刻香茶送,莲香端出好点心。

各样点心不想吃,公子勉强饮香茗。

小姐即刻信写好,再叫顾安园公人。

再讲园公半夜留进公子,思想老爷忘恩负义,半夜没困,直到日高三丈,听见纱帽厅上很热闹,穿好衣裳,一直走到纱帽厅上,看见小姐。顾安忙双膝跪下。小姐云:"顾安,多谢你相留公子。"顾安说:"小姐,我昨夜吃酒喝醉了,忘了把花园门推上。不料姑爷到来,多多得罪,请原谅。"

顾安跪在地埃尘,姑爷连叫两三声。

公子连忙来扶起,多谢园公留我身。

小姐花银来取出,小小衣包打端正。

一封书信要带好,交与顾安一个人。

你送姑爷王家去,寄父家中读诗文。

顾安挽了公子手,公子立刻就起程。

小姐又对公子说,希望相公荣贵身。

有朝一日功名取,勿忘花园相会情。

小小包裹拿一个,二百两花银内中存。

多谢小姐赠我银,牢记小姐一片心。

快请小姐上楼去,拜别小姐大恩人。

锯解牛角分两路,小姐眼泪落纷纷。

天河割断相思地,牛郎织女两处分。

眼泪流干再流泪,断肠人送断肠人。

今日会见公子面,不知何日再相会。

快刀劈篾今分散,棒打鸳鸯两处分。

送君千里终须别,啼啼哭哭上楼门。

我今不说小姐事,再讲公子路上行。

顾安挽了公子手,匆匆向前一路行。

只为公子身上疼,慢慢移步街上行。

花街柳巷无心看,一直走到涌金门。

张顺庙前来经过,王家门首到来临。

　　且说刘金达来到王家门口,顾安问道:"门里有人么?"门公说:"顾伯伯,有何贵干? 我非为别事,有一信在此,相烦你送与老爷。"门公接信,走到里向,叫声老爷:"门外顾安拿来一信,交付于你。"王培拿到手拆开一看,原是寄女顾兰英写来的。

上写寄女顾兰英,配与湖广姓刘人。

只为公子身落难,特此投亲到杭城。

我父见他身穷苦,忘恩负义起坏心。

逼他堂前退婚写,下入火牢里面登。

然后送到马房里,松板上面钉铜钉。

熬刑不过退婚写,推出墙门由他行。

半夜摸进花园内,园公搭救纱帽厅。

土地托梦来相会,得遇相公姓刘人。

多谢寄父看女面,收留公子读诗文。

恐后投考得功名,勿忘大人一片恩。

王培书信来看完,急忙吩咐开正门。

门公便将正门开,迎接公子上大厅。

公子上前来接见,分宾落座叙寒温。

厅上摆起酒筵席,朝南坐下姓刘人。

饮酒完毕来停当,顾安作别转回程。

回到顾家花园内,回报千金顾兰英。

不讲主仆回复话,再宣公子在王门。

刘公子在王家香汤沐浴更换衣衫。王培配了好药,公子修养了半月多,身体痊愈。用功读书,专等南场乡试,取得功名。

正月梅花二月杏,桃三李四石榴红。

六月荷花透水放,公子读书在纱窗。

七月凤仙八月桂,九月菊花盆里装。

十月芙蓉孕小春,独坐书房学对仗。

十一月冬至日渐长,公子勤俭读文章。

十二月蜡梅似黄金,书声朗朗无比伦。

残冬过了又新春,元宵锣鼓闹盈盈。

且说王培吩咐家人,打扫厅堂,挂灯结彩,庆赏花灯。书房请出公子,饮酒看灯。又请夫人与小姐,一同坐下看灯。红灯澄亮,百样花灯,各式俱全。

公子坐在饮杯巡,看看红灯喜欢欣。

夫人珠帘看花灯,看见公子姓刘人。

公子品貌生得俊,眉清目秀好人品。

顶平额阔天仓满,虎背龙腰凤眼睛。

我家女儿来许婚,原配官人姓刘人。

夫人吩咐丫鬟女,堂上珠帘卷干净。

公子上前深深拜,拜见年高老夫人。

便问公子年几何,有无亲来未定亲。

金达开口将言说,夫人在上听原因。

小生今年十八岁,投亲来到杭州城。

岳父就是顾布政,兰英小姐配成婚。

幸亏小姐良心好,赠我银子读五经。

如今只因身贫苦,害了香闺女千金。

王培开口将言说,看你后来有收成。

我女名叫王秀金,一定配与公子身。

你今不必来推却,日后必定中头名。

公子开口将言说,大人听我说原因。

我是一个贫穷汉,难与小姐配成婚。

王培一听哈哈笑,果然公子好才情。

多谢大人拔举我,等我平步上青云。

又无年庚书和帖,亦无媒人怎成亲。

王培大人将言说,一言之下定为准。

丫鬟报与小姐听,千金一听喜欢心。

勿讲王家喜欢事,再宣朝中开考门。

大张皇榜高贴起,各州各府尽知闻。

公子禀告岳父母,我要上京求功名。

岳父堂前来吩咐,贤婿你去要当心。

未到夜来先投宿,一听鸡叫好动身。

在京不必多耽搁,有官无官早回程。

公子拜别抽身走,匆匆一路向前行。

且说刘金达上京求取功名,一路上受尽辛苦,到了京中,正当大考。三年文章精通,专等考期到来,即去赴考是了。

公子忙忙进京城,招商店内来安身。

一夜五更容易过,金鸡三叫天已明。

天下举子来聚会,各显本领跳龙门。

天子便把题目出,三篇文章齐完成。

五千卷子从头选,状元出在湖广城。

仁宗皇帝龙颜喜,爱卿相貌也非轻。

丈二红罗赐一顶,御手相挽坐金凳。

君王钦赐三杯酒,留住状元做先生。

伴皇主教小太子,不知何日出京城。

难把火坑仇来报,未知兰英可嫁人。

倘若恩妻被逼死,剥他皮来抽他筋。

状元思想心中恨,恨杀奸臣狐狸精。

心中大怒出口气,可惜耽搁在京城。

不讲状元心中事,再讲杭州顾兰英。

自从花园来分别,常想公子姓刘人。

送到王家来读书,秀金小姐配他身。

王家读书将一年,皇上开考上京城。

不知是否有官做,小姐思想苦伤心。

且说兰英小姐,自从与公子在纱帽厅相会分别,公子到王家去,即上楼每日焚香点烛,祷告神明,要保公子做官。小姐想到梦中境,神明说公子要做官,想得七昏八暗,就暗暗通诚天地神明,保佑刘金达一举成名荣贵是了。

小姐焚香谢神明,保佑公子早成名。

一炷清香入炉焚,拜谢西方佛世尊。

保佑公子身健康,一路到京尽太平。

二炷清香入炉焚,拜请一切众神明。

保佑公子得高中,一举成名天下闻。

三炷清香炉内焚,拜谢虚空过往神。

但愿公子官来做,威风凛凛转家门。

拜谢一番身立起,小姐思想怨父亲。

不该强逼退婚写,应该周济姓刘人。

不讲小姐心思想,再宣文学顾奸臣。

自从逼写退婚纸,朝朝欢乐拜神明。

一炷香,好神明,难得穷鬼上我门。

二炷香,拜神明,幸亏凑巧写退婚。

心中思想要赖婚,恰自投上罗网门。

我今若不叫他退婚写,害女一世误终身。

三炷香,拜神明,但愿穷鬼不超升。

愿他沿门来求乞,短见身亡见阎君。

画龙画虎难画骨,父女二人两条心。

奸臣拜罢身立起,坐在厅堂想自身。

老夫今年五十九,并无子嗣接代人。

思想年老无依靠,日后终身靠何人。

女儿今年十九岁,将女配与大乡绅。

官家子孙配一个,半子收成靠终身。

文学想罢主意定,便叫家人请媒人。

且说安童急忙去请媒人,媒婆到来,即拜见老爷,连称万福。文学道:"媒婆请坐。"媒婆说:"老爷喊我到此,不知何事?"文学道:"我一生并无儿子,所生一女,年已十九。要与我找门当户对,招一东床女婿便了。"

门当户对配一个,重重相谢礼非轻。

媒婆即便将言说,钱塘门外翰林身。

家中豪富人人闻,有孝在身来攀亲。

文学听说心欢喜,要将小姐另配婚。

厅堂议事多热闹,三快听得碧波清。

匆匆移步来得快,上楼通报小姐听。

且说三快走上楼去说:"恭喜小姐!"小姐道:"咳!你这小贱人,喜由何来?恭喜什么?"三快说:"听我说吧。"

状元夫人不能做,翰林夫人稳做成。

我在堂前亲听见,老爷将你配翰林。

小姐一听心大怒,爹爹无礼另配亲。

好马不备两鞍子,好女不配二夫君。

小姐眼泪如雨下,心中苦楚好伤心。

两个丫鬟来解劝,小姐在上听原因。

姑爷京中未回程,老爷配亲万勿能。

自然小姐夫人做,勿管老爷肯勿肯。

虽然丫鬟来相劝,小姐只是不宽心。

朝啼夜哭不住停,哭到五更到天明。

一更里,想母亲,母亲住在东楼门。

可知公子退婚写,丫鬟送信到来临。

媒婆到来说亲事,要把奴奴另配婚。

二更里,想父亲,枉为做官受禄人。

忘恩负义不该应,忘掉刘家救命恩。

父母忘记姓刘人，落难投亲到杭城。

三更里，想父亲，爹爹做官作尊深。

只生奴奴人一个，并无儿孙后代人。

我父亲，不该应，公子火坑受苦辛。

四更里，想神明，幸亏老爷有眼睛。

土地托梦奴奴身，相会我夫赠花银。

读四书，念五经，求取功名上京城。

又无音信到杭城，思想我夫好伤心。

五更里，想自身，我想前世作尊深。

公子在京如何样，将我另配别家亲。

奴改嫁，万不能，情愿一死见阎君。

哭到五更大天明，兰英实在苦伤心。

莲香走到楼门上，点心面汤送现成。

小姐床上抽身起，闷闷不乐不称心。

爹爹把我另配亲，我死不愿改嫁人。

千死万死总是死，奴奴不如见阎君。

兰英小姐一心要寻短见，要骗走两个丫鬟。小姐说："三快、莲香，你两人替我到街坊去买彩色绒线，我要绣花解解闷。"

丫鬟即便下楼门，二人匆匆向前行。

小姐见了丫鬟行，开了楼窗两扇门。

心中要想死路寻，箱中取出白汗巾。

眼望汗巾嚎啕哭，哭诉一番短见寻。

思想公子如何样，公婆阴司哪知情？

你养公子刘金达，落难投亲杭州城。

料想岳父收留他，哪知我父坏良心。

公子无法退婚写，黄昏推出大墙门。

黄昏摸到三更后，跌进花园里面存。

幸亏神明来托梦，奴奴相会纱帽厅。

我送王家去读书，一到京城无音信。

哭一声公来哭声婆，可知孩儿受风波。

奴是三贞九节女，决勿退婚再嫁人。

活在阳间刘姓媳，死后也是刘家鬼。

说罢望空拜几拜，如今要去见阎君。

一来拜，拜佛天，我俩夫妻难见面。

今日还可见妻面，日后梦里来相见。

到了京城已五载，为何一去不回来。

二来拜，拜母亲，难报娘亲养育恩。

十月怀胎娘辛苦，养儿防老靠终身。

今生不能将恩报，阴司保佑老年人。

三来拜,拜公婆,奴奴与你一同行。

讨我媳妇空挂名,不能进你姓刘门。

第四拜,拜夫君,与你不能来成亲。

前世烧香来了愿,半途相抛两处分。

第五拜,拜虚空,过往神明请听清。

但愿公子福寿长,奴奴死了倒也罢。

保佑公子得高中,身坐小轿转家门。

小姐拜罢双流泪,悠悠哭死又还魂。

汗巾打个活络结,悬梁高挂在楼门。

硬了头皮钻进去,板凳拿来垫脚跟。

忙将板凳来踢开,钻进圈子舌头伸。

可怜美貌千金女,顿时气绝命归阴。

要知小姐是状元夫人,命不该绝,故此有花园土地、家堂灶君忙忙碌碌,便将小姐托起。伶俐丫鬟也侪上楼,只见楼门紧闭,不知为何?三快捅开楼门一看,啊呀!不好了,千金小姐吊死了!

莲香吓得跌在地,三快吓得无章程。

三快急到东楼去,报与太太得知闻。

三快上楼高声大喊:"老太太,不好了,小姐吊死了!"

骗我二人上街坊,悬楼高挂一命亡。

夫人听了吃一惊,顿时跌倒地埃尘。

丫鬟立即回头行,三步改作两步行。

一时来到西楼门,就拿剪刀剪汗巾。

抱了千金床上困,就拿金钗撬牙根。

丫鬟连忙来接气,又拿姜汤到来临。

就把姜汤来灌下,悠悠苏醒转还魂。

我今一命归阴去,谁来救我苦命人。

这时老太太问女儿:"为何要寻短见?你房中还是少金缺银,还是丫鬟服侍不称心?今说给娘听听。"小姐道:"母亲呀,女儿不为别事,只为爹爹赖婚事,强迫公子写退婚。如今又欲出帖,另配别家,奴奴愿死不愿改嫁。父亲身为官府之家,还要赖婚,怪不得平民百姓要横行胡乱呀!"

夫人仔细听一番,上前相劝女千金。

你在香房休要气,我差安童寻找公子人。

爹爹将你另配婚,为娘做主七八分。

夫人交代丫鬟女,陪伴小姐上楼门。

小姐心中很烦恼,公子京中不回程。

未知可有官来做,要请先生算一命。

乱落小姐房中话,夫人要把气来寻。

夫人赶到厅堂上,见了文学老奸臣。

扭住奸臣拳头撞,今日搭你拼一拼。

忘恩负义良心丧,不想刘家救命恩。

厅堂逼婿退婚写,黑夜推出大墙门。

你的女儿重婚配，楼上千金得知闻。

今朝女儿寻短见，辛亏丫鬟救还魂。

倘然小姐救不活，半子收成靠何人。

快快寻回刘公子，万事全休不多论。

顾奸臣被夫人逼得无法，说："夫人，你且放心，我保证寻还公子。我差两个安童，带二百两银子，各处寻访。"夫人听了才即放手。奸臣暗想："公子已走了几年，今要还公子，如何是好？今公子也不知去向，怎找得着？"

丫鬟上前来解劝，挽了夫人上楼门。

厅堂夫妻闹一场，小姐听了喜欢心。

不讲顾家家中事，再宣公子姓刘人。

公子思念兰英姐，一别至今六年整。

如今要到杭州去探访，冤报冤来恩报恩。

今讲刘金达奏上君王："启奏万岁，臣蒙圣恩，钦点状元。今已伴王三年，教太子三年，共六年，未曾回家祭祖。"君王准奏，敕赐爱卿回家祭祖。状元谢恩，高呼"万岁，万岁，万万岁！"

君王就把爱卿称，封你十三省巡按职。

钦赐一把尚方剑，先斩后奏不非轻。

乌纱帽上金花插，锦绣红袍簇簇新。

满朝文武来相送，走行百步出朝门。

肃静回避前头走，金瓜钺斧两边分。

状元及第牌两面，金锣提刀向前行。

代天巡守四个字，刽子提刀两边分。

连放三个狼烟炮，急急开船来动身。

奉旨旗号来扯起，大小官员送大人。

逢州即有州官迎，到县就有官来接。

风送官船来得快，来到杭州一座城。

状元船上来吩咐，将船靠上码头停。

巡按大人吩咐手下，将旗落下，自己更换衣衫，扯起上山进香的旗。官船改为香船，我要上岸一走，不可走漏风声。

大人吩咐忙奉命，两班左右不住停。

黄罗伞来飞虎旗，行牌职事收朝廷。

改作香船无二样，大人扮好上了岸。

头上不戴乌纱帽，身上不穿大红袍。

腰里解下白玉带，脚上脱下粉底靴。

头戴一顶逍遥巾，身穿一件破海青。

小小衣包背一个，大人即便向前行。

一路匆匆行得快，顾家门首到来临。

想起六年前情事，原到花园门首存。

巡按就把算命喊，三快听见喊算命。

三快心想，我家小姐天天要想算命，不见先生来。今有算命先生在花园门口经过，我去告诉小姐，问小姐是否要算命?

三快说与小姐听,算命先生在园门。

请他进来算一命,算算公子姓刘人。

小姐吩咐丫鬟女,去请先生来算命。

三快请了先生来,端张椅子先生坐。

巡按大人楼下坐,三快即上楼通报小姐说:"先生坐在楼下,小姐你还是下楼,还是请先生上楼?"乃小姐说:"我若下楼,就坍了闺门之体;若请先生上楼吧,又是男子不入堂楼。倒不如我说了公子年庚八字,你请先生在楼下算算吧。我在楼上也听得清。"三快道:"你把公子年庚说与我听,去叫先生算。"

小姐开口面通红,说出年庚八字同。

公子今年廿四岁,三月十五子时生。

三快答应我晓得,将身移步下楼门。

巡按坐在堂楼下,心中思想吃一惊。

算我自己倒还好,若是小姐算不准。

三快来到先生身,八字说与先生听。

男命今年二十四岁,生日忘记干干净。

三快走下楼来,叫声先生:"现将小姐年纪告诉你听:今年二十四,生日时辰全忘了。男命也是二十四,三月十五子时生。请你算吧。"

三快就把年庚说,先生在上听原因。

男命今年二十四岁,三月十五半夜子时生。

女命也是二十四,生日时辰统忘记。

算命先生说是白天还是夜里? 三快说:"我弄勿清。请你算吧!"巡按道:"日里夜里你不讲,我猜不着。"三快说:"我来对你说:男命二十四岁,三月十五日生,姓刘,时辰不误,你去算吧!"先生一听,哈哈大笑,心想,这个丫头可笑极了,让我弄点生活她做做吧。先生叫道:"快来,快来,那末你的好时辰忘在哪里?你去寻寻看。"三快一想,不知楼梯脚跟头一绊,跌落了吧。三快只得到楼梯下去寻,看到一只鞋子。三快道:"先生,勒里哉。"先生道:"啥个时辰?"三快道:"子时生的。"先生道:"幸亏叫你去寻,寻到最好。今听我算来。"

巡按大人笑盈盈,原来算的自己命。

做事像来装得像,假意来把指头捏。

先生挑定八个字,此命原来好收成。

论起年庚生下来,必定官家好出身。

男子难逢七八九,女子难逢一二春。

文曲星官来坐命,读书聪明胜先生。

四书五经皆通晓,进场文章中头名。

五行金木水火土,十二岁上进学门。

十三岁上交天煞星,攀亲隔府隔县人。

十四岁交着披麻星,早克父母两大人。

十五岁交着破财星,安童使女逃干净。

还有飞来大煞星,强盗要来劫花银。

十六岁交着落堂运,二重回禄命该应。

不半年又交磨柯运,身住坟堂受苦辛。

十七岁交着劫杀星,要做离乡背井人。

命内犯着火烫星,龙德星来解厄运。

脱落灾星交好运,夫妻相会命中存。

命中还交天财星,得看妻财帮夫运。

十八岁交着青龙星,还有千金来配婚。

上京去考得功名,先中解元连上升。

十九岁交着文曲星,状元及第中头名。

年纪将交二十春,紫薇星爱上了状元身。

廿一岁上进将星,时时在朝伴君王。

廿二岁交地解星,太子将逢难脱身。

廿三岁上星宿现,太阳星高照状元身。

廿四岁交六大运,御手相挽坐金凳。

奉旨还乡多威严,代天巡守管万人。

今岁红鸾天喜星,夫妻团圆过光阴。

今说巡按大人算到二十四岁,往后没法算了,未知吉凶如何？心中想,古云:"算命勿算好,命钱何处讨。只好再说几句好话便了。"

廿五岁到三十五,十年大运过光阴。

三十五到四十五,一路平安稳前行。

七十五岁寿元根,两子送终好收成。

算命先生算得准,小姐听得喜欢心。

小姐心中多疑惑,料想公子转回程。

公子在京官来做,算命先生活仙人。

取出铜钱三百文,吩咐丫鬟送先生。

先生作别忙动身,匆匆一路向前行。

豆腐店里来经过,豆腐店里喊算命。

今说豆腐店走来一位女娘娘道:"算命先生,人人叫你王半仙,到我家里来算一个命。我今朝豆腐、百叶卖不掉,命运不好。"算命先生说:"我一天只算一个命,是准的。若算第二个,就不准了。待我明天再来算吧。"娘娘道:"那末明日望你代我来算命,不能失约便了。"

巡按哄骗女佳人,一路匆匆向前行。

眼看四面无人在,算盘甩得粉粉碎。

一来察访顾奸臣,二来探我贤妻身。

大人算命不去讲,来到官船里面存。

纱帽红袍齐穿好,人马职事乱纷纷。

大人吩咐来摆道,今朝要进公馆门。

肃静回避前头走,半副銮驾后边行。

巡按身坐八人轿,三声炮响就动身。

今说巡按大人公馆,为督察衙门。大人走进了大堂,吩咐衙役,待我拿文房四宝来。大人写了大红帖子,差了中军官去请顾布政大人来吃酒。中军官答应说:"晓得了！"

中军接帖就起程,来到顾府大墙门。

门公一见惊呆了,口叫老爷且慢停。

待我进去投帖子,通报我家老爷身。

门公来到厅堂上,看见文学老奸臣。

开口就把老爷叫,中军请你到公厅。

奸臣接帖来细看,看了帖上吃了惊。

姓刘帖子来请我,为了退婚一段情。

奸臣吩咐门公听,说我老爷到来临。

中军一听回家转,匆匆一路转回程。

不讲中军回程话,再宣布政一个人。

只为我前年瞎了眼,逼他堂前写退婚。

今日如何见他面,去是有路转无门。

巡按就是刘公子,我的性命活勿成。

奸臣心中来思想,听凭生死若何能。

文学只得走上轿,两个安童后头跟。

一直来到辕门首,炮响三声鬼神惊。

将身挨到大堂上,文武官员左右分。

奸臣跪在尘埃地,大人连叫二三声。

且说顾文学跪在大堂上,叫:"大人在上,顾文学来叩头。"巡按道:"老奸臣,你抬头来看!"文学说:"大人在上,老犬不敢抬头。"巡按说:"恕你无罪,你抬起头来,认认我是何人?"

奸臣即便把头抬,看见巡按就吓呆。

两班皂快分左右,当中独坐活阎王。

红衣手对捆绑手,刽子提刀吓煞人。

文学吓得索索抖,饶我一条老狗命。

老犬下次再不敢,总不欺贫想赖婚。

巡按大人心大怒,忘恩负义老奸臣。

要我今日饶你命,依我三件大事情。

顾说:"大人,哪三件?我老犬总依你。"巡按云:"一要将三斗三升铁梭角烧红后在你身上左右滚三滚。二用松板一块铜钉四只钉在磨坊。三要着实重打五十大板。"顾说:"我年老之人哪受得这刑罚?求大人饶命!"巡按说:"你这老奸,你年老受不了,我十七岁书生倒受得起?"即吩咐左右,将这个老奸,绑出辕门斩首是了。

左右齐应似狼虎,刽子手提刀斩奸臣。

浑身衣衫剥干净,麻绳捆得紧腾腾。

奸臣绑到法场上,眼泪汪汪好伤心。

不怨天来不怨地,只怨自己瞎眼睛。

不讲文学伤心事,再宣安童报信情。

回到家中忙通报,报与夫人得知闻。

姓刘做官回家转,要杀老爷一个人。

如今绑在法场上,刽子手提刀要杀人。

夫人吓得魂不在，走到西楼见千金。

小姐连忙来迎接，接进母亲坐定身。

夫人便把女儿喊，公子做官到来临。

今日要来将仇报，请你爷去饮杯巡。

如今绑在法场上，女儿想法把父救。

父亲也有这一日，冤仇相报理该应。

兰英小姐心内想，又喜又怨老父亲。

怨的父亲法场斩，喜是公子为公卿。

父亲单生我一女，小姐思想救父亲。

写封书信送夫君，轻轻磨墨浓浓写。

轻轻落笔重千金，上写兰英亲笔写。

拜上公子姓刘人，父亲当初瞎了眼。

逼写退婚害公子，却为我身一个人。

忠臣只是忠臣子，瓲落当初旧情分。

要求公子来松绑，开恩放转我父亲。

奴奴日后来赔罪，劝你前事来瓲开。

一封书信来写好，交与家人送夫君。

家人拿信匆匆走，走进巡按公馆门。

家人急忙来呈上，巡按接信看分明。

大人一一从头看，吩咐中军听原因。

与我来把文学放，法场松放岳父身。

奸臣双膝忙跪下，拜谢大人救命恩。

磕头好像鸡吃米，饶我性命勿忘本。

我是当初无道理，得罪贤婿罪勿轻。

我的老眼又昏花，有眼无珠勿识人。

我在厅堂来吃酒，贤婿到来不知情。

顾说："贤婿，你那年到了我家，那时我喝醉了，昏了头，一时差了。酒醒后悔迟了。后我差十三个差人，带了五百两银子各处寻你，找寻不到。至今已六年余了，音信全无。幸亏苍天有眼，保佑了。"巡按大人说："岳父，选个吉日与小姐成婚了。"顾说："我老人只有一个女儿，你俩婚后，我老要靠她。"巡按说："岳父大人，我上京求取功名，幸亏得中状元，伴皇三年，教太子三年，共六年。今日回来，难道我也多饮了几杯酒，喝醉了？"

文学劝婿你且听，大人莫作小人真。

从前事情休提起，到我家中饮杯巡。

巡按又写大红帖，要请王家岳丈身。

差了中军人一个，即刻来到王家门。

请了王培恩岳父，要到顾家饮杯巡。

巡按坐了八人轿，文武官员送行程。

行牌职事前头行，金锣开道闹盈盈。

代天巡按四个字，威风凛凛真惊人。

兵壮红衣捆绑手,刽子手提刀吓煞人。

敕赐尚方剑一把,大红罗伞轿前行。

军校衙役无其数,吆五喝六闹盈盈。

杭州城里净街道,巡按行香摆道行。

一程来到顾家门,号炮三声开正门。

巡按大人到了顾府,大开正门接到厅堂相见。岳父分宾主坐下,香茗一杯,略述寒温。外边报道:"王老爷送亲来了。"巡按接王岳父到厅堂坐下,薛氏夫人迎王小姐后厅坐定,吩咐丫鬟到西楼去请小姐下楼陪坐。又吩咐大摆筵席。顾说:"王年兄,你的千金与我家小姐就在舍下择吉日与公子成婚吧。"顾即吩咐家人打扫厅堂,挂灯结彩。安童奉命,忙忙碌碌,开始打扫去了。

内外厅堂挂红灯,喜事重重闹盈盈。

厅堂饮酒多热闹,大人沐浴换衣裙。

二位小姐也打扮,沐浴换衣做新娘。

小姐打扮端端正,好像仙女下凡尘。

一个好像孟姜女,一个好像王昭君。

夫妻三人来参拜,洞房花烛结成亲。

诸亲邻友回家转,巡按送客把礼行。

夫妻三人不多说,不觉鸡叫大天明。

巡按一早就起身,夫人梳洗吃早饭。

兰英小姐相公叫,你到京中不回程。

爹爹将我另许亲,悬梁高挂一条绳。

幸亏丫鬟母亲救,奴奴命该做夫人。

状元开口将言说,我妻你且听原因。

我到京里身及第,君王爱我留京城。

我要回家辞不得,所以耽搁到如今。

纱帽厅上来相会,一别已过五六春。

我今私行来察访,花园门口喊算命。

丫鬟听见忙来请,算命先生是我身。

你在家中多烦闷,特来望望恩妻身。

略讲几句夫妻话,我要思想转回程。

状元想回家祭祖,即告禀岳父。顾即吩咐安童备了船与祭礼,然后状元与两位夫人,一同下船。

文武百官来相送,放炮三声开船行。

顺风推舟来得快,到了湖广一座城。

合府官员忙迎接,迎接状元转回程。

到了家中祭了祖,随即下船到苏城。

阊门脚下饭店里,拜谢店里小主人。

拜谢后再船来乘,顺风一路向杭城。

状元思想前情事,一心修道办前程。

修了三年六个月,上方金星要试心。

太白金星来下凡,变作贫僧一个人。

状元夫人发慈悲,广斋僧道救济人。

初一月半斋和尚,逢七初三济道人。

若逢冷天施寒衣,黑夜之中点路灯。

两位夫人生三子,后来个个为公卿。

修行圆满成正果,年方八十上天庭。

劝君莫做欺心事,莫跟文学为奸臣。

有劳大众开珠数,念得弥陀盖盖经。

皇封宝卷

此卷出在明朝嘉靖皇帝年间,风调雨顺,国泰民安。江苏苏州府吴江县城里有一家人家,姓张名金,夫人范氏。夫妻同庚,四十有余,所生一子,取名贤文。越长越大,聪明伶俐,到六岁送入学堂读书。才貌双全,人品端正,进学之后日夜用心读书习字,胜过先生。《四书》读完又读《五经》,接下去再读古文。学生勤恳习字,不觉光阴匆匆,日月如梭,年方十三岁了。聪明伶俐,欲往科场考取功名。急忙拜别双亲,拿了行李盘缠而去了。

考场日期要进京,路上行程风送云。

顺风相送容易到,皇城就在面前存。

招商店中客寓歇,来朝就要进场门。

考场结束拜师恩,张贤文进场第一名。

取了解元回家转,祭扫坟墓拜祖灵。

张贤文仍在家中文章谈,不觉年交十六春。

再说张金所生一子,欲意与子成婚,娶媳徐氏,居住本城。南门外徐员外名克富,院君范氏之次女。家中巨富,只为无子。所生两女,大女名兰福,次女名兰英。长女配与姓陈大昌,现任知府。次女配姓张贤文,夫妻同庚,今年十六岁。过了一年,正是一门欢乐,侍奉双亲。光阴迅速,哪知双亲年高,身受重病,张贤文心中十分悲伤也。

双亲夫妇病在身,看了病势不改轻。

服药求神全无效,两位年高赴幽冥。

张贤文大哭伤心处,顷刻哭死又还魂。

兰英新娘也痛哭,办事殡殓上丘坟。

父母二人过世了,日不安来夜不宁。

张贤文夫妻同守孝,心惊肉跳又烦恼。

一班奸臣来诬告,眼前大事不非轻。

再说朝中出了一奸臣,商量说道:"张金在朝,为官极清,我们吃苦。难得今已去世,他家金银宝贝充足有余。"奸臣心想诈他一诈:"我今假传圣旨一道,将他家私,尽行抄出,骗走便了。"立刻差了几十个兵将,到吴江县城里张家。晚上便去抄家了呀!

合府家人都吓死,凶徒光棍诈金银。

多余人命无料理,卖田去地验尸身。

又遭回禄无情火,吓死夫妻两个人。

旧有房屋都烧净,寸木砖块不能存。

张贤文思想无好处,要寻短见命归阴。

再说娘子说道:"相公呀!你是堂堂一品丈夫,何出此言?"张贤文说道:"夫人呀!前日家中财富有余,亲友甚多。现在家中贫苦,无人照顾。况且我是官家之子,求别人家无用,不如早早归阴,我也甘心啊!天呀!看来我张贤文之命数应该绝了。"徐氏夫人说道:"相公呀!待奴去到父母家中略借银钱回来,可以度日。倘然日后能够功成名就,就是光耀张家门庭啊!相公呀!你去到祠堂里面安歇,我到爹娘家中,求借银钱便了。"

且说兰英别了夫君往外走,单身独自上路行。

张贤思想妻子路上苦,徐氏兰英想夫受灾星。

一把眼泪一头走,看看来到爹娘门。

究竟我是徐家女,原是父母嫡亲生。

思想丈夫身落魄,只怕运道不济总是难。

左思右想无摆布,少吃无穿哪里来。

我想夫妻不是今生定,五百年前结为姻。

诸亲朋友无人到,可怜夫君难做人。

我想今日无柴米,特去相请爹娘借花银。

只得去见爹娘面,恐怕父母不重情。

我想丈夫住在坟堂里,饥寒饿冷未知音。

如今落魄无奈何,待奴揩干眼泪身站定。

走到檐前徐府门,门公通报内边听。

再说徐克富恰好和大女婿在那边饮酒。忽见门公报进来道:"老太爷,外边二小姐回来了。"徐克富说道:"大女婿有事在此。"门公走出去喝住兰英:"你姐夫在厅上饮酒,你身上衣衫褴褛,快点在墙门角落里躲闪一时。待他回去后,再见父母。"兰英听到了,想:"啊哟,不好了。"泪如雨点,想道,"只是我个落难之人,无可奈何。"只能将身躲避,待等姐夫上轿而去,再见父母了。

轻轻移步到厅堂,告禀父亲苦事情。

兰英小姐跪下尘埃地,口叫爹爹老父亲。

苦命女儿今落魄,连遭八难做穷人。

想在出嫁时光比他富,却不知今日怎样能。

一年上头公婆起了病,心神恍惚不安宁。

求神问卜全无效,日日病重在床困。

请医服药不见功,日夜不安心里忧。

公婆大人归阴府,苦煞我夫妻两个人。

一日朝内出了奸臣害,拿我家财抄干净。

吓死家人人两个,两条人命无摆布。

朝内出了奸臣贼,抄我家财不该应。

连遭回禄无情火,烧得半点不留存。

丈天身体无住处,坟堂里面去安身。

现在女儿来贵府,逐件事情告父听。

恳求父亲来相助,改日加利送上门。

徐克富听说火直喷，口骂穷鬼贱人身。

我亦勿曾来吃穷你，为何来扰我家门。

女儿出嫁心乩落，各门各管度晨昏。

腊月残冬十二月，仓廒银库早已封。

只有放在外面归转来，如今哪有放出门。

穷鬼若再多说话，拿根门闩打出去。

古人云，穷人说话无人信，有铜钿人家撒个屁侪来听。

贫穷富贵前生定，欺穷重富不该应。

贫不失信最要紧，富不癫狂是古闻。

人手难拿镜子里钱，渴时井中水难饮。

万般宝玉藏深石，饥饿无来命难存。

再说兰英见父亲如此光景，欺穷重富，心如刀割，腹如乱箭射心呀！只得向父亲哀告："爹爹！我是你的亲生女呀！爹爹呀！奴今日哀求你看在骨肉之亲的份上，借些给我，譬如行个好事。爹爹呀！倘然我丈夫得中状元，上任后也是光耀门楣。常言道：'人不可貌相，海水不可斗量。'父亲呀！"

常言道瓦爿也有翻身日，困龙也会上天庭。

徐克富出口将女骂，骂你妖娆下贱人。

穷鬼若是身得中，除非黄狗出角变麒麟。

穷鬼若是高官做，除非东洋大海起蓬尘。

穷鬼若是高官做，除非晒干咸鱼跳龙门。

穷鬼若是有官做，除非西天日出照红尘。

穷鬼若是高官做，除非礼部堂上断人行。

曲鳝哪有成龙日，除非老虫身上好骑人。

如是你夫身及第，徐克富情愿拜到张家门。

帮你丈夫撑黄伞，跪叫张爷奶奶身。

再说徐兰英被父亲说了重话，默默无言，只得嚎啕大哭。徐克富看见女儿啼啼哭哭，无休无止，便叫住女儿："不必啼哭，我有妙计在此。你们夫家贫苦倒不如另寻一家门当户对，岂不两全其美也！"兰英道："爹爹呀！你说出此言，枉为父亲也！"

兰英小姐听说心不悦，犹如乱箭射肝心。

爹爹枉为年高寿，说话不如三岁人。

我是你家闺门女，爹爹面上少光明。

古云只有好船摇两橹，那有好女配双夫。

夫妻不是今生定，五百年前结为亲。

宁可随夫饿死心情愿，不做忘恩负义人。

爹爹枉为年高寿，言语之中忒欺人。

我今当你年长辈，今朝欺穷重富不该应。

话说徐克富被兰英小姐说得怒气冲天，便对兰英说道："你快快去做夫人罢！"于是将她赶出门外，道："不要在此，坏我门风。"父女二人正在一时争闹不下，兰英道："父亲呀！你今怎的说出这番胡话？"幸亏春喜丫头走出来，劝住二小姐："不必啼哭悲伤，让我春喜走到香阁内去，通报奶奶知道。"春喜走进后叫一声奶奶道："正是小姐来了。"奶奶说："可是大小姐来了？还是轿来的？还是船来的？"春喜道："就是二小姐来了。二小姐说家内穷苦,张相公仍在家中读书,缺少盘缠,故来略要借些银钱。"范氏听说了,道:"代我去告诉她一声,不必到房内来见我。"春喜丫鬟走出来,心生巧计,便叫道:"二小姐随我进房来,拜见母亲便了。"

> 双膝跪下尘埃地,小姐拜见叫母亲。
>
> 拜见娘亲双流泪,范氏夫人面泛青。
>
> 爹娘不存归阴府,舍要你来眼前拜灵魂。
>
> 马上揩干眼泪说事因,从头至尾说母听。
>
> 几次不幸遭大难,不孝女儿薄命人。
>
> 公婆两人归阴府,家私官抄一旦无。
>
> 攀亲时光多豪富,进门之后有灾星。
>
> 连次颠倒家中事,顷刻家内全无半毫分。
>
> 墙倒壁塌无处住,坟堂里面住安身。
>
> 我到双亲门上来求借,丈夫家内读书文。
>
> 倘然我夫身荣贵,加利送还给你们。

且说范氏夫人开口就骂:"你个贱人!你来气死我也!况且今朝十二月廿四哉,仓廒米谷封好廿四库。金廿四库,银廿四库,早已封好。只有归进来,哪有放出门?金银财宝不通用哉。真真白日做梦!你是穷鬼还有出头之日?倒不如叫他还了庚帖,就要打个离书手印,再配一个好好的人家罢。"

> 兰英听说双流泪,爹娘一样欺穷人。
>
> 穷人只好无妻子,如同放屁不像人。
>
> 枉在世间奶奶叫,何不与爹两相分。
>
> 穷苦夫妻皆自命,也是爹娘配我身。
>
> 勿怨天来勿怨地,只怨爹娘欺穷重富不该应。
>
> 只为前世未修好,今生受苦做穷人。
>
> 爹娘年老无后代,譬如公婆早归阴。
>
> 我夫有朝一日能出头,笑笑我爹娘二双亲。
>
> 范氏听说心发火,便叫丫鬟打贱人。
>
> 快去从夫夫人叫,不要来到我家门。
>
> 你若凤冠霞帔带,如非黄狗出角变麒麟。
>
> 不说借长与借短,勉强当你明朝行。
>
> 今朝若来借给你,后来惊扰我家门。
>
> 今朝借着明朝到,铁做街沿踏变泥。
>
> 大女婿到家胜如亲生子,我是上门好比陌路人。
>
> 让奴兰英说向母亲听,常言道皇帝也有草鞋亲。
>
> 奉承姓陈知府官,看落我兰英嫡血太欺心。
>
> 奴自回家无好日,再不来到你家门。
>
> 姓张若无官职做,永生永世不到姓兰门。

再说伶俐丫鬟春喜说:"奶奶呀!当初吕蒙正拾柴泼粥住在破窑中,后来高升,天下闻名。做人满饭好吃,满话难说。日后张姑爷高升得中,倘然中了状元头插金花,身骑白马,前呼后叫。夫妻二个,一步一摆,来到姓张的墙门口。不是我春喜说,老太爷,老太奶,只怕后来要借起来,嫌迟了呀。今天先稍微借给他们一点,就是银子也罢,米也罢,给她带一点回去,行个方便。"范氏骂这丫鬟多说话,手拿门闩道:"把春喜和兰英一齐打出去房门去哪!"

　　门闩打出两个人,春喜丫头后头跟。

　　送出小姐外面等一等,春喜仍旧求告夫人听。

　　借她钱米回家好救济,胜似南海把香焚。

　　夫人听说心不悦,仍旧要打丫头身。

　　春喜打得哀哀哭,眼泪汪汪劝夫人。

　　库内金银多多有,稍微借点小姐身。

　　不肯借她我勿服,情愿打死丫头也甘心。

　　倘然张家来发达,也是夫人骨肉亲。

　　夫人听说呆思考,且行方便救饥贫。

　　吩咐丫鬟廒内去,陈黄糠三斗借他们。

　　且说春喜说道:"夫人呀! 黄糠勿是张姑爷吃的,而是喂鸡的糙粞罢了。"夫人就骂道:"小贱人呀! 要么你来做主吧!"春喜道:"夫人千岁呀! 奴婢一岁。"夫人道:"你就去拿一只斗来,走到殿门前角落里。拿陈黄糠三斗出来。春喜呀! 你勿要称了新糠出来,新糠要卖给别人家猪吃的。春喜你对她说:'拿了糠放磨子里牵一牵,再拿细绷筛一筛,做好仔个团子香喷喷的,好吃得来。'春喜呀! 你对她说:'不是爷娘心肠硬,以后不可再来打扰我们了。'"

　　春喜拿糠出墙门,只叫小姐听原因。

　　你娘铁打心肠硬,下次切莫再来临。

　　我今借得糠三斗,哪能交与相公吞。

　　你拿黄糠来藏好,日后拿糠作证明。

　　兰英小姐见糠身气昏,顿时跌倒地埃尘。

　　春喜拍醒还魂转,叫声小姐放宽心。

　　春喜七岁烧火今十六,采谷剥米到如今。

　　留得白米三斗大,又留铜钱八百文。

　　我把钱米来相送,好帮相公度朝昏。

　　要劝姑爷休烦恼,又劝小姐且放心。

　　兰英小姐说道:"采谷剥米功德无量此恩难报,不敢受领。"春喜说道:"不妨,日后若是相公高升得中,我春喜来侍奉相公小姐便了。"

　　兰英口中言多谢,接了钱米转回程。

　　春喜爱怜小姐身,送往奉陪路上行。

　　丫头挑担前头走,小姐缓步后头跟。

　　一头谈讲伤心处,将近走到坟堂门。

　　却说张贤文在坟堂内绝粮三日,饿得眼花缭乱,眼泪汪汪,两耳好比雷声音响。徐氏妻子现在岳父家求借,不见回来。"啊哟! 天呀! 不知徐氏现在生死如何。啊呦! 恩妻受我一拜,不能保全你了。"只得悬梁高挂。兰英与丫鬟二人走到坟堂一看,马舍门户闭上,连叫几声,无人答应。阿哟! 不好了! 春喜只得捐门而进,徐氏看见相公自寻短见,吓得魂不附体,便喊:"春喜! 不好了,相公要自寻短见!"吓得春喜冷汗淋身,慌忙解下绳子。二人急喊:"相公! 相公!"张贤文悠悠转醒,还阳了。张贤文睁眼一见妻子,两泪双抛。

小姐就把相公叫，为何自悬上高梁。

张贤文回答贤妻道，如何度日过时光。

虽有亲朋无照顾，见你整日不归堂。

左思右想无好处，不如早死见阎王。

便问妻子娘家去，许多钱米借回来。

兰英听说回言道，铁打心肠我爹娘。

不借银钱尤还可，逼奴改嫁富家郎。

春喜把奴娘亲劝，借给奴三斗陈黄糠。

张贤文听见妻子话，两泪双流索珠能。

一口怨气声不响，昏死过去又还魂。

那时春喜说道："姑爷你不必悲伤。"兰英说："相公呀！你十年积下满腹文章，一定可以成就功名，待等开考，必然登科及第。"春喜又叫："姑爷呀！你要尽心用功。倘有缺少盘费，不必忧愁，问我春喜要便了。"

春喜辞别回家转，兰英小姐连忙送出门。

多谢你恩不能报，只得拜你妹妹赛嫡亲。

春喜见说称言重，依然侍奉小姐身。

兰英春喜二人跪，撮土焚香拜愿心。

我今与你姊妹称，赛过嫡亲一母生。

拜罢将身来立起，回身又到姓徐门。

兰英就对丈夫说道："今后好了，春喜与我结拜姊妹，度日盘缠她来周全。倘然相公金榜题名，她的终身要靠托，这是报她的恩德。"张贤文说道："你不可害她的终身。阿哟！贤妻呀！你今被我害得如此，不可再害春喜了。"张贤文心中暗想，不知自己生死如何，免得再害一人了。

张贤文思想无好处，不可将她害终生。

宁可让我寻短见，报答兰英春喜身。

骗了妻子归房去，推说我去读书文。

张贤文在外焚香烛，祝告祖先空灵神。

子孙落魄无可奈，香烟却要断除根。

张贤文暗怒双流泪，有了冤事不能伸。

要别双亲灵前拜，枉有孩儿空挂名。

今日要与双亲同一处，同到九泉路上行。

黄泉路上来等我，鬼门关上一同行。

拜告一番来上吊，悬梁高挂一条绳。

呜呼一命黄泉路，顿时天黑路难行。

鸦鹊云中悲啼叫，昏天黑地半时辰。

好个文曲星君来下界，今日归阴有救星。

张贤文三字不该绝，天差潘义救星人。

且说一个卖糖老公公姓潘名义，孤单一人做卖糖生意。少年之时，与张金结为好友之情呀！今日清早出门，就在张府宅边经过，顷刻之间，天昏地暗。潘义说道："不幸张金好友去世，今日落雨，在此经过，待我去望望秀才看。"一来躲躲雨。走进坟堂里面，看见张贤文悬梁高挂，舌头伸出，眼睛闭了。吓得潘义糖担尽打翻。"啊哟！"大喊一声，兰英听得连忙赶出，跌进书房里面，解下秀才拍了拍，拿姜汤灌下。张贤文此刻渐渐醒转,只听得三人放声大哭,泪如雨下。潘义说道:"官人呀! 与何如此寻短见?"张贤文道:"阿哟! 恩公呀! 贤妻呀! 我对你们说了罢!"

　　张贤文说与潘公听,我家穷苦不堪闻。

　　无钱难去功名赶,岳父家中求借不通情。

　　不借钱米犹是可,要逼我妻改嫁婚。

　　欺穷重富不该应,陈黄糠借着是三斗。

　　幸亏丫鬟心慈善,暂救我穷人张贤文。

　　采谷剥米三斗大,又借铜钿八百文。

　　送到我家来救急,功德无量未报恩。

　　潘公未知我家事,一言难尽不必论。

　　我今思想无好日,不如早死见阎君。

　　且说潘义叫道:"官人呀! 不必苦楚。老汉与你父亲是好友,应该要资助一下。买糖生意赚得白银二百两,我无男无女,一无所靠。我今送与你作上京考试盘费了。"张贤文说道:"多谢恩公,不敢受领。"潘义说:"你受了罢,老汉终身要靠你了呀!"

　　潘义即便转家门,拿了二百两白纹银。

　　付与官人来收好,待等来年春间去上京。

　　贤文接银说多谢,谁知春喜丫鬟又来临。

　　拿了白银一百两,送与姑爷上帝京。

　　且说春喜丫鬟说话之间早有来到,拿了白银一百两,道:"这是你岳父失落在墙门里,懒凳上的。奴拾了,如今赠与姑爷,作上京盘费,我要去哉!"张贤文夫妻二人又问春喜:"到底这些银子哪里来的?"春喜说:"还是昨日大女婿陈大昌来拜年,就拿了白银一百两,见面了再三再四推辞。一时错误,忘在懒凳上,竟是离开了。奶奶叫我出去买花线,恰无人看见,我拾得来送与姑爷。"那夫妻二人听明白说:"多谢!"便送春喜而去也,回身又对潘义说明。夫妻二人同口说道:"我是幼年早丧父母。恩公呀! 你年事已高,不如住在我家中,做我们继父了。"潘义说道:"多谢! 不敢当! 又无田产传你,况且我年事已高,还是卖糖出身。你若中了状元,我是个老太爷,岂不是要折煞我也!"张贤文就拜下叫一声:"继父呀!"

　　张贤文双膝来跪下,口叫爹爹老父亲。

　　唤出贤妻公爹叫,必要行孝敬大人。

　　兰英回答丈夫呀,不必吩咐费心情。

　　你我两人但贤孝,报答公公赠我银。

　　若无公公来救我,如今依旧做穷人。

　　那张贤文说道:"父亲呀! 让我孩儿、媳妇拜见。"潘义说不敢当,兰英就对丈夫说道:"你如今快快上京去好了。"

　　兰英吩咐丈夫听,路途行程要小心。

　　巧遇今朝黄道日,顺风相送早进京。

　　拜别继父妻房去,匆匆一路上京城。

　　一路行程都休说,到了京中客栈歇安身。

　　那时五更三点,万岁登殿朝中,各大臣夜观星相,见好个文曲星落在京城客栈之中。万岁即命钦差到殿前面试文才便了。

　　敕点钦差王丞相,要召文曲紫微星。

王丞相奉旨来宣召,张贤文即便进朝门。

五更三点皇登殿,二十四拜口称臣。

君王殿上题诗句,面试文才各省人。

张贤文用心文章做,言言句句中皇心。

钦赐状元头鼎甲,游街三日看皇城。

君王龙目细细看,帝露银牙说事情。

我看状元相貌好,宝连公主要招亲。

与我公主招驸马,金銮殿上早成亲。

贤文即便来启奏,我皇万岁纳微臣。

却说张贤文回道:"启奏万岁,臣家中贫苦,况有妻子在家,不敢领赐。"君王曰:"不妨,今日正是黄道吉日。只宣公主与驸马成亲便了。"

君王便召公主出,金銮殿上结成亲。

双双左右躬身立,深深八拜谢皇恩。

洞店花烛见礼毕,合卺交杯喜气新。

不说状元招亲事,单言报船到张门。

金銮殿上圣旨出,起造牌坊簇簇新。

那万岁发一道圣旨传下,苏州府吴江县地方起造状元牌坊、驸马府。再说报船报到家中,徐氏与潘义同住坟堂里面。忽听得报锣声响,潘义说道:"快快忙办酒饭,款待报人。"徐氏说:"你今报到我父母家中去,我的父母极其欺贫重富,十分势利。"于是报人就报到西门外面徐宅,那徐克富听到铜锣鼓响,想到了大女婿高升哉!十分欢乐,想必陈大昌中了状元哉!报人跪禀道:"你家二女婿是新科状元。大老爷姓张名贤文,可是你家二女婿?"徐克富听说了道:"穷鬼能做什么官?倘若他要是真的做了官,我老夫妻两个情愿叫他张老爷。若是张穷鬼要想做官,只好偷一个官做做。"便对报人说:"你们勿要报错了。"报人说道:"勿会报错了,现有报单在此,呈上。"那徐可富手接报单一看,是京报上写着:"贵府令婿大老爷姓张名贤文,钦赐状元。"徐克富看了眼报单一吓,就拿十两银子出来送与报人。那报人心中一想,看他欺穷重富,十分厉害。我来吓他一吓,骗点银子用用。

京中老爷曾说过,说你为人太无情。

欺穷重富无照顾,难得今朝得中状元身。

请了上方八开皇剑,要斩无情岳父一个人。

还要抄你家财去,岳父黄糠冤仇深又深。

他今奏了万岁晓,即日家私抄干净。

我来与你去讨情,快快送我雪花银。

你今不肯送我花银子,听凭你做落头人。

徐克富吓得魂飞散,要剥去皮来抽去筋。

急忙送出银百两,拜托帮我去求情。

报人接了银钱出墙门,下船敲锣回进京。

那徐克富变了面孔走到房里去,就拿胸脯一拍,夫妻相骂哉。员外就骂:"你个老贼!贱人!当年兰英来求我借钱,我是一时之气。你是母女之情,应该张罗点。前头落难,不曾借他,过了些辰光,真真懊悔。他现在中了一个状元,钦赐尚方宝剑先斩后奏,要想寻我死路。我怕是要活不成了。若然勿饶我,我只好去死。"范氏说道:"老杀千刀的,你勿肯借钱给他。我原借他陈黄糠三斗去了,也勿是一点勿肯借。倒要怪我哉!"老夫妻两个争得好热闹,恰巧春喜走进来,就叫:"老太爷,老奶奶,勿要淘气哉! 上年二小姐过来的辰光,老太爷、老太奶一点勿肯借,就是我小丫头一直采谷剥米三斗六升,还有铜钱八百文送与姑娘姑爷,故小姐与我结拜姐妹。今日姑爷中了状元,要讨我去做偏房哉! 老爷奶奶,我也没有办法! 只得一步一摆,摆到了张府上,让我来劝劝状元老爷,去讨个人情。"徐克富说道:"是哉! 好! 个么你便是我的第三个女儿了,帮我讨一个人情,我备了一份嫁妆给你,十分丰盛。"春喜说道:"我是无富之人,哪里有这样的福气做徐府小姐。"徐克富说:"不必客气。"只听得报船又到了。

　　报人又到姓徐门,恭喜连叫三四声。
　　贵婿钦点为驸马,克富听说又吃惊。
　　此是连科加上级,只怨得自己无眼睛。
　　又送报人银十两,报人领赏转回程。
　　徐克富又把春喜叫,我女小姐听分明。
　　你与状元为夫妻,必须帮我讨个情。
　　春喜听说回言答,只怕状元记前情。
　　且说状元回程转,宝莲公主同驾程。
　　状元回家多热闹,大小官员出来迎。
　　逢到码头来做戏,文武各官要当心。
　　张贤文面色青青身骑马,前呼后拥不非轻。
　　三千军兵来欢送,刀枪剑戟似白银。
　　大小官船无其数,歇得码头密层层。
　　连放三个烟花炮,扯起旗号转回程。
　　将过吴江城一座,亲眷朋友尽相迎。
　　落难辰光无人到,今朝认得我张贤文。

　　且说潘义、兰英同往迎接。公主说:"请继父上坐,媳妇拜见。"潘义说:"不敢,不敢,何出此言?"状元道:"若无继父,哪有今日荣华富贵,必受其拜。"兰英与公主称为姐妹,十分欢乐,必要祭扫坟堂周全,然后吩咐道:"军兵齐集,代我到徐家迎娶便了。"

　　京兵奉命前行去,晶灯花轿娶新人。
　　全副执事人无数,轿马纷纷快如云。
　　奉旨迎娶多热闹,文武官员齐来贺。
　　状元旗伞五色新,相近徐府大墙门。
　　徐克富吓得心胆碎,范氏夫人吓得关房门。
　　徐克富说道军兵到,定是抄我家来捉我人。
　　只听得三吹三打声,堂前三请娶新人。
　　徐克富只得来走出,吩咐春喜打扮身。
　　春喜房中忙碌碌,连忙装扮做新人。
　　五色彩衣不必表,头上金银胜千金。
　　三请三喝新人出,拜别干父干母两大人。
　　春喜见过两姐妹,拜罢之时上轿行。
　　范氏送出墙门外,金锣花炮不绝声。
　　军兵轿马同回转,吓得家家下楗尽关门。

一路行程来得快,看看来到姓张门。

驸马府里多结彩,状元府上结成亲。

洞房花烛成亲事,三人拜为姐妹称。

庆贺团圆饮杯巡,推杯换盏不必论。

却说徐克富置办了嫁妆,送到张府,十分丰盛。状元说道:"从前求借不肯,今日谁要你来奉承。"心中暗想,君子不念旧恶,总是我岳父岳母,不可羞辱也,他若肯改过自新便罢了。就写了两个帖子,邀请岳父母来。家人奉命,速去请他来饮酒便了。

家人送贴到徐门,徐克富吓得心头忑忑能。

家婿差人来请我,再不轻贱我家门。

老夫妇两个都打扮,脚上穿靴头带顶。

范氏梳妆簇簇新,女轿男马一同行。

徐克富骑马前头走,后面轿子老妇人。

一路匆匆走得快,安童使女后头跟。

看看状元门已到,府第高昂重建新。

八字墙门朱红漆,石狮子一对两边分。

旗杆立得接青云,皮鞭竹爿个个新。

八个牌军分左右,克富夫妻二人不敢进。

张头探颈不敢走,告言门公得知闻。

烦你通报那边晓,状元吩咐家人听。

快往外边对他说,三年前说话要作难。

如今张家少人撑黄伞,对我岳父岳母说个明。

要你二人并足进,跪叫张家老爷奶奶身。

那徐克富心中一想,不好,前年有句话说道:"若中状元,我夫妻二人定要并足进张家门内,叫他们老爷、奶奶。果然说出难收口,叫我如何去见他面,倒不如回家罢了。"心中一想,将身转回,正要上马,牌军一把,把他拖住。徐克富一想,无可奈何,只得并足进去见状元,就叫:"老爷、奶奶,小人该死。"状元说道:"啊哟! 岳父、岳母今朝到我穷鬼门上,为何如此?"徐克富说道:"老爷在上,小人当初有眼无珠,今时懊悔极了。还望老爷大人不记小人过错。"状元不提前事情。此时兰英小姐连忙走出来,看见来人,叫道:"爹爹呀! 母亲呀!"

不该应前年笑我无好日,谁知瓦爿也有翻身日。

难得鱼干龙门跳,东洋大海起蓬尘。

曲鳝能有成龙日,老虫背上好骑人。

果然黄狗出角变麒麟,逼我重新再嫁人。

借钱不肯犹还可,不该应取笑我家门。

今朝西天日出红尘照,礼部堂上少人行。

幸亏春喜丫鬟心地好,借我钱米转回程。

难得今朝父母同来到,黄糠三斗谢母亲。

不说之时也就罢,说起黄糠气煞人。

克富听说眼看她,只叫奶奶夫人身。

做爷不会人来做,背跎日月世生身。

怨恨前年多轻贱,今朝方知悔无门。

克富自怨无言语,范氏怨气在中心。

那状元思想黄糠,便向夫人问:"三年前的陈黄糠可在?待我做了点心恭敬岳父岳母。"状元立刻传了厨司,拿了黄糠要做了十样点心,款待岳父母吃。厨司说道:"状元老爷,小人叩头启禀,我猪羊蔬菜会做,但那陈黄糠点心倒勿曾做过。老爷就差别人做了罢。"状元说道:"要赏你个狗奴才二十把板子,且问你做也不做?"厨司务讨饶:"大人,做了做了。"那一时无奈,只得就拿陈黄糠来一泡,无可奈何,只得说道:"只能弄些榆树皮,才有滋味了。拿了滚水一泡,拿了汁水一冲,然后做的像点心了。但是要用细功夫了呀!"

厨房师傅忙煞人,陈黄糠要做十样好费心。

黄糠圆子黄糠饺,黄糠松糕黄糠饼。

馒头粽子黄糠做,黄糠糍粑黄糠羹。

黄糠汤圆籴粒水,芝麻烧饼是黄糠。

五眼六色多齐整,十样点心做完成。

勿多一时来烧好,便请状元夫妇看分明。

黄糠茶果上口酥,要请岳父岳母来用点心。

茶叶也是黄糠做,吩咐安童托茶行。

朝南正位是岳父坐,朝北便坐岳母身。

小姐今朝来奉陪,勿嫌怠慢请点心。

二位大人不必多客气,小姐奉陪两大人。

我今不必多谈讲,快点用些粗点心。

先敬父母黄糠茶一盏,亲生嫡女送茶敬大人。

又送点心大人吃,恭敬父母理该应。

二人吃在口里黄连苦,一阵气味好难闻。

就拿筷子放下来,嫡女捡与父母吞。

父母到我家中休客气,不要今日饿肚饥。

粗茶点心要吃饱,奴劝大人多吞吞。

摇头苦恼咽不下,几次三番打恶心。

吃在口里焦苦味,吃饱肚皮提提神。

再说徐克富说道:"贤婿、小姐呀!我在家里面荤腥吃惯了,这样的东西哪里吃得下呀!"状元说道:"这样点心顶好吃的,还是你家里拿出来的,如今倒说不好吃。既然晓得不好吃,此刻再请用一个团子罢。"老夫妻两人真真无法,只得熬着苦再吃了。

老夫妻二人没奈何,再请团子口内吞。

梗得咽喉难通气,噎得眼泪索珠能。

眼睛翻白面泛青,二人几乎命归阴。

早晓得黄糠真难吃,不做欺穷重富人。

贤婿放我回家去,胜造浮屠塔七层。

我今回到家中去,愿去修行做善人。

状元听说回言答,得罪大人不该应。

你肯改过前情事,夫妻相送转回程。

那状元与夫人说,送二位大人回家,双膝跪下说道:"小婿今日得罪了。"徐克富说道:"多亏贤婿、小姐忠言劝我,不必如此,随即拜辞归家。"徐克富对老妇人说:"我们亦无后代,家私要他何用? 廒内米麦放与穷人,库内金银财宝不如捐了去造吴江桥一座。"自己房屋改造为佛堂,请了塑佛巧匠,要塑一尊镶金的佛像。一心行善,修行念佛,修桥铺路,祈求天地神明。依照祖宗之念改过,好心行善了。那时状元心中想起:"我若无继父,哪有今日之风光与富贵荣华,此恩必要报答。"就与他娶了一个母亲,又为夫妻二人起造了房屋一座,又给他操办了金银家生,丫鬟使女一应办齐。此时潘义夫妻阖家欢乐,感谢继儿十分孝顺。状元又说:"爹爹、母亲呀! 孩儿要奉旨上任为官,不能侍奉双亲了。"

　　状元上任去做官,三位夫人齐下船。

　　顺风相送行得快,到了京中进衙门。

　　吉日良时公堂坐,官清民乐万民安。

　　不说状元京中事,再说潘义转家门。

　　丫头使女无其数,房屋高大又新建。

　　潘义走进高堂屋,家伙什物办完全。

　　后来生下两个子,金榜题名也上任。

　　再说京中状元事,也生三子在朝门。

　　三年任满归家去,祭扫坟墓不必论。

　　奉劝世人大家听,及早回头种善根。

　　心地平正终归好,救人须救急时辰。

　　福不自来天来降,切莫图财来欺贫。

　　奸猾刁心多穷善,老实忠心家业宽。

　　衣食自然皆由命,富贵荣华前世生。

却说状元吃素,修行念佛,就在白云庵内焚香礼拜,看书诵经。又请岳父母到庵中一齐相见。状元说道:"日前之事,小婿无礼,多有得罪了。请大人在上,叩首百拜,今日在此,叙旧修行便了。"

　　小婿读书经千卷,知晓春秋礼义通。

　　不该应逼你并足进,不该应黄糠当点心。

　　今朝请你们朝南坐,叩首百拜理该应。

　　状元拜罢抽身起,兰英小姐上前行。

　　口叫父母来跪下,前日不该得罪两大人。

　　不孝小女忘恩义,羞耻爹娘不该应。

　　枉自怀胎十月苦,应怜父母养育恩。

　　伏身爹娘来赦罪,共结在庵同修行。

　　克富夫妻同开口,便说贤婿小姐听。

　　若无你们来逼我,哪肯回心做善人。

　　不吃黄糠遭此怨,哪得今日肯修行。

　　亏你两人来相劝,改恶向善补前程。

　　你今休记前事情,借钱不要挂在心。

　　贤婿上京求名利,更应资助送金银。

　　我今一文无周济,枉做年老岳父人。

　　往前事情不必说,同念弥陀大士经。

再说潘义在家思想荣华富贵,生前享福,岂知死后苦楚? 如今在任为官的两个孩儿,要他致仕归家。

"我今年纪七旬,已外世事,不能照管到,不如去庵内修行念佛的好。"便对夫人说:"贤妻呀!我与你二人,一生以来,此恩未报,并无片善。如今尽早回心,以免地狱之灾。"夫人说道:"听到修行之事,我心中大喜。老太爷,我本就想修行办道,如今要对儿子说明白了。"逢到白云庵的吃斋念佛,两儿郎同办香烛,又将经卷送到庵内。那时潘义行到庵门,状元夫妇见了继父,连忙迎接而进。潘义见了徐克富夫妇二人,那潘义说道:"难得今日同修办道便了。"

前头作恶后头修,推开乌云见日头。

有如久旱逢甘雨,后来原有八分收。

且说白云庵长老取了法名,徐克富叫悟道,潘义叫悟空,张贤文叫悟直,徐门范氏叫志修,潘义夫人叫净修,张氏叫恒修。大家就在大悲阁上焚香点烛,一心礼拜也。

皈依三宝诵经文,齐念洪名字字清。

功成完满西方去,阿弥陀佛亲自迎。

后代子孙高官做,世世荣华富贵身。

状元心中多得意,亲生三子后代人。

大儿名叫张世友,第二名叫世武身。

第三孩儿名世德,三人名字有名声。

三个为官都清正,后来个个伴帝君。

公主春喜两夫人,在家做事甚殷勤。

潘义生个两个子,名叫承祖承宗身。

今在卷中来交代,字字句句对佛门。

此本名为皇封卷,奉劝世间为好人。

徐克富失财回心转,起造吴江长桥亭。

十三库金银用干净,劝君切莫要欺贫。

欺穷重富自害身,行善自有天佑身。

孝子贤孙从古有,流传千古直到今。

信受之人消灾难,斋主虔修福寿增。

回郎宝卷(版本一)

从来惟有修行好,自古无如入道难。

念佛念心心念佛,修真修道道修真。

山中常有千年树,世上难降百岁人。

若能依得此章偈,世世常存菩萨道。

回郎宝卷始展开,诸佛菩萨降临来。

合堂大众齐声和,天地神明降福来。

且说大宋年间高宗皇帝登基之后,风调雨顺,国泰民安。自从庚午年起,见江南省松江府地面三四个月无雨,早晚稻麦,全无影迹。米价十两银子一担,上等人家吃糠粥,中等人家出去求讨,下等人家是无处求乞。所以古人云,荒年出孝子,乱世出忠臣。此话不提,且云松江府华亭县内白沙村上有个孝子,宣与大众听听矣。

松江府里华亭县,白沙村上出贤人。

其中有个曹文正,父亲自幼早亡身。

母亲赵氏年八十,苦守清贫数十春。

妻房柏氏贤良女,如鱼似水过光阴。

描龙绣凤般般会,纺织营生件件精。

看待婆婆多孝顺,敬重亲邻他为尊。

娘娘便把夫君叫,腹中疼痛要临盆。

文正即便稳婆唤,生下孩儿小官人。

合家三口喜欢心,要与孩儿取乳名。

孩儿出胎真凑巧,五月廿三子时生。

今朝正逢回龙日,取名回郎小官人。

一周二岁娘辛苦,三周四岁甚聪明。

家中物件般般晓,祖母欢喜掌中珍。

自从回郎出世后,荒灾连年已三春。

又无柴来又无米,肚中饥饿实难忍。

最苦祖母年已老,朝晨饿到夜黄昏。

文正走到娘房内,见娘饿得好伤心。

母亲肚里饥寒冷,文正一见苦伤心。

出房说与妻子道,两行珠泪落纷纷。

一头哭来一头说,一家四口命难存。

我今算来无摆布,与妻商议养娘亲。

　　且说曹文正与妻商议,未曾开口,眼泪先抛。柏氏娘娘道:"丈夫为何这般光景?"柏氏意会差了,以为文正起了歹心,无计可施,只得双膝跪下,说道:"丈夫,夫妻是五百年前月下老人结定姻缘。古人云:'生同罗帐,死同丘坟。有福同享,有难同当。'有话须说便了。"

柏氏娘娘问夫君,有何说话泪纷纷。

文正就对妻子道,并无计策养娘亲。

朝晨缺少呼鸡食,夜无鼠粮过光阴。

夫妻饿死也罢了,饿死娘亲何处寻。

就有银钱无米籴,犹如尖刀射肝心。

遇着荒年今三载,并无活计养母亲。

十月怀胎恩难报,枉在阳间做男人。

爹爹早死娘吃苦,守我孩儿得成人。

无爷之子真可怜,出门一刻娘挂心。

生恐出外被人欺,守在大门娘看清。

吃穿两字娘辛苦,一日所用计分文。

年少之人饿不起,年老婆婆难活命。

今日与妻来商议,并无活计养母亲。

我看回郎方三岁,聪明玲珑好倌人。

欲把回郎来供亲,思量难舍好伤心。

柏氏娘娘听此话,犹如乱箭射肝心。

文正即便重言说,贤妻听我说原因。

不是丈夫心肠硬,杀死孩儿与娘吞。

谁人不惜男和女,哪个不爱子与孙。

如此荒年无计策,怎能度日过朝昏。

养儿防老从古说,积谷防饥自古闻。

如能保得亲娘命,皇天不欺善良人。

倘然曹门实无后,留这孩儿难成人。

却说柏氏娘娘听见夫君如此之话,好不伤心肉痛,连年荒灾,家家贫苦,也是无门苦告。听说要将回郎杀肉,供养婆婆,心中犹如刀绞,两泪如珠,说道:"相公,可能别处另寻机会,恳求免杀孩儿也。"

文正听说如此话,忤逆媳妇是你身。

连年荒灾家家苦,教我何处去求亲。

不把回郎与我杀,你的性命也难存。

娘是草上甘露水,终朝饿到夜黄昏。

孩儿好比逢春韭,割一层来又一层。

柏氏娘娘听此话,说来句句是真情。

我若不把回郎杀,饿死婆婆罪不轻。

倘然丈夫心焦燥,我的性命活不成。

且说柏氏娘娘将回郎抱在身边大哭悲伤,回郎见娘啼哭,他也是啼哭起来。娘娘一夜思想,欲保孩儿性命,想成一计,等到天明,再与丈夫商议。文正道:"富户人家尚且难过,哪有钱来买人?"娘娘说:"或者孩儿有命,遇着好人买去也未可知,待我抱了回郎,走出街坊,或换钱米回来,留了孩儿一条性命。"

柏氏女,抱回郎,哀哀痛哭。叫夫君,待奴去,街坊诉情。

倘孩儿,命不绝,有人来买。或卖钱,或换米,也好供亲。

文正听,你且去,可有人要。我心中,不舍得,小小倌人。

实出于,无可奈,婆婆饿死。但凭你,去斟酌,救我娘亲。

娘娘道,待我去,变卖孩儿。倘有人,来买去,救活亲生。

俗言语,荒年去,熟年又来。这回郎,是我子,再见双亲。

文正听,妻子话,好不伤悲。叫妻子,快些去,卖换银米。

你知道,一家门,三日未吃。饿不起,年老人,最苦伤心。

那娘娘,抱孩儿,哭出门外。将回郎,抱在手,好不伤心。

走东街,行西巷,无人来买。叫南边,喊到北,啼哭不停。

告众位,贤良人,修福修寿。譬如到,南海去,烧香斋僧。

大慈悲,救救我,小小孩儿。并不是,娘心硬,要卖花银。

实在我,家中有,老年婆婆。一家门,三足日,粥饭未吞。

我丈夫,见娘饿,无门可救。是要将,小孩儿,杀肉供亲。

小妇人,难割舍,亲生孩儿。故此我,抱出来,变卖花银。

一头哭,一头喊,血泪沾襟。走得来,腰又酸,腿脚疼痛。

肚中饥,心中苦,喉咙喊破。善心人,来看见,眼泪纷纷。

凶恶人,来看见,反多言语。倒说道,这荒年,谁要买人。

自孩儿,难活命,也要换银。柏氏女,听此话,更觉伤心。
难道我,三岁儿,命中该绝。一头走,一头哭,诉说衷情。
满城中,都走到,并无人买。抱回家,我孩儿,性命难存。
无可奈,走回家,伤心苦切。又不敢,高声哭,锁住喉咙。
文正听,妻子回,孩儿在手。便说道,你要保,孩儿性命。
可知道,年老人,饿在床上。孩儿命,逢春草,还可报青。
娘亲死,倘日后,有钱难买。人人说,我妻房,贤孝夫人。
到今朝,我看你,到底忤逆。我还你,年庚帖,写还休书。
快领去,回娘家,重去嫁人。娘娘听,丈夫言,开口劝君。
不是我,心肠硬,忤逆婆婆。我也想,救婆婆,将儿换银。
也是我,小回郎,命该注死。只得将,我孩儿,割肉供亲。

却说柏氏娘娘抱了回郎走了一日,满城喊到,并无一个救星,无可奈何,回到家中。文正一见妻子,仍旧抱回郎在手,明知无人要买,便道:"你出去一日,可想婆婆在家又饿一天,你自出去假意卖儿,明知要饿死婆婆,快快把孩儿洗洗干净,杀与婆婆,充饥当饭。你若不肯,还你年庚与我娘家去吧。"娘娘听了丈夫之言,无话回答,便对回郎道:"孩儿呀!不是做爷娘的心肠硬,要将你杀,实在婆婆命在旦夕之间,无路可救,将你孩儿与婆婆充饥当饭,但愿孩儿转世投胎,再到为娘腹内,仍旧做我孩儿呀!"娘娘一时哭得死去还魂矣。

那娘娘,抱孩儿,走进厨房。把火打,烧熟水,将儿洗净。
在灶前,一头烧,哭死还魂。看看儿,难下手,肉跳心惊。
叫皇天,天不应,上天无路。哭告地,地无路,入地无门。
叫公公,在阴间,领好孙儿。他年小,今三岁,要离娘亲。
愿祖先,保孙儿,仍投娘胎。荒年去,熟年来,再来投生。
与孩儿,脱衣服,取水洗净。小回郎,看见水,欢天喜地。
问母亲,为何事,如此痛哭。在水中,真快活,喜笑盈盈。
娘看见,心内痛,心肝刀割。小孩见,全不知,顷刻归阴。
见娘亲,也是哭,人事不知。哭一回,笑一声,还要乳吞。
娘将儿,抱在手,与儿乳吃。又吩咐,我孩儿,你苦薄命。
出娘胎,年年荒,无柴无米。做娘的,三十六,独生儿身。
生下你,是男子,满心欢喜。见孩儿,会笑话,父母称心。
一会走,一会说,更其快活。出痧痘,娘心苦,日夜不困。
何不如,出痧死,免了杀你。再思想,无孩儿,怎么供亲。
叫孩儿,将娘乳,多吃几口。从今后,要想吃,转胎投生。
一头说,一头哭,如何下手。忽想起,前朝事,多少贤人。
或割肝,或挖心,煎汤煮药。我不能,学古人,割肉救亲。
倘我死,自不惜,早出轮回。想丈夫,我死后,终难重婚。
老婆婆,在床上,无人侍奉。但是你,小回郎,也难活命。
我丈夫,更其苦,无人照管。岂不把,曹氏门,香烟灭尽。
罢罢罢,譬如我,未曾生养。看孩儿,呼呼睡,放在地心。
咬紧牙,将尖刀,心口刺下。小回郎,哭不出,鲜血淋淋。

娘见儿,魂飞散,顿时跌倒。曹文正,来走进,见儿归阴。

双流泪,又不敢,高声痛哭。倘娘亲,来知道,可要拼命。

将妻子,来唤叫,轻轻扶起。那娘娘,哭亲儿,悠悠苏醒。

看看儿,满身血,肉痛抽肠。取冷水,洗孩儿,抖个不停。

曹文正,来动手,把儿开膛。一头哭,一头切,块块分身。

先把肉,放锅中,烧与母吃。无香料,无葱酒,烧好要盛。

二个人,一烧熟,哭断肝肠。曹文正,看看肉,眼泪纷纷。

取大碗,来盛肉,便对妻说。你将肉,抬进房,交与婆吞。

倘问儿,何处去,假说我抱。切不可,将这事,说与婆听。

却说柏氏娘娘无可奈何,把回郎杀死,夫妇二人一头啼哭,将回郎块块割碎,放在锅中,并无香料,只好将盐汤白烧。不多一刻功夫,肉已烧熟,将大碗盛起。娘娘揩干眼泪,拿进房门,抬与婆婆,充饥当饭也,有偈为证耳。

柏氏娘娘把儿肉,双手捧进内房门。

又将婆婆身扶起,说道鲜肉把饥充。

婆婆看见碗内肉,闻言便把媳妇称。

连日粥饭全无吃,何来鲜肉在家门。

娘娘见说回言答,婆婆你且听原因。

今日爹爹亲身到,送来鲜肉五六斤。

媳妇便把肉烧熟,拿与婆婆当饭吞。

婆婆听说心欢喜,多谢亲家来照应。

可曾盛与文正吃,快叫回郎一同饮。

娘娘即便回言答,父亲抱他街坊去。

况且锅中还有肉,婆婆不必等他吞。

婆婆快把肉来吃,还将一块媳妇饮。

娘娘双手来接肉,暗暗心边痛伤心。

仍旧放在肉碗内,婆婆开口媳妇称。

贤媳因何不要吃,快寻回郎同来吃。

吃一块来留一块,吃半碗来留半碗。

一边吃来一头话,半碗存与回郎吞。

娘娘见说心中切,两行珠泪留不停。

婆婆吃肉抬头看,贤媳因何两泪倾。

便把媳妇连声叫,有话须当说我听。

娘娘被婆来盘问,噎住咽喉哭不停。

婆婆见哭心疑惑,从未见你这般形。

到底为何如此哭,快快说与做婆听。

文正回郎何处去,为何到夜不转门。

柏氏回言肚里痛,见儿不知哪方行。

婆婆听说心中想,媳妇从无腹痛症。

越看越想越疑惑,究竟因何出事情。

我想亲翁家贫苦,如何有肉送来临。

连年荒灾无柴米,哪有闲钱买我吞。

娘娘只把婆婆看,难将心事说婆听。

婆婆大怒高声话,快把文正寻转门。

想罢一番主意定,不如待我说真情。

如此荒年多贫苦,家中物件俱卖尽。

夫妇二人无计策,杀儿养亲救老人。

碗中就是回郎肉,哪有回郎再进门。

婆婆听说回郎死,顿时跌倒地埃尘。

一见娘亲已跌死,文正吓得失三魂。

夫妇慌忙来抱起,哀哀哭告老娘亲。

只为荒灾柴米贵,谁知有难害娘身。

东邻西舍都来看,一同叫醒老年人。

文正夫妇来接气,哭叫娘亲不绝声。

死了一个时辰后,悠悠苏醒转还魂。

口把回郎连声叫,还我回郎好孙孙。

开眼看见文正哭,一把胸脯骂畜生。

宁可死我老身汉,谁人叫你杀儿孙。

奴奴年老风中烛,前后终要见阎君。

我家回郎虽幼小,断了曹门后代根。

你这畜生将儿杀,祖宗血脉靠何人。

兔子不食窝边草,枉做为人把儿吞。

俗言六十失孙子,犹如老树断了根。

众位高邻都在此,明日同我到公所。

可恨儿媳无道理,做了违条犯法人。

乡邻一同来相劝,相劝年高不可行。

且说赵氏老太太晓得孙儿被儿媳杀死,哭告邻人道:"恳求各位,明日与吾到县里,去告忤逆不孝,杀害自己亲儿,断绝宗嗣。"众人个个相劝,都不肯听。等到天明,独自一人走到街坊,恳求后生,扶到县前叫喊。知县一听忤逆案件,随即坐堂,传进老太婆,问明来历,口诉冤情也。

华亭县,问忤逆,立刻升堂。传唤进,告状人,白发老人。

你妇人,住何方,可有丈夫。你儿媳,叫何名,因何逆情。

老婆婆,叫青天,无过杀儿。未亡人,家住在,白沙小村。

我今年,八十岁,曹门赵氏。我夫君,早亡故,一子早生。

名文正,年四十,娶媳柏氏。往日间,他夫妇,总算孝顺。

所生下,一个儿,取名回郎。年纪小,今三岁,伶俐聪明。

忽几日,我孩儿,有些心变。将为娘,来饥饿,好不上心。

三四日,无粥饭,饿在房中。他夫妇,忤逆我,年老之人。

更可恶,犯违条,无天无地。他二人,杀孩儿,烧肉我吞。

古人云,不孝三,无后为大。将儿子,自杀吃,断灭宗门。

小畜生,心肠毒,应该绝嗣。念祖先,坟与墓,何人化锭。

他夫妇,吃完儿,还要杀娘。叫青天,细详察,判断案情。

将逆儿,夫与妇,一同正法。那知县,明如镜,听诉衷情。

想其中,是必有,冤枉情迹。且待我,出签去,拿捉文正。

却说华亭知县问明曹赵氏口诉之言,一面问签拿人,腹内思想曹文正夫妇二人,平素孝顺。三四日之间,夫妇二人一同忤逆杀儿烧吃之事,其中必有缘故,我且退堂,待等拿到曹文正细细审问便了。

不宣衙内告状事,仍宣文正家内情。

夫妇二人相对哭,一夜未曾合眼睛。

哭到黎明身昏倦,惘惘睡去不知因。

醒来日已高三丈,进房便去看娘亲。

走到床前将娘叫,为何不见我母亲。

家中各处都寻到,走出大门问乡邻。

啼啼哭哭各家寻,县内公差走进身。

地方指引来拿捉,便把文正锁头颈。

公差又对文正说,你妻签上也有名。

一同到你家中去,叫你妻子一同行。

文正听说娘告状,哭到家中对妻云。

我娘把我忤逆告,贤妻同我到衙门。

柏氏娘娘听此话,犹如泥塑木雕能。

我为救亲将儿杀,谁知婆婆大怒嗔。

婆要我死不要救,好到阴司见儿身。

想来难舍婆年老,二来夫君无后根。

且同夫君衙中去,可有活路转家门。

夫妇二人出大门,关锁门户托乡邻。

链条线索前头走,四个公差押后跟。

啼啼哭哭向前行,街坊上面尽吃惊。

好个孝子曹文正,杀儿救亲世难寻。

我等坐观心何甚,邀同大众聚公厅。

不多一刻人齐集,闹闹哄哄赶进城。

一路同到衙门去,县官升堂座公厅。

公差把签来缴案,夫妇二人跪地尘。

县官细把文正看,容颜不像杀心人。

开言便把文正叫,为何忤逆老母亲。

无事杀子该有罪,可知王法不容情。

你娘在此告忤逆,你有何言诉我听。

你若半句虚言话,审实之差罪不轻。

文正夫妇将言禀,青天在上听原因。

小人今年四十岁,妻子柏氏四九春。

父亲去世我年小,母亲守我三十春。

小人所生独一子,乳名回郎今三春。

连年荒灾柴米贵,家中物件俱卖尽。

只为娘亲年已老,吞饥受冻苦伤心。

看娘饥饿心痛切,我死娘亲何处寻。

亲戚处处都借过,实无活计救娘亲。

切思前代古人事,许多舍身救双亲。

王祥卧水来求鲤,孟宗哭竹生冬笋。

孝感动天尧虞舜,郭巨埋儿天赐金。

汉文皇帝尝汤药,丁兰刻木拜双亲。

单衣顺母闵子骞,啮指痛心曾子舆。

为亲负米仲子路,杨香打虎救父亲。

郯子鹿乳奉亲吃,老莱子彩衣娱双亲。

涌泉跃鲤姜子游,董永卖身葬父亲。

江革行佣尚供母,拾葚供亲是蔡顺。

黄香扇枕温被席,怀橘遗亲陆绩名。

曹娥投江觅父尸,乳姑不怠唐夫人。

弃官寻亲朱寿昌,受杖感衰韩伯俞。

寝门三朝周文王,母病不乳许法慎。

恣蚊饱血晋吴猛,闻雷泣墓王伟元。

尝粪忧心庾黔娄,涤亲溺器黄庭坚。

木兰父老身有病,乔装代父去从征。

叱木成马崔人勇,闻母病危大哭声。

路隔千里神马送,母见子归病除根。

古人都把双亲救,小人不能救娘亲。

与妻柏氏同商议,将儿割肉供母亲。

孩儿死了还可养,娘死何来再复生。

小人句句真情话,伏望青天判断明。

母亲年老无依靠,小人身死不安心。

若能救我亲生母,粉骨碎身我愿行。

却说县官一听曹文正之言话,句句真情,字字有理,原来一对孝顺夫妇,果然难得,其中未知确否,待我传进乡邻,问实众人口供,我好与他申文咨部,表明孝子孝媳,想罢一番吩咐,文正夫妻二人跪在一边,再问众人发落便了。

那县官,传唤进,众位乡邻。闻言说,汝等来,同保文正。

你们将,曹文正,家庭之事。好与歹,长与短,细说我听。

众乡邻,叫青天,分明细说。曹文正,幼三岁,父早归阴。

自初起,至如今,孝顺老母。从不曾,在外边,与人争论。

妻柏氏,比丈夫,更其孝顺。做女工,件件能,起早黄昏。

恭亲戚,敬尊长,和睦乡邻。自从这,荒年起,家家苦楚。

他夫妇,如鱼水,合意全心。曹文正,早丧父,一向贫苦。

小回郎,婆欢喜,爱如宝珍。他夫妇,瞒老娘,长吃糠粥。

近几日,更其苦,物件卖尽。亲与戚,都借到,家家贫苦。

母吃粥,他夫妇,糠粥无分。夫与妇,瞒母亲,终日啼哭。

昨清晨,见柏氏,抱儿进城。他说道,为婆婆,三日未吃。

将孩儿,进城去,换米供亲。说道是,老婆婆,再饿不起。

抱孩儿,黑夜归,啼哭出城。吾众等,听他说,无力相救。

欲要将,小儿杀,割肉救亲。到黄昏,听他家,啼啼哭哭。

小人等,同去看,肉跳心惊。果然将,小回郎,杀死在地。

老年人,全不知,外面事情。一直到,请吃肉,方才得知。

三个人,哭一堆,死去还魂。倒说道,儿与媳,忤逆婆婆。

小人等,劝一夜,回家黎明。不知她,老婆婆,进城告状。

曹文正,与柏氏,孝顺母亲。地方上,都晓得,个个尊敬。

实出于,年年荒,家家贫苦。不能够,常照顾,周济他们。

望青天,明如镜,我等恳求。他夫妇,求大人,释放文正。

却说知县一听众亲邻之口供,明知的确真情,心中想道:"只怪连年荒灾,地方上出了如此孝子。但是家中贫苦,如何度日?不如待我周济银米发禄回家,然后申文咨部便了。"

县官听诉众人供,暗暗心头自评论。

想他夫妇果真孝,世上难寻一对人。

便对公差来说道,速传赵氏老年人。

母亲年老跪不动,文正远远看得清。

衣服脱下付母亲,将衣垫膝跪公厅。

县官眼见曹文正,倒觉心头不甚省。

自家枉为父母官,不及乡人半毫分。

我家父母年纪老,儿在外面不奉亲。

开口便把赵氏叫,你子孝顺世难寻。

因为荒年无柴米,杀儿供你老年人。

实在家贫真正苦,并非忤逆你娘亲。

我今赏你银米去,归家不可与儿争。

汝子孝顺天知道,皇天不负孝心人。

今岁供亲将儿杀,来年还你产贤孙。

又对众人来吩咐,汝等回家可放心。

曹家钱米我周济,归家照看他家门。

便叫文正来跪上,我今放你转家门。

将母好好来看待,殷勤服侍更孝顺。

赠你白米三十担,又赏纹银五十锭。

文正夫妇同口谢,粉骨碎身难报恩。

但愿青天增福寿,公侯万代出贤人。

小人今生不能报,来生犬马报深恩。

叩头谢恩身立起,急忙扶起老年人。

亲邻一齐同开口，多谢相帮取米银。

不宣文正归家转，仍宣县官腹内情。

如此孝子不表奏，岂非埋没一双人。

急忙便把行文做，各处衙门俱投呈。

六部公议同朝奏，高宗皇帝看分明。

君王见本龙颜喜，难得世上有此人。

今且封他官和职，宣他来京看其人。

一道圣旨来传出，差官接旨就行程。

路上行程不必云，一径来到松江城。

满城文武来接旨，同到白沙村上行。

慢提天使捧圣旨，且谈文正家内情。

夫妇二人勤孝道，终朝侍奉老年人。

自从发落回家转，夫妇时刻把香焚。

保佑恩官年千岁，家中老幼德康宁。

正在家中同叙话，忽闻外面喧闹声。

走出大门来观看，一见县官就开门。

文正快须摆香案，迎接圣旨受皇恩。

此刻文正如梦中，摆齐香案跪中庭。

天使宣读圣旨毕，便与文正要进京。

文正受恩忙叩谢，三呼万岁谢皇恩。

转身便把天使谢，路途辛苦大人身。

再见县尊身叩谢，拜谢提拔罔极恩。

又见文武各官在，一一叩谢不细云。

进房禀与母亲晓，孩儿奉旨要进京。

叮嘱妻房柏氏女，夫君奉旨京中去。

婆婆在家全靠你，为夫不久就回程。

辞别母亲并妻子，出外又别众乡邻。

拜托一番回家转，随同天使上路行。

　　且说曹文正自从县官赏给银米，回家之后，家中供设恩官长生禄位，每日焚香祷告，保佑恩人增福延寿，子孙昌盛。夫妇二人，侍奉母亲不离左右。忽一日，文正正在家中，但闻外面喧闹之声，急忙出外，但见天使捧着圣旨，吩咐端正香案，开读圣旨。文正听罢，原来恩官把我上奏帝京，万岁封我官职，召我进京面圣，急忙叩谢皇恩。然后进内告禀母亲，再与柏氏娘娘叮嘱一番家常之事。辞别母亲妻子，又别亲邻，随同天使进京便了。

不宣文正京中去，再宣柏氏家内情。

自从夫主进京去，大门紧闭勿出进。

日间服侍婆婆吃，夜间陪伴一房睡。

每日清晨勤念佛，保佑婆婆福寿增。

保佑夫君京中去，一路顺风福星临。

保佑华亭恩官长，愿他代代出公卿。

又思回郎能命苦,为娘时刻挂肝心。
几次梦见孩儿面,醒来原是不见形。
愿儿早早超升出,仍投娘胎到我门。
孩儿已死交半载,做娘眼泪未曾停。
慢宣柏氏家中话,再宣文正到京城。
随同天使朝门进,五更三点见明君。
文正伏倒金阶下,三呼万岁谢皇恩。
君王见了曹文正,爱卿连叫两三声。
寡人有福登天下,世上出你孝心人。
历朝孝子多多少,杀儿供亲算你尊。
人生忠孝皆义事,百善原来孝最先。
今日封你官和职,黄堂四品管黎民。
文正听说重又奏,臣实万死冒天庭。
小臣不愿为官去,归家侍奉老母亲。
君王见奏龙颜悦,难得爱卿真孝心。
弃官奉亲从古有,寡人准你转家门。
奉旨养亲归家转,日用银米县内领。
君王又封华亭县,加升三级赏俸银。
大赦全省钱银税,监中犯人赦减轻。
文正一一来叩谢,二十四拜谢皇恩。
君王退殿回宫去,文正同众出朝门。

却说高宗皇帝召见曹文正封他官职,又封华亭知县,大赦江南全省钱粮,斩绞流徒犯人,各减轻一等。文正谢恩出朝,君王退殿不必细云。文正奉旨归家,各家男女多来观看,好不威风人也。

文正奉旨转家门,一路风光不必云。
船到码头地方接,家家户户把香焚。
只因一人行大孝,合省子民尽沾恩。
文正到家来见母,一一从头细禀明。
孩儿奉旨去引见,赐儿官职治万民。
孩儿一来不明理,如何上任理民情。
二来母亲家中住,隔离遥远难奉亲。
为此孩儿面辞驾,归家陪奉我娘亲。
太老夫人听儿话,难得我儿一片心。
为娘当初冤枉你,原来天下尽知闻。
今日为娘心发愿,持斋吃素要修行。
保佑国泰民安乐,风调雨顺庆升平。
又愿祖先登极乐,屈死回郎出苦轮。
睡到三更交半夜,梦见公公走进门。
手抱回郎来吩咐,送你孩儿转家门。
说罢便把回郎放,日后再来接你们。

回郎见娘连声叫，身上刀疤血淋淋。
娘娘抱儿放声哭，腹中疼痛梦惊醒。
文正听见娘娘哭，便问夫人为何因。
娘娘即便将言说，我困梦头里见儿身。
只为腹内刀割痛，一时惊醒梦中情。
醒来腹内仍旧痛，谅其腹中要临盆。
文正听说抽身起，急忙出外请相邻。
又将老娘来唤到，不多一刻子临盆。
生下男儿多快活，婆婆一见喜欢心。
次孙原像回郎样，婆婆越看越像孙。
心口刀疤分明在，娘娘看儿对婆云。
媳妇梦内来看见，见一白发老年人。
手抱回郎来走进，对我言话说分明。
说道送你回郎转，仍旧与你作儿孙。
婆婆一听心欢喜，原来儿孙复再生。
便对儿子媳妇说，做婆与他取乳名。
回郎屈死仍回转，取他原叫回郎身。
儿媳听说心欢喜，多谢婆婆取乳名。
亲邻听说一番话，个个都把舌头伸。
莫道为善无好报，原来皇天有眼睛。
当今天子封官职，上苍玉帝赐儿孙。
文正忙把花银取，开发媪婆转回程。
亲邻辞别归家转，文正殷勤送出门。
三朝满月多闹热，各庙烧香谢神明。
从此文正更修善，寻访名师皈佛门。
合家每日勤修道，法轮常转出苦轮。
光阴迅速如射箭，转世回郎六岁春。
三年未雨家家苦，六载连熟处处兴。
文正无事街坊走，劝化众人要敬亲。
劝人第一敬天地，皇天不负善心人。
粮米白钱不拖欠，种田租米要还清。
但看欠粮吃租葷，哪个收场传子孙。
一来皇恩全不报，二来毁伤父母身。
天地君亲师父恩，劝你刻刻要虔心。
父母年老须勤问，时刻饥寒要当心。
妻子忤逆夫之罪，日日好话劝妻身。
倘然父母归天后，早早看地葬棺衾。
若将父母棺木露，朝廷律法不容情。
捡骨焚化更加罪，可知礼律实分明。

开棺见尸律斩罪,何况捡骨火烧焚。

皇上耳目不见你,青天在上看分明。

自身住宅要建好,父母棺木不当心。

此等子孙不如无,无有结果祸殃身。

如能逢人说好话,便是为人报世恩。

弟兄必须要和睦,飞来横祸不进门。

如能在家勤念佛,办须资粮业随身。

无论行住并坐卧,腹内时刻转法轮。

众人听罢文正劝,个个眼泪落纷纷。

懊悔当初无孝道,父母死后难报恩。

如今只好勤念佛,十人倒有九回心。

各家灶界月月奏,都奏文正劝化人。

非但各家勤修道,劝化恶人改好人。

恶人改善天更喜,善人作恶祸极深。

玉皇上帝听此奏,龙颜大悦喜欢心。

即把御旨来传下,就差金童玉女临。

吩咐下方曹家去,仙丹一粒放他井。

好待他家吃着水,合家即可上天庭。

却说曹文正生下转世回郎之后,更行修善,劝亲邻一同修行,各家灶界六神奏达天庭,玉帝大喜,即差金童玉女将仙丹一粒,下界奉与曹文正家中井内,待他吃着井水,就可足下生云,度他曹家四口上天便了。

不宣上界天宫事,仍宣文正在家庭。

每日在家勤修道,时常出外度化人。

忽然一见光明透,早知金童玉女临。

吩咐夫人取浴水,合家沐浴换衣衾。

文正便把亲邻请,到家同坐与谈心。

并不说穿天机事,只讲修行悟道情。

众人正在堂中坐,忽见一对少年人。

二人并不开言说,直望里面到天井。

便将仙丹虮下井,二人忽然不见形。

文正明知仙童到,吩咐吊水合家饮。

一家四口都吃水,但见井内起祥云。

亲邻个个都来看,文正恭手对众云。

今日我家功缘满,上天御旨到来临。

方在两位仙童女,来接我家上天庭。

今日文正告辞别,日后再来接你们。

接请母亲房门出,又叫妻子到中厅。

转世回郎同走出,四人脚下就生云。

顷刻腾云高升起,下面亲邻跪下尘。

文正恭手称不敢,列位亲长听我云。

回家苦劝勤修道,时刻提防退道心。

修得一朝功圆满,何愁不能上天庭。

众人听说多呆看,倏忽之间不见形。

大众听罢回家转,半日之时传满村。

地方官长都晓得,行文进京奏帝君。

多说曹家数代善,全家白日上天庭。

编成一本回郎卷,大宋传留到如今。

苦劝善男并信女,回家须要孝双亲。

孝顺母亲感天地,看他肉身上天庭。

为人若不行孝道,后代儿孙不得兴。

父母劬劳多辛苦,承欢膝下不须论。

父母在堂不孝顺,千里烧香也虚文。

不论持斋须戒杀,戒杀放生敬神明。

众生有难你来救,你若有难天知闻。

若逢善事件件好,消灾降福永康宁。

回郎宝卷宣完成,斋主虔诚福寿增。

一年四季无灾悔,回家个个乐太平。

回郎宝卷(版本二)

回郎宝卷始开场,香烟渺渺透天扬。

善男信女虔诚听,消灾延寿礼无疆。

盖闻此卷出在大明年间,祖居松江府华亭县离城十里白沙村,有一人姓曹,名百万,娶妻王氏,夫妻同庚。三十九岁,并无儿女,家财十分富足,也是枉然。忽一日,员外心思惭愧,家中少个后嗣,枉有金银。员外与安人同发善愿,修桥铺路,布施斋僧,周济贫穷。一来修福,二来修个后嗣,幸得上苍感格,次年果生一子,就取乳名曹三,生得眉清目秀,相貌端严,夫妻二人十分欢喜。不觉光阴迅速,过了六载,那员外有四十六岁,忽然一病,寿终归阴,家中只有母子二人,遗下家财十分留三,员外在时已经去了七分,故此家中清淡,那幼儿亏得母亲抚养成人,寄予厚望也。

回郎宝卷说原因,宣扬因果尽知闻。

松江府里华亭县,离城十里白沙村。

村中有个曹员外,拙荆王氏称安人。

夫妻同庚四十五,十分行善济孤贫。

不生多男并多女,单生一子在家门。

夫妻二人多欢喜,就叫曹三取为名。

曹三年纪方六岁,亡故生身老父亲。

还望母亲来抚养,抚养曹三长成人。

就请先生训书史,先生取名曹文政。

光阴如箭容易过,日月如梭不住停。

文政年有十六岁,勤心孝道敬娘亲。

见儿行善多孝道,为娘与你订婚姻。

文政跪在尘埃地,拱手开言禀母亲。

孩儿不愿亲来娶,情愿服侍我娘亲。

服侍母亲归天后,愿入空门做僧人。

若是取得贤良女,一家和睦过光阴。

若是忤逆并不孝,反要轻慢我娘亲。

你若说她三两句,就要唐突不绝声。

儿子将她来打骂,常日咒叫不安宁。

王氏安人开口说,文政我儿听原因。

你去修仙并学道,谁做坟堂祭扫人。

你娘不生多男女,只生我儿一个人。

城中有个周员外,他家一女有孝心。

你父在日多相识,与你同庚好结亲。

文政不敢违母意,亲自料理安母心。

二月初二来过礼,九月十三要迎亲。

细吹鼓乐多热闹,就与周氏配完姻。

一拜天来二拜地,再拜祖宗及先亲。

成亲过了三日后,周氏孝道敬婆身。

清晨一早请婆起,夜来送婆睡安身。

面汤送到房中去,立在旁边递手巾。

三餐茶饭勤服侍,喂吃点心送婆吞。

婆婆出外去讲话,忙把香茶倒来临。

慢说娘子行孝道,腹中怀孕在其身。

茶不思来饭不想,面黄焦瘦少精神。

慢说娘子身怀孕,提起半天游嬉神。

他道凡间多快乐,一心思想下凡尘。

"我那半天游嬉神是也,坐在云头上面,逍遥快乐,思想凡间登个金榜。你看为官之人,好不荣耀十分。我看还是少年夫妇,十分恩爱。不如瞒过了玉帝,逃下凡间,为人荣耀几春,有何不可?随即瞒走便了。"

游嬉神来下凡乡,投入骨腹周氏娘。

自从游嬉神下凡,来做曹家子孙郎。

十月满足来分娩,房中生下小儿郎。

眉清目秀多齐整,传宗接代继烟香。

生下孩儿三日后,去请婆婆取名芳。

不取三来不取四,单单取名小回郎。

光阴如箭容易过,日月如梭去得忙。

生下回郎有三岁,遇着饥馑受年荒。

正月晴到七月半,八月十五下浓霜。

大小树木枯枝叶,深井里面少水藏。

五百文钱一斗米,七升米粞三升糠。
树皮草根都吃尽,家家户户好悲伤。
文政家中难度日,只得砍柴过时光。
有了柴来无人买,三天无米进厨房。
再歇几天没饭吃,必定饿死我高堂。
你我仍在年少壮,还可忍饥过时光。
我娘年老血气衰,腹中饥饿最难当。
左思右想无计策,走投无路实在慌。
一夜五更难安睡,思古虑今到天亮。
昔年孝子名郭巨,三岁子争祖母粮。
夫妻商议将儿葬,锄儿土内金一藏。
官不取来民不夺,天赐孝子供高堂。
今日我儿分母食,不若由我定主张。
不如回郎来杀死,煮熟荤汤救亲娘。
三娘听说心中苦,开言埋怨我夫郎。
世上只有卖男女,哪有杀子救亲娘。
回郎不是猪羊类,如何杀得煮荤汤。
我想三岁小回郎,不如抱了卖街坊。
倘若卖得回郎去,还如买米返家乡。
曹三听得心头怒,启口连声骂妻房。
荒年大家难活命,哪个买你小回郎。
不是丈夫心肠硬,只为畜生夺口粮。

却说文政对娘子说道:"非是丈夫心肠狠毒,只因前日邻舍人家送了一碗饭来与我母亲充饥,我母自己不吃,省与回郎吃了。我一见心中大怒,本来要把回郎痛打,我母在家,不好发怒,只得忍气吞声。娘子呀!这两日无有人买柴,如若有人买柴时节,还好过得时光。我乃千思万想,只好把回郎杀死,一来救我娘亲性命,二来免得畜生夺我娘亲的口粮。"

三娘跪在地埃尘,口口声声叫夫君。
今日起个慈悲念,饶你三岁小回郎。
虽然年岁多荒旱,还有富户在城邦。
有人买得回郎去,取米白白返家乡。
一来免得回郎死,二来也好救亲娘。
孝子文政开言说,娘子说话倒贤良。
如今不可停时辰,快去城中卖回郎。
回郎真个无人买,回家定要煮荤汤。
文政两眼汪汪泪,三娘悲泣进绣房。
为娘抱你街坊去,未知何日返家乡。
抱得回郎忙忙走,父子分别好凄凉。
看来今朝留不住,径往城中走街坊。
前街后巷俱卖到,并无一人买回郎。

说道买我回郎去,福也厚来寿也长。

肚中饥饿难分说,不能行走坐街坊。

今朝果然无人买,回家难免煮荤汤。

不说三娘来啼哭,来了老人话短长。

老人闻言开口说,娘子腹内自思量。

劝你妇家自受苦,何用街坊泪汪汪。

自家男女要饿死,哪个买你小儿郎。

那老人说道:"你这娘子,莫说你三岁孩童无人要买,我家有个孙女儿,今年有一十八岁了。只叫她斗米百钱,配为夫妇。那十八岁的姑娘尚且无人要配,何得你三岁孩儿。"娘子说道:"只为家中年老婆婆,再歇几天,若无饭吃,必定要饿死归阴。"老公公说道:"这等说起来,你是个孝媳妇了,正是'愁人莫对愁人说,说起愁来愁煞人'。老汉今年有七十六岁了,从来不见这等大荒年,我前日吃了二碗薄粥。直到今日,哪里有米汤吃过,我劝你好好回去。"

不如抱了回家去,免得悲痛在街坊。

三娘听说心哭泣,未免悲伤返家乡。

一面走来一面哭,百般无计命必亡。

三娘抱紧身上子,迎面撞见我夫郎。

文政见了重重怒,两眼之中出火光。

我说回郎来杀死,你要出卖在街坊。

缘何今日卖不去,出乖露丑在街坊。

明明不肯杀回郎,送我娘亲命早亡。

孩儿故世还可望,娘亲饿死不还阳。

你若不把回郎杀,先将你杀见阎王。

三娘听说心悲泣,两泪汪汪落胸膛。

文政就对妻子说,快到厨房烧浴汤。

就把回郎来洗净,一心杀子救亲娘。

三娘悲哀心难忍,又恐婆婆得知情。

回郎性命难解救,无奈含泪去烧汤。

烧得汤来温温热,提了浴桶里面藏。

叫声回郎来浴澡,浴过就要见阎王。

三岁孩儿不知死,两手盆中弄水浆。

三娘一见泪汪汪,叫声我儿好悲伤。

回郎快来吃口乳,即刻要你一命亡。

今日将你来杀死,去到地狱诉端详。

不要告你爹娘恶,单告时年遇旱荒。

大荒年间来杀你,大熟之年返投降。

文政便把回郎抱,一见父亲喜在心。

爹娘就把回郎杀,今日难免刀下亡。

一刀杀死非可小,临死还见叫亲娘。

大的方块来取好,小的零余碎骨尝。

今日回郎分身死,立刻晕倒地中央。

却说文政见妻子晕倒在地,慌忙两手扶起,说道:"妻呀!非是你丈夫心肠狠毒,只为你婆婆肚中饥饿难忍,你快快去烧煮起来,好与婆婆充饥才是。"

周氏苏醒哭凄凉,文政暗地泪盈藏。

不免洗净放锅内,含泪点火煮肉汤。

一边烧火一边哭,周氏含泪苦悲伤。

早上我儿仍在笑,此时我儿锅内藏。

就把回郎来煮熟,盛在荷花碗内装。

一碗荤汤拿在手,急急忙忙进婆房。

三娘跪在踏板上,叫声婆婆用荤汤。

王氏安人开口骂,可恨文政好心狂。

大荒之年无饭吃,哪有铜钱买肉尝。

你有钱文来买肉,何不多买几升糠。

三娘听了无言答,低头暗地泪汪汪。

只将假言来瞒过,免得婆婆心悲伤。

你今但且放心吃,不是银钱买肉汤。

官人上山砍柴去,拾得走兽回家乡。

安人才得心中放,就把荤汤口内尝。

未曾吃得三两口,陡然想起小回郎。

快叫孙儿来吃肉,如何不在我身旁。

回郎孩儿无处叫,不知究竟在何方。

先将骨头来吃了,好肉留给小回郎。

三娘进来收拾碗,如何将肉留中央。

王氏安人开口说,周氏贤媳听短长。

为婆年老何足惜,小孩受饿最难当。

我把好肉留回郎,快把孙儿叫进房。

三娘不好真情说,免得婆婆挂心肠。

婆婆只管自己吃,回郎睡熟身在床。

且等回郎来醒了,另有好肉留他尝。

王氏又把言来问,今朝回郎蹊跷装。

往日来过三两次,今日不见小回郎。

为婆心中多疑惑,快叫文政进我房。

今朝回郎不见面,呵骂文政问端详。

早上抱来请婆起,夜来抱到铺床上。

今日全然无人见,究竟回郎在何方。

一把胸前来扯住,呵骂敲打事非常。

快快还我小孙子,万事全休过时光。

若是孙儿不还我,今朝撞死见阎王。

问你到底何方去,莫非回郎卖街坊。

夫妻二人身发抖,两眼珠泪落胸膛。

双膝跪在尘埃地,就把言语禀亲娘。

并不抱去街上卖,何曾睡着在眠床。

官人见婆受饥饿,无计杀儿煮荤汤。

婆婆吃的孙儿肉,碗中就是小回郎。

左思右想无供膳,无奈杀子救亲娘。

老娘听得身发抖,立刻气死不还阳。

文政叫娘来苏醒,快快还魂看回郎。

亲娘死去叫不返,文政啼哭骂妻房。

不该真情对婆说,这次死去睡眠床。

安人死去一时辰,悠悠啼哭返还阳。

夫妻跪在尘埃地,谢天谢地谢上苍。

若是亲娘归地府,夫妻原是罪非常。

安人即便开言骂,呵骂儿媳毒心人。

为娘年老正好死,为何杀我后代郎。

你道杀子来救母,实因逼死你亲娘。

逼死亲娘该何罪,我今送你到官堂。

文政跪地忙回答,劝母息怒莫悲伤。

儿今没有甘脂供,无奈杀子救亲娘。

亲娘可比枯枝树,狂风吹断不还常。

回郎好比春嫩韭,割去之后又抽放。

世上只有重生子,哪有再生老亲娘。

仍望母亲饶罪名,恕我夫妇狠心肠。

安人呵骂非小可,惊动邻舍并地方。

却说那邻舍人家报与总甲知道了,那总甲一张禀字,报至华亭县官知道。那县主随即上报知府,一众百姓闻知,尽皆悲凄。

华亭县官多分明,一道文书告府门。

知府看得多欢喜,杀子救娘世难寻。

松江知府来上奏,上司奏本见帝君。

五更三点王登殿,两班文武进朝门。

皇上闻奏龙心喜,只为松江旱荒临。

五谷禾苗无收割,松江百姓苦难禁。

华亭有个曹文政,家中贫苦好伤心。

只为饥荒难度日,文政杀子救娘亲。

皇上闻奏龙心喜,连称难得赞几声。

朕为明朝圣天子,不及孝子姓曹人。

难得孝子曹文政,杀子救娘没处寻。

当今万岁开金口,发出钱粮救饥民。

松江散粮多热闹,亏得文武孝子心。

男女都把钱米领，百姓沾恩过光阴。

圣旨传到华亭县，宣名文政到京城。

孝子拜别生身母，吩咐妻房周氏身。

圣上召我进京去，未知何日返家门。

我今要把京都上，服侍婆婆要小心。

吩咐已毕登程去，心中日夜念娘亲。

一路行来无耽搁，早到皇都一座城。

却说曹文政是个白身，如何见得驾来？那两班文武一本奏启："臣启万岁，那曹文政并无官职，如何见驾？求万岁恩赐。"圣旨下来，钦赐七品官戴，明日早朝见驾。

五更三点登金殿，两班文武进朝门。

嘉靖皇上开金口，召见孝子姓曹人。

文政跪在金殿上，从头细说奏明君。

圣上见奏龙心喜，连称孝子世罕闻。

古今孝子多多少，哪有杀子救娘亲。

封你吏部侍郎职，陪伴君王万岁尊。

一品夫人封你母，二品封你周氏身。

文政跪在金殿下，默默无言不闻声。

万岁金口又来问，孝子文政为何因。

封你官儿也不小，为何不肯受皇恩。

文政叩伏重重奏，拜谢圣君赐臣恩。

微臣不愿官来做，情愿回家侍母亲。

服侍母亲归天后，愿做深山学道人。

万岁听说龙心喜，难得忠良孝心人。

皇上道："曹文政你是要修善行孝，朕赐你在家侍奉母亲。"众臣道："臣等钦哉谢恩。"

不封别府并别县，封你松江治万民。

本府太守你去做，就好供俸你娘亲。

封你母亲三品贵，四品诰命周氏身。

你家既然贫苦甚，本府钱粮归你门。

三年钱粮你去用，三年已满解进京。

钦赐黄金一千两，奉旨还乡祭祖坟。

文政听说心欢喜，二十四拜谢皇恩。

拜过万岁出金殿，哪个官员不奉承。

奉旨还乡回故里，各府州县皆来迎。

回家拜见生身母，又拜诸亲邻舍人。

奉旨轿马来上任，四品黄堂治万民。

一府官员来庆贺，挂灯结彩闹盈盈。

文政做官清如水，钱粮不用半毫分。

百姓个个都称赞，万民乐业俱欣欣。

值日功曹来启奏，难得松江府官清。

玉皇见奏龙心喜,难得官清治万民。
玉帝又赐年丰熟,连稔十年好收成。
风调雨顺民安乐,家家户户谢神明。
三娘随夫身荣贵,仍须祖上作善行。
周氏日夜来啼哭,想起当年我儿身。
当初为娘吩咐你,大熟时年转投生。
时年熟年身又贵,为何不见我儿身。
今朝你父官来做,我儿快快转投生。
你娘时下有身孕,日夜挂念好伤心。
慢说周氏多悲泣,回郎阴魂早知情。
阴魂不服阎王管,依然立在半天庭。
我父今日为官位,不如下凡再投生。
夫人十月来分娩,房中生下小姣生。
生得公子多奇怪,落地就知叫娘亲。
母亲不必来啼哭,我是回郎来投生。
快对婆婆来说道,免得婆婆挂我身。
夫人听得昏呆了,就请婆婆进房门。
莫非回郎阴魂到,大家都来看分明。
婆婆爹爹忙走进,回郎开口说原因。
并非阴魂今来到,阳寿未满再投生。
三岁年间来杀我,阴司不去见阎君。
阴魂不服阎王管,依然住在半天庭。
又恐婆母念回郎,故此转来再投生。
父母若还不相信,看儿身上便分明。
果然刀伤无其数,寸寸节节有疤痕。
大刀伤痕三十六,七十有二小刀伤。
就请婆婆取名字,再作回郎又起名。
婆婆看得真奇怪,一场笑死见阎君。
文政一见亲娘死,嚎啕痛哭好伤心。
今日回郎重相见,谁知老娘一命倾。
各方乡绅来吊孝,料理丧事甚殷勤。
梁皇大忏三整日,超度太太上天庭。
丁忧文书来拜上,辞别上司出衙门。
等待三年孝服满,夫妻二人去修行。
周氏为婆身亡故,忧愁悲泣病在身。
自从婆婆归西后,病体沉重不非轻。
请医服药全无效,求神问卜也不灵。
回郎见娘病沉重,焚香礼拜告观音。
此时回郎有七岁,就要割股救娘亲。

周氏吃了股汤药，病体痊愈保安宁。

孝顺仍生孝顺子，皆因周氏孝婆心。

一家大小都行孝，灶司神圣奏天庭。

玉皇见奏龙心喜，封他一门上天升。

却说玉皇大帝见奏，未见天上有何星宿下凡，便差太白星君领旨到十万八千星斗之中查来。那太白星君遂到星斗之中，细细查明，只少了一个游嬉神仙，瞒着天庭，私下凡界。玉帝道："本该罚他要千刀万剐之罪，如今他在凡间遭过旱荒，已经罚过他千刀万剐之罪，倒也罢了。又难得他割股救亲娘，恕他无罪，如今收归原位。"曹文政乃天上孝子星下凡，周氏乃王母娘娘跟前侍女下凡，只因二人在蟠桃会上动了凡心，故此罪他受苦一番，亏他一门都行孝道，故而仍然收上天庭。

就差金童玉女身，幢幡宝盖去相迎。

城隍土地忙相送，护送曹门上天庭。

一门大小升天去，都做仙家会上人。

一家来到灵霄殿，二十四拜玉帝尊。

玉皇一见龙心喜，亲提御笔重封赠。

孝子文政听封赠，亏你杀子救娘亲。

在凡杀子求救母，封你孝母仙官名。

周氏孝女听赐名，封你九天仙名女。

回郎孝子听赐名，回郎割股救娘亲。

敕赐你在灵霄殿，插花童子伴香灯。

一门敕赐归天去，再表本府奏朝廷。

圣上见奏龙心喜，一道圣旨下来临。

钦差督造回郎庙，春秋二季闹盈盈。

八月十五圣寿诞，家家户户把香焚。

若有世人不相信，松府城中皆知闻。

松江府内华亭县，离城十里白沙村。

村中有个回郎庙，从前就是屋基厅。

要问此卷何年出，嘉靖年间到如今。

善男信女听此卷，为人须要孝二亲。

若把爹娘来忤逆，汝有儿报不非轻。

妇人若把公婆敬，听宣此卷自分明。

亵渎翁姑平常有，欢你急早改性情。

奉劝世人行孝道，快快生起孝顺心。

孝顺感动天和地，千年万载作贤人。

愿以此功德，普及于一切。

宣卷化良贤，同愿往西方。

蓝丝带宝卷

蓝丝带宝卷初展开,诸佛菩萨坐莲台。

在堂大众身坐定,待我从头宣一番。

不说前朝并后代,清朝时期事一番。

却说此卷出在清朝时代,清朝顺治、康熙、雍正传到第四代,乾隆登基,太平无事,风调雨顺,国泰民安,满朝文武,个个忠心报国,一朝欢乐也。

大清皇帝乾隆君,有道天子坐龙廷。

外国年年来进贡,风调雨顺国太平。

一切闲文都不说,单宣乾隆天子君。

身登龙位三十年,从未出过帝皇城。

当时君王称有道,外任官员数不清。

可有糊涂误事理,可有贪赃害百姓。

闻得江南风景好,顺便游春散散心。

万岁主意来想定,便问各官众大臣。

却说万岁问道:“众位卿家,孤皇听说上有天堂,下有苏杭,江南景致甚好,欲往江南一走。此番出京,何人保驾,前往江南?待等回来,其功非小。”旁边闪出值殿将军吴大善一个、九门提督付大恒二人启奏:“吾皇万岁,臣愿同万岁出京。”皇上一听,龙心大悦道:“二位将军须要乔装改扮,不能君臣相称,只说主仆称呼。”二人答应皇上,立刻进宫改扮便了。

天子进宫换衣襟,脱下龙袍扮百姓。

头上戴只京式帽,蓝布青衣簇簇新。

玄色马褂着一件,一双缎鞋左右分。

右手拿把真金扇,腰束蓝丝带一根。

却说这条蓝丝带乃是无价之宝,上有避火水寒三颗珠子。一齐换好,准备出京,朝中大事托与太后和众位大臣执管便了。

两位大臣扮齐准,果然像个老百姓。

太监牵过龙驹马,三人上马出京城。

文武官员来相送,相送万岁出京城。

皇上道:“众位卿家,不必远送,回朝去吧。守朝纲要紧,我要去也。”

不说文武回朝门,再说君臣三个人。

出了北京城一座,卢沟桥在面前存。

晓行夜宿无耽搁,良乡道路到天津。

过了山东济南府,徐州就在面前存。

蚌埠一路穿将过,摆江渡过到南京。

主仆三人城内进,六街三市闹盈盈。

安身住在客栈内,天天各处去游行。

却说乾隆自从到了南京城外,处处游览,但是乡下地方没尽去过。今朝天气清和,不如到乡村游玩一番。今日他不带随人,独自一人走出店门,直往乡村而去也。

乾隆天子去游春,一路走出南京城。

乡下景致真好看，田中小麦绿沉沉。

四野桃花红似火，菜花满田像黄金。

看牛童儿骑牛背，山歌唱得碧波清。

乡村孩童挑野菜，读书倌倌放风筝。

农夫田中挑担子，樵夫上山砍柴行。

江边渔翁鱼来捉，舟船河中来往行。

皇上一路看景致，乡村风景美十分。

离却南京七里路，忽然天上起乌云。

乌天黑地阵头起，狂风大作雨来临。

并无车棚来躲雨，也无凉亭半路存。

皇上正在心着急，只见前面小庄村。

一路飞奔行过去，身上落得湿淋淋。

要说皇上半路大雨倾盆，奔到村庄，只见三间草房，大门紧闭，就在他门檐下站立，等到雨停了再走吧。

不说躲雨乾隆君，再表里边一佳人。

正在纺纱营生做，听得外面狗咬声。

停了纺车立起身，开出大门看分明。

只见外面人一个，不像就近乡下人。

年纪约来五十外，相貌堂堂好人品。

身上衣衫都落湿，立在房檐底下存。

天上大雨仍旧落，姑娘开言叫客人。

娘娘开言道："老客人，天上大雨不停，身上衣衫湿了，岂不要寒冷的。请老客人到里边来坐坐，等待天上雨停了再走吧。"乾隆皇上见这位女子不过二十来岁，长相十分清洁。皇上想："进去倒是男女有别，不进去倒是我的身上寒冷。"再想："里边总有别人，待我进去再说吧。"

乾隆天子来答应，跟了女子往里行。

娘娘取凳客人坐，送上香茗热腾腾。

天子心中来思想，为啥不见别个人。

娘娘坐定纱来纺，天子启口问原因。

万岁道："小娘子，此地叫什么地方，你们姓甚名谁，你家丈夫做啥生意，家中还有何人？"娘娘道："老客人，你且听了。"

娘娘说话纱来纺，便叫客人听清爽。

南京到此七里路，此地名叫周家庄。

夫君名叫周天保，奴娃程月英配成双。

丈夫山中柴来砍，八百斤担挑肩架上。

吃饭斗米十斤菜，每日卖柴过时光。

公婆爷娘多亡故，单剩夫妻人一双。

天上雨水落不停，你定心坐下不必慌。

要说程月英见客人面带忧愁，想必饥饿，就立起身来，走进厨房。一想并无好的东西，想昨日老孵鸡孵了一窝蛋，就拿六个蛋烧水铺鸡蛋。烧好一碗，拿到外面叫道："老客人，乡下没有什么好的东西，有些粗点心，请老客人用吧。"皇上正在饥饿，一想用得着，说："谢谢小娘子。"说罢就吃，吃到嘴里，味道交关好。我在宫中也吃水铺鸡蛋,味道没有这样好呀!

乾隆皇上吃鸡蛋,吃到嘴里味道赞。

不咸不淡真好吃,要比龙肝胜几倍。

皇上吃好来收碗,启口问声女裙钗。

皇上吃好后想:"乡下女子这样贤良,世间少有。况且她男人力大无穷,不如我提拔一把。"开言道:"小娘子,今年几岁了? 家中可有兄妹? 你家丈夫几岁了? ——说来。"月英道:"老客人,如此待奴说来。"

月英叫声老客人,奴夫今年二十春。

上无兄来下无弟,只有丈夫一个人。

奴奴今年十九岁,亦无兄弟姐妹们。

爷娘早早身亡故,自小就配周家门。

皇上听了娘娘话,便叫娘娘你且听。

皇上假意说道:"我到南京做生意,并无一家亲戚,欲想与你继作螟蛉,小娘子意下如何?"程月英道:"老客人,不必我们是乡村俗女,哪能攀得起你京里客人。"皇上道:"小娘子,何必客气呀!"乾隆说道:"萍水相逢,又有何妨。"娘娘道:"如此说来,爹爹在上,女儿拜见有礼了。"

月英跪在地埃尘,叫声继父老大人。

皇上心中多欢喜,双手挽起女儿身。

月英即便继爷叫,爹爹家住啥乡村。

姓啥姓来叫啥名,到底做啥生意经。

家中多少人吃饭,爹爹说给女儿听。

皇上一听,不能说实话,只得骗她几句,日后见面自然会明白也。

为父家住北京城,顺天府内住安身。

百家姓上廿九字,人王两点本姓金。

我名就叫金胡子,远远近近尽知闻。

地田种得无其数,店面开得数不清。

若问家中吃饭人,十三位算盘算不清。

你若北京来寻我,只要问胡子姓金人。

月英娘娘道:"爹爹,天下叫胡子很多,哪里来寻处?"皇上想不错呀! 她是一个小小百姓,如何见得着我,一想有了,就在身上解下来一条带,此条腰带名叫蓝丝带,就赠给她,叫道:"女儿,为父没有其它的东西,此条丝带是无价之宝,你藏在家中,不可给别人见眼,倘若日后你们碰到大难临头,只要拿了此带到北京来寻我为证。"说罢只见天晴了。说道:"女儿,我要去了。"娘娘道:"爹爹,在我家中再住几天。"皇上说:"不必了,我还有两个朋友在南京等我,要去哉,女儿再见吧。"

当今皇上要动身,娘娘相送出大门。

不说父女来分别,再说两个保驾人。

却说吴大善、傅大恒二人一时不见万岁,急得魂不在身,冒雨冲风,一路找寻,走到三岔路口碰头,叫应主人。皇上看见二人来了,就命女儿:"你回家去吧。"娘娘道:"爹爹,走好再见了。"

不说月英转家门,单说君臣三个人。

一路回转南京去,再到各处去游行。

不说君臣来游玩,卷中另有出场人。

且说程月英的丈夫周天保,生得力大无穷,天天山中砍柴,一条扁担有四十来斤重,原来是铁的,柴要挑八百多斤重,行走如飞,天天到南京城里卖柴。卖完了籴米回家与妻过日子。哪里晓得,他们一家正被皇帝说中,大难临头,果然应验,一场大祸来也。

　　天宝砍柴过光阴,日日卖柴到南京。

　　那日卖柴南京去,对面撞着一个人。

　　一时柴担无处让,忽然闯出祸秧根。

　　却说南京城里有个恶棍,姓黄名金焕,是个武举人出身,家财富足,应天府大人与他换换贴,结交弟兄,南京地方官员见他三分怕。此人拿人家不当人,贪财爱色,地棍讹诈,强抢民女,无恶不作,南京城里城外,人人叫他"两脚老虎",赫赫有名,手下门生几千。今日他无事端端,带了徒弟上街去白相哉。

　　黄金焕来出门行,带了徒弟几十人。

　　将身骑上高头马,徒弟跟了一大群。

　　大街小巷来游玩,闲人吓得无处奔。

　　爿爿店家探招牌,街上摊头收干净。

　　金焕一路冲过去,匹面撞着对头人。

　　此人就是周天保,肩挑柴担街上行。

　　要想退让来不及,撞着金焕恶霸人。

　　吩咐徒弟将他打,打死卖柴乡下人。

　　一帮徒弟来动手,抓住天保打其身。

　　有二个恶徒,拿柴扛到空地方,大火烧得干干净净。此时周天保心中大怒,骂道:"大胆恶贼黄金焕!你烧我柴担,还当了得。"拉起手中铁扁担,上前打死了两个恶徒弟,打得个个逃走,黄金焕下马逃回家中去了。

　　此时怒火周天保,打得恶奴无处逃。

　　打死徒弟人二个,打得金焕下马逃。

　　一路逃到家庭里,写张状子衙门告。

　　慢说知府看状子,再说好汉周天保。

　　街道上碌乱纷纷,有人说周天保:"你打杀了人,不能逃走了,不能害人了。"天保说:"各位放心,大丈夫一人做事一人当,决不逃走,不会害你们。"

　　不说街上乱纷纷,再说金焕姓黄人。

　　只说天保为强盗,白日打抢杀了人。

　　送出银子五百两,速将天保定罪名。

　　知府见状心大怒,一声令下出差人。

　　差人奉命如狼虎,去捉天保到衙门。

　　一路捉到公堂上,知府坐堂来审问。

　　应天知府,身坐大堂,拍案大怒道:"大胆强徒!哪方人氏,姓甚名谁?为何白日打抢,打死黄家二个家人?从实说来,免受刑法,如若不招,大刑伺候。"天保道:"啊呀!我是冤枉的,大人呀!"

　　天保跪下禀府尊,青天在上你且听。

　　小人名叫周天保,家住城外周家村。

　　每日砍柴来度日,那日卖柴到南京。

　　碰着恶霸黄金焕,拿我柴担烧干净。

　　他家家将将我打,故而失手伤了人。

白日打抢是冤枉，求求老爷细查清。

知府道："大胆强徒，一派胡言。想你不用刑法，岂肯招供，左右来人，将这强徒大刑伺候。"左右当差，当场答应，就把周天保严刑逼供也。

大人吩咐上夹棍，天保拖到地中心。

三把麻绳来收紧，几次死去又还魂。

各种刑具都用到，仍旧不招收监门。

大刑逼供周天保，宁死不招强盗罪。

知府道："你杀人二名，也要抵命，罪死难逃。"吩咐铁链收监，大人退堂，速备文书送京，刑部批发，只说天保杀人定罪，待等京城批文回转就要杀头哉！

天保下监苦十分，哭天哭地好伤心。

指望砍柴来度日，哪知惹出祸殃根。

娘子家中不晓得，望奴籴米转家门。

不说天保哀哀哭，惊动看监禁长身。

却说牢头禁子叫张凤，是个好人，听见天保哭得伤心，说道："周天保，不必伤心，我来明朝替你去，通信你家娘子晓得。"天保道："多谢禁长哥哥费心了！"

慢说张凤去通信，要说娘娘程月英。

等在家中纱来纺，立不安来坐不稳。

门前乌鸦呱呱叫，左眼跳到右眼睛。

一夜不曾合眼睛，天亮一早便起身。

昨日日落西山夜，不见丈夫转家门。

娘娘清早身落起，恰巧张凤到来临。

却说张凤今日一早，出门通信，到周家门上说道："可是周天保府上？"娘娘答应："正是。"张凤就拿情况——告诉娘娘知晓了。

娘娘得信吃一惊，好比天打一样能。

噎住咽喉哭不出，急得三魂不在身。

张凤就把娘娘劝，快快送饭到监门。

张凤道："娘娘，我要去哉，你马上就来探望小官人。"娘娘道："多谢伯伯！"

不说张凤转家门，再表娘娘程月英。

就把麦饭来烧好，端正饭篮就动身。

回身便把门关好，眼泪汪汪路上行。

路上行程无耽搁，南京就在前面存。

进了南京城一座，来到应天府衙门。

张凤看见娘娘到，立刻就去开监门。

里面喊出周天保，夫妻见面苦十分。

娘娘就把丈夫叫，啥人害你进监门。

天保一一从头说，金焕恶贼害奴身。

告我江洋为大盗，屈打成招用极刑。

说我打抢人来杀，定奴死罪下监门。

待等上司京详转，我条性命活不成。

我今一死何足惜，三代香火啥人顶。

况且娘子年纪轻，并无男女靠啥人。

天保说："娘子，你等我死了以后，买口薄皮棺材，将我尸首收回家乡，入土为安。娘子啊！想你不必为我守孝。"娘娘道："哎，丈夫啊！你这是说哪里的话来。"

守满七七四十九，脱落白裙换红裙。

月英娘娘回言答，丈夫说话不通文。

只有好船摇双橹，好女不嫁二夫君。

虽然丈夫遭冤枉，皇天有眼救夫君。

天保道："娘子啊！我亦无阿哥兄弟，诸亲好友，啥人来救奴，娘子啊！"

娘子你是女流辈，有啥办法救奴身。

夫妻哭得伤心处，月英想若一桩情。

前日寄爷对奴说，若有大难寻他身。

天保便把娘子叫，无着无实哪里寻。

天保说："娘子呀！可有证据？"月英道："继爷送我一条衣带在此，他说：'如有大难临头，到北京来寻我，丝带为凭。叫我金胡子好哉。'现在丝带在此。"

丝带奴奴拿在身，丈夫你且看分明。

天保即便丝带看，见了丝带吃一惊。

大清乾隆四个字，三粒明珠放光明。

此带乃是无价宝，哪在娘子手中存。

娘娘一事说分明，雨天来了老客人。

年纪约有五十多，他要与我作螟蛉。

他将此带赠给奴，叫我北京寻父亲。

天保便把娘子叫，他是乾隆天子君。

月英听了丈夫话，如梦初醒一样能。

定要寻父京中去，缺少路费雪花银。

张凤在旁听得清，拿出十两雪花银。

周天保道："禁长哥哥，受你大恩，如何报答？"张凤道："不要紧的，只要你早日出头。"两人在萧王堂老爷面前结拜弟兄，张凤为兄，天保为弟。月英叫声大伯，奴丈夫全靠你大伯照应。张凤说："弟媳妇，你放心前去，路上须要当心了。"月英大哭，辞别两人出监而去了。

夫妻分别泪纷纷，天保吩咐二三声。

娘子你到北京去，一路之上要当心。

早早寻着继爷面，救我丈夫出监门。

月英回言称晓得，你在监中放宽心。

别了丈夫回家转，收拾行李上路行。

小小包袱打一个，杭州小伞拿一顶。

小脚伶仃路难走，不管高低路不平。

摆渡过江来上岸，阳关大道向前行。

晓行夜宿无耽搁，山东地界到来临。

看看日落西山夜，并无一店怎样能。

前不着村后无巷,今朝哪里住安身。

再走几步天色夜,面东不见面西人。

娘娘正在心着急,只见前面一盏灯。

依了灯光走过去,原来一个小庄村。

四面多是篱笆扎,三间草房中间存。

娘娘心中来思想,就在此处住安身。

月英即便来碰门,惊动里面黑心人。

却说此处小庄名叫野猪林,此家姓祝,老太婆娘家姓王,做些收收生、拉皮条、做媒人的生意。所养一男一女,男个叫祝天保,女个叫祝月英,母子三人正在谈论生意,听见碰门,老太连忙立起身来开门了。

祝婆即便来开门,只见一个女佳人。

亦无陪伴并行李,个单独自门外等。

原来是个落难人,年老之人看分明。

却说娘娘路上辛苦,天色夜了碰开门,里边出来年老婆婆,老太一看门外站立女子,年纪二十来岁,佳人也。

年纪不过二十春,浑身打扮乡下人。

月英看见祝婆婆,妈妈连叫二三声。

让我府上住一夜,明日一早就动身。

祝婆答应来收进,跟了妈妈往里行。

双双里边来坐定,祝婆开口问原因。

娘娘家住何方地,姓啥姓来叫啥名。

可有父母并丈夫,为啥单身独自行。

今日要到何处去,一事从头说奴听。

娘娘便把妈妈叫,小女家住南京城。

丈夫名叫周天保,奴奴就叫程月英。

公婆爷娘身亡故,只有夫妻两个人。

丈夫山中柴来砍,市街卖柴过光阴。

碰着恶霸黄金焕,陷害奴夫在监门。

奴奴要到北京去,寻奴继爷救夫君。

祝婆便把娘娘叫,继爷做啥生意经。

还是种田官来做,姓啥姓来叫啥名。

娘娘即便回言答,连奴自家不知因。

祝老太道:"热昏哉,哪会自家继爷啥名字不晓得?"月英说:"妈妈,你有所不知,昔日奴在家中,来了一个客人躲雨,奴留他点心一顿,他与奴认作螟蛉。他说若有大难临头,到北京寻金胡子也。"

祝婆听了哈哈声,娘娘你真不聪明。

天下胡子多得很,无着无实何处寻。

月英又把妈妈叫,有条丝带为凭证。

祝老太道:"你个丝带拿来看看。"月英就在身上解下来,请妈妈观看。祝老太接到手里看个明白也。

祝婆将带看分明,四个大字绣得清。

就命儿子天保看,天保看见吃一惊。

大清乾隆四个字,三粒明珠上面存。

此带原来无价宝,算来世上无双珍。

乾隆皇帝无价宝,落到娘娘手中存。

老太听说无价宝,顿时起了黑良心。

假拿娘娘来服侍,母子双双商酌情。

祝老太道:"不如将这女子谋死了,拿了此带。她丈夫名叫天保,我儿也叫天保。她名叫月英,我女儿也叫月英。拿了此带,冒充程月英进京,见了皇帝,就可发财哉。"祝天保说:"母亲说得有理。"旁边女儿祝月英叫道:"母亲,哥哥,此事万万使不得呀!"

祝月英来劝娘亲,此事断断不可行。

为人不干亏心事,举头三尺有神明。

她有丈夫周天保,奴奴哪充程月英。

祝婆便把女儿叫,娘有说话你且听。

你兄也是叫天保,天保月英夫妻称。

你们二人进京去,见了皇帝事非轻。

你是当君乾隆女,你兄天子女婿称。

有财有势回家转,吃不完来用不尽。

祝月英对母亲说,娘亲你话说错了。

自从盘古到如今,哪有兄妹夫妻称。

非是女儿不答应,兄妹成亲不通文。

娘亲快把女人放,阴功积德最要紧。

祝婆不听女儿话,就拉天保外边行。

娘俩到外边,假意留住程月英,到半夜三更,将程月英娘娘,吊起来拷打,逼她交出蓝丝带也。

祝婆母子真黑心,吊起娘娘程月英。

打得娘娘哀哀哭,满身打得血淋淋。

祝月英来听见打,走到外面劝娘亲。

祝小姐道:"母亲,快快饶了她吧。"祝老太太骂:"贱人,不必来相劝,若是再来说劝,连你一起打哉。"祝月英小姐道:"娘呀!"

祝小姐来叫娘亲,情愿打死女儿身。

老太此时心大怒,就将二人打其身。

月英娘娘来求告,求求妈妈放奴身。

奴夫受屈监内坐,无人搭救奴夫君。

奴奴一死倒也罢,丈夫性命活不成。

放奴小女人一个,好比救奴两条命。

祝氏小姐娘亲劝,老太全然不肯听。

母子重重将她打,打得娘娘喊救命。

身小力弱熬不住,双脚一挺命归阴。

月英看见娘娘死,大骂娘亲不是人。

若然日后天戳破,一家性命活不成。

老太说:"阿囡,不要吵,那好发财哉。"就将宝带拿好了,把死人放下来,拖到后面山上,丢她山沟里去,让野狗吃掉也。

一夜刚刚弄舒齐,四野金鸡喔喔啼。

天亮母子商量好,要叫女儿进京去。

老太说:"好囡呀! 快快拿了丝带,同你兄长进京去吧,见了皇帝伯伯好发财哉。"祝月英道:"母亲,女儿不去。"老太说:"臭丫头,不去么,在屋里看家。我与你阿哥进京去也。"

母子二人心欢喜,收入行李进京去。

待等见了万岁君,好做皇帝亲女婿。

天保听了娘亲话,母子双双进京去。

慢表母子路上事,再说城隍老土地。

再说城隍土地,晓得程月英有难,连忙到阴司阎王处,命判官将生死簿查看。程月英娘娘阳寿未绝,今年她只有十九岁来,因为紫薇星到她家中冲动六神不安,夫妻有难,要受六十日灾难之苦,日后有夫人之位,迅速去救她回阳了。

阎王当下就传令,当方土地送还魂。

娘娘忧忧还阳转,见一公公年老人。

月英双膝来跪下,拜谢公公救奴恩。

公公就把娘娘叫,快到京中寻父亲。

当初有条蓝丝带,到京寻父作凭证。

如今宝带已失去,哪到京中寻父亲。

老公公道:"娘娘不妨,你到京中,有黄墙头朱红漆大门,在那里大喊三声'金胡子',就有人来问你也。"

月英娘娘再要问,抬头不见年老人。

想必神明来救奴,只得一路上京城。

身边盘费全没有,沿路求乞赶路程。

不说月英娘娘事,回文再表黑心人。

母子两个来得快,一路滔滔到北京。

进了北京城一座,客栈之中住安身。

待等明日天明亮,拿了宝带出店门。

丝带顶在头上面,一径走到午朝门。

文武官员来看见,带他朝房问原因。

要说当今万岁,早已进了京城哉,已经吩咐各大朝臣,今后如果有个女子到来,还有蓝丝带一条,是孤人的螟蛉女儿,不可轻待也。现在众官员看见此带,就引到朝房,一见年龄太大了,马上问道:"你个乡下女子,哪里来的皇家之物?"母子二人冒充程月英母子,天保从头细说一遍,众位大臣,信以为真,就去奏明万岁。皇上听了继女儿到来,龙心大悦,连忙传旨宣召进宫也。

母子二人见当君,乾隆皇上起疑心。

为啥不见女儿身,只见丝带不见人。

皇上心中想道:"为何女儿不见到来。"问道:"你们哪里人氏? 姓甚名谁? 蓝丝带从何而来的?"老太道:"万岁,你听了。"

小人家住苏南地,江苏南京周家村。

我婿就叫周天保,女儿名叫程月英。

老身程门王氏女,就是月英老娘亲。

奴女那日来纺纱,来了躲雨老客人。

女儿拜他为继父,君赠丝带是一根。

女儿在家看门户,奴与女婿进京城。

再说万岁听了,心中疑惑,闲话句句不错,不过其日继女说过,她的爷娘都已去世,今日怎么又有娘亲哉?莫非孤王听错了?况且丝带是真的,万岁信以为真,就留下来母子两人,住在京都。现在万岁为啥不封天保官呢?因为万岁总是疑心,也不叫他回去,住在京都,要看真假如何,日后再说也。

不说母子在京城,回文再表落难人。

月英娘娘真可怜,沿途求乞到北京。

进了北京城一座,一朝寻访午朝门。

月英娘娘寻到北京,听了老公公之言,看见黄墙头朱红漆大门面,想喊喊看,问灵不灵,看门关紧也。

月英娘娘拼性命,金胡子连喊二三声。

嚎啕大哭高声喊,惊动守宫太监身。

要说月英娘娘在后宫门嚎啕大哭,不是午朝门,是后宫门。里向太监看见宫门外面,有人喊皇上的名字,太监说道:"啥人大胆,敢叫皇上的绰号,好不大胆,罪该万死也。"

太监听见怒气生,开出宫门看分明。

只见一个乡下女,好比乞丐一样能。

太监一见高声骂,大胆疯妇骂几声。

你个疯妇家何处,姓啥姓来叫啥名。

娘娘双膝来跪下,口叫公公二三声。

小女家住南京地,周家庄上住安身。

夫君名叫周天保,奴奴名叫程月英。

那日在家营生做,来了躲雨老客人。

他说名叫金胡子,家住北京城里人。

他在南京生意做,将奴小女作螟蛉。

赠我一条蓝丝带,京中寻父作凭证。

太监一听,原来乾隆公主,问道:"你的蓝丝带拿来观看。"娘娘叫声公公:"你且听了也。"

娘娘叫声公公听,提起丝带苦伤心。

只为丈夫遭冤枉,拿了丝带进京城。

哪知来到山东地,住夜碰着黑心人。

逼奴丝带来交出,将奴拷打命归阴。

尸体甩在山沟里,神明救我转还魂。

如今宝带已失去,沿途求乞到京城。

太监听了进宫去,将情奏与天子听。

程月英进宫见了父皇,万岁一见,果然继因,就吩咐宫娥们,领公主到里面去香汤沐浴,改换衣襟,要公主打扮全新。

月英香汤换衣襟,再见继父继娘身。

正宫娘娘心欢喜,女儿连叫二三声。

乾隆皇上皇儿叫,快将家事奏朕听。

月英娘娘父皇叫,听奴女儿说分明。

自从父皇来分别,家中闯出祸殃根。

昔日丈夫柴来砍,碰着恶霸黑心人。

名字就叫黄金焕,赫赫有名武举人。

那日街坊来游玩,我夫撞着起祸根。

奴丈夫一时让他来不及,凶怒恶贼将奴丈夫柴担烧化,手下人亦将奴丈夫恶打。奴夫是力大千斤,一时怒火,失手伤他们二人。家将恶贼告状奴丈夫是江湖大盗,他们串通知府,将奴丈夫屈打成招,问成死罪。女儿拿了丝带上京来寻你父亲大人哪!

哪知到了山东地,住夜碰着黑心人。

见奴丝带来拿脱,再拿女儿伤性命。

尸首甩在山沟里,神明救奴转还魂。

沿途求乞来到此,见你父皇把冤伸。

再说乾隆大怒,吩咐太监传旨,把祝家母子两人唤出来。程月英见了母子两人,大哭道:"咳,你们两人黑良心,拿奴宝贝,还要害奴性命,将奴谋死。"祝天保母子两人顿时无言,万岁大怒,吩咐太监将他母子捆绑起来,送入天牢,待等捉到恶棍一齐开刀。再一面发下钦差速去南京,叫总督大人要赦周天保无罪,将知府、黄金焕一齐解京治罪。

钦差奉旨出京城,要到南京赦罪人。

再说监中周天保,盼望娘子程月英。

娘子进京寻继父,并无信息到来临。

今日上司京详转,八月中秋斩头颈。

天保晓得嚎啕哭,一夜五更泪纷纷。

黄昏人尽一更敲,思想天保真苦恼,爷娘早过世,家业一旦消,从小定亲娘子讨,无柴无米真苦恼。啊呀,我的天啊!

二更里来真苦楚,出门上山樵柴夫,日日到南京,卖柴变花银,籴米买菜养妻身。啊呀,我的天啊!

三更里来想想冤,碰着恶人黄金焕,骑马往街穿,恶人心不善,说奴言语一连串,吩咐家人打人圈。啊呀,我的天啊!

三更过了四更敲,将奴柴担赤火烧,我是恨伤心,抵挡穷性命,失手伤他两个人,一张状子告衙门。啊呀,我的天啊!

五更里来天明亮,一场官司真冤枉,娘子泪汪汪,为吾申冤枉,要寻继爷乾隆皇,娘子未回见阎王。啊呀,我的天啊!

天保一夜哭嚎啕,张凤哥哥叫一声。

今日八月中秋日,我同兄长两处分。

天保道:"张凤哥哥,你待我白费心思,我只好来世补报哉。啊呀兄长,等我斩首后,替我买口薄皮棺材,将我尸首收殓好。我在阴司,感谢恩兄呀!"

我死一生也罢哉,周家香火断绝根。

可怜娘子年纪轻,无男无女靠啥人。

思思想想悲伤苦,啼啼哭哭到天明。

天亮知府升堂坐,监中提出姓周人。

周天保嚎啕大哭,与张凤分别,张凤亦然大哭,捆绑手将天保牵到公堂上。汤恩知府验明正身,肩插斩条,点好五百个兵,把犯人解往法场,待等午时三刻斩首也。

一众军兵虎狼形,押了天保出衙门。

一路解到法场门,绑在绞座等时辰。

不说法场一段事,再说钦差到南京。

却说钦差到总督府衙门,南京总督接到公案一看,急得魂不附身,一想周天保原来是皇上的继女婿,恰巧今天要斩首,未知可曾开刀,抬头看看还好,午时未到,连忙同钦差大人赶奔法场,急救周天保。一面同钦差点好五百军兵,将法场团团围住,大喊刀下留人。钦差到法场宣读圣旨:"奉天承运,皇帝召曰:今有南京应天府汤恩不思报国,串通武举人黄金焕,行凶作恶,陷害良民,今将乾隆驸马周天保屈害,圣旨着总督大人将犯官汤恩、黄金焕二人打入囚车,解往京都。遣驸马周天保护送进京,特此钦哉。""万岁,万万岁。"

总督衙门就点兵,解送犯官进京城。

护送驸马周天保,一路滔滔到北京。

五更三点皇登殿,总督大人见当君。

乾隆天子龙心怒,立传刑部问分明。

再说刑部大人,就将一切犯人,审问口供。汤恩知府渎职纵恶,贪赃害民,黄金焕恶霸欺人,陷害南京一带百姓,今差南京总督将犯人押回南京,执行斩首,首级挂在南京城头上,尸体暴露三天,满城百姓,欢乐非凡也。

总督大众奉圣命,带了犯人回南京。

定日斩首要执行,首级号令南京城。

就把家产来抄出,田房屋产还百姓。

不说南京总督事,回文再说天子君。

再说皇上传旨,宣召周天保上殿见驾。皇上一看周天保相貌堂堂,龙心大悦,就封周天保为自卫大将军,继女程月英,封一品有义夫人,夫妻两人京殿相会,参见父皇。程月英将祝家母子谋宝害人之事告诉夫君,万岁下旨到天牢里,把祝家母子两人处死,要满门抄斩,斩草除根。程月英在旁启奏天子:"父皇,祝家母子行凶应该斩首,他家有个女儿叫祝月英小姐是好人,请看女儿面上留她性命吧。"万岁准奏,吩咐将祝天保母子斩首号令,诸事已毕。天保奏明万岁,说臣婿要回乡祭扫坟墓。万岁准奏,拣好吉日,奉旨回乡也。

天保夫妻转家乡,文武百官来送行。

三吹三打船来下,顺风顺水到家乡。

程月英夫妻二人,下官船出京,经过野猪林,想着祝月英小姐是个好人,如今兄长娘亲犯罪,已斩首北京,想她无靠无傍了,于是对丈夫说明此事,到她家去周济她吧。说罢,上岸到祝家。这时候,祝月英小姐正在家,想兄长母亲进京如何样子也。

祝月英正在思想,看见月英大娘娘。

莫非阴魂来到此,心中发急好慌张。

程氏月英从头说,一一前后说清爽。

小姐晓得哀哀哭,埋怨兄长与亲娘。

劝娘此事不能干,如今性命见无常。

将奴小女来抛下,无靠无傍没思量。

程氏月英来相劝,小姐不必苦心伤。

兄长母亲虽然死,奴奴特来送银两。

祝小姐把娘娘叫,金银首饰奴不要。

奴奴在家无靠傍,情愿服侍大娘娘。

程月英道："既然如此,也好,决不亏待你。就跟娘娘而去吧。"

月英娘娘来答应,就带祝氏转家乡。

夫妻回到家庭里,杀猪杀羊闹盈盈。

祭祖已毕待诸亲,谢天谢地谢神明。

再说周天保便命家将二名,名帖一张,到应天府衙门内去,请张凤到来。再说张凤见帖,闻知周天保封官了,现在还乡哉,十分欢喜,一路来到周家。弟兄相见了。程月英上前拜见张凤伯伯,多谢伯伯照应之恩,回身转来,再对天保丈夫说:"祝月英为人慈悲,为妻作主,配你为偏房。"天保听说,即便答应了。

祝氏小姐心善良,配与天保二娘娘。

拣日看选并良时,洞房花烛结罗帐。

两个月英多和睦,胜比同胞一母生。

不说周家一段话,再说当今乾隆皇。

圣旨一道来发下,宣召天保进京邦。

周天保进京,见了皇上天子,封他天下招讨兵马大元帅,天保谢恩奏道:"张凤是我结义弟兄。"乾隆天子就封了张凤到南京应天府为官,谢恩退朝。"万岁,万万岁。"

天保上任官来做,为人行善管军粮。

两妇一夫多和睦,后来三子有收场。

待看恶人黄金焕,行凶作恶无收场。

丝带宝卷宣完成,听宣宝卷免灾殃。

老鼠告状宝卷

老鼠宝卷大家听,真作假来假作真。

天降狸猫除此害,鼠精不平气十分。

话说这部宝卷,出在大宋年间。那五鼠闹东京以后,孽种流传,余恶不尽,其子孙们便乘着祖先的遗风,到处横行,苦害百姓。可偏偏就是遇到一个天敌——狸猫。无论公鼠母鼠,大鼠小鼠,一见狸猫那副虎虎的气势,就觉得胆战心惊,抱头逃窜,藏入洞中。狸猫便在那里日夜守候,时间一长,大鼠尚能忍耐几分,小鼠却饿得直发慌,在洞内来去打转转。

小老鼠不由得哭着问大母老鼠:"奶奶,这狸猫为何跟我们过不去?"那大母老鼠见问,眼泪汪汪地长叹一声,用前爪将小鼠拉在身边,哽哽咽咽地说道:"孙娃啊,这事说起来话就长了。想当年,我们的老祖宗,在如来佛身边,偷吃了莲烛中的香油,被佛祖撵出灵山,一下界就落到陷空山,在那里采天地灵气,吸日月精华,便苦修成了一身上天入地的高超手段。只为要急着吃唐僧肉,让那个孙猴子费尽了九牛二虎之力,也没动了一根毫毛。不过那个地溜鬼后来找到了托塔天王父子,方救走了他师父。亏得那玉皇爷爷见老祖宗跟李天王沾亲带故,就开了好生之德,不念旧恶,捐弃前嫌,仍教她去陷空山修行。后来她的儿孙们便来到东京,施展神通,穿透金木之板,不怕火烧雷轰,腾云驾雾,变化多端。一会儿进宫里变成仁宗皇帝,道貌岸然,拥宫娥领众臣,酗酒取乐;一会儿又变成老太后,连皇帝也不知真假,只好唯命是从;一会儿又变成老包公,坐上开封大堂,拍几下惊堂木,封住原告的嘴,放几个真凶出去逍遥法外。他们得心应手,变化无穷,闹得包老儿头疼到了极点,挖空心思也想不出好办法来,只好又奏上天庭。玉皇爷爷只得再差千里眼、顺风耳到南天门外察看,才知道了这一番究竟。我们的老祖先,偷吃了佛灯香油,御宴蟠桃,不仅触犯天条,也惹怒老佛爷,发落下凡,让她受苦悔过,谁知她来到尘世上,旧性不改,仍走老路,变成妖魔,更是大显其能,闹得京城人心惶惶,鸡犬不宁。五鼠闹东京的神威,谁个不知,谁个不怕!这几个列祖列宗给我们家族争得了多么大的威风。可是你不知道,百姓不安宁,终究有祸生。那老包公一奏上天庭,天佛爷就打发狸猫下凡,专来对付我们的老祖先玉鼠。玉鼠不服,要和狸猫打官司,还没有见上个高低输赢,玉鼠就被狸猫害了。从此,我们牢记此仇大恨,一见到它,就想和它拼个你死我活!那小狸猫呢,一见面就要把我们当点心,代代相传,辈辈如此。这也是老祖先给我们留下的一条祸根。"小老鼠听罢,先是高兴,后是伤心,饥肠辘辘,更觉苦情。

祖孙相对流了一会儿眼泪后,小老鼠对大母老鼠说:"奶奶啊!您老人家在洞堂,待孙儿出去给你找些口粮来。"大母老鼠说:"孙娃哟!万万不可去,那狸猫要是看见了,就会伤你的性命。"小老鼠说:"奶奶您放心,孙儿出洞,自会眼观六路,耳听八方,格外小心的。"大母老鼠说:"那你就趁狸猫吃饭离开时,出去一趟,快去快回。"小老鼠连声儿答应:"晓得了!"便去到洞门口张望。

　　小老鼠,在洞门,左窥右巡。四下里,望不见,狸猫身影。
　　使平生,本事儿,躬身出洞。穿堂屋,进厨下,仔细搜寻。
　　遇食物,顾不得,望闻切问。填饥肠,就来个,虎咽狼吞。
　　谁知道,那家人,心肠忒狠。把毒药,竟掺到,剩饭当中。
　　小老鼠,饿急了,忙忙食用。一霎间,肚肠断,将命归阴。
　　受冤枉,死身子,不死灵魂。飘悠悠,顺洞儿,来找亲人。
　　到得了,大鼠前,哭声不停。叫奶奶,可怜你,年幼孙孙。
　　恨只恨,这家人,心地不正。剩饭里,放毒药,残害生灵。
　　再无法,找食物,把你孝敬。今后儿,谁为你,送西送东。

话说这小老鼠阴魂不散,想着自己如今在外面被毒药送了性命,丢下妻儿老小,谁来抚养?那体弱多病、行动不便的老祖母,谁来侍奉?越想越后悔,悔不该远出洞门,悔不该见了吃的就吞。可后悔已经来不及,洞中一家子仍在翘首企盼,不管怎么样,得回去报个信。于是两眼含满泪水,魂灵儿一气儿回到了后洞中。一到跟前,连哭带喊:"奶奶啊奶奶,孙儿我回来了。"那母老鼠这时候光听得见声音,却看不见孙儿的身子,就连声问:"我怎么看不见你?我怎么看不见你?"小老鼠说:"可怜孙儿,不听你的言语,硬要出门打食,谁知道狸猫守住大洞口。我七拐弯、八抹角从一个小洞出去,却又遇见了不良之人,他们在那饭中下了毒药,害了我的性命。如今我是魂灵儿来和你们见这一面。从今天起,就只能丢下你老人家,丢下妻儿大小。特别使我心疼的,是我的那兰娃儿、拉谷儿、偷油儿和偷面儿,姊妹四个,尚在怀抱中,谁来往大拉扯他们?可不想和你们分离,又有什么办法?呜呜呜呜……"泣不成声。那大老鼠和小老鼠听了,句句是真,不是做梦,便全家嚎啕大哭成一堆儿。小老鼠的奶奶和妻子,更是声泪俱下。你看她,她看你,好不伤心,正是:

　　一听小鼠把命丧,全家大小泪汪汪。
　　可怜孩儿谁抚养,越思越想哭断肠。
　　哭一声,贤孙孙,不能相见。谁知道,刚出门,就去黄泉。
　　莫不是,前世里,做事短见。抛撇下,一家子,谁个可怜。
　　小老鼠,出悲声,凄凄惨惨。叫妻子,敬祖母,莫坏心田。
　　老鼠婆,伤心得,不住打颤。叫声儿,哭丈夫,直扯心肝。
　　为我们,把你的,性命作贱。死身子,落哪里,才能安然。
　　老的老,小的小,如何照看。我怎能,受得住,这般熬煎。

话说那几个小老鼠,一见老奶奶和妈妈那么伤心地哭个不住,便一起围到跟前,缠着问那祖孙两个:

"我们的爹爹哪去了?"那母老鼠又把听来的事添枝加叶,神乎其神地宣了一通。又将他父亲的不幸,簸箕说成筐篮大。说到那个伤心处哟,一家子哭了个天昏地塌。那小孙孙兰娃儿、拉谷儿摩拳擦掌,慷慨万分,发誓要去找寻父亲的尸体,要找个地方,去替父亲讨个公道。鼠老奶奶听见这般的豪言壮语,连连抹了几把泪说:"只要你们兄弟两个出门,齐心合力,打虎就靠父子兵,何怕狸猫!我自然很高兴。找着你父亲的尸体,赶快拾回洞来,我们好设灵堂祭奠他的灵魂。过会再去和它打官司。"兄弟两个一听,连连点头称是。

　　老母鼠,在洞中,连连叮咛。不住地,叫孙孙,细听分明。

　　出洞去,四下里,察看打问。对狸猫,一定要,刻刻留心。

　　人世间,要学会,闻风捉影。吃饭菜,与果肉,先尝三分。

　　找得见,找不见,莫贪闲景。倘若是,来迟了,受怕担惊。

　　母鼠说,祖宗话,切切记稳。到外边,万不可,钻头觅缝。

　　你们去,我这里,心系提紧。天保佑,找得见,你父尸灵。

　　却说那兰娃儿和拉谷儿,听了鼠奶奶和妈妈的吩咐和嘱托,就出溜溜地出洞去,寻找父亲的尸体。他们走过九九八十一洞,奔到石穴附近,四下搜寻,杳无踪迹。兰娃说:"我们且回府中去,禀知奶奶,到明天再来找寻。"他两个商量定了,刚想顺原路回去,却突然看见一只大大的狸猫,瞪着铜铃也似的两只大眼,虎虎作声,两道蓝色的电光直往这里射来。那小老鼠在洞中夸下的大话,早已不知跑到哪里去了。只吓得三魂出窍,七魄离身,浑身抖成一堆泥,瘫倒在地,一动也动不了。那狸猫伸开利爪,一个躬身窜过来,两只爪子搭在两只老鼠身上,连毛带皮,三下五除二,吞进了肚子里。伸出舌头,舔尽嘴角的残腥余膻,笑眯眯地走了。再说那兰娃儿和拉谷儿弟兄两个,阴魂不散,一灵难眠,着实气恨狸猫,决心到阎王殿上,告狸猫的罪状,正是:

　　父子俱丧命,满腹气悻悻。

　　跑上阎王殿,请他断公平。

　　小老鼠,死得苦,要把冤伸。阎王殿,告狸猫,状写分明。

　　这一路,行起来,确实费劲。受不完,小鬼气,难见阎君。

　　话说那两个小老鼠欲在阎君前状告狸猫,便魂灵儿飘飘忽忽,一径儿进了鬼门关,过了奈何桥,来到酆都城,摸进森罗殿,却被守门的鬼使拦住:"呔!你两个鬼鬼祟祟来这里干什么?"两个小老鼠哀求:"爷爷哟!我们来找阎王爷爷告状评理,讨个公道。"守门鬼使道:"你们这么两个东西,也想见阎王,滚!滚!滚!"这一连串的吆喝声,却惊动了值殿判官,从森罗殿上赶出来问道:"谁在这里喧哗吵闹?"一问,原来是两只小老鼠赖在那里胡搅蛮缠,不由得怒从心中起,恶向胆边生,就跟过来问:"想告状,你懂得这里的规矩吗?"小老鼠摇头,回说不懂,判官把眼又瞪起来:"不懂就滚!"规矩?小老鼠搔着头皮想了又想,忽然明白过来。他听过鼠奶奶和鼠妈妈多次说过的话,那阎王爷和判官爷,受了多少香火、供品和人们的礼拜,本来就应该是主持公道,治理三界的,可现在打官司,不送钱送礼,就甭想进门。可自己又一文不名,更无有什么奇珍异宝,再一寻思,自己身上只有那几根胡子是最值钱的东西,能够做如椽巨笔,进献判官,岂不也是一点诚实的心意?于是一个仍在那里缠搅,一个忙忙跑回去,说明原委,硬是狠下心,忍着痛,将祖奶、妈妈、两个妹妹嘴角的那些长毛,全都拔下来,扎成一小撮,一溜风地再跑回来,求鬼使转呈给判官,哭诉着自己的苦衷,连声求爷爷高抬贵手。那判官见其心诚,才答应将他带到阎王面前,正是:

　　都说神佛无私曲,岂知阴曹也有鬼。

　　小老鼠,为告状,办法用尽。感动了,判官爷,才见阎君。

　　告那个,恶狸猫,欺人太甚。一而再,再而三,残害我们。

　　我祖奶,八十六,谁来侍奉。我寡娘,小弟妹,谁来看承。

好端端,遭祸险,骨肉离分。苦害得,我一门,十室九空。

一席话,搅判官,善恶混沌。连声儿,骂狸猫,大胆欺人。

这小鼠,他和你,有何仇恨。你为何,专捉伊,食其肉牲。

他和你,又不为,衣食争竞。战兢兢,又不敢,伤你儿孙。

这万物,应自个,互重互敬。你何必,绝生路,伤其残生。

判官他,发完怒,再禀阎君。求爷爷,替小鼠,还个公平。

小老鼠,一听见,有人助劲。喜滋滋,连叩首,再求天尊。

双手儿,捧状纸,眼泪不停。口儿里,把爷爷,喊出老声。

阎王爷,御座上,出声相问。这毛团,你竟敢,状告何人。

老鼠说,告狸猫,不守本分。害得我,一家子,难以安宁。

他不去,吃走兽,或吃飞禽。专门儿,吃我们,是啥原因。

阎王爷,接状子,眉头皱紧。从头儿,看一遍,才知其情。

叫老鼠,你且在,堂前候等。我这里,提狸猫,当堂对证。

差牛头,和马面,拿上铁绳。拘捕来,小狸猫,是非分清。

阎王发号令,鬼使忙出征。

南庄锁狸猫,快如一阵风。

话说这森罗殿上阎王爷,是专门赏善罚恶,评理不平事的,一听见老鼠上告狸猫拿大欺小,便不由得火冒三丈,掣令牌,差牛头、马面二鬼,立即去捉拿狸猫到来。那鬼使来到那家屋里,见狸猫正在锅台上睡大觉,就提起铁绳,上前呛啷一声,将伊锁了。这一下可把狸猫惊了个三魂出窍,便问:"你们是何人,为何要抓我?"二鬼使回答道:"量你不知,阎王爷爷叫你去阴曹对案,到地方你就知道了。"狸猫说:"我一不吃人,二不害人,不过是捉几只害人的小老鼠充饥罢了,有啥案可对?"牛头鬼笑道:"只要你吃人家,人家咋不告你!快走,快走,少来磨蹭。"狸猫便求道:"既是老鼠告了我,公差大人行行好,让我去找个师爷,写张辩状,去同它见个高低。"两个鬼使一商量,知道他也跑不到哪里去,便松开了铁绳。这狸猫来到街上,找见个师爷,求他给写张辩状。这位师爷倒还有几分仗义,听见说是与老鼠对案,自然怒火中烧,便下笔千言,字字入木,将老鼠之害揭露得淋漓尽致,一丝不漏。写完了就交给狸猫带上,狸猫摸遍身上的袋子,未找出一文钱来,便呐呐着说:"真对不起!赵师爷,让你费了心,等我打过官司回来,给你家多多除几只害虫吧。"师爷说:"不要紧,不要紧。老鼠过街时,人人喊打,何况它还啃坏过我的书卷粮仓呢!"这狸猫辞别师爷,来到原来住的老地方,给两位鬼使连声道过歉后,就跟上他们一齐来到了阴司地府。二鬼使先进去,禀告阎君,阎王爷便吩咐:"将狸猫和老鼠一齐带上堂来。"鬼使领命,不一刻便将两个都带到堂口跪下。阎王爷坐在大堂上威风八面,惊堂木一拍,雷霆万钧,两行鬼卒,一声答应,地动山摇。一般的罪犯,早会吓得六神无主。可这个老鼠,一肚子仇恨,那个狸猫,满身正气,两个跪在那里,等候着下面的问话。阎王一个下马威后,便问他们:"小老鼠,你状告狸猫,是何原因?与我细细道来。"那小老鼠因为曾经听过判官的几句鼓动话,并在后面也活动活动了手脚,便觉得有靠山,有粗腿,就不慌不忙地诉说了起来。正是:

老鼠听见问,满心喜不尽。

小老鼠,我这里,详细告禀。阎王爷,判官爷,请听分明。

我一家,在世上,小心谨慎。从不敢,由自己,恣意胡行。

辈辈儿,地洞里,避雨避风。华堂上,大厦中,不露身影。

把野果,和野菜,饥时食用。见剩馍,和剩饭,也难独吞。

我先祖,常常把,佛号念诵。弥陀佛,如来佛,南海观音。

老佛爷,他怜念,心地虔诚。收灵山,佛座下,提铃打更。
信徒们,供奉来,仙花果品。新鲜气,第一个,嘴尝鼻闻。
灯烛中,那香油,实在诱人。喝几口,从此后,遍体通灵。
蟠桃会,食仙果,幽冥开禁。灵山上,证金身,不老长生。
从此后,也敢饰,仙佛神圣。更遑论,变几个,僧尼俗人。
骗唐僧,虽未把,欲望得逞。也偎过,几时辰,金蝉真身。
玉皇爷,捉上天,开了恻隐。才留得,一家人,叱咤风云。
我祖爷,黄毛鼠,仙茅芦根。我祖奶,青毛鼠,丹参茯苓。
我的父,雪伶鼠,白芷大枫。我的娘,念佛号,弥陀成僧。
我名叫,兰娃儿,小心勤谨。兄弟是,拉谷儿,更安本分。
大妹子,偷油儿,业业兢兢。小妹子,偷面儿,正在学行。
我祖爷,早死了,祖奶独存。一穴人,靠父亲,苦巴苦挣。
那一天,穴窝中,无有度用。我的父,找粮食,解救饥馑。
刚出洞,就被他,伤身害命。魂不散,回洞中,报告死因。
老祖奶,差我们,找尸问讯。拾回去,设香案,祭奠亡灵。
谁知道,恶狸猫,又来施狠。狠毒毒,伸利爪,堵住洞门。
他拿大,来欺小,难以理论。一爪子,抓一个,骨碎神昏。
咬一口,哼一声,又撕又啃。我弟兄,皮和毛,全进肚中。
只剩下,三魂儿,随风不定。飘到西,飘到东,飘回土洞。
禀祖奶,一窝子,全都吓晕。醒过来,又哭昏,好不惨痛。
我从未,伤害它,皮毛一寸。又不曾,它口中,夺食三分。
白日里,不出洞,饥饿难忍。到夜里,找点食,处处耽惊。
天地间,生万物,个个惜命。它吃我,为的是,残害生灵。
它也是,大坏蛋,恣意卖弄。每日里,不吃饭,光偷鱼腥。
这就是,小老鼠,十成苦衷。请爷爷,按公道,给我断明。
老鼠诉罢苦冤情,阎王也觉怒气生。

话说这老鼠儿诉说了一遍自己的冤枉,阎王爷倒也听得唏嘘了两声,不由得替这老鼠鸣不平,便把惊堂木重重地连拍三响,声色俱厉地斥狸猫:"你这可恶的狸猫,那老鼠不曾加害于你,你却为什么拿大欺小,要吃他们,从实招来!"狸猫见阎君发怒,也自有三分惊讶,心中暗想道:"我狸猫处处维护正义,替人除害,怎么连阎王爷也跑来训斥? 我不能缄口不言!"一想到此,便理直气壮地申辩:"好阎王爷爷,我吃它们,把它们作腹中食,这是天老爷的意旨。当年谁叫他们大闹东京,搅得黎民不安。那时节包老爷上奏天庭,玉皇爷爷大怒,便颁旨叫我们来降伏这鼠精。"阎王说:"听你这般说来,你倒还是为民除害了。"狸猫说:"正是的。"阎王说:"既是如此,你将这老鼠之害,细细给我说来。不过不能诬陷好人。"正是:

狸猫听得阎王问,从头到尾说分明。

有狸猫,拿大礼,跪在当殿。连称呼,阎王爷,你听我言。
我祖籍,原本在,菩提禅院。包丞相,领佛旨,求到此间。
祖来时,众鼠妖,正在作乱。凭妖术,兴其伎,东京搅翻。
黄老鼠,装皇后,真假难辨。白老鼠,扮大臣,一模一般。
红老鼠,青老鼠,朝房立站。宋王爷,被迷得,黑地昏天。

平鼠妖,祖拿出,法术百端。金銮殿,送祸首,魂归阴间。

我猫祖,降完妖,本该回殿。天佛爷,不叫回,代代相传。

只因为,鼠子孙,仍在为患。成夫妻,结同党,拼命繁衍。

拉关系,套近乎,互相照看。坏万家,衣和食,劣迹斑斑。

打洞穴,把田埂,钻透穿遍。放上水,聚不住,到处泛滥。

春天里,好种子,咬碎嚼烂。秋天里,把田禾,嗑成光杆。

糟害的,尽都是,穷人血汗。卖房屋,卖田地,没了没完。

买卖人,办货殖,为挣银钱。实指望,银生利,打发流年。

把货物,啃咬成,破洞烂串。值钱的,不值钱,瞎费心田。

出门的,难回家,亲人不见。在家的,亏血本,生计日艰。

上供桌,吃供品,更是大胆。欺了神,欺了佛,嗑烂经卷。

若不慎,跌到那,饭锅里面。霎时间,就坏了,一锅搅团。

学堂里,嗑坏了,四书经典。害得那,学子们,心焦眼酸。

父母责,师傅打,东躲西闪。逃不及,挨板子,呼地喊天。

进绣房,也仍是,故伎重演。把绸缎,尽嗑成,窟窿片片。

害得那,姑娘们,泪水不断。强忍受,老娘亲,百般抱怨。

粉皮墙,也照样,钻透打烂。俏皮箱,也嗑出,星星点点。

穷汉哥,给别人,佣工挣钱。挣来些,米和面,也不安然。

白吃喝,临走时,还要作践。撒屎尿,糟害成,猪食一般。

害得那,一家人,眼泪拌面。其中的,苦味儿,有谁可怜。

妖老鼠,恶迹行,累牍连篇。一时间,难尽述,齿冷心寒。

白日里,窝洞里,养精蓄锐。到夜晚,穿堂室,兜售其奸。

我明处,他暗处,稍疏防范。主人家,便怪我,耍滑偷懒。

他今天,一席话,巧言狡辩。阎王爷,你怎就,信其谎言。

这恶鬼,你说要,到处流窜。还是该,制其凶,抑恶扬善。

世上事,总有个,大理撑天。是我错,是他错,孰愚孰贤。

求爷爷,你今天,遂我祖愿。请陪我,交佛旨,回转灵山。

不管它,总不会,再结宿怨。今日个,断给我,两不相干。

话说这阎王听狸猫把老鼠的昭著劣迹,简要一说,觉得那个坏东西,巧嘴簧舌,愚弄自己,便不由得怒气冲天,就大声斥骂:"贼老鼠!你大胆胡为,作恶多端,闹了宋王东京城,搅害百姓。作后辈的,不思痛改前非,改邪归正,反而仍走老路,执迷不悟,贻害后世。又跑来恶人先告状,蒙哄本官,可恶至极!"便吩咐鬼役:"将老鼠重打四十,送还阳间,辈辈给狸猫作食。把狸猫送回阳间,好好交给百姓,将捕鼠作天职,以尽鼠害。"说罢了,袍袖一甩,卷帘回宫去了。正是:

鬼使领王命,送猫回阳间。

老鼠同送去,对头直发慌。

有狸猫,回阳间,细细思量。阎王爷,他的话,语短心长。

世界上,只要有,鼠辈嚣张。我不能,卧高枕,懒晒洋洋。

给百姓,生活中,帮个小忙。除一害,少一害,青史流芳。

这官司,他先告,妄想占上。谁知道,阎王爷,体察其详。

我虽说,一时间,受点冤枉。云散了,仍然会,红日朗朗。

却说狸猫被小老鼠告了一状,阎王爷先听了一面之词,对狸猫发怒。后来听完狸猫辩解,便判小老鼠为恶人先告状,狸猫该吃,还把狸猫夸奖一番,宣判老鼠为狸猫的口中食。自此以后,狸猫吃他,理之当然,官司是狸猫获得了全胜。那兰娃儿、拉谷儿垂头丧气,灵魂儿又灰溜溜地钻进了洞府,到祖奶奶和妈妈的身边一连串的哀嚎:"气煞我也!气煞我也!"正是:

老鼠同窝作思忖,这场倒霉自家寻。

狸猫当殿得了胜,日后更成大克星。

有老鼠,坐洞中,心惊胆战。原本是,祖先们,惹出事端。

想当年,不该在,东京造反。贼狸猫,无借口,来到此间。

先祖们,要没有,泼天贼胆。儿孙们,不会有,遗风照搬。

今日里,阎王爷,作此偏断。我们成,狸猫的,家常便饭。

当殿上,刑罚重,不敢答辩。回阳间,怕再把,狸猫惹翻。

思在前,想在后,难以言喘。鼠奶奶,鼠妈妈,两泪不干。

想怪天,天高得,几时摸见。想怪地,地厚得,何年打穿。

这不是,那不是,自作自贱。进也忧,退也忧,左难右难。

悔不该,太冒失,告状上殿。到如今,凄惨惨,有谁可怜。

话说小老鼠告状失败,一家子都觉得十分悲伤,真个前悔容易后悔难,再也不敢恶人先告状、无理强争了!

凉亭产子宝卷

凉亭宝卷处展开,诸佛菩萨坐莲台。

在堂大众身坐定,听宣宝卷免三灾。

不说前朝并后代,明朝时代事一番。

却说此卷出在明朝嘉靖年间,要说松江府华亭县里麒麟街有家人家姓何,名伯远,年近二十岁,家中父亲去世,单有母亲王氏身体健康,家中可称小康之家。何伯远相公相貌堂堂,那天在书房勤读诗书,希望功名上进也。

大明天子掌朝廷,有道明君治万民。

风调雨顺丰收足,国泰民安乐太平。

三贞九烈传天下,二十四孝出贤人。

要说何伯远小时早已配亲,在杭州钱塘门外,姓林,岳父叫国祥,岳母朱氏。岳父疾病身亡,好不伤心也。

伯远越想要成亲,谁知岳父命归阴。

夫人小姐伤心哭,家人侍女也伤心。

官府乡绅多来吊,亲眷乡邻送金银。

伯远也到杭州去,殡送服孝在林门。

守到七满归家转,仍在家中读五经。

要说林府国祥去世,太太思想家中少了个当家人,因此写书信一封,命童儿一名,前往松江麒麟街中去,请何伯远到来,受理家事,速去速来也。

　　书童接书去匆匆,路上行程快如风。

　　一直来到麒麟街,何府墙门告情衷。

　　伯远见信多劝说,打发书童回家中。

　　再说何伯远见了岳母来信,命我杭州去勤读诗书,日后与小姐团圆。何相公欢喜万分,即便到堂前禀明母亲,孩儿要到杭州岳母家中,管理家务也。

　　伯远堂上别母亲,孩儿要到杭州城。

　　林府岳母叫我去,管理家务读五经。

　　选了黄道并吉日,要与小姐结成亲。

　　娘亲身体要保重,家中之事要小心。

　　待我到了杭州地,事妥就来接娘亲。

　　母子分别多欢喜,再说伯远路上行。

　　却说何伯远别母动身,前往杭州而去。此时正在嘉靖十三年,五月尽,六月初,天气很热。伯远身穿鹦哥绿色海青,头戴方巾,红鞋白袜,纸扇摇动,好一个风流子弟。没有童儿陪伴,一人在路行走哪!

　　伯远路上滔滔行,暑月炎天五月尽。

　　只见郊外多景致,乡村树木叶放青。

　　蝴蝶蜻蜓对对飞,树上知了吱吱声。

　　三节板桥仔细走,农夫田种生产勤。

　　一路行程无耽搁,前面就是嘉兴城。

　　再说何伯远来到嘉兴,路过施家堂村,就在车棚里乘风凉休息。恰巧菱塘里有七八个姑娘在塘里排菱种,多是十六七岁年轻姑娘,身穿红色沙肚兜,颈带纹银链条,面如春色,同唱山歌,好不欢乐也。

　　伯远车棚乘风凉,看见美貌俏姑娘。

　　红粉佳人多美丽,如同仙女一个样。

　　一片俏声来传出,齐声同把山歌唱。

　　再说何伯远喊道:“各位姐姐,请你行个方便,讨口茶吃,分我解渴。”喊了几声,这班姑娘向岸上一看,是个书生。当中有一个伶俐姑娘名叫施红菱,年纪十七岁,听见岸上有人喊要吃茶,就说:“各位姐妹们,谁去行个方便吧!”众人说:“阿姐,你去吧!”当时红菱上岸一看,就说:“公子,你要吃茶跟奴到我家中去吃吧!”

　　伯远跟了施红菱,面前就是施家村。

　　两人来到家庭里,分宾坐定话谈论。

　　一见生情动了意,红日将要落西沉。

　　你有心来奴有意,弄出一场祸来临。

　　何伯远到了施家,与施红菱谈谈说说,双方情投意合,顿时发生了关系。施红菱的父亲名叫施金宝,在镇上的货行里当差,因此不在家中。所以伯远与红菱一夜欢情到天亮。何伯远要动身,就将自己松江地址详细告诉红菱姑娘。他说:“我要回了,到家说与母亲知晓,即便央媒到你家中,讨你成亲,绝不失信。”当时红菱姑娘非常高兴,一早送别。待伯远一到杭州林家,有了林惠珠小姐,并无说出,所以红菱姑娘上当了。此时送出伯远,千万叮嘱,双方分别而去也。

　　伯远分别施红菱,两人难舍又难分。

　　红菱姑娘十七岁,年轻上当失前程。

伯远一去无消息，断线风筝一样能。

不说红菱家中事，再说伯远路上行。

思想红菱容貌好，不知惠珠貌可灵。

若是林家小姐好，抛去嘉兴施红菱。

倘然慧珠容貌丑，就与红菱结成亲。

要说何伯远一路来到杭州钱塘门，直到林府上，门公通报。太太吩咐开门去接，请到府上相见了岳母。太太吩咐童儿侍奉姑爷，把书房打扫干净，从此在伯远岳母家勤读诗书也。

伯远林府读书文，光阴相隔半年春。

太太预备成花烛，伯远入赘林府门。

黄道吉日来团圆，笙箫奏乐振天明。

堂前参拜天和地，红绿牵巾进房门。

伯远母亲也来到，见礼在厅闹盈了。

太太看看女婿好，账册交于伯远身。

惠珠小姐容貌好，抛去嘉兴施红菱。

何伯远在府招亲，好像天堂一样，朝鱼夜肉，并且小姐貌如花朵样，对丈夫服侍周到，朝欢暮乐。伯远对嘉兴施红菱抛得干干净净哉！

伯远杭州多欢乐，红菱姑娘天天哭。

朝思夜想何公子，一去半年信断落。

村中姐妹难见面，天天房中哀哀哭。

再说红菱姑娘与何伯远一夜情乐，巧得怀孕，将满了六个月，不能出房，难见人面。天天困在床上被中，假装有病，父亲与她请医，红菱总是不要，把父亲瞒在鼓当中。红菱姑娘旦夜望何伯远到来，哪知毫无音讯，父亲施金宝天天服侍女儿红菱姑娘。正是哑子吃黄连，有话不能说也。

红菱姑娘苦伤心，急煞金宝老父亲。

面黄肌瘦腹粗大，不思饮食少精神。

红菱总是说不出，只得去请名医生。

施金宝瞒了女儿，上街去请医生来到房中，给红菱诊脉，哪知包医生将脉一诊，即便到外面与金宝低声问道："你家千金，可有丈夫？"金宝道："尚未出帖。"医生道："金宝，你的千金之病你不能多心，此病不是吃药的病症，待我老实告诉你哪！"

金宝你且听原因，此病说来不相信。

小姐虽然未配婚，有孕在身六月零。

你要小姐来服侍，不能与她气来生。

你要细细将她问，不可急躁要耐心。

此事外面我不讲，姑娘名誉最要紧。

医生说罢回家去，金宝实是怒气生。

女儿做了无脸事，叫我金宝难做人。

一气来到房间里，便骂红菱小贱人。

你在家中作何事，快快与我说分明。

你要瞒起不实说，一把刀来一条绳。

施金宝气得目瞪口呆，红菱见爹爹如此大怒，也是无可奈何，只得起身，双手捧牢肚皮，跪在地上哀哀求:"爹爹呀!"

　　红菱跪地苦伤心,求求父亲勿生嗔。

　　千错万错女儿错,黄梅发水一时混。

　　五月底来六月初,松江伯远姓何人。

　　与我女儿婚来订,回家就来接奴身。

　　两人合意过一夜,谁知女儿身有孕。

　　哪知一去有半年,至今无音又无信。

　　莫非伯远身有病,还是母亲不答应。

　　恳求爹爹从我意,女儿松江走一巡。

　　是长是短亲去看,女儿就死也甘心。

　　施金宝问知明白,回思一想:"吾生只养此女,今日打死她也是无用。"因此说道:"女儿,待为父陪你同往松江,去寻这个无情之人。"红菱道:"爹爹,你年老了,天气很冷,受不起风寒。倘有不测,女儿罪恶滔天。父亲你不必去了。"金宝道:"唉,为父年近花甲,单一女我是放心不下,况且女儿身已怀孕,孤单到松江寻得着还好,寻不到此人,如何是好呀? 就是寻着,也未知肯认否? 女儿,还是同你一起去吧。寻不着同你讨饭回家,女儿呀!"

　　为父同你一起行,大门交代铁将军。

　　家中东西收拾好,打好包袱就动身。

　　托付邻居要照顾,陪伴女儿出门行。

　　父女双双门来出,肩背包袱路上行。

　　施金宝父女出门要往松江找寻何伯远,正遇冬天腊月中旬,风如刀割,吃尽千辛万苦哪!

　　伯远做了薄情郎,苦煞父女人一双。

　　冰冻腊月路难走,红菱腹大好心伤。

　　金宝年老走不动,红菱拖身换老父。

　　在路行程无多日,那日已经到松江。

　　进城一路来问信,来到麒麟何府上。

　　何府家人去通报,金宝立在照墙房。

　　吩咐女儿一番话,好好进内见高堂。

　　倘然伯远来认你,告诉为父心可放。

　　红菱道:"父亲,在照墙旁,等我见了伯远,说明就来接你进去。"金宝说道:"女儿你去吧。"红菱走上前去,问声:"门上可有人么?"里面走出来一个老妈妈。红菱道:"这里可是何家?"府上佣人道:"正是。"红菱道:"请你通报一声,说我是嘉兴来的,要见何公子。"佣人直到里面告诉说:"太太,外边来了一个女子,年约十六七岁,她说要见此地少爷。"老太太想:"嘉兴无亲眷,这位女子来此何事?"想她路途遥远,她到此总有事,叫她进来见我便了。

　　太太吩咐女佣人,唤她进来问原因。

　　红菱来到内厅上,口称伯母老大人。

　　太太便把红菱看,有孕女子为何因。

　　开口便叫小姑娘,啥州啥县啥乡村。

　　要见我儿何伯远,有啥事情说奴听。

　　红菱说:"伯母呀! 何伯远在今年五月底到我家中来。"太太道:"到你家中来做啥?"红菱道:"伯母你且听了。"

红菱上前诉真情,家住嘉兴施家村。

父亲名叫施金宝,奴奴就叫施红菱。

就在今年五月底,伯远来到我家门。

奴奴见他人品好,愿与伯远托终生。

一夜夫妻风流做,哪知我身已怀孕。

公子分别回家转,禀明亲母接奴身。

一去半年无信息,十月满足要临盆。

所以要寻何伯远,腹中小儿他嫡亲。

太太听了心火冒,何处来的怪妖精。

却说太太道:"红菱,你不要胡言乱语,认错官人。我儿伯远早已成亲,小时候就配杭州钱塘县林国祥之女,名叫林惠珠小姐。今年林太太差人特请我儿到杭州成亲,最近结婚刚满一月,我也到林府去过,红菱你不要看错吧。"红菱道:"外面同名同姓确是有的,但同州同县是少的。伯母呀!"

伯母在上听原因,难女哪好冒认亲。

你要看我如此样,身怀六月实有因。

父亲知道逼死奴,难见同伴姐妹身。

因此来到松江府,要寻伯远公子身。

伯母请你行方便,收奴父女两个人。

待到十月满足后,产下儿女转回程。

保全我的名声节,保你老人福寿增。

施红菱苦苦哀求何太太收留我父女两人,待等生小孩即便回家,哭得泪如雨下。此时太太说:"红菱呀!我与你面不相识,就是伯远与你有意,也这么巧,已经有孕了,想必你另有他人来往。现在我不管你是真是假,给你三两银子,你回去吧。"此时,红菱跪在地下哭得死去还魂了。哪知太太火气直冒,骂道:"你这贱人呀!你年近岁底,给我不吉利,快些与我滚出去。你同伯远的事,不关我事,你去找寻伯远去吧。"

你的事情我不信,你是骨头太嫌轻。

陌陌生生一个人,哪好同他作乐情。

我儿规矩人品好,书香门第读书人。

决不干出无脸事,你自己心中称一称。

村中可有流浪汉,反来害了我儿身。

这种事体奴不受,你要看他到武陵。

却说何太太回头得干干净净,又拿姑娘吵骂一番。红菱哭得伤心悲切,问道:"伯远的岳父又在何处?"太太说:"贱人呀!"

若问我儿伯远身,杭州钱塘武陵门。

狮子街上名声大,岳父国祥本姓林。

现任做过杭州府,你去寻他须认清。

此刻施红菱哭得伤心,死在何府上无用,只得出门再说。他的爷施金宝在墙后好不心焦,等了多时,不见女儿出来,想必伯远在内,希望留了我父女,放心万分。正在思想,忽见女儿来了,哭得眼睛红肿,便问女儿怎样?红菱说:"爹爹呀!"

难女告禀老父亲,女儿只得死路寻。

哪知伯远不在家,杭州招亲不在家。

太太不肯收留我,千求万求不答应。

红菱道:"爹爹呀!待我撞死何家门上,但我不能独留你。爹爹呀,爹爹啊!"

今朝待我死路寻,免得拖累老父亲。

我死一生何足惜,爹爹不必苦伤心。

奴是自己做事不知好,自作自受自害身。

红菱道:"唉,爹爹呀!我死了之后,把我尸体开个泥潭葬葬好,免得猪拖狗咬。爹爹呀!"

女儿死在九泉等,保佑爹爹健康身。

我到阴司去告状,活捉伯远无情人。

爹爹快快回家去,仍到嘉兴施家村。

女儿一死何足惜,苦煞爹爹老年人。

再说施金宝听了女儿这样说,倘然死了,叫老汉也是难了。这时金宝也叫火上心头,就叫女儿不要如此想法,我与你一同前往杭州去寻伯远这个薄情郎,待我陪你同去见他也。

红菱不必如此能,待爷陪你到杭城。

寻找伯远薄情郎,寻着和他评理论。

倘然伯远见了你,夫妻总有夫妻情。

父女双双一路走,日落西山黑沉沉。

要说父女行走,天已黑暗,只见前面一条大河,四面找寻,并无桥梁,见到有只小船,金宝就喊道:"船家,船家!"喊了几声,见船上舱中走出一人,答应道:"有的,你干什么?"金宝道:"请你摆个渡到对岸。"船上人对岸一看,一老一少,就答应一声,把小船摇过来,将二人接下船坐在舱中。那人将船开到江中,将橹放下,拿篙子一扦,缆绳一带,把橹抽起,窜进船舱道:"老头子,快拿摆渡钱出来吧。"金宝道:"船家可要多少钱?"那人说:"你有多少,我要多少。"金宝道:"你们摆渡,可有一定价钱?"那人道:"我没有规定,快快拿出来吧。"金宝把包打开,只有几钱银子。那人就说:"不够的。"金宝道:"求你行个方便吧。"那人一看姑娘生得来貌美如花,便说:"姑娘,我与你天缘正巧。"就拿红菱一把拖住。施金宝哀哀求告,那人道:"与我滚开!"就把金宝一脚踢到船头,金宝当时晕了过去,那人要将红菱姑娘强奸。红菱叫道:"大王饶命。"强徒说:"不要喊!"姑娘准备一死,大喊救命。那人道:"不要喊!"拿出钢刀威胁姑娘道:"此处旷野之地,无人来往,你喊死无用了。"大家叫他强盗混江龙,他是身藏江中打闷棍,专门采花。红菱姑娘危急之时,只听远远一声喊道:"来了!"

强盗顿时起恶念,强奸女子施红菱。

大喊救命人无影,旷野之所少行人。

姑娘正在危机时,一声呐喊救性命。

施红菱只叫一声呐喊,又听得"啊呀",擦冷一声。此时姑娘好像泥塑木雕一样,哪知混江龙强盗被来的救命人一镖正中心窝,后心窜到前心,呜呼一命归阴,这只船被浪头打得篙子浮起,水氽到岸边大约一丈多。来人一个腾步跳到船上,见强盗已死了,将金宝喊醒,再将红菱姑娘喊醒。父女两人醒过来叫道:"大王饶命。"来人道:"我不是强盗,我来救你们的性命。你们来看,强盗已经死了。"父女一看,果然强盗死了,就双膝跪下,拜谢恩公。来人道:"你们二人,家住哪里?为何黑夜到此渡河?"父女二人道:"恩公听了。"

父女双双恩公叫,英雄在上听原因。

家住原籍嘉兴地,寻夫到来松江城。

父亲名叫施金宝,难女名叫施红菱。

投亲不遇杭州去,来到此地遇强人。

若无恩公来相救,父女双双命难存。

　　要说此人姓杜名叫金彩,今年二十一岁,住在松江府杜家村。他在松江府衙门当差,做捕快都头,今朝十二月二十日,吃封印酒回家,天色已晚。此人心地忠厚,本领高强,专用金钱镖一只,打镖百发百中。今日回家拿了许多东西,是过年用的,他妻名叫何秀英,十分贤惠,与他同庚。结婚三年,现在娘子有孕在身,他一路回家来到江边,听得大喊救命,将父女两人救下来。现在父女两人就把事情根由仔细告诉他。听杜金彩说道:"你不必伤心,到我家中去再说。"父女二人就问恩公尊姓大名。杜金彩将住址、姓名一一说明。杜金彩自己摇船,三人回家去了。

金彩就把船来摇,相劝父女勿心焦。

跟我来到杜家去,天亮商议作计较。

　　再说杜家庄离开松江五里路,不多一刻,来到杜家庄上,停船上岸,行礼口称嫂嫂。何秀英见红菱十分贤惠,而且很可怜她,即便烧夜饭。金彩端到父女两人的眼前,哪知施老老吃也吃不进,呆顿顿,因受了这场刺激,身上发病。急的红菱面如土色,金彩安慰姑娘不必着急,请医调治再说。天亮,金彩把强盗的尸体船只一并解到松江府衙门,将情由禀明府太爷处理,一言表过了。再说施金宝、施红菱父女伤心也。

金宝病势日加增,急坏红菱女佳人。

异乡客地如何样,请医服药不见轻。

金彩劝她不要急,过了残冬再理论。

　　却说施金宝父女耽搁在松江杜家里,光阴如箭,已交新春。过了年初十,施老老病症照旧,红菱姑娘叫:"杜金彩恩兄,我要拜托你将父亲照顾。我欲往杭州一走。"金彩道:"红菱妹妹,你一人前往,多有不佳,还是我陪你同去。"红菱道:"我再不能拖累你了。"此时金彩的妻子何秀英说:"丈夫呀!我来去,你去不好。男女同行,种种不便。还是待奴去陪伴红菱,前去杭州林家商量。"当即决定,何秀英陪同红菱,作别父亲、恩兄金彩,何秀英陪同前往也。

红菱别父诉原因,又别恩兄知心人。

父亲拜托你照顾,来日犬马报大恩。

作别一番来上路,金彩吩咐娘子听。

红菱妹妹你照着,自己身体要当心。

况且有孕近八月,路上行程慢三分。

身上寒冷须保重,每日饮食要当心。

　　却说杜金彩对娘子千言万语吩咐,施老老有金彩服侍。再说姐妹两人动身,那天来到杭州狮子街,秀英在等,红菱上前问道:"此地可是林家府上?"门公道:"正是林府。"红菱说:"你府上有个松江人,叫何伯远,可在此地? 公子是否在此?"门公说:"在此,在此。"红菱说:"伯伯,拜托你通报他说,我是嘉兴施家塘施家村人,特来到此见他。"门公说道:"明白了,我来里边去通报也。"

门公即便往里跑,书房启禀伯远晓。

外边来了嘉兴人,十六七岁女多娇。

　　何伯远听见嘉兴施家村人到此,心中好不烦闷,好像天打一样了。莫非是红菱来了? 她怎样到此,好不奇怪也。

伯远听说心思忖,姑娘怎能到此存。

莫非先到松江去,母亲命他到杭城。

为啥要来找寻我,见我不知啥事情。

虽然与她做了乐，一夜之情作啥真。

倘被惠珠来晓得，一场风波了不成。

待我喊她到书房，给她银子转回程。

何伯远想定主意，命她来书房相见。红菱来到书房，伯远一见，红菱面貌比以前大不相同哉，面黄肌瘦，身粗腹大。伯远说道："你来做啥？"红菱道："唉，伯远呀！"

自从你来分别我，一带已经八月过。

奴在家中等望你，杳无音信我苦楚。

哪知你在杭州城，望你差人来接我。

奴是腹中有身孕，难见别人话清楚。

来到松江找寻你，你娘不认赶出奴。

再说何伯远听了红菱一段话，心中思想，如何办法呢？倘被惠珠小姐晓得，要闹出不安，我的富贵日子就要完了，倒不如待我将她赶出门去吧。

伯远立刻板面孔，大骂女子滚出门。

此地墙门林家宅，哪有你这疯女人。

施红菱哭道："伯远呀！你要想当初在我家讲的话，你是个书香子弟，孔圣门下，玩弄女性，犯罪不轻。伯远呀！"

当初你到我家门，骗奴言话不该应。

奴奴当你真君子，哪知你是薄情人。

枉是孔圣门弟子，玩弄女性啥罪名。

奴今劝你认了奴，念我腹中有小人。

待我十月产下后，总是何家后代根。

再三恳求你不应，心肠要比铁石硬。

为了公子何伯远，含着眼泪将你盼。

为了公子何伯远，日夜装病门来关。

为了公子何伯远，弄得爹爹做人难。

为了公子何伯远，村姐妹面前难交待。

为了公子何伯远，抛头露面到何家来。

为了公子何伯远，路遇强人吓得魂魄散。

为了公子何伯远，身怀六甲寻到杭州来。

为了公子何伯远，一生前程全乱开。

为了公子何伯远，弄得奴上天天无路。

为了公子何伯远，我要入地地无门。

公子呀，你手摸胸膛想一想。

你要好好想一想，叫奴红菱哪能办。

红菱道："公子呀，你认了奴吧。求求公子，认了奴吧。你若不认，只能去寻死路了。"此时红菱姑娘千言万语要求伯远收留，哭得肝肠寸断。伯远说道："我给你银子十两，你好好回去吧。"红菱见他并不回心呀，说道："我银子不要，我宁死不回。"伯远恐怕林小姐知道，如何了局，就叫家人把这个疯妇赶出去，不要让她进来。

可怜孤女施红菱，乱棒逐出林家门。

秀英见了如此样,叫声妹妹莫伤心。

秀英道:"妹妹,不然的话,还是回去吧,劝你不必伤心。回家后,奴告诉你兄长知晓,你兄吃衙门饭,对法律是很熟悉,同他商量,可能向上级去告他一状。妹妹,走吧,你死在此地也无用。妹妹呀!"红菱道:"姐姐呀!"

红菱哭得天地昏,叫声姐姐听原因。

我千死万死总一死,有啥面目见父亲。

姐姐呀!我想红菱自己不好,只怪当初瞎眼睛。

再说秀英劝劝红菱回转家中,再作道理。红菱跟了秀英立即动身,在路行走,只见前面有座小小凉亭,秀英道:"妹妹,我与你在此凉亭躲躲雨再说吧。"两人走进凉亭内,只见有些乱柴,两人就在柴上坐定下来。哪知雨越来越大,天渐渐黑下来,姐妹两人好不苦闷也。

姐妹耽搁歇凉亭,天下大雨似倾盆。

满身发抖万分冷,天色将夜少人行。

两人亭内来啼哭,红菱姑娘最伤心。

叫声姐姐我害你,害你在此受灾星。

伯远呀,想你心肚如铁石,忘恩无义薄情人。

倘若红菱身不测,九泉之中也不瞑。

越到黄昏雨更天,哪知红菱要临盆。

突然腹中来疼痛,急煞姑娘何秀英。

此时急得何秀英无可奈何,只好安慰妹妹,即将红菱妹妹抱在身上。那时亭内一样全无,红菱痛极,生下一个男孩。何秀英无奈,只好安慰妹妹,安排好,把小男孩放在乱柴之中,秀英刚坐定下来。哪知自身肚中疼痛起来。"喔唷,喔唷,痛死我了。"

不说红菱生小孩,再说秀英养儿哉。

翻来覆去真难过,无人照顾受灾难。

再说何秀英疼痛得死去,人事不知,也生下一个男小孩。何秀英靠在半墙上,天气很冷,两人冻昏在凉亭中。两个小男孩也是受冻,在乱柴之中啼哭。在这个危险之时,一个救星人到哉。

秀英红菱遇难星,来了一个救星人。

杭州知府京中来,三月二十要上任。

却说杭州知府姓韩名叫定忠,奉万岁圣旨,特来上任。今日三月十九日,明天要接任开印。因此,时间关系,吩咐水手们快快赶路,哪知天下大雨,仍在行驶,把船落得实在不能行了。大人向前一看,有座亭子,便说:"你们快快赶上,到了前面凉亭之中去休息一下。"船夫来到亭边,将船停泊了,船夫安睡。大人独坐中舱,将文件观看,忽听得岸边有小人啼哭之声。大人最喜欢小人,因为他夫人包氏年纪半百,膝下无儿,听得小孩哭声,大人很关心,想道:"半夜里,又在荒野之所,哪有婴儿啼哭之声?"便喊船夫:"你们快去寻找,哪里有小孩啼哭?"船夫奉命上岸,向亭中一看,只见两个妇女冻昏亭中,又见旁边有两个婴儿,就回到船上回禀大人。大人即便上岸一看,果然不错,吩咐当差立即到村中去寻找接生婆来。差人把产婆喊到,就将小孩沐浴,哪知接生婆把小团放错了位置,再把两个大人唤醒。韩大人吩咐把盆生旺,将两个产妇烘暖,慢慢地醒过来。大人问道:"你们如何在此间养小人。"何秀英把根由底细告诉大人一遍,大人明白了,便道:"姑娘不要哭,只是你小孩是否是何伯远与你养的?你可有与别人往来?"红菱说道:"大人呀,奴没有与别人往来。"大人道:"放心,待等满月之后,你来到杭州府衙门告状便了。"大人与红菱姑娘代写状文,到了明天清晨,大人给他们雇好船只,将船钱付清了,再吩咐船上人,将这四人送往杜家庄。韩大人往杭州进发去也。

不说韩爷去上任，再说姐妹两个人。

船到松江杜家庄，告诉金彩丈夫身。

红菱告禀父亲晓，气得金宝眼睛浑。

从此天天病加重，呜呼一命见阎君。

红菱姑娘嚎啕哭，金彩夫妻泪纷纷。

金彩瞒了妻子将儿卖，卖给过路撑船人。

卖了银子办棺椁，成殓金宝渡亡魂。

光阴如箭容易过，不觉已经一月临。

秀英念儿来啼哭，金彩骗妻被犬吞。

再说一月已过，红菱同金彩哥说：“哥哥，奴成要到杭州去告状。”此时何秀英仍旧陪红菱动身来到杭州，带了婴儿去也。

两人双双在路行，要到杭州把状伸。

抱了满月婴孩子，晓行夜宿赶路程。

姐妹两人来到杭州，何秀英开好栈房，红菱到衙门去击鼓，叫喊申冤，韩大人立刻升堂便了。

大人立刻就坐堂，公差站立两边旁。

公差个个如狼虎，太爷好像活阎王。

带进红菱弱女子，你把口供说清爽。

大人道：“姑娘有什么冤枉？好好讲来。”红菱叫声：“青天大人呀，待难女告禀哪！”

大人朝南坐大堂，难女一一诉冤枉。

冤家名叫何伯远，出生松江是原籍。

就在去年五月底，到我家中调戏言。

难女与他成连理，哪知一去信断绝。

不料腹中生有孕，父亲陪我出门帘。

我到松江找寻他，他母说明一段言。

就在杭州林家宅，早已婚配喜欢天。

我到杭州找寻他，把我赶出下街沿。

再说红菱告诉了一遍，大人道：“下官明白了，你退下去。”大人立发朱签，命公差到林府拿捉何伯远。不多一刻，伯远到公堂见过大人。大人把红菱带上来，便问何伯远：“这位女子，你可认识否？”何伯远说：“我不认识的。”大人命红菱上去见了，红菱听了大人之言，走到伯远面前说道：“何伯远呀，你真正忘记了吗？”哪知伯远总是不认，并且说：“我与你玩弄，有什么凭证？”大人听了心中大怒，吩咐左右，端正滴血为凭，施红菱就把小男交于大人，大人道：“伯远，滴血出来真的，你有大罪也。”

此时伯远失散魂，倘若滴真罪不轻。

叫声大人不必了，旁边红菱不答应。

此时韩大人就把两人的血放在鸳鸯水内一调，哪知此血不和而散？大人一看，倒也奇了，只得把红菱收入监中。急得外面何秀英来到监中问道：“妹妹呀，你究竟可有与别人往来的？”红菱道：“姐姐呀，我并无别人。”再说大人退堂想道：“红菱既有别人，她绝不敢来申冤。”突然想到三月十九日晚上，在亭中两人养小孩，难道被产婆弄错了？大人就喊何秀英道：“你的孩儿可带来？”秀英道：“大人呀，我丈夫说我的孩儿被犬吃去了。”大人一听不大相信，就命公差道：“你到松江杜家庄上，把金彩叫来，待我问个明白了。”

公差奉命出衙门，要到杜家庄上行。

金彩一见公差到，便问到来啥事情。

当差说明府太爷命你到杭州府，韩老爷有事相请，请立即动身。杜金彩跟了公差来到杭州府："回禀大人，杜金彩来了。"大人道："唤他来见我。"差人答应，领进金彩。见过大人一礼。韩大人问道："金彩。"金彩答："小人在。"大人道："我且问你的孩儿到哪里去了。"金彩听大人问起孩儿，金彩道："大人听了。"

金彩启口叫大人，叫声老爷听原因。

只为金宝归阴去，无钱买棺葬尸灵。

就把小儿来变卖，骗我娘子被犬吞。

卖给过路客船上，不知姓来不知名。

却说韩大人一听，说道："好一个有志气的男儿！"便命公差，四处散发传单，传单写道：兹有在去年十二月廿六日，在松江府城之东五里路途，杜家庄一带卖一月未满的婴儿一名。正月十九日酉时诞生。如买主干父母见传单，即送往杭州府衙门来，赏银子一百两。小儿仍归领去的干父母，与杜姓无涉，此单为证。杭州府太爷韩定忠发。

不说大人发传单，再说杜家庄杜金彩。

就在杭州等消息，红菱仍旧坐牢监。

再说韩大人的夫人叫了船，来到杭州，正巧船主在松江路过，买了金彩之子。船主姓赵，名春生。今年是五十岁了，妻子钱氏，并无儿女。现在买着小儿，就佣了个奶娘将她抚养。但是这个小儿天天哭，那天老太太便问船主，就把买来的事由告诉他。哪知韩夫人的船，直到杭州来了。

太太来到府衙门，只见老爷闷昏昏。

夫人即便开言说，老爷为啥不称心？

大人道："夫人呀，我是正月十九日接印，判断一桩不明之事。"就把一切事告诉夫人。太太道："大人，我雇佣来的船主在松江买了一个男孩，不知可是这个孩子？"大人听了，便差衙役将船主请来，又把小囝抱来观看。当差听命，就把船主小囝一齐带来。大人吩咐金彩看看，是否你的孩子。杜金彩细细一看，一丝不错，是我卖给他们的。大人听了，仍旧请伯远到来。

韩爷即命当差去，去请伯远到来临。

只说红菱今要断，判定罪名要受刑。

差人答应出衙门，一路滔滔快如云。

路上行程无耽搁，来到杭州林府门。

重新再请何伯远，只说红菱定罪名。

请你伯远到衙门，去看红菱斩头颈。

伯远听了便相信，跟了公差到衙门。

伯远来到衙门里，大人立刻坐堂审。

却说当差禀明大人，何伯远到来。大人立刻升坐大堂："来！带何伯远上堂。"伯远上堂见过礼，大人道："何伯远！"伯远答："小人在。"大人道："本府今日请你到来，非为别事，只因上次滴血不正，今日要二次滴血。只因上次那个小孩儿不是红菱亲生，是何秀英的儿子。因为生养时二妇在一处，被收生婆弄错了。现在寻到了，你看如何？现在本府劝你认了红菱为妻吧！如若不认，要重新滴血，若是滴正，你要斩首。"何伯远想："上次没有正，这次莫想滴正。"伯远说道："如若滴正，是我养的，任凭大人处置。"大人吩咐左右当差，把小孩血和伯远的血放在一起，一看和了，千真万确。大人执行大明法律，立即绑出刑场斩首了。红菱放出监门无罪，大人通知林府惠珠小姐收殓伯远尸首，并将伯远的母亲王氏与施红菱住在一起生活，红菱照顾王氏太太。老太也愿意,小孩是伯远的亲生后代,接代香烟,传宗下去了。

就红菱真是贤惠女,服侍婆婆有孝心。

王氏婆婆多勤俭,婆媳和睦过光阴。

就拿小儿奶名取,取名就叫何嘉生。

嘉生聪明书来读,十九岁上中头名。

后来王氏身去世,红菱受封正夫人。

嘉生后来封阁老,世代恩风伴当君。

杜家后来也发达,儿子也中状元身。

奉劝在堂诸大众,善人到底有收成。

不信待看何伯远,虬妻改妻斩头颈。

受难一位施红菱,后来封为正夫人。

凉亭宝卷宣完成,斋主人家福寿增。

刘香宝卷

宝卷初开启,香风满大千。

卷如多宝藏,福利广无边。

刘香宝卷初展开,诸佛菩萨降临来。

善男信女虔诚听,增福延寿得消灾。

恭闻刘香宝卷,出在大宋正宗绍元年间,山东太华山紫金岭上,有一人,姓刘名光,一生正直,心性公平。他的祖上向来斋僧布施,忠良积善人家。近来刘光家中清淡,就在紫金岭上开了一爿肉店,杀猪宰羊,做的都是造罪孽的生意。刘光妻室徐氏安人,宽宏大量,贤德慈心。夫妻两个,十分和爱,年近四十,并无儿女。幸喜徐氏,吉星照临,身怀胎孕,光阴迅速,不觉已是十月满足,将临分娩之时,只见祥云万道,瑞气千条,异香满室,空中鼓乐笙歌,远近皆闻。生下一个女子。此是绍元五年三月初九日寅时降生。此女下来,生得面如满月,相貌端严,夫妻两个十分欢喜,就取名为香女。

公平本是圣贤行,正直原来菩提心。

南无阿弥陀佛。

刘光为人多正直,万般行事甚公平。

徐氏安人多贤惠,夫妻和睦过光阴。

此时生下刘香女,如花似玉貌超群。

一周两岁娘怀抱,三周四岁离娘身。

香女到了六七岁,持斋吃素孝双亲。

刘光生下香女,眉清目秀,相貌端严。到了六七岁时,就晓得持斋吃素,孝顺爹娘。爹娘爱惜,如珍似宝,光阴迅速,渐渐长成。年方十岁,志量宽洪,谦和仁孝,不贪不爱,慈心念佛。近处有一女庵,名唤福田庵,庵内有一位老尼师,法号真空,每日打坐参禅,修心悟道。每逢初一、月半之日,讲谈佛法因果,劝化世间男女人等,往来甚多,个个称赞,人人敬奉。一日间,香女坐在店中,只见男女纷纷,手捧香烛而往,就问爹娘:"这些老公公、老婆婆不知往哪里去的?"刘光说:"这都是到福田庵里听老尼师讲谈佛法因果去的。"香女说:"爹爹母亲,女儿也要去听听。"刘光喝骂:"你小小年纪晓得什么? 也要去听。"徐氏安人说:"她从来不曾出门,今日与她听听是了。"香女并不穿着打扮,随即就到庵中。只见老尼师登台,讲说佛法因果:"要知前世因,今生受者是。要知后世因,今生作者是。为人在世,修因得果,如若不肯持斋吃素、看经念佛,反而不敬天地神明,奸盗诈伪,杀生害命,偷骗财物,打僧骂道,欺压良善,造尽十恶,忤逆父母,犯下滔天之罪,命终之后,魂灵解到阴司,落入油锅地狱、雪山地狱、刀山地狱、锯解地狱、活钉地狱、碓捣地狱、石压地狱、抽肠剜肺地狱、拔舌犁耕地狱。在地狱中受了百千万劫的苦痛,受罪满足,然后转生人世,有变牛马六畜者、有眼目手脚不全者、有饥寒冻饿者、有百病痛苦者、有遭官刑五伤者,都是前生作恶之报。若前世为人,敬重佛法僧三宝,装佛贴金,修桥铺路,斋僧布施,周济贫穷,戒杀放生,持斋吃素,看经念佛,下世得到福报,成佛作祖,成神成仙,为官为相,富贵荣华,堆金积玉,儿孙仁孝,福禄遂心,万事如意,这都是前生积善之报。依我尼僧看来,还有一等,善恶报应即在眼前。有人说道:'有什么天理神祇,有什么阴司地狱。'这等人,必堕落地狱,变成恶鬼畜生,受此三途苦报,绝无错误也。"

阳间祸福昭然辨,善恶报应最分明。

南无阿弥陀佛。

尼僧在上讲因果,善男信女共来听。

你道男女都一样,谁知贵贱有差分。

男子娘胎十个月,双手抱定母娘身。

亲娘行动多安稳,生出娘胎尽欢心。

四邻八舍都庆贺,诸亲百眷喜欢心。

爹娘爱惜如珍宝,及其长大读书文。

倘若发达身荣耀,一举成名天下闻。

出去前呼并后拥,回来妻妾甚殷勤。

丈夫得志光荣祖,男儿显达耀门庭。

女在娘胎十个月,背娘朝外不相亲。

娘若行走胎先动,娘胎落地尽嫌憎。

在娘肚里娘受狱,出娘肚外受憎嫌。

合家老小都不喜,嫌我女子出娘胎。

爹娘无奈将身养,长大之时嫁与人。

一尺三寸非容易,梳头绕脚着娘身。

养成女子方得力,抛撇爹娘嫁别人。

十月怀胎徒费力,三年乳哺枉辛勤。

方才养得身长大,一心要想出闺门。

出门却嫌妆奁少,归家还嫌嫁资轻。

向夫之心热如火,背娘之恩冷如冰。

生男育女娘辛苦,谁肯持斋报母恩。

三朝满月费钱钞,杀生害命为奴身。

公婆发怒忙赔笑,丈夫怒骂不回声。

剪碎绫罗造孽罪,淘箩落米罪非轻。

生男育女秽天地,血裙秽洗犯河神。

点脂搽粉招人眼,遭刑犯法为犯人。

若是堂上公婆好,周年半载见娘亲。

如若不中公婆意,娘家不得转回程。

思想爹娘心内苦,几时能报爹娘恩。

凭你千方并百计,女身原来服侍人。

这是前生罪业重,今生又结孽冤深。

若是聪明智慧女,持斋念佛早修行。

女转男身多富贵,下世重修净土门。

女人不肯行孝道,阴司受苦不非轻。

根深福大回头早,孽重冤多不识修。

若还不听良言语,世世生生受苦辛。

那尼僧把劝化之言,讲说一番,即便沉心默坐,定息片时。只见有一位年老婆婆,上前问道:"真空师太,男人与女人因果如何?弟子所以未知,叩求法师,慈悲指教。"尼僧说道:"男女之别,竟差五百劫之分。男为七宝金身,女为五陋之体。嫁了丈夫,一世被他拘管,百般苦乐,由他做主,既成夫妇,必有生育之苦,难免血水,触犯三光之罪。我贫尼就将女人生男育女之苦再细说一番。诸位善人静坐清心,不可讲谈闲话,潜心谛听,听我道来。"

男女因果不相同,女比男修加倍功。

南无阿弥陀佛。

女人身,嫁丈夫,被他拘管。做夫妻,免不得,育女生男。

前世修,今生福,手脚康健。十月足,容易生,母子双全。

若女人,欺丈夫,怨天恨地。自作孽,该受苦,逆产横生。

第一样,讨监生,儿伸一手。娘见了,魂飞散,胆战心惊。

第二样,拜佛生,儿伸双手。开五荤,奸妇女,堕落猪身。

第三样,踏莲花,脚先伸出。倒生儿,娘受苦,死里逃生。

第四样,分尸生,块块割碎。是前世,做屠户,孽报冤深。

第五样,抖肠生,肚肠先出。肠流出,水盆中,九死一生。

第六样,绞肠生,翻娘五脏。痛伤心,如刀割,谁替娘身。

第七样,沥胞生,胞衣先破。血路干,才生出,痛苦难惊。

第八样,儿生出,胞衣勿落。血崩出,无法治,娘丧身躯。

第九样,伤了胎,儿死腹中。虽生出,救了娘,死去还魂。

第十样,前世仇,冤冤相报。儿先死,娘随后,母子归阴。

生产时,血秽污,河边洗净。水煎茶,供佛神,罪孽非轻。

对日光,晒血裙,罪见天神。三个月,血孩儿,秽触神明。

尼僧说道:"天下之恩,莫大于父母矣。我今讲的临盆生产之苦,还有十月怀胎、三年乳哺之苦。生出之后,移干换湿,日夜辛勤,所谓父母爱子之心无所不至矣。听宣怀胎宝卷一遍,不可讲谈,听我道来。"

怀胎宝卷初展开,诸佛菩萨降临来。

善男信女虔诚听,增福延寿得消灾。

南无阿弥陀佛。

爹娘罪孽雪山高,不念弥陀怎得消。

孝子听宣怀胎卷,雪山便像滚汤浇。

娘亲怀胎一月初,未知腹内事如何。

惟恐自身生疾病，半忧半喜怕身粗。
若还十月生男女，娘亲受尽苦千辛。
日夜不眠心内想，阿娘惟恐见阎君。
娘亲怀胎两月临，四肢无力腿酸疼。
乌云发鬓无心理，八幅罗裙懒系身。
每日要想床上睡，恐怕公婆怪骂嗔。
不知腹内男和女，娇娘受尽万千辛。
娘亲怀胎三月来，终日无心对镜台。
粉不搽来花不戴，针线箱中懒去开。
三餐茶饭全无味，终朝眼泪落云腮。
多少难产归地府，思思想想便成呆。
娘亲怀胎四月身，未知男女腹中因。
夜间又觉心头闷，说话高声脑便疼。
三餐茶饭黄连苦，活计终朝做不成。
行走两腿酸如醋，不知死活若何能。
娘亲怀胎五月余，孩儿腹内便蹊跷。
腹中左右微微动，恓惶烦恼皱眉头。
一双绣鞋穿不得，脚虚浮肿步难移。
行住坐卧不稳便，苦在心头谁得知。
娘亲怀胎六月中，夏天时景怕蚊虫。
紧系布裙多气闷，腰酸腿软脚虚空。
冷吃茶汤口又苦，热时不敢扇摇风。
养得男女不孝顺，人间到头一场空。
娘亲怀胎七月间，云中孤鸿尽南归。
梧桐叶落凉风动，身重怀胎真个难。
行动犹如刀割肉，跨重门槛过重山。
若还十月来分娩，分明行过鬼门关。
娘亲怀胎八月周，孩儿长大在心头。
除下金钗无心戴，不搽脂粉懒梳妆。
绫罗衣下无心着，面皮黄瘦像骷髅。
生男育女非容易，阿娘性命死中留。
娘亲怀胎九月来，终日无心对镜台。
好像破船行过海，只愁风浪一时灾。
娘像破船遭风浪，两条性命在船中。
自古养儿非容易，思量此际实哀哉。
娘亲怀胎十月圆，此时生产苦难言。
痛时痛得无躲避，如刀割腹取心肝。
儿向腹中寻门路，娘儿性命霎时间。
生下孩儿方欢喜，几乎一命到黄泉。

孩儿乳哺精神好,阿娘憔瘦损容颜。

甘甜吐与娇儿吃,干燥席上放儿眠。

移干换湿娘辛苦,三周四岁离娘身。

五周六岁知分晓,七岁攻书上学堂。

男儿若得身长大,养育报恩不可忘。

粉身碎骨恩难报,将何功德报娘亲。

奉劝善男并信女,持斋念佛报娘恩。

一日吃娘三合乳,三日吃娘九合浆。

娘乳不是长江水,不是山林树木浆。

口口吃娘身上血,方得成人六尺长。

得此人身孝父母,持斋念佛报爹娘。

孝子听宣怀胎卷,报答亲恩做贤良。

一报天地盖载恩,二报日月照临恩。

三报皇皇水土恩,四报爹娘养育恩。

五报师长训教恩,各人当报大宏恩。

在堂父母增福寿,故去爹娘早超升。

　　香女听了善恶报应、做女身的苦楚,心中想得悲切,意欲修行,就此发心皈依真空师太,就此言道:"女拜别尼师。"回到家中,见过爹娘,默坐无言,满面忧色,半痴半呆,如泥塑木雕一般,泪流如雨。刘光问道:"我女儿为何这般光景?"香女见爹娘来问,连忙立起身来禀告:"爹娘知道,女孩儿听得女师太讲谈佛法因果,父母养育之恩,妇人生产之苦,善恶报应,如影随形。女儿思想起来,分毫不差,故此心中愁苦。"刘光说道:"善恶报应,何有证验?"香女回言:"孩儿听了几句话头,只见世人行善者少,作恶者多,所以享福者少,受苦者多。今世享福者,都是前世修善之人;前生作恶者,都得眼前受苦之报。这都是因果报应之明验也,岂不可信哉?"

　　善恶到头终有报,只争来早与来迟。

　　南无阿弥陀佛。

女孩儿,听尼僧,讲明因果。仔细听,件件真,句句明心。

想起来,我爹娘,开张肉铺。杀猪羊,害性命,万万千生。

人做畜,皆性命,心中何忍。日难言,大声喊,疾苦伤心。

猪受杀,前生孽,今生报应。转世来,他杀我,天理公平。

赠你银,谁人肯,将刀自割。将我心,比他心,就是佛心。

人骂我,必回言,何人肯让。杀一命,还一命,报应分明。

劝不醒,迷不悟,冤深孽重。失人身,受报应,万劫难寻。

女孩儿,想起来,心中惊怕。爹造孽,三个人,冤债平分。

若不听,女儿话,江心补漏。失人身,落地狱,懊悔无门。

劝爹娘,听儿言,别寻生意。求父母,早回头,改业修行。

　　刘光夫妻听了香女之话,甚为有理:"冤冤相报,我岂有不晓得?然则生意落在其中,一时也难改。"香女答言:"爹爹若肯回心,将肉铺收起,开一爿素面饭店。只要素菜清洁,菜蔬精致,那些僧道善人,紫金镇上来往客商最多,他们就会远远而来。依女孩儿主见,倒也可以度日。奉劝爹娘持斋吃素,看经念佛,可忏悔先前的罪愆,又修得来生的福果,岂不是好?"正是:

伴恶不如行善好,半积阴功半养身。

南无阿弥陀佛。

这刘光,听香女,善言相劝。就回头,心向善,不杀生灵。

开饭店,素菜饭,件件洁净。有善根,善言劝,样样依从。

这刘光,两夫妻,回心转意。终日里,行善事,念佛看经。

刘香女,劝爹娘,坚心修道。这就是,救双亲,不堕沉沦。

刘香女每日奉劝爹娘,持斋把素,看经念佛。劝了数月之后,这刘光是有善根的人,转意回心,将杀猪屠刀放坏,开一爿素面饭铺子,生意倒也闹热。凡有僧尼善人来吃,一应结缘。若有余剩,装佛贴金,修桥铺路,布施放生。香女禀告双亲:"我们上午开店,下午关了店门,只管念佛,如此可以跳出娑婆世界,求生西方净土,爹娘意下如何?"那刘光说道:"女儿之言,甚为有理,若说修行这个念头,也是要的。"

一心只管虔修道,还劝爹娘及早修。

南无阿弥陀佛。

女儿拱手告双亲,爹娘在上听原因。

持斋念佛天堂路,作恶行凶地狱门。

店中生意虽然好,修行念佛要当心。

若还只管钱和钞,难消孽障免其情。

为人不把弥陀念,三途苦报不离身。

只要三餐图一饱,家中不必积金银。

双膝跪在尘埃地,语言委婉劝双亲。

今朝发愿多相劝,求恳爹娘听几声。

我今上午来开店,赚些钱钞过光阴。

下午不要留宾客,虔心念佛诵经文。

十二时中勤念佛,修到西方净土中。

人生可比花间露,荣华恰似镜中尘。

千辛万苦遭磨难,如何不早办前程。

若有僧人来吃饭,看待如同眷属亲。

年小饥寒来求乞,理当相帮济贫穷。

香女一一来相劝,双亲同愿发慈心。

刘光夫妇宿有善根,今得女儿苦劝修行,同发慈悲,坚心念佛,广结良缘,见有僧尼道俗、穷苦之辈,一概结缘布施,净修三业,多增智慧。正是:

根深福大回头早,孽种冤深不识修。

南无阿弥陀佛。

刘光改业换生涯,一时变做善人来。

今朝父母回心转,香女欢心喜畅怀。

爹娘肯改多行善,本有前根宿世来。

就把钢刀来瓦掉,酒缸酒甏付他人。

肉馅馄饨都不裹,杀猪锅炉改茶炉。

鱼腥虾蟹都不卖,素菜面饭卖钱文。

不杀猪羊不害命,冬施姜汤夏施茶。

僧尼到来都接待,念佛斋僧广结缘。

见有饥饿留吃饭,见人口渴送茶汤。

各处草鞋多布施,夜来黑暗点天灯。

手做生活口念佛,时刻不忘怀在心。

日间礼拜如来佛,早晚常常又念经。

双双同发修行愿,一心只想上天庭。

香女此时年纪有十五岁了,且按不慢题。却说大树坊有一家富豪员外姓马名忻,有财有势,凶暴横行,生了三个儿子,长子名唤马金,次子马银,三子马玉。员外与院君夫妻两个不敬三宝,爱杀生灵。一日间,马忻父子四人带领仆从往山中打猎,从刘光门首走过。马员外见刘光饭铺子,说道:"就吃素饭去吧。"他们父子四人,落马进店,上房坐起。仆从等人,都在店堂坐落。大家吃饭完毕,会了钱钞。员外见香女,就问:"这位姐儿是你何人?"刘光回答:"是我小女。"马员外又问:"多少年纪了?可曾受过聘否?"刘光回言:"我小女年一十五岁,还未曾许配。"马员外指着马玉说道:"这是我第三个小儿,今年一十五岁,还未定亲,你女儿与我做了第三房媳妇罢。今日一言为定,另选吉日,送聘礼过来,万勿推却。"吩咐几句,骑上一匹大马而去了。刘光送出店门,只得含糊答应,不敢违拗,口口声声,说道是是。

姻缘本是前生定,山水相逢结遇亲。

南无阿弥陀佛。

马忻打猎回家转,刘光饭店做营生。

抬头看见刘香女,就起谋心要定亲。

眉清目秀生得好,相貌出众女钗裙。

开言就把刘光问,曾许人家未许人。

今日偶然来相会,前生必定有缘人。

我家夫妇双齐备,单生三个小儿身。

长子马金为第一,第二名唤马银人。

三子马玉年最小,未曾结成配婚姻。

要想拣个伶俐女,喜你方才令爱人。

不要三心来推却,吉日央媒送聘金。

刘光送出店门外,马忻作别便登程。

马忻来到刘光饭铺子内,见了香女十分中意,就要定与马玉为亲。不料刘光妻子徐氏安人心中大怒,不愿与他结亲,就把刘光埋怨起来,房中便着吵闹。

山水原有相逢处,欢喜冤家躲不开。

南无阿弥陀佛。

刘光夫妇相恭敬,两相和睦过光阴。

送出马忻登程去,妻子埋怨丈夫身。

女儿婚姻生了孽,夫妻口角不安宁。

闻得马家多凶恶,院君是个不良人。

诸凡世事要看清,亲事不该就应承。

女儿一世终身事,也该问卜去求神。

也该与我同商议,如何一口就应承。

他若央媒来求合,将何言语答他们。

亲事若还不肯许,必定算计我们身。

若把亲事来许配,女儿送进是非门。

事在两难无计策,妻子埋怨丈夫身。

只为马家婚姻事,夫妻日夜不安宁。

刘光说道:"方才这些言语,你也是听见的,我又不曾应允他。他们是个豪富之家,怕也有高亲反对,况且又无媒人,又无聘礼,不过一时的戏言,见我女儿随口闲话,何得如此着急?你也不必来埋怨我啊!"

四季光阴容易过,两轮日月快如梭。

南无阿弥陀佛。

马忻想起刘香女,不觉过了一年多。

就与院君来商酌,叫人前去唤媒婆。

唤着媒婆刘家去,办成聘礼定娇娥。

金钗金凤成双对,珠冠一顶半斤多。

赤金手镯三两副,簪花点翠裹红罗。

鸡鹅每样成双对,白羊身上染红花。

金瓶喜酒安排定,锦鞋绫罗使马驮。

福州羌桃圆眼枣,粤广建莲并柿饼。

百色果品都完备,瓶贮蒙山雀舌茶。

轿马家童都成对,梅香陪伴老媒婆。

迎到紫金镇上过,笙箫鼓乐响铜锣。

沿路人家都喝彩,马家行聘定娇娥。

马员外命许多人送聘礼到。刘光一见,心中大惊。徐氏安人心中十分不悦,说道:"你道向来自有主张,悉听你大才,不必来对我讲。"刘光见妻子如此回言,心中烦闷。香女见爹娘心中不悦,多生烦恼,上前劝解:"双亲不必心烦恼,姻缘大事,前生已定,或好或歹,都是女孩儿命该如此,何必埋怨爹爹?如若亲事不成,必有祸事临门。爹爹,你叫媒婆进来,女儿有一番话对她讲。"刘光就叫媒婆进来,行了一礼,香女就对媒婆讲话。

慢说刘光无计策,且看香女献奇能。

南无阿弥陀佛。

香女听了无烦恼,轻移莲步出房门。

从容下了全身礼,就对媒婆讲话论。

婚姻不用论财礼,盘盒今朝不必开。

多蒙厚礼送与受,要请官人亲自来。

奴家有话朝他说,不是姻缘不要来。

不识马家何意见,偏喜茅檐草舍人。

我家贫苦无陪嫁,哪有妆奁到马门。

幼年不学官家礼,如何进得富豪门。

官家女子都好聘,偏偏定我店穷身。

礼貌不全刘氏女,如何服侍老安人。

世间女子千千万,何不别定美娇娥。

千金之体多齐整,赛过嫦娥月貌容。

马家行事多仗势，与我奴奴意不同。

但能他意同奴意，方可联姻好结亲。

既要奴奴做媳妇，不可嫌我念弥陀。

官人若肯依着我，自然夫妇两调和。

聘金盘面都不受，要请官人到我门。

盒仗盘礼都不必，金珠彩鞋不须夸。

见了官人成夫妇，别样闲言总是多。

官人不到总勿妥，只好另定别娇娥。

媒婆见香女言辞执拗，急忙打轿回去，把香女之话逐一讲与马员外知道。员外听了此言，便说："此事何难？"随即叫马三官打扮起来，差四个家丁服侍，骑得一匹高头白马，即往刘家而去。

佳人才子初相会，斗机发愿配婚姻。

南无阿弥陀佛。

三官骑马便行程，亲到刘家说定亲。

四个家丁同伴往，新衣簇簇貌堂堂。

体态巍巍真才子，好个风流少年郎。

头上戴着书生帽，身穿一领紫罗袍。

蟠龙外套绡金领，乌靴粉底寸半高。

随带家丁有四个，骑匹白马往前行。

一路行程来得快，就到刘家店铺门。

那马玉一头请到，媒婆就去通报香女知道，说："三官人在此见礼了。"香女在帘子内回了一个礼，说道："官人请坐，奴家有一言奉告：送来聘礼一概不收，只要官人依奴家十件事来，就算作聘礼。"三官人问道："哪十件事？谨当请教。"香女回言："如此官人听禀，待奴奴一一呈明上来。"

妙言佛语慰清心，坚心修道劝夫君。

南无阿弥陀佛。

我爹娘，不贪你，家财豪富。依奴说，十件事，就好成亲。

第一件，勤念佛，敬重三宝。第二件，孝双亲，和睦乡邻。

第三件，休打猎，莫杀生灵。第四件，不贪小，害众欺群。

第五件，切不可，贪淫好色。第六件，勿虚言，诓骗他人。

第七件，莫烦恼，忍气和平。第八件，不贪杯，戒酒除荤。

第九件，发慈心，放生行善。第十件，见穷苦，周济贫民。

若能够，道心坚，持斋念佛。临终时，往西方，九品莲邦。

这马三官原有善根的，听了香女之言，一心了悟："今闻娘子良言，如梦初醒，使我小生铭刻在心，终身敬服，谨依遵命。送来薄礼，万望全收。"媒婆又把盘中聘礼送进来，香女将盘中礼物一看，单收红罗一匹，其余一概奉还。三官人见娘子再三再四推却不收，说道："小生就要告别回去了。"媒婆送马三官回来，对院君、员外说："聘礼一概都勿收，单收一匹红罗。这一位三娘子，生得千娇百美，又聪明伶俐，日后必定是个诰命夫人。员外与院君真正有福。"那马员外是个贪小之人，聘礼一概不收，又见媒婆说了一番好话，心中大喜，且按下不题。却说刘光夫妇两人，见女儿终身许配，默默无言。香女对爹娘说："奉劝双亲，把家庭事务一概撇开，只管坚心念佛。曾记古人有句话：'上床脱了鞋和袜，未知明日穿不穿。世人不肯勤念佛，一双空手见阎王。'我把一匹红罗绣成一堂长幡，挂在佛前供养，保佑爹娘身体康健，坚心念佛，岂不是好？"

奉劝爹娘修佛道,孝女刘香自古传。

南无阿弥陀佛。

爹娘瓦掉心中事,坚心念佛过光阴。

劝亲媒事休提起,持斋吃素静修行。

绣得长幡挂佛前,佛恩保佑道心坚。

但愿双亲勤念佛,跳出娑婆不夜天。

长幡挂在佛庭前,保佑公婆福寿绵。

劝得马家同修善,愿求夫主听奴言。

一家若得同修善,脱离苦海乐无边。

绣出观音十二愿,亲身礼拜得安然。

他年也有幢幡引,迎到西方极乐天。

每日焚香虔诚祷,祈求三界释冤愆。

劝得世人修佛道,定坐西方九品莲。

香女自从挂幡之后,同爹娘日夜苦修。行住坐卧,时刻坚心念佛。此时从刘光放坏杀猪屠刀已经六年之久,忽一日悲伤起来:"我三日之前曾得一梦,梦中见有金童玉女手执幢幡宝盖,接我夫妻两人脱离凡界,在于明日午时三刻要归长梦了。我儿,你代我备办香汤沐浴,拜别家堂香火,等候时辰而去。"香女一闻此言,放声大哭,一时晕倒尘埃。爹娘慌忙扶起。

双亲离苦超仙界,全仗香女一番功。

爹娘上前忙扶起,苦命亲儿叫几声。

爹娘不死儿先死,辗转思量痛煞人。

想起当初无儿女,后来生得我儿身。

为娘爱你心头肉,爹爹爱你宝和珍。

见儿行走心欢喜,见儿会话喜欢心。

时刻不离娘左右,跟随伴走不离身。

多亏女儿行孝道,劝我爹娘及早修。

六年时念弥陀佛,西方佛果得完成。

今朝听得双亲死,女儿哭死地埃尘。

人生命是前注定,劝儿不必苦伤心。

爹娘死后休埋葬,抬到南山火化身。

爹娘死后苦伶仃,叫人报到马家门。

他家怜你无依靠,自然来娶我儿身。

此去公婆要孝敬,夫妻和睦过光阴。

妯娌亲邻多恭敬,但愿传扬贤孝名。

女儿若肯挣志气,爹娘虽死也安然。

抱住女儿连声哭,哭断肝肠痛碎心。

一世为人靠着你,思思想想越伤情。

我有一言儿谨记,时时念佛要当心。

你早修行成正果,西方路上见双亲。

徐氏安人哭罢,香女渐渐苏醒转来,哭道:"我的爹娘呀!"

流泪眼劝流泪眼,断肠人送断肠人。

南无阿弥陀佛。

闷煞人,我爹娘,忽然道及。功程满,仙童女,接我双亲。

实指望,长大时,尽心孝道。若能够,得成人,养老终身。

倒不如,那飞禽,乌鸦反哺。怎学得,这羔羊,跪乳恩深。

我爹娘,为女儿,千辛万苦。我娘亲,枉费心,乳哺心勤。

父母恩,如天地,碎身难报。告苍天,奴愿死,替我双亲。

爹爹死,留娘在,我有依靠。娘亲死,爹爹在,还好栖身。

若果然,我爹娘,双双都死。倒不如,我也死,三个同行。

我爹娘,功成满,同登仙界。撇女儿,好伤心,两泪双淋。

千不思,万不想,爹娘同死。倒不如,儿先死,等候双亲。

我心中,如刀割,肝肠寸断。真可怜,好凄凉,痛苦伤心。

香女哭罢,急忙齐备,等父母香汤沐浴,换了洁净衣服。刘光夫妻两个,果然辰午二时坐化升天。香女哭到死去还魂有数十次。邻舍人家见香女哭得凄凉,一十六味药名为证。

痛哭附子今朝别,可怜贝母两离分。

奴今不愿留生地,惨然想起泪滴答。

早晨哭到黄昏夜,梦见爹娘不当归。

头上金银花不戴,胭脂花粉不搽唇。

夜哭通宵无血余,寄生草决不还明。

知母不得重相见,刘寄奴命报幽魂。

爹娘没有茴香月,留我独活好伤心。

细辛夜静思量起,更比黄连苦十分。

"孝女刘香,双亲携手归安养,苦煞我闺门年少孤哀女,抱痛伤悲,抱痛伤悲,可向何人诉?谁说我苦命堪怜,亲死无殡殓,终日里闷闷昏昏,真是那上天无路,入地无门。须看我一家骨肉,蓦地里消散无余,正是姻缘幻合浑如梦,缘散还同浪里萍,缘散还同浪里萍。"

香女哭罢,说道:"我家没有至亲,只得烦人去请公公到来料理丧事。"随即着人去通报。马忻闻此信,感叹不已,就与马玉带了使用人等,就到刘家治丧。香女含泪拜见,说道:"小媳妇罪孽深重,连丧双亲,无人料理,只得惊动公公,罪莫大焉。双亲留下白银四十两,烦公公备办棺木衣衾。"马忻说:"既然成亲,应该料理。"就叫家人买办端正。香女说道:"父亲遗命,把棺木抬到南山焚化。"马忻又去请一位道德禅师来下火。长老手执火把,念一佛偈,说道:"大众们用心听着。"

柳媚花娇二月天,绮罗锦绣簇名园。

上人不爱春光好,撒手西归返本源。

南无阿弥陀佛。

你不认得我,我不看见你。

你送我一匹布,我赠你一把火。

火光熠熠号无明,坐在龛中不必惊。

回首自知对与错,了然问我问他人。

与君烧却臭皮囊,换取金刚不坏身。

不随流水小刘郎,趁此火光归净土。

刘光刘光,趁此火光。

不可乱走,直到西方。

香女把爹娘两座灵柩送到南山焚化之后,就说:"公公请上,小媳妇拜谢。"马忏道:"罢了,我今回去,选吉日来迎娶你。今日先叫玉梅丫鬟来陪伴你。"带使用人等,登程而去了。

慢说刘光升天界,且看香女报恩情。

南无阿弥陀佛。

此时香女忙拜谢,拜谢禅师下火恩。

拜谢公公来料理,拜抬棺木众工人。

多蒙眷属来吊奠,再拜东邻西舍人。

亲邻诸眷都拜到,回身又拜两幽魂。

仰望双亲来保佑,教儿修道得成功。

女儿修得成正果,莲池会里见双亲。

慢说香女守孝孤凄。且看马员外同马玉带领使用人等回到家中,与院君聚话,选择吉日,就叫刘氏香女过门才好。一时间就叫媒婆先去通报个吉日,前来迎娶。那香女早知吉日有期,马家就要来娶,将器皿家伙什物等项都卖送与邻舍人家,居住的房屋舍与福田庵里。安排已定,拜别东邻西舍,在家等候。不觉喜婆押了轿子,鼓乐喧天,来到刘家迎娶。喜婆说道:"奉员外之命前来迎娶三娘,请登宝轿。"香女说:"晓得。"就脱去了孝服,梳洗头面,换起了一套蓝布衫裙,走到爹娘牌位灵前,大哭一场,说道:"我的爹娘呀,女儿好命苦呀!"

生死恩情从此断,祸福机关今日生。

南无阿弥陀佛。

今朝拜别如刀割,爹娘一死永无踪。

生个兄弟有祭扫,生我女子一场空。

千声万唤难叫应,伤心痛哭泪纷纷。

生个孩儿传后代,生我女子断刘宗。

抬头不见生身母,犹如乱箭射心胸。

若还爹娘重相见,如非梦里再相逢。

哭到堂前无影踪,哭进房内一场空。

前者爹娘同一处,今日缘何各西东。

再想爹娘重相见,除非纸上画真容。

我今年幼无依靠,叫奴何处去寻踪。

仰望阴灵来保佑,教儿修道得成功。

女儿修得成正果,西方路上再相逢。

思量苦切重添苦,雪上加霜苦煞人。

仰面上天天无路,低头入地地无门。

十月怀胎空劳力,三年乳哺枉劳心。

敲水洗布娘受苦,把尿把屎累娘身。

湿席娘眠儿困燥,喝茶哺饭养儿身。

知饱知饥娘知我,未寒先已备衣襟。

缠脚梳头娘辛苦,缝缝补补母辛勤。

我爹费尽心中血，白养奴奴一女身。

在生不得恩情报，一早双双去躲身。

嚎啕大哭真凄惨，思娘梦里见双亲。

开眼无亲谁作伴，伶仃承苦痛伤心。

爹娘从此超仙界，儿在阳间落火坑。

只因前世多作孽，何能逃出火坑身。

儿到马家为媳妇，未知死活若何能。

上无兄来下无弟，何人接我转家门。

娘家兄弟无来往，马家越发要欺人。

我的天呀真好苦，苦煞刘香女子身。

香女苦得昏迷去，一头晕倒地埃尘。

大家救得方苏醒，玉梅劝解且从容。

鼓手众人忙催促，香女上轿面愁容。

牌位灵前少一女，血泪刘门遍地红。

却说马员外迎娶香女为媳，众人轿子抬到厅堂上，马家亲邻女眷陪坐多时。然后马三官抱出新人，立在厅上，男女分开，左右两班高座，看马玉与香女成亲。参天拜地，拜见公婆，又拜亲邻眷属并两位伯母，交杯合卺，忙了三日。

前生因果今生会，宿世姻缘三日分。

南无阿弥陀佛。

天生一对结成亲，笙箫鼓笛闹盈盈。

厅堂灯彩华筵盛，悠扬鼓乐雅和声。

银烛辉煌照厅上，四亲八眷看新人。

百般音乐叮当响，内亲外眷坐高厅。

桌围椅褥多排列，珠灯灿烂色光新。

金盏银台光耀目，好比神仙洞府临。

孔雀花屏插玉堂，争看香女配郎君。

一家大小都拜见，再拜诸亲邻舍人。

伯母两人齐妆粉，满头珠翠宝和珍。

身穿锦绣蟠龙袄，下系三镶百子裙。

满堂灯彩华筵盛，诸亲百眷看新人。

众亲一见刘香女，都来称赞女钗裙。

行走如云裙不动，声音朗朗不摇唇。

天生绝色多娇嫩，美丽如花像玉人。

好像嫦娥离月殿，犹如仙女下凡尘。

聪明画工难描画，奇样丹青画不成。

哪有真容来好看，如花似玉貌超群。

天下凡间为第一，世上难寻第二人。

伯母妆扮虽然好，不及新人半毫分。

马玉与香女成亲，诸亲百眷都来贺喜。忙了两日，那马金、马银之妻说道："二婶婶呀，你看这个新人原来是穷人家出身，少穿少戴，我与你拿些首饰衣衫与她穿。明日是个三朝了，诸亲到来，也是我家的体面。""大母之言甚是有礼，我与你拿了首饰衣衫，大家同去。"两人竟到香女房中，二人说道："三婶婶，我们有些首饰衣衫在此，明日是三朝了，与你穿戴穿戴。倘有亲戚到来，也是我家的体面。"香女说："两位伯母请坐。多蒙厚情，奴家一来没福，二来不曾穿戴惯的，多谢了两位伯母。"

　　容陋女子爱穿戴，贤孝夫人别有情。

　　南无阿弥陀佛。

　　女体从来五漏生，奴年十六岁青春。

　　穿破绫罗皮毛惯，从来脂粉不搭唇。

　　不点胭脂不搭粉，不着绫罗不戴金。

　　香粉不搭花不戴，生平向不爱绫罗。

　　容貌本是天生就，妖娆打扮假惺惺。

　　搭粉点脂招人眼，引诱呆人动欲心。

　　一日风流一日债，造些孽障紧随身。

　　布草麻衣多洁净，百般体态有精神。

　　堪叹人生总是空，何必搭眉画粉容。

　　金玉雕镂妆枯骨，锦绣罗衣着臭虫。

　　三寸气断容貌改，千娇百媚一场空。

　　从小布衣穿着惯，哪有绫罗挂在身。

　　头上向来无插戴，家贫实未见高人。

　　多蒙伯母来抬举，后来补报你恩情。

　　两位伯母见她衣衫不换，反受了许多闲话，心中十分不悦，走到婆婆面前去，说道："媳妇们见三婶婶没有穿戴，好意思与她首饰衣衫，与其脱换脱换。明日是个三朝之日，诸亲到来，也是我家的门楣。与她衣服不换，倒也罢了，反受她许多闲话。本来要责罚她几句，一则不曾禀告婆婆，二则道她新来初到，所以忍受其言。"院君说："你们不要去礼貌她，看其明日如何来见我。"

　　骨格生来体自然，凡人哪晓佛心田。

　　南无阿弥陀佛。

　　一宵晚景休提起，不觉一霎到天明。

　　厅堂灯彩华筵盛，悠扬鼓乐雅和声。

　　诸亲百眷来道贺，请出刘香女一人。

　　头上挽个螺蛳髻，一对蒲鞋脚下行。

　　竹簪一枝头上插，身穿蓝布旧衣裙。

　　公婆一见心发怒，伯母旁边是非论。

　　新来婶婶不要好，蓝布裙衫见众亲。

　　婆婆听了刁唆语，顿时发怒便生嗔。

　　诸亲谈论犹且可，院君喝骂不非轻。

　　只望讨来多荣耀，缘何羞辱我门庭。

　　院君发怒高声骂，喝骂贫穷下贱人。

　　此时香女生欢喜，院君只管骂妖精。

　　香女上前赔笑脸，双膝跪在地埃尘。

院君只管连声骂,喝骂妖精不是人。

伯母与你衣衫换,有何得罪你们身。

她是好意来妆扮,反招恶语听妖声。

贱人头上难戴宝,绸缎原须有福人。

衣衫不换犹且可,语言冲撞为何因。

绸缎不包贫贱骨,金珠难上贱人身。

年少贱人不要好,全仗伯母教成人。

自尊自重人尊重,自轻自贱被人轻。

乞丐做亲也要借件新衣服,丫鬟出嫁换衣裙。

不论谁人来出席,也要上下一齐新。

年少贱人没脸面,使我一见好心惊。

头戴竹簪螺蛳髻,一对蒲鞋脚下行。

诸亲与你来见礼,双手拱揖拜观音。

不僧不俗何腔调,恼得心头火直喷。

从今笑破多人口,被人谈论不非轻。

别人称赞容颜好,看她相貌也公平。

为人情性多执拗,有药难医贱骨人。

富贵女儿有家教,小家女子骨头轻。

生来骨骼多贫贱,如何进得富豪门。

我家虽非真乡宦,赫赫门庭早有名。

不该去讨贫贱女,今朝剥我面皮门。

以后不听婆婆话,休怪为婆没面情。

听我教训还犹可,不听婆婆苦自身。

众人上前来相劝,院君怒色渐消平。

就骂贱人来改过,改过前非好做人。

今朝初次权饶你,快来即速换衣裙。

我今发放饶你去,香女谢罪进房门。

香女在婆婆面前谢罪之后,回到房中。一见马玉,就问官人:"一向在此,作何事业?"三官人说:"我在家只管攻书。"香女回言道:"要读书何用?只要你学道,禄在其中矣。"三官人说:"我满腹文章,必得要图一番贵显才好。"香女回言道:"一世为官万世仇,冤冤相报几时休。奴奴指你西方路,奉劝夫君趁早修。"

世间万般都是假,一心念佛是真情。

南无阿弥陀佛。

香女即便劝夫君,苦志攻书是少年。

雪案萤窗勤苦读,枕惊圆木几时眠。

日夜穷经勤苦读,工夫能有几时闻。

灯油心血都耗尽,墨块铁砚也磨穿。

黄昏读到三更夜,日夜攻书不得眠。

炎天腊月无休歇,十年坐得破寒毡。

这等贤心修佛道,何愁难到祖师前。

五车书卷都读尽,这番辛苦为谁忙。
若将儒理修佛道,跳出婆娑不夜天。
世人都道为官好,鸡鸣戴月进朝房。
五更待漏随朝殿,三呼万岁列班行。
两班文武朝北阙,进朝如见活阎王。
臣伴君王终有险,羊伴豺狼命必休。
静坐蒲团能有几,奔波劳碌利名忙。
一念回心行正道,哪管地狱与天堂。
别人都道为官好,奴劝官人学道高。
为官哪得无冤屈,恐防后代不坚牢。
一世为官万劫缠,轮回六道受牵连。
不若参禅能悟道,三宝尊前结香缘。

三官人说:"我满腹文章,必要图一番贵显才好。"香女说道:"人生贵显实轩昂,朝歌暮晏胜天堂。福尽自然灾祸到,披枷带锁见阎王。依我奴奴主见,修一个出头因果岂不是好?"他夫妻两个刚刚在房中说话,不想被两位伯母听得明明白白,走到婆婆面前挑唆一场口舌。

劝夫修道为前因,说话房中惹祸根。
南无阿弥陀佛。
婆婆在上听原因,媳妇有事告知闻。
方从婶婶房门过,两人门外听原因。
她叫叔叔修佛道,不须诵读圣贤文。
她说做官无结果,人家弄得不成文。
若还听了她言语,儒书不读去修行。
苦苦劝君修佛道,家中扰得乱纷纷。
院君听得心焦躁,高声喝骂小妖精。
她到我家三两日,这等作怪乱胡行。
哄骗夫君修佛道,同床共枕念经文。
不劝丈夫书勤读,朝歌暮乐为何因。
咳,贱人呀! 丈夫若得官来做,看你没福做夫人。
今朝天晚权饶你,明朝打发两边分。

院君说:"今日天色已晚,夜静更深,不必说了。你们都去睡了罢,待我明日起来摆布她。"到了第二日,院君就叫马玉:"我对你说,你今日到书房去读书就是,清明佳节你也不必回来。自今以后,不许同贱人见面。你若私妻背母,为娘不得甘休的呢!"三官人说:"这孩儿怎敢违命?"

孝子谨遵慈母命,贤妻房里喜欢心。
南无阿弥陀佛。
马玉你是读书人,为娘有话说分明。
昨夜黄昏人静后,夫妻房内讲真经。
新婚哪得身干净,被头里面讲修行。
妆出许多妖娆态,把你迷恋哄偏心。
这样新闻我未见,恼得心头火一盆。

我今气得身发抖，一夜何曾合眼睛。

你今只管攻书去，由她修炼做观音。

一心勤把书来读，修要挂念这奴精。

看你满面愁容貌，心中恋着为妻身。

新婚恩爱难割舍，满腔怨恨老娘身。

若还不听娘言语，背母私妻忤逆人。

看我娘身如厌物，妻子说话是真情。

不是为娘心忒狠，恐你迷恋丧亡身。

快把诗书勤苦读，勿想妖精送命人。

男儿立志图富贵，一举成名天下闻。

金榜题名封官职，紫袍玉带不非轻。

一朝高中魁天下，宫花插得满头香。

我想孩儿来及第，后来做个太夫人。

听了妖精没结果，贪淫好色下流人。

用心勤把书来读，一心只管奔前程。

　　马玉对母亲说："孩儿就此拜别。"又回进房中见香女，说："你昨夜劝我修行，却被婆婆知道了，今日逼我到书房去，即刻便要登程。"

虽然今日鸳鸯散，谁知后世共西天。

南无阿弥陀佛。

昨夜房中讲修行，慈母闻知气恼生。

今朝逼我书房去，三日夫妻两日分。

我今暂把恩情舍，勉强攻书过几旬。

我今虽到书房去，心中日夜挂妻身。

日间愁你无陪伴，夜来两处抱孤衾。

婆婆言语当依顺，伯母和睦过光阴。

我娘为人心正直，有人察出听知闻。

只望母亲回心转，夫妻有日再相亲。

今朝无奈分离去，贤妻切莫怨夫君。

话别此言心苦切，泪流如雨忍离分。

可怜拆散鸳鸯侣，未知何日再相亲。

香女听说回言答，官人此去放宽心。

切勿为奴情牵挂，谨遵母命读书文。

香女此时心暗喜，一身清净好修行。

夫自读书妻念佛，一人各有一条心。

　　院君打发三官人出门之后，就叫香女出房来辱骂一场："你这小贱人，昨夜房中叫你丈夫修行，不叫你丈夫读书，你是何人的主意？你丈夫倘若能做官时，看你这面皮，也难做夫人。依我看来，你是下流之人，不承抬举的。如今你到厨房中粗做，挑水劈柴、烧火煮饭，一应都要你去做。"说话之间，马金、马银打了许多飞禽走兽回来。院君一见，喜之不胜，就叫香女拿到内厨房中去烹调来吃。香女说道："婆婆，媳妇只会安排素菜，不会烹调这个野味，将如之何？"院君道："你不会上灶，就去烧火。"香女说"晓得"，口唱佛曲而去。

见生灵怎不叫人心下惊，前生孽重变飞禽。

今遭毒手，也是前因。

你若潜身避迹深山地，可免今朝灾害临身。

常言道，劝君莫打三春鸟，子在房中望母归。

可怜他母子难存活，想起来只落得好伤心。

香女唱完了佛曲，被大姆姆听见了，到婆婆面前去说："新来三阿婶，想必是沿街唱盲词小曲惯的，倒也唱得好听。"院君说："你们不要去睬她，看其将来如何。"却说真宗皇帝登殿临朝，文武官员朝贺已毕。真宗皇帝微开金口，露出银牙。王曰："卿等有事者奏，无事者退。"当时有一个文华殿大学士出班奏道："臣吕蒙正有本启奏。万岁今当大比之年，例应开科取士，伏乞圣裁，请旨定夺。"王曰："招贤取士，朝廷大典依卿所奏，考选各省英才，折留内阁发抄，该部知道。钦此。"

开科广招四方财，年少英雄及第来。

南无阿弥陀佛。

奉旨行文各部院，读书文士进纷纷。

各府州县饱学士，备呈文卷跳龙门。

试官先把华州考，马玉入泮中头名。

员外院君都欢喜，亲邻贺喜闹盈盈。

马玉街坊迎秀士，心中要想会妻身。

马玉迎过秀才之后，原想与妻子会一面，不料院君又发往他到书房中去了。香女在灶下烧火，拜了灶君司命神，口唱佛曲莲华之乐。

灶下柴薪火来烧，两脚板凳不坚牢。

只要身心坐得稳，不动安然凭你摇。

火筒吹破不肯着，安排柴火水来浇。

水来浇了水来浇，主人好把豆来淘。

豆煮熟来众人吃，锅镬损破自补牢。

自补牢来自补牢，锅中热饭气滔滔。

现成不肯盛来吃，直等阎王铲剥焦。

铲剥焦来铲剥焦，六个老鼠咬个猫。

猫儿睡着不肯醒，一头醒悟之时没脚跑。

没脚跑来没脚跑，烹炙鸡鹅煮羊羔。

吃酒之人都粘住，呷汁之人罪不饶。

罪不饶来罪不饶，一星之火万丈高。

猛力修行休放手，用心立意要坚牢。

用心牢来用心牢，煮了汤团又煮糕。

五谷同是阴阳种，道通天地显神高。

显神高来显神高，柴头烧火不曾焦。

寻个名师传下种，何劳去把外门敲。

外门敲来外门敲，使了生姜又用椒。

三寸舌头尝滋味，一一还当罪不饶。

终朝不脱灶门火,灶君大王听奴烧。

你知我来我知你,你受香烟我受牢。

我受牢来你受烟,一家大小我无缘。

思量做个艄公汉,都来登我法华船。

法华船来法华船,灶若败坏走了烟。

灶若坍塌屋要倒,一堆烟火一堆烟。

烧火之时要劈柴,连根带柴劈它开。

斧头石上磨得快,任凭大树要它开。

奴家挑水不怨夫,桶儿散坏不曾箍。

麻绳短了结头多,井中不料水干枯。

倘若吃了曹溪水,合家老小换心肠。

曹溪之水真清净,浑身清爽应心凉。

洗涤心身多洁净,总是金刚大道场。

四海龙王没来由,笑我挑水压肩头。

发心挑尽东洋海,得了明珠总罢休。

告灶君告灶婆免使今生受多魔,我今火也烧来水也挑,终朝快乐自逍遥。

我今佛也念来经也念,要求佛祖来相见。

朝也修来暮也修,不到灵山怎肯休。

一朝修得功程满,上了灵山佛国游,想起来欢心乐意也无忧。

正是:

胸中有道随时乐,眼底无尘触物清。

南无阿弥陀佛。

香女唱完佛曲,被两位伯母听见了,急忙走到院君面前说:"婆婆,三婶婶又在厨房忏灶经了,倒也念得好听。"院君说:"她究竟年纪尚轻,你们由她罢了。"一日之间,院君坐在厅上,有一老家人马忠从庄上回来,向院君跪下叩头:"小的请太太金安。员外先行打发小的回家。有银子七百余两、书信一封呈上。"院君问道:"今年庄上账目收得如何?"马忠回言:"往年庄上账目收米折银共由一千二三百两,今年只有收得七百余两。故此员外大发其怒,就把这些欠户都吊在马房里三日,打得他们皮碎肉烂,口口声声都说道:'卖妻子,卖不去,卖儿女,没人要。'他们都还不清。年成荒薄,没奈之何。"院君说:"晓得了,你吃饭去罢。"此时香女听见,说得如此凶恶,多念几声阿弥陀佛,唱佛曲而去。

行善的,受苦遭魔。作恶的,钱财广多。

行善的,衣衫破碎。作恶的,着绫穿罗。

行善的,忍饥受饿。作恶的,酒晏笙歌。

我将此事竟告到弥陀,陀佛也无言应我。

惟有罗汉笑呵呵,你且忍耐莫言多。

看他们收成结果,收成结果待如何。

朝也巴来暮也巴,巴巴急急做人家。

恶人放债盘重利,终究富贵水中花。

劝人必要行善事,佛祖神祇保佑他。

打街骂巷没天理,阎王善恶簿来查。

恶人颈上带长枷,唉,也么冤家。

善人脚下踏莲花,哈,也么莲花。

香女唱完佛曲,不料婆婆背后听得明明白白。院君手拿一棍柴棍,把香女头发一把揪扭过来,一连打了二三百棍。香女晕倒在地,玉梅丫鬟双膝跪下:"老太太,我玉梅求讨一情。三娘原应该打的,看她年纪尚轻,不知事务,求太太如开天地之恩。"又道:"天能盖地,大能容小,息怒些罢。以后再犯,任凭太太重处,我玉梅也再不敢来劝了。况是年高有德之人,切不可气坏了。"院君说道:"一来打得我手酸了,二来这个贱人晕倒去了,三来你玉梅求饶。"院君又叫一声:"贱人啊,真真要气死我呀!这是我家的气数,原不应该讨这个贱人的呀!"那玉梅见院君去了,连忙把香女抱起,扶进房中。香女说:"好不痛苦我也。"

黄金本宜遭锻炼,白玉磨得器方成。

南无阿弥陀佛。

玉梅见得三娘苦,两行珠泪落纷纷。

多亏玉梅来料理,茶汤服侍甚殷勤。

送了三娘进房去,玉梅暗地告神明。

恶人快活善人苦,恐怕世人退道心。

拜求佛祖生慈悯,速征报应见分明。

香女多亏玉梅殷勤调理,一月之后,依然复旧还原。玉梅见大娘、二娘挑唆院君,将她打死还魂,她背地里并无怨恨之言。"此乃慈悲忍辱之道,日后此人必成真果。世界上,我看少有此等之人。"不免请出三娘,投拜为师才是。"三娘有请。"香女在房中出来就问玉梅丫鬟:"你叫我有何话说?""三娘请上,玉梅投拜为师,万望指点修行路头,感恩不浅也。"香女道:"这也难得,我向来承你殷勤服侍,想必前生有缘,以后你可持斋把素,皈依三宝,坚心念佛,日夜陪伴,一同修行便了。"

生死谁知有后先,普施佛法广流传。

南无阿弥陀佛。

佛在灵山莫远求,灵山即在你心头。

人人有个灵山塔,好向灵山塔下修。

从来菩萨不离身,自家瞒昧不相亲。

若能静坐面光照,便见生前旧主人。

千山万水难寻见,一团灵光在我身。

人人自有真佛性,皆因六贼失原因。

乾坤尚有多更改,浮躯尘世岂长存。

入圣超凡成真果,清风明月自悠游。

一念轮回一度身,或投富贵或穷人。

若人要免轮回苦,常念无生即返真。

玉兔金乌晓夜忙,人当急早躲无常。

但教一念佛陀切,临终何必见阎王。

持斋勤念弥陀佛,不劳弹指到西方。

玉梅同香女静心念佛,有一个丫鬟说道:"老太太要请三娘说话。"香女一径到院君面前,启问:"婆婆叫媳妇来,有何吩咐?"院君说:"叫你过来,不因别事。明日是清明佳节,叫你同去上坟,你可早些打扮起来。"香女说:"媳妇有一件要紧事,要告禀婆婆得知。"

一心只要修佛道,半句语言惹祸身。

南无阿弥陀佛。

婆婆听我诉原因,上坟不要杀生灵。

食充众口它遭罪,祖宗虽享不可宁。

畜生都是人生变,改头换面不知因。

灵前供养非为孝,不过祭祀表凡情。

若有孝顺儿孙出,素菜果品祭灵前。

不杀猪羊不害命,清明祭扫荐亡灵。

阴灵必得来受享,受享之后上天庭。

祭祀全凭心诚敬,谁人使你杀生灵。

孝顺儿孙知礼法,看经念佛荐亡灵。

反要祖宗多加罪,伤身害命罪非轻。

你贪滋味它受苦,反累亡灵不超升。

猪羊鹅鸭多多好,鸡鱼虾蟹又调羹。

假称清明来祭扫,合家老小到坟茔。

哪有阴魂来吞吃,喉咙落了几多深。

在生不把双亲敬,枉向荒山祭鬼魂。

生前孝顺爹娘好,方为有道好儿孙。

婆婆姆姆心发怒,就骂无知小贱人。

三牲祭礼从来作,祖宗岂可断荤腥。

开口无知招轻贱,打骂缘何怨恨人。

此时香女无言答,全然不去辨分明。

院君说道:"咳,我好气又好笑。这个上坟祭扫,三牲祭礼从古到今向来有的,不是我家新出来的。咳,贱人贱人,你今年纪也有一十六岁了,又不痴不呆,口里说句话,心中也要想一想看。难道为你一个人吃素,把祖宗的血食都绝了不成么?小贱人呀,总是你家爹娘没有家教之过,以后不许多嘴。真正要气死人呀!"

忠言逆耳不肯依,船到江心补满迟。

南无阿弥陀佛。

一宵晚景容易过,且表今朝天色晴。

婆媳三人多打扮,黄是金来白是银。

身穿锦绣蟠龙袄,下系时式细纱裙。

三乘大轿前行去,香女莲步后头跟。

脚下蒲鞋穿一对,身穿总是布衣裙。

一径来到坟堂上,大家祭祖拜先灵。

马忻家中男人等都到祖坟面前摆设祭礼,乐人吹吹打打,锣鼓喧天,好不闹热。合家大小都来拜礼完毕,香女独自一人,先走到庄屋里边,随口唱曲。

清明节,因祖先,杀生害命。上坟茔,何曾有,两泪纷纷。

祭祭祖,用三牲,害他受苦。有孝子,有贤孙,念佛看经。

梁武帝,万乘祖,不杀牲命。郊祭天,社祭地,面做饩牲。

观世音,为宫主,皇宫生长。杀畜生,多罪过,不敢开荤。

谁知我,是好心,反招怨怒。劝不醒,如梦中,酒醉昏沉。

我苦劝，不回心，只图口腹。杀猪羊，来祭祖，罪孽多增。

春三月，赏花天，游春玩景。假借名，来祭祖，临水登山。

穿着的，好衣衫，明明游玩。原来是，看看景，柳绿桃红。

办酒肴，为自吃，妄称祭祖。乘的轿，坐着船，锣鼓喧天。

年年见，清明节，畜生遭劫。何曾有，一滴儿，到得九泉。

阎罗王，见分明，大家受苦。落地狱，受痛苦，不得超升。

做恶鬼，出无门，变成畜类。在阳间，不修行，懊悔无穷。

香女唱罢，不料婆婆就在背后察听，将香女头发一把扭住，将一把象牙骨扇子打得纷纷碎，气得半句无言。马员外说："你们为着何事，这等乱打？她年纪还小，将就点罢。"院君说："不要提起，我正要告诉你。前者之时，穿了蓝布衫裙做亲，你也是眼见的。与她首饰衣衫抵换，决意不肯，分明出我家内的丑态。后来你到村庄收账去了，她又忏起《灶经》来了。但则一女人家在厨前灶后，也有个禁忌，不是唱莲花就是忏经。今日我好意叫她同来上上坟，她先走到庄屋里边咒诅我们。她说道吃素念佛的人似乎好上西天的，我们吃五荤的都要堕落地狱，实头阎罗王竟似他们做的。你道我气也不要气，她还是该打不该打的？我如今不许她回去，把这小贱人留在坟庄上屋里，种作菜蔬，种来好供给我们。"马员外心中一想，回去总要多多凌辱，就对坟公坟婆托付一番："我把三娘托付与你，你们总要好好看待她，我自然另有道理。"说毕之后，大家都回去了，香女留在坟园里种菜。此处清净之地，正好修行，心中倒也十分欢喜，悠然自乐，随口念来："有意修行，何须别寻胜景？真心修道，此处就是灵山。南无阿弥陀佛。"

我依佛道种菜根，佛道原来在一心。

亏得当初留颗种，今朝修补长苗根。

初进园中新放芽，根深净土透莲花。

日夜坚心勤念佛，修成正果转还家。

今世不昧前世因，菜根滋味好修行。

我把菜根埋净土，功圆行满自然成。

根深本固多培土，叶长心粗种复生。

一朝嚼出真滋味，菜子留香都是珍。

香女一边种来一头唱歌，忽然间见一只白兔跳将出来，拼命逃来，躲在香女裙边。向外一望，只见园中有两人赶到，飞马提枪，香女就把裙子遮了白兔。不是别人，原来是两位伯伯。那马金、马银说道："你在此地看见一只白兔么？"香女说："我没有看见。"马金道："白兔是婆婆所爱吃之物，你还放不放出来？"马金兄弟两个提起马鞭乱打，又被马银对胸一脚，香女一头晕倒地上，可怜鼻流鲜血。他俩人追赶别处去了。谁知千年白兔能通灵性，逃命庄屋里边，见了坟婆跳了三跳，向外就走。坟婆心中疑惑，跟了白兔走到园中，只见香女死在地下，满面鲜血。坟婆急忙抱起大哭："三娘呀，这番是不好了。"坟婆心中着急，无计可施，只见白兔衔一枝青草放在香女口边。坟婆想道："谅必是枝仙草也未可知。"双手揉碎，放在香女口中，停了半刻功夫，香女渐渐苏醒转来。坟婆说道："总算好了，谢天谢地。"香女口中连叫："哎唷，好苦呀！"

佛身爱物宁身替，畜生也晓报恩情。

我孽重冤多，死里逃生受折磨，血泪如珠堕嗦。

灾心照奴，灾心照奴，发愿慈悲救了生灵兔，自惹灾殃，祸起萧墙，打死归阴府。

白兔儿通人性，口不能言心自悟，报我恩情到深山，衔仙草救我还。

阳路苦痛实伤悲，哭向坟婆诉。

坟婆呀，亏你诚来救奴，亏你诚心来救奴，你是我重生父母。

此乃是，前生孽重今世罪愆，孽障冤家前定数，我情愿将身一死，把众生救渡。

坟婆呀，我一度思量一度苦，我一度思量一度苦。

香女在坟庄上日夜修行，看经念佛，且按下慢提。日去月来光阴快，不觉又是秋凉天气了。马玉赴考试三场，乡试完毕回到家中，不料院君又打发他到书房中去了。

黄连树上生甘草，谁知苦尽有甜来。

南无阿弥陀佛。

马玉考试回家转，书房静坐读书文。

忽然报子忙跪进，匆匆报进马家门。

报单贴在高厅上，解元黄府老爷称。

诸亲百眷来贺喜，不是亲来也是亲。

马老员外心欢喜，院君哥嫂喜欢心。

旗杆竖起墙门外，解元牌匾一时新。

马老员外真财主，马玉新中解元身。

富贵双全称得意，一举成名天下闻。

马玉得中解元，心中想道："我命中了解元，终不能够与妻子相见一面，实为悲惨。"正是妻容难见，母命难违，暂时过去，且按下慢提。此时香女在坟庄上静养潜修，保佑天下太平、风调雨顺、国泰民安，每日焚香拜祝，祷告天地。

愿渡一家离苦海，诚求天下保安宁。

南无阿弥陀佛。

每日清晨三上香，谢天谢地谢三光。

但愿处处田禾熟，求祷人人寿命长。

国有贤臣安社稷，家无逆子闹爹娘。

风调雨顺干戈息，国泰民安出圣良。

双双虔祝上苍天，保佑堂上老姑嫜。

及早依奴修佛道，转意回心礼法王。

又愿伯伯与姆姆，拜求菩萨沐恩光。

劝得丈夫同修道，一家成佛往西方。

话说坟公坟婆夫妇两人见了三娘千般受辱，被院君、伯伯两个凌逼打骂并无怨恨之心，背地里保佑合家安乐，勤修苦练，救援众生；又见白兔能通灵性，知恩报恩，深信修道却是一条正路。"我夫妻两人年老无依靠，不如投拜三娘为师，以作收成结果之计，岂不是好？"

坟庄一对无根树，皈依三宝愿修行。

南无阿弥陀佛。

坟婆夫妇发虔心，逢师不拜枉为人。

投拜三娘为师后，三人同志共修行。

有等女人心弗慎，别人修善会谈论。

自己不能心向善，经卷良言不要听。

可笑愚痴不信因，不听真经受闲文。

恶人临死要念佛，阎王罚你做猪身。

听句经卷开智慧，免走阴司地狱门。

大众全来都听我，及早回头种福田。

坚心修道菩提路，定坐西方九品莲。

香女坟婆归一处，同修佛道念真经。

一愿坟庄同修道，二愿龙天护佑身。

三愿众生成正果，四愿大道尽超升。

五愿杨枝洒甘露，六愿马宅早回心。

七愿丈夫官清正，八愿天地盖沾恩。

九愿磨难消除尽，十愿宝筏渡迷津。

坟公坟婆夫妇两个投拜香女为师，在坟庄上静修，不料马玉在京中殿试得中状元，真宗皇帝御笔亲点："第一甲第一名状元华州马玉，除授潮州府太守，父母随职，妻室刘氏封郡牧夫人，钦赐诰命，奉旨还乡祭祖。钦哉谢恩。"马玉三呼万岁谢恩出朝，早有京报报道。"二婶婶啊，不好了，我们把刘氏轻贱到，如今她是个诰命夫人了。三叔叔做官回来，我同你两个必要受累于她，如何是好？"马银之妻说："姆姆，我有计谋在此。姆姆，我们来到婆婆面前，只说三婶婶在外与人通奸，外人纷纷议论，且看婆婆如何处她。"

点铁成金变却易，推山压倒是非难。

南无阿弥陀佛。

含血喷人没天理，香女骤然受污名。

两个妖精使巧计，同到婆前造戏文。

婆婆在上听原因，媳妇有事告分明。

我家三婶不成器，装妖作怪假修行。

竟与坟婆通一路，私通野汉胡乱行。

街坊大小人人晓，各村邻舍尽知闻。

我家富贵名头正，反被妖精出丑名。

况且叔叔多争气，状元及第转家门。

出此不肖妖精女，败坏门风不好听。

院君听说心焦躁，面上通红火直喷。

院君听着两个媳妇的话，心中大怒，立刻使家人到坟庄上叫这小贱人急速回来。家人领命，就把三娘叫回。香女一到家中，随即到院君跟前请安，双膝跪在地下，说道："婆婆万福金安。叫媳妇回来，有何吩咐？"院君一头看见，不问明白揪来就打，打得香女身中无一好肉。院君怒骂不绝，说道："假扮修行私通野汉，臭名外扬，人人知晓，叫我有何面目见人？你这小淫妇，我也气你不过，我拿剪刀把你贱人头发剪落，坟庄也不许你住，赶出街坊，凭你到天涯海角去罢。你这破败门风的贱人，我把门儿闩上，以后不许进我家门，将你贱人头发也甩在门外。"香女此时哭倒在地上，只见有一群喜鹊从空中飞落，把头发衔了去。

为人不受千磨难，道不高来德不成。

南无阿弥陀佛。

恶人使计巧安排，香女骤然枉受灾。

慈悲受辱刘香女，屈打伶仃不记怀。

修行不受多磨难，焉能成道得超升。

剪发改形变佛相，离家脱俗步青云。

剪落头上青丝发，坟庄不住住街坊。

青丝头发甩在地，百鸟衔来去做巢。

善人头上一根发,收来抵得值千金。

林鸟衔到巢中去,无霜无雪雨无霖。

修行之人多法宝,凡人哪晓宝和珍。

香女被婆来赶出,两行珠泪落纷纷。

两位伯母齐畅快,即时拔除眼中钉。

修行不怕遭磨难,只怕本人心不真。

修行不怕多受苦,只怕当人孽障深。

真心学道非为贱,虽则身贫道不贫。

此时香女无计较,沿街超化度凡人。

日中化斋来度口,夜间古庙歇安身。

想做忍辱波罗蜜,仗佛光明去修行。

三人结串取我死,全凭佛力护奴身。

此时香女被婆婆赶出街坊,坟庄又不许她住,只得超化度日。夜间古庙安身,道心愈加坚固,念佛越发加功。剪落头发,免得每日梳头,倒也清洁。有佛曲为证。

婆婆呀,媳妇今朝来拜谢。

谢今朝,称奴心,剪去乌云心自喜,免得找,朝朝来梳洗。

杀生害命口头肥,报应将来总后知。

人恶人怕天不怕,人善人欺地不欺。

临崖勒马收缰晚,船到江心补漏迟。

姆姆你,瞒心昧己无天理。

婆婆呀,老人家到底有些昏迷。

那香女专以沿街抄化度日,散步逍遥。日间沿门抄化,夜来孤庙安宿,道心愈加坚固,时时念佛,刻刻恭禅,代佛行化,普劝世人。香女到一处人家,走进大厅上,连念几句"阿弥陀佛"。

普度世人功德大,广行善事福无疆。

南无阿弥陀佛。

每日街坊来抄化,高楼大厦进墙门。

抬头细看刘香女,善哉连赞两三声。

香女上前来问讯,大娘回礼甚殷勤。

娘子一见刘香女,口称总不是凡人。

昨夜三更得一梦,分明就是此人身。

吃她一盏清凉水,浑身清爽有精神。

相貌衣衫无两样,霎时即见化金身。

今朝应梦多吉兆,多结良缘与此人。

看她容貌非凡相,莫非活佛度奴身。

今明有缘莫错过,佛在灵山何处寻。

吃斋持素几多年,不拜明师也枉然。

绣花娘子无针引,纵有金线也难穿。

我愿皈依无上道,躲逃生死脱红尘。

那赵氏大娘又问:"你是谁家女子?尚未出家,在此沿街,抄化度日。"香女答曰:"奴家本非下贱。我是本城中大树坊马员外家第三房媳妇,丈夫进京考试求取功名。奴家只为生死大事,劝他一家修行,被两个伯母挑唆是非,婆婆将奴赶出在外。"娘子说道:"何不依你娘娘,在家享福,倒不好吗?"香女说道:"娘子有所未知,我前世不修今受苦,今生若再不修,下世堕落三途,悔恨不转。一失人身再复难。"娘子又问:"何为叫名三途呢?"香女说道:"地狱一道,恶鬼两道,畜生三道。这就名为三途地狱,听我道来。"

　　劝化众生如结果,广度群迷福无边。
　　南无阿弥陀佛。
　　堪叹世人迷不悟,只为家财日夜巴。
　　荣华富贵如春梦,夫妻贪恋是冤家。
　　满堂儿女终何用,看来总是眼前花。
　　我怕轮回生死苦,不恋红尘愿出家。
　　好修时节不肯修,春光不觉过了秋。
　　虔心速念弥陀佛,免使阎王出帖勾。
　　人人想做千年调,个个贪图名利谋。
　　世上凡人心不足,一旦无常万事休。
　　今日不知明日事,弥陀常记念心头。
　　可恨皮囊不悠久,魂消魄散作骷髅。

　　那娘子听了这番言语,心中实添许多欢喜。"句句有理,节节真情。想必与奴有缘,不如拜她为师,学道修行:师父你请上来,受我弟子一拜。"香女说:"大娘请起。"娘子又问:"师父呢,修行之法从何处进门?"香女曰:"修行进门之法,必须要皈依三宝、敬尊五戒而起。皈依佛、皈依法、皈依僧。五戒者,一不杀生害命,二不偷盗财物,三不邪行外色,四不诓语搬非,五不开荤饮酒。这就名为三皈五戒。"

　　指道西方有古佛,唤醒南柯梦里人。
　　南无阿弥陀佛。
　　大娘是个道心人,听我从头说果因。
　　戒杀放生为第一,不贪不盗不邪淫。
　　酒能乱性当要戒,尤宜持戒断荤腥。
　　持斋把素依五戒,悟透原来是佛心。
　　阿弥陀佛时时念,心口相同要志诚。
　　今日不知明日事,梦中幻里过光阴。
　　世上万般都是假,一心念佛是真情。
　　天大家私拿不去,一双空手见阎君。
　　荣华富贵皆前定,梦中得宝未为真。
　　满堂儿女终何用,一生惟有孽随身。
　　皈依佛法心向善,我今劝你早修行。
　　修行念佛无老少,无常不管少年人。

　　话说赵氏大娘听了香女一番言语,恍然大悟,十分欢喜,说道:"多蒙师父指教,是我三生有幸。但是弟子有件错事,心上常常懊悔。弟子平素自念不敢十分造孽,惟从前生养了两男三女,后来又生一女,被我老婆婆一番教骂,我一时无奈,把来一盆清水,活活淹死。如今细想起来,到底总有罪过,还求师傅忏悔忏悔方好。"香女问道:"如今你婆婆呢?"大娘道:"说也伤心,我婆婆自从我淹死了女孩之后,不到三年即得了臌胀病,肚皮好像轱轮一般,受尽多少苦楚而死。未死之前,常说梦中见有一个血面小孩,前来索命。由此看来,明明是冤鬼讨命了。但叫骂是婆婆,到底是我不能忍耐,恨气动手,则冤魂恐怕还要找寻于我,如何是好?"香女听了,拱手说道:"难得你自己明白错处。我实对你说,阴司律例,一命抵一命。幸而你不是起意之人,是你婆婆喝令,所以冤魂只向你婆婆,你的孽障尚可解释。只要你从今以后,现身说法,劝化他人,不可溺女;一面竭力捐钱,创办保婴善会,凡本乡贫苦之家生产女孩,如或不能留养,助她钱米数月,救她性命愈多愈妙,便可将功抵过。非但可以解冤释结,而且可以增福延寿。从此念佛修行,自然不日成功,往生西方净土也。"

> 赵氏女,诉真情,直言告禀。想从前,淹一女,孽障难清。
> 老婆婆,临死时,血孩要命。想起来,小女儿,也有冤魂。
> 只恐怕,那冤魂,来寻到我。求师父,代忏悔,免得灾星。
> 刘香女,听此言,一声长叹。可怜你,往年事,大大冤情。
> 天好生,地好生,最重人命。或生男,或生女,一样生成。
> 若虫豸,若飞禽,也是性命。我佛爷,慈悲念,总劝放生。
> 何况是,出胞胎,嫡亲骨肉。岂可以,下毒手,清水一盆。
> 阴司里,律例同,一命抵命。淹一女,伤一子,也是该应。
> 不过要,细分清,何人起见。起见的,为首犯,罪孽十分。
> 你婆是,喝令人,必先索命。所以然,臌胀死,看见冤魂。
> 幸你心,本慈悲,出于无奈。决不至,再索命,累及儿身。
> 不过是,犯了手,总有孽障。必须要,自改过,劝化他人。
> 你丈夫,既知情,见死不救。也应该,减阳寿,五载光阴。
> 必须要,快改过,以功抵过。捐银钱,行善事,临产救婴。
> 贫苦的,不肯养,捐助钱米。或半年,或数月,刀下留人。
> 救多少,女孩儿,将功赎罪。即可以,释冤结,孽障消清。
> 并可以,积阴功,增福延寿。生西方,极乐国,万岁千春。

娘子听罢,十分欢喜。"多谢师父指点,代我夫妻二人释冤释结,自当一一从命。请到后堂用斋。"香女说道:"多谢大娘,天色已晚,就此告别。只愿你牢记我言便了。"正是:

> 痴汉睡浓迷不醒,明人点尾就掉头。
> 南无阿弥陀佛。
> 香女辞别出门庭,娘子相留不忍分。
> 萍水相逢多重谊,声声劝我感恩情。
> 多蒙师父来指教,皈依佛法愿修行。
> 今日有缘来点化,犹如唤醒梦迷人。
> 为我解冤并释结,从今立愿苦修行。
> 头上金银花不戴,胭脂香粉送亲邻。
> 锦绣罗衣都脱下,一身尽换布衣裙。
> 家中世事都不管,持斋茹素静修行。
> 奴身修得成正果,不负明师劝化恩。
> 常劝人家勿溺女,贫家生女助钱银。
> 金玉钗环金镯子,变换银钱救女婴。
> 香女闻言头暗点,此人根器有来因。

好个聪明伶俐女,善言一劝就回心。

根深福大回头早,自愿将功赎罪名。

赵氏大娘听了香女之言,心中开悟,立志修行。即将金银珠宝、绫罗绸匹,不戴不穿,吩咐丫鬟交托管账先生,把金钗首饰尽行变卖。要积下银钱,贴出一纸,许本乡十里之内,如有贫苦人家生育女孩,力不能留养的,劝他切不可抛弃。许其到宅报明,给付钱一千,以后每月助钱五百,以半年为止。嘱咐管账先生,尽心办理。自己则持戒,每日佛堂焚香礼拜,一心念佛。忽听丫鬟来报:"大爷探亲回来了。"大娘连忙出门迎接。

前生结过龙华会,今世相逢旧主人。

南无阿弥陀佛。

大爷将身来走进,大娘移步出来迎。

大爷一见惊呆了,仔细从头看得清。

昨日打扮如花样,今朝何故这般形。

头上金珠都不带,一身穿着布衣裙。

这般打扮因何故,从头细说我知闻。

大娘全身下一礼,我夫在上听原因。

便把道姑点化事,一一从头说个明。

愿夫割断恩和爱,容奴清静好修行。

想起轮回生死苦,求个退步脱红尘。

每日杀生来作孽,淹死女孩孽障深。

婆婆索命皆为我,想起情由罪十分。

罪重如山难解脱,后来哪得转人身。

自愿将功来赎罪,变卖钗环救女婴。

思量在世为人苦,不如及早苦修行。

并望我夫同发愿,捐出银钱来救婴。

方可解冤并释结,免卮阳寿五年春。

夫君若肯回头早,同到西方见世尊。

今生挽个同心结,下世齐登祇树林。

现在之福前生积,缘何不积后来因。

如夫不信奴言语,也难强逼我夫身。

将奴陪嫁妆奁产,任夫另娶二房亲。

正是将军不下马,大家各自赶前程。

那张宏恩向来不信修行两字,今朝被赵氏大娘苦劝说道:"世间万物无常,尽是虚花境界。百年有限,光阴如梦,虽有钱财机缘、金银珍宝、田园产业、高官显爵、锦衣玉食、娇妻美妾、奇珍异宝,犹如水上泡、草上霜,乍起乍灭。死后何能带得?空手来,空手去,惟有所造孽障,紧紧随身。若不迅速回头,到头总是一场空。请官人细心想想。"张宏恩听了,亦恍然大悟,即将田园产业交付少爷执管,另捐银三千,作保婴会救溺女用,以期将功赎罪。从此夫妻两个同修佛道。

佛法无边功德大,心坚哪有不成功。

南无阿弥陀佛。

善人自有善根留,一听良言便转头。

自知溺女多冤孽，保婴救溺解冤仇。

荣华富贵皆春梦，光阴如箭不停留。

鱼水恩情终要散，人生在世几春秋。

黄泉路上难相救，龙华会里好奔投。

修到西方极乐国，安安稳稳永无愁。

逍遥自在无拘束，不愿荣封万户侯。

佛垂金手来接引，何须金屋问添筹。

妙高台上同欢聚，可怜尘世似浮沤。

夫妻一对都开悟，各自存心各自求。

看破世情修佛道，求生净土坐莲华。

从今弃却田园业，何须苦苦用机谋。

每日看经勤礼拜，用功进步向前修。

张洪恩与赵氏大娘，两人念佛恭禅，精修不倦，一心愿生西方净土，定有满期。且说刘香女，禅上兼修，缺少道粮，沿街募化度日，夜来凉亭孤庙安宿。古庙之中，没有僧人居住，只见有两个年少叫化，宿歇庙中，就起一片横心。这两个花子就要来调戏香女。香女说道："你这畜生，休得放肆无礼！你前世不修，今世罚你叫街头。如今还要行凶作恶，转世来必定要变畜生的。"两个花子说道："此地旷野无人，谅你插翅也难飞去。"两个花子正要来放肆无礼，香女一看，四顾无人，穷途日暮，心虽着急，只得望空祷告，哀求护法显灵，速求菩萨，速征报应。一霎之时，这两个叫化齐声高叫起来："哎呦，哎呦，不好了！"顷刻之间，肚中疼痛犹如刀割一般，只得跪下叩头，哀求仙姑："饶饶命吧！"此时香女心中暗想，定是菩萨显灵。正所谓虔心能修道，佛法不亏人。香女说："你两个若肯改恶向善，持斋把素，我就饶你两人性命。"花子说："我辈不知道仙姑法力广大神通，有如此快速，我等情愿投拜为师，念佛修行便了。"香女又道："既肯回心，听我道来。"

恶人若肯转回头，若肯回头到埠头。

南无阿弥陀佛。

香女出门来抄化，一当两便劝修行。

沿街募化无歇处，凉亭孤庙暂安身。

庙中坍塌无僧众，两个叫化宿亭中。

刘香姿色生得好，花子心里起横心。

要想调戏刘香女，张头探脑望行人。

恐有外人来瞧见，离却乡村隔几程。

古庙外边无人走，两人必定起淫行。

荒凉寂寞昏昏暗，恍如倦鹤宿鸡群。

两男一女宿一处，瞒天瞒地别无人。

香女心里虽着急，高声喝骂不非轻。

你若思量要犯我，剥你皮来抽你筋。

畜生这等来放肆，错意牛头不是人。

奴家不是来求乞，亦非别州外府人。

马家员外三媳妇，丈夫乡试中头名。

丈夫姓名唤马玉，进京殿试夺魁名。

回去告诉员外晓，剥你皮来抽你筋。

门缝看人看扁我，竟将看我似歹人。
三宝地中容孽畜，如何教我不生瞋。
自己丈夫离淫欲，不与同休共枕衾。
只为功名离乡井，几年不进我房门。
清净法身来修道，反同孽畜做歹人。
前生不修今受苦，起了横心做恶人。
贫穷彻骨为乞丐，名色为人孽畜身。
孽重之人又造孽，来生必定变飞虫。
终日饥饿无饱饭，寒冬腊月少衣衾。
穷在街头无人问，富在深山有远亲。
衣衫褴褛亲朋笑，田地消磨骨肉嗔。
父母六亲情义断，兄弟如同陌路人。
若还家中有妻子，饥荒噪闹起邪心。
仰面求人人不理，苦苦求他没半文。
朝日街坊来求乞，千人嫌恶万人轻。
手拿青竹黄砂罐，提个篮筐戤门庭。
开口告人人不信，哀哀叫断舌头根。
太太娘娘不住口，相公老爷叫连声。
凶恶人家来打发，呼嗔喝骂不非轻。
良善人家虽有根，见了乞丐眼瞪清。
求米求钱求布施，犹如热面刺寒冰。
日落西山月上东，劝你行善不行凶。
当知万凶淫为首，万般行善孝为先。
叮咛嘱咐卑蓝子，心中明珠自去寻。
为人要免轮回苦，持斋把素早修行。
前世不修今受苦，欺心还要做歹人。
乞丐听了双流泪，双双跪下地埃尘。
方才言语来冲撞，伏望仙姑赦罪名。
今朝幸遇明师教，如同呕醒梦迷人。
若不回头趁早改，来生怎得转人身。
蒙师指点修行路，提起天罗地网人。
我等若能成正果，西方路上谢师恩。

两个花子听了香女之言，开示一番法语，如梦中初醒，如暗地逢灯，心中豁然了悟，不觉泪流如雨，便说道："方才这些言语冲撞，真该万死，务要求仙姑饶我的狗命。还有佛言法语，再求开示开示。"香女见他拨转念头，真心实意，愿效欲闻，不消费一刻功夫，再劝道一番，指引他修行妙诀。

有缘劝转两穷人，香女心存欢喜心。
南无阿弥陀佛。
香女佛言将再劝，花子今且听缘因。
若肯虔心来修道，算来佛法不亏人。

护法神祇到处现,往来何处不随身。

两人起片邪心念,空中护法不饶人。

略把神通来一显,肚痛原何连叫声。

只道无知好妄作,难瞒天地只瞒人。

世间做了乞丐辈,名色为人是畜生。

人人有个真佛性,撇却佛性畜牲身。

畜生本是人来做,改头换面不知因。

今朝若不将心改,永堕阿鼻地狱门。

一失人身难再复,三途地狱不翻身。

两个花子忙跪下,叩头答拜应连声。

多蒙仙姑来教诲,紧速改过做良民。

那花子说道:"我们做了乞丐,这等受苦;将来失坏人身,做了畜生,一发苦不尽。我两人情愿皈依,拜受为师,投佛修行。"香女又言道:"生老病死苦,为人哪个无?若不明真性,怎得免三途?"

四句微妙法,佛祖留下度。

度你归家去,无边极乐都。

一度你,改过心,须行好事。二度你,休逞强,广发慈心。

三度你,莫惹人,无灾无难。四度你,持长斋,口蕈都清。

五度你,遇善人,要你亲近。六度你,孝顺心,报答亲恩。

七度你,见明师,求问来因。八度你,归家去,见你亲人。

九度你,安养国,母子相见。十度你,莲台上,快乐无穷。

这两个花子听了香女之话,心中明白,誓愿改恶向善,依佛修行,叩头礼拜而云。自此以后,香女名声大振,人人称赞,个个敬服,拜为师者不知其数。有四位年老婆婆来问:"西山下有一茅庵,要请仙姑去登坛说法,不知尊意如何?正要请教仙姑。"香女说道:"效佛劝化修行,人之本等。但奴家虽则出家,不读诗书,不通古经。所讲者,只教人驱除杂念,持斋念佛,一心总到西方极乐国土。"又有一老妪来问:"正要请问仙姑,只见世人念佛者多,成佛者少,却是为何缘故?"香女说道:"人生世上,谁肯念佛?念佛者,念本人性中弥陀之佛。念佛之人,有三样逆失:一者口虽念佛,心不向善;二者口虽念佛,心想别事,杂念不清;三者口虽念佛,家事在心,盘算钱财,只顾儿孙。所以不得往生西方矣。"

但教一念弥陀切,立说骷髅也不难。

南无阿弥陀佛。

三世古佛号弥陀,天下凡人念的多。

若还口念不专心,犹如哑子叫聋婆。

弥陀口里念弥陀,不识弥陀怎奈何。

自己弥陀参不透,临终怎得出婆娑。

念佛自然身清净,死来不用见阎罗。

诸上善人能见性,自己就是活弥陀。

叨叨口里念弥陀,心头凭我斩干戈。

分明是句弥陀佛,难渡苦海与爱河。

有一位年老婆婆问道:"请问仙姑专心致意念佛,究竟西方可以到不可以到?"香女言道:"老护法,世上人肯念弥陀佛一声,可消八十劫生死重罪。或出声念,或不出口而心中转念,最有功德。久久如此,临命终时,佛来接引,往生佛国,七宝池中,莲花化生,不入生死轮回之苦,无疾病,无生死,无一切灾难,衣食宫室,悉行自来,聚会的都是善人法眷。此法门,不拘男女僧俗都可行之。如今现在说法,广劝世人。我再将世情叹息一番。诸位善人,静坐清心,不可讲谈闲话,听我道来。"

莫把光阴闲浪费,沉心绝虑念弥陀。

南无阿弥陀佛。

世上万般都是假,一心念佛是真情。

生在阳间不念佛,黄泉路上少盘缠。

阿弥陀佛口头念,虔心念佛到西天。

忽朝一日无常到,处世方知梦里人。

千般万般拿不去,不费功夫不费钱。

一盏孤灯照夜台,上床脱下袜和鞋。

半夜三更随梦去,知道天明来不来。

为人可比一张弓,朝朝日日逞英雄。

有朝一日弓弦断,扳起弓来两头空。

天也空来地也空,人生渺渺在其中。

天地万古常如旧,人生劳碌一场空。

日也空来月也空,来来往往有何踪。

日月晨昏常转运,人亡千载影无踪。

山也空来水也空,山水长在世界中。

青山绿水依然在,人亡永世不相逢。

金也空来银也空,死后何曾在手中。

万两黄金拿不去,为他一世受牢笼。

田也空来业也空,不知换了多少主人翁。

世间多少穷了富,也有多少富了穷。

生也空来死也空,生死如同一梦中。

生如百花逢春发,死如黄叶落秋风。

夫也空来妻也空,大限来时各西东。

夫妻本是同林鸟,你往西来我往东。

男也空来女也空,黄泉路上不相逢。

田园产业儿孙受,阴司罪愆自相从。

空手来时空手去,到头总是一场空。

人人都有真佛性,抛却佛性变飞禽。

畜生原是人来做,改头换面不知因。

早知自心即是佛,何须向外去追寻。

人被爱缘迷佛性,谁肯真心念阿弥。

初出娘胎真佛性,须修定慧自然成。

凡人有颗牟尼宝,不识修行日夜迷。

"为人自积其德,自享其福,自作其孽,自受其殃。如鱼吞钩,不知其患。如蚕做茧,自缠自缚。如蛾赴灯,自烧其身。如鸟投笼,自取其囚。为人自作其祸,自落其狱。我再将前生所作因果,今生得何报应,念来大众们听者,不可讲谈闲话,听我道来。"

> 佛说三世因果经,因果宣来众位听。
> 南无阿弥陀佛。
> 要知在世现生报,但听今朝三世因。
> 尽心受持因果经,佛说因果不亏人。
> 有人肯写因果经,飞灾横祸不临门。
> 身边佩戴因果经,路逢凶险不来侵。
> 有人肯讲因果经,就是龙华会上人。
> 随所住处常安乐,天龙护佑福加增。
> 要问前世因果事,但看今生享福人。
> 要问后世因果事,今生念佛保来生。
> 发愿早修来世果,累劫修来成佛身。
> 有人肯信因果事,身近弥陀礼世尊。
> 千万田地为何因,吃素念佛拜莲经。
> 擢坏鸟巢无屋住,后世落地没娘身。
> 被人轻贱如猪狗,皆因前世害多人。
> 今生轻贱儿女身,后世孤单独自身。
> 耳聋口哑为何因,污秽僧道悔经文。
> 头上发燥为何因,佛前多挂琉璃绳。
> 身多臭秽为何因,衣裳邋遢佛前行。
> 有眼不能识一字,前世糟蹋字纸人。
> 聪明智慧为何因,敬惜字纸看经文。
> 穿绸着缎为何因,装佛贴金助钱文。
> 懒瘫多病为何因,损伤塔院毁经文。
> 厅堂大屋为何因,装佛造殿盖山门。
> 害人性命为何因,前世原是对头人。
> 冤家斗格为何因,欺压穷民僧道人。
> 多财多富为何因,持其受戒看经文。
> 驴牛骡马为何因,欠负恩钱义债人。
> 多能伶俐为何因,持斋受戒看经文。
> 如何变做犬羊身,图赖恩钱义债人。
> 今世登在清净地,前身担扫佛前庭。
> 受冻受饿女子身,前生犯戒女尼僧。
> 娘胎落地早亡身,都是前生游方僧。
> 犯上之人逃出家,多生恶疾病缠身。
> 声音响亮为何因,三宝门中歌唱经。
> 经忏本上涂墨迹,面上刺字犯官刑。
> 今世为人多智慧,前世劝人诵经文。
> 今生福禄为何因,前生斋戒念经文。

今生多受人供养,前世常常供佛僧。
布施作佛与佛殿,来生必定住高庭。
无病无痛为何因,施送灵丹妙药人。
眼光明亮为何因,点了天灯点佛灯。
寄拜义饶是何因,前世同念佛前经。
同住好友为何因,前世同修佛殿亭。
拖犁拽耙为何因,忘恩负义坏良心。
为人动了邪念心,报在妻女不正经。
家眷和睦为何因,前世结伴同修行。
缠身恶疾是何因,常张罾簖捉鱼鳞。
冬舍姜汤夏施茶,来生做个好医生。
黄牛水牛是何因,衙门铜钱丧良心。
登车坐轿是何因,修桥铺路造凉亭。
施舍棺木有何因,来世多收屋租金。
蛇伤虎咬为何因,前生大恶对头入。
为人长寿是何因,幢幡桌围助佛门。
更有寿长多富贵,放生物命救鱼鳞。
下身浓血生暗病,掩猪掩狗掩鸡禽。
今生富贵为何因,修桥铺路广斋僧。
今生穷苦为何因,前生不舍半毫分。
为官为相为何因,放生积善苦修行。
堂堂相貌为何因,装修佛像贴金身。
今生无子为何因,前生不肯孝双亲。
今生瞎子为何因,明瞒暗骗害他人。
今生哑子为何因,打僧骂道毁经文。
今生矮子为何因,前生着地看经文。
今生癫子为何因,偷勒稻头喂鸡禽。
痴癫呆汉为何因,昏迷酒醉骂贫人。
沿街求乞为何因,作贱五谷坏良心。
今生短命为何因,怨天恨地杀生灵。
今生多病为何因,杀生害命打飞禽。
今生寡妇为何因,前生怨骂丈夫身。
今生光棍为何因,强占人妻娶妾身。
变牛变马为何因,偷盗财物做强人。
抽肠而死为何因,偷佛灵性卖钱文。
流注疮毒为何因,鸟枪打猎丧残身。
多生瘟疫病何因,扛了毒药药浜鱼。
今生烂脚为何因,活剥山林树皮根。
天雷打死为何因,三世不孝父娘亲。

官刑牢狱为何因,打骂良善养飞禽。

自身造孽自身当,苦楚万般前世因。

劝人及早修善道,皇天不负善心人。

叫醒迷人行正道,如何不早办前程。

先贤有首普劝词:

骗唰骗,正要你去骗,你若不去骗,牛羊犬马何人变?牛羊犬马何人变?

善唰善,正要你修善,你若不修善,谁人到得金銮殿?谁人到得金銮殿?

恶唰恶,正要你作恶,你若不作恶,刀枪地狱何人落?刀枪地狱何人落?

修唰修,正要你去修,你若不去修,西方佛地何人走?西方佛地何人走?

凶唰凶,正要你行凶,不是这样凶,儿孙怎得败门风?儿孙怎得败门风?

刁唰刁,正要你去刁,若不这样刁,年灾月晦难缠绕。年灾月晦难缠绕。

贪唰贪,正要你去贪,不是这样贪,万贯家财怎得完?万贯家财怎得完?

气唰气,正要你使气,若不动了气,万顷田园难消费,万顷田园难消费。

忍唰忍,正要你肯忍,只为你肯忍,谷米陈仓多积囤,谷米陈仓多积囤。

呆唰呆,正要你装呆,能够学得三分呆,金银财宝天赐来,金银财宝天赐来。

"佛法因果,难以尽述,再将回向文,念来大众听听。回者,回脱娑婆之苦;向者,向西方极乐之邦。"

十方三世佛,阿弥陀第一。

九品度众生,威德无穷极。

我今大皈依,忏悔三孽罪。

凡有诸福善,至心用回向。

愿同念佛人,感应随时现。

临终西方境,分明在目前。

见佛皆精进,同生极乐国。

见佛了生死,如佛度一切。

无边烦恼断,无量法门修。

誓愿度众生,皆愿成佛道。

虚空有尽,我愿无穷。

虚空有尽,我愿无穷。

"一者礼敬诸佛,二者称赞如来,三者广修供养,四者忏悔孽罪,五者随喜功德,六者请转法轮,七者请佛住世,八者常随佛道,九者恒顺众生,十者普皆回向。愿我在会,众弟子临命终时,各愿三日以后,七日以前,心不颠倒,意不散乱。无诸痛苦,不受恶缠,预知时至,身心欢喜,或吉祥而逝,或坐脱立定。阿弥陀佛与观世音菩萨及大势至菩萨无数化佛,百千比丘,声闻大众,无量诸天,七宝宫殿及金刚台,天乐迎空,异香满室,幢幡宝盖,亲垂接引。合诸众生,见者闻者,生欢喜心,发菩提愿。改恶从善,反邪归正。唯愿阿弥陀如来大慈大悲,哀怜摄受。"香女宣完佛法因果,又念回向经文,下座礼拜而退。

漫题香女来劝化,且看马玉转家门。

南无阿弥陀佛。

状元归故多荣耀,奉旨还乡祭祖坟。

通省官员来贺喜,诸亲百眷闹盈盈。

马玉拜谢天和地,拜谢爹娘养育恩。

回身拜见兄和嫂,再拜诸亲邻舍人。

状元即便开言问,缘何不见我妻身。

一家大小都封赠,我妻一共受皇恩。

院君即便回言答,我儿听我说原因。

你妻假扮修行去,私与情人逃出门。

四路访察寻不着,家里不好外扬闻。

如今另选高门女,打听贤良女子身。

要我亲眼来看过,然后央媒好结亲。

状元忽听娘言语,放声大哭进房门。

众人上前来解劝,状元痛哭泪纷纷。

哀哀哭到天昏暗,可怜茶饭不沾唇。

马玉在妻子房中哭到第二日,早晨时候,玉梅丫鬟捧了一茶盘进房,叫声:"状元老爷,请用点心。"那马玉看见前后无人,说道:"玉梅丫鬟,你把三娘的事细细说来我听。"玉梅说道:"自从老爷出门之后,将三娘逐出坟庄,不许她回家。后来大娘、二娘设计挑唆,冤屈三娘在外通奸,又道外人纷纷谈论。奈太夫人听信谗言,就把三娘叫回,痛打一顿,将三娘头发剪落,赶出在外。哎呀!老爷呀,不知三娘的下落,除非问了坟婆,便知明白了。"那状元听罢,速往坟庄会妻身。

思量昔日恩情重,遍访同修道义人。

南无阿弥陀佛。

状元听了玉梅话,速往坟庄会妻身。

状元再三来查问,坟婆一一说分明。

好个真修三娘子,含冤负屈实伤情。

自从老爷分别后,一家磨难不非轻。

院君伯母同合串,日朝打得乱纷纷。

终朝打骂犹是可,还要提出在街心。

含血喷人没天理,说她在外有私情。

若替三娘来瞒隐,立刻夫妇入幽冥。

冤屈三娘做歹事,究竟赃证是何人。

随意谈人无轻重,舌头之下压杀人。

我今到处来查问,不见三娘两泪淋。

状元听了伤心话,等时痛哭越伤情。

今朝不见贤妻面,一品当朝也枉然。

我今不见贤妻面,撞杀阶前无异言。

状元说罢,一头撞杀阶前。坟公坟婆吓得魂不附体,慌忙通报员外知道。一家大小都到坟庄上,只见状元撞死阶前,人人流泪,个个悲伤。坟公速取茶汤灌下,状元渐渐苏醒,转来哭道:"我的妻呀!"

凤鸾不复重瞻仰,琴瑟何从识再音。

南无阿弥陀佛。

马状元,渐渐醒,哀哀痛哭。哭一声,我的妻,你在何方。

想当初,打猎时,与你相见。我爹爹,问岳父,要定姻亲。

一年后,叫媒婆,行盘发聘。盘不收,叫我去,面说成亲。

你言道,十件事,依从便好。我如今,遵妻命,件件遵行。

成亲后,过三朝,夫妻分散。遵母命,难见面,日夜挂心。

从别后,有三年,时时想起。实指望,做官回,报答恩情。

你为我,受尽了,千般万苦。身荣贵,我正要,报答妻恩。

哭一声,好伤心,昏晕倒地。慌忙救,死去了,半个时辰。

醒转来,见爹娘,连忙抱住。又恐怕,吓坏我,年老双亲。

爹娘呀,休怪儿,恋妻苦情。自古道,一夜亲,百夜恩情。

仗皇天,占魁名,岂无别娶。难舍他,道德高,贤孝夫人。

实指望,我贤妻,今朝见面。也等他,受苦情,诉个分明。

谁知道,我妻身,并无落处。好叫我,如刀割,痛苦伤心。

莫不是,我贤妻,身遭横死。在黄泉,等着我,与我同行。

那员外同院君说道:"我儿这般光景,爹娘见了于心何忍?你把愁肠宽解,叫家人去寻访回来便了。"员外着家人马忠,又叫马金、马银四路查察,各处追寻。适值有个牧童,对马忠说:"你们要寻仙姑,她在西山下草庵之中。"马忠就到草庵之中,对香女说道:"三娘,三相公如今做官回来,不见三娘,十分痛哭,如今尽到坟庄等候,要请三娘快快回去。"香女随即到坟庄上。此时状元一见香女改行变相,只见短发齐眉,破衣百结,垢面蓬头,脚带黄泥,骨瘦如柴。状元哭道:"妻呀,你为何这般光景?叫我一见,好不伤心煞人也。"院君说道:"还好还好,今日好还你这个活宝贝了。"

奉目观形真凄惨,枕边骨肉久分离。

南无阿弥陀佛。

今朝一见贤妻面,这般光景好伤情。

当初满面如花貌,一头黑发像乌云。

今朝剪发尼僧样,骨瘦如柴像鬼形。

脚下泥浆如黑漆,破衣不补半遮身。

先前容貌今何在,叫我一见好伤情。

如醉如痴无半语,悲伤流泪不开声。

当初满面如花样,仔细看来辨不真。

贤妻受尽千般苦,快把衷肠说我听。

丈夫名显登金榜,凤冠霞帔报妻恩。

贤妻不必心忧虑,丈夫不是负心人。

那马玉说道:"妻呀,你丈夫奉旨还乡,合家都有封赠。贤妻你去香汤沐浴,好穿戴凤冠霞帔起来。"香女说道:"不劳相公费心,听奴道来。"

状元听奴说冤情,听我从头诉苦情。

南无阿弥陀佛。

三朝以后两离分,屈指曾经有几春。

自从与夫分别后,奴家受苦到如今。

伯母挑唆婆听信,终朝打骂苦难禁。

世间苦楚都尝尽,罚我厨房做下人。

清明佳节上坟堂,将奴逐出管坟亭。

伯伯追兔到坟庄,将奴打死又还魂。

伯母又要将奴害,说我在外有私情。
含血喷人没天理,奇冤哪得辨分明。
终朝打骂还犹可,把奴赶出在街心。
可怜冤屈难分诉,跳在黄河洗不清。
奴家不是妖娆女,惟有夫君知我情。
若有半毫差池处,万世千年做畜生。
不怨公婆与伯伯,不怨伯母丈夫身。
不怨天来不怨地,只怨奴奴罪孽深。
今日丈夫得会面,奴把冤情仔细分。
状元说道:"听我妻诉冤情罢,好不伤心煞人也。"
儿夫听诉知原因,一朝相见说分明。
蒙妻劝我修行路,功程圆满出红尘。
贤妻受苦皆为我,丈夫难报你恩情。
容颜消瘦没精神,月貌花容没半分。
婆婆打骂休怨恨,伯母挑唆前世因。
冤屈奸情含血喷,凭他嚼断舌头根。
枉屈贤妻自作孽,阴司拔舌用犁耕。
贤妻正直天知道,丈夫可保我妻身。
夫妇尚且如宾客,贤妻真是道修成。
苦修行来苦修行,五戒完全是佛心。
为我受尽千般苦,同享荣华报你恩。
贤妻心事我知道,不同衾枕共修行。
"妻呀,你快快回家,好穿戴凤冠霞帔起来。"香女说:"不劳相公费心。这凤冠霞帔,奴奴无福穿戴。若同享荣华,奴家也消受不起。"
相公另娶高门女,同往任上做夫人。
凤冠霞帔难穿戴,容奴清净好修行。
南无阿弥陀佛。
皇恩赐我凤冠戴,奴家无福做夫人。
妾有数语来相劝,劝我夫君谨记心。
只为功名离乡井,抛撇双亲治万民。
上任为官当清正,莫贪财帛坏良心。
遇有冤枉速超豁,无头人命访真情。
衙狼虎爪当严禁,六房书吏弊难成。
为官正好行方便,公门里面好修行。
常把一心存忠国,皇天不负善心人。
堂上双亲风前烛,也宜及早转回程。
任满辞官留退步,回来与你共修行。
将奴言语牢牢记,不可当作耳边风。
坚心修到功圆满,同到西方见世尊。

　　众人都劝三娘回去，香女执意不肯，说道："修行之人，出家不回家，进庵不出庵。相公好意，奴奴已经尽知，感恩不浅。待等相公满任回家，同修佛道，乃是奴家之心愿也。"香女说罢，拜别公婆、丈夫而去。马玉心中不忍分离，只得含泪相送。

　　高堂再命题红叶，义士心存守旧弦。

　　南无阿弥陀佛。

　　马忻夫妇回家转，院君心内自评论。

　　伤风败俗贫穷女，一心弃调别成亲。

　　只好另娶高门女，同往任上做夫人。

　　别选高门才貌女，与儿做个正夫人。

　　才貌双全贤德妇，更比刘香好十分。

　　我儿不必心烦恼，为娘还你好夫人。

　　状元痛哭忙回答，孩儿不愿再重婚。

　　一夫一妇从来有，停妻再娶负良心。

　　知法犯法无伦礼，怎得为官治万民。

　　只愿同妻修佛道，合家便得可超升。

　　马忻说道："不孝有三，无后为大。正配不娶，讨妾何妨？既蒙皇恩，中了天魁，敕赐潮州太守之职，焉有单身上任之理？"院君说道："闻得后街朱员外之女，才貌双全，十分贤惠。前已央媒说过两次，朱家愿做二夫人。"马忻答言："既然如此，就拣选吉日，娶金枝小姐成亲。"马玉不敢违拗父母，只得勉强与金枝小姐成亲。耽搁一月之后，要往潮州上任去了，马玉与金枝小姐同去拜别香女。香女一见，不胜欢喜之极。金枝小姐道："这位就是大夫人吗？从前到我家中来化斋粮过的，我也有些认得。"

　　修道不知身外事，谈玄忘却世间春。

　　南无阿弥陀佛。

　　金枝小姐细评论，大娘原是道心人。

　　修行不愿夫人做，今朝让我做夫人。

　　一见大娘面貌熟，先前抄化到吾门。

　　当初只道平常女，谁知结发状元妻。

　　多蒙大娘来抬举，同往任上做夫人。

　　照破凡情如明镜，肚量宽宏海洋深。

　　今日奴奴多有罪，后来不负大娘身。

　　只望大娘来指教，着意留心做好人。

　　香女当时回言答，贤妹听我说原因。

　　今朝上任潮州去，同夫荣任要当心。

　　丈夫初任潮州府，哪识民间劳苦辛。

　　劝夫切勿贪财帛，劝夫不可重加刑。

　　丈夫稍有心烦恼，必当劝解要慈心。

　　坐堂审断民情事，刑罚劝减要从轻。

　　同僚眷属须和气，不可奢侈暴虐民。

　　早劝官人修正道，勿贪滋味杀生灵。

　　堂上公婆风前烛，堪堪红日落西沉。

女转男身求出路,勿恋他乡景物新。
富贵荣华总有尽,青山绿水永长春。
大江后浪推前浪,一替新人换旧人。
百岁光阴如梭快,回头各自见分明。
将奴言语牢牢记,修成正果乐天真。
状元拜别贤妻子,两行珠泪落纷纷。
听妻言语无错处,名利牵缠罪孽深。
皇命在身难推却,暂去上任即回程。
回来与妻同修道,愿学西方大圣人。

马玉同金枝小姐去辞别香女,回到家中,拜别爷娘哥嫂,即赴潮州任上去了。

一色杏花红十里,状元上任马如飞。
南无阿弥陀佛。
状元拜别双亲转,再拜哥嫂要行程。
四邻八舍都作别,一时上任便登程。
皇命在身难耽搁,家中岂可久留停。
行一里来又一里,过一村来又一村。
青山绿水无心恋,堪堪就到府州城。
潮州太守新上任,官员大小尽来迎。
六房书吏齐拜贺,状元荣任进衙门。
吩咐各官回衙去,不可久在府衙门。
状元到任三个月,贼盗改过做良民。
军民人等都欢喜,齐称难得遇官清。
往年水旱蝗虫起,今年大熟万民安。
好个黄堂马太守,子民称赞好清官。
刑罚不加民敬服,钱粮赶紧早来完。
金银丢地无人取,昼夜不必用关门。
物失路旁人不拾,四方何用守更人。
圣朝天子多有道,官清民乐贺升平。
当今皇帝施仁义,风调雨顺感天恩。
马玉为官多清正,并不横取一分文。
上司下属都欢喜,子民称赞不凡人。

马玉到潮州任上,做了半年清官,万民钦仰,上格天心,风调雨顺,国泰民安。那金枝小姐依着香女之言,早晚间常常劝相公修行,持斋把素,念佛看经。忽觉隆冬将尽,爆竹迎除夕,腊尽转春回。今逢元旦之辰,状元说道:"夫人,你为何不穿戴凤冠霞帔起来,好拜天地皇恩。"金枝小姐说道:"这个凤冠霞帔,应该大娘所穿戴的。妾身本是二房人,焉敢擅占呢?"

天生好意万生成,人乐尧天万物春。
南无阿弥陀佛。
金枝小姐开言说,状元夫主听原因。
大娘言语如金宝,缘何朱氏敢忘情。

早劝丈夫修正道,教奴休要恋红尘。

君王钦赐刘香女,如何朱氏可穿身。

凤冠霞帔夫人戴,奴家本是二房人。

皇恩封赠刘香女,奴奴无福做夫人。

与夫成亲有一载,并无邪念恋夫情。

别人都道真夫妇,哪晓金刚不坏身。

我愿夫君同修道,世俗花情不在心。

漫题马玉修佛道,且看司命奏天庭。却说马忻家中恶贯满行,不敬神明,不礼三宝;马忻夫妇两人克减穷民,杀生害命,辱没刘氏香女修行,无恶不作。灶司一一奏上。天庭玉帝又差瘟部逐一查明。马家行凶作恶是实,即速降殃。

善恶到头终有报,只争来早与来迟。

南无阿弥陀佛。

灶君一本奏天庭,玉帝闻知恼便生。

三十三天同酌议,合家服毒丧亡身。

值日瘟神看册簿,马家大小尽遭瘟。

玉帝敕令宣传旨,阎王奉命案留存。

等他六旬寿日到,一时毒死合家人。

除出四人修佛道,其余都要丧亡身。

大牌落在阎王手,毒死亲丁十二人。

五瘟四者来变化,叫他当夜丧残生。

且等院君寿日到,马家大小尽亡身。

莫道修行无报应,单剩持斋念佛人。

马员外在家对两个儿子马金、马银说道:"再过两日,是你母亲六十岁寿诞。异品佳肴,件件都有。你们两个何不去打些飞禽走兽回来替你母亲祝寿? 也是你孝心。"马金、马银遵了父命,就去打猎。一走走到海边沙坡头,只见若盖大的一个团鱼。等马金、马银用枪戮杀,拿回家来。院君一见大团鱼,心中十分欢喜,就叫两房媳妇烹调起来。到了寿日,一家大大小小,齐齐拜寿,双双拜祝老安人。祝曰:"惟愿公婆两大人,百年寿长如松柏,合家同享太平春。"酒席俱已排设端正,请员外、院君赴宴。员外夫妻两人,坐在上位首席,合家男女大小各分座位,同饮寿酒。院君只称赞团鱼滋味甚美,儿媳们大家放开肚来吃。一家大大小小,个个都吃到了。独有玉梅丫鬟,她是持斋之人,不来吃的。正所谓:

修善道福缘善庆,造恶孽恶报难逃。

南无阿弥陀佛。

员外说,这团鱼,其味甚美。院君道,我孩儿,真有孝心。

吃遍了,新鲜味,飞禽野兽。怎比得,这团鱼,中我心意。

叫孩儿,与媳妇,大家来吃。筵席散,各归房,睡熟安眠。

满肚中,毒奔心,痛如刀割。三更后,肚肠断,乱箭攒心。

爬上床,翻落地,头颅跌碎。七孔中,流鲜血,满地鲜红。

昨日子,吃寿酒,欢天喜地。今夜里,遭横死,遍地尸骸。

昨日里,闹喧喧,杀生办酒。都只道,吃了它,身体肥盈。

玉梅姐,持长斋,不杀不吃。一家人,吃毒物,死得伤心。

正所谓,天开眼,恶人死尽。剩玉梅,忙通报,刘氏夫人。

劝世人,戒杀生,休贪滋味。看他们,吃鱼精,报应分明。

那玉梅丫鬟急忙走到草庵之中,气呼呼说道:"三娘呀,这遭不好了!我家不知什么缘故,昨夜三更时候,大大小小都死完了!"香女一头听得,大吃一惊,连念几声"阿弥陀佛"。速即回家,各个房中一看,实为悲惨,死得伤心,不免烦劳邻里诸亲,殡殓在堂,即速写书信报到潮州任上去。香女在家守孝,日夜灵前念佛诵经,且等丈夫丁忧回来便了。

青天有眼都现报,作善作恶定分明。

南无阿弥陀佛。

香女在家来守孝,天天念佛诵经文。

合家不听奴言语,今朝死得好伤心。

杀生害命现生报,吃了毒物丧残生。

孽重如山难脱罪,阎王殿上不容情。

每日灵前来诵经,愿度亡魂早超升。

古来有生必有死,谁知死的合家人。

为人有似一孤舟,撑来撑去几时休。

钉烂板脱难装载,吩咐艄公急早修。

急早修来急早修,不用尖钉快斧头。

撑到江心船发漏,漏船大小尽担忧。

不等漏船沉苦海,艄公趁早用心修。

修到六舱无损坏,五湖四海任遨游。

若能猛力行将去,直到西方彼岸头。

为人可比一间房,口为门户眼为窗。

两手两脚为四柱,背梁脊骨是正梁。

廿四肋骨为椽子,周围四壁臭皮囊。

五脏六腑算家伙,舌头是个管家郎。

忽然一日无常到,关了门儿闭了窗。

我叹老来多少苦,从头听我诉根由。

头老鬓边生白发,面老容颜不风流。

鼻老难闻香和臭,眼老昏花泪长流。

耳老难听人言语,口老谈言语不收。

齿老吃食难得碎,身老胸膀露骨头。

手老难拿轻重物,脚老行程难到头。

堪叹老来无好处,好个英雄一笔勾。

忽朝一日无常到,死来不免做骷髅。

那马玉在潮州任上与金枝小姐聚谈闲话,忽然头痛身热,蓦地里叫喊一声,昏晕倒地。金枝小姐慌忙把状元老爷扶起床上,浑身冰冷,口不能言。金枝小姐吓得魂不附体,急忙传出后堂,叫内使快去接医生到来诊视。那马玉一魂灵跟随了青衣童子到地狱中,重重游转,只见夜叉小鬼押解僧尼道俗无数人等。将近狱门,忽然一阵乌风黑气,走出了许多牛羊猪犬、飞禽野兽、鹅鸭鸡出来,口会说话,说道:"你也来了么?"咬得这些罪人手脚双折,皮肉筋骨尽完。马玉见了,胆战心惊,请问童子:"这是什么地方,为何这般光景?"

童子回言道:"此处名唤会冤门,又名叫恶狗村。世人在阳间吃的牛羊犬马、鸡鹅猪鸭诸般的肉,死来到了阴司,这些畜生都要来吃还受报。此处冤家聚会之所,故此名唤会冤门。世人只道没有报应,谁知到了孽镜台前,分毫不能躲避。若是在世之人持斋念佛,戒杀放生,多行善事,孝敬父母,和睦乡邻,敬兄爱弟,广积阴功,死后送往天道、地道、人道,受享无穷快乐。在世如若不信三宝、不敬天地、不孝父母、不忠君王、欺压良善、偷骗财物、奸盗邪淫、杀生害命、多生嫉妒,此等恶人,死来魂灵解到阴司,落了油锅、雪山、刀山、锯解、活钉、碓捣、石压、抽肠、拔肺、铁围城、铜柱、拔舌犁耕地狱、血湖池、奈何桥、恶狗村,在地狱中受了百千万劫的苦痛。受罪满足,罚变畜生,还人宿债,还人宿命。受报满足,复转穷苦之身,或有短命,多病带疾。劫数受尽,还不能享长寿之福。"说话之间,只见有一起鬼犯解来,披头散发,满面鲜血。你揪发,我掌嘴;你咒骂,我推赶,哭哭啼啼解上前来。马玉一看,原来就是爹娘哥嫂、侄男侄女人等,一头看见哭道:"我的儿呀,不好了!因为当初不听媳妇之言,如今在阴司受苦。儿呀,你快快求你妻子,超度爹娘要紧!"马玉正要来问个明白,那些夜叉小鬼手拿铁棒,打将过来,仍复押解而去。马玉哭叫:"我爹娘呀!"

我爹娘,苦叮咛,望孩儿做了救星。拘禁地狱,吊打幽冥,鲜血交流泪直淋。所犯何重罪转还阳,说与妻子听。千万生慈悯,救双亲哥嫂囚人。免凄楚,地狱沉沦,埋阴府桎梏刑,儿在阳间心何忍。泪纷纷,前生不信,善恶与分明,自作冤深。兄和嫂再叮咛,须念同胞骨肉情。千万生慈悯,冤屈奸情含血喷,婶婶慈悲不记心。度阴魂,出酷刑,苦海无边孽浪深,渡我家骨肉早超升,那时谁敢再忘恩。愿叔叔,早回程,回程快把如来敬,日夜常常礼世尊。泪纷纷,生前不信,报应见分明,自作冤深。

却说马玉死在床上两日,一夜忽然苏醒转来,哭道:"我的爹娘呀!"金枝小姐坐在床前守候,泪流如雨,说道:"好了好了,谢天谢地,老爷你昨日到今,不省人事,却是为何缘故?"马玉回言道:"夫人呀,不好了!昨日下官死去,到了阴司,有一个引魂童子,领我到地狱中见我爹娘哥嫂、侄男侄女人等,满面鲜血,被一班狱卒牵扯而去。我要问个明白,不料那些夜叉手拿铁棒,打将过来。哎呀,夫人,我家遭大不幸的事来了!"

阳间造恶原由我,到了阴司受苦刑。

南无阿弥陀佛。

我的灵魂游地府,跟随童子往幽冥。

迢迢黑暗滔滔去,不知何处地方村。

渺渺茫茫何处去,杳杳冥冥向前行。

忽见童子前引路,我随童子到幽冥。

阿鼻地狱深千丈,周围黑暗绝光明。

十殿阎君无私曲,十八狱主没人情。

未到鬼门关一座,铁围黑暗好伤心。

又见铁床铜柱狱,刀枪剑戟白如银。

锅汤炭火惊人怕,寒冰锯解血淋淋。

挑拨是非多咒骂,抽肠拔舌用犁耕。

夫瞒妻欲欺妻子,身躯铡断两截分。

妻瞒夫淫罪非轻,女身磨碎血淋淋。

贪图口腹杀生灵,剥皮地狱秤来称。

今生吃它十六两,下世还它准二斤。

偷骗财物变牛马,欠债无还变畜生。

恶人罪满变六畜,六畜罪满转穷身。

孽镜台前亲照出,丝毫罪恶不容情。

男女鬼魂无其数,悲号啼哭像鹅声。

看了地狱千般苦,劝人急早去修行。

行到会冤门下过,爹娘哥嫂好伤情。

叫我还阳求妻子,要他追荐早超升。

"二夫人呀,我死两日一夜,到了阴司地狱中,重重游遍,到会冤门见我爹娘哥嫂,一家之人受苦遭刑。不然我下官也该同死在内,只因听了刘氏夫人的话,持斋念佛,改恶行善,广积阴功,爱民如子,故此阎王放我还阳转世。二夫人呀,下官今日重生,都是刘氏夫人劝解之恩德也!"正在说话之时,传进家书一封。拆开一看,上面写着爹娘哥嫂同侄男侄女、家下人等共有一十二口,皆吃毒物,一夜而亡。马玉大哭一场,就写了丁忧文书,详报上司、各衙门。暂停几日启程,路上不敢耽搁,昼夜车马不敢停留,星夜回来。马玉同金枝小姐走进灵前,拜伏跪地,痛哭一场。马玉一见香女,就叫:"大夫人,你是下官的大德恩人!况我到阴司地狱中,见我爹娘哥嫂人等,亲受嘱咐,教我求你超度超度。贤妻呀,你请上来受下官一拜!"香女说:"妾身也有一拜。"后另选日子,开吊接纸。治丧出殡之后,马玉同香女、金枝小姐、玉梅姐姐同到庵中,清净斋戒,虔设道场,请刘氏夫人超度先灵,登座说法。那些乡绅士女、僧尼道俗无数人等,共来听者不知其数。

香灯宝庵列层层,宣诵如来正法门。

南无阿弥陀佛。

恭请十方贤圣聚,咸临此会道场中。

烧香点烛请观音,直到香山紫竹林。

手执杨枝甘露水,如来亲降度幽魂。

诸佛菩萨来听经,龙王龙女献明珠。

十殿阎王来听经,地狱孤魂早超升。

城隍土地来听经,即时写本奏天庭。

井灶六神来听经,斋主虔诚福德临。

过往神祇来听经,闻经听法要留停。

四众虔诚来听经,醒悟千千万万人。

三司十殿都称善,如来亲自度沉沦。

宣卷原来功德大,四生六道尽沾恩。

世人听得修佛道,阴灵听得便超升。

善人听得心开悟,呆人听得便聪明。

邪人听得皈正道,恶人听得就回心。

宣了七日并七夜,天花坠地乱纷纷。

乾坤大地都震动,龙宫水府尽知闻。

刘氏夫人发虔心,救度公婆出苦沦。

一家大小升天界,阴司地狱放光明。

日出东方一点红,劝君行善勿行凶。

霸王枉有千斤力,韩信功劳一旦空。

世上为人如蜜蜂,飞向西来又转东。

采得百花成蜜后,被人取去一场空。

昔年有个目连僧,锡杖振开地狱门。

傅相元配结发妻,姓刘名字叫青提。

有钱不肯行布施,广杀猪羊鹅鸭鸡。

僧道上门将棒打,善法堂中论是非。

死后打落酆都狱,重重地狱受孤恓。

受尽地狱千般苦,目连救母急追寻。

目连见母伤心苦,母见孩儿血泪淋。

若无目连亲救母,至今还在铁围城。

当初不听孩儿话,阴司受罪苦难禁。

阿鼻地狱好惊人,上头铁罩像乌云。

刀枪地狱深千丈,不见三光黑沉沉。

解到孽镜台前照,抽肠拔舌用犁耕。

锯解活钉上石磨,浑身磨得碎纷纷。

头顶冰山脚踏雪,火牢地狱焰通红。

火坑烧炙变成炭,雪山冰冻冷难熬。

求生不得还生转,求死无成活受刑。

看了地狱千般苦,劝人趁早要修行。

地藏菩萨开金口,目连你且听缘因。

若要救你生身母,七月十五启兰盆。

兰盆盛会功成大,方可救得你娘亲。

若无目连亲救母,永堕阿鼻地狱门。

昔日目连能救母,今朝马玉度双亲。

哀求佛祖生慈悯,爹娘哥嫂早超升。

一家大小脱地狱,九宗七祖尽超升。

虔诚荐拔先宗祖,马家合族上天庭。

那马玉同香女、金枝小姐、玉梅姐姐合家虔诚礼拜大藏经典,七日七夜功德齐天。马家祖宗、父母、哥嫂、侄男侄女人等,一派先灵,尽得升天,同登极乐,正所谓:"吃素善人一卷经,亡魂立刻就超升。"若请酒肉僧道来求忏,无功反要堕沉沦,怎奈世人不知而不信,哀哉!

佛法无边功德大,心坚哪有不成功。

南无阿弥陀佛。

刘香宝卷宣完全,古镜重磨照九天。

善男信女虔诚听,不成菩萨也成仙。

诸佛菩萨凡人做,只怕凡人心不坚。

莫道女人难成佛,坚心修道必升天。

刘香女人用苦心,万语千言劝世人。

经卷良言仔细听,不比平常劝世人。

刘香宝卷圣贤文,句句字义说透明。

听信经文成佛道,不听经文业缠身。

行善作恶随心转,两条大路甚分明。

修德行善天堂路,作恶行凶地狱门。

恶人个个遭横死,善人个个好收成。
恶人个个落地狱,善人个个上天庭。
世人若说无天理,后来报应甚分明。
刘香女子有前根,托化凡胎劝世人。
世人若还劝不转,世世生生受苦辛。
世人不肯依官法,犯着官司要受刑。
若肯为人依官法,不犯官刑是好人。
为人谁肯依佛法,肯依佛法祸无临。
依教奉行行将去,参礼悟道必成真。
刘香名字标天府,马玉孝心感天庭。
十殿阎君忙查问,谁人成佛得修真。
判官上前来启奏,马玉成道救双亲。
香女修到西方路,金枝玉梅大道成。

阎王将受生册籍细查来因,查得马玉前世是一个高僧和尚,隐居太华山顶,真心办道,名唤善因和尚;查得刘香女前世乃是湘州李百倍之女,不肯嫁人,在家修行,名唤善果。只因二人路遇之中,香女头插桂花,那和尚鼻闻一阵香气,回头一看,两人俱各微微含笑,动了邪念,故此马玉与香女转生今世,该有三日夫妻缘分。金枝、玉梅宿有善根,同修佛道,都得升天。刘氏夫人临终之时,阿弥陀佛亲自过来接引西方极乐世界上品上生。马状元临终时候,亦到西方上品上生。金枝二夫人寿终时候,也到西方上品中生。玉梅姐姐临命终时,也到西方上品下生。刘氏夫人劝化世人甚多,修功最高,戒律精严,论其功行,应坐九品莲台之上。本来马玉爹娘哥嫂不信佛法,罪孽深重,堕落地狱,永不超升,幸得马玉夫妇虔诚超度,得判人身。正所谓:"一子若成真佛道,九宗七祖尽超升。"

阎君查看事分明,即时写本奏天庭。
南无阿弥陀佛。
玉皇见奏龙颜喜,莲华九品注芳名。
西方佛祖来迎接,同到西方见世尊。
得成正果身清净,幢幡宝盖驾祥云。
金童玉女齐来接,鼓乐齐鸣好雅声。
五色旌幡前引路,七珍华盖后随跟。
旃檀香气金炉焚,珠灯高照满天明。
四众弟子登佛位,端坐西方正金容。
弥陀佛祖升金殿,亲蒙授记取芳名。
马玉称名无愚佛,香女称为宝月尊。
金枝称名无垢尊,玉梅号称离垢尊。
刘香宝卷宣完成,胜诵莲华一部经。
人人都恭敬,个个虔心听。
风调雨顺际生平,普愿人人报四恩。

龙凤锁宝卷

龙凤锁宝卷初展开,诸佛菩萨坐莲台。

善男信女静心听,一年四季能免灾。

却说此卷出在宋朝仁宗年间,浙江省金华府兰溪县,城里有一位公子姓林名凤春,今年一十六岁。父亲林文高,官居吏部尚书之职,在朝伴驾。大娘张氏诰封一品夫人。生母潘氏,未受皇封,单生一子。满月之期,蒙包大人排算,命中关煞多端,恐难抚养。包大人面奏君王,皇上钦赐龙凤锁一具,常挂在身,可免灾殃。故而林老爷亲将眷属人等,搬回家乡,命他在家攻读诗书,不许出外游玩,故而在书房攻读诗书也。

公子在家读书文,勿能同父在京城。

终日思父身可好,未知何日进朝廷。

闭门落户书来读,如今还为入黉门。

常在书房多昏闷,要想出外去散心。

勿说凤春心中想,另表一位英雄身。

却说一位少年英雄,姓白名叫文龙,今年一十七岁,文武全才,家住苏州阊门外白沙村。父亲白云官官居三边总兵。因朝廷听信奸贼庞洪的奏本,把他屈斩满门,只有文龙一人逃出在外,现在各处挂起画形图容,捉拿钦犯白文龙。逼得文龙走投无路、无处安身,左思右想,只得到兰溪县母舅家避避灾星也。

文龙一路苦伤心,身边无钱买饭吞。

沿路求乞过光阴,夜间古庙住登身。

行过一庄又一村,不觉兰溪到来临。

问信问到天官府,娘舅门口立定身。

启口即便门公叫,相烦通报内边人。

却说白文龙到了娘舅门口,立定身体叫道:"门上有人吗? 多谢通报一声。"门公答道:"外面啥人?"公子道:"我乃苏州白文龙呢。"门公一听,便道:"唷,原来白相公到此。请等等,待老奴进去通报。"门公林贵忙到厅上跪禀道:"二位夫人听禀,今有苏州白文龙相公到此,现在门外立等。"大夫人张氏听了,便道:"小畜生到来何事? 他家遭了大祸,满门抄斩,这畜生是朝廷钦犯。今日到来,岂不连累我家? 不必相见,叫他快快滚开。"林贵道:"夫人息怒。听老奴告禀也。"

劝你夫人勒火升,须要忍耐二三分。

我想他家遭大难,谅必相公避灾星。

要看老爷同朝义,况且嫡亲外甥身。

理应留进府上住,还望夫人三思行。

夫人听了冲冲怒,奴才何必多嘴唇。

府中万事我作主,快些叫他滚出门。

二娘忙把姐姐称,伏望夫人听奴因。

文龙况是忠良辈,奸贼陷害受屈人。

公子投亲想避难,岂可随便赶出门。

倘被官兵捉了去,绝了白氏后代根。

夫人回声贤妹称,你话虽然勿差分。

畜生家破并荡产,今若留他害自身。

凤春听了双膝跪,哀求母亲听儿禀。

万事须看孩儿面，再看姑父姑母情。

要求母亲开恩典，相留表兄在家门。

夫人听了开口骂，畜生懂点何事情。

自己勿去把书读，也来插嘴违娘命。

勿说内堂高声骂，再说文龙进高厅。

却说文龙走进厅上，叫声："二位舅母大人在上，外甥儿文龙拜见。"张氏道："你这畜生，闯了大祸，害得爷娘双亡，有何面目到此？"文龙道："舅母，此言差矣。爹爹、母亲是被奸贼庞洪所害，并非甥儿闯的祸。今日到来，伏望舅母家中躲避灾星，待日后功成名就，替父母抱冤雪恨。"张氏道："你这畜生要想功名两字，我看今生万万不可能的了。"

大娘连连骂畜生，勿该来到我家门。

画形图容拿捉你，你想连累我家人。

快快与我滚出去，免得在此害我们。

文龙听得伤心苦，双抛眼泪落纷纷。

嫡亲舅母如此样，难怪奸贼害双亲。

潘氏二娘听此话，难免心中也伤心。

启口便把甥儿叫，保重身体最要紧。

林贵也把公子劝，皇天不负善良人。

凤春即便表兄叫，挽手同行出高厅。

二人走进书房内，启口便把兄长称。

大娘之话休记怀，一切须看小弟情。

小弟有银一百两，赠与兄长作缠金。

却说文龙道："贤弟，为兄不敢受领。"凤春道："请问兄长，此去何处安身？"文龙道："现今朝廷出榜捉我，为兄却无一定去处，只好听天由命也。"

为兄今日别你身，未知何日再相迎。

倘然得有安身处，绝不负你贤弟恩。

说罢起身忙拜别，文龙含泪出门庭。

指望到此有照应，哪知反被骂出门。

表弟虽然良心好，无法留我住安身。

身边虽有银两在，叫我今日何处行。

单身流落江湖上，闷闷不乐向前行。

不说文龙路上事，另表二位出场人。

却说邓如虎与沈似豹二个人是结义兄弟，胜似同胞，都是武艺超群，目前占住在九龙山，齐集喽兵数万、头目几十员，积草屯粮，自称为王。今日只见天降大雪、野兽四出，兄弟二人带领喽兵数十，一同下山，打猎而去也。

兄弟二人下山岭，喽兵前面带路行。

不说二人打猎事，再表文龙落难人。

自从出了林府门，一路之上苦十分。

城市村庄不敢走，单身飘零荒野行。

又加天降鹅毛雪，衣衫单薄冷如冰。

肚中饥饿身无力，顿时头晕目又瞑。

一足高来一足低，一跤跌倒雪中存。

幸亏命里不该绝，山神土地到来临。

顿变吊睛白额虎，护住公子不伤身。

二位大王刚到此，发现白虎前面存。

扳弓搭箭将虎射，老虎中箭伤性命。

　　却说邓如虎扳弓搭箭，照准猛虎一箭射去，只见一道金光透起，仔细一看，不见老虎，只见有一位青年汉子倒在雪中，就叫喽兵去看个明白：还是死人，还是活人？喽兵奉命前去一看，是个后生，摸摸胸前还有点热气，连忙回报大王道："人是死了，不过心口还有热气。"邓、沈二人道："把他扛上山去。"不多一刻，已到山顶。吩咐用姜汤灌下，停了一会，只见他慢慢苏醒，口中叫道："苦也。"二位大王喊道："这位后生，快快醒来。"白文龙开眼一看，只见身旁站立两位少年英雄，文龙道："二位恩公，救我性命。待我拜谢救命之恩。"邓如虎道："勿必如此，快快请起，我看你相貌非凡，勿像落破之辈，你家住何处，姓甚名谁，一一说来。"文龙道："二位恩公，听禀也。"

难人家住苏州城，阊门外头白沙村。

爹爹名叫白云官，官居三边总兵称。

因被庞洪奸贼害，将我抄斩灭满门。

小人拼命来逃出，我名就叫文龙身。

兰溪投亲亲不认，一路逃命到此存。

身寒饥饿难行走，跌入雪中命难存。

幸蒙恩公救我命，结草衔环报还恩。

二人听了多快活，原来白家公子身。

　　却说邓、沈二人吩咐摆酒接风，三人边喝酒边谈。邓如虎道："呀！原来白元帅的公子，我们不知，失敬了，多多有罪。"文龙道："二位恩公何出此言，请教高姓大名？"邓如虎道："我叫邓如虎，这位是结义兄弟沈似豹，山东人氏。我俩父亲都是总兵之职，都被奸贼庞洪所害，逃在此处，无业为生，只得在山落草，自立为王。我们都有杀父之仇，勿如公子与我们义结金兰，八拜知交，同住此山。待兵精粮足，杀上京都，捉拿奸贼，替父报仇。白相公，你尊意若何？"公子道："小生承蒙二位救命之恩，尚未报答，况又落魄之辈，哪有不遵之理？"邓、沈二人听了大喜，忙叫喽兵端正香烛，宰了猪羊，摆好香茶，三人对天祝告一番，急忙跪下结拜桃园兄弟也。

三人跪在尘埃地，祝告虚空过往神。

今日三人来结义，胜似同跪一母生。

若有啥人心改变，粉身碎骨不超升。

有福同享难同当，生同罗帐死同坟。

拜罢吩咐办酒席，全山共贺饮杯巡。

勿说九龙山上事，再提另有一书生。

　　却说林凤春自从白文龙表兄投亲到来，被大娘张氏赶出之后，心中闷闷不乐，思想表兄亦是忠良之辈，受此落魄，真是好不伤心人也。

凤春闷坐书房里，想起表兄文龙身。

也是世代忠良后，奸贼陷害苦伤心。

害他满门都抄斩，表兄幸能逃出门。

欲要我家来躲避,哪知大娘勿认亲。

将我表兄来赶出,勿知何日再逢迎。

凤春正在呆思想,来了林福书童身。

手捧香茗书房进,叫声少爷饮香茗。

眼看少爷心不悦,启口即便问原因。

林福叫声:"少爷请用香茗。少爷,我看你为啥面带忧愁,勿大称心,连茶饭都勿想吃,有啥心事?今日城隍庙里有名班好戏,何不去看看戏,散散心。"凤春道:"林福,我去是想去,无奈两位母亲勿许,如何?"林福道:"少爷只要去禀明太太,说是去看戏,定然肯放少爷去得。"凤春道:"既然如此,一同进去禀母亲也!"

凤春即便往内行,林福书童后头跟。

主仆同到里堂去,拜见两位母亲身。

孩儿今日心不悦,特来告禀两母亲。

头晕目眩心昏闷,意欲外出去散心。

闻知今日城隍庙,是有名班好戏文。

孩儿要想去看戏,解去心中昏闷情。

两位母亲不允承,快回书房读书文。

那年爹爹生养你,如同拾着宝和珍。

满月剃头备酒席,各大官员饮杯巡。

包公将你八字算,命内关煞有灾星。

"包大人就奏明君王,钦赐龙凤锁一具,常挂在身,得免灾殃。那日爹爹吩咐我教你常在书房读书,勿许出门游玩,故而将全家搬回家中来的。孩儿呀,在书房认真读书,勿必出去也。"

孩儿勿必闷昏昏,快回书房读书文。

包公说你多关煞,不可去到外边行。

劝儿力把书来读,为娘之言记在心。

只望我儿功名就,金榜之上早题名。

凤春听了母亲叫,两位亲娘听原因。

孩儿回到书房去,勤读文章看五经。

凤春辞别二母亲,坐在书房闷昏昏。

林福开口少爷叫,我有妙计好出门。

林福道:"少爷,太太不许出门,只要偷偷出后园门去,一直走到城隍庙看戏,早些回来,太太不会知道的。"凤春听了大喜,道:"果然好计。我们两人就此去罢。"二人就出了园门,直往城隍庙而去也。

书童林福前引路,凤春公子后头跟。

公子路上心中想,我身从未出过门。

顺便观看街中景,人来人往闹盈盈。

两面店铺多齐正,卖买丛中人头兴。

公子看得多快活,慢慢行走看野景。

勿说公子路上走,另表一位俏佳人。

姓金名叫凤姑娘,父亲金山年五旬。

母亲早已身亡故,爷因两人在家门。

小姐今年十六岁,聪敏伶俐般般能。

开设一爿豆腐店，生意兴旺过光阴。

恰逢城隍庙有戏，金山说与女儿听。

金山道："女儿，今日城隍庙里做戏，我俚要多做几件豆腐卖卖；还有王员外定了一作豆腐，要我送过去。"父女两人做好豆腐，金山叫道："女儿你登在家中看店做生意，做爷个要送豆腐去了。"金凤道："爹爹，你就要回来的呀。"金山道："晓得。"说罢挑了豆腐，出门去了。

金山一路出门行，豆腐送进王家门。

小姐坐在店堂内，手拿针线绣花心。

青丝细发盘龙罩，三红头绳扎把根。

樱桃小口鹅蛋脸，一口银牙红嘴唇。

粉嫩面孔泛红色，酒窝两道笑盈盈。

十指尖尖如春笋，月白布衫黑镶滚。

再套一件黑马夹，三寸金莲裙下蹬。

小姐店中针线做，凤春移步到来临。

豆腐店前来走过，抬头看见俏佳人。

如此美女天下少，好比观音胜三分。

立在门前呆看看，林福亦看街中景。

金凤小姐斜眼看，见了公子小后生。

如此后生世上少，好比仙子下凡尘。

头戴方巾双飘带，桃红海青簇簇新。

胸前挂具龙凤锁，粉底乌靴蹬脚跟。

眉清目秀多标致，原是官家后代根。

日后必定高官做，哪家小姐做夫人。

眉来眼去双方看，都像泥塑木雕成。

金凤暗中来思想，凤春肚内暗思忖。

不说两人呆呆看，来了一个买腐人。

叫声姑娘买豆腐，五个铜钱交待清。

小姐虽然生意做，仍旧两眼看书生。

手拿铜刀豆腐划，不管多少放篮心。

买豆腐个人一想，我只买五个铜钱豆腐，为啥弄仔一篮呢？一看，只见这个姑娘在看公子，看昏式哉，手不对心，马上说道："姑娘！有哉，我要吃勿光个。"姑娘急忙停手，不看看篮里放仔多少豆腐，买豆腐个人，拿仔就走了也。

买豆腐人回家门，姑娘仍旧看书生。

凤春看得不想走，眉来眼去两留情。

林福即便少爷叫，快点走去看戏文。

拉了公子就要走，凤春无奈向前行。

身体朝前头往后，越看越好越开心。

一路到了城隍庙，人山人海闹盈盈。

凤春心里暗思想，顿时就把妙计生。

启口开言林福叫，我有句话说你听。

　　凤春说道："林福,你看人挤得不得了,我不进去哉,你一人去看吧。我在外边等你,你早点出来,同你早点回去,免得我母亲知道。"林福说:"我进去看戏,你勿要走开。"凤春道:"晓得哉。"林福回身就走,看戏去了。

　　书童听了心欢喜,走进庙里看戏文。
　　凤春在外兜白相,观看来往进出人。
　　想起店里多姣女,眉眼喜笑动人心。
　　若得此女成夫妇,比起做官胜三分。
　　看她美貌多姿色,十分标致俏佳人。
　　瓣种美女天下少,叫我如何放下心。
　　越思越想越有趣,不觉红日落西沉。

　　却说林凤春一看天气,说道:"呀,天色已经夜,书童要出来哉。如果来了,一定要叫我一同回去,叫我如何舍得回去?勿如让我闪在幽静的地方,等书童一人回去了,再作道理!"

　　凤春公子巧计生,幽静之处躲藏身。
　　林福看罢身走出,一心要紧转回门。
　　走出庙门主人喊,不见少爷来答应。
　　少爷不来心焦急,叫奴哪能回家门。
　　东南西北都寻到,仍然不见少爷身。
　　吓得林福心不定,夫人问我若何能。
　　林福一路嚎啕哭,众人盘问书童身。

　　却说路上众人问道:"你为何如此啼哭?"林福将少爷勿见之事说了一遍,众人道:"恐怕你家少爷等不及你,他先回家去了,你回去看看再说。如果没有回家,明天再寻罢。"林福听了众人之言,说得勿差。"待我回去,再作道理也。"

　　林福一路转家门,书房未见公子身。
　　幸亏夫人勿来问,瞒过一夜再理论。
　　勿说书童安身困,再说金山转家门。
　　将身走进店堂里,坐定身体女儿称。
　　做爷今日王家去,员外留我酒来饮。
　　害我吃得熏熏醉,约我今夜看戏文。
　　做爷今夜定要去,女儿好好看家门。
　　你在家里安身睡,关好房门看家门。
　　小姐回言称晓得,爹爹须要早回程。
　　金山说罢去看戏,小姐关好店堂门。
　　走到房里心中想,想看公子林凤春。
　　这种后生世上少,从未见过这样能。
　　勿知哪家贵公子,不知可有妻房身。
　　勿说金凤单相思,再表公子林凤春。
　　躲到黄昏身走出,心中好不喜气生。
　　书童谅必回家去,待我回道小姐门。
　　要求苍天来保佑,使我相会小姐身。

将身走到豆腐店,立定身体想才情。

"呀!豆腐店么,到哉,哪能进去呀?有了,待我只说要借盏红灯。"想定主意,叫声小姐开门。金凤道:"外头啥人,啊是爹爹回来了?"凤春听了大喜,你爷勿在家中,真是天赐良缘,忙答道:"勿是爹爹,是你丈夫来了。"小姐开门一看,见是日里的后生,就道:"公子,看你亦是读书公子,此刻夜深了,还来讨奴的便宜,为何道理?快点出去。"公子道:"小姐不要慌,自古道:'有缘千里来相会,无缘对面不相逢。'小姐听我话来啊!"

> 小生家住前街心,天官是我爹爹身。
>
> 要问小生名和姓,我名就叫林凤春。
>
> 小生今年十六岁,未曾受帖订婚姻。
>
> 小生游玩街坊走,看见小姐貌超群。
>
> 未知小姐年多少,可曾出帖配郎君。
>
> 今日庙里来看戏,人多轧散书童身。
>
> 寻到黄昏寻勿见,谅必先是回家门。
>
> 小生深夜难回转,要求小姐发慈心。
>
> 留我房中住一夜,百年姻缘合到根。

却说金凤听了凤春一番话,道:"原来是林天官的公子,失敬了,多多有罪。"凤春道:"勿必客气,小姐家中还有啥人?小姐贵庚多少?"金凤道:"只有爹爹,名叫金山。奴十六岁,尚未出帖,爹爹今夜看戏未回。公子你想奴婚姻两字,须要央媒说合,劝你勿能如此乱道,公子快点回去。"凤春听了就叫:"小姐听禀也。"

> 小生与你前世姻,今日相逢天作成。
>
> 求你小姐依了我,来生犬马报你恩。
>
> 双膝跪下哀求告,要望小姐来允承。
>
> 金凤含笑面孔红,双手扶起小书生。
>
> 奴家本是贫家女,喜鹊哪入凤凰群。

凤春道:"小姐勿必客气,你我结为夫妇,金玉相生。小生无物相赠,只有皇上钦赐龙凤锁一具赠你,作为表记。"金凤接了宝锁,说道:"多谢公子,奴奴别无所赠,就在头上拔了几根青丝发,再将红绿丝线绕好了,交与公子。"两人携了手,上楼而去了。

> 小姐携了公子手,微微含笑同上楼。
>
> 双双走到香房里,宽衣解带喜欢心。
>
> 青纱帐里鸳鸯合,春宵一刻值千金。
>
> 慢表两人恩情事,再说金山回家转。

金山看罢戏,将近半夜,一路回家,到了门口,叫声:"阿凤女儿,快点开门,做爷个回来了。"金凤道:"公子,那末勿好哉,奴家爹爹回来了,这便如何是好?"金山又叫:"快点开门!"金凤道:"来哉!"就叫:"公子在一只大箱子里躲一歇,待奴将铰链竖起,停一歇放你出来。"凤春道:"小姐,晓得,你就要上来的呀。"金凤就下楼走出去开了门,叫声:"爹爹回来了。"金山道:"阿凤,你为啥困得一歇来,已经头发么蓬个,面孔么红个,身体么抖个,喉咙么哑个,啥个路道?"金凤道:"爹爹,女儿起初么困勿着,现在困着哉,听见爹爹喊开门,吓醒个,而且心慌,故而心惊面红。"金山道:"原来如此,女儿快拿酒来,做爷个要吃酒。"金凤道:"早已端正在此,你吃罢。"

> 金山吃酒笑盈盈,小姐急得无哪能。
>
> 公子躲在箱子里,心惊肉跳闷昏昏。

不料猫儿捉老虫，冤家撞着对头人。

老鼠要想逃性命，猫儿追赶急急能。

箱子盖上来跳过，箱盖合得紧腾腾。

公子关在箱子里，顿时闷死命归阴。

小姐听了箱子响，慌忙启口叫父亲。

金凤道："爹爹，女儿听见楼上有响声，不知什么声音，待女儿上去看看。"金山道："猫捉老鼠，勿要紧个。做爷个来讲戏你听吧。"金凤道："女儿勿要听。"金山道："你勿要听，我偏要讲；你要听，我就勿讲。"金凤道："奴要听个。"金山道："别人要听，我偏不讲；女儿要听，我板要讲。今夜的戏文做得十分好，大面笑盈盈，就是口音清，花脸骨头轻，小旦必文文，正旦带哭声，是出好戏文。你想啊伤心来勿伤心，刚正做到大半本，随此转家门。"金凤道："勿讲哉，奴要困哉。"金山道："困罢，我也要困哉，辰光勿早哉，半夜快哉。"

金山说罢就安身，金凤小姐上楼行。

慌忙走到楼上看，未知箱内若何能。

只见箱盖关紧了，吓得三魂勿在身。

忙开箱盖细细看，公子已经命归阴。

小姐急得魂飞散，一跤跌在地中存。

半个时辰侪醒转，悲悲泣泣哭夫君。

金凤姐，还魂转，眼泪纷纷。哭一声，林公子，奴个夫君。

日里向，在街坊，喜笑盈盈。夜里到，来回转，一命归阴。

再三劝，勿肯去，就定终身。我爹爹，来回转，箱中藏身。

哪知道，猫捉鼠，箱子关紧。害公子，身亡故，好不伤心。

见尸首，冷如冰，哭叫夫君。奴终身，日后要，依靠啥人。

你爹娘，望公子，勿见回程。金凤奴，真命苦，公子丧命。

一夜天，思前后，勿知哪能。思思啼，想想哭，死去还魂。

一个人，呒办法，缩手无能。五更到，公鸡叫，哭到天明。

"公子呀，我再三劝你，勿肯回去。如今一命归阴，叫奴终身去靠啥人，思想起来，好不伤心也。"

小姐哭得真可怜，啼啼哭哭叫夫君。

丈夫赐赠龙凤锁，指望夫妻百年春。

哪知半夜夫妻散，丈夫一命见阎君。

黄泉路上等一等，等奴苦命一同行。

勿说小姐哀哀哭，再说林府老夫人。

林府上大夫人张氏同二娘潘氏到了厅上，想道："我儿凤春日日进来问安的，为何今日勿来见我，是何道理？"正在思想，只见林福书童进来报道，启上："夫人勿好了，昨日公子私自出门，至今未回。"张氏道："什么？你这狗奴才，命你伴我公子，公子私自出去，难道你勿晓得么？"林福道："小人真的一点勿晓得，伏望夫人总要恕罪的呀！"

夫人听说泪纷纷，为何勿见我儿身。

二娘亦是哀哀哭，孩儿命内有灾星。

太师出门吩咐你，叫你看好小主人。

我儿出去你勿晓，要你在家作啥情。

张氏就叫林福去，速喊门公林贵身。

林福奉命忙出外,喊了林贵到来临。

林贵道:"二位夫人在上,叫老奴进来有何吩咐?"夫人道:"昨夜公子私自出门,你可晓得?"林贵道:"老奴昨日墙门早关,未见公子出去。"夫人道:"狗奴才,你亦不知道,难道公子飞上天去么?"林贵道:"前门真的未见公子出去,望夫人恕罪。"夫人道:"如今命你两人出外去寻,再贴传单。有人将公子送到林府赏银五百两,有人报信者赏银三百两。倘然寻勿看着公子,你两人的性命当心。"

两人奉命各处寻,再贴传单在街心。

四处找寻无踪迹,逢人问信终无音。

林福心中来思想,懊悔撺掇公子身。

倘然公子寻勿着,我条性命活勿成。

林福逃走勿必说,林贵去寻公子身。

四处找寻勿着落,告禀夫人慢慢寻。

勿说林府寻访事,另表一个赌钱人。

姓陆名字叫得输,赌钱吃酒样样能。

因为赌场来输空,缺少十两雪花银。

一路来到豆腐店,叫声妹丈金山身。

赌场催讨多着急,前来问你借纹银。

得输一到豆腐店,对金山道:"妹丈,你该两日忙,生意亦蛮好。我今日来,非为别事,只为输空十两银子,来讨仔几次哉,真正难为情个。故而来与你相商十两银子。"金山道:"老舅,我刚正今朝付忒黄豆钱,勿是勿肯,真个晓界。"得输道:"你呀不肯,我去问外甥女借。"一路到了楼上,叫道:"金凤,做娘舅个今朝要搭外甥女借个十两银子,去还赌账。"金凤道:"娘舅,奴银子一两也没有。"得输道:"外甥,前两次见我娘舅么,笑嘻嘻个,今朝为啥笑也勿笑,眼红团团,像哭歇来。外甥到底银子阿有?"金凤道:"当真晓界银子。"得输道:"那么,当头阿有?"金凤道:"当头也一样没有。"得输道:"我勿信个,待我自去动手揢揢看!"

得输动手当头揢,急然外甥金凤身。

倘然发现箱中事,叫奴如何说分明。

金凤心中多着急,得输此刻勿留情。

就将大箱来开看,见了尸首吃一惊。

金凤双膝来跪下,哀求娘舅作救星。

得输即便外甥问,金凤一一说分明。

为此公子箱中死,尸首现在箱中存。

得输听了心中想,便把甥女叫一声。

得输道:"外甥,劝你勿要哭,现在林府家人登在街坊敲锣招寻,倘然有人送还公子,赏银五百两;通风报信者,三百两。你还要哭来,倘然被别人听见,你性命勿保了。我娘舅去通个信来,也有三百两,银子到手,不过外甥性命勿保。外甥,我娘舅想着哉,你快点拿个十两银子让我去赌场里脱债。回来给你想办法,拿尸首弄出去。"金凤就拿十两银子给娘舅,对舅舅说:"你早点回来呀!"得输接过银子,动身去也。

得输立即下楼行,急忙出门赶路程。

路上行走来得快,匆匆走进赌场门。

得输把债来还落,仍旧一路急急行。

仍是回到豆腐店,叫声妹丈听原因。

外甥房里稀奇事,快快上去看新闻。

一把衣裳拖上去，金山心中勿分明。

跟到女儿房间里，得输开箱看尸首。

妹丈快快你来看，这是什么东西经。

金山走进箱内看，见了死尸箱中存。

顿时吓得魂非散，口骂金凤小妖精。

做出伤风败俗事，打死贱人一条命。

手拿棍棒将要打，为何谋死小书生。

得输开口妹丈叫，要打外甥万不能。

你我所生这一女，理应包庇这桩情。

作兴外甥是勿好，偷情勿是起头人。

这人死么是死哉，生死本是命注定。

金山道："个么，尸首哪哼办法？"得输道："连只箱子扛出去，氽在河里，再用大石头压沉到河底上，没有人看见哉。"金凤道："娘舅，公子死在箱内已经闷死了，还要氽在河里更加痛苦哉。"得输道："个么，趁此更深夜静，扛到山湾湾里去罢。"

两人拿了麻皮绳，扛了箱子下楼行。

急忙扛出路上走，出了县城急急行。

一径到了山脚下，抛在荒郊半山林。

放在山边就回转，得输即回自家门。

金凤仍旧哀哀哭，丈夫死得好伤心。

指望与你同到老，哪知半夜夫妻情。

勿说金凤小姐哭，太白君星下凡尘。

"离了天仙府，顷刻到凡尘，吾乃太白星是也。今算到牛郎、织女两星因在天宫听讲经时，两人调笑，罚下凡去，结成一夜夫妻之分，要受十六年灾难，修成正果，仍归原位。现在牛郎有难身亡，待我赐他灵丹一粒，放在口中，使其尸首勿坏，然后上山教授仙法，将来助子立功也。"

太白星君驾祥云，来到山脚箱边存。

灵丹赐予牛郎口，然后救他上山林。

赐了仙丹回洞府，驾起祥云就登程。

勿说星君腾云去，另表一个出场人。

砟柴为生叫徐七，老妻章氏在家门。

其日徐七砟柴去，拿了镰刀向前行。

一路来到山脚下，见只大箱红喷喷。

掂掂有点重滞滞，想必箱中有金银。

连忙回到家庭里，说与章氏妻子听。

章氏听了心中想，跟仔徐七就动身。

到了山脚大箱见，章氏启口老老称。

箱内究竟是何物，快开箱子看分明。

徐七道："老太婆勿要看得个，这只箱子里一定是强盗藏在此地的赃银，趁现在无人看见，扛转去仔，再开看罢。"夫妻两人扛到了家中，关仔门，徐七叫："老太婆来开看罢，勿是银子么，衣裳首饰稳个。"连忙开了，徐七一见，吓得朝天一跤："勿好哉，弄着是个死人哉，仍旧扛到山脚边上去罢！"章氏亦细细一看："啊呀,林公子为啥死这只箱子里呢?"徐七道:"你勿要认差。"章氏道:"林公子从小吃奴个奶,吃大个,哪会认差呢?"徐七道:"那是倷原好发点小财来,快点扛到林府上去,亦有五百两银子赏钱个。"夫妻两人扛仔箱子,关了大门,一路扛到林天官府上去也。

　　夫妻扛仔箱子行,路上行走快十分。

　　急急忙忙林府到,墙门外头立停身。

　　就将箱子来放下,走上前去门公称。

　　勿说徐七夫妻事,再表林府门上人。

　　一见门外有人叫,急忙开门看分明。

　　只见年老人两个,扛仔大箱到来临。

　　门公即便忙开口,扛这箱子为何因。

　　徐七道:"我送公子回来,烦你通报夫人晓得。"门公连忙进里边报道:"禀报夫人,今门外来了夫妻两人,扛只箱子到来,说是送公子回来的。"夫人道:"既是我儿回来,为啥有箱子?你可见公子回来?"门公道:"公子未见。"夫人道:"待老身前去看来。"跟了门公,走出墙门。徐七连忙叫声:"夫人在上,老奴徐七叩头。"夫人道:"起来。你们到来何事?"徐七道:"小人晓得府上公子出门并无着落,老家人各处寻访,并出了传单,有人送回公子赏银五百两。"张氏道:"正是。你可见公子?"徐七道:"小人今日上山斫柴,看见公子,故此送来了。"夫人道:"公子在哪里?"徐七道:"公子就在这只箱子里。"说罢,开了箱子也。

　　夫人走上门前看,一见箱里卓然惊。

　　两位夫人心着急,开箱看见死尸灵。

　　夫人此刻看明白,果然儿子林凤春。

　　胸前少了龙凤锁,面色未改命归阴。

　　两位夫人魂飞散,嚎啕大哭苦伤心。

　　四处鸣锣找寻你,不见我儿林凤春。

　　为何被人来谋杀,尸首关在箱中存。

　　指望养你防身老,传接林府后代根。

　　如今我儿被人害,叫我老身靠何人。

　　叫你切勿门来出,出门碰着对头人。

　　夫人哭到伤心处,大骂徐七黑良心。

　　"大胆徐七,你夫妻两人将我儿谋杀,盗去龙凤锁,还敢来领赏?狗胆包身了。"徐七道:"夫人,今日小人上山斫柴,看见公子死在箱中,故而送回府来,为何说我谋杀的?"张氏道:"一定是你杀害,还要抵赖。吩咐家人将他两人吊打起来。"

　　一众家人虎狼形,捆绑徐七夫妻身。

　　将他吊起高梁上,藤条皮鞭打背心。

　　徐七夫妻嚎啕哭,冤枉连声口内称。

　　公子不是我谋死,图赖赏银是真情。

　　倘然公子我谋杀,绝勿扛来领赏银。

　　勿赏银子亦勿碍,勿该捆绑打老身。

　　夫人听了心大怒,喝叫锁进马房门。

　　吩咐家人拿帖去,速请知县到来临。

　　家人一路来得快,到了三溪县衙门。

就把书帖来呈上,速请知县到林门。

兰溪知县何廷忠,见了书帖吃一惊。

师母帖上非别事,师弟被人伤性命。

凶手送尸回家转,再要领赏雪花银。

知县肚内暗思想,世上无此胆大人。

内中曲折难明白,验明尸身再理论。

吩咐排道衙门出,知县坐轿后头跟。

路上行程来得快,到了林府大墙门。

门上通报夫人晓,请进知县进里厅。

师母门生见过礼,知县启口叫夫人。

"师母,师弟被人谋杀,凶手在何处?"夫人道:"在马房内。"忙叫林贵牵了出来。徐七道:"青天大老爷在上,小人徐七叩头。"知县道:"你夫妻今将谋杀公子一事,从实招来,免受刑法。"徐七道:"大老爷,冤枉呀。"

小人上山砟柴薪,看见箱子在山林。

认定箱里金银物,夫妻扛了转家门。

开箱见了魂飞散,哪知一个死尸灵。

我妻细看是公子,我妻公子奶母身。

故而认得林公子,夫妻两人送上门。

夫人反责我谋害,将我捆打满身青。

说我谋取龙凤锁,冤枉小人受苦辛。

要求青天来详察,放我夫妻转家门。

知县一想,看他勿像谋财害命,内中必有别的缘故,叫徐七退下,吩咐开箱观看。知县走到箱边一看,果然师弟死在箱中,面勿改色,忙叫左右,通身验过,并无伤害,显然是闷杀的。龙凤锁勿见,只在衣袖里搜着一扎红绿丝线扎住几根青丝头发。知县道:"师母呀,门生细看,师弟身体无伤,只有衣袖里拿着一股红绿丝线扎的几根青丝发,内中必有缘故。且将师弟入殓,箱子待门生带回复审。徐七夫妻仍关在马坊。"夫人道:"贤契,师弟冤仇,托付于你。"知县道:"师母放心,门生告退了。"

勿说入殓公子事,要说知县转衙门。

进了县衙升堂坐,吩咐衙役听分明。

箱子放在衙门口,贴出字条卖别人。

倘然有人认这只箱子去,此案明白。故而贴出字条:谁人认领这只箱子,赏银十两;如有假冒,罚银三十两也。

勿说县衙箱子放,另提卖婆年老人。

姓任卖婆来度日,替人卖买过光阴。

今日有桩小生意,脚步加快向前行。

行走县衙门前过,看见箱子放衙门。

观看之人有几位,上有字条贴箱身。

卖婆走上细细看,启口就问看守人。

卖婆道:"大叔,这只箱子可是卖的?"差人道:"勿是卖的,要访东家人的,有人认得领去,赏银十两,倘然冒认,罚银三十两,还要吃官司。"卖婆道:"奴来认认看。啊呀!这只箱子是金家豆腐店个,是奴经手买个。"差人道:"你好领我去,赏你银子。"卖婆道:"好个,你们跟我来。"三人一路到了豆腐店里,卖婆道:"凤姑娘久违了。"金凤道:"妈妈请坐,到来何事?"卖婆道:"奴家前年卖给你的二只箱子,啊勒拉里?"金凤道:"勿要说起。"不觉出了眼泪。

> 卖婆金凤话分明,两个公差走进门。
>
> 就将金凤捉了去,链条套进热头颈。
>
> 金山吓得魂飞散,金凤有口亦难分。
>
> 卖婆吓得浑身抖,一同捉去进衙门。
>
> 金山亦捉衙门去,豆腐店门封锁紧。
>
> 三人捉到兰溪县,急鼓三通坐堂审。

兰溪知县何廷忠喝叫:"将三人带上来!"三人一同跪。知县道:"任卖婆,这只箱子你卖给金家里的吗?"卖婆道:"是奴经手买的。"知县道:"退下去。"再叫道:"金山,你女儿箱中藏囵尸首,你可晓得?"金山道:"老爷在上,小人店中生意忙碌,勿晓得的。"知县道:"退下去。"再问金凤:"你将如何谋杀林公子,藏在箱里,一一诉来,免受刑罚。"金凤含泪跪禀道:"青天大老爷在上,小女子告禀了。"

> 城隍庙里做戏文,公子经过我家门。
>
> 看见小女勿肯走,抛弃书童独回程。
>
> 我父夜里去看戏,我看门户等父亲。
>
> 哪知公子来碰门,我当父亲回家门。
>
> 奴把店门来开看,公子踏进店堂门。
>
> 奴奴着急忙相问,公子只说借红灯。
>
> 甜言蜜语调戏奴,一心要奴定终身。
>
> 小奴再三相劝他,公子勿听半毫分。
>
> 双膝跪求终身托,奴被求得就应承。
>
> 公子赠奴龙凤锁,奴赠青发作为凭。
>
> 谁知奴父半夜转,叫他伴在箱中存。
>
> 奴把铰链撑盖起,冤家碰着对头人。
>
> 猫捉老鼠跳箱盖,箱盖顿时盖得紧。
>
> 奴奴当时身在外,听得声音想回身。
>
> 父亲把戏讲奴听,不许奴奴进房门。
>
> 再三要求方答应,急急忙忙进房门。
>
> 忙把箱盖开来看,公子已经命归阴。
>
> 奴奴吓得无摆布,其日母舅到奴门。
>
> 多谢母舅来设法,扛了箱子抛山林。
>
> 小奴句句真情话,要求青天细察情。

知县听了一番话,想她必是真情。看她容貌,勿像谋财害命之人,吩咐衙役到金家,取了龙凤锁来,再传监婆到来,赏银十两,叫她好好服侍金凤,在监若要加她私刑,察出重办。再叫金山道:"你女儿犯了重罪,本该重办,看你年迈,宽恕去罢。"再叫认任卖婆上来:"赏你十两银子去罢。"知县退堂,排道再到林府,回复师母去也!

> 知县坐轿出衙门,一路行到林府门。
>
> 门公通报来接进,知县见礼师母称。

门生回衙审问过，金凤公子两留情。

待我门生细告禀，师母在上听原因。

门生回衙访着凶手，快叫徐七出来，夫人忙叫林贵喊了徐七出来拜见知县。知县道："徐七你夫妻两人受此冤屈，本县赏你白银一百两，回家去罢。"徐七道："谢大老爷，小人去了。"知县道："师母，门生捉住凶手，就是豆腐店金山之女金凤小姐。因师弟其日城隍庙里看戏，经过豆腐店，看见金凤生得美貌十分，师弟一见倾心，待半夜进她家的门，谎称借红灯，恰巧金山看戏未归。金凤认父回家，开门接父。哪知师弟入内，见金凤，百般哀求，私订终生。小姐被他求得一口允许，师弟就将龙凤锁为聘，金凤剪下青丝为定。谁知他父回家，无计可施，就叫师弟伴在箱子内，外面铰链竖起。哪知碰着猫捉老鼠，跳上箱盖关紧，师弟闷死。此刻金凤口供招认，门生看她勿像谋命之人，况且有孕在身，总是师弟血脉，所以门生难以定罪，伏望师母，忍耐为先。"张氏听了，勃然大怒道："何廷忠，你一县之主，我儿被他谋害，还勿将她定罪，我儿岂不白死吗？你看这贱人，有几分姿色，分明看中她了。"知县道："师母听禀也。"

师母不必怒生嗔，连害金凤出臭名。

师弟自入天罗网，岂可屈断金凤身。

金凤若是生男子，也是师弟一脉根。

若将凤姐定了罪，绝了林家后代根。

师母须要忍耐点，门生告别转衙门。

张氏听了心大怒，糊涂知县勿是人。

待我写封书札信，送与太师得知闻。

就叫林贵京中去，家人奉命进京城。

勿说家人去送信，再表知县何大人。

今日师母羞辱我，叫我如何定罪名。

勿如详文京中去，禀明太师一切情。

忙将公文来写好，就叫飞报进京城。

飞报奉命京中去，进了皇都一座城。

公文报呈太师看，字字行行写分明。

家中书信也送到，太师看了大吃惊。

太师看了公文和书信，大吃一惊："哪知家中遭此不幸，这事算我儿自投罗网，照门生公文上，还有后代希望。"太师就辞皇别驾，奉旨还乡，一路到了兰溪，先进县衙。知县迎接进内，上前恭见道："恩师大人在上，门生有礼。"太师道："贤契少礼。我且问你，我家畜生私自出门，被金凤闷死箱中，可曾细察明白？"知县道："门生审问明白，绝无差误，待门生叫她上来，恩师亲自盘问，便知明白。"就叫衙役带了金凤到来。金凤叫道："太师在上，犯女叩头。"太师叫她抬头，一见果然相貌端正，勿像谋人性命之人也。

太师看了笑盈盈，好个端正女千金。

面清目秀多风月，勿像贪淫谋人命。

虽然畜生遭屈死，但望养个孙儿身。

太师启口金凤叫，你将此事说我听。

"启禀太师爷，公子在三月前往城隍庙看戏，经过我家门口，见奴生得端正。到了黄昏后，公子就来碰门。奴认是父亲看戏回来，看门一见是公子，公子就走进来，三言二语求奴私订终身。奴奴被他求得一口允承，公子就将龙凤锁赠与奴家，奴将青丝相赠公子。到了半夜，哪知父亲回家，奴无计可施，就叫公子躲在箱中，奴将铰链竖起。哪知碰着猫捉老鼠，跳上箱盖，箱盖关上，公子顷刻闷死在箱中。小奴句句真言也。"

至今已有三个月，小奴腹中有身孕。

倘然生下男和女，终是公子血脉根。

说罢拿出龙凤锁，呈与太师看分明。

太师见了双流泪，勿见奴才小畜生。

太师就把金凤叫，你是我家媳妇身。

万事有我老夫在，保你无事得安宁。

金凤双膝来跪下，就叫公爹二三声。

知县听了心中喜，难得翁媳两相亲。

恩师大量行方便，相救金凤小姐身。

太师启口贤契叫，我有言语说你听。

媳妇暂住衙门里，待我回家再理论。

太师告别回家转，一路匆匆向前行。

不觉到了墙门口，门公通报夫人听。

两位夫人来迎接，太师出轿到高厅。

怒气冲冲身坐定，张氏启口说原因。

"太师，老奴差人送信来京，我儿之事谅已明白，想我儿被金凤谋杀，定要她抵命。哪知何廷忠有弊，不肯定罪，断事糊涂。"太师道："好个清明知县，反说他不好，自己的畜生勿怪。若老夫回来，勿到衙门，岂不屈死她一命？况且金凤相貌端正，十分稳重，勿像贪淫爱色之人。自己的畜生，私自出门，贪爱女色，私订终身。现有龙凤锁为凭，她是我家的媳妇了。"张氏道："我儿屈死身亡，难道不要她抵命，反要认作媳妇呀？奴明白了。"

见她生得十分好，贪爱贱人小妖精。

勿把孩儿冤仇报，反而认她作媳妇。

你这老贼可要脸，只怕臭名四海闻。

太师听了心大怒，骂声无智老贱人。

腰间拔出青锋剑，要杀老贼老妖精。

放子出门害他死，还要屈害金凤身。

反把恶言肮脏我，一定要杀老娼根。

幸得潘氏二娘劝，扯住太师往内行。

看见儿子灵位供，一剑劈下碎粉粉。

再想拿口棺木劈，二娘扯了进房门。

勿说林府来吵闹，再表多罗太白星。

"我乃太白星是也，今算到林凤春灾星已满，奉玉帝之命差了雷公、电母、风伯、雨司，将棺木打开，摄出公子，腾云到仙山，传授仙法而去。"其时，林府家人禀报太师："勿好了，方才雷声劈破公子棺木，公子的尸首勿见了。"太师道："喔唷！这畜生天地都要诛灭他了。"太师从此气成一病，卧床不起，多亏潘氏服侍太师也。

勿说太师身有病，再说白家文龙身。

想起当初身落难，林家贤弟赠花银。

逃到九龙山一座，逍遥快乐过光阴。

今日乔装来改扮，要去探望林凤春。

拜别邓沈两兄长，要到兰溪走一巡。

勿说文龙路上走，再表巡按张大人。

名叫天标为巡按，奉旨巡查到杭城。

一路经过兰溪县，趁便探看胞姐身。

嫁到林家天官府，数年未曾上过门。

一路到了天官府，巡按投帖报进厅。

夫人晓得兄弟到，连忙迎接到内厅。

夫人道："不知兄弟驾到，有失远迎，望勿见慢。"巡按道："小弟拜望来迟，亦当有罪。姐姐，小弟闻知姐丈回家，为何不见？"张氏道："贤弟不要说起，我家遭到不幸，我儿被人谋害。听奴告禀也。"

夫人从头至尾禀，可恨金凤贱妖精。

知县见她多标致，勿关勿锁恕罪名。

如今住在县衙内，老贼认她媳妇身。

我儿应该遭屈死，勿能替他把冤伸。

要求贤弟来作主，斩落金凤奴称心。

天标听了姐姐叫，我替外甥把冤伸。

何愁小小金凤女，不怕知县阻挡情。

天标告别县衙去，张氏送罢房内行。

丫鬟使女都听见，连忙告禀二娘听。

潘氏听了双流泪，心中可怜小姐身。

太师毛病多沉重，如何好救女佳人。

勿说二娘心着急，再说文龙白将军。

一路到了兰溪县，走上天官林宅门。

启口叫声门公在，林贵见是姓白人。

连忙禀告二娘晓，潘氏听了喜十分。

潘氏连忙叫林贵接他进来，勿要被大夫人晓得。林贵道："晓得。"连忙出外接到内厅。白文龙跪见道："舅母在上，外甥拜见。"二娘道："贤甥请坐。"文龙道："告坐了。母舅同表弟为何不见？"潘氏听了即便含泪道："勿要说起，自从贤甥去年到此之后，你表弟今年元宵佳节私自出门，一命身亡。你母舅为此气成一病。"文龙道："为何表弟出外身亡？"潘氏道："外甥听呀。"

表弟元宵私出门，谁知弄出一祸根。

我儿经过豆腐店，见了金凤貌超群。

从头至尾细相告，私订终身在房门。

哪知其父回家转，公子伴在箱中存。

我儿箱内来闷死，已有三月有余零。

捉住金凤口供认，腹中有孕在其身。

再将知县一番话，细细告诉文龙听。

又将太师认媳妇，夫妻争吵起毛病。

今日大娘兄弟到，新做巡按甚威灵。

要将金凤来抵罪，岂非屈煞女佳人。

况且有喜将足月，要望传宗接代根。

看来金凤命该绝，无人相救受屈人。

文龙听了舅母话，眼中流泪舅母称。

待我回转带众将，来救金凤小姐身。

勿可泄漏风声去，外甥告别要动身。

不表文龙回山去，再表天标巡按身。

张巡按到了兰溪县衙门，知县参见毕。巡按道："好个糊涂贪官，断事勿明，如今勿必多言，就拨令箭一支，叫旗牌差知县速将金凤提来，验明真身，法场典刑，不得有误。"知县道："卑职有言相告，金凤虽犯重罪，奈腹中有孕，将近生产。待临盆之后，定罪处决。要求年兄开恩宽恕半月。"巡按道："既如此说来，放她不成么？"知县道："非是卑职阻令，年兄听禀呀。"

金凤小小女钗裙，前世冤家今生临。

凤春并非她谋死，又无凶器与赃证。

就作真情她谋死，一人犯罪一人顶。

金凤有孕将生产，小儿抵命不该应。

要求年兄开恩典，临盆之后再典刑。

巡按听了无言答，准待分娩再理论。

勿说巡按县衙事，再说金凤苦命人。

幸亏太师并知县，方能安身住衙门。

不觉小儿将足月，腹中疼痛苦万分。

思想奴受这番苦，哭声公子害奴身。

此时金凤伤心处，痛极难熬要临盆。

知县大人来晓得，用了稳婆等收生。

太白君星领武将，武曲降生就临盆。

果然生下小公子，面如满月貌超群。

知县见了心欢喜，果是师弟后代根。

正在抱好小公子，哪知旗牌到来临。

知县道："小姐，勿好了。今日张巡按令箭到，来提小姐法场典刑。快将小儿交付我妻扶养。"金凤听了，吓得魂飞魄散，一跤跌倒，知县连忙去唤醒。那旗牌把小姐一把拖去见了大人，验明真身，就吩咐刽子手捆了绑，到法场上等午时三刻取斩。刽子手提刀在旁也。

刽子提刀不容情，金凤绑出法场存。

此时金山也晓得，急得三魂勿在身。

忙办三牲并祭礼，速即来到法场存。

父女相见嚎啕哭，哭得死去转还魂。

爹爹女儿叫勿听，若要相会梦三更。

做爷认你性命活，知县断你无罪名。

哪知撞着冤家到，今日就要两分离。

女儿一旦身亡故，做爷性命活勿成。

金凤听了双流泪，叫声爹爹莫伤心。

皆是女儿多不孝，连累爹爹受苦辛。

勿说父女伤心苦，另外提表救星人。

"惯打抱勿平,法场走一巡,我乃白文龙是也。"前日,往林府探得弟妇金凤碰着张天标狗官立斩不赦,今带了众位兄弟下山,到了兰溪,混进城中,到得法场,团团围住。看那张天标狗官,身坐演武厅,耀武扬威。张天标勿晓得九龙山弟兄在此,到了午时三刻,下令开斩。刽子手顿时提起刀来,立即动手也。

　　刽子提刀虎狼形,要杀金凤女千金。
　　文龙此刻来冲上,立斩刽子又杀兵。
　　官兵一拥都冲到,喽兵拼命杀官兵。
　　一声炮声城门出,一众英雄回山岭。
　　就将金凤救了去,父女双双上山岭。
　　勿表文龙众兄弟,再说巡按张大人。
　　正要斩落金凤女,哪知来了对头人。
　　杀死官兵无其数,救了金凤杳无形。
　　想调大军去征剿,勿知何方山上人。
　　只得回到京城去,奏本君王再理论。
　　勿说巡按张天标,再提知县何大人。
　　将儿抱到林府去,天官见孙喜欢心。
　　幸亏门生来领好,勿然绝了林氏根。
　　见了孙儿非凡相,顿时毛病脱干净。
　　大骂官贼张天标,听信老贼勿该应。
　　多谢文龙来相救,一同上山住安身。
　　办酒款待何知县,酒罢知县回衙门。

林天官同潘氏二娘扶养孙儿,十分快活,后来张氏同太师争吵,被太师用藜杖打死。白文龙常有密信往来,好不欢喜。"想我孙儿已经七岁,聪敏伶俐,日后必成大器,是林家之幸也。"

　　想我孙儿多聪敏,过目不忘读书文。
　　先生取名林天喜,四书五经尽知闻。
　　光阴似箭容易过,天喜年交十六春。
　　文能六韬并三略,武艺高强件件精。
　　勿说林家天喜事,要提安南造反情。
　　战书打到边关上,边关总兵吃一惊。
　　告急本章如雪片,仁宗见了大吃惊。
　　忙问朝中文共武,谁人领兵退番兵。

林天官启奏皇上:"微臣有孙儿天喜,今年十六岁,武艺超群,能退番兵。"仁宗大喜,忙出圣旨一道,召进天喜到御校场演武,果是武艺高强。仁宗大悦,敕封林天喜为武宁侯,钦赐御林军十万,上方宝剑,速到安南征服番人。"如能凯旋归朝,即刻加封侯爵,钦此。"谢恩:"万岁,万岁,万万岁!"

　　天喜此时谢皇恩,三呼万岁出朝门。
　　御校场上兵来点,威风凛凛鬼神惊。
　　旌旗飘飘多威武,号炮三声出京城。
　　勿说天喜去出征,再说文高太师身。

林文高想着外甥在九龙山,勿如待我写封密信,差人送去,请外甥助战,日后有功,可赦罪封官。太师写好密信,差了林寿一路送到山岭。白文龙接信观看,心中大喜:"表侄奉旨出征,母舅叫我助战。"就身坐聚义厅,传集众头领,演讲明白,个个愿往。文龙就整编队伍下山,到边关等候表侄天兵到来,一同出征也。

不说九龙山上事,再表天喜赶路程。

一路到了边关上,总兵接进报事情。

安南反贼多厉害,攻打三天好威灵。

天喜吩咐来立寨,待到天明再理论。

一夜之话勿必说,清晨点兵出关门。

元帅身坐中军帐,帅爷吩咐要当心。

不表元帅发兵事,再说安南造反人。

狼主孙启升帐坐,探子报说宋兵临。

狼主连忙来出阵,手执棒槌像流星。

来到边关忙出战,天喜得报怒十分。

单枪匹马来冲出,喊叫连天鬼神惊。

天喜道:"反狗!通报名来。"孙启道:"乳水未干,小子听着,我乃狼主孙启是也。你这小子还不下马受缚,免我动手。"天喜道:"反狗休要夸口。"照枪直刺过去,哪知狼主是个铜皮铁骨,只听见"嗒啷"一声,一道火星冒出。狼主就来一槌,打在天喜枪杆上,虎口震开。天喜吓得魂不在身,思想勿能取胜,退回关去。孙启也勿追赶,天喜回进账中,闷闷不乐也。

元帅正在闷昏昏,营门军士报分明。

就把名帖来呈上,元帅见了喜欢心。

迎接表伯白文龙,办酒款待讲军情。

到了次日忙开战,一连三仗无输赢。

元帅此时多着急,营门又来报事情。

说明是个林凤春,特来助子立功勋。

天喜听了心中想,我父早已命归阴。

莫非父魂来显身,待接进来看虚真。

天喜迎接细观看,勿是显魂是真身。

摆酒款待细请问,方知仙人救性命。

凤春即便亲儿叫,我奉师父到来临。

闻知番贼多厉害,你们性命活勿成。

明日为父番营去,活捉番人稳稳能。

天喜文龙多快活,父子团圆喜欢心。

一夜易过天明亮,番贼讨战在关门。

凤春单身步出关门,只带数十名小兵在后,到了阵前叫道:"番贼,本仙在此,还不投降,悔之晚矣!"孙启道:"妖道休得夸口,吃我一槌。"凤春就将拂尘一拂,这槌打在地上。孙启大吃一惊,连手上的虎口都震开,要想逃走,又被凤春祭起捆仙绳在天空。见番将有六人,凤春大喝一声,一根变六根,将番营六将捆下马来,小兵把他们扛进关去。番兵见主将被擒,个个投服元帅麾下,班师回朝,奏明皇上。仁宗大喜,御赐金凳,御酒三杯,加封天喜护国公。林天官文高又奏道:"臣启万岁,此番征服反寇,幸白文龙助战。"君王道:"白家有罪,今因天官之奏,将功抵罪,官复父职,仍旧代父之职,为潼关总兵。邓、沈二人为先锋,众喽兵编入官兵,加赠俸禄。林凤春封为镇国军师,林文高保荐有功,平升三级。番邦六将凭卿裁夺,钦此。"谢恩:"万岁,万岁,万万岁!"

皇恩给假出京城,父子双双转回程。

文龙回到九龙山,护送金凤转家门。

金山同到天官府,时来运来步青云。

此时翁媳重相见,公孙父子喜十分。

金凤见了亲生子,一旦分离十六春。

丈夫儿子重相见,好比枯木再逢春。

一门团圆多快活,天喜奏上仁宗听。

天喜进京,将父母之事一一奏明,仁宗听了,敕封金凤为镇国夫人,何廷忠官升金华府,张天标削职边关充军,潘氏封一品太夫人。白文龙亦奏明庞洪慌奏,屈害白元帅。君王准奏,亦将庞洪革职斩首,钦此谢恩。"万岁,万岁,万万岁!"

天喜谢恩回家门,一一告禀父亲听。

凤春听了心欢喜,勿如学道去修行。

想到红尘多吃苦,要做灵山修行人。

廷忠女儿多贤惠,配与天喜做夫人。

凤春原到仙山去,带了金凤一同行。

天官寿元九十九,皇上加封百岁春。

为人忠良多清正,一世善缘好归阴。

林何二姓多忠直,尽做朝廷保国人。

林家一门多行善,济贫救苦广斋僧。

一门和顺多快活,如鱼得水过光阴。

龙凤锁卷到此完,诸佛菩萨喜欢心。

龙灯宝卷

龙灯宝卷初展开,诸佛菩萨坐莲台。

在堂大众静心听,一年四季免三灾。

却说此卷出在明朝嘉靖年间。山东登州府,蓬莱县里有一家姓何名况,官拜东阁大学士之职。夫人裘氏诰封一品,所生三子一女。长子大汉,现做吏部尚书;次子二汉,京中招为驸马;小子三汉,年方八岁,尚未定亲。女儿秀娥,配与户部堂姓周名昌,在仕为官不提。只说登州城里恰遇元宵佳节,大放花灯,相府不挂灯彩。夫人吩咐家人何仁道:"今日元宵佳节,何府上也要挂灯结彩。"何仁道:"太太,厅上挂灯结彩,恐有外人嘈杂。"太太道:"不妨的,只要防好小公子就好了。"吩咐乳娘道:"不可到外边去看灯也。"

太太吩咐众家人,厅堂廊下要挂灯。

天井里面灯棚搭,五色彩灯甚分明。

名班乐工来吹打,庆赏元宵乐心情。

一众下人忙碌碌,霎时完成禀夫人。

丫鬟使女忙打扮,笙箫细乐闹盈盈。

太太来到大厅上,厅上摆酒饮杯巡。

开场唱戏多热闹,来了西关走马灯。

来到厅上来表演,参见太太赏花银。

去了马灯龙灯到,厅上调舞乐心情。

夫人赏赐花银子,灯球摆舞往外行。

珠龙调头摆动尾,张牙舞爪活个能。

外边看得真热闹,惊动里面一个人。

三汉公子得知闻,也要出去看龙灯。

乳娘不许公子去,三汉哭闹吵勿停。

连哭带闹往外奔,乳娘急得在后跟。

奔到厅上灯来看,夫人一见开口问。

谁人叫你来看灯,公子开口叫母亲。

孩儿自己要出来,不关乳娘半毫分。

夫人搀住孩儿手,乳娘就在后面跟。

龙灯舞罢门来出,大家看得多高兴。

却说何府夫人正在看调龙灯,突然发现三汉公子也出来看灯,就搀住了公子的手一起看龙灯。看得非常高兴,就吩咐何仁老家人赏赐龙灯五两银子、陈酒三坛、火腿二脚、凤鱼一尾,老龙受赏而去。夫人看得高兴之时,不知何时松了手,把三公子放了。公子见老龙出门,也跟了就走。何府上还是非常热闹,吹吹打打,观看自己的彩灯也。

不说何府闹盈盈,再表公子出了门。

公子跟了龙灯走,边走边看出了城。

忽然灯散想回转,不识路途难回门。

边走边哭到城边,城门关得紧腾腾。

时光将已交三更,突然来了二个人。

却说何公子正在大哭之时,突然来了二个拐子。这二个拐子专做坏事,一个叫一根藤,一个叫缠杀人。白天困觉,夜里出去寻找生意。今日元宵,大放花灯,所以到处寻找。正巧走到城门口,看见一位小公子在啼哭,心中大喜,上前盘问去也。

拐子上前去盘问,开言便把小孩称。

为何深夜在此哭,从头老实讲我听。

公子一看二个人,开口言称老先生。

我家住在南关地,爹爹阁老何况身。

大哥吏部尚书做,二哥招为驸马亲。

小人第三年八岁,贪看龙灯出了门。

跟了龙灯出了城,城门紧闭难回程。

多谢二伯送我转,母亲谢你雪花银。

却说二拐子一听,心里一吓,心想:"那么生意着缸哉。若然送他回去,谢仪至多四五两银子。看他头上一只珠帽,头颈里一条金链条。这二样东西,起码二三百两银子。不要管俚,骗他一骗再说。"一根藤道:"公子不要哭,我伲两人送你回去。但是西城已关,走南门吧。"公子言道:"多谢二位伯伯,费你们的心了。只要到了家里,母亲必定会重谢你们的。"缠杀人道:"快点走也。"

三人一同往南行,公子不知半毫分。

只当他们是好人,哪知二个坏良心。

行了不满二里路，只见一座大松坟。

公子吓得魂飞散，双膝跪在地埃尘。

哀求送我回家转，今生永不忘大恩。

二个拐子同开口，你要回家梦三更。

你要见娘也可以，铁树开花叶放青。

动手忙把珠帽脱，金链拿在手中心。

就把倌倌树上吊，通身打得血淋淋。

打得公子哀哀哭，求告二位发善心。

拐子停手将言说，今朝替你改名姓。

今后就叫高阿寿，木渎镇上住登身。

你若听话就不打，与我娘舅外甥称。

却说三汉倌倌被拐子一顿痛打，又替他改名换姓。公子道："只要不打，桩桩都依，就听你娘舅便了。"拐子道："你既然答应，我就救你下来。今后你碰到别人，要说出真话，就要把你抽筋剥皮，活活打死也。"

倌倌只得来答应，保住性命最要紧。

不表公子受苦辛，再提何府老夫人。

看灯看得真高兴，突然想起孩儿身。

刚才亲手来换住，为何现在不见人。

急问乳娘儿何在，乳母一听失了魂。

合家老少齐来到，个个吓得冷汗淋。

夫人急得双足跳，乳娘急得哭出声。

大小厅堂都寻遍，楼台亭阁也去寻。

丫鬟家人心着急，多道公子必外行。

却说老家人何仁道："太太不听老奴之话，至今弄出祸来。"又劝道："太太不要心焦，待老奴唤齐众位兄弟，连夜去追寻，总有下落的。"太太道："快去寻找，回来重赏。"何仁带领众人，出外寻找而去也。

何仁出外快如云，唤齐众人去找寻。

东南西北都寻到，就是没有公子身。

今夜若然寻不到，且到明日再理论。

一众家人都回转，进内回复老夫人。

太太听得双脚跳，便把乳娘骂勿停。

小小公子管不住，也要出来看龙灯。

吃饭赚钱勿管事，问你负点啥责任。

骂得乳娘只是哭，半句话也不作声。

不说何府乱纷纷，再提拐子二个人。

自从拐了三公子，连夜动身赶路程。

却说拐子带了三公子就走，约有半夜辰光，只见一座关王庙。三人进庙休息，二拐子坐定，便对公子道："阿寿，倘然天亮有人喊你，不准逃走，也不准说出真名实姓。如果不听我们的话，就要你的小性命。只要我们到东，你跟到东；我们到西，你跟到西，你就可活命，你听见没有？"三公子饱含眼泪，满口答应也。

拐子一见已答应，二人放心觉来困。

二个拐子在内殿，公子外殿泪纷纷。

不说公子庙里住,再表何府老夫人。

合府一夜都没困,一见天亮唤何仁。

吩咐众人出城寻,你去佛前求神明。

众人奉命城门出,边去寻来边打听。

城外四周都寻到,未见公子一点影。

何仁佛前烧香烛,求神问卜总不灵。

大家回转禀夫人,太太吓得失了魂。

吩咐总管写家信,送到京中老大人。

却说何仁老总管,奉夫人之命,写家信,立即送到京中给老大人知道。写好了信,又写传单,写道:仁人君子若然发现何府三汊公子,送个信,赏银子一百两,送回公子,赏银二百两。吩咐家人将传单四处张贴。何仁想道:"我家老爷是御史大官,万岁钦点一匹七点青鬃宝马,最有灵性,何不将它牵出,同去追寻三公子?"走到后院马厩,对宝马说:"宝马啊宝马! 敬你三杯薄酒,同去追寻公子。能去不能去? 如果能去,请点头三下。"只见宝马连点三点马头,何仁骑了宝马出门而去也。

何仁祝告上马行,匆匆一路出南门。

马不停蹄如飞腾,已过十里路途程。

眼见一座关王庙,宝马停步不肯行。

何仁只见马不行,顿时肚里起疑心。

不表何仁马来下,再表拐子二个人。

停在庙里动脑筋,想把公子变花银。

哪知到处无人要,先把珠帽卖钱文。

当得白银五十两,三人度日过光阴。

此日仍在庙中住,明日准备赶路程。

一宵已过天已明,二个拐子还未醒。

不表公子已起身,再表何仁老家人。

快马如飞到庙前,四脚停下不肯行。

何仁见马不肯走,暗想公子在此存。

将马加上一鞭子,四蹄乱跳嘶一声。

何仁连忙将马下,拴马快步进庙门。

却说老总管走进庙门,发现大殿上坐着一位小孩,正在低头哭泣。上前仔细一看,果然是公子。那时公子听到脚步声,抬头一看,是老家人何仁。二人同时看见,不约而同,各自喊应,二人抱头大哭,好不伤心也。

公子看见老家人,哀哀痛哭泪纷纷。

家人抱住来盘问,为何来到此间存。

太太急得魂飞散,乳娘吓得痴个能。

快快同我回家转,免得家中不安宁。

公子开言公公称,听我从头讲分明。

自从那夜看龙灯,跟了龙灯出家门。

一路看灯跟着行,不知不觉出了城。

眼看一路灯已散,要想回家关城门。

撞来撞去无处走，突然来了二个人。

只说送我回家转，东城已关进南门。

跟了他们紧紧走，到了一处大松坟。

眼看不对放声哭，二人顿时起黑心。

把我衣服剥干净，吊在树上打我身。

逼我改名高阿寿，要我把他娘舅认。

一个名叫一根藤，另外一个缠杀人。

总管听得火来升，挽了公子要出门。

却说总管挽了公子说道："快走，与我回家去。"公子道："走不得的，被他追了转来，要拿我抽筋剥皮的。"家人道："哪有这种道理？"又问道："拐子在哪里？"公子道："他在里边睡觉未醒。"家人道："待我进去与他算账也。"

不说何仁往里行，再表拐子二个人。

东边睡个一根藤，西边困个缠杀人。

二个拐子呼呼睡，外边说话被吵醒。

开口便把外甥喊，啥人在此缠不清。

何仁一听开口骂，拐子连忙落起身。

却说何仁说道："狗贼，放你的狗屁！拿伲公子拐到这里，我来拿你二个狗头送官究办。"说罢上前一把拖住缠杀人，拖拖拉拉。一根藤一看苗头不对，只见佛台上有一个石香炉，拉起来往准何仁头上一打，顿时头破血流，跌倒在地上，一命呜呼。公子一见，大吃一惊也。

公子抱住老家人，嚎啕大哭好伤心。

你来寻我回家转，哪知一命见阎君。

你死原是被我害，为看龙灯起祸根。

死在庙里有谁晓，又无信息到家门。

我身不能回家去，不知自身若何能。

拐子一看忙喝住，公子吓得不作声。

公子暗暗揩眼泪，眼见尸体好伤心。

不表公子暗伤心，再表拐子动脑筋。

这具尸体如何办，二个拐子来讨论。

佛龛底下挖个潭，就将尸体潭中存。

埋好尸体就动身，三人出庙去逃命。

走出庙门见一马，拐子一见喜欢心。

谅必家人骑来的，不如带去卖花银。

上前就把马来牵，宝马乱踢乱咬人。

却说二个拐子走出庙门，只见一匹白马。知道老家人骑来的，一不做二不休，把它牵去一起变卖花银。想罢，一根藤就去骑骑看，被白马一脚踢倒在地。缠杀人上去解缰绳，走到马头边，被白马张嘴一口咬住一只手，咬得哇哇大叫，鲜血淋淋。公子一见，大吃一惊，就把宝马大喝一声："不准咬！"那马顿时把头一点。公子道："娘舅不要看轻这匹宝马，此马名叫七点青鬃宝马，是嘉靖皇帝钦赐给我爹爹的。这匹马认得我的，故此喝得住。"拐子道问："它下次啊要咬哉？"公子又道："马啊马啊，我今一时落难，你也被我害得落难，暂且让我三人骑吧。"宝马连连点了三下头，三人就此上马而去也。

公子吩咐宝马听，马头三点有灵性。

三人一起马来上，一路行程快如云。

不表拐子去逃生，再提何家老夫人。

家人寻找无音讯，日夜忧愁不定心。

吩咐何冲去寻访，寻到何仁再理论。

连寻三天无消息，再到庙中求神明。

求签问卜都无效，凶多吉少大吃惊。

急忙回家禀夫人，太太犹如箭穿心。

就取文房四宝来，连连写了三封信。

随着家人送京去，报与老爷得知闻。

再写一封送本县，吩咐知县捉凶身。

却说何府太太忙传家人到跟前道："何福，这封书送交阁老大人亲拆。"又道："何方，这封书送与吏部大人开拆。"又叫："何德，此封书送交驸马爷开阅。"吩咐何冲："将此书交与本县，叫他速速追捉强盗，追还宝马及老家人和公子，不可有违。"四人得令而去。另表，拐子要想把宝马卖掉，但是心里非常担忧也。

拐子日夜动脑筋，要想卖马担心惊。

想起前村一个人，专做贩马为经营。

这位马贩叫刘青，家中富裕员外称。

拐子寻到刘家门，刘青接进谈正经。

讲起家中遭不幸，欲将宝马卖花银。

刘青一听心快活，一同看马把价论。

却说马贩刘青，听说是宝马，心中非常高兴，就一同走出大门看货论。刘青将马周身上下细细观看，确是一匹宝马，便问道："马价多少？"拐子道："五百两。"刘青道："虽是宝马，不值五百两银子。"拐子道："员外，此马名叫七点青鬃宝马，当朝万岁赐给我爹爹的。只因奸臣作对，如今下在天牢之中，家财卖尽，故此只得将宝马变卖。"刘青一听，信以为真，说道："请到里面去付清价钱。"一到屋里，立刻将五百两银子当面付清。刘青看见跟进来一位公子，就问道："这位公子是谁？"拐子道："是我的外甥，我的姐夫也在京中为官，只因得罪奸臣，被奸臣谎奏一本，抄家捉拿。姐夫被害，只剩母子在我家避难。因为坐吃山空，难于过活，我外甥是个孝子，自愿卖身养娘，所以今天带出来也要变卖。"刘青道："既然困难，何不将你的马价银子养活他母子？何必再要卖？"拐子一听此言，心中一吓，暗想不要被他弄穿，就随机应变道："对对，员外之言不错。"说罢，辞别而去也。

拐子拿了马价银，辞别员外出门行。

前头拐子急急行，后面公子紧紧跟。

不说拐子换地方，再表刘青买马人。

若把公子一同买，不会出啥大事情。

单买宝马未买人，将来就有大祸临。

也是命中来注定，先注死来后注生。

却说拐子拿了马价银子，一出刘家，在路上商量道："卖马比卖人便当，今日几乎被刘青弄穿西洋镜，还是到师父家里走走再说。"拐子有二个师父，一个叫钻天龙，另一叫入地虎。家中拐得十分富裕，如今自己不做拐子了，依靠徒弟吃吃坐俸，一根藤与缠杀人一到师父家中，就将公子之事对师父详述一遍。老拐子一听，暗吃一惊道："这桩生意，我们二人不管，你们自己去处理。"说罢，就往里面而去。一个徒弟连忙跟了进去,就对师父说道:"你先将这位公子问问口供看。"老拐子道:"既然如此,将他领进来。"就把公子交给老拐子,老拐子就问道:"你位小官人,今日我把你买下来了,你就是我家的人了。我问你,姓甚名谁? 家住何处? 说给我听听也。"

公子听了泪纷纷,从头至尾诉衷情。

家住山东蓬莱县,爹爹阁老在京城。

姓何名况母裴氏,养我兄弟三个人。

大哥京中为吏部,二哥招为驸马身。

我的名字何三汉,元宵看灯起祸根。

只为命中多不利,遇见拐子二个人。

骗我送回家中去,哪知领到大松坟。

珠帽金链都拿去,将我衣衫皆剥尽。

将我吊在松树上,一顿痛打改名姓。

因此就叫高阿寿,逼认娘舅缠杀人。

苦苦哀求放了我,不准讲出真名姓。

若要说出真情话,将我剥皮活抽筋。

却说老拐子听了公子的回答,心里着实有点担惊受吓。只因他家来头着实大,不过强装镇静,说道:"你位官人,今日对我讲了实话,我就饶你抽筋剥皮。如若下次再有人问你,再像今天的样子,说出真情实话,就不会饶你性命了。"公子满口答应。拐子师父对徒弟道:"你们这次真像湿手捏着干面粉了,不如把他带到松江去变卖也。"

拐子别师出了门,带了公子就动身。

一路之上急急行,不觉已到松江城。

进了城门向前走,正巧知县出衙门。

公子一见知县面,暗暗两眼泪纷纷。

拐子顿时起疑心,便问公子为何因。

却说拐子问道:"你为何流泪不止?"公子道:"抬过轿子里的老爷,我认得的,是我大哥的大舅。"拐子一听,吓得魂飞魄散,就带了公子而逃。二个拐子商量道:"此地看来,登不牢哉,到嘉兴去混混再说。"带了公子直往嘉兴而去也。

拐子决定到嘉兴,乘了航船逃性命。

眼看已到嘉兴地,上岸即便往西行。

一路来到东塔寺,茶馆里面坐定身。

只见兵勇来开道,嘉兴知府进衙门。

公子两眼亲看见,一阵心酸泪淋淋。

拐子又把公子问,为何又要泪纷纷。

公子即便回言答,我又认识府大人。

这位老爷非别人,姐夫得力好门生。

拐子听了大吃惊,魂灵吓飞九霄云。

拖了公子拼命逃,二人边逃边讨论。

却说两个拐子一听,又是一吓,说道:"看来这里又不能登下去。"二人商量来讨论去,没有办法得出一个去处。到东到西,大小官府,他都认得,如何办法呢? 缠杀人道:"不要管他,出了西门,再趁航船,到杭州去试试看。"二人决定直往杭州而去也。

不表拐子去杭城,再说太太苦伤心。

吩咐何冲去衙去,追问知县讨音讯。

何冲一路匆匆走,另表一个倒运人。

刘青骑马县衙去,交纳税金起祸根。

却说刘青到县里交纳买马税金,将宝马拴在廊下。恰遇何冲进县,一眼望见廊下拴的是何府的宝马,心中大怒,立即拿起鼓槌将升堂鼓乱敲一通,叫道:"呀,你做官好糊涂。"李知县立刻坐堂。何冲道:"我家太太来过书信,小公子看灯混出,今已二年余外。老家人追寻未回,又失宝马,至今并无下落。老太太着我来催讨音讯,不料发现宝马在你衙内廊下,岂不糊涂?"知县一听,大吃一惊,暗道不好了,急忙吩时衙役三班:"快去紧闭城门,捉拿大盗。"又问:"什么人把宝马骑来县衙?"当下一查,知道马贩刘青来县交纳税金而骑来的。知县一听大怒道:"传刘青上堂,待本县审问也。"

公差上去捉刘青,魂灵吓飞九霄云。

未知为何来拿捉,一把拖去见县尊。

知县顿变无情面,三班衙役勿容情。

双膝跪地口称冤,大人拍案叫刘青。

却说知县老爷身坐大堂,拍案高叫:"刘青!你这狗头!好大的胆!前年拐去何公子,杀死老家人,又盗去宝马。本县追捕多年,无处查获。现今宝马在你手中,快快交待公子在哪里?老家人在何处?老实招来,免受大刑。"刘青叫道:"青天大人明鉴,小人实在冤枉。宝马我出五百两银子买来的。"知县骂道:"你还要赖吗?"吩咐左右两班,将夹棍伺候,就把刘青拖翻在地也。

刘青有口说不清,以曲为实重加刑。

先打二十杀威棍,再收三把细麻绳。

重刑之下昏过去,松刑忙把冷水喷。

刘青悠悠还魂转,知县连连问事情。

却说知县道:"刘青,何公子到底在哪里?"刘青道:"大老爷明鉴,小人实情不知,这匹马真的买来的。"知县道:"卖马人是谁?"刘青道:"叫一根藤。"知县问道:"现在哪里?"刘青道:"太爷,小人也不知道。"知县道:"好一张利口。"又吩时左右把他再用大刑也。

知县大怒骂刘青,吩咐左右再用刑。

真贼假盗难分说,万里黄河洗不清。

三收三放人昏死,冷水喷面再还魂。

知县无法收监去,再捉刘宅一家门。

公差动身去拿捉,链条套颈不容情。

刘家子媳都捉到,个个心中不知情。

一到县衙就坐堂,知县老爷火十分。

第一审问刘夫人,从头一一来盘问。

开言便把太爷称,妇人不知半毫分。

我夫到县完银子,哪知从天降祸临。

宝马不是来盗取,我夫出价五百银。

偷盗拐骗都冤枉,伏望太爷发善心。

审了夫人问儿媳,全家皆是同口音。

知县大怒高声骂,你家全是贼强人。

不用刑罚不招认,一声吆喝用大刑。

女用栳子男夹棍,全家老少受极刑。

死去活来全无供,知县无法暂监禁。

不表知县退堂去,再表刘青一家门。

脚镣手铐进监门,哀哀痛哭到天明。

却说刘青在大堂上用了极刑,几次死去活来,仍无口供,收进监去。哪知过了不久,又进来二名犯人,只见披头散发,身受重刑,满面是血。仔细一看,大吃一惊,不是别人,自己的二个儿子。心如刀割,轻轻叫醒,父子抱头大哭。一问情况,方知全家人口都进牢监,好不伤心。哪知牢头禁子又要来逼讨银子,若然没有,就要私刑敲打,好不伤心人也,只好痛哭一夜也。

一更鼓敲哭嚎啕,刘家满门坐监牢。禁子要金银,就拿榔头敲。私刑敲打最难熬,看来全家命难逃。啊呀我的天呀!

二更鼓响黑沉沉,刘门天降大祸临。女人上拶指,男人上夹棍。看来全家难活命,一家老少见阎君。啊呀我的天呀!

三更一响半夜中,全家在监苦心痛。眼泪落满胸,肚饿身受冻。哀哀求告都没用,死去无脸见祖宗。啊呀我的天呀!

四更敲过满天星,冤枉屈害一家门。可恨卖马贼,真像丧门星。买马付去五百银,今世冤枉理不清。啊呀我的天呀!

五更一响天明亮,刘青全家哭断肠。堂上受极刑,监里受私打。可恨瘟官硬肚肠,一夜痛苦到五更。啊呀我的天呀!

刘青一门受私刑,东方发白又提审。

几次审问仍无供,权且收监再理论。

知县退堂回内院,相请何冲进内厅。

起身迎接何总管,备酒侍饮甚殷勤。

酒罢又封五百银,相赠茶仪莫嫌轻。

恳求老兄来帮助,太太面前讨个情。

要求夫人宽限期,卑职慢慢再访寻。

何冲告辞李县尊,大人相送出街门。

却说何冲牵了宝马,出衙回府,报与太太知道。将县前发现宝马击鼓叫冤,刘青全家收监,宝马带回,但公子仍无下落等话讲了一遍。太太一听,大骂瘟官也。

太太听了火气升,大骂知县不是人。

吩咐写信京中去,告诉老爷得知闻。

何冲一听忙回答,太太息怒听分明。

我限县官五天正,寻还公子不计论。

如若五天仍无信,摘印罢官去充军。

太太一听气息平,何冲之言也中听。

太太哪知其中意,暗中帮忙二三分。

不表何府一切事,再表拐子到杭城。

却说二个拐子带了何三汉公子到了杭州,立刻去打听二个朋友,一个叫许思溪,另一叫陈保奇。一到门口,只见关了大门,举手碰门叫道:"可有人在家吗?"里面听见,立即开门,一见道:"唷唷,原来是一根藤、缠杀人,二位请坐。今日到来有何贵干?"二拐子就将拐到何三汉之事述了一遍,今日托二位设法变卖。陈、许二人一听,心中有些担惊受怕,说道:"目今世道不好,还是自己设法变卖吧。"二拐子也无法,只得将公子改装一下,头上梳个歪棒槌,插上一个草标,身穿一件破棉袄,足着一双破鞋子。打扮停当,一根藤道:"外甥快些出去,倘若有人要买你,就叫他进来,立契成交。不要忘记,快去也。"

> 公子含泪出门行,西风吹得断肝心。
>
> 时光正交十一月,天寒地冻路难行。
>
> 又遇飘飘鹅毛雪,看来今日难活命。
>
> 欲想投河心不愿,思念母亲老大人。
>
> 若是今日身一死,何人代我报仇恨。
>
> 思前想后无主意,脚步踉跄向前行。
>
> 饥寒身抖无力气,一跤倒在雪中存。
>
> 不表公子身落难,突然来了救醒人。

却说杭州有一位员外,姓汪字达富,原籍徽州人氏,在杭州开设典当八爿,家私巨富,人人称他员外。夫人苏氏同庚五十,所生一女取名桂珍,年方十三岁。那日同妻女从家乡祭祖回杭州,正遇大雪纷飞,吩咐水手加快船速,争取早日到达杭州。突然发现船的上空喜鹊乱飞乱叫,汪员外一听,心中疑惑,步出舱棚一看,只见不远之外,有红光冲天而起,吩咐停船,就叫家人上岸查看。不消片刻,家人回来禀报道:"发现雪中倒着一位男孩。"员外吩咐将他抱到船上,用姜汤灌醒。不多一刻,悠悠苏醒,员外问道:"官人尊姓?为何如此?说给我听听。"公子一见此人,眼泪汪汪道:"老先生听禀也。"

> 公子心想说真情,又怕剥皮活抽筋。
>
> 只得谎话连连说,先生在上听原因。
>
> 小生名叫高阿寿,苏州木渎住登身。
>
> 父亲冤枉在监门,母亲无钱度朝昏。
>
> 要救父亲无办法,只得卖身救父亲。
>
> 父在监中来吩咐,拜托娘舅一根藤。
>
> 如若要买廿两银,立契成交办事情。

却说汪员外一听道:"官人小小年纪,倒有一片孝心。你娘舅在哪里?"公子道:"就在前村朋友家里。"员外叫家人同他去,叫他娘舅前来,立契成交。不多一刻,四个拐子一同到船上去,成交立契也。

> 拐子一听心高兴,同到船上立契文。
>
> 陈许二人中保做,论定廿两雪花银。
>
> 双方交银又交人,双方各自转家门。
>
> 不表拐子心快活,只表员外最高兴。
>
> 虽花银子二十两,买到一位小官人。
>
> 眉清目秀多漂亮,顶平额阔貌端正。
>
> 只见说话又文雅,聪敏伶俐又通情。
>
> 拜见员外夫妇俩,感激连连谢大恩。
>
> 员外夫妇细议论,看来不像小出身。
>
> 不如将他作螟蛉,让他朝夕攻书文。
>
> 我俚只生一女儿,以后婚配接代根。

一路行程一路讲，不觉舟船到杭城。

船到码头人登岸，男女老少进宅门。

员外吩咐众家人，带领公子换衣襟。

香汤沐浴大打扮，员外对他说分明。

公子一听心欢喜，走到堂前见大人。

上前八拜继父母，又与千金姐弟称。

立时摆起团圆酒，合家饮酒谈正经。

来朝亲邻来庆贺，员外办酒请亲邻。

却说公子在汪家继作螟蛉，改名叫必显，胜如亲生一般。那时十三岁，在江家用功读书，员外一门对必显如同骨肉一样看待。光阴迅速，日月如梭，不觉已有三年，其日又遇正月十五，也是大放花灯。汪员外对必显道："孩儿，今日元宵，杭城放花灯，今夜同为父前去观灯。"公子听到"观灯"二字，突然想起八年前观灯一事，心中闷了起来，但是面上不露声色，就道："孩儿不去，要认真攻书，日后好报继父母之大恩。"员外一听，好不高兴，就对夫人言明此事。小姐桂珍思想："听说必显贤弟为了认真读书，不去看灯。不如待奴夜探书房，看他如何认真。"不觉晚餐后，员外夫妇看灯而去，小姐轻移莲步，下得楼房，直往书房而去。一到门口，只听见公子在内，苦叹终身也。

何公子，在书房，眼泪纷纷。想今天，杭州城，大放花灯。

忆过去，八年前，观灯祸临。思我家，身势大，也是无能。

我父亲，为阁老，在朝伴君。大哥是，为吏部，常居皇城。

二哥是，招驸马，出入宫门。姐夫是，为总督，两江大人。

母亲是，裴相女，诰封一品。我三汉，年最小，乳妈带领。

哪知晓，元宵夜，大放花灯。贪观灯，混出门，跟着龙灯。

无意中，出了城，错过时辰。想回家，城门关，难于回程。

突然见，来二人，将我盘问。他说道，送我转，要进南门。

哪知晓，是拐子，领进松林。摘珠帽，脱金链，衣衫剥尽。

将小生，吊起来，敲行周身。改名姓，高阿寿，硬认舅甥。

若今后，说真情，剥皮抽筋。无办法，来答应，跟他就行。

跟他行，五年整，含苦受辛。那一天，到杭城，逼我卖身。

没法想，插草标，走出城门。雪又大，风又紧，冷气钻心。

身又冷，肚又饿，寸步难行。跌一跤，倒雪中，几乎送命。

幸亏那，救星到，遇着好人。救到船，灌姜汤，救我性命。

二十两，雪花银，买转家门。汪员外，良心好，认作螟蛉。

在汪家，整三年，如同亲生。勤读书，争上进，书包翻身。

如进京，见父亲，得到功名。汪员外，恩德深，定要报恩。

寻坏人，捉拐子，报仇雪恨。出门后，到如今，八年有零。

想父母，思亲人，无心视灯。在书房，叹终身，有谁知音。

哪晓得，汪小姐，门外偷听。进书房，来相会，私订终身。

却说小姐在书房门口听得清清楚楚，心想："原来是官家之子，奴家今年也是一十六岁，尚未出帖，欲想终身托付。"想罢推门而入，口称贤弟。公子起身迎接。见过姐弟之礼，分宾坐下。小姐道："奴有一言，欲告弟知，未知贤弟肯应否？"公子道："姐姐之事，做弟的哪有不应之理？"小姐道："奴家与贤弟同庚，愚姐欲将终身靠托贤弟,日后如有变心,天雷击顶。"公子听了,连忙说道:"姐姐言重了,小生蒙姐姐看得起,日后若中功名,决不忘却姐姐之恩。"小姐听了非常高兴,就此出书房,上楼而去也。

> 不说小姐定终身,想法设计表记赠。
> 再表员外看花灯,同了夫人转家门。
> 一路回家闲谈说,明天灵隐把香焚。
> 回到家中忙准备,一到天明就动身。
> 不表员外烧香去,只表公子和千金。
> 公子日夜思亲人,想与小姐去讨论。
> 借了银子回山东,好让家中来定心。
> 走出书房上楼去,巧遇小姐下楼门。
> 下楼欲到书房去,想与公子表记赠。
> 一个上来一个下,楼梯之上二相迎。
> 小姐一见心喜欢,手挽手儿上楼行。
> 二人一进楼房内,双方坐下把话论。
> 倾心谈吐蜜语浓,哪知门外有人听。
> 恶奴汪福心怀恨,公子入门恨在心。
> 汪福做事真能干,员外看重五六分。
> 只因汪家无子息,想在仆中选儿身。
> 有日员外酒语露,称赞汪福是贴心。
> 汪福想吃天鹅肉,主人面前献殷勤。
> 哪知千金不愿意,父母跟前露口音。
> 所以员外回心转,买了公子作螟蛉。
> 促使汪福心存仇,千方百计动脑筋。
> 正巧员外烧香去,汪福在家观动静。
> 看见二人上楼去,喜在眉头恨在心。
> 不表汪福侧耳听,只表二人说真情。

却说公子开言道:"既蒙姐姐看重小生,今有一言奉告姐姐,不知能说否?"小祖道:"贤弟有何金玉良言,只管道来。愚姐无有不从。"公子道:"姐姐你且听禀也。"

> 小生日夜思双亲,欲想回家无缠金。
> 欲向姐姐借银子,回家一次才定心。
> 自从出门八年零,不知家中若何能。
> 多年未见亲娘面,恳求姐姐发慈心。
> 桂珍小姐开言道,贤弟不必苦忧心。
> 我将银子送给你,出门不可忘奴身。
> 公子即便姐姐称,小弟哪会忘你恩。
> 说罢跪下对天誓,皇天上面听端正。
> 小生日后如忘恩,天雷击顶命丧生。
> 千金听得心中喜,如意一支表记赠。
> 先拿缠银五十两,四季衣料拿几身。

再拿金锭二十只，明珠十颗衣内存。

小小包裹打一个，亲手赠与小情人。

公子接包言称谢，辞别千金要动身。

小姐又把贤弟称，再有一言说你听。

爹爹母亲祭祖去，贤弟慢慢再动身。

公子答应忙下楼，汪福急避藏过身。

不表公子书房进，员外夫妇转家门。

小姐公子忙迎接，员外夫妻心高兴。

用过夜膳各进房，只有汪福心不定。

却说汪福暗想：明天员外去家乡祭祖，等他回来再报告；小鬼也要回乡去，只有在今夜，一夜时间，一定要解决，否则来不及了。动了一会儿脑筋，将近一更左右，汪福连忙到员外的房门口高叫道："员外不好了，有贼人偷东西！"员外连忙起身问道："贼人在哪里？"汪福道："小人发现二个贼人，一个趴墙而逃，另一个好像往书房而去。"员外同汪福直往书房而来，一到门口一听，公子仍在朗朗之声地念书。员外叫开门进内，四周一看，并无他人。员外问道："必显，只你一人吗？"公子道："义父在上，孩儿经常一人念书，并无同伴。不知义父问这何意？"员外对江福骂道："奴才，你活见鬼，弄事体。"汪福一指包裹道："赃物在此，有何话说？"员外叫汪福打开一看，只见金锭廿只、银子五十两、四季衣料，内有明珠十颗、金如意一支，暗想："这些都是女儿房中之物，定必女儿私赠给他的。"想罢，就同汪福步出书房而去也。

公子见他已出门，心中暗暗细思忖。

小姐赠银他已知，连夜前来看分明。

员外虽然没说啥，未知明天若何能。

不表公子难安睡，再表员外回客厅。

就将汪福骂奴才，胡言乱道是非生。

你说贼子书房去，难道必显是贼人。

汪福开言员外称，知人知面难知心。

我看必显不上进，花钱买来终下品。

这桩事体不结论，又恐之后祸患深。

员外言道莫多语，祭祖回来再议论。

你在家中观动静，一切都要记在心。

说罢各自归房去，一宵无话到天明。

员外起身忙准备，吩咐丫鬟唤千金。

桂珍下楼见父母，吩咐女儿二三声。

我去家乡祭祖坟，家中诸事你当心。

说罢起身就下船，起锚抽跳赶路程。

不说员外家乡去，再表汪福动脑筋。

却说汪福一夜未睡，绞尽脑汁，终于被他想出了一条恶计。偷取汪员外的名帖，又歪斜不正地写了一张禀单，直往余杭县衙门首告，门上花了一些银两，当差的接了名帖及禀单，呈与知县候大人观看。只见上面写道：具禀人汪福，系汪家的家人。只因汪员外在三年前花了廿两银子，买了一名叫高阿寿的，见他品貌有三分端正，当时就认作螟蛉。安排在书房读书，整整三年。哪知在本年本月前三天夜里，一更左右，小人发现有二个贼人在汪家偷东西。我就大喊有贼，那时一人越墙而逃，另一个径往书房而入。我当时叫起员外,将情况讲了一遍。员外同小人去书房查看,并无他人,只有所谓员外的螟蛉一人在内。待见桌上,有一包裹,打开一看,金锭珠宝等赃物仍在书房。员外看了一番,就同小人出书房,对我讲:"不要多言,待我祭祖回来再说,你在家察看动情。"我家员外昨天开船离家,谁知昨天夜里我查看门户,突然发现有四个青年在书房左右乱窜乱动。我吓得不敢叫喊,又恐他们结伙抢劫典当。小人担当不起。所以今日具禀老爷,伏望老爷派人捕捉高阿寿审问。方可追根究底,追捕贼党。特此具禀,望乞开恩也。

　　知县一见大吃惊,立派捕快二个人。
　　张千李万奉了命,就同汪福一起行。
　　不多片刻汪家到,三人直闯书房门。
　　公子正在念诗书,进来公差二个人。
　　不问三七二十一,拿出链子锁头颈。
　　公子吓得魂飞散,连问为何乱拿人。
　　公差只当没听见,带了包裹一同行。
　　丫鬟上楼报千金,小姐听了大吃惊。
　　连忙下楼去书房,只见空空无一人。
　　千金究属女流辈,没有胆量上衙门。
　　嚎啕大哭回堂楼,暂不提及汪千金。
　　二个当差到衙门,押在班房禀大人。
　　老爷一听犯人到,吩咐伺候坐堂审。
　　候爷正要审犯人,门公通报禀大人。

　　却说门公进内道:"启上老爷,都老爷到来。同吏部都堂进京,船在码头,请大人迎接。"候爷道:"原来老师高升进京。"就吩咐把高阿寿收监,回衙再审,一声吩咐,排道迎接大人去也。

　　候爷坐轿出衙门,霎时已到码头存。
　　就到船中老师见,要请大人到公厅。
　　大人言道不必要,我有要言讲你听。
　　我来非为别的事,只为三舅一桩情。
　　八岁那年看龙灯,混出至今八年零。
　　到处寻访无音信,占卜起课无反应。
　　为师进京在此过,吩咐贤契要当心。
　　如有信息来得到,立即写信送京城。
　　不表师生谈事情,只说公子在监门。

　　却说公子无缘无故被拿进县衙,不明不白地押在监中,大叹曰:"苍天呀,苍天!我父亲在京做了大学仕,大哥吏部,二哥驸马,姐夫两江总督,我何三汉屈坐监中,好不伤心也。"其时恰遇禁子走来听见,立即报与大人知晓。那时候大人离舟回衙,准备坐堂审问。一听禁子的回报,大吃一惊也。

　　知县立刻赴监门,双手相搀公子身。
　　公子从此监门出,大人带领到花厅。
　　大人开口三弟称,我今冒犯莫计论。
　　吩咐备酒来赔罪,款待公子把言云。
　　请问为何汪家害,公子言道不知因。
　　大人就将禀单呈,公子起头看分明。

知道汪福恶计生,记在心里以后论。

却说大人问道:"贤弟,你还是回府还是进京,小弟奉送。"公子道:"我先回家,后进京。但是我有一言相托。汪家有人来查问,只说受刑不起,死在监中。因没有苦主,已将尸体抛在沙盆井中,日后自有用处。"候爷一面答应,一面吩咐准备船只,相送公子也。

候爷一切都端正,相送公子下船行。

原来包裹还公子,另赠花银作缠金。

吩咐连夜把船开,莫使汪家得知闻。

大人眼见船已去,回转衙门不须论。

不说公子在路行,再表员外回杭城。

员外夫妻进了门,汪福回报员外听。

如此这般从头讲,员外听得吃一惊。

千金听得父母转,哭哭啼啼下楼门。

母女拼命缠员外,弄得一时乱分寸。

吩咐汪福去打听,以后设法再理论。

不多片刻汪福转,照实回报员外听。

受刑不起死监中,尸体抛在沙盆井。

不说汪家吵与闹,再说公子到家门。

门公进报老夫人,公子回家已到门。

夫人听了如梦醒,奶娘听得喜泪淋。

一众家人皆欢喜,同去迎接公子身。

夫人将儿怀中搂,问这问那问究竟。

公子就将看龙灯,混出府门起祸根。

如此这般详细讲,此长彼短讲分明。

汪家恶奴将我害,余杭知县候大人。

得到姐夫亲叮嘱,所以放我转家门。

公子一一告母亲,夫人听得汗毛凛。

吩咐总管书信写,送与知县李大人。

蓬莱知县接到信,折开一看便知情。

立刻坐堂监牌发,赦出刘青一家门。

知县当堂来赔罪,说明道理赠花银。

刘家八人多快活,赶到何府谢夫人。

太太连忙换刘青,办酒侍饮赔罪名。

付还马价五百两,再送一千来压惊。

刘青八人转家门,重振家业过光阴。

回书再表汪千金,忧忧郁郁成了病。

请医服药无效验,员外夫妻急煞人。

有夜小姐得一梦,公子前来要索命。

来日告知二双亲,许愿周年超亡灵。

光明迅速容易过,不觉一年到来临。

到期僧道尼姑请，四十九天念经文。

小姐毛病已改轻，沙盆井边祭情人。

不表汪家闹盈盈，再表公子进京城。

却说何三汉公子回到了家，合家欢天喜地。在家耽搁了一月，辞别母亲及众人，带了一名童儿何贵一同进京，在路无话。到了京中，见过父亲及二位兄长，众皆欢喜不表。那年皇上开设文科，公子入场考试，三场完毕，张挂龙虎榜文，何三汉高中第一名状元。皇上知道是文华殿东阁大学士何老大人的三公子，宣上金殿，皇上亲自殿试。果然文才出众，口才伶俐，皇上龙心大悦，当殿封为七省巡查都察司，钦赐上方宝剑，敕封便宜行事。何况父子谢恩。皇上退殿，众官退朝，各回府衙而去也。

三汉奉旨出京城，文武百官都送行。

号炮三声官船开，浩浩荡荡去杭城。

在路无事都不表，浙江杭州将到临。

吩咐官船慢慢行，立即打扮作道人。

渔鼓简板手中执，童儿在后不离身。

手持布幔招牌子，主仆上岸进杭城。

后跟牌军十六名，化装改扮老百姓。

却说大人直往杭城而去，不管茶坊酒肆，街头巷尾，都要张张望望。突然走到一处地方，只见人山人海，人头挤挤，非常热闹，不知为了何事。走上前去问了一讯，方知汪家请了僧道，为了蟛蛑子必显，在沙盆井边念经四十九天，超度死者亡魂。大人一听，心中暗想："汪家还是真心，还是假意，待我挤进人群，看个究竟也。"

大人主仆进人群，只见里面闹盈盈。

和尚奏乐钟鼓鸣，道士礼拜念经文。

尼姑声声弥陀念，旁边还有啼哭声。

男女挂孝人不少，当场一片哭声音。

员外忙把香烛点，口喊必显我儿身。

老夫回乡祭祖去，哪知家里出事情。

回来知晓衙门进，我儿受刑命丧身。

今日在此超度你，也算老夫一片心。

祝告一番身坐定，满面愁容叹气声。

夫人亲手把香焚，唤儿痛哭好伤心。

桂珍小姐身穿孝，口叫贤弟哭勿停。

手执酒壶把酒敬，叩头连连告亡灵。

爹爹亲自来祭奠，母亲也来祭你魂。

愿你贤弟早升天，阴司不必记恨心。

祭罢一番将身起，丫鬟使女扶千金。

脚步踉跄轿来进，轿夫抬了转家门。

大人看得心也酸，不觉也会泪盈盈。

心想江家算真心，确是恶奴弄事情。

不表大人心已定，再说几个黑心人。

却说汪家在沙盆井超度亡灵，做七七四十九天水陆道场，杭州满城皆知。哪知六拐子都在杭州朋友家，得了消息,满心欢喜,仍想做笔生意。哪知大人四面观察,发现有几个人挤眉弄眼,贼头鬼脸,仔细一看,认出一根藤、缠杀人。大人对童儿耳语几句,童儿心中明白,挤到牌军身旁,一一言明。十六个牌军一齐动手,片刻之间,把六个拐子全部拿住,押往余杭县衙门而去也。

牌军动手不容情,就把链条套头颈。
拐子心里无准备,拖了直往县衙门。
群众一见大吃惊,突然之间来捉人。
吓得直往四面逃,顷刻之间逃干净。
道士忙把家生搬,和尚尼姑缠勿清。
员外夫妻往家逃,家人使女后头跟。
不说群众都逃尽,只表大人下船行。
官船早已停码头,大人立即换衣襟。
牙镶大轿岸来上,前护后拥到衙门。
急得知县忙勿停,大开辕门接大人。
大人一到进花厅,就对知县讲分明。
知县闻言喜天降,吩咐款待何大人。
大人言道慢慢能,立刻坐堂审犯人。
六个拐子堂上跪,大人开口问原因。
拐子连连冤枉喊,无缘无故乱抓人。
大人言道抬起头,认认本官就知因。
六拐一齐抬头看,吓得魂飞九霄云。
连连叩头喊饶命,大人冷笑二三声。
一声吩咐麻绳捆,随地正法四个人。
两个解往山东去,关庙活祭老家人。
就将二拐押监门,吩咐退堂进花厅。
吩咐知县员外请,二名衙役就动身。
员外见帖起疑心,问长问短问原因。
差役言道不必问,到了衙门便知音。
跟了差役就动身,无多片刻到衙门。
进了衙门到花厅,知县接进坐定身。
就将禀单呈员外,从头一看大吃惊。
连连不断骂畜生,责怪恶奴不绝声。
知县说与员外听,你将汪福送衙门。
将功抵过不罪你,员外满口来答应。
张千李刀一同去,捉拿汪福进衙门。
大人升堂审汪福,恶奴抵赖不承认。
一声吩咐用大刑,恶奴极叫口供认。
口供单上画十字,捆绑投入沙盆井。
大人退堂回花厅,员外一见吃一惊。
知县详细来讲明,员外如梦方初醒。

大人卸装认父子,员外连连孩儿称。

知县吩咐办酒席,款待大人饮杯巡。

三人饮酒谈知心,员外酒意说真情。

那日恶奴诬你贼,硬叫小老书房进。

叫我打开包裹看,尽是珠宝和金银。

小老一见心有数,女儿房中东西经。

明知女心暗中赠,未曾说穿西洋镜。

小老只说不要吵,祭祖回来再议论。

哪知祭祖回家来,家里弄出大事情。

连派家人来探问,方知尸体瓦沙盆。

女儿见说嚎啕哭,小老见了也伤心。

所以周期亡魂超,四十九天念经文。

小老今日如梦醒,过去一切化泡影。

今日喜从天降临,小老心里很高兴。

要求父台为媒妁,让他如愿结联姻。

知县老爷满口应,员外执笔写年庚。

员外书毕交老爷,知县转手呈大人。

大人接帖岳父称,小婿有话言分明。

却说何三汉就将回家把二个拐子开膛挖心,祭奠老家人,再回京复旨,请皇上主婚等话讲了一遍。无多片刻,酒罢席散,汪员外辞别回家,将情况讲明。合家大小,欢喜不表。只说何三汉大人一声吩咐,将二拐子押上官船,又差一名中军,先去山东蓬莱投递家书,然后辞别候知县,下船直往山东而去也。

不表官船路上行,先表中军到家门。

何家太太见了信,吩咐开门接中军。

一到厅上分宾坐,家人献茶话谈论。

夫人听了喜天降,立写书信送衙门。

蓬莱知县将书看,来到何家见夫人。

吩咐办酒来款待,中军知县饮杯巡。

无多片刻酒席散,就同中军回衙门。

知县回衙忙准备,排道码头接大人。

炮声一响官船到,码头之上闹盈盈。

大小官员躬身接,满城百姓焚香迎。

大人登轿岸来上,鸣锣开道闹盈盈。

一路直往关王庙,二个拐子跪埃尘。

大人吩咐把膛开,挖出二拐肝与心。

摆在佛龛来祭供,大人磕头祭亡灵。

吩咐动手把土挖,挖出何仁尸骨身。

上等棺木来盛殓,拐子尸体埋潭心。

大人摆道回府第,立刻就把僧道请。

开丧祭奠念经文,大人亲自把香焚。

整整忙了三日天,入土为安化纸锭。
何府连连祭祖坟,大办酒席请亲邻。
欢天喜地又几日,大人进京去复命。
金殿消差复皇命,又将婚事奏帝君。
嘉靖皇帝龙心悦,当殿金口赐婚姻。
桂珍小姐封夫人,凤冠霞帔赐一品。
大人当殿谢皇恩,奉旨还乡完姻婚。
大人出京回蓬莱,差官圣旨到杭城。
汪家员外接圣旨,满心欢喜谢皇恩。
差官受赏回京去,员外送女去完婚。
满船妆奁运山东,何府码头把船停。
大开正门接嫁妆,吹吹打打迎新人。
参拜天地双和合,送入洞房共入卺。
龙灯宝卷宣完成,合堂大众喜欢心。
在堂大众增福寿,一年四季免灾星。
卷中若有错误字,念声弥陀补完成。

卖花宝卷

卖花宝卷初展开,诸位爱听坐下来。
在堂大众听宣卷,听得来一年四季免三灾。
不说前朝并后代,要说宋朝当中事一番。

且说此卷出在大宋仁宗年间,有段故事。河南开封府祥符县梧桐乡,有一人,姓刘名达,官居吏部尚书之职。夫人赵氏,诰命夫人。要说刘尚书,有万贯家财,尚书夫人,为人正直,行孝积德,周济穷人。养三个儿子,长子刘荣,次子刘贵,幼子刘昌,都是指望攻书上进、金榜题名。谁知刘荣、刘贵命运不通,功名未中,在江湖做生意。可怜弟兄二人,死在外地。只有小儿子刘昌在家,年纪尚轻,熟读五经,到了十四岁,身入黉门,是位秀才。妻子是通政大堂之女张显的女儿,生得容貌如花。小姐孝顺公婆、和睦亲邻,人人称赞也。

刘家一门行善人,忠孝节义广传名。
只因刘达人正直,诸般行事甚公平。
夫人赵氏多贤德,夫妻和睦过光阴。
万贯家财多豪富,斋僧布施济穷人。
七爿典当名声大,十只盐船个个闻。
刘达官居尚书职,当今朝内大忠人。
三位公子都能干,人人博古与通今。
刘荣刘贵出外贩驴马,一去到今渺音信。
耳闻登州生意做,弟兄水中伤性命。
只有刘昌年纪小,在家今已入黉门。
妻子张氏千金女,父亲张显职非轻。

官居大堂通政爵,如今已死命归阴。

张氏生得如花女,月里嫦娥一般能。

孝顺公婆敬男人,三从四德尽知闻。

不说张氏多贤孝,再说尚书刘达身。

忽然身体起毛病,身有不测床上困。

求神服药全无效,一命呜呼命归阴。

且说尚书病体十分沉重,赵氏夫人与公子、媳妇,日夜啼哭,一刻不离。可怜公子与妻子,暗地求神,情愿替死,谁知寿数注定。再说尚书临死之时,吩咐夫人:"为人在世,总有一结。我死之后,切勿悲伤。须要把家业管好,儿孙要紧。"夫人说道:"咳,相公呀,晓得了。"尚书又对公子、媳妇说道:"我儿呀,为父死在顷刻。我死后,你要孝顺娘亲、和睦妻子,不可浪荡。倘有进出交易,不可刻薄穷人。"说话已毕,尚书一命呜呼。可怜三人,嚎啕大哭,买棺入殓,送上坟丘。刘昌设立灵位,一直守孝,真正伤心也。

尚书一命见阎君,已作南柯梦里人。

公子哭倒尘埃地,三岁孩童一样能。

养育之后尚未报,今日爹爹命归阴。

指望做官报育恩,高堂奉侍二双亲。

指望爹爹身康健,衣锦荣归显门庭。

谁知一病身不起,一命呜呼抛儿身。

上无兄来下无弟,抬头都是外头人。

田园家产谁人管,出入铜钱哪个人。

高堂虽有娘亲在,如何掌管众人身。

张氏妻房虽能干,总是女流难理明。

今日想见爹爹面,除非三更梦里寻。

公子眼睛多哭肿,老夫人看见好伤心。

左手扶起三公子,右手扯住媳妇身。

孩儿呀,爹爹已死再难活,忧思过度要伤神。

为娘看得心难过,劝儿不必放悲声。

夫人劝住儿媳人二个,哭出毛病不安宁。

不说一家多悲伤,一场祸事到来临。

且说,公子自从父亲亡故之后,一年三次遭回禄,七爿典当,已烧过一半,十只盐船被风吹翻。几年之后,家业渐渐萧索,后来又被奸人陷害。河南开封知府姓王名德,强派公子把十二万钱粮解到南京。公子官命难违,来到衙门,见官已毕,即刻下船,晓行夜宿,不觉行到乌江地面。忽然大风发作,水浪滔天,把十只粮船,全部打沉,淹死家丁几十。幸亏太白星君下界,保全公子性命。此时船已沉了,行李全无,哪有盘费回家,好不伤心也。

公子此刻苦伤心,喊天唤地喊救命。

幸亏太白星君到,救上岸头活性命。

公子思想真苦切,几次回禄火灾星。

家业渐渐都消败,又遇冤家姓王人。

河南知府名王德,要他解饷到南京。

粮船行到乌江口,忽然狂风粮船沉。

家童个个来沉死，我身幸亏太白星。

可怜身上衣衫湿，行李全无苦煞人。

日里无有饭来吃，夜间沙地住安身。

公子仰面哀哀哭，对天哭得泪淋淋。

家中母亲倚门望，无岸无边心内惊。

张氏妻子也要望，这样苦楚不知音。

且说公子等在乌江口岸边上，长叹一声："我身幸亏神明保全，家中母亲与妻子望我回家，哪知这样苦楚？真是死里逃生。船沉在河底上，手中一无银钱，如何回家？好不可怜也！"

如何回到家乡去，路上无钱哪享能。

左思右想无计策，只得求乞转家门。

沿门求乞一路去，日间求乞夜宿亭。

光阴迅速容易过，不觉来到自家门。

嚎啕大哭客堂前，里边走出娘子身。

张氏启口丈夫叫，回家为何哭勿停。

婆婆里面悬悬望，快到堂上见娘亲。

公子同妻身走进，揩干泪水见娘亲。

夫人见儿心欢喜，开口便问公子身。

为娘看儿心不悦，有何事情挂在心。

看你面孔多憔悴，眼中有些眼泪影。

究竟为的啥原因，快快说给做娘听。

张氏妻房也来问，相公望你说真情。

我夫若有千斤担，为妻分担五百斤。

公子即便开言说，母亲娘子那知音。

且说，夫人与媳妇再三盘问：儿子为啥愁眉不展。公子此时开言说："母亲、娘子，你们哪里知道，为儿只为河南知府王德叫我解粮到南京。不幸行到乌江口，狂风大起，吹得粮船沉没水底下去。船上三十个，个个沉死。我亏得神明救上岸来，身边无钱，衣衫多湿。要想回家，盘费全无。没法只得沿街求乞转来，好不可怜。粮船饷银，只好卖了田园屋产，赔还他们也。"

赔了银饷十二万，家财不剩半毫分。

上无瓦爿遮身处，家中贫苦不堪闻。

可怜刘家无着落，破窑内面住安身。

日里没有饭来吃，三吨六水不调匀。

夜里身上无遮盖，受寒受饥苦伤心。

张氏听得心中苦，忙对夫君说原因。

且说张氏三娘，丈夫出门解粮，已有六月身孕，今日养出一子，已今三岁，名叫高升。丈夫回家，受了千番痛苦，到家看见一个小儿，心中十分快乐不提。且说张氏看见自家这般情形，将来要饿死在眼前，对丈夫说："我家万贯家财，当初三次回禄，后来水没盐船，家业已经消败。此时又赔得银饷十二万两，田地房屋尽行卖完，弄得一点也没有。身住破窑，思想婆婆，年近七十岁，日无吃饱，夜无床困，年老之人如何饿得起？我想丈夫读书公子，手无抓鸡之力，也不能做营生。想奴妾身，幼小学得会剪纸花，不如让我去买有颜色的纸头，做些纸花，到街坊上去卖与别人。卖掉后赚些钱，可以用来买柴，苦度光阴，可以让婆婆与丈夫吃饱，未知相公心中如何？"公子说："娘子呀，年纪轻轻，出闺露丑，到街坊上去卖花，我情愿饿死，这是使不得的。"那张氏不听丈夫之言，回到婆婆面前，一一说与婆婆知晓。婆婆说道："媳妇儿呀，你是官家千金小姐，如何做得这样生意，叫我老身如何对得住你呀？"说罢大哭。媳妇说："婆婆呀，不妨事的。做媳妇是有机会，只要吃饱肚皮是也。"

只因家中多贫苦，暂时去做卖花人。

那张氏，贤孝女，街坊行走。只为得，家贫苦，冻饿缠身。

可怜我，老婆婆，年逾花甲。我夫君，读五经，文质彬彬。

今日里，住破窑，无衣无食。可比做，吕蒙正，一样伤心。

如此情，如此苦，如何得过。叫奴家，心不忍，挂肚牵情。

所以我，顾不得，千金之体。顾不得，我爹爹，通政门庭。

张氏女，说尽了，街坊贸易。五色纸，剪纸花，百样花名。

剪兰花，剪菊花，手段极妙。牡丹花，芍药花，如同生成。

还有那，茉莉花，剪得细巧。海棠花，芙蓉花，看得开心。

那张氏，剪纸花，样样成对。一对对，一朵朵，颜色鲜明。

提花篮，喊卖花，长街行走。大街上，男和女，来往纷纷。

一见了，卖花女，如此齐正。又见了，花篮内，花朵开心。

也有那，真买花，论量花价。也有那，假卖花，细看佳人。

那张氏，见众人，如此样式。顷刻间，心大怒，说出原因。

列位呀，想你家，也有女人。今日里，大街上，看我何音。

那众人，被张氏，当面批削。红了脸，满面羞，即刻回程。

不表那，看卖花，回家而去。再要表，张氏女，两泪淋淋。

想当初，家豪富，千金小姐。到今朝，命不好，做卖花人。

张氏女，眼泪流，自言自语。云端内，太白星，变卖菜人。

且说张氏女在街坊上卖花，太白星君云端看见，晓得张氏有大祸临身，即便降下地来，变个卖菜之人，寻见张氏，就把菜担放下，对张氏说："小娘子，你提了花篮，到何处去卖花？"张氏说："老公公，只要卖得完，不论何地，都要去卖。"老人说："咳！东街西巷，任你去得。我老人劝你，独有曹府门口，千万不可进去。他是皇亲国戚，恐怕惹出祸来。"张氏说："老公公呀，奴家做生意，勿去惹他祸，怕什么皇亲国戚，有何事来？"那太白星晓得张氏三娘此祸难避，也不说明，挑了菜担就走而去也。

太白星君驾祥云，劝他不听就行程。

三娘手执花篮子，卖花连连喊几声。

东街卖到西街去，南街卖到北街行。

远近男女都来看，抬头侪是陌生人。

一程来到曹家府，冤家碰着对头人。

皇亲站立头门外，看见卖花好佳人。

摇头摆颈了不得，伸头缩脑小人形。

目不转睛来观看，恶狗形状贪色情。

看佳人好似昭君重出世，月里嫦娥一般能。

走路好似风摆动，坐如观音少净瓶。

仙花一朵拿在手，裙边露出小红菱。

绣带飘飘分左右,三寸金莲角棱棱。
忙叫门管人两个,快快去喊卖花人。
管门赶到长街去,叫声娘子卖花人。
曹府大人来叫你,快快同我便行程。
张氏不知其中意,急忙来到曹府门。
三娘走到头门口,金狮一对在头门。
张氏走到二门首,双凤朝阳在二门。
走到曹府三厅上,斧铖钩叉两边分。
走到皇亲四厅上,藤牌铁棍好惊人。
皮条锁炼两边摆,刀棍剑戟白如银。
当时走到五厅上,就见皇亲国丈身。
皇亲一见三娘到,眯眯含笑问原因。

且说国丈对卖花三娘子说:"咳!小娘子,你是哪方人氏?姓甚名谁?一一说来。我还要问你,大花一分几对,小花一分几对?"张氏说:"老爷,大花一分二对,小花一分三对。"国丈一笑:"想我府上金花银花也无人戴,哪要你的纸花?我叫你进来,问你家住哪里,姓甚名谁,从实说来我知晓也。"

张氏即便说分明,老爷在上听原因。
与你吃水同河海,与你同州同府门。
非是别州并别县,就是开封府内人。
老爷买花快来买,不要耽搁我时辰。
皇亲听见呼呼笑,卖花娘子听原因。
非为买花来喊你,另有别事说你听。
为何心头这样急,裙钗说话不聪明。
我有九个夫人在,只少一位十夫人。
娘子今朝从了我,富贵荣华称你心。
吃了珍馐并百味,穿的绸缎并绫绢。
戴的珍珠并宝贝,丫鬟使女后头跟。
出门轿子人呼拥,胜你丈夫几十分。
张氏听了这句话,掇起心头火一盆。
假作笑容来回答,老爷说话欠聪明。
你是天来我是地,乌鸦哪轧凤凰群。
皇亲听说回言答,娘子不必推却情。
夫妻哪论贫和富,兄弟哪论富和贫。
倘然娘子肯从我,我是皇亲国丈身。
女婿朝中为天子,正宫皇后我女儿。
不论大小官和职,都来奉顺老皇亲。
不论外国来进贡,稀奇宝贝献我们。
娘子今日依从我,保你快乐过光阴。

且说张氏听了此言,心中大怒,骂道:"你枉为皇亲。老古说:'一夫一妇',我家中丈夫望我回去,哪可这样?岂非没有皇法?强逼人妻,皇上晓得,皇亲与庶民同罪也。"

国丈听得火十分，大胆妖精骂几声。

除了皇上只有我，哪怕拜本奏朝廷。

文武官员手下转，不怕官员勿奉承。

快快今日顺从我，万事全休不理论。

若有半句言不肯，曹府钢刀不用情。

张氏听了嚎啕哭，大骂皇亲国丈身。

宁可今日刀下死，绝不将身嫁你身。

若然要我成亲事，黄狗出角变麒麟。

若是要我同罗帐，西太湖内起蓬尘。

衣冠禽兽惟有你，人皮相貌畜生心。

张氏辱骂国丈大恶贼，国丈心中大怒生。

吩咐家人来动手，与我打死小妖精。

家人听了皇亲话，拿住卖花娘子身。

拖出三重铁锁门来打，张氏跪地说原因。

大叔呀，开笼放雀从古有，阴功积德子孙兴。

二位大叔放了我，割肉烧香报你恩。

且说张氏娘娘哀哀求告，一众家人说："娘子呀，你勿要怪呢，我们吃他的饭，听他的命令。老爷与你对头没法，倘然我家人私下放你，连我们性命不保的也。"

家人奉命忙动手，顿时反绑女佳人。

我死一身还尤可，可怜三岁孩童靠啥人。

婆婆年老啥人奉，别了夫君冷清清。

张氏大声哀哀哭，恶贼家人不用情。

快把铜锤来拿去，铜锤打在娘子身。

一下铜锤三斤重，三下铜锤重九斤。

一记打到脑膛下，张氏还要叫连声。

二记打到腰眼里，血流背脊不开声。

三锤打在肚腹内，可怜张氏命归阴。

皇亲当时来吩咐，葬在西园里面存。

即刻抬到花园内，掘一坑来丈三深。

张氏放在泥潭里，就拿冻泥扒扒平。

石板放在泥土上，石板上面泥土淋。

黄砂铺在石板上，石板黄砂又一层。

九重石板十重土，要想翻身万不能。

嘴里又拿铜钉钉，钉绝他家少子孙。

上面种了水仙草，脚上又种海棠青。

中间种棵芭蕉树，永世千年不超升。

不说张氏归阴府，再说刘家母子孙。

且说刘昌妻子，到街坊卖纸花，被国丈弄死不提。再说刘昌同母亲与儿子在家望他回来，籴米买柴。哪知直到日落西山，不见回来，家中三岁孩子啼哭。三代人坐在破窑内，可怜刘昌对母亲说："怎么三更时候，还不回来？母亲呀，我想妻子莫非见我穷苦，乱了我家，到了别处去了。"老妇人叫道："儿呀，媳妇为人，贤德孝顺，世上少有，绝无此事。只怕她路径不熟，可能走错路，明日自然会回家，不必多心了也。"

只因娘子不回程，刘昌愁闷望妻身。

公子窑外抬头望，不见妻子转家门。

可怜两泪纷纷落，我妻你在何方存。

莫非饿死街坊上，还是迷失路中心。

莫非我妻嫌我穷，跟了荣华富贵人。

三岁孩儿家里哭，不见我妻转家门。

不说破窑人三个，再说含冤张氏身。

张氏冤魂还未散，阎王面前把冤伸。

阎罗天子查号簿，查见阳间寿未绝。

且说张氏阴魂不散，来到阎王面前申冤。阎王就拿生死簿子，查看张氏三娘阳寿还未绝，如何是好？有了，就叫三娘子："你阳寿未绝，我放你回到家里去托梦你丈夫知晓，叫你丈夫到阳间包公衙门去申冤告状，可以还阳也。"

张氏听了阎王声，一阵阴风便回程。

阴魂来到家庭内，辰光已经交三更。

走进丈夫房间内，口叫夫君哭勿停。

为妻今夜来托梦，丈夫丈夫叫几声。

你在床上能好困，忘记同床合枕人。

奴奴昨夜东京去，卖花碰着爱色人。

就是姓曹亲国丈，厅堂强逼要成亲。

奴奴不肯身打死，死尸葬在西园存。

掘潭一丈三尺深，沙一层来板一层。

上面种了水仙草，脚下又种海棠青。

中间种棵芭蕉树，永世千年不超升。

我到阴司把状伸，阎王与我已查清。

阎王说我寿未满，放我回家托梦身。

丈夫快快告状去，开封包公明如镜。

包公是，日断阳来夜断阴，求你明天就动身。

本来再说几句话，辰光已经到鸡鸣。

托梦已完推一把，丈夫牢牢记在心。

吩咐一声身出外，啼啼哭哭出窑门。

且说张氏托梦完毕后，魂灵仍到阴司不提。再说公子困着在床上，听见妻子说了一番苦景，将他一推，就醒转来，连忙喊妻子，并无声音，起身东张西望，亦无踪迹，一身冷汗。公子一想："妻子明明白白与我讲张，为何无影无踪，其中必有缘故，叫我如何弄明？"大哭起来了。

公子不见娘子身，哀哀大哭喊不停。

惊动母亲人一个，孩儿为啥说我听。

公子一一来禀告，梦见娘子一个人。

他说皇亲来强逼，强逼娘子要成亲。

娘子不从身打死,未知真假不分明。

夫人听得吃一惊,忙把孩儿叫一声。

快到街坊去寻访,问问根由假和真。

公子别母出窑门,匆匆一路到东京。

东街走到西街去,南街走到北街寻。

东南西北都寻到,不见娘子卖花女。

娘子叫我何处来寻你,死活存亡不分明。

公子寻妻多着急,便问曹家隔壁人。

店官呀,昨日有个卖花女,可到曹爷家内行。

店主点头将言说,客官你且听原因。

昨日果有卖花女,走进曹家未出门。

莫说一位女娘子,十位进去无出门。

公子听了店主话,梦中之言果然真。

当时即便进店门,亲自提笔写状文。

写好状纸出店门,包公面前把状伸。

巧逢国丈身出外,要去烧香保太平。

公子误认包公到,手拿状纸把状呈。

且说国丈自从打死了卖花三娘子之后,时刻防备,恐怕走漏风声。其日,坐在厅上,忽然心惊肉跳,想必打死卖花女之缘故。即吩咐左右,摆道出去,各庙烧香,拜佛求神,金银开道,出门不提。再说刘昌公子,刚巧写好状子,走出店门,看见大人来了,只道开封府包公包青天出衙,手拿状纸叫冤连天。那知冤家碰了对头,那国丈停住轿子,手接状纸,细细一看,怒气冲天,顿时拿铁索把公子锁住,打道回转,带进府衙。一到家内,就拿公子绑起,不问缘由,重打四十大板,送进水牢。可怜公子打得皮开肉绽,死去还魂,推入水牢,叫苦连天也。

只道冤情未伸清,那知灾难又来临。

公子坐在水牢里,冬寒腊月好伤心。

指望告状有好处,那知认错包公碰着对头人。

我妻被他来打死,今日又陷我性命。

自懊自悔刘公子,冤枉啼哭进监门。

鼓打三更交半夜,张氏冤魂见丈夫。

丈夫呀,开封府去告冤状,为啥认错姓包人。

今日受他严刑打,水牢里面受灾星。

你在监中放宽心,待妻包爷面前伸。

说罢辞别亲丈夫,一阵阴风出监门。

且说张氏晓得丈夫认错包公,遇见对头人,关在水牢。娘子即便来到监内,托梦丈夫晓得说:"丈夫呀,你现在在监内,你且放心,待妻到包公案前去申冤。"说罢就去也。

张氏魂灵出牢门,一路来到包衙门。

包公是日断阳来夜断阴,看见冤鬼到来临。

包公坐在大堂上,大喊有何冤来伸。

有何冤枉来告状,从头至尾说我听。

冤魂张氏来跪下，青天老爷听原因。

我不是别州并别县，就是开封府里人。

公公在日尚书职，姓刘名达振朝廷。

婆婆赵氏多贤惠，一位诰命老夫人。

所养三子并无女，单剩我夫一个人。

我夫名昌号思进，也是黉门秀才身。

奴家通政大堂女，父亲张显有名人。

只为命运多不顺，公公已故家道贫。

一年三次遭回禄，三年水内盐船沉。

河南来了王知府，叫夫解粮到南京。

粮船风吹翻河内，赔出饷粮十二万银。

几十家丁都沉死，我夫得救仰神明。

田房财产都赔完，身住破窑受苦辛。

并无柴米难计活，买纸剪花换钱文。

且说张氏一一告禀包公听："田屋家产都卖完，无计可施，身住破窑。一家四个人，无柴无米，难以过活。我只好卖纸花。其日，我手提花篮走过国丈门口，皇亲见我三分美色，叫家人唤我到他家，要强逼成亲。小奴不从他，他吩咐家人拿我打死，葬在西花园的潭中，十重泥，九重板，上面又种水仙草、海棠花、芭蕉树，葬得重重叠叠，好不伤心。奴奴连夜托梦丈夫晓得，叫他到大人面前告状。丈夫认错你青天，误到了皇亲手中。冤家碰着对头人，如今丈夫被恶贼关在水牢里面，求你青天大人，与我申冤也。"

包公听得怒十分，冤鬼连连叫几声。

今日你且回府去，明日与你判断清。

张氏闻言听吩咐，一阵阴风回转身。

不说鬼魂来出衙，再说青天包大人。

且说包公吩咐冤鬼："你且出府，明日与你断明。"那张氏一阵阴风回去，不提。再表包公大人坐在大堂上，一想这个国丈风头极大，如何去捉他？必要想出计策。有了，吩咐张龙、赵虎过来："方才一个女子，在我面前告状。她说被皇亲打死，葬在西花园。我今修书一封，差你们二人送去，不许走漏风声。只说老爷陈州放粮回来，心中烦闷，耳闻曹府花园景致好看，明日到他府上游玩花园，散闷谈心。待我饮酒辰光，你去寻出尸首，就好拿住皇亲，正他国法，代怨女申冤也。"

想成计策在于心，计谋要捉国丈身。

包公手执狼毫笔，字字行行写得清。

上写包拯开封府，拜上皇亲老大人。

只为陈州放粮转，心中烦恼闷沉沉。

闻知尊府花园好，特来散闷畅心情。

书信一封来写好，交付张龙赵虎身。

二人忙把信来接，天亮去做送信人。

东方发白来行路，一路来到曹家门。

就把书信来呈上，皇亲接信看分明。

看一句来抖一句，好比冷水头上淋。

张赵二人回身转，皇亲国丈想原因。

且说国丈思想:"包公要来我花园散闷,未知内中真假。莫非卖花女子之事被他晓得?"左思右想,难想明白,只得当心一点为妙。"我共有两个花园,卖花女葬在西花园,即便吩咐家人拿西花园关关好,打扫东花园。等那包公来,让他到东花园去散心解闷。他不知道我有两个花园,岂非妙哉。"

吩咐家中手下人,东园里面扫干净。

八仙桌子摆金盏,美酒佳肴色色新。

金银壶瓶都摆好,描金牙筷摆端正。

结彩铺毡多热闹,张灯结彩亮晶晶。

不说东园多齐正,再表开封包大人。

吩咐三军多披挂,大小三军听令行。

一对金锤一对斧,一对皮鞭一对绳。

对对指挥穿金甲,十殿将军一样能。

两旁摆起无情棍,钢刀雪白怕煞人。

包公坐了八人轿,威灵显赫出衙门。

张龙赵虎跟在后,一路已到曹家门。

皇亲晓得包公到,穿靴带顶出来迎。

包公出轿走进内,两人行礼坐分宾。

一盏香茗亲手送,包公接盏叫皇亲。

只为放粮回家转,心中烦闷少精神。

闻知大人花园好,特来玩景散散心。

皇亲听说称不敢,引进包公到园门。

朝南坐下开封府,下坐皇亲国丈身。

园中酒席多丰盛,双手敬杯送大人。

包公无心来饮酒,周围细看不留停。

四处周围都看过,并无踪迹半毫分。

绝非此地来埋葬,包公设计在于心。

且说包公对国丈说:"大人,学生今日轻造贵府,多承厚教。此个东花园一无所看,闻知大人的西花园景致非凡,可能还要好看。同你大人去看看。"国丈说:"包公大人,这东花园是老夫的,西花园是夫人、小姐的。男人不能进去游玩,望大人不能见怪。"包公听说一笑:"岂有此理啊?大人,这个花园还分男女的么?就是女花园,哪有男人进去不得的道理?莫说你夫人、小姐的花园,就是圣上三十六宫、正宫娘娘的,老包也要去看看。"国丈说:"大人,这是万万不能,恐怕夫人、小姐见怪。"包公听见此言,怒气冲天,即叫张龙、赵虎过来。"与我打开西园门,若有人来阻挡,园中必有私弊。"皇亲听说,胆战心惊也。

包公听了国丈声,顿时大怒不用情。

吩咐张龙与赵虎,与我打进花园门。

若有何人来阻挡,必有缘故在园门。

好好西园去看景,为何阻住姓包人。

就是女人花园内,男人进去不要紧。

张赵二人来得令,尽心用力去打门。

看见花园来关好,斧头乱劈进园门。

打开西园门二扇,包公进入急急行。

　　周围四面来细看,果然机关藏得深。

　　三样花树种上面,有凭有据是真情。

　　包公又想牢笼计,忙把国丈叫几声。

　　且说包公进花园,看见凭据不差,即便叫道:"国丈大人,你这个西花园花草虽多,俱不足爱。惟有那边水仙花、海棠花、芭蕉树三种,真是好看,请大人送与我罢。"国丈说道:"大人,此花是正宫娘娘种的,哪好私下送你?她晓得,要犯国法。"包公道:"国丈,我不是爱你的花。因为昨夜三更,得了一梦,见一人手执两柄金锹,挖起泥土,铺了泥沙,将三样花草种在上面,说我与你均分也。"

　　包公说出蹊跷情,吓坏皇亲国丈身。

　　国丈听见包公话,魂飞魄散吓煞人。

　　心中好像天雷打,身上好比火来焚。

　　心惊肉跳坐不好,手忙脚乱失散魂。

　　一阵红来一阵白,一阵热来一阵冰。

　　皇亲没有地洞转,大小三军把住门。

　　张赵二人坟头看,两把锄头不住停。

　　早晨坌到午时后,沙一层来板一层。

　　崛起九重大石板,看见潭内一个人。

　　急忙扛起潭边放,果然绝色女佳人。

　　且说张、赵二人掘出尸首一个,包公在旁边看见,顿时心中大怒,就骂国丈:"你妄为国戚,不知礼法,登在开封,欺害良民!你打死卖花女子,葬在西花园,强逼成亲,她尸首告状到我面前。还有死人的丈夫告状,你私接状子,关在水牢内,当作不会穿破,谁知我姓包的晓得。你犯了多条皇法,现在你的性命难保。"曹国丈道:"包大人,望你看我女婿、女儿面上,留我的性命。"包公说道:"咳!你可晓得,我包公是铁面无私。勿要说你一个国丈,十个也勿放你活命。"当时绳索捆绑起来,再打四十记大板,打得皮开肉烂。包公吩咐到水牢内,去放出刘昌,一同带进衙门,去审问也。

　　包公吩咐转衙门,国丈带进衙门伸。

　　刘昌一同带回衙,去见妻子死尸灵。

　　包公一路衙门到,立刻坐堂审皇亲。

　　刘昌到衙见妻身,嚎啕大哭哭勿停。

　　且说包公带了国丈到衙门,开堂审问,被包公重打四十大板,打得皮开肉烂,半死不活,关在牢内勿提。再说国丈家里的九位夫人,急忙修本启奏君王。仁宗见了表章,大吃一惊,急忙发出圣旨,到开封衙门说情。不多一刻,就到了衙门,包公晓得圣旨到来,急忙迎接。到厅跪听,宣读诏曰:"今有国丈曹彰,犯了皇法,本当重办。看他是正宫娘娘的生父,看我天子脸面,刀下留人,放他老命,钦哉谢恩。"包公看见心中大怒。

　　包公听完心大怒,无道昏君骂几声。

　　岳父做了犯法事,还要圣上说人情。

　　莫说一个曹国丈,十个皇亲活勿成。

　　若要救活国丈命,除非皇上替他身。

　　圣旨驳回京中去,吓煞仁宗天子身。

　　正宫娘娘来晓得,启奏当君万岁听。

　　这个包拯多大胆,待我出京救父亲。

　　且说正宫娘娘晓得圣旨下去,包公不肯吃情,一定要杀的,即便奏本天子。正宫娘娘亲自出京,到开封府去相救父亲。天子道："贤妻,你父亲做了犯法之事,到了包公手下,我看他勿肯吃情的,去是你去没哉哪。"

正宫亲身出京城,君王相送出朝门。

娘娘上了珍珠轿,太监五个向前行。

三千宫娥分左右,八百美女后头跟。

路上行程来得快,抬头开封到来临。

包公晓得正宫到,大骂包公不绝声。

差你陈州去放粮,并无奏章报朝廷。

快把父亲送还奴,万事全休不理论。

若有包公勿肯放,革你官职罪不轻。

包公听得心大怒,喝骂正宫皇后身。

且说包公听了正宫之言,心中大怒,骂道："你父亲犯了皇法,反把胡言骂我。姓包的七十二件无头命案,件件断清。即便朝中大官犯罪,一概不认亲友,断然要杀的。你有何面目,赶到我衙门,吵闹公堂? 若是勿看你正宫面上,今天定要打你三十记巴掌,你可晓得? 圣上赐我上方宝剑,不论皇亲国戚犯罪,要先斩后奏。"正宫听了,难救父亲之命,只得嚎啕大哭,即回转宫中而去也。

正宫无奈进京城,并无妙计救父亲。

不说娘娘回朝转,再说开封包大人。

吩咐张龙并赵虎,监中提出姓曹人。

圣上赐我上方剑,先斩后奏尽知闻。

且说包公吩咐张龙、赵虎二人拿曹国丈绑在绞桩上,包公即刻到法场喊道："开刀!"刽子手马上动手,就拿曹国丈一刀分为两段。包公吩咐:"将他的头拿到我衙门挂起来,号令尸体,千刀万剐。"国丈杀落不提,再说包公叫张龙、赵虎内边去拿出还魂床一张、还魂带一条。张氏的尸身腰束还魂带,身躺还魂床,不一刻张氏醒来也。

张龙赵虎忙煞人,取出还魂带一根。

张氏困在还魂床,还魂枕上睡佳人。

早晨困到午时后,丑时直到未时辰。

娘子悠悠还阳转,伸手伸脚足一蹬。

翻了身来朝外困,朦胧开眼看分明。

抬头看见亲丈夫,下床抱住丈夫身。

夫妻二人嚎啕哭,更比黄连苦十分。

今日救我还阳转,拜谢青天包大人。

今日若无包青天,哪能此时再重生。

包公便对二人说,贤良女子听原因。

你是真正贤良女,待我修本奏朝廷。

封你丈夫官和职,奏你节孝世无寻。

包公本章来修好,放大胆子进京城。

且说包公吩咐刘昌夫妻二人等在衙门。"待我进京,奏本万岁回来,放你转去。"说罢便开道进京而去也。

包公坐轿出衙门,一路来到紫禁城。

手捧表章来跪下,君王看见不作声。

朝内忠臣听见国丈死,个个称赞包大人。

奸臣听见国丈斩,纷纷议论午朝门。

大胆包拯真无礼,擅敢斩杀老皇亲。

虽则皇亲来犯法,要看正宫面上情。

且说朝中大小文武官员谈论皇亲犯法之事,里面走出一个藩王大官,批评包公:"你杀了国丈,还敢上朝见驾?真是大胆!"再说正宫娘娘晓得包公来了,连忙出宫,来到金殿,与包公大骂。哪里知道包公真是铁面无私也。

正宫娘娘出宫门,出朝大骂包文拯。

恨不得咬你一块肉,剥你皮来抽你筋。

皇亲国戚被你杀,你今上朝命难保。

包公手执金鞭奏,上打君来下打臣。

金鞭先帝赐给我,不论国戚与皇亲。

此时听见娘娘话,提起心头火一盆。

王子犯法同民罪,律条上面注分明。

若是皇亲不正法,枉死城中冤枉人。

你父犯了弥天罪,强逼成亲张氏身。

张氏不肯身打死,西园掘潭葬死人。

若不照例来正法,要啥官来要什么君。

我今看了皇上面,所以饶你一条命。

你道皇后势头大,包公金鞭不用情。

且说包公对正宫娘娘说道:"你的父亲仗势欺人,人人怨恨。这个卖花娘子,你道何等之人?就是礼部尚书之媳妇,通政大堂的女儿。她的丈夫叫刘昌,也是一个秀才。他是世代忠良,因为他父母已经双亡,家中连遭几次回禄,不能度日,身住破窑。其日剪了纸花,到街坊卖花,你父亲见她美色,喊进去强逼成亲。她宁死不肯,就拿金锤将她打死,尸首葬在西花园,又拿花种在上面。我姓包的不去查出此人,平民百姓个个受你父亲的灾殃。"

包公大骂正宫身,律条犯法不差分。

你父做了犯法事,照例查办理该应。

全不想你父亲犯了十恶罪,反来埋怨姓包人。

你父被我来斩首,天下大小百姓尽知闻。

且说包公拿正宫大骂一番,正宫只好回进宫门。君王看见正宫进去了,急忙御手扶起包公,叫道:"包爱卿,娘娘是女流之辈,一无见识,冲犯包相,万事看在寡人面上,不必挂心。国丈犯法,应该处斩,我加封你官职也。"

君王开言叫爱卿,娘娘不知律法刑。

万事看在君王面,加你官职在朝廷。

包公俯伏金阶上,奏本君王得知闻。

刘昌夫妻忠和孝,看他清白世无寻。

君王封他官和职,不负刘家忠义人。

且说包公俯伏金阶,奏与君王知晓:"臣奏刘昌夫妻忠孝世上极少,清白良民。况且他的父亲在日,也

苏州工业园区胜浦街道办事处 编

中国胜浦宣卷集

朱光磊 主编

下

广陵书社

蜜蜂计宝卷

蜜蜂计宝卷初展开,诸佛菩萨坐莲台。

在堂听众听此卷,平安健康定发财。

此卷事发生在明朝初年朱太祖在朝年间,浙江省永康县东家庄有一户人家,户主姓东名伯安,年庚五十岁,妻子姚氏年庚三十五岁。东伯安与前妻杨氏所生一子,叫良才。五年前,杨氏因病突然死亡之后,去年续娶姚氏为妻。良才娶妻苗氏,二人同庚,今年二十二岁。妻子苗氏凤英聪明伶俐,心地善良,十分贤惠。东伯安家业富裕,吃着不愁,全家四口,快快乐乐过光阴也。

东伯安来很高兴,全家和睦过光阴。

良才儿子读书勤,媳妇凤英孝大人。

独有姚氏不称心,水性杨花骚女人。

良才不是亲生子,勾引良才起淫心。

姚氏来到书房里,嬉皮笑脸身坐定。

良才看见继母到,双膝跪地接娘亲。

姚氏开口良才叫,你我都是自家人。

不必行礼将我敬,你我同是年纪轻。

日夜思量想着你,才貌双全亦年轻。

如若你我来玉成,今生今世不忘恩。

来生犬马来图报,粗言乱语勿正经。

东良才听到姚氏说话轻浮,语言挑逗,说道:"母亲外头有卖皮的,你啊要买皮?"姚氏说:"我皮勿要。"良才说:"母亲,皮也勿要哉。"姚氏道:"我皮是勿要,你的人我是要的。"说完立起身来,走上两步,双手来抱良才。吓得良才满脸通红,说道:"母亲使不得,使不得的啊。你我名分辈分已定,不可乱伦,快快回房去吧。如果这样做,就不像人了,跟畜牲无二样,还不快快走出去。"就把姚氏一推,门一关。姚氏落了个没趣,涨得面孔通红,无地自容,恼羞成怒,时刻怀恨在心,悻悻走出门去也。

姚氏心中火直喷,回到房中好昏闷。

不识抬举小畜牲,敬酒不吃罚酒吞。

转念一想毒计生,反咬良才来调戏。

告诉夫君伯安听,伯安听了不相信。

姚氏开口相公叫,如若你来勿相信。

明天我到花园去,你待隐身观其真。

巧施毒计离父子,虎毒食子看分明。

姚氏吃罢夜饭,困到床上,左思右想,明朝哪能来骗个老王八蛋伯安深信不疑?嫉妒之心,油然而生。夜入梦乡,梦见一群蜜蜂闻到一阵糖香就蜂拥而来。梦中人被梦惊醒,忽然灵机一动,一条恶毒之计骤然间在脑中形成。到了明天中午饭后,姚氏把白糖涂在胸部,她想:"时值春二三月,春暖花开,众蜂成群,采花酿蜜,闻到糖香一定会前来。"姚氏越想越得意,简直有点情勿自禁。一切事情办妥,姚氏对伯安讲:"老相公,今天中午我亦要到花园里去玩,这只小畜牲肯定又要来调戏我的。你人躲在楼上暗处,暗中看准哪!"姚氏路过良才书房时说:"良才你认真读书,为娘到花园里赏花去了。"良才应了声,埋头看书也。

良才听到继母讲,要到花园去散心。

姚氏来到花园里,胸前黄糖散香味。

蜜蜂闻到糖香味,成群飞到她胸前。

蜜蜂嗡叫呒淘成,乱叮乱咬吓煞人。

姚氏拼命喊救命,书房良才听得清。

奔进花园见真情,成群蜂涌咬母亲。

事急不容多思想,就用双手拍胸前。

伯安楼上看得清,畜牲摸乳不留情。

畜牲乱伦不像人,心中立刻火直升。

待我下楼畜牲骂,看我怎样收你身。

东良才看见继母胸部被无数的蜜蜂在撕咬,看看母亲惊慌失措、十分焦急的样子,就来不及多想,就用双手拼命去拍杀姚氏胸部的蜜蜂。经过良才一阵疯狂地扑拍姚氏胸部,蜜蜂终于被扑拍完了。正巧东伯安已走进花园,看见良才还是在姚氏奶部一个劲地摸拍,东伯安怒嗔道:"畜牲!休得无道。"姚氏一见东伯安来,马上装出一副受辱遭屈的样子,大骂一声说道:"相公,你要给我做主啊!"说完直奔楼上房间里去,将上身衣服一脱,一边嚎啕大哭,一边冲洗去了。东伯安骂道:"畜牲!还不给我快滚!"说完袖子一甩。"我明天再与你算账!"良才被惊呆了,回不过神来,当时他想跟父母亲解释清楚,但转念一想,父亲是不明真相,正在气头上,母亲总会跟他说的。反正自己没做见不得人的亏心事,这事以后再说罢。良才就回到书房里看书、写文章也。伯安回到楼上,见姚氏还在大哭,不断嘴里骂道:"你这个老糊涂、老牛精、老王八,你难道能咽下这口气吗? 真是羞煞死我也!"

我还有啥脸去见人,若然勿把他弄死。

我今情愿一条绳,伯安听了夫人叫。

你我都是一条心,听你处死小畜牲。

伯安麻绳拿端正,夫妻二人良才寻。

走到良才书房里,骂你一声小畜牲。

良才尚未回过神,麻绳已经套上颈。

东伯安套牢良才头颈,老夫妻两个拿牢二个绳头,逐渐收紧,良才眼睛一白,昏死过去。东良才是白虎星宿转世,现在有大难临头,白虎出现,吓得伯安和姚氏自顾自逃脱性命也。此时良才之妻凤英登在书房里,看见丈夫被公婆勒死,走到良才尸首身边,嚎啕大哭,说道:"夫君你等等我,妻来寻你也!"拿把裁缝剪刀对准自己的咽喉处,就此一剪刀,倒在地上不能动弹。

凤英自杀命归阴,阴间路上向前行。

嘴上夫君叫勿停,等等我来一同行。

凤英来到酆都城,小鬼拦堵勿容行。

牛头马面来见面,领了凤英往里进。

勿说凤英阴间去,再说阴间苦命人。

东良才被生父、继母勒死,白虎星宿突然出现。父母逃走,妻子凤英自杀。良才自己倒慢慢苏醒过来,张开眼睛一看,大吃一惊,娘子自杀在旁,满身都是鲜血,十分悲惨。东良才抱牢妻子尸体,双眼流泪,嚎啕大哭,心想:娘子死了,父母想置我于死地,在此地是活勿下去了,还是早早逃离为好。良才想到这里,跪在地上对天拜了三拜,又对凤英尸体拜了拜,速速离去也。

东良才来逃出门,要要紧紧向前行。

勿说良才路上逃,再讲凤英苦命人。

凤英是个童养媳,苦度日子过光阴。

现在身亡在阴间,牛头领她见阎君。

阎君看见苗凤英,啥人叫你到来临。

凤英回言阎君称,凤英自杀命归阴。

阎皇叫判官翻开生死簿一看,凤英寿命要到七十岁寿终,现在只有二十二岁,命中注定要借尸还魂。查看生死簿注明江西景德府有个巡按大人姓邓名雨使,生下一个女儿,名叫红玉,今年二十二岁,八月初三子时生,是和苗凤英同年同月同日生,长得十分美丽。此人注定可借凤英还阳。阎王派了四个阴差,二个去捉邓玉红,二个去送凤英借尸还阳。四个阴差急急奉命而去也。

勿说阴间阎王事,另表一个出场人。

此人姓邓名红玉,她是邓府一千金。

连日身体勿大好,头昏眼花没有劲。

彩萍丫头小姐叫,啊要陪你到花园。

荡荡千秋散散心,小姐听了真合意。

梳妆打扮换衣襟,轻移小步下楼行。

小姐来到花园里,穿过牡丹百花亭。

她们来到秋千架,小姐就把秋千荡。

正在小姐荡秋千的辰光,二个阴差来到此地,拿起钢刀,把秋千架上的绳子一刀二断,小姐荡到半空,猛的跌下,一命呜呼。二个阴差捉牢小姐的灵魂就走。四个丫鬟吓乱了魂,"小姐、小姐"喊勿停,有的抓头发,有的掐人中,有的捂前胸。正在这时,两个阴差把苗凤英的灵魂送到邓红玉的尸体内,红玉又悠悠醒来。大家见小姐醒来,都十分快活。小姐双眼微微睁开一看,一个人也勿认得,说道:"我好苦也,我的夫君啊,你在哪里呀?"大家一听,都糊涂了。老妇人说道:"女儿!为娘在此。"凤英说道:"我不认识你,各位好人,你们听准哪。"

小女出生浙江省,东家庄上住登身。

丈夫名叫东良才,我姓苗来名凤英。

良才被害我自尽,因为寿限七十春。

阎王见了开大恩,叫我借尸再还魂。

现在我在啥地方,一一从头讲我听。

杨氏夫人来回答,此地江西景德镇。

我的夫君本姓邓,在朝为官伴当君。

女儿名叫邓红玉,荡秋千来命归阴。

现今女儿醒转来,魂灵叫啥换仔人。

肉身女儿邓红玉,魂灵倒是苗凤英。

不管你来是啥人,肉体总归女儿身。

苗凤英听杨氏夫人说完,心里明白:我是借邓家小姐尸体还阳的,那我现在是邓家的人了。马上双膝跪地,叫:"母亲在上,受女儿凤英一拜。"夫人道:"女儿快快起来。"凤英道:"多谢母亲!我有一事相告,我夫东良才已经死了,但我在阴间寻来寻去,到处寻勿着。倘若还在阳间,拜托双亲给我寻到。"夫人听了说道:"女儿放心,为娘一定记牢。但我也有话儿,你现在邓家的人了,要姓邓,仍旧名叫凤英,你看可好?"凤英道:"女儿遵命就是了。"老夫人就提笔写信到京里,告诉大人,此事一言表过也。

勿说邓家娘囡事,再说良才逃出门。

良才独自逃出门,慌慌张张赶路程。

山高路陡难行走,眼见路旁山神庙。

肚中饥饿天又黑,先到庙里歇一歇。

东良才走进庙里一看,城隍老爷面前有桌酒肉菜,肚中饥肠辘辘,不管三七二十一,没有筷,就用手抓了吃。吃了一会儿,就坐在拜垫上,不一会儿就困着了。此外另表一个出场人,石浦镇上有个财主,姓刘名叫金彪。此人是浮头浪子,父母在世时是比较好的,父母双亡后,开始不务正业。娘子陈氏贤惠善良,所生一子名叫阿宝;还有妹子叫玉娥,今年二十岁,从小聪明。一家四口生活过得还算幸福。陈夫人有个丫头叫白梅,生得十分漂亮。东家刘金彪几次动手动脚,想调戏白梅丫头不成,这次又想调戏,白梅不肯。金彪拿出一把尖刀,想威吓白梅屈从,不晓得一失手,真的杀死了白梅。这下可闯大祸,弄出人命来了。这时金彪也吓瘫了,不过转念一想,勿要紧,横竖没人看见。就说二个花贼想调戏白梅,白梅不肯,花贼拿出尖刀,威逼白梅就范勿成,失手误杀白梅。东家谎说,听见响声,急忙奔来,只见白梅鲜血淋淋,倒在地上,那花贼已经逃遁而去也。金彪一面报与官府,捉拿凶手;一面吩咐家丁,收拾场面。家丁各自动手也。

家丁慌忙报官府,捉拿凶手交真身。

勿三勿四前头走,阿五阿六后头跟。

他们走到山城庙,看见庙里有个人。

困在一张拜垫上,身上血渍吭淘成。

勿管三七二十一,拖了良才就动身。

待等良才醒转来,良才已经出庙门。

真是秀才碰到兵,凭你有理讲勿清。

四个家丁似狼如虎拿秀才捉到府上,打了一顿生活,东家金彪说道:"把他绑在后花园假山石上,明天送到官府衙门。"东良才想:"想我的命能个苦,双眼流泪哭勿停。天哪,冤枉啊,天大的冤枉啊!"

一更一点近黄昏,良才真是苦命人,生母过世早,爹爹娶后娘,后娘良心勿大好,做起事来轻浮漂,啊呀吾的天哪!

哭过一更交二更,东良想想总归僵,后娘书房来,搭奴来攀谈,粗言乱语戏弄我,勿肯乱伦推出门,啊呀吾的天哪!

哭到三更半夜深,姚氏后娘起黑心,糖涂胸乳上,蜂闻来撕咬,良才闻喊赶忙到,扑蜂旧母除烦恼,啊呀吾的天哪!

四更里来更伤心,爹娘黑心说我淫,走进书房里,将我勒头颈,良才就此命归阴,娘子凤英寻短见,啊呀吾的天哪!

五更一敲天要明,良才醒来吃一惊,凤英已经死,只好逃出门,碰着财主坏良心,说我花贼害杀人,啊呀吾的天哪!

玉娥在楼听得准,此人是个读书人。

肚腹里面有学问,将来一定有翻身。

我勿救他啥人救,让我立即下楼亭。

玉娥小姐花园到,立刻动手松绑绳。

良才跪下恩姐叫,永远不忘救命恩。

小姐赠帕托终身,良才拜谢逃出门。

还赠银子干点心,要要紧紧赶路程。

东良才离开刘家,急急忙忙赶路程。东良才路上吃点干点心,一路上饥渴难熬,十分痛苦。正在东良才走得十分出神的辰光,后面突然走来一人,行走似飞,动作非凡,良才看见一吓。那人道:"朋友!不知道你到哪里去?"良才道:"我到永康县城区。"那人道:"我们同路,一道赶路好吗?"良才道:"好。"良才再一看,此人生得青面獠牙,眼似铜铃,身材高大,很是可怕。两人要紧赶路程,不言不语,向前行也。

　　辰光过得非常快,日落西山近黄昏。

　　前无村庄后无镇,今朝哪里去安身。

　　两人走得很心焦,一座大庙在眼前。

　　走到庙前抬头看,法空宝刹写得真。

　　且说两人正走得十分焦急,门前突然有座庙,但庙门已经关了。良才喊道:"开门,开门!"里面出来个和尚。良才就说:"俚是过路的,啊好借宿一夜?"和尚道:"请进。"把他们领到一间双人房间。和尚就出去拿夜饭给他们吃。良才吃完,洗脸洗脚完毕后,就横到床上。可怜,良才从自己被父母陷害,妻子寻短见,自己吮界办法,离家出走,到现在两天两夜未合眼。待等横到床上,鼻息就发出呼呼之声,困着了。么,同良才一道来的,到底是啥人呢?此人姓苗,单名一个青字,他是凤英的弟弟,与良才是郎舅亲。由于家庭十分贫苦,姐姐凤英老早嫁出去做童养媳,因父母早亡,苗青无依无靠,至今依旧光棍一条。苗青从小流落江湖,云游四方,练就了一身好武艺。今天真巧,无意碰到良才,但不知他与良才的关系。苗青把良才当作是一个有银子的富人,趁了黑夜,想要杀人夺财。苗青见良才呼呼大睡,忙从袜筒里拔出牛角尖刀,对准东良才的三寸咽喉正要刺下去,突然东良才翻身一转,苗青只得停住手。原来是东良才的白虎星宿看见东良才有大难在即,速速下凡护身也,助东良才度过血光之难也。苗青仔细一看,此人头颈、身上,俱是伤痕累累,一想定有隐情,不如将他叫醒,问他一问,再作道理。苗青急忙喊道:"朋友!请你快快醒醒吧。"东良才睁开眼睛一看,吓得魂飞魄散也。

　　双手乱摇喊救命,苗青问你是啥人。

　　良才回言恩公称,小人一一来告禀。

　　本人家住东家庄,父亲名叫东伯安。

　　姚氏夫人是后娘,我原就是东良才。

　　贤妻名叫苗凤英,只因后娘害死我。

　　娘子自尽已身故,走投无路逃出门。

　　叫声恩公开大恩,饶我一条小性命。

　　苗青听良才说完,心里十分明白,原来是姐夫,说道:"我勿是别人,是你的舅舅苗青。我们二人是郎舅关系。几年勿见,已经勿记得了。"二人谈往事。苗青是江湖中人,事事处处都十分留神。他发现墙面上有一丝不起眼的血渍,就转身对良才姐夫说道:"此店可能是黑店。"立即点着火柴,沿着墙面血渍照照看,照到墙面角落里,发现有一张芦席。二人揭开芦席一看,是一个深不见底、伸手不见五指的黑洞。东良才照灯,苗青手执牛角尖刀守在洞边,约莫到了三更时分,洞里一连钻出三个僧人。开头二个被苗青杀死,最后一个也跪在地上讨饶求情留其性命,并说出了全部真相。那老和尚一见杀手出去,尚未回来,肯定是失手了。一看大事不妙,就亲自带领众和尚杀进房来。苗青说:"姐夫,你包裹背在肩上,双手吊牢我的肩。我杀到哪里,你就跟到哪里也。我将奋力杀开一条血路,冲出山门,赶路去也!"

　　苗青轻身工夫好,赴篱一纵跳出门。

　　良才软弱读书人,枯井里向掉落身。

　　凶僧围住良才捉,立即送往县衙门。

　　法空寺里谋财命,杀死僧人五六人。

　　知县老爷听到法空寺被杀了六个和尚,现今捉牢一个强盗。县太爷立刻升堂审案,六房的书吏分列两房。县太爷把惊堂木一拍,高喊一响声:"把犯人带上来!"差人立即把东良才带到堂子上来,良才受刑不起，一一屈打成招，画供送入监中。牢头禁子要金银，可怜良才两次受屈进牢门，百般受苦，哪还有金银去孝敬牢头禁子啊！

　　良才命苦监狱进，还要敲打受私刑。

　　勿说良才狱中苦，再说苗青逃性命。

　　一直逃到九龙山，暂时避难山中登。

　　将来若有出头日，为民除害做真人。

　　不说郎舅二人事，另外再说出场人。

　　此人名字叫金山，担任牢头禁子身。

　　金山虽然吃牢狱饭，管理犯人，但心地善良。他膝下有一对儿女，儿子叫彩龙，女儿叫彩红，儿子生来笨头笨脑，女儿生来聪明伶俐。其日，狱中送来一人，说是强盗，看看相貌，眉清目秀，天庭饱满，一表人材，一看就是个文弱书生。"怎么能说他是强盗呢？哎！这个世道，人心难测啊！"想着想着，金山不知不觉睡着了，进入梦乡，梦中一个白头发老翁道："此人叫东良才，是善良之子，白虎星宿转凡，以后要做大官。现在他有劫数在身，你必须助他一臂之力。抽屉台上有夜明珠一颗，现赠与他，并告知彩红小姐，命中注定，有姻缘缘分与他。切记，切记，请勿忘怀。我是观音菩萨，我去了，你可醒来吧。"金山醒了，梦中观音大士勿见了。金山忽然想起梦中之托，果然看见一颗夜明珠在抽屉台里闪闪发光。金山起身，走到女儿房中，对女儿说明刚才梦中的情况，并将设想用自己儿子来调换良才的事说了出来，并道："这些都是命中注定的。"然后金山走进牢房对良才说："你走吧，这里有我应付。现有夜明珠一颗赠与你，待将来有出头之时，带了夜明珠前来认妻定亲。"东良才跪地上，拜谢恩公金山救命之恩，立起身来，拿了个包裹就匆匆而行哪。

　　东良才来逃性命，跌跌冲冲向前行。

　　天气寒冷下大雪，脚高脚低路难行。

　　良才饥饿体无力，一跤跌在雪中心。

　　身体寒冷头发昏，雪中冻死雪中人。

　　东良才一跤跟头跌在雪里，难以立起，冷得昏死过去。白虎星宿出现，护住他身。这时刚巧江西省巡按大人奉旨进京，到浙江放粮回家，途中路过此地，看到雪地里亮出一条雪白耀眼的光环来，立即吩咐随从护卫将士，停船察看何事也。

　　大人吩咐船来停，护卫将士去看清。

　　雪中哪有金和银，只见冻僵年轻人。

　　护卫知道大人心，救他下船再理论。

　　大人看见心快活，快快救醒最要紧。

　　大人一声令下，护卫们忙得七手八脚，有的把头捂，有的泡姜汤，有的掐人中，大家忙个不停。经过一段时间的救治，东良才慢慢苏醒过来，睁开眼睛一看，一片白茫茫的银色世界已经勿见，身体原来是冷冰冰的，现在暖气逐渐上升，血液流速在逐渐加速，一切都是全新而陌生的。再仔细一看，什么都不认得，说道："我在什么地方？"家将道："在我们老爷的官船上，快去拜谢巡按大人老爷，是他救了你的性命。"良才走进中舱，双膝跪下道："大人在上，小人拜谢大人的救命之恩。"大人道："罢了，起来吧，快快起来，请坐。有话慢慢谈吧。"良才就在旁边落座。大人细细打量，只见他眉清目秀，口齿伶俐，天庭饱满，五官端正，两眼炯炯有神。大人道："你姓啥叫啥？年庚多少？家居何处？怎么会跌倒在雪地里？请你慢慢讲来。"良才道："大人听禀哪。"

　　小人家住浙江省，永康县里东家庄。

　　父亲名叫东伯安，生母杨氏十年亡。

父娶姚氏为后娘,后娘姚氏良心坏。

书房里来调戏我,母子乱伦理不当。

后娘被我来羞辱,满面通红出书房。

想出一条蜜蜂计,父亲会得相信伊。

后娘父亲勒杀我,娘子凤英见我死。

自寻短见阴间去,我倒勿死还魂转。

娘子自尽我身边,喊哭娘子已不醒。

良才只好逃性命,逃到一座枯庙里。

碰着一个对头人,姓刘名彪坏良心。

自己杀死丫鬟女,拿我捉到他家里。

硬说我奸杀女人,把我绑在假山上。

玉娥小姐好良心,立即松绑劝我逃。

赠我手帕各半条,将来合对能成婚。

逃难之中碰着人,两人投机一同行。

双双来到法空寺,和尚迎接进庙门。

"伲两个人当夜住在法空寺庙里。黄昏时分,看见墙上有血迹,用火照到西北角,看见有一个深勿见底的洞。约莫三更时分,洞中窜三个和尚,二个被杀死,一个饶了性命。老和尚聚集了众寺和尚与我们拼杀,想捉拿我们,经过一段时间的拼杀,苗青逃走,我被捉牢送到官府。碰着禁子牢头金山,是个老好人,见奴遭遇,非常同情,决心把自己的儿子与我调换,我逃出监牢。天气寒冷,身体乏力,一跤跌在雪中。大人见了,把我救到船上,是我之大福,命不该绝。小人句句是实话,望大人为小人作主。"邓大人听完后道:"东良才,你不必担心,一切由我做主。"马上吩咐家将带良才到后舱香汤沐浴,更换衣襟。大人立即吩咐船老大,拨转船头,向永康县进发。一到永康县城,知县马上到码头迎接巡按大人。

知县来接邓大人,八人大轿显威灵。

金锣开道前头走,肃静回避后头跟。

一直来到衙门里,停轿出轿进花厅。

大人知县都坐下,大人开口知县闻。

大人道:"近来贵县有何要案?"知县道:"回大人,本县在十二月初二,出了一宗大案,法空寺僧人被杀,计六人。"大人道:"贵知县是否亲自勘看?"知县道:"回大人,下官没有去看。"大人道:"你身为知县,大案、要紧案,你不亲临一线,是非不分,颠倒黑白,正凶放过,好人抓来,你知罪吗?"知县道:"知罪,请邓大人指点。"邓大人就对牛知县说,需要如此这般,这等这样。牛知县马上动手写了一封信和请帖,叫二个差人到法空寺去请当家和尚到县衙来。差人去后,不多一歇,和尚就来了。待等和尚到花厅坐定,茶毕,吃酒辰光,东良才按照大人吩咐,写好状纸,到永康县衙门击鼓鸣冤告状也。

巡按大人堂来审,牛知县在边上等。

衙役三班两边立,原告带到堂中厅。

状纸交与大人看,大人一看火直喷。

立拿凶僧大和尚,知县带兵法空寺。

捉拿和尚十二人,地洞放出难妇人。

金银珠宝全搜掉,上交国库济灾民。

铁证如山赖勿脱,当家和尚斩头颈。

六个和尚去充军,五个和尚十年刑。

东良才,无罪名,金山禁子良心好。

儿子调监世上少,监牢放出金翠龙。

赏你银子三千两,回家安心生意做。

且说巡按大人一一来判定,百姓称快赞好,各个眉开眼笑。大人说道:"退堂。"邓雨使大人在内堂写好表章,报与君王得知。皇帝闻奏大喜,加封邓雨使,一言表过。巡按大人在永康住了三天,立即启程要回江西,知县老爷拜送巡按大人也。

八人大轿抬大人,良才坐轿一同行。

金锣开道前头走,肃静回避后头跟。

金刀月牙两边走,黄旗黄伞密层层。

大人来到官船上,解缆抽跳开船行。

顺风顺水来得快,已到江西景德镇。

官船停到码头上,立即上岸回府上。

夫人闻听差官报,心中快活来相迎。

合家老小齐出动,开直正门接大人。

且说邓大人来到花厅上,身体坐定,大家都来见过。东良才坐在一旁,大人的儿女邓红玉现在改为邓凤英。邓凤英过来双膝跪地,叫道:"爹爹在上,女儿拜见爹爹。"邓大人听听声音,不像女儿;看看面貌,又像女儿,就对女儿说:"快快请起。"凤英往旁边一看,见那边坐着东良才,急忙说道:"官人哪,官人也!"

东良才,吓一跳,小姐为何官人叫。

你是邓家千金女,我是苦命逃难人。

大人在旁说分明,她是你妻苗凤英。

自杀身亡见阎君,阎皇叫她还阳转。

自己心肝刀刺破,借我儿尸做替身。

所以你当我女儿,实际你妻苗凤英。

良才到此才明白,娘子娘子叫勿停。

抱头痛哭好伤心,双眼泪珠落纷纷。

东良才和邓凤英夫妻二个千言万语说勿尽。凤英说:"官人啊,我是你的再生妻子,我的双亲是你的岳父母。"东良才到底是个聪明人,走到邓大人和杨夫人面前,就势双膝跪地,说道:"岳父、岳母大人在上,小婿东良才拜见两位大人。"邓大人和杨夫人哈哈大笑,说道:"贤婿请起,不必多礼了,请坐奉茶。"随即佣人端上茶来,四人一道品茶也。邓大人在家几天,即日就要回京城也。

不说大人回京城,只说良才读书勤。

满腹文章无比伦,良才端正去京城。

路上行程无耽搁,一路平安到皇城。

八月初六头场进,二场十二到来临。

三场考试已完毕,皇榜揭晓第一名。

身骑白马游皇城,状元及第好威名。

状元来到巡按府,拜见巡按老丈人。邓雨使十分高兴,明日五更皇帝上朝,奏明万岁,邓大人和新科状元要回乡祭祖省亲,万岁闻奏,下旨恩准还乡祭祖。

岳婿二人辞当今,奉旨还乡祭祖坟。

文武百官都相送,过府自有府台迎。

路县自有县令接,一路顺风到家门。

邓家富人未知晓,连忙通报小姐听。

母女二人心欢喜,庆贺良才状元身。

岳婿双双陪当今,全家老小喜十分。

且说邓大人回家后同夫人商量,让女儿邓凤英与东良才成亲。夫人非常高兴,同意此事。选好吉日良辰,东良才与邓凤英喜结良缘,亲眷朋友前来贺喜道福,邓府上下热闹非凡,呈现一派喜气洋洋的人间喜庆景象。洞房花烛之夜,虽是旧人,胜似新婚。过了几天,良才道:"岳父母大人,我要同娘子回浙江永康县东家庄,重整家业,以告慰祖先之厚望也。"大人听了之后,连声说:"应该的,应该的。"良才与凤英双双准备,登程回家祭祖也。

良才凤英登船去,大人送女下船行。

过州过府快如云,一路顺风朝前奔。

勿说良才回家转,另外再表说苗青。

苗青来到九龙山,九龙山上做头领。

且说自从苗青在法空寺杀出一条血路,逃到九龙山上,由于本领高强,大家封他为山大王。苗青做事公道:路过客商,只收百分之五的银两;并且勿满一百者,一个老钱都不要,这是九龙山的规矩。苗青上山第二天,派二大王邓青下山,等客人过来,邓青就马上跳将出来,挡住去路。邓青说:"不要怕,银子不满一百,一个老钱都勿要。"客人说我只有五十两,邓青说放走,一连三天,真的一个钱也没拿着。苗青怀疑:"难道过路客都勿满一百两银子。"苗青说:"你是否查看?"邓青说:"没有。"大王说:"今天我同你一起下山。"

苗邓二青下山岭,一百喽兵后头跟。

他们来到山脚下,树林里向身登定。

嘴里勿响眼看真,有人走过跳出身。

绝勿放过一个人,拿取银两度安身。

苗、邓二青登在树林里,等仔一歇,过来三部车子。邓青跳出去,拦住去路,喝道:"请交买路钱!"客商道:"我只有七十两。"邓青说:"过去。"苗青一看勿对,跟上去一看一查,查出银子一千两、丝绸缎匹等物品,全部没收,给还二十两路费银子。后头的客商就勿敢,都老实报,不敢隐瞒了,就按百分之五交纳也不吃亏也。

客商都说此路好,大王做事蛮公道。

一人传十百人晓,大家都往此路跑。

此路都说安全好,确保安全亦重要。

九龙山上生意好,全山强盗兴致高。

九龙山过路人越来越多,有的人在路边上开了店,做起买卖来了。一时间茶酒面糕、鱼肉荤腥、蔬菜果鲜,一切应等,潜满市面,市头十分兴旺。苗青到了山上,不知不觉已有一年半时间过去,他想起姐夫东良才在法空寺分别以后,不知性命如何? 正在思量怀旧之时,二大王兴高采烈并十分神秘地对大王道:"大王,我给你带来了一个好消息。你猜猜看! 大王能不能一时猜到呢?"大王道:"二大王,我们兄弟一场,请勿要刁难我了,请你直讲吧。"二大王道:"你的姐夫东良才已经高中状元,现已回家重振家业。"苗青一听道:"贤弟,我要回去,这山就交待你了。你一定要好自为之也。"

苗青立即下山行,路上行程快十分。

东家庄上到来临,碰着姐夫东良才。

郎舅二人进高厅,急坏夫妻二个人。

东伯安,来知情,吓得伊来汗淋淋。

姚氏夫人晓得后,花园里去一条绳。

状元及第四个字,金锣开道闹盈盈。

全村乡亲都来看,都说良才交好运。

且说东良才到家后,见过父亲,处理家务,派出四个差官,二个到金山家报信,二个到刘家报信。金山见差官报良才中了状元,马上办了嫁妆,将女儿送来东家庄。刘金彪得讯后,也速准备嫁妆,送妹玉娥赶来贺喜成亲也。

金山送女到东家,刘彪送妹亦来临。

玉娥彩红二小姐,打扮上轿做新娘。

一直来到东家宅,三吹三打接新人。

小姐接到高厅上,参拜天地结成婚。

亲眷朋友都来到,开席摆酒闹盈盈。

三朝满月不必说,亲眷朋友转家门。

良才奏本万岁晓,万岁加封三个人。

邓凤英为正夫人,玉娥小姐良心好。

封伊做个二夫人,彩红小姐三夫人。

三位夫人都和睦,不分大小过光阴。

刘金彪误杀一条命,国法不容去充军。

姚氏夫人黑良心,上吊寻死命归阴。

东良才是善心人,后做状元有名声。

贤德夫人有三个,荣祖耀祖显门庭。

善有善报自古有,恶有恶报勿差分。

在堂听众听此卷,身心健康做善人。

蜜蜂计宝卷宣完成,诸佛菩萨喜欢心。

妙英宝卷

太宗皇帝龙廷坐,有道明君治百姓。

外国年年来进贡,文武大臣立朝廷。

三贞九烈传天下,二十四孝说贤臣。

不讲前朝并后代,且说东京一段情。

太平庄上徐文庆,东京城内有名声。

徐文庆家中都豪富,单生一女叫妙英。

自愿持斋并念佛,坚心朗诵法华经。

父母只愁无后代,老来无子靠何人。

夫妇两人同商议,要招女婿傍终身。

便唤香兰前来到,房中去请小姐身。

妙英听说爹娘请,轻移莲步出房门。

青丝细发盘龙髻,不擦脂粉出来临。

好比嫦娥离月殿,又似仙女下凡尘。

面如牡丹花正放,天降南洋观世音。

丫鬟使女前后走,来到堂上见双亲。

上前拜见老双亲,爹娘唤我为何因。

徐文庆夫妇开言说,女儿在上听原因。

爹娘只愁无后代,日夜忧愁不称心。

要将女儿招门婿,好做传宗接代人。

妙英听说回言答,爹娘在上听原因。

伏望爹娘生慈念,容奴学道来修行。

且说妙英告慰双亲:"思想人生在世,万般苦楚,容奴学道修行。叫奴招夫之事,莫要再提,宁可将身一刀两断,绝不招亲。"徐文庆听说,心中烦恼,回言道:"何为三从四德?在家从父,出嫁从夫,夫死从子。男大须婚,女大须嫁,大礼当然。修行拜佛,成佛成圣,何曾见得?"妙英开言回答:"我只晓得历代古人弃家学道,皆成正果也。"

爹娘听说眯眯笑,叫道女儿听原因。

不见何人归地狱,何人参道踏天庭。

君臣父子并夫妇,生男育女接后代。

我说休要行邪念,依从父母配婚姻。

妙英又乃将言说,爹娘不必枉劳心。

双亲只愁无后代,奴愁生死发虔诚。

夫妇都是冤孽债,儿女原是孽根深。

满堂儿女都替得,只有孽障尽随身。

爹娘使尽千般计,逼奴招亲自丧身。

黄泉路上无老少,愿寻短见拜阎君。

为因生死轮回事,誓不将身出嫁人。

徐庆文听说,大怒曰:"悉达多太子也娶李天王之女、转轮公主为妻,后往雪山修行,成就释迦牟尼佛。古佛圣贤一概匹配,皆从父母训教,何况世人?吾儿若从父母招夫,自为孝道;若不招夫,则不为孝道。男大成婚,女大当嫁。你要修行,待等到七八十岁,那时修行也未迟。"妙英见说,即时便回答也。

妙英叉手近前说,浮沤尘世岂常成。

日月如梭容易过,光阴催赶少年人。

皇帝官员并文武,临终不免见阎君。

比如女儿身死了,容奴学道来修行。

儿不招夫难成亲,皇天不负善心人。

且说妙英告言父母:"倘然容奴修行学道,九泉路上七祖尽得超升;若逼招夫婿,奴奴愿寻死路,只怕爹娘落空在前。"徐文庆听得女儿言语,正在烦恼,忽见刘氏娘姨到来,就问姐夫、姐姐为何这般气恼。员外便说道:"女儿妙英,只顾看经念佛。叫她招夫,执意不从,反而要寻短见,所以烦恼。"刘氏说道:"你是大丈夫,何不早早配亲?小小女子,不能任她作主便了也。"

娘姨当下说原因,何不早早选高亲。

自古在家从父母,三从四德古来闻。
吉日良时来出嫁,哪怕女子不顺情。
员外听说呼呼笑,相烦娘姨做媒人。
妙英听说归房内,礼拜焚香再看经。
匆匆又是三个月,院君使女暗伤心。
我想世人都贪色,哪有女子不贪淫。
亲自立在房门外,点破纸窗看虚真。
只见女儿看经卷,口诵莲花七卷经。
院君推进房中去,就把女儿叫几声。
何不招亲同欢喜,孤单独自冷清清。
妙英当时回言答,母亲在上听原因。
男女都是冤孽债,恩爱夫妻地狱门。
我今清净来修道,不愿招亲生子孙。
不宣妙英修行事,再说刘氏做媒人。

刘氏当日别了姐夫、姐姐,一行来到天汉桥边王百万家中,要与百万说成亲事。

刘氏别过登程去,已到天汉桥一座。
百万急忙来迎接,啥风吹到吾家门。
茶罢分宾来坐定,刘氏开言说一声。
太平庄上徐员外,单生一女叫妙英。
年纪今交十六岁,特来作伐做媒人。
百万听说心欢喜,即便开言谢一声。
若然说起徐员外,正是门当户对人。
老汉单生独一子,文武双全件件精。
取名就叫王承祖,今交十八未配亲。
若与他家成亲事,千恩万谢老媒人。
吩咐就办筵和席,奉茶待饭请媒人。
吃罢之时身立起,一程来到姓徐门。
开言说与员外听,我今与你结联姻。
天汉桥边王百万,家中富足有金银。
王家单生独一子,眉清目秀好官人。
取名就叫王承祖,文武双全无比伦。
我与他们来说过,特请年庚就动身。
徐文庆夫妇心欢喜,描金庚帖付媒人。
上写妙英徐氏女,年方十六是青春。
坤造甲寅其年养,八月十五子时生。
年庚送到王家去,十六就要去求亲。
十月十五求庚帖,承祖爹娘喜十分。
百万夫妻忙不住,办齐聘礼定钗裙。
花红绸缎三百匹,牛马猪羊着地拖。

福州圆眼河南枣，胡桃小梨共柿饼。

荔枝青饼洞庭菊，百担美酒重千斤。

聘礼花银三百两，大盘小盒定千金。

选定正月十五日，吉日良时要成亲。

媒人领了盘盒去，直到徐家大宅门。

徐文庆夫妇开言说，感谢娘姨费尽心。

女儿未知因何是，倘然不允怎生能。

刘氏说道不妨事，听我娘姨主意行。

承祖勿怕天和地，东京城内有名声。

媒人生下牢笼记，人不知来鬼不闻。

员外夫妻心欢喜，依你主意巧计生。

聘礼回到王家去，羊羔美酒待媒人。

王家选定元宵夜，堂前高挂玻璃灯。

且说百万王承祖，安排酒筵待诸亲。

堂前挂起名人画，乐人吹打闹盈盈。

花花轿子红灯点，再用家人二百名。

准在天汉桥边等，专心只等夜黄昏。

不说王家都端正，再宣员外姓徐人。

夫妻走到经堂去，就将亲儿叫一声。

逐月诵经多辛苦，面黄肌瘦不成人。

元宵佳节花灯看，六街三市闹盈盈。

家家结彩排香案，户户堂前挂红灯。

吾儿陪母花灯看，街坊游玩散散心。

妙英听说回言答，深深万福告双亲。

九岁持斋看经卷，不染红尘不出门。

一心修道成正果，若去看灯惹祸根。

伏望爹娘休见怪，女儿不去看花灯。

且说员外就叫："女儿，今年城内大放花灯，世间少有，今宵错过，日后难逢。你陪母亲去看看，何妨矣？"

徐员外，叫女儿，妙英小姐。是今年，不比得，去岁花灯。

遍街坊，搭灯棚，挨挨挤挤。狮子灯，绣球灯，五色装成。

斗鸡灯，如活的，来往相争。鳌鱼灯，鲤鱼灯，如跳龙门。

走马灯，来走动，团团运转。玻璃灯，高挂起，明明亮亮。

荷花灯，牡丹灯，鲜明如火。猛虎灯，众牲灯，好像吃人。

彩船灯，上下划，三回九转。大街上，最好看，灯阁来临。

绸缎扎就灯阁子，六角三层侪点灯。

阁中美女多多少，尽是烧香念佛人。

有烧香，又念佛，香烟缭绕。红绿绸，扎古人，全是戏名。

彩排楼，扎龙凤，兔豹狮象。扎绢人，如活的，走来走去。

下塘去，真稀奇，几排龙灯。夜明珠，双龙抢，好看十分。

灯彩扎就巧花样,五色玻璃满天帐。

头上一顶纳凉帽,身骑白马打头行。

锣鼓喧天响,嗟刮咙咚呛。

士女唱小曲,龙灯几节生。

身上龙甲舞,张牙舞爪样。

口内喷出水,明珠打头行。

过了龙灯又好看,亭子一座面前存。

四面绸缎扎栏杆,五色玻璃红木镶。

孔雀灯,凤凰灯,百鸟来临。麒麟灯,豹尾灯,摇头摆尾。

小儿灯,相对看,嬉笑盈盈。蛤蟆灯,刘海灯,影戏花灯。

魁星灯,脚踏鳌,文光射斗。张仙灯,来送子,真仙下降。

三星灯,禄星灯,并肩同行。八仙灯,真稀奇,人马纵横。

九龙灯,来喷水,随风施展。水浪灯,泛波转,鱼虾戏舞。

莲船灯,快船灯,年轻渔婆。小船灯,大船灯,尽挂红灯。

船中有,唱小调,美貌超群。女堂名,请客班,口唱小曲。

十二双,廿四个,全是年轻。拉胡琴,弹弦子,美貌佳人。

弹琵琶,拨弦子,打鼓先生。走过去,最好看,灯桥来临。

搭就灯桥真好看,河内再放水莲灯。

五色栏杆嵌玻璃,福禄寿星在桥亭。

男男女女无其数,挨挨挤挤看花灯。

过了灯桥更好看,灯楼一座面前存。

灯楼上,嵌玻璃,明明亮亮。五色绸,扎栏杆,密密层层。

挂堂彩,写金字,尽画戏名。内中有,扮戏文,年轻官人。

跳加官,连招财,利市三星。大天官,跳魁星,唱腔头等。

西厢记,小二面,惠明寄书。小红娘,做风月,牵线引针。

白娘娘,斗法海,金山相争。书馆中,蔡伯喈,哭得伤心。

唐明皇,杨贵妃,酒醉开心。小周郎,要起解,夫妻分离。

卖胭脂,做得好,风流不净。门探是,好小面,做得开心。

四面是,扎就的,稀奇花灯。有虾灯,蟛蜞灯,扎得鲜明。

白鱼灯,回鱼灯,鲜明如活。鲫鱼灯,鳜鱼灯,乌龟巧灯。

鲳鱼灯,黄鳝灯,绸缎装成。鲅鱼灯,鲦条灯,鳑皮鱼灯。

鳗鲤灯,鲤鱼灯,黑鱼花灯。仙鹤灯,白鹤灯,对对同行。

画眉灯,鹧鸪灯,彩绿鲜明。鹁鸪灯,绣眼灯,唧唧之声。

黄雀灯,麻雀灯,宛宛同行。喜鹊灯,老鸦灯,跳来跳去。

八哥灯,鸟嘴灯,叫得好听。胡蜂灯,蜜蜂灯,飞来飞去。

蝴蝶灯,螳蜂灯,尽采花心。知了灯,蟋蟀灯,红黑分明。

百禽灯过更好看,又有花灯好鲜明。

光明灿烂多巧样,五色绸缎满天帐。

苍蝇蚊子灯,蜈蚣蚱蜢灯。

蜻蜓灯扎就,蜓蝣灯来临。

蚂蚁灯好看,再有螳螂灯。

灶鸡灯扎就,一只赖团灯。

田鸡灯巧样,白马灯来临。

蝈蜢灯好笑,蟑螂灯来临。

毛鸭灯,白鹅灯,一对红眼兔子灯。

花灯过掉又好看,灯塔一座在街心。

五色栏杆嵌玻璃,七层宝塔接青云。

第一层,珠连灯,五色排齐。第二层,名角灯,画出戏名。

第三层,连环灯,玛瑙镶嵌。第四层,回回灯,八卦做成。

第五层,五色灯,尽是洋灯。第六层,红纱灯,堆绢洋人。

第七层,美女灯,走来走去。最好看,天汉桥,牌楼扎成。

彩排楼,画就的,五湖四海。画花草,好鲜明,西湖景致。

画山水,多树木,四季花名。今日里,庆元宵,人来轿去。

有王孙,并侍女,尽是年轻。劝女儿,看花灯,休要错过。

枉为人,在世间,虚度年轻。我女儿,莫痴心,休执一见。

你去看,人来往,尽是佳人。灯富贵,影婆婆,心中欢欣。

妙英开口告双亲,父母在上听原因。

女儿只喜看经卷,不愿街坊去看灯。

父母听说心烦恼,男男女女乱纷纷。

爹娘从小空养你,十月怀胎枉费心。

枉吃常斋看经卷,不听父母枉看经。

妙英见说心中怒,半允半承去看灯。

员外夫妻心欢喜,即便收拾就动身。

身上衣衫都不换,轻移细步出门行。

好如荷花身摆动,又似观音少净瓶。

虽然勉强身登轿,千思万想暗沉吟。

只因父母生邪见,威逼奴奴去看灯。

千灯万盏无心看,暗诵莲花七卷经。

四个梅香来服侍,安童扶轿疾疾行。

一程来到大街上,男男女女乱纷纷。

家家结彩香案摆,户户堂前挂红灯。

条条路上如白日,唯有奴奴不称心。

天汉桥边将走到,王家等候夜黄昏。

且说王承祖带领二百家人停轿等候,却待新人轿子到来。妙英心中暗想:"中了父母之计也。"

妙音思想暗沉吟,果是父母巧计生。

只说今年花灯放,逼奴今朝配郎君。

安童扶轿轿边过,抬了小姐转家门。

喝叫众人忙动手,哀告郎君听奴因。

奴奴自小持斋戒,绝不将身配郎君。
城中无数多娇女,另选美娇结成亲。
放我早早回家转,胜做修行念佛人。
若逼奴奴来受罪,勿怪牢狱不翻身。
学生就叫王承祖,东京城内有名声。
你爹收受聘和礼,凭媒说合结成亲。
你今是我亲妻子,我今是你丈夫身。
周公之礼休推却,洞房花烛结成亲。
今宵与你成夫妻,五百年前结好姻。
你今若要娘家去,房中生下小儿郎。
妙英小姐眯眯笑,叫声官人莫痴心。
空排洞房花烛夜,枉排酒筵待诸亲。
空费万般牢笼计,休想奴奴结成亲。
夫妻却是冤孽债,红罗帐里地狱根。
粉骨碎身心不变,决心不肯配郎君。
承祖近前重又说,告言小姐听原因。
我今与你成夫妻,不是无名少姓人。
生下孩儿来替力,老来夫妇共修行。
若不与我同欢乐,除非小姐会腾云。
妙英听得哀哀哭,祷告虚空过往神。
伏望菩萨开慧眼,救奴一命转家门。
一道怨气冲天上,惊动灵山观世音。

　　且说妙英怨气冲天,感动灵山教主,慧眼遥观,口称善哉。下方徐妙英有难,敕令观音大士带领金刚揭谛、雷公雷母、风伯雨师、六丁六甲、天兵天将,速往下方救取妙英,送到白云山修行办道矣。

观音奉敕下天门,东京来救徐妙音。
带领六甲天兵将,天龙八部尽用心。
揭谛金刚遵敕令,护法韦陀显威灵。
刮地狂风来吹进,霎时大雨落似倾。
轰雷霹雳人人怕,电光闪烁吓煞人。
黑云漫漫遮日月,飞沙走石乱乾坤。
金刚揭谛空中现,妙英卷去九霄云。
送往白云山一座,石庄石屋好安身。
盘陀石上安身坐,异花奇果四时新。
饥有天使来送饭,渴有仙女送茶津。
三世如来常叙会,诸佛菩萨作乡邻。
八洞神仙为伴侣,金刚护法不离身。
朗诵莲经无窒碍,满山胜景称奴心。
不宣妙英无苦处,再谈愚痴贪色人。
喜得新人闺房内,房中相劝女佳人。

承祖吓得浑身汗,忽然不见小姐身。

慌忙来到厅堂上,报与双亲众人听。

诸亲走到新房内,果然不见妙英身。

只有法华经一部,豪光万道照房门。

百万夫妻惊呆了,亲家女儿怎生能。

冤枉官司如天大,这场祸事怎处分。

慢说王家多忧虑,再宣徐家员外身。

且说徐家夫妇一夜思想,女儿虽然过去,未知如何,今日必定要探探消息。却说王家有一个乡邻,昨日婚宴未曾请他吃酒,故而怀恨在心。今天一大早跑来徐家,报道:"你家小姐昨夜被王承祖抢回,强迫成亲。小姐不愿成婚,被王承祖打杀,将尸首化灰,如今不知下落何处也。"

乡邻挑拨生是非,说与徐家员外听。

你家妙英徐小姐,过门不肯结成亲。

且被凶徒来杀死,尸灵烧灰不留存。

夫妻听说哀哀哭,合家大小尽伤心。

徐文庆听说心烦恼,挑选家人数十个。

慌忙就骑高头马,如飞来到姓王门。

百万急忙来迎接,厅堂坐下假寒温。

员外即便开言问,亲家做事不该应。

我女不允成亲事,也该慢慢取消停。

你今将她来杀死,尸骨现在哪边存。

快把女儿来见面,万事全休不必论。

不把女儿来见面,这场人命罪非轻。

百万当时回言答,亲翁在上听原因。

昨夜天昏并地暗,飞沙走石乱纷纷。

空中霹雳人人怕,霎时大雨落如倾。

卷去令媛贤小姐,不知落在哪边存。

此言都是真情话,怎敢无由乱杀人。

倘然要我来偿命,无头人命没奈何。

员外见说心焦躁,哪见风雷会卷人。

我女嫁你为媳妇,谁知你是黑心人。

活人还我活人命,死人还我死尸灵。

倘然人死无踪迹,我到当官把状伸。

要你父子来偿命,田园家业不留存。

徐文庆即便来吩咐,便叫家人打进门。

众人奉命忙动手,乒乒结刮打进门。

台子打得粉粉碎,香炉烛扦尽翻身。

对联轴子都扯碎,堂前打碎水晶瓶。

碗盏壶瓶乒乒响,屏门打得碎粉粉。

承祖上前来拜见,告言岳父莫生嗔。

昨夜天昏并地暗,狂风刮地起乌云。

满堂灯火都吹灭,霎时不见女钗裙。

徐文庆见说心大怒,舍嗔上马转回程。

院君迎接夫君进,便问生死假和真。

员外含泪回言答,杀死女儿是真情。

可恨凶徒王承祖,尸首烧灰不留存。

院君听说哀哀哭,丫鬟使女泪淋淋。

指望女儿招门婿,谁知今朝一场空。

不料被他来杀死,叫娘举目靠何人。

此时员外心烦恼,要往开封把状伸。

写成状纸来呈上,赞成十字太爷听。

告状人,徐文庆,东京城内。太平庄,忠孝门,便是我们。

我今年,六十岁,单生一女。叫妙英,想当年,美貌超群。

七岁上,持斋成,看经念佛。到如今,十六岁,发愿修行。

是今年,正月半,观灯游玩。天汉桥,遇着了,万恶凶徒。

那凶徒,王承祖,本城富户。带领了,手下将,二百余人。

将我女,连轿子,抢回家中。把我女,来逼迫,强抢成亲。

妙英女,因不从,洞房花烛。王承祖,与父亲,就起凶心。

把我女,徐妙英,顿时打死。把尸首,藏灭了,无影无踪。

禀大人,求恩准,亲提审问。捉凶徒,拿恶犯,判断冤情。

员外状纸来呈上,堂皇跪下诉原因。

太爷即便从头看,拍案高声大怒嗔。

朝廷刑律人人顺,岂有东京出强人。

急忙唤过班房吏,批牌用印去拿人。

二个公差如狼虎,来到王家大墙门。

一直来到高厅上,叫喊凶徒承祖身。

强抢多娇徐氏女,将刀杀死徐妙英。

朱签堂单你去看,太爷差我要拿人。

百万接牌未细看,承祖吓得卓然惊。

身体酥来牙相咬,面孔红胀抖不停。

人命关天非小可,这场祸事怎生能。

先摆酒席来款待,再送箱中雪花银。

白银一百还嫌少,链条铁索锁头颈。

一程来到开封府,解到当堂见大人。

且说差人即解犯人承祖到堂跪下,太爷喝问凶徒:"你强抢民家女子,勒逼成亲。妙英不从,将她杀死,又将尸首烧灰,从实招来,免受刑罚。"承祖说:"太爷在上,听小人告禀矣。"

小人名叫王承祖,家住东京城内人。

父母单生独一子,年纪十八未攀亲。

刘氏媒人来说合,说了东京徐妙英。

选定良时正月半,元宵佳节夜黄昏。
娶得新人在房内,安排筵席待诸亲。
四个梅香来服侍,新人酒饭不愿吞。
烈心不肯成夫妇,只想修行诵经文。
听得口中来祷告,霎时奇怪好惊人。
忽然天昏并地暗,飞沙走石乱乾坤。
霹雳交加惊人怕,电光闪雷吓煞人。
四大金刚空中现,卷去千金徐妙英。
只剩法华经一部,房中勿见小姐身。
此言都是真情话,并无半句是虚文。
太爷听说怒冲冲,拍案高声骂几声。
强迫不从将她杀,尸骨藏在哪方存。
不打不招难定罪,快将刑罚治凶人。
公堂取来夹棍夹,几番死去又还魂。
平白无故遭冤屈,怎肯公堂认罪名。
我若虚招来认罪,年老父母靠何人。
太爷见了心中怒,正是严刑惩恶人。
喝令如雷加刑法,今朝定罪实招认。
又将脑箍来上好,舌头拖出二三寸。
承祖此时熬勿起,上天入地吼畀门。
高叫大人来饶我,情愿公堂认罪名。
妙英是我将刀杀,尸首烧灰不留存。
口供一一来招认,问成死罪不非轻。
脚镣手铐监中去,承祖监内哭五更。

一更里来王承祖进监中,皂白不分把监封,牢笼关紧人寂静,南北牢狱不通风。披枷带锁身难动,婚事好似梦魂中。梦难成,成难梦。啊呀我的天呀,今夜孤凄怨气冲。

二更里来王承祖受苦多,监中律法出萧何,谁知今朝做囚徒,谁人肯把情由诉。双手铐牢力气无,链条锁脚难拖步,步难行,难行步。啊呀我的天呀,脚镣手铐没奈何。

三更里来王承祖愁闷多,忽闻更锣响咚咚,锣鼓敲得不绝声,凄凄冷冷何处困。铁索叮当好心惊,果然皇法不容情。孤怜人,人怜孤。啊呀我的天呀,为何家中无音信。

四更里来王承祖监床困,困得上下满身疼,更声传来人心惊,神志恍惚乱梦频。仿佛来了野鬼魂,阵阵惨叫吓煞人。勤近身,怕煞人。啊呀我的天呀,何年何月出监门。

五更里来王承祖鸡唱明,囚徒叫苦不绝声,肚中饥饿饿难禁,棒疮打得痛伤心。日高三丈未开门,牢门封锁难通信。信难通,难通信。啊呀我的天呀,今朝监中做囚人。

牢中受苦王承祖,长枷铁索不离身。
早知牢中来受苦,懊悔当初枉费心。
就在心中来念佛,戒酒除荤诵经文。
春去冬来春又到,残冬过了又逢春。
牢中受苦已三载,指望皇恩赦罪人。

不宣承祖牢中苦,且说员外姓徐人。

自从死了亲生女,夫妻日夜泪纷纷。

不知我女生和死,未知妙英在何处。

伏望佛天来保佑,救我女儿转回城。

若和我女见见面,合家吃素尽修行。

不宣徐家夫妇事,再宣王家百万身。

夫妇思想亲生子,何年何月出牢门。

伏望皇恩来大赦,虔诚愿做出家人。

且说太宗皇帝与民同乐,天子洪恩,敕赦天下罪人,罪名尽行减轻。圣旨已下,敕差刑部周天感即将王承祖原卷逐一细看:"既有强抢良家之女,亦有凭媒说合,况且尸首未见,又无凶器,怎么问成死罪?此官好糊涂。"即将承祖之罪驳轻,改为充军。文书已到开封府,知府接旨,即将承祖提出边外充军,解差押回家中,去拜别父母亲也。

刑部看卷减罪名,驳其边外去充军。

押到家中别父亲,一悲一喜转回程。

喜的免死充军去,悲的离乡背井人。

千乡万里边外去,回来拜别父母亲。

老夫妇接着亲生子,抱头大哭好伤心。

我与妙英前世事,造化由命不由人。

告会双亲休挂念,家有黄金度朝昏。

父母送出长亭外,母子分离苦煞人。

千两黄金为路费,身上寒冷要当心。

几次回头将爹叫,几番立停叫娘亲。

棒疮疼痛难移步,哭一程来又一村。

千山万水难得到,几时巴得到边关。

爹娘思想亲生子,时时痛哭好伤心。

若能再见承祖面,情愿吃素并看经。

按下夫妇思儿事,再谈承祖路上行。

且说王承祖同解差在路,晓行夜宿,吞饥受饿。半月有余,行到一山林,名白云山。承祖行到山脚下,路上难以行走,只得在山下暂坐片时便了。

在路行程多辛苦,前边行到一山林。

名唤白云山一座,约高万丈有余零。

松柏参天高顶峰,弯弯曲曲路难行。

走走坐坐多树木,长长短短广园林。

猿猴树上迁跟踪,鬼怪山中唱曲声。

野人拍手呵呵笑,几丈毒蛇要吃人。

怪鸟高声归巢去,听来真真好伤心。

三人正在烦恼处,日落西山夜黄昏。

权且坐在松树下,忽听唧咕木鱼声。

肚中饥饿难行走,就在山中歇安身。

思想山中都狼虎,为何也有念佛人。

急急走到山顶上,拼命登山细细寻。

山前山后都寻觅,忽见仙庄石洞门。

内边天花香喷鼻,洞边涧水绿沉沉。

三人齐到仙洞口,见一修行学道人。

且说王承祖上山寻,看见一个仙庄,又一个仙洞,洞中有一个仙女。承祖上前一看,就是当年妙英小姐,不敢相认,只得上前拜见,且看如何也。

承祖上前告仙人,双膝跪下述原因。

仙人即便开言问,啥州啥县啥乡村。

小人名字王承祖,家住东京城内人。

娶得妙英回家转,元宵佳节结成亲。

狂风摄去徐小姐,岳父开封告我们。

受尽千辛万千苦,三年死罪改充军。

大仙此山来修道,饥寒两字怎生能。

妙英小姐笑一笑,回言说与姓王人。

饥有天将来送饭,渴有仙女送茶津。

三世如来常叙会,降龙伏虎在山林。

承祖上前重有问,大仙家住啥州城。

大仙今春年多少,几年修道到如今。

妙英即便回言答,告言承祖听奴因。

家住东京城一座,太平庄上奴生身。

父亲有名徐员外,母是堂前称院君。

我是看经徐妙英,一生念佛诵经文。

却被父母来哄骗,王家抢去结成亲。

奴奴烈性不依允,祷告龙天三宝神。

幸喜神明来护佑,将奴摄到此山林。

承祖听说低头拜,告言小姐听原因。

岂知我妻腾云去,你父告我在衙门。

刑法难熬无可耐,只得虚招认罪名。

牢中罚愿持斋戒,三年弥陀念千声。

多亏皇恩来大赦,免我死罪改充军。

解到此山来经过,幸喜相逢小姐身。

我今拜你为师父,跟随小姐诵莲经。

伏望慈悲收留我,永无别念学心经。

且说妙英道:"你有罪之人,叫我怎么收你?"二个公差上前道:"大仙不妨。承祖在此修道,我们去禀明太爷便了。"承祖大喜,解差随即回转东京。再说承祖就此拜投妙英为师,受持三皈五戒,即取法名叫妙静,就在此山修行便了也。

妙英吩咐王承祖,投师学道要志诚。

恩受断时生死断,功成你处佛缘深。

妙静闻言心大喜,依师日夜诵经文。

不说二人修行事,再宣解差转东京。

　　且说解差回转东京,先到太平庄,走进徐门,特来报信,解说承祖到白云山遇着妙英小姐一段情节。员外听说,十分欢喜也。

解差即便转东京,先到徐家报喜信。

上前说与员外晓,你家小姐在山林。

承祖拜他为师父,二人修行共看经。

员外闻之心大喜,谢天谢地谢神明。

我想妙英还在世,要到白云看虚真。

院君投下金钗子,相谢公差报信人。

夫妻即便来收拾,要往山中看妙英。

解差作别前行去,天汉桥边报事情。

一程来到王家去,始末根由说分明。

百万夫妻心欢喜,要看儿媳假和真。

收拾盘缠并轿子,合家大小出墙门。

相谢解差银百两,当时作别转衙门。

解差来到开封府,当堂跪下禀事情。

奉命起解王承祖,山高途远路难行。

在路行程半月零,前边行到一山林。

名唤白云山一座,并无宿店来往人。

日落西山天色夜,无奈树下暂安身。

三人上山去寻看,见一仙庄石洞门。

承祖上前来细看,就是当年徐妙英。

就拜妙英为师父,受持五戒共修行。

太守闻之惊呆了,沉吟半日说分明。

知府闻言忙便说,为官屈害许多人。

若是妙英真在世,下官弃职也修行。

太爷上了高头马,六房书吏在后跟。

　　且说开封府刘太爷要往白云山看妙音真假,带领书吏人等即日起行,巧逢徐、王二姓家眷一同行。晓行夜宿,来到白云山,走进仙洞,果见仙女就是徐妙英。她朝南坐,承祖朝东,二人日夜诵经念佛也。

太守行到白云山,果然是当年徐妙英。

朝南端坐看经卷,承祖旁边也诵经。

太守拱身来拜见,低头下拜问原因。

下官现任开封府,正直无私爱子民。

小姐真身原在此,我今屈断这桩情。

只因审差王承祖,不知屈害许多人。

下官今日回心转,脱落朝靴愿修行。

妙音见说回言答,大人只得受清贫。

五花头戴多荣耀,前呼后拥有人报。

百味珍馐多受用,酒海肉山四时鲜。

四季衣衫箱箱满,朝朝快乐赛仙人。

黄金殿上标名字,白玉阶前受帝恩。

若说出家无好处,黄葱淡饭过光阴。

太守听说忙便答,我师在上听原因。

紫袍玉带冕尊重,受职皇恩有阴骘。

辞官弃职修佛道,一心愿做出家人。

休说太守修行事,再说王姓上山林。

且说员外夫妻叫道:"女儿,当初不该让你看灯,懊悔已迟,今日父母与你同伴修行。王承祖,我当初不该告你,连受吃苦,不必挂念在心。"王百万夫妇也拜妙英为师,在山修行学道也。

徐文庆夫妇双流泪,抱住女儿叫妙英。

当初不该生巧计,元宵哄你看花灯。

妙英又乃将言说,爹娘在上听原因。

万事不由人做主,造化由命不由人。

在山修道功德满,报答双亲养育恩。

抛弃父母今三年,朝思夜想到如今。

思想父母年已老,趁早修行办前程。

若肯回头皈三宝,同坐龙华会上人。

员外叫道王承祖,当初告你不该应。

今朝同入龙华会,休把前事挂在心。

承祖上前将言说,告言岳父听原因。

若不受罪遭刑法,怎肯回头做善人。

东京大富王百万,白云山内也修行。

太平庄上徐文庆,小姐相劝也看经。

都在白云山一座,参拜皈依徐妙英。

徐王二姓都修道,太守念佛有功成。

诚心修行三年后,妙英修行几年春。

白云山内成正果,玉皇大帝得知闻。

敕召观音归上界,凡间来渡有缘人。

观音大士领法旨,白云山内看妙英。

遇见妙英端然坐,声音朗朗念经文。

观音顷刻来点化,妙英小姐上天庭。

徐王二姓来拜送,各人下拜送九重。

且说玉皇大帝身登弥罗宝殿,皇曰:"敕召妙英封为白衣观音,再封徐、王二姓眷属人等同上天庭。"观音领旨,驾云来山内。菩萨开口道:"我奉玉皇旨意来度汝,白日升天,不得有违矣。"

观音大士升天界,两家人眷往天庭。

太守刘爷存在世,造完庙宇也升天。

朝廷敕赐观音殿,大雄宝殿到如今。

白衣观音通天下,白衣咒语通天行。

妙英宝卷已宣完,诸佛菩萨尽欢心。

宝卷宣完身结庆,回向三宝众龙天。

斋主合门身康健,佛堂大众保太平。

十二时辰添喜庆,二十八宿保长生。

描金凤宝卷

描金凤宝卷初展开,诸位大众畅心怀。

齐心坐好听宣卷,详详细细说一番。

故事出在苏州地,相公就叫徐惠来。

只因家中多贫苦,特地借钱苏州来。

却说此卷出在明朝时代,有段故事。苏州阊门外凤凰村上有个人,姓徐名叫惠来,本来是吏部公子,只因父母双亡,家道贫穷。家中只有义气的老家人,叫陈荣,日日在家,服务主人徐惠来相公。一日,徐惠来衣食不周,日夜思想,好不伤心:"我如若不想法子,日脚难过,眼看要活活能饿死了,总要想办法才好。不如让我到苏州朋友家中借些钱来,好籴米买柴,苦度光阴。待我把门关好。"公子出门而去,一路走一路想。哪知现在正是十二月份,天气实在寒冷,天上大雪飘飘,惠来身上并无一件好的过冬棉衣。"想我日脚难过,只得让我走到关王庙去拜拜神明,保佑我徐惠来有个翻身之日。好不可怜呀!"抬头一看,风雪更加大了。徐惠来说:"天呀,想我今朝,却要冻死在此地也。"

惠来声声叫皇天,我身今日苦黄连。

吏部养个亲生子,性命就在眼面前。

可怜陈荣老家人,今世不能再相见。

爷娘一世空养我,不能传代接香烟。

思想起来哀哀哭,头眩跌倒拜栏前。

幽幽冻死关王庙,一命呜呼到阴间。

且说苏州三多桥塄下有个钱子敬,一生瓦笤为业,只生一女,叫翠娥,年纪十七岁。妻子早亡,父女在家,子敬最爱吃酒,亦无积蓄。其日落雪,生意全无,酒念起来,实在难过,就喊阿翠出来,借个一百铜钱。"待我去超度超度酒痨虫。"阿翠说:"女儿哪里有铜钱?"瓦笤听见,心中大怒,说:"呒界,呒界,呒界铜钱,穷爷也要去吃个。阿翠!穷爷么,去哉。倷大门关好仔啊。"

瓦笤受气街上行,关王庙里拜神明。

走进庙门细观看,看见一人横在拜栏上。

看见一个年轻汉,死在拜栏真可怜。

走进庙中说道:"啊要勿色头,一个后生死在拜栏上。让我救活,也是一桩好事。"上前一摸,心里热个来,连忙出庙,走到酒店里,讨了一碗热姜汤,回到庙中,就拿姜汤灌下。勿多一刻,公子悠悠苏醒转来,张开眼睛一看,有一个年老之人在此。

瓦笤此刻喜欢心,家住何方啥乡村。

为何困在关王庙,根由底细说我听。

惠来启口回言答,恩人在上听原因。

小生家住阊门外,舍间就是凤凰村。

父母双双遭颠沛,田房屋产卖干净。

要想借贷到此地,避雪冻死不知音。

幸亏恩人来相救,未知尊姓叫啥名。

虱笆说:"官人! 你的小名可叫金官? 东乡西邻,尽知晓的。"惠来说:"我乳名是叫金官,你那里知晓?"虱笆说:"我的妻子在日个辰光,登你府上做奶娘。当初你们府上是何等荣耀,故歇弄得如此光景。"惠来说:"原来乳伯。"便问尊姓大名,居住何家。

虱笆当时说分明,姓钱名叫子敬身。

我家住在三多桥,父女二人过光阴。

你身到我家中去,叫吾女儿烧点心。

我要吃酒你先转,停歇与你话谈论。

二人走出庙门去,各自分头向前行。

虱笆走进酒店不提,惠来一路直到三多桥下,看见一块招牌上写"钱子敬虱笆所在",就来碰门,惊动里面翠娥。翠娥出来开门一看,原来一位俏后生,面不相识,便问:"你到此何干?"惠来就将冻死关王庙、碰着你父亲之事细细说与小姐晓得。"哦! 原来是吾母亲个旧主人。"接忙请他进来坐停。

翠娥此时想事情,原来徐家公子身。

可怜这样落难苦,如此落雪要出门。

我母登在你府上,吃过乳水十年春。

忙来端正茶来送,连手生好热火盆。

厨房里面烧夜饭,看看日落夜黄昏。

惠来说:"多谢姐姐周济,小生无以为报。为啥你的爹爹再不回来?"小姐拿夜饭摆在台上,说:"公子呀! 请吃夜饭罢。"惠来说:"多谢。"不多一歇吃罢停当,小姐收杯舒齐,就问公子:"你家太太身亡吗?"拿出描金凤一只界与惠来,就说:"你家太太死前个辰光,交代我母亲收好个。等公子长大成人,就要交还徐府。公子,今朝你正好收下。"

小姐拿只描金凤,就拿惠来攻一攻。

惠来明白心快乐,看见小姐面孔红。

二人讲到天明亮,再说虱笆转家中。

一路湾到养育巷,碰头府上大门攻。

"人人叫吾钱虱笆,生意吭界吃勿饱。雨雪凛凛雪花飘,况且路上不好跑。哪能回到三多桥,转个大弯去困觉。"再说虱笆走到养育巷喊"开门"。他个姘头姓许名叫四姐,行业靠做卖婆为生,丈夫早死,亦无男女,与虱笆多年通情,好比夫妻一样。听见门上有人声音,连忙走出来,开门二人相见,讲张一夜。钱虱笆顿时想着:"不好了,酒醉误事,昨日有个徐官人在关王庙里,我交待俚到吾屋里去等候。"一看太阳三丈高,急忙动身,出门回家。再说徐公子与翠娥一夜闲谈,等他酒鬼。

惠来此时叫钱姐,你家爹爹实在怪。

为啥叫吾到你府,如今再不转回家。

不说二人来谈讲,虱笆一看心明白。

小姐连忙爹爹叫,爹爹为啥不回家。

昨日徐家大爷来,为啥叫俚要往家。

惠来立起身来说道:"乳伯来了。乳伯请坐,小生多多得罪了。"虱笆说:"不必客气,我么五十三岁哉,生一女,名叫翠娥,今年十七岁尚未出帖。我将小姐界你做家室。"徐公子说:"多谢乳伯见爱,但是小生功名未就,身无分文,恐怕耽误了小姐的终身。"虱笃说:"女儿拿只金凤畀与公子罢。"小姐答应,一想:"奴奴昨夜早已送他。"虱笃说:"女儿与公子听好,这只描金凤凰,可以作伐为媒。快快早膳搬出来罢。吃好早饭,我有话交代。"

虱笃当时说一声,女婿过来听原因。

快须回家书来读,不可浪荡轧下等。

公子低头听他说,辞别钱家父女身。

虱笃一想,徐公子谅必缺少铜钱,便使唤女儿出来,说道:"做爷个昄畀铜钱,你可有银子赠点公子。"小姐听了,连忙拿出银子三十贯,畀与徐公子。虱笃说:"阿翠,你倒好的,昨日做爷问你拿个一百铜钱吃吃酒,回头昄畀,今朝倒有哉。爷想想,真是看穿。"公子一听,暗自好笑,拜谢出门,一路回家,说与陈荣晓得。

勿宣公子转家门,卷中另表一个人。

古市巷里典当里,姓汪名仙有名声。

祖居徽州省里人,想要讨个二夫人。

那日经过三多桥,看见阿翠貌超群。

认得虱笃女儿身,不知嫁女肯勿肯。

回到典当心里想,恰巧虱笃街上行。

手里笃片拿两块,咭咯咭咯向前行。

汪仙看见钱虱笃,连忙喊进典当门。

二人走到书房内,闲谈讲说坐安身。

虱笃说:"汪先生,唤吾到来,阿有事体?还是占卜?"虱笃还想问问生意。汪先生说:"并非别事,只因我家无子,想要讨个妻房,未知你先生个令爱可曾出帖?"虱笃说:"啊是吾女儿么,未曾出帖个来。今年十七岁,信也无人问。不过,你这个高墙,我们高攀不起个。"汪先生说:"你只要肯出帖,不必客气呀!"

汪仙快乐笑盈盈,就此等酒吃点心。

虱笃当时生巧计,花言巧语拐酒吞。

直到日落西山下,一心要想转家门。

汪先要想留住夜,虱笃一定转家门。

汪先叫道:"丈人阿爸,再吃个一杯来去。"虱笃说:"女婿大官人,我个喉咙头要掉出来快哉。"汪先说:"岳父,那是当真个哉?"

虱笃交代汪先听,明朝端正就行聘。

择日娶亲完花烛,我身靠你大官人。

汪先一听多快乐,虱笃就此转家门。

到了家中才酒醒,一夜念头想端正。

汪先买办都停当,茶礼一百雪花银。

盘盒送到钱家去,小姐看见弄不明。

我身早配徐公子,爹爹为啥再配亲。

眼泪汪汪上楼去,嚎啕大哭苦伤心。

担盘之人回男宅,虱笃上楼劝儿身。

虱笃说:"阿翠不要哭,现在因为我昄畀办法。穷爷难为拿个一百两银子吃点酒。等到俚正月半来娶亲,做爷有个法子。女儿,放心,决不会搭个徽骆驼做亲个。快点去温一壶酒,让穷爷吃吃罢。"

小姐厨房就端正,虱笃慢步就动身。

父女二人夜饭吃，再说一个卖婆身。

日思夜想无事做，关关大门要动身。

一心要到三多桥，去望瓦笤老情人。

不多一时到钱家，立停身体就碰门。

瓦笤就此开门看，开口叫声有情人。

为何能晚来到此，快快到里讲分明。

许四姐走进内边，身体立停。瓦笤说："恩人呀，我有一桩事体与你商量商量。就是你个阿翠，从前配与徐惠来，描金凤为聘。现在典当里个汪先也想要阿翠做个两头大，今朝送盘，正月半要来讨个。我这几日正好吃醉仔个老酒，一时之间答应他，叫我怎样弄法？搭你来商量商量罢。"

瓦笤心中巧计生，端正酒席请乡邻。

喊了一班光棍汉，迎接家中饮杯巡。

兴隆典当汪先贼，要讨阿翠女儿身。

我说配仔徐惠来，三岁早配小官人。

一夫一妇从古有，一女哪配两夫君。

"我说：'汪先，要俚个阿翠成亲，叫我恕难从命。'俚说：'不要紧个，还仔徐家个茶礼罢。倘然再不肯，横势我银子多拉里，再界个二三百两银子，叫他另配亲吧。'昨日汪先硬把盘盒送来，说道正月十五要来娶亲，叫我哪亨弄法？我想着一个计策拉里，待等正月半来讨亲，叫俚许四姐假扮新人，让俚讨仔去。只说俚强抢孤孀，众弟兄打到姓汪屋里去，我们到县内去叫喊。小弟兄，大家帮帮我。"众人尽说："好极，好极。"

弟兄合口侪答应，一起吃罢转家门。

约定正月十五夜，大家竭力拼性命。

光阴迅速容易过，残冬过了又新春。

再说汪先人一个，端正办事要做亲。

唤了乐工并使女，伴娘花轿娶新人。

厅堂挂灯都结彩，厨房办酒闹盈盈。

吩咐一个刘朝奉，快些领轿做媒人。

端正吹打就发轿，一路来到钱家门。

瓦笤装得泪珠抛，四姐打扮做新人。

红衣方巾身上着，唔哩唔哩哭不停。

瓦笤当时送上轿，轿夫抬轿快如云。

讨了新人归男宅，再说瓦笤喊众人。

瓦笤同了一班光棍，打到典当里。歇子一歇，再去县里反告姓汪强抢孤孀。

勿说众人路上奔，再说汪先新官人。

等在里向心快乐，上下件件新衣巾。

家人通报汪先生，外面众人打进门。

高椅台子侪打坏，好比强盗一样能。

轿里新人亲听见，红衣方巾脱干净。

顿时出轿嚎啕哭，扯牢汪先拼性命。

打得汪先就逃走，众人打罢转家门。

独有四姐勿肯转，等拉店里勿消停。

嚎啕大哭呒停歇,哭天哭地喊救命。

不说汪先无可难,再说乱笃把状伸。

就到苏州县里去,顿时上前喊救命。

知县身坐大堂,乱笃就说"大老爷申冤",将状子呈上,说道:"启禀大人。"

乱笃说给知县晓,祖居住拉三多轿。

家室昔年早坏落,小人就叫钱乱笃。

所生一女叫翠娥,三岁定亲到今朝。

女婿名叫徐惠来,媒人妻弟是姓包。

联姻到今十四年,金凤定亲人人晓。

开典当个汪朝奉,见我女儿生得好。

俚内想讨做小妾,请我到家酒水浇。

问我女儿年几岁,将我灌醉问根苗。

"我说:'配仔徐惠来个哉。'俚说:'还子徐家个茶礼罢。倘然不肯,横势我银子多拉里,再界个三四百两。'我说:'勿局个。'他一厢情愿,端正送盘,拣定正月半成亲,吓得我女儿逃走,单剩表妹四姐被他抢去。恳求大老爷申冤。徽州人真正强横啊!"

知县听了一桩情,就拨朱签要捉人。

先捉公子徐惠来,次捉典当汪先身。

又提孤孀许四姐,再捉假媒姓刘人。

不多一刻齐捉到,苏州知县就开问。

知县问:"汪先,你为啥将孤女许氏抢到家中,不知理法,从实招来!"汪先说:"老爷在上,这桩事体,钱乱笃捏造。他串通许氏,将她假装新人搪塞,并非是小人强抢。况且小人行过聘礼,我是明媒正娶。"乱笃说:"既然明媒正娶,可有我女儿庚帖?"汪先回答:"老爷,庚帖是无。不过,乱笃许我个。"知县拍案:"不有帖头,不能做凭证。"就问惠来:"你可有庚帖?""小人是有个。"就此拿出。"请大人明察。"知县说:"汪先,你好大胆!"

县官大怒骂媒人,强逼成亲罪不轻。

再问许氏真与假,老爷在上听原因。

奴家祖居养育巷,汪先日日到我门。

花言巧语调戏吾,逼奴家中无法登。

现今住在三多桥,表兄家里住安身。

却遇汪先娶亲到,不见新人抢我身。

伏乞老爷来准法,快些救奴小妇人。

县官吩咐徐惠来与许氏回家,交代两班拿汪先重打四十大板,木枷锁头,判决二年官司,待年满释放。县官退堂。汪先想道:"钱乱笃个人不好。前几日拿我勿少银子,吃我几化好酒。呒界铜钱用,对我眼泪出。如今我上他的当,被打得好痛呀!"那汪先托人想法,赎了罪名,回转家去,懊悔莫迟,下次决不空想啊!

汪先赎罪转家门,再说乱笃一个人。

到家心中多快乐,要与许氏结成亲。

办了香烛天和地,夫妻两人一条心。

惠来拜见继娘身,小姐也认母亲身。

家中摆起团圆酒,合家吃酒喜欢心。

席罢公子回家转,三人一起送出门。

路上行程来得快,面前已到凤凰村。

到家讲起汪先事,家人病瘥喜十分。

惠来在家经书读,卷中另说一桩情。

惠来有一个姑娘,在河南祥符县。姑父姓马名叫文龙,官封两江总督,加封到王位。府上多位夫人,因徐氏未曾生育,文龙后娶小妾是王氏,倒是生有一女,名字叫姣春,年纪十七岁,未曾出帖。徐氏想:"内侄徐惠来现在家穷苦楚,不如唤他前来。"唤家人马福:"办船一艘,快到苏州凤凰村迎接内侄来,速速动身,不可耽搁。"

马福听了太太身,摇船摇到凤凰村。

码头停船就上岸,一路问讯到徐门。

一到墙门说明白,河南姑娘请你身。

惠来听说心欢喜,难得姑娘好良心。

马福将太太之言禀告公子,请公子下船,立等回音。惠来吩咐陈荣到三多桥岳父家中说明:"我到河南探亲去也。"

陈荣通报到钱门,就对乩笃说原因。

告诉河南姑娘事,迎接少爷要动身。

我家东家差我来,特此通信说分明。

乩笃开口来交代,路上行程要小心。

到了河南就转来,不可常住他家门。

陈荣拜别回家转,就同公子忙动身。

家中什物都收拾,大门交代铁将军。

下船顺风来得快,晓行夜宿赶路程。

一径来到河南地,千岁吩咐众家人。

码头迎接徐公子,主仆二人上岸行。

开直正门来迎接,公子陈荣进墙门。

千岁接进厅堂上,施礼分宾用香茗。

千岁说:"贤侄,我家夫人时时挂念,常常牵记。先去见你姑娘,老夫厅上等候。"吩咐碧莲丫鬟,带领公子到寿茂宫见夫人。

丫鬟领路前头行,寿茂宫内到来临。

夫人问知侄子到,满面添花喜十分。

公子上前称万福,低头拜见姑娘身。

夫人挽起徐公子,二人坐停说原因。

叫声贤侄人一个,我有心事说你听。

王氏小妾生一女,乳名就叫马姣春。

今年青春十七岁,配你侄儿夫妻成。

因为特地来喊你,让我夫妻放宽心。

惠来听见心中想,辖桩事体难答应。

况且配好钱翠娥,婚姻大事要守信。

苏州小姐怪怨我,待吾推却勿答应。

徐惠来想着一个理由,说道:"姑娘呀,兄妹相称,不能成就夫妻。"辩种道理人人晓得,难为情个。

太太听见真惹气,倒说无中生道理。

想你娘家苦命男,烂泥老爷勿配金来贵。

徐氏太太回进房,公子急忙外头去。

姑父中堂来喊应,坐席吃酒讲诗句。

吃好夜饭到书房,二娘娘肚里不舒齐。

也有内侄王云显,交代马福到江西。

喊声二爷快快来,要到江西王家里。

马福听了二夫人,叫船就到王家里。

拜匣请帖送里边,云显一看笑嘻嘻。

下船一路门来出,到仔马府就见礼。

千岁惠来都看见,云显姑娘房里去。

回到厅堂坐停当,尝尝酒水好滋味。

不晓旁边人一个,偷看二人黑心起。

本当马家老书童,名叫寿荣坏东西。

老爷太太嘴里叫,寿荣常常拍马屁。

近来得宠螟蛉子,要想姣春色迷迷。

跟仔徐王两个人,吃好饭来着好衣。

文龙大人哪晓得,好比儿子心欢喜。

不说三人在书房,惠来姑娘毛病起。

徐氏夫人自从自己内侄不遵婚姻,回房起病,伏药不灵,一命归阴。一家老小,大哭悲伤,买棺成殓。不料外面有圣旨金牌到来,马大人慌忙摆了香案,跪下接旨。召曰:马文龙速速来听旨。今因高丽国造反,杀进边关,无人抵敌,特召回总兵大元帅动身来京,点兵起程,快到边关,剿贼平番。若能得胜番人,得功回朝,重重有赏。马大人连忙谢了钦差,回京作别而去也。

钦差回旨进京城,大人离家要动身。

吩咐姓徐姓王人,来年带你进京城。

交代继儿寿荣晓,家中事体要当心。

万样事体要把细,内外事情照样行。

苏州江西两哥哥,同心和睦要真心。

寿荣假意称晓得,大人回进里房门。

但是王氏良心偏,老爷叫声二夫人。

皇上交吾到边关,现在进京要出门。

吾想女儿人一个,况且年轻未配亲。

庚帖不能放出去,要配惠来苏州人。

王氏夫人回言答,丈夫听奴说原因。

惠来下流奴不爱,奴看云显有出身。

女儿要配奴内侄,江西公子聪明人。

马大人说:"夫人呀,勿必多讲,待吾回来,再作道理。况且女儿年纪还轻。"旁边个寿荣听得明明白白,心中嫉妒,一想:"爹爹要把姣春妹妹配惠来,母亲要配云显,拿我丑在半边。"嘴里不说,心中一想:"待等爹爹出门之后,吾自有道理。只要弄得妹子到手,吾死也称心也。"

不说寿荣心思想,再说大人路上行。

全家大小齐相送,口称胜利转家乡。

千岁上马加鞭去,家将先锋前后行。

到京文武来迎接,一道圣旨到校场。

万岁命他马元帅,火速提兵去打仗。

元帅领旨边关去,威风凛凛动身行。

马大人队伍到了边关不提。再说家中寿荣,那是肆无忌惮,奸淫婢女,有如强盗一样。其日想:"若妹子终身,爹爹回家,必配徐、王二人。"想了半时,想出一条妙计,就起不良之心:"待我今朝夜里杀一个。让俚苏州、江西两个内侄,有去无回。妹子做我家小。"

勿说寿荣起黑心,再宣书房两个人。

胜如自己亲弟兄,谈谈说说无私心。

读书写字到半夜,云显就喊惠来困。

哥哥辰光已不早,头昏眼花早早困。

惠来吩咐带得来个陈荣家人,到外头前埭困觉。惠来同云显到中埭东厢房一铺安困。恰巧二人落觉好困,不晓得。寿荣一听,声音全无,手里带一把快刀,轻轻能个上纱窗一跳,走到近铺,掀开帐子,看准咽喉,用力"噗"一刀,分为两段。就拿一把快刀,放在铺上,身体缩到外边。可怜江西王云显死在河南省里,年纪只有十八岁,在姑娘家中绝命丧身。恶人寿荣存心谋害,冤屈徐惠来公子。

寿荣恶毒良心丧,身体跳到外纱窗。

回来困觉心快乐,再说徐王在厢房。

金鸡报晓天明亮,红日太阳出东方。

惠来即便抽身起,不敢惊动江西王。

轻轻走到衣架边,梳头洗面着衣裳。

开出外房门两扇,家人点心台上放。

惠来即便喊云显,为啥此时不起床。

连喊几声不答应,惠来吓得心中慌。

撩开帐子看一看,但见血水满床放。

掀开被头看一看,骷髅头也不勒浪。

顿时逃到外头来,惠来吓得心里荡。

外头闲人过来看,二娘眼泪落胸膛。

家人报畀寿荣晓,江西大爷性命伤。

寿荣假装着急,喊了继娘走到床前,一看云显,哭声不绝。寿荣一搠惠来,说道:"你个苏州人,好大胆,啥个念头杀忒江西王大爷?看你性命也难保全。"王氏二娘咬牙切齿,顿时大骂:"畜生呀,杀奴内侄。"交代寿荣快到县里叫喊申冤罢。寿荣答应,飞奔到祥符县报告。县官听明后,马大人屋里出人命案件,就传六房书吏、衙役三班、仵作洪魁良、地保乡邻,直到马府相验踏勘。寿荣摸出庄票二千两送畀县官,吩咐重办,禁止亲友探监望人。

县官坐到马家厅,吩咐地保杨忠身。

跟仔仵作来踏勘,厢房纱窗有脚印。

纱窗搭钮都撬坏,外头走进杀了人。

寿荣旁边心发抖,地方仵作心中明。

此人不是惠来杀,冤枉苏州姓徐人。

寿荣一听不好,拿五百银子送畀地方、仵作二人,交代不可在老爷面前说穿有外房间个人来杀,要说同房人杀个。寿荣再拿泥迹揩去。

一看死尸苦伤心,咽喉一刀伤性命。

满房搜寻刀一把,呈上县官做证据。

祥符县官心大怒,书房里向捉凶身。

吩咐家人链条锁,牵仔惠来到官厅。

公子有口无说处,此时急坏老家人。

跟仔公子哀哀哭,跪在厅堂禀冤情。

知县问徐惠来为何杀死王云显,从实招来,免受刑罚。公子说:"青天老爷!小人与王云显胜如同胞一样,并无冤仇,实在冤枉。"寿荣说:"公祖!因为妹子婚姻一事。爹爹要配惠来,王云显可怜,王氏母亲要配云显。谅他妒忌行凶,要求准办哪!"

祥符知县回衙门,吩咐两班带犯人。

链条锁住徐公子,家人啼哭后头跟。

大人到衙就坐堂,带上惠来就审问。

衙役两班分左右,榔头夹棍怕煞人。

祥符县身坐大堂,喝道:"徐惠来,快将妒忌婚姻,杀人行凶,一一招来。如若不招,大刑伺候。"公子跪下叫道:"老爷听禀,小生已有家室,何来妒忌婚姻?这王云显不知何人杀死,伏愿青天超豁,追究凶身治罪。"知县拍案骂道:"好大胆的囚徒,不用大刑,哪肯招认?左右与吾夹起来哪!"

祥符县官怒生嗔,吩咐两班上夹棍。

双脚伸进三根木,重收三把紧麻绳。

公子夹昏大堂上,烟熏鼻孔转还魂。

大喊青天情愿招,求你老爷勿用刑。

因为妹子婚姻事,姑父情愿配小生。

便把云显来谋杀,独占小妹做妇人。

伏乞大人要超豁,小人句句是真情。

祥符知县心大怒,便唤禁子到公厅。

连忙走到大堂上,带去收进监牢门。

县官退堂到里边,立办文书到京城。

诸般闲文勿必说,再说惠来到监门。

呒畀铜钱加刑罚,哀哀痛哭真伤心。

一更里公子想双亲,爹娘双双命归阴,实苦辛。幸亏陈荣老家人,日日在街坊小本生意寻。赚仔铜钱转家门,主仆双双过光阴。我的爹娘呀!求苍天保我出监门,阿弥里陀佛。

二更里公子哭嚎啕,想着恩人钱虱笤,良心好。家住苏州三多桥,我去借铜钱,冻死关王庙。多谢救我命一条,女儿送我做家小。我的恩人呀!搿种人天下少少交,阿弥里陀佛。

三更里公子想自身,脚镣手铐搊嘴棍,无哪能。叫我今夜哪能困,身上摸摸痛,再加壁虫叮。要哪能来无哪能,打得奴奴满身清。我的老天呀!保佑我出监转家门,阿弥里陀佛。

四更里公子想姑娘,不见奴内任常思想,我心伤。喊吾到河南屋里向,姑爹进京去打仗。未晓几时转家乡,要见侄儿一命亡。我的姑娘呀!文书转骷髅要搬场,阿弥里陀佛。

五更里公子想家人,陈荣家人好良心,不知因。巴我做官人上人,我在监牢里,他在外边等。苦凄无人通个信,我条生命早晚见阎君。我的家人呀!奴条性命不能转家门,阿弥里陀佛。

不宣公子牢中等,再说陈荣老家人。

嚎啕大哭肝肠断,痴心妄想救主人。

一路啼哭到监门,哀怜公子喊救应。

看见公子就跪下,哭得天昏地不明。

老家人说:"公子,老奴倒有一个计策。待我到边关去告诉你姑爹晓得。如今马王爷权柄甚大,可以救你出监。"公子说:"陈荣呀,你今年老之人,路程跋涉千山万水,怎能到边关去啊?""公子呀,老奴筋强力壮,你要保重自己身体,我就此拜别,就要去也。"

陈荣拜别出监门,要到边关见大人。

晓行夜宿多吃苦,登山跋涉好伤心。

不说陈荣路上事,再说虿笤钱子敬。

其日本府衙门过,听见此事吓落魂。

闻知女婿徐惠来,何人陷害在监门。

不知何时将人杀,心中疑惑十来分。

回家说与妻女晓,翠娥听了泪纷纷。

思想丈夫徐公子,温柔斯文读书人。

莫非别人来陷害,叫我如何怎样能。

朝夜啼哭无休息,虿笤上楼劝佳人。

虿笤说:"阿翠,你这样哭法,人侪要哭杀个来。待我做爷个到河南去探望辑访,未知可有此事。你且放心么哉。"说罢下楼,心中愁闷,直往后园散步解闷而去也。

虿笤说罢下楼行,要到后园去白相。

但见天上毫光见,白光一道往下行。

虿笤思想真稀奇,谅必此地有财银。

就拿锄头来垒下,虿笤看见喜洋洋。

金子白银无其数,兵书宝贝在里向。

喊了妻房并女儿,夫妻三人大商量。

虿笤拿金银掘起来园好,说道:"那么局个哉!老古说:'天大官司,地大银子。'待我做爷带个两三鬏银子去,就好调补女婿出监个哉。婿笤母女在家,勿要挂念。"即日动身,出门而去。

虿笤肚里喜心欢,走到码头就叫船。

辞别妻房并女儿,一心要想到河南。

兵书宝剑随身带,连忙解缆就开船。

顺风到了河南城,问信来到祥符县。

果然女婿监中坐,要想进监看一看。

虿笤问讯,来到监门口:"禁子在哪里?快些开门,我名钱虿笤,探望女婿徐惠来。"禁子说:"监牢重地,老爷交代,闲人莫入。"虿笤说:"啊要勿色头,不许探望。待我到京城里去,与六部朝官商量商量,调补女婿出监。横竖银子多拉里。"回身下船。

虿笤气昏下船行,要到京中走一巡。

开船一路无耽搁,顺风行船快如云。

不多几日皇城到,停船上岸街上行。

恰遇世界大荒年,二年无雨大吃惊。

君臣也要求甘雨,并无一点落下临。

皇榜各路都挂到,求得雨来职勿轻。

虬髯看榜一想:"我有兵书宝剑,况且兵书浪向写明求雨与祈晴的法子,如今还不曾试验过歇,待我揭仔皇榜求求雨看,到底啊灵不灵。如若不灵,性命难保;倘然灵仔,那我虬髯有好日脚过哉。且待我放大仔个胆,速拿皇榜揭下啊!"

虬髯就拿皇榜揭,看榜官员哈哈笑。

擅揭皇榜该何罪,上前一把就扯牢。

就将捉到顺天府,大人就来问根苗。

家住啥州并啥县,戏弄君王登天牢。

好好挂还回家去,吞天大胆要吃刀。

虬髯启口回言答,大人在上听我告。

我身名叫钱子敬,虬髯行业人人晓。

赫赫有名称半仙,家住姑苏三多桥。

呼风唤雨样样会,求雨祈晴本事高。

故而特地皇榜揭,伏乞大人奏当朝。

顺天府姓白名叫如泉听了这一番言语,半疑半信,就即奏明万岁。皇帝准奏,发出上谕,限他明朝祈祷风雨,午时三刻定要落雨;倘然不落,定要杀头。白如泉就急忙回转衙门,说界钱虬髯晓得。到了明天,钱虬髯思想无奈,不知啊灵不灵,只好硬了头皮,登上风云台。

虬髯当时心里慌,大小官员到厅堂。

要请法师求甘雨,风云台上换衣裳。

思想无法只好去,兵书宝剑袖中藏。

走到风云台一座,焚香点烛拜上苍。

画符插诀真言咒,钟鼓敲得响叮当。

虬髯抬起头来望,一个太阳出东方。

四方并无云一些,想想今朝大上当。

老天爷,你天勿阴来做啥天,啊晓得,奴条性命就在眼前面。

灵牌兵得喧天响,哀哀痛哭断肝肠。

看看将近午时到,并无一点落雨腔。

佛天啊,要你争气气勿争,奴要落雨出太阳。

为啥兵书不灵感,虬髯肚里苦心伤。

脚跳拍手无法想,必定今朝见无常。

再做法事钟鼓敲,口喷钵水踏天罡。

要求佛天来保佑,金炉里面把香装。

巳时将要到末刻,眼泪如线落胸膛。

嘴里喊得喉咙哑,登在台上拜四方。

引得众人哈哈笑,这个求雨不内行。

天开眼来还勿碍,马上就有救星来。

玉皇大帝一看下方钱子敬有高官极品之命,目下有难,天子限他午时三刻下雨,故派遣雷公电母、雨师风伯、豀显娘娘去下界降雨。时间刚交午时初刻,突然大风卷地,乌云密布,一到午时三刻,大雨落得倒将下来。虱笃哈哈大笑:"勿客气,本事啊好不好?倘然早一刻勿算稀奇,晚一刻勿算本事,时辰不早不晚,齐巧午时三刻。"人人佩服,皆称仙人。

虱笃此时喜欢心,摇头摆尾不斯文。

落停大雨看一看,三尺三寸有余零。

雨停云开太阳出,相请下台进朝门。

虱笃跟了顺天府,来到金阶奏明君。

二十四拜称万岁,皇上见奏喜欢心。

世祖皇帝忙开金口:"钱子敬求雨有十分功劳,敕封护国军师之职,起造衙门,在京差使。"拜别谢恩,退出朝门,威风凛凛,大小官员奉承。虱笃在京不能回家,顿时想着女婿,说道:"完了,待我明日奏明皇上。"

勿说虱笃在京城,再提祥符知县身。

其日刑部文书转,了结河南一案情。

吩咐衙役犯人绑,公子当时吓落魂。

午时三刻行刑典,卷中再表救星人。

自小生来胆气大,身长三尺燕子能。

独占二龙山一座,结义惠来弟兄称。

"俺姓董名叫武昌是也!祖居山东,抢劫为活。昔年,母子二人路遇苏州阊门外凤凰村。不料我母亲起病,一命归阴,无钱买棺材,少有丧费。幸亏徐惠来恩大哥相赠周济,入殓母亲,此恩尚未报答。现在晓得惠来大哥在河南犯了冤屈人命官司,关在监牢里向,判决死罪。我日日差人,打听京中文书可曾出京。昨日听见大哥明日必要杀头,待我发令,传集各山兄弟,带了凶器,喊了心腹人等,到河南劫法场去者。"

一个好汉董武昌,二龙山上名声响。

晓得苏州徐大哥,冤枉官司无人张。

各山弟兄都晓得,骑马下山带家生。

头排冲锋飞天豹,就叫雷俊使根枪。

二排冲锋跨江龙,大刀药箭身体长。

弟三诨名爬山虎,邓蛟矮人猢狲样。

北边来了纵海车,就是蒋通带双枪。

董家弟兄赛金刚,山西有名董武昌。

大旗飘飘人马多,冲进河南城里向。

勿说众位好汉到,再说祥符一官长。

祥符县官坐堂,传齐当差,交代拿红笔批了斩条,一应端正,吩咐把徐惠来扛到法场,等候午时三刻,须要杀头。就此端正轿马,监斩官同一班官兵差役同去法场。周围一带,都来看杀人。再提二龙山上几百条好汉看见扛过的犯人真正是苏州徐大哥,一起举刀杀上前去,叫声:"徐大哥!兄弟在此,不必惊吓。"麻绳割断,抢了惠来,顺手把刽子手戳了一刀。祥符县官吓得魂不附体,连忙逃进衙门。董武昌吩咐众位弟兄快些杀出城去,回上二龙山,办酒封赏。

个个英雄本事好,各带家生路上跑。

劫走苏州徐公子,人人吓得一团糟。

武昌背了徐公子，勿管高低向前跑。

雷俊邓蛟杀条路，蒋通马队冲锋到。

再有一位叫刘达，准备轿子城墙梢。

惠来出城轿中座，不多几日山上到。

归好家生换衣服，摆酒赏功细谈论。

祥符县逃到衙门里，立刻调兵，各路开发追寻，并无踪迹。县官只能进京通报皇帝，定要到二龙山交战。再钱乭笃求着了雨，皇帝实在要重用他。钱乭笃在五更三点奏明天子，说明女婿冤枉之事，祥符县贪赃得贿，将徐惠来屈打招认，判决死罪。万岁差一个清官到河南去查访就可明白。皇帝准奏，召到顺天府进京上殿，交代白如泉同钱军师一同出京而去。

再说钦差白大人，奉旨察访出京城。

一经来到河南地，青衣小帽上岸行。

访了几日无信息，心中伤愁十来分。

走到一座城隍庙，只好向上问神明。

将身走进庙门内，但见拜坦一个人。

手捧签筒来求告，大人背后听分明。

且说有个人，在佛前祷告："小人姓杨名忠，年纪五十七岁，四月十四日丑时出生。在县里当地保，因为祥符县里四十七都五十二图马千岁府上一桩人命案件，徐惠来杀王云显实在冤枉。我在纱窗上验出脚印，我说外头人来行刺，并勿是惠来杀个。马寿荣心虚，送我银子五百两，当时瞒过，就拿惠来抵命。我到屋里喊界我娘娘晓得，我家娘娘埋怨我，叫我贪赃男人。我个娘子交代我，救徐惠来出监。我不听家小，不料娘子寻了死路，实在懊悔。马寿荣个贼，我上俚个当。现在听见钦差奉旨察访，我要告他一状，故而求签拜神，啊能够相逢白大人，请佛指示呀！"

杨忠求签立起身，看看背后一个人。

心里吓得嗖嗖抖，默默无言走出门。

大人即便开言说，不必惊慌这样能。

我身非是别一个，代天巡狩我当身。

要访此案无访处，今朝凑巧遇你身。

你今听我来吩咐，快需出头把冤伸。

如若不告问你罪，贪赃陷害姓徐人。

杨忠一口来答应，大人叮嘱出庙门。

钦差回到衙门去，地方一路转回程。

大人吩咐左右："今朝要到千岁府上。"传集各班，摆道坐轿出衙，不多一刻，马府就到。寿荣晓得钦差到来，并不迎接。白大人说："寿荣，你干爷在边关平番，你在家肆无忌惮，好不像样。"吩咐左右拿寿荣锁牢，带到衙门，审问明白。

钦差顿时板面孔，坐轿出门转衙中。

到衙闪出人一个，抱赃出首是杨忠。

大人带进老地方，坐堂审问马寿荣。

二人跪在大堂上，上方宝剑供当中。

白大人便对杨忠说："相验个辰光，你拿辩桩事体细说来。"杨忠拿马寿荣心虚，银子买平，交代俚勿要说窗槛上有脚印，叫俚瞒过，尽说明白。大人一听，碰碰案桌，说道："寿荣！你为啥杀武王云显，陷害徐惠来? 从实招来, 免受刑罚。"寿荣说: "惠来杀人是真个杀头, 之后来了一班强盗, 急抢而去。哪说我寿荣行凶, 地方之言不可听信。"地方回言: "不信么哉, 五百两银票你畀我, 交我瞒过, 待我拿出银子来啊。"白大人大怒, 吩咐两班拿寿荣重打五十大板, 交地保回家拿银子, 带去超度妻房。杨忠拜谢而去也。

　　衙役三班虎狼形, 重打大板痛伤心。
　　寿荣仍旧勿肯招, 大人吩咐再加刑。
　　换了夹棍绳收紧, 寿荣死去再还魂。
　　大喊青天愿招罪, 快些招来免受刑。
　　若说惠来王云显, 胜如同胞嫡亲生。
　　因为姣春妹子事, 忌妒婚姻一桩情。
　　爹爹要配徐公子, 母亲要配姓王人。
　　也想妹子成亲事, 故而屈害二个人。
　　杀一个来害一个, 神勿知来鬼勿闻。
　　伏乞大人来超豁, 小人句句是真情。

　　大人吩咐拿寿荣捆绑起来, 差人报给祥符知县, 捉到交令。祥符县官跪下, 大人骂道: "枉做知县, 礼法不明, 诈害良民, 糊涂贪赃, 犯罪不轻。"就拿祥符县官和马寿荣绑出衙门杀头。一边大人进京复旨, 并无耽搁。顺天府衙门调排好, 到了五更三点, 面奏皇帝, 拿河南案件, 奏明细说一遍。世祖皇帝一听大喜, 加封白如泉东阁大学士, 忙出赦书一道, 敕赦苏州徐惠来无罪, 来京受职, 考选殿试。另派别人到祥符县去。

　　一道赦书出京城, 再提惠来苏州人。
　　二龙山光阴真好过, 英雄弟兄再谈论。
　　晓得万岁赦书出, 单赦我身一个人。
　　两国军师钱虬笤, 是我岳父老丈人。
　　辞别山中英雄汉, 一路下山进京城。
　　董武昌赠银五百两, 公子拜谢上路行。
　　晓行夜宿来得快, 勿多几日皇城到。
　　到京岳婿来相会, 拜谢东阁白大人。
　　三人京殿同见驾, 皇上细看惠来身。
　　面貌端正非凡相, 未知才学怎样能。
　　万岁出题做文章, 公子执笔一挥成。
　　钦赐惠来第一甲, 状元得中第一人。
　　岳婿在京多快乐, 游街三日看皇城。
　　状元想起山上事, 待我上朝奏明君。

　　"臣启奏: 吾皇万岁, 因二龙山上弟兄抱义相救, 此恩尚未报答, 愿我皇宽恕回家, 欲转江苏, 到家祭祖祀宗。"万岁准奏, 奉旨还乡。再传圣旨一道, 惠来一看, 皇上写明白二龙山上英雄名单, 各个封赠官衔。

　　敕封五个弟兄身, 镇守边关做将军。
　　翁婿二人恩来谢, 退步出朝下船行。
　　大小官员来相送, 逢州府县送出城。
　　船到苏州码头存, 状元军师上岸行。
　　全副执事双开道, 哪个官员不奉承。
　　二人来到三多桥, 起造衙门样样新。

　　许氏翠娥多欢喜,难得今朝富贵称。

　　到家岳婿来出轿,宾主坐定饮杯巡。

　　状元筵罢回家宅,一程来到凤凰村。

　　在家祭祖不必说,再宣陈荣在路程。

　　路上弯曲多辛苦,前面边关到来临。

　　徐惠来个老家人一路问到边关,晓得马千岁失计,被番邦人捉住。千岁不肯投降,就拿千岁首级杀落,送到中原。陈荣一听这个信息,就此回转,一路啼啼哭哭。

　　好位义气老人家,想到边关救主人。

　　闻得千岁死番邦,哀哀痛哭转回程。

　　身边盘费侪用完,只得求乞过光阴。

　　一路来到河南城,一切事体尽知闻。

　　再说公子中状元,不分日夜到苏城。

　　来到凤凰村庄上,状元晓得出来迎。

　　亲身接到厅堂上,叩头拜谢老家人。

　　徐状元接进老家人。陈荣拿千岁之事说明,状元顿时双抛眼泪。不多一刻,门上报道军师到来,统统出门迎接见礼,茶酒停当。钱大人说道:"贤婿功成名就,我家女儿可好完姻?"惠来说:"待我奏明万岁,奉旨拜堂。典当里汪先吃亏之事,也要报答。"当时军师回头出门而去,到京奏本。

　　军师作别就行程,晓行夜宿不留停。

　　路上行程来得快,不觉已到帝皇城。

　　来到京中就跪下,独奏江苏一桩情。

　　世祖准奏忙传旨,提拔汪先去上任。

　　状元奉旨完花烛,谢恩退出午朝门。

　　光阴如箭容易过,面前已到苏州城。

　　太子码头来上岸,将言说给朝奉听。

　　赐个官职汪先做,钦赐山西知府尊。

　　汪先快乐称多谢,也算虱笤有良心。

　　状元拣日亲来做,迎娶钱家小姐身。

　　厅堂挂灯又结彩,全副鸾驾娶新人。

　　乐工花轿真气概,伴娘使女几十名。

　　军师在家妆奁办,翠娥打扮做新人。

　　到厅参拜天和地,红绿牵巾进房门。

　　三朝做戏来办酒,亲临贺喜饮杯巡。

　　状元在家多快乐,再提河南一桩情。

　　再说马千岁个二夫人,就是江西王云显嫡姑娘,自从王云显死忒,后来常想:丈夫出门平番,直到如今,并无信息,心中不安。其日,营里来一个心腹人,特来通信,说穿大人身亡边关。马家大小,个个哀哀痛哭,就此服孝,召魂立座。王氏想想以后,一无结局,所生一女姣春,情愿配给徐惠来成亲,可靠终身。"待我老身到苏州面见徐状元啊!"

　　王氏端正就动身,叫船来到苏州城。

　　不觉走到徐府上,状元迎接到大厅。

二人坐下香茗用,王氏赔罪讲前情。
说起姣春婚姻事,状元一口就答应。
王氏拜别回身转,到家说与女儿听。
状元拣选黄道日,迎接表妹结成亲。
王家办事忙碌碌,相送小姐到苏城。
厨房立刻来办酒,亲临贺喜饮杯巡。
状元重新拜天地,一夫二妇过光阴。
钱氏夫人生二子,马氏夫人也有孕。
光阴迅速来得快,状元三子耀门庭。
长子顶立自家门,次子钱家作螟蛉。
三子继承马家里,弟兄三人立朝廷。
状元在家多行善,要修后世有好报。
奉劝眼前诸大众,善恶二字有分明。
不信但看马寿荣,一命呜呼见阎君。
奉劝大众行善好,阴功积德有好运。
做人不要做坏事,坏事总归无好日。
行了好事有好报,胜此南海把香烧。
卷中如有错误字,三炷长香补完成。

螟蛉宝卷

螟蛉宝卷始展开,诸佛菩萨坐莲台。
仰劳善友同声贺,增福增寿免消灾。
却说此段故事出在大明年间。有一段奇闻,内当中有一宰相,姓王名义,夫人赵氏,年近花甲,膝下无儿。原居江苏常熟县,那时已经告老还乡矣。
大明天子有道君,一统山河乐太平。
不宣朝中安乐事,再说王义太师身。
官居一品当朝相,赵氏一品正夫人。
纳妾偏房十七位,富贵双全过光阴。
年纪花甲六十岁,庆祝寿诞不须论。
膝下无子心苦切,告老还乡转家门。
祖居江苏常熟县,太平街上老乡绅。
百万家财称富贵,家中粮田有万亩。
典当开了十八爿,思想无儿白白能。
太师忽然心烦恼,想着无子苦伤心。
我今年老无所靠,老来哪个送终身。
不宣太师双流泪,赵氏夫人劝夫君。
却说,赵氏夫人相劝丈夫说道:"你且放心,虽则族中无嗣,可以过房一个,也好传宗接代。从前汉室时,三国中关夫子寄名一子,名叫关平,不离左右,侍奉父亲胜如亲生一般。"太师道:"夫人这是难得。犹恐寄名了不孝之儿,反受其累也。"

诚恐继名不贤孝,反受其累何日了。

一时之间看不出,尤恐嫖赌乐逍遥。

尤恐贪吃并懒做,尤恐忤逆不贤孝。

尤恐不把诗书读,尤恐去轧下流淘。

倘若逢着不贤儿,天大家私守不牢。

待我自己他乡去,访得贤儿接宗苗。

赵氏夫人说道:"相公,你到哪里去访得贤儿回来?"太师说道:"近者江苏省,远者浙江省。"夫人说道:"相公,你年纪高大了,我劝你不必远路而去,还是叫别人前去。""夫人叫别人前去,我不放心,待我自己去访问便好。夫人你不必挂念也。"

夫人听说泪纷纷,只怨自己不产生。

讨娶偏房十七位,并无一个养儿身。

若让相公他乡去,受尽风霜费尽心。

相公执意出外去,夫人思想苦十分。

王义说道:"夫人不要悲伤,待我前去访贤儿早早回来。"夫人道:"相公既然如此,妾身备得酒水一杯,相公喝了动身。"太师就取芭蕉扇一把,分为两把,半把付与夫人,说道:"半把藏在箱中,半把我自己带在身边。访着孩儿,就将半把扇子交付与他。将来有半把扇子之人回来见面,就是孩儿到了。夫人你切记在心。"夫人说道:"妾身切记,相公莫要挂念便是也。"

夫人吩咐摆酒席,太师夫人到厅前。

娇妻美妾十七位,摆筵设席分两边。

夫人连敬三杯酒,惟愿相公身康健。

早早访着贤孝儿,回家安逸过百年。

但愿出外身安乐,免得妾身心挂念。

太师取出芭蕉扇,半把放在身边存。

半把交待夫人手,有朝团圆喜欢天。

王义吃罢抽身起,更换衣襟到里边。

都说太师走到里边,换了一套破衣破帽,手执龙头拐杖,走到厅上,便问众位丫鬟,说道:"我像何等样人了?"丫鬟说:"啊呀,老爷!我们不敢说的。"太师说道:"恕你无罪,但说不妨。"丫鬟说道:"太师爷像个乞丐之人。"那十七位夫人心中苦切,个个流泪。太师说道:"各位夫人娘子,不必悲伤,但愿出外去访得孩儿,早早回家便了。"

太师辞别要行程,各位夫人泪纷纷。

太师即便开言说,莫与外人得知闻。

我今出外寻访事,不可泄漏外人闻。

夫人在家休挂念,一切家事要当心。

你们不必来相送,就此作别出园门。

不带安童来服侍,一人独自上路行。

出了西门关一座,一路官塘搭船行。

在路行程无耽搁,明日饭后到苏城。

停船上岸心思想,怎样前去访儿身。

装得像来扮得像,心中暗笑自评论。

却说王义太师到了苏州城内,一路思想,要一个机会便好。有了,就在地上拾了一根稻柴,挽一个结,往头上一插,作为草标,高声喊道:"列位官人们,可要买一个爷转去。"连街叫喊,几日几夜。"我只因年纪老了,无人养活。倘然有人买我转去,就是孝子也。"

太师一路街上行,嘴里叫喊不住停。

男男女女多多少,都来看这老年人。

看他不痴又不呆,三三两两话谈论。

如此年老不应该,讨人便宜做父亲。

却说太师来到苏州闾门,东大街上来往之人无数,都来看老人家,嘴上胡须雪雪白,说个闲话真奇怪,叫人买去当他爷。山东有个王老大,伸出拳头升笋大,便说"老头做什么",拨出拳头要开打。幸亏有人劝开:"这位老人年纪大,快些饶他罢也。"

太师看见吃惊呆,人山人海一齐来。

有个说他无养活,有的说他有钱财。

有个说他儿不孝,有的说他假痴呆。

不像贫穷低微相,看他面貌多气概。

看他家中有饭吃,决不肯将自己卖。

卖身反而要做爷,其实访子传后代。

却说众人议论纷纷,从前只有买男买女,从来没有听见老头子给人为爷,真正稀奇便了也。

不谈众人话谈论,太师再往前边行。

穿街过巷急急走,口中喊卖不住停。

喊了半日无人问,笑煞街坊多少人。

旁边闪出人一个,叫道公公听分明。

却说,内中闪出一人,上前说道:"老公公,你是年纪老了,生活做勿动,并非要吃粥饭。"太师道:"正是。""你要到万安桥贤孝村中,有一班痴呆子,或者要买,也未可知。"

太师相谢移步行,心中思想喜欢心。

行来已到万安桥,坐定身体等买人。

却说太师道:"各位官人,不要买爷让开点,待要买爷过来看。"众人说:"勿差个,前客让后客罢。"

众人挤得汗淋淋,大家都来看新闻。

长子样样都好看,矮子四面搭高墩。

桥上挤得多闹热,再宣一个出场人。

姓张名乾东君号,待诏生意过光阴。

青春贵庚廿三岁,娶妻同庚朱氏身。

妻房朱氏多贤惠,养儿文郎六岁春。

父母归了黄泉路,又无兄弟在家门。

张乾出城归家转,看到桥上闹盈盈。

却说张乾在城内做了生意回家,一路自言自语:"今朝生意赚了二百四十文。天色已晚,快些回去也。"

只见桥上闹盈盈,张乾上前看文明。

见一老人来坐下,口口声声喊卖人。

　　却说张乾道："我认道说是卖假药的,原来是一位老人家,头上插一根草标,大喊卖身与人为父。岂有买父亲之礼?"太师道："倘有孝心之人,亡故双亲,买回家去,就如丁兰雕木为娘一般。"张乾一想："这老人说得有理,待我买回家去,奉养便了。"

　　为人都有爹娘叫,我独两人真苦恼。

　　父母早归黄泉路,面长面短不知晓。

　　我存孝心无用处,想起之时泪双抛。

　　待我买回家中去,胜比丁兰刻木雕。

　　却说张乾道："老人家你要卖多少钱?"太师说道："要么四千文可也。官人你既然要买我,我也来问你一声。"

　　太师即便问原因,官人尊姓几岁春。

　　可曾娶妻在家里,做何生意过光阴。

　　官人买我回家去,妻房憎厌若何能。

　　你去回家说分明,选其吉日进你门。

　　却说张乾道："我妻房十分贤惠,决不憎厌的。"太师道："官人你当真的,应先付定钱过来。"张乾就在身边取出铜钱二百四十文,付与老人家,权做定头钱。太师道："今日十三,明日十四到,十五团圆日,进门便了。"张乾道："准其如此,定到十五,原在桥上伺候便了。"

　　太师客寓去安身,张乾作别转家门。

　　东君快活回家转,朱氏一见问原因。

　　为何如此能快活,就与奴奴说原因。

　　张乾即便回言答,方才看见一老人。

　　就是西天真活佛,朱氏听说喜欢心。

　　丈夫带奴去看看,见见活佛也甘心。

　　东君即便开言说,贤妻听我说原因。

　　要看活佛真容易,但要铜钱四千文。

　　大娘听说心欢喜,快些同我看分明。

　　却说张乾道："娘子,活佛哪里有得看见?我方才在万安桥边,看见桥上有一位老人家,坐在桥上,人千人万。我挤进去一看,这位老人道,要卖与人家为父亲的,真真好笑便了也。"

　　我知娘子一般能,父母早亡苦煞人。

　　欲想买他回家转,孝养堂前白发春。

　　当作父亲来看待,要学丁兰刻娘亲。

　　大娘听说心欢喜,眯花眼笑叫夫君。

　　你若买得父亲到,家中服侍我当心。

　　张乾听说心欢喜,便把贤妻叫一声。

　　今天十三明十四,后日十五接进门。

　　却说张乾道："娘子,你心与我一样,就去接父亲回来。"张乾取了铜钱,付与太师。太师接了钱,一想："待我试他一试。"便道："官人,我年纪老了。我与你说个明白,到你家中去了后,我无法做事也。"

　　我今年老无啥用,各样事体做勿动。

　　挽男领女都不会,现成吃来现成用。

　　一日三餐不可少,朝鱼夜肉送房中。

南腿风鱼熏鸡鸭,随时小酌我受用。

早晨参汤莲心粥,夜来炭茶香茗送。

陪我吃酒闲谈话,点起蜡烛大全通。

却说太师道:"官人回去将言说与大娘知道。倘若依允,你来回复,我同你回家。"张乾即便回家,将情说与娘子知晓。朱氏道:"情愿服侍公公,各色各样都依承。"张乾欢天喜地走到桥边道:"爹爹,你媳妇样样依从,快请爹爹回家。"太师想道:"果然一对孝心之人了。"立起身来,跟了张乾儿,一同回家去了也。

张乾搀了父亲行,匆匆来到自家门。

太师走进门两扇,大娘欢喜忙相迎。

忙搋交椅公公坐,夫妻两人拜大人。

爹爹公公称万福,文郎拜见祖父身。

大娘即便归房内,取出绸绫衣服新。

太师换了新衣服,相貌堂堂福气人。

却说张待诏一看,父亲相貌气概非凡,就欢天喜地写了名帖,邀请知亲好友前来。家中备酒,定仔名班做戏,好不热闹也。

诸亲百眷都请到,庆贺爹爹老年高。

名班做戏真闹热,加官出场戏锣敲。

点了全本忠孝戏,众人看得哈哈笑。

果然一对孝夫妇,亲友回家不须表。

却说亲友看戏,吃酒已毕,各自归家去了。张乾父亲安困,到了明日清早,夫妇两人先到父亲房中请安:"公公!""爹爹,昨夜安意吗?"太师道:"官人,大娘娘,我很好困,安意的。"朱氏说罢,连忙拿一碗桂圆汤,请公公吃罢。

太师接了桂圆汤,夫妻二人出香房。

大娘厨房去收拾,张乾提篮上街坊。

山珍海味都买到,时鲜果品七巧糖。

每日三餐多丰盛,羊羔美酒大蹄髈。

未到夜来先点火,银烛辉煌放毫光。

灯烛点起如白日,陪伴父亲讲笑话。

炭茶刻刻冲开水,半夜再用人参汤。

陪到父亲安睡后,夫妻事毕进香房。

日日照常勤服侍,太师此时心花放。

却说张乾日日忙忙碌碌,在街坊办物,拖鱼买肉。众位朋友道:"张大官人,为何如此忙?"张乾道:"不瞒众友说,皆因父亲在家,日日供养,照式照样,故此忙碌也。"

张乾说罢向前跑,鸡鸭鱼肉都买到。

蜜饯糖果茶食饼,齐齐一路回家早。

回家交代贤妻子,煎个煎来炒个炒。

烧好供养父亲吃,吃得太师喜心妙。

夫妻二人多孝顺,胜此丁兰刻木雕。

四季衣衫勤替换,不觉光阴半年到。

衣衫首饰都当尽,思想如何过昏朝。

　　搔头摸耳无摆布,夫妻思想泪珠抛。

　　却说张乾养了父亲,半年有余,朝鱼夜肉。古人云:"一日不多,日日许多。"持些浮财,用得干干净净,如何是好。朱氏道:"丈夫不必悲伤,不如将文郎小儿卖与人家,暂度光阴。过几日再作道理也。"

　　朱氏含泪叫夫君,且将文郎去卖身。

　　张乾凄惨文郎叫,小儿听叫喜欢心。

　　只说娘舅家中去,挽了文郎一同行。

　　一路走到汪家宅,眼泪汪汪走进门。

　　却说汪二爷看见张乾父子二人进来,便问道:"张大官人,多时不来。为何今日到此,有何贵干?"张乾将情形细细说了一遍,汪二爷早已知道,便道:"张大官人,莫非呒界钱用?待我借二十两银子与你家。"汪二爷道:"不敢当,何出此言?我将文郎养在你家中,还望好好看待。"张乾写了一张过房文书,付与汪二爷作别而去便了也。

　　张乾接银来作别,父子分离哭哀哀。

　　汪二解劝将言说,将你孩儿另看待。

　　你今不必伤心苦,快快回家将父待。

　　东君作别回家去,说与贤妻听明白。

　　朱氏听说心中苦,皆因爹爹无口开。

　　张乾即便街坊去,买办鱼肉共零碎。

　　却说张乾将文郎卖了二十两银子,仍旧羊羔美酒款待父亲。且说太师那日听得大娘暗暗哭声,心想:卖忒文郎孙儿来养我,于心何忍。待我来问他一声:"呀,媳妇!文郎孙儿哪里去了?这几日不来见我。"大娘含了眼泪说道:"公公,文郎小儿前日被娘舅领去看戏了。那时公公在房打瞌睡,恐怕惊醒公公,故而未曾回头公公。停了几日,就要领他回来的。"

　　大娘瞒过公公听,再提汪家文郎身。

　　文郎日日哀哀哭,汪爷见他也伤心。

　　送他学堂攻书读,托付先生训教文。

　　先生提名文龙叫,聪明伶俐小官人。

　　却说文郎送进学堂读书不提。再说太师想道:"我在此一年有余。他夫妇二人,常行孝心,世间少有。待我再要试他一试便了也。"

　　不说太师心中情,再宣张乾孝心人。

　　忙种莳秧多勤俭,日夜车水用苦辛。

　　时交秋令稻花放,将近日熟有收成。

　　父亲即便高声叫,张乾急忙问原因。

　　呼唤孩儿有何事,太师即便说分明。

　　快将青苗来砟下,不可耽搁莫留停。

　　张乾听说心胆碎,呆了半时不作声。

　　宁等稻熟应该砟,青苗砟下枉费心。

　　却说张乾听得父亲之言,心慌说道:"爹爹咳,此时稻花开放,苗而未成。不能摘下,望爹爹恕罪。"太师道:"我吩咐你。你不肯砍下,便是不孝也。"

　　张乾无法难违命,拿了镰刀田中行。

　　就将开花稻砍下,看看可惜泪纷纷。

眼泪汪汪多作孽,莫非张乾发痴心。

却说张乾道:"父亲之命,不敢违逆。"众人道:"父亲叫你吃屎,你啊去吃屎?这个老头子,死日到哉,啊要活命个哉?快点留仔一点罢。"

张乾所言不差分,众人之言是真情。

青苗砟完去回复,王义听说喜十分。

唯得如此都依我,自己亲生也不能。

孝心感动天和地,皇天不负孝心人。

却说司命灶君上奏天曹人间善恶。今有贤孝村,张乾夫妇同孝,依父亲之命,将开花稻苗砟下,不愿活命,一心行孝。玉皇闻奏大悦,赦令太白星君下界,将朝中军营马匹生起瘟病便了也。

太白星君下天门,就将马匹起瘟病。

太医院内不会看,君王出榜招医生。

却说太白君星变一道人,揭榜进朝,三呼万岁,启奏曰:"马生瘟病,要吃未秀青苗稻,方可救活。"万岁即出圣旨,有人献上宝草,愿出重价,加封爵禄,各省县传知。皇榜张贴,颂行天下也。

传此皇榜天下闻,各府各县尽知明。

要觅开花青苗稻,有了宝稻不非轻。

开花稻在七八月,时交冬来无处寻。

不宣各省纷纷话,且说苏州一桩情。

却说贤孝村上有一个地保名叫殷良,在县前看见皇榜要未秀青苗,献上者加官晋爵,决不虚言。殷良想道:"我图内张待诏砍下未秀青苗。此刻皇城要觅宝稻,急与张乾知晓。"同了张乾到县前通报便了。

殷良同了张待诏,吴县衙门忙通报。

吴县李爷厅堂坐,传进张乾问根苗。

为何青苗早砍下,为何砍下开花稻。

张乾细说情由事,启上老爷听根苗。

却说张乾道:"父亲吩咐,快把青苗砍下,小人不敢违逆父亲之命,所以把青苗砍下。"知县想道:"原来是一个孝子。"便赐交椅请坐。张乾坐下来,李爷道:"张官人,宝柴多少银子一担?"张乾道:"奉父亲之命,每担白银二百两。"李爷道:"本县要买十担。你回家速去解来,不得有误。"速兑白银二千两便了也。

张乾心中喜十分,回家说与父亲听。

太师暗暗心中想,果然孝感动天心。

忙把宝柴船装载,催船解县不须论。

同了殷良解县去,知县闻知出来迎。

送来青苗足十担,付出二千雪花银。

款待张乾一席酒,吃罢李爷送出厅。

却说张乾拿了银子回家交与父亲,合家大喜。太师想:"让我再来试他一试,看他如何。"便叫孩儿:"我长远没看名班好戏哉,未知孩儿肯否?"张乾道:"爹爹,你要看名班好戏,这也容易,待孩儿就去定来。准期三月初三日,爹爹寿筵做戏。"太师道:"各样都要依我。"张乾道:"孩儿从命就是也。"

太师见说哈哈笑,过了残冬春又交。

三月初三诞生日,名班做戏庆寿诞。

西边看台摆筵席,加官开场戏锣敲。

诸亲百眷来拜寿,人人庆贺老年高。

　　拜寿之人无其数,每人二百无大小。

　　请了厨师办酒席,此时太师喜心妙。

　　却说太师心中快乐不提。再说诸亲百眷人人欢喜,个个称赞,看看戏,吃吃酒,做戏团圆,各人回家,称赞不绝便了。

　　各位亲友回家转,张乾原来气量宽。

　　各班好戏方已毕,各人回家笑声欢。

　　浪费滥用笑一笑,二千银子侪用完。

　　时交夏季无钱用,夫妻思想乱漫漫。

　　左思右想无摆布,坐不定来立不安。

　　却说张乾卖了开花稻二千两银子用尽,无计可施。朱氏道:"丈夫快将我身变卖,孝养爹爹。"夫妻在房中商议,却被太师听见,便道:"你们卖身供养我,于心不忍,何不将我老人去卖了罢。呀!孩儿,我有一根龙头拐杖,快到阊门永春典当,当了银子,暂度几日。"张乾接了拐杖,匆匆而去便了也。

　　张乾奉了父亲命,接了拐杖一路行。

　　走进永春典当内,龙头拐杖当花银。

　　朝奉一看龙头拐,官人要当多少银。

　　张乾说道奉父亲,要当银两二百银。

　　朝奉答应忙开票,兑出银子交代明。

　　张乾接银回家转,说与父亲听知闻。

　　却说张乾回家,说与父亲知晓。再说知县李爷,送来斋匾一块,上写"大孝天知"四个大字,谢过家人而去。人人都称赞不提。张乾忙备山珍海味,款待父亲。不到一月,银子又用完了。太师晓得吃尽当光,又道:"官人,我有一顶毡帽,拿到娄门德兴典当去当了银子度日。"张乾接了毡帽而去便了也。

　　张乾奉了父亲命,接了毡帽到娄门。

　　来到平江德兴当,毡帽呈上当花银。

　　二柜朝奉不识货,不晓西洋宝贝珍。

　　头柜朝奉出来看,这顶毡帽无价珍。

　　此物出在西洋地,见火不焚更鲜明。

　　却说小伙计不相信,就将帽子放在火里烧,果然烧不坏,拿来一看,更加新鲜,真真西洋宝贝。就问官人要当多少银子。张乾道:"我奉父命,要当白银二百两。"朝奉应允,外洋毡帽一顶,当足文银二百两,货物存箱。张乾取了银票,即便回家交待父亲。连忙上街,买长买短,供养父亲。过了二月,银子又用光了,抓头摸耳,无可奈何。一定要去卖了妻子,供养父亲便了也。

　　张乾夫妻话谈论,要去卖身养父亲。

　　却被太师亲听见,卖身养我大孝人。

　　太师心中来思想,我身到此三年春。

　　夫妇同孝世间少,欲想回家过光景。

　　王义取出半把扇,便叫孩儿听分明。

　　将扇送到常熟去,中和典当当花银。

　　要当足银一千两,你去当了就回程。

　　倘然他们不肯当,即便高声骂他们。

　　反要当银二千两,骂他奴才势利人。

勿要怕他只管骂,有人周全你放心。

张乾心中来思想,父亲骗我为何因。

半把破扇怎能想,怎样好当一千银。

却说太师道:"孩儿你放心前去,他不肯当,你只管大骂,总有人来周全你的。"张乾只得依了父亲,辞别出门,竟往常熟去便了。

张乾出门一路行,乘了航船便行程。

一路行程心疑惑,来朝到了常熟城。

张乾走进典当去,半把扇子手中存。

将扇放在柜台上,张乾开口叫先生。

却说朝奉看见半把破扇子说道:"你将破扇子放在柜上做啥?"张乾只得拼命说道:"我奉父亲之命,要当白银一千两。"朝奉冷笑道:"我看你清清白白小伙子,还是痴个,还是呆个?半把破扇子,分文不值。怎好当银子,你上别人个当,快些拿出去罢。"张乾听他不肯当,开口便骂:"你这个奴才,如此势利!我要当二千两银子,不当我就要高声大骂便了。"

管账先生叫陈祥,听见吵闹问端详。

柜台朝奉回言答,破扇硬当银千两。

回头不当他就骂,反要当银二千银。

陈祥大怒众人叫,把这光棍重重打。

却说张乾被他吊起,木柴乱打,打得鲜血淋淋,大哭悲伤。众人都来看稀奇事,半把破扇子,硬当银子,人天人地,吵闹喧哗。且说金桂丫鬟,恰巧出来。听见半把扇子要当银子,丫鬟报与夫人知晓。太太听得半把扇子之事,心中想道:"莫非孩儿到来?"

那日太师出门庭,半把扇子却为凭。

见了扇子已经到,莫非孩儿到门庭。

却说太太吩咐丫鬟:"就将当扇子人放下,扇子让我看看。"丫鬟急忙出外,便道:"快将当扇子人放下。"众人都是吃惊,就将张乾放下了。丫鬟拿了扇子呈上夫人一看,夫人忙唤丫鬟,箱子取出半把扇子。夫人将扇子一拼,果然不差,快将当扇之人请进来。张乾大哭,走到内厅,相见夫人。张乾细说便了也。

张乾哀告夫人听,我奉父命到来临。

姓张名乾东君号,家住苏州贤孝村。

妻房朱氏多贤惠,买了父亲在家门。

独子文郎方九岁,卖与汪家廿两银。

爹爹晓得无钱文,拿把扇子当千银。

却说张乾买了父亲已三年,只为家中贫苦。"父亲吩咐将龙头拐杖当二百两,以后又将毡帽当银二百两,尽行用完,故此将半把扇子叫我到此当银一千两,暂度几日。"夫人道:"你父亲今年几岁了?"张乾道:"我父亲六十三岁,姓王名义。"夫人道:"你就是我的儿呀!"

张乾听说心思想,犹如梦里一样能。

吩咐丫鬟房中去,开出箱子取衣襟。

张乾内室香汤浴,通身尽换好衣襟。

打扮官家公子样,穷人顿时上青云。

移步来到厅堂上,拜见母亲一大人。

十七位夫人多见礼,吩咐备酒待少君。

赵氏夫人都开言，唤了丫鬟去查清。

却说金桂丫鬟，忙到里边问道："方才哪个动手打的？"众人都说管账先生吩咐打的。金桂说与夫人知晓，夫人便唤陈祥进来，陈祥急忙进去，拜见夫人。夫人就将工钱算清，说道："你回家去罢，本该重办，看你年老饶你。"陈祥歇生意不提。再说夫人便唤家人与孩儿一同往苏州，迎接太师与少奶奶、文郎孙子回来。晓行夜宿，张乾到了家中，相见父亲，又与朱氏说明，好不欢喜。接了父亲，赎了文郎，辞别乡邻，一同下船，一路到常熟，乘轿来到家中。夫人迎接太师，合家见礼也。

太师回家心欢喜，合家都来忙请安。

厅堂摆起筵和席，满门欢喜庆团圆。

却说此时王家满门欢喜不提。再说当今天子圣旨一道，来到王家，王义急忙摆起香案迎接。开读诏曰："江苏吴县李熙贤，献进宝稻，救活御马有功，连升三级，荣封二品，为户部之职。张乾封五品官衔。钦哉！"大家谢恩"万岁，万岁，万万岁"便了。

圣旨发到常熟城，王府太师开正门。

恩赐张乾五品职，建造牌坊孝子称。

钦差辞别回京去，太师心中喜十分。

张乾改姓王东君，不愿为官去修行。

文郎会试身及第，得中进士翰林人。

为人总要行孝道，行孝之人动天心。

蜈蛉宝卷已完成，诸佛菩萨喜欢心。

奉劝大众行孝道，行孝之人福寿增。

卷中倘有错误字，三炷清香补完成。

女延寿宝卷

延寿宝卷初展开，诸佛菩萨降临来。

焚香供养诸贤圣，天降福寿免殃灾。

一句弥陀贺如来，能消八难与三灾。

在堂大众静心听，芙蓉宝卷宣出来。

且说明朝太宗皇帝年间，天下太平，八方宁静，四海清平，文清武正，百姓安乐，并无贼盗，日无拾遗，夜不关门。正所谓风调雨顺，国泰民安矣！

太宗皇帝坐龙廷，八方宁静绝世尘。

皇帝英明安天下，文官武将贺太平。

太平天子民安乐，国泰民安百姓宁。

路上金银无人拾，夜不关门无犬声。

渔樵耕读人人喜，物盛年丰乐太平。

瓦落朝中一席话，再宣善家一段因。

且说浙江省衢州府常山县城内，有一官员，姓卜名元，官居户部尚书之职。夫人陆氏，封为诰命。夫妻两人，同庚五十，只为无男无女，故此告老在家。一日，卜元对夫人说道："夫人，我们枉有万贯家财，金银满库，米烂成仓，只是无男无女。这些家私，要他何用？不如将金银，造庙建塔，装金塑佛，斋僧布施，救济穷人,广开义井,修桥铺路,念佛看经。倘若有子,也是好事;就是无子,修修来世,也是好生之德。"夫人说道:"相公,你说得有理。我与你一同修行便了。"

卜元夫妇同修行,无男无女实可怜。

为人无男不争气,国无良将莫兴兵。

老来无子真伤心,枉有南庄北库银。

安置良田千万亩,金银满库付别人。

石崇无子非为贵,范丹有子不为贫。

库内金银用不完,不如周济给穷人。

家中已定斋僧道,到期不误救穷人。

初一月半斋僧道,遇七逢三济穷人。

乞丐之人都来吃,夏天起造歇凉亭。

冬天还有姜汤送,逢五逢十济贫人。

若逢佛圣生诞日,家中念佛共看经。

家堂司命都晓得,城隍土地也知闻。

虚空神明来议事,住宅六神说原因。

议奏卜元行善事,又奏卜元无后人。

奏表写明无子息,广行善事救穷人。

起造佛楼并佛殿,修桥铺路挂红灯。

奉佛圣诞弥陀念,清香明烛共看经。

小臣不敢来隐瞒,特写表章奏天庭。

一道表章来呈上,值日公曹奏分明。

玉皇见表心欢喜,善哉连声称善人。

玉皇大帝拿表一看,上写:浙江衢州府,常山县卜元,只为无子,在家广行善事。玉皇依奏,即差文武判官,快快查他命内有无男女。判官就即查看簿上后,奏闻玉帝道:"卜元只生一女,应该八岁而亡。"

玉皇大帝传敕令,将簿一一细查看。

查看江南刘妈妈,亡归地府未托生。

此女送到他家去,刘妈愿做女佳人。

只为前生贪酒肉,因此仍投女人身。

若不吃了荤酒肉,持斋女子转男身。

男女判官来启奏,奏上玉皇大帝闻。

男女判官,奏上玉皇:"臣等细细查看簿上,只有江南苏州府吴江县内有一个刘妈,亡归地府三载,未曾托生。她生前也未曾斋僧布施,念佛看经。只为一日三餐,不断荤酒,为此不脱女身。更兼卜元无子,只生一女,应该八岁而亡。"玉皇大帝听奏,即差太白金星下界,快快将刘妈送到卜府投胎也。

金星领旨下天门,手托仙桃送卜门。

正是三更交半夜,金星送进内房门。

手托仙桃床前立,院君梦里看分明。

金星开口将言说,夫人听我说原因。

我有一只仙桃子,送与你今服下吞。

夫人梦里仙桃接,拿来一看喜欢心。

院君就将仙桃吃,一身香汗湿衣襟。
香甜滋味来惊觉,醒来说与夫君听。
将梦一一从头说,有一公公送桃人。
此梦不知凶和吉,要求佛力保家门。
若得神明来保佑,谢天谢地谢神明。
卜元听说心大悦,我家原有后代人。
祖宗暗里来保佑,卜氏后代有子孙。
卜元心里多欢乐,谢天谢地谢神明。
光阴迅速容易过,再宣夫人陆氏身。
朝夜焚香并点烛,欢欢喜喜过光阴。
日日持斋并戒杀,忽然有孕在其身。
话说十月怀胎,真真苦啊!
一月怀胎在娘身,不知是否有佳音。
养儿受尽千般苦,养女操碎万般心。
二月怀胎在娘身,茶不思来饭不吞。
只说为娘生了病,谁知娇儿上了身。
三月怀胎在娘身,口吐酸水食难进。
眼发黑来头发昏,身无力来手无劲。
四月怀胎在娘身,娘要为儿做衣巾。
针针线线精心做,不知是否合儿身。
五月怀胎在娘身,娇儿腹内长成人。
足在踢来身在动,脚脚踢在娘的心。
六月怀胎在娘身,手不巧来身不灵。
狠着命来把活做,汗流满面湿衣巾。
七月怀胎在娘身,走路睡觉不安宁。
走路怕扭儿的脚,睡觉又怕伤儿身。
八月怀胎在娘身,娇儿在腹要降生。
不管是儿还是女,只求娇儿平安生。
九月怀胎在娘身,心想娘家走一程。
既怕娇儿身受苦,又怕娇儿路上生。
十月怀胎在娘身,娘奔死来儿奔生。
娇儿平安落下地,为娘九死又一生。
再宣一年十二月,夫人陆氏孕临身。
正月梅花报早春,家家大小看红灯。
大家小户多快乐,人人个个赏新春。
二月春分气象新,孩童处处放风筝。
红娘处处挑野菜,夫人肚里好疑心。
三月清明天气好,家家祭扫上丘坟。
家家坟上飘白纸,少年寡妇哭伤心。

四月清和雨乍晴,南山当户更分明。

蚕老麦黄秧又长,夫人肚里想心情。

五月人饮菖蒲酒,龙舟胜会在河心。

陆氏夫人多忧闷,半忧半喜在于心。

六月荷花透水红,夏天暑热怕蚊虫。

三餐茶饭无心吃,思量何日满身松。

七月凤仙开满庭,鹊桥相会渡双星。

穿针乞巧七月七,陆氏怀胎七月临。

八月木樨香满林,金风拂拂雁未临。

孤雁高飞成双对,夫人日夜好忧心。

九月菊花开满园,苏东坡最喜菊花馨。

陆氏夫人生欢喜,巴望生个玉麒麟。

十月芙蓉应小春,夫人怀孕要临盆。

孩童腹内团团转,要寻门路产出身。

却说陆氏夫人,十月满足。其时十月十五日半夜子时,夫人腹中疼痛,生下一女。当时金盆沐浴,吩咐丫鬟,报与老爷知道。老爷一听,十分欣喜。到了三朝办酒,夫人抱出女儿,叫族长取名为芙蓉。老爷一听,非常高兴,就叫芙蓉便了。

厅堂吃酒取乳名,夫人听得喜欢心。

女儿取名叫芙蓉,合家亲眷喜逢春。

诸亲百眷都知闻,三朝办酒请乡邻。

酒至数杯方落盏,夫人抱出千金身。

众邻个个多称赞,眉清目秀女千金。

容貌堂堂真善相,后来必定有才文。

是男是女生下地,免得母亲受苦情。

孩儿下地哭一声,长大要报父母恩。

抚育孩儿吃苦辛,日夜喂奶忙不停。

打开冰冻洗尿布,冰水刺手暖在心。

床左撒尿右边困,右边撒尿左边蹲。

左右两边都撒湿,抱儿怀中望天明。

养儿养女吃尽苦,睡半夜来起五更。

娘的心血恩情大,儿大不孝枉为人。

不说亲友回家门,再说芙蓉小姐身。

却说芙蓉小女,一岁已过,将要二岁,父母怀抱,犹如珍珠一般。到了三岁、四岁,父母侍奉辛勤;五岁、六岁,请了老师读书;七岁、八岁、九岁,闺中学做针线,样样都会是也。

天生芙蓉伶俐人,闺中针线件件精。

绣出龙来龙取水,绣出虎来虎翻身。

琴棋书画般般能,父母爱惜如玉珍。

一家快乐多安稳,谁知大祸到临门。

卜元寒热多沉重,头昏脑疼不安宁。

胸前生出无名毒,命在须臾八九分。

请医服药全无用,问卜求神总不灵。

母女二人来服侍,眼中流泪落纷纷。

烧钱化纸全无效,看看一命要归阴。

芙蓉思想无摆布,愿求父亲寿长增。

要救父亲病体好,不如及早告灶君。

将身走进厨房内,焚香点烛告虔诚。

双膝跪在尘埃地,要求灶君保父身。

一更里来哭父亲,生养奴奴真苦辛。父亲得毛病,服药都不灵。原来一家多安稳,谁知大祸到来临。

二更里来哭父亲,思想起来真伤心。待奴如珍宝,对奴费尽心。父母侍奉真辛勤,教奴读书老师请。

三更里来半夜深,说奴天生聪明人。闺中学针线,书画与抚琴。绣出龙来龙取水,绣出虎来虎翻身。

四更里来想自身,父母爱情如宝珍。父亲病体重,母女靠啥人。母女二人来服侍服侍,眼中流泪落纷纷。

五更里来天要明,求神拜佛都不灵。思想无摆布,实在真可怜。要想办法救父亲,谢天谢地谢神明。

芙蓉小姐看看父亲病体十分沉重,只得求告灶君。小姐道:"灶君菩萨,我父亲只为生了无名肿毒,服药无效,问卜不灵,如今奴奴实无办法,思想只好割肉煎汤,与父亲吃下。但愿灶君菩萨,保佑奴父亲百年长寿。"

芙蓉小姐孝心人,求告灶君保父亲。

但愿父亲年长寿,一年四季保安宁。

尖尖玉手拿香烛,朝朝夜夜把香焚。

我今思想无摆布,行其孝道学古人。

割肉煎汤来救人,要救父亲病体宁。

祷告一番将衣解,解出玉臂白似银。

右手拿刀来割肉,一刀割下痛伤心。

当时割下心尚烈,一刀之后痛煞人。

一心要去煎父吃,谁知血冒命归阴。

一灵真性归地府,七魄悠悠到幽冥。

来到鬼门关一座,孟婆亭在面前存。

奈河桥上惊人怕,破钱山下好惊人。

恰被夜叉来拿住,解到阎王殿上存。

却说卜芙蓉,被夜叉拿住,解到阎王殿上。登在廊下,看见阎王殿上,金碧交辉,匾额上一看"秦广大王"四个大字,芙蓉小姐吓得战战兢兢。只见阎王,坐在高椅内,审问忤逆爹娘一案。审罢,押入刀山地狱受罪,永不超升。又看到第二案,不敬公婆,咒骂乡邻,叫夜叉押入拔舌地狱,永不超升。夜叉禀上阎王:"有个卜芙蓉女子,未带拘票,案下听审。"阎王问道:"你是谁家的女子?姓甚名谁?家乡何处?我等未出拘票,因何闯入幽冥地府?你快快将情形一一说来。"小姐哭泣道:"冥府阎君,听我告禀便了。"

卜芙蓉,泪双流,双膝跪下。告阎王,天子听,奴诉原因。

我家住,浙江省,常山县内。奴父亲,卜尚书,陆氏母亲。

小奴家,名芙蓉,年方八岁。十月里,月半日,子时生日。

上无兄,下无弟,单生我身。因父亲,生肿毒,病势沉重。

奴发愿,救严亲,要学古人。学古人,行孝道,割肉煎汤。

要救父,年长寿,四季安宁。谁知道,来割下,顿时痛亡。

望阎王,生慈悯,放奴还阳。愿爹爹,肿毒好,百岁命终。

却说秦广大王,听说情因,连称:"善哉,善哉！你真是好女子,行此大孝,世间少有这等女子。"即叫文武判官将生死簿呈来查看。判官将文册呈上,阎王细细一看:"卜芙蓉命该八岁身亡,目下行此大孝,可以将功赎罪。待我写一道表章,将卜芙蓉割肉救父情由奏上天庭,立即叫她增寿十年,延寿到一十八岁。"又叫狱卒,快送芙蓉还阳是也。

判官役卒齐相送,送出幽冥一座城。

一路行来走得快,看看已到自家门。

悠悠一梦还阳界,醒来痛煞好伤心。

小姐拿刀肉来切,煎汤煮药奉父亲。

卜元吃下身无病,一身康健旧时能。

肿毒端然依旧好,一无痛苦在其身。

小姐见父身康健,谢天谢地谢灶君。

不宣卜元病体好,再宣阎王一段情。

秦广大王即将卜芙蓉割肉救父一事,忙写表文,奏上玉帝。玉帝一看,上写:"下界童女卜芙蓉年方八岁,割肉救父,行此大孝,请求玉帝赐她父女阳寿十年。"玉皇依奏,即差南斗下界,增卜芙蓉父女二人阳寿十年,星君领旨下界而去也。

玉皇敕旨下天门,周天神祇尽钦尊。

南斗六司增延寿,北斗七星解厄运。

阎王领旨归阴府,生死簿上寿加增。

芙蓉割肉来救父,也增阳寿十年春。

有赐福寿多称意,从此常侍两双亲。

人有孝心天知道,皇天不负孝心人。

不宣增福延寿事,再宣卜家一段情。

一家人口多快乐,朝欢暮乐过光阴。

迅速光阴容易过,小姐今年十八春。

陆氏夫人年纪老,发寒发热要归阴。

头昏脑涨心难忍,看看性命不留存。

时时心想鲜鱼吃,小姐一听急煞人。

三九天气河冻断,哪有鲜鱼街上存。

忙叫家人城中去,六门走转并无鱼。

看来鲜鱼无买处,回家说与小姐听。

家人说道:"此时街坊上并无鱼卖,只得回转告诉小姐。"小姐一听,两泪交流:无处可买,如何是好？心想:"只好身卧寒冰求鱼,哀告上苍,保佑我小奴,求鱼敬母便了。"

家人买鱼转回程,告禀贤哉小姐身。

差我街坊将鱼买,并无鲜鱼买回程。

三九天气连底冻,没有鲜鱼怎生能。

那芙蓉小姐,含悲哭道:"此时三九,河底冻断。待奴自到江边,身卧寒冰求取便了。"

贤小姐,泪纷纷,自到江边。卧寒冰,求鲜鱼,伤心苦戚。

江边上，来跪下，撮土焚香。告龙宫，水府神，听诉原因。

奴居住，浙江省，常山县内。奴父亲，叫卜元，奴叫芙蓉。

奴今年，十八春，要学古人。为母亲，身有病，想吃鲜鱼。

此时候，三九天，街坊无鱼。想当初，有孝子，名叫王祥。

卧寒冰，求鲜鱼，天赐鲤鱼。奴芙蓉，望天地，大发慈心。

保佑母，身康健，病体痊愈。卜芙蓉，来跪下，祝告神明。

身立起，解衣襟，衣衫脱下。脚三寸，冰上立，肉身睡下。

芙蓉小姐卧寒冰，惊动水府龙神明。

龙王闻听有孝女，睡冰求鱼卧江心。

却说小姐，困在冰上，孝感动天，惊动东海龙王在水晶宫内行坐不安。龙王道："想必海上有冤事。"忙叫巡海夜叉，速到江边去观看，速去速回。夜叉到了江边一查，急忙回到龙宫，禀道："并无别事，只有一个女子睡在冰上。我问过，她是常山县人，卜府之女，名叫芙蓉。只为母亲身体沉重，想吃鲜鱼，街坊无买，故此来到海上求鱼。"龙王知道："善哉，善哉！世上有这等孝女，难得，难得，待我奏上玉皇。"龙王又差夜叉快去赶鱼。夜叉奉命，到了东西南北海角里去赶鱼，不多片刻，一条大鲤鱼跳在冰上。小姐一听，冰面上响声，抬头一看，可是一条大鲤鱼，立时捉拿回家。

夜叉领旨忙去赶，赶出鲤鱼跳上冰。

豁喇一声非小可，吓得小姐胆战惊。

四面团团来观看，只见鲤鱼跳上冰。

起身便把鱼来捉，上岸穿衣转回程。

拿鱼急急回家转，欢欢喜喜进墙门。

走进厨房拿刀割，切断鲜鱼块块存。

将鱼切了七八块，鲜血淋淋满地存。

芙蓉见鱼伤心处，就对鲜鱼说原因。

不是奴奴要杀你，只为母亲把你吞。

吃了你身娘亲好，保德池中度你身。

我若修行成正果，先度恩鱼出苦轮。

说罢之后将鱼煮，煮好鱼汤奉娘亲。

小姐拿了鱼汤奉上："母亲，鱼汤在此，快吃。"

一口鱼汤来吃下，顿时病去二三分。

二口鱼汤来吃下，满身轻松病除根。

鱼汤好似仙丹药，吃下满身病无存。

小姐见母病体好，谢天谢地谢神明。

不宣芙蓉救母亲，再说龙王奏天庭。

却说海龙王将卜芙蓉卧冰求鱼救母一事，上奏玉皇。玉帝一见表文，连称："善哉，善哉！下界难得这样孝女。"即刻批文一道，就差延寿星官，快到卜家，增卜芙蓉阳寿十年，至二十八岁；再差福寿二位星官，延她父母福寿百岁也。

龙王表文到天门，细表芙蓉卧寒冰。

玉皇见表心欢喜，敕旨一道下天庭。

十二宫辰添吉庆，二十八宿保安宁。

延寿星官遵御旨,芙蓉增寿十年春。

增寿星官来下界,延他父母福寿增。

世间孝顺为第一,皇天不负孝心人。

不宣上界来增寿,再说卜家一段因。

却说卜元夫妻二人,坐在厅上,说道:"贤妻,你我二人都生一场大病,几乎性命身亡。幸亏女儿,救了两条老命。"夫人道:"相公,女儿年已长成,倒不如招赘一个贤婿在家,掌管家里。未知女儿如何?"

卜元夫妇坐高厅,忙叫丫鬟听分明。

快请女儿到我处,爹娘有事商议情。

丫鬟奉命进房门,便叫芙蓉小姐身。

爹娘有事来唤你,相请小姐到厅门。

小姐听说爹娘唤,轻移莲步到高厅。

一见双亲称万福,叫唤女儿啥事情。

卜元开口说分明,女儿你且听原因。

那卜元道:"女儿,只为父母年高,不能管掌家业。思想与你招赘女婿,接续后代,爹娘日后年老有靠,未知女儿如何?"芙蓉小姐道:"爹爹,母亲,女儿不愿招亲。"卜元道:"为何不愿?"小姐道:"爹爹呀,女儿自愿单身,侍奉双亲,年老送终是也。"

卜元说与女儿听,家有良田千万顷。

金银满库无其数,米麦陈仓无数存。

珊瑚玛瑙样样有,碧玉珍珠无比伦。

绫罗绸缎箱箱满,金银宝贝满库存。

与你招个贤女婿,执管家财万万金。

你若后来生男女,有了传宗接代人。

小姐一听将言说,告禀双亲二大人。

不孝女儿回头看,看破红尘世上人。

夫妻本是同林鸟,黄泉路上各西东。

女儿只为生死路,要免轮回生死根。

夫妻本是冤孽债,儿孙本是孽根深。

死时夫妻不能替,儿孙何曾替双亲。

无常不怕真天子,阎王不怕帝皇亲。

三更出了勾魂纸,不肯留情到四更。

凭你多财多有势,有钱难买生死门。

前世未修今做女,再不修行没人身。

我今不愿招夫婿,情愿单身奉双亲。

伏望爹娘生慈悯,宽恕芙蓉女儿身。

不宣小姐心肠好,谁知虚空有神明。

家堂灶爷闻知晓,好个孝道女千金。

众神不敢来隐瞒,即刻修表奏天庭。

却说空中过往神明并家堂灶君,听得明明白白,卜芙蓉此等女子,真正世上少有!而且一心修行,不愿招夫。灶君即刻写表,上奏天庭。玉皇一看,上写:"下界卜芙蓉广行孝道,劝化凡人,自己不愿配亲,情愿修行。"连称:"善哉,善哉!"即又差延寿星官下界,速增卜芙蓉阳寿十年,至三十八岁,灶君领旨便了。

　　玉皇赦旨下天门,急急如飞下凡尘。

　　南北二斗增延寿,一齐下界到卜门。

　　此女不乱真君子,见财不贪善心人。

　　哪有女子不肯嫁,谁肯家中奉双亲。

　　你敬爹娘十六两,后代儿孙还一斤。

　　不信但看檐前水,点点滴滴不差分。

　　光阴如箭容易过,日月如梭不留停。

　　再说芙蓉小姐身,看看又过十年春。

　　思想父母年纪大,劝他念佛共看经。

　　忙唤家人名卜俊,天恩寺内请真经。

　　且说小姐劝双亲念佛看经,便唤卜府家人进来。家人问道:"小姐,有何吩咐?"小姐道:"替我到天恩寺去,问老和尚,借一部《法华经》。"家人奉命,急速就去便了。

　　卜俊出门去请经,天恩宝寺到来临。

　　走进山门四面看,四大金刚在两边。

　　当中一尊弥陀佛,护法韦驮立北门。

　　卜俊走到大殿上,画梁雕斗尽装金。

　　三世诸佛当中坐,装金罗汉两边分。

　　观看四边往里行,不觉已经到客厅。

　　那卜俊走进客堂,就叫老和尚:"我家卜尚书的小姐,要劝双亲看经念佛,故此差我,特来奏你老和尚,借一部《法华经》,不知你老和尚可肯借否?"老和尚一听,连称:"善哉,善哉!难得你家小姐,劝爹娘看经念佛,真正好事,哪有不借之理?"老和尚忙到里边,取出真经一部,计算共有八十一卷,付与卜俊。家人接了真经,谢别和尚,来到家中,将真经呈上。小姐收下是也。

　　卜俊借经转家门,走到堂前将经呈。

　　交付法华经一部,小姐接着喜欢心。

　　连忙就把香烛点,请出父母二双亲。

　　双亲一见心中喜,难得女儿发孝心。

　　小姐亲自厨房去,手捧素斋奉双亲。

　　家人使女齐吃素,合家人眷尽诚心。

　　却说小姐,要劝双亲,看经念佛,自去备办素斋,供奉双亲。又吩咐丫鬟使女,各要虔诚,不可开荤。须知:一日吃素,灾障无侵;看经一卷,七祖超升。

　　芙蓉吩咐众家人,暗里神明得知闻。

　　韦驮云中来听见,世间少有这等人。

　　果然好个真孝女,又劝爹娘念经文。

　　此事不可来瞒起,顿时上表奏天庭。

　　韦驮来到天宫去,云霄殿上奏分明。

　　浙江省内常山县,卜家芙蓉孝心人。

　　世间节孝无第二,只有芙蓉小女身。

　　上奏我皇生慈悯,保佑善人福寿增。

　　玉皇见表心欢喜，高提龙笔判善情。

　　敕旨增她十年寿，延他父母百年春。

　　文牒一道来下界，北斗解厄主长生。

　　福寿星官齐下界，一齐来到卜家门。

　　人有善念天地晓，皇天不负善心人。

　　不宣上界增延寿，再宣芙蓉小姐身。

　　且说芙蓉小姐，看见父母看经念佛，心中欢喜。不觉光阴如箭，又是十年。那日，小姐坐在房中头疼脑涨，坐卧不安。小姐自言道："为何坐卧不安？我有心愿在身，要到天恩寺里去烧香。今日是二月十九日观世音菩萨圣诞，待我告禀父母进香便了。"

　　小姐移步出闺门，来到堂前立定身。

　　侍候父母念真经，然后开口说原因。

　　女儿今日身不健，要往庵中说愿心。

　　况且今日佛诞日，理该拜佛把香焚。

　　爹娘听说言道好，女儿早出早回程。

　　且说小姐，吩咐家人备办香烛，速去速回。家人领命而去。小姐回到闺房，换好衣衫。家人香烛，已经备好，请小姐快快登轿而去是也。

　　小姐上轿前头走，丫鬟使女后随身。

　　家人拿了香和烛，匆匆一路出门行。

　　路上行程无耽搁，天恩寺在面前存。

　　当家和尚来迎接，小姐出轿进庙门。

　　进廊便把香烛点，一心要保二大人。

　　大殿参拜如来佛，又拜南海观世音。

　　拜佛完毕抽身起，客堂里面用香茗。

　　忽听外面人喧闹，特唤家人看事因。

　　家人出去来观看，看见三个是穷人。

　　一男二女哀哀哭，哭得天昏地不明。

　　家人进来忙通报，细诉情由小姐听。

　　家人禀道："小姐在上，外面只有三个穷人，在此喧闹啼哭，一男二女，两泪汪汪，不知有何缘故。"小姐道："你去唤他三人进来。"家人出去就叫道："你们三人，我家小姐叫你们进来，跟我来吧。"家人领了三个人，来到小姐面前。小姐问道："你们三人家住何处？姓甚名谁？为何在此啼哭？一一从头，说我知道。"三人道："小姐呀，你听禀便了。"

　　贤小姐，我贫人，逃荒而来。住山东，济宁县，离城十里。

　　太平庄，有名人，我家姓薛，名文达，妻李氏，世代乡绅。

　　我女儿，叫月娥，年方十六。卖女儿，得银两，且度光阴。

　　避过了，荒年后，将女赎归。回家去，无盘费，卖女换银。

　　有了银，好回乡，细诉真情。卖女儿，哀哀哭，句句真情。

　　我伤心，故此哭，得罪小姐。望小姐，宽恕我，苦命之人。

　　且说小姐，听得十分伤心，口称："可怜，可怜！"小姐道："薛文达，你领了妻子女儿，跟我回去，待我赠你银子，你好回去。"薛文达道："多谢小姐救命之恩！"小姐别了和尚，急忙上轿，领了文达妻女三人，不多一歇到了家。小姐出轿,进去吩咐家人。家人走来,领了文达,走到厨房内用膳。小姐就取出花银一百两,五十两作为路费,五十两回到家中做一些小生意,赚下利息可以度过光阴。那文达一听,很是开心,连忙接了银子,拜谢小姐,即同妻女,出门而去。文达三人一路上谈谈说说:"我们三人,亏得芙蓉小姐相救,这样好事,我们愿他百年长寿,四季平安。"三人一路谈说到街坊,只听得人人赞叹卜芙蓉。此事惊动神明,惊动上苍天神。

文达拜谢小姐恩,夫妻三人转回程。

一路街坊人传说,各村州县尽知闻。

回家供了长生位,朝朝夜夜把香焚。

万望神明来保佑,保佑芙蓉小姐身。

日日夜夜通诚祷,哪知惊动上苍神。

抬头三尺有神明,善恶分明记得清。

这样喜事及早奏,立即起来奏天庭。

上奏芙蓉卜府女,赠银相救三个人。

善人应该常在世,恶人应该早亡身。

善念一声天知道,皇天不负善心人。

且说小姐行善一事惊动了日游神、夜游神,共同奏上天庭。玉皇见表,口称:"善哉,善哉!世间少有这样女子,赐阳寿十年直至五十八岁。"敕旨,众神明纷纷下界便了。

敕文一道下天门,东岳圣帝得知闻。

南斗六司来增寿,北斗七星消厄星。

福禄衣食多丰富,福也增来寿也增。

且说小姐,那日恰遇庚申之夜,要到父亲后堂去守庚申,一夜念佛。有两扇后门被丫鬟失关,却被两个贼子闯进后门。一个贼名叫钻地狱,一个叫飞上天。两贼走到小姐房里一看,并无人在,钻地狱道:"飞上天,你我两人运气到了。趁今夜房里无人,你我将金银首饰、珍珠宝贝,一齐偷得干干净净是也。"

芙蓉在堂多快乐,一夜庚申到天明。

丫鬟使女无心计,后门失关惹是非。

两贼看见喜欢心,贼头贼脑要偷银。

看见后门两扇开,两贼心想运道来。

看看房内无人在,胆胆大大细细翻。

开箱倒笼都搜到,翻着珍珠金银宝。

绫罗绸缎都不要,只要珠宝共金银。

打好衣包就动身,贼头贼脑走出门。

走出后门喜欢心,两个贼子分金银。

金银宝贝平半分,两贼心中喜十分。

不宣两贼心欢喜,再说小姐守庚申。

小姐念佛庚申守,一夜直到大天明。

告别双亲回房去,同了使女进房门。

观看房门来开着,房中必定失金银。

走进房门来观看,箱箱只只尽打开。

绫罗绸缎都在内,单失珍珠共金银。

宝物失去不妨事,免得爹娘来知情。

小姐失物无怨恨,仍旧念佛又看经。

且说两个贼子,偷了卜家的财物,到了路上平均分配。钻地狱道:"如今倒不如拿了珍珠首饰,到街坊典当去当金银。"飞上天道:"好的。"一个贼子拿了珠宝去当了。

钻地拿宝就动身,走到街坊典当门。

一心要想来兑换,心中又想当金银。

主意未曾来打定,立定身来想事情。

想起典当无人见,急忙移步进典门。

珍珠宝贝来拿出,说话不清要换银。

恰遇捕快典当内,也为偷宝查赃证。

一看此人是贼相,说话糊涂说不清。

公差开口将贼问,为啥珠宝换金银。

公平交易不欺你,宝贝拿来给金银。

那贼一听公平话,有心人对无心人。

珍珠宝贝交付你,快拿银子换我们。

公差此时心花放,拿住赃证办事情。

盘问你物何来处,哪里偷来宝和珍。

贼子一听无言语,勉强回答自己身。

公差一把来揪住,当场锁住二贼人。

顿时解到常山县,县官立刻把堂升。

且说常山县官,立刻升堂。那捕快将贼子带上堂来,说道:"禀大老爷,今小的在仁和典当内,捉住两个贼子。现有赃物在此,请老爷定夺。"那知县叫他带上堂来,左右即将贼子带来。知县吩咐,将贼子重打四十记大板。两贼被打得皮开肉绽,鲜血淋淋。两贼叫道:"青天大老爷在上,小人并非是贼,我是清白良民。这些珍珠宝贝,是我祖上传下来的。今年只因为缺少银两,就将此物典当的。小人句句真言,望青天大老爷,饶我小人一命。"县官道:"你的贼狗头,你还不招认!吩咐左右,用夹棍夹起来。"那两贼一听不好了,说道:"老爷,我愿招便了。"

小人住在本县人,号名钻地本姓金。

爹娘养我人一个,只为从小不成人。

我父遗下田三百,房屋五十有余零。

金银宝贝无其数,米麦成堆衣满箱。

父母死了四年半,妻子死了三年春。

嫖赌吃着样样精,件件之中第一名。

田房屋产都卖尽,如今瓦爿不留存。

恳求老爷来超荐,还求笔下要超升。

偷取卜家珍珠宝,所供言语是真情。

却说知县,听钻地狱一番言语真情,知是卜府之物,即差公差到卜府去,相请卜尚书到来认赃物。

公差领命出衙门,一路行程到卜门。

公差呈帖来报进,说你府中被窃情。

现今捉住监牢内,要请老爷会县尊。

家人径到佛堂去,报与老爷得知闻。

只为家中失了物,今日破案领赃银。

卜爷即时来走出,走到经堂叫女儿。

小姐正在经文念,歇了经文见父亲。

言谈失窃破案事,小姐开言叫父亲。

且说小姐道:"爹爹,你我家中,珍珠首饰很多,就是偷一点去也不关紧。常言道:'救人一命,胜造七级浮屠。'父亲,你到县内救出穷人要紧。"卜尚书连忙写了书帖,烦寄县令:"所窃虽是我家之物,但好比济僧布施,少了银子,我托他去卖的,并非失窃。"公差回转,将帖呈上。县官一看,便叫差人将一干犯人送往卜尚书府上去,待他自己发落便了。

小姐念佛在佛堂,但见二人进厅堂。

两个公差旁边立,贼子双膝跪厅堂。

那贼开口来求告,要求饶我命一条。

小姐开口即便说,改恶从善是根本。

若然偷了别人物,此番性命活不成。

偷我之物莫着急,赠你银两活命根。

贼子听说称多谢,伏乞小姐恕罪人。

且说小姐道:"我如今赐你花银十两,你拿去做做生意,赚点利息下来,也可以过度光阴。你们以后,不可以再去做不好事情,要务正业便了。"

听了小姐良言语,句句都是真实情。

多谢小姐来救命,来世犬马报你恩。

小姐花银来拿出,玉手交付与贫人。

为人第一要心正,不可暗里算别人。

不可贪色并爱宝,不可为非作歹人。

不可赌钱并吃酒,不可心高气傲人。

贼子听说小姐话,句句真言是高情。

若无小姐来救我,我的性命活不成。

贼子拜谢小姐恩,欢欢喜喜转家门。

却说常山县秘访前日卜府失窃之事,公差打听明白,回禀知县,道:"前日那贼人送到卜府,卜家小姐反倒赠银十两,用好言相劝贼人好生做人。"县官道:"世间少有这样好心女子。待我写奏章一道,奏上朝廷。"奏的是孝心女子以德报怨之事,皇帝看到奏章,龙心大悦,大大赏赐芙蓉小姐便了。

当今看本心欢喜,即刻发下金共银。

钦赐牌坊来起造,根根石柱接云霄。

忠孝节义四个字,圣旨金字上面存。

本府太守亲来到,各官贺喜闹盈盈。

不宣君王牌坊赐,再宣芙蓉小姐身。

我想终要年纪大,要做修行办道人。

却说芙蓉小姐,年纪六十岁,心中思想,要造浮屠宝塔,可以九祖超升。"我家中酒厅改佛楼,装塑佛像修行便了。"

芙蓉小姐要修行,酒厅改造佛掌门。

当中塑好三世佛,再塑观音大士身。

两边塑成金罗汉,十殿阎王在中堂。

宝塔造起真高大,玻璃灯火放光明。

日间卷卷真经诵,夜间烧香拜观音。

不宣小姐功德大,谁知虚空有神明。

却说上界玉帝出殿散步,只见西城,浙江省常山县内一带地方,为何彩云缭绕,瑞气腾腾?必有真心修道之人在此。即差太白金星下界,查察以后,即刻回奏天庭,不可迟延便了。

太白金星下天门,化作公公一老僧。

来到卜家墙门首,口称布施要斋僧。

小姐里面闻知晓,忙请和尚到高厅。

上好素斋烧四色,吃罢青钱一百文。

和尚吃罢抽身起,出门依旧驾祥云。

金星来到灵霄殿,奏上玉皇大帝尊。

忠孝节义心肠好,世间少有这等人。

玉皇大帝心欢喜,再加阳寿十年春。

南斗星官来增寿,北斗解厄免灾星。

延他父母年长寿,消灾消难保长生。

卜家一门多快乐,再宣小姐到墙门。

却说小姐来到门首,看见街坊上,男男女女、老老少少,个个啼啼哭哭,一路行走,身上衣衫破碎,面黄肌瘦,约有一百余人,不知是何缘故。小姐便唤家人到外面去叫一班穷人进来,有话问他们。家人连忙出去叫道:"你们这班人且慢走,我家小姐叫你们进去。"那一班人立即跟了家人,走到厅上。小姐看见一班穷人进来,开言问道:"你们这班人,为何啼哭?细细说我听听。"穷人道:"小姐在上听禀便了。"

穷人开言说原因,家住城南洛阳村。

只为年荒田稻死,米少薪贵怎生能。

珍珠白米无籴处,故此求救进城门。

经过府上墙门首,惊动贵府小姐身。

小姐听说,心中思想:"这些穷人要饿死,我家仓库里米麦如土,还是拿来救济他们。"小姐和父亲商量。父亲道:"女儿,你去办吧。"

小姐今日发善心,救济穷人好良心。

珍珠白米来解出,拿到厅上分众人。

家人分米忙碌碌,厅堂上面闹盈盈。

众人拿米喜欢心,感谢卜府女千金。

众人齐谢贤良女,救我逃荒避难人。

愿你百岁常在世,永不走进生死门。

小姐一一发饥民,又发银钱一百文。

早晨发到午时候,午时发到夜黄昏。

不论大小一样发,人人个个喜欢心。

拿了银米转回程,谢天谢地谢卜门。

灶君菩萨得知闻,飞星如箭奏天庭。

却说家堂,灶界、土地一问,将卜芙蓉之事,一一奏上玉帝。玉帝一见表章,心中欢喜,开言道:"世间少有这等女子,再增她阳寿十年,至七十八岁便了。"

玉皇见表心欢喜,世间少有这女人。

日日天赐平安福,又降时时吉庆门。

再赐十年福禄寿,永保父母百年春。

迅速光阴容易过,不觉又过十年春。

却说光阴如箭,日月如梭。卜芙蓉小姐已有七十八岁,心肠越来越好。一日,想起祖上遗下来的借票契纸,一概寻将出来,即将借票契纸,大约有一百多张,一齐焚烧。家里家堂灶界,一一记明。那小姐即唤家人、使女,各分派纹银一百两,各自回家,成家立业。

小姐一日到房中,寻出账票付火中。

多年欠票都烧尽,免得穷人记在心。

私伤阴骘天知道,为人不可暗欺人。

芙蓉开口叫家人,家人使女一齐临。

每人赐银一百两,又赐良田十亩零。

你们回家勤俭做,不做懒惰糊涂人。

为人须要行正道,莫做心高气傲人。

存心孝道为第一,第二敬老与怜贫。

第三乡邻要和睦,第四交易要公平。

心积善来天降福,心凶后有恶星临。

家人听说回言答,听从小姐真实情。

多谢小姐行方便,好言相劝牢记心。

感谢小姐恩情深,来生犬马报重恩。

小姐说道:"我送一些物品,何言犬马相报?我还有一番言语,对你们说。我的银子,不要你们还我的。这情义胜过银子几倍,你们听了,要牢记在心便了。"

卜元也在厅堂上,小姐吩咐众家人。

家人使女堂前立,个个侧耳听分明。

叫家人,细细听,我的言语,要牢记,行孝道,敬重双亲。

待爹娘,心肠好,不可忤逆。待乡邻,要和睦,不可口角。

切不可,来争论,定要和气。料理好,省钱财,息事宁邻。

待亲友,接待好,总要恭敬。有酒菜,和粥饭,相劝殷勤。

切不可,怠慢人,己是人非。与兄弟,须和顺,说话当心。

同商议,料理好,有事化解。那小姐,再叫唤,使女几声。

小姐道:"你们这班使女,也来听我吩咐一番便了。"

各使女,听分明,牢记在心。伯母舅,要和睦,不可诟啐。

有姑嫂,切不可,争论斗气。烧茶饭,要帮衬,不可懒惰。

待公婆,两大人,不可恶声。倘若是,无礼义,众人谈论。

小姐道:"我看世人,不免'酒色财气'四个字。你们须要将这四个字,牢记在心,不可忘记便了。"

酒色财气四个字,你们须要记分明。

酗酒图色命必死,贪财使气惹祸根。

奉劝你们牢记心,为人不可硬欺人。

欺心自有天知道,远报儿孙近在身。

小姐一番言语,使女们听得心中满意。小姐道:"世上人忙忙碌碌,巴得多少家业,心里总是不足也。"

终日忙碌只为饥,一朝吃饱便思衣。

衣食二般俱富足,又想房中少了妻。

有了妻房并男女,又嫌房子屋宇低。

造了高堂并大屋,又少田产好根基。

有了舟船并有马,又少使女差东西。

有了安童并使女,又无官职被人欺。

做了高官并大职,又想朝中着紫衣。

坐了龙位称万岁,思想还要称玉帝。

贫官痴想心不足,只为前生少本钿。

千般妙计心思想,无常一到万事息。

再说安童、使女,听了小姐一番言语,各各拜别小姐,回家是也。

众人拜谢就动身,大家各自奔前程。

使女在路闲谈讲,都说小姐真贤能。

不宣路上使女说,再说虚空有神明。

住宅土地亲听得,灶君司命也知闻。

众神一一来启奏,上帝见奏喜欢心。

却说灶君、土地,同奏玉帝。上帝大喜,即差福、禄、寿三星下凡。

星官领旨下天门,来到卜府大墙门。

延她父母年长寿,芙蓉增寿十年春。

光阴如箭催人老,日月如梭晓夜行。

眼前已过多时节,今年芙蓉九十春。

却说小姐年高九十岁,愈觉神清气爽,貌若童颜,朝夜看经念佛,如今不必提了。再说冥府十殿阎君,查看生死簿,看到卜芙蓉命该八岁而亡,亏她延寿至今九十岁,应该明日八月十五日酉时归阴。阎王即出勾魂票,黑白两无常,去拿捉卜芙蓉来见便了。

那无常,领牌票,即刻行程。霎时间,来到了,浙江省城。

衢州府,常山县,卜家门首。无常鬼,来变化,两位僧人。

坐地上,口不开,动也不动。看小姐,如何样,打发两人。

且说小姐,在家看经念佛,那日觉得坐卧不安,故此歇了念经,走到外边,看见两个和尚坐在地上,口也不开,身也勿动。小姐道:"和尚,到我寒门,莫非来要化斋么?"小姐急忙吩咐备办素斋,又叫老家人去相请两位僧人来用斋。

两鬼使,到高厅,两人坐下。看小姐,如何样,对待和尚。

正在想,筵席摆,热情款待。又拿了,新僧服,两人换上。

两无常,在厅上,细细思量。想要去,捉芙蓉,倒费思量。

一顿斋,吃好了,回到阴司。我大王,你在上,细听周详。

那两位无常,回到幽冥殿,禀道:"阎君,小鬼奉命拿捉卜芙蓉。这个人心孝仁义,世间少有,故此我等小鬼,不敢拿捉芙蓉小姐。"

无常两鬼诉原因,诉说芙蓉善心人。

常在家中来念佛,父母双双同看经。

此女行善为第一,天下并无第二人。

为何九十身亡故,因何酉时命归阴。

阎王下表重吩咐,再到阳间看此人。

细看此女行善事,再来回禀我知闻。

那两位无常又道:"大王,我们小鬼,捉芙蓉小姐实在为难。只因为家宅六神、家堂灶君一概奉御旨护佑;还有卜家的老祖先,一齐哀哀痛哭;本县城隍、土地,也来管账。"

三更出了勾魂票,怎敢留人到四更。

无常依言立即行,到了阳间细查看。

两鬼仍到卜家上,要提芙蓉见阎君。

四处找寻无去处,只见多多少少人。

前厅后堂都不见,厨房厕所也搜寻。

四处不见卜小姐,错过时辰不可行。

捉人今朝提不着,不问死罪定充军。

心中思想无摆布,只得哀求庙内神。

走到伽蓝土地庙,双膝跪下诉原因。

我今奉了阎王命,拿捉芙蓉一个人。

如今寻她不见人,不知躲在哪方存。

伏乞菩萨来指点,救我无常两鬼身。

伽蓝听说笑哈哈,你今尚还不知情。

却说伽蓝回答无常:"你要捉拿芙蓉,是拿不着了。"那无常道:"为何拿她不着?"伽蓝道:"她的念佛,与众不同。别人念佛心却不正,有的讲媳妇,有的讲纺纱、讲家常事务,念佛不在心上。此等念佛,好比作孽一般。那芙蓉小姐念佛,一片真心,一无偏句,且被佛光罩住,故而你拿不着她了。"无常一听,即刻回禀阎王去了。

无常两鬼见阎君,禀说芙蓉是真心。

酒厅改造三宝殿,装金塑佛礼世尊。

有塑十方三世佛,观音菩萨两边分。

日日焚香并点烛,一心皈正念弥陀。

别人念佛心不正,心想家里男女孙。

再讲媳妇逆大人,又说纺织最要紧。

此等念佛心勿正,枉费功劳一片心。

此人难逃无常手,死后罪孽重千斤。

芙蓉口念弥陀佛,一道金光罩住身。

为此我们拿不着,特来交锁勾票文。

现在伽蓝称她善,写了表文奏天庭。

阎王听了无常话,也要奏表上天庭。

却说阎王,听了无常之言,也奏二道表章,同奏玉帝,称赞芙蓉十分行善,世间少有,还在家中看经念佛,一心修行。玉皇即将在善恶簿上查看,看她簿上,只有善事,并无恶事。此女世间真正少有的,在生做了十大善事也。

第一割肉来救父,第二卧冰救母亲。

第三卖女来赠银,第四救济贫穷人。

第五装金并塑佛,第六劝人要公平。

第七修桥并铺路,第八施药救万民。

第九劝人要真心,第十拜忏谢天恩。

玉帝一看,连称:"善哉,善哉!"忙差延寿星君赠她阳寿,满一百岁,之后定要送往西方极乐世界去也。

玉皇敕旨下天门,钦赐芙蓉一百春。

阎王殿上记名字,西方极乐去标名。

天官赐福天门下,福禄寿星一同行。

寿星王母也下界,长生本命一齐临。

不宣大仙齐下界,再说芙蓉小姐身。

小姐在家度光阴,已经一百岁了,心想:"明日十五是我生日,我要斋僧布施,请人念佛,庆祝百岁良寿便了。"

芙蓉百岁庆延长,启做道场保延生。

三日三夜梁王忏,七日七夜祭孤魂。

东厅摆起斋僧道,西厅排起救饥民。

家人使女忙碌碌,人人称赞广传名。

且说芙蓉小姐,家内道场已毕,斋僧救济停当,只见空中,无数神仙,彩云缭绕,瑞气腾腾,齐来与小姐上寿。小姐看见,满心欢喜,迎接神仙是也。

芙蓉迎接众神仙,明烛清香摆厅前。

众仙来到高厅上,齐声开言叫芙蓉。

今日上寿千秋诞,众仙齐来庆生辰。

寿星王母来上寿,何仙姑也来上寿。

吕洞宾,韩湘子,也到门庭。汉钟离,蓝采和,一同来到。

张果老,曹国舅,八仙齐临。王母娘,同来到,骑了仙鹤。

福禄寿,齐唱曲,好调好声。寿曲唱,寿山高,百岁已满。

众神仙,来庆寿,各驾祥云。上天庭,回洞府,各自回宫。

却说小姐,庆寿之后,神清气爽,貌若童颜,能知过去未来。不觉又过一年,时值八月十五日,吩咐家人,快备香汤沐浴,更换衣襟,拜了双亲,将身走到厅上,朝南坐下,唤进众人说道:"今天我要归天去了。"说罢已毕,只见空中现出千叶莲花一朵,还有金童玉女,执了长幡宝盖,叫道:"请善女快些坐在莲花上,送往西方而去也。"

芙蓉修行已成真,脚踏莲花上天门。

身登莲花腾云上,金童玉女两边分。

长幡宝盖前引路,诸佛罗汉紧随身。

坐在云端将言说,又劝大众发善心。

但看我心心肠好,白日升天上玉京。

腾云来到凌霄殿,拜谢玉皇大帝尊。

跪在金阶来奏帝,要求上帝敕旨文。

却说小姐,已经成佛,一路腾云,来到玉帝殿前,要度九代祖先父母。玉皇听奏,即敕旨到卜家去了。

金童玉女领御旨,来到卜府大墙门。

玉女开口叫先祖,你今快些坐莲花。

卜元夫妇也知闻,香汤沐浴洗其身。

换好衣服朝南坐,身轻直上九霄云。

金童玉女前引路,卜元夫妇也腾云。

合家都上天庭去,一年四季保太平。

为人要学善心人,芙蓉心善不差分。

八岁延寿一百岁,如今成佛渡凡人。

今日宣部芙蓉卷,年年月月保平安。

大众听了延寿卷,改恶为善就是好。

日落西山不敢留,天上红光渐渐收。

佛要回銮人要转,八仙台上卷收圆。

芙蓉宝卷宣周完,满堂诸佛多喜欢。

佛祖回到灵山去,斋主人家福寿增。

宝卷已完全,斋主免罪愆。

年年身康健,四季保延年。

南无观世音菩萨,阿弥陀佛!

琵琶记宝卷

琵琶宝卷初展开,诸佛菩萨坐莲台。

在堂大众同声和,听宣宝卷免三灾。

不宣前朝并后代,再说盘古事一番。

且说此卷出于盘古皇帝,成立朝廷,风调雨顺,国泰民安。提表河南开封府陈留郡,地名蔡家庄,有一人姓蔡,名从简,夫人秦氏。夫妇二人,同庚花甲,所生一子,名叫蔡郎,学名叫伯喈,年方十八,早入黉门,娶媳妇赵氏五娘,十分贤惠。只因为命运不好,家寒贫苦,衣食不周,一家四人,难度光阴,自怨苦命也。

从简夫妇苦十分,朝晨吃了无夜吞。

我儿媳妇多孝敬,苦度光阴过晨昏。

不说从简自怨命,再表伯喈读书文。

每日书房勤读书,思想上京赶功名。

左思右想无计策,三件心事怎样能。

一来父母年纪大,二来贤妻两处分。

三来亦无盘和费,不能动身上京城。

欲想不把京城上,哪中状元四海闻。

伯喈心中正思想,来了赵氏问事情。

且说赵氏五娘,来到书房一看,丈夫面带怨愁,心中不悦,便叫:"丈夫呀丈夫,你有何难事,闷坐书房,叹气连声,有事说我知道。"伯喈一听,叫道:"贤妻,我来说明。因为朝廷开考,一心要去赶功名,家中父母年老,贤妻年少,缺少盘费,哪能到京城去了?"

　　五娘一听回言情,丈夫你且听原因。

　　年老公婆我服侍,劝你夫君休挂念。

　　若说上京无盘费,我有钗环去当银。

　　当了钗环好行路,去做盘费上京城。

　　多去一年少半载,得中回来有名声。

　　不说五娘细叮嘱,来了邻人一老人。

　　张公到了蔡府门,蔡公夫妻出来迎。

　　接进大厅坐下来,伯喈上前送香茗。

　　伯喈叫道:"年伯请坐,来到何事?"张公道:"侄儿,只因为朝廷开选,人人尽去,侄儿速速上京求取功名;倘然不去,错过光阴。"蔡公一听,说得有理,便叫:"张哥,你来通信,永不忘恩。我儿要想求官,有了三件大事,一来我已年老,二来抛别媳妇,三来家寒无钱。"张公道:"大哥放心,侄儿上京赶考,你缺少米柴,有我在此赠送,不必挂念。我今有二十两银助与蔡郎,去做盘费,不可耽搁日期,提早去了。"

　　张公助了廿两银,伯喈接银喜欢心。

　　一家四人忙跪下,多谢恩公一个人。

　　张公连忙来扶起,一点小事莫挂心。

　　伯喈即便叫年伯,将来考中报你恩。

　　你今不必来相谢,我要辞别回家门。

　　不说张公回家去,再宣伯喈进房门。

　　一夜五更来得快,看看日高天已明。

　　却说,伯喈同了妻子、父母吃了朝饭已毕,叫道:"父母,待儿拜见!我要上京城考试,你在家中休得挂念,有你媳妇服侍,再有张公照顾,我今天就要去的。"蔡从简道:"儿啊,一早上京赶考,速去速回,我有红绿丝线二条,挂在你肩上,好比父母。儿呀,一不要贪色,二要自己行路当心。"伯喈道:"父母之言有理,一一切记在心,我要动身去也。"

　　伯喈听了父母声,拜别爹娘二大人。

　　回身对准妻子说,身边取出十两银。

　　双手交与贤妻子,十两银子度日辰。

　　家中父母你服侍,不可违逆二大人。

　　倘若我中回家转,决不忘却你妻身。

　　千叮咛来万吩咐,贤妻切切记在心。

　　说完之时忙收拾,再拜爹娘养育恩。

　　别了妻子出门去,急急忙忙向前行。

　　路中景致无心看,晓行夜宿赶路程。

　　行了半月京都到,太阳落山下店门。

　　伯喈走进招商店,店家一见忙接迎。

　　店家道:"相公,可要住夜?我家房屋清洁,各样菜饭周济,房金不嫌多少,暂住几天,我看你今科必中状元。"伯喈听见十分欢喜,讨得吉利甚好。住在饭店,勤读攻书,待等皇上开考,不必细表。再说当今万岁,选定黄道吉日,便开科场,广招天下才子考试。伯喈得着信息,付清房金,别了店主,连忙进考。一看足有三千学生赶考,立刻将文章一挥而成,做得十分通透。连考三场已毕,待等皇上挂出皇榜。君王就拿卷子细看了,伯喈文才甚通,赐他状元及第。皇榜高挂,考试公子细细看了。

伯喈见榜喜欢心,得中状元第一名。

三宣三召来见驾,俯伏金阶拜皇恩。

万岁见了心大悦,御手相挽叫爱卿。

赐你蟒蛇并玉带,圆领乌纱伴帝君。

丈二红绫披上肩,二朵金花插顶门。

君王钦赐三杯酒,游街三日看皇城。

三十六条花柳巷,七十二店闹盈盈。

人人说道状元好,相貌堂堂福气人。

正在状元来玩景,前行来到相府门。

左右即便开口说,报上状元得知情。

太师宰相牛相府,状元可去拜他人。

状元吩咐忙备帖,来到牛家相府门。

门官通报:"启上太师,今日新科状元来了,拜见相爷。"太师道:"快快大开正门,迎接状元。"门官连忙迎接状元到厅,分宾坐下。状元叫道:"太师,待晚生见拜,伏望恕罪。"太师道:"状元何必客气。"吩咐堂官将茶送来,细看状元相貌非凡,便问状元:"家在何处?姓甚名谁?多少贵庚?可有妻房?"状元道:"太师,吾来告禀也。"

学生祖居陈留郡,蔡家庄上住安身。

爹爹名叫蔡从简,母亲秦氏老夫人。

学生今年十八岁,娶妻五娘赵氏身。

太师说道:"状元,老夫所生一女,名素娥,年方十八,未曾出帖,欲配状元,不可推却。"状元道:"太师,我不敢当的。一来家寒,二来我家有妻,三来父母常望。老古说:'结发夫妻,不可忘恩。'另请高门配婚便了。"

宰相听说气昏昏,翻转面皮不留情。

吩咐家人又出去,不许相留书房门。

连忙走到后堂去,要害状元一个人。

左右堂官来相劝,状元听我一番情。

冒犯宰相非小可,立刻就要起祸根。

文武班中他掌管,即刻奏本皇上听。

说你状元不知礼,削你官职转家门。

况且相府千金女,你要推却不该应。

我劝状元快允承,平地登天富贵春。

却说状元道:"众位先生,我怎忍抛弃妻子?父母亦无亲戚照顾。"众位堂官道:"你今在太师府上,不须挂念,立刻差人去接父母妻子同来,一家团圆,富贵荣华。"状元道:"众位先生,说得有理,我今一口允承。好了好了也。"

状元勉强来允承,众位堂官去通信。

即刻传话后堂去,通报太师得知闻。

高叫太师来恭喜,千金小姐来成亲。

牛相听说心欢喜,吩咐备酒前后厅。

丫鬟来到高楼上,报与千金一番情。

千恭喜来万恭喜,今日招了状元身。

不说丫鬟来禀告,太师奏本天子听。

且说太师当时来到金銮殿上,双膝跪下,叫道:"万岁,万岁,老臣所生有一女,配与状元,伏望我皇为媒,奉旨完婚。"天子闻奏,心中大悦:"寡人为媒,太师回去也。"

太师谢恩回自门,满朝文武尽知闻。

多少官员来恭喜,大厅摆酒闹盈盈。

各官饮酒多热闹,状元打扮做新人。

头顶乌纱插金花,蟒袍玉带着在身。

丈二红绫披上肩,粉底乌靴足下登。

乐人吹打请上堂,挽扶小姐下楼门。

新人同立红毡上,拜谢万岁一媒人。

先拜天来后拜地,再拜家堂与灶君。

父母面前交八拜,送入洞房不细论。

文武官员酒席散,各人回转自家门。

状元做亲过三朝,想着父母二大人。

家事禀告小姐晓,父母妻子望吾身。

牛小姐道:"官人既有双亲,吾来差人去接。公婆住在我家,奴来服侍。再有赵氏妹妹同来,让她做大的,吾做小的,来过之后,结拜姐妹相称。"又说道:"官人快写家信,我今去差人送去,接她同来。"状元听了,心中大喜,连拿文房四宝,当时就写家信了。信曰:"从简父母大人膝下敬禀者:分别数月,儿在京城金榜得中,奉旨游街,拜望相府。太师见儿,逼儿相府招亲,素娥小姐合配。儿几次上朝,奏本天子,不准还乡。太师留住不可返家,教儿日夜挂念。承蒙牛氏小姐差人来接父母贤妻,同住一门安居。又张公恩人待儿满任回家,报恩不误矣。特近福安,儿伯喈寄拜。"

状元家信写完成,交与贤妻付家人。

牛氏小姐双手接,吩咐蔡旺送书信。

路带银子五百两,你今送到陈留郡。

地名切记蔡家庄,安童听了就动身。

拿了银信来行路,急急忙忙赶路程。

包袱行李带得重,太阳落山忙西行。

安童走进招商店,走来骗子二个人。

再说,二个骗子走进饭店,一见安童包袱,必有钱财,叫道:"官人,我们三人同住房间饮酒。"安童道:"二位仁兄,好了好了,一同吃酒。吃酒不必客气。"安童一时贪酒,连吃六杯,吃得大醉,就此困在房间,呼呼而睡。二个骗子,当时轻轻偷了书信、银子,十分欢喜,连夜逃走去了。

不说骗子盗去银,再说蔡旺困天明。

想着银信袋中摸,失落五百雪花银。

登在房中嚎啕哭,跳脚拍手苦伤心。

今日叫我哪能去,有何面目蔡家去。

想定主意忙逃去,保活自己小性命。

不说安童来逃走,再说从简一家人。

日夜思想望儿转，无柴无米苦伤心。

陈留郡中大荒年，家家人家无饭吞。

老人就拿树皮吃，小儿手握砻糠吞。

斗米千金真难过，一半饿死见阎君。

蔡公饿得床上困，蔡婆饿得喊连声。

赵氏五娘来听得，双抛眼泪索珠能。

恰巧张公走得来，柴米赠他劝几声。

你今孩儿未回转，得中回家富贵春。

蔡公道："承蒙恩哥相劝，只为不孝儿子，如今出去，杳无音信，不见回家。老奴一定饿死，我有拐杖一根，交于恩哥，你去放好。今后忤逆不孝畜生回家，我不见面，替我打他五百，我在黄泉安心。"张公听得明明白白，说道："哥哥嫂嫂保重，且过光阴，不必愁闷。我今天回府去了。"

张公解劝一番情，拿了拐杖回家了。

今日告别家去了，改日来看哥嫂身。

勿说恩公回家去，再表陈留一段情。

饥荒万民真苦惨，地方详文奏朝廷。

六部奏与君王晓，粮米发到陈留郡。

合城内外放粮米，各家前去官粮领。

家家户户都领去，再表五娘得着信。

只见众人将来领，辞别公婆出门行。

若然不去官粮领，饿死公婆二大人。

含了眼泪到街坊，将身走到官仓门。

谁知仓管已闭仓，立在仓外泪盈盈。

五娘在仓门一看，已经紧闭，心中大怒，出口就骂："奴才，奉旨皇恩开仓库，为何闭门？人人领了仓米回去，我迟来一步，没有粮米，待等奴丈夫京中回来，就要治罪。"衙役听了，大吃一惊，连忙拿仓米发出三斗，交与贤惠五娘，不必多言，快快拿去了。

五娘得米喜十分，肩背粮米转回程。

将身走到半路上，遇见强盗狠心人。

三斗粮米就抢去，五娘哭倒地埃尘。

不宣五娘来啼哭，再表张公一个人。

张公领了粮米回家，路中遇见五娘啼哭，盘问情由，为何在此。五娘道："张公，我领粮米回家路中，遇见强盗被抢去，怎样回家？"张公听了不免伤心，含了眼泪说道："你今不必啼哭，我有粮米三斗，与你均分，各自分别回家去了。"

分着粮米一斗半，拜谢恩公转回程。

在路行程来得快，不多一刻到家庭。

一直走大前堂上，叫声公婆二大人。

奴家领的粮和米，路遇强人抢完成。

承蒙恩公分半来，公婆一听泪纷纷。

辫种日脚真难过，一定饿死三个人。

五娘说罢忙淘米，米倒锅内烧来吞。

煮了数碗米汤粥，自己黄糠偷拌吞。

五娘每日黄糠吃一顿，偷拌在灶前头吃了。一日，却被公婆看见，一想：不知媳妇偷拌吃的什么东西。说道："媳妇，你为啥偷拌吃，看见吾来就围好。待我寻寻看。"寻到灶膛内，拿出半碗黄糠，一见十分伤心，哭道："媳妇呀媳妇，你为何吃黄糠，世间少有了。"

就请公婆快吃粥，双手扶与二大人。

贤孝媳妇叫几声，为何黄糠当粥吞。

你吃得来我吃得，大家吃得不要紧。

两老夫妇抢来吃，五娘看见卓然惊。

扯住公公婆吃糠，扯住婆婆公要吞。

公公吃得眼睛白，婆婆吃得无声音。

二老夫妇仰倒地，翻眼张口命归阴。

公婆吃糠来呛死，五娘见了哭不停。

哭声公公死得苦，又哭婆婆好伤心。

一时哭得天昏暗，左思右想计生成。

一把青丝来剪下，手拿头发街坊行。

东街走到西街去，南街走到北街行。

喊了半日无人卖，公婆棺木怎样能。

卖脱头发棺木买，入殓公婆两尸灵。

五娘在街坊，拿了头发，喊卖无人买，大哭悲伤不提。五娘道："张公，只为公婆吃了黄糠，不多一时呛死，我剪下头发想要卖忒，买了棺木入殓公婆，并无一人来买，叫奴如何？"张公听了道："我有五两银子助你，快去备了棺木入殓大人。"

不说张公行善人，再宣五娘接花银。

就喊乡邻人四个，买了棺木转家门。

回到家中来入殓，邻人帮忙泪纷纷。

薄皮棺木入殓好，抬到坟堂外边存。

亦无柴杆来盖满，入土为安筑坟墩。

五娘想道："亦无铜钱请人做坟，又无锹锄挖土，只好用十指来取土，麻裙兜泥筑成坟墓。"每日十指扒泥土，扒得鲜血淋淋，疼痛难熬，好不伤心了。

五娘挖土忙做坟，一头扒来哭一阵。

哭得日月云来遮，哭得晕倒地中心。

哭得乌鸦不做巢，哭得鱼儿水底听。

哭得公鸡不肯啼，哭得黄狗泪纷纷。

哭得一阵跌倒地，惊动本方土地神。

土地见她五娘行孝，前来相救，吩咐阴兵小鬼，帮助筑土坟墓，扒的扒，筑的筑。不多一时，坟墓做好，翠柏、苍松种好，石人、石马、石碑竖好。又见五娘睡着在地，我来指引他罢。

土地托梦五娘听，你夫得中状元身。

名字就叫蔡伯喈，考中状元第一名。

牛相府内招亲去，早晚随朝伴帝君。

如今你的公婆死，快到京中寻夫君。

犹想路上难行走,改扮道姑修行人。

赐你云帚并道服,琵琶一面带在身。

一路之上化斋吃,怀抱琵琶上京城。

京城去寻牛相府,相府见了小姐身。

自然得见你丈夫,梦中言语记在心。

土地说罢就去了,惊醒五娘一番情。

五娘惊醒,方知是梦,一阵香汗衣湿,只见坟墩做好,两旁做了松柏,又见云帚、道服、琵琶一面。"神明指点,说明我夫住在牛相府内,叫我快去寻夫,不可耽搁在此。"连忙回家,肚中饥饿,糠粥吃饱,想着画了公婆遗容。画图一幅,画得面黄肌瘦、衣衫褴褛,见了凄惨。赵氏五娘想想公公婆婆死得可怜,就哭起五更来了。

一更里来想夫君,新婚两月就离分。你到京中去,送你十里亭。千叮万嘱早回程,你到现在无回信,啊呀我皇天呀!

二更里来恨夫君,抛下双亲年老人。枉为读书人,孝字瓜干净。你在京中真开心,忘却奴奴一个人,啊呀我皇天呀!

三更里来想家里,家中穷得真可怜。碰着大荒年,无柴又无米,幸亏张叔来救济,大叔大恩勿忘记,啊呀我皇天呀!

四更里来好伤心,公婆双双命归阴。婆婆来噎死,公公气成病,服药求神都不灵,气气闷闷来断命,啊呀我皇天呀!

五更里来想一梦,梦中见了白发公,道衣与琵琶,叫我扮道姑,叫我寻夫到京中,希望夫妻早相逢,啊呀我皇天呀!

赵氏五娘一边痛哭,一边趁月光画好公婆遗像,一到天明就要京城去了。

五娘画图藏在身,打扮道姑一样能。

身着道服带云帚,琵琶一面手中存。

双手关好门两扇,锁好门来忙动身。

走了几日心急路,小脚伶仃步难行。

不说五娘路中事,再说蔡旺落难人。

再说蔡旺路中遇着拐子,失落银子书信,欲要回到相府难见姑爷,再到陈留郡又无银信,千思万想且到湖广舅家中去了,暂度光阴不说。

不说蔡旺未通信,再说五娘赶路程。

见一人来问一信,晚宿日行半月零。

走到洛阳城一座,忽见前面大庙门。

上写三字弥陀寺,走进庙门求神明。

却说五娘走进庙门一看,韦陀菩萨、四大金刚、十八尊罗汉。五娘放下琵琶、画图,跪在拜垫祝告神明。五娘说道:"信女赵氏五娘,因为丈夫求官,到今未回,我寻丈夫到京城,保佑得见吾夫。倘若夫妇相会,多烧香烛,绝不虚言。"

五娘祝告拜神明,忽听人言闹盈盈。

报道一声官府到,新科状元到来临。

寺内和尚慌张了,打扫佛前忙相迎。

五娘闻得状元到,心中思想是何人。

公婆画像挂佛前,回身躲避西厢门。

吓得画图未归好,再表状元进庙门。

来的不是别一个,就是伯喈状元身。

上年差了蔡旺去,一去二年无音讯。

父母妻子仍未到,日夜思想挂肝心。

只为父母来拜佛,诚心拈香问神灵。

状元跪在佛前。寺内众僧,每人行礼。状元说道:"佛爷,我前差蔡旺去接爹娘、贤妻,伏望菩萨保佑,一路平安到京,合家大小相会,满堂神圣,尽要装金。"拜罢已毕,只见画轴一幅、琵琶一面,不知何方来的,看得十分疑惑。"待我带了画轴回家看了。"

带了画轴转回程,必有蹊跷一样能。

在庙一见真面容,画得父母一样能。

不表状元回相府,再宣贤妻五娘身。

看见官员都回去,走到佛前画轴寻。

却说五娘到前一看,急得双抛眼泪,便问寺僧:"画轴一幅何方去的?"寺僧道:"画轴官员看见,他们拿去了。"

五娘听见泪纷纷,失落容像何处寻。

急急慌忙庙门出,肚中饥饿苦伤心。

到了街坊两头望,每家点火亮晶晶。

我且住在招商店,明日去寻无义人。

慢表五娘投宿店,再提伯喈回府门。

却说状元回到相府,走进书房,想着画轴真容,拿出细细看他。"像我爹娘一样,画得衣裳穿破,骨瘦如柴,面黄肌瘦,蓬头赤脚。"看得伤心,一夜未困。等待五更三点皇上登位,速即上朝拜见万岁。

不提状元拜皇恩,再表五娘寻夫君。

招商店内过一夜,连忙起身出店门。

算了房金街坊走,逢人便问相府门。

穿街过巷来得快,牛相府在面前存。

只见相府高门楼,八字墙门好十分。

来往人员无其数,闹闹热热不可进。

只好走到后门口,看见花园二个人。

五娘只见丫头叫道:"二位姐姐,我是修行女子,特来募化,相烦姐姐快去通报你家小姐知晓。"梅香便叫:"道姑,你且等了,我们进去通报了。"

二位丫头急急能,一直来到高楼门。

见了小姐来禀告,后门有个道姑人。

今日募化到此地,特来求见小姐身。

牛氏小姐听了此言,便问丫头:"道姑多少年纪?"丫头道:"此人约有十七八岁。"小姐道:"便去请她到西厢房,待吾见了。"丫头道:"晓得哉。"

丫鬟奉命下楼门,去请道姑一个人。

走到后门叫道姑,我家小姐唤你进。

快快同吾到西厢,五娘闻言笑盈盈。

丫鬟领了道姑进,一直走到西厢门。

五娘跟了梅香,来到西厢,一见千金小姐,双手行礼。小姐连忙还礼,口称:"道姑请坐。"又道:"请问道姑,姓甚名谁? 贵寺何方? 为何募化到京? 还是化米麦? 还是化金银?"五娘道:"我家苦景,一一告禀。"

五娘未说泪纷纷,叫声小姐听原因。

若问姓名家乡事,想起情由苦伤心。

奴家本是良家女,陈留郡是家乡名。

地名就叫蔡家庄,一门四人度光阴。

只因丈夫求官去,乱我孤单在家门。

还有公婆人二个,临行叮咛早回程。

谁知三年饥荒乱,饿死公婆二大人。

奴因丧费无处出,剪发出卖到街行。

谁知买发无人要,麻裙兜土做新坟。

只为孤身无依靠,千里寻夫到京城。

来到此地无盘费,特来募化寻夫君。

且说牛家小姐心中暗想:"莫非道姑就是五娘,以前吾夫说过,家有八旬父母、贤妻五娘。"牛氏想定主意,便问道姑:"你家真情,对我说明。"道姑道:"在你小姐面前不敢隐瞒。我家丈夫姓蔡名伯喈,到京城考试三年,至今未回。谁知饥荒,公婆饿死,我名赵氏五娘,改扮道姑。"小姐听得明明白白,说道:"我与你自己人来。姐姐,快到后楼去改换衣服便了。"

五娘便叫小姐声,不必改换新衣裳。

待等丈夫回朝转,道姑衣裳见夫君。

若是夫君来看见,面前相会换衣裳。

小姐吩咐丫鬟:"快去备酒,我同姐姐吃酒。"五娘道:"小姐请便了,我在家中每日吃了黄糠,当吃鱼肉荤腥,吃不下了。待我夫君回来,见过面后,就可吃了。"小姐道:"姐姐十分贤惠,世间少有。我有一事告禀了。"

小姐告禀五娘听,丈夫前日进庙门。

焚香点烛哀求告,只为父母妻子身。

拜佛已毕见画图,带了真容回家门。

五娘道:"小姐,公婆真容是我画的。不知丈夫放在哪里?"小姐道:"待吾到书房内拿画图。"二人一见真容,痛哭凄惨。小姐道:"姐姐,你才高学深,快做诗句,写在真容上面,让他看看。"五娘听了,就题诗句二首。《父母》题诗四句,诗曰:"不孝孩子三载分,不念双亲不返乡。父母在家吃黄糠,故儿未知在何方。"《贤妻》题诗四句,诗曰:"夫君往外恩情忘,抛别贤妻守空房。夫在金榜未知中,望他速去早返乡。"不多一歇,诗句题写完成。

五娘书句写完成,真容放在书房门。

二人回到楼上去,且等状元回府门。

不表二人楼上事,再宣状元回转门。

将身来到西书院,要看真容二大人。

忽见画图题诗句,字字行行看分明。

看得诗句真苦切,句句说我无义人。

谁人大胆写我看,便叫丫鬟二个人。

快请小姐到书房,丫鬟听得步来行。

立刻奔到小姐房,禀告小姐状元请。

丫鬟道:"小姐,姑爷请你到书房,问你一事。"小姐叫道:"姐姐,一同下楼去。"

二人一同下楼行,五娘即便后头跟。

一径来到书房外,小姐走进书房门。

五娘立在书房外,细听他们啥事情。

状元一见小姐到,因为诗句要盘问。

胡言乱语羞耻我,请你细细说我听。

小姐道:"丈夫,既然问吾诗句啥人做的,此诗就是五娘题的。请你看看。"状元道:"五娘等在哪里?"小姐道:"五娘在此,待吾唤她进来了。"

小姐唤了五娘身,二人速即书房进。

伯喈一见五娘到,双抛眼泪落纷纷。

上前一把来抱住,害你贤妻苦十分。

叫声贤妻你来了,二人相抱哭不停。

为何道姑来打扮,望你贤妻来说明。

一面丫鬟扶她坐,一面安童送香茗。

五娘揩干眼泪说道:"丈夫,你在京中逍遥快乐,不想回家,忘记父母。老古说:'养儿防老,积谷防饥。'吾看你忤逆不孝,亦是遇着荒年,无柴缺米,我家幸亏张公周济,几次相助银子度日。公婆吃了米粥,吾吃糠粥之时,却被公婆看见。半碗糠粥,公婆说大家吃吃,公吃一口,婆吃一口。但我连忙抢忔糠粥,公婆吃了黄糠,一口呛死,实在伤心呀!"

状元听得泪纷纷,一阵哭倒地埃尘。

害得父母身亡故,害得贤妻受苦辛。

两边家人来相劝,五娘到此不尽吞。

状元听得此言,更加伤心,含了眼泪吩咐家人,就拿酒饭出来,便叫贤妻快点吃了。"我带了画轴,哭到金銮殿上,奏与皇上知晓。"

手捧画轴出门行,一直来到午朝门。

手捧真容进朝房,朝衣朝冠脱下身。

蓬头散发来上朝,跪在金殿哭几声。

哭奏万岁圣明主,小臣在朝三年春。

父母饿死在家乡,贤妻到京寻我身。

伏望万岁生慈念,放我回家祭大人。

天子闻奏,心中大悦,敕封状元还乡,祭奠父母,赐你猪羊美酒,带领牛氏回家。祭过以后,再歇半载回京。状元领旨,谢恩万岁。

拜别君王出朝门,文武官员相送他。

状元回到牛相府,带了妻子忙动身。

告谢岳父与岳母,我领二妻转家门。

相爷夫妇忙相送,文武官员送出城。

逢到码头官员接,都来迎接状元身。

在路行程来得快,顺风顺水快如云。

行了半月心焦急,官船来到陈留郡。

地方官员来迎接,接到蔡庄自家门。

状元不到家中去,先到坟堂祭双亲。

不知坟墓在何方,要请贤妻领我行。

一同来到蔡公坟,就拿猪羊祭大人。

状元跪在坟前,祭奠痛苦,三人哭得死去还魂,众人听得眼泪不停。哭了半日,状元又吩咐手下人,请僧道来做道场,手下人连忙就去。不多一时,僧道请到,状元道:"要做七七四十九日梁皇大忏,超度父母上天界去了。"

勿说状元祭大众,再表张公问着信。

闻得伯喈来祭奠,急忙前来到坟墓。

手扶拐杖来到此,自叫张公到来临。

众人报说张公到,伯喈连忙出坟迎。

状元叫道:"年伯大人,待我拜见恩伯。"张公抬头一看,文武百官尽到旁边。张公怒气冲天,便骂状元:"畜生呀畜生,鸡犬得知礼义,牛羊晓得报恩,你今枉为读书人,不如众牲。父母在家饿死,你在京中吃着逍遥。爹娘死了,啥人要你祭奠,做道场死讨好。畜生!枉受朝廷俸禄,全无道理。此根拐杖,你且看看,就是你爹娘在日之间吩咐于我,叫我替打不孝畜生!"

张公便骂不是人,心中想得火十喷。

举起拐杖打畜生,要打五百我称心。

牛氏小姐忙相劝,望求恩公看我情。

只怪我爹眼光浅,将我配与状元身。

他是一个真孝子,爹娘时刻挂在心。

奴家劝夫计生成,立差家人送银信。

不料一去无影踪,日日等来望大人。

请求恩公杖虱下,改日到府赔罪情。

张公挽起小姐,放下拐杖,又骂伯喈三不孝,有三桩大罪:一不孝父母,要打十杖;二死后不葬,再要打十杖;三贪图美色,还要打十杖。"打了三十杖,方出我胸中之气。"牛氏听了一吓,说道:"恩公大人,饶我丈夫,看我薄面,报你恩大如天。"五娘也劝张公饶他狗命,罚他三日跪在坟墓。再有众位官员,各来相劝一番。张公听了,默默无言,真是气死我哉!

张公气得无声音,一口气到天宫门。

怨气冲天坟上撞,撞开脑门血淋淋。

三魂六魄归地府,眼白洋洋见阎君。

状元一见无可奈,抚尸哭倒在坟庭。

连忙吩咐买棺木,五娘滚哭好伤心。

牛氏小姐哀哀哭,官员看见泪不停。

状元吩咐众人,买了棺木、衣服、鞋袜、帽子,一切买到,就此入殓。又去请僧道来做七天道场,连做坟墓安葬,上面种了松柏,竖好石碑,四个红字"张恩公记"标明。各事已毕,回家去了。

状元即刻转回程,一夫二妻到蔡门。

吩咐各官回衙去,五娘取钥锁开门。

三人一同进草堂,细看家中苦伶仃。

破桌坏凳仍然在,秃笔残书地中存。

还有一只粗糠碗,一蓬头发地埃尘。

状元看得心内痛,五娘蓬尘扫干净。

牛氏即便烧茶汤,五娘又来烧饭吞。

三人同席来坐下,夫妇同享过光阴。

状元在家不必说,地方官员来报告。

地方官员报道,奉了圣旨一道:起造状元府,限定一月完工。状元接旨谢恩:"万岁,万岁,万万岁。"又吩咐众人尽来帮工,便请水木两作。木行内,木头送来;砖瓦行内,灰沙石料砖瓦一切送来。水木作动工,立造状元府。一月造好,杀猪杀羊,连忙办酒,十分热闹也。

状元府上闹盈盈,文武百官尽来临。

大厅之上摆酒席,百官诸亲满堂门。

锣鼓喧天真闹热,厅上饮酒看戏文。

一日光景容易过,酒席已毕各回程。

各官亲戚回家去,状元送出大墙门。

状元在家身荣耀,一门和睦过光阴。

如今思想要行善,斋僧布施救穷人。

为人在世行孝道,孝敬父母二大人。

状元后来生两子,子孙代代做公卿。

奉劝在堂诸大人,要学贤德五娘身。

行了好心有好报,代代子孙敬双亲。

琵琶宝卷宣完成,保佑斋主福寿增。

卷中倘有错误字,三炷长香补完成。

麒麟豹宝卷

麒麟宝卷初展开,听众已经齐到来。

奉请大家身坐定,静静声音听一番。

却说此卷出在大明朝嘉靖皇帝之时。河南开封府祥符县太平村中有一位方卿,他自中状元后,钦命七省盘查御史,与陈、毕二位夫人及第三小夫人采萍,一家和睦,快乐非常。光阴迅速,方卿连生二子一女,长子叫方俊,字茂兴;次子方侗,字茂兰;女儿叫飞龙。方卿告老回乡,教子成名。长子方俊十四岁即入黉门秀士,次子和女儿不喜爱文才,只爱武艺,延师教授。方侗十分用心,早上习武,下午习文,晚上传授妹子飞龙学武。飞龙心思灵巧,比二哥格外深造。六年之后,教师回去。兄妹二人自相讨论,论文比武。方侗武艺虽好,文采却不及妹子。飞龙小姐爱好武艺,本领高强,六韬三略,孙武兵书,无有不知。是年,方卿同陈氏夫人两人四十双寿,诸亲百眷都来贺喜,远道亲朋也来拜祝。厅堂上摆筵设席,十分热闹。

大小官员都来庆,大家饮酒话谈论。

兵部大人王涓问,方俊可曾来联姻。

方卿即便回言答,小大年幼未婚配。

王涓想起裘天相,独生女儿花一盆。

不免待我做媒人,不知天相肯勿肯。

其日,裘天相也在方府祝贺。王涓上前一问,天相见方俊才貌双全,满口答应。那时的婚姻真是父母之命,媒妁之言。天相与兵部二人到书房中,天相把女儿的庚帖写好,付与兵部大人。王大人拿了庚帖去见方卿,天相仍然去饮酒。

王涓见了方卿人,恭喜连声年兄称。

今有裘府女千金,许配令郎若何能。

方爷喜答言称好,今日就可结良辰。

辞别王兄进内厅,马上告诉夫人听。

今有裘府天相女,相配我儿小方俊。

陈氏一听心欢喜,开箱倒柜取宝珍。

取出一个珍珠塔,交与夫君作聘定。

方卿拿了珍珠塔这个传家宝,交给王涓作聘礼。王大人接了宝塔,交给裘大人为聘定。两位大人哈哈大笑。

方爷吩咐手下人,重摆筵席待新亲。

方俊堂前拜岳父,诸亲贺喜闹盈盈。

猜拳行令多时候,一直到了夜黄昏。

各官回府转回程,裘爷回到自家门。

将身来到中厅上,吩咐丫鬟传夫人。

夫人请到中厅上,裘爷开口说原因。

裘天相把女儿婚事告诉夫人,夫人听了心中欢喜。裘爷将珍珠塔交与夫人,并叫夫人交给小姐作为聘礼,对小姐说方俊已入黉门秀士,品貌端正。夫人拿了宝塔来到女儿房中,小姐接进母亲。夫人把婚姻大事告诉了女儿,把宝塔给女儿,叫声:"女儿啊!"

你的终身许方俊,也算女儿有福分。

爹爹叫我对你说,方俊早已入黉门。

相貌好似潘安样,文才更比子建能。

小姐听说难为情,难得爹娘甚关心。

夫人别女回房去,虱下裘家一段情。

且说当今天子嘉靖皇帝听信奸贼严嵩、罗林等辈。罗林即是罗同之子。方卿父亲方景章官拜吏部尚书,被罗同陷害身亡。罗林奸贼要把方家斩草除根,想成毒计陷害方卿。

罗林奸贼主意定,待等五更奏圣君。

灯下写下害人表,要让方家灭满门。

五更三点王登殿,聚集六部九卿臣。

王开金口吐紫气,帝露银牙叫爱卿。

有事出班来启奏,无事卷帘回宫门。

话言未了人来了,走上罗林一奸臣。

罗林俯伏金阶下,二十四拜见当今。

我王在朝不知道,外边出了四反臣。

招兵买马了不得,要夺我王九龙廷。

一是河南方卿贼，二是知府姓刘人。

三是襄阳陈御史，四是江西姓毕人。

私通外国起反意，不久兴兵困京城。

我主不把四人灭，万里江山不太平。

皇上一听龙心大怒，便问谁去拿方卿。文武百官，个个胆战心惊，双膝跪下，启奏万岁："方家世代忠良，岂做违法之人？"天子喝骂文武百官，大家只得立起身来，一声不响。那王涓兵部大人，双膝跪下，口称："万岁！方卿虽然有人说他叛逆，究竟没有凭证。念他功劳之大，其他三位都为官清正，赦免他们罢。"君王勉强答应方家勿满门抄斩，但不放过方卿，便问左右谁去拿方卿典刑。文武百官都勿答允，来了冤家对头人。

文武百官吓得舌头伸，跳出罗林小畜生。

急忙俯伏金阶下，我皇万岁在上听。

臣愿领旨河南去，好把方卿问典刑。

万岁便把罗林叫，赐你三千御林军。

上方宝剑随身带，连夜要去斩方卿。

罗林接旨退朝门，号炮三声就动身。

一路溜溜来得快，河南就在面前存。

罗林即便来吩咐，围住方家前后门。

罗贼来到高厅上，忙叫天使读圣文。

方卿也到高厅上，罗贼一见怒生嗔。

开读圣旨方已毕，校卫上前绑方卿。

方卿莫名其妙，可恨皇上不该听信奸贼陷害忠臣。

立时推出大门外，上方宝剑不留情。

一声号炮人头落，强抢金银回京城。

方家家财来充公，房屋不准住方人。

丫鬟使女吓落魂，急忙禀报老夫人。

不由分说长和短，拿我大人问典刑。

陈氏不知其中意，家人送上一封信。

却说王涓兵部大人托个心腹御林军秘密送一封信给陈氏夫人，把罗林奸贼陷害方年兄的情况告知夫人。夫人打开一看，吓得魂不附体，啊呀天哪！

陈氏看完一封信，犹如冷水浇头顶。

昏昏迷迷来跌下，半个时辰不作声。

安童使女忙不住，忙取姜汤救夫人。

夫人醒来慌张了，吓坏儿女三个人。

方侗说道还了得，要与官兵拼一拼。

方侗说罢要动手，手执铜棍要动身。

方俊便把贤弟叫，你今切勿胡乱行。

得罪官兵抗皇命，九族全诛害亲邻。

一把扯住亲兄弟，同到内堂见母亲。

只见母亲嚎啕哭，飞龙小姐劝母亲。

方家夫人含了眼泪，带了儿女佣人们，把方爷尸身备棺入殓之后，思想起来：住在家中凶多吉少，恐怕奸贼下毒手,要来斩草除根。带了些手头仅有的银子,替换衣服,打发手下人自谋生路。陈母和儿女逃往坟堂之中以保儿女的性命。方夫人想起秀金二妹、采萍三妹早年身亡,自己倒是一生享福。"可怜老身如此年华,还要受此苦楚,又逢荒年,娘四个如何度过光阴?"

方家四人坟堂登,又逢荒年苦十分。

方俊虽然勤书读,不知何日有功名。

幸得方侗多勇猛,山中打猎度光阴。

那时已到冬天,飞禽走兽绝迹,方侗打不到野兽,生活更加困难。老夫人想想孩儿棉衣已旧,而且明年秋季适逢大考之年,想叫方俊赴京赶考,又缺少盘费银子。左思右想,想起老爷为方俊定了亲,是襄阳裴天相之女儿,不免差儿去襄阳裴府告借花银便了。

陈氏开言叫方俊,为娘有话说你听。

惟有襄阳走一巡,岳父家中借花银。

借了银子回家去,明年可以赶功名。

孩儿路上要当心,朝行夜宿记在心。

方俊即便称晓得,母亲吩咐句句听。

拜别母亲我去了,急急忙忙上路行。

空中掉下无情剑,斩断人间母子情。

太太哭进坟堂内,公子含泪赶路程。

却说陈氏夫人自从打发方俊到襄阳去之后,终日愁眉不展,长吁短叹。因为方俊十七年来从未分离过半日,现在去襄阳投亲借贷,路途风霜,不知平安否?

太太想起从前事,两眼交流落纷纷。

方家向来多行善,世代做官也清正。

为何如此遭颠沛,都是罗家贼奸臣。

君王偏听奸贼话,屈斩忠良不该应。

三代冤仇何日报,越想心中越昏闷。

一声长叹惊儿女,兄妹回头问母亲。

莫非母亲念长兄,相请母亲说分明。

母亲道:"儿女啊,为娘自从长兄出门,心不在也。惦记大儿,懊悔叫他去襄阳,一路之上,不知安宁否?"

兄妹听娘说原因,兄妹暗暗来讨论。

方侗即便叫母亲,孩儿有话说分明。

现在哥哥襄阳去,未知裴家怎样能。

自古知人不知面,待我孩儿去打听。

寻得大哥回家转,坟堂之中读书文。

太太闻言心快活,答应方侗兄长寻。

我儿既愿襄阳去,一路之上要当心。

方侗一听心欢喜,母亲勿必要担心。

孩儿武艺比兄强,旬日可以回家门。

太太拿出十两银,交与方侗带在身。

二爷接过花银子,拜别母妹上路行。

手拿一根生铜棍,一路滔滔去如云。

一日二来二日三,前面有个小庄村。

且说方侗一路来到一个刁庄,走进一家酒店,店主迎接进店。方侗正在饮酒之时,忽听外边吵闹之声,便问店主。店主道:"客人你有所不知。此地有个小屠户,为非作歹。刁龙在东桥下,刁虎在西桥塊。谁在别家买肉,就被他们抢去与狗吃。而且刁一刀,一刀斩下,不管肥瘦,不管多少就算了。假使要多说话,便要拳打脚踢。"方侗听了怒气冲冲,付了酒钱,手中拿了三个铜钱,辞别店主去买肉了。

方侗一路到桥顶,人山人海买肉人。

有的说道要肚肺,有的说道要坐臀。

方侗手举三文钱,高叫三声买坐臀。

刁龙里边来跳出,高叫三声是啥人。

方侗说道买肉人,要买十斤完全精。

刁龙听了心中怒,出口便骂小畜生。

刁家肉店谁不知,一刀斩肉有名声。

要精言肥皆不可,如再多言不留情。

方侗听了刁龙之话,便知是个地头蛇、小恶霸,今日要为民除害。说道:"我乃方二爷,偏要买十斤精肉。你要店从客便,今日要取消你一刀头的招牌。倘然不依,休怪二爷无情。"

刁龙听了火来升,那里来的小畜生。

挥拳便把方侗打,二爷一见笑盈盈。

你敢打我姓方人,一脚踢到刁龙身。

刁龙一看武艺大,哀哀求告饶性命。

众人看见哈哈笑,刁贼是要这样能。

二爷叫他滚了罢,下次卖肉要公平。

刁龙起身来拜谢,打躬作揖问姓名。

刁龙道:"公子姓啥叫啥,何方人氏?"方侗道:"二爷姓方名侗,家住开封祥符县太平村。"刁龙假言道:"喔,原来方公子,失敬了。请你到小店去一坐。"方侗进了店门,刁龙便叫伙计去唤刁虎来,又叫妻子备酒。刁虎一到,三人饮酒便了。

刁龙讲给刁虎听,方兄武艺好十分。

老酒喝得醉醺醺,刁龙刁虎恶计生。

刁龙含笑方兄叫,此地有个黑风洞。

洞中时有妖魔现,不知伤了多少人。

前日西庄赵小姐,妖怪抢去无踪影。

公子有了好本领,可有胆量除妖精。

方侗一听,心中大怒道:"你们将铜棍拿来,让我去除掉妖精,让地方上太平。"刁龙想拿根铜棍,哪里拿得起。方侗上前一手拿起铜棍,说道:"你们引路,同去除灭妖精。"

刁龙刁虎前头行,方侗拿棍后头跟。

在路行程来得快,高山已在面前存。

三人一齐高山上,见一山洞在山顶。

刁龙含笑施毒计,叫声方兄看虚真。

方侗哪知其中意,要看山洞上前行。

刁龙在后手一推,方侗跌到洞中存。

刁龙刁虎下毒手,用石洞口来填平。

勿宣刁氏兄弟公,只说方侗山洞存。

洞中看看黑洞洞,四面摸摸是空门。

行来大约三里路,里面亮光逐渐明。

走上前去看一看,一个妖精床上困。

方二爷见了妖精,立定身体,仔细一看,见妖怪头小身大,两眼碧绿,满身乌黑,像只猢狲精。方侗想:"先下手为强。"拿起千斤重的铜棍,大喝一声:"什么妖精?"妖精闻听人声,打个翻身,正要起身,却被方侗七寸里一棍。那妖精"哼"了一声,一命呜呼,顿时现出原形,原来是个蜘蛛精。方侗打死妖精,松了口气,摸到洞口,已经填平,回身一看,后有小洞。摸出洞门,死里逃生也。

勿说方侗下山行,再说刁龙刁虎身。

回到刁庄难为情,弟兄商议另谋生。

商议桃花山上去,落草为寇倒开心。

收拾家财门锁上,桃花山上去逃生。

不宣刁氏做强人,再说方侗在路行。

要到襄阳长兄寻,路中听见一桩情。

方侗听得兵部大人王涓之子王荣,请个拳教师彭通武艺高强,在北关外摆个擂台,十多天来,无人抵敌。

二爷此时喜欢心,耽搁一天勿要紧。

让我前去看一看,果见擂台两个人。

台下看客无计数,没有一人比输赢。

台主彭通道:"谁敢上来比武?"方侗道:"我来了!"将身一跃而上。双方拱手通名。王荣知方侗来了,此刻彭、方两人开始比武了。

拳打脚踢比输赢,犹如猛虎下山岭。

彭通一拳海底月,方侗鹞子大翻身。

彭通泰山来压顶,二爷枯树又盘根。

方侗顿时生一计,擂台之上假败阵。

彭通不知方侗计,要胜方侗显本领。

二爷连忙飞一腿,彭通跌倒台中心。

看客一阵鼓掌声,都说方侗武艺精。

台主王荣前来到,便把英雄叫几声。

今日会见英雄面,请到家中饮杯巡。

方侗回言称不敢,我到襄阳兄长寻。

王荣道:"英雄何必客气。"邀请了彭教师,三人一起到王府,走进中厅,分宾坐下,互通姓名。王荣道:"方兄都是自己人,令兄方俊的媒人是我父亲。"方侗听了,才明白他父亲就是替兄长做媒的王大人。

王荣启口方兄称,桃园结拜弟兄身。

王荣吩咐摆香案,三人结拜喜欢心。

彭通大哥方兄二,王荣第三小弟称。

请出诰命王太太,方侗拜见伯母称。

太太一见心欢喜,方家公子品貌正。

暗想女儿叫秀英,入赘为婿我称心。

又命王荣须优待,切勿轻慢贤倜身。

太太说罢归房去,厅上三人饮杯巡。

呼兄唤弟多闹热,直到更深始归寝。

不说方倜王家住,再说裘家一段情。

却说裘天相独自在书房自言自语道:"老夫裘天相,河南襄阳人氏,官居通政司大堂,只因年迈,告老还乡。夫人与我同庚,膝下唯有一女,名叫翠珍,年方十七岁。在前年由兵部王大人做媒,许配方卿之子方俊,不料方卿被斩,家财充公,听说妻子住在坟堂中,生活十分苦楚。老夫想来,我女金枝玉叶,焉能下嫁坟堂之子?意欲另配,但方家纠葛未断,而且夫人不允,思想起来,好不愁煞人也。"

裘爷正在心中闷,欲赖婚姻另配亲。

走到内堂身坐定,忽见家人报大人。

家人裘安,走进内堂:"启禀老爷,现在河南方姑爷来了,特来禀报。是否接见,请大人吩咐。"天相一想,来得真巧,真是踏破铁鞋也难寻。随即吩咐家人内堂相见,家人奉命相请。

家人出来姑爷称,内堂相见老爷身。

方俊将身来走进,内堂叩见岳父身。

方俊虽穷尚有礼,三拜之后岳父称。

天相开言叫家人,快到内房请夫人。

不多一会夫人到,出厅便问为何因。

天相回言方俊到,夫人听说喜欢心。

难得贤婿今日到,快去沐浴换衣襟。

方俊香汤沐浴,更换衣襟,见过岳父岳母大人。夫人看看女婿,啧啧称赞,告别天相与方俊后,回房告诉女儿翠珍便了。

翠珍听得小官人,品貌端正喜欢心。

不好意思下楼去,看看自己小官人。

方俊就在裘府住,朝夕用功读书文。

一日三来三日九,是日天相起黑心。

那夜翁婿畅饮后,方俊大醉进房门。

一觉醒来交半夜,口中燥渴实难禁。

伸手一把床外摸,摸着人头吓煞人。

大叫一声不好了,惊醒西房天相身。

天相起身假正经,走进东房看分明。

说道贤婿为何惊,莫非口渴要茶吞。

推门进去把烛照,天相假装吃一惊。

且说天相自己作案,嫁祸与人,陷害方俊,假装正经,假惺惺地说道:"贤婿,地下什么呀?"方俊也往地上一看,大叫起来,魂飞天外,魄散九霄。"啊呀不好了!不知何人杀害丫鬟在我房中。"裘天相假意道:"岳父不信。"移灯一照,呀!这是红云丫鬟。当即骂道:"小畜生呀,小畜生!老夫明白了,你一定贪恋女色,诱戏丫鬟。丫鬟不从,你将她杀死。我好意待你,使你上进,哪知你偏做下流勾当,此乃非同小可,人命关天,不法已极,叫老夫实难包庇。"不一会儿,众家人纷纷前来,进房一看,均呆若木鸡。天相板起面孔,吩咐家人,叫地保报案。又差裘安、裘能将凶手方俊锁起来。又叫裘旺、裘福赶到乡间,报知红云的母亲来领尸收殓,将来到县,作为尸亲。不多时,四名家人前来回禀。天相此时得意忘形,等知县官来,验明尸身,凶手依法惩办。"好得我与知县有交情,加上贿赂,谅无不允。"就剩夫人心有疑虑,不免叫佣人去报夫人知晓。

夫人闻讯急然人,告诉小姐得知音。

母女双双面转色,夫人有点勿相信。

此时天色已经亮,并不梳洗至中厅。

到了中厅来盘问,丈夫此事怎样能。

天相假意怒冲冲,叫声夫人听原因。

大骂方俊小畜生,勿像方家后代根。

古云饱暖思淫欲,调戏丫鬟下流行。

丫鬟不从将她杀,杀人抵命罪非轻。

夫人摇头勿相信,方俊乃是读书人。

天天书房攻书读,哪会奸淫这等行。

天相叫妻回房去,夫人怀疑偏勿肯。

夫妇两人正争论,外边锣声已到临。

欲知事后如何样,下回卷中再表明。

后面还是接前因,奉请听众静声听。

夫妇二人来争论,方俊在旁都听清。

夫人埋怨丈夫身,欺贫重富要赖婚。

天相眼睛像铜铃,你把女儿害终身。

且说裘天相正同夫人争吵,外面孙知县已到。天相恭而有礼,迎接知县到了中厅,客气一番,天相把方俊杀死红玉丫鬟一事告知孙知县。知县点头点脑,先叫仵作验过尸身,然后再着尸亲红云娘到案,将凶手和刀一并带回,打轿回衙而去。当天裘天相差裘安,拿一只小小拜匣,内有书信、银票,封好后,送到县衙。孙知县接来一看,拜匣里有一面分龙宝镜,心中大喜。打发裘安回去,立刻升堂,传三班衙役、六房书吏,聚集两廊。孙知县吩咐带上凶手,方俊上前打拱道:"公祖在上,生员方俊拜见。"孙知县惊堂一拍,大声喝道:"大胆的凶手,还称生员。"吩咐先去方巾,不许自称生员。"你既凶犯,见了本县何不下跪?快将本案实情,从实招来,免受刑罚。"

方俊此刻吓落魂,青天大人叫几声。

我到裘家才几日,怎敢杀死小红云。

只因岳父嫌我贫,想了毒计要赖婚。

知县假意心动怒,喝令叫打不容情。

四十大板来打下,方俊打得段段青。

方俊叫冤难招认,知县吩咐上夹棍。

衙役三班如虎狼,一把麻绳来收紧。

方俊痛得昏过去,冷水喷面转还魂。

知县拍案问方俊,到底招认不招认。

方俊痛得真难熬,无法只好虚招认。

是我是我是我杀,杀的丫鬟叫红云。

因奸不从心中恨,拿刀杀人送残身。

只因酒醉一时迷,伏望青天罪减轻。

知县吩咐来画供,牢头带进监牢门。

方俊只是哀哀哭,黄昏哭到大天明。

黄昏人静一更深,想起爹爹老大人。为官多清正,方家忠良人。哪知碰着对头人,罗林奸贼害父亲。

二更里来深黄昏,想起母亲老年身。养子要防老,哪知白费心。养育之恩难以报,来世犬马报娘恩。

三更里来半夜深,想起岳父不该应。杀了红云女,嫁祸与方俊。为了图赖我婚姻,买通知县逼打我招认。

四更里来鸡要鸣,想起弟妹两个人。武艺学得精,能做报仇人。杀死罗林贼奸臣,就死阴间闭眼睛。

五更里来大天明,裘家小姐可知音。从小婚来订,兵部做媒人。谁知你父起黑心,今生不能结婚姻。

方俊痛哭到天明,老头听见也伤心。

勿表方俊牢中坐,回文再表陈夫人。

陈氏老夫人自从差长子方俊到襄阳裘府告借花银,不料吾儿杳无音信,叫方侗去襄阳寻兄长,至今又无音信。"冬去春来,已有二月,不见两个儿子,叫我怎不愁闷也!"

太太独坐想儿身,二个孩儿不该应。

莫非裘家留你们,也应写信回家门。

想着孩儿心中酸,双抛眼泪落胸襟。

飞龙见娘泪纷纷,走上前去叫母亲。

莫非母亲想兄长,待我女儿兄长寻。

方太太听了小姐之言,说道:"女儿呀,你是女流之辈,怎能远去襄阳。河山相隔,路途遥远,叫为娘怎样放心。"小姐道:"母亲,你不必担忧,我来女扮男装,以求平安。"太太知道女儿文武皆能,也顾不得一切,只好允诺了。

飞龙听得母答应,女扮男装出房门。

太太一见心欢喜,女儿你且听娘论。

路上行程要当心,切莫露出女儿形。

早行夜宿要牢记,切莫连夜赶路程。

逢人莫说真情话,知人知面勿知心。

小姐回言称晓得,拜别母亲要登程。

身带盘费十两银,腰挂龙泉剑一根。

太太含泪相送出,千叮万嘱早回程。

小姐点头辞别去,频频回首看母亲。

不言太太回家门,且表小姐赶路程。

早行夜宿无耽搁,一心去寻二兄身。

一路行程来得快,桃花山岭面前存。

正在向前匆匆走,一棒锣声出山林。

前面站立一大汉,高叫甙下买路银。

小姐一听心大怒,大骂强徒了不成。

小生正愁无盘费,难道你来送人情。

强徒闻听心大怒,提刀相战女佳人。

此贼是谁?就是刁龙、刁虎,想毒害方侗,被方侗镇压之后,逃往桃花岭当强盗,抢劫来路客商,横行霸道,为非作歹。今日恶贯满盈,碰着飞龙送了命。

小姐拔出剑一根,杀了刁龙刁虎身。

喽兵飞报上山林,大王听见吃一惊。

提刀下山亲上阵,勿通姓名就交兵。

小姐一口飞泉剑,似龙似虎活个能。

杀得大王拖刀败,又杀喽兵数十人。

一众强徒都跪下,高叫将军饶性命。

情愿大王让与你,在你麾下做喽兵。

小姐此时心大悦,上山且看若何能。

倘然合意权立足,将来好把父冤伸。

飞龙小姐一到山上,头目高冲,呈上花名册。小姐一看七百人马,屯粮积草,立即吩咐喽兵高举旗子,旗上写上"替天行道"四个大字,自立为王。

小姐便把高冲称,去备丫鬟四五人。

说明不是男子汉,大王改称女将军。

又叫头目叫姚能,速往襄阳去一巡。

裘家探听方俊兄,速去速来早回程。

再差头目小孙勇,星夜赶到太平村。

迎接母亲山中住,免在坟堂冷清清。

勿表小姐山中事,再表王府姓方人。

且说方二爷到了王府,已有二月,朝朝欢乐,夜夜元宵。是日,正交清明佳节,王荣设酒,三人畅饮,吩咐拆去擂台,勿必再摆。

一众家人乱纷纷,拆台备酒闹盈盈。

弟兄三人开杯饮,席间后堂吵闹声。

家丁上前来告禀,荷花池里出妖精。

又像龙来又像虎,哄通哄通大翻身。

王荣听说称奇怪,弟兄三人入园门。

走上前去看一看,果然池中有妖精。

方侗大声喝妖精,怪物扑向方侗身。

方侗并不胆心惊,闪身跳上怪物身。

举起拳头打一句,叫你认识姓方人。

原来好像一匹马,园中驰骋如飞能。

王荣彭通心欢喜,三圈之后跳下身。

彭通开口二弟叫,让我骑骑灵勿灵。

那知此马有烈性,一蹦一跳跌下身。

王荣即便开口说,方侗看来是主人。

替它也要取个名,麒麟豹三字取为名。

三人仍到厅堂上,恭喜方侗好本领。

太太闻知前来到,看看方侗喜十分。

心中暗暗来思想,欲将幼女配方侗。

厅堂之上正热闹,忽听家人前来禀。

家人走进厅堂,说夫人、王大人回来了。全家出来迎接,在厅堂之上,王荣见过父亲,然后介绍了方侗的来历和武艺超群。"我们三人桃园结义。"王大人十分高兴,看看方侗品貌端正,欲将女儿秀英许配与他,不知夫人意欲如何。一问夫人,夫人道:"我早有这个心了,再好不过。"

王荣听了父母命,要叫彭通做媒人。

方侗此时难推却,面红耳赤来答应。

夫人回到内房去,告诉女儿大喜讯。

小姐听了暗中喜,多谢父母来关心。

勿宣王家婚事完,再表兵部回京城。

方侗王府住几天,要去襄阳兄长寻。

王荣知道妹夫要去襄阳寻兄,回禀母亲知晓。王太太吩咐带好盘费,路上当心。王荣拿一百两银子付给方侗,方侗拜别岳母上路。王荣和彭通直送到十里长亭,方才告别回家。方侗骑在麒麟豹上,一路而去。

方侗上路急急行,忽听人群说新闻。

说新闻来话新闻,方卿长子叫方俊。

来到裴家去投亲,那知天官起黑心。

欺贫重富要赖婚,杀害丫鬟害方俊。

买通瘟官孙知县,逼打成招定罪名。

方侗一听忙止步,上前拱手问问清。

那人怎知其中意,和盘托出讲分明。

二爷听了心焦急,一路来到县衙门。

方侗来到县门,下了麒麟豹,走到监门,问得长兄在内,拿出十两银子付与牢头。牢头开了监门,兄弟相见,大哭悲伤。

方俊含泪贤弟称,我受冤枉受苦辛。

县中已把详文上,京详到转就典刑。

我弟好好回家去,侍奉高堂老母亲。

我兄一死何足惜,但愿吾弟步青云。

你与妹妹冤仇报,父兄之仇弟记心。

方侗听了抱头哭,禁子旁边催动身。

兄弟分离伤心哭,方侗含泪出监门。

提棍上马上路行,逢人问到裴家门。

行到裴家通政第,铜棍举起打进门。

家丁裴安吓呆了,拱手要问为何因。

方侗含着眼泪哭出监门,提棍上马赶路,一路问讯来到裴家门。他见裴家通政第大门紧闭,举起铜棍就打。家丁裴安拱手问道:"好汉,打门为何原因?"方侗道:"要让裴天相还我兄长。倘若不还,莫怪方俊之弟方侗发脾气,要抽你筋,剥你皮。"裴安道:"家主不在家,请方公子息怒。"

方侗听了家人云,怒气冲冲出大门。

恰巧天相回家去,方侗一见火来升。

轿子刚刚停下来,扯牢天相启口问。

升起火来打死你,再思一想慢慢能。

恨时只怕来打死,救兄反为害兄身。

压住怒心眼睛瞪,口骂天相不是人。

不该害吾方俊兄,不该你要赖婚姻。

今日告诉裴天相,限你三天还兄名。

你若不还休怪我,下次遇见不容情。

说罢跨上麒麟豹,带了铜棍上路行。

天相此时方明白,方侗前来讨方俊。

气得走也走勿动,家丁扶了到内厅。

夫人小姐来晓得,母女两人气闷闷。

夫人埋怨裴天相,欺贫重富不该应。

天相懊悔来不及,气气闷闷生了病。

小姐肚中暗忖论,父亲不该要赖婚。

朝夜焚膏来点灯,保佑丈夫要太平。

勿宣裴家不高兴,回文再表方侗身。

自从出了裴家门,要到开封去通信。

行了已是第二天,桃花岭下到来临。

正欲向前锣声响,跳出头目高冲身。

方侗见了哈哈笑,铜棍一举便战胜。

高冲大败上山去,回禀飞龙女将军。

却说孙勇已把陈氏夫人接到山岭,姚能打听兄长方俊含冤坐牢。小姐闷坐堂前与母亲共同商量相救长兄之计。忽听高冲上报:"山下有一汉子,手执铜棍,非常勇猛,小人大败而归。"飞龙闻报,提剑上马,飞跑下山,凤目一看,原来是二哥到此,放开喉咙高叫:"二哥啊!快快上山岭,母亲也在此山!"方侗仔细一看,正是妹妹飞龙。兄妹相见,一同上山相见母亲。经小姐说明母女怎样上山的经过,方侗把路途之事、兄长之情一一告知母亲。夫人与子女,三人商议搭救方俊之法。

方侗暗暗动脑筋,我有一计告母亲。

我想本山有人马,只有劫监救兄身。

小姐点头言称是,母亲听了也答应。

飞龙发出一声令,一众头目左右分。

喽兵个个到中庭,飞龙将军下命令。

飞龙小姐身坐中军,先点高冲,带领一百喽兵,身带信炮,改扮进城,待至黄昏,点起仗炮,一齐动手,高冲得令。二点前大王景天庆,带领一百喽兵,守住北门,等兄长救出后抵挡县衙官兵。三点姚能,带一百喽兵,埋伏县衙左右,救出兄长后,保护我兵。四点孙勇,带一百喽兵,随本将军杀入县牢救出兄长,先行背他出城,下船回山。五点何星,带领百号小船,每船三人,在北门外等候,自己人马登舟回山。六点高仁,保守山头。众头目得令,奉令出发。到黄昏人静,高冲点起仗炮,一齐动手。

忽听仗炮响一声,一同杀入监牢门。

方侗领路前头走,小姐守住牢监门。

孙勇背了方俊身,牢头禁子吓煞人。

一众犯人来求救,二爷开口叫众人。

如愿跟我山中去,不愿自己去逃生。

一路逃出县门外,又点号炮就收兵。

一路滔滔归舟去,开船一齐回山林。

方俊上山见母亲,磕见母亲泪胸襟。

母子抱头嚎啕哭,方侗与妹也泪淋。

众人前来劝方俊,今日团聚理高兴。

小姐吩咐酒来办,大小兵丁酒来饮。

方俊入内香汤浴,更换衣襟饮杯巡。

勿宣山上欢乐情,再宣知县上详文。

上司大怒派兵征,三千兵马上路行。

要想征服桃花山,那知大败逃回程。

有的兵丁来投降,有的兵卒送了命。

勿表兵丁大败阵,皇门有人奏表文。

嘉靖天子从头看,吕宋小国起刀兵。

要夺大明皇帝位,天子一见卓然惊。

忙令文武来商议,哪位卿家可退兵。

兵部王涓来启奏,臣奏方卿后代根。

次子方侗妹飞龙,兄妹武艺个个精。

皇上准奏,忙下圣旨把方家母子女儿四人召进京都,见驾万岁。天子道:"今有吕宋国造反,王大人奏本,方家小兄妹两人能退番兵。"方侗启奏:"万岁,小人愿去征服番兵,但要依我几桩事情。"

第一桩来大事情,除灭奸臣贼罗林。

第二桩来大事情,彭通王荣也出征。

第三桩来大事情,喽兵编入兵部营。

君王只要退番兵,三桩大事都答应。

方侗谢恩出朝门,君王暗暗想事情。

方家世代都忠实,不该信奸害方卿。

天子立即下皇令,立斩罗林恶奸臣。

奸臣没有好收成,头搭肩架一样平。

罗家家财尽充公,官兵百姓尽高兴。

嘉靖天子下了皇命,将奸贼罗林绑出午朝门斩首。卷中勿表奸臣落得可耻的下场,再表君王立即召进方侗与飞龙,敕封方侗为元帅,飞龙为副帅,兵部发兵十五万,王荣与彭通为先锋,钦赐上方宝剑。方侗、飞龙谢恩退出朝门。方侗点兵遣将,手执铜棍,肩背上方宝剑,骑上麒麟豹与飞龙领兵出京。文武百官送到十里长亭,威风凛凛也。

勿说方侗出征行,再说方俊在京城。

是年正交科场试,各处放生进京城。

方俊打点科场进,三场文字锦绣成。

八月十六皇榜放,解元原是姓方人。

接着殿试三场毕,状元点中小方俊。

金殿叩头恩来谢,钦赐宫花左右分。

游街三日多荣耀,独占鳌头第一名。

差官报道裴府去,急煞天官一个人。

勿表方俊京中事,再表方侗去出征。

　　方元帅一路浩浩荡荡,已到边关,边关兵将忙接入营。方元帅吩咐安营休息一夜,动问边关兵将吕宋国攻城情况。次日升帐,众将参见元帅。方元帅命彭通到番营讨伐,随带一千兵马,有王荣助战。只听得一声炮响,杀出一名女将,是吕宋王手下,元帅凤允之女叫赛花,十分利害。通名以后,双方相交,战了十几个回合。彭通被赛花捉入番营。败兵报元帅,元帅一惊,挂起免战牌。正副元帅和众将商议,方元帅想:"对方是女将,不如让我妹妹飞龙去迎战。"刚刚决定,赛花又来了。

　　飞龙听说讨伐令,不骑坐马去出征。

　　一到阵前通姓名,两位佳人比输赢。

　　十个回合无胜败,方侗闻听急煞人。

　　身骑一只麒麟豹,手执铜棍去上阵。

　　赛花一见不好了,想逃打着半铜棍。

　　飞龙随即追番兵,捉住赛花到兵营。

　　方侗讨还我将军,本帅饶你小性命。

　　赛花只好来答应,愿将你将送回程。

　　赛花辞别回番营,送回彭通先锋身。

　　吕宋国王无良策,忙写降表送明营。

　　一到京城,早有文武百官迎接。方侗带领众将朝见天子,呈上吕宋国王降表。万岁见降表龙颜大悦,当殿加封方侗卫国有功,封为忠勇侯,妻王氏赐封一品夫人。方飞龙钦赐御妹郡主;方俊加封郡马兼吏部尚书,妻裘氏赐一品夫人,并敕令起造方家府第。王荣、彭通封为龙虎二将。王涓保荐有功,加升三级功臣。天子又赐宴麒麟阁,众臣宴毕,一一谢恩万岁。方俊、方侗、方飞龙奉母回乡。到了故乡,早有地方官与工部人员将方家府第造好,选日进宅,热闹一番。后来方俊、方侗奉旨完婚,同谐花烛,文武百官、诸亲百眷都来贺喜也。

　　方府门第喜气盈,挂灯结彩闹盈盈。

　　摆筵设席饮杯巡,洞房花烛结成亲。

　　酒罢席散各回程,方俊上京来奏本。

　　天相欺穷又重富,欲要害臣赖婚姻。

　　还有一个孙知县,受贿陷害忠良人。

　　皇上见奏龙颜怒,敕令惩办两个人。

　　天相削职为百姓,知县边关去充军。

　　收回一面分龙镜,物归原主姓裘人。

　　后来方俊生一子,方侗生个女千金。

　　飞龙王涓做媒人,嫁与皇子做夫人。

　　善有善报从古有,恶有恶报勿错分。

　　此卷后本珍珠塔,到此已经宣完成。

山阳宝卷

　　自从盘古立乾坤,君王有道坐龙廷。

　　不宣前朝并后代,且说本朝大案情。

却说大清道光年间,淮安府山阳县方家庄上有一个富翁,姓方名叫玉春,年方三十五岁,却有粮田一万有余,典当七爿,金银七八十万,捐个州司之职。夫人陈氏,年方三十三岁,十分贤惠。所生一子,取名叫宝林,年纪十三岁,聪明伶俐,相貌非凡。母亲周氏,年纪八十三岁。家门和顺,好不快活。不料五月中旬祸生不测矣。

古云好物不长存,玉春不测病染身。

五月十八身得病,漏底伤寒不非轻。

请医服药全无效,五月廿三命归阴。

太太夫人嚎啕哭,宝林佝佝双泪淋。

却说方玉春得了漏底伤寒之病,竟然身亡,合家大小,急得主意全无。幸亏有个管账先生姓张叫锦文,为人正直,做事能干,帮扶主人,办理丧事也。

管账先生张锦文,办理丧事共衣衾。

亲邻送尸来入殓,棺木送入坟堂停。

灵位设立西大厅,妻子伴坐泪淋淋。

六月初七交二七,外边步进黑心人。

陈氏夫人为了丈夫二七之期灵前祭奠,痛哭悲伤,忽然来了大房侄儿,名叫景生。景生之父名叫玉明,与玉春同胞父母。玉明夫妇早亡,所生一子景生,虽入黉门秀士,为人不归正道,吃着嫖赌俱全。家业尽行废净,妻房张氏十分贤惠,生一子名叫春兴。因自己为人不正,叔父在日不敢上门,如今叔父亡故,借脚上街头,看见婶娘啼哭,假意将言劝道:"婶娘,何必如此伤心啊!"

景生相劝婶娘听,婶娘勿必苦忧心。

不可日夜来啼哭,保重身体最要紧。

虽然叔父身亡故,幸有贤弟宝林身。

待等讨了贤媳妇,婶娘原是快活人。

却说陈氏夫人听了景生之言,住悲停哭,揩干眼泪说道:"多谢侄儿劝我。侄儿请坐,为何一向不来,登在家中做些什么?"景生道:"若问,小侄十分贫苦,一言难尽,其实可怜。不瞒婶娘说也。"

风扫地来月当灯,衣食不周苦伤心。

夫人听说景生话,顿时发起善良心。

既然侄儿家贫苦,问我借点米钱银。

日后兴隆还了我,利钱不要半毫分。

景生听了此言,心中暗想:"叔父在时,从不肯借银钱给我,阿婶倒比阿叔好。但是我是出名叫方大手,借点总是勿够用的,不免让我动动阿婶的脑筋看也。"

想定主意便开声,婶娘在上听原因。

我的父亲方玉明,与同玉春一母生。

不料父亲身早亡,小侄丧父苦伶仃。

分家之时我勿晓,只为年幼不知因。

叔叔如此家豪富,小侄如此家道贫。

叔父在世仗势利,如今宝林弟兄称。

勿怕婶娘瞎说话,要拿家当重新分。

夫人听说心大怒,便骂景生勿是人。

我认为你都学好,原来依旧勿是人。

自家家当败干净，倒来欺侮小宝林。

却说婶娘与景生两人正在厅上争闹，惊动了周氏婆婆，走出前厅，便问景生："你为何到来淘气？"陈氏将情形告诉婆婆知晓。周氏太太听说，心中大怒，便骂景生："小畜生！你父亲与叔父家业两股均分，我老身并无偏向的。你自己吃着嫖赌，尽行败光。如今叔父新死，应该照应，倒来寻气，你个勿肖子孙啊！"

周氏太太火直喷，举起拐杖打景生。

景生勿敢来还手，只得逃走出墙门。

回转自己家庭内，坐在书房闷昏昏。

坐停身体呆呆想，想成毒计在胸心。

景生暗想："常言道：'量小非君子，无毒不丈夫，咬人咬见骨，烂人烂见心。'横竖我衙门出入，朋友蛮熟，沟通刑名师爷曹子丙，谒通山阳知县张松林，谎告婶娘方陈氏谋杀亲夫，轻则一刀，重则六刀。正法之后，婆婆年纪老哉，宝林弟小来，只有十三岁，勿晓得啥个来，斛点家当，稳稳到手。"主意摆定，随即磨起浓墨，一挥而就，写成一张状纸也。

状纸写起一挥成，里边张氏走出厅。

景生看见娘子到，状纸团在衣袖存。

张氏一见心疑惑，即便开言向夫君。

纸上写个啥诗句，请教相公说奴听。

景生说道："我日长无事，作赋吟诗而已，娘子何必问我。"张氏夫人暗暗想道："既然是作诗句，为何一见我出来立即团在袖内。"定要请教一看。景生被娘子逼得没法，只得将状纸拿出来，送到娘子手里。张氏连忙从头至尾细看一遍，看罢大吃一惊。

张氏见状胆心惊，好言相劝丈夫身。

相公枉为黉门士，此事纵然不可行。

日后弄穿勿得了，自作自受害自身。

一头哭来一头劝，状纸团团嘴里吞。

且说张氏夫人苦苦相劝丈夫，总想劝他回心转意，因此就将状纸虺在嘴里，嚼得虚烂。谁知丈夫勿肯改，实在没有办法，再三苦劝，总勿肯听，只得回房而去。再说景生心想："可恨这个女人拿我状纸嚼烂吃在嘴里，难道我勿会再写第二张状纸？"连忙磨浓了墨，提起笔来一挥而就，写好状纸，藏在身边，走出墙门，往县衙门告状去哉。

勿说景生出门行，再宣娘娘张氏身。

看见丈夫行毒计，要做违条犯法人。

若然如此来犯法，叫奴日后怎做人。

不愿做他恶人妇，孩儿不与做子孙。

想着主意心痛切，越思越想越伤心。

不如待奴寻短见，免遭日后大祸临。

想罢一番主意定，只得早把短见寻。

叫我寻死何地方，墙门撞死也甘心。

回想撞死心痛切，想着后门有口井。

死在井内也洁净，又是暗来又是深。

想定主意哀哀哭，哭得死去再还魂。

抱了孩儿春兴走，一头哭来一头行。

难舍孩儿肝肠断,走到井边身立定。

双抛眼泪落纷纷,哭得死去断肝心。

硬了头皮来跳下,母子双双见阎君。

不宣母子投井而亡。再说景生走到县衙,直到花厅,看见刑名师爷曹子丙,连忙上前相见。曹子丙说:"方生员好些辰光没来了,今日到来,有何见教?"景生说:"一来问候师爷,二来有桩大事相托,要请本县出来一同商量。"子丙说:"可有生财之道?"景生回答说:"若是商量勿成,是分文没有;倘若商量成功,一家大家当稳当能够到手。"曹子丙说:"请县老爷出来商量个中大事体,哪有不成之理?我去请县爷出来商量罢哉。"

知县请出到花厅,景生坐上就抬身。

张爷坐定开口问,生员何事请讲明。

景生即便回言答,有桩家当大事情。

只为叔父家豪富,生员贫穷苦十分。

当初分家我还小,只因年幼勿知因。

如今叔父身亡故,欲把家财重新分。

反被婶娘来辱骂,又被祖母打出门。

袜子未着落个样,想成一计在胸心。

未知用得此条计,请你父台斟酌情。

张松林听了景生之话,便说:"方生员,你要重分家财,那么想成什么妙计呢,快些说与我听。"景生道:"勿瞒公祖大人说,我的小计是,待等叔父三七之日期,让我出首,谎告婶娘谋杀亲夫,只要父台准状,捉拿淫妇,用足大刑,定她个死罪,重则六刀,轻则一刀。正法之后,况且祖母年纪老哉,宝林弟年纪小勒。瓣点大家当稳稳到手,大概足有粮田一万多点、七爿典当、七八十万现银子、十几廒陈米。拿得弄到了手,送个二三万银子界曹师爷。以后,我搭父台,二一添作五,各人拿一半,岂不好么?"

知县听说便回声,此桩事情干不成。

小小事情还可办,谋杀亲夫大案情。

倘然婶娘咬得紧,连我知县做不成。

婶母娘家住何处,不知他父啥出身。

景生即便回言答,父台在上听原因。

婶母娘家东门外,父亲就叫陈鹤亭。

做过山西兵部道,现今告老在家庭。

儿子就叫陈允申,新中文举十三名。

知县听明遂开言,生员休来害我身。

她的父亲兵部道,她的兄弟新举人。

倘然淮安告府状,连我前程保不成。

太岁头上来动土,此事断断办不成。

却说方景生听了知县的一番话,就反问道:"父台为啥胆子能个小呢?我想倘然告别样的事情,陈家出场倒也不稀奇。现在告的谋杀亲夫的案件,这是出丑的事体,不要说陈家出场,就是去拖他,他也不敢出场。还有一桩,父台你啊记得?有一年水荒,父台发账救济,亏损了库银。父台到我叔父家要求借三千两银子。我叔父有的是银子,就是不肯借,回头得干干净净,父台只好空手回转,啊记得哉?"知县一听,提起往事,顿时心中大怒,便道:"方生员,你要谎告婶娘谋杀亲夫,必须要有个奸夫才好。"方景生道:"奸夫是要有格,祖公啊肯暂借三百洋钱,我去买一个代奸夫,然后在家当里提出三百还给父台。"知县一听,心想:一来为借银之恨,二来为了贪笔大财饷,就答应下来,付给方景生三百洋钿,接受了状子,请曹师设法办案也。

知县为了家当分,三百洋钿贴出门。
景生作别出衙门,寻买奸夫作对证。
一头走来一头想,想着一个王义坤。
此人贫穷单身汉,装装水烟过光阴。
别的地方无耽搁,赌场里面去找寻。

却说方景生一进赌场,只见王义坤正在押注,押青龙,开青龙,刚巧高兴辰光。景生连忙高叫一声:"义坤出来!"王义坤听得耳边有人喊叫,出来调头一看,见是方景生,对他说:"你要叫什么?""跟我来。"王义坤跟了就走,只见走进一家酒馆,两人坐定,景生说道:"我有一桩事情,挑挑你,不知你可愿意?"王义坤道:"方相公若肯挑我,哪有不愿之理!"景生就把事情说明,就将三百洋钿放在桌上说:"愿不愿?"王义坤道:"让我想想看也。"

义坤一想大吃惊,断命事体难答应。
虽然买我做奸夫,口供招认就当真。
婶娘正法杀六刀,奸夫一刀罢勿成。
三百洋钿我不要,还是留条小性命。
金生即便义坤听,何必发急胆放心。
串通师爷曹子丙,串通知县张松林。
一面官司都讲好,单捉婶娘定罪名。
拿你奸夫摆摆样,汗毛勿会碰一根。
三百洋钿请到手,何必胆小快答应。

却说王义坤听了景生一番话,又见桌上三百洋钿雪白锃亮,倒有点心活起来,暗想不要去管了,缠缠再讲,就说道:"洋钿我来接受末哉,不过性命要拜托方相公的。要我死,要我活,都在你的嘴里。"景生道:"你放心,我不会有意害你的。"两人说罢,会了酒钱,各自回去也。

二人分别各自行,景生回转自家门。
进房不见妻和子,四处寻找无踪影。
想到妻子规矩重,无事不出大墙门。
莫非劝我劝不醒,抱了孩子回娘门。
莫非被人拐骗去,还是恨气短见寻。
寻到后园枯井边,发现井中二个人。
连忙叫人打捞起,买具棺木殓尸身。
景生毫无伤心处,无人管束倒干净。
慢说景生家中事,再提知县张松林。

却说山阳知县准了方景生的状子,连忙与刑名师爷商议准办,传齐值日班头,发下朱签堂单,即差四十七都九图地保莫竹成,立拿方陈氏到案听审也。

四个差人出衙门,一直前往方家行。
先到地保家中去,地保看见问究竟。
差人便将情况说,拿出堂单看分明。
堂单上面写明白,立拿陈氏到衙门。

地保一见大吃惊,大叔可曾弄错人。

却说地保言道:"大叔你们可曾缠错地方,我们方家庄上方玉春老爷是漏底伤寒病故的,况且陈氏夫人十分贤惠,真正冤枉煞哉。"差人道:"吾们奉官差遣,管他啥真假,让俚堂上去见过老爷再讲。"地保暗想:"我当这地保,也是无法。"只得领了他们到方家去。差人问道:"可是这家?"地保道:"正是。你们在墙门外立一立,我来先进去。"地保走到账房里,对管账先生张锦文说明缘故,要请奶奶出来会话。锦文就叫丫鬟去请奶奶出来。夫人一听就到厅上,地保上前叩见也。

地保告禀奶奶听,阿侄景生告夫人。

倒说奶奶不守分,谋杀亲夫方玉春。

现今告准山阳县,要提奶奶到公厅。

夫人听了吃一惊,周氏太太也出厅。

却说陈氏夫人看见婆婆也走上厅来,顿时嚎啕大哭,将情由哭诉婆婆。周氏听了十分大怒,骂道:"这个小畜生,如此的无礼,真正气死我也!"陈氏劝住婆婆道:"让媳妇到了公堂,辨清是非也。"

陈氏开言婆婆称,待到公堂再理论。

知县老爷官清正,三言两语辨得清。

若是串通来害奴,媳妇唯拼一条命。

情愿打死在公厅,决不虚招坏名声。

媳妇今朝如勿转,婆婆明天到东门。

告知父亲兄弟晓,天大事情弄得清。

奴走孩儿婆照看,家中诸事婆当心。

一切诸事安排定,差人催促出门行。

却说周氏老太太看见差人拿出链条,心中着急,连忙说:"慢!"马上过房拿出银子二十两,送与地保和差人每人十两,便道:"些些茶仪,请大叔休嫌轻慢,我家媳妇全仗大叔们照应。"差人接了银子,说道:"老太太放心,有我们照应就是了。"太太随即吩咐靠班端正自家的轿子,陈氏无奈只得上轿而去也。

陈氏夫人上轿行,差人押了出墙门。

到了衙门忙停轿,公差回复知县听。

县官立刻堂来坐,衙役三班两边分。

差役带进方陈氏,当堂跪下见县尊。

却说知县立刻坐堂,说道:"方陈氏!你这个大胆的泼妇!不知礼法,现在有你侄儿方景生告你谋杀亲夫。从实招来,免受刑罚;倘有虚供,大刑伺候。"夫人一听,知道串通勾合,哪有不问真假,随即喊道:"青天大老爷,听小妇告禀也。"

若说丈夫方玉春,漏底伤寒命归阴。

只因侄儿多不肖,吃着嫖赌勿成人。

要想重新分家业,被婆诉斥一番情。

抱恨回家生毒计,谎告谋夫害奴身。

却说知县一听,便骂道:"你这个泼妇!好一张利嘴,唠唠叨叨,一派浮言。你谋死亲夫,有何脸面?再不招供,莫怪老爷不容情。"陈氏说道:"实在冤枉,叫奴招些什么?"知县大怒道:"不用大刑,谅你不肯招认。"随即喊道:"来啊,与我大刑伺候也。"

山阳知县铁打心,公堂立即用大刑。

十指尖尖上拶子,麻绳收紧断肝心。

啊呀一声未出口,两眼一白命归阴。

知县吩咐刑具松,衙役连连冷水喷。

陈氏悠悠还阳转,口骂瘟官不绝声。

枉为山阳父母官,屈打良民像畜生。

贪贼勾结来害奴,逼招口供滥用刑。

情愿屈死公堂上,看你瘟官好收成。

却说知县见方陈氏不肯招供,便问师爷曹子丙道:"这个泼妇不肯招认,如何办法?"师爷道:"只要用猪鬃毛两根,销进乳中,疼痛难熬,自然会招认。"知县听了,吩咐准备照办,又对陈氏问道:"你还是招是不招?"夫人一听,口里念了一声"阿弥陀佛"也。

衙役奉命虎狼刑,就把夫人按地尘。

上身衣衫剥干净,猪鬃销进乳中存。

销进一寸又一寸,顿时痛死不还魂。

衙役回报老爷听,吩咐喷水再唤醒。

却说堂上看审的群众,看见知县将陈氏用这种酷刑,个个紧闭眼睛。有几个大胆一点的乡民说:"这种审堂,既无原告,又无奸夫,无凭无据的,倒也审得奇怪。"又有一个说道:"搭娪笃大家写张联名公文,到淮安府里去告这瘟官,扒脱俚个七品前程。"恰被师爷听见,一想:"不好哉!百姓要闹公堂哉!"连忙把知县的衣服扯扯,说道:"老爷退堂吧。"知县立即吩咐退堂也。

知县知道出事情,大喊一声退堂令。

陈氏夫人收监去,师爷跟了往里行。

听审乡民出衙门,个个咬牙切齿能。

却说知县进了花厅,便问师爷道:"方才审的紧张关头,为何突然叫我退堂呢?"师爷言道:"老爷你哪里知道。"就把听见群众之言一一讲明,又道:"白天审问不出来东西,还是夜里审夜堂。"知县一想,果然不差,就用完夜膳,吩咐衙役,准备夜堂审问也。

知县吩咐执事人,花厅上面点红灯。

监中提出方陈氏,夜堂审问再用刑。

知县坐堂高声骂,大胆无耻泼贱人。

快将谋夫从实说,再不招供用大刑。

陈氏听了心大怒,骂声瘟官不像人。

谋死亲夫啥凭据,教奴招出啥事情。

好好将奴放回家,让你知县做一任。

若是昏迷来逼奴,七品前程保不成。

奴家父亲兵部道,弟弟又是新举人。

上司府里告你状,让你瘟官去充军。

却说知县一听,眉头一皱,说道:"曹先生,你看这泼妇,说出无凭无格的话来,不肯招认,如何是好?"师爷道:"一面发朱签,捉拿奸夫到案;一面生旺火盆烧红铜钿,烫她背心,烫得皮开肉烂,疼痛难熬,定会招供也。"

知县听了曹子丙,一声吩咐生火盆。

盆中铜钿来烧红,夫人磕在地埃尘。

上身衣衫都剥下,烧红铜钿贴背心。

陈氏痛得肝肠断,满头冷汗黄豆能。

烫得皮焦肉又烂,顿时昏死又还魂。

口中坚持无口供,知县急得手脚冷。

一声极叫带证人,押进奸夫王义坤。

却说差人传奸夫上堂,王义坤一听,发急说道:"大叔们,我是方相公用三百洋钿买来做个假奸夫,讲好摆摆样子,啥格当起真来,也要上公堂,叫我讲点什么呢?"差人道:"王义坤你放大胆子,勿要吓,只要将计就计,一口咬定,千万不能露出是假的。倘然透露消息,要把你的吃饭家伙搬场个。"王义坤道:"大叔,我是吓不起,让我不要上堂吧。请大叔回报一声,说无场处捉假奸夫个。"差人说:"王义坤,不要紧的,不会给你苦吃,一切事体都有我们在此。"王义坤无法,只好在三百洋钿面上就答应了。差人把他链条扣颈带到堂上。差人喊道:"禀大老爷,奸夫王义坤带到。"衙役说道:"跪下叩见老爷。"知县道:"松链子。"又问:"下跪者王义坤吗?"答道:"正是小人。"知县大喝道:"王义坤,你好大胆子,你与方陈氏通奸了多少年了,为何要谋杀方玉春?从实招来,免受刑罚。"王义坤道:"老爷在上,听小人告禀也。"

小人通奸陈氏身,相约已有十余春。

她在娘家就往来,夫家依旧有交情。

谋杀亲夫她独干,小人不知半毫分。

陈氏虽然身遭刑,跪在一旁听得清。

陈氏听得火直喷,大喝住口休乱云。

畜生出了多少钱,买你囚徒嚼舌根。

既是娘家就往来,问你我父叫啥名。

可知我母啥门氏,奴家兄妹有几人。

我家房屋知多少,奴家住在哪一进。

可知奴奴有几岁,何年何月嫁夫君。

若是句句讲得清,算奴倒运算你真。

若是往事说勿明,定是串通一伙人。

陈氏忍痛怒斥问,弄得恶奴哑子能。

却说王义坤听了陈氏的一番盘问,就急叫道:"老爷在上,方陈氏一向和我私通的,此时在老爷案下,赖得干干净净。"知县假意说道:"本官明白的。"一声吩咐,将王义坤带下去,又对陈氏问道:"现在王义坤招实口供,你还想抵赖。快快如实招来,本老爷宽容你一二,若再不招,又要换用大刑也。"

陈氏听了怒生嗔,便骂瘟官不是人。

畜生与你来勾结,又买囚徒作证人。

硬逼奴奴认奸情,连连不断用大刑。

情愿与你拼到底,誓死不愿坏名声。

却说知县被陈氏骂得无言可答,便问曹子丙道:"这个妇人十分利害,如此的大刑誓死不供,倘然真的不招,如何对付?"师爷道:"在下还有一条剧刑,不妨试用。老爷吩咐稳婆,准备皮裤子一条。将泼妇的裤子脱下,换穿皮裤。捉一只大的雄猫放在裤内,上下扎紧,用藤条抽打猫身。那时猫身受剧痛,自然会拼命地脚抓口咬,那时不怕泼妇不招也。"

知县听了曹子丙,传唤稳婆上公厅。

如此这般来吩咐,一一之事办端正。

稳婆手执藤条打,记记打正猫儿身。

哪知说来稀奇事,猫儿不动半毫分。

前后四脚挺一挺,皮裤裆里豁声能。

皮裤顿时来挣破,猫儿窜出逃性命。

既没抓来又未咬,跳到梁上叫三声。

却说这只雄猫窜出皮裤,跳到梁上,对准堂上高叫三声,好像在说:"冤枉的!贪赃官,伤阴积的!"县官与师爷面对面,相互对望一眼,心中有些不安。真正一夜审问,一无收获,只得退堂,吩咐将陈氏收入监中,王义坤班房看守。两人继续商议,明天再审也。

知县退堂再议论,陈氏在监受苦辛。

一日一夜遭大刑,几次死去再还魂。

容颜消瘦不像人,满身伤痛苦万分。

关进监中哀哀哭,哭哭啼啼到天明。

一更鼓响好伤心,想起丈夫方玉春。今年三十五,突然起毛病,漏底伤寒命归阴,掉落奴奴守空门。啊呀吾的天哪!

二更鼓响泪淋淋,想起婆婆年老人。寿高六十三,好似风里灯。孩儿只有十三岁,当家立业靠啥人。啊呀吾的天哪!

三更鼓响半夜零,恨煞畜生方景生。家产败干净,突然起黑心。诬告奴奴谋夫君,串通瘟官害奴身。啊呀吾的天哪!

四更鼓响泪汪汪,想起父母两高堂。可知吾家事,女儿受冤枉。替奴上司去告状,拿捉畜生进牢房。啊呀吾的天哪!

五更鼓响天将明,母子婆媳两离分。瘟官用剧刑,打得不像人。看来今朝活不成,海能冤枉啥人伸。啊呀吾的天哪!

陈氏在监痛伤心,啼啼哭哭到天明。

不说监中一切事,再表方家周氏身。

忙与锦文来商议,要到东门陈府门。

传唤轿班备轿子,上桥一路到东门。

却说周氏太太上轿,一路直到东门陈府,墙门口停轿出轿,拜托门公进内通报。那时陈鹤亭有病在床,不能起身,只得然儿子陈允申出厅接见太太。周氏就说道:"舅老爷不好哉,我家出了大事也!"

只为我儿命归阴,大房孙子起黑心。

想把家财重新分,被我打骂逃出门。

逃到家里生毒计,捏造谎告你姐身。

说她谋死亲丈夫,告到县衙状纸准。

昨日县差到我门,拿捉你姐进衙门。

三拷六问逼口供,你姐堂上受苦辛。

今日老身特地来,要你亲翁斟酌情。

却说陈允申思想:"姐姐捉到公堂上,这便如何?"心中暗想:"我姐姐在家时,即十分稳重,冰清玉洁,自从十九岁出嫁之后,已经又是十四年了,未知其细。自古道:'河底好点,人心难点。'谋杀亲夫,未知虚实,倘然出面去干涉,如果真有其事,叫我陈家有何面目?况且父亲有病在床,倒不如瞒起再说也。"

允申想定说一声,亲母在上听原因。

只为父亲身有病,小儿不敢出门行。

亲母回府另斟酌，让我暗助两三分。

难得贵步临贱地，勿嫌怠慢用点心。

太太听得好气恼，气得心头闷昏昏。

同胞姊弟来推脱，叫我再去请啥人。

起身作别忙上轿，匆匆一路转家门。

锦文先生忙迎接，便问情由若何能。

却说周氏太太道："张先生不要说起，陈老亲翁有病在床，允申大舅推脱不允，叫我与别人斟酌，这便如何是好？"张锦文道："太太不要急，既然陈家推脱不允，我倒有一个知己朋友在此，淮安城里方成典当内的管账先生叫徐正明，是监生出身，绰号叫'洞里赤链蛇'，胸中恶谱最多，衙门甚熟。他打官司，十有九赢，速去淮安与他商量，必然有效。"太太一听心中略宽，便叫张先生即去县前打听一下情况如何。张先生去了不多片刻，回来告知太太道："如今得到一信，方景生买了一个假奸夫叫王义坤，咬定奸情。山阳知县将夫人三拷六问，用足大刑，逼招口供，现今收监。"太太一听，一发着急，随即吩咐家人准备船只，要到淮安而去也。

周氏太太下船行，一路直往淮安城。

路上行程不须提，已到淮安把船停。

轿子担到方家当，太太出轿往里行。

一众朝奉不认识，便问婆婆啥事情。

太太即便回言答，要会管账徐先生。

此片可是方成当，自我开了几十春。

一众朝奉已明白，原是太太来莅临。

急忙迎往里边坐，小郎通报徐先生。

却说方成典当管账徐正明，得报方家太太到此，连忙出迎。太太看见了徐先生放声大哭。徐正明一见，莫名其妙，连问太太为何如此悲伤。太太边哭边将情况一一告知也。

太太坐定说原因，将事告知徐先生。

只为吾儿亡故后，大房孙子起黑心。

如此这般讲明白，老身特来求先生。

正明听了心大怒，叫声太太放宽心。

待我将情把状写，明天府衙把状呈。

却说徐正明当夜写好一状，待等天明陪同太太直往淮安府衙而去。只因府里衙役人等，都认得徐正明先生，所以不加阻拦。徐先生拿出一笔银两开销停当，带了太太直进府衙，带到鼓房，叫太太击鼓告状也。

太太举起拐杖棍，堂鼓敲得咚咚声。

淮安知府听得清，立刻升堂好威灵。

太太双膝来跪下，头顶纸状诉冤情。

知府接状从头看，眉头一皱暗思忖。

若然准状来提审，山阳知县是关亲。

如果不准恐不便，连我告进抚台门。

却说淮安知府高永昌心中一想："事出两难，待我先把老太吓她一吓。"就把惊堂木一拍，便道："方周氏！你孩儿被媳妇谋死，故此有你孙子出首，告你媳妇。现有山阳知县准状审问，口供已招。你还要包庇，反在本府击鼓鸣冤，本该治罪；看在你年老份上，饶你无罪，快快退下。"太太一想，知府不准，还上哪去告呢？只得上前哀哀求告老爷也。

　　太太含泪禀府尊，青天大人听原因。

　　我儿漏底伤寒故，亲临眷族尽知闻。

　　况且媳妇管家女，知书达理是千金。

　　实在畜生去谎告，要夺家财原是真。

　　伏乞青天来查究，一审畜生便知情。

　　若然大人不准状，老身抵桩老性命。

　　上省抚院把状呈，定将案件查分明。

　　却说淮安知府听了无言可答，只得准状，立即批示。批到七月初四日，即着山阳知县至期调方玉春棺木检验，如有伤痕，即准方陈氏谋夫之罪；如若无伤痕，立拿方景生谋财谎告之罪。知府写好批示，立即退堂。周太太与徐正明回转当铺中，太太对徐正明说道："先生到了七月初四日，总要费心，全仗支持。"正明满口答应。过了一夜，太太随即下船回家，就与张锦文说知，大家宽心。太太又拿了白银二百两，吩咐家人备轿，去县衙探监去也。

　　周氏轿子到监门，禁子阻住要钱文。

　　太太拿出一百两，全仗禁长要照应。

　　禁子接银忙答说，有请太太放宽心。

　　急忙带往监中去，婆媳相会在监门。

　　陈氏一见婆婆到，嚎啕大哭好伤心。

　　婆婆眼见媳妇面，容颜失常不像人。

　　周身上下衣衫破，皮开肉绽血淋淋。

　　婆婆见了心悲切，出口大骂小畜生。

　　媳妇含泪婆婆叫，几乎不能见婆身。

　　瘟官铁打心肠硬，连连不断用剧刑。

　　几番逼奴口供招，买来奸夫作对证。

　　媳妇宁死不招认，看来今生难转门。

　　却说周氏太太道："你且放心，昨日老身到淮安府里击鼓告状叫冤，如今府太爷已准状，出了批语到山阳县，准于七月初四日开棺相验。如若有伤，将你治罪；如若无伤，准畜生谎告之罪。我想吾儿实是病故，绝无伤处，只要相验之后，你就有出监之日。"陈氏听了道："多谢婆婆，年迈之人，受此辛苦。"二人说了一番互相安慰之话，就此分别也。

　　不说太太转家乡，再表知府高永昌。

　　准了状纸批语出，文书一张到山阳。

　　知县一见心着急，忙请师爷来商量。

　　又唤景生也来到，三人花厅定主张。

　　却说知县对景生说道："你祖母到上司府里击鼓叫冤，现有府爷准状文书到此，定于七月初四日开棺相验，如若有伤，准办谋夫之罪；如若无伤，方景生你的性命难保，连我本老爷的前程也不牢也。"

　　景生听了吃一惊，顿时变得木鸡能。

　　暗想叔父伤寒死，身上哪会有伤痕。

　　上司发下来相验，怎样混过假和真。

　　眉头一皱计上来，鱼目混珠再理论。

却说方景生道："请父台放心，有计一条，说与父台审视。我们前巷里有一家小户人家，姓曹叫德政，有个儿子叫二观，经常偷东摸西，父亲恨透儿子。有一天，父亲训斥儿子，父子争吵，德政手中正好拿着一只砚台，望准儿子头上一坌，正巧把天灵盖坌了一个洞，儿子顿时伤命。不过半个月有余，况且曹家的坟搭我们叔父的坟堂相近。父台再借二百洋钿，让我去请四个朋友把棺材调换一口，待父台相验起来，只要仔细看一看脑门上有坌伤，就好拿婶娘定罪。"知县道："如若被人看破如何？"景生道："不妨，叔父棺材上有材罩罩好，开棺时只要父台手下的仵作串通手脚，快点相验，发现坌伤就拿封条贴好，包你无事也。"

知县为了保前程，只得依从方景生。

拿出洋钿二百块，付与景生去请人。

景生立即衙门出，心中暗暗自忖论。

调换棺木非小事，要请投情合意人。

却说方景生暗想："有个看坟堂的叫沈三宝，还有他的儿子沈大官。再请一个'无柄斧头'赵一贵，还有一个叫'豁通凿子'钱二珍，这二个平时没有什么生活做，专门戤茶馆，吃闲茶，必定成功的。"就把这四人请到家里，买了些鱼肉酒菜等东西，五人坐下一同喝酒畅谈也。

景生说给四人听，只因谎告婶娘情。

祖母上司告准状，开棺相验看虚真。

我想叔父身无伤，曹二坌死有伤痕。

两具棺木调一调，故请四位要费心。

拿出洋钿一百块，送给你们平均分。

却说赵一贵道："方相公，并非喝仔你的酒我勿应承你去调换棺木，这实是犯罪的做法，性命要不保了。"钱二珍接着说道："一贵你的性命能个要紧？真的弄穿下来，第一个先挨着知县官，第二方相公，挨到我们起码第三，作兴第四也可能。难道一个知县、一个秀才，陪勿过我们四个人吗？"众人齐声道："说得不错！"方景生还插一句道："只要成功还有赏赐。"众道："趁此酒兴，就去动手。"先拿方老爷的灵柩扛出去，哪知方玉春的灵柩何等沉重，那四只饭桶哪里抬得动。只因这四个人也在这数里，故而方老爷的阴魂帮助了一臂之力，所以突然觉得轻松，直抬到曹家的坟上。又把曹二的棺木抬升，将方玉春的灵柩放好，再将曹二的棺木抬到坟堂放好，仍把材罩把棺木罩好。一切舒齐，各自回家而去。哪知方景生提心吊胆，坐卧不安，直到三更时刻上床安睡。忽然发现一条大河里，有许多大的鱼，就同一班群众摇一只小船到河中去捉鱼。突然一阵大风，把小船打翻，一班群众尽掉落水中，沉得没头颠倒，大喊救命，没人来救。突然醒来，原来一梦，只见天已大亮，连忙起身，直往城中去，城隍庙里寻找刘半仙详梦也。

景生清早出门行，忙到城隍庙前存。

走进小小茅蓬内，急忙开口叫先生。

小人夜里得一梦，未知吉凶若何能。

就将梦事说一遍，先生听了已知音。

却说刘半仙道："相公看你尊驾面上，勿好说谎话的，只得依梦直讲。照梦中情况来说，你发现河中有许多大鱼，必有大大的一笔横财。同了一班群众到小船上去捉鱼，必有同伙勾结串谋之事。河中突然一阵大风，把船打翻，必有对头人出首敌住。一班人尽掉在水中没头颠倒，高喊无人搭救，必是犯了什么大祸，性命难保也。我看这样，相公在钱财方面要看得轻点，否则大祸即将临头也。"

景生听了大颤惊，事已成是怎生能。

挖出小钱五百文，送与先生当茶金。

起身作别回家云，心头着急十二分。

　　不说景生无摆饰,再提东门陈鹤亭。

　　却说东门陈鹤亭病体痊愈,得知女儿被人陷害,十分恼怒,就把儿子允申叫到跟前,埋怨一番:"姐姐既是被人陷害,亲母到来,你反推托不允,同胞之情全无一点。"说罢上轿而去,直到方家宅上。周氏太太连忙接进,说道:"老亲翁,现在淮安府准了状子,出了批语,定在七月初四日命山阳知县开棺相验。"等话说了一遍,陈鹤亭道:"若是县官相验时,有弊如何?"说罢,又道:"不免待老夫再进一纸给知府,一定要他亲自临场相验也。"

　　鹤亭打轿转家门,状子写得甚精明。

　　吩咐儿子淮安去,允申接状就动身。

　　开船一路淮安到,上岸登轿进衙门。

　　知府接到花厅上,允申开言说详情。

　　家父有书交大人,烦托大人一桩情。

　　说罢道谢忙告别,知府相送出衙门。

　　却说淮安知府高永昌拆书观看,"兵部大人书信",一见大吃一惊:"不是什么书信,原来是一张状纸,叫我到期相验,亲临现场。"暗想:"山阳知县虽是儿女亲家,但是他自己混账,不顾泼天大祸,叫我难以包庇了。"只得发下文书:准于七月初四日,本府亲自相验,不需贵县费心也。

　　文书发到县衙门,知县一见失了魂。

　　光阴迅速期限到,当方地保忙煞人。

　　吩咐坟堂来打扫,尸棚搭在正中心。

　　临时公案都摆好,有关人员都到临。

　　男女群众皆哄动,都来观看验尸灵。

　　却说陈鹤亭同儿子允申俱是衣冠顶戴,来到方家,同周氏太太及宝林倌倌、管账先生张锦文和徐正明一齐来到方家坟堂,在尸场等候。再说方玉春的灵柩早已调换,为啥方太太会看不出呢?因为有材罩罩好,所以不曾发觉也。

　　不说坟堂哄满人,再表县官张松林。

　　同了师爷曹子丙,还有原告方景生。

　　衙役书吏并仵作,一同齐到坟堂门。

　　淮安知府高永昌,传齐三班衙役们。

　　民壮马快也来到,翻尸仵作一同行。

　　升堂排道来上轿,六房书吏后头跟。

　　大号官船有二只,匆匆一路快如云。

　　知县半路来迎接,同到坟堂相尸灵。

　　却说知府老爷到了尸场,便传地保,莫竹成慌忙上前叩见。知府问道:"你当了地保,可知方家的事吗?"地保说道:"大老爷在上,小人地保新当。县太爷见我蛮忙,三日一次到堂,经常关在刑房,其实一点也不知道。"知府道:"既然新当不知,退下去。"又唤四邻上堂。说道:"大老爷听禀,小人家中困难,经常在外谋生,所以方老爷如何身故,一概不知。"知府怒道:"王八!都是混账的东西,退下去。"知府又问道:"今日开棺,何人抵罪?"陈鹤亭道:"若然有伤,我孩儿抵罪;如若无伤,何人抵罪?"知府为了自己的乌纱前程,便道:"老大人,如若无伤,将山阳县的前程削去,有方景生抵罪。"那时陈允申将顶帽卸下,交与府太爷。山阳县将印信呈上,方景生亦把秀才巾拿下呈上。知府一声吩咐,放起鸣冤炮,先把方玉春的材盖开去,准备相验也。

府尊吩咐一声声，仵作立刻就施行。

仵作忙把尸体翻，上下周身验详情。

只见面上有血形，重伤一记在脑门。

仵作忙报大人听，脑门打死是真情。

却说仵作回报死者脑门重伤而亡，知府正要开口，方周氏老太太急喊道："慢！让我亲自看看，我不相信。"不顾老命，向上冲去，磕在材上，细细观看也。

太太不顾老性命，磕在材上细看清。

啊呀一声叫出来，不是亲生方玉春。

我儿自小扶成人，不知哪来这畜生。

我儿是红纬帽子白石顶，身上穿箭衣外套簇簇新。

棺材是前后补子明光漆，哪来个稀薄松板不成形。

猪驴头上破毡帽，青布长衫有补丁。

脚上一双无底袜，当作布鞋无后跟。

这具棺木调换来，我儿棺木何处存。

德政也在尸场看，听了此言起疑心。

扑上前去细观看，这个是我儿子身。

将身磕在材口上，不断流泪也伤心。

我儿不须开棺相，开棺之罪谁承担。

一众乡民都看清，纷纷议论是新闻。

太太跪下禀大人，要求太爷查分明。

淮安知府身立起，主意全无难结论。

一声大喊差役唤，拿捉浮徒方景生。

又拿不法张知县，再拿污吏曹子丙。

却说府太爷吩咐带上恶奴方景生，怒问道："方景生！你和什么人调换棺木？"吩咐先打四十大板，打得恶奴疼痛难熬，只得招出沈三宝等四个浮徒。知府下令立拿四个恶从到案。知府对曹德政道："你儿子的棺木，调换开验之罪，由方景生抵罪，赔偿你银子三百两，将棺木领回，安葬而去。"又吩咐四个差人去将方玉春的灵柩抬回坟堂，安放停当，就将知县、师爷、方景生及四个浮徒，将七人用链条锁住，打轿回转县衙而去也。

知府打轿回衙门，地保清理尸场情。

方家太太同徐张，鹤亭同子陈允申。

走出尸场同上轿，一同回转方家门。

到家出轿进堂屋，坐定斟酌话谈论。

却说陈鹤亭道："老亲母，我看此事，淮安府不能结案，因为张松林与高永昌有着儿女亲家的关系，不会重办。现今江苏巡抚院陈大人十分清正，必须再费徐先生的心，再写一状，上省去告冤状。办这班恶党要重重办足，不可轻放。"太太道："老亲翁言之有理。"说罢就吩咐徐先生写状。待状写好，太太取了状纸下船到苏州辕门告状去也。

太太带了宝林孙，鹤亭允申徐正明。

一路行程苏州到，等候抚台出辕门。

其日正逢七月半，抚台拈香转回程。

　　鸣锣开道道子到，轿马纷纷甚威灵。

　　周氏太太当街跪，口喊冤枉把状呈。

　　却说江苏巡抚陈大人，听得当街有人叫冤，一声吩咐停轿，中军接了状纸呈与大人。从头至尾看了一遍，便叫道："方周氏听着，本官准你状纸，定于三天为限，辕门听审。"说罢打轿回衙，立刻发出令箭一支、文书一道，下达淮安府。那淮安知府接着文书，随即发下火签到山阳县监中提出方陈氏与王义坤、方景生一案人犯，一同解上苏城巡抚辕门。投进文书，陈大人即刻升堂审案也。

　　巡抚大人像阎王，鼓击三声就升堂。

　　传齐六房并皂快，各种刑具分两旁。

　　喝令一声带犯人，差人立刻带上堂。

　　只因陈氏身重伤，板门一块抬上堂。

　　父亲见女心悲切，太太哭得好心伤。

　　宝林见母嚎啕哭，大人见了也发慌。

　　却说抚台大人便把犯人逐一点过名，便问王义坤道："你到底是真奸夫还是假奸夫，从实招来，免受刑罚。"王义坤心想："若再说真奸夫恐怕性命不保，只得实说也。"

　　大人在上听端详，小人从实诉衷肠。

　　只因景生良心黑，谋夺家财告婶娘。

　　合计串通张知县，串通师爷出主张。

　　送我银洋三百元，假装奸夫摆摆样。

　　叫我当堂来咬定，景生狠心害婶娘。

　　如果将她杀了头，恶贼就可夺财饷。

　　小人句句是真话，伏望大人再商量。

　　却说抚台陈大人一听，便道："王义坤，你得钱冒奸，伤尽天良，定你一刀之罪。张松林枉为七品父母官，不思报国安民，反而酷害民众，该当何罪？"张松林道："非关卑职之事，都是方景生谎言诬告，卑职不得不管。"陈大人听了怒道："王八！现有王义坤招实口供，你与方景生勾合串通，还敢强辩，定你一刀之罪。曹子丙枉为刑名师爷，合计搭串，也定一刀之罪。"又道："沈三宝等四个浮徒，胆敢移换棺木，定你们绞罪。方景生你枉入黉门，欺祖灭宗，谎告婶娘，出钱买奸，移换棺木，勾结官府，是个罪魁祸首，定你六刀之罪。淮安府高永昌，身为府台，山阳县是你的属县，如此的不法，难道你不知吗？你难免有失察之罪，本部院从宽而办，着你将方陈氏全家眷人等护送回归原籍，陈氏之刑伤由你请医调治，不可有误。"淮安府领命而退，陈大人就请出圣旨，用上方宝剑把所有罪犯斩首示众。陈鹤亭等人谢过抚台大人，又将陈氏抬下船去，一路回家也。

　　路上闲言不必云，早到方家大墙门。

　　锦文先生忙出迎，家人使女尽来临。

　　到家点起大香烛，谢天谢地谢神明。

　　方家大办筵席酒，出帖相邀请乡邻。

　　正明先生回当铺，鹤亭父子转家门。

　　暂时不说方家事，再提巡抚陈大人。

　　却说巡抚陈大人将方景生谎告一案之事详达刑部，又将方陈氏受屈守节也写表进京，申奏朝廷。君王见奏，龙颜大悦，封方陈氏节义夫人，起造牌坊，命令钦差出京而去也。

　　钦差奉旨到苏城，会同抚台到方门。

宝林倌倌来接旨,焚香跪接读圣文。

读罢圣旨留天使,凤冠霞帔受皇恩。

圣旨供在大厅上,特待天使饮杯巡。

淮安知府监工造,开库支出雪花银。

来日钦差回京都,巡抚大人回辕门。

却说方陈氏由于名医良药精心调治,不多几天,周身伤愈。陈氏为了感谢神明,又受了皇封诰命,从死中得活,遂发愿戒酒除荤,念佛看经,吃素修行也。

夫人发愿要修行,朝夜焚香拜世尊。

收租放债都宽限,典当利息让穷人。

冬施棉衣夏施帐,修桥补路开义井。

初一月半斋僧道,粗茶淡饭舍穷人。

却说宝林公子勤读诗书,得中秀才,娶妻唐氏小姐,十分贤惠,一门和睦,合门欢喜,个个康健也。

奉劝堂前大众听,为人不可坏良心。

不信但看方景生,谋夺家财起黑心。

累及妻儿投了井,自身六刀命归阴。

山阳知县张松林,贪了小利蚀大本。

贴落银洋五百元,后来一刀两段分。

刑名师爷曹子丙,串掇知县用剧刑。

也想谋夺一份财,吃饭家生离了颈。

还有地痞王义坤,贪钱冒奸不顾命。

得了洋钿三百块,头搭肩架一样平。

又有浮徒四个人,贪了二百银洋饼。

酒后壮胆棺木换,法场绞死受典刑。

但看为善方陈氏,虽然受苦有名声。

钦命节义牌坊造,到底原是好收成。

自古他财不可想,无义之财莫贪心。

善恶到头终有报,不报未到恶时辰。

山阳宝卷宣完成,奉劝大众记在心。

卷中若有错误字,念句弥陀补完成。

时运宝卷

时运宝卷初展开,诸佛菩萨降莲台。

招财利市分左右,吉祥如意永无灾。

却说浙江省仙居县安乐村有一人姓时,名叫壬官,自小父母双亡,有叔父抚养长大。那年十三岁,给村上一家富户做了三年小长工,极其耿真老实,生活勤俭。东家十分看得起,每年工钱言明四两银子,并无差错。时壬官十分礼貌,对东家称呼常叫"阿爹",所以东家对时壬官十分欢喜。有一天,时壬官看见人家都有叫爷叫娘,触动了他的心灵。因为时壬官年纪虽小,倒有一片孝心,也想起了自己的父母来了,时常眼泪纷纷。东家看见了,就问时壬官:"为啥出眼泪,可有人欺侮你?"时壬官回答东家道:"阿爹,我一言难尽也。"

时壬年交十六春,孤单零零一个人。

人家都有爷娘叫,独我时壬无双亲。

三年乳哺非小可,痘花关煞娘当心。

空劳父母来养我,面长面短勿知音。

欲报亲恩无报处,如何不要泪淋淋。

爷娘养育恩非浅,焚香烧纸空挂名。

思亲不知红日落,想娘不看月东升。

夜里睡觉想父母,早上起身思双亲。

却说东家一听,言道:"啊呀!时壬,倒看你勿出,是一个孝子。既然朝夜思念死去的爷娘,只要在牌位面前,四时八节作作馕,烧烧纸锭是哉。"时壬道:"阿爹呀,辩个都是空的也。"

四时八节祭祖灵,掩人耳目假诚心。

灵台上面空好看,原来还是活人吞。

爷娘何曾吃一点,叫破喉咙不答应。

清明祭扫去上坟,两眼睁睁看泥墩。

若然留的双亲在,叫一声来应一声。

可怜时壬无娘叫,活在阳间做啥人。

却说东家见时壬说出这样的话来,就劝道:"时壬,你要看破一点,日思夜想也无用功,忧忧郁郁要想出毛病来的。"东家劝导了一番,就走了。时壬总算想开了一点。不知不觉,又做了一年。那年时壬十七岁,正逢春三天气,出去垄秧田。即将结束,在田角落里垄上最后一铁锹,突然垄着一块大砖头,将砖头翻开一看,发现一只甏,里面都是白花花的银元宝。时壬立刻将甏盖好,连忙用泥土遮好,急忙回家对东家说明,叫他去拿好。东家一听,知道时壬不会说鬼话的,跟了时壬就跑。一到田头,扒开泥土一看,果然不错,两人扛了回家。东家对时壬言道:"和你两人平分。"时壬道:"是阿爹地里的财产,我不要。"东家言道:"只怕嫌少勒啥。"时壬言道:"阿爹你听我说也。"

凡人福分福来招,先天注定到今朝。

一两黄金四两福,岂能贪财半分毫。

无义之财不能取,飞灾即祸是非招。

自我时壬多命苦,财产岂能得的到。

你的银子是归你,阿爹不要多唠叨。

却说东家一听时壬之话,言道:"看你小小年纪,心行平正,勿贪财产,我阿爹日后勿会忘记你的。我今朝给你换一个名字叫叫,从今日起,就叫时运吧。你看啊好?"时壬心里非常高兴,谁知你叫我叫,村里男女老少,各个知道,当时有点难为情答应,时间一长,就老实答应了。但是心里总是勿明白,为啥叫时运。不觉又过了两年,其年十九岁了,仍旧日思夜想,想念爷娘,谁知想偏心,有一天突然对东家言道:"阿爹,你把工钱算给我吧。"东家一听,说道:"啊是你不肯在我家做哉?"时运道:"勿是,因为有一个缘故,老实对你说也。"

我是帮人长工做,算来八字命里苦。

人人把我时运叫,不知到底啥缘故。

我今心中勿明白,想去西天问清楚。

西天活佛当面问,马上动身要赶路。

东家听了笑哈哈,拉牢时运凳上坐。

你说要把工钱算,想必骗我老糊涂。

恐怕你嫌工钱少,换个东家再做做。

要去西天非容易,从来勿曾听见说。

从前只有唐三藏,西天取经是去过。

前头领路孙行者,沙僧八戒来保护。

路程十万八千里,豺狼虎豹妖怪多。

我今劝你休痴想,在家安易生活做。

却说时运说道:"阿爹,你想错哉,只要一愿诚心,不辞辛苦,哪怕十万八千里,山高水深,豺狼妖怪,不能阻我前程。我今已下定了决心,一定要去。阿爹,快把工钱给我。"东家没法,只得将工钱算了算,一共十八两银子。回到房里,将衣服等物打了一个包裹,辞别东家出门而去也。

时运辞别老东人,一路回到自家门。

灵台面前拜三拜,放声大哭别双灵。

孩儿要到西天去,活佛面前问问清。

但愿早到极乐园,叩见佛祖报娘恩。

只愿双亲升天界,孩儿就死也甘心。

哪怕半年另六月,不见世尊不回程。

拜罢阴灵抽身起,再和叔父讲分明。

叔婶苦劝尚无用,只得让他出门行。

时运身背小包裹,拜辞众邻赶路行。

闻人都说稀奇事,男女老少议纷纷。

路途遥远关山多,黄河大海水又深。

一人独自如何去,看他何日转家门。

不表众人闻谈说,只表时运一个人。

一愿诚心不辞苦,晓行夜宿赶路程。

口干喝些清泉水,饥饿就把干粮吞。

在路行了一月多,发现前面一个村。

却说时运在路行程一月多了,村庄越来越少,眼见前边没有村了。有一日,突然发现有一个小村庄在面前,走进村里,在一家人家的墙门口休息片刻。只见里面出来一位老人,叫道:"时运倌哪里去?"时运一听,觉得奇了:"我路程已过了几百里,为啥这里还有人知道我的名字?"就开口叫道:"阿爹,我要到西天去,是不是走这条路嘛?"那老人道:"时运倌里面请坐,我有一事相托,烦你替我问声佛爷也。"

老汉此间本姓倪,祖居住在坝桥西。

后园一对木樨树,祖传已有百年余。

从来没有开过花,枝叶茂盛世上希。

想必花神不管事,回来相谢有劳你。

却说时运听得叫他带信问佛爷,就一口答应,作别老人出门而去。又去了二十天左右,又到了一个村庄,走进村里,就在一家大墙门口歇息,突然听到里面喊:"时运倌请坐。"时运心想:"从家里出门,到此已有几千里路程,为啥还有人知道我的名字,真正奇怪哉!"时运言道:"我要到西天去,老妈妈有啥吩咐?"

老妇人道："我有一事相烦,请你带问一声活佛。"时运道："何事要问?"老太道："你听禀也。"

    祖居桃村本姓钱,夫君名字叫西贤。

    不幸中年早去世,又无子息断香烟。

    所生一女闺门内,乳名就叫钱文莲。

    相貌端正人品好,针线绣花样样全。

    可怜犯了不言病,从未开口十九年。

    有劳官人莫推却,活佛面前问一句。

    却说时运一听此言,就道："唔,原来有这等事,真正可惜。"立刻答应,又问道："妈妈,你怎么知道小生要经过此地?"老妇道："前三日夜里,亡夫前来托梦给我,如此这般对我说明,所以老身望了你三天了。"时运一听,更觉得奇怪,就言道："既然如此,请妈妈放心,个么我要走了。"老太道："吃顿便饭再走。"时运一口答应,吃了饭,谢了一声,出门而去。在路并无耽搁,又走了一个多月,只见前面一条大河,渺渺茫茫,无边无际,白浪滔天,又无桥梁船只,心中顿时一吓,心想怎样过去,并无妙法,只得骂苍天,又哭了一阵,不知不觉地睡着了。在睡梦里突然听见有人高声叫道:"时运倌哪里去?"时运猛然惊醒,睁眼一看,大吃一惊也。

    时运睁眼吃一惊,一只怪物面前存。

    头像巴斗眼若铃,身体粗壮滚勒滚。

    连头带尾四五丈,张开大口像吃人。

    时运拼了一条命,睁大眼睛看分明。

    牛头鹿角蛇身体,鸡爪鱼鳞虾眼睛。

    时运开口问怪物,今日可要吃我身。

    谁知怪物开言讲,你今啊是叫时运。

    一人到此何方去,请你详细讲分明。

    不要慌来不要惊,我是此河龙王身。

    我已等你多少天,你要过河我担承。

    时运一听心已定,便问龙王何事情。

    我要过河西天去,有事求教活佛身。

    龙王开言叫时运,我要托你带回信。

    却说龙王说道："你去西天求见活佛,托你帮我带问一信,我来渡你过河。"时运问老龙道："你要问什么信?"龙王道:"请你听我禀告也。"

    老龙修炼千年零,西海洋里住登身。

    自想我身作何孽,何故在此受苦辛。

    没有风云来助我,不能取水上天庭。

    身体长大全无用,所以托你问一问。

    倘能有日上了天,以后定要报你恩。

    却说时运言道："这个事情容易的,你就这样把我渡过河去。"老龙道:"你放心,包在我身上。只要你骑在我背上,两手抓牢龙角,闭上眼睛,不管听到任何声音,不要开眼。"时运道:"龙王爷不要骗我,被你渡到海洋中,来一个大翻身,把我翻在水中,被你一口吞掉,那时见不到活佛,相反的去见阎王爷了。"老龙道:"你放心骑上,我不叫你开眼,决不能睁开眼睛偷看,否则不关我事了。"时运只得骑上龙背,紧闭双眼,牢牢抓住,任凭老龙而去也。

不表时运上龙背,只说老龙施神威。

海中波浪翻天滚,耳边风声大如雷。

时运双手死不放,吓得全身发了抖。

鼻中异香精神爽,彩云护送往西推。

安然稳坐无妨碍,心中反觉乐开怀。

茫茫大海如平地,渺渺汪洋任龙走。

不消片刻风声息,老龙顿时开了口。

西岸已到可开眼,时运睁眼下龙背。

周身上下细观看,并无水珠半点漏。

时运睁眼一看,果然已经到了西岸。下了龙背,满心喜悦,谢了老龙,继续往西而去。不觉又走了几天,更觉神清气爽,精神饱满,步伐轻松,早到极乐世界也。

时运越走越精神,佛地果然胜凡尘。

苍松翠柏参天茂,紫竹老梅香气腾。

时运无心观胜景,一心要见活世尊。

一愿诚心赴佛地,孝感动天神明敬。

步伐轻松足生云,周身筋骨尽轻松。

抬头直望前边看,三间茅屋气氤氲。

耳边嘹亮音乐声,眼前来了小僧人。

时运一见心快活,恭恭敬敬把礼行。

开口一声小师傅,小人相烦问个信。

却说时运看见来了一个和尚,心想一定是活佛的徒弟,就走上前一步,恭敬地行了一礼,问道:"请问小师父,我要拜见活佛,请师父领我去。"小和尚道:"唷,你要见活佛,跟我来。"说罢,小和尚转身一步步而去,哪知时运放开脚步,还是跟勿上,奔得满头大汗。眼见已到茅屋,突然小和尚不见了,只见屋中坐着一位胖大的老和尚。看他须眉皆白,时运口中祷告道:"活佛在上,信士子弟是东土杭州人氏,不辞万里,赶来求见活佛。"老和尚开言道:"东土杭州到此,路隔十万八千里,关山丛多,如何到得?小小年纪,谎话连篇,哪里瞒得老僧,快快回去。"时运一听,急道:"活佛在上,弟子时运从小不说鬼话,在佛爷面前何敢狂言。"老和尚道:"既然如此,你把路上的经过,详细道来。"时运道:"佛爷在上,听弟子禀告也。"

一路经过坝桥西,碰着老人本姓倪。

后园两棵大木樨,从未开花百余年。

又到一处桃村里,老妈姓钱是祖居。

单生一女十九岁,不会开口讲言语。

再到西洋大海地,老龙渡我到江西。

途中连遇三桩事,桩桩件件世上奇。

托我时运问佛爷,恳求活佛露天机。

和尚听了脸带喜,时运快快听仔细。

看你时运诚心到,老僧对你讲玄虚。

桂花不开非别因,树下五缸金和银。

金银克木伤了性,再不挖出毁树身。

钱氏闺女犯哑病,命坐凶神七煞星。

只要成婚合卺日,凶神驱散会出声。

老龙修炼贪心重,两颗明珠口中存。

除去一粒身有主,风雨即助上天庭。

却说时运一一记在心,又要开言问自己的事情。老和尚怒道:"不必多言,快快回去,以后自会明白。"说罢,将袍袖对准时运面前一拂,言道:"快快回去!"时运顿觉眼前一黑,一跤倒在地上,慢慢爬起睁眼一看,大吃一惊,和尚没有了,茅屋也不知去向,顿觉如梦初醒。细想方才的话,句句牢记在心。突然听到老龙大叫道:"时运回来了吗?"时运仔细一看,早已在大海的西岸边,心中此时明白:"佛法无边,将我送到了这里。"心里顿觉快乐,就对老龙道:"佛爷说你贪心严重,口中存了两颗明珠,所以不能上天。必须取去一颗,才有风雨助你。"老龙言道:"我以为明珠越多,神通越大。我还想练第三颗呢,哪里知道多了一颗明珠,倒受了祸殃。"就说道:"时运倌,你替我问了活佛,我才明白。我今将另一颗明珠送给你,作为谢仪,你带回去。往后的日子就不会贫穷了,快拿好,我来渡你过河去也。"

时运接珠喜十分,感谢老龙赠珠恩。

依然骑在龙背上,仍旧闭上两眼睛。

突然听得风声大,顷刻之间雨淋盆。

雷声隆隆电光闪,时运倒觉吃一惊。

不消片刻风雨息,老龙叫他开眼睛。

时运睁眼下龙背,老龙腾空进乌云。

龙头三点天空去,时运拜谢龙王恩。

回身刚要动脚步,突然听到人声音。

定神四周细观看,龙王送他到桃村。

已到钱家大墙门,钱家妈妈出门迎。

就把时运接进屋,大排酒席问详情。

时运开言妈妈称,请你听我来告禀。

却说时运将活佛之言对钱家妈妈诉说详细,因为贵府千金之病是有凶神七煞坐命,请把千金及时地择婿配婚,选了良辰吉日,拜堂成亲;待送入洞房,挑去方巾,立刻就会开口说话。钱家妈妈一听此言,反而紧锁双眉,不是不相信活佛之话,倒是有极大的困难。因为近段方圆谁不知道钱家小姐是个哑巴,有啥人会相信这段话。钱家妈妈想了一想,就说道:"时运倌,我有一言奉告。"时运道:"妈妈有什么吩咐,请讲吧。"老妈道:"你听禀也。"

老身半途失夫君,薄薄家财不算贪。

一生未养多男女,所生文莲一只根。

谁知女儿犯哑病,谁家不愿配婚姻。

今日幸遇时运倌,带信西天问世尊。

活佛虽然言明白,人家有谁会相信。

看来时运你知道,愿将小女配官人。

伏望官人莫推却,救吾小女一条命。

未等时运回言答,吩咐童儿几个人。

去请族长马上来,童儿立即就动身。

时运一听心中急,要想回头万不能。

不多片刻族长到,坐定吃茶问原因。

　　老太忙把事情讲，大家一听齐赞成。

　　大家议事日脚定，后天黄道吉良辰。

　　置办衣服鞋和袜，买鱼买肉买荤腥。

　　二天光阴容易过，男女双双一身新。

　　诸亲好友来贺喜，吉日良辰在黄昏。

　　乐人掌礼忙吹打，参拜天地结成婚。

　　红蜡高烧照新人，送入洞房挑方巾。

　　却说一对新人送入洞房，喜娘叫新官人挑方巾。但是时运没有看见过，就说："我不会挑的。"喜娘道："你只要背对新娘，拿根秤搁在肩上，秤的一头挑牢方巾，将秤轻轻一挑就好了。"时运照办，谁知把秤的头挑牢方巾，把秤竿稍握在手中，轻轻往上一挑，谁知秤头上有只铁钩，正巧勾住了新娘的鼻孔。新娘惊叫一声："啊哇！"幸亏挑得轻，稍些出了点血，否则后果不堪设想。这叫无巧不成书，这是出血破法，凶神七煞见血而逃。从此开始，新娘就会开口说话，合家眷属好不快活也。

　　小姐开口叫母亲，合家老少尽欢欣。

　　时运当时吃一惊，听到开口也高兴。

　　成婚三天已过去，时运开言娘子称。

　　我有一言要奉告，明天立即要动身。

　　还有一家没报信，定会悬望心不定。

　　却说时运对娘子说明原因，又对妈妈讲清道理。"我明天就要动身。"老太一听，就吩咐家人准备船只，明天坐船而去。一宵已过，直抵来朝，时运辞别娘子及岳母，就此下船，家人解缆抽跳，开船而去，顺风顺水，不消几日到坝桥倪家。倪家老人接进厅上待茶，时运忙把活佛之言详细讲明。老人一听，吩咐家人准备工具，动手挖土，不消片刻，果然不差也。

　　三缸金来两缸银，老人一见喜欢心。

　　就把金银平半分，一半金银谢时运。

　　时运吩咐搬下船，拜谢老人出大门。

　　船家开船转家门，合家见了喜万分。

　　时运开言岳母称，我有一事说分明。

　　小婿有件未了事，告诉岳母得知闻。

　　祖居杭州安乐村，双亲早亡甚凋零。

　　多亏叔父抚养大，方始成人得营生。

　　一向帮人为活计，毫无产业在家门。

　　今去西天遇活佛，多蒙岳母配了婚。

　　目下算来运气好，怪道把我叫时运。

　　有桩心事常挂心，明天欲想转家门。

　　双亲棺木未入土，夫妻同去祭祖坟。

　　了却心事再回来，朝夜侍奉老大人。

　　却说钱老太一听女婿之言，满心欢喜，知道女婿是个孝子，就一口答应下来。吩咐家人准备船只，需用之物统统发下，又把分到的一半金银搬上船去。夫妻双双更换衣服，拜辞岳母，一切停当，出门下船，即日开船。东邻西舍一同送行，双方一同挥手，直望杭州方向而去也。

　　时运登舟回杭城，风也顺来水又顺。

不消多日杭州到，停船码头武林门。

时运一人先上岸，叔父家中去报信。

叔父一见呆瞪瞪，半个时辰未出声。

时运激动口难开，双双像个木头人。

婶娘一见忙开口，把他二人来唤醒。

婶娘忙把侄儿称，连问侄儿以往情。

时运从头讲分明，叔婶听得喜泪淋。

叔父夫妻换新衣，同去码头接新人。

小轿一顶新娘抬，欢天喜地转家门。

家人忙把行李搬，又把金银抬进门。

船上一切都搬尽，发付船钱转家门。

时运夫妻见叔婶，双双拜见二大人。

乡邻群众都知道，都说时运交时运。

顿时轰动安乐村，成群结队看新闻。

却说时运回家轰动了整个安乐村的百姓，成群结队都去观看新闻。连时运的老东家也来观看时运，一进墙门，就哇哈哈哈地连笑带喊："时运倌在哪里？时运倌在哪里？"时运听见叫声，连忙出来，看见老东家阿爹到来，连忙双膝跪下，喊道："阿爹在上，时运在此拜见阿爹。谢阿爹赐名之恩。"老老双手扶起时运，又在身边拿出一张十亩良田的方单，赠与时运，好为死去的父母建筑一座宏大的坟墓。时运就此吩咐叔父，发帖具请诸亲百眷、四乡八邻，大办喜酒，在那日就将一颗夜明珠供在正中，毫光曜日，光芒四射，热闹三天三夜，好不威风人也。

三天喜酒闹盈盈，时运又要请先生。

风水先生拣日脚，吉日良时做新坟。

又请高僧并高道，四十九天超升经。

圆满结束就送葬，送葬队伍一大群。

父母双亲安入墓，时运夫妻拜祖灵。

回家休息又二月，杭州烧香游灵隐。

时运夫妻心善良，带去金银赠叔婶。

叔父从此发大财，卷中不须多谈论。

时运决定要动身，叔父叫船忙端正。

时运拜辞众乡邻，拜别叔婶二大人。

踏跳登舟船起程，双方挥手喜泪淋。

在路行程何须说，不觉已经到桃村。

夫妻双双同登岸，发付船钱不细云。

钱氏妈妈已得知，开直正门迎亲生。

夫妻拜见老大人，和睦快乐过光阴。

时运夫妻多恩爱，文莲小姐已怀孕。

一日三来三日九，十月满足要临盆。

稳婆开口报喜讯，一胞双胎小官人。

钱家二子易长大，顶立二姓香姻根。

长子顶立钱家门,次子回转杭州城。

时运夫妻吃常斋,朝夜焚香拜世尊。

年纪活到九十九,修成正果上天庭。

时运宝卷宣完成,合家老少福寿增。

奉劝大众行善心,莫做穷凶极恶人。

时运是个好榜样,从古流传到如今。

卷中若有不到处,念句弥陀补完成。

受生宝卷(版本一)

却说此卷出在唐朝,太宗皇帝李世民执掌朝纲,风调雨顺,国泰民安,朝廷有德,百姓有福。朝内出了一位大忠臣,姓蔡名昶,官居大学士之职,夫人戚氏,本该命里无子。但因他为官清正,故玉皇大帝赐他一子,取名项,生的聪明伶俐,娶媳妇窦氏。只因蔡昶不信佛法,所以后有恶报。

朝廷有德民有幸,朝内出个大忠臣。

姓蔡名昶年纪老,夫人戚氏守家门。

不信神来不信佛,不修正果不念经。

不信念佛烧香烛,只是做官很清正。

本该无子绝后代,念他是个大忠臣。

玉皇赐他一儿子,取名蔡项真聪明。

娶媳窦氏官家女,如鱼如水过光阴。

不说古往今来事,再提告老大忠臣。

蔡昶告老在家清闲自在,家里有一个使女名叫梅娥,就是窦氏陪嫁过来的丫头。年方十九岁,不幸得病而亡。梅娥丫头生得十分漂亮,全家人都很喜欢她,如此年轻夭折,全家大小,个个大哭悲伤也!

梅娥美貌女佳人,可惜夭折命归阴。

全家老少喜欢她,死后人人泪纷纷。

不说梅娥归阴去,再说蔡项闲步行。

抬头看见龙虎榜,朝廷开选招贤人。

蔡项散步闲行,抬头看见龙虎榜。皇上要开科大考,招贤纳士。蔡项立刻回家将此事告诉父母双亲:"孩儿想赴京应举。"父母一听,十分喜欢,便对孩儿说:"你要赴京赶考,路上需要小心。"于是蔡项对妻子窦氏说:"我今要赴京应举,家中一切需得你谨慎料理。"说罢带了二名家童随即进京去了。

带了家童二个人,主仆三人进京城。

路上行程来得快,已经来到京都城。

待等场期来开考,三场赴试真用心。

皇帝将卷入金瓶,祝告苍天能取名。

头名取出官家子,蔡项得中第一名。

第二取出名邱羽,就是湖州城里人。

第三取出名柏福,原是徽州老乡绅。

敕赐状元名蔡项,游街三日看皇城。

不提状元京中事,再提家中老父亲。

蔡昶告老在家,有一天背上忽然生了一个疖,请来郎中先生诊断,先生道:"此疖名为骑梁发背,十分厉害。"夫人和儿媳一听就哭了起来。

状元在京多欢欣,父亲在家受灾星。

生了骑梁发背疖,婆媳二人泪纷纷。

蔡顼是个孝顺子,时刻想念父母亲。

状元随即来启奏,我皇万岁纳微臣。

我的父母年纪大,赐我还家奉双亲。

养儿防老从古说,积谷防荒古人训。

君王准他养亲本,状元立刻转回程。

官船日夜来赶路,迷迷糊糊路不清。

行了几天无休息,不知行到哪乡村。

掌船艄公心焦急,不见太阳心昏闷。

状元上岸问讯,问到一个老人,就是土地公公。状元问道:"老公公,这里是啥地方?"老人说:"我来告诉你听哪!"

此地贵州阴阳界,阴阳隔界尽知闻。

迷雾之中摇出去,前面有个小庄村。

周围都用篱笆扎,河滩石上一佳人。

状元在京中上船,一连摇了几日几夜,似在迷雾之中,又无日月星辰看见,心里十分烦闷。正在迷雾之中,但见前面有一个小村庄,河滩石上有一个女子。状元一看这个女子好生面熟,心想:"这倒奇怪,这个女子像我家已故的梅娥丫头。"便叫艄公停船。这时梅娥抬头一看,心中十分疑惑,船上这个人像我生前的小主人,何故到此呢?

状元出舱上岸行,借问此地啥乡村。

佳人一见状元面,双膝跪在地埃尘。

可是生前蔡老爷,为何来到我乡村。

状元即便开言问,可是前生梅娥身。

梅娥即便回言答,老爷在上听分明。

此地不是阳间地,即是阴间地界门。

且到家去来安歇,边喝香茗讲原因。

梅娥丫头留主人到家中,状元问道:"你身已死,为何到此?"梅娥说道:"这里是阴阳交界处。"又道:"我死了之后,阎王审问明,死后也要嫁人。将身嫁了冥司执掌库房的判官,名为马面,就是在第七殿泰山大王殿前办事的。子时去身,戌时回来。老爷到奴家中,倘若马面丈夫问起,如何是好?哦,有哉!不如我与你认作兄妹相称,我叫你哥哥,你叫我妹妹,就叫使女拿出两只缸来,叫状元老爷登在缸中可好?"到戌时,马面真的回来了,一到家中便问妻子:"为什么有生人味道?"梅娥道:"丈夫,是我阳间的哥哥在此。哥哥名叫蔡顼,是新科状元,只因奉旨回家养亲,路过此处,恰被我看见,就留在家里。"马面道:"如此说来,他是我的大舅,请他出来相见。"娘子道:"那么你身上的衣服换下,方可出来相见。"马面便把衣服换下,梅娥就请哥哥出来相见。马面一见状元便一恭到底,道:"大舅在上,小弟有礼一拜!"状元连忙扶起,说道:"妹夫,愚舅也有一礼!"二人分宾坐下,把酒言谈十分欢乐也!

状元初见马面身,郎舅二人言谈论。

回家为何这样晚,妹夫干的啥事情。
判官即便来回答,大舅在上听原因。
我是阴司为马面,执掌阴司曹库门。
今日夜班我主事,故此回来已黄昏。
请问大舅因何事,有何贵干到我门。
你在阳来我在阴,阴阳两界分得清。
状元即便回言答,妹夫在上听分明。
我是本朝新科举,得中状元第一名。
只为养亲回家转,行船顺来事不顺。
烟雾天黑昏迷路,不知阳来不知阴。

状元道:"愚舅想同你到阎王殿上去游玩一番。"马面道:"大舅,言之有理,那么你再耽搁几天。"状元随即吩咐船上人员,暂停几天再行便了。

马面说给状元听,大舅听我讲分明。
你若要玩阎王殿,你我扮成一个形。
状元衣服脱下来,马面衣服着在身。

马面道:"大舅,你到阎王殿去玩,一定要穿上同我一样的衣服。"于是状元就把自己的衣服脱下,换上马面衣服。马面又道:"大舅!你看到头戴马帽、身穿马皮的就叫马面判官,头戴牛帽、身穿牛皮的就叫牛头判官,头戴虎帽、身穿虎皮的就叫虎头判官。你看到手中各执军器、奇形恶状、凶相毕露的阴司,不要惊怕!"状元回言道:"妹丈!你如今说明白,我就不怕了。"马面道:"那么你就闭上眼睛。"二人上马而去。

恐怕舅舅要吃惊,故而吩咐二三声。
状元就把衣服换,皂衣皂服着上身。
纱帽红袍都脱下,浑身扮做鬼王能。
马面状元同上马,闭紧眼睛不作声。
耳听马铃声声响,片刻到了酆都城。
马面吩咐可开眼,状元开眼看虚真。
二人胯下银鬃马,二匹马儿带端正。
此地就是阎王殿,十王殿上差仿能。
状元即便抬头看,宪蔡衙门第一门。
走进仪门细细看,泰山宝殿上面存。
步行走到大殿上,黑面鬼王吓煞人。
有的面貌真凶恶,龇牙咧嘴鬼神惊。
也有青面獠牙相,眼睛弹出像铜铃。
有的鬼王相较善,也有白面像书生。
也有判官凶横相,赤面青须谁不惊。
两边刀枪全出鞘,隐隐听到有哭声。
竹片棍子都端正,夹棍榔头簇崭新。
状元见了心惊怕,残忍阎罗果然真。
蔡顼正在暗思想,一个鬼魂带进门。
跪在阎王案桌下,头撒松香用火焚。

此人面貌较熟悉,好像邻居胡大宾。

他的年纪还很小,为啥已入酆都城。

马面即便来回答,此人罪孽还算轻。

生死簿上账未勾,三日之内会还魂。

待等阎王审明白,立即还阳病脱根。

状元看到有一个罪人,头上用松香烧得皮开肉绽,觉得阎王真的残酷。马面道:"此人罪孽不重,他在阳间与李君若合开一爿小店。只因胡大宾的算盘实在精通,拿李君若的本利一并算光。李君若一无所得,怨气冲天,走到城隍老爷那里告阴状。城隍老爷受理,果真有此事,转呈阎王审理,待审问明白就要放他还阳,病也就好了。"状元一想,胡大宾与李君若的确合开一爿小店,如此看来果然奇怪。

状元心中细思想,人间果然有阴阳。

走进大堂到后殿,火轮地狱去白相。

见一罪人不认得,刑罚加身不敢强。

跟着马面朝里走,又见刑具毒心肠。

此名就叫油锅狱,滚热油脂身上烫。

此人好像同窗友,就是同村王圣良。

他在阳间开酒店,何故在此受灾殃。

状元即便问马面,此人罪孽怎么样。

状元一看,用油脂烫身的罪人是同村的同窗好友王圣良,何故到此地受罪?马面道:"此人不过七日之罪,因他历年开一爿酒店,糟蹋米浆,故此罚他此罪。待阎王审问明白罪轻罪重,第八日就可还阳了。"

看了油锅往里行,黑暗地狱无光明。

看见黑暗衙堂内,麻绳吊起一老人。

鬼王用槌背上打,打得肉烂痛伤心。

状元上前仔细看,此人好像我父亲。

告老还乡归故里,因何到此地狱门。

状元思想真焦燥,莫非黑暗认错人。

上前看了再细看,果然是我老父亲。

面带忧愁泪纷纷,告言妹夫转回程。

马面听了舅舅话,嘴上不说起疑心。

出了衙堂诸般狱,走出大堂往前行。

郎舅骑上银鬃马,慌忙即速就动身。

马面吩咐眼闭紧,迷迷糊糊快如云。

顷刻将到马面家,梅娥望见来相迎。

郎舅下了银鬃马,马儿带在老树墩。

梅娥摆出宴席酒,状元酒饭不想吞。

此时判官忙动问,莫非怠慢不诚心。

若有诸般不到处,要看同胞兄妹情。

蔡项即便回言答,妹夫不要多疑心。

也不嫌你轻怠慢,有件事情伤脑筋。

判官启口问状元,有啥事情说我听。

状元含泪开口说,实言相告妹夫听。

同你游玩阎王殿,走进暗衙吃一惊。

梁上吊个年老汉,就是我的老父亲。

既然是你老父亲,也是我的老丈人。

待我明日查明白,到底为点啥原因。

马面判官道:"既然是你的父亲,那么也是我的丈人,待我明天到承发科房里去查明,但不知叫什么名字?"状元道:"叫蔡昶,官居大学士之职,今年七十三岁,四月初四子时生。"马面道:"请舅舅放心,我去查查便是了。"

状元稍微放宽心,判官去查啥原因。

明日清晨抽身起,急急忙忙就行程。

走到承发科房内,生死簿上看分明。

暗衙堂里一鬼魂,抽抽泣泣哭声轻。

姓啥姓来叫啥名,何州何县何图人。

一生作了何罪孽,如今年纪多少春。

科房鬼王名张顺,将情一一查分明。

马面判官来到承发科房,便道:"张顺兄弟,暗衙堂里的一个老鬼魂,烦你给他查查看,是何原因?"张顺查了查道:"他是唐朝太宗皇帝李世民朝内一个大忠臣,姓蔡名昶,出生年月日都不差分。命内本该无子,但上帝念他做官清正,故而赐他一子,就是现在的新科状元。因为蔡昶不信佛法,不敬神明,罚他生了骑梁发背而亡。"

马面查明转家庭,说给状元舅舅听。

暗衙里吊打是父亲,查了不差半毫分。

状元一听双流泪,嚎啕大哭好伤心。

判官即便开言劝,舅舅不必泪淋淋。

待我明天去要求,承发科房去讨论。

只要能救我丈人,不管要花多少银。

马面急得似火焚,要要紧紧救丈人。

不多一刻库房到,管库鬼王叫张顺。

昨日查问那个人,却是小弟老丈人。

多少金银好赎罪,救他还阳转家门。

张顺道:"既然是你的丈人,可以商量救出,但是要赎价铜钱十兆九万五千零四十八贯。"马面道:"张顺先生,那么与你商量一下,将你库房中的金字借一借,先赎出此罪,放他还阳,停几天就还。"张顺道:"他是阳间之人,怎样来还?"马面道:"你且放心,他的亲生儿子是现在的新科状元。放我丈人还阳,立刻就还。由我在此担保,况且南北两库金银都是你掌管的。"张顺答应,如数借出。

马面商量借金银,借了金银赎丈人。

借得十兆九万贯,还有那五千零四万加八千文。

各狱诸司安排好,铺堂使用金摆平。

三十六房都派到,七十二司用金银。

阎王殿下再讨求,方可救出我丈人。

回家说给舅舅听,你且快快转回程。

八月十九放出来,时间不差半毫分。

舅舅快回阳间去,筹齐金银还库门。

这笔金银我担保,勿可脱期半时辰。

蔡顼听了此番话,慌忙即速就动身。

别了梅娥一鬼魂,感谢马面待殷勤。

船家等得心烦闷,马面开言说分明。

这里阴界无出路,我来领路送一程。

吩咐众人闭眼睛,不多一刻天地明。

看看行到贵州地,本州本县看得清。

到了自己码头上,诸亲百眷来相迎。

迎接状元到高厅,分宾坐下饮香茗。

谈谈说说半时辰,状元躬身谢乡亲。

相送诸亲回家去,内堂去见父母亲。

状元便问老母亲,为啥不见老父亲。

母亲告诉儿子听,生了骑梁发背病。

死去七日并七夜,几乎一命见阎君。

昨日病情有好转,如今我才放宽心。

状元走去看父亲,两行珠泪落纷纷。

状元对了父母面,躬身八拜两双亲。

此时苍疬好了些,且到堂前拜祖灵。

告诉父母赴考情,状元中了儿子身。

京中事情不必说,细谈一段酆都城。

梅娥使女亲看见,鬼魂嫁了鬼男人。

阴间游殿不须说,窦氏夫人出来迎。

夫妇二人无多话,状元要紧望乡邻。

第一先望李君若,第二去看胡大宾。

第三去望同窗友,王圣良家探虚真。

状元来到李君若家探望李君若,说道前年与胡大宾合做生意的情况,如今改作看经念佛。君若道:"我在五日前梦见状元,今日果真相会,应梦大吉。"状元暗想,果然奇怪。

蔡顼心里暗思忖,想起阴司确实真。

大宾生得烂头病,烂得满头血淋淋。

我在地狱亲看见,大宾头顶用火焚。

君若好人未生病,传到阴间作见证。

大宾是个刁算人,算得君若蚀老本。

如今君若很勤恳,吃素念佛要看经。

大宾克剥李君若,生场大病倒贴本。

回身去望同窗友,圣良在床打翻身。

满身大汗如雨淋,一场寒热稍觉轻。

状元到了王圣良家中,便问道:"世兄可好些?"圣良娘子连忙迎接,请状元坐下,道:"大人在上,我来说给你听。丈夫得病七日，服药无效，生的是伤寒病症。今天第八天还不能起床迎接你，望大人恕罪。"状元思量："我在阴间看见圣良八日之罪，现在看来果然如此。"劝慰一番后，状元别了圣良妻子一路回家而去。

> 状元出了王家门，坐在轿中暗思忖。
> 阴司法令真厉害，谁重谁轻分得清。
> 善有善报古人训，恶有恶报果然真。
> 状元回转自家门，出轿步行进大厅。
> 进了大厅到内厅，父母妻前讲分明。
> 自从得中状元后，钦赐游街看皇城。
> 君王殿前奏一本，万岁准奏回家门。
> 一路行船迷了路，烟雾弥漫路不清。

状元告诉父母妻子迷路情况，后来只见有一个小村庄，在河滩上隐隐约约看见一个小女子。仔细一看，原来真是生前的梅娥丫头呀！梅娥不是死了吗？为什么再次出现？莫非我到了阴间地界了？状元把梅娥嫁给马面判官，马面领他游殿，最后状元在一条暗弄堂里迷迷糊糊看见一个老汉被用铜钩钩住背心吊在梁上。两边的叉小鬼又用槌子不断敲打，老汉不敢放声大哭，只能抽抽泣泣。仔细上前一看，原来是我的父亲，就叫马面到承发库房查明情况，一点不差。后来由马面判官到阎王殿上讨求并做担保，借了两库金银赎出父亲还阳。这笔金银一定要按期归还，不得错过一个时辰。状元父母、妻子听了连连称奇。第二天，状元装载十兆九万五千零四十八贯铜钱，立即开船而去。

> 状元堂上别双亲，就要开船还金银。
> 再别妻子窦氏女，晓行夜宿不留停。
> 到了贵州来认路，问来都说无此程。
> 绝望之中望侥幸，再去寻那小乡村。
> 若能见到梅娥女，一切事体弗要紧。
> 东也寻来西也寻，不见梅娥那个村。
> 如果此路寻不到，脱了还期罪不轻。
> 害了梅娥不算数，再害马面与张顺。
> 寻来寻去寻不着，状元急得火烧能。

状元要偿还金银，但摇来摇去，找不到走阴间的道路，心里得像热石头上的蚂蚁。如果这些金银误了期还，那还了得？这时抬头看见一个年老人，便道："老公公，这里是什么地方？"老头道："此地是贵州地界，阴阳隔界地方。阴则阴，阳则阳，阴阳各有分明。"状元道："我前月在此经过，见一篱笆小村，就是马面判官家。马面替我到阴司地狱库内借了金银，如今要去还，但到了此处，找不到走阴间之路。"老公公说："你阳间之人，哪里寻得到走阴间之路？你将这些金做做好事吧。"状元道："老公公！使不得，这是我约定日期还的。倘不如期归还，要危害梅娥的呀！"老公公说："你在这里可起造一顶洛阳桥。有了此桥，阴司托生投胎，可直接在此大桥经过。若无此桥，江心大洞，就难投人身度世也。"

> 状元心中细思忖，公公之言不差分。
> 急忙将船江边歇，搭起公馆就扎营。
> 要选天下名匠手，张班鲁班请来临。
> 石匠木匠无其数，名山好石载端正。
> 不嫌石头价钱大，只要名山石头精。

扯起黄旗动工程,载石人声闹盈盈。

鲁班仙师道:"状元老爷,你要造什么桥?"状元道:"听凭老师傅造法。"鲁班道:"此处江深水阔,此桥要造七十二个环洞。"状元问道:"老师傅,要花多少金银?"鲁班一算,要花三十兆九万七千贯。状元暗思:一倍还了三倍。便道:"老师傅,只要造好,不论多少金银。"张班道:"此地江阔水深,风大如何好造?"状元道:"全凭老师傅手法。"鲁班道:"一点不难,不必忧虑。"随即动工起造便了。

鲁班仙师用心勤,要造洛阳桥一顶。

只吃素来不吃荤,众匠造桥真辛勤。

江滩河边水较浅,搬砖运石都有劲。

第一个环洞来造成,石鸟飞得多齐整。

石鸟衔柴窝来做,燕子衔泥不住停。

第二个环洞来造成,石军石马宛然真。

石羊嘴里衔青草,石马点头蹄出声。

第三个环洞来造成,石莺石凤是飞禽。

石莺口里啼得好,石凤叫出婉转声。

第四个环洞来造成,雕成石鸭在桥心。

石鸭水里来游水,听得一片鸭叫声。

第五个环洞来造成,石鹤石鹅石雕成。

石鹅池边吃青草,石鹤飞上九霄云。

第六个环洞来造成,名石雕成石麒麟。

麟吐玉书桥上坐,云雾缭绕似腾云。

第七个环洞来造成,石头雕刻读书人。

左边一个文章读,右边一个写字人。

第八个环洞来造成,一条石鱼好惊人。

半夜三更来下降,消灾降福保安宁。

第九个环洞来造成,雌雄两虎石雕成。

右边雄虎来蹿跳,左边雌虎腰来伸。

第十个环洞来造成,两条石龙左右分。

旱天若得龙取水,三刻就有雨来淋。

第十一个环洞来造成,雌雄两鸡石雕成。

雌鸡叫出咯咯声,雄鸡啼到大天明。

第十二个环洞来造成,两个穷汉左右分。

左边一个拿棍棒,右边一个弄蛇人。

第十三个环洞来造成,两个富翁桥上登。

跨马如飞去游玩,后头书童跟三人。

第十四个环洞来造成,两只石狗桥上奔。

一只嘴里汪汪叫,一只勒浪看大门。

第十五个环洞来造成,两只石牛做得勤。

一只石牛来打水,还有一只田来耕。

第十六个环洞来造成,金毛狮子石雕成。

日里常把绣球滚,夜里一忽桥上困。
第十七个环洞来造成,石头雕成种田人。
手拿铁锆田中去,山歌唱得郎朗声。
第十八个环洞来造成,匠人出去做营生。
三句不离本行话,工钱三百转回门。
第十九个环洞来造成,买卖客商石雕成。
还有两个烟酒鬼,猜拳喝酒闹盈盈。
第二十个环洞来造成,小本经济生意人。
前担挑起大白菜,大蒜葱韭后头跟。
第廿一个环洞来造成,石头雕成唱戏人。
听唱之人无其数,一男一女唱戏文。
第廿二个环洞来造成,三皇五帝石雕成。
盘古皇帝当中坐,两边文武伴圣君。
第廿三个环洞来造成,夏禹治水有名声。
引导洪水入大海,自古以来受尊敬。
第廿四个环洞来造成,丁兰刻木敬双亲。
石头雕成丁孝女,也是张鲁两班人。
第廿五个环洞来造成,石雕王祥卧寒冰。
卧开冰冻鱼跳出,天下传扬大孝心。
第廿六个环洞来造成,姜诗孝母在庐林。
再有一个庞氏女,两个孝女有名声。
第廿七个环洞来造成,焦花哭麦敬婆身。
何担孝心来挑母,千载闻名大孝心。
第廿八个环洞来造成,猛将掘土塑母亲。
再有一个贤孝女,霍海寻亲千古闻。
第廿九个环洞来造成,董永卖身葬父亲。
只因家中实在贫,至今留他孝名声。
第卅十个环洞来造成,赵五娘子石雕成。
大孝剪发街头卖,肩背琵琶寻夫君。
第卅一个环洞来造成,有个孝子石雕成。
埋儿天赐黄金富,天下闻名郭巨身。
第卅二个环洞来造成,有个孝女石雕成。
活取心肝张六嫂,三日不打骨头轻。
第卅三个环洞来造成,孟宗孝子石雕成。
冬天哭笋为娘亲,感动苍天得升平。
第卅四个环洞来造成,曹文正是石雕成。
杀子为了救亲娘,后来富贵得起身。
第卅五个环洞来造成,目莲和尚救娘亲。
救出阴间真难得,锡杖挑开地狱门。

第卅六个环洞来造成,有个孝子石雕成。

父母早亡张待诏,买个闲人当父亲。

张班、鲁班造桥造到了三十六个环洞,天下孝心万象都是石头雕成功的,还有三十六个环洞。江深水阔,十分难造。张、鲁仙师对状元说:"此江又深又阔,如何造得起?"状元说:"那全凭老师傅仙法造是了。"张、鲁班说:"正要东海龙王那里通一个信,将海水枯几日才可落桩起造。"状元便差人去寻访一个叫夏得海的人来,重重有赏。公差马上去寻访,却遇到一个酒鬼,登在酒店里喝醉了,自称夏得海。公差便把这个酒鬼抓住,叫他去见状元老爷。

抓住酒鬼到府衙,差人禀报状元听。

此人就是夏得海,附近一带有名声。

状元就对得海说,请你龙宫去通信。

因为江深水又紧,造桥不好动工程。

约定一个好时辰,把那河水退干净。

可拿桥桩来落好,赏你老酒再赏金。

酒鬼此时心惊吓,上天无路地无门。

状元对夏得海道:"我有个文书解条一张,带在身边交于龙王。约定何月何日何时退去海水,我们才可动工继续造桥,回来赏你老酒和银子。"酒鬼道:"状元老爷!海内无门,叫我如何下的海去?性命保不住。"状元道:"你这狗奴才,不去打你四十大板,到底去不去?"夏得海无可奈何,只得答应。那个夏得海原来是上界玉皇殿前插香童子,因为调笑了玉女,故此罚他下凡受灾。

得海走出公馆门,心惊胆战路上行。

只怨父母两大人,奶名取得太难听。

阿毛阿狗全好提,夏得海三字取为名。

如今状元要差我,真叫得海急煞人。

拿出文书来观看,两行眼泪落纷纷。

得海哭死在江滩上,犹如梦中见阎君。

东海龙王在水晶宫里听见有人在江滩上啼哭,便差虾兵蟹将去查看。虾兵蟹将拿了分水犀牛角分开水路,走到江滩上一看。有个酒鬼叫夏得海,身边有一通文书解条,虾兵蟹将把文书解条拿给龙王。龙王一看,却是蔡状元起造洛阳桥。"那个夏得海是上界星辰下凡,后来官居极品,待我加上'肚醋'两字,交给兵将,回到江滩,任旧放在夏得海身边。"这时得海朦胧醒来,挖出文书解条一看,上面加了二个红字。心想:"待我去见状元,并交给状元老爷。如果状元问起宫中情形,待我说二声鬼话就是了。"

得海酒鬼回转门,状元含笑来相迎。

就问得海取牌看,书上写的啥事情。

得海将书来呈上,状元一看喜欢心。

再问得海龙宫事,龙宫景致如何能。

得海说给状元听,鬼话一套来骗人。

叫我下海去送书,看到龙宫全水晶。

水晶墙门水晶壁,水晶门槛水晶门。

水晶方砖水晶地,梁柱都是水晶成。

门窗全是水晶做,水晶弄堂水晶井。

水晶台子水晶椅,天然几一只水晶成。

水晶轴子水晶对,水晶单条两边分。

龙王也是水晶做,虾兵蟹将全水晶。

水晶衣裳水晶帽,脚上靴鞋也水晶。

水晶灶头水晶碗,水晶镜子亮晶晶。

水晶提桶水晶筷,扫帚畚箕水晶成。

水晶丫头有几个,水晶皇后龙宫登。

状元听他说鬼话,此人真是痴呆人。

牌票上面加两字,状元即便喊匠人。

状元一看牌票上加"肚醋"两个字,就喊张、鲁两个老师傅商量。这两个字是有道理的,肚字是十一月,醋字是廿一日酉时。看来是十一月二十一日酉时海干停潮。于是张班、鲁班两位师傅准备齐全造桥材料,到时马上动工,不可耽误时间。

张鲁仙师商量定,造桥材料全端正。

待等此日酉时到,不可错过半时辰。

造好此桥费用大,状元金银已用尽。

观音大士晓得后,来助蔡颀孝心人。

造桥匠人多辛苦,只吃素来不吃荤。

观音大士亲看见,洛阳桥下显威灵。

观音大士来到造桥工地,看见建桥众匠生活太艰苦,天天吃素,人人吃得面黄肌瘦。观音菩萨就拿起一把木花丢在桥下江河里,喷了一口净水,木花顿时变成无数银鱼。状元见了,连忙叫人捕鱼给众位匠人吃了。

状元造桥真辛勤,感动菩萨行善心。

匠人吃素把桥造,不吃荤腥半毫分。

慈航普陀观世音,撒把木花变鱼群。

观音并对状元说,此鱼无血不算荤。

匠人吃了心欢喜,感谢大士救凡人。

状元金银都用光,观音大士发善心。

金银赏给蔡状元,把桥继续造完成。

纯阳变化游方僧,传授仙法众匠人。

办好材料忙动工,再造洛阳桥半顶。

第卅七个环洞来造成,芦花记上一闪损。

晚娘凌贱爹知道,未曾怨母供严亲。

第卅八个环洞来造成,黄香孝子石雕成。

夏天酷暑扇凉枕,冬天寒冷温暖衾。

第卅九个环洞来造成,六乳奉亲颜母身。

六皮披挂深山去,几乎一命见阎君。

第四十个环洞来,造成前汉文帝见双亲。

母病三年床上困,亲尝汤药动天心。

第四一个环洞来造成,吴孟孝子石雕成。

家贫夏日无蚊帐,恣蚊饱血爱娘亲。

第四二个环洞来造成,阿弥陀佛石雕成。

极乐世界逍遥去,尽声救苦度凡人。

第四三个环洞来造成,清凉势主大能人。

匡阜劝善分左右,消灾降福保安宁。

第四四个环洞来造成,五路财神石雕成。

招财进宝分左右,利市仙官保太平。

第四五个环洞来造成,弥勒佛祖石雕成。

手中拿了乾坤袋,四大金刚两边分。

第四六个环洞来造成,玉皇上帝坐天庭。

三十三天都参见,满天真宰共钦尊。

第四七个环洞来造成,玄天上帝石雕成。

披发祖师当中坐,龟蛇两将两边分。

第四八个环洞来造成,护法韦陀镇魔君。

协天大帝关天子,黑面周仓后头跟。

第四九个环洞来造成,三清上帝石雕成。

上清太清分左右,玉清当殿保长生。

第五十个环洞来造成,森罗万象石雕成。

左边两斗星君照,右边日月照乾坤。

第五一个环洞来造成,东海龙王石雕成。

左边金童来上寿,右边玉女捧香茗。

第五二个环洞来造成,天上星辰石雕成。

星主大帝左边坐,右边斗姥坐安身。

第五三个环洞来造成,上八洞神仙石雕成。

福禄寿三星蟠桃会,空中王姥庆长生。

第五四个环洞来造成,中八洞神仙石雕成。

大肚皮钟离前头走,背甩葫芦吕洞宾。

第五五个环洞来造成,下八洞神仙石雕成。

和合二仙哈哈笑,蓬头刘海笑盈盈。

第五六个环洞来造成,酆都城地狱石雕成。

天堂地狱都石做,善恶原来分得清。

第五七个环洞来造成,当今天子石雕成。

文官武将无其数,宫娥彩女一群群。

第五八个环洞来造成,如来活佛石雕成。

左边文殊骑狮子,右边普贤象王身。

第五九个环洞来造成,观音菩萨石雕成。

善财合掌左边立,龙女右边捧金瓶。

第六十个环洞来造成,五百罗汉石雕成。

二千诸佛分左右,二十八宿放光明。

第六一个环洞来造成,三官大帝石雕成。

左边五湖并四海,右边日夜有船行。
第六二个环洞来造成,地藏菩萨石雕成。
十殿阎王分左右,夜叉小鬼吓煞人。
第六三个环洞来造成,儒释通三教石雕成。
释迦如来当中坐,太上老君孔圣人。
第六四个环洞来造成,姜太公钓鱼石雕成。
池鱼愿者来上钩,后来八十遇文君。
第六五个环洞来造成,唐僧西天去取经。
七十二个妖魔难,亏得猴精保安宁。
第六六个环洞来造成,十八代弗曾家来分。
全家人口千余个,后有婆婆两扇门。
第六七个环洞来造成,张灵宝官石雕成。
晚娘尤氏千般害,后来极品伴当今。
第六八个环洞来造成,开场做戏闹盈盈。
聋聩侧耳听曲子,瞎子点头听戏文。
第六九个环洞来造成,三林树木石雕成。
百花满树风摆动,青松绿柳万年青。
第七十个环洞来造成,蔡顼状元石雕成。
父母妻子都石做,黄罗宝伞紧随身。
第七一个环洞来造成,马面梅娥石雕成。
马面执管曹房库,梅娥在家做营生。
第七二个环洞来造成,得海酒鬼石雕成。
一身官服朝堂内,文武官员个个钦。
匠人造桥多认真,七十二个环洞造完成。
匠人结了工钱回家转,状元造桥完满也回程。

现在洛阳桥已经造好,匠人结了工钱回家,状元也启程回乡不提。再说阎王少了库银要盘账,马面、张顺知道了,急得魂不附体。

不说阳间造桥完成,再说阴间一段情。
阎王突然要盘库,急煞马面与张顺。
张顺急得泪纷纷,马面急得失落魂。
管库张顺上刑罚,马面判官去充军。

且说观音大士知道了阴间之事,就决定要去救救他们。观音大士到了阎王殿,阎王便来迎接了。

观音大士得知闻,阎王面前说分明。
只因状元亲身父,阴司钩往地狱门。
恰被状元来看见,阴间借了雪花银。
张顺马面做保人,借了金银赎父亲。
阴阳隔界信勿通,此款无法去还清。
化了金银两倍多,建了洛阳桥一顶。
现在大桥已造好,七十二个环洞门。

前后人生难转世,凡间投胎弗通行。

有了洛阳桥一顶,投胎转世可通行。

倘有罪孽重和轻,花甲六十还金银。

观音说:"状元借了阴司南北两库金银,阴阳隔界无法归还。但用了二倍多金银造此洛阳大桥,使老人过世,小人投胎,都能直接过此大桥,就容易了。"所以阎王派定六十花甲子还债,凡是过此洛阳大桥者,均要承担还清阴司南北两库金银之责。

阎王派定还金银,曹官各自掌库门。

故而世人受生做,受生要还库内银。

有人欠了受生债,死了吃苦没人身。

阎王听了观音话,马面张顺出罪名。

阎王殿前书役办,拜谢菩萨观世音。

观音大士升天去,将情奏上玉皇听。

玉皇闻奏龙颜悦,南北两库派均匀。

蔡状元起造洛阳桥,万古流传到如今。

明朝有个万历帝,洛阳桥下看分明。

若说洛阳桥三字,故此安眠永常存。

船到桥边将言说,客到桥边喜欢心。

阎王一一来派定,丝毫半点弗差分。

状元带了夏得海回到家里,说道:"我在阴司看到地狱一番苦境。"于是合家戒酒除荤,吃素念经。

状元合家喜欢心,人人念经要修行。

亲眼看见阴司事,定要吃素念佛经。

忙入朝中奏一本,要求皇上纳微臣。

赐一官职夏得海,钦赐翰林得超升。

得海封了高官职,不愿为官去修行。

状元合家都修道,后来富贵上天庭。

此本就是受生卷,传流世间到如今。

受生宝卷(版本二)

受生宝卷初展开,诸佛菩萨坐莲台。

合堂大众身坐停,静心听我宣一番。

且说此卷在唐朝太宗皇帝时代,君正臣忠,风调雨顺,国泰民安。朝中有个忠臣,姓蔡名叫昶,官居大学士之职,现在告老还乡。夫人戚氏。老夫妇命该无子,因为蔡昶为官清正,赤胆忠心。上帝怜他忠良,赐他一子,名叫蔡项,生得聪明伶俐,娶媳窦氏也是聪明无比。蔡昶老大人倒是不信佛法,不信念佛看经,后来生一个疮疖,名为骑梁发背,一病在床,大祸临头。

勿说蔡昶告老在家庭,再宣公子蔡项身。

十年寒窗勤读书,恰遇皇上要召有才人。

公子辞别父母上京去,一路进京赶功名。

到了京都招商住,待等考期进场门。

三场文字方已毕,蔡公子中得状元第一名。

且说蔡顼得中状元,皇上见爱,钦赐御酒三杯,白相皇城。蔡状元想起:"父母年老,所养我一子,我今高中状元,意欲回家,侍奉双亲。"蔡状元写好归家表,直至五更三点,君王登殿,状元俯伏金阶,口呼:"万岁,臣家有父母年迈,意欲还乡侍奉双亲。"手捧本章,呈上龙案。太宗看表以后,准奏,敕赐状元奉旨还乡。状元辞皇别驾,三呼万岁,退出午朝门外。文武百官齐来相送蔡状元,摆道出京,叫了舟船,码头下船,扯起奉旨还乡旗号,一路浩浩荡荡上路而去。

状元别驾出京城,奉旨还乡探双亲。

路上行程好几日,迷失路途无处行。

此处不知啥乡村,状元出舱看分明。

洋洋黑黑昏迷路,不知方向无处行。

一路行船天昏暗,迷魂天色时昏沉。

行了几日无休歇,不知何处啥乡村。

把舵艄公心焦燥,太阳不见好昏沉。

状元上岸来问信,见一老人问分明。

状元行了几日船,天色昏迷,不分日夜,迷失路途,意欲问信,见一白鬓苍苍的老人。状元便问:"此处是什么地方?"老人道:"此地是贵州阴阳界。阴阳隔界,不知去路。"说罢老人不见了。

状元肚里战心惊,吩咐艄公把船行。

昏迷一路摇出去,河岸石上女佳人。

周围尽是篱笆扎,团团围住不能行。

蔡状元行了几日,迷失路程,心里好不烦闷。立在船头上向前一望,只见前面有一个村庄,一看河岸滩涂上有一个女子在洗衣服。状元仔细一看:"这个女子是我家的梅娥丫头。"状元便叫艄公停船。那个女子也看见状元,"好像我的前生主人蔡顼公子",却也奇怪为何到了此地来了。

状元启口问佳人,此地地名啥乡村。

梅娥一见状元面,双膝跪在地中心。

可是前生蔡老爷,为何来到我乡村。

状元即便开言问,可是梅娥使女身。

丫头即便回言答,老爷在上听原因。

此处不是阳间地,即是阴司地狱门。

且到我家来安歇,香茶一盏叙寒温。

那状元说:"我到你家中认认也好。"跟了梅娥到得她家坐定。状元说:"梅娥,你身已死,为何在此?"梅娥回言说:"人死之后,阎王审问明白,有的投生做人,有的投生为犬。我如今嫁了阴司执掌大库房的判官,名为马面,就是在第七殿解事,子时出门,戌时回家。老爷住在我家,玩几天回去。"状元说:"倘然马面回来问起,如何是好?"梅娥道:"不如与你兄妹相称。"梅娥拿两只大缸,叫状元登在缸内,合好后,马面回来了。马面便问:"娘子,为何有生人气味?"梅娥说:"丈夫!今日我在家中的大哥名叫蔡顼,目今新科状元奉旨还乡养亲,回家路上在此地经过,看见留住家中。"马面说:"是我家大舅,请他相见。"梅娥道:"你的衣服脱下方可相见。"马面卸下衣服,走到缸边,去掉上面缸,然后请状元出来相见。状元口称:"判官妹丈。"马面说:"大舅请上,小弟一拜。"状元道:"舅也有一拜。"以后分宾坐定,马面吩咐娘子准备摆酒,在酒席上谈谈说说,大家欢喜,饮酒谈论。

状元相见马面身,妹丈在上听原因。

为何回家能个晚,有何公事外边存。

判官即便回言答,大舅在上听原因。

我是阴司为马面,执掌阴司库房门。

今日现班我解事,故而来到夜黄昏。

请问大舅因何事,为何来到我家门。

你在阳来我在阴,阴阳两界又分明。

状元即便回言答,妹丈在上听原因。

我是唐朝新科举,状元及第第一名。

只为养亲归故里,路上行船不顺行。

洋洋黑黑昏迷路,不知阳来不知阴。

状元说:"妹丈如今遇舅,与你到阎王殿上去游玩一趟,你看如何?"马面言称:"有理,你将船耽搁几日,船上人各自吩咐一番,暂停几天开船便行了。"

马面吩咐大舅听,状元听我说原因。

我们阴司人身子,装得奇形怪状能。

若要阎王殿上去,马面衣服着在身。

马面说:"大舅,倘然阎王殿上解事候审,就要带马帽身穿马皮,就叫马面判官。有个牛头判官,头戴牛帽,身穿牛皮,就叫牛头判官。手中执军器,个个奇形怪状,一个不同,大舅你不要惊怕。"状元道:"你今说明白了,我就不怕了。"马面说:"大舅你要闭上眼睛。"状元依言而行,只听耳边呼呼风声,不过一歇,就到了森罗殿。

马面吩咐两三声,更换衣襟便行程。

状元也换衣和服,也换皂衣皂服身。

纱帽红袍都脱下,浑身扮做鬼王形。

马面状元来上马,两人上马便行程。

只听马脚声音响,不多时到来森罗殿上。

马面叫舅开眼看,状元开眼看虚真。

此处七殿阎王殿,匾额金字甚分明。

状元抬头细观看,宪察衙门写得清。

走到衙门来观看,泰山殿宇广大名。

两人胯下银鬃马,一路并肩往内行。

步行来到大堂上,也有鬼王黑面形。

也有面貌凶恶相,凶相狼牙跷齿唇。

铜铃眼睛来弹出,也有白面好书生。

也有青面獠牙相,死有鬼王善相人。

再有判官凶恶相,更有红面鬼王身。

两边刀锯来出鞘,呼呼喝喝闹盈盈。

竹片板子齐摆好,夹棍榔头两边分。

状元儿子心惊怕,果然阴司厉害真。

状元正在心思想,一个犯人带进门。

跪在阎王案桌下，烟火烧头更伤心。

头上火烧非小可，好像乡邻胡大宾。

他今年纪还轻少，为何来到此间存。

便问马面人一个，此人何罪到此存。

马面即便来回答，此人罪孽还算轻。

此人不是真死罪，三月之间病痊轻。

待等阎王审明白，阳间立刻病除根。

状元见阎王实在厉害，看见罪人头上被火烧得肉烂。马面说："此人罪孽不重，他在阳间同李君若合开一片店。胡大宾算盘精通，将李君若本利吞没，一些无收益。李君若苦讲他不过，怨气难消，到城隍庙内告了一状，捉到殿上审问明白，放他还阳。"状元听了心中想道："胡大宾、李君若两人合开小店做生意，实在是有事，果然不差。"

状元听罢细思量，果然实在有阴阳。

走进大堂到后殿，火车地狱更心伤。

此个罪人不认得，不知何处哪村上。

看见马面里边去，又见地狱更心伤。

此名就叫油锅煎，滚油煎煎苦断筋。

此人细看同窗友，正是同窗王圣良。

他在阳间开酒店，何得到此受灾殃。

即便就对马面说，此人罪孽可商量。

那状元看见油锅地狱内的罪人是同窗好友王圣良。马面说："此人不过七日之罪，乃是开酒店浪费米浆之罪，阎王审问明白，第八日就可以放他。"

看见油锅往里行，黑暗无光地狱门。

进了黑暗衙堂内，麻绳吊起一老人。

一个铜槌背上打，打得肉烂血淋淋。

蔡顼一见心中想，好像我的老父亲。

告老还乡归故里，为何也在此间存。

状元见了心悲切，莫非错认他乡人。

上前细看无错差，却是家中老父亲。

面带怨愁泪纷纷，告言妹丈转家门。

出了衙堂诸般狱，大堂走出往前行。

上了高头马两匹，两人急急转回程。

状元马上闭了眼，立刻来到马面门。

状元看到自己父亲在黑暗衙内用麻绳吊起，拿铜槌打在背上，鲜血淋漓，并用秤钩吊起，十分疼痛。状元催促，回到马面家里。梅娥看见丈夫同状元回家，家中早就准备酒筵，款待状元。此刻两人下马，直至内堂，分宾主坐停，摆酒畅饮。状元满面愁容，不思饮酒。

梅娥酒菜摆端正，两人对坐饮盅巡。

马面斟酒大舅称，为何愁容酒不饮。

此时判官重又问，莫非怠慢大舅身。

若有诸般不到处，要看同胞姐妹情。

状元即便回言答,妹丈何出此言情。

并不嫌你轻慢我,心中有事实伤心。

判官开言大舅叫,你有何事说我听。

状元即便将言说,妹丈你且听分明。

暗衙梁上吊起年老汉,却是我家老父亲。

状元便对判官说:"刚才暗衙麻绳捆绑、用秤钩起的老汉是我老父亲,不知为何在此受罪?所以我无心观看,请你回家斟酌此事。父亲受灾,无心饮酒,请妹丈与我设法,能不能解脱父亲灾殃矣?"

马面说与状元听,你父是我岳父身。

待我明日查明白,得知此情再理论。

判官道:"若是你的父亲,就是我的丈人,到了明日到库发房去查明白,但不知你的父亲叫什么名字?"状元道:"父亲名叫蔡昶,官居大学士。今年七十三岁,四月初四子时生。"马面说:"是你的父亲,请你放心。"

状元放下苦忧心,判官查看假和真。

明日清早身落起,即便上路就行程。

来到班房发科内,察其真实看分明。

暗衙堂内人一个,是何州县啥乡村。

一生所作为何业,年纪如今多少春。

账房先生叫张顺,将情一一看分明。

判官来到库发房中,叫道:"张顺兄,黑衙堂里有个老人,烦你查他一查。"张顺查看以后,叫道:"马判官,那个人是唐太宗朝内的忠臣,名叫蔡昶,年纪七十三岁,四月初四子时生,丝毫无错。本该命内无子,玉帝查他为官清正,所以赐他一个儿子,现在新科状元。蔡昶不信佛法,不敬神明。今日罚他生个骑梁发背,而来到阴司受灾也。"

马面判官方查明,回家说与状元听。

果然丈人受阴灾,查来半点不差分。

状元听说双流泪,嚎啕大哭好伤心。

判官即便回言答,大舅不必苦忧心。

待我明日去商议,班房先生斟酌情。

状元即便回言答,妹丈听我说原因。

不论金银交多少,只要求父亲赎罪。

判官见说立刻去,库发房中斟酌情。

明日专问蔡昶事,却是小弟老丈人。

多少金银来赎罪,多少钱财救出门。

账房张顺道:"既是你的丈人,若要救出,需要十兆九万五千零四十八贯银子。此钱稍借几天,就要还的。"张顺道:"他是阳间,哪有人来还呢?"马面说:"你且放心,他有亲生儿子、现在新科状元回转阳间去,立刻来还。我在阴司作保,南库你执掌,北库我执掌。两库金银借出费用,由我担保不误。"

马面商量赎罪名,南北两库借金银。

借得银子十兆九万五千贯,零四十八贯好纹银。

东岳大帝安排定,铺堂使用派衙门。

三十六宫都周到,七十二院用金银。

可惜此银来赎罪,阎王案下说人情。

马面判官回家转,告诉大舅放宽心。
你的父亲罪先放,明日你要转家门。
八月十九来赦出,时刻一点不差分。
你今还到阳界去,快把金银还库门。
不可延迟来耽搁,盘库之事我当身。
蔡顼听得如此语,立刻作别转回程。
又别使女梅娥身,谢别马面下船行。
船家等得多烦恼,马面开言说原因。
此处阴界无出路,我来送你出界行。
吩咐众人闭上眼,不多一刻到贵城。
行到本州并本县,到了家中码头存。
众人出来忙迎接,亲邻族长齐相迎。
见了诸亲并百眷,内听相见父母亲。
状元便问亲爷娘,爹爹今日哪方存。
娘亲见问太师事,两泪如珠落纷纷。
太爷回答状元听,生了骑梁发背症。
昏去七日并七夜,几乎一命见阎君。
却是昨日有点好,如今我也放宽心。
状元快把父亲看,泪中苦凄好伤心。
状元见了爷娘面,拜见父母养育恩。
此时父亲身已好,且到堂前拜祖灵。
告诉父母儿赴考,状元得中第一名。
京中事情不必论,再说阴司奇怪情。
使女梅香亲看见,鬼魂也嫁丈夫身。
回身一看夫人面,窦氏夫人出来迎。
状元说与夫人晓,出外望客望乡邻。
第一先望李君若,第二要望胡大宾。
第三要望同窗友,再到三家看虚真。

那状元到李君若家中去先一看,是合并做生意,现在已经看经念佛。李君若说道:"我在五日前,梦里遇见状元,今日面见相会。暗中一想,真是奇怪。"

状元心内暗讨论,想去阴司确然真。
大宾在家来叹气,一场大病痛伤心。
脓包疮生得非小可,烂得脓血满头淋。
如今头疮刚刚好,状元肚内自评论。
我在阴司亲看见,大宾头上火来焚。
善有善报从古说,恶有恶报古来闻。
李君若心善不生病,也是积德保延生。
大宾一贯刁心汉,脓包疮生得满头顶。
合伙生意算计财,一场大病用干净。

君若生活还好过,大宾依旧做穷人。

自古他财不可想,从来他妇莫奸心。

状元心里有思想,从来天地不亏人。

回身去望同窗友,圣良床上打翻身。

浑身大汗如雨注,一身病体稍安宁。

那状元来到王圣良家中,便问:"世兄贵体可好?"圣良娘子迎接状元进厅,坐定身体道:"状元大人在上,待小妇人告禀。丈夫得病,连日服药无效,伤寒病重。今日第八天,饮食不进,不能迎接大人,望大人宽恕,请勿见气。"状元一想,我在阴司亲自看见是七日之灾,第八天是会好的。状元说:"我停一日再来探病,世兄安心。告辞了。"

状元出了王家门,上轿回家想其情。

阴司法令真厉害,且对夫人说分明。

自从得中状元后,钦赐游街看皇城。

在京六月奏一本,君王准奏转家门。

一路行船昏迷路,迷魂失色无处行。

状元对窦氏夫人说道:"路上行船迷失路途,恰遇梅娥。直到阴司跟了马面判官,到阎王殿上看见诸般地狱,又看见胡大宾、李君若、王圣良都在阎王殿上审问定罪。李君若好好跪下,胡大宾头上大烧。又见油锅地狱,滚油煎煎,有罪人无数。我走到内边暗衙内,看见一个犯人拿秤钩,钓在背心上,仔细一看,顿时一呆,原来是父亲。立刻哀求马面判官到班房去问明故,果然不差,是我父亲。我就问马面判官要求借两库金银,赎了父亲罪孽,等我回家后一定及时叫船来还阴债,满十兆九万五千零四十八贯银子。"状元就对窦氏夫人说:"今日我已准备好了,立刻就要开船到阴阳界去还债了。"

状元堂上别双亲,儿今要去还债银。

再别夫人窦氏女,夜晚开船赶路程。

到了贵州来寻觅,东西南北无处寻。

状元眼中双流泪,金银耽搁船中存。

寻来寻去无头路,小小村庄没处身。

寻了几天无踪迹,心中着急火十分。

且说状元将此金银摇来摇去,再也寻不着阴司道路,心中着急万分,抬起头来看见一个老人。状元上前问道:"老公公,此地是什么地方?"那老公公回答:"此地就叫贵州。"状元说:"此地可是阴阳界处吗?"老公公道:"阴则是阴,阳则是阳,哪还有阴府之地?"那状元说道:"前几天,此地扎篱笆小村上就是判官的人家。我同他到阴司地狱,赎我父亲之罪,在阴司库房借空库银十兆九万五千零四十八贯银子,如今要去还债,可是四处难寻。"老公公说道:"阳间之人,哪里去寻得着阴司之鬼呢?我老人看来,你将这些金银做了个好事吧。"状元说:"做什么好事呢?"老人说:"并不难,就在此江里造一条洛阳桥,将来阴司投生脱胎,就在此桥上过来,岂非便利又快捷吗?有了此桥以后,投胎、借尸还阳都很便利,岂不是件好事吗?"

状元听了细思量,公公说话倒忠良。

急忙将船江边歇,准备造船搭工厂。

邀请天下名匠到,张鲁班仙师尽进坊。

石匠师傅都请到,名山好石运到厂。

不论金银数多少,名山石头装进厂。

扯起旗号随风飘,官船对锣喧天响。

奉旨造桥声名大,工人挤挤闹宣扬。

鲁班仙师说:"状元老爷,要造什么桥?"状元说:"听凭仙师造法。"鲁班说:"此桥江深海阔,要造七十二个环洞门。"状元说:"要多少金银完工?"鲁班一算,不得了!要三十兆九万七千贯银子方能完工。借债金银少了一倍,再要三倍才能造好。状元说只要完工造好为止,不论金银多少。张班说:"今日如此,风大江深海阔,如何好造桥?"状元说:"任凭仙师手法。"鲁班说:"一些不难,不必烦忧,即便难造桥,也要动工。今日是黄道吉日,马上开工。"

鲁班仙师动工程,要造落阳桥一顶。

不吃荤腥守斋戒,众人吃苦造桥亭。

江滩边上真闹热,匠人搬石闹盈盈。

第一个环洞来造成,百鸟飞过簇簇新。

石鸟衔柴窠来做,燕子衔泥不住停。

第二个环洞来造成,石羊石马宛然真。

石羊嘴里衔青草,石马点头倒像生。

第三个环洞来造成,石莺石凤石飞禽。

石莺口里啼得好,夜间石凤自然鸣。

第四个环洞来造成,许多石鸭在桥存。

石鸭河内来鸭船,鸭船叫喊不停声。

第五个环洞来造成,石鹅石鹤正当心。

石鹅河内来游玩,石鹤飞上九霄云。

第六个环洞来造成,石头雕做石麒麟。

麟吐玉心桥来坐,添起泥山望瑞云。

第七个环洞来造成,金猫狮子石雕成。

日间常把绣球滚,夜间站住在桥心。

第八个环洞来造成,一条石犰好惊人。

半夜三更来降下,消灾降福保延生。

第九个环洞来造成,雌雄两虎石雕成。

左边雌虎来参跪,右边雄虎在桥奔。

第十个环洞来造成,石龙左右两边分。

旱天放得龙出现,立刻就有雨来临。

第十一个环洞来造成,石牛石狗在桥心。

石狗嘴里汪汪叫,石牛吃草在荒坟。

第十二个环洞来造成,雄鸡雌鸡石雕成。

雌鸡孵蛋咯咯叫,雄鸡啼得应天明。

第十三个环洞来造成,两边穷汉石雕成。

左边一个手拿棒,右边一个弄蛇人。

第十四个环洞来造成,富翁也是石雕成。

身骑白马来玩景,后面还跟服侍人。

第十五个环洞来造成,凤阳化子石雕成。

口中唱只莲花落,肩背小儿苦几声。

第十六个环洞来造成,石头书生上边存。

左边手里写文章,右边琅琅读书声。

第十七个环洞来造成,石头雕塑种田人。

手拿农具田里去,山歌唱出碧水情。

第十八个环洞来造成,匠人工人去做营生。

三句不留本行话,工钱一百转家门。

第十九个环洞来造成,盐商木客石雕成。

还有一个烟君子,豁拳吃酒闹盈盈。

第二十个环洞来造成,挑担卖买生意人。

前头挑了杨梅果,葱蒜韭菜后头行。

第廿一个环洞来造成,雕得石人唱曲文。

听曲之人无其数,声声朗朗碧波情。

第廿二个环洞来造成,三皇五帝石雕成。

盘古皇帝当中坐,两班文武跟随身。

第廿三个环洞来造成,盘古天子石雕成。

七亩祖田倒有八亩转,雕成八亩廿三顷。

第廿四个环洞来造成,丁兰刻木奉双亲。

石头雕做真孝子,也是张班鲁班人。

第廿五个环洞来造成,石做王祥卧寒冰。

石头里面鲜血跳,天下传扬大孝心。

第廿六个环洞来造成,姜诗孝母在芦林。

再有一个庞氏女,两人大孝有名声。

第廿七个环洞来造成,焦花哭麦敬婆身。

何担孝心来挑母,千载文明大孝心。

第廿八个环洞来造成,猛将掘泥塑双亲。

再有高钗贤孝女,霍海寻亲千古闻。

第廿九个环洞来造成,董永卖身葬父亲。

只为家贫无钱钞,至今流传孝名声。

第三十个环洞来造成,赵氏五娘石雕成。

五娘剪发街坊卖,肩背琵琶寻夫君。

第三十一个环洞来造成,有个孝子石雕成。

埋儿天赐金银宝,天下闻名郭巨身。

第三十二个环洞来造成,有个孝妇石雕成。

活取心肝张大嫂,三日不打骨头轻。

第三十三个环洞来造成,孟宗孝子石雕成。

冬天哭竹为母亲,佛天感动得升平。

第三十四个环洞来造成,曹文正是石雕成。

教儿来救母娘亲,后来富贵上天庭。

第三十五个环洞来造成,目莲僧和尚救娘亲。

九转酆都真难得,锡杖挑开地狱门。

第三十六个环洞来造成,有个孝子石雕成。

父母早亡张待诏,买个凡人当父亲。

半顶桥已经完成,张、鲁班对状元说:"桥已造了三十六个环洞,天下万象一概尽是石头雕成。再有三十六个环洞,那很难造,因为江深海阔,无法落桩。"状元说:"任凭匠人仙法造桥。"匠人说:"若然要造,要到东海龙王跟前去,要求海干停潮几日,方可落桩下去,否则无法再造。"状元听了张、鲁班的话,即便差公差出外,四处打听,可有人下得海去。如有的话,重重有赏。两位公差奉命来到街坊寻访。一路走来,看见一个酒鬼上街,跋到下街,嘴里自称:"我夏得海,日日醉,天天醒。今朝又醉了。"公差听见,走上去便问:"你下得海吗?"夏得海道:"哪有什么假?父母养我三朝,就是夏得海,到老不改的。"公差道:"既然如此,你今跟我去见状元,大人重重有赏。"夏得海酒后不知好歹,跟了公差,直到状元府,领进公所,公差复命。

夏得海跟进状元所,公差告禀状元听。

此人就是夏得海,赫赫有名果然真。

状元开言说分明,请君仔细听原因。

只因波浪滔天难造桥,烦你龙宫通个信。

得海此时酒已醒,听了状元之言吓落魂。

叫我哪好龙宫去,上天无路地无门。

那状元道:"你既然叫夏得海,我今赐您酒饭一饱。我牌票一张,你拿去呈上龙王,讨个信息,要叫龙王开恩,定期海干停潮几日,洛阳桥方能完工。"状元吩咐,摆酒款待。夏得海道:"老爷,海里又无去路,白浪滔滔,如何去得呢?小人不敢前往。"蔡状元拍案高声骂道:"你这狗才,到底去不去?不去的话,重重责打四十大板。"酒鬼一想,无法可想,且答应之后再作道理,免得吃眼前亏。得海一口应来。夏得海原是上届玉帝殿前持香童子,因为与玉女戏笑,故此罚他下凡为人。夏得海听了状元之言,只能拿了牌票,走出状元府,一路往海滩而去。

夏得海走出公馆来,拍手挺胸像痴呆。

只怪爹娘真可笑,乳名题得不应该。

阿猫阿狗都好叫,偏偏叫我夏得海。

如今状元来差我,叫我哪能下啥海。

胸前牌票拿出来看,眼中流泪落满腮。

大哭一声惊天地,龙宫地府晓得哉。

得海哭得海边睡,梦中好像下了海。

且说东海龙王在水晶宫内听得江滩上有人啼哭,即差虾兵蟹将到江滩去查查明白。虾兵蟹将奉命查看,回来报知龙王,江滩上有一个酒鬼叫夏得海,身边只有牌票一张。龙王道:"把牌票呈上来一看。"龙王看了明白,是蔡状元起造落阳桥,工程浩大。那夏得海上界星辰下凡,后来有高官极品。龙王道:"待我加'肚醋'两字。"传给兵将,上岸仍然放在夏得海身边。此时得海朦朦胧胧觉醒过来,伸手在胸前摸出牌票,细细一看,发现上面加了两个字,觉得奇怪。"待我拿了牌票,回去见状元。若是状元问起龙宫东海情况之事,待我像做梦一样来说忒几声鬼话,骗骗状元就算了。"

夏得海江滩转回程,状元接进到公厅。

就问得海拿牌票,牌票上面写分明。

夏得海拿票来呈上,状元一见喜欢心。

夏得海到了状元公馆,拿出牌票呈上状元,看见牌票上添了"肚醋"两字。状元心中欢喜,款待夏得海,饮酒谈论,再问得海,龙宫景致如何样式。

夏得海此时笑盈盈,鬼话连连不绝声。

奉旨拿牌下海去,走到龙宫尽水晶。

水晶墙门水晶壁,水晶门槛水晶门。

水晶方砖水晶地,水晶梁柱水晶灯。

水晶窗隔水晶槛,水晶明堂有天井。

水晶台子水晶凳,水晶交椅两边分。

两旁也是水晶做,天然机也是水晶成。

水晶斋匾水晶字,水晶镜子亮晶晶。

骑仔水牛团团转,好像落水稻草能。

龙宫景致说不尽,般般件件是水晶。

"后来摆子一个水道子,来领我去看水龙王哉。水龙王样式,头来像个水葫芦;二只眼睛水露露,甩水能个;眉毛二只,水盂能个;耳朵,猪水泡能个;鼻头拖仔二管清鼻涕,水缸能个;肚皮水膨能个;大髀,注水竹管能个。臂膊头上带仔一顶水草帽,插仔一个水晶顶子,戴仔一副水墨镜,镶仔水晶眼镜片子。一捆水仙花,一只水梨,一块水姜。身上着仔一件水色布箭衣,水獭皮个袖头,外头罩仔一件水纱布外套;着仔一双水靴鞋,看上去活像一个河白水。三倌叫仔一只水荒船,两个水鬼背水扦出来,一个水披头,跑到一个水码头,上面摆起水道子,放了三只水老鼠。水利庭当差接我进去,摆起酒水来哉。甘蔗水、红菱、水晶荸荠,山东水梨,上海水蜜桃,水芹菜,水炒西瓜子,水晶粉,吃完小盆,大菜来哉。第一样水晶蹄髈,第二样水浦鸡蛋,第三样打水鲔鱼,第四样水鹁鸽,第五样水银鱼,第六样热烧水鳖,第七样沥水豆腐,第八样炒水老鸦。吃完酒水,龙王道:'夏老先生可要各处玩玩?'我想岸上个水仙庙白相得畅个哉!再到海里个水仙庙中去白相相罢!叫个浑水蚂蟥领仔路,一径走到后殿一看,果然实在闹热。看见几个水僧拉笃水晶厅上做水落道场,水房里拜水忏,水沟里放水灯,落水桥边斋水僧。还有个水鬼生仔水蛊病,老和尚拉笃求水仙。挑水和尚拉笃看仔水草蒲鞋,牵水磨胖子和尚拉笃撩水稻,瘦子和尚拉笃拍水蚊子,生病和尚拿仔一副水磨骨牌拉笃碰清水,种田和尚拉笃踏水车。有两个和尚拿仔大刀,拉笃瞎白相,就叫杀水气。烧火和尚拉笃吃水粥,打斋饭和尚拉笃掉露水,聪明和尚拉笃削水片,大和尚拉笃淌水面,拐脚和尚拉笃逃水荒。着末一个苦恼和尚掮仔一盆水汤,汤渧仔水,拉笃着水笑。"此刻夏得海一派胡言乱语,说得状元哈哈大笑,吩咐厨房速办酒席款待得海,赏给白银五十两,不准怠慢。

状元听罢龙宫情,此人下海果然真。

看见牌票加二字,状元立刻唤匠人。

此时蔡状元便喊张、鲁班道:"现在龙宫回信来了,牌票上有'肚醋'两字。肚是十一月,醋字廿一日酉时。"海干停潮,端正落下桥桩,就可以起造,立即就要动工便了。

无数匠人都来临,再来建造桥半顶。

状元忙唤众匠人,完备人工石料情。

待到廿一酉时到,洛阳桥下桩要完成。

十一月廿一来干海,酉时一刻闹盈盈。

搬木挑石如风急,打桩好像雨来淋。

张班鲁班人辛苦,素饭长斋不吃荤。

咿咿呀呀真闹热,惊动南洋观世音。

观音菩萨亲身到,洛阳桥上看分明。

木花拿来抛下水,一口法水满江喷。

观音菩萨来吩咐,江内鲜鱼匠人吞。

此鱼又无鲜血出,此鱼就叫木鱼名。

菩萨吩咐状元听,这个鱼儿不算荤。

故此遗名江鱼素,观音菩萨救凡人。

吕纯阳变做游方道,仙法传授匠人身。

不到五日都端正,再造洛阳桥半顶。

若要听宣桥半顶,下卷之中造完成。

观音菩萨变凡人,帮助再造桥半顶。

菩萨说与状元晓,状元听我说原因。

我住空州并空县,无名村里我长生。

两个姊妹都出嫁,单剩奴奴未配婚。

菩萨变作一女,对蔡状元道:"洛阳桥工程浩大,要造必须雕龙刻凤,每个环洞要上雕天堂,下雕地狱、人间孝子、三贞九烈之女,恐怕三十兆九万七千贯还少一倍。倘然说银子不够,奴再来帮助大人几万银子。"状元听了急忙双膝跪下。

观音作别驾祥云,状元心中想其情。

此女不是凡间女,不是仙人定观音。

知晓我今无银子,变化神童妙法灵。

吩咐立刻摆香案,谢天谢地谢神明。

那菩萨吩咐善财、龙女,将白莲船变作网船,韦驮护法身坐船中,扯起旗号写明:"不论军民僧道、贫富人等,拿银子轧着我身,愿为夫妇。"菩萨立刻变做一个美貌绝色佳人,身坐中舱,打扮像个青春寡妇模样,那船荡漾在河中心摇着。

观音坐在船中心,变其美貌女佳人。

上身穿件白罗袄,下束一条白罗裙。

白绫汗巾腰内束,白绫膝裤白如银。

白绫脚带分左右,白绫鞋子不沾尘。

白绫手帕白纱衫,白绫手帕遮眼睛。

浑身素白如雪服,好像青春寡妇身。

一程来到江陵地,哄动江陵一众人。

"不论何人用银子去轧,愿为夫妇",这个消息传出,轰动了江陵。众人都来观看,人人想娶那个绝色佳人矣。

长子看见女佳人,连连称赞不绝声。

矮子看见佳人面,奔来奔去搭高墩。

驼子也要看佳人,身子拎直二三寸。

胖子也要看佳人,挤得满身汗淋淋。

瘦子也要看佳人,轧痛骨头喊连声。

和尚也来看佳人,轧落头上结花心。

道士也要看佳人,轧坏头上破方巾。

人山人海真闹热,轰动江陵一县人。

那菩萨在船中道："不论乡镇城市、军民人等。有人将银子丢着我身，便与他成亲。"江陵众人将银子丢去，都想成亲。其中有一家富豪人家姓张名横，家有大妻小妾，七库金银，都是苛剥穷人得来的，都是无义之财，不愿布施行善。菩萨一想："只要他一家财物，洛阳桥就可造成了。"

张横得信丢佳人，便叫家童扛出银。
张横一见美佳人，连连开库扛纹银。
家有七个姣妻子，难比此女脚后跟。
若得此人为妻子，勿论金银我称心。
满城富户将银丢，乡村富户尽来临。
士农工商将银丢，医卜星相想成亲。
杂色铺家都收拾，个个贪色丢佳人。
多少聪敏伶俐汉，不论金银想佳人。
不到半日金银满，船中银子满沉沉。
菩萨说与众人听，众人眼力不高明。
张横七库金银都丢忒，个个吪弄笃在身。
张横气死还魂转，自恨当时瞎眼睛。

那菩萨坐在船中便叫："张横，你家有七库金银，都是横心恶意苛剥穷人得来的。今朝都在我船中，你今后若肯回心转意，广行方便，后来有好处；若仍旧作恶，难免地狱之灾。"菩萨说罢，变了莲船，现了金身，驾起祥云，腾空而去。大众仰观祥云而去，众人跪地，拜谢菩萨，各个回心转意，念佛看经便了。

观音菩萨说分明，说与张横你且听。
上帝见你多行恶，江陵没有善心人。
若不回头心向善，水淹江陵一县人。
众人跪在尘埃地，肉眼凡夫冒世尊。
不知菩萨亲来到，未曾恭敬半毫分。
江陵大众都念佛，家家供起活观音。
状元跪地深深拜，将银载到江边存。
忙唤工人三十个，快到船中去扛银。
扛了三日并三夜，公馆里面堆满银。
人人扛得肩上痛，个个走痛脚后跟。
状元此刻心欢喜，扛来金银数不清。
也有三十六兆九万七千贯，大办酒席待恩人。

那状元吩咐大办筵席，款待恩神。菩萨大现金身，立在云端便道："只为状元信神信佛，要起造洛阳桥，造福阴司之事。见你不能完工，故来助你完成胜迹。"状元忙备香案，拜谢菩萨。众人接连磕头不止也。观音大士吩咐状元："十一月廿一日酉时已快到了，马上传齐匠人立刻准备好落桩造桥，不能差过时间也。"众匠人一声吩咐马上动工便了。

三十七个环洞来造成，芦花记上一闵损。
晚娘凌残爹知道，未曾怨母送双亲。
三十八个环洞来造成，黄香孝子石雕成。
夏天炎热扇凉枕，冬天寒冷暖被衾。
三十九个环洞来造成，鹿乳奉亲伴母身。

鹿皮披挂深山去,几乎一命见阎君。

四十个环洞来造成,前汉大帝敬娘亲。

母病三年未安睡,亲尝汤药动天心。

四十一个环洞来造成,吴孟孝子石雕成。

家贫夏夜无蚊帐,蚊恣饱血爱娘亲。

四十二个环洞来造成,阿弥陀佛石雕成。

极乐世界逍遥住,巡声救苦变凡人。

四十三个环洞来造成,清凉势主大能人。

班皂功善分左右,消灾降福保太平。

四十四个环洞来造成,五路财神石雕成。

招财进宝分左右,利市仙官保太平。

四十五个环洞来造成,弥勒世尊上边存。

手中拿了乾坤袋,四位金刚两边分。

四十六个环洞来造成,玉皇上帝坐天庭。

三十三天都参观,满天真帝共世尊。

四十七个环洞来造成,玄天上帝石雕成。

披发祖师朝南坐,鬼蛇二将在右分。

四十八个环洞来造成,护法韦陀镇魔军。

协天大帝关夫子,黑面周君随后跟。

四十九个环洞来造成,三清玉帝石雕成。

上清太清分左右,玉清当殿保长生。

五十个环洞来造成,生罗万象石雕成。

左边二斗星君照,右边日月照乾坤。

五十一个环洞来造成,石头雕做龙王神。

左边金童来上寿,右边玉女捧香茗。

五十二个环洞来造成,天上星君无比伦。

星主大帝左边坐,右边斗姆坐安身。

五十三个环洞来造成,上八洞仙神石雕成。

福禄寿星蟠桃会,空中王母庆长生。

五十四个环洞来造成,中八洞神仙石雕成。

大肚皮钟离前头走,肩背宝剑吕洞宾。

五十五个环洞来造成,下八洞神仙在桥心。

和合二仙呼呼笑,蓬头刘海笑盈盈。

五十六个环洞来造成,雕出一扇地狱门。

天堂地狱石雕成,善恶到头有分明。

五十七个环洞来造成,当今天子石雕成。

前有忠臣能文武,后有嫔妃彩女身。

五十八个环洞来造成,如来活佛坐桥亭。

左边文殊骑狮子,走边普贤象王身。

五十九个环洞来造成,观音菩萨石雕成。

善财合手右边立,龙女左边捧净瓶。

六十个环洞来造成,五百尊罗汉左右分。

二十诸天分左右,二十八宿放光明。

六十一个环洞来造成,三官大帝左右分。

左边五湖并四海,右边日夜有船行。

六十二个环洞来造成,儒释道三教石雕成。

释迦如来当中坐,老君孔圣两边分。

六十三个环洞来造成,姜太公钓鱼在桥亭。

愿者游鱼来上钩,八十岁遇文王身。

六十四个环洞来造成,唐僧和尚取经文。

八十一难西天去,幸喜猴精保佑身。

六十五个环洞来造成,开家七代不曾八。

共计亲友三百外,后有婆婆两扇门。

六十六个环洞来造成,张灵倌倌石雕成。

晚娘尤氏千般害,后来极品在朝廷。

六十七个环洞来造成,闹场做戏闹盈盈。

聋子侧耳听曲子,瞎子点头张眼睛。

六十八个环洞来造成,山林树木石雕成。

百花树木风摆动,青松杨树万年春。

六十九个环洞来造成,蔡顼状元石雕成。

父母妻儿都石做,黄罗宝伞紧随身。

七十个环洞来造成,马面梅娥石雕成。

马面仍管曹库房,梅娥家里做营生。

七十一个环洞来造成,酒鬼得海石雕成。

一朝身入朝堂内,文武官员个个钦。

七十二个环洞来造成,不消五天都端正。

匠人完工归家转,状元打道回家门。

蔡状元幸得菩萨帮助,洛阳桥完工。众匠人结算工钱,各自回家。状元吩咐打道归家而去。

勿宣状元转家门,再说阴司马面身。

忽然阎王来盘库,马面急得失散魂。

要拿张顺来问责,马面问罪该充军。

观音菩萨得知闻,来救阴司两个人。

阎王出案来迎接,大士开言说原因。

状元为了亲生父,南北二库借金银。

本分拿银还入库,阴阳两界不知音。

他借金银无担保,加利金银二倍零。

造了洛阳桥一座,七十二个环洞门。

故此亲身来斟酌,人转阳间上桥行。

从前人身难转世,两库金银算得清。

倘有罪孽分轻重,注定库银世界存。

阎王听了观音命,释放张顺马面身。

菩萨驾云归南海,天干地支还受生。

下面天干地支,叫还受生。甲乙丙丁戊己庚辛壬癸,子丑寅卯辰巳午未申酉戌亥。

甲子生,欠五万,三千贯正。看诵经,十八卷,一念仁心。

来纳上,第三库,曹官元姓。丙子生,欠七万,三千贯正。

看诵经,廿五卷,并不差分。第九库,来纳上,曹官王姓。

戊子生,欠六万,三千贯正。看诵经,廿一卷,不差毫分。

来纳上,第六库,曹官姓孟。庚子生,十一万,派得碧清。

看诵经,三十七,虔诚恭敬。第九库,来纳上,曹官姓李。

壬子生,七万贯,阎王派定。看诵经,廿四卷,并不差分。

来纳上,第三库,曹官姓孟。子丑生,廿八万,六十注定。

看经文,九十四,还得碧清。来纳上,第十三,曹官田姓。

丁丑生,欠四万,二千贯正。看经文,十五卷,志心皈命。

来纳上,第三库,曹官崔姓。己丑生,八万贯,一心虔诚。

看经文,廿七卷,世尊议定。来纳上,第七库,曹官周姓。

辛丑生,八万贯,阎王派定。诵经卷,三十七,必须虔诚。

来纳上,第十八,曹官吉姓。癸丑生,欠二万,七千贯正。

看诵经,九卷零,还得碧清。第八库,进纳上,曹官习姓。

甲寅生,欠三万,三千贯正。诵经文,十一卷,菩萨均分。

十一库,来纳上,曹官姓杜。丙寅生,八万贯,阎王派清。

看诵经,廿七卷,志心称念。纳进上,第十库,曹官姓马。

戊寅生,六万贯,世尊分明。诵经文,二十卷,态度虔诚。

来纳上,十一库,曹官姓郭。庚寅生,欠五万,一千贯正。

看经文,十七卷,一念诚心。纳进上,十五库,曹官姓毛。

壬寅生,欠九万,六千贯正。诵经卷,三十一,阎王分明。

来纳上,十一库,曹官姓施。乙卯生,八万贯,并不差分。

要诵经,廿七卷,必须虔诚。进纳上,十八库,曹官姓柳。

丁卯生,欠二万,三千贯正。诵经文,八卷零,丝毛无差。

来纳上,十一库,曹官姓许。己卯生,八万贯,世尊分明。

看诵经,二十七,志心称念。纳进上,廿六库,曹官宗姓。

辛卯生,欠八万,并不差分。诵经文,廿七卷,称念虔诚。

进纳上,第四库,曹官姓张。癸卯生,欠三万,三千贯正。

看诵经,十一卷,一念诚心。来纳上,廿二库,曹官姓王。

甲辰生,欠二万,九千贯正。持诵经,十一卷,皈依虔诚。

纳进上,十九库,曹官姓董。丙辰生,欠三万,二千贯正。

看经文,十一卷,志心称念。来纳上,三十三,曹官姓贾。

戊辰生,欠五万,四千贯正。持诵经,十八卷,沐浴焚香。

进纳上,十四库,曹官姓冯。庚辰生,欠五万,七千贯正。

诵经文,十九卷,皈衣姓礼。进纳上,二十四,曹官姓刘。

壬辰生,欠四万,五千贯正。诵经文,十五卷,志心皈命。

来纳上,第一库,曹官姓赵。己巳生,罪孽重,九万贯正。

持诵经,二十卷,虔诚恭敬。进纳上,廿一库,曹官姓杨。

丁巳生,欠七万,丝毛无差。诵经文,廿四卷,志心称念。

进纳上,十六库,曹官姓程。癸巳生,欠七万,二千贯正。

看诵经,廿一卷,并不差分。来纳上,廿一库,曹官姓曹。

辛巳生,欠五万,七千贯正。持诵经,十九卷,不差半分。

进纳上,三千七,曹官姓高。乙巳生,欠五万,九千贯正。

诵经文,十三卷,志心皈依。进纳上,五十库,曹官姓卞。

甲午生,四万贯,派得碧清。看诵经,十四卷,阎王注定。

来纳上,二十一,曹官姓牛。丙午生,欠五万,三千贯正。

持诵经,十八卷,六十约分。进纳上,六十库,曹官姓萧。

戊午生,九万贯,阎罗派定。看诵经,三十卷,志心虔诚。

三十九,来纳上,曹官姓史。庚午生,欠六万,二千贯正。

诵经文,廿一卷,并不差分。进纳上,四十二,曹官姓陈。

壬午生,七万贯,丝毫无差。持诵经,廿四卷,恭敬虔诚。

进纳上,四十四,曹官姓孔。乙未生,四万贯,世尊均分。

看诵经,十四卷,一念诚心。来纳上,五十一,曹官姓王。

丁未生,欠九万,一千贯正。持经文,三十一,阎王分明。

进纳上,五十一,曹官姓朱。己未生,欠四万,三千贯正。

诵经文,十五卷,丝毛无差。进纳上,第五库,曹官姓卜。

辛未生,欠十万,三千贯正。来诵经,三十四,志心虔诚。

进纳上,五十九,曹官姓常。癸未生,欠五万,二千贯正。

看诵经,十八卷,阎王派定。进纳上,四千九,曹官姓生。

甲申生,七万贯,世尊分明。持诵经,念四卷,并不差分。

来纳上,五十六,曹官姓吕。丙申生,欠三万,三千贯正。

看诵经,十一卷,恭敬虔诚。进纳上,五十七,曹官姓钮。

戊申生,八万贯,阎王注定。看经文,廿七卷,虔诚恭敬。

进纳上,五十八,曹官姓柴。庚申生,欠六万,一千贯正。

持诵经,廿一卷,丝毛无差。来纳上,四十二,曹官姓胡。

壬申生,欠四万,二千贯正。看诵经,十四卷,阎王分明。

进纳上,四十九,曹官姓王。乙酉生,四万贯,并不差分。

持诵经,十四卷,一念诚信。进纳上,第二库,曹官姓安。

丁酉生,罪孽重,十七万贯。诵经文,五十七,志心皈命。

来纳上,二十九,曹官姓杨。己酉生,九万贯,世尊议明。

看经文,三十卷,虔诚恭敬。进纳上,廿二库,曹官姓孙。

辛酉生,欠二万,七千贯正。持诵经,九卷另,志心虔诚。

进纳上,十五库,曹官姓丁。癸酉生,五万贯,并不差分。

诵经卷,一十七,志心皈命。来纳上,第十二,曹官姓申。

甲戌生,欠二万,七千贯正。看经文,九卷正,焚香恭敬。

进纳上,十七库,曹官姓井。丙戌生,八万贯,阎王派定。

持诵经,廿七卷,一念诚心。进纳上,第三库,曹官姓左。

戊戌生,欠四万,二千贯正。诵经卷,一十四,志心称念。

来纳上,三十六,曹官姓甘。庚戌生,十一万,世尊分明。

看诵经,三十七,志心恭敬。进纳上,第二库,曹官姓章。

壬戌生,欠七万,二千贯正。持诵经,廿四卷,丝毛无差。

进纳上,四十库,曹官姓彭。己亥生,欠四万,八千贯正。

诵经文,十六卷,阎王分明。来纳进,四十二,曹官姓成。

丁亥生,欠三万,九千贯正。看诵经,十二卷,并不差分。

进纳上,四十库,曹官姓吉。己亥生,欠七万,二千贯生。

持诵经,廿四卷,一念诚信。进纳上,五十库,曹官姓沈。

辛亥生,欠七万,一千贯生。诵经文,廿四卷,阎王姓定。

来纳上,四十库,曹官姓蒋。癸亥生,欠七万,五千贯生。

看诵经,廿五卷,并不差分。进纳上,四十三,曹官姓仇。

还他库银来派定,曹官各自掌库门。

故此人要还受生,要还库里所欠银。

有人欠了受生债,归阴吃苦无照应。

阎王听了观音话,放他两人脱罪名。

何故自主出役办,拜谢观音大士身。

观音大士归天去,将情奏本玉皇听。

玉皇见奏龙颜喜,依卿库里派均匀。

南库派与南直人,北库原来派北人。

活在阳间原处还,鬼在阴司便托生。

且说原来世人不知还有受生,也不知念佛看经。唐太宗朝内有个状元姓蔡名项,借了阴司库银,无处偿还,只得造桥,通连阴司。人死托生,必经此桥,六十花甲,需要将受生银两,依从天干地支还去。

那状元带了夏得海回家见了父亲,说道:"我在阴司看见地狱十分苦楚,就同双亲、妻子、女儿,除荤戒酒,念佛看经,每日修行,阴功积德也。"

状元堂前劝双亲,并同妻子孩儿身。

我今看见阴司事,果然地狱好伤心。

忙入朝中劝双亲,要求皇上纳微臣。

赐一官职夏得海,钦封夏氏翰林身。

得海封个高官做,不愿为官去修行。

一门六口零六个,并无一个外头人。

受生宝卷宣完成,消灾降福保长生。

此卷名为蔡状元,传流世间佑万民。

六神进灶长护佑,门神户对福寿增。

寿比南山松柏老,福如东海保太平。

会上姻缘三世佛,文殊普贤观世音。

世尊菩萨摩诃萨,摩诃般若波罗蜜。

双蝴蝶宝卷

双蝴蝶宝卷初展开,诸佛菩萨坐莲台。

大众净心坐下来,听宣宝卷免三灾。

不说前朝并后代,宋朝年间事一番。

且说此卷在宋朝年间,仁宗皇帝登位,风调雨顺,国泰民安,朝中文少武多。君王发金榜,招贤纳士。再说河南开封府祥符县徐家村,有一个富翁,姓徐名子见,娶妻苏氏,同庚二十八岁,未曾生育。又娶一位偏房,叫李氏二娘。有一日,徐子见欲上京求取功名,只因家内无人照管,如何是好。

子见开言说分明,两妻在上听原因。

开德皇恩招贤士,思想进京取功名。

心想家中无人管,怎别二妻到东京。

倘然不把功名取,十年窗下枉费心。

夫人听说回言答,相公你且听原因。

虽有亲眷来照管,不能照管我家门。

再说,子见一夜思想:"这有一位白罗山贤弟与我自小结义亲弟,不如请他来照管。"便叫安童到西庄去,请白罗山来饮酒便了。

安童接帖去如云,来到白家大墙门。

门公即便来通报,报与罗山千岁听。

罗山见请心欢喜,吩咐安童坐轿行。

一路行程如风送,顷刻来到徐家门。

子见接进罗山弟,厅堂坐定谈论明。

香茗已半摆筵席,敬酒三杯说分明。

子见开言说分明,罗山兄弟回答应。

君王出榜招贤士,我今要去取功名。

今日请你非为别,托你照管我家庭。

代管我家三个月,回来相谢不忘恩。

罗山听说心欢喜,满口应承我当心。

你的家务我照管,去取功名但放心。

罗山酒罢回家门,子见收拾上京城。

大小两妻双流泪,开言说与丈夫听。

李氏有孕三个月,未知单女若何能。

这有李氏伤心苦,房中取出宝和珍。

取出一对双蝴蝶,你看就如见妻身。

李氏自存雄蝴蝶,雌的收入你夫身。

子见带了盘和费,吩咐已完就动身。

路上行程无耽搁,那日已到帝皇城。

一宵住在招商店,明日就去取功名。

十年窗下才学广,锦绣文章一笔成。

就把文章上京考,官考大人接卷看。

选出卷子当第一,三场会试取头名。

选中子见为魁首,果然文章锦绣文。

仁宗皇帝龙心悦,殿前考中状元身。

君王卿赐银鬃马,游街赏玩帝皇城。

且说徐子见考中状元,君王大喜,册封七省巡查御史,钦赐上方宝剑,先斩后奏便了也。

子见受封心欢喜,二十四拜谢皇恩。

君王有罪去充军,要教新科待罪名。

子见一去十八年,回来封官再上呈。

不宣子见待充军,再宣李氏在家门。

十月怀胎将分娩,腹中疼痛要临盆。

九月十八生下地,眉清目秀好书生。

取名便叫徐金宝,合家欢喜过光阴。

罗山日朝来操琴,苏氏楼上听得清。

二人有意常来往,夫妻如同一样能。

只恨二娘李氏女,恐防夫前说事情。

苏氏大娘狼心毒,日日打骂二娘身。

李氏打得伤心苦,一朝难过半时辰。

再说李氏被大娘打骂,只得抱了金宝来东庄娘家居住。再说苏氏大娘与白罗山恩爱胜比丈夫一样。又说徐子见一去数年并无音信,白罗山说道:"嫂嫂,徐子见上京,未知生死如何,不如到我家中一同居住便了也。"苏氏大娘不但自己去了白罗山家里,而且把家中的一切家私全部带去,连得看门狗也带去了。

苏氏听说心欢喜,满面添花喜十分。

二人心内都安乐,两家并作一家人。

跟了罗山回家转,啥人敢说为何因。

若有闲人来说笑,活活打死不留情。

若有叫化来求乞,松香烧死命归阴。

不说罗山心欢喜,再宣金宝小官人。

光阴迅速容易过,金宝正交十八岁。

结拜张三好朋友,深山打虎过光阴。

这有李氏心中苦,日夜思想丈夫身。

朝朝夜夜来啼哭,枕边眼泪落纷纷。

不宣李氏多悲切,再宣子见状元身。

我今为官十八年,来朝奏明呈明君。

臣已受恩有多年,未曾回家祭祖灵。

伏乞万岁生慈悲,放我回家祭祖坟。

君王准奏荣归去,二十四拜谢皇恩。

拜别君王将身站,状元再谢众朝臣。

街前街后刀出鞘,号炮三声出京城。

文武官员来相送,扶手相挽到长亭。

左右精兵如狼虎,先锋开道向前行。

子见将身来出轿,下了官船一路行。

逢州是有州官接,逢府是有府来迎。

路上行程来得快,看看来到本府城。

官船歇到码头上,隐蔽几天再理论。

再说徐子见官船歇在岸边,夜尽更深,正在船中思想明日拜见白罗山,忽听得对岸网船上有唱山歌个声音也。

栀子花开心内香,徐子见出外不回乡。

白罗山强占苏大娘,李氏赶出好凄凉。

栀子花开心内青,徐子见上京取功名。

一去已有十八年,并无书信转家门。

栀子花开叶放青,赶出李娘好伤心。

谋占田产苏氏女,白罗山原是黑良心。

再说状元听得明明白白,说道:"我家事情,不知如何了?吩咐长班与我街坊上去,买一副衣冠叫化行头,速去速来。"两个公差慌忙走到街坊一间店内。"借问老先生一讯,这里的叫化甲头住在哪里?"店家说道:"住在土地庙中,名字叫王小二。"两人走到庙中,连忙喊道:"甲头何在?"王小二听了急急忙忙就开门,便说:"你两人到此,有何缘故?"差人说道:"今日新科状元要去辑访纤夫三十二个,又要取一副叫化行头,就破衣服要全套的。"王小二听得手忙脚乱,这便如何也。

小二听得心慌忙,连忙就去取衣裳。

头上要带破帽子,身穿一件破海青。

无跟草鞋着一双,砂锅一只棒一根。

一副行头都完备,草绳捆好畀公差。

甲头跪在尘埃地,叩头拜谢来叩情。

再说公差回到官船,禀见大人,叫化行头取到。状元就将身上的袍脱下,着上叫化衣帽,上岸私行便了。再说状元将李氏赠只蝴蝶藏在身边。"待我先到李氏门上打听一番。"吩咐船工,将皇旗收下,用黄布写了"朝山进香"四个大字,假做焚香船。"我去私行,不可泄流风声便了。"

状元吩咐已完成,急急忙忙上岸行。

如今先到东庄去,打听李氏二娘身。

一路行程来得快,东庄已到前面存。

走上就到墙门前,可有冷饭救穷人。

再说有一位书童走出来道:"你这个叫花子走错了。自己也是贫苦,哪有救化?快些去罢。"叫化说道:"不论多少。"书童说道:"真正没有。"叫化又问道:"家人可是姓李?与我说明,我送一件东西给你。"叫化身边将蝴蝶取出,拿在掌中。书童一见,十分欢喜,叫化就将蝴蝶付与书童了。

书童开言说分明,化子你且听原因。

我家正是李家宅,说出之时好伤心。

员外所生一个女,配与南庄徐家门。

只为姑爷外出久,如今回在娘家门。

化子即便将言说,官人连连叫几声。

小姐配与徐家宅,可有男女在家门。

书童说道:"现有一男,名叫金宝,今年十八岁。出外结识一位弟兄,叫铁骨张三,住在山中打猎。"叫花子问道:"小姐既然配徐家,为何不到南庄居住?"书童说道:"让我来速速对你说穿。我家姑爷叫徐子见,上京去求功名,十八年尚未回家。现有西庄白罗山和苏氏大娘两人通情,恐怕我家小姐等丈夫回来将此事说破,大娘将我小姐白白打骂,故此小姐抱了金宝,回转娘家居住。"状元听得明明白白,状元即便动身。书童说道:"你往哪里去?"化子说道:"我到白罗山家中讨饭去也。"

子见说罢就动身,眼泪汪汪向前行。

正在滔滔来行走,路途撞着甲头身。

状元来到半路上,撞着甲头,被他扯住说道:"可认得我叫化头子,快拿银子出来,以作见面钱!"状元说:"哪有银子?"真是叫花子身边打出粢饭团来了,被他周身一摸,摸出一块银子,拿了就走,口称:"罢了,放你去罢也。"

状元再向前头走,顷刻来到白墙门。

立在门上呆思想,几只恶狗出门墙。

犬见主人徐子见,摇头摆尾喜欢心。

慌忙伏在阶下地,狗难开口肚中明。

子见将手摸一摸,果然灵巧义众牲。

众牲有义人无义,宁度众牲莫度人。

白罗山家中有几个家人,看见叫花子拿手在狗背上一摸,狗不咬,反而摇摇尾巴,这也奇哉。被家人一把捉住,禀上千岁。千岁说道:"这等小事,报我做啥?捉到马坊里去,活活打死了也。"

几个家人来答应,捉住子见往里行。

子见一想心中苦,船中家丁不知因。

几个家人如狼虎,好像捉猪上板凳。

一径拖到马坊里,麻绳捆得紧腾腾。

子见眼水双流泪,哀哀痛哭苦伤心。

要求家人行好事,救我性命不忘恩。

千求万求求不下,叫屈连天不绝耳。

今朝一命遭毒害,并无一个救星人。

正在马坊来啼哭,两个家人走进门。

两个家人显狼形,就将子见吊起身。

手捉铜锤来敲打,打得鲜血满身淋。

打一记来身一荡,好像元宵走马灯。

家人看见哈哈笑,子见一命归阴君。

两个家人回身转,子见死去有还魂。

不宣子见还魂醒,回文再表救星人。

救星非是别一个,就是云香使女人。

那个云香丫头生得美貌,自小父亲卖与徐子见,服侍苏氏大娘。"想若本主人上京求取功名,一去十八年,并无音讯。家私托与白罗山照管,认他是好心。谁知一个黑心人谋占苏氏大娘,连家私谋去,又要想奴做小,我哪里肯认?死也不从,他怀恨在心,罚我在厨房烧茶煮饭,好可怜也。"

　　好个云香使女身,厨房烧饭好可怜。

　　日里山里挑泉水,夜间推磨到天明。

　　天天挑水马坊过,忽然听见哭声音。

　　水担歇在马坊门,推进马坊看分明。

　　再说云香推进马坊门细细一看,这个叫花子面熟得极。云香便问:"你住在何处?姓甚么名字?与我说明,我来救你也。"

　　子见开口说分明,丫头在上听原因。

　　我与苏氏同乡住,不是别处他乡人。

　　开封府里祥符县,南庄屋住我家门。

　　自小父母身亡故,出外讨饭十八春。

　　云香听得双流泪,刀割心肝火直喷。

　　云香开口说言明,丫鬟就是云香身。

　　莫非你是徐少爷,独占鳌头受皇恩。

　　私行察访来此地,哪知有遇不良心。

　　细细真情说我听,丫鬟不是薄情人。

　　子见一听双流泪,云香连叫二三声。

　　你若有心来救我,就把真情说分明。

　　我身正是徐子见,果然及第转回程。

　　在京为官十八年,奉旨回乡祭祖坟。

　　官船歇在码头上,听得渔翁唱新闻。

　　山歌非唱别一事,就唱我家一段情。

　　故而打扮叫花子,私行察访到白门。

　　云香听得胆战惊,状元难逃地狱门。

　　我想苏氏多习恶,怎样救得主人身。

　　千思万想无摆布,忽生一计在于心。

　　云香要救状元,忽生一计,上前便叫:"主人要丫鬟相救,与你兄妹相称。"状元说道:"这也好办。只要保得性命,不妨事的。"云香说道:"待我到白罗山面前,哄骗一声也。"

　　云香走出马坊门,急急忙忙到高厅。

　　一径走到厅堂上,叩见罗山苏氏身。

　　未知罗山怎样问,且听下头说分明。

　　云香走到厅堂上,双膝跪下:"千岁在上,丫头叩头。"千岁说道:"有何缘故?快些说来。"云香说道:"千岁老爷,听禀也。"

　　小云香,泪汪汪,双膝跪下。叫一声,老千岁,听奴原因。

　　今日里,叫花子,非是别人。马坊里,来吊起,是我哥身。

　　我爷娘,生下奴,兄妹两人。家中苦,无饭吃,难过光阴。

　　遇荒年,卖了奴,将奴卖身。我爷娘,难度日,早已归阴。

　　既无亲,又无友,六亲无靠。他从小,离了奴,直到如今。

只望奴，回家转，团圆之日。谁知道，哪晓得，讨饭回门。

今日里，到府上，望我姐妹。哪知道，在门外，祸事来临。

众家人，捉我哥，麻绳捆紧。就吊在，马坊里，打我哥身。

小云香，去挑水，马坊经过。忽听得，马坊里，痛苦伤心。

歇水担，进马坊，一看分明。问化子，说根由，是我哥身。

我今日，求千岁，请你开恩。来求你，放脱俚，胜如修行。

云香求主哀哀哭，赛过皇恩赦犯人。

罗山当时回心转，旁边苏氏毒心人。

青蛇毒见口，黄蜂尾上针，两般俱不毒，最毒妇人心。白罗山说："罢了，饶了他罢。"苏氏大娘便说："云香自小到我家中，从来没有阿哥，今日来了讨饭乞丐是她哥哥。"便叫云香："你去喊他出来，待我来认认你哥哥，饶他的狗命。倘然不是你阿哥，连你性命难存。快些去喊出来见我。"

云香一听魂飞散，顿时冷水满身淋。

一头走来一头哭，马坊门口到来临。

就把状元来放下，两腿打颤勿能行。

云香开言将口说，状元在上听原因。

罗山却是来瞒过，苏氏大娘黑良心。

要你当面来相见，细看认出你夫君。

倘然被他认出来，两条性命活勿成。

两人跪地哀哀哭，祝告虚空过往神。

哭到中间想计妙，状元妙计想在心。

状元心生一计，便说："云香，去捉一块破碗砾片，将我面部划破。"鲜血满面，二人走到堂前，苏氏细细一看，便叫云香丫鬟去拿一盆面汤水来，将面上的血渍洗洗干净，待我来认出便了。

云香一听心吃惊，犹如乱箭射肝心。

一盆面汤捧在手，吓得云香抖勿等。

一头走来一头哭，两条性命活不成。

大娘看到云香抖，贱人连骂二三声。

云香捧了一盆冷面水，就将状元洗得干干净净。罗山、苏氏一看不好了，原来是冤家回转来了。两人吓得魂不附体，魂魄九霄外，这便如何是好也。

罗山苏氏吃一惊，吓得两人失散魂。

此条性命留不得，犹如斩草绝除根。

倘然离开马坊去，我条性命要归阴。

罗山苏氏来商议，顷刻就起黑良心。

苏氏吩咐家人，捉个叫花子，拖到马坊里去，活活打死。家人依命，仍旧捉到马坊，吊在梁上，拿铜棍乱打。状元一夜啼哭，好不凄惨也。

一更子见好伤心，因为京中求功名，祸来临。私行察访转家门，打扮叫花子，走近大墙门。有了黄狗出墙门，谁知众牲起疑心，顿时跪在地尘埃，家丁看出有疑心，啊呀我皇天呀！

二更子见哭连声，顿时捉进马坊门，命难存。麻绳捆绑紧屯屯，吊在高梁上，痛苦真难忍。船上众人未知因，个个家人勿用情，手提铜棍打勿停，打得鲜血满身淋，啊呀我皇天呀！

三更子见越伤心，思想李氏在家门，苦伤心。一别已经十八春，日日思想我，眼泪落纷纷，巴望望我转家门。哪知我在此间存,再害云香受苦辛,两条性命活勿成,啊呀我皇天呀!

四更子见痛难忍,被他打得死还魂,痛周身。叫我难以上天庭,入地地无门,并无救星人,云香善念救我身。哪知苏氏起毒心,捧盆冷水面洗净,恨煞苏氏贱妖精,啊呀我皇天呀!

五更子见到天明,两只铜钩摘背心,泪盈盈。打一记来问一声,要动无处动,要行无处行,两眼面前黑沉沉。祝告虚空过往神,苦得里来受苦刑,再勿松刑命归阴,啊呀我皇天呀!

再说状元哭了一夜,天明不提。再说几个家人手持铜棍子,来到马坊,便说:"快些动手,打死这条狗命便了。"

一记铜棍来打下,状元嘴里喊救命。

二记铜棍来打下,口中鲜血满身淋。

三记铜棍来打下,一身骨肉碎纷纷。

顿时打死马坊里,魂灵就要见阎君。

当方土地忙不住,看守状元死尸灵。

状元一命方已毕,云香也受苦难辛。

苏氏大娘吩咐家人:"把这个云香小贼人拖到后花园内,把她活活竹钉钉死在门上。"家人依命,就把云香拖进园中,将她衣衫、裤子剥下,便说:"快些动手,把竹钉钉死罢也。"

几个家人动手钉,坏人看见也伤心。

云香绑在门浪向,嘴内连连哭救命。

上头两只钉在手,下头两只钉脚心。

心头一只来钉下,云香一命便归阴。

钉得鲜血流满地,后园一对死尸灵。

子见云香身亡死,罗山苏氏喜欢心。

不说两人心欢乐,再宣李氏二娘身。

李氏二娘看见书童,一只蝴蝶,心生疑惑,便说:"书童,这只蝴蝶哪里来的?"书童说道:"小姐,这只蝴蝶,一个乞丐与我换饭吃的。"李氏说道:"叫花子往哪里去了?"书童说道:"到白罗山家中去讨饭。"李氏暗想:"是我丈夫回来了。"

小姐一听书童说,就如天打一样能。

必定亲夫回家转,改扮沿门求乞人。

取得功名转回来,私行察访到我门。

李氏手接香蝴蝶,就像亲夫一样能。

哀哀痛哭亲夫君,悠悠哭死再还魂。

正在房中来啼哭,金宝即便转家门。

听得母亲哀哀哭,慌忙赶到里面存。

说道金宝回来了,听得母亲大哭,走到里边,便问:"母亲为何啼哭?"母亲说道:"你的爹爹回来了,必有官职。他先到我门察访,如今到白罗山家中去了。孩儿你快点到西庄,寻父回来便了也。"

金宝官人主意定,要到西庄寻父亲。

同了张三好朋友,两人匆匆走一巡。

一路行程来得快,到了西庄白宅门。

徐金宝同了铁骨张三,来到白罗山家中厅堂内,便问家人:"罗山可在家中?"家人说道:"千岁出外去了。"里面苏氏听得,连忙出来叫声金宝:"今日到此,有何缘故?"金宝说道:"我的爹爹可在你家?"苏氏说道:"没有叫花子进来。"金宝听她说话心虚,思量:"她必知我爹爹扮作叫化,故会如此回答。"苏氏自知失口,心中着急,并无摆布,忽生一计:"待我准备便饭酒水,酒中下些砒霜毒药,药死两人,我就可放得宽怀。"

　　大娘吓得胆战心,忽生一计在于心。

　　吩咐家人摆筵席,做就圈套害残生。

　　张三金宝同吃酒,准备吃酒讨父亲。

　　苏氏眼盯毒酒看,老三一看怒生嗔。

　　叫声金宝吃勿得,口骂苏氏老贱人。

　　苏氏吓得魂不附体,连忙逃走进去。张三大怒,便叫金宝:"贤弟,我与你打进内房,拿这个贱人分为两片,方消胸中之恨也。"

　　张三金宝心大怒,外边打到内边存。

　　打进一重又一重,花园门口到来临。

　　两人打到花园内边,只见个死灵一男一女。张三便叫:"金宝,两个死尸,可有父亲?"张三说道:"把两个死尸驮回家去,与你母亲去认认便了。"

　　金宝吓得魂飞散,哀哀痛哭转家门。

　　二人驮尸忙碌碌,伤心苦切泪纷纷。

　　驮到自己墙门口,忙叫母亲认尸灵。

　　李氏走出死尸看,果然丈夫子见身。

　　双膝跪在地哀嚎,抱住丈夫哭勿停。

　　母子两人心悲切,张三看见泪纷纷。

　　李氏便把亲夫摸,摸着亲夫好伤心。

　　满身皮肉碎纷纷,看看鲜血满身淋。

　　背梁脊骨根根断,我夫死得好可怜。

　　再说李氏同了金宝,到了包衙门,口称:"青天大老爷,救命呀!"开封府张龙、赵虎听得外面有人喊冤,便叫:"娘子,有什么事情,随我而来。"李氏、金宝二人跟了张龙、赵虎走进大堂。包公便问:"娘子有何冤情,家住何处,姓甚名谁?快些说来。"娘子说道:"大老爷听禀也。"

　　娘子当时开言说,老爷在上听原因。

　　家住河南祥符县,南庄村里自安身。

　　丈夫名叫徐子见,府学生员第一名。

　　只为家中无人管,托与罗山好朋友。

　　夫去几年无音信,罗山苏氏起横心。

　　家私田庄都谋去,将奴打在娘家门。

　　我夫上京十八年,时今方才转家门。

　　打扮叫化来求乞,私行察访到他门。

　　被他顿时来谋死,连赖云香使女身。

　　句句都是真情话,并无半记虚言文。

　　伏望清天生慈悲,申冤要做清包正。

　　包公听得大怒,便叫张龙、赵虎:"与我去捉白罗山狗贼到来!"张、赵二差一想,白罗山家中利害,怎能拿捉?想出一计,取了名帖,只说"包大人请你吃酒"。张龙、赵虎一番商议,连忙来到白罗山家中,走到厅上,把请帖呈上。白罗山手接一看,想:"这个包公一向不请我吃酒的,今日我看这两个死人面上,我就走一趟。"吩咐家人打轿便了也。

罗山见请心欢喜,快忙打轿就行程。

张龙赵虎自回转,就对包公说原因。

只说请他来吃酒,骗得罗山到来临。

骗你罗山多快乐,包公府上下轿临。

包公听说心欢喜,吩咐公差闭了门。

就把正门来关好,侧门开了进犯人。

圣旨供在厅堂上,包公大人身坐堂。

不宣包公一番事,再宣罗山到衙门。

一径来到衙门口,将身出轿进包门。

白罗山走进衙门一看:"今日包公请我来吃酒,为何勿出来接我?"正在思想,只见张龙、赵虎手拿链条,即便就在白罗山头颈里一套。罗山骂道:"秃狗贼,谁敢放肆?"张龙、赵虎拉链条到厅堂上来:"禀老爷,犯人白罗山带到,听候定夺。"

包公大堂端正坐,看看好像活阎君。

罗山开口将言说,包公今朝为何因。

罗山见包就停口,包公就骂狗畜生。

谋产夺妻该有罪,从实招来免受刑。

谋死子见云香女,恶势滔天罪非清。

罗山听说魂飞散,这般事情哪知因。

包公便叫公差把两个死灵担到堂上,便问罗山奸贼:"打死徐子见,又打死云香丫鬟。现在死尸为证,真情说来,免受刑罚。"白罗山说道:"乞丐到我家中求乞,自己有病而死。一个云香丫头,是在后花园采果子吃,树上失足跌死。未曾买棺木成殓。"包公听说,大怒,吩咐左右:"与我把奸贼白罗山夹起来!"

差人答应如狼虎,夹棍榔头不用情。

罗山夹死地埃尘,悠悠死起再还魂。

这般痛苦熬不过,我今只得便招认。

白罗山夹死又还魂,便叫:"包公爷,饶我的狗命!原招认了。万般都是苏氏弄出来的,子见上京十八年,方得回来。到我家中,私行察访,被我喊了家人捉到马坊打死。云香想救,被苏氏发现,喊了家人,捉进后园,钉死在门上。"包公听说,急忙便叫当差两班,上了脚镣、手铐,锁入牢中。又吩咐张龙、赵虎,再去捉苏式大娘贱妇人到来,不可迟误。

罗山口供来招认,脚镣手铐进监门。

不宣罗山监中事,再说张龙赵虎身。

急急走到西庄去,一径到来白墙门。

苏氏大娘来走出,便问公差为何因。

张龙、赵虎便说:"娘娘,昨日你家千岁吃酒的时候,忽然肝肺发作,疼痛异常,不能回家,故此请你娘娘去也。"

苏氏一听双流泪,立刻打轿上路行。

路上行程无心看,前头就是府衙门。

一进来到大堂上,包公正南坐中身。

苏氏将身来出轿,包公一见怒生嗔。

苏氏招到堂前,将身出轿,又被张、赵二差拿链条头颈里一套,牵到堂前,禀上老爷:"苏氏拿到。"包公便命公差,监中提出白罗山,一同审问便了。

张龙赵虎忙不停,监中提出黑心人。

罗山提到大堂上,一齐跪地说分明。

李氏金宝也来到,苏氏贼妇呆顿顿。

两个公差如狼虎,上了刑具痛煞人。

十个指头都拶落,一一从头便招来。

一番招承都已毕,推入监牢做犯人。

包公进京忙奏本,奏上君王定罪名。

包文正随即上奏本章一道,那本章层层上达,却被当朝白丞相看到。那白丞相就是白罗山的爷,名叫白老虎。本章接来一看,顿时一呆:"呀吓,白罗山就是我的儿子。包公不应该,拿我儿子这般光景。"呆了半时,想成一计:"倒不如先下手为强,待我把本章调换,再去上奏包拯要谋皇篡位,按上一个叛反之罪,就把包公害死之了。"

老虎一夜未成困,五更三点见明君。

叩头拜谢金阶地,万岁在上听原因。

要奏河南开封府,文正瘟官第一人。

万民世事都不管,招兵买马藏宝银。

积聚银宝屯粮草,谋皇篡位大奸人。

君王接到本章一看,大怒,即发敕旨到开封府衙门。包公出来迎接圣旨,将御批一看,就骂:"白老虎奸贼,想不到在家做出不端之事,要害我包文正性命。"吩咐公差,带领一千军兵,先到西庄,杀得鸡犬不留,再把罗山、苏氏押上京都,并吩咐李氏、金宝带了两个死尸,一同进京,再去奏本了。

罗山家中都杀尽,包公即便上京城。

下了官船如风送,看看来到帝皇城。

将身上殿来奏本,包公金阶见明君。

君王一看心大怒,天下瘟官第一名。

积草囤粮招兵马,欺皇犯上大奸人。

君王就唤刀斧手,顿时绑出法场门。

君王唤了侍卫,将包公绑到法场,惊动上界玉皇大帝,即差风伯、雨师、雷公、雷母为天兵天将。霎时,乌云腾腾,昏天黑地,狂风大作,雷光闪闪,落下倾盆大雨,飞沙走石,云端里喊出声音来了。

若要斩落包文正,铁打江山坐勿稳。

监斩官员亲听见,顿时吓得掉落魂。

就将包公来放下,一同就去奏明君。

监斩官上殿奏本,君王听说,顿时一呆,即出圣旨,将包公救回。包公上殿谢恩,又奏道:"白丞相之子白罗山与徐门苏氏两人通情,把徐子见谋死,又谋死云香丫鬟一个。臣将本章奏与君王,被白丞相藏匿,换自己的本章,奏我谋皇篡位,望君王圣旨定夺。"皇上闻奏,大怒,就将白老虎绑出午朝门外,即时斩首。白罗山同苏氏大娘应当鱼鳞碎剐。又赐予包公拿碧玉带一条、接活棒一根,吩咐包公快去救活两人。包文正就此谢恩。退朝就将碧玉带、接活棒,先把徐子见救活,然后救活云香丫鬟。子见、云香两人渐渐醒来,嚎啕大哭,李氏、金宝一同到来相见也。

子见云香还魂转，就如枯木再逢春。
万岁赐我转回乡，赶快来到自家门。
将船歇在码头上，又听渔翁唱歌声。
不唱闲文并闲语，句句山歌唱我们。
这为私行来察访，改扮化子到西庄。
家人捉到马坊里，活活打死一命亡。
云香有意来救他，连赖云香也身亡。
状元苦处说不尽，罗山苏氏受苦辛。
就在朝中来治罪，鱼鳞剐碎痛伤心。
懊悔当初做坏事，如今一命见阴君。

再说，万岁敕封徐子见为丞相，李氏一品夫人，云香封为二品夫人，金宝封为大尉大将，张三封为天下总兵。合朝大臣，感谢万岁也。

君王听了喜欢心，文武官员乐心情。
恶人有恶报恶人，善人终能福寿增。
子见心中来思想，一心要想转家门。
上殿奏与万岁听，臣要回家祭祖坟。
龙颜大悦来准奏，大排銮驾出门行。
钦赐一顶八人轿，玉罗宝伞遮轿顶。
香辇两位夫人坐，银鬃宝马骑官人。
前呼后拥来相送，过了一程又一程。
一路滔滔来得快，眼前就是本乡村。
南庄变为荒郊地，眼看两泪落纷纷。
地方官员忙碌碌，霎时起造大高厅。
四人同进家屋住，就在家中念经文。
合家老小都修道，高厅改作佛堂门。
装塑一堂金身佛，朝朝夜夜诵经文。
观音菩萨闻知得，差下多罗太白星。
顿时来到徐家宅，化作凡间一老人。
太公金星开言说，度你徐家上天庭。
徐家听说忙下跪，顿时脚上起祥云。
修得十年功劳大，作恶之人地狱门。
惩恶扬善从古有，皇天不欺善心人。
蝴蝶宝卷宣完成，各位大众尽欢迎。
在堂大众增福寿，合宅人口保太平。
生意兴隆通四海，财源菩萨到来临。
卷中若有错误字，三炷长香补完成。

双花宝卷

双花宝卷始展开,诸佛菩萨降临台。

善男信女静心听,一年四季免三灾。

却说此卷出在宋朝年间。仁宗皇帝登基以来,五谷丰登,万民乐业。只说福建泉州府晋江县太平村上,有一家姓王名鼎,祖上世代为官。王鼎得中进士以来,钦授河南开封府,临任有功,圣上念其刚直,再升京兆御史。王鼎年六十,只因多病在身,告病辞官,圣上恩准,离京回家。夫人杨氏与夫同庚,也受皇封,甚是贤德。所生二子:长子文龙一十八岁,已入黉门,娶妻蔡氏一十七岁,十分贤惠;次子文虎现年九岁,十分好学,尚未定亲。王鼎心中忧愁。正值春光明媚,后园牡丹盛开,欲去后园赏花解愁。突然家童报来,有几位大人口称与老爷同窗,在门外侍候。王大人吩咐迎接也。

大人吩咐开正门,步出客厅迎贵客。

只见走进四个人,王鼎顿时喜欢心。

第一东关张丞相,第二兵部蔡大人。

第三同窗潘通政,第四翰林马文甲。

接进四人到中厅,打躬作揖叙寒温。

吩咐厨房办酒席,设宴后园牡丹亭。

不多片刻家童报,一桌筵席摆端正。

五位大人进后园,按位入座分主客。

谈谈说说多高兴,王鼎启口问详情。

却说王大人开口问道:"诸位尊兄为何四人一同前来?真是意想不到。"张丞相合道:"闻听王兄告病辞官,圣上恩准,所以相约三位大人一同前来叙叙。但不知王兄年未超过花甲,正在健力之时,为何突然辞官?"王鼎言道:"一是身有多病,二是小儿年幼,所以无心为官。"正在叙谈之间,突然两位公子前来向四位大人请安问好。王鼎就将两个儿子向四位介绍了一番。马翰林一见二公子生得一表人才、相貌堂堂,又未联姻,正中心怀,就说道:"我家小女凤珍与二公子同年,愿结姻亲,未知王兄意下若何?"王鼎言道:"小弟寒门,怎敢高攀?"翰林道:"休得客气也。"

四位大人齐赞成,推荐通政做媒人。

马爷执笔年庚写,媒人经手授王鼎。

谈谈讲讲多快乐,不觉红日落西沉。

席散起身各登轿,御史大人送出门。

选其吉日行聘礼,茶礼彩缎与金银。

自此相交多快活,御史突然发毛病。

请医服药无效验,嘱咐夫人儿媳听。

看来我身不久世,孩儿年幼托夫人。

却说夫人安慰道:"相公呀,你不必忧愁,保重身体要紧。你两家亲翁都是豪富之家,总有照应的,就会安排两个孩儿勤读诗书,建功立业的。"老爷听了夫人的话,就说道:"倘然依得夫人之话,我老夫死在九泉之下,也得瞑目也。"

两位公子侍父亲,端汤端药甚殷勤。

日夜不离老父身,背过父面泪淋淋。

病体一日重一日,突然气塞命归阴。

母子儿媳嚎啕哭,家人料理办衣衾。

七七道场忙超度,诸亲吊奠送祖坟。

弟兄孝中勤书读,媳妇侍奉老夫人。

屋漏遍遭连夜雨,忽报钦差到门庭。

老爷为官明如镜,得罪朝中老奸臣。

假报亏银一万两,万岁面前谎奏本。

圣上下旨到王家,追查亏银入库门。

公子一听如雷打,急得汗泪落纷纷。

却说大公子文龙接旨,听得钦差宣读圣旨说:"前来追究一万两方银。"公子要求钦差宽限一月为期,钦差同意,回京复旨不表。只说公子王文龙去丈人家,请岳父到来商量。谁知都怕连累自己,早已吩咐好家中一切人等,总是避而不见。所以门上人只说老爷不在家,要有一月才回家。公子文龙无法,只得回家对母亲妻子说明一切,将田产变卖,料理亏银入库。

王家田产卖干净,料理亏银弄勿清。

祸不单行从古说,又遭大盗抢金银。

金银首饰都抢光,临走房屋被火焚。

家产房屋尽烧毁,夫人烧死在房门。

孩儿媳妇嚎啕哭,大骂苍天无眼睛。

将母尸身来埋葬,权住坟堂苦十分。

家人使女打发去,让他重新寻主人。

却说王家三人住在坟堂苦度光阴,文虎对文龙道:"哥哥,可恨你的丈人太势利。"蔡氏道:"叔叔,所谓世情淡薄,目前没有别的办法。只希望你弟兄俩等孝满后,设法进京,求取功名。倘得成功,仍可出头也。"

弟兄听了满口应,勤读四书看五经。

光阴迅速容易过,桃红柳绿又逢春。

文龙一心赶功名,与妻商议一桩情。

欲去岳家借花银,有了盘缠好进京。

蔡氏娘子官人称,听奴为妻说分明。

奴家爹爹多势利,不思女儿骨肉亲。

去与不去无两样,还是别处动脑筋。

文龙不信娘子活,硬着头被要上门。

却说王文龙对娘子道:"让我去试试再说。"娘子道:"今日去不比五年前,你不信,速去速回。"文龙说罢出门而去,一到岳家门口叫门公通报,门公进去禀道:"老爷,姑爷来了。"蔡老爷问道:"怎样来的?"门公回道:"一个人走来的。"又同道:"怎样打扮?"又答道:"衣衫破旧。"老爷道:"既然如此,叫他后门进来。"门公出去叫道:"请姑爷后门而进。"文龙一听,心中大怒,暗道:"待我进去看他如何也。"

文龙压住火一盆,回身走到后园门。

只见园门半开闭,进园直闯到中厅。

岳父岳母厅上坐,假装未见姓王人。

老爷起身前厅去,夫人暗暗叹一声。

勉强开言问一声,今日前来为何情。

文龙回言岳母称,小婿特来借花银。

　　却说夫人言道:"你早来一脚,你岳父在此,如今往前厅而去。你去求求岳丈再说。"文龙只得也往前厅走,到丈人面前叫道:"岳父在上,小婿文龙求见。"老爷问道:"为何不走前门,反而从后门而入? 有何求见?"文龙道:"小婿欲想进京求取功名,向岳父叨借一些银两。"老爷问道:"你也想做官? 吏部堂上立勿落哉。"文龙道:"人不可貌相,海水不可斗量。小婿不是在岳父面前夸口,我进京去,状元稳稳到手。"老爷说:"你穷鬼中了状元,我姓蔡的爬到你王家来贺喜。"文龙道:"岳父说话当准?"老爷道:"啥人和你戏言!"文龙道:"到时看你也。"

　　　老爷当时怒生嗔,开口骂声小畜生。
　　　文龙怒言说了声,看你爬到王家门。
　　　调转身来匆匆走,眼泪汪汪回转门。
　　　妻子一见丈夫转,含了眼泪叫官人。
　　　叫你莫去你不信,奴说父亲勿是人。
　　　奴有金钗权变卖,作为路费进京城。
　　　文龙接钗街坊去,兑到六两雪花银。
　　　三两留在家中用,拿了衣包就动身。
　　　回身再三对妻说,照顾吾弟要当心。
　　　不说家中叔嫂事,只表文龙一个人。
　　　路上行程不需说,不觉已经到皇城。
　　　正巧京中开文考,文龙报名进场门。
　　　不假思索用心做,三场完毕交卷文。
　　　君王亲自殿试取,取中文龙第一名。
　　　召唤文龙到金殿,君王一见喜欢心。
　　　敕赐袍帽骑白马,状元三天游皇城。
　　　文龙心中多快乐,谁知进城起祸根。

　　却说朝中有位太师,姓雷名天表,所生二女,长女送与当今为后,次女年方十八,尚未配婚。今见状元生得一表人才,心中得意。回府经过一番商量,决定在相府门口高搭一座彩楼,让女儿抛球招亲。等到第三天,状元在城里经过雷相府彩楼,突然彩球抛下,正中状元头上。立刻有八名丫鬟拥上,把状元围住。状元不知其事,被丫鬟簇拥进相府,参见太师,问道:"太师有何吩咐?"太师道:"我有一女,年方十八,欲招状元为婿,所以高搭彩楼。今日老天作成,彩球抛中状元,正是我家小女之福。"状元一听,大吃一惊,说道:"启禀太师爷,小生有室在家,不敢从命。伏望太师宽宥小生也。"

　　　太师听了怒火生,不识抬举枉为人。
　　　有室在家何足奇,相府状元才相称。
　　　只消一纸休书去,去旧另配女千金。
　　　状元听得怒生嗔,枉为相爷欠通文。
　　　强逼招亲成何体,难道你女难嫁人。
　　　说得太师难为情,恼羞成怒骂畜生。
　　　老夫器重不知趣,相反胡扯乱喷人。
　　　举手连连两巴掌,状元怒火冒天灵。
　　　反手一把来抓住,用力挥倒地埃尘。
　　　太师倒地哇哇叫,状元转身就出门。

却说太师被状元摔倒在地,家人将太师扶起,太师就哇哇大叫道:"把这个小畜生抓来!"家人奉命而去,一到门口一看,人影全无,只得回报太师。雷太师没有办法,直到来朝,上殿谎奏曰:"新科状元全然无礼,万岁敕赐游城三天,谁知游到老臣相府门口,老夫也在观看。状元说老臣挡道,就将老臣拳打足踢,伏乞万岁正法,以服众心。"仁宗准奏,下旨三法司勘问,发配云南充军三载。众文武一听,个个议论悲叹也。

状元发配去充军,文武谁敢说一声。

不说状元犯了法,另提外国一桩情。

高丽国王野心起,欲想造反起风云。

速差番将送番书,送进京都午朝门。

中原识得番书字,年年进贡又称臣。

若是无人读番书,宋室江山平半分。

仁宗听得胆战惊,手拿番书问群臣。

文武众官无人答,龙颜顿时怒火升。

却说仁宗皇帝一听众大臣无人识得番书,心中忧愁,欲想出榜招贤,宣读番书。突然文班中闪出尚书蔡大人奏道:"启奏万岁,若要识得番文,臣保举一人。"圣上忙问:"何人?"蔡大人道:"可惜此人已去云南充军,新科状元王文龙能读番文,请万岁定夺。"仁宗一听,龙心大悦,随下旨一道:"赦回状元,立刻派人快马追赶。"钦差奉旨而去也。

钦差接旨出朝门,快马追回状元身。

不消片刻已赶上,说明立刻回京城。

钦差上殿复圣旨,召进状元上朝廷。

状元进殿谢主恩,万岁开口叫爱卿。

一声旨下宣番官,上殿一同听读文。

状元朗朗读番书,番官听得大吃惊。

却说状元读罢番文,奏上万岁说:"高丽国王视我中原无人,如此猖狂,胆敢放肆。待臣写封回书教训他一顿,使他心服口服,再不敢来侵犯中原。"圣上龙颜大喜。仁宗叫番官接书,又将带来的贡银送上。番官谢了恩出午门,回国而去,万岁当殿加封官爵也。

仁宗龙心多欢欣,金花御酒赐爱卿。

官封九州都元帅,上管军来下管民。

文龙金殿谢君恩,满朝文武人人敬。

太监高声叫退朝,气煞皇亲雷大人。

回转相府动脑筋,不除文龙难甘心。

想定一条牢笼计,好让冤家离京城。

目今沙陀来造反,待我上朝奏帝君。

保奏状元去提兵,文当武将必伤命。

定了主意写了本,上朝奏帝说分明。

君王准奏忙宣召,文龙听宣见帝君。

圣上开言叫爱卿,忠心报国甚可敬。

今有沙陀来造反,特着爱卿去领军。

为国分忧当效力,有功回朝再加升。

三杯御酒谢皇恩,教场立刻点三军。

决定来日祭帅旗,带领大军离京城。

却说王文龙当夜回到状元公馆,叹曰:"指望荣归故里,不意又有跋涉。不免待我修书一封,寄回家中,说明一切,免得妻、弟思念,不日便能团聚也。"

状元修成书一封,黄金万两寄家中。

速差牌军人四个,立刻赶路快如风。

状元清早重装束,文改武装去冲锋。

拜别君王午门出,文武大人齐相送。

状元心中暗思想,文当武将想不通。

心里暗恨雷天表,此番能否回京中。

不说状元沙陀去,再表牌军家信送。

直望福建泉州府,日行夜宿到山东。

突然一棒锣声响,冲出强盗一窝蜂。

拦路打劫失金银,大战一场命送终。

家中叔嫂未知音,双方仍旧信不通。

不说牌军丧了命,只表叔嫂在家中。

却说蔡氏大娘和小叔文虎在家苦度,不觉又是几年。有一日早上,蔡氏对文虎说:"小叔,为嫂昨夜得其一梦,未知吉凶。"文虎问道:"梦见些什么?"蔡氏道:"梦中见到你兄长他赤身露体,足踏松板,旁边一人张着丝网。欲想夫妻相会,突然金锣喧天,一身冷汗惊醒。请叔叔详来。"文虎道:"无衣松板,想来出了名,登了金榜。一人手张丝网,又恐被人陷害。金锣之声,文龙哥哥为了出身与人相搏之意。现今我已十四岁了,亦不幼小,待我赶到京都,寻找哥哥而去。"蔡氏听了两眼流泪道:"小叔听奴道来也。"

蔡氏听了泪流行,叔叔幼小尚年轻。

况且叔去奴独自,恐被旁人言谈论。

勿如叔嫂一同去,免得思前想后情。

叔嫂商议已决走,首饰变卖当缠金。

哭别坟堂辞乡邻,晓行夜宿赶路程。

行到扬州盘缠无,腹中饥饿好伤心。

不报客店宿枯庙,庙中却是文灵神。

却说叔、嫂进庙一看,却是孟姜女庙,两人权且住宿。文虎道:"如今盘费全无,待我明天去街坊求化。"蔡氏道:"还是奴去的好。"文虎道:"嫂嫂是千金之体,怎好去求乞?"两个越说越觉伤心,忍不住放声痛哭起来也。

两人枯庙权住身,饥饿交迫痛悲心。

叔嫂一夜未安睡,痛哭一夜到天明。

一更里来苦悲伤,想起祖上有名扬,公爹叫王鼎,为官是忠良,后升御史管七省,被奸陷害回家乡,啊呀吾的天哪!

二更里来更悲痛,想起吾夫王文龙,求名到京中,五年信不通,未知功名中不中,难道被人陷害凶,啊呀吾的天哪!

三更里来半夜深,想起父母太无情,丈夫去借银,不肯反羞身,枉为女婿亲丈人,亲生女儿不照应,啊呀吾的天哪!

四更一到子规啼,为啥弄到这步地,公婆过世去,盗贼抢东西,奸臣谎奏卖田地,更惨房屋被火废,啊呀吾的天哪!

　五更公鸡喔喔啼,身住坟堂少柴米,夫君无信息,叔嫂寻兄去,一路行程无盘费,叔嫂求乞成何体,啊呀吾的天哪!

　　一夜哭到天放明,叔嫂步出古庙门。

　　人来人往难开口,两行珠泪向前行。

　　左思右想无办法,编唱小曲劝世人。

　　唱曲总比讨乞好,饥饿不怕难为情。

　　人品端正声音好,引劝街坊众人群。

　　女的听得流眼泪,男的听了叹连声。

　　有舍米钱和金银,有舍馒头糕与饼。

　　有的挨挤街头听,有时请进大墙门。

　　世上终究好人多,叔嫂勉强度朝昏。

　　善人多数伸援手,恶人看见白眼睛。

　　讨得糕饼充饥饿,积下钱银去京城。

　　不说叔嫂流浪街,再提一个出场人。

　却说扬州城里有个都察院,姓谈名坤,所生两女,长名金花,一十六岁;次名银花,与姐同庚,是一对双胞胎姐妹。诗画琴棋,件件皆会,尚未出帖联姻。一日,正是春光明媚,只因前日听了丫鬟讲起过,街上流浪一对男女,都是年轻唱曲度生。今日姐妹俩正觉高兴,便唤丫头海棠出去邀请唱曲人进后园瑞香亭唱曲。海棠奉命而去,不多片刻,已经请到。丫鬟回报小姐,金花、银花好不高兴。

　　双花小姐喜欢心,轻移莲步到园亭。

　　将他两人细细看,双花心里暗思忖。

　　男的品貌真贵相,日后定然做公卿。

　　女的也是非凡相,一品夫人稳稳能。

　　不像夫妻如姐弟,如同叔嫂差妨能。

　　看他规矩端庄坐,一见小姐立起身。

　　蔡氏万福礼来行,小姐吩咐坐定身。

　　便问大娘唱何曲,蔡氏回答小姐听。

　　十二月份花名曲,每月之中夹古人。

　　小姐一听心中喜,恭而敬之静心听。

蔡氏唱十二月花名,道:

　　正月梅花独占魁,秦钟受吐意徘徊。

　　想其一念无更改,后来修得赋齐眉。

　　二月仲春杏花天,六国封相喜容颜。

　　苏秦不第回家转,父母妻嫂不与言。

　　三月桃花红满山,昭君洒泪去和番。

　　一朝撇却刘天子,哀哀哭出雁门关。

　　四月清和是蔷薇,买臣配了不贤妻。

　　逼休改嫁张木匠,马前泼水两分离。

　　五月石榴红似火,西施进贡吴宫里。

伯嚭谗言真利口,屈害忠良伍子胥。

六月荷花透水开,六郎盗骨转回来。

弟兄相会葫芦谷,各诉哀情苦满怀。

七月凤仙铺满阶,牛府招亲蔡伯喈。

描容别墓赵五娘,剪发伤心血泪洒。

八月中秋桂花香,貂蝉园内奏穹苍。

司徒巧设连环计,董卓奸贼被子伤。

九月菊花黄似金,董永卖身葬父亲。

槐阴相会天仙女,织纱完偿天赐金。

十月芙蓉应小春,杞梁奉旨筑长城。

一别家乡无音信,姜女担伞寻夫君。

十一月中水仙香,金榜题名王十朋。

孙汝权偷把家书改,玉莲小姐去报江。

十二月里腊梅放,破窑蒙正好凄惶。

投斋却遇颠僧笑,雪里归来愁满腔。

却说双花小姐听得十分悲伤,立起身来便问道:“大娘,你的容貌如此端正,为何落魄到如此地步?家住何处?姓甚名谁?说与奴家听听。”大娘道:“承蒙千金不弃,待贫妇告知。家住福建泉州府晋江县太平村,公公御史姓王,父亲兵部姓蔡。”双花又问:“你可有夫君?”大娘道:“奴家丈夫文龙得中秀士,奴名金莲,二十二岁,我夫大奴一岁。小叔文虎,年方十四,不幸公婆早丧,更遭回禄,实是可怜。空守坟堂,孝服已满。丈夫上京考试,一去五载,信息全无。叔、嫂上京寻夫,可怜盘缠用尽,如今求乞度生。”说罢两眼流泪。双花听了也觉伤心,金花道:“原来是宦家之女,多多失敬了。”吩咐丫鬟海棠去取银子十两,赏作路费。大娘谢了小姐,走出后园之门。银花小姐暗想:“文虎虽然落难,看他相貌,后来必有出头之日,待奴赠他读书之本也。”

就对海棠说分明,海棠出去唤书生。

我家小姐可怜你,欲想赠你读书本。

约你今夜三更天,后园亭内赠花银。

文虎诺诺连声应,谁知墙外有人听。

马夫曹亮在铡草,所讲之话都听清。

我做马夫无财发,不如谋取这笔银。

银花小姐忙收拾,银子付与海棠身。

不说海棠园内去,再表马夫黑心人。

一把菜刀身边藏,专等三更去敲门。

却说丫鬟海棠奉了小姐之命,二更敲过,就去花园等候王公子到来。突然听到有敲门之声,丫鬟轻声问道:“可是王公子在?”外边也低声应道:“正是。”海棠将门拉开,只见曹亮手持菜刀,恶狠狠地说:“不许叫。”丫鬟高声喊道:“马夫杀人呀,快救命也!”曹亮一时急得没了主意,举刀砍下。可怜丫鬟一命呜呼。马夫抢了包裹就逃也。

曹亮顿时起黑心,杀人抢钱就逃命。

一路逃到自己家,拼命高叫喊开门。

老娘连忙开了门,一见儿子就动问。

手中包裹哪里来，又拿菜刀为何因。

曹亮只得老实讲，老娘听了大吃惊。

开口便把畜生骂，伤天害理勿该因。

曹家没有你种人，老娘和你拼仔命。

一头便将儿子撞，曹亮挥刀杀娘亲。

老娘倒在血泊中，一命呜呼见阎君。

曹亮进房衣衫拿，带了包裹就动身。

逃到外地坏事做，天破之日命归阴。

不说曹亮一路逃，再提文虎一个人。

三更一敲门来出，谁知出去做替身。

却说王文虎叔嫂回到枯庙中，说说谈谈，直到黄昏人尽。文虎对嫂嫂言道："你一人在庙不必惊慌，我去去就来。"蔡氏道："叔叔，你我命运不通，不必了。将就盘费进京，早寻得你哥哥就是了。"文虎道："虽有银子十两，又恐不够。"蔡氏道："既然要去，速去速回，须要小心也。"

文虎别嫂出庙门，一直来到花园门。

只见园门已开直，想必等我姓王人。

踏进园门仔细看，只见海棠倒埃尘。

文虎走近轻声喊，不见回答半毫分。

眼见事情已经出，心急慌忙出园门。

一直望准原路走，听得前面有人声。

要想回避来不及，只见冲来两个人。

一把扯住见大人，扬州知府开言云。

回转衙门去审问，差人又如虎狼能。

不说文虎班房押，天明谈家报事情。

却说天明谈家，园童发现园门大开，丫鬟海棠死在地上，急忙报知老爷。谈爷大惊，吩咐详细查来。不消片刻，又来复命说，其他不见缺少，就是不见马夫曹亮。到他家中一看，也不在家，但是曹婆也被杀死在地。谈爷派人，叫更夫前来查问。更夫一到谈家，谈爷问道："昨夜可有事情发生？"更夫回道："昨夜三更左右，府太爷饮酒回衙，在谈老爷家后园附近抓到一个可疑之人，现押班房。府太爷早堂准备审问。"谈爷一听，便道："难道真有大盗进园，真奇事也。"

谈爷备帖到衙门，书中写明一切事。

要求太爷来查办，查明杀人真凶身。

太爷早堂来开坐，吩咐当差带犯人。

喝问囚徒家何处，姓甚名谁杀人因。

文虎连连冤狂喊，小人寻兄枯庙登。

却说府太爷喝道："详细讲来。"文虎就将家住福建，姓啥叫啥，为了寻兄等等，交待清楚。"小人句句是实，望求大老爷开恩。"府太爷一听勃然大怒道："明明是江洋大盗，混进扬州，假唱小曲，想去谈家盗窃金银。被人发现，杀死二人，欲想逃走。恰被本府拿住，还要叫冤。看来不用大刑，谅你不肯招认。"一声吩咐，夹棍伺候也。

两班衙役虎狼形，就拿夹棍用大刑。

两把麻绳来收紧，文虎顿时命归阴。

冷水喷面又呼唤，死了悠悠再还魂。

文虎醒来冤枉喊，大人吩咐再用刑。

四十大板着实打，受刑不起虚招认。

根据大人讲的话，招供画押进监门。

不说文虎收进监，再表庙中蔡夫人。

一夜五更睡勿着，不见小叔转庙门。

清早起来上街去，寻找叔叔不见人。

看见街上人头挤，又有几人讲新闻。

却说蔡氏夫人听得有人在讲昨夜谈家后园杀死了丫鬟海棠，又有谈家马夫的老娘也被杀死。在三更左右，府太爷回衙时在谈家后园附近抓住一个人，今日早堂审实口供，收进监中坐牢了。蔡氏听了，上前问道："各位大叔大伯们，昨夜府太爷抓了何等之人？"众人齐道："江洋大盗。口称福建泉州人，姓王名文虎，招实口供，收进监中受苦。"大娘听了，心中如用刀割，双眼流泪，打听到府监的地方，前去探望。一到监门口喊道："禁长伯伯，奴是王文虎的嫂嫂，相烦开门，让奴去见见叔叔。"牢头禁子道："这是江洋大盗，不准探望。"大娘就摸出一两银子道："请禁长伯伯买杯茶喝，请伯伯开开大恩，让奴进去。"禁子道："不许多讲，见见就走。"大娘一口答应，禁子开门引进，大娘见小叔满身血迹斑斑，披头散发，好不伤心。文虎一见嫂嫂，如梦初醒，放声大哭，就把被拿之事，一一说了。当时叔、嫂隔着木栅，双手紧握，放声大哭也。

叔嫂伤悲说勿尽，禁子催促赶出门。

大娘只得监门出，街坊求乞讨饭吞。

一日两顿监饭送，夜上独宿枯庙门。

不说扬州叔嫂事，再提马家一千金。

九岁联姻王文虎，思想命苦害王门。

婆婆不幸遭回禄，大伯进京没音信。

叔嫂进京寻访去，三年无信转家门。

可恨父母无道理，口口声声要赖婚。

奴奴决不重婚配，宁可出家去修行。

一心念到伤心处，堂前禀报二双亲。

却说马凤珍小姐走到堂上，在父母面前双膝跪地，叫道："爹爹母亲，不孝女儿有事告禀。想奴命苦，害王家家破人亡。奴奴今生不得团圆，请父母送奴庵中修行去罢。"父母一听此言，便道："痴丫头，世上豪富之家多得很，改日为父替你重选一家，包你称心如意也。"

小姐听了大吃惊，爹爹说话欠通文。

一马一鞍从古有，哪有一女配二人。

出帖为准永不改，生同罗帐死同坟。

若要奴奴重婚配，愿寻短见不贪生。

父母听了女儿话，各自心中吃一惊。

二人轻声来商议，硬逼看来事难成。

不如假意依她话，带发修行进庵门。

带发如同原在家，日后慢慢再理论。

当场一口来答应，送你青龙庵堂门。

庵中尽是官家女，都是带发在修行。

当家师太年七十，正直无私得道人。

小姐听了言称谢，回房香烛忙端正。

四月初八佛祖诞，勿选吉日就动身。

一顶小轿门来出，进殿拈香拜世尊。

投拜住持老师太，头披青丝做尼僧。

三皈五戒依佛教，取个法名叫惠云。

不表小姐行佛事，卷中再提落难人。

　　却说扬州府不分青红皂白，将王文虎当作大盗收入监中。一日发下解差，名叫张风，将王文虎押送淮安定罪，秋后问斩。扬州府明知冤屈，将这桩冤案推给上司处理。蔡氏得信，速去监中送饭，以便探听消息也。

蔡氏送饭到监门，叔嫂相会诉衷情。

文虎开言嫂嫂称，我到淮安命难存。

嫂嫂速往京都去，早早寻找吾兄身。

就把我事讲明白，或可兄长救我命。

你快离开扬州地，休把叔叔记在心。

大娘听了双流泪，奴伴叔叔一同行。

晓行夜宿陪伴你，上天入地不离分。

宁可街上去求讨，叔嫂仍可度苦生。

倘有一日天开眼，为嫂替你把冤伸。

张风解差也同意，三人上路一同行。

　　却说三人一同上路，晓行夜宿，不觉已到淮安。解差张风到辕门呈报公事，投进文书。都堂看过文书，点过名，文虎大喊冤枉。都堂道："扬州府已审实口供，还叫冤枉，看来不服管教。"一声吩咐："来啊，把囚徒重打二十杀威军棍。"解差张风一听，急忙跪下叫道："求求都堂大人开恩，犯人王文虎身有毛病，一路行来病体沉重，求大人免打军棍罢。"都堂一听就改口道："押进监中，病好再打。"差役带了犯人进监而去也。

张风解差是好人，一言求免二十棍。

收了批文回扬去，蔡氏大娘感恩深。

日间街坊求乞讨，夜里住宿尼庵门。

见人便说冤枉事，行人听得叹连声。

不说蔡氏苦万分，再提文龙去出征。

元帅领兵到边关，停军北营住安身。

来朝敌将来讨战，文龙披挂出营门。

番将一见大宋帅，年轻力壮一将领。

误认宋将有本领，使用妖法才得胜。

念念有词把剑指，乌天黑地难见人。

文龙吓得魂飞散，命里注定勿丧生。

云端经过太白星，掐指一算便知闻。

文曲星君今有难，我不救他定丧命。

拂尘一挥乌方散，又把敌将停住身。

文龙睁眼看得清，喝令兵将捉妖人。

番将已被拖下马,五花大绑捉进营。

元帅望空拜神明,番将斩首发号令。

番邦狼主听得报,大将吒离已伤身。

沙陀文武忙奏本,降书降表献宝珍。

元帅班师捷奏报,牌军快马报进京。

仁宗天子龙心喜,御笔写旨来封赠。

却说仁宗皇帝问群臣:"当封何职?"雷天表思想不能让状元回京,即刻闪出,奏曰:"沙陀国久蓄不服,今有主将王文龙镇服沙陀,已得降书。贡银今虽已定,但恐反复。依臣看来,加封文龙公侯之爵,镇守边关,方能平静。"仁宗大喜,即封文龙为定国公,御赐金袍玉带、上方宝剑,先斩后奏。钦差即日起身,快马赶奔边关。文龙接旨谢恩,奉旨镇守边关。一日,思念妻弟,便写家书一封、金银一万,即差牌军八名,快马赶奔福建泉州。不消三月,已打来回。牌军复命说道:"奉千岁之命,我等赶奔前往福建泉州,探望夫人与二千岁。至今并无下落。据乡民所讲,前三年赶往京都寻访千岁,并无消息。又打听到前番千岁派出牌军四人送信,途经山东被盗抢劫,人财两失也。"

文龙听报好伤心,乱箭穿心差仿能。

自此日夜多忧虑,不思茶饭少安宁。

朝思夜想身有病,只得具表上朝廷。

万岁见表忙传旨,召回都城调治身。

不日文龙到京城,合朝文武尽相迎。

直到金殿称万岁,仁宗喜悦叫爱卿。

爱卿为国功不小,定国安邦人钦敬。

却说王文龙奏曰:"臣借吾皇天威,沙陀宁静,番邦称臣。但微臣冒了风寒,身有疾病,今蒙圣恩召回京城,感恩万分。"圣上大悦,言道:"加封爱卿为镇国大元帅,坐镇武昌。"忙请太医调治,病愈上任。再传工部尚书在武昌建造王府,即日兴工,工部奉旨而去也。

千岁谢恩出朝门,临时公馆住登身。

调假三月身康健,王府早已造完成。

文龙辞驾上任去,文武大臣送出京。

路上行程不须表,有人传言蔡氏听。

却说蔡氏大娘在淮安一路留心打听,只见街上三三两两议论说,王文龙千岁征番有功,官封王爷,钦赐上方宝剑,有先斩后奏之权。现今奉旨坐镇武昌,上任以来,专审一切冤情案件,是一个清如水、明似镜的好官。蔡氏听到这可靠的消息,连忙去监中送饭,就告诉叔叔文虎:"现今为嫂要拼了性命赶奔武昌去呈告冤状。"文虎道:"嫂嫂,谈何容易。扬州谈家有财有势,况且路远迢迢。嫂嫂是女流,又无盘费,怎样去得?"大娘道:"不妨,吉人自有天相。前次谈家小姐送的银子,在扬州监门上用去一两,一路到淮安用去二两,都堂衙门中用去一两六钱,还有五两四钱。叔叔身边留用三两,还余二两四钱,为嫂带去足够了。"回身又对禁子言道:"请伯伯照应小叔,日后再谢大恩。"禁子道:"你放心前去,有我在此,不妨也。"

叔嫂分别苦万分,狱卒见了也伤心。

大娘揩泪出监门,文虎暗暗祷神明。

保佑嫂嫂身无事,救我残生苦命人。

幸亏禁长好良心,后来报答此人身。

不表文虎在监望,只说大娘出城门。

一直走到官塘边,只见河塘有船行。

大娘高声问何去,求求带奴苦命人。

却说官塘之中有只大船行驶,大娘高声喊叫:"船上叔叔伯伯们,你们船往哪去?"船家答道:"我们到湖广武昌去。"大娘道:"谢谢大家,小妇也去武昌,可肯让小妇乘乘?"船家道:"可以,可以,马上靠岸。"叫道:"大娘上船。"大娘一到船上,只见轮中坐着一人,头戴纱帽,身穿红袍,双眼合闭。大娘心想:"可能是位大官。"只得在船头上坐下,顿时觉得朦朦胧胧,两眼难睁。不多片刻,船家叫道:"大娘醒醒,武昌到了,请上岸吧。"大娘一惊,只见船已靠岸,大娘连忙上岸。大船立即开航,只见船上扯起一面大旗,上书"淮安城隍司"五个大字。大娘顿时跪下,望空拜谢,原来城隍老爷显圣,渡奴苦命到此,拜罢起身。直望武昌城门而进,只见路旁一位须发皆白、手扶拐杖的老公公慢慢行走。大娘上前,口称:"公公,小妇请问一讯,武昌千岁衙门在哪里?"这位公公道:"你问千岁衙门何用?"大娘道:"小妇有天大地大之冤枉前去告状。"公公道:"这位王爷好厉害的,要将告状人先打一百记军棍,如果受得起,海洋深的冤也能审清;如若受不起军棍,状纸是不准的,而且告状人的性命难保。你若不怕,前去试试。"把手向右一挥道:"向右转弯就是也。"

蔡氏一听还想问,抬头不见老年人。

暗想又是神明助,原来土地指路径。

大娘跪下又拜谢,情愿挨打把状呈。

寻了尼庵借住宿,灯下写状甚分明。

待等天明进衙去,拼命舍身把冤伸。

不表蔡氏将状写,再说千岁王大人。

却说王千岁上任武昌,连日拜客,诸事完毕。一天晚上,独坐书房,想起妻、弟不知流落何方,心中忧闷,磕桌而睡。突见南山两棵牡丹开花,一棵开出两朵红花,一大一小;另一棵开出一朵白花。又见一人走去,将一朵大红花采下放在金盆之中,后将一朵小红花和一朵白花打落在地,又加上一脚。突然醒来,谯楼正打三鼓,甚觉奇怪,只得卸衣上床睡觉。直至来朝起身,用过早点,便差一名家童出去找寻一位解梦先生到来。童儿奉命而去,只见街上走来一位相面先生,手持布照子上写"张铁口相面测字",家童叫住,请进王府。王爷一见,就叫请坐,又把梦事说了一遍:"请先生详来。吉凶祸福,情直讲来。"张铁口道:"大人叫我详梦,不能当真,小人是混口饭吃的!只算瞎说。根据大人说南山牡丹,想必大人是南方人氏。开放一大一小两朵红花,看来大人必有一个弟弟,一朵白花定是夫人。又有一人将一朵大红花移往金盆之中,象征大人是身显荣光;又将一朵小红花和白花打落在地,其中必定有人陷害,似乎尊夫人和胞弟必在落难。又加上一脚,说明性命危在旦夕。"千岁一听,甚觉奇怪,又问道:"可有相会之日?"张铁口道:"今天午时三刻定会见面。如有不准,请大人不怪。"千岁说:"准与不准,要过午时三刻便见虚实。请先生在本衙,暂等片刻,到时定夺也。"

不表先生留衙门,大人吩咐留点心。

我今要去城隍庙,烧香拜佛求神明。

全副执事开道去,金锣喝道闹盈盈。

大人身坐八人轿,三声炮响往前行。

街上观看人拥挤,蔡氏大娘也来临。

只见金锣喝道声,大轿一顶后头跟。

大娘欲去拦桥告,想起军棍胆战惊。

转念想起拼性命,大轿已经进庙门。

不说大娘庙外等,等他出来把状呈。

只表千岁进庙去,烧香点烛拜世尊。

大小菩萨尊尊拜,暗暗祈求告神明。

四周菩萨都拜过,一声吩咐转衙门。

全副执事排齐队,眼见太阳将当顶。

千岁大轿庙门出,蔡氏见了拼性命。

拦轿大声冤枉喊,手捧状纸扑埃尘。

中军上前来拿住,高举军棍吓煞人。

大人轿中一声喊,女人免打问事情。

衙役接状呈大人,千岁一见吃了惊。

却说大人接状一看,暗暗吃惊。只见状上写道:"谨禀者王蔡氏,今年二十四岁,原籍福建泉州府晋江县太平村,为屈天冤枉,哀叩明光。蔡氏夫王文龙上京应试,七载音信全无。蔡氏同叔王文虎离家寻夫,路过扬州,盘费耗尽,难以度日,唱曲求讨为丐。察院谈无兴之女,名唤金花、银花,叫使女呼唤蔡氏与小叔进后园唱曲。双花小姐怜吾叔嫂贫苦,当场赏雪花银子十两,又嘱咐丫鬟海棠约叔三更后园再领赏银,思议不可。那夜,叔去谈家后园,只见园门大开,丫鬟海棠卧死在地。叔回出园,却遇扬州知府夜酒回衙,把叔当贼,拿回审讯。天明,谈家送书府衙:即日杀死丫头,不见马夫曹亮,其家不见曹亮,其母亦被杀死。谈家陷害叔叔,知府即用酷刑逼招口供。有口难辩,无门可诉,现解淮安问成死罪。都堂蒙蔽,莫讯曲直。蔡氏拼死上告,哀叩千岁,查窃真凶,超脱无辜。犹如云开见天,雾散见日,不胜苦冤。哀叩千岁,伏乞见谅,王蔡氏上禀,年月日。"

王爷见状吃一惊,吩咐打轿回衙门。

告状女子是吾妻,待我详细问分明。

千岁坐堂假意问,大娘句句诉真情。

王爷听得心悲切,我家弄成这般形。

吩咐原告带花厅,忙唤管家说原因。

将她好好来服侍,身上衣衫更换新。

吩咐厨房办酒席,蔡氏大娘吃一顿。

解梦先生请出来,赏他二十雪花银。

王爷堂上发下令,中军旗牌十六名。

又发当差一百个,扬州淮安去拿人。

先拿卢昌扬州府,再传谈家父女们。

又传淮安徐都堂,监中提出姓王人。

中军旗牌接令箭,浩浩荡荡去提人。

不消几天都拿齐,回转武昌交军令。

不表众人到武昌,重提凶手一个人。

却说凶手马夫曹亮,当夜杀了海棠,盗取银两,回到家中,被娘大骂。老母与儿子撞头拳,又被曹亮杀死,连夜逃出家门,附近不敢登身。直逃到襄阳,躲了一段时间,嫖赌挥霍银子,用光银子,流浪街头,难以生活。后来到九龙山,入伙做强盐,要打劫客商。没有真实本领,被山上首领逐下山岗。后来混到武昌,出五十两银子,买一个书办,托人介绍到武昌府衙门,抄写公事,直到王爷武昌上任。武昌知府为了讨好王爷,将书办曹亮送给王爷府做事也。

曹亮送到王府门,抄写公事用心勤。

谁知王爷准冤案,派人扬州去捉人。

曹亮一听心惊跳,暗暗思想如何能。

转念一想不要紧,无人认识姓曹人。

不表曹亮胡乱想,再说王爷坐堂审。

先把犯人点过名,然后逐一过堂审。

左右牌军三十六,刽子提刀好惊人。

先提犯人王文虎,大人开口问案情。

却说王大人身坐大堂,好不威风,就将所有案卷,一目了然,开始审问犯人。吩咐带王文虎上堂,差人将犯人带进,跪在堂上。王大人问道:"王文虎,你杀死丫鬟,又杀曹婆,从实讲来,免受刑罚。"王文虎一听,高叫:"青天大人! 小人实是冤枉!"就将叔嫂寻兄,路经扬州,如此这般,这样长,那样短,如此方,如此圆,当堂用刑,有口难辩,勒逼招供等等,说了一遍。"伏望大人笔下超升也!"

大人听了一番情,明知冤枉难弄清。

一声吩咐带下去,再传双花上公厅。

金花银花跪在地,满面含羞难为情。

开口便问双花女,当初为啥喊他们。

叫他叔嫂进府门,究属为了啥事情。

双花齐声大人称,爱听小曲请他们。

听罢小曲再盘问,才知叔嫂实可怜。

当面赏他银十两,仔细观察年轻人。

满面一副好福相,谅他日后定超升。

姐妹同发慈悲心,愿助一些读书本。

才叫丫鬟和他约,三更后园领花银。

丫鬟约他无人见,谁知曹亮隔壁听。

天明发现丫鬟死,曹婆也被伤了命。

从此曹亮人不见,家父立刻报案情。

知府不查真凶手,移花接木冤枉人。

小女句句真实话,伏望宽宥要超升。

大人吩咐退下去,再传察院谈元兴。

察院前来大人见,大人开言问原因。

杀死丫鬟有何证,曹婆杀死究何人。

曹亮为啥勿报案,为啥勿查真凶人。

马夫曹亮何处去,踪迹为何不追寻。

问得察院无话说,连你该死话勿停。

吩咐退下元兴走,大人开口叫一声。

却说王爷审问过几人,已有一些线索,便高声大喊一声:"曹亮抬起头来!"曹亮一听,魂飞魄散,便答道:"小人在。"大人怒道:"杀死丫鬟,又杀你老母,盗取银包,从实招来!"曹亮道:"小人不知情,请大人听禀。哪知扬州也有人叫曹亮,与小人是同名同姓的。小人实属是襄阳人氏,不知扬州之事。"大人拍案高喊:"传谈元兴上堂。"谈元兴一到堂上道:"大人传唤谈某,又有何问?"便问:"谈元兴,你认识此人否?"举手对曹亮一指,谈元兴一看便叫道:"就是马夫曹亮也。"

大人此时火直喷，大骂曹亮贼强人。

杀死两命又盗钱，还要抵赖不承认。

一声喝叫用大刑，曹亮死去又还魂。

口中还在冤枉喊，旁边发生怪事情。

扬州知府奔上堂，哭叫不休女人声。

曹亮恶贼你且听，抬起狗眼看看清。

我乃是你生身母，忤孽不孝杀我身。

今日我来拿捉你，阎王面前把冤伸。

说罢知府倒在地，口吐白沫眼神定。

曹亮见了胆战惊，从头至尾口供认。

天理昭彰瞒勿过，青天白日鬼现身。

知府悠悠还魂转，众人个个舌头伸。

大人朱笔罪来定，鱼凌碎割处极刑。

却说曹亮谋财害命，判处鱼凌碎割之罪。扬州知府卢昌，真凶不追查，不分青红皂白，移花接木冤屈好人，请用上方宝剑典刑。又判淮安都堂徐沛，没有细查案情，草率定罪，身犯失察，判处摘印充军也。

若说天高王法近，今日判断甚分明。

武昌官员人人敬，都学执法王大人。

王爷又唤谈元兴，枉为御史察院身。

你女引起波浪动，好心救苦起风云。

文虎被你害冤屈，几乎杀头命归阴。

本该治你千斤罪，恕你年老宽三分。

你女为此抛头面，责你二女配王门。

却说都察院谈元兴听到王爷对他从宽发落，就向王爷叩谢宽处之恩。又说："听凭王爷作主，谈某愿将二女配与王文虎。"又唤王蔡氏言道："你叔负屈，全亏你求化供养，拼命申冤。今已洗雪，赏你白银五十两，表你辛苦之恩，今后由你叔叔抚养。"大娘叩谢王爷。一声吩咐，安排王文虎与双花小姐，香汤沐浴，当堂成亲。又吩咐准备船只，银两三百、彩缎十尺，叫谈元兴领回扬州，安顿一切，众人叩谢大人，下船回扬而去也。

不表千岁做详文，表章进京奏圣君。

仁宗一见龙心悦，淮安扬州重派人。

只说文虎一众人，浩浩荡荡赶路程。

文虎开言嫂嫂称，今日无你命难存。

武昌王爷多清正，明镜高悬救残生。

轻轻便对嫂嫂说，王爷面貌又奇形。

越看越像兄长面，可惜堂上勿好认。

嫂嫂含泪小叔听，休要胡思瞎谈论。

王爷既是你兄长，为何见奴不露形。

世上同相可能有，同名同姓多得很。

你兄流落何方地，未知死活若何能。

你兄无须一书生，王爷满脸胡须生。

文虎又言嫂放心，为弟定要把兄寻。

若不把兄寻回来，嫂的恩情瓦干净。

谈爷开口把他劝，停一时间再理论。

谈谈说说能样快，扬州码头到来临。

却说船到扬州，谈家闻讯出接，谈爷为女准备新房，另为大娘安顿。一切重新发帖，大办喜酒，热闹三天。不表时间，已过二月，文虎与双花讨论准备上京赶考，双花同意，又对嫂嫂说明。谈爷准备银两盘缠、行李书箱，安排两个童儿，服侍姑爷。文虎换了衣服，拜别众人，一路上京去也。

文虎拜别出门行，挑担童儿后头跟。

路上行程无耽搁，早到北京一座城。

到了京都找客店，顺便又把兄长寻。

来朝赴场试来考，探花选中姓王人。

御赐游街真荣耀，三呼万岁见当今。

文虎见帝跪奏本，万岁面前说分明。

臣有兄长王文龙，昔年考试进京城。

屈指九年无音讯，不知流落何方存。

为此奏上辞官本，寻着兄长再上任。

臣不愿官该有罪，伏望万岁准本行。

却说仁宗听探花奏本，欲去寻找兄长王文龙，便道："爱卿听朕道来，昔年王文龙早中状元，为番邦沙陀造反，出征沙陀平番有功，现今封王，坐镇武昌。卿家不必寻找，待朕下旨宣回，好让卿家弟兄相会。"文虎一听此言，心中十分喜悦，暗想当日断案武昌王爷确是兄长，顿时谢恩万岁也。

王文虎，谢皇恩，叩谢圣恩。将身退，出午门，公馆住身。

圣旨下，派钦差，快马赶奔。没几日，到武昌，见到大人。

摆香案，接圣旨，迎进大人。王文龙，换行装，骑马进京。

一进城，到午门，叩见圣恩。弟兄俩，京都会，各诉衷情。

到来朝，两兄弟，上殿见君。王文龙，恨天表，奏上一本。

那时候，雷国丈，不掌朝政。君王召，雷太师，赔罪致敬。

王文龙，王文虎，合奏一本。望圣上，开龙恩，回乡祭坟。

圣君明，准了本，还归故城。又下旨，地方官，建造门庭。

弟兄俩，谢恩准，出了午门。众官员，齐相送，送出皇城。

却说王文龙弟兄合坐一只船，扯起大旗，奉旨还乡。船到扬州码头，停靠上岸，两乘大轿同登谈府。谈爷出接，大摆筵席庆贺。文虎相见嫂嫂，文龙夫妻相会，各诉衷肠，悲喜交集，说不尽的苦难。王文龙对谈爷说："奉旨还乡祭祖。"谈爷好不快活，吩咐二女一同前往。一宵已过，来朝下船开航。扬州众官员齐来送行也。

大人官船转家门，逢州各县有相迎。

一路行程无耽搁，已到福建太平村。

王府建造原基地，大人上岸进府门。

地方官员都来贺，轰动当地众百姓。

王府大办筵席酒，恭请亲邻和乡绅。

远近诸亲都光临，不是亲来也是亲。

岳父大人蔡文达，硬着头皮也来庆。

一见王爷身跪下,文龙扶起老丈人。

文龙连连岳父称,今日何必难为情。

此一时来彼一时,否则没有穷富分。

金莲上前爹爹叫,老老也会泪淋淋。

王家今日显荣欣,荣宗耀祖显门庭。

上坟祭祖已完毕,又有圣旨到来临。

却说京里又下旨,王府状元、探花摆香案跪接圣旨,钦差开读,旨曰:"奉天承运,皇帝诏曰:加封王文龙一门忠义,九载有功,蔡氏封为正国夫人,马氏凤珍诚心修行,封为志惠夫人,金顶毗罗帽一顶,金绣龙凤大红袈裟一领,八宝黄龙头禅杖一根。钦哉。"谢恩:"万岁,万万岁也。"

三呼万岁谢皇恩,马氏诰封送庵门。

马氏凤珍多喜欢,朝朝焚香拜世尊。

文龙坐镇武昌城,蔡氏夫人伴夫君。

文虎召回京都去,金银小姐一同行。

王门世世都发达,子孙代代做公卿。

马氏修行多辛勤,功德圆满上天庭。

凤珍身登莲花座,披发观音到如今。

双花宝卷宣完成,诸佛菩萨喜欢心。

善有善报从古说,恶有恶报古来闻。

不信但看蔡氏女,沿街求乞苦万分。

今日皇封正夫人,困梦头里要笑醒。

恶奴曹亮谋财命,杀死丫鬟和娘亲。

哪知恶贯已满盈,老娘冤魂会显身。

恶贼无法口供认,鱼凌碎割判剧刑。

卷中若有错误字,念句弥陀补完成。

双剪发宝卷

双剪发宝卷初展开,各位听众来坐定。

寿堂里边身坐定,大家听我说分明。

不说前朝并后代,宋朝年间事一翻。

此卷出在大宋仁宗五年,湖广荆州永嘉县西门内,有一家人家姓梅,名叫上林,为人老实善良,妻子杨氏文静贤惠。夫妻今年四十年纪,无儿无女,夫妻俩为此一直在闷闷不乐也。

上林启口叫夫人,你我结亲几十春。

家财充裕称豪富,独缺传宗接代人。

夫人回言员外称,你且听我说分明。

西门外面天齐庙,香火繁盛老爷灵。

明日全体去求子,员外便把家人叫。

买些香烛求神灵,一夜无事天明亮。

梅福肩挑香和烛,主仆三人急急行。

行来已到天齐庙,拜佛求子许愿心。

拜罢出庙转家门,员外启口问夫人。

梅员外说:"夫人,何故闷闷不乐?"夫人回答:"非为别事也。"

只为父母早归阴,生下一男三女身。

我父在世总兵做,母亲王氏老安人。

家财充裕天地广,生我兄弟勿成器。

吃喝嫖赌样样来,家财被他败干净。

二妹出嫁陈家去,妹夫陈美已归阴。

幸有一子传后代,现在住在襄阳城。

三妹勿愿来出阁,看破红尘进庵门。

不卜兄弟如何样,心中有些摆勿定。

勿说夫人挂念事,再提东岳上天庭。

东岳奏明玉帝:"湖广梅上林吃素行善事,因为无一子半女,故求赐一子。"玉帝赐天仙下凡梅家为女,半子收成,配与骆云为妻。东岳引来送入梅家,杨氏不觉有孕了哪!

杨氏夫人身有孕,员外闻知喜欢心。

吩咐夫人需保重,保重身体要留神。

勿说梅家怀孕事,另宣一个出场人。

杨氏的弟弟杨文,真正勿像样,吃喝嫖赌样样全要做,把父母留下的财产败得一干二净。今日没有赌本么,准备到大姐姐梅家姐夫这里来借些银子了哪。

杨文移步往前行,要到梅家借花银。

我今勿是贫穷汉,也是官家后代根。

父亲在世总兵做,生了一病命归阴。

家当传了勿勿少,哪知嫖赌全用尽。

今日嫖了明日赌,牌九摇骰做输赢。

近来手运勿顺手,身上输得精打光。

想来想去无哪能,姐夫家中借花银。

行来不知多少路,面前已到梅家门。

走上阶沿高声喊,梅福走出看分明。

梅福说:"我以为是啥人来哉,原来是舅爷来临,我马上去通报。"梅福进去对员外说:"员外,外面是你舅爷要来见你。"员外说:"叫他进来。"梅福就把杨文领进门来。杨文走到大厅见过员外,坐定。梅员外说:"舅爷,你近来做些什么?"杨文说:"姐夫啊,这两天赌场内打打牌九,摇摇骰子,吃吃份子,翻翻门槛,堂子走走,婆娘偷偷。"员外不免说道:"你是官家之子,应当勤读诗书,求取功名也。"

岳父昔日为总兵,岳母诰命大夫人。

你是一个官家子,永嘉县内大乡绅。

你今勿把诗书读,应该小本做营生。

全然勿做正经事,吃喝嫖赌样样全。

可知赌博犯王法,官府捉住定罪名。

杨文听了回言答,姐夫在上听原因。

心中要想生意做,缺少本钱无法做。

故此今日到府上,问你姐夫借花银。

杨文说要做生意,没有本钱,今日特来问姐夫借一百两银子。员外说:"你做什么生意!你每次来借银子,都去吃喝嫖赌的,从来没有归还。我没有这么多银子被你败光。你不要说了,快出去吧。"杨文说:"姐夫,我就是穷了一点,我们终究是至亲莫过郎舅,今朝你分文勿借,出口回绝。个么,肯勒勿肯,勿肯偏要硬借哉。"员外说:"偏勿借。"杨文不要脸地说:"勿借偏要,个么试试小爷的手段,随即乒台拍凳勒浪大厅上。"

杨文在厅大吵闹,夫人听见出门行。

一见自己亲兄弟,开口便叫兄弟称。

为何厅上吵来闹,如此一来难为情。

杨文启口阿姐叫,并非要在此争论。

你若说我我勿响,你我同胞一母生。

员外气得无言语,夫人相劝里面行。

夫人便把长弟叫,我有十两雪花银。

私下积蓄你取去,好好回转自家门。

以后不可再来闹,免我夫妻勿太平。

夫人取出银十两,交于杨文手中存。

此银取去正经用,切莫嫖赌用干净。

小本生意为活计,勤勤俭俭过光阴。

姐夫见了多欢喜,为姐面上有光彩。

千万要听阿姐劝,勿可耽误少年人。

杨文糊涂来答应,带了花银出墙门。

得意洋洋一路走,走进赌场坐天明。

勿宣杨文赌场进,再说夫人向里行。

看见员外气冲冲,夫人相劝员外身。

愿他去邪归正道,我们总是同胞生。

看在我的父母面,下次绝不借花银。

员外听了来答应,太阳渐渐下山林。

夫妻两人夜饭吃,吃罢进房安身困。

困到半夜三更时,夫人腹痛要临盆。

员外起身叫梅福,快请稳婆来收生。

梅福奉命急急行,喊了稳婆进墙门。

稳婆来到员外家里,吩咐家里收生,一切东西都端正,进房收生要当心哪!

夫人腹痛苦难当,翻来覆去在牙床。

稳婆进房忙忙能,煎好一盅人参汤。

员外见了心中吓,对天许愿对苍穹。

家堂灶上点香烛,赐我一子有靠傍。

顷刻东方天明亮,日出东方放红光。

生下一个女千金,丫头端正洗沐浴。

一切包扎都齐整,稳婆恭喜员外身。

稳婆来到厅上向员外恭喜:"恭喜,生了一个女千金,生得端正标致。"员外随即付了二两银子给稳婆,稳婆欢天喜地回家了。梅上林看着女儿,越看越开心,心想要是男的么,还要开心。然后交代梅福,要好好服侍夫人,保重好身体哪。

梅家生下一千金,夫妻一阵喜欢心。

日后半子有依靠,光阴似箭来得快。

不觉三月到来临,吉日剃头取名字。

员外取名叫梅英,厨房备酒菜丰盛。

诸亲百眷来祝贺,闹了一日都回家。

一岁二岁容易过,三四岁来离娘身。

梅英小姐七岁时,已经孝敬父母亲。

勿宣梅家小姐事,再提杨文一个人。

杨文勒浪赌场里,飞牌九、甩铜钱,压了一大堆翻转牌,真正勿色头,五六碰着是血九,二只眼睛溜了溜,输得身上剥行头。真正是输得走投无路了,只能到阿姐家里去转转念头了哪!

杨文急急往前行,最好姐夫出门去。

姐姐面前好借银,不觉已到梅家门。

杨文直闯到大厅,恰巧被上林看见,随即问道:"你今日又为何事来这里?你这不争气的东西,再多的家财都被你败光,我哪有银子来借给你来败光,你还是快走吧。"杨文说:"今朝不借也要借。"于是两人吵了起来,里面的夫人听见吵闹声就出来,一看原来是自己那个不争气的兄弟来吵闹了哪。

杨氏上前劝夫君,何必与他大争论。

回转身来骂杨文,你今勿像好出身。

为姐再三相劝你,你有啥面孔上我门。

吃喝嫖赌样样来,弄得我家吵勿休。

花银不是螺蛳壳,救穷救急靠别人。

今日给你雪花银,东洋大海起篷尘。

杨文听了姐姐的话,说:"我兄弟勿是外头人,你还是给些银子给我吧,免得我在此淘气。"夫人再一想,看在爷娘面上,再去取十两银子给他吧。谁知杨文竟然说:"十两银子不够用,阿有私房铜钱一起借来,下次绝勿再来。"夫人说:"你还要多言多语么,被你姐夫看见就是这十两银子也没有了。"杨文只得拿了银子走了哪。

杨文银子手中存,贼头狗脑出墙门。

继续走进赌场门,摇骰牌九做输赢。

再宣夫人回大厅,员外说与夫人听。

岳父母在世多荣耀,传下家财吃淘成。

统统被他来败光,他要去做下流人。

时常来家借花银,你常暗中给他银。

下次又来缠勿清,将来万一命归阴。

你们母女如何过,杨氏无言来回应。

实在兄弟勿争气,害我在此听夫训。

员外气得索索抖,就此生病床上困。

自从杨文上门来吵闹,梅上林气得就此气喘吁吁,十分烦恼,对夫人说:"夫人啊,我的病被你弟弟气成这样,越发觉得沉重,可能难以痊愈了。"夫人说:"你呀,要保重身体,不碍事的。"

　　杨氏启口劝相公,丈夫有病又觉闷。

　　待我求神来许愿,然后再去请医生。

　　日夜服侍丈夫身,求神服药都无用。

　　病体日日来加重,夫人哭得眼睛红。

　　梅英上前爹爹叫,上林听得女儿叫。

　　回过身来看女儿,叫声女儿勿要哭。

　　为父之言需要记,千万牢牢挂心中。

　　梅上林对女儿说:"女儿,不要悲伤,我的病都是被你舅舅所害,看来病体无法好了。"再对夫人说:"我看来今夜不久就要离开人世。将来我死后,你把女儿好好抚养成人,招婿入赘,以后女儿要顶两家香烟,你日后有女儿可靠也。"

　　倘若我今身亡故,要把女儿来看好。

　　拣一才郎来入赘,女儿女婿有靠傍。

　　忽听谯楼三更过,员外面色已变样。

　　气喘吁吁心中闷,痰声呼呼往上升。

　　眼睛一闭两脚伸,一命呜呼命归阴。

　　夫人忙把人中掐,小姐高喊转还魂。

　　千呼万唤勿答应,抛别母女见阎君。

　　夫人小姐哭伤心,母女哭到天明亮。

　　杨氏领女过光阴,吩咐梅福老家人。

　　夫人吩咐梅福,给他五十两银子给老爷去买一身衣服和棺木治丧,请僧道,拜别亲朋好友,吊孝安葬入殓完毕,母女日夜在啼哭,好不伤心哪!

　　杨氏守孝哭夫君,心如刀割一样能。

　　指望百年同到老,谁知半路两边分。

　　恨我兄弟勿争气,经常来家借花银。

　　与我丈夫大吵闹,害我员外气绝生。

　　又无亲戚来照应,又无亲房伯叔身。

　　甩我母女两个人,叫我如何过光阴。

　　梅英小姐哀哀哭,喊声爹爹老父亲。

　　上无阿哥下无弟,又无同胞姐妹身。

　　恨母舅来借花银,倘若勿借吵勿停。

　　气死我的老父亲,苦伲母女两个人。

　　夫人对梅英说:"女儿,你父亲已经走了,人死不能复生,你不要哭了。以后有娘在你身边做主照顾你,你就放心吧。"

　　勿宣梅家苦伤心,再表杨文黑心人。

　　近来赌博总是输,闻得姐夫身亡故。

　　心中快活十来分,独剩阿姐外甥女。

　　缺少当家做主人,让我今日寻阿姐。

　　梅家家财我来管,勿愁吃来勿愁着。

赌场里面做输赢,堂子里面常来往。

一路走来一路想,面前已到梅家门。

杨文闯到里向,说:"阿姐,兄弟来哉,姐夫亡故么,我来帮忙了。想你是女流之辈,如何来料理?况且外甥女还小,所以我来照顾你们了。快些,姐姐你把姐夫的衣衫鞋袜拿些出来,让我着着,若有人来往,也是阿姐的荣光。"夫人听了半晌,说:"兄弟,你姐夫为你经常来借钱,气出毛病,一命归阴,都是你害的。现在我们母女两人如何度日。虽然有点小家私,被你拖借。我总是看在父母面上,暗赠与你花银,不料你实在勿争气,仍旧去吃着嫖赌,到如今借去的许多银子都勿还,你快出去。"杨文便说:"阿姐,做兄弟的以后勿再吃着嫖赌了,快些拿些银子出来去买办姐夫出丧。"夫人说:"我们的家事,不要你管,快快出去。"杨文说:"如今姐夫亡故,你的家我来当家经手,快些拿银子出来,点检把家。"夫人说:"实在没有。"杨文说:"偏偏要的,我到房里去拿些衣裳和首饰吧。"说完直到房里抢了衣裳就走。梅英见了说:"母舅不可如此。"可怜她们母女两人哪里夺得过来,杨文往外就逃哪。

夫人气得吼勿停,哀哀大哭好伤心。

可恨贼舅真可恶,抢我衣裳勿该应。

当初员外身在世,为姐暗借雪花银。

如今丈夫亡故后,应该照顾我家门。

你今如此无道理,前来硬借雪花银。

若肯给你哈哈笑,若勿给你抢衣衫。

为你员外身亡故,杨氏哭得伤心处。

梅英小姐劝母亲,母舅虽则多凶恶。

要看同胞手足情,还有先人一点情。

梅英对母亲说:"母亲不要哭了,父亲也没多少家财传下来,以后我们母女如何度日?老话说'坐吃山空',还需要打算做点小本生意,赚钱度日。"夫人说:"女儿说得对,我们倒不如就在家门口开一爿饭店,叫梅福去打理,倘若有出息,也可度日。"于是便吩咐梅福端正买办开饭店的所有事宜了哪。

梅福奉了夫人命,一切料理甚当心。

择了吉日开饭店,随意小吃与点心。

家常便饭连酒卖,煎煎炒炒全端正。

生意兴隆多热闹,士农工商齐来临。

梅福料理多忙碌,内外进场全当心。

勿宣梅福开店事,另提出场一个人。

"屋漏偏逢连夜雨,船迟又遇打头风。小生骆云,家住福建泉州,父母双亡,一贫如洗,颠沛流离,难以度日。所以带了书童骆忠来到荆州投亲,哪知书童一病身亡,就剩下骆云一个人,银子用尽,如何回去?况且路途遥远,又无亲戚,看来要流落他乡了,好不伤心也。"

骆云一路来思想,看来难以转家乡。

身边铜钱都用光,腹中饥饿身上冷。

况且路途多遥远,又无亲戚好商量。

眼泪汪汪向前行,走到杨氏饭店门。

看看天色将夜快,也无住处好伤心。

小生今年十五岁,骆云二字取为名。

只因父母双亡后,住在家中难度日。

想起父亲老朋友,特到此地来投亲。

书童路上生了病,一命呜呼见阎君。

哪知投亲亲不遇,身无分文难活命。

再想回家路途远,要做流落他乡人。

求你妈妈行方便,周全小生落难人。

夫人听了伤心话,看看公子实可怜。

看他眉清又目秀,定是官家后代人。

思他日后定发达,不如认他做螟蛉。

再想女儿未匹配,招他入赘有依靠。

员外亡故吩咐我,不绝梅家后代根。

夫人主意已想定,启口开言叫书生。

夫人对骆云说:"相公,老妇有一女,今年也是十五岁,尚未婚配,我欲招你入赘,不知你意下如何?"骆云说:"小生落难之人,怎好仰配?"夫人说:"你是官家公子,不必客气。"骆云说:"准其如此,岳母大人在上,受小婿一拜。"杨氏吩咐梅福明日改口叫姑爷,然后起身出书房,回到房里和梅英小姐讲明这事,小姐知晓十分欢喜也。

杨氏心中多快乐,女儿终身有靠人。

母女安睡天明亮,日出披衣就起身。

开出箱子拿衣襟,鞋袜帽子全是新。

吩咐梅福取出去,交与公子换衣襟。

格外将他好看待,公子日夜读书文。

早晨进房来请安,孝敬母亲杨氏身。

勿宣骆云功书事,再表杨文一个人。

杨文前月得知姐夫亡故,指望去姐姐家当家,不知姐姐口口声声叫他出去后,就到房里抢了衣服去典当行当了银子么,走到赌场又统统输光。如今听说姐姐家开了饭店哉,不如走去转转念头吧。

身边银子全输脱,肚中饥饿没得用。

爷娘田地也勿少,可惜给我全败光。

欢喜嫖赌真勿好,身上衣衫着勿牢。

阿姐家中走一遭,梅家门前已来到。

此时骆云正好在饭店的柜台里,看见杨文来么,马上招呼:"喂,你这客人可是喝酒?"杨文说:"你是何人?"骆云说:"我是管账的。"杨文道:"你与何人管账?"骆云说:"与我岳母呀。"杨文奇怪:"啥人是你岳母?"骆云回言:"梅老夫人呀。"杨文说:"是我姐姐。"骆云反应过来:"哦,原来是舅公大人也。"杨文:"真正放屁哪!"

杨文听得怒气生,你个说话勿中听。

我姐单生一个女,岂肯配你下流人。

看你一个是贼相,是个油头光棍精。

我今将你打出去,此地勿许你来登。

夫人里面亲听得,连忙出来看分明。

夫人出门一看败家兄弟了,就说:"你做什么?"杨文就说:"这个是啥人?"夫人说:"是我的贤婿,也是官家之子,叫骆云,是福建泉州府人。为姐已经招他为婿,顶立香烟,与你无关。"杨文说:"阿姐,你说错了,我看不入眼。把油头光棍收留为婿,真真岂有此理也。"

杨文心中火直喷,埋怨阿姐不该应。

外甥女既要招女婿,勿该配了下流人。

况且一世终身事,如何配了一光棍。

我今全然不入眼,让我决定赶出门。

若勿将他赶出去,我要杀死他性命。

夫人闻言冲发怒,连喊恶贼二三声。

你拿姐夫来气撒,母女难以过光阴。

开爿饭店来度日,你今又来吵勿清。

为姐在此招女婿,不关你事半毫分。

你今休得来无理,快快与我出门行。

叫声骆云书房去,万事由我做主人。

骆云听了岳母的话,来到书房。夫人随即开骂:"你这恶贼,为姐招婿,顶立香烟,只要我中意,谁敢多言?"杨文厚着脸皮说:"你中意,我没中意。"夫人又说:"偏偏我中意。"杨文又说:"你中意么,我要把他打死,试试我的手段看。"此时姐弟两人正在吵闹,梅英小姐出来了,见母舅争吵,又见母亲大怒,以为又是来借银子的,随即说道:"母舅不要动气,外甥女有五两银子送与母舅使用。"杨文说:"还是外甥女好。如今看你面上,我要去哉。"然后仍旧到赌场里去赌钱了。

杨文取银喜欢心,跑到赌场做输赢。

夫人看见杨文去,嚎啕大哭好伤心。

梅英小姐来相劝,母亲为何泪淋淋。

夫人便把女儿叫,听我为娘说你听。

为娘大哭非为别,只恨母舅黑心人。

要把骆云来赶出,若勿赶出伤他命。

口口声声将他杀,倘若失手怎样能。

想来想去吭摆布,为娘心中勿安心。

梅英听了母亲话,两行珠泪落纷纷。

皆因女儿命中苦,累及母亲受苦辛。

母女正在伤心处,骆云进房问原因。

公子说:"母亲,母舅已去,你为何啼哭?"夫人说:"儿啊,只为恶贼见你心中不悦,要将你赶出。若勿赶出,要害你一死,想为娘女流之辈,无计可施。若是别人说的做不得,这个恶贼么,未免下手。"骆云听了,吓得魂不附体,犹如天打一样也。

骆云听了胆战惊,连累母亲苦伤心。

若无母亲收留我,我今早已命归阴。

哪知母舅心肠恨,勿许我在此地登。

还望母亲来搭救,救救你儿一条命。

夫人听了骆云话,心中更觉好伤心。

倘若恶贼使毒计,将来日脚靠何人。

指望我儿身及第,后来做个老夫人。

母子两人哀哀哭,梅福在旁开口云。

梅福说:"夫人呀,不必悲伤,不如相赠姑爷盘缠,让他回家,用心读书,然后上京赶考,只要功成名就,可以相会。"夫人听了梅福的话,想想蛮有道理。于是叫姑爷吃饭,然后去准备行李。骆云说:"梅福,叫我哪里吃得下去! 但我走后,家里店里的事,托你多照应了。"梅福便说:"姑爷你就放心吧,一切由我照料着呢。"

骆云吩咐梅福听,店事家务要当心。
如若夫人心中闷,托你劝劝老夫人。
店中生意留心做,再防杨文起毒心。
小生有幸功名就,绝勿忘记大恩人。
梅福连连称晓得,姑爷你且放宽心。
两人在此来谈话,要别母女两个人。
夫人便把孩儿叫,我有三百雪花银。
送给孩儿回家去,需要用功读书文。
倘若赶考身高中,需到此地寻我们。
功成名就完花烛,不要忘记母女情。
骆云回言母亲叫,劝你母亲胆放心。
已将亲身梅英女,终身已订我终身。
孩儿绝勿来忘记,若有变心无收成。
梅英听了泪纷纷,叫声哥哥听原因。
小妹也无亲兄弟,见你如同手足情。
况且母亲年纪老,要你哥哥当亲生。
可恨母舅心肠毒,将你赶出勿留情。
今日哥哥要分别,叫我怎能放宽心。
骆云听了梅英话,两眼流泪落纷纷。
为兄非是无义汉,绝勿忘恩负义人。
今日与妹来分别,日后还当报大恩。
劝你不要哀哀哭,免得母亲心不定。
第一先把母亲孝,为兄此去放宽心。
若是母亲心内闷,需要劝解老年人。
我若荣贵回家转,凤冠霞帔报你恩。
夫人在旁哀哀哭,叫声孩儿听分明。
路上行程仔细走,上桥过渡要小心。
肚中饥饿就吃饭,身上寒冷着衣襟。
逢人只说三分话,财不露白古人云。
母女在此巴望你,但愿你去中头名。
为娘只因无后代,靠老我儿一个人。
若得一官并半职,早些送信转家门。
到了家中先写信,免得母女挂在心。
银子三百交与你,衣包行李也端正。
三人大家哀哀哭,梅福走来催动身。

梅福说："夫人、小姐,不必哭了,天时黄昏已到,又恐怕舅老爷到来,姑爷难以脱身的。"夫人随即说:"孩儿,你快快逃生去吧。"骆云再次拜别母女,就此作别也。

上前拜别老母亲,又别梅英未婚妻。

依依不舍哀哀哭,母女送到花园门。

梅英说："哥哥,小妹与你分别,实属无奈。可恨舅舅无理,待我剪发一段,你见头发,如见小妹,不要忘记,牢牢记在心中。"骆云说:"贤妹,为兄绝不忘恩,如果你相信我,我也剪发一股,交给你。"两人难舍难分,时间勿早,只得出门而去也。

骆云无奈出门去,几次回头看分明。

母女看他急急走,无奈回身关园门。

勿宣母女来安睡,再宣骆云逃性命。

天黑无月难行走,又恐遇见恶杨文。

一夜走得天明亮,一路回家向前行。

勿宣公子路上事,再表杨文起毒心。

杨文去赌场把银子输了个精光,转念头想着骆云气勿过,心想:"不如今夜拿把尖刀把他杀死,再将阿姐、外甥女赶出门。个么,家私可以独吞了。"

杨文心里想端正,连忙走出自家门。

已到阿姐家门口,一脚踢去店堂门。

梅福因在店堂里,吓得心中抖勿停。

连忙点灯仔细看,夫人听见出房门。

一见杨文心光火,骂声恶贼为何因。

半夜三更到我店,快快对我说分明。

杨文启口阿姐叫,我来要杀小骆云。

你将骆云藏何处,叫他出来见我人。

若勿叫他来见我,连你性命活勿成。

夫人听了恶贼话,真正心中急煞人。

回答骆云已回去,你快给我滚出门。

杨文说我勿相信,今朝让我要搜寻。

杨文四面都搜到,勿见骆云一个人。

心中思想无计策,只得软言借花银。

杨文启口说:"阿姐,兄弟无行业,经常拖借,终非长久之计。再借几两银子做做生意,以后改过,勿来借哉!"杨氏听了,问梅福将店中三千有零的银子交于杨文,杨文仍旧去赌场赌钱了。

杨文取钱走出门,杨氏即便就关门。

夫人气得身发抖,梅英解劝老娘亲。

饭店生意虽然好,杀身害命不非轻。

不如关店去修行,做些功德保来生。

倘若有钱来积下,母舅终要起谋心。

借着花银哈哈笑,借勿着来恨煞人。

杨氏听了女儿话,勿如将店送别人。

夫人就把梅福叫,此店送你做营生。

梅福启口称多谢,谢谢夫人报大恩。

勿宣母女修行事,再提杨文一个人。

杨文前日在大姐那里借到三千银子要做生意,说不够本钱,然后想着要去襄阳二姐那里去借银子。想到这里,就直往襄阳去也。

杨文肚内转念头,二姐家中走一走。

外甥见我如此苦,谅来银子借到手。

出门一路匆匆走,一直走到场头存。

踏跳登舟来坐好,开船顺风快如云。

勿宣杨文路上事,先将襄阳提起头。

二姐在陈家,因为夫君亡故,母子两人相依为命。二姐所养的儿子,今年二十九岁,叫陈善,尚未配亲。二姐在家,想到父母生下一男三女,大姐许配湖广梅上林;三妹看破红尘,修行去了;兄弟杨文,听闻败完家财,无处登身,不知信息。就想让儿子陈善去探望一下,看看舅舅究竟如何?想到这里,就高声喊道:"儿子快出来哪!"

陈善听得母亲叫,马上出来问原因。

喊我出来啥事情,请你母亲说分明。

杨氏启口孩儿叫,叫你湖广走一遭。

荆州府内永嘉县,娘姨家中好勿好。

给你花银一百两,路上当心要放好。

陈善听了称晓得,拜别母亲路上跑。

一路滔滔向前行,晓行夜宿不辞劳。

恰巧赶了一半路,饭店里面来住好。

陈善住夜么,恰巧杨文也到那里住夜。陈善正巧在栈房的循环簿上看到娘舅的名字,便找到娘舅。两人见面之后,杨文说:"外甥,你母亲身体啊好?你可有妻房?"陈善回言:"未曾配亲。"杨文就说:"我做娘舅的,搭你做媒人。机缘凑巧,与你回转湖广,到娘姨家中去走一走吧。"

杨文外甥一起行,襄阳未到回转身。

仍旧回转湖广地,腹中思想用心情。

陈善哪晓其中意,心中好不欢喜心。

亲上配亲天下有,取出花银谢娘舅。

杨文见银心欢喜,叫声外甥包你成。

勿宣二人路上事,再宣杨氏老夫人。

梅家杨氏夫人自从员外病故,开了一片饭店,被杨文一再来借钱,搞得整日闷闷不乐,将饭店送与梅福之后,觉得身体越来越勿好,此时觉得更为不适,随即叫女儿进来也。

夫人高声唤千金,梅英听见进房门。

问得母亲有啥事,夫人回言小姐听。

只因我病日渐重,看来不久命归阴。

若有三长二短事,叫你一人哪亨能。

小姐回言母亲叫,你且肚里放宽心。

待我去请医生到,服药调理顶要紧。

吩咐梅福请郎中,梅福奉命向前行。

勿宣梅福路上走,再提郎中一个人。

"人人称我包送终,我郎中真是命运不济,别人请我看病,吃了药么病情越来越重。这两天生意没有,弄得火仓啊勿着落。"包先生正在自言自语的时候,梅福正好来请包郎中去看病诊脉了哪。

梅福医生两个人,勿勿忙忙上街行。

路上行程勿耽搁,前面已到梅家门。

先生走进来诊脉,寸关肘上把端正。

说道此病相思病,惦念亲人路上行。

心病定要心药医,吃药难以医好病。

先生作别回家转,梅英听得好伤心。

但愿母亲病体好,声声求拜观世音。

倘若娘亲身不测,女儿如何过光阴。

啼啼哭哭伤心苦,梅福听得好心酸。

勿宣小姐伤心事,再提陈善杨文两个人。

杨文说:"外甥,到哉,到哉,你先进去探望娘姨,不要说起娘舅。你就说你一个人来的,明日我来与你作伐。"陈善说:"何不一同进去?"杨文说:"你娘姨见我如同七世个冤家,所以不能一同进去,我明天再来哪。"

杨文回转自家门,再宣陈善向前行。

一直走到梅家去,一见梅福叫一声。

烦劳内边去通报,襄阳陈善到来临。

梅福通报小姐晓,夫人吩咐接进门。

见了娘姨深深拜,表妹见礼来坐定。

陈善说:"娘姨身体为何如此?"梅英说:"一言难尽哪。"

若问母亲起病根,只为母舅一个人。

时常前来借花银,二次三次缠不清。

来仔借他哈哈笑,若勿借他恨伤心。

父亲为他来气死,可怜一命见阎君。

身后并无大当家,母女难以过光阴。

开爿饭店来度日,来了福建骆云生。

他父在日为布政,也是官家公子身。

不幸命运遭颠沛,离乡背井来投亲。

可怜投亲亲不遇,哪知书童命归阴。

无法回转苦伤心,安歇我家饭店门。

见他一表人才相,叫他膝下作螟蛉。

表妹与他终身许,接续梅家后代根。

哪知母舅黑良心,一心害他小性命。

母女听见无摆布,只得放他去逃生。

音讯不通到今朝,不知逃在哪方存。

母亲气得身有病,一病奄奄在床困。

外甥到此为何事,说与母姨听分明。

陈善回言娘姨叫,母亲叫我到此地。

一来探望亲娘姨,二来要望表妹身。

劝你安心来养病,勿必忧愁苦伤心。

若有三长二短事,表妹接到我家门。

等候公子骆云到,将来与他接成亲。

劝你勿必多忧急,大小事情我担任。

梅英听得伤心处,眼泪汪汪落纷纷。

母亲倘有身勿测,女儿同去见阎君。

杨氏对她说:"你看天色已晚,端正床铺,让表哥安困。外甥儿,你多住几天回去,倘若病好么最好;倘若有所不测么,就与我入殓,也是一片孝心。倘若恶贼到来,那将如何是好?杨文这个贼太可恨了!"陈善说:"外甥自有道理也。"

劝你娘姨放宽心,保重身体最要紧。

吉人自有天保佑,病体痊愈保太平。

一切诸事都由我,表妹也由我当心。

勿宣梅家一切事,再表杨文黑心人。

"昨日陈善外甥送给我五十两银子,要想与表妹联姻,叫我作伐。但是阿姐见我犹如冤家一样,看来难以成功。勿如让我托人写一封假信,就说骆云死了,看她如何哪。"

杨文出门急急行,抬头看见一先生。

手托纸盘喊测字,谈谈流年算算命。

杨文随即来喊住,请你先生写封信。

两人走进茶馆店,纸墨笔砚取端正。

杨文启口将言说,我的外甥女婿叫骆云。

此人家住福建省,出去多年无音讯。

请你写封假死信,只说骆云命归阴。

先生答应提笔写,写明突然起急病。

服药无效归阴去,特来告诉岳母大人。

任凭小姐来重配,与我不涉半毫分。

若要女婿重相见,除非三更梦中寻。

一封假信来写好,交于杨文看分明。

杨文看了哈哈笑,取出银子送先生。

再要托你送的去,再送二两雪花银。

先生答应去送信,就此走出茶馆门。

一路行程勿耽搁,面前已到梅家门。

先生走上去说:"此地可是梅府?"梅福回言:"正是,你来何事?"先生说:"福建有信带来。"梅福接信进内启看,一看是骆云姑爷来的信,立即走到里房,交于夫人。夫人有病在身,听到姑爷来信,十分高兴,急忙叫:"陈善外甥来读。"陈善拆开一看,说:"啊呀,不好,骆云一命亡故了。"

夫人听了吓煞人,霎时昏倒在床心。

梅英听见也急煞,掐定人中喊母亲。

夫人悠悠还阳转,眼睛一白脚一挺。

梅英小姐哀哀哭,梅福吓得抖勿停。

梅福走到外面说:"先生,这封信哪个叫你送来的?"先生说:"我在福建做生意,说起情由,路过此地,叫我带来的。"梅福说:"我家夫人被你吓死了,要送你官衙重办。"先生听了,连忙逃到茶馆店里,回告杨文。杨文听了哈哈大笑,谢了先生,然后各自回家了。

勿宣杨文转家门,再表梅英小姐身。

看见娘亲身亡故,哀哀大哭泪淋淋。

亲娘归阴可知晓,叫我女儿靠何人。

娘舅又是黑心贼,若到我家哪亨能。

勿如女儿一起死,黄泉路上寻娘亲。

陈善在旁来相劝,劝妹勿要哭勿停。

人死不能来复生,快快入殓最要紧。

吩咐梅福去置办,买棺入殓送丘坟。

梅英哭得还魂去,陈善启口叫梅英。

勿如将房交梅福,看看门户伊当心。

你我一起襄阳去,两家并作一家人。

同你表妹回家去,我母就是你母亲。

梅英启口回言答,表兄你且听原因。

妹子勿从你家去,我在家中苦修行。

表兄若有良心事,且住几天再谈论。

勿宣梅家一切事,回过头来说杨文。

"我杨文前日托人送信到阿姐家里,听说阿姐已经死脱。今日无事,待我去做媒人,也好赚些银子去赌赌铜钱哉。"

杨文移步向前行,梅家门前到来临。

一直往内走进去,看见梅家小姐身。

杨文假惺惺地说:"外甥囡呀,你身上为啥雪白打扮?"小姐说:"我母亲死了。"杨文说:"啥,我姐姐死了?真真死得好,我还嫌死得晚了,谢天谢地,老实说这份家私我杨文个哉。"陈善说:"呀!娘舅,娘姨死了,为啥谢天谢地?"杨文说:"外甥女的终身,你依我母舅之见,与陈家表兄结为夫妇吧。"小姐回言:"外甥女自愿在家受苦,不愿往襄阳而去。"杨文说:"陈善外甥我与你一同出去,让她一个人在此吧。"

杨文扯了陈善走,一路滔滔走出门。

回家去对你母说,叫她来接妹子身。

接到表妹回家去,然后打算来结亲。

陈善听说心发火,母舅是个大奸人。

我当你的真心话,让你舅舅是大人。

娘姨为你身上死,一家人家拆干净。

你的恶事我知道,哪个要你做媒人。

表妹终身早已定,配嫁福建是骆云。

一夫一妇自古定,哪能一女配二夫。

杨文听了心大怒,我是一片好良心。

与你外甥媒来做,梅家表妹配你人。

反而说我是奸人,想想真是气煞人。

为你亲事心思用,与你娘姨结怨深。

为你送封假信去,只说骆云命归阴。

好将表妹配给你,一片好心待你人。

陈善听了越火冒,娘舅越加勿是人。

娘姨见信来急死,可怜一命见阎君。

伤尽天良做此事,哪个要你做媒人。

快些与我分路走,我要回转襄阳城。

杨文说:"我行好心,反说我伤良心,拆散人家。你外甥哪好告我娘舅,我可以告你外甥忤逆。你这畜生,如此无礼。你要想表妹成亲,你把娘姨药死,我出去告你一状,看你性命难保哪。"

陈善一听吓煞人,立在街上火直喷。

我的娘舅良心黑,两人争吵在街心。

害杀娘姨倒还罢,冤我谋杀勿该应。

我是奉母来探望,哪知娘姨生了病。

本当即日回家转,娘姨留我在家门。

叫我暂住二三日,倘有勿测要照应。

不料你今心肠毒,写封假信送上门。

娘姨听了魂勿在,可怜一命见阎君。

反说外甥来谋杀,心比毒蛇胜三分。

杨文听了心大怒,叫你畜生一命顶。

叫班光棍来捆住,拿你捆绑到衙门。

告你谋杀娘姨命,要想表妹结成婚。

陈善见了身发抖,吓得魂飞魄散能。

娘舅勿要如此样,看我母亲一点情。

快些放我回家转,请你母舅饶我命。

杨文只当勿听见,一把扯住勿留情。

拉拉扯扯到衙门,一直来到大堂上。

手拿鼓槌来击鼓,口喊青天来申冤。

两班衙役来捉住,报与老爷得知闻。

外堂有人来击鼓,请令定夺判案情。

老爷随即审堂坐,着了红袍出花厅。

知县来到堂上坐定,知县名叫金忠,真所谓赤子头上有青天。今日授予永嘉县知之职,今天有人来击鼓么,就来到堂前开始审堂了哪。

知县审堂坐端正,吩咐差人分两边。

就将犯人带进去,杨文双膝跪公厅。

高叫老爷审冤情,大胆陈善小畜生。

谋杀娘姨一个人,要想表妹结成亲。

我姐杨氏勿答应,就此药死起毒心。

求你老爷把冤伸,杀人抵命持公心。

知县闻言道："堂下何人？"杨文说："是我外甥，叫我做媒人，要和大姐家的外甥女结亲，不料梅英早已许配福建骆云。这畜生一听此言，就买好砒霜，毒杀我阿姐。如今我阿姐已经一命呜呼，为此我要来禀告大老爷，大老爷申冤哪！"

　　陈善在旁听分明，只是冤枉喊勿停。

　　知县拔出签一支，去提梅英当堂审。

　　差人奉命勿耽搁，立即来到梅家门。

　　见了梅福开言说，要捉梅英小姐身。

　　杨文今日当官告，来告陈善药夫人。

　　梅福听说忙进内，一一告诉小姐听。

　　小姐一听魂飞散，可恨母舅黑心人。

　　害得表兄受了苦，又害奴奴到官厅。

　　公差几次来催促，小姐无奈走出门。

　　一路来到衙门里，公差告禀老爷听。

　　老爷吩咐带上堂，小姐双膝跪下身。

知县说："梅英不必惊慌，你母舅告你表兄陈善谋杀你娘亲，你把情况从实讲来，不得有误，免受大刑之苦。"小姐随即说道："老爷听禀，我来说与你听哪。"

　　老爷在上听原因，小奴是叫梅英身。

　　可恨母舅无道理，时常我家借花银。

　　吃着嫖赌样样做，吃酒行凶勿像人。

　　我母想着同胞面，时常照应母舅人。

　　我父被他来气死，我母难以过光阴。

　　门口开爿小饭店，母女两人守家庭。

　　不料母亲身有病，来了表兄陈善身。

　　特来探望亲娘姨，我母留住在家门。

　　谁知病重归阴去，幸亏表兄办事情。

　　我母并非他谋杀，求你青天审冤情。

县官说："听你说来，杨文是口说诳语，你且退下。"立传杨文。知县随即对杨文说："大胆杨文，你外甥女说母亲病故，你为啥说是陈善谋杀，你该当何罪？"杨文回言："我外甥女和陈善有私情，他们两个串通好了，害死我姐。难道我娘舅要害外甥不成？天下世界没有这样的道理。"知县说："你且退下，传陈善上堂来。"随即陈善来到堂上，老爷问："陈善，你与表妹串通谋杀娘姨，你从实招来。"陈善说："大人在上，待小人告禀哪。"

　　小人家住襄阳城，奉母之命来探亲。

　　路上相遇亲娘舅，他说与我做媒人。

　　问他哪家女千金，他说表妹梅英身。

　　我以为是真心话，送他五十雪花银。

　　哪知表妹已配亲，许配福建骆云身。

　　小人若早来得知，断然勿送雪花银。

　　我去探望亲姨母，哪知在床病在身。

　　她诉母舅无道理，常到她家借花银。

借着非嫖便是赌,吃酒闯事勿成人。

姨父被他来气死,姨母为此气成病。

本来早早回家去,娘姨留我在家门。

她说病好勿必论,如有不测当亲生。

哪知母舅造假信,娘姨见信命归阴。

她家无人办丧事,小人买办送丘坟。

后来母舅对我说,与我表妹定终身。

被我当时来回绝,埋怨母舅好几声。

表妹早已骆云配,哪个要你做媒人。

你的良心真真黑,拆散梅英一家人。

娘舅心中怀恨我,冤我谋杀娘姨身。

此事实在真冤枉,求你青天把冤审。

知县心想:"陈善的口供和他表妹梅英是一样的,而且两个年纪轻轻,应该是无此事的,必是杨文花言巧语、口出诳语。现将杨文、陈善收监,待我私访以后再审。"随即吩咐梅英暂时先回家吧。

梅英谢恩出衙门,梅福相送转家门。

杨文陈善收监去,知县退堂到花厅。

勿宣杨文监中事,再说梅英小姐身。

吩咐梅福老家人,速速赶往襄阳城。

陈家娘姨送一信,只说母舅起毒心。

冤枉公子谋姨母,身在永嘉县衙门。

幸亏老爷多清正,勿曾为难用大刑。

现在收入监牢门,相请夫人到此存。

梅福听得都明白,带了银子上路行。

勿宣梅福路上事,再宣杨文在监门。

杨文在监牢里自言自语:"我杨文在此,好不心焦。有这等瘟官,不分原被告,统统收监,真正气煞我哉!要赌钱不能赌钱,要吃勿能吃,还要上私刑,想想苦呀!"这时候,听见外面的牢头禁子喊出去,杨文、陈善道:"禁子哥哥吩咐出来,有何事?"禁子说:"你两人进来以后,都没拿点意思意思,快快拿些茶水钱来。"陈善说:"我是异乡客地,亲戚全无,求你行个方便。"禁子说:"没有么就要吃生活了哪。"

陈善跪在地埃尘,禁长在上听原因。

此事娘舅冤枉我,哀求方便发善心。

小人家住襄阳地,我母在家勿通信。

若能家信来通达,自有谢你雪花银。

禁子只当勿听见,藤条打得血淋淋。

打得陈善哀哀哭,一夜哭到大天明。

一更里来月初升,母亲叫我来探亲,望望亲娘姨,身体啊太平,带了银子上路行,走到半路客栈登,啊呀我的天啊!

二更里来月色明,碰着娘舅叫杨文,良心实在黑,骗我来成亲,娘姨女儿配成婚,年纪轻轻来相信,啊呀我的天啊!

三更里来月照墙,骗我银子五十两,客栈住一夜,各自分路行,走到梅家见姨母,哪知姨母身有病,啊呀我的天啊!

四更里来月色清,表妹早已配骆云,娘舅写假信,急煞娘姨命,晓得细底我伤心,看见娘舅就骂他,啊呀我的天啊!

五更里来月要明,娘舅肚里起毒心,冤枉谋杀人,有啥恩勿清,脚镣手铐进监门,不知何日出监门,啊呀我的天啊!

陈善哭到大天亮,不知何日把冤审哪,登在监中真可怜。勿宣陈善在哭五更,再说梅福在路上,一路滔滔,晓行夜宿,终于来到襄阳城。梅福来到陈府,进门便说:"夫人在上,老奴向你磕头了。"夫人随即问道:"你是何人如此匆忙?我家公子怎么还没回来?"梅福说:"夫人,我来和你说哪。"

夫人在上听原因,小人一一说分明。

那日相公到我家,夫人有病床上困。

见了相公真开心,生恐勿测身无人。

就留相公在家门,托伊照顾身后事。

果然夫人身亡故,相公料理甚当心。

歇了几天舅爷到,见了相公借花银。

相公不允花银借,娘舅就此恶计生。

冤枉梅英千金女,与你相公有私情。

两人商量串通好,谋杀我家老夫人。

舅爷告到县衙去,知县老爷坐堂审。

一根朱签来发出,传我小姐到公厅。

相公现在收监去,特来告诉老夫人。

相请夫人一同去,好救相公出监门。

夫人听得魂飞散,眼泪汪汪落纷纷。

好好去望娘姨身,不料几乎一命顷。

想我阿姐无后代,照料办事也应该。

哪知兄弟狼心贼,冤枉我儿谋杀人。

倘若外甥得罪你,看姐面上留几分。

儿若三长二短事,叫我以后靠啥人。

夫人哀哀哭勿停,梅福在旁劝夫人。

梅福说:"夫人,你现在不要哭了,在这里哭没用,还是和我一同去永嘉县衙去探望相公吧。要想办法救公子出监牢么,才是正事。"夫人一想也对,就此收拾行李,准备动身前去探监了。

夫人痛哭好伤心,收拾行李就动身。

可恨兄弟黑良心,全然勿顾手足情。

害我亲儿身受苦,又害阿姐命归阴。

勿提夫人路上事,再提骆云到京城。

"想我骆云,自从那年去荆州投亲勿成,幸亏梅家寄娘收留,将梅英配亲与我。可恨恶贼杨文心生毒计,为争夺家财,要将我杀。幸亏梅英母女二人放我回福建逃生,一路行来,转回家中,闭门苦读,现在但见皇榜高贴,科场开考,所以一路滔滔来到京城,专等开科进考场了哪。"

皇上开考大事情,天下举子进考场。

天下考生都来到,人人想考第一名。

二月初二头场进,二月十二两场灵。

三场文字皆锦绣,头名状元中骆云。

游街参相拜客事,俯伏金阶奏明君。

骆云奏明皇上:"启奏皇上,臣亲生父母早亡,家贫如洗,到荆州投亲勿成,幸亏梅上林之妻杨氏收留于我,并将女儿梅英许配给我。我要回家祭祖谢恩。"万岁听了,马上封赠,随降旨一道:"骆云生身父母钦赐御葬,杨氏寄娘封为太夫人,梅英封为一品夫人,状元封为巡察御史。奉旨回家,祭祖完婚哪。"

状元谢恩出京门,文武百官送出城。

报喜探子勿耽搁,赶到荆州一座城。

一路报到梅家去,梅英小姐得知闻。

贵府老爷叫骆云,状元及第中在身。

奉旨钦差御史职,现在奉旨出京城。

小姐听明心欢喜,取出银子送报人。

骆云哥哥救星到,母舅杨文死的成。

勿宣梅英快活事,再宣梅福陈夫人。

两人心急来赶路,晓行夜宿不留停。

一路行程到荆州,前面已是梅家门。

两人走进里面去,梅福开言叫千金。

襄阳姨母到此地,梅英相见姨母身。

梅英对陈夫人说:"姨母呀,真是连累表兄了,真是过意不去。"夫人随即说:"不怪你们,都是狼心狗肺的杨文陷害的。""明天去监牢探望表兄。姨母,时间不早,早些睡吧。"

夫人想儿苦伤心,一夜未曾合眼睛。

听得鸡叫天明亮,东方发白就起身。

梳洗点心都完毕,便唤梅福老家人。

领钱到监相公望,梅福答应就动身。

陈氏夫人前头走,梅福指引后头跟。

三步并作二步行,面前监牢到来临。

梅福启口高声喊,牢头禁子来开门。

牢头禁子来到门口说:"天堂有路不去走,监狱无门偏要来。不知你们来有何事?"梅福说:"禁子哥哥,有一个襄阳的,名字叫陈善的人,啊在此地?他的母亲来了,专门来探望陈善相公的,望你大人行个方便,领我们进去见见人哪。"

我有碎银三两足,送你大哥当茶金。

禁子就把监门开,领他母亲进监门。

此刻禁子开好门,陈氏夫人里面行。

陈夫人说:"我儿在哪里?"陈善听到母亲声音,马上出来,母子抱头痛哭起来。

见儿刑具上下身,为娘看见痛伤心。

叫你探望亲娘姨,哪知害你进监门。

孩儿三岁父亡故,养你长大费尽心。

巴得孩儿身发达,娘亲靠你送终身。

为何受屈冤枉事,说与为娘听一听。

陈善从头细细说,陈氏频频恨杨文。

陈善说:"如今母舅在哪里?"陈氏恳求牢头禁子,说要看看杨文,随即来到杨文面前了哪。

看见恶贼怒胸膛,你的心肝如虎狼。

自己做了不端事,急煞我姐见阎君。

反说我儿来谋杀,如今害儿坐监门。

若然外甥得罪你,应该要看我面上。

你今全无同胞情,将我母子分两边。

为姐独养一个子,被你陷害好伤心。

咬牙切齿怒胸膛,有朝一日要你命。

杨文说:"你自己的儿子不怪,还来说我,真是岂有此理,气煞我来! 气煞我哉!"

夫人听了恨伤心,举手要打贼杨文。

杨文与姐来吵闹,牢头禁子到来临。

就叫陈氏出门去,老爷要来查监门。

夫人无奈将门出,再看陈善儿子身。

陈善启口母亲叫,劝母不必挂念心。

保重身体为第一,母亲养我千般苦。

若有皇天开眼日,孩儿总可出监门。

母子言语说勿尽,禁子催促赶动身。

夫人只得走出门,监门关得紧屯屯。

勿宣夫人回家事,再宣骆云巡按身。

骆云出京后,一路滔滔直奔荆州城,官船不觉已经来到荆州永嘉县的码头上。官船停靠,骆云吩咐提轿,回梅家来也。

巡按上轿就动身,全副执掌摆端正。

肃静行牌左右分,金锣声声向前行。

兵丁手执虎头刀,捆绑执绳怕煞人。

箭上弦来刀出鞘,旗牌保驾急急行。

巡按八轿中间坐,白马两对后面跟。

鸦雀无声多寂静,行人止步抬头看。

面前已到梅家门,巡按出轿走进门。

梅福忙碌身勿停,小姐上前来迎接。

骆云启口问梅英,为何勿见母亲人。

小姐回言命归阴,骆云听了散飞魂。

一跤跌倒地中存,小姐连忙高声喊。

骆云悠悠转还魂,嚎啕大哭泪纷纷。

娘亲娘亲喊勿停,当初孩儿落难时。

流落到此娘收留,娘亲认儿作螟蛉。

叫我用功读诗文,可恨娘舅起毒心。

口口声声将我害,赠我银子逃性命。

指望荣贵回家转,让我来报母亲恩。

如今奉旨封官诰，哪知母亲命归阴。

梅英就把所有事情和骆云说了一遍哪。

母亲病重在床困，留住表兄当亲生。

谁知娘舅生毒计，造封假信送上门。

说你一命身亡故，我母知悉命归阴。

幸亏表兄来料理，一切之事他当心。

哪知母舅毒心起，说他谋杀我娘亲。

又说与我有私情，出首呈状到衙门。

将我传到公堂上，出闺露脸难为情。

幸亏清官无私心，勿动刑具半毫分。

当堂放我回家转，陈家表兄入监门。

奴奴受此冤枉事，欲想短见命归阴。

深思一下死不得，要救表兄出罪名。

他母现在我家内，求你哥哥做救星。

状元骆云说："既然姨母在此，请她出来相见。"然后分宾坐定。陈氏说："我儿被杨文陷害，望状元爷相救。"骆云随即来答应，便拔出令箭一支，吩咐公差去永嘉县衙调取杨文、陈善一案。"明晨到城隍庙，本院来审问哪。"

旗牌奉命到衙门，知县晓得急煞人。

吩咐师爷来端正，差人庙内扫干净。

一夜无事天明亮，知县起身用点心。

调出犯人并案卷，直到庙内候审问。

骆云起身将门出，身坐八轿出门行。

金锣喝道真威灵，前面已经到庙门。

全副执事两边分，巡按出轿进庙门。

三跪九叩城隍拜，点香已毕坐堂审。

刀斧捆绑两边立，刽子牌军左右分。

一声吆喝来传唤，传进永嘉知县临。

永嘉知县大礼见，见过巡按旁边立。

巡按大人骆云问道："贵县，杨文告陈善谋杀姨母一案，可是本县审的？"知县回言："正是，卑职看杨文脑后见腮，乃属小人所为。陈善一定是冤枉的。故将杨文一同押住候审，等候大人发落。"巡按大人道："传陈善上堂。"然后对陈善说："杨文告你谋杀姨娘的事情经过，你仔细说来与我听。"陈善说："大人，让我仔细说给你听哪。"

小人奉命出襄阳，来到荆州望姨娘。

一见姨娘身有病，将我留住在书房。

可恨母舅生毒计，一封假信到家门。

姨母知悉身亡故，小人用心来料理。

哪知母舅心肠毒，将我捉到公堂上。

说我谋杀亲娘姨，幸亏老爷清正样。

冤枉小人谋杀事，还望大人细端详。

　　大人点头连称是,再传杨文进庙堂。

　　巡按大人叫知县把杨文传来后,随即问道:"大胆杨文,将你陷害陈善谋杀姨母一事,从实招来。"杨文说:"陈善谋杀娘姨是真的,与表妹通奸是实。"巡按大人拍案而起:"大胆贼子,一派胡言,扯下去捆绑,重打四十大板!"一十、二十、三十、四十后,"你给我从实招来,免受大刑"。杨文被打得皮开肉烂,随即说:"大人我愿招,我受不起哪。"

　　小人名字叫杨文,时刻去借雪花银。

　　阿姐门口开饭店,来个客人叫骆云。

　　阿姐见他喜欢心,留他作继送终身。

　　我的心中多不服,要将他命见阎君。

　　骆云知悉情由事,连夜出门逃性命。

　　恰遇陈善来探望,半路碰着小人身。

　　花言巧语将他骗,我与外甥做媒人。

　　他今不知情由事,送我五十雪花银。

　　叫我母舅媒人做,故此写封假书信。

　　只说骆云身亡故,阿姐急死命归阴。

　　一切陈善来料理,晓得表妹配骆云。

　　他今见我开口骂,骂我母舅大奸人。

　　我的心中来见恨,故此说他谋杀人。

　　当即呈告衙门去,告他通奸又谋命。

　　求你大人开点恩,放过小人一条命。

　　巡按大人拍案骂道:"你这恶贼,自己做了不端之事,还要陷害他人,天理何在?如今你可认得本院?"杨文仔细一看,原来是骆云。"哎哟,如今你做了大官哉,求你饶命。"大人说:"你这个恶贼,当初骂我下流之人,不许留我,要害我性命,逼走他方。你这狼心狗肺的东西,若不重办你,天理难容。"杨文说:"大人,此话当我放屁,求大人饶我性命。"大人说:"你这行为本该斩首,今看岳母之面,死罪免了,活罪要发配你边关充军,重责军棍一百杖。"永嘉县备文派解差押解杨文。杨文上了刑具,跟了解差一路充军而去。巡按大人对知县说:"永嘉县知县,你办事能干,待我参本进京,等候升官。"知县说:"卑职有一言要告禀大人,你要做主也。"

　　永嘉知县说分明,大人在上听原因。

　　卑职有个千金女,彩云二字取为名。

　　今年年纪十六岁,意欲许配陈善身。

　　求你大人来做主,请求大人做媒人。

　　大人回言蛮蛮好,此事本院包你成。

　　知县听了心欢喜,随即上轿回衙门。

　　大人也是来上轿,带了陈善一同行。

　　路上行程勿耽搁,面前已到梅家门。

　　母子相见哀哀哭,幸亏巡抚是骆云。

　　骆云启口回言答,姨母何必挂在心。

　　永嘉知县有一女,配我兄弟做妻身。

　　勿宣杨氏喜欢心,再表梅英问大人。

梅英对大人说:"如今母舅怎样?"骆云说:"本该斩首,但看在岳母面上,就饶他不死,让他充军而去。"再说陈善和骆云都奉旨完婚了哪。

挂灯结彩在厅堂,鼓乐喧天闹盈盈。
文武百官齐来贺,一众亲邻齐到门。
一顶彩轿多端正,抬进永嘉县衙门。
回轿就到梅家门,吹吹打打接新人。
结亲已毕排宴席,诸亲吃酒闹盈盈。
勿宣花烛一切事,再表圣旨到来临。
钦差直到梅家宅,大人摆案接圣旨。

皇帝诏曰:"前阅巡按奏本,爱卿办理冤案,龙心大悦,故封爱卿为两湖总督。永嘉县知县办案清正,加升三级,特授予荆州府。陈善忠良,封为四品黄堂,授职南昌府。钦赐。"巡按大人道:"谢万岁,谢主隆恩。"

钦差复旨回进京,大人送出大墙门。
大人总督上任去,梅英小姐一同去。
永嘉知县备移交,荆州知府来接应。
陈善也是上任去,南昌知府来接应。
彩云小姐一同去,三人做官如水清。
风调雨顺民安乐,太太平平过光阴。
双剪发宝卷宣完成,祝愿大家永安宁。
卷要圆满卷要停,略表数句敬大众。
老伯伯今朝宣卷听,年纪活到一百零。
胡须长到胸口心,大家侪叫老寿星。
老太太今朝宣卷听,一年四季手脚轻。
脱落牙齿重生根,蚕豆结结呱呱能吃二三斤。
祝大家福如东海深,寿比南山青,增福增寿又添丁。

双奇冤宝卷

奇冤宝卷初展开,诸佛菩萨降莲台。
善男信女静心听,一年四季免三灾。

却说此卷出在明朝嘉靖皇帝登基年间,国泰民安。在淮安府山阳县乡间,有一个熊家浜村,一家姓熊,名叫友兰,胞弟叫友惠。只有弟兄二人,幼年父母双亡,家中穷苦,又无亲族照应,难以度日。友惠只有十六岁,在家读书;友兰今年十八岁,辞别胞弟,出门去寻找生意也。

友惠年幼在家待,友兰出外到上海。
东拜西托生意寻,找着生意铜钱赚。
每月工资五千文,巴结勤俭不贪懒。
不说友兰在上海,只表友惠事一番。
日夜在家勤书读,少吃无穿苦悲哀。
思兄生意可找到,巴望兄长寄钱来。

不说友惠望哥哥,另说一家事一番。

却说熊家隔壁有一家姓冯,名叫洪春,年近五旬,夫人苏氏早已去世。所生一子,名叫小宝,今年也是十六岁,生得十分丑陋,人人叫他贼样景也。

小宝生得勿像人,人人叫他贼样景。

究竟生得如何样,待我说给大家听。

吊鳔皮来烂眼睛,聋聱癫痫歪嘴唇。

罩额角来下塌眼,大小耳朵不调匀。

肉百脚来翘鼻头,大麻子来黑漆能。

笸肩膀来歪头颈,长短手来拿勿稳。

笸腰凸肚弯背心,满身臭气吭淘成。

却说冯小宝虽然生得难看,但是他的娘子生得十分漂亮。姓侯,名叫玉娥,从小父母双亡,今年也是十六岁,在家难以过活,只得到冯家做了童养媳妇也。

侯氏玉娥俏佳人,一口银牙红嘴唇。

身材不长又不短,青丝细发拖脚跟。

面似牡丹花开放,三寸金莲必文文。

耳上金环秋叶式,观音面孔凤眼睛。

十指尖尖如春笋,不点胭脂香喷喷。

走路好比风摆柳,坐定好似活仙人。

自小做了童养媳,公夫三人过光阴。

侯氏玉娥配小宝,犹如鲜花插牛粪。

一个生得像仙女,一个生得贼样景。

虽然姻缘天注定,可惜一位女佳人。

却说冯洪春开了爿粮食杂货店,弄得家中日夜老虫吵闹不休,衣服尽被咬坏。侯氏玉娥有一天晚上睡觉时,把耳上的金环探下,放在梳妆台上,到了明早起来梳妆,谁知不见了金环,心中好不着急!在房中到处寻遍,还是寻不到金环。心中暗想:"谅必被老虫衔去的,倘然被公公看见奴不戴金环,盘问起来,如何回答?真正急煞人也。"

不说玉娥失了魂,再说隔壁姓熊人。

友惠在家望兄长,一日一顿勉强吞。

清晨起来书房进,闷闷不乐读书文。

发现台上亮晶晶,仔细一看吃了惊。

金环一双台上存,女人之物从何临。

谁人不见心何急,待我保存再理论。

倘若有人来盘问,当面奉还失环人。

却说熊友惠在家等了三天,并无有人前来查问。友惠心中暗想:"这是天赐予我,不免待我拿到隔壁冯家店里,押些米钱罢。"就用红纸把环子包好,出门直至冯家门口,叫道:"冯老先生早!"冯洪春连忙立起身来回道:"熊世弟早,里边请坐。今日降临,有何贵干?"友惠道:"有样小物件,欲想押米一斗、铜钱三百文。"洪春暗想:"熊家穷得如此,再有何物可押?"开言道:"笑话笑话,熊世弟前来,何必要押呢?你拿去好了。"友惠道:"老先生勿收我小物,我米钱也不要!"起身要走。洪春道:"有话好说。"洪春就量了一斗米,盘出小钱三百,一手交货,一手接物。友惠拿了米袋和钱,告辞回家而去也。

不说友惠转家门,再说开店冯洪春。

就把纸包打开看,发现金环吃一惊。

一见金环秋叶式,顿时心中起疑云。

这是好像我家物,为何会到熊家门。

不免待我唤媳妇,让我看看再盘问。

提高喉咙玉娥喊,玉娥听喊就出门。

走到店堂问公公,呼唤媳妇有何因。

洪春一看耳无环,连连说道没事情。

却说玉娥走到店堂内,被冯洪春细细一看,果然耳上没有金环,心想:"内中定有私情,不免待我设法盘问一下。"就说道:"刚才前村金家小姐来过,要问你借双金环。她要去走亲眷,停歇要来拿的,你去拿出来交给我。"玉娥说道:"金小姐也有金环,何必再来借环?"洪春道:"不要小气,你也要向人家借借的,有啥人家购得全?就是皇帝也缺一把金铧锹来,快去拿出来罢。"玉娥逼得无法,只得回到房里,在头面匣子内拿出一双婆婆传下来的老式金环,出去交给公爹。洪春一看,说道:"不是这一双,就是我亲手给的那双新式的秋叶式金环。"玉娥一想:"瞒勿过了!"只得说道:"不瞒公公说,前日夜里困觉时,我把金环探下,放在妆台上。到来朝起来梳洗时,不见金环,寻遍房间,就是寻不到金环,谅必被老虫衔去了。"洪春一听言道:"我只有听到老虫咬东西,没听过老虫衔金环。我是不会相信也!"

洪春当面说一声,我是永远不相信。

结识私情熊友惠,金环当作表记赠。

嫌我小宝人勿像,结识隔壁姓熊人。

玉娥急得无摆布,两眼交流泪纷纷。

千思万想主意无,只得哭进内房门。

洪春一见暗思忖,是非未卜太急性。

只怪小宝不争气,生得实在不像人。

年轻姑娘情窦开,难免日夜想男人。

待到年底拣吉日,让她拜堂结婚姻。

如若真有私情事,生出儿女冯家孙。

假使步步逼得紧,又恐媳妇逃出门。

那时再要婚来配,啥人肯进冯家门。

勥去做啥空冤家,缠到那里再理论。

洪春从此勿追问,仍旧和睦过光阴。

不觉已经到年底,为了婚事动脑筋。

有人欠他一笔债,出去归账出店门。

却说侯玉娥失去金环,又被公公冤枉她结识私情,日夜啼哭,闷闷不乐,只怨自己命苦,恨透断命老虫,经常提心吊胆被公公逼问。不觉又过了几月,只见公爹对她仍旧和往日一样,总算放下心来。今日公公出门归账,叫她看守店堂。玉娥小姐坐在店中,边做生意,边做针线,突然听到外面有一位客人边喊边走而来也。客人喊道:

家中老虫要吵闹,衣裳物件都要咬。

不消我的药一包,买去做点饼和糕。

不管老虫大与小,看见糕饼就吃了。

大老虫吃了跳二跳,小老虫吃了就滚倒。

两个铜钱买一包,三个铜钱买二包。

包你房中不吵闹,立刻就可见功效。

却说侯玉娥小姐一听,喜出望外,就拿了三十文铜钱买了二十包老虫药。在店中拿些面粉,连忙去做饼,做了十个饼,每个饼里放了二包药。把饼放在房内,有老虫出入场所,放上二个,特别妆台上放四个,一心要想把老虫全部药死才称自己心头之恨也。

玉娥放好药烧饼,仍旧回到店堂门。

突然小宝回家转,走到灶下吃点心。

看看锅里无啥吃,发现房里有烧饼。

不管好坏不问讯,狼吞虎咽吃烧饼。

玉娥连忙跟进去,小姐看见吓散魂。

连声大喊吃勿得,饼中有药要丧命。

小宝听了骂贱人,不敬丈夫独自吞。

自己偷偷买来吃,还说有毒来骗人。

接连吃了五六个,不多片刻药发性。

双脚乱跳身跌倒,七孔流血命归阴。

玉娥抱尸嚎啕哭,恰巧公公转家门。

踏进门来吃一惊,连连不断问原因。

小姐急报公公听,洪春一听失了魂。

开口便骂小贱人,谋死丈夫不该应。

我到衙门告你状,告你泼妇小妖精。

小姐边哭边诉情,洪春哪里会相信。

老泪纵横门来出,一路嚎哭到衙门。

却说山阳知县坐轿出衙,洪春奔到轿前拦轿喊冤:"青天大老爷,救命呀!"县官吩咐停轿,就问道:"有何冤枉? 可有状词?"洪春叫道:"大人在上,小老来不及写状,只好口诉。"县官道:"快快讲来!"洪春道:"老爷听禀也。"

洪春双膝跪埃尘,老爷在上听分明。

小人开爿杂货店,山阳县里熊家浜。

小人名唤冯洪春,今年虚度五十春。

所生一子叫小宝,内室早丧命归阴。

从小配婚侯玉娥,养媳在家三年正。

二人同年十六岁,因为年幼未成亲。

侯氏嫌夫貌丑陋,私情结识姓熊人。

私赠金环熊友惠,合计药死吾儿身。

句句真情无假话,伏望老爷判分明。

知县听了忙传令,立刻下乡验尸灵。

却说山阳知县听了一番口诉,立即准状,把冯洪春带进班房,立传班房、值日皂头,带领仵作,速去乡间熊家浜相验。到了乡间,立传本图地保,一同进入冯家。到了现场,搭起尸棚,摆了临时公案,知县出轿,坐上临时公案。一声吩咐,仵作细细验明报来。仵作奉命检验尸身,将尸体上下左右前后详细验明,立报大人,禀道:"老爷,验尸结束。"知县道:"禀来!"仵作道:"禀老爷,男尸一具,身长三尺二寸。手足无伤、上下无病、左右无伤、前后无病,七孔流血,服毒伤身,五官不正,像只猢狲。身边还有一个烧饼。"知县一听,果然是真。一声命令,拿捉凶身。当差就把奸夫熊友惠、淫妇侯玉娥铁锁啷当,一同带进知县衙门也。

衙役三班转衙门,知县立即坐堂审。

带进友惠侯氏女,先审侯氏玉娥身。

知县心中大发怒,喝骂侯氏泼妖精。

嫌比丈夫容貌丑,金环私赠姓熊人。

谋杀亲夫罪不小,从实招来免受刑。

却说玉娥小姐喊道:"青天大老爷,小女子冤枉难招。"就将老虫衔去金环,买了老虫药做了烧饼,丈夫抢吃,小妇人劝阻不住,药性发作身亡说了一遍。又道:"与隔壁熊友惠面不相识,并没有什么私情。请老爷明断。奴死亦不足惜,不该屈害熊家书生,伏乞老爷开恩恕罪。"知县听了拍案高声:"不用大刑,不肯招供。"吩咐左右大刑伺候也。

知县吩咐左右班,就把玉娥夹起来。

双手绑在庭柱上,青丝头发吊铁环。

周身上下皮鞭打,打得皮开肉也烂。

小姐痛得熬不住,只得虚招说一番。

谋死亲夫真是奴,结识友惠赠金环。

看我丈夫多丑陋,奴搭友惠有往来。

日后指望夫妻做,药死丈夫事实在。

买药友惠不知道,天大罪孽一身担。

伏望老爷恩来开,熊家书生放出监。

却说知县大骂道:"你个泼妇!搭熊友惠恩深如山,还体惜他无罪,自己一人承担认罪。口供招实,画供收监。"再提熊友惠上堂,知县骂道:"你这王八!为何同谋杀死冯小宝?从实招来,免受刑罚。"友惠叫道:"青天大老爷!冤枉难招,伏望大老爷听禀也。"

友惠将情说一番,我兄撑船在上海。

小人在家书来读,看见台上有金环。

待缓几日无人查,家中少米苦悲哀。

将环押到冯家去,三百文钱米一斗。

哪知此环冯家物,小宝药死我不关。

我和冯家无往来,屈害小人不应该。

伏望青天来超豁,胜比烧香到南海。

知县一听冲天怒,吩咐责打二十板。

就把友惠来拖倒,重打一顿毛竹爿。

打得皮开肉又烂,鲜血淋满两腿弯。

友惠拼命老爷喊,伏望大人来恕罪。

桩桩件件愿招认,我和玉娥有往来。

砒霜毒药是我买,二人同把小宝害。

指望小宝药死后,准备两人夫妻配。

玉娥赠我金环子,二人私情深似海。

知县吩咐画了供,就将友惠收进监。

不说友惠监来坐,再表玉娥在女监。

却说侯玉娥收进了女监,监婆要讨使用,但玉娥身无分文,被监婆私刑拷打,好不伤心,痛哭五更也。

一更里来鼓声响,想起奴家亲爷娘,十岁父亲丧,母亲哭断肠,做养媳妇熊家浜,配着丈夫人勿像,啊呀吾的天哪!

二更里来鼓又敲,房中日夜老虫吵,衣物都要咬,金环衔去了,熊家书生店里跑,公公看见心火冒,啊呀吾的天哪!

三更敲过半夜深,想着老虫心里恨,来了卖药人,毒药夹烧饼,谁知丈夫转家门,抢吃烧饼命归阴,啊呀吾的天哪!

四更敲过更伤悲,冤枉结识熊友惠,公公去告状,二人进监内,知县老爷下毒手,屈打成招来定罪,啊呀吾的天哪!

五更金鸡喔喔啼,想来奴奴定要死,监婆要金银,私刑上身体,求求佛爷叫声天,保佑书生出监去,啊呀吾的天哪!

不说侯氏玉娥在女监,并无分文使用,日夜受监婆的私刑拷打。再说熊友惠勿明勿白的,被差人捉到了衙门去,屈打成招,打入监牢里,没有银子使用,被牢头禁子私刑拷打,想到兄长在外并无信息,好不伤心,在监里痛哭五更也。

一更敲过月上山,想起哥哥熊友兰,离家到上海,一去信不来,甩我家中一人在,少吃无穿苦悲哀,啊呀吾的天哪!

二更敲过月更明,我在家中读书文,早上落起身,金环台上存,等了三天无人问,只好拿去卖钱文,啊呀吾的天哪!

三更敲过半夜深,金环拿到冯家门,白米量一斗,小钱三百文,从此祸事降在身,差人捉我进衙门,啊呀吾的天哪!

四更一响鸡要鸣,知县老爷坐堂审,冤枉伲两人,私情金环赠,当堂将我上夹棍,受刑不起口供认,啊呀吾的天哪!

五更即将天要明,牢头禁子要金银,无钱上私刑,打得血淋淋,又无亲人探监门,看来今日难活命,啊呀吾的天哪!

友惠一夜好伤心,啼啼哭哭到天明。

玉娥友惠冤枉事,大小百家尽知闻。

苏州上海都晓得,各处码头卖新闻。

来往客人都要买,听得人人舌头伸。

友兰船上也有卖,高声朗朗读新闻。

说新闻来话新闻,淮安山阳熊家村。

有个人叫冯洪春,开爿小店在家门。

儿子小宝贼样景,配着侯氏女佳人。

生得标致美十分,心中一直不称心。

结识隔壁熊姓人,友惠年轻小书生。

二人私情结得深,玉娥真心金环赠。

两人合计毒药买,药死小宝命归阴。

阿公晓得去告状,知县下乡验尸灵。

调查案情确实真,二人拿捉进监门。

招认口供死罪定,详文快马送京城。

待等血光文书转,一男一女斩头颈。

现在详文还未到,可惜无人把冤伸。

却说乘船客人,个个听得目瞪口呆。熊友兰听见,大吃一惊,心中急得坐立不安,眼泪纷纷落下。船老板就问道:"友兰为何流泪?"友兰就将新闻上的情况说了一遍。船老板就劝了一番,对友兰说道:"你回去探望一下。我付你两个月工钱,每月五千文,再给你点心钱五千文,一共十五千文。"熊友兰接了钱,辞别老板,一路回家而去也。

友兰思弟痛悲心,急急忙忙赶路程。

一夜脚步未曾停,苏州城池到来临。

抬头只见天将明,阊门皋桥面前存。

走得腰酸脚又疼,休息片刻再动身。

淮安路径又不熟,有人来了问个讯。

不说友兰等问信,另提一桩奇冤情。

却说友兰在桥上休息等问讯,不去说他。另说苏州府元和县娄门外有一家姓尤,名叫葫芦,五十出头,妻子早亡。所生一女,名唤含春,年方二十,尚未出帖配婚。父女二人在家开爿肉店。这日尤葫芦进城,在临顿路兴福园茶馆里。因为肉店行搭个钱会,尤葫芦和人家合收一会,三十千铜钱,二人各得十五千,又到酒店里喝酒去也。

众人喝酒喜欢天,葫芦喝得醉眠眠。

喝罢会账众人散,揣了铜钱十五千。

脚步踉跄回家去,已到自家大门前。

女儿看见父亲转,身上揣仔勿少钱。

开口便把爹爹叫,今日父亲到哪边。

却说尤含春看见父亲回来,老酒喝得跛东跛西,又拿来许多铜钱回来,问道:"和谁喝酒?又哪来许多铜钱?"再说尤葫芦今天收了会,心里很高兴,加上喝了点酒,和女儿说起笑话来了,说道:"做爹爹的看女儿长得这么大了,还没有配亲。今天给你配了一头亲,是个外地生意人,给他为妾。一言为定,他和我喝了酒,先付身价银十五千文,停三天来娶你时,再付十五千文。"含春言道:"爹爹你不要骗女儿了。"葫芦道:"做爹爹的终不会和女儿说笑话的。女儿快去准备准备罢。爹爹喝了几杯酒,有点头晕了,我要去困了也。"

葫芦酒话骗多娇,急得女儿哭哅哅。

可恨母亲早去世,又恨父亲道理少。

想来想去无办法,让奴避开最为妙。

替换衣裳拿几件,小巧玲珑打个包。

速到横塘姑娘家,再与姑娘来商讨。

却说尤含春拿了包裹出门,把门拉上,往外而去。进了娄门,脚小伶仃,路陌生疏,心里又急,进了城,难分南北东西,将近东方发白,终于走到阊门,上了皋桥。只见桥面上坐好一位年轻后生,走上一步叫道:"你位阿哥,小奴要请问一讯,到横塘镇怎样走法?"那人答道:"小人不是此地人氏,是淮安府人氏,我也不认得的。"不说二人在桥上等待来人问信。再说尤阿鼠是葫芦的嫡亲侄子,因为父母双亡,并无兄妹妻室,平时不务正业,终日喝酒赌钱,家当败得一无所有,只得偷东摸西。今日正在赌场里输空一批银子,人家逼讨,弄得阿鼠无法,只得答应他们,天明交还。所以今夜出门,去动脑筋也。

阿鼠一人出门行，一路匆匆到娄门。

一边走来一边想，何处地方动脑筋。

大小百家门关闭，只见一家没关门。

仔细一看阿叔家，为何门开不见人。

让我进去看一看，不知为点啥原因。

不见妹子在家里，只见阿叔床上困。

阿叔困得像猪猡，台上铜钱吭淘成。

让我拿去当赌本，赢了再来还他们。

正要动手拿铜钱，只见阿叔打翻身。

开口便把女儿喊，快拿茶来给我饮。

阿鼠听了失了魂，钻进台底躲住身。

等了一会无消息，探起身来取钱文。

拿了铜钱正要走，夹忙头里断头绳。

几百铜钱落下地，就把葫芦来惊醒。

却说尤葫芦被吵醒了，坐起身来一看，只见床前站立一人，开口问道："啥人？"阿鼠往外就逃，葫芦随后赶上去，就将阿鼠一把颈皮抓住。阿鼠心想："袜子未穿落个样，明天如何再见人？把心一横，就和阿叔拼斗起来。"谁知阿鼠虽然年轻，斗不过葫芦，一路退下去，退到灶间，被灶头挡住。阿鼠一手撑到灶面上。正巧！撑着一把菜刀，马上抓到手里，往葫芦当头一刀。尤葫芦吃着刀，跌倒在地，一命归阴。阿鼠急忙房中取了铜钱，逃命而去也。

阿鼠连夜出苏城，逃到无锡避灾星。

不说阿鼠逍遥去，再表来朝天已明。

大小百家都起身，有的要去买肉吞。

却说娄门外当地的群众，去肉店买肉。只见店门开直，并无一人，其中一人喊道："尤老板！"连喊几声，并无声音。又一个人说道："大家不要吵，听听里面阿有声音。"有一人道："大概老板不在家。"另一个人道："老板不在，他的女儿总在。喊喊看！"喊道："尤小姐！"仍旧无声。大家弄勿明白，有一个人提出说："我们进去看看。"几个人一同进去，走进客堂看勿见什么，再往厨房里走去，仔细一看，大叫道："不好了，葫芦被人杀了！"只见葫芦尸身倒在血泊之中，又不见他女儿含春。有一人小聪明说道："肯定他女儿结识私情，杀死父亲，卷包逃走了。"有一人道："不错！我昨日看见老板带回来不少铜钱，他说：'收着半个会，十五千文。'"有人提出说："地方上出了人命，还是去报官！"大家直往县衙而去也。

当时群众乱纷纷，立刻报告县衙门。

元和知县得到信，立传地保到来临。

当方地保急煞人，知县坐轿到娄门。

县官开言问乡邻，平时有何口角争。

众人跪下叫大人，老爷在上听原因。

却说众乡邻中有一人知道尤家的情况，说道："尤葫芦昨日到城里收了会钱，带回来十五千铜钱，见他快快活活。今天我们来买肉，只见大门开着，不见人影。我们众人进去看个虚实，只见尤老板被人杀死在地，又不见他女儿含春，所以前来报告大人。"知县一听，立即叫仵作验尸，确是一刀伤命。一声吩咐，叫地保先把尸体收殓起来，将棺材暂停客堂之中，再吩咐差人将门户封锁，打轿回衙也。

知县回衙暗思忖，是否女儿杀父亲。

知县回衙坐公厅,手拔朱签派差人。

公差奉命捉凶身,四处追寻尤含春。

六门三关都寻遍,阊门皋桥面前存。

只见桥上人两个,一男一女在谈论。

有人识得尤含春,走上前去就叫应。

你父昨夜被人杀,你在此地为何因。

公差拿出锁和链,男女双双锁头颈。

含春心里勿明白,友兰更不知详情。

公差拖了两人走,哭哭啼啼进衙门。

知县老爷忙坐堂,先提友兰上堂审。

却说知县坐堂,先把熊友兰审问,道:"下跪者姓甚名谁,哪里人氏?为何盗取钱财,拐骗女人,杀死人命,从实招来,免受刑罚。"友兰道:"青天老爷在上,待小人告禀也。"

小人姓熊友兰名,淮安府里熊家村。

自小帮人在上海,船上生意赚钱文。

听说兄弟受冤枉,特地回家探真情。

便向东家工钱领,十五千文带在身。

走到苏州皋桥顶,休息片刻再动身。

突然来了小娘子,打听横塘路途程。

二人正在言谈处,来了公差几个人。

事情不问皂和白,捉拿二人进衙门。

小人句句真实话,伏望大人判分明。

知县一听火直喷,便叫左右用大刑。

衙役便把友兰叫,老实招供免受刑。

却说衙役说道:"熊友兰,老实招供罢!免受皮肉之苦。"友兰道:"冤枉难招。"衙役道:"老爷,熊友兰说:'冤枉难招。'"知县道:"大胆贼子,在本县面前,还敢抵赖?不用大刑,谅你不肯招认。"吩咐左右,夹棍伺候,衙役们似狼如虎地动起手来也。

友兰当堂上夹棍,头把麻绳来收紧。

友兰顿时昏过去,知县吩咐冷水喷。

友兰慢慢还阳转,受刑不起口供认。

我是拐女铜钱抢,我伲二人有私情。

被她父亲来看见,二人设计动脑筋。

便把父亲来杀死,带了铜钱逃出门。

逃到皋桥天已明,来了公差几个人。

小人句句是真话,伏望大人断分明。

却说知县吩咐松刑,画供收监。又吩咐把十五千铜钱入库,再提尤含春。差人把尤含春带到堂上跪下。知县喝道:"你这个小贱人,胆敢把父亲杀死?从实招来,免受刑罚。"含春哭道:"青天大人听禀也。"

含春哭叫老爷称,听奴一一说分明。

父亲将奴终身卖,卖给盐商做小妾。

十五千文身价银,三天之后来娶迎。

只因奴奴不愿嫁,小奴连夜逃出门。

想去横塘姑娘门,想方设法劝父亲。

一到皋桥路不熟,看见一人想问信。

偏偏来了公差们,不问皂白乱捉人。

不但抓了奴家来,而且屈害过路人。

生身父亲被人杀,小奴不知半毫分。

伏望青天秉公断,子孙万代做公卿。

却说知县一听大怒,拍案喝道:"好利害的泼妇,杀了父亲,盗了钱财,跟了情人,远走高飞。今日在本老爷面前还敢刁言乱语,看来不用大刑谅必不肯招认。"就一声吩咐大刑伺候,衙役把拶指往堂上一甩,知县吩咐:"用刑也!"

知县吩咐一声声,衙役如同虎狼能。

含春双手用拶指,一把麻绳来收紧。

十指尖尖痛入心,顿时痛死命归阴。

知县大叫松刑具,冷水喷面转还魂。

含春悠悠来苏醒,受刑不起来招认。

根据县官问的话,依样葫芦话几声。

知县吩咐画了供,屈打成招定罪名。

不说含春进监门,再提友兰受苦辛。

却说熊友兰为了要回家探望兄弟,设法相救,谁知自己到了苏州也遭到了冤枉,被逼招供,打入监牢,被那禁子私刑拷打,友兰痛哭五更也。

友兰横祸降头顶,上海到苏城,无故是非生。皋桥上,来一人,请教要问信。二人正在讲,来了当差人,皂白又不问,动手乱抓人,捉到衙门屈打成招,冤枉进监门。

想起熊家门,父母早归阴,兄弟俩,年纪轻,难于过光阴。辞别亲兄弟,出门生意寻,一到上海城,船上做营生,突然来了卖唱新闻,听得泪纷纷。

听到唱新闻,霹雳打当顶,亲兄弟,熊友惠,冤枉坐监门。老板好良心,给我工钱领,工钱十五千,带了回家门,要想设法搭救兄弟,让他出监门。

想想真伤心,苏州出事情,冤枉我,没钱文,说我拐女人。逼供定罪名,监中受私刑,弟兄同坐牢,淮安苏州城,从此弟兄难于见面,同死见阎君。

不说友兰苦伤心,一夜痛哭到天明。

再提女监尤含春,同样受苦用私刑。

想起父亲更伤心,被人杀死命归阴。

越思越想越伤心,嚎啕大哭到天明。

【烟花女子告阴状调】

含春冤枉在监门,狠心监婆,硬逼要金银,伤心人儿来,哎哎呀!动手用私刑。

回想父亲不该应,就将奴奴,终身卖钱文,伤心人儿来,哎哎呀!卖去做小妾。

奴奴不愿做小妾,拿了包裹,连夜逃出门,伤心人儿来,哎呀呀!想去横塘镇。

谁知人生路不熟,东方发白,才到皋桥顶,伤心人儿来,哎哎呀!上去问个信。

哪晓正在把话云,突然来了,公差几个人,伤心人儿来,哎哎呀!动手乱抓人。

说啥父亲伤了命,冤枉奴奴,私情杀父亲,伤心人儿来,哎哎呀!连累过路人。

到了公堂就审问,不问情由,拶指用极刑,伤心人儿来,哎哎呀! 屈打口供认。

监中还要受私刑,看来今日,奴奴难活命,伤心人儿来,哎哎呀! 一定见阎君。

姑娘痛苦泪纷纷,父亲被杀,冤枉我凶身,伤心人儿来,哎哎呀! 哭到大天明。

两对冤枉在监门,同样痛哭好伤心。

待等血光详文到,四人同时杀头颈。

不表监中一切事,再表有个出场人。

京中有个清官到,弄清冤枉会翻身。

却说当朝嘉靖皇帝传旨,况钟到朝,封况钟为江苏省代天巡按兼苏州按察使,即日动身,到苏州上任去也。

况钟出朝就动身,速往苏州去上任。

官船一到苏州城,大小百官都来迎。

一进按察衙门内,吩咐升堂把冤审。

大小案子都看过,先审友兰尤含春。

大人堂上一声喊,两边差人齐答应。

先提男犯熊友兰,带到公堂跪埃尘。

惊堂一拍开口问,姓甚名谁哪里人。

为何抢钱拐女人,为何杀死人性命。

老实从头讲分明,免得吃苦再受刑。

友兰开口青天称,听我小人说详情。

这般长来那般短,依照前供讲分明。

老爷一听心有数,再提女犯尤含春。

尤氏含春身跪下,启口开言叫大人。

小奴实在冤枉事,请你老爷听分明。

也把原供详细讲,桩桩件件讲得清。

老爷一声堂来退,仍将犯人收监门。

大人书房身坐定,独自思考动脑筋。

却说况大人独坐书房,暗暗思想,如何判断此案? 左思右想,终于想出了方案:一、派两位马快去上海,了解熊友兰的情况。二、准备亲去尤家踏勘一番。另外再派差役两名,速去淮安山阳县,提吊熊友惠及侯氏玉娥,和山阳知县等人一起到案。决定后,立即升坐大堂。安排两起人马出发,一声令下,传到当方地保,自己带了差人直往娄门尤家肉店踏勘去也。

差人答应一声声,老爷坐轿出衙门。

鸣锣开道前头走,一众差人后头跟。

当地百姓都来看,夹道欢迎况大人。

不多片刻娄门到,尤家肉店把轿停。

元和知县起了封,况钟出轿进大门。

只见客堂棺木停,并无他物可作证。

再到厨房细细看,血迹斑斑一大层。

况钟详细四周观,发现一样东西经。

吩咐差人拾起来,大人一看暗思忖。

灌铅骰子是赌具，心中明白二三分。

看罢厨房往里进，卧室之中看分明。

地上落下许多钱，拾起数数三百文。

大人看罢心有数，分明扭夺掉埃尘。

抢钱杀人是赌棍，心中明白七八分。

一声吩咐回衙门，大人坐定动脑筋。

不说大人暗思忖，再表上海两差人。

到了上海细打听，果然不差半毫分。

两月工资有十千，再加五千点心银。

准准足足十五千，带在身边回家门。

探望兄弟受冤事，船上老板肯作证。

调查明白回苏城，回衙报告况大人。

却说去上海的两名马快调查清楚，回转苏州，向况大人如此这般地回报了一遍。大人心中有了数。不多片刻，有淮安回来的公差回报销差。大人一声吩咐，坐堂审问也。

况钟坐堂审犯人，立提淮安两个人。

先审玉娥侯氏女，再审友惠姓熊人。

二人都把冤情诉，字字句句讲得清。

大人听得暗好笑，山阳知县太愚蠢。

既然私情金环赠，岂可冯家换米吞。

看来确是冤枉事，暂押班房再理论。

大人吩咐带下去，再提女犯尤含春。

含春上堂见大人，双抛眼泪落胸襟。

大人善言问一声，你父为人怎般形。

含春回答大人听，我父平时守本分。

只因贪饮杯中物，喝醉之后胡乱云。

大人接口往下问，你父可会赌钱文。

尤氏答言大人称，不会赌钱只喜饮。

说起赌钱有一人，地方浪向称赌棍。

此人是奴叔伯兄，名叫阿鼠有名声。

家中财物都输光，无吃少穿不像人。

三天两头我家来，问我父亲借钱文。

我父常常教训他，忠言逆耳勿肯听。

大人心中都明白，已知案情五六分。

一声吩咐把堂退，立差衙役两三人。

出外打听阿鼠事，是非曲直弄分明。

却说衙役奉命出衙，到处打听阿鼠的为人及目前的情况。衙役们串门达户，走访群众，了解得一清二楚。急忙回禀大人，说道："小人打听群众，他们言道：'阿鼠是尤葫芦的嫡亲侄儿，不务正业，爱好赌钱，家产败尽，后来难过生活，专做偷鸡摸狗之勾当，是个日不见、夜出现的小人之辈。自从葫芦被杀之后，日夜没有看见过他。听说无锡有个娘舅，是否去娘舅家借钱？'当地群众也不详细，请大人定夺。"况钟听了，吩咐准备小篷船一只,带了童儿况青及当差几名,乔装相命测字,去无锡私行察访也。

　　大人改扮作相命,一路前去无锡城。

　　况青童儿四面寻,大人摆摊庙里等。

　　不说大人私访事,再表阿鼠一个人。

　　自从盗了叔父钱,杀死葫芦一条命。

　　苏州城里不敢登,逃到无锡避灾星。

　　托人打探苏州事,友兰代替坐监门。

　　希望京详文书转,斩了二人才放心。

　　日日喝酒多快乐,夜夜赌钱做输赢。

　　突然听到一个信,苏州新到况大人。

　　铁面无私像包公,专为此案访凶身。

　　阿鼠听到消息后,坐不安来立不宁。

　　听说城里有座庙,城隍老爷有灵性。

　　待我烧香许个愿,保佑阿鼠免灾星。

　　偷偷摸摸门来出,东张西望不定心。

　　一路无事庙门到,贼头鬼脑进山门。

　　将身走到神案前,木拜栏上跪下身。

　　口中默默通了神,求求菩萨保太平。

　　签筒双手来捧定,菩萨保佑小性命。

　　赐我一当上上签,不忘佛爷大恩神。

　　连摇三摇签落地,拾起签来看分明。

　　不防背后有人来,肩上一拍吓散魂。

　　却说阿鼠把签拾起来,正在观看。不提防背后有人伸出一只手,在他肩上一拍,正把阿鼠的魂灵吓飞天外。回过头来一看,是一位书生打扮的人,才放下了心,说道:"你个人啊! 人吓人要吓死的。"况钟言道:"我看你求签问卜,还是我来替你相上一命吧!"阿鼠强装镇静地说道:"你倒会相命? 真是看你不像,倒是个相命先生。你先搭我详详签看! 还是凶,还是吉?"况钟道:"派啥用场?"阿鼠道:"为人家打官司。"况钟道:"为别人还是为自己?"阿鼠道:"不要多问! 快点详罢!"况钟把签一看,说道:"十五签。"阿鼠急叫道:"啊? 十五千?"况钟言道:"第十五签,下下!"

　　前日做事无天地,今日何必逃出去。

　　今番难免斩头落,诸般事体全不宜。

　　况钟道:"照签诀上看来,不像为什么别人打官司,倒像自己有杀了人命钱财的样子!"阿鼠急道:"不要瞎说! 我辈根本不会杀人,就是杀了人也是不会对你实说。不不! 就是不杀人,也不到这里!"况钟一听,讲话前言不对后语,慌里慌张,莫非就是真凶? "待我再来试探。"就说道:"我来替你相上一命。"阿鼠道:"我倒要试试你有多大的本领?"况钟道:"说得不对,请勿见怪;说得对,你也要对我说实话,和你轧个朋友! 相书上有这样几句话儿: '眼睛骨溜溜,不转好念头,不是去摸鸡,就是去偷狗。五行不正,必有杀身。'"阿鼠喊道:"你不是相命先生!"况钟暗想:"什么地方被他看出了破绽?"又见他言道:"你真是个仙人!"况钟问道:"说得对不对?"阿鼠言道:"对极了,对极了!"又问道:"你说搭我轧朋友,真的吗?"况钟道:"我张铁口从不说谎。我看你面上的气色,有杀身大祸临头。我今日送佛送到西天,我给你指出一条生路走走。"阿鼠道:"谢谢你这个救命王菩萨!"况钟道:"再给你拆一个字看看哪方最太平?"将首先做好的阄子叫阿鼠拈一个。况钟一看,是个"樵"字,说道:"这个樵字,左边是木,下边是火,中间是佳。东方甲乙木,南方丙丁火,再有佳字。看来所避之处,以东方、南方为佳。"阿鼠问道:"东方哪里,南方何处?"况钟道:"苏州杭州,都是大城市,可以避避灾星。"阿鼠暗想:杭州没有去过,不如去杭州混它一场,就言道:"先生,我苏州不去!"况钟问道:"为什么?"阿鼠道:"先生! 我对你实说罢! 我叫尤阿鼠,本是苏州人,为了赌铜钱,家当弄干净,出去动脑筋,弄出人性命,求你救救我,带去杭州城,你位张先生,是我大恩人。"况钟道:"我有小船一只,和你同去杭州。"二人挽手同行。阿鼠道:"我阿鼠一条小性命,今天要拜托你张先生了!"况大人哈哈大笑道:"在我啊! 在我也。"

> 大人费了一番心,说得阿鼠信了真。
> 真名实事全说明,妄想要求救性命。
> 大人听得心中喜,确是真凶实盗人。
> 此时不抓待何时,二人挽手出庙门。
> 大人一声唤况青,顿时来了四差人。
> 四个当差忙动手,拿出链条锁头颈。
> 阿鼠吓得魂飞散,瘫痪在地像死人。
> 大人吩咐把船开,顺风顺水到苏城。
> 胥门码头闹盈盈,大小官员接大人。
> 一进衙门堂来坐,押进阿鼠来审问。
> 阿鼠当堂口供认,拖出辕门斩头颈。
> 山阳知县官革职,元和知县去充军。
> 监中赦出四个人,大人做主配婚姻。
> 熊友惠配侯玉娥,熊友兰配尤含春。
> 四人感动泪双淋,叩谢青天大恩人。
> 大人一声来吩咐,当堂赏赐雪花银。
> 两对夫妻回家转,况钟大人回京城。
> 皇帝看本龙心悦,加封按察况大人。
> 熊家兄弟回到家,上坟祭祖闹盈盈。
> 兄弟两人团结紧,妯娌两个互相敬。
> 熊家后来都发达,子子孙孙辅朝廷。
> 双冤宝卷宣完成,诸佛菩萨喜欢心。
> 善男信女增福寿,一年四季保康宁。
> 卷中若有不到处,念声弥陀补完成。

双贪宝卷

> 双贪宝卷初展开,诸佛菩萨坐莲台。
> 奉请大家身坐停,一年四季免三灾。

此卷出在大宋年间,在松江府华亭县张吾镇有家茶馆店,老板姓张,名天文,今年六十三岁,养一男一女。儿子张广清今年二十二岁,娶妻陆氏娘娘。囡婼张秀英十八岁,尚未婚配。老老张天文,由于年纪大,不能管茶馆店生意,所以叫家人喊倪子囡婿前来见我。家人听从老板的话,马上就把广清、秀英喊来。儿子囡婿前到堂上:"爹爹有何吩咐?"老爷开口便讲:

> 老老开口把话讲,倪子囡婿听清爽。
>
> 年迈体弱身子差,再不能在店里忙。
>
> 倪子替我立店堂,囡婿在店管账册。
>
> 和气生财勿能忘,铜钿银子搞清爽。
>
> 倪子囡婿回言答,爹爹你且放宽心。
>
> 老老听了心快活,回头倪子进了房。
>
> 店里生意是兴旺,人出人进好闹猛。
>
> 不宣茶馆生意兴,让我再宣一个人。
>
> 白面书生年纪轻,名字就叫王锦文。
>
> 家住镇外五里村,教教书来过光阴。
>
> 人品生得真端正,姑娘看见都赞成。

五里村上个王锦文,今年二十岁,品貌双全。爷娘已经亡故多年,家里很穷苦,从小早入学堂,聪明伶俐,在五里村上教书,苦度光阴。王先生天天早上要到街上吃茶。

> 今朝清早来起身,穿好衣裳就出门。
>
> 一路行程来得快,茶馆店里到来临。

王锦文一早出门来到街坊吃早茶,路上并无耽搁。到茶馆店就喊跑堂小二取一壶茶来,却被小姐听见。秀英小姐老早看中王先生人品好,学问高,知书达礼。前日早已写好一张纸条,要约王先生到后天就是六月十五日,半夜三更,到奴西楼上来,叫他从后花园进来。秀英就从账台上下来,对小二讲:"你老早很忙,这壶茶让奴送去。"说罢,秀英立起身来,把纸条放在茶壶底下,走到王先生面前,把茶壶轻轻放下,微微一笑。

> 秀英上前茶来送,微微一笑把手恭。
>
> 先生马上来吃茶,一张纸条往下落。
>
> 外面来了一个人,喊声先生回家门。
>
> 村上弟兄要分家,请先生把纸头写。
>
> 先生立即就动身,急忙走到茶馆门。
>
> 不宣先生回家去,再宣来个姓周人。
>
> 名字就叫周大成,杀猪卖肉过光阴。
>
> 今朝来到茶馆店,走进店门坐下身。
>
> 小二送茶手脚灵,叫声师傅把茶请。

这位坐下来个师傅姓周,叫大成,杀猪卖肉过光阴。今朝生意特别好,一早肉全部卖光,所以也到茶馆店里来吃茶。进店就坐在刚正王先生坐个一只凳子上。大成一面吃茶,一面眼睛往地上一看,只见地上有一张纸条,大成认为是一张当票,所以用双脚勾起来,用手拿纸条,吃了一口茶,马上立起身来回家而去。

> 大成立起就动身,急急走出茶馆门。
>
> 一路行程来得快,自家家里到来临。
>
> 身边摸出一张纸,摊开纸条看分明。
>
> 纸条勿是当票银,纸上写的约私情。
>
> 茶馆店里张秀英,约五里村王锦文。

六月十五夜三更,到她西楼定终身。

大成看了笑盈盈,后天我来代偷情。

大成一看:"哈哈!天下世界有这种巧事体,我交上了桃花运!"临走身边带了一把杀猪尖刀。

光阴如箭能个快,六月十五到来临。

路上行程快如云,大成心里真开心。

像鹞子钻天骨头轻,三步改作二步奔。

张家花园到来临,大成抬头看分明。

后花园门未关紧,双手推开进园门。

看见楼上点着灯,大成连忙上楼行。

手敲楼门咚咚声,惊动里面张秀英。

大成进了张家花园,走到楼上,在西门上用手轻轻敲门,里面个张秀英听见敲门声音,当是王锦文来哉,所以轻轻地问一声:"啊是王先生?"大成压低喉咙讲:"是个。"张秀英听见是王先生来,转身把灯火吹灭,就去开门。

房里事体我勿宣,再宣东房嫂嫂身。

嫂嫂夜里来绣花,听见西房男人声。

连忙喊醒小官人,妹子房里偷情声。

广清连忙就起身,一听果有男人声。

张广清一听妹子房里果然有男人声音,但不好意思去捉妹妹的奸,所以连忙奔到楼下,到爷个房间里去喊醒爷。爷坐起身来说道:"半夜三更有啥事体?有事体明天再讲。""啊呀!爹爹你听我讲。"

爹爹在上要听清,让我偷偷讲你听。

妹妹现在勿正经,西楼上面有男人。

老老听仔不相信,骂你无耻小畜生。

板是听了娘子话,挑拨离间勿该应。

说坏妹妹勿作兴,我不上当不听你。

啊呀!倘若爹爹不相信,你到楼上听一听。

老老听了伲子话,起身移步出房门。

来到楼上听一听,果然女儿有男人。

天文听了心大怒,贱人贱人快开门。

里面张秀英一听自家的爷在大骂开门,就对郎君说:"不好了,不好了,我爹爹来捉奸了,你快快逃走吧!"周大成讲:"勿要紧,我来冲出去!"说完开门要走,被老老张天文一把抱住,死不放。周大成无法脱身,就从身边拿出一把杀猪的尖刀,往老老头颈上一刀。老老"啊呀"还觌喊出口,就甩到楼下地上。大成奔下楼,就连一刀,把茶馆老板张天文个头割下来,连忙逃走。

大成杀死年老人,提仔人头望外奔。

心急慌忙朝前走,想着手里骷浪头。

人头甩在啥地方,想起朝奉在店当。

周大成杀猪杀惯,一时糊涂,拿人头当是猪头,割仔下来,现在提在手里,出仔张家后花园,走在路上,想死人头甩到哪里去,突然想着典当里个朝奉搭我冤家。前年我没有铜钱,拿了一顶蚊帐去当,后来再去赎当,格辰光是三十二钱,后来去赎,要我七十二钱。我问伊为啥价格这样高,他说蚊帐是旧货,当进来后就坏脱,现在要赎,另给一顶。这样一来,就此把我的蚊帐免忒,后来到热天害我叮仔六个月的蚊子。现在,给他颜色看。周大成走到典当前门,房子高大,甩勿进去,走到后门,就此一甩,甩到屋面上,骨碌碌滚下来,正好滚到后天井个石竹边头。

大成杀死年老人,回家告诉娘子听。

吓得娘子呆瞪瞪,看来俩人难活命。

俩人商量决定走,当夜逃到异乡村。

不宣大成来逃身,再宣典当一桩情。

等到天蒙蒙亮,典当佣人起来扫地,扫到后天井石竹边头,看见一个死人头,连忙告诉老板。老板一听,大吃一惊,连忙吩咐家人:"叫老二来见我。"老二是典当的一个大朝奉总管,听说老板寻伊,连忙走到厅堂上见过老板,问他老早寻伊有啥事体。老板开口讲:"总管啊!"

今朝家人来扫地,扫到后头天井里。

看见有个死人头,请你想法拿出去。

我拿重银奖赏你,总管听着寒淋淋。

人命关天大事情,倘然被人得知情。

有人告到衙门里,我条性命活勿成。

总管对老板讲:"别样事体我都肯做,人命关天非儿戏。"老板一听,心中有数,就对总管讲:"你去把人头甩脱,我给你一百两银子。"总管还是勿肯,老板吭界办法,再加五十两,总管勉强答应。

总管贪银心欢喜,人头放在担桶里。

趁着街上行人稀,避开人来挑出去。

心里急来走路奔,来到镇外荒滩坟。

总管贪一百五十两银子,把人头放在担桶里,假装到外挑水,走到镇外荒滩坟上,伊以前看见这荒坟上有一口枯井,所以来到井边,想把人头甩在枯井里,万无一失。勿晓得正在个歇辰光,夹忙头膀牵筋,对面走来一个人,啥人?叫殷小春,今年十六岁,起早捡狗屎。小春看见典当里个老总管老早在镇外鬼鬼祟祟做啥?让我去看看。因此走上去,叫声:"二老伯伯,大清老早到此做啥事体啊?"一边讲,一边走上前来,走到身边对桶里一看,吓了一跳,"啊呀!二老伯伯,这个头从哪里来的?"

二老伯伯眼睛定,起早碰着夹壁人。

昨夜啥人害人精,人头甩进典当门。

我今奉了老板命,要把人头甩出门。

我有花银三十两,叫你小春勿要响。

小春拿了雪花银,心里快活吭淘成。

回头总管别转身,一蹦一跳转家门。

小春走后,总管一想:"勿对,髭口扎得笼,人口扎不住。啊呀!事体不好,辫个小春很聪明,吭界人么勿响,看见人就讲。我来骗伊上当。"连忙喊住小春,对小春讲:"死人头在井里活转来哉!"小春刚刚十六岁,人小不懂,上当,连忙回过身来对井里一看,黑洞洞看勿见。在那时被总管一扁担打倒井里,一命归天。总管拿小春个捡狗屎粪箕、搭耙全部甩到井里。

总管也是黑心人,打死小春回店门。

小春到夜勿回门,哭煞家中老娘亲。

勿宣小春命归阴,再宣茶馆一桩情。

再讲张广清看爷去捉奸,刚正大吵大闹,现在突然声音全无,连忙提灯笼去看看,吓得广清失了魂。

看见亲爷倒在地,慌忙高声喊乡邻。

隔壁乡邻都来到,捉住秀英进衙门。

路上行程来得快,华亭县衙门来临。

张秀英被哥哥揪住,叫众乡邻推到县衙门,有广清击鼓喊冤,要青天大人升堂理事。再讲夏亭知县叫吴天福,听见击鼓喊冤,马上吩咐衙役三班开直正门,立即升堂。县老爷坐在公堂上传原告上堂,张广清上堂就把事体讲了一遍,老爷就吩咐将女犯张秀英押上堂来走走。张秀英走上堂见老爷,双膝跪下,勿敢抬头。县老爷开口问:"下跪何人?姓啥叫啥?如实招来。"张秀英开口:"大老爷在上,容小女子告禀。"

小女名叫张秀英,今年年纪十八春。

家住本县张吾镇,茶馆店里赚钱纹。

小女实在是冤枉,万望大人把冤伸。

老爷一听张秀英个闲话就讲:"你哥哥讲得明明白白,还说冤枉。来人!先打四十大板!"可怜一个小女,被打得皮开肉烂,嘴里还在喊冤枉。老爷吩咐公差:"给我大刑伺候!"

知县吩咐用大刑,二根麻绳三根棍。

夹棍上来勿非轻,秀英死去又还魂。

张秀英被打得死去活来,苦煞我也。有一个公差对张秀英讲:"还是招吧,事体已经清爽,吭啥难为情,免受皮肉之苦。"张秀英想:"还是承认吧!"就开口说道:"大人在上,小女愿招。"

老爷在上听分明,让我从头讲你听。

六月十三那一天,进出吃茶勿少人。

我约一个茶客人,名字就叫王锦文。

住在镇外五里村,教书为业过光阴。

我写一张私情纸,勿好直接叫他身。

低头压在茶壶底,茶壶是我送给伊。

叫他月半进我门,私定终身约私情。

我爹为啥命归阴,小女实在不知情。

小女句句是真情,万望大人开开恩。

知县听完,吩咐差人叫她画押,然后押进监牢。马上拔出朱签一根、堂单一张,立即传五里村王锦文到堂,不得有误。两位公差出门而去。

公差听了知县命,拿仔链条就动身。

急急来到五里村,寻着地保一同行。

地保见了大人令,领仔公差捉犯人。

王锦文正在学堂里教书,看见地保带着两个公差进来,朝上前问地保:"地保哥哥,今日到此学堂,有啥事体?"地保就讲:"你先把学生放掉。"王先生听地保个话,就把学生放掉。公差上前说:"王先生,你月半夜里到张秀英房里私定终身,茶馆老板张天文被杀。我今奉了知县之令,前来捉你归案。"王先生被弄得目瞪口呆,丈二金刚摸不着头脑,搞不清。公差链条一套,拖着就走。

公差捉住先生身,拖拖拉拉上路行。

路上行程来得快,已经到了县衙门。

公差将王锦文押到公堂,知县马上坐堂,开口说道:"大胆刁民,跪下!姓啥叫啥?快快从实招来。"王先生就讲:"老爷听禀。"

老爷在上要听清,让我小人讲你听。

从小姓王名锦文,今年年纪二十春。

从小爷娘命归阴,五里村上做先生。

那么本府问你:"你昨夜为何要杀死茶馆店老板?""啊呀!大人,这桩事情小人实在不知情,请大人详查。""还要详查,看来不用大刑不肯招供。来人,大刑伺候!"

公差听仔知县令,二根麻绳三根棍。

先生痛得喊高声,冤枉冤枉喊救命。

知县吩咐管监婆,再提犯人张秀英。

王先生被公差公堂用刑,疼得死去活来,大喊冤枉。知县吩咐管监婆到女牢里提张秀英上堂。言罢,张秀英到堂上,知县立即问张秀英:"你看这个是啥人?"张秀英一看:"就是他,我约他六月十五半夜到我房中。"知县对王锦文讲:"你有何言讲?"王先生对秀英说:"你!你!"

骂你一声张秀英,真是无赖小贱人。

枉为开店出道人,咬我一口不该应。

张秀英回答王锦文:"啊呀郎君啊!"

郎君郎君你听清,让我从头讲你听。

六月十三东天明,你到我店把茶饮。

我中你个人品好,约你半夜定终身。

纸条压在茶壶底,所以弄出人性命。

劝你快快来招供,免得公堂皮肉刑。

我俩不能夫妻配,死到阴间要成对。

王锦文听秀英个话,实在冤枉难招。知县吩咐:"看来不用大刑不肯招认,来人,给我再用大刑!"

知县吩咐众差人,再给锦文用大刑。

堂上生起大火盆,倒廿四只铁乌菱。

萱萱红的铁乌菱,要烫先生王锦文。

锦文吓得落了魂,糊里糊涂来招认。

王锦文一看堂上场面,如果不招,今早肯定死在堂上。如果招,还可多活六十天,所以答应。"大人,我愿招!""那么你快快讲来。"

先生开口讲分明,大人在上要听清。

六月十五夜偷情,茶馆老板捉我人。

他一抱住我的身,被我一刀命归阴。

小人讲话句句真,万望大人开开恩。

知县听了王先生已经招供,叫他画押,然后吩咐公差押进监牢。

先生冤枉监牢进,外面进来一个人。

嚎啕大哭衙门进,老板倪子张广清。

上前告诉老爷听,我爹死得好可怜。

家里只有死人身,头颅不见无处寻。

知县听仔广清个闲话,说老头子个头勿见,所以再次审王锦文。王锦文到公堂对老爷讲:"大人再提小人上堂,不知为了何事?""你杀人连头都要拿去,本府问你,老板的头,你弄到哪里去了?""这……啊呀!大人,实在不知啊!""人是你杀个,头弄到哪里不晓得?看来你喜欢用大刑,否则不肯招认。来人,用大刑!"

可怜一个王锦文,再用大刑上夹棍。

　　夹得死去又还魂,人头勿见不知情。

　　知县吩咐大刑停,收入监牢候再审。

　　知县看王锦文实在难招,只得吩咐退堂,再押进监牢。王先生到监牢想想:"是冤。我和茶馆店老板因娟张秀英有啥冤家,今早要咬我一口?我上无兄,下无弟,又无家小,爷娘从小死脱。现在说我通奸害命,还要叫我拿出死人头。死人头到哪里去,我又不知道。啊呀!真是苦啊!"

　　越想越冤越伤心,一夜哭到大天明。

　　哭到天亮还勿停,惊动牢头禁子身。

　　禁子就叫马阿明,听见哭声火来升。

　　穿好衣裳监牢进,问侪为何哭勿停。

　　现在哭来喊冤命,当时为啥要杀人。

　　牢禁头子马阿明就困在监牢隔壁。王锦文一夜个哭声弄得伊一夜勿困着,现在到天亮还在哭,所以火得不得了,奔进监牢对王锦文讲:"你要死么,死得快一点,勿要害人!哭么,人人侪有,吥界像侪这种哭法。""啊呀!大哥啊!"

　　小人名叫王锦文,说我通奸又杀人。

　　天天叫我公堂走,问我讨个骷髅头。

　　我勿通奸勿害人,叫我人头何处寻。

　　我想真冤哭勿停,所以吵醒大哥身。

　　谢谢大哥开开恩,手下留情勿用刑。

　　因为监牢里如果犯人勿规矩,牢头禁子也要私用刑罚,现在牢头禁子马阿明听是王锦文个闲话,就对伊讲:"喔!原来如此,那么只要侪肯界三十两银子,我马上到别的棺材里去割一个死人头来,侪看哪能?"王锦文一口答应,马阿明就立刻动身。

　　阿明贪仔雪花银,要帮先生动脑筋。

　　待到日落夜黄昏,手拿刀来出监门。

　　偷偷摸摸往外行,要到伯伯坟堂门。

　　三步改作二步奔,坟堂已经到来临。

　　一脚踢开坟堂门,阿明提刀就此进。

　　阿明操家生,夜里摸到自家老伯伯个坟堂里,一看老伯伯的棺材停在当中,就用刀撬开棺材盖,就拿伯伯马顺青个死人头一刀割下来,放在青布包里。心急,慌忙逃出坟堂。

　　阿明拿着伯伯头,逃出坟堂往回走。

　　一路走来一路奔,偷偷摸进监牢门。

　　上前叫声王先生,人头已经到来临。

　　王先生一看人头已经弄到手,就对阿明讲:"大哥,送佛送到西天,摆渡摆到江边,谢谢侪把死人头甩到张家茶馆店后花园里。"阿明听仔王先生个闲话,又偷偷出门,到张家后花园一看,四面无人,用力把死人头往园子里一甩,正好甩在后花园梧桐树边草堆里,甩好结束,阿明回监休息。

　　不宣阿明回监门,再宣华亭知府人。

　　待到天亮堂上审,又提犯人王锦文。

　　公差奉老爷之命,又到监里提王锦文。王锦文到堂上双膝跪下:"大老爷在上,罪犯王锦文拜见老爷。"知县就问王锦文:"死人头到底甩在啥格地方,还不快快从实招来,免受皮肉之苦。""回大老爷。"

　　青天老爷侪听清,让我犯人讲侪听。

昨天堂上用大刑,打得我头昏沉沉。

夜里觉着头脑清,想起当时一段情。

人头甩在后花园,啥个地方搞勿清。

小人讲话句句真,万望老爷大开恩。

知县一听犯人的闲话,马上派人前去查看,一路来到张家后花园里,果然在梧桐树边草堆里发现一个死人头。公差用白布包好,连忙回到衙门,告诉老爷,死人头已经拿到。知县吩咐退堂,王锦文回监牢。知县刚刚回到内堂,这时外面又来了一个告状个人。

知县刚想来退堂,外面一女来告状。

嚎啕大哭进公堂,老爷给我作主张。

我是马门张氏娘,丈夫前日刚正亡。

棺材就在坟堂放,夜里无人看坟堂。

今日小妇进坟堂,看见棺盖地上放。

小妇吓得索索抖,亲人身上勿见头。

要请大人来审查,捉拿恶人到公堂。

知县一听告状人马娘娘个闲话,丈夫新死之棺材停在坟堂里,啥人撬开棺材盖拿头割去?师爷对大人讲:"要审清此案,只有审问王锦文。"知县听师爷个闲话,立即再传王锦文上堂。真真作孽,王锦文刚刚进牢,屁股还勿曾坐定,公差又来传他上堂。王锦文呒界办法,跟着公差到堂上,双膝跪下。知县开口:"王锦文,本府问你,昨日多次问你死人头在哪里,你说无寻处,那么今天个死人头是哪里来的?""这……""快快从实讲来,如果不讲,立刻就斩!""啊呀!青天大老爷,小人愿招,小人愿招!"

可怜一个王锦文,四次上堂见大人。

让我犯人讲分明,谢谢大人手留情。

进牢天天来审问,人头实在无处寻。

一到公堂用大刑,回到牢中哭淋淋。

一夜哭到大天明,惊动牢头马阿明。

我把事体讲伊听,他对我说不要紧。

我来帮你想办法,脑筋一动对我讲。

要我银子三十两,帮我寻来死人头。

犯人句句是真话,望倷大人开开恩。

知县一听怒火升,骂煞禁子马阿明。

糊里糊涂贪花银,触犯王法不容情。

立即吩咐公差身,要传禁子马阿明。

知县一听,马上叫公差到监牢传马阿明上堂。公差奉了老爷之命,来到监牢对阿明讲:"老爷叫你上堂。"阿明一到公堂,看见伯母也在堂上,顿时心里十分惊慌,像十五只吊桶七上八下,忐忑不安。知县大声说道:"大胆奴才,今敢私撬坟堂棺材,还不快快从实招来!"马阿明六神无主,被伯伯马顺青灵魂附身,所以一口答应,完全招认。"啊呀!大老爷,你听好。"

大人怒火勿要升,让我小人讲倷听。

我伯是个小气人,只进勿出刻薄人。

前年我去借花银,眼睛弹出像铜铃。

我又是气又是恨,银子勿借倒也罢。

又要把我打出门,常常想起记在心。

今朝一贪雪花银,二来报复解解恨。

小人讲话句句真,望俦大人开开恩。

旁边的伯母听了侄儿的闲话,奔上前来对阿明打了十几记耳光。知县吩咐不许打,叫马阿明画押,押入监牢。知县接着大堂审,要提女犯张秀英。

女公差开监牢门,提着女犯公堂进。

知县开口问秀英,你要老实讲分明。

你搭先生暗偷情,到底情人是啥人。

不知情人真姓名,阿有暗记讲我听。

秀英马上讲分明,先生胸有五心毛。

知县一听秀英讲王先生胸前有一把五心毛,对旁边跪着个王锦文看看,命令公差把王锦文身上个衣裳剥脱。衣裳一脱光,只见王锦文细皮白肉,胸前光滑,哪来个五心毛?知县同师爷商量一下,看来王锦文是冤枉的。知县开口说:"王先生,你是被冤枉的。"马上吩咐差人把王锦文身上刑具打开,知县又说:"王先生被冤枉多次上堂,本衙送你一百两银子作为养伤费,你现在可以回去。"王锦文谢过老爷,拿着银子,把秀英大骂一顿,回家去了。

先生接了雪花银,一翘一拐回家门。

回到自家五里村,再教书来度光阴。

不宣先生回家门,再宣公堂一段情。

传令秀英进牢门,知县师爷动脑筋。

俩人商量拍板定,捉拿胸前有毛人。

当时知县师爷在堂上商量,决定到街上寻找胸前有五心毛个人。几个公差在街上一连几天,并无查到,反而被闲人痛骂。几个公差商量一下,看来街上难以查到,不如我们到浴室里去查查。因为浴室里大家都解开衣服走,只要一看就知道,决定到浴室去。

不宣公差浴室等,再宣杀猪周大成。

出外逃脱一月零,夫妻俩人去逃生。

现在打听又问讯,听说案子已经定。

五里村个王锦文,捉进监牢定罪名。

夫妻俩人笑盈盈,回到家里住安生。

还是杀猪生意做,赚着花银蛮开心。

大成一月齁揩身,要到混堂擦擦身。

周大成到混堂里去溏浴,解开衣裳,被公差看见,马上拖到衙门,知县立即审堂。"大胆奴才周大成,你不仅调戏良家妇女,还杀人逃避,还不给我快快从实招来,免受皮肉之苦!"大成听了魂飞胆怯,就开口说道:"大人你听了!"

大成开口把话讲,请你大人听分明。

六月十三早晨日,我到茶馆把茶吃。

看见地上一张纸,拿到家里看仔细。

白纸黑字写得明,要叫先生去偷情。

我看了后喜在心,让我代做王锦文。

六月十五夜三更,来到秀英闺女房。

家人发现有外人,老板晓得上楼门。

要抓住我周大成,是我一时头发昏。

一刀把他命归阴,拎着头来逃出门。

甩到冤家典当门,害了别人我太平。

小人讲话都是真,望倷老爷断公情。

老爷听后,吩咐公差叫他画押,然后把周大成押进监牢,再喊公差到典当提拿老板。不多一时,典当老板到了公堂。老板双膝跪下,见过老爷。知县问他:"六月十六早上,你典当后园,是否有一个人头?""回老爷,后园只有竹头,没有人头。""大胆刁民,还敢抵赖!传周大成上堂。"杀猪糊涂周大成到了堂上,对典当老板如此长如此短地讲了一遍,这时老板无法抵赖,只好如实招供。"大人你听喔!"

大人在上听原因,让我老板讲倷听。

"大胆刁民!啥个老板?""喔,勿是老板,是瘪三。"

六月十六天刚明,家人打扫后园门。

扫到石竹边边头,发现一个死人头。

急忙前来禀报我,人命关天非小可。

忙叫总管来见我,商量事体怎么办。

总管勿动也勿响,我看事体要弄僵。

我就拿出雪花银,叫他甩到荒草坟。

小人个话句句真,不信去问总管人。

知县听了典当老板的闲话,就问他为啥不报官。老板回答:"人命关天,小人吓不起,所以不敢报官,望大人开恩。"知县叫二名公差到典当,将总管朝奉传来。公差奉知县之命,立即出外门而去。

公差奉了知县命,立即出衙路上行。

路上行程无耽搁,典当前面到来临。

二名公差到了典当,看见小朝奉,就问他:"喂,小老板,你们总管呢?"小朝奉看见公差到来,不敢怠慢,就说在里面。"带我们去。""是,是。"小朝奉领路走到内堂,看见总管朝奉正在吃茶,"喂,倷阿叫总管朝奉?""是,是。""走,跟我们到公堂跑一趟。"总管心中有数,晓得老板到公堂,全部讲出来,所以还是讲勿讲?不去多想,跟着差人就走到堂上,同老板对质,一点不漏,照实而讲。"那本府叫你带路,前去寻头。"

总管前面带路行,后面跟着众差人。

路上行程快如云,荒草坟滩到来临。

只见前面一口井,大家停步立停身。

公差押仔总管来到荒草坟滩,就在井边立停。总管说就在这口井里,公差用几根铁丝做成弯钩,绑在长竹头上,然后在井里扎人头,扎来扎去只扎着捉狗屎搪耙粪箕,再扎几扎,扎着一个死人上来,然后再扎了一顿饭功夫后,总算把一个死人头扎上来。公差就把总管和死人头一起带回衙门。井边死人是有地方上看好,好让人家来认尸。

公差押仔总管身,急急来到县衙门。

不宣公差回衙门,再宣殷家一段情。

再讲乡亲百姓看见井里捞起一个死人,其中有一个叫张伯伯,认得这个死人是殷小春,所以就去告诉殷老夫妻俩。殷老夫妻俩听后极其悲痛,嚎啕大哭,同乡邻一同到井边去看。

殷老夫妻抱儿身,哭天哭地哭勿停。

倪子三日未回门,到处打听不见影。

你今死在枯井里,叫我哪能寻到俦。

孩儿死得好悲伤,定要告官把命偿。

再说公差提仔人头,押仔总管,来到衙门向老爷回报说:"荒坟滩枯井里还有一具男青年死尸和捉狗屎用的搪耙粪箕,现在全部捞起,放在井边,请老爷定夺。"正在那时,殷老夫妻和乡邻抬仔小春个死尸也到公堂。知县喊仵作当堂验尸,仵作奉老爷之命当堂验来,不多一歇,回老爷:"小春身上从上到下别无他伤,只有在头颈骨里有一扁担伤口。这一记打得相当之重,拷断算盘节骨两粒,请老爷复看。"老爷复看之后,同师爷在堂上商量了一番,互相点点头。"大胆奴才,这青年小春怎么会死?""啊呀!老爷。"

总管双膝跪地上,老爷俦来听我讲。

我拿人头井里甩,马上拔脚回转来。

小春到底哪能死,我是实在勿知细。

"大胆奴才,人头是在六月十六早上甩脱,小春也是六月十六早上捉狗屎而死,何况小春头上有一记扁担伤,而且搪耙、粪箕甩在井里,不是你谋害,还有何人?如不招供,大刑伺候!""啊,慢!"

请求大人不用刑,让我老实告诉俦。

小人贪了雪花银,挑仔人头往外奔。

一路来到荒草坟,碰着一个殷小春。

"那么本府问你,碰着殷小春怎样?""回大人,殷小春看见我担桶里有一个死人头,要紧给他三十两银子,叫他勿要响。后来我想想不好,这个小图很聪明,哄界人勿响,一有人就讲。我怕他讲出来,就骗伊上当说:'小春,死人头在井里活转来哉!'叫他回来看,小春听见死人头在井里活转来,要紧回来看。在看个辰光,被我一扁担打倒井里。""叫他画押。"总管画押被关入牢房。

殷家两位老双亲,急得几乎命归阴。

自有公差来喊醒,俩人在堂哭勿停。

知县马上讲分明,典当老板俦听清。

本来罚你去充军,看你还是老实人。

你年纪大路难行,今早本府宽待俦。

不去充军罚俦银,罚你一万雪花银。

送给殷家老夫妻,作为老来生活费。

还要安葬殷小春,不得有误听命令。

当时典当老板听仔知县个闲话,当场答应,谢过青天大人。回到家里拿了银子,送到衙门,当面付给殷家老夫妻俩。老夫妻俩谢过大人,自有差人送到家里。典当老板也谢过大人,回家而去。

不宣众人回家门,再宣知县做详文。

详文送到京都去,等待详文回转程。

六十日后详文到,送到华亭知府门。

先斩杀人周大成,再杀典当总管人。

又判牢头马阿明,开棺割头罪勿轻。

判他官司六年整,押到云南去充军。

鸣炮三声咚咚响,二个罪犯见阎君。

恶人哄界好结果,归根结底进地府。

再说知县吴天福吩咐公差放出张秀英,还给王锦文先生做媒人,叫张秀英嫁给先生王锦文。

知县大人做媒人,锦文秀英来成婚。

华亭县里闹盈盈,大堂之上来做亲。

赏给三千雪花银,五里村上住安身。

双贪宝卷宣完成,奉劝大家好事行。

人欢年年保太平,佛欢尊尊上天庭。

若问此卷何年出,大宋年间到如今。

宣到现在就此停,各位听仔福寿增。

双仙记宝卷

白日休闲过,青春不再来。

为人不念佛,宝山空手回。

念佛离苦海,听卷出轮回。

祈福消灾障,急速早修为。

远望青山节节高,西湖里面浪滔滔。

有人参透如来意,不成天圣也逍遥。

　　却说天开地辟之时,并无字迹。先有仓颉造字,乃是篆体。尧舜至汤,汤朝至周,五百年出一圣人。周朝末,山东兖州府曲阜县降一圣人,生在石屋,临盆之时,红光满天,氤氲遍地。后来长大,诗书定,礼乐赞,周易修,春秋皆传。先王之道,天下闻名,称为孔夫子。天下之人,望风学礼,三千弟子,七十二贤人。有一位绍兴府诸暨县人氏,姓梁名山伯。父母同庚,五十单生子,年方十七,家财富足,闻说山东孔夫子周游列国到杭州,要去拜投读书。

要到山东从夫子,堂前来见二双亲。

孩儿欲到杭州去,从师学艺读书文。

爷娘家内休挂念,儿去不久就回程。

父母听说将儿叫,孩儿听我说原因。

出外怎比家中好,诸般总要自当心。

吩咐安童名四九,用心服侍相公身。

琴剑书箱都收拾,拜辞父母就起程。

时光正是春三月,桃红柳绿及时新。

不宣主仆登程去,卷中另有一桩情。

　　越州城外杏花村,祝家庄有一财主,姓祝名封,娶妻何氏,家财富足,米烂陈仓。所生一男一女,男名祝庆,已娶媳妇;女名英台,未曾出帖,生得十分美貌。

英台小姐多容貌,一心孝顺二双亲。

女工针线般般会,绣凤描龙件件精。

自幼容颜生得好,要学书诗传古今。

闻说山东孔夫子,杭州开馆聚门人。

他是名师人人晓,奴今要去读诗文。

若能读透书中味,万古传流才女名。

暗想一回心中喜,轻移莲步出闺门。

英台来到堂前,就叫:"爷娘在上,女儿拜见万福。""罢了!女儿出来,有何说话?""爹爹、母亲,女儿闻得孔夫子在杭州开馆,小女欲去习学书诗,特此告禀。爹爹、母亲,女儿倘能学得精熟,以显杏花村之名。"

员外夫妻眯眯笑,女儿今且听原因。

只有男人书来读,哪见女子欲成名。

朝中多少文和武,尽是男儿汉子身。

你是不出闺门女,怎共男子读书文。

出外投师非你份,学做针线正该应。

英台听了双亲话,再将言语禀双亲。

万望爷娘放我去,读得诗书称奴心。

员外道:"你到房中装扮男子,与父母看看。若然看不出破绽,容你就去;若然看不像男子,休想前去。"

英台听说心欢喜,就向房中扮男人。

三把青丝并一把,探下钗环戴纲巾。

身上海青穿一件,怎奈脚小步难行。

绵絮塞在靴头内,恐怕宽松扎系绳。

黄杨算盘拿一把,扮作江湖算命人。

口中一派兰溪话,分明风月俏后生。

梅香小使都看见,个个笑得肚皮疼。

英台离了香闺内,径出花园一座门。

将身就把墙门进,高喊算命两三声。

祝公听见心思想,女儿要去读书文。

凑巧算命先生到,问其凶吉若何能。

书房里面分宾坐,我要排算女年庚。

今春年方十六岁,七月初七午时生。

算得着来排得真,重谢先生决不轻。

英台假意来排算,开言即便说原因。

此命驸马来发动,应该出外贵府门。

若在家中多灾悔,出外方能免灾星。

祝公听说心欢喜,将银即便谢先生。

英台接银眯眯笑,叫声爹爹细看清。

孩儿就是亲生女,扮为算命试爷身。

祝公听说呵呵笑,女儿打扮果然精。

爹爹当面来瞒过,料想他人认不清。

英台见父来应允,满心欢喜十来分。

内房嫂嫂来得知,来见公婆说原因。

姑娘要到杭州去,十分不妙在其身。

年轻闺女他方去,必然寻觅丈夫身。

多少男人他是女,男和女虽不相应。

公婆主意来拿定,莫放姑娘出外行。

祝公夫妇无言答,英台小姐就开声。

奴奴倘有邪心起，自有青天作证明。

抬头看见花瓶在，急忙便往后园行。

折得牡丹花一朵，插在花瓶里面存。

奴将此花来罚誓，与奴身体一般能。

奴到杭州身不正，此花枯死在花瓶。

身虽在外存贞烈，此花鲜明一样能。

父母听了心中喜，我儿岂是等闲人。

早去早回须要访，途中诸事要当心。

倘若学得诗书就，早早回来安我心。

英台小姐称晓得，低头下拜二双亲。

一拜爷来二拜母，再拜哥哥嫂嫂身。

员外再三来叮嘱，路上行程要细心。

小姐拜别抽身起，打点行囊要动身。

逢人且说三分话，不可全抛一片心。

须要小心自知女，看破不值半毫分。

祝家庄上声名重，我儿刻刻要当心。

英台听了连声应，女儿自有智谋生。

即叫顺心丫鬟女，扮作书童扶侍行。

别了爷娘人二个，又别哥哥嫂嫂身。

诸般物件都完备，拜别父母出墙门。

春和日暖风光好，桃红柳绿称奴心。

双双蝴蝶花间飞，对对黄鹂树上鸣。

饥食渴饮来行路，巴巴只望到杭城。

路旁见一凉亭子，里边歇息暂消停。

主仆来到凉亭内，见一书生在内存。

身边也有安童在，眯眯含笑起身迎。

英台上前忙施礼，书生也把礼来行。

这亭子内就是梁山伯。山伯上前道："请问仁兄尊姓大名？""小弟姓祝名英台，家住越州。今往杭州就师习学的。"山伯道："小弟绍兴人氏，诸暨县人，也要到杭州从师，正好结伴同行。"英台道："梁兄贵庚多少？""小弟一十七岁，七月初七午时生。"英台道："小弟年小一岁，同月同日同时生的，意欲与兄缔结金兰。""正有此意。"

双双跪地来结拜，日月三光作证明。

二人同立十个誓，更比亲生胜几分。

同行结拜来行路，同心合意上路行。

倘然有难同受苦，有福同享不离分。

看看红日西沉去，投宿招商饭店门。

用完夜饭将房进，英台弄巧说原因。

英台："哥哥，小弟从小病多，所以睡不能解衣的。"山伯道："贤弟既然有恙，不解衣便了。"

一夜时光容易过，明日清晨早动身。

双双兄弟同行道,二个安童随后跟。
晓行夜宿无耽搁,钱塘渡过到杭城。
三十六条花柳巷,七十二座酒楼门。
二人问到先生学,拜见先生见礼行。
朝朝暮暮读诗文,不觉已过三年春。
久后总要来穿破,不如及早来回门。
告别先生人一个,白银五十送先生。
家中父母来吩咐,从师不可白劳心。
孔子心中都明白,即放英台回转程。
拜别同窗诸同班,作别梁兄结义人。
今宵与兄还同伴,明朝就要二离分。
不忍与兄来分手,何不明朝一起行。
是故书中说得好,亲在高堂不远行。
三年不见双亲面,不如回去奉双亲。
山伯即便称贤弟,愚兄学问欠三分。
再学一年并半载,那时与弟一同行。
英台再把哥哥叫,本来与兄一同行。
只因爷娘来吩咐,来朝先自转回程。
弟今有句知心话,哥哥今日听原因。
哥哥学成回家转,必须先到我家门。
家中有个同胞妹,十分容貌女钗裙。
弟与仁兄情意好,愿将小妹配为婚。
兄若早来亲好对,倘或来迟对不成。
弟有一诗来相赠,见诗如同见弟身。
即便递与梁山伯,梁生接来看分明。
诗曰:忆昔途中结义深,百花开芳艳阳春。惟有寒梅贞玉洁,不将春意逐芳尘。
山伯细细来观看,诗内包藏千万情。
急忙也把书来赠,口叫英台贤弟身。
愚有一诗来赠弟,见诗如见愚兄身。
英台双手来接看,从头一一看分明。
诗曰:三年同学两情投,玩月吟诗情义优。今日分离肝肠断,会期准约在来秋。
英台看了情难舍,心酸一阵泪珠掉。
叮嘱哥哥休失约,来秋望兄到我门。
二人讲到三更后,挽手叮嘱话不休。
小弟之言难说尽,来年一准到门庭。
不多一刻天明亮,英台辞别要登程。
三年同食同床睡,不忍相抛离别行。
今朝无奈先回去,切莫忧愁想弟身。
山伯含泪不相送,一双主仆就登程。

难分难合英台弟,挽手同行送一程。

英台又把哥哥叫,早回书馆读诗文。

来年八月专程望,仁兄先到越州城。

若然早来攀亲对,迟晚不得妹联姻。

与兄今日来分别,若要相逢隔一春。

送君千里终须别,今朝暂且二离分。

山伯叮咛双抛泪,英台悲泣看梁生。

看见英台去远了,含悲回转学堂门。

山伯日夜来思想,此话暂且慢云。

话说英台小姐同了顺心,归家如箭,晓行夜宿,观不尽途中景致,说不尽路上风霜,不觉已到自家门口。顺心先去通报:"员外,英台小姐回来了!"

祝公夫妇闻得知,十分快活喜欢心。

英台小姐移莲步,上前拜见二双亲。

英台女,到堂前,双膝跪下。不孝女,久离别,难奉双亲。

到杭州,进学堂,拜投习学。蒙先生,传书礼,教训殷勤。

奴如今,学问深,书诗通透。在学中,诸同伴,不露真形。

再殷勤,重礼施,拜见哥嫂。妹出外,亏哥嫂,侍奉双亲。

合家的,男女们,都见小姐。英台女,来吩咐,各赏花银。

点清香,跪佛前,深深下拜。见瓶中,牡丹花,依旧鲜明。

进香闺,换女衣,思量山伯。女佳人,对爹娘,隐瞒其情。

慕君子,爱贤良,黉门秀士。将心事,隐心中,许你成亲。

但愿来年中秋节,一程来到我家门。

与兄立下千斤誓,今生今世不离分。

纲巾除下乌云整,通身打扮貌佳人。

好似嫦娥离月殿,犹如仙女降凡尘。

终朝思想梁山伯,梦中常叫我兄身。

光阴迅速如梭快,残冬过了又新春。

小姐祈望梁生到,一桩喜事恼人心。

祝家庄前村有个马员外,所生一子,名叫马俊。闻得英台才貌双全,告禀父母,求娶婚姻。员外央了媒人,来到祝家,见礼已毕。媒人道:"来与小姐做媒。"祝公道:"哪一家公子?"媒人道:"前村马员外公子,也有名的。"祝公道:"原来门户相当,公子倒也出众。"

员外写就年庚帖,真名八字付媒人。

媒人作别匆匆去,马家欢喜十来分。

丫鬟说与贤小姐,英台吓得失三魂。

顿时眼泪纷纷落,悠悠哭倒在床衾。

英台女,苦伤心,心如刀割。在学中,与梁兄,订约终身。

临别时,难分合,多情相送。赠诗句,你回家,准约今春。

巴巴望,到我家,成婚匹配。谁知道,今日里,霹雳惊人。

奴爷娘,来作主,将奴许配。马家门,双亲许,有口难分。

兄若是,到奴家,如何回答。负了你,多情义,同学三年。

想今生,再不能,结成夫妻。求来世,结同心,誓不离分。

英台女,细思量,千般苦切。一阵阵,流珠泪,万箭钻心。

不宣英台多愁闷,提起杭州山伯身。

苦心攻书学问好,想起英台兄弟身。

千言叮嘱今秋会,我今辞别转回程。

次日,山伯辞别老师,在夜叫船回家。先到绍兴,问到杏花村,便道:"门上有人么?"门公道:"相公何来?"山伯道:"门公,烦你通报英台九相公,说同学梁山伯拜访。"门公道:"错了!我家只有英台九小姐。"山伯想:原来祝英台就是九小姐,开口道:"老人家,我与你家九小姐同窗三载,有八拜之交,与我通报,会与不会?听凭便了。"门公只得进去通报。

门公进内来通报,通报小姐得知闻。

小姐听见心激动,又是喜来又是惊。

今朝相见何颜面,教奴如今怎理论。

打发顺心丫鬟女,外边来接姓梁人。

四九看见顺心女,眯花眼笑出来迎。

叫声顺心小兄弟,原来也是假装成。

主也假来仆也假,今朝见你露真形。

顺心即便开口叫,开言便把相公称。

"梁相公,我家小姐请相公内书房相见。"山伯想道:英台贤弟果然是女扮男装的了。

山伯跟了顺心走,过了前厅到后厅。

九曲回廊来转过,内书房在面前存。

将身走进书房内,装潢摆设罕见闻。

盘交椅上将身坐,思想同窗兄弟身。

昔日装男称兄弟,今朝女扮怎相称。

想她对我有情意,假言小妹配成亲。

若得与她为夫妇,千称心来万称心。

胡思乱想心不定,顿时白面起红云。

丫鬟送过香茗用,再说里边女佳人。

英台小姐忙打扮,轻移莲步到书厅。

山伯抬头来看见,魂飞魄散九霄云。

眉似春日初放柳,眼如秋水碧波清。

天生俊俏鹅蛋脸,金莲三寸像红菱。

身穿衣服真雅淡,腰束湘江水浪裙。

行来好比花吹动,犹如仙女下凡尘。

千娇百媚人间少,月里嫦娥一般能。

微微轻启樱桃口,便称梁兄共学人。

有劳贵步前来到,小妹迎迟罪不轻。

二人双双来见礼,左右分宾坐定身。

一盏茶罢忙开口,启口开言说事因。

山伯道:"贤弟原是女扮男装。愚兄几次盘问,总是隐瞒,好一位真心女子!"英台道:"愚妹只为访投名师从学,多蒙梁兄不弃,结为兄弟。"

急忙吩咐丫鬟女,相请员外到来临。

祝公整衣忙来到,主宾见礼甚殷勤。

英台告禀生身父,此位梁兄山伯身。

也是志诚真君子,三载同窗结义人。

结拜胜似亲兄妹,同行同从不离分。

祝公听了心欢喜,陪伴我儿仗君身。

员外告辞身出外,英台便把仁兄称。

与你知心三年整,今朝游玩后花厅。

原来后花园一座,英台在内读诗文。

二人同把花园进,园内另有书房厅。

书房摆设如图画,四时花卉及时新。

楠木天然几一只,宝鼎铜炉香气喷。

二旁八把湘妃椅,文房四宝桌间存。

想请梁兄来上坐,下桌陪坐女佳人。

顺心便把香茗送,书房酒席送来临。

丫鬟即便忙排好,英台便叫我兄身。

水酒一盅休客气,叙叙同窗昔日情。

二人即便同入席,玉壶金盏酒来斟。

酒至三盅方落盏,英台有些醉醺醺。

梨花面泛桃花色,梁生见了乐心情。

微微含笑开言叫,贤妹今且听原因。

亲口有言来约我,暗把终身许我身。

若然与我成夫妇,胜如金榜去题名。

英台听了双流泪,叫声梁兄听诉情。

只为哥哥来迟了,爷娘前日已联姻。

许配前村马家子,三书六礼到门庭。

并非小妹将心负,爷娘作主配姻亲。

山伯听了容失色,犹似失落宝和珍。

呆了半个时辰后,眼中珠泪落纷纷。

令尊已把姻亲许,须念同窗三载情。

宁可配我梁山伯,莫嫁前村姓马人。

你我二人知心意,他家情性不知闻。

愚兄即刻回家转,央媒求取你年庚。

英台道:"此事爹娘已允,决难挽回。一家女子,怎好受得二家茶,岂非连累双亲。马家闻知,怎肯干休?"

女害双亲来犯法,旁人个个话谈论。

山伯听了无回答,愁眉不展泪纷纷。

英台敬酒将言劝,叫声哥哥你且听。

书中有女颜如玉,莫把小妹挂胸心。

今生不得成夫妇,愿求来世结同心。

旧年分手曾相约,有心与兄结为姻。

不料我兄来迟了,并非小妹负兄身。

愚妹闻许马家子,犹如晴天霹雳能。

不能告禀私订约,难将兄意达双亲。

书帖之时心如割,日夜悲伤暗泪淋。

山伯再叫:"英台妹,怪你当初不说明。"

在生不得成夫妇,死归地府告阎君。

台前查问姻缘事,因何不得两成亲。

既然没有姻缘份,何必同窗情意深。

想到不堪情似海,眼中泪珠不曾停。

山伯说着泪如雨下,吟诗一首,诗曰:指望良缘一会成,来迟已许马家亲。当时信煞寒梅好,今日梅花不与春。写完将诗送与英台,英台一看,两眼泪如珠,也作诗一首,诗曰:水阻兰桥事不成,寒梅无语怨阳春。一枝香雪狂风落,诉与东风欲断魂。

含悲诗送梁山伯,梁生一见苦万分。

即时拜别抽身起,英台难舍小梁生。

口吃黄连心里苦,刀割心肝火上焚。

山伯几次称贤妹,难分难舍女千金。

走一步来望一望,再叫贤妹听原因。

今朝一日来相会,未知何日再相亲。

英台悲痛情难止,悲伤不敢哭高声。

一路送到屏风后,四目相看不忍分。

英台含泪将兄叫,塞住喉咙难出声。

仁兄今日回家转,小心保重莫悲伤。

山伯立定重又看,泪如泉涌落胸襟。

哀哀哭泣梁山伯,硬了头皮作别行。

身要行走心难舍,回头再看女佳人。

流泪眼观流泪眼,断肠人送断肠人。

梁生一路朝前走,英台不见姓梁人。

悠悠哭转香闺内,伤心哭倒在床衾。

自恨不该将书读,惹动忧思似海深。

料想梁兄回家转,思想奴家命难存。

倘或梁兄将身丧,是奴害了姓梁人。

不宣英台终日苦,再说山伯在路行。

行一里来想一里,走一程来想一程。

越思越想神魂荡,寸心总忆女佳人。

思念英台多容貌,百美千娇配别人。

自悔当初无眼力,三年不晓女佳人。

不宣山伯心刀割,再说书童也痴心。
四九童儿心中恨,顺心丫鬟貌超群。
后来若能成夫妇,就死黄泉无怨心。
原叙山伯来行路,看看来到自家门。
父母一见心欢喜,山伯拜见二双亲。
细禀先生多教导,如今好进试场门。
爷娘欢乐排家宴,优待亲儿有才人。
山伯酒罢回书馆,闷闷昏昏不称心。
终朝思想多娇女,相思过伤病来临。
三餐茶饭都不吃,一双父母看亲生。
莫非读书多辛苦,感冒风寒在路程。
还是有甚心上事,说向爷娘好解纷。
三回九转来盘问,山伯含泪说原因。

"爹爹、母亲,孩儿昔日出门,路上遇一个年少书生,名叫祝英台,与儿拜为兄弟,同去从师三年。在学堂同行同坐三载,情投意合,胜如同胞手足一般也。"

学成文艺三年后,英台回去奉双亲。
孩儿不忍来分别,相送贤弟到江滨。
他说有一同胞妹,愿与孩儿结成亲。
一念之间长忆想,因此辞师回转程。
儿往会稽来相访,杏花村上望他身。
请儿书房来相会,哪知一个女佳人。
细说从前投师事,女扮男装出门行。
备酒书房来款待,陪伴孩儿饮酒巡。
三年同学情如蜜,暗把终身许我身。
道我到迟一个月,爷娘许配马家门。
今生不得成夫妇,愿求来世结同心。
孩儿听了这番话,又如天打一般能。
才貌佳人无福爱,更兼同意又同心。
回家终日来思想,忧成一病在其身。
若要孩儿病体好,挽回祝姓女佳人。
梁公夫妇方明白,我儿你且放宽心。
为父即便央媒去,挽回与儿结成亲。
山伯听说心欢喜,希望双亲急速行。
夫妻二个忙不住,相请村中姓鲁人。
也是能言多善辩,他去做媒做得拢。
鲁公贪了花红缎,立时就去做媒人。
快船一只如飞去,看看来到祝家门。
祝公闻报来相请,见礼分宾坐一巡。

鲁公道:"员外,小弟到府,非为别事。令爱小姐与梁山伯同窗三载,情深义重,临别时许他妹子联姻。

那日,山伯到府,谅必祝兄知道的。"

前日梁生来拜望,令爱细说旧时情。

不过迟到一个月,员外已对马家亲。

山伯回家心苦切,得其病症卧床衾。

梁公夫妇惟一子,央我前来说此亲。

伏惟员外生慈念,挽回令爱配梁生。

员外听此忙摇手,鲁兄此事决难成。

小女已许马家子,岂做犯法越礼人。

一夫一妇从来有,这桩姻亲终不能。

香茶一道来用过,鲁公辞别转回程。

将情说与梁公晓,梁老夫妻苦万分。

山伯在床闻知得,更觉忧愁病体增。

请医服药全无效,问卜求神总不灵。

爷娘此刻心中苦,叫儿你且放宽心。

待我为娘亲去说,定要英台结成亲。

山伯听了将书写,娘亲自去谅能成。

山伯听说,起身写书一封,交与娘亲,送与英台。梁院君拿了书信,连夜叫船,到祝府上求亲。问到祝家,门公通报祝院君。祝院君慌忙出来迎接,来到厅堂见礼,分宾坐下,香茗用过。

梁老院君开言说,伏惟妈妈听原因。

只为小儿梁山伯,与你英台令爱身。

三年同学如兄弟,两厢情意似海深。

小儿到府来相访,见了令爱女千金。

想起当初男装扮,同行同坐旧时情。

令爱临别亲叮嘱,暗中相配我儿身。

要求院君将亲许,救我孩儿病体轻。

祝老院君开言说,妈妈有所不知情。

令郎来迟一个月,员外已许马家亲。

拜上令郎休烦恼,另选高门结为亲。

忙唤英台来相见,九姐打扮出来临。

端端万福称伯母,梁家妈妈细观看。

果然绝色多容貌,百美千娇世难寻。

难怪我儿丢不下,一心只想女佳人。

顿时摆起筵和席,款待梁家妈妈身。

英台小姐道:"伯母,令郎贵恙究竟如何?"梁妈眼中流泪,叫声:"小姐,我儿为你朝思暮想,病得不轻,老身特来求你双亲,岂知不能成就,看来我儿难保残生。小姐,我儿有书信一封,请小姐观看。"

英台听说书来到,急急忙忙立起身。

院君将书来送过,英台开拆看细情。

上写着:梁山伯将书拜上。英台女开拆,细看详情。

妹与兄,在路途,一朝相遇。蒙不弃,来结拜,兄弟相称。

一日里,到馆中,投师共学。并不知,你是女,妆扮男身。

第一次,看见你,胸前两乳。你说道,男子汉,奶大丞相。

第二次,看见你,解手蹲倒。妹又说,犯血光,天寿亡身。

第三次,六月里,衣衫不脱。妹又说,身多病,恐又临身。

在学中,三年久,如兄若弟。并未曾,来冒犯,有玷清名。

食同桌,睡同床,同行同坐。到黄昏,同房睡,那晓钗裙。

早知道,果是女,早成夫妇。到今日,思忆病,难保残生。

在学堂,对我说,家中有妹。愿与我,结良缘,配合成亲。

愚只为,学欠通,多待半载。哪知道,来迟了,已许他人。

我如今,病体重,奄奄一息。再不能,来相会,面诉衷情。

望贤妹,见我书,将亲应允。救我命,成夫妇,感妹深恩。

一幅纸,说不尽,千言万语。妹见书,早定计,救愚残生。

山伯泪眼三顿首,伏望贤妹鉴微情。

小姐见书,泪痕点点。后有四句诗,诗曰:三年同学不同衾,怎识妆男是女人。今日两心皆不变,若不成亲命即顷。英台叫声:"伯母,只为双亲作主,已受马家茶礼。再不能从梁兄之命了,只好来世的了。"

相烦伯母传奴话,解劝梁兄放宽心。

说罢之时心悲切,泪如泉涌一般能。

奴望梁兄见不到,谁知先受马家聘。

今生不嫁梁山伯,死归地府一同行。

因何不得为夫妇,相信前生有孽根。

若要与奴成美事,再求来世结为婚。

英台说罢泪纷纷,要报山伯结义恩。

着肉汗衫脱一件,剪下青丝发几根。

左手指头刺出血,就为梁兄写药方。

一要东海龙肺肝,二要五色凤凰肠。

三要蚕蛾头上血,四要蚊子眼睛眶。

五要八仙中指甲,六要五姥殿中香。

七要金鸡脚上爪,八要苍蝇头上毛。

九要三十三天雨,十要雷公电闪光。

若有十般奇妙药,梁兄吃下病安康。

英台小姐都写下,不觉心中眼泪倾。

大红文胸来解下,滴血题诗苦悲伤。

各样收拾来包好,付与梁家伯母藏。

千叮万嘱梁兄长,英台小姐泪十行。

书中有玉颜如女,另选多娇百美妆。

说这梁妈妈看来亲事不成,接了血诗一首,眼中流泪,拜别行程,一路来到自己门首。走到里边,见了孩儿,母亲就将汗衫文胸取出,拿出药方,还有血书一封,付于孩儿。那梁山伯接来一看,魂飞魄散,好不苦切,更兼烦恼,只见一纸取出,上有题诗,诗曰:三载同窗友,辜负义兄恩。令堂来家合,亲事总难成。望兄宜保重,另选高门亲。血诗写上明,断绝深恩情。愿求身早死,以为表奴心。悲伤呀悲伤,顿首双流血。

英台写了书和信,山伯看见好伤心。
你我凉亭来结义,学堂许你配成亲。
同学三年来许你,爹爹作主马家聘。
你我二人情意好,只好来世再联姻。
今生不能为夫妇,还劝梁兄免苦心。
劝君切莫来悲伤,另寻门当户对亲。
书信上面写明白,山伯好不痛伤心。
将书从头看到底,更兼病势加几分。
仰面上天天无路,回头入地地无门。
将书纷纷都扯碎,好像黄泉路上行。
山伯一时魂飞散,咽喉塞住苦难身。
悠悠哭死还魂转,眼中珠泪湿衣襟。
梁老安人将儿劝,劝慰我儿放宽心。
何必留恋英台女,倘有差池怎理论。
上无兄来下无弟,爷娘年老靠何人。
山伯听了心更苦,万箭钻心苦煞人。
不言山伯病沉重,回文又说马家门。
担盘送盒祝家去,本月十六要成亲。
英台小姐心如割,声声痛哭叫梁生。
写就一封书和信,暗托安童一个人。
送到诸暨梁家去,家人奉命不留停。
来到梁家来投进,送与书房山伯身。
山伯接书从头看,魂灵飞到九霄云。
诚感有言来叮嘱,愿结来世再联姻。
流泪说给来人晓,回去上复女千金。
叫我如何虱得下,不如一死倒安宁。
说我见书肝肠断,立时就死见阎君。
我死葬在城路口,有苦无伸痛煞人。
若蒙小姐来怜念,三载同窗一点情。
请到坟前来一祭,死归地府也甘心。
说罢之时肠欲断,就把书笺口内吞。
咽下喉中气难转,三魂渺渺竟归阴。
床前哭煞爷与娘,捧住孩儿哭痛心。
指望我儿身健康,聘选豪门结成亲。
连累我儿身屈死,年轻身丧好伤心。
安童也是双流泪,匆匆作别就回程。
双亲入殓梁山伯,曾记我儿吩咐情。
葬在城边大路口,要等英台拜祭坟。
安童即便回家转,英台哭死又还魂。

声声哭叫梁兄长,奴家害你命归阴。

欲到灵前来祭奠,又恐旁人说事因。

哥哥既走黄泉路,追到黄泉伴你魂。

九姐哭得肝肠断,马家迎亲到门庭。

花花轿子多齐整,鼓乐喧天闹不停。

祝老夫妻忙不住,厅前要送女儿身。

英台说与爷娘晓,依女心愿一桩情。

当初只为同窗学,共学三年姓梁人。

指望与他成连理,只为来迟别许亲。

梁兄为奴身亡故,城外孤坟冷清清。

今日女儿来出嫁,叫他抬我到新坟。

到他坟前拜几拜,了却三年同学情。

然后嫁到马家去,放下同窗结义人。

爷娘若是不应允,女儿自尽在闺门。

祝老夫人无可奈,安慰女儿年少人。

嘱咐迎亲人一众,打从城外转回程。

好到梁姓坟上去,祭奠同窗放了心。

一众人等都奉命,英台开口叫顺心。

与奴准备羹饭菜,拜祭同窗共学人。

顺心听说忙准备,小姐拜别二双亲。

又别哥哥并嫂嫂,素服打扮就行程。

英台上轿哀哀哭,鼓乐笙箫出大门。

一路行程来得快,城外大路到来临。

山伯坟前来停轿,众人观看女佳人。

小姐到了坟前,走出轿来,顺心扶了小姐,来到坟上。小姐一看,一堆新土筑成坟墩,顿时心如刀割:"啊呀哥哥,小妹在此祭你,叫你不应,好不痛煞人也!"

看见坟墩心如割,尖尖玉手把香焚。

对了坟墩深深拜,哭叫梁兄不住停。

非是奴奴情意薄,今朝抛散不联姻。

取出祭单亲口念,敬酒三杯哭不停。

伏望哥哥多灵感,黄泉之下能听闻。

英台祭罢哀哀哭,忽见坟前起黑云。

一阵狂风从地起,空中霹雳好惊人。

眼前黑暗无光亮,吓倒迎亲一众人。

呱喇一声坟头裂,鬼哭神嚎怕煞人。

只见英台新娘子,将身跳入穴中存。

丫鬟使女忙赶上,连忙扯住绣罗裙。

罗裙一响分两断,九姐竟向穴中心。

又见狂风就入地,依然天开月又明。

地裂全然无踪迹,只见蝴蝶满丘坟。

白衣黑点梁山伯,黄衣白点九娘魂。

原是二人魂变化,飞来飞去共相亲。

众人看见魂呆了,这场奇事不曾闻。

大家看来无可奈,空抬花轿转回程。

报到马家厅堂内,马俊闻知哭断魂。

才貌佳人无福受,恨煞梁山伯鬼魂。

为何摄我姣妻子,此段冤情要报明。

一道怨气冲天上,悬梁高挂一条绳。

马俊冤魂归地府,哭死爷娘二大人。

买棺入殓安厅上,回文再说祝家门。

闻报英台化蝴蝶,合家尽说好奇文。

山伯坟前招魂转,安排灵座祭儿身。

不说祝府情由事,再说马俊一鬼魂。

拿状哭进阎王殿,牛头马面喝高声。

再说一众判官大喝道:"何处鬼魂前来告状?""马面哥,我有海底冤情,特来哭诉,求你发一慈悲,放我进去!"马面道:"带来禀明大王。"

牛头马面来告禀,阎王拍案喝高声。

你有冤情从实说,若有虚言罪不轻。

马俊从头将情诉,单告梁山伯鬼魂。

摄我妻子魂魄去,化作蝴蝶在坟墩。

阎王听说忙吩咐,判官查簿看分明。

三人新死无多日,提来一审便分明。

便差鬼使来提进,拿来细问二人魂。

阎君殿上高声喝,即问梁山伯鬼魂。

为何摄了英台魄,化为蝴蝶在丘坟。

若有虚言来诬告,柳头夹棍不容情。

山伯便将前情说,祝氏男妆共学人。

三载同窗并同宿,别时许我定为婚。

只为相访来迟了,英台已许马家门。

忆思一病残生丧,多感英台祭我魂。

不忍英台归马府,摄其魂魄结良姻。

阎王喝退梁山伯,又问英台祝氏魂。

山伯摄你魂灵去,你可情愿嫁他身。

英台哭诉阎王听,奴奴原嫁姓梁人。

马俊与奴无干涉,亲命难违勉强成。

三年同学恩难合,只求一死再为婚。

阎君天子都明白,急忙吩咐判官身。

天齐殿上来查看,姻缘应该配何人。

判官看罢回言答，姻缘原配姓梁人。

前生欠了东岳愿，今世夫妻苦断魂。

阳寿未绝该转世，马俊应该来世婚。

三人合该还阳世，记得公案一桩情。

判官立刻来推出，禀与阎罗天子听。

阎君亲自来吩咐，今生山伯合为婚。

即便吩咐三人还阳，尽吃还魂汤一盏。鬼使送出幽冥，来到奈何桥畔，将手一推，各各惊醒。山伯原神入魄，撬开棺盖，挨身而出，还阳转世，如同一梦。英台亦原神入尸，霎时还阳，在坟前见了山伯，棺中走出，二下相逢，喜出望外。说起阎罗殿上之事，挽手同行，来到家中。门公见了，魂不附体，只道鬼魂出现。

山伯一一将情说，门公通报进高厅。

即便告禀还阳事，父母闻知喜欢心。

山伯英台忙进内，上前来见二双亲。

即备书信祝家去，夫妻大喜到梁门。

英台拜见爷娘母，二老重获宝和珍。

团圆骨肉非凡喜，洞房花烛结成亲。

山伯英台参天地，夫妻交拜结同心。

拜见高堂双父母，再拜椿萱二大人。

诸亲百眷来见礼，迎仙送人洞房门。

房中花烛分宾坐，山伯含笑就开言。

如今死里还魂转，只为同窗三载情。

父母又把孩儿问，怎能还阳再做人。

倘被马家来知道，哪肯干休这桩情。

山伯细禀爷娘母，阎王判断已分明。

三人一起还魂转，英台配与我成亲。

马家决不来争论，爹爹母亲且宽心。

双双夫妻都欢乐，谢天谢地谢神明。

丞一头来提一处，卷中又说马家门。

马俊棺中还魂转，吓坏厅前一众人。

不要今朝来吓我，请僧超度你阴灵。

马俊棺中亲听见，忙叫爷娘二大人。

孩儿命内不该死，阎王释放又还魂。

细将判断情由说，父母闻知喜欢心。

立刻开棺来放出，合家团圆谢天神。

不谈马府情由事，原说英台山伯身。

话难尽述衷肠事，春宵一刻值千金。

一夜话文休要说，金鸡三唱大天明。

夫妻梳洗都端正，双双即便出房门。

英台叫声："官人！顺心丫鬟跟奴在学堂三年，与四九书童，又有三载情深。奴今欲将顺心配与四九，了却当初情意。"山伯道："娘子之言，正合我意。"

合家大小都欢喜，四九顺心也结亲。

卷中暂搁梁家话，再表马家一段情。

马老夫妻忙不住，与儿另选别家亲。

洞房花烛都欢喜，合门安乐过光阴。

此段情由不必说，原说梁家门内情。

祝老夫妻人二个，住在梁家一月零。

祝姓官人忙不住，差人迎接父母身。

要接妹夫共妹子，满月回门叙叙情。

祝老夫妻心欢悦，说与亲翁亲母听。

山伯夫妻忙打扮，好似牛郎织女身。

双双拜别爷和母，随了岳父一同行。

梁老夫妇来相送，翁婿母女下船行。

合村乡邻闻知道，尽说还阳罕曾闻。

男男女女都来看，挨挨挤挤满庄村。

祝家官人忙不住，夫妻迎接二双亲。

又接妹夫并妹子，一同接进到高厅。

山伯夫妻来出轿，拜见爷娘与哥嫂。

众人亲戚言谈说，难得死去又重生。

今朝夫妻重完叙，犹如枯木再逢春。

众人道："难得死去还魂，皆是前世姻缘。"山伯与小姐，将阎王释放还阳，一一说了一遍。众人尽称："实在难得。"

不说众人来称赞，祝公吩咐众家人。

备办三牲并祭礼，合家拜谢上苍神。

厅前摆下团圆酒，一家欢乐饮杯巡。

朝朝欢乐相款待，夜夜春宵度良辰。

夫妻二人如鱼水，吟诗答对乐心情。

不觉光阴三个月，梁家迎亲到来临。

祝家夫妻忙不住，准备妆盒送上门。

嫁妆各色都丰盛，厅前排酒送行程。

山伯夫妻忙拜别，上轿即便出墙门。

下了舟船来得快，自家码头到来临。

全部妆盒来装上，梁公夫妻喜欢心。

夫妻同到厅堂上，拜见公婆二大人。

合家相见方已毕，如鱼似水过光阴。

一年光景来得快，皇榜颁行天下闻。

诏书来到绍兴府，诸暨县内众文人。

晓得梁生学问好，县官推荐到门庭。

山伯难舍娇妻子，英台相劝丈夫身。

学习原想高官做，上京快去取功名。

若得一官并半职,改换门庭作贵人。
山伯听了妻房话,收拾行礼就登程。
堂前拜别爷和母,再辞妻房一个人。
四九童儿来服侍,匆匆一路上帝京。
晓行夜宿来得快,来到皇都花锦城。
主仆进了皇城内,寻其下处就安身。
皇差主考朝门出,点名都进考场门。
三月初三开科试,二场十二又来临。
十五三场来考过,城门清晨挂榜文。
状元非是别一个,就是山伯姓梁人。
红袍纱帽都齐正,两朵金花插顶门。
饮赐三杯皇封酒,游街三日看皇城。
状元金殿来谢圣,荣归故里奉双亲。
君王准奏来封赠,赐乡回家祭祖坟。
辞皇别驾忙谢圣,来朝随即就登程。
一路官迎并官送,风光一路到家门。
堂前拜见爷娘母,五色冠诰奉双亲。
夫妻双双来见礼,英台今日做夫人。
厅前摆起团圆酒,合家欢乐饮杯巡。
酒筵席散方才罢,夫妻挽手进房门。
一夜话文休细说,天明梳洗尽完成。
厅前见了爷娘礼,提起当初一段情。

梁状元想起阴世之事,便与夫人道:"世间夫妻男女尽是业障,无常一到,难免轮回之苦。"告禀双亲:"孩儿不愿为官,情愿弃职修行。"忙写表文一道,差人进京。君王准奏,山伯夫妻大喜,梁公夫妇亦愿修行。祝公夫妻晓得贤婿女儿一家行善,祝老夫妻也将家事交与儿媳掌管,来到梁家,六人同修。

山伯即便来端正,修行学道撇红尘。
就将厅堂来改造,佛堂一座已完成。
中间端坐弥勒佛,观音势至二边分。
朝夜焚香并点烛,日念弥陀夜诵经。
夫妻二人多行善,修桥铺路济饥贫。
百般善事都做过,天官降子到门庭。
英台小姐身有孕,临盆产下小书生。
诸亲百眷来庆贺,题名就叫梁修珍。
光阴如箭来得快,孩儿看看长成人。
立志攻书求上进,后来也中探花身。
梁公夫妇归天去,祝公夫妇也归阴。
长幡宝盖来接引,同到西方安养城。
夫妻守孝三年满,一心苦志去修行。
朝念弥陀无间断,夜诵黄庭几卷经。

夫妻修到九十岁，灶君王帝奏天庭。
玉皇大帝心欢喜，功成完满上天门。
敕令神仙来上寿，庆贺夫妻二年尊。
虔请僧道来礼行，寿堂摆设在高厅。
文武百官都来贺，忽见空中落彩云。
按落祥云厅堂上，特来上寿庆长生。
终南老人来上寿，不愿为官躲是非。
合家修行有美名，特来祝寿到门庭。
三醉岳阳吕洞宾，肩背葫芦不沾尘。
葫芦取出长生药，赐予金丹万载春。
童颜鹤发张果老，每日蓬莱走一遭。
夜来打动云阳板，手捧玉液献蟠桃。
访道修行铁拐李，云游学道赴仙溪。
今日特到梁府门，数支仙曲唱连连。
湘子从来学道人，一封丹诏上天庭。
瑶池共赴蟠桃会，日月同庚万万春。
跨海云游曹国舅，忘情学道自优游。
抛去紫绶金章贵，白发重添海屋筹。
采和庆寿瑶池来，手捧花篮祝寿眉。
篮中藏的灵芝草，金盘托出献如来。
立志修行何仙姑，功成行满得仙扶。
今日捧出长生酒，赢得寿翁笑呵呵。
八洞神仙齐来到，都在厅前饮酒筵。
空中又见祥云到，观音大士下天门。
善才龙女分左右，双双白鹤立厅前。
八位神仙齐立起，山伯夫妇拜慈尊。
观音大士来吩咐，颁发御旨下天门。
二人本是仙童女，只为思凡落红尘。
苦主修行几十载，特来度你上天门。
夫妇二人心顿悟，跨上白鹤就腾云。
八仙各自回仙府，观音领了上天庭。
灵霄殿上朝玉帝，上帝封赠二人身。
插香童子梁山伯，英台玉女执幡临。
家中再说修珍事，拈香点烛谢天神。
梁家个个来修道，后来也要上天庭。
传下儿孙都富贵，个个为善大忠臣。
集成一本双仙卷，留在人间劝世人。

双玉蝉宝卷

玉蝉宝卷宣开言,诸佛菩萨喜欢天。

在堂各位听宣卷,一年四季福寿全。

此本宝卷名叫双玉蝉,故事出在大明正德皇帝年间,那时风调雨顺,国泰民安。在江南苏州府沙洲县曹家村上有一位富翁,姓曹名政,人人叫他曹员外。同室张氏,夫妻同庚四十岁,所生一个女儿名叫芳英,今年十八岁,生得十分端正,聪明伶俐,而且很懂礼貌。曹员外家中很富裕,自己有棚船一只,佣三个船工。经常往杭州去贩卖绸布。今日又要开船出门去贩布了。特别这只木船油水澄澄亮,中间一个棚,人称员外家有万担粮。

曹政是个生意人,今日开船要出门。

吩咐妻子和女儿,在家一切要当心。

我要开船浙江去,贩买绸布生意寻。

大概出去二个月,家中之事托你们。

路上行船要当心,母女两人送出门。

希望爹爹早回转,免得我们常挂心。

张氏夫人把行李送到船上,再拿两千两银子,装好箱子放好。曹政吩咐好家事,马上开船。从沙洲县到杭州要经过常熟,再到吴江,一直到平望。正巧小顺风,四人吃吃酒,很开心。

顺风吃酒真高兴,一路行船向前行。

官塘一直朝南去,顺风顺水快如云。

一路来到樱墩河,忽然天空起乌云。

乌天黑地大风起,闪电大雨响雷声。

要想落蓬来勿及,船在河心打翻身。

雷雨霹雳大风浪,四人河中喊救命。

命在千钧一发中,恰巧来了救星人。

且说四人正在危急之时,对面来了一只大木排船,大船上装满木头,船的两边也挂满了大木头,大风大浪,船身动也不动。大船上的人看见前面小船已经翻身,在喊救命。大船上老板喊:"快去救人。"七八船工马上去救人,将四人救上大船,并将小船翻过来,排干水,把四人领进棚,换衣裳,给他们拿了几条棉被。另一方面,将小船带牢在木排上,见风停浪小,四人身体都恢复。曹政拜谢救命之恩。请教老板尊姓大名。木排船老板说:"我是扬州江都县人,姓沈名通,三十五岁,专做木材生意。今日回家巧遇你们翻船。"曹政道:"大恩人!我们四条性命幸亏你搭救,不知我翻身的一只小船可曾看见?"沈通说道:"已经捞救起来了,现在拖在木排后面。"曹政连忙起身道谢。沈通道:"你身体虚弱不能动。有什么事情吩咐,让我的船工去代劳。"曹政说:"恩人呀。"

今日遇难你救命,你是我的大恩人。

救了我人还救船,恩重如山铭记心。

你我胜如亲兄弟,我有心话说你听。

船夹层中有银箱,未知是否河底沉。

两千两白银在箱中,我出门贩布生意本。

沈通一听,立即命船工去看来,其中有个船工叫长生,起身就去。不多时回来报道,箱子还在,大家很快乐。待等天晴出太阳,曹政同自己船工到自己船上。一看,什么都不缺。这都是木排船工帮助打捞起来的。大家动手将船中被衣等物放在木排上晒,还将船收拾干净。木排靠岸暂停。曹政偷偷叫自己船工到街上去买点鱼肉酒菜,拿到木排船上烧。沈通一见道:"这算什么,难道我船上没有酒菜吗?"曹政说:"我和兄长谈谈心呀。"连忙吩咐厨房里烧起来,不多一时,饭菜烧好,在船舱中台子上摆好,吃起酒来。二只船上的船工,一同饮酒,开设两桌。曹政同沈通同桌饮酒。曹政问沈通:"今年几岁?"沈通道:"虚度光阴三十五岁,妻室三十二岁。"曹政说:"我们夫妻同庚四十岁。"沈通说:"你为兄,我为弟。"曹政说:"我想和你结拜兄弟,你意欲如何?"沈通说:"好,好。"二人马上焚香点烛,就在船中结拜兄弟。各自表决,有福同享,有难同当,拜毕重新入席饮酒也。

曹政饮酒心中想,救命之人要报恩。

虽然结了亲兄弟,没有什么报大恩。

左思右想无办法,想着女儿曹芳英。

今年已经十八岁,应当给她配夫君。

未知沈通可有子,将女许配作报恩。

再说曹政一心想报恩,决定将女配给沈家。那时双方酒吃得差不多,头脑里有些昏咚咚。曹政说:"沈贤弟你家中可有几位儿郎,最大的可有几岁?"沈通一听想要说:"只有一个儿子,只有八个月,一岁未满,叫梦霞。"可是嘴里有块肉,勿好回答,只好做手势,先伸一只指头,就是说只有一个儿子,再伸八只指头,就是说只有八个月。可是曹政弄错了,一只指头和八只指头是十八岁。巧哉,与我女儿同庚,就对沈通说:"我女儿配给令郎可好?"沈通说:"完全同意。"曹政道:"一言为定。"沈通说:"到十月份,我送聘礼到你家来,决无虚言。"曹政说:"就此决定。"二人拍手,哈哈大笑,这桩亲事已经决定了。

一众船工忙勿停,连忙收拾就去困。

吃酒定亲大弄错,年纪相差十七春。

双方大家不明白,糊里糊涂就定亲。

二人酒醉扒台困,船工不敢响一声。

再说船工就将被头拆出棉胎,另外晒太阳,一面将小船收拾干净,待等曹、沈两人醒来,天色已晚,马上吃夜饭安睡。一夜已过,直抵来朝,天明起身,大家开船。沈通向北回扬州。曹政往杭州,二人分别时,大家说女儿的亲事一言为定。沈通说:"到今年十月份,我一定来送聘礼。"曹政说:"我望你来,千万莫误也。"

二人分别笑颜开,往北向南两分开。

木排往北回扬州,曹政贩布杭州来。

勿宣木排往北去,再说曹政绸布贩。

再说曹政来到杭州,再往湖州一带地方,购买绸缎布匹,没有几天已经买足。马上开船回家了。

曹政买布回家转,心中想想喜十分。

遇难得救拜兄弟,还将女儿定终身。

路上行程都平安,顺风相送到苏城。

布匹卖掉铜钱赚,回到沙州喜欢心。

一路来到自己宅,妻子佣人接进门。

看见女儿心快乐,面貌漂亮已长成。

替她配给沈梦霞,谅必母女也称心。

吃好夜饭大讲张,先讲翻船遇救星。

曹政对妻子和女儿说:"在樱墩河中遇到大风雨,小船翻身,我们四人在河中。正在危急之时,大喊救命。幸亏来了救命人,是一只木排船,救了我们四人性命,还将小船救起来,一样也没有遗失。"娘娘问:"是啥人救的？"芳英说："这真是一个大恩人。"曹政说："他是扬州人,做木材生意的大商人,叫沈通。他一只大木船拖木头到江北去,巧遇我们翻船,前来搭救。到他大船上换衣裳、吃夜饭、住夜。我与他结为八拜之交的弟兄,真是一个大恩人呀。"

张氏母女听得清,曹政讲得真起劲。

张氏一听看女儿,小姐低头不作声。

曹政说："我为了报答大恩,将女儿终身许配给沈家了,谅你们母女二人都同意。"张氏说："救命大恩应该要报,谅必女儿也是懂礼的人,一定也同意。忙问芳英,女儿呀! 你说说看。"芳英红着脸说："听凭父母作主。"曹政夫妻二人哈哈大笑。张氏说："布商配木客,真是门当户对呀!"

芳英心中想真情,不知官人怎样人。

面长面短勿晓得,父母作主无哪能。

不知今年有几岁,文章不知精勿精。

本来无颜去问讯,为了终身大事情。

母亲门前问一声,母亲去问老父亲。

且说一到明天,芳英走到娘房中,请安后说："母亲,奴有一件心事,不知可否问一问?"张氏说："女儿呀! 母女之间有什么不好讲,你大胆问呀!"芳英红着脸问道："不知沈梦霞有几岁,书读得怎样?"张氏一听："呀! 我忘记问你爹爹,待我马上去问来。"张氏同女儿下楼到书房,请过安。曹政叫母女二人坐下："你们娘两个有什么事?"张氏说："昨天你没有讲清楚,扬州女婿今年几岁,学问怎样?"曹政说："与女儿同庚十八岁呀。关于文章,大概是不会错的,请你们母女放心。到今年十月份要送聘礼来的,还要有媒人来到,那时可以问问清楚。但是父亲作主,为了报恩,不可随便变更。如果要变心,为不孝,不从父命。"张氏说："好了好了,带女儿就回楼去了。"

曹政心中不起劲,问长问短为何因。

一切之事父作主,为了要报救命恩。

如果对方人勿像,沈通也要讲明白。

女婿一定像沈通,心直口快好人品。

勿说曹家家里事,回文再宣扬州人。

且说扬州沈通的木排船来到长江口停船,要等南风顺风。等了好几日,正是九月天,风讯来了,大东南风,就扯篷过江。到了家里,大家欢喜,沈通先要去看看儿子。抱了儿子一看,又白又胖,裹在袍裙里,大得多了,满心欢喜。晚上对大家讲,儿子梦霞已经定了婚,将经过之事,一一说了个明白。大家非常欢喜,特别沈大娘听见儿子联姻,高兴非凡。

陈氏想想真开心,儿子已经早定亲。

看看儿子生得好,眉清目秀小官人。

想必媳妇也漂亮,江南江北二配亲。

便问丈夫送啥礼,沈通说传家之宝作礼品。

陈氏问道："什么传家之宝?"沈通说："就是你我为定亲聘礼准备的一对玉蝉。这对玉蝉是我家三代祖传下来的无价之宝。"张氏说："很好,但不知到什么时候送盘。"沈通说："等我木材停当后,到十月份,拣一个好日子,就送盘。"张氏就拿出一对玉蝉来,雪白锃亮而且毫光闪闪,分雌雄二只,是一对汉玉宝贝。沈大娘娘就将雌的一只挂在儿子颈上,都是真金的链条。另一只放在箱中,看看儿子满心欢喜。

大娘在家抱儿子,沈通出门木材运。

就将木材卖出去,木材生意实在兴。

光阴如箭直在快,十月十六到来临。

沈通为儿办喜事,要请媒婆做媒人。

沈通想送聘礼,要请个媒人,否则勿像样,就吩咐佣人到前村去请媒婆来。不多一时,许媒婆请来了。媒婆说:"啊呀!见过沈员外哉,喊我来有何吩咐?"沈通说:"请坐。今天请你来非为别事,因为我家梦霞儿子虽然一岁,我已经给他定好亲了,明天就要送盘。请你做个现成媒人,给你喜银二两。"许媒婆一听,哈哈大笑说:"沈员外真是大量大福,我明天一早来,一定来。"就在沈家吃了点心就回家。沈通吩咐佣人,发请帖给亲眷朋友,一面杀猪宰羊,买办一切准备矣。

沈通准备办喜事,杀猪宰羊闹盈盈。

选定十日十六日,黄道吉日就聘行。

今日十六定亲期,亲眷朋友闹盈盈。

许媒人也已经到,早上发盘下船行。

十二金来十二银,只只盘里不非轻。

特别一只雄玉蝉,放在盘中耀眼睛。

绸缎布匹样样有,十六只礼盘花样新。

媒人一同来下船,立即开船就动身。

恰巧今日东北风,顺风相送快如云。

下午来到曹家村,曹政迎接放高升。

到了曹家,准备发盘,许媒婆一一吩咐。唯有一只白玉蝉,媒婆说:"员外吩咐的,一定要我亲手挂在小姐头颈里的。这对雌雄玉蝉是沈家三代传家之宝,小姐在哪里?"曹政吩咐丫头:"领媒婆上楼进房。小姐正在梳妆。"媒婆问:"小千金呢?"丫头指指小姐说:"就是她。"媒婆一看一呆,说:"沈家小少爷是配的曹芳英小姐呀?"芳英说:"奴家就是芳英。"媒婆一时说不清,想想不对头,梦霞一岁未满,怎么会配十八岁的大姑娘,再问:"曹员外可有几位千金?"芳英说:"只有奴一个,你不信去问我父亲、母亲。"许媒婆立即下楼,满身有点发抖,问曹政:"你今天受盘是哪一个女儿?"曹政一听一呆:"只有一个女儿叫芳英,在楼上,你为什么问这问那?"媒婆说:"恕我多嘴。"回身上楼将一只玉蝉挂到芳英小姐头颈里,说:"恭喜小姐,贺喜小姐,将来玉蝉成双,夫妻成对。"哈哈哈哈大笑。

玉蝉挂在小姐身,媒婆心中又疑心。

沈曹二人生意人,大家都是聪明人。

年纪相差十七岁,其中必定有原因。

奴做媒人只要钱,管他大家婆来小男人。

况且他们自己定,怪勿着奴许媒人。

嘴上勿说暗好笑,回盘开船转家门。

盘船回到扬州地,沈通全家喜盈盈。

沈家闹了三四天,亲朋好友回家门。

梦霞倌倌生得好,颈项玉蝉亮晶晶。

沈通仍旧生意做,许媒婆也勿说明。

光阴如箭容易过,日月如梭晓夜行。

残冬过去又逢春,春去夏来秋有阴。

突然扬州瘟疫发,很快传染到乡村。

沈家大娘起毛病,服药求神都不灵。

不满二天身亡故,抛下沈通父子身。

沈通哭死又还魂,料理丧事勿必论。

沈通懂得传染病,设法小人避疫性。

忙写书信来封好,挽托媒婆送小人。

沈通避免儿子染上瘟疫,连忙修书一封,叫老家人叫了一只船,拜托老佣人和许媒婆送往江南沙州县曹家村亲家家里。许媒婆带了些银两,领了梦霞速速开船动身,二天已到曹家。曹政问明情况后很伤心。可是现在才知道,梦霞是个小人。曹政拆信一看,才明白当时在定亲时,伸手指头弄错。现在木已成舟,大恩要报,忙同妻子商量,收下梦霞。一面打发老家人和许媒婆回家,另一方面用奶娘,还告诉女儿。芳英一听,是个小孩子要做我的丈夫,当时勿答应。经过父母相劝,要报救命之恩,只能如此。芳英只好答应,看看梦霞眉清目秀,是个小男孩呀。

曹政连忙用奶娘,芳英只好抱小人。

张氏娘娘也欢喜,养好梦霞顶要紧。

芳英小姐心中闷,奴与梦霞哪配婚。

年龄相差实在大,等他成人奴老人。

心里总是勿称心,但是难违父母命。

玉蝉一对为礼品,各挂一只为凭证。

爹娘为了报大恩,只好服从父母命。

梦霞就在曹家登,无毛无病易长成。

一年断奶奶娘转,一切之事芳英来担任。

白天芳英常抱手,夜里二人一同困。

张氏带了梦霞同困,梦霞经常哭勿停。但梦霞只要和芳英困,就勿会哭。芳英只好日夜服侍他,当他亲兄弟一样看待那。

勿说芳英带小人,再说乡邻说分详。

年龄相差太大小,将来如何配成亲。

曹政只说要报恩,年龄大小勿要紧。

夫妻相差十七岁,世上外面多得很。

正在书房呆思量,忽然接到一封信。

这封信是扬州沈家寄来的,拆开一看,大吃一惊。沈通犯着瘟病,在临死时遗言一句:拜托曹兄扶养好梦霞。曹政两泪交流,告诉妻子女儿,全家好不伤心也。

曹政想想泪纷纷,结拜兄弟命归阴。

虽然留下一只根,襁褓之中是小人。

托我抚养人长大,又做爷来又丈人。

我一定来抚养好,报答江中救命恩。

吩咐女儿要当心,抚养梦霞要报恩。

芳英答应称言是,当作亲弟一样能。

日间常抱在手中,夜里同困像娘能。

光阴很快已七年,梦霞已经八岁春。

梦霞八岁,只晓得芳英是阿姐,曹政夫妻二人只当亲爷娘。曹政就托人请了一位先生,姓吕。吕先生带一个女儿,名叫碧云小姐。今年七岁,还有一个丫头,叫惜玉,今年十八岁,同居住在曹家,伙食自给。吕先生教梦霞读诗书,全村同学有十多个。吕先生训教十分认真。

先生是个有才人,秀才出身第一名。

曹家村上来训诲,学生倒有十几人。

碧云也在同学里,梦霞碧云很亲近。

一同学习一起玩,好比兄妹一样能。

芳英看见很快乐,曹老夫妻也开心。

吕先生见了也欢喜,同学应该要亲近。

曹政出外生意做,吩咐养好梦霞人。

芳英母女都答应,爹爹在外要当心。

有几个同学问梦霞:"你家姐姐是啥人?为啥她姓曹来你姓沈?"放学回家,梦霞就问姐姐:"究竟怎样一回事?"芳英说道:"不要听同学胡说呀。"

不说他们家常事,再说光阴快如云。

春去夏来容易过,残冬腊月又逢春。

光阴迅速来得快,时光已过十年春。

梦霞倌倌十八岁,碧云小姐十七春。

二人一起书来读,哥哥妹妹来相称。

芳英今年三十五,自己已觉中年人。

看看官人已长大,眉清目秀好郎君。

自己觉得青春过,难与梦霞结成婚。

芳英心中常思想,恐怕梦霞要变心。

不宣芳英心中想,再说先生接着信。

吕先生接到京中发出榜文,来信说:"京里来年大开考场。请同学们要用心勤读。"吕先生就同曹政夫妻讲:"今年要同学们勤读诗书,来年要上京考试。"大家都欢喜。当夜用过晚饭后,曹政和女儿到书房,梦霞迎接爹爹姐姐:"请坐用茶。"曹政说:"梦霞儿,你要勤奋努力,来年上京,得中回家,拜堂成亲。"梦霞说:"谨遵父命。"芳英红着脸说:"恐怕你中了状元回家,要变心。"梦霞说:"姐姐我决不变心,请姐姐放心。"当时芳英想说,后来一想,恐怕妨碍他的读书学习要分心,故此话到嘴边,未曾讲明。

芳英要想来说明,只为攻书要分心。

故此未曾来说出,心中暗暗来思忖。

梦霞不知其中情,糊里糊涂来答应。

曹政夫妻我爹娘,嫡亲姐姐是芳英。

梦霞读书真聪明,外加日夜读书勤。

希望一举能成名,荣宗耀祖显门庭。

梦霞感谢亲姐姐,夜夜陪读到三更。

热汤热水半夜饭,都是姐姐费劳心。

姐姐如此服侍我,今生今世不忘恩。

光阴如箭过得快,残冬过去又逢春。

一到二月上中旬,皇榜贴得满城门。

京中招贤开大考,各显神通跳龙门。

曹政、吕先生得信后,忙叫学生们上京赴考。张老夫人同女儿准备行李。曹政给了路费,梦霞与书童上京去。

　　拜别父母二大人,再别姐姐曹芳英。

　　芳英想要讲明白,又怕妨碍考试心。

　　想想梦霞有礼貌,不像无情无义人。

　　碧云小姐也相送,吕先生相送出大门。

　　各地书生去赴考,大家都想中头名。

　　芳英一人来思量,希望考中做夫人。

　　天天等来日日望,盼望京中早来信。

　　碧云小姐天天来,常和芳英走亲近。

　　碧云不知梦霞配芳英,也不知梦霞扬州人。

　　不说他们家中事,再表考生到京城。

　　全国各地考生到京都,住进客栈。等到考期通知,贴出来三月初十日头场,三月十五日二场,十九日三场。各个考生,大家作好准备那。

　　三月初十考头场,考生都进考场门。

　　各个考生都认真,都想夺取第一名。

　　十五二场来复场,考生个个心不停。

　　十九日三场来开考,各拿文才跳龙门。

　　三场已毕等皇榜,考中状元是啥人。

　　过了几天皇榜挂,人人要去看榜文。

　　头名状元非别个,梦霞得中第一名。

　　梦霞也去看皇榜,看见头名中自身。

　　梦霞此时心欢喜,不负奴奴窗下辛。

　　君王宣召状元身,梦霞来到金阶下。

　　正德一见状元郎,眉清目秀富贵相。

　　正德皇帝开金口,御手相搀叫爱卿。

　　金銮殿上赐金凳,御酒三杯赐爱卿。

　　钦赐御酒三杯盏,游街三日看皇城。

　　九卿六部去拜客,状元府里住安身。

　　写好本章奏万岁,回乡祭祖要完婚。

　　万岁一见龙心悦,准奏回乡祭祖坟。

　　奉旨完婚归故里,封为一品正夫人。

　　凤冠霞帔回家转,状元受封谢皇恩。

　　状元别驾归故里,百官相送出皇城。

　　逢州自有州官接,逢县自有县官迎。

　　官船一路回家乡,路上迎接不必论。

　　顺风相送来得快,已经到了自家门。

　　曹政全家都欢喜,特别芳英顶开心。

　　梦霞先见爹和娘,后见姐姐曹芳英。

　　再说恩师吕先生,碧云伴拢不见人。

亲友贺喜很热闹,不是亲来也是亲。

曹政家中来办酒,选好吉日就成亲。

曹政家中热闹,就请先生拣日,选好八月十六日结婚。发请帖相请诸亲百眷好友,特别通报扬州许媒婆。沈家亲属家中杀猪宰羊,大开正门,大排酒席,迎接亲友,文武百官。梦霞对芳英姐姐说:"姐姐,这一天总算盼到了。"芳英说:"我服侍十几年,今日总算出头了。"大家非常快乐。

芳英小姐想前情,总算梦霞成了人。

梦霞知书达礼人,不嫌奴老愿结婚。

诸亲百眷齐来到,六局鼓手闹盈盈。

吃好夜饭就结亲,许媒婆倒忙煞人。

梦霞全身都是新,红袍玉带状元身。

手托一盘凤冠衣,交给姐姐换衣襟。

再说新房里许媒婆,刚才叫芳英:"好小姐,要上亲哉。快梳妆打扮,更换衣襟吧。"芳英答应。这时恰巧梦霞托进一盘状元夫人的凤冠衣服。芳英一看,多么开心,笑眯眯去接,接在手中。忽听梦霞在说:"请姐姐快拿去给碧云穿上,快要结亲了。"芳英一听说:"啥?你说给谁穿?"梦霞说:"去给碧云穿呀,我今天和碧云结婚呀!"许媒婆说:"胡说,状元老爷是从小与芳英配亲,是奴做媒的那。"梦霞眼睛一弹说:"放屁,芳英是我的姐姐,我与碧云在学堂里读书时,二人私定终身,这此奏明皇上,奉旨完婚。怎说是芳英姐姐呢?"许媒婆说:"今日有玉蝉为聘,你们二人发誓,你不娶来他不嫁。你现在却变心了。"就在这时,芳英一听,啊的一声,跌倒在地,昏了过去。大家过来将芳英抱到床上,梦霞急喊:"姐姐,醒来醒来。"过了一时,芳英慢慢醒来,张开两眼,看见梦霞双手发抖,将自己头颈里挂的一只玉蝉拿下来,授给梦霞说:"你拿去罢。玉蝉成对,人成双吧。"眼睛一闭,又昏了过去了。这时曹政夫妻二人来了,梦霞说:"爹爹,怎么姐姐也有一只玉蝉?究竟怎么一回事?"曹政说:"你且听爹道来。"

你是原来本姓沈,不是我的嫡亲生。

你父沈通生意做,我也贩布杭州城。

我在樱墩河里船来翻,你父救我四条命。

二人结为亲兄弟,八拜之交胜嫡生。

我要报恩女儿许,做手势来讲年龄。

"我和你父在酒席台上,谈家常谈及一心要报救命之恩。我问你父亲:可有几位令郎,可有几岁?但你父嘴里不说,先伸出一指,再伸八指。你父的意思是只有一个儿子,现在刚八个月,名叫梦霞。我误认为今年十八岁。我想正好和我女儿同庚,就此草草定亲。后来你家就送盘过来,还有玉蝉为聘礼那。"

十月十六来送盘,许媒婆是做媒人。

十二金来十二银,玉蝉一双宝和珍。

大家一只为表记,雌雄玉蝉配成双。

你妈不测来归阴,把你送到我家门。

当时你在襁褓中,芳英拿你养成人。

你嫌比芳英年纪大,变了良心另配亲。

再说梦霞就对爹爹说:"你为什么不早说呢?芳英我只当亲姐姐,所以我同师妹碧云私定终身。我在万岁面前奏明碧云为妻,万岁封她一品夫人。"大家说:"皇命难违。"曹政说:"今日你和碧云先成亲。"梦霞说:"待我再奏明万岁,重和姐姐成亲也。"大家说:"一夫二妻很好呀。"

凤冠霞帔碧云穿,梦霞碧云就成亲。

厅上鼓乐喧天响,参拜天地结成双。

先生心中喜十分,女儿做了真夫人。

送入同房花烛夜,梦霞出来陪客人。

来到姐姐房间里,丫鬟使女一大群。

梦霞叫声好姐姐,只为当初不知因。

如果早知这件事,决不会和碧云订终身。

姐姐你要原谅我,千万不要自虚心。

待我回到皇城里,万岁面前奏一本。

愿与姐姐来结婚,愿做一品正夫人。

芳英说:"弟弟,奴怪你无主张。我当初辰光、夜里陪你读书时,没有与你讲明白。因为要妨碍你的读书、做文章,后来奴送你上京赶考时,又恐怕误你考试要分心,所以奴不敢说穿。"梦霞说:"姐姐,你讲你我的婚姻,哪会妨碍学习和考试呢?"芳英说:"贤弟,奴与你年纪相差太大,恐防伤害你的内心。奴与夫妻不相称,请你原谅。现在你们夫妻和睦,是天生一对、地成一双。请贤弟不要奏明圣上,奴愿做孤单终身也。"

梦霞叫声姐姐听,莫要自虚不相称。

姻缘本是前生定,五百年前结缘份。

芳英碧云同看待,梦霞决无二条心。

状元外面有人请,马上出去陪客人。

状元来到外面去招待客人,丫头服侍小姐,芳英起身,坐在梳妆台前面,对生铜镜一照,看见自己呀:"为什么?为什么?奴已经年老了,照看自己只面孔,虽然三十六岁,已经半老娘家了。"

大哭青春何处去,年轻容颜难回春。

十七八岁白又嫩,现在变得老皱皱。

头上青丝杂白条,二鬓白发亮晶晶。

前几年面如春色样,现在脸上有皱纹。

青春一去不复返,千金难买寸光阴。

小姐哭得伤心苦,思想心中苦十分。

奴与梦霞成一对,害得梦霞难做人。

如果住在家里登,害得碧云不称心。

芳英想:"我登在家里,梦霞一定要奏本皇上,与奴成亲,定要害得他们夫妻伤感情。不如待我出家吧,让他们夫妻安心和好,心里就放心了。"

芳英主意已决定,决定自己要出门。

出门去做出家人,要让梦霞死了心。

落发修行做尼姑,修得父母福寿增。

下定决心安心困,一夜无话不必论。

天亮一早抽身起,梳洗已毕用点心。

父母面前安来请,曹政夫妻喜十分。

梦霞夫妻来问安,碧云叫应姐姐身。

厅堂问安多热闹,芳英启口禀原因。

前日许愿今日还,要到庵堂了愿心。

父母答应忙准备,佣人香烛办端正。

拜别家人门来出,一顶轿子到庵门。

丫鬟佣人来服侍,庵堂师太接进门。

丫鬟连忙点香烛,小姐坐停用香茗。

小姐跪在拜垫上,三拜三叩牙咬紧。

尼姑和丫鬟都在旁边,看小姐拜佛,只见小姐两泪交流,跪在拜垫上不动。忽然看见小姐袖中拿出一面镜子,一手对照,一手将头上的珠子拔下来,一样一样都拔光。突然左手一把头发,右手袖子里拿出一把大剪刀,将头发轧轧嗒嗒二剪刀,全部剪光,吓得众人魂不附体。丫鬟马上去抢剪刀,来不及了。当家师太说:"曹小姐你为何如此?"芳英走到老师太面前,双膝跪下,连连叩头哭道:"师父,求求你收奴为徒,奴决心落发为尼姑。"这时师太满身发抖说:"好小姐,你是千金小姐之体,不能这样做。好小姐你快回府去吧。"小姐说:"奴主意已定,决无更改,你不答应,奴跪死地上不起来。"师太和丫鬟一同来搀扶起。师太叫丫鬟:"马上去叫曹员外夫妇到庵堂呀。"

小姐青丝剪干净,跪在地上不起身。

丫鬟回报曹家晓,老夫妻俩急煞人。

梦霞夫妻一同来,张氏啼哭到庵门。

几顶轿子到庵堂,只见芳英哭勿停。

梦霞抱住亲姐叫,芳英披头散发不像人。

大家劝她回府去,她定要做出家人。

爹娘譬如勒养我,梦霞可接后代根。

劝了半天劝不醒,再劝剪刀剪头颈。

吓得大家只好回,曹政吩咐师太暂答应。

师太答应芳英起,要求剃头六根净。

曹政和梦霞偷偷地对师太说:"暂时答应,将她留在庵中,你们要好好劝她回家,重重有赏。"大师太答应。曹家众人回府不提。再说师太就答应收你为徒,芳英又三拜起身,更换衣襟。师太只好给她换衣。芳英要求师太剃头,师太推却:"要过七个月才能剃头,这是佛门规矩。头上戴尼姑帽子,还要教念佛拜谶。"师太只好教她几句那。

芳英定心在庵门,又敲木鱼又念经。

全庵尼姑都劝她,你有福勿享做戆人。

状元夫人不去做,要来落发入空门。

劝你小姐回家转,尼姑苦处说不尽。

日夜轮流来相劝,小姐无论劝不醒。

曹府天天来问讯,总说小姐劝不信。

劝了七日并七夜,小姐决心无改更。

说道要是再来劝,悬梁高挂一条绳。

吓得大家不敢劝,曹政梦霞也无哪能。

只好让她来落发,取的僧名叫义静。

张氏天天与曹政吵,酒误大事害婚姻。

女儿为了一个义,年龄相差难做人。

张氏常到庵堂去,芳英相劝老母亲。

出家不出家都一样,女儿出家倒称心。

勿说庵堂一切事,梦霞满期上京城。

一到京中就奏本,前后经过写得清。

皇上见表龙心悦,敕封义静贞义人。

贞义牌坊来造起,贞义庵三字皇题名。

梦霞回家奉圣旨,奉旨造坊人人敬。

重新改造贞义庵,全庵尼姑喜煞人。

贞义牌坊来造起,庵堂门前牌坊灵。

远近香客都来看,称赞小姐贞义人。

碧云也到庵堂去,烧香念佛拜世尊。

庵堂香火都旺盛,全庵尼姑喜十分。

义静修行多真心,后来得道上天庭。

后来梦霞生三子,接替曹沈吕三代根。

曹政夫妇也修行,行善布施救穷人。

三个儿子都做官,个个在朝伴当今。

玉蝉宝卷宣完成,大家增福寿也增。

做事总要三个对,吃酒勿要误事情。

卷中倘有错误字,三炷长香补完成。

双珠凤宝卷

双珠凤宝卷初展开,合堂大众诵经文。

端坐诚心来念佛,自然得福免三灾。

为善之人天不悔,作恶之人祸殃来。

莫道人间无报应,举头三尺有佛来。

却说此卷出在正德皇帝做了龙位。昔年,有一家乡宦人家,姓文名叫必正,祖居河南,洛阳县人氏。先祖当朝一品,父亲文贤,位居堂堂御史。母亲安氏,诰命夫人,所生必正,并无兄弟姐妹。必正年方十八岁,已入黉门,尚未联姻。父亲只为触犯奸臣,削职而归,气成一病,不久身亡。必正与买棺,料理后事,不提。家中尚有母亲安氏,家人使女几十人,以及三十万家财。必正想着当年,南阳有个计文生,借去我家银子三千两,至今本利全无归还。今日奉母之命,要到南阳去讨账。今年正巧是大比之年,要到京都,不能耽误。讨账之后,速急回来,求取功名。"待我先到南阳去,速去速回,亦不失误。我想海青这个小团,倒也伶俐,我要叫他跟去",叫到:"海青在哪里?"海青答应:"来哉,来哉。大爷有何事情?"必正道:"与我收拾行机,南阳去讨银子了也。"

好位大爷文必正,内堂拜别母亲身。

便叫海青来备马,跨上鞍辔就出门。

海青随后挑行李,晓行夜宿南阳到来临。

进了城中下马来进招商店,主仆双双坐定身。

两人准备歇夜,必正道:"可有房屋一间,待我搬进行李,借住一夜,明日早行。"茶房一听,就将夜饭送到公子门前,二人用过已毕,文正说道:"海青,你路上辛苦,先去安息吧。"

打发书童先去困,必正顿时闷昏昏。

坐立不安和衣困,细听金鸡报五更。

即便起身来洗面,用了早饭出门行。

会了房钱来上路,思想要问计家一墙门。

必正道:"大哥,我要请问一讯,此地有个计文生,家住何处?"这位大阿哥说:"住在南街上,过东,走进衙堂,见墙门便是。"必正道:"多谢,多谢。"此时二人到了计家门口,只见墙门紧闭,又问对过店里,必正说道:"老先生,我要问你个讯,对面可是计家?"先生说:"正是,问他什么贵干?"必正道:"特来问他,有些小事。"先生说:"计家到广东上任做知县,与夫人、公子、小姐、家人侍女同去的。只有一个老家人,年有七十,不中用的。"必正听说:"回答店家,先生我要去了也。"

叫声海青回转身,待他满任再来临。

闻得南阳多景致,游玩一番乐心情。

走出城中匆匆去,海青心里也高兴。

其时正遇春光好,一带垂杨绿似烟。

不说必正游玩。再说南阳有一个霍天官,做过吏部天官。夫人韩氏,所生一女,叫定金小姐,并无兄妹,年方二八,尚未出贴,今日同母亲到莲花庵游玩游玩。母女二人准备轿子,带领几个丫鬟,坐了轿子一路行程,看看三春好景致。到了庵中,尼姑迎接,用过香茗,到花园去看花,游玩一番也。

只见百花开放香喷喷,小姐坐在河心亭。

木香棚搭就一只花狮子,牡丹亭相对果然精。

抬头细看园中景,桃红柳绿密层层。

勿说定金游玩事,再说必正坐轿向前行。

公子抬头一看,看见一只庙,上写"莲花庵"三个金字。"女菩萨的所在,小生且到庙中看看,进去游玩游玩。"

正要推进内扇门,只见告条上头存。

一应闲人不许进,啥人进去罪不清。

公子一见心大怒,开出口来火直喷。

十方之所庵堂地,啥人贴条禁人行。

拳头敲门如雷鼓,惊动尼姑一众人。

必正一见告条,贴出"一应闲人,不许进去",看得心中大怒,拳头敲门,尼姑听得连忙走出,问道:"啥人打门?"公子道:"学生是行路之人,只因口渴,特来吃茶一杯。"尼姑道:"相公,请立一歇,待小尼送来。"必正道:"这等放肆?"尼姑道:"呀,相公,我是出家人,怎敢放肆?你看辩张告示条,就明白了呀。"必正说,"我正要问你,是哪个乡绅在里面。我想要进去,游玩游玩,若不开我进去游玩,将你送官究治。"尼姑道:"相公,今日实在不能玩。若要进去,明日好行动。"必正道:"为何?"小尼姑道:"不瞒相公说,此庵是东关内霍天官的家庵。今日夫人、小姐在此花园游玩,故而不好进去也。"

必正听说喜欢心,便把尼姑叫一声。

开言叫道不妨事,待我进去走一巡。

尼姑见他斯文相,一身打扮不非轻。

不知啥人家个贵公子,即怕有来惹祸根。

尼古思想:不知霍府来头哩,还不知舍人家公子,听他说话十分厉害,说道:"相公若要见了夫人、小姐,须要文雅。"必正道:"正其如此。"尼姑便把山门打开,公子走进,叫海青:"你先到茶坊内等等,待我进去游玩一番,就回来也。"

不表海青回转身,再宣相公里边存。

尼姑引到客堂内,香茶一盏坐安身。

必正坐在堂中,思想:"不见夫人、小姐,难道尼姑骗我呀。想必里面有大殿,待我走进一看。哦!原来是观音宝殿。"

只见月洞二扇门,把手推了紧屯屯。

但是此处不能进,踱来踱去不驻停。

只有旁边香花喷,不怕夫人小姐此间存。

就怕门关无处进,再说尼姑送香茗。

尼姑送茶,看大殿不见人,说道:"相公在哪里呀,难道去了?"忙到外面一看,山门仍旧闩好,只怕到里边去了。慌忙走进内殿,扭住公子,叫道:"相公此处,不可进去玩,你快些出去。"必正道:"呀,这等放肆,扭我为啥事体?"尼姑道:"哎呀,公子呀,我来告诉你听那。"

霍府小姐女千金,她在园中乐心情。

必正听说眯眯笑,便把尼姑叫一声。

难道她们好游玩,我就不可乐心情。

今朝让我走进去,不开我就打你身。

尼姑听了公子言话,不敢怠慢,说道:"相公进去,不可东张西望,要斯文的。"说罢,便开园门,必正走进花园,抬头细看,百花开放了。

荔枝街上茫茫行,木香棚下道来临。

看看牡丹亭一只,九曲栏杆装几层。

百样花名说不尽,坐在亭中等佳人。

再说小姐看到花蕊中蝴蝶对对飞,便对丫鬟说道:"辩只飞来的,什么东西?"丫鬟道:"小姐啊,辩是有出典的。"小姐道:"什么出典?"丫鬟道:"梁山伯是男,祝英台是女。两家头,同学三年半,是黑漆皮灯笼,不尽晓得是男、是女。后来二人相会,说明情况,害了梁山伯相思病出来。"小姐说:"因为恩情,未尽报答,故而飞来飞去相会。"小姐说:"不必多言,这边有大粉蝶,你搭我捉来。"众丫鬟大家去捉。

丫鬟奉命忙碌碌,赶来赶去捉蝴蝶。

声音喧闹了不得,惊动亭中小后生。

再说必正到里面是东张西望,听见"快些捉呀,捉呀",不免心中吃一惊。

必正吓得胆战惊,谁来捉我小书生。

细听声音女口气,跨上莲花桩上看分明。

手揑金扇遮日头,远远望见众佳人。

只见穿红并着绿,河心亭上立千金。

二个丫鬟来服侍,想来就是小姐身。

当头插对珍珠凤,花簪插得密层层。

上着水绿袖衫袄,下着百裥凤凰裙。

娇娇滴滴桃红脸,一口银牙红嘴唇。

十二丫鬟来服侍,各个金扇手中存。

必正道:"晓得你小姐爱粉蝴蝶,慢慢来,待我去捉蝴蝶。"又说:"众位姐姐,是这样捉的。"丫鬟见男子,是一个书生,吃了一惊,小姐也全听见,说是哪个人,搭我看看。丫鬟奉命就在河心亭往边上看,一寻寻到牡丹亭,说:"呔! 你是啥人,在此东张西望,我去说与天官晓得,挖忒你二只眼窝珠。"必正道:"你家小姐在此游玩,我也在游玩,大家看看景致。"丫鬟听说,急忙回复小姐:"小姐勿好哉,又一人在莲花桩上、牡丹亭内,眼睛骨溜溜看你,不如早回去吧。"

小姐听说步来行,一众丫鬟斟酌情。

走到牡丹亭前过,看见必正一个人。

丫鬟叫道:"小姐,这个狗头,立拉笃看你小姐。众位丫鬟,大家护没小姐,偏偏勿界俚看见。"此时走过仙花桥,来到牡丹亭中,丫鬟围住。必正一想,现在这样,不能相见,不如待我上前敬礼,小姐若要还礼,可以看清。看看小姐相近,必正走到前面,连忙迎接。众丫鬟说:"你是男人家,啥要迎接? 走开点,让我俚走过去。"必正说道:"姐姐,你们小姐在此经过,小生行礼迎接。""走开!"丫鬟道:"快些远开点,不要来看。"小姐说:"不要与他对面,快点走罢。"

小姐木香棚下行,珠凤插在上面存。

必正在后来拨下,走出月洞到殿门。

小姐回进云房去,随同母亲转家门。

尼姑送出山门转,这番急煞小书生。

必正一想:"小姐这只珠凤畀我拨下,不尽晓小姐是否知道。待我跟轿而去,看她家住何方,我去看看再说。"小姐一路来到自己家内,不提。再说必正跟了小姐,轿子到了天官府上,一看写了"天官及第",又见墙门上,贴一张告示,写出本官要收一个清秀书童服侍。必正想:"有拉里。"

不说必正想求亲,再宣小姐上楼门。

快嘴丫头来看见,便把小姐叫一声。

丫鬟说:"啊呀,小姐吓,为啥你头上少了一只珠凤。"小姐一摸,果然少了一只。小姐思想倘然有人拾了珠凤,恐怕要拿到外面买脱,便叫丫鬟下楼,快到庵中,花园内去寻一寻。

小姐此时心中怒,便骂丫鬟不用心。

此时急得生暗气,母亲知道话谈论。

我想书生无道理,生怕畀你拿去卖别人。

不宣小姐香闺事,再说公子门外寻。

只是无人做说客,要寻中人进墙门。

对面有爿糖粥摊,摊上有位老年人。

必正上前叫道:"老公公,借问一讯。对门霍府里要买一个书童,不知啊要用我。"老人说:"你这样一个小后生,为何要卖身?"必正道:"不瞒您老公公说,我父母早丧,不能度日,故烦你与我引进。若有好处,多多谢你。"老人说:"你若要寻辩条门路,我是弄不来的。就在那首有个叫倪妈妈,惯做事体,你去看也。"

公子作别店家老年人,即便来到倪家门。

卖婆听得人敲门,便骂何人到我门。

人人看我千金女,只因我做了卖婆人。

再说一个倪姓卖婆,丈夫叫倪近溪,就在对门开豆腐店,故而住在殿中。所生一男一女,儿子赌钱吃酒,看他也无用。小女名凤姐,年方十七,尚未出贴,好似千金小姐。卖婆听见有人敲门,就过来开门,见了公子也。

你今到来为何因,偷看人家女子身。

公子即便回言答,我要卖身喊中人。

倪卖婆听说心中快乐,说:"请公子里向坐,府上哪里,姓啥叫啥?"必正说:"我住在前村,姓姜名如升。"妈妈道："你秀才身体如此富贵,为何要卖身?"必正说："我父母早亡故,无钱度日。可有人家,要买书童?"妈妈说："真正凑巧,对门霍府上要买一个书童,你可有保人?"必正道："烦你一事。"妈妈说："中人是我,保人亦是我,一身当两个。今日天色已晚,且到明日去干事体。你有没有吃点心?"公子道:"未吃。"妈妈说："女儿,你陪公子登在屋内坐坐,我到街坊买些食物回来。"

妈妈说罢街上行,凤姐即便送香茗。

必正一见心欢喜,好似霍府千金女。

必正拿只珠凤。倪凤姐一见珠凤,就一把抢忒,说："送畀我罢。"

公子听他女声音,一种风流就动心。

倪凤姐看他面貌好,回身走进里边行。

公子上前来作揖,便把姐姐叫一声。

看你好像西施样,月里嫦娥胖几分。

凤姐听说来称赞,也把书生看一巡。

必正叫："阿姐呀,快此还我珠凤。"倪凤姐说："我今还你,若要后来高官及品,我今日终身托付与你。"二人正在谈谈讲讲,倪妈妈街坊回家转,如今买了面和韭菜,要紧回家一看,公子不在客堂,倒在凤姐绣花的场化。公子听说外头妈妈叫,即便说道："在里面吃茶。"妈妈说："你快快坐外头来。"便叫女儿去烧罢。女儿说："哎!是哉。"凤姐拿到灶头上,放着一锅冷水,拿面一切,韭菜这样长,直接一倒。锅里油盐不放,倒拿香炉里香灰噗一撒,烧滚仔汰洗,灶水汤对碗里一瓢,当仔酱油汤,拿到必正面前说："请用点心罢。"

此时必正脱落魂,将汤吃在口中存。

妈妈仍归谈谈讲,哪晓其中一段情。

公子道："不好了。"看看碗内短面长韭菜,如何吃法,便说："妈妈,你吃罢。小生吃饱,吃不下哉。"妈妈接了一看,汰灶头水面,如何吃法。

妈妈便骂凤姐小娟根,吾看你今朝脱落魂。

再烧夜食不必说,今夜且住我家门。

必正一夜费心困不着,天亮来到天官门。

必正换脱靴和服,放在卖婆家中存。

改做卖身贫穷子,进了霍府大墙门。

倪妈妈叫道："老爷在上,小妇人叩见天官。"天官："到此何事?"妈妈说："只为前日子老爷说要买书童,我小妇人在乡下街坊看得都是粗暴之子,并无伶俐之人。现在我一个侄儿要来投靠,立在门外面。"天官说："唤他进来。"妈妈走出说："侄儿进去相见罢,老爷在此。"必正说："老爷在上,姜如升拜见。"天官说:"起来。你为何卖身?"必正说："老爷,小人只为父母双亡,衣食不周,故而卖身。如今要写卖契,待我小人自写罢。"天官说："可要多少身价?"倪妈妈说："要卖三十两银子。"天官一听,就唤院子取笔砚来,给他三十两银子。

院子拿出三十两银,付与新来姜如升。

轻磨香墨提毛笔,一张告契写完成。

文字俊秀何消说,双手呈上老爷身。

天官接契来细看,看罢之时喜十分。

必正改名叫霍兴,吩咐家人引进去见夫人。进了内堂,霍兴说："夫人在上,小霍兴拜见。"韩夫人说:"起来,外面领赏。"霍兴东张西望到外边,心中大恨,小姐前不去见礼,到夫人前见礼,啥人要赏银子呀。

我想小姐姻缘情,故而卖身投靠霍府门。

小姐呀，为你一只双珠凤，故此抛却家中老母亲。

不表必正心中事，慢说卖婆转家门。

再说海青招商店，如今等到夜黄昏。

难道相公庵中住，不知住在哪方存。

海青思想要想访问公子，恐防城门关闭，一夜未困。天明到了那庵中，山门上敲了几记。尼姑说："啥人？"海青说："小师太，这因我家相公昨日到此，夜间没有转来，故而我来迎接伲相公。"

尼姑听说火十喷，你的说话不中听。

这里是个修行地，不是青楼接众人。

留你主人来住夜，被人谈论出嫁人。

海青说："小师父，我俚主人昨日明明进庵中游玩，怎说不在此地，快些让我进去寻寻看。"尼姑说："呸，你说的不明白的。我俚是出家人，岂可留你主人住夜，况且还是霍天官个家庵，快些走罢。"尼姑连忙把山门关上。海青一想："我走罢，倘被霍府家人看见，要送官究治。不知大爷是否自己回去了。"不说海青回转在路途中，再说卖婆儿子晓得娘亲有银子，要偷银子做赌本。其日，卖婆出外，寻看生意。她儿子就走进去，开箱倒柜找银子，寻不着，看见文必正一身衣服鞋帽还有金扇一把，说："好吓好吓，好让我风光风光。"于是着了衣鞋帽子，带街坊上去行走。

听得西山老虎要吃人，我今前去看分明。

那时行到西山去，众人捉虎乱纷纷。

此刻老虎来跳出，众人逃得无踪影。

再说众人逃散，只有倪家儿子打扮出众，不怕老虎，谁知被虎吞吃。众人说："西山老虎吃仔个人哉。脱落一把扇子、一只鞋子。"海青正巧走到此处，过来一看，大吃一惊。

海青见仔鞋扇吃一惊，分明是我大爷身。

忙把扇子来收拾，大爷呀，你为何到此丧性命。

我道你住庵堂内，为啥要被老虎吞。

眼泪汪汪回家转，早到江西一座城。

进厅回复夫人晓，大爷老虎丧其身。

如今血迹鞋扇在，小人收拾转回程。

夫人听说魂飞散，一时哭到地中心。

海青喊夫人醒转来，说："好儿子呀，儿子呀。"海青说："夫人，你不必哭哉，小人一一告诉你听。只为大爷想美貌女人，到了西山，被老虎吃忒。"

夫人听说好伤心，只因儿子来攀亲。

你是好好书房坐，做娘害你丧性命。

倘然早攀美貌女，永不弄出这桩情。

做娘养你一个人，没来为你攀好亲。

夫人哭得肝肠断，口吐鲜血胡乱喷。

家人扶进香房内，日轻夜重不安宁。

请医服药全无用，十分病重要伤身。

不说夫人有病，再说总官名文德，在外边讨账回家，便问家人为什么啼哭。家人说："昨日海青回家，说大爷被老虎吃去，因为夫人哭得死去还魂，有病在床。"总官道："啊呀，小主人！你这一死，叫我们怎样办呢？"

谁知夫人有大病,合家大小不安宁。

总官进房来问病,夫人吩咐老家人。

夫人说:"总官先生,公子被老虎伤身。我身十分病重,要到西庄去请二大爷来,我有说话明。"家人连忙到平章家内,文平章说:"婿笃今朝奔得来,有何贵干?"家人说:"二大爷,只为我家少爷到南阳讨账,被老虎吃去。"文平章道:"婿笃少爷已经掉仔老虎肚内哉。"家人说:"夫人得成一病,请你二大爷去解劝解劝。"平章说:"呀!婿笃夫人也要死哉,吾来看看。婿笃不知死得成死不成,家主婆快点奔出来,大房里侄儿被老虎吃仔去哉,拼个老贱人也要哭煞哉。俚笃个家当财产,我与你受用哉。"

平章说得欢喜心,催你夫人就起身。

一径来到东庄上,进房来见嫂嫂身。

平章夫妻二人叫道:"大阿嫂,你个儿子掉了老虎肚内哉,你今也要哭煞哉,你个家私拉我手掌之中,你个老贱人绝仔狗尾巴哉!还要叫吾解劝解劝,早些死罢,让我成仔一家罢,我要回家了。"

说罢顿时回转身,即刻气死老夫人。

一口怨气加了病,一命呜呼见阎君。

一众家奴嚎啕哭,通信忙报众亲听。

再请平章来作主,总官开言说原因。

总官说:"二大爷,如今夫人死了,应该料理丧事。"平章说:"有我商量在此。拿二千铜钱去买块薄皮棺材,拖仔出去是哉,再拿火去烧忒仔罢。"总官说:"二大爷什么话?一个老夫人已受皇恩,现有三十万家当,难道只出二千铜钱的薄皮棺材?岂不要被别人说话?"平章道:"你个老奴才,不要你做主。"总官说:"那么众位弟兄,大家相帮相帮,先搭夫人料理丧事。"可怜总官了也。

先搭夫人换衣裙,凤冠霞帔在其身。

备好棺木不须说,诸亲百眷尽来临。

一众家人来戴孝,开丧出殡上丘坟。

平章夫妇心大怒,便骂家人费金银。

平章骂道:"狗才,铜钱费用、各库金银、田房文契,一齐交付我。你倘然要瞒我,重重处死。"就将家人、使女打发回去,单留总管在家。只为要他交付账目,故而留住在家。总官就将账目交付,共算金银三万千余两。

三千万家私算得清,嫖赌吃着有金银。

不表文家家内事,卷中另表一公卿。

"下官韩奎,字允先,官任御史之职,夫人已受诰封。现在九月二十四日,夫人寿诞,满园金菊开放,吩咐家人备酒,去请霍天官、姐夫、小姐、定金、外甥女一同到来,赏花吃酒也。"

打发家人霍府请,请帖呈上老爷身。

天官一见心欢喜,你今回复老爷听。

韩府家人回身转,天官说明日前来拜寿星。

天官进内便道:"夫人,明日你家弟媳寿诞,我今日要备寿礼,况且他要差家人来请赏菊花。你去对女儿说,明日一同去拜寿。"夫人听说来到堂楼上,叫道:"女儿,明日你舅母寿诞,爹爹吩咐我与你一同去拜寿。"小姐说:"母亲,女儿有些发汗热,身上又冷。"夫人说:"既然女儿身体不舒服,那就不去了。"便叫秋华过来:"你当心服侍小姐身体。"说罢,夫人下楼告诉官人知晓也。

既然女儿身有病,她今不可出房门。

一夜闲文不必说,两顶大轿在高厅。

霍兴听说小姐不去心欢喜,不叫我去也称心。

待我今日堂楼去,为了你个小姐身。

天官吩咐打轿,夫妻二人上轿,叫道:"霍兴与我拿个拜帖,跟我一同前去。"必正一想:"啊呀,难道不好叫别个书童去吗? 偏偏叫我去,好恨呀,不能相会了呀。"

恨恨之声跟了行,韩府墙门到来临。

迎接进门不必说,两边行礼不须云。

诸亲百眷来拜寿,交杯合盏闹盈盈。

寿诞丰盛不必说,夫人花园亭内乐心情。

夫人说:"园中金菊开放,我女儿最爱此花,吩咐丫鬟采了几支送给女儿看看。"又差梅香送花回转,梅香勉强拿了花篮走出,说道:"咳,我今朝正要看戏、吃寿酒寿面,还要磕头拜寿讨喜金,哪里晓得夫人叫我送花? 真正惹气来哉!"昏昏闹闹到了墙门口,劈面碰着霍兴。霍兴叫道:"阿姐哪里去?"丫鬟道:"兄弟,夫人差我送花界小姐。我么脚痛,实在走不动,请你啊好替我送仔去罢。停歇有赏金出来,我与你分来哉。"必正说:"同在墙门,大家有帮腔个,我替你送去就是。你姐姐到里边去,不可说我送的。"丫鬟说:"是,晓得哉也。"

霍兴提了花篮忙忙行,心里快活十来分。

金菊吓,我道花草无用处,原来就是一媒人。

莲花庵拾你一支珍珠凤,快活得来吭淘成。

珍珠凤放在金菊上,急急忙忙转家门。

提了花篮来走进,送到堂楼下面存。

为啥楼门来关好,即便轻轻叫一声。

霍兴叫道:"姐姐。"连叫几声,秋华说:"是啥人在叫?"霍兴说:"秋华姐姐,是我今奉夫人之命,送菊花给小姐观看。"丫鬟道:"拿来让我去献给小姐。"霍兴说:"夫人吩咐,叫我当面送小姐。"丫鬟说:"呸,你个狗头! 小姐楼上是你走个么? 快些拿来。"霍兴说:"夫人吩咐。"丫鬟说:"你使不得也。"

丫鬟砰兵就关门,吵吵闹闹不歇停。

楼上小姐亲听见,便把秋华叫一声。

小姐说:"你与哪个斗嘴。"秋华说:"夫人差来个送花男人,来送菊花。我不许他上楼。这个狗头偏要上楼,故而我与他争闹。"小姐说:"你个怪丫鬟,舅母家送来个,你不许他上楼,大众侪晓得。"秋华想:"小姐,真正不争气呢。"

我与小姐要争气,哪知她今气不争。

连忙就把门开出,开言便叫小霍兴。

丫鬟叫:"霍兴,小姐叫你快快上楼去。"

霍兴连声来答应,三步改作两步行。

只见小姐端坐高椅上,麝香味道扑鼻馨。

文必正将花篮顶在头上,双膝跪下叫:"小姐在上,霍兴奉夫人之命,送花在此。"小姐爱菊花,连忙伸过玉手尖尖,接过花篮。连忙揭开花篮,见了珠凤,呆呆思想,骂道:"你这奴才! 这菊花是夫人差你送来个吗?"文必正说道:"小姐吓,我来告禀那。"

我在十市街头行,见了珠凤地上存。

小人得此无用处,送上高楼小姐身。

小姐说:"呸,奴才一派胡言,这珠凤是我房中宝贝,你到我房中来偷个,快快说真情招出,饶你奴才性命。"必正说："啊呀,小姐这是冤枉呀。"小姐说："呸,还说冤枉,秋华取板子过来,拿这个奴才重重责打。"丫鬟说："小姐,板子在这里哉。"

公子跪在地中心,哀求小姐饶性命。

就是三月十六日,莲花庵内去游春。

果然看见贤小姐,跟了丫鬟园内行。

小姐木香棚经过,掉了珠凤不知因。

小人拾了珍珠凤,欲想送还小姐身。

哪知来到庵门口,小姐上轿起登程。

拆散珠凤无配对,跟随小姐到墙门。

为了珠凤将身卖,并无虚言是真情。

小姐说："既然如此,你起来站立一旁。"必正起身,谢过小姐。小姐开言："我且问你,你哪方人氏?"必正想想:你不问我,我不好说,你既然问我,我来告诉畀俚听,说道："小姐呀,待小人告禀。"

小人不是无名身,洛阳县内有名人。

先祖官居为一品,先父御史掌堂人。

母亲安氏皇封诰,我是必正姓文人。

府学生员居案首,今年十八未婚姻。

为了小姐双珠凤,如今卖身半年春。

今日得见贤小姐,明了前番一片心。

小姐听了一番话,低头不语自沉吟。

闻得爹爹对母说,有个洛阳才子身。

他今为我将身卖,何不央媒来说合。

看他立在楼板上,相貌堂堂不非轻。

他又青年我又少,正是前缘匹配人。

今日私会终身托,了却冤家一段情。

叫他说句知心话,只恨秋华眼看清。

便叫秋华取茶汤,我已口渴饮香茗。

秋华伶俐都明白,下楼去做送茶人。

小姐说："公子,将只珠凤付畀奴。一只雄个,换只雌个,调换一只放在身边。"必正听说,心中欢喜便了。

公子此时喜欢心,多谢小姐十来分。

珠凤放在身边存,小生不忘小姐恩。

必正说："小姐呀,我也无聘礼,也无月老。你是天官之女,如此垂怜于我? 小姐之恩,我终身不忘。"小姐说："不必挂念啊。"

你不可在此住安身,回家极早取功名。

霍兴正想来开口,谁知丫头送茶到来临。

秋华说道："丫鬟我听得小姐与公子私定终身,又赠珠凤一只,我要去告诉老爷夫人那里了那?"

小姐吓得心内昏,必正听得汗淋淋。

只得上前来求告,要求姐姐饶奴小书生。

丫鬟说："你个霍兴卖身啥个书生学生。"必正说："哎呀,姐姐,我来告诉你听也。"

我是洛阳才子文必正,你要周全不负恩。

若有功名成就日,姐姐就是二夫人。

秋香听了如此话,见他相貌不非轻。

秋香说:"无凭无据,要对天罚咒。"必正说:"若然此恩不及,不得成人。"丫鬟说:"呀! 言重呀,快些逃走回家去罢! 望你早些考取功名要紧。"

倘若天官回转门,要脱身来难脱身。

必正便把珠凤拿,三人作别泪纷纷。

小姐说:"公子呀! 你若有一官半职,就要央媒说合,早些成亲了。"

吩咐已毕走出门,主仆双双送行程。

必正此时回家转,再说天官韩府门。

却说天官饮酒,忽然想起霍兴,叫了一番,家人道:"霍兴已经半日不见了。"天官说:"呀! 哪里去了? 快快与我去寻来也。"

家人回转来搜寻,不见新来小霍兴。

忙到席上来回禀,天官听了火十分。

天官说:"家人与我打轿回转。"韩爷说:"且慢的。"天官说:"我要回转哉,不必留我。"韩爷只得送出墙门,天官回家说道:"与我捉卖婆到来。"家人奉命来到倪家门口,捉了卖婆。卖婆说:"半夜三更,叫我做啥,是啥个事体?"霍家人将卖婆捉到天官面前,倪卖婆说:"老爷待我拜见。"天官说:"你个贱人,还我霍兴。"卖婆说:"哎呀,老爷,我前脚进来,不曾看见。"天官说:"呸,还说不曾看见,分明你串通作档,偷我府中财物,快快招来。"卖婆说:"啊呀,冤枉我,叫我招啥个出来?"天官说:"我晓得不打不招。来呀! 给我扯下去重打一百。"家人答应拖下去就打。

卖婆衣衫剥干净,单单剥剩一条裙。

重打四十无情棍,几番死去又还魂。

天官说:"贱人,快将霍兴还我。"卖婆说:"老爷,我实在不晓得。""再打三十!"卖婆说:"个么,让我赔仔罢。"天官说:"要赔五百两花银子。"卖婆说:"老爷,我哪里赔得起,让我拿女儿押来你府上仔罢。寻若霍兴来,换子出来。"天官说:"既然如此,家人快快去叫他女儿来也。"

家人赶到倪家门,捉了凤姐就动身。

倪小姐捉到天官府,啼啼哭哭叫娘亲。

叫你不要做中保,祸到害奴小姐身。

卖婆说:"女儿不要啼哭哉,寻着瓣个畜生来换你么哉。"天官说:"把你女儿送到楼上,服侍小姐。卖婆放她回去,快快寻来,饶你便了。"

卖婆得放出门行,大哭哀哀转家门。

卖婆在家不必说,且表凤姐女佳人。

倪凤姐说:"小姐待我拜见。"小姐说:"请便了,你为何眼泪双抛。"凤姐说:"小姐,因为霍兴逃去,叫我替了。"小姐说:"你不必啼哭,在我楼上,我与你姐妹相称。"

乱落凤姐房中情,再说必正路上行。

在路行程来得快,不多几日到家门。

必正说道:"看见墙门上钉了麻布。啊呀,不好了,只怕母亲死了。"必正走进墙门一看,是孝堂,一个灵位,果然是母亲亡故也。

手捧灵位哭泣声,母亲呀! 一别半年丧了命。

不孝儿子来跪下,竟然做了送终人。

必正堂上哀哀哭，惊动平章一个人。

小使听得厅上鬼哭，说："哎呀，二太爷活鬼出现哉。"平章说："呸！胡说此言。晴天白日，有啥鬼出现？"小使便说："大太爷出现哉。"平章同小使走到厅上，便说："不是鬼，是人。"不敢走上去，只是嘴里喊。必正听说有人喊，抬头一看是叔父大人，开口便说："叔父大人，侄儿拜见。"平章："嗯唔，你是个鬼，为啥青天白日出现，让我做点功德超度超度你，不要出现。"必正说："呀，叔父，我是南阳讨账回来了，我不是鬼呀。"

早闻侄儿老虎吞，乃知今日转回程。

如今三十万家私无我份，原要一概还他身。

平章想说："咳！个没哪能办呀！有理哉。你侄儿快到书房里去请坐。我明白了，拿个家私交付畀你，自家去执管罢。"必正说："侄儿年小，如今父母双亡，无人照管，求你叔父照管。"

平章既往里边行，商量要害小书生。

公子到了书房内，文连迎接长兄身。

弟兄见礼分宾坐，再说平章狠毒人。

夫妻两个来商量，要到街坊买了砒霜回转门。

平章说："家人快快肴馔完备。"家人说："酒饭一概完备，二位公子坐席。"平章说："家人，你记明白了，园壶里筛酒大少爷吃，方壶里二公子吃个呀。"

书童送饭想中情，为何二样来看承。

三十万家私来受用，任他吃着乐心情。

书童想："辩个老牛精，用着你三十万家私。今朝吃酒，还有两样心肠。我方壶里酒偏要筛拉大少爷吃，圆壶里筛拉二爷吃也。"

把酒送到书房门，就将肴馔摆完成。

书童斟酒来相送，弟兄相对饮杯巡。

文连兄弟哪知其中意，药酒吞在肚中存。

文连说："啊呀，哥哥！为何肚中疼痛起来。"必正说："弟弟想必受了风寒，多用几杯热酒罢。"书童说："大少爷，圆壶里面筛二公子吃了。"

你敬我来我敬你，连连筛下不曾停。

一连几杯来吃下，文连一跤跌倒地埃尘。

叫一声大哥哎呀痛煞人，哎呀娘，七孔流血丧性命。

书童快报大爷听，急煞夫妻二个人。

忙到书房来观看，夫妻大哭叫儿身。

明明要把冤家害，谁知反害自家孩儿身。

夫妻二个相埋怨，平章又起不良心。

平章一想："我一不做二不休。我个儿子既然死了，也不让你活。"就骂道："你这个小畜生！你今日回来，药死我儿子。"一把扯住文必正，"我到当官，告你一状。"到了法堂，叫道："啊呀，人命关天！"

我今当官告一状，平章哭诉有冤情。

状告侄儿文必正，药酒砒霜毒死人。

府尊听说重重怒，即叫原差提犯人。

公差连忙到文家，不问情由，拖了就走。到了衙门说道："犯人捉到了。"府尊说："你为何带回砒霜，药死兄弟？"必正说："老爷，学生是冤枉的。"府尊说："你既然犯了法，还称生员，夹去方巾，与我掌嘴。"

十二巴掌打个文必正,府尊喝骂生员不是人。

我奉那母命南阳去讨账,耽搁他方半年春。

回来母亲身亡故,家私叔父起谋心。

必正说:"老爷,我家叔父欲要害我小人性命,谁知害了自己儿子,并无虚言,伏望老爷详察。"府尊说:"呸! 囚徒一派胡言,不打不招。扯下去,咳,重重责打。"

六道朱签不容情,三十大板血淋淋。

又将夹棍来夹起,痛死还魂苦伤心。

必正说:"大老爷! 小人难受刑法,自愿招认也。"

我带砒霜药死兄弟一个人,一一虚招认罪名。

只样凶刑熬不住,脚镣手铐进监门。

卖身哪晓娘亲死,理该身受是非刑。

等在牢中多受苦,啼啼哭哭不尽停。

再说二个监狱官叫王相、董升,看必正进监。王相说:"董兄弟今日发下文必正,是文御史的公子。我与你十年前,逃走了杀人大盗,要我们抵罪,亏得文老爷超豁。况且公子诬害在监,我想应当知恩图报便了也。"

二人便叫公子身,我们今日报你恩。

公子即便回言答,多谢二位大哥来照应。

不表监中一急事,再说服侍老家人。

要说文府上有二位老家人,一个叫文德,一个叫文能。文德叫道:"文能兄弟,我想老爷在日,一世清官,而这个兄弟,真真作孽。"

今遇狼心狗肺人,欲要谋死少爷身。

反拿自家儿子来药死,买通瘟官用极刑。

文德说:"可怜少爷受苦,我与你到上司衙门叫冤,与公子申冤。"正在商量,却被平章听见不能行,上前捉住二个人。

提起门闩来痛打,顿时打得血淋淋。

文德文能来大骂,欺心谋害枉为人。

主母被你来逼死,今朝又害大爷身。

天地昭彰难瞒过,终有报应后边存。

平章听说雷霆怒,靴尖大踢一双人。

又用链条来锁住,如今锁在内房门。

平章说:"夫人,我想那个冤家,虽然定仔死罪,不知要到几时处斩。倒不如再用点银子弄死了吧。"就送一千两银子,买通知府处斩。秘传狱官牢头:三更时斩首便了。

不说平章黑良心,再表禁牌二个人。

王相董升来跪下,开言公子不要惊。

王相、董升二人跪在公子面前,公子连忙扶起说道:"为啥事体?"禁长说:"我奉知府之命,今日你性命休矣。我今夜特来救兄,预备酒菜一席与公子吃了,免你知痛苦啊。"

我死吭昇后代根,父母阴司不放心。

想着定金千金女,我想今生配不成。

我是顶天立地奇男子,怎做贪生怕死人。

禁长叫说："公子快快吃酒吧。伙计，快快斟酒文大爷吃了。"

十杯立刻来吃下，必正酒醉在其身。

将身醉在台子上，犹如死去一般能。

禁长说："伙计，公子酒醉，快些动手。就将叉袋对头套下，放到床山去。"那知魁星与文曲星君前来救护。禁子说："哎呀，奇怪！伙计，啊看见两个青面獠牙拿我一拳打到哪里哉？一脚踢到哪里哉？真正我也不晓得。看大爷啊，啊曾死来。"不说文必正被袋闷死，再说禁子看看公子好像无气哉。禁官报与老爷知晓。知府吩咐将草席卷好，扛到南园一滩坟上。不说公子一段情，且说必正家人名文兴，听说主人死在监中，报与总官知晓了。

文德听了苦伤心，大哭含冤小主人。

欲要与你申冤情，可怜锁住在房门。

平章也晓侄儿死，死脱今朝放宽心。

卷中此段且慢提，且说虚空过往神。

且说虚空过往神说道："善哉善哉，人闻私语，天闻若雷。小神当方土地，今因文曲星有难，奉魁星之命，叫小人救活性命。待我变化老人，将灵丹放在小公子口内。"必正不多一刻，悠悠苏醒，说道："啊呀，天呀！我在狱中不知事体经过，承蒙禁子大哥助我，不知痛苦。为什么一天星斗看见勿见，我人又在荒地，禁子大哥哪里去了。"正说之间，忽然见一个年老公公上前，拨开杂草，叫道："公子快此起来罢，速急逃走。"必正说："哎呀，我是走不动，如何好？"公公说："我有灵丹在此，送与你吃了罢。"公子接来，连忙吞下也。

顷刻身体呒昺病，老人即刻去无影。

必正见了称奇怪，想来仙人救我身。

看看五更天明亮，肚腹饥饿无饭吞。

将身走到前庄去，要做沿门求乞人。

一路悲伤前边去，见一相面老先生。

呆呆立停来细看，连连作揖叫先生。

学生欲要来求你，但是身边没钱文。

哪知先生是仙人。先生说："你看招牌上写三字'不要钱'。凡是少年丧父母，老人丧儿子，路途到过此等，不取分文。你伸手来。哎呀，好啊！尊相部位一等名禄，但是日下黑气一冲，必有韬害。双亲有克官，非来避牢狱。幸求着有二十年功名献达，官居一品，妻室五位。日下路途有危，幸有救星可保，但是还有口舌要防，切记，切记。"老人说完，化道清风而去了。

顿时不见相面人，公子拜谢一番向前行。

必正说："呀，这里孝感城，到了此地，前勿巴村后不着店。看到前面村庄，待我走去吓。原来一座枯庙，墙坍壁倒。且进庙堂安歇一夜，明日早行了。"困到半夜三更，醒来就哭。

睡到三更冷气胜，浑身发抖好难忍。

相面说我身有危，现在有病不能行。

饥寒食冷无人晓，谁知患难庙中存。

爹爹母亲也不晓，自作自受不该应。

我因贪爱千金女，想做大官女婿身。

败我门风该有罪，人亡家破逃性命。

正在庙中来啼哭，外边来了救星人。

若问救星哪个人，下卷之中再表明。

手拿经盖盖经卷,稍停片刻再宣文。

双珠凤宝卷下卷开,诸佛菩萨笑颜开。

在堂大众静心听,听宣宝卷免三灾。

"却说老汉姓李名元富,夫人张氏,家有一男一女,今去前村讨账,回来就在此庙前经过。听得里面有啼哭之声,待我进去看看便了。"

员外来到庙堂门,见一病人放哭声。

便问公子为何哭,何方人氏此间存。

公子即便回言答,大伯在上听原因。

先祖官居为一品,掌堂御史我父亲。

"伯伯,我小生姓文名必正,洛阳县人氏。只为叔父为夺家私,谋害于我。幸蒙相救,能得逃脱。到此有病,故而悲伤。"元富说:"呀,如此说来,你爹爹就是七省监察御史文贤老爷。老爷在湖广做官,我被冤枉犯了十三条人命,亏得文老爷超豁,保我一家团圆。如今未曾报恩。难得公子到此,我老汉扶你到家去也。"

即便搀扶公子身,不多一歇到家门。

就备牙床来安困,请医服药身便轻。

即备香汤来沐浴,安童服侍换衣襟。

员外尽心将茶送,公子拜谢喜非轻。

必正说:"多谢伯伯,我大恩难报。"元富说:"何出此言?如今我家一位孩儿,请你先生西席教训。"必正说:"多谢伯伯爱我,只怕小生才学不通,不能教训。"元富说:"不必客气,员外就即吩咐备酒,叫乳娘领出倌倌拜见先生也。"

小使传话里边行,领了倌倌到书厅。

即便见了先生面,倌倌教读甚聪明。

员外请言题名字,先生就题廷贵名。

勿表廷贵攻书事,且说必正想伤心。

便把珠凤来取出,怎见贤妻霍定金。

不觉光阴将半年,万种相思直到今。

想我爱你双珠凤,弄得家破人亡受官刑。

必正看罢来收拾,廷贵上前叫先生。

廷贵说道:"先生,我要去梳梳头发,梳了头再来读书。"说罢,廷贵进房到了姐姐面前。素娥小姐说:"弟弟,我与你梳头。"廷贵说:"多谢姐姐,可笑先生拿只珠凤放在手里,哭一声珠凤,叫一声珠凤呀,我是为你千思万想也。"

素娥听说面通红,便骂廷贵管闲事。

廷贵原进书房去,素娥就说必正勿成龙。

哪方拐骗珍珠凤,在我家中骗不动。

待我说与爹爹晓,辞别先生文必正。

不说小姐事,再说必正在学堂已有三年了,十分烦闷,听说此处花园有十分景致,不如待我去游玩一番,便叫廷贵:"你好好读书,我去走走就来的。"说罢,进后堂,到了花园,一看果然好景也。

花台上面多盆景,种起珠兰茉莉两边分。

大红婵娟开得好,菊花开放是黄金。

必正一看,看到缸内有金鱼甚多,不如捉一对到书房内养养,"岂不是好?"

连忙伸手捉金鱼,哪知金鱼水内存。

捉来捉去捉勿着,弄得双手湿淋淋。

"我想手巾未带,如何是好?"说罢,将手一洒,谁知洒着纱窗,响声甚好。"哎哟!倒好听个,待我再洒几洒。"谁知素娥小姐正在绣花,通身洒湿也。

洒得小姐心内恨,可恨先生调戏人。

待我告诉爹爹晓,赶出无知小畜生。

小姐在内生巧计,必正在外想鱼身。

难捉只好空回馆,素娥就去见爷身。

素娥小姐叫道:"爹,今日先生闯进花园,假捉金鱼,将水洒进纱窗,调戏我身。实在可恨,快辞他回去罢。"员外说:"若然是先生游玩,你该回避先生。虽是年轻,我看他还是正直之人。"素娥说:"爹爹,你不辞他回去,我女儿就要撞死厅上。"员外说:"女儿你不必啼哭,我辞他回去便了。罢了罢了,先生呀!不是我薄情,原是你不该如此。"便差小使送出银子廿两打发先生去。"他若问你,说说纱窗一事便了。"

小使奉命走出门,书房来见姓文人。

员外花银送你去,必正问起小使情。

小使说:"员外说纱窗事体。"必正思想:"员外说纱窗事体,呀!难道里面有人?既然如此,请员外出来,待我相谢一声。"小使说:"不必谢了,快快就去罢。"公子想道,要来的明,去的白,待我题诗一首表明心迹便了,诗曰:三人能成虎,弓影似杯蛇。外亮里易见,里暗亦难查。必正将行李收拾好,走出书房,一路而去也。

我今前往何方地,今朝无事起是非。

公子出门无回意,且说书童献诗句。

且说书童说道:"员外,诗句呈上。"员外一看,便道:"诗中原有四句古诗,明明说我误会此人。呀!有了,待我试他一试,就知明白。"急忙走进后园,喊道:"女儿过来,你立纱窗里面,待我看你。"素娥小姐听了父亲之言,只得立定纱窗里面。员外在外东张西望,总不见女儿。"难道我年纪老了,眼花不能见你?"就说:"女儿你且出来,待我进房来看。"小姐只得走到窗外来。员外进房,说道:"女儿,为父在哪里?""爹爹,你立在纱窗之前。"员外一想,莫非他推窗看见,待我拿头上方巾探在手中,又问女儿:"我手中拿的什么?"素娥一想,空手进去,必是说空话,就说:"爹爹,你是空手。"员外开出纱窗,将纱帽对天井一甩,便说:"你去看罢也。"

员外便骂小贱人,小姐忍气进房门。

贱人你拿先生来得罪,害得先生往外行。

吩咐家人忙备马,加鞭上马急如云。

看看赶到将相近,高叫先生慢慢行。

必正听了回头看,倒觉心头忐忑能。

员外说:"公子,请转来转来罢。原来是老夫一时愚见,得罪了读书公子,可别见怪,多多原谅也。"

公子高兴上马坐,双双并马转回程。

到家来到书房内,员外赔你不非轻。

吩咐厅堂重备酒,酒完员外叫先生。

员外说:"公子呀,贵庚有多少,可曾攀亲了?"公子说:"小生虚度十八,尚未攀亲。"员外说:"如此说来,我家小女也是十八岁,未曾攀亲,欲拿公子以作东床。若不嫌老汉家贫,就为坦腹,不知公子意下如何?"公子说:"小生家寒贫苦,怎攀闺女?尚且救命之恩未报。"员外说:"难道是你家世代为官,我老汉是白丁寒户,故此不能允承吗?"必正说:"岂敢岂敢,其中缘故,员外你有所不知。我当初奉母亲之命到南阳讨账,霍府天官留我居住半年,他将小姐许配。待我回家,不幸母亲身亡,家私就被叔父夺去。故到如今,未行聘礼。"员外说:"原来如此,既有霍府原配,小女为偏室,只要公子执教在此,我就安心。"公子听了说:"多谢恩公。"就取珠凤为聘。员外一看,满心欢喜,就将珠凤送进香房,与小姐收藏。公子说:"多蒙许配。"就说:"岳父大人,待小婿拜见一礼。"员外说:"客气。"再叫必正到孝感城里高级学堂读书也。

翁婿见礼身坐定,岳母郎舅再相称。

公子安心勤苦读,孝感进学是头名。

不说公子来入学,再说霍府小姐身。

却说霍定金小姐想到私定终身,如今已是两年到来,杳无音讯,他许我三年之后就行聘礼,我想他未知可曾到家,还是流落途中,十分难定,心中好不愁闷也。

莫非功名成就忘记恩,做了王魁负桂英。

不宣小姐楼上事,再说下官另有因。

"下官周司马,南阳人氏,封为三边总制,夫人尹氏,已受诰封,所生四子,大儿官居兵部,次子官授漕军,三儿河南知府,四儿新科解元。"真是一门五贵,这也不在话下。"今日听报后园金菊开放,请韩御史来赏花吃酒便了。"

家人奉命到韩门,韩爷就是霍府大舅身。

见请即便到周府,父子迎接到赏花亭。

周司马父子二人迎接韩老爷,准备宴席,韩父说:"周年兄,第四位令郎多少贵庚,可曾配对?"周老爷说:"小儿年方十九岁,尚未配对。"韩爷说:"我有个外甥女,今年十九,就是东关霍府天官之女。未知周年兄啊要,可以攀得,待我小弟来作伐便了。"

周爷听说谢你身,仰恳年兄做媒人。

一席酒散来作别,周爷送出大墙门。

韩爷回府,来朝抽身到霍府。天官迎接,分宾坐定。韩爷说起一事,为你女儿,我做媒人。

天官听说喜欢心,即将八字送年庚。

韩爷作别忙上轿,一时又到姓周门。

周爷接进称多谢,合婚选日聘儿姻。

十月初三黄道日,先行纳聘到家门。

光阴如箭,日月如梭。周家迎接大媒到霍府求亲,彩缎十匹,黄金千两,三声号炮,到了霍府,忙备酒席,十分闹热。小姐在楼上听了,便问秋华为啥事。秋华说:"今日将你小姐出贴,配对高亲。"小姐说:"莫非洛阳文府么?"秋华说:"否。啥个六阳七阳,想着这人做啥?"

他是送花来定亲,真正油头老光棍。

哄骗小姐正可恶,如今一去不回程。

今朝是韩家舅爷来作对,周家公子解元身。

老爷做主来受聘,十月廿八就成亲。

来日嫁到他家去,小姐有福做夫人。

小姐说:"秋华,你我同把终身相托,当时临行时叮嘱几番,为何你今朝负却前番对天立誓之情? 我到周家,或剑或绳,寻其一死。"秋华说:"小姐不要。如此要做解元夫人哉,还有啥个不快乐? 再要想他做啥?"小姐说:"秋华,哪说此言,真正气死我哉。"秋华喊道:"小姐,我原来试试你个心,难得小姐一片真心,我与你不如早早逃走,在路上访问文公子罢。"小姐说:"啊呀,秋华呀,千山万水,哪能逃走? 况且脚小伶仃,路上难行,还要被人耻笑。"秋华说:"只要改扮男人,夜间在书房内盗取男人衣服。改扮就走人,这不是两全其美?"小姐说:"此计甚好! 倘然路途有人盘问,如何说法?"秋华说:"有我在此,小姐放心就是。"

即等黄昏人困尽,秋华摸进内书厅。

鞋帽衣衫都偷着,书童房内去盗在身。

慌忙拿到高楼上,便把小姐叫一声。

秋华说:"小姐,衣帽在此,快点打扮罢。"小姐将头发挽起,扎了圈巾,带了方巾,将金环探下,衣服一着,拿脚缠好,着在靴内,宛然一位男子一样也。

秋华打扮书童样,忙带珍珠并金银。

书童背包挽小姐,黑暗之中路难行。

爹爹吓,非是女儿为不孝;母亲呀,只为莲花庵里一段情。

今朝一别爹娘去,不知何日来相逢。

不表小姐逃走多,卷中另说一个人。

"下官姓刘名廷危,官居兵部大堂。夫人邹氏五十岁,无儿单生一女,名叫月娥。只为奉上旨意,到海外封皇,今日期满回京,来此南阳,停船一夜。但是船中一百样珍珠,恐防贼盗,吩咐中军,叫地方小心防守,不得有误也。"

众军传言来听令,巡更掌号闹盈盈。

不说官船来防备,再说主仆一双人。

一路走出官塘去,听得巡更闹不停。

小姐叫道:"秋华,你听前面十分闹热。"秋华说:"小姐,你放大胆走过去,由我拉里。"此时主仆二人上前,却被官兵上前拦住:"呔! 你什么人? 黑夜在此行走,快点去见太爷。"秋华说:"呸! 你什么官? 这等厉害,谁敢将住我们大爷上京求取功名,快快让我俚行走,就不与你计较。"官兵一听,好大的口气,不敢轻举妄动,只得回禀中军,中军回禀兵部:"老爷,小官奉命拿住二人,听他二人口称大爷,十分口阔,小官不敢拿住,请大爷定夺。"刘爷说:"给我拿住。"众军连忙捉住二人。秋华说:"谁敢动手,待我们大爷到船上见兵部也。"

假公子急得汗淋淋,顿时发抖不曾停。

秋华扭住千金女,硬硬头皮只得行。

秋华到了船上,便说:"小主人在岸上,烦你上岸相见便了。"兵部说:"你主人什么样人?""是霍吏部的公子。""如此请见。"旁边假公子听了一吓。秋华挽到船中,霍定金说:"大人在上,晚生叩见。"兵部说:"贤契,为何黑夜行走,有什么急事?"定金说:"只为爹爹告老在家,不在京中办了,叫我速急进京纳监,早取功名。故此夜中赶路,到前面叫船上京。"兵部说:"既然如此,公子府上在何方?""晚生南阳人士,父亲霍天荣,官居吏部,晚生名霍定。"兵部说:"如此得罪,公子请坐。老夫封皇,复命上京,不如邀你同乘此小舟可好?"霍定说:"多蒙年伯好意,小生吵闹你了。""咳,你不必客气,吩咐到内舱,请公子安身便了。"

假公子闷昏昏,今朝留住且安身。

奴奴一念东京去,洛阳访问丈夫身。

秋华说:"小姐,你且放心到京中,若是文大爷在京赶考,也未可知。"不说小姐丫鬟船中一事,再说霍府上家人明日清早起来一看,不好了,后园大开园门,必定府中失窃,报与天官知道了。

家人一一来告禀,大人听了卓然惊。

天官听说忙吩咐,查点家中为何因。

家人奉命前后搜寻,只见楼门大开,说道:"不好了,小姐房中失窃。"丫鬟与倪凤姐也到楼上,只见衣衫首饰都放在楼板上面,忙叫:"小姐吓。"连叫几声不答应,不知哪里去了,报与夫人知晓,夫人与天官听说,急忙上楼便了。

不见亲生女儿身,大骂夫人老贱人。

家门之女不严管,败坏门风不好听。

天官下楼,便叫家人使女都到厅上,便道:"你们把小姐一事都要隐瞒,若有人传出风声,定要处死。"又道:"你们把小姐楼上,将家伙什物搬下楼来,再去寻些白骨回来,放在楼上,就说火烧堂楼烧忒了。"

一众家人忙不停,放火烧忒怕煞人。

乒乓辣隆连声响,台府官员救火尽来临。

亲翁总制也来到,各处乡村尽来临。

辰时起火午时后,高楼一座化灰尘。

家人使女都啼哭,童仆救火闹不停。

火绝烟灭来走进,众官问安尽来临。

"大人在上,卑职们见天官。"天官说:"多谢众位年兄。"周总制说:"亲翁楼上小姐、丫鬟可逃得出来。"天官说:"周亲翁,此时几个丫鬟已经逃出来,唯有小姐与秋华丫鬟二人不见,原来烧死堂楼,十分可怜!"天官与夫人嚎啕大哭,总制说:"亲家,你不要如此,令爱身犯大数,是我儿命薄。"天官说:"我膝下无儿,所生一女,现在所靠何人?"周爷说:"既然如此,将我小儿继承与亲家。"霍爷说:"多谢亲家啊。"

周家解元伤心哭,哭叫妻子霍定金。

周爷茶罢立起身,一众官员去回程。

解元哭出鲜红血,时交七日命归阴。

周总制大哭。若是霍小姐死了,我儿难道呒界门当户对之人?谁知周公子虽然年轻,倒十分痴情,竟然郁郁而终。周总制哭罢,吩咐家人报与霍府知晓也。

天官听说到周门,忙来祭奠解元人。

开丧出殡何须说,天官回转自家门。

家中也请高僧道,假意超荐女儿霍定金。

不表火烧堂楼事,且说小姐路中情。

跟了兵部京中去,皇上加封尚书身。

刘爷受封非小可,回衙要请定金身。

刘爷到家,请来夫人,又叫霍定见了老夫人。定金说:"伯母在上,霍定叩见。""年侄请起,看坐。""如此告坐了。"刘爷对夫人说:"他是南阳霍定,是霍年兄的令郎。我想你两人,五十无儿,不如将他继为螟蛉可好?"夫人道:"全凭老爷做主也。"

夫人听说喜欢心,老爷即便说原因。

贤契啊,老夫只为无儿子,欲继公子作螟蛉。

假公子听了吃一吓,看看秋华一个人。

秋华说:"大爷既然见爱,公子今日就此拜叩继父母。"公子听说,喊道:"继父母在上,待儿拜见一礼。"刘爷说:"继儿请起。"又吩咐丫鬟到香闺,唤出小姐出来。小姐听说,就来相见了。姊妹双双礼来行,见礼已毕,小姐与母坐安身。

开了凤眼来偷看,好个文才小书生。

小姐暗想爹爹无见识,何不作为东床做吾小官人。

霍定也看贤小姐,好个花容美貌女佳人。

刘爷吩咐家人大摆宴席,请一众官员都来贺喜。贺喜已毕,客官回去,此时又排阖家团圆酒席,酒席已完,各归内房便了。

夫人小姐进房内,刘爷公子进厅行。

假公子在书房困,秋华服侍不离身。

此时想到文必正,不知他在哪方存。

今为你身来到此,脚上穿靴痛十分。

日日天明要早起,恐防露出金莲要留心。

刘兵部与公子纳了监,京监来纳霍定金。

春去夏来秋又到,刘爷特来到书厅。

孩儿需要勤书读,要将文字夺魁名。

霍定金只得来从命,日夜攻书看五经。

一口难分两处话,且话必正姓文人。

文必正今在孝感城内入学,李元富欢喜不尽,看看秋场已到,吩咐书童立刻准备行李马匹,到省城内赴房。必正拜别员外夫妻,忙去进场。三场完满,中得解元。喜报传到家里,满门欢喜,亲邻都来贺喜,好不闹热也。

不说必正欢喜情,再说女扮男装公子身。

也在京中来赴考,三场也中解元身。

且说尚书人一个,思量将女配他身。

便与夫人来商议,忙请公子到高厅。

公子拜见继父母,传叫孩儿有甚因。

刘爷说:"孩儿,前番把你继为螟蛉,我有小女欲配你身,以做东床。"公子说:"自家姊妹,不好成婚。"尚书说:"不妨,你是南阳姓霍,我是东昌姓刘,非是同胞姊妹。"公子说:"虽则如此,明为兄妹相称,不可欺家的。"尚书说:"晓得哉,你到来年得中,就要回家去的。原来我是枉费功劳,你是忘恩负义之人也。"

尚书大怒气昏昏,假公子面红有点难为情。

顿时吓得魂飞散,如何摆布怎生论。

好个灵巧秋华女,过来便劝大爷身。

秋华说:"大爷,太爷见爱,真正美事。何不服从父命,倒不该应也。"公子听得秋华说分明,只能笑脸叫父亲。

多蒙大人来入赘,孩儿从命感深恩。

老爷听说心欢喜,选期吉日就成亲。

公子作别书房去,想到完婚怎理论。

霍定说:"秋华,我想这件事体,怎生是好?"秋华说:"小姐不必心焦,我有妙计在此。你到小姐房中只消如此如此,只这般这般也。"

定金听说心安稳,迅速光阴到来临。

公子书房来打扮,请到厅堂作新人。

香闺扶出千金女,并无红单结成亲。

绿红掀巾仔细看,行礼诸事不细论。

洞房花烛重重喜,假公子来叫千金。

"小姐,我与你今日是新婚夫妇,可用几杯合欢酒。"月娥小姐听说,满脸通红,低头不语。丫鬟说:"我俚小姐不吃酒个。"公子说："如此自饮了也。"

手把金杯来畅饮，丫鬟斟酒不曾停。

羊羔美酒都吃净，解元大醉在其身。

月娥说："丫鬟，姑爷吃醉了，你们大家去困。"丫鬟听说，走出房门，各自归房安困。小姐吩咐看门人将房门关上，走到公子面前，叫声相公安困罢。公子听见，说请夫人先困，我就来困哉。解元吃醉，就和衣而睡，还要困一头，就将小指头伸进咽咙口。

醉到床中来呕吐，金绣金被污迹痕。

解元说："得罪你。"又对小姐面上一吐。小姐说："哎呀，你个丈夫，好不成人也。"

此番闹了小姐身，推出书生外房门。

解元此时来做作，房门外面叫妻身。

"小姐，快快开我进房吧。"月娥说："我愿守空房，永不与你一个酒鬼蠢材同房的。"公子说："以后不要懊悔喔。"月娥说："话都出来，有什么懊悔呀？你这样怠慢我了，就永不要进房了也。"

如若再进你房门，生死他乡不转程。

说罢一番忙走出，书房里面就安身。

将言说与秋华晓，果然妙计不差分。

不表主仆房中话，再说小姐月娥身。

月娥小姐喊道："丫鬟，吾受足呕吐之情，一夜未困。"天明，爹娘房中说道："霍定成天吃酒，吃得滥醉，呕吐不堪，我为女的，死不与他同房了。"刘爷夫妇说："女儿，你今朝新婚夫妇，何出此言？待我劝公子不可饮酒，女儿你回房去。"刘爷来到书房说道："女婿呀，女婿呀。"

小姐有差得罪身，须看老夫面上情。

为啥不到新房内，新婚夫妇闹不清。

公子说："岳父大人，小婿一时贪酒，呕吐在床，哪知小姐便骂酒鬼奴才，她说死不同房，推出房门。我几番想求开门，她永不开。我就此发一誓，永不进房。"刘爷说："啊呀！你们二人何必立起大誓来了，待我老夫与你们消咒便了。"公子说："如今看两位大人之面，来年春闱高中了，再说完姻便是。"

老爷听说喜欢心，停到来春重正婚。

不说京中刘府内，且说河东姓文人。

光阴如箭春来到，辞别员外到京城。

安寓招商饭店内，专等会试进场门。

三场文字已考毕，会元得中姓文人。

再说假公子在京去进场，中了进士。必正到了三月廿七日，亦然高中。殿试完备，文必正中状元，霍定金中了探花，好不荣耀。

君王龙眼不非轻，游街三日看皇城。

状元在京回宫馆，探花回转自家门。

参拜岳父并岳母，众官贺喜不须论。

探花回转书房，便说："秋华，那状元叫文必正，为何不是洛阳县人氏，倒是孝感人。难道还有一个文必正吗？实在难详难定。虽然昔年堂楼相会，相貌看看，认不大出。"秋华说："我与你到状元府上去，请问明白。"两人走到，门公说："你们哪个？"秋华说："探花大爷，特来拜见状元。"门公说："我家老爷拜客未回，多多失迎失迎。"

探花打道回转身，状元也转自家门。

知晓探花来拜望,急忙答拜到刘门。

状元拜客回府,晓得探花到我府上来未曾相会,连忙到了刘府,先将名帖呈上。探花迎接,厅堂相见,坐下香茗已毕,就此抽身。探花说:"状元,书房请坐,另有一言相告。"二人到书房,状元说:"年弟有话请讲。"探花说:"年兄籍贯之所在,小弟有所不明,望年兄说个明白。"状元说:"小弟本贯洛阳县内。你要底细,待我告诉一番。我奉母亲之命同了海青书童去讨账了。"

来到南阳讨金银,偶然天官留住身。

霍府有个千金女,亲口将身许小生。

探花说:"年兄,你可曾行过聘礼?"状元说:"年兄呀,我来告诉啊。"

我要回家聘礼行,谁知先母早亡身。

家叔独占家财去,屈遭人命坐监门。

幸有神明来相救,灵丹一粒救还魂。

路无盘费难活命,只有身边珠凤珍。

欲要兑银卖饭吃,不敢有负女千金。

探花说:"年兄,哪一位小姐奉赠珠凤你的。"状元说:"年兄,一时小弟讲错,没有什么珍珠凤呀。""年兄差了,我看你半吐半露,分明败坏人家闺女也。"

方才说出珠凤珍,如今就说不知因。

我小弟要究珍珠凤,莫怪奴奴直白人。

状元说:"年兄本欲不便诉说,今已失口,不得不说了。如今就把莲花庵游玩拾着珠凤、卖身进府细说一番。"探花说:"年兄你好痴心,看见小姐,便要卖身。"又道:"后来怎样?"状元说:"年兄呀,我投在霍府半年。御史韩爷寿诞就请天官去庆。我同到韩府,丫头送花,叫我代替,堂楼相见小姐。赠凤珠一只,叫我带走。"诸事说了一便。探花说:"年兄你差了,既然如此,有终身相托,为何又在李家攀配,你今忘却前情了。"状元说:"呀!年兄,我来告诉你听了。"

为此珠凤宝和珍,监牢受罪不非轻。

沿途求乞身有病,几乎一命丧残身。

幸亏恩人李员外,请医服药病就轻。

留住家中为西席,又将小姐许联姻。

探花说:"如此完姻,却是忘却霍家小姐了。"状元说:"霍年兄,小生与小姐临行立誓,怎肯忘却前情?"探花说:"年兄,你霍府小姐不能相会了。"状元说:"此话从何说来呀?"探花说:"文年兄,听我告禀那。"

若说尊嫂霍定金,就是门族姊妹一个人。

年前母舅来作伐,许配解元姓周人。

十月初三来行聘,十月廿八就成亲。

小姐肚里来思想,不如早早短见寻。

"我家定金妹妹不愿再嫁,故而跳入江心,丧了性命。"状元说:"呀,霍年兄,此事当真否?小姐呀,贤妻呀!"

一时哭死书房门,顿时昏倒地中心。

探花见了心着急,秋华埋怨主人身。

大叫年兄来醒醒,哀哀痛哭转还魂。

公子道:"小姐吓,为你吃尽千般苦,谁知夫妇不能成。"探花说:"年兄不必着急,正个吉人自有天保佑。我小弟晓得个,有个刘大爷相救,为此在京中了。"状元说:"如此说来,亦是你晓得消息,恳求你指引我晓得罢。"探花听说,心中苦切,一刻哽住咽喉,心中暗想,便叫:"文兄,你要见尊嫂,远不远千里,近不近眼前。"状元说:"多谢指引指引,待我去相会相会也。"

假公子,眼泪出,就拿冤家叫一声。

我今非是别一个,就是南阳霍定金。

状元说:"休得取笑。"探花便脱下红袍乌纱帽,把乌靴脱下,露出三寸金莲,状元一看果然是真也。

状元此时方相信,上前抱住泪纷纷。

与妻一别今三年,今日方为团圆人。

刘尚书夫妇都知晓,原来公子女千金。

就将月娥也婚配,状元原来姑娘身。

霍小姐说:"爹爹,既然贤妹配与状元,待妹妹做正夫人,我为偏堂。"刘爷说:"不必过谦。"状元就此拜叩刘尚书为岳父大人,今日团圆一场,阖家欢乐也。

状元尚书说原因,奏明改扮一桩情。

夫妇衔刀来见圣,君王知道来开恩。

回衙转府不必说,状元要转孝感城。

刘爷说:"状元且慢,待我选其吉日,两位小姐与你完姻,你就回去,亦不为惜。"状元听说,且得完婚,吉期已到,准备完姻团圆也。

成亲诸事不必论,开船要到孝感城。

李家员外都欢喜,选期吉日也成亲。

李员外说:"幸遇文公子得中状元,我就做了太爷,岂不逍遥,一家欢乐?"不说员外一事,再说圣旨已到,诏曰:"状元所奏,仇恨未伸。钦赐河南巡按之职,赐上方宝剑,可先斩后奏。正妻霍氏封为护国夫人,刘氏封为定国夫人,李氏封为安国夫人,各赐凤冠霞帔。钦赐状元还乡祭祖。""谢恩,万岁,万岁,万万岁。"

公子奉旨转回城,先到南阳霍府门。

众军报与门公晓,门公奏与太师闻。

天官听说惊呆了,从来没有这头亲。

且到外堂来迎接,但见全副执事一官人。

状元说:"前三年小人霍兴,现在叩见天官。"双手挽扶,便道:"何出此言?"

状元将情说原因,奉旨完婚转回门。

天官听说心惊怕,公祖有事未知因。

我家小姐遭回禄,不能与你结成亲。

正在厅堂来谈论,忽见门公报一声。

"启上老爷,墙门外面有轿。"侍女说:"我家小姐回来。"天官说:"你个贱人,小姐已死三年,你即怕看见鬼来,原来你羞辱我,我要重重处死你这个贱人了。"

说罢来了轿子进,小姐出轿见父亲。

丫鬟通报夫人晓,厅堂相见女儿身。

女儿一向在哪里,定金小姐说其情。

路上兵部来继承,蒙恩得中探花身。

天官听说女儿话,一场笑话好羞人。

急忙备宴来款待,船中请起二夫人。

月娥素娥也来临,内堂拜见老夫人。

状元便叫："众军官到对门,唤倪凤姐太爷夫妇三个人来。"众军领命到豆腐店内,要请倪近溪。老夫人说:"太爷二字,不敢当。"众军官说:"不必多言。"就去见了状元。

近溪夫妇喜欢心,进厅叩见老爷身。

状元便问可认得,外婆不敢说真情。

状元请你堂上去见贤小姐,倪妈妈进内叫千金。

小姐说:"将你令爱配为偏室。"妈妈说:"多谢你怜奴女儿。"小姐说:"趁此吉日良辰,吩咐倪凤姐打扮成亲了也。"

秋华打扮出房门,排好第五偏夫人。

一夫五妇都欢喜,状元如意又称心。

倪近溪夫妇回家转,还赏金银宝和珍。

来朝别了天官府,同妻五位转家门。

状元回家吩咐众军先报到府中,吩咐打扫厅堂伺候。众军一一答应,忙了而去,到了西关文府上,说道:"门上可有人吗?"老家人说:"你是啥人?"众军说:"大爷回来了。"家人说:"我家没有做官的人。"中军说:"察院老爷叫我来报,你快快打扫伺候。"家人说:"我家大爷叫什么名字?"众军说:"大爷叫文必正。"家人听说:"好呀!好呀!"

几番说死伤了命,如今大官回家门。

平章听说魂飞散,魂灵飞上九霄云。

忙叫妻房不好了,他今必做报仇人。

他今来到无好处,不如自尽倒安宁。

大娘回房来吊死,平章投水丧性命。

状元回家,文武官员都来奉承。文兴家人前来迎接,状元说:"二爷夫妇哪里去,与我唤来。"文兴说:"他今自尽身亡了。"状元吩咐殡葬,又问家中一班家人,哪里去了。文兴说:"总官欲与大爷申冤,被平章算计死了。原来众家人俱已分散,文能兄弟也已过世,再就剩我老人一个。另有平章佣人几位。""此话不表,快到船中迎接五位夫人到府。"又传众军提贪赃得贿知县到来治罪,众军拿他家私抄出入库,又传司狱监门禁子王相、董圣二人到来,赏他白银十两。二人受赏,拜谢回家,不做监狱之人,在家修行。当时幸蒙神明相救,故而传旗牌官查访,如有坍坏庙宇,就要修理。又吩咐家人备办祭奠,祭扫坟堂,竖起旗杆。工部领命,一时完成,好不热闹。

状元河南来上任,三年满任转家门。

又到京城来见圣,正直皇上不非轻。

加封文华大学士,一念辞朝去修行。

君王准了辞朝走,回家一路望夫人。

状元先到南阳拜见东昌府,又到孝感李府墙门,然后回转府上,五位夫人迎接。幸喜生得十男二女,霍、刘二姓,都有接代之人。八位公子俱已入学,先后高中进士。近溪夫妇无子,也将一子传宗接代。状元与夫人年老,各办前程,广行善果也。

文爷原是文曲星,金星度去上天庭。

寿至一百零三岁,夫人亦然寿长春。

后来一家归星位,善渡凡间世上人。

珠凤宝卷宣完成,万古流传到如今。

卷中倘有错误字,三炷清香补完成。

水泼大红袍宝卷

大红袍宝卷初展开,诸佛菩萨坐莲台。

善男信女静心听,让我一版一版宣起来。

再说此卷叫水泼大红袍,出在唐朝太宗皇帝年间。山东省东昌府立城县里,有一个人,名叫罗廷义,今年十八岁,父亲早已亡故,母亲王氏年已半百。从小替儿子攀好了亲,是东关村上姓孙人家,名字叫素英。

儿子得中了秀才,快快乐乐回家转。

立城县里举人身,今年年纪十八春。

名字就叫罗廷义,孙家小姐未成亲。

花烛二字等一等,考得功名转回程。

今年就要去大考,要到京中走一巡。

再说罗廷义一心想要求取功名,思想:世上功名最要紧,婚姻之事可以暂缓,因此拜别母亲大人:"待等我到得京中,求得一官半职就回家转了。"罗廷义拿上了行李上京城,带了书童就出门。

一路行程无耽搁,那日已到西京城。

客栈之中来安歇,待等开考进城门。

三场文字方已毕,廷义得中状元身。

五更三点登皇殿,状元上殿见当今。

太宗皇帝龙颜喜,三日游街看皇城。

游街三日方已毕,状元奏明万岁听。

小生今年十八岁,从小聘定孙素英。

承蒙金榜来得中,欲想回家完婚姻。

只因娘亲年纪老,娶了服侍我娘亲。

太宗皇上来准奏,即便开口叫爱卿。

再说太宗皇帝说道:"既然如此,赐你大红袍一件,黄金五百两,回家成亲。满月之后,来到京城授职。"罗廷义谢恩万岁,立即退朝,择日出京,回家而去也。

罗廷义奉旨出京城,顺风相送快如云。

官船一路无耽搁,不觉已到东昌门。

船到码头来停泊,威风凛凛到家庭。

亲眷朋友来贺喜,大排筵席闹盈盈。

拣好黄道并吉日,要到女宅娶新人。

勿宣男家都端正,再说女家兄妹二个人。

再说女宅父母二老,早已亡故,只有兄妹二人,哥哥叫孙圣卿,从小攀亲南关顾启龙家,女儿因为孙家贫苦尚未成亲。妹妹孙素英许配给罗廷义为妻,尚未过门。今日接到男家吉期帖子,马上要娶亲结婚。那么只好勉强办些轻薄嫁妆,总算是喜事也。

孙家兄妹二个人,家中穷苦难做人。

兄长今年十九岁,妹妹今年十七春。

爹娘早已身亡故,兄妹二人过光阴。

今日罗家来娶亲,办些嫁妆勿成形。

黄道吉日来起亲,相送妹子上轿行。

今日妹子来出嫁,在家圣卿一个人。

自烧自汰无陪伴,冷冷清清在家庭。

勿宣圣卿家里苦,再宣罗家娶新人。

新人走上来出轿,参拜天地结成亲。

送入洞房归罗帐,夫妻恩爱喜十分。

日同桌子饭来吃,夜同罗帐共一枕。

成亲已经十二日,弄出一桩大事情。

再说状元夫妻二人相当恩爱,不觉到了第十二朝,夫妻二人刚正起床,只见安童进来报道,西关许进士到来。罗廷义听见,连忙更衣迎接便了。

头戴一顶乌纱帽,身穿御史大红袍。

厚底乌靴脚上套,腰里束条碧玉条。

整整衣冠朝外出,娘子看见眯眯笑。

素英刚巧来洗面,将身扯住勿容跑。

再说状元说道:"娘子不必拦住,让我出去。"小姐仍拿面汤水洗脸。状元要紧迎接客人,就在娘子身上一推,闹出大事来了。

就把娘子背上推,小姐身体跌开来。

几乎一跤跌下地,一盆面汤尽打翻。

一件红袍都泼湿,状元心中火起来。

就把红袍来脱下,吩咐家人把客回。

再说状元火喷十分,叫家人客人不接,推说:"罗廷义今天不在家中,叫他明天来吧。"家人照此之言回头客人,再见机而行了。

不说家人回客人,再说状元在房门。

便把娘子高声骂,贱人害人骂不停。

将身坐定书房里,再说小姐孙素英。

被她丈夫来辱骂,哀哀痛哭在房门。

丫鬟红英来相劝,劝不住便叫老夫人。

再说红英丫鬟走到太太房中说道:"太太啊,新少奶在大哭。"太太问道:"为啥呢?"丫鬟说:"被状元骂了,新夫人不想吃,一直哭哪。"

太太听了立起身,将身走到新房门。

开口便把媳妇叫,为啥夫妻要争论。

素英看见婆婆到,将情哭告婆婆听。

奴奴清早来洗面,丈夫到外接客人。

再说太太问媳妇:"为啥要争吵?"素英说:"太太,他叫我让,我让得慢仔一点,他把奴一推,奴勿曾留心一盆面汤水打翻,洒在大红袍上,算我不好。他就不接客人,将奴大骂。"太太说:"你么不要哭哉。这只畜生如此无礼,让我埋怨一顿了。"

太太听说怒火喷,走进新房骂几声。

畜生真正无道理,何故吵闹在房门。

成亲只有十二天,夫妻已经要争论。

你是天子门下客,全无规矩半毫分。

状元便把娘亲叫,娘亲不知内中情。

今日西关年兄到,孩儿要去接客人。

哪晓贱人无规矩,拦住去路不容行。

是我将他来一推,打翻面汤水一盆。

泼湿一件大红袍,皇上知道罪勿轻。

再说太太说:"这是我们家中之事,万岁哪会晓得呢?"状元道:"鲜红颜色着了潮,岂不脱色?常言道:'君赐物,不可污。'皇上知晓,犯了欺君之罪,轻者削职,重者斩首,岂非这贱人不好,你快进房去。"罗太太听了儿子之言,就回归高楼而去了。

勿说太太进高楼,再宣状元一个人。

坐在书房呆思想,想起红袍心勿定。

指望得中功名事,那知半途风波生。

可恨贱人无道理,水泼红袍害我身。

倘然君王来晓得,欺君之罪不非轻。

吾身犯了欺君罪,难在朝中伴皇君。

左思右想无计策,只得出家去修行。

再说罗廷义想定念头,就在墙壁上题书一首,写好了再走吧!诗曰:滴水红袍罪不轻,不能伴君见当今。只得出家做僧人,跳出红尘去修行。再说状元写好了诗句,换了衣服,不别而去,从后门走出,望五台山出家修行而去哪!

状元出家去修行,家中之人不知音。

安童走进书房内,勿见状元在居厅。

只见墙上四句书,字字行行写得清。

安童看得多明白,连忙禀报太太听。

太太听了安童说,走进书房看分明。

诗句写得真清爽,只为红袍去修行。

老身所生一个子,方才今日有功名。

如今为了大红袍,走出家中去修行。

若然孩儿勿回转,老来终身靠啥人。

此事都是媳妇错,害奴儿子去修行。

太太此时心火冒,走进新房骂素英。

再说太太走进媳妇房中骂道:"你这个人,真不像女人。一个月来,吵得七颠八倒,害得奴儿子出家去做和尚。我今朝叫你去寻转来,寻着一道回来。你只媹根,寻不着,你也不要回来。"素英被婆婆骂得嚎啕大哭,想我登在娘家生活十分苦楚,现在嫁了婆家,被婆婆骂得我也不好登了。

素英小姐怨夫君,夫君不该走出门。

勿知走到何处去,叫奴哪里寻夫君。

还是奴来短见寻,免得做个勿贤人。

再说素英小姐准备寻短见,反过来想:"啊呀,官人呀,莫非奴待你不好?我想夫妻缘份五百年前定,现在一个月未满,弄得如此颠倒。我死了,婆婆怎么办呢?如今丈夫出去了,我再寻死么?婆婆要无依无靠,想想还是算了吧。"

欲要思想死路寻,忽然暗暗动心情。

奴奴一死无啥用，丈夫也不转家门。

虽然成亲十二日，觉得有孕在其身。

是男是女勿晓得，难见罗家祖先灵。

思前想后无计策，女扮男装寻夫君。

自己衣服来脱下，丈夫衣服着一身。

好像男人无二样，题诗一首在房门。

寻着丈夫一道转，寻勿着永远勿回程。

眼泪汪汪后门出，夜静更深街上行。

东南西北难分辨，一只寺院面前存。

再说孙素英一想，丈夫四句诗上有一句"出家做和尚"，恐怕在这些庙庵寺院里，且得等到天亮再讲便了。

素英正在门口等，听见金锣声音闹盈盈。

灯球火把无其数，竹爿榔头向前行。

素英一见心着急，缩在墙角里边存。

却被衙役来看见，一把扯住见大人。

再说来者不是别人，是东昌府太守在亲友家饮酒回转。经过东岳庙，恰巧孙素英寻夫，却被衙役看见，一把扯住来见太守，当是小贼。张太守问道："你是什么人？为何更深夜静还在街上，莫非是做贼吗？"孙素英说："小人并非是贼，我是本城人，我父亲叫赵百万，我叫赵素英，因为亲娘早已亡故，父亲讨了晚娘欲要加害性命，故而连夜逃出自己家乡。路途不熟，所以流落此地也。"

爹爹听了晚娘话，几次要想害奴人。

小人思想无办法，欲想出家去修行。

求求太爷行方便，放奴小生去逃生。

张爷听了心欢喜，开口便叫赵素英。

再说张爷说："我劝你不必出家。"素英说："我不出家，无处安身，回家性命难保。"张太爷一想自己半百岁，膝下无有儿女，老来无望。看他才貌出众，不如让我领转去做儿子罢，将来告老终身，说道："赵素英，你无处安身。你跟我回家，保你有吃有住便了。"

老夫祖居淮安府，张姓庆禄就是我。

现任东昌为太守，夫妻同庚五十春。

膝下未生男和女，老来无子苦十分。

既然你无安身处，寄作孩儿认螟蛉。

今日跟我回衙去，未知心中如何能。

素英听了暗思想，呆呆木木心不定。

倘然今朝来答应，奴奴是个女姣身。

若然今朝不答应，恐怕今夜露真情。

再说素英左思右想，难中之难，丈夫一时之间没有寻着，想自己究竟是个女流之辈，路上恐怕露破绽，有不便之处。再者兄长孙圣卿也十分穷苦，抚养不起。寻不着丈夫，难见婆婆面，弄得奴个人飘飘荡荡，出丑在外。答应了么，倒有个登身之地，还是答应吧，以后再说罢了。

素英此时无哪能，只得答应做儿身。

太守听了心快乐，吩咐带了转衙门。

进了衙门身出轿,哈哈大笑进房门。

夫人看见心疑惑,便问老爷啥事情。

再说张老爷说:"夫人呀!老夫今日饮酒,回来路上,拾着一件宝贝在此,夫人你猜猜看是什么宝贝?"夫人说:"莫非是摇钱树、聚宝盆、夜明珠、三脚金蟾?要么这些名堂。"老爷说:"夫人,你说的都是死宝贝,也不算稀奇的东西。我拾着个活宝贝。"夫人说:"在哪里?"张太爷吩咐家人:"到外边去请少爷进来相见太太吧。"家人答应,立即去请便了。

家人领命往外行,领进假少爷孙素英。

跟仔家人朝里走,拜见寄父寄母身。

老爷心中多快乐,取名就叫张素英。

夫人对了孩儿看,心中疑惑十来分。

再说张老爷吩咐家人安排好书房,打扫好房间,叫少爷安困,家人答应便了。

假少爷起身出房门,拜见二位老大人。

史氏夫人开口丈夫叫,吾看不像男子像女人。

耳上还有环子眼,明明是个女子身。

再说夫人说道:"一个男子有这样的标致。"老爷说:"夫人可晓得,古人潘安、宋玉也是男子。你只看过标致的女人,哪晓得漂亮的男子可以胜过女子。"夫人说:"那么男子耳上怎么会有环眼?"张老爷说:"因为小辰光有关口。穿了环眼,难关可以开通。"夫人说:"男子穿一只,为啥要穿二只?"张老爷说:"你不要多疑心,弄不明白。今后跟他讨了媳妇,自然会得有孙子哪。"

勿说素英张家人,再说罗廷义状元人。

滴水红袍门来出,五台山上去修行。

恰巧唐皇还香愿,看见状元问原因。

赐你红袍成亲事,哪会今日至此地。

罗廷义即便来启奏,我皇万岁听原因。

再说状元启口叫道:"万岁,只为滴水红袍,犯了欺君之罪。夫妻争吵,难见万岁,逃在五台山欲想出家。今日遇见吾皇,臣罪该万死。"唐皇说:"问罪之后,赦你无罪,随驾进京。"唐皇说:"恩封西台御史大人。"廷义谢恩:"万岁,万岁,万岁哪。"

状元跟皇进京城,恩封西台御史身。

虱开状元官来做,卷中再说落难人。

再说落难之人孙圣卿想想心中好不昏闷,父亲孙尚达官居侍郎之职,不幸双亲早亡,家业凋零,单生兄妹二人。想吾从小婚配南关顾启龙之女,名叫顾娇鸾小姐为妻,尚未完婚。再有妹妹孙素英嫁给罗廷义为妻,指望想照应的,哪晓得水泼红袍,夫妻分散,不知到哪里去了。老古说:"靠山天云落,靠墙墙坍倒。"常言道:"一粒明珠土里生,未知几时放光芒。"这真个想想,好不苦楚也。

上无伯叔来照应,下无亲友好乡邻。

又无哥哥和弟弟,一个妹妹嫁出门。

只有小生人一个,无田无地苦十分。

三顿茶饭无着落,四季衣衫不像人。

小本生意不会做,肩不挑来手不拎。

饿了三日呒畀吃,苍蝇飞过头要昏。

孙圣卿想想无摆布,只得写对卖钱文。

写了对联十几副,街坊卖对过光阴。

日日写对街上卖,夜间独宿守孤灯。

不说孙圣卿对联卖,再宣一个势利人。

再说顾启龙在街坊上走过,看见了一个卖对人,想这个人衣衫褴褛、贫困不堪,不知何人,让我再走近些一看,的确是个孙圣卿穷汉子了。

戴只帽子开花顶,身上穿件破海青。

脚上鞋子呒界跟,腰里束条布头巾。

上前一看非别人,原来女婿孙圣卿。

今日不见倒也罢,看见畜生恨十分。

我家有个穷女婿,连我面孔甜干净。

连忙回到家中去,想定计策要赖婚。

就叫顾福人一个,快喊穷鬼到我门。

再说顾启龙在街坊上看见穷女婿心中很不快乐,就喊家人顾福:"你到街坊上去寻孙圣卿,骗他说老太爷叫你去写对联。"孙圣卿听了顾福的话,不知是计,跟了家人就去写对联了。再说现在寒冬腊月,弄点钱也是好个。

便将对联来放好,跟了顾福就动身。

二人一路无耽搁,走到一个大墙门。

只见上面匾一块,武林堂三字写分明。

孙圣卿一见心着急,好像岳父大墙门。

再说孙圣卿一想:"此家非是别家,是奴岳父家中,倘然进去,被他看破。千万不可进去。"就心生一计,马上推却道:"家人伯伯,小生有事要回去哉,明日再来。"老家人一听,说:"你既然来了,不要推却,快点进去吧。"

家人一把拖住不放松,孙圣卿急得面孔红。

拖到里面厅堂上,拜见岳父老太翁。

口称岳父双膝跪,启龙看见怒气冲。

啥人要你岳父叫,连我老夫无面孔。

姆笃上代作仔孽,出你不肖败门风。

好像叫化无二样,牵连爹娘骂祖宗。

今朝快把退婚写,让我女儿嫁富翁。

圣卿听了回言答,丈人说话礼不通。

啥人保得千年富,啥人一定万年穷。

塔大蜡烛勿到底,顺风不要扯足蓬。

穷人也有翻身日,昆虫也会上天空。

小婿虽然家内穷,锦绣文章在胸中。

有朝一日功名成,仍为爹娘增门风。

再说孙圣卿死不买账,那丈人顾启龙开口骂道:"你只小畜生,真是老张嘴。嘴硬勿让人说个闲话,好比半夜三更做梦。你的穷鬼还要想做官,要么做个毛竹管、纸策管、烟囱管、汤罐,那么到极乐国去当判官。你困死懵懂,真个做官朝堂上登勿落。真正说话像放屁!今朝一定要写退婚,写好后弄明白你回去吧。"

孙圣卿听了怒十分,开口便骂老牛精。

枉为堂堂男子汉,说话句句要赖婚。

我要告你不良人,看你赖婚能赖成。

启龙听了心中毒,吩咐家人打他身。

打得满身皮肉烂,几次死去再还魂。

再说圣卿这次一顿苦头,打得遍体鳞伤,一想罢了。今朝勿写退婚,性命难保,就写吧。比如爷娘穷,未攀亲,日后再作道理。如果有翻身之日,我就能讨得着妻子了,再来寻你报仇也不晚。

孙圣卿来苦十分,眼泪汪汪写退婚。

只为家中多穷苦,退还顾府女千金。

退婚手印来打好,授给老贼看分明。

顾启龙看得心欢喜,吩咐将他打出门。

一众家人齐动手,扔倒圣卿地埃尘。

再说孙圣卿被顾启龙家人打得满身生青,四肢难行,走出墙门骂老贼,我日后翻了身,跟你算账便了。

勿宣公子出家门,再宣顾启龙老贼身。

如今穷鬼退婚写,女儿另配大富翁。

勿宣顾启龙一段话,再宣东昌太守公。

要把孩儿亲来攀,媒人喊到家里来。

有了进士王贡生,南关碰头顾启龙。

启龙连忙来迎接,接进门厅问原因。

再说南关王贡生经常荐头做媒人,四面八方行得开路,而且人头熟,因此这次张太守孩儿要攀亲,托他做媒人。所以王贡生就到顾启龙家去做媒人,就说:“顾世兄,我到得你家来,想问你一件事情,你家千金小姐未曾出帖吧?因此小弟特来做媒,今有东昌府太爷的公子要定亲,未知你意下如何?”顾启龙一听心中大喜,就将八字帖子当场就付与媒人。王贡生拿仔庚帖立即动身,来到张太守衙门。

媒人三步改作二步行,大路不走拣小路奔。

太守见帖喜欢心,拣好日脚就结婚。

家中办好筵席酒,诸亲好友闹盈盈。

再说张太守拣了黄道吉日,立即成亲,急坏了个假少爷。张素英想:那怎么办?如今弄僵了,我实则是女扮男装,哪能叫我成亲?弄穿帮么性命难保。倘然我现在答应,要害别人家小姐终身。如果不答应,要露破绽。弄得进退两难,想了又想,终归没有办法,就做一日和尚撞一日钟,船到桥,直苗苗,叫我哪能就哪能吧。

勿宣张家都端正,要到女宅去娶亲。

三吹三行来发轿,鼓手吹打闹盈盈。

到了女宅亲来娶,要宣娇鸾小姐身。

自从父亲婚来赖,日夜啼哭在房门。

几次三番短见寻,丫头劝仔小姐身。

可恨爹娘无道理,勿该应硬逼写退婚。

今日叫我另改嫁,愿死不肯上轿行。

再说丫头相劝说:“小姐,轿子来哉,换衣服吧。小姐要上轿哉。”丫头劝死劝活,实在不肯换衣服,没有办法,丫头下楼走到厅堂去,只得通报老爷知晓,让老爷想什么办法,使得她愿意上轿便了哪。

下楼通报老爷听,老夫相劝女儿身。

女儿啊,勿是爷娘婚来退,因为孙家实在贫。

非是为父欺穷人,恐怕女儿受苦辛。

故而逼他退婚写,将你另配富豪门。

小姐即便回言答,爹娘听我说原因。

姻缘本是前生定,配定夫妻无改更。

虽然孙府家贫苦,也是女儿命中定。

只有好船摇二橹,哪有好女配二夫。

奴奴是个贪名女,决不上轿嫁别人。

困在床上哀哀哭,不肯打扮换衣襟。

启龙急得无摆布,心肝好囡叫几声。

再说顾启龙开口叫:"好囡,我是为了爱你,不是害你。穷鬼孙圣卿是害你一世之苦,穷得不像样。做爹是叫他写了退婚,现在我叫你另攀东昌府太守爷,要使你女儿过一生富贵荣华生活,这是叫爱你。我现在无办法,恳求你女儿换衣服,好好上轿吧。倘然你再勿上轿,弄出大事,父亲要犯罪,那怎么办?而且张家势力大,不肯放松。那真难呀。"

女儿不肯来出嫁,赖婚之罪我承认。

老汉叫着你这女,害奴做爹勿该应。

求你女儿回心转,勿要害爷受罪名。

好囡心肝千金女,跟仔穷人难翻身。

想尽办法写退婚,现在东昌大富人。

有吃有穿真开心,进进出出人轧人。

公公有仔官来做,儿子肯定胜三分。

金银米麦多多有,常登堂楼做夫人。

前世修来福气人,心肝宝贝小姐弄勿明。

好个日脚匆差过,差过光阴无哪能。

好囡快把衣服换,上轿到了男家门。

富贵荣华结成亲,合家团圆喜欢心。

启龙说道:"好女儿,好囡,求你女儿换衣服,上轿出嫁做新人,到男家成亲。"哪晓得女儿实头不肯。

顾启龙急得无摆布,女儿不肯换衣襟。

轿子停在女家宅,这种场面勿大灵。

姻缘本是前生定,五百年前结为婚。

有缘千里来相会,无缘对面不相逢。

穷富命中有规定,硬要发财无前程。

婚姻爷娘都更改,将来没有好收成。

顾启龙的女儿勿肯换衣上轿,男家娶亲人也只好勿回转去,等新娘娘上轿。那么顾启龙苦苦哀求老夫人一道相劝小姐,快些换衣服上轿吧。那么小姐一想:这个事情生米已变熟饭,我现在只得嫁去,到了男宅再看三色吧。如果真的勿像,上吊死了吧,同孙圣卿阴间去成夫妻吧。想到此地,即便换衣裳了哪。

娇鸾小姐苦十分,一心想着孙圣卿。

勉强便把衣裳换,啼啼哭哭上轿行。

一路来到张家宅,厅堂出轿结成亲。

再说掌礼先生、新娘娘一到男宅,就要请新官人,孙素英心中也着急,想我个新官人是女扮男装的,如果穿帮,要有罪名。厅堂上亲友百官都在,今日成亲,勿到厅上是说勿出了,请了三请,到厅上拜堂成亲便了。

奴奴也是女子身,二个女人哪做亲。

夫妻二人同床困,缺样宝贝若何能。

若把机关来露破,笑煞东昌府里人。

素英自己暗好笑,硬仔头皮出书房。

二个女人毡毯立,参天拜地结成亲。

红绿牵巾归房里,坐床罗帐挑方巾。

再说假新官人对新娘娘一看,果然生得标致。可惜我是个女人,如果我是个男人,对于这个女人还是过得过去。那么停了几天,再看情况便了。

娇鸾小姐也拉笃看官人,果然美貌男子身。

奴奴勿是贪花女,一心思想孙圣卿。

坐在床上哀哀哭,素英暗暗起疑心。

开口便把小姐叫,为何啼哭勿称心。

莫非还是人难看,还是现在我家穷。

小姐为啥来啼哭,一一从头说奴听。

娇鸾小姐回言答,相公听奴说原因。

勿是嫌你家中贫,只怨爹娘一个人。

再说假新官人说:"为啥要怨你父亲呢?""相公啊,勿是为贫富之事。我勿说,你也勿晓得。""那么为啥要啼哭?请你小姐说个明白。"新娘娘说:"相公,我来说你便听了。"

奴奴从小早配亲,许配本地孙圣卿。

如今孙家多穷苦,爹爹欺穷要赖婚。

假骗公子对来写,硬逼公子写退婚。

现在把奴来改嫁,配你公子姓张人。

奴奴岂肯贪财色,挂念公子孙圣卿。

素英听得都明白,原来嫂嫂一个人。

再说孙素英听得明白,吩咐丫头使女一齐出去,关好房门,低声叫道:"嫂嫂啊。"娇鸾小姐一听,勿明勿白,我同你是夫妻,怎能叫我嫂嫂呢。小姐胆战心惊叫道:"相公,你为何叫我嫂嫂?"孙素英说:"嫂嫂,请你放心,吾素英勿是神经病,又勿是十三点,让我来说给你听。"

奴奴非是姓张人,我的名字叫孙素英。

圣卿是我新兄长,奴奴嫁给罗廷义状元身。

夫妻成亲十二日,水泼红袍起祸根。

丈夫出外无着落,奴奴女扮男装寻夫君。

更深碰着张太守,收到家中作螟蛉。

女扮男装未破露,当奴是个男子身。

也是天缘来凑巧,姑嫂相会张家门。

娇鸾小姐已明白,确实姑娘自家人。

乿开苦面改笑脸,姑嫂商量在房门。

再说娇鸾小姐心中十分高兴,正是天缘凑巧,真是天缘一对,地缘一双,姑嫂做成夫妻。小姐说:"我嫁给你,好比你兄长孙圣卿。日间当夫妻相称,夜间同房姑嫂相称,倘若以后与孙圣卿碰头,也不负我们一生姻缘是也。"

> 姑娘假装张素英,书房里边读五经。
>
> 拿个文章来读熟,逢着考期进京城。
>
> 寻着丈夫罗廷义,再寻兄长孙圣卿。
>
> 最好二位都见面,不负你我一片心。

再说孙素英说道:"嫂嫂,我有一桩难事,想请你麻烦一些,腹中有无,还有些勿晓得,如果有孕在身,哪能瞒得过呢?想同你嫂嫂商量商量。"娇鸾小姐说道:"你不能粗心大意,只要你勿出门,天天在书房里读书,让奴装大肚皮。待等十月满足,你姑娘装生病,到养个辰光,不能让丫头进房,奴来收生,只说奴养。来一个移花接木,瞒过张太守老夫妻二人便了。"

> 勿说姑嫂二人有安身,再说孙圣卿落难人。
>
> 自从岳父逼写退婚后,单身回家闷昏昏。
>
> 恰巧寒冬三九天,大雪纷纷冻煞人。
>
> 肚皮饿来身上冷,勿能做出门卖对人。
>
> 听见娇鸾另改嫁,如今嫁到张家门。
>
> 吾个娘子别人讨,有何面孔做啥人。
>
> 爹娘在日多荣耀,如今弄得这样人。
>
> 三顿茶饭勿着落,四季衣衫勿圆图。
>
> 虽然文章都精通,吭畀盘费难进京。
>
> 想来没有翻身日,还是让我死路寻。

再说孙圣卿思前想后,正是穷苦难当,上无亲,下无眷,死了无人知道,还是让我死在外头吧!如果有人晓得,将我安葬便了。

> 孙圣卿哀哀哭嚎啕,拜拜家堂忙外跑。
>
> 想想死到何处走,前面有只关王庙。
>
> 一路走进庙堂里,腰里解下带一条。
>
> 头颈套进绳圈套,三魂渺渺赴阴曹。
>
> 不宣圣卿死路寻,再说救星到来临。

再说一只官船去河南,船山一人,名叫刘荣,在淮安做官,三年满任,回转家中。官船经过关王庙,恰巧大雪飘飘,勿能行船,就在庙边停船。听见里面也有啼哭之声,非常凄惨,刘荣吩咐安童:"快点上岸,去看个明白便了。"

> 家人奉命上岸行,只见枯庙吭畀人。
>
> 前面寻到后面去,看见梁上吊一人。
>
> 看见连忙来放下,悠悠还魂哭高声。
>
> 将他扶到船中去,刘爷即便问原因。
>
> 小人家住何方地,姓啥姓来叫啥名。
>
> 今年年纪有多少,为啥在此死路寻。

再说孙圣卿双膝跪下叫道:"大人啊,真是叫三岁死娘,死完爹娘断六亲,诸亲百眷当作陌路人。"因此说人只能死不能穷,一穷连家堂都要欺。"小人家住东昌府,吾个名叫孙圣卿。"

父亲名叫孙尚达,官居侍郎坐衙门。

不幸双亲早亡故,家贫如洗赖婚姻。

骗到家中将奴打,硬逼小生写退婚。

小生无法退婚写,无处申冤死路寻。

再说刘荣听了:"哦,原来是贤侄。因为在朝堂为官时候我同你父亲是八拜之交,几年不见。你父亲亡故之后,好些年没有通过信,哪知变得如此贫苦,无依无靠。想下官并无亲生,吾将你寄作螟蛉,不如跟我回家而去了。"

公子一口来答应,拜见爹娘二大人。

周氏夫人心欢喜,当作亲生一样能。

带到湖南书来读,改姓就叫刘圣卿。

勿宣公子有福人,再说女扮男装孙素英。

自从姑嫂亲来做,不觉已到半年零。

腹中怀胎七八月,肚腹变大看得明。

日日书房五经读,只得装作生毛病。

再说丫头通报老爷夫人说:"公子有病,奶奶怀孕腹中。"老爷说:"夫人,你真正交运了,要发财发福哉。"夫人道:"孩儿为何面黄肌瘦?"张太守说:"目前要去赶考,故而孩儿用功勤读,十分辛苦。"

勿宣夫妻来谈论,再说考期到来临。

太守勒令孩儿去,素英只得进京城。

大腰身海青着一件,恐怕同学看破情。

三场文字方已毕,进士得中张素英。

报官报到张家去,喜煞张家夫妻身。

歇了三日回家转,亲眷贺喜闹盈盈。

光阴如箭来得快,十月满足到来临。

再说张素英腹中疼痛,面容失色,顾娇鸾一看,今晚姑娘要养哉。因此立不定,坐勿停,想了一计,吩咐丫头使女,今晚全部出去,今夜房里勿要登。因为相公京里回来,路上辛苦,而且人吃力,身子勿畅,赶出房门,把门关起来。嫂嫂笃笃转齐齐转,暗底里端正物件。姑嫂二人今夜日脚怎样过下去,痛不能响,假孕妇做老娘,假丈夫真肚痛。肚里痛来像尖刀,正是十分痛哪!

将近黄昏人困尽,素英肚痛十来分。

可恨怨家罗廷义,累害奴奴受苦辛。

再说顾娇鸾小姐抱住腰说:"姑娘放心,不必埋怨丈夫,此是周公之礼。"这二个女人本事真大,到了半夜里向,生了二个小孩。娇鸾小姐把姑娘扶到床上,自己头上包好,装像产妇样子。然后开了房门,喊了使女,进房一看,多了二个小人便了。

丫头急得进房门,只见少奶奶养儿身。

有个忙把浴汤烧,有个禀报老夫人。

有个去煎人参汤,一众丫头忙煞人。

娇鸾假装产妇样,张素英假装生毛病。

再说张爷老夫妻二人说喜则喜,一胎养二个孙子,惊只惊儿子有病。老夫人进房,看见二个孙子,欢天喜地,十分高兴,再一看见儿子有病,心中不大快乐。老夫人问儿子:"你可要服药调治?"张素英说:"母亲,孩儿不是有毛病,因为考场辛苦,只要静养几天,就会好了那。"

太太吩咐出房门,吾儿自己身体要当心。

待等各人房门出,娇鸾小姐服侍张素英。

勿说姑嫂房中事,再说太太进高厅。

事情说给老爷听,太守听得喜欢心。

再说张老爷对夫人说:"吾领转来辰光,你说是女不是男,那你今天明白哉,讨个媳妇是女个,二个女是不会生孩子的。现在结婚还未满一年,孙子已有哉,要给孙子取个名字。"老夫人说:"先出来叫金官,后出来叫银官。正个叫张家双喜临门,天生一对,地生一双,真真是子孙兴旺哪!"

终日忧忧无后代,今日孩儿一齐来。

三朝满月真闹热,便将乳名取出来。

先出娘胎金官叫,银官便是后出来。

用了乳娘来抚养,张老爷夫妻喜开怀。

光阴迅速来得快,东昌府三年满任哉。

再说张太守满任将印信交还上司,如今告老还乡,带领家亲好友,回转家乡淮安。

老爷回转淮安城,亲朋迎接乱纷纷。

从前张家无后代,如今合家喜十分。

杀猪宰羊闹盈盈,参天拜地谢神明。

勿宣张家家中事,光阴如箭快如云。

春去夏来秋又到,残冬一过再逢春。

自从张家回家转,不觉已经三年零。

一切闲文都勿提,再说唐朝天子身。

出了皇榜开大考,要选天下文才人。

主考大人罗廷义,人人要去取功名。

不宣唐皇朝内事,再说张素英说:"爹爹,吾孩儿这次上京求取功名,准备带妻子到山东,顺便望望岳父岳母。"张庆禄说:"再好没有。"回头再问母亲,完全同意。素英走到房中,对嫂嫂说:"上得京都,一路寻哥哥,二来寻丈夫,三则能到得家中,探望父母,和你一同进京。"娇鸾小姐听了这番言语,心中非常同意,就说:"这样寻罢。"素英已将赴考之事准备齐全,动身而去了。

姑嫂二人喜融融,老夫妻瞒在鼓当中。

拜别爹娘来上路,只带妻儿不带小书童。

素英听了爹娘话,连忙开船到山东。

到了南关船来歇,单身独自访亲兄。

再说素英来到南关上岸,访问哥哥孙圣卿,走到乡邻人家问讯说道:"伯伯此地有个孙圣卿,到了哪里去哉?"乡邻人回头说:"他在五六年前出去,到现在未曾看见过,勿知到了啥地方去哉?请你再问问别人吧。"张素英一想穷来饿煞,还是冻煞,东邻西舍,大家不知道哪!

问来问去无着落,眼泪汪汪落在胸。

将情便对嫂嫂说,娇鸾听了闷心痛。

二人就到顾府去,再宣老贼顾启龙。

听见囡婿女婿到,接进夫妻到高堂。

再说顾启龙夫妻二人把囡婿、女婿接到厅上,看见二个外孙十分欢喜,吩咐厨房大办筵席,替女儿、女婿接风,再休息几天。张素英开口说道:"岳父大人,小婿上得京城,赶考功名。考场日期将到,不能耽搁时间,请你岳父原谅我,将妻儿放在岳父家中登。我在京中考得一官半职回来后,再同妻儿一起回家。"岳父母一口答应。素英为了勿能露出破绽,拜见岳父母大人,立即动身上京去了。

不宣素英进皇城,再宣河南刘圣卿。

辞别爹娘京来上,也到京中取功名。

天下文才都到齐,各将本事跳龙门。

三场文字方已毕,廿七清晨出榜文。

头名状元非别个,就是河南刘圣卿。

榜眼得中李文爵,探花得中孙素英。

唐皇天子心大悦,游街三日看皇城。

一切之事方已毕,拜见主考老先生。

再说刘圣卿问道:"张年兄,你令尊大人叫什么名字?"张素英说:"小弟的父亲是淮安人氏叫张庆禄,做过东昌府太守。"刘圣卿听了是张太守之子,就一把胸脯说:"同你去见驾。"张素英道:"年兄,我与你无仇了。"

一班同学齐来劝,扯扯扳扳见当今。

君王便把爱卿叫,有何冤仇奏孤听。

状元即便来启奏,吾皇万岁听原因。

只为小人家贫苦,富夺穷妻张素英。

伏望我皇明鉴察,再将素英细查明。

主考大人来听得,俯伏金阶奏当今。

再说西台衙吏罗廷义奏道:"万岁!这二位贤弟,待我带到臣衙门中去盘问清楚。"唐皇准奏便了。

罗廷义辞驾转衙门,带了圣卿张素英。

回到衙门来盘问,先问状元刘圣卿。

你是河南开封府,张素英他是淮安人。

路途相隔几千里,有啥冤仇说我听。

状元启口恩师叫,门生说来听原因。

门生祖居山东地,名字就叫孙圣卿。

父亲名叫孙尚达,太常侍郎侍衙门。

自从配亲顾娇鸾,只为父母早归阴。

我家岳父欺穷贫,骗到顾家逼退婚。

他的父亲张庆禄,东昌为官侍衙门。

启龙见他多豪富,就把娇鸾配身张素英。

门生只为家中苦,关王庙里死路寻。

恰巧刘荣回程转,救我门生转还魂。

拜认刘荣为继父,带到河南读五经。

继父因为无后代,故而改名刘圣卿。

素英强占顾娇鸾,伏望大人断断清。

再说罗廷义一听,哦,原来是我的妻舅,勿能说穿个。旁边的张素英听得明明白白,原来是我兄长,但是我女扮男装勿能说。罗廷义问张素英:"门生你说勿是淮安人,到底是什么地方人也?"

出身本是东昌府,只为爹娘早亡故。

若要问我名和姓,亦姓孙来亦姓罗。

强占人妻无其事,其中委曲千万多。

大人要知其中意,天上日月并肩过。

御史听了心疑惑,素英莫非女娇娥。

再说罗廷义连忙退到书房,御史大人细细盘问。张素英说道:"大人,告诉你便了。"

奴奴本是女钗裙,奴名三字孙素英。

嫁了丈夫罗廷义,兄长就是孙圣卿。

再说御史大人问道:"既然你叫孙素英,为啥女人勿做,要打扮男人上得京城,而且过房张家,其中有何道理?"素英说:"大人,你好哪。"

成亲未满半个月,水滴红袍起祸根。

奴夫负气身出外,走到如今不知音。

婆婆将奴来惩罚,女扮男装寻夫君。

巧遇太守张庆禄,将奴捉牢当贼人。

一时不能身来脱,只好张家做螟蛉。

寄爹与我亲来做,配着顾氏嫂嫂身。

恰巧山东开小考,乡试得中奴奴身。

如今听见开大考,便寻夫君上京城。

状元非是别一个,就是奴的兄长孙圣卿。

御史听见都明白,便叫娘子大舅身。

下官就是罗廷义,水滴红袍出了门。

五台山上来修道,碰着唐皇还愿心。

带进京中封官职,西台御史坐衙门。

本来早想回家转,皇命在身勿能行。

今日夫妻重相会,也是天缘巧相逢。

素英听了嚎啕哭,冤家连叫二三声。

水滴红袍非大事,何必你要去修行。

害奴吃尽千般苦,勿知婆婆哪亨能。

孙圣卿便把二人劝,明白上殿见当今。

再说孙圣卿等三人谈谈说说,辰光勿早哉,各人回到公馆休息。到了天亮,三人一同见驾说明。张素英女扮男装,顾启龙欺穷赖婚,刘圣卿乃是孙尚达之子,一切奏明唐皇。唐皇颁下圣旨:顾娇鸾姑嫂成亲不妨,原配孙圣卿为妻。衙门里发银子,给孙家起造状元府。再命顾启龙亲自送囡婿与孙圣卿奉旨成亲。罗廷义说:"夫人,你先回去见顾启龙,勿要说穿。我回来试一试,一定要难难这个老贼。"想想穷富是终归有个,不能欺穷爱富。穷和富都不能保住一世。常言道:"人不可貌相,海水不可斗量哪!"

张素英立即回家门,那日官船到东昌城。

南关码头船来歇,顾启龙迎接进墙门。

厅堂上面摆酒席,假女婿坐下酒来饮。

吃摆酒席进房门,姑嫂相会真高兴。

说起兄长身得中,嫂嫂听见喜十分。

一夜无话勿必说,五更不觉到天明。

翁婿正在来讲话，忽报钦差到墙门。

女婿连忙接圣旨，钦差接进高厅上。

便将圣旨来开读，老贼吓得无主张。

再说，主考大人罗廷义说道："老先生，你的女儿从小许配孙圣卿为妻。如今孙圣卿得中状元，唐皇万岁传圣旨，叫你娇鸾小姐立即送到孙家拜堂成亲，不得耽搁时间。倘若违反圣旨者，你顾启龙有欺君之罪了。"

老贼听了吃一惊，差钦大人听原因。

孙家早已婚来退，我儿已配张素英。

外孙已经二个生，哪能再配孙圣卿。

御史大人开口说，老先生真是无理信。

自从盘古天地分，一女哪配两夫君。

叫我怎见君王面，唐皇晓得罪勿轻。

快将小姐来交出，勿奏君王得知闻。

若勿把小姐送出来，杀你头来充你军。

顾启龙急得双脚跳，笑煞旁边张素英。

再说顾启龙急得上天无路，入地无门，左思右想说："钦差大人，你先回去，明日我将小女送来。"罗廷义说："明日如果你不送来的话，奏本君王，要斩你的狗头，待看明日哪！"

钦差回转公馆厅，急煞老老顾启龙。

喊出女儿顾娇鸾，商量事体哪亨弄。

只得将女儿送到孙家去，张素英立即板面孔。张素英说："岳父你说话像放屁，真正岂有此理？以前孙家穷你要赖婚，现在孙府富裕哉，做了官哉，就将女儿送去成亲哉。我勿成功了。"娇鸾小姐暗暗在笑哪！

老老急得无哪能，哀哀求告张素英。

女儿嫁到孙家去，讨还你个女千金。

再说张素英勿肯答应，二人正在争吵，孙家花轿来哉。讨新小姐哉，老贼无法，只得叫女儿上轿到孙府与状元结婚。孙府上文武官员尽来贺喜，十分闹热。夫妻归房讲不完，说不尽。再说张素英待等嫂嫂上了轿，再回想自己兄长被这个老贼逼写退婚，吃尽头苦，今天要为兄长翻翻本哪。

素英此时心大怒，快将娘子送还我。

启龙说给你银子一万两，你到别处讨女娇娥。

素英扯住勿肯放，老贼急得无摆布。

顾启龙说："赔足你银子三万两，啊好？"素英说："快快给我送到罗廷义府上。"顾启龙吩咐开库，把银子扛到罗府。孙素英自己同奶娘领了金官、银官二个儿子回府，阖家团圆了。

孙素英回家见夫君，婆媳相会喜十分。

若无嫂嫂来碰头，几乎弄出祸殃根。

便把男装来卸下，仍旧一个女千金。

二个儿子奶奶叫，婆婆心中喜十分。

兄嫂相会讲笑话，两家喜欢言谈论。

顾府家人回家转，笑话告诉启龙听。

再说顾府里的家人使女护送娇鸾小姐到孙府，情况完备，全部回转府来。顾启龙问道："情况怎么样呀？"家人把情况说明，真是笑话奇谈，贴脱女子，罚脱银子，真真气煞老子。张素英勿是男子，是女子扮个，是孙圣聊的妹子,是罗廷义的妻子。顾启龙一听:"啊呀,真是岂有此理。吾个眼睛像死人,真正好坏不分清,死活想赖婚,男女分勿清,花式银子三万零。倘然世间人都晓得,叫我难做人,常常拎勿清,不要去怪别人也。"

老贼听得气膨膨,只怪自己无主张。

赛过做了一场梦,诈去银子三万两。

勿宣启龙闷闷气,再宣御史府浪向。

素英要到淮安去,拜见继父继母身。

女扮男装来说穿,笑煞张太守夫妻二个人。

张老夫人说:"老相公,你个眼力准个、凶个。孩儿变仔女的了。"张老爷说:"老夫人,你个眼力真凶,比我好。现在我个孩子真个是女个哉。果然不错了。"素英说:"爹娘你二人放心,奴的二个孩儿,大的金官,顶立罗家之门,小的银官,顶立张家之户。后来张家老夫妻千年,有罗廷义守孝哪!"

勿说张家一段情,再说状元孙圣卿。

成亲之后河南去,拜见寄父大恩人。

一人兼祧二门立,既姓刘来又姓孙。

日后刘荣归天去,状元守孝送终身。

状元所生二个子,一姓刘来一姓孙。

翻造一只关王庙,合堂开相尽装金。

诸事已毕进京去,在朝为官伴当今。

孙罗二家多荣耀,顾启龙后来无收成。

大红袍宝卷宣完成,奉劝大家勤欺人。

勿信但看顾启龙,赖婚赖得无收成。

奉劝大家诸位听,听卷以后做善人。

卷中倘有错误字,三炷长香补完成。

四精宝卷

四精宝卷始展开,诸佛菩萨坐莲台。

勿说前朝并后代,只表稀奇事一番。

却说此卷故事发生在列国年间,秦始皇并吞六国之后。在扬州府江都县尤库村有一户人家姓尤名叫春元,娶妻金氏,同庚五十,所生二子,长子叫大倌,次子叫二倌。家中十分贫苦,无钱定亲,大官买卖鸡毛掸帚,二倌做换糖生意,赚钱供养双亲,苦度光阴也。

弟兄二人出门行,各做生意铜钿寻。

一年四季平平过,籴米买柴供双亲。

大倌一到镇口上,薄利多销生意兴。

勿多一歇都卖完,赚了铜钿转家门。

大倌生来命运通,天天如此卖干净。

二倌生来命勿好,换糖生意会蚀本。

好淘好伴勿去轧,嫖赌吃着样样精。

弄得生意无心做,身边铜钿用干净。

身无分文难回转,流落街头在外登。

却说尤大倌赚了铜钿,买点零散,籴米买柴,回家供养双亲。尤春元夫妻十分高兴。有一天,想起二倌出去了一段时间,不见回来,心中有点昏闷也。

不说大倌生意寻,只表春元老父亲。

天天想儿减了食,夜夜少困得了病。

请医服药无效验,骨瘦如柴命归阴。

金氏夫人嚎啕哭,大倌哭得更伤心。

左右邻居来帮忙,买棺成殓送上坟。

金氏天天哭夫君,夜夜思儿减精神。

一日三来三日九,金氏不觉起毛病。

请医服药尚无效,双目一闭见阎君。

家中一切大倌理,白天仍去做营生。

却说尤大倌自从父母双亡,家中之事由大倌担当。有一天,想起兄弟还没有回来,拿了鸡毛掸帚出门去卖,顺便寻找兄弟,关门上锁,出门而去也。

大倌出门兄弟寻,家中交待铁将军。

一路行来一路寻,来到一个新丰镇。

新丰镇上人头兴,鸡毛掸帚卖干净。

生意兴隆铜钿赚,卖完东西兄弟寻。

四处打听无消息,不知二倌死和生。

生意做到十二月,不觉年关到来临。

大小百家年货买,大倌籴米买荤腥。

纸马蜡烛都请好,一人过年祭祖灵。

却说尤大倌一人在家,早出晚归,寻找兄弟,杳无音信。不觉大年夜已经到来,大倌同样准备过年祭祖,把身上的衣服浆洗干净,籴米买柴,鱼肉荤腥,纸马蜡烛,搬请端正,正在烧年夜饭,准备过节祭灵。突然听到外面碰门,大倌连忙来开门。把门一开,大吃一惊,门口立好一个人,衣衫褴褛,瘦骨伶仃,仔细一看,就是兄弟二倌。尤大倌见兄弟回来,好不快活,说道:"兄弟一向耽搁在哪里,做兄长的到处寻你,信息全无,你可知道父母双亡。"马上叫兄弟进门,就拿出自己浆洗干净的衣服,叫兄弟换好。尤二倌说道:"大哥,听我讲给你听也。"

二倌开言大哥称,听我兄弟说分明。

只怨自己命勿好,换糖本钱蚀干净。

要想回家无面孔,又怕父母二双亲。

只得流浪在街头,沿门求乞过光阴。

眼看年关已经到,老了面皮转家门。

白天还是勿敢走,一路难见众乡邻。

待等日落行人少,只得此刻到家门。

已知父母双亡故,兄弟不孝有责任。

待等来年生意寻,赚了铜钱报亲恩。

要做生意无本钱,恳求大哥借花银。

同胞父母看娘面，千朵桃花一树生。

搭你大哥自家人，借个十两生意本。

大倌一听兄弟称，十两银子小事情。

生意赚钱非容易，甄把铜钱来看轻。

父母面上要争气，赚点铜钱过光阴。

搭你年纪勿是小，仍旧一对老光棍。

却说尤二倌被兄长一顿教训，说得无言可答。尤大倌是个好人，看看兄弟真是可怜，二人准备吃年夜饭，二人一同喝酒。尤大倌心想：今夜总算弟兄团圆，非常高兴，说道："兄弟，为兄省吃俭用，总算积蓄几两银子。既然兄弟困难，为兄送十两银子给你，只要来年好好地做生意。"说罢，往内而去，把一个小甏捧了出来，放在台上，就拿出十两给兄弟。尤二倌一见，估计有百十来两银子也。

尤二是个滥小人，一见银子喜欢心。

当时假装谢兄长，敬酒敬菜假殷勤。

横一杯来竖一碗，吃得尤大醉兴兴。

扒在台上无声息，尤二顿时起黑心。

开口就把大哥喊，我来背你觉来困。

尤大心里勿明白，尤二心里喜欢心。

背了尤大门来出，一把石灰拿端正。

却说尤二倌把兄长背在身上，走出大门，把门带上，顺手握了一把大灰，一路往东而去，一口气走了三里路左右，落荒有一座枯庙。走进庙门，只见天井里有一口井，就在井边把尤大放下。顺手把石灰在尤大两只眼睛一抹，就用力一推，掇转身子而去也。

不说尤大井中存，尤二立刻转家门。

拿着银子一百两，顿时心中暗思忖。

今夜不能在家里，明天弄穿西洋镜。

东邻西舍来问起，叫我如何说原因。

还是让我连夜走，好得回来没见人。

人不知来鬼不觉，远走高飞再理论。

尤二立刻门来出，大门交待铁将军。

不提尤二黑心人，只表尤大一段情。

却说尤大倌喝醉了酒，尤二把他背在身上，当时似知非知，直到尤二把石灰抹上眼睛，觉得两眼极痛，把酒吓醒，双手把眼乱揩，突然身子觉得云里雾里，噔一声，落下了井底。尤大倌顿时似梦非梦，双眼痛得，睁不开来，双手乱晃乱摸，直到心定脑清，觉得自己在井中。注得尤大勿死，落在这口枯井中。尤大回想到二人在喝酒，突然会发生这样的变化，才知道兄弟起了黑心，至今懊悔来不及也。

尤大才知其中因，懊悔当初不该应。

两眼疼痛睁勿开，四面墨黑看勿清。

登在井中无法想，连连不断喊救命。

尤大是个善心人，惊动破庙城隍尊。

城隍吩咐众神灵，把他救起到庙庭。

尤大觉得身浮动，听得有人把言云。

说道尤大不要急，坐定身体听原因。

我是本庙城隍尊,特来救你一条命。

尤大双膝忙跪下,连叩响头谢神灵。

城隍吩咐莫出声,今日有话你且听。

却说城隍说到:"尤大,你不要声张,我来对你讲。我这庙里今夜三更时候有四个精怪到此喝酒,被他们发现,性命难保,你快快钻在我的袍下,我不叫你出来,你不准乱动。到了天明,自有你的好处,快来吧,不准响了。"尤大听了,心中大惊,只得双手瞎摸,马上钻在袍里躲藏也。

不说尤大藏住身,再表四个怪妖精。

每逢大年三十夜,三更时分到庙庭。

喝酒聊天谈古今,五更即近就动身。

尤大静听闷勿响,突然外面有风声。

大风一阵飞沙石,尤大吓得汗淋淋。

龙精老大前头走,虎精老二后面跟。

猴精老三跟虎跑,最后老四黄鼠精。

四精一到大殿上,大家拿出东西经。

有的身边带老酒,有的拿出鱼肉荤。

石台上面都摆好,大家忙把酒来敬。

四精喝得真高兴,龙精突然叫一声。

却说四精喝酒,喝得兴高采烈,龙精突然叫道:"众位兄弟,我俚四家头在此喝酒。我有一桩新闻,啊要讲给你们听听。"三精都道:"好。"龙精道:"这座庙的天井里有棵梧桐树的叶子可以治病,你们知道不知道?"大家说:"勿知道。"龙精道:"每逢春节日出卯时,采了叶子,可以治好瞎子病。把树叶贴在眼睛上,随你多年的瞎子,一贴便明。"虎精道:"我也有一桩新闻,新丰镇上有一家豆腐店,主人姓李叫如富,妻赵氏,生一女儿叫秀娥,夫妻三人起早摸黑,豆腐生意好得不得了。为什么不发财,总是穷得嗒嗒滴?"大家道:"不知道。"虎精道:"豆腐缸底下有三缸银子,磨子底下有两缸金子,看财童子把他赚出来的银子都去并了道,所以勿会发财。只要把豆腐缸和磨子砸个粉碎,破了法,把它挖出来,就可以发大财了,吃着勿光。"猴精道:"我也有一桩讲给你们听听。新丰镇上王员外的独生女儿叫金凤,今年二十岁,有病在身,各处的名医都医治不好。"大家问道:"这是什么毛病?"猴精道:"你们都不知道,我来告诉你们。只因为王员外家后花园里有个荷花池,内中有条黑鱼,要有八十二斤重。这条黑鱼嘴里有了毒气,有一天小姐去采荷花,正巧这条黑鱼的头露在水面上,被它一口气哈出来,冲到小姐面孔上,从此小姐就得了一病。"大家问道:"怎样治法呢?"猴精道:"只要把池中的水车干,把它捉起来,但是勿能用手捉,一定要用大鱼叉把它弄死,将两块面上的肉割下来煎汤,服下即愈也。"黄狼精也道:"我也有一桩,北京皇帝伯伯生个大背疮,各处医生都无法看好,现在到处高挂皇榜,招寻名医,只因龙廷后面一堵墙里有一只麻筛大的蜘蛛,它牵出一根毒丝在龙椅上,皇帝坐朝的时候碰上了,就中了毒。幸亏皇帝身穿珠衫,否则立刻毒死。只要用刀枪剑戟,把墙撬开,发现蜘蛛时,就把皇帝的珠衫罩上去,把它压牢,将它弄死。用火烧成灰,用麻油一拌,涂在伤处,立见功效。"四个精怪吃吃谈谈,不觉即将天亮,一阵妖风,各回妖洞去也。

四精说罢就动身,一阵妖风出庙门。

辰光将近五更到,尤大一一记在心。

城隍开言尤大叫,快快出去干事情。

尤大立刻摸出去,摸着大树喜欢心。

先把叶子采一张,立刻就去擦眼睛。

　　顿时觉得双目痒,用力一揩放光明。

　　尤大心里真快活,采了一袋下树身。

　　回进庙里双膝跪,城隍面前发愿心。

　　尤大若有翻身日,重建庙宇佛装金。

　　祝罢一番出庙门,匆匆走到新丰镇。

　　一心想把瞎子寻,试试到底灵勿灵。

　　却说尤大在新丰镇上一心想寻个瞎子试试,正巧看见河边有一只小船,一个中年男子在舱棚里摸出来,摸法摸法,摸到岸上来登坑,却被尤大发现,是个双目失明的瞎子。尤大一声不响,把瞎子抱住。瞎子吓得大叫道:"你是啥人?想干什么?我是算命的,没有铜钱给你的,请你放手,别处去寻生意吧。"尤大一听,笑道:"先生,不要着急也。"

　　我今并非是坏人,特来为你看眼睛。

　　看你双目都失明,一世瞎子真可怜。

　　瞎子听了不相信,即便开言说原因。

　　我是从小胎里瞎,世上没有好医生。

　　看来看去没看好,所以只得学算命。

　　你今不要来瞎缠,快点让我坑来蹲。

　　尤大开言勿要急,请熬一歇再理论。

　　却说尤大马上拿出一张树叶,吐些馋唾,直往瞎子眼睛一贴,瞎子吓得一跳,连忙把手一揩,树叶脱落,眼睛一张,顿时眼目清亮。瞎子双膝跪下,口称仙人,连连拜了三拜。尤大把他扶起,说道:"我勿是仙人。"就把经过说了一遍,说道:"先生贵姓?"瞎子道:"我是姓方,名叫杏生,从小瞎子,学个算命。童儿福兴,混口饭吞,今日巧头,碰着仙人。看好瞎子,无啥谢恩,千把铜钱,不要嫌轻。"尤大开口:"不是医生,专行好事,不收分文。"瞎子说道:"谢谢大恩,便饭一顿。"尤大老实,立刻答应,一同下船,吩咐福兴,饭菜端正,尤大吃饱,上岸动身。

　　不表瞎子方杏生,只说尤大上岸行。

　　急急忙忙无耽搁,豆腐店前立定身。

　　只见半开门一扇,里面就是三个人。

　　姑娘烧火拉风箱,老太立在灶脚跟。

　　老老忙把头腐压,满头大汗如雨淋。

　　女儿放声哈哈笑,老老脸上笑盈盈。

　　尤大突然推门进,老老抬头看分明。

　　开口就把老弟叫,啊是作成生意经。

　　尤大边笑边开口,我看你们瞎起劲。

　　店主开口问原因,老弟可有神经病。

　　大清老早赶上门,说个闲话勿中听。

　　尤大带笑大叔叫,听我详细说分明。

　　尤大从头说到底,全家三人勿相信。

　　却说尤大将经过的情况讲了一遍,店老板还是勿信,尤大说道:"本当要将豆腐缸及磨子砸个粉碎,现在你们不信,且把这点东西搬开试试好不好?"老板总算同意,大家忙把锄头铁锸拿在手中,用力挖土,挖呀挖,不消片刻,果然发现一只小缸,大家仔细一看,雪白锃亮的银元宝,大家相信。再用力深挖,果真如数挖出,老板顿时像做梦一样也。

豆腐老板呆瞪瞪,母女顿时木头能。

尤大一见喜欢心,忙把三人来叫醒。

老板此时忙不停,双膝跪下叫仙人。

就请尤大来坐定,连问姓名和年龄。

尤大即便回言答,如富老板喜十分。

就把女儿终身托,尤大开口慢慢能。

先将磨缸破了法,才能保住金和银。

老板依言都砸碎,从今变成发财人。

尤大开口老伯称,还有事情未完成。

王家要去毛病看,改日还要到北京。

让我任务完成了,回来之后再理论。

说罢忙把身立起,辞别三人就动身。

老老再三来吩咐,一路之上要当心。

尤大出了豆腐店,匆匆直往新丰镇。

只见街上人头兴,尤大无心看野景。

一心要到王家去,不觉已到王家门。

却说王员外家墙门不像平常一般,是有门公把守,闲人不能随便入内。只见尤大立在门口,门公问道:"你来何事?"尤大说:"特来求见你家员外,听说你家小姐有病在身,我来看病的。"门公道:"看你勿像一个郎中,怎会看病?"尤大道:"人不可貌相,水不可斗量,只管通报便了。"门公道:"你在此等等,我去通报。"王家本来很严的,闲人不能随便入内,只因小姐有病之后,不管什么人,只要提到小姐的毛病,任何人都要去禀报员外的。不多一歇,员外出来了,一见来人,眉清目秀,就问道:"你有何本领?会看病吗?"尤大把情况讲了一遍,员外半信半疑也。

员外立刻唤家人,立即动手忙勿停。

水车鱼网都准备,鱼钗一对拿端正。

池塘四周人立满,待等水干捉鱼精。

不多片刻水将干,只见水里打翻身。

背心墨黑肚皮白,大得有点吓煞人。

就把鱼钗来叉牢,鱼网一扯拉起身。

鱼头好像笆斗大,眼珠突出像铜铃。

家人个个舌头伸,丫鬟使女闭眼睛。

一顿乱刀来斩杀,称称足有八十斤。

却说尤大吩咐将二块面上肉割下,把身体焚化。丫鬟忙将鱼肉拿进去煎汤,不多片刻,把汤煎好,端入房中,小姐连忙将鱼汤一饮而尽。哪知小姐顿时满腹疼痛,在床上逍来滚去,众人一见,大吃一惊也。

小姐把汤一只饮,立刻肚痛头发昏。

满床打滚无摆布,连连不断喊救命。

丫鬟急报员外听,员外吓得失了魂。

尤大顿时呆瞪瞪,全家老少乱纷纷。

不多一歇无声息,小姐连连打恶心。

丫鬟扶起上马桶，痰盂罐头摆端正。

上吐下泻不停歇，小姐立刻神主清。

就把小姐扶上床，不消片刻毛病轻。

丫鬟使女细看清，呕的什么东西经。

个个都是吃一惊，全是白肚黑背心。

一痰盂来半马桶，侪是小小黑鱼身。

员外忙把尤大请，连连不断叫仙人。

吩咐厨房办酒席，招待救命大恩人。

却说员外和尤大一同喝酒，问道："恩人姓啥叫啥？仙乡何处？"尤大详细说明。员外道："小老王东升，老妻杨氏，同庚五十。所生一男一女，男名福祥，廿五岁考中进士；女儿金凤，今年二十岁，尚未婚配。欲将小女的终身配与恩人，以报今日之大恩。"尤大道："小姐是千金之体，我是穷人。"员外道："我招你为婿。"尤大只得答应，耽搁了三天，对丈人讲明，还要到北京去，为皇帝治病去也。

员外有点不放心，便叫家人备船行。

得力家人叫几个，多带一些雪花银。

尤大顿时换打扮，方巾海青换一身。

辞别员外门来出，即便开船就起程。

路上行程不必说，看看已到北京城。

停船上岸进京城，一直闯到午朝门。

只见皇榜墙上贴，看榜将军左右分。

尤大就把皇榜揭，左右旗牌吃一惊。

连忙动手来扯住，连问为何揭榜文。

却说看榜将军一见一个老百姓揭榜，就喝到："小小百姓，胆敢揭取榜文，难道你不要性命？"尤大道："特为皇帝看病，不必多言，快去通禀。"八个牌军，吃了一惊，不敢怠慢，带了尤大同进午门。太监知道，直到宫里，启奏万岁道："外面带进一名医官，请万岁定夺。"皇帝吩咐带进宫中，尤大见皇帝睡在龙床上，连忙跪下。万岁道："医官免礼。"赐金凳坐下，又问道："医官有何妙方？"尤大道："万岁听禀也。"

万岁在上听原因，小人没有好本领。

若要医好万岁病，依我三件小事情。

万岁点头来答应，快快奏来寡人听。

尤大开口万岁称，让我一一说分明。

第一件龙廷后墙要拆开，因为是里面有个蜘蛛精。

第二件工具要用刀和枪，因为是蜘丝毒得无哪能。

第三件借用万岁珍珠衫，因为是碰着蜘丝毒死人。

只因为蜘蛛大得麻筛能，故所以其它办法万不能。

只因为万岁身穿珍珠衫，故所以碰到蜘丝未伤命。

若然是平民百姓中此毒，一定会呜呼哀哉见阎君。

万岁一听心明白，件件桩桩侪答应。

文武百官齐动手，刀枪剑戟忙端正。

万岁珠衫忙脱下，交给尤大手中存。

不多片刻墙拆开，果见一只蜘蛛精。

只见蜘精忙吐丝,张牙舞爪吓煞人。

忙将珠衫压上去,乱刀乱枪戳上身。

只听蜘精吱吱叫,不多片刻命归阴。

忙将死蜘用火焚,顷刻之间变灰尘。

拿点蜘灰麻油拌,涂在万岁当背心。

不觉当时发巨痒,立时立刻无毛病。

万岁顿时龙心悦,启口即便叫爱卿。

皇上钦赐三杯酒,加封尤大做公卿。

却说皇上问道:"爱卿,姓甚名谁,家乡何处?家中还有何人?怎能知道寡人有此危险之病?"尤大道:"小人叫尤大倌,家住扬州府江都县尤库村人氏。"如此这般详细地说了一遍,皇上说道:"爱卿,寡人赐你一名,就叫尤仕良。"尤大倌叩谢万岁也。

万岁启口叫爱卿,恩医今日要封赠。

君王敕封指挥职,上方宝剑赐一根。

秀娥小姐封一品,金凤封为二夫人。

钦赐还乡祭祖坟,奉旨回家结婚姻。

头戴纱帽金花插,身穿红袍簇簇新。

粉底乌靴足上蹬,腰围碧玉带一根。

全副銮驾午门出,金锣开道闹盈盈。

满朝文武送指挥,浩浩荡荡出京城。

肃静回避二行牌,金瓜斧钺两边分。

行牌执事无其数,黄旗罗伞密层层。

三号官船码头停,指挥登船起锚行。

号炮三声官船动,浩浩荡荡离京城。

逢州自有州官接,遇县自有县官迎。

不表官船路上行,再表君王下旨令。

却说君王一道圣旨,一名差官身骑快马直奔扬州府江都县而去。江都知县跪接圣旨,差官高读:"奉天顺运皇帝诏曰:今有扬州府江都县尤库村尤大尤仕良,为朕医病有功,敕封指挥之职,即日回乡完婚。敕令江都县奉旨在尤家基地建造指挥府,限期一月,不得有误。钦哉!""谢恩,万岁,万万岁。"

不说差官回京城,只表知县急煞人。

立即开库支金银,置办木料请匠人。

尤家旧屋来卸去,指手画脚忙勿停。

不消一月已完成,准备一切接大人。

不表县衙一切事,只表尤大在路行。

每逢州县都迎接,路上耽搁二月零。

一路顺风扬州到,江都县境到来临。

行来已到尤家库,自己河埠把船停。

只见府第已造好,牌坊旗杆接青云。

扬州知府前来接,江都知县在后跟。

一同步入指挥府,花厅里面坐定身。

童儿送茶不必说,厨房办酒闹盈盈。

尤大就把帖子写,差人送与二丈人。

帖子上面写明白,奉旨即日要完婚。

李家接帖多欢喜,王府得知更高兴。

二家都把嫁妆办,送女尤府去成亲。

尤府开直大墙门,三吹三打接新人。

二位小姐大打扮,参拜天地结成婚。

诸亲百眷都来贺,尤府浪向闹盈盈。

三朝满月不必说,亲眷朋友转家门。

却说尤大倌和二位小姐成婚以后,在指挥府过着安乐生活,日夜有二妻不离左右,家中是有二十四个家人丫鬟服侍,真正好不快活也。

不说尤大喜欢心,重提尤二黑心人。

自从年夜起谋心,偷了银子离家门。

嫖赌吃着样样全,银子早已用干净。

衣衫褴褛人勿像,驼腰曲背求乞人。

不觉又是年夜到,终日难以过光阴。

想起家有旧房屋,待我拆卖变钱文。

偷偷摸摸走进村,到底有点难为情。

低头直往自己宅,抬头一见吃一惊。

破旧房屋变了样,旗杆接到九霄云。

思想啊会走错忒,仔细想想不差分。

这块基地是我宅,啥人大胆来占领。

让我上去问明白,一定和他理来评。

突然听到喝一声,只见门公四个人。

却说尤二思想:"啥人如此大胆,敢在我家宅上建造房屋,一定和他评评道理。"突然听到大喝一声:"呔!何方野人,胆敢在此东张西望。"尤二心中一惊,抬头一看,四个门公。尤二说道:"大叔,这块基地是我家的,你们东家,姓啥叫啥,为何在这块地上建造新房?请你说说明白。"

门公开口把言云,你且站稳听分明。

我家大人本姓尤,大倌二字尽知闻。

只因看好皇帝病,封为指挥老大人。

你若在此缠勿清,上方宝剑不容情。

尤二听了吃一惊,我兄原来没伤命。

今日进去见了他,恐怕兄长板面情。

如果今日勿进去,以后也难活性命。

横竖总是死一次,硬是头皮报姓名。

放开喉咙门公叫,请你站稳脚后跟。

我姓尤来叫二倌,我与指挥一母生。

快快替我去通报,让我前去见大人。

门公听了暗思忖,我们何必做凶人。

何况他是亲兄弟,进去报了再理论。

却说门公进内说道:"禀大人,外面有个人要见大人。他说姓尤叫二倌,与大人一母所生。"尤大一听,怒火上升,说道:"把他拖进来。"尤二被四个门公拖了就走。尤二一到里面,看见老大,威风凛凛,连忙跪下,叫道:"大哥,请你饶我狗命。"说罢啼啼哭哭道:"请你大哥看我兄弟可怜,同胞父母看娘面,千朵桃花一树生,兄弟来世投了犬马,报你大哥恩德。"尤大是个软心肠的好人,看见了兄弟,就会想起父母。顿时火发不起来,说道:"快点起来。"尤二假装不敢随便起来,那知尤大真是个善心人,立起来,把兄弟扶了起来。尤二暗想:看大哥的举动,是勿碍了。马上起来。尤大说:"兄弟啊,当初你害我,相反倒变成挑我。我来说给你听吧。"

尤大从头说分明,尤二暗暗吃一惊。

大哥生来福气好,城隍老爷救性命。

皇帝封他指挥职,改换门庭成了婚。

我是与他一母生,今日相比难为情。

看这场面眼睛红,心里暗暗动脑筋。

今年年夜我来去,让我庙里等仙人。

如果碰碰额角头,开年也会做大人。

光阴迅速容易过,春节年关到来临。

大小百家年来过,尤家同样祭祖灵。

那知尤二心急躁,夜饭未吃就动身。

走进枯庙把身藏,竖起耳朵听分明。

不觉将近三更临,听得庙外有风声。

狂风大作飞砂石,突然听到人声音。

揭开桌帷偷眼看,石台边上四个人。

生得奇形怪状样,尤二一见喜欢心。

想必仙人就是它,待我仔细听分明。

突然龙精先开口,启口三位兄弟称。

我有一言讲在前,不知你们可中听。

今夜只吃不讲话,特别不讲机密情。

去年讲的四奇闻,今年人人皆知情。

再将天机泄凡尘,五雷击顶命丧身。

三精听了尽赞成,急坏尤二黑心人。

听得心里别别跳,连忙钻出叫仙人。

却说尤二听得明明白白,一想机会不能错过,忘记了精怪就在眼前,连忙钻出来喊道:"仙人快讲,快讲。"虎精一见就骂道:"你这个瘟生,去年被你凑了现成,今年又来了。今朝正好缺少过酒菜,让我饱餐一顿。"尤二只见苗头勿对,拔脚就逃,直往梧桐树上爬上去。四精顿时现出原形,把一棵梧桐树团团包围。猢狲精道:"与你比比爬树吧。"

尤二急得无哪能,拼命向上想逃命。

龙精腾空威来发,黄狼臭屁不断声。

虎精仰头嘴张开,虎威连连吓煞人。

尤二死命向上爬,大风吹得摆勿停。

手脚一松往下落,虎精一口囫囵吞。

其它三精都来寻,虎精开口说原因。

你们三人吃勿着,被我连皮带骨吞。

四精顿时闹意见,都说虎精不公平。

争争吵吵各回洞,从此不来把酒饮。

尤二贪心想发财,今夜出来送性命。

尤大是个善心人,加封官职有名声。

善有善报从古说,恶有恶报不差分。

如果恶人无报应,还未到这恶时辰。

尤大是个行善人,奉劝大家学几分。

善恶二字总有报,尤家弟兄是典型。

四精宝卷宣完成,诸佛菩萨喜欢心。

合堂大众听此卷,消灾延寿福来增。

丝绦宝卷

且说此本宝卷出于元朝仁宗皇帝登基,扬州府江都县里有个人姓王名叫卿相,称为孟尝君,先父河南布政,先母已授皇封,父母俱已身亡,只留王卿相一人。娶妻陆氏,同庚二十四岁。夫妻习学文武,广结天下英雄,不论皇亲国戚、鼎甲举监、士农工商、三教九流都是一般看待,组织名曰丝绦党。有人投党者,酒饭一席、白银一百两、四季衣衫、丝绦一条为记号,各洲、各县、各乡,籍贯、姓名、年月、日时都要另行登记。此党数年以来,共有三千余人。先父留下十三库金银,时今只剩下三库金银了。王卿相说道:"王恩,你回头打丝绦的师傅,叫他可以回去了。"又吩咐门公王德:"若有人来投党者,闭门不收。"王德说:"正是,晓得了。"

丝绦党人不必论,再提岳山一个人。

昔年穷苦母亲死,买地殡葬有孝心。

幸遇卿相来周济,不然夫妻要离婚。

如此也投丝绦党,饭店开在淮安城。

不宣岳山开饭店,再宣扬州一个人。

姓姚名字叫文俊,年方十八入黉门。

父母双亡真可怜,家业并无苦伶仃。

只留书童叫姚福,主仆苦度在家门。

且说文俊说道:"姚福,吾虽满腹文章,但是度日艰难,怎能上进赴考? 不如也投丝绦党去罢。有了盘费,可以上京赶考便了。"

主仆商量出门行,来见卿相说分明。

小人姓姚名文俊,父母双亡家寒贫。

意欲投拜丝绦党,二人坐定叙寒温。

思想还应多周济,何况文俊赛亲邻。

且说王卿相说道:"姚贤弟,我党已闭,本欲不结。你我是同乡之人,收你便了。"忙备酒筵一席,二人对酌已毕。王卿相说道:"王恩,你端正行礼,衣衫四套,白银五百两。"没有丝绦,王卿相就将自己一条亮丝作为送礼,又说:"一众兄弟,但是要有暗号的。文俊年月日时,要上个号簿,排在第几号。"文俊将簿中看得明白,上写:南京刘鼎山、桥歹子、丁千金、马八百、大金铜山短臂六长膀、冯赛虎、李铁腿、姚家九弟兄、五虎十条龙、九将一先锋、杭州白龙公子、黑虎书生,嘉兴林府铁琵琶二位小姐、凤凰山法引和尚、鸡脚山妖魔道士、镇江元帅罗天宝、瓜州参将高奎、淮安孔目章、苏州铜烧孩人、常州铁铸包打赢、本城刘知府儿子天香公子。岳山共有三千余人,多是英雄好汉,然而不能一一讲明。王卿相道:"姚贤弟,你到南京去乡试,人家让我写书信一封,付与刘鼎山,你住他家省些盘费。""如此多谢大兄。"就此告辞便了。

拜谢卿相上路行,朝行夜宿到南京。

问到刘府投书帖,方知义弟文俊身。

义兄义弟叙相会,席间说话问原因。

且说刘鼎山道:"贤弟可曾配婚?"文俊道:"家寒未订婚姻。"鼎山道:"贤弟,南京罗家有个昭容小姐,正好配亲便了。"昭容小姐父亲早已亡故,和母亲一起生活。文俊答应下来,送过聘礼,刘鼎山写信将此事告诉扬州王卿相。哪知罗昭容有个叔父叫罗计恶,为非作歹,市井无赖,欠了翰林张角一千两银子,就许诺把侄女罗昭容小姐配给张翰林抵债。

罗计恶抵债媒人做,张角答应喜欢心。

十月初三黄道日,南京母女不知闻。

且说张角想到:好日已到,要去娶亲,必有尴尬。忙写请帖,快去请丝绦党众人挪动帮助。王卿相接帖一看,来到张府说道:"张年兄,南京去娶亲,何用打手?"张翰林说道:"有所不知,罗计恶受吾千两银子,强将侄女为配,只为母女不知,故此防备便了。"

王卿相听说卓然惊,小姐配与文俊身。

哪好再配张家去,事到如今怎理论。

且说王卿相回家去,心中思想:只说不去,生怕翰林见怪。不如写信一封,送到南京刘鼎山家中。让义兄义弟假扮强盗,要到扬子江抢劫昭容小姐,回到南京便了。

王卿相写信到南京,刘鼎山看信吃一惊。

连忙传集众兄弟,假扮大盗果然能。

不说扬子江里来等候,再宣张家去娶亲。

丝绦众人百十个,使女丫鬟几十人。

放炮开船南京到,罗计恶是领头人。

行到罗家来停轿,夫人小姐不知情。

且说计恶说道:"乐人不要吹打,待新人上轿,然后吹打么哉。"再吩咐丫鬟使女,倘然小姐勿肯上轿,抢她轿子里来;若她母亲拖住,就打她母亲便了。计恶走进厅堂,叔嫂相见,说道:"嫂嫂,侄女年大,愚叔做主,配与张翰林为妻,特来迎亲昭容小姐。"夫人说道:"叔叔呀,差矣,侄女已经受了姚文俊的聘礼,你怎敢做主?"计恶连忙动手,抢了再说便了。

众人拥进忙动手,抢了昭容轿内存。

夫人走上来扯住,被叔推倒地埃尘。

小姐上轿登船去,有死无生喊母亲。

空养我女儿十七岁,不能服侍母亲身。

我去成亲情愿死,要我成亲万不能。

不说小姐船中苦,再宣兄弟众英雄。

望着迎亲船来到,小船钩住不能行。

吓得众人喊救命,抢转小姐到南京。

呆子火冒真莽撞,弄出无边大祸根。

且说众兄弟中有一个乔呆子,呆头呆脑,力大无穷。乔呆子跨到船上,手拿尖刀口喊:"公平大王在这里,拿买命钱来!若说呒界,你骷髅头来代换。"杀人像切菜啃瓜,连杀家人二十七名,又见张翰林坐在船中,正要开刀。算他命不该绝,王卿相说道:"瘟强盗!这个是朝廷命官杀不得了。"呆子听得住手,下船而去便了。

一家英雄约会好,小姐抢转回家门。

翰林到家心中想,必定丝绦党人行。

他说住手就不杀,强盗卿相也知文。

连忙写下三张状,第一张江苏省里存。

第二张状纸送到扬州府,第三张状纸送到淮安察院厅。

且说淮安都察院苏文显就是张翰林的门生贤契,一看状纸,上面写:因为娶罗计恶个侄女昭容为配,娶到扬子江里。扬州府王卿相和丝绦党众人为盗,抢去小姐和船中财物,又杀死家人二十七名。苏爷看了状子,恩师有我做主,严查强盗便了。

都堂令箭备公文,扬州府里去提兵。

天香公子来通信,恐怕卿相难逃生。

兵马团团来围住,刀枪竖得密层层。

卿相说与夫人听,呆子惹祸我牵连。

我到大堂来顶罪,你在家中要当心。

不可监中来探望,被人谈笑被人轻。

旗牌衙门来催促,夫妻分别好伤心。

且说王卿相原来是铁骨铮铮一个好汉,又对刘知府说道:"犯啥法,正啥罪,小的我不是贪生怕死的。"那个刘知府说道:"这是上司的主意,并无生路。"就将卿相接到淮安,都爷立刻坐堂审问,说道:"王卿相,你合党为盗,招兵买马,谋叛朝廷,要抢张翰林的新夫人,杀死家人廿七名,该当何罪?快些招来。"卿相说道:"大人听禀便了。"

若说张府娶新人,请吾卿相一同行。

扬子江里遇强盗,非关吾事半毫分。

此是张角屈害吾,伏望青天细详明。

劫抢杀人有凶手,硬逼奴奴不该应。

且说都爷大怒道:"呀,你既然不是同伙的,你说不要杀他,就是不杀,看来你是做强盗王了。扯下去重重打他便了。"

都爷三过阎王殿,威风凛凛好惊人。

三十六号非小可,皮开肉烂烂见骨。

仍持口供无更改,都爷吩咐再加刑。

且说都爷看他不招,连忙叫架起铡刀,那个王卿相心里想道:"这般刑罚难受,若说不招,要用铡刀。千死万死,总是一死,待我招了罢。"看他正要动手,叫道:"大人呀,小人刑法难受,我来招认便了。"

扬子江里大盗真是我,杀人强抢女佳人。

死在衙门无更改,王恩送主进监门。

且说王恩叫道:"禁长哥,我有白银一百两,你与狱官老爷买些茶吃,请你照顾我的大哥。"禁长说道:"晓得,有吾在此,放心。"卿相便对王恩说道:"你回去对娘娘说明便了。"

叫他不要苦伤心,好生照看在家门。

王恩哭别回家转,看看红日落西沉。

且说王恩走出监门,天色已晚,投宿一夜,明日再行。走进饭店里,店主问道:"客人面熟得极,啊是王大叔?""你可是岳三倌,几年没有见到了。"三倌说道:"不瞒你大叔说,就是昔年与大哥结党之时,赠我丝绦党的银子。现金将银子做本,在此开爿饭店。大哥可好?"王恩说:"大爷遭遇一番事情,好不可怜!"

大爷受罪在其身,坐在监中受苦辛。

岳山便问为何事,王恩一一说分明。

不说王恩归家转,再说岳山探监情。

且说岳山送饭到监中去,不知大哥在于何处,便问禁长哥:"这里有些茶礼,烦劳你开了监门。"连忙走进叫道:"大哥呀!""岳山弟,你是做营生的人,哪里有功夫送饭来了。""大哥呀,我来看你大哥,特意送饭来了。"

自从结为周济恩,开爿饭店淮安城。

幸遇王恩来说起,方晓哥哥有难辛。

你在监中放宽心,三餐茶饭我当心。

聊表当初恩一点,眼泪纷纷转店门。

且说淮安城中有两个赖汉,一个叫钻天,一个叫打洞,吃惯白食,到荇一日,白食无吃处,二人走到街坊上哭东哭西。有人看见问道:"啊是吃了热酒还是吃个冷酒?倒像吃醉个哉。"二人回答说:"不曾吃个啦,饿得哭东哭西。"当时说罢,看见一爿面店,走进面店,三鲜大面,每人连吃二碗,立起身来,摸摸嘴就走,走堂个报得回账钱九十六文。"啊呀!我当不要铜钱个。"不晓得走堂力气大,拖住二人,打他们六记耳光,将他们推出店门。"你们啊要吃白食?"二人回答:"不敢吃了。"这日岳山倒是送饭进监,二人又生出诡计,拿风炉里个黑炭揾在面孔上,拿只叉袋扎没仔额骨上,到来抢监饭吃。那个岳山说道:"啊呀,不好了!倒是青天白日,有二个鬼,这里抢监饭吃便了。"

岳山送饭来谈论,王恩回复主母听。

叫声大娘不好了,大爷落难进监门。

陆氏听说魂飞散,回话不可探真情。

且说王恩说道:"大爷叫我吩咐大娘,不可去探望,被人谈笑的。"娘娘道:"无可奈何。"王恩道:"大娘,我生出一个主意,不如去传集众位兄弟,来张家拼他一拼。"大娘吩咐,连忙去请到了,要去打他一个抱不平。来了黑周仓、包打云、霸大王、镇地罡、张百担、李千金、活无常、死有纹、豆腐元帅、粉皮将军、面爿老虎。娘娘说道:"各位叔伯,张家买嘱瘟官将大爷屈招认罪,烦恼众位叔伯去打进张家,要拿张角抽筋剥皮,使我称心便了。"

娘娘眼泪出门行,打扮就像王月英。

铁底弓鞋穿小脚,日月双刀紧随身。

急忙上轿来吩咐,春梅秋菊一同行。

后头众人有几百,早到张家乒乓声。

打到大堂后厅去,要捉张角老奸人。

阖家老小都逃散,落花流水乱纷纷。

古董玩器尽打碎,娘娘吩咐转回程。

且说张角有弟张荣,现在任通政使,闻得家兄被丝绦党众人打尽家伙什物,吩咐公子张贵同师父少林和尚,带了家将,要到王家里去打一个还覆阵,然后查出丝绦党恶人,好加刑法便了。

陆氏大娘哭伤心,打伤众人不必论。

想起监中亲丈夫,一夜哭到大天明。

黄昏人情一更深,监中探望我夫君。好伤心,夫在监中坐,我是难分身,好比尖刀刺我心。啊呀,我的天呀。

一更哭到二更天,思想亲夫好可怜。想当初,日里桐凳坐,夜里有共枕,如今我夫在监中。啊呀,我的天呀。

二更哭到三更深,监中必定受苦辛。苦难今,监中要全银,我夫无钱交,拿奴丈夫用大刑。啊呀,我的天呀。

三更哭到四更深,越思越想越伤心。苦伤心,监中探望去,思想我夫君。陆氏想想真可怜,啊呀,我的天呀。

四更哭到五更天,思思想想正可怜。好可怜,抱石投江死,要想寻短见,丈夫监中苦黄连。啊呀,我的天呀。

且说陆氏大娘哭了一夜,正欲睡着。二位丫鬟,一个叫春梅,一个叫秋菊,二人报到里面说道:"娘娘不好了,张家去请少林和尚与你斗。"大娘说道:"吩咐丫鬟要拿十八只大船,军器排在两边,吾与和尚交手。你们坐我一边,放心便了。"

少林和尚月空僧,来到王家大墙门。

手提生铁齐眉棍,大娘便骂秃驴僧。

刀去棍来真厉害,娘娘刀法乱纷纷。

连忙生出妙笔计,且战再走忙内行。

和尚铁棍来追上,却被众人捉住身。

放火烧死月空僧,张桂吓得来逃遁。

忙呈状纸来叫喊,监中卿相再加刑。

容妻泼妇人来杀,打坏张家物件能。

罪上加罪再加刑,皮开肉烂死还魂。

拖进监中哀哀哭,七世冤家狗遭瘟。

且说淮安城有个人,姓孔名叫目章,亦投丝绦党,在按院府上担任书办,被官员差到山东去三月才回,闻得王大哥有难在监中,走进监牢中说道:"王大哥在哪里?"卿相喊道:"孔贤弟呀,愚兄有罪监中,你将生死文书改换手脚,让我多活几天,新罪再宣便了。"

孔目章洒泪出监门,立斩文书到来临。

若为改姓换名字,按院看破不非轻。

知法买法该何罪,目章不敢动分文。

仍旧斩罪无更改,朱笔印封达帝君。

且说那日王恩、孔目章来探监。王卿相说道:"王恩,娘娘在家干得好事,烧死月空僧,损还张家,这是要满门抄斩的呀。""大爷,主仆日夜悲伤,欲要传集丝绦党人劫法场了。"卿相道:"这是使不得的,我死一人,为何要害众兄弟便了。"

主仆若得在监门,目章亦到说分明。

结为同生并共死,弟兄不愿独偷生。

大哥若有受死日，劫法场上救兄身。

且说王卿相道："你要劫法场，我自己要早寻短见，免得众兄弟不安。"孔目章回说道："吾如今不发传单。明日再来望大哥，再宣便了。"

两人辞别出监门，各自回家说分明。

只得瞒过王卿相，要发传单四处奔。

且说孔目章吩咐孔乾："你先到南京刘鼎山家中，传集乔呆子、丁千金、马八百、大金刚、山短臂、陆长膀、冯赛虎、李铁腿、姚家九弟兄、五虎十条龙、九将一先锋。"又叫孔仁："你叫嘉兴林府铁琵琶二位小姐。"又叫孔激："你叫凤凰山法引和尚，又叫鸡脚山妖魔道士。"又叫孔贵："你到杭州传兴白龙公子、黑虎书生。"又叫孔将："你到镇江传兴元帅罗天宝、瓜州参将高奎、苏州同烧孩人、常州铁铸包打云、本城刘知府儿子名叫天公子、扬州陆氏大娘一个。又喊三教九流、大小英雄，不论近远，俱到淮安，不可迟延。"唯有镇江元帅说道："我自朝廷为官，不能做出头之人，我来暗中照应便了。"

众人等在孔家门，不可泄露外人听。

有个说起监中劫，有个说起法场门。

原是呆子来说出，先杀瘟官救兄身。

且说刘鼎山说道："如今详文一转，倘有失误，反为不美。"法引说道："吾师兄名叫法静，现在京中萧千岁府上教武，可以告状，申冤除罪。"各位众人说道："禅师你肯去，我等无忧。"法引说道："贫僧不愿偷生，我要好好上路而去便了。"

法引行路走得快，想到皇帝万岁门。

巧遇法静来相会，大哥陷害说分明。

法静在京教训齐王二世子萧龙、萧虎，见师弟前来，不可怠慢，邀两位世子一同素斋款待。且说法静道："师弟何故而来？""不瞒师兄说，只为王大哥事情，"将从前事体一一说明，"现在监中受苦，欲要申冤。"世子回答说道："待等万岁开王庙，拈香申冤便了。"

法引说得喜欢心，备成状纸到来临。

谁知恰巧初一日，齐王要去把香焚。

弓上弦来刀出鞘，四面望望便无声。

且说千岁代君奉旨拈香，法引喊道："救命，救命！"早被值殿将军拿住，幸世子已将告状的事情一一说明。齐王道："既然是我个师叔，我来奏明万岁。"

法引在京逢吉星，乐而忘忧大事情。

抛开齐王奏屈事，提起淮安一呆人。

要杀按院苏文显，要杀张角老奸人。

今朝私到辕门上，恰巧翰林转回程。

待我先拿仇人杀，然后监中救兄身。

且说呆子喊道："张角，你个老贼！拿奴大哥监中受苦，还要抓拿丝绦党人。在此杀了你个老贼瘟脏，方息我恨。"家人见他就是扬子江里大盗，如今又要杀人便了。

翰林着急转回门，令箭各衙提军兵。

呆子原来不倒运，笼中之鸟脱逃生。

按院吩咐城门闭，除灭丝绦一党人。

且说按院听得丝绦之人在此，将个淮安城门紧闭，每家扫寻。将晓谕贴出，有人通信者，赏银千两；有人捉住者，赏银一百两。待详文一转，将个王卿相处决，然后要拿丝绦党人个个斩头号令便了。

按院急忙令箭下,十家排户甲细搜寻。

不论乡绅并富贵,不管衙门与庙门。

倘然园拢丝绦党,连害乡邻受苦辛。

目章吓得魂飞散,必是呆子惹祸临。

吓得心里乱方寸,即便明日怎样能。

极早墙门来开直,衙役逐户细查清。

且说孔目章叫喊"到我家来搜寻。"检查人说话:"不要查了,你是不敢藏园便了。"

目章暗暗喜欢心,暗里神明佛有灵。

逐户搜寻十几日,丝绦党人并无影。

淮安搜寻说完事,再宣经中法引僧。

齐王千岁来奏屈,伏请君王来开恩。

代君拈香私接状,千岁亦然有罪名。

千岁受屈无死罪,立斩文书出京城。

且说姚文俊昔年进京,考试得中状元,随朝为官,不能出京,不想竟害大哥死罪,来朝奏曰:"新科状元姚文俊,奏明张翰林强讨小姐为妻,扬子江里善人王卿相劫抢小姐回转。众兄弟杀人,无凭无据,伏望我皇赦免齐王千岁。"又奏曰:"淮安丝绦一案,王卿相被苏文显陷害冤枉的事情,望皇赦宥。"皇曰:"依卿所奏,即传特赦金牌一道,令箭一枝,立提王卿相出监,立拿苏文显,除罪斩首便了。"

圣旨令箭出京城,详文已到淮安城。

禁长说话卿相晓,明日初三要执刑。

卿相听说魂飞散,哀哀哭到大天明。

黄昏人情一更深,监中受罪不非轻。好伤心,禁子无良心,得财要金银,廿四只引线搠背心。啊呀呀,我的天呀。

一更过了二更深,手脚捆得紧疼疼。苦难禁,动亦无处动,伸亦无处伸,壁虱捉来满身叮。啊呀呀,我的天呀。

三更过了交半夜,思想结发我妻身。苦伤心,吩咐探望人,不可到监门,今朝想会我妻身。啊呀呀,我的天呀。

半夜哭过四更深,午时三刻要用刑。好可怜,妻子巴巴望,鸳鸯两处分,王家子孙要断根。啊呀呀,我的天呀。

五更鸡叫天要亮,呆子闯出祸殃根。好伤心,不怨兄和弟,只怨自己身,费了钱财害煞人。啊呀呀,我的天呀。

卿相哭到大天明,再宣丝绦一中人。

丝绦中人忙打算,一心要想进城门。

进了城门非为别,相救大哥一个人。

上本丝绦宣完成,在座诸位福寿增。

若要再宣下卷事,暂定片刻再谈论。

得罪诸位等一等,吃口茶来再来听。

下本丝绦宣分明,再说丝绦一中人。

听得大哥要监斩,英雄个个巧计生。

只为查找丝绦党,城门处处有官兵。

且说一众英雄,如今耽搁一日,只见城门紧闭,兵勇把守,刀枪出鞘,恐防丝绦劫法场。一众英雄想了计策,打扮三教九流的人,便好进城,再到孔兄家中会集义兄义弟,然后劫救兄长便了。众兄弟通了信息,大家打扮起来,定要扮得像,不可走漏风声便了。

不宣前头一番事,再宣后头家兄身。

三教九流扮得像,各众走路到城门。

儒教打扮领头行,读书人扮得必文文。

纺绸长衫簇簇新,摇摇摆摆到城门。

看来好像书香客,走近前来盘问情。

且说鞑子说:"你什么人?""将军爷,我是读书人。""你个读书人,我要叫你读书。先读《神童诗》。""将军爷,你听好,我读出来:天子重阳糕,文章不用了。万般多不好,惟有白相高。"鞑子说:"你是假扮个。我要叫你读《大学》。""你听好了。子程子曰:'《大学》,孔氏之遗书,而初六不得入门也。'""你是真真假扮个读书人。读不出,不能放你进城。我要问你孔夫子的父亲叫什么名字。""我来交代你听:夫子的父亲叫大夫。""今朝回头勿出,不放你进城。""将军爷,孔夫子的父亲叫叔梁讫。""原来你是好人,好好放你进城去了。"

儒教之人进城门,释教之人也来临。

背上驮块韦陀板,三州感应念连声。

有个托钵化斋米,有个点了肉身灯。

有个打扮死讨饭,和尚师姑仿佛能。

且说鞑子说:"你个什么人?""将军爷,我是出家人。""你个出家人,我要叫你念二声经我听了。""将军爷,我经是多得不得了,故念点经头你听了。我要念出来哉,你听好了呀:药师孔雀华严经,地藏法华经,般若金刚经,观音消灾弥陀经,波罗蜜多大心经,摔来摔起马蹄筋,夹忙头里膀牵筋,强头强脑脚抽筋,扦断你个脚骨筋,抽落你个背梁筋。""好好,不要多说,放你进城去了。"

释教之人进城门,道教之人也来临。

船中供尊三官佛,袅袅香炉烟腾云。

木鱼敲得咕咕咯咯响,口念三官三品经。

且说鞑子说:"你个什么人?""将军爷,我是做道士。""你个道士,我要叫你念三官经我听。""将军爷,我要念出来哉,你听好了呀:天官地官水官共成三官,五官保寿官、监察官、审办官、探听官、出纳官、审判官、白泥官、三鲜馆、芝麻官、烟囱管、衣裳管、裤脚管、灶马管、破汤罐、耳朵管、鼻头管、瘟官贼官。""好好,不要多说,放你进城去了。"

三教之人进城门,医卜先生又来临。

卖药先生城门到,一串膏药手中存。

卖药之人高声喊,营兵拦路不放行。

且说鞑子说:"你个什么人?""将军爷,我是卖药人。""你个卖药人,我看你好像江湖上人。要放你进城,我要叫你卖膏药喊忒两声。""将军爷,我要喊出来哉,你听好了呀:今朝要问兄弟哪能落在此地?辰光来得早,肚皮来得饱。毡毯铺在地上,穷人当街卖药。老虎半路伤人,霸王力举千斤。说话说界众人听,送饭要送饿肚人,宝剑要赠有力之人,红粉送界标致女人。有人贴我骆驼膏,百病痊愈。十个铜钱一张,行情公道,老少无欺。有人贴我骆驼膏,福来运好。有人贴我骆驼膏,一年灾病生不了。走过桥棚痛腰,若然贴了我个六灶膏,百样毛病俏会好。""好好,放你进城去罢,收了担子进城了。"

收了担子进城门,起课先生也来临。

守城门官仔细看,课筒壳壳托托响连声。

且说鞑子说:"你个什么人?""将军爷,我是起课先生。""你个先生都会念六十花甲子。""将军爷,我要念出来哉,你听好了呀:瞎子死了扮充军。""你是假扮个人""甲子乙丑海中军。""不放你进城去了。""将军爷,我来真货说你听听了:乾三连,坤六断,震仰孟,艮覆碗,离中虚,坎中满,兑上缺,巽下断。八八六十四卦,三百八十四爻。内占一卦,卦卦有证,卦挂有灵,预测前程,判断吉凶。单单测测测单单。""好好,放你进城去了。"

起课先生进城门,算命先生也来临。

小小弦子拿一只,算命算命喊几声。

且说鞑子说"你个什么人?""将军爷,我是算命先生。"将军爷说道:"你个算命先生,我有一个小女,请先生算算看。""几岁几月几日几时建生?""八岁,正月初一日,狗时建生。""将军爷,只有卯时,呒界狗时建生。""对对,卯时建生。"先生拿了八字一排,"啊呀!阴差阳差,倒是十八败。田横头三年草皮不报芽。啊呀,个字好个。你说败个,我说一点勿败。田里草不用拔,人工省个,你说草呒界、稻呒界。再说河滩上死忒一滩鱼腥虾蟹,那是更加好哉。我要去买一只大船,城河兜转,拿仔辫点鱼去做卖鱼生意,原是大发其财,一点不败。"先生说道:"再排排十八败,要排到夜哉。"将军爷说道:"不要多说,放你进城去了。"

算命先生进城门,相面先生也来临。

善观气色四个字,牛角浜里朱少卿。

且说鞑子说:"你个什么人?""将军爷,我是相面个人。""我要叫你相相面。""你听好了呀。""看你额角,头上方正,将来要带红顶。不过你呒界福分,你死落仔,你个家小,必定另要嫁人。你个儿子跟我去做拖油瓶。""不要热昏,快快放你进城了。"

相面先生进城门,唱道情先生后头跟。

手拿渔筒并简板,口内连声唱道情。

唱道情先生想要进城门,营兵扯住不放行。鞑子说:"你个什么人?""将军爷,我是唱道情。""我要叫你唱唱道情。""你听好了呀。姚仲华,有孝名;廿四孝,第一尊,历山耕种任苦辛。父亲晚娘有害他心,仲华服侍更殷勤,孝行感动天地人。象来耕地鸟为耘,娥皇女英联婚姻,父子兄弟结同心。叹如今,李黑心;害好人,欺穷人,大斗买进小斗称。廿两秤上有出进,借仔一锭还二锭,终有一日恶贯盈。观音菩萨来变化,变么变个女佳人,试试俚个李黑心。黑心人要想配成亲,十三库金银骗完成,死在地狱不超升。""不要多说,快快放你进城去了。"

唱道情先生进城门,说太保人后头跟。

守城门官来喝住,试试江湖真勿真。

且说鞑子说:"你个什么人?""将军爷,我是说太保个人。""你说我听听。""你听好了呀!二个人抬轿江宁府,鱼米之乡苏州府,吴淞江流松江府,蚕吐丝线常州府,二人相会齐州府,人寿年丰安宁府,不黑不白徽州府,干戈永息宁国府,荷花开放池州府,天子万年太平府,金斗改名庐州府,金鸡朝阳凤阳府,赌尽东道钦州府。""不要多说,快快放你进城去了。"

说太保人进城门,后头还有一个人。

身上衣衫不连牵,背上驼个小儿身。

且说鞑子说:"你个什么人?""将军爷,我是凤阳人,沿街求乞,说说唱唱。"将军爷说道:"叫你唱唱。唱得好重重有赏,唱得不好不放你进城去了。""你听准了,我唱出来了。"

说凤阳来话凤阳,凤阳城里好地方。

凤阳出了朱皇帝,十年田地九年荒。

大户人家卖田地,小户人家卖儿郎。

我家吭畀儿郎卖,单身独一在街坊。

花果生来两头光,出在姑苏范庄前。

日间街坊吃完饭,夜来当仔枕头眠。

山外青山楼外楼,西湖景致在杭州。

八字里庙门跨二县,小小太湖跨三州。

且说将军爷说道:"唱得好,快快放他进城去了。"

凤阳女子进城门,后头还有一个人。

要想同道走进去,将军扯住不放行。

且说鞑子说:"你个什么人?""将军爷,我是说天下个人。""快快说我听。""将军爷,你听好了。敝村有一个叫二阔嘴,上爿嘴,碰着天,下爿嘴,碰着地,一口饭要吃轮担米,天生一张嘴,身体在哪里。将军爷,苏州皋桥实在高,上年六月初三日,掉了人下去,今年六月初三日,刚刚爬起来,啊算高来勿算高?山东萝卜真正长,上年下仔种,今年涨到浙江省,啊算长来勿算长。""不必多说,好好放你进城去了。"

说天下个进城去,后头还有数不清。

却是军兵来拖住,唱莲花人又来临。

且说鞑子说:"你个什么人?""将军爷,我是唱莲花个人。"将军爷说道:"叫你唱来听听,唱得好重重有赏,唱得不好不放你进城去了。""将军爷,你听准了,我来唱出来了。"

春唱桃花夏唱莲,秋唱芙蓉共凤仙。

只到冬天无花唱,梅花开来转新春。

风和日暖百花开,灭纣兴周是文王。

太公休退马氏妻,四十八载掌朝纲。

夏季荷花浮水面,苏秦不第转回门。

爷娘妻嫂看冷眼,后封六国丞相身。

丹桂飘飘正秋凉,朱买臣妻子不贤良。

逼休改嫁张木匠,马前泼水没思量。

雪花飞舞水结冰,官员兵将要斩头。

大哥要斩法场上,杀尽淮安众兵丁。

且说将军爷说道:"唱得好,不必多说,快快放你进城去了。"

唱莲花的进城门,后头还有关亡一个人。

守城门官来喝住,试试江湖真不真。

且说鞑子说:"你个什么人?""将军爷,我是关亡女人,捉牙虫、调水碗、抽牌算命侪会个。"将军爷看见关亡女人标标致致,正正当当,将军爷心想:我横竖有个小姐,瞎说一声叫凤珠。凤珠笃娘横竖死个哉,我来关关你。"关亡女人,搭我关关女亡人。女亡人搭你仿佛年纪。""女亡人几岁?""女亡人三十六岁。""几年几月几日几时死个?""旧年六月初六日佘时辰死个。""辰时死,吭畀佘时个。不要多说,我要下亡去哉。女亡人三十六岁六月六日辰时死个,要地祈太保、当方土地,稽去稽来,查去查来,查得清爽。女亡人上来呀,亡人来哉!今朝难得想看奴,难得关关奴啊。我一直牵记你啊。""我要问你,你哪能死个?""六月里生仔伤寒症,吃仔一个大西瓜烫死个,又冻死个。""吭畀烫死个。你到底啥个浪向死?""我是无福气,叫我穿红着绿吭畀福分。我是东方起个病症,西北方送个终。碰着了四脚中牲。""我还要问声你,阿有几个儿子?阿有几个女子?你啊调得落?""我吭啥调勿落。我要养三男四女。""不对,只有一个女儿。""将军爷！假使魧死还要养了呀。我要去哉。""慢点慢点。""慢来慢来，还要拿只调水碗来。将军爷！你去拿只碗来舀一碗水，点个三支香，放在碗上。亡人来哉！水碗里向有个长长矮矮个，是你个啥人？""我俚太公亡人来哉。""亡人来哉！水碗里向有个矮矮短短个，是你啥人？""我俚阿公亡人来哉。""亡人来哉！水碗里向有个细长条子扒牙齿是你个啥人？""我俚阿叔亡人来哉。""亡人来哉！水碗里向有个小亡人，不过一周二岁，哭来哭去，是你个啥人？""我俚大儿子。""你个家堂六神不管事，灶界上有点不安意，老坟上风水不好，新坟上风水不利。我要去哉。""关亡关得清正，快快放你进城去罢。"

　　关亡女人进城门，后头还有多少人。

　　唱春也要进城门，营兵把住不能行。

　　且说鞑子说："你个什么人？""将军爷，我是唱春的个人。""你唱得来听听。""将军爷，我唱出来，你听准了呀。"

　　金殿当头紫阁重，仙人掌上玉芙蓉。

　　太平天子朝元日，五色行车驾六龙。

　　龙凤冠珍送上门，暂时来到富家门。

　　保你一家增延寿，一年四季保太平。

　　一只台子四角尖，两边登坐啥人仙。

　　当中二条抬缝路，抬头望见小西天。

　　木匠师傅本事高，拿根料来表一表。

　　手拿曲尺并墨斗，一线弹来直苗苗。

　　且说鞑子说："唱得好，放你进城去了。"

　　唱春先生进城门，后头还有一个人。

　　鞑子说："你个什么人？""将军爷，我是买书画张个人。""我要叫你唱二声来听听。""将军爷！你听好了，我要唱出来了：苏州大姑娘，扬州二姑娘，姐妹二个一样长，打扮得来真有样，亦弗短来亦弗长。青丝发，油来揾，银挖耳，边上插。身上着的真有样，红裤子来棉袄长，脚上香花鞋子三寸长，芍白面孔樱桃嘴。说起稀奇事，哈哈大笑真有样。走一步，仰二仰，颜色俏，纸头好，价钱真公道。价钱真公道，卖得强。十四个铜钱揭一张，各位啊要买二张。揭过二张又二张，还有二只大雄鸡。小宝宝，买转去，一只贴到东，一只贴到西。弗吃米，弗吃栖，夜里登在鸡巢里。螳螂百脚吃进去，到了明朝要早起。嘴里向，喔喔啼，颜色俏，纸头好，价钱真公道，十个铜钱揭一张。各位啊要买唉！""不要买。快快放你进城去了。"

　　卖书画张进城门，后头还有挑担人。

　　挑仔一担桃梅菜，营兵扯住不用情。

　　且说鞑子说："你个什么人？""将军爷，我是买卖桃梅李果。""今天我要叫你唱唱水果五更。""将军爷，你听好了，我来唱出来了。"

　　一更一点月正仔弯，檀香橄榄，咿呀呀得唅。檀香橄榄，玲珑佛手，桂花姜，油秋梨，大红文旦，咿呀呀得唅，大红文旦。

　　二更二点月正仔多，蜜饯糖果，咿呀呀得唅。蜜饯糖果，椒盐胡桃，三柿子，嘉庆子，五香苹果，咿呀呀得唅，五香苹果。

　　三更三点月正子高，水晶白桃，咿呀呀得唅。水晶白桃，鲜鲜荔枝桂圆糕，白蒲束，栗子糖炒，咿呀呀得唅，栗子糖炒。

　　四更四点月正子清，鲜鲜莲心，咿呀呀得唅。鲜鲜莲心，南塘鸡豆沙角菱，石榴子，巴旦杏仁，咿呀呀得唅，巴旦杏仁。

五更五点月正子明,白莲藕粉,咿呀呀得唅。白莲藕粉,扦光荸荠水红菱,何首乌,集齐端正,咿呀呀得唅,集齐端正。

且说靼子道:"唱得好,快快放你进城去了。"

不说前头一众事,再宣英雄进城门。

各位英雄城门进,孔目章家里聚集人。

别样生意都不做,急忙走到法场门。

四面守住如此样,端正卿相到来临。

不说英雄侪备好,再宣王卿相出监门。

身上衣衫剥干净,蓬发赤脚不像人。

链条铁锁叮当响,军兵围住不用情。

肩绑斩条嚎啕哭,大娘活祭丈夫身。

林家小姐也来到,春梅秋菊后头跟。

王恩祭祖三牲礼,大娘苦凄哭夫君。

特备冥仪酒和饭,聊表夫妻一点心。

小姐要哭亲兄长,情深如同一母生。

阴阳官报时辰到,刽子手中就提刀。

且说王卿相绑在法场上,监斩官说道:"时辰到了,快快开刀。"刽子手就手提起刀来斩下,只见陆氏大娘还有林家小姐同个春梅秋菊各位,拔出双刀来架住,又听得乔呆子、丁千金、马八百、大金钢、山短臂、陆长膀、冯赛虎、李铁腿、姚家九弟兄、五虎十条龙、九将一先锋,外势还有白龙公子、黑虎书生、高奎鹤、山同烧孩人、天香公子、刘鼎山、孔目章、铁铸包、打赢林家二位小姐,外有鲍不平、黑周苍、霸天王、镇地罡、李千斤、张百担、活无常、死有纹、豆腐元帅、粉皮将军、面筋老虎,还有九流三教,好似瓮中捉鳖。一个刽子手看见,吓得魂亦脱落,监斩官吓得无苦奈何,一众英雄要与三千官兵打起来哉。

两边正欲开战争,听得飞马响铜铃。

各方刀枪来停手,逢着钦差法引僧。

惟有呆子真火冒,要杀军兵官将身。

且说钦差大喊道:"刀下留人,圣上有旨,飞赦金牌在此。宣召王卿相进京,立拿苏文显定罪。"

钦差进京复圣旨,众人相见大哥身。

孔目章家里摆筵席,死中得活喜欢心。

卿相埋怨众兄弟,劫救无边大祸临。

幸亏金牌前来到,众人听得好伤心。

当初结义如山重,吾等不愿独偷生。

不提英雄进京去,娘娘回转扬州城。

林家小姐也回转,说与哥哥卿相听。

且说林家小姐便对卿相说道:"哥哥,家父吩咐救出大哥便把丝绦奉还。"卿相说道:"贤妹,以后倘有风波,还要帮助。"小姐说"自然付还丝绦。"王卿相收拾丝绦,进京而去了,与萧龙、萧虎结为兄弟。

王卿相奉命进京城,众位兄弟送一程。

林家小姐回家转,路上走得日西沉。

前无宿店后无村,卷中聊表一仙人。

且说有一个九天玄女,因有玉女投胎林府,一胞双生二女,与萧龙、萧虎有宿世姻缘。现在武当山上毛龙造反,他有二个妹子,龙须妹,凤娟娟,使用妖法,有万夫不当之勇。"现今林小姐淮安归家,天色已晚,无处安身,待我变化,等她前来投宿,传授五雷符、捆仙绳便了。"

林家小姐无处登,远远好像一庙门。

玄女娘娘来变化,留住小姐暂安身。

且说小姐上前问,两个安童使女出来开门,接进小姐。娘娘道:"小姐你弗要嫌弃,你随意取用夜饭。只管吃饱了。""多谢多谢,我明日早早行路便了。"

小姐吃了睡安身,娘娘夜里话谈论。

娘娘传授小姐听,小姐样样记得清。

天亮叩谢出门行,不见庙堂见荒坟。

小姐惊吓心欢喜,勿是神明定仙人。

捆仙绳在腰里束,五雷符法厉害深。

驾起祥云回家转,救兄说与父母听。

一口不好两处说,再说武当贼奸人。

摆起擂台三年长,招兵买马胡乱行。

要夺世界自为王,杀尽元朝文武臣。

杀到界牌关一坐,告急文书达帝君。

值殿将奏上:"启奏万岁,外有毛龙造反,十分骁勇,逢关斩将,逢水叠桥。更有二个妹子,十分厉害,将要杀到关前了。关上快传救兵。"皇帝说道"何人出力?"齐王奏道:"臣保王卿相丝绦党人,个个骁勇称能。"有一人奏道:"姚文俊在朝无功,协同王卿相同去灭贼。苏文显听凭王卿相治罪便了。"

君王听奏喜欢心,立刻宣召姓王人。

跪在金阶来见驾,君王启口叫王卿。

且说有毛龙造反,齐王萧千岁保奏王卿相结义之人骁勇非常。敕封武侯元帅,御赐金牌十二道,尚方宝剑一口。姚文俊,文武双全,封赠参谋军师。二人谢恩,退朝。王卿相吩咐姚福:"你到淮安去找苏文显,要解军饷三千万,要到界牌关上来。倘有延误,就要斩首。"

卿相择日就行程,君王送出帝皇城。

先锋鼎山乔呆子,虽是粗莽福星人。

兵马行路都不乱,威风凛凛往前行。

界牌关前到来临,姚福得令到淮安城。

且说姚福来到淮安,便对苏文显说道:"我奉元帅之令,要你军饷三千万到关便了。"苏文显回说道:"你不要多说。"姚福道:"你若不送来,却有张角一案,严刑屈打卿相。你要按时送到,好自为之。"

姚福回去不必说,苏文显解饷缓缓行。

兵马缺粮三日久,才见粮草到来临。

跪在案桌来缴令,王卿相大怒骂高声。

"大胆狗官,三军已动,粮草未到。兵马缺粮三天,好不苦呀。"喊道左右:"绑出县门,斩了!"苏文显治罪,一命归阴。再说毛龙把战书送来,元帅一见批准,明日交战再说便了。

战鼓大振决雌雄,白龙公子趁威风。

番将毛龙朱氏女,杀了一日没定论。

明日法引来出阵,手拿短棍像流星。

且说毛龙道:"哪里来的野和尚?身体不满三尺四寸长,称起来三十斤不满,倒要来向奴交战,将要蝗虫捏蜻蜓。"法引说道:"不必多说,你看棍子罢了。"

毛龙上阵不用心,一棍打在背中心。

一众军兵来杀上,啃瓜皮又像切菜心。

四面骷髅头满地,毛龙捡回一条命。

两边各自收兵马,法引得胜转回城。

毛龙复战且慢说,外宣陆氏劝夫君。

同了春梅并秋菊,吩咐王恩到嘉兴。

要请月英贞烈女,小姐问知就起身。

不约而同到关边,元帅接进诉详情。

毛龙又将战书下,元帅吩咐要当心。

且说毛龙同了二个姐妹摆下一阵,那元帅见了,此乃九曲黄河阵,连忙吩咐杀进城去罢。谁知龙须妹、凤娟娟将手一撒,霎时昏天黑地,不能杀出,乔呆子、法引和尚、白龙公子、姚家九弟兄都被她们擒去,又杀死军兵无数。卿相一见好不可怜,要挂免战牌。林家小姐说道:"不怕便了。明日再来交兵,救出英雄。倘若不放,就杀她便了。"

元帅吃惊喜欢心,勉强打过战书文。

毛龙见书来出阵,喊杀连天鬼神明。

那边杀出龙须妹,这边冲出日英身。

那边杀出凤娟娟,这边冲出月英身。

四女沙场拼性命,却是天宫斗战星。

你不休来我不罢,三日三夜没流停。

恼了番邦龙须妹,口里念咒天地昏。

飞沙走石鬼神怕,要杀元朝武将兵。

日月两英来出阵,暗中带了捆仙绳。

就向空中来一撒,一道红光天地昏。

凤娟娟与龙须妹,缚住地中打翻身。

救出英雄十二个,杀他贼奸方称心。

可惜兵军几十万,七零八落乱纷纷。

也有正道归家转,也有降做元朝兵。

毛龙正欲往外逃,卿相一刀命丧生。

不说杀人一番事,再说山上有金银。

且说武当山有三个大洞,一个存金银,又一个存粮草,还有一个存兵马。元帅说道:"到三个山洞,抄出金银、粮草、马匹,投入国库,然后纵火把山洞烧了。"

众将叫了得令行,武当剿灭保太平。

抄出金银来缴数,三军大将报一声。

号令人头回京转,君王接进午朝门。

御赐金凳相对坐,这番功劳不非轻。

且说万岁说道:"王卿相出征剿灭恶人,天下太平,敕封忠义一品之职。王夫人陆氏封为一品义德夫人。"谢恩:"万岁,万岁,万万岁!"

王卿相谢恩奏明君,伏望万岁听原因。

结义嘉兴林小姐，日月二英一胞生。

马到成功功无数，武当灭贼持为尊。

年方十七单一个，尚未出帖配啥人。

且说君王萧千岁的二个儿子，名叫萧龙、萧虎，亦是一胞生养，天缘相巧。君王为媒，结为夫妇。姚文俊妻子罗昭容召他进京择定吉日，奉旨完婚。

君王旨意到南京，小姐打扮进京城。

接进昭容归香阁，文渊阁上结成亲。

萧龙萧虎拣好日，林家小姐也成亲。

急煞张角老奸人，服毒而死命归阴。

丝绦英雄心欢喜，君王恩准不非轻。

不说前头成亲事，再说要封各位人。

且说君王圣旨一道，跪听宣读，召曰："萧龙、萧虎代父之职，妻子林氏俱封保国夫人；姚文俊封护国军师，妻子罗氏封节义夫人；法引、法静封锁禅师，九将一先锋封锁国将军；五虎十条龙封提督将军；刘鼎山、乔呆子、岳山、王恩四人封九江参将；天香公子、孔目章封四品之衔；三教九流小英雄各人封他七品之衔。"众人各位谢恩："万岁，万岁，万万岁。"

不说众人都封到，再说各位转回程。

各位谢恩出京城，文臣武将如水清。

有了三千六百个，辅佐元朝万年欣。

四方平安干戈息，万民乐业永太平。

每家起造数房屋，都是皇家国库银。

富贵荣华居上品，都是前生积善根。

文臣三朝居爵禄，武将三朝伴皇恩。

子孙代代有官衔，皆为皇家手下人。

且说王卿相说道："昔年丝绦党之人遭此一个大难，皆因上天保佑，故而化险为夷，取得高官厚禄。我欲看破红尘，起造一座佛堂，名曰'善教寺'，中间塑一座堂，供起西方圣像，两边做起三千六百个长生禄位。"丝绦党人各书：籍贯姓名年月日时。义兄义弟，特来持斋修道。日后归天，子孙认拜祖先，春秋二祭。

善教寺中做延生，香烛煌煌日夜明。

朝念弥陀三千六，夜诵金刚一卷经。

一心不乱归正道，六根清净诵经文。

丝绦宝卷宣完成，虔诚之人天上等。

若要再宣别本卷，稍停片刻再谈论。

桃花宝卷

桃花宝卷初展开，诸尊星宿降莲台。

今朝虔诚听此卷，长生福寿免三灾。

此卷故事发生在周朝，陕西省内有一个姓周名公的人，人称周半仙，夫妻二人同庚五十，只生一个儿子。周公只做问卜生意，此人能知天文地理，八卦精通，断人生死，毫无差错，众皆相信。远远近近的人，都要前来问卜起课,生意十分兴旺。

　　陕西省里一周公,祸福皆知断吉凶。

　　八卦六爻都精熟,满天星斗都能懂。

　　过去未来能推算,断人生死妙法通。

　　人人称他周半仙,远近都要问吉凶。

　　若要请他解灾星,磕开额角亦无用。

　　暗中却为富翁解,只为富户勿为穷。

　　穷苦百姓全不知,谁知难瞒星宿宫。

　　惊动上界九姑星,要求下凡救民众。

　　周半仙只为钱财,只替富户消灾消难,不肯为穷苦人消灾降福。穷人来求签问卜,总是说无法解救,要么去烧烧香,求求大老爷,让皇天保佑。周公欺贫爱富的思想,人们全然不知,谁知触动了上界星宿宫中一位九姑星。九姑星乃是九天玄女娘娘的徒弟,得知人间竟有这样一个欺贫爱富的人,心中极为不平,欲想私自下凡和那人见个高低,又恐触犯师怒,因此只得对师父言明要求下凡,为民造福除害。玄女一听,满口答应,直去凌霄宝殿奏知玉皇大帝。玉皇准奏,玄女谢恩出殿,回转星宿宫,对徒弟九姑星道:"现在玉帝准奏,同意你下凡。但为师有言吩咐,你下凡之后,不可伤生。如不听为师之言,要打入地狱,永世不得超升。"说罢,叫徒弟伸出双手,就在两掌心写上"桃花"两字,默默书符一通,就命太白星君送出宫门,九姑星下凡而去。

　　不表九姑下凡尘,另表人间范家门。

　　范家院君苏氏女,怀胎十月将临盆。

　　那夜三更得一梦,梦见白发一老人。

　　手捧蟠桃床前立,要叫苏氏一口吞。

　　苏氏将桃吞下肚,肚中顿时痛十分。

　　大叫一声梦中醒,觉得胎儿要临盆。

　　丫鬟使女忙不停,顷刻生下一千金。

　　丫鬟回报范员外,员外焚香谢神明。

　　范员外谢过神明,丫鬟抱出小女孩给员外观看。员外一看小孩生得面目清秀,五官端正,又将两只小手观看,只见两掌心隐隐有桃花两字,因此取名桃花。看罢吩咐丫鬟抱进房去,并对院君讲明取名桃花的由来,老夫人一听好不快活。

　　勿宣范家喜欢心,再说桃花易长成。

　　范家得女多快活,养育护理用心勤。

　　桃花从小无关煞,七岁就进学堂门。

　　读书读到十二岁,四书五经全读尽。

　　满腹文章才学好,出口成章吟诗文。

　　十三十四请绣娘,描龙绣凤件件能。

　　年纪一到十五六,琴棋书画样样精。

　　姑娘年交十七八,才貌超群美十分。

　　桃花小姐年交十八岁,吟诗作对,描龙绣凤,琴棋书画无一不精。有一天夜里困在床上,时交三更,突然听到门外有叫声:"九姑星!九姑星!"连叫两声,姑娘连忙起身穿衣,下床开门,只见门外站立一位道姑,请进房内。道姑言道:"我乃玄女,是你的师父,前来点化于你。"桃花听罢,双膝跪下,口称:"师父,弟子拜见。"玄女就将上界星宿宫中之事,一一说明,说罢就取出无字天书一本,放在台上,伸出二指,在桃花头上的泥丸宫上一点,衣袖一拂说声:"去罢!"桃花顿时仰面一跤,大叫一声醒来,原来是南柯一梦。小姐在床上静静地回想了一遍梦中之事,连忙起身,披衣下床,点亮烛台,发现台上果然有一本天书。桃花坐定,翻阅了一遍,顷刻之间,头脑清醒,上界星宿宫中之事,全部回想得起。便恍然大悟,自己是九姑星下凡,特来人间,为民造福除害的。

　　姑娘梦中遇师尊,灵犀一点头脑清。

　　上界之事全记得,天书奥妙无穷尽。

　　从此姑娘妙法精,胜过周公好几分。

　　天文地理全晓得,呼风唤雨样样能。

　　姑娘法术无人晓,所以无人上她门。

　　那夜独坐闺房中,听得隔壁有哭声。

　　桃花小姐有一家隔壁邻居,姓石名叫宗辅,幼年丧父,只有母亲何氏,经常行善,媳妇符氏十分贤惠,一门三人只靠宗辅做生意过日子。有一次石宗辅出门,已有二年未回,连信息也不通。婆媳二人朝思暮想,眼泪汪汪。其日,婆媳二人直往周半仙处问卜起课,周公问明了石宗辅的年纪、月生,细细卜算,又占了一卦,大叫一声:"不好了!"就将情况对婆媳说道:"此卦乃大凶之卦,你儿子今夜要出事。"婆媳听闻大惊,问道:"出何大事?"周公道:"你儿子一路回家,前无村,后无巷,只能耽搁在破窑之中。半夜三更破窑要塌落,你儿子要压死在破窑之中。"婆媳两人一听,大吃一惊,痛哭流涕,跪在地上恳求仙人解救。周公道:"你儿子已经命尽禄绝,无法解救,快快回家,准备后事吧。如果不准,打碎我的招牌好了。"婆媳二人大哭回家,悲惨的哭声却被桃花小姐听见,就差丫鬟去了解一下情况。

　　石家婆媳好伤心,嚎啕大哭转家门。

　　哭声传到范家去,桃花小姐得知闻。

　　立差丫鬟到范家,请她过来问原因。

　　莲香奉命石家到,大娘连连叫几声。

　　我家小姐请你去,为啥大哭要问清。

　　石家婆媳听见范家丫鬟说小姐有要事相问,不知何事。婆媳二人揩干眼泪跟着就走。一到范家,桃花小姐问道:"听到你们婆媳二人大哭悲伤,不知为了何事?请道其详。"婆媳二人就将到周公处问卦之事细细说了一遍,桃花一听就把石宗辅的出生年月立即推算一下,果然不错,便道:"我照命实讲,你的儿子确实命绝禄绝,寿限已到。但是还可解救,请勿要伤心,听我吩咐于你。"

　　桃花小姐老妈叫,请你听我说根苗。

　　我有办法来解救,要请大妈莫心焦。

　　回家要备香和烛,待等半夜三更敲。

　　烛架点上香和烛,宗辅宗辅声声叫。

　　有一岁来喊一声,几岁几声要记牢。

　　婆上屋面抱烟囱,媳登灶下听准好。

　　高叫宗辅回家吧,媳妇答应回来了。

　　宗辅困在破窑里,听见母亲高声叫。

　　懵懵懂懂出破窑,看看动静再困觉。

　　待等宗辅窑门去,一声巨响塌破窑。

　　天塌大祸能逃过,宗辅性命得救了。

婆媳有点勿相信,辞别小姐回家跪。

一到家中香烛办,专等三更把香烧。

勿管此话准不准,照计而行要办到。

婆媳二人听了小姐之言,有点半信半疑,回到家里还是照计而办,暂且不表。再说石宗辅自出门至今,足有两年不曾回家,生意顺利,赚了四五百两银子。今天正在回家,走到半路,谁知前无村后无镇,看看辰光将要日落西山,无处投宿,但见前面有一只破庙,让我进去暂宿一夜,到明天再作道理。进了破庙,放下行李包裹,就在一块大石头上和衣而睡,正睡得朦朦胧胧之际,听得母亲在叫唤,突然醒来,仔细再听,觉得母亲在窑门外喊,甚感奇怪。只得拎起行李包裹,走出破庙,仔细一看,并无动静,发现前面有盏忽明忽暗的红灯,继续走前几步,突然听到轰隆一声,转身一看,破庙塌了。石宗辅大吃一惊,回想刚才的呼唤,是祖宗有灵,引我出窑,否则一定压死在内。经过一番回想,不觉东方微明,石宗辅继续向前,回家而去。

宗辅动身回家门,急急忙忙赶路程。

一连走了好几日,总算到了自家门。

老太一见儿子转,犹如梦中差仿能。

挽住儿子细盘问,破窑可曾住过身。

儿子就把奇事说,祖宗亡人真有灵。

否则压死破窑里,母子再见不可能。

母亲就将前天事,从头到尾讲分明。

如无范家桃花女,儿子性命活不成。

宗辅听了深感动,明天要去谢千金。

三人谈论无辰光,不觉半夜交三更。

各自回房睡片刻,东方发白就起身。

梳洗已毕吃早点,三人赶到范家门。

石家母子媳妇一到天明,急忙赶到范家,丫鬟问明情况,报告小姐。桃花一听十分高兴,出房接进厅内,石宗辅随即双膝跪下,拜谢救命大恩。小姐连忙还礼,石宗辅站起,四人坐下。丫鬟送上香茗,叙谈经过之事,石家老少感激万分。

不宣石家谢大恩,卷中另提出场人。

周公摆设测字摊,起课问卜生意兴。

人人都说仙法灵,个个称他像仙人。

断人生死无差错,男女老少全相信。

前村来了一个人,须发苍苍白雪鬓。

此人姓彭名叫祖,年纪已近百岁临。

上前拱手仙人称,老老也要算个命。

周公听见有人叫他算命,抬头一看,只见一位须发皆白,年近百岁的老头,便问道:"老丈,姓甚名谁,多大年纪?"老者道:"小老姓彭名祖,今年九十八岁。"周公问明了出生年月,立即推算,再卜一卦,便道:"啊呀,不好了,你快回去准备后事吧。你在八月十五日丑时,命终。如若不准,将我的招牌砸烂好了。"彭祖听了,心中闷闷不乐,立刻回家,正巧在路上遇见石宗辅。二人言谈,讲起此事,石宗辅把自己的经过也讲了一遍,并劝彭祖到范家去求求小姐,设法解救。

宗辅开言公公叫,请你勿必心烦恼。

此地有位桃花女,神通广大法术高。

就将自己一切事,从头至尾说细到。

请你快点求小姐,可以救你命一条。

彭祖一听心快乐,回身直往范家跑。

一进大门将情说,丫鬟进房去通报。

小姐出房见彭祖,彭祖开言小姐叫。

小老前来求千金,救救小老命一条。

桃花便问因何事,彭祖一一说根苗。

彭祖对桃花小姐说:"周公说我今年八月十五丑时命终,今特前来求求小姐救我老命。"桃花一听,叫彭祖把自己的年龄,出生年、月、日报与她听,彭祖一一讲明。小姐一算,果然不错,便道:"公公请放心,周公之话虽然不错,但我有办法救你性命。"

桃花开言公公称,要请公公放宽心。

待我替你退凶煞,邀请众仙把寿增。

你且回去备香烛,香案供设在正厅。

南北二斗中堂供,还供长生本命星。

仙茶七杯当中摆,左右摆上七盏灯。

备好半盅阴阳水,缺一不可要记清。

八月十四黄昏后,我到你家请吉星。

彭祖听罢心欢喜,辞别小姐转家门。

不表彭祖一切事,再说桃花女千金。

八月十四日将落,香汤沐浴换衣襟。

随身带好八卦单,七星宝剑拿一根。

身穿五色龙凤服,下身束条仙鹤裙。

小轿一顶门来出,直往彭祖家门进。

装香点烛画符咒,桃花作法请仙人。

步罡踏斗灵牌碰,舞动宝剑驱凶星。

法水一口往外喷,天空顿起霹雳声。

只见毫光千万丈,七位星君下凡尘。

来到中堂法台前,等待桃花发命令。

桃花拱手口相迎,分宾落座饮香茗。

七位星君奉法令降落云头,到彭家一见九姑星,稽首问道:"不知星君有何吩咐?"桃花起身叩首道:"今有彭祖,年高九十八岁,但在明日丑时命尽禄绝,恳求弟子顺星延寿。恭惟七位星君各加寿数,仗此真香,蒙星匡扶。"七位星君便唤掌簿童子,取生死簿查看,果然不错。七位星君挥笔各加一百岁,其中唯有奎星多加五岁,故而彭祖连底共八百零三岁。桃花小姐念动真言,奉送星君返回天阙瑶宫而去。

桃花小姐喜欢心,别了彭祖回转门。

回家告知爹和娘,彭祖现已寿来增。

桃花之事暂不提,再提彭祖年老人。

一到十六清早起,直往周家理来评。

周公正在吃早饭,一见彭祖叫一惊。

开口便把彭祖叫,为何到来现阴魂。

前世无仇今无怨，到此现身勿该应。

彭祖一听放声笑，开口便把周公称。

人人说你法术高，个个信你卦爻灵。

金字招牌烧饭吃，从今不必再算命。

况且只会断人死，无法为民解灾星。

周公一听弄不懂，详详细细问问清。

彭祖从头讲到底，说出桃花女千金。

前日救了石宗辅，今日替我寿来增。

周公听了吃一惊，天下哪有这等人。

看来法术胜过我，我倒有点不相信。

有了她来吭畀我，周公面子塌干尽。

咯落咯落动脑筋，眼珠一转毒计生。

不若娶她为媳妇，暗中害她一条命。

开言便把彭祖叫，拜托一事可答应。

周公道："老彭祖我有一事拜托，不知肯否答应。"彭祖道："有何吩咐？敢勿从命。"周公就将欲聘桃花为媳妇之事，请彭祖作一月老，向彭祖细细说明。彭祖听了便道："既然看得起小老，待我去试试看，但是不敢保证成功。"说罢，辞别周公匆匆往范家而去。

彭祖听了周公令，作别周公就动身。

一路行程来得快，不觉已到范家门。

一到大厅员外叫，分宾坐下饮香茗。

彭祖公公身坐定，直言相告员外听。

周公叫我到府上，只为一桩大事情。

欲请小姐为他媳，特叫老老做媒人。

未知员外意如何，员外勿需多思忖。

员外一听哈哈笑，双手乱摇公公称。

门不当来户不对，他家乡绅我家贫。

小女桃花虽不逊，草鸡难入凤凰群。

彭祖即便员外叫，周公实是羡千金。

再三恳我来作伐，伏望员外来玉成。

千金若是过了门，一世富贵享不尽。

一个人称周半仙，小姐真是像仙人。

男大当婚女当嫁，自古流传到如今。

郎才女貌多欢心，真是一对好婚姻。

员外暗想话不错，满口答应写年庚。

彭祖接帖就动身，直到周家报喜讯。

彭祖接了年庚八字，心中万分欢喜，加快步伐回到周家，对周公道："恭喜恭喜，范员外满口答应。桃花小姐生得十分美貌，法术精通，真是天赐良缘，一说就成。并且范员外亲手书写年庚八字。"说罢将大红帖子呈与周公。

周公见帖喜欢心，拣了吉日就联姻。

茶礼白银三百两,金钗十二按时辰。

金环玉镯皆成对,如意压发玉做成。

凤冠霞帔宫中物,团红袄子百裥裙。

珍珠八宝珊瑚树,水果双双摆端正。

大红泥绒求字帖,茶礼件件摆中厅。

安排妥当来发盘,花炮百子放高升。

彭祖媒翁前头走,八付盘担后头跟。

一路来到范家宅,员外迎接进大厅。

摆茶言谈不多说,逐一检查收礼品。

范家准备回盘物,米芽绿豆摆端正。

大红泥金允字帖,最后一颗万年青。

彭祖茶罢身立起,辞别范家回转门。

金庚八字中厅摆,大摆酒席待媒人。

光阴飞速容易过,秋去冬来又交春。

新春一过二月到,周公选日娶新人。

光阴似箭,日月如梭,已到来年二月,周公思想:桃花这个丫头,法术无边,我难胜过她。今既订婚,娶她为媳,待我选定四月廿三亥时结婚。此日此时凶神恶煞聚会,定伤新娘,必绝其命,看她可有解法。若能解退,不必言谈。若她无法解退,束手待毙。桃花死后,都是我周公的天下了。

周公日夜动脑筋,绞尽脑汁费尽心。

要拣恶煞聚会日,凶神值日伤新人。

要拣阴将来值日,不伤男来伤女命。

要拣相冲太岁日,又拣天罗天网星。

要拣白虎做中宫,又拣丧门吊客星。

要拣天狗来下界,又拣披麻恶煞星。

要拣凶星花粉煞,又拣天翻地覆星。

要拣冰消瓦解日,又拣天牢大败星。

周公婚期已拣好,日脚帖子写端正。

周公写好了吉期,交于彭祖,彭祖接了吉期,要紧送到范家,员外接进内厅,丫鬟送茶。周公拿出吉期帖子,交给员外,并说四月廿三亥时成亲。范员外叫丫鬟把吉期帖子送与小姐观看,桃花便将此时此刻掐指推算,顿时大吃一惊,暗想这一定是周公有心要伤害我,非同小可,就叫丫鬟去请父母和媒人前来商议。不多一刻,三人来到房中,各自坐定喝茶,小姐就说:"此日不是吉日,而是凶神恶煞值日的一天。周公暗中想伤害我。"

桃花小姐公公称,公公在上听原因。

周家拣出吉婚期,四月廿三亥时辰。

此日不是吉利日,特与公公要讨论。

吉期拣好可更改,有话同你说详情。

我有几个小条件,请你说与周公听。

如若同意不必说,到时照办结婚姻。

周公如果不答应,另选日子我决定。

彭祖回禀小姐听,有我彭祖你放心。

请你小姐听分明,我去回报周公听。

桃花小姐对彭祖说道:"结婚那天,周家中堂要供上和合二仙,佛台上要用镇台米一升,油盏火放在米上。另有小秤一根,镜子一面,中天柱贴上'龙虎'二字,结亲时要用红绿绸带二根,堂前花烛时要用留饭蒸,送入洞房时用麻袋铺地,名为传代。迎娶时轿子上门,要用二盏梅花灯笼,再用雌雄二鸡,并要叫声上门。先要放高升,道士上门要三吹三打,开门时旺炉进门。娶亲回去,男方面上要在堂船船前抢水,女亲家姆要接宝,接个千年饭。男宅之事要你去安排,女家之事由我打算,依奴诸般,一诺无话也。"

彭祖一口全答应,忙到周家诉详情。

周公一听暗思忖,桃花的确法术深。

周公无奈都答应,桩桩件件办端正。

彭祖回报小姐听,桃花小姐才放心。

员外准备办嫁妆,小姐还是动脑筋。

光阴似箭容易过,不觉喜期到来临。

男女二家都热闹,诸亲百眷闹盈盈。

周公依照彭祖话,件件桩桩摆端正。

焚香点烛八字排,只有凶星无吉星。

桃花一切安排好,沐浴梳妆换衣襟。

小姐法术胜周公,大小凶煞破干净。

和合二仙挂中厅,阴将不敢进大门。

镇台火配照妖镜,披麻恶煞失了魂。

中天柱贴龙虎榜,白虎凶星不进门。

三吹三打放高升,天牢大败逃干净。

旺炉进门热气腾,冰消瓦解无踪形。

雌雄二鸡同声叫,花粉凶煞汗淋淋。

梅花龙灯毫光照,丧门吊客难上身。

新娘头上兜方巾,天罗地网罩不准。

新人出阁抢上桥,天翻地覆失威灵。

堂前踏蒸换新鞋,天狗不敢下凡尘。

嫁出女儿哭出嫁,吓得太岁头发昏。

男宅出名水来抢,吉星临门赶凶星。

千年饭要双手接,富贵荣华保太平。

红绿宝带新人执,诸煞回避逃干净。

送入洞房铺麻袋,子孙绵绵福寿增。

堂前花烛留饭蒸,凶神恶煞勿进门。

笙箫细乐闹盈盈,吉星聚会在中厅。

参拜天地婚来结,合卺交杯好婚姻。

周公费尽心计,要伤害桃花小姐性命。谁知桃花小姐不愧是玄女娘娘的徒弟、玉皇大帝差遣下凡的九姑星,略施小术,便把凶神恶煞全部解退,安然无恙送入洞房,合卺交杯。周公见此情况,摸不着头绪,再暗暗推算,方知一切凶神恶煞被桃花小姐的法术全部解退。结婚时众吉星聚集中厅,才知自己的法术不如桃花。现在只得忍气吞声,装作无事,招待来眷朋友。谁知桃花小姐在房中暗暗推算,知道周公属鼠的,就将化妆用的胭脂花粉捏成一只粉猫,放在梳妆台上,喷上一口法水。粉猫突然往地上一跳,变成小牛大小,冲出房门,直往周公扑去。周公顿觉眼前一暗,仰面一跤,跌倒在地,口吐白沫,手足乱抖,人事不知,吓得诸亲百眷束手无策。老太婆知道后,吓得魂不附体,跌跌冲冲直奔新房而去,要求媳妇大娘设法相救。

　　婆婆直奔新房门,要求新娘动脑筋。
　　桃花回言婆婆听,你到外面安人心。
　　待我媳妇施小术,搭救公公老大人。
　　婆婆听了心快活,看来老命活得成。
　　桃花念咒收粉猫,关在梳妆匣中存。
　　不说小姐房中事,另表周公人已醒。

　　桃花小姐施了法术,只见周公渐渐苏醒过来,全家人和诸亲百眷皆大欢喜,继续饮酒作乐不提。再讲周公嘴里不响,心里明白,这是桃花作弄于我,看来我的本事比不过她。只好记在心里,今后等待机会,再作道理。

　　不表周公恨在心,等待时机再理论。
　　光阴飞速容易过,不觉来年又开春。
　　五月天气如火热,河水降退无雨淋。
　　大河水浅船难行,小河水干起灰尘。
　　田里庄稼都枯死,草木叶落勿报青。
　　地方官府奏皇上,当今万岁大吃惊。
　　皇榜高挂求贤士,筑台求雨救万民。
　　有人求得甘霖雨,封官厚赏万两金。
　　消息传到周公耳,顿起陷害不良心。
　　借刀杀人下毒手,进城撕榜见帝君。

　　周公进城撕榜,当差看见,随即带入皇宫去见万岁,皇上问道:"你有何法术求得甘雨?"周公道:"启上万岁,听小人告禀。"

　　小人姓周陕西人,天文地理尽知闻。
　　过去未来能推示,能召天将降凡尘。
　　区区小术何足奇,不及媳妇半毫分。
　　儿媳名叫桃花女,玄女徒弟下凡尘。
　　腾云驾雾样样会,移山倒海件件精。
　　能唤风来能呼雨,能召天将和天神。
　　现在苍天不下雨,草木枯死不报青。
　　小民为救众百姓,揭榜荐贤救万民。
　　万岁一听龙心喜,启口连连叫爱卿。
　　寡人降旨召贤媳,能求甘雨封官名。
　　如果甘雨求不到,欺骗君王罪勿轻。
　　吩咐太监待周公,圣旨一道下乡村。
　　桃花八卦忙推算,顿时心里吃一惊。
　　公公揭榜陷害我,借刀杀人手段狠。

不表桃花作准备,天使传旨到来临。

桃花供案圣旨接,就同天使进皇城。

桃花进京,差官复旨。桃花见了皇上,双膝跪拜,口称:"万岁,万岁,万万岁。"皇上启口:"平身,赐座。"桃花道:"皇上高搭法台,欲求甘雨。但小女要求周公同上法台求雨。"万岁准奏。周公听了大惊失色,一时无法,只好同上法台,听从桃花摆布。桃花叫周公披发跪拜,并道:"如果心不虔诚,甘雨不降,定必归罪揭榜之人。"言罢桃花随即施法求雨。

桃花登台把香焚,步罡拜表上天庭。

玉皇见表宣玄女,言明令徒求甘霖。

九姑凡缘已结束,差你传唤回宫门。

勿表玄女奉旨去,再说桃花施法令。

令牌三响非同小,顿时天空起乌云。

雷公电母来施威,风伯雨师听法令。

高高天空乌龙挂,雷电交作雨倾盆。

君王官员多喜欢,哪个百姓不高兴。

周公跪下不敢动,战战兢兢汗淋淋。

如果桃花不下令,不敢随便立起身。

待等雨止天发晴,冻得周公身有病。

桃花下令下法台,听见天空有喊声。

此时桃花与周公同下法台,突然听见空中喊道:"玉帝勒令到,立传九姑星上天复旨。"桃花抬头一看,原来是师父玄女站立云端,奉旨召唤。桃花随即将身一滚,脱下凡衣凡裙,两朵桃花化作尸身。自己真身,腾空而起,跟着师父上天去了。

勿说桃花上天庭,再表当差奏帝君。

如此这般讲详情,万岁对空拜神明。

万岁传旨唤周公,上殿见驾要封赠。

周公奏明身有病,要求告假回家门。

当今恩准回家去,养好身体再封赠。

勿表周公回家转,再说皇上下旨文。

敕封桃花九姑神,建造庙宇塑金身。

范家员外夫妻俩,守庙吃素念经文。

春秋两季香火盛,求神拜佛人头兴。

不宣朝中诸般事,再表周公一个人。

周公辞皇别驾,出朝回家,一到家里,垂头丧气。妻子问道:"这次求雨如何,媳妇何处去了,为何一到家,闷闷不乐?"周公将同台求雨,披皮跪拜,被冷雨淋伤,媳妇跟师父上天而去等等,对老夫人说了一遍。夫人听了,就拿丈夫埋怨一顿,不该陷害媳妇,这叫害人不着反害己。周公无话可说,心中暗想:桃花这个小女子难怪道法无边,原来果真是玄女娘娘的徒弟。现在上天而去,让我到她房中检查一遍,可有什么法宝遗落,也可取来用用。想罢就走到媳妇房中,到处查看,并无一物。最后打开梳妆匣子一看,大吃一惊,一只小小粉猫从匣中跳出,直向周公撞去,将周公撞倒在地。周公口吐白沫,全身发抖,人事不知,老夫人急得走投无路,只得跪下,望空求拜,高声叫唤:"媳妇救命,媳妇救命。看我老身薄命,饶了这个老奴才的狗命吧。"勿说周家一切事,再说桃花跟了玄女上天,玉帝面前复了旨,仍回星宿宫。有一天,九姑星突然心血来潮,掐指阴阳一算,大吃一惊,知道粉猫作怪,立差金甲神将速速下界,将粉猫收回。神将奉命,立即动身而去。

金甲神将奉法令,收了粉猫回宫门。

周公悠悠来苏醒,瘫痪在地难起身。

母子忙把周公扶,困在床上养精神。

周公回想以往事,确实有些不该应。

今世为人犯了罪,转世为人若何能。

头脑一清知过改,看破红尘广修行。

夫妻双双同吃素,大做好事保来生。

后来修得功圆满,夫妻坐化上天庭。

范家员外老夫妻,修得正果见世尊。

桃花施法解凶星,一切诸事传到今。

桃花宝卷宣完成,斋主府上保太平。

大众听了增寿卷,福也增来寿也增。

奉劝大众心平正,增福延寿保长生。

不信且把周公看,心地狭窄阴谋生。

预将媳妇来害死,几乎反害自己命。

悬崖勒马回得快,广做善事保来生。

结果修得功德满,仍旧上天见世尊。

王月英宝卷

月英宝卷初展开,恭迎诸佛降临来。

善男信女虔心听,增福延寿永无灾。

盖闻月英宝卷出在大宋高宗年间,提表一人,江苏无锡人士,姓张名鼎臣,号叫佐卿,做过吏部天官,娶妻黄氏,共生两子。长子元祥,是个举人;次子元庆,是个秀士。元祥娶妻王氏,名叫月英,生了一女,名叫艾汗。元庆聘了无锡北门成明之女,名叫凤英,因年幼未娶。后来张鼎臣病故,元祥守孝在家,待三年孝服满了,上京赴考。

自古好人多磨难,不磨不难不成人。

宋朝皇爷开南选,考取天下有才人。

元祥当时忙不住,收拾书箱上东京。

堂上别了生身母,书房别了二弟身。

房中又别娇妻子,叮咛嘱咐女佳人。

堂上婆婆你侍奉,好好照顾艾汗身。

月英听了连声应,愿君高中早回程。

夫妻母子来分别,一家送出大府门。

正是大爷求官去,一场祸事到来临。

自张元祥动身以来,未及数月,家中遭了一场天火,将万贯家财化为灰尘。婆媳二人另找了小房屋居住,元庆到先生家中读书去了。

自从大爷动身后,一场灾事到来临。

天官府内失了火,百万家财化灰尘。

一家大小无可奈,小小房子且安身。

日食三餐无出处,巴巴结结过光阴。

哪知大爷离家后,三年无信转家门。

太太得了思儿病,不眠不起在床心。

不表太太身有病,再说张家二官人。

正在书房经文读,夜间忽然恶梦临。

左思右想心不定,要往家中走一巡。

辞别先生老夫子,出了书房两扇门。

无心观看城外景,一心只奔自家门。

正行举目抬头看,自家门在面前存。

走将前来将门叫,惊动贤良王月英。

移动金莲来走出,用手开了两扇门。

病房看过生身母,又把嫂嫂叫一声。

元庆叫了一声:"嫂嫂,我今天回来,并非因为别事。只因昨夜做了一个噩梦,好不惊人,故来请嫂嫂参详参详。"月英道:"请叔叔讲来。"

二叔回家无别事,有一奇巧怪事情。

今夜三更得一梦,回来请嫂详凶吉。

梦见三间祖堂倒,跌断中梁柱一根。

祖堂比的哪一个,中梁比作哪个人。

又梦厅前灯二盏,一盏明来一盏昏。

明灯比的哪一个,昏灯比作什么人。

又梦肥猪城内赶,白马驼来歹金刚。

肥猪比的哪一个,白马比作什么人。

又梦东楼失了火,眼见烧到白玉厅。

放火之人哪一个,救火又是什么人。

花园有株母子树,蜜蜂在上叫哼哼。

子母树比哪一个,蜜蜂比作什么人。

又梦花园井两口,一眼有水一眼空。

有水比作哪一个,空井比作什么人。

只是为叔阳台梦,未知好歹吉和凶。

有凶你把凶来断,逢凶化吉说来听。

公子将梦说完了,叹坏佳人王月英。

"呀! 叔叔你这个梦中之事,我来详解你听。"

你今梦中诸番事,我来详解与你听。

你梦三间祖屋倒,跌坏中梁柱一根。

祖屋比作老婆婆,只恐不久要归阴。

你见厅堂灯二盏，一盏暗来一盏明。

明灯比作成明贼，暗灯比作你当身。

又说东楼失了火，眼见烧到白玉厅。

放火却是成明放，救火是你大长兄。

乡下肥猪城内赶，白马驼作歹金刚。

金刚比作蔡知县，肥猪比作叔爷身。

花园有株子母树，蜜蜂在上叫哼哼。

子母树比成小姐，蜜蜂比作艾汗身。

花园之中两口井，一口有水一口空。

有水比作成小姐，空井却是奴当身。

看来这等多模样，艾汗自己与了人。

为嫂圆此梦中事，二分好来八分凶。

梦中言语参不透，为嫂指点你当身。

本城有个关王庙，庙中神仙十分灵。

你今去到关王庙，求求关王大圣人。

圣人发下上上课，还往南学把书攻。

倘若发个下下课，快快逃走去避凶。

避凶可到东京去，找你哥哥一个人。

大娘方才讲完了，二爷一听吓掉魂。

欠身立起忙开口，直把嫂嫂口内称。

我今去到关王庙，未知好歹吉和凶。

若是小生无灾难，一家和合值千金。

若是小弟有凶险，还是他方去避凶。

我去避凶也罢了，怎舍生身老母亲。

母亲在家全仗你，望嫂照顾老年人。

三餐茶饭要你奉，四季度衣要当心。

侄女艾汗方七岁，当心领带她成年。

我家也无多男女，单单只有这条根。

二爷说此一席话，王氏大娘答连声。

叫声叔叔你去罢，莫把家事挂在心。

惟愿叔叔自保重，为嫂也不细叮咛。

元庆辞别出门去，一心求神问凶吉。

一路行程来得快，关王庙在面前存。

将身走入庙堂内，大殿之上把香焚。

双膝跪在丹墀上，祝告关王大圣人。

张元庆跪下祝告道："弟子张元庆因昨夜做了一梦，异常凶恶，不知是凶是吉，特来叩问大圣。若是小生命无灾难，望发上上签一根；若定有灾难，发一根下下签来。"

祝告一番取签筒，双手捧定往外倾。

签子一条发下了，下下一字载分明。

二爷就把古人看，侯成盗马两无功。

相公又把签来求，二十二签在手中。

二爷又取签书看，韩信屈死未央宫。

连求三次皆下下，吓得相公失了魂。

叩首已毕将身起，走出关王古庙门。

庙门走出二公子，要做逃灾避难人。

不表相公逃避话，再说成明一个人。

成明有个女儿名叫凤英，自幼许配张元庆为妻。成明见张家穷了，起了歹意，想要赖婚，贿通当地蔡知县，买盗扳赃诬害元庆。

成明忽然起歹意，做了嫌贫爱富人。

拿银买嘱蔡知县，诬害元庆相公身。

知县差了人两个，假请元庆到衙门。

两个公差领命去，路上正逢张相公。

公差上前说有请，呈上请帖看分明。

公子一见心暗想，县主请我是何因。

若要逃时回不去，恐怕别有大事情。

吩咐公差前面走，元庆公子后头跟。

一直来到县堂上，见了知县把礼行。

蔡公当时变了脸，喝声何不跪埃尘。

公子回言身无过，父台发怒为何因。

知县掷下成明禀，杀人抢劫罪非轻。

公子一见魂掉了，只得双膝跪在尘。

看起今朝如此样，难出天罗地网门。

哭声哀告县太爷，生员怎做犯法人。

你在无锡为知县，休要认忍定盘心。

寒门秀士天官子，十年寒窗用尽心。

兄长京中求官去，生员攻书望成名。

小小知县竟如此，平地风波诬害人。

如若我兄回家转，你的知县做不成。

听凭当堂打死我，要我招供万不能。

知县一听心大怒，吩咐当堂取来棍。

一连三棍绳收紧，喝问招承不招承。

又把脑箍来上起，公子昏死地埃尘。

人不伤心不得死，冷水喷面又还魂。

哎呀一声苏醒了，头晕目昏眼难睁。

朝上扒也扒不动，往后扒来骨头疼。

公差本是勾魂鬼，我今到了枉死城。

左思右想刑难受，只得堂上苦招承。

是我是我真是我，打劫乡官成大人。

杀死丫鬟人两个,劫了财宝共金银。

这是小人真实话,并无半句是虚言。

话说蔡知县见元庆录了供词,心中大喜,当时吩咐牢头禁子把元庆带进监牢。"晓得哉。"

牢头答应一声有,公子带进牢狱门。

世上多少冤枉事,苍天自然有眼睛。

不表公子身受苦,再表大娘王月英。

话说王氏月英,因叔叔到关王庙求签去了,多时未回,心中有些不安,即叫艾汗外面去探听信音。

艾汗奉了母亲命,急忙移步往外行。

将身来到街坊上,见人传说耳内听。

说的无锡蔡知县,不顾天理只图银。

北门乡宦成明女,久已许配元庆身。

只因张家遭天灾,爱富嫌贫要赖婚。

买动赃官定了罪,诬良为盗下牢门。

可叹天官二公子,屈打成招受难星。

艾汗听了一番话,吓掉三魂少二魂。

三步当做两步走,奔入家中叫母亲。

大事不好祸来临,福比天高少二分。

就将街坊听的话,如何长短说分明。

艾汗一直说到底,吓坏贤良王月英。

二目伤心流下泪,就把爹娘叫几声。

只说庙中求签去,谁知被害入牢门。

你今落在奸人手,哪个搭救你当身。

咬定银牙一声恨,骂声奸贼老成明。

我家有何亏负你,凭空屈害把人坑。

赃官收了财和宝,屈打二爷入牢门。

无故害人伤天理,苍天怎不开眼睛。

哭罢一场方才了,要到婆房走一巡。

将身走进婆房内,叫声婆婆老夫人。

亲娘病体今可好,可要街坊请先生。

大娘问了多一会,夫人问话说几声。

我今病势多沉重,乍寒乍热不安宁。

又问媳妇有何事,元庆为何不来临。

大娘一听心中苦,便把婆婆叫几声。

今有大事不好了,二叔被害在牢门。

从头至尾说一遍,吓坏太太老夫人。

太太听了一番话,好比尖刀刺在心。

眼望牢中高声叫,苦命娇儿叫不停。

只道书房将书念,谁知老贼坏在心。

你今陷入监牢内,哪个来救小娇生。

又望北门高声骂，骂的奸贼老成明。

张家哪件亏负你，诬我孩儿做强人。

嫌贫爱富伤天理，杀之不足剐有零。

又望县衙高声骂，大胆赃官了不成。

你在无锡为知县，放肆胡行害好人。

小小知县有多大，天官后代竟看轻。

今日去把县堂上，不打赃官了不成。

张老夫人手拿龙头拐杖，望着媳妇说道："我今日到知县衙门打死赃官，方泄我心中之恨。"月英道："我跟婆婆一同去罢。"

婆媳悲痛往前走，出了自家两扇门。

将身来到街坊上，夫人看见许多人。

回头便把儿媳叫，王氏贤媳你是听。

不必同到县衙去，我今与你转家门。

你的丈夫有官职，耀武扬威到来临。

月英问道在哪里，莫非婆婆见鬼神。

只说一声见了鬼，浑身冷汗打寒惊。

太太此刻心中乱，眼见来了众鬼魂。

大鬼手内拿了票，小鬼手内托铁绳。

叫声儿媳扶定我，快快回转自家门。

将身来到中堂上，一众鬼使已入门。

府县城隍门外站，当方土地随后跟。

世间生死由天命，算来由命不由人。

叫声儿媳快烧纸，莫要得罪上使们。

今日为娘大限到，一个时辰要归阴。

我今有话吩咐你，切要牢牢记在心。

有钱就把棺材买，无钱草席也可行。

艾汗孙女方七岁，要你领带教成人。

张家并无多男女，还望照顾元庆身。

千万看在叔嫂面，要你送饭到牢门。

吩咐一场方才了，夫人一面见阎君。

吓坏月英王氏女，亲娘喊的不住声。

只说去把人情讲，搭救二叔出牢门。

哪知走到街坊上，徒得大病命归阴。

婆婆今日身亡故，活活难坏我当身。

头前没有倒头板，脚下又无引路灯。

手内银钱没一点，哪来棺木收尸灵。

万分出于无可奈，求化左邻右舍人。

忙把青丝打散了，几根麻皮绕头心。

悲悲切切往外走，来到大门外面存。

双膝跪在大门外,叫声左右四邻人。

我夫求官未回转,二叔被害在牢门。

婆母今日身亡故,没有银钱收尸灵。

奴家此刻真无法,乞化邻舍善心人。

只求帮助银六两,买口棺材敛娘亲。

等到丈夫回家转,本利加还送上门。

左邻右舍心田好,帮助大娘六两银。

将身来到棺材店,买口棺材抬进门。

棺材抬到中堂上,忙忙收敛死尸灵。

王氏跪在灵前哭,只哭苦命老娘亲。

你今一命归西去,媳妇烧纸可知情。

痛哭一场悲不止,艾汗在旁叫娘亲。

王氏伴灵来守孝,想起婆婆嘱咐情。

亲娘临死对我讲,牢中照顾二爷身。

叫我牢中去送饭,没有银钱怎样行。

千思万想无主意,想出一计在于心。

王月英想要送牢饭,与叔叔吃去。无奈家中钱也没有,米也没有。左思右想,无法可施,忽然心生一计。走到自己房中,拿出一面筛子,放在地下,将头上的乌云发打开,剪了下来,扎成三支假头发,叫艾汗拿出去卖。

要往牢中送饭去,没有银钱怎样行。

站起身来忙移步,只奔香房里面存。

筛子一把放在地,剪刀一把拿在手。

左手打开乌云发,做了剪发卖发人。

今日二叔身有难,剪发卖钱进牢门。

咬定银牙发个狠,顿时剪下发万根。

急忙扎成三支假,叫声艾汗小娇生。

取了一个莲花碗,放在篮子里面存。

这是为娘三支假,你到街坊卖与人。

监牢里面送顿饭,也尽我的一片心。

"儿呀,三支假拿到街坊去卖,卖了便罢。若卖不了,可到王妈店中,我是他的恩人。你说为娘拜托于他,将三支假换几个馒头、一碗浆汤,送到牢中相会二叔一面,表我母女一片心意。儿呀,须要小心。"艾白:"不要母亲叮咛,为儿晓得了。"

艾汗当时忙不住,辞别母亲动了身。

一手抓住三支假,小小篮子提手中。

啼啼哭哭将身起,做了长街卖发人。

东街卖到西街去,南街卖到北街去。

真正卖了多一会,没个人来问一声。

艾汗思量无可奈,去上王婆饭店门。

说到快来真个快,王婆店在前面存。

停身止步来站下,用手敲敲叫开门。

叫门三声来站定,惊动里面姓王人。

"正在家内做生活,听得有人来叫门,一看原来是小汗乖乖,为何三行鼻涕两行泪。"艾汗:"妈妈有所不知,只因老贼成明坏了良心,嫌贫爱富,买通无锡知县。他把我二叔骗进公堂,三拷六问,画了口供,定成死罪,如今打在牢内。要到牢中看望二叔,并无分文,母亲将青丝发剪下,扎了三支假,叫我来卖。卖了便罢,卖不了叫我到妈妈店中来换一碗浆汤、几个馒头。"王婆道:"艾姑娘如此说法,将假带回,我拿几个馒头,盛碗浆汤与你就是了。"艾汗:"王妈妈你老人家岸上无田,河内无船,又没大生意,我又不是花子,你不要假,如何要你的馒头。"王婆道:"哎呦呦,这么大孩子伶牙俐齿,却说得有理。如此将假丢下,拾几个馒头,盛碗浆汤送你二叔去罢。"艾汗问道:"王妈妈,监牢门在哪里?""从此地转弯过去,有黑漆漆衙门那个就是。"艾汗回:"得罪你,我就此去了。"

艾汗当时忙不住,辞别王妈动了身。

浆汤馒头取在手,移动金莲往前走。

穿街过巷来得快,只奔县前虎头门。

一头走来一头哭,声声哭叫我父亲。

你的女儿来送饭,抛头露面活现行。

悲悲切切来得快,牢门早在面前存。

黑漆衙门朝南坐,有理无钱莫进来。

艾汗站在牢门口,用手敲敲叫牢门。

禁子道:"牢内人已坐满了,又有什么人来坐牢?"艾汗道:"禁子大爷里面有个张元庆么?""你是他什么人?""我是他侄女,来送饭的。""你进牢门拿个银包来,没有银包就想送饭么?"艾汗想:我母亲剪下青丝发,换点馒头,哪有铜钱送他,如何是好。有了,待我哄他一哄。"禁子大爷,我这有七八千文送与大爷,只当买杯茶吃罢。"禁子道:"小女子,你可知道公门不要背后钱,你要先给钱,然后才开门。"艾汗道:"大爷话亦差矣,我此刻给你,被人见了,要与你分。待我进去与你,岂不是一人独得。""孩子说得不错,你进来罢。""哎!"禁子道:"把钱拿来。"艾汗回:"说公门不取背后钱,我不把钱与你,你就放我进来么?""你倒打起虎来了,没钱快快出去。"艾汗道:"你撵我出去我就喊了。""喊什么?""说你将我一吊钱抢去。"禁子道:"不看你这么大点人,恨起来骂你一顿,我问你还是提牢送饭,还是挨牢送饭。"艾汗说:"大爷怎么讲?""提牢送饭,将你二叔提出号来;挨牢送饭,挨到你二叔,方能送饭。""既然如此,提牢送饭。"

艾汗抬起头来看,看见二叔自家人。

上前一把来扭住,苦命叔爷叫几声。

清清白白家中坐,凭空大祸祸临身。

伤心害理冤枉事,可恨为官太不仁。

文雅之人书生体,骨瘦如柴忘了形。

面如黄纸不能看,好似阴曹一鬼魂。

叫声叔爷醒来罢,侄女送饭到来临。

高喊三声不答应,低叫三声没回音。

回过头来转过面,牢头大爷叫一声。

伏望大爷行方便,二叔刑罚松一松。

你将刑罚来松了,让我叔侄谈谈心。

"这么大个东西,要钱没有分文,还要刑罚松了,恨起来打你几下。走开些将刑罚松了,快谈几句罢,老爷要查巡呢。""哎呀,苍天苍天呀。"

哎吓一声晕过去,鬼门关上走一遭。

悠悠苏醒还阳转,出了阴司地府门。

猛然睁开昏花眼,看见侄女七岁人。

娇儿你不家中住,来到此处为何因。

你且叔叔腿上坐,家中事情说我听。

堂上祖母可安泰,你父求官可回程。

你母在家可贤慧,可曾苦打你当身。

一一从头对我讲,叫我好放这条心。

艾汗一见叔爷问,二目不住泪纷纷。

二叔问我家中话,一一从头说你听。

堂上祖母也安泰,我父求官未回程。

我母在家多贤慧,未曾拷打我当身。

只因叔爷被签问,我母在家不放心。

打发侄女去听信,长街遇见二老人。

二老吃酒讲闲话,说你受屈在牢门。

侄女得了真确信,归家告诉我亲娘。

亲娘听了如此话,母女抱头放悲声。

浆汤馒头来送到,送与二叔把饥充。

二爷听说这句话,侄女娇儿叫几声。

为叔心中凄惶苦,珍羞百味怕沾唇。

祖母到底可安泰,你今细细说我听。

艾汗此刻忍不住,提起祖母更伤心。

只因听了叔爷话,他要到县说人情。

方才出了大门外,只见众鬼当面迎。

只得当时回家转,可怜一命归了阴。

怎奈无钱买棺材,母亲求化四邻人。

四邻帮助银六两,方才收敛老年人。

二爷一听重又问,可是我母命归阴。

一听亲娘身亡故,心中犹如烈火焚。

双膝跪在监牢内,两手不住自捶心。

眼望家中流下泪,苦命亲娘哭不停。

只说我母身安泰,谁知一命见阎君。

半路去了亲娘母,我是不忠不孝人。

莫怪为儿不戴孝,恨那奸贼把人坑。

只得望空拜几拜,表表为儿一片心。

又望家中一声喊,喊声嫂嫂王月英。

难为你来难为你,买卖难为你当身。

难为殡葬生身母,难为送饭到牢门。

重生父母差多少，再世爹娘胜几分。

看来今日如此样，怎么报答你大恩。

哭罢一场方才了，又把艾汗叫一声。

叔爷夜卧轧床上，百般刑罚怕煞人。

左边上了生铁链，右边又捆粗麻绳。

当中一块搪心板，撑上挺尸杖一根。

手拷脚镣垂下去，捺板捺得紧腾腾。

心要动来身难动，腿要伸来脚难伸。

眼要扎来不敢扎，又怕铁钉钉眼睛。

可恨知县心太狠，每日公堂要钱文。

有了银子二百两，叔爷刑罚松一松。

没有银子二百两，死在牢中没救星。

如今亏了人一众，多亏同窗众弟兄。

送银一百八十两，只少廿两雪花银。

没有别的关照你，回家拜上你娘亲。

你娘本是贤良女，要她看在叔嫂情。

怕的冬前与秋后，京详一到命难存。

法场上边将我斩，你母要做收尸人。

有钱就把棺材买，无钱芦席稻草绳。

京中若有人来往，带信告知你父亲。

这是为叔对你言，切切牢牢记在心。

正在叔侄谈心处，只听牢头叫得凶。

"要钱没有，还在这里哭你娘的苦处。快些出去罢。"

艾汗退出牢门外，不见二叔自家人。

哭哭啼啼往前走，走到自家两扇门。

将身来到孝堂内，见了开怀喂乳人。

上前一把来拉住，亲娘你且听原因。

你叫孩儿去送饭，牢中会见叔父身。

他听祖母身亡故，顿足捶胸大放声。

叔父说道难为你，难为娘亲贤慧人。

他在牢中苦万状，百般刑罚不离身。

只恨赃官心太毒，每日公堂逼得凶。

有了银子二百两，叔父刑罚松一松。

没有银子二百两，他在牢中无救星。

亏人不亏别一个，亏了同窗众弟兄。

送银一百八十两，还少廿两雪花银。

没有别的拜托你，嘱我回家托娘亲。

凑成银子二十两，牢中搭救自家人。

这是叔爷说的话，要求母亲发善心。

早将银子送了去,也是为娘一片心。
艾汗方才说完了,苦坏大娘贤慧心。
大娘听了如此话,勾搭心肝满肚疼。
眼望牢中流下泪,苦命二叔叫几声。
你在牢中不知道,哪知家中大事情。
婆婆一命身亡故,活活难坏我当身。
没银殡葬亲娘母,求乞左邻右舍人。
为你牢中送顿饭,剪了青丝发万根。
今要银子二十两,叫我何处去找寻。
左思右想无主意,低下头来口问心。
婆母临终托付我,叫我照看二叔身。
要得银子二十两,除非出卖小娇生。
如若不卖娇生子,牢中苦坏二叔身。
忙把衣袖揩眼泪,就把乖乖叫几声。

"为娘有句话对你说。"艾汗道:"母亲是句什么话。""你到王妈妈店中,就说奶奶一命亡故,家内不住鬼吵,母亲有些害怕,请王妈妈做个伴儿。""母亲,东也叫我去,西也叫我去,跑的两足生疼,我是不去。""儿呀,就此一会,下次不要你去了。""下次不叫儿走,儿就去了。""我儿快去快来。"

艾汗当时忙不住,别了母亲向前行。
出了自家门两扇,悲悲切切在心中。
一路行程来得快,王家门在前面存。
上前忙把门来叫,叫声妈妈快开门。
老王正在家中坐,忽听有人叫门声。
迈步来至大门口,用手开了两扇门。
抬起头来忙观看,认得七岁艾玉春。

王妈道:"我道是哪个,原来是艾姑娘,你来做什么的?"艾汗道:"王妈妈你有所不知,只因奶奶一命亡故,家中不住鬼吵,母亲害怕,请妈妈去做几天伴儿。"王妈:"哎呀,小姑娘,你奶奶死了,我正当来做伴儿。当日我住在你家后门口,你母亲帮助我多少,如何不去。请前面带路,一同而行。"艾汗道:"妈妈,到了,请进门来。"王妈说:"来了,待我先去太太灵前叩个头,再与大娘见礼。大娘在上,王老有礼。"王月英道:"妈妈请坐。"王妈答:"不知大娘叫老王有何吩咐?""王妈妈不知,听我道来。"

叫声王妈你坐下,我把苦衷说你听。
丈夫求官不回转,消不闻来信不通。
可恨成明老贼子,一见我家天火焚。
嫌贫爱富生歹意,买通赃官用金银。
将我二爷诓了去,买盗陷害定罪名。
打下牢监真个苦,婆婆要去讨人情。
一出大门见了鬼,回家一命就归阴。
求借邻人银六两,殡敛婆婆用尽心。
牢中送饭与二叔,将假相换承你情。
艾汗去到监牢内,可怜二叔受非刑。

只因少银二十两，每日堂上逼煞人。

说道侄女回家转，托我措办雪花银。

我今无处去措办，请你来为这桩情。

万分出于无可奈，只得出卖小娇生。

今日卖我娇生女，未知冤家可肯行。

可行可去跟你去，一笔勾销不必论。

若是冤家不肯去，必定要打我娇生。

我若举手望下打，要你当中说人情。

你今救人救到底，莫叫打坏我娇生。

说罢一场心中苦，就把娇儿叫一声。

为娘有句伤心话，要与我儿说一声。

请来王妈无别事，今日要卖我娇生。

非是为娘心肠狠，为的叔叔自家人。

宁可卖我娇生女，不可苦死你叔身。

叫声娇儿你去罢，跟了王妈一同行。

艾汗说我才七岁，不知南北与西东。

吃饭不知饥和饱，睡觉不知哪头低。

谁人梳头与裹足，谁做缝针铺线人。

亲娘宁可打死我，要我离娘万不能。

艾汗说此伤心话，苦坏大娘王氏身。

王氏听了女儿话，满腹如刺绣花针。

冤家今才七岁正，说出话来刺煞人。

若是今日将他卖，冤家如何肯动身。

欲要今日将他打，怎忍痛打我娇生。

忙把衣衫揩眼泪，心内思量暗沉吟。

用手一指开言骂，大胆畜生了不成。

好言好语对你说，倒做推三阻四人。

快跟王妈将身动，纵有闲言总不论。

若还半字言不肯，活活打死小贼人。

王氏口内假生怒，打人家法手中存。

手举家法往下打，艾汗抱住亲娘身。

亲娘不必将我打，孩儿情愿去卖身。

王氏听了将儿叫，苦命心肝叫几声。

休怪为娘心肠狠，为的你叔牢中人。

你在娘怀略坐坐，娘有言语说儿听。

养你不是好养的，用尽为娘一片心。

东庙烧香求儿女，西庙烧香为子孙。

多蒙神圣来保佑，得了我儿花一盆。

记得为娘怀你身，珍羞百味怕沾唇。

羊羔玉米不要吃，蜜伴洋糖不称心。
走起路来吁吁喘，吃口茶来作恶心。
一月两月将儿带，三月四月孕在身。
五月六月分男女，七月八月娘安身。
九月怀胎身已重，将交十月要分身。
忽然腹内疼几阵，为娘熬得死复生。
接连几阵晕过去，生下我儿女千金。
三朝五日怕风冷，十二朝上才放心。
疹麻痘疹一百日，费尽心机受苦辛。
看儿长大娘欢喜，走一步来笑十分。
为娘领你将七岁，用尽三毛七孔心。
只因二叔身遭难，无奈只得卖娇生。
为娘与你针和线，以后缝补自己行。
若卖人家为媳妇，服侍公婆要小心。
姑娘小叔休争斗，还需敬重你夫君。
三茶四饭你去煮，不可懒惰不肯行。
无事不可邻家去，免得是非到来临。
三从四德需当记，要照为娘一样行。
若卖人家为使女，小心服侍你主人。
叫你东就东边去，叫你西来西边行。
若是违了主人命，恐要苦打你当身。
棒棒打在娇生女，句句要骂你娘亲。
为娘言语吩咐你，切切牢牢记在心。
大娘说罢伤心苦，又把王妈叫一声。
你把我儿带了去，长街之上卖娇生。
多不要来少不要，定要廿两雪花银。
东西南门皆可卖，切切莫向西门行。
怕人不怕别一个，怕的奸贼老成明。
怕的成明知道了，定然斩草要除根。
说罢双膝来跪下，拜托王妈要当心。
你今受我这一拜，我儿性命靠你身。
王氏哭得肝肠断，狠心王妈不消停。
一把拉住艾汗手，走出张家大门庭。
王氏大娘哭不住，蓬头散发赶出门。
一直跑出大门外，七岁心肝叫几声。
不表王氏心大恸，再说王妈上街行。
一手挽住艾汗手，草标插在艾汗身。
东门卖到西门去，又到南门走一巡。
东西南门都走到，没个人来问一声。

王妈:"艾姑娘稍为来歇息。有人问你切莫说真名真姓。""是了。"

一手挽住艾汗手,只奔北门大街行。

走向前来抬头看,成家府在面前存。

老王不把前门走,只奔花园两扇门。

上前便把门来叫,梅香姐姐快开门。

"正在园中坐,忽听人叫门,是何人叩门?""是我老王来了。""原来是王妈,待我报与小姐。"走走行行,已到楼门。"姑娘在上,今有王妈要见。""叫她进来。""是。王妈,快些进来。"王妈道:"艾姑你要小心,莫说真话。你先站了,我会姑娘去。"走走行行,来上楼门。"姑娘在上,老王叩头。小姐听禀,怪人不知理,知理不怪人,老王东里捡,西里选,好容易捡了一个白白净净、体体面面的好丫头。""王妈妈难为你,带来看看。""是了。艾姑娘同我来。"艾汗道:"来了,姑娘在上,奴婢叩头。""真正好个小丫鬟。丫鬟你的家住在哪里?"艾汗答:"不住东门在西门。""王妈妈,小丫鬟说话有些不稳重。"王妈道:"姑娘家,你不晓得,他家先在东门,今又搬到西门。""那也罢了。丫鬟你姓什么?"艾汗答:"不姓张就姓李。""哎,王妈妈,你带她去了,我不要了。"王妈道:"姑娘你又不晓得,他父姓李,一命亡故,他妈妈又嫁个姓张的,故此说了不姓张就姓李。""那也罢了,但不知今年几岁了?"王妈答:"今年七岁。""要多少银子?"王妈答:"理应一岁一两,只因他家遇一冤枉之事,要多几两,只要二十两银子。""既然如此,就给二十两银子,外与三两妈妈的谢仪。"王妈道:"我不要,我不要。多谢姑娘。""王妈,代她取个名字。"王妈道:"春桃,夏兰,秋菊,冬梅,皆已有了,就叫作新来罢。""倒也罢了。"王妈说:"新来,我去了,过两天来看你,还带果子与你吃。不要得罪姑娘,老王去了。"

不表王妈她去了,再说高楼成凤英。

只见外面天已晚,新来丫头叫几声。

你去收拾我床被,安排好了我安身。

艾汗听说这句话,两眼珠泪落纷纷。

低下头来心思想,要做铺床揩被人。

打起南方丙丁火,点起长命一盏灯。

金钩挂起芙蓉帐,掸掸牙床去灰尘。

上铺褥子下铺毡,大红棉被安床中。

看见一对鸳鸯枕,难煞落难受苦人。

东头摆下鸳鸯枕,怕是姑娘西头眠。

西边摆下鸳鸯枕,又怕姑娘困东边。

两头摆下鸳鸯枕,听从姑娘哪头眠。

铺床揩被停当了,奉请姑娘上牙床。

新来拿灯前面走,后跟姑娘成凤英。

凤英走到香房内,收拾解带宽衣襟。

金莲跨到踏板上,睁开二目看分明。

用手一指高声骂,新来丫头了不成。

别人胆大身包胆,你的胆大胆包身。

叫你铺床来揩被,放下双枕为何因。

小姐走到床上一看,见两个枕头放在两旁,大骂道:"你这个丫头,好不知理,如何摆了两个枕头?"

新来丫头全不怕,走上前来说短长。

东头摆下鸳鸯枕,姑娘就在东头眠。

西边摆下鸳鸯枕,姑娘就在西头眠。

两头摆下鸳鸯枕,听从姑娘哪头眠。

望乞姑娘生慈念,下次奴婢自小心。

成凤英想道:"昨日母亲来看我的针工,因天色已晚,就睡在楼上,固有两个枕头。新来丫头哪里晓得,亦不能错怪于她。"

小姐就把新来叫,下次做事要小心。

新来睡在踏板上,一阵心酸肉又疼。

梦中悲哭心中恨,娘亲喊喊两三声。

你在家中不知道,哪知孩儿遇难星。

自幼至今年七岁,未曾一日离娘身。

今晚睡在踏板上,哪有亲娘靠儿心。

有时得见亲娘面,儿就死了也甘心。

又望东京一声叫,叫声爷爷我父亲。

你在东京不知道,哪知家中大事情。

婆婆一命身亡故,二叔打在监牢中。

母亲一人独守孝,七岁女儿卖与人。

艾汗心念多一会,耳听瞧楼起了更。

眼望家中流下泪,苦命叔父叫几声。

为生为死总为你,为你母女两下分。

艾汗叹罢多一会,耳听瞧楼鼓二更。

又向北门开言骂,骂声成明老奸贼。

张家哪件亏负你,害我一家好伤心。

艾汗正在泼口骂,听得瞧楼正三更。

艾汗不觉入了梦,梦见父亲转家门。

粉底乌靴穿足上,头戴乌沙穿大红。

几对板子几对棍,几对提灯几对绳。

金绳开道呛呛响,肃静回避怕然人。

前呼后拥人无数,人马滔滔后面行。

我父身坐八人轿,旗伞执事进家门。

好了好了真好了,要拿奸贼把冤伸。

堂上捉住成明贼,千刀万剐不称心。

高楼捉住成小姐,卖与江湖捕鱼人。

日打网来夜投罾,活活苦死她当身。

把那贱人来磨死,成家声名不好听。

艾汗正在泼口骂,牙床惊醒成凤英。

凤英轻轻来爬起,新来丫头叫几声。

口口骂奴生身父,句句骂的奴当身。

快把根由来说出,饶你残生过几春。

昨日问你家何住,不住东门住西门。

又问你的名和姓,不姓李来就姓张。

如有半字说差了,叫你残生活不成。

小姐问此一番话,艾汗一听失了魂。

未曾开口先流泪,万福姑娘在上听。

问我家来家不远,不是无名少姓人。

祖父在日天官位,祖母皇封诰命身。

父亲名叫张元祥,母亲王氏名月英。

叔叔名叫张元庆,定下婚姻成凤英。

母亲生我人一个,乳名叫作艾玉春。

父亲上京求官去,一去三载未回程。

家中失了无情火,万贯家财被火焚。

成明见我家落难,起了嫌贫爱富心。

欲将二叔来害死,凤英再嫁富贵人。

用钱买动无锡县,拿我二叔问罪名。

屈打承招画了供,收入监牢受苦辛。

我母命奴去打听,打听问信报娘亲。

祖母要到无锡县,代我二叔讲人情。

谁知半路得了病,回家一命即归阴。

祖母身后无殡葬,母亲求化六两银。

将我祖母收了殡,又思二叔在牢门。

母亲剪下乌云发,去换馒头送苦人。

奴家到了监牢内,会见二叔自家人。

二叔牢中说的话,句句伤心苦煞人。

可恨赃官无锡县,每日公堂逼赃银。

有了银子二百两,叔爷刑罚松一松。

没有银子二百两,死在牢中无救星。

多亏同学众兄弟,周济一百八十银。

二叔叫奴回家转,措办廿两雪花银。

我母无处来措办,只得卖了小奴身。

万福姑娘生慈念,饶恕奴婢狗命人。

艾汗说得多悲切,叹坏姑娘成凤英。

却说凤英小姐听了艾汗之言,心如刀绞,一把抓住艾汗之手,叫了声心肝乖乖,"我不是别人,就是你的姊姊成凤英。"

小姐抓住艾汗手,心肝乖乖叫几声。

你今把我当哪个,是你姊姊成凤英。

可恨我父无道理,坑了张家大良人。

眼望西门流下泪,喊声嫂嫂王月英。

婆婆死了你戴孝,出卖七岁小娇生。

幸亏卖在奴楼上，别人买去了不成。

倘若有了长和短，绝了张家后代根。

哭罢一场方才了，忙到案上写书文。

轻轻磨动沉香墨，字字行行写得真。

上写成氏亲笔迹，拜上嫂嫂大贤人。

你为公子不打紧，出卖七岁小娇生。

王妈带到我楼上，哪知却是自家人。

艾汗说出真心话，半夜打出转家门。

年年有个正月半，家家门户挂红灯。

你看红灯过去了，张家门前挂孝灯。

人家孝灯只一丈，张家孝灯一丈零。

守到次日天明了，奴奴亲自上你门。

一到张家来吊孝，二做烧钱化纸人。

三来叩谢大嫂嫂，四顶夫名上东京。

奴家不知天官府，你做孝灯挂门前。

筛子一把门前挂，包头一方放当中。

金钗一枝为表记，送与侄女艾玉春。

奴家见此凭和据，方知天官大府门。

又有银子五十两，送你母女过光阴。

书信一封写完了，两头封得紧腾腾。

小小包袱打一个，手挽艾汗下楼门。

拐弯抹角来得快，到了花园两扇门。

叮咛莫向大街走，怕有巡更查夜人。

若被他人来拿住，你的性命活不成。

叫声乖乖你去罢，我回高楼上面存。

不说凤英回楼去，再说七岁艾玉春。

肩背包袱向前走，哪管高低路不平。

一头走来一头哭，半夜三更少人行。

对着月光向前走，四牌楼在前面存。

抬起头来细观看，认得自家一大门。

艾汗站在大门口，手儿敲敲叫开门。

却说王月英自把艾汗卖去以后，一人坐在房中，冷清清的。到了半夜以后，忽听得有人叫门，倒像是艾汗的声音。如何半夜回来，必定是逃走家来。

月英正在孝堂内，耳听有人来叫门。

此刻三更人静后，谁人来叫我的门。

莫非娇儿回家转，急急忙忙来开门。

及至开门一看见，吓坏佳人王月英。

一见冤家艾汗女，连推带拉送出门。

昨日为娘将你卖，因何此刻转家门。

包袱是从哪里得，莫非偷了主家银。

王氏只叫快快走，艾汗急忙叫娘亲。

亲娘昨日将我卖，跟了王妈上街行。

东西南门无人问，王妈带奴往北门。

受主不是别一个，卖与成家绣楼门。

梦中说出真心话，哭骂奸贼老成明。

姑娘床上来听见，细细盘问奴的身。

为儿一一从头说，叹坏婶婶成凤英。

多亏成氏心肠好，半夜打发我回程。

若还亲娘你不信，现有婶婶信一封。

艾汗一直说到底，王氏一听喜在心。

连忙开了两扇门，手挽娇生走进门。

就把包袱打开了，拆开姑娘书一封。

一行一行看到底，喜坏大娘王月英。

望着北门拜几拜，谢谢贤良成凤英。

不是凤英来搭救，十个艾汗九断根。

母女今朝重相会，生死不忘姑娘恩。

手挽娇儿孝堂进，不觉外面天已明。

母女坐在孝堂内，谈谈说说喜在心。

只说母女难相会，哪知今日又相逢。

母女安排孝灯好，不禁天色已黄昏。

王氏挽了艾汗手，走到外面看红灯。

母女二人忙走出，来到大街看分明。

三街六巷多热闹，满城百姓俱看灯。

灯球火把如白日，布棚高搭大街心。

锣鼓打得叮当响，边爆连连不住声。

一对排灯前引路，上写田苗五谷登。

一龙灯，二凤灯，三才灯，四仙灯。

五子灯，六福灯，七星灯，八卦灯。

九连灯，十里埋伏灯。

大娘抬头仔细看，又来一班十兽灯。

五马六狮扎得好，那边又来一班灯。

这班灯，是奇文，俱是前朝大古人。

姜太公坐四不像，文太师骑黑麒麟。

申公豹坐花斑虎，黄飞虎骑神板牛。

武王坐在逍遥马，南极仙翁白鹤来。

文殊骑的青狮子，普贤白象坐上身。

道德真人骑个犼，黄天化坐玉麒麟。

陆压道人骑个鹿，黄龙真人跨鹤行。

李天王托黄金塔,哪吒脚踏风火轮。
韦陀手执黄金杵,矮子却是土行孙。
无道纣王弑了位,诛妻杀子灭人伦。
兴周灭纣扎得好,万古传留到如今。
锣鼓喧天多热闹,又来三国一班灯。
前头装的刘皇叔,赤兔马上坐关公。
乌云马上张翼德,单枪救主赵子龙。
三顾茅庐诸葛亮,五虎老将是黄忠。
庞统巧设连环计,周瑜赤壁用火攻。
曹操兵败八十万,孙权碧眼镇江东。
三国古人扎得好,后面又来一班灯。
第一宋江及时雨,后跟和尚鲁智深。
武松打虎称豪杰,神州打擂是燕青。
善用水战阮小七,李逵名叫黑旋风。
时迁偷鸡为小盗,引诱徐宁上山行。
水浒梁山灯已过,又来昭君和番灯。
卖国奸贼毛延寿,娘娘琵琶马上弹。
可叹汉王刘天子,悔恨奸贼把人坑。
雁门关前来走过,落雁坡前把命倾。
贞烈女子世上少,万古留名直至今。
这班灯儿刚过去,又来渔桥耕读灯。
渔翁执竿江头钓,樵夫带斧上山林。
庄农老人去耕地,士人读书跳龙门。
这班灯儿又过去,花朵灯儿爱煞人。
菱角灯,荷花灯,白果灯儿雨头尖。
西瓜灯,就地滚,凉月灯,少半边。
兔子灯,团团转,猴子灯,跳得凶。
也有老来也有少,也有财主与乡绅。
大大小小人无数,红男绿女来看灯。
王氏看了多一会,张开樱桃把话云。
走上前来忙开口,称声玩灯各位们。
玩灯可到别处去,天官府外玩甚灯。
我家婆婆归西去,二叔打入监牢内。
丈夫东京求官职,一去三载未回程。
一家东零与西散,有甚心绪看此灯。
王氏哀告多一会,众人只当耳旁风。
王氏此时动了怒,动手一指把话云。
你们若是不散去,奶奶要骂你众人。
若是官府来玩灯,六部参详革功名。

财主乡绅来玩灯，百万家财火内焚。

买卖客人来玩灯，半路之上遇强人。

开张店面来玩灯，人命官司打上门。

如是渔翁来玩灯，叫你翻在大江心。

若是樵夫来玩灯，死在虎口当点心。

庄家之人来玩灯，一年四季少收成。

念书之人来玩灯，一世休想跳龙门。

若是和尚来玩灯，转世投胎变畜生。

若是尼姑来玩灯，来世还要守孤灯。

若是孩子来玩灯，跳跳就会断了根。

若是闺女来玩灯，死在娘家不出门。

奶奶今日回避日，门外鬼卒乱纷纷。

遇见一个死一个，方不在此来玩灯。

王氏骂了多一会，骂散玩灯一班人。

我把玩灯人骂散，让我张家挂孝灯。

人家红灯只一丈，我家孝灯一丈零。

筛子一面迎门挂，包头一方安当中。

金钗一枝为表计，上写七岁艾玉春。

孝灯挂得停当了，手挽娇儿入孝门。

王氏来到孝堂内，死鬼亲娘叫几声。

有灵有光来保佑，保佑婶婶到家门。

不表王氏殷殷望，再表北门成凤英。

再说北门成氏凤英，在楼上暗中思想："我约定今晚到张家而去，这个形容，怎么去得，待我换了衣服，女扮男装方好上路。"

姑娘坐在高楼上，要扮男装换衣襟。

秀士巾儿头上戴，身穿鹦哥绿海青。

粉底乌靴蹬足下，象牙扇子手中存。

端过菱花照一照，自己不知自己形。

打扮一场方才了，手扶栏杆下楼门。

自出花园门两扇，直上长街往前行。

不走大街走小巷，四牌楼在面前存。

只见孝灯门前挂，上写七岁艾玉春。

凤英看见心中喜，此是天官大府门。

手把门儿敲几下，惊动孝堂王月英。

大娘听得敲门响，想必婶婶到来临。

将身来至孝堂外，忙忙来开两扇门。

抬起头来一看见，连推带揉送出门。

慌忙就将门杠起，门外相公你细听。

莫是爹娘打骂你，莫是逃学到来临。

莫是夫妻来口角，莫是偷情错认门。
你把真情来说出，指条明路你去行。
王氏一路问到底，门外凤英把话云。
门外说话门里听，门内大嫂听分明。
不是爹娘打骂我，不是逃学到来临。
不是夫妻来口角，我把情况说你听。
家住无锡南门外，离城五里白家村。
爹爹有钱称员外，母亲看经念佛人。
未生三男并四女，单生小生一个人。
乳名叫作白官保，入学官名白爱卿。
日间从你门前过，看见大嫂美貌人。
小生来此无别事，特来陪伴你当身。
若的大嫂相怜爱，不做忘恩负义人。
大嫂快把门开放，王氏一听吓掉魂。
用手一指开言骂，大胆奴才了不成。
四牌楼前访一访，大娘可是等闲人。
公公在日天官做，婆婆诰命老夫人。
丈夫东京求官去，二叔黉门秀士身。
你今快些去了罢，不必在此乱胡行。
若有半字不肯了，喊叫左邻右舍人。
将你畜生来捉住，你是违条犯法人。
送你畜生官衙去，四十大板打你身。
我今劝你走开去，喜坏门外假书生。
你若不把门开放，小生跪在此间存。
一直跪到天明亮，惊动左邻右舍人。
倘若有人来观看，叫你可要笑煞人。
凤英假意说到底，大娘一听怒气生。
王氏又乃开言道，大胆奴才了不成。
读书须当知礼义，一派胡言不成人。
我有数言来劝你，看你书生可知文。
只说你是真君子，男效才良正经人。
知过必改听教训，调戏我女慕贞节有罪名。
游鹍独运来到此，散虑逍遥充甚魂。
外受傅训不听教，入奉母仪管不成。
罔谈彼短说胡话，孤陋寡闻嚼舌根。
始制文字不去习，四大五常不在心。
送到户封八县内，捕获叛亡捉你身。
九州禹迹把堂上，垂拱平章跪在尘。
坐朝问道将你审，聆音察理问分明。

犹子比儿说差了,圆荪抽条打你身。

吊民伐罪定过了,诛斩贼盗下监门。

老少异粮不见面,亲戚故旧不知闻。

同气连枝来拆散,夫唱妇随嫁别人。

夫子温良恭谦让,畜生三思而后行。

这是奶奶教训你,竖起驴耳仔细听。

王氏说了多一会,门外笑坏假书生。

开言又把大嫂叫,门内大嫂听分明。

我今与你非小可,五百年前接下姻。

你正青春我正少,错过良缘没处寻。

小生如此哀求你,铁打心肠软几分。

快快开门有话说,若不见面不回程。

月英听说如此话,高叫狂生细耳听。

我将好言劝化你,你仍轻狂缠不清。

老娘保身无别法,自可悬梁保贞名。

一日归阴把状告,牛头马面捉你身。

月英说罢朝后走,门外吓坏成凤英。

凤英一听慌张了,忙把嫂嫂口内称。

你当我是哪一个,奴是凤英到来临。

女扮男装来到此,门外试试你的心。

嫂嫂不必寻自尽,开了门来就知情。

成凤英见嫂嫂要自尽了,吓得连忙说出真情。王月英仍不相信,恐他是假冒的,凤英将靴子脱下,露出三寸金莲。月英在门缝里一看,果然是只小脚,王氏大喜,连忙把门开了。

王氏一听来站下,门外狂生你是听。

既然婶婶到来此,有何见证可为凭。

凤英门外粉靴脱,叫声嫂嫂看分明。

王氏门缝看一看,真是婶婶到来临。

连忙开门说请进,走进姑娘成凤英。

二人当下见过礼,凤英开口把话云。

成凤英道:"嫂嫂呀,我被一顿好骂。"王月英道:"婶婶呀,我被你一顿取笑。"

王氏在前来领路,后跟姑娘成凤英。

将身来到孝堂内,双膝跪倒在灵前。

苦命婆婆叫几声,可知儿媳到来临。

一来灵前烧张纸,二来为的小书生。

婆婆神灵来保佑,一路平安上东京。

叩头四个来立起,又把嫂嫂口内称。

我在高楼不知道,哪知张家大事情。

恨人不恨别一个,只恨我父一个人。

无故屈害二公子,实实难为大嫂身。

言语得罪艾小姐,还望宽恕我罪名。

成氏一派说到底,大娘又把婶婶称。

我今卖出艾汗女,幸亏卖到婶婶门。

正是二人来谈说,东方日出太阳红。

王氏一见天明了,厨房备饭已现成。

一家三口用过了,凤英即便把话云。

嫂嫂快写书和信,奴家即要上东京。

找到大伯人一个,好代公子把冤伸。

成氏在旁要书信,月英听了不消停。

急忙磨动沉香墨,提了羊毫笔一支。

取过一张牙素纸,字字行行写得真。

上写王氏三顿首,拜上丈夫自家人。

你去求官三年正,哪知家中大事情。

便将家中一番事,细细从头写个明。

望你早到家门内,好替二叔把冤伸。

千言万语写不尽,花押画在正当心。

一封书信写完了,拜托婶婶要小心。

回头又把婶婶叫,一路之上要留神。

逢人直说三分话,莫把真情告与人。

未晚之时先下店,不到天明莫动身。

愚嫂叮咛言共语,切切牢牢记在心。

王氏一派说到底,凤英开口把话云。

嫂嫂吩咐我谨记,一路之中自小心。

奴家今往东京去,要与公子把冤伸。

家中一切全仗你,我今即刻就动身。

得罪嫂嫂我去了,王氏大娘送到门。

眼看凤英她去了,不禁眼泪落纷纷。

悲悲凄凄孝堂进,盼望丈夫转回程。

不表孝堂母女事,再表凤英出门行。

却说成氏凤英别了嫂嫂,出了大门,一路上东京而去。

女扮男装无人晓,一心直奔东京城。

逢水就把船来坐,旱道骡车赶路程。

在路行程来得快,早到东京汴梁城。

无心观看城中景,寻个招商安了身。

不说凤英来等考,再说君王有道人。

"凤阁龙楼,万古千秋。孤家大宋天子在位,风调雨顺,国泰民安,今当大比之年。内臣?""有!""宣张元祥上殿。""领旨。万岁宣张元祥上殿。""领旨。忽听万岁诏,举步来上朝。臣张元祥见驾,愿吾主万岁万岁万万岁。"天子道:"卿家平身,今当大比之年,命卿主考。"张元祥答道:"领旨。"

金殿领了万岁旨,谢恩出了午朝门。

吩咐左右开贡院,聚集天下读书人。

凤英坐在招商店,听说万岁开选门。

忙把纸笔收拾好,顶了夫名入朝门。

一连三场考毕了,不知哪个中头名。

各人回转招商店,只等大人发榜文。

招商住下成氏女,再说元祥张大人。

考毕入朝忙启奏,钦点御笔小门生。

状元本是无锡县,就是张元庆一人。

大人一听心内想,与弟同姓又同名。

低下头来心内想,其中必定有奇文。

辞王忙把金殿下,元祥回到府衙门。

忙把帖子写完备,命人去请状元身。

家人奉命忙忙去,请了新科一贵人。

凤英来至主考府,拜见主考张大人。

会客厅上见过礼,元祥开口把话云。

本院有句心腹话,特请贵人到来临。

我有兄弟人一个,住居姓名与你同。

元祥仔细问到底,凤英跪下把话云。

大人问我真心话,我是含冤负屈人。

家住江苏常州府,无锡县内正北门。

父亲成明有官职,我名叫作成凤英。

自幼父亲把婚配,配与天官二书生。

不幸天官归阴去,万贯家财被火焚。

长兄元祥求官去,一去三载未回程。

只恨我父心肠狠,要害张家一满门。

买通赃官无锡县,赃害公子下牢门。

奶奶要把人情讲,陡得大病命归阴。

王氏嫂嫂无法想,求化棺材敛娘亲。

公子牢中要银两,出卖七岁小娇生。

艾汗卖到我楼上,方知家中一段情。

瞒了堂上奴父母,女扮男装下楼门。

我到张家去吊孝,顶夫名字上东京。

多蒙上天来保佑,大人点我状元身。

说罢忙把信取出,嫂嫂亲笔呈大人。

大人信件看完了,犹如天雷打在身。

叫声弟媳快请起,且到后边去安身。

只等明日天明亮,金銮殿上把本申。

却说宋王天子升殿,文武大臣东西排立,宣传官喊道:"有事启奏,无事卷帘退朝。"话犹未了,只见张元祥跪在丹墀。将二弟之事,一一启奏。

元祥上前来启奏，吾主万岁纳微臣。

微臣有件冤枉事，奏与吾主万岁听。

臣父在日将官做，就与成明结下婚。

不幸我父归西去，万贯家财被火焚。

成明告老归家去，做了嫌贫爱富人。

买通赃官无锡县，哄骗臣弟入衙门。

屈打成招画了供，打入牢监虎头门。

多亏贤良成氏女，女扮男装上东京。

顶臣二弟名和姓，万岁点他状元身。

臣在东京为官职，臣弟监牢受苦辛。

元祥一本奏到底，万岁听了怒生嗔。

骂声奸臣成明贼，不应这样乱胡行。

圣上又把元祥叫，准你回家把冤伸。

孤王今日加封你，吏部尚书你为尊。

赐你一口尚方剑，先斩后奏见寡人。

牢中取出张元庆，重办无锡县一人。

凤英本是贞烈女，将功折罪恕她身。

奉旨回乡将亲配，状元给与元庆身。

元祥听说心中喜，谢恩辞出朝房门。

将身到了自己府，就把弟妹叫一声。

金批令箭交与你，去到无锡一座城。

牢中提出我二弟，等我回家把冤伸。

凤英领了金批箭，别了大伯动了身。

在路行程来得快，到了无锡一座城。

将身走进无锡县，只奔监牢虎头门。

现将丈夫救出来，香汤沐浴换衣襟。

状元冠带来穿起，捉拿赃官一满门。

赃官打入监牢内，只等大人转回程。

吩咐一声来打轿，只奔张家大府门。

二人双双来下轿，孝堂惊动王月英。

王氏拉住艾汗手，慌忙移步出来迎。

一家四口孝堂进，来到孝堂里面存。

一家四口团圆会，东京来了张大人。

大门外边下了轿，放开官步往内行。

将身来到孝堂内，向前拜了老娘灵。

捉住成明打四十，发往云南去充军。

兄弟又把四邻谢，发出银子散穷人。

申冤报德才完毕，忽报皇家圣旨临。

弟兄二人忙接旨，跪听宣读自分明。

元祥不封别的位,翰林学士他当身。

王氏娘子多贤慧,封为一品正夫人。

成氏娘子多贤德,封为贤良正夫人。

钦赐夫归成花烛,一家大小谢圣恩。

劝人须要存心正,不可奸滑把人伤。

善恶到头终有报,不过来早与来迟。

乌盆宝卷

乌盆宝卷初宣明,诸佛菩萨喜欢心。

善男信女齐声贺,家中闲事莫谈论。

盘古初分到今时,几朝天子几朝臣。

几朝君王都有道,几朝无道是昏君。

宣起宋朝赵太祖,汴梁城内住安身。

二十二年掌朝纲,佛天保护有道君。

文官尽忠包丞相,武官报国狄将军。

不宣朝中忠良事,再宣福建一座城。

却说此本宝卷出于宋朝赵太祖登基年间,福州城内福州府瓯宁县有个白杨村,村上有一家姓杨,名伯彦。家中金银满库,娶妻张氏。夫妇同庚,所生一子,生得眉清目秀,聪明伶俐,到了七岁进学攻书,先生取名杨宗富。进学之后,日夜用心,攻书习字也。

杨宗富入学攻书文,聪明伶俐胜先生。

四书诸篇都读完,又读五经并古文。

先生叫他文章读,日日窗前学字文。

弟子聪明不费先生力,夫子快活十来分。

四书五经尽读过,文章件件记在心。

光阴迅速容易过,宗富年方十八春。

不宣宗富文章读,再宣伯彦想儿身。

再说杨伯彦在家思想:"孩儿长大成人,今年十八岁,欲与孩儿攀亲。"急忙走出厅来,便唤家人与我去唤媒婆到来说合婚姻。家人奉命而去,一径走到媒婆家内,叫道:"老妈妈,我家老爹叫你去做月老了。"

家人一一来说明,媒婆即便换衣襟。

今朝要想做月老,匆匆一路到杨门。

再说媒婆到了杨家,走进内厅便说:"老爷、奶奶在上,呼唤小人,有何贵干?"杨伯彦道:"媒婆免礼。今日喊你非为别事,只因我儿欲成婚姻,故而唤你到来商酌。"媒婆说:"老爷,婚姻有了。待我说你听哪。"

媒婆一一来告禀,老爷在上听原因。

玉珠村上有一家,姓王名叫百万称。

玉贞长女美貌好,十分贤慧又聪明。

今年恰好十七岁,年庚八字正相应。

媒婆告禀伯彦晓,老爷听说笑盈盈。

叫声媒婆果然好,你到王家说婚姻。

媒婆听了抽身起,一路来到王家门。

再说媒人到了王家,思想若要庚帖必须说二句好话个,想定主意,走入内堂叫声:"员外在上,小人到来,非为别事,欲要斗胆相请你家小姐,杨家为媳。他家金银满库,米麦阵仓,有财有势,世界少有。"那个王百万听说,便叫媒婆不敢当的了。

我家贫民小姐身,哪配他家做夫人。

黄豆哪搭金珠比,乌鸦哪入凤凰群。

媒人说:"员外不必客气,让我吃杯喜酒。伏望员外写了金庚八字。"王百万听了,便写庚帖,付与媒婆。媒婆接帖,心中欢喜,拜别员外,出门而去了。

媒婆接帖喜十分,一路匆匆到杨门。

将身走进见彦伯,一一说与老爷听。

伯彦接帖微微笑,相烦媒婆用心勤。

媒婆到了杨家,说起女家事情。杨伯彦听说十分快乐,连忙拣选吉日,择于本年十二月初三亥时,恰好黄道吉日,就要行聘成亲也。

杨伯彦叫了众家人,行聘王家订婚姻。

众人家里忙碌碌,诸般事体办全成。

到了十二月初三日,黄道良辰娶新人。

厅堂供起天和马,亲邻朋友尽贺亲。

一对新人拜天地,送入洞房不须论。

酒筵席散亲友去,再提杨宗富一书生。

再说杨宗富自从成亲以后,夫妇和顺,孝养公婆。那个王氏玉贞十分贤慧,丈夫面前称心不说。回表杨宗富年方二十岁,今欲要到济宁县内去赴考便了。

杨宗富即便辞双亲,辞别妻子王玉贞。

到了场内做文章,做出文章无比伦。

再说杨宗富到了县里,做的文章,无不称赞,得中秀才,忙便回家,光耀门庭。父母闻知,心中欢喜。杨宗富到家,夫妻恩爱。光阴迅速,日月如梭,不觉玉贞小姐有孕在身也。

宗富夫妻多恩爱,堂上孝敬二双亲。

玉贞一时要分娩,就叫稳婆到来临。

先产一位是男子,后养一位小女身。

同胞产生一男女,伯彦夫妻喜十分。

宗富一见心快乐,三朝堂上取乳名。

男子取名杨玉保,女儿名叫杨兰馨。

日月迅速容易过,宗富年方廿四春。

听得福州来开考,思想京都赶功名。

再说杨宗富欲要上京考试,离别父母妻子,便道:"父母在上,孩儿要往福州考试文才,倘岩得了一官半职,也是父母的洪福。"杨伯彦道:"孩儿既要上京,带了书童,又带行李盘费。此去须要早去早回,不可耽搁在外,免得父母挂念。"杨宗富听了父母吩咐一番,连忙呼喊书童,收拾行李盘费,辞别父母妻子,主仆出门而去了。

主仆二人路上行,一心要去跳龙门。

穿城过县二十里，出城一百有余零。

进了福州省城里，果然一座花锦城。

六街三市多闹热，店口开得密层层。

寻了宿寓来安歇，一心一意读书文。

杨宗富家人来服侍，再说省内考试文。

这年是朝内大比之年，皇帝差下宗师考试。福州省八府一州五十县，一众书生，俱来赴考。杨宗富闻知今日开考，慌忙拿了文房四宝，进了科场坐下，号房领了题目，一挥而就，做得字字成文，句句精通。考了头场，回进客寓安歇。到了明日又领题目，也是随手而做，二场已毕。到了三场，做满三篇文章，实有经天纬地之才、治国安民之学。三场已毕，宗师点了杨宗富得中举人，连忙贴出龙头第榜。此时杨宗富心中快乐，连忙回家，免得父母挂念也。

宗富此时中举人，福州高魁第二名。

差人报到家庭内，众人纷纷话谈论。

伯彦夫妻心欢喜，难得我儿中举人。

宗富到了家庭里，拜见父母养育恩。

戏班做戏真热闹，亲邻朋友来贺兴。

厅上摆好筵席酒，诸亲百眷闹盈盈。

酒阑席散不必说，再宣宗富想衷情。

光阴迅速真容易，重阳过了冬寒临。

杨宗富心中思想："如今中了举人，还要望高想到东京考试，但是路途六千里有余，如今日短天冷，如何行路？便说要赶取功名，不管饥寒而去，只得忍寒前行。"主意已定，便叫："贤妻呀，我要去东京考试，你在家中须要孝敬公婆，照管孩儿。我今就要动身，东京路远，不能耽搁在家，故而吩咐你不必挂念。"王氏道："丈夫呀，你今不能出远，我来说你听呀。"

玉贞便叫丈夫身，不可远出考书文。

一则公婆年纪大，二则儿女幼小不知因。

二老好比风中烛，叫我如何立门庭。

老古说，养子在家防身老，无子家里冷清清。

此去山遥路远难行走，叫我难舍又难分。

倘有三长并两短，公婆儿女靠啥人。

宗富此时心不悦，我妻言语不聪明。

男子是要功名赶，一举成名天下闻。

既中举人该会试，仍到京都来题名。

杨宗富此时对妻便说："妻呀，目今既然中了举人，应该去京中会试，倘然得了一官半职，待我早早回家，与你孝养双亲。此刻不到京中，岂不错过三年之才，枉读十年窗下诗书。现在父母身体康健，免我在外挂念。虽然夫妻恩爱，但不是一几月几日，乃是一世之情。我去赶取功名，少则半年，多则十月。倘然得中，回来也要封你为诰命夫人，少不得父母供养也。"

宗富吩咐妻子听，贤妻不必挂在心。

趁此父母身健康，免我时常记在心。

如得一官并半职，回来仍要敬双亲。

玉贞此时听了丈夫语，不敢阻住任他行。

宗富来到厅堂上,双膝跪下告双亲。

不孝孩儿东京去,南省赶考求功名。

靠着父母洪福大,望儿夺取状元身。

再说杨伯彦道:"我儿现得举人,理当会试。但如今天已入冬,路上寒冷,不可上京。且待来岁新春,天气暖和,再上京求取功名,岂不美哉?"杨宗富说:"父母不知孩儿事体,此去东京约有六千里有余,不管日短天冷,必须早行。"杨伯彦道:"儿呀,既然要去,延迟一二月,过了冬天再去也无妨?"杨宗富道:"爹爹母亲,孩儿在家读书,期间有亲友到来探望,攻书不便。若去迟了,赶不到场期,岂不错过?孩儿思想在冬即行,如能一举成名,即便回家祭祖耀宗,奉养父母。你们在家,不必挂念儿呀。"

爹娘听了孩儿话,为何必定上东京。

儿求功名阻不住,即便选了吉日就动身。

准于九月十五日,黄道吉日赶功名。

行李铺盖都收拾,又藏金银宝和珍。

父母吩咐孩儿晓,上京一路须小心。

带了二千两花银子,宗富即便叫双亲。

我家祖上多豪富,只少一官受皇恩。

孩儿倘然求得官职转,显祖耀宗转家门。

倘若孩儿为官去,衙门使用我金银。

有钱做官行方便,虿钱为官为万民。

伏望为官皇天护,做得清楚断得明。

多带金银街中去,百姓面上使用银。

不贪赃来不贪财,流芳百世有名声。

再说杨伯彦思想孩儿上京考试,带了二千两银子嫌少,便叫:"我儿既然二千两嫌少,不如带了一千黄金,一千两纹银去罢。"杨宗富听说,心中欢悦,那伯彦便叫家人两个,在路服侍相公,又吩咐厅上摆好一桌团圆酒,一家人坐在席中畅饮开怀。伯彦便叫孩儿:"既要上京,为父吩咐你路上之事呀。"

爷娘吩咐儿子听,我儿你且听原因。

养你今年廿四岁,未曾久别远离行。

只为路远费思想,未知功名若何能。

我儿路上须保重,小心行走早安身。

路上休要管闲事,有无功名早回程。

到京寻寓书来读,免得父母挂在心。

姣妻儿女须记着,不可家情虿干净。

宗富听了父母话,便叫双亲莫担心。

孩儿上京多一年,少则半载必回程。

杨宗富道:"父母在家,保重贵体,不必挂念,孩儿就要回家的。"又吩咐贤妻:"你在家里,好生孝顺公婆,供养子女,待我明年回来,再来谢您。"说罢出席,家人连忙收拾行李,牵只马儿过来,宗富辞别父母妻子,上路而去了。

杨宗富作别出门行,众人送出大墙门。

父母妻子齐相送,个个忧愁到内厅。

不宣家人多回转,回表宗富路上情。

带了书童人二个,官塘大路缓缓行。

晓行夜宿快如飞,饥餐渴饮不去论。

出了福州仙霞镇,看看来到建宁城。

过了绍兴到钱塘,西湖面前是杭城。

吴山上面景致好,西湖妙景看得清。

杨宗富在杭州城经过,在家听说杭州景致最妙,却不敢游玩西湖,恐误路途。父母吩咐,虽不可忘,但心中思量,到吴山上看看城内城外景致,有何不可? 主仆三人立刻来到吴山上去游玩一番是也。

主仆三人上山行,山中都是庙堂门。

上下烧香人不断,庵堂寺观闹盈盈。

正遇十月初一日,拜佛求签人不停。

二郎神庙来走过,英武豪杰第一名。

众人求签多灵验,长幡宝盖了愿心。

杨宗富当时心思想,我今出门半月零。

未知功名可成就,不如拜佛问神明。

立刻就请香和烛,走上殿来祝神圣。

杨宗富闻知神明灵验,即便请了香烛,走上大殿,焚香点烛,双膝跪下,祷告神明,便道:"二郎真君,弟子姓杨名宗富,今欲要往东京考试,未知功名如何? 特求真君,倘若功名成就,乞赐上上签;如若不成空回,乞赐下下签。"拜告已毕,立起身来,手捧签筒,连摇几摇,求得一签落在地下,拾起一看,乃是八十一签。谢过神明,就向庙主买张签卷,定睛一看,啊呀! 原来是下下签。签书上有几行字,诗曰:准拟当场出众群,谁知偃塞困才人。可怜白玉悲荒冢,却有青天照覆盆。那个杨宗富看完签卷,心不快乐,便说:"咳,但我将诗焚化。"家人杨百寿道:"相公,为何将诗烧化?"宗富道:"咳,百寿有所不知,我若依此签,凶多吉少。"百寿道:"相公,鬼神之事,信之则有,不信则无。土木泥神,有何灵验?"宗富道:"狗才何说? 啊呀,我今失了主意。"即便跪下,"神圣在上,弟子妄语,多有得罪。"百寿道:"相公,何以赔罪? 考试功名皆由上界星辰作主,自然逢凶化吉,与神无涉。"宗富道:"有理。"天色已晚,即便下山回店而去了。

主仆三人下山林,匆匆一路回转程。

慌忙寻了招商店,三人同入店中存。

清净客房寻一个,放下包裹歇安身。

忙叫店主摆酒筵,饥寒渴饿不去论。

宗富吃酒无心叙,勉强三杯拿饭吞。

便叫书童且慢吃,我今坐歇去安困。

想着今朝求签事,未知父母可安宁。

思想一夜未合眼,但听百寿喊连声。

还是路上受了寒,故而发寒发热肚中疼。

宗富此时心烦恼,可是冲撞二郎神。

杨宗富等在歇店,只见百寿一夜喊爷喊娘,寒热沉重。可是路上辛苦受寒? 还是吴山庙中冲突二郎真君? 正在忧闷,忽见天明,即便请医服药也。

宗富心中气昏昏,但等天明再理论。

陪了一夜未合眼,金鸡三叫大天明。

请医服药来调治,病体初起药不灵。

一连等了二三日，看看病体仍不轻。

日轻夜重病难好，忧忧愁愁苦十分。

杨宗富只见百寿难以痊愈，心中忧闷，便唤店主人："我个家人送我上京考试，谁知在你宝店染了一病，耽搁店中不能上京。今欲将家人寄你店中，留下衣食铺盖，又存花银二十两，与我家人服药调治。待我写了一封书信，待他病体痊愈，叫他回家。不必赶来。我到东京求取功名，成就不成，早晚回来，报你大恩大德。"店主道："晓得，大爷放心就去，不必挂念也。"

杨宗富即便来走进，叫声百寿放宽心。

你在店中静养病，保重身子最要紧。

为人终有头痛日，服药调理莫忧心。

我托店主来服侍，又存廿两雪花银。

倘然病体痊愈好，带封书信回家门。

百寿听说哀哀哭，多承大爷行好心。

我身不知死与活，今朝拜谢大恩人。

巴望主人能高中，威凤凛凛转家门。

宗富听了百寿话，两泪双抛落纷纷。

非是小生抛撇你，只为功名大事情。

此刻主仆来分离，出了客房叫主人。

杨宗富便叫店主："我要起身，拜托调理病人，日后小生荣归故里，仍来拜望大恩。"又叫杨春家人与我收拾行李。杨春答应收好，就叫起身。宗富辞别店主，走出大门而去了。

宗富拜别就动身，主仆二人上路行。

主人骑只高头马，家童挑担后头跟。

上了官塘忙忙走，崇明过了到嘉兴。

嘉兴过去吴江到，早到姑苏一座城。

苏州景致无心看，过了苏城到望亭。

望亭经过无锡到，常州城来过延陵。

延陵行至丹阳县，看看已到镇江城。

一路行来天色晚，长江就在面前存。

离了杭州将半月，举目无亲异乡村。

江南地界多闹热，江北地方冷清清。

主仆路上真苦凄，走了半日不见人。

过了润州盱眙县，前无歇店后无村。

宗富肚内来思想，未知何日到东京。

再说主仆二人在路行了多日，十分苦凄。今日走得前无村，后无店，但见红日落山，寒风凛凛，树木森森，怪鸟催啼。那个杨春叫道："大爷，小人与你路途辛苦，行得力衰担重，不如早早住下宿店。"杨宗富说："杨春呀，你但知其一，不知其二，此地旷野之处，不比江南地界。且往前面，看看可有歇店？"杨春道："大爷，小的寸步难行哉，快快安歇罢。"杨宗富道："此处并无人家，如何是好？"停了半时，举目一看，只见半山之中有几间草房，里面烧夜饭，点得灯烛辉煌，便叫杨春且再熬一熬，再行几步，就到宿店。杨春道："叫我熬一熬何妨也。"

杨春苦熬再动身，三步改作两步行。

宗富骑马走得快，看看转过半山岭。

走到草舍来下马，但见婆婆年老人。

素珠八百胸前挂，口念弥陀不绝声。

门前木板盛豆腐，地铺多少是乌盆。

杨宗富下马，杨春歇担，只见草房檐前挂一条酒帘，上写着"白酒豆腐"四个字。杨宗富上前便叫："老婆婆，可有酒卖我吃么？"婆婆道："二位客官，天色晚了。这里不是吃酒之处，快些赶路要紧。过山十里，就有歇店了。"

宗富回言婆婆听，小生脚酸步难行。

今借宝房住一夜，明日房钱加倍银。

婆婆便叫二客官，不是老身勿容情。

在此住夜我愿留，只为一双儿子不是人。

常在山中行凶事，见你行李起杀心。

趁此我儿未曾转，望前投宿再安身。

主仆一听婆婆话，吓得惊慌抖不停。

婆婆说得多厉害，不敢住夜快快行。

只得拼命望前走，逃脱天罗地网门。

山路崎岖难行路，人困马乏苦伤心。

三步改作二步走，足酸腰痛眼又昏。

一看日落天已晚，走得前无歇店后无村。

二人正在心惊怕，恰遇二个是凶人。

一看二人多厉害，手拿钢刀白如银。

凶人便问什么人，为何黄昏在山行。

宗富一听慌忙来下马，口称山主大王身。

小生不是经商客，要到东京赶功名。

日落天晚寻歇店，望乞大王放我行。

杨宗富在路遇着强徒，便叫："大王在上，小生要到东京赶考，故而在此经过，恳求大王放我行路，后来不忘你大恩。"那二个强盗假意赔笑，便说："呀，原来是贵人，不是生意之人，失敬失敬。我们不是强盗，乃是当了本州巡捕，故此日夜在山，防守小贼强盗。见你黄昏到此，故而盘问，不必惊慌。"杨宗富问道："此地什么地方？要到镇口，还有多少路途？"那了强人一想，待我吓他一吓，哄他路途遥远，便说："二位贵人，要到镇上还有三十余里路，到了亳州高卒镇就有歇店。你们既要走此条路，内有獐猪、鹿兔、毒蛇常常出入，不可行走，恐伤性命。一则也有强盗，二则黑暗不好行走，不如到我家中，权住一夜，且到天明再行。"杨宗富道："请问二位仁兄，府上何处？"凶手说："走过前面，就是我家茅舍。"此刻二人假意客气，说道："贵人，我来扶你上马行走。"那个强人道："我来牵马过来。"又说："待我替你挑行李，你们挑得足酸。"此时二个凶人心中快乐，便说："贵人请了。"那主仆二人真心喜气冲冲而走了。

主仆二人喜气生，误认二位是好人。

哪晓凶手想计策，哄到家中谋财命。

宗富马上心思想，未知何日到东京。

若得路上平安事，到京还愿拜神明。

宗富即便开言说，请问二兄尊姓名。

强徒当即回言答,公子在上听原因。

我们弟兄在山做巡捕,日夜奔走不留停。

我叫赵大他赵二,四海扬名处处闻。

家中老母八十岁,住居山下做乌盆。

你到我家住一夜,不要饭钱与房银。

巴你公子身及第,后来再谢我当身。

宗富听他如此话,心中慌张吃一惊。

听说老母乌盆做,在山度日过光阴。

他说两个二子都不好,莫非就此二个人。

今日主仆到他家,性命一定活不战。

猪羊走入杀猪店,即死勿活难逃生。

既然不是强盗贼,必是无端造恶人。

只为功名来到此,懊悔赶考出家门。

一路匆匆来得快,到了赵家草房门。

杨宗富听他言语必是凶手,一路思想,吓得魂飞魄散。到了赵家门口,只见内面灯光澄亮,赵大连忙拽马过来,扶下公子;赵二挑了行李,走入内面放好。老母看见便叫:"孩儿回来了。"赵二道:"正是。"老母慌忙取出灯火一照,只见宗富面孔,便说:"呀,原来杨举人到此,我家不许借宿。老身对你说明下山寻寓,你们为何又来借歇?"那二个儿子就对娘说:"往来官员在此借歇,应该相留。你为何不肯借宿?你这个老不贤、老不死。"那老母被儿子骂得不敢再言,只得望内安困而去了。

宗富听了老母云,满身冷汗舌头伸。

今到他家来受死,谁知落入凶恶门。

赵大即把公子叫,我家简陋莫嫌贫。

到我家中无啥吃,白酒豆腐吃一盆。

赵二又来说好话,公子到来无啥吞。

待得宗富真极好,灌得相公醉醺醺。

宗富虽然来吃酒,心中思想苦十分。

吃罢酒席方已毕,拿条草苇去安身。

宗富开口称多谢,明天绝早就抽身。

马儿牵在牛房内,行李挑进内房门。

打开包裹来摆好,草房内面点明灯。

杨宗富连忙取出行李,打开包裹,拿出一匹绉绢送与婆婆。老婆婆说:"啊呀,如此多谢相公。"杨春说:"些些小事,不必言谢,我去困了。"说罢来到房里,主仆二人和衣而困。再说老母拿了一匹绉绢心中快乐,便叫孩儿:"这个官人最有道理,看他酒饭吃得不多,如今送匹好绢与我。"赵大道:"啥个稀奇,要他何用?不如杀了他,倒是连船带木,尽是我家的。"那老母一听此言,便道:"啊呀,我儿呀,使勿得的呀。"

老母开口劝儿身,我儿不必起凶心。

贫穷富贵皆由天,枉财不富命穷人。

善人得财三春草,恶人取财六月冰。

这位官人去考试,千乡万里到我门。

若然把他谋害死,他家得知把冤伸。

人命关天非小可,劝儿要听老母亲。

弟兄二人哪肯听,便骂穷婆一世贫。

现成财帛不要取,怎能富贵有金银。

赵大赵二去安处,且等三更动手行。

不宣弟兄想主意,再提老母想其情。

老母劝儿不可行凶,我儿不听,忙去安困,理也不理,反要骂我,一想此事如何呀? 有了,急忙起身,轻轻走到草房外,低低叩门叫声:"官人呀,快些起来,逃命要紧,我家二个逆子等到酒醒,要来害死你二人呀。快拿行李,牵马逃走,特来报知,救你性命,也是我的功德也。"

宗富吓得三魂不在身,一跤跌倒小杨春。

婆婆今日不来喊,钢刀底下做鬼魂。

老母行李来提出,马匹拽到草房门。

婆婆领路开门走,宗富低声谢老人。

主仆出门走如飞,不管高低路难行。

谁知惊动看家狗,看见二人咬勿停。

赵家弟兄听狗咬,莫非主仆外出门。

奔进草房来观看,不见进来二个人。

马匹行李俱在此,单单不见主仆身。

不知逃往哪方去,待我进去劫他命。

赵二说:"哥哥,让他去罢,也不碍啥。现留行李马匹在此,他不拿去还好。"赵大说:"兄弟,虽留行李马匹在此,他去必定要到府内告状,我今与你性命难活,岂不放虎害人? 我想出门不久,待我与你追赶上去,结果他的性命,又保我弟兄免生灾难。"赵二说:"哥哥此言不差,趁他外出不远,与你去追也。"

赵家弟兄急急奔,天来相凑月色明。

可怜宗富命该绝,主仆心慌路难行。

不曾走得二里路,来了赵家弟兄们。

主仆见了忙开口,伏乞大王饶狗命。

马匹金银俱奉送,饶我犬马二条命。

赵家弟兄不容情,连忙扯住二个人。

我们追来非害你,为何心虚逃出门。

待我今夜来实说,你们该死上我门。

财也要来命也要,今日不放你们生。

说罢之时忙动手,取出钢刀白如银。

一刀一个头落地,一双人害一双人。

可怜二个无头鬼,血染山上草不青。

再说赵二说:"哥哥,那二个尸首趁此月明,就在此地埋葬罢,恐防外人知晓。"赵大说:"弟弟,要葬不便掘土,开山亦无一件家伙。我想此地离窑山不远,不如将二个尸首抬进我家窑门,且到天明再作道理也。"

赵大背了宗富身,赵二度了小杨春。

一路来到乌盆窑,尸首虱在窑中存。

弟兄即把门来锁,到家便问老母亲。

重新点灯来照火,打开行李看虚真。

人挑空担马驮物,皮箱锁得紧腾腾。

扭断铁锁开箱看,弟兄一见喜欢心。

千两金银俱在内,四季衣衫色色新。

还有一张引路纸,文章考试上东京。

老母见了双流泪,可怜年轻好书生。

强人弟兄重吃酒,吃罢安困到天明。

再说赵大、赵二困一夜,天色大明。赵二说:"哥哥,天色已亮,我家金银不如葬在土坑底下,衣服绫绢交与母亲藏好。我与你拿这匹马,牵到亳州变卖。"赵大说:"弟弟此言有理。"连忙牵到亳州城内将马变卖。那城中平民百姓都说新官上任,齐去迎接。那赵大、赵二在街喊卖宝马,却来了一人,话定实价,卖了三十两银子。那人买了宝马而去。弟兄二人卖了银子,走进酒店,吃得醺醺大醉。会了酒钱,急忙回家,来到窑内,就拿二个尸首身边搜出盘费,剥落上下衣服,扔在窑内。再将母亲做的土坯乌盆装在窑内。尸首身体上用烂泥糊好,急忙放起火来。只见烟雾腾腾,一连烧了一日两夜,乌盆烧好,尸首化为灰尘。可怜杨宗富满腹文章,少年才子,谁知一旦化为灰尘也。

书生死了方三天,乌盆烧得俱完全。

烧好乌盆一百廿,兄弟二人喜欢天。

忙到街坊挑盆卖,新烧乌盆摆门前。

老母就拿乌盆数,每只要卖三十钿。

数来数去多一只,如何奴奴数勿全。

老母说:"奴记得上代传下此窑,只烧乌盆一百廿只,为何今日多一只盆子起来?老身变得数不清了。"便叫孩儿:"当初做盆可是一百廿只?"赵大说:"母亲,正是。"老母说:"为何多了一只?"赵二说:"母亲不要哄我,窑内时常只烧一百廿只,如今怎么会多。"赵大不相信,便说:"你数不清,我来去数。"来到窑中一数,亦然如此,笑道:"如何多了一只。再说多数乌盆眼目清明,现在这盆又歪又斜,可能看牛牧童在此玩耍学做的也未可知。这只乌盆真正难看,只得卖与别人家做只尿盆也。"

不提赵氏弟兄身,再宣公公一老人。

老汉姓张名必古,无男无女一世贫。

年交六十身康健,高卒镇上樵柴人。

今朝山岗来经过,歇下柴担进赵门。

便叫婆婆身康健,又叫二位弟兄身。

前日二郎烧窑柴,拿我三百三十斤。

每担柴钱三十钿,未曾收你半钱文。

今日恰巧宝庄过,故而到府问兄身。

老母说:"公公,有钱本欲奉还,今日一钱没有,且停几日,送到你尊府。"张必古说:"不论多少,还些给我。"那赵二说:"你要铜钱,今日没有,你要银子,倒有千两黄金在家。"张必古道:"休要取笑,既然无钱,我也去了。你今可肯赊只乌盆与我?"赵二说:"既然如此,赊是不赊的,待我送你一只罢。"那赵大说:"兄弟,我家烧了乌盆一百廿只,不曾卖脱,为何要送人呢?"赵二说:"大哥把只破盆送他。"便叫张兄:"我今送你一只乌盆给你,缺你茅柴钱,且停几日,再来讨罢了。"

张必古接盆谢不停,柴钱不必记在心。

双手接了乌盆子,作别赵家出门行。

来到家中盆放下,依然原是斫柴人。

斫了茅柴就去卖,将钱籴米买酒吞。

无忧无虑来度日,逍遥快乐独一人。

张必古拿了乌盆回到自己家中,将盆放好。忽有一日,独自一人在家畅饮酒食,想起乌盆,连忙拿出一看,这只盆儿做得歪斜又缺口,真真好笑,便说:"赵二真个不是好人。送人须拣好物,为啥把只缺口盆子送我,亦勿好盛饭,也勿留水,只好当只出尿尿的盆。"其时天色已晚,即便安困。待等酒醒尿急,连忙下床,拿起乌盆正要撒尿。忽然一阵冷风,吓得张必古汗毛直竖,小便不正,撒了一床尿也。

张必古吓得汗淋淋,撒尿一床不安稳。

有些邪气在我家,里床翻到外床困。

草席弄得俱臭味,不曾合眼到天明。

又听人喊张必古,不知鬼神与神灵。

张必古道:"啊呀,为何今夜困不着,又像啥人喊我,半夜三更啥个作怪,起来哉。"任他去喊,不要理他。急忙翻身而困。又见眼前黑气一团,扒上身来,连叫:"张公公,我是你家乌盆之魂,只因屈死窑中,特来求你给我申冤。"

张必古吓得反转身,为何今夜怪气生。

壮胆不怕冤魂鬼,便叫孤魂听我云。

老汉全无冤屈事,又无欺心暗算人。

杀人放火我不轧,欠债还钱自古闻。

你有冤屈自寻路,为何缠绕我家门。

冤魂梦里将言说,我是冤魂屈死人。

福州举人杨宗富,主仆上京考书文。

来到赵家庄上过,撞见凶徒两个人。

日落黄昏在山过,请到他家歇安生。

幸亏老母来相救,半夜叫我去逃生。

走下山岗五里路,二人追赶不容情。

钢刀杀死山脚下,把我扔进窑门火来焚。

上摆屋盆一百廿,下摆尸首主仆身。

小生冤屈心不死,冤魂化作一乌盆。

变化歪斜又缺口,幸遇公公带回城。

凶徒谋我金银二千两,拿我白马变卖银。

小生轧下家中父母年老迈,姣妻子幼怎知闻。

哭怜我做他乡鬼,求你公公把状伸。

若还报得冤和愁,死在黄泉不忘恩。

再说张必古在床上困不着,听此一番言语,都在乌盆中出来的,尽是冤屈之言,便说:"咳!"一个咳嗽。"今夜为啥有怪气?难道老汉前日去讨柴钱,外面带了鬼来哉。咳!既是乌盆作怪,内中必有屈事。但是老汉家境贫苦,樵柴度日,一则没有功夫与你申冤,二则又无纹钱。"那只乌盆鬼又开口说:"张公公,你若不去申冤,一世不让你安稳,又不让你去樵柴,活活饿死你呀。"说言未了,又听锅响碗响,霎时鬼笑神嚎,屋内不绝声音。此时张必古在床一听,便说:"啊呀,不好了。"连忙坐直叫道:"乌盆,你叫我到何处去申冤?"乌盆说:"现有新任本府太守,名叫包文正,到此衙门去申冤也。"

张必古说与乌盆听,新来太守包文正。

他在衙门为官清,日断阳来夜断阴。

公差尽是英雄汉,见了包公吓煞人。

我今年老身无主,凶徒得知若何能。

乌盆回言不妨事,我在阴司助你身。

不要你身去对理,我见包公自说明。

烦你盆儿带到衙中去,伸得冤来谢你恩。

张必古听了一番冤情,便说:"既然如此,待我明日拼命与你申冤。老汉困了,你且避在半边,休得吵闹呀。"乌盆道:"公公,请去困吧。"那张必古心中明白,晓得屈死,顿时困着不惊,声音全无。来到天明,那只乌盆又叫:"张公公,天已亮了,请起身罢,快快与我去告状。"张必古听见喊叫,急忙起身,便说:"啊呀,真正倒运,今朝茅柴不能砍卖。"说罢急忙拿了乌盆摆在阶上,锁了柴门,立定身子,心中一想:此去申冤不知如何道理?功夫勿有,不如仍还赵家去罢,免我烦闷。正要拿盆望东去还给赵家,谁知这只乌盆变得千斤之重,拿也拿不动,张必古一想便说:"果有冤屈,重得好似铁打一样。真正无法可施,只得与盆去申冤也。"

张必古一怒无计行,只得与他把冤伸。

其时仲冬十一月,到任官员包大人。

合肥人氏文正字,他是天上文曲星。

初到本府来上任,太守做了本州城。

二十四日任来上,初一拈香出北门。

北门有只玄天庙,包公到庙把香焚。

进香已毕回衙去,见一公公年老人。

双手捧盆傍边立,阴风冷气黑阵阵。

再说包文正身骑白马,即是民壮王成从赵大处买的,特献新来太守。故而包文正所骑那马就是杨宗富的。那马儿见了主人阴魂,即便嘶吼悲啼,四蹄乱跳,就将包公掀下马来。包公便说:"马呀,为何如此?难道见了边上老公公手捧乌盆,故而如此。"那马儿将头三点,包公一想:马儿见公公义气沉重,其中必有缘故。便叫衙役,快快与我带回衙署,问他乌盆是何道理也。

张必古见唤喜欢心,当街跪在地埃尘。

包公马上盘问他,你是何方尊姓名。

手拿乌盆为何事,有何冤屈说我听。

张公公即便回言答,老爷在上听小人。

小人名叫张必古,高卒镇上住安身。

今日有件冤枉事,不敢当街犯大人。

要等老爷回署去,审冤理屈断分明。

包爷听说传地保,喝叫带住一老人。

一直回到衙门内,皂隶回衙呐喊声。

包公坐堂传令出,与我唤入申冤人。

张必古到了衙门忙跪下,手拿乌盆叫大人。

再说青天包大人坐了公堂,便叫衙役提入当街叫喊的老人来。那衙役答应,连忙唤进。张必古双膝跪下,口称青天大人。包公说道:"你这老头儿,不知死活,告的什么状?为何带进乌盆?有何事快快说来。"张必古道:"大人,如今只为乌盆告状也。"

必古便叫包大人,容许小人来告禀。

我今其日挑柴卖,卖与赵大烧乌盆。

赊我茅柴三百三,无钱送我一乌盆。

哪知盆子他是鬼,即是福州杨举人。

东京赶考高岗过,却被赵大谋财命。

尸首虱入窑门内,骨头烧成灰来存。

冤魂化只乌盆子,跟我老汉到家门。

半夜三更来喊我,叫我到来诉屈情。

若勿与他诉冤屈,吵闹我家不安宁。

小人只得与他诉,伏乞青天超冤魂。

包公道:"本县不信,有这等怪物么。你且与我带上乌盆,待我亲自问他有何冤枉,让那乌盆自己诉来,便知明白。"张必古忙将乌盆双手捧上,包公问道:"乌盆呀,你有什么冤情细细说来。"那只乌盆全无动情,真正问之无声,口之不语。包公此刻心中大怒,便骂:"你这老奴,好大胆!竟敢如此无礼,你在本官面前胡言乱语。看你年老,饶你一顿重板。"便叫左右,与我将这老奴赶出去了。

必古赶出大衙门,手拿乌盆怨叹声。

乌盆在家千般话,见了大人不作声。

乌盆又叫张公公,不是小鬼害你身。

只因浑身虱衣服,怎能堂上见大人。

我今身中登科举,需要一身着罗绫。

衣服办好来烧化,可以见得包大人。

求公公莫辞辛苦,再到大堂把冤伸。

再说那个张必古听了乌盆一番言语,无奈只得再到包公大堂,双膝跪下,启上老爷:"那只乌盆说他是乡科举人,被那赵大强徒将他上下衣服剥得赤身露体,不好来见大人,故而未言。要求老爷可照举人衣服买了烧化,他着衣裳,就来诉冤。"那包公答应,即吩咐差人与我办买衣服,一举焚化也。

包公堂上来叮咛,便叫差人取衣襟。

圆领皂靴并纱帽,摆办后门火来焚。

必古又拿乌盆子,摆在堂上见大人。

包公又问冤屈事,有甚冤屈说我听。

乌盆仍是无言语,包公拍案大怒嗔。

无事端端闹所堂,拿住老奴打他身。

要赏手心十记板,必古打得血淋淋。

拿了乌盆往外走,即便虱在地中心。

乌盆虱得声声叫,惊动衙门一众人。

张必古来再讯问,为何堂上不作声。

那只乌盆却被张必古虱在地下,亦会开口了。张必古道:"咳,你只乌盆在堂上,老爷问你,声音全无,害我打了十记手心,故而老汉恨气,将你虱在地下。如今你倒亦会开口。"那只乌盆叫道:"老公公,他有二个门神,不肯放我进去。必要红布兜在盆上,就可见官开口,诉说冤屈之事。"张必古说:"你虽然身遭屈死,老汉不敢再去禀上老爷。"那外头衙门口一众人,齐齐听知,便说:"老头儿,即使老爷将你屈打,你也不要改念换心,还望再去禀告大人。倘然老爷不信,我们一起帮助也。"

张必古此时来走近,再到堂上禀大人。

包公见了骂蠢汉,三番四复弄不清。

必古便叫青天大老爷,却被乌盆僵在身。

他说门神多厉害,不容放进把冤伸。

还说要块大红布,盖在盆上诉屈情。

包公听了忙应诺,就拿红布盖乌盆。

慌忙摆起香和烛,祭祭忠良二门神。

此刻乌盆来诉冤,便叫公公带进盆。

再说包文正便叫:"张老头,你只乌盆与我带上来。"张必古急忙双手呈上乌盆,谁知那只乌盆在堂,凄凄惨惨,阴风飘飘,嚎啕大哭而来,包公此时一见声音,变道:"乌盆呀,休要啼哭,你有冤事,细细说来。有我在此,与你申冤。"乌盆便叫:"青天老爷呀,听我道来哪。"

乌盆开口叫大人,青天在上听小人。

告状魂灵杨宗富,身居福建济宁城。

平生文学五车书,满腹文章七步成。

今秋本省应乡试,三场文字点头名。

主仆到京来考试,欲在赵家住安身。

幸亏婆婆多吩咐,他说儿子是强人。

叫我别处去借宿,谁知我命遇凶星。

黑窑岗上来经过,恰遇赵家弟兄们。

好言好语真客气,叫我主仆回家门。

二进赵家庄上住,老母慈心放逃生。

惊动黄狗汪汪叫,凶手闻之追来临。

就把钢刀来杀死,主仆双双赴幽冥。

可怜血染高岗路,谋我二千两黄金银。

四季衣衫绸绢布,一匹白马变卖银。

一双凶徒害主仆,尸首抬入黑窑存。

窑中尽烧乌盆子,将我葬在屋盆底下存。

放火烧得骨变灰,冤气难消恨不清。

烧得化作乌盆子,歪斜缺口不成形。

送与张公当柴钱,夜显冤魂说分明。

相烦公公衙门告,幸逢青天包大人。

新到清官衙门坐,多谢老爷把冤伸。

再说包公听了乌盆之言,果然是有冤屈之事。莫怪马儿见了冤魂,双膝跪下,四蹄乱跳,凄凄惨惨,原来是冤魂的马儿。便叫张老儿:"你今前来报告本县,误认说谎,故而将你屈打。如今你可同公差一同去拿捉凶徒赵大、赵二,前来正法定罪。"张必古道:"老爷,非是小人不肯去。既然去找见他们,我恐怕后患,伏望大老爷另差别人去捉呀。"包公微微冷笑便道:"张老儿原来是个老实乡民。"又问手下差人,本府的马儿乃何人买来的?左右回言道:"老爷,此马是民壮王成买的。"包公便叫差人与我去喊王成来,公差答应而去,走到民壮家里便喊:"王成可在家么?本府爷唤你快快就去。"那个王成听了目瞪口呆,心中思想,我也不干不端之事,为何喊我?便说公差:"包大人喊我去做什么?"公差说:"连我也不知道。"王成无奈,只得与公差一同来到衙门。公差带上王成,王成急忙跪下,口称大人,唤我小人到来,有何贵干?包公道:"王成,我且问你，那只白马从何人处买的？"王成说："老爷，小人出了三十两花银从捕役赵大处买来的，小人句句真言。"包公道："这个谋财害命的贼子。"吩咐左右，快些与我多带几个公差，拿捉赵大、赵二，到案审问，不得有误。还有赃证金银一共二千两，又有行李铺盖，照单查明，一应拿来。倘有闻人通信，一同捉来，与犯人同罪也。

　　王成领了包公令，公差带了几十名。

　　出了北门忙忙走，高卒镇上到来临。

　　到了山岗黑窑过，匆匆走到赵家村。

　　但见赵家真闹热，和尚念经超祖灵。

　　公差一起来走入，僧人吓得像痴能。

　　连忙受生经夹起，铙钹袈裟踏脚心。

　　赵大走出问甚事，王成回言贼盗人。

　　谋财害命还卖马，连累我今有罪名。

　　公差拿了铁尺如狼虎，打得弟兄痛难禁。

　　老母吓得双膝跪，我是修行念佛人。

　　逆子做了犯法事，不惯老生半毫分。

　　公差不听老母话，只管打入内宅门。

　　亲邻朋友都逃走，衣橱翻得乱纷纷。

　　上面翻到下面去，果然是有黄金银。

　　还有衣服并绸绢，衣箱行李取干净。

　　赵大赵二无言答，懊悔不听老母亲。

　　公差就将合家锁，又提总甲回乡邻。

　　一路拿到衙门内，来到案下见大人。

　　再说一众公差提了犯人来到衙门，走入通知包公，便道："老爷在上，犯人已提到了，还有赃物，一应献上。"包公道："与我带上来。"公差答应，忙提犯人大堂跪下，那赵家弟兄二人连忙跪下。包公问道："你们是本州猎户，又当捕役，犯了滔天大罪，还要谋财害命。快快从实招来，免受刑法也。"

　　赵大赵二抖不停，便叫老爷听小人。

　　小人世代当捕役，并非谋财与害命。

　　祖父家财衣食足，经商走过非害身。

　　只因王成来买马，不知为啥害小人。

　　劫抢家财来诬告，伏乞青天断分明。

　　再说赵家弟兄在堂口供咬急，只说公差抢我家财，便叫："青天大人，今日小人句句实说，伏望老爷详察。"那包公一听此言，心发雷霆之怒，便说："你这二个狗强盗，反说公差抢你家财，好厉害的强人。"吩咐左右与我每人先打四十记大板，衙役答应，打得赵家弟兄皮开肉烂，鲜血淋淋。那赵大大叫："老爷，小人冤枉难招，亦无凭据又无赃证，为啥如今当我弟兄二人做强盗？"包公听说，心中一想，他说无凭无据又无赃证，如今不肯招出，不如叫公差取出乌盆凭证，便叫公差与我拿出乌盆。公差连忙取出叫道："老爷，乌盆在此。"包公见了乌盆便道："强徒，你可认得此物么？"赵大说："老爷，那个乌盆是我小人卖与别人，并非赃证。"包公叫道："乌盆呀，你有灵验，二个强徒在此，快些把冤情一一诉来呀。"

　　乌盆开口诉冤情，赵家弟兄听分明。

　　冤家在生攻书字，与你无冤无仇陌路人。

山岗阻住来害我,骗到你家起杀心。

幸亏你家老母来放我,你们得知追我身。

主仆杀死窑中烧,一团骨肉变乌盆。

老爷必须要凭据,衣帽底下有见证。

再说赵大、赵二在堂上听了乌盆一番言语,顿时吓得满面流汗,魂飞魄散,哑口无声。那包公慌忙取出书箱,在箱面上翻到箱下面,只见凭据二字,连忙取出一看,果然是福建省济宁城的文书,给予会试举人杨宗富执凭为证。包公看毕,果然不差也。

包公见了泪淋淋,可惜青年一举人。

强徒凶恶伤天理,吩咐衙役动大刑。

弟兄各打八十板,又加榔头打脚跟。

打得二人昏迷死,长枷手铐进监门。

详文回转要处斩,谁敢前来放他生。

又叫老汉张必古,幸亏得盆把冤伸。

送你花银二十两,捧出乌盆交你身。

将他葬在深山处,不可停留快快行。

再说张必古听了包公之言,要将乌盆葬在山下,连忙叩别包公。欲想抱盆,谁知用尽平生之力,动也不动,便道:"老爷,为何乌盆不肯出堂,必定还有言语。"包公问道:"乌盆呀,为甚不肯出门,目下赵大、赵二口供招实,定成死罪,与你申冤。你如今还有什么冤气未伸,既然有话,快快说来呀。"

乌盆开口叫大人,孤魂有事未知伸。

家有父亲杨伯彦,母亲张氏年老人。

还有娇妻玉贞女,孩儿玉保女兰馨。

一家骨肉悬悬望,望我得升寄信文。

谁知屈死他乡地,信勿通来音不闻。

伏望老爷生慈念,出令张公送回城。

阴魂一路来相助,同回家去见双亲。

恩公年老无儿女,我叫父亲养他身。

乌盆要葬先人墓,这件冤情方分明。

又有黑窑一块红泥土,乃是杨春家人魂。

贱魂不敢朝天供,望你差人另葬坟。

还有老母赵氏心行善,三番四复放我身。

详文回转凶徒死,可怜年迈守孤贫。

送给白银一百两,谢谢婆婆过光阴。

今日说完如此话,再不多言闹大人。

包公一听心思想,可怜君王大忠臣。

冤恩二仇断明白,真正黉门读书人。

便说必古听仔细,乌盆要你送回城。

必古吓得痴呆想,便说年高路难行。

六千路途多辛苦,叫我怎到福建城。

包公便叫张老头,自有阴魂助你身。

你骑白马驮行李,赠你盘缠路上行。

还有几度关文牒,带了乌盆快快行。

路遇关口若不放,烧了关文放孤魂。

一封书到瓯宁县,报与杨家父母闻。

分派田地来养你,不必再去卖柴薪。

必古一听心欢喜,但凭老爷令他行。

再说包公检出赵家赃物便道:"赵婆婆,你的家伙什物一应付你拿回家去。"又将杨举人的行李金银一并交与张必古,又付文凭,一应带回福建;另外提出杨家白银一百两,付给赵婆婆养老之费,"谢你好心之德。"那赵婆婆拜谢而去。包公又道:"王成,你到窑中去起了一块鲜红血土,就是杨春之冤魂。掘来待我捡好个地方埋葬。"就叫赵婆婆化了金银锭帛,念经超度冤魂,不提。回表张必古带了包公的公文,带了乌盆,拽了白马,又拿行李金银,来到自己家中,即便卖了三牲祭礼,焚香而告:"乌盆呀,老汉为你送到瓯宁,你在阴司可要相助了。"

乌盆开口说原因,公公在上听孤魂。

累你送我归故里,见了父母与妻身。

我在旁边相助你,无灾无害早回程。

如有事情来保你,一路平安去家门。

到家见我双亲面,我家豪富不亏人。

奉养你身到送终,入殓殡葬不忘恩。

必古听说心欢喜,来到次日就动身。

马背摆了乌盆子,文凭行李紧随身。

逢山遇险都平安,过水波涛不受惊。

逢人顺事身康健,白马行路足又轻。

过了长江化纸帛,江湖不敢阻冤魂。

镇江过了往前走,常州过了到苏城。

嘉兴又过到浙江,西湖就在面前存。

再说张必古拿了乌盆一路来到杭州,自从起身以来,已有一个月,乌盆不曾开口。今日路上无人行过,独自一人,忽然乌盆有话说道:"公公,冤魂本年十月初一日,我在吴山经过,进庙烧香求签,谁知求着八十一签,拿手一看,逢凶屈死,一些无差,果然神灵显赫。幸遇青天大人断清乌盆事情。"那张必古道:"真正灵验,不如同去进香酬谢。"乌盆说:"公公,勿是不肯同你进香,我家还有一个家人名叫杨百寿。当初陪我一同到来,我要入庙烧香,杨百寿神明不信,回到歇店,染一疾病。我要赶路赴考,恐误功名,故将家人留在杭州客店,未知死活。今日与你去到镇海楼客店吃饭,打听信息,看他如何。"张必古道:"不差,今日到他客寓投宿一夜,到明日再来进香也。"

必古即便进杭城,镇海楼到入店门。

歇了行李来吃饭,开口便问店主人。

今年十月初一有件事,福建求名一举人。

有一家人身染恙,留你宝店何处存。

我与杨家为朋友,特来请问店主人。

店主即便将言说,公公你且听我云。

当日家人身有恙,留我小店住安身。

过了几日病痊愈，收入行李就回程。

必古听说心思想，那个家人有福人。

若还跟主一同去，也做钢刀底下人。

回房说与乌盆晓，从头至尾说分明。

到了次日进香去，相酬感谢二郎君。

带了签书八十一，字字行行又分明。

乌盆说与张公晓，懊悔当初不回程。

幸遇恩公来申冤，正逢青天包大人。

今朝到庙谢神祇，酬谢二郎上路程。

过了钱塘绍兴到，还有十几里路途程。

一路匆匆来得快，看看来到福州城。

不望福州城里走，城外路近到瓯宁。

穿城二里山城县，县西廿里白杨村。

不宣张公路上事，再说家中伯彦身。

回文再表杨伯彦，自从宗富出门之后，几月有余，全无音信，在家日夜思念，未知孩儿何日回家，在路吉凶若何，何故杳无音信也。

员外在家自忖论，思想孩儿苦伤心。

我儿出门几个月，为何无信不回程。

未知路上可吉凶，莫非在路有好景。

不宣伯彦想孩儿，再说百寿转家门。

杨员外在厅，思想孩儿闷闷不乐，叹气连连。忽听外面叩门，连忙走出便问："哪个到来？"百寿说："是我回家。"员外开门一看，原来百寿家人回来，便问："百寿，你今回来，相公可曾一同回家么？"百寿说："员外呀，听我道来呀。"员外道："你且坐了，慢慢告禀呀。"

杨百寿一来告禀，员外在上听原因。

我家主仆人三个，匆匆一路到杭城。

城外有座叫吴山，庙宇造在吴山顶。

正月遇十月初一日，看看烧香实在兴。

相公听了众人话，都说菩萨真威灵。

相公急忙走进庙，烧香拜佛问神明。

手拿签筒暗祝告，保佑弟子有功名。

摇了几摇签落地，拾起签来看分明。

八十一签下下签，相公着急十来分。

杨百寿说道："员外，相公求了一签，拾起来一看，原来是八十一签下下签。此刻相公心中思想着急，看了签诗，用火焚了。小的问道：'为啥将诗烧了？'那相公便说：'家人有所不知，签上之事，凶多吉少，故此烧了。'小的说：'对。'相公说'既然签上凶多吉少，不必全信，菩萨乃是泥塑木雕不可信'，即刻走出庙门来到城内，主仆三人投宿客寓。小的命运不通，忽然在店，身染一病。相公看我病体渐渐沉重，在店守了三日。相公急忙写了书信，又赠银子，吩咐小的一番言语，又托店主服药调制，好好看待。吩咐已毕，相公与家人上路而去，如今小的病体痊愈，故而回家。"杨员外听了百寿一番言语，心中欢乐也。

员外听了百寿话，果然一点不差分。

巴望孩儿功名就，显祖耀宗威风凛。

合家大小尽巴望，巴得中了早回程。

娇妻子女远远望，老夫妇二人想儿身。

再说那日老夫妇二人在家思想孩儿。忽听外面叩门，难道孩儿回来也未可知，连忙走出开门一看，勿是孩儿回家，看见一位白发老头。那老公公连忙下马便道："员外在上，此处可是杨举人家么？"杨伯彦说："老公公，敝舍就是。"那老公公慌忙在身边挖出一封书信，说道："员外，杨相公有封书信在此，请去看来。"那杨伯彦双手接了书信认道："孩儿不知做了什么官员。"心中快乐，便叫老公公里面请坐，张必古说："噢，是哉也。"

伯彦接书喜欢心，就请公公到内厅。

便叫安童香茗送，二人在厅话谈论。

白马见了杨伯彦，四足乱跳泪淋淋。

员外一见心疑惑，便问公公啥事情。

向来不见白马哭，今朝为何哭勿停。

未知我儿何方去，为何马匹转家门。

再说杨伯彦见了白马四足跑跳，心中猜疑，不知如何道理，开口便向："老公公，今日为什么白马四足乱跳，眼中流泪，如今我儿何方去了？乞道其详。"张必古连忙在身边取出文凭纸一张，又拿出金银行李后，拿乌盆一只摆在台上，便叫员外："此物你归好罢，是你孩儿的物件。那只乌盆是你亲生儿子，你若要听儿子说话，问那乌盆便知明白。"杨伯彦老夫妇二人听了老公公一番言语，十分着急，冷汗淋淋，目定口呆，便叫一声："天吓，乌盆怎么是我的亲生孩儿吓。"

乌盆当时泪淋淋，合家大小尽吃惊。

母亲闻知来走出，妻子走出看虚真。

玉保孩儿兰馨女，都到厅上看分明。

乌盆哭诉父母知，家中个个放哭声。

叫声爷娘休要怕，乌盆孩儿屈死魂。

懊悔当初去考试，哪晓杭州签是灵。

百寿有福身染病，我与杨春丧残生。

过江来到亳州地，赵家庄上遇凶人。

赵大赵二两凶手，谋财害命主仆身。

尸首抬入窑中烧，冤骨变盆作为证。

幸遇恩公张必古，拼身舍命把冤伸。

幸遇亳州太守包青天，把我冤事审分明。

二位凶手来杀死，恩公送我转家门。

望乞爷娘生慈念，拿我乌盆藏丘坟。

照顾媳妇玉贞女，抚养孙男女兰香。

此刻乌盆说尽千般话，哭得天昏地不明。

那乌盆将冤情一一说明，众人听了乌盆之言，却在厅上大哭悲伤。再说玉贞妻子哭了一番，便道："丈夫呀，妾身望你身得高中，谁知屈死在路中。丈夫呀，啊呀丈夫呀，谁知鸳鸯二处分呀。"员外便问："恩公，果然乌盆是我儿子了。"

必古说与员外听，我无谎言是真情。

若无包公来断屈,老汉怎能到此存。

众人一听是真话,个个哭死又还魂。

杨家夫妇嚎啕哭,哭了我儿杨举人。

玉贞妻子哀哀哭,哭了丈夫痛伤心。

年少夫妻两分离,只怨奴命害夫身。

指望夫妇同偕老,谁知半世两下分。

乌盆又叫亲妻子,须要孝敬公婆身。

好生看管亲子女,不可失亲莫忘情。

守满三年大孝服,我在黄泉不忘恩。

又嘱堂上爷和娘,儿子阴司要脱生。

快拿乌盆去安葬,请僧超度我冤魂。

再说乌盆便道:"贤妻呀,你守家中,好好孝养公婆,教训儿女,与我守满三年大孝,我在黄泉报你恩呀。"又叫父母:"你叫家人将我乌盆葬在坟上,家中请僧超度。还有张必古恩人千辛万苦送我回家,如今将他养老,在家不可看低。亳州包大人申冤断清,必须要去重谢恩德。"那只乌盆吩咐已毕,只见一阵青气上天而去不提。又说父母就叫家人与我将乌盆拿去葬在祖坟里,家人答应而去。杨伯彦请了僧人超度孩儿,又化锭帛,合家啼哭,个个伤心也。

杨家超度闹盈盈,个个啼哭好伤心。

请了和尚拜经忏,朝魂祭死功课文。

不宣家中终七期,再宣员外想儿云。

叫我抚养张必古,养生送死在家门。

要谢亳州包青天,巴他官封不非轻。

家中摆了香和烛,拜谢虚空过往神。

指望养儿防身老,谁知半世别双亲。

只有儿送父母死,哪知白发人送少年人。

抛洒父母儿妻女,招魂站立在家门。

又谢恩人张必古,公公务必转家庭。

四时衣食供养你,我家送终不忘恩。

玉贞后来守贞节,抚养玉保耀门庭。

杨家一门多行善,光耀门庭添吉庆。

宗富杨春命该绝,遇凶屈死变乌盆。

赵家弟兄多凶恶,路上谋财与害命。

谋了杨家命和财,包公断出斩首命。

王成买马心不偏,包爷审查一段情。

赵婆为儿多凶恶,一心立愿要修行。

青天断明冤屈事,皇帝闻之加封赠。

乌盆宝卷宣完满,世人不必起谋心。

心生恶毒无好日,死在地狱不超升。

奉劝大众宽坐敬,耽搁一个小时辰。

句中若有错误字,抄卷先生不当心。

媳变驴宝卷

　　此卷出在宋朝年间,杭州钱圩县桑溪村上有一家平户人家,姓姚,名瑞昌,娶妻吕氏,所种七、八亩田。夫妻同庚四十岁,并无男女,夫妻思想要到茅山去烧香,许愿求签。后来,得了一子,欢喜万分,乳名叫毛官。光阴如箭,毛官长到七岁就请先生教书。从小攀亲在,前村头赵坝上赵支花。那赵支花登在爷娘家,吃着称心。毛官到了十九岁,好日成亲之后,不觉半年有余。毛官见了妻子,从不曾看见喊声公婆大人,亦不肯烧粥饭。经常困到吃饭辰光起来,公婆烧好,就吃现成食,还要现成小菜。吃罢抹嘴出去,走乡邻,说鬼话。毛官有点熬不过哉,呼声娘子呀,我对你说两句:“讨仔你过来,想要你服侍公婆。如今颠倒,公婆服侍你了。吃饭赛过上饭店,碗盏勿搬一只,营生勿做,公婆勿叫一声。我看世上哪有这种道理呀。”赵氏道:“你要奴做营生,孝敬公婆,今世不能哉那。”

　　赵氏开口骂啰唆,充军千刀要听正。

　　从小吃惯现成食,厨房不曾用功夫。

　　三顿茶饭搬我吃,丫鬟使女服侍奴。

　　家常生活勿做惯,不曾做出敬公婆。

　　你若不信娘家去,问问乡邻就清楚。

　　爹爹有钱多屯守,朝鱼夜肉吃得多。

　　奴到你家半年多,赛过修行吃常素。

　　你叫为奴做媳妇,一日到夜苦处多。

　　若要奴来烧粥饭,鸡生鹌鹑鸭生鹅。

　　倘然要奴烧粥饭,黄狗开口念弥陀。

　　倘然要奴公婆敬,雄鸡生蛋孵老虎。

　　要奴搬饭公婆吃,女人嘴上出胡苏。

　　却说姚毛官说仔一声,赵氏撒仔一坑。毛官说道:“娘子你生爷娘家中,果然吃好着好,外加丫头服侍。嫁仔奴穷人家,就叫嫁鸡随鸡,嫁鹅随鹅,劝你家常生活总要做。”赵氏道:“家常生活,老实讲,勿做惯。”毛官说:“生活不做惯,见仔公婆大人,可以叫忒几声。”赵氏说:“叫奴叫公婆,要称奴高兴。”毛官说:“几时高兴呢?”赵氏说:“歇个三四年,五六年,十七八年,叫一声。”毛官一听,气得昏闷,走娘房里,眼泪汪汪。吕氏太太道:“儿呀,为啥对我要出眼泪,哭些啥。”毛官道:“娘呀,我讨仔辫种堂客么,被人取笑。”老太道:“好儿子吓,我劝你不必动气。”哪晓得赵氏在隔壁听壁角,听得娘与儿子两人说长话短,连忙开口就骂:“杀你千刀,老勿死,讲啥个呀。”

　　娘搭儿子细讲张,背后谈论鬼打棚。

　　却被赵氏来听见,充军千刀骂得响。

　　要淘气来就淘气,要相打来就相打。

　　捎起衣袖勒起手,拖牢男人耳光打。

　　打得毛官嚎啕哭,阿婆吓得喊爷娘。

　　阿公吓得索索抖,赵氏开口骂众牲。

　　我是性子生来改勿转,你们三人不识相。

　　再要拿奴讲长并讲短,奴要扒翻你个破牢棚。

　　公婆大人听得媳妇骂了一阵,吓得勿敢开口,夫君吓得哑口无言。赵氏弄得相打呒界对手,相骂无人借口,弄得无落场哉。自家走到房里去,假寻死路上吊哉。爷娘家晓得女儿上吊,连忙赶过来到男家,不问明白女儿差不差,就拿男亲家当头耳光,打仔几十记。大门大槌打得不连牵。老话头"造屋看梁,攀亲看娘",男亲家对女亲家磕头消气。留仔一顿饭,送出大门而去。再说姚瑞昌老夫妻二人气在心里,闷闷不乐,气出病来了。日里吃不进,夜里困勿着,有些心惊肉跳,寒热沉重,手脚冰凉。毛官吓得一夜未困,夜夜服侍爷娘。登在踏板上,双膝跪下,求天求地,神明保佑,爷娘健康,请医调治,巴得爷娘,早日痊愈呀。

　　毛官吓得胆心惊,各处烧香求神明。

　　问卜求谶多凶险,请医服药病勿轻。

　　日日佛前来求告,夜夜服侍父母身。

　　孝心自有天知道,父母病体渐渐轻。

　　再说姚毛官出去烧香请郎中,家中吕氏太太要想吃口茶,喉咙喊哑,喊仔半日,无人答应。老太太咽喉干忔哉,那媳妇将就端上一碗馊茶,隔子七日八夜九黄昏了,拿了给公婆吃。老太太看见亲媳妇新娘子端碗茶来了,千多万谢新娘好良心。接过来就吃一口噎下去,馊气入肚,顿时恶心泛胃,呕得眼睛泛白。赵氏看见又要骂哉:"那老贱人,老勿死,阿有福气。吃我个现成食,快些死吧。"

　　你这老贼老贱人,应该阎王当点心。

　　阎王眼睛多瞎忒,放你阳间做啥人。

　　阴间不多你个鬼,阳间不少你个人。

　　睡在床上无好日,快些死忒倒太平。

　　外头死人日日有,偏偏不死倽个老贱人。

　　讨手讨脚真讨厌,早死早灭早超升。

　　赵氏骂得高兴辰光,毛官恰巧转来,一直走到母亲房中说道:"父母病体如何?"老太道:"好儿子,病体轻点哉。刚才新娘端一碗汤进来,勿知放了啥个药,吃仔呕煞快。"毛官便问娘子:"刚才你汤内放了啥药?"赵氏道:"我亦不会做郎中,啥个药勿药。"毛官道:"勿放药吃仔,为何打恶心呕吐个。"赵氏说:"阿毛你勿要热昏,我来对你说。你爷娘吃仔我个现成食,就要呕个那。"

　　我说大凡福气福人招,本来奴奴身份高。

　　阿婆生得面皮薄,受奴汤水怎样消。

　　自然吃了要难过,恶心泛胃乱糟糟。

　　现今我去烧粥饭,折福减寿命难招。

　　吃了我个现成食,席筋睡断二三条。

　　反倒怪奴放啥药,冤枉奴奴天火烧。

　　姚毛官道:"堂客实头猛门,乩翻转来,倽是俚个道理。辩张嘴果然厉害。"赵氏道:"我送仔一碗汤,就说奴放了啥个药哉,乩牢门堂子里,实头难过日脚个那。"

　　赵氏大哭怒生嗔,就骂丈夫死充军。

　　吓得毛官来逃走,哭天哭地骂媒人。

　　做奴个媒人无好日,爷娘攀亲瞎眼睛。

　　害得奴来受苦闷,未知何日出牢门。

　　毛官气得闷昏了,讨着辩种娘子勿太平。

　　辛亏爷娘病体好,菩萨保佑老年人。

　　却说毛官想了一个念头,要搭娘子商量,笑嘻嘻说道:"娘子,搭你商量一件事,只为天时尴尬哉,爷娘病症刚好,身上少些衣服。今朝你个箱子里棉袄、棉裙借个几件来着。着个几日就还你。"赵氏说:"嘿嘿!阿毛你要想吃天鹅肉哉,若要借我个衣裳,奴来说界你男人家听那。"

赵氏听说笑嘻嘻,面孔反转两面皮。

奴个衣裳爷家笃家做,带累姆笃费心机。

若要借我新衣服,马出角来狗拖犁。

若要借我新衣服,曲鳝成龙上天里。

若要借我新衣服,皇帝搬到灶屋去。

若要借我新衣服,男人养出小弟弟。

若要借我新衣服,老人睡在摇篮里。

若要借我新衣服,三岁孩童出胡须。

若要借我新衣服,皇后娘娘纫袜底。

若要借我新衣服,文武官员挑河泥。

若要借我新衣服,西天日出往东移。

毛官要想搭娘子借个几件旧衣裳,颠倒被娘子翻仔一场呒说头,走到隔壁人家去借着棉袄棉裙,连忙回转家里给娘着上。不觉一错几日过去,如今十二月廿七日哉。我想讨个女眷,一年到底,噪得不安,弄得财神路头老爷忘记祭,所以爷娘生病,收入呒界进账。今年要顺顺当当过个年哉,马上吩咐娘子道:"百样事体要忍耐。倘有少啥缺啥,你说好哉。"赵氏说:"不关奴啥事,你去买得来好哉。"

毛官此刻欢喜心,拿仔铜钿出大门。

巴望娘子回心转,一年吵得勿太平。

眼看年关已经到,提篮立刻出大门。

一路走到街坊上,南货店里闹盈盈。

就请香烛并纸马,元宝纸锭共高升。

鱼肉素菜酒一瓶,大蒜葱菜买一捆。

门神对联并纸马,萝卜肠肚买端正。

各样零碎都买到,一路滔滔转回程。

毛官拿仔过年物事,急忙回家交代赵氏,过年肉一块、蹄髈二斤,再有肋条一块,要先烧界爷娘个。吩咐一番,自家揩台打扫,准备纸马。再说赵氏头上打瞌睡,做事不在心上,过仔一歇,心里一想:"好吓,倷爷娘是个人,先要紧个。我么勿是个人,勿要紧个。让我烧界两个老不死吃。"想想勿高兴,就叫"江山好改,本性难移",将肉烧哉那。

赵氏拿肉砌四方,勿汏勿刮落镬烧。

香料不摆酒勿放,握一把香灰白水烧。

想想有的勿情愿,心里有点大火冒。

我在灶头忙不停,你们倒像灰懒猫。

烧得半生并不熟,面皮皱起嘴唇翘。

赵氏拿了一碗肉,走到公婆房里,亦勿叫应一声,背心对仔公婆说:"姆笃儿子买个肉,烧给你们吃。"老夫妻两人一见,说道:"多谢新娘,讨你个忙。"姚瑞昌对仔碗里一看,肉是不局个来。老太太拿双筷对碗里一搠,肉一跳,要吃肉,吃勿动。让奴来尝汤水,叫啥味道苦个。勿敢响,反倒要赞忒两声,说:"新娘,烧得好呀。"

新娘烧菜手段高,勿浓勿淡滋味好。

自恨牙齿都不好,吃肉还有些硬生。

多谢新娘拿得去,加些酒料再烧烧。

赵氏听得真火冒,若要好吃自家烧。

千勿是来万勿是,各种样式总难熬。

坐在灶前哭得响,哭天哭地双脚跳。

毛官看见心火冒,恨不得将她捅一刀。

皆因人命关天地,急煞爷娘事非小。

只得忍耐心头火,低声眼泪两珠抛。

毛官心里想只得忍耐。赵氏一头哭,一头烧灶,铜勺、铲刀乒乒乓乓,盆子、碗盏叮叮当当。毛官备好纸马,供起酒盅,筷子摆好,拿素菜荤腥出来,再拿茶杯。赵氏泡仔一碗盐汤,再拿三牲肉切仔十七八块,出来望台子上一放。毛官一看,心里想:"讨着辣种堂客,贪吃懒做,真叫该死!气死哉那。"

毛官气得眼睛昏,祭祖谢灶敬神明。

年年要拿门神贴,对联贴得颠倒颠。

气得门神反转贴,场角再要画米囤。

金黄是地遍收秋,玉碧皆田满种春。

贴罢对联米囤画,勿像勿局勿方正。

屋里讨仔讨气块,弄得昏闷缠勿清。

毛官勉强过了个年。一到明朝年初一,元旦日,赵氏起来梳妆打扮好,叫一声阿毛,今朝年初一哉,同我到爷娘家去拜年。毛官怕她相骂,跟仔就走。再说老夫妻两人晓得他小夫妻两去拜年哉,说:"起来点香烛,保佑一年,太太平平。"老老说:"讨着辣种媳妇,要太平勿会太平。"老太说:"你起来。亲手烧口面汤水,洗好面,点好香烛,拜好家堂、灶界。"只见一位女师太,推门进来,口称:"善哉!贫尼南海而来,特到贵府,抄化斋米,三斗三升。"吕氏太太说道:"师太你差了,跳过一家罢。""贫尼抄化天下,踏破乾坤,募化有缘之人,岂有错过之礼?"太太道:"老师太,非是吾勿肯化,因为媳妇做主。再请师太请坐,我来略表两句你听。"

我家本是善心家,四十无子大发心。

茅山烧香三年满,求得一子宝和珍。

攀亲前村赵家里,谁知攀着一个不贤人。

忤逆公婆多凶恶,打骂丈夫不绝声。

米麦不由吾做主,房门紧锁出门行。

幸亏今日娘家去,否则连你得罪无面情。

师太道:"哪有此礼,世间少有。忤逆公婆大人,自作自受,善恶分明,总有恶报。但是吾远途而来,岂有空回之礼。前日有位大施主化着花花棉袄一件在此,思量出家之人不好着的,与你换米三斗三升。你媳妇回来,见了此衣,自然快乐中意。"

菩萨开包取衣襟,付与老太年老人。

吕氏老太双手接,连忙拿斗米来畚。

走到媳妇房门口,三簧铜锁锁房门。

老太回复师太晓,房门锁好不好畚。

吕氏老太太道:"大年斋饭化不成功哉,因为房门锁上了,钥匙带得去了。"师太道:"不妨,奴有开锁咒。念了可以开。"吕氏道:"请师太里边走。"一同到房门口。老师太就拿拂尘一拂,此锁立地就开。吕氏老太进去畚白米三斗三升送与师太,送出大门,感谢而去也。

善才龙女分左右,三界神祇护其身。

菩萨立刻驾祥云,珞珈山上坐金身。

香烟缭绕姚家宅,消灾降幅积善人。

除尽忤逆媳妇女,凶恶自然改孝心。

再说姚瑞昌老夫妻二个看见媳妇转来,连忙立起身来,迎接叫应新娘。那忤逆货色,理也不理,一径到房里,一看:房门开哉,屋里出仔贼哉,窠里少仔几石米哉。老太太听见媳妇拉房里吵闹,连忙拿仔件棉袄进去说道:"新娘,勿要动气。早晨来个南海尼姑,拿件棉袄要换三斗三升米。门锁俚来开个。"赵氏听说,道:"呸!啥个南海北海师姑老不死,要么看见个鬼。房门锁好,哪能开个呢?"吕氏听了,眼泪落下来,对新娘道来:"细细说你听那。"

南海师姑早晨来,口念弥陀化斋饭。

身披袈裟南无手,宛然罗汉下天台。

念佛珠一串颈里挂,粒粒明珠有光彩。

米麦原来娘娘爱,房门锁住不能开。

踏进房门真稀奇,拂尘一拂锁门开。

黄米三斗棉袄换,划成米价还多来。

赵氏一听,说:"那么一家人家完快哉,姆笃两个老不死,年纪活在狗身上,老古说:'和尚、师姑、道士,少缠缠个。'师太么,定是九流三教走江河,日里来轧苗头,夜里来做贼个。那么两粒羹饭米要俦偷光个,哪亨好做人家。奴个身体勿好走开,走开姆笃就要闯穷祸哉。说啥个棉袄不棉袄,啥个稀奇,拿得来奴看看。"

老太双手授棉袄,赵氏一见眯眯笑。

底色原来鹦鹉绿,绉纱工艺上等料。

花色丝绵绸套里,裁缝做得实在好。

横看好来竖看好,这件棉袄实在俏。

拿了衣裳房里去,周身剥得赤赤条。

就拿棉袄身上着,连皮搭骨俦生牢。

身体跌倒尘埃地,划手划脚满地跑。

眼睛好像铜铃样,舌头拖出嘴唇撩。

肩架像压千斤石,笃头头低曲仔腰。

要想开口说不出,喉咙哽住哭嚎啕。

公婆看见心惊怕,丈夫吓得往外跑。

东乡西邻俦来看,男男女女几大淘。

要说乡邻道:"毛官笃新娘,实头变仔众牲哉。头么是人头,身上为啥出仔毛,看看好像驴子。她本来不好,数次忤逆公婆,打骂丈夫。"左邻右舍都要挤进来看,有人叫道:"毛官,你房子要轧坍哉,撵出去,让大家看看清爽罢。"

毛官立刻拿条绳,头上一缚撵出门。

带在空场树木上,老老小小看分明。

自作自受天来报,孝顺全无忤逆情。

人头驴身生毛发,缺少尾巴拖一条。

再说赵家听说囡婿变仔只众牲哉,马上赶了过来。到毛家大门上一看么,真是人山人海。马上发脾气,臭骂一场哉,说:"姆笃拿我囡婿弄啥鬼把戏?"动手要打哉,哪晓得驴子开口道:"姆妈、阿爸不要动手动脚,我来讲罢。"

奴是为人作孽多,家常不肯敬公婆。

恶贯满盈天来报,南海观音变师姑。

只说要化斋粮米,棉袄一件付公婆。

我着棉袄心快活,周身剥得寸丝无。

披在身上脱勿落,四肢疼痛手脚麻。

阳间变得众牲样,阴间还要下油锅。

奉劝眼前新娘子,须要孝顺敬公婆。

忤逆公婆照奴样,手脚并足背心驼。

我死不用棺材睡,稻柴拿来扎草窠。

说罢言语三两跳,眼睛一白命呜呼。

却说赵氏一命呜呼,阎王判她地狱受苦,地狱受苦不必细表。再说赵支花的父母听了女儿之言,气闷回家不提。姚老夫妻思想泼妇归阴了,十分快乐。到底佛祖有灵,便请一尊观音菩萨像,朝夜焚香点烛,广行方便了。毛官后来讨位王家娘子,十分贤惠,孝顺公婆,敬重丈夫。不觉几年后,养了个儿子,取名日青,满门欢喜,感谢神圣,好不欢乐。

姚家一门欢喜心,日青孩儿亦长成。

善心人家不绝后,行恶之人少儿孙。

人善自有天保佑,子孙代代出贤能。

人恶自有地来收,敲牙割舌地狱门。

恶人眼前多便宜,风中之烛不到根。

善人眼前亏来吃,到后原有好收成。

奉劝在堂诸大众,孝顺大人出贤孙。

女敬公婆多贤德,自然到后好收成。

忤逆还生忤逆子,孝顺还生孝子孙。

如若不信良言话,枉在世界做啥人。

媳变驴卷宣完成,诸佛菩萨喜欢心。

十二宫辰添吉庆,二十八宿保安宁。

卷中有啥差误事,三炷清香补完成。

惜谷宝卷

一炷清香炉内焚,惜谷宝卷始开场。

天地养人生五谷,身中益气不寻常。

若无五谷难活命,肚中饥饿搅肝肠。

所以上天多看重,活命之事米为王。

倘然轻贱来抛弃,霹雳天雷不可挡。

不敬五谷天动怒,降灾降难降饥荒。

此中罪孽如山大,有眼青天照十方。

可惜世人多不知,空空虚度好时光。

有了工夫懒动手,宁可空谈来白相。

光阴如箭催人老,人生到处有无常。

一身孽障如何洗,千斤百担见阎王。

那时懊悔成何用,铁围山里苦凄惶。

菩萨慈悲来显化,劝人惜谷有良方。

若能各自知敬惜,免灾免难免饥荒。

善男信女来静听,果报昭昭皆细详。

话说此一本惜谷宝卷,乃是明朝万历年间,镇江府丹徒县南乡陈员外家的故事。陈员外家的厨下老妪王老娘带了谷篓出场来也。

天生五谷养凡人,粒粒珍珠不可轻。

若是不知勤敬惜,受恩不报枉为人。

王氏老娘传故事,早年守节苦伶仃。

地方恶少来欺侮,百般调戏丧良心。

王氏娘娘贞节妇,抚孤苦守只关门。

调戏不从来逼嫁,串通族众想钱银。

王氏娘娘坚不肯,一闻信息便逃奔。

前村有个陈员外,呼奴使婢有名声。

有人荐到陈家主,帮工为活且安身。

派到厨房来烧火,自知命苦愿修行。

只因听了道姑话,懊悔当年溺女婴。

婆婆膨胀大儿死,一身罪孽难洗清。

若要将功来赎罪,除非惜谷费精神。

所以一生勤惜谷,手忙脚乱不住停。

一粒半粒勤收拾,稻柴饭米敬心尊。

不用念珠常念佛,灶君心喜奏天庭。

"人世靠天吃饭,须知五谷当珍,灶前灶后细心寻,全烦养家活命。老身乃陈员外家一个烧火婆婆是也,本姓赵氏,丈夫王福全去世,生有两个孩儿,大儿六岁身亡,次儿年方三岁。丈夫死后,十分苦楚,有一班地方恶少,百般调戏,我抵死不从,又要逼我改嫁,要想卖我发财。我虽女流,却知一二分道理,只为有两三岁,一点骨血,我若改嫁,那王氏一门香火,谁人承值?所以心坚似铁,志立如山,甘心穷饿,不肯改嫁。只得连夜逃出,向陈员外家帮工糊口,在厨下烧火,十分辛苦。已经三十余年,自问生平别无孽障,只为二十五岁上,生第三个女孩,被我婆婆笑骂,说道:'连生雌货,看你们如何抚养?'她的意思是要我淹死。我一时听了,心中十分懊恼,不得不狠了心肠,把生下女孩,活活淹死。收生稳婆沈老娘再三劝我,我因婆婆冷言冷语,不敢不依,只得淹死。不料后来生了两个儿子,大儿子到六岁上出天花死了,单剩第二个儿子年方三岁。我婆婆因死了长孙,也因气恼,得了鼓胀之病。临死时候看见一小小血泡,滚在床前索命,说不该逼我媳,淹死第三孙女,至今悔已不及了。我当时看见如此光景,心中十分恐怕。三年前遇见一道姑,说:'阴间律例,淹死一个女孩,要罚他死一个男孩,父母也要折福减寿。若要消此孽障,必须立愿惜谷,方可以将功折罪。'想我当年也曾淹死一个女孩,我的婆婆臌胀病终,大儿子六岁身亡,莫非即是此报。所以我听了道姑之言,即在灶前焚香叩头,立下誓愿,自愿一生,敬惜五谷,不敢一点抛弃,或者可以将功抵过。无奈厨房内外,抛弃米谷最多,老身费尽心机口舌。今日清早起来,打扫已半,且把谷篓挂在灶前,细细地把稻柴上谷粒,一一摘取下来。啊呀,这一堆稻草我前日已约周老大娘放在天井中,用大盘篮把竹片括打了三天,落下谷粒不少,以为可以干干净净,不料还有许多狼藉,只得重费一番手脚。咳,阿弥陀佛,罪过呀罪过。"

　　王老娘,苦出身,早年守寡。帮陈府,来烧火,打扫当家。

　　想人生,活命根,全靠五谷。惜不惜,灶君记,刻刻清查。

　　稻草上,谷最多,霎时火化。破功夫,来摘下,自不耽差。

　　即使那,秕谷中,也有半粒。半粒谷,也好吃,火酒糟渣。

　　免孽障,报天恩,增延福禄。灶皇帝,心欢喜,赛过香花。

　　"啊呀呀,罪过啊罪过。"王老娘正在把柴梢上的谷粒,细细摘下,投入谷箩。忽然来了一个梅香,名唤春梅,在井边淘米回来,手中提了饭笺,口中喊道:"王老娘在那哩?咦,好个王老娘,时候已不早了,你在那里鸣鸣唧唧,念什鹰鬼佛,做什么鬼戏。淘米来了,快快起火烧饭,员外要紧吃了饭,到南山打猎。"王老娘答应道:"原来是春梅姐,淘米来了,待我来米里拣谷。"春梅道:"你老婆婆好心绪,天天吃了闲饭,在灶下鸣鸣唧唧,手忙脚乱,一粒一粒地摘那秕谷。我看你好呆气呀,那能有许多功夫做这等不要紧事呢。"

　　梅香说话使聪明,好笑婆婆枉费心。

　　秕谷如何捡得净,有几多力气枉劳神。

　　员外家已多豪富,仓中米谷积陈陈。

　　有劳你,一粒半粒来摘下,看来原是假惺惺。

　　快快发火来烧饭,员外是,南山打猎要前行。

　　我是好言终不错,你不要,功夫耽搁怨他人。

　　王老娘听了说道:"呀,春梅姐,你道我呆,我却不呆;你道是不要紧事,我道是极要紧事。"春梅道:"我不来管你闲账,且拿饭笺去,急速发火煮饭,我去去就来。"说罢,即向外边去了。王老娘接了饭笺,一面拣谷,一面叹道:"可惜可惜,饭米中有许多谷子在内。我常常劝众家人,各自修福,到翻廒的时候,用心多筛几回,把谷子筛净,然后方好煮饭。无奈他们懒惰没福,总不肯依我说话,以致吃在肚里不能消化,岂不十二分造孽?待我今日细细的拣出是好。咳,罪过罪过,阿弥陀佛!这谷子呀。"

　　想农夫,种田忙,十分吃苦。一粒壳,一滴汗,休歇无时。

　　最可惜,饭米中,剩了谷子。吃下肚,难消化,粪里坑池。

　　怪不得,罪过深,上天震怒。差鬼神,降灾难,报应无虚。

　　我今朝,破工夫,一一捡去。求上天,保佑我,孽障消除。

　　一日王老娘正在米中拣谷,那春梅提了竹篮来到厨房,一张,说道:"王老娘在灶堂下鸣鸣唧唧做什么?还不赶紧烧饭呀,你看火也不烧,灶堂冰冷,偏拉里米里拣谷。我若去告诉了员外,这饭碗头不牢了。"王老娘道:"你去告诉员外,难道我不好告诉么?"春梅听了,顿时变了面孔,大声骂道:"老娼根,你去告诉什么来?"说罢拍手拍脚地乱骂,王老娘只是忍耐,即便陪一个笑脸说:"总是我不是,我并不告诉什么,只是要把惜谷的道理告诉员外知道罢了。大姐不要听错了。"原来春梅是一个不妥当丫头,平日见了男人便觉轻狂嬉笑,不爱面孔。几次被王老娘撞见,吓得春梅满面通红,急忙逃走。王老娘是个隐恶扬善之人,从来不肯说与第二人知道。保她面孔,全我阴德。今日无心之言,好像触犯了她的毛病,所以恼羞成怒,立刻翻脸。幸亏老娘一味耽差,不与计量,得以平息。春梅自觉不安,说道:"我且问你,拣这谷子何用?"王老娘道:"我只为米中有谷,和在饭中,吃在肚里,不能消化。落入粪坑,十分造孽,不得费心费力,细细拣出。你哪里知道其中缘故。"春梅道:"若说谷子,现在正是收稻上场时候。我在河边洗菜回来,一路上零星稻谷,狼藉满地,哪里收拾得许多。你如今要一粒半粒地寻出,岂不耐烦么?"王老娘一听此言,叹一口气道:"哎,可惜呀,可惜。素来晓得收稻登场,路上狼藉。最多我顾不得要忙里偷闲,告假三日,到大路上扫谷去了。"

　　老娘惜谷费心神,一心扫谷出门行。

收稻登场挑担走，零星狼藉混风尘。
鸡鸭鸟儿吃不尽，一经风雨杳无形。
此中造孽真无量，扫谷阴功十倍增。
王氏老娘心切切，思量告假转家门。
粪箕笤帚随身带，回家一路细思量。
看见谷粒动动手，路头田岸密层层。
早晨扫起多辛苦，胜念弥陀观世音。
一路扫来忘记数，记功头上有神明。
看看扫到天色晚，老娘只得转回门。
扫到三天来见数，量来四斗又三升。
明朝没得工夫扫，只得央工表我心。
即时央定邻家妇，重许工钱要费心。
邻家寡妇姓周氏，无依无靠守清贫。
得了工钱帮扫谷，天天沿路冒风行。
一天扫见多满斗，十天满谷石余零。
工钱约要七百外，老娘自己少钱文。
当了衣裳付工食，人人笑说是痴人。
老娘只是呵呵笑，痴人原是有良心。
天地大恩宜报答，一心惜谷报天恩。
费了工钱心自愿，前无懊悔一条心。

话说王老娘雇了乡邻周寡妇，天天在路上岸头扫谷，每日扫得一斗有余。扫到十日，量见毛谷一石三斗有余。王老娘手里无钱，只得当了衣服，付周寡妇工钱七百文。春梅见了说道："你这老婆婆真正痴了，自己无钱也罢了，为何必要当衣借债，央人扫谷？况且已经扫了许多谷子，便可拟作工钱，尽已够足，你难道不会打算么？"王老娘道："扫下的谷子，我另要做件好事，买香斋供，不能抵作工钱。"那周寡妇在傍，听见说另要做件好事，便接口道："若做好事，老身无依无靠，穷苦异常，残冬腊月，无衣无被，正苦难以度日。若蒙王老娘把此谷周济，胜如南海烧香。"王老娘道："既然如此，即将此谷，送你便了。"春梅听了笑道："你这老娘好贪心不足，得了工钱，又要得谷，倒不如白替你做了。"王老娘道："一样好事，也不必说了。向来你们不晓得扫谷的决不折本。从今以后，只愿你自己发心，年遇收麦收稻时候，忙里偷闲，时常扫扫便了。"那周寡妇得了工钱，又得了一石有余的稻谷，满心欢喜，拜谢而去。

王老娘，自发心，勤勤惜谷。付工钱，代扫谷，布施穷人。
周寡妇，守清贫，无依无靠。冷凄凄，冬腊月，难度朝昏。
告一声，苦黄连，无人周济。求老娘，怜念我，年老无亲。
本该是，得工钱，不好开口。只做叫，譬如那，南海斋僧。
王老娘，应连声，随时挑去。只愿你，自今后，惜谷留心。

话说周寡妇欢喜，拜谢而回，此话不题。一日正在米中拣谷，忽听得天上雷声大作，电光直射满屋中，多觉得有硫磺气。把一个春梅丫头，吓得目定口呆，魂不附体，急忙向天，双膝跪下，连磕响头，对着众人说道："不瞒各位说，我今朝在坑厕屋里偷吃烧饼点心，听见有脚步响，不合失手，把半个饼儿落在粪坑。恐防说出丑态，所以不敢告人。现在天雷即要打我，快快地要到坑中拾起，方免死罪。啊呀呀，大叔叔、老太太，快点来相帮，救我性命要紧吓。"说罢，随即同了众人，走到坑边一望，果然看见半个烧饼在坑中。即刻用钉把扒起,交与春梅,叫她自吃。春梅只得略一洗净,把半个烧饼吃下,然后雷声乃息,神魂方定,说也可怕。

　　一声霹雳响天雷,春梅吓得立时呆。
　　偷吃饼儿来失手,粪坑落入罚应该。
　　双膝跪在尘埃地,磕头礼拜哭声哀。
　　说道奴奴该万死,饼儿落作粪渣堆。
　　自觉无颜怕出丑,不敢明言说出来。
　　今朝要犯天条死,只得把真情诉出来。
　　要求各位来相救,快到坑边捞起来。
　　众人听了忙不住,同到坑边看一回。
　　看到粪坑深底处,饼儿尚在粪渣堆。
　　即时捞与梅香吃,今朝方得免天雷。
　　可见得,一饼入坑天已怒,何况乎,许多谷子变成灰。
　　王老娘是,听得雷声分外切,方知狼藉定招灾。
　　举心动念天已见,刻刻时时惜谷来。

　　话说春梅把粪坑中半个饼儿拾起,即刻吃了下肚,然后雷乃收声,得免雷击。正在惊慌之际,门上人进来说道:"说也奇怪,当雷响时候,南村头也有一家十岁小儿吃粽子,吃到一半,忽然嬉戏,把半只粽儿落入坑中。不一刻雷响,家中黑暗,对面竟不见人。他家母亲急忙查问小儿,可有作孽事。小儿方说出粽子入坑,不能拾起之故。遂即到坑边捞起粽子,与小儿吃了,方得免遭雷击。同一个时辰,同一个雷响,一里之地,警戒的已有两人,天之爱惜粮食如此。"王老娘听了合掌念佛,因想饭米中谷子,吃下难化,多入粪坑底里,不知多多少少。虽是无心之过,然古来定例,必须每年淘洗坑底两次,把淘起的谷粒磨粉,烧作腊八粥,合家同吃,以消孽障。若是懒惰不淘,必致上天降灾。人口不安,原是一定道理,一定报应。我想员外家的坑厕,难保无谷子在内。何不请管账先生作主,分付家人,耽搁半日工夫,淘洗一次,免得许多孽障,也是好事。遂即到账房,求请管账先生。哪知管账的两位先生,一个是周先生号凤山,一个是蒋先生号甫田。两位先生脾气不同,周凤山是一个势利小人,专要向东家面前讨好,不顾人死活。蒋先生是一个忠厚老成、体恤穷人之人,生平最喜敬惜字纸,日高三丈,方始回来。王老娘清晨来到账房,偏偏蒋先生出门拾字,但见一位周凤山先生,告以淘坑之事。那周先生哪里肯听? 正是酒逢知己千杯少,话不投机半句多。

　　老娘动念想淘坑,清早起来进账房。
　　管账先生人两个,一周一蒋两条肠。
　　老成忠厚多宽恕,清晨惜字上街坊。
　　势利刻薄行凶惯,收债收租像虎狼。
　　王老娘是一心要想淘坑谷,账房走进诉端详。
　　偏偏撞着周老凤,一生从不信阴阳。
　　一听此言忙摇手,我家从不说淘坑。
　　荒然起底来淘洗,臭气熏天不可当。
　　况且是,雇工必须三两个,工钱员外不承当。
　　你老婆婆不必闲多管,快快烧火当心向灶房。
　　婆婆听说无回答,思量暗托粪船郎。
　　另送铜钱二百个,请他明日便淘坑。
　　粪船郎果然知道理,来起陈家大粪坑。

吃了烧酒饱了饭，着了蓑衣好起坑。

挑粪起到近坑底，恐多阴毒是难当。

再用柴火来熏照，水冲四面洗污浆。

在家不见阳光照，去其阴毒当阳光。

着了蓑衣吃烧酒，蒜头塞鼻入深坑。

再用灶灰来拌扫，扫净之时捧出坑。

即向河中来漂洗，淘筛一刻便分张。

有钱有谷明明见，淘来真是喜非常。

不费主人钱一个，一桩好事我做了。

却说王老娘暗地出钱，嘱托粪船朋友，即日淘洗，瞒了合家人。众人只说粪船朋友失落要紧东西，在陈府坑内必要淘起坑底。但因陈府家中大坑，多年不淘，其中阴气太重，所以起到坑底时候，挑水淘冲，再用柴把火四面焚烧，以去阴毒。又闻说塞了鼻子，吃了烧酒，不受坑毒。遂就吃了饱饭，吸了烧酒，再用大蒜头塞鼻，然后用梯入坑，将灶灰拌扫坑底，扫净出坑。拿到河中漂筛干净，其中有大小钱一百零七文，量见稻谷一升半。虽然黑色，然粒粒饱哽。王老娘见了，合掌念道："阿弥陀佛。闻得吃了坑谷可消孽障，我向有气急痰喘之病，或者可消罪孽。"遂将坑谷漂洗晒干磨粉做饼，尽行吃下。一吃之后，忽然呕吐，吐下浓痰两碗，觉得气体宽泰，旧症顿好，永不再发。正是惜谷惜到坑池底，上格天心百病消。

王老娘，勤淘坑，出钱二百。粪船郎，两三个，挑粪来临。

挑到底，加水冲，粪渣捞尽。用火把，去阴毒，四面烧熏。

吃烧酒，吃饱饭，大蒜塞鼻。用灶灰，辅坑底，拌扫殷勤。

扫出来，有一箩，河中漂洗。谷两升，钱百外，排列分明。

把铜钱，送与那，粪船朋友。当酒钱，送与你，劝你当心。

方信道，淘坑底，原不折本。两升谷，晒干了，做饼来吞。

淘坑时，忽然闻，异香满屋。香扑鼻，人人说，诧异连声。

王老娘，本来有，气喘痰病。每发时，咽不下，坐到天明。

今日里，冲淘坑，得谷自吃。吃了饼，忽呕吐，两碗痰腥。

顿觉得，胸膈宽，身康体健。方信道，坑底谷，痼疾除根。

说起来，世俗人，哪个肯信。岂知道，淘坑谷，上格天心。

王老娘，吃饼时，笑为痴子。哪料道，痰病好，个个惊心。

话说王老娘雇工淘坑，吃了坑壳谷，旧病除根，心中十分欢喜，时常念佛。灶前灶后，见有一粒半粒，务必亲手拾起。每日洗饭锅的水脚，必用布袋漉净，晒干自吃。每见小儿吃饭，必多狼藉。老娘时刻不离，代为照管。每到吃饭之后，各处桌面下必有抛下饭粒。老娘每次必亲身向屋下地上细细收拾，见有饭粒必拾起放在口中。每到端阳吃粽时，粽箬中闲夹着饭粒，往往抛弃。老娘随见，必拾起一看，洗净方休。每遇家人买办砻糠回来，老娘必请伙计重加筛净。每次筛出毛谷不少，也是王老娘专心惜谷，所以处处当心，不辞辛苦。而且衣裤不用面浆浆洗，鞋衬蒲布多用白芨粉、山芋粉糊面。见人碗中剩饭，必须代为吃净，不使一粒留存。又到收租时候，每到仓厅刻刻打扫，不致践踏。如此数年，陈府家人个个嫌她迂拙，厌她老悖，那个信她？哪知灶君菩萨，已日日记在功劳簿上，一准她免灾延寿了。

王老娘，劝惜谷，留心处处。灶前后，桌面下，刻刻当心。

小儿女，吃饭时，每多狼藉。两双眼，常照管，不使抛零。

糕饼屑，粽箬中，常常手拾。拾起来，放在口，吃下安心。

买砻糠,买回来,重加筛净。有乱柴,多扬过,细细搜寻。

豆萁上,麦秸中,层层看到。可吃的,总一样,总要存心。

真正是,一粒谷,夜明珠宝。一心敬,一心惜,天眼分明。

王老娘存心惜谷,人人传说。坑谷医病,个个传闻。有东村头朱百幅听说淘坑,他就在六月炎天,挑粪起坑,也不晓得用火熏烧,也不晓得吃了烧酒,也不用蒜头塞鼻,也不用柴灰拌扫,冒冒失失地入坑。那知天气又热,遇了坑中阴毒之气,得了一场大病,几乎将死。幸遇着一个道人,送他一服药说道:"你这一个人本来心地不好,今年要遭牢狱之灾,罚你坑毒生病,尚是从轻发落。因念你到底有一片善心,所以我来救你。"可知淘坑一事,须要小心办事方好。自从王老娘淘坑之后,家家传说,传为话柄。每年五、十两月,各家淘坑一次,永为定例。蒋先生本是一个惜字之人,一闻淘坑得谷得钱之事,极为欢喜。他遂雇工淘坑,合计本街有大小坑池三十余所,嘱托粪船赴各处淘坑,重给工食钱,多买烧酒。十日内淘毕,共计淘出谷粒一斗四升,大小钱一千三百零五文。——漂净晒干。蒋先生十分欢喜,他遂建醮一天,奏表天庭,求免一方瘟疫之灾。只此一念,竟能感格天心,一方安泰。正是古人说得好:坑中淘出一粒谷,一年常享平安福;坑中淘出一个钱,保他禄寿自绵延。

匹夫匹妇见精诚,一人向善众人服。

虽然贫贱帮工活,诚心真可格天心。

王氏老娘勤惜谷,传留好样到如今。

蒋姓先生能惜字,淘坑淘出见袋文。

即此一诚天已见,一方灾难不再临。

一念违天天便怒,敬天天意自欢心。

到底世间为善好,莫谈闲话费精神。

不提王老娘惜谷一事。再说陈员外家中豪富,金银满库,米麦陈陈,呼奴使婢,夜宴朝欢。但求自家受用,不信为善作福。自以为前世修来由我适意,世上穷骨头哪里知道。忽然一日,家中半夜鬼叫,目间恶狗爬台。妻子李氏大娘得了重病,自己心里着急,想道:"如此光景,只怕有灾难到了。"闻说南海观音大士极有灵感,何弗载一船银米前去进香斋僧,或者可以消消孽障。主意已定,遂即分付账房先生取出白银五百两,白米五百石,雇一双大船,带了跟班二名,准备到南海斋僧。择于二月初五日动身,分付周凤山先生同去,蒋先生在家料理。那蒋先生本来好善,要想同到南海,无奈员外不许,只得托带香烛五斤,嘱周先生代为进香便了。

陈员外,忽然间,家中鬼叫。狗爬台,蛇出见,自觉心惊。

摸摸心,孽障多,天灾难免。除非是,抱佛脚,南海斋僧。

载白米,取白银,舟船叫定。拣好日,开船去,赶紧前行。

话说王老娘听说员外要到去南海斋僧。她半年以来,灶下谷篓中已惜得三斗有余,要想同到南海去,托了周凤山相恳员外带她同去。员外听了,哈哈一笑道:"同去亦不妨,但她三斗毛谷也想斋僧,岂不要惹和尚笑话?"老娘道:"千里鹅毛,礼轻情重,求员外方便。"员外道:"罢了,既要同去,只好在船艄角里坐坐便了。"王老娘满心欢喜,即便带了三斗毛谷,随了员外,下船同行。

员外今朝发善心,普陀山上去斋僧。

员外中舱来坐定,头舱里面住家人。

旗灯扯出陈府号,进香南海写分明。

白银白米满船载,得意洋洋便起航。

扯起篷来风送顺,赶一程来过一程。

王老娘是趁船只好艄舱坐,口念弥陀不住声。

员外是前世修来今享福,我辈穷人脚后跟。

岂知道天理但分善与恶,不分富贵与贱贫。

诚心一点观音见,护法委托来护身。

路上行程来得快,普陀山在面前存。

大士当年成道处,紫竹丛中罩白云。

奇花异草山中满,怪石玲珑好像人。

停船停在山湾内,木鱼声和海潮音。

那员外在路上行了半月,来到普陀山下,一路有留宿香客的店家。周凤山先生竭力奉承,寻一个清洁宽大店家住宿。沐浴更衣,端正上山。在店中,员外思想:"我是一个大大的施主。明日上山,大和尚必要大开山门迎接。必须先一日打发家人投帖,随后打轿上山,入寺拈香便了。"

陈员外,到普陀,斋僧供饭。发仓米,五百石,便做斋粮。

还有金,雪白银,计五百两。要算我,大施主,非比寻常。

笑世人,哪有我,宽宏度量。佛菩萨,应保裕,度我慈航。

想僧家,苦修行,蘸盐蘸酱。我送去,料应得,拜受焚香。

当更要,款留我,住宿斋房。

陈员外准备进香,分付家人挑了两担香烛,一路上山,一路逢庙烧香点烛,磕头礼拜。但见山上奇花朵朵,异草芊芊,怪石森森,香烟霭霭,果然好个名山福地!员外一心要到普陀寺内斋僧,自己坐一乘轿子,周先生坐一竹兜,后面跟两个跟班,长工挑了香担,赶紧上山。再后面跟一个王老娘,挂着拐杖,龙龙钟钟地赶着轿子。不多一刻,已到普陀寺前,跟班投帖,上写着:法弟陈庆增顿首拜。谨具白米五百石,白银五百两,奉申斋供之敬。拿了帖子高声问道:"山门上管门僧听者,我家陈老爷员外来寺进香。千里远来,备有白银五百两,白米五百石,来寺斋僧。明日随后起车,送上山来。现在员外已到,分付大开山门,迎接为是。"那管门僧即刻持帖通报方丈和尚。不多一刻,出来传话说道:"我家方丈和尚多谢老爷。承赐白银白米,万不敢领,请不必送来,原物带转。惟有他同来的一位老太,带来三斗有余的毛谷,分付大开山门,打发八个沙弥,抬着进来供佛。方丈和尚还要亲自出山门迎接大施主哩。"原来方丈和尚三日前头,早已见菩萨托梦。梦中明明说破,所以有此一番说话。

陈员外,千里来,到山投帖。自以为,大施主,大开山门。

哪知道,大和尚,说声不敢。请收回,全不受,多谢爷们。

独有那,同来的,老年太太。三斗谷,真可敬,大开山门。

八个僧,同出去,扛抬三斗。抬进来,佛前供,诵咒看经。

陈员外,好羞惭,在旁观看。王老娘,方进寺,和尚来迎。

方丈僧,见老娘,十分恭敬。三斗谷,同念佛,合掌千声。

念完了,把谷分,每人一把。大众来,同受福,不要看轻。

请老娘,拜佛完,斋房留饭。好领她,万年洞,见见观音。

陈员外,看得来,心头出火。皱着眉,搔着首,难以为情。

陈员外在旁观看,见大和尚把那七十余岁烧火婆婆王老娘十分敬重。自顾一身打扮也还不俗,竟无一个僧人睬我,心上十分不服,遂走上前拱手问道:

问一声,老和尚,大师方丈。送银米,斋僧众,道路绵长。

不算少,不算多,一心供养。为何的,全不受,我面无光。

　　偏是那,烧火婆,斗升以上。反劳你,亲拜佛,郑重相将。

　　那其间,颠倒颠,是何情状。求师父,明指点,乞道其详。

　　那大和尚听了员外一番说话,便把手一拱,说道:"香客请坐,小僧只为菩萨有梦,分付不许领命,所以如此。香客幸勿见罪。"

　　告客官,勿多疑,此中难嫌。你试把,你银米,自己思量。

　　烧火婆,苦修行,十分福相。勤惜谷,常念佛,到老无忘。

　　一粒米,一粒珠,好擎掌上。不比你,多狼藉,不挂肝肠。

　　我这里,但论心,不论形像。你与他,何可以,争短论长。

　　"哈哈,你看是白米五百石,白银五百两,我看是许多孽障。老僧吃了你的银米,不能代你府上消许多孽障,所以不取领教。这三斗五升毛谷,你看是些些谷,我看是许多福。你的福那及她的福,请早早回去修心改过,在穷人面上看破三分,便是菩萨心肠。分付徒弟们,请老太太后堂用了斋饭,送她下山到万年洞,看观音菩萨显相,老僧也要亲身候送。"说罢,说声"请了",茶也不留,竟自进去了。陈员外正在没趣,忽然走出一个痴和尚,黑面蓬头,手中拿着一柄扫帚,向着员外定睛一看,大声道:"咦,你这孽畜也来此地混迹?快快走出去,不要来污我佛地。"主客师急忙来劝,痴和尚道:"你们看看这一位,不是人头,而是一个狗头人身,不知是何缘故?自家变相,我们此地岂可容得么?"员外听了心中勃然,气得来胡须直竖,两面通红,叹一声:"罢了,罢了。"我好好来斋僧,反受他一场笑话,倒教找修心改过。哎!我有什么过犯?看来真是妖言惑众,装腔作势,有眼不识泰山。秃驴呀!可恼呀!遂即出了山门,分付家人烧完了香,即刻开船,不可耽搁。

　　员外心中火勃然,下山分付便开船。

　　口中连骂妖和尚,胡言乱道太欺瞒。

　　啥个菩萨亲托梦,装腔作势与人看。

　　千里遥遥非容易,如何待我太不堪。

　　满载而来满载返,有何面目转江南。

　　算来不及烧火婆,说神见鬼话千般。

　　想起情由真惹气,岂有此理忒刁钻。

　　不如早早回家去,哪有心绪再盘桓。

　　员外分付开船,那管账先生周凤山说道:"尚有烧火王老娘未曾下船,想她手轻脚重,行走得慢,且等她一等罢。"员外想道:"说起王老娘,她那里众秃驴奉承她得很,怕她不能叫船回去么?哪有工夫守候她?"分付开船。船家说道:"此番来山,原以为拟仗拜佛来游春,要玩几天。不料员外如此性急,连那万年洞菩萨显相地方都不要去了么?"员外道:"说啥个显相不显相,都是和尚妖言惑众罢了。"众人不好再说,只得开船。说也奇怪,陈员外走下船来开舱收拾,忽见香烛两担原封不动,依旧摆好在内,心中吃了一惊,急忙唤周凤出先生:"你管账目。昨日明明挑了两担香烛上山,今日为何依旧挑回?"周凤山先生不信,急忙到船舱一看,却也奇怪:前日我亲手所买的香烛两担,照依发票一点不差。昨日明明挑上山去,逢寺烧香点烛,一概烧完,不存一点。今日依旧在此,却也不解其中缘故。正看之际,周凤山忽看见了自己一包香烛,一张疏文,宛然在内,吓得面如土色,连说"怪事"。原来陈府两位管账先生都备香烛进香,周凤山亲自上山,明明亲自把香烛烧点,蒋先生却托他带来一分香烛,并未亲到。今日偏偏把周先生一分香烛发回,心上十分不安。然事已至此,只得强作解事,对员外说道:"此不过菩萨客气,不敢领我们的盛礼罢了,别无他意。"员外道:"原是菩萨与我们客气,我们也不好十分相强,只得带回便了。"

　　员外斋僧打转回,并他香烛返回来。

最可怪,香烛明明挑两担,上山昨夜紧相随。

一路烧香并点烛,烧香各庙总成灰。

为啥缘故船中依旧多香烛,分毫不动顿然呆。

管账先生香两分,一返一受费疑猜。

蒋姓先生人未到,心诚上达到天台。

周凤先生来细看,满舱香烛变成堆。

昨夜明明来烧讫,为何依旧返回来。

心中细想真无趣,进香不受香火财。

员外口中言诧怪,未知谁送下山来。

周先生讨好奉承惯,花言巧语人相陪。

菩萨看来多客气,蒙他辞谢返回归。

话说陈员外下山上船,忽见所买香烛依旧原封不动地摆在船舱内,周凤山反说菩萨客气,也是他自己解嘲的说法,不在话下。却说王老娘被山上方丈留斋,用斋已毕,大和尚分付领老太太到万年洞,一看菩萨显相。王老娘身边所带不过几百文香钱,员外又另在一处,心上好不着急,想道:方丈如此待我,我身边又无钱文,如何过意? 然无钱做不出好郎君,只好硬着头皮拜辞了方丈。方丈分付众僧送出山门,王老娘言称不敢。出了山门,急急赶到山下,要寻那原船,也无心绪再游万年洞。一路赶到山下,问那原船,杳无形迹。寻来寻去,叫了半日,毫无影响。有同来的苏州香船说道:"镇江陈员外香船,因斋僧不受,他没意思,下船来一刻儿已开船去了。"王老娘闻信,大吃一惊,叹道"啊呀,千里遥遥,我一女流如何回去? 真是乞丐无路!"

王氏老娘下山来,寻船不见顿然呆。

与我同来原好意,因何不肯带归回。

千里遥遥路不熟,上天无路告诉谁。

今番只好来求乞,未知何日转家回。

正在嚎啕来恸哭,观音菩萨化身来。

化了渔婆年老妇,撑船一只到山隈。

向着老娘来招手,我今送你好回归。

只要扯住我衣襟角,朦胧两眼不宜开。

老娘依了渔婆话,满心欢喜上船来。

扯住衣襟合了眼,两耳呼呼实快哉。

不多一刻风声息,渔婆开口你家来。

放开双眼来观看,自家门首把门开。

渔婆船只都不见,一朝千里实奇哉。

想必神明来引路,望空遥拜理应该。

员外未知何日转,此时只好等他回。

家中儿女来迎接,南海因何早早回。

老娘说出其中事,人人恭喜到门来。

话说王老娘上了渔婆船上,一刻儿已到家门。渔船忽然不见,明知是菩萨显化,只得望空拜谢。到了家中,知员外尚未有信息,只得静候家中。乡邻亲戚都来问信,老娘界略道其详,又不好明明说破,恐防陈府不喜,乃只得含糊答应几句。每日到河边守候,直到半月之后,方才望见香船来到。王老娘同了家中人众,同到河边迎接员外上岸。员外见了王老娘吃了一惊,心中想道:她被我抛撇在普陀山,因何早到家?心中十分疑怪。难道她插翅飞了回来么?想来想去,不解其中缘故。想到山上的光景,心头尤觉动火。走进门来,分付开饭。家人急忙答应,王老娘也自去小心服侍。员外性急,拿来便吃。吃了一碗,拍案又骂和尚无礼,以致台下狼藉,许多饭粒。吃完之后,王老娘又用她的老规矩向台下一粒半粒的寻觅饭糁。员外正在发恼,看见了王老娘格外触怒,大喝一声:"老贱人在我跟前讨厌,谁要你假惺惺做这等鬼戏。"说罢,即把靴尖一踢,把一个王老娘滚元宝一般跌倒在地,喊声:"啊呀,员外饶命呀。"这一声喊,已惊动了值日功曹,奏上天去了。

　　员外归来怒气喷,靴尖踢倒老年人。
　　狼藉饭粒几满她,毫无敬惜一条心。
　　王老娘跌倒尘埃地,喊声饶命苦伤心。
　　日值功曹亲看见,急忙飞奏上天庭。
　　玉皇大帝登金阙,速传雷部不留停。
　　如此行为天更怒,应该雷击丧残生。
　　不多一刻雷声响,电光直射到中庭。
　　霹雳一声烟火冒,员外打死地中心。
　　头发蓬松面枯焦,一条红线血淋淋。
　　双膝跪在台底下,一把饭粒手中心。
　　合家大小惊呆了,嚎啕痛哭叫难应。
　　夫人自病在床卧,顿时吓得梦魂惊。
　　两个少爷都出外,时常嫖赌出门行。
　　寻了两日方回转,披麻戴孝哭尸灵。
　　管账先生忙不住,备棺成殓费金银。
　　另备桃桩三五个,开坑钉在地中心。
　　天不容来地不载,不然依旧犯雷神。
　　王氏老娘回家去,哀哀哭得眼睛昏。
　　带累员外天打死,老身死罪合该应。
　　自言自语自埋怨,我身罪业洗难清。
　　从无半句伤员外,斋僧之事不谈论。
　　旁人来问普陀事,老娘摇手不回音。
　　总说和尚无其事,众人勿听误传闻。
　　也是老娘忠厚处,不谈人短败他名。

　　原来陈员外生平不孝继母,本应早犯天条。此番斋僧,菩萨点化,原是指望他修心改过,或可挽回。那痴和尚所说狗头狗面,原是他不孝的罪业重重,到了佛前自然露出恶相,有慧眼的早已看出,所以略为说破。哪知他素心依旧不改,反觉老羞成怒,一路恨恨。路上偶动一念与周凤山先生商议道:"我这五百两银子,五百石白米,和尚不要,难道我别无用处?他要我布施穷人,我偏不做。寻某地有一破庙宇,不如把它重造一造,供一尊菩萨,难道不能保佑么?"谁料到家之日,银米尚未起船,已觉心火直冒,旧脾气顿时发作,一时犯了值日功曹,竟致天雷打死。咳,可怜陈员外一世英雄,擎鹰打猎,自觉开心作乐,今朝顷刻死于非命,正是放开双眼青云里,看你行凶到几时。

　　陈员处,好伤心,天雷打死。可怜他,家豪富,合县闻名。

普陀僧,原劝他,修心改过。哪知他,全不信,依旧横行。
拾狼藉,最要紧,偏偏讨厌。怒气冲,靴尖踢,犯了神明。
他本是,忤逆儿,不孝继母。极应该,天条犯,断送残生。
妻有病,子荒唐,家财破散。两三年,田卖尽,屋转他人。
败家儿,不像人,衣衫褴褛。作叫化,沿门乞,流落难寻。
周老凤,普陀回,半年大病。他心中,明白了,改过回心。
对神前,发愿心,哀哀立誓。敬字纸,惜五谷,宽恕穷人。
再不敢,像从前,阴阳不信。从今后,常念佛,敬礼神明。
到后来,得善终,老年享福。看起来,善恶报,定不差分。
蒋先生,本来是,素心行善。看见了,陈员外,格外存心。
敬字谷,最辛勤,时时刻刻。救人急,扶人难,不惜精神。
到后来,两个儿,早年入泮。直活到,八十岁,坐化成神。
王老娘,转回家,儿媳孝顺。有两子,都上学,聊度朝昏。
年虽老,做得来,帮同做活。粗布暖,菜饭饱,共享天伦。
想当年,淹女儿,大儿丧命。直到今,十分悔,好不伤心。
遇着了,有孕人,现身说法。苦口劝,不可溺,天地好生。
倘有那,贫苦人,无穿无吃。资助他,两三斗,寒谷回春。
劝惜谷,劝惜字,一生命脉。时运来,家财发,天赐黄金。
拆旧房,翻造时,掘开墙角。石皮下,露银子,几万金子。
顿然间,发大财,人人美慕。到底是,勤惜谷,报应分明。
老婆婆,到后来,寿长一百。眼目清,手脚健,念佛修行。
一日闲,佛来迎,无病坐化。满屋中,异香绕,白鹤来临。

　　却说王老娘自从普陀回来见了陈员外如此结局,她随即回家与儿子、媳妇勤俭营生。媳妇温柔内助,他夫妻两个小心侍奉老娘,一无气恼,一无忧闷,欢欢喜喜地过日。时常追想当初,曾经为了溺死一个女孩以致伤我大儿,索命而死,十分懊悔。所以凡遇着乡村妇女,时时把从前之事现身说法,苦口劝化道:"阴司律例,淹死一个女儿必要伤一个男儿。说也可怕,我是过来人,亲身受报。各位把我做前车之鉴,如果家中贫苦,生下来无以糊口。我虽无力,尚能勉力应酬白米三斗,千万不可一时心硬,以致后来阴魂索命,带累儿子。"一众听了老娘之言,感化改过者不少。至于敬惜字纸五谷之事,自从普陀山王老娘、陈员外斋僧奇事传出,人人知道,当作新闻。从此家家知道,敬惜字谷,不劝自信了。老娘从此靠了儿子、媳妇过活,运气一年好一年,积了些些钱文,翻造破屋,忽然掘出藏银三万两,顿发大财。老娘享尽大福,日日焚香念佛,直活到一百岁。子孙满堂,合家庆寿。忽一日,清早起来,拜佛已毕,对儿媳说道:"我世缘已了,有佛来迎,明日要往生西方了。"分付各色准备。到了明日午时,老娘毫无病痛,香汤沐浴,更换衣服,合掌念佛,坐在椅子上,闭目而去。满屋中异香扑鼻,闻者无不称异,以为必定往生极乐。后来孙子五人,皆是富贵双全。人人以为老娘惜谷之报,正是善恶到头终有报,只争来早与来迟。

　　惜谷宝卷已宣完,丹徒县里异闻传。
　　烧火婆婆能惜福,佛天欢喜保平安。
　　老年享福西方去,可怜员外自无缘。
　　惜谷工夫皆来做,功德非凡人佛欢。
　　公修公得原不错,婆修婆得古来传。

今对佛前来讲说,合堂大众细心参。

愿以此功德,普及于一切。

宣卷免灾星,同登极乐国。

贤良宝卷

贤良宝卷初展开,诸佛菩萨降莲台。

善男信女静心听,一年四季能消灾。

却说此卷出在山东曹州府南华县青墩村,有一家富户,姓赵名士良,娶妻杜氏,同庚五十。所生二子,长名大郎,娶媳胡氏,次名二郎,娶媳尚氏,个个孝顺。岂知赵士良夫妇在一年上相继而终,那年大郎二十岁,二郎十九岁。不到一年功夫,二郎提出分家,就请亲戚族长立契约均分,将一份家财两股分开,大郎在原基东村居住,二郎出宅,迁居西村。大郎命运颠倒,分到的家财渐渐消完。二郎运好,顺风得利。自从分家之后,弟兄不太和睦,虽然其中各有妻子相劝,都不起作用。妯娌虽然要好,没有用场,仍旧各不来往。二郎在外轧了两个朋友,一叫车三,另一个叫王二,三人十分得意,虽然异姓,胜似同胞。天天来往,吃吃喝喝,好不快乐也。

不说二郎好命运,只表大郎苦命人。

虽然妯娌如姐妹,各无来往不通信。

大郎四季有灾晦,春夏秋冬不太平。

分家未到三足年,所有家财弄干净。

夫妻二人难度日,往后更难过光阴。

二人日夜动脑筋,准备弟家借米银。

未知弟弟肯不肯,到了那里再理论。

西村二房福气通,一年四季有财星。

百样事体多顺利,稻麦两熟又丰登。

尚氏命里福气好,广积钱财私房存。

将钱放出生利息,私房收入积金银。

回言又讲大房里,衣食不周度光阴。

年近岁边更为难,上天无路地无门。

却说大房里胡氏,对丈夫言道:"眼看就要年关了,我家分文全无,柴米少缺,年也难过。祖宗亡人巴望了一年,纸锭也化不起,怎样对得起死在阴间的老祖宗。依妾身愚见,若要好,大做小。还是你去西村,求求你家同胞兄弟吧,借些铜钱及柴米,度过了年再说,否则无人会送上门来的也。"

大郎开言娘子称,让我试试再理论。

出门一路无话说,不觉已经到西村。

眼看已到二郎宅,高堂大屋有几进。

漆黑墙门双关闭,站定身体喊开门。

二郎听见有人喊,只当车王两个人。

连忙答应把门开,抬头一见吃一惊。

不是两个朋友来,倒是一个自家人。

分家之后未来过，今日到来为何因。

开言便把兄长叫，有请进内把话论。

却说大郎一见兄弟，说话比较客气，二人同进客堂，双方坐下，二郎言道："哥哥，今日到来有何要事？"大郎只得开门见山地说道："愚兄到来非为别事，只因与你分家之后，真是晦气星进了门。为兄经常病，小贼连次偷窃，田中秋麦歉收，三年一来，坐吃山空。至今柴米全无，银钱用尽，目前即将年关，难以度过。你的嫂嫂叫为兄前来与胞弟商酌，借些钱米，度过年光，再作道理也。"

二郎开言胞兄称，你的说话我不信。

哪有穷得这样快，又不天火烧干净。

生财家具都可卖，田地房屋也可顶。

兄弟不是不肯借，有句闲话要讲明。

当时分家你作主，多少好坏由你分。

好田好地都归你，我是低洼又零星。

当场我想说句话，娘舅姑父把话云。

长兄为父嫂为娘，我们皆是前辈人。

我们在场非儿戏，难道还有不公平。

低田难道不长粮，不做坐吃何来临。

生活好坏都靠手，当时兄弟气在心。

一气之下门来出，所以迁居到西村。

三年和你未见面，只当哥哥步青云。

谁知相反来求借，可惜不巧差时辰。

早来一日有法想，今日到来无讨论。

闲话勿说勿明白，倒说兄弟无面情。

借在外的归不转，余的盘账入库门。

手头虽留零用钱，兄弟也要过新春。

只怪你的命不好，非是兄弟害你贫。

大郎听得无话答，含了眼泪就动身。

却说大郎含泪回家，胡氏娘子看见丈夫回来，面带愁容，便问道："可曾借到些些？"大郎揩干眼泪说道："你有所不知，二郎全无同胞之情。"就将方才之言略说一遍。"所以气得我上吊无处挂绳，只得含泪回家也。"

胡氏见夫气闷闷，连忙开言劝夫君。

莫被外人来知道，闲人听了笑话柄。

只怨自己命不好，莫说叔叔无情分。

当初分家同样分，为啥他富我家贫。

你我前世未修好，所以只好受灾星。

不说胡氏夫君劝，再表二房尚氏身。

却说二房里尚氏大娘，在房里听见大房里大伯前来我家，同兄弟商量借些钱米。谁知二郎不看同胞手足之情，相反讥笑兄长，拒绝借钱，气得大伯无地自容，含泪而走。尚氏暗想："丈夫对自己同胞一点情面也没有，相反，对车、王两个人，二个无赖之辈比骨肉还好。这样下去，难免要有是非到来，待奴好好劝导一番，使他往正道而走也。"

尚氏大娘暗思忖，我夫太觉不该应。

不想同胞骨肉亲，千朵桃花一树生。

谁家保得千年富，谁家会得万年贫。

定要设法将夫劝，让他想到一母生。

待我瞒过二郎面，暗送柴米雪花银。

想定主意家人唤，当面言明其中因。

亲量大米足二石，又取二百雪花银。

稻草又挑七八担，装船运送到东村。

家人奉了主母命，送到东村赵大门。

将船停靠来上岸，只见大门关得紧。

举手叩门大爷喊，惊动里面二个人。

却说大郎夫妻关紧大门在房里自怨自悲，突然听到有人叩门叫喊之声，连忙开门观看，只见二个家人旁边堆放许多东西，大郎问道："贵管家，从哪而来？"家人道："奉二爷之命特送柴米到此。"大郎道："勿要弄错人家。"家人道："大爷来借米一事，被我家主母知道了，将二爷教训了一场。现在二爷回心转意了，所以叫小人送来白米二石，柴草八担，还有银子二百两，请大爷验收，小人要告辞了。"说罢而去也。

大郎夫妻喜欢心，犹如做梦一样能。

胡氏大娘开言道，难得弟妇贤良人。

能把丈夫劝回心，救了我们二条命。

不说大房感激情，只表二郎一个人。

花天酒地常出门，尚氏送粮不知音。

尚氏一心劝夫君，想勿出个妙才情。

眼看二郎如船沉，同胞不认轧光棍。

车三王二小人辈，吃酒闲谈下流品。

有日车三来借钱，二郎总是满口应。

那日王二来借米，自己动手又袋奁。

这种朋友轧下去，终有一天要倒运。

尚氏突然灵机动，动出妙计劝夫君。

却说尚氏大娘突然想起一条妙计："有一次看见人家打死一只狗，将皮剥去，活像一个死人。不免待我将一只家犬打死，把头斩落，又将皮剥去，把衣裤鞋袜穿好，放在后园之中。骗丈夫家里发生泼天大祸，有人陷害我家，将无头尸体抛在园中，丈夫知道定然相信，决不敢上前细看，那时我就有办法也。"

尚氏一切都完成，装出一本三正经。

极声连连丈夫喊，二郎听了问原因。

尚氏手脚都发抖，只说大祸天降临。

哪个天杀害人精，杀了人命害我们。

无头尸体后园甀，官府知道了不成。

定要冤枉我家杀，到了那时说勿清。

二郎一听大吃惊，直奔后园看分明。

果然一个无头尸，四脚直挺血淋淋。

二郎顿时失了魂，手足无措呆瞪瞪。

人命关天非小可，倾家荡产稳稳能。

尚氏在旁急急催，快想办法莫迟停。

二郎被妻逼得紧，突然想起二个人。

车三王二是好友，请他前来动脑筋。

尚氏一听丈夫话，开言相劝叫夫君。

车王二人虽要好，毕竟到底外头人。

可知人命关天大，莫使外人得知闻。

妻意去请大伯来，到底同胞一母生。

到家同他来商量，必定肯想妙才情。

胜过外人好几倍，尽量瞒忒外头人。

二郎听了乱摆手，我妻哪知其中情。

车王感情胜同胞，胸中妙计吮淘成。

我去请他马上来，决不推托稳稳能。

　　却说赵二郎别了妻子，直奔车三家而去，车三连忙接进大门，问明事情。二郎就将根由讲明，要车兄帮帮大忙。车三听见人命之事，要我去设法解决，暗暗思想："如果后来查清案情，我有移尸之罪，不如回头罢。"但又不好意思，只得说道："赵兄，你来得勿巧，我今日正好是在肚皮痛，连走路也走勿动了，你还是去请王二商量吧，我改日再来。"赵二郎没法，只得去找王二也。

二郎找上王二门，王二见了喜欢心。

又当请他去喝酒，所以请进客堂门。

坐定奉茶开口问，赵兄今来为何情。

二郎就将情由讲，王二听得舌头伸。

双手乱摇赵兄叫，小弟最怕是死人。

其它样样都不怕，一见死人头发昏。

有请赵兄另想法，小弟今日难为情。

二郎见他又不允，顿时两眼泪纷纷。

作别就往原路回，思想二人少交情。

一路回到自家门，眼见家财化灰尘。

坐定身子呆思想，尚氏娘子问原因。

车王可有妙才情，二郎摇头泪盈盈。

今日为夫难为情，娘子赛过活仙人。

车三只说肚皮痛，王二最最怕死人。

尚氏即便开言说，古人说话不差分。

酒肉朋友千个好，急难之中无人问。

妾身劝夫听奴话，速去东村大伯请。

有话与他来商议，定有良策妙才情。

二郎一听眉挽结，娘子有所不知情。

　　却说赵二郎对妻子说明："前日哥哥到来，问我借钱借米，被我一口拒绝，空手含泪而归，肯定怀恨在心。今日去请，必不肯来。"尚氏言道："你聪明一世，糊涂一时。常言道'好煞外头人，恶煞自家人'。你听我的话，速速就去，必定肯来。与他商议，定有良策处理此事。不要拖延，快去快回，免出意外也。"

二郎动身出大门，脚不停步到东村。

大郎一见胞弟来，满面带笑迎进门。

今日我弟亲自来，有何要事到寒门。

自从和你分家后，从未到过我家门。

二郎一听心担忧，羞惭回言说原因。

求求哥哥莫记恨，前日兄弟不该应。

今日弟家横祸降，无头尸体后园存。

未知何人将尸抛，陷害兄弟受冤情。

故请兄长同商酌，此尸如何来处分。

却说赵大郎一听，大吃一惊，问道："外人有没有知道？车、王二人是否晓得？"二郎暗想："车、王早已晓得，但不能实说，否则兄长不肯前往。"只得鬼话连篇说道："外头人一概未知。"大郎即说："还好，被他二人知道，恐怕要反告我兄弟杀人移尸，就要大祸临头。"胡氏在旁言道："事不宜迟，快快前去，不要泄露消息也。"

大郎被妻催动身，弟兄二人急急行。

尚氏大娘门口望，算到大伯会来临。

只见二人已到家，满面堆笑降阶迎。

二人进门身坐定，尚氏开言大伯称。

家中横祸从天降，谅必大伯已知音。

今日特请大伯来，共同商酌想才情。

大郎开言弟妇称，请你不必担心惊。

先到后面观现场，然后讨论再决定。

说罢起身往内行，果见尸身倒埃尘。

却说大郎弟兄一进后园，果然有一尸身。大郎想了想言道："依愚兄看法，前门有人走过，后门有人往来，又恐被人发现盘问，不太安全。我看把他埋在梧桐树旁边，比较妥当。"说罢，二人动手挖坑，将尸埋下，把土盖平，诸事完毕。二人回到中堂，尚氏大娘千多万谢，大摆酒席，三人同桌饮酒，另有一番事情出现也。

三人饮酒共谈心，尚氏感激千万分。

二郎敬酒谢兄长，脸露悦色大哥称。

过去一切看娘面，我与兄长一母生。

尚氏见夫心已转，趁热打铁劝夫君。

尚氏喜笑叫夫君，今日奴要说真情。

家有困难靠啥人，自家别人谁真心。

今日没有大伯来，啥人为你解祸根。

如若外人来帮忙，但是消息皆知闻。

同胞父母亲兄弟，办事到底有真心。

自己骨肉不记恨，当面说过不记心。

今日大伯操劳心，问你拿啥谢大恩。

二郎对妻言一句，柴米布绸金和银。

尚氏摇头把话云，事情大小有重轻。

钱财都是身外物，不能作为表真心。

圣人之言说得好,财为末也德为本。

大祸非比小事情,谢仪非比一般能。

为妻今日有句话,不知你心若何能。

二郎说句坦率话,任凭娘子说了准。

尚氏听了微微笑,看来丈夫非小人。

弟兄分家有十年,分家文凭作罢论。

大伯大嫂迎接来,二家仍旧一家并。

未知丈夫若何能,我看此案未太平。

二郎听了满口应,二家合并过光阴。

二郎被妻已劝醒,东村接嫂到家门。

妯娌如同亲姐妹,弟兄和睦似一人。

不表赵家一家事,谁知大祸又来临。

却说赵家兄弟已经并成一家,生活过得和睦逍遥。谁知车、王二人踏出来合说话了,因为车三对二郎说过一句"改日再来"。车三过了一段时间,想起赵家发生人命案子,又不听见闻人讲起,想来早已了结,就合了王二,一同去赵家走走。谁知一到西村,打听群众,知道弟兄和睦,又并起家来。赵大一到,对我们肯定不利,真正可恶之极,不给点苦头他吃吃,不晓得车、王的利害,从此二人就商量决定,就到南华县衙门告起状来也。

车三王二动脑筋,写张状纸告衙门。

上写家住本县地,赵二谋财害人命。

赵二杀人后花园,赵大移尸有罪名。

死者是个过路商,留他喝酒起谋心。

要求老爷秉公断,要为地方保太平。

知县老爷状来准,发出朱签去捉人。

赵二拿到公堂上,两边衙役虎狼形。

赵大移尸罪名大,同样捉拿到衙门。

赵家兄弟如雷打,犹如冰水浇头顶。

弟兄押在班房里,县官立刻坐堂审。

老爷下令带犯人,赵氏弟兄跪公厅。

老爷逐一问姓名,又问为何谋财命。

老实从头招口供,免得皮肉受苦辛。

若有半句虚伪话,大刑伺候不容情。

却说赵大郎听到大刑厉害,便说道:"小人愿招,大老爷在上,此人是我杀的,与我兄弟无关。"二郎立即大叫道:"老爷,此人是我杀的,和吾兄长无涉。"知县一听,心中暗想:"他弟兄二人,各把杀人罪拉到自己身上,正是义气异常。看此情形,不像杀人之辈。不知何人从中陷害,其中定有缘故。且将二人暂时收监,明日细审便了,总会弄一个水落石出也。"

不说二人收监门,知县心中暗思忖。

弟兄如此义气重,其中另有作案人。

不免待我细查访,定会弄出真凶身。

不说知县动脑筋,再表尚氏贤良人。

一见昆仲进衙去,心中顿时吃一惊。

奴家弄巧反成拙,害了弟兄受苦辛。

左思右想无妙策,不如呈状到衙门。

前前后后写得明,直到衙门喊冤声。

却说南华县知县,将赵氏兄弟审过一堂,弟兄二人各自将杀人凶手拉到自己身上,弄得县老爷无法着手,正在签押房独自思考,如何来把此案弄个真相大白,不冤枉一个好人,不放过一个真凶。正在这时,县差进来禀道:"报告老爷,衙门口有一个女子高喊冤枉。"知县吩咐:"叫进来,准备审堂。"衙役将叫冤女子带到大堂跪下,县官问道:"有何冤情,快快诉来。"尚氏言道:"一切冤情的经过,小妇人全把它都写在冤状上,请大人明镜高悬,秉公而断。"说罢,将纸状呈上,当差接过,交与大人,知县展开观看,顿时心中狐疑不定也。

大人坐堂审冤情,展开纸状看分明。

有关赵家人命案,前后经过写得清。

一写兄弟分了家,二人居住东西村。

二写大房有困难,年底前来借花银。

三写二郎我夫君,不认同胞拒干净。

四写小妇全听见,瞒过丈夫送米银。

再写我夫轧二友,车三王二两光棍。

为劝丈夫绝坏友,促使回心同胞认。

小妇就将家犬杀,去头剥皮穿衣襟。

装作一个无头尸,暗将假尸放园心。

急报丈夫来知晓,泼天大祸降我门。

丈夫急去后园看,果见尸身失了魂。

当时我夫无主意,小妇叫他大伯请。

谁知反去请车王,二人拒绝全不肯。

小妇从中来挑拨,古语几句劝夫君。

好煞总是外头人,恶煞到底自家人。

还是东村请胞兄,弟兄一同埋尸身。

从此弟兄达团结,二家合并过光阴。

就将坏友断往来,二个光棍不甘心。

捏造写状衙门告,大人不知其中情。

人命案子非同小,拿捉弟兄进衙门。

小妇不来辩明白,冤枉官司没头顶。

要求大人亲踏勘,到时便知假和真。

伏望青天秉公断,惩罚二个大光棍。

小妇句句真实话,公侯万代悬明镜。

却说知县老爷看完纸状,暗暗佩服,心想:世上怎么会出这样的贤良女子,真正少有。就一声吩咐退堂,打轿下乡验尸。老爷身坐大轿,带了衙役三班、六房书吏、仵作人等,一路直望青墩村赵家而去,到了西村,传了当地乡保及左右邻居到来,摆起临时公案,老爷坐堂便问道:"你们可知道赵家出了人命案子?"众人齐道:"回老爷,我们不知。"县老爷又一声吩咐,去后园起尸相验,公差根据尚氏的指点,在梧桐树旁边,挖土起尸。仵作立即将尸查看,突然哈哈大笑道:"禀老爷,果然是一只无头剥皮大狗,不是人身,请大人定夺也。"

知县听报果然真,真是稀世一奇闻。

这种贤良小妇人,普天之下难觅寻。

杀狗劝回丈夫心,杜绝坏友胞兄认。

知县吩咐回衙去,立刻坐堂唤差人。

朱签二根堂下瓦,拿捉车三王二身。

差人拾签就动身,大人开口又下令。

就将赵氏兄弟放,弟兄二人回家门。

不多片刻当差回,车王带上县衙门。

大人就把车王审,谎告良民罪不轻。

今日老爷警告你,各打四十再理论。

下次如若再犯罪,两次罪名一起论。

车王连连称不敢,跪下叩头谢大人。

知县大喝滚出去,狼狈之相各回门。

车王赵家都不说,只讲知县做详文。

快马速速送京都,天子一见也高兴。

却说当今天子接到曹州府南华县的详文,当殿观看,龙心大悦,想到:世上难见这种贤良女子。即钦赐匾额,大书四字"醒事回头",再下旨曹州府台,拨银建造贤良牌坊,差南华县监督造,又恩赐免粮田五百亩,南华县加升三级。知县接旨谢恩,钦差回京复旨而去也。

赵家得到君王恩,钦赐匾额有名声。

贤良牌坊龙恩造,全省各县全知闻。

赵家弟兄不愿官,情愿种田在农村。

弟兄合力山成玉,妯娌和睦家道兴。

一家四口都行善,后代子孙入黉门。

奉劝在堂大众们,行善积德好收成。

不信但看尚氏女,杀狗劝夫天下闻。

皇上钦赐贤德坊,远近百姓人人敬。

恶人总有报应日,不报未到恶时辰。

但看车三王二辈,赵二待他像亲人。

有恩不报犹可原,相反谎告赵家门。

幸亏知县明如镜,否则赵家无翻身。

如今赵家名声大,行善积德劝世人。

贤良宝卷宣完成,诸佛菩萨也欢心。

斋主虔诚增福寿,一年四季永太平。

在堂大众听此卷,个个行善心平正。

听了此卷交好运,增福延寿保康宁。

卷中若有错误字,念声弥陀补完成。

孝子财神宝卷

孝子财神初展开,尽心细听贺如来。

听卷之人增福寿,贺佛之人能消灾。

斋主今日宣宝卷,家门吉庆涨三财。

闲言杂语都休说,听宣一段好语来。

听说汉朝年间刘文帝君王登基,四海清宁,八方平静。有一聚宝村,村上有一樵柴汉子。姓丁名兰字再兴,娶妻梅氏,同庚三十有二,尚未生育。不幸父母早亡,家业微薄,樵柴为生,夫妻二人苦苦度日。其日,闲暇无事,走到街坊上,但见南来北往之人,十分欢乐快活,惟有我丁兰老幼全无,想想甚是烦恼也。

夫妻二人在家门,苦苦度日过光阴。

在外有钱真容易,在家无依苦伤心。

但看街坊上,六街三市真热闹,茶坊酒肆闹盈盈。

年老之人茶坊坐,谈讲家常喜十分。

孩子家中营生做,双亲在堂闹盈盈。

我丁兰,自幼双亲都早亡,未曾孝养在家门。

常言道,养儿应当防身老,积谷防饥自古闻。

如今正遇寒食清明节,家家祭扫上丘坟。

爹娘生我今年三十二,未见爹娘面貌容。

但看别人都有双亲叫,我今无亲实伤心。

虽然如今多贫苦,未供堂前二双亲。

倘若留得爹娘在,孝奉甘旨极当心。

想起当初古人行大孝,出钱买叫二双亲。

如今般般想孝敬,不如省钱学孝心。

丁兰一想便叫:"贤妻,你我二人堂前缺少两尊古佛。"梅氏道:"丈夫,何为古佛?"丁兰道:"贤妻,你看别人都有双亲在堂供养。你我二人单夫只妻两,尚无公婆在堂供奉一日。"梅氏道:"丈夫,这都是命中注定,幼而丧父,长而丧母,不可强也。""贤妻,我想前辈大圣大贤都是孝义全备。我丁兰不能孝养双亲。我意欲要在堂前供奉两尊活佛,你道如何?""呀,丈夫!我家亦不是寺院庵门,如何供得活佛?""呀,娘子!你说哪里话?"

你我二人当竭力,供养活佛代当亲。

一日三餐常侍奉,尽我为子一点心。

意欲央个香山匠,木雕刻成父娘亲。

供在堂前常侍奉,朝夜问安尽孝心。

丁兰道:"家妻,你道如何?我志意已定。"梅氏道:"丈夫,木雕双亲,何为孝敬?况且柴荒米贵,有古话说:'宁增一斗,莫添一口。'"丁兰道:"呀,娘子!你真正是个蠢妇了。堂前供奉,他何得要吞汤喝水。你如此坚执,我来批讲你听听。"

叫家妻,你如今,听我吩咐。木雕成,我父母,聊表寸心。

供在堂,一日间,三餐茶饭。朝问安,夜问宁,时刻当心。

为人子,知于孝,扬名千古。待翁姑,如宾客,节孝传名。

我父母,生养我,千辛万苦。即此为,就算我,报答恩深。

丁兰道："呀，娘子！你要听我吩咐。依我如此，总算是你为妇之道。我为子者，尽我无亏。我今定了主意，你不须违拗。我今出门去请一个工匠回来，细细雕成爹娘个音容也。"

丁兰说罢就回身，邀请工匠就出门。

访问有个香山匠，雕刻形容实在精。

丁兰即便忙相请，相请师傅到寒门。

告禀雕成双亲样，工匠听说赞连声。

只有神佛铜木铸，乃有父母木雕成。

可称世上为第一，这般孝心没处寻。

乱开工匠一席话，再说娘子在家门。

在家自言并自语，我夫言语不聪明。

只有在生勤供养，哪有死后供奉亲。

欲意般般不依遵，无奈一时迷了心。

为人只有营生做，哪有空闲学孝心。

梅氏一想："不管他。待等雕成形像，让我慢慢摆布。他说供奉父母，与我不涉，反加怠慢。"话未完时，丈夫回来了，叫声娘子快快烧饭吃，师傅请到了。吃了饭，好开工程。今日乃寒食之日，慢慢兴思，孝奉公婆也。

娘子听后强应承，难违夫命就转身。

将身来到厨房内，粗茶淡饭备完成。

吃完饭时忙动手，孝子连忙叫双亲。

爹娘呀！只为生前缺供奉，如今木形雕成享福吞。

数日之间完工好，相谢师父转家门。

爹娘呀！小子无物相孝敬，羹汤薄肴供养亲。

朝朝问安都不失，晨昏定省及志诚。

便叫我妻梅氏女，拜见公婆理该应。

娘子无奈将身跪，跪在尘埃不称心。

孝子当下闻言说，父母在上听原因。

我与家妻常侍奉，侍奉公婆照样能。

只为十月怀胎恩未报，代报爹娘养育恩。

二人祝告完已毕，丁兰便对家妻说："家妻！你需要终日如此看待，当要步步留心。你日后倘有见逊，念你我行孝，必然一报还报也。切不可怠慢。问安一声，将面水烧好，要与他洗面；早饭点心烧好，要供在堂前，叫声公公婆婆请用早饭罢。昼时送饭亦要如此，到了夜来，烧好夜饭，原要拿到堂前，叫声公婆，请用夜膳，安睡罢，再要陪他们安眠。然后到明日清晨，请安一声。堂前再焚香点烟，暗暗通诚，愿我夫妻二人早生贵子，发达兴隆。娘子你要牢牢切记也。"

娘子听，不回声，暗暗心中起疑云。

你今如此多昏迷，昏迷混乱大热昏。

爹娘与我何干涉，还要连累费我心。

男子勤劳营生做，妇人勤俭也当心。

你今如此多不正，千金家产败完成。

虽然不吃又不吞，规模工夫赔完成。

其日，丁兰樵柴去了。说到娘子在家无好气，一想：今朝头一次，总要依顺。烧点冷水，拿块拖灶布，绞也不绞，来到面孔上一撸，弄得满身淋漓。拿仔一碗粥汤，叫声："木死人！趁热吃罢。吃完这一顿就咗畀哉。"说罢回身一看，粥汤不吃。"吓！你客气！"竟自拿只碗就跑，香烟不点，头也不磕。你道男人在外，哪知家里人如此怠慢也。

丁兰此时转家门，叫声娘子可曾供奉亲。

娘子回言都敬过，不劳丈夫多费心。

一面出门柴来樵，卖出供养我当心。

只要巴得公婆多灵感，保估日后子孙兴。

虽然说得多干净，木人也要渐渐有灵心。

今日三来昨日四，娘子渐渐不恭敬。

说到娘子，最初丈夫外出樵柴，她烧好朝饭，日日假殷勤，不敢有所怠慢。后来就顾不得了，面也不揩，饭也不献，走到案前，拿台子一拍，倒说："木死人！你好害人不浅，害得我终日忙碌。你让别人来掇汤拿水，若是你要吃末，自家动手罢。再要拖累我，我要给你吃三记耳光了。"

蛮媳说罢回转身，木人听了气伤心。

皆为看得孝子情一面，闹得坐卧不能宁。

光阴如箭容易过，不觉半载有余零。

那日孝子回家转，叫声娘子听原因。

你我二人孝养六个月，是然天地有神明。

到如今，不曾衣服做一件，不添鞋袜与帽新。

如今家中平平过，与爷娘，要做衣服满身新。

如此孝意相恭敬，是有皇天作证明。

娘子道："丈夫，这也容易，前村张阿二给张王的行头还在，一并去拿来，与公婆穿戴是了，省得多忙头。""呀，娘子！岂有此理，你说哪里话来？我来将当初孝子孝妇批点你听啊。"

你将我双亲看待好，也是娘子出孝名。

日长细久勤恭敬，定然天地不亏人。

娘子呀，昔日有个仲由贫，家贫养亲及志诚。

野菜作羹来供养，百里负米供奉亲。

还有王仪之子王褒贫，他母亲在日怕雷声。

闻得雷声到坟上，泣告母亲不须惊。

还有唐朝有一个孝妇唐夫人，相待婆婆更孝顺。

年高无齿来吃饭，就升堂喂奶与婆吞。

我想前辈古人尚如此，何况你我薄孝心。

娘子呀，时值隆冬天寒冷，更兼大雪落纷纷。

穿了狐裘皮袄尚寒冷，我爹娘身上布衣襟。

欲将火盆来架起，犹恐烫坏我双亲。

娘子呀，我今有柴钱二千文，还是逐日积下尚留心。

买来一匹黄纱布，做衣穿着二双亲。

免得爹娘饥寒苦，从此可放这条心。

孝子连请张裁缝，两套衣服做完成。

便与父母来穿着，脚下鞋袜尽是新。

果然配身如活现，赛果在生一般能。

看他们面上容颜能清秀，满怀欢乐喜称心。

至此孝子安心柴来砟，哪知家中事和因。

蛮媳胡行能无理，埋怨丈夫不该应。

现在活人在世常饥寒，更无衣衫满身新。

乃知蛮泼妇顿起毒心，走到堂前，便道："木死人！你们如此受用，冬衣足食。我身冻得伤心，你好煽惑人心，害人不浅。我今要将你们上下衣服一应除下，看你如何了局也。"

泼妇此时忙动手，剥去之时好伤心。

上下剥得赤精精，赤身露体实伤心。

泼妇将衣来藏过，免得孝子起疑心。

哪知泼妇将他二人身上蓑衣披一件，柴绳一条束其身。

头上箬帽带一只，赛过渭水姜尚钓鱼人。

泼妇道："你今心中十分得意，穿了龙袍玉带，凤冠霞帔，满怀称心。害得我好伤心呀。"

害我朝夜营生不得做，吞饥受寒实难惊。

你今龙袍吭畀着，将你害人冻冻清。

哪知泼妇将公婆未曾羞辱完时，听得丈夫回来了，极声便喊："丈夫！不好了，不知啥人伤天理，天杀无好日个，将公婆身上衣服一并剥去。我在那里烧饭，哪里知道。直到烧饭完时，将饭供奉公婆，方才晓得。你且看来。"孝子一见犹如晴天霹雳，更加伤心，啊吓！

爹娘呀，你今如此多命薄，何故老年受艰辛。

我丁兰，何故要，如此薄命。为爹娘，寒冷苦，枉费劳心。

终日间，出门去，挑柴变卖。留下来，几千文，衣着双亲。

伤天理，坏良心，衣服剥去。叫我今，如此样，岂不伤心。

如此命，活在世，终无了局。倒不如，让我今，早寻归阴。

我今死，想双亲，何人侍奉。权且间，苟延命，再得几春。

爹娘呀，叫我一时无摆布，慢慢计较再调停。

年老之人风中烟，如何再得受寒辛。

"呀，娘子！你要听我吩咐，银钱是有来，父母是一去不来，不好轻薄公婆。娘子，你要牢牢切记也。"

丁兰哀告娘子听，娘子哪听半毫分。

你要如此我不遵，我愿行孝不费心。

丁兰依旧柴木砟，哪知娘子更加不尽心。

是此日日相怠慢，泼妇凭空起毒心。

为他受了十分气，十分气闷在我心。

不免今朝出口气，奴奴才得就安心。

你道泼妇如此相劝，全然不听，反动了她个气了。你想岂有此理。她也无好气，进房去，将一根针拿来，走到堂前，将两尊木像每只指头上刺了一针，看他可有鲜血放出。如有鲜血放出，就算活像，始得安心孝养，妇道无亏；否则，莫说缺少供奉，就连他木身也要烧饭吃了。哪知就此两针扎下，顿时鲜血直流，眼中流泪不止。此时娘子见了，十分惊骇，吓得汗流背脊。"难道果真活像！我今要竭力孝奉，不敢怠慢一刻，始得安心也。"

娘子自此始安心,不敢放肆乱胡行。

不久丁兰回家转,见像泪盈问分明。

那丁兰,见爹娘,十分苦切。满面上,尽改色,满腹疑心。

还不知,饥寒苦,难以告言。骨如柴,面饥黄,衣不遮体。

但见他,手指定,嗷嗷大哭。那丁兰,跪上前,细问分明。

爷娘呀,可是我为子无孝道,岁次家贫慢几分。

还是媳妇无规矩,言语之中冒犯尊。

终日羹汤可供奉,可曾怠慢我双亲。

哪知木形见了丁兰双泪流,双手指定逆妇身。

能言便叫恩儿子,你今从头听原因。

你今出门柴来砟,逆妇时时不依命。

有时拿块拖灶布,冷水淋我湿淋淋。

他说要吃自动手,对我怠慢不当心。

又起恶心并毒念,将针刺在指中存。

她说若有鲜血真活像,若无鲜血将我木神烧饭吞。

那时丁兰听得如此说,犹如天打一般能。

泼妇欺亲能无理,埋没了我微薄一点心。

丁兰随时便叫爹爹母亲千万不可动气,看我薄面,代妻赔罪,双膝跪下便道:"万望爹娘终不要惹气,恕赦泼妇之罪。待我来重责笞治,不许她在家胡横,休弃她出门便了。"

丁兰说罢就转身,来到厨房骂贱人。

贱人呀,我时时何等相告你,爹娘双双不可轻。

伯喈上京去赴考,赵五娘在家服侍亲。

鱼肉白饭公婆吃,麦皮糟糠自家吞。

后来公婆双双相继死,剪发卖发麻裙兜土筑坟墩。

如此孝道方为是,你竟学蛮野泼妇下贱人。

当初朱买臣也是樵柴卖,只为崔氏害人精。

后来改嫁张木匠,买臣五十得功名。

崔氏后来多懊悔,买臣说能收覆水不收人。

你今日如此能无理,不容贱人眼中存。

你今快快与我休出去,免得来日惹火星。

你如此这般相看待,只怕要天不容来地不存。

我今写下休书来,你另寻门路过光阴。

丁兰立下休书:丁再兴之妻梅氏克全妇道,睦里相夫,本不敢休弃。今因一时昏迷失志,忤逆翁姑,毁伤木像,虽无七出之罪,然其祸实大,是不能容。今日愿写下休书,休弃出门,听凭佣工作妾,永无后悔,立此休书为证。年月日立,画押。

一张休书写完成,提书画押尽端正。

丁兰连叫:"贱人!你今休想在此安身,与我出门,另寻道路,绝不容你这恶妇!"

你今快快出门行,我要棍棒打上身。

那时正在逼迫处,孝感一片动天庭。

　　且说太白金星在云端里经过,已经晓得丁兰刻木为亲,极其孝顺,子职无亏。其妻梅氏,一时昏迷,冒犯公婆。如今孝子写下休书,要休弃出门,叫她另寻别路。日后还要子孙荣贵,天赐黄金。"待我且变作老人,到彼解劝。"丁兰正在逼勒,忽见有一道人立在面前问道:"你们为何缘故,如此闹热?"丁兰就将刻木为亲,孝奉甘旨,如此一切前后事实,细说一遍。老者道:"原来如此,你们且慢吵闹。既然如此,娘子她可肯改过前非,发誓供奉。若肯改过,让她到公婆面前跪地发誓,此后再有轻慢不敬者,天雷打死,罪不能赦。若不肯改过,自实无可解矣。"

　　娘子听,便应承,情愿改过前非出孝心。

　　自愿跪地来告罪,多多冒犯二双亲。

　　倘然日后再将公婆慢,天雷打死尚嫌轻。

　　此后勤奋行孝道,不敢将像看得轻。

　　便将休书来扯碎,将火焚化在地尘。

　　彼此夫妻多和睦,依旧同居过光阴。

　　夫妻日日多虔诚,孝心感动上天庭。

　　且说,上界玉帝早已晓得下方有个丁兰孝子,尽孝刻木为亲,孝养虔诚,件件顺亲,十分忠善。世上善恶岂无报,如今要报得分明,丁兰如此行孝,赐他黄金一石七斗,再要赐他三子,俱有科甲,以明孝子之报也。

　　玉帝有旨下天门,便差多罗太白星。

　　下方有个丁兰行大孝,天赐黄金孝心人。

　　赐他三子俱科甲,连生三子耀门庭。

　　敕令五福财神到,将黄金赐予孝心人。

　　虚空神祇、当方土地、五福财神将此黄金运到山中,等孝子到来。其日,丁兰又要进山去樵柴,谁知镰刀下面忽听得一响,原来是块砖头,哪知下面有石板一块。石板上有五言诗句一首。诗曰:刻木为父母,供奉胜生亲。弃妻后复合,天赐万两金。丁兰看罢,便将石板团转搬空,拿石板慢慢撬起,但见下面有皮箱一只,内贮黄金万两,十分狐疑,"难道尽此一点孝心,连上苍都已知道了?果然难得,待我慢慢搬运到家中,细细藏好。再托高明先生,拣个好日,然后开用。还要斋献财神利市,备了三牲祭礼,再让文班做戏请客。果然天地分明,一朝发迹也。"

　　从此得了天赐金,夫妻两人愈虔诚。

　　夫妻点起香和烛,谢天谢地谢神明。

　　愈加恭敬相看待,皇天不亏孝心人。

　　朝夜虔诚多拜谢,拜谢爹娘上苍神。

　　要起一只三宝殿,爹娘出座殿中心。

　　殷勤相待不必说,不觉夫人有孕在其身。

　　光阴如箭容易过,渐渐变粗又重身。

　　十月满足临盆下,孩儿相貌不差分。

　　三朝请酒不必说,亲邻贺喜闹盈盈。

　　就在席上题名字,取名福安小官人。

　　都称行孝无差错,虚空神明作证明。

　　不信但看丁兰孝,赐财得子一时兴。

　　不说家人称赞。再说丁兰得子之后,也不到山中樵柴,日日在家养子养亲,可称一门三代,天赐其然。

不觉到来年,又生一子,取名叫德安。到第三年,又添一子,取名叫财安。三子名字叫安福、德、财。三子俱已长大成人,同到学堂攻书。先生取名叫:孝忠、孝义、孝全,可称孝义全忠。三子读书聪明伶俐,过目不忘,天性聪俊也。

三子读书都聪明,胜如先生二三分。

四书五经都通透,文章作对件件精。

光阴好似离弦箭,孝忠九岁志过人。

孝义今春方八岁,孝全年方七岁春。

三子同台文章做,尽是才高学广人。

同到科场来考试,等待日期进场门。

二月初九头场进,百花生日二场临。

十五三场方已毕,廿七清晨挂榜文。

兄弟便将榜文看,榜文上面尽标名。

三月初三皇登殿,兄弟又要进场门。

三场文字都完毕,榜文上面看分明。

状元就是丁孝忠,探花孝义第二人。

三子孝全人最小,榜眼之中第三名。

是此一门三鼎甲,富贵双全不虚闻。

团团百里都晓得,丁家忠孝有子孙。

再说丁兰对娘子道:“你我二人当初家贫无子,如今三子身荣。你我二人不如趁早修行,办道修修来生罢。”夫人道:“正知如此也。”

是此夫妻都虔诚,修行学道办前程。

夫妻同坐三宝殿,朝念弥陀夜诵经。

修到后来功圆满,白日升天见世尊。

后来子孙都荣耀,代代儿孙做公卿。

为人只要心地好,一心修道有收成。

不信但看丁兰孝,赐财得子一时兴。

大伙要得黄金子,须当时常孝双亲。

斋主今日宣宝卷,代代儿孙出孝人。

财神宝卷宣完成,斋主得利赚黄金。

有缘今日听一遍,听卷之人福寿增。

仰劳在堂同声贺,要来送佛上天庭。

一餐饭宝卷

一餐饭宝卷初展开,诸佛菩萨降莲台。

奉请大众静心听,一年四季免三灾。

却说此卷出在大明朱太祖开国以来,在正德年间,有位小将是常遇春将军的后嗣,名叫常子文。年方一十七岁,正是将门之子。身材魁梧,力大无穷,两臂有千斤之力;食量之大,一顿饭能吃斗米十斤肉。就是有勇无谋,时常上人家之当,捐人家之木梢。有一次惹出了大祸,被奸臣在皇帝面前参奏一本,要害他的性命。正德听信谗言,下旨拿捉常子文。幸亏子文早有闻听,连夜带了妻子陆素贞,一同直往江南避难而去也。

> 那年正德十三春,子文避难逃出门。
> 原籍山东历城县,逃往江南避灾星。
> 苏州府管昆山城,小林村上住登身。
> 搭了三间茅草屋,务农为业过光阴。
> 夫妻俩人同年庚,陆氏生得貌超群。
> 远看好像天仙女,近看宛似活观音。
> 年轻未曾生男女,公婆大人早归阴。
> 也无伯叔兄和妹,只有夫妻二个人。
> 素贞生来会做人,伶牙俐齿甚殷勤。
> 东邻西舍都和睦,男女老少皆亲近。
> 子文又恐露了相,不姓常字也姓林。
> 小林庄上都熟悉,人人唤他林子文。

却说常子文在小林庄改为林子文,人家都不知他的真相。他们夫妻二人和和睦睦,耕种荒田,苦度光阴。其日春光明媚,林子文要到田里去干活,吩咐妻子烧好了饭,送到田头吃饭,免得往返路程,耽误农活。说罢,拿了九齿铁耙,辞别娘子,直望田头而去也。

> 子文田头去春耕,素贞在家把饭煮。
> 量了白米斗二升,淘米烧饭忙勿停。
> 青菜豆腐黄豆芽,素菜几样没有荤。
> 挑起饭担门来出,送到田头丈夫吞。
> 子文连忙饭来吃,两桶白饭吃干净。
> 勿说素贞送饭转,另提一个出场人。

却说昆山城里有个当朝宰相顾鼎臣,在正德皇帝下江南察访民情时,曾代朝三月,现今告老还乡在家。其日正逢三月初三日,有位千金女儿凤珍已死去。今日清明,三位夫人正在祭奠女儿,焚香点烛,哭叫女儿。老太师闻听,实在难受,闷在心头。眼看天气风和日暖,独自缓步出门游玩而去也。

> 太师独自出门行,游玩踏青去散心。
> 人来人往无其数,挨肩擦背闹盈盈。
> 城中景致无心看,看看田野好春景。
> 桃花红来杨柳绿,田中菜花像黄金。
> 行来走到桥顶上,见只帆船快十分。

却说顾太师走到一座石桥上,只见一只使风船飞快而来,到了桥边下蓬。老太师只因走得脚里有点酸痛,心想:不如让我坐会船吧,便开口叫唤:"船家,可肯带我一段路程?"船上人抬头一看,是位老先生,便道:"老先生要乘船,请下船来吧!"太师立即下船而去也。

> 太师坐在船舱中,船夫即便就扯蓬。
> 一路顺风行得快,果然好像箭离弓。
> 谁知行了不多远,天空突然绝了风。
> 船家一看使勿动,无奈只得就下蓬。

却说顾太师付了船钱,上岸而去。太师边走边看,田头一片春色,心中好不快乐,突然觉得有点口渴,要想喝茶。但见对面有一位小娘子,肩挑饭担迎面而来,老太师叫道:"小娘子可有茶吗?让我解解渴也。"陆素贞闻声一看,只见一位五绺长须的老人,说道:"老先生,要喝茶,随奴到家去喝口便茶吧。"太师道:"到家可有多远?"素贞道:"前面小林村便是。"太师问道:"家有多少人,作何营生?"素贞道:"只有夫妻二人,种田为业。"太师道:"你夫一人种田,为何要用两只饭桶?"素贞回道:"我夫食量较大,一顿能食一斗二升米饭。"太师道:"既然有此食量,定然有些气力?"素贞道:"有些蛮力。"二人边说边走,已到家门。素贞道:"老先生,已到家门了,待奴开门。你在里面请坐,奴去备办茶来也。"

太师进门身坐定,虽然草房很干净。

陆氏揭开锅子盖,镬里剩些饭乳筋。

烧了一碗饭乳汤,双手端来敬先生。

太师闻得香气浓,喝喝味道好十分。

便问娘子陆素贞,你今烧的啥香茗。

却说陆素贞听得老先生动问,只得随口言道:"这叫八宝铲刀汤,味道不好的。"太师道:"不必客气。"心想:"我在京中从未尝过如此的好滋味也。"

陆氏是个聪明人,便到厨房把饭烹。

烧好素菜有几样,还有陈香酒一瓶。

素贞口称老先生,慢慢先把酒来饮。

太师一看暗思想,如此待我很高兴。

陆氏执壶把酒敬,太师举杯把酒饮。

手拿竹筷菜来夹,只只味道美十分。

我在京中三十年,这种菜蔬从未品。

太师开口姑娘问,几只菜水叫何名。

却说素贞听得先生动问,就答道:"第一只就叫金线吊葫芦。"其实就是黄豆芽。"第二只就叫红嘴绿鹦哥。"其实就是菠菜。"第三只就叫翡翠镶黄金。"其实就是金花菜。"第四只就叫金镶白玉板。"其实就是豆腐。"还有一只叫燕笋嫩头汤。"其实就是只枸杞头梗头。素贞道:"老先生,今朝是粗茶淡饭,怠慢怠慢。"说罢把碗筷收拾干净。太师问道:"你夫姓啥叫啥,可有翁姑伯叔?"陆氏答道:"奴家丈夫名唤林子文,公婆早已去世,并无伯叔兄妹。"太师又问道:"你娘家姓啥?"陆氏听得问起娘家,顿时双抛眼泪也。

太师见了问原因,为何眼泪落纷纷。

根由细底对我说,娘娘告禀老先生。

先父面貌像先生,声音口气一般能。

小女想起先父事,故而眼泪落纷纷。

奴家娘家本姓陆,奴家名唤陆素贞。

却说太师听闻又问道:"你家先父多少年纪,何年何月何日何时出生?"素贞一一回答。太师听了,细细又把素贞上下观看,暗暗言道:"这位姑娘越看越像我家死去的女儿凤珍,一般无二。"不禁暗暗流泪,言道:"姑娘,老夫有一言想对你言讲,不知能讲得否?"素贞言道:"老先生有何金玉良言?尽管吩咐。"太师道:"我欲想将姑娘认作寄女,不知姑娘意下如何?"素贞一听此言,如同做梦一般,即便上前一步,口称"爹爹在上,女儿拜见",跪下叩几个响头。太师哈哈大笑,言道:"女儿起来。"双手扶起,立即把扇子上的扇坠取下一块玉玦,给了女儿。言道:"女儿,此物你要常带在身上,不可遗失。你夫妻二人从今以后,若有人欺辱你们或者有何冤枉大事,你带了此物来见我,有冤能伸,有仇能报。"素贞问道:"不知爹爹住在何处,叫啥

1094 中国·胜浦宣卷集

名字？"太师言道："我住在昆山城里，你就问顾大麻子是也。"

太师说罢就动身，陆氏殷勤送出门。

父女分别回家去，素贞心中喜十分。

坐定思想寄父身，姓名住处未问清。

不知城里是城外，不知东门还西门。

不说素贞在家想，再表昆山姓毛人。

兵部尚书毛上达，初掌兵权在京城。

他的儿子毛君宪，在家习武起祸根。

倚仗父势多凶恶，强抢良家妇女们。

带了家奴七八人，四野村庄去游春。

却说昆山城中有一家姓毛，名叫上达，在京做兵部尚书。有个儿子毛君宪，绰号叫毛七虎，在家不学文才，专习武艺，棍棒刀枪略知一二。今日时逢清明，春光明媚，小奸带了两个恶奴毛福、毛寿，出门四处游玩。看看可有美貌佳人，寻花问柳，专做下流勾当事也。

主仆三人上路行，鹞子钻天骨头轻。

东村走到西村去，没见貌美女佳人。

转身来到小林村，三间草屋簇簇新。

三人上前细观看，里面有位俏佳人。

鬼头鬼脸无礼貌，陆氏见了火来喷。

却说陆素贞一见三个恶奴，鬼头鬼脑，东张西望，心中大怒，问道："你们到此干什么的？快快走开。"毛福嬉皮笑脸地开口道："我们前来看看你的，你为什么道理也没有，叫我们走开？你可知我们是什么人？我家这位公子的父亲兵部尚书，公子是毛君宪，昆山城里哪个不知也。"

得罪别人不要紧，得罪少爷罪勿轻。

要你娘娘做妻房，你么不敢勿答应。

我家少爷看中你，今日带你回家门。

陆氏听得心大怒，开口便骂小畜生。

却说陆氏娘娘大骂道："你们这班畜生，既然是兵部的公子，怎可如此无礼？快些走开，否则我去叫我家丈夫回来，把你们痛打一顿。"毛福道："你这个娘娘不要敬酒不吃吃罚酒。"毛七虎见这位娘娘生得漂亮，就对毛福、毛寿言道："不要啰唆，快点把她抢回去也。"

毛福毛寿奉了命，动手去抓女佳人。

陆氏无奈叫救命，恰巧子文转家门。

只见三人抢娘子，怒发冲冠火十分。

伸出拳头笆斗大，打得三人叫救命。

小奸虽有小武艺，鸡蛋碰石差仿能。

当面吃着一拳头，鼻也歪来眼也青。

主仆三人吃了亏，受了痛苦逃转门。

小奸回家长叹气，欲想毒计要翻本。

却说小奸毛七虎逃到了家里，坐在书房暗暗思想："我自出娘胎至今，从未吃过人家的亏，今日被人如此痛打，这口气叫我如何咽得下去，定要想出计策去翻本。"毛福言道："少爷不必叹气，小人有条妙计在此。"小奸忙问："什么妙计？"毛福道："待等深更半夜，我们暗藏刀枪而去，将这个凶奴一刀杀死，把花姑娘抢了回来,给少爷做个七夫人。"小奸毛七虎听了十分高兴也。

　　主仆三人等黄昏,暗藏刀剑出门行。

　　路上行程来得快,前面就是小林村。

　　不说三人路上行,另提一个倒霉人。

　　此人是个香山匠,连夜回家赶路程。

　　毛家恶奴来碰见,顿时毒计胆边生。

　　却说小奸和两个恶奴,本想去小林村杀死林子文。现在路上看见了行人,另想恶计,想出了移尸害人之计,就走上前去,盘问路人干什么。一面盘问,另一个人在他的背后,趁他不妨之时,就此一刀,将他结果了性命。把人头抛在河中,就把尸体背到林子文的门口,把他戤在门上;连忙回到家中,扛了几袋私盐,将后门堵住。两个恶奴忙到了天明,小奸回家连夜写好禀单,买通昆山知县杨廷正,叫他天明之后到小林村去验尸。暗中派好人,监视小林村上的动静也。

　　小奸作恶去害人,子文夫妻不知音。

　　醒来听得群犬叫,哪知大祸降来临。

　　子文唤醒陆素贞,听得狗叫不绝声。

　　二人轻轻将身起,子文出去开大门。

　　门闩拔去将门开,滚进一样东西经。

　　仔细一看大吃惊,无头尸体一死人。

　　连忙回身后门开,几包私盐堵后门。

　　夫妻二人大吃惊,陆氏开言叫夫君。

　　昨日之事今夜发,冤家杀人害我们。

　　幸亏天色尚未明,快把尸体驮出门。

　　子文听了陆素贞,掮了死人就动身。

　　谁知恶奴来监视,大喝一声移尸人。

　　子文正要开口说,后面来了县差人。

　　昆山知县轿子到,子文跪叫把冤伸。

　　却说瘟官杨廷正言道:"林子文,本老爷接到兵部公子毛少爷的禀单,说你大胆竟敢将毛家的表亲,当盐快的张大福杀死。你贩卖私盐,杀死盐快,该当何罪?从实招来,免受皮肉之苦。"林子文听闻大惊道:"冤枉难招。昨夜听得群犬乱叫,小人起来观看,谁知把门一开,倒进一个无头之尸,后门又有几包私盐堵住。不知哪个冤家陷害小人,请青天大人申冤也。"

　　知县大呵林子文,现有赃证勿招认。

　　杀死盐快从实讲,不然本县要用刑。

　　陆氏在旁听得清,哭叫丈夫听原因。

　　却说陆氏言道:"夫君呀,此桩飞来横祸,奴想起来了。定是昨天来了三个游头光棍,说什么父亲是兵部尚书,靠了父亲的势力,妄想把奴强抢回去。恰巧官人回来,将三个恶奴才重重地教训了一顿。他们怀恨在心,所以想出杀人移尸之毒计,来陷害我们。"子文听了,大怒道:"娘子!不要急,待我打到他家去,寻这几个狗头。"杨廷正听了大吃一惊,只见林子文双手用力一伸,手上的链条断了。瘟官急叫左右快用粗的链条锁住。林子文怒道:"我不愿被锁,再粗的链条只当草绳。"知县想:只有软柴能捆硬柴,便笑道:"林子文,你同我好好回衙去。你确有冤枉,本官为你定夺,放你回家。"林子文就是有勇无谋之人,当场就会上当,顿时就同知县回衙而去也。

子文自愿锁头颈,跟了差人就动身。

陆氏大哭高声喊,拖住丈夫一个人。

知县呵退陆氏女,坐了轿子回衙门。

不多片刻衙门到,子文押进班房门。

知县走进内花厅,小奸已来送金银。

一张银票一千两,瘟官接了喜欢心。

却说小奸毛七虎,早已在衙门等候知县了。见了瘟官连忙拿出一千两的一张银票送给知县,并说他已买嘱一个姓张的叫花子,作为死尸的苦主。在审问林子文时将他当堂作证人。"你一定要逼招口供,详文送京定成死罪。他的妻子到了我毛家,我还要重重谢你。"知县满口答应道:"毛少爷放心,包在本官身上。"弯腰曲背地送走了毛七虎,一声吩咐升堂,把林子文提出班房,立即审问也。

知县受贿雪花银,立即坐堂审犯人。

子文提到公堂上,双膝跪下叫大人。

知县拍案高声喝,杀死盐快来招认。

你今如若再勿招,当堂立即用大刑。

却说林子文喊道:"青天大人在上,小人实在冤枉难招。"知县一声吩咐,带苦主上堂。姓张的叫花子带到了堂上,假戏真做,边哭边叫:"青天大人,一定要为我儿申冤的。大人呀,我儿名叫张大福,自从当了盐快,一些贩私盐的客人,一个个逃不出我儿之手,结成了冤家。这次这些盐商将他杀了,要求大人定要将杀人犯抵命的。"知县大声喝道:"林子文,现有证人在此,还不招供,定用大刑也。"

三班衙役奉了命,就将子文上夹棍。

头把麻绳熬得住,二把麻绳痛连心。

三把麻绳来收紧,子文顿时命归阴。

知县吩咐松了刑,冷水喷面再唤醒。

子文悠悠还阳转,咬牙切齿恨在心。

知县开口问子文,问你招认不招认。

却说林子文虽有千斤之力,究竟皮肉碰不过夹棍,心想:勿招,看来性命难保,暂时虚招口供,还可多活几天。想起可怜的妻子,现今怎样度日?想到这里,叫道:"大人,小人情愿招供也。"

子文啼哭叫大人,虚招口供认罪名。

贩卖私盐真是我,杀死盐快我子文。

颈中一刀头落地,头刀抛在河中心。

小人句句真实话,伏望大人要照应。

却说杨廷正一听,心中高兴,便叫林子文画供,吩咐收入监中。另外打发苦主,领取五十两银子,收尸入殓不表。知县退堂,立即将林子文一案写成文书,立派快马送到京中刑部衙门。待等六十日京详倒转,就可将林子文一刀两段,又好得到毛家一笔银子也。

不说瘟官喜欢心,再表监中林子文。

牢头禁子要钱文,没钱就要受私刑。

针头刺来藤条抽,一夜痛哭到天明。

黄昏人静一更深,牢头禁子要钱文。铜钿拿勿出,就要上私刑,手脚麻绳来捆紧,身上要刺大头针。啊呀,吾的天哪。

二更里来人困尽,牢头禁子换了刑。叫我抬起头,冷水来灌进,肚皮好像臌胀病,十月满足差仿能。啊呀,吾的天哪。

二更敲过交三更,牢头禁子黑良心。铜钿烧红了,放在我背心,痛得心里捲转来,牙齿咬烂下嘴唇。啊呀,吾的天哪。

四更一响鸡要鸣,双手反绑柴上困。跳虱身上咬,臭虫背上叮,又痛又痒无哪能,可恨禁子像众牲。啊呀,吾的天哪。

五更敲过天要明,想起妻子陆素贞。可知你丈夫,在监受私刑,看来不久要归阴,若要见面梦三更。啊呀,吾的天哪。

不说子文哭天明,再表娘娘陆素贞。

眼看瘟官心肠狠,我夫定会受苦辛。

在家一夜未合眼,天明一早就起身。

烧了饭菜两饭桶,挑了饭担就出门。

素贞含泪路上走,一路之上去问讯。

匆匆来到县衙门,走到监牢禁长称。

只为家中多穷苦,并无钱财来孝敬。

伏望禁长行方便,放奴进去见夫君。

却说娘娘说道:"禁长伯伯,我夫林子文在哪里?小女子今日特来探望夫君,送些饭来。"禁子一看这位小娘子生得十分标致,又挑了两只饭桶,真像孟姜女千里送寒衣一样,顿时起了侧隐之心。"咳!可惜哉!娘娘你夫在此监中,我来开门让你进去也。"

陆氏送饭进监门,见了子文叫夫君。

只见丈夫手脚锁,周身上下血淋淋。

可恨小奸毛君宪,不该移尸害我门。

子文一见娘子到,夫妻抱住痛哭声。

我身一死何足惜,害了我妻年轻人。

叫声娘子要贞烈,守死不跟小奸人。

陆氏含泪叫夫君,为妻不做无义人。

奴同夫君结了婚,生同罗帐死同坟。

日后倘有清官到,为妻定去把冤伸。

却说子文听了娘子一番真情话语,一口怨气下落了不少。陆氏开言道:"要求禁长伯伯开了刑具,好叫我丈夫吃饭。"哪知林子文这次含冤坐牢,又是周身刑伤,食量减了三分。两桶饭没有吃完,叫娘子收拾饭担,好好回家,又吩咐娘子在家小心谨防毛家恶贼。此时牢头禁子催促陆氏动身,娘娘无奈,再与丈夫抱头痛哭一阵,挑了饭担,辞别丈夫,出门而去也。

子文双手又锁紧,陆氏痛哭出监门。

但见日落天已夜,无灯难以回家门。

眼见前面一座庙,让奴进去借盏灯。

走进庙中四面看,高声叫喊无人应。

既无僧道并尼姑,又无香火看庙门。

当中坐尊城隍爷,跪在拜桓祝神灵。

祝告菩萨要保佑,伏望托梦奴奴身。

娘娘拜佛已睡着,庙中耽搁且慢论。

不说娘娘在庙中，再表小奸恶计生。

想必陆氏在家门，忙叫家奴一同行。

小轿一肩人四个，又带一根细麻绳。

一路赶到小林村，只见门上铁将军。

东邻西舍去打听，人人皆说不知音。

恶奴扫兴回家去，且待以后再理论。

不说恶奴空费心，再提娘娘在庙登。

却说陆氏在庙中跪在拜桌上，朦朦胧胧睡着了。只因日有所思，夜有所梦，耳边似有呼唤之声，细细听来，有人呼她陆素贞。"我乃本府城隍，你且听来。你夫被毛君宪陷害，只因见你美貌，欲想抢你回去做他的妻房，却不料被你丈夫看见，痛打一顿，故而移尸害你丈夫。你今夜幸亏没有回去，不然被他抢去。你明天速去寻找三月初三日结拜的寄父，以扇坠为凭。你的寄父能替你丈夫申冤，定会救出你夫出牢，夫妻有团圆之日也。"

陆氏突然被惊醒，梦中之话记在心。

双膝跪在拜桌上，连连叩拜许愿心。

城隍菩萨有神灵，今夜对奴讲分明。

果能夫妻团圆日，重修庙宇佛装金。

拜罢一番身立起，拿了饭担藏庙门。

一路直往大街走，东打听来西问讯。

顾大麻子四个字，还是牢牢记在心。

只见前面豆腐店，让奴上去问问清。

有位娘娘在店堂，踏上一步去问信。

有请娘娘费费神，小妇前来问个信。

顾大麻子可认识，不知住在哪家门。

店主娘娘忙开口，里面牵磨做营生。

店主娘娘来领路，陆氏素贞后面跟。

娘娘上前仔细看，一见之下吃一惊。

身上衣服油漆能，不是寄父老大人。

连忙回身门来出，面前来个老年人。

陆氏开口公公称，奴要问你一个信。

却说陆氏走出豆腐店，看见一位老年人，叫道："老公公在上，小妇人借问一讯。昆山城里有位叫顾大麻子的，不知住在哪里？"那位老人言道："看你蛮漂亮，倒是笨肚肠，顾大麻子多得很呢。"娘娘问道："有多少？"老人言道："我也记不清，听说昆山城里，共有七十二半。我来说几个给你听听。剃头店里老王，馒头店里老康，有个开混堂，有个开茶坊，有个走走荡荡，有个养只猪郎，有个挑担换糖，有个做做衣裳，有个京戏唱唱，有个饭店里跑堂，有个开爿典当，有个庙里做和尚，还有一个大好佬，闲人不敢乱讲，被他听见请吃耳光。我要走了，还是太平一点罢！"陆氏一听，最后一个好像奴的寄爷了，就伸手一把抓住不放，"有请公公详细讲讲，你说的那个大好佬，不知住在什么地方？"那位老人言道："请你轻声点，我活仔六十三岁了，看来今天要讨死也。"

陆氏娘娘泪盈盈，老人见了吐真情。

开口便把娘娘叫，说给你听莫吃惊。

他是一品为宰相,儿子刑部老大人。

告老还乡在家住,城里城外有名声。

只为天旱荒年成,去到苏州米价定。

老人说罢要想走,娘娘拖住还要问。

却说陆氏道:"请老公公告诉奴,他住在何处,怎样走法?"老人道:"你望南向西转弯上桥,下去见鲜红旗帜,雪白的墙头,朱红漆的大墙门,就是了。你自己要当心,我要去了。"陆氏道:"谢谢公公。"老人道:"谢么勿谢,吃着生活勿怪。"说罢而走也。

陆氏听了喜又惊,看着老人背后影。

顿时回想老人话,看来勿像会骗人。

边走边想上桥行,桥上望得碧波清。

果然旗杆半天云,雪白墙头耀眼睛。

朱红漆的大墙门,放大胆量向前行。

只见门公弹眼睛,娘娘一见吃了惊。

突然传来鸣锣声,太师苏州回家门。

行牌执事前头走,肃静回避两边分。

大小官员多热闹,宪轿一顶后头跟。

三声炮声轿来停,太师出轿进墙门。

太师回进相府去,门公随手就关门。

陆氏站立墙门外,顿时看得汗毛凛。

突然想着要进门,眼见关得紧腾腾。

左思右想无办法,双抛眼泪落纷纷。

却说门公看见一个乡间女子,站在相府门口流泪,便问道:"你这位小娘子为何在此落泪?快快走开。"陆氏道:"门公伯伯,行个方便,与奴通禀老爷。说奴奴要见太师。"门公道:"为什么?"陆氏想起寄父临走时的说话,你有急难之时,带此物来见我。想罢,就在贴身衣内取出玉玦扇坠,对门公道:"请伯伯将此物代奴送与老太师观看。"门公一见此物,仔细观看陆氏,心想:虽是农妇,生得漂亮非凡;又见手中之物,不敢怠慢,接了玉扇坠,连忙进去交给顾安,转送给太师也。

太师坐在内高厅,旁坐三位老夫人。

夫妻饮酒多快活,顾安通禀太师听。

却说顾安禀明太师,言道:"门公传来一物,叫老奴交与太师观看。"说罢,将玉扇坠呈与太师。老太师接过一看,便哈哈大笑道:"夫人也。"

太师笑罢叫夫人,你们有所不知音。

前日老夫去游春,到了一个小林村。

顿觉口渴肚又饥,有位娘娘待老身。

既喝茶来又吃饭,结交父女扇坠赠。

今日女儿前来到,立即吩咐开正门。

便叫丫头迎小姐,陆氏进门到内厅。

拜见寄父老大人,太师介绍见母亲。

娘娘拜见三位母,夫人一见喜十分。

一见虽是农村女,貌似我女凤珍身。

丫鬟送来好香茗,太师开言说原因。

却说太师吩咐家人,厅上挂灯结彩,厨房大办筵席。又叫使女领小姐香汤沐浴,吩咐三位夫人,各去端正一套衣裙,让女儿更换新衣也。

素贞沐浴换衣襟,只见衣裙已端正。

看看衣裙有三套,大约三母各一套。

素贞穿衣动脑筋,使得三母都高兴。

让奴三套各穿一,免得触犯二大人。

三个夫人全看见,称赞女儿真聪敏。

第一珠冠头上戴,第二绫袄穿上身。

第三裙裤都着上,三母看见喜欢心。

称赞太师有眼力,认着聪敏女儿身。

母女来到厅堂上,摆筵设席闹盈盈。

却说太师同三位夫人与女儿,一同入席畅饮。厅上戏班开台唱戏,好不热闹也。

锣鼓敲得闹盈盈,加官开场福寿增。

戏班领头张先生,有出好戏显显名。

戏名就叫孟姜女,千里寻夫到长城。

素贞当台看得清,越看心中越昏闷。

想着丈夫在监苦,垂头伤心泪纷纷。

太师一见来盘问,女儿为何不开心。

莫非戏班冲撞你,何处怠慢女儿身。

便叫戏班快收场,吓坏领班张先生。

却说戏班里的张先生,吓得手脚发抖。大家责怪他,夹忙头里做出拿手戏,孟姜女千里送寒衣,看得小姐出眼泪。又怕太师发脾气,拿个戏班赶出去,说得领班哑口无言也。

不说戏班张先生,再表陆氏诉冤情。

叫声爹爹老大人,女儿有冤诉你听。

有个小奸毛君宪,那日到我小林村。

两个恶奴拖牢奴,小奸调戏奴奴身。

女儿无法救命喊,恰巧我夫转家门。

就把恶贼一顿打,毛贼求饶逃性命。

谁知恶奴毒计生,移尸陷害我夫君。

买通瘟官杨廷正,捉奴丈夫进监门。

严刑敲打用夹棍,屈打认招定罪名。

文书已送京都去,我夫不久杀头颈。

看见戏中孟姜女,女儿看得触动心。

却说太师一听原来如此,就将戏班里的张先生请下戏台,前来领赏。太师吩咐赏白银一百两,戏班回去不表。当时酒罢席散,太师对女儿言道:"贤婿虽然屈害在监,生死文书执掌在我儿岳山手中。待为父准备文书一封,送到京中刑部,就能救出贤婿出监,使你夫妻团圆。"太师立即修书,吩咐顾德老家人备马,将文书送往京中,不得有误,又叫顾安去县监送饭给姑爷吃也。

顾德接书就出门,骑了快马赶京城。

行到半路山东地,顾德突然生毛病。

耽误时间半个月,等到病好再动身。

不说顾德赶路程,再表顾安送饭情。

拿了监饭到衙门,吓坏知县杨廷正。

却说杨知县一看,送监饭的是宰相府的家人。顾安说道:"太师爷吩咐老奴送监饭给姑爷吃。"知县问道:"你家姑爷叫啥名字?"顾安道:"不知道。"知县想:如此尴尬了,让我送些银子给他。想罢,就拿出一百两银子给顾安言道:"这些银两请贵管家收讫。"然后又问道:"你府上姑爷到底是哪一个?"顾安道:"老奴想着了,大概是我家小姐的丈夫罢了。我家太师说姑爷进监时的重量用秤称过的,倘若吃不饱饿瘦了,要割你的肉补足的。"知县一听,吃惊不小,吓得浑身发抖也。

知县心中真昏闷,相府姑爷不知音。

百两银子白花忒,勿曾问出真名姓。

待等明日天明亮,再问顾府送饭人。

却说第二天,顾府上有夫人安排,叫使女去送监饭。知县一见是个丫头,心想:女的总比男的好弄,就问道:"你家姑爷叫什么名字?"使女道:"就是昨天顾安送的饭,给他吃饭的就是姑爷。"知县一想:女的也难弄,又拿出了一百两银子给了她,问道:"你们姑爷究竟叫什么名字?"使女道:"姑爷么就是姑爷,有啥多问。"说罢就走。知县急得像热石头上的蚂蚁一样,只得问牢头禁子,监中共有多少犯人?禁子回道:"共有一百零七个犯人。"知县吩咐差人,把顾相府上送来的监饭,挑到饭店里去,吩咐照样烧一百零七份,烧好送到县衙门。知县对禁子说明,因为顾太师的女婿也在监中,就是不晓得姓名,所以今朝要犯人报了名,才可吃饭也。

犯人听了都高兴,今日好饭吃一顿。

号簿端正查名姓,每人姓啥叫啥名。

有个做贼做强盗,也有相打伤了命。

也有忤逆勿孝顺,也有谋财又谋命。

查到最后第三个,就是挨着林子文。

却说林子文暗想:我来冒认顾太师的女婿,就对知县道:"我是顾府的女婿,不过要依我的。因为我食量很大,我要多吃几份的。"知县一口答应也。

知县听了蛮高兴,吩咐给他多几份。

人家一份吃勿光,他吃几份都吃尽。

却说林子文吃饱一顿,心想:"勿吃也是死。"杨廷正见他吃好了,就走到林子文面前,打躬屈膝地言道:"你是顾太师的女婿?何不早说呢!怠慢了,怠慢了!"林子文一听,说道:"谁是顾太师?我是不认识得!说什么女婿不女婿,我更不知道。"知县一听,心里一急,究竟谁是顾府的女婿,仍旧没有着落。顾府日日送饭,知县天天照办,怎样吃得消也。

知县急得真可怜,只得亲去顾府问。

轿不坐来步行去,直到顾府大墙门。

要求门公禀太师,说我下官有事情。

门公通禀老太师,知县要见老大人。

却说太师吩咐门公说:"今日有事,不能相见,叫他回去。"知县得报,只得没精打采地回衙而去也。

不表知县杨廷正,再提顾德到京城。

来到刑部衙门里,递呈公文与书信。

刑部大人见公文，吩咐接进老家人。

见了主人行过礼，主仆相见问事情。

却说刑部大人顾岳山，见了父亲的家信及公文，即便拆开观看，只见写着毛君宪带了恶奴毛福、毛寿，时常强抢民女。这次强抢良女名叫陆素贞，已与父亲结为父女。当时被她丈夫林子文看见，痛打一顿。现在他们移尸陷害林子文。望儿见信定要超豁。另有本章一道，奏本圣上。奏明毛上达初掌兵权，纵子横行，管教不严，该当罪名。目前毛家买通知县杨廷正，屈害良民，必须惩办。顾岳山看完，急得面红耳赤，暗想："林子文一案，早已发出京详文书，定于四月廿七日斩首。现因被顾德病倒山东半月，耽误了时间。此案叫我如何挽回，只得来朝五更见驾，面奏圣上定夺也。"

刑部大人主意定，待到来朝见帝君。

如果辰光错过了，难救妹夫林子文。

老父知道定责我，不能为民除恶人。

五更三点皇登殿，岳山出班奏帝君。

却说顾岳山出班启奏："吾皇万岁，万万岁。"呈上本章。圣上接本观看，龙心大怒！立即降旨一道，毛上达纵子行凶，民愤极大，革职为民。毛君宪及恶奴毛福、毛寿，与昆山知县杨廷正绑赴刑场处决。圣旨下达昆山，着宰相顾太师查办，不得有误！一言表过，以后不再详述也。

君王恩赦林子文，圣旨一道去昆城。

假使迟到一时辰，子文性命活勿成。

定要超过京详书，好救子文一条命。

君王思想叫谁去，京中只有一个人。

飞毛快腿莫乃武，叫他昆山下旨文。

救命黄凉伞一顶，付他带去昆山城。

飞毛快腿接旨文，一路直奔昆山城。

不表快腿路上事，再说昆山一段情。

陆氏住在太师府，不觉已有一月零。

指望寄父救夫君，丈夫仍在监牢门。

娘娘想得太伤心，双抛眼泪落纷纷。

想想自己太苦命，父母公婆早归阴。

丈夫唯一心爱人，如今生死未知音。

太师见女出眼泪，安慰女儿莫伤心。

为父也在盼京报，为啥至今无音信。

莫非顾德多辛苦，半路之上生毛病。

不表太师和娘娘，另提顾安老家人。

却说顾安老家人急匆匆上前道："启禀太师爷，大事不好了。小人在县衙前听说：我伲姑爷的一案，京详文书已到，在四月廿七日午时斩首。"老太师听了大吃一惊，埋怨儿子道："啊呀，孩儿呀，为何消息全无，如果屈斩了贤婿，怎样对得起女儿嗜！又损伤了为父的威望，到那时莫怪为父勿容情也。"

太师急得火来升，夫人闻知大吃惊。

素贞急得失了魂，一跤跌倒地埃尘。

哭叫苍天无眼睛，哭叫菩萨也勿灵。

哭叫父母救夫命，太师夫人也伤心。

不说顾府伤心事,再提县衙监中情。

牢头禁子来报信,叫声犯人林子文。

明天午时恭喜你,头搭肩架一样平。

子文闻听吓落魂,我死不会闭眼睛。

想到娘子陆素贞,为何不来望夫君。

莫非在家有毛病,伤风咳嗽床上困。

莫非毛家来抢去,得着好处就安身。

莫非生活无依靠,流浪街头求乞人。

可知你夫要杀头,从此相会梦三更。

心中好似尖刀刺,苦叹五更到天明。

一更里来苦伤心,想起父母两大人。

养我辰光宝和珍,可知今日要归阴。

二更里来苦悲生,毛家恶贼起祸根。

捏造我家贩私盐,谎告杀死盐快身。

三更里来半夜宽,可恨贪赃瘟知县。

勿问青红皂和白,屈打认招杀人案。

四更里来真惨凄,想起结发陆氏妻。

她像当初孟姜女,棒打鸳鸯两处飞。

五更里来天要明,子文就要杀头颈。

男未生来女没养,断绝我家香烟根。

不说子文监中苦,再提毛家黑心人。

今日子文要杀头,陆氏定会到来临。

要请打手法场去,抢回陆氏好成亲。

　　却说毛福、毛寿,奉了小奸之命,出门去请打手,走到桥头巷口人多的地方,开口喊道:"众位兄弟们,今日毛少爷叫我俩人前来邀请众兄弟们跟我到三鲜饭店吃上一顿饭,然后要派用场。"大家一听,跟了就走。一到饭店,毛福就将宣布毛少爷之命令,大家一听,齐声答应也。

不说毛家安排定,再表陆氏痛伤心。

嚎啕大哭天地昏,要叫寄父救夫君。

太师一见无主意,相劝女儿莫伤心。

吩咐家人备祭菜,要同女儿祭夫君。

顺便法场看情况,京中可有儿子信。

吩咐轿班备二轿,父女坐轿一同行。

鸣锣开道前头走,行牌执事左右分。

一路来到法场上,眼见法场人头兴。

中间一座监斩台,知县老爷杨廷正。

台前一个杀人桩,绑着犯人林子文。

　　却说太师同女儿两顶轿子到了法场,杨廷正一见太师亲临法场,连忙下监斩台,恭候太师上台。太师出轿,同上监斩台坐下。不说太师,只表丫鬟搀扶小姐,家人把祭酒祭菜挑到林子文面前摆好。小姐含着眼泪朝林子文方向走来,一声哭叫道:"丈夫呀!"子文一听有人哭叫,抬头一看是娘子,身穿新衣,左右丫鬟搀扶,心中暗想:"难道她到了毛家而去也。"

　　子文闭了双眼睛,不看娘子陆素贞。

　　娘子双膝跪埃尘,声声哭叫亲夫君。

　　只见丈夫闭了眼,好坏一句无半声。

　　莫非吾夫起疑心,待奴详细说分明。

　　那天三月初三日,如此这般讲详情。

　　为了要救丈夫命,昆山寻找寄父亲。

　　今同寄父来法场,寄父欲救吾夫命。

　　却说林子文一听妻子之言,不像到毛家去,遂问道:"你说寄父是一品当朝宰相,为啥不能为我林子文申冤理枉呢?"陆氏被问得一时难以回答!只说今日寄父也来法场了。其实此案,太师完全可以处理解决!太师心里另有一种想法,反正京里是会派人来的,何必要自己出头露面也。

　　不说太师台上等,只表瘟官杨廷正。

　　亲到台上为监斩,坐在台上等时辰。

　　太师举目四周观,听得下面叫一声。

　　阴阳官来报时辰,瘟官监斩忙传令。

　　刽子提刀恶狠狠,陆氏哭得天地昏。

　　太师一时也无法,心里暗暗也昏闷。

　　突然发现黄凉伞,太师知道不要紧。

　　刽子举刀等炮声,飞毛快腿到来临。

　　却说飞毛快腿高举黄凉伞,直奔法场,人未到,声先到,高叫:"刀下留人!圣旨到。"太师传令,请钦差大人到台前开读圣旨。圣旨上写道:奉天承运,皇帝诏曰。林子文无罪释放,毛上达纵子横行,削职为民。毛君宪同恶奴毛福、毛寿仗势欺人,强抢民女,杀人移尸,陷害良民,勾结瘟官杨廷正,屈害百姓。圣旨委托顾太师奉旨照办,斩讫不误,钦哉。"谢恩,万岁,万万岁。"飞毛快腿读罢圣旨,立即回京复旨而去也。

　　太师奉旨一声令,拿捉瘟官杨廷正。

　　小奸恶奴三个人,一齐拿捉麻绳捆。

　　一面释放林子文,一面斩讫四个人。

　　太师召见绍兴人,师爷名字叫朱恒。

　　料理法场一切事,封他知县去上任。

　　丫鬟唤醒女千金,太师心里喜盈盈。

　　吩咐起轿回相府,子文一同回府门。

　　不说百姓都赞成,毛家前来收尸灵。

　　却说顾太师,吩咐绍兴人收拾法场后回衙理事。自己同女儿、女婿一同回转相府,吩咐大摆筵席,款待女儿女婿。丫鬟带领小姐,童儿带领姑爷,各去沐浴更衣,回到厅上,拜见寄父寄母,然后一同入座,欢饮畅谈。家人回报太师说道:"顾德老家人,京中回来。"向太师一一回报也。

　　合家团圆喜欢心,厅上饮酒话谈论。

　　酒罢席散各安歇,子文夫妻说不尽。

　　光阴似箭来得快,太师同婿进京城。

　　先到刑部衙门里,郎舅相见喜十分。

　　五更三点皇登殿,太师同婿谢皇恩。

却说顾太师率婿来到京城,来朝五更三点见驾谢恩的时候,翰林学士文彦博启奏万岁:"今有高丽国王造反,将要杀进中原,请旨定夺。"君王闻奏,便问两班文武:"谁能去杀敌?"顾太师出班奏道:"我婿林子文有千斤之力,定能杀退番兵!"君王见奏,龙心大悦,见林子文身材魁梧,敕封林子文为大元帅,即日领兵出阵。各文武退出朝门,各回府第去也。

子文打扮武将军,教场点领五千兵。

身骑白马领兵行,滔滔一路步不停。

一到边关总兵接,停兵歇马就扎营。

休息一夜到天明,元帅领兵杀敌人。

番兵一见中原将,身高体胖像天神。

连战三合大败输,元帅三合都得胜。

番将只得降书投,元帅班师回京城。

君王见奏龙心悦,敕封护国大将军。

却说林子文杀敌有功,君王敕封林子文为护国大元帅,陆氏素贞为一品夫人。顾太师见女婿和女儿都受皇封,心中好不快乐,就出班奏本君王也。

太师出班又奏本,老臣有本奏帝君。

吾婿子文不姓林,他的祖先常遇春。

家住山东济南府,历城县里住登身。

常家世代都忠良,奸臣陷害常子文。

故而带妻逃难去,逃到昆山小林村。

又恐暴露真面目,所以避常也姓林。

君王当殿开大恩,赐他复姓常代林。

却说万岁听了太师的奏章,皇上大悦。当殿赐林子文复姓归宗,林字为常。又当殿下旨工部,立即去山东济南府历城县起造元帅府第,限期一月完工。太师同常子文叩谢圣恩,出朝去刑部衙门,与顾岳山辞行。太师同婿一起回昆山相府,将京中之事,告之三位夫人及女儿素贞,相府顿时一片欢腾也。

林子文为常子文,领兵杀敌官封赠。

工部奉旨造府第,限期一月要完成。

到日回转山东去,荣宗耀祖祭祖坟。

光阴如箭能样快,一个月日已到临。

元帅府第已完成,子文同妻见父亲。

拜谢寄父与母亲,辞别相府到京城。

一到皇城见帝君,子文奉旨转家门。

夫妻双双下官船,顺风相送快如云。

逢州自有州官接,逢县自有县官迎。

行来已到山东地,停船上岸进府门。

诸亲百眷来祝贺,大小官员齐来庆。

厅上摆筵并设席,饮酒猜拳闹盈盈。

酒罢席散各回去,来日夫妻祭祖坟。

常家世代善良人,后代子孙做公卿。

光阴如箭容易过,陆氏娘娘身怀孕。

九年连生三个子,一文二武状元身。
陆氏想起城隍庙,重建庙宇佛装金。
一副饭担带回去,今后作为纪念品。
善有善报从古有,恶有恶报到如今。
不信但看毛七虎,头搭肩架一样平。
一餐饭宝卷宣完成,奉劝大众行善心。
卷中若有差误字,念声弥陀补完成。

姻缘宝卷

霭霭苍天不可欺,举念何为神先知。
济人利物终有望,损人利己百年痴。
何满舟,柳金桃,进前叩拜。求慈悲,超度我,苦哉苦哉。
家住在,浙江省,杭州地界。祖居在,何家庄,数载传来。
自祖来,积善家,忠良勤快。祖传父,父传子,三代持齐。
修的是,大乘道,回光取采。末后着,修结果,礼拜如来。
实只望,修成佛,天堂步摆。又谁知,心不善,罔自持斋。
周济人,积阴德,本应慷慨。惟有我,盘算人,只贪钱财。
有邻居,徐良善,家贫无奈。他堂上,有老母,黄口婴孩。
甲午年,冬月间,粮无钱买。将粮田,当与我,十元洋来。
丁酉年,托中人,将田又卖。我推辞,三四次,无有钱财。
徐良善,无奈何,卖与姓戴。我拦阻,戴不买,把命致哉。
腊月间,他老母,堂上饿坏。到五殿,禀告我,致命贪财。
老阎罗,准她纸,勾命来在。随无常,到阴司,善恶观来。
阴阳界,孽镜台,真不爽快。老法官,问善恶,魂魄消哉。
到此地,后悔迟,无法可解。法官爷,高声骂,罔自持斋。
将你的,黄经卷,消你孽债。生平的,功与果,一一推开。
不容说,上枷锁,皮鞭打来。打八百,皮肉碎,苦楚难挨。
此时间,差五鬼,将我发解。发与那,饥饿狱,泪落盈腮。
自悔恨,不积善,把谁来怪。黑心肝,谋产业,惹下灾来。
冷清清,风寂寂,怎能忍耐。思老母,思妻子,真惨心怀。
受凄凉,无人问,自宽自解。一夜的,叹五更,细细思来。

一更里,泪长倾,心中悲惨无亲人。白发老母无人靠,何日何时又相逢。房中何人为伴侣,晚昏何人点明灯。哎呀哦,点明灯,养儿费力一场空。

二更里,泪双抛,思想贤妻柳金桃。洪媒结配天成就,一十六岁配鸾姣。十八持斋同念佛,讲法谈玄论高超。哎呀哦,论高超,空熬素口为哪条。

三更里,怨自家,怨恨自己主意差。修行念佛善为大,贫寒就该周济他。指卖致命罪孽大,伤天害理堕沉沙。哎呀哦,堕沉沙,自心不良怪谁家。

四更里，泪双淋，口念弥陀不绝声。观音如来多救苦，何为不救难中人。看经念佛有何用，有罪一样受罪刑。哎呀哦，受罪刑，几时脱苦出狱门。

五更里，天将明，狱司开言问一声。你怨弥陀不救苦，何人指卖不济贫。若非黄经赎你罪，粉骨碎身不超升。哎呀哦，不超升，焉能此境念观音。

狱司说道："人生在世贫穷，愿人周济。富贵不愿周济贫穷，如此上干天怒。伺时有责，难杀贫民，罪加三等。况你邻居徐良善，他有七十白发老母，周岁黄口婴儿，饥寒难忍，将当田加卖。你该成就，受业救贫，两家奇美，何不可为？你既不买，返阻他人不受，致杀贫民，狼狈心肝，罪莫甚焉。幸喜徐母阳寿当终，虽然具禀五殿阎罗天子，究而不究，故委法官判断，将你生前所诵佛经，一切功果超度徐母，为她赎罪。虽进此狱一十八重至轻者，若究徐母，禀律当入黑空浩劫，永无出期，何能看经念佛，存无用耶？"何满舟问曰："祈问爷爷姓氏，在世作何功德，荣乎执掌一狱之主，端为一狱之主宰？"狱司对曰："俺乃洛阳人氏，邓姓名英，字恺南。但俺作为与你相反。初在村镇屠宰，利济为怀；后在岑山念佛，度众为念。但知看经念佛自试，未得真传了死之道。百年命终，蒙主判断，功过多有余，庆升俺为此一狱之司，有何荣乎？"满舟听说沉吟自叹：

何满舟，听此言，心中烦恨。　自恨自，为事差，惹下灾星。
空持斋，不积善，终无超日。　能积善，不持斋，亦得超拔。
狱司爷，开屠宰，杀牲害命。　后悔悟，积阴德，一念无差。
消从前，诸不善，杀孽罪大。　有余德，赏升他，狱司繁华。
我本是，持斋戒，看经念佛。　一念差，不救贫，堕下沉沙。
心不善，谋产业，指卖致命。　将我的，功与果，一概让她。
先不善，后作福，福分更大。　先作福，后不善，福即变差。
在狱中，受凄凉，长吁短叹。　每日里，思骨肉，两眼巴巴。
至今年，六月间，脱离地网。　蒙贤妻，在清明，将我超拔。
今日里，会先生，沾光传话。　求慈悲，把我言，说与人间。
有钱的，富贵家，行善为上。　体天地，好生德，世代荣华。
遇贫穷，周济他，功德甚大。　积阴德，与儿孙，锦上添花。
千年田，八百主，古人传下。　谋良田，荣华屋，费心如麻。
积银钱，与儿孙，家大祸大。　积阴德，与儿孙，长久良方。
你观我，谋良田，把孽造下。　减阳寿，短命死，败绝亡家。
在阴司，受刑罚，责打拷骂。　有口舌，不能辩，恶鬼遭踏。
幸喜得，在世间，多诵经文。　将功果，赎罪尤，只受凄凉。
今日里，见天光，数段苦况。　愿人人，多行善，后代荣昌。
满腹话，与先生，不能尽讲。　那一旁，是我妻，泪落双行。
快上前，叩先生，数数苦账。　恐天明，你和我，无处躲藏。
柳金桃，忙上前，良人退下。　让奴家，拜先生，说段根芽。
为节伤身一女流，飘荡魂魄入泉幽。
法官见我无私意，赏我亲夫出狱因。
柳金桃，上前来，顶礼拜叩。　拜慈悲，说回文，烦心费心。
我本是，五漏体，罪大孽重。　实不敢，朝金容，秽污佛庭。
阴阳界，得消信，喜之大甚。　闻先生，通三曹，法语妙音。

我夫妇,又不知,在何贵境。虽然是,到此地,一团原情。

柳金桃说道:"祈爷爷,奴家有三世本愿,不知慈悲肯听否?"灵珠曰:"身奉佛旨,传语三曹,普济苍生,有言即可道来。"柳金桃说道:"烦心听禀。"

柳金桃,忙叩拜,烦心听道。听小女,说一段,三世根源。
我父亲,柳迎春,黉门秀士。育养我,柳金桃,姊妹三人。
同治爷,十二年,生下于我。十月间,十八日,子时降生。
年七岁,发齐眉,能遵亲训。知三从,并四德,三纲五伦。
有何母,戏场中,与我同登。她见我,性温柔,聪敏过人。
爱惜我,心欢喜,悦色兹笑。托媒人,到我家,要结亲姻。
我父母,闻他家,三代积善。后代人,必荣昌,发下红庚。
十六岁,出闺门,夫妇和顺。十八岁,我丈夫,劝我修行。
我言道,妻从夫,古圣垂训。愿同你,长斋戒,念佛看经。
我丈夫,虽持斋,心不过善。把银钱,太悭悋,不肯救贫。
小奴家,在一旁,劝过多少。我丈夫,把奴言,当作风声。
丁酉年,十月间,娘家接我。我兄弟,花烛喜,随轿回程。
徐良善,当转卖,我夫不允。他的母,因病后,饥寒伤生。
小奴家,在娘家,实不知道。我丈夫,不周济,徐母病人。
我回家,闻此言,埋怨到底。我丈夫,知过错,悔之不盈。
戊戌年,六月间,夫得重病。请医生,煎汤药,午夜劳心。
求神灵,许神愿,总不灵应。十八日,子时间,命入泉阴。
牵儿女,父前拜,箭穿心疼。一心的,与丈夫,同见阎君。
细思量,老婆婆,无人敬奉。儿女小,无人抚,好不伤心。
思我夫,日无光,乾坤混沌。日含泪,心忍疼,奈过光阴。
度一日,如度月,度月如周。带儿女,奉婆婆,孤苦伶仃。
到晚来,身失孤,形单影只。眼流泪,湿枕头,明月三更。
又不知,我丈夫,阴灵怎样。想起来,急得我,入地无门。
丈夫死,不觉的,周年期近。带儿女,祭夫坟,哭罢回程。
偶遇着,何满流,与夫同姓。出言语,调戏奴,穿衣兽禽。
是奴家,下恶言,辱骂一顿。骂得他,两面红,恼恨在心。
七月初,何满流,逼我出姓。小奴家,投长河,一命归阴。
亏当方,土地公,把我怜悯。公与我,作冤状,禀告阎君。
阎君爷,接我纸,从头细问。我从头,说一番,苦楚冤情。
阎君爷,听我言,声声叹息。你算得,女丈夫,美名传门。
且退下,乐善堂,俟吾批示。赏你夫,出地狱,净土投生。
呼金童,并玉女,将我带下。来只在,乐善堂,热闹喧哗。
巨楼房,白玉壁,黄金盖瓦。黑漆门,格子扇,亮亮堂堂。
正行走,忽听得,笙箫响朗。杏黄旗,金字匾,一行一行。
珍珠伞,虎头牌,瓜鎚掌扇。八人轿,坐一人,白发苍苍。
前者呼,后者应,金锣响亮。前者喝,后者拥,人夫成行。

问一声,左金童,此人怎样。他可是,一品官,来在此间。

金童说道:"休得乱言,乃是太和真人。在瑶池奉了无极圣母法旨,下降幽冥,查论阴间善恶。有大罪囚徒,恳祈减等,罪轻者开赦,即生净土。且你乃南州女中君子,若能大胆前去恳祈,必有提拔,快去有何不可?"

柳金桃,听此言,心中欢喜。想亲夫,会一面,恳祈世尊。

来止在,人丛中,双膝跪下。喊一声,慈悲佛,救度冤魂。

太和君,发慈悲,开言便问。问奴家,叩拦舆,所谓何因。

我上前,从头数,声声哭禀。数冤情,何满流,逼我嫁人。

投水亡,一灵魂,来在此境。今日里,叩世尊,讨个超升。

我丈夫,在阴曹,杳杳无信。会一面,小奴家,死也甘心。

太和真人说道:"论你所言是实。南州女中君子,妇道豪杰。世人难能如此。但你持斋作佛,可惜欠缘。目下黄极归根,白羊道显,有缘得遇,能超七祖九玄,何虑亲夫耶?俺前日朝谒,无极老母同玉虚赤明护法,已到苏省辅坛惟一堂,离此杭州不远。闻道日期将近,可惜你夫妇俱亡,奈何?"问曰:"恳恩超拔,永沐洪恩,但是至道未闻,何处访求?"真人曰:"恳吾超拔你夫,你夫又无寸功寸果,难以超拔。今想超拔于你一人,前去清节府中安闲。"金桃对曰:"我夫在世,勤礼忏悔,亦作些微功果。也会斋僧布施,何言无有寸功寸果,岂无一点功耶?"真人顾问金童:"他夫今在何狱?"金童上前跪禀:"他夫,徐母禀告,指卖致命。将伊所诵经忏,所行功果,一切善功,超度徐母。现在饥饿狱中,不知吾主怎样发落?"金桃跪禀:"我夫指责致命。夫固有罪,将功补过,还受狱因。奴被何满流逼节致命,何功超拔于我?恳祈慈悲,施恩作主,将我夫之罪加于何满流,将罪抵罪,不亦宜乎?"真人笑曰:"至理也。"作赞曰:

好一个,柳金桃,大有见识。在南州,算一个,女中丈夫。

将夫罪,抵满流,逼节之罪。这道理,细思量,不亦宜乎。

呼金桃,上前来,听吾告诫。舍身命,全清节,世也难遇。

这于今,先天道,普度原种。得一个,成一个,出世丈夫。

你且到,候升庭,暂住几日。我超拔,你丈夫,脱苦还无。

你夫罪,加满流,绝宗灭纪。将功果,还你夫,夫妇同修。

听此言,百叩首,谢恩倒拜。同金童,忙行走,要会亲人。

来止在候升庭,顶礼恭敬。李召德忙开言:"来此何因?"话说李召德问道:"你这姑娘家住何处,姓氏大名?"柳金桃说道:"家住杭州昌化县人氏,柳姓,字名金桃,为节伤身,一一禀告。主阎君准究着我在此候批,故来此惊吵。问慈悲姓氏大名?家住何州何县?在此何为?"李召德说道:"听我道来。"

李召德,未开言,双眼流泪。遵一声,柳金桃,细听详情。

家住在,兴唐县,祖荣孙贵。我父亲,七品官,管过万民。

十八岁,未出嫁,亲夫伤命。做一个,望门寡,守节冰清。

咸丰爷,坐江山,天心不顺。降煞星,动干戈,大闹乾坤。

那毛贼,破城池,人民遭困。死的死,亡的亡,能剩几人。

一家人,各顾各,东逃西奔。我无奈,投水亡,命入泉阴。

蒙阎君,慈悲心,把我怜悯。着落我,候升庭,已有多春。

在此地,看经卷,修行养性。候三期,龙华会,好赴云城。

在此地,见多少,忠臣孝子。在此地,见多少,活佛真人。

话说李召德和柳金桃闲谈各人从来,忽见门外来一位公公,手拿三世因果与人讲论。柳金桃上前施礼,便问："公公,可能知道奴家三世从来?"公公说道："我指点游魂,莫迷三世前因,如何不知你三世从来?"打开三世姻缘册部,细细观看,曰："柳金桃前世在海门县鲁大成为女,许配刘洪高为妻。与杏仁庵二僧法名争真、结有,大缘于你。你有疾病缠绵,他与你跪诵心印真经一十三藏,超解前世冤孽,故尔今生配作夫妻。"柳金桃问曰："我前世刘姓之夫,今在何处?"老人曰:"待我查来。"细观册中,对曰:"你刘姓之夫,所作不良,现在江宁县变作驿马。"柳金桃又问:"我前二世,何处为人?怎样品格?"老人曰:"待我查来。"将册部翻了几页,对曰:"你前二世在德化县,高姓为女,许配洪姓之子为妻。一十九岁同夫上任广东古灵山县正堂,管过万民。"金桃问曰:"洪氏之夫,今何处为人?"老人细观册中,对曰:"洪氏之子,为官作乐,贪酒好色,堕下一劫。在河南鹿邑伊姓为女,从父修行未遂。"金桃曰:"既能修行,今在何处?"老人对曰:"但其修行也不诚。十九岁时与邻居陆终氏次子,眼角留情,思凡八日。今托化桐城县洪氏为女,许配陆氏少子。八年夫妻,了却前世,眼角留情,思凡孽缘。"曰:"今在何处?"老人对曰:"但其根基不凡,前四世在东海许州,观音寺与那海洪和尚同坛共答三十八年。凭佛立愿,共办龙华大会。今海洪和尚托化桐邑吴姓,后迁江左南陵居处。时有洞阴古佛,即禹王委其传言三曹,亦命洪氏护法。"李召德曰:"今春,陶景春同钱果顺,寄囊回文,传与尘世,死后立功,莫若如此。"金桃问曰:"景春今往哪里去了?"李召德对曰:"同钱果顺往阳湖县化道去了,不日就回。"金桃又问:"老人高姓大名?"老人对曰:"我乃幼脱尘嚣,了却尘垢。上天敕我掌管人间男女姻缘簿。我名称月华老人,又名月老。今在北海外回来,路过阴阳界,听闻你拦舆,太和真君特来指醒于你。早到江南归一堂,降段回文,寄与尘世,度醒原人,是你功果,趁机不可有误。"愚老就此告别,金桃叩谢,远送而回,沉沦叹曰:

> 柳金桃,自思量,不觉流泪。月华老,言三世,有姓有名。
> 前一世,鲁大成,膝下为女。许配那,海门县,刘郎为婚。
> 杏仁庵,有二僧,争真名号。他与我,诵经忏,结下良姻。
> 转世来,他落在,何氏为子。我落在,柳门中,又化钗裙。
> 凭媒证,配夫妻,如水和合。未几载,大限到,各自离分。
> 叹前世,刘夫主,所作不善。江宁县,变驿马,好不伤心。
> 前二世,德化县,高门为女。许配那,洪氏子,结下婚姻。
> 十九岁,同夫主,广东上任。灵山县,曾做个,七品夫人。
> 叹夫主,虽为官,不习清正。贪酒色,染财气,把孽造成。
> 转世来,在河南,托化为女。随父亲,在经堂,念佛看经。
> 既修行,你就该,猿马守定。与陆氏,觑眼色,又结良姻。
> 今落在,桐城县,借母投性。黉门中,长成人,又了前因。
> 幸喜得,前四世,道德双品。在许州,观音寺,礼拜世尊。
> 与和尚,名海洪,把愿立定。办龙华,古道场,好见娘亲。
> 海和尚,在桐城,吴门为子。有禹王,洞阴佛,委他传经。
> 命洪氏,我夫主,将法护定。与和尚,度原人,拔济游魂。
> 月华老,他命我,归一堂进。数一段,苦冤情,感化原人。

话说柳金桃与李召德谈论月华老人,所言三世姻缘,只见门前来了一僧一俗,倒也风尘雅静。进门施礼,动问姓氏大名,居住何所。柳金桃告数从来。陶景春、钱果顺,闻声叹息,问曰:"你夫妇持斋,得何之道?"对曰:"先修大乘,后修结果。"景春曰:"大乘、结果皆错,不能了却生死。"问曰:"得何之道,可了生死?"曰:"非求先天不能也。"问曰:"先天之道,怎样做法?"对曰:"欲求先天,实不容易,亦不大难,考人根基耳。真心恳切,先虽积功累德,然后自有至人想遇。"问曰:"身入无间,何处积德?"曰:"月华老人教我江南归一堂中降一段回文,可能去得否?"景春曰:"然也。"问曰:"我若同夫前去,可能会得他么?"景春曰:"会得,他自不难矣。"曰:"怎样光景?"对曰:"妙哉难言,听我道来。"

陶景春,坐交椅,开言说道。遵一声,柳金桃,细听根苗。

你若问,会灵珠,怎样光景。在尘世,他也是,一个凡人。

守清贫,无贪欲,随缘随分。与俗人,无分别,交接人情。

问先天,他威风,不像凡品。朱红袍,杏黄冠,八宝金容。

在灵山,与诸佛,谈道论德。到太虚,太极宫,执掌权衡。

三曹中,神与圣,传经传典。非神圣,怎能知,这段奇情。

你夫妇,到那里,虽要谨慎。降回文,必然的,有段奇因。

却说柳金桃与陶景春,谈论未已。忽见金袍绶带者,手捧玉牌进前,说道:"法官敕提柳金桃投案,不得有误。"金桃跟随来人,不觉到了三曹法界。进了大殿,只见上面坐的乃前日所见过的。知是法官,左旁跪的徐母,右旁跪的乃是亲夫。与徐母对质,心中又悲又喜。只听法官说道:"柳金桃上前来,听吾判断。"柳金桃双膝跪下,口称慈悲,施恩作主,开释我夫。法官说道:"你夫指卖致死徐母,固当有罪。你又被何满流逼节致命,魂来阴司禀告。吾主阎罗天子,准究你亲夫会面。谁料你又拦舆,大和真君,慈悲批示,将你夫指卖致命之罪抵与何满流逼节致命之罪。将罪抵罪,理之正也,又将你夫从前功果,一概还原。你夫妇早访至道,同修功成,永世不离。"各领批示退堂。金桃同夫,领批退下,在孽镜台下,抱头大哭,叹曰:

柳金桃,见亲夫,又悲又喜。在狱中,无人问,好不伤心。

从今后,我和你,时刻谨慎。出一语,出一言,慎重开音。

手挽手,来止在,后升庭进。众人等,齐恭喜,喜笑盈盈。

陶景春,上前来,声声奉禀。归一堂,降回文,好把功行。

行过了,千山岭,费尽苦情。今日里,见先生,垂恩怜悯。

提拔我,夫妻们,早脱沉沦。寄回文,非为别,数数苦况。

劝人间,妇女们,节孝认真。奴不是,全身节,超拔夫主。

我丈夫,焉能够,出狱逍遥。此一遍,真情话,普拜天下。

望先生,一字字,细吐根苗。并叩拜,洪修成,奇缘难买。

我和你,前二世,夫妇同偕。灵山县,管万民,共有五载。

受皇恩,十八年,折委回来。百年后,大限到,夫妇各别。

我儿夫,在河南,化作裙钗。随我父,尹上天,持斋受戒。

你修行,不诚实,风流卖乖。故如今,二世女,了此孽债。

受千磨,并万难,步步行来。幸喜你,在许州,大有光彩。

你与那,海洪僧,把缘结来。那海洪,在玉虚,大摇大摆。

立大愿,度原人,早返瑶阶。今三期,奉母命,倒装下界。

你与他,办龙华,好不美哉。但愿得,老先生,周游四海。

你在家,接原人,茶饭办来。有一日,功圆满,同赴天外。

望姑娘,提拔我,好座莲台。前二世,夫妻们,本是不外。

今世里,分你我,一样裙钗。这几句,俚言语,切莫忘怀。

愿我夫,洪姑娘,高大莲台。遵先生,请上坐,受我百拜。

就千拜,并万拜,理所应该。

偈曰:

沉埋东土万万年,轮回转变受颠连。

三世前夫男化女,共办龙华古瑶天。

叹曰:

世人迷误真悲怜,如何苦苦昧心田。

只图眼前机谋大,不知果报随身边。

阳世善恶任人造,阴间应报不倒颠。

逼节满流归地府,未知何日得见天。

义曰:

指卖致命该有罪,以罪抵罪理自然。

俯仰无愧金桃女,拔夫罪苦共登仙。

赞曰:

古来女子多英豪,节烈义贞学金桃。

不惜春光全贞义,流传后世美名标。

游龙宝卷

游龙宝卷初展开,诸佛菩萨坐莲台。

在堂大众听此卷,一年四季免三灾。

却说此卷出在大明正德武宗登基之后,万民乐业,四海清平,风调雨顺,国泰民安。正德皇帝忽然想起到乡村闲游玩耍,私行察访,朝纲事务托太后娘娘执掌。正德扮作军官模样,身坐龙驹,独自一人出了京都,直往乡村而去也。

正德天子出京城,不带跟随独自行。

不用官员来护驾,私行察访赶路程。

身坐龙驹来得快,潼关就在面前存。

千里龙驹似箭飞,看看日落夜黄昏。

却说正德皇帝出京闲游,已经有三月光景。到了潼关外面,只见深山旷野,正遇大雪纷飞,好不凄凉也。

正德此时动脑筋,如此大雪怎能行。

百样行业都难作,积雪三尺难行程。

兰关雪拥无两样,谁知在此受灾星。

寡人在京多享福,如今弄得这般形。

却说正德在此左思右想的时候,突然发现前面一个村庄,只得紧行一程,进得村庄。只见一扇柴门紧闭,下得马来,举手轻敲几下,连忙喊道:"里面有人吗?"只听得里面答道:"来也。"

正德轻敲两柴门,高声叫喊借安身。

惊动里面周老太,抽身出外就开门。

便把柴门来开直,只见一位客官人。

婆婆开口问原因,因何到此小荒村。

却说周妈妈道:"请问客官到此荒村有何事?"正德道:"妈妈,我是京中的人。闲行无事,忽遇大雪,无处栖身,故此到庄,借宿一夜,明早即行。"妈妈道:"客官你若不嫌怠慢,快到里面请坐。"正德道:"多谢妈妈也。"

　　君王踏进柴扉门，宝马结在小树根。

　　跟随入内细看清，草房虽小布置精。

　　观音大士中间供，周围墙壁甚分明。

　　周妈相请客官坐，正德启口问原因。

　　却说君王问道："妈妈，你家姓甚名谁，多少人口？"妈妈道："我家姓周。老身方氏，丈夫早故，单生一子，名叫周玄，今年一十八岁，樵柴为生。"正德道："如今他哪里去了？"妈妈道："斫柴去了，马上就要回来也。"

　　不说周妈和当君，且宣周玄斫柴人。

　　一生懵懂痴呆子，自言自语转家门。

　　身上衣衫多单薄，天降大雪落纷纷。

　　夹紧身体索索抖，声声口喊冷难禁。

　　已经来到自家门，高声大叫喊开门。

　　却说周玄的生相，一向有些痴呆之状。走到门口，他不晓得正德天子的一只龙驹宝马带在树上，周玄一见就说道："嘎唷，哪里来的一只大牛，为啥这只大牛连角也没有？咳，原来是一只无角牛，让我来骑骑看。"哪知正德天子那只马，即是天赐龙驹，庶民怎能骑坐？周玄正要跨上马背，啪啦，被神道踢了一脚，勃仑嗷，跌倒在地。周玄急喊几声："母亲呀，母亲，我要跌煞哉。"周太太听得慌忙开门一看，只见儿子跌倒在地，口喊救命。周太太一把将儿子扶了起来也。

　　方氏扶起周玄身，急问何故勿当心。

　　此马乃是客官结，怎能戏弄寻开心。

　　快些跟我里面去，规规矩矩陪客人。

　　周玄走进中堂内，周妈吩咐孩儿听。

　　却说方氏太太说道："客官在里，孩儿快去见礼。"周玄答道："呋，晓得哉。"说罢，连忙唱喏，说道："客官，我已经唱了三个喏哉，你倒好个，手也勿动，脚也勿牵，哪里来个大好佬。我看你，真正西洋来个。"正德答道："我是京中来个。"周玄道："原来是金中来个，真正是个金人，满身都是金子。"方氏接口骂道："畜生，规矩全无，尚敢大胆，如此胡言乱语，快些陪伴客人。待我去端正夜饭，客人请坐歇便了也。"

　　方氏抽身往内行，周玄在此陪当今。

　　君民二人言谈处，周玄连连问原因。

　　既然客人京中来，可曾见过皇帝身。

　　身材面貌如何样，还是昏来还是明。

　　却说正德道："你可是问皇帝的面貌吗？就是同我的面貌一模一样，而且与我同年同月同日同时辰生的。"周玄说道："你这位客官，要折福折寿的了。真会说鬼话，骗啥人。我看客人，勿是盐窗木客，定是贩金刚钻的。再不然，京里个九卿六部或是钦差大人，出来私行察访的。"正德道："咳，周玄，你是猜勿着个哉，我来说给你听也。"

　　正德开言周玄称，我来今日说你听。

　　我的出身来头大，家住南北二京城。

　　世间豪富算第一，田园家产数勿清。

　　普天之下我为主，周玄也是我家人。

　　却说周玄又问道："客人家里阿有几万人吃饭？丫鬟使女阿有几百人？"正德说道："若说吃饭数勿清，

若说丫鬟算勿清。"周玄道："客人，起初看来是老实人，现在看倒是一个说说大话、啃啃瓜皮的人。看来你是一个南京拐子也。"

你的说话不中听，来头大得吓淘成。

世间哪有这种人，花言巧语不相信。

这种人家天下少，除非当今皇帝身。

却说正德问道："周玄，现在当今皇帝待万民百姓可好？"周玄答道："皇帝对待百姓倒还好，随侍奸臣对老百姓有一些不好也。"

若说天子正德君，有道君主治万民。

就是一点勿赞成，皇帝赛过无眼睛。

朝里出了两奸贼，欺君诳国在朝门。

害了多少忠良辈，万民百姓尽遭殃。

正德听了吃一惊，便问周玄怎知音。

周玄回言客人称，天下人人都知闻。

执掌朝纲焦大人，身为阁老大奸臣。

还有一个奸习汉，内宫太监叫刘证。

屈害忠良真可恨，好个明君被弄昏。

正德思想心大怒，寡人一向不知音。

待朕一日回朝内，必定杀死二奸臣。

不说二人言谈处，再表厨房周妈身。

却说方氏妈妈走进厨房，心中思想道，这位客人看上去像京中下来，不能怠慢的。好得前日我儿到山中去斫柴，拾得一只鸡婆在此，让我把它杀了，请一请这位客人吧。勿多一歇工夫，烧好四样菜，就喊儿子周玄快来把酒菜端出去，让客人吃夜饭也。

周玄走进厨房门，便把菜水看分明。

四只菜碗都端正，喷香扑鼻热气腾。

只见一碗是荤菜，连忙开口问母亲。

却说周玄连忙问道："母亲，这碗荤菜是什么东西？"方氏道："孩儿呀，因为吷界啥小菜，故此一只老鸡婆被我杀了，快点端出去，让客人吃吧。"周玄一听就说道："那是完哉。"方氏问道："什么完哉？"周玄道："一只鸡就是我个妻，今日把它杀了，我真正苦命也。"

周玄眼泪落纷纷，调脚拍股恨恨声。

杀鸡就像杀我妻，今世无妻到家门。

手端酒菜厨房出，哭到堂前见客人。

正德一见周玄哭，细问根由为何因。

却说正德见周玄如此情形，便问道："你为何如此形状，这般悲切，莫非因我今日吃了你的夜饭，故此啼哭？"周玄道："吃顿夜饭是小事，可惜把我的妻子杀了，所以今日悲伤。"正德一听莫名其妙，就问周玄："倒底怎样？"周玄道："客人你听我讲也。"

有日斫柴山中行，突然听到鸡叫声。

抬头只见一只鹰，衔只小鸡在飞行。

被我一喊鹰一吓，小鸡掉在地埃尘。

连忙拾起细细看，并无受伤半毫分。

就把小鸡带回家，精心培养易长成。

倒是一只小雌鸡，就是我的妻房身。

却说正德道："周玄，一只鸡如何当得妻呢？"周玄道："一只雌鸡生了二十个蛋，让它孵出廿一只鸡。"正德道："二十个蛋怎可孵出廿一只鸡呢？"周玄道："客人呀，看你聪明面孔笨肚肠，我来对你说了吧，连娘一起不是廿一只鸡吗？拿去卖忒，捉只小雌猪，生一窝小猪。连娘再卖脱，捉一只小雌牛，养大了生一只小牛。再连娘一卖，银钱也多了，就好讨一个老婆。如今杀了一只鸡，要想讨家婆，呒抵扛哉。"正德一听，果然不差，就道："周玄不要悲伤，我今夜吃了你一只鸡，自然会还你一个美貌的妻，包你富贵到手也。"

周玄听说喜欢心，好个宽宏大量人。

亲口许我赔妻房，日后总好积善根。

满面添花眯眯笑，拍手快活骨头轻。

周玄即便客人称，我要磕头谢你恩。

说罢双膝忙跪下，响头连连叩勿停。

正德忙把周玄叫，快快起来听分明。

却说正德吩咐周玄拿草料把马喂饱，一人在内准备吃夜饭，只见桌上摆好几样菜水，一壶陈酒，一只水铺鸡蛋，一只冬菜豆腐，一只咸菜豆板，一只黄葱烧鸡。正德肚中实在饥饿，一人先在吃酒用菜。周玄端上一把椅子，放在正德对面坐下，说道："客人今日到来，实在无啥招待，不必客气，就吃点鸡肉吧。"说罢自己也夹起一块鸡肉，直往自己口中送去，谁知惊动家堂六神和东厨司命，就在周玄喉下一把扼住，周玄顿时叽咕三声响，眼睛白洋洋，一跤跌在地，满地乱滚也。

鸡肉一块口中吞，惊动东厨司命君。

又紧咽喉吞不下，眼白洋洋难出声。

一跤跌在地埃尘，满地打滚乱翻身。

鸡肉味道未吃着，几乎送忒小性命。

却说正德一见周玄如此模样，知道周玄乃是庶民百姓，怎好与我同桌同坐，岂不要折福，忙开口道："恕他吃下。"周玄顿时苏醒，划手划脚，将身立起，叫道："客人倒会变戏法的，我听见你说恕他吃罢，我的喉咙顿时一松，咕噜一响，一块鸡肉就咽了下去。"正德道："不必多言，快快收拾进去，我要困哉。"周玄道："是哉，待我去打铺你困。"正德道："我没有困过柴铺，可有床让我困？"周玄道："砻床。"正德道："奇了，你家也有龙床？"周玄道："砻床有什么稀奇，还有冲天冠，滚龙袍也。"

正德一听暗思忖，未知真假却难分。

周玄平民小百姓，哪来这些宝和珍。

真有龙袍冲天冠，私藏国宝罪勿轻。

且看龙床如何样，待他拿出看假真。

却说周玄走到里面，掮了一部牵砻的砻床，又拿了一顶蓑衣，和一个箬帽，说道："客人，砻床来哉。若是有风戴了冲天冠；倘然冷末，盖了滚龙袍勒困。"正德道："不必吩咐，你快出去吧。"周玄答应一声就走，正德天子左思右想，今夜叫我如何困也。

正德一人动脑筋，叫我今夜如何困。

恰遇借宿乡村地，周玄又是夯兴兴。

我在京中福不轻，今夜弄得这般形。

不免待我坐一夜，到了天明再理论。

正德将身来坐定，突然听见更鼓声。

此乃乡村荒郊地，哪来樵楼谁打更。

想必神明来护驾，莫非此地有乡绅。

正德一夜未合眼，不觉鸡叫天又明。

却说正德一夜未困，受了一夜之苦。等到天明，便喊周玄道："我要走了。"周玄急忙答道："哦，我来哉。"一到门口问道："客人为啥大清老早，就要走呢，啊是肚皮痛勒啥？"正德知道周玄有点痴呆之状，所以不作他的准，就问道："周玄，我要问你也。"

此地荒郊一乡村，夜里为何有更声。

吵得一夜未合眼，请你对我讲分明。

周玄即便回言答，客人请你听原因。

离此东南三里正，小小一个曹家村。

村上有个太史府，家中豪富不非轻。

太史就是曹老虎，剥皮宰相尽知闻。

家中之人都凶恶，衙门出入诈金银。

客人此事不必问，被他知道命难存。

却说正德一听此言就说道："不妨，他家可是叫曹仲么？"周玄道："正是，一点勿错，你为啥认得曹老虎的？"正德道："我听人家讲过的，你可知道有多少人口？"周玄道："他家的丫头佣人数也数勿清个，自家人倒勿多，只有四个人。"正德道："怎样四个？"周玄道："一只老虎，一个老太婆。还有一男一女，儿子叫曹文，女儿叫玉娥。那个小姐倒生得蛮漂亮，听别人讲，像天仙一样。"正德道："你可知道小姐可曾出帖？"周玄道："啥叫出铁？"正德道："出帖就是攀亲。"周玄道："老虎女儿，无人敢要个。"正德道："周玄，我今日吃你一只鸡，赔你一个妻，我来替你做媒人。"周玄问道："啥人笃女儿？"正德道："太史府小姐配给你。"周玄道："客人啊，天也亮哉，你还勒浪做梦来。老虎的女，我也不敢要，倘然老虎把我一口吃落了，我的老娘有啥人去抚养，你还是勍去瞎想也。"

曹家小姐是千金，我是斫柴命穷人。

他家高来我家低，高低哪好配婚姻。

你的闲话被他晓，定要敲牙拔舌根。

客人好像说梦话，还是别家做媒人。

正德吩咐周玄听，我做媒人不要紧。

不用彩缎和金银，只要我的一封信。

叫你送到他家去，小姐配你稳稳能。

却说周玄听了客人的一番话，就说道："客人不要七勿搭八，倘然弄出了事体，曹老虎发起威来，吭界招架个，连搭我个头，要摆勿牢颈上个。"正德道："不必多言，快去拿文房四宝来。"周玄道："坟上狮豹。石狮子倒有个，豹倒无拿处个。"正德道："就是纸墨笔砚。"周玄道："我写字用灶堂里烧过的硬柴写的，客人啊要拿来试试看？"正德道："这样的东西如何好写字，快去拿砚台笔墨来。"周玄一想，连忙奔到后村小学堂里借了一副笔砚来，就说道："客人，笔砚来了，就是缺少纸头。"正德道："罢了。"就在衣袖内拿出一幅龙凤黄绢来，轻轻磨好香墨，添得笔饱，提起笔来，就问周玄道："你今年几岁？"周玄道："啊呀，客人，我个年纪忘记哉，好像属猫，六月初六余时生日。"正德道："好糊涂的周玄，大约是属狗，辰时生的。"周玄道："客人，一点勿差，被你猜对了也。"

君王挥笔写得明，吩咐周玄你且听。

你今到他家中去，头顶黄绢进墙门。

叫他当厅摆香案,跪接开读内中情。

周玄一听叫客人,你今写的啥个信。

为啥排场这样大,要他跪接在当厅。

客人勒畀当我上,害忒我条小性命。

既然做媒你自去,哪有我去上他门。

倘着被他来拿住,送官究办问罪名。

如果被他来打死,啥人养活我娘亲。

却说正德道:"不必多言,包你无事。"周玄道:"客人,你吃了早饭再作道理。"正德道:"我要走了,你也快快去罢也。"

正德动身出门庭,周玄把马牵端正。

君王上马路来行,一心思想回京城。

周玄眼看客人去,连忙回身叫母亲。

客人早饭不曾吃,阿有啥个当点心。

方氏便把孩儿叫,做好几个小麦饼。

拿了快快追上去,送给客人当点心。

君王上路去如云,周玄出门急急奔。

放开喉咙客人喊,正德远远闻叫声。

放慢马步回身看,只见周玄大步奔。

不多一刻已追上,满头大汗叫客人。

母亲做好小麦饼,送给客人当点心。

却说周玄道:"客人能个心急,只怕是南京拐子,要紧想逃忒。吃了我个鸡,许我一个妻,早饭不要吃,就想逃走去。"正德道:"不必多言,你把书礼拿去,包你有个妻房。"周玄道:"客人,别人家的信都在纸头上写个,为啥你个信写在黄绢上,一面一条蛇,一面一只鸟,啊派用场个?"正德道:"不必疑心,快点去吧也。"

正德皇帝登了程,上马加鞭快如云。

君王心里暗自忖,放着奸臣在朝廷。

不说君王回京去,只表周玄痴呆人。

眼看客人已去远,回家告知老娘亲。

却说周玄道:"阿妈,客人已经去哉。"方氏道:"儿呀,你为啥这等快活?"周玄道:"娘啊,那是我局个哉,就是昨夜头吃我鸡婆个客人,搭我做了一个媒人,许我一个家主婆,故此我快活。我想:这个客人,皇帝挨勿着做,勿是公侯,定是一个大好佬也。"

周玄心里喜十分,方氏太太暗思忖。

吃了一只鸡婆肉,怎能赔个女千金。

见你痴呆把你戏,口说无凭哪作证。

周玄开口叫娘亲,客官是个老实人。

勿会骗伲老百姓,况且给我一封信。

黄绢上面写分明,叫我曹家去做亲。

吩咐娘亲来端正,让我打扮换衣襟。

开花帽子头上戴,青布棉袄着在身。

腰里束条破搭膊,芦花蒲鞋换端正。

出门一路急急走,蹦蹦跳跳快如云。

却说周玄蹦勒跳个一路而去,方氏太太出门高声喊道:"周玄,我儿!快快回来,勿要去惹出祸来。曹太史是非同小可的,被他拿住,性命勿保,我老身依靠啥人。"哪知周玄没有听见,如飞而去也。

方氏太太急煞人,眼泪汪汪暗思忖。

我是守寡十年零,指望养儿靠终身。

谁知一生空欢喜,你到曹家必遭瘟。

可恨客官良心坏,不该哄我孩儿身。

不说老太心着急,再表周玄到曹门。

一到门口身立定,见他威势吓煞人。

狮子一对两边站,旗杆一根接青云。

上有匾额太史第,周玄心里也吃惊。

却说周玄自言自语道:"日日在此卖柴,一点不觉着怕,今天为啥有点胆小起来。不要管俚,待我走近一点,放大了胆子。"喊道:"门公哪里去了?"门公道:"哪里来个小奴才,在此相府门上,高声大叫。"周玄道:"军令拉里,快点与我去通报。"门公道:"到此何事?"周玄道:"不必多言,快快去叫曹老虎出来接我。"门公道:"你这个小畜生,今日到来可是讨死吗?"周玄道:"呸,快去报来,自然会晓得也。"

周玄开口说原因,我有大事到来临。

无事不到三宝殿,只为婚姻大事情。

快叫太史摆香案,开门跪接莫留停。

门公骂道小畜生,做梦还未到三更。

可知这里什么门,啊怕剥皮抽你筋。

周玄发火骂连声,你这奴才不该应。

叫你通报不肯去,停歇好处有你份。

太史出来要磕头,将你剥皮来抽筋。

门公听得心害怕,不知假来还是真。

不免待我去通报,是真是假再理论。

却说门公听得有点害怕起来,暗想道,是真是假,弄勿清楚,待我去通报了再说,就开言道:"你在此等等,我去通报。"说罢进门面去,"启上太史爷,门外有个村夫,名叫周玄,他说有大事要见太史,特来通禀。"太史道:"与他面不相识,不必见他,叫他快回去。"门公道:"小的回过他几次,他说有书信为证,故此必要面见太史。"太史道:"既然如此,叫他进来也。"

太史听见好疑心,村夫身边有何信。

他是一个樵柴汉,其中必定有来因。

所以答应见一面,就叫门公领进门。

门公便把周玄喊,太史叫你进去禀。

周玄开口奴才骂,随便叫我进你门。

说罢取出一封信,连忙把它头上顶。

门公一见吃一惊,周玄拿的不是信。

五爪金龙绣黄绢,却是圣旨到来临。

连忙奔到高厅上,双膝跪下太史禀。

口称老爷不好了,万岁圣旨到家门。

太史一听魂飞散,吩咐香案摆高厅。

忙开正门来跪接,周玄踱步走进门。

却说周玄走到大厅点水檐前,将身体望外面一立,他想曹老虎如果发脾气,就好拔脚就逃,头上顶好黄绢。太史双膝跪下,说道:"臣不知万岁圣旨到来,多多有罪,请天使开读圣旨。"周玄想,这只曹老虎顿时变成一只煨灶猫哉,就说道:"真正笑话哉,我亦勿是郎中先生,怎样会开读,也勿是打醮,请啥天师。"门公道:"哎,圣旨上须要念得清楚明白。"周玄道:"我来念,上面花花绿绿,下面绿绿花花,当中有一鸟一蛇,它认得我,我不认得它,快点拿去自己看罢。"说罢调转身体,把黄绢给太史自己开读圣旨。"奉天承运,皇帝诏曰:大学士曹仲所生一女名叫玉娥,尚未适人。今朕为媒,招赘周玄为婿,钦授锦衣指挥,妻封二品夫人。今日良辰正好,花烛团圆,日后来京供职。如有违逆,满门抄斩,钦哉。""谢恩,万岁,万万岁也。"

太史伏地谢圣恩,御旨供在大高厅。

原来天子亲笔字,圣旨一道做媒人。

此事如何难违却,倘然逆旨灭满门。

慌忙就把家人叫,去唤乐工喜娘身。

快请小姐香汤浴,改换衣襟做新娘。

却说周玄想道:"写这封信的到底是啥人,为啥一只曹老虎要磕头个。"就问道:"你家太史,为啥对我磕头?"家人道:"你还没有晓得,这个不是信,就是当今皇帝的圣旨。"周玄道:"我早晓得是皇帝伯伯,我要跟俚去白相两天,叫俚买我两担柴。下次再来的话,一定叫俚多住个几夜也。"

不表周玄痴呆人,太史回报老夫人。

方才京中圣旨到,周玄玉娥配婚姻。

当今天子为月老,今日良辰就成亲。

夫人听了心大怒,女儿怎好配穷人。

你今快到京中去,面奏君王另配亲。

太史即便回言答,夫人在上听原因。

天子亲笔御书旨,不能逆旨去面君。

夫人坚决不答应,太史心里急煞人。

今日如果逆了旨,祸事即刻到来临。

太史顿时无主意,只得走进闺房门。

就把事情告女儿,当今皇上做媒人。

你夫锦衣指挥职,女儿二品正夫人。

今日良辰婚来结,为父特来说你听。

小姐听说心欢喜,心上莲花朵朵生。

感蒙君王多有道,将奴作伐配才人。

满面含羞爹爹叫,女儿一切听父命。

却说小姐听父亲的一番话,心里非常高兴,想道:"前日有个瞎子给奴算了一命,说奴命里有喜星出现,赛过仙人,被他猜着了,今日果应其言也。"

不说小姐喜气生,再表周玄斫柴人。

骨头吭㞒四两重,摇头摆脑不斯文。

家人领他到浴间,两眼四周看分明。

清水一盆温和暖,几条杭罗花手巾。

四面墙壁雪样白,两条凳子摆端正。

还有上等香肥皂,周玄一见喜欢心。

却说周玄一进浴间,四面看得明白,就说道:"你们统统出去,我只要自己动手好了。"家人一出门,周玄就在凳子坐定,发现旁边有八档香肥皂,周玄从来没有见过的,把它拿在手里,横看看竖看看,心想:"啥个物事,派啥个用场,长牵牵的角四方。唔!晓得了,这个必定是叫积力糕,想必吃了俚会补精神的,倘然不把它吃忒,倒说我是个外行,不要管它,把它吃忒再说也。"

周玄是个痴呆人,就拿肥皂当点心。

虱在嘴里来嚼碎,顿时反胃打恶心。

硬了头皮咽下去,几乎梗死小性命。

为了今天要结婚,不管好坏吃完成。

思想穷人命里苦,上等点心不能吞。

还有几个难吃下,吃死今日难做亲。

却说周玄暗暗思想道:"我命里这么苦,这样的点心吃不进。真个有句老话说,命里注得穷,拾着黄金要铜。我个命真不好,上等点心变味道,变得酸唧唧,辣齐齐,苦搭搭,叫我哪哼吃得下。还有几个哪能办法,剩么无处剩,园么无处园,无法可想,只得再吃起来也。"

拼仔性命吃完成,几乎呕断肚肠根。

衣衫脱下地上去,踏进浴盆洗周身。

浴盆里面乒乓响,多年脏痕汰干净。

恰遇家人走进来,弄得周玄难为情。

寻来寻去无处藏,忙把衣服穿上身。

手忙脚乱拿错忒,裤子短衫颠倒顶。

就把短衫当裤子,穿来穿去穿勿进。

涨得面孔血通红,家人笑得肚皮疼。

却说家人看见周玄短衫当裤子穿,而且还看见嘴里嚼得白沫直洒,拿八档肥皂都吃光,家人道:"姑爷你拿肥皂才吃忒哉,叫你打打身上油腻个。"周玄道:"你们怪些什么?我前日子吃了七个铜钿猪油,恐怕肚皮油,所以把肥皂吃进去,让它打打干净。"家人一听,引得哈哈大笑,说道:"既然如此,请姑爷穿袍罢。"周玄道:"呀!好齐正的衣裳,也是花花绿绿的,再有一块方方正正的啥个物事?"家人道:"这叫补子。"周玄道:"呀果子,啊好吃个?"家人道:"刚才吃肥皂吃出了瘾来哉,叫补子。"周玄道:"裤子为啥按在背心上呢?"家人又道:"叫补子。"周玄道:"肚子为啥生在外头个,快点搭我拿去罢,啥个前头有条蛇后头有只鸡,不要被俚咬穿了胆。"家人道:"这是绣的龙凤。"周玄道:"呀!辫是我要赞俚两声也。"

大红圆领做衣穿,今朝花烛永团圆。

可惜肚子生在外,着是好像活判官。

却说家人道:"姑爷戴了纱帽吧。"周玄一看:"呀,啥个有两只翅膀个,摸摸有点硬绷绷,我想不及毡帽暖热个,我要赞俚两声也。"

两只翅膀尺二长,戴在头上硬绷绷。

倘然戴了去斫柴,不好拿俚遮太阳。

却说家人道:"姑爷,束了玉带吧。"周玄道:"这只是箍,我又不是吊桶,又不是提桶,要啥个箍呢。"家人道:"是玉套一定要束个。"周玄道:"个末让我赞俚两声也。"

一条玉带是金镶,结成一对好鸳鸯。

是我周玄交好运,一朝富贵喜非常。

皇帝做媒无啥送,挑担茅柴谢皇上。

就将玉带腰里束,就是有点硬绷绷。

却说家人道:"姑爷插了金花吧。"周玄道:"唷,怪形怪状个,啊像刽子手,我不要插。"家人道:"板要插个。"周玄道:"个末我来赞俚两声也。"

丈二红罗披肩膀,通身打扮好风光。

两朵金花成双对,我来插了做新郎。

啊像狲狲出把戏,看看又像灶君王。

倒是一日斸砟柴,想想今朝大上当。

却说家人道:"姑爷,穿上靴鞋吧。"周玄道:"我瓣双芦花蒲鞋是新的,着了交关暖热,我明朝要去砟柴的。"家人道:"那你用勿着砟柴哉。"周玄道:"哑,拿啥个去养活老娘。"家人道:"你母亲也要接到曹家来的。"周玄道:"瓣末是哉,让我着着看。"就拿靴鞋一看道:"好一个笨裁缝,鞋袜一道做牢个,索性让我走走看。"顿时觉着,滑跌嗒,硬跷跷,倒像正月半跳财神哉,我来赞俚两声也。

头戴纱帽身穿袍,脚上乌靴硬跷跷。

挑了柴担勿好走,看来只好纵勒跳。

却说众家人等私下言谈道:"相府小姐,配着这样的姑爷,亦是夯,亦是呆,亦是前世作了孽也。"

不说家人暗谈论,只表周玄一个人。

上下周身大打扮,立刻走出浴间门。

一顶纱帽歪戴了,蒲鞋一双手中拎。

摇摇摆摆上大厅,启口开言叫丈人。

太史一见眉头皱,气得连连歪嘴唇。

回想女儿作啥孽,今世嫁个夯男人。

女儿看见要怪我,叫我如何讲分明。

却说周玄走到大厅上,看见太史坐在椅上,就上前说道:"丈人阿爸在上,女婿大官人拉俚唱喏哉,你快点立起来受喏吧。"当时把太史气得瞪口无言。周玄又问家人道:"我个家主婆在哪里,叫伊出来,我也要拜伊来。勿拜伊,即怕以后被伊打到床底下去也。"

太史气得索索抖,一众家人无开口。

可恨君王无道理,害得小姐无出头。

不说太史皱眉头,另表一个小丫头。

正巧被她都看见,立刻报信上堂楼。

却说那个小丫头是个快嘴丫头,看见了周玄道:"我家小姐赛过一块翡翠玉乱在污泥里。"周玄听差了说道:"啊是一块鸡腿肉拿来给我吃,今朝一日斸吃啥个物事来,贴正肚里有点饿哉。"家人接口说道:"姑爷刚才吃了八个肥皂,吃得眼白颠倒,难道亦饿哉。"又一家人道:"我家小姐像一粒明珠,混在黄豆里去哉。"周玄道:"啊是一两银子,掉在黄粪里去哉,我来去摸起来。"又一个道:"我家小姐是一只凤凰,被大鹞鹰衔仔去哉。"周玄道:"啊是一根大棒被饿老鹰掮了去哉,等我歇一日去砟柴砟着了,我来掮还姆笃。"一众家人丫头,一时无言可答也。

丫鬟急急往里行,将言告诉小姐听。

只当小姐交好运,谁知一世不称心。

招亲不是别一个,就是周玄砟柴人。

面孔好像铁皮样,身体亦似讨饭形。

鼻孔好像烟囱管,一张阔口癞团能。

小姐听说怨恨声,可恨爷娘无眼睛。

奴奴宦家千金女,赫赫乡绅相府门。

虽然姻缘天注定,为何配个砟柴人。

小姐不敢高声哭,叹气连连不绝声。

却说丫鬟劝道:"小姐不要哭哉,哭也是没用,老太史吩咐我俚,对小姐说:不要怪俚爷娘,乃是皇帝作伐做媒。奉旨招亲,非同小可,故此不能逆旨。如若逆了圣旨,要满门抄斩。现今皇帝封姑爷锦衣指挥将军,小姐封二品夫人也。"

小姐听了恨恨声,两行珠泪落纷纷。

可恨君王无道理,将奴配与命穷人。

不说玉娥心中苦,再表曹仲太史身。

吩咐家人并丫鬟,快抬轿子到周家。

迎接周家方氏身,请来一同看结亲。

家人奉命叫轿子,轿夫动手快起程。

一路如飞到周家,丫鬟上前喊开门。

方氏老太想儿子,一听叫门吃一惊。

谅必畜生做错事,痴心妄想祸来临。

家人使女忙解劝,快快上轿莫疑心。

方氏急得无摆布,双抛眼泪落纷纷。

可恨我儿痴呆汉,连累为娘受虚惊。

事到如今无可奈,拼着老命到他门。

却说使女道:"太太,凤冠霞帔来了,请太太穿好了上轿,就要动身去的。太史爷和夫人要望个。"方氏太太只得穿了就上轿也。

方氏只得上轿行,大门交代铁将军。

轿夫抬起如飞走,太史门口到来临。

轿子放下门公报,太史吩咐开正门。

曹家夫人来迎接,挽手双双进大厅。

方氏太太放大胆,满面笑容喜十分。

却说周家老太进了大门,同到厅上,只见挂灯结彩实是热闹,心中想道:"我儿非是闯祸,哪知一朝荣华富贵真正难得,我今心中快活。"所说方氏与曹老夫人言谈客气道:"荒村之妇,承蒙不弃,高结良缘。蒙赐周济焉,有不安之意。"曹夫人道:"岂敢,今嗣玉堂贵雀,亲母金竹高堂。寒门小女,貌陋不堪,侍奉箕帚,空费天心。"方母道:"言重也。"

周老夫人喜欢心,独自心中暗思忖。

若不前日鸡留客,哪有今日喜临门。

周老太太厅堂坐,太史吩咐众家人。

挂灯结彩高堂上,乐工吹打闹盈盈。

不表厅上多热闹,再说小姐女千金。

思想难逆君王命,梳妆打扮做新人。

凤冠霞帔朝裙束，珠翠满头似昭君。

大红兜面香房出，四个梅香后头跟。

周玄筵前来回走，摇头摆脑骨头轻。

掌礼披红金花插，三吹三打接新人。

却说两位新人立在红毡之上，周玄一看，"呀！倒是一尊兜头观音。唷，啊是瞎子捉蜢蜢，让我来走开点，不要被俚摸着了要勿色头个。"那时被掌礼先生一把拉住说道："姑爷，你要拜堂哉，哪哼好走呢。"周玄道："个末你要说脱两声好话个。"掌礼先生道："姑爷你且听也。"

千金百福喜融融，四喜三光十二红。

兰钗金雀双和合，夫妻银凤共乘龙。

却说周玄道："你说得勿好，我来说忒两声也。"

日落西山渐渐红，挂灯结彩闹哄哄。

砟柴生意只好歇，今朝小姐嫁老公。

却说掌礼先生道："做新官人一定要立在毡单上。"就喊道："恭喜成双，下礼，拜，拜。"周玄道："跪是勿跪个，真正倒啥运。"掌礼道："你个面要剃个。"周玄道："剃面也要说两声好话个？"掌礼道："自然，你且听也。"

金霞堂上供星官，五子登科天下传。

早生贵子男和女，子子孙孙保团圆。

却说周玄道："不好，仍旧我来说两声也。"

今朝剃面真正好，台上摆起粽子糕。

先吃粽子后吃糕，可惜白糖放得少。

却说掌礼道："姑爷慢点吃，剃面糕粽是倪个门面，勿好你吃的。"周玄道："先生，你能个小气，让我歇一日，再做新个买还你。"掌礼道："姑爷请坐，要剃面哉。"周玄道："也搭我说两声好话。"掌礼道："你听好也。"

金刀剃面放毫光，早生贵子状元郎。

九卿六部还嫌小，当朝一品掌朝纲。

却说周玄道："你在此放屁，还是我来说也。"

金刀剃面刮得光，养个儿子做和尚。

撞来撞去无好处，只好看只破庙堂。

却说掌礼道："姑爷拜罢，不要说哉。"周玄道："慢点看，我一双蒲鞋勿拉里哉，让我去拿好了，被别人偷了去。我砟柴眈界着个。"掌礼道："姑爷不要进哉，辰光要晚个。"周玄道："个末快点，拜掉算数。"掌礼喝道："恭揖，成双揖，拜，拜。"周玄拜了两拜，立起来就拿掌礼一把胸脯说道："你前日欠我一担柴钱，今朝啊要还我？"掌礼弄得一时无落场，乐工劝道："姑爷，停歇再讲。"周玄道："停歇不还，休要怪我。喇叭唢呐，我周玄侪不要个。"乐工道："不要啰唆，快拜天地。"周玄道："你好话啊说哉？"乐工道："不说哉。"周玄道："让我念首诗吧。"

正德皇帝做媒人，樵夫相配女千金。

黄铜哪比金子色，时至黄铜也变金。

却说诸亲百眷都在看拜堂结亲，只见周玄这般形象，个个哈哈大笑，太史气得瞪口无言。所说喜娘搀了新人，拿红绿牵巾，同进香房，掌礼的亦要说好话哉也。

撒帐千年料，花果万年粮。

却说周玄又道说得:"不好,还是我来说罢。"

今夜洞房闹洋洋,夫妻双双一样长。

若是家婆打了我,双膝跪下不敢强。

却说小姐坐在床沿上,喜娘替小姐把凤冠霞帔脱落了,周玄就要偷看一看,说道:"哎唷,我个家主婆实在好拉里,生得标标致致,漂亮得极。"正在这时,一个丫鬟走进来说道:"姑爷,请你出去陪酒。"周玄道:"呸,我又不是厨师傅,叫我办啥酒。"丫鬟道:"叫你去陪客人。"周玄道:"不去,我要陪家主婆勒。"丫鬟道:"板要你的。"周玄只好出去也。

周玄只得出房门,只见厅上闹盈盈。

诸亲百眷都见礼,岳父岳母及母亲。

近房族长个个见,各人坐定饮杯巡。

猜拳吃酒多热闹,周玄心里也欢欣。

口称各位静一静,我有一诗念你听。

我在山中见一鹰,衔只鸡来着地行。

拾鸡回家把客请,客人代我做媒人。

今日拜堂大结亲,没有辰光吃点心。

肚中饿得咕咕叫,让我吃饱再理论。

大碗吃饭还嫌小,一桌酒水吃干净。

吃罢酒饭立起身,我要去陪女千金。

各位勿要闹勿清,快点吃了转回程。

说得众人无话说,吃罢各自转家门。

一切之事都不表,只表周玄进房门。

却说周玄跌跌撞撞走到房门口,只见房门关紧。丫鬟道:"姑爷,小姐吩咐的,若然你要进房门,须作诗两首,才好开门。"周玄道:"容易得极,小姐你听正。"此时周玄被魁星在头上一点,顿时福至心灵,吟诗作赋也。

温柔不美白芸香,十二珠帘月似霜。

永雪亭中求淑女,生花笔下见才郎。

却说小姐听得很高兴,就说道:"再将庭前万年松为题,吟诗一首。"周玄道:"请听正也。"

万年青松着地栽,一朝发达叶枝茂。

千载不老经霜雪,独立阶前映碧苔。

小姐又道:"再将梅树为题作诗一首。"周玄随口就吟。

南枝向暖北枝寒,一种春风有两般。

并上高楼莫吹笛,大家留趣倚栏杆。

却说周玄道:"我个诗作得啊好?"小姐道:"好是好个,不过不文雅,你再将残雪为题作诗一首。"周玄道:"诗是多拉里,我作了这首诗,请你要开门哉。"说罢,就作起诗来也。

一片东来一片西,轻轻落下不沾泥。

看它白沾阳春色,积玉堆金晃眼移。

却说周玄道:"哪是好哉,你啊听见已经五记钟哉,应该好开门哉。"小姐道:"牡丹为题,再作一首。"周玄道:"个末你听好也。"

牡丹一朵赛千金,将谓偷闲月色深。

今朝满园都是雪,一正无事看花芯。

却说周玄道:"那是无啥话说哉。"丫鬟道:"吾俚小姐要给点苦头你吃吃来,你要进房,再作一首。"那时周玄要哭哉,"我脚筋要立断哉,你要作刁,还不肯开门,我要到灶前头去困哉。"丫鬟道:"姑爷,你再作一首,我丫鬟做主开你。"周玄无法,只得又作诗来也。

我在山中斫柴薪,拾鸡请客换千金。

此时拿我多磨难,少停原是我夫人。

却说小姐思想也是无法,只得叫梅香快去开门吧。周玄到了房里就说道:"不怕你们不开。"就对丫鬟道:"梅香你辛苦了,快去困吧。"丫鬟就此出房也。

周玄此时进房门,吩咐丫鬟快去困。

关门熄灯就同床,不多片刻天已明。

夫妻双双把身起,堂前请安老大人。

三朝庆贺不必说,夫妻和睦过光阴。

满月有余京中去,岳父陪同谢皇恩。

不表周玄路上行,再表正德万岁身。

当初游春借住宿,周玄学嘴得知闻。

回到京中暗访问,果然不差两奸臣。

一个名字焦阁老,再有一个叫刘证。

万岁查明圣旨下,立拿两个老奸臣。

两家老少全拿下,个个关在天牢门。

不表朝中除奸事,再表岳婿进皇城。

却说正德天子,五更三点登坐金殿,文武朝见毕,曹仲出班奏曰:"臣遵旨招赘周玄为婿,今日同来复旨。"君王见奏大喜,即召周玄上殿见驾。周玄上殿叩首奏曰:"臣蒙恩入赘相府,特来奏明圣上。"君王闻奏大悦道:"朕敕封你为指挥之职,在朝为官,保护圣驾,如若有功之日再行加升。"周玄叩首谢恩,又奏曰:"家有老母年迈,尚望君王准臣回家侍奉老母。"君王准奏,又敕封方氏为镇国夫人,曹玉娥为贤德夫人,又差工部行文,火速将周宅房屋门楼改造,限于三个月完工。周玄叩首谢恩也。

周玄退朝回家门,岳婿二人下船行。

官员欢送不必说,顺风相送转家门。

改造门楼真气概,节孝牌坊透青云。

轿马出入无其数,诸亲朋友都来临。

做戏请酒一个月,都来贺喜饮杯巡。

祖先坟墓来祭奠,一家安乐过光阴。

却说玉娥小姐身怀有孕,已经十月满足。恰遇十月阳春,生下一位官人,长得眉清目秀,取名春生,一家好不快乐也。

家中吩咐备酒筵,开场做戏闹盈盈。

诸亲百眷都庆贺,老老少少饮杯巡。

光阴似箭容易过,七岁就进学堂门。

生得聪明多伶俐,出口成章赶功名。

三年完满文章好,十岁考中秀才身。

周玄夫妇心欢喜,准备一切待魁星。

方交二十举人中，来年大考到京城。

君王钦赐翰林院，皇恩取名叫周斌。

外公得意心欢欣，再宣方氏老夫人。

却说周老太太思想昔年间，如此苦楚，目今富贵双全，我想要修来世之福，速唤周玄，"你去进京，奏知万岁起造观音大殿，装塑佛像。"不多几天完工，那时周老太太日日焚香礼拜，却是虔诚日修，修得功成圆满，已经白日升天。周玄夫妇二人在家欢乐，受享荣华富贵。其子周斌在京加封当朝一品，周家世世代代在朝为官也。

方氏修德功满成，成其正果上天庭。

周玄夫妇多享福，周斌加封在朝门。

做人总要气量宽，但看砟柴周玄身。

杀鸡留客一顿饭，一朝荣华享不尽。

小气不做大事业，大量倒有金和银。

弥陀菩萨肚皮大，专笑世上小气人。

游龙宝卷已完成，诸佛菩萨笑盈盈。

合堂大众听此卷，一年四季保安宁。

玉连环宝卷

玉连环宝卷初展开，诸佛菩萨降临来。

合堂大众身坐定，听宣宝卷免三灾。

此卷出在松江府华阴县，有一做官之家姓赵，名叫文正，娶妻姓陆，陆氏娘娘。夫妻二人所生一子名叫云庆，公子是掌上明珠，老夫妻二人好不欢乐也。

一至二岁容易过，三发四岁易长成。

五岁已过六岁到，忙请老师读书教。

丞相为官多清正，公子也是好学问。

先生教书很认真，云庆读书也聪明。

四书五经读完成，满腹文章无比伦。

要说公子聪明伶俐，先生一教便知。到十六岁那年，公子已满腹文章，实在令人欢喜便了也。

光阴似箭容易过，不觉已到十六春。

不说公子读书文，要提做官赵文正。

帝王圣旨到家门，要请丞相到京城。

文正即便来动身，快马加鞭进京城。

路上之事不必说，已经来到帝皇城。

五更三点奏明君，各路官员也来临。

且说赵丞相到了京城之后，明天一早五更三点上朝见驾，各路官员尽到。皇帝登殿宣说，要请文武百官见驾，需议国家之事便了。

丞相五十已过定，皇帝要他回家门。

因你为官多清正，我皇此时也欢心。

要办酒席送爱卿,各位大臣陪酒吞。

且说君王大办酒席,文武百官聚集朝内,欢欢喜喜饮酒。席间大家谈谈说说,好不欢乐,不说朝中之事。扬州有一个三关总兵大人,姓白,名云官也,也在朝中饮酒。总兵大人今年也是五十多岁,妻子王氏。老夫妻二人单生一女,取名白珊花小姐,生得如花似玉,亦是聪明过人,今年也是十六岁,尚未出帖配婚。今日席间赵丞相与白总兵坐在同桌,一个有儿子,一个有女儿,二人讲起家常之事,讲得十分投机,总兵愿将小姐配与赵丞相之子云庆公子也。

此时君王听得正,马上开口说分明。

丞相总兵二大人,今日我来做媒人。

朝中说话要作真,马上挥笔写书信。

二位大人喜欢心,拜谢君王做媒人。

且说万岁今日要给赵公子与白珊花做媒人,拿出笔墨纸张,今后两家认亲,就拿书信作证,一式二份,各自拿回一份,以后可作凭证便了。

不说君王做媒人,身边又来一个人。

皇后娘娘也听见,奴今也要做媒人。

万岁你做男媒人,奴奴要做女媒人。

当场拿出玉连环,一一赠送二大人。

连环书信来娶亲,二位大人都答应。

连环书信藏在身,都给孩儿定终身。

且说皇后娘娘听说万岁爷给丞相之子赵云庆与扬州三关总兵大人之女白珊花小姐做媒人,心中非常欢喜,也要出来做女媒人。当场从自己耳朵上取下一副玉连环送给二位大人各拿一只,以后就拿书信玉连环来认亲。二位大人一口答应,感谢万岁与娘娘作证便了。

酒席结束看戏文,戏散之后转家门。

文武百官都动身,丞相总兵也起程。

丞相下船威风凛,总兵也是下船行。

三声号炮出京城,各自解缆开船行。

路上行船来得快,一路顺风到家门。

话说赵丞相回家之后,马上把喜讯告诉陆氏娘娘听。二人坐在堂上,娘娘急忙问:"老爷有何喜讯告诉我?"当时丫鬟送过香茗,老爷开言说道:"夫人啊,老夫告诉你听啊。"

丞相把话说分明,吾妻一一听分明。

吾已告老回乡转,万岁设宴把酒请。

酒席之上闹盈盈,各讲家常说分明。

君王给儿做媒人,吾妻你猜是何人?

娘娘一听喜欢心,快快给我说分明。

丞相说道:"我与扬州三关总兵大人白云官同桌,说起吾儿云庆尚未配婚,白大人说道:'吾也有一个独生女儿叫珊花小姐,也未攀亲,如若不嫌弃吾家小姐相貌不佳,吾愿把小姐配与你丞相之子。'当时有万岁、娘娘做媒人。"丞相说罢之后,就从袖中拿出玉连环和书信,交与陆氏夫人便了。

陆氏一见喜欢心,连环书信手中存。

上面盖有黄金印,连环确是宝和珍。

夫妻二人好称心,以后好做二大人。

丞相此时问夫人："云庆这几天可好？"夫人道："在书房认真读书便了也。"

不宣松江赵家情，再宣扬州白府门。

总兵回转自家门，欢天喜地不绝声。

厅堂上边来坐定，王氏娘娘出来迎。

老爷老爷叫几声，今天为啥乐十分。

总兵即便开口说，夫人一一听分明。

且说白总兵回转家门之后，马上把喜讯告诉给王氏夫人听。夫人道："老爷，到底是啥喜讯？"总兵道："夫人啊，听我来说。"

夫人你要来听正，千金已经攀了亲。

配与松江一家门，华阴县中赵云庆。

其父就是赵文正，告老还乡转家门。

连环书信来作证，千金婚姻已经订。

袖中取出二件物，交与娘娘看分明。

王氏一见心喜欢，女儿今后好福分。

总兵拿出玉连环和书信，知道是君王与正宫娘娘做媒人，书信上面黄金玉印盖好，娘娘赠送玉连环一只，以后拿玉连环与书信作凭证，心中万分欢喜便了。

娘娘马上立起身，传话丫鬟叫千金。

丫鬟急忙朝内奔，报与聪明丫鬟听。

三步改作二步行，堂楼上面到来临。

聪明丫鬟出来迎，问声你来啥事情？

丫鬟即便说分明，老爷夫人叫千金。

且说白珊花小姐身边有个贴身丫鬟，名叫聪明，听见小丫头传话叫伲小姐到厅堂上拜见老爷太太，马上给小姐梳妆打扮便了。

小姐急急下楼行，聪明丫鬟一齐行。

一路来到厅堂门，拜见爹娘二双亲。

总兵一见喜欢心，一一说与小姐听。

珊花小姐听得正，满面笑容心思忖。

小姐面红开金口，爹娘做主儿放心。

且说珊花小姐听了爹娘已经把自己婚姻配与松江府华阴县赵公子，满心欢喜，同丫鬟一齐拜别双亲，回堂楼而去也。

不说白府一段情，要宣赵府一家人。

光阴如前容易过，日月如梭快如云。

文正不觉得一病，急煞陆氏娘娘身。

四处名医都看过，不见病情好半分。

毛病一日重一日，一命呜呼见阎君。

母子二人好伤心，天昏地暗不分明。

且说赵丞相死后，母子二人痛哭流泪，给文正做了七七四十九天道场，成殓结束。要说赵丞相做官清正，不贪钱财，不觉一死之后，不过几日，马上落难便了。

文正一死家落难，苦煞母子两个人。

家中银两花干净，丫鬟使女各自行。

只留赵梅书童人，日夜服侍赵云庆。

公子书房读书文，四书五经读完成。

想到京中求功名，勿有银两上京城。

陆氏太太说分明，吾儿一一要听正。

你到京中求功名，无忧银子赶路程。

你父给你已定亲，就是扬州白府门。

连环书信可作证，带到白府去认亲。

借了银子转家门，再到京中求功名。

且说赵文正一死之后，家中贫苦。陆氏太太见儿子伤心，就叫孩儿去扬州白府认亲，借些银子回来，好到京中，求取功名也。

太太马上房中行，连环书信手中存。

再叫赵梅书童人，你到街上当金银。

金钗一只手中存，交与书童一个人。

且说赵梅拿了金钗到街坊上典当，把金钗当了，总有二十两银子，拿了以后，急急回家便了。

书童回转赵府门，银子交与太太身。

陆氏太太双流泪，叫声赵梅书童人。

公子需到扬州城，叫你陪伴一道行。

书童一口来答应，宁死陪伴公子行。

且说陆氏太太把连环、书信和银子交与公子。公子接过连环、书信和银子，由赵梅准备行李。临走之前，陆氏太太对公子千叮咛万嘱咐也。

陆氏太太叫儿声，眼泪双抛哭分明。

你到扬州白府门，一路之上要当心。

荒山野岭莫停留，日头未落早安身。

以防强贼伤性命，赵家会断后代根。

早到扬州白府门，借了银子转家门。

公子接过环和信，母亲母亲叫几声。

我到扬州借花银，万望我娘要放心。

借到花银就动身，马上回转自家门。

却说赵公子说罢，拿了连环、书信和二十两银子，由赵梅书童带了行李，拜别母亲以后，出门往扬州而去也。

公子马上出门庭，带了赵梅书童人。

二人一同赶路行，已经到了昆山城。

昆山城内停一停，准备明早再动身。

过了昆山往西行，苏州即将到来临。

天有不测风和云，乌云密布夜沉沉。

狂风暴雨下勿停，苦了主仆两个人。

满身衣衫湿淋淋，要寻客店住安身。

且说主仆二人从昆山出来往苏州方向而来，到了楼门外，一场大雨把二人衣衫全部落湿后，找到客栈住夜。店小二看见进来两个后生,身上全被大雨淋湿,马上给他们开了房间,拿衣衫叫二位相公更换便了。

店主急忙送衣襟,二位相公谢勿停。

准备酒饭吃一顿,明日一早赶路程。

公子困到三更声,头痛发热生毛病。

急坏身边书童人,但等天明再理论。

却说赵云庆公子吃了夜饭,困到半夜三更,头痛发热,生起病来。到天亮,店小二进房看见相公生病,一摸,烫得不行,马上烧了姜汤给公子灌下,但不见好转,只好再请郎中给公子看病哪。

小二出门往外行,要到街上请郎中。

郎中奉命就动身,不久就到客栈门。

坐停身体把脉诊,公子毛病勿算轻。

此人得了伤寒症,少则两月毛病轻。

赵梅书童苦勿停,先生郎中叫勿停。

且说郎中先生姓张,脉诊以后,说是伤寒,毛病很重,就开了药方,叮嘱了一番,要了五两银子就动身便了。

郎中拿银往外行,再宣客栈公子人。

头疼发热无哪能,怎到扬州借花银。

店主急忙问原因,二位相公哪方人。

公子马上说分明,恩公在上请听正。

我家住在华阴城,我的名字赵云庆。

爹爹名叫赵文正,告老还乡在家中。

不觉生起一场病,服药无效见阎君。

吾今想去求功名,无有银子上京城。

爹爹在世给定亲,就是扬州白府门。

连环书信来作证,想到扬州借花银。

到了苏州生了病,万望店主开开恩。

店小二听了赵云庆公子一番话,看看此人是官家之子,也是非常伤心,暗暗落泪也。

不说店主一个人,再宣公子赵云庆。

请医服药勿用场,家中老母未知明。

主仆二人共商量,身无银两赶路程。

云庆公子对赵梅说:"眼前我重病在身,不能行路,身边银子已花完。不如你向店主借些银两,拿着连环、书信,你一个人到扬州白府借些银子回苏州,等我病好了,和你一同回松江华阴县便了。"

书童一口来答应,要叫店主到来临。

事情一一讲分明,要向店主借花银。

店小二听说二位相公要借银子,看看倒也可怜,当场就拿出二十两银子交与赵梅书童。书童接过银两,又拿连环、书信,拜谢店主,挥别公子,出门而去也。

不说苏州一段情,再说书童路上行。

出了苏州城一座,日行夜宿不留停。

过了无锡常州近,日落西山夜沉沉。

肚中饥饿步难行,忽见眼前一凉亭。

赵梅书童出了苏州以后,过了无锡又到常州。日行夜宿,在常州郊外有一凉亭,但肚中饥饿,两腿酸软,就在凉亭里吃了一点干粮,觉得筋疲力尽,就在凉亭里面过夜便了。

　　不说亭中过夜人,再说一个出场人。

　　附近有一小村庄,庄内出了大事情。

　　有个奸夫李文林,结识庄内一妇人。

　　文林思想起杀心,杀忒妇人丈夫身。

　　村内一时事穿帮,文林急忙逃性命。

　　逃到常州一凉亭,此时已是五更声。

　　要到凉亭停一停,只见凉亭一个人。

　　心惊肉跳魂勿定,是否碰着对头人。

　　却说李文林杀了奸妇之夫以后,逃到常州近郊一只凉亭边上,看见亭内有人。心中一急,不便停留,但仔细一看,却是一个小小书童,倒也放心,但惊动了亭内赵梅小书童也。

　　书童听见有脚声,睁开眼睛看分明。

　　看看进来一个人,不是女来是男人。

　　这时人面认勿清,二人坐定说原因。

　　此时赵梅书童看见一个三十来岁的男人,气喘吁吁就问道:"叔叔,你一早到凉亭为何事?"文林道:"我是准备去常州,路过此地,歇息一下再走。你小小年纪一个人在此,准备往何处行走?"赵梅道:"叔叔,你一一听我说来呀。"

　　书童开口说分明,文林句句要听正。

　　我与公子赵云庆,家住松江华阴城。

　　丞相就是赵文正,给伲公子已定亲。

　　皇上娘娘做媒人,连环书信来作证。

　　不觉丞相生毛病,家中无有雪花银。

　　公子要想求功名,勿有银子难上京。

　　公子拿了环与信,与奴二人去投亲。

　　一路行到苏州城,不觉公子生毛病。

　　奴家拿了环与信,要到扬州去认亲。

　　白府浪向借花银,借到花银转家门。

　　却说赵梅一一讲明以后,奸夫李文林此时动起坏念头。奴昨夜杀了人,无有去处,今朝让奴骗骗这个小书童便了。

　　文林开口说原因,奴奴也到扬州城。

　　二人合并一道行,一路之上有照应。

　　书童一听喜欢心,不知内中有奸情。

　　二人起身赶路程,要到扬州借花银。

　　一走走了半时辰,一顶大桥到来临。

　　二人行了半个时辰,不觉到了一顶大桥上,桥名叫青龙桥。青龙江水急流,二人准备在桥上休息一会。此时,二人坐在桥中一块大石头上,文林道:"小书童,你去扬州,单凭连环与书信哪能可以认亲?"赵梅从包中拿出连环和书信。文林接过一看,果然是真,上面盖有皇帝金印,连环一只,果是宝贝。倘若我有这两件凭证,不但能逃脱杀人之罪,还可以娶一个千金小姐也。

文林肚中起黑心，随往桥下看分明。

桥下河水碧波清，一条大鱼桥中心。

书童书童叫几声，你看桥中啥事情。

赵梅不知啥原因，伸长头颈看分明。

文林此时狠狠心，就推书童虱江心。

且说李文林骗赵梅书童桥下有条大鱼，赵梅伸长头颈往下张望，被李文林用足力气一脚把书童踢到青龙江中。当时赵梅三氽三沉未死，文林拉起一块石头，等他第四氽起，准备用石头往赵梅头上虱去，让他一命呜呼。文林等了一会，赵梅再没有氽起来，就把连环、书信藏起，一路迢迢，往扬州而去，准备认亲便了。哪知赵梅没有死去，氽到桃花林边，被仙人救起。

赵梅慢慢来苏醒，发现身在桃花林。

太白星君来救起，白云山上住安身。

交待山中避灾星，脱灾之时再说明。

不提赵梅活性命，再提文林一个人。

文林此时放宽心，藏好连环与书信。

出了常州到镇江，镇江往北到长江。

渡口码头人头旺，准备下船过长江。

文林过了长江直奔扬州，到了扬州问询："扬州有个白总兵住在哪里？"一位老公公说："就住在玉龙街，门前旗杆接青云，一对石狮左右分，朱红漆的大墙门，到了那里你一问便知也。"

文林一一记在心，玉龙大街到来临。

立停一看吓煞人，果然不差半毫分。

脑中一一来思忖，如何进去见大人。

硬了头皮往前行，要向门公来问信。

却说李文林到了扬州玉龙街，看见白府果然威风凛凛，一时不敢前去。如果不去，不是白来扬州，硬着头皮前去问询。文林道："门公伯伯，这里是否白总兵大人府上？"门公道："不差，你是何人？"文林道："我是松江府华阴县赵文正赵丞相之子赵云庆也，是府上的姑爷，今天特来拜见岳父大人。"门公一见，心中一惊，不敢怠慢也。

门公一见吃一惊，姑爷生得不端正。

堂堂名门千金女，怎会配与此种人。

门公不敢来怠慢，急急忙忙朝内行。

一经来到厅堂门，通报老爷得知闻。

且说总兵大人见门公进来通报，问道："门公有啥事情？"门公道："府上姑爷求见，说是松江府华阴县赵文正之子赵云庆公子。"总兵道："叫他进来相见便了。"

门公急忙朝外行，要叫姑爷进府门。

文林一听喜欢心，跟了门公就动身。

一径到了厅堂上，岳父大人叫勿停。

总兵一见心一惊，为何公子不端正。

自己肚中暗思忖，赵府近来已贫困。

不如我来赖婚姻，不能连累小姐身。

此时白大人说："既是赵公子，你就在书房用茶。"有家人带了文林到西书房。白府上丫鬟使女一见这个姑爷,个个都在拖舌头,但一个不敢说不好也。

　　不宣文林书房蹲,再说总兵白大人。

　　急叫白衣白玉两个人,一起商量大事情。

　　二人进了东书房,议论如何耍赖婚。

　　白衣白玉两个人,出谋划策献才情。

　　老爷你是做官人,怎好说话不算数。

　　既然婚姻勿作成,不如毒酒害其身。

　　总兵心中好欢欣,难得二位想才情。

　　今日半夜三更后,骗他吃酒命归阴。

　　不讲三人在商量,边上一个偷听人。

　　且说三位在商量今夜用砒霜毒酒药死假赵云庆,偏巧白珊花小姐贴身丫鬟从堂楼上下来,给小姐到厨房间端水洗面,正好路过东书房。丫鬟听见里面有声音,以为是赵云庆公子,立停听一听,不料听到里面讲今日半夜三更用砒霜毒酒药死赵公子,心一急,头一晕,碰在门上,惊动了里面总兵、白衣、白玉。三个人急忙开门一看便知也。

　　二位佣人开出门,只见聪明丫鬟身。

　　总兵心中火直喷,口骂大胆小贱人。

　　你在此处作啥事,为啥要来偷听情。

　　就叫两个佣人来,给我打死小贱人。

　　聪明此时吓煞人,不该偷知大事情。

　　此时,白总兵马上叫白衣、白玉活活打死这个贱人,若走漏风声,不是连累我也。白衣、白玉把聪明丫头一把头发拉到里厢,用板凳一板凳打在头上,可怜丫头一命呜呼。二位佣人把聪明丫头拖到小姐堂楼下面,通报小姐说是丫头不当心一跤跌死忒哪!

　　小姐得知下楼门,看见丫鬟命归阴。

　　断肠苦凄好伤心,总兵大人到来临。

　　珊花小姐哭分明,爹爹爹爹叫几声。

　　丫鬟跟奴多照应,你要好好安葬身。

　　且说白珊花小姐看看聪明丫鬟死得可怜,叫爹爹要楠木棺材红木盖,上穿丝绸下绫缎,好好安葬丫鬟,白总兵一口答应。小姐哪知内中详情。总兵等到天黑,马上用了四两银子买了一口薄皮棺材拿回家,青布衣衫,草草了事,安葬结束。但等二更过后,叫佣人从后门扛出,往荒山坟上安葬便了。

　　不说白府送葬人,再宣一个出场人。

　　日里不做啥事情,夜里摸黑做大人。

　　此人姓谢名贵标,专门来做三只手。今天他看见白府半夜三更从后花园出去送葬,以为是金银财宝,跟了佣人一路到荒山坟而去便了。

　　不说贵标跟着跑,再说白府送葬到。

　　荒坟一片鬼嚎叫,佣人停下泥土刨。

　　薄薄泥土盖一层,回转身来马上跑。

　　不说佣人回家转,再宣贵标已来到。

　　且说谢贵标看见白府佣人回家,走到棺材边,满心欢喜,今夜可以发横财了,里面一定有金银财宝。就用力把泥土扒开,把棺材盖用力一推,伸手往里面摸,没有金银财宝,只有一个死人。待我把他衣服剥了,也可以换点银子便了。

　　贵标今夜想发财,死人衣裳剥起来。

　　腰间解下裤子带,只骂死人欠我债。

　　且说谢贵标把丫鬟的衣服脱下,心口还发热,同时还觉死人在动,才知未完全死掉,心中吓了一大跳哪!

　　贵标吓了一大跳,立起身来忙逃开。

　　死人剥忒千千万,死人活转哪能办。

　　逃回家中门勿开,今世再不盗棺材。

　　不说贵标一桩事,再说丫鬟醒转来。

　　一时之间睁开眼,发现自己在棺材。

　　四周无人阴森森,丫鬟痛哭声声喊。

　　不宣丫鬟哭勿停,再宣一个出场人。

　　且说有一位钦差大人,办完事以后回京城,日夜赶路。路过荒坟听得有啼哭之声,马上叫船夫靠岸,四处寻找,发现棺材边有一位女子在啼哭,马上带到船头上。大人便问丫鬟:"为啥深更半夜在此啼哭?"丫鬟跪在大人面前,一一说明便了。

　　口称老爷叫几声,奴女本是扬州人。

　　孤苦伶仃一个人,丫鬟服侍小姐身。

　　就是白府总兵官,珊花小姐女千金。

　　小姐配亲赵云庆,公子投亲白府门。

　　老爷一见穷书生,就叫家丁两个人。

　　书房里面毒计生,药死赵府公子身。

　　奴奴正巧来经过,立停身子听分明。

　　老爷见外有脚声,开门看见奴奴身。

　　拳打脚踢伤性命,故此流落荒滩坟。

　　奴奴已经见阎君,不知哪能活性命。

　　且说钦差大人一听,是白府丫鬟,思量白总兵身为朝廷命官,不认穷女婿还打死丫鬟,就叫:"丫鬟跟我一同回京,不知你心中如何?"聪明丫鬟一听有收留,便一口答应,跟钦差大人一同回京而去也。

　　不说聪明丫头跟钦差,再宣白家一桩情。

　　总兵心中不死心,一心毒死赵云庆。

　　一夜五更心不停,一早花园到来临。

　　酒水一桌摆端正,就叫公子倒酒吞。

　　文林心中喜万分,放开喉咙饮甘醇。

　　三杯毒酒肚中下,七窍生血命归阴。

　　总兵心中好喜欢,收拾现场回房门。

　　白衣急忙堂楼奔,公子跌死花园亭。

　　珊花小姐得知闻,嚎啕大哭到园亭。

　　夫君夫君哭勿停,天昏地暗不分明。

　　话说珊花小姐一见公子已跌死,回到厅堂对爹爹说明白,要总兵答应几件事情便了。

　　小姐开口说分明,丈夫已经命归阴。

七七四十九天道场做端正,扬州城里得知闻。

头上帽子金钱顶,脚上乌靴着着能。

外加一身衮龙袍,棺材内中放水银。

金凳两只搁棺材,船码头上筑大坟。

坟上碑上写分明,奴奴丈夫姓和名。

一切条件讲完成,总兵一口都答应。

且说白总兵答应以后,马上开吊,给文林做了七七四十九天道场。落葬以后,在镇江到扬州的码头上买了地,修了一个大坟,坟上立碑,上写:"松江府华阴县赵云庆之墓。"一切完工,此事惊动扬州全城。不说白家之事,再说扬州城里有家发财人家姓李,身为天官府,人称"李天官"。所养一个儿子尚未找亲,今年一十八岁。天官得知总兵家千金小姐夫君已亡,便叫心腹,姓蔡的员外,叫他到白府为儿子说亲。蔡员外得知以后,速来到李府便了。

员外急急路上行,已经来到李府门。

走到李家厅堂上,天官心中喜十分。

叫你白府做媒人,珊花小姐女千金。

烦你以后费费心,事成以后有金银。

员外一听喜欢心,立起身来就动身。

路上行程快如云,一经来到白府门。

通报门公内面奔,总兵大人得知闻。

开直正门接进厅,二人茗茶饮杯尽。

且说总兵大人来见员外,说道:"员外到来,有何贵干?"蔡员外道:"今日奉南门李天官之命,特来贵府说亲。天官有一位公子,年方一十八岁,尚未配亲。今日叫奴才来,想与你府千金小姐配成婚姻,不知总兵大人心中如何也?"

总兵心中喜十分,今日财宝送上门。

口中叫声员外听,一口马上来答应。

急急来到后房门,说与太太得知闻。

夫妻二人来答应,急报堂楼小姐听。

珊花小姐下楼门,都到厅堂来谈论。

小姐听说要嫁人,爹爹爹爹哭勿停。

小姐不愿再嫁人,一生服侍二大人。

二位大人吃一惊,女儿女儿叫几声。

年纪轻轻不嫁人,老来终身靠啥人。

小姐哭得好伤心,跪在地上叫娘亲。

爹娘一定逼我再嫁人,奴奴情愿一根绳。

且说总兵夫妇见女儿这样哭,不肯答应,便好言相劝:"女儿啊,你到李府以后,有享不尽的荣华富贵,穿不尽的绫罗缎匹,吃不光的山珍海味。"说着王氏也流下了眼泪。珊花小姐见母亲也在流泪,便心软下来,便对爹娘一一说明也。

小姐开口说原因,爹娘在上听原因。

如要叫奴嫁出门,答应几件小事情。

出嫁此日做新人,白衣白扎上轿行。

还有一桩小事情,丈夫牌位带到李家门。

二位老人听得清,哪有这样做新人。

外边人家讲谈论,李府怎能肯答应。

且说二位大人对蔡员外说:"你去李府说明此事,看李府是否答应?"蔡员外立起身来,拜谢了总兵夫妇与珊花小姐,出了白府以后,一直来到李府上。李天官见蔡员外回来,急忙叫蔡员外坐停,问他是否成功,员外便一一说明也。

员外开口说分明,天官在上听原因。

小姐宁死不嫁人,二位大人好良心。

好言相劝女千金,千金小姐也动心。

提出几件小事情,特地叫奴讲分明。

丝绸缎匹无计数,金银财宝送上门。

白衣白扎做新人,牌位带到李府门。

若然老爷都答应,奴奴再到白府门。

天官听见气伤心,天下哪有这桩情。

金银财宝都答应,素衣白扎不该应。

若然这样到府门,败光李府大墙门。

这件事情万不能,奴家不会来答应。

且说李天官不肯答应这亲事,碰巧他的儿子在旁,他平时听说过扬州城内第一美女白珊花小姐,他听父亲这样讲,可急坏了。李公子人品难看,所以到了十八岁尚未成亲,说道:"爹爹,你不要,孩儿要的。她又不是经常穿白衣。"李天官看见儿子这么大了,还未成亲,也就只好应承,便吩咐蔡员外再去白府定实此事便了。

员外急急往外行,心中想想喜欢心。

路上景致无心看,已经来到白府门。

走到白府身坐定,总兵开口问事情。

天官是否能答应,员外马上说分明。

李府一口都应承,只等小姐八字人。

总兵马上叫师爷,年庚八字写端正。

小姐年庚八字写好以后,顺口便叫蔡员外用了中饭,就去李府,这可忙坏了蔡员外。员外到了李府,李府叫了先生给公子与白珊花小姐的年庚八字排了,选好黄道吉日,十月初三担盘,十月二十七正式成婚。李府到了十月初三,准备了家人无数,挑的挑,抗的抗,总共绫罗缎匹,金银财宝,人头兴旺,走了三里路长,闹热非凡也。

李府金银都端正,浩浩荡荡进府门。

白府开直大墙门,总兵心中喜十分。

满库金银放完成,绫罗缎匹放端正。

厅堂办起酒席事,吹歌弹曲闹盈盈。

总兵今日喜十分,小姐堂楼泪纷纷。

不说李白二府事,再宣一个落难人。

且说苏州客栈之中,赵云庆公子见赵梅书童去扬州两月多还未回来,自己身体也已好转,但想去扬州又无银两,在客栈里没暗暗流泪。店小二进房,见此情景,问:"赵公子为啥伤心落泪,还是本店待公子不和?"公子听了,直言相告。

　　店家在上听原因,小生一一说分明。

　　你待奴家如亲生,热茶菜饭都端正。

　　奴家病情已经轻,赵梅今日未回程。

　　要去扬州无金银,所以又在泪纷纷。

　　小二一听知分明,公子你却放宽心。

　　公子若去扬州城,奴家再借雪花银。

　　说罢之后身出门,走进自家房间门。

　　拿出二十两雪花银,交与公子赵云庆。

　　公子心中喜欢心,双眼有点泪纷纷。

　　且说赵公子接过银子以后,万分感谢店小二道:"我今后若得功名,永不忘恩,亡后来世,做牛做马来报此恩。"说罢,即跨出店门,直往扬州而去。店小二见公子走出店门,再三叮嘱赵公子一路之上当心也。

　　不提苏州一桩情,再说路上赵云庆。

　　日行夜宿走勿停,已经到了无锡城。

　　过了无锡再行程,镇江大城面前存。

　　车水马龙人头兴,长江码头到来临。

　　且说赵公子到了镇江北面长江码头,到江北码头上岸之后,发现远处一个大坟。走上前去,只见一个碑立好,上边写着:"松江府华阴县赵云庆公子之墓。"赵公子一看此碑题字,心中一惊,眼发黑,腿发软,一跤跌倒地埃尘。

　　公子跌倒地中存,客人一见急煞人。

　　相貌堂堂读书人,怎会得着此毛病。

　　来了许多看客人,人人动手来救人。

　　银针冷水当郎中,公子悠悠转回魂。

　　开眼一看不少人,自己顿时泪淋淋。

　　此时赵公子醒转来以后,客人便问:"公子为啥年纪轻轻犯有此病?"公子含泪告诉众人听也。

　　小生家住松江府,华阴县内住安身。

　　爹爹姓赵名文正,在朝为官丞相身。

　　母亲陆氏养奴身,好像手中宝和珍。

　　奴家今年十八春,名字就叫赵云庆。

　　爹爹给我已找亲,就是扬州白府门。

　　岳父在朝为总兵,家有小姐女千金。

　　珊花两字取为名,今年也是十八春。

　　万岁君王做媒人,皇后娘娘也作证。

　　连环书信为凭证,日后相见为凭证。

　　不料家父生毛病,请医服药无用场。

　　面黄肌瘦不像样,一命呜呼见阎君。

　　家父为官不贪财,死后家中就落难。

　　母子二人商量定,叫奴扬州借花银。

　　奴与书童两个人,拿了二十两雪花银。

打好包裹就动身,娘亲千吩咐万叮咛。

出了松江一座城,直奔扬州去投亲。

日行夜宿快如云,苏州客栈住安身。

奴家不觉身有病,托了书童赵梅身。

拿了连环和书信,直到今日未见影。

奴今毛病好完成,来到扬州来投亲。

不觉见此大坟墩,碑上名字是奴身。

其中不知啥原因,所以奴奴头发昏。

客商见后好伤心,领了公子就动身。

路上闲事不必说,已经到了扬州城。

且说赵公子到了扬州,一路打听白总兵爱人玉龙街住处,恰巧有位年老公公。公子便上前问询:"公公,可知扬州白总兵家居何处?"年老公公便对赵公子说:"一直朝南,往西转弯,就可以见到总兵府了。"公子说:"多谢伯伯也。"

公子急忙朝南行,往西转弯到来临。

玉龙街到面前存,总兵住宅人头兴。

门前旗杆接青云,石狮两只左右分。

朱红漆的大墙门,房屋造的乌层层。

进进出出人头兴,工资上前来打听。

手无凭证难进门,心中越想越伤心。

只见二盏红灯两边分,大红喜字写端正。

且说赵公子又见两盏红灯笼,左右挂起,像办喜事,便问白府门公:"多谢门公伯伯,今天白府如此热闹,是谁的喜事?"门公答道:"今天是十月二十六,明天二十七,是白府上千金小姐白珊花出嫁之日,扬州城中无人不知。嫁给南关李府上李天官之子李文达公子也。"

公子听见忽迷糊,一时之中头发昏。

是否赵梅黑良心,白府谋死在坟头。

一路来到扬州城,指望寻到白府门。

哪知小姐要成婚,奴奴今生活不成。

如若一命见阎君,家中还有老娘亲。

前思后想呆顿顿,眼泪双抛落纷纷。

不敢走进白府门,只好找店住安身。

且说赵云庆公子听见白珊花小姐明天要出嫁,一时心痛万分。一路千辛万苦来到扬州,指望到白府打听赵梅书童音讯,谁知已葬身大坟,更是小姐明天出嫁做新人。心痛力疲,一无办法,只好找了客店,度过今夜再作道理也。

公子心中苦伤心,寻找客店住安身。

走一程来又一阵,客店门前到来临。

却说公子寻到了客店。店在麒麟巷内,是一位女老板娘,今年二十岁,聪明能干,与白珊花小姐姐妹相称,叫白总兵为继父。店老板叫李彩英小姐,见走进一位客人,既年轻又漂亮,五官端正,落落大方,但面部表情不太愉快,就给他开了一间房间。房间比较清洁,让他安心住下。公子见老板待客和气,也就安心住下。但到了房中,茶饭不思,闭门房中,思前想后,一个人忧忧愁愁,眼泪纷纷,一夜哭到天明也。

　　黄昏人静一更声,奴奴本是华阴人。爹爹赵文正,娘亲陆氏身,所养奴奴一个人,爹娘当奴宝和珍,哎呀我皇天呀。

　　二更里来月东升,爹爹给我已定亲。君王做媒人,娘娘环和信,女家就是白府门,爹爹告老转家门,哎呀我皇天呀。

　　三更里来月正中,一场大祸到来临。爹爹得重病,实在苦伤心,请医服药总勿灵,一命呜呼见阎君,哎呀我皇天呀。

　　四更里来月西沉,奴求功名家无银。连环与书信,赵梅书童人,我今病倒苏州城,赵梅代奴去认亲,哎呀我皇天呀。

　　五更鸡叫天将明,奴奴病轻又借银。来到码头存,大坟是奴名,其中不知啥原因,听说小姐要成婚,哎呀我皇天呀。

　　且说赵公子一夜哭到天明,惊动了李彩英小姐。昨夜这位公子住在店中,茶饭不思,一夜啼哭,待奴前去看看便了。

　　彩英小姐早起身,来到公子房间门。

　　公子连连叫几声,赶快马上来开门。

　　公子听见有声音,立起身来去开门。

　　彩英小姐走进门,看看公子吃一惊。

　　眼红团团泪纷纷,彩英小姐也伤心。

　　且说彩英小姐见公子非常伤心,便问道:"公子啊公子,你昨夜为啥痛哭流泪,一一说分明。"赵公子见老板问他,也就实说便了。

　　奴奴本是外地人,松江华阴县里人。

　　爹爹就叫赵文正,奴名就是赵云庆。

　　君王娘娘做媒人,连环书信来作证。

　　攀亲扬州白府门,珊花小姐女千金。

　　不觉爹爹生毛病,一命呜呼见阎君。

　　奴与书童赵梅身,带了连环和书信。

　　到了苏州奴得病,赵梅代奴来认亲。

　　事到如今未见人,奴奴毛病好完成。

　　要到扬州来认亲,来到长江码头存。

　　立碑树好一个坟,奴的名字写端正。

　　坟中不知是啥人,想来想去好伤心。

　　我今再到扬州城,听见小姐要成婚。

　　思来想去好伤心,一夜哭到大天明。

　　且说李彩英听公子一说,眼前这位便是松江府华阴县赵云庆公子,心中好不欢喜。伲小姐前天来一个赵公子,人品实才不配,这位公子与小姐是天生一对,地生一双。便暗暗思忖,劝公子用了早饭,叫他在房中好好休息,让我到珊花小姐楼上与她一一说明也。

　　彩英小姐走出门,三步改作二步行。

　　路上事情不必论,已经来到白府门。

　　不提彩英路上行,再宣白府一桩情。

　　要说今天是十月二十七,正是白珊花小姐出嫁之日。白府上非常热闹,李家花轿已抬到白府,吹歌弹曲,迎娶白小姐也。

　　白府浪向闹盈盈,彩英已到白府门。

　　穿过厅堂往后行,堂楼上面到来临。

　　小姐房门已关紧,门外立好三个人。

　　托着银盘喊开门,小姐就是不答应。

　　且说彩英小姐走到堂楼上,看见三位喜娘立在房门口,喊小姐下楼梳妆打扮,小姐不肯开门。李彩英小姐看见,马上叫珊花小姐开门。白珊花听见是李彩英小姐来,马上开门。待等彩英小姐跨进门,三位喜娘也想进去,但房门已关好。彩英拉了珊花小姐,便急着对她道:"妹妹啊,昨天夜里,我家住了一位客人,一夜五更痛哭流泪。此人便是松江府华阴县赵文正之子赵云庆公子。"珊花小姐听了便问道:"姐姐,是真的吗?"彩英小姐道:"奴奴一句不假,但妹妹你今时出嫁之日,这便如何是好哪?"

　　二位小姐想才情,怎样相见赵云庆。

　　彩英小姐说分明,奴奴想出一桩情。

　　附耳细说珊花听,珊花听了笑盈盈。

　　彩英急急开房门,下了楼梯朝外行。

　　三位喜娘急煞人,又见房门来关紧。

　　不说三位喜娘身,再提彩英一个人。

　　三步改作二步行,已经来到自家门。

　　开门相见赵云庆,二人一见喜欢心。

　　且说李彩英小姐到了客栈,叫赵公子男扮女装混入白府。赵公子就在客栈里男扮女装,不多一时,已经完毕,走进镜子一看,自己认不出自己了也。

　　公子心中笑盈盈,一时变了女千金。

　　彩英也是喜欢心,等了云庆出店门。

　　不说客栈一桩情,再说白府急煞人。

　　三位喜娘下楼去,直奔老爷厅堂门。

　　来与总兵说分明,小姐不肯下楼门。

　　上午时辰到来临,李府浪向急煞人。

　　总兵也在动脑筋,小姐为何不答应。

　　跟了喜娘就动身,一起来到楼堂门。

　　老爷开口叫千金,快快给我来开门。

　　珊花小姐听声音,好像自己老父亲。

　　爹爹爹爹叫几声,叫我开门万不能。

　　老爷一听气煞人,小姐为点啥原因。

　　珊花小姐说原因,只要依奴一桩情。

　　若要奴奴下楼门,要叫姐姐李彩英。

　　白总兵听见小姐说:"若要此门开,要等彩英阿姐来。"白总兵便与三位喜娘急急下楼来到厅堂,总兵吩咐丫鬟去叫继囡囡来。二位丫鬟出了白府急急来到客栈,只见大门已关好,铁将军把门,叫了几声不见有回音,便回白府去也。

　　二位丫鬟急急行,已经来到白府门。

　　一一告诉老爷听,客栈大门已关紧。

里面并无一个人,奴奴只好转家门。

且说白总兵听说李彩英不在店里,找不到人,真像热锅上的蚂蚁团团转。天色已不早,太阳快下山了。恰巧这时李彩英带了一个丫鬟急急往堂楼而去,但必经过厅堂。白总兵见李彩英带了一个丫鬟来到厅堂道:"你哪里去了?找了半天。"彩英道:"继爹,我见小姐出嫁未有丫鬟陪伴,在各地无有看得上的丫鬟。今在乡下倒找到了一个好丫鬟。"总兵道:"快去叫小姐上轿吧。"

彩英小姐急急行,后边跟着赵云庆。

穿过厅堂后园行,小姐堂楼到来临。

三位喜娘立门厅,早上等到夜黄昏。

彩英小姐喊开门,珊花小姐喜欢心。

立起身来就开门,姐姐姐姐叫勿停。

喜娘也想跟进门,脚皮夹脱二三寸。

且说彩英带了一个丫鬟进堂楼,白珊花小姐问彩英姐姐:"公子在哪里?"彩英道:"远在天边,近在眼前。"二人四目相对,都是面红耳赤,有口难说。此时彩英小姐心中一转念头,叫珊花小姐困在床上,她在白珊花身上做了戏法,白珊花小姐顿时七窍流血便了。

珊花小姐命归阴,房中立马哭出声。

彩英急忙来开门,三位喜娘也进门。

只见小姐血淋淋,一时之间急煞人。

彩英小姐说分明,李府作了恶时辰。

害死小姐一条命,老爷得知不太平。

三位喜娘逃出门,已经逃到厅堂门。

总兵急忙问原因,堂楼出了啥事情。

喜娘马上说分明,老爷在上听原因。

只因今朝恶时辰,小姐已经命归阴。

老爷一听急煞人,急忙就往厅堂奔。

此时彩英小姐见三位喜娘已下堂楼,急忙又来一戏法,白珊花小姐马上病好。要说白总兵到堂楼上见女儿一点无病,心中怀疑,问彩英道:"这是如何?"彩英又说了谎:"小姐之病,是此位伶俐丫鬟医好的了哪。"

不说堂楼一桩情,再说李府喜娘身。

带了轿夫逃出门,路上事情不必论。

各人头上汗淋淋,李府门前到来临。

天官等到夜黄昏,只见轿子抬进门。

急忙开口问原因,为啥等到此时辰。

喜娘说与天官听,小娘已经命归阴。

总兵明早勿太平,李府作了恶时辰。

害死小姐一条命,天官吓得急煞人。

小姐未进我府门,金银财宝瓦干净。

李府浪向气伤心,亲眷朋友转家门。

不说李府一桩情,再说白府大事情。

且说总兵见小姐病好,听彩英说是丫鬟医好,实在不信,又看看买的丫鬟,越看越不像,耳上无耳环,脚又大如片,一时生气,问彩英道:"这个丫鬟究竟是谁? ——说明便了。"

彩英小姐说分明,继父在上听原因。

此人不是丫鬟身,就是松江赵云庆。

公子昨夜住店门,一夜哭到五更声。

奴奴听见也伤心,一早起来问分明。

公子见问泪纷纷,一一从头说奴听。

眼前不是丫鬟身,确是松江赵云庆。

总兵吓得汗淋淋,头脑之中急思忖。

药死一个赵云庆,又来一个赵云庆。

总兵此时动脑筋,弄出一桩人性命。

若等明早大天明,本府个个得知闻。

李府知道勿太平,搬走丝绸并金银。

总兵动出好脑筋,说与太太得知闻。

且说总兵对王氏太太说:"今夜叫小姐同公子与彩英三人连夜出我府门,不然等天明,外面知道我家犯欺君之罪,要杀头颈,所以今夜一定要出门便了。"

王氏太太泪纷纷,老爷老爷叫几声。

女儿今夜要出门,老来终身靠啥人。

母女二人哭勿停,彩英也是泪纷纷。

总兵此时火直喷,三人赶快来动身。

老爷太太下楼门,收拾衣银摆端正。

珊花带了两个人,一同来到厅堂门。

拿了衣衫并金银,拜别双亲就动身。

走出正堂后园亭,花园之中到来临。

珊花开了花园门,三人连夜逃出门。

小脚伶仃难行程,一路浪向苦煞人。

不说小姐路上行,再宣总兵毒计生。

叫了白家二人身,拿了钢刀就动身。

杀死三位害人精,白府浪向才太平。

钢刀见血回府门,各人赏与雪花银。

白衣白玉出后门,一路追赶三个人。

不说二人急急行,再宣三位苦伤心。

一路走来一路行,只见面前一凉亭。

肚中饥饿步难行,凉亭之中停一停。

歇息一下再动身,但等天明逃性命。

且说三人坐在凉亭之中歇息。这个凉亭是在一座山下,名叫黑秃山。山上有两位强盗,老大是叫张勿放,老二叫李勿依,二人各有六位夫人。山下这个凉亭是两个强盗所建。每天早上下山看凉亭里是否有过路客商,有没有漂亮的美女和金银财宝,他们下山都一齐抢上山去。所以两个强盗吃了早饭,带了众喽啰一起下山看看凉亭之中是否有金银财宝和标致漂亮的美女也。

两个强盗下山林,要到山下看分明。

卷上不说强盗人,再说两个狗佣人。

出了白府急急行,不管山高路不平。

满身追得汗淋淋,匆匆来到一凉亭。

看见亭中三个人,心中想想喜欢心。

不宣白衣白玉二个人,再宣两个强盗人。

同样已见亭中人,还见亭外两个人。

此时两个强盗见亭中之人,又见亭外两人身背钢刀,已近凉亭,心想这两人大概也是抢凉亭之中人与金银财宝,所以张勿放和李勿依心想先处决亭外白衣、白玉。白衣、白玉见山上冲下来二个强盗和他们交战,急忙手提钢刀应战。

不说四人大打仗,再说亭中三个人。

珊花吓得失落魂,云庆急得汗淋淋。

彩英一一说分明,一切听我放宽心。

此时三人见亭外杀声震天,赵公子与珊花小姐吓得直抖,说不出话来。彩英说道:"公子,你带了行李和银子先出凉亭,逃出性命。如若他们进凉亭见公子一人,他们一定先杀你一个男人的。"公子听了以后,急忙收了行李银子逃出凉亭也。

不说公子出凉亭,再说亭外四个人。

刀枪声声吓煞人,白衣白玉杀得汗淋淋。

强盗越杀越有劲,两白一命见阎君。

看见亭中二美人,好像天仙一样能。

两个强盗杀死白衣、白玉,再进凉亭,见亭中二位小姐生得如花似玉,自己每人有了六位夫人,与他们相比,勿及他们一只脚后跟,心中十分欢喜也。

强盗见了女千金,心中实在喜欢心。

小姐千金叫勿停,跟我一起上山林。

洞房花烛配成婚,荣华富贵享不尽。

珊花小姐急煞人,奴奴已经有夫君。

倘然跟了上山林,做了强盗婆一人。

如若我们不答应,定会刀下伤性命。

左思右想心勿停,伤心眼泪落纷纷。

此时彩英小姐见珊花小姐眼泪纷纷,说道:"妹妹啊,我们跟了他们上山,一切由我安排。"所以二人只得跟了强盗上山而去也。

强盗带路前头行,小姐含泪后头跟。

山路高低路难行,两位千金汗淋淋。

走了不多一时辰,已经到了山头顶。

强盗坐定笑盈盈,只听强盗说分明。

此时张勿放道:"你们二人,我们兄弟各一个。"此时彩英小姐道:"如若二位大王需要我们姐妹两人,也要让我们商议再定。"此时珊花小姐只得听姐姐吩咐。彩英说道:"妹妹,你不必怕。"就在珊花小姐耳朵边说了几句,转身对两位大王道:"既然我们姐妹两人一道出来,大王实在看重,也得带我们两人各自到大房中稍谈一阵。"两位大王听了,万分欢喜,张勿放带李彩英,李勿依带白珊花,各自回房而去也。

两人各自回房中,大王心中喜十分。

各人房中坐停身,彩英开口说分明。

大王人品生端正,妹妹也嫁大王人。

老大说与彩英听,兄弟肯定勿答应。

彩英说与大王听,大王真是夯大人。

一杯毒酒敬弟饮,让他一命见阎君。

强盗听见不差分,小姐说话真高明。

不说彩英房中情,再说珊花小姐身。

老二见了珊花人,三魂七魄不在身。

珊花小姐讲分明,大王一一要听正。

我们姐妹一处蹲,只嫁大王你一人。

老二心中想才情,怎样嫁我一个人。

珊花小姐讲分明,毒酒一杯让兄饮。

让他立刻见阎君,姐妹二人嫁你身。

此时两人自讲好,以后只等日落夜黄昏,各出房门把酒饮。两个大王各记心,每人毒酒放杯中。一桌小菜准备好以后,兄弟二人你敬我,我敬你,各自不知内情,开怀畅饮。待等一杯毒酒下肚,两人只觉头晕肚疼,七窍流血,一命呜呼,归于黄泉去也。

两个强盗命归阴,两位小姐喜欢心。

急急逃出房门庭,关好房门朝外行。

大小喽啰把酒吞,不关啥个大事情。

彩英领路前头走,来到后山花园门。

开了后门逃性命,路高不平步难行。

不说小姐路难行,再宣公子一个人。

公子出来风凉亭,一路之上逃性命。

已经来到新丰城,新丰桥上停一停。

不说公子桥上等,再宣新丰一桩情。

且说赵公子走了一天一夜,来到新丰城外,有座桥名叫新丰桥,等两位小姐。哪知城内又出了一桩谋杀亲夫大事情。有奸女被官府追拿,恰巧逃到了新丰桥,停下来问公子:"扬州方向往哪去也?"

不宣二人来说话,公差追赶到桥顶。

看见奸女在桥顶,又见奸夫在接应。

公差不问其原因,捉拿男女两个人。

链条枷锁套头颈,一同带进县衙门。

知县坐堂来审问,从实招来免动刑。

公子一听吃一惊,冤枉冤枉喊勿停。

知县老爷怒气生,重重刑具都用尽。

公子死去又还魂,只得虚招认罪名。

奸女无法也招认,两人一起进监门。

文书一到进京城,六十日后斩头颈。

不宣公子进监牢,再宣小姐路上行。

也是来到新丰城,要寻公子一个人。

一路来到县城门,告示一张墙上登。

两人一看吃一惊,一时吓得失了魂。

且说告示上写道:江南松江府华阴县赵云庆流落丰城,结识该城有夫之妇,二人一起杀了男人,现已招认,只等文书到,本县立即斩首便了。

珊花彩英进城门,来到新丰县衙门。

门公左右两边分,小姐问询公子人。

公子已经来招认,现已关进监牢门。

待等文书到衙门,立即斩首不容情。

两位千金泪淋淋,门公伯伯叫几声。

多谢伯伯开开恩,放俚二人进衙门。

门公见哭也伤心,就放二人探监情。

两位千金往内行,已经来到监牢门。

牢头禁子勿放行,伸手要拿钱和银。

小姐为见公子身,耳环一副送禁子。

牢头禁子见金银,马上就开监牢门。

牢头禁子拿了耳环,就开了牢门,让两位小姐进去。李彩英与白珊花小姐从外边往里面看,看到最后一间墙角处有一个满身鲜血的人躺在地上,认定是公子,几天不见,已经变成了血人,喊了一声"公子"。珊花小姐眼泪双抛,叫道:"公子呀,公子哪!"

公子公子叫几声,眼泪好像潮水涌。

公子一听有哭声,睁开双眼看分明。

只见眼前两个人,好像二位女千金。

三人痛苦好伤心,铁打心肠也软心。

且说三人见了面以后,两位千金肝肠寸断,间隔几天,被折磨得死去活来,叫声:"公子你为何会做出此桩事情来?"公子此时含泪道:"小姐啊,听我一一告禀哪!"

公子开口说分明,二位小姐叫几声。

奴奴自从出凉亭,日夜奔走不留停。

一早来到新丰城,新丰桥上等千金。

哪知奔来一妇人,急急向我要问讯。

披头散发不像形,谁知她是啥方人。

恰巧来了公差人,把我一起带衙门。

把我当作奸夫人,严刑拷打不容情。

把我打得不像人,奴奴只得虚招认。

多谢千金好恩情,特来监牢探监情。

奴奴句句是真情,万望替我把冤伸。

珊花小姐与彩英听了此言,更加伤心。三人痛哭了一番,牢头禁子来催促道:"两位小姐快出去吧。"小姐含泪走出监门,对公子道:"你在监中身体保重,奴奴一定给公子申冤。"又对禁子伯伯道:"多谢禁长伯伯,好好照看一下哪!"

两位千金出衙门,走南闯北来问询。

东打听了西打听,哪个官员最清正。

一是湖南包文正，二是南京何大人。

三是山东海端人，三个官员都清正。

彩英小姐主意定，要寻山东海大人。

且说彩英与珊花小姐走出监门，又出城门，两人十分着急，万一文书一到，公子一命归阴。但两人行路又不方便，彩英就把妹妹寄托自己舅舅家中。她舅舅是巡按大人，姓张名文龙。到了家中，彩英便对舅舅道："这位小姐叫白珊花，是扬州白总兵的千金小姐，是君王做媒人，配与松江府华阴县赵文正之子赵云庆公子。因其父亡，家境贫苦，公子去认亲，总兵要赖婚，经过几番周折，把我和小姐与公子三人赶出白府。结果公子半路失散，又受冤打入监牢。只因我只身去山东告状，把妹妹寄托舅舅府上，还叫你舅舅去松江府华阴县接公子之母陆氏太太到舅舅府上，以便好好照应便了。"

彩英一一讲分明，巡按一听吃一惊。

总兵势利要赖婚，君王得知罪不轻。

面看两位女千金，一口应承来答应。

二位小姐喜欢心，珊花寄在巡按门。

不说珊花一桩情，彩英拜谢出门行。

日行夜宿赶路程，千山万水苦伤心。

不宣小姐路上行，要宣一个出场人。

且说彩英把珊花小姐寄在舅舅府上以后，一人准备去山东海大人衙门给公子申冤。一路行到山东。要说江苏与山东交界处有一座大山，名叫铁盘山，山上有一位大王，姓陆名林，人称"陆林大王"，有位夫人姓陈。二人武艺高强，在山上囤草积粮，大小强盗几万。皇上曾贴出告示：啥人能破铁盘山，无官做官，有官官上加官；勿要做官的，赏黄金千两，良田万亩。可是无人能破。不提皇上之事，再说陆林大王今天吃了早饭，带了喽啰几百，下山看看是否有过路客商或标致小姐抢上山去，带领喽啰急急下山而去。

不宣大王下山林，再宣小姐路上行。

一路来到大山林，锣鼓喧天吓死人。

收着脚步看分明，一队人马到来临。

再说大王下山看见路上有一位千金小姐，生得如花似玉。我的夫人不漂亮，怎及她一只脚后跟，立即吩咐喽啰把小姐带上山顶。

喽啰一声来答应，急煞彩英女千金。

倘然今天不应承，今朝性命活不成。

答应今天上山林，做了强盗婆一人。

思前想后心不定，只得跟了强盗行。

一路走了一路行，山头顶上到来临。

二人东西来坐定，大王端坐正中厅。

香茶一杯到来临，大王开口叫千金。

且说大王有位夫人，只生女不生男，所以今天大王开口要叫彩英小姐做他二夫人。彩英见势不妙，说道："大王，既然要奴奴做二夫人，听奴一一说明哪！"

小姐开口讲分明，大王一一要听正。

奴奴要求一桩情，不知大王肯答应。

只因哥哥监牢蹲，大王同我下山林。

救我哥哥出监门，同你大王结成婚。

大王一听急煞人,此件事情难答应。

今夜同你配成婚,明天一同下山林。

望你千金来答应,救你哥哥出监门。

且说彩英小姐想脱身之计,但大王不肯答应,只好另想办法。"大王啊大王,既然大王一定要成婚,也得明天夜里同拜天地。"大王一听小姐肯答应,就叫小姐今夜早早歇息,心想给她安排一个密室房间,一定要同她共度蜜夜便了。

但等天色夜沉沉,小姐房中安排定。

想来想去心不定,大王必定要来临。

只得装病喊救命,看得大王无法生。

且说大王看看天色已晚,走进房间,只见小姐在床上肚皮疼痛,叫爹喊娘。见大王进来,马上喊大王去请郎中。大王真的以为小姐肚皮痛,急忙转身去请郎中给小姐治病便了。

大王急忙出房门,要到外边请郎中。

郎中先生请来临,开了药方点药名。

小姐吃了不见停,说道郎中无本领。

二更又请一郎中,更更郎中看不行。

知道五更天大明,大王只得回房门。

不说大王来安困,再宣陈氏夫人身。

且说大王一夜五更未曾困,回到自己房中困觉。陈氏夫人听说大王昨日山下带来一位千金小姐,安排在密室房中,只因为自己不生男孩,所以也去看看这位小姐。

夫人走进房中停,叫声小姐女千金。

小姐听见女人声,睁开眼睛看分明。

看见进来一妇人,啼啼哭哭诉真情。

嫂嫂姐姐叫勿停,大王实在不像人。

答应奴奴做夫人,叫我药死姐姐身。

陈氏一听火直喷,急急马上出房门。

宝剑一把带在身,要杀大王一个人。

且说大王夫人听了李彩英之言,拿了宝剑来到自己房中,见大王已经睡着,马上一把抓着大王的头发,一剑结果了大王的性命。陈夫人奔出房中,向大小喽啰宣布也。

强盗一命见阎君,各带银两转家门。

只因大王起黑心,想要药死奴奴身。

此番多谢妹妹人,救了奴奴一条命。

小姐名叫李彩英,彩英威名传京城。

大夫人说罢以后,把金银财宝分给大小喽啰。李彩英此时也下了山。大夫人把铁盘山一把火,烧得干干净净,自己拔出宝剑,一剑自刎而去也。

不说大山烧干净,小姐心中喜欢心。

急急忙忙下山林,直奔山东登州城。

不宣小姐路上行,再宣喽啰转家门。

家庭团圆喜欢心,消息传到帝皇城。

君王一道圣旨定,要寻英雄李彩英。

各州各县得知闻,个个遵旨寻爱卿。

且说李彩英日夜赶路,已经来到山东登州城县衙门,知县海瑞正在堂上思想:"君王圣旨来到,叫奴在山东寻找英雄李彩英,此事发生在山东。"海瑞所以万分焦急也。

不宣海瑞堂上坐,再宣彩英到衙门。

敲鼓申冤急煞人,惊动门公一个人。

门公急忙问原因,小姐开口说分明。

奴奴名叫李彩英,今日特来把冤伸。

门公听说李彩英,带了小姐往内行。

已经来到公堂上,彩英跪拜海大人。

县官开口问原因,有啥冤情讲我听。

小姐见官泪纷纷,青天老爷叫几声。

奴奴名叫李彩英,要为公子把冤伸。

此时李彩英从头至尾向海大人一一说明,大人一听是破忒铁盘山的李彩英,顿时心中大喜:"君王要寻你,各处发出圣旨。今日你来本府,真是好极了,准备明天一早,同小姐一同进京去也。"

不宣小姐进京城,再宣松江老夫人。

公子出门几月零,直到今朝未转门。

一路迢迢寻出门,镇江码头到来临。

上岸看见一大坟,碑上字字看分明。

碑上刻有儿子名,急煞太太一个人。

公子出门借花银,怎会丧命见阎君。

欲想自己难活命,投江自寻了残生。

不宣太太死路寻,要宣一个出场人。

且说此人叫张文龙,是李彩英的舅舅。只因听了外甥女的吩咐,开了官船一路准备去松江府华阴县接陆氏太太。船过镇江码头北岸,看见一个老太太投江自寻,急叫船工把老太太救上船来,更换衣裙。大人就开口问太太。

大人一一问原因,太太为何死路寻。

陆氏太太说分明,老爷在上听分明。

奴奴家住松江城,华阴县内好名声。

老爷名叫赵文正,奴奴就是陆氏身。

所生一子赵云庆,今年年纪十八春。

君王作主做媒人,扬州城内女千金。

她爹就是白总兵,连环书信作凭证。

只因老爷命归阴,家中无银苦伤心。

公子扬州借花银,直到今朝未转门。

奴奴只得出门寻,想到扬州看分明。

哪知到此见大坟,坟内是奴儿子身。

我老终身靠啥人,所以江中死路寻。

太太一一诉分明,巡按听了吃一惊。

却说眼前此位太太竟是赵丞相之太太,马上开口道:"太太啊,公子已进京赶考功名,珊花小姐已进我府门。你马上乘船去我府,婆媳可以相见了也。"

太太听了喜欢心,跟了大人一同行。

一路之上行勿停,张府门上到来临。

婆媳相会喜欢心,只瞒太太一个人。

不宣婆媳两个人,再宣登州海大人。

官船行程来得快,京城已经到来临。

客店已经住安身,五更三点见皇君。

且说海大人与彩英小姐一路已到京城住下。五更三点已近,带了小姐上朝见驾。海大人拜见君王,把奏本送给君王。皇帝一见,不觉大吃一惊:一是白总兵抵赖婚姻,二是赵云庆公子屈冤进监,三是李彩英小姐破铁盘山。赵云庆公子是我亲自做媒,便差钦差大人速带圣旨到新丰县衙去也。

钦差日夜赶路程,已到新丰县衙门。

知县迎接钦差身,带进里面公堂厅。

此时钦差大人宣读皇帝圣旨,监牢内赵云庆公子马上出监,由钦差带进京城受皇恩便了。

知县一听汗淋淋,监门放出赵云庆。

公子此时出监门,满身伤痛步难行。

香汤沐浴换衣襟,官船送往东京城。

一路行程来得快,东京城市到来临。

五更三点见皇帝,万岁一见喜欢心。

君王一看公子面,眉清目秀好才人。

君王当殿来面试,公子对答如流好才人。

君王即便开金口,就封公子丞相身。

公子拜谢皇恩身,万岁万岁叫几声。

君王即便说分明,要认彩英继女身。

小姐听了喜欢心,拜谢万岁出朝门。

此时万岁又发一道圣旨,叫钦差大人速去扬州召见白总兵进京,听候发落。又叫钦差去张巡按那里迎珊花小姐进京,与赵公子完婚便了。

万岁个个已调停,宣到白云山上赵梅人。

太白星君说分明,赵梅灾星已完成。

云庆已封丞相职,火速赶往东京城。

赵梅听了喜欢心,即刻马上下山林。

日夜赶路快如云,东京已经到来临。

午朝门内见当今,又见丞相赵云庆。

丞相一见吃一惊,一人心里独思忖。

赵梅已经命归阴,怎么今朝到京城。

且说赵云庆一见赵梅小书童来到京城,便问道:"你为何没死?"赵梅便把自己和公子分手以后,在常州城东门外风凉亭怎样遇见一位陌生人,骗了他连环书信,把他氲在河中,后遇仙人相救上白云山,又师父叫他下山与公子相会,一一说明。

赵梅事事讲端正,公子心中起疑心。

书童没有命归阴,坟中此人是啥人。

万岁此时也听正，开棺验尸是何人。

不宣百姓扒大坟，再宣聪明丫鬟身。

聪明自从进京城，日夜思念小姐身。

忽听公子在京城，丫鬟也见丞相身。

二人一一诉衷情，奴奴没有命归阴。

万岁听了笑煞人，死人会得转还魂。

书童聪明二佣人，都到丞相府衙门。

不说东门一桩情，再宣扬州白总兵。

日夜赶路忙勿停，京城已经到来临。

不宣京城一桩情，再说大坟一尸人。

千人白眼认勿清，此人究竟是何人。

来了一个告状人，认得尸人是文林。

且说李文林从大坟中棺材里面倒了出来，个个不认识。只有一个叫花子倒认得，他说此人是常州附近谋杀奸夫的李文林，说明白总兵并没有毒死真的赵公子。此事奏明君王，到了明天五更三点，君王召集朝内文武百官，宣读圣旨便了。

万岁端坐在龙廷，文武百官到来临。

君王此时说分明，大小官员都听正。

总兵虽未毒死公子人，聪明幸亏转还魂。

罚你建造松江丞相府衙门，百日之内要完成。

贪财欺骗李大人，礼品礼金还上门。

总兵一一都答应，即刻马上出朝门。

不宣总兵忙勿停，再宣珊花婆媳人。

乘船已进东京城，金銮殿上见当今。

万岁即叫丞相人，云庆珊花结成亲。

珊花做了大夫人，彩英做了二夫人。

光阴似箭年已过，丞相府已造完成。

丞相即刻奏君王，奴带家眷转还门。

要去料理家中事，过后马上返京城。

万岁准旨叫爱卿，速速马上转家门。

赠给丞相金和银，丝罗匹缎几大捆。

号炮三声出京城，日夜不停赶路程。

公子夫人喜欢心，已经到了松江城。

华阴县里到来临，丞相府造得金澄澄。

公子夫人上岸行，太太佣人也进门。

且说赵公子出京城，一路迢迢，已经到了自己丞相府。合家欢喜，亲眷朋友都来贺喜，好不快乐也。

云庆此时说真情，要叫二位贤夫人。

奴今现已丞相职，还有赵梅聪明身。

我今做主婚来订，两人一双结成婚。

两位夫人都答应，赵梅聪明喜欢心。

堂上摆起龙凤烛,夫妻双双进房门。

不说二人婚已过,公子要到苏州地。

带了银子与黄金,用了官船就起程。

路上行程不必论,苏州已经到来临。

小二见了喜欢心,多谢丞相大人恩。

且说赵云庆送了金银给店小二以后,火速回家,到了家里以后,扫墓祭祖结束,返回京城伴君王便了。

一年光阴容易过,二位夫人都有孕。

珊花小姐双胞胎,彩英也生一子身。

三子三姓顶门庭,后来个个伴君王。

代代子孙耀门庭,合府欢乐喜欢心。

奉劝世上少年人,勿做黑心李文林。

文林想讨女千金,毒酒药死见阎君。

要学公子赵云庆,代代子孙耀门庭。

玉连环宝卷宣完成,诸佛菩萨喜欢心。

卷中若有错误字,三炷清香补完成。

玉蜻蜓宝卷

玉蜻蜓卷初展开,诸佛菩萨坐莲台。

在堂大众同声贺,事事行行说一番。

勿说前朝并后代,明朝时代事一番。

且说此卷,出在明朝时代,有段故事。在姑苏阊门南浩街。有一家姓申名贵升,今年十六岁,已入黉门秀才,家中豪富,讨位娘子是张吏部国兴之女,叫耀英。但她性子刚强,与贵升同年,出名叫雌老虎。申大爷见她忌怕,故而在家昏闷,心中不乐矣。

大爷闷坐在书房,思思想想好凄惶。

张氏娘娘不贤惠,小生日日闷胸膛。

亏得同窗沈君庆,时常来往到书房。

做做文章讲讲书,今日勿来我盼望。

要说申大爷正在盼望同窗好友沈君庆大爷,今日为何勿来。"啊呀,我好昏闷。"不提。再说北浩沈君庆大爷,想:"今日三月十六日,得其一信,闻知山塘街王员外今日做寿,特请名班演戏,好不欢乐。待我到南浩街贵升兄家去,看他今日可去看戏。"大爷想:"今日三月十六,春光明媚,天气甚好,待我前去更换衣襟。"走到房中箱子里取出一件粉红色的长袍子穿到身上,手中拿着一把白纸折扇,家中之事吩咐一番,步出书房门而去,一路直往南浩街申家而来也。

沈大爷打扮出书房,一心看戏喜洋洋。

要到南浩申家去,望望贵升一同窗。

一路走来一路想,不知贵升可在家。

抬起头来看一看,已经到了申家宅。

沈大爷到仔申家门口,就此立定身体,说道:"门上可有人吗? 里边走出一个人,原来文宣书童。"文宣道："呀！原来北街沈大爷！"沈大爷道："你家大爷可在家中？"文宣道："啊！沈大爷，我家大爷正在想念你！来得正好，快快跟我进去。"两人一路到得里边，文宣道："报大爷，北街沈大爷来了。"贵升知道君庆来了，正好大笑起来："哈哈！快请进来。"贵升与沈大爷挽手同行，直到书房，坐定身体。文宣书童送上香茗一杯，两人谈谈讲讲。沈君庆道："贵升兄，你可要看戏啊？"贵升道："哪里有戏？"沈大爷道："你要看戏，小弟同你前去可好吗？"贵升道："好的，哪里有戏？一同前去。"君庆说："今日是三月十六，山塘街王员外庆寿，特邀名班做戏。今日天气甚好，前去看看玩玩，有何不可？"申大爷到里边更换新衣，穿一件绿色的袍子，因为申大爷喜欢穿绿色的衣服。换好衣服，手执白纸折扇，身上挂一只玉蜻蜓。两人带了文宣书童。文宣道："可要禀知娘娘晓得？"贵升说："不要与她知晓。"贵升十六岁，君庆十五岁，一个穿红，一个穿绿，头戴文生巾，脚穿乌黑贡鞋，三人走出书房。门关好，要往山塘街看戏而去。

　　大爷偷偷摸摸出书房，一心看戏到山塘。

　　家中娘娘全不知，鸟出笼中心花放。

　　今日街坊多闹热，看了心中喜洋洋。

　　三人来到王家宅，好戏开台闹寿堂。

　　勿说大爷戏场进，再说庵中事一桩。

　　王家今日寿诞日，特请尼姑做佛堂。

　　尼姑也要王家去，看戏一路到山塘。

　　要说山塘街附近有只法花庵，庵中尼姑甚多。当家法号叫浦善，二当家叫志味，三当家叫志贞、志轩、志祥。一共五位师太。名叫师太，但是年纪很轻，都是二十岁到十七八岁的年龄。今日王家做寿，要请五位师太去做功课，也是同样看戏。但是尼姑看戏与一般不同，搭还俚高高的看台，摆好茶，还有小吃。辰光一到，上台看戏，勿提。再说二位大爷也进场来看戏，齐巧立在尼姑看台下面。戏台上开台，大花面出场，二花面出来后，正本戏做一出三国之中的凤仪亭。看戏辰光，尼姑在台上边看边吃，吃的是西瓜子，西瓜子壳吐到下面，刚刚吐在贵升身上。那时申大爷抬头一看，勿看也罢，对上面看台上一看，看出了祸殃来了。贵升看到上面五个尼姑，十分漂亮，都是花容月貌。大爷看了好比痴个一样，尼姑吐出来的瓜子壳，接到手中，并把瓜子壳乩到自己嘴里吃。尼姑看见他吃壳，对大爷微微含笑。哪知申大爷更加乐意，说一声："妙呀！"君庆说："哥哥你看，戏演得正好。"哪知申大爷勿看戏，只是看台上尼姑，心想："啊！可惜一个光头顶，有了头发还要漂亮。"大爷看尼姑看得心中入迷，台上几位尼姑也看这二位大爷面貌娇美，天下少有。申大爷看到内中有一个最好，生得似花如玉。何人？志贞。

　　大爷看中王志贞，容貌标致少少能。

　　勿长勿短真有样，玉手尖尖如春笋。

　　细叶柳腰风摆动，一口银牙红嘴唇。

　　声音清明温和相，可惜一个光头顶。

　　若然与我来成对，死在黄泉也称心。

　　申大爷看得尼姑眯眯含笑。再说，戏已做完，马上散场，各自回去。申大爷与君庆回出戏场，二人各自回家。申大爷想："同文宣书童同行，有许多不便，待我使他先回去。我要跟尼姑走去，看她们往哪里一只庵堂去的。"大爷心生一计，说道："文宣，来啊！""大爷有何吩咐？"说道："文宣你与我回去吧！"文宣道："大爷，你呢？我不回去了。你不回去，大娘娘要拿我打的。"文宣道："我回去告诉大娘娘知道。"大爷道："不要告诉她。"文宣道："大爷，你到哪里去？"贵升说："我到哪里去，你问我做什么？"文宣说："我定要告诉大娘娘。"被大爷一记头皮。"回去吧！你不要告诉大娘娘。""是哉。"文宣被大爷大骂一番，就此回转家中不提。再说，申大爷独自一人跟了尼姑回到庵中，好不快乐。大爷跟了尼姑到庵门，心中思想喜欢心。

待我今日庵中去,游玩一番乐心情。

尼姑对我眯眯笑,小生生了一番心。

我今决定勿回去,情愿死在庵堂门。

不贤娘子我勿要,情愿陪伴光头顶。

愿意冷落家中妻,百万家私不在心。

再说大爷一路走到庵堂门口,哪知庵门紧闭,不能进去。"呀!如何是好?有了,待我叫喊开门。"大爷就此伸手碰门,说道:"里边可有人吗?"里面有一个佛婆接应道:"外面何人叫喊?"大爷说:"小生前来进香。"佛婆走到门口,开门一看:"呀!原来申家大爷。啊!相公,时光不早,为何此时来进香?""呀!你有所不知。"佛婆让大爷进来,仍旧拿门关上。申大爷进殿,哪知碰着志贞师太:"呀!大爷,你来何事?"大爷说:"我特来进香,游玩一番。""呀啊!师太请教法名。"志贞道:"我乃姓王,名叫志贞。""贵庚多少呀?""太爷,我十六岁了。"志贞师太领了大爷各殿游玩,玩到志贞云房处,大爷便问:"啊!师太,此处是什么地方?""啊!大爷,此地不能进去。"大爷道:"为什么不能进去?"志贞说:"此处是贫尼住的地方。你就在此处坐坐可好?"大爷说:"好的。"一看拉里边还有一间,大爷又问道:"师太,这里面还有一间,是什么地方?"志贞道:"呀!大爷,里面是贫尼卧室。"大爷一听:"啊呀!妙呀!"申大爷就此走进内云房。志贞说:"呀!大爷,这里是女身住的地方,不要进去。"你说不能进去,他早已进去了。三师太无法劝住。到得里边,东张西望,说道:"这个是什么东西呀?""呀!大爷,这个是我洗浴的浴桶。""这个木凳凳。要他何用?""啊!大爷,你说哪里话来?"大爷道:"你告诉我晓得。""呀!大爷定要晓得,我就告诉你吧,这是奴家洗浴时放在木盆中的,坐在这个凳上就可以了。""呀!原来这样。啊!气死人了。""呀!大爷你说哪里话来?""呀!师太啊!"

我贵升今年十六春,勿及你个木凳凳。

小小云房能清洁,看了倒是也称心。

小小床帐正好看,骨牌凳子席齐正。

青纱罗帐白铜钩,红绫被头荷花枕。

师太你若肯依我,死在黄泉也称心。

今生不出庵堂门,同你生同罗帐死同坟。

且说,大爷一到里云房,看了一番好不欢乐。"啊!大爷你说哪里话来?想贫尼是出家人,怎能做得这种事啊?大爷这事勿是我们出家人做的。想你大爷家中,早已讨好娘子,是个风风月月的美人。家中豪富,吃用勿愁,穿红着绿。想奴家苦命,父母早亡,六亲无靠,故而出家来的。"大爷道:"啊!你几岁出家?""啊!大爷,我七岁那年出家,到得庵中,已经九年了,好不可怜。""呀!师太,小生劝你不必伤心。你若依了小生,将来可以留发,日后我同你一起回家。"志贞道:"大爷不可这样说的。"贵升道:"说说无妨,有小生办理,你且放心好了。呀!志贞啊!"

你若今日依了我,留发跟我转家户。

勿怕娘子雌老虎,一切是非都有我。

你若今日依了我,庵中事务都有我。

三师太志贞被申大爷再三劝告,缠绕不清,倒是有些动心了。志贞道:"大爷,奴今日依了你,但是今日你进庵时,外人早已知道你大爷到庵中来的。最好你现在出去,等一会再来可好?等到黄昏人尽,你从后门进来,我等你可好?"大爷听三师太同意,约他黄昏人尽进来,心花怒放。"啊!妙呀!"就此伸手拿志贞的手一拉。王志贞趁手一侧,侧到大爷身上,一只手伸到大爷头颈上一勾。大爷一只手往三师太腰上一抱,志贞齐巧坐在大爷膝上。这样一来,二人喜气洋洋好不欢乐。一看辰光勿早,日落西山。三师太说:"大爷,你可以出庵去了。"

贵升就此出庵堂,心上莲花朵朵放。

约我黄昏一更后,叫我后门进云房。

今夜定要庵中去,情愿抛去结发妻。

娘子勿要来寻我,我愿一生住庵堂。

申大爷直等到日落西山,黄昏人静,要到庵堂后门等候,不提。再说王志贞同大爷约好,今朝勿能困哉,困下去要困出忽,故而油盏内加好油,准备点得旺些,要等大爷进来。三师太做了些针线,想:"辰光到了,待我去看看,他可能来了。"志贞放落针线,起身一路走出云房。开出后门看了一会儿,声音全无,轻轻叫喊了几声:"啊!大爷可在?奴家等你好多时了,为什么还没有来?"三师太喊了几声,未见应声,就此回进云房,一想:"呀!想来不会来了,大爷早已有了娘子,他是油头胡说,不会要我侬出家人的。我还是困吧,不要去瞎想他罢。"

三师太就此去安困,勿想大爷胡说情。

出家人不能想俗家事,只有一口常斋诵经文。

嗳呀一声费思量,还是熄灯早安困。

翻来覆去勿想困,眼珠溜溜相思情。

要说三师太困勿着,要想困着眼睛闭不上,好像大爷就在眼前,再一想:"如果来了,不去开他进来。想起来这个是不好的,还是待我起来去看看。"三师太再三思量,落起身来,穿好衣服,点好火,走出云房。到后门首,开出门来一看,声音全无。轻轻地喊了几声,并无接应。志贞想:"不会来哉,还是去安困吧。"三师太就此回转,哪知大爷早已进来好久哉,不料被大师太接得去了。三师太在那时走到天井,听得大师太房间内有男人声音。"待我细细听听,正是申大爷的口音。呀!原来被浦善大师太接去了。明日再讲,那我困得好哉。"三师太就此回转云房安困便了。那时大爷到得庵堂之中,这一班尼姑把大爷轮流安排,天天如此。申大爷一日三,三日九,忘记了家中张氏娘子,登在庵中,好不欢乐也。

贵升快乐住庵堂,日日洞房做新郎。

不说大爷庵堂住,再说张氏想夫郎。

此日不见大爷面,就喊书童小文宣。

你同大爷出门去,为何勿会看好俚。

快快与我出去寻,寻不到大爷打死你。

再说申家,其日早晨,不见大爷。前几天大娘娘夫妻天天见面,为何今日不见?"辰光不早,大爷还不起身,为了何事?大爷身体可好?"即喊书童:"文宣可在啊?"文宣道:"大娘娘,小奴在,见过娘娘。""呀!文宣,我问你,今日为何不见大爷?为了何事?"文宣道:"娘娘,你说大爷?待小人告禀你听。昨日三月十六,山塘街王家做寿,特请名班好戏。北街沈君庆大爷同我家大爷二人前往王家看戏去的,昨日出门,到今天未回,故而大爷不见。""啊!你这个奴才,我时常对你讲,大爷到哪里,你要说我知晓。你为何不禀我晓得?""啊!娘娘,你有所不知。大爷出门的时候,我问大爷你到哪里去?大爷说不到哪里去,叫我不要多说。我说我要告诉娘娘,他不许我来禀告。我再要问,他拿我头上一记。他要打,我就不问了。故而大爷未回,小人也不知大爷到哪里去了。"娘娘一听,就说:"你这个奴才,你今不把大爷寻回来,休想活命。"文宣被娘娘责打,痛哭一番,好不伤心也。"大爷呀!"

大爷你今在哪里,我今懊悔勿看好你。

望你大爷快回来,娘娘勿会打文宣。

如若大爷勿转来,我文宣定要到黄泉。

文宣书童哀哀哭，勿知大爷在哪里。

勿说书童伤心事，再说娘娘寻夫去。

娘娘拿文宣责打后，申家大小家人，多是出外去寻访。蹀到小巷，见人就问，忙得碌乱，到处敲小锣找寻，叫喊："大爷啊！快快出来吧！娘娘望你回家，为啥要不别而行？"申家用去不少银两，寻不到大爷回来。大娘娘同丫头芳兰，喊了几个丫头，到北街沈君庆家里，要去问问明白。大娘娘一间轿子，来到沈家门上。沈家家人通报沈大爷，大爷出外迎接，哪知申大娘娘猛闷勿讲理。沈大爷回禀说："大嫂，你要明白，哥哥那日同往山塘，看戏是事实。但是戏场散后，各自回家，我却不知哥哥未回家来。大嫂你要息怒，不要因一时之火责罚我。"那个申大娘娘猛闷，不讲理由，动手就打。沈君庆大爷逃走，大娘娘就拿沈家乱打，前门打到后门去，古董玩器，琴棋书画，统统打坏。后来众家人相劝，回家去了。

大娘打得沈家尽逃落，君庆大爷只管哭。

哥哥你往哪里去，为啥不回到家中。

今日大嫂寻得来，打到我家勿讲理。

申兄快快回家来，免得大嫂发脾气。

我今懊悔去看戏，弄出一场无眼趣。

勿说大爷哭不期，再说娘娘回家去。

眼泪双抛想夫君，不知我夫在哪里。

再说大娘娘到沈家打听勿着，回到家中，想到丈夫不见，心中好不昏闷，看见文宣书童，说道："奴才过来。"文宣道："啊！娘娘，小奴才文宣叩头哉！"大娘说："你这畜生，我今叫你做出事儿，有何着落？""呀！娘娘，小奴日日出外打听，并无着落。"娘娘说："奴才，我不问你，你为啥不禀我呢？"文宣想："今日一顿生活又逃不过了。"大娘娘讲了几句，就此面孔一板，道："芳兰过来。"芳兰答应说："娘娘有何吩咐？"说道："与我拿家法出来。"芳兰无法，拿过家法棒。娘娘接到手里便说："你这奴才，就该责打。"文宣无法可想，芳兰相劝："娘娘停手。"芳兰看看文宣苦楚，娘娘横打竖打，想想也勿开心，暗中对文宣说："快快逃出去吧！否则要活活地打死的。我看还是别寻东家。"为啥芳兰对文宣同情？因为文宣被申大爷重用，芳兰也是伶俐之人，这二人年龄相仿，所以申家早已拿这两人婚姻定好，所以说二人有感情。那时文宣要逃走时，对芳兰说："娘子，我到别处去了。有了着落，定要写信给你。"所幸文宣听了芳兰的话，带些盘缠，连夜逃走。文宣后来也做到二品大员之职，因为文宣腹中文才通透。芳兰丫头将来皇封三品夫人，这是后书再表，现在不提。回转来再说申贵升的事体。现在申家碌乱，申大爷未回来，文宣书童被打逃走，信息全无，一家人家，啼啼哭哭，好不伤心也。

文宣怕打逃出门，芳兰丫头泪盈盈。

文宣逃出苏州城，申家娘娘无哪能。

日思夜想好丈夫，啥人晓得报奴信。

若然有人来通信，奖给银两五百多。

若然老人来报信，养老送终靠奴身。

若然后生报奴闻，结婚开销我担承。

娘娘想夫无头路，想着丈夫实在苦。

丈夫一去无消息，上天入地无门路。

申家无男又无女，香烟羹饭啥人做。

勿说娘娘日日哭，满面眼泪勿停落。

再表芳兰丫头女，要拿娘娘念头转。

　　大娘娘日日啼哭,芳兰想:娘娘只是哭,勿想想法子,打听打听或者求求神佛、求求签。说道:"娘娘啊,我看可要进庵室去问问神佛、求求签。"申大娘娘想一想:"咳!倒也无啥。"芳兰想:别处都寻到,庵里这班光头顶,都是年纪轻轻。倪大爷是爱风流的,不要被她园起来。大娘娘一听:"不如待我前去求签问问。"娘娘便喊:"芳兰,替我请些香烛钱粮,正巧到庵中去进香,求求神佛。"芳兰听从大娘之命,告诉总管老家人。老总管听命,立即办了香烛钱粮。用了三牲,喊了勿少家人使女。大娘娘坐了轿子,一路直往法花庵而去。申大娘娘要探听大爷着落,不提。再说庵中尼姑,自从大爷进庵后,时刻防备申大娘娘这只雌老虎。其日,老佛婆看到申家有人来哉,马上到里向去报告众位师太,说道:"勿好哉,申大娘娘来哉,快些把大爷园好。"三师太得信,吓得胆战心惊,一时之间忙得不得了。快些!想想办法,把大爷园开,不要被娘娘见面。此时各个尼姑忙得碌碌乱,个个惊吓也。

　　众位师太急煞人,要拿大爷园动身。

　　此事若然来穿破,尼姑性命活勿成。

　　娘娘出名雌老虎,牌头全靠张国兴。

　　申家有财有势力,杀人放火勿在心。

　　勿说庵中急煞人,申大娘娘到庵门。

　　志贞对大爷说:"勿好哉,大娘娘来哉!"大爷说:"不要紧张,我自有安排。"想啥办法呢?"有了!待我到玄女娘娘殿上去,假扮老爷。"哪知大娘已经到仔山门来了。众位师太就此出外迎接。申大娘娘到内边,往各殿装香点烛,众丫头到四面找寻大爷。寻了一会,还是音讯全无。大娘娘手拿签筒求签,通神祷告一番,求得一签。详出来说:近到眼前,远到天边。大娘娘就此回转家中,思量丈夫不知去向。"大爷,你到哪里去哉?为何再勿回来?我真想不完也。"

　　娘娘日日想夫郎,为啥独自出门勿回房。

　　为妻天天想念你,想得你妻面皮黄。

　　大爷呀!你住在啥地方,待我接你转家庄。

　　如若我夫不转来,申家香烟啥人当。

　　娘娘时刻想丈夫,来了国兴吏部郎。

　　晓得贤婿未回家,特来探望贵升郎。

　　且说贵升的岳丈张吏部,即日来到申家探望女儿。家人通报,大娘娘出外迎接父亲,说道:"爹爹在上,孩儿有礼了。"张吏部道:"罢哉。"父女二人接到厅上坐定,家人送上香茗一盏。父女二人谈讲,大娘娘说道:"爹爹,大爷到处寻找,全无音讯,不知去向。前日过法花庵进香求神,求得一签,详出来道:'近到眼前,远到天边。'故而女儿无法可想。"张吏部说道:"呀!法花庵原来都是女身光头顶,想我女婿平时爱风流。孩子啊!为父想来,可要再到庵中去寻寻看?"张国兴这样提醒,大娘娘要二次进庵堂,就此吩咐众家人:"丫头使女一同前去。"娘娘一间轿子,芳兰领路二次进庵,张国兴回家不提。再说大娘娘带领众人一路进庵而去也。

　　大娘二次进庵堂,一心要寻申府郎。

　　家人使女一同去,芳兰领路到庵堂。

　　不说大娘路上事,要说庵中尼姑着了慌。

　　得着信息娘娘来,佛婆报信心中慌。

　　申大娘娘一路进庵,那佛婆早已看见。"不好哉呀!这只雌老虎又来了。"佛婆心中焦急,待我进去禀报各位师太晓得,赶快把大大爷藏起来,不然被她晓得,我倪大大小小性命都要不保的呀!这个佛婆肥胖不过,大块头,实在走不动,心中比较急,走么走勿快。"啊呀!众位师太,勿好哉!申家大娘娘又来了!"

佛婆报信到里向，众尼姑得信定洋洋。

大娘又到庵中来，赶快把大爷办法想。

急得尼姑无哪能，急死师太王志贞。

呒收啥路办法想，大娘就要到庵门。

要说庵内得信，急得一筹莫展、束手无策，叫大爷哪里去安身？王志贞想了想：有了！想着大殿上，上面挂起一个破铜鼓，比较大，可以将大爷园到这铜鼓内，寻不到的。就此吩咐众位尼姑，拿一张梯，叫大爷爬上去，园进铜鼓内。过仔一歇，大娘娘到仔庵门口，众尼姑迎接大娘娘到内。大娘娘到大殿烧香，芳兰领了一众丫头到处寻找大爷，寻来寻去，找不到大爷影踪。回到大殿上，大娘娘跪在拜桓上暗暗通神菩萨一番也。

娘娘暗暗来通神，保佑大爷转回程。

不知大爷在何处，通信大爷转家门。

大爷为何私自出门去，甩落妻子好伤心。

我是到处找寻你，你在何方住安身。

奴为夫君寻得苦，做妻时刻想夫君。

大娘娘眼泪纷纷落，石人看见也伤心。

勿说娘娘哭得肝肠断，申大爷看见也伤心。

申大娘娘拜佛通神，哭得正在伤心，哪知申大爷在上面铜鼓里，齐巧有个小洞望下来，看到娘子真正伤心。"啊呀！娘子呀！你哪里去找寻我？我就在这里。娘子，你不要伤心呀！待我病体好些要回来的。"大爷一时之见，想到娘子，也觉得伤心，两滴眼泪水，落在大娘娘背心上。大娘娘觉得背心上有水滴下来。"啊！莫非在这里？"就在这时，众尼姑真真是急煞人。志贞急中生智，道："大娘娘，这是老虫尿。"大爷就扮作老虫叫，就此瞒过大娘娘。勿晓得大娘娘吩咐众人上去要扒，大家劝导："算了，小鼠也是生命。"方才瞒过，心中一松，放宽了一些。再说申大娘娘就此打轿回到家中去，不提。再说大爷被众尼姑用梯子落下来，到三师太房中休息，说："大爷啊！还好。"大爷说："志贞，我可好回家去？"志贞说："大爷，你说哪里话来？现在你这样的身体，如何放你回去？等你病好，身体复原，再回家可好？"大爷听三师太不放他回家，长叹一声，不提。哪知王志贞已经腹中有孕。大爷身体不好，面黄肌瘦，容颜失色。王志贞想大爷的身体定要好好用药，不提。再说大娘娘回到家中，左思右想，大爷不知在何方。芳兰说："娘娘，我有妙计一个。"

今日关照你大娘娘，要寻大爷好好想。

大爷不会到别处去，定在庵中尼姑房里向。

三师太面色蜡焦黄，腹中有孕肚里向。

硬柴勿来用软柴缚，与她结拜姐妹俩。

不然再到庵中去，看看尼姑啥收场。

大娘娘听说芳兰话，三次进庵寻夫郎。

不说娘娘三进香，要说尼姑急慌忙。

申大娘娘听了芳兰之话，也不差，就此办些礼物，带了几个丫头，抬轿进庵而来。哪知庵堂内佛婆早已看到申家娘娘又来哉。"待我进去回禀师太晓得，赶快把大爷园好。"佛婆心急，奔到里向道："啊呀！众位师太，不好呀！申家大娘娘又来了，赶快把大爷园好。"三师太听见佛婆来报信，说申家大娘娘又来了，心中焦急得不得了，一时之间慌忙得碌乱。"啊呀！叫我如何是好呀！"一想："有了！要拿大爷园好，必要对他讲个明白。"便道："大爷，赶快起来。"大爷道："为了何事？""你家大娘娘又来了。被她看见，奴性命不保。"贵升一想："这也难了，如何是好？"王志贞一声吩咐，就拿申大爷园到殿上花板上面，有一块斋匾，大爷就此滚在这里。勿说申大娘娘已经到得庵堂门口,停轿出轿。众位师太都来迎接。到里向,大娘娘直接到三师太云房之中。王志贞放好座位,三师太道:"请娘娘坐定。"申大娘娘便开言道:"三师太,我想今日来庵,非为别事,只因我丈夫出门到今,杳无音讯。奴想得他,好不可怜呀!"

只为大爷出门无音讯,故而到处要打听。

在家闷闷无法想,所以来庵把香焚。

一来是探听丈夫事,二来同你结拜姐妹称。

贤妹呀,你要关心大爷事,他若到庵来报信。

娘娘一头讲来一头看,四周弯弯看得清。

三师太道:"呀!大娘娘,你说哪里话来?若然大爷来庵,贫尼定要来报信与你晓得,哪有不报之理呀?"二人讲讲谈谈时,申家丫头芳兰说:"娘娘有事,我看见三师太踏板头上有一口痰,痰内带有一些红血。我倒起疑心。""呀!那你看三师太,身体粗,肚腹大,面色焦黄。"三师太听到此话,就此回答:"大娘娘呀!姐姐!你说哪里话来?"

想俚出家人勿好做出俗家事,怎能把大爷留庵里。

若然把大爷留庵门,官府晓得要杀头颈。

娘娘呀,我是身体受寒冷,面色焦黄饭不进。

吐出痰来带有红,身粗腹大是痼病。

大爷之事勿晓得,自己身体有毛病。

大娘娘被三师太解释一番瞒过。大娘娘说道:"贤妹,你需要保重身体,待我过几天再来探望,现在我要回去了。"说罢落起身来,打轿回家。三师太送出庵堂门去,望得她看勿见,方能定心。就此拿大爷搀下来,搀到三师太云房安困。再说申大爷的病体十分沉重,昏迷不醒。三师太看看大爷,一日勿好一日。思想起来,好不伤心也。

王志贞看看大爷少精神,面黄肌瘦不成形。

大爷进庵辰光多么好,现在身有重病不像人。

进庵辰光人人要大爷,目今无人来过问。

进了我房间勿出去,病人交代我志贞。

庵中勿好请医生,哪能用药医病人。

待我想方设法去办理,投药托人救郎君。

要说大爷进庵到今,大不相同了。在那进庵时,面色甚好,生得肥胖。庵中尼姑都要争锋,与大爷同床合被。现在申大爷有病哉,到了三师太房内甩干净,并无人去探望。就是王志贞良心最好,想尽办法,要与申大爷看病。幸亏得三师太懂得一些医疗知识,替大爷服药调理。但是不见效果,反而亦吃亦勿好,故而志贞师太更为伤心。"大爷身体不好,有了什么不测,叫我如何说法?啊!大爷啊!我无法想了。"

志贞看看大爷双流泪,十指尖尖在大爷身上推。

大爷呀!我有言语关照你,今朝与你谈谈说是非。

大爷当初进庵门,我与你私情恩爱深。

当初辰光叫你回家去,勿听我言住在我房门。

望你大爷身体好,送你大爷转家庭。

大娘娘望你回家转,日思夜想大爷身。

大爷呀!病体不要急,有我志贞待你医。

如今是巴你毛病好,我与你用药陪伴你。

　　要说申大爷,听了志贞师太一番说话,觉得伤心,两泪流出,想:"志贞与我如此恩爱,难以抛却你恩情。"两人流出泪来。"啊!大爷,你要放心,不必挂念家乡啊。""志贞。""大爷怎样?""我要回去,可好送我?"三师太想你要回去,哪能被你说出来?你这样病体如何回去呀?"大爷,我劝你回去两字不要记在心上。待你病体好,身体肥胖,放你回家。你目今如此样的病体,怎能放得你回家?大爷啊!你要安心养病啊!"申大爷听说志贞一番劝告,两泪双抛:"唷!志贞恩人,我有言相告,你要听我说来呀!志贞啊!"

　　我今有言交代你听,听我说话二三分。

　　爱人呀!我的病体看来勿会好,我吩咐言语你听正。

　　想我申家无男女,无人接代香烟根。

　　想你腹中身有孕,是男是女不知音。

　　爱人呀!不论养出男和女,送转申家接代根。

　　我身有只玉蜻蜓,挂在小人身上一同行。

　　小人出生年月写清楚,你字字行行记得清。

　　不说大爷一番话,志贞满面眼泪落纷纷。

　　王志贞听到申大爷一番言语,觉得一阵心酸。"啊!大爷,你说哪里话来!我要望你身体病好,复原健康,送你回家。"申贵升说:"志贞啊!看来我的身体不能复原还乡了。"贵升说:"志贞!""大爷,怎样?""你与我拿面镜子来,让我照个一照,可好呀?"申大爷要拿面镜子照照自己的面容,"未知我身瘦得怎样了。"三师太拿镜子给大爷照了。大爷要想起来,哪知撑不起来。三师太看大爷撑不起,就此用玉手弯弯把他扶起来。大爷手拿镜子一照,看到自己面容失色,不像个人了,看后好不伤心。"我个人到了这个地步。啊呀!完了完了!"长叹一声。申贵升一照面容,自己心中明白,晓得此番不能回家乡去了,吩咐志贞:"放下来,让我困好。"两眼泪流。王志贞也是双抛眼泪说:"大爷呀!你不要伤心,有话对我讲明白,留点墨迹。"大爷被志贞提醒,一想对个,说道:"志贞,与我拿一把白纸扇来,与我磨好墨。待我修书一道,以防将来呀!"申贵升想仔一想,作一首词,叫《西江月》。将来申大娘娘拿扇子看见《西江月》一书,不会拿三师太处罚。诗中内容,大爷想好,其中说明:请大娘娘要对王志贞一切原谅。事情发生,是我贵升不好,自己要庵中居住,不愿回家,抛落结发妻子。大爷想到这里,满面泪流。"啊呀!娘子呀娘子!"

　　娘子呀!你想我身正苦惨,我身不能回家转。

　　贤妻呀!你鸭吃砻糠空好看,看来申家香烟断。

　　你是今生碰勿着,除非梦中见我转。

　　大爷关照三师太,把他身体撑起来,拿好笔,在扇子上提好《西江月》一首诗。

　　志贞挽住大爷身,大爷字字行行写分明。

　　一头写来一头想,想着大娘娘泪纷纷。

　　"咳!志贞呀!你要牢牢记住我的话啊!志贞啊!"

　　不能泄露风声去,真情真意说你听。

　　多蒙你志贞爱待我,我死黄泉也甘心。

　　想你身体快足月,不知养出男和女。

　　养下男来要管好,送到申家接香烟。

　　如若养下千金女,也要管好养大俚。

　　我命看来不会长,定要瞑目命归西。

　　"志贞呀!我话要记清,我身死黄泉不忘记。"

　　看来不能回家转,思前想后纷纷泪。

大爷关照志贞放下来,困好。三师太说:"大爷,你的言话,我牢牢记住。你且放心,保重身体要紧。一切都有奴家在此等候,你不必伤心。"申贵升想想,一把眼泪说:"我哪能丢得落你呀!啊!志贞啊!"

我丢勿落有情王志贞,待我贵升真情人。

我想着娘娘张效英,你啊晓得奴死在庵堂呒畀棺木困。

娘娘望我回家转,哪知我身死庵堂门。

娘子不要望我回家转,要见丈夫梦里寻。

贵升说话声勿高,一声一低来一声轻。

三师太看大爷无精神,一时无声闭眼睛。

志贞是按牢大爷痛声哭,那末叫我怎样能。

申贵升喜爱风流,身住庵堂,抛弃家中结发妻子,用落百万家私,去轧仔光头顶年轻尼姑,弄得一个人面黄肌瘦,丧失精神。身体起一病,服药无效,就此命赴黄泉。十六岁青春,身死庵堂,又无棺木成殓。奉劝各位青年要归正道,结发娘子要爱,要好,要当亲人看待。再说三师太,看太爷瞑目逝世,暗暗痛哭,也不能嚎啕大哭,又不好去买棺木。因为庵堂都是出家人,死了人勿困棺木,都是用荷花缸二只,对合盖好。王志贞现在辰光,呒收啥路,如之奈何?此时三师太按牢仔大爷,暗暗痛哭,声声叫喊申郎。亏得老佛婆帮助帮忙,叫喊众位师太,说道:"各位师太,现在大爷死在志贞师太房中,众位都要去帮帮忙呢!大家要想太爷好个辰光,勿能忘记。假使勿去,我要去报告申大娘娘晓得,搭你们角落去,一道死。姆笃啊去?"众尼姑听说:"伲要去个。"所以被佛婆一说么,大家进来帮忙,拿大爷尸体翻出,烧水浴洗。洗好浴,大爷衣衫换下来,与他换一身新的衣衫。要说三师太想道:"我要与他描画真容图像一幅,以作留念。"三师太准备好纸张笔墨,志贞描容,好不伤心。哭一声,叫一声:"大爷啊!"

三师太描容哭申郎,哭一声郎君泪汪汪。

志贞一头哭来一头写,喊一声大爷哭一声郎。

大爷你是看戏到山塘,三月十六夜头进庵堂。

郎君啊!不该约你进庵来,你到庵中闯云房。

一再叫你大爷回家转,娘娘在家倚门望。

申郎不听我言住云房,大娘娘三次闯庵堂。

劝你郎君勿肯转,愿抛结发娘娘一妻房。

我看申郎身憔瘦,托人买药医申郎。

申郎与我感情深,我私人银两尽用光。

终朝你吃人参汤,要望郎君身健康。

我用尽千思万苦想,想要挽救奴申郎。

郎吃参汤我用情,郎君对我真情讲。

说我腹中有孕身粗大,养男养女未端详。

郎说养男要管好,送到申家接后根。

生辰八字要记得好,小团身上挂只玉蜻蜓。

大爷说话我记得清,永久不忘申郎君。

郎君给我白纸扇一把,题书一首是西江月。

你说纸扇将来有用处,好好保存记得清。

郎君说话我记住,声声记记挂在心。

哭一声大爷叫声郎,我同大爷情义深。

三师太一头哭,一头想,一头描画申大爷的真容像。眼泪双抛,看看想想,一阵心酸。"呀!大爷啊!郎君呀!"

大爷头戴秀才巾,身穿绿色长袍新。

手拿纸扇真有样,身挂一只玉蜻蜓。

大爷青春十六岁,生来风流少少能。

我把申郎真容画,挂在房中作纪念品。

三师太将申大爷真容画好,做好一顶小画轴,裱好后,挂在房中,朝夜焚香点烛。现在把大爷尸体用二只缸合好,开潭埋葬好后,那三师太终朝啼哭,焚香点烛,日夜悲伤,不提。再说申贵升死了之后,阴魂要回家转去。一阵清风来到自己宅上,哪知宅神、门神不许他前门进去,只好到后门进去。到娘娘楼上,要托梦妻子晓得。到三更时候,大爷一阵阴风吹起,到仔娘娘楼上。娘娘睡熟在床上,梦见丈夫立在床前,一声不响。好像见他眼泪双抛。申大娘娘说道:"丈夫,你回来了,想奴寻得你好苦呀!官人啊!大爷啊!你前日之间,住在何方?大爷,我问你,为什么不开口说话?为了何事?"娘娘梦见大爷面黄焦瘦,好不伤心。大爷在娘娘床前立了一时,到临走时,把娘娘双手一推。娘娘醒了,耳听得房中梳妆台上,一面菱花镜乒啷一响,镜子打碎。娘娘梦醒,叫喊芳兰,说道:"芳兰,你可曾听见镜子打碎声音?"芳兰说:"娘娘,我早已听见了。"娘娘说:"现在什么时候?"芳兰说:"现在是三更辰光。"大娘娘说:"我在做梦!"

芳兰啊!我梦见大爷回家来,立在我床前口勿开。

我叫大爷勿回答,只见他双抛眼泪落下来。

大爷临走拿我推一推,耳听台上花镜尽打碎。

不知为了啥缘故,明日要请详梦来。

芳兰听说一番话,大爷一定死落哉。

不知登在何方地,可有信息传回来。

金鸡报晓天明亮,娘娘起身眼思量。

昨晚眼见丈夫转,原来空梦做一场。

大娘娘原来做一场梦,所以清早起身,吩咐芳兰丫头:"啊,芳兰!你看梳妆台上,一面镜子分为几十块,这也奇了。"娘娘说:"芳兰啊!""大娘娘,有何吩咐?""只因昨晚做了一个梦,出去吩咐王廷伯伯。叫他到外边去打听,可有卜人,请来详其一梦。"芳兰答应,就走到外面道:"啊!王廷伯伯可在?"王廷是申家总管老家人,到仔申府多年了,一听原来是大娘娘身边贴身丫头芳兰姐姐,最最伶俐,说道:"呀!芳兰姐姐,今日清晨到来有何吩咐?""啊!伯伯,我奉娘娘之命,特来请伯伯商量。""何事?""伯伯,只因昨夜娘娘做了一场梦,故而要叫你伯伯出外去,请个详梦先生来详其一梦。"王廷一听原来如此:"呀!姐姐放心,待老奴前去请个问卜。"芳兰回进香房回禀,家中摆起香案,待等详梦先生来。家里一切准备好,勿提。要说王廷伯伯出门,到街上打听,看见一间小店门口挂出问卜照牌。这个先生乃是个瞎子,出名叫陆瞎子。王廷走上去叫应,陆瞎子说:"啥人?"王廷回答:"先生,老奴王廷,是申家总管家。""晓得哉!申家请奴去。王廷伯伯,我今日不去。""为了何事?今日不去,到何时去呀?"瞎子说:"我申家是经常不去。他家生意,奴勿要做。"王廷想:"呀!先生你不去么,要讲个明白,待老奴禀明娘娘知道,可好?"瞎子想:"不能个,因为申大娘娘全苏州出名叫雌老虎,所以我勿敢去呀!"王廷说:"你去的好,去了娘娘重重赏钱了,还是去的好呀!万事由老奴来说,包你无事。"瞎子一听:"这老头定要我去,那就去罢!"

二人一路出店门,瞎子心里忐忑能。

羊落虎口总难逃,这种行业伤脑筋。

两人一路来得快,申家墙门到来临。

再说王廷领了瞎子,到了里向书房坐定,哪知外面典当里有人叫喊王廷。王廷走出,瞎子一人坐在书房。一个人瞎了,不知无人在此,说:"啊,王伯伯。"哪知无人接应。"啊呀!托人托着王伯伯。"无人在此。王廷叫周青领进去,说道:"先生,我来领你进去。"瞎子说:"可有多少路?"说道:"勿远,到八仙厅上。说此地有前厅、后厅,过去到大厅,大厅过去叫花厅,花厅过去叫帽子厅,帽子厅过去叫八仙厅,八仙厅到哉。""呀!周青。""怎样?""厅太多了。""先生,咳!你把牢我,同我进去。你要当心。""晓得。""走呀。""哟,你要喊的。""晓得。来哉,先生,门槛。""哟!勿好。""怎样?""踢痛哉!"周青看上去尚余不多路哉,瞎子被周青一推,周青自顾自回出去。那瞎子先生到了天井里,摸到东,摸到西,周围墙头,处处不通。瞎子喊救命,里边出来一人,叫荷花姑娘:"啊!先生,你怎么在此地喊救命?""那我被墙头困住哉!"荷花道:"来,我来领你进去。""啊,你是何人啊?""先生,我是你乡邻隔壁人。""呀!原是荷花姑娘。""咳!对的。来,先生当心,门槛来哉。""哟!晓得。"荷花领先生到八仙厅上,说:"先生请坐。""哟。"瞎子坐凳子很把细,摸到一只交椅,手里拿一根拐杖,东西瞎晃。荷花说:"先生你在晃点啥?""啊!姑娘,我晃晃此地有多大。""哦!那么在哪里?""我坐在自己客堂里晃晃来,侪晓得哉。这里么台子,这里么箱子,这里么凳子,侪晓得哉!""对的,你是自己客堂小呀。咳!此地申家里大人家呀,而且这只叫八仙厅,几化大得来。""咳,对个。""先生,你坐坐,我来去泡碗茶来。""好个。"瞎子想:"茶倒用得着。倒是肚皮饿勿过。"花姑娘说:"茶来哉!""哟!谢谢你。"大人家来了客人,要摆茶水。今朝荷花拿出四只盆来。瞎子摸来吃,桂圆枣子,硬勿过,勿好吃饱肚皮。瞎子想,先吃仔茶罢。"哟,先生!茶水果子拿来吃啊。先生,为何勿吃哉?""硬勿过。""因为这种大人家屋里多勿过,放在甏里,硬勿过。""吃勿进哉,肚皮饿勿过,吃了进去肚皮勿服气哉。"几条蛔虫作梗哉。蛔虫想:饭大,粥二,面三。今朝饭大勿来,粥二也勿来,面三也勿来哉,倒是茶来。一碗浓茶,苦嗒嗒。故而蛔虫作梗哉。一时之间,胃气痛哉。"呀唷唷!勿好哉。"荷花说:"先生啥事体?""胃气痛。""怎么会胃气痛?""我今朝要紧走来,肚中饭大勿进去,粥二勿进去,面三也勿进去。进去一碗浓茶,苦嗒嗒。这几条蛔虫在我肚皮里向勿客气哉。""呀!原来这样。""咳!对个。""啊呀!先生。你是肚皮饿。啊对个?那么你可要吃?"瞎子说:"要吃个。"荷花想有四只粽子拉里,早晨吃剩下来个,说:"先生,有四只粽子,可要吃?""啥个粽子?""肉粽子。""四十只也吃得进。"荷花到厨房里拿出四只粽子来,瞎子吃一个、二个、三个,到第四个,哪知外面勿烫。一只粽子一口吃进去,里向烫得一条线,标到喉咙头,烫到心里。瞎子苦呀,这一下明明是瞎子看勿出的苦。瞎子吃好,荷花收好,奇巧芳兰下楼来,看看瞎子,对娘娘说;"瞎先生来哉!"娘娘下楼,用竹帘下下来,挡一挡。为啥?规矩:男女有关。芳兰说:"先生,娘娘来了。"瞎子见礼。娘娘笑笑,因为瞎子看勿出娘娘。芳兰说起课,马上点好香烛,娘娘对课筒拜。先生说:"啥人出面?"张申氏娘娘出面。江苏吴县都城隍,新圣土地,苏州南浩街。课筒一摇,初出,二出,三出,再来外掉,三出,四五,六出。"呀!未己卯。几岁行运?""十六岁行运。乙卯出生。""甲乙丙丁,呀!阴人缠绕!几月出门?""三月出门。"一算,不能见女人。"呀!照我说来,六月要转来哉。""未转。""不会的。""今朝七月初一,未转家中,可有报应?要伤东西的。""对的,碎仜一面镜子。""啊是,报应来哉。花镜打碎,说明夫妻拆开。"算好命以后,娘娘给他纹银十两。瞎子回家一想,还好拿到算命纹银回家,下次这种生意勿做哉。再说娘娘被瞎子说得活灵活现,娘娘再次要望大爷回来,日夜思想,好不伤心也。

勿说申大娘娘望官客,再说法花庵事一桩。

三师太终朝来焚香,身有小囝将要养。

身粗腹大要满月,十月满足真苦伤。

尼姑堂内养儿子,这种名声勿像腔。

王志贞房内养小人,腹中肚痛卷刀伤。

王志贞肚皮里十月满足,日脚一到,就要养下来,肚痛难受,说道:"啊!佛婆快来!"老佛婆听见三师太叫喊,就走过来一看么,有数了,志贞要脱身哉!佛婆帮忙收生,端正烧水,一切包扎的东西准备好。不多一时,房内红光满屋。一看养下一个男小孩,就拿大爷换下来一件衬衫,与小囝包扎好。看看小囝生得真好,养个日脚记好,二月十九日黄昏戌时养下来。那时王志贞亏得老佛婆服侍。三师太看看小囝面貌与申大爷一模一样。待等满月以后,就要把小囝送出庵堂,让他到申家去传宗接代也。

三师太养出一倌人,心中想想喜心欢。

昔日大爷吩咐我,小囝满月送他回家转。

待我把他时辰八字写,血书详情写一段。

伸出手指来咬碎,题诗一首写得清。

小囝出世二月十九日,黄昏戌时养倌人。

士心卜贝亲滴血,出生是居法花庵。

三师太写好血书,光阴如箭,已经满月了。今日夜里要拿小囝送出去,待到日落西山,吃开夜饭后。准备好玉蜻蜓、血书,一切包扎好,关照佛婆路上当心。临走时,志贞抱了小囝吃一口奶,叫声:"儿呀!望你成人长大,望得母子团圆。"看看小囝眼珠乌溜溜,真叫无法,就将小囝授与老佛婆。佛婆把小囝接到手中抱好,三师太叫一声:"儿呀!去吧!"吩咐佛婆,路上需要当心。佛婆说:"你且放心,我要去了。"

母子分离好心酸,佛婆抱囝走出庵。

转弯抹角穿越过,街坊行走无人看。

佛婆急急向前行,好得夜里路上无一人。

走啊走啊勿好哉,前面有一道人走来。

佛婆心中焦急,申家还未到,哪知前面有人来。"啊呀!那么怎么办?"啥个人?是县衙门里夜里巡更。"勿好哉!被他看见,要捉进衙门,不如把小人放在此地,让他们领去吧。"佛婆就把小囝地上一放就走了。这个地方是叫铜桥浜,铜桥头有爿豆腐店,老板叫朱小器,娘子陆氏,夫妇同庚,听得有小囝哭声,开出门来看看。一看来原来一个男小孩,正好,所以带回家养好。领到个小囝,欢天喜地。小器有个阿姐也,正好新养小人。朱小器想叫阿姐吃奶抚养。阿姐答应,欢喜阿侄,一直养到断奶后,小器领回自己家中,立在立桶里,非常欢喜。不料小人命硬,自从领到小囝,家里生意不兴,驴子生病,人生病发痴,一家人家,吭界运道。小人是欢喜,家中发生贫困。娘子说:"小器啊!小人奶奶勿吃了,我想养不起哉!你看家中东西卖光,将要无柴无米了,叫我如何抚养得大呀?我想把小囝到街坊卖与人家去抚养吧。我对你姐姐讲。几年吃奶,没谢过她,吭界别样东西,就是小囝这只玉蜻蜓,送给你姐吧!""好的,谢谢姐姐抚养之恩。"朱小器同娘子商量好,要把小囝去卖也。

勿说朱家卖儿郎,要说太守老太爷。

祖居山东是老家,来到苏州做太爷。

夫人安氏五十外,从来未曾养过啥。

老夫今日上街坊,独自一人来出衙。

人山人海正热闹,围成人圈看的啥。

要说苏州太守老爷,姓徐,名叫长春,老夫人安氏。老夫妻俩无男无女,现在年纪今年五十八岁,二人是同年。大人做官是清正,就是没有后代,所以心中气闷。今日上街坊消消气,看市面上非常闹猛,走到前头一看,这处街路轧断,一圈人不知为了何事,待老夫上前观看。老太爷上前一看,明白了,原来一个人要把小儿卖忒。因为他家道贫穷,无力抚养长大,所以在街坊卖儿。街道轧断,都要观看。小儿生得面清目秀。只有看的人,并无买的人。许太爷一想:我来买回去,将来有后代。不知要买卖多少纹银,待我问他一声。"啊!老弟,这个小儿可要多少银两?"朱小器说:"老伯,你可要?""呀!我要的。"小器想卖得远些,便问:

"老伯,你是哪里人氏?""呀!老弟,我乃是山东人氏。"小器一听是山东人,正好:"老伯,我要卖一百五十两纹银,你可要?"徐长春想一百五十两不多,就付落银子,小团接到手中,看看小团,正好,抱了小团就回转家中而去。

朱小器卖儿转家门,买柴籴米活性命。

开店生意有本钱,黄豆本钱有纹银。

勿说小器重开店,再说太守徐长春。

买了小团心欢喜,抱团一路回家门。

怀抱小团哈哈笑,房中告诉老夫人。

今日我到街坊去,买到小团接后根。

徐大人回到家中,到夫人房里。夫人想今日老男人快乐。大人走进来说道:"夫人呀!""老相公,你回来了。""是,回来了。""你手中抱的什么啊?""夫人,我抱的孩儿。""哪里来的?""买来的。""多少银两?""呀!夫人,一百五十两纹银。夫人你看可好呀?"老夫人想,哪能不好,"好的,我家缺少个后代,小团养大了,可以靠老终身。"老夫人接到手中,一看小团生得面清目秀,夫人看了十分欢喜,长大些要替他上学读书。徐长春替他取名叫徐元宰。徐家领了这个小团,欢天喜地,胜如嫡亲生养。穿红着绿,吃鱼吃肉,情愿自己不吃。光阴迅速,小团越长越大,徐老夫妻欢喜,爱如珍珠宝贝一样。可惜那年不巧,碰到年势不好,百姓发生生活上困难,都到徐太守家,要吃要用。徐大人银子用光,反而在国库借银六千两,故而用去的银子还不出来。上司要拿他革职,徐大人想尽办法,还欠库里银子三千两。家中东西卖了银两,要籴米买柴,扶养孩儿,假使其余东西都卖光,独有孩儿的这箱子衣服不卖试。最主要库里银子上级有令,约期还款,若然还不出,官府要法办。左思右想,无法可想,徐老夫妻心中焦急,如何办呀?

徐长春还欠库里银,心中焦急十来分。

国库银子定要还,到期不还要定罪名。

思前想后无办法,这桩事体正伤心。

徐老夫妻来商量,库里银两要还清爽。

勿说徐家商量事,另说一人事一桩。

要说申家书童文宣被申大娘娘打逃走,到现在光阴迅速,已经八年了。当初文宣逃到北京,后来学得一身武艺。后来番邦造反,文宣参加打仗,胜利立功回来,班师回朝。皇帝封他金山参将,三品大员之职。文宣想着:"我现在做了官哉,在苏州,申家大爷说过,芳兰要配与我文宣做家小,何勿回去看看?二来我是卖身童儿,有一张卖身文契,啊能够拿到手,还我文契?"所以文宣想到这里,一声吩咐,坐了官船,开到苏州,要去望望申家大爷。八年不见了,待我前去探望。

文宣一路回苏城,开道一路向前行。

我离姑苏已八年,要望申家大爷身。

顺风行船来得快,已经来到苏州城。

苏州乃是好地方,六街三市闹盈盈。

文宣肚中暗思想,官船不能进苏城。

要说,文宣思想:"我这次到苏州申家,官船不能进城。申大娘娘晓得要板面孔,要说:'你是申家卖身童儿。'"所以文宣想官船改为民船进城。文宣吩咐一番,船到码头,人上岸。一路要到申家探望大爷。文宣对苏州城非常熟悉,来到申家墙门口,申家墙门新改变样。再说看门家人叫周青,文宣同周青是要好弟兄。今朝周青夫妻二人正在吃饭时间。今朝菜都比较好,因为修理墙门,申家托他管理,他在小工头上克扣下来买些好菜。文宣走到门口,看看没有人,哪知周青今朝畅哉。"啊,娘子,你今朝这个鱼烧得不好。"

娘子说:"不要瞎说,烧得好了嘿。"周青说:"好是还好,煎得太老哉。还有一样,叫南腿肉,也勿好吃。""为什么?""太精哉。"两人正在谈谈讲讲,门上叫喊哉。"呀!门上有人吗?"周青娘子说:"阿是外头人晓得哉?""有仔一些,板要多说,勿够财的。"文宣说:"门上有人吗?"说道:"何人叫喊?"文宣说:"呀!周青兄,我是文宣呀!你可认识我吗?"周青道:"原来是文宣兄弟,真是个!""因为我出门八年了。""对的,八年了。你一向在何处?现在在什么地方回来?""啊!待我告诉你晓得哪!"

> 我自从出了申家门,跟了大官到北京。
>
> 学得一身好武艺,出仗打胜番邦人。
>
> 班师回朝进京城,皇封三品文宣身。
>
> 故而今日回苏城,探望申家大爷身。

"啊!原来是文老爷,你倒回来哉!大爷至今未回家中。""啊!大爷还没有回来?""是个。""王廷伯伯呢?""呀!王廷伯伯在里边,身体非常好。啊!文宣兄弟,你坐一会儿,待我到内边喊王廷伯伯出来。"文宣坐定吃茶,周青到里向报信说道:"王廷伯伯,今朝文宣兄弟回来了。""啊!文宣回来?""正是。""在什么地方?""啊!伯伯,现在文宣做仔官哉!""呀!文宣做了什么官?""皇帝封金山参将三品大员之职。""呀!原来这样,待我前去看看。"王廷走到外头看一看,正是文宣。文宣看见王廷立起身来,见礼道:"王廷伯伯,小侄有礼了。""呀!文宣不要客气,请到里面去见过娘娘。"王廷领了文宣到里向,通知芳兰晓得。芳兰想文宣回来,而且听说文宣做了三品之职,想当初辰光大娘娘、大爷讲过,我芳兰来配与文宣为妻。今日想他回来,不知他在外面可曾讨过娘子。如果未讨,想我芳兰就是三品夫人。待我老老面皮问一问,便说:"文宣哥,你夫人呢?"文宣说:"我夫人在这里。"对芳兰一指。芳兰晓得文宣勿有娘子。谈讲一时,大娘娘将卖身文契焚烧,芳兰是文宣的夫人了。芳兰快乐非凡,大娘娘晓得芳兰要走,跟文宣去上任。"那是我一人更加难过哉!"流了眼泪。芳兰说:"娘娘勿要伤心,待我再服侍你三年,等大爷回来再讲。"

> 芳兰相劝大娘娘,劝你不必苦悲伤。
>
> 我今勿跟文宣去,再等几年陪娘娘。
>
> 待等大爷回家来,芳兰离别大娘娘。
>
> 文宣是一人上任去,三年满任再讲张。
>
> 勿说家中一段事,再说徐家一桩情。
>
> 徐大人欠空库里银,县里追讨非常紧。
>
> 徐长春心里无法想,闷闷不乐在衙门。
>
> 徐大人想法还库银,宣到此处卷要停。
>
> 要知大人还债事,下卷之中再表明。
>
> 徐大人在家心勿定,日日夜夜想债银。
>
> 当官催促期限到,如期交款不须论。
>
> 到期不交要法办,撤职还款不容情。
>
> 不说当官催款事,再说徐家商酌情。

再说,徐家夫妻三人,自从用空库里银子,还欠三千两,约期要还,如果期到还勿出,要官府法办。故而徐长春心中焦急,好不伤心,思想:"这些债银到期不还,如何办法?真急死我也!"

> 徐老夫妻急煞人,心中焦急十来分。
>
> 自从领儿八年春,家中什物卖干净。
>
> 孩儿生来多伶俐,满腹文才锦绣文。
>
> 夫人见儿心欢喜,胜如亲生一样能。

可惜徐家多贫苦,望儿长大接后根。

孩儿读书正用功,为父用心教儿身。

库里银两约期到,无心教儿读书文。

徐长春身坐书房,闷闷不乐,只因家道贫穷。现在小团八岁哉,腹中文章较好,能够对答如流,生来伶俐。老夫人看见这个好儿子,满心欢喜,就是家中贫苦,一日三顿先要孩儿吃饱,好不可怜。望儿将来要书包翻身,徐家靠老终身。"呀!目前库里欠款纹银,约期到哉。如若还不出,要准办我家,这便如何?"徐大人想到这里,两眼流泪,旁边徐兴老家人看到徐大人出眼泪,就此走上前来,便问老爷:"你为了何事,要这样伤心流泪?有事可以商量的。""啊!徐兴,你有所不知,想我徐家欠空库里银子三千两,约期快要到了,如若还不出,官府要法办。叫我如何想法去还呢?"徐兴说道:"大人你不要焦急,老奴倒有一计,可要商量?""好的,你说与我听听。"老人家说:"你不要伤心,待我说来你听好哪。"

大人听我说分明,老奴计策说你听。

南浩申家多财富,可去商量借花银。

申家总管叫王廷,同你大人好友如一人。

老奴前去到申家,去请王廷到来临。

多年朋友老交情,商量到申家借花银。

如若借到三千两,可以还忒库里银。

我劝老爷放宽心,勿要担心叹气声。

待奴前去申家宅,叫喊总管老王廷。

想必王廷总肯来,来了可以商量情。

徐大人一听不差。"啊!徐兴,你今日就去可好?""好的。""徐兴你一路之上须要当心。""好的。大人你放心好了,待老奴前去。"徐兴老家人身上换了一件好一些的衣服出门而去也。

徐兴要到申家门,要请总管老王廷。

一路行程来得快,南浩申家到来临。

徐兴老家人奉大人之命,到得申家门口,老家人说道:"门上可有人吗?"看门公公说道:"何人叫喊?"出来一看,原来徐太守的家人,说道:"徐老伯,你今日到此何干啊?""老侄官,老奴今日奉大人之命到贵府,要请总管王廷老兄,烦请你通报一声。"门公说:"好的,你在此坐,待我到内边去通报便了。"到里向,门公说:"老伯,小的有请。"王廷说:"什么事啊?""徐家老家人在外,要请你,有事见你。"王廷说:"好的,待老奴出外相见便了。"王廷老总管走出来一看,呀!原来徐兴家人。王廷说:"老兄到此有何贵干?""王廷兄,有请帖在此。"呈上请帖一看,原来徐长春有事。说道:"好的,我马上就来。"徐兴别了王廷,到家回复,就此回转。回禀徐大人说道:"王廷答应今日就来的。"那时徐长春定心了一些,待等王廷来了再谈。再说王廷总管得信,徐家有请,就此身上换一身好一些的衣服,书房门关好,出门一路并无耽搁。到了徐府上,徐兴通报里边,徐大人准备好出外迎接。王廷进来,徐长春说道:"老封君请坐。"王廷坐定。徐兴送上香茗,两人用茶谈谈讲讲。徐长春说:"啊!老封君,今日老夫请封君前来商量。"王廷说:"大人有言说来,同你可以商量。"徐长春道:"老封君听我说来哪。"

今日请你封君来,徐家一事实困难。

同你商量难开口,只因我欠空库银咣昇还。

欠空库银三千两,托你帮忙法子想。

回去告诉你大娘娘,商量借银三千两。

故而特请封君来,知己朋友来商量。

王廷说："呀！原来为了这事，老奴有数了。"徐、王二人谈，哪知元宰听得父亲与王廷借银子，但听王廷言语之中不落实，元宰想道："待我出去与他谈谈，勿要以为父亲年迈还勿出。有我小的负责归还。"元宰年纪小，但他志气高，八岁的小囝，满腹文才，身上整齐一下，走出门来说道："爹爹在上，元宰孩儿拜见。""罢了，起来见过王廷老公公。"元宰过来，双手奉承，说道："王老翁，小侄有礼了。"待王廷看见元宰："呀！侄儿起来。"元宰起身，立在旁边。王廷一看小囝，一呆："呀！这倒奇了！容貌好像大爷一模一样。""呀！徐老爷，这孩儿多少年龄？""封君，孩儿今年八岁了。想我儿年幼，能够吟诗答对，满腹文章。""呀！好呀！"待王廷看见元宰，一时流泪纷纷。旁边元宰看见，便道："老翁，你为什么流出泪来？""呀！侄儿，老奴是沙眼，吹着风就要流出泪来。"王廷不对徐长春谈讲，只管一眼勿眨，看元宰小囝，呀！这也奇了！

王廷看见元宰泪盈盈，容貌活像申贵升。

大爷出门已八年，小囝今年八岁春。

徐老夫妻花甲近，怎能养出一囝人。

待我回禀娘娘晓，说明其事借花银。

王廷肚中念头想，我要问明这原因。

小囝究竟何人养，一事从头问端详。

其中一定有蹊跷事，要把奇事诉分明。

要说王廷，心想徐大人老夫妻俩，年老五十以外，养不出了，算算徐老要五十八岁，怎能还养小人呢？待老奴问他一声，看他怎说。"啊！徐老大人，我且问你。"徐说："问些什么，但说无妨。""你这个官人，还是亲生养的，还是哪里来的？"徐长春说："啊！老封君，这官人，我不瞒你说，是在街上买来的，一百五十两纹银。""好呀！"王廷想原来这样，原说你养勿出哉。但在这时，徐长春一心要借纹银。"喂！"徐长春就拿三只手指一跷："三千两，你看怎样？""啊！老大人，这三千两么，我明白了。"在这时，元宰想：伲爹爹心急，要王伯伯答应。但是王伯伯还是吞吞吐吐，待我上去帮帮爹爹的忙。啊能够叫俚三千两答应下来么，伲爹爹方能定心。元宰走到王廷面前说道："王老翁，爹爹同你借三千两纹银，你可应了吧！我爹爹年老了么，有我小生负担，老翁你可放心好了。"王廷想，这小囝多好呀。王廷道："官人你放心好了，这个末有老奴回去禀明，娘娘知道就可以借来的呀。"王廷立起身来说道："老大人，老奴要回去了。"许长春送出门外，王廷说："老大人，待老奴回去禀明娘娘，明日就要来的。你且放心好了。"王廷出门上路，一路走，一路想回去告诉娘娘知晓。

王廷回家出门墙，一头走来一头想。

徐家官人实在好，容貌像大爷无两样。

待我回禀娘娘晓，徐家借银三千两。

路上行程勿必说，看看已到申家大门墙。

王廷到得家中，见过娘娘，王廷连说连笑，娘娘问道："你为什么这样快乐？"王廷说："今日老奴看到一件稀奇事。""呀！你说来让我听听。"

今日老奴到徐家场，他家要借纹银三千两。

看见徐家小囝真有样，活像大爷无两样。

小囝今年八岁春，满腹文采好文章。

徐家要借纹银三千两，回禀娘娘作主张。

老奴不能来作主，娘娘作主借银两。

申大娘娘想，纹银二字不在心上，听说徐家公子活像大爷一无二样，说道："要借三千两纹银，但是徐家公子你去领来看看。我自有道理。""呀！原来这样，待老奴前去领来，娘娘看看。"王廷说："好个，待我马上动身往徐家而去。"

王廷出门一路行，要领徐家公子身。

路上行程来得快，徐家墙门到来临。

王廷奉娘娘之命来到徐家门首。门公通报徐长春，出外迎接到内厅坐定。徐兴家人送上香茗一杯，徐长春说道："老封君，这三千两娘娘可曾答应？"王廷说："老大人，我家娘娘说过要借纹银，这倒容易，但只要把公子领过来看看，可好？故而么，老奴前来说明。"徐大人说："好是好的，不知夫人怎样，待我对夫人说过。"徐长春到内房，同夫人商量，走到里向见过夫人，说道："夫人，老夫前来同你商量。""啊！老相公为了何事？"徐大人说道："夫人，待老夫说你听哪！"

只为欠空库里银，还勿出银两急煞人。

好友王廷今日来，同你商量这桩情。

申家娘娘已说过，三千银两不在心。

要看我家公子面，特来告诉夫人听。

王廷领去看一看，借给三千白花银。

借到纹银还官债，今后日脚永太平。

夫人一听说道："老相公，我其他事我都肯应允，这个宝贝心肝，不能离开我的。"再说元宰公子在旁边，听见娘亲不放我去，申家银子不借来，官债还不出，爹爹官府要办。我到申家去走一趟，他们勿会吃忒我。待我在母亲面前说说看，帮帮爹爹的忙。元宰走到娘面前说道："母亲，孩儿有言相告。""啊！儿呀！"夫人想伲个好儿子，真个好个。"儿呀！你有什么话儿么，说来母亲听听，让我知道便是。"公子道："娘亲，听奴说来也。"

孩儿有话说你听，我家欠空库内银。

叫儿前去申家门，应借三千雪花银。

孩儿不到他家去，爹爹今后难做人。

我到申家不妨事，就要回来见娘亲。

元宰解劝娘亲一番，说道："母亲，待儿前去可好？"夫人想道真正难事，孩儿不去，申家银子不借，官府要办，徐家难以做人。想想还是让他去罢！"孩儿，你要去么？""正是。待儿前去就要回来的。"夫人道："儿呀！一路之上须要当心。"徐长春一见老夫人同意么，心中快乐，回出房门，对王廷说："老封君，我家夫人同意孩儿前去。"王廷想夫人同意么，快乐非凡。里边老夫人就开出箱子，拿出好的衣服。元宰别的都不要穿，看见一件绿色长袍，就此穿在身上。走出房门外，到客堂相见王廷。许长春道："老封君，我夫人答应孩儿同你前去申家。""好呀！"公子穿好一身新衣裳，挥别母亲，走出房外，见过王廷："王老翁，小生同往，有礼了。"王廷看见元宰公子，哈哈大笑，心想那是更加像哉。领了徐公子，别了徐长春，一路上前往申家。"啊！公子走呀。""老翁走啊！"

王廷领了徐元宰，一路行走申家来。

路上行程来得快，看看申家已到哉。

王廷领了元宰公子，一路来到申家墙门口，立定身体。王廷说："公子，你看申家这种门楼多么好啊！"元宰说道："啊！老翁，果然好呀！但是美中不足。"王廷说："公子，这样的门楼高大，还有哪些不好？""呀！老翁，我看来么，那前面对过没有照墙，门口没有旗杆，没有门正石、石狮子。"王廷一听，哈哈大笑："徐家公子确有道理。呀！公子，待老奴到里边禀报娘娘晓得。"公子说："是哉！"王廷到里边，通知申家各色人等，到里向碰着芳兰，王廷对芳兰说明。芳兰回到里向告诉娘娘晓得，吩咐一切。再说王廷同元宰一路走进去，申家男女家人看到元宰公子，都在说："像，像，像。"元宰一听："什么像，象，象？我像象？

象是鼻子长的,我没有长鼻子,为啥叫象呢?这也奇了。"一路到大厅上,王廷介绍元宰走上前去,见申大娘娘。"伯母在上,小侄元宰有礼了。"但是大娘娘看见徐元宰,开口不出,眼泪水将要落下来。王廷再介绍见过文夫人,元宰到芳兰面前见礼:"文夫人在上,小侄有礼了。"芳兰说道:"徐公子不必客气。"芳兰想:不要怪娘娘了,一时之间难回答。看到这位徐公子,活像伲申大爷一模一样,走路,说话,动作都是一样。大娘娘看见元宰公子,倒是想起小官人申贵升,就此回进房中。"啊呀!丈夫呀!"叹声连连。

徐家公子一个人,活像我夫申贵升。

夫君呀!你三月十六日出了门,到今已有八年春。

不知丈夫在何处,为啥到今无音讯。

望你丈夫回家转,免得做妻挂在心。

今日得见公子面,相着大爷小官人。

大娘娘看见元宰公子,想着小官人,故而到里向偷挤出了几乱眼泪。后来出来观看徐公子,对王廷说:"这位公子么,我要继作螟蛉之子了。"王廷说:"这也便当的,只要老奴到徐家夫妻俩面前,去说个明白就是了。"娘娘说:"此事要拜托你去了。"王廷说:"大娘娘这些小事末老奴担负,请娘娘放心。"娘娘说:"好的。"大娘娘回到大厅上,要问元宰:"啊!徐公子。""呀!伯母大人有何吩咐?"娘娘说:"我且问你,你今年多少青春?""小生八岁了。""可曾念书啊?""小生在家读书,我早就完毕文章了。""哪里先生教授?""是自己父亲教的。""原来如此,你今日为了何事而来啊?""伯母大人,我是代父亲而来的。我今来贵府,待小侄告禀也。"

只因我家家道贫,欠空银子三千两。

约期到来难交纳,今朝特来要商量。

我今代父贵府到,伯母总要开洪恩。

"啊!徐公子,你放心这三千两么,只要问王老伯付给你。""多谢伯母大人。"元宰心里想辰光勿早了,待我回家去罢!家里母亲要望我的,还是早一些转去的好。元宰说:"伯母大人,小生要回去了。"大娘娘想:"这小囝真好呀!"见他要回去,娘娘无法,吩咐王廷:"你到徐家,要对徐长春讲个明白。如若小囝继命于我末,六千两都没关系的,而且你徐家搬到伲申家里一起住,每月贴还房钱五十元。小囝在我家念书,先生、书费、学费全部申家负担。如若小囝不肯继命,申家非但银子不借,而且前几年的房金一起照收。"王廷说好的。娘娘想:小囝不知他知识怎样,待我试他一试。吩咐芳兰到里向拿出两样东西,一样是一根读书用的汉玉戒尺,第二样是一只金毛狮子,要看元宰拿哪一样。如若他都要拿的,说明这小囝无知识的。王廷先带元宰去吃点心,点心吃完,王廷拿出二样东西,放在台上,说道:"徐公子,这二样东西是娘娘送给你的,你带回家去吧。"元宰公子想,这是试我的了,说道:"老翁,这东西我不要的。"王廷想:"啊!你不要啊!徐公子,你为什么不要?我看拿的好呀!你总要拿一样,二样东西侪勿拿,娘娘要动气的。你看拿哪一样?"徐公子想:"这狮子是金的,我不要。我只要拿一根汉玉戒尺就是了。"王廷想:这小囝真好,金的不要,戒尺要的,因为读书好用的。王廷回到里向,回禀大娘娘:"徐公子只拿一根戒尺,这金狮他不要,就此交于娘娘放好。"娘娘想:徐公子要回去哉,要看不见哉!娘娘出去再要看他一看,到外边坐定,要元宰公子走来见过娘娘。元宰说:"伯母大人,小生要回去了。""呀!公子,你要回去了?""是啊。""徐公子,这三千两么,只要问王廷伯伯就是了。""多谢伯母大人,我要回去了。"

王廷与元宰出门行,别了娘娘转家门。

手搀公子一路走,细细想来主意定。

娘娘叫我要通信,小囝寄名申家门。

这事真是难开口,徐家一定勿应承。

二人行走来得快,徐家府上到来临。

王廷与元宰到得徐家门口,看门徐兴回进里边,说道:"大人,现在徐公子,王廷伯伯送回来了。""啊!好极了!待我出外迎接,想三千两定能借到。"出外见了王廷见礼,说道:"啊!封君回来了?""正是,徐大人。""回来了,里边请坐。"王廷与徐大人书房坐定,元宰见过爹爹,回进房去,见过娘勿说。再说王廷,那叫我如何说法呢?徐长春送茶过:"啊!老封君,今日我儿此去,娘娘怎么样啊?"王廷说:"徐大人,娘娘见徐公子么,非常欢喜。"徐长春想,伲这种儿子几化出色,便说:"那么,娘娘这三千两可曾答应?""呀唷!徐大人,那这个么,娘娘早已吩咐我的。呀!待老奴告知你徐大人知道。""请讲来。""大人呀!"

只因徐兄要借三千两,娘娘见过公子说端详。

娘娘家中无子息,要拿元宰寄名大娘娘。

如若公子寄名申家去,马上借给三千两。

公子勿肯寄名申家去,前几年房金总算账。

王廷说:"徐大人,你看怎么样?"徐长春想:本来呢,山东规矩,自己子孙勿肯寄名出姓的;现在呢,申家里大娘娘看见我儿相貌好,要寄名与她作为干儿。"啊!老封君,这样,我看甚好,不知我家夫人可肯否?"王廷说:"徐大人,夫人要你去解劝。便是我家娘娘说过,公子寄名于娘娘么,读书之本,书费学费都是申家负担。而且叫你徐家全部搬到申家府上居住,不要你房钱。全家吃用,都由申家负担。""啊!这位大娘娘真是大贤大德。"徐大人一口答应,就此到里向同夫人商量。徐长春踏到里向,夫妇碰头,事情长短讲了一番,夫人同意,回到外面同王廷说明,王廷就此告别。回到家里,禀大娘娘。娘娘喜欢,就此吩咐家人们要与徐家搬场,连夜搬场。因为徐家贫困,要拿申家的家具连夜搬到徐家里去,要装装徐家的场面。娘娘说谁搬得快,奖给银子五两,故而一众家人忙得勿得了,个个出力,人人动手,连夜全部搬好。徐家常住申家,过安居乐业的生活。元宰公子用功读书,一晃已经到仔十六岁了。元宰文章通透,要出门考试去了,但是元宰不想做什么官。到现在年纪大些了,本来夜里困在娘房里,现在独房间,终朝起身,双方爷娘面前,要去请安。申大娘娘胜如亲生一样,徐老夫妻亦然如此,爱如珍宝。其日清早起身,到徐老夫妻面前去请安,但是辰光还早,徐老夫妻还没有开房门。元宰公子到房门口看二老没有起身,故而立在房门首,听老夫妻二人闲谈。"啊!夫人。""老相公,怎样?""想辰光不早了。""是呀,可以起身了。元宰孩儿要来了。"夫人想:"元宰孩儿真好,胜如亲生一样,到今已经十六岁了。我一百五十两纹银买来的,他不知道的。""夫人一切当心,不可泄漏风声。"夫人道:"老相公,你说哪里话来,我与你勿讲末,孩儿哪里会知道呀?"正在那时,二老谈讲,哪晓得元宰早已来了,在房门口等开门。元宰听得爷娘讲张,说我勿是他亲生所养,是一百五十两纹银买来的。"呀!我乃是买来的。"元宰心中有数,马上喊开门,说道:"爹爹、母亲,孩儿来了。""呀!我儿来了。""是呀!"夫人说:"老相公,我同你讲的话,元宰儿来,可曾听得?"老老就此起来开门。元宰进房,爹娘面前请安说:"爹爹、母亲,孩儿今日要出门考试去了。""啊!孩儿一路之上须要当心。""孩儿记住。"元宰道:"请爹爹、母亲不要挂念,请放心好了,孩儿就要回来的。"回头爹娘,带些东西,要同沈君卿的儿子,叫长宗,一同而去。

元宰苦苦读文章,恰逢中秋桂花香。

立刻上京去考试,南场赴考做文章。

解元得中徐元宰,亲朋贺喜喜洋洋。

光阴迅速容易过,堂前拜见爹和娘。

但等来年杏花香,北京城中进考场。

要说徐元宰此场得中第一名,解元马上回转家乡。待等开年,到北京考试,报单早已报到苏州。申家娘娘晓得元宰孩儿得中头名解元,心中快乐非凡。徐元宰回转家中,见过爷娘,在书房休息,勿提。光阴迅速,已经五月初五了,苏州地方,初五日脚上要出会,是端午节,要划龙船,非常好看。芳兰说:"明日是五月初五了。"娘娘说:"是啊!明日要出外看龙船了。"芳姑娘说:"啊!娘娘我有一言相告。"娘娘说:"有何事,请教?"芳兰说:"娘娘你听好哪!"

明日是端午佳节看龙船,放出龙船真好看。

娘娘做主前门龙船停,在我家门前细细看。

想必看龙船人头多,四面八方都来看。

人家侪要看龙船,阿有得大爷也来看龙船。

娘娘一听来么:"呀!原来如此,这也容易的。"娘娘想:"芳兰,实在好念头、办法多,准其如此。想伲申家不在乎财的。""撤开七间房子,放好台子凳子。轮船停在门口,看客多要吃茶,申家准备点心。四面八方经过人多,可有大爷也来看轮船,好把大爷喊回家了。"娘娘道:"准其如此。"娘娘一声吩咐,家人做好一切准备。

申大娘娘想夫郎,今日五月是端阳。

官人出门十六年,不知登在啥地方。

今日龙船我家门口停,可有我夫转家乡?

娘娘吩咐芳兰事,一切准备台上放。

且说娘娘今日同了几个丫头要看龙船。丫头芳兰说道:"辰光一到,娘娘登在楼上,开了门窗,观看下面轮船,会非常好看。"龙船一只又一只,只只船上有戏名,锣鼓敲起真好听。娘娘看龙船是假的,主要看小官人阿有得看见,正在楼上观看,不提。要说下面有一女,今朝也来观看龙船。这个女子是朱小器的阿姐朱三姐,苏州铜桥头很有名的。因为人才生得较好,也爱些风流,今日也要出来看龙船。那时五月里太阳比较热,拿一把扇子,扇柄上挂一只玉蜻蜓,直向申家门口而来,立在一棵树底下。正在这时,被大娘娘看见她手中扇柄上挂一只玉蜻蜓。娘娘就喊芳兰下楼去,喊这位妇人进来,问个明白。芳兰奉命到外边,上前说道:"啊!你这位大嫂,为什么等在此处?我家娘娘有请。到我家中,里边儿请坐,有台有凳有茶,还有点心,有请大嫂进去。"三姐一想:这家真好呀!原来大人家行好事,施茶施点。倒有些口干,让我进去。跟了芳兰进入里面。到楼上,娘娘起身迎接,两人见礼,分宾坐定。芳兰送上香茶一杯,请大嫂用茶。三姐接过:"多谢大姐。""不要客气。吃罢!"然后娘娘开言,要三姐讲出玉蜻蜓的来历,说道:"啊!大嫂,你姓什么?名叫什么?这扇上的东西,哪里来的?你讲个明白可好?""呀!"朱三姐想原来喊我进来,为了这只东西。我来老实地讲给你听:"若说这只玉蜻蜓一事,待我来说个明白哪。我乃叫朱三姐,娘家铜桥头。"

昔年铜桥有爿豆腐店,老班名叫朱小器。

讨个弟媳勿生养,拾到小囝难抚养。

叫我阿姐奶来吃,小囝吃奶我抚养。

兄弟家庭多贫困,卖忒小囝一百五十两。

小囝山东人家买得去,不得知后来怎么样。

"啊!娘娘,小囝卖忒后,我兄弟没什么谢我,送一只玉蜻蜓界我白相。箱内还有汗衫一件,血书几句。因为不识字个,不知什么诗句。"三姐一一告禀,娘娘想原来这样。娘娘说:"芳兰,跟三姐到她家中,把汗衫拿来我看看。"芳兰奉娘娘之命,跟朱三姐回家要拿汗衫。三姐到得家中,开出箱子,翻出汗衫一件,交给芳姑娘,回到申家见娘娘。大娘娘看见玉蜻蜓,这件汗衫还是自己亲手替大爷做好的,现在只见汗衫、玉蜻蜓,不见官人回来。大娘娘见了两样东西,就此两泪交流,十分悲伤,喊一声:"丈夫呀!你在何方?为什么不回家来?十几年来想的你好苦呀!"

大娘娘想大爷想勿完,眼泪滴落不曾干。

丈夫呀！只见衣衫勿见人，终朝想念好心酸。

大娘哭得心痛切，芳兰在旁来相劝。

芳兰说："娘娘不要哭，我看还是拿这首书详详看。"啥人学问好一些？"啊！有了，请我爹爹来。"娘娘吩咐家人到娘家请来张国兴。家人奉命请老太师。巧头张国兴长远未来，今日前来申家探望女儿。爷因俩碰头商量详书，张国兴也不能全部详出，还是半途而废。芳兰说："啊！娘娘，不是徐公子考试回来了？不免叫元宰公子上楼详书。"娘娘想倒对的。"快叫元宰孩儿前来详书。"丫头下楼到元宰书房，说要请公子上楼去。公子想，继娘喊，无不遵命。徐元宰思想自己问题，"听父母讲过，一百五十两纹银买得来的，待我问问看。一般说丫头都晓得，但是不便。身边有个童儿在此，叫他出去便了。""啊！金兴。""大爷，怎样？""你与我出去玩玩，小生有事。"金兴出去，元宰看见一个丫头过来，便说："秋菊，过来。"丫头想：啥事体？公子喊秋菊进书房："你把书房门关好。"丫头想：公子看上去要看上我。"啊！公子叫小丫头来有何吩咐？""有的。"公子想怎样问法啊？"秋菊，我要问你。""什么事？""男的几岁发育？"说："二八十六岁。""几岁可以绝育？""七八五十六岁。""女的几岁可以生育？""二七十四岁。""几岁可以绝育？"说："七七四十九岁。"徐公子想："我么今年十八岁了，我父母养我那时已经五十八岁了，超过二岁。"公子道："你出去罢。"丫头想：原来是这几句话，我以为看上我哉！啊！真正不好意思。元宰走出书房，心想："这样说来，小生不是徐家生育的，但是对我非常爱好，如同珍宝那样看待我。我不能忘恩负义的。"一头走一头想，到楼上见过大娘娘，说道："母亲，元宰孩儿拜见。""起来。""母亲叫孩儿前来，有何吩咐？""啊！儿呀！为娘喊你到此有事吩咐，你听好哪！"

只为继父申贵升，三月十六出了门。

到今已有十六年，全无音信到家门。

昨日端阳看龙船，门前立了一妇人。

手中扇上玉蜻蜓，我家珍宝认得清。

玉蜻蜓继父带出门，只见蜻蜓不见人。

我将妇人唤进来，一事从头问原因。

翻箱寻出汗衫衣，还有血书写得清。

写书人肚中学问深，叫你详书上楼门。

元宰一听么，哦！为了这事。"母亲，在此详书不便，待孩儿拿回书房之中，独自一人，仔细详来。母亲，可好？"娘娘想对的。"在我房中有许多不便，你拿到书房去比较好。"元宰拿了血书下楼，到书房中点了一支香，拿出血书来看一看，一清二楚了。"书上写得很明白啊！原来我生身母亲乃是出家人，叫王志贞。待我今日就去找寻母亲。寻不到亲娘要什么名、做什么人？"元宰拿件血书，衣袖中放好，书房门关，往外而来。哪知贴身书童看见公子要出去，就此跟上去说："公子，你到哪里去？我同你一道去。""我不到哪里去，不要你去。"书童说："公子啊，我要同你一道去的，娘娘晓得仔要打我个。"公子说："不要你去。""我要告诉娘娘。""咳！你这畜生！"不用多说，就拿书童儿头上一记，就此出门而去。再说，童儿被元宰头上打了一记，哭将起来。外面进来一个家人，看见小童儿哭。"啊！小金兴为了何事在这里哭呢？""哥哥，刚才元宰公子出门去了。""啊！元宰出去，你为什么不和他一同去呢？""公子不要我去呀！""他怎样说法？""我说：'公子，你到哪里去呀？'他说：'我不到哪里去。'我说：'不好个，同你一道去。'他说：'不要你去。'我说：'我要告诉娘娘。'他就骂我畜生，不用多言，拿我头上一记来，后来就此出门去了。""呀！原来这样，你不要哭。这样，去告诉娘娘。过去大爷同样如此，文宣勩告诉娘娘，后来被娘娘天天要吃生活。故而文宣逃出门去，我看申家里小辈个个这样，出去了不回家乡。你赶快去告诉娘娘，晓得不会打你的。"让他去告诉娘娘，不提。再说元宰寻娘。

元宰出门路上行，一心要去寻娘亲。

身带汗衫玉蜻蜓，要到法华庵中寻娘亲。

转弯抹角穿将过，集场弄在面前存。

今日怎么进庵去，推说庵中把香焚。

元宰想烧香么，要有香烛的。"啊呀！店都走过了，此地没有香烛店，待我再走过去啊。"来了集场弄内有爿香烛店，元宰走到店门口，说道："啊！店家，可有香烛？"店中几个伙计一看，原来一位大少爷要买香烛，说道："相公，你要买多少？""我只要买一付香烛。"店家就拿香烛包好授给元宰，说道："相公付铜钱。"元宰一听："啊呀！完了，铜钱未带。"因为大少爷出门，铜钱在童儿身边。元宰今日私自出门，勿有童儿，独自一人出门，勿有钱带。东西要买，勿有银两，说道："众位伙计，可好暂欠？待我回家后，马上送来。"伙计们说不欠个，二人正在争闹。店老板出来一看，是申家大爷，说："伙计们勿要吵，欠与他罢。"伙计想，老板肯欠么俚勿管。就此把香烛送给元宰。公子拿了香烛就走，勿说。老板说："你们啊知道这相公是谁呀？就是房东申家大爷。如若勿欠，俚爿店只好关起来。申家房钱几年没来收，他要是来一起计算，还勿起哉。"因为申家豪富，房屋较多。伙计们说："老板啊，看上去勿灵哉。申家大爷么已经死了十六年。老板啊！这个不是人是鬼呀？"勿说店家谈讲。

再说元宰公子拿了香烛，直往法华庵而来。一看么，前山门紧闭，不能进去。看看二门勿出进人哉，因为街门口青草出得长，一定无人出进。"想来必定有进出的地方，待我到后门去看看。"再说庵中没有人，众位师太到老王家有生意，就是三师太一人在庵中。三师太正在思想自己亲生儿子，到今十六年了。盼望将来啊能见到亲生孩儿的面，所以今天在云房之中想起此事来，两泪交流，哭泣伤心也。

三师太云房哭断肠，十六年间长思量。

算算送出孩儿十六春，到今从未见过我亲娘。

巴巴能孩儿娘来认，望儿来见嫡亲娘。

王志贞正在思想亲生儿子，到今没有见过面，所以今日想儿子，长吁短叹。哪知元宰已经到得后门，一看么，后门亦紧闭，待我喊开门。起手碰门，喊一声："里边可有人吗？"王志贞听见外面有人喊开门，不知是谁，答允一声："呀！来也。"眼泪水双手揩干。"外面是何人叫喊？"起手把门闩拔式，开门一看，认差了，想昏式哉啊！要说"大爷"，勿对，说了个"大"字，"爷"字吭出口，马上停牢。元宰公子揪牢问志贞："大什么啊？"志贞说："大慈大悲。"总算瞒过。一看碰门人，实在像大爷，就问："你是何人啊？""母姨，我乃徐家元宰，申家的继儿啊！"志贞道："原来解元公啊！""母姨大人！""解元公，今日你来，有何贵干呀？""母姨，小生今日来宝庵进香。""解元公，你要到哪一殿，去哪个佛前进香？""母姨，我要往大雄宝殿去。"志贞道："如此说来，解元公请。""是，母姨请。"志贞在前面领路，元宰后面跟上去。到了大雄宝殿，三师太点起香烛，元宰跪在拜垫上，磕头通神，说："啊呀！菩萨呀，保佑俚母子团圆！"

弟子今日来进香，要到庵中寻亲娘。

保佑娘亲身康健，保佑母子团圆转家乡。

元宰求佛眼泪出，看他寻娘好悲伤。

志贞师太听他口中通神，求菩萨是要寻娘，为仔母子团圆。啊！勿要就是我的亲孩儿！待我问他今年几岁、什么生日。看见元宰起身，志贞开口就问，说道："啊！解元公，你今年几岁了？"元宰想，来哉。"啊！母姨，小生今年十六岁了。"志贞心想："怎个巧！我的儿子也是十六岁。""解元公，你什么时辰生的？""母姨，我乃是二月十九日黄昏戌时。"志贞说："你也是黄昏戌时？""是啊！母姨，你说什么'也是'二字，这是什么意思啊？""解元公，那观音菩萨也是二月十九日出生。"啊呀！扳勿牢错头。元宰往上一看么，一盏琉璃灯。"啊！母姨，这是什么东西？""解元公，这叫琉璃灯。""要它何用？""这个么是大户人家进香点的。点了这灯么,全家身体健康,永享团圆之日。""原来这样呀!"

我看这盏琉璃灯,想我元宰真伤心。

人家都是团圆日,我的母子两分离。

元宰起身再到观音殿上,是一尊送子观音。"啊!母姨,这是什么菩萨啊?""解元公,这个是送子观音。""什么用处?""这观音么,有许多人家不能生育小孩,就到这观音面前烧香。烧香后,就能生育了。""呀!原来这样。咳!送子观音,呀!菩萨呀!"

想你送子观音不像腔,送子送在半路上。

想奴出生未见亲娘面,越思越想越心伤。

我亲娘养我不长久,把我氲在半路上。

出世至今常思量,你送子观音不像样。

我想娘亲十六年,抛却孩儿想修行。

无娘孩儿真悲切,娘见孩儿也悲伤。

元宰立起身来说道:"送子观音不负责任,送子勿送到,枉为菩萨哪!"勿说元宰一番言,再说志贞十分伤心。

不说元宰一番话,再说在旁泪盈盈。

今日孩儿寻娘亲,我今勿能来认嫡血亲。

认了嫡血亲生儿,害你一世无前程。

我乃庵堂出家人,不可认儿做娘亲。

志贞想到伤心处,双抛眼泪落纷纷。

三师太想到此处,无法可想,两眼流泪。不能在此地,否则马上看破。所以双手按牢眼睛,不别而行,直往自己云房而进,马上把门关好,在内暗暗痛哭。要说元宰听得脚步声一看,背后志贞师太不在,元宰明白:"我刚才讲了几句几声,想她熬勿过,走开哉!"元哉想:"让我走近上去。"哪知志贞早进房中,房门关好。"啊呀!房门紧闭,如何是好?待我喊喊看。"双手碰门,叫喊:"母姨大人开门呀!"三师太想:"现在辰光勿能开你。"元宰想,你勿开,畀个当她尝尝,说道:"母姨,小生告辞了。"志贞听得去哉。"只此一场,你去了之后,没有碰头见面的日子了,待我出去再望望。"哪知元宰未走,在旁边听得哭声,叫她哭"申郎,大爷"。元宰想:"你定要开门,我好进去。"三师太想:"他去了,我还要出去看看。"一只手按牢眼睛,一只手启弎门,门栓开来,元宰一只脚跨进房中,走到里向。"哎呀!母亲啊!亲娘呀!""啊!解元公,你不要胡说。""啊呀!母亲,你到今还不认我?我好苦呀!"元宰转头一看,啊!看见一顶大爷的画轴。三师太不曾收好,被元宰看见。志贞想完了,便道:"解元公,这轴上是八仙中的纯阳仙翁。""啊!不对的。纯阳仙翁身上背剑,他为什么挂只蜻蜓?"志贞想,瞒勿过哉。"啊呀!我实不相瞒,这是个申贵升大爷的画像,乃是你的爹爹。""啊呀!母亲呀!"那三师太扶起儿子,二人抱头痛哭一番。元宰说:"母亲,你为什么不认我亲生孩儿呢?"志贞说:"孩儿啊,我勿肯认你,想你后来要一官半职,前程有关。我认了你,你不能做官的。"元宰说:"母亲,你放心好了,一切都有孩儿在此。母亲啊!不要伤心,待我回去告诉大娘娘知晓,迎接母亲回家。"志贞答应。元宰拿了人像、爷的牌位,说道:"母亲,孩儿要回家去了,你要当心。母亲,你放心好了。"志贞看儿去了,直望到看勿出,回进云房。要说元宰寻到亲娘,方始定心,他拿了爷的牌位,一头走,还要一头喊:"爹爹当心!"

元宰寻着娘亲方定心,一路回转申家门。

禀明大娘娘情由事,爹爹死在庵堂门。

嫡母就是王志贞,生养我身十六春。

万事要看我面上,良人总要发善心。

一路来到申家宅,进了大门到高厅。

元宰到了家中,众人都看见公子回来哉,大家快乐。因为元宰出门半天,申家差人四处寻找,说道:"公子到哪里去的呢?到处都寻到。"元宰到了大门前说:"开正门,迎接爹爹。""啊!大爷回来?""是啊,大爷回来了。"大爷转来,大家要看。待元宰到厅上,身边拿出来一顶轴子、一个牌位。众人侪来观看。牌位供起来,大家一看么,徐公子像大爷一样,实头大爷养个。大爷在啥地方养个?现在死在什么地方?啊好问不好问么,就要晓得的。元宰拜几拜,大家看见公子拜么,一道跟公子拜。要说王廷晓得大爷回转么,要紧出来,哈哈大笑:"大爷在哪里?""啊!"其他人说:"王廷伯伯呀,大爷已经死哉!""啊!大爷死了?"娘娘晓得今日小官人回转,开口就问在哪里。元宰说:"母亲,爹爹在大厅上。"娘娘走出一看,原来一顶轴子,一个牌位。娘娘嚎啕痛哭,元宰就此在大娘娘面前,"孩儿有言相告。"

母亲叫我详血书,血书详明去外势。

一路寻到法华庵,到母姨云房便得知。

生身母亲王志贞,此事孩儿全不知。

母亲接到家里来,我娘告诉你就知。

当时之间,大娘娘心中痛恨,想不到官人就在庵中。我三次进庵查看,看不到。"原来丈夫死在庵中啊!官人啊,你好苦啊!"元宰解劝大娘,心中熄火,看了孩儿的面上。"啊!孩儿,把你母亲志贞接回家来,同过荣华的日子,过荣华的日子。"元宰听到大娘娘答应,心中放心。"多谢母亲,孩儿遵命。"就此吩咐众家人抬了一顶轿子,一路到法华庵迎接王志贞,一路到申家定轿,出轿。申家迎接到内厅,见过大娘娘。王志贞双膝跪下说道:"娘娘在上,贫尼王志贞叩见娘娘。"大娘娘心中怀恨,出口就骂道:"你这个光头贱人,我不然将你活活地打死。只因看了孩儿的面上罢了。"王志贞拿出一把扇子来呈上,交给申大娘娘。这把扇,当时大爷死之前在扇上题书,吩咐志贞,将来用它。今朝就要用它了。大爷说明:这事请娘娘原谅,不能责罚志贞,要恨我申贵升。我自己不好,闯入庵中,调戏王志贞,万事要埋怨我。申大娘娘细细看一遍后说:"罢了,起来。"志贞说道:"谢谢娘娘。"元宰也说谢谢母亲。再说芳兰念头实在好,说:"娘娘啊!""芳兰,怎样?"芳兰说:"看起来还有几桩要紧事儿,娘娘啊!待小奴告禀。"

娘娘听我说原因,几样事情要弄清。

第一要请张国兴,外祖有权讲谈论。

第二请到徐大人,二老到来评理性。

元宰公子要姓申,顶天立地申家人。

徐家知道要发急,厅堂夺子闹勿停。

大娘娘一听芳兰之言么,连连称赞芳兰是个伶俐之人。大娘娘想,徐家知道定要发急,想定主意,差了家人要请父亲张国兴前来。第二要请徐老夫妻大厅上摆起茶来。等了一时,张大人得信,提轿到了申家。门公报信,娘娘迎接到厅。再说徐家也到厅堂坐定,大娘娘坐定。要说志贞不能出场,等在屏风门后静听。元宰公子出外见外祖公,见过徐老夫妻,说道:"爹爹、母亲,孩儿拜见。""啊呀!儿啊!快快起来。""多谢爹爹、母亲。"边上坐定。再说厅上大家到齐,家人使女旁边静听,外祖公张国兴开言:"啊!元宰!""外祖公。""我且问你,今日要讲个明白。你今年十六岁了,想你么学问知识通透了,你姓申还是姓徐?要你讲个明白。"元宰想:"这事叫我怎样说呢?我若说姓申,徐老夫妻要不满意。如若不姓申,我的生身母亲定要吃苦。"啊呀!这倒难也!

解元公思想真悲切,想我出生苦黄连。

云房产子王志贞,抛却孩儿十六年。

今日母子见了面，得见娘亲喜容颜。

我乃申家亲生子，嫡血应该接香烟。

徐家二老扶养我，抚育我身十六年。

日常待我如嫡血，爱如珍宝身不离。

若说姓申口中出，定要气死徐老夫妻人。

今日烦难事一桩，心中思想无可言。

元宰一时说勿出，双膝跪下泪涟涟。

元宰公子无法可想，双膝跪下，跪到徐老夫妻面前，说道："爹爹、母亲，孩儿有礼了。"徐大人道："元宰孩儿，你不要伤心。我道为了何事，原来这样一回事。"徐老夫妻想："孩儿原来是庵堂王志贞师太生养，我乃抚养他长大，看孩儿怎样。"张老老说："啊！外孙儿，怎样啊？"元宰想："这事无法，我只能姓申的了。"徐长春听得元宰说姓申，气得眼睛定，口勿开。"啊！你这无情畜生，不孝的畜生，我要打你这不孝之徒！"徐老要打，大家相劝。大娘娘想："你要拿元宰打，我勿舍得的啊！""老大人，不要打呀！"志贞跑出来相劝："老大人看我的面上，不要打了。"徐夫人也上前劝了："啊！老相公，看我的面上，饶了他吧。"徐大人连连叹气。"罢了！"把手中家法棒，地上一甩。徐老夫妻怨气冲冲，立起身来，回到自己家中，说道："夫人啊！""老相公怎样？""同你回转山东老家去吧。""好呀。"再说元宰公子想徐老要回山东，想：我也要跟他去，还想：志贞母亲不能在此。想大娘娘实在凶的，定要吃苦。我同母亲一同到山东去。所以元宰与徐家父母、志贞师太，一同前往山东。后来元宰考试得中状元，将来入阁拜相，皇封一品，再回转苏州申家老宅，荣宗耀祖。

玉蜻蜓宝卷宣完成，斋主佛前喜欢心。

在堂大众增福寿，合宅人眷保安宁。

卷中若有错误事，一声弥陀补完成。

玉镯记宝卷

玉镯宝卷初展开，诸佛菩萨降临台。

在堂诸位听宝卷，四季平安永无灾。

却说宝卷的故事出在清朝乾隆五十三年，安徽桐城县地界，有一人姓王名志范，家财豪富，妻子早亡，所生一男一女，儿子叫金宝，年纪十六岁；女儿十三岁，名叫桂英。家中请先生，名叫周启文，年方十八岁，文才甚好。王桂英自小配亲本城李官保为妻。官宝从小父亲早亡，母亲刘氏年轻做孤孀，拖大儿子哪！

光阴如箭快似云，李官保已经十六春。

李寡妇抚养官宝儿，成人长大要完婚。

拣好黄道并吉日，五月端阳是良辰。

李寡妇请仔媒人送信到女宅王志范家内。王家晓得，就请裁缝、木匠、箍桶匠，做好箱子桶器哪！

王家嫁囡忙不停，用仔裁缝做衣襟。

匠人师傅几十个，要做嫁妆全副新。

二十四只大箱子，只只放满新衣裙。

春夏秋冬个六箱，每箱侪有压箱银。

另有一只珠宝匣，内有四块是乌金。

再有一对碧玉镯,无价之物宝和珍。

且说王志范今朝嫁囡嫁妆很盛,乡邻侪要来看王家的妆奁,因为男女侪是发财人家也。

勿提王家妆奁盛,再表强盗三个人。

雷龙雷虎与雷凤,看见王家嫁妆盛。

且说三个强徒。原来弟兄三人是外路人,因为在自己家乡闯了大祸,逃到桐城,在此杀猪度日。现在晓得王志范嫁囡嫁到李家,听说嫁妆盛。三个人商量扮仔轿夫混进新房,偷些金银珠宝好发财哉哪!

弟兄三人扎扮好,头上戴只麦柴帽。

下身穿条杜布裤,上身着件布短袄。

脚下草鞋着一双,跟仔轿夫一道跑。

李家娶亲人无数,三人混进轿夫淘。

今朝嫁女排场大,挂灯结彩真热闹。

且说李家府上,亲眷朋友侪来贺喜。厅堂上大摆宴席,二位新人参拜天地,送入洞房便了。

洞房花烛全做好,再提三个恶强盗。

混到内堂上楼去,躲在里面想计妙。

辰光已到深半夜,酒席散后门关好。

男女佣人都安睡,官保欲往楼上跑。

已经来到新房内,关好房门就困觉。

且说三个恶贼登在新房中,楼板乒乓一响,官保听见,喊一声:"外面何声?"新娘娘王桂英盖仔红头巾,吓得含羞不言。李官保心中不安,提灯出房门了。

官宝提灯出房门,直到楼下来搜寻。

雷龙暗里来看见,轻轻走到官保身。

就将官宝嘴捧牢,双手掰住地下揿。

雷虎雷凤一齐来,扠住咽喉命归阴。

要说三个恶贼拿官保扠死,就将尸体放在木桶内,再拿盖头盖好。三人商量,雷龙命小兄弟雷凤:"你去代做新官人,用番妙计,哄骗金银珠宝,到五更时候出门去也。"

雷凤假扮官保身,要与桂英同床困。

手执红灯往内走,叫声我妻娘子身。

外面响声非别事,猫捉老鼠窜梁蹦。

桂英难认官人面,雷凤奸淫王桂英。

雷凤假言叫:"娘子,吾听说你王家比伲李家富有,据说金银珠宝多得多。看你的嫁妆也丰盛。娘子,未知箱子内,有什么宝贝?说与我听听也。"

桂英哪知内中情,启口即便叫官人。

若然问我财和宝,全付嫁妆到你门。

二十四只红木箱,箱中都有压箱银。

春夏秋冬分四只,内装布匹绸缎襟。

随身一双朱漆匣,四块乌金内中存。

再有一对碧玉镯,是我王家无价珍。

雷凤听了心欢喜,启口即便娘子称。

雷凤说道:"娘子,我家虽然金银富有,但是乌金碧玉镯这些无价之物尚未见过。请娘子你将钥匙给我,去看看你的乌金玉镯,可好?"

桂英即便官人叫,你要看物到明朝。

雷凤连连娘子讲,天明回客事多了。

王桂英再一想,今夜钥匙勿拿出来,恐怕小官人要生气的。我到李家来,已经与他夫妻。桂英道:"既然如此,官人你去看看无妨。"雷凤听了,欢喜哪!

桂英钥匙付官人,雷凤接过喜欢心。

连忙起身衣服穿,下床开锁看分明。

轻轻走到房厅上,开锁连忙取宝珍。

且说雷凤开锁,取了乌金玉镯,就将包裹一齐带好,走出房门。三个恶贼轻步下楼,出门而去了。

不说强徒盗拿银,再表新娘王桂英。

官人开匣去看物,直到天亮未回困。

埋怨公子无礼貌,登在房中闷昏昏。

勿提新娘房中事,再说诸亲贺喜人。

再表吃喜酒人多时不见新官人,有些人说官保已经去陪家主婆哉。李寡妇到新房内喊儿子下楼回客去。媳妇桂英说道:"小官人拿仔奴钥匙去,从齁进门。"李寡妇听了,心中着急便了。

寡妇听了急煞人,前后厅堂再去寻。

一直寻到扶梯下,桶内露出头发形。

急将桶盖开出看,果然官保一尸灵。

寡妇看见嚎啕哭,一气跌倒地埃尘。

李寡妇一口气倒在地,一众诸亲都拿她唤醒,李寡妇嚎啕痛哭便了。

刘氏寡痛哭勿停,想着奴家苦命人。

年轻守节做孤孀,拖大亲儿十六春。

今朝孩儿完花烛,哪知今日命丧门。

未知何人将你丧,断宗绝代李家门。

亲朋要将刘氏劝,大家心中议纷纷。

且说众人议论纷纷,说其中必有缘故。闲人都议论,说新娘在娘家一定勿守规矩。奸夫狠心,将官保谋死了。

刘氏听了很伤心,走进房中骂桂英。

你在娘家勿规矩,通奸谋死我儿身。

桂英听说嚎啕哭,跳在黄河洗勿清。

要说诸亲六友都说桂英私通奸夫,谋死李官保,还要抵赖,吩咐佣人将王桂英捆绑,交给地保。乡邻到桐城县衙门,李寡妇击鼓喊冤哪!

刘氏击鼓喊冤情,桐城知县坐堂问。

奴是寡妇刘氏女,二十年纪克夫君。

拖大孩儿十六岁,欢天喜地结成亲。

不贤媳妇王门女,成婚连夜谋夫身。

伏乞青天来作主,替我孩儿把冤伸。

秦知县退堂,就吩咐衙役三班同仵作验尸。知县坐轿,亲自去看。仵作查验尸体,是头颈扎死了。

知县便对公差讲,就将桂英来捆绑。

带仔桂英回衙门,知县立刻就坐堂。

桂英上堂双膝跪,叫声老爷喊冤枉。

知县拍案高声骂,不上刑罚勿肯讲。

王桂英小姐道:"青天大老爷!奴小小年纪,在家未出闺门之女,从未与男人谈笑说话,实在冤枉的。昨日出嫁到李府洞房花烛,我家官人进房安困了。"

公子进房要安困,耳听门外有响声。

公子提灯外面看,看罢之时回房门。

进房向我拿钥匙,拿了钥匙黜回门。

奴家望他回房来,哪知死在木桶存。

秦知县听了大怒,说道:"一派胡言!不用大刑不肯招。"吩咐公差:"将这个小女用拶子上来哪!"

桂英双手拶子来,嘴内喊痛哭哀哀。

事情冤枉难招认,叫我逼招勿应该。

求求青天饶了我,求你青天恩来开。

且说糊涂知县道:"你家可有人,同你的父亲往来出入?"桂英道:"并无闲人来往,只有一个先生住在我家中,教书三年。"知县便问这先生姓甚名谁,多少年纪了。

桂英连哭说分明,先生就叫周启文。

家住本城地门外,今年年方十八春。

知县听了心有数,一定同他结私情。

瘟官一听,明白一定与他纠缠勿清。拿出朱签一支,命公差到北门外,立拿周启文到堂哪!

差人奉仔知县令,顷刻来到周家门。

先生正在吃夜饭,看见差人吃一惊。

公差就把链条上,勿问情由套上头。

霎时带到衙门内,差人进禀老爷听。

秦知县坐堂,吩咐带上堂来。周先生上堂叩见,说道:"公祖在上,生员有礼了。"知县喝道:"功名革去,还不下跪!"先生无法,只能跪下来哪!

知县大骂周启文,枉读诗书入黉门。

你在王家书来教,为何通奸王桂英。

谋死亲夫李官保,快快招来免受刑。

先生听了卓然呆,青天在上听分明。

从小读书知礼义,三纲五常尽知闻。

周先生道:"王志范请我在家教书三年,王桂英小姐是吾的学生。我周启文读过孔孟书,决不会干不正之事,现在李公子被谁谋害?大老爷你不能冤枉吾了!"

桐城知县心火冒,不上大刑不肯招。

就将夹棍刑具上,先生痛得真难熬。

一把麻绳来收紧,顿时昏去勿醒了。

差人就将冷水喷面,周先生悠悠转醒来,仍然喊冤枉难招。瘟官吩咐再上大刑,将铁乌菱烧红,叫他跪在铁乌菱上。可怜周先生,烫得皮开肉烂也!

先生跪在铁乌菱,皮开肉烂鲜血淋。

口中只把苍天叫,人命关天难招认。

思想勿招刑难受,只能一口虚招认。

我死一身倒也罢,读书君子传臭名。

要说周先生刑罚难受,只能虚招,说道:"小生受刑不起,愿招。"知县吩咐公差将刑具放松哪!

先生无奈虚招认,拿起笔来写分明。

手拿羊毛千斤重,两泪挂手写事情。

谋死管保真是我,书房通奸王桂英。

写好口供来呈上,瘟官见了喜欢心。

启文收进监牢里,脚撩手铐搠嘴棍。

勿提二人遭冤屈,再表一人去通信。

此人姓张名叫三官,住在王志范隔壁,做小生意度日,现在新近搬到衙门半边摆摊头。听见王桂英与周先生遭受冤枉,说他二人通奸谋杀亲夫,张三官听见连忙到王家去通信便了哪!

三官急急去通信,急忙走到王家门。

便对志范从头说,志范晓得失了魂。

怨恨瘟官无道理,诬陷女儿有奸情。

亦是连累周先生,这桩事情待何能。

勿说王家心着急,再提三官到周门。

且说张三官要要紧紧来到周家,叫声:"周师母!大事不好了,周先生受冤枉,桐城知县硬派俚与学生王桂英通奸,指使谋杀亲夫,现在屈打收监了!"

胡氏听了卓然呆,眼泪双抛哭哀哀。

思想丈夫招冤枉,东西乡邻侪晓得。

且说乡邻去劝道:"你不必多哭,你快点去送饭,碰碰头,再作道理。"周师母听了乡邻,带了银子探监送饭了。

娘娘心中苦十分,端正饭篮雪花银。

走出大门门关好,要要紧紧路上行。

一路走来揩眼泪,脚小伶仃步难行。

娘娘心中多少急,无多片刻到桐城。

且说胡氏娘娘来到衙门上,要开销银子放她进去。走到监门,亦要银子,牢头禁子才放她进去,领到号门哪!

娘娘饭篮手内拎,双脚跨进号房门。

先生看见娘子到,两人抱住哭勿停。

娘娘就把丈夫叫,为何堂上虚招认。

先生即便贤妻叫,实在刑罚难受刑。

娘子不必来啼哭,看来我命活勿成。

胡氏说道:"丈夫!为妻乃是个女流之辈,你无三兄四弟,无人与你去申冤,叫奴家怎么想办法哪!"

两人思想实伤心,苦断肝肠哭断魂。

先生便把娘子叫,启口吩咐两三声。

奴死之时勿要哭,买口棺木殓尸灵。

掘潭埋葬要紧事,守孝三年去嫁人。

胡氏道:"丈夫说话错了。你若三长两短,做妻活不成了。"

你要死来我勿活,黄泉路上一同行。

阎王面前阴状告,瘟官一定勾俚魂。

先生便对娘子说,你到女监探桂英。

并非小姐来害我,知县硬逼有奸情。

胡氏走到女监高声大骂:"王桂英!我丈夫教你读书三年,你出嫁到李家带累我丈夫受罪。你究竟同啥人通奸,害我丈夫犯罪了!"

桂英听了胆战惊,师母连叫两三声。

奴守闺门十六年,并无半点勿正经。

五月端阳未出嫁,李家府上闹盈盈。

诸亲百眷来贺喜,喜酒贺喜到三更。

"三更过来,公子进房睡觉,听见门外有声音,官人提灯出去。后来进房,公子问我拿钥匙,看我匣子内首饰,直到天亮觑进来哪!"

天明婆婆叫开门,要叫官保回客人。

奴说出去未回房,四面发动就去寻。

寻到扶梯木桶内,露出头发见死人。

不知何人来谋死,婆婆说我谋夫君。

"将奴捉到衙门严刑拷打,招出通奸,说我与先生通奸,就将周先生屈打认招,收进监牢去了!"

我死一身何作惜,连累先生受灾刑。

怨恨瘟官无道理,硬吃师生有奸情。

桂英跪在师母叫,诬害先生罪千斤。

胡氏听完双流泪,双手扶起王桂英。

我今特来送监饭,放下愁肠吃一顿。

要说王桂英无法,只怕师母多心,只能略吃几口。胡氏收碗入篮,再到男监内,说道:"丈夫,这桩事情终要想办法,申冤要紧。你读书的朋友很多,可有知心同学,文才好点的人,请人托他相救出监哪!"

先生听见娘子问,忽然想着一个人。

想着同窗吴天寿,现在考中做举人。

先生想想也勿好。"只怕告桐城县瘟官,告得准还好救奴出来,如果告勿准状子,反而罪上加罪哪!"

胡氏听说泪纷纷,丈夫说话欠通文。

若然勿把状去告,死后还是臭名声。

你的朋友在哪里,待奴做妻走一巡。

倘然此人有才力,一定与你把冤伸。

一来救了自己命,二来救出王桂英。

且说周先生听了娘子之言有理。"如果勿托朋友去告状,我死了之后,坏了臭名;托人告状告准了,我就好出罪,让大家知道奴是冤枉的哪!"

想定主意就决定,启口即便娘子称。

我的朋友勿勿少,个个尽是有名声。

南京有个吴天寿,与我结拜弟兄称。

他在南京举人中,一生专打抱勿平。

此事若是来晓得,能有办法救我身。

胡氏听了此言,叫到:"丈夫,你快快写信,待我到南京寻着此人,我要哀哀苦求,叫他出一份力来救出丈夫。"先生道:"我上下刑具,如何好写?"胡氏取出几两银子,付与禁子,开了刑具,又将文房四宝,摆到面前哪!

启文先生泪纷纷,手提羊毛笔七寸。

自己脑子动一动,落笔句句写分明。

天寿谱兄如见。自结金兰,情同手足。弟前在本城王志范家处,训读学生男女两位,屈指三年。敝东家之女,名桂英,今年十六岁矣,于五月端阳归李府。讵料新郎被人谋死,该婆告王桂英谋死亲夫。桐城县勿分皂白,硬指师生通奸,将弟遭刑收监。此非实情,无人相救,故而内人来报,望为设法,以明此事。专此即请台家。

启文信扎写端正,交与胡氏娘子身。

此人名叫吴天寿,南京城里有名声。

家住南京西门外,年约三十是举人。

胡氏回言称晓得,丈夫自己要当心。

娘娘书信收入好,禁长伯伯叫一声。

胡氏道:"禁长伯伯,吾家丈夫全仗你照应,我心中感谢你。"伯伯禁子道:"大娘娘,你放心便了!"

牢头禁子好良心,大娘你且放宽心。

先生在监勿吃苦,劝你早去早回程。

夫妻哭罢来分别,大家眼泪落纷纷。

提仔篮碗门来出,勿多片刻到家庭。

慢说娘娘回家事,卷中再表周启文。

且说周先生登在监牢想,受仔冤枉官司,看来性命难活了,登在监牢,痛哭一夜哪!

夜深人静一更深,想奴学生周启文。爷娘欢喜吾,上学读书文。四书五经读得精,考中秀才有功名。啊呀吾的天呀! 哭到一更。

一更过来二更深,训蒙教书过光阴。东家王志范,对我蛮尊敬。训教兄妹两个人,男女学生都聪明。啊呀吾的天呀! 哭到二更。

二更过来到三更,女学生仔么王桂英。勤读三年书,嫁到李家门。哪知弄出大事情,未知啥人谋死新官人。啊呀吾的天呀! 哭到四更。

四更里来想冤情,冤枉师生有私情。谋死亲夫主,公堂用大刑。瘟官硬逼通奸情,屈打成招问罪名。啊呀吾的天呀! 哭到五更。

五更里来天要明,坐进监牢真可怜。壁虱又要咬,蚊子还要叮。想着娘子也伤心,脚小伶仃到南京。啊呀吾的天呀! 哭到大天亮。

启文在监哭勿停,再表胡氏娘娘身。

收拾一切并行李,家中门户托乡邻。

小小包裹带一个,身边带些雪花银。

走出大门门锁好,杭州小伞拿一顶。

胡氏娘娘想想要救丈夫出监,不顾抛头露面,只能小脚伶仃,一个女流之辈独自而走也。

娘娘独自路上行,顶风淋雨实可怜。

逢水只能航船乘,朝行夜宿赶路程。

路上行程来得快,无多几天到南京。

进仔城内一路走,弯弯曲曲要问信。

问着西门吴天寿,胡氏走进问一声。

且说胡氏问信到吴家,吴天寿说道:"你这位年轻女子,你到来有何贵干?"胡氏就身边取出书信,呈上吴天寿。吴天寿见信,吃了一惊哪!

天寿接信看分明,原来弟媳胡氏身。

胡氏即便大伯叫,救我丈夫出监门。

天寿细细信来看,叫声弟媳听分明。

这桩事情难以办,口供已经来招认。

我今出力难以告,要想反告万不能。

吴天寿道:"弟媳!我赠你花银二百两,将启文的尸首收好。"

胡氏听了泪纷纷,呼声伯伯听分明。

我夫遭仔冤枉事,要你银子啥事情。

若然勿把丈夫救,愿死南京勿回程。

天寿听她如此说,即便说与胡氏听。

吴天寿叫道:"弟媳!此案定然要反伸,必须亲人替死,可以将此案反映到上司。"胡氏说道:"妾身情原替死。"天寿道:"既然你愿死,我来想办法哪!"

天寿说与胡氏听,情愿替死救夫君。

待等八月中秋节,南京城里勿关门。

两江总督辕门内,热闹非凡人头兴。

你到大堂寻短见,手捏状纸吊辕门。

胡氏道:"大伯,你叫奴去上吊,有什么用?"天寿道:"弟媳妇,你捏仔三张状有道理。第一张状纸救文弟出监,第二张救小姐王桂英,第三要告桐城县了。"

第三张要告桐城县,屈打成招问罪名。

酷刑枉断真糊涂,硬逼师生有奸情。

天寿禀单来写好,待等八月中秋临。

光阴迅速容易过,八月中秋到来临。

且说南京城里时间流转到八月中秋佳节,夜里闹闹热热,总督辕门请仔名牌戏班做戏。城内城外,男男女女,侪要来看戏哪!

南京城中真热闹,男男女女闹吵吵。

南京提督张国华,各个公差吩咐好。

不准威吓老百姓,让他看戏就便了。

且说总督名叫张国华,现在皇上钦赐上方宝剑,先斩后奏。今朝八月中秋佳节,吩咐各个旗牌兵丁,勿准恐吓百姓,让他们看戏。因此辕门勿关,老百姓人山人海,拥挤不堪便了。

吴天寿即便弟媳叫,你要救夫是今朝。

三张状纸拿手上,混进衙门去上吊。

待等半夜三更后,吾要与你一同到。

胡氏两眼双流泪,含泪启口伯伯叫。

我死一身有何苦,救出丈夫出监牢。

胡氏同了吴天寿,二人前去一同跑。

再说吴天寿和胡氏一同而走也,勿看景致。二人到总督衙门,今朝夜里南京城中男男女女都要去看戏了。

总督衙门闹纷纷,男男女女人头兴。

两人混入衙门内,胡氏舍身救夫君。

腰中解下丝罗带,梧桐树下挂条绳。

胡氏娘娘双流泪,套进绳圈短见寻。

也是娘娘不该死,来了两个救命人。

且说总督府两个值班公差在内边巡路,走到天井那里,梧桐树上挂着一人。公差连忙上去拿她放下来。一看,一个女人,看看还没断气,身上搜出三张纸头哪!

公差连忙往内奔,急急走到内书厅。

大人书房书来看,差人回禀大人听。

我侬走到天井内,梧桐树上吊个人。

身边搜出三张纸,大人拿去看分明。

大人吩咐差人:"你们快快将她唤醒。"再说胡氏被差人拿倪放下来,娘娘悠悠醒来,醒转来嚎啕痛哭。差人回复大人:"这女子醒了。"大人吩咐连夜开堂审问。

大人连夜就坐堂,旗牌公差两边傍。

带上娘娘胡氏女,大人事事问清爽。

胡氏两目双流泪,双膝跪下在公堂。

要说总督大人问道:"你这个年轻女子,为何在此寻短见?你从实讲来,不要害怕哪!"

胡氏大人叫一声,小妇人事事说分明。

家住安徽桐城县,丈夫各叫周启文。

奴家出身胡氏女,夫妻同庚十八春。

我夫从小四书读,十六岁考中秀才身。

王家训蒙书来教,坐馆三年祸来临。

"大人啊,女学生名叫王桂英,五月端阳节成亲之日,未知何人,连夜将她的小官人李官保当夜拗死。后来到天亮,看见官保死在木桶里,李寡妇就当是媳妇谋死了哪!"

就将桂英捉到堂,将她拷打刑罚上。

交她招出奸夫来,怀疑我夫奸夫当。

差人连忙来催捉,三拷六问刑来上。

丈夫大刑受勿住,只能虚招受冤枉。

桐城知县真糊涂,硬逼通奸谋夫郎。

安徽地界官相护,我到南京来告状。

"哪晓得南京城里热热闹闹,小妇人进入衙门见不到大人,想想难救丈夫出监,所以只能自寻短见。"总督大人状纸上一看,和女人讲的一样,大人便对胡氏说:"待等十天之中,传齐桐城县主要人等,全部带来复盘审问哪!"

总督吩咐胡氏身,暂时押进牢房门。

便叫旗牌人两个,去到桐城去捉人。

令箭一支就赶路,快马加鞭到桐城。

要说旗牌官驾马到桐城,进衙门就把令箭书信授给知县。知县看到信上要带着两个犯人、李寡妇,再要提王家四乡邻、张三官、验尸仵作等人，一齐带到南京总督辕门，不得有误。糊涂官就命差人去捉人便了。

知县带了一众人，叫好航船就动身。

朝行夜宿呒耽搁，那日已到南京城。

船到码头来上岸，一齐同进到辕门。

且说总督大人张国华吩咐差人摆好一切刑具，吩咐先将李门刘氏先上堂审问便了。

寡妇今日先上堂，口供从实说清爽。

大人喝声刘氏女，奴家出生刘家庄。

十六岁时来出嫁，家里三年丈夫丧。

拖大孩儿李官保，十六岁上讨妻房。

私通奸夫周启文，当夜拿我儿子伤。

李家门上绝后代，吾到老来无靠傍。

且说总督大人叫刘氏退下去，再提王桂英上堂，口供招来。王桂英叫："青天大人！小妇人实是冤枉的哪！"

桂英开口叫大人，奴家今年十六春。

自小攀到李家宅，五月端阳结成亲。

亲友贺喜人头多，官人半夜进房门。

洞房花烛心欢喜，官人听见有声音。

提仔红灯外面看，猫捉老鼠梁上奔。

"小官人进房来，要问我拿钥匙，要看四块乌金、一对碧玉镯。拿钥匙出仔房门，就蹒进来哪。"

直到明朝大天明，婆婆叫他回客人。

奴说拿仔我钥匙蹒进房，大家前后再去寻。

寻到扶梯下木桶内，官人死在木箱存。

婆婆告我谋亲夫，奸夫先生周启文。

告伲师生通奸事，捉进衙门上大刑。

总督大人吩咐王桂英退下，然后传周启文上堂问供。周启文上堂，双膝跪下叫声："大人听禀哪！"

启文眼泪落纷纷，叫声大人听原因。

从小就把书来读，黄门秀才有功名。

登在王家书来教，有个女生王桂英。

五月初五来出嫁，当夜官人被害身。

婆婆告她谋夫事，连说小人有私情。

将奴捉到公堂上，三拷六问用大刑。

桐城知县心肠狠，硬逼招出谋死人。

总督大人就叫周启文退下去，传王家乡邻上堂盘问。张三官上堂，双膝跪下，大人便问："你可是王家的乡邻？你可晓得王家的事情？"三官道："我晓得王家的事。"大人道："周启文与王桂英可有私情？"三官道："大人，冤枉个！"

三官一一说分明，小人本是生意人。

奴名就叫张三官，奴是王家老乡邻。

若问桂英王小姐，未出闺门女千金。

从来一向规规矩，冰清玉洁小娘身。

三官道："大人呀！周启文先生，他是一个有文才的人，决不干那种事。"

再说先生周启文，文质彬彬读书人。

规规矩矩小伙子，知书达礼懂事情。

手中无有缚鸡力，指甲长得呒淘成。

有人说他通奸事，烂脱牙床舌头根。

小人句句勿瞎说，大人细细要查清。

三官说道："大人！听奴对你讲。"说李寡妇的儿子做亲像样得来，亲眷朋友多得来，啊会得混进贼来，拿李官保弄死的？再说王志范嫁女嫁妆盛，红木箱子廿四只；又说再有乌金子，再有一对玉镯，金银无其数，啊会有谋财害命？大人听了觉得说得有理。

大人听仔细分明，乡邻说话有理信。

啊会得有盗窃贼，谋财害命起毒心。

大人就问王桂英："你嫁来有什么珠宝？"王桂英说道："大人！我有只红漆匣子，内有四块乌金子，还有一副玉镯，乃是无价之物。"再问李寡妇："你媳妇嫁过来，有只红漆小匣子，可在房中？"寡妇道："没有，大人。"一想，一定是凶手盗取。

大人听见完全清，吃准成亲有坏人。

冤枉师生奸情事，桐城知县糊涂人。

喝问桐城秦知县，无凭无据乱上刑。

张国华大人大笑桐城知县枉做七品官，不分青红皂白乱上大刑。"现在本督限定一月之内，捉拿盗窃凶手。如果捉不到凶犯，莫怪本督上方宝剑的厉害哪！"

总督大人心中恨，桐城知县胆战惊。

师生晓得心中喜，青天断你无罪名。

释放回家勿必说，再提桐城知县身。

糊涂知县心着急，限定一月捉凶人。

桐城知县左思右想，只能去求求神佛保佑我破案了。

知县急得无办法，只能礼祝求神明。

走到本府城隍庙，大香大烛买仔新。

装香点烛来求告，祝告城隍指点明。

下官桐城为知县，只为本城一案情。

且说秦知县在城隍面前，通神祝告。"凶手不知在哪里，伏望你城隍老爷指点我，你在亮里，我在暗里哪！"

伏乞神圣多灵验，破出杀人凶手人。

若能真凶来拿住，重修庙宇佛装金。

知县祝告已毕，想想无法，只能苦一夜，就在拜桓上安困。但是想着案子，当时哪里困得着？觉得朦朦胧胧，忽然觉着一阵香风扑鼻，梦中而来了。

本府城隍灵感应，托梦托与知县听。

你要破案外面访，要往江西去访问。

知县听了就醒来，顿时不见无踪影。

秦知县醒转过来，一想梦中之事，"叫我到江西去缉访真凶手。"知县等到天亮，回转衙门，收拾行李，带仔差人，扮作买卖客商去了哪！

知县带了两个人,扮作江湖买卖人。

三人同到江西去,日夜赶路船上行。

无多几天江西到,南昌府内去访问。

日间缉访凶人事,夜宿客栈住安身。

知县到江西南昌府,想着再要求神佛问问信。知县见只能仁寺,求一支签问问菩萨哪!

知县庙中要求神,手摇签筒来通神。

弟子求签非为别,只为桐城一案情。

默默通神身立起,拾签一支看虚真。

知县要出一支五十签中平签。

此签中平五十签,要捉凶人在两天。

赌钱吃酒慎留心,方信神明在指点。

勿宣知县来求签,再表凶犯要出现。

且说雷家三弟兄,自从扐死仔李官宝,盗取玉镯乌金,连夜溜到江西南昌府,在张元顺布店做卖布客人。现在日脚过得蛮开心,今朝雷龙对两个兄弟说:

雷龙就叫兄弟称,近来几天勿太平。

乌鸦当头时时叫,左眼勿跳右眼跳。

心惊肉跳困勿着,坐勿安来立勿定。

且说雷龙道:"两个兄弟! 同我去到能仁寺去烧烧香,求求菩萨保佑伲一路顺风,太太平平哪!"

弟兄三人烧香焚,走出布店到庙门。

一直走进能仁寺,贼头鬼脑来通神。

知县一见心疑惑,看来三人勿正经。

知县一看,辩个三人,我要跟上他三人,跟着一直走到张元顺布店。知县对雷龙说道:"朋友,你们三人可是贩卖布的?"雷龙说道:"正是个。"知县道:"真巧了,我也是卖布为业,同你们有缘千里来相会,请你们去吃酒,交个朋友。"三人道:"蛮好蛮好。"知县道:"今朝奴请客哪!"

知县同了三个人,酒店内面饮杯巡。

吃罢酒来归布店,四人一同话谈论。

四人到了布店,谈谈说说。雷龙说道:"老客人,你啊会赌铜钿个?"知县道:"我只会掷骰子。"雷龙道:"就同你掷老洋,再掷几把骰子。"雷龙零散银子俦输光,雷龙就叫:"兄弟,你到房内开匣子,拿块乌金来做输赢。"雷虎到房内,连只匣子一道,拿出来一看,四块乌金一对玉镯哪!

知县看见喜欢心,看见赃物宝和珍。

仍然再把骰子掷,四人一同赌输赢。

赌了一会抽身起,知县说与三人听。

知县道:"朋友! 我要去安处哉。我开好个栈房,明日再同你们掷老洋。"辞别而去了。

知县跨出布行门,急急走到府衙门。

走到南昌衙门口,名片授给门上人。

桐城知县道:"烦你们拿我的名片,说吾桐城知县有紧急事,要求见到你老爷。"门公拿了直到里边,禀报府太爷,太爷接进里边坐定哪!

知县说与府台听,帮助桐城要捉人。

从头把事细细说,知府立刻就派人。

棍子链条个个带,衙役三班几十人。

桐城知县带路走,突然来到布行门。

到了张元顺布行,知县领进公差,一齐拥进,勿问情由,就将三个人链条一套,捉到南昌府。府台立即坐堂,审问用大刑,三人招出口供。南昌府用公差将他们押送至安徽桐城县,桐城知县拜谢南昌知府:"你助我一臂之力呀!"

桐城知县喜欢心,拜别南昌就动身。

上了航船行得快,无多几天到桐城。

南昌公差回衙转,知县拿出路费银。

知县吩咐公差去,通知李家来衙门。

且说李寡妇听见杀人凶手已经捉到,立刻赶到桐城县衙门。秦知县吩咐差人将三个凶手押上大堂,李寡妇看见三个凶手。"就是弄死我儿子的凶手哪!"

寡妇看见恨恨声,咬牙切齿骂凶人。

知县喝骂恶强徒,哪会混进李家门。

强徒事事从头说,跟仔轿夫混进门。

躲在扶梯背后立,三人等到三更深。

晓得王家盛行嫁,想尽办法偷金银。

"等了一会,新官人拿火走出来,俚三人就将俚的嘴棒牢,扠住咽喉,死了放进木桶内,商量叫雷凤改扮新郎,花言巧语骗取钥匙,盗取金银玉镯连夜逃走了。"

凶犯事事招分明,刘氏听了怒气生。

刘氏便对大人叫,让我咬死三个人。

知县说道:"不可胡言,只有杀罪,没有咬罪。况且我要带到南京回复上司。你将四块乌金、一副玉镯交给你家媳妇。"李寡妇带回家去了。

知县带了三凶人,一路开船到南京。

路上行程来得快,南京地界到来临。

带仔凶犯进衙内,拜见总督老大人。

呈上凶犯破案事,知县复命来缴令。

南京总督大人再将三个凶犯复审一次,然后大人吩咐一声:"将不法三人,绑出斩首便了。"

上方宝剑不容情,总督再把知县问。

大人喝声桐城县,枉做七品知县身。

地方官员名气坏,无凭无据害百姓。

本当将你来斩首,幸得凶犯捉到临。

桐城知县来削职,回家去做老百姓。

知县听了心中怨,只能保住自己命。

且说南京总督骂道:"安徽省桐城知县糊涂,为官不清,现在将他削职回家。"总督再写一道本章,奏界皇上。桐城县李家二代寡妇,贞洁守孝,起造贞节牌坊哪!

嘉庆皇帝看本章,龙颜大悦喜欢心。

勿提总督送表事,再说婆媳二个人。

王桂英受屈冤枉事,清官断清回家门。

年轻守节行好事,朝念佛来夜念经。

婆媳两个在修行，厅堂要做佛堂门。

李家之事不必说，回言要说周启文。

且说周启文先生，自从吃仔冤枉官司，幸巧娘子胡氏赶到南京总督衙门告准状子，现在周启文日日在家用功勤读，后来上京赶考，得了头名状元，胡氏娘娘封为一品夫人。此本宝卷草草完篇。

奉劝诸公听分明，为人勿可起黑心。

勿信但看刘强徒，三人大家送性命。

善恶到底终要报，苍天不负善心人。

莫道无神却有神，举头三尺有神明。

玉镯宝卷宣完成，大家听得喜欢心。

卷中如有错误事，三炷长香补完成。

增寿宝卷（版本一）

又名《赵颜借寿宝卷》《百寿图宝卷》

增寿宝卷初展开，奉请听众静下来。

勿宣前朝与后代，三国之事宣一番。

此卷出于汉朝三国之时，汉帝懦弱，万里江山难以稳坐。朝廷之事不必细谈，主要讲在山东省登州府平原县洛里村，村上有个人姓赵名颜，年纪十九岁，务农为业，父母双全，是个孝子。其日，赵颜叫声父母："孩儿要下田干活。"领了耕牛而去也。

赵颜作别父母亲，领了耕牛下田行。

行走路上来得快，自己田头到来临。

却说赵颜在田劳动，来了一位黄冠道人，姓管名辂字公明，他生好一双慧眼，能知阴阳八卦、过去未来之事。他来到赵颜田头一看，这位后生面上气色已乱，大祸临头，便叫："你这位小子，今年几岁？可有父母在堂？姓甚名谁？家住何方？做啥行业？一一说与我听。"赵颜想："这位老先生素不相识，为何问起我来？其中必有原因。"停止劳动道："先生让我告禀哪。"

小子今年十九春，赵颜二字我姓名。

父母在堂年纪大，小子务农种田人。

家住山东登州府，平原县中洛里村。

先生你今何处去，问我小子为何因。

管公明听了赵颜一番话，说道："可惜！可惜！"赵颜听到老先生说可惜两字，觉得奇怪，叫道："老先生，你贵姓大名？家住何处？做何贵业？你说可惜，有何缘故？"管辂道："我乃沛国谯郡人也，我天生一双慧眼，能知阴阳八卦、过去未来之事，家住十里字街头，开一个起课馆。我说你可惜二字，说出来恐怕吓坏你的。"

赵颜听了吃一惊，连连叫道老先生。

天大事情请你说，我今决不胆心惊。

管辂道："我见你面上气色已乱，五行变动，三日之内必要丧命，故而说你可惜也。"赵颜听了犹如天打一般，叫道："先生，吾死后年老父母无人照顾了！先生，有所说人将死无影子，我今人影子有的，我不太相信。"管辂道："你不要不信，让我细细说与你听。"

管公明，叫赵颜，细听原因。你面上，色气乱，五行不清。

耳属金，命已绝，难克木林。眼是火，火早灭，人难土生。

口属水，水皆干，难以生金。眉属木，木已凋，不能生青。

鼻属土，土变人，不能生存。乾五行，已将灭，不得只生。

赵颜听，先生话，好不伤心。小赵颜，辞别了，管辂先生。

领了牛，急匆匆，回转家门。拴好牛，泪淋淋，去见双亲。

老夫妻见独养儿子赵颜在哭，进来急忙问："儿啊，你为何啼哭回来？"赵颜道："父母大人你们有所不知，待孩儿告禀也。"

孩儿正在田来耕，来了黄冠一道人。

他问孩儿有几岁，家中共有多少人。

你姓啥姓叫何名，家住何处说我听。

"那末我把家中之事告诉他。他道'可惜，可惜'，孩儿听到可惜觉得奇怪，我问：'老先生你为何说可惜呢？'他说：'你不要激动和惊慌，我来说与你听。'"

先生开口说原因，叫我赵颜听分明。

见你面上气色乱，五行变动命难存。

可惜是个孝顺子，三天之中命归阴。

赵公夫妇听到儿子在三日之内要丧命，便嚎啕大哭。邻居听到哭声都来问其原因，听赵颜一讲也是流下了眼泪，有的劝赵家夫妇别哭，问赵颜："这位先生，你可知住在哪里？"赵颜道："他说住在十字街头，开起课馆的。"那么众乡邻叫赵公一家三人快去卖办香烛，去求求这位先生罢。

赵公一家三个人，请了香烛求先生。

一路来到街坊上，十字街头寻先生。

抬头看见起课馆，内坐果然管公明。

三人进馆香烛点，跪在地上喊救命。

管先生见赵颜父母三人一边拜，一边喊救命，心想：如何是好？我不能救凡人。但赵颜是个孝子，就搭救吧。轮指阴阳一算，正巧明日南北星君往南山松林树下石台上着棋，我今指引赵颜去增寿也。

管辂便叫赵颜身，我今指引你寿增。

明日南北两星君，下凡要到南山岭。

石台上面棋来着，你去献酒献点心。

待等他们酒点吃，你求仙人救你命。

赵公一家三人听了管先生一番救命之话，拜别管辂一路回家，拿了银子到街坊买办美酒和美点。待等天明，赵颜端了酒点菜盘作别父母，一路而去也。

赵颜匆匆出门行，前面就是南山林。

果见林下人两个，石台端坐两仙人。

身穿红袍朝南坐，就是一位南斗星。

身穿黑袍朝北坐，就是北斗延寿星。

两位星君棋来着，哪知有人送点心。

却说南北斗星君奉玉帝之命来到下界查察善恶之事，在南山石台上静坐着棋，正在高兴之时，你请我请，全神贯注。再说赵颜头顶酒点，跪在台下。两位星君闻得酒香，见酒而饮，又吃点心。赵颜见酒点已完，便大叫："大仙救命，救命！"两位星君吃个时候，不问情由，原来是凡人送上的酒点，他此时大叫救命如何是好？便叫："后生你姓甚命谁？多少年纪？家住何处？为何到此，一一说来。"赵颜道："大仙听禀也。"

小人今年十九春，赵颜二字我姓名。

家住平原六里村，上有父母两大人。

昨见道人名管辂，见我气乱要丧命。

说我可惜孝顺子，指引我来送点心。

恳求仙长行好事，搭救小子一条命。

南斗星生死簿上一查，赵颜只有十九岁寿限。北斗星善恶簿上一看，赵颜是忠厚孝子。两位星君道："赵颜，因你忠孝双全，替你增寿，在十九岁上加个九字，增到九十九岁。"赵颜道："大仙好到底罢，替我凑满百岁罢。"星君道："你不要人心不足，闰年闰月，足有百岁余了。"赵颜大笑，拜谢仙人。星君说道："赵颜你回去对管辂说，以后不能胡言乱语，倘不谨心，要犯五雷击顶。今日再赐你百寿图轴子一顶，高挂中堂，劝化凡人。"说罢化作清风而去。赵颜增寿后，带了百寿图轴子高高兴兴回家说与父母知晓。把轴子挂在中堂，这真叫时来运来推勿开了，还去拜谢了管辂先生。从此种田田有谷，养猪猪长肉，堆金积玉，进田造起新屋。父母得知儿子增寿涨福，十分快乐，心中想要替儿子央媒成亲，便差小使到前村请媒婆到来。

赵公夫妇喜欢心，媒婆来到赵家门。

见过赵家两老人，便问太太为何因。

赵家太太忙回言，要替孩儿做媒人。

媒婆便把太太叫，天赐良缘美佳人。

南庄有个牛小姐，十分贤惠有名声。

赵公夫妇听了媒婆之言，心中十分高兴，便叫媒婆去牛小姐家提亲。媒人一路到南庄牛家，对牛家夫人一说，一口答允，写好年庚八字拿给媒婆。辞别牛家夫人，回到赵颜家，把牛小姐的庚帖交给赵公夫妇也。

赵家接帖喜盈盈，选定吉日就成亲。

黄道吉日亲来做，亲眷朋友齐来临。

牛氏媳妇真贤惠，厅堂成亲新房进。

亲戚朋友回家去，牛氏孝敬两大人。

光阴如箭容易过，牛氏小姐已怀孕。

且说赵颜娶了牛氏娘子怀孕生子，生得面清目秀，取名赵文。过了二年，又生一子叫赵武，有文必有武。昆仲二人到了七岁，赵颜就请了一位秀才先生教书。两子赵文、赵武读书聪明，到了十五六岁，文章通达。其年皇上开考，兄弟俩赴京赶考，赵文考中头名状元，赵武考中二名探花，奉旨回家，上坟祭祖。赵家后代光宗耀祖，合门欢乐。赵颜增寿已宣完成也。

增寿宝卷宣完成，奉劝大家孝双亲。

赵颜孝子增福寿，听众个个交好运。

增寿宝卷（版本二）

又名《赵颜借寿宝卷》《百寿图宝卷》

王子去求仙，丹成入九天。

洞中放七日，世上几千年。

王子王孙去求仙，何仙姑丹成入九天。

铁拐洞中方七日,老寿星世上活几千年。

闲文熟语不多谈,撇却闲文正卷开。

增寿宝卷初展开,诸佛菩萨降临来。

各公听此增寿卷,增福延寿免三灾。

此卷出在大宋年间,仁宗皇帝登基以来,风调雨顺,国泰民安。这段奇文出在山东省登州府蓬莱县洛里村。村上有户人家,姓赵名德,是个善良人。妻子薛氏娘娘,夫妻同庚,今年四十四岁,膝下并无子女,以种田为业,很是清贫。幸亏夫妻二人蛮会打算,三亩租田,种得还好,生活过得可以。可惜无子女,心中十分忧闷也。

赵德夫妻善良人,三亩租田过光阴。

就是膝下无男女,赵家香烟啥人顶。

夫妻二人行善事,修行念佛拜神明。

朝朝焚香来点烛,夜夜念佛求观音。

夫妻行善人人晓,惊动灶君佛一尊。

灶君菩萨奏一本,玉皇闻奏喜欢心。

传旨赐他一个子,让他赵家接后根。

却说赵德夫妻,行善积德,修行念佛,拜佛求神,天天如此。碰到天旱辰光,总是帮助乡邻拎水,先替别人做好,再给自己拎水,因此人人叫伊赵好人。他经常做好事,感动了灶君王帝,马上奏本玉皇。玉皇大喜,就赐他一个子,接替香烟也。

行善是有善来报,行恶是有恶报应。

善恶终将有分明,抬头三尺有神明。

赵德夫妻行善事,惊动上苍赐子孙。

夫妻二人田来种,哪知腹中已有孕。

娘娘觉得腹中有孕,连忙告诉丈夫:"丈夫,我腹中已有孕。"赵德一听,非常快乐,夫妻二人焚香点烛,拜敬神明也。

赵德夫妻喜欢心,拜天谢地敬神明。

但愿娘子身康健,保佑儿子永太平。

夫妻拜罢袖身起,老来得子喜欢心。

娘娘后来身粗大,乡邻见了也欢喜。

都说赵家积德多,老来得子传后根。

乡邻人看见娘娘有孕,都很高兴,都说是行善积德的结果,真是好福气也。

勿说乡邻都议论,再说光阴快如云。

七月凤仙红喷喷,八月桂花香沉沉。

九月菊花重阳过,十月芙蓉迎小春。

十一月水仙满地开,十二月腊梅迎春来。

一到年底,大家过年,赵德夫妻同样也忙过年。过年以后,娘娘身体不舒服。一到二月初一这一天也,就要临盆。

娘娘腹中在疼痛,十月满足要临盆。

赵德一面请接生,一面焚香求神明。

赵德其日心着急,不知母子如何能。

接生婆婆忙煞人,奔出奔进不怕停。

不多片刻婴儿哭,养出一个小官人。

赵德见了满心喜,娘娘见了也开心。

赵德听见哭声,急忙问接生婆是男还是女。接生婆回答说:"是个男宝宝。"就拿小孩抱给赵德夫妻。一看,这个小团啊要好,生得头方额阔,天庭饱满,五官端正,真真讨人欢喜。老夫妻两人心里说勿出快乐,赵德笑得嘴也合不拢哉也。

赵德心中喜十分,赵家香烟有人顶。

马上提名叫赵颜,靠老终身名勿改。

夫妻今年四十五岁,老来得子喜万分。

勿说夫妻心欢喜,再说赵颜易长成。

一到二岁娘怀抱,三到四岁离娘身。

五到六岁平平过,七岁送进学堂门。

赵颜越长越大,身体好,没有毛病,一到七岁上学堂,读书十分聪明。先生非常欢喜他。赵德夫妻二人,更像拾着明珠一样。一直到十四岁以后,一边跟父学种田,一边读书看文章。这小人非常勤俭,对爷娘亦是孝顺,如果爷娘有啥个小毛病,终是不离开,服侍爷娘亦是孝顺。问长问短,抬汤端水,真真孝子哪!

一面读书学文章,一面跟爷田来垄。

今年爷娘六十岁,只能停学田来垄。

田里生活他来做,服侍二老伴双亲。

赵颜看见爷娘年纪大哉,就对爷说:"爹爹年近花甲,六十岁了,不要到田里去做。田里一切生活我来担当,读书可以自学。"赵德同意他,依靠儿子生活,若有时勿舍得,就去帮帮一道去做也。

赵德父子来种田,主意生活儿担承。

光阴迅速催人老,日月如梭不留情。

春去冬来日脚快,赵颜今年十九春。

光阴迅速,亦是三年过了。赵颜十九岁,爷娘六十四岁,种田全靠儿子一个人。赵颜生得身强力壮很高大,爱惜爷娘,任何生活一个人干,勿许爷娘去做。可是有桩不幸事情要来哉。赵颜命中注定,只有十九岁寿限,在今年二月份一定要丧身,可他一家门全不晓得辩桩事情也。

赵颜命中已注定,十九岁上命归阴。

阳间哪知阴间事,赵颜全家不知闻。

今早清早抽身起,拜别家中二双亲。

拿了铁镕田中去,要到田中地来垄。

行走来到半路上,对面来了一个人。

立在路中细查看,赵颜头上有晦星。

赵颜抬头细细看,原来一位道先生。

却说赵颜今日一早出门种田,走到半路上,碰着个道士先生,挡住去路。赵颜一看,是一个道士打扮人。赵颜开口说:"你这道士先生,为啥立在路当中勿走?"那位先生道:"你这位官人,家住何处,姓甚名谁?家中可有何人?你今日几岁了?可有兄弟姐妹?"赵颜一听好奇怪,我与你没有关系,问这些啥事体?先生道:"小官人你面上气色不好,印堂黑暗,必有大难临。请你详细情况告诉我听。"赵颜一听,大清老早触人家霉头,连忙说道:"先生,你是何人?你怎会看得出我有难呢?"先生说:"我在蓬莱县城里,东门外头,三岔路口有爿起课店,专看人气色的。算算他人个生死,不错半毫,我出名叫管辂。"赵颜一听,一嚇:"原来是管辂先生。听人家讲过,确有本事,人称半个仙人。"急忙将详细情况说给先生听了也。

先生在上听原因,小人一一来告禀。

家住本地蓬莱县,洛里村上住安身。

赵德是我亲爹爹,母亲薛氏年老人。

未生三男并四女,所生苦命一个人。

双亲同庚六十四,奴奴年纪十九春。

依靠种田来度日,三亩租田过光阴。

谢谢先生来说明,我有大难事可真。

赵颜就将详细情况,一一说明白。"请先生指点明白,我有啥大难?"先生道:"可惜。"赵颜便问先生:"啥个可惜呢?"先生道:"我给你算一命吧!你几月几日,啥个时辰生的?"赵颜说:"我是二月初一,日过午时生的。"管辂抬指一算,还看赵颜气色,开口说道:"呒逃呀,呒逃呀。"赵颜问先生:"啥个呒逃?"先生说:"你勿要啼,勿要哭,我实话说给你听。照你命宫算来,你今年交六堂印。""啥个六堂印?""六堂六堂,家破人亡。你在三日之内,必要伤身,而且是呒逃的。"赵颜一听,有点半信半疑,心里想:"我身体好,气力大,无毛无病,怎么三天要死?一定这位先生骗人铜钿也。"

先生说我三日死,一定怪子来骗人。

我的身体多健康,身强力壮无毛病。

要死终要病来生,无毛无病怎归阴。

赵颜越想越不信,开口便叫老先生。

赵颜说:"先生!你说我三日之内要死,我无毛无病,饭也吃得落,身体力强,怎会死呢?我不信。"先生忙说:"你不信也罢,可是你到那时懊悔来不及了。苦煞你的父母双亲!"赵颜对先生说:"如果我三日之内不死怎样?"先生说:"你这青年听好,如果三日之内不死,那你来我店来寻我,打掉我的课馆招牌,而且送官究办,问我罪名,我绝不怪你。何况我不是要你钱财,我今日碰巧指点你。"赵颜一听:"奇怪!勿要我铜钿。"先生说:"我来说给你听,你五官上晦气也。"

面孔上,气色乱,黑气腾腾。耳是金,金不能,克金之分。

眉是水,木要克,春木凋零。口是水,水似乾,牙床枯井。

眼是火,火是灭,不能看清。鼻是土,土不正,晦气浑浑。

号稍点,回家转,饱饭几顿。做一个,饱死鬼,早见阎君。

管辂说出五官上不好,赵颜听仔,想想倒吓起来哉。思想:"快点求求先生!可是身上一无所有,这如何是好?"管辂先生说罢:"我要走哉!信不信由你,一别而去。"赵颜想:"让我回去,告知两老得知,一定要急死叱。"只好一哭转去也。

赵颜双膝来跪下,拜见父母二双亲。

侬子出门种田去,半路碰见一个人。

道鞋道袍戴方巾,道士打扮一先生。

拦住去路不许走,问长问短问原因。

说我气色不好命注定,三日之内命归阴。

赵颜就将碰着先生之事,从头告知父母听,一边哭一边讲。"先生临走之时还说,如果三日之内勿死,到第四日,到他家去,打忒伊个课馆,还可以拉他到官堂上问罪。"赵颜说罢,放声大哭:"我死了,你们双亲靠啥人?"老夫妻二个听了儿子讲,好像晴天霹雳一样打下来,吓得昏过去哪!

赵颜夫妇急煞人,好像霹雳打上身。

一时开口难说话,耳聋眼花哭勿停。

赵德一听是管辂,这桩事件一定真。

赵德一听是管辂,心里更急。因听人家讲,管辂先生是半仙之道,能算阴阳,上知天文,下知地理,能知人生死,百发百中。"今朝你说我儿子在三日之内要死,一定勿错。"但是一点办法没有,就抱了儿子痛哭。老夫妻二人,哭得死去还魂也。

当时三人呒办法,三人哭得头发昏。

哭得天昏地又暗,哭得死去又还魂。

夫妻三人哭勿停,惊动隔壁众多邻。

相劝三人勿要哭,指点赵德求先生。

赵颜和父母三人,哭得死去活来,一无办法,此时惊动左邻右宿。赵好人良心好,经常行善。众乡邻说去求管辂先生,指点想办法,或有可能,求生之法。赵德一听清醒了,就停了哭,忙唤妻儿说:"先和伲子去求求管辂先生。既然他知死,一定也知解救办法。"夫人听了此言:"有理,我在家等候。你父子二人速去求先生救救我儿也。"

三人说话已决定,不能耽误半时辰。

父子二人就动身,要到县城求先生。

不说父子路上事,回文再表娘娘身。

娘娘左思右想,实在不定心。"盼望管辂先生肯救我儿子呀!谢天谢地,如果勿肯救怎么办?我儿性命难保!"娘娘在家焚香点烛,拜求观音。"保佑我儿子得救增寿,全家太平无事也。"

不宣娘娘求观音,再说父子二个人。

路上景致无心看,要要紧紧向前行。

赵颜扶着父亲走,不管高低路不平。

路上行程无耽搁,门前已经县城门。

一路来到东门外,三岔路口前面存。

走上前去看看清,课馆招牌写得明。

赵德父子二人心急,慌忙来到县城东门,三岔路口确实有一爿课馆,招牌上写着"管辂半仙,拣日起客,面相算命"。赵颜往里一看,看见一个道士打扮个人,朝南坐着,对爷说:"里面坐个人,就是我碰着个先生。"赵德听了,忙挽了儿子,走上前去。二人双膝跪下,口称:"先生救命!救命!"管辂一看,原来是赵颜,便问道:"你们可是父子二人吗?"赵颜说:"是的,我们父子二人特来求求你仙人救命。""赵颜,你现在可信了也。"

管辂开言赵颜称,我说言话你相信。

我能算人生与死,从未算错半毫分。

管辂还对赵颜来说清,算你寿命十九春。

二月初一午时到,鸣呼一命见阎君。

生死从来无更改,有啥办法救你们。

先生对赵颜说道:"你到二月初一午时,一定要死的,我算不会有错的。这是命里注定的,毫无更改。"赵德父子一听,嚎啕大哭,跪在地上请先生救命。这时管先生见他父子二人哀哀苦求,倒也心软了,连忙掐指阴阳一算,说道:"善哉善哉。"连忙说道:"你们父子二人不要哭了,快快起来坐下来,我有话细细对你说。"赵德连忙起身,旁边坐下,便问仙人:"呀!可有救了呀?"先生说道:"你们全家行善,命不该绝。事有凑巧,让我指引你们一条生路!可是不能多言,天机不可泄露。"赵德父子二人说道:"我们都听先生吩咐,绝不多言也。"

先生启口说原因,父子二人细细听。

二月初一辰时辰,南山有二位星君。

石台上面棋来下,二星游戏做输赢。

你将福禄美酒来献上,仙人饮了添寿增。

先生说道:"巧哉!后日二月初一上午,日高三丈的辰光,有南北二斗星君,在南山顶上石台下棋。你们准备福禄美酒偷偷献上,不要开口。等二位星君吃了你个酒之后,你再喊救命。仙人一定为你想法子。"赵德听了,心急放了一半,忙说:"多谢先生指点,绝不忘记先生救命之恩!"先生道:"不必客气,救命要紧,你们快回去准备,勿要错过。赵颜那日一早就要赶紧去!"父子二人拜别,先生回家而去也。

赵德父子谢先生,拜别先生转家乡。

父子二人信以真,毫无半点起疑心。

二人边走边讨论,明天进城买献品。

路上行程无耽搁,门前已到洛里村。

行来已到家门口,赵颜启口叫母亲。

父子二人到了家中,赵颜叫娘,娘问道:"怎么样,有救吗?"赵德父子二人就将经过一一告禀。娘一听,忙念阿弥陀佛,神明保佑。大家一夜未困着,待等天亮。赵颜一早就到街上,去买了个羊羔二斤、福禄美酒二斤、一双筷,一切回家托盘也。

赵颜一早就出门,街坊镇上买献品。

红木筷子盘一只,羊羔美酒各二斤。

买好匆匆回家转,父母见了喜欢心。

赵颜买好东西,马上回家,爷一看买得蛮好,看着儿子,身上件衣裳脱下来掸掸。爷关照伊,要香汤沐浴,做好一切,准备会星君而去。赵德起身唤儿子,天未亮就送儿上路,到南山大约十多里路。赵德拎仔灯笼,儿子拿献品,直往南山去也。

赵德匆匆往前行,不管高低路不平。

路上不敢多耽搁,恐防晚到误时辰。

走了一时天将亮,赵德回转儿前行。

幸亏年轻身体好,上山好像平地行。

一到山顶四面看,我到石台去藏身。

赵颜一路并无耽搁,上了山顶,寻着一只石台,二旁有石凳。赵颜一看,一定是这只石台。他连忙在近寻着一个石洞,就钻进去伴拢,等候二位星君。他探出头来,张望动静也。

勿说赵颜石洞等,再说南北二星君。

今朝相约到南山,石台之上坐下身。

日头升起三丈六,二君下棋做输赢。

赵颜一见心欢喜,轻手轻脚钻出洞。

慢慢来到石台旁,心里越想心不定。

就将美酒来献上,一只小盘头上顶。

跪在旁边不作声,眼看星君若何能。

二君出神来着棋,闻着好酒香喷喷。

回头看见一个人,头顶羊羔美酒人。

星君也会弄错,俚笃想:"凡间人绝不会到此,一定西池王母,差了童子送给我们吃。"二位星君齐声说:"吃罢。"二家头端酒就吃,一边着棋,一边吃酒,勿禁对赵颜看,嘴里还在说:"好酒啊,好酒啊!"不多一歇,将酒菜都吃完,赵颜一看星君酒菜吃光,马上口喊:"星君仙人救命!"二位星君听见喊救命,回头细细对赵颜观看,才晓得是个凡间人,自己弄错了,便问:"你这青年为何叫喊救命?"赵颜说:"我今年十九岁,今日午时要死,特来求二位仙人救命。"二位星君说:"你家住何处,姓甚名谁,怎会知道今日要死?怎会到此来?"赵颜拿前事一一说了一遍。仙人听了,原来是管辂先生指点,马上在生死簿上查看,果然是也。

二位星君下棋亭,生死簿上查分明。

查到洛里村上名赵颜,十九岁有寿限根。

二月初一午时死,准定不错半毫分。

赵家行善都积德,不该十九短寿命。

二位星君查看赵颜,确定只活十九岁。到日是要死,还看善恶本,行善事蛮多,此人不应该活十九岁。二仙商量,应该给他增寿,倒是蛮难,因为生死簿不可涂改,要犯天谴之罪。说:"怎样办?"答:"俚十九岁头上,加个九字,就九十九岁,生死簿上看勿出改的。""赵颜,你已经增寿了,变了九十九岁。"赵颜一听,喜出望外,还说:"二位仙人,百岁还少一岁,加满仔吧。"二位星君听了,说:"闰年加起来超过一百岁了。"还送给赵颜百寿图轴子一顶,便说这是赵家行善结果。赵颜受了轴子便拜谢,抬头一看,二位星君不见了,还拜了几拜,回起身来回家而去也。

二位星君上天庭,赵颜立刻转家门。

心中快乐脚头轻,感谢恩人管先生。

勿说赵颜路上事,再说赵德二老人。

赵德夫妻二人,送仔伲子出门,在家焚香点烛,求二神明,望菩萨保佑,望儿子转来。望到下半日,还未转来,心里十分着急,正在望的时候,听见儿子在喊"进来"的声音,一看儿子转来哉,满面笑容,一定有喜。看见爷娘,双膝跪下:"吾来告禀也!"

赵颜拜见二双亲,就将前事说分明。

星君吃酒来增寿,九十九岁寿限根。

说伲赵家行善事,还送百寿图轴一顶。

夫妻二人心快活,赵家香烟有人顶。

百寿图轴子当中挂,拜谢先生救命恩。

赵家三人都欢喜,消灾灭难保太平。

赵颜增寿之事,不能讲出去,天机不可泄露。赵德还替儿子配婚成亲,相配李家小姐,十分贤惠,非常孝顺大人。一家原是种田为业,后来赵颜养二个儿子,长子赵龙,次子赵虎,都是聪明伶俐,后来各个状元及第,改造门楼。赵德夫妻二人活到八十五岁,一家行善也。

百寿图宝卷宣完成,诸佛菩萨喜欢心。

为人总要行善事,消灾免难永康宁。

不信但看赵颜卷,行善之人福增寿。

卷中倘有错误字,三炷长香补完成。

招亲宝卷

招亲宝卷初展开，诸位大众坐下来。

诚心坐定听宣卷，武大招亲事一番。

武大郎人品丑陋，身材矮小，绰号叫"三寸丁、谷树皮"，而潘金莲却十分美貌，远近闻名。一个极端难看，一个极端漂亮，那么两个哪能会成夫妻？这事情我还得从头说起。话说，山东省清和县里有个糊涂知县，不理民情，贪财爱色，此人姓张名大户，年近花甲，一共娶了七个老婆，却贼性不改，还看中家里一个卖绝丫头，叫潘金莲，今年芳龄十八，生得花容月貌。知县要讨她做第八位偏房。知县认为要娶她为妾，犹如瓮中捉鳖，十分容易，叫佣人阿福去喊金莲出来。阿福到内房喊出金莲。潘金莲来到厅上拜见老爷，叩头请安。知县见了金莲，微微一笑，金莲心中有数，老贼黄鼠狼给鸡拜年——勿转好念头。金莲说："启上老爷，有啥吩咐？""美人你听哪！"

金莲美人细听清，老爷有话说你听。

你今年已十八春，终须出帖定终身。

今朝诚心抬举你，老爷同你配婚姻。

老夫有势又有财，你好似老鼠跳进白米囤。

从此身价大变样，丫头成了张夫人。

金莲听仔吃了一惊，一时间目瞪口呆，心里想："我虽然是个苦命的卖绝丫头，自小为仔丧葬父母，才卖到张家来，现在决不能嫁给你一个棺材里的槁头。"潘金莲却想好了一席求情好话也：

金莲启口老爷称，我想此事不可行。

婚姻大事非儿戏，请你老爷细思忖。

奴是一个下等人，和老爷相配不相称。

你是凤凰我草鸡，凤凰草鸡怎能一处登。

今若奴婢嫁给你，百姓晓得要议论。

堂堂知县骨头轻，娶了一个下等人。

说坏奴婢倒也罢，说坏老爷难做人。

伏望老爷再思忖，另娶貌美女佳人。

张知县听了，满怀的热望变成失望，十分容易的自由算盘落了空，皮笑肉不笑地说："你回房去。"心中切齿痛恨，眉头一皱，计从心来哪！

勿说金莲回房去，再说知县奸计生。

想出一条牢笼计，要害金莲苦一生。

再说那个贪色知县，越想越气，一心要害金莲，方泄胸中之气，想着：杀猪阿夯，俚是个胖子；买菜阿二，俚是个长子；皮匠阿三，俚是个瘦子。再一想，想到武大郎，俚是个矮子。武大郎面容十分丑陋，身材十分矮小。"对！小贱人，让你看老爷的厉害。"高喊阿福。阿福闻喊，到厅上问："老爷有啥关照？"张知县说："你到前村去喊一个叫武大郎的来见我，速去速回也。"

阿福答应出门行，一直走往前庄村。

打听问讯寻武大，大郎一看吃一惊。

再说武大郎卖完烧饼，刚刚回到屋里准备做饭，忽然看见一个差官模样的到来，倒吃了一惊。阿福问："你叫武大郎吗？""我正是，进来请坐。"

阿福坐定看此人，容貌丑陋少少能。

身材矮小笑死人，量量约摸三尺又三寸。

称称不过半百斤，年纪看来三十春。

阿福打量了一番，心里暗暗思忖："这个人和知县老爷从未交往过，今天喊他去啥事体呢？"十分困惑。大郎问："客官有啥事情？""县官老爷叫你，去了便知哪！"

差人起身出门行，大郎登在后面跟。

一面走来一面想，越想心中越是惊。

今日老爷叫我去，究竟为点啥事情。

左也思来右也忖，不觉衙门面前存。

差人领了大郎来到衙门口，进内禀报知县老爷。老爷叫大郎进见。大郎到厅上，向知县一躬到底："老爷唤小人到来，有啥事体？"张知县问："今年几岁了？讨了老婆没有？"武大说："小人不才，虚度三十岁了。卖卖烧饼，糊口也难，怎能讨娘子！"张知县说："我有个丫头，十分美貌，老夫做主，与你成亲，可好？"武大郎听了，摇手不及，嘴里叽叽地说："万万使不得啊！"

感谢老爷行好心，让我细细来告禀。

小人生得容貌丑，身材矮小呒本领。

两面茅屋勿连牵，卖卖烧饼苦度生。

倘然小姐嫁给我，耽误一生好青春。

张知县一听不肯答应，心想吓他一吓，便面孔一板，台上一拳，说："今日你若不答应，叫你坐牢！"武大郎一听，吓了一跳，心里想："答应讨老婆总比吃官司好。"就一口答应。张知县说一言为定，第三天来娶亲。武大郎告退，回家准备成亲之事不表。

再说潘金莲回房后，心里忐忑不安，突然有人又在喊她到厅上，心里想："老贼又要纠缠不清了。"金莲无奈，只得走到厅上请安。张知县道："老爷不再想娶你了。"

知县启口金莲称，老爷给你做媒人。

就在前面一庄村，姓武名大郎真姓名。

一夫一妇人两个，买卖烧饼过光阴。

改日不如撞日好，三日之中要过门。

潘金莲听老爷之言，心里想好歹要出嫁，免得日后再缠不清了。听说小官人叫大郎，一定身材魁梧高大，再贫再苦都能承受，只问了一声："几岁了？"老贼信口开河，只说属牛。金莲一想和我同年，低头不语，表示同意。知县说："一言为定，回房去作准备吧。"良辰一到，金莲打扮做新娘也。

金莲今夜做新娘，梳妆打扮换衣裳。

登在房中细思量，从今可以出火坑。

出嫁来到夫家里，再穷再苦也舒畅。

慢说金莲出嫁事，再说大郎忙一场。

说话武大郎答应这门亲事，忙得两日两夜没有吃饱困好，作了一些准备。时辰一到，申时发轿，六局鼓子吹吹打打，娶了新娘抬到男宅，停轿出轿。花烛台前，人头挤挤，一边看，一边在盘算新娘的模样。

定是花对花了郎对郎，破畚箕相对破笤帚。

歪嘴相对豁鼻头，叫花子相配讨饭胚。

大家挤来看新娘，和气堂前头轧头。

新郎新娘参拜天地，送入洞房，看热闹的一一散去。新房里花烛高照，单剩一对鸳鸯，一时间鸦雀无声。新娘坐在床沿口上，呆呆等新郎来挑方巾。再说武大郎自从出仔娘胎，遇到第一件尴尬的事，想不到讨家婆这样难,上前两步,退后四脚,左弯右转,心潮起伏,不知所措。新娘想:"官人不知何故,不肯来挑方巾呢?"

　　新娘此时暗思忖,官人为啥勿来挑方巾。

　　莫非嫌我妆奁少,莫非嫌我出身贫。

　　莫非嫌我少礼貌,莫非嫌我太蠢笨。

　　莫非嫌我容貌丑,弄得官人难做人。

　　左也思来右也忖,勿知为点啥原因。

　　新娘心里想得像乱麻一般,实难猜摸。武大郎却胆小如鸡,他的心跳得实在厉害,几乎天老爷快喊出来了。吭啥怨处,只埋怨爷娘:"只养我人,勿养我胆。"勿知呐哼给俚想出来的,想:"娘笃一样要养我么,为啥勿弄得胆大一点,人好看一点。"想:"花烛点得也太亮了。"武大郎想来想去,花烛半根烧去了,分明夜深了。他手上吐吐馋唾,壮一壮胆子,想走上踏板,却又退下来了,探探缩缩不敢上前哪!

　　新娘等得心里焦,谯楼已鼓四更声。

　　夜深人静身已倦,无奈自己揭方巾。

　　揭开方巾睁眼看,官人坐着在打盹。

　　潘金莲等得心烦意乱,只得忍不住自己揭开方巾,一看新郎在打瞌睡,心想春宵一刻值千金,一个人最好的时光是洞房花烛夜、金榜题名时,又不好开口。根据封建时代规矩,一定要新郎先开口。武大郎心惊肉跳,打瞌睡醒了,一看新娘大红方巾也挑开了,只得硬硬头皮,走上踏板,到新娘面前。新娘坐着,新郎站着却差不多高。"娘娘。"新娘倒一吓,想:"你为啥差一点和我嘴凑嘴?"金莲想:"你为啥要跪仔叫呢?"潘金莲哪里知道大郎是矮子,否则怎会叫"三寸丁、谷树皮"?金莲向前一看,这一看,好像晴天霹雳,惊叫了一声,顿时跌倒在床前,不省人事。武大郎急得求天拜地,讨家婆弄出人命来了。约半个时辰,金莲悠悠苏醒,放声大哭。大郎想去搀扶起来,金莲哭着说:"你滚!滚开点!天呀,老贼害我!"双抛眼泪,"我宁愿死!我要死也!"

　　金莲此时哭嚎啕,花烛台前死路寻。

　　夜静更深吼人劝,大郎急得失三魂。

　　并不我要来讨你,只因老爷硬定亲。

　　倘然大郎勿答应,关进监牢定罪名。

　　当场逼得无法想,因此勉强来答应。

　　既然不愿嫁给我,我勿住洞房勿要紧。

　　重找个如意好郎君,武大决无怨恨心。

　　欠空债务慢慢还,比如生了一场病。

　　武大郎人品丑陋,心地却是十分善良,对金莲说:"我和你是相配不上。我勿能害你,我让你回去。"金莲听说让她回去,心里倒更难了也。

　　金莲听说细思忖,横难竖难难死人。

　　今朝倘然回家转,爷娘早已命归阴。

　　若是回到张家去,情愿饿死地中心。

　　既无亲来亦无戚,举目无亲实可怜。

　　要想上天天无路,欲思入地地无门。

　　左思右想乱如麻,两行泪珠落勿停。

　　潘金莲痛哭得肝肠欲断,武大郎好言相劝说:"你要回去,行装拿勿动的,我来拿根棒挑子送你。"东方拂晓,天快亮了,大郎催金莲检点行装,准备送行。武大郎说:"我去拿盆水来,眼泪揩揩干净,一夜天肚里饿了,吃点烧饼再走。人穷么,身体倒是要紧的。"这时金莲回肠九转,想:"我还能到哪里去呢?"于是放声大哭,对武大郎辛酸地说:"我已是无家可归的人了。"武大郎同情地说:"也真是苦命!这样吧,你待在我家里,你困在床上,我来困在灶前头。床上两条被头,薄的衬,厚的盖。我么,有破棉袄和柴草的呵。"

金莲听罢此番话,心中感激说勿尽。

大郎虽然人丑陋,心肠要比老贼好十分。

嫁鸡随鸡嫁狗随狗,无奈苦命勿出门。

潘金莲听了武大郎一番好言相劝,深受感动,心肠就软下来了,就吞吞吐吐地说:"我……我不走了。"武大郎活了三十岁,今朝才听到一句最开心、最甜美、温暖的话,激动得热泪盈眶,说:"我今天总算讨到了天底下最好最好的好娘子哪!"

武大招亲宣完成,大家听了福寿增。

潘金莲与武大郎成婚姻,只因大郎善良人。

行好受好是古训,奉劝大家记在心。

好有好报不错分,恶人绝无好收成。

卷中难免错误事,一句弥陀补完成。

真假女婿宝卷

真假女婿宝卷初展开,诸佛菩萨降莲台。

善男信女静心听,一年四季免三灾。

却说此卷故事发生在宋朝,国事不提,只说朝中有两位大官,一位王丞相,另一位是林大人,二人是同乡,又是同朝为官,真是一对好朋友。他俩先后各得子女,林大人得的是一位公子,取名为孝童,王丞相得的是位千金小姐,名唤桂英。王、林两家为子女从小联姻,结为亲家。王丞相有皇帝御赐的一对玉佩,玲珑剔透;林大人有祖传的龙凤宝钗一双,金光灿烂。两家互相交换,各执一佩一钗,作为孝童与桂英定亲的信物也。

王林两家定了亲,两家老少更亲近。

在京不觉又两年,皇上调官林大人。

调到濮阳去任职,丞相得知喜又惊。

办了一桌饯行酒,家童去请林大人。

二人一见难舍别,难舍难分话难尽。

直到傍晚方散席,挽手同行出府门。

一宵已过到天明,林大人就要上路行。

丞相赶来送大人,依依不舍各泪淋。

送了一程又一程,边走边讲别离情。

送君千里终须别,二人挥手热泪盈。

却说王丞相眼看林大人的车马越走越远,慢慢地被山林隐没,只得上马回转相府,朝思暮想,思念不已。不时备些有京都风味的果品等东西,派家人专程送到河南濮阳,林大人接到感激不尽。光阴如箭,日月似梭,转眼不觉十六年过去。王丞相突然接到惊报,林大人在任病故,闻讯噩耗,不禁老泪纵横。他想到孝童母子俩,寄居他乡客地,举首无亲,孤苦无依,决意将他母子接回京都,也好将孝童和桂英的婚事办好,自己将来也好含笑九泉也。

丞相特地派家人,车马濮阳接亲人。

家人奉命忙赶路,直奔濮阳林府门。

忙问旁人林家事,旁人一一说分明。

林家老爷和夫人,一年相继命归阴。

公子孝童早出门,听说京都去投亲。

家人谢过车马回,不多几天回京城。

门公一见空车转,进内禀报王大人。

丞相一听吃了惊,忙唤家人问详情。

家人进内见大人,如此这般说分明。

却说王丞相听了回报,才知孝童一年中失去双亲,孤苦伶仃,更引起了王丞相的怜爱。原想派人沿途寻找,又寻思两家阔别十六年之久,孝童已从婴儿成为青年,不知变成什么模样,谁会认识?只得耐心等待。过了几天,丞相正在书房沉吟,突然家人前来禀报也。

启禀丞相老大人,门外来个年轻人。

口称河南濮阳来,他说祖籍本姓林。

特地千里来投亲,求见老爷王大人。

丞相听了喜欢心,准是孝童到来临。

一声吩咐开门接,家人答应就动身。

不一会儿接进门,眼见一位小后生。

华服轻履打扮新,面白年轻又斯文。

见他上前忙跪下,口称拜见老大人。

却说年轻人双膝跪下,口称:"孝童拜见岳父!"王丞相急忙扶起,言道:"贤婿安然到此,真叫老夫喜出望外。"孝童道:"这完全是托岳父的洪福。"丞相一听,更加喜欢,即拉着孝童到厅上坐下。双方寒暄几句,孝童取出宝钗呈上,言道:"原应将玉佩一并呈上,只因昨夜遇一歹徒,叫我临时改变了主意。"王丞相一惊:"此话从何说起?"孝童道:"请岳父大人听小婿告禀也。"

昨日傍晚日西沉,小婿行到十里铺镇。

因怕天黑难进城,找家客店住登身。

一到客店大门口,见一衣衫褴褛人。

年龄相仿小婿样,向人求乞要钱文。

小婿见他真可怜,顿时起了恻隐心。

将他带进店堂内,让他同桌把酒饮。

见他谈吐较斯文,小婿对他无疑心。

我把真情对他讲,他倒说我是好人。

所以叫他同住宿,准备明天结伴行。

岂料一觉醒过来,发现床上无其人。

一看包裹不见了,查问店家不知音。

"小婿急忙查问店家,反被店家埋怨了一番:'你这位年轻人,难道没有出过门的?这种人,你当他好人,他有意装作这模样,花样百出,才好浑水摸鱼。'他们这样一说,顿使小婿恍然大悟,连忙将身上一摸,还好,两件宝物还在身边。那玉佩本是皇家之宝,生怕再遭遇不测,即在附近找家亲戚,暂时寄存。"王丞相听了,说道:"天下竟有如此忘恩负义之人,管叫他不得善终也。"

　　翁婿正在话谈论,有一仆人匆忙禀。

　　开口一声老爷称,外边来一年轻人。

　　口称濮阳林孝童,特地相府来投亲。

　　堂上众人都惊异,只有孝童较镇静。

　　连忙开言问家人,可是衣衫褴褛人。

　　仆人答应真是他,孝童自若岳父称。

　　定是骗子今也来,他因知晓小婿情。

　　错估小婿还未到,特地冒名来投亲。

　　王丞相听了火气生,世上哪有这种人。

　　一声吩咐把他捉,送交开封包大人。

　　严刑审出真口供,将他惩治定罪名。

　　孝童连忙说声慢,岳父听我把话云。

　　却说林孝童对王丞相道:"不能将他捉住。堂堂相府,今有两个女婿投亲,这事传扬出去,岂不成为笑话?"王丞相一听此话,觉得有理,就转吩咐:"将他押出开封境内,对他讲:'日后如果再在城内出现,定要严惩不贷。'"家人奉命而去也。

　　就将此人押出城,回转相府去复命。

　　再说这位年轻人,左思右想动脑筋。

　　此人非是别一个,确是孝童本姓林。

　　他想歹徒冒了名,先到相府投了亲。

　　丞相不辨假和真,我今前来他不认。

　　定要回去拼一拼,不弄明白不甘心。

　　不顾相府严警告,待等日落又进城。

　　就在相府不远处,老槐树后隐住身。

　　约有不到半时辰,走来丫鬟一个人。

　　小姐身边梅香婢,奉命小姐办事情。

　　吃了夜饭出府门,孝童悄悄后面跟。

　　梅香一听忙回头,开言问道你啥人。

　　却说孝童问道:"姐姐,可是相府中人?"梅香道:"是便怎样?"孝童道:"相烦姐姐转禀王丞相,对他说:'大人接纳的女婿是个冒名奸诈之徒。'"梅香一听,事关小姐的终身问题,忙问道:"你是何人?"答道:"我才是真正的林孝童,有玉佩为证。"说罢就从怀里取出,梅香一看,半信半疑地说道:"现在相府里的林孝童也持有宝钗信物。"林孝童说道:"那是他抢我的也!"

　　孝童开口姐姐称,听我详细说你听。

　　那年父母双亡故,剩我一人苦伶仃。

　　异乡客地无依靠,想起岳父老大人。

　　随行金钗打入包,玉佩放在贴胸身。

　　一日路过山林地,突然遇见一强人。

　　小生正在危难时,来了一个救星人。

"却说那个来人是位年轻汉子。他大喝一声,强人立即逃跑,那时我当场拜谢救命之恩。那人言道:'不必道谢,我辈专打不平,见到坏人行凶,就要拔刀相救。'孝童道:'请问恩公尊姓大名?'他道:'我叫皮赞。'他也问我姓名,我就把姓名,连同去京中投亲一一说了。他又道:'此地山林野地,歹人出入的地带,好得我也去京都,不如和你结伴同行,以防再遇歹人。'我听了真是求之不得,二人就此同行。那日经过一座青牛山,他道:'穿山比绕山要近很多路程。'就此穿山而走。正走到山谷旁边,不料他突然把我的包裹抢了,又将我推下山谷,他就逃跑了也。"

> 小生顿时失了魂,此番定然命丧生。
> 谁知吉人天相佑,山谷树枝钩衣襟。
> 上不能来下不能,来了樵夫救我命。
> 一路问信到京都,才得赶到相府门。
> 谁料皮赞奸诈贼,抢来金钗冒我名。
> 只当小生没了命,持钗假冒来投亲。
> 好得玉佩尚还在,否则百口难讲明。
> 求你姐姐开大恩,好言几句禀大人。

却说梅香听他一番陈述,好不为难,说道:"你有玉佩,他有金钗。你说他抢了你的金钗,他早已说过你偷他的东西。叫我怎样分辨谁是真,谁是假呢?"衣衫褴褛的青年急得六神无主,只得长叹一声,眼圈都红了。梅香一见情形,动了恻隐之心,言道:"你不妨写一纸条,连玉佩一并由我转交丞相大人,由他去定夺真假。今夜三更时分,你在相府后花园门等我回音。"衣衫褴褛的青年身边并没有笔墨纸张,沉吟半晌,突然撩起衣裳,把内襟撕下一块布条,咬破中指,写道:先来者是假林孝童,有玉佩可证。梅香接过,藏在身边,才急急而去办事也。

> 不说梅香二个人,再提相府冒充人。
> 丞相见钗当作真,派人带他观城景。
> 玩了一会回相府,无意发现两个人。
> 一个女子是丫鬟,一个孝童对头人。
> 见他二人把话讲,心里顿时暗吃惊。
> 问道丫鬟叫什么,家人对他说分明。
> 丫鬟名字叫梅香,小姐房中贴身人。
> 说罢回府进书房,差开随从暗思忖。
> 眼见天色将已夜,僻静之处藏躲身。
> 专等梅香回府来,将她逼问真实情。
> 等了片刻梅香转,一把拉住将言问。

却说梅香办了些事情,立即回府,将近天黑,正巧被冒充姑爷拉住,问道:"刚才那个衣衫褴褛的人和你讲些什么?"梅香是个有心人,心想真假女婿还没有弄清楚,她谁也不信,便搪塞道:"他打听附近可有住宿之处,我见他衣衫褴褛,没有理他。"假冒孝童一听,便说道:"你不说实话,我要你的命!"说罢抽出一把牛耳尖刀,对着梅香,露出他本来的面目。他本不是林孝童,他是把林孝童推下山谷,抢了包裹,持钗冒名投亲,梦想人财两得的皮赞。他料到孝童必死于山谷之中,所以前来相府投亲,好容易骗得王丞相的信任,将真的林孝童赶走。谁知想不到,今天又来了,还与梅香联系上了。皮赞此刻,不得不铤而走险,用刀逼之。梅香被逼无奈,就将林孝童要他向王丞相转交玉佩,今夜三更后花园回音等话说了。皮赞听了,就逼梅香到后花园而去也。

梅香被逼进园门,被他一刀伤了命。
身上搜出玉佩宝,凶器血衣投园井。
悄悄便把后门开,假山背后藏自身。
等到三更鼓声响,孝童前来讨回音。
只见园门洞开着,不见梅香一个人。
想找梅香进园门,黑暗之中看不清。
不料绊脚跌一跤,只觉血腥冲脑门。
伸手一摸大吃惊,地上横着一尸身。
要想起身往外逃,突然一声捉贼人。
值班家人闻声到,就将孝童绳索捆。
此刻皮赞溜进房,满心欢喜笑出声。
林孝童呀林孝童,玉佩现已到我身。
谅你满身都是嘴,随你会讲说勿清。
再则又是梅香死,今朝前来做替身。

却说王丞相突然闻讯,立即赶到现场查问,家人回报道:"杀死梅香,即是白天冒名来府投亲的那个歹徒。"丞相一看被绑的那人,衣服上血迹模糊,便叫仆人连夜把凶手押送到开封府,叫包大人严办惩治。林孝童要想申辩,还没开口,被仆人们挟着拥出相府,直望开封府而去也。

孝童押到府衙门,包公立即坐堂审。
问明住处知姓名,又问杀人为何因。
孝童就把根由说,约定三更讲分明。
大人细把孝童看,心中已知二三分。
吩咐班房暂看押,退堂便去查假真。
不说包公相府去,再表丞相王大人。
正在书房把茶饮,寻思凶手送衙门。
真假女婿已明白,欲选良辰完婚姻。
忽见家人来禀报,包公有事见大人。
丞相起身忙迎接,接进书房献香茗。
连忙开言问大人,凶手可曾定罪名。
包公言道难以定,先要查明假和真。
丞相开口大人称,黑白早已见分明。
黑白就是假与真,多此一举劳费神。
既是假冒又杀人,这种罪名不是轻。
包公即把丞相问,谁是假冒谁杀人。
事关人命非小事,定要详细查分明。
此刻正巧皮赞到,一见包公暗自惊。
要想回身来不及,包公就问他何人。
丞相连忙回言答,就是小婿孝童身。
包公叫他留在此,又对丞相讲分明。
暂将此厅作公堂,让他二人对质清。

丞相心里不快活，但是不敢不答应。

皮赞一见林孝童，要想回避万不能。

包公一声来吩咐，当面对质讲分明。

却说皮赞和孝童四目相视，便唇枪舌剑，你来我往，一个说道："你偷我的东西，又冒名投亲。"一个道："你抢我的宝钗，又推我下山谷，杀死梅香。"包公将惊堂木一拍，喝道："你们都说自己是王丞相的女婿，有何证据？"指了林孝童言道："你先说来。"孝童道："我有玉佩，托梅香转交于丞相了。"王丞相急道："胡说！我没有收到玉佩。"包公命稳婆，旧时官府里专门负责查验女犯人的，仔细搜查梅香尸体。稳婆奉命将尸体的衣外衣内都搜查了一遍，没有发现玉佩。立即回报大人，说道："没有玉佩。"林孝童听得目瞪口呆，十分恐慌。包大人道："既然没有，换一个人讲来。"皮赞听了，连忙在怀中取出玉佩和金钗，一并呈与包大人，并解释道："大人听禀也。"

小人持钗来投亲，玉佩未曾带在身。

有恐路上遭不测，寄在亲戚家中存。

今日正好他送来，正想交与老丈人。

丞相一听笑盈盈，开言叫声包大人。

小婿自小离京城，跟父上任十六春。

金钗玉佩是信物，现在一见便分明。

证据在手不是假，真假何必再审问。

丞相说罢站起身，不料稳婆又进门。

一声报告包大人，死尸身上有一证。

忙把布条呈上去，大人一见笑盈盈。

开言就把丞相称，请你仔细看分明。

上面写着两句话，鲜红斑斑血写成。

先来投亲者是假，我有玉佩可作证。

丞相看得眼定神，任凭包公定假真。

包公指着孝童说，撩起衣服看分明。

却说孝童忙把衣服撩起，只见内襟上缺了一块，叫差人把血书布条与衣服配一配。差人奉命一配，叫道："大人！撕痕相同。"包大人指着林孝童，对丞相道："这是你的真女婿。"又指着皮赞言道："这是假冒货。"丞相为之愕然，道："理由何在？"包公道："林孝童言有玉佩托梅香转交丞相，这是事实。布条血书可作真凭。"王丞相又道："那玉佩怎么在我贤婿手中？"包公指着皮赞道："只要问他。"皮赞一听，暗暗叫苦，后悔杀了梅香，光顾拿走玉佩，没注意到还有血书布条。但是当场还是百般抵赖，不肯承认也。

皮赞抵赖不承认，走进公差二个人。

禀报大人听分明，拿到凶器血衣襟。

此物觅在花园井，呈与大人看详情。

包公就叫丞相认，此衣一见便知因。

却说包大人对丞相言道："这件衣服又是证据。丞相可认识否？"丞相此时目瞪口呆。心想："我贤婿来府投亲时，是穿了这身衣服上门的。"包大人见丞相无话可说，就将惊堂木一拍，喝道："皮赞！快快将推孝童落谷，抢走金钗，持钗冒名投亲，杀死梅香，拿走玉佩等等经过如实招来，免受皮肉之苦。"皮赞此时无可抵赖，只得从实招供也。

包公断案如水清，黑白真假弄分明。

皮赞从实口供认,无罪释放孝童身。

大人虎目观供单,字字句句写得清。

大人看罢火十分,叫他画供盖指印。

吩咐摆轿回辕门,带了犯人就动身。

一到衙门重过堂,推出辕门斩头颈。

丞相此刻心中喜,搀扶孝童贤婿称。

忙把梅香尸入殓,送殡安葬不细论。

丞相忙把良辰选,孝童桂英完婚姻。

包公也来喝喜酒,一对新人谢大人。

其年京中开大考,孝童得中第一名。

真假女婿到此毕,草草不恭宣完成。

卷中若有不到处,诸公原谅二三分。

在堂大众同声和,念身弥陀保长生。

珍珠衫宝卷

珍珠衫宝卷初展开,诸佛菩萨降临来。

大众听了此本卷,一年四季免三灾。

此本卷出在湖广襄阳府枣阳县,有一人叫蒋世泽,从小在广东做生意。因为妻房罗氏早亡,所生一子叫蒋德,今年年方九岁,别无男女。蒋世泽要去广东做生意,放不下心,无可奈何,只得带了儿子蒋德一同去广东也。

世泽带子广东去,想着娘子不在世。

如若娘子在人世,我也不会带他去。

离开襄阳去广东,路途很远要坐船。

船上事情不都说,看看来到广东地。

蒋世泽到了广东,在路上边走边想:"我蒋家在广东做生意,是从这一代人开始的;罗家里做了三代生意,让我来说,这小孩是罗家的后代。"他打定主意,来到客店门口,客店老板招呼蒋世泽进店门,坐定身体,老板问起罗家之事,家境如何。

世泽开口店主叫,罗家家境不太好。

三年之内官司打,家财打光无法想。

蒋世泽对店主讲:"现在罗家多年没有来广东做生意。"店主看见世泽身有一个小孩,说:"这小孩是你的吗?"世泽回话:"这是我内侄,罗家小官人。他是罗家第四代了。"店主一看,这小官人生得十分清秀,看他罗家三代人面上,哪个不欢喜?卷上不讲,另说一头,自从蒋德跟他父亲来到广东来做生意,多年以来,本事倒学到了不少。世泽看见儿子倒很能干,世泽想去儿子从小配过婚,就对儿子讲了一遍。蒋德看见父亲身体不太好,就说:"爹爹,你年老了,要少费精神。"世泽一听,心中放心不下。

孩儿年轻有学问,蒋家香烟转后根。

人老好像风中灯,我死阴间也安心。

回头再把孩儿叫,家中事情要当心。

做人要做好心人,闲事少管过自身。

蒋世泽吩咐儿子几声,他的精神越来越不好。蒋德在床边,边说边流泪,眼看父亲病重,一病身亡,蒋德大哭一场。那年蒋德十七岁,当家料理安葬之事。蒋德为父亲吊孝四十九天后,坐在厅堂上。突然外面走进一个人,看见蒋德气头气恼,上前一步说。

蒋德后生听我讲,你父从小来婚配。

今日你可成双对,夫妻二人过光阴。

你在书房读书文,娘子内房做衣襟。

亲戚朋友多欢庆,蒋家不断香烟根。

蒋德一听也有道理,回头叫一声:"老伯伯,我想的,但不知我岳父大人可得应允。"这位老伯原来是他父亲生前叫的媒人,今日前来说亲。蒋德知道后一口答应,那媒人说:"小公子,我要去王家亲翁那里去了。"

蒋德起身送媒人,媒翁辞别出门行。

一心要到王家门,路上无事不多说。

王家墙门到来临,媒翁进门见王公。

二人礼拜身坐定,送过香茗水来饮。

王公坐定身体就问媒翁:"你今日前来,有何事情?"媒翁回话:"王老相公,我今日来想与你商量一事。你小女那年订婚于蒋家。我想蒋家老相公世泽去世,就是蒋德小公子在。我想让他们二人成婚了吧,有一个夫妻作伴,你看如何?"王公听了,笑了笑说:

媒翁在上听我说,小老亲事不应允。

因为亲翁亡故不一年,成亲二字不太好。

最好二年来成亲,媒翁你看如何能。

媒翁回话说分明,让我回去把话论。

媒翁离开王家,来到蒋家见过蒋德。蒋德问:"岳父答应了吗?"媒翁就将事讲了一遍,蒋德一口答应,让媒翁回去不提。卷中事情很快,光阴如箭来得快,不觉二年已到,换去孝服,再请媒人说亲。王公一口答应。不隔几天,乐礼完备,娶了新娘进门。那新娘姓王叫三巧,生得标致,人人称羡,亲朋好友都在说:

王家小姐生得好,蒋家公子福分高。

郎才女貌配一对,白头到老在一道。

婚后节奏来得快,一年已经到来临。

蒋德想起前头事,起口娘子叫一声。

广东生意三年做,有些账目欠我身。

我想广东走一次,收清账目转家门。

蒋德对娘子讲:"娘子,我想去广东收账,不知娘子如何?"王三巧一听,思想:"你我二人吃饭同台,晚是同床,一天到晚从未分别。你今到广东可要几天回家?"蒋德回话:"娘子,我这去了可能要多住些日子,要不下次再去?再说,你我二人成家立业,终要做行业,老话说坐吃山空。"王三巧回问官人:"你广东待一年要回家。官人,如今是二月份天气,到明年二月份杨树发芽,你一定回的。路上冷暖你要当心。"说罢泪下如雨也。蒋德与娘子揩干眼泪:"时间不早,安睡罢。"

夫妻双双安睡困,一夜别情话分明。

娘子在家要当心,丫鬟佣人在家中。

大小事情你当心,三巧开口丈夫叫。

家中事情你放心,你收清账目早转门。

二人一夜之间谈话到天明，蒋德起身带好银两、账目、衣服，全部预备。王三巧就将送丈夫上路。蒋德吩咐丫鬟："你们要好好照顾娘子。"全家上下人等送别上路去。

蒋德远离家乡去，三巧远离送亲人。

送别丈夫广东去，三巧回转坐房厅。

卷中不说王三巧在家，天天望丈夫早日回家。再说蒋德早行夜宿，来到广东住下客店，三年前老客户个个相识，蒋德就请酒接风。半个月来，来广东路上辛苦，身子不好，生起病来了。有老客户每天亲临切脉，服药调治，把生意全部耽搁，眼见一年不能回去不说。再表王三巧：

自从丈夫广东去，一年已经到来临。

不见官人回家转，王三巧心中好烦恼。

别人家买鱼又买肉，老小团圆在家门。

三巧思想丈夫情，嘴上不说心中苦。

要说王三巧在家想丈夫，与丫鬟吃开年夜饭。一夜过去，来到明早，就是年初一。街坊人多非凡，蒋德住宅又好，大街中心前楼房屋好，二楼是卧室。三巧平时在二楼坐卧。今日初一，丫头晴云来到房间说："娘娘，今日是大年初一，我们到前楼去看街景罢。"三巧一听，想道："我丈夫一年未回，就让我看看街景。"跟丫头晴云来到前楼，听到楼下热闹非凡，就叫丫头打开窗帘子，放眼往下观看，一连几日到前楼看街景也。

三巧思夫上心事，今日窗前身坐定。

忽然街头来一人，此人原是本地人。

他名两字陈商叫，今年年方二十四。

父母早亡生一子，来到此地做生意。

娘娘在窗前远望，眼前来了一个陈商，是新安县人，在家中无事，凑了二三百银子到枣阳来做生意，今日年初四要到米行称米。陈商生来好长相，又像神仙下凡。头戴一只铜盆帽，身穿一件长衫，来到大街上。那时王三巧一眼看陈商，从远处看好像丈夫回来了，上楼打开窗，定神而看。正在那时，陈商正好抬头观看，四目相对。陈商一看，楼上这位女子生得美丽，陈商当看中他了。娘娘哪知不是丈夫，面孔通红，忙把窗门关好，坐床沿上，心跳个不停。哪知陈商想错了。

陈商看见美佳人，魂灵飞上九霄云。

对准窗口呆呆看，越思越想费精神。

无心米行做生意，回转客店动脑筋。

心心念念放不下，一心想要女千金。

我家虽有娘子在，怎比那人半毫分。

若与他人来成亲，明天就死也甘心。

且说陈商回转客店，思想着："我是不认得她，我费一点银两倒不在话下，就是没有接头。"横想竖想，正在那时想着一个人。姓薛，人称买婆，都叫她薛买婆。陈商想："人我认得，看她能不能接线。"陈商打定主意，来到婆婆家中。老太看见陈商上门，就说好长时间没有来了，今天来到有何吩咐。"干娘，你我多年交好。今日上门有一件大事，要你出力帮我忙，不知你可肯？"那老太婆说："陈大官人，你请坐呀。"二人坐下，老太就问什么大事。"干娘你听我说！"

陈商开口说原因，那日初四上街行。

抬头看见一佳人，那人人品像仙人。

她看我来笑盈盈，一见钟情上我心。

求求干娘救我命，生生世世不忘情。

薛买婆一听,丈二和尚摸不着头,就说:"大官人,你说什么?"陈商接着:"干娘,我要你为我做一个接线人,我这里有银钿二只给你。"向台上一放。老太一看,一吓:"大官人,我只会做珠子生意,这生意我是不干的,请收好吧。"陈商听见干娘不做,心里很急:"你救救我吧。"老太一想,"大官人,让我来想想。"就问大官人:"这一家,是哪家女人?"陈商说:"这我倒也不知,就是汪三朝奉典铺对门这家。"老太一想,就是姓蒋名德之家呀。"大官人!不瞒大官人说,蒋家里,老妇从未进过门。他们夫妻日夜在里边,二人像鱼儿得水一样寸步不离。连小娘子的面长面短,老身都不认得的。你方才所赐的,受用不了。"那时陈商慌忙双膝跪下说道:

干娘在上听我讲,我陈商日夜思想心不放。

如果干娘不帮忙,我条性命难以藏。

干娘快快想才情,救我陈商命一条。

今生不忘大恩情,银两多少赐予你。

且说陈商二手点地,上下礼拜不停。那时薛婆看见,就扯他起来。"你这样要急煞老身了!大官人快起来吧。"陈商起身拱手道:"有何妙策?"薛买婆道:"大官人,这件不是小事。我看一天二天不能成就。我倒有一计,我对你讲,不知可好。你过来。"二人咬耳讲话。"到明天我拿珠到典当门口走过,你说要买珠宝,我讨价大,你还价小,我不卖,你要买,二人大闹,不知能不能惊动楼上的女佳人。那时看她如何。"二人定计而行也。

卷中不说定计策,陈薛二人各回转。

一宵已过到天明,来朝陈商大街行。

且说陈商一夜过去,一到清早,拿了银子三百两,一直来到汪三朝典铺门口,与朝奉行过礼,拿了一只凳子坐在门口而望。不多一时,看见薛买婆抱着一箱子走过来。陈商唤住买婆,问道:"你箱中是什么东西?"买婆回言:"是珠宝,你没有用的。"陈商道:"我就是要买珠宝,拿来看看。"买婆打开箱子,取出一串珠子。陈商问道:"要多少银两好卖?""二百两银子好卖。"陈商道:"五十两银子卖不卖?"二人一个要大,一个要小,二人闹得街头人头众多。正在那时,惊动对门前楼上的美佳人王三巧。三巧走上前窗门,打开一看,见珠光闪烁,见一个人与老太婆争价钱。三巧很想买珠宝,就叫晴云丫头。

三巧开口丫头叫,街上有人卖珠宝。

给我前去唤她来,让我娘娘看分明。

丫头奉命出房门,匆匆来到街中心。

叫声婆婆听我言,请你前去蒋家门。

且说薛买婆听见有人叫他家去,心中开心得呒淘成,收好珠宝箱中存。陈商那个开口:"我要买。"老太回言:"不卖了,不卖了。"就跟晴云丫头回家而去。二人上楼,见过三巧。王三巧说:"就请婆婆将珠拿给我三巧看看。"买婆口中不停,手也不停,将珠拿给三巧看一下。丫头送过茶,谈了一会,忽然老太开口:"我有要紧事,我去去就来。这珠放在这里无妨。"王三巧就将买婆送下楼去不说,老太下楼。

要说三巧等她来,一连等了五六天。

只见天上下大雨,买婆雨天到来临。

身上被雨都落湿,走到近楼高声叫。

大娘你等得好心,取出珠来给她看。

讲好价钱是多少,老太口称眼力好。

且说二人在东楼谈价成功,三巧拿出银两要付与薛买婆一半。三巧开口:"婆婆,这里一半,再有一半,等我丈夫回来付清,好吗?"买婆回言:"不妨。"三巧收好珠宝,就呼晴云取酒杯来,二人在楼上吃酒谈心,吃了一会,老太太要走。三巧叫一声:"婆婆,你不嫌怠慢常来走走。"老太太起身回家不提。

　　要说陈商人一个,几天没见买婆人。

　　今天前来看分明,一直来到薛家门。

　　四面张望看得清,看见买婆转家门。

　　上前一步干娘称,这事是否来成功。

　　且说买婆看见陈商就说:"你来做什么? 我不管闲事的。"陈商看看老太酒多了,不要与他多说。陈商等了一会,买婆方才明白了,对陈商说:"你我成就这件事,大官人请你再等几天,让我一再想办法。"陈商无法,只得回去。不说陈商回去,要讲买婆日里街上做买卖,夜在三巧楼上吃酒。到后来三巧一天不见买婆,心中好不快活,真是吃在桌,睡在一房。有一夜,买婆讲起她年轻时之事。

　　我年轻时真风流,汉子多得门里穿。

　　上下半夜分二班,哪一夜没有汉子来。

　　想你相公出门去,一人独睡好难过。

　　三巧听得面皮红,身朝里床不出声。

　　薛买婆看看三巧默不出声,故意熄灭灯火。三巧说道:"婆婆,火灭了。"老太忙起身点灯,走到门口。陈商已在门边上等了好多时间了,在黑头里钻进房间,就睡在买婆床上。三巧说:"婆婆,我不点灯睡不着的。"买婆回言:"我在,你放心。"那时陈商就床上起来,到三巧床上去,起先二人睡着,上下衣襟全无。那时三巧一摸,说道:"老人家,这么多年龄,身上倒很光滑的。"陈商不出声,就钻到三巧里面。那三巧,一来酒多吃了,二来被买婆说得春心荡漾,弄得魂不附体。云雨毕后,三巧问:"你是谁? "陈商开口便说:

　　娘娘听我说分明,那日你在楼上望。

　　我陈商看见着心上,就叫买婆来用计。

　　让我与你成一双,今日事体来玉成。

　　谢谢娘娘一个人,救我陈商命不伤。

　　陈商便道:"今夜我与你一睡,死也瞑目。"那时买婆走进房间说道:"老身不是大胆,请娘娘原谅。"三巧回言:"万一我丈夫知道怎么办呢? "买婆道:"此事只有你知我知他知,只要拿晴云买通,她不问。有哪个知道呢? "三巧一想,反正我丈夫不在家,到时再说。自此以后,陈商与三巧二人夜夜在一起。蒋德在外做生意,贩了一些珠宝,要想回到苏州去卖掉。蒋德在路上,卷中不说起。再说陈商在蒋家房里登了二个多月,贩来东西全部下船装好,就和三巧商量,要去卖掉再回来。二人在楼上说一会,哭一会,真正一夜不曾合眼。到五更天明起身,三巧便去开箱,取出一件宝贝,叫珍珠衫,送给陈商。这件珍珠衫是蒋门祖传之物,天热穿着风凉,冬天穿着不冷,真是无价之宝,送给陈商。

　　娘娘送宝给陈商,双泪滚流别情郎。

　　未知哪日再重见,今日悲啼送情郎。

　　娘娘忘记丈夫情,招来野鸟胜文鸾。

　　忙叫丫头门开出,相送情郎出门行。

　　且说陈商离开蒋家到船上,连夜开船,路上不提。船到苏州枫桥水码头上停下,他想枫桥是米最好买卖的地方,就上岸去招一个主客,不提陈商在店招客。

　　不说陈商店招客,再提蒋德在枫桥。

　　楼上房间身住定,陈商也在客店门。

　　住在楼下第一间,二人出进多照应。

　　二人都是做生意,客客气气话来云。

蒋德与陈商二人都住在客店。一天,蒋德心想:"我在外生意做了好长了,想来娘子在望了,要想回去了。"蒋德想:"我明天要离开苏州回襄阳去,今夜让我去楼上跟他作别一下。"蒋德来到楼下,走进陈商房间,二人见过面坐下。陈商就开口问道:"老兄,我同你二人认识以来,不知老兄何方人氏,姓什么,叫什么,做何生意?"蒋德一想:"我在广东做生意,换名叫罗大官人,不妨我就对他说姓罗吧。""陈兄你问我何人。"

让我对你讲分明,我家住襄阳地方人。

大市街头我家门,我的名字叫罗官人。

我明天动身回家门,陈兄有何讲分明。

陈商开口罗兄叫,我有一事问一问。

且说陈商就问蒋德:"罗兄,你在大市可听得一个叫蒋德的家吗?"蒋德一听他问起我家,不知有何事情,让我听听,就说:"认得,有何大事?"陈商道:"罗兄,我与蒋家娘娘有关系。"蒋德不响,又听下去。陈商取起珍珠衫给蒋德看,眼泪汪汪对着蒋德说:"此衫是三巧娘娘所赠。兄长你此去,小弟有封书信,奉烦一寄,到早上我送来吧。"

蒋德听了心中火,好像尖刀刺心中。

又不好说真情话,又不面上露出来。

真叫死活心里明,只得一一来允认。

口叫陈兄明天来,一定给你带上门。

蒋德当时以为他瞎说,但看见他身上穿的珍珠衫,一定是真的。气得一时无法答话,只得回言"好,好"。那时陈商就拿书信,还有一只小匣子交于蒋德。在这一霎之间,蒋德的心几乎要爆炸。蒋德止了气,就接过书信、匣子。陈商开口:"兄长,不知跟你什么时候再碰头。"蒋德回言:"陈兄,时光不早,我下船了。"二人分别,陈商回转买米船,上去不讲。蒋德见陈商已经走远了,就取出书信来看。封面上写"烦寄大市街东巷薛妈妈家"。蒋德拆开书信来看,"劳烦干娘转寄大市街心爱的娘子三巧亲收","娘子,相会之期在明年来春,珍重珍重"。看罢书信,心中大怒,就拿书信扯得粉碎,往河中扔下,再开匣子一看,一只玉簪。蒋德恨得就在船板上将玉簪一折两段。蒋德想起这些东西要做证据,就拾起玉簪包好,吩咐开船也。

路上事情不多谈,将近来到自己门。

望着家门心中苦,两泪交流苦在心。

想起当初夫妻恩,如今弄得一场空。

只怪我在外贪钱财,家中出了臭事情。

硬上身子来坐定,心中有苦又是恨。

蒋德到厅上坐定,三巧听得丈夫回家,从内房走出,见过丈夫。蒋德忍住气,勉强相见,并无言语。那时三巧有些心虚,觉得满面惭愧,不敢上前殷勤。船家将行李搬完,蒋德开口:"我去丈人家,去看看岳父、岳母大人。"说罢就走。蒋德没有去丈人家,回到船上一夜天不提。老早回到家中,对三巧说道:"你爹娘有病,病得很危笃,所以我一夜未回。你爹娘要见你的面,我给你轿子在门口了,你快去罢。我也就要来的。"三巧听得有病,将房门钥匙交与丈夫,叫一个管家婆跟着一起回娘家去了。蒋德上前将老太扯了扯,就拿一封书信给老太,说:"婆婆,你到了王家,将书信交给王公,你就回家来。"老太太答应一声就去,路上事不说。到王家停轿,三巧走进大门,看见爹娘很好,心中一惊。王公看见女儿不接而回,那时老太太就将书信交于王公,王公接书信拆开一看,却是休书一封。休书上写:立休书人蒋德系襄阳府枣阳县人,从小凭媒聘定王氏为妻,岂期过门之后,妇德多有过失,正合七出之条。因念夫妻之情,不忍明言,情愿退还本宗,听凭改嫁,并无戏言。王老老看完书信,又见一条汗巾、一只折掉的头簪,王公大惊道:

三巧女儿你听好,书信上面写得明。

娘娘你今出事情，今日休书到家门。

三巧听了心中想，难道丈夫竟知闻。

叫我如何来讲明，只得啼哭不出声。

且说王公看见女儿不回话，气得无话可说，就赶到蒋家。蒋德看王公到来，连忙上前作礼。王公回礼，便问："贤婿，我女儿是清清白白来的，如今有何过错，你要把她休掉？我今天来要讨个明白。如果没有什么过错，你如此狠毒，也要被人家笑话，也要说你无情无义的。"蒋德回道：

丈人在上听我说，小婿不是无情人。

只因在外生意做，三巧在家不正经。

做出败坏门风事，你若不信我来讲。

我家祖上珍珠衫，他送情人是真情。

你若不信回家去，向你女儿拿宝珍。

若是拿出珍珠衫，半事不提是我错。

且说王公听了蒋德的情况，心中气得更狠，心想："让我回去，问个明白再说。"就拜别蒋德起身。那蒋德送了王老老出门，回到书房不提。王公公路上事情无心看，回到家中，就呼女儿三巧，就说："我去蒋家，问了明白。蒋德说了，你拿得出祖传珍珠衫，百事太平。"王三巧听见"珍珠衫"三字，心中一惊，满脸通红，嚎啕大哭，话都全无。那时王夫人上前劝道说："你只管哭，不如跟你父母讲实话。"王公公："让我把汗巾、簪子拿与夫人，让她好好劝劝，问个明白就是了。"王夫人拿二件东西来时，女儿往房中去了。三巧坐定身子，想起珍珠衫泄露风声，好生难过，边哭边说："母亲，是我的不好。"接着汗巾看了一看，三巧叫："这是叫我自尽的。我也怪他不念夫妻之情。是我做得不对，我活在阳间无脸了，倒是死了干净。"王夫人听女儿的话中是有对不起丈夫之事，也不再问，就出房门去了。王三巧看娘走了，就把汗巾往房梁上一结要自尽。正在这时，正巧王夫人拿一些点心进来，看见女儿上吊，急得手忙脚乱，上前用足力气一拖，王三巧跌在地上，母女二人跌在一起。王夫人边哭边说："女儿啊！"

你年只有二十多，为什么要自寻短见寻死路。

花儿一朵未开放，人死不能再还生。

再说你丈夫有回心，哪里再有你的人。

如果你丈夫不回心，另嫁夫君度半生。

女儿要听娘的话，不要为娘来担心。

三巧听了娘的话，心如刀割肝肠断。

且说王夫人劝导女儿，房中大哭小喊，惊动王才元。老老走进房间看这个情形，叫一声："女儿！为父劝你不要这样做。年轻做事要小心，下次不做不要紧，下次不能再寻短见了。"说罢就扯了夫人走，吩咐："夫人，你要用心提防。"三巧被父母劝导下，总算放下心来。我不提三巧在娘家过日子。

再提蒋德在家门，手中取起二根绳。

就取丫头捆得紧，拷打情由问明白。

丫头吃打说分明，东家在上听我说。

那天薛婆来我门，花言巧语说分明。

娘娘当他是好人，勾引娘娘思春情。

弄得娘娘无法想，口吃黄连心头苦。

小人不敢骗东家，求你东家饶了我。

多是薛婆害我们，求你收了娘娘身。

且说蒋德听她细细招出,多是薛买婆勾引的,心里恨之入骨,心想:"没有她,我娘子不会做出这种事。"就放开二个丫头。当夜无事,一夜已过,到明早,蒋德领了一伙人赶到薛婆家中,叫她出来。买婆知道不好了,走到蒋德面前。蒋德扇她几个耳光,就吩咐同伙动手打。那时打得薛家屋里雪片一样,只剩房子没拆掉。买婆知道自己做得不对,就并无一人出来讲话,蒋德看看打也没有什么好打了,吩咐回家。众人都回家,蒋德回到家中,把二个丫头赶去不提。回书房里写了三十二封条,把十六只大小箱子都封了起来。蒋德想着虽然休了三巧,心中好不凄切,见物思人。不说蒋德在家之事。分二头,卷中要说南京有个叫吴杰,进士出身,是广东湖阳县知县,坐一只船,一路经过枣阳县。吴杰想:"我上任来没有家人,想在这里可有美妾。"就在枣阳停船,闻得王才元之女漂亮,吴杰知县就央媒说亲。王才元想,倒巧合,只怕前婚有话,王公亲到蒋家问一声,蒋德一口答应。王公回家,蒋德想到三巧出嫁那日,我将十六箱子送给她去吧。吴杰知县与三巧成婚那日,看见有不少人抬了箱子走向这里。吴杰想:"我这里没有什么亲戚的。"心中不明白。却说蒋德一言不发,把十六箱子交与三巧当个陪嫁。三巧心上过意不去。有人说蒋德做人忠厚老实,也有说他是夯大,还有骂他没有志气,正是人心不同。我就不说知县与蒋德之事,再要说陈商。

陈商来到苏州城,卖完白米回家门。

整天想着三巧身,身穿珠衫笑在心。

想着路远不见人,长吁短叹心里闷。

那天陈商回到家里吃好饭要看珠衫,做事不离珠衫。老婆平氏看见丈夫为什么看珠衫要比看我还要重,总是有些蹊跷。那天,陈商忘记穿在身上,被平氏看见,就偷偷拿走,放在天花板里面去了。陈商回家要拿,一看不见了,就问娘子。平氏回言:"我没有看见。"二人就发生吵闹。陈商破口大骂平氏起来,骂得老婆大哭起来。陈商一看不对头:"让我收拾行李再去枣阳吧。"带了银子,带了书童,出门直向枣阳去。

路上行程来得快,一路太平无事情。

前面只见一条江,江面可有船只在。

让我上前看分明,抬头只见船一只。

叫声船家行方便,我要过江付银钱。

陈商呼了几声,船上有二个人,一个叫枉三,一个人叫枉四。二人正在准备烧夜饭,枉三听见有人要过江,就说:"枉四你看,来了二个人。"即便答应一句:"来了。"二人把船摇到对岸。陈商二人上船,到了半河,枉三、枉四开口:"你们有多少银子,快快拿来。"陈商一听不对了,就求饶命。那二人是水面大盗,将他们银子劫了。书童想跟他们拼命,却被他们打死扔在河中。陈商见这二人不对,就逃到船艄上,下水伏着,才算活命。到晚上,他一人偷上岸去,到枣阳朋友家去。走进朋友家,人称吕员外。员外叫他换掉衣服,坐定身子。吕员外就对陈商说:"自从你走了之后,我们枣阳出了件事情。蒋德回家之后,听见薛家买婆勾引情郎,结设三巧。现薛家打得不像样子,要讨什么珍珠衫。如今听说王三巧嫁人了,说嫁了一个吴知县去做偏房。老太太在这里安身不牢,也搬家了。"陈商一听,一惊,好如冷水当头淋。这一惊非小可,当夜陈商发寒发热,生起病来了。

吕公就请郎中来,郎中一看此人病。

就是急出思想病,惊郁症来很难医。

陈商在吕公家病倒二个月时间。陈商想:"让我写一封书信,叫人带回家。让我娘子拿银子来,叫船回去。"信上写着"平氏亲拆",陈商写好信,交于吕公。吕公想方设法打听,正巧有一人到徽州新安县去,吕公一听,就想叫他带一信。吕公拿出银子五两付与承差。承差带信,路上不提。来到新安县陈府门上,交给平氏。平氏谢过送信之人。承差回去,那平氏回到房中拆开信一看,呀!一惊。信写着:

贤妻你在家可好,为夫别妻到襄阳。

路遇盗贼劫金银，杀仆为夫得逃生。

来到枣阳吕家门，病倒二月不起身。

求妻速到枣阳来，带了银子请医生。

平氏看罢，心中半信半疑，再想想这事也有可能，看来这件珍珠衫不像正路上来。"让我多带些银子，前去枣阳看看吧。"

平氏离家出门庭，一直来到枣阳城。

打听问信吕家门，碰着吕公开言问。

我家丈夫在何方，吕公开言讲分明。

你夫一病命归阴，棺木停在后大厅。

平氏一听大声哭，哭倒在地苦伤心。

吕公上前平氏劝，哭死在地也无用。

快快起来想才情，陈商棺木如何能。

还是送上坟堂门，还是搬回自家门。

平氏一听开言道："吕公，与我想来，要请僧道超度魂灵。"平氏换上孝服，就借吕公家做了几天法事。平氏在吕公家过了二十多天，要拿丈夫棺木搬回去。卷中不说平氏之事，再说吕公。吕公老老看见平氏人品好，我第二个儿子没成婚，倒不如让她在我家。老老同平氏说起这事，平氏大怒，把老老骂了几声，接连打了几个耳光。吕公一场没趣，起身就走。吕公想："我白吃耳光，她白住我家。"心中不平，心生一计，就与佣人吕才，叫他今夜拿平氏的银两首饰全部偷掉，看她怎么样回去。吕才当夜就偷了银子等物品连夜逃走。再说平氏早晨起来要收拾行李回家，一看银子不见了，首饰没有了，哭了起来也。平氏大哭，惊动隔壁张七嫂。七嫂听见平氏在哭，就走进来劝她："你哭也没用，不如早些回去。"平氏看七嫂就好像看见亲人一样，边哭边说起来。

七嫂在上听原因，昨夜银子全偷光。

要想回家无路费，一时没有好主意。

七嫂开口平氏称，手中无钱像死人。

你丈夫人死难回生，你的年纪还是轻。

另嫁夫君重做人，七嫂讲话是真情。

你看此事能不能，着实应该想分明。

且说平氏听了七嫂的话，心想事到如今，也没有别法了，就开言："七嫂，我想你不会骗我的。可是这里有没有这种人可要我这等人呢？"七嫂一听，平氏有应了，就开口说道："平氏娘娘，我想着这里有一个人。就是二婚了，你看怎样？"平氏说道："不管是二婚，只要人才好，人心要紧。"七嫂开言："此人人才你一定看得中，再讲你娘娘的身姿，怕看不中你吗？让我来说说看。"七嫂别了平氏，就到蒋家中与蒋德一讲。蒋德想："我与三巧婚后三年，并无后代，我蒋家家中想要传下去。"就问七嫂，那位娘娘能不能答应？七嫂对蒋德说："我带你去看看，好吗？"蒋德答应一声，就换好衣服，跟了七嫂动身，来到平氏的地方。二人见过面，那时蒋德就拿出银子送与平氏，哪知道平氏分文不要，只求买一块地给丈夫殡葬。"好。"蒋德答应了，平氏殡葬丈夫之事不提。蒋德与平氏成了一对，过了几天，平氏整理衣箱，在自己的箱中拿出珍珠衫一件。蒋德正好看见，大吃一惊，就问道："娘子，你这件衣衫从何而来？"平氏回言："夫君你听我讲来也。"

平氏开言讲分明，丈夫在上听原因。

此衫来得很蹊跷，前夫带回自己门。

问他哪里来的衫，他一言不讲无回音。

被我拿好箱中存,如今还是不知情。

且说蒋德一听,就说:"娘子,此衫是我家的。娘子,你家丈夫可叫陈商?"平氏道:"正是的!你怎么会认识的?"蒋德把舌头一伸,双手合掌,对天道:"真天理昭彰,好怕人也!"平氏听了就问道:"丈夫,你为何拜天?说与我听听看。"

蒋德开言娘子称,此衫原是我家门。

你丈夫奸骗我妻子,珠衫一件有情深。

带到苏州客店门,我俩结识有交情。

我见珠衫问分明,陈商说出私通情。

叫我带信回转门,我问三巧无回音。

休书一张了妻情,想不到你带衫结成婚。

且说平氏一听,一吓。一想这事,一报还一报。平氏开言说:"夫君,真是世上事情说不清。"那时蒋德取起珠衫,题诗四句:"天理昭昭不可欺,二妻交易孰便宜。分明欠债偿他利,百岁姻缘暂换时。"再说蒋德与平氏日子过得好,光阴迅速。一年之后,蒋德与平氏讲:"娘子,我想要到广东去做生意,贩一点珠宝。"平氏吩咐:"官人,你一路当心。家中的事情有我来办,你放心走也。"

蒋德开口娘子称,在家一定要当心。

勤跟男人多谈论,勿在街上一人行。

夜里早点关好门,不要忘掉前次情。

我去广东生意做,不多几月要转门。

蒋德吩咐平氏一句,收拾行李,带银两一人出门去了。平氏送丈夫上路,回家不提。蒋德在路上早行夜宿,脚不停歇,已经来到广东,就去看珠宝,价钱讲定。蒋德付了银两,一看,一粒绝大的珠不见了。蒋德知道是主人家偷去的,那头不承认。蒋德发火,走上一步,扯他的袖子。蒋德气力用得大了一点,那老头子拖翻在地,跌了下去,没有声音,忙去扶他起来,气已断了。那不好了!女儿亲邻都来了,哭的哭,叫的叫,有几个年轻汉子拿蒋德毒打一顿,关进房里,连夜写状子,等到天亮,送到知县衙门去。吴杰知县想当地出人命,大事不好,就吩咐衙役带链条捉拿凶手,衙役们将蒋德押到县衙。那天知县在内房,把状子看一遍。三巧在吴知县念状纸时,耳中听到"蒋德"二字。三巧一听,呆掉,是我前夫。三巧就说:"官人啊,状子上的蒋德是我亲哥哥,求求你放了他一命吧!"为什么三巧要这样求情?想起前面是我的不好。吴知县莫名其妙,想:"你姓王,他姓蒋,怎么会亲哥哥呢?"三巧就说道:"夫君,你听哪!"

我亲哥在外生意做,跟我娘舅蒋家人。

一年四季在外登,所以换名姓蒋身。

为什么要换姓名,因为娘舅有名声。

要在外面做生意,跟我娘舅姓蒋人。

吴知县一听,也有道理。三巧见知县没回音,就跪下苦苦哀求:"丈夫,你看在妾身面上,救他一命还乡!官人呀!你如果不放他回去,我愿自寻短见。"知县一听,说道:"你且莫忙,我是有道理。到审堂时,再看了行事吧。"王三巧说:"请老爷作主!"知县老爷答应一声,就去审堂。知县说:"来呀,把犯人带上堂!"蒋德上堂,衙役先带了蒋德上堂跪下,知县惊堂木一拍:"你为什么打死老头?快快招来!"蒋德说道:"大人在上,听小人讲来。"

那天我在他家贩珠宝,价钱讲定付银钱。

被他偷去大珠宝,我一时发火力气大。

扯他衣袖问分明,哪知年老无脚花。

倒在地下命归阴,求求大人要明断。

那老老的儿子叫宋福、宋寿,一定要说他打死的。知县在想:"你们都说他打死的,说不明白,让我开棺相验。"要拿他的伤骨出来,宋福、宋寿一听:"老爷!人已经死了,还要开刀相验,这是不行!"弟兄二人商量一下说:"老爷在上,听我讲来!我爹爹年过六十七岁了,他死了,还要吃刀子相验,我想做儿子的太不孝了,请老爷明断!"知县说:

宋福宋寿听我讲,开刀相验不能应。

我无证据难断清,犯人不肯来招出。

问你弟兄二个人,你看究竟哪能行。

弟兄二人言分明,老爷总有好才情。

宋福说:"老爷,照大人的办吧。"知县想想,一定不是打死的,就说:"这样吧,叫蒋德披麻戴孝,送你爹爹上坟堂,再叫他拿出银子二百两,你看好不好?"弟兄二人思想,就这样吧。"老爷,你看着办吧。"吴知县就这样断得干净,三人都叩头,谢过大人。大人吩咐退堂。吴知县回进房间,三巧开言:"丈夫,我想与我亲哥哥相见一下,你看可好。"吴知县想是亲兄妹,应当相见的,就一口答应了,就差人把蒋德带到花厅相见。知县开言:"大舅!这场官司没有令妹求情,下官几乎得罪你了。"

蒋德听了不明白,什么令妹来求情。

爷娘所养我一个,哪来姐妹在家门。

内中情况不明白,让我再听二三声。

开口便把大人称,我的妹妹在你门。

且说知县吩咐丫头:"叫娘娘出来相见。"丫头来房内说,三巧明白,跟了丫头到花厅上,二人见面,紧紧抱在一起,放声大哭,就是死亲爷娘也不会这样的哭法。坐在边上的知县一看,他们不像兄妹情谊,好生不忍。知县便道:"你们二人切莫悲切,我看来不像兄妹,快说真情。"二人哪敢说真情,都是不作声。知县紧盘问,王三巧无法,只得跪在地上直说也。

老爷在上听原因,此人不是亲哥哥。

却是前夫人一个,为了陈商奸骗我。

夫君一时气头上,修书一封回家门。

老爷路过枣阳县,央媒说合成了对。

今天旧情难说明,有罪要我来承认。

请你大人细思忖,放他回家行好心。

知县一听,原来前夫,从前也恩爱的,因为被人奸骗上当,所以休掉的,再嫁为我妻。知县看他俩如此相好,想:"下官何忍拆开他们?好得我和她三年没有生过男女。这样吧,让他们明媒正娶吧。"知县说道:"你们二人不要哭了!我让你们回去吧。"三巧想:"老爷讲些什么?"接着知县又说:"蒋德,你把她领回去,做你夫妻去吧。"那时二人都听明白了,二人跪在老爷面前拜谢。知县吩咐轿子送三巧出衙门,又唤众人拿十六只陪嫁箱子也收拾去,都叫蒋德收领,再差一个公差送他夫妻二人出县境。吴知县后来之事不提。再说蒋德带了三巧回枣阳蒋德门,在厅堂上见过平氏,前情一一说明,平氏心中也很高兴,就说:"丈夫,三巧为大,我为小。"王三巧回言说道:"平姐,你比我大一岁,况且我是休过的人。我来做小。"后来平氏为大房,王氏为偏房,二人姐妹相称,从此一夫二妻,团圆到老。后来二位夫人养上二个儿子,长大成人,读书聪明,状元及第。蒋德做珠宝生意,大发其财,合家团圆也。

珍珠衫宝卷宣完成,奉劝大家记在心。

今日听了此本卷,回家细细想分明。

为了小小事一件,险些就要出人命。

卷中若有错误字,念声弥陀补完成。

珍珠塔宝卷

王子去求仙,丹成入九天。

洞中方七日,世上几千年。

王子王孙去求仙,何仙姑丹成入九天。

铁拐洞中方七日,老寿星世上活仔几千年。

闲文熟语不多谈,撇开闲文正卷开。

珍珠塔宝卷初展开,诸佛菩萨降临来。

在堂大众齐声贺,能消八难免三灾。

且说明朝崇祯年间,河南开封府祥符县太平村,村中有个人,姓方名卿字子文。祖父方天舜,当朝一品宰相,如今去世。父亲方景章,为官吏部尚书,母亲杨氏。家财豪富,只因罗通奸臣假传圣旨,将方家团团围住,要满门抄斩。

罗通奸臣来残害,抄斩方家一满门。

高厅大屋都烧净,母子二人坟堂屋里住安身。

肚内饥饿无饭吃,身上衣衫打补丁。

且说母亲说道:"我儿,如今家中少吃无穿,难以度日,我想要你到姑娘家里借花银。你姑娘从前在家,我替她梳头缠脚,还有很多嫁妆上轿,临上轿又对我哭,我又赠她雪花银子一千两。我儿,你姑娘家里发财豪富,你到她家里去借些雪花银子,回家来且度光阴,再作道理。"方卿听了母亲之言,心中十分欢喜,拜别母亲出门而去。因无盘费,只好学古人求乞而行,一路走去便了。

在路行程多日久,求乞一路到襄阳。

家里苦处不必说,姑娘家里去借花银。

一路求乞到襄城,不知姑娘哪方存。

且说方卿一路到襄阳,不知城市中哪一家。看见前面来了一位老人家,连忙上前作揖,叫声老公公:"小生借问一声,这里陈御史家住在哪里?"老公公说道:"你哪里来的?"方卿就说:"老公公,你听我说便了。"

家住河南开封府,祥符县里太平村。

我到姑娘家中去,拜见姑娘老大人。

且说那老人家说道:"看你不大出门,你倒是陈御史的内侄。前面有黑漆墙门,就是他家。""多谢老公公。"说罢,拜别老人家而去。

拜别老人一路去,要要紧紧向前行。

旗杆竖到九霄云,隔河照墙画麒麟。

四柱牌坊多精致,二龙戏珠大墙门。

开口狮子两边分,刀枪剑戟密层层。

门前大船三十只,黄旗飘飘错落分。

文武百官来庆寿,放炮连连不绝声。

名班戏子开场做,埭埭屋里挂红灯。

杀气腾腾真厉害,仔细看看吓煞人。

立定身来念头想,怎好走进此墙门?

且说方卿此时并无主意,忽然走出一个老人家,一看此人,呆呆立定,是何原故?"请问客官要到何方而去?你尊姓大名?"方卿回言说道:"家住河南开封府祥符县内,姓方名卿。"家奴一听,原来是河南方公子到了。

陈宣双膝来跪下,公子听我说原因。

不想公子成人大,是我老奴旧主人。

陈宣说道:"方公子,请在此等候,让我到里面通报一声便了。"

陈宣家奴心欢喜,连忙后厅见主人。

低头说与御史听,河南公子到来临。

御史一听家奴说,哈哈大笑喜欢心。

难得侄儿来到此,吩咐接进公子身。

陈宣细细说原因,衣衫褴褛不成人。

诸亲百眷都在此,大家岂不要谈论。

御史吩咐老人家,你去接进公子身。

领他先见姑娘面,改换衣衫见我身。

陈宣奉命多欢喜,高高兴兴望外行。

走到墙面忙开口,满面添花喜十分。

家奴前头来领路,后头跟着小方卿。

方卿肚里来思想,姑夫一片好心肠。

犹怕众人来轻慢,叫我先去见姑娘。

厚赠花银不必说,再说方卿见姑娘。

且说陈宣领仔方卿到后花园,进去好见姑娘,改换衣衫,好见姑夫便了。

方卿走进后花园,木香棚相对茶花亭。

两边都是花果树,老岩堆起接青云。

红梅相对莲花池,只见千红梅紫林。

左边数千君子竹,右边百棵大松林。

老岩堆起桃源洞,朱漆栏杆耀日红。

前头几棵梅李树,后边栽了碧梧桐。

荔枝径上都干净,紫岩铺径一路行。

花园景致无心看,一心只要见姑娘。

离却花园往里走,春兰丫鬟走出门。

便问陈宣老伯伯,后头跟个啥样人。

陈宣回言说道:"就是河南来个方公子。"匆匆一路来到厨下,一众家人多是势利,总说方卿穷鬼,不得超生的。方卿肚里思想:"这班奴才,我去见得姑娘来,打他一顿便了。"

陈宣开口将言说,禀上太太得知闻。

河南来了方公子,拜见姑娘老大人。

一众丫鬟都来看,大家要认小方卿。

常常称赞方公子,看他相貌不非轻。

看他好像叫化无二样，赛个沿街求乞人。
陈宣就骂众丫鬟，个个不肯叫一声。
此时方卿红了脸，恨煞这班势利人。
稍停告诉姑娘晓，一顿皮鞭少不成。
不说方卿红了脸，再说丫鬟报事情。

且说老夫人正在吃得醺醺大醉，丫鬟报道："老太太，河南方公子特来拜见姑娘。"老夫人便问丫鬟，看他身上衣衫如何打扮，说与我听便了。

春兰开口将言说，老夫人听我说原因。
你说方卿多得势，身上打扮说你听。
头上方巾无四角，身上海青千补丁。
脚上穿着酱色袜，鞋子有底无后跟。
夫人听了丫鬟说，怒气冲冲火直喷。
他上我门不争气，分明看轻我家门。
夫人吩咐丫鬟们，唤进陈宣老家人。
应该先见姑夫面，为何先来见我身。

且说陈宣禀告夫人说："只为公子身上衣衫褴褛，老爷吩咐先见夫人，香汤沐浴，改换衣衫，然后好见姑夫便了。"

夫人一听怒冲冲，可恨我夫少脑筋。
他是穷苦来借银，还要认他什么亲。
夫人想起怒冲冲，这个穷鬼不许上我门。
陈宣家人抱不平，思想夫人丧良心。
自己方家亲侄儿，为何看得这样轻。

且说陈宣领了方卿来到后花园去见姑娘，谁知众丫鬟个个取笑方卿。陈宣发怒，只得通报去见姑娘便了。

方卿得意洋洋走，摇摇摆摆往前行。
一众丫鬟哈哈笑，看他进去见姑娘。
方卿看见姑娘面，开口便叫两三声。
姑娘抬起头来看，怒容满面不作声。
方卿再把姑娘叫，双膝跪在地下尘。
想必姑娘年纪大，耳聋眼花认不清。
姑娘一见心大怒，椅子里面掇转身。
想你姑夫生日到，寿礼办来贺我门。
不料你家业都败落，想你赌钱吃酒财干净。
今朝我俚来拜寿，寿礼全无为何因。
方卿开口叫一声，姑娘在上听原因。
只为连年遭荒难，几亩田地卖完成。
高厅大屋都烧净，单剩旧砖一天井。
母子二人坟堂住，无柴无米度朝昏。
日间只有风扫地，夜来只有月点灯。

母子二人难度日，吞饥受饿过光阴。

我身年轻母年老，特地到此借花银。

且说方卿只当姑娘说得苦恼，想姑娘必定要回心转念，不料她铁打心肠一样，不肯周济倒罢，却把他羞辱一番，只得忍气吞声，只怨自己命苦。

姑娘开口骂方卿，一派胡言哄个人。

自己家业多豪富，反要问我借花银。

你应办了寿礼到，才算方卿争气人。

如何这样来到此，分明削我面皮门。

你今反要花银借，真正是个气煞人。

你晓得姑夫为御史，岂不羞辱我家门。

方卿便把姑娘叫，皇帝也有草鞋亲。

姑娘你说哪里话，何况姑夫御史身。

父亲尚书为宰相，哪有穷来一世穷。

我今目下多落魄，日后爬到九霄云。

姑娘侄儿亲骨肉，如何看我路旁人。

不借花银犹是可，不该看轻我方卿。

倘然后来有好处，姑娘面上有名声。

姑娘听说火直喷，便骂方卿小畜生。

你若有了高官做，东洋大海起蓬尘。

你今倘有高官做，黄狗出角变麒麟。

如若你有高官做，西天太阳望东行。

方卿开口叫一声，草里乌蛇变成龙。

瓦片也有翻身日，我拿古人比你听。

郑元和落难莲花唱，后来得中状元身。

朱买臣当初樵柴卖，后来太守转家门。

伍子胥街上来讨饭，后来丞相好收成。

汉刘秀落难讨饭吃，后来高坐登龙廷。

吕蒙正住在破窑里，后来丞相为公卿。

何文秀落难唱道情，后来做得巡按转家门。

姑娘不好看轻我，我想穷人有翻身。

穷人哪有穷到底，姑夫自小卖烧饼。

且说方卿来见姑娘，欲要借些花银子回家，不料姑娘不认亲，侄儿反受她羞辱一番。他只得将古人比给她听，方卿日后定有出头之日，请姑娘你不要如此看轻我。

方卿就骂姑娘黑良心，忘记罗家害满门。

姑娘你好情意忘，忘记前头一段情。

你骑跨三岁你娘死，我娘养你十六春。

嫁妆行李我娘办，另赠千两雪花银。

你上轿对我娘亲哭，又赠黄金两大锭。

羞辱我侄儿倒也罢，不该忘记我娘亲。

你原是骨肉方家根，不该用叫花子比我人。

姑娘开口将言骂，骂声方卿不超升。

不说自己不学好，今朝反要说啰唆。

宰相儿子无出息，一生一世不超升。

姑娘拍拍胸膛歇口气，吩咐一班丫鬟们。

一顿门闩来赶出，打死无知小畜生。

一众丫鬟正要来动手，来了陈宣救星人。

陈宣相劝太夫人，须要看我二三分。

公子到此该留饭，不该应打他一顿当点心。

公子是你亲侄儿，到底不是路旁人。

方卿开口将言说，不怪姑娘赶出门。

有官再到襄阳地，无官不进陈府门。

此时方卿心中怒，不别而行转回程。

不说方卿往外走，且说彩萍丫鬟身。

且说彩萍丫鬟走上楼去，报与翠娥小姐知道。丫鬟说："小姐，倒是有桩新闻。"翠娥小姐问道："什么新闻，说我听听。"彩萍说道："河南方公子，穷苦不过，看他身上衣衫褴褛，人品相貌倒是好，真是人才出众。"

彩萍丫鬟将言说，小姐在上听原因。

母亲坟堂安身住，特地前来借花银。

你娘不认穷亲眷，一口胡言骂他身。

这样道理天下少，小姐岂不是新闻。

他身上衣衫多褴褛，眉清目秀好人品。

翠娥听说这句话，就骂娘亲不是人。

表弟如今来落魄，我娘忘恩负义人。

她是三代为官多豪富，受过荣华富贵人。

哪家保得千年富，哪家保得万世穷。

六十年风水轮流转，百年田地转三春。

雪中送炭真君子，锦上添花是小人。

倘然日后高官做，就是母亲面上有名声。

为何不认穷亲眷，皇帝也有草鞋亲。

不借花银倒也罢，不该拿他赶出门。

且说小姐说道："丫鬟，你快快下楼，追转方公子，请他上楼来，说我有话对他说便了。"

小姐便叫彩萍女，下楼去请小方卿。

请他到我高楼上，我今赠他雪花银。

与我娘亲淘了气，只怕不肯转回程。

彩萍移步下楼梯，三步改做两步行。

一心追着方公子，脚下不管路不平。

一径追到花园里，方卿还在花园门。

陈宣即便将言说，领你去见御史身。

方卿说自己姑娘还这样,何况姑夫外头人。

且说彩萍丫鬟奉命相请方公子上楼。方卿心中一想,便是受了姑娘一场大气,且去与表姐面上说过明白便了。

方卿肚里心欢喜,难得小姐请我身。

我今要到高楼上,告诉姑娘骂我一段情。

多年不见表姐面,会会表姐理该应。

彩萍前头来领路,后面跟着小方卿。

转弯抹角来得快,不多几步到楼门。

方卿移步上楼梯,翠娥小姐迎接笑盈盈。

方卿上前来见礼,小姐还礼甚殷勤。

姐弟二人见过礼,分宾坐定问原因。

你到我家我问你,两人说话正相宜。

小姐开口将言说,表弟难得上我门。

表弟呀,我母亲得罪你休见怪,要看我表姐面上情。

方卿便把表姐叫,听我从头说你听。

骂我穷鬼无出息,三餐茶饭没得吞。

只因小弟命运薄,反害娘亲受苦辛。

小姐就把表弟叫,表弟难得上我门。

小姐便叫彩萍女,吩咐丫鬟送香茗。

自己取出糕果并茶点,台上端来两三盆。

一盆桂圆一盆糕,还有瓜子共胡桃。

方卿立起身来走,小姐便叫慢点跑。

无非是吃点粗茶食,表弟拿来启口吞。

小姐看着方卿一头吃,虎背龙腰凤眼睛。

顶平额阔天仓满,定是为官做公卿。

相貌堂堂非凡品,后来必定有收成。

两耳垂肩手过膝,后来必定状元身。

方卿抬头看表姐,表姐容貌不非轻。

口像樱桃无二样,小脚如同水红菱。

细看表姐人才好,犹如观音少净瓶。

好像昭君娘娘重出世,犹如仙女下凡尘。

思想我今身穷苦,不然兄妹好成亲。

翠娥看中方公子,只得肚里想事情。

同年小我三个月,姐弟思想好成亲。

小姐吃罢叫彩萍,饭菜收进厨房门。

方卿吃罢动身走,翠娥立刻去拿银。

我有银子三百两,送你回家读书文。

小姐赠银子三百两,方卿再三不要银。

小姐看他要动身走,全然不肯受花银。

难得表弟有志气,越发打动我个心。

你果像公卿生个子,尚书儿子宰相孙。

再说小姐欲想托终身一事,不好意思,难以开口,无可奈何。一时想起前年自己将金丝珍珠穿成珍珠塔一座,赠给表兄便了。

翠娥一心要把终身托,轻移莲步往里行。

方卿心中来思想,难道看中我方卿。

想必表姐年纪轻,未曾许配小书生。

再说翠娥小姐进房,开了箱子,拿出一只小匣子,将珍珠塔赠与方卿,又私托终身于他。二人分别。

方卿分别动身走,小姐送出后花园。

翠娥分别楼上去,方卿一路向前行。

不说方卿路上走,再说御史一段情。

再说御史叫陈宣领了方卿去见姑娘,改换衣衫,然后来见我。此时太阳已落山,为何还不出来见我?就问陈宣:"方卿在哪里?"陈宣道:"方公子受了老太夫人羞辱,现在回转河南而去。"御史听说了,火星直冒,暴跳如雷,身骑大马,立刻就追。

陈御史骑马快如云,恨煞娘子太欺人。

若然追不着方公子,回家大骂娘子身。

方卿抬起头来看,姑夫骑马到来临。

倒不要说我偷他珍珠塔,拿我送官问罪名。

姑夫倘然盘问我,我做了违条犯法人。

立刻藏好珍珠塔,姑夫下马叫方卿。

姑娘虽然得罪你,应该告诉姑夫听。

何不见我姑夫面,不别而行转回程。

方卿就把姑夫叫,姑娘真正不容情。

开口骂我方穷鬼,丫鬟拿我赶出门。

御史即便开言说,贤侄跟我转家门。

万事总要看我面,你且到我家中过几春。

你娘在家我去领,两家并做一家人。

方卿眼泪纷纷落,姑夫在上听原因。

好马不吃回头草,我今不肯转回程。

我叫姑娘他不理,并不说着借花银。

姑娘开口将我骂,又将叫花子比我听。

姑夫说道我晓得,陈宣家奴说我听。

姑娘今朝得罪你,要看姑夫面上情。

方卿开口将言说,姑夫在上听原因。

若要我到你家去,除非一命见阎君。

御史说道:"贤侄,你不要眼泪汪汪。若然不肯同我回转,我拿翠娥小姐婚配于你,九松亭作伐为媒。假使你真正回家,只要叫我三声岳父!"方卿无法,倒不如暂且应承,再作道理便了。

御史就把方卿叫,你今真正不肯到我门。

我拿翠娥婚配你,九松亭作伐做媒人。

你今若然回家转,叫我三声岳父身。

方卿逼得无可奈,便把岳父口内称。

情愿饿死路途上,不要岳父雪花银。

方卿出了九松亭,匆匆一路向前行。

不说方卿回家转,再说陈家一段情。

且说御史吩咐陈宣,与我唤一众丫鬟出来。陈宣领命就去叫一众丫鬟来到高厅上面。

丫鬟一齐到高厅,御史一见火直喷。

你们这班小贱人,公子是我一支亲。

为何取笑方公子,一顿皮鞭少不成。

再说御史将一班丫鬟打了一顿皮鞭,出了心中之气,惊动里边老夫人,出来便骂:"老贼,你为何要打我丫鬟?"

御史便骂老娼根,你是忘恩负义丧良心。

为啥要骂方公子,为何将他赶出门。

御史揪住娘子头发髻,巴掌乒乓打得不绝声。

老娼根打得哀哀哭,里面走出女儿身。

女儿上前来相劝,爹爹休要打母亲。

御史叫女儿不要劝,我要打死老娼根。

女儿呀,九松亭上做媒人,将你许配方卿身。

你要三从并四德,休做忘恩负义人。

不宣御史家中事,再宣方卿路上行。

一头走来一头想,姑娘是忘恩负义人。

母亲在家朝朝望,哪晓得姑娘勿容情。

想想情由嚎啕哭,悠悠哭死又还魂。

活在阳间无好处,不如早点见阎君。

投河只要三尺水,上吊只要一条绳。

今世没有出头日,辜负表姐一条心。

多谢表姐赠我珍珠塔,耽误表姐一终身。

再说方卿哭罢,一想我老娘在家不知音信,将手拍拍胸脯,叫一声皇天呀,皇天呀,勿是我忤逆不孝,实在一无生路。又叫一声母亲呀,母亲呀,譬如从前勚养我。乩开年老之人,今朝自寻短见,投河而死,啼啼哭哭。不料惊动水仙土地神,变了两个老人家,走向前来,问道:"小官人,为何如此大哭?速速不要哭了。现在有文曲星君出现,三年之中必中状元。"说罢,分别而去。

公子勿该绝了命,遇着神明救度身。

谢了神明动身走,来到杭州地界临。

前无宿店后无村,今朝性命也难存。

身上饥饿难行走,天上大雪落纷纷。

白云桥边来经过,遇着强盗一个人。

却说强盗姓邱名六桥,方卿背了一个衣包走过,强盗走上前去说:"拿买路钱来!"方卿说:"此是清平世界,有什么强盗,要买路钱?"强盗说:"你付买路钱,留你性命;无钱买路,一刀分为两段!"方卿吓得魂不附体。那邱六桥走上前去一把抢住一个衣包就走,方卿追到白云桥边,拉住强盗,反被强盗拿起棍子来一棍,打死在雪中,强盗飞奔而走。方卿昏倒在雪中,歇了一歇,又有救星来了。再说毕云显,圣上钦点他为江西巡按,带了家眷上任而去。船到白云桥边经过,苍头推开船窗看天,望见岸上雪中毫光现出,吩咐停船,快叫手下人上岸去查看。哪知雪中一个死人,叫道:“老爷,雪地下死了一个叫花子在此。”毕老爷一想:“这个人日后必有出息,不然哪有毫光透天? 不是神仙,定是贵人。”便叫手下拿手摸摸他的胸膛,一摸倒还有点热气。老爷叫下人扛上船来。手下将死人扛到船头上,即刻拿姜汤灌下去,再拿被头一盖,将炭火一烘,那公子更醒转过来了。

即刻将他来扶起,老爷肚里喜欢心。

公子原来文曲星,逢凶遇难有救星。

方卿渐渐张开眼,嚎啕大哭痛伤心。

老爷即便将言问,为何冻死雪中存。

家住哪州并哪县,姓甚名谁说我听。

方卿即便回言答,眼泪汪汪叫大人。

我今死在雪地里,多谢大人救我身。

家住河南开封府,祥符县内太平村。

爹爹名叫方景章,我名就是叫方卿。

父亲被奸臣来药死,房屋烧得不留存。

母子二人无处住,坟堂里面住安身。

如今光阴难度日,母亲叫我借花银。

姑娘勿认我穷亲眷,多谢表姐好良心。

赠我珍珠塔一座,周济盘费三百银。

却说毕云显问道:“你家姑夫叫什么名字? 住在何处?”方卿道:“我家姑夫住在襄阳城内,名叫陈连。”毕云显道:“呵吓,说起来我家父亲与你家父亲是年兄好友。”方卿道:“莫非就是云显哥哥么?”云显道:“正是。贤弟你受姑娘的气而走,难道陈连不知道么?”方卿道:“你听我说便了。”

姑夫知道来追我,九松亭相会赠金银。

我不肯受他花银子,姑夫只得转家门。

别了姑夫来到此,白云桥边遇强人。

珍珠花银都抢去,被他打死雪中存。

云显哥哥来救我,一无报答你的恩。

云显回言称不敢,贤弟听我说原因。

你今同到我家去,一同读书看五经。

方卿即便回言答,我要回家奉母亲。

我娘在家巴巴望,勿知哪样度朝昏。

云显便对方卿说,贤弟你且放宽心。

你今同到我家去,差人去接伯母身。

勿宣二人开船去,再宣强盗一段情。

打劫珠塔真欢喜,拿了珠塔当花银。

朝奉一看难批价,送与总管看分明。

总管拿去仔细看,看了仔细吃一惊。

此物不是贫家宝,定是做官家内珍。

总管拿了里边去，送与御史看分明。

御史拿来仔细看，看见珠塔好疑心。

想我小女有座珍珠塔，好比此塔一样能。

慌忙拿到楼上去，来到高楼问原因。

小姐接来仔细看，细看珠塔吃一惊。

昨天赠与方表弟，难对爹爹说分明。

满面通红无回答，为何拿来当花银。

昨天拿去今朝当，难道表弟倒头精。

御史见了不作声，想必珠塔赠方卿。

莫非路上遇拐子，还是路上遇强人。

御史回身进当内，开言便骂贼强人。

打劫我家珍珠塔，快快拿住这强人。

强盗听说望外走，被人拿住难逃生。

御史写帖县里去，拿了强人送县门。

襄阳知县来晓得，即刻坐堂审分明。

且说襄阳知县叫声："强人！你叫什么名字？为何打劫陈府珍珠塔？"强人回道："老爷在上，小人叫邱六桥，并不是打劫来的，是我家祖上遗下来的。"知县骂他："你这个狗才！此物非是穷人家个宝贝，还说不是打劫来的？"叫左右先打三十大板，又上夹棍。邱六桥心上虚，又吃不了刑法，叫声："青天大老爷！小人愿招。"知县叫左右松了刑法。那邱六桥道："老爷，小人家内贫苦，缺吃少穿，黑夜之中走到白云桥边，遇着一个少年书生，肩背一个小包。小人看见，起了不良之心，上前一棍打倒地下，抢了包就走。"知县道："可曾打死？"邱六桥叫声老爷："小人抢了就走，不知死与不死。"知县便骂："你这个狗才，你谋财害命！"叫左右带去收监，即刻退堂。知县忙叫师爷书写一封，即叫差人立刻送与陈御史府上审实强盗口供。御史接了信一看："啊呀，不好了，口供之中有谋财害命之事。"即差家人到白云桥边查看，毫无踪迹。御史忙写回信一封，差人送县衙门之内，即叫知县与我把这个狗才杀死便了。

就拿强盗来杀死，珠塔送与姓陈人。

御史吩咐丫鬟女，珠塔送与女千金。

丫鬟来到高楼上，小姐听我说原因。

方公子路上强盗遇，打死雪中命归阴。

小姐听了如此话，一时急死地埃尘。

只说表弟拿去当，还怪表弟无章程。

物在未知人可在，不知可曾有救星。

彩萍丫鬟来解劝，小姐不必苦伤心。

我看方公子人一个，不像抛尸露骨人。

他是为人有志气，必定有人救他身。

我劝小姐勿要哭，慢慢打听公子身。

不说小姐来啼哭，再说坟堂老年人。

自从方卿襄阳去，朝朝夜夜挂在心。

早晨没得早饭吃，眼泪汪汪当点心。

姑娘姑夫留他在，忘记家住老母亲。

一去光阴三个月,亦无音讯转家门。

我不如也到襄阳地,姑夫家中暂登身。

说罢将门来关上,官塘大路往前行。

小小花篮提一只,龙头拐杖撑一根。

日间街坊来讨饭,夜间随路住安身。

不说方太太来求乞,再说旗牌四个人。

一直来到河南地,坟堂去请老年人。

只见坟堂门关上,坟堂并无一个人。

就到左右来打听,并无音讯半毫分。

四个牌军回头转,一一禀告毕大人。

左右邻家都问过,并无消息半毫分。

方卿一听双流泪,嚎啕大哭痛伤心。

我母亲年老无着落,我做忤逆不孝人。

方卿哭得肝肠断,毕老爷相劝公子身。

一心只管把书读,不必伤心泪纷纷。

再差牌军人七个,河南各处去搜寻。

再说方卿在毕家,过了残冬,又到新春,正遇正月十日大放花灯。众人一齐看灯,惊动毕老太太也出来看花灯了。

正月十五看花灯,六街三市闹盈盈。

家家挂灯并结彩,毕太太出来看花灯。

再说毕太太出来看灯,方卿上前迎接。毕太太一见花灯十分好看,灯光闪耀,方卿相貌非凡,人才出众。

看他相貌堂堂非凡品,后来必定做公卿。

想我女儿人一个,配与方卿结成婚。

请问贤侄年几岁,可成娶妻配夫人。

方卿即便回言答,伯母听我说原因。

小侄今年十八岁,家寒未曾讨妻身。

多蒙姑夫陈御史,翠娥表姐许配婚。

毕太太听了如此话,贤侄你且听原因。

我女儿同年十八岁,未有门当户对人。

我将女儿婚配你,未知心上若何能。

方卿即便回言答,伯母在上听原因。

只因表姐许配我,哪能再取二夫人。

且说毕太太说道:“既然如此,翠娥小姐为正夫人,我女儿配与你做二夫人。”方卿推却不落,只得答应便了。

方卿即便取出雪花银,送上伯母当礼金。

不说方卿订婚事,再说方太太路上行。

在路行程两个月,白云庵在面前存。

看看日落西山去,细雨纷纷落不停。

腿酸脚痛难行走,暂到庵中住安身。

方太太走到庵门前,一位尼姑提了红灯走出。看见一位老婆婆,尼姑就问:"老太太,你为何坐在这里?"

老婆婆即便回言答,当家师太听原因。

家住河南开封府,到此只为寻儿身。

要借庵堂住一宿,明朝即便就动身。

尼姑听了如此话,领了太太进庵堂。

不说方太太庵内事,再说翠娥小姐身。

自从赠了珍珠塔,音信不通半毫分。

左思右想方公子,时时刻刻不安宁。

夜间思想来做梦,梦中相会公子身。

看他头上乌纱帽,身上穿起紫红袍。

凤冠霞帔夫人做,二人正要结成亲。

忽然梦中来惊醒,耳听高楼打五更。

朝思暮想梦中事,忧忧闷闷病在身。

热来好像缸炭火,冷来犹如水里冰。

且说彩萍丫鬟看见小姐病体十分沉重,便问:"你的病严重个。我要到老爷面前去通报一声,好请医生服药疗治。"

小姐即便回言答,彩萍你且听原因。

想我病体难得好,只怕一命见阎君。

丫鬟我是千金女,难道不怕面皮红。

彩萍心内来思想,到底禀告老爷听。

开言便把老爷叫,小姐有病在床寝。

陈御史听说心着急,独养女儿如宝贝。

说罢即便上楼去,房中去看女儿身。

女儿呀,你个病体如何样?为父与你请医生。

等你病体来医好,差人去寻小方卿。

御史移步下楼去,吩咐家人请医生。

御史吩咐陈宣家奴:"你急速到城里去请名医,若然医好,重重有赏。"

陈宣即便城里去,请着一位好名医。

绰号就叫何一刻,把了脉性把话论。

小姐毛病好蹊跷,不多几天病就好。

且说陈御史吩咐家奴拿二十两银子把与医生,医生告别就走。御史又吩咐家人煮药,煎好送给小姐吃了。又到白云庵中许了愿心,又写假书信一封,说方卿已经中了状元身便了。

小姐看信心欢喜,毛病去了八九分。

过了几天病体好,要到白云庵里还愿心。

就将衣服来换过,梳妆打扮下楼门。

厅前拜别父母亲,坐了轿子就动身。

轿子就在前面走,彩萍丫鬟后头跟。

在路行程来得快,白云庵在面前存。

下轿就把山门进,尼姑迎接里面存。

就把香烛来点好,小姐跪下祝告神。

奴奴名叫翠娥女,今朝前来还愿心。

保佑父母身健康,保佑表弟早成名。

表弟就是方公子,私赠珠塔结为婚。

我夫京中去赶考,音讯不通到如今。

倘然日后来相会,重修庙宇换金身。

小姐拜罢来立起,里面香茶到来临。

且宣方太太听了小姐说的情由,好像外甥女,就送一杯茶小姐吃。茶罢,小姐就问:"老佛婆,你几时到庵中的?家住何处?姓甚名谁?说我听听。"方太太思想:"倒不如将真情说出,试试外甥女可是好人。"

方太太就将真情说,小姐你且听原因。

家住河南开封府,祥符县内太平村。

公公一品为宰相,吏部尚书丈夫身。

想我方家做官也不小,皇封诰命我当身。

只为罗通奸臣害,害我丈夫命归阴。

家遭回禄烧穷光,母子住在坟堂中。

我儿去到襄阳地,姑娘家中借花银。

到今不曾回家转,我为寻儿进庵门。

翠娥听了这句话,原来舅母大人身。

即便双膝来跪下,外甥女拜见舅母身。

方太太连忙来扶起,扶起翠娥小姐身。

翠娥看看心中苦,只恨娘亲无良心。

舅母暂且庵中住,送柴送米我当心。

待等表弟回家转,我来接你到我门。

二人说不尽许多话,小姐分别要动身。

小姐上轿动身走,丫鬟即便后头跟。

路上行程不耽搁,陈家门口到来临。

到家见了父和母,回到高楼去安身。

不宣小姐家中事,再宣方卿一段情。

毕云显收了方公子,在家念书看五经。

光阴如箭容易过,日月似梭晓夜行。

春去夏来秋又到,残冬过了再逢春。

不宣公子将书念,再宣君王挂榜文。

且说崇祯皇帝挂了皇榜,诏选天下能人。方卿听了,禀告毕太太:"我要去赶考。"毕太太听了,吩咐安童,将行李预备,挑了动身。

方卿先别动身走,安童挑了后头跟。

逢山不看山中景,遇水不看钓鱼人。

三里走过桃花店,五里走过杏花村。

在路行走来得快,朝行夜宿向前行。

在路行走无耽搁,皇城早在面前存。

进城日落西山夜,来到饭店住安身。

等到二月初一头场进,百花生日二场临。

十五三场考圆满,十七早晨挂榜文。

崇祯皇帝安天下,科中要选状元身。

选了名字放在金瓶内,当天焚香祝告神。

金瓶里面来拣出,龙虎榜上看分明。

状元不是别一个,方卿得中状元身。

君王看了心欢喜,游街三天看皇城。

丈二红罗双肩挂,两朵金花插顶门。

五更三点皇登殿,又封七省巡按御史身。

敕赐绣龙旗两面,代天巡按真威风。

尚方宝剑赐一把,先斩后奏圣明君。

状元金殿来启奏,启奏君王得知闻。

小臣家中有老母,赐我回家望娘亲。

君王准了状元本,准他回家尽孝心。

赐他官船来回转,奉旨成亲出京城。

动身三个狼烟炮,文武百官送动身。

逢州都有州官接,逢县自有县官迎。

水路行走来得快,襄阳码头到来临。

且宣方卿到了襄阳码头,上岸来到招商饭店,就写了一封书信送到毕云显家中。毕云显接到书信一看,原来是妹丈方卿写的。信拆开一看,方卿妹丈得中状元身,奉旨七省巡查御史,回家完婚,孝养母亲。又叫毕大人送亲到襄阳去完婚便了。

毕云显看了心欢喜,合家听了喜欢心。

不宣毕家家中事,再宣方卿一段情。

且宣方卿吩咐左右衙役在船中看守,自己穿上青衣小帽要到姑娘家中唱唱道情,试试姑娘黑良心便了。

方卿不带安童并小使,单身独自向前行。

路上行走来得快,到了陈家大墙门。

且说方卿来到后花园,看见花园门开了,即便走进园中,想我还是三年前头到此。不料来了陈宣家奴,走上前来一看,说:"你是何人?何以道童打扮,看的面相好像河南方公子。"方卿道:"正是。"家人道:"请坐一歇,我到里面通报御史,好接你进去便了。"

家人来到高厅上,禀告御史得知闻。

陈御史一听心欢喜,快请公子到花厅。

且说陈御史吩咐梅香到厢房请出老夫人到花厅,有话商量。又吩咐家人到花园请方卿到花厅来相见便了。

梅香来到厢房里,家人来到花园中。

老夫人来到花厅上,家人请了方卿到花厅。

且说方卿来到花厅,心中想道:"不如我先见姑娘。"走向前去叫一声:"姑娘在上,侄儿拜见。"老夫人只当不听见,也不理他便了。

骂声你这穷鬼官不小,不要磕破乌纱帽。

我今没福受你礼,你要穿破大红袍。

方卿便把岳父叫,岳父在上听原因。

自从分别回家转,路上遇着一强人。

幸亏唱道情人搭救我,学唱道情过光阴。

我今江湖寻钱用,无忧无闷活神仙。

姑娘即便开言骂,骂声你这败家精。

你在街坊唱道情,祖宗面皮虱干净。

御史就把夫人骂,老牛精连连骂几声。

且说御史吩咐梅香去到高楼请小姐出来相见。彩萍来到高楼,叫声小姐:"今日河南方公子到此,老爷叫你到花厅相见公子。"小姐听了,想我三年不曾见过面,换了衣服出去相见他便了。

小姐来到厢房里,浑身上下换衣襟。

头上梳起蟠龙髻,两朵珠花插两旁。

凤头簪儿当头插,八宝珠环左右分。

上身穿件绣花袄,青丝细发放毫光。

八幅罗裙齐腰束,凤头花鞋穿一双。

彩萍也把衣裳换,浑身换得簇簇新。

二人就把楼来下,转弯抹角向前行。

翠娥来到屏风后,门缝之中看方卿。

看见方卿如此样,两行珠泪落纷纷。

赠他珠塔三年整,在家望得眼睛昏。

只望你今官来做,一双空手转家门。

我今不愿去相见,我要回到绣楼门。

丫鬟就把小姐叫,姑爷难得转回程。

若不去见方公子,虱落前情一片心。

小姐听了丫鬟话,一径来到大高厅。

二人来到高厅上,小姐上前见双亲。

方卿看见小姐来行礼,小姐还礼不非轻。

二人行礼方才了,小姐细看方卿身。

全然不像江湖客,莫非命穷学道情。

御史听了方卿话,肚里有点不相信。

开口又把公子叫,公子听我说原因。

你既然做了江湖客,你拿道情唱我听。

方卿就把姑夫叫,你今听我唱分明。

就拿渔鼓简板来敲起,唱出欺穷爱富一段情。

金花起来银花落呀,金花银花莲花佛。

莲花里面说原因,海会弥陀佛菩萨。

如今只说今朝世上人,勿说当初古贤人。

世上人情生得薄,只看衣衫勿看人。

衣衫若然穿褴褛,官家子孙不当人。

有了金银说话灵,到东到西有人敬。

门前结起高头马,勿是亲来也是亲。

如今头上还有人,从前穷苦受人恩。

到后来有身发达,欺穷爱富看人轻。

受了好处不记得,吃了橘子忘洞庭。

如今有人落了难,借贷无门半毫分。

命运不济身落难,嫡亲侄儿不当人。

如今人好落了难,又要被人来看轻。

看人不要看得轻,恐怕穷人有翻身。

随你家败多富豪,死后空手见阎君。

方卿道情来唱罢,御史听了果然真。

御史细细来思想,果然一个江湖人。

我起初有点不相信,如今一点不差分。

我今年老无依靠,害了女儿一终身。

老夫人听了方卿唱,心中气得肚皮痛。

丈夫呀,你叫方卿道情唱,口口声声说我身。

夫人就把方卿骂,骂声方卿小畜生。

三年前头对你说,自己穷来勿怪人。

你说先穷后来富,草里乌蛇变成龙。

你说郑元和落难莲花唱,后来得中状元身。

伍子胥关上讨饭吃,后做丞相好收成。

汉刘秀落难抢饭吃,吕蒙正安住破窑身。

你说总有高官做,为何今朝唱道情。

方卿听说回言答,姑娘在上听原因。

只因命中多落魄,科场不能把名题。

因此三顿难度日,只得街坊唱道情。

我劝姑娘休动气,只为我方卿命运低。

倘然日后交好运,也可中到状元身。

夫人听说回言答,骂声方卿小畜生。

亏你说得不怕丑,你倒还要想做官。

方卿说我要做官也容易,不要做官学下流。

你要做官哪来得做,叫花子也要做春官。

猪官狗官有你份,汤灌煨灌做得成。

不说二人来相骂,再说御史说分明。

　　且说御史吩咐老夫人:"你快快走进去,不要你多言。"自己也就走进去。夫人道:"老爷,快叫方卿写了退婚书,我女儿另配人家公子。"御史便骂:"你这贱人!我已经亲口许配,哪能逼他写退婚书?"

　　不说御史来相骂,再宣翠娥小姐身。

　　且说翠娥看见爹娘走进里面去,就同方卿二人坐在外面。翠娥便问:"表弟,从前我赠你珍珠塔,现在可曾在身边?"方卿道:"不要说起。从前你赠我珠塔,我一路回家,遇着大雪纷纷,打从白云桥下经过,遇着一个强人。他问我要买路钱,我哪里有买路钱给他?他就将我打昏在雪中,将衣包抢了去。"

　　珍珠宝塔遗失落,幸亏唱曲一先生。
　　将我救到家庭内,学唱道情过光阴。
　　今朝特地前来到,是想贤妻一个人。
　　小姐听了伤心苦,你今到此淘气寻。
　　为你一病几乎死,天天望你到今朝。
　　亏你说出无情话,思思想想闷在心。
　　方卿即便将言说,表姐你且听原因。
　　今朝要把婚来退,表姐另配富豪门。
　　丫鬟便把小姐叫,小姐不必苦伤心。
　　看来必定有官做,他来试试你当身。
　　姑爷没有真心话,他今前来乱说情。
　　方卿便把表姐叫,表姐你且听原因。
　　我娘现在何方地?请你前来说我听。
　　表弟呀,你为娘要来问我,想想真是笑煞人。
　　你今要我对你说,除非双膝跪在地下尘。
　　你娘养你忤逆子,流落白云庵里三年春。
　　前年我还愿庙里去,看见你娘亲好伤心。
　　幸亏我将柴米送,不然性命活不成。
　　方卿听了如此话,要到庙里见娘亲。
　　表姐呀,今日向你来分别,无官不到你家门。

　　且说翠娥小姐自恨私托终身,欲要寻其短见,就骗了丫鬟下楼送茶而去。小姐就拿楼门关闭,自寻短见是了。

　　一条汗巾拿在手,悬梁高挂一条绳。
　　千思万想总是死,不如一命见阎君。
　　挂好汗巾挽好结,套上头颈不能松。
　　不表小姐寻短见,再宣丫鬟上楼门。
　　送茶来到高楼上,只见楼门关得紧。
　　推进房门来一看,小姐挂在梁上存。
　　连忙汗巾来解下,冷水泼面又还魂。
　　小姐悠悠来苏醒,眼泪纷纷苦伤心。
　　丫鬟即便老爷叫,御史随手上楼门。
　　一径来到高楼上,便把女儿叫一声。
　　为何今日寻短见,一一从头说我听。
　　小姐就把父亲叫,父亲听我说原因。
　　表弟叫我婚来退,叫我另配富豪门。
　　左思右想无好处,一条死路见阎君。
　　御史就把女儿叫,女儿你且听原因。

只要留表弟家中住，叫他读书看五经。

只要功名来成就，就可发达过光阴。

不宣二人来谈讲，回文再宣毕大人。

且宣毕大人送妹来到襄阳陈御史家中，选到良辰吉日，好同方卿成亲。御史就大开正门，迎接毕大人厅前坐下，香茶一杯来倒上。毕大人开口叫道："陈大人，你侄儿方卿前年在你家中落乡，一路落大雪，冻死在雪中。晚生救他，带回家中读书，如今中了状元回家，皇封七省巡查御史之职。晚生有一妹配与方卿。"御史道："既然令妹配与方卿做个大夫人，我女儿做个偏房。"毕云显道："不敢，不敢。应当你女儿做大夫人。"

不宣二人来谈说，再说方卿路上行。

路上行程来得快，白云庵在面前存。

方卿即便来走进，尼姑迎接里面行。

看见娘亲来跪下，我儿拜见你当身。

方卿见了娘亲，眼泪纷纷。方太太骂道："你这个畜生！为何到如今才回转？"方卿说："母亲，我已经得中状元。我打扮唱道情来到姑娘家中，姑娘仍旧看不起我。表姐说你在庵中受苦，因此来见娘亲。"方太太道："孩儿，表姐面前可说真情？"方卿道："勿说真情话。"

孩儿你不说真话，恐怕表姐短见寻。

二人正在来讲话，听见门外闹盈盈。

多少官员来到此，尼姑看见吓煞人。

尼姑告诉方太太，官员来捉我们身。

方太太即便将言说，你们不必胆战惊。

我儿中了状元郎，兵马一齐转回程。

尼姑听说来迎接，迎接三班衙役身。

方卿就把衣裳换，浑身上下换衣襟。

头上戴起乌纱帽，身上穿起紫红袍。

方太太也将衣裳换，凤冠霞帔穿在身。

上轿即便动身走，方卿上轿后头跟。

尼姑即便来相送，送了状元转回程。

人马一路动身走，来到姑娘家中存。

不宣方卿路上走，再宣御史一段情。

且宣陈御史走到厢房就骂娘子："老不死，老娼根！你做了欺贫爱富人！方卿做了七省巡查御史。"老夫人道："七只蛇盘田鸡，怕他做什么？"御史骂道："你的耳朵聋了？方卿中了状元身，皇封七省巡查御史，钦赐尚方宝剑，先斩后奏！"

夫人听了这句话，吓得魂灵不在身。

凡事总看夫妻面，救我贱生一命根。

老不死我对你说总不听，不关我事半毫分。

贱人快到高楼去，女儿面前去商量。

等你女儿来解劝，可能留你一命根。

女婿面前情来说，为娘前情不该应。

且宣老夫人来到高楼上，小姐叫声母亲："为何如此惊怕？"夫人说："女儿，如今女婿得中状元身，皇封七省巡查御史之职，钦赐尚方宝剑，先斩后奏。我要托女儿到女婿面前恳求恳求。"小姐道："母亲，爹爹说话你不要听他，让我想想便了。"

夫人就把女儿叫，我儿听我说原因。

方卿真正状元中，皇封御史他当身。

我想方卿真烈性，官法如雷不容情。

夫人想到心慌乱，算来一命见阎君。

幸亏女儿未吊死，不然我命也难存。

小姐听了如此话，思想表弟不该应。

不该当面来说谎，几乎性命见阎君。

不宣小姐来思想，再宣方卿转回程。

路上行走无耽搁，陈家墙门到来临。

门公里面来通报，禀告御史小姐听。

方太太到了墙门口，方卿也在外面存。

老夫人一听慌张了，难见方卿母子两个人。

且说翠娥同母亲二人接状元母子俩到高厅，行礼已毕，分宾主坐定，拿香茶送出来便了。

吃罢茶来将言说，方太太开口说原因。

未曾开口先流泪，一时眼泪落纷纷。

我到方家有十年，不料婆婆命归阴。

你姑娘只有三岁整，你娘一命见阎君。

我就拿你来抚养，养你长到十六春。

夜间与你同床睡，早晨洗面我当心。

到了冬天生冻疮，春天还生鳝拱头。

寒热伤风常不断，身上瘦得像骷髅。

为你这双金莲脚，常常淘气不肯收。

教你针线无心做，一心只想外边游。

出门嫁妆我来办，还赠私房一千银。

叫你做人要学好，要替方家把气争。

我儿来到你家里，姑娘翻面不留情。

不借银子犹是可，赶他出门雪中行。

大雪纷纷难行走，又遇强盗一个人。

将他衣包来抢去，打死雪中命归阴。

幸亏我儿不该死，毕家侄儿救他身。

且说御史便叫舅母："这是我妻老不死不好，须看我面上。"不说他御史。再宣毕小姐也来到厅前，大家行礼，分宾坐下，香茶一杯倒来。

方太太起口将言说，两家都是大恩人。

我身亏了外甥女来照顾，我儿幸亏你侄身。

幸亏祖上德星好，我儿得中状元身。

正夫人理当陈小姐，偏房应该毕秀金。

择了良辰并好日，就在家中结成亲。

笙簫细乐多热闹,挂灯结彩闹盈盈。

诸亲百眷来贺喜,县官送礼饮杯巡。

一夫二妇拜天地,红线牵巾进新房。

坐床吃过长生酒,大家欢喜闹一场。

且宣状元来到厅前,陪诸亲百眷吃酒。酒席散时,诸亲百眷个个回转,状元也到东房去安身。看见房门关紧,就叫小姐开门。

彩萍即便回言答,姑爷你要听原因。

小姐今日吩咐我,叫你西房去安身。

状元走到西房里,西房里房门关得紧腾腾。

丫鬟也把姑爷叫,姑爷你且听原因。

小姐叫你东房去,今朝到那去安身。

状元来到东房去,便把丫鬟叫一声。

丫鬟便把小姐叫,小姐含笑不作声。

且宣丫鬟便把房门开了,方卿将身走进,丫鬟即便走出房门,就将门关好。小姐含笑,一双夫妻同拥罗帐,一夜风流,不必细表。忽听金鸡报晓天明亮,抽身而起,梳头已毕便了。

看看一天来到夜,再到西房去安身。

三朝满月多热闹,厅堂吃酒闹盈盈。

翠娥小姐与毕小姐犹如同胞姐妹一样,夫妻恩爱。陈小姐便叫夫君:"我有话与你商议。彩萍丫鬟自小陪伴奴奴,让他做个三夫人好吗?"

我与丫鬟多要好,同她如同姐妹身。

方卿听了夫人话,收留彩萍做夫人。

不宣彩萍做夫人,再宣年老方太太。

备了银子一千两,来到白云庵中存。

路上行程来得快,白云庵在面前存。

将身就把山门进,尼姑迎接里面行。

行礼分宾来坐下,香茶一杯到来临。

今日同你来相会,明天就要转回程。

且说方太太与尼姑道别回家,状元同三位夫人和母亲一同回转到河南上坟祭祖。陈御史赠了黄金一千两,状元同母亲、三位夫人与御史大人道别。状元整整人马,头行牌开路先锋,文武百官,前呼后拥,千军万马,一棒锣声,威风凛凛,个个相送状元。

状元一路回家转,威风凛凛好惊人。

三里走过桃花店,五里走过杏花村。

逢州自有州官接,逢县总有县官迎。

路上行走来得快,河南地方到来临。

状元到了河南地,炮声不绝,吓得家家关门下闩。有人说道:"不好了,外国反得来了。"吓得跑个跑、哭的哭。还有人说:"不要怕,方卿中了状元回家。"还有人说:"方卿母子失散,生死不知,不要瞎说。"

正是方卿中状元,皇封七省巡查史。

不宣众人来谈讲,再宣方卿到家中。

穷在街上无人问,富在深山有远亲。

文武百官都来到,亲眷乡邻送金银。

祥符知县多忙碌,替他起造状元府。

前后穿堂都砌好,层层楼房接青云。

黑漆墙门真堂皇,八根旗杆左右分。

名灯一盏穿堂挂,日里夜里放光明。

不宣房屋都砌好,再宣状元一段情。

想到父亲人一个,罗通奸臣害他身。

点了人马五千个,围住罗家一满门。

周围四面来围好,杀得鸡犬不留存。

状元收兵回家转,就将表章做端正。

五更三点皇登殿,启奏万岁得知闻。

且说方卿老太太叫声孩儿:"我今看破红尘,要修行学道。"状元听了母亲之言,弃官纳印,同母亲修行,等明日五更三点启奏便了。

状元来到金殿上,二十四拜见当君。

就将表章来呈上,万岁一一看分明。

看到罗通奸臣来杀落,满门抄斩净除根。

君王看了心欢喜,爱卿做事不差分。

状元又要来启奏,我皇听我说原因。

我母看破红尘路,一心修行办前程。

我也不愿官来做,同母一齐来修行。

君王准了状元本,准他回家来修行。

状元金殿将恩谢,辞皇别驾转回程。

路上行走无耽搁,自家门在面前存。

家童使女来迎接,迎接状元到高厅。

且说状元回家,将自己房屋改做佛堂,又砌三宝大殿,装塑佛像,又将银子斋僧布施,救济穷人,又将陈宣老家人收到家中养老终身。状元同母亲、翠娥、毕小姐四人,在家吃素修行,礼拜观音大士菩萨便了。

一门五人来修道,广行善事救穷人。

门前乞丐常布施,修桥铺路造凉亭。

鳏寡孤独多周济,年年月月来斋僧。

不宣状元来修道,惊动南海观世音。

观音大士亲身到,变作凡间和尚身。

来到状元门前立,叫喊化斋要饭吞。

"凡间和尚,你是何方来的?"大士道:"我是南海而来,到此经过,闻相公发慈心修行,特来化斋饭吃。"状元听了,就备素斋饭请大士吃了。大士心中欢喜,即刻就取出灵丹四粒付与状元,以作回谢,并对状元说道:"倘然饥饿口渴,就拿此丹放在口中,一年四季就无饥渴。"状元道:"多谢大士。"大士离别而去便了。

观音大士动身走,驾起祥云上天庭。

一径来到灵霄殿,奏本玉皇得知闻。

河南有个小方卿,辞官纳印愿修行。

母亲妻子都修行,四人修行数年春。

不宣大士把本奏，再宣状元诵经文。
天天就把经来念，一时口渴要吃茶。
就拿灵丹来吃下，霎时脚下会腾云。
四人渐渐腾云去，要到灵山见世尊。
彩萍丫鬟良心好，就在家中过光阴。
陈宣家人为人好，他在方家养终身。
为人总要良心好，不要把人来看轻。
穷人只因运气差，也是一样父母生。
若把穷人来看轻，晓得子孙啥收成。
倘若子孙也落难，别人也要笑你身。
但看陈氏看人轻，几乎性命活不成。
方卿从前身落难，后来到底有收成。
哪个君王不落难，哪个官员不受贫。
此本名叫珍珠塔，崇祯皇帝到如今。

忠孝宝卷

忠孝宝卷初展开，西天活佛驾云来。
红烛高照满经堂，香烟透起九重天。
诸位众仙来齐会，王母娘娘蟠桃献。
观音菩萨南海来，紫竹林中观世音。
脚踏红莲千瓣内，救苦救难万人钦。
上界有佛在心头，大小人家正好修。
人在浮生容易过，修行念佛保安宁。
人生命运前生定，修身立德理该应。
劝人行善终有益，子孙发达富贵兴。
天降甘露生万物，人留子孙传后代。
佛留经卷度凡人，草留根本再逢春。
孝顺双亲先为义，敬重天地不亏人。
敬重三宝龙天眼，为人良心要摆正。
敬重佛祖显威灵，一年四季保太平。

且说唐朝太宗皇帝登位，十二年间，苏州府改管常熟城外的桑园浜，有一人姓俞叫才发，娶妻潘氏，年庚五十岁，所生一子名叫福根。家传臼坊粜籴船三两只，良田三十余亩。小户人家粜籴贩卖粮食，俞才发爱轧朋友、吃懒酒、赌铜钿、贪女色、吃鸦片，人家渐渐穷起来了。

再宣才发小门户，祖传粮田三十亩。
粜籴粮船三两只，臼坊存米有栈仓。
所生一子如珍宝，六岁福根上学堂。
不宣小囝攻书读，再宣才发败家当。

爱交朋友吃懒酒,爱赌探花吃鸦片。

才发家里渐渐穷,卖船卖田卖家牲。

小小家当都败光,诸亲朋友陌路人。

才发年老五十八,气成一病命归阴。

福根年交十四春,丧了父亲好伤心。

潘氏老母心痛切,冤家丈夫自败业。

好好家产都败落,抛妻弃子好可怜。

吩咐孩儿求借钱,办了丧事祭祖坟。

且说才发亡故,孝子福根求借白银,备办丧事,料理守孝。难过光阴,就想念头要去做看牛牧童。福根出门打听,问来问去呒界问处,来了一个义交朋友,叫洪山姓万,家住东庄浜,当年曾得到俞才发的救助,拜为恩兄,后俞家穷苦,不勤来去。这次听到恩兄才发亡故,作为好友买了二块锡箔,到恩兄俞家。潘氏老太接进相见,叫道:"叔叔请坐用茶。"万洪山想着当初恩义,跪在灵前一拜。老太啼哭三声,谢了叔叔,说道:"一家人家,当净败光,抛妻弃子,哪能过活。想个念头要典房,有七八间旧屋呒人要;想要倪子做看牛团,不知阿有人家要。叔叔给我问问看。"说罢,就端正吃饭,说道:"叔叔!吃一顿苦饭,不必客气。"洪山叫道:"嫂嫂,不客气。"又问道:"阿侄,要做看牛团,不知要多少铜钿?"潘氏道:"叔叔,若是有人家要,只要有饭吃便可。"洪山道:"吾凑巧少一个牧童,嫂嫂心中如何?""叔叔你要最好。"万洪山说道:"福根,你跟叔叔回家转去,做看牛童便了。"

潘氏手取替换衣,付与孩儿手里存。

领了侄儿回家转,回答嫂嫂放宽心。

叔侄二人就动身,领去东庄万府门。

洪山吩咐相帮衬,三担黄米十两银。

付与侄儿养母亲,相交情义发善心。

福根肚内多欢乐,多谢叔叔大恩人。

相帮送米福根收,回去俞家养母亲。

潘氏老太多快乐,多谢叔叔朋友情。

万家叔叔良心好,收留苦命一个人。

回到万宅叔叔家,看牛提水扫地尘。

日日认真勤俭做,叔叔称赞伶俐郎。

且说洪山道:"贤侄生活勤俭,得风就转,称心快乐。"福根清早扫地,扫着一只小锭拿在手里,一看笑嘻嘻,走到叔叔铺边,叫道:"叔叔,吾扫地拾着一只小锭,送还叔叔拿好。"洪山道:"你扫着个自己拿。"福根道:"是家内小锭,叔叔的家财,吾不能要。"放在抽屉台上往外就走。洪山心内想道,福根心直平正,孝顺老母,有正道之心,赞道:"贤侄心和善,人正直,有良心,君子之道也。"只有人人贪财,佛佛贪香,见财起念,天下哪有人自家拾着肯送还?福根拾着送还叔叔,好心之德,天下少有也。

福根做工多正直,忠心孝友不亏人。

扫地拾锭还叔叔,世界少有好心人。

只有拾着藏瞒过,哪有自拾还别人。

好心积德有福分,行为方正有善心。

福根提水来烧火,烧火拿着是黄金。

拿着黄金两大块,送还叔叔好收成。

　　黄金是俫叔叔宝,快收黄金柜中存。

　　洪山思想贤侄好,真心正德比黄金。

　　吩咐贤侄拿回家,你拾黄金你拿去。

　　福根推三推四还,黄金是你恩叔财。

　　却说洪山道:"贤侄,拾到黄金是你的福气。"叔侄两人推三推四放在桌台上,福根吃了早饭看牛去了。万洪山赞道:"福根好心之德,日后定有翻身之日。吾年纪有四十八岁,所生二男一女。长子名叫火林,次子名叫火根,小女名叫水妹,年纪十三岁。"水妹未曾出帖,思想配与贤侄。福根是个伶俐忠良之人,况且才发在世,义交恩友与他。贤侄穷苦落难做工,后来必能荣华富贵。姻缘凑巧,差过良缘,要追悔莫及。

　　不宣福根得黄金,再宣潘氏太太身。

　　日思夜想福根儿,落难看牛苦伤心。

　　孤单老母冷清清,巴得佴子好光阴。

　　有朝一日身发达,持家做活靠终身。

　　不宣潘氏思想话,再宣福根看牛童。

　　看牛来到大荒坟,尽是蛇儿满坟墩。

　　蛇儿约有百余条,福根肚内来思想。

　　必定蛇会叙头日,挖出铜钿一百文。

　　走到蛇边叫一声,吾拿铜钿放一会。

　　拿了铜钿虱勒里,急急忙忙转家回。

　　回家恰巧吃中饭,吃饱饭来再看牛。

　　仍归来到荒坟上,蛇变铜钿百余千。

　　福根肚内多欢乐,脱了衣衫兜铜钿。

　　奔到万家气吼吼,叫声叔叔告详情。

　　荒坟里面都是蛇,变仔铜钿行行尽。

　　侄儿拿了布衫兜,洪山内心想其由。

　　福根命内多有福,叔侄两人一同走。

　　拿了竹篮小扛子,荒坟里面扛仔钱。

　　叔侄扛钱回家转,得收蛇会福气全。

　　且说叔侄两人得收蛇会变铜钿,扛回家内,欢天喜地。一百十余千,供好财神面前,焚香点烛,大办酒席,炮仗黄鞭,迎接五路财神。登席吃酒,恭拜已毕。收席之后,万洪山吩咐福根道:"贤侄,把铜钿拿回家去。"福根道:"不必拿回家去,送与恩叔收用。"洪山道:"你外头得的钱财是传给你的,拿回家去交付老母收用。"二人推来推去,推仔大半日,洪山道:"你不肯拿去,寄在吾家便了。"

　　不宣得取蛇财事,再宣福根做看牛。

　　做工做到十二月,个个相帮转家回。

　　洪山开口贤侄叫,叫声贤侄帮过年。

　　洪山肚内爱贤侄,忘记嫂嫂孤单冷。

　　福根相陪同吃饭,吃年夜饭眼泪出。

　　忙仔生活忘记娘,老母在家苦黄连。

　　东家开口问小侄,为何吃饭眼泪出。

　　为叔今夜招待你,啥个地方亏待你。

福根启口恩叔叫，想着娘亲苦黄连。

在家老母独一个，无人相伴老母亲。

枉养孩儿身长大，不孝伲子无报恩。

洪山劝侄不必哭，独办一桌送家回。

福根搬席送饭去，思想叔叔真好心。

福根心急回家转，摇仔小船急急行。

且说万洪山道："看见贤侄吃年夜饭哭起来，想着老母亲，真正是孝子。"独办一桌，吩咐贤侄送回家给娘吃。福根摇一只小船摇到小港口，小船搁牢，撑来撑去撑勿忒。且说财神经过，凑巧相遇福气之人。福根思想母亲真正苦命，呀呀呀，连叫三声苦命，放下篙子，下水查看，赤脚踏着荷包。拿起来解开一看，都是银子，连摸连拿，一共十八个荷包，都是白银。放在船内开船，喜气洋洋，摇到自家河滩头，上岸喊道："母亲开门！孩儿回家了。"且说潘氏老母望儿回家望到夜，内心痛苦，吃也吃不进，气昏在床。一更之后，听到外面喊道"母亲开门"，难道吾伲子回来。迅速上火，提灯走出，说道："孩儿回来了。"福根道："正是，开门！"母亲连忙开门相见。福根双膝跪下："母亲大人，不孝孩儿回来了。"潘氏扶起叫道："孩儿，你勿早点回家，约有辰光一更之多。"孩儿道："忙做生活，叔叔叫吾帮过年，一时忘记了母亲，还望多多有罪。"船上搬了菜水，年饭一桌，叫他母亲用饭罢，潘氏吃饭。福根到船上挑了银子起来，放在地上，一堆十八荷包，足有一万八千。老母问道："哪里来的银子也？"

且说老娘问儿子，福根回答两三声。

母亲在上听原因，孩儿得银喜欢心。

叔叔独办筵席饭，送与母亲年饭吞。

摇到港口来搁住，下水拔船得花银。

约来银子十八包，足足一万八千银。

潘氏老母多快乐，得着银子谢神明。

相陪母亲饭吃罢，商量明朝斋藏银。

不宣母子身安困，再宣明朝大天明。

天亮日出光阴过，洪山已在想福根。

思想贤侄到家庭，未知为啥勿回信。

手拿铜钿来送上，又拿礼物做人情。

洪山来到俞家宅，福根迎接恩叔身。

洪山启口说原因，贤侄为啥勿回信。

叔侄两人言谈话，小侄送饭得花银。

且说福根叫道："叔叔，吾送饭娘吃，摇到港口搁住，下水拔船，踏着银子，共有十八荷包，放在地上。"领了恩叔看见地上银子一大堆，赞道："贤侄福气广大，天赐银子，富贵荣华。"福根叫道："恩叔，吾要改造房屋，买田买地，办船养牛。"洪山道："吾有小女名叫水妹，今春十三，相配贤侄。"潘氏允道："多谢叔叔相配小女。"连忙拣日行礼，央媒说合。正月初八，黄道吉日，诸亲朋友，贺喜吃酒，大办筵席便了。

媒人行船到万府，茶叶银两带在身。

猪肉喜糕满盘盒，聘礼钗环方绸缎。

洪山受盘多快乐，回盘再要谢媒人。

媒人吃酒笑盈盈，回转男家俞府门。

俞府定亲都完备，母子两人谢神明。

得福财银多豪富,潘氏孩儿发善心。

肚内思想五路神,起造财神庙堂门。

日朝焚香并点烛,供敬弟兄五个人。

金木水火土弟兄,威灵显赫赐金银。

命运皆是前生定,心行良善生福分。

三两黄金四两福,忠孝节义行好心。

且说母子大行方便,修桥铺路,斋神布施,救济穷人,吃斋持素,念佛长生。又请了僧道常常诵经宣卷,初一十五,逢七逢三,讲经说法,奉劝世间之人,真心修行也。

潘氏孩儿行善孝,修桥铺路行好心。

吃斋持素多念佛,请了僧道诵经文。

初一十五斋和尚,逢三初七斋道人。

救济穷人多行好,月黑之中点盏灯。

又聚一个长生会,奉劝世间善恶人。

光阴迅速容易过,福根年交十六春。

拣定吉日行大礼,俞万两家结成亲。

八月廿八礼帖送,迎娶十月廿三辰。

又送礼物金银环,金镯如意双珠凤。

棉纱绸缎有几箱,桃枣花生满盒盛。

媒人领盘万家去,回礼作谢转回程。

且说福根行聘大盘,诸亲朋友都来贺喜,办了酒席,吃散喜酒,个个回家赞道:"俞福根忠孝节义,大行方便了。"

不宣诸亲朋友赞,再宣福根善良人。

种田福气收成好,俞家日日长黄金。

放债收租利钱轻,穷人不要半毫分。

又买良田千余亩,租钱添业办粮田。

光阴迅速催人老,本年十月廿三到。

正厅挂起和合轴,两副对联左右分。

当中供奉天地子,挂灯结彩前后厅。

家人相帮忙碌碌,乐人鼓手闹盈盈。

诸亲朋友全来临,摆酒端菜亲眷坐。

年老长辈朝南坐,年小幼辈左右分。

吃罢筵席要上马,笙箫鼓乐娶新人。

堂船开到万家宅,讨娶新人转回程。

三吹三打接上岸,新亲吃茶客套话。

厅上摆起团圆酒,酉时结亲摆茶筵。

先生送个大名来,又送人情吃喜酒。

大名就叫俞德富,洞房花烛进房内。

诸亲朋友都快乐,三朝满月方已毕。

夫妻恩爱同到老,同欢同乐过光阴。

且说俞德富做亲完备,夫妻恩爱。万水妹十分贤惠,聪敏伶俐,件件皆能,粗细活侪来得,弹得棉花织得布,挑花做针式样玲珑乖巧,为人处事忠孝节义,敬重婆婆,敬重官人,和睦友好,吃着无忧,好不快乐也。

称心如意乐如仙,而且九烈并三贞。

做人一向知礼仪,从来勿会骂别人。

不会相打与相骂,常常开口叫别人。

年老之人太婆叫,年幼小辈嫂嫂称。

老年之人公公叫,小团弟弟叔叔称。

村中出了好嫂嫂,全村姑娘全学好。

过了一年又一年,光阴迅速急如梭。

万氏娘娘生男女,眉清目秀小儿身。

乳名就叫俞阿龙,又生一女俞宝金。

潘氏太太心欢喜,有了孙男孙女身。

德富万氏都节义,早生贵子有善心。

且说德富心中欢乐,早生贵子,一男一女,称心如意,堆金积玉,银钱出放,收租积栈,即便发财起来,小户人家变成大户人家。德富更是大发善心,行善积德,救济穷人,广行方便了。

德富心内多发善,前世修来今受用。

不修哪能有福分,福寿双全要修行。

万氏娘娘又生子,乳名就叫俞阿虎。

两男一女如珍宝,俞龙俞虎俞宝金。

光阴似箭匆匆过,后来个个善良人。

忠孝宝卷都宣完,行善积孝有收成。

人人听得忠孝卷,人间祸福有原因。

良善之人获金银,黑心之人万年贫。

为人终要走正道,要学俞家一样行。

卷中倘有错误字,一只小偈补完成。

朱砂记宝卷

朱砂记宝卷初展开,诸佛菩萨坐莲台。

合堂大众身坐定,听得一年四季免三灾。

却说此卷名为朱砂记宝卷,出于西汉汉文帝登基。汉文帝姓刘名恒,接了皇位以来,满朝文武,尽忠保国,风调雨顺,国泰民安,百姓安居乐日。汉皇今年四十岁,虽然有三宫六院七十二妃,可是膝下无儿女,将来谁承汉室江山?皇上想着,闷闷不乐也。

皇帝宫中想其情,想着汉业继承人。

虽有三宫六院来服侍,还有嫔妃多似云。

没有一个生龙子,断绝汉业后代根。

如果我真无后代,汉朝皇位啥人顶。

君王想着心忧闷,立召宫中娘娘身。

皇上望子心切,要接皇位,所以宣召三宫六院九位娘娘到殿。有万岁传旨,太监进内,宣召娘娘养心殿见。三宫六院全部到殿,双膝跪下,口称我皇万岁,皇上赐座。皇帝道:"娘娘,因我今年四十岁了,没有太子,将来龙位给谁,难道我命该无子也?"九位娘娘听了,个个面红耳赤,头沉沉倒,鸦雀无声。正宫娘娘开口道:"万岁不必心急,我们都年轻,想来一定能养太子。"其他都跪下请罪:"万岁放心,一定生一龙子。"皇上一听很好,既然如此,有言在前,谁能生龙子么,你们听了。

万岁开口说原因,九位娘娘你且听。

今日有言讲在前,毫无更改半毫分。

你们啥人先生子,就是正宫给她身。

将来皇儿来登基,她是正堂太后身。

各人谢恩回宫去,正宫一夜未曾困。

怨恨肚皮勿争气,万岁对我要看轻。

正宫回宫后想:"我很危险,如果别宫先养儿子,我要让位做勿着太后。"马上求神拜佛,焚香点烛。宫娥彩女扶了娘娘求神哪。

正宫娘娘来求神,跪在拜坦来通神。

一支清香炉内焚,拜来菩萨活灵神。

保佑国家都太平,万岁江山坐得稳。

二炷清香炉内装,保佑太后身安康。

长寿福康活百春,望得小辈添子孙。

三炷长香炉内焚,万民安乐过光阴。

巴望开店生意兴,种田年年好收成。

拜罢一番回宫去,个个娘娘求子孙。

勿宣内宫求子孙,回文再说万岁身。

皇上想:"三宫六院还有妃子,最早正宫婚后二十多年,少的也有五六年了,怎么一个也不生养?看上去要绝朝了。"忧忧郁郁,气成一病,十分苦闷也。

皇帝想子想成病,急得宫宦不安宁。

太后急得皇儿喊,内宫娘娘泪纷纷。

忙请太医来服药,国医诊王相思病。

皇太后一听,想皇帝想子成病,安慰道:"不必过急,一二年内定有儿女,你身体保重。"便吩咐贴身一个宫娥马彩娥,今年二十一岁了,人品端庄,性情温和,叫她好好服侍皇帝,一点不可马虎也。

太后吩咐彩娥听,你是聪明伶俐人。

好好服侍万岁爷,一日三餐你当心。

时刻不可来离开,服药调理你责任。

彩娥一口来答应,拜谢太后我保证。

太后回宫不必说,彩娥服侍万岁君。

常在万岁龙床前,君王看见喜欢心。

这个宫女真温和,端汤拿水真殷切。

万岁开口彩娥叫,免去礼节坐定身。

皇上为了便于服侍,吩咐彩娥往后免去一切礼节,用不着三跪九叩、长站勿坐。彩娥一听,连忙跪下感谢皇恩。从此以后,马彩娥在皇帝龙床上也可以坐,皇帝像皇后一样看待她哪。

彩娥心中来思想，万岁当奴自己人。

万岁恩德永不忘，细心服侍要当心。

巴望万岁早康复，执掌国事坐九庭。

万岁身体慢慢好，太医天天来就诊。

半月过后毛病好，万岁彩娥有了情。

却说太医看皇上毛病痊愈，但是要好好修养。马彩娥服侍，寸步不离，二人产生情感，发生关系。皇帝为了避人耳目，就在养心殿安身，这样才能修养好身体。从此以后，二人同吃同住。

皇上彩娥有了情，养心殿内住安身。

皇上彩娥同床困，时间已有几月零。

万岁常住养心殿，三宫六院虱干净。

正宫娘娘起疑心，可能里面不正经。

正宫想想心着急，我像孤孀怎能养小人。

正宫娘娘一想：不对，万岁身体已经康复，但是几个月没有进宫来了。觉得奇怪，马上抓一名心腹宫娥，问东西二宫六院，皇上来过没有？都说没有来。正宫人很厉害，偷偷命太监去探听万岁消息，知悉复命有赏。太监奉命而去，因为内宫太监都可以去那。

正宫娘娘起疑心，吩咐太监去探听。

太监奉了娘娘命，养心殿去探真情。

卷中不说太监事，再说万岁彩娥人。

自从来到养心殿，如同夫妻一般能。

万岁早晨去登殿，回来就进养心殿。

养心殿内无人进，就是小太监一个人。

皇帝早已有旨，养心殿内休养身体，不可任何人出入，以免搅乱龙心，所以没有召唤，不可随便进去。因此，万岁和彩娥二人之事，无人知道，只有皇帝心腹小太监，今年十六岁，经常出入，替万岁传旨，或者外面有六部堂人要见，由小太监传言。今日小太监奉万岁之命出去买水果，恰巧碰着来探听的太监。二人谈话之中，得悉真情。小太监年轻，无意之中，三言二语吐露真情后，觉察勿对，忙说："大哥，你千万不能声传出去，万岁知道要杀头的。"太监："知道，放心，此事与我无关。"回身就走了，复命给正宫娘娘听。

小太监究竟年纪轻，三言二语露真情。

马彩娥你胆真个大，敢与君王同床困。

万岁几月未进宫，侪是这个小贱人。

你是草里一条蛇，怎能与龙一道困。

看来贱人自作死，汉朝皇法不容情。

待我下旨将她杀，除恳贱人我称心。

却道正宫想，等明天皇帝登殿时，去召彩娥进宫处死。再一想，不能这样做，万岁要恨奴，定要把奴看不起，说不定将来也要被处死。这怎么办呢？左思右想，难以决定，此事决不罢休。正宫想谋害彩娥不说，再说彩娥心神不安也。

虽然万岁很得宠，将来不知如何能。

我是一个下等女，勾引皇上有罪名。

我身现有三个月，勿敢说与万岁听。

一时之间无办法，但是汉朝皇法不容情。

如果太后来晓得，我条性命活不成。

还是让我死路寻，免得皇上受母训。

正在这时，万岁回宫来了。彩娥马上迎接皇帝。皇上发现彩娥脸上有眼泪，便问："为什么要哭？是否有人欺负你？"彩娥一听，忙双膝跪下道："万岁恳求你放奴出宫，救我一条命。"皇上道："为什么？"彩娥无法可想，只得将怀孕三月说穿，道："万岁，我身有三月，小人奴奴有罪。"说完，双抛眼泪道："万岁呀！此事如果给皇后娘娘或太后知悉，我条性命难保。万岁你想，你不是一直在我身边，婢女一死倒也罢了，可惜万岁你亲骨肉完了。"万岁一听，哈哈大笑，双手扶起彩娥道："放心，一切有我。"此刻彩娥总算定心，皇上马上出去，不多一刻，又回来道："彩娥，交给你一样东西，用黄布包好。"彩娥打开包一看，一封金书，连忙双膝跪下，磕头谢万岁，万岁，万万岁也。

彩娥一看喜十分，拜谢万岁赐大恩。

黄绸包里藏金书，字字迹迹写得明。

皇上许过此言：谁养龙子，谁为正宫。所以金书早已准备好，今写上日期并且盖上玉印。金书上写："孤人有言：谁养龙子，谁为正宫。今日彩娥之子是我亲骨肉。"下面汉文帝刘恒亲笔，盖上玉印，落款时间为汉朝二十年三月十三日。

彩娥就将金书藏，双膝跪下谢皇恩。

皇上认了亲生子，姣儿性命保得成。

万岁心中也高兴，我今有了后代根。

母后面前要禀明，废除正宫换别人。

国法条条勿用情，奴婢封为正宫身。

万岁想废去正宫，调换彩娥，彩娥坚决不答应，说道："万岁，我是宫内下等之人，哪好为正宫？天下文武百官和老百姓都要骂你万岁的。"皇上一听，倒也不错。你定心，一定替你设法子。

勿说万岁一段情，再宣正宫心勿定。

吩咐太监细打听，太监得信禀原因。

彩娥身体有身孕，正宫听见吃一惊。

万岁拿我看勿起，彩娥封为正宫身。

转念一想勿要紧，汉朝皇法勿容情。

彩娥是个宫娥女，养出小人是私生。

彩娥不但没有正宫做，勾引皇上有罪名。

正宫肚里生巧计，一条恶计想端正。

且说正宫娘娘思前想后，想出一条调包计。自己假装有喜，到临盆时，她若养男小人，就设法把小孩骗到手，就说我自己养个。彩娥到时养团吭界小人，满身生嘴讲勿清。正宫想到这里，正是满心欢喜也。

正宫肚里巧计生，立即假装身有孕。

告知太后来晓得，太后得信喜十分。

太后想着孙子心着急，恐怕皇位无人顶。

得信正宫身有孕，接着刘家后代根。

连忙吩咐要营养，厨房烧菜日换新。

正宫假意请万岁，万岁得知进宫门。

正宫接驾万岁叫，奴奴有孕几月零。

万岁听仔心欢喜，双喜临门接代根。

二个之中有个男，接我皇位坐龙廷。

万岁想得多得意，哈哈大笑有子孙。

你的身体要保重，不能疏忽受寒冷。

正宫心中暗思想，我的计策实在灵。

正宫想此计人人相信，下面要先见太后，带我前去备替。太监准备齐全，正宫坐定，太监到内宫皇太后处禀明凤驾娘娘到，娘娘到得内宫相见。太后道："婆婆太后，卑媳拜见。"请安免礼，一旁请坐。太后道："今日到来，有何事情？"正宫道："婆婆，有一个传言。"太后道："快说出来也！"

万岁几月勿进宫，因有国事最要紧。

今日得知真信息，他与彩娥有私情。

二人常在养心殿，如同夫妻一样能。

我有身孕他不管，终日陪伴小妖精。

要请婆婆来作主，这件事情确实真。

皇太后一听，说："真的吗？"娘娘道："是真的，我打听得清爽明白。"太后十分怒火道："那还了得？叫她侍候皇上，胆敢干此事也？"

太后一听火直喷，大骂彩娥小贱人。

勾引皇上该有罪，传旨处死这贱人。

吩咐太监去宣召，问问贱人真勿真。

太监令旨立传人，立传彩娥内宫廷。

太监来到养心殿，恰巧皇帝不在。太监道："皇太后有旨，宣召彩娥进宫上佛楼。"彩娥一听，双膝跪下，浑身发抖，接着旨令，跟了太监就走，心想不知出了什么事，一想人总是要死，来勿及多想，已到佛楼。太监复令交差，彩娥来上佛楼，拜见太后道："奴婢叩见太后。"太后一见大怒："贱人你干的好事，可知皇法？"彩娥道："奴婢知道有罪。"太后说："给你三尺白绫，给我自缢而死。"彩娥道："太后，君要臣死，臣不得不死。父要子亡，子不得不亡。"不过想万岁有金书，再想不能拿出来，要害皇上受罪，有恐要责罚。再想人总要一死，就拿一条汗巾自尽而死。恰巧皇上回宫不见彩娥，便问小太监，道："启禀万岁，太后传去了。"皇帝知道被母亲传去，可能出事了，马上来到太后佛楼，见国母请安。万岁言道："母后，此事不能怪彩娥，应罚孩儿。她身有几月，孩儿恳求母亲饶她一命。"正宫娘娘一听，想机会来哉，连忙跪下道："婆婆，这小贱人勾引皇上罪该万死，可是她肚中尚未托生。小人生在母胎之中无罪，求国太免了死罪，将她赶出宫门。"国太听了正宫之言，想："没有名分，即使养了孩子，也不能传接皇家后代。但有了龙种，不能处死。不如让我顺水推舟，下令赶出宫门。"正宫道："国母交给我办。"太后答应。皇帝无法，只得对正宫讲："你多给她银两，让她回去享享福。"正宫答应："皇上放心，我来照办。"娘娘领彩娥回宫，想想她们都上我计了哪！

正宫娘娘别太后，带了彩娥下楼门。

皇上拜别国母身，一同下楼身勿走。

吩咐娘娘多给金，万岁舍勿得彩娥身。

彩娥不敢开声口，万岁偷偷叫一声。

万岁有意做手势，意思金书要保存。

正宫看见气煞人，我倒不及小贱人。

你们都上我个当，手段巧妙实在灵。

彩娥领进自己宫，吩咐太监见计行。

却说正宫领了彩娥到自己宫内，就吩咐心腹太监到御花园僻静处，打扫干净一间小屋。回身便对彩娥道："你与万岁困在一张龙床上,我答应你是姐妹相称,何况你肚中有小人,是皇家后代。我想不能让你离开皇宫,就在宫内养儿育女,将来你有个依傍。"彩娥一听,着急万分道："谢谢娘娘大量,可是给皇太后知道怎么办?"娘娘道："不必担心,深宫内院,有啥人晓得?放心便了。"勿多片刻,太监来领彩娥进房居住,一日三顿,正宫派心腹送去,都是上等饭菜。彩娥身边也有一个心腹太监也。

正宫娘娘暗暗喜,夺子妙计就要成。

太后皇上都上当,彩娥上当不知因。

天天亲自去一趟,假意探望彩娥身。

实际要去探消息,看看何时养小人。

正宫假意来对彩娥问长问短,吃的口味如何。彩娥上当,以为娘娘待她好,深深感激,暗暗祝告娘娘长命百岁哪。

彩娥不知进了圈,认为正宫是好人。

留住宫中照顾我,嘘寒问暖像亲人。

保佑娘娘活千岁,长命百岁庆长生。

待等我儿身长大,将来你是大恩人。

巴得万岁身体好,国泰民安坐龙廷。

彩娥天天来求神,左思右想泪纷纷。

几次想要寻死路,勿舍得肚中骨肉亲。

肚中就是皇家子,留给皇家后代根。

憋住怨气来度日,巴望孩儿早托生。

光阴如箭容易过,日月如梭晓夜行。

日脚很快,彩娥要托生。正宫就派了一个心腹宫娥,而且会收生的,去服侍彩娥。如果养女设法闷死,养男要小心保护好,立即来告诉我。宫娥奉旨去办,见了彩娥道："我奉皇后娘娘旨命来服侍你。"彩娥道："谢谢娘娘千岁好心。"一带一个月过去。那天彩娥腹中疼痛,苍天有眼,很顺利养下一个儿子。速去报知正宫,正宫连忙去见彩娥道："好妹妹,真是谢天谢地!苍天呀!保佑母子二人无灾无难。"吩咐要好好照顾服侍,不可马虎。彩娥感谢娘娘大恩大德,永生难忘哪!

彩娥养下小倌人,眉清目秀好人品。

彩娥见儿多快乐,养好儿子我根本。

希望儿子身长大,无病无难无关星。

我为皇家生了子,皇家江山有人顶。

万岁未知可晓得,你亲骨肉已出生。

如果正宫生了女,我儿一定坐龙廷。

孩儿右腿有个朱砂记,将来失散可以认。

要说马彩娥替儿换衣服,发现右腿上有个朱砂记,好得旁人不知。过了三朝,正宫一早来抱龙儿,对小男百般疼爱。彩娥道："娘娘万岁,孩儿已经托生,谢谢你一早来。娘娘也要托生快了,身体保重。"娘娘道："不妨事,妹妹。我昨日拿此事告诉太后婆婆,一听养个儿子,不但不怪,还说我留得好。但是要见见孩子,说勿定能回心转意,收留你母子二人,将来孩子立为太子。"善良彩娥哪知是条毒计,听她讲得合情合理,就答应把孩子交给正宫,吩咐心腹宫娥,将孩儿抱好,告退而去也。

正宫娘娘喜欢心,带了孩儿就动身。

彩娥心中也高兴,太后见孩也欢迎。

巴望太后回心转，收留母子苦命人。

立为太子勿可能，正宫娘娘还未生。

正宫如果养男孩，立为太子理该应。

万岁一定会晓得，定要来见母子身。

想着孩儿要吃奶，望儿自己饭不吞。

今日望孩望到夜，不见孩儿还转身。

一直望到深黄昏，彩娥晓得出事情。

要说彩娥望子直到深黄昏，不见抱来，想："莫非皇太后欢喜，舍不得放手，或许宫娥彩女都要看我伲子，你抱我抱，也被皇上看见，不放我儿来小房子里受苦。"直到天亮，再望到夜，一天没有吃东西。后来近亥时，有脚步声了。彩娥想：送孩儿回来了。连忙开门一看，啊一声，只见门外人，手执雪白锃亮钢刀闯进来。彩娥要喊救命，说时迟，那时快，只见一只大手按住了嘴，道："你不要声张，要想活命吧？我不是来杀你，而是来救你。我是一位太监，你忘记了。"彩娥道："既然太监到来，为何带钢刀？"太监道："你真傻，正宫并非有喜，是装假肚大。现在拿你伲子作她自己伲子。夺了你子，还命我来杀你，叫夺子杀母。你快跟我去逃命吧！"

彩娥一听失了魂，未知正宫手段狠。

做好圈套夺我子，假惺惺救伲母子命。

平时对我如同亲姐妹，侪是用计骗了人。

留住我在宫中登，要夺我子起黑心。

装假肚大骗别人，这场恶计早有心。

彩娥急得浑身抖，被太监扯了望外奔。

东南西北分不清，不管高低路不平。

前面有条胭脂河，太监立定说分明。

太监对彩娥说："不得了，你先坐定。"彩娥地上坐定道："恩人怎样？"太监道："正宫知道你同皇上要好，肚中有喜。她想一条恶计，皇上说谁养太子，谁为正宫，所以装假肚大，设计夺子，连皇上也上当，今日午饭后命我暗杀你。我想万一事体弄穿，我不光要斩首，而且要株连九族，所以我决定救你。我早在酉时城墙边放张竹梯，你爬上城墙逃命而去，否则六门三关有人看守，无法可逃，去吧！"

彩娥全身无力气，揑紧双手望上行。

爬一爬来停一停，浑身无力少精神。

况且产后身体弱，四肢无力头发晕。

耳听谯楼四更正，咬紧牙关手揑紧。

拼了性命往上爬，总算爬到城墙顶。

忽听谯楼打五更，彩娥心中急煞人。

却说马彩娥拼命爬上城关，要逃下去，低头一看，吓得汗毛凛凛。外面只有一棵荆棘树，搭勿着脚，竹梯又拿勿动，怎么办？听见有人声音了，天亮要逃勿脱，拼死心一横，往树上一跳吧！

彩娥无法拼条命，双脚一跳勃仑嗷。

幸亏树枝挡一挡，翻了几翻落地心。

跌得满身都是血，人事不知迷昏沉。

不说彩娥人昏沉，卷中另有出场人。

城外有爿豆腐店，姓王二喜生意人。

　　且说城外有个善良人,叫王二喜,年庚二十二岁,父母早亡,独自一人做豆腐生意。今日一早,挑仔豆腐去卖,发现城墙脚上有个女人横在地上,走近一看,满脸是血,一摸还有气,但是昏迷不醒。就乩试豆腐担,将人背回家中,回身将担子挑回家中,拷了一碗豆浆,喂给彩娥吃。彩娥缓缓醒来,二喜看见醒了,忙问:"小娘子,家住何处?为啥要寻死?"彩娥张眼一看,困在床上,面前立着一个男人,道:"我怎会在此?"二喜道:"我在城脚边发现你,看你没有死,所以救回家来。"彩娥道:"谢谢恩人,我叫马彩娥,今年二十一岁,在地主家逃出来。"二喜一听原来也是穷人,问道:"你有家吗?"彩娥道:"父母早亡,无家可归。"二喜道:"放心。在我家养好伤,送你亲眷家去。"二喜去请医,服药调理。彩娥想命不该绝,碰着好人救我条命:"谢谢恩人,可我不能动。"二喜道:"放心,养好伤再说哪。"

　　二喜是个善良人,想救彩娥一条命。

　　请医服药来调理,三天医生请进门。

　　彩娥身体渐渐好,二喜还来买补品。

　　勿说彩娥身养病,回文再表太监身。

　　太监来到宫里复命道:"娘娘千岁,彩娥杀死,尸首抛在枯井,已经填没。"正宫道:"有赏。"不提。太监退出,娘娘装假肚痛,将夺来孩儿当作自己儿子。吩咐宫娥禀明太后,太后得信,赶来探望孙子。万岁也来到宫内,看看皇儿,说道:"母亲,我有后代了!"太后接道:"立为太子,将来接替皇位。"正宫暗暗欢喜,坐在床上假装腔。太后和皇帝不知假,吩咐宫女日夜相陪娘娘,不可有半点马虎哪。

　　娘娘心中暗思忖,我条计策实在灵。

　　就将太监和宫娥,重重赏赐金与银。

　　叮嘱太监和宫娥,泄露风声斩头颈。

　　将来孩儿登皇位,堂堂正正皇母身。

　　三宫六院都来贺,娘娘千岁肚皮灵。

　　万岁大喜下圣旨,大赦天下有罪人。

　　监牢犯人全放出,大家快乐人人敬。

　　皇帝有了孩儿大喜,为了多行善事,保佑伲太子无病无灾地成长,大赦天下犯人。所有犯人,一律释放,去邪归正,合家团圆。

　　勿说皇帝行善事,再说彩娥在养病。

　　幸亏二喜善心人,请医服药养好病。

　　身体后来全恢复,二喜一点无邪心。

　　彩娥实在对勿起,帮助烧饭洗衣襟。

　　二喜出去卖豆腐,彩娥在家来看门。

　　二喜回来讲新闻,万岁善良发慈心。

　　却说王二喜在城里卖豆腐,听人家讲万岁为了保护儿子,大赦天下犯人,将言语告知马彩娥听:"今日我听见讲新闻,是皇城里事。"彩娥说:"你讲给我听听,看啥新闻。"二喜说:"皇帝讨了很多老婆,可惜一个伲子呒界,幸亏正宫娘娘肚皮争气,前日养了个小皇帝,取名刘奇。为了小皇帝无关煞,皇上大发慈悲,大赦犯人,回家团聚。犯人个个拜谢小皇帝救命恩人。"彩娥一听正宫养小皇帝,脑子轰一响,昏厥过去哪。

　　二喜一见急煞人,抱住彩娥喊勿停。

　　一听新闻人发昏,懊恼回来讲你听。

　　想着她穿是宫服,莫非内中有原因。

　　彩娥悠悠醒转来,二喜开口问原因。

为啥一听人昏厥,皇宫之事你无份。

彩娥听二喜查问,推说身体虚弱,头脑发昏,皇宫之事与我无关,一身宫服是亲眷相赠。二喜想:"有亲眷在宫,不算新奇啊。"

二喜是个老实人,听明此事不当真。

马上街坊买补品,彩娥心中苦十分。

想着孩儿嚎啕哭,一夜五更勿尽困。

黄昏人尽一更正,想着孩子苦伤心,痛在心,养仔三日天,被人骗了去,想奴命苦无福分,看来我今世无超升,皇天呀!

二更里来想皇恩,万岁对我是真心,像亲人,可惜皇法严,奴是下等人,太后晓得勿容情,正宫当面装好人,皇天呀!

三更里来半夜正,正宫娘娘伤良心,无哪能,自己勿会生养,毒计想端正,装假肚来骗别人,皇帝太后侪当真,皇天呀!

四更里来想自身,养了孩儿被人吞,苦伤心,巴望好侃子,早些坐龙廷,金书将来作凭证,母子团圆我称心,皇天呀!

五更里来金鸡鸣,想想自己苦煞人,孤伶仃,呒昺亲爷娘,又无好乡亲,无家可归实可怜,只好豆腐店里住安身,皇天呀!

二喜好像亲兄妹,并无邪念心中存。

一个认真做豆腐,一个烧洗服侍人。

天天日日一道住,二人产生有感情。

郎有心来姐有意,二人当面吐真情。

彩娥道:"二喜,我长难看吗?"二喜连说:"不!不!很好看,漂亮。可是我太穷,你可懊悔?"两人商量,拣了黄道吉日成亲,亲眷乡邻都来吃喜酒。二人参拜天地,送入洞房不提。二人婚后,勤勤恳恳。二喜做豆腐去买,彩娥心灵手巧,帮人家小姐绣花,生活很好,心情愉快。但是彩娥想着孩儿偷偷哭,有时候被二喜看见,就会问:"啥要哭?"彩娥推却心里痛,急得二喜到药房里去出药,彩娥拿了就假吃。二喜一看药真灵,一吃就好。二人就这样下去哪。

二喜有点弄勿清,心痛经常发毛病。

光阴如箭容易过,日月如梭晓夜行。

春去夏来秋已过,残冬一过又逢春。

一句卷文十六春,要讲皇宫一桩情。

万岁见儿身长大,想着彩娥母子身。

便问正宫彩娥事,送往哪州哪乡村。

金银可曾多给些,母子不知如何能。

皇后一听吃一惊,鬼话连篇说分明。

金银珠宝赠一箱,派人送出紫禁城。

不知妹妹住何处,没有地方可通信。

万岁一听声叹气,母子身体可安宁。

孩儿聪明懂道理,文质彬彬像父亲。

正宫娘娘当亲娘,敬重父母孝大人。

太后早已驾崩去,皇上得病病勿轻。

又过了二年,太子一十八岁。其日,父皇重病,太医服药无效,求神不灵。不多几天,一病身亡,驾崩不提。国家要紧,皇后将御玺玉印交给皇儿。小皇帝登基坐龙廷,满朝文武,三呼万岁,叩见新皇哪。

汉文皇帝已驾崩,扶立皇儿登金殿。

小皇身坐龙廷上,百官商议小皇名。

取名就叫汉景帝,东汉元年新国号。

传旨各州各衙门,全国知晓小王名。

正宫娘娘做太后,达到目的喜欢心。

勿宣汉景皇帝做,要说彩娥得着信。

那天二喜进城卖豆腐,彩娥去送修好的衣襟。在路上听见人讲,汉文帝已过世,现小皇帝登基了,听得一清二楚,连忙交了衣襟,在街坊买菜,回家烧好,酒筷摆好,等二喜回来一同吃菜。等个辰光,彩娥就拿万岁赐的黄绸金书拿出来,左看右看,哭哭笑笑。想着皇上赐金书时,甜言蜜语,要笑;想到后来流落到如此,要哭。再一想有了出头日脚,自己亲生儿子做了皇帝,母子能有相逢团圆之日,又满心欢喜哪。

彩娥心中喜十分,悲喜交集在心中。

万岁赐书心里痛,一言一语记心中。

金书写得多明白,万岁骨肉在肚中。

小皇是我亲生儿,金书为凭母子奉。

正在呆呆来思想,二喜挑担回家中。

看见台上多酒菜,一时之间弄勿懂。

王二喜回到家中,看见台上勿少菜,外加有酒,问道:"娘子,今日有啥客人?"彩娥回道:"不是请客。"二喜道:"既勿清明,又不逢年过节,为什么?"彩娥道:"今日比逢年过节,还要高兴,你可曾听见新皇帝登基吗?"二喜说:"管他登基不登基,还是我做我个豆腐生意,你绣你个花,皇城之事与我无关。"彩娥道:"丈夫呀!我俩做十多年夫妻,还记得你救我的时候,身上穿身宫服吗?"二喜记得。彩娥道:"实不相瞒,我是宫女,现在小皇帝是我亲生儿子。"二喜想:你在发痴呆。彩娥笑笑,将皇上写好的金书拿给二喜。二喜一看,写得明白:"彩娥之子是我亲骨肉。"下面有汉文帝刘恒亲笔,并有玺玉印,汉朝二十年三月十三日。到底怎么回事?我将实情告知你,有好处哪。

丈夫不必胆战惊,待我详细说你听。

彩娥将情说一遍,二喜一听汗毛凛。

前后情景说得明,吩咐二喜胆放心。

我俩同把酒来饮,还有言语讲你听。

二喜放心酒来饮,顺听娘子讲事情。

彩娥说:"丈夫,你勿要怕。我有皇上亲手写的金书为凭,你明朝五更三点去见皇帝,详细讲给万岁听,碰着万岁将金书给他看。再有,见了皇帝叫万岁,叩头礼节记牢。"二喜想总有点吓,弄得勿好,杀头也有可能。彩娥道:"你放心,金书保你身哪。"

彩娥二喜酒来饮,谈谈说说喜欢心。

千吩咐来万叮咛,做事千万要当心。

一切礼节要照办,勿可马虎胡乱行。

二喜答应称晓得,待等天亮见当君。

勿说二喜家中事,再说皇上新明君。

五更三点皇登殿,文武大人左右分。

文东武西二边立，三呼万岁拜新君。

小皇帝登殿喜十分，大小百官个个敬。

有事值班来启奏，无事卷帘回宫门。

忽听外面有人喊，二喜立在门外头。

他说万岁有大事，面见万岁禀分明。

要说新皇帝五更三点登殿，在午朝门外，二喜大喊："有天大之事，要见万岁。"殿上有值殿将传奏，皇门官传言，有事奏来。连喊三声，此人不言不动。"我是白衣之人，奉先皇之命，要万岁亲自接金书。"值殿将传奏上殿，左右丞相一听先皇金书，谁也不能接。只有万岁出龙位，左右丞相、文武各官出殿，皇帝立在午朝内，二喜双膝跪下，启上我皇万岁，双手托好金书。有值太监将黄绸包传上万岁，打开一看：孩儿是彩娥生，金书为凭，先皇玉印，汉文帝二十年三月十三日御笔。万岁看完道："你是何许样人？"二喜难讲，想回答啥个称呼，说晚爷，不好说；说与你娘困一张床上人，不敢说。急中生智，说道："我是你的继父！"皇上讲："胡说，立斩不误。"二位丞相启奏："我皇慢来，问他详情。""你是我继父，根据何在？"二喜："万岁要知内中情，必须请你继娘到来。"文武百官，莫名其妙，因为只有万岁看过金书，大家勬看着金书。再说皇帝命二位值殿将，跟随此人，去请继母来到静养宫。"孤皇退朝哪。"

二喜定心回转门，值殿将军随后跟。

路上行程呒耽搁，来到豆腐小店门。

二喜便把娘子叫，万岁传奏进宫廷。

却说二位值殿将军奉万岁之命来到豆腐店，见彩娥双膝跪下道："万岁有请。"彩娥又惊又喜，惊的是恐怕正宫知晓，喜的是母子今日团聚。马上动身，跟在二位值殿身后，一直来到静养宫。彩娥见皇上，叩头万岁，皇帝坐在交椅上："免礼施座。"彩娥看皇儿，眼泪夺眶而出，想儿十八年了，甜酸苦辣，涌上心头。万岁问道："你姓甚名谁？慢慢讲来。"彩娥揩一揩眼泪，对皇帝看看，手一指二位将军，万岁马上吩咐值殿将退下。宫内就三人，彩娥道："皇儿听了。"拿十八年前事情，详详细细说了一遍，并且道："皇儿，你右腿上有朱砂记。"万岁一听："喔唷！"

皇上听了气闷闷，哪有这样奇怪情。

金书玉印父亲手，说出朱砂知隐情。

呒畏别人来晓得，眼前定是我娘亲。

为何母后勿讲穿，原来她是起毒心。

皇上大哭母后叫，不孝孩儿有罪名。

我不知母后受尽苦，伏乞母后说分明。

彩娥就将皇儿叫，不怪皇儿无良心。

只因为娘多薄命，做你母后无福分。

十八年事情都讲到，万岁听得火直喷。

回庭要斩假母后，替母报仇我称心。

万岁连忙进宫去，彩娥拉住不放行。

皇儿息怒坐一坐，为娘有话讲你听。

遇事一定要耐心，凡事三思而后行。

皇上启口母亲叫，假太后是黑良心。

装假有孕欺君罪，欺骗父皇斩头颈。

夺子杀娘良心黑，假做太后罪勿轻。

皇儿进宫将她斩,太后原来不是我娘亲。

彩娥流泪皇儿喊,此事万万不可行。

且说善良的彩娥道:"皇儿呀!做事要三思,假太后虽然是错,但是抚养你十八年,其恩未报。你如果杀了她,究竟是与你父皇的花烛正宫,朝堂百官要讲你不孝。你想拿我立太后,但我毕竟是下等宫娥,非三宫六院之人。你变成宫娥的私生子做天子,文武官员不忠,要失江山的。再说做娘十八年来苦惯了,只要皇儿不忘记为娘,生前时常看望,死后春秋二祭,坟前焚化纸锭,做娘也甘心了,死也瞑目。"皇上听娘一番话,说道:"孩儿绝不忘记母后。"一声吩咐,送继娘出宫而去哪。

母子分别哭哀哀,二喜在旁看得呆。

皇上拜别内宫去,二喜彩娥回转来。

一到明日天刚亮,开门看见四太监。

二个太监挑二担,奉了皇命送到来。

二喜和彩娥一问,知晓皇帝派人送来。彩娥谢过银两,四个太监回宫复旨,不提。二喜将四只箱子打开一看,第一只箱内全是金子,第二只银子,第三只珍珠宝贝,末一只绫罗绸缎。二喜惊得目瞪口呆。彩娥不以为奇,对二喜说:"惊呆了吗?这是你行好事救命的报酬。"二喜对娘子说:"我们是在做梦,这许多财宝几代人也吃不完哉。"彩娥道:"勿说夯话了。"

夫妻二人喜十分,明天喜事又来临。

钦差大人骑马到,快罢香案接旨文。

夫妻双双来跪下,二喜当出了大事情。

二喜想:"我命苦,昨日拿着金银财宝,今日圣旨到门,肯定出了大事来捉去问罪。"吓得浑身发抖。彩娥道:"好事又来了哉。"

钦差就拿圣旨读,万岁有旨来封赠。

王二喜长沙府台做,马彩娥是封夫人。

二身官服台上供,还有金银一千锭。

二喜彩娥谢皇恩,钦差复旨回皇城。

再说王二喜封官,请乡邻亲眷大摆酒席,家中热闹非凡,庆贺二喜做官。二喜豆腐店送人,明日收拾,上任而去也。

人人都说二喜好良心,一步直上到青云。

坐了官船长沙去,亲眷乡邻目送行。

到了长沙就上任,当地知县来相迎。

万岁传旨拨金银,起造佛楼敬娘亲。

彩娥佛楼常念佛,保佑皇儿有道君。

文武百官都忠心,孩儿江山坐得稳。

万岁后来替娘先做坟墓,造的式样与皇太后墓差勿多哪。

汉景帝来行孝心,营墓造坟敬娘亲。

彩娥吃素多修道,二喜清官人人敬。

朱砂记宝卷宣完成,大众听了福寿增。

奉劝眼前听众行孝心,行仔孝心子孙兴。

卷中倘有差错处,阿弥陀佛补完成。

状元宝卷

状元宝卷佛前开,文星仙君降台来。

手执朱笔来一点,状元及第受天恩。

在堂大众同声贺,子孙代代出状元。

且说明朝年间,朱元璋初登皇位,天下太平,万民安乐。杭州武林门外离城三里有个村叫张家村,村上有个穷人叫张三,娶妻王氏,独生一子叫文忠。文忠从小聪明伶俐,只因家贫,无钱读书,帮做家务,十分苦闷。

张三夫妇苦十分,做做短工度时辰。

生个儿子叫文忠,聪明伶俐少少能。

再说张家村上有个教书先生,闻知张文忠聪明,可惜无钱上学,先生亲自登门,招他免费入学。读书五年后,《四书》《五经》熟透,文武精通,成为文武全才,父母十分开心便了。

张三夫妇喜十分,孩儿文武件件能。

文忠有日功名成,不忘先生大恩人。

那朱元璋登位之际,朝内文少武多,下旨开考,招天下举人,入京赶考,招贤纳士。

国泰民安风雨顺,百姓平安万年春。

为因朝内文官少,挂出皇榜天下闻。

天下才子都知晓,上京赶考跃龙门。

文忠得知喜十分,禀告父母两大人。

张文忠闻知京都开考,告诉父母,孩儿也要去京,前往京城赶考。张三夫妇十分欢喜,文忠又到先生家请示。文忠来到先生家,说:"学生即去上京赶考。"先生听了,欢天喜地,连连点头,心里想:"愿我学生文忠考上状元,鱼跃龙门。"

先生听了喜欢心,名师高徒耀门庭。

文忠谢别转家门,理好行李就动身。

花街柳巷无心看,日行夜宿赶路程。

路行千里且不说,京城就在面前存。

来到中华城门进,招商饭店先安身。

才子汇集在京城,等候开考跳龙门。

三月十三考期到,才子个个进考场。

这次开考,主考大人刘伯温为正,徐达为副,二位大人担任审批考卷是也。

举子踏进考场内,心情激动怦怦跳。

也有茶饭不想吃,也有面色失精神。

也有夜里不想睡,也有才子病临身。

用尽精力文章做,个个都想扬威名。

张文忠文章已毕,精神过度。魁星站立在文忠身后,见文忠把文章里的一个"玉"字写成一个"王"字,缺了一点。魁星化作蚂蚁,躲在"王"字内,代表一点,而成"玉"字便了。

善心之人魁星照,善恶两字有分明。

善男信女细细听,再宣文忠后来情。

再说刘伯温、徐达二位考官大人,日夜批卷,批到浙江武林门外张文忠的考卷,发觉"玉"字一点特大,再仔细一看,原来是一只蚂蚁。刘伯温用手指将蚂蚁挑开到别的地方,那蚂蚁又飞回到原来"玉"字的位置,不偏不歪,仍在"玉"字的一点上。刘伯温同徐达两位大人看呆了,心想张文忠有佛天恩赐,并决定批为头名状元是也。

　　文忠文章出奇迹,玉字一点蚂蚁变。

　　蚂蚁本是魁星化,佛天普照文忠身。

　　头名状元张文忠,主考将情奏皇闻。

　　君王龙眼细观看,满腹经纶无限深。

　　宣照文忠登金殿,二十四拜呼万岁。

　　君王见卿龙颜喜,钦赐御酒不非轻。

　　此人国家栋梁柱,封名受爵在朝门。

　　且说张文忠得中状元,敕封江浙二省巡抚大人,钦赐尚方宝剑先斩后奏,上管军,下管民。当殿钦赐红袍一件,金花一对,红罗二丈,白马一匹,周游皇城,十分威严便了。

　　状元文忠受皇恩,江浙二省坐衙门。

　　御赐一把上方剑,先斩后奏实威严。

　　游看三日皇城景,回到金殿奏皇闻。

　　文忠上殿启奏万岁:"小臣家中父母年老体弱,准小臣回家探望二老便了。"

　　君王闻奏龙颜喜,寡人替你做媒人。

　　朝中有个李丞相,他家小女配状元。

　　状元谢恩回言答,小臣怎敢逆皇恩。

　　皇上敕旨李丞相到金殿:"为皇做媒,将你令囡配与张状元,不知允否?"李丞相道:"万岁,老臣怎敢逆言?"谢恩,退朝。李丞相回府,告诉夫人。老夫人十分欢喜,挂灯结彩,迎接张状元到丞相府,择日喜结良缘。

　　状元奉帖进府门,要与千金结成婚。

　　诸亲百眷都来到,挂灯结彩闹盈盈。

　　张状元与小姐拜堂成亲,酒宴席散,亲友及众文武百官各自告别回家。

　　不宣百官回府去,再宣状元夫妻情。

　　夫妻恩爱如鱼水,看看满月到来临。

　　状元告禀岳父听,回家探望二双亲。

　　状元连夜写辞章,到五更三点,启奏万岁,君王恩准。状元谢恩退朝,回到李丞相府,谢别岳父母,同夫人离京,前往浙江便了。

　　状元夫妻便动身,岳父岳母送行程。

　　金锣开道出皇城,行牌旗伞两边分。

　　逢州过县官府接,迎接巡察老大人。

　　在路行程且休说,一径来到自家门。

　　状元回家,诸亲百眷乡邻都来贺喜,大办酒席,邀请本县衙门大小官员,还有教书先生,前来吃酒,热闹非凡,直到晚上酒宴席散,各自回家不表。再说张家二老十分开心,我家虽然贫困,谅必佛天暗中保佑,便谢天谢地,口念弥陀,参拜观音,一口常斋,再不开荤便了。

　　文忠合家都诚心,修行念佛拜观音。

　　不觉李氏身有孕,十月怀胎要临盆。

一胎生仔男和女，后来做官在朝廷。

文忠夫妻良心好，一百廿岁上天庭。

白日升天凡胎脱，西天极乐去安身。

今日宣了状元卷，子孙代代中状元。

魁星前来星辰照，佛天保佑中状元。

状元宝卷已宣明，斋主子孙中头名。

南无十方三世佛，大慈大悲观世音。

宝卷宣明，读书聪明。

考上状元，人人尊敬。

三、法事科仪类

开经偈

问道谁家好，回言此地高。

菩萨当中坐，童子踏元宝。

招财问道谁家好，利市回言此地高。

路头菩萨当中坐，看财童子踏元宝。

王子去求仙，丹成十九天。

洞中方七日，世上已千年。

王子王孙去求仙，吕纯阳丹成十九天。

铁拐李洞中方七日，老寿星世上已千年。

葫芦生葫芦，珠宝共珊瑚。

门前摇钱树，金银满地铺。

葫芦头上生葫芦，金银珠宝共珊瑚。

门前种棵摇钱树，摇落金银满地铺。

小道下山来，黄花遍地开。

鱼磬一声响，大众念如来。

有位小道下山来，黄花朵朵遍地开。

磬子木鱼一声响，合堂大众念如来。

啥香直苗苗，啥香透九霄。

啥香消灾障，啥香福寿高。

线香烧来直苗苗，檀香烧来透九霄。

安息香烧来消灾障，寿字香烧来福寿高。

炉香赞

白：

无上甚深微妙法，百千万劫难遭遇。

我今见闻得受持，愿解如来真实意。

唱：

炉香乍热，法界蒙熏，诸佛海会悉遥闻。

随处吉祥云，诚意方殷，诸佛现金身。

南无香云盖菩萨摩诃萨。

南无香云盖菩萨摩诃萨。
南无香云盖菩萨摩诃萨。

请佛(版本一)

白:
三支清香炉内焚,请佛菩萨悉遥闻。
斋主焚香勤礼拜,弟子请佛下山林。
唱:
点起清香炉内焚,香烟直透九霄云。
斋主佛前勤礼拜,奉请诸佛菩萨下山临。
先请护法韦陀第一尊,次请黑虎玄台赵将军。
第三请清阳宫中杨三泰,第四请文武双全关圣君。
第五请精忠报国岳元帅,第六请赤胆忠良温将军。
七请甘露护卫将,第八请拿妖捉怪朱天君。
奉请本命星官主,诸佛菩萨降台临。
奉请消灾延寿佛,药王药上降台临。
奉请当生弥勒佛,九王帝释降台临。
奉请玉皇大天尊,普天神将降台临。
奉请先天斗母尊,南北二斗降台临。
奉请南极长生帝,日宫月府降台临。
奉请九天雷祖帝,风伯雨师降台临。
奉请文殊师利尊,普贤菩萨降台临。
奉请南洋观世音,善才龙女降台临。
奉请二十诸天众,降龙伏虎降台临。
奉请势主大恩神,佑通自在降台临。
奉请三元三官帝,曹官考教降台临。
奉请北极玄天帝,鬼蛇二将降台临。
奉请释迦如来佛,五百罗汉降台临。
奉请瑶池王母尊,九天仙女降台临。
奉请日劝解神星,十二宫辰降台临。
奉请上界刘猛将,田公田婆降台临。
奉请五路通达司,招财利市送金银。
奉请本司城隍尊,长元吴三县降台临。
奉请当方土地神,六房书吏降台临。
奉请家堂香火众,宅神禁忌降台临。
奉请东厨司命君,保佑合家永太平。
奉请八洞神仙到,腾云驾雾到府门。

一切诸佛都请齐,再请虚空过往神。

上请上界诸佛祖,中请中央五岳神。

下请龙宫并水府,上中下三界降台临。

请得诸佛临法会,金盆莲花朵朵开。

莲花结只金莲蓬,佛前圆满保安宁。

斋主佛前虔诚拜,祈求天赐福寿增。

南无登宝座菩萨。

三春果满菩提树,一夜花开世间香。

南无十方一切诸佛。

请佛(版本二)

白:

清香炉内焚,香烟九霄云。

斋主勤礼拜,请佛下山临。

南无请圣藏菩萨!

唱:

点起清香炉内焚,香烟直透九霄云。

斋主佛前勤礼拜,奉请诸佛菩萨下山临。

先请护法马天君,次请黑虎玄坛赵将军。

三请精忠报国岳元帅,四请赤心忠良温天君。

五请三执感应韦驮天将,六请文武双全关圣君。

七请净洋宫中杨三太,八请拿妖捉怪朱天君。

八堂护法俱请到,弟子再请佛世尊。

奉请普佑上天王,南北四朝到来临。

奉请三世如来佛,大雄宝殿放光明。

奉请释迦菩萨牟尼佛,大阙世尊菩萨下山临。

奉请上苍玉皇上帝,天师真圣下山临。

奉请极乐宫中弥陀佛,药王菩萨救万民。

奉请九天雷祖大帝,雷公雷母、风伯雨使、六丁六甲降坛临。

奉请救苦救难观世音,善财龙女驾祥云。

奉请文殊菩萨骑狮子,普贤菩萨象王身。

奉请三元三品三官大帝,捞老尊官下山临。

奉请星主紫微大帝,金和玉兔放必明。

奉请南极仙翁老寿星,福禄二德左右分。

奉请西天王姆尊,蟠桃会内到坛临。

奉请先天斗姆尊,日宫月府照乾坤。

奉请南斗元司增延寿,北斗七元解厄星。

奉请十二宫辰添吉庆,二十八宿保安宁。

奉请本命星官增延寿,庚申甲子到坛临。

奉请天德月德两星君,总星解神到坛临。

奉请上八洞仙人临法会,中下八洞神仙出宫门。

奉请城隍出凡府,长元吴三县出衙门。

奉请土谷明王神,当方土地请出庙堂门。

奉请家堂香火圣众,宅神禁忌护门庭。

奉请府上三代祖先离冥府,同到星官台上听宣文。

奉请五路财神临法会,招财利市送金银。

奉请东厨司命灶君,上灶下灶东灶西,七十二灶井泉童子到坛临。

一切诸佛菩萨都请到,弟子再请三界神。

上请上苍诸佛圣众,中请虚空过往神。

下请龙宫并水府,三界神仙到坛临。

花开叶落成宝盖,结成宝盖请如来。

诸佛菩萨摩诃萨,摩诃般若波罗蜜。

南无请圣王菩萨。

圆圆此功德,普及有一切。

宣卷增福寿,福禄永康宁。

清净赞

上来现前清净众,讽诵大悲诸品咒。

回向三宝冲龙天,守护伽蓝诸圣众。

三途八难俱离苦,四恩三有尽沾恩。

国家安宁兵革消,风调雨顺民安乐。

斋主熏修希胜进,十地顿超无难事。

保佑家门尽吉庆,坛星皈依增福慧。

阿弥陀佛身金色,相好光明无等伦。

白毫宛转五须弥,绀目澄清四大海。

光中化佛无数亿,化菩萨众亦无边。

四十八愿度众生,九品咸令登彼岸。

南无西方极乐世界大慈大悲阿弥陀佛。

南无观世音菩萨,南无观世音菩萨。

南无大势至菩萨,南无大势至菩萨。

南无清净大海众菩萨。

南无清净净清大海众菩萨,菩萨摩诃萨。

宣卷功德诸圣音,无边胜福皆回向。

速往无量光佛刹,位上因缘三世佛。

文殊普贤观自在,诸尊菩萨摩诃萨。

摩诃般若波罗蜜多。

四生九有,同登法藏玄门。

三途八难,共入毗卢性海。

自皈依佛,当愿众生,体解大道,发无上心。

自皈依法,当愿众生,深入经藏,智慧如海。

自皈依僧,当愿众生,统理大众,一切无碍。

三星上寿

合唱:

云海为仙,会天星斗,岁月长留,福禄从天寿。

福星白:

瑞霭祥光紫雾腾,人间福主庆长生。欣看四海升平日,共沐恩波享太平。我乃苍帝之子。下间施主,乐善好施,特令我统领诸天福神,前往赐福。

禄星白:

人间岁月长留。

寿星白:

开花结子千秋。

众白:

我今特来上寿。

福星白:

列位大仙驾起祥云,请往福地去者。

众白:

领法旨。

福星白:

列位星君请了,请了。

福星唱:

皓魄当空宝镜升,福星今日驾祥云。

要孩童手执蟾宫桂,喜气儿生福满门。

人间福,庆长生,怀抱如意定乾坤。

福如东海滔滔水,万紫千红总是春。

禄星唱:

鸿钧鼓铸日月和,禄星今日到贵府。

赏花人饮琼浆酒,终南山上炼丹炉。

逍遥乐,庆山河,执掌人间爵禄多。

闲来无事观沧海,草色瑶台琴曲舞。

寿星唱:

金殿当头紫阁重,老寿星今日出仙宫。

身穿万寿袍一件,后头跟个白鹤童。

龙头拐杖扶手中,上八洞神仙称寿翁。

炼就长生真妙诀,春光不与四时同。

福星白:

三星祝寿已毕。

福星唱:

瑶池仙水浪滔滔。

众唱:

福禄寿三星齐来到。

我向万年春,快快乐逍遥。

顷刻间,赴瑶台,要把长生永不老。

散花解结

志心奉献上林花,采凤红莲,红莲瑶艳花,上林花。

姚黄魏紫家,再之虔诚奉献,春风瑞气佳。花花供养,供养之佛前。

仙人洞,洞人仙,仙人洞里来送佛,洞中光无边。

金莲花搭仔银莲花,金银莲子散仙花。双双,双双童子云啊端现,瑞气满清香。

香风飘散佛前花,大众散仙花,明三余莫花,解缘,解缘释结天尊。

散花散着老寿星,头上帽子有一顶。一世空翻黄河层,解缘,解缘释结天尊。

散花散着青石头上种芝麻,芝麻开花节节高。神仙会子散仙花,解缘,解缘释结天尊。

散仙花,神仙会子散仙花,长生宫内散仙花。拾子香炉、解神星君、皇母寿星、八仙一盆花。焚香奉请,长生保命天尊,福星无量天尊,福禄寿三老星君,西施皇姥,万寿元君,井神童子,官将礼兵。惟愿虚空过往,解缘,解缘释结天尊。

初解结,要解结,要解一重,二回,三灾,四煞,五行,六害、七伤,八难,九虞,十重。一切罪孽尽解散,解缘,解缘,释结天尊。

再取线,再解结,再解大字肚内加一点,太太平平太平结,解缘,解缘,释结天尊。

再取线,再解结,要解十字头上加一撇,千千万万万户结,解缘,解缘,释结天尊。

再取线,再解结,要解言字半边加个兑,说说谈谈安乐结,解缘,解缘,释结天尊。

再取线,再解结,要解一个王姥寿星结,蟠桃会里么尽解结,解缘,解缘,释结天尊。

再取线,再解结,再解一个长寿结,长命百岁林颜绿,解缘,解缘释结天尊。

再娶线,再解结,要解一个妆花搭子团圆结,一切罪孽尽解散,解缘,解缘释结天尊。

千千结,万万结,一切冤结尽解散,解缘,解缘释结天尊。长生保命,长生保命天尊。

上寿(版本一)

白:

福禄从天降,金银堆满仓。

八仙来上寿,王母献蟠桃。

南无增寿王菩萨。

唱:

福禄寿三星从天降,金银珠宝堆满仓。

八仙聚集来上寿,王母娘娘献蟠桃。

寿星骑鹿出仙宫,手捧蟠桃旭日红。

今日寿堂来祝寿,祝贺斋主永康宁。

寿堂摆设气象鲜,一对方桌摆中间。

当中挂起寿星轴,寿对一幅分两边。

上联是寿比南山松不老,下联是福如东海广无边。

寿星面前寿礼供,寿桃寿糕有寿面。

寿桃只只王母献,寿糕盘盘甜似蜜。

寿面条条长似线,寿酒盏盏供佛前。

寿饭碗碗像明珠,珠光艳艳神农献。

寿茶杯杯仙童敬,寿斋盆盆摆周全。

寿香支支金炉装,寿烛对对毫光现。

寿烛上面结金莲,寿香烟直透九重天。

迎得众仙来祝寿,八洞神仙在云间。

彩云冉冉到堂前,同贺斋主福寿全。

八仙聚集寿堂到,各带寿礼力量献。

第一仙人铁拐李,身背葫芦走在前。

倒出仙丹来祝寿,斋主增福寿来添。

第二仙人汉钟离,手执宝扇坦出肩。

斋主堂上扇一扇,合家老少三灾免。

第三仙人吕洞兵,青锋宝剑背在身。

斩妖除怪威力大,一年四季保安宁。

第四仙人张果老,倒骑驴子哈哈笑。

鱼鼓简板手中执,庆祝斋主福寿全。

第五仙人曹国舅,阴阳二板手中端。

堂前高唱增寿曲,合家老少永平安。

第六仙人蓝采和,手捧花篮驾云雾。

一到堂前来散花,散出金银满地铺。

第七仙人何仙姑,驾起祥云来祝贺。

手捧一壶长生酒,合堂共饮酒一壶。

第八仙人韩湘子,手执玉笛浪浪吹。

吹出一曲湘江月,福寿庆祝老斋主。

众仙齐齐到堂前,各显神通把礼献。

本府斋主眯眯笑,大办酒席敬八仙。

众仙喝得真高兴,你一句来我一言。

庆祝合家增福寿,消灾延寿身康健。

寿星捧出长生果,长生不老寿千年。

今日三祝华封寿,祈求天祝福寿添。

南无增寿王菩萨。

上寿(版本二)

白:

福禄重天高,金银满地摇。

八仙来上寿,王母献蟠桃。

南无上寿司菩萨。

唱:

福禄寿三老星君重天高,贵府上金子银子满库摇。

但只见八个仙人来上寿,又看见空中王母献蟠桃。

梁山顶上种一棵桃,我种仙桃不用水来浇。

人人说我开花早,不得知结只仙桃九千朝。

九重春色醉仙桃,白鹤飞来对对高。

金童双双吹玉笛,玉女对对品玉箫。

和合两仙哈哈笑,双手玉如意来招。

刘海喜传传喜讯,手拿金钱满地抛。

麻姑仙来爱打苗,手将名童与孩抱。

陈抟一忽困仔千年寿,彭祖王八百零三世界少。

海刘先师把橹摇,摇来摇六十花甲到今朝。

只只见张仙来送子,又看见鬼谷先师课筒摇。

汉钟离来是汉朝,铁拐李仙人道行高。

吕纯阳爱吃双杯长生酒,张果老倒骑驴子过仙桥。

曹国舅手执一副云阳板,韩湘子云中吹玉箫。

何仙姑手拿一朵金莲蓬,蓝采和手提花篮献蟠桃。

八仙齐聚立在云端里,王姆寿星出来把手招。

请问众仙到何处去,贵府上寿献蟠桃。

寿逢今朝几月巧,百寿图轴子挂得高。

百寿图上诸仙祝寿重重福,寿对一副两边飘。

上联是福如东海广无边,下联是寿比南山松不老。

寿香烧在金炉内,烧得香烟缭绕透九霄。

寿烛根根点得高,寿花朵朵颜色好。

寿糕玲珑滋味甜,寿菜吃吃滋味好。

寿桃只只仙山物,寿面吃得大家哈哈笑。

寿果子团团圆圆抛世界,香花米饭有根苗。

寿茶二盏时常献,寿酒洒出顺风飘。

众仙吃仔腾云去,斋主福寿一齐高。

今日上寿今日毕,满门福禄子孙好。

南无上寿司菩萨。

庆祝蟠桃会,众里问国舅。

洞宾何处去,三醉岳阳楼。

南无上寿司菩萨。

送佛(版本一)

白:

三宝广无边,功德满大千。

有水秋江月,送佛上西天。

南无回鸾驾菩萨。

唱:

功德圆满笑颜开,再焚香烛虔诚拜。

不敢久留诸佛祖,殷勤拜送上灵山。

先送护法马天君,次送黑虎玄坛赵将军。

三送精忠报国岳元帅,四送赤心忠良温天君。

五送三洲感应韦驮将,六送文武双全关圣君。

七送青阳宫中杨三太,八送拿妖捉怪朱天君。

八大护法俱送到,弟子再送佛世尊。

如来送往灵山去,消灾延寿送上琉璃山。

阿弥送到南天门,斗母送回白玉台。

文殊送转五台去,普贤送到峨眉山。

二十诸天回上界,五百罗汉天台山。

观音起程回南洋,势至菩萨清凉山。

三官大帝云台去,雷祖送回武当山。

韦陀送回泸州去,关帝送到玉泉山。

王母娘娘归瑶池,寿星回转蓬莱山。

本命星官归花甲,解辰星到广寒山。

五路通达留宝阁,招财利市金银山。

本府城隍回府第,长元吴三县回衙门。

当方土地安正宅,六房书吏各回程。

家堂香火安座定,东厨司命永长存。

一切诸佛俱送转,再送虚空过往神。

上送上界诸佛祖,中送中央五岳神。

下送龙宫并水府,上中下三界各登程。

来时天降重重福,去时能消远远灾。

白:

南无回鸾驾菩萨。

来时香花迎请,去时一切奉送。

诸佛登程,虔诚奉送。

送佛(版本二)

白:

庆祝蟠桃会,钟离闻国舅。

洞滨何处去,三醉鹤阳楼。

南无上寿师菩萨。

送佛三宝光,功德满大千。

有水千江月,送佛上西天。

南无阿弥陀上圣师菩萨。

唱:

今宵圆满载吉祥,佛说圆满再焚香。

不敢久留诸佛祖,殷勤拜送上灵山。

先送护法马天尊,次送黑虎元坛赵将军。

三送精忠报国岳元帅,四送赤心忠良温天君。

五送三洲感应韦陀将,六送文武双全关圣君。

七送清杨中杨三太,八送拿妖捉怪朱天君。

八大护法俱送到,弟子再送佛世尊。

奉送释迦牟尼佛,大世尊菩萨上山林。

奉送三世如来佛,大雄宝殿放光明。

奉送玉皇上帝归金阙,雷祖大帝转敬神。

紫微星主归星座,斗姥送转玉桂台。

韦陀送到北极罗洲去,关圣君送到玉泉山。

观音送到紫竹林中去,世主送转清凉山。

三元三官云坛山上去,普贤送转峨眉山。

文殊送到五台山上去,祖师送到武当山。

诸天君送到圆通界,五百尊金身罗汉转天台。

张天师送到龙虎山上去,九天司命送转大茅山。

曹官送到七子山上去,五圣郎君送到上方山。

西池王姆娘娘归瑶池，老寿星送到终南山。

福禄二位星君归星坐，八洞神仙送到蓬莱山。

总星解神送到广寒宫，药师佛送到采枝山。

本府城隍归凡府，当方土地送进庙堂门。

路头不送在中堂座，招财利市送金银山。

家堂香火安真宅，灶君皇帝登灶山。

一切诸佛多送到，弟子再送三界神。

上送上苍诸佛祖，中送虚空过往神。

下送龙宫并水府，三界神祈各登程。

花开叶落多多成宝盖，结成宝盖送如来。

诸佛菩萨摩诃萨，摩诃般若波罗蜜。

菩萨来时重重福，去后能消远远灾。

心经

观自在菩萨，行深般若波罗蜜多，时照见五蕴皆空，度一切苦厄。舍利子，色不异空，空不异色，色即是空，空即是色。受想行识，亦复如是。舍利子，是诸法空相，不生不灭，不垢不净，不增不减。是故空中无色，无受想行识，无眼耳鼻舌身意，无色声香味触法，无眼界，乃至无意识界、无无明，亦无无明尽。乃至无老死，亦无老死尽。无苦寂灭道，无智亦无得。以无所得故，菩提萨埵。依般若被罗蜜多故，心无挂碍。无挂碍故，无有恐怖。远离颠倒梦想，究竟涅槃。三世诸佛，依般若波罗蜜多故，得阿耨多罗三藐三菩提。故知般若波罗蜜多，是大神咒，是大明咒，是无上咒，是无等等咒，能除一切苦，真实不虚。即说咒曰：揭谛！揭谛！波罗揭谛！波罗僧揭谛！菩提萨婆诃！

四、开篇短卷类

待人宝卷

世界穷富不公平,为啥人人心不正。

天平只有云不平,地平就是山不平。

河里水平浪不平,人平终是心不平。

有钱就要人抬人,无钱就要人欺人。

若然大家不相信,待看要去出人情。

发财人去出人情,帽子结了大红顶。

六抬大轿抬一顶,后头还有三人跟。

抬到男宅大墙门,老公相看发财人,登时鞠躬弯背心。

还有现代发财人,自备汽车嘀铃铃,开到男家大天井。

喜房里向出人情,喜房先生人抬人,马上就拿香烟敬。

泡茶相帮人抬人,马上一杯碧螺春。

相帮招待发财人,摆桌摆在梅花厅。

椅子浪向着背榻,台子外面揩油身。

厨子师傅人抬人,看见这位发财人,马上就拿大盆拼。

廿四会酒十大菜,四干四湿四点心。

香蕈麻菇炒蹄筋,鳝丝腰片炒冬笋。

肉丝辣椒炒虾仁,麻辣豆腐炒蟹粉。

绞手巾朋友人抬人,马上一把热手巾。

花露水洒得香喷喷,面孔一揩香喷喷。

发财人吃罢回家去,喜糕喜糖呒淘成。

人抬人来说不尽,还说一种人欺人。

前村有位老穷人,后村亲眷来结婚。

夫妻商量出人情,穷人马上出大门。

头上帽子开花顶,脚上蒲鞋拖到跟。

腰里束根稻草绳,走到男家大墙门。

老公相看不叫应,像煞有点跷嘴唇。

喜房先生人欺人,三十元来勿高兴,倒有点,不起劲。

相帮师傅人欺人,叫穷人来顿一登。

下场屋内摆桌份,杉木台子直脚凳。

老穷人来龌留心,鼻梁跌得头发晕。

坐下去一跤勃仑噉,屁股两面侪发青。

厨子师傅不该应，真正想想人欺人，马上就拿小盆拼。

想想真真不作兴，独切点猪鼻头搭猪眼睛。

泡茶师傅人欺人，泡的茶叶水发浑。

拿给这位老穷人，吃仔下去拆断肚肠根。

绞手朋友人欺人，真真想想不作兴。

外加一条窜手巾，水不热来赤骨冰。

老穷人，勤留心，揩一揩套牢二只耳朵根。

老穷人想想苦伤心，一跷一拐转家门。

家小看见来盘问，字字句句说真情。

灶界菩萨听得清，马上写本上天庭。

玉帝面前来奏本，看见表章怒气生。

赅仔铜钿欺人深，转世罚他做穷人。

观前宝卷

姑苏有名观前街，爿爿挂出老招牌。

奶油瓜子、开花粽子糖采芝斋，温大成方糖、小米糖。

梨膏糖让还文魁斋，野荸荠个麻酥糖。

鲍三阳烧只大闸蟹，水笔旱笔二桂堂。

六神丸痧药雷允上，沐泰山去讨眼药。

叶受和方糕、黄松糕，稻香村枣泥大麻饼。

松鹤楼各种卤鸭面，大小剪刀张小泉。

吃茶要进三万昌，三清殿买顶画花张。

黄天源猪油糖年糕，张祥丰蜜饯呱呱叫。

元章小鸟野味脚，普济堂痞积药片和蓬条。

龙井茶叶吴水灵，同丰盛花籽酱油味道好。

开洋豆干、卤汁素鸡潘所宜，西兴成鼻烟打喷嚏。

老德和羊肉冻得好，蹄髈面观振兴汤水好。

顾其德乳腐块块好，马墩和帽子样子好。

恒孚金字老招牌，杨三溢人参只只老。

香粉香水月中桂，大小条墨詹大有。

酱鸭酱肉陆稿荐，孙春阳火腿红得好。

东山枇杷西山桃，南塘鸡头北荡藕。

宣卷要定许阿二，女子苏滩马喜喜。

说相声来唱滑稽，哭五更来出眼泪。

宣卷让还顶出名，老辈就是金培春。

搭台演唱陈富昌，台面戏衣真漂亮。

今朝请侬来宣扬，无名无声吃不响。

拾柴班子来搭像，个个喉咙直疆疆。

东说海来西唱洋，让我今朝唱两声。

花名宝卷

《花名宝卷》初展开，诸佛菩萨笑颜开。

在堂大众听花名，一年四季保太平。

各位，此卷是《花名宝卷》，是十二月的花，为善男信女听听笑笑。啥个花开放在哪个月里，同时劝人为善、行孝积德，善恶分明。

茶花开来早逢春，贤惠媳妇敬大人。

保佑公婆活百岁，门前大树好遮阴。

孝顺公婆为第一，自己也要做大人。

你若不把大人敬，养男养女勿该应。

出门买点公婆吃，上天不负有心人。

一心只管行孝心，好比南海去斋僧。

杏花开来是早春，孝顺男女敬双亲。

孝顺常养孝顺子，忤逆会养忤逆精。

不信但看檐檐水，点点滴滴不差分。

还是买点爷娘吃，灵台供养是孝心。

爷娘就是灵山佛，好像南洋拜观音。

夫妻恩爱两相因，三月桃花是清明。

妻子不必嫌夫贫，丈夫不必嫌妻丑。

妻子难看心中好，丈夫穷苦一时穷。

啥人保得千年富，啥人保得万年贫。

五百年前结缘姻，姻缘本是前世定。

有缘千里来相会，无缘对面不相认。

兄弟和睦过光阴，四月蔷薇五月根。

兄看从容照顾弟，弟亦从容为顾弟。

兄弟相争看娘面，何必外面结拜人。

三兄四弟一条心，门前泥土变黄金。

五月石榴是端阳，姑嫂做事要商量。

嫂嫂有事姑娘做，姑娘有事嫂来挡。

姑娘仁义敬重嫂，嫂嫂贤良敬姑娘。

尊敬需看公婆面，姑娘不可太强横。

在家不用爷娘势，姑娘相敬喜欢心。

姑娘本是堂前客，做嫂原来姑娘身。

六月荷花接莲心，相邻和睦过光阴。

如若小儿来争论，各领自儿转家门。

不可将儿来打骂，借用儿子骂相邻。
大人争吵亦会好，小人仍归在一淘。
天天日日要相见，何必争吵闹翻天。
远亲不如近乡邻，急难之中有乡邻。
七月凤仙是初秋，各位做事要细心。
五更鸡叫清早起，三日早起比一工。
起早做到夜黄昏，免得忙时求别人。
求人只可一二次，三次求人不答应。
他是求我三春凉，我求他人六月霜。
三春之凉时常有，六月雪霜无处寻。
八月桂花是秋凉，有钱不可笑穷人。
穷人不会穷到底，富人不是铁生根。
世上多少穷了富，也有多少富了穷。
十年风水轮流转，富贵贫贱世上有。
斗大红烛难照后，看他结果啥收成。
满饭满粥能好吃，说话口中留三分。
九月菊花是重阳，人到中年想收场。
一时有钱非为贵，有子无钱勿标贫。
穷人也有翻身日，困龙也会上天庭。
三世无子平平过，四十无子冷清清。
养男养女都一样，不可看清女千金。
十月芙蓉引小春，劝人行善莫行凶。
十分英雄多做尽，后代子孙难做人。
好人到底好收成，造难不给善良人。
怨忿之中非是苦，牢狱之中苦煞人。
宁可高山望牢狱，不可牢狱望高山。
只有恶人少收成，哪有善人跪官厅。
十一月水仙花开是仲春，恶人休把善人欺。
恶人到底终有报，只是时辰还未到。
人恶人怕天不怕，人善人欺天不欺。
仙桥上面善人走，地狱之中坐恶人。
阴间善恶由你做，阎王殿上看分明。
劝君及早要修行，人不修行不可能。
十二月腊梅花开冷清清，劝君念佛早回心。
修行念佛无老小，无常不管少年人。
虽有钱财难买命，不要钱财只要命。
阎王出了勾魂票，阎王殿上不用情。
命中注定三更死，断不留情到五更。
天大家财拿不动，一双空手见阎君。

《花名宝卷》宣完成，奉劝贤良敬大人。

若能敬信花名卷，胜造浮屠塔七层。

怀胎宝卷

朝金殿，拜金身。金炉内，化香焚。

灵山世上释迦尊，我报爹娘养育恩。

十月怀胎娘受苦，三年乳哺我修行。

在堂父母增福寿，过世爹娘早超升。

重开宝卷厅堂宣，养育深恩可比天。

孝子堂前敬大人，虔诚礼拜报娘恩。

敬爹便如灵山佛，敬娘就像活观音。

亲娘罪孽雪山高，不念弥陀哪肯消。

孝子拜念怀胎卷，雪山就像滚汤浇。

娘受怀胎一月初，未知腹内是如何。

仍恐身上有了病，半忧半喜好孤凄。

若还十月生男女，亲娘受尽千万般。

日夜不眠心内苦，思量只怕见阎君。

娘受怀胎二月中，四肢无力腿酸疼。

乌云两鬓无心正，八幅罗裙懒挂身。

每日思量床上睡，又怕公婆骂了真。

未知腹内男和女，亲娘受尽万般忧。

娘受怀胎三月来，整朝无心向镜抬。

红粉不搽花不插，针线箱中懒去开。

三餐茶饭全无味，整朝眼泪落红腮。

多少连娘归地府，思量生死一时呆。

娘受怀胎四月来，未知腹内是何胎。

夜来只觉心头闷，说话高声口怕开。

三餐茶饭黄连苦，营生活计做不成。

行初两腿酸如醋，未知死活舍如何。

娘受怀胎五月余，孩儿腹内有蹊跷。

腹内左右微微动，栖遑烦恼苦心中。

一双绣鞋穿不得，脚虚浮重步难行。

起身坐卧不稳便，苦在心头谁得知。

娘受怀胎六月中，夏天时景怕蚊虫。

紧束布裙多气闷，翻身骨肉寻酸疼。

冷来好像寒冰水，热来不敢冷风吹。

养得孩儿不孝顺，人间养得一场空。

娘受怀胎七月里,云内孤雁向南飞。
梧桐叶落秋风动,娘受怀胎真苦凄。
行路犹如来挑担,跨重门槛过重山。
若还十月来分足,分明过了鬼门关。
娘受怀胎八月秋,孩儿长大在身忧。
头上金钗无心戴,不搭红粉懒梳头。
绫娟好衣不穿着,面皮黄瘦像骷髅。
生男育女非容易,亲娘性命霎时休。
娘受怀胎九月来,亲娘眼泪落胸前。
就像破船遭风浪,两条性命浪里飘。
娘受怀胎十月来,临时生产口难开。
痛乘到来难逃避,有似刀割取心肝。
孩儿腹内寻门路,母亲性命霎时休。
抬头上天天无路,低头入地地无门。
生下孩儿方如喜,已乎性命见阎君。
孩儿吃相容颜好,亲娘憔瘦减精神。
甜的吐与孩儿吃,苦的拿来自己吞。
干席条与孩儿睡,湿席换来娘身旁。
移干移湿娘辛苦,敲水弄水母辛疼。
一周二岁娘怀抱,三周四岁出娘房。
五周六岁知分晓,七岁攻书在学堂。
小儿养得身长大,要报父母养育恩。
细思佛会大缘分,因果分明心地生。
善男信女来念佛,全是龙华会里人。
宝香明烛供世尊,佛前礼拜志诚心。
亲娘养我无报答,佛前礼拜报娘恩。
一支香烛满堂烧,三根灯草结成心。
便把灯芯当头点,八仙台上放光明。
上照三十三天界,下照十八层地狱门。
香烛明灯今日拜,佛前礼拜报娘恩。
二支香烛观世音,二月十九降生身。
庄皇逼他招驸马,一心念佛要修行。
罚他后园多辛苦,苦尽甜来做圣人。
莫道修行无应验,救苦救难是观音。
香烛明灯今日拜,焚香点烛报娘恩。
三支香烛望帝君,三月初三降生身。
四十二年独脚立,敕赐玄天佑圣人。
武当寻道多感应,茅山永镇按乾坤。
今朝佛前来礼拜,焚香点烛报娘恩。

四支香烛释迦尊,四月初八降生身。
释迦原是皇太子,不愿为皇去做僧。
雪山修道多九载,如今成佛释迦尊。
善男信女来恭拜,要报父母养育恩。
五支香烛荷担僧,连经七卷尽完成。
发心要到灵山去,一头挑母一头经。
经在前头背了母,母在前头背了经。
将担只得横挑去,要到灵山见世尊。
借问灵山多少路,十万八千余有零。
常忧心苦步难行,直到灵山见世尊。
六支香烛是雷霆,六月廿四降生身。
乌云兴起阴阳乘,龙凤雷雨按乾坤。
虹霓闪电来鉴察,天地无私霹雳针。
善恶到头终有报,为人不要用欺心。
香烛明灯今日拜,报答生身养育恩。
七支香烛目连僧,曾经地府救娘亲。
亲娘不信如来路,打僧骂道毁经文。
广杀猪羊达万数,天不容来地不存。
恶贯满盈有此日,十八层地狱受苦辛。
左思右想难救母,只得灵山见世尊。
目连见佛悲哀哭,要救娘亲出狱门。
七月十五盂盆会,锡杖敲开地狱门。
目连尊者行大孝,亲娘超度性生天。
八支香烛是丁兰,年方三岁丧亲娘。
雕刻爹娘容貌像,焚香点烛敬爹娘。
思量养育恩难报,刻木殷勤叫亲娘。
孝顺爹娘如在日,佛前礼拜报娘恩。
九支香烛是孟宗,亲娘得病在房中。
母想鲜笋煎汤吃,孟宗哭竹在园中。
冬天腊月寒冰冻,何处取笋给娘吞。
孝心感动天和地,冬天出笋救娘亲。
养育恩深恩难报,佛前礼拜报娘恩。
十支香烛是王祥,晚娘得病想鱼汤。
三州太湖连底冻,四十九日断船行。
有仔铜钱无买处,便将身体卧冰上。
太白金星来看见,惊动东海老龙王。
天赐一对金鲤鱼,就能救得晚娘身。
受娘恩深大如海,一无报答我娘身。
只向佛前来礼拜,愿娘福禄寿长绵。

十一支香烛是怀胎,临盆生产口难开。
小儿生下心欢喜,合家老小谢天地。
孩儿吃乳容颜好,娘亲憔瘦减精神。
一日吃娘三顿乳,三日吃娘九顿浆。
口口吃娘身上血,难得身高六尺长。
娘奶不是一日吃,不是山林树一浆。
成人长大非容易,着破衣裳有衣箱。
恩深无极恩难报,佛前礼拜法中王。
十二支香烛佛前烧,廿四根灯草结成心。
上照三十三天界,下照阴司地狱门。
在堂父母增福寿,过世父母出苦轮。
一拜天来布泽恩,二拜日月照临身。
三拜国王并世界,四拜父母养育恩。
五拜生身娘受苦,六拜三年乳哺恩。
七拜诸天大菩萨,八拜诸佛放光明。
九拜地藏王菩萨,十拜罪孽尽断根。
千般罪孽俱忏悔,万般冤孽去无痕。
礼亲慈尊诸贤圣,阐扬妙法度群生。
我今如来幸受教,诚心礼拜报娘恩。
咒天骂地娘有罪,十方赦罪我娘身。
天净衣裳空中晒,日光赦罪我娘身。
出身露体娘受罪,火光赦罪我娘身。
污秽衣衫河中汰,水府赦罪我娘身。
抛散五谷娘有罪,玉皇赦罪我娘身。
不净柴薪娘有罪,灶君赦免我娘身。
杀生害命娘有罪,十王赦罪我娘身。
我娘犯了千般罪,一笔勾销无处存。
孝子堂前来礼拜,焚香点烛报娘恩。
善有善报从古有,恶有恶报古来闻。
爹娘就像浓霜雪,日晒冰烊何处寻。
堂上双亲如活佛,门前大树好遮阴。
在堂父母不尊敬,死后灵前空祭魂。
青山绿水年年在,人老何曾再少年。
山中只有千年树,世上难逢百岁人。
忤逆双亲心不明,后代儿孙照样生。
不信但看檐头水,滴滴笃笃不差分。
佛在堂前来礼拜,灵山只在自心头。
有意烧香灵身地,不如堂上敬双亲。
敬爹便如灵山佛,敬娘就像活观音。

参拜爹娘身康健,消灾降福寿延生。
在堂父母心欢乐,过去父母早超升。
我今重切皆忏悔,忏悔罪孽尽消遣。

十劝宝卷

西天菩萨大慈悲,十劝善男信女知。
世人作事瞒天理,不顾神明鉴在兹。
罪恶贯盈灾劫起,众生受苦好孤凄。
水火兵刀何处避,纵然有翼也难飞。
作恶固知难免死,为善虽生亦皱眉。
红尘看破真无味,世界浑如一局棋。
纵然富贵成名利,妻贤子孝笑嘻嘻。
保守百年能有几,大限临头各自飞。
生死关头分两地,子爱妻恩也分离。
若要团圆长久事,除非修道念阿弥。
别却尘缘归乐地,跳出迷途入圣基。
不羡妻娇和妾美,不贪肉瘦与鱼肥。
楼房屋舍兼田地,绫罗绸缎与貂皮。
财宝金银都不理,富贵功名若云泥。
当日释迦为太子,皇帝轩辕跪访师。
韩门湘子妻抛弃,梁武念佛即皈依。
观音菩萨为公主,将军权柄汉钟离。
仙本姓曹为国舅,子房兴汉作军师。
孔子也曾师老子,五十知天命不迟。
吕祖得遇汉钟离,洞宾慕道先知止。
一梦黄粱嗟世事,入山修道把官辞。
磨难曾经行十试,纤尘不染授玄机。
玉帝名贤都受戒,世人何不早皈依。
速访名师求指示,遵皈守戒勿迟疑。
立功积德存终始,成佛成仙自有期。
万卷经书藏道义,复将十劝细言词。

第一劝人要食斋,戒荤吃素要安排。
炒煎热毒都除戒,腻滞油荤不挂怀。
无灾无病无疮癞,好心好口好形骸。
前朝有一韩湘子,持斋七岁自安排。
面壁九年无怠懈,文公谤佛不疑猜。

不孝有三无后大,寒衣夜送到书斋。
魔考百般难破戒,虽名夫妇不相谐。
人生三宝钱难买,莫把沉香当烂柴。
提携家眷登仙界,皆因坚志食长斋。
阳间善恶成和败,祸福人生自造来。
善缘广结冤仇解,逢凶化吉理无乖。
害物杀生为罪大,酒肉穿肠总不佳。
杀人人杀还冤债,六道轮回任使差。
投生畜类皮毛带,报应斯时即刻还。
不如修道归仙界,蓬莱有路透天阶。
麻油青菜随时耐,戒酒除荤净食斋。
诵念弥陀勤忏拜,他日灵魂有倚挨。
清净光明心地泰,得上西方极乐怀。

第二劝人要诵经,诵经拜佛至虔诚。
天地神明人要敬,鞠躬报本礼当应。
古时三藏真清净,沙僧八戒孙大圣。
因奉唐朝天子命,求见如来去取经。
百难千磨真苦景,险死还生受劫刑。
深感慈悲施法令,吉人天相脱灾星。
坚心上到如来境,真心求得转归程。
唐皇迎接多恭敬,论功赏赐受封恩。
超度幽魂离陷阱,早脱轮回早超升。
及早修行当猛省,念佛持斋意要诚。
清香一炷焚炉鼎,勤念弥陀叩上清。
不论木鱼钟共磬,无拘密诵与高声。
知至意诚心正定,修真念佛格神明。
反复轮流多拜请,全无杂念自通灵。
人有诚心神感应,集福迎祥世道兴。
消除孽障无灾病,海晏河清乐太平。
九祖超升归佛境,西方富贵实嵘峥。
今日世人存本性,故此修持学诵经。
果能斋戒心清正,何妨家道不重兴。
虽然好丑前生定,善功能以挽天庭。

第三劝人要放生,天堂地狱任人行。
善恶到头天有眼,恩仇报应有循还。
目连救母离灾难,举禅杖破鬼门关。
刘氏母亲为鬼犯,投胎变狗在阳间。

救出轮回无忌惮,皆因孝子去修行。
林甫变牛长受难,彭生变豕在深山。
天理良心无怠慢,人人怕死把生贪。
卵胎湿化千千万,蠢动含灵命所关。
切忌网禽兼射雁,勿张罟网落深潭。
殃及池鱼遭祸患,祸延林木火烧山。
捕猎逐飞无忌惮,杀牲屠宰恶纵横。
恶人害命多招患,前世无修做畜生。
可怜死得睁睁眼,肉裂皮开命丧残。
万剐千刀小鬼斩,身随汤锅任煎熬。
因贪口福丰肴馔,不顾冤仇有报还。
福尽祸来逢大限,阎王拿捉落阴间。
地狱严刑身受难,油锅刀山落火坑。
万般痛楚魂飞散,死去幽魂又救翻。
发往转轮依律办,失却人身变畜生。
害一命时填一命,食他八两半斤还。
万死千生为罪犯,那时追悔正知难。
回头猛省前车鉴,衣食随缘要俭悭。
素食清茶兼淡饭,润身修德补容颜。
古人救蚁离灾难,状元高中桂枝扳。
育犬也知恩结草,报恩黄鸟亦衔环。
报应果然天有眼,持斋戒杀寿长生。
利物济人无敢慢,果满功成奉诏颁。
西方极乐欢无限,人生何不早修行。

第四劝人莫算差,因贪风月事繁华。
女人及笄常思嫁,男儿长大想成家。
家字成枷抛不下,满胸心事乱如麻。
人身三宝原无价,精气神衰最可嗟。
苦海茫茫休堕下,回头是岸急归家。
乐极生悲谁不怕,庄子鼓盆歌不差。
倾国倾城因貌耍,破财丧命为贪花。
女貌男才生得雅,几时和顺笑哈哈。
无钱嗟怨爹和妈,错配鸳鸯不细查。
夫又打时妻又骂,无情反目作冤家。
或有弄璋和弄瓦,鞠育成人贵重他。
不肖打爷兼骂妈,花消赌荡学繁华。
子爱妻恩都是假,百年世事镜中花。
算来不若修真罢,守身节欲饮流霞。

尘缘割断无牵挂,勤诵南华礼释迦。
感悟神仙来度化,安炉立鼎炼丹砂。
五气朝元翻八卦,三花聚顶果无差。
丈六金身唔系假,修成功果坐莲花。
蓬莱阆苑清幽雅,西方极乐享荣华。

第五劝人莫蓄财,财能积怨必招灾。
若是有财人不在,不如人在少贪财。
贫穷富贵何须虑,衣食前生命带来。
随缘度日随时过,守常安命本应该。
乐道以身为宝贝,善人是福乐安居。
孔子在陈无怨悔,箪瓢陋巷学颜回。
太公下钓渭溪水,陶令门前五柳栽。
太子江山都不爱,孤竹夷齐国让推。
严子钓台今尚在,石崇金谷却成墟。
知足不贪无所虑,夺利争名果是呆。
谋算侵凌称利害,益己伤人惹祸胎。
刻薄肥家遗后代,不肖儿孙易散财。
田园阡陌收租税,转眼不知又是谁。
楼房屋舍多多爱,死后荒郊土一堆。
古今见尽人如许,荣枯花落又花开。
得失穷通天数在,贫穷轮流有盛衰。
江山巩固都移改,何况庄田与货财。
空手来时空手去,积德居然胜积财。
若要箕裘留后裔,福田心地早栽培。
公道取财无琐碎,自然乐业可安居。
周旋戚眷相亲爱,赈济贫人理本该。
买物放生恩似海,整路修桥勿托推。
捐资舍药施茶水,印送经文造佛台。
救急扶危真慷慨,解纷排难是良材。
天时地利人和蔼,四方尊重耀门闾。
功成果满征祥瑞,洪福齐天果不虚。
位列仙班虚左待,逍遥快乐坐莲台。
拥列旗幡和宝盖,玉女金童左右随。
琼楼宝殿张灯彩,光华玉璨与金堆。
下方参拜人如许,慈悲普济致如来。
修道善男和信女,成佛成仙乐如来。

第六劝人忍气高,勿因口舌闹嘈嘈。

谦让慈和遵古道,百忍成金手段高。

乡邻亲族相和好,莫在人前两面刀。

舌剑唇枪摇鼓舞,教唆诡谲设牢笼。

恃强勒索兼诬告,行凶醉酒动枪刀。

纠党围村和劫掳,通奸陷命作强徒。

逆亲殴斗凌欺老,鲸吞虎踞势贪饕。

逋租霸占人田土,欺公受贿剥民膏。

骂雨呵风无所祷,谤人斋戒是狂徒。

倚势害人称恶佬,律应斩绞与流徒。

阳间恶犯由人造,阴司报应法无私。

一朝命尽归黄土,无常同去落酆都。

判官逐一来查簿,分明审判不糊涂。

不怕朝廷官阁老,任尔人间大富豪。

富贵贫穷兼少老,披枷带锁把绳掏。

阳间作恶神知道,地狱严刑水火刀。

万劫千刑难计数,魂归阴府不容逃。

发往转轮投六道,托生带角与披毛。

千生万死由人做,脱骨如山坐狱牢。

世人早觅修行路,免堕轮回作贱祖。

圣贤仙佛凡人做,不学修行是蠢奴。

富贵浮云如草露,转眼童颜变白须。

今日不修明日老,今世不修后世无。

莫待老来方学道,人生有几寿年高。

英年多少埋芳草,空在阳台走一遭。

血竭精枯人老耄,耳聋背屈眼模糊。

满身疾病医难好,纵然修炼也徒劳。

劝尔回头须及早,脱离苦海出迷途。

割断尘缘抛俗务,食斋修道是贤豪。

洗心涤虑除烦恼,立功积德作良图。

常把一心行正道,自然天地不亏劳。

善人莫谓真难做,做到难时便是高。

善恶到头终有报,功过添除受贬褒。

舍己从人真正好,平心化气乐滔滔。

志戒刚强毋躁暴,和柔恭敬莫粗豪。

恤寡怜贫尊长老,双亲尽孝念劬劳。

功深自有成仙路,德厚将来果位高。

莲台上品修天道,参访名师作佛徒。

皈依佛法修三宝,指示玄关八卦炉。

炼己筑基求药枣,返本还原功倍高。

炼烹火候分文武,分清别浊不糊涂。
凤鸁鸾翔朝日舞,虎跃龙腾风浪粗。
婴女婴儿夫妇造,黄婆来劝饮屠苏。
寿比南山春不老,瑶池王母赐仙桃。
愿满飞升超九祖,荣华端着紫金袍。

第七劝人戒妄求,夺利争名事不休。
命里有时终是有,时未来分不用忧。
得失荣枯天注就,何须巧计用机谋。
当日始皇心实丑,长城特筑镇边游。
阿房粉黛不长久,楚人一炬变荒丘。
曹操奸雄称罕有,鏖兵赤壁失机谋。
孔明妙算神机透,鞠躬尽瘁把恩酬。
六出祁山功未就,火烧司马雨淋流。
汉王柔弱江山有,楚霸英雄国未谋。
纵使得心和应手,一旦无常万事休。
采得万花成蜜后,不知辛苦为何由。
人间富贵花间露,世上功名水上沤。
暑往寒来能几久,白驹过隙去难留。
早知人事非长久,不如长世向清修。
眼前多少英雄友,为甚由来不转头。
早寻正道西方走,痴爱贪嗔一笔勾。
莫理闲非须守口,一生知足自无忧。
不想金章和紫绶,不贪将相与封侯。
那管田园千百亩,任他百尺好危楼。
不羡妻房生美貌,不贪肥马与轻裘。
不食鱼肥兼肉瘦,不沾美味共珍馐。
茅屋盖间无雨漏,淡饭清茶过春秋。
无荣无辱无争斗,不结怨时不结仇。
绿水青山为我友,明月清风坐侣俦。
清净法华常讲究,道德黄庭万象包。
夫子循循言善诱,字字藏机道义幽。
执中贯一为元首,知道明灵此处求。
扫除六贼无魔考,三宝珍藏勿被偷。
还原返本知先后,一斤铅汞要添抽。
杳冥恍惚无中有,出玄入北坎离交。
月朗众星朝北斗,运转漕溪水逆流。
黄婆劝饮醍醐酒,婴女婴儿合卺交。
虎啸龙吟成孕后,金浆玉液降琼楼。

慢守药炉看火候,轻身化体自优悠。
脱胎沐浴无尘垢,去浊留清不混淆。
七返九还丹结就,贯满乾坤四大洲。
金身万载无声臭,仙佛标名显后头。
护法神明陪左右,功成果满坐慈舟。
西方永享长生寿,广寒宫殿任遨游。

第八劝人莫妄为,行藏检点守清规。
皈位佛法遵循例,莫来阳奉又阴违。
至此半途来退废,堕落沉沦实惨凄。
你既修真求出世,身比莲花不染泥。
名缰利索难牵制,割断尘缘免苦凄。
走入冲虚何惧畏,向前努力上天梯。
脚跟踏实无推诿,步步高程勿跌低。
须知道德为尊贵,免教失足陷泥犁。
任他魔考来磨滞,心正何须怕鬼迷。
操持戒行除荤秽,心身磨炼不难为。
修果立功勤砥砺,一心一德向菩提。
谨守三心封锁闭,六贼驱除不发威。
参悟金刚玄妙偈,明心见性炼无为。
法轮常转无停滞,精气元神复命归。
虎伏龙降魂胜魄,慈航风送过曹溪。
一颗明珠归海底,婴儿婴女醉醺醺。
抱元守一玄关偈,一身血脉总归齐。
修身学道师徒弟,儒家道士及僧尼。
名师早访分真伪,勿听旁门乱指挥。
瞎炼盲修误一世,妄猜妄拟乱胡为。
延年都系行尸鬼,飞天遁地不须提。
一切有为都坏弊,难脱轮回地狱栖。
一朝命尽归黄土,肉化清风骨化泥。
若不寻真聆妙谛,他日灵魂何所归。
有形有相何须计,无相无名佛日辉。
求道轩辕行拜跪,万里冲虚孔仲尼。
达摩西祖神光继,普庵接续又增辉。
曹洞四传真智慧,黄梅五祖证菩提。
六祖慧能传佛偈,东土真传接续西。
代代相因遗后继,灯灯交接永光辉。
成己成人传果位,著书立说醒痴迷。
叮咛后学参玄偈,三教同宗万法归。

有缘得遇师传偈,弃假寻真效祖规。
经书大用明全体,感应篇中善事为。
九思四勿兼三畏,人无五德不如鸡。
方便时时施救济,捐资成美乐签题。
功德何须分大细,平心切勿论高低。
无论贫穷兼富贵,舍己从人要吃亏。
目前莫话事无稽,天公断不尔难为。
问心可对天无愧,何愁仙佛不提携。
有日龙华分果位,性命双修福寿齐。

第九劝人要认真,莫将说法当闲文。
三教同源遵古训,圣贤仙佛一家亲。
万卷经书玄妙蕴,祖祖相传有所因。
勿受匪人深戒慎,留心专度有缘人。
不修正道无缘分,堕落旁门误此生。
自作聪明真可哂,盲修瞎炼不求人。
任他智慧如颜闵,都难参悟道原因。
不耻圣贤能下问,后学如何不究跟。
既图清净思归隐,斩断情根脱俗尘。
小隐深山人远遁,身居障地与为僧。
大隐村庄居市镇,混俗和光见本真。
何拘为道无魔混,人在尘中不染尘。
六欲七情都净尽,心似冰潭月一轮。
双修性命寻玄北,探求月窟蹑天根。
取坎填离成混沌,添油续命学燃灯。
杳冥恍惚为征信,还原返本复乾坤。
五气朝元归正运,三花聚顶上昆仑。
九转丹成儿长进,一声霹雳出元神。
面目本来非错认,无声无臭是金身。
土木金坚难制困,入水难淹火不焚。
无仇无劫无冤恨,不生不灭乐长春。
果满功成居上品,超升九祖位高登。
后学修行须体认,凡骨修成仙佛身。
前世修行今好运,今世修行后世因。
莫话修行无要紧,蹉跎岁月自因循。
无果无功该命尽,此时修道恨无能。
无功有过难瞒隐,无常拘捉摄真魂。
十殿阎君来审问,满身罪恶辩无能。
阳间作事如疏网,阴府地头不漏针。

依律行刑心胆震,剥皮碎骨并抽筋。
痛楚万般都受尽,发往投胎又转轮。
变人一世遭穷困,饥寒疾病苦波奔。
变马变牛辛苦尽,变蛇变鼠引人憎。
变鸭变鸡随地滚,任教有翼不飞腾。
胎出四蹄为兽蚕,卵生雀鸟与飞禽。
湿生鱼鳖鱼虾等,化生蝇蚋蚁虫蚊。
死死生生多变改,受劫何时得脱身。
万载千年无好运,脱骨如山难转人。
穿着绫罗无半分,披毛戴角一身鳞。
赶早修行须要紧,世间难得是人身。
东土难生今已幸,大道难逢访至人。
佛法难闻今实信,玄机妙诀有奇能。
专心学业功精进,苟日新今日日新。
戒净能令龙虎遁,功高泣鬼与惊神。
德孚宇宙同尧舜,千祥百福自天申。
他日莲台经上品,胜如仙鹤立鸡群。

第十劝人要参玄,道法三千六百门。
博学新明还要算,分清邪正究根源。
参访名师当择善,免堕旁门入异端。
有等尘缘抛未断,身羁俗网被情牵。
致使一心生二念,六贼相功不自然。
五蕴不空心意乱,妄欲滋生孽障缠。
慧光不照云遮掩,气丧神昏似蠢团。
装模作样穿绸缎,繁华声色作庄严。
计较千般多打算,终日奔波总为钱。
求衣求食心忧闷,为儿为女为徒孙。
心身两地纷纷乱,枉你修行想学仙。
瞎炼盲修真可厌,图挂虚名入道门。
无为假想空留念,顽坐存思口默然。
苦己劳形人瘦损,单衣辟谷挨饥寒。
服术饵芝方少嫩,运气餐霞补寿元。
幼女顽童行采战,精炼银砂作汞铅。
履斗步罡符法显,驾雾腾云遁地趱。
观鼻观心为目面,顽空寂灭足双盘。
一切有为终有变,难脱轮回作佛仙。
不遇明师来指点,坐穿蒲衲也徒然。
叮咛后学勤修炼,云游参访进高门。

不拘富贵兼贫贱,无论光头共鬓边。
男女何须分老嫩,总要修行立志坚。
讲道论经谈佛典,三教同宗结善缘。
弃邪归正为高见,改祸成祥福寿添。
把定禅心施慧剑,斩断情根免挂牵。
看破红尘无挂念,跳出牢笼寿万年。
姓名双修勤苦炼,还原返本复先天。
立功积德行方便,混俗和光隐市廛。
有日修成功果满,丹书下诏上西天。
朝见如来三宝殿,九祖超升上九莲。
居有琼楼华丽苑,食多玉液列华筵。
一家乐叙欢无厌,受用随心在面前。
金身永远无迁变,地久天长快活仙。
无愁无劫闲消遣,洞天福地任流连。
棋遇烂柯观一战,杯从溺水渡三千。
点石成金随我变,吐饭成蜂几妙然。
叱石成羊奇手段,嗜啖灭火不生烟。
画江成路游行转,一苇渡江不用船。
咒莲生钵无瑕玷,掷米成珠粒粒圆。
画龙壁上风雷电,骑鹤扬州不用钱。
得心应手神通显,无穷变化谒天尊。
世人及早勤修炼,访求正道一中玄。
真修苦炼功灵验,方知十劝是真言。

戒赌宝卷

为人倒有三等人,我来拿俚分一分。
一共有上下中三等,三中生活不同形。
先说上等人来真开心,洋房高楼有三层。
中间场面隔天井,围墙开仔月洞门。
上面挂着彩色灯,墙壁嵌起蝴蝶灯。
二边厢房中间厅,打蜡地板亮精精。
吊扇屏风有台灯,煤气灶间真卫生。
早上起来吃点心,牛奶咖啡人参精。
茅台白酒甜醇醇,健脾良药口里吞。
吃饭经常四冷盆,鳝糊鸡鸭炒蟹粉。
身上皮毛件件新,冷天屋里热气腾。
上海香港到厦门,北京广州到深圳。

太平洋轮船乘一乘,火车出门飞机进。

自备汽车嘀铃铃,咖啡馆再到跳舞厅。

音乐开得真好听,一亮一暗紫色灯。

蓬叱吠,脚蹬蹬,手弯手来面对正。

走一步,蹬一蹬,拘头劲,搅脚劲。

青年人,真起劲,头脑不太清,就要出毛病。

这种侪是上等人,花忒两钱开开心。

上等人写意说不尽,下面再讲中等人。

楼房三层剩二层,中间场面有天井。

围墙开好大墙门,亭角古式定风针。

早上也是吃点心,炒面大包肉馄饨。

吃饭经常炒蹄筋,要吃蹄髈加莲心。

高级白酒花样新,牡丹常吹夹前门。

四季衣衫穿得新,汽车出门火车进。

茶叶要买碧螺春,白酒要吃竹叶青。

古典故宫在北京,朝阳对正午朝门。

高楼挂彩天安门,迎水桥,有五顶。

金銮殿,是龙廷,太和殿上传命令。

政策开放真英明,市场调剂蛮活灵。

大办工厂到农村,楼房造得密层层。

小工厂机器轰隆声,产品外贸有名声。

承包产值做得完,上交任务超利润。

工作踏实顶要紧,职工还有发奖金。

村厂干部团结紧,旧的面貌全换新。

奉劝不能做下等人,下等人来真不灵。

勤俭节约听不进,有了钞票赌场奔。

赢仔钞票再想去,输仔铜钿想翻本。

吃着嫖赌懒怕精,上班工作不起劲。

日里要拿沙哈打,夜里再把罗松拼。

麻将二八真有劲,三日三夜不要困。

工资奖金输干净,身上衣服羊毛衫侪输干净。

赌钱欠仔一万零,上班旷工装生病。

妻子看见急煞人,马上替俚请医生。

但等家小一出门,起来仔,东寻寻,西掮掮。

现钞存单拿在身,项链戒子还赌本。

家小下班来开门,好像贼伯伯上仔门。

地上虱仔老酒瓶,大橱箱子侪翻身。

看看床上不见人,现钱存单金戒子,样样拿干净。

想想杀千刀、充俚军,我做女人是真心。

做生活末一出门,天天回去半夜二三更。

我做家务领小人,水田旱地靠一人。

想想真正苦伤心,还是让我短见寻。

就拿乐果甲胺膦,吃倒肚里命归阴。

碰着阿舅姐妹们,就是要把道理评,家具什品拷干净。

还有一个老丈人,嫁妆搬走娘家门。

房屋墙头都拆毁,前门打得破零零。

就这样人家不成形,棒打鸳鸯两处分。

赌钱究意害人精,奉劝诸位再思忖。

奉劝青年不要不相信,乡村都有出新闻。

夫妻相打相骂不要弄认真,老话说一夜夫妻百夜恩。

碰着女家要盘问,为啥活人变死人。

哑子吃黄连苦在心,后悔莫及赌场进。

钱财偷光不该应,有钱还是银行存。

夫妻和睦过光阴,不吃乐果不离婚。

结缘宝卷(版本一)

为人在世要结缘,要到十字街头开井潭。

四面八方都来吊,明朝原是满井潭。

为人在世勿结缘,要到荒山野里开井潭。

一日一夜廿四小时无人吊,明朝亦勿铺出井潭圈。

一结缘来要结缘,结缘要结好天缘。

天落钱粮还香愿,风和日暖好天缘。

二结缘来要结缘,结缘要结好良缘。

东方日出照西方,世间万人雨色满。

三结缘来要结缘,结缘要结好佛缘。

观音菩萨星来照,超度凡人度海南。

四结缘来要结缘,结缘要结好衣缘。

绫罗绸缎衣来穿,冬寒天气皮衣穿。

五结缘来要结缘,结缘要结子孙缘。

好子好孙多富贵,个个堂前好喜欢。

六结缘来要结缘,结缘要结六亲缘。

六亲富贵多尊敬,一家和气合家欢。

七结缘来要结缘,结缘要结富贵缘。

十个家人来服侍,百味珍馐捧饭碗。

八结缘来要结缘,结缘要结众家缘。

出门自有星来照,到处相逢有来看。

九结缘来要结缘,结缘要结众潭缘。

种仔潭缘同修道,龙华会里公潭缘。

十结缘来要结缘,结缘要结夫妻缘。

后堂红烛高供起,富贵双全十结善。

十结缘来宣满缘,斋主人家好喜欢。

日日增延增福寿,一年四季保平安。

南无结缘师菩萨。

结缘宝卷(版本二)

稽首多灵感,诸佛喜心欢。

在台弥弥念,听我来结缘。

稽首皈依多灵感,诸佛菩萨喜心欢。

在台弟子弥陀念,诸位静心听结缘。

浩天缘,气象新鲜风和暖。

日月普照合家欢,再勿会得踏水潭。

大地缘,青山绿水似锦缎。

百草花盛苗满园,四房高楼向上越。

人心缘,人生在世要慈善。

一代接代子孙传,花开叶盛幸福院。

神像缘,朝山进香回心愿。

口中吃素念念佛,一生四季保平安。

父母缘,爹娘年纪花甲满。

长寿肉面吃一碗,献花拜寿福寿园。

弟兄缘,一母所生亲骨肉。

爹娘家产无啥传,互相推让立碑传。

姐妹缘,阿姐妹妹嘴上穿。

爷娘今朝斋星官,办好寿礼缘结盘。

孙子孙囡缘,天天房里去请安。

好婆长来好婆短,好婆袋袋侪挖穿。

乡邻缘,金乡邻来银亲眷。

堂前老小齐坐满,大家静心听宣卷。

寿桃缘,开花结桃千年满。

今朝堂前来斋佛,长生不老福缘圆。

寿糕缘,珍珠心子糖来拌。

高高兴兴开五福,福禄寿双全喜饱满。

寿面缘,长线一条金龙盘。

一人有福带全院,长命百岁保平安。

寿烛缘,光辉灿烂照满园。

白蜡芯子红腊卷,照得寿公寿母喜心欢。

寿香缘,寿字盘得四方圆。

大家闻得香鼻管,耳朵再听结果缘。

桂花缘,生得全身滴溜圆。

身上穿件黄狼褂,赛过一粒长生丸。

葡萄缘,萄肉生来壳里钻。

弯弯曲曲仙山丸,倒是一粒定风丸。

栗子缘,栗子从小毛里伴。

一颗四粒生饱满,红壳紫皮骗囝囝。

荔枝缘,身上生满刺毛潭。

甜蜜白果当中伴,赛过一粒定心丸。

枣子缘,全身黑皱真难看。

放在嘴里抿抿核,铺神开胃解气甘。

桔子缘,开花茂盛红满园。

味道香得钻鼻管,舌头牙齿有点酸。

甘蔗缘,出苗好像竹节竿。

一根要生十三段,节节高升红绿皮卷。

荸荠缘,家住斜塘葑门南。

个个侪望泥里站,青苗一根水面上探。

苹果缘,苹果花开香满园。

一吃好咬一大半,吃到口中酥满满。

水梨缘,生得头尖屁股圆。

面黄肌瘦有麻潭,能解口渴能定喘。

西瓜缘,凤凰舌头中间伴。

身穿奶油黑绸缎,大家喜欢尝尝看。

花生缘,麻麻身子泥里钻。

黄花绿叶牵满院,囝囝结连一长串。

香蕉缘,结连一起代代传。

双双驮在肩背上,两只合拢合欢盘。

白果缘,爷娘灵岩是祖传。

开花一亮照佛缘,树枝结满铜铃球。

桃梅李果缘,春开花来秋结缘。

一年四季花不断,果核结满幸福缘。

寿堂面前结满缘,诸佛菩萨心喜欢。

弟子结缘已圆满,停停片刻再斋佛。

结缘宝卷(版本三)

佛在灵山结果缘,如来佛讲经说法大因缘。

观音菩萨南海南,你有缘来我有缘。

门前过只采莲船,船上仙桃侪放满。

请问宝船到何处去,特地到府上来结团缘。

结仔缘来再结缘,结缘要结好天缘。

天上乌云侪推完,地上吹得精精干。

我搭你们回泉转,再勿会得踏水潭。

结仔缘来再结缘,结缘结着儿子缘。

爹娘年纪花甲满,敬老爱老大团圆。

结仔缘来再结缘,结缘结着媳妇缘。

姑娘小叔真和善,公公婆婆嘴上串。

勤勤健健建家园,公公婆婆花甲满。

今朝开心真快乐,媳妇忙得团团转。

结仔缘来再结缘,结缘结着兄弟缘。

弟兄院里正和善,好坏便宜侪不算。

开出门来看一看,门前泥土变金砖。

结仔缘来再结缘,结缘结着孙子孙因缘。

天天好婆房里去请安,阿爹长来好婆短。

马屁拍得团团转,好婆银子钞票挖勿完。

结仔缘来再结缘,结缘结着娘舅缘。

外甥囝结婚礼几百元,外加还要送麻团。

娘舅舅母忙不完,钞票用忒上千元。

结仔缘来再结缘,结缘结着住宅缘。

四底三楼一只院,周围全部盘得转。

门前一棵摇钱树,吃来吃去、用来用去用勿完。

结仔缘来再结缘,结缘结着吃福缘。

山珍海味经常吃,大鱼大肉吃不完。

结仔缘来再结缘,结缘结着衣裳缘。

开开箱子看一看,绫罗绸缎全放满。

结仔缘来再结缘,结缘结着全家缘。

全家团圆蛮快活,子孙堂前团团转。

结仔缘来再结缘,结缘结着子孙缘。

讨个媳妇真能干,开年养个小囝囝。

结仔缘来再结缘,结缘结个乡邻缘。

金乡邻来银亲眷,大家一淘听宣卷。

结仔缘来再结缘,结缘结着自家缘。

里向方来外头圆,一日到夜唱宣卷,时辰看一看超过十二点半。

宣完移步出观门,大家还要回家门。
路基勿平要当心,一路平安到家门。
明朝上班要高兴,下次碰头再来临。

敬老宝卷

养个儿子望长大,小学中学读大学。
毕业之后派工作,上班下班摩托车。
办公室内打电话,服务泡好一杯茶。
出差马上坐汽车,休息在家麻将搓。
朝吃鱼虾夜吃肉,吃面浇头大排骨。
肚子饱满踱来踱,脚上皮鞋吉裂角。
派头排场讲一落,时常接待到外国。
书包翻身顶顶局,孝顺祖先敬父母。
养了儿子不要宣卷来学,学会仔宣卷顶勿局。
出去就怕磨夜作,开口只怕喉咙哑。
六月里蚊子来作,脚上叮得都是疤。
十二月里雪霜下,耳朵浪向生冻作。
眼睛涩来筋骨麻,困懒台上扒一把。
不开口来难和佛,打鼾像只猪猡猡。
要俚宣宣喉咙哑,笑不像来倒像哭。
听客满间在走落,只好在家吃泡粥。
拿了爷娘侪虱落,只好住勒下场屋。
年纪大了身难落,要想上场盛碗粥。
媳妇大娘来抢下,儿子铺盖场上虱。
老人想想活弗落,一根绳子悬梁挂。
养男养女侪横落,冤气一口侪虱落。
只有气来没有福,一家人家侪弗局。
想想自家吓人叫,冤气一口井里跳。
算算自家畀人笑,头颈套起捉狗结。
看看自家吓人急,老虫药往肚里吃。
老人难,老人难,困在床上无人喊。
当初只嫌别人老,如今轮着我头来。
千般难,万般难,听我从头宣一翻。
耳朵会得听勿出,七叉八缠讲出来。
眼睛糊涂看勿出,李四当是老张三。
眼泪鼻流涕出来,嘴巴会得瘪下来。
今朝如果吃肉饭,不好坐勒八仙台。

吃着一口硬冷饭,喉咙哽住噎起来。
黄浓鼻涕流下来,胸部两边厚起来。
茶杯饭碗一双筷,吃过就勒枕边掼。
面孔会得有皱盖,牙齿只只落下来。
人身不能立得直,殴腰曲背脚会弯。
口中无牙涎吐流,身上衣服不清洁。
儿孙媳妇看不惯,咳起嗽来要吐痰。
胸闷气喘难呼吸,小辈不肯进房来。
只好嘴巴张开喊,要说老人嘴里馋。
失头忘脑记心散,今朝初二当初三。
不当我人当只狗,常吃冷粥和冷饭。
孙子孙女看勿关,说我邋遢真坍台。
老了为啥不肯死,因为没有金钱传下来。
一夜小便六七遍,上坑还比泰山难。
年老苦难说不完,仁人君子记一翻。
后生只过三十年,再过三十也老哉。
日月如梭催人老,人人都有老来难。
人人都应敬长辈,尊敬老人理应该。
勿欺老来勿怠慢,朝暮探望来问安。
三节四夏要孝敬,尊敬老人发善心。
敬重老人再要紧,好比南海拜观音。

金龙宝卷

《金龙宝卷》初展开,诸佛菩萨降临来。
第一条金龙东海龙,东海龙王送喜来。
多子多孙多富贵,双喜临门笑颜开。
第二条金龙南海龙,南海龙王送福来。
孙男孙女笑声多,万两黄金滚进来。
第三条金龙西海龙,西海龙王送寿来。
出门撞到好机会,一本万利带家来。
第四条金龙北海龙,北海龙王送宝来。
珍珠八宝都送来,千年富贵万年财。
第五条金龙财神龙,五路财神进门来。
前门送来摇钱树,家中还有聚宝盆。
第六条金龙财源龙,四面八方路路通。
运财童子到家中,一年四季财运通。
第七条金龙七巧龙,龙王聚会满堂红。

男子聪明文才高,女子伶俐又贤惠。
第八条金龙八家龙,你家府上万事通。
福禄寿喜在家中,合家大小乐融融。
第九条金龙紫金龙,你家府上代代红。
一代更比一代强,代代儿孙万年红。
第十条金龙黄金龙,十全其美在家中。
万事如意添富贵,子孙满堂多光荣。
《金龙宝卷》宣完成,宣卷和卷福寿增。
风调雨顺安来乐,一年四季尽太平。
平安二字值千金,寸金难买寸光阴。
大众听卷为了啥,胜如西天去取经。

开场宝卷

初上香来夜上香,点好长香宣开场。
醒木台浪碰一碰,各公坐停勿讲张。
打起木鱼唧咯响,馨子叮叮来开场。
大月只有三十日,小月廿九就算账。
天好就要出太阳,晒得万物都生长。
落雨天来湖水涨,走路赤脚踏泥浆。
大风吹起树头动,无风树头直僵僵。
和尚头上无辫子,有辫倒是大后生。
尼姑头上光浪汤,有发就是大姑娘。
东边人家高升响,三楼三底上正梁。
南边人家爆仗响,开了轿车讨新娘。
姑娘长得真登样,亦勿瘦来也勿胖。
亦勿短来也勿长,开口小嘴哭一场。
西边人家乒乓响,养了小人来剃头,娘舅拉浪抱外甥。
北边人家鞭炮响,十七八岁大姑娘,今朝受盘找对象。
此地公府高升响,今朝爷娘做寿生。
寿烛点得澄澄亮,花开点起寿字香。
寿星寿母供中央,寿盘只只满盘装。
寿糕寿桃红堂堂,寿肉寿酒满甏装。
寿鱼条条跳龙门,寿脚寿鸡斋寿堂。
寿果只只仙山物,寿衣件件是绸缎。
诸亲好友闹洋洋,寿盘办得真像样。
杀了猪猡还杀羊,请了厨师来烧打。
八只热炒八只冷,一只蹄髈红堂堂。

只只菜水有风光,还有砂锅一只扑扑涨。

东家场面真像样,炒爆菜水都花样。

邀请一位老先生,定好宣卷要闹猛。

我伲班子不像腔,拾柴班子来塔像。

个个喉咙宣不响,南腔北调唱勿响。

今朝落阳桥要打夯,还请大家都原谅。

我只喉咙唱不响,不入腔调喊两声。

阿哥丈姆阿嫂娘,娘舅家小叫舅娘。

阿叔家小是婶娘,丈夫姐子叫姑娘。

阿爸家小叫亲娘,继爷家小叫寄娘。

亲娘妹子姨母娘,从小吃奶叫奶娘。

女身幼时叫姑娘,结婚之期新娘娘。

养了小人姆妈娘,开店就叫老板娘。

大娘子来小娘子,家小阿妈丈母娘。

正式找个大姑娘,瞎搭讪头叫婆娘。

不骂爷娘真君子,不孝爷娘叫种牲。

勿过酒来勿修行,勿要念经勤烧香。

逆媳宝卷

不点红烛勿烧香,无天无地无阴阳。

碰着一位苦恼娘,看见烧香眼邦邦。

无有钞票请钱粮,说着烧香甩家生。

有的钞票烧炷香,还是给我搓麻将。

有的铜钿去修行,还是玄妙观去白相相。

忏逆媳妇说两声,你要修行比不上。

修行钞票要节省,肉店浪向割的猪油炖碗浆。

腌在店家灌香肠,咸鱼店浪买条鲞。

园林商场白相相,一家门人吃一场。

老太太,无法想,无权无钱苦断肠。

没有铜钿请钱粮,寻着点蜡烛侪是断头香。

香篮拿在手里向,本境本府来进香。

老太走进庙里向,媳妇对天咒两声。

露天大雨落一场,路上烂得滑湍湍。

如果路上来走行,跌断俚双烂大膀。

落得眼睛白洋洋,下次不能去烧香。

老太庙里来烧香,菩萨面前说两声。

奴是今朝苦修行,求求菩萨要原谅。

修子修孙难修行,养出伲子照一样。
忤逆就是不天打,下代子孙照平常。
烧罢香来转家乡,场角落头哭一场。

桥名宝卷

娄门进城张香桥,东北街来华阳桥。
西北走过跨塘桥,天后宫朝南要过桥。
人民路来接驾桥,古市巷白塔子桥。
东花桥巷临顿桥,麒麟巷来善耕桥。
道前街来都亭桥,桃花坞桥迎将桥。
严衙前来频花桥,侍其巷来人民桥。
三多巷口万年桥,书院巷口太平桥。
十全街来红旗桥,葑门街来剪金桥。
吴趋坊来平门桥,中街路上真宫桥。
养育巷到南新桥,西美巷来过皋桥。
驸马府堂到星桥,司前街出五门桥。
三元坊走到泰让桥,北塔望着尹山桥。
盘门朝南觅渡桥,横穿马路阿黛桥。
留园马路广济桥,到了西园望山桥。
南浩北浩山塘桥,下塘街来渡僧桥。
黄天井巷卜安桥,天赐庄上过乐桥。
胥门有顶枣子桥,旧学前来醋坊桥。
上津桥来下津桥,铁铃关来到枫桥。
出了阳关宝带桥,浒关往西新过桥。
凤凰街来骆驼桥,臭马路来到桐桥。
火车站来八字桥,四摆渡钱万里桥。
各城门有顶吊桥,汪家街来初三桥。
永安桥来官渎桥,永林桥来油车桥。
黄家桥来坝基桥,还有一顶旱阳桥。
行善积德进仙桥,行凶作恶难过桥。

亲眷宝卷

灵山顶上有个潭,千部长车踏不干。
门前栓仔高头马,不是亲来亦成眷。
爷娘眷来不是眷,因为家当呪毑传。

高龄已有六十满,不肯派面请宣卷。

弟兄眷来不是眷,分起家来自窠满。

你拿匙来我拿碗,负债下去侪勿管。

女儿眷来不是眷,嫁妆假使勿撑满。

一直不想娘家转,临时去好的衣裳侪包完。

女婿眷来不是眷,女婿上门倒害丈姆忙勿完。

假使不做拜酒团,羹饭浪向来扣去,三荤三素勿盛满。

伯父眷来不是眷,伯父淘里勿服劝。

甯得两头来相骂,登在当中看好看。

外甥眷来不是眷,外甥结婚做件满。

铺床被头来办满,阿爹好婆叫勿完,围身袋袋侪挖穿。

媳妇眷来不是眷,千两黄金讨仔伲,粥饭不肯烧一碗。

一日到夜房里困,三日两头娘家伴。

公婆小叔不肯叫,小姑娘去张张看,懒怕货躺脱拉虮床窝潭。

乡邻眷来不是眷,顿顿要想抬饭碗。

东张张来西看看,扒在门肩浪向闲话讲不完。

前日借仔一碗汤水圆,还起来,勿盛满。

碰碰板面孔,话讥酸,今朝做寿斋星官,轧出轧进听宣卷。

姐妹眷来不是眷,姐妹淘里看好看。

十只指头有长短,事有轻重争不完。

丈人丈姆不是眷,生日开销不一般。

外加要只结缘碗,钞票化仔几百元。

亲眷二字宣不完,马上接着开宝卷。

十空宝卷

东方日出万里红,劝君行善莫行凶。

行善人好比荒山青松柏,行恶人好比三月桃花满池红。

那晓得青松古柏年年在,桃花能有几时红。

落不得来雨,吹不得来风,三朝大雨四夜风,雨打桃花一场空。

说着空来就宣空,目今算有十样空。

天也空来地也空,树也空来花也空。

水也空来田也空,山也空来人也空。

爷养儿子也是空,娘养女儿也是空。

酒肉朋友也是空,结发夫妻也是空。

样样件件有虚空,宣卷先生侪是空。

天空只怕乌云遮,地空只怕出蛟龙。

树空只怕出蛀虫,花空只怕起旺风。

水空只怕不流通,田空只怕不耕种。

山空只怕蛇打洞,人空只怕阎王判官勾魂梦。

爷娘儿子啥个空,此地公府上养个儿子不落空。

一周二岁娘怀抱,三周四岁娘费功。

五头六岁平常过,年方将交七岁中,上学读书学业通。

《四书》《五经》尽读通,改好手艺学成功。

结了工资畀拉爷娘用,卖鱼卖肉台上供。

四时八节祭祖宗,爷娘六十庆寿翁。

这样儿子来敬重,长辈心中乐融融。

宣卷先生儿子一场空,一到六岁娘费功。

读起书来笨死虫,三年读本老《神童》。

跟仔先生学宣卷,趴在台上打瞌冲。

叫佢出去学木工,当忐铺盖转家中。

结了工资自己不够用,娘要用,只装耳朵聋。

爷要查账不收功,穷凶极恶扳面孔。

不识相家小也要拿来用,拔出拳头气汹汹。

也没有来祭祖宗,也没有鱼肉台上供。

这种儿子忤逆种,牵着爷娘骂祖宗。

出着小辈败门风,养着儿子败落空。

娘养女儿啥个空,一周二岁娘费功。

五头六岁平平过,成人长大嫁老公。

嫁妆满得密重重,梳妆台来电子钟。

被头胎子用羽绒,席梦思软填得松。

暖风冷气全密封,临时出嫁身不动。

还嫌爷娘嫁妆少,因为老人实在穷。

结发夫妻也是空,世界有对夫妻不落空。

热天装起自来风,冷天暖气热烘烘。

青纱罗帐遮蓬尘,绉纱被头野鸭绒。

睡到半夜三点钟,夫妻二人床当中。

困到东方日出红,虾肉馄饨夹小笼。

男个今朝去办公,女个休息在家中。

夫妻二人双职工,这种夫妻勿落空。

宣卷先生夫妻一场空,十个先生九个穷。

十只黄蜂九只雄,十棵杨树九棵空。

六月里来没有青纱罗帐帐蚊虫,芭蕉扇一把拍蚊虫。

十二月没有被头野鸭绒,破棉花毯盖胸中。

也没有火炉烘,火钵头抢来烘。

却说宣卷先生屋里向说:穿不得出来做生意,每个人困觉个床也勿够个。啥个做床呢? 一扇破大门。凳子用四只绍兴酒甏,四角一放当床脚。一扇大门一搁,当床用哉。席子用芦席,盖一条破棉胎过冬,老天也要欺穷人哉。三九寒天发西北风,冷气下降十二度,冻得圈圈拢拢、索索拢拢,要翻身抢火钵头烘也。

大门芦席弄一弄,困到半夜三点钟。

呼隆呼隆起西风,冷得来火钵头要抢来烘。

夹忙头里噼啪卜隆咚,人们跌在地皮中。

棉花胎上火星红,烧了十七八个大洞洞。

男个跌西女跌东,好像冻僵肉老虫。

天亮家小扳面孔,要吃要着嫁老公,无吃无着扒啥空。

女个出去帮人家,男人出去做长工。

寺名宝卷

吴山岭上寿圣广福禅寺,灵岩上顶灵岩寺。

报恩寺改了观音寺,天平山上白云寺。

穹隆山上宁邦寺,西园名为戒幢律寺。

邓尉山上天寿圣恩禅寺,梵门西桥宝月庵。

红桥东首崇真宫,穹窿山三茅峰上真观。

清道观就是玄妙观,阊门半塘龙寿山房。

朱家园吴相五大夫庙,楞伽山上五通庙。

乌鹊桥南羊王庙,景德路上城隍庙。

南园有只孔子庙,山塘街上赖债庙。

娄门南口蛇王庙,北园有只关帝庙。

东脚门朝西东岳殿,还有一只蓑衣殿。

西脚门朝东星宿堂,三清殿边雷祖庙。

范庄前文正公祠,旧学前是忠烈祠。

虎丘山下五贤祠,齐门外头陆宣公祠。

迎春桥南石湖祠,王洗马巷春申君祠。

虎丘山东面短薄祠,对面有只李公祠。

无梁殿内开元寺,南面有只瑞光寺。

葑门里边东禅寺,城隍庙东雍熙寺。

定慧寺巷双塔寺,祥符寺巷定隶寺。

铁瓶巷里永定寺,都林桥北能仁寺。

县北有只朱明寺,谢衙前外灵鹫寺。

卧龙桥北报恩寺,新学前里光孝寺。

新阊门来宝林寺,刘家滨里定光寺。

观音寺改西禅寺,枫桥东堍寒山寺。

南浩街有石佛寺,上方山下横塘寺。

螳螂做亲

正月梅花阵阵香,螳螂叫船去游春。
谷蜢相帮船来摇,蜻蜓撑篙把船行。
二月杏花白如银,蜜蜂摆起茶馆台。
梁山伯帮忙倒开水,坐账先生祝英台。
三月桃花满树红,来个茶客石胡蜂。
菊力王说说家常话,瑞蚰挑水难过冬。
四月蔷薇满园开,蚕宝宝牵丝上山来。
蚊虫勤俭生活做,苍蝇困觉明早来。
五月石榴一点红,蝴蝶躲在花园中。
知了高叫吓煞人,地憋虫吓得不敢动。
六月荷花结莲心,织布娘房中哭不停。
哥弟姐妹来相劝,即铃子常登姐身边。
七月凤仙满树红,蛤蟆发报跳来跳。
萤火虫点灯澄澄亮,壁虎游墙逃开来。
八月木樨满树香,螳螂出来偷婆娘。
蚰蜒游来亲看见,结识私情纺织娘。
九月菊花是重阳,螳螂出兵来打仗。
背包蚰蜒来踱出,千万蚂蚁拿长枪。
十月芙蓉引小春,青花田鸡约私情。
金钱乌龟做好人,出屁虫独出臭名声。
十一月水仙花开来,各山英雄摆擂台。
百脚当中串跳板,灰骆驼出来打擂台。
十二月腊梅花放开,跳壁虫开爿店当来。
瘪虱店中做朝奉,白虱钻勒线逢里。
十二月花名唱完成,虫子道里大做亲。
纺织娘做仔新娘娘,螳螂做仔新官人。
你不嫌我肚皮大,我不嫌你头颈长。
二人大家都一样,快点来把儿子养。

孝媳宝卷

先点蜡烛后装香,敬天敬地敬阴阳。
敬仔四方供爷娘,孝顺祭先福寿长。
孝敬儿子快乐娘,娘要烧香请钱粮。
妈妈要到杭州去烧香,明朝我到街浪向。
请好红烛买好香,食品商场张一张。

麻酥糖来枇杷梗,面包蛋糕买二样。

买了苹果回家乡,五十块头给四张。

妈妈出门去进香,定定心心笃凉凉。

夜里到了船浪向,倘然冷静无心想,阿弥陀佛念两声。

一愿诚心去进香,不要记牢鸡种牲。

孝敬媳妇说两声,婆妈出外要烧香。

马上走进房里向,手拿钥匙开皮箱。

棉编尼龙新上装,着肉全换新衣裳。

黄带拣在腰里向,远看好像嫁新娘。

婆妈上山去进香,不要记牢田里向。

菩萨面前通两声,保佑妈妈福寿长。

场前大树遮太阳,热天可以乘风凉。

修行宝卷

一夜五更天,起身五更敲。

鸟兽多理毛,尼僧起得早。

五更鸡叫晓星高,善恶念头起得早。

挑担头买卖街上跑,猪作杀猪磨尖刀。

豆腐店里牵水磨,山中鸟兽理羽毛。

茶馆店里生炉子,铁匠店里火心抛。

银匠店里开栅板,钱庄店中算盘摇。

寺园里向撞钟鼓,佛堂里面木鱼敲。

书房里向文章读,江上渔翁把橹摇。

当今万岁坐龙廷,文武百官尽上朝。

便问九卿啥个好,未有修行念佛高。

五、新编故事类

毒魔

马觐伯创作

宣卷小品初展开,诸位观众静下来。

今朝宣的非古人,说说毒魔把人害。

有种东西叫毒品,让人变鬼家破财。

毒品到底怎厉害,听我一一说出来。

如今社会上的新鲜事、稀奇事特别多。今朝讲一件稀奇事,就是出在畚箕湾白家里的一件怪事。说到白家里,他们的祖上有点名气,据说现在白家里老爷的老爷在清朝曾经是一个状元,人家都称他白状元。从清朝一代代传下来,白家里日脚一直蛮好过。有一句老话,叫富不过三代,可白家里偏偏已经富了十几代了,从没有落魄过。啥人晓得到了现在这一代,出事体哉!啥事体?刚刚白家里一个独生子白金荣结婚成亲,结婚不是一件喜事和好事吗?怎么会是怪事呢?且慢,听我慢慢道来。

白家喜事刚办开,新娘不见怪事来。

连寻三天无踪影,全家急得无头眼。

新娘到底去哪里,看来事情不简单。

白家里结婚是喜事,但结婚第三天,新娘突然不见了,你说是不是怪事。起先,新娘出门,大家都勿在意。后来新娘一夜没有回家,有点怪了。新娘子为啥一声不响,突然出走?是她自己离家逃走的,还是被人骗走的?毫无头绪。起先两天,为了家丑不可外扬,白家里自己叫了几个亲戚,到近段地方寻寻,朋友家里找找,阿会住在同学家里,或许在哪个麻将馆正在搓麻将。可是,到了第三天,还寻不着新娘子,白家里开始真的急了。

新娘不见非平常,定有奥妙其中在。

不动警察找不着,公安部门报案来。

警方接报问案情,家人逐一调查开。

白家新娘子结婚三天就不见,家里连寻三天还是没有着落,家里才开始向公安部门报警。警方接到案子,十分重视,开始对白家里的家人逐一调查,寻找线索。这时,社区民警小杨心里已经有几分清楚,事情一定出在新郎白金荣身上。民警小杨拿定主意,直奔白家而去。

新娘不见三天整,民警小杨心里明。

要找根源去白家,根子还在新郎身。

小杨急急到白家,白家新郎亦无影。

当民警小杨急急赶到白家里来寻找白家新郎官白金荣,万万没有想到新郎白金荣也不在家。白金荣父亲对小杨说,自从新娘出走以后,新郎一点也不急,心里十分淡定,好像这种事不是出在他身上。民警小杨心里清楚,让白金荣的父亲白大伯带他去白金荣的房间看看。白大伯带了民警小杨来到新郎新娘的房间,只见房间里贴着大红喜字,可床上十分凌乱。白大伯不知小杨来房间做什么,心里疑惑,不会新郎新娘就在房里藏着。正当白大伯在疑惑，只见小杨从床头边拿起一张锡纸，闻了一闻，对白大伯说："你儿子就是这个东西害的，新娘也为了这个东西出走的。"白大伯问小杨："这是一张锡纸头，怎么会害我儿子与媳妇呢？"小杨说："你儿子已经毒魔缠身了。"白大伯问："是不是什么妖魔鬼怪附到我儿子身上了？"小杨说："不是，是你儿子在吸毒。"白大伯一听儿子吸毒，顿时眼前天昏地暗。他在电视里也看到，吸毒的人弄得家破人亡，妻离子散。想不到这种事会出在我们白家身上。他急忙求小杨："这件事你要帮帮忙了，不然我家没希望了。"这时的白大伯急得真是六神无主。

　　一听儿子毒品染，眼前天昏地又暗。

　　大伯心里早明白，吸毒家破人又亡。

　　不求菩萨求警方，救我儿子出手帮。

　　白大伯对小杨说："杨警官啊，杨警官！我养了这个不肖之子，想不到会去吸毒，看来我们白家灾难临头了。杨警官啊，我不求菩萨不求神，这件事只有你们警方才能帮我们的忙了。"小杨听着白大伯的话，连忙安慰说："帮助群众是我们的职责，禁毒更是我们的天职，我们不会不管的。"

　　花开两瓣，话说两头。我们暂且不说民警小杨怎么样去帮白家的忙，回过头来说说白金荣到底去了啥地方，白金荣到底是怎样一个人。各位听客不要着急，让我一一道来也。

　　白家本自好人家，吃穿不愁用阔绰。

　　农村楼房拆迁后，分到两套动迁房。

　　一套留给自己住，一套出租活钿拿。

　　金荣是个独生子，从小宠惯害了他。

　　学校读书读不进，吃喝玩乐混日脚。

　　白金荣是白大伯的独生子，从小宠爱有加，真是放在外面怕冷，含在嘴里怕烊。一直对他百依百顺，就是天上的月亮没法拿下来，一般的要求都会满足。就是这样的宠爱，结果害了他。他在学校读书，不是逃学，就是打架。九年义务教育勉强读完，进了一所技校。白大伯想大学考不上，读所技校让他学个一技之长。啥人晓得，三年下来，考试门门不及格，毕业证书也拿不到。他索性混在社会上，不是与人喝酒，就是到KTV去唱歌，钞票不够用，就问爷娘要。爷娘不是大老板，白大伯在一个工厂看看大门，白大婶做做清洁工，虽说家中还有一点存款，但坐吃山要空。白金荣没有工作，混迹社会，只会白相花钱，阿有几化钞票让他去花？后来，在爷娘手里拿不到钞票，就在家里发脾气，爷娘教训了几句，他索性不高兴回家，吃住在外面。有一次，他在KTV包厢里碰到一个叫阿膘的老板，见白金荣一天到晚愁眉苦脸，问他啥事，他说生爷娘的气。阿膘说："你尝尝这东西，就会开心了。"白金荣问："啥东西？"阿膘拿出一些白色粉状的东西，放在锡纸上，下面用火一烧，用鼻子一吸，白粉就进了身体里。他感到全身舒服，开心无比。白金荣哪里知道，阿膘让他吸的是毒品。毒品这东西，只要一碰，就像魔鬼一样让你离不开它。白金荣吸了一次就有两次三次，白金荣啊，白金荣，你走上了一条不归路了。

　　金荣金荣好糊涂，毒品让你骨头酥。

　　今日虽吸一点点，日后越吸越会多。

　　毒品就像魔鬼样，今生让你吃大苦。

　　身心健康无保障，毁了家庭毁前途。

　　毒品千万碰不得，一碰就上瘾。在这里，我要告诉各位听客，毒品有哪些。根据《中华人民共和国刑法》第357条规定，毒品是指鸦片、海洛因、冰毒、吗啡、大麻、可卡因以及国家规定管制的其他能够让人上瘾的麻醉药品和精神药品，都属于毒品范围。毒品问题是当今国际社会面临的一个严重社会问题。虽然我国不断加强禁毒工作力度，但我国毒品问题仍呈发展蔓延的趋势，威胁到广大居民的身心健康。一些由于无知沾染上吸毒恶习的人员,毁掉了青春,毁掉了家庭,毁掉了前途,乃至失去了生命。现在要命的是白金荣吸毒过后,就会对毒品有依赖性,其他心思都没有了,一心想到的是吸毒。后来他要再向阿膘要,阿膘说我不会经常白送你吃的,这要用钞票来买的。白金荣身上没钱没法买这东西,不吃这东西,白金荣身上百节百骨不舒服。他知道自己过不了这个关,决定回家问爷娘讨。讨,要个理由,他就编个谎话,他就对爷娘说:我一直白相也不是生意经,现在我与小弟兄合资开个店。小兄弟投资金,我只出租房的租金。爷娘问:“租金要多少?”白金荣说:“一个门面房至少要4万。”爷娘一听儿子要开店,当然高兴,不要说4万,再多一点也应该。所以,他们二话没说,把存了几年的积蓄拿出来,到银行去取了4万元钱,交给儿子,说:“你只要认真做生意,爷娘会支持你的。”这句话,白金荣听在耳朵里,记在心里,爷娘就是好骗,三句二句谎话一编,4万元就到手哉。白金荣拿了4万块钱当然不是做生意,是去买毒品吃。这样,他越吃越有瘾,越有瘾越要吃。4万块不到两个月,用得精光。现在的白金荣没有毒品过不了日子,毒品要用钞票去买,没有钞票日脚难过。他想再用什么办法来对付爷娘,骗到钞票。这时,阿膘给你出个主意,说:“现在外面在放高利贷,你可以先去借了再说。”这时候的白金荣一心想吸毒,只要有钱他什么都会去做。他不考虑借高利贷的后果,为了吸毒就铤而走险。他借高利贷,一借就是10万,勿晓得放高利贷的都是黑心人,借条上写10万,可拿到手只有8万,一月2万利息先拿走。结果一年下来,借了60万,利上加利,滚到了100万。他哪里有钱还这笔债啊。债主逼他还债,他只能东躲西藏,后来一个人躲进一个栈房里,见不得人。这时,毒瘾发作,全身像千万条虫子在咬自己的肉,浑身难受。但又无钱买毒品,想想真是苦恼啊。他在栈房里一夜不睡,哭了起来。

一更里来心头闷,外面夜市闹盈盈。窗外灯光亮,我却冷清清。独住栈房无人陪,欠债还钱我无能。啊呀我的天啊!

二更里来人困尽,路上只听汽车声。房内唯有我,苦想到天明。初尝毒品好奇心,再吃就是害煞人。啊呀我的天啊!

三更里来寂洞洞,窗外路灯昏沉沉。吸毒成了瘾,无法摆脱身。独宿栈房成孤魂,想想真是苦伤心。啊呀我的天啊!

四更里来盼天明,长长黑夜无路寻。想着骗爷娘,明知不该应。要想回头无路走,再走下去害家人。啊呀我的天啊!

五更里来天将明,路上早有行路人。明天又怎样,日子实难混。想到债主心里寒,毒瘾发作又难忍。啊呀我的天啊!

他哭着哭着,毒瘾发作,全身难熬。这时,有人敲门,是否来了救星?开门出来一看,正是阿膘。阿膘问他:“为啥躲在这里?”他说:“债主讨债,无路可走,现在毒瘾又发,没有钱来吸毒,想要自杀。”阿膘说:“好死不如恶活。”白金荣就跪到阿膘面前:“阿膘大哥,你先给点白粉让我过个瘾。”阿膘就给了他一点白粉。他急忙吸了起来,过足了一个瘾头,他又精神十足。这时阿膘说:“我有救你的办法,不知你听不听我的话。”白金荣听到阿膘能救他,连忙又给阿膘跪下,说:“你是我的再生父母,你若有办法让我渡过难关,大恩必报。”阿膘趁机又给他出了个馊主意,说:“你家不是有一套房出租在外,收回来用房子抵债就好了。”白金荣一听,是个好办法。阿膘再如此这般地教了他一些办法,他就高高兴兴听命而去,匆匆走出栈房。他走出栈房回到家里,拿出房产证来,骗爷娘他为了发展事业,还要贷款,让爷娘在卖房合同上签字。爷娘不识字的,就听信了儿子一番话,一一签了名字,就将一套130平方的特大户卖了出去。可怜这爷娘,猫钻在蒲篓里还勿晓得,只晓得儿子生意做得好,啥人晓得儿子在外拆了个大烂污。

诸位听客要问,既然白金荣这样拆烂污,怎么会讨得起老婆?这个问题,只有白金荣心里明白,其实结婚是白金荣设的一场骗局。

我们回过头来再说社区民警小杨。在半年前,社区民警小杨听有人反映,白金荣有涉毒的迹象。他是社区民警,有责任关心社区里每一个居民。他听到一些反映,也曾找过白金荣谈过心,可白金荣做作呒介事,说啥自己正在做生意,哪会去吸毒。还说自己最近已经找了个对象,对象是四川的一个女孩,他正准备在筹备婚礼。小杨听他说得有板有眼,倒也相信了他。不过他还不放心,去他家里了解情况。白大伯也说自己儿子正在准备结婚的事,他就放心了。现在突然结婚了三天的新娘不见了,小杨感到情况不对,一查结婚登记,白金荣根本没有去民政部门领结婚证。那婚礼上的结婚证是哪里来的?一查,是假的。那说明这个新娘也是假的了。白金荣为什么要大张旗鼓精心设计这场骗局,只有找到白金荣才能得到答案。

白金荣假结婚,结婚三天新娘不见踪影,这里面一定有名堂。这引起了公安部门的重视,立马要找人。找的人不是新娘,而是新郎。只有找到新郎才能揭开假结婚迷案的真相。现在公案要找一个人,是十分便当的。没用一天时间,公安部门就在一家KTV包厢里找到了白金荣。白金荣在包厢里,一手拿了啤酒瓶,一手抱着一个小姐,真过着神仙般的日子,对走失的新娘毫无关心。民警小杨看到白金荣,对他说:"你老婆结婚三天不见人影,你怎么定定心心?"白金荣看到民警,心里一惊,忙说:"我跟你去派出所详说吧。"

金荣跟着小杨出了门,来到派出所里说详情。

新娘出走三天整,金荣为啥多淡定。

家人急得团团转,你却包房安下身。

手拿啤酒乐呵呵,怀抱小姐多开心。

结婚到底真是假,欺骗家人啥原因。

白金荣知道纸包不住火,就交代自己是在吸毒,还如何为了吸毒借高利贷,卖房抵债的事一一说了出来。小杨问:"你又为啥要假结婚?"金荣回答:"为了骗取礼金。"他说,房子卖掉,还了债,钞票所剩无几。眼看吸毒又缺少本钱,阿膘又帮他出了个主意,一万元租个小姐,办张假结证,告诉你父母你要结婚了,让你父母去筹办。他就一一照办,父母也高高兴兴为儿子办了婚礼,收了20万礼金,给了那个假装新娘的小姐一万元。三天后,租来的小姐不告而别,自己也拿了19万礼金作资本,用来吸毒。因为这场骗局是他自己一手策划,尽管爷娘急得团团转,他却笃定泰山,过着逍遥自在的生活。民警小杨将儿子的事告诉了白大伯夫妻两人,他们如梦初醒,悔不该当初太宠爱儿子,害了他,毁了他的前程。小杨还告诉他们,他们儿子将被送去戒毒所强制戒毒,阿膘也正在被公安部门通缉捕拿,将会受到应有的处罚。

毒品真是害人深,规劝听客要认清。

金荣吸毒害自己,又害家人父母亲。

青春前途瓦干净,只有戒毒所里蹲。

《毒魔》宝卷宣完成,但愿唤醒今世人。

抗疫这回事

王菊芬、吴治民创作

(主宣)说:

居民朋友们!今天,我们宣卷先生不宣前朝和后代,也不唱沪剧和锡剧,我们要说一出新戏,名字就叫《抗疫这回事》。

(二宣)说:

要说新戏啊,倒是蛮灵光嘛!个么,什么是"抗疫"啊?

（主宣）说：

"抗"——抗日战争的抗，就是抗击、抵抗的意思；"疫"——疫情，就是由新型冠状病毒引起的肺炎病情。

（二宣）说：

哎呀，不就是一种肺炎嘛？你看，我们身边不是经常有人得的吗！很多小朋友、成年人都曾经得过呀，现在医学这么先进，吃吃药挂挂水不就好了嘛！

（主宣）说：

哟哟哟，没有你说的这么简单啊！这支病毒不得了，不但可以人传人，而且到目前为止还没有研究出来针对性治疗的特效药物了，严重的话是会引起死亡的。

（二宣）说：

啊，还没有针对性治疗的药物啦！严重还会引起死亡啊！那么真是不好了呀！

（主宣）说：

哎，是的，所以我们要叫"抗疫"，要与新冠病毒打一场仗，去抵抗，去战胜它！

唱：

百花盛开好时光，壬寅虎年永难忘。

守好苏州东大门，抗疫故事慢慢讲。

第一章　苏州胜浦·砥砺抗疫

（主宣）说：

2022 年初春，苏州市民朋友们正准备闹元宵，却被突如其来的疫情阻止了。

（主宣）说：

2 月 14 日，苏州在核酸检测中发现有确诊病例，其中 1 例阳性就在我们胜浦街道。

（主宣）唱：

苏州城灯笼高高挂，四处充满热闹气氛。

市民朋友正闹元宵，却又被疫情阻止了。

掐指算来疫情两年，反反复复没有消散。

苏州疫情病例确诊，首例就在我大胜浦。

疫情来袭悄无声息，危害胜过狂风暴雨。

妨碍城市平安发展，影响市民生活健康。

再次困住居民群众，再次挑战党员干部。

再次考验胜浦街道，全面号召抗击疫情。

（二宣）说：

居民们！我们苏州历来是个好地方，是一块风水宝地啊！但大家想想，为什么感觉这次病毒在这里传得蛮严重啊？

（主宣）说：

告诉大家，是因为这支新冠病毒变异了！什么叫变异？简单说就是变化，老话说一生二，二生三，这个病毒不再是原来武汉那个，已经升级了，专家们给它取了个名字，叫"奥密克戎"。

（主宣）唱：

新冠病毒已经变异，新的病毒奥密克戎。

传播能力更加强大,传播速度吓死人。

我们如果走了十多步,它已经可能跑了二十步。

现在是与病毒赛跑抢时间,争分夺秒一刻不能放松。

(主宣)说:

疫情发生后,苏州严格按照省委、省政府决策部署,在防控专家的指导下,迅速启动疫情应急指挥体系,全力保障群众生命安全和身体健康。

(主宣)说:

胜浦街道党委、政府为保护人民群众的生命健康,紧紧按照省委、市委、园区党工委的部署,坚持人民至上、生命至上,全力保障群众生活,采取了一系列严防、严管、严控措施,有力遏制疫情扩散外溢。

(二宣)说:

街道政府结合实际、科学部署,细化落实各项疫情防控措施,强化风险隐患排查治理,坚决密织社区防疫网,筑牢疫情防护墙。到底有哪些措施呢?

(主宣)唱:

党的领导作用真鲜明,人员服务力量有保证。

干部职工全部到一线,联合行动支部来支援。

成立防疫专班管协调,上传下达保持都畅通。

严防输入要堵塞漏洞,重点人员场所全管控。

外来人员检查特别严,门岗四查一测常态化。

物流货运车辆装定位,人员行程一一记录清。

周边交界道路设防线,水路马路管控和协调。

区域核酸检测真正好,阳性病例做到早发现。

预防宣传到处看得见,个人保护措施都讲清。

新冠疫苗接种广覆盖,老人小孩都要去接种。

场所环境卫生消毒好,垃圾分类清理天天忙。

抗疫物资储备足足够,隔离居民服务有保障。

送菜送餐都有志愿者,买药看病是绿色通道。

违反疫情防控要处罚,提供防疫线索有奖励。

抗击新冠人人都有责,一人一家守牢安全线。

(二宣)说:

是啊,我们平时接触最多的是关于核酸检测。街道汇集各方力量,广泛招募志愿者,联防联控,有效保障各社区分楼栋、分时段开展核酸检测,减少无效等待时间和交叉感染风险。

(二宣)说:

街道精心组织,统筹资源,精准对接管控区居民需求,重点关注、及时跟进特殊人群基本生活需求和医疗保障情况,服务入微,为特殊人群保驾护航。以真心换真情,竭尽所能为居民提供方便。

(主宣)唱:

新冠疫情就是命令,严加防控就是责任。

胜浦街道迅速响应,立即进入抗疫战。

党旗飘扬党员先行,打好疫战注入动力。

民警辅警全部上阵,当防疫防控守门员。

志愿者们一呼百应,传递人间温暖力量。

防疫宣传一应俱全,全天宣传全面覆盖。

多方联合共同抗疫,万众一心共克时艰。

战斗堡垒建到基层,组织关怀送到一线。

党旗插到抗疫前沿,战疫先锋行动支部。

落实落细核酸检测,强化风险隐患排查。

管控区域动态覆盖,严格落实服务机制。

小组明确岗位职责,门长点长各司其职。

从严从紧从细从实,服务居民主动作为。

联合市场监管部门,持续加大巡查力度。

牢牢守住食品防疫,督促餐饮暂停堂食。

呼吁广大店家市民,做到不堂食不聚餐。

抓紧农贸市场防线,做好健康监测工作。

加强卫生消毒管理,开展四项专项行动。

有效切断病毒传播,不扎堆不聚集活动。

众志成城抗击疫情,筑牢疫情防控铁墙。

(主宣)说:

疫情无情,人间有爱。胜浦街道争分夺秒、全力以赴。工作人员战斗在疫情防控一线,用责任和担当筑牢了疫情防护墙。

(二宣)说:

随着时间推移,部分市民群众面对抗疫所实行的严防、严管、严控的措施要求,出现了抵触情绪,个别人甚至出现不配合检查的情况。比如进小区、到公共场所以及乘坐公共交通,需要检查"苏康码"和"行程码",少数群众对防疫人员说话情绪冲动,有厌烦心理,不予配合检查。

(二宣)说:

对组织的常态化的区域核酸检测,少数市民群众会产生烦躁、焦虑心理,不能耐心等待。

(二宣)说:

部分群众出门在外还不戴口罩或中途摘下口罩,有时会到人员集中的地方闲逛聊天,甚至于还要聚众跳广场舞、赌博,出现很多不遵守阶段性防疫防控的行为。

(主宣)说:

个别人由于对新型病毒的辨别能力不足,轻信网络上一些鱼龙混杂的谣言。甚至部分市民认为感染奥密克戎病毒就是得了一个感冒,轻症与无症患者居家隔离就可以了,应该学习西方国家"躺平",无须大惊小怪。

(主宣)说:

我们大家想一想:

假如你孩子所在的学校有学生感染并且坚持上学,你还敢不敢让孩子继续上学?

假如你单位有同事感染并且坚持上班,你还敢不敢继续上班?

假如你去餐馆吃饭,餐馆服务员也感染新冠,你还敢不敢继续坚持用餐?

假如你去医院看病,医生与护士都感染了新冠,你还敢不敢继续就医?

(主宣)唱:

疫情防控人人有责,全民携手抗战病毒。

积极配合核酸检测,有序排队依次来测。

做好不拥挤不插队,保持一米安全距离。

阴性结果大家放心,共同维护街道安定。

出门必须要戴口罩,人多不要去凑热闹。

没事不要到处乱跑,守住绿码你我都好。

疫情防范不开玩笑,身体健康特别重要。

疫情防控严字当头,主动配合双码检查。

无异常才能进出门,健康保障了你我他。

网络信息鱼龙混杂,不易区分真真假假。

关注政府平台报道,知道疫情发展动态。

做到不造谣不信谣,摆好心态减少烦恼。

做好不轻信不盲从,多传递分享正能量。

紧紧跟着党的领导,坚定信心一定胜利。

(主宣)讲:

居民朋友们:我们不能忘记2019年底武汉的疫情大爆发,当时疫情严峻的不可想象。习近平总书记一声令下,全国支援。党中央、国务院果断地做出一个重大决定:从2020年1月23日凌晨2点起,无特殊情况,外面人不到武汉,武汉人不出武汉,这是封城啊,当时1240多万武汉人民啊!这是人类历史上第一次对一个人口千万级别的大城市采取最严厉的防疫措施,真是前无古人!事实证明,党中央的决策是完全正确的,5万人感染,我们用了75天,在2020年4月8日零时起,武汉全面解封,取得了新冠防控的绝对性胜利!

我们的党是伟大的政党,我们的国家是伟大的国家,我们的人民是伟大的人民!我们感到无比骄傲!只要我们坚定信心,一切听党指挥,就没有我们战胜不了的,就没有我们克服不了的,就没有我们解决不了的。

好的,今天我们就到这里,下一次,我们《抗疫这回事》要给大家讲讲抗疫一线的故事。再会!

第二章 苏州胜浦·一线抗疫

百花盛开好时光,壬寅虎年永难忘。

守好苏州东大门,抗疫故事再来讲。

(主宣)说:

居民朋友们,大家好!上次我们讲了"苏州胜浦·砥砺抗疫",今天我们再次相约,与大家说说"苏州胜浦·一线抗疫"的经过与感人故事。

面对复杂严峻的疫情防控形势,胜浦街道党工委积极响应市委、区委号召,组织各级党组织和广大党员干部全面参与社会和社区疫情防控,充分发挥党组织战斗堡垒和党员先锋模范作用,出征一线战役,表率在前、冲锋在前。党工委团结带领街道广大群众齐心抗疫,共同守护家园,形成一道"最美风景线"。

(二宣)说:

胜浦街道党工委书记、主任及全体领导班子成员,全部战斗在一线,他们不分昼夜,走遍了所属的23个小区,走遍了各个疫情防控点位,走遍了各个防疫重点单位,哪里有问题他们就出现在哪里,哪里有困难他们就战斗在哪里。党委领导们加班加点,挑灯夜战,深夜研讨解决问题,凌晨还要等待上级通知,部署工作,没有睡过一个整觉,没有睡过一个安稳觉,真正是守土担责,守土尽责啊!

（主宣）唱：

党委领导真真强,抗疫专班成立快。

冲锋上阵有猛将,后勤物资有保障。

班子领导在一线,基层工作有底气。

踏踏实实想问题,认认真真解困难。

以上率下有能量,党员干部来看齐。

办公夜夜在值勤,心系群众生命线。

（主宣）说：

习近平总书记说,新冠肺炎疫情防控工作是一场人民战争,要充分发挥社区在疫情防控工作中的重要作用,构筑起疫情防控的人民防线。社区是疫情联防联控的第一线,是外防输入、内防扩散最有效的防线,也是遏制疫情扩散蔓延的重要战场。

（二宣）说：

在发生疫情后,胜浦街道 23 个社区,无论是动迁社区还是商业社区,大家倾尽全力,全部精力都投入到为抗疫、为居民服务的工作中。他们坚持社区书记为一把手负责制,支委成员、社工、网格、志愿者形成服务体系,无论新入职的社工,还是经验丰富的老社区,大家各司其职,认真拼搏,稳稳地撑起了疫情防控的第一线。

（主宣）说：

我们居民每次的核配检测,说实话,大家看不见背后的付出。设置排队区、登记区、采样区,地面张贴一米线、围栏,准备清点核酸小票数目,准备采样试管、张贴试管码、清点棉签、准备防疫人员的服装物料,还要分配人员工作,辖区上门采样人员统计与安排,核酸现场试管转运和人员数据统计,以及突发情况的处理。单单一次核酸,社区的每一个点位就要这么多工作,而负责这些工作的往往是一两个社工。

（二宣）说：

哎哟哎,真真是作孽,这些社区工作人员都是年轻小孩,还有很多 90 后,在家里当宝宝子宠爱的,家务生活都不做的。这次疫情他们却是一个个坚定吃苦,任劳任怨,夜深人静,居民们都在梦香的时候,他们还在工作,一直到凌晨一点多,第二天早上 4 点多就要起来,真是吃在社区、住在社区。谁说年轻人不懂事? 谁说现在的小孩没有责任心? 大家看看,他们让我们看到了希望,让我们看到了担当啊!

（二宣）说：

由于疫情的扩散,主要还是人口流动导致的交叉感染,社区一方面要做防疫政策的宣传,另一方面就是对重点人员排查,特别是外来流动人口的排摸,还要做好居家隔离、酒店隔离转运的管理与服务,对隔离的居民还要送菜送物资,保障他们的生活。工作人员楼层一层层地爬,通告一户户地发,门磁一个个地上,真正是不眠不休,筋疲力尽。

（主宣）唱：

新冠病毒袭胜浦,社区防控责任重。

门岗守好第一关,核酸检测是手段。

重点人员排摸清,外来返回要备案。

分类隔离要及时,居家或者去酒店。

居家隔离要关注,门磁一上定定心。

送菜送饭送物资,人员生活不影响。

封闭期间更艰难,老弱病残要照顾。

书记社工都好样,居民放在第一位。

社区服务都用心,群众冷暖放心头。

党的号召记心头,不忘工作最初心。

(二宣)说:

明胜社区党支部副书记吴凤娥临危受命,担任明日之星行动支部书记,勇挑小区居家隔离服务重担。她还带动女儿一起奋战在一线,负责物资保障服务和协助核酸检测工作,为居民提供最便利化、最舒适化的隔离生活。有时碰到居民对居家隔离措施不理解的情况,她会细心地帮助居民疏导情绪,解决他们的后顾之忧,做到贴心服务、精准管理的居家隔离。

(二宣)说:

市镇社区"星胜客"是封控区。抗疫行动支部书记邢文琪带领成员,针对封控区居民的生活困难,开展"点对点"暖心服务。接送行动不便的老人做核酸等、转送群众滞留物资、为群众解决线上购物收货、承担起为隔离居民喂养宠物等难题,点滴小事凝聚着他们对每一位居民、每一件小事的关怀、关注。

(二宣)说:

锦溪北社区党支部书记王秀英带病坚持,日夜奋战在抗疫一线。她调动各方资源,成立了由党员、居民组长、医生、老师组成的一支应急服务队伍,制订个性化服务方案,全方位服务居民。尤其是锦溪苑二、三期被管控时,在紧急就医方面,时常面临一些突发情况。王秀英及时做好沟通,在安抚当事人的同时,向上级报备沟通,保证了每一位需要急紧就医的居民的需求,为社区群众的生命安全立起一道"安全屏障"。

(主宣)唱:

社区干部好榜样,满腔热情担使命。

巾帼母女齐上阵,积极抗疫献力量。

抗疫之路虽辛苦,爱心溢出人间情。

党员干部共行动,党旗映出健康绿。

大家携手战疫情,咬定青山不放松。

党群抗疫齐协力,战魔排艰迎新天。

(主宣)说:

从2月14日发生新冠疫情以来,我们胜浦人上交了"守望相助,同心同德"的答卷。从街道党政领导到机关干部员工,从医院医生到学校老师,从公安派出所、城管人员到市政环卫、物业人员,从农贸市场到集宿区管理,从退休老干部、老党员到普通居民、群众志愿者,我们集全街道之力量,拿起"武器",奔赴"战场",构筑起联防联控、群防群治的抗疫防线,同心协力打赢这场大仗、硬仗,体现了我们胜浦人应有的大爱和担当!

(二宣)说:

街道机关400多名党员职工全部下到一线,在各个社区、各个防控点都有他们的身影,他们是我们的"红色管家",他们是我们的"大白"。他们做核酸、立门岗、爬楼层、送物资,从保安做到保姆,从管理员做到店小二,从凌晨做到凌晨,不眠不休"轮轴转",哪里需要他们就到哪里,严防死守最后一公里。

(主宣)唱:

党的号角在吹响,党员集结最迅速。

红色管家是标志,走到哪里哪里亮。

带头做事带头干,不问东西只向前。

有了困难就找她,心中让人有依靠。

关键时刻齐上阵,人民需要就到位。

公仆精神不能忘,我为人人记心中。

(主宣)说:

在抗击疫情的日日夜夜战役中,医务工作者用他们的一腔热血承托一方百姓的希望,用大爱守护着一方百姓的健康,他们奋不顾身,战斗在一线,彰显出疫情下胜浦的医护人员临危不惧、勇往直前的责任与担当。

(二宣)说:

俞栗琪医生在封控社区上门采样任务中,一位有心脏病史的 90 多岁高龄老人突发胸闷气短、面色苍白等症状,情况十分危急,随时可能有生命危险。社区居委立即向正在封控区进行核酸检测的医护人员求援。面对可能存在的感染风险,俞栗琪第一个站了出来,自告奋勇前往老人家中,迅速为老人施救,凭借过硬的专业知识,成功让老人转危为安。

(二宣)说:

护士长殷夕娣,作为一名年逾四十的护理人员,她主动报名,始终奋斗在抗疫一线。自 2 月 14 日起,她参与 40 余次核酸检测采样工作,用一身干劲诠释了白衣天使的初心和使命,展示了"巾帼不让须眉"的女性风采。

类似俞医生、殷护士长的医护人员许许多多,我们不认识他们,他们也不认识我们,但他们奔赴战斗在没有硝烟的战场,与时间赛跑,与病魔战斗,用行动书写了一个个感人的故事,他们是我们的无名英雄!

(主宣)唱:

众志成城战疫忙,白衣天使功劳大。

自身安危都不顾,一心救治我百姓。

专业技能显身手,守护生命有本领。

你是最美逆行者,你是最可爱之人。

(二宣)说:

再来说说我们公安派出所民警与执法大队(城管)队员的战疫情况。自今年 2 月以来,街道公安派出所民警、综合执法大队(城管)队员的身影持续出现在交通站点、高速出入口、隔离酒店、道路交界处。特别是在上海、昆山出现疫情的情况下,他们为我们守住了城市第一道安全防线。初春时节,乍暖还寒,他们久久站立在淅淅沥沥的雨中,仍觉得寒冷刺骨,但他们默默坚守。他们耐心劝导来往车辆司机,详细解释疫情防控规定,即使遇到不通中文的外籍人士,也能够从容应对。同时为货车司机发放慰问品,感谢他们为苏州生活生产、物资保供保畅的辛苦付出。

前线战"疫"吃紧,后方物资亦需跟进。他们又化身为一个个"搬运工",为保证核酸检测结果的及时出来,派出所民警还是核酸试管的"转运工",警车开道,及时迅速。同时,他们还要维护街道的安全秩序,保证疫情期间的治安环境稳定,他们是我们城市看不见的英雄。他们来之能战、战之能胜的精神,为胜浦的抗疫建立起牢固的防御屏障。

(主宣)说:

作为城市清洁工,胜浦街道市政环卫公司全员投入到疫情防控工作中,为居民健康保驾护航。通过培训学习,掌握科学的防疫知识和技能;每天派出作业人员 70 余人次,针对街道辖区内点位每日开展消毒 3 次,消除辖区传播隐患;90 多名志愿者全力协助核酸检测工作。

(二宣)说:

作为社区的重要防线,胜浦四方物业接到命令后,第一时间协同街道工作人员、志愿者一起,牢牢守住社区抗疫的最后"一公里"。他们 24 小时严把入口关、盯住人、管住车、疫情防控宣传、为居民送物资上门、重点地区消杀,在抗疫的日日夜夜,为保障社区居民的健康安全,不辞劳苦、默默奉献!

（主宣）唱:

> 齐心筑牢防护网,疫情病毒无处逃。
> 公安民警真是强,守护人间有安宁。
> 执法大队是好样,坚守岗位勇奉献。
> 有条不紊后勤军,做好物资摆渡人。
> 市政环卫齐上阵,环境整治不停歇。
> 天天消毒不松懈,切断传播感染源。
> 风雨同舟的物业人,坚守一线勇担当。
> 严查出入两个码,体温监测早防范。
> 严防病毒来造访,释放温暖与光芒。
> 做好家园守夜人,共筑社区防护网。

（二宣）说:

在抗击疫情的战役中,胜浦街道所有社区、老党员、居民群众也是上下一心,齐心合力做好疫情防控各项工作。

新盛花园社区的抗疫,有上阵父子兵的退役军人,有全家出动的党员之家,有上完夜班立即投入志愿活动的居民,有年过六旬热爱社区工作的老伯伯。大家积极主动,齐心抗疫。

滨江苑社区的妇女居民自发组成巾帼志愿者队伍,每天投身政策宣传、排查登记、验码测温、卡点值班、协助开展核酸检测。她们一个个发扬逆向前行的精神,筑起一条条不眠不休的防疫阵线。

浪花苑社区通过党建带团建的方法,积极带领党员志愿者、青年志愿者、居民志愿者等参与志愿服务。全体志愿者认真发挥疫情防控"宣传员"、舆情"引导员"、联防"值勤员"、防控"监督员"、群众"服务员"的作用,通过发放宣传资料、推送疫情防控信息、走访入户等形式全面做好做细疫情防控宣传工作。"少出门、戴口罩、勤洗手、不聚集"是他们每天不厌其烦地挂在嘴边的一句话。

（主宣）说:

浪花苑社区老党员赵巧英在得知社区需要志愿者时,积极响应社区号召,第一时间报名加入志愿者队伍,协助核酸检测时每天一站就是七八个小时,却从没听到她有过一句抱怨。她说:"只要居民理解,我就感觉自己的付出是值得的。"

吴淞社区老党员殷秋定主动提出帮助同一个小区的邻居照顾孩子,充当孩子的临时"奶奶"。吴淞社区还有很多像殷奶奶这样的老党员,志愿服务在社区的每一个角落,用自己的实际行动践行初心,树起了一面面耀眼的红色旗帜,筑起一道道"红色屏障"。

"苏州好人"唐为明不仅自己主动请战,还带动女儿、女婿也加入抗疫志愿者团队。他不仅每天书写抗疫书法作品,鼓励大家树立信心、共克时艰,还组织开展"同心抗疫,点亮心灯"线上活动,对重点人员进行心理疏导。

文体站宋维珍、归建英、周小珍三位女同志是全家总动员,全部在抗疫一线。她们三个虽已是年过半百,即将步入退休的年龄,尽管眼睛迷糊了,但一个个不辞辛劳,在核酸检测的现场,他们不是用手机录信息,就是冲在采样一线最前面,谁说大龄人员比不过年轻人? 她们用行动证明着"夕阳正当时"!

（二宣）说:

丰茂社区居民俞春、陈光林夫妇协助社区开展核酸检测工作,倡议给"抗疫"人员捐助物资。俞春的父亲也是抗疫志愿者,负责协助社区的保洁工作。俞春母亲全力理解、支持家人的抗疫工作,并为志愿者们送上暖心鸡汤,做幕后的疫情防控"守护者",全家人为疫情防控贡献力量。

王祥林,这位 70 岁高龄的老人,来自盐城东台,是退休后跟着儿子来到胜浦居住的新苏州人。疫情期间,王老伯主动请缨,每天中午 12 点,在居委会主动为核酸采样的每位志愿者递上温暖的盒饭,收集餐厨垃圾,更换医疗垃圾袋,配备消毒片,为消杀做好准备工作等。这就是一名在普通志愿者身上展现"奉献、友爱、互助、进步"的志愿精神。

(主宣)说:

啊呀呀,感动的抗疫人物和事迹真是多的不得了,数也数不清,说也说不完啊!

一颗爱心就是一枚火种,一个典型就是一面旗帜。在这个特殊时期,胜浦总有这样一些普通人用不同的方式温暖着大家,用平凡义举、点滴爱心向社会传递正能量,让大家心里暖洋洋。

(主宣、二宣)唱:

疫情凶险又猖狂,胜浦抗疫有一套。
退休党员发余热,居民自发上一线。
全力以赴迎难上,不顾自己顾大家。
协助核酸检测忙,保民行动护安康。
线上心理来疏导,居民心态摆正好。
抗疫书法宣传好,动员大家树信心。
一线抗疫夫妻档,逆行出征勇担当。
不图名来不图利,一心只为民安康。
全家行动齐上阵,默默无闻甘奉献。
抗击疫情有你我,志愿团队响当当。
有你有我有大家,大爱筑起防疫墙。

(二宣)说:

疫情固然可怕,但只要人间有爱,只要我们团结一心,就一点也不可怕。胜浦街道在这次抗击疫情的过程中,还受到了苏州工业园区恒泰集团、中新教育集团等国资的大力帮助与支持,很多企业与街道的社区成立了联合行动支部,他们出人、出力,与我们携手共同战斗。还有许许多多爱心企业、爱心人士,捐赠食品物资。疾风知劲草,烈火炼真金,这就是大爱无疆。

(主宣、二宣)合唱:

抗疫一线筑堡垒,行动支部在行动。
服从指挥结同心,初心使命为人民。
行动支部亮身份,国企先锋来支援。
百名党员并肩战,综合保障防基层。
开通绿色便民道,居民生活细照料。
居民生命最重要,应急医疗有保障。
舍了小家为大家,做好群众排头兵。
挺身而出有担当,胜浦防疫生力军。
企业纷纷伸援手,公益善举暖人心。
共筑爱心防疫墙,保驾护航为健康。
众人拾柴火焰高,抗击疫情力量大。
全员上阵齐参与,心怀奉献热血情。

人间有爱志愿红,义无反顾扛责任。

冲锋在前有他们,坚守后方有他们。

疫情防控"连心桥",巾帼芬芳显担当。

两代接力一线忙,大爱无疆传四方。

共筑一条安全线,大美胜浦响当当。

居民朋友们,今天的演出结束了。下一次,我们要说《抗疫这回事》的最后一章内容,讲讲科学防疫,教教大家如何做好自身的防疫工作。再会!

第三章 苏州胜浦·科学防疫

百花盛开好时光,壬寅虎年永难忘。

守好苏州东大门,抗疫防护继续讲。

(主宣)说:

居民朋友们,大家好!很高兴今天又与大家见面,我们的宣卷宣了那么多年了,有很长很长的历史,居民们也很喜欢,也很了解,但大家阿晓得,我们胜浦的宣卷已经被评为"国家级的非物质文化遗产"。哎哟哟,国家级啊,这是一桩了不起的事情啊!这是我们文化的沉淀,是我们胜浦党委、政府的重视,是我们文化站充分的挖掘与积极的申报,是我们民间艺人们的传承延续,让我们老祖宗留下来的东西发亮发光,让更多的人知道胜浦,知道胜浦的宣卷文化,我们感觉到很自豪。宣了那么多年了,一直是老一辈们传下来的老脚本,现在时代在发展,我们的宣卷文化也要创新,也要有新的内容,我们不仅要唱老的经典剧本,我们也要唱唱新时代的新故事,这样才能跟进时代,才能有新的发展。

(主宣)唱:

宣卷文化真是了不起,国家非遗保护已纳入。

宋代出现明代兴盛,木鱼丝弦都可表演。

宣唱佛教宗教宝典,宣唱民间历史故事。

宣扬惩恶又扬善,提倡睦邻又友爱。

宣扬好事与善事,祈福国泰与民安。

历史经典需要延续,创新发展需要传承。

宣卷先生使命光荣,居民百姓共同支撑。

新的时代已经到来,新的征程已经开启。

讲好新的中国故事,唱好新的胜浦发展。

(二宣)说:

居民们,这次"讲好抗疫故事"作品《抗疫这回事》就是我们宣卷文化结合新的时代、新的形势,进行的一次新的尝试,讲的新的故事,希望大家支持并喜欢。今天我们要讲新故事的最后一个篇章"苏州胜浦·科学防疫"。

(主宣)说:

从2月14日到3月13日,整一个月的日日夜夜,胜浦和全市人民共同努力,抗疫阻击战终于取得阶段性胜利。

(二宣)说:

然而,在大家还没有来得及庆祝抗疫胜利的时候,疫情再袭,急令再起,狡猾的奥米克戎病毒又在苏州的其他区域卷土重来。抗疫的号角又再次吹响,我们胜浦再次与苏州市全体市民全力投入抗疫的阻击战。

（主宣）说：

在历经三个多月的艰苦奋战，抗疫取得了明显成效，5 月 6 日苏州全区域已降为低风险地区，苏州终于"摘星"了。"摘星"就是指我们的行程码终于不带＊了！"低风险"和"不带＊"就代表了我们的外出流动，特别是城市与城市之间的人员流动可以恢复正常了。实现了"全域低风险"，这是一线抗疫人员和所有市民朋友们共同努力的成果，我们要感谢每一位全力以赴的"摘星人"！

（二宣）说：

有人说，现在苏州已经是低风险地区，我们的生活终于可以恢复正常了，大家可以放松一下了。

（主宣）说：

居民朋友们，低风险不等于零风险。目前，周边城市疫情还有发生，病毒的传播途径、传播速度又是多又是快，我们抗疫、防疫仍然是一刻不能松懈，我们不能有丝毫麻痹大意啊。

（二宣）说：

是啊，我们还需要继续做好个人防护，还要积极配合测温、扫码、做核酸等各项科学抗疫、科学防疫的措施，同时，更重要的还是要继续做好自己健康的"第一责任人"，保护好自己，继续守护好我们的家园。

（主宣）唱：

　　初春开始到初夏，一路抗疫一百天。

　　共同防疫共同战，方得苏州低风险。

　　感谢我们摘星人，感谢居民共配合。

　　低险不是零风险，解封不是全解防。

　　麻痹思想不可有，大意放松行不通。

　　常态防控要记牢，无症感染要防好。

（主宣）说：

居民们，我们享受正常生活的同时，最重要的一桩事情就是要晓得如何做好科学的防疫与防护，保持住来之不易的成果。

（主宣）唱：

　　新冠病毒还在"逛"，出行频率要降低。

　　匆匆脚步慢下来，防疫长线靠大家。

　　坚持"防疫三件套"，牢记"防护六还要"。

　　防疫规定要遵守，自身防护不能松。

　　防疫有法要执行，不能触犯做傻事。

　　众人齐心战新冠，遏制疫情再扩散。

（二宣）说：

先生啊，啥个是"防疫三件套"？啥个又是"防疫六还要"啊？倷帮大家来说说呢！

（主宣）说：

防疫"三件套"就是指：戴口罩、保持社交距离（我们通常说的人与人之间保持一米线）、做好个人卫生三个方面。

防疫"六还要"就是指：口罩还要继续戴、社交距离还要留（一米线还要保持）、咳嗽喷嚏还要遮、双手还要经常洗、门窗还要尽量开、疫苗还要及时种。

（二宣）说：

说起这个戴口罩，现在很多人，特别是我们的中老年人要注意啊！一只口罩一般戴满 4 个小时，就要换新的了。现在呢，我伲老年人一个是怕麻烦去买新的口罩，还有的认为不出去无所谓，戴戴还能应付社区核酸门岗检查。最主要的还是节省铜钱，一只口罩一戴几天、几十天，有的几个月。假使没有弄乱的话，我估计有的人会戴半年，甚至一年到头不换。真家伙，一只口罩戴的时间那么长，还要塞塞口袋，压压枕头底下，挂挂车库里，拿出来墨墨黑，还要往嘴上套，真是脏得不得了。

（主宣）说：

居民朋友们，我们戴口罩是为了防病毒，现在出现上面这种情况，我看不但病毒防不了，还要让细菌弄出点毛病出来。倷想想，裤子袋袋什么东西都要放的，细菌阿多，车库里潮湿，细菌阿多。哪怕一块可以洗的毛巾用得时间长的话，也是黑得不得了，味道难闻得不得了，更何况一只不能洗的口罩。

（二宣）说：

口罩是直接和嘴巴接触，在这里奉劝大家，我们不仅要戴好口罩，还要戴对口罩，不但要防住病毒，还要防止细菌。病从口入啊！不要省了小钱，生病花了大钱，还是要多听听年轻人，他们懂的多啊！叫他们买点口罩，花不了多少钱，我们生命健康最重要啊！

（主宣）唱：

人的心态一直有侥幸，总是认为不会受感染。

小钱不肯多花做预防，真正碰到真正来不及。

看看电视看看周边人，疾病治疗啊是真痛苦。

花钱花力还要人照顾，自己受苦家人也牵累。

只有自身身体保养好，一家人家皆大侪欢喜。

（主宣、二宣）说：

我们提倡大家：口罩常换新，口罩不戴反，口罩嘴巴鼻头套套好。

（主宣）说：

居民们，除了口罩的问题，我们平时生活中也有好多不良的习惯。有的人喜欢随地吐痰，痰里病毒、细菌最最多了。有报道说一个非典的病人，他的一滴痰就有上亿个病菌，大家说阿厉害！吐痰可以吐在垃圾袋里，最好的是吐在餐巾纸里，然后包好，扔到垃圾桶。假使随便吐，这个细菌、病毒就到处有，不仅害了别人，还回过头来害自己，空气是流动的啊！

有的人喜欢擤鼻涕，擤了鼻涕的手随便一擦（擦自己身上，或者墙头上），有的人喜欢人挤人（哟哟哟，做核酸的时候还要挤在一堆），有的人喜欢翻垃圾，翻了垃圾还不洗手。

（二宣）说：

可能这些坏习惯已经成了大家的习惯，一会儿改不了，但是我们现在的生活和以前穷苦的时候不一样了。我们住在优美的小区，走在宽畅的道路，干净的环境里，而不再是农村农民的生活，脸朝黄土背朝天的日子已经过去了。我们已经不种田了，我们要把自己弄得干干净净，要把家弄得整整齐齐。我们要融入年轻一辈的生活，不要让他们嫌弃，不要让他们一走进车库或者房间就皱眉苦脸地逃出来，因为一股难闻的味道真是让人受不了。其实不是小辈远离我们，而是我们在远离他们，我们脱离得太远了。家里孙子孙女、曾孙曾孙女多喜欢，但是我们卫生不干净，碰碰抱抱是不是会把病菌传给小孩呢？所以说，我们一定要更加文明、更加进步，也要更加健康地生活啊！习惯养成二十一天就可以了，不是真正改不得，而是我们真正观念的改变啊！

（主宣）唱：

随地吐痰要不得，病毒病菌满天飞。

空气流动传播快，害了自己害别人。

垃圾真是不要翻,带给家里找麻烦。

又是臭来又是脏,邻居难受遭人恨。

房间整理要干净,明亮环境人舒畅。

常洗手来常消毒,常打扫来常通风。

配合社区来整治,舒舒心心又健康。

小孩喜欢不嫌弃,全家欢乐全家福。

(二宣)说:

苏州市疾病预防控制中心也发布了《苏州市民新冠防护手册》,有个人、居家、外出三个篇章20条。公民防疫基本行为准则就是:

(主宣)唱:

勤洗手来科学戴口罩,注意咳嗽礼仪少聚集。

文明用餐遵守一米线,做好清洁消毒常通风。

保持厕所卫生接疫苗,健康生活方式要养成。

(二宣)说:

大家看看,是不是与我们之前说的类似啊? 可见,我们要养成良好的文明卫生的生活习惯真是重要啊!

现在,我伲阿发现,家里年轻人点外卖和网上购物的情况多得不得了。现在手机点一点就可以买吃的、买穿的、买用的,真是方便得不得了。那么,我们如何安全收取外卖和快递呢?

(主宣)说:

防护手册里说,收取外卖和快递过程中,要戴好口罩,戴好手套,减少与外卖人员、快递人员的直接接触。交谈时至少保持1米以上,提倡非接触式收取。收取快递后,对外包装进行全面消毒,尽量在室外拆掉外包装,外包装要按照垃圾分类尽快处理。

喏,讲到这里,又要特别再次提醒我们有些老年人,千万不要去垃圾桶里翻垃圾了,里面的病菌多得不得了,说不定新冠病毒就被你捡回家了,真是危险的啊!

(二宣)说:

除了外卖、快递,我们乘公共汽车、上饭店、逛超市商场、到农贸市场去买菜,年轻人喜欢看电影、到公园景区游玩的,这些时候我们如何防护呢? 不要急,我们宣卷先生一桩桩给大家慢慢道来!

(主宣)唱:

总的一条配合查两码,主动配合接受体温检测。

特殊场所还要看核酸,希望大家一定自觉遵守。

支付铜钱尽量手机付,无接触扫码付款较安全。

全程科学佩戴好口罩,安全距离时刻要记心里。

公共设施不要去碰摸,保持手部卫生最最重要。

瞎摸瞎碰容易带病菌,擦擦嘴巴眼睛把病菌染。

公交车上不要脱口罩,饮料零食要熬住不要吃。

车上开窗通风不要闷,保持空气流通是很要紧。

买菜购物提前列清单,早去早回减少时间耽搁。

退休老人时间有充裕,避开高峰不要去挤闹猛。

碰到熟人邻居微微笑,市场不是聊天的好地方。

买了东西回家第一事,手部清洗消毒及时到位。

景区影院文明要记牢,规矩排队遵守安排规定。

提前预约控制人员量,分流疏导真真是好办法。

乱扔垃圾千万不要做,乱喊乱说会影响其他人。

轻言轻语管好自己人,礼仪礼貌时刻要记心中。

外出聚餐尽量要减少,同桌吃饭的人员要简单。

经常外出的多多注意,公筷公勺使用逐步习惯。

随身携带防护小工具,替换口罩要常备不能忘。

一只口罩最长四小时,免洗消毒湿巾起大作用。

随时清洗方便有保障,出门在外卫生是头等事。

还有不要忘记小手机,经常使用的联系小工具。

天天接触细菌也很多,不要忘记给它也消消毒。

时时刻刻关注新动态,一定要做好安全与防护。

(二宣)说:

《人民日报》对防控疫情有专门的八项要求,是啥呢?

要求一,强化"个人是自身健康第一责任人"的意识,防控意识切不可松懈。

要求二,有国内中高风险地区旅居史,或与确诊病例、无症状感染者行动轨迹有交集的来州返州人员,要主动做好申报告知。

要求三,佩戴口罩、保持社交距离、注意个人卫生的"防疫三件套"不能乱。

要求四,遵守公共场所防疫规定,主动配合测温、扫码、亮码等各项防控措施。

要求五,生产生活有序恢复后,各单位和各场所要要做好疫情防护工作,坚持"人""物""环境"同防。

要求六,出现发热、咳嗽等症状者,请及时前往医疗机构发热门诊(诊室)就诊,做好自己的健康监测。

要求七,符合接种条件的市民要积极主动接种新冠病毒疫苗。

要求八,按照防控要求进行核酸采样及检测。

(主宣)说:

在疫情防控常态化中,我们倡导健康的生活方式、养成文明的生活习惯、遵守和维护防控举措,是与大家的切身利益息息相关的。

(二宣)说:

我们要意识到,当前的抗疫成果来之不易,大家付出了巨大努力,常态化疫情防控依然不能松懈。增强文明意识、养成健康的生活方式,收获健康的身体和精神状态,既有利于疫情防控,也有利于社会治理。

比如说,戴口罩、保持一米距离、不随地吐痰等行为,还可以有效减少感冒、呼吸道疾病的流行。我们的工作和生活尽量采用网络预约、在线办理等方式,既可以节省大量人力、时间,又节约社会运行成本,还能提升我们胜浦创建文明城市的凝聚力和推动力。

(主宣)说:

科学健身、适度运动可以为人们的健康带来很多好处。面对疫情,我们还要用体育锻炼来对抗病毒的侵蚀,不仅有益于缓解疫情之下的压力,保持心理健康,还能提高抗病免疫力。

(二宣)说:

钟南山院士、李兰娟院士、张文宏等专家说,在病毒感染的初期,并没有特效药物可以进行针对性治疗,最关键还是看每位患者的身体体质,依赖每个人的免疫能力。

(二宣)说:

有些什么锻炼方式适合我们居民群众呢?

（主宣）说:

对于健康人群来说,中等强度的有氧运动对提高人的免疫功能作用最大,时间最好持续 20 分钟以上,比如跑步、跳操等。对一些年纪比较大、身体比较弱的人群,建议用太极拳、瑜伽、散步、走路等相对柔和一点的运动项目锻炼,从而提高自己的体质健康水平。

（二宣）说:

我们提倡坚持长时间的系统锻炼,养成科学适量运动的健康生活方式,这也是本次疫情给我们每个人敲响的警钟。可以说,运动就是最好的抗"疫"良药。

（主宣）唱:

体育运动防疫好,经常锻炼筋骨强。

跑步跳操打打球,纾解焦虑好方法。

老人可以太极拳,舒气理肝真稳当。

室外公园多散心,夫妻结伴心情好。

饭后走走有帮助,助您活到九十九。

游泳瑜伽打门球,全民健身抗疫情。

持之以恒不间断,延年益寿更健康。

（二宣）说:

我们还可以通过自己营造丰富多彩的精神文化生活,调节单调的日常生活,让我们在慢下来、静下来的时光里,做一个积极向上、自信阳光的自己。

（主宣、二宣）唱:

读书唱歌真不错,带着孩子共享受。

画画书法养情操,人生难得半日闲。

文墨时光心所安,养养花草泡泡茶。

人间有味是清欢,谈笑风生最是乐。

互联网上云旅游,疫情之下赏美景。

慢生活下享生活,共迎明天好光景!

（二宣）说:

让我们养成科学防护的良好习惯,让疫情防护成为我们日常行为的标配,让健康生活习惯成为居民朋友们的"无形防护服",共同守护健康平安的每一天,共同创造美好的新生活,共同开启美丽胜浦的新篇章!

（主宣、二宣）合说:

强国复兴有我,大家一起努力!

好的,《抗疫这回事》这个全新的作品,已经全部演出完毕。只有大家的支持,才是我们不断创新的动力,再次感谢大家,再会!

垃圾分类的故事

马觐伯创作

江南水乡有姑苏,姑苏胜浦故事多。

好人好事说不完,垃圾故事也蛮多。

垃圾本来是废物,科学利用办法多。

做到垃圾分好类,人人配合责任大。

垃圾分类有啥好,说说它的意义大。

减少环境少污染,有利健康好处多。

土地资源不占用,利国利民用场大。

再生资源可利用,变废为宝好处多。

今朝要宣一本《垃圾分类的故事》。说起垃圾,与大家每个人都有关系,人人每天在产生垃圾。以前辰光,垃圾乱堆,堆得像山恁,既占用了土地资源,又污染了环境。现在国家要求我们将垃圾分类,作分别处理,让垃圾害人变垃圾为宝。垃圾怎样去分类,听我慢慢道来也!

垃圾做到要分类,决不一件小事情。

大家都要来听准,做到人人要用心。

垃圾要分四大类,各色垃圾要分清。

厨房垃圾最常见,剩饭剩菜霉食品。

瓜皮果核中药渣,蔬菜黄叶茎和根。

有害垃圾要看准,纽扣电池荧光灯。

杀虫剂与化学品,这种东西最害人。

有些垃圾可回收,金属废纸玻璃瓶。

废旧家具纺织物,还有废旧电子品。

蚌壳搭仔螺蛳壳,其他垃圾他有份。

有些垃圾可利用,有的垃圾危害人。

习近平总书记指出:"垃圾分类工作就是新时尚。"2020年6月1日,《苏州市生活垃圾分类管理条例》正式颁布以来,我们始终牢牢把握垃圾分类工作大势,精准推进这个"民生小事"。几年来工作成效显著,获得苏州市、园区垃圾分类工作专班的认可和表彰,胜浦街道先后被评为苏州市生活垃圾分类工作全覆盖片区、苏州市生活垃圾分类工作优秀集体、苏州工业园区垃圾分类工作优秀单位。按五星级标准升级改造归集点22个,打造"一社一品"文化宣传阵地4个,获评苏州市垃圾分类五星小区3个、四星级小区6个。

垃圾分类条例出,章章条条说分明。

加强宣传长知识,引导投放需耐心。

要在家中分好类,下楼随手带出门。

垃圾分类有点房,投放到位要精准。

道路两边不乱投,楼梯门前要干净。

若有违反条例者,坚决处罚不留情。

我们胜浦街道以党建引领、政府推动、部门联动、全面发动、全民互动的"一领四动"模式为指导,党组织牵头,网格化双联户队伍,党建联盟单位等多元力量齐参与,通过入户宣传、分类指导、一对一走访等工作,解释政策要点、营造浓厚的宣传氛围,推动"三定一督"硬件设施的落实。建立物业公司高层约谈机制,从"帮着做"转向"压实做"。加强"先进"小区经验分享,相互取长补短,优势互补,让"后进"变"后劲",垃圾分类形成了社会新风尚。可是,好事多磨,近阶段垃圾乱堆有回潮现象。

尽管社区有管理,可怕那些外来人。

今天搬走明天来,出租房像出龙灯。

　　走的走来进的进,进来都是陌生人。

　　垃圾分类缺知识,定点投放分不清。

　　早上上班匆匆走,手提垃圾路边掷。

　　还有一些烧烤车,满桶垃圾随地倾。

　　这些刚搬进来的外来人员,不知道垃圾分类的知识,甚至不明白垃圾房在什么地方,每天垃圾随地倒。根据这种现象,各社区立即组织人员,加强巡防,进行督查。老干部、老党员不怕天气炎热,一早一晚,逐幢逐个单元进行查看,发现有随地乱垃圾的,立即劝阻,指导他将垃圾送到垃圾房。在这里,我们不得不说一位老党员,他在垃圾分类监督中坚持原则,不怕得罪人。

　　老党员,王仁仲,志愿巡查;每早晚,两小时,督查走访。

　　一面走,一面看,眼观四方;若发现,有问题,立即控防。

　　叫声您,同志哥,请你听准;垃圾要,分好类,必须明白。

　　真不该,随地乱,影响环境;要送到,垃圾房,定点投放。

　　老党员王仁仲做了社区志愿者,认真负责,不管熟人和陌生人,或是亲戚朋友,都一视同仁,铁面无私。啥人要乱乱垃圾,被他发现,就让你拾起来放到定点的垃圾房。有一次,黄昏模样,天气已经断暗,发现有个人拎了一袋垃圾随地就乱,他立即追上去!

　　一次黄昏天已黑,发现有个黑影人。

　　走下楼梯没几步,一袋垃圾边上掷。

　　他走上前去喝一声,请你手下要留情。

　　垃圾送到垃圾房,要做一个好居民。

　　那人回过头来看,原来自己亲外甥。

　　外甥开口叫娘舅,我上夜班时间紧。

　　垃圾房在百步外,请你娘舅别顶真。

　　娘舅一听火气大,外甥也要不留情。

　　垃圾分类都有责,坏了规矩真不行。

　　如若亲眷留个情,让我如何管别人。

　　老王追上去大喝一声:"请不要随地乱垃圾。"这个人一转身来,老王一看,原来是自己的亲外甥。老王这时不管你"外甥"还是"里生",随地乱垃圾就要管。他让外甥赶快把乱在地上的垃圾拾起来,乱到垃圾房去。外甥说:"我要上夜班,到垃圾房一个来回几分钟,时间来不及了。"老王就是不答应,一定要让他自将垃圾送到垃圾房。他的亲外甥见娘舅如此执着,没有办法,只得老老实实将垃圾送到垃圾房。这个一举一动,给一个人看得清清楚楚。

　　老王教育亲外甥,感动一个周照金。

　　照金原是大懒人,垃圾天天路边掷。

　　一次老王发现后,教育他也不领情。

　　他说有你老党员,帮忙做做好事情。

　　我是一个老居民,又是一个独身人。

　　年老体弱脚不便,身上还有一身病。

　　你们督查收垃圾,照顾照顾老年人。

　　党员都是思想好,助人为乐理该应。

　　这个周照金是没有老婆也没有子女的人,他平时十分懒怕,垃圾也一直乱在楼梯口。老王多次劝告他,他还说你是老党员,思想好,帮我氹氹垃圾也应该。平时经常要与老王胡闹。今朝他看到老王的外甥氹垃圾,他在楼梯口偷看,如果老王的外甥也随地氹垃圾,他今后有理由回击老王了,你不要老是管别人,你管管好你的外甥吧。你外甥氹垃圾你就眼开眼闭,别人氹垃圾你就像蚂蟥叮住螺蛳脚,不依不饶也不放。啥人晓得,老王真是铁面无私,亲眼看到,自己的亲外甥也不放过,要让他把垃圾氹到垃圾房。看来,今后我也要老老实实将垃圾送到垃圾房去了。老王的一行动,感动了周照金。从此他不但垃圾天天分拣好,放到垃圾房,还看到别人乱氹垃圾,也立即劝阻。他的一幢楼房门前,从此干干净净,成了社区的示范楼栋。

回头再说王仁仲,还有一事感动人。

有家外来出租户,全家共有五口人。

年轻夫妻上班去,老夫妻俩带孙孙。

空来河边垦点地,种点蔬菜蛮开心。

可是平时不规矩,剩饭烂菜路边掷。

生活垃圾一袋袋,菜叶菜根一堆堆。

从不送到垃圾房,停车位上到处掷。

老王上前劝说他,他们就是听不进。

说啥别人也在氹,为啥我们不能掷。

社区里有清洁工,天天都会扫干净。

这家外来出租户全家五口人,小夫妻经常上班,老夫妻两人带个三岁小孙孙。平常去地头种种菜,回来拣下来的菜根菜叶夹杂着一些瓶瓶罐罐、塑料包装袋和杂七杂八的垃圾也不分类,更不送垃圾房,就随地倒在楼下的绿化地上,连厨房垃圾也一袋袋地堆在那里。老王看到后,要他们将垃圾分好类,定时送到垃圾房。谁知,这对老夫妻就是不领情,不听劝告,我行我素。老王等到小夫妻两人下班后,上门做宣传工作,告诉他们垃圾要做到"在家分好类、定时拎下楼、定点精准投"。哪知道,这小夫妻两人更不讲理,说啥我们交的物业费,社区里有清洁工,垃圾堆在这里由他们负责清运。老王说:"垃圾分类人人有责,住户应该积极配合。像你们这些装杀虫剂的瓶子是属于有害垃圾,要投放到垃圾房进行处理的。还有清明螺蛳虽然味道鲜,但它的螺蛳壳不能放到厨余垃圾,要归类到其他垃圾。你们现在把厨余垃圾、有害垃圾和其他垃圾都混在一起,堆在路边,实在欠妥。"他们却说:"我们交了物业费,你们拿的是工资,什么垃圾分类我们不懂,这是你们的事。"老王告诉他们:"《苏州生活垃圾分类管理条例》第五十一条规定,乱氹垃圾个人可处予五十元以上二百元以下的罚款。"他们却要起了无赖,说:"我们等你们来罚。"说完,又将几个农药瓶和种子包装袋倒到楼下,氹在草坪边。这时,他家的一个三岁小孙子正在与其他小孩在草坪上玩耍,见奶奶的草坪上氹下的瓶子十分好奇,趁他奶奶没注意,拾起刚才草坪上的农药瓶当作饮料瓶,拿起来用嘴呼,把瓶底的残余几滴农药喝干净。这时,老王看到,连忙叫喊:"不能喝,有毒!"一连喊,一边跑过去,抢下农药瓶,已经来不及了。他奶奶见到也急得大声叫喊楼上儿子媳妇下来,说孙子喝农药。老王这时已打了120救护车,说:"救护车快到了,快送孩子去医院,救人要紧。"不一会,救护车到,小夫妻俩陪同孩子去了医院,这老夫妻两人在家急得团团转。这时,老王也不需再多讲,造成这个后果的自然是他们乱氹垃圾的结果。这老夫妻两人拍打自己耳光,痛骂自己。他们回到自己房间,心里牵挂着小孙孙,只能在家等待消息,一边等,一边哭。

一更里来闹盈盈,外面草坪欢笑声。本来小孙孙,玩得多开心。垃圾分类不到位,结果害了我的孙。啊呀!我的天哪!

二更里来人已睡,我们一家不太平。小孙不懂事,我们太愚蠢。剧毒药瓶随地氹,小孙误当饮料瓶。啊呀!我的天哪!

三更里来夜已深,小孙送医不知情。感谢王仁仲,叫来一二零。及时送到医院去,但愿小孙保太平。啊呀!我的天哪!

四更里来寂沉沉,我们真的好悔恨!老王多次劝,垃圾要分类。他的好心不领情,就是死活不肯听。啊呀!我的天哪!

五更里来天已亮,外面已有汽车声。垃圾虽小事,今后有教训。千万不能随地甩,垃圾分类要执行。啊呀!我的天哪!

老夫妻两人想到小孙子在医院里,不知阿要紧来勿要紧,一夜没有困,从黄昏哭到了天明。想想以前自己真糊涂,不听劝告,垃圾不分类,还要随便甩,结果搬起石头压了自己的脚,这叫作自讨苦吃。

夫妻双双哭天明,一夜哭得好伤心。
总算熬到天已亮,外面听到敲门声。
两人急忙去开门,只见社区陈主任。
主任过来报个讯,小孩抢救保性命。
幸亏老王发现早,及时报了一二零。
小孩送走去医院,老王报告赵主任。
社区领导得讯后,人命关天大事情。
主任书记一商量,立即开车医院奔。
医生立即来灌肠,抢救孩子小性命。
但是还需住医院,观察几天就稳定。
主任上门报个讯,先请老人放宽心。
老人急忙谢主任,谢谢社区多关心。

老夫妻两人正急得要命,一夜没困,要等小孙子的平安信息。这时,突然听到了敲门声,立即去开门,一见是社区里的陈主任。陈主任带来了好消息,说:"小孩已经不要紧。"老人说:"你怎么知道不要紧?"陈主任说:"小孩出了事,老王将事报告了社区,我们也去了医院察看情况。现在经过一夜天抢救,小孩已经平安,但还要住几天医院。"陈主任还说:"这都是垃圾乱甩惹的祸,今后要吸取教训,做到垃圾分类,再投放到垃圾房。"老夫妻两人这时才服服帖帖,叫作不到黄河心不死,现在吃了苦头,才死心。连忙对陈主任说:"今后一定要垃圾分类,定时送到垃圾房。"这正是:

吃次苦头学了乖,从此老人终清醒。
乱甩垃圾坏习惯,想想实在不该应。
影响环境小事情,害了性命大事情。
今朝得到大教训,我向主任来保证。
从此垃圾不乱甩,决心做个好居民。

几天后,小孩平平安安出了院,回到家里,老王还上门看望。他们全家人十分感激老王当时及时发现和处置,喊来了120。当时奶奶甩了垃圾回过身去,浑然不知小孙子出事了。如果不是老王发现小孩在吸农药瓶,后果不堪设想。全家人向老王认错:以前是他们态度不好,不听劝告,害了自己。老王说:"感谢不必要,有一张垃圾分类告知书先看看,同意的签个字。"年轻爸爸接过来看,上面写着:亲爱的居民朋友们,本小区已实行垃圾分类"三定一督"投放模式。投放时间为:早上6:30—8:30;晚上18:00—20:00。请各位居民在家分好类,定时拎下楼,定点精准投。在投放时间外,不要将垃圾乱扔在定投点地上、单元楼下、公交站台等地方。根据《苏州市生活垃圾分类管理条例》第五十一条规定,未按照规定分类投放生活垃圾的,将会对个人处以五十元以上两百元以下罚款。垃圾不落地,环境更美丽。小区的环境需要我们共同努力,请大家从我做起,共建美好家园!

老王说:"这是垃圾投放告知书,上次你们拒绝签字的。"老人从儿子手里一把抢过告知书,说:"不要看了,现在马上签字。"老人就代表全家在告知书上签了字,并保证一定做到垃圾在家分好类、定时拎下楼、定点精准投,从此垃圾不乱乱。

一本新卷宣完成,劝告诸位要听准。

垃圾分类非小事,可能涉及人性命。

听完新卷回家去,告知家人记教训。

垃圾在家分好类,定时拎到楼下去。

不能随便到处乱,送进垃圾分类门。

做到垃圾分好类,有利居民好事情。

保护小区环境美,共建家园天地净。

廉吏蒋廷贵

马觐伯创作

廉吏宣卷初展开,诸位观众静下来。

今天宣的非他人,要宣廉吏蒋廷贵。

今朝要宣的一本卷,叫《廉吏蒋廷贵》。故事发生在明朝成化年间。有人要问,啥叫廉吏? 就是清正廉洁的官叫廉吏。也就是说,做官时不贪污,不受贿,爱民如子,清清白白。那蒋廷贵又是啥人? 蒋廷贵本土本乡人,出生在我们胜浦邓巷村。他的祖上蒋堂在宋代做平江府知府时,就住在长洲县依仁乡邓巷村,就是现在苏州工业园区的胜浦。蒋堂后来做过宋代的礼部侍郎,就是现在中央副部长的职务。今朝要说的蒋廷贵这个人,就是蒋堂孙子的孙子了。蒋廷贵到底是怎样一个人? 我这里闲话少说,言归正传。

话说廉吏蒋廷贵,从小勤快又聪慧。

严父慈母家教好,五岁就能唐诗背!

十岁作诗对子对,文章灿烂起云蔚。

弱冠之年中秀才,乡试举荐为魁首。

戊戌年间考进士,稳稳得了第一位。

龙颜大悦圣旨下,坐了乐亭知县位。

这里说的是胜浦邓巷村出生的蒋廷贵,从小聪明,家教又好,所以五岁就能背唐诗三百首,十岁就会作诗对对联,还能写一手好文章,深得教书先生的喜欢。蒋廷贵在 20 岁那年就考中了秀才,后来又考中了进士。成化皇帝朱见深是明朝第八代皇帝,他见蒋廷贵人品正直,文章写得又好,派他到永平府乐亭县做了个知县官。永平府乐亭县现在啥地方,就是现在河北省唐山市乐亭县。

那年是戊戌年,距离现在已经有 550 年了。这一年,蒋廷贵带了几个随从,轻装简车,自己骑了一匹马,随从赶着行李车,一路北上,日行夜宿,总算走进了乐亭县地界。一路上看到不少拖男带女的逃荒人,人人面黄肌瘦,衣服褴褛。他立即下马,亲热地拉住一位年长的老人问起来。这位老人见他衣着朴素,看勿出像个官员,同一般百姓没有两样。还没等蒋廷贵开口,老人倒先问起来了。

叫你一声大客人,哪里来的生意人。

乐亭百姓多苦难,拖男带女出家门。

天堂有路你不走,偏走这个地狱门。

乐亭地荒人也空,劝你回马快点行。

老人说:"大客人啊,你是从哪里来? 你看这个乐亭县田里歉收,官府勒索,盗贼横行,灾难重重。我们拖家老少逃出去,你倒好的,偏偏往这里来,真是天堂有路你不走,偏走这个地狱门。"

蒋廷贵感到奇怪,这样一个好地方,怎么会有逃难的人? 如果乐亭县的人都要逃难走了,我这个知县官勿好做下去了。他要细问问原因,这样的好地方,怎么会有逃难人?

廷贵大人心不定,一路走来一路问。

乐亭是个好地方,为啥会有逃难人。

逃难百姓把苦诉,荒年头里无收成。

田里杂草比人高,常年干旱稻死尽。

苛捐杂税不能少,衙役差人没良心。

逼你卖妻还卖女,日子苦得呒淘成。

还有盗贼来出进,偷抢扒拿扰四邻。

天下没有百姓路,只能弃家逃出门。

蒋廷贵一听火冒三丈,百姓田里受灾,颗粒无收,还逼百姓交苛捐杂税。他耐住性子,规劝逃难人快快回家,田里歉收,用纺纱织布来弥补,苛捐杂税,可以不交。逃难人一听,说道:"客人啊,你说话轻飘飘,你说不交就不交了。衙门里的差人个个像瘟神恶煞,不听闲话,轻的一顿棒打,重的坐牢杀头,夜里还有盗贼惊扰,这种日子实在过不好。"

蒋廷贵说:"你们只管回去,今后若再有人来收税逼债,告到衙门。"这些逃难的百姓,看看他像个书生,说去大话来一点不含糊,就对他说:"客人啊,你又不是知县官,如果你做知县官就好了。"旁边一个随从想说,这个大人就是新上任的知县官。想要开口,蒋廷贵马上摇摇手,对百姓说:"我不是知县官,但知县官是我亲戚,我去劝劝,会有用的。"大家半信半疑,跟着蒋廷贵回去。

大家回家后,果然真的,从此没有差人上门逼债,乐亭县百姓从此安定下来。大家都感到奇怪,这位县官的亲戚有如此的魔力,有人猜测他就是新上任的县官。外面布告贴了出来,说新县官上任,今年的税粮一律免交。百姓不是笨的,早猜出来蒋廷贵是县令。大家把在路上蒋大人劝逃难人回家并保证免除杂税的事,传了出去。这样一传十,十传百,不到一个月,蒋廷贵新县令爱民如子的故事传遍天下。

老话说,新官上任三把火,蒋廷贵上任烧了四把火,这四把火就是那:

廷贵大人四把火,烧得百姓暖乎乎。

烧出乐亭清平县,烧出衙门清廉官。

一把火,上疏皇帝报灾情,田地歉收人心酸。

赋税劳役要减免,百姓才有好生活。

二把火,惩治贪官及污吏,账目查清仓库盘。

行贿受贿罪不轻,该关该杀手不软。

三把火,捕杀盗贼快如风,地痞村霸堂上传。

作恶坏人抓干净,搞好治安保平安。

四把火,煞住请客送礼风,禁令立马四处传。

县衙后门来砌断,送礼没有空子钻。

蒋廷贵上任后,烧了四把火,改变了乐亭县的风气,百姓个个拍手叫好。他第一把火,就是减免杂税,减轻百姓负担。

第二把火,惩治贪官污吏。他衙门里有一个官差叫何克民,是前任知县官的外甥。平时他仗着娘舅是知县官,到处敲诈勒索,逼多少家庭卖儿卖女,弄得妻离子散。乐亭县杨汇村有个叫杨义林的农民,家有一个漂亮的老婆,生了一男一女,儿子七岁,聪明伶俐,女儿五岁,漂亮乖巧。这个何克民看中了杨义林的老婆杨氏,白天趁杨义林田里干活,他去杨家强奸杨氏。杨氏不从,他怀恨在心。一次,他诬告杨义林偷了他家里祖传的一只玉镯,把杨义林抓进监牢,严刑敲打,最终打死在牢里,然后霸占杨氏,强行将他儿子和女儿卖到外地。杨氏绝望中上吊自尽。对这样的恶棍,蒋廷贵上报朝廷,经朝廷批准,杀头示众,人心大快。

第三把火,捉捕强盗和贼。捉到盗贼,关的关,杀的杀,搞好地方治安,保一方太平。这样一来,乐亭县的盗贼就销声灭迹,百姓用不着提心吊胆,夜里也好高枕无忧。

第四把火,煞住请客送礼风。前任知县是个贪官,请客送礼成风,不送礼办不成事,送了礼好坏不分,好人关进监牢,坏人逍遥法外。当时他们送礼都到县衙门后面的一扇小门里进出,也就是后门,俗称走后门。所以现在的走后门就是这辰光来的。这个县衙门的后门是在一条小弄堂里,进进出出没有人看得见。衙门里大小官员都要通过这个后门来收礼的。前任知县官一收礼,其他官员都要收,大到县官大人,小到看牢门人,无人不收。叫上梁不正下梁歪,从此送礼成风,官员腐败,冤案无数。弄得衙门乌烟瘴气,社会混乱,百姓遭殃。

蒋廷贵一上任,送礼的人也勿少,但蒋廷贵是一个清官,来送礼的都要让他把礼品拿回去。他们拿回礼品也想走后门,偷偷溜走,蒋廷贵吩咐差人,请他们挑着礼品担子前门出去。前门是一条大街,人来人往,还有不少闲客,大家看到送礼的人灰溜溜地出来,送礼的人出尽洋相。大家都说,马屁拍在马脚上了,都赞蒋大人是个清官。所以一些想从蒋廷贵那里得好处的人,碰了一鼻头的灰,从此不敢给蒋廷贵送礼了。

但你蒋大人不收礼,不代表有些官员不收。送礼的人通过后门,送给其他官员,蒋廷贵想若要煞住这股送礼风,要把后门堵死。蒋廷贵叫人请了匠人,决心要把后门砌断。

> 廷贵上任四把火,乐亭衙门清政务。
>
> 请喝送礼风气坏,政不通来人不和。
>
> 旧时衙门积垢多,清污除垢有举措。
>
> 送礼你要后门进,退礼请你前门过。
>
> 后门若是关不断,大人自有办法多。
>
> 叫来几个泥瓦匠,拌灰搬砖纸筋涂。
>
> 不需一个时辰里,后门砌墙又封路。
>
> 从此后门路不通,贿赂之风立马堵。
>
> 门也堵来路又封,大小官吏暗叫苦。
>
> 如今没有礼来送,要捞外快断财路。

尽管蒋廷贵自己不收礼,你要后门送礼,请你前门出去,坍坍你的台。可是你不收礼,衙门里一些官员平时贪惯了,他们还是要偷偷地通过后门来收礼。蒋廷贵一看自己以身作则还没有用,看来要采取一些措施,要拿后门砌断。所以他请了几个泥瓦匠,拌灰砂的拌灰砂,打纸筋的打纸筋,搬砖头的搬砖头,不到半天辰光,拿个后门砌断。不晓得,你蒋大人这样一来,一些官员急了,他们平时捞外快,就是通过后门来的,你蒋大人把后门一砌断,不就封了他们的财路了?不少人就对蒋廷贵说:"大人,后门不好砌断的,一来要坏了风水,二来要伤了自身。大人,还是将后门重新开吧。"蒋廷贵就是坚持不开,从此,煞住了送礼之风。几年来,乐亭县安居乐业,百姓个个称赞蒋廷贵是一个清官。

二年过后,蒋廷贵生病了。有些人就以阴阳忌讳的说法,来劝蒋廷贵,说:"你封了后门,坏了风水,害你生病。蒋大人,你赶紧把后门的墙推倒,你的病就会好的。"蒋廷贵怒斥道:"前两任县令后门一直开着,为啥也会死在衙门里。王县令大人三十八岁,后门畅通无阻,为啥上任不足一年就死了?杨县令大人四十三岁,后门日夜不闭,也为啥上任不足二年也在衙门里死了?我封掉后门已经两年,现在生病,与封后门有何关系?人的生老病死是常事,也不足为奇,生死命中注定,与封门毫无关系。即使我死了,后门也不要重开。"

后来,蒋廷贵病了三个多月,魂归西天,享年四十一岁。乐亭县老百姓得知蒋大人离世,都到衙门外嚎啕大哭。在出殡那天,送殡人十里多长,哭声震天动地。后来,在蒋廷贵同榜进士又是同乡的一个叫徐介的人帮忙下,蒋廷贵的夫人徐氏把蒋廷贵的棺木用船运到苏州,安葬在长洲县依仁乡王巷村,就是现在胜浦的邓巷村。蒋廷贵不在了,但他的精神永存。

一代廉吏蒋廷贵,出身邓巷富贵门。

做官到了乐亭县,爱民如子心地仁。

一心为民勤操劳,两袖清风人清正。

旧时送礼风气坏,他拒绝送礼堵后门。

受贿行贿非为官,贪官污吏他最恨。

为官不长功劳大,留得清名鉴后人。

一代廉吏蒋廷贵,虽出身富贵门第,但心地善良,在乐亭县做官时,常为百姓着想,爱民如子,一心为民,勤政清廉,两袖清风。他为了杜绝送礼的坏风气,竟把平时出出进进送礼的县衙的后门堵上了,让想给自己送礼的人没有门路可走,也让平时受贿的官员也不能收礼。他虽然在乐亭县做官的时间不长,但是留了一世清名,让后人千秋敬仰。

廉吏宝卷宣完成,当今后人学古人。

廉洁奉公要清正,官民同心变黄金。

三阿爹认错

马觐伯创作

宣卷小品初展开,诸位观众静下来。

今朝宣的非古人,说说居民新事来。

如今胜浦大变样,开发建设步子快。

农民变成新居民,生活改变旧习惯。

今朝的故事发生在一个动迁小区内,格个小区内楼房一崭齐,道路一绝平。路边种绿花,四周铺草坪。住在小区里的新居民,过去都是赤脚把倒的老农民,农村动迁搬到了一起,成仔新的乡邻。这些居民以前在农村里辰光养成的旧习惯,带到新村里来实在勿文明。加上乡邻都是陌生人,旧习惯常常引发新矛盾。就像有个小区里的三阿爹,一家四口,日脚过得笃悠悠。儿子媳妇在外资公司上班,孙子在北京大学里读书,自己一人留在家中,活动室里麻将搓搓。这一天,伊格7岁格外甥上门,三阿爹高兴笃落落!今朝要陪外甥,麻将勿搓,去买了几只香蕉、两根甘蔗。外甥看见这些好吃东西,刘唐吃猪头,抷抷搦搦吃仔一台子的瓜皮果壳,弄得一天世界。三阿爹要紧收落,拿外甥吃格香蕉皮、甘蔗皮统统塞到一只马甲袋,想走下楼去乱在垃圾筒里。再想想四楼跑上跑下,实在吃力,伊就打开窗户,望望下面没有人,就拿这袋垃圾"嘭"往窗外一乱。这一乱奈末要命,三阿爹闯穷祸哉!

三阿爹以前是个老农民,以前住在旧农村。

坏习惯多得吼道成，改不掉的老毛病。

路边坑棚到处有，随地小便不避人。

果壳垃圾到处甩，到处吐痰不卫生。

如今动迁住小区，陌生人变成新乡邻。

旧的习惯不改变，难免摩擦起纠纷。

三阿爹在乡下头习惯哉，现在住在四楼上，垃圾也要望窗外一甩。这一次，拿袋垃圾望下面甩的辰光看看吼不人。格袋垃圾从四楼上落下来格辰光，住在一楼的王大嫂刚下楼梯朝外走，这叫一笃水滴在油瓶里，垃圾袋朝仔王大嫂头上"啪"砸过去。王大嫂又是疼又是吓，"哇"地极叫一声。

王大嫂痛得吼淘成，不知天上掉下啥格东西。

一看是只垃圾袋，袋里还有花头经。

果壳瓜皮甘蔗头，拿在手里死沉沉。

就是两根甘蔗头，碰得我头里昏沉沉。

王大嫂想这是啥人，拿垃圾从楼上甩下来，掷在我头上。这袋垃圾是啥东西，就敨开垃圾袋一看。阿唷！不但有香蕉皮，还有两个甘蔗头，怪勿得头上起了个青胖块。啥人甩格，敢做敢当，站出来说句闲话，勿要做缩头乌龟。被王大嫂叽里呱啦一吵，在小区草坪上白相的嫚嫚婶婶、伯伯叔叔和老好婆老阿爹，都蜂上来哉。这个也是农村的习惯，村里不管发生啥格事体，都喜欢轧闹猛，看好看。有一位老阿爹轧上问："王家大阿嫂，哗啦哗啦啥格事体？"王大嫂看见来仔一大堆人，更加来劲哉。"喏！大家看看！勿晓得啥人拿这一大袋垃圾从上面甩下来，掷在我头上，垃圾袋里有两个大甘蔗头，刚刚掷在我天灵盖上，起了一个青胖块，现在我头里还浑浊浊呢。"这一大堆人中有看白相的，也有的来真心劝解的。这真是闹猛哉！

一袋垃圾从天落，平地突然风波起。

王大嫂开口把人骂，旁边人还要弄是非。

大家七人八张嘴，小事也能变成大事体。

弄事体格人听听伊一副好心肠。有人说："阿唷，阿要脑震荡格，最好去医院拍一张CT。"还有人说："勿去治疗要有后遗症的，看毛病的发票要放放好，啥人闯格穷祸要叫啥人负责。"这辰光在四楼的三阿爹忍不住哉，心里也梗起来哉，腾腾腾地从四楼下来，开口就说："啥格事体大惊小怪？垃圾袋都是水果皮，又不是水泥砖块，疼勿到啥地方去的。王大嫂，我看你头上黝出血，算哉，乡邻隔壁勿要弄得斤斤计较，难难看看。"三阿爹不愧是三阿爹，自己闯仔穷祸会做吼介事，还装出一副老长辈的面孔，说说公道话。这辰光小区居委会李主任在旁边观察情况，听到三阿爹讲这种闲话心中有数哉。"三阿爹，看样子这袋垃圾是倷从四楼上甩下来的？"三阿爹一听急哉，要紧说："勿勿勿，李主任，倷不能冤枉好人的。"李主任说："这个单元上，上面没有人，只有你一个人刚刚从四楼上下来。你看，你四楼的窗还开着呢！"三阿爹面孔就红起来哉，做错事终归心虚格。但三阿爹心里末发虚，嘴里还发硬。"李主任，倷吼不看见末瞎瞎三话四。"李主任一听三阿爹不认账，就当面教育他起来了。

开口来把三阿爹叫，农村坏习惯要去掉。

如今小区创文明，行为规范要记牢。

做了错事要认错，今后改过就是好。

李主任劝三阿爹做了错事要认错，今后改过就是好。三阿爹想，这垃圾是我甩的，但你们没有证据，我是勿会认账的。

开口来把主任叫，垃圾不是我三阿爹甩。

楼上人家好几户，你没证据别把瞎话。

我有错来就认错,我无错来认啥错。

主任硬说我有错,请你要把证据拿。

若有啥人来证明,我马上当面就认错。

三阿爹想,我要犟到底,这个勿好认账。对李主任说:"你又没有证据,来证明这袋垃圾是我丢的。既然勿是我丢的,我认啥错?"被三阿爹这样一说,李主任倒一时无有闲话,旁边的看客也没有好讲。王大嫂急哉,说:"李主任,难道这袋垃圾天上掉下来的?这勿来讪格,我这记家生白吃?"正在三阿爹强词夺理勿认账的辰光,上面又"啪"丢下来一块香蕉皮,眼眼较丢在三阿爹的头上。三阿爹心里清爽,楼上几户都没有人,这香蕉皮是他外甥丢的。但正好让伊扳牢格错头,就对主任说:"你看,这香蕉皮阿是我丢的?我在楼下同侬说话,上面又丢垃圾哉!"这一来,勿仅是居委会主任弄勿懂,连旁边的人亦呆脱哉。难道这垃圾还有别人丢。正在这辰光,侬个外甥勿争气,在楼上"腾腾腾"地冲下来,说:"阿爹阿爹!香蕉吃光哉,甘蔗也吃光哉!我还要去买,还要去买。我还要吃苹果。"大家这样明白哉。

四楼浪向有外甥,三阿爹一看事体僵。

外甥出来坏了事,事情就此拆穿绷。

外甥还说我是学了阿爹样,果壳瓜皮往外丢,真好丢在阿爹头郎响。

外甥还说:"阿爹阿爹,我吃完香蕉学你的样,把皮往窗外一丢,正好丢在阿爹的头上,我的眼功好不好?"这辰光轮到三阿爹发呆哉,说鬼话都穿绷。旁边看格人哈哈大笑。三阿爹这辰光格面孔红是红得像块猪肝。他的谎话全拆穿,这辰光格三阿爹恨勿得寻个地洞钻下去。

想勿到,丢垃圾,引起纠纷。难道说,旧习惯,已经生根。

如今来,变居民,住进社区。改旧习,树新风,要讲文明。

三阿爹想来想去今朝自己有错,就对王大嫂认错:"王大嫂,对不起。"

我勿该勿讲文明忘公德,想想总是我的错。

我千不该来万不该,贪图省力把垃圾窗外丢。

我千不该来万不该,我勿该做了错事勿认错。

我千不该来万不该,我勿该众人面前说假话。

外甥前面坏样教,千错万错是我错。

请你大嫂把气消,从今后我要好样学。

宣卷小品宣完成,三阿爹总算认了错。

诸位听众要牢记,大家都要好样学。

养老诈骗要谨防

马觐伯创作

老人坐满堂,满脸泛红光。

如今社会好!生活如蜜糖。

各位老人坐满堂,听听宣卷心头爽。

在座老人身体好,个个满脸红堂堂。

今天不宣前朝事,要把当今养老讲。

如今养老陷阱多,养老不能去上当。

如今在共产党的领导下,我们老年人的生活过得像神仙似的,越来越甜,老年人的身体越来越好,寿命也越来越长。我相信,在座的老人个个都能活过一百岁。为了要活过一百岁,有一些老人就千方百计想尽办法来寻找养老方式,有的唱唱歌,有的跳跳广场舞,有的去旅游,都很不错。可还有的在吃各种保健品,甚至还有的老人搭了傡去听养老讲座,领点小礼品,结果上当受骗,花了大铜钿,吃坏了身体。

如今养老办法多,各显神通健身做。

好的养老办法要推广,伤身的养老也蛮多。

现在有些不良人,专骗老人不放过。

我们养老防陷阱,不要失财自吃苦。

如今社会上借了养老的名义,用尽了各种手段,骗取老人的铜钿。社会上有一些未经登记的养老服务机构开办各种养老服务场所,诱骗老年人去听课,设下一个个陷阱,让老年人往里面跳。说啥凡是去听课的都会送给你一些小礼品,什么几个鸡蛋啦,几斤米啦!还有免费让你吃说啥能治百病的保健药品,大家高兴得眯花眼笑,好像赚到了便宜。其实老人根本不知道,保健品不是药,治不了病,也没有能治百病的药,甚至一些所谓的保健品也是假的。要记住,天下不会掉馅饼,也没有免费的午餐。你想想,他们会白给你便宜吗?不会的。他们使用一些手段让你去上当,骗你们去买他们的产品。

天下不会掉馅饼,只会设的是陷阱。

不法商人要提防,不要去贪小礼品。

去了就会被洗脑,脑子就会昏沉沉。

他们能说又会道,狗尿说成仙丹灵。

看到女的姆妈叫,见到男的阿爸阿爸叫不停。

嘴巴甜得蜜糖能,一心要让你买他的保健品。

现在老年人难免有些小毛小病,像腰酸背痛、眼花耳聋、头晕脚软,这些都老年衰弱的正常现象。有一个老好婆为了去拿5个鸡蛋,稀里糊涂跟别人走进去听养老讲座。台上有人介绍,说有把能治百病的按摩椅,自己生了5年的癌症也治好了。老好婆听了后,觉得自己一直有腰酸背痛的毛病,花了一万五千元把这只所谓的按摩椅买回了家,结果用了两年,照样腰酸背痛,一点也没有用场,懊恼透顶,知道上当已经晚了。起先,大家贪点蝇头小利,去听那些没有经过批准的擅自以服务机构名义开展养老服务的讲座,被他们骗得团团转,让你花冤枉钱。勿晓得,老年人的钱来得不容易啊!

政府给的生活费,园好作为养老钱。

平时路边拾的荒,几角几元凑的钱。

荤菜不吃吃素菜,牙齿缝里省的钱。

洗衣要用手工洗,不用电器少花钱。

一个铜板做两半用,衣服不舍得添一件。

若被骗子骗了去,骗去的都是养老钱。

在这里告诉你们一件事。有一个老人叫老王,事业单位退休,一年退休工资近万元。他的子女不在身边,自己独居在一个小区里。有一天,他的一个女儿阿凤上门看看自己的爹爹。当阿凤开门一进屋,吓了一跳。为啥吓一跳,听我讲嗒:

阿凤好久没看爹,今朝上门来看望。

一进大门吓一跳,保健药品堆满床。

打开一块衣柜门,衣柜里面也满档。

台子底下也装满,坐着两脚无处放。

整个屋里都是药,爹爹你是上了当。

老王的女儿阿凤一进老爸的门,看到老爸屋里到处都是保健药品。床上堆得人也不好困,台子底下堆得脚也伸不进,衣橱里也装满,阳台上面全是药品。女儿阿凤问她老爸:"这些保健药品哪里来的?"老爸说:"是去听讲座买的。"女儿说:"老爸你好糊涂,买这些药做什么?"老爸听女儿阿凤埋怨他,就不开心了,对女儿说:

我一生,只养你,囡娒一人。供你钱,读好书,去跳龙门。

现在你,博士生,忙个不停。我年纪,六十多,谁来同情。

在家里,独自住,心里好闷。腰也酸,背也疼,走路头晕。

有一天,有人叫,去听讲座。几个女,搀着我,进了大门。

满脸笑,服务好,赛过亲生。在推销,保健品,活血健身。

吃这药,能健脑,不会痴呆。吃那药,能护肝,又能养心。

身有病,有钱财,难换长命。我年老,不远行,有人关心。

多热情,照顾你,送药上门。若不买,难为情,只能领情。

老王对阿凤说:"你是我的独养女儿,我出了钱让你读书,现在已经是博士生,工作又称心,一天到晚在外面,工作忙不停。我一人在家实在是无劲,有人搭我去听讲座,说是省里的专家来讲如何保养身体的,我想听听也蛮好。里面服务老人的全是美女,她们上前扶到你座位上,还送你一点小礼品。我想不拿也白不拿。她们问我做啥工作,我说退休在家,工资一年十万多。美女听了对我就'阿爸''阿爸'叫不停,问我身体阿有不好。我说现在记性不好,出了门也不知门有没有关好,还要回转去看看。美女说:'阿爸,你这病严重的,叫健忘症,三年以后会变痴呆症,到时出了家门会忘记回家的路。你现在就要及时吃药。'还说他们公司专门有一种防老年痴呆的灵芝丸,三个月一个疗程,连吃一年,不但防老年痴呆,还能白发变黑发。所以我买了一年的药,共花了12万元,刚好我一年的工资。女儿啊!"

我若是身体有毛病,积了铜钿也没用。

我若得老年痴呆症,要你陪伴到终身。

只要老爸身体好,花去小钱不要紧。

我吃完这些保健品,活过一百岁才是真。

女儿阿凤听了老爸一番话,气得两眼墨黢黑,对老爸说:"你吃了这些药,不是痴呆也要变成痴呆。这些药丸都是用面粉加色素做的,根本没有什么效果。你是被他们骗去了铜钿不算数,还会吃坏身体,赶快把这些东西甩到垃圾筒里。"老王听了还不服气,说:"这些美女个个热情周到,对我问长问短,还亲自把保健品送到门上。我看,比你这个亲生女还要好!"女儿听了后,一声长叹。

老爸吃了迷魂药,不信女儿信外人。

女儿虽然不上门,心里牵挂常记心。

那些美女嘴上甜,借口养老骗老人。

他们骗你是钱财,上当你也不知情。

他们看你有工资,挖空心思来骗人。

骗你铜钿是套路,设好圈套让你进。

下步利用你信任,还有手段来勾引。

风景地区有房产,虚假宣传忽悠人。

空气好来风水好,住进房屋会养人。

借着养老来诈骗,把你铜钿骗干净。

女儿阿凤对她老爸说："这些美女嘴上说得甜,心里全是黑心黑肚肠,看你是退休老人,有一点工资积蓄,设一个圈套让你去钻,骗你的铜钿。"女儿还告诉她老爸,今后可能还有新花样来骗你,比如说某处某地方风景好,风水好,在那里买房,住在那里,赛过住在仙境,心情好,身体好,活到一百五十岁笃笃定。到时你脑子一热,又要上当,把你的养老铜钿侪骗光。老王一听,倒是心里一惊。难道女儿的话没错,因为上次两个美女上门来和他攀谈过,就是谈起买房的事。

记得上次星期天,两个美女又上门。

一边阿爸阿爸叫,一边帮他搞卫生。

说啥这里风水坏,动迁小区不干净。

太湖边上房子好,活得个个像仙人。

高级干部都来住,好风水来好养人。

那里氧气天然好,住户从来不生病。

房子好来价便宜,专门卖给老年人。

我被说得心里动,也想去做活仙人。

老王听女儿一说,倒也想起了一件事,就对女儿阿凤说："真的被你说中了,上次两个美女上门来,与我聊天说说山海经,就是提到在风景区买房的事。告诉我,那里是太湖景区,侪是湖景房,南面面向太湖,阳光充足,北边背靠青山,北风吹不到。风水先生说这房子最适合养老,上海、北京一些高级干部也到这边来买房。住在那里的老人,个个都是一百多岁,从不生病,更不吃药打针。住在那里的人,白天吃茶打牌,夜里唱歌跳舞,活得个个像活神仙,说得我心里痒痒的。"

女儿一听又一惊,买房套路显原形。

不给老爸来提醒,老爸又要进贼门。

花言巧语难提防,诈骗攻心害煞人。

趁热打铁劝老爸,迷途路上醒一醒。

养老诈骗要谨防,不要再做糊涂人。

女儿阿凤一听,知道老爸又要上当了,幸亏提前跟他说清楚。女儿又对老王说："阿爸,这些骗子接下来会组织你们去那里免费旅游,让你们去参观,引诱你们买房,你心里要作好准备,千万别去上当。"现在老王被女儿说了一通,思想有点转变了,对女儿说:"他们真的会组织去免费旅游?"女儿说:"他们对有钱的老人会组织的,这是他们的套路,一步一步让你上钩。"老王说:"那他们组织去免费旅游,我去还是不去?"女儿说:"你去,不去也是白不去。不过,他们现场会举行活动,让你签订买房合同,但你买房合同千万不能签。"

果然不出女所料,不久两女又上门。

说啥免费旅游去,要让阿爸开开心。

老王心里有准备,不再做个受骗人。

假装高兴答应去,心里已经明几分。

高高兴兴上了车,汽车开得飞快能。

一路开到风景区,新造高楼接白云。

半天游玩已过去,还有半天听课程。

满堂都是老年人,脸露笑意不知情。

老王心里最清楚,任凭诱惑不动心。

一个经理来出场,说啥房子货源紧。

一个平方六万元,大家都是抢不停。

高价不卖年轻人,低价售给老年人。

要让老人活长寿,才是我们一片心。

老王听听这位经理的宣传,被他女儿都说中了。老王明白以前买的保健药品都是上当受骗的,这次他不会再上当了。这时,两个美女手拿卖房合同,要请老王上台签约,说啥这房子本来六万一个平方,但不卖给年轻人,这是专门给老年人养老的湖景房,今天活动现场半价出售,3万元一个平方,劝老王不要错过这个好机会。

两个美女嘴巴甜,阿爸阿爸叫不停。

这个房子风水好,养老首先要养心。

住在这里风景美,风景要养长寿人。

阿爸住在这房子,活到两百岁有可能。

阿爸快快上台去,要做签约第一人。

老王满嘴赞好房,咬紧牙关不动心。

美人抱着老王不放手,老王一直笑盈盈。

说啥房子我看好,还得回家再理论。

这次老王心里完全明白了,以前我被你们忽悠,上了当,受了骗,这次我也要忽悠你们。尽管你们对我阿爸阿爸叫不停,我不再犯糊涂了。嘴上应付你们,说说好房子好房子,可我就是心不动。说房子是好,但买房是大事,回去要与女儿商量商量。两个美女阿爸阿爸叫了几百声,老王就是不动心,拿他没有办法。老王他看到有几个上台上去签合同,心想:你们签,我不能签,我不能再上你们的当了。两个美女一看老王不动心,就转身去劝别人。这时,从台上走下来一个老人,一看是曾经的老同学。老王把他拉到一边,说:"你签买房合同了?" 这老同学偷偷告诉他,他这是个托,一天给500元,让他上台假装签买房合同。今天已经签了第5份了,签名都用的假名字。老王生气地说:"你怎么好做这种不道德的事?" 老王一气之下回身走,独自打的转家门。这一夜天,他在床上困不着,熬过了五更天。

一更里来坐到床,想来想起想勿光。初起听讲座,拿点小礼品。花钱叫来不少托,引诱别人去上当。啊呀!我是真的傻!

二更里来困在床,翻来覆起困不着。美女陪你笑,服务好周到。现在终于全明白,原来一套全是假。啊呀!我是真的傻!

三更里来是半夜,看看房中都是药。买了不少药,铜钿侪骗光。现在让你去买房,上台买房全是假。啊呀!我是真的傻!

四更里来月光白,心头好像猫在抓。养老骗局多,千万别上当。美女热情都是装,满嘴好话心里坏。啊呀!我是真的傻!

五更里来天要亮,今朝终算想明白。什么保健品,什么湖景房。骗你钱财才是真,养老诈骗要提防。从此啊!我不会再犯傻!

老王困在床上,想了一夜天,想想还是女儿好,我开始是糊涂,后来在女儿阿凤的提醒下,总算明白过来,不然要拿养老铜钿侪骗光。老王想明白哉,可能还有不少老人还不明白,还想去贪点小便宜。告诉大家,随着科技的发展,诈骗手段不断升级,社会上一些不法分子把非法营利的关注群体聚焦在老人身上。有的电话冒充熟人说子女遇到车祸,赶快汇款到医院抢救家人,结果铜钿都汇到了骗子的账上。还有的甚至冒充公安人员,说你涉及账上的铜钿是诈骗来的,让你把钱汇到他指定的账上。这种例子多得交交关,结果都是上当。不少老年人已经为此付出了惨重的代价。今朝宣卷就是告诉老年朋友们,在日常生活中要提高警惕,对犯罪分子的花言巧语不要相信,一定要记住"不听、不信、不转账、不汇款",遇到问题要及时和社区联系,同时也可报警或与家人、朋友证实,千万不能听犯罪分子的谎言。面对形形色色的骗术,要保持清醒头脑,不贪图小利,提高警惕,远离诈骗。

社会上,为养老,骗术不少。我们要,保持那,清醒头脑。

外来财,请不要,贪图小利。要自爱,也不能,给人设套。

要自防,堵引诱,警惕提高。要养老,靠自己,心态要好。

自己跌了一跤,才知道疼。老王自从被骗后,吸取了这个教训,以后时时提防。他还把自己的受骗经历告诉大家,也让大家不要上当受骗。他还编了一只防骗山歌,在社区里唱给居民们听,在这里,我也唱给大家听听哪!

天上不会掉馅饼,虱包分钱是陷阱。

兜售抵押全是假,骗子说话不要听。

私换外币多警惕,遇见便宜不贪心。

短信诈骗花样多,不予理睬别去信。

网络购物有圈套,反复要钱要小心。

飞来大奖莫惊喜,让您掏钱交税金。

各种退款有猫腻,骗取存款才是真。

遇人向你借手机,时刻留意多个心。

看病消灾是迷信,不要相信陌生人。

买药看病到医院,贵重物品随身跟。

突遇情况要冷静,电话通知社区警。

网上购物要小心,过度低价别动心。

免费讲座莫参与,勿被忽悠买次品。

征婚交友要警惕,谈天说地生感情。

邀你赚钱别理会,轻易发财是骗人。

空降大奖有问题,兑现要钱不要信。

中奖一定要求证,汇款转账要小心。

账号密码要管住,不要随便告诉人。

公安法院来电话,这种电话不是真。

验证资金把钱转,钱财把你骗干净。

理财产品需看清,陷阱多过于馅饼。

不要轻信高收益,先赚后亏伤你心。

遭遇诈骗要冷静,求助亲朋和警察。

防骗口诀守护你,我们牢牢记在心。

今朝宣卷已完成,句句都是劝老人。

不要上当去受骗,养老诈骗要小心。

宣卷常用曲调

胜浦宣卷的曲调主要分为四种：一是木鱼宣卷基本曲调,二是丝弦宣卷基本曲调,三是法事科仪基本曲调,四是宣卷常用江南小调。

一、木鱼宣卷基本曲调

木鱼宣卷是较为古老的宣卷形式。木鱼宣卷主要以双档形式演出,上手敲打大小木鱼来主唱,下手敲打引磬来和佛。木鱼宣卷虽然唱腔简朴,但独有韵味,显示了宣卷的传统样态。

二、丝弦宣卷基本曲调

丝弦宣卷是宣卷的创新形式。丝弦宣卷是在木鱼宣卷的基础上,吸收了江南地区滩簧的演唱和伴奏而形成的。除了保留木鱼宣卷的大小木鱼之外,还将引磬换成碰铃,更增添了二胡、琵琶、三弦、扬琴、竹笛、阮等乐器。这样一来,伴奏更为动听,唱腔也趋向华丽。丝弦宣卷的基本曲调一般包含《南方调》《赞十字调》《夯调》等。《南方调》以七字句为主,偶尔会加一下衬词。《赞十字调》以十字句为主,呈现出三、三、四的结构。《夯调源》自于江南农村的劳动调子,也以七字句为主,但通常都会增加较多衬词。

无论是木鱼宣卷还是丝弦宣卷,其唱腔基本上以五声音调为主体,并以宫调、徵调、羽调为常见。由于宣卷先生个人特征的影响,不同宣卷艺人所宣唱的基本曲调又会呈现出不同的面貌。但总体而言,这些基本曲调仍保留着共同的要素,即：上句 + 上句和佛 + 下句 + 下句和佛。在宣唱时,由宣卷先生先唱上句,然后下手紧接着上句最末一个字进行和佛。佛号结束,宣卷先生马上再接唱下句,下手再紧接着下句最末一个字进行和佛。如此循环往复,一直到唱完这段唱词。在唱完时,宣卷先生会鸣尺,即拍打一下醒木,以示截止。

三、法事科仪基本曲调

按照传统的宣卷仪式,除了宣唱宝卷正文之外,还有请佛、香赞、祝寿、散花解结、送佛等内容。此外,具有祈福消灾功能的退星科仪也是胜浦宣卷的常用仪式。这些科仪的唱腔曲调与宣唱宝卷正文的基本调不同,具有自身独特的旋律。

四、宣卷常用江南小调

为了提高音乐的丰富性,胜浦宣卷在演出时还会加入一些江南小调。最为常见的江南小调有《五更调》《杨柳青》《苏州景》《春调》《苏武牧羊调》《烟花女子告阴状》《海花调》《醒世曲》等。《苏州景》《杨柳青》适宜表达快乐的感情,《吴江调》适宜表达诙谐轻松的感情,《五更调》《烟花女子告阴状》适宜表达悲伤的感情。这些曲调灵活穿插在宣卷表演中,既可以打破宣卷基本曲调的单调感,又可以生动地塑造故事人物形象,故而得到了观众的喜爱和欢迎。

除了宣卷基本曲调和江南小调之外,有些宣卷艺人为了吸引观众,还会加唱沪剧、锡剧、越剧,甚至新老流行歌曲。但这些并不是宣卷音乐的主体,故对于戏曲和歌曲的内容,本书不再收录。

一、木鱼宣卷基本曲调

炉香赞

宣唱：周祥男
记谱：葛润子

1 =C

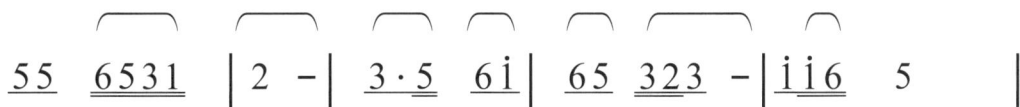

炉香乍 热，法 界 蒙 熏，诸啊 佛

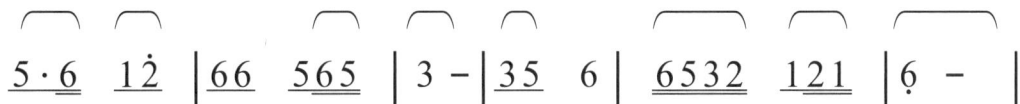

海 会 悉啊遥 闻。随 处 吉 祥 云。

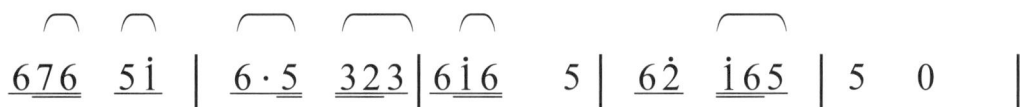

诚啊 意 方 殷，诸啊 佛 现啊 金 身。

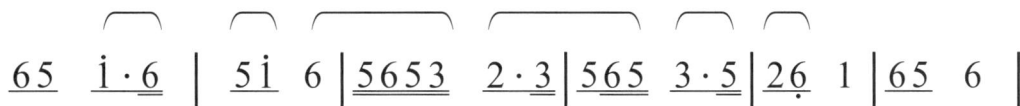

南无 香 云 盖 菩 萨，摩 诃，摩诃 萨。

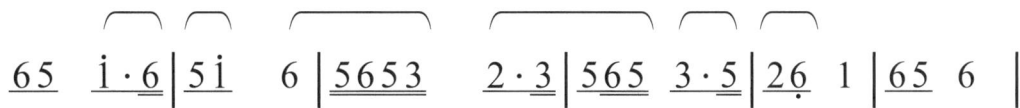

南无 香 云 盖 菩 萨，摩 诃，摩诃 萨。

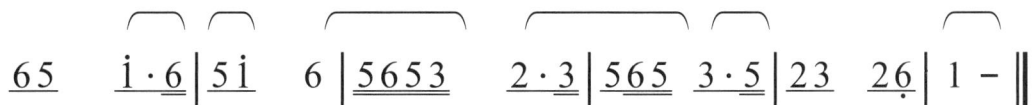

南无 香 云 盖 菩 萨，摩呀 摩诃 萨。

清净赞

宣唱：周祥男
记谱：葛润子

1=C

$\overline{1\,\dot{1}6}$　　$3\cdot\dot{1}$ | $\overline{\dot{1}65}$　　66 |　$\overline{\dot{1}\,\dot{1}6}$　$3\cdot\dot{1}$ | $\overline{\dot{1}65}$　66 |

上来　　现前　清净　众啊，　奉诵　大悲　諸品　咒啊。

······

四十　　八　愿度众　生啊，九品　　延　令　登彼　岸啊。

$\underline{33}$　　　$\underline{55}$ | $\underline{235}$　$\underline{51}$ | $\underline{235}$　$\underline{653}$ | $\underline{\dot{2}\dot{2}\dot{3}\dot{2}}$　$\overline{\dot{1}65}$ |

南无　　西方　极　乐　世界，　大慈　大悲　阿弥　陀佛。

$5\cdot5$　$\underline{3333}$ | $\underline{\dot{1}\dot{1}\dot{1}\dot{1}}$　$\underline{\dot{1}\dot{1}}$ | $\overline{\dot{1}65}$　$\underline{6676}$ | $\dot{1}$　$\underline{\dot{1}5}$ | 6　6 |

南无　大慈大悲　救苦救难　广大　灵通　观　世音菩　萨啊。

$5\cdot5$　$\underline{3333}$ | $\underline{\dot{1}\dot{1}\dot{1}\dot{1}}$　$\underline{\dot{1}\dot{1}}$ | $\overline{\dot{1}65}$　$\underline{6676}$ | $\dot{1}$　$\underline{\dot{1}5}$ | 6　6 |

南无　大慈大悲　救苦救难　广大　灵通　观　世音菩　萨啊。

······

$\overline{\dot{1}\,\dot{1}6}$　$\underline{\dot{1}6}$|$\underline{5\dot{1}}$　$\overline{\dot{1}65}$　66 |　$\overline{\dot{1}\,\dot{1}6}$　$\underline{\dot{1}6}$ | $5\dot{1}$　$\overline{\dot{1}65}$　66 |

南无　　清净　大海　众菩　萨啊，　　南无　清净　大海　众菩　　萨啊，

$\underline{\dot{1}\dot{1}\dot{1}}$　$\overline{\dot{1}65}$|$\underline{553}$　$5\cdot6$|$\underline{\dot{1}\dot{2}\dot{1}}$　$\underline{6\cdot5}$|$\underline{31}$　2 | $\underline{36}$ | $\underline{53}$　$\underline{2\underline{6}}$ | 1　$-$ ‖

南无清　啊净，清净　大　海　众啊菩　萨，摩呀摩　诃　萨。

请佛调

宣唱：周祥男
记谱：葛润子

1 = C

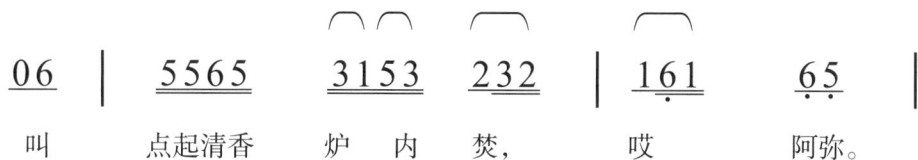

叫　　点起清香　炉　内　焚，　哎　　阿弥。

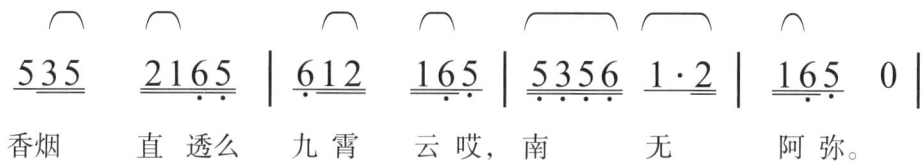

香烟　直 透么　九 霄　云哎，南　　无　　阿 弥。

斋主对　佛前啦里　勤啊礼　拜　　哎　　阿弥。

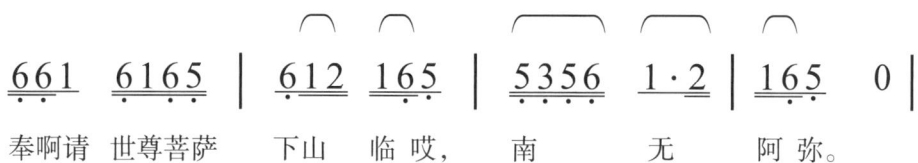

奉啊请 世尊菩萨　下山　临哎，南　　无　　阿弥。

......

诸 佛　菩 萨　摩 诃　萨，　哎　　阿弥。

摩诃 般若 波 罗　蜜，南　　无南无 请圣　藏菩 萨。

木鱼宣卷基本调

宣唱：周祥男
记谱：葛润子

1 =C

四时 八节 祭祖 魂，阻人 耳目 假 诚 心。

南 无 阿 弥 陀 佛。

老古 说， 灵台 羹饭 空 好 看，

俺 哎 阿 弥 陀 佛。

原 来 还 是个 活人 啊 吞。

南 无 阿 弥 陀 佛。

爷 勒 娘， 啊曾 是么 吃 一 点，

咿 哎 阿 弥 陀 佛。

我 么 那， 喊破 喉咙 弗 答 应。

南 无 南无 消 灾 藏 菩 萨。

赞十字调

宣唱：蒋金官
记谱：朱光磊

1 =D

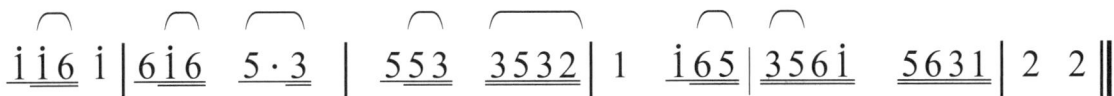

| 1 1 6 | 1 | 6 1 6 | 5·3 | 5 5 3 | 3 5 3 2 | 1 | 1 6 5 | 3 5 6 1 | 5 6 3 1 | 2 | 2 ‖

那张　氏，贤孝　女，　街坊　行　走。阿弥　陀 佛么　弥呀弥陀 佛 啊。
只为　得，家贫　苦，　冻饿　缠　身。阿弥　陀 佛么　弥呀弥陀 佛 啊。
可怜　我，老婆　婆，　年逾　花　甲。阿弥　陀 佛么　弥呀弥陀 佛 啊。
我夫　君，读五　经，　文质　彬　彬。阿弥　陀 佛么　弥呀弥陀 佛 啊。
今日　里，住破　窑，　无衣　无　食。阿弥　陀 佛么　弥呀弥陀 佛 啊。
可比　作，吕蒙　正，　一样　伤　心。阿弥　陀 佛么　弥呀弥陀 佛 啊。
如此　情，如此　苦。　如何　得　过？阿弥　陀 佛么　弥呀弥陀 佛 啊。
叫奴　家，心不　喜，　挂肚　牵　情。阿弥　陀 佛么　弥呀弥陀 佛 啊。
所以　我，顾不　得，　千金　之　体。阿弥　陀 佛么　弥呀弥陀 佛 啊。
顾不　得，我爹　爹，　通政　门　庭。阿弥　陀 佛么　弥呀弥陀 佛 啊。
张氏　女，说尽　了，　街坊　贸　易。阿弥　陀 佛么　弥呀弥陀 佛 啊。
五色　纸，剪纸　花，　百样　花　名。阿弥　陀 佛么　弥呀弥陀 佛 啊。
剪兰　花，剪菊　花，　手段　奇　妙。阿弥　陀 佛么　弥呀弥陀 佛 啊。
牡丹　花，芍药　花，　如同　生　成。阿弥　陀 佛么　弥呀弥陀 佛 啊。
还有　那，茉莉　花，　剪得　细　巧。阿弥　陀 佛么　弥呀弥陀 佛 啊。
海棠　花，芙蓉　花，　看得　开　心。阿弥　陀 佛么　弥呀弥陀 佛 啊。
那张　氏，剪纸　花，　样样　成　对。阿弥　陀 佛么　弥呀弥陀 佛 啊。
一对　对，一朵　朵，　颜色　鲜　明。阿弥　陀 佛么　弥呀弥陀 佛 啊。
提花　篮，喊卖　花，　长街　行　走。阿弥　陀 佛么　弥呀弥陀 佛 啊。
大街　上，男和　女，　来往　纷　纷。阿弥　陀 佛么　弥呀弥陀 佛 啊。
一见　了，卖花　女，　如此　齐　正。阿弥　陀 佛么　弥呀弥陀 佛 啊。
又见　了，花篮　内，　花朵　开　心。阿弥　陀 佛么　弥呀弥陀 佛 啊。
也有　那，真买　花，　论量　花　价。阿弥　陀 佛么　弥呀弥陀 佛 啊。
也有　那，假买　花，　细看　佳　人。阿弥　陀 佛么　弥呀弥陀 佛 啊。

夯调

宣唱：周祥男
记谱：朱光磊

1=B

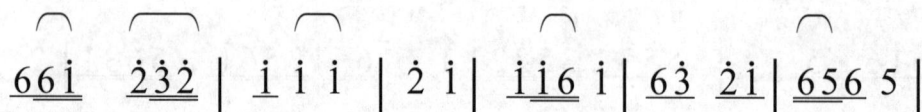

| 66i | 2́3́2́ | iii | 2́i | ii6 i | 6́3́ | 2́i | 656 5 |

第啊　一　　层哎，　　呵呵，宝塔　啦，还要　呵呵　咿呀　呵，

观啊　音　　哎，　　呵呵，菩萨　啊，还要　呵呵　咿呀　呵，

第啊　二　　层哎，　　呵呵，宝塔　啦，还要　呵呵　咿呀　呵，

五啊　圣　　哎，　　呵呵，郎君　啊，还要　呵呵　咿呀　呵，

第啊　三　　层哎，　　呵呵，宝塔　啦，还要　呵呵　咿呀　呵，

紫啊　微　　哎，　　呵呵，大帝　啊，还要　呵呵　咿呀　呵，

第啊　四　　层哎，　　呵呵，宝塔　啦，还要　呵呵　咿呀　呵，

龙啊　宫　　哎，　　呵呵，太子　啊，还要　呵呵　咿呀　呵，

第啊　五　　层哎，　　呵呵，宝塔　啦，还要　呵呵　咿呀　呵，

招啊　财　　哎，　　呵呵，进宝　啦，还要　呵呵　咿呀　呵，

第啊　六　　层哎，　　呵呵，宝塔　啦，还要　呵呵　咿呀　呵，

五啊　灵　　哎，　　呵呵，公主　啊，还要　呵呵　咿呀　呵，

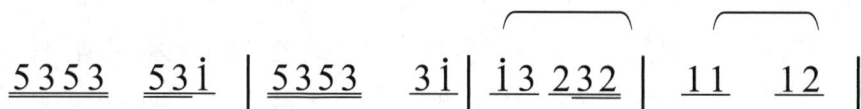

| 5353 | 53i | 5353 | 3i | i3 2́3́2́ | 11 | 12 |

一层宝塔　来造成，观音娘娘　塑中　啊　　心哎。

观音菩萨　塑中心，善才龙女　两边　啊　　分哎，

两层宝塔　来造成，太姆娘娘　塑中　啊　　心哎。

五圣郎君　两边分，威灵显赫　到如　啊　　今哎，

三层宝塔　来造成，三星五帝　塑中　啊　　心哎。

紫薇大帝　当中坐，龟蛇二将　护门　啊　　庭哎。

四层宝塔　来造成，　四海龙王　塑中　啊　　　　心哎。

龙宫太子　分左右，　虾兵蟹将　密层　啊　　　　层哎。

五层宝塔　来造成，　五路财神　塑中　啊　　　　心哎。

招财进宝　哈哈笑，　利市仙官　二边　啊　　　　分哎。

六层宝塔　来造成，　玉环圣母　塑中　啊　　　　心哎。

五灵公主　来拥护，　山神土地　护其　啊　　　　身哎。

$$\underline{3\,5\,6}\quad \underline{6\,5\,3}\ \big|\ 2\ \underline{6\,5\,6}\ \big|\ \dot{2}\ \overset{3}{\dot{2}}\ \underline{\dot{1}\,6\,5}\ \big|\ \underline{6\,6}\quad 6\ \big\|$$

弥　陀　　南　无　　佛，南无　　阿呃　弥　　　陀哎。

弥　陀　　南　无　　佛，南无　　阿呃　弥　　　陀哎。

弥　陀　　南　无　　佛，南无　　阿呃　弥　　　陀哎。

弥　陀　　南　无　　佛，南无　　阿呃　弥　　　陀哎。

弥　陀　　南　无　　佛，南无　　阿呃　弥　　　陀哎。

弥　陀　　南　无　　佛，南无　　阿呃　弥　　　陀哎。

弥　陀　　南　无　　佛，南无　　阿呃　弥　　　陀哎。

弥　陀　　南　无　　佛，南无　　阿呃　弥　　　陀哎。

弥　陀　　南　无　　佛，南无　　阿呃　弥　　　陀哎。

弥　陀　　南　无　　佛，南无　　阿呃　弥　　　陀哎。

弥　陀　　南　无　　佛，南无　　阿呃　弥　　　陀哎。

弥　陀　　南　无　　佛，南无　　阿呃　弥　　　陀哎。

上寿调

宣唱：周祥男
记谱：朱光磊

1 =C

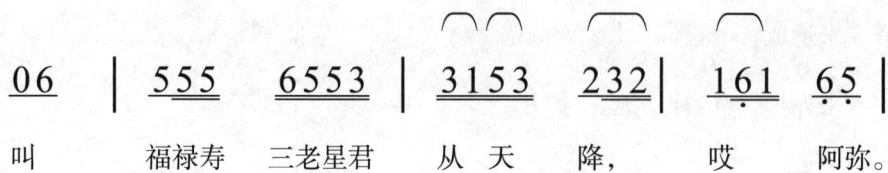

| 06 | 555 | 6553 | 3153 | 232 | 161 | 65 |

叫　　福禄寿　三老星君　从天降，　哎　阿弥。

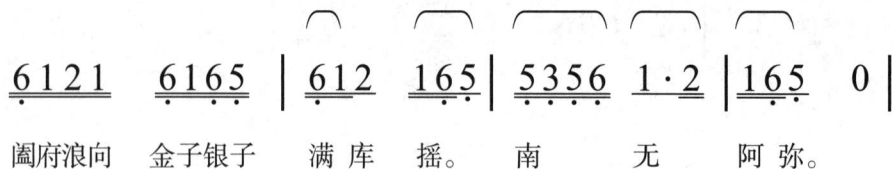

| 6121 | 6165 | 612 | 165 | 5356 | 1·2 | 165 | 0 |

阖府浪向　金子银子　满库　摇。　南　无　阿弥。

| 612 | 3221 | 353 | 232 | 161 | 65 |

但只见　八个仙人　来上　寿　哎　阿弥。

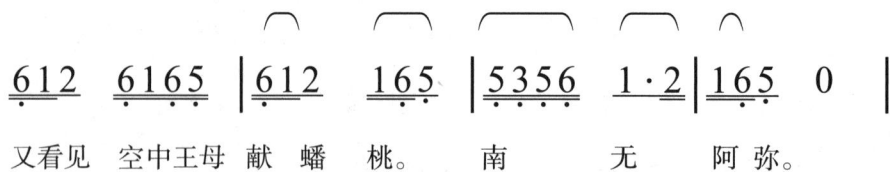

| 612 | 6165 | 612 | 165 | 5356 | 1·2 | 165 | 0 |

又看见　空中王母　献蟠　桃。　南　无　阿弥。

......

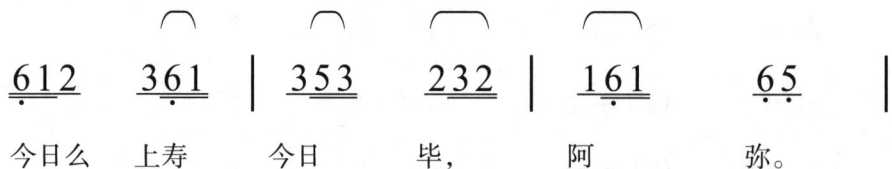

| 612 | 361 | 353 | 232 | 161 | 65 |

今日么　上寿　今日　毕，　阿　弥。

| 6116 | 6553 | 612 | 165 | 5356 | 133 | 5321 | 216 | 1 - |

满门福禄　称呼到　后来　好。　南　无南无　上寿　司菩萨。

散花解结

宣唱：周祥男
记谱：葛润子

1 =C

| 6̱1 1̱6̣ | 3·5 1̇5̇ | 6 - | 5̱5̱3 2̱3̱2̱1 | 6̣ 6̱1 |

志心 奉献 　上 林 花， 采凤 红 莲， 红莲

| 2 2̱1̱6̣ | 5̱·5̱ 5̱1̣ | 6̣ - | 3̱6 6̱5̱3 | 5 3·2 |

瑶艳 　花， 上林 　花。 姚黄 魏紫 家， 再之

| 1̱2 3̱5̱3̱2 | 3 2̱2̱1 | 6̱1 2·6̣ | 1 - | 5 6̱·7̱ 6̱5 3̱2̱3 |

虔诚 奉 　献。 春风 瑞气 家。 花花 供 养，

| 3̱6 5̱3̱2 | 1̱2̱1 6̣ ‖

供养 之 　佛 前。

| 1̇1̇ 6 | 3̱3̱2 3 | 1̇1̇ 1̇5̇ | 6̇6̇ 6 | 3̱6 5̱3̱2 | 1̱2̱1 6̣ |

仙人 洞， 洞人 仙， 仙人 洞里 来送 佛， 洞中 光 无 边。

| 2̇2̇ 1̇6̇5̇ | 3̱5 6 | 1̇1̇6̇ 5̱6̱1̇ | 6̇5̇ 6 | 5̱6̱5̱3 2 | 5̱5̱3 5 |

金莲 花搭仔 银莲 花，金银 莲子 三仙 花。 双 双， 双双 童

| 1̇2̇1̇ 6̇6̇ | 6̱5̱3̱2 3̱2̱1 | 2̱3 6̣5̣ | 6̣ - |

子 云啊 端 现。 瑞气 满清 香。

| 6 5 | 6 5̱3̱2 | 6̱5 3̱2̱3 | 5 - | 6̣2̇ 1̇6̇5̇ | 6̇·5̇ 3̱5 | 3·5 6 |

香风 飘散 佛前 花， 大众 三仙 花， 余三 言莫 花，

| 5̱6̱5̱3 2 | 5̱5̱3 1̇·2̇ | 3̱5 2̱1̱6̣ | 1 - ‖

解 缘， 解缘 释 结 天 尊。

6 1̇ | 1̇ 6 5 | 6 6 5 6 | 6 1̇ | 1̇ 6 5 | 3 3 2 3 | 6 5 3 5 | 6 6 5 6 5 |

神仙 会子 三仙 花, 长生 宫内 三仙 花。 西施 皇母、 解神 星君

6 6 5 6 | 3 1̇ 1̇ 6 5 | 5 5 5 3 1̇ | 6 5 6 6 6 | 2̇ 2̇ 1̇ 2̇ 1̇ | 6 5 6 |

一盆 花。 焚香 奉请 个 长生 保命 天尊, 福禄寿 三曜 星 君

6·5 3 2 3 | 3 5 6 3 2 3 | 1̇ 1̇ 3 5 | 6 5 3 2 3 | 3 5 6 5 | X X |

西 施 皇 姥, 万 寿 元君, 井神 童子, 官将 礼 兵, 惟愿 虚空 过往,

5 6 5 3 2 | 5 5 6̣ 1·2 | 3 5 2 1 6̣ | 1 - ‖

解 缘, 解缘 释 结 天 尊。

X X X 0 | X X X 0 | X X X X | X X X X | X X X X | X X X X | X X X X | X X |

初解 结, 要解 结, 要解 一重, 二回, 三灾, 四煞 五行, 六害, 七伤, 八难, 九乞, 十重,

1̇ 1̇ 1̇ 6 5 | 3 5 6 | 5 6 5 3 2 | 5 5 6̣ 1·2 | 3 5 2 1 6̣ | 1 - ‖

一切 罪孽 尽解 散, 解 缘, 解缘, 释 结 天 尊。

6 6 5 6 | X X X 0 | 6 5 3 1̇ | 1̇ 6 5 6·5 | 6 1̇ | 1̇ 1̇ 6 5 1̇ | 3·5 6 |

再取 线, 再解 结, 再解 大字 肚内 加一 点, 太 太平 平 平安 结,

再取 线, 再解 结, 要解 十字 头上 加一 撇, 千 千万 万 万户 结,

再取 线, 再解 结, 要解 言字 半边 舽个 兑, 说 说谈 谈 安乐 结,

5 6 5 3 2 | 5 5 6̣ 1·2 | 3 5 2 1 6̣ | 1 - |

解 缘, 解缘, 释 结 天 尊。

解 缘, 解缘, 释 结 天 尊。

解 缘, 解缘, 释 结 天 尊。

解 缘, 解缘, 释 结 天 尊。

665 6 | XX X0 | 65 XX | XX X0 | 65 3i̲ 653 | 3·5 6 |
再取　线，再解　结，再解　一个　王母　结，王母　蟠桃　会里么　尽解　结，

5653 2 | 556̣ 1·2 | 35 216̣ | 1 － |
解　　缘，解缘，释　　结　天　尊。

665 6 | XX X0 | 65 XX | XX X0 | 665 355 | 3·5 6 |
再取　线，再解　结，再解　一个　长寿　结，长命　百岁　林颜绿，

5653 2 | 556̣ 1·2 | 35 216̣ | 1 － |
解　　缘，解缘，释　　结　天　尊。

665 6 | XX X0 | 65 i̲i̲ | i̲65 XX | i̲i̲ i̲65 | 35 6 |
再娶　线，再解　结，要解　五府　浪向　一个　绉花　结搭仔　团圆　结，

i̲i̲i̲ i̲65 | 35 6 | 5653 2 | 556̣ 1·2 | 35 216̣ | 1 － |
一切　罪孽　尽解　散。解　　缘，解缘，释　　结　天　尊。

665 6 | 332 3 | i̲i̲i̲i̲ i̲665 | 35 6 |
千千　结，万万　结，一切里个　冤结么　尽解　散，

5653 2 | 556̣ 1·2 | 35 216̣ | 1 － |
解　　缘，解缘，释　　结　天　尊。

XX 1·2 | 35 | 653 2 | 36 563 | 121 6̣ ‖
长生 保　命　放　生，保命　天　尊。

送佛调

宣唱：周祥男
记谱：朱光磊

1 =C

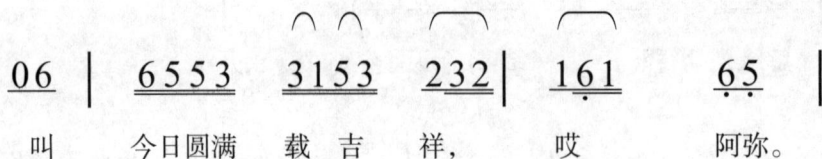

叫　　今日圆满　载吉祥，　哎　　阿弥。

宣卷么　圆满　再焚　香哎。南　　无　阿弥。

不敢　久留　诸佛　祖，　哎　　阿弥。

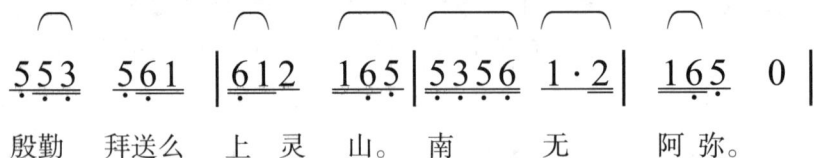

殷勤　拜送么　上灵　山。南　　无　　阿弥。

……

菩萨姆笃　来格辰光　重重　福，　阿　弥。

去后么　带走远远灾。南　　无南无　送圣藏菩萨。

二、丝弦宣卷基本曲调

炉香赞

宣唱：归金宗
记谱：葛润子

1 = C

炉香乍　热，法界　蒙薰。

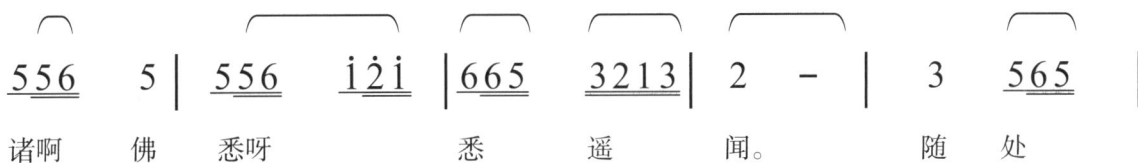

诸啊　佛悉呀　悉遥　闻。随　处

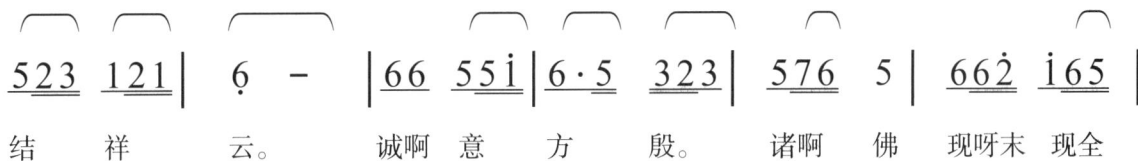

结　祥　云。诚啊意　方　殷。诸啊佛现呀末现全

身。南无　消　灾　延寿佛，佛呀么佛菩萨。

请佛调

宣唱：吴 军
记谱：葛润子

1 =E

6̇6̇1	232	121	2765	3·5	6516	5	5	
点	起	清	香	炉	内	焚	哎，	
斋	主	佛	前	勤	礼	拜	哎，	
先	请	护	法	马	天	君	哎，	
三	请	尽忠	保国	岳	元	帅	哎，	

......

| 花 | 开 | 花 | 落 | 成 | 宝 | 盖 | 哎， |
| 诸 | 佛 | 菩 | 萨 | 摩 | 诃 | 萨 | 哎， |

55	653	
	哎	

231	2	2356	321	66	0	
南	无，	南 无	弥 陀	佛，		

6̇6̇1	232	
香	烟	
奉	请	
次	请	
四	请	

......

| 结 | 成 |
| 摩 | 诃 |

$\underline{13}$ $\underline{2765}$ | $\underline{3 \cdot 5}$ $\underline{6532}$ | 1 1 $\underline{65}$ |

直　透　　九 霄 啊　　云　哎。

世尊菩 萨　下 山 啊　　临　哎。

黑虎玄 坛　赵 将 啊　　军　哎。

赤心忠 良　温 天 啊　　君　哎。

……

宝　盖　　念 如 啊　　来　哎。

般　若　　波 罗 啊　　蜜　哎。

$\underline{112}$ $\underline{3253}$ | $\underline{231}$ $\underline{2 \cdot 3}$ | $\underline{2356}$ $\underline{321}$ | $\underline{6 \cdot 6}$ 0 |

南　　　无　　　南无 弥陀 佛

最后一段

$\underline{112}$ $\underline{3253}$ | 2 $\underline{22}$ | $\underline{3 \cdot 2}$ $\underline{553}$ | $\underline{2321}$ $\underline{6156}$ | 1 $-$ ‖

南　　　无　南无 请 圣 藏 菩 萨。

丝弦宣卷基本调（南方调）

宣唱：归金宗
记谱：金献武

1 =C

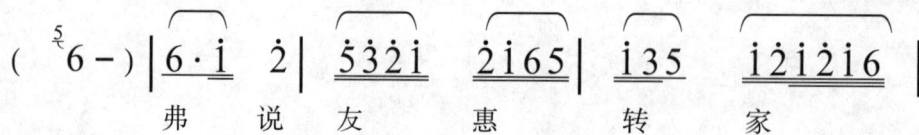

弗　说　友　惠　转　家

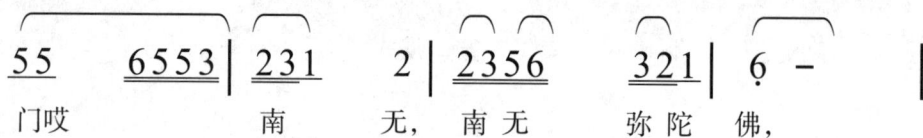

门哎　南　无，南　无　弥陀　佛，

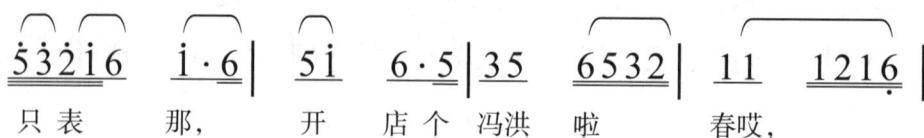

只表　那，　开　店个 冯洪　啦　春哎，

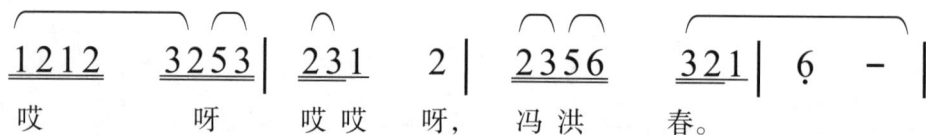

哎　呀　哎哎 呀，冯洪　春。

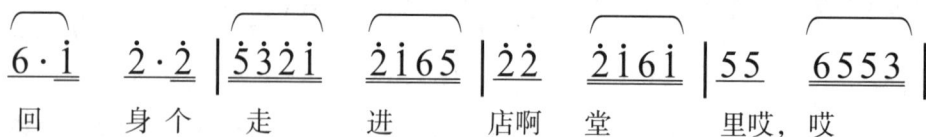

回　身个　走　进　店啊 堂　里哎，哎

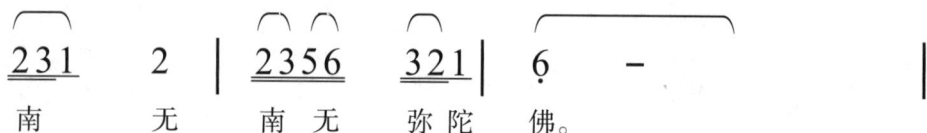

南　无　南　无　弥陀　佛。

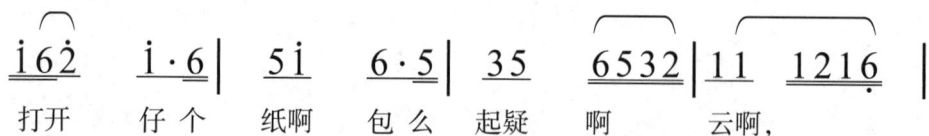

打开 仔个 纸啊 包么 起疑 啊　云啊，

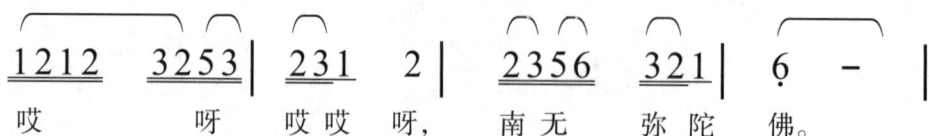

哎　呀　哎哎 呀，南无　弥陀　佛。

$\overline{5\dot{6}\dot{1}}$ $\dot{2}$ | $\overline{5\dot{3}\dot{2}\dot{1}}$ $\overline{\dot{2}\dot{1}65}$ | $\overline{335}$ $\overline{\dot{1}\dot{2}\dot{1}\dot{2}\dot{1}6}$ | 55 $\overline{6553}$ |

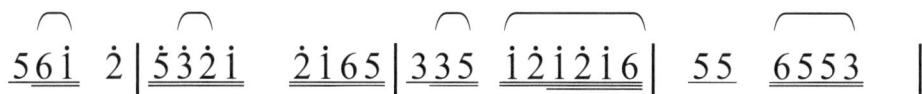

只见 得 一双 个 金环勒浪 头啊 中 存哎，哎

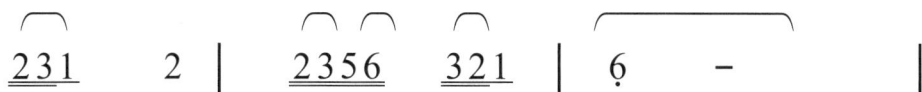

$\overline{231}$ 2 | $\overline{2356}$ $\overline{321}$ | $\underline{6}$ — |

南 无， 南 无 弥 陀 佛。

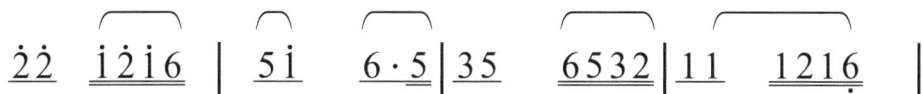

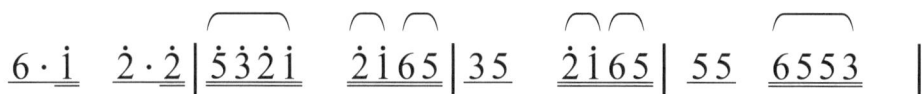

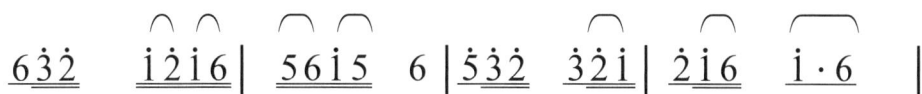

$\overline{\dot{2}\dot{2}}$ $\overline{\dot{1}\dot{2}\dot{1}6}$ | $5\dot{1}$ $6\cdot5$ | 35 $\overline{6532}$ | 11 $\overline{121\underline{6}}$ |

心啊 中 烦 恼 么 起疑 啊 云啊，

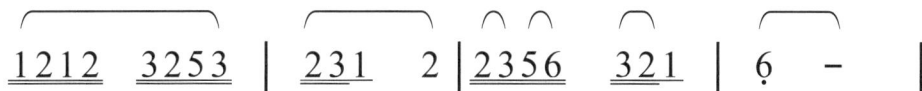

$\overline{1212}$ $\overline{3253}$ | $\overline{231}$ 2 | $\overline{2356}$ $\overline{321}$ | $\underline{6}$ — |

南 无， 南 无 弥陀 佛。

$6\cdot\dot{1}$ $\dot{2}\cdot\dot{2}$ | $\overline{5\dot{3}\dot{2}\dot{1}}$ $\overline{\dot{2}\dot{1}65}$ | 35 $\overline{\dot{2}\dot{1}65}$ | 55 $\overline{6553}$ |

环啊 子个 好 像 么 我啊 家个 物呀，哎

$\overline{231}$ 2 | $\overline{2356}$ $\overline{321}$ | $\underline{6}$ — |

南 无， 南 无 弥 陀 佛。

$\overline{6\dot{3}\dot{2}}$ $\overline{\dot{1}\dot{2}\dot{1}6}$ | $\overline{56\dot{1}5}$ 6 | $\overline{5\dot{3}\dot{2}}$ $\overline{\dot{3}\dot{2}\dot{1}}$ | $\overline{\dot{2}\dot{1}6}$ $\dot{1}\cdot6$ |

为啥个 为 到 熊家 门，不免个 便把 媳妇 喊，

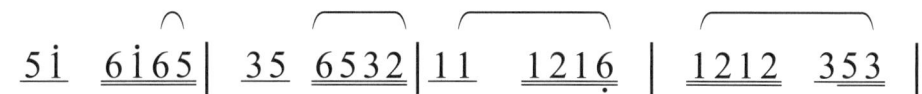

$5\dot{1}$ $\overline{6\dot{1}65}$ | 35 $\overline{6532}$ | 11 $\overline{121\underline{6}}$ | $\overline{1212}$ $\overline{353}$ |

让我 一看么 便知 啊 情哎 南

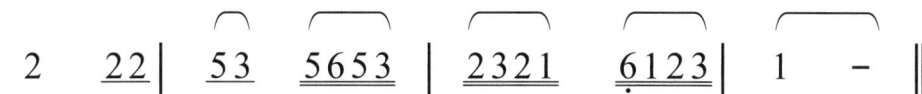

2 22 | 53 $\overline{5653}$ | $\overline{2321}$ $\overline{\underline{6}123}$ | 1 — ‖

无， 南无 消 灾 时 菩 萨。

赞十字调

宣唱：归金宗
记谱：葛润子

1 = C

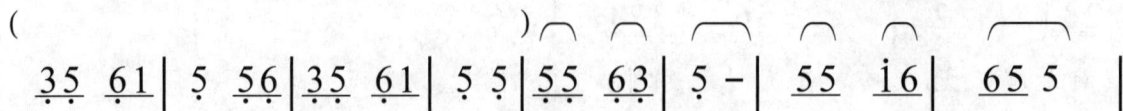

```
( 3̲5̲  6̲1̲ | 5̣  5̲6̲ | 3̲5̲  6̲1̲ | 5̣  5̣ ) 5̲5̲  6̲3̲ | 5 - | 5̲5̲  i̲6̲ | 6̲5̲  5 |
```

1. 　　　　　　　　　冯　洪　春，　弗　快　活，
2. 　　　　　　　　　个　子　小，　身　体　矮，
3. 　　　　　　　　　吊　鲹　鲅，　滥　眼　梢，

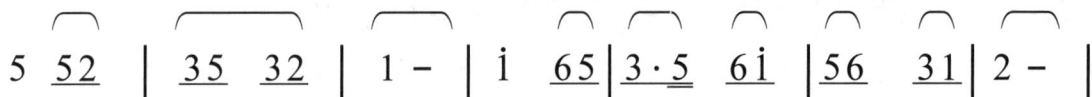

```
5  5̲2̲ | 3̲5̲  3̲2̲ | 1 - | i̲  6̲5̲ | 3̇·5̲  6̲i̲ | 5̲6̲  3̲1̲ | 2 - |
```

1. 心　中　忧　　闷，阿　弥　格　陀　佛　弥　呀　弥　陀　佛。
2. 二　尺　三　　寸，阿　弥　格　陀　佛　弥　呀　弥　陀　佛。
3. 鼻　头　嗡　　声，阿　弥　格　陀　佛　弥　呀　弥　陀　佛。

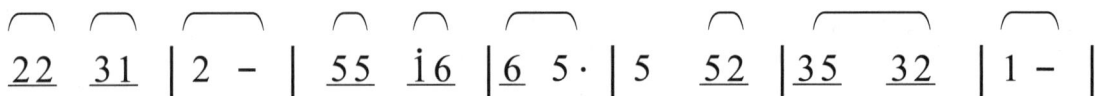

```
2̲2̲  3̲1̲ | 2 - | 5̲5̲  i̲6̲ | 6̲  5̇· | 5  5̲2̲ | 3̲5̲  3̲2̲ | 1 - |
```

1. 冯　小　宝，　十　分　丑，　不　像　个　　人，
2. 脑　袋　大，　眼　睛　小，　阔　嘴　厚　　唇，

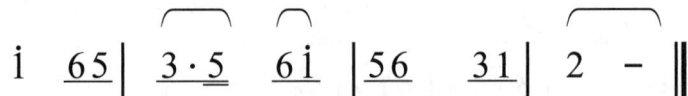

```
i̲  6̲5̲ | 3̇·5̲  6̲i̲ | 5̲6̲  3̲1̲ | 2 - ‖
```

1. 阿　弥　个　陀　佛　弥　呀　弥　陀　佛。
2. 阿　弥　个　陀　佛　弥　呀　弥　陀　佛。

夯调

《双奇冤宝卷》选段

宣唱：归金宗
记谱：葛润子

1=C

66i ２̇２６| i īi６| 66i ２̇３̇２̇ | i·６i | ２̇３̇２̇ i６i |

第　一

6553 5 | 63２̇ īi | 656 5 | 355 356 | īi3 5 | 5 i3 |

咿呀 嘿， 还要 嘿嘿 咿呀 嘿， 第一层 桥洞 来造 好， 石人

3535 66|6532 11 |12 66|6532 3 | 66 ２̇２̇|ī65 i６| 6 - ‖

石马勒浪 石桥 浪 存哎。 弥陀 南无 佛， 南无 阿呃弥 陀哎。

上寿调

宣唱：吴　军
记谱：葛润子

1=E

6̇6̇1　2̇3̇2　|　1̇2̇1　2̇7̇6̇5　|　3·5　|　6̇5̇1̇6̇　|　5̣　5̣　|

福禄	寿	三老	星君	重	天	高	哎，
但只	见	八个	仙人	来	天上	寿	哎，
梁山	上	种		一	颗	桃	哎，
人人	说	我		开	花	早	哎，

……

寿	桃	只	只	仙	上	佛	哎，
寿果	子	团团	圆圆	抛	世	界	哎，
寿	茶	二	盏	时	常	献	哎，
众	仙	吃	仔	腾	云	去	哎，
今	日	上	寿	今	日	毕	哎，

5̲5̲　6̲5̲3　|

哎

2̲3̲1　2　|　2̲3̲5̲6　3̲2̲1　|　6̇6̇　0　|

| 南 | 无， | 南 | 无 | 弥 | 陀 | 佛， |

6̇6̇1　2̲3̲2　|

贵府	浪向
又看	见
我种	仙桃
不得	知

……

寿　面
香　花
寿　酒
斋　主
满　门

13　2765 | 356　6532 | 1 165 |

金子 银子么　满啊 库　摇 哎。
空中 王母么　献蟠 啊　桃 哎。
弗　用　　水啊 来　浇 哎。
结只 仙桃　九千 啊　朝 哎。

……

吃得 大家　哈哈　笑 哎。
米　饭　有根 啊　苗 哎。
洒　出　顺风　飘 哎。
福　寿　一齐　交 哎。
福禄 称 呼　到后 来　好 哎。

112　3253 | 231　2·3 | 2356　321 | 6·6　0 |

南　　无　南无 弥陀 佛

最后一段

112　3253 | 2　22 | 3·2 553 | 2321 | 6156 | 1 - ‖

南　　无, 南无 上 寿 司 菩 萨。

送佛调

宣唱：吴 军
记谱：朱光磊

1 =B

```
1̄ 1̄ 6    5 6 1̄  |  1̄ · 6 6 5    6  |  5 5 3    2 3 5  |  6 5 3 2    1  |
```
今日　圆满　　载　吉　祥，宣卷　圆　满　再　焚　香。
阿弥　陀佛　　弥呀　弥陀　佛，消灾　延　寿　药　师　佛。
不敢　久留　　诸　佛　祖，殷勤　拜　送　上　灵　山。
阿弥　陀佛　　弥呀　弥陀　佛，消灾　延　寿　药　师　佛。
先送　护法　　马　天　军，次送　黑虎玄坛　赵　将　军。
阿弥　陀佛　　弥呀　弥陀　佛，消灾　延　寿　药　师　佛。
三送　尽忠保国　岳　元　帅，四送　赤心忠良　温　天　军。
阿弥　陀佛　　弥呀　弥陀　佛，消灾　延　寿　药　师　佛。
……

```
6 5 6    1̄ 1̄ 6  |  6 5 6    6 · 1̄  |  3 3 2    3  |
```
南无　送圣藏　菩　萨，　　　　摩　诃　萨，

```
5 6 1̄    1̄ 6 5  |  6 5 6    6 · 1̄  |  3 3 2    3  |
```
南无　送圣藏　菩　萨，　　　　摩　诃　萨，

```
5 6 1̄    1̄ 6 5  |  6 5 6    6  |  5 1̄    3 2 1  |  2 -  ‖
```
南无　送圣藏　菩　萨，　　菩萨　摩　诃　萨。

三、退星科仪基本曲调

《退星科仪》（一）

宣唱：归金宗
记谱：葛润子

1 = C

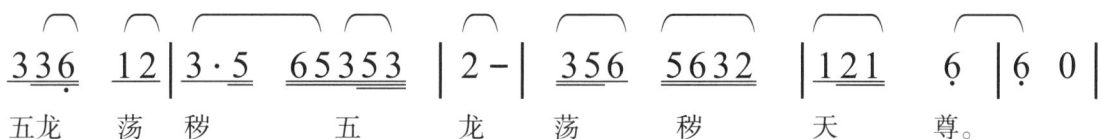

五龙 荡秽 五 龙 荡秽 天 尊。

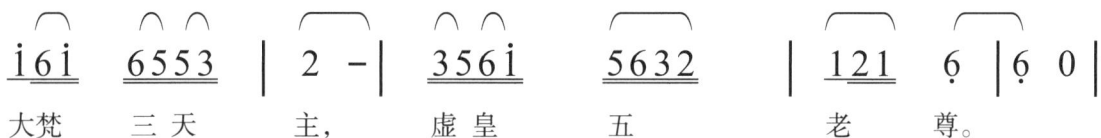

大梵 三天 主， 虚皇 五 老 尊。

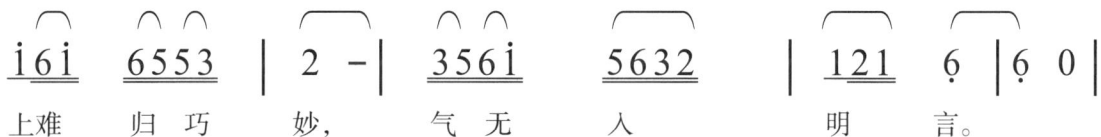

上难 归巧 妙， 气无 入 明 言。

宝座 临金 殿， 霞官 照 玉 轩。

万真 朝帝 苏， 飞雪 霭 云 跟。

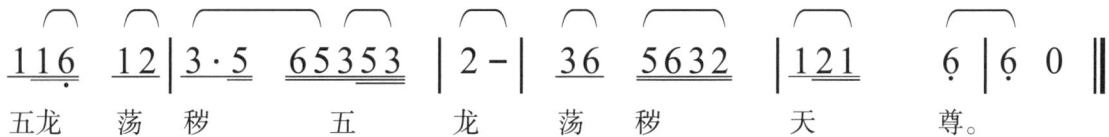

五龙 荡秽 五 龙 荡秽 天 尊。

《退星科仪》（二）

宣唱：归金宗
记谱：葛润子

1=C

《退星科仪》(三)

宣唱：归金宗
记谱：葛润子

1=C

《退星科仪》（四）

宣唱：归金宗
记谱：葛润子

1=C

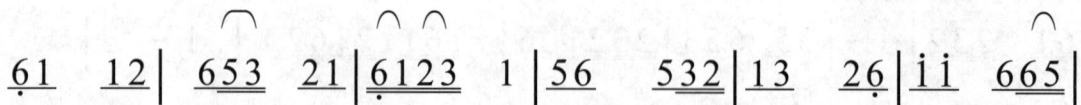

良宵 奉汝 退星 保安延生 信,啥啥 人得为 自己 名下,今岁 流年

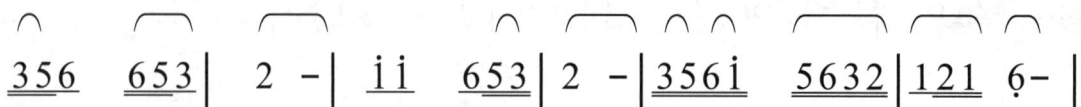

命中 若 犯 木德 火罗 星, 火居 木 钵 星,

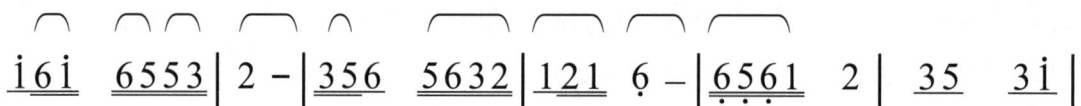

罗睺 计都 星,紫薇 月 孛 星。奉 请 大势 延寿

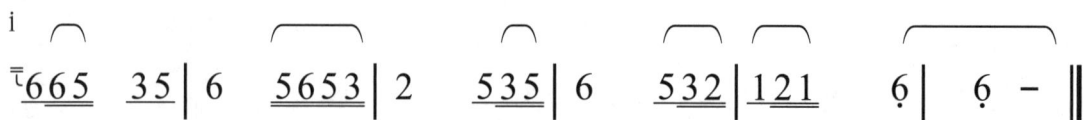

星君 来界 退。上 奏, 上奏 解 厄 天 尊。

《退星科仪》(五)

宣唱：归金宗
记谱：葛润子

1 = C

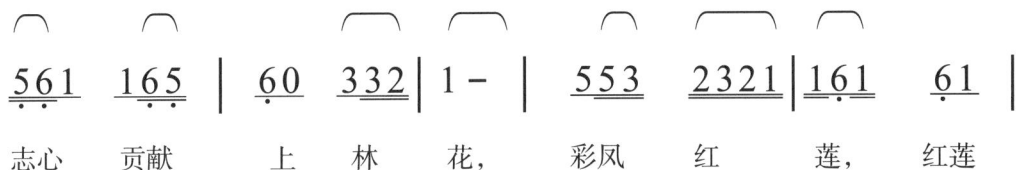

志心　贡献　上　林　花，　彩凤　红　莲，　红莲

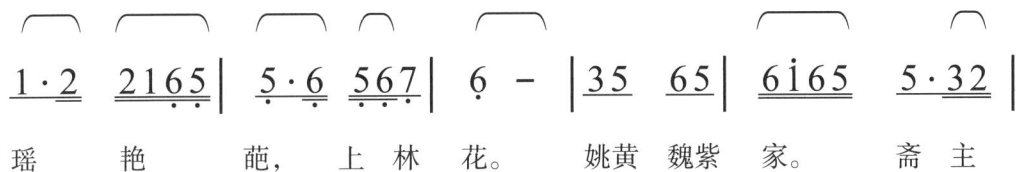

瑶　艳　葩，　上　林　花。　姚黄　魏紫　家。　斋主

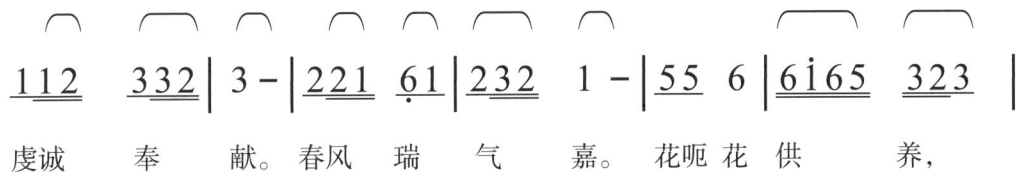

虔诚　奉　献。春风　瑞　气　嘉。　花呃花　供　养，

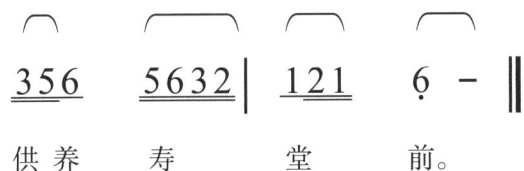

供　养　寿　堂　前。

《退星科仪》(六)

宣唱：归金宗
记谱：葛润子

1＝C

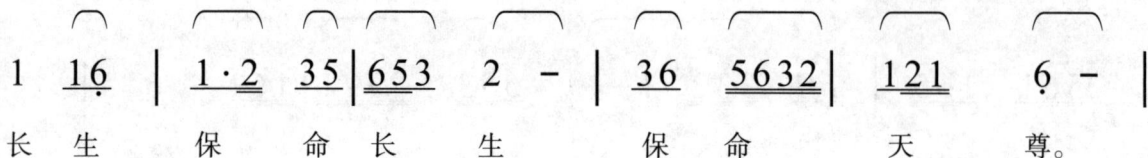

长 生 保 命 长 生 保 命 天 尊。

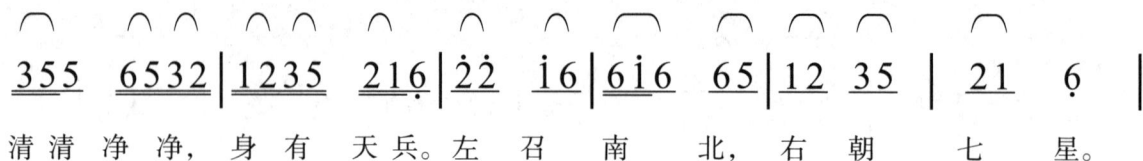

清 清 净 净，身 有 天 兵。左 召 南 北，右 朝 七 星。

天 真 下 降，搜 捉 妖 精。吾 今 持 咒，永 保 安 宁。

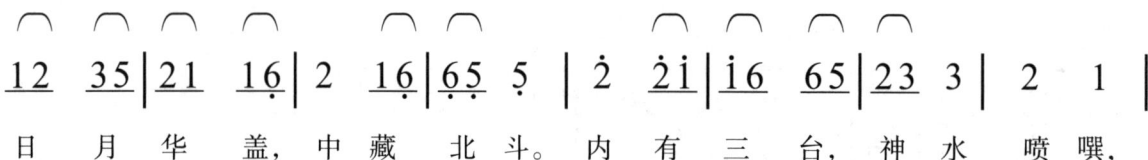

日 月 华 盖，中 藏 北 斗。内 有 三 台，神 水 喷 噀，

灾 去 福 来。长 生 保 命 长 生 保 命 天 尊。

四、宣卷常用江南小调

无锡景

宣唱：吴　军
记谱：朱光磊

1 = F

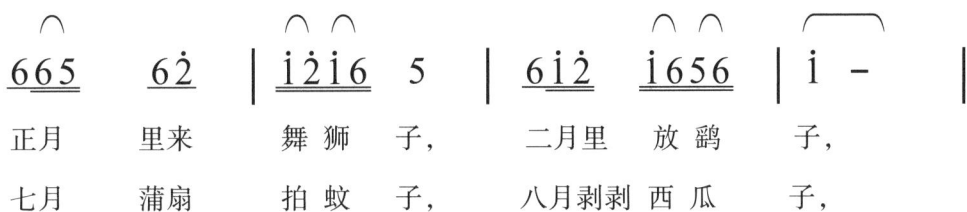

正月　里来　舞狮　子，　二月里　放鹞　子，
七月　蒲扇　拍蚊　子，　八月剥剥 西瓜　子，

三　月　清　明　要吃　青团　子　呀，
九　月　登　高　去打　梧桐　籽　呀，

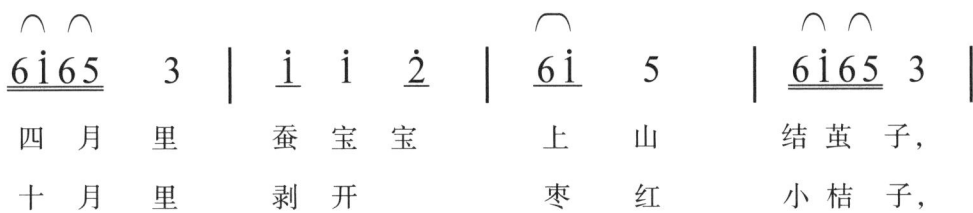

四　月　里　蚕宝宝　上　山　结茧　子，
十　月　里　剥开　枣　红　小桔　子，

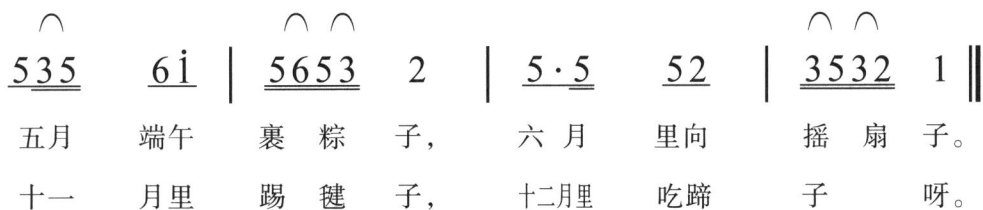

五月　端午　裹粽　子，　六　月　里向　摇扇　子。
十一　月里　踢毽　子，　十二月里 吃蹄　子　呀。

杨柳青

宣唱：李秀英
记谱：朱光磊

1 =B

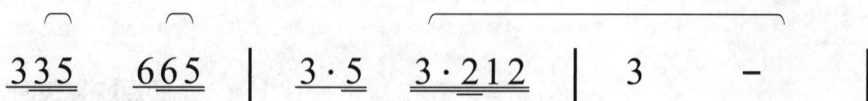

| 335 | 665 | 3·5 | 3·212 | 3 | - |

第一把　扇子　七寸　长，
第二把　扇子　凑成　双，
第三把　扇子　桃花　红，
第四把　扇子　四角　平，
第五把　扇子　午端　阳，

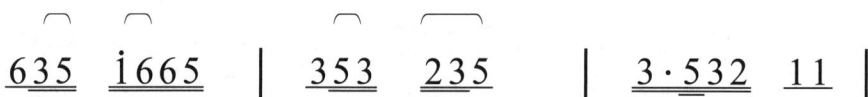

| 635 | 1665 | 353 | 235 | 3·532 | 11 |

一人　扇来么　两人　凉，　杨 啊杨柳　青啊，
双手　弯弯么　拜观　音，　杨 啊杨柳　青啊，
桃树　开花么　结仙　桃，　杨 啊杨柳　青啊，
佛台　四面么　做仙　人，　杨 啊杨柳　青啊，
蔡状元 起造么　洛阳　桥，　杨 啊杨柳　青啊，

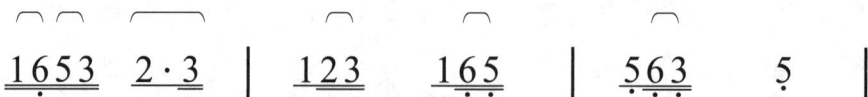

| 1653 | 2·3 | 123 | 165 | 563 | 5 |

哎哎　呀，　眼目　清凉　进佛　堂。
哎哎　呀，　观音　堂前　去烧　香。
哎哎　呀，　来一担　仙桃　上经　台。
哎哎　呀，　烧香　念佛　闹盈　盈。
哎哎　呀，　观音个　送子　快生　养。

春调

宣唱：吴　军
记谱：朱光磊

1 =B

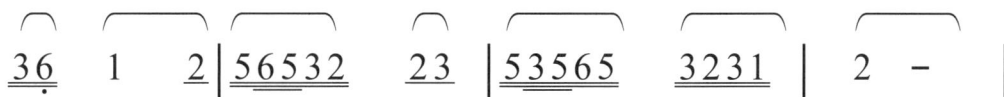

正　月　里　　来　是　　新　　春，
二　月　里　　来　暖　　洋　　洋，

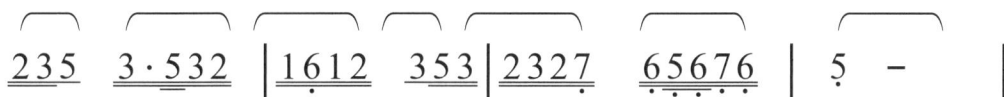

家　家　　户　户　点　红　　灯。
燕　子　　双　双　上　画　　梁。

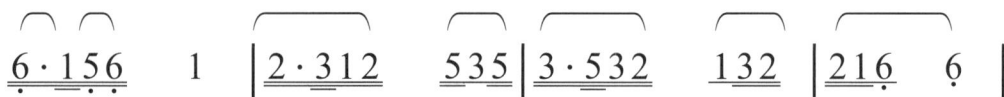

别　人　家　夫　　妻　有　团　　圆　日，
衔　泥　筑　　巢　家　园　　建，

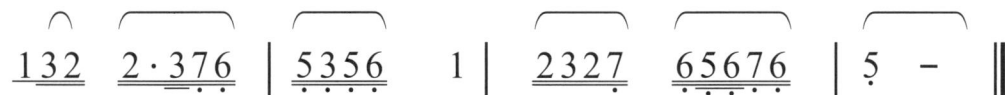

孟姜　女　　丈　　夫　造　长　　城。
孟姜　女　　孤　单　好　凄　　凉。

五更调

宣唱：归金宗
记谱：金献武

1 =F

(7̣7̣6̣　5̣3̣5̣6̣ | 1̣6̣1　2̣5̣3̣2 | 1̣2̣3　1) |

3̣3̣5　3̣2 | 1̣2　1·7̣ | 6̣6̣5̣　3·5̣ | 6̣ (6̣1̣) |
一更　仔个　敲过　月上　山，

2̣2　2·3 | 5̣6　6̣5̣3̣2 | 1̣6̣1　2̣3̣2 | 1·6̣ |
想啊　起哥　哥　熊　友　兰。

1̣1̣6̣　2̣7̣ | 6̣·　(5̣6̣) | 1̣1̣6̣　2̣7̣ | 6̣ － |
离家　到上　海，　一去　信无　来，

2·2　2·3 | 5̣6　3̣2 | 1̣6̣1　2̣3̣2 | 1 － |
甩落　我　家中　一　人　在，

3·5̣　3̣2 | 1̣2　1·7̣ | 6̣6̣5̣　3·5̣ | 6̣　6̣6̣ |
吪吃　仔么　吪穿　么　苦　悲　哀，啊呀

5̣3̣　5̣6̣ | 1̣6̣1　2̣5̣3̣5 | 1 － |
我　个天　　呀。

3̣5　3·2 | 1̣2̣3　1·7̣ | 6̣1̣6̣5̣　3·5̣ | 6̣ － |
阿弥　里个　陀佛　么，弥　陀　南无　佛，

5̣3̣　5̣6̣ | 1̣6̣1　2̣5̣3̣5 | 1 － ‖
哭　到　二　　更。

苏武牧羊调

宣唱：归金宗
记谱：金献武

1 =C

(i·2̇ i6 | 5· 65 | 4·2 456 | 5 -) | |

5·6 1 | 256 42 | 1 - |
想 起 胞兄么 熊友 兰，

i i2̇ i6 | 5· 65 | 442 456 | 5 - |
离家 到上 海， 一去么 信无 来，

i2̇i6 5·6 | 456 5 | 2356 42 | 1 - |
抛兄 弟， 在家里， 无吃 苦悲 哀。

222 26 | 5· 3 | 553 2356 | 1 - |
天天么 在书 房， 日日 把兄 盼，

5̣55 6i | 3 3 23 | 5653 2356 | 1 - |
那日么 早上 起呀， 台上 有金 环。

1·2 44 | 24 21 | 6̣1 42 | 1 - ‖
等了 几天 无人 问，拿去 当钱 财。

烟花女子告阴状

宣唱：归金宗
记谱：朱光磊

1 =F

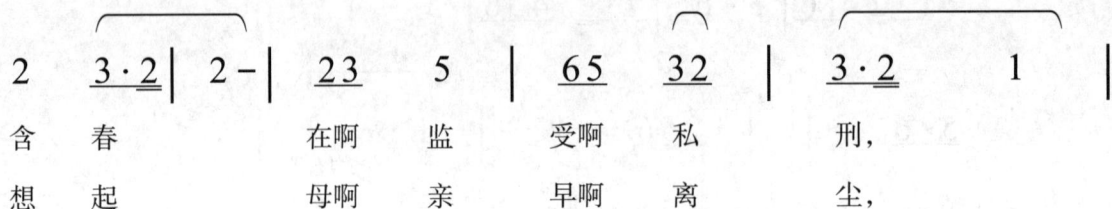

含 春　　在啊监　受啊私　刑，
想 起　　母啊亲　早啊离　尘，

打 得　周 身　血 淋 啊　淋。
乱 落　女儿　从小　吭啊娘　亲。

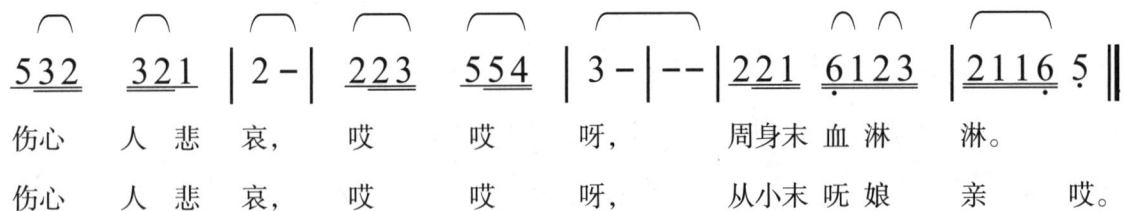

伤心 人悲 哀，　哎　哎　呀，　周身末 血淋 淋。
伤心 人悲 哀，　哎　哎　呀，　从小末 吭娘 亲 哎。

海花调（一）

宣唱：归金宗
记谱：金献武

1 =C

(5·6　1̇2̇ | 65　3 | 5̣2̣　35 | 1 -　) | 　 |

6　65 | 6　1̇ | 3̣2̣　35 | 6 - | 1̇2̇　1̇6̣ | 5·6 | 5 - |

说　新个　闻　来话　新　闻，　南　　无，
新　闻　出　在淮　安府，　南　　无，

5·6　1̇2̇ | 65　3 | 5·6　5̣3̣ | 2 - |

新　闻　唱　给，　摩里　摩诃　萨，
山　阳　县　里，　摩里　摩诃　萨，

5·6　1̇2̇ | 65　3 | 5̣2̣　35 | 1 -　‖

大　家　听　呀　阿弥　陀　佛。
熊　家　村　呀　阿弥　陀　佛。

海花调（二）

宣唱：李秀英
记谱：朱光磊

1 = A

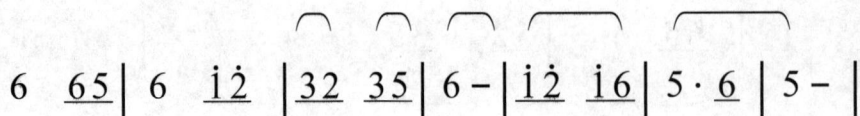

第一只花篮是啥个篮，南　无，
第二只花篮是啥个篮，南　无，

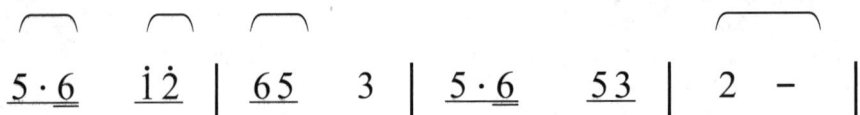

观音菩萨，摩里摩诃萨，
仙童仙女，摩里摩诃萨，

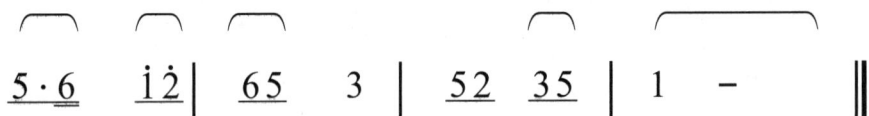

南洋来呀阿弥陀佛。
云端里来呀阿弥陀佛。

吴江调

宣唱：吴　军
记谱：朱光磊

1 = B

一 稀　奇来 么　啥稀　奇，
三 稀　奇来 么　啥稀　奇，
五 稀　奇来 么　啥稀　奇，
七 稀　奇来 么　啥稀　奇，
九 稀　奇来 么　啥稀　奇，

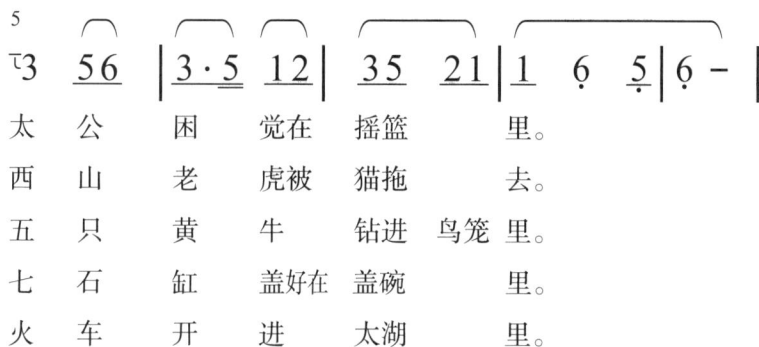

太　公　困　觉在　摇篮　里。
西　山　老　虎被　猫拖　去。
五　只　黄　牛　钻进　鸟笼 里。
七　石　缸　盖好在 盖碗　里。
火　车　开　进　太湖　里。

两稀　奇来 么　啥稀　奇，
四稀　奇来 么　啥稀　奇，
六稀　奇来 么　啥稀　奇，
八稀　奇来 么　啥稀　奇，
十稀　奇来 么　啥稀　奇，

蚱　蜢拖　牢只　大雄　鸡。
师　姑　庵　堂　寻女　婿。
六　个　厨师　老爷　沉熬　汤罐　里。
八　仙桌 掉　勒　风箱　里。
太　阳被 贼伯　伯　来偷　去。

醒世曲

宣唱：归金宗
记谱：朱光磊

1 =C

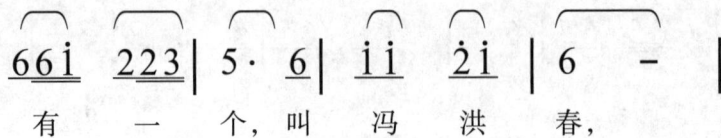

有 一 个，叫 冯 洪 春，

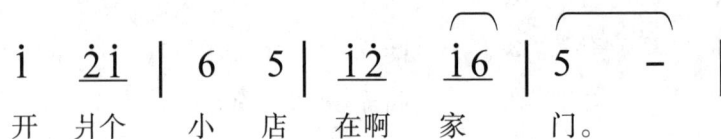

开 爿个 小 店 在啊 家 门。

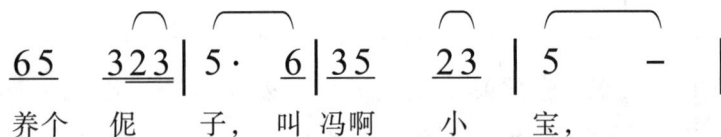

养个 侲 子，叫 冯啊 小 宝，

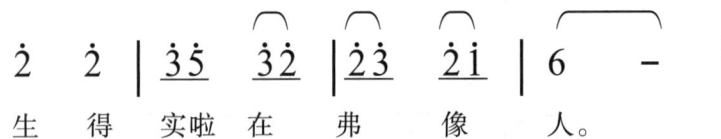

生 得 实啦 在 弗 像 人。

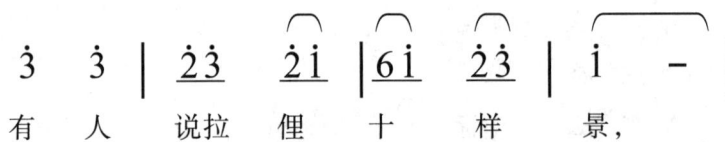

有 人 说拉 俚 十 样 景，

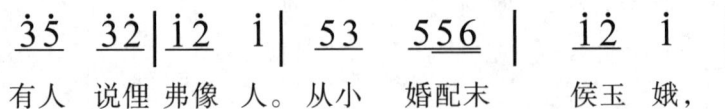

有 人 说俚 弗像 人。 从小 婚配末 侯玉 娥，

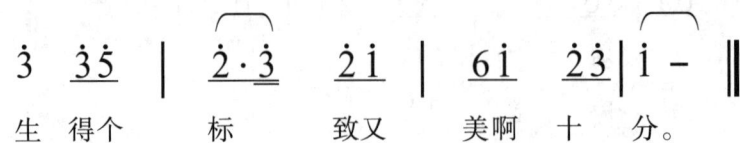

生 得个 标 致又 美啊 十 分。

宣卷艺人介绍

一、胜浦宣卷艺人历史传承

有史可查的胜浦宣卷艺人可以追溯到民国时期。通过他们宣卷活动主要的活跃时期,可以将这些宣卷艺人大致划分为三代。

第一代是活跃于民国时期的胜浦宣卷艺人,主要有杨若卿、周荣藻、刘秀夫、何甸圃、周瑞文、胡舟敖等人。

第二代是活跃于新中国成立后至"文革"之前的胜浦宣卷艺人,主要有金文胤、徐文奎、夏文禹、唐斌群、黄文俊、何仲达、蒋金官等人。

第三代是活跃于改革开放至今的胜浦宣卷艺人,主要有归金宗、花俊德、顾传金、陆安珍、周祥男等人。

当下活跃在宣卷舞台上的,主要是第三代的宣卷艺人以及其弟子和再传弟子们。

从胜浦宣卷的传承资料上看,最初可以分为杨系弟子、张系弟子和朱系弟子三派。杨系是指胜浦宣卷艺人杨若卿的胜浦弟子群体,张系是指斜塘宣卷艺人张荣祥的胜浦弟子群体,朱系是指甪直宣卷艺人朱荷生的胜浦弟子群体。

杨系弟子群体的传承谱系如下:

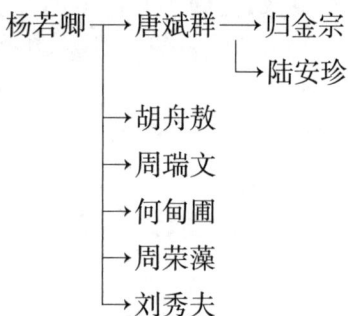

杨若卿 ┬→ 唐斌群 ─→ 归金宗
       │   └→ 陆安珍
       ├→ 胡舟敖
       ├→ 周瑞文
       ├→ 何甸圃
       ├→ 周荣藻
       └→ 刘秀夫

张系弟子群体的传承谱系如下:

张荣祥 ─→ 张畏山 ─→ 蒋金官 ─→ 周祥男 ─→ 徐宏珍 ─→ 吴军

朱系弟子群体的传承谱系如下:

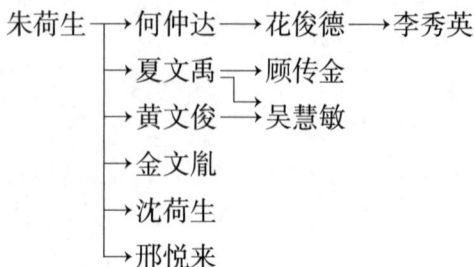

朱荷生 ┬→ 何仲达 ─→ 花俊德 ─→ 李秀英
       ├→ 夏文禹 ┬→ 顾传金
       ├→ 黄文俊 └→ 吴慧敏
       ├→ 金文胤
       ├→ 沈荷生
       └→ 邢悦来

二、当代胜浦宣卷艺人简介

当下仍在演出的宣卷艺人主要有花俊德、归金宗、陆安珍、周祥男、李秀英、徐宏珍、吴军等人。

（一）花俊德

花俊德，男，1943年出生，胜浦金港村人。花俊德七岁开始上小学，十三岁小学毕业继续去上初中，从十八岁开始先后在南巷、江圩村教书。他从小就喜欢音乐艺术，十五岁的时候已经学会了拉二胡、吹笛子。因为自小就喜欢音乐，会弹唱乐器，这为花俊德后来学习宣卷奠定了基础。

花俊德刚开始接触认识到宣卷是因为当时村上有一个会宣卷的老先生，叫何仲达。何仲达老先生不仅会宣卷，平时有事没事还喜欢唱戏，尤其是地方戏曲。因为花俊德会拉二胡、吹笛子，所以何老先生就会让花俊德给他伴奏。几次伴奏下来，花俊德和老先生成了好搭档。农闲的时候，村民就会聚集到一起，听何仲达先生演唱戏

花俊德

曲，大多都是耳熟能详的曲子，而花俊德就在一旁伴奏，其乐融融，深受村民的喜爱。也正是何老先生的启蒙，使花俊德逐渐喜欢上了听宣卷。于是每次何仲达先生在花俊德所在村子或者隔壁村子宣卷的时候，花俊德就做他的"小跟班"，跟着他走街串巷。每次他宣卷，花俊德就搬个板凳坐他旁边听他宣卷。一开始只是喜欢欣赏，到后来逐渐感受到了宣卷的魅力，不仅认真地听何先生唱，而且还开始用心去记。因为花俊德脑子灵光，对音乐敏感，记起来从不觉得枯燥乏味，反而乐在其中。何老先生一边表演，花俊德就一边学，那时候还都算是"偷学"。平日里花俊德还是要去工作、做生活的。有时候在田里割草锄地，累了就坐在田埂上，给一起工作的朋友们宣起卷来，一唱就忘了时间和工作，好几次天暗了才意识到工作没做完，回到家里就要吃爸妈的"家生"。花俊德也不恼，反而更喜欢宣卷。

就这样，花俊德跟着何仲达先生"偷学"了好几年宣卷。在花俊德十八岁的时候，有一次，何老先生还有他的下手杨阿木在一家人家的"进屋"仪式上宣卷。花俊德照旧一同跟过去听宣卷。应该是宣到了半夜，何仲达先生突然闹肚子，去了好几次，准备进行下一回宣卷时却被反复打断。下手杨阿木就让花俊德试试上台宣卷。明明是一句打趣的玩笑话，但花俊德很激动，这是花俊德第一次有机会坐到宣卷先生的位置上。说实话，那个时候花俊德特别紧张，脑海里回顾着前一回的内容，模仿着何仲达老先生的样子，像模像样地宣了下去。可能是几年来私底下都有练习模仿，第一次宣卷，花俊德感觉自己的唱还可以，口齿清楚没有含糊，也跟上了节拍。宣完一回，何仲达先生从茅厕里出来，面露惊奇地问花俊德："你这宣卷是和谁学的

呀？"花俊德和他说："没有人教我，都是我从你那儿偷学来的。"何老先生笑了笑，让花俊德把下半夜的一回卷代替他宣完了。那次好多村民都夸花俊德，说他天生就是宣卷的料。也是从那个时候开始，花俊德就正式学习宣卷。虽然一直是一边从事工作一边找时间学，但也很开心。后来村镇的学校缺音乐老师，花俊德就去代课，有时候一些文娱活动花俊德也会帮忙排练，这提升了他的艺术能力。

在学习宣卷的路上，花俊德从一开始是向何仲达老先生"偷学"宣卷，自学成才，后来他就正式师从何仲达、金文胤、唐炳群三位老先生，获得他们的"口传心授"。当时应该是二十世纪六十年代初，国家号召人民公社，大办农业，花俊德便去大队里当会计，所以只有空闲时间才能学习宣卷。何仲达老先生快要去世的时候，把他的宝卷《增寿宝卷》《龙凤锁宝卷》《三宝科仪》等都送给了花俊德，他便在那段时间里认真学习理解。

"文革"开始的时候，大家开始除"四旧"，宣卷也被认为是"四旧"之一，要彻底销毁。花俊德就把收藏的宣卷本子藏起来，随便拿了几本没用的书烧了，装作烧掉了宣本。这么多年来，花俊德一直在搜集各种宝卷。他的一个宝卷箱子里有六十多本，一些是老先生们给他的宝卷，都已经泛黄了，还有一些是他自己抄写的，还有一些是后来复印的。还记得有一次，应该是在1986年，花俊德听说附近有一个老人家，他家里收藏着几本宝卷，花俊德可激动了，连夜登门拜访。当时吴淞江的晚风又大又冷，江上浪也高，花俊德开着船，乘着风浪就这样去了那个老人家家里，但他还是拒绝了花俊德。花俊德不甘心，去了好几次，还说了很多心里话，最后打动了他。老人家就把宝卷送给了花俊德，就是《合同计宝卷》《麒麟豹宝卷》《义马驮宝卷》这三本宝卷。

宣卷在"文革"期间被当成"四旧"暂停了，后来改革开放之后又兴起了。当时胜浦镇已经有几个宣卷班子了，比如说金文胤、唐炳群、夏文禹等人。当时已经将戏曲表演、民间乐器都融入了宣卷里，人数也增加了，有四人、六人和八人的。这就从以前的双档宣卷，也就是"老法宣卷"变成了"丝弦宣卷"。

当时花俊德正承包了责任田，好多农活都主要是他一个人去做。这时候十三大队的许宗金就邀请花俊德加入他新创的班子。花俊德不嫌累，白天去劳动，晚上就去宣卷。可能因为花俊德算是"自学成才"，所以有些人不愿意和他合作搭班子，有时候则会和其他人搭班演出。后来花俊德索性就自己搭班子，自己主持演出。到后来成立了"俊德"宣卷班，自己做班主，开展了许多演出。有很多学者、专家都来拍摄，美国哈佛大学教授也不远万里两度来录制作品。

花俊德学成后，经常活跃在苏州工业园区动迁小区，奔波于上海、嘉兴、昆山、常熟、吴中区等地。一开始只是邻里乡亲附近邀请他去宣卷，后来乡亲们都喜欢花俊德的演出，大家都亲切地称他为"花老师"。于是被邀请去家乡方圆五十里左右的乡镇里演出，附近几乎每个乡镇花俊德都宣卷演出过。

花俊德所在村子附近有一个祁村，那个村子是个大村子，三百多户人家。花俊德几乎每家每户都去宣过卷。有一次他和夏文禹在祁村连着宣了两天两夜还不让离开。再到后来就去各个地方演出，尤其是苏州附近城市。当时的苏州交通还不是很便捷，苏州河又多，外出宣卷没有平坦的大马路，唯一的交通工具就是划船。花俊德自己划船又费时间，每次出去宣卷都要花大半天时间在路上，所以他自己动手在船上装了个挂机，出行就快很多了。一到冬天就更难出行了，有时候河里水不多，花俊德就只能赤脚走在冰冷的河里推着船走。再后来就有了马路，不过是泥路，那时候骑自行车，但雨天骑车也很麻烦。花俊德就这样将就着，没有放弃，宣了几十年。

宣卷演出多是按照事主家里的情况请班子去宣不同的卷，花俊德也会根据他们的要求选择不同的卷本。像《增寿宝卷》就意味着祝人长寿，保佑健康；像《大香山宝卷》就意味着吉祥幸福瑞气；还有《财神宝卷》，听名字就意味着发财富贵。不同的宣卷运用在不同的场合，各有各的含义，花俊德也会根据不同情况进行改变。

花俊德小时候读过私塾,别人都夸他聪颖好学,对音乐敏感,又会乐器,而且宣卷口齿清楚,宣唱有序。宣卷一定要充满感情,才能打动别人。还有可能因为花俊德一开始算是"偷学"的,不算是正规学习,所以更能发挥自己的想法。每次宣卷当事人要告诉他宣唱的原因和场合,这时花俊德就特别擅长选择好的卷本进行表演。而且宣卷不是死板地照着宝卷背唱,有时候要根据不同的实际情况进行临场发挥,要让宣卷生动有趣。大家都说花俊德宣卷富有感染力、表现力。比如,他会根据不同人家的情况选择不同的内容,有时候东家做寿,就选择《增寿宝卷》;有时候小孩子足月剃头,就选择《赵颜宝卷》,祝小孩平安健康。若是有人乔迁之喜、新店开张,就选择一些代表着发财的宝卷,比如说《双富贵宝卷》《财神宝卷》《掘藏宝卷》,等等。而若是逢到庙会,花俊德就会选唱佛卷,比如《大香山宝卷》《猛将宝卷》《关帝宝卷》《太姆宝卷》《红罗宝卷》等。花俊德宣卷每次都要寻找一个合适的内容来宣讲,而不会学别人什么场合都宣同一本。

花俊德不仅自己表演宣卷,还喜欢改编创新。在"文革"的时候,大队让花俊德创办一个文艺宣传队,那时候他就移植样板戏《红灯记》改编为锡剧,花俊德自己演李玉和,参加了公社的文艺节目会演。到后来改革开放,花俊德又继续从事宣卷表演。平时,他不断地在演出中总结,在学习中提升,迄今为止已经宣卷了一万场次以上。虽然花俊德现在年纪大了,但是他还是坚持演出,三年来也演出了六百多场次,还创作了三部宣卷小品。此外,花俊德还会学习借鉴历史故事,汲取其他戏曲形式和戏文,再加上他自己的原创,创作出了一些非常不错的作品,比如说《观音卷》《白蛇传》《白兔记》等。

花俊德一直都把传承"胜浦宣卷"艺术为己任,他多次开展"胜浦宣卷"主题的讲座,在苏州工业园区的博览中心、李公堤等地方都进行过公益性演出,效果还不错。随着年纪大了,花俊德减少了外出宣卷的次数,但碰到宣卷传承的公益活动,花俊德一定会抽出时间去参加。为了吸引年轻人的兴趣,并让他们了解宣卷,花俊德经常去胜浦的幼儿园、中小学开展相关主题的讲座,讲授宣卷知识,让非遗文化遗产从孩子抓起。他还走进社区,常常在社区进行宣卷表演,让居民们都感受到"胜浦宣卷"的魅力。

除此之外,随着花俊德年纪增长,为了更好地传承这门艺术,他亲自物色了一批徒弟人选,开设了宣卷班,努力把自己毕生所学的宣卷技能传授给他们。花俊德会定期亲自带领徒弟传授艺能,一般在周三、周四、周五进行社区演出,结束后给徒弟上课。每年上课差不多要上一百二十多课时。花俊德不仅口传心授,而且还会指导他们解决宣卷时出现的问题。在几年的教学后,花俊德所带的徒弟已经掌握了宣卷技艺,成了宣卷先生,能够在舞台上能独当一面。在多年的教学经验中,花俊德自己摸索出了一套教学传承模式,并且参与编写了有关教学书籍。有许多慕名而来的学者、专家过来拍摄记录,所以他还有一些宣卷演出的视频。

对于花俊德来说,宣卷是一门他非常喜欢的艺术和工作。胜浦宣卷作为省级非物质文化遗产,它的继承和发展是需要一代代人的努力和守护的。花俊德从1960年开始从事宣卷演出,这六十多年来,为了让"胜浦宣卷"深入百姓心里,他竭尽所能,付出了很多。所以花俊德特别希望有更多的人,特别是更多的年轻人了解"胜浦宣卷",喜欢这项艺术,能更好地去继承它、保护它。

（二）归金宗

归金宗，男，1949年出生，胜浦南巷村人。归金宗自小家庭贫困，父母知识水平不高，为了养家糊口，归金宗的父亲做长工，母亲做短工，但仍然入不敷出。为了改善家庭生活水平，在土改工作中，归金宗的父亲归培良积极响应，兢兢业业，表现突出，赢得了村民信赖，很快在村子里成了一个走合作化道路的领头人。所以在父亲的影响下，归金宗从小与人为善、助人为乐。因为是干部子女的身份，归金宗的父亲总是处处严格要求归金宗。在归金宗小学还没有毕业的时候，党中央号召全国大办农业，归金宗的父亲就决定提前结束归金宗的学习生涯，让他回家务农。那时，归金宗才十三岁。对于他父亲来说，归金宗都已经五年级了，识了不少字了，在农村生活够用了。然而就是父亲这一举动，让归金宗失去了上学的机会。但归金宗心有不甘，在田地劳动之余，他依然保持着看书的习惯，时时翻阅《彭公案》《说唐》等书。

归金宗

归金宗住的村上有一个宣卷先生，叫唐炳群。唐先生虽然腿有残疾，但为人聪颖，能拉一手好胡琴。归金宗便跟着唐炳群先生学习拉二胡。有一次，唐先生给了归金宗一张《梅花三弄》的工尺谱，让归金宗背熟，然后再教归金宗拉胡琴。归金宗悟性好，不出几日就能独奏一曲《梅花三弄》了。唐先生十分欢喜，觉得归金宗是一个好苗子，就问归金宗想不想跟他学习宣卷。归金宗有些不知所措，虽然他从小就喜欢听唐先生宣卷，但是脑海里从未有过学习宣卷的念头。在归金宗的印象里，宣卷先生都是上了年纪的人，自己还年轻，不适合当宣卷先生。唐先生不愿意放弃归金宗这样的好苗子，循循善诱，告诉归金宗，你不是喜欢看闲书吗？其实每本卷书就是一个故事。你看书只是一个人看，看后也只有一个人知道。宣卷是把你看到的故事讲给别人听，让大家都知道这个故事。唐先生还告诉归金宗，卷书里大都是劝人为善、行善积德的故事，很有看头。宣卷是教育别人要做好事，不做坏事，是蛮有意义的。唐先生这话不假，宣卷内容既有佛教经典，又有民间故事和历史故事，主题围绕着惩恶扬善、团结友爱、父慈子孝、兄友弟恭，以倡导劝善为宗旨。以往归金宗在村里听宣卷，就是消磨消磨时间，拿农村话来说，是"看看白相相"。现在听唐先生这么一说，觉得很有道理。平时自己看了《七侠五义》，也很喜欢在闲暇之余讲给别人听。于是归金宗把唐先生的意见和自己的想法告诉了父母，但让归金宗没有想到的是，父亲一万个反对，认为宣卷是一种封建迷信，政府现在提倡"讲科学，破迷信"，归金宗去宣卷，是丑父亲的脸。父亲严厉的态度让归金宗不得不暂时放弃了跟着唐先生学习宣卷的念头。

直到归金宗二十七岁那一年，归金宗才偷偷地跟着唐炳群先生学起了宣卷。对二十七岁的归金宗来说，宣卷不仅是传统艺术，还是生活技能。那时候归金宗已经结婚生子，但是家中经济拮据，囊中羞涩，生活困难。加上"文革"刚刚结束，一切百废待兴，农村一些销声匿迹的传统礼仪的风俗开始慢慢恢复，"人去楼空"的宣卷班子重新活跃起来，进入寻常百姓家。外出宣卷能赚钱补贴家用，归金宗找到唐先生说要学习宣卷。唐先生很高兴，一口答应下来，先让归金宗做"下手"和和调。就这样，归金宗和唐炳群先生一边学习，一边外出宣卷。

唐先生是个热心肠的人，但也是一个急性子，常发无名之火。归金宗为了学好宣卷，即使被先生错怪了几句，也能忍耐下去。每次外出宣卷，归金宗都主动提橹摇船。冬天，船在桥下过不去，归金宗不顾寒冷，就先下水把船推了过去。所以唐先生心里还是喜欢归金宗的,后来让归金宗做"上手",此时,归金宗就成了名副其实的宣卷先生。唐先生又是一个心细的人,知道归金宗底子差,所以每当归金宗要宣卷时,他都会在卷本上做好备注。一些冷僻的字,担心归金宗不认识,还会用一张小纸条注明读音,夹在这些有冷僻字的页码里。归金宗十分感激唐先生的关怀备至,所以后来唐先生年纪大,行路不方便,无法外出宣卷了,归金宗回来也要给先生一些烟钿。在唐先生病入膏肓的时候,他把全副宣卷家当和几十本宝卷都交给了归金宗,吩咐说:"农村里需要宣卷,你不能放弃,要坚持。"

宣卷是丝弦班,起初只有先生唐炳群、许宗金、陆安珍和归金宗。因"四"字谐音"死",不吉利,后来,花俊德加入宣卷班子,这样一共五个人,称作"五子登科",讨个好口彩。

胜浦宣卷的时间相对比较灵活,主要根据事主的需求,凡是父母做寿、喜得贵子、婚丧喜庆、新房落成、祛病消灾等都可以宣唱,以求祈福禳灾。时间主要集中在夜间。宣卷先生露水里去露水里回是家常便饭,一场卷宣下来要到凌晨三点甚至天明,回到家时早已疲惫不堪。那时大家还是把宣卷活动和迷信活动联系在一起,归金宗不可避免地受到质疑。当时有人曾劝他放弃宣卷,说:"你父亲做了几十年干部。你干部不做,去做那种不三不四的事,没有出息。"归金宗承受着巨大的压力,一度也曾想打退堂鼓。这时,是唐先生告诫归金宗:"你学好这个宣卷有意义。第一,你能在学习文化上有帮助;第二,也是传承了一种传统艺术。"唐先生的话消除了归金宗的焦虑和困惑,几年来,归金宗听了先生的话,把宣卷活动坚持了下来。后来唐先生去世了,归金宗更有了一种责任感,要把唐先生的宣卷事业承担起来,把宣卷一代代传承下去,于是归金宗更加不厌其烦地钻研宣卷技巧。在改革开放前,还有不少人认为宣卷是不登大雅之堂的,甚至有人认为是在搞封建迷信活动,向他们投来复杂的目光。所以,他们起初都是偷偷地干宣卷的,都戏谑自己是"地下工作者"。改革开放后,从"地下"转为公开,归金宗就大胆地在社会上宣卷,并组织了几个爱好文艺的同事一起来搞宣卷。

从那时候开始,归金宗不仅在本乡本土做宣卷,还跑到外地去活动。时间一长,归金宗在外宣卷有了一定的声誉,远在上海、吴江等地的乡民也来请他去宣卷。不管是地方庙会,还是农家举事,归金宗只要有人来邀请,不论天气好坏,都会带着一班人如期而至。特别近十年来,归金宗的宣卷生意忙得应接不暇。有时,初搭的班子缺"上手",也要让他出场带带新手,撑撑场面。几年下来,归金宗带过不少人,都同他合得来。

归金宗与"下手"之间,讲究平等。一般情况,班主在报酬上稍多一点,但归金宗不论宣一场卷收入多少,总是大家平分,他认为这样做能让自己回到家心安理得。多年来,归金宗宣卷班走南闯北到过不少地方,南到吴江,东到上海青浦,西到苏州西山,北到城北桥,在胜浦周围一带几乎每个地方都走遍了。村子里的老人大都认识,一见到归金宗就喊:"宣卷先生来了。"然后济济一堂,欢声笑语,热闹非凡。归金宗每年宣卷都在一百三十余场次,在群众中很受欢迎。

归金宗在宣卷的时候,会经常遇到主家或听客"点卷"的情况。"点卷"就是让你宣什么卷你就宣什么卷。所以在学习宣卷的时候,唐先生对归金宗的要求就很严格,除了要求他熟记卷本内容,还要求他在不悖主题的情况下适当发挥。为了应付自如,归金宗对家中的几十本卷都烂熟于心,能够做到不看卷本也能宣下去,并且还能在必要处扩展一些具体细节。这在说书里叫作"穿插",在宣卷里叫"跑野马"。宣一场卷共两回,中间有给宣卷先生休息的时间,满打满算下来,宣一场卷至少要五个小时。一般情况下,一场卷只宣一本宝卷,但是有一些宝卷内容少,如果宣卷先生不跑野马的话,时间就很短,宣不够五小时。归金宗记得有一次,他同另一个"上手"搭档,上回卷被"上手"宣了大半本,轮到归金宗宣下回的时候,宝卷只剩下小半本可宣,归金宗为了保证有足够的时间,不得不跑野马。像宣到儿子对父母不孝时,具体细节可讲得详细一点,如儿子如何无情,父母如何苦楚,甚至穿插历史上一些忤逆不孝的例子。这样,既紧扣了主题,又保证了一定的时间。

有一年,归金宗和搭档去太仓浏河镇一个庙会上宣卷,当地有一位熟谙宣卷的老先生递给他一本《玉皇宝卷》,说他们那里凡是庙会宣卷,第一场卷必须要宣《玉皇宝卷》,第二场宣什么卷倒是可以由宣卷先生任选。归金宗一听,这位老先生是来"掂斤两"。归金宗家中没有《玉皇宝卷》,也从未宣过此卷。他一看时间,连吃中饭在内,离开宣卷时间还有两个小时。归金宗就对"下手"顾水英说:"你在开卷之前照看着点大家,吃饭的时候就不要来找我了,我要作点准备。"说完,归金宗就带了《玉皇宝卷》,找到村外一个农田灌溉用的机房,埋头看起来。这时,归金宗想起唐先生生前的一句话,你无论宣什么卷,都要熟记这本宝卷的故事情节,中间不管你开不开野马,都不能脱节和离题。就是要做到就事论事,不扯闲笔。所以,那天归金宗顾不上吃饭,把《玉皇宝卷》通读了一遍,牢记住它的情节,还考虑到在哪里可以开野马,全都做好了准备。回到宣卷班子里,他们中饭已经收席,幸亏班子里的人把餐桌上一份点心留给了归金宗,让他暂且填了空腹。后来,这场宣卷结束以后,那位老先生握住归金宗的手说:"你宣得不错,有一段'玉皇遭难,必有后福'是你加进去的,你讲得如此生动,让我流了泪,不简单。"看到老人被表演打动,归金宗这颗心才算放下。

归金宗宣的卷书基本是老祖宗传承下来的,但他自己也会根据时代的需要编写一些简短的片段,如"扫黑除恶""疫情防控"等。近五年来,归金宗活跃在周边乡镇参加各种公益活动,数量较多,内容广泛。归金宗还连续三年参加了锦溪镇举办的江浙沪宣卷会演,并获得二、三等奖。现在他每周固定在胜浦街道开设的"红浦雅苑·宣卷堂"定期为社区居民演出。此外,他还去常熟理工学院向大学生进行宣卷讲座,并被聘为该校校外非遗传承导师。为了让民间文学"宣卷"后继有人,在三十多年的时间里,归金宗精心挑选了几位民间文学的爱好者,并把他们收为徒弟,平时经常义务开展传授,尽可能地让他们把老祖宗的文化学到手,并鼓励他们加以创新。在平时的生活中,归金宗也经常向居民们宣传民间文学的重要性,让老百姓特别是年轻人了解宣卷在江南一带的古老历史,也尽可能引导他们去接近它、喜爱它。

胜浦宣卷是苏州宣卷的代表之一,苏州宣卷是江南宣卷的代表之一。胜浦宣卷是古代江南宣卷在当代的遗响。自2009年胜浦宣卷被列入江苏省非物质文化遗产名录后,归金宗就配合文化站的活动,把胜浦宣卷作为一项文化娱乐项目在社区里演出,既丰富了群众的文化生活,受到了居民的欢迎,又传承了这一民间艺术奇葩,让越来越多的人重拾对这些传统艺术的热爱。

（三）陆安珍

陆安珍，女，1949年出生，胜浦南巷村人。陆安珍从小就喜欢唱歌，十六七岁时就在宣传队唱歌，扮演《沙家浜》里的阿庆嫂，还有《红灯记》里的李奶奶。她在三十多岁就开始学习宣卷，到目前为止已经学了将近有四十五年了。

陆安珍的老师是唐炳群和许宗金，唐炳群的老师是金文胤。陆安珍是和归金宗一起跟着唐炳群学习宣卷的。那个时候都只有男子宣卷，没有女子宣卷，所以一开始陆安珍只是专门负责唱戏，宣卷是由唐炳群和许宗金负责。后来两位老师年纪大了，归金宗就学习了宣卷。后来归金宗去外面搭班子唱宣卷，班子里就没有宣卷的人了，因此陆安珍就开始慢慢学习宣卷。陆安珍自己感觉很

陆安珍

为难，不知道自己能不能挑起这个担子。现在胜浦宣卷的女子很多，但是那个时候由于封建思想的影响，大家觉得女子都是不能出去做宣卷的，陆安珍有点担心那些风言风语。幸运的是，她的老师看中她的好嗓子，反复邀请她去学习宣卷。同时，陆安珍的丈夫和婆婆也非常支持她去宣卷。虽然陆安珍觉得这件事情挺难为情的，但最终还是放下了思想顾虑，跟随老师一起出去宣卷。当时的交通不是很方便，每次出去都要坐船出去。第一次出去感觉很难为情，坐在船上恨不得叫船停下来，到了别人家里，去吃晚饭也不敢上桌面，生怕别人说她是女子宣卷。但陆安珍的老师则一直鼓励她，说不要紧的，出去总有第一次的。后来陆安珍出去宣卷多了，果然慢慢习惯了。

各个地方的宣卷各有特色，胜浦的宣卷和其他地方还是有区别的，主要的特色在于自己地区的曲调。在宣卷生涯的四十多年里，宣卷的情况发生了很多的变化。以前一个班子起码有六个人，大部分有八个人，以唱戏为主，在结束的时候宣一份三十分钟左右的小卷。现在考虑到经济，宣卷都比较简单，只要三个人，一个主宣，一个和佛，一个二胡。这样以宣卷为主，一本卷宣两三个小时，还有上寿、请佛、送佛。以前宣卷做得晚，早的也要到半夜十二点，晚的都要到凌晨两点多，现在一般都十点过后就结束了。陆安珍年轻的时候，一个月没有几天可以休息，做宣卷做得非常累。有时候实在困了，她就在宣卷前趴在台子上睡一会儿。以前道路不好走，陆安珍的班子还开摩托车去宣卷，这样比较快一点。由于宣卷，张浦、甪直、斜塘等大部分的苏州地区她都去过。很多人都会来找陆安珍做宣卷，斜塘、甪直等地方的人都会找过来。有一次，陆安珍在外面种地，有一个人特地找过来，找她去家里做祝寿宣卷。那时，陆安珍和丈夫要开运输船过去，当时的一单生意就只赚几十块钱，但是到县市的运输船太贵，所以就拒绝了。不过，她现在想想挺后悔的，因为人家毕竟是特地赶过来请她的。

陆安珍在宣卷班子里做了几十年，也担任了班主。她认为一个班子就像一个大家庭，团结非常重要，班主也要尽心尽力维持。随着年龄增长，还有家庭的需要，后来陆安珍不再带班，以回归家庭为主，偶尔出去搭班演出一下。

现在，胜浦街道在社区开设了"红浦雅苑·宣卷堂"，她就每周定期为社区居民演出。除了宣卷堂，陆安珍一般是去别人家给结婚祝寿的宣卷，大部分时间都是放在周六、周日。

陆安珍很谦虚，认为自己宣卷还不够好，所以也没有带什么徒弟。陆安珍认为现在宣卷发展得挺好，

学宣卷的人以四十、五十岁的中年人居多,很多抖音上看到的宣卷同行,她都不太认识了,说明宣卷后继有人。她认为传统的宣卷都是大家集中在一个地方,坐下来现场听,还有时间的约束,现在抖音、微信等视频都是很好的方式,大家手机里刷一下就能听了,随时随地,很方便。宣卷需要被大家更多的认识、熟悉并推广,传统要保留,也要不断发展。

（四）周祥男

周祥男,男,1967 年出生,胜浦西港村人。周祥男在小时候,祖母经常带他去舅叔公(祖母之弟弟)家玩。舅叔公叫周蓉藻,是一位宣卷艺人,他有很多宝卷,如《双蝴蝶》《一餐饭》《玉连环》《龙凤锁》《珍珠塔》《麒麟豹》等,还有一些"退星""解结"的经卷。当时舅叔公要周祥男学宣卷,祖母说小孩子先读好书,多识字。实际上,当时的周祥男就喜欢上宣卷了,特别喜欢听宣卷。如果舅叔公在本村做寿人家宣卷,周祥男就一定会缠着祖母要去听宣卷,一听就是大半夜。一直到深夜二三点,吃了寿面再回家睡觉。而舅叔公和斋主人家是不睡觉的,一直做到天亮,俗称"陪星官"。

周祥男

在少年时期,大约十一二岁,舅叔公一定要教周祥男学宣卷,两个叔叔(舅叔公的两个儿子)也要他学,祖母还是说等读好了书再说。实际上当时的周祥男已经会唱了,就是说表还不行。因为卷本中的字都是竖排繁体字,周祥男对于其中部分字都还不认识。所以当时周祥男的想法也和祖母一样,想读好了书再学。虽然周祥男当时还没有从事宣卷行业,但是舅叔公仍旧经常向他传授宣卷经验。舅叔公告诉周祥男,如果某一天斋主人家请宣卷,就在某一天的前一天要斋戒一天,吃素戒杀,还要香汤沐浴,以表示对诸佛神祇的虔诚。特别是庙会的前一天,更要这样做。

周祥男是从三十多岁时开始走上宣卷的道路。当时村上多有土庙,每逢大节日都要宣卷,村上人也知道周祥男喜欢宣卷,就请周祥男去搭档宣卷。直到 2007 年底,经过友人推荐,周祥男才真正拜师学习,师父是蒋金官老先生。蒋金官和周祥男的师生关系非常融洽,师父蒋金官为人直爽,对周祥男非常爱护,学徒周祥男对师父也敬重有加。

由于从小就喜爱听宣卷,周祥男对宣卷卷本非常喜爱,经常利用空闲时间走访和打听谁家还有遗存的卷书。最为可惜的是,在周祥男十八九岁的时候,舅叔公逝世,曾留下百余本宝卷。但这些宝卷被舅叔婆以每本五到十元的价格全部卖掉了。后来周祥男打听到这些卷本是被一位本乡姓顾的人买去的,这位顾先生也喜欢宣卷,就是没有"下手"和佛之人,所以很少出去宣卷。他想和周祥男搭档宣卷,但当时周祥男有老师的职务,同时年纪又轻,加上性格内向,很怕难为情,因此没有拼档成功。不过,周祥男和他交换卷书,各自抄写。在抄写卷书时,他们要焚烧一炷清香,以表示对抄卷一事的虔诚之心。

周祥男又打听到本乡刁巷村华文禹那里有很多卷书,最著名的有《盗金牌宝卷》《白鹤图宝卷》等。华文禹可谓是胜浦当地的民间宣卷艺术家,他能将长篇小说改编成宝卷,其中有一本叫《贤孝宝卷》,讲的是新媳妇白梅孝顺公婆之事。周祥男曾听华文禹说过,第一次宣该卷的时候,许多公婆都感动得流下了眼泪,觉得这样的新媳妇对待公婆大贤大孝,真是世上少有。华文禹还主动把木鱼宣卷改为丝弦宣卷,场面更加热闹。周祥男几乎每一个星期都去华文禹那里抄一本。这样借了抄,抄完借,华文禹的卷书周祥男差不多都有了。

周祥男还打听到本乡南巷村的唐炳群擅长木鱼宣卷。为了吸引听众,唐炳群把木鱼宣卷改为丝弦宣卷,加进江南丝竹乐器。唐炳群擅长拉二胡,有时边拉边唱,深受听众欢迎。唐炳群在培养宣卷人才方面作出了重大贡献,归金宗就是唐炳群的高徒。周祥男在唐炳群那里也抄到了一些卷本。

周祥男打算到退休以后，要对每一本卷书进行整理。由于卷书大部分是手抄本，难免有错别字和内容错误的地方，这就需要进行增删和修订，最后用宣纸、毛笔书写，用线装订，制作成善本流传下去。

胜浦宣卷在胜浦党委、政府和文体站的重视下，建立了宣卷陈列馆、资料室和宣卷堂。宣卷堂共有百余个座位，很多宣卷活动，都能座无虚席，许多老听众都是一听到底。周祥男也去那里宣过好多场木鱼宣卷。随着胜浦城镇化的发展，胜浦宣卷已从乡村走向城市，走向全国。时代在前进，形势在发展，周祥男衷心希望胜浦宣卷这朵民间艺术小花，能够常开不谢，欣欣向荣。

（五）李秀英

李秀英，女，1963年出生，胜浦西横港村人。李秀英一开始师从张畏山和张金官两位老先生。两位老先生的父亲是附近有名的宣卷老先生，一家人以宣卷为生，两位先生从小就随父亲一同学习宣卷。李秀英在二十二三岁左右因为会唱歌，嗓音条件又好，就被张先生看中，认作徒弟，开始学习宣卷，从此开始以宣卷为全职工作。

刚刚开始学习宣卷，学的是木鱼宣卷。面对从来没有听过的腔调，比如祝寿、送佛等老式的木鱼宣卷的唱腔，李秀英学起来磕磕绊绊，感觉很困难，曲调唱起来也不成旋律。老式的木鱼宣卷只有两个人表演，而随着时代发展，观众觉得木鱼宣卷过于冷清，胜浦地区的宣卷就发展成了现在的新式丝弦宣卷。李秀英又拜花俊德为师，学习了丝弦宣卷。

学习宣卷，卷本不能全靠死记硬背，而是要灵活应

李秀英

用，现场发挥，合理把握节奏。李秀英总结自己的宣卷学习经验就是日常要多听多看，自己再多加练习。学了几年之后，李秀英就发现在宣卷的时候自己就能够将之灵活运用，而且可以将山歌、戏曲、江南民歌的调头融入宣卷，去灵活地演唱。

胜浦宣卷的发展也是在随着时代而变化的。李秀英回忆过去的宣卷，大部分都是木鱼宣卷，所用道具都是木鱼、鸣尺和引磬。过去下午三四点去宣卷，宣到前半夜结束，甚至会有宣到第二天天亮。而现在发展为丝弦宣卷，流程也会发生一点变化。比如过去人家要陪着宣卷，并且保证桌子上的蜡烛不灭，而如今这一规定就没有这么严格。过去宣卷很注重环境和形式，比如桌子上需要按照不同的事情和宣卷来放不同的东西，现在就没有这么多注意形式。过去大部分宣卷先生都是男性，佛台不允许女性触碰。后来改革开放之后，大家的思想也开放了，慢慢地女性宣卷艺人也多了起来。

李秀英谈到，胜浦宣卷有很多自身的特点，一般艺人在宣卷的时候不会起足脚色，这不同于昆山宣卷、同里宣卷有向戏曲化方面发展的倾向。但现在为了吸引观众，在某一些新式宣卷里也会起点脚色，但这是偶然现象。此外，胜浦宣卷另一个特点就是不宣白事。除了文化站等固定的演出点之外，剩下的演出就是事主个人请宣卷，比如胜浦老百姓在新房乔迁，男孩子六周岁、女孩子十三周岁，老人祝寿，儿童剃头礼，消灾祛病等事上都会请宣卷先生去唱。不同的事要宣不同的卷，主要唱一些喜庆的卷本。但宣卷先生从来不会去宣白事。

谈起宣卷的未来发展，由于生活节奏的变快，居民的选择也有多样化，宣卷生意逐渐在减少。李秀英指出，当代学习传承的年轻人并不多，反而会有一些感兴趣的中年人来学习。并且当前的宣卷听众，大部分都是五六十岁的老年人，年轻人因为兴趣和时间等原因，并没有很多人来听。如何吸引观众，要从内容、形式方面多做探索和创新，政府也要继续扩大保护与传承力度。

（六）徐宏珍

徐宏珍，女，1973年出生，胜浦江圩村人。徐宏珍学习宣卷完全是因为兴趣。徐宏珍刚开始喜欢唱戏，但自从接触到宣卷，她就对唱戏不感兴趣了。用徐宏珍自己的话来讲，"这个兴趣是刻到骨子里的，坐在宣卷台上就感觉很开心"。

徐宏珍刚刚开始学宣卷的时候，觉得宣卷看上去很容易。宣卷先生拿一本卷本，照本宣读就可以，感觉还挺简单。但是她亲身实践之后，真要把宣卷宣下去，就感觉难得不得了。到目前为止，她已经从事宣卷长达十年，但即使如此，她仍旧十分谦虚，自认为自己对一些卷本还不能说有完全的理解，觉得自己仍旧不能深入到某些内容中去。

徐宏珍

为了提高自己的宣卷水平，徐宏珍宣卷时会将自己的现场表演录一遍，事后再仔细听一遍。她自己听下来，宣的每一本卷都有缺点，总是感觉到有不如人意的地方，始终觉得自己还是有待提升。徐宏珍感叹宣卷这门行当，真是学到老，做到老。徐宏珍有两个老听众，一个九十九岁，一个一百零几岁，身体都很健康，而且老人耳朵好，听得清清爽爽。他们最喜欢来听宣卷，因为他们听得多，故听到徐宏珍宣卷有哪些不足的地方都会指出来。

现在除了政府组织的社区宣卷，还有较多的民间庙会宣卷和事主家的祝寿宣卷。以前办满月酒、结婚时都要宣卷，但是现在比较简化，基本都不用宣卷了。胜浦老传统是六十岁祝寿，现在五十岁就可以祝寿。祝寿的时候，请一个宣卷班子来宣卷，或者再请一些人来唱唱戏，大家图个热闹。无论怎么样，反正宣卷是必须的。一般来说，祝寿会请一个八个人的宣卷班子，下午四点半到主人家里，开始请佛。请完佛后吃晚饭。吃完晚饭，唱戏的人先在木园堂里穿好戏服来唱戏，唱个两三段，到九点半唱完戏。然后徐宏珍上去宣卷，宣到十一点。宣完一本卷，中间再唱唱小曲。宣卷要看情况，什么情况宣什么卷。祝寿人家要讨口彩，徐宏珍就要挑选寓意好的卷本，比如《福禄寿宝卷》《蓝丝宝卷》。徐宏珍在宣卷中间会有休息时间，在此休息的时间段，就会让大家唱唱小曲。小曲各式各样的都有，有胜浦山歌、江南小调，以及沪剧、锡剧、越剧等地方戏曲。一般祝寿的人家，乡邻、亲戚朋友都会来。祝寿人家人缘好，邻居朋友来得多一点，不好的话就少一点。祝寿的话，乡邻一般不送礼，亲戚朋友就要送礼了。徐宏珍宣卷要宣到晚上十一点，有些关系亲近一点的乡邻会陪到宣卷结束，关系一般的乡邻在九点多就会回家了。所以，真正陪到结束的就是至亲，要好的乡邻。

除了祝寿，徐宏珍会去庙会宣卷。庙会最有名的要算上方山。如果去上方山宣卷，徐宏珍六点钟就要从家里出发，这样到上方山大约早上八点。徐宏珍在上方山宣的卷都是佛卷，像什么《香山卷》《财神卷》等。而在社区里宣卷，则不能宣这类佛卷，而是宣闲卷，就是民间故事宝卷。这样一来，徐宏珍可以在不同的地区宣不同的卷，获得不同宣卷风格的练习。在上方山，有六七家一起宣卷，各家都不一样。除了上方山，其他的大庙都不大用宣卷的。比如城隍庙，一年只有两天能进去宣卷，但是其他的小庙还是可以进去宣卷的。

徐宏珍认为这个宣卷肯定要传下去，不能自己学了，就不让别人学了，所以她想收一点年轻人做徒弟，但是不知道有没有人喜欢。以前的拜师仪式很严格，徒弟要非常诚心，师父才会收。但是现在就没有这么严格,变得很简便。只要你想学,师父就愿意收。可惜现在学宣卷的没有年轻人,年轻人对宣卷也很不了解,感觉宣卷是很遥远的东西,或者认为宣卷是老年人学的东西。此外,听众里也没有年轻人,都是年纪大的,五六十岁是最起码的,大多数是六七十岁。

作为非遗的宣卷曾经进过幼儿园和小学,这种形式很好,要从小培养孩子的认识。现在老年大学还在开设宣卷班,归金宗老师会给爱好者教一点,教他们唱唱。但是在老年大学的学习还不够,毕竟课时有限,要正经学出来,除了会唱调,最主要还要去实践,跟着师父走家串巷,风雨中锻炼出来,毕竟宣卷最主要一个"宣"字。花老师说过一句话,一个卷本不是照着读,而是脱离卷本把它说得老百姓听得懂,还要说得精彩动人,让人能想象出这个人物、这个故事情节。这不是几堂课就能出来的,俗话说"台上一分钟,台下十年功",既要先天的悟性,也要后天的努力。宣卷的未来还需要更多人沉得下心,下功夫肯钻研,才能传承得更好。

（七）吴军

吴军，女，1969年出生，胜浦刁巷村人。吴军学习宣卷是因为受了父母的影响。她的父亲吴慧敏、母亲吴爱玲，和顾传金都是一个村的，他们三个人是新中国成立后第二代宣卷艺人，而他们都师承于第一代宣卷艺人夏文禹和黄文俊。当时，新中国成立后第一代宣卷艺人还有金文胤、徐文奎、唐炳群、邢悦来。这六位第一代宣卷艺人又师承于民国时期角直镇的朱荷生老先生。

吴军是一个心直口快的人，问起胜浦宣卷，她就娓娓道来。她说胜浦宣卷从属于苏州宣卷，更从属于江南宣卷。宣卷一般分为两种形式，就是木鱼宣卷和丝弦宣卷。她的父母一般都以丝弦宣卷为主，而她的师父徐宏珍和周祥男先生宣木鱼宣卷比较多。徐宏珍师承于周祥男先生，周祥男先生师承于斜塘蒋金官先生。她的师父徐宏珍和周祥男先生一般多数时候在上方山宣木鱼卷，而她和师父徐宏珍平时经常在金苑社区和浪花苑社区宣丝弦宣卷。

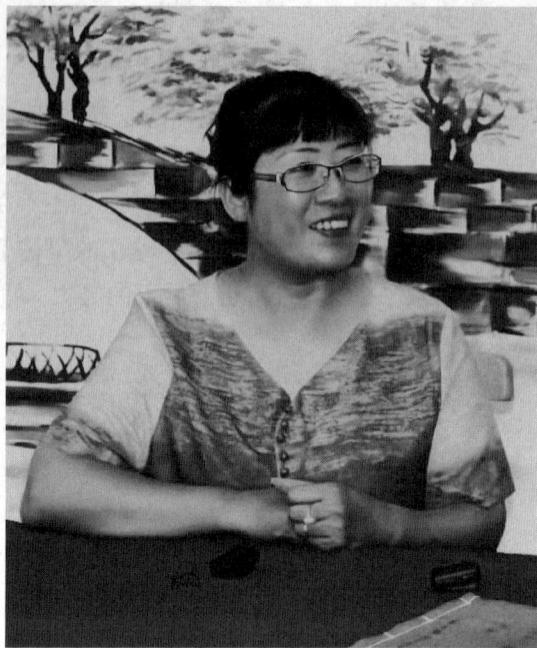

吴军

流传于胜浦的民谣里有这样一句话："自古胜浦有三宝，宣卷老，山歌好，水乡服饰手工巧。"三宝之一的胜浦宣卷真是历尽千年沧桑，至今还代代相传，是很有特色的民间曲艺，作为江南民族文化，承载着"吴文化"厚重的文学和艺术基因。吴军感叹于胜浦劳动人民创造的精神产品，几代人都作出很大贡献。例如夏文禹、黄文俊两个阿爹，为之付出许多心血。她的父母经常说起这两个阿爹的各种趣事和以前宣卷的经历。

吴军以前经常在家里电脑上听听戏曲，现在退休以后，她在家里休闲时间比较多，看到小区年过七旬的老人较多，平时也没其他爱好，因为年龄大了，也不适合远足旅游。这些老人的生活相当枯燥单调，精神生活比较贫乏，他们不像年轻人会上网或玩手机，就只能在小区周围四处溜达或发呆。他们都是看着她长大的四乡八邻，吴军每每看到他们的身影，心里就有说不出的惆怅和感慨。于是她想反正现在也退休在家，空余时间她就想着为何不去学习宣卷呢？把宣卷学会了，可以丰富一下小区老人的精神生活，让他们有空来听听宣卷，听她唱戏和唱民间小调，让小区老人也老有所乐，在家门口就可以做点实际的让老人开心的事情。吴军当时学习宣卷的初心，就是想将宣卷作为家门口的暖心行动。

吴军为了遵循内心的想法，从2022年开始在社区跟着她的师父徐宏珍学习宣卷，至今一年多，也学到了一些的宣卷基本知识，掌握了一些宣卷的技巧。她们宣卷主要通过宣讲民间故事和历史故事，围绕故事情节突出惩恶扬善、尊老爱幼，共建和谐家园的一种社会风尚，从而产生普及伦理道德、净化民风民俗的教化作用。

有时候吴军和她的师父徐宏珍要到做寿人家去宣卷。她们先到东家宣三宝科仪中的请佛，然后吃过晚饭后，由吴军先唱二段开场曲，然后师父徐宏珍开始宣卷，一般就宣《增寿卷》或《时运卷》等。中间休息片刻的时候，吴军就和她师父徐宏珍唱几段戏曲，一般为沪剧、锡剧或民间小调，寓意祝福东家福如东海、寿比南山，家运财运一年更比一年好，然后再要献元宝。大家热热闹闹，场面比较融洽开心，然后再继续宣卷。等到宣完卷，再上寿，东家自家人开始，小辈给寿星拜寿，寿星开始发红包。这些程序结束以后，她们就进行送佛。等到送佛结束，宣卷就告一段落了。最后吩咐东家明天早上该如何收星官台等事宜，就告辞回家。

通过一年多的宣卷学习,吴军觉得当代宣卷要不断创新,与时俱进,紧跟随时代潮流,要让年轻人对宣卷有兴趣。只有年轻人能够来听、来学、来了解,那么宣卷艺术就真的可以代代相传了。但基于传统的宣卷形式古朴有余而灵活不足,与小品、歌曲等现代艺术结合不够,所以现在的年轻人不太喜欢宣卷。这也是现在不容乐观的事实。基于这些因素,吴军觉得她们宣卷艺人在某种意义上来说,也是精神文明的一个风向标,崇尚真善美,挖掘传送正能量,在给大众娱乐的同时,也是对大家心灵的净化和洗礼,让大家共建和谐家园。在宣卷过程中,为了达到完美的艺术效果,吴军会在传统的宣卷基础上增加适合故事情节的戏曲元素,从而使宣卷艺术效果更具有感染力。例如,吴军在宣《孟姜女宝卷》时,宣到孟姜女绣好龙袍心里在叹十二月苦的这段情节,她就用演唱锡剧《十二月花名》的形式来进行处理。再宣到孟姜女为了寻找万喜良的白骨,在长城脚边哭长城的时候,她就增加了锡剧《万里寻夫梦一场》的唱腔,把孟姜女历尽艰辛、万里寻夫,最后却得到丈夫死亡的噩耗的悲愤之情,表现得淋漓尽致。吴军的演唱让听众达到了共鸣,整个会场的听众都跟着故事情节的跌宕起伏而感动得热泪盈眶。吴军觉得只要努力地去尽心表达,去思考,总能不断提高宣卷水平。此外,吴军还经常听苏州评弹艺术家们的说表,一人多角的人物演绎也是她一直努力的方向。

吴军把胜浦宣卷当作一项光荣而神圣的使命。提起宣卷,她总是滔滔不绝,似乎有无穷的精神力量迫使她加快步伐不断向前。她说:"胜浦宣卷是非物质文化遗产,是祖先留给我们后代的一笔丰厚而珍贵的文化艺术。身为胜浦人,应该有传承这种民族艺术的社会责任感,要去不断地保护传承并发展创新。"吴军希望自己不断努力,加以实践,将来能够创作一些紧跟时代步伐的宣卷,体现21世纪新时代的正能量,让更多的老人得到精神慰藉,让胜浦宣卷不断发扬光大,薪火相传。

宣卷流程概述

现在胜浦的常规宣卷活动大致可以分为两类：一类是在庙堂和家宅的宣卷,兼具消灾祈福和文化娱乐的功能;一类是在社区与交流演出的宣卷,主要以文化教育功能为主。

一、庙堂宣卷和家宅宣卷的情况

(一)宣卷的缘由

庙堂和家宅中的宣卷仍旧秉持着传统的宣卷形式,主要承担着祈福消灾的功能。无论是祝寿、求子、满月、周年、结婚、造房,还是遭灾、祛鬼,都可以进行宣卷。宣卷需要结合不同事主家的具体要求,有针对性地选择宝卷唱本与法事科仪。

有些时候,事主需要咨询"私娘""仙人"(巫婆神汉),由他们决定邀请哪位宣卷先生来宣卷。如果是针对家人的祈福消灾,则有的在家宅宣卷,也有的在庙堂宣卷。如果碰到神道的寿诞或者初一、十五的重要节日,就在庙堂进行宣卷。在庙堂宣卷时,事主就需要花钱请香头在庙里租一个殿堂,邀约一些念佛老太来帮忙折叠纸锭、元宝。在家宅宣卷,一般是傍晚开始,一直持续到半夜结束。在庙堂宣卷,一般是上午开始,下午结束。

(二)佛堂的设置

在仪式开始之前,先要布置宣卷的场景。如果是家宅宣卷,一般需要将客堂改为佛堂。在客厅北面的墙上,挂上正堂画,两面再配上对联。正堂画与对联的内容一般与宣卷的主题一致。比如在做寿宣卷时,所挂正堂画多为寿星,所配对联则是:"福如东海长流水,寿比南山不老松。"再用红色或粉红色的布幔两块,将其打结,打结处挂于中堂画顶部正中,垂下的两边分别斜挂于对联两侧,形成一个"八"字的式样。

在中堂画前设置两张八仙桌,作为星官台。星官台靠里放置纸马、供品等物。纸马是神的灵位,用红纸叠成条形状,并在上面书写神佛名号,比如"南斗星君圣位""三官大帝圣位""月府仙君圣位"等。这些纸马一般有二十几种,最多可以有一百零八种。所请之神,融合了释、道二家,既有释迦牟尼佛、阿弥陀佛、观世音菩萨、文殊菩萨、普贤菩萨、地藏王菩萨等佛教神灵,也有东岳大帝、玉皇大帝、财神爷、城隍爷等道教神灵。纸马书写完毕后,需要将之并排靠列在星官台北面的墙上。

纸马右侧,需要放置一斗白米、两根甘蔗,再将一杆木秤插入白米堆中,一面镜子、一盏点燃的菜油灯放在白米堆上,用来压邪消灾。

纸马前面放置供品。供品主要有酒水、三干三湿、三荤三素、糕点。酒水是十八个酒盅,分两排前后放置。三干为糖果、瓜子、饼干(或云片糕),三湿为甘蔗、橘子、苹果(或香蕉);三荤为鱼肉、猪肉、鸡肉,三素为油豆腐、黑木耳、芹菜。再在两旁各放置一盘糕点。若是做寿,还要放置寿桃和长寿面。

星官台靠外则放置香烛。如果是做寿,则会点上"寿"字形状的香。蜡烛成双,数目一至四对不等。

星官台外侧挂上红色的桌披,桌披上或绣有"寿""金玉满堂"等喜庆字样,或绣有神佛的画像。

(三)宣卷的道具

星官台上香烛的东西两边,则是放置宣卷道具的地方。宣卷既有木鱼宣卷,也有丝弦宣卷。木鱼宣卷主要的道具有经卷、经盖、木鱼、引磬、鸣尺等。

经卷一般为宣卷先生的手抄本。手抄本比较讲究做法是,将每一张纸对折,折成相连的两个页面,再将许多个相连的两个页面从对折处用棉线装订起来。棉线的扎法与页面的装帧同线装书类似。内容则是用毛笔小楷工笔竖排繁体书写,书页向右翻开,文字排序由上到下,由右到左。手抄本的封面比较简单。一般而言,先竖排题写卷名。在右侧记下抄录的时间,一般使用农历,比如"岁在丁丑年古历七月中旬""癸未年春月立",并在封面底处署名,写上"某某沐手敬抄",或者直接写下抄写人的姓名。有时候,还会写上抄写人的郡望或者所在的宣卷社。

经盖大都为一块红底金边的布,在宣讲之前和中间休息的时候用来遮盖宝卷卷本,一来保护经卷,以防经卷被香灰、茶水弄脏,二来尊重经卷,凸显经卷的神圣性。

木鱼有大小木鱼之分,可以敲出强拍弱拍的区分,发出较为浑厚的声音。木鱼下面垫有沙袋,起到稳定位置、夯实声音的功效。

引磬则是用一根细细的铜杆敲打磬子,发出较为清亮的声音。木鱼与引磬配合起来给宣卷演唱打板眼节奏。

鸣尺则是在宣卷开始和结尾,以及唱段结束时敲打,表示在表演上由某一种形式转入另外一种形式。

由于宣卷时,星官台坐北朝南设置,上手主宣坐在东边,背东面西;下手和佛坐在西边,背西面东。经卷、经盖、木鱼、鸣尺为上手所用,故放在星官台东边;引磬为下手所用,故放在星官台西边。

丝弦宣卷的道具大致上保留了木鱼宣卷的道具,只是将引磬换成了碰铃,更为方便和佛者拍打节奏。此外,丝弦宣卷还配有琵琶、二胡、三弦、扬琴、竹笛等,演奏人员对称地分布在两侧。

（四）宣卷的流程

无论是木鱼宣卷还是丝弦宣卷,都需要举行如下仪式。

第一,唱诵《炉香赞》。

在法事开始时,先要鸣放爆竹,一般为高升和鞭炮。爆竹放完,意味着宣卷流程正式开始。先坐唱《炉香赞》。

唱词如下:

炉香乍热,法界蒙薰,诸佛海会悉遥闻。随处结祥云,诚意方殷。诸佛现全身,南无香云盖菩萨摩诃萨。

第二,念诵《心经》。

宣卷先生坐诵《心经》,经文如下:

摩诃般若波罗蜜多心经。观自在菩萨,行深般若波罗蜜多,时照见五蕴皆空,度一切苦厄。舍利子,色不异空,空不异色,色即是空,空即是色。受想行识,亦复如是。舍利子,是诸法空相,不生不灭、不垢不净、不增不减。是故空中无色,无受想行识、无眼耳鼻舌身意、无色声香味触法,无眼界乃至无意识界、无无明,亦无无明尽。乃至无老死,亦无老死尽。无苦寂灭道,无智亦无得。以无所得故、菩提萨埵。依般若波罗蜜多故,心无挂碍;无挂碍故,无有恐怖;远离颠倒梦想,究竟涅槃。三世诸佛,依般若波罗蜜多故,得阿耨多罗三藐三菩提。故知般若波罗蜜多,是大神咒,是大明咒,是无上咒,是无等等咒,能除一切苦,真实不虚。即说咒曰:揭谛!揭谛!波罗揭谛!波罗僧揭谛!菩提萨婆诃!

第三,颂唱《清净赞》。

宣卷先生坐诵《清净赞》。《清净赞》也称《赞佛偈》,唱词为:

上来现前清净众,讽诵大悲诸品咒。

回向三宝冲龙天,守护伽蓝诸圣众。

三途八难俱离苦,四恩三有尽沾恩。

国家安宁兵革消,风调雨顺民安乐。

斋主熏修希胜进,十地顿超无难事。

保佑家门尽吉庆,坛星皈依增福慧。

阿弥陀佛身金色,相好光明无等伦。

白毫宛转五须弥,绀目澄清四大海。

光中化佛无数亿,化菩萨众亦无边。

四十八愿度众生,九品咸令登彼岸。

唱诵完正文,继而唱念佛号,如:南无西方极乐世界大慈大悲阿弥陀佛、南无大慈大悲救苦救难广大灵感观世音菩萨、南无药王藏菩萨、南无虚空藏菩萨、南无普贤王菩萨、南无太阳王菩萨、南无金刚手菩萨、南无妙吉祥菩萨、南无大势至菩萨等,最后以"南无清净大海众菩萨,摩呀摩诃萨!"结尾。

第四,请佛。

虽然名为请佛,但所请的对象并不仅仅限于佛教系统的神灵,而是融合了道教系统、民间宗教系统里的各色神灵。请佛的时候,并非只请某一两个神灵,而是要请很多神灵来作陪。很多老百姓熟知的神灵都不能漏掉。请佛的仪式非常庄重、严肃,上手拿着木鱼,下手拿着引磬,面对中堂而立。斋主人家的全家人员人人双手持一股清香,毕恭毕敬地站立在两位宣卷先生后面。请佛开始,宣卷先生先念四句偈颂:

清香炉内焚,香飘九霄云,斋主勤礼拜,诸佛下山临。

南无请圣藏菩萨!

接着唱:

点起清香炉内焚,香烟直透九霄云。

斋主佛前勤礼拜,奉请世尊菩萨下山临。

先请护法马天军,次请黑虎玄坛赵将军。

三请尽忠保国岳元帅,四请赤心忠良温天君。

五请三执感应韦驮天将,六请文武双全关圣君。

七请净洋宫中杨三太,八请拿妖捉怪朱天君。

护法神将俱请到,弟子再请佛世尊。

奉请释迦如来佛,和南摩尼降坛临。

奉请消灾延寿佛,药王菩萨救万民。

奉请上苍玉皇上帝,协张正神天师下山临。

奉请先天斗姆尊,南北贰斗星君降坛临。

奉请紫微星主大帝,日宫月府降坛临。

奉请九天雷祖大帝,雷公雷母风摆雨使六丁六甲降坛临。

奉请救苦救难观世音,散财龙女降坛临。

奉请势至大能人,玄通自在降坛临。

奉请文殊师利王,普贤恒元降坛临。

奉请二十诸众天,天台罗汉下天门。

奉请三元三官大帝,曹官考孝降坛临。

奉请北极玄天帝,鬼蛇二将出山临。

奉请瑶池皇姆尊,八洞神仙到来临。

奉请南极长生帝,福禄寿三老星官降坛临。

奉请本命星官增延寿,六十花甲降坛临。

奉请日勤解神星,二十八宿降坛临。

奉请佛魔协天帝,关平周将降坛临。

奉请感应韦驮将,手执魔杆降坛临。

奉请五路通达司,招财利市送金银。

奉请本府城隍司,长元和三县请出衙门。

奉请当方土地神,六房书吏降坛临。

奉请家堂香伙神众,香伙万载降坛临。

奉请东厨司命君,宅神禁忌护门庭。

奉请天官赐福尊,地官菩萨降台临。

奉请东岳圣帝尊,三矛司命降坛临。

一切诸佛多请到,再请虚空过往神。

上请上界诸佛祖,中请中央五岳神。

下请龙宫并水府,上中下三界到台临。

台中多结金莲子,佛事圆满花开放。

花开花落成宝盖,结成宝盖念如来。

诸佛菩萨摩诃萨,摩诃般若波罗蜜。

南无请圣藏菩萨。

在唱诵的时候,宣卷先生要一边唱诵,一边鞠躬,事主家人也随之一起鞠躬。

第五,宣卷。

宣卷是以通俗易懂的语言来讲述善有善报、恶有恶报的故事。在这些故事类型里,大都是主人公历经磨难、先苦后甜,通过自身不懈地修行,获得了很多善果。这些善果包括延年益寿、子孙满堂、位列仙班等。总之,宣卷的目的必然回到劝人为善的主旨上。通过宣卷的方式进行神道设教,教化民众。

旧时宣卷先生需要将多本经卷放在书箧里,以供事主人家挑选卷本,俗称"点将"。现在宣卷基本不点将,由宣卷先生根据事主人家的宣卷的主题而自行决定宣哪本卷。比如做寿时,就要宣《延寿宝卷》;乔迁造房时,就要宣《土地宝卷》《灶王宝卷》《财神宝卷》;店铺开张时,就要宣《双富贵宝卷》《财神宝卷》;庆贺生子时,就要宣《状元宝卷》;祈求丰收时,就要宣《猛将宝卷》;除灾度劫时,就要宣《长生宝卷》。

宣卷开始,宣卷先生上下手分坐东西两侧。上手先拍一下鸣尺,提醒听众不可喧哗,再将经盖揭开,经卷脚本展开,依照卷本内容开始宣唱。宣卷的表演形式有说表,有演唱,夹说夹唱。好的宣卷先生,说表有快慢顿挫,类似苏州评弹的说书先生。但又不似评弹那样起脚色,表到人物脚色的说话内容,仅仅是在语气上稍作变化。演唱时,有一个常用的宣卷基本调,并穿插一些江南小调。即使宣卷先生对经卷内容已经非常熟悉的情况下,仍旧要将经卷摊开,逐页宣唱。但宣卷先生也可以根据时间的情况,自由控制宣卷的长短。如果剩余时间不多,宣卷先生就要缩减一下唱词,紧凑一下说表;如果剩余时间太多,宣卷先生就要"开野马",临时增加一些合理的穿插,以便延长宣唱内容。宣卷演唱完毕时,宣卷先生也会拍一下鸣尺,以示结束。

第六,祝寿。

祝寿是保佑事主家多福多寿。祝寿开始,宣卷先生上手持木鱼,下手持引磬,两边站立,事主家后面站立。宣卷先生先念四句偈颂:

福禄重天高,金银满地摇。八仙来上寿,王母献蟠桃。

南无上寿司菩萨。

接着唱:

福禄寿三老星君重天高,贵府上金子银子满库摇。

但只见八个仙人来上寿,又看见空中王母献蟠桃。

梁山顶上种一棵桃,我种仙桃不用水来浇。

人人说我开花早,不得知结只仙桃九千朝。

九重春色醉仙桃,白鹤飞来对对高。

金童双双吹玉笛,玉女对对品玉箫。

和合两仙哈哈笑,双手玉如意来招。

刘海喜传传喜海,手拿金钱满地抛。

蘑菇仙来爱打苗,手将名童与孩抱。

陈抟一忽困仔千年寿,彭祖王活仔八百年三世界少。

海利仙来把撸摇,摇来摇六十花甲到三朝。

只见张仙来送子,又看见鬼谷仙师撸桶摇。

汉钟离来是汉朝,铁拐李仙人道恩高。

吕纯阳爱吃双杯长生酒,张果老倒骑驴子过仙桥。

曹国舅手执一副阴阳板,韩湘子枉吹玉笛与玉箫。

何仙姑手摇一朵金莲蓬,蓝采和手提花篮献蟠桃。

八个仙人齐立云端里,王母寿星出来把手招。

请问众仙何处去? 特到贵府上来上寿献蟠桃。

寿逢今朝几月巧,百寿图轴子挂得高。

百寿图上诸仙祝寿重重福,寿对一副两边飘。

上联是福如东海广无边,下联是寿比南山松不老。

寿香烧在金炉内,烧得香烟缭绕透九霄。

寿烛煌煌点得高,寿花朵朵颜色好。

寿糕玲珑滋味甜,寿菜吃吃滋味好。

寿桃只只仙上佛,寿面吃的大家哈哈笑。

寿果子团团圆圆抛世界,香花米饭有根苗。

寿茶二盏时常献,寿酒洒出顺风飘。

众仙吃仔腾云去,斋主福寿一齐交。

今日上寿今日毕,满门福禄称呼到后来好。

南无上寿司菩萨。

随后再念四句偈颂:

庆祝蟠桃会,众里问国舅。洞宾何处去,三醉岳阳楼。

南无上寿司菩萨。

宣卷先生唱一句,鞠一个躬,事主家人也随之鞠一个躬。

第七,通疏头。

疏头事先写在一张红纸上。疏文保留着传统的格式,内容则为告诉所降神灵此次请神的目的,并希望神灵能够给予事主一定的帮助。

疏头通完,需将疏文焚烧。

第八,散花解结。

散花与解结是两个部分。做散花的时候,宣卷先生的唱诵如下:

志心奉献上林花,采风红莲,红莲瑶艳花,上林花。

姚黄魏紫家,再之虔诚奉献,春风瑞气家,花花供养,供养之佛前。

仙人洞,洞人仙,仙人洞里来送佛,洞中光无边。

金莲花搭仔银莲花,金银莲子三仙花。双双,双双童子云啊端现,瑞气满清香。

在唱诵的同时,宣卷先生将代表"仙花"的玫瑰花瓣,一把把撒向星官坛以敬献神灵。

解结则是借助神力来解除事主家的各种厄难。宣卷先生的唱诵如下:

初解结,要解结,要解一重,二回,三灾,四煞,五行,六害、七伤,八难,九虞,十重。一切罪孽尽解散,解缘,解缘,释结天尊。

再取线,再解结,再解大字肚内加一点,太太平平平安结,解缘,解缘,释结天尊。

再取线,再解结,要解十字头上加一撇,千千万万万户结,解缘,解缘,释结天尊。

再取线,再解结,要解言字半边加仔一个兑,说说谈谈安乐结,解缘,解缘,释结天尊。

再取线,再解结,要解一个皇姥结,皇姆蟠桃会里么尽解结,解缘,解缘,释结天尊。

再取线,再解结,再解一个长寿结,长命百岁林颜绿,解缘,解缘释结天尊。

再娶线,再解结,要解一个妆花搭仔团圆结,一切罪孽尽解散,解缘,解缘释结天尊。

千千结,万万结,一切里个冤结么尽解散,解缘,解缘释结天尊。长生保命放生,保命天尊。

在上手唱诵散花解结的唱词时,事主需要跪在(或坐在)星官台前,下手持一根红绳,在事主头顶上方依照旋律不断地打活结,再解开,再打活结,再解开,以示解除事主家一切冤结。

现在基本上将散花、解结同时举行,且散花时也不真的去撒玫瑰花,而是仅仅嘴上唱过而已。唱过散花的唱词,就接唱解结的唱词。

第九,解银两。

在前面宣唱卷本的过程中,事主的家人和念佛老太会一起折叠纸锭、元宝。而这时就需要将这些"银两"焚化,供给降下来的神灵使用。焚化时,宣卷先生与事主家人围着焚化的纸锭、元宝多次转圈拜祭,十分虔诚。

第十,送佛。

神灵在享用供品,携带银两后,需要重回天界。在送佛唱诵的过程中,事主人家都要出席。送佛开始,宣卷先生先念四句偈颂:

三宝光天边,功圆满大千。有水千江月,送佛上西天。

南无送圣藏菩萨。

接着唱:

今日圆满载吉祥,宣卷圆满再焚香。

弥陀佛弥呀弥陀佛,消灾延寿药师佛。

不敢久留诸佛祖,殷勤拜送上灵山。

先送护法马天军,次送黑虎玄坛赵将军。

三送尽忠保国岳元帅,四送赤心忠良温天军。

五送三执感应韦驮天军,六送文武双全关圣军。

七送净洋宫中杨三太,八送拿妖捉怪朱天军。

释迦佛送往灵山去,消灾药师转琉球。

阿弥陀佛归极乐,弥勒尊佛转龙华。

玉皇上帝归金关,斗妙请转白玉场。

紫微星主归星座,雷祖大帝转勾陈。

观音送往紫竹林山去,势至送转清凉山。

日宫月府归星座,南北二斗转星宫。

文殊送到五台山上去,普贤请转峨眉山。

三元三官送到云台山上去,祖师送转武当山。

护法韦陀罗州去,关圣军送到玉泉山。

西池王母登云路,寿星送到终南山。

本命星官归原位,八洞神仙送到蓬莱山。

森罗万象归星座，解神星君去炼仙丹。

本府城隍回万府，属于县隍转庙堂。

当境土谷回衙门，六房书吏在衙堂。

家堂香伙安镇宅，平安灶君登灶山。

路头不送中堂坐，永坐中堂不开来。

招财利市金银送，崔刚就进金银山。

一切诸佛都送到，再送虚空过往神。

上送上界诸佛祖，中送中央五岳神。

下送龙宫并水府，奉送三界转登程。

诸佛来时重重福，去后能消远远灾。

南无送圣藏菩萨，摩诃萨，菩萨摩诃萨。

宣卷先生上手持木鱼，下手持引磬站立，送一个神灵，鞠一个躬，直到将神灵全部送走。送佛结束，焚烧纸马，燃放爆竹，意味着整个宣卷流程圆满结束。

需要说明的是，上述是为一般的宣卷流程，有些具有特殊目的的宣卷，还需要增加一些内容。

比如，太姆娘娘生日的时候，大家就需要去上方山宣卷。这时的宣卷就要增加《待筵》，演唱各种江南小调来供献给太姆娘娘和五显灵公。

再如，有时为了给事主消灾免祸，还要增加《退星科仪》。《退星科仪》需要用红纸或红布做成小袋，装满米，制成星袋十二只，每只星袋里点小蜡烛一根，代表一位星君。星官台上架长凳一只，凳上排列七只星袋，代表北斗七星。台上福禄寿各置一只星袋，成三点角样式。中间供"星图"，星图两边再列左辅右弼两只星袋。这样一共十二只星袋。宣卷先生持疏头跪在台前念诵《禳星科》，下手和念，事主及其家人则捧香跪在宣卷先生背后。宣卷先生念《南斗诰》时，燃化星图；在念完《退星牒文》后，则一边唱十一大曜偈，一边焚化牒文，并用手指在虚空中写"敕令"两字，点在事主及其家人后背上，表示将凶星攘出门外。

二、社区宣卷与交流演出的情况

社区宣卷堂的宣卷主要承担着文化传播和政策宣传的功用。前者主要为宣讲民间传说故事，体现惩恶扬善、公平正义、睦邻友好等，如《双奇冤宝卷》《一餐饭宝卷》《蓝丝带宝卷》等；后者则为了配合时事政策或者民生实事进行宣传教育，如《抗疫这回事》《廉吏蒋廷贵》《垃圾分类的故事》等。

社区宣卷与交流演出的目的不是敬神，而是为群众服务的文艺表演，故主宣者并非如传统宣卷一样坐在宣卷台子的东侧，而是坐在宣卷台子的后面，面对观众进行表演，如同说单档评话一样的坐法。宣卷台子西侧坐和佛者，也是面对观众。这类宣卷主要为丝弦宣卷，乐器伴奏人员坐在宣卷台子的东侧稍远一点。如果伴奏乐器较多，也可以在宣卷台子左右对称地排开。宣卷台子上围上印有"国家级非遗胜浦宣卷"字样的桌披。桌子上照样放置卷本、鸣尺、大小木鱼、扇子等道具。宣卷内容则是去掉了宗教性的仪式，仅仅保留核心故事情节。

这类宣卷大致控制在下午两个多小时的时间内。宣卷先生到社区宣卷堂，在乐队调一下音后，就开始宣卷。观众多为当地社区的老年人。宣卷先生在宣讲至一半时，大致会空出二十分钟左右的休息时间。在此休息时间内，有的宣卷先生或者听众会主动即兴唱几首戏曲或者山歌。休息结束后，继续将下部卷本宣完，至此流程结束。

当宣卷先生参加大型文艺演出或者跨地区宣卷交流会演时，也会大致依照社区宣卷的方式去排列演出位置，此时宣卷先生会穿上长衫或绸缎衣服，而宣卷的内容则会配合演出的时间要求而进行缩减。

附

录

附录一　宣卷研究文章

浅谈胜浦宣卷和宝卷

马觐伯 [1]

　　宣卷和宝卷,往往有人混为一谈。宣卷是宣讲宝卷的一种形态和仪式,属曲艺类;宝卷是宣卷时用来宣讲的一个脚本,属文学类。下面笔者将分别试述胜浦宣卷和胜浦宝卷。

一、胜浦宣卷的兴衰和现状

　　"胜浦宣卷"一词,在历史文献中找不到,之前在民间口头语中仅有"宣卷"两字,无"胜浦宣卷"此说。"胜浦"一词是在 1949 年后成立了胜浦乡之后才有。因胜浦这个地域内的宣卷很有特色,故冠名"胜浦",称为"胜浦宣卷"。

　　不管怎样,胜浦历经千年沧桑,其管辖这一地域上的村庄、河流、桥梁及民风民俗的记载,在《元和唯亭志》《甫里志》等史志上都能找得到。胜浦本是乡野,无镇无集,古老的吴淞江绕胜浦南端由西向东折北,界浦、尖浦、沽浦、青秋浦、凤里浦、友谊河及其他河道互相贯通。胜浦是一个典型的江南水乡,它地处太湖水网平原区的东部,属北亚热带湿润性季风气候地区,四季分明,雨量充沛,气候宜人,土地肥沃,堪称"鱼米之乡"。明代著名诗人高启就隐居在这里,此地当时名叫"青丘"。1934 年,为纪念高启,这地域曾改名过"青丘乡",1949 年后开始叫"胜浦乡"。

　　胜浦这地域虽名不见经传,却承载着"吴文化"厚重的文学和艺术基因。胜浦的宣卷、山歌和特有的水乡妇女服饰(称"胜浦三宝")等,是江南"吴文化"的一个重要组成部分。所以宣卷在胜浦这块土地上至今仍代代传承、经久不衰,也就不稀奇了,且不失为胜浦民间艺苑的一朵奇葩。胜浦宣卷作为江南民俗文化,是胜浦劳动人民在特定历史环境下创造的精神产品,它产生于民间,生长于民间,繁荣于民间,是祖先留给当代胜浦人的一笔丰厚而珍贵的文化遗产。其在历史上走过从兴盛到衰弱又到兴盛的一条艰难之路。

　　何谓胜浦宣卷? 学术界似乎只研究宝卷,忽略了宣卷。宣卷主要用说唱(坐唱)的形式来演绎故事,因它以宝卷为脚本,照卷宣扬,故称宣卷。一个宝卷讲一个故事,像《目连宝卷》主要讲一个名叫目连的人如何出家为僧,为报答父母养育之恩,到地狱救母的故事。胜浦宣卷则是在继承的同时更加地方化,使之成了地道的地方讲唱文学。宣卷是古代江南佛教民间音乐在当今的遗响,在胜浦千年沿袭,至今不衰,已同现代文明紧紧融合,至今仍活跃在胜浦四邻八乡,深受民众喜爱。宣卷内容主要为民间故事和历史故事,主题皆围绕惩恶扬善、睦邻友爱,劝导人做好事、做善事。在丝弦宣卷的说唱中,还伴奏着古朴简洁、悠扬典雅的音乐,整个说唱过程用的都是吴侬软语,婉转动听,通俗易懂,雅俗共赏,对民众道德、伦理、审美、情操、民风、民俗都有较强的教化作用,成为当今胜浦社区和谐教育的一种重要载体。

　　早在明正德年间,胜浦宣卷就与胜浦山歌一样,在胜浦(青丘)地区十分盛行。凡乡村里的一些庙会、

---

　　1 马觐伯,胜浦文史专家。该文原载于马觐伯所著《乡间拾梦》,新加坡:环球出版社,2023 年版。收入本书时略有修改。

教堂等举办的俗事庆典,或农家举办婚嫁喜庆、寿诞庆典、新居落成、婴儿剃头等礼仪俗事,都带有宗教色彩,要在佛堂(或喜堂)里请宣卷来热闹一番。宣卷本来就是一种道贺喜庆、欢乐场面的娱乐形式,请来宣卷先生与亲朋好友、邻里乡亲欢聚一堂,增加喜庆气氛。特别是老年妇女"当头"(即以举行佛会的形式来祝寿)每次必请宣卷,而且老年妇女人人必做,白天举行佛会,晚上开始宣卷,直至天明。这种佛会上的宣卷,来源于宋代,那时宋代盛行佛教信众的各种法会道场及净土信仰的结社念书佛,在这各式各样的法会道场和结社念佛的活动中孕育和产生了宝卷,有了宝卷便有了宣卷。

胜浦宣卷因带有宗教色彩,所以,一般在家中进行时,首先要设佛堂,置经台。即在客堂(厅)北首正中,纵向拼放两张八仙桌做"经台"(也称"星官台"),坐北朝南。北首墙壁悬挂中堂(做寿的挂寿星轴,婚嫁的挂和合轴)。中堂下面的经台靠墙列置释迦如来、观音菩萨、南极仙翁、土地神君、阴曹阎王、五路财神、玉皇大帝、瑶池王母等各方数十尊诸神众佛的画像(俗称"纸马")。纸马前的桌上供有酒盅、糖果、荤素祭品及礼盒,经台前红烛(寿烛或喜烛)高燃,清香(或寿香)袅袅。纸马右侧,还放置一只万粮斗。所谓"万粮斗",就是盛一斗白米,在白米中点上一盏菜油灯,插一杆木秤,置一面镜子,以求祈福禳灾。

胜浦宣卷形式有两种,木鱼宣卷和丝弦宣卷。木鱼宣卷一般是两人搭档,故称"双(人)档"。两人在桌子东西两旁相对就座。东首的称"上手",是主宣的,面前的桌子上放着醒木、折扇、经盖和木鱼等道具;西首与上手相对而坐的称"下手",是和佛的。若是丝弦宣卷,需有五至八人,除了木鱼、磬子和双(人)档宣卷一样,还配置二胡、扬琴、月琴、弦子、琵琶、笛子等丝弦乐器,增加现场渲染气氛。宣卷开始之前,宣卷先生将宝卷先置于桌子上,用经盖盖住,以示庄重。在宣卷开始时,先要"恭请十方圣贤现坐道场",即"请佛"。请求诸神诸佛来佛堂同过俗事,弘扬佛法。所谓"请佛",即宣卷先生手持清香,站在桌前颂唱"三宝科仪",恭请诸佛降临。请佛时,宣卷者时而面北,时而朝南。如唱到"奉请南洋观世音"时,面朝南躬身。接下来唱到"善才龙女降台临"时,面朝北躬身。还有"奉请释迦如来佛,五百罗汉降台临;奉请瑶池王母尊,九天仙女降台临",等等。"上请上界诸佛祖,中请中央五岳神,下请龙宫并水府,上中下三界各降临",一共三十二尊神与佛。请佛需花二十分钟时间。

"请佛"过后,宣卷先生分别与和佛的下手相对而坐。若是丝弦宣卷的,音乐班(伴奏)人员分坐经台两旁,不分上下和次序。一俟坐定,宣卷就开始。首先主宣与和佛同诵《炉香赞》:

炉香乍热,法界蒙薰,诸佛海会悉遥闻。

随处结祥云,诚意方殷,诸佛现全身。南无香云盖菩萨摩诃萨。

《炉香赞》的作者是谁?已经无法可考了,目前所知的类似原型约在明代禅门功课中。法会前先念一遍《炉香赞》是有意义的。这里有必要分开解释一下:"香",可以有烧香、燃香、花香、涂香等方式,甚至包括"心香一瓣";"赞",有称赞、赞颂的意思。因此,在佛门课诵中,为了表达赞诵佛菩萨及佛陀教法之殊胜,传统仪式中会先用"香赞"来表达敬意。赞具有音乐性,是可以歌咏的,就好比以口业称赞他人,让人心生欢喜。

这《炉香赞》是何意?第一句"炉香乍热,法界蒙薰,诸佛海会悉遥闻",用白话解释是:这里刚刚把炉里头的香烧着,十方一切世界薰着了香气,各方诸佛的道场里都远远地闻着这香气了。第二句"随处结祥云,诚意方殷,诸佛现全身"可解释为:香烟腾在虚空里头结成吉祥的云,香烟里头有种种庄严道场和供养佛的东西。至诚恭敬的心刚刚殷勤地发出来,能够感动诸佛。诸佛的身相就应着自己的至诚恭敬心,现了出来。第三句"南无香云盖菩萨摩诃萨"中的"南无"是"皈依"的意思,整句话的意思是:皈依能够用神力把香气变成云盖的大菩萨。这段《炉香赞》是宣卷的前奏,千篇一律。在旧时,不论宣哪一本宝卷,这段"香赞"必诵。之后,宣卷先生才掀起经盖,打开宝卷,言归正传。到了现在,有时仍然还会诵《炉香赞》。宣卷时,宣卷先生翻开宝卷照本宣扬,时说时唱。西边的下手一边击打磬子,一边嘴里附和着上手每句唱词最后一二个字,并加唱"南无阿弥陀佛"一句佛号于落调,被称为"和佛"。

宣卷就是宣讲宝卷,而宝卷则是在继承的同时更加本土化,使之成了地道的中国讲唱文学的一种。宝卷打开,卷首是定场诗,如《白鹤图宝卷》卷首四句是:"白鹤宝卷初展开,诸位听众早已来。奉请大家静心听,让我把卷宣出来";又如《金牌宝卷》卷首四句:"金牌宝卷宣分明,奉请大众身坐定。不宣前朝和后代,要宣明朝一桩情"。然后即以白话"却说……"开头往下叙述故事的因缘。一般一本宝卷都有一个完整的故事。如《白兔记宝卷》讲的是春秋战国时期,在徐州沛县沙渡村,李家养两男一女,两男所娶两房媳妇均不生养。在李家即将断绝香火之际,小女三娘招赘刘智远为婿,可田大嫂生性嫉妒、凶悍,逼得刘智远投军。后来,刘智远在军中立功为官,救三娘脱离苦难。又如《碧玉带宝卷》讲的是宋朝仁宗年间,西京河南府运水县刘家村刘文英赴京赶考,途中遭强人抢劫,获救后又被黑心杨二暗害致死,他通人性的白马驮尸告状,包拯用碧玉带救活刘文英,为其申冤,最后全家团圆。

下面摘取一段《珍珠塔宝卷》的开头来举例:

珍珠塔宝卷初展开,诸佛菩萨降临来。

在堂大众齐声贺,能消八难免三灾。

且说明朝崇祯年间,河南开封府祥符县太平村,村中有个姓方名卿字子文。祖父方天舜,当朝一品宰相,如今去世。父亲方景章,为官吏部尚书,母亲杨氏。家财豪富,只因罗通奸臣假传圣旨,将方家团团围住,要满门抄斩。

罗通奸臣来大害,抄斩方家一满门。

高厅大屋都烧净,母子二人坟堂屋里住安身。

肚内饥饿无饭吃,身上衣衫千补丁。

且说母亲叫道:"我儿,如今家中少吃无穿,难以度日,我想要你到姑娘家里借花银。你姑娘从前在家,我替她梳头缠脚,还有很多嫁妆上轿,临上轿又对我哭,我又赠她雪花银子一千两。我儿,你姑娘家里发财豪富,你到他家里去借些雪花银子回家来且度光阴,再作道理。"方卿听了母亲之言,心中十分欢喜,拜别母亲出门而去。因无盘费,只好学古人求乞而行,走去便了。

在路行程多日久,求乞一路到襄阳。

家里苦处不必说,姑娘家里去借花银。

一路求乞到襄城,不知姑娘哪方存。

且说方卿一路到襄阳,不知城市中哪一家。看见前面来了一位老人家,连忙上前作揖,叫声老公公:"小生借问一声,这里陈御史家住在哪里?"老公公说道:"你哪里来的?"方卿就说:"老公公你听我说便了。"

家住河南开封府,祥符县里太平村。

我到姑娘家中去,拜见姑娘老大人。

且说那老人家说道:"看你不大出门,你倒是陈御史的内侄。前面有黑漆墙门,就是他家。""多谢老公公。"说罢拜别老人家而去。

拜别老人一路去,要要紧紧向前行。

旗杆竖到九霄云,隔河照墙画麒麟。

四柱牌坊多精致,二龙戏珠大墙门。

盘古青石一人高,开口狮子两边分。

龙头执事分左右,刀枪剑戟密层层。

门前大船三十支,黄旗飘飘错落分。

文武百官来庆寿,放炮连连不绝声。

名班戏子开场做,埭埭屋里挂红灯。

杀气腾腾真厉害,仔细看看唬煞人。

立定身来念头想,怎好走进此墙门。

且说方卿此时并无主意,忽然走出一个老人家,一看此人呆呆立定,是何故?"请问客官要到何方而去?你尊姓大名?"方卿回言说道:"家住河南开封府祥符县内,姓方名卿。"家奴一听,原来是河南方公子到了。

就是用这样说唱宝卷的形式,说说唱唱,叙述故事的起因和缘故。锡剧《珍珠塔》的故事在苏州人尽皆知,《珍珠塔宝卷》就是讲的方卿落难中状元的故事,其情节一波三折。一般戏剧不是喜剧就是悲剧,或是正剧。胜浦那种小卷(民间故事类)的宝卷都是情节曲折,有喜有悲,最后合家团圆。宝卷故事情节不同,但结构相似。宣讲时韵白结合,有说有唱,不但能吸引广大的听众,同时还能起到一唱三叹的艺术效果。白话是宣卷人为了叙述故事情节,交代事件发展,铺叙人物关系而采用的一种表演手法,相当于戏曲中的"道白",是"讲"或"说"的。而韵文则是为了寄寓善恶褒贬,推进故事情节发展,抒发爱憎情绪,烘托渲染气氛的,是"吟"或"唱"的。韵文的主要形式是七字句,十字句很少,当用三三四式的十字句时,都是哭诉喊冤的。例如《龙凤锁宝卷》中金凤小姐与林公子相爱,遭父亲反对。当林公子到金凤家约会时,金凤父亲突然回家,金凤忙将林公子藏在自己的衣箱内,结果害了林公子的命,金凤也急得晕了过去。其中有诉说苦情的一段十字句:

金凤姐,还魂转,眼泪纷纷。哭一声,林公子,是奴夫君。

白日向,在街坊,喜笑盈盈。夜里到,来回转,一命归阴。

在屋里,两相爱,私订终身。我爹爹,忽回转,箱中藏身。

哪知道,猫捉鼠,箱子关紧。害公子,身亡故,好不伤心。

见尸首,冷如冰,哭叫夫君。奴终身,那日后,去靠啥人。

你爹娘,望公子,勿见回程。金凤奴,真命苦,公子伤命。

一夜天,思前后,勿知那能。思思啼,想想哭,死去还魂。

一个人,无办法,缩手无能。五更到,公鸡叫,哭到天明。

宣卷先生声情并茂的说唱,会感动在场的听众。

旧时,大凡只要斋星官(祈祷)都要请先生宣卷,对于人家来说,这是家门兴旺和崇尚文化的一种标志,犹如大户人家请戏班唱堂会一样热烈郑重。当然,宣卷远比唱戏简单得多,全部阵容只有几个人,仅靠宣卷先生一张嘴,一部宝卷说破天,无须过多的铺排破费,一般家庭或经济稍微可以的农户都能设局请先生宣卷。更何况宣卷带着宗教色彩,既能祈求神佛的庇护、治病消灾、求子延寿,又能营造热闹气氛,给人以情感愉悦或心灵感悟,故深受人们喜爱,并流传至今。宣卷用本乡方言宣唱,突出了本土传统文化,体现本地民俗风情。村中庙会、农家婚丧喜事请宣卷班子演出,除了祈福外,还能以宣卷会友。通过宣卷,亲邻之间形成和睦友善的氛围,即使有些蓑嫌之隙,届时也会到宣卷堂前一起烧香、叩头,显示了民众的宽容和互爱精神。

在一个村上,一听到哪家有宣卷,大家便会相互告知。待夜幕降临,左邻右舍,亲朋好友,上至耄耋老人,下至少年儿童,都会不召而来,集中到宣卷人家,客堂中人头济济,坐满了听宣卷的人。宣卷未开场前,人们有说有笑,互致问候,叙说家长里短。主人家态度热情谦恭,笑容满面,礼貌周全,忙前忙后,端茶倒水,招呼让座,还用花生、瓜子和糖果等食品招待客人。旧时宣卷,一本宝卷要宣一整夜,到半夜子时宣卷要有落会,稍作休息,这时事家已准备好了夜宵。夜宵一般是吃长寿面,不论听客和亲朋,在场者一人一碗。吃罢,继续宣卷。

胜浦宣卷产生于何年代,已经没法考究,但根据史琳《苏州胜浦宣卷》一书中的记述,胜浦宣卷应出现在南宋时期。到了元明时期,胜浦宣卷以讲经的形式已经普及至农村。

到了清初,因胜浦宣卷到达顶峰,百姓通过宣卷积善成德,明德惟馨,这种民间宗教到了深入人心的地步,清政府视为洪水猛虎,就把所有民间宗教均视为"邪教"而严厉镇压,因此,宣卷在清初受到很大冲击。史琳《苏州胜浦宣卷》一书中记载:"入清后……宣卷几乎消失,只在民间宗教传教活动中仍保留宣卷,它们多处于秘密状态。而在江南吴语区,宣卷虽然在个别地区也遭到政府禁止,但整体上远不及北方严厉。由于历史文化的原因,宣卷已成为一种民间讲唱艺术而被保留下来,康乾以后有了更大的发展,它已完全脱离了民间宗教和佛教的僧尼,而由'宣卷先生''佛头'演唱。这些宣卷先生或佛头具有民间迷信职业者和民间艺人的双重身份,其流行区域遍及整个吴语区,尤以苏州、无锡及后来的上海等地为普及。在苏州郊区农村,更保留了明代宣卷原始形式的'讲经'。各地宣卷活动虽仍与民间信仰和迷信活动结合在一起,但已形成具有地方特色的民间曲艺形式,用各地方言演唱传统故事宝卷,其中以'无生老母、真空家乡'为代表的民间宗教意识被删除,同时大量弹词和戏曲故事、民间传说故事被改编成宝卷进行演唱。"史琳女士这段文字,充分说明了胜浦宣卷在清代的兴衰状况和原因。

到了民国期间,胜浦宣卷已经用娱乐的形式来劝人为善,出现了一批较有影响的宣卷先生。例如方前村老艺人杨若卿、西港村的周荣藻、江圩村的何仲达、赵巷村的周瑞文、前戴村的胡舟敖,他们几乎一生从事宣卷活动,在四乡八村名气较响。杨若卿还曾参加以宣卷先生为主的吴县娱乐公会,并成为其会员。

1949年后,胜浦宣卷仍是当地的一种民间的主要娱乐形式。不论是公祭庙会,还是百姓喜庆,都采用宣卷这一形式来表达对未来生活富贵安康的期望和寄托,把宣卷与生死病老和荣华富贵联系在一起。社会上,一年四季都有各种庙会,各村每家也都有各种民间俗事庆典,宣卷十分时兴,几乎长年不断。时势造人,在这样的环境中,民间又孵化出一批宣卷艺人。一些旧时的私塾先生也干起了宣卷这一行当。中华人民共和国成立初期活跃在胜浦地区的宣卷艺人有方前村的刘秀夫、三家村的何旬甫、前戴村的沈和生和金文胤、南巷村的唐斌群和许宗金、北里巷的黄文俊、赵巷村的陆荣全、刁巷村的徐文奎和夏文禹等,其中有些不乏是私塾先生,还有一些是当地的乡贤。他们读过四书五经,经常被乡民请到家中进行宣卷,他们也乐意传承宣卷这行当。

胜浦宣卷由于是民间自发组织的,有时为了迎合现代人喜听戏曲的爱好,丝弦宣卷会结合演出其他传统剧目。因此,宣卷出现了唱小调、演戏曲等元素,成了曲艺杂荟,被异化了。

这要说到"文革"结束时。那时,各种民间文艺开始恢复,但像宣卷这样带着宗教色彩的东西还比较谨慎,不敢公开活动。但民间各种俗事活动也开始恢复了。那时建新房处于一个高潮期,建房后进屋要有个仪式,便请文化站放场电影或录像。曾经一些喜欢说说唱唱的一看民间有这个文艺演出市场,就凑合几个人,组织一个班子,挂上宣卷牌子进行活动了。有了班子,人家举行俗事活动,就请宣卷班子出场了。当时还没人敢正式宣卷,只能班子里几个人带了胡琴和笛子变相地采用文娱演出的形式来应付。在东家家中摆个场子,亲朋好友围坐一起,唱唱革命歌曲(现在所说的"红歌"),其中夹杂着一些江南小调、民间山歌。一晚上唱唱拉拉,蹦蹦跳跳,热热闹闹,喜庆气氛也很浓。那时,宣卷班子一晚上每人拿10元报酬就很开心了。后来,宣卷班子逐渐发展为化装演出,演《双推磨》《罗汉钱》等现代小戏,接着就演《庵堂相会》《珍珠塔》《借黄糠》等传统剧目中的折子戏。那时,虽然名为宣卷,实是在家中的小型文艺演出,只能说是一种过渡。到了20世纪90年代后,才开始有人正式宣卷,仍保留着固有的形式和那些继续遗存至今的传统程序、祭祀仪式、民间观赏习惯等诸多传统特征,至今没有被淘汰和排斥,还被广大居民乐意接受。

宣卷这古老的艺术在胜浦为什么不但没有因改革开放而淘汰,反而兴盛起来了?主要原因在于农村涌现出了新一代的宣卷艺人。像南巷村的归金宗和陆安珍,他们虽然务农,但平时爱好宣卷,改革开放后,看到唐斌群和许宗金开始宣卷了，就要求跟他们学宣卷，起先做做下手，后来也做上手进行主唱了。陆安珍虽是一个女性，但她冲破传统观念，同样像模像样做了一个宣卷先生，活跃在农村，这是历来没有的。再比如江圩村的花俊德，他年幼读过私塾，聪颖好学，还爱好文艺，15岁那年就学会拉二胡、吹笛子。当时，江圩村村上有一位叫何仲达的宣卷先生，花俊德就偷偷跟他学宣卷，改革开放后，大胆地做起宣卷先生，因口才好，宣卷生意一个接一个，成了胜浦有名的宣卷艺人。另有前戴村的顾传金，他是乡办企业的会计，但因喜欢宣卷，便常常利用业余时间去干宣卷这个行当。再有西巷村的周祥男，他是宣卷中最年轻的一个，平时也爱好宣卷，他就拜斜塘一个宣卷老艺人蒋金官为师，学木鱼宣卷。这些新一代的宣卷艺人纷纷崛起，活跃在民间，宣卷在胜浦开始重生了。这一代的宣卷艺人，不仅活跃在本乡本土，还被邻近乡镇的一些地区的居民邀请外出活动，甚至远到浙江、上海。这些宣卷艺人，特别是花俊德、归金宗这两班人马，每年被邀外出宣卷多达150~180多次。胜浦宣卷的重新兴起，也影响了四乡八村，唯亭、甪直、斜塘等爱好宣卷的艺人也纷纷走了出来。胜浦宣卷的名声甚至远播江浙两省和上海一市，这些地方请胜浦宣卷艺人去宣卷是常有的事。

1995年后，胜浦农村开始大动迁，进行招商引资，至今已有500多个企业进驻胜浦。胜浦成了一个融经济、商贸、文化为一体的现代城镇。2009年胜浦完成农村一次动迁和"撤村建居"工作，2014年改为胜浦街道。如今农民转身为居民，乡镇成了街道，农村改变为社区，人民居住环境变了，生活方式变了，可民风民俗依然，宣卷照样在街道里盛行。胜浦当年的农民现在成了居民，住在高楼上，照样举办在农村里的那一套念佛当头等民俗仪式，同样，宣卷也走进了高楼，将传统文化融入了现代的生活中。

胜浦目前的宣卷班子虽没有固定的人员，均是自由组合，但常有七八个班子，在本地和外地进行宣卷活动。与周边乡镇相比较，胜浦是宣卷班子最多、人员最活跃、名气最响的一个。胜浦宣卷也成了苏州地区的一个品牌。

为什么胜浦宣卷会如此兴盛？一是政府对胜浦宣卷加以保护并做好了传承工作。在2007年开始，就将胜浦宣卷先后申报为苏州市和江苏省非物质文化遗产，2013年，又将胜浦宣卷与河阳宣卷、同里宣卷打包申请为国家非物质文化遗产，并多次参加锦溪江浙沪三地宣卷会演，取得了好成绩。笔者也多次参加江浙沪三地宣卷学术研讨会，有关论文分别被收集到《江浙沪宣卷的保护和实践》《中国宝卷生态化保护与传承交流会论文集》等专著中。胜浦为了更好地保护和传承这一文化遗产，还在吴淞社区建立"胜浦三宝"陈列室，其中就有胜浦宣卷堂。二是居民热爱这个喜闻乐见的文艺形式。宣卷班子具有灵活性，召之即来，能满足文化需求，为群众所接受。为了满足居民要求，一些社区开展了宣卷展示活动，像新盛社区和滨江苑社区，分别定期在每个周三和周四进行宣卷活动，每场都爆满。2023年开始，由文体站组织几个宣卷班子，在浪花苑、闻涛苑、新盛花园、金苑新村等社区开设宣卷堂，做到居民可以天天听宣卷，丰富了社区居民的文化娱乐生活。三是宣卷推陈出新，结合目前新时代的新形势和新生活编写了新的卷本，十多年来，笔者先后编写的《三阿爹认错》《毒魔》《金苑新风》《廉吏蒋廷贵》《养老诈骗要提防》《统战工作是法宝》等各类题材的新宝卷，由街道有关部门组织排演后，在胜浦各社区巡回演出时得到了居民们的热烈欢迎。

2022年，胜浦文体站也用防疫题材自编了《防疫这回事》的宣卷，在社区巡演，为防疫工作发挥一定的宣传作用。这种公益性的宣卷不设佛堂，也没有经台，所以用不着焚香点烛，更不需要"请佛"和"送佛"这种仪式，一上台直接开门见山，宣讲宝卷。这样，宣卷成了宣传党的方针政策、贯彻中心思想等工作时寓教于乐的重要手段。2010年后，因宣卷被列入非物质文化遗产，其得到了更好的保护，胜浦还冒出了几位宣卷新人——沈桂芬、徐宏珍、吴密金、吴军等。这几位40余岁甚至是50多岁的女性，敢于冲破世俗观念（旧时没有女性宣卷），走上了宣卷的经台，拉起人马，宣起卷来，不能不说这是宣卷保护的一个成果。

二、胜浦宝卷的收藏和沐抄

什么是宝卷？曲艺研究专家车锡伦说："宝卷是一种十分古老的、在宗教（佛教和明清各民间教派）和民间信仰活动中，按照一定的仪轨演唱的说唱文本。这使宝卷具有双重的特质。作为在宗教活动中演唱的说唱文本，宝卷演绎宗教教理，是宗教经卷，不是文学作品；另一方面，大量的宝卷是说唱文学故事，因此，宝卷又是一种带有信仰特色的民间说唱文学形式。除了早期宗教宝卷外，演唱宝卷大都是照本宣扬的，所以宝卷不仅以口头形式流传，同时留下来大量卷本。"他的说法是有权威性的。

宝卷可追溯到唐代。唐代寺院中盛行一种"俗讲"，俗讲是说唱体的俗讲话本，叫作"变文"，编写说唱文字以演绎经中义理的，叫作"讲经文"。其后逐渐发展，俗讲中也采纳一些民间传说和历史故事，如《舜子变》《伍子胥变》《王昭君变》等。更往后，此等俗讲就不限于俗讲法师，民间艺人也可以唱变文了。变文的唱词，一般是七言为主，而间杂以三言，也有少数间杂五言或六言的，与现存宝卷极为相似。其中不少的作品包含有浓厚的生活气息，如《目连变文》显出伟大的母子之爱，而描写地狱的恐怖，正是以遭受封建社会阶级压迫的现实生活为基础的。这些作品在当时鼓舞了人民同黑暗现实作斗争的勇气和信心。其用当时流行的骈体文来描述人情、形容物态的文体结构和体例同样与宝卷如出一辙。由此可见，宝卷是由唐代"变文"逐步发展而成的，也可以说宝卷是变文的嫡派子孙。现在通行的宝卷中，以《香山宝卷》为最古。与宝卷产生直接有关的是宋代佛教信众的各种法会道场及净土信仰的结社念佛盛行，这种礼仪在胜浦女性做寿的"当头"佛会里，可以找到印证。

宝卷有好几类，"宝卷"一词，仅为此类书之总称。一般每本宝卷的书名是书题加宝卷，如《雕龙扇宝卷》，也有单称"卷""经""科仪"者，如《地王卷》《受生尊经》《三宝科仪》。宝卷作为中国民间仪式文艺的一个特殊文类，学界共识其至少在宋元之际已经产生，其附着对象经历了从体系化宗教到一般民间信仰的漫长演变过程。它本性是开放和包容的，不单融会了儒释道三家的主流文化，尤其在清中叶之后，还在许多地区与民众的日常生活息息相关，成为民众生活实践的仪式文本，有些地方还演变为单纯的通俗文艺表演形式。这样丰富的内涵特质吸引了越来越多海内外学者的持续关注，使得宝卷之学骎骎然有成为显学之势。

笔者按照吴方言区民间宝卷的一般分类方式，将宝卷分为"神卷""小卷""科仪卷"三大类。神卷指讲唱各种神道故事的宝卷，主要讲各种民间信仰的神，如《玉皇宝卷》《弥陀宝卷》《韦驮宝卷》等，也有佛教的菩萨和道教的尊神；小卷是说唱因缘（故事），例如《碧玉带宝卷》《金牌宝卷》《蝴蝶杯宝卷》等，主要指根据弹词、民间传说和其他民间演唱文艺题材或民间流传的唱本改编的宝卷；还有科仪卷，只讲经布道，不细述故事，只在民众追念亡灵或礼佛了愿的金刚道场上用，如《金刚科仪》《地狱宝卷》《十王宝卷》。

胜浦的宝卷大多是第二种类型——小卷，这种小卷也称"闲卷"。笔者在胜浦进行过一番调查，发现各位宣卷先生手中的大多是那种小卷。这类宝卷大量反映的是人民群众切身的社会生活，故事内容一般是劝人为善、祈求国泰民安，一些神话传说也是谴责忤逆、规劝孝道、隐恶扬善的，有完整的故事。如沈桂芬收藏的《鱼篮观音宝卷》是讲这样的一个故事：有一个叫金沙滩的地方，那里的住户作恶多端，观音不忍，于是下凡来度他们。她化作妙龄女子到村中卖鱼，轰动了全村。恶人之首马二郎欲娶她为妻，她说有誓在先，凡欲娶她的人必须熟念莲经，吃素行善。于是，马二郎和村中恶少纷纷放下了屠刀。在念佛声中，女子与马二郎结为夫妻。婚后不久，新娘因腹痛而亡。村中受了观音的感化，自此金沙滩这一恶人地竟成为善人地。一般小卷的故事都引人入胜，也唯其通俗易懂，寓教于乐，才深深地植根于群众之中，百代流传，经久不衰。宝卷虽通俗，却寄托着人民群众的喜怒哀乐。胜浦还有一种科仪卷，如《三宝科仪》，宣卷开始时要"请佛"，结束时要"送佛"。这种科仪卷比较通用，不论道教的道场中还是佛教的佛（法）会里都会用到。

宣卷先生每次前往一地宣卷,都要携带数十本宝卷。因为当日宣卷要宣什么内容,一般都是让听客"点将"。所谓点将就是点卷,意思是今天想听什么卷都由听客说了算,听客点什么卷,宣卷先生就宣什么卷。一般村上都有一些识字的人,甚至是村贤,他们都熟悉宝卷,因此宣卷先生会谦让一番,尊重他们的意见,让他们点将。"点将"对宣卷先生来说是一种考验,今天点的一本卷,你宣不出,或你没有这个卷,是要出丑的。有时,听客在点将时会有意为难一下宣卷先生,点一些冷门的宝卷。点将者也要谙熟宝卷,有些宝卷只能在一定场合使用,不能搞混,否则出乖露丑,要闹笑话。而宣卷先生敢让听客点将,自然也是有备而来,功夫过硬的。其实点将也是相互掂斤两,宣卷先生试探听客中有没有"高人",而听客是试探宣卷先生有没有真功夫。比如胜浦宣卷先生归金宗有一次去昆山庙会宣卷,有位老先生就点了一本《玉皇宝卷》。归金宗从没宣过这本宝卷,就打招呼说:"对不起,这本宝卷没有带在身边。"可这位点将的老先生不依不饶,还带来了这本宝卷,说:"你没有,我有,今天就宣这一本。"归金宗无奈,只能接受。可是,要宣一本从没宣过的陌生宝卷是有难度的,他只能趁吃斋饭时偷偷溜出去,先读了两遍宝卷,做了些准备,后来才算顺利宣好了这本卷。又如花俊德,去甪直一户做寿人家宣卷,有一个听客要点《十王宝卷》,花老师问他:"你同东家是亲家还是冤家?"那人连忙说:"对不起,开玩笑的,今天应该宣《增寿宝卷》。"原来这个听客懂宣卷门道,他点的《十王宝卷》是超度亡人用的,今天做寿偏要宣超度,就看宣卷先生能不能上当,亏得花俊德心里明白,没有上他的当。后来这个人惹了众怒,被赶出了场子。所以宣卷先生没有一点真功夫,不能出去跑码头。这种现象,在1949年前比较常见,所以当时宣卷先生装宝卷的书箧要用扁担挑,是因为宣卷先生出门宣卷时要带足宝卷,以备不时之需,同时也是炫耀自己宝卷众多,有一定实力,作为招徕生意的一种手段。1949年后,提倡人人平等,宣卷先生和听众似乎相互尊重了,听众也不为难宣卷先生了,一般不再点将,而是由宣卷先生自己任选一本。即使点将,也是点一些大家喜欢的热门宝卷。从此,宣卷先生不再挑着众多的宝卷出门了,而改为褡裢,里面装上几本热门的宝卷足够应付场面了。

胜浦宝卷归宣卷先生各自所有,旧时,每个宣卷先生都有一二百本宝卷收藏,作为吃饭的本钱。笔者在民间调查时,民国时期西港村较有名的宣卷先生周荣藻的儿子周水坤介绍说,他爸的卷书(宝卷)从地上叠起,要与八仙桌一样高,可见他个人收藏的宝卷之多。在宣卷先生各自收藏的宝卷中,有不少是相同的,也有同名异本,即同一个故事,版本不同,在文本上有差异。这里列举两本不同版本的《一餐饭宝卷》的开头做比较。归金宗收藏的《一餐饭宝卷》:

一餐饭宝卷初展开,诸佛菩萨降莲台。

奉请大众静心听,一年四季免三灾。

却说此卷出在大明,朱太祖开国以来,在正德年间,有位小将,是常遇春将军的后嗣,名叫常子文。年方一十七岁,正是将门之子,身材魁梧,力大无穷,两臂有千斤之力,食量之大,一顿饭能吃斗米十斤肉。就是有勇无谋,时常上人家之当,揞人家之木梢。有一次惹出了大祸,被奸臣在皇帝面前参奏一本,要害他的性命。正德听信谗言,下旨拿捉。常子文幸亏早有闻听,连夜带了妻子陆素贞,一同直往江南避难而去也。

那年正德十三春,子文避难逃出门。

原籍山东历城县,逃往江南避灾星。

苏州府官昆山城,小林村上住登身。

搭了三间茅草屋,务农为业过光阴。

夫妻两人同年庚,陆氏生得貌超群。

远看好像天仙女,近看宛似活观音。

年轻未曾生男女,公婆大人早归阴。

也无伯叔兄和妹,只有夫妻二个人。

素贞生来会做人，伶牙俐齿甚殷勤。

东邻西舍都和睦，男女老少皆亲近。

子文又恐露了相，不姓常字改姓林。

小林庄上多熟悉，人人唤他林子文。

却说常子文在小林庄改为林子文，人家都不知他的真相，他们夫妻二人和和睦睦耕种荒田，苦度光阴。其日春光明媚，林子文要到田里去干活，吩咐妻子烧好了饭，送到田头吃饭，免得往返路程，耽误农活。说罢，拿了九齿铁镗檀树柄，辞别娘子，直往田头而去也。

子文田头去春耕，素贞在家把饭烹。

量了白米斗二升，淘米烧饭忙勿停。

青菜豆腐黄豆芽，素菜几样没有荤。

挑起饭担出门来，送到田头丈夫吞。

子文连忙来吃饭，两桶白饭吃干尽。

勿说素贞送饭转，再说一个顾鼎臣。

下面再看陆安珍收藏的《一餐饭宝卷》的版本：

一餐饭宝卷初展开，诸位听众都已来。

男女老少静心听，一年四季免三灾。

此卷讲到元朝末明朝初，朱太祖登基坐朝中，有位常遇春，授职护国大元帅，又封他郑国公，现在已经去世多年。他有一个儿子名叫子文，今年二十一岁。虽则是将门之子，但只有蛮力千斤，并无才情半点。他常常上别人的当，最终惹出大祸，拨别人告了，知府县官知道，要拿捉他进去。故而带了妻子陆氏逃出家乡，别处去安身了。

其时嘉靖十三年，避灾逃难苦黄连。

祖籍居住山东地，只为无知惹祸非。

逃到江南苏州地，登在昆山地界种荒田。

小林村上来居住，三间草房盖柴苫。

妻房陆氏多伶俐，夫妻两个是同年。

不长不短多齐正，天生容貌好容颜。

说到一个常子文，已经逃到昆山小林村上，搭成三间草房安身居住，种种荒田，把自家个姓名改过，姓林名叫子文。人人见他，长得十分凶狠，故而大家叫他林蛮子。登在家里种种荒田，已经有三年来哉。做生活十分勤俭，种了稻麦两熟，真真大有出息，可以度过光阴。那年拉笃春二三月，清明时节，一个林子文，又要到田中去做生活了。连忙吩咐娘子："你今日烧熟了饭，送到田中来吃只罢。我今不要走来走去了。"陆氏说道："正其如是。"子文速即就到田中去了。

子文田中做营生，陆氏家中忙不停。

舂出白米一斗二，淘米烧饭把火生。

烧好饭来并素菜，两只木桶把饭盛。

陆氏娘娘要行走，肩挑饭担出了门。

下饭小菜只有青菜与豆腐，并无鱼肉共荤腥。

陆氏娘娘挑饭担，脚小伶仃送饭丈夫吞。那个陆氏饭担挑到田中，说道："丈夫来吃饭吧！"那个子文即就吃饭，一斗二升白米饭拨他吃得精光。他要吃斗米十斤肉一顿。陆氏看丈夫吃罢，就收拾饭担，要回家上路行程。不表陆氏回家，再说昆山城中有一个当朝宰相姓顾名叫鼎臣。

对照两本《一餐饭宝卷》,虽讲的是同一个故事,但不论说白还是唱词完全不同,各有各的叙述,各有各的唱词。归金宗与陆安珍两人虽居住在同一个村,竟有不同的宝卷版本。

还有的宝卷名同实异,即名字虽一样,故事内容根本不一样。民间收藏宝卷中,同名异卷的有不少。除了同名异卷,还有同卷异名的。如《麒麟豹宝卷》《后珍珠宝卷》,这两本便是名异实同,二者都是《珍珠塔宝卷》的后传,名称却不同。又如《洛阳桥宝卷》和《受生宝卷》名称不同,内容相同,都是讲状元蔡旭为了替父还阴债,起造洛阳桥的故事。国内有不少宝卷总目和综录之类的统计,车锡伦的宝卷《总目》中记载宝卷有1585种,各种版本却多达5000余部。这说明宝卷通过传抄不断改变,故会出现不同的版本。

在胜浦,传抄宝卷很少出现修改的情况。胜浦同一版本的宝卷有不少,笔者经过调查,对胜浦每个宣卷先生的宝卷都作了统计,发现同版本的多达一半。有几本几乎每个宣卷先生都拥有,原因是宣卷先生之间会进行互换抄录,就是你有这本我没有,而我有另一本你却没有,那相互交流,我抄你的,你抄我的,这样,各自就增添了一本宝卷,社会上也就多了一本相同的宝卷了。因宝卷属经文类,故旧时抄写宝卷特别虔诚,在抄写前先要焚香礼拜、清水沐手,然后抄写。宝卷格式为巾箱本风格,即宽13厘米、高26厘米的竖式本,适合装进巾箱中。旧时能宣卷的都是有文化的人,有极强的毛笔字功夫,到了有了复印机的时代,大家懒得抄写,各自拿起复印就是了,虔诚之心也就荡然无存。最近,笔者还发现一批电脑打印本,像沈桂芬手中的宝卷,就大多是电脑排版和打印的,虽开本大小不同,但竖式本的风格没变,颇有古风。当然,也有坚持手抄的。所以,胜浦除了手抄本的宝卷外,还有一些复印本、打印本,宝卷版本较为杂乱。近日,我网购了几十本仿古线装空白抄经本,花钱请毛笔字写得较好的人抄写宝卷,想给后人留下一点文化财富。因宝卷辗转抄写,文字踳驳难免,笔者在让人抄写前自己先对宝卷悉心校雠,不怕续貂之嫌,但求少些舛谬差讹。宝卷对宣卷先生说来是吃饭本钱,只要得知哪里有一本自己手头没有的宝卷,就会千方百计去觅到手。办法有多种,一是高价买,二是交换,三是托人情。笔者走访花俊德时,知道他几十年来,一直想方设法地搜集各类宝卷。打开他的一个宝卷箱,里面共有宝卷60多本,有纸质发黄的老卷本,有他自己抄写的手抄本,也有复印的复制本,从中可以看出花俊德搜集宝卷时的艰辛。1986年的冬天,他听说邻乡一个叫钟振华的老人,家里收藏了几本宝卷,他就冒着凛冽朔风,连夜开着挂机,不顾吴淞江里风大浪高,上门去拜访。钟振华老人得知他的来意,委婉拒绝。花俊德不甘心,多次上门求借,并告诉老人,他如何喜欢宣卷,决心将这传统文化传承下去。花俊德的真诚最终感动了老人,他把《合同记宝卷》《麒麟豹宝卷》《义马驮宝卷》三本卷本交到了花老师手里。

南巷村有一个叫唐斌群的民办教师,脚有残疾,平时拐杖不离手,再加上年老不便出门,就在家潜心抄写一本本古旧的宝卷。他所抄宝卷有一百多本,在他生命走到尽头时,将书交给了徒弟归金宗。归金宗目前收藏的有"唐记"字样的宝卷,都来自唐斌群的手抄本。另外还有刁巷村的教师夏文禹、三家村的何甸甫等,都手抄了不少卷本,使一些宝卷得以留存至今。

目前,别看胜浦宣卷还是热热闹闹,又有多位新人冒出,可这现象背后是可怕的寂寥,可能宣卷若干年后就会无疾而终。这里笔者不是在危言耸听,新事物的产生必然会淘汰老的东西,宣卷被异化就是一个信号,靠"非遗"还是难以坚守。现在胜浦宣卷的传承,面临两大瓶颈:一是年轻人无人肯继承宣卷这一行,目前宣卷市场是由改革开放后的一代在支撑,可这一代人至今都已到了暮年,薪火难以为继,仅靠几位年已接近老年的新手可能很难能挽救胜浦宣卷危局;二是听客的问题。走进宣卷场,能看到大都是一些耆老,50多岁的也寥若晨星,根本没有70后和80后的年轻一代,更别提90后了。随着时代的发展,科学的进步,人们的思想观念也在不断更新,年轻一代的娱乐生活丰富多彩,对宣卷并不看好。再者,尽管官方十分重视传统文化的抢救和保护,但10多年来效果甚微。面对这种宣卷老艺人先后辞世,继承乏人的状况,笔者对胜浦宣卷的生存情况充满了忧虑。

苏州胜浦宣卷研究

史　琳[1]

宣卷是我国古代流传下来的一种民间曲艺,内容不但有宣唱佛教等宗教宝典,还有宣唱中国民间历史故事,主题皆围绕扬善惮恶、睦邻友善、祈求国泰民安。其伴奏音乐,古朴简洁,悠扬典雅。宣卷作为说唱文本,散韵结合,词语通俗,故事性强,易听易悟,对民众道德、伦理、审美、情操、民风、民俗都有较强的教化作用。

苏州胜浦镇位于苏州工业园内,因其地处苏州郊区,相对比较偏僻,而保留了大量原生态的古代宣卷元素,堪称苏州佛教世俗古乐的代表。

一、苏州胜浦宣卷的文化渊源

1. 宣卷产生的历史年代

曲艺宣卷,源远流长。1938 年,著名学者郑振铎先生在《中国俗文学史》中认为:"宣卷源于佛教……所讲唱的,也以因果报应及佛道的故事为主。直至今日,此风犹存。南方诸地,尚有'宣卷'的一家,占有相当的势力。"[2]

关于宣卷产生的历史年代,当代中国研究宣卷最权威的专家为车锡伦先生,他的结论是:"宝卷产生于宋元时期。"[3]当代另一位宣卷研究专家李世瑜(著有《宝卷总录》)认为:"宝卷是起于明正德年间。"[4]日本学者泽田瑞惠(著有《宝卷研究》)认为:中国宣卷"直接继承、模拟了唐宋以来佛教的科仪和忏法的体裁及其演出法,而为了进一步面向大众和把某一宗门的教义加进去,而插入了南北曲以增加其曲艺性"[5]。

由此可知,目前学术界关于宝卷的产生年代是有歧义的。实际上,在探讨宝卷的产生年代之前,应把"宣卷"与"宝卷"区分开来。宣卷是曲艺,宝卷是宣卷的脚本,是民间文学作品,是宣卷的说唱文本之一(其他还有佛经、民间故事文本)。作为一种曲艺,宣卷首先是"宣唱",而"宣唱"在宋代俗僧中是很盛行的,见下表:

《木鱼歌》:木鱼歌木鱼歌,横身三界卧。摆头掉尾瞬金鳞,凡圣纵横不奈何。	宋朝·颐藏主:《古尊宿语录》卷二十三
宋长干寺有释昙颖,会稽人,少出家。谨于戒行,诵经十余万言,止长干寺,善巧宣唱,天然独绝。	宋朝·李昉:《太平广记》卷一一〇
以偈句相酬唱、络绎于道。	宋朝·惠洪:《禅林僧宝传》卷二十
三祖灿大师,既传法,隐于舒州皖公山。属后周武帝破灭佛法沙汰僧,师往来太湖县司空山,居无常处,积十余载无人知者。宣律师《高僧传》。	宋朝·释克勤:《碧岩录》卷第十

对于宣卷的产生年代,胜浦流传的《香山宝卷》或许会给我们一些有益启示。该宝卷在序言中注明:"宋普明禅师于崇宁二年八月十五日……遂成此卷。"[6]"崇宁"为宋徽宗的年号,"崇宁二年"即 1103 年,由此可知,至迟在南宋时期,宝卷在江南等地就出现了。国家图书馆所藏的《金刚科仪》及《销释真空宝卷》都是南宋的刻本,可以作为宝卷产生于"南宋时期"的旁证。因此,我们可以谨慎地得出结论:不论是宣卷

1　史琳,苏州科技大学音乐学院教授,硕士生导师。该文原载于《苏州大学学报》2010 年第 4 期。

2　郑振铎:《中国俗文学史》,上海:上海人民出版社,2006 年版,第 447 页。

3　车锡伦:《中国宝卷研究的世纪回顾》,《东南大学学报》2001 年第 3 期。

4　李世瑜:《宝卷新研——兼与郑振铎先生商榷》,转引自车锡伦:《中国宝卷研究的世纪回顾》,《东南大学学报》2001 年第 3 期。

5　泽田瑞惠:《宝卷研究》(增补本),刘淑琴译,东京:国书刊行会,1975 年版,第 52 页。

6　《香山宝卷》,第 2 页,归金宗、蒋官正、周祥男等宣卷先生家藏本。

还是宝卷,它的产生年代是宋代。至于具体产生于北宋还是南宋,尚不可轻下断语。

2.明清时期的苏州宣卷

现在可以看到的苏州地区古代宣卷活动的资料,最早的是明万历二年(1574)初刊、题"古吴净业弟子金文编"的佛教宝卷《念佛三昧径路修行西资宝卷》。明末陆人龙编话本小说《型世言》第十回"烈妇忍死殉夫,贤媪割爱成女",述万历十八年(1590)苏州昆山县陈鼎彝与妻子周氏去杭州上天竺还香愿,中途周氏遇到亲戚,两家香船联在一起,"一路说说笑笑,打鼓筛锣,宣卷念佛"。[1] 明正德年间的昆山《陈墓镇志》也曾载:"三月二十八,东岳庙进香听宣卷。"[2]

清朝康乾之际,以苏州为中心的宣卷更为兴盛,与吴语弹词并列为江南两大民间说唱曲艺。如康熙二年(1633),黄友梅抄本《猛将宝卷》在太湖流域极为流行。刘猛将是太湖流域民间普遍崇信的一位地方保护神,每年定期的祭祀活动称"猛将会"或"青苗会"。猛将会上,除了由祝司唱《猛将神歌》外,在大部分地区是由宣卷艺人宣唱《猛将宝卷》。嘉庆、道光年间,程寅锡《吴门新乐府·听宣卷》云:"听宣卷,听宣卷,婆儿女儿上僧院。婆儿要似妙庄王,女儿要似三公主。吁嗟乎!大千世界阿弥陀,香儿烛儿一搭施。"[3]

光绪年间,在苏州形成了不同的宣卷流派,如吴江同里就有吴派、徐派、许派、褚派四个流派。他们在各集镇的茶馆中挂牌招揽生意,乘着自备的航船,到"斋主"家去演唱。光绪末年出现了宣卷艺人的行业组织"宣扬公所",亦称"宣扬社",位于苏州盘门内东泮巽片巷,首届会长及其成员有缪君甫、袁小亭、马炳卿、沈月英、张祥生等五人,下设书记、会计、干事等属员,均由宣卷艺人兼任。公所以保障同业权益为宗旨,为入社者谋取福利、调解纠纷,救济贫困宣卷艺人。经费由入社者按演出收入十分之一交纳。宣卷艺人改革原来"木鱼宣卷",增加胡琴、弦子、箫、笛等伴奏乐器,吸收各种民歌小调曲歌,丰富宣卷唱腔,而称"丝弦宣卷",并出现了以女宣卷人演唱的"女子宣卷"。

同治年间,苏州宣卷进入上海,是为上海宣卷之始。[4] 旧时北京的"清音小班",每年也例请苏州宣卷前往演唱。民国十年(1921),苏州艺人王兰生进一步改革宣卷,朱观宝协同以丝弦伴奏,使其与苏州滩簧相似。此举引起苏滩艺人不满,双方曾打过一场官司,经官府判决:宣卷演唱只许用一把胡琴,宣卷艺人自称"文明宣卷",以示与苏滩区别。这一时期,胜浦方前村老艺人杨若卿,曾以宣卷闻名胜浦周边地区,他曾参加吴县娱乐公会,成为该会会员之一。

二、苏州胜浦宣卷的表演形式

1.胜浦宣卷的种类

当代苏州胜浦宣卷在种类上有两种,即"传统木鱼宣卷"和"丝弦宣卷"。传统木鱼宣卷又称"双档宣卷"(近代时期俗称为"文卷",当代俗称"平卷"),是由一位宣卷先生和一位"下手"组成,是传统的宣卷表现形式,当代表演传统木鱼宣卷者较少。丝弦宣卷又称"文明宣卷"(近代时期俗称为"武卷",当代俗称"花卷"),是近代在传统木鱼宣卷的基础上吸收滩簧、弹词的表演乐器,并由多人、多种乐器伴奏发展而来的。

2.双档宣卷的表演形式

两人在桌子东西两旁相对而坐,东边的称为"上手",面前放着醒木、折扇、经盖和木鱼等道具,木鱼为主乐器。宣卷先生演唱时翻开宣卷脚本置于桌上,照本宣讲,时说时唱。西边的称为"下手",一边击打磬子,一边嘴里和附"上手"每句唱词最后两个字,并加唱"南无阿弥陀佛"一句禅语于落调,被称为"和调"。

---

1 陆人龙:《型世言》,南京:江苏古籍出版社,1993年版,第179页。

2《陈墓镇志》,明朝正德年间撰写,昆山市图书馆古籍部藏。

3 张应昌:《清诗铎》(下册),北京:中华书局,1960年版,第903页。

4 清同治十三年(1874)十月初五《申报》载:"至吴人有宣卷资冥福者。"该史料为上海最早的宣卷记录。

3.丝弦宣卷的表演形式

丝弦宣卷一般由8到10人组成,仍由"上手"和"下手"组成宣唱主体。东边的称为"上手",又尊称"宣卷先生"。宣卷先生以醒木、折扇、经盖和木鱼等道具,照本宣讲,时说时唱,一如双档宣卷表演一般。西边的称为"下手",一边击打磬子,一边嘴里和附"上手"唱"南无阿弥陀佛",一如双档宣卷的"下手"一般。其他人坐于"上手"或"下手"身后,弹奏扬琴、二胡、三弦竹笛、琵琶、铜鼓、长喇叭等乐器,作为伴奏,渲染气氛。由于丝弦宣卷的伴奏乐器相对较多,表演比较方便,有时丝弦宣卷结合演出要求,还表演其他传统剧目。

4.传统木鱼宣卷与丝弦宣卷的主要区别

(1)在表演人数上,传统木鱼宣卷只有两人,而丝弦宣卷则有4到7人不等。

(2)在表演乐器上,传统木鱼宣卷的主要乐器是大小两个木鱼、一个磬子、一个棒杆,丝弦宣卷的主要乐器则为大小两个木鱼、两个铜铃。

(3)在木鱼表演上,传统木鱼宣卷以"小木鱼"为"上调"(即主调),"大木鱼"为"下调",而且每一句的最后一个调都要落在"小木鱼"上。丝弦宣卷则略微不同。

(4)在磬子、铜铃表演上,传统木鱼宣卷用"棒杆"敲"磬子"来伴奏,丝弦宣卷用两个"铜铃"相碰来伴奏。

(5)在主辅乐器的节奏上,传统木鱼宣卷为一声磬子、二声木鱼,丝弦宣卷为二声铜铃、一声木鱼。

(6)在开场白上,传统木鱼宣卷都要严格地宣唱"大心经""清净众"等佛教科仪,72尊佛神都要一一请到,而丝弦宣卷则不一定。

(7)在曲调上,传统木鱼宣卷开始时"请佛调"比较鲜明,而丝弦宣卷开始时"南方调"比较浓厚。

(8)在"请佛"过程表演上,传统木鱼宣卷面朝北而坐,不动,主要用语言来说唱"请佛";丝弦宣卷则身子转来转去,根据佛神的方向而转动方向。

(9)在肢体语言上,在中间宣唱过程中,传统木鱼宣卷一直坐着,几乎"纹丝不动";而丝弦宣卷则根据观众情绪或坐或站,相对有较多一些肢体语言。

(10)在宝卷宣唱时间上,传统木鱼宣卷相对比较"严格",遵守旧规,"照本宣科",趣味较平淡但富含传统文化基因;丝弦宣卷虽然也"照本宣科",但可以根据场景需要增加一些"唱调"或"唱词",趣味较浓且富有吸引力。因此,同样宣唱一部宝卷,传统木鱼宣卷宣唱的时间较短而丝弦宣卷则相对长一些。

三、苏州胜浦宣卷的乐器及宣唱过程

1.胜浦宣卷的主要乐器

传统木鱼宣卷的主要乐器和基本道具有木鱼、磬子、棒杆、醒木、折扇、经盖、鸣尺等。

木鱼,木质制作,深沉而悠扬,大小木鱼各一个,下垫沙袋。不论是双档宣卷还是丝弦宣卷,"木鱼"都是宣卷的主乐器。

磬子,又称"引磬",铜质制作,清脆而响亮,6厘米直径,碗形状,下装木柄,以铜签按节奏打击,是宣卷的主要辅助乐器。

棒杆,钢质结构,金属杆状,音清脆,约12厘米长,0.4厘米直径,按照节奏碰敲磬子。

桌帏,围在桌子旁边的一块夹层布料,红底黄字,上书宣卷班名。

经盖,又称"金盖",似手帕状,用来盖着卷书,防备灰尘,防备污染,一般为红色金边。经盖实际上是表示宣卷者对宣卷脚本的爱护,同时也向观众表达宣卷脚本的神圣。

醒木,宣讲和宣唱时提醒听众的木块,质地较好。

折扇,宣讲时作为表演道具之用。

鸣尺,用于镇书,以防风吹乱书页。

丝弦宣卷的基本道具,有大小两个木鱼,但没有棒杆,而有铜铃。此外,还有扬琴、二胡、三弦竹笛、琵琶等乐器,以及桌帏、醒木、折扇、经盖、鸣尺,一如传统的木鱼宣卷。

2. 胜浦宣卷的说唱时间和说唱地点

胜浦宣卷的演出时间深受当地民风民俗的影响。古代胜浦宣卷有民间活动和寺庙活动两种,当代胜浦宣卷的演出时间相对比较灵活。传统的佛教重大节日、庙会是宣卷演出的重要时间,如二月初八日(释迦牟尼佛出家日)、二月十九日(观世音菩萨圣诞日)、四月初八日(释迦牟尼佛圣诞日)、六月十九日(观世音菩萨成道日)、九月十九日(观世音菩萨出家日)、十二月初八日(释迦牟尼佛成道日),等等。

传统庙会以外,当今胜浦宣卷的演出时间更多的是集中在民间活动。主要根据斋主(又称"事主""东家")的需求,凡是父母做寿、喜得贵子、婚丧喜庆、新房落成、祛病消灾等都可以宣唱,时间仍然主要集中在夜间。

3. 胜浦宣卷的宣唱过程

在胜浦,宣卷班子接受邀请后,宣卷先生往往身穿传统的长衫(有些宣卷先生在衣装上不太讲究,穿随身衣服的也很常见),手提书筐,筐内携带数本或十数本宣卷脚本,用黄绸缎包裹。脚本大都是古色古香的竖式手抄线装书,平时他们都积累有各种卷本,以便听众临时"点将"。到达事主(俗称"东家")家后,东家一般先要管宣卷班子一顿酒席晚饭,晚饭后就正式入场。宣卷先生一般会礼貌地先让听众"点卷",听众点什么宝卷,宣卷先生就唱什么宝卷;听众如果不点卷,就由宣卷先生自己决定任选一本自己拿手的宝卷脚本推荐给听客。卷本选定后,宣卷先生让东家点烛焚香,燃放"高升"(即燃放鞭炮),然后自己站立于客堂正中开始每场宣卷必需履行的诵经请佛。此刻,现场寂静肃穆,听众屏声静气,笼罩着浓厚的宗教气氛。

大约20分钟"请佛仪式"结束后,宣卷先生就开始正式宣卷。宣卷时,将宣卷脚本摊在面前桌子上,照本宣唱。宣卷由于主要宣讲长篇故事,故而宣唱时间一般都比较长。据老人讲,1949年以前的宣卷,尤其是传统的双档宣卷,很见宣卷艺人的功夫,由东家或听客点1到2个宝卷片段亦很常见,因此,宣卷时间往往是通宵达旦。东家事先往往准备不少糖果、瓜子,一次次地分发在座的听客,一来讨个"多发"的口彩,二来请听客边吃边听,让听客听得进、坐得住。当然,中间还有落会,稍作休息。正因为此,宝卷一般都由上、下集组成。中间休息期间,东家照例请宣卷艺人和听客吃夜宵,一般吃长寿面。演出结束后,宣卷先生照例都会对东家和听众说上"保佑斋主增福寿"等几句吉利祝福的话。

四、胜浦宣卷的主要曲调和艺术特点

1. 胜浦宣卷的曲式与节奏

一般来说,宣卷音乐的曲式结构比较简单,大都是上下句式的单曲体结构。在胜浦有句俗话:宣卷像射箭,说书像背纤。这形容宣卷节奏比较快,说书(评弹和评话)节奏比较慢。同样演出一部《白鹤图》,说书至少要说上半个月,甚至更长时间,而宣卷一夜就可以宣完。虽然同为曲艺,宣卷"照本宣科"而导致的"节奏明快"的特点是很突出的。

2. 胜浦宣卷的主要曲调

胜浦宣卷的调式以宫、徵、羽调式为主,曲调除单一调式外,还有交替调式和转调等音乐调式的变化。这种调式色彩性的交换,改变了宣卷原有曲调单调平板的模式,从而丰富和扩大了音乐的表现力。作为江南典型的木鱼宣卷,唱腔的曲调较多,但主调还是[南方调]。

主调外,就是体现佛教音乐特色的[和调][请佛调][赞十字]以及江南民间小调如[五更调][夯调][采花调]等。

3.胜浦宣卷的艺术特点

从胜浦宣卷的宣讲仪式和宣唱过程来看,苏州胜浦宣卷主要具有以下艺术特点:

(1)宗教性。苏州胜浦宣卷在仪式上保留有典型的"佛教音乐"特征,开宣之前都有约20分钟的"请佛"仪式;场景布置上,有释迦牟尼、五百罗汉等佛祖佛像;主乐器为木鱼;主调式为[请佛调];在脚本内容唱词中处处体现出"佛家词汇语言"。

(2)散韵结合。宣卷脚本有说有唱,宣卷先生可以在开头加进自己想说的词句,使说唱自然过渡,有头有尾,娓娓动听。散说部分一般交代故事发生的时间、地点、人物、经历、结果等,文字上没有特别的规矩;而韵文部分的故事、句式大多以七言居多,句子都有一定的平仄韵律。宝卷中就散说与韵文部分的比重,韵文占的比重要大些,但绝大多数宝卷韵文与散说部分在分量上基本相等。

(3)佛音与江南山歌、江南民间小调相结合。苏州胜浦宣卷以当地吴语演唱,古朴雅致,不仅有浓厚的佛教音韵,而且明显带有江南民间小调如[五更调][夯调]等。

(4)浓厚的吴语特色。胜浦宣卷都用吴语方言说唱,吴侬软语,音调轻松流畅,婉转动听。吴语发音一般容易w、h不分,a、ya不分,j、g不分,前鼻间、后鼻间不分,没有卷舌音,全是平舌音,比如"潮、少",吴语都念成"sai""sai"。词组也是一样,如"大小姐"读成(du sie jia)、"拜年"读成(bai ni),等等。

胜浦宝卷里保留了许多"古代吴语俚语",部分如下表:

吴语俚语	当今意义	吴语俚语	当今意义	吴语俚语	当今意义
爷爷	父亲	晚爷	继父	大人	父母亲
螟蛉	养子	官官	小孩	小官人	丈夫
拖根葱	后娘带的孩子	责身	寡妇	姑娘	父亲的姐妹

五、苏州胜浦宣卷在江苏戏曲中的历史地位

清代前中期,宣卷和评弹并列为江南两大曲艺。从宣卷的影响和作用来看,中国当今绝大部分戏剧如沪剧、昆剧、黄梅戏、豫剧、弋阳腔、越剧、苏剧等产生的时代大约在明清或更晚一些时间,都来自中国传统的说唱音乐——曲艺。被称为"中国国粹"的京剧,它的三大来源之一就是"昆剧",而"昆剧"则来自清代昆山之地的"昆曲",而昆曲则来源于明代昆山的"昆山腔",而昆山腔的重要来源之一就是太湖流域宣卷的"南方调"。杭剧与越剧都直接来源于宣卷,杭剧创始人裴逢春以及他的"民乐社"本来就是一个宣卷班[1];越剧最初的"的笃班"唱的就是佛教的宣卷调以及民间小调[2];沪剧(上海)、甬剧(宁波)、姚剧(余姚)、苏剧(苏州)、锡剧(无锡)都来自江南滩簧,而江南滩簧(清乾隆时代产生)"其曲目和曲调均来源于江南宣卷和当地民间小调"[3]。由此可见宣卷对江南戏剧的影响多么巨大!

目前,学术界公认宝卷最集中的地方在江南苏浙地区,西北宣卷保留下来的宝卷脚本相对较少,据张额先生撰写的《山西民间流传的宝卷抄本》统计,也仅仅有31种,约130余部。而胜浦宝卷在"文革"前有1000余部,今天保存下来的不同宝卷脚本尚有140余部。因此,可以毫不夸张地说:胜浦宝卷是目前极为罕见的民间曲艺文化遗存!

就宣卷的种类而言,在胜浦既有花俊德、归金宗、顾传金等人的"丝弦宣卷"(武卷),也有蒋金官、归金宗、周祥男等人的"传统木鱼宣卷"(文卷);既有上述"男宣卷先生",也有陆安珍"女宣卷先生"。目前,

---

1　王与昌:《从宣卷到杭剧》,杭州政协网,2007-07[2009-10-21].http://www.hangzhou.gov.cn.

2　高义龙:《论越剧的民间文化基因》,上海越剧网,2007-11-09[2009-09-12].http://www.pkucn.com.

3　佚名:《滩簧与宣卷》,金华新闻网,2007-7-12[2009-08-18].http://www.jhnews.com.cn.

不论是我国广大的中西部地区,还是苏南、浙北的太湖流域,原汁原味原生态的"传统木鱼宣卷"和"女子宣卷"几成"绝响",因此,胜浦的"传统木鱼宣卷""女子宣卷"就显得弥足珍贵!

当然,与江南其他宣卷一样,胜浦宣卷也存在自身的不足。一是内容不够新颖。目前,宣唱的内容主要还是传统的民间故事,缺乏内容的创新,跟不上时代的发展需要。二是形式比较单调。不论是传统木鱼宣卷还是丝弦宣卷,都还是沿袭传统的宣唱形式,古朴有余而灵活不足,与小品、歌曲等现代艺术形式结合不够,这也是宣卷不受当代年轻人喜爱的重要原因。三是组织比较涣散。胜浦宣卷仍是以传统的"宣卷班"存在,小打小闹,各自为战,形不成合力,不易产生文艺名牌,缺乏"走出去"的组织力量。

六、苏州胜浦宣卷的保护与传承

改革开放至今,胜浦宣卷虽然在太湖周边地区得以复苏,然而,由于目前的宣卷先生大多是60多岁的老艺人,形势虽不能说岌岌可危,但却严重地后继乏人。宣卷先生顾传金的话最具代表性,他说:

宣卷前途不容乐观,现在传承的人都是60多岁的人了,我们这一代人去了,下一代恐怕后继无人! 如今年轻人不太喜欢宣卷,学习的人根本没有,所以,传承成了一个大问题,这需要政府扶持、支持,否则会自生自灭。如果不把宣卷保护和传承好,将会对不起中国的历史文化! 对不起老祖宗![1]

对于胜浦宣卷,笔者以为:一应对散落民间的脚本进行全面的收集和整理,以便书面文档保存;二应对目前的宣卷加紧录音和摄影,以便音像保存;三应政府参与,积极申请非物质文化遗产;四应通过民间音乐进课堂等形式培养后继人才;五应保留宣卷形式而创新内容,使宣卷能跟上时代的步伐,满足现代大众的欣赏愿望。总之,既继承又创新才是胜浦宣卷的发展方向。

---

1 顾传金,胜浦当代宣卷先生,笔者于2009年11月6日访问。

民俗艺术的现代性遭遇

——以苏州胜浦宣卷为例

朱冠楠 杨旺生[1]

苏州胜浦宣卷是江苏省的汉族说唱艺术。宣卷起源于唐代的"俗讲"、宋代的"谈经",是佛教徒及其信徒宣讲"宝卷"的一种称法,后演变成曲艺。宣卷又称为"念宣卷",先出现于社戏庙会,后进入茶肆旅馆及乡村客厅。农村中,有从春耕"念宣卷"开档到秋收"落档"的汉族民俗。继 2009 年苏州胜浦宣卷入选江苏省省级非遗名录项目之后,2014 年又成功入选为第四批国家级非物质文化遗产扩展项目名录,随着非物质文化遗产保护以及有关民俗艺术研究的延伸,胜浦宣卷作为具有鲜明地域特色的民间艺术开始受到社会各界的关注。苏州胜浦不仅拥有着内容丰富、特色鲜明的以胜浦宣卷等诸多吴淞文化原生态形式的非物质文化遗产,近年来,随着经济的高速发展,还率先实现城市化居住的全覆盖,完成了胜浦人由"农民"向"市民"的身份转变。

1949 年以前,胜浦地区村落稠密,无集镇。1994 年胜浦撤乡建镇,同年,划归苏州工业园区。胜浦行政村于 2010 年初全部撤销,2012 年,撤镇建街道,区域面积为 17.85 平方公里,下辖市镇、金苑、园东、吴淞、新盛花园、浪花苑、闻涛苑、滨江苑 8 个社区。划归苏州工业园区以来,受园区辐射,胜浦经济社会保持了较快的发展势头。2013 年,胜浦农村居民人均纯收入突破 3 万元;至 2014 年末,街道共有人口约 9 万,其中户籍人口约 3 万,外来人口约 6 万,累计引进内外资企业千余家,其中世界 500 强企业 2 家,街道实现新口径公共财政预算收入 7.45 亿元,到账外资 9098 万美元。[2]2012 年,胜浦街道已建成动迁社区全部完成新农村示范点建设,4 个社区被命名为"苏州市和谐示范社区",5 个社区成功创建省级绿色社区。近年来,胜浦还成功获得了"全国社区教育示范乡镇""中国民间文化艺术之乡""全国学习型社区示范街道"等荣誉称号。经过近二十余年的城市化大开发、大动迁,胜浦已发生了翻天覆地的变化,由几十年前的传统农业社会变成了"一个初具规模的集人居、工业、商贸于一体的协调发展的现代化城市副中心格局"[3]。

现代化、城市化进程的迅速发展,使城市文化对传统文化日益侵蚀冲击,胜浦宣卷这一民间曲艺的传承面临困境,民间艺人延续后继乏人的现象愈发严重。然而,在这些看似令人叹息的场景背后,通过对苏州胜浦宣卷的变迁过程的考察,我们却看到了非物质文化遗产保护使曾经不受重视,甚至被贬低的胜浦宣卷这一草根民俗文化得到了承认,不仅是胜浦宣卷艺人,越来越多的胜浦人也开始从"遗产"的角度来重新认识宣卷。所以,我们有必要将城市化对胜浦宣卷影响的两面性和非遗保护对民俗艺术的"唤起作用"进行重新审视和研究。

一、胜浦宣卷的基本概况和变迁过程

（一）胜浦宣卷的基本概况[4]

胜浦宣卷几百年来在江南乡村盛行不衰,由于它的民俗性、传统性被乡民接受并流传,成为乡村喜庆

---

1 朱冠楠,南京农业大学人文与社会发展学院讲师;杨旺生,南京农业大学人文与社会发展学院教授。该文原载于《江苏社会科学》2017 年第 4 期。

2 本部分内容根据"苏州胜浦街道"政府官网胜浦概况资料整理,http://www.sp-sipac.gov.cn/html/2014-05/626.html?WebShieldSessionVerify=D6sxBQTFnfyQ0epp7p2M。

3 引自胜浦镇人民政府 2008 年 9 月文件《苏州市工业园区胜浦镇创建全国社区教育示范乡镇工作自评报告》。

4 本部分内容主要由笔者采访胜浦著名文化精英马觐伯先生及其《浅说胜浦宣卷的兴衰和现状》一文(《中国宝卷生态化保护与传承交流研讨会论文集》,南京:河海大学出版社,2014 年版,第 84—86 页)整理而得。

礼仪中必不可少的一项娱乐活动。[1]可以说,千年沿袭、至今不衰的胜浦宣卷不仅是苏州宣卷的重要组成部分,也是苏州宣卷的主要代表之一。凡在乡村里的一些庙会、教堂等民俗事项和农家婚庆、寿诞、新居、婴儿剃头等礼仪之日都要请宣卷来热闹一番,宣卷本来就是一种道贺喜庆、欢乐场面的娱乐形式,请来宣卷先生与亲朋好友、邻里乡亲欢聚一堂,可以增加喜庆气氛。另外,宣卷的形式上还能满足事主的信仰,即在宣卷开始时先要"请佛"求诸神诸佛请来同过俗事,宣卷结束后要把他们"送走"叫"送佛",以求祈福禳灾,至今在胜浦相沿成习。

胜浦宣卷有传统宣卷(胜浦人习惯称"双档宣卷")和丝弦宣卷两种。传统宣卷一般是两人搭档,故称双(人)档。两人在桌子东西两旁相对就座。东首的称"上手",面前桌子上放着醒木、折扇、经盖和木鱼等道具。宣卷先生翻开卷本(即宣卷脚本,统称宣卷),置于桌子上,照本宣讲,时说时唱。西边称作"下手",一边击打磬子,一边嘴里和附着"上手"每句唱词最后一二个字,并加唱"南无阿弥陀佛"一句禅语于落调,被称为"和调"。丝弦宣卷有6—7人,配置丝弦乐器。除了木鱼、磬子亦同双(人)宣卷一样外,还用其他丝弦乐器配音,增加了渲染气氛。

传统胜浦宣卷一般在家内进行,在客堂(厅)北首正中,纵向拼放2张八仙桌,坐北朝南。北首墙壁悬挂中堂(做寿挂寿星轴,婚嫁挂和合轴)。中堂下面桌子靠墙列置玉皇大帝、观音菩萨、南极仙翁、土地神君、阴曹阎王、五路财神、释迦如来、瑶池王母等各方数十尊诸神众佛的画像(俗称纸马)。纸马前桌上供有酒盅、糖果、荤素祭品及礼盒。台前红烛(寿烛或喜烛)高燃,清香(或寿香)袅袅。纸马右侧,还放置一只"万粮斗"。所谓"万粮斗"就是盛一斗白米,在白米中点上一盏菜油灯,插一杆木秤,置一面镜子,以求祈福禳灾。

宣卷开始,首先是"请佛",宣卷者手持清香,站在桌前颂唱"三宝科仪",恭请诸佛降临。请佛时,宣卷者时而面北,时而朝南。如唱到"奉请南洋观世音"时,面朝南躬身。接下来唱到"善才龙女降台临"时,面朝北躬身。还有"奉请释迦如来佛,五百罗汉降台临:奉请瑶池王母尊,九天仙女降台临",等等。"上请上界诸佛祖,中请中央五岳神,下请龙宫并水府,上中下三界各降临",一共32尊神与佛。请佛需花二十分钟时间,就后开始正式宣卷。宣卷者携带数十本宣卷脚本,一般让听众"点卷",点什么卷就宣什么卷。听众不点,由宣卷者自己决定任选一本。宣卷时,将脚本摊在面前,照本宣唱。中间有落会,稍作休息。中间由事家请客吃夜宵,一般是吃长寿面。卷本内容多数是民间传说、历史故事,用本乡方言宣唱,突出本土传统文化,体现本地民俗风情。故事内容一般是劝人为善,祈求国泰民安。村中庙会、农家婚丧喜事都要请宣卷班子演出,以宣卷会友,亲邻之间形成和睦友善的氛围。即使有些蒇嫌之隙,届时也会到宣卷堂前一起烧香、叩头,显示了民间乡人的宽容和互爱精神。

(二)胜浦宣卷的变迁过程

胜浦宣卷源远流长,可以追溯到唐代的变文。宣卷研究者郑振铎在《三十年来中国文学新资料的发现史略》中提出:"宝卷是唐代变文的嫡系子孙。"[2]史琳在考察胜浦宣卷时发现:"不论是表演形式还是表演内容,苏州胜浦宣卷与唐代的变文基本一致。"[3]"南宋时期,部分'变文'演化为'宝卷',奉佛弟子的'宣唱'从'说经文'中脱胎而出,成为中国一支独立的曲艺品种——宣卷;元代,宣卷在江南获得了长足发展;明清时期,宣卷达到了鼎盛。……以苏州为中心的'太湖流域宣卷'逐渐兴盛,与江南吴语弹词并列为两大民间说唱曲艺。"[4]胜浦宣卷也由此在元明时期,以讲经的形式普及到农村,并于清初发展到顶峰。

---

1 马觐伯:《走访胜浦宣卷》,《苏州杂志》2010年第4期。
2 郑振铎:《三十年来中国文学新资料的发现史略》,上海:上海生活书店,1934年版。
3 史琳:《苏州胜浦宣卷》,苏州:古吴轩出版社,2010年版,第6页。
4 史琳:《苏州胜浦宣卷》,苏州:古吴轩出版社,2010年版,第8页、13页。

　　"入清以后,清政府把所有民间宗教视为'邪教'而严厉镇压,宣卷受到很大冲击,北方除个别地区外,宣卷几乎消失,只在民间宗教传教活动中仍保留宣卷,它们多处于秘密状态。而在江南吴语区,宣卷虽然在个别地区也遭到政府禁止,但整体上远不及北方严厉。由于历史文化的原因,宣卷已成为一种民间讲唱艺术而被保留下来,康、乾以后有了更大的发展,它已完全脱离了民间宗教和佛教的僧尼,而由'宣卷先生''佛头'演唱。这些宣卷先生或佛头具有民间迷信职业者和民间艺人的双重身份,其流行区域遍及整个吴语区,而尤以苏州、无锡及后来的上海等地为普及。在苏州郊区农村,更保留了明代宣卷原始形式的'讲经',各地宣卷活动虽仍与民间信仰和迷信活动结合在一起,但已形成具有地方特色的民间曲艺形式,用各地方言演唱传统故事宝卷中以'无生老母、真空家乡'为代表的民间宗教意识被删除,同时大量弹词和戏曲故事、民间传说故事被改编成宝卷进行演唱。"[1]

　　到了民国时期,胜浦宣卷已经用娱乐的形式来"劝人为善",但依然遵循着明代时法会前"赞、经、褐、咒"的一套禅门功课,一一地唱罢、念罢、诵罢,宣卷才进入"正本"。这时胜浦涌现了一批影响较大的宣卷先生,有方前村的刘秀甫、三家村的何甸圃、赵巷村的周瑞文、前戴村的胡舟敖、西港田的杨若卿和周荣藻等,他们有的子承父业,有的跟师学艺,各自组成宣卷班子,几乎一生从事宣卷活动。[2]

　　新中国成立后,胜浦宣卷仍是当地的一种民间的主要娱乐形式,不论是公祭庙会,还是百姓喜庆,都离不开宣卷。宣卷不仅是一种娱乐,更是百姓对未来生活富贵安康的一种期望和寄托,宣卷与生老病死和荣华富贵联系在一起。时势造人,在这样的环境中,在民间又孵出一批宣卷艺人。特别一些旧时的私塾先生也干起了宣卷这一行当,解放初期活跃在胜浦地区宣卷艺人有方前村的刘秀夫、三家村的何甸圃、前戴村的沈和生、赵巷村的周秀火、南巷村的唐轶群、刁巷村的徐文奎和夏文禹等,其中不乏是私塾先生。还有一些是当地的乡贤,他们读过四书五经,也乐意传承宣卷这行当。他们不但被乡民经常请到家中进行宣卷,还认真整理宣卷脚本(即"宝卷"),潜心抄写一本本古旧的宝卷,得以使一些宝卷留存至今。到了"文革"期间,宣卷被视为封建迷信,作为"四旧"(旧思想、旧文化、旧风俗、旧习惯)扫除,一些宝卷遭遇厄运,当作毒草铲除,有的被焚烧,有的被撕毁……这个时期,别说宝卷的保存,就是这些从事宣卷的艺人也纷纷改行,有的为大集体养猪,有的改行做其他手艺。[3]

　　直至20世纪80年代改革开放后,重提弘扬和继承传统文化,胜浦宣卷才得以重新恢复并获得较快发展。这时的丝弦宣卷内容增加了传统戏曲剧目,如《双推磨》《拔兰花》及《赠塔》《庵堂相会》等戏曲片段,曲调也较繁杂,有锡剧、沪剧等地方曲调,还有《四季调》《五更调》等民间小曲,整个演出以表演为主,气氛活跃,喜庆吉祥,深受百姓喜爱。除了老一代民间艺人重操旧业外,南巷村的归金宗、前戴村的顾传金、江圩村的花俊德、西巷村的周祥男等年轻一代的宣卷艺人也纷纷活跃在民间宣卷舞台。

　　到了21世纪,胜浦民间已经拥有两百多本宝卷,这些宝卷作为传统的宣卷文本,在民间流传。目前,胜浦有七八个宣卷班子,与周边乡镇相比较,是宣卷班子最多、人员最活跃、名气最响的。同时,宣卷在现代生活中仍沿袭着许多固有形式,那些遗存至今的传统程序、祭祀仪式、民间观赏习惯等诸多传统特征,还被广大居民所接受。

二、城市化对苏州胜浦宣卷影响的两面性

　　通过考察苏州胜浦现代化进程,我们发现,城市化对胜浦宣卷带来了两面性影响与冲击,即遭遇传统

1　史琳:《苏州胜浦宣卷》,苏州:古吴轩出版社,2010年版,第12—13页。
2　马觐伯:《走访胜浦宣卷》,《苏州杂志》2010年第4期。
3　马觐伯:《浅说胜浦宣卷的兴衰和现状》,《中国宝卷生态化保护与传承交流研讨会论文集》,南京:河海大学出版社,2014年版,第84—86页。

破坏又经历现代发展,并不仅仅表现为消极负面的影响,而且同时带来了积极的正面的推进作用。一方面,城市文化对传统文化日益侵蚀,城市化带来的胜浦人生活空间的剧烈变化,都对胜浦宣卷产生了较大的影响;另一方面,非物质文化遗产保护使曾经不受重视,甚至被贬低的胜浦宣卷这一草根民俗文化得到了承认,不仅是胜浦宣卷艺人,越来越多的胜浦人也开始从"遗产"的角度来重新认识宣卷。

都市文化作为现代化进程中的一种文化形态,对传统文化日益侵蚀,这对于立足传统农耕文化的胜浦宣卷来说是一个前所未有的冲击。在现代化的苏州胜浦主流文化中,胜浦宣卷这种具有浓厚乡土气息的传统民俗文化正在被都市文化、商业文化这类具有现代性特征的文化所取代。据当地对宣卷颇有研究的文化专家马觐伯先生(原胜浦文化站站长)口述:"目前胜浦宣卷大多是老年人听,现在的年轻人很多不知道宣卷,也不会去听。年轻人生活在流行歌曲的时代,他们接受现代文化的教育,用现代的方式过现代的生活。内容决定了宣卷的生命力,宣卷的内容(脚本)表达了劝人为善的思想,如好人有好报、坏人有坏报等,老人看到这种内容就很喜欢。而现在年轻人的思想比较现实,很多会以实用或自我为中心,对宣卷内容不太感兴趣。毛泽东时代宣传英雄主义,团结就是力量,而现在的人都只想着保护自己。这或许也是教育的一种失败吧!"[1] 宣卷先生顾传金也说:"宣卷前途不容乐观,现在传承的人都是60多岁的人了,我们这一代人去了,下一代恐怕后继无人!如今年轻人不太喜欢宣卷,学习的人根本没有。所以,传承成了一个大问题,这需要政府扶持、支持,否则会自生自灭。如果不把宣卷保护和传承好,将会对不起中国的历史文化!对不起老祖宗!"[2]

与此同时,现代化、城市化的社会变迁带来了胜浦人生活空间的剧烈变化,原先分散的 26 个自然村落乡土社会,已迅速转型为 8 个聚集的现代城市社区。社会空间的变迁,使胜浦宣卷这种乡土社会的传统文化,发生了继替与延伸,其赖以生存的传统文化空间逐渐从单一稳定向着复杂多元的方向转变。在传统胜浦社会,乡村里的一些庙会、教堂等民俗事项和农家婚庆、寿诞、新居、婴儿剃头等礼仪之日都要请宣卷先生与亲朋好友、邻里乡亲欢聚一堂,增加喜庆气氛。在现代胜浦社会,宣卷先生除了会偶尔被一些年纪较大的居民请到自己家中进行宣讲之外,更多的是经常被街道社区或民间组织等邀请表演。据笔者近几年的跟踪调查得知,胜浦街道安排胜浦宣卷 2015 年以来每周三次分别在 3 个社区进行表演,分别是星期三在滨江苑社区,星期四在新盛花园社区,星期五在园东社区。街道负责人对笔者说这样安排的原因是,目前仍有固定的群体喜欢听宣卷,但他们分散居住在不同的社区,而各个社区都相隔一定距离,不便于宣讲。为满足他们的需求,丰富老年人的业余文化生活,胜浦街道在 8 个社区中挑选了 3 个相对交通便利的社区,成立了宣卷馆和宣卷大讲堂,定期组织宣卷表演活动。笔者近一年曾六次去过这三个社区的宣卷活动现场,发现安排在社区大会议室的宣卷活动每场都是座无虚席,观众们大多是 60 岁以上的老年人,他们中的不少人还会身着传统江南水乡服饰,从各自住处按时赶来观赏宣卷表演。不仅如此,因胜浦划归苏州工业园区,园区一些公司或宣卷民间爱好者定期组织或举办一些传统活动时,也会邀请宣卷班子前去演出。近年来,随着胜浦宣卷名气的增大,胜浦的宣卷班子还应邀经常参加全国各地举办的非物质文化遗产保护类的民俗文化活动。比如在 2011 年 11 月 21 日—22 日的第二届江浙沪宣卷演唱交流会上,苏州工业园区胜浦镇文体站选派的宣卷先生归金宗、和佛、沈雪娥等六名民间艺人,代表江苏省非物质文化遗产"胜浦宣卷"参加了此次交流会,并获得优秀展示奖。

众所周知,在现代化、全球化背景下,国际社会对人类文化多样性和文化遗产问题日益重视。21 世纪后,非物质文化遗产保护从联合国教科文组织的一个政府间合作的项目传入中国,很快演变为一个广泛参与的社会运动。全国人大在 2011 年 2 月 25 日通过了《中华人民共和国非物质文化遗产法》,由国家主席

1 马觐伯,胜浦当地文化专家,笔者于 2015 年 12 月 20 日访问。
2 顾传金,胜浦当代宣卷先生,史琳女士于 2009 年 11 月 6 日访问。

签署命令,该法自2011年6月1日开始施行,由此,"非物质文化遗产"成了一个完全融入中国当下的正式国家体制的概念。[1]胜浦宣卷继2009年入选江苏省省级非遗名录项目之后,2014年又成功入选为第四批国家级非物质文化遗产扩展项目名录。随着非物质文化遗产保护及有关民俗艺术研究的延伸,胜浦宣卷作为具有鲜明地域特色的民间艺术已开始受到社会各界的关注。

目前,胜浦有七八个宣卷班子,与周边乡镇相比较,宣卷班子最多,人员最活跃,名气最响。近几年,新一代的宣卷艺人,不仅活跃在本乡本土,还被邻近乡镇的一些地区的居民邀请外出活动,甚至远到浙江、上海。这些宣卷艺人特别像花俊德、归金宗两班当地最著名的宣卷团队每年被邀外出宣卷多达150——180多次。为什么近几年的胜浦宣卷会如此兴盛?

据笔者调查得知,作为国家级非物质文化遗产扩展项目,苏州政府已将胜浦宣卷作为苏州的一个文化品牌进行宣传,不断加大对胜浦宣卷传承保护的工作力度。目前,当地政府在吴淞社区建立了"胜浦三宝馆",其中陈列的栩栩如生的胜浦宣卷堂,可供各地游客参观学习。为宣传胜浦宣卷这种喜闻乐见的传统民俗艺术,满足群众的文化需求,胜浦街道在滨江苑社区、新盛花园社区和园东社区成立了免费的宣卷馆和宣卷大讲堂,每周三次请宣卷班子前来表演,受到了居民的欢迎和好评。除此之外,不少社区及社会组织还经常以各种形式宣传胜浦宣卷的历史文化,让人们尤其是年轻一代多了解当地这一优秀的传统民俗艺术。据笔者对胜浦8个社区中220人(2份问卷无效)的随机抽样调查显示:一周听一次宣卷的有31人,占15.42%;一个月听一次宣卷的有24人,占11.94%;偶尔听宣卷的有55人,占27.36%;不听宣卷的有108人,占53.73%。由此可知,目前听过胜浦宣卷的人已达到近一半。在进一步的访谈中,我们还得知,当地不少中青年人(包括外来务工人员)是在社区及各种社会组织的宣传活动中了解胜浦宣卷的,他们中多数人表示以往对胜浦宣卷不太清楚,现在知道并了解是因为胜浦宣卷是非物质文化遗产,并认为应当对其予以保护传承。可见,非物质文化遗产保护使曾经不受重视,甚至被贬低的胜浦宣卷这一草根民俗文化得到了官方的承认,不仅是胜浦宣卷艺人,越来越多的胜浦人也开始从"遗产"的角度来重新认识宣卷。

三、非遗保护对民俗艺术的"唤起作用"

"中国已经是一个以科学技术为名、习惯用对与错检验的现代文化为主体的社会。从积极的方面说,这是一种已经比较现代的社会。从消极的方面说,这是一种充满认同焦虑的社会。占主体的现代文化是通用文化,不能够成为国民自我认同的对象。恰恰要等到非物质文化遗产保护在中国成为全国性的运动,在民众生活中寻找文化认同对象的途径才一下子顺畅起来。"[2]

可以说,胜浦宣卷在非物质文化遗产保护操作中采用重新命名的技巧,让原来在社会中不受重视的,甚至受封建迷信等负面价值影响的"草根文化"——胜浦宣卷经过选择程序之后重新归入"非物质文化遗产"名下,成为具有极高价值的民俗文化艺术,并成为法定的保护对象,财政资助的对象。曾经多少人因为传承它而遭受体制的伤害。时过境迁,现在谁伤害他们,谁就会受到制裁;他们可以得到保护,还可以得到荣誉和奖助。我们的民俗艺术通过非物质文化遗产保护机制已经从负面转化为正面,形成了一个从地方到国家的建立文化认同的路径。这种"唤起作用"推进胜浦宣卷文化认同之自觉性的生发,实现了由以往的谋生手段向艺术传承的目的转换。

尽管现代都市文化不断冲击传统文化,但胜浦宣卷传统民俗文化还是被社会所接受。我们现在仍能看到胜浦宣卷的遗存,目前胜浦七八个宣卷班子的民间艺人仍然在坚守在表演传统宣卷的岗位。被评为非物质文化遗产项目之后,胜浦宣卷"草根"民俗艺术又被政府及社会各界加以重视,不少宣卷表演民间

---

1 高丙中:《中国的非物质文化遗产保护与"文化革命"的终结》,《开放时代》2013年第5期。
2 高丙中:《中国的非物质文化遗产保护与"文化革命"的终结》,《开放时代》2013年第5期。

艺人主动参与到宣卷艺术保护传承工作中来。花俊德是现在被媒体较多关注,受当地居民欢迎的一位宣卷艺人[1]。今年72岁的花俊德先生的宣卷非常有表现力,深受听众喜爱。他从15岁起开始学习宣卷,是胜浦宣卷先生中的佼佼者。近年来,他的足迹遍布苏州各大乡镇,甚至远到浙江、上海、无锡等地的一些乡镇,每年演出不少于150余场次。近几年,街道文体站与司法所联合,用现代宣卷的形式来宣传禁毒、禁赌、普法等内容,在8个社区中巡回演出,这种喜闻乐见、通俗易懂的表演形式,从潜移默化中给百姓以文明教育。花俊德先生宣的《毒魔》还被拍成视频,在园区各大街道放映,获得了较好的反响。[2]

花先生告诉笔者,他现在的宣卷表演已经不再是十几、二十年以前的生计需要,更多时候都是为了配合政府和社区对胜浦宣卷非物质文化遗产的宣传及宣卷保护传承工作。他说他偶尔还会根据表演需要将宣卷改成一些具有时代意义的内容进行宣讲,如宣传禁毒、社区邻里关系等,受到了大家的好评。值得引起研究者关注的是,对他们来说,现在胜浦宣卷才作为一种“民俗艺术”真正出现在他们的生活中:宣讲宣卷的目的已不再是为了维持生计,而是为了艺术传承;他们的身份也从普通村民转变成了民间艺人。

目前,新一代的宣卷艺人最大的已经70多岁,年轻的也要40余岁,面对老艺人先后辞世,不少学者对胜浦宣卷的生存情况充满了忧虑。但是笔者通过实地调查,深切体会到:时代在发展,科学在进步,人们的思想观念也在不断更新,非物质文化遗产保护对胜浦宣卷民俗艺术的这种“唤起作用”,也可能会“唤起”那些曾经不被看好、不了解宣卷的80后、90后乃至00后的年轻一代,“唤起”他们对胜浦宣卷等传统民俗文化认同之自觉性的生发,让他们对汉族传统民俗艺术产生越来越强烈的认同感和信心,进而产生自主的“文化自觉”。这样通过非物质文化遗产保护来重建当前的文化生态,宣卷等民俗艺术后继乏人的状况必将会随之得以改善。

张士闪在研究乡村艺术的时候指出:“在当代社会这一不可更改的大背景下,乡民艺术往往有两个走向:一、衰亡;二、以改装甚至伪化求取生存。”[3]如果以胜浦宣卷为个案来说,或许可以提供另一类的走向:传统民俗艺术(非物质文化遗产)和现代文化的结合。笔者认为,不管走向如何,面对现代化进程中,城市化对类似胜浦宣卷这样民俗艺术带来的两面性影响与冲击时,我们应该思考,而不应该悲观。正如萨林斯所说:“文化在我们探寻如何去理解它时随之消失,接着又会以我们从未想过的方式重现出来。”[4]面对和其他国家同样要经历的社会发展问题,如何从历史的进程进行思考并做出正面的回应,如何通过非物质文化遗产保护来重建中国的文化生态,使曾经一定程度上“失衡”的文化生态得到修复,是我们今后的民俗学研究中不能回避的课题。

---

1 作为目前胜浦民间拥护最高,但还没有正式批文的一位胜浦宣卷传承人,花俊德可以说是目前胜浦镇宣卷唱的最好的主唱者之一,不仅胜浦街道举办各种活动请他的团队表演最多,苏州周边地区以及上海、浙江等地也经常请他去唱宣卷,在当地名声颇大。

2 扬子晚报:《胜浦宣卷入国家级非遗名录——起源于佛家讲经》,中国新闻网,2014年12月12日,http://www.chinanews.com/cul/2014/12-12/6870843.shtml。

3 张士闪:《乡民艺术的文化解读——鲁中四村考察》,济南:山东人民出版社,2006年版,第84页。

4 萨林斯:《甜蜜的悲哀:西方宇宙观的本土人类学探讨》,王铭铭、胡宗泽译,北京:三联书店,2002年版,第141页。

附录二　宣卷影像汇编

一、庙堂宣卷影像

（1）花俊德角直庙会宣卷2段：《请佛》、《白兔记宝卷》片段

《请佛》　　　　　　　　　　《白兔记宝卷》片段

（2）周祥男金山城隍庙宣卷6段：《开佛头》《请佛》《时运宝卷》《散花解结》《上寿》《送佛》

开佛头　　　　　　请佛　　　　　时运宝卷（上）　　时运宝卷（下）

散花解结　　　　　　上寿　　　　　　　送佛

二、家宅宣卷影像

（1）顾传金、顾林兴祝寿宣卷（版本一）4段：《请佛》、《财神宝卷》片段、《上寿》、《送佛》

《请佛》　　　　《财神宝卷》片段　　　　《上寿》　　　　　《送佛》

（2）顾传金、顾林兴祝寿宣卷（版本二）2段:《白鹤图宝卷》片段、《上寿》

《白鹤图宝卷》片段

《上寿》

（3）徐宏珍祝寿宣卷7段:《开佛头》《请佛》《太姥宝卷》《增寿宝卷》《献元宝》《上寿》《送佛》

开佛头

请佛

太姥宝卷

增寿宝卷

献元宝

上寿

送佛

（4）蒋金官宣卷1段:《买花宝卷》片段

《买花宝卷》片段

三、社区宣卷影像

（1）宣卷17段

顾传金:《财神宝卷》

《财神宝卷》

花俊德:《时运宝卷》《百花台宝卷》《毒魔》

《时运宝卷》

《百花台宝卷》

《毒魔》

归金宗:《一餐饭宝卷》(版本一)、《一餐饭宝卷》(版本二)

《一餐饭宝卷》(版本一)

《一餐饭宝卷》(版本二)

陆安珍:《龙凤锁宝卷》《伞僧宝卷》

《龙凤锁宝卷》

《伞僧宝卷》(上)

《伞僧宝卷》(中)

《伞僧宝卷》(下)

周祥男:《贤良宝卷》

《贤良宝卷》

徐根元:《蓝丝带宝卷》

《蓝丝带宝卷》

徐宏珍:《蓝丝带宝卷》《游龙宝卷》《双玉蝉宝卷》《螟蛉宝卷》

《蓝丝带宝卷》

《游龙宝卷》

《双玉蝉宝卷》

《螟蛉宝卷》

李秀英:《增寿宝卷》《廉吏蒋廷贵》

《增寿宝卷》

《廉吏蒋廷贵》

吴军:《孟姜女宝卷》

《孟姜女宝卷》

附录三　吴语词汇简表

A

阿是：是不是。

呆顿顿：呆住了。

B

巴：巴望。

笸斗：由竹子或柳条编制的储存器具。

蘯勿倒：不倒翁。

把细：认真。

白相：玩耍。

白洋洋：眼白露出来的样子。

拜桓：拜垫。

板要：一定要。

伴拢：躲起来。

报青：长出青芽。

迸：耗时间。

畀拉：给予。

毕霎毕霎：眨眼的样子。

必文文：斯文的样子。

勃仑嗷：摔倒的拟声词。

不关：没有关系。

C

拆忒哉：拆掉了。

侪：都。

馋唾：唾液。

长牵牵：长的样子。

娼根：娼妓，骂人的话。

车干：用水车将水运完。

辰光：时间。

吃生活：被责打。

出把戏：演戏。

D

嗒嗒：舔舌头的拟声词。

搭：和。

大好佬：有大本领的人。

待诏：对手工艺人的称呼。

当头：典当的物品。

到巴：到位。

倒头：挥霍。

登身：待在这里。

登样：好看。

抵庄：打算。

顶局：最好。

定洋洋：眼神呆滞的样子。

冻作：冻疮。

丢：丢。

丢笤：掷笤卜卦的行当。

端正：准备好。

E

二家头：两个人。

F

饭乳：粘在锅底的米饭。

嬲：没有。

覅：不要。

勿色头：触霉头。

G

赅仔：有了。

轧朋友：交朋友。

个：的。
个么：那么。
搿：这。
故歇：现在。
掼家生：扔家具。
过活：过日子。
过日：过歇日子。

H

号稍：快点。
横落：落空。
横竖：反正。
横竖横：豁出去。
胡苏：胡须。
淴浴：洗澡。
回头：告别。
昏忒：昏掉。
昏咚咚：头脑昏沉的样子。
混堂：澡堂。
豁喇：水动的拟声词。

J

几化：多少。
家生：用具。
夹肋子：腋窝。
夹忙头里：刹那间。
肩胛：肩膀。
讲张：说话。
交关：非常。
紧腾腾：紧急。
吉裂角：拟声词，皮鞋走动的声音。

K

看三色：看情况。
开火仓：家中开销。
园：藏。
掯：寻找。
骷浪头：头颅。
困出忽：睡过头。
困觉：睡觉。
困死懵懂：糊里糊涂。

L

拉笃：在。
拉里：在这里。
赖团：蛤蟆。
浪向：上面。
老虫：老鼠。
老老：老人。
勒：在。
嘞：啰唆。
里向：里面。
俚：他或她。
连手：顺手。
聋髭：聋哑人。
路道：道理。
罗松：扑克牌的玩法。
噜苏：语言含混不清。
落起身：起来。

M

呒畀：没有。
呒抵扛：没有盼头。
呒淘成：无数。
猛门：强横。
明朝：明天。

N

哪能：怎么能。
呐哼：怎么。
倷：你。
闹猛：热闹。
囡唔：女儿。
能：如某某一样。
能个：这么的。
伲：我们。
伲子：儿子。
奴：我。

P

爿：片。

Q

七勿搭八：不三不四。

齐巧：正好。

迁跟跠：打滚,翻跟头。

笡：歪斜。

R

热昏：瞎说。

日脚：日子。

日朝：每天。

S

沙哈：用扑克牌进行的一种赌博。

煞：表示严重程度的副词。比如苦煞人,意思为非常苦；急煞人,意思为非常急。

霎发：眨眼睛。

赛过：好像。

上腔：开始做事。

十三点：笨蛋。

实头：果真。

思想：思量。

舒齐：弄好。

T

摊：塌。

贪白相：贪玩。

探家生：拿出武器。

田鸡：青蛙。

氽起：浮起来。

托身：分娩。

拖油瓶：改嫁妇女所带的前夫子女。

忒：掉。

脱落魂：失魂落魄。

W

外势：外面。

晚爷：继父。

稳着缸：有把握。

我俚：我们。

我伲：我们。

呒畀：没有。

婑笃：你们。

抲啥空：做什么无用功。

勿：不。

勿壳张：没料到。

勿有：没有。

X

下巴戏：搞糟的事。

闲话：说话。

嫌比：嫌弃。

Y

牙床：床榻。

爷：父亲。

夜作：晚上做工。

一道：一起。

一淘滚：一起滚。

伊：他或她。

Z

仔：了。

贼样景：面貌举止蠢笨滑稽的人。

重滞滞：沉重的样子。

纵：蹦跳。

作兴：或许。

后 记

　　2022—2023 年,我受苏州市非遗办委托编写《吴地宝卷》一书。该书介绍了河阳、常熟、胜浦、锦溪、同里五个地区的宝卷以及宣唱情况,是第一本介绍苏州宝卷的普及性读物。为了《吴地宝卷》的写作,我多次去胜浦调研,领略了颇具盛名的"胜浦三宝"的风采,而胜浦宣卷无疑是"三宝"中最具魅力的一朵奇葩。我发现河阳、常熟、同里等地已经搜集并出版了当地的宝卷集,而胜浦地区的宝卷还散失在民间,缺乏一个系统完善的整理,显得颇为遗憾。于是,我就萌生了编撰《中国·胜浦宣卷集》的想法。当我将这一想法与胜浦文化站王菊芬站长汇报时,王站长非常支持,故能一拍即合。于是,苏州工业园区胜浦街道就成立了编委会,该项工程由胜浦文化站牵头,并委托我担任主编工作。

　　从 2023 年开始,我带着张诚悦、杨雨洁两位助手,以及多位研究生,经常往来胜浦。花俊德、归金宗、陆安珍、徐宏珍、李秀英、吴军这几代宣卷艺人无私地将其所藏的卷本拿出来,供我们拍照扫描;归金宗、陆安珍、周祥男、徐宏珍、李秀英、吴军又允许我们在其宣卷的时候进行全程拍摄,故留下较多的全本宣卷影像。在旧时保守的想法中,提供卷本、拍摄影像,都容易使艺人的绝活被人偷学而去,故一般情况下艺人都不太情愿将此公开。但胜浦的宣卷先生们却具有开放的心态,他们通力合作,无私地拿出各种宣卷资源,为保存胜浦宣卷这一文化遗产立下了卓越的功勋。

　　胜浦乡土文化专家马觐伯老师是文化站的一位退休人员。马老师是土生土长的胜浦人,他的文章书籍、摄影摄像记录了胜浦地区由农村转变为城市的发展过程。在宣卷方面,马老师拍摄了大量的宣卷视频,撰写了多篇介绍胜浦宣卷的文章,编著了多本歌颂新时代的宣卷脚本。马老师知道我在从事《中国·胜浦宣卷集》的编撰工作,欣然将上述资料都提供给我,并对于《中国·胜浦宣卷集》的编撰提了颇有见地的建议。

　　史琳老师是研究胜浦宣卷的学界前辈。她的《苏州胜浦宣卷》一书全方位介绍了胜浦宣卷的情况,在胜浦宣卷研究的领域具有开创性的地位。本书在"胜浦宣卷艺人历史传承""当代胜浦宣卷艺人简介"两节上参考了史老师著作的相关内容。

　　沈建东老师是苏州博物馆资深研究员。她一辈子研究苏州民俗,是民俗研究的专家。沈老师一直关注我的吴文化研究,并给予了很多支持。这次请她写序,沈老师欣然应允。她的序言无疑是一篇上乘的导读,可以帮助读者开启宣卷之门。

　　苏州工业园区档案管理中心提供了本书所有宣卷视频的存档与二维码扫码观看服务。由于他们的无私协助,这些珍贵的视频资料才能非常全面地展现在大家面前。

　　广陵书社的孙语婧编辑与我合作多年,相互熟悉。在本书的沟通与编辑工作上,她和广陵书社的老师们付出了大量的艰辛劳动,促使本书能够及时而顺利地出版。

　　本书的正文包含了宣卷唱本整理、宣卷常用曲调、宣卷艺人介绍、宣卷流程概述四个章节,基本上包含了胜浦宣卷的主体部分。附录收录了三篇具有较高价值的研究胜浦宣卷的文章,作为正文的补充。此外,随书还附带相关数据资料,包含了多部胜浦宣卷的影像资料与吴语词汇简表。我衷心地希望通过上述的工作,可以将胜浦宣卷这一非遗文化较为完整地传承给我们的子孙后代。

朱光磊

2024 年 5 月